U0601313

中國文學研究典籍叢刊

宋人詩話外編

第一册

程毅中 主編
王秀梅 王景桐
徐俊 冀勤 編録

中華書局

圖書在版編目(CIP)數據

宋人詩話外編/程毅中主編;王秀梅等編録. —北京:
中華書局,2017.11(2021.9 重印)
(中國文學研究典籍叢刊)
ISBN 978-7-101-12833-8

Ⅰ.宋… Ⅱ.①程…②王…③王…④徐…⑤冀…
Ⅲ.詩話-中國-宋代 Ⅳ.I207.22

中國版本圖書館 CIP 數據核字(2017)第 232444 號

封面題簽:啓 功
責任編輯:許慶江

中國文學研究典籍叢刊
宋人詩話外編
(全四册)
程毅中 主編
王秀梅 王景桐 徐俊 冀勤 編録
*
中華書局出版發行
(北京市豐臺區太平橋西里 38 號 100073)
http://www.zhbc.com.cn
E-mail:zhbc@zhbc.com.cn
北京瑞古冠中印刷廠印刷
*
850×1168 毫米 1/32 · 59½印張 · 8 插頁 · 1285 千字
2017 年 11 月北京第 1 版 2021 年 9 月北京第 2 次印刷
印數:2001-2600 册 定價:198.00 元

ISBN 978-7-101-12833-8

《中國文學研究典籍叢刊》出版説明

中國古代學者對文學的認識、思考、研究和總結，是以多種形式書寫、流傳並發生影響的，有的是理論性的專著，有的是隨筆式的評論，有的是作品前後的序跋，有的是作品之中的評點。這些典籍數量豐富，種類衆多，涉及各個時期的不同的文學現象和文學思潮，以及不同的作家作品和文體文類。對這些典籍文獻的收集、整理，在近百年來，一直是學術界著力的重點，取得了很大的成績。

爲了進一步推動這一工作的進展，我們組織了《中國文學研究典籍叢刊》，選擇歷代具有代表性的、比較重要的典籍，採用所能得到的善本，進行深入的整理。因各類典籍情況差異較大，整理的方式也因書而異，不求一律，或校勘，或標點，或注釋，或輯佚，詳見各書的前言與凡例。《叢刊》的目的，是系統地爲學術界提供一套承載著中國古代學者文學研究成果的，内容更爲準確、使用更爲方便的基礎資料。我們熱切地期待學術界的同仁們參與這一澤惠學林的工作，並誠摯地歡迎讀者對我們的工作提出批評指正。

中華書局編輯部

二〇〇六年六月

目録

前言

詩話是中國古代論詩的一種著作，在宋代非常興盛。郭紹虞先生的《宋詩話考》就著録了一百三十九種。其中有傳本的宋人詩話，自歐陽脩《六一詩話》以下，大部分已收入何文焕的《歷代詩話》和丁福保的《歷代詩話續編》，近年有中華書局的排印本，較爲通行。單行的如《冷齋夜話》、《風月堂詩話》、《後村詩話》等，也有了中華書局的排印本，匯纂的書如《詩話總龜》、《苕溪漁隱叢話》有人民文學出版社的排印本，《詩人玉屑》有上海古籍出版社的排印本，已成佚書的則有郭紹虞先生《宋詩話輯佚》的新編本，都不難得見。宋人詩話已大備於是，剩下的只有如《西清詩話》（僅知復旦大學圖書館藏有抄本）等極少數尚未見通行本。

詩話之外，宋人筆記中也往往有論詩的條目，前人也曾加以輯録，裁篇别出，改題爲《玉壺詩話》、《容齋詩話》、《老學庵詩話》之類。日本人近藤元粹又曾輯録《東坡詩話》、《侯鯖詩話》等，編入《螢雪軒叢書》，現在已不容易找見了。因此，我們參照唐圭璋先生輯録《詞話叢編》的方法，增廣《螢雪軒叢書》所未備，從宋人筆記中輯出論詩的篇章，編爲《宋人詩話外編》一書，供文學研究者參考。我們直接從原書選録，仍保留原來的書名，不另起詩話的名目，如選自《青瑣高議》、《荆溪林下偶談》的部分，就不再沿用《青瑣詩話》、《吴氏詩話》的擬名。本爲詩話的書原則上不收，但方嶽的《深雪偶談》向無單行本，釋普聞的《詩論》只有《説郛》所收的節本，則收入本書，以便讀者查覽。

詩話的種類很多，清代學者章學誠在《文史通義·詩話》中概括爲「論詩而及辭」的兩大類。本書收録的範圍不限一格，無論論詩而及事或論詩而及辭的都儘量收入，以省讀者翻檢原書之勞。宋人筆記中多數是論詩而及事的記載，近於《本事詩》的性質，對知人論世還有一定作用。還有一些書實際上是引詩以論事、引詩以證史的，對讀詩也不無參考價值，但往往不免流於繁冗汜濫，本書也酌量收録，對離題過遠的部分則作了適當的删節，並加注説明，以免斷章取義。原書已經散佚而見於《詩話總龜》、《詩人玉屑》等書的佚文一般不予輯録，只有《楊文公談苑》、《倦游雜録》兩書，採用了李裕民先生的輯校本。保存在《説郛》裏的殘本則擇要選録，或許還可以藉此窺見原貌的一斑。

原書有標題的仍予保留，無標題的則各條加編號爲序。文字依據較好而通行易得的版本，顯著的錯字用對校或理校法徑加改正，增字加〔　〕、删字加（　）爲識，以備覆核。有些書在輯録中參考了新版的點校本，除在書中分别説明外，謹在此向原點校者表示誠摯的謝意。

本編收書僅一百種，遺漏尚多，但願以後有條件時再作續編。我們草創伊始，考慮不周，取捨不當及標點、校勘等方面的失誤，在所不免，統希讀者指正。感謝國際文化出版公司支持本書的出版，使之能得到公開徵求意見的機會。蒙啓功先生爲本書題簽，謹表謝忱。

編　者

北夢瑣言

孫光憲 撰

孫光憲（？—九六八），字孟文，自號葆光子，陵州貴平（在今四川省）人。由荆南入宋，任黄州刺史。《宋史》卷四八三有傳。《北夢瑣言》三十卷，今存二十卷，尚有逸文。此據上海古籍出版社一九八一年排印本選録。

1 宣宗時，相國令狐綯最受恩遇而怙權，尤忌勝己。以其子滈不解而第，爲張雲、劉蜕、崔瑄疊上疏疏之。宣宗優容，綯出鎮維揚，上表訴子之冤，其略云：「一從先帝，久次中書，得臣恩者謂臣好，不得臣恩者謂臣弱。臣非美酒美肉，安能啖衆人之口？」時以執己之短，取誚於人。或云曾以故事訪於温岐，對以其事出《南華》。且曰：「非僻書也。或冀相公燮理之暇，時宜覽古。」綯益怒之，乃奏岐有才無行，不宜與第。會宣宗私行，爲温岐所忤，乃授方城尉。所以岐詩云：「因知此恨人多積，悔讀《南華》第二篇。」又李商隱，綯父楚之故吏也，殊不展分。商隱憾之，因題廳閣，落句云：「郎君官重施行馬，東閣無因許再窺。」亦怒之，官原本有「只」字，據商本校削。止使下員外也。江東羅隱亦受知於綯，畢竟無成。有詩哭相國云：「深恩無以報，底事是柴荆！」以三才子怨望，即知綯之

遺賢也。（卷二。下同）

2唐馬植相公，曾鎮安南，安撫軍民，懷柔蠻僚，廢珠池，尚儉素。李琢後鎮是邦，用法大酷，軍城遠出而屬南蠻，六七年間，勞動兵役。咸通七年，高駢收復之。先是，荆、徐間征役拒蠻，人甚苦之。有舉子聞許卒二千没於蠻鄉，有詩刺曰：「南荒不擇吏，致我交趾覆。聯綿三四年，致我交趾辱。懦者鬭則退，武者兵益黷。軍容滿天下，戰將多金玉。刮得齊民瘡，分爲猛士禄。雄雄許昌師，忠武冠其族。去爲萬騎風，住爲一川肉。時有蹉卒回，千門萬户哭。哀聲動閭里，怨氣成山谷。誰能聽鼓聲，不忍看金鏃。念此堪淚流，悠悠潁川緑。」吟此詩，有以見一作知。失於授任，爲國家生事，《大東》之苦，斯其類乎！

3咸通中，禮部侍郎高湜知舉。榜内孤貧者公乘億，賦詩三一作二。百首，人多書于屋壁。許棠有《洞庭》詩，尤工，詩人謂之「許洞庭」。最奇者有聶夷中，河南中都人，少貧苦，精於古體，有《公子家》詩云：「種花於西園，花發青樓道。花下一禾生，去之爲惡草。」又《詠田家》詩云：「父耕原上田，子劚山下荒。六月禾未秀，官家已修倉。」又云：「鋤禾當日午，汗滴禾下土。誰念盤中餐，粒粒皆辛苦！」又云：「二月賣新絲，五月糶新穀。醫得眼前瘡，剜却心頭肉。我願君王心，化爲光明燭。不照綺羅筵，只照逃亡屋。」所謂言近意遠，合三百篇之旨也。盛得三人，見湜之公道也。葆光子嘗有同寮，示我調舉時詩卷，内一句云：「科松爲蔭花。」因譏之曰：「賈浪仙云：『空庭唯有竹，閒地擬栽松。』吾子與賈生，春蘭秋菊也。」他日赴達官牡丹宴，欄中有兩松對植，立命斧斫之，以其蔭花。此侯席上，於愚有得色，默不敢答，亦可知也。

4唐段相文昌，家寓江陵，少以貧窶修進，常患口食不給，每聽曾口寺齋鐘動，輒詣謁餐，爲寺僧所厭，自此乃齋後扣鐘，冀其晚届而不逮食也。後入登台座，連出大鎮，拜荆南節度，有詩《題曾口寺》云：「曾遇闍黎飯後鐘。」蓋爲此也。富貴後，打金蓮花盆盛水濯足。徐相商致書規之，鄒平曰：「人生幾何，要酬平生不足也。」（下略）（卷三。下同）

5唐王中令鐸，重德名家，位望崇顯，率由文雅，然原本脱「然」字，據劉鈔本校增。非定亂之才，鎮渚宫爲都統，以禦黄巢。寇兵漸近，先是，赴鎮以姬妾自隨，其内未行，本以妒忌，忽報夫人離京在道，中令謂從事曰：「黄巢漸以南來，夫人又自北至，旦夕情味，何以安處？」幕寮戲曰：「不如降黄巢。」公亦大笑之。洎荆州失守，復把潼關。黄巢差人傳語云：「令公儒生，非是我敵，請自退避，無辱鋒刃。」於是棄關，隨僖皇播遷於蜀。再授都統，收復京都，大勳不成，竟罹非命。時議曰：「黄巢過江，高太尉不能拒捍，豈王中令儒懦所能應變乎？」落都統後有詩，其要云：「敕一作「黜」。詔已聞來闕下，檄書猶未遍軍前。」亦志在其中也。黄巢起廣州，自號義軍百萬都統，上表先陳犯闕之意，其詞云：「儻便歸降，必有陞獎。」朝廷恥笑。

6唐薛尚書能，以文章自負，累出戎鎮，常鬱鬱嘆息。原本作「惜」，據《廣記》二百六十五校改。因有詩謝淮南寄天柱茶，其落句云：「麄官乞與真抛却，賴有詩名合得嘗。」意以節將爲粗官也。鎮許昌日，幕吏咸集，令其子具橐鞬，參諸幕客。幕客怪驚，八座曰：「俾渠消災。」時人以爲輕薄也。原本脱「也」

字，據商本校增。蓋不得本分官，矯此以見志，非輕薄乎？原本作「也」，據商本校改。（卷四。下同）

7唐相國孫公偓，寬裕通簡，不事矯異。常語於親友曰：「凡人許己，務在得中，但士行無虧，不必太苦。以我之長，彰彼之短，以我之清，彰彼之濁，幸勿爲之。」後謫居衡山，情抱坦然，不以放逐而懷戚戚。每對客座，而厮僕輩紛詬毆曳，仆於面前。相國凝然，似無所睹，謂客曰：「若以怒心逢彼，即方寸自撓矣。」其性商本作「偉」。度皆此類也。相國曾乘軺至蜀，詣杜光庭先生受籙，乃曰：「嘗遇至人，話及時事，每有高棲之約。」爾後雖登台輔，竟出官於南嶽。有詩寄杜先生，其要句云：「蜀國信難遇，楚鄉心更愁。我行同范蠡，師舉效浮丘。他日相逢處，多應在十洲。」唐末朝達罹水、白馬驛之禍，唯相國獲免焉。

8温庭雲字飛卿，或云作「筠」字，舊名岐，與李商隱齊名，時號曰「温李」。才思豔麗，工於小賦，每入試，押官韻作賦，凡八叉手而八韻成。多爲鄰鋪假手，號曰「救數人」也。而士行有缺，縉紳薄之。李義山謂曰：「近得一聯句云：『遠比召公，三十六年宰輔。』未得偶句。」温曰：「何不云：『近同郭令，二十四考中書。』」宣宗嘗賦詩，上句有「金步摇」，未能對。遣未第進士對之，庭雲乃以「玉條脱」續也。原本作「之」，據吴鈔本校改。宣宗賞焉。又藥名有「白頭翁」，温以「蒼耳子」爲對，他皆此類也。宣宗愛唱《菩薩蠻》詞。令狐相國假其新撰密進之，戒令勿他原本脱「他」字，據《廣記》一百九十九校增。泄，而遽言於人，由是疏之。温亦有言云：「中書堂内坐將軍。」譏相國無學也。宣皇好微行，遇於逆旅，温不識龍顔，傲然而詰之曰：「公非司馬、長史之流？」帝曰：「非也。」又謂曰：「得非大參、簿、尉之類？」帝曰：「非也。」謫爲方城縣尉，其制詞曰：「孔門以德行爲先，文章爲末。爾既德行無取，文章何以補焉？徒負不羈之才，罕有適時之用。」云云。竟流落而死也。杜豳公自西川除淮海，温庭雲詣韋曲杜氏林亭，留詩云：「卓氏壚前金線柳，隋家堤畔錦帆風，貪爲兩地行霖雨，不見池蓮照水紅。」豳公聞之，遺絹一千疋。吴興沈徽云：「温舅曾於江淮爲親表檟楚，由是改名焉。」庭雲又每歲舉場，多借舉人爲其假手，一作「多爲舉人假手」。沈詢侍郎知舉，別施鋪席授庭雲，不與諸公鄰比。翌日，簾前謂庭雲曰：「向來策名者，皆是文賦託於學士，某今歲場中並無假託學士。勉旃！」因遣之，由是不得意也。

9唐進士曹唐《游仙詩》，才情縹緲，岳陽李遠員外每吟其詩而思其人。一日，曹往謁之，李倒屣而迎。曹生儀原本作「人」。據吴鈔本校改。質充偉，李戲之曰：「昔者未睹標儀，將謂可乘鸞鶴，此際拜見，安知壯水牛亦恐不勝其載。」時人聞而笑之。世謂渾詩遠賦，不如不做，言其無才藻，鄙其無教化也。（卷五。下同）

10（上略）始，蔣伸相登庸，李景遜尚書西川覽報狀而嘆曰：「不能伏事斯人也。」遽託疾離鎮，有詩曰：「成都十萬户，抛若一鴻毛。」原本作「勉若一邊毛」，據《廣記》二百五十六校改。亦博陵之比也。近代吴融侍郎，乃趙崇大夫門生，即世日，天水嘆曰：「本以畢、白待之，何乃原本脱「乃」字，據《廣記》校增。乖於所望！」歎其不大拜，而亦譏當時原本脱五字，據《廣記》校增。也。

11大中年，洪州處士陳陶者，有逸才，歌詩中似負神仙之術，或露王霸之説，雖文章之士，亦未足憑，而以詩見志，乃宣父之遺訓也。其詩句云：「江湖水深淺，不足掉鯨尾。」又云：「飲冰狼子瘦，思日鶡鴠寒。」又云：「中原不是無麟鳳，自是皇家結網疏。」又云：「一鼎雄雌金液火，十年寒暑鹿霓衣。寄與東流任斑鬢，向隅終守鐵梭飛。」諸如此例，不可殫記。著《癖書》十卷，聞其名而未嘗見之。或云：《癖書》是鍾離從事陳岳所著。今兩存之。

12沈詢侍郎，清粹端美，神仙中人也。制除山北節旄，京城誦曹唐《游仙詩》云：「玉詔新除沈侍郎，便分茅土領東方。不知今夜游何處，侍從皆騎白鳳凰。」即風姿可知也。蔣凝侍郎亦有人物，每到朝士家，人以爲祥瑞，號「水月觀音」。前代潘安仁、衛叔寶何以加此？唐末朝士中有人物者，時號「玉筍班」。沈詢子仁偉，官至丞郎，人物酷似先德，所謂世濟其美。又外郎班者枈不雜，亦號「玉筍班」也。

13（上略）東臯子王勣，字無功，有《杜康廟碑》、《醉鄉記》，備言酒德。竟陵人劉虛白擢進士第，嗜酒，有詩云：「知道醉鄉無户税，任他荒却下丹田。」世之嗜酒者，苟爲孔門之徒，得無違告誡乎？（卷六。下同）

14先是，李遠以曾有詩云：「人事三杯酒，流年一局棋。」唐宣宗以其非牧人之才，不與郡守，宰相爲言，然始俞允。又云：「長日惟消一局棋」，兩存之。蜀相韋莊應舉時，遇黄寇犯闕，著《秦婦吟》一篇，内一聯云：「内庫燒爲錦繡灰，天街踏盡公卿骨。」爾後公卿亦多垂訝，莊乃諱之。時人號「《秦婦吟》秀才」。他日撰家戒，内不許垂《秦婦吟》障子，以此止謗，亦無及也。晉相和凝，少年時好爲曲子詞，布於汴、洛。洎入相，專託人收拾焚毁不暇。然相國厚重有德，終爲豔詞玷之。契丹入夷門，號爲「曲子相公」。所謂好事不出門，惡事行千里，士君子得不戒之乎！

15唐吴郡陸龜蒙，字魯望，舊名族也。其父賓虞，進士甲科，浙東從事侍御史，家于蘇臺。龜蒙幼精六籍，弱冠攻文，與顔蕘、皮日休、羅隱、吴融爲益友。性高潔，家貧，思養親之禄，與張博爲吴興、廬原本作「盧」，據吴鈔本校改。江二郡倅。著《吴興實録》四十卷，《松陵集》十卷，《笠澤叢書》五卷。丞相李公蔚、盧公携景重之。羅給事寄陸龜蒙詩云：「龍樓李丞相，昔歲仰高文。黄閣今無主，青山竟不焚。」蓋嘗有徵聘之意。唐末以左拾遺授之，詔下之日，疾終。光化三年，贈右補闕，吴侍郎融傳貽史，右補闕韋莊撰誄文，相國陸希聲撰碑文，給事中顔蕘書，皮日休博士爲詩。皮寇死浙中。方干詩名著於吴中，陸未許之。一旦頓作詩五十首，裝爲方干新製，時輩吟賞降仰，陸謂曰：「此乃下官效方干之作也。」方詩在模範中爾，句原本脱「句」字，據吴鈔本校增。奇意精，識者亦然之。薛許州能，以詩道爲己任，還劉德仁卷有詩云：「百首如一首，卷初如卷終。」譏劉不能變態，乃陸之比也。

16白太傅與元相國友善，以詩道著名，時號「元白」。其集内有詩挽元相云：「相看掩淚俱無語，别後傷心事豈知？想得咸陽原上樹，已抽三丈白楊枝。」洎自撰墓誌云與彭城劉夢得爲詩友，殊不言元公，時人疑其隙終也。

17唐樂安孫氏，進士孟昌期之内子，善爲詩。一旦並焚其集，以爲才思非婦人之事，自是專以婦道内治。孫有代夫《贈人白蠟燭詩》原本「詩」字在「贈」字上，據《廣記》二百七十一校改。曰：「景勝銀釭香比蘭，一作「自古清香勝蕙蘭」。一條白玉逼人寒。他時紫禁春風夜，醉草天書仔細看。」又《聞琴詩》曰：「玉指朱弦軋後清，湘妃愁怨最難聽。初疑颯颯涼風動，又似蕭蕭暮雨零。近若流泉來碧嶂，遠如玄鶴下青冥。夜深彈罷堪惆悵，霧濕叢蘭月滿庭。」又代《謝崔家郎君酒詩》曰：「謝將清酒寄愁人，澄澈甘香氣味真。好是綠窗明月夜，一杯搖盪滿懷春。」又台州盤嶮商本作「峧」。村有一婦人蕭惟香，有才思，未嫁。於所居窗下與進士王玄宴相對，因奔瑯琊。復淫冶不禁，王舍於逆旅而去。遂私接行客，託身無所，自經而死。店有數百首詩，所謂才思非婦人之事，誠然也哉！聞於劉山甫。

18唐襄陽孟浩然，與李太白交游。玄宗徵李入翰林，孟以故人之分，有彈冠之望。久無消息，乃入京謁之。一日，玄宗召李入對，因從容說及孟浩然。李奏曰：「臣故人也，見在臣私第。」上令急召賜對，俾口進佳句。孟浩然誦詩曰：「北闕休上書，南山歸敝廬。不才明主棄，多病故人疏。」上意不悅，乃曰：「未曾見浩然進書，朝廷退黜。何不云『氣蒸雲夢澤，波動岳陽城』？」緣是不降恩澤，終於布衣而已。宣宗索趙嘏詩，其卷首有《題秦皇詩》，其略云：「徒知六國隨斤斧，莫有群儒定是非。」上不悅。或云：「孟郊、王維於翰林。」今兩存之。（卷七。下同）

19唐相國鄭綮，雖有詩名，本無廊廟之望。嘗典廬州，吳王楊行密爲本州步奏官，因有遺闕而笞責之，然其儒懦清慎，弘農常重之。昭宗時，吳雄據淮海，朝廷務行姑息，因盛言鄭公之德，由是登庸，中外驚駭。于時皇綱已紊，四方多故，相國既無施展，事必依違。太原兵至渭北，天子震恐，渴於攘却之術，相國奏對，請於文宣王謚號中加一「哲」字，其不究時病，率此類也。同列以其忝竊，每譏侮之。相國乃題詩於中書壁上，其詞曰：「側坡蛆崑崙，蟻子競來拖，一朝白雨下，無鈍無嘍囉。」商本作「婁羅」。意者以時運將衰，縱有才智，亦不能康濟，當有玉石俱焚之慮也。時亦然之。相國《題老僧詩》云：「日照西山雪，老僧門未開。凍缾粘柱礎，宿火焰爐灰。童子病歸去，鹿麑寒入來。」常云：此詩屬對，可以稱衡，重輕不偏也。或曰：「相國近有新詩否？」對曰：「詩思在灞橋風雪中驢子上，此處何以得之？」蓋言平生苦心也。李程以《日五色賦》擢第，爲河南尹日，試舉人，有浩虛舟卷中行《日五色賦》，程相大驚，慮掩其美，伸覽之次，服其才麗。至末韻「侵晚水以芒動，俯寒山而秀發」，程相大咍曰：「李程賦且在，瑞日何爲到夜秀發？」由是浩賦不能陵邁。

20唐進士來鵬，詩思清麗，福建韋尚書岫愛其才，曾欲以子妻之，而後不果。爾後游蜀，夏課卷中有詩云：「一夜緑荷風剪破，賺他秋雨不成珠。」識者以爲不祥。是歲不隨秋賦，而卒于通議郎。前進士沈光有《洞庭樂賦》，韋八座岫謂朝賢曰：「此賦乃一片宫商也。」後辟爲閩從事。弘農楊敬之撰《華山賦》，朱崖李太尉每置座右，行坐諷之，其略云：「見若咫尺，田千畝矣。見若環堵，城千雉矣。見若杯水，池百里矣。見若蟻垤，室九層矣。醯雞往來，周東西矣。蠛蠓紛紜，强秦去矣。蜂巢聯聯，搆阿房矣。俄而復然，立建章矣。小星奕奕，焚咸陽矣。累累繭栗，祖龍藏矣。其千載改更興懷，悲愁辛苦，循其上矣。」楊氏華陰之茂族，冠蓋甚遠。此乃寄意於華山而言世事，實雄才也。

21唐盧延讓業詩，二十五舉，方登一第。卷中有句云：「狐衝官道過，狗觸店門開。」租庸張濬一作「相」。親見此事，每稱賞之。又有「餓貓臨鼠穴，饞犬舐魚砧」之句，爲成中令汭見賞。又有「栗爆燒氊破，貓跳觸鼎翻」句，爲王先主建所賞。嘗謂人曰：「平生投謁公卿，不意得力於貓兒狗子也。」人聞而笑之。盧嘗有詩云：「不同文賦易，爲是者之乎。」後原本作「復」，據吳鈔本校改。入翰林，閣筆而已。同列戲之曰：「不同文賦易，爲是者之乎。」竟以不稱職，數日而罷也。

22唐滎陽鄭準，以文筆依荆州成中令。常欲比肩陳、阮，自集其所作爲三卷，號《劉表軍書》。雖有胸襟，而辭體不雅，至祝朝貴書，云中書令舍人曰草麻，通事舍人曰奏可。又賀襄州趙令嗣襲，其書云：「不沐浴佩玉，而石原本作「有」，據《廣記》二百六十一校改。祁兆；不登山取符，而無恤封。」是於慶賀中顯言其庶賤也，鄰道之敬，其若是乎！應舉日，詩卷《題水牛》曰：「護犢橫身立，逢人揭尾跳。」朝士以爲大笑。

23唐前朝進士陳詠，眉州青神人，有詩名，善弈棋。昭宗劫遷，駐蹕陜郊，是歲策名歸蜀，韋書記莊以詩賀之。又有鄉人拓善者，屬和韋詩，其略云：「讓德已聞多士伏，沽名還得世人聞。」譏其比滌器當壚也。謬稱馮副使涓詩，以涓多諧戲故也。或云蜀之拓善者作此詩，假馮公之名也。潁川嘗以詩道自負，謁荆幕鄭準，準亦自負雄筆，謂潁川曰：「今日多故，不暇操染，有三數處回緘，祈爲假手。」潁川自旦及暮，起草不就，蓋欲以高之。其詩卷首有一對語云：「隔岸水牛浮鼻渡，傍溪沙鳥點頭行。」京兆杜光庭先生謂曰：「先輩佳句甚多，何必以此爲卷首？」潁川曰：「曾爲朝貴見賞，所以刻於首章。」都是假譽求售使然也。

24李商隱員外依彭陽令狐公楚，以牋奏受知。相國危急，有寶劍，嘗爲君上所賜，將進之。命李起草，不愜其旨。因口占云：「前件劍，武庫神兵，先皇特一作「所」。賜。既不合將歸一作「於」。泉下，又不宜留在人間。」時人服其簡當。彭陽之子綯，繼有韋平之拜，似疏隴西，未嘗展分。重陽日，義山詣宅，於廳事上留題，其略云：「十年泉下無消息，九日樽前有所思。郎君官重施行馬，東閣無因許再窺。」相國覩之，慚悵而已。乃扃閉此廳，終身不處也。（下略）

25唐高相國崇文，本薊州將校也，因討劉闢有功，授西川節度使。一旦大雪，諸從事吟賞有詩，渤海遽至飲席，笑曰：「諸君自爲樂，殊不見顧鄙夫。鄙夫雖武人，原本作「渤海鄙言，多呼人爲髇兒，此日筵上謂賓客曰，某雖武夫」。據吳鈔本校改，《廣記》二百同。亦有一詩。」乃口占云：「崇文崇武不崇文，提戈出塞號將軍。那個髇兒射落雁，渤海鄙言，多呼人爲「髇兒」。白毛空裏落紛紛。」其詩著題，皆謂北齊敖曹之比也。太尉駢，即其曾孫也，鎮蜀日，以蠻蜑侵暴，乃築羅城，城四十里，朝廷雖加恩賞，亦疑其固護。或一日聞奏樂聲，知有改移，乃題《風箏》寄意曰：「夜静弦聲響碧空，宫商信任往來風。依稀似曲才堪聽，又被移將别調中。」旬日報到，移鎮渚宫。

26湘江北流至岳陽，達蜀江。夏潦後，蜀漲勢高，遏住湘波，讓而退溢爲洞庭湖，凡闊數百里，而君山宛在水中。秋水歸壑，此山復居於陸，唯一條湘川而已。海爲桑田，於斯驗也。前輩許棠《過洞庭詩》，最爲首出，爾後無繼斯作。詩僧齊己駐錫巴陵，欲吟一詩，竟未得意。有都押衙者，蔡姓而忘其名，戲謂己公曰：「題洞庭者，某詩絶矣，諸人幸勿措詞。」己公堅請口劄，押衙抑揚朗吟曰：「可憐洞庭湖，恰到三冬無髭鬚。」以其不成湖也。諸僧大笑之。進士李洞慕賈島，欲鑄而頂戴，嘗念「賈島佛」，而其詩體又僻于賈。復有包賀者，多爲麄鄙之句，至於「苦竹筍抽青橛子，石榴樹掛小瓶兒」。又云：「霧是山巾子，船爲水靸鞋。」又云：「棹摇船掠鬢，風動竹捶胸。」雖好事託以成之，亦空穴來風之義也。盧延讓哭邊將詩曰：「自是硇砂發，非干礮石傷。牒多身上職，盎大背邊瘡。」人謂此是「打脊詩」也。世傳逸詩云：「臈下有時留客宿，室中無事伴僧眠。」號曰「自落便宜詩」。顧況著作披道服在茅山，有一秀才行吟曰：「駐馬上山阿。」久思不得，顧曰：「何不道『風來屎氣多』？」秀才云：「賢莫無禮。」顧曰：「是況。」其人慚惕而退。僕早歲嘗和南越詩云：「曉廚烹淡菜，春杼織橦花。」牛翰林覽而絶倒，莫喻其旨。牛公曰：「吾子只知名，安知淡菜非雅物也。」後方曉之。學吟之流，得不以斯爲戒也。

27 進士高蟾，詩思雖清，務爲奇險，意疏理寡，實風雅之罪人。薛許州謂人曰：「倘見此公，欲贈其掌。」然而落第詩曰：「天上碧桃和露種，日邊紅杏倚雲栽。芙蓉生在秋江上，不向春一作「東」。風怨未開。」蓋守寒素之分，無躁競之心，公卿間許之。先是胡曾有詩曰：「翰苑何時休嫁女，文章早晚罷生兒。上林新桂年年發，不許平人折一枝。」羅隱亦多怨刺，當路子弟忌之，由是渤海策名也。愚嘗覽《李賀歌詩》篇，慕其才逸奇險，雖然嘗疑其無理，未敢言於時輩。或於奇章公集中，《奇章集》，牛僧孺給事中。見杜紫薇原本作「子微」，據《廣記》一百九十九校改。牧有言：「長吉若使稍加其理，即奴僕命騷人可也。」按李賀集杜牧序，此句無「人」字。是知通論合符，不相遠也。

28 杜荀鶴曾得一聯詩云：「舊衣灰絮絮，新酒竹篘篘。」時韋相國説右司員外郎寄寓荆州，或語於韋公，曰：「我道『印將金鏁鏁，簾用玉鈎鈎。』」即京兆大拜氣概，詩中已見之矣。或有述李頻詩於錢尚父曰：「只將五字句，用破一生心。」尚父曰：「可惜此心，何所不用，而破於詩句，苦哉！」

29唐彭城劉山甫，中朝士族也。其先宦於嶺外，侍從北歸，泊船於青草湖。登岸見有北方毗沙門天王，因詣之，見廟宇摧頹，香燈不續。山甫少年而有才思，元隨張處權請郎君詠之，乃題詩曰：「壞牆風雨幾經春，草色盈庭一座塵。自是神明無感應，盛衰何得却由人。」是夜，夢爲天王所責，自云：「我非天王，南嶽神也。主張此地，原本作「池」，據劉鈔本校改。汝何相侮？」俄而驚覺，而風浪斗起，倒檣絶纜，沈溺在即。遽起悔過，令撤詩牌然後已。山甫自序。（卷九。下同）

30唐女道魚玄機，字蕙蘭，甚有才思。咸通中，爲李億補闕執箕帚，後愛衰下山，隸咸宜觀爲女道士，有怨李公詩曰：「易求無價寶，難得有心郎。」又云：「蕙蘭銷歇歸春浦，楊柳東西伴客舟。」自是縱懷，乃娼婦也。原本作「亦娼者」，據《廣記》二百七十三校改。竟以殺侍婢爲京兆尹温璋殺之。有集行於世。江淮間有徐月英，名娼也。其送人詩云：「惆悵人間事久違，《廣記》作「萬事違」。兩人同去一人歸。生憎平望亭前水，忍照鴛鴦相背飛。」一本又有云：「枕前淚與階前雨，隔個閒牕滴到明。」亦有詩集。金陵徐氏諸公子寵一營妓，卒乃焚之，月英送葬，謂徐公曰：「此娘平生風流，没亦帶焰。」時號美戲也。唐末有《北里誌》，其間即孫尚書儲數賢平康狎游之事，或云孫棨舍人所撰。

31唐狄歸昌右丞，愛與僧游，每誦前輩詩云：「因過竹院逢僧話，略得浮生半日閒。」其有服紫袈裟者，乃疏之。鄭谷郎中亦愛僧，原本作「憎」，據商本校改。用比蜀茶，乃曰：「蜀茶與僧，未必皆美，不欲舍之。」僧鸞有逸才而不拘檢，早歲稱卿御，謁薛氏能尚書於嘉州。八座以其顛率，難爲舉子，乃俾出家。自於百尺大像前披剃，不肯師於常僧也。後入京，爲文章供奉，賜紫。柳玭大夫甚愛其才，租庸張相亦曾加敬，盛言其可原本脱此字，據《廣記》二百六十四校增。大用。由是反初，號鮮于鳳，修刺謁柳公，公鄙之不接。又謁張相，張相亦拒之。於是失望，而爲李鋋江西判官，後爲西班小將軍，竟於黄州遇害。（卷十。下同）

32唐咸通中，前進士李昌符有詩名，久不登第。常歲卷軸，怠於裝修，因出一奇，乃作婢僕詩五十首，於公卿間行之。有詩云：「春娘愛上酒家樓，不怕歸遲總不留。推道那家娘子卧，且留教住待梳頭。」又云：「不論秋菊與春花，個個能噇空肚茶。無事莫教頻入庫，一名閑物要些些。」諸篇皆中婢僕之諱。浹旬，京城盛傳其詩篇，爲妳嫗輩怪罵騰沸，盡要擲其面。是年登第。與夫桃杖、虎靴，事雖不同，用奇即無異也。

33唐張林，本士子，擢進士第，官至臺侍御。爲詩小巧，多采景於園林亭沼間，至如「菱葉乍翻人採後，荇花初没舸行時」，他皆此類。受眷于崔相昭緯，或謁相庭，崔公曰：「何以久不拜見？」林曰：「爲飯瓮子熱發。」崔訝飯瓮不康之語，林曰：「數日來水米不入，非不康耶！」又寒月遺以衣襦，問其所需。乃曰：「一衫向下，便是張林。」相國大笑，終始優遇也。葆光子曰：「東方朔以恢諧自容，婁君卿以唇舌取適，非徒然也，皆有意焉。今世希酒炙之徒，託公侯之勢，取容苟媚，過於優旃，自非厚德嚴正之人，未有不爲此輩調笑也。」（卷十二。）

34德宗皇帝好爲詩，以賜容州戴叔倫。文宗、宣宗皆以詩賜大臣。昭宗駐蹕華州，以歌辭賜韓建，以詩及《楊柳枝》辭賜朱全忠。所賜一也，或以敬，或以憚，受其賜者，得不求其義焉！（卷十五）

35鄴王羅紹威喜文學，好儒士，每命幕客作四方書檄，小不稱旨，壞裂抵棄，自劈牋起草，下筆成文。又癖於七言詩。江東有羅隱，爲錢鏐客，紹威申南阮之敬，隱以所著文章詩賦酬寄，紹威大傾慕之，乃目其所爲詩集曰《偷江東》。今鄴中人士，多有諷誦。（卷十七）

36沙門貫休，鍾離人也。風騷之外，精於筆劄，舉止真率，誠高人也。然不曉時事，往往詆訐朝賢，它亦不知己之是耶非耶。荆州成中令問其筆法非耶，休公曰：「此事須登壇而授，非草草而言。」成令銜之，乃遽於黔中因病以《鶴詩》寄意曰：「見説氣清邪不入，不知爾病自何來？」以詩見意也。馮涓大夫有大名於人間，淪落於蜀，自比杜工部，意謂它人無出其右。休公初至蜀，先謁韋書記莊，而長樂公後至，遂與相見，欣然撫掌曰：「我與你阿叔有分。」長樂怒而拂袖。它日謁之，竟不逢迎，乃曰：「此阿師似我禮拜也。」自是頻投刺字，終爲閽者所拒。休公謂韋公曰：「我得得爲渠入蜀，何意見怪？」道門杜先生，亦以此疏之。國清寺律僧嘗許具蒿脯，未得間。姜侍中宅有齋，律僧先在焉，休公次至，未揖主人大貌，乃拍手謂律僧曰：「乃蒿原本作「嵩」，據吴鈔本校改。餅子何在？」其它皆此類。通衢徒步，行嚼果子，未嘗跨馬。時人甚重之，異乎廣宣、栖白之流也。（卷二十）

37秭歸郡草聖僧懷濬者，不知何處人。唐乾寧初到彼，知來藏往，皆有神驗。愛草書，或經、或釋、或老，至於歌詩鄙瑣之言，靡不集其筆端。與之語，即阿唯而已，里人以神聖待之。刺史于公以其惑衆，繫而詰之。乃以詩代通狀曰：「家在閬川西復西，其中歲歲有鶯啼。如今不在鶯啼處，鶯在舊時啼處啼。」又詰之，復有詩曰：「家住閬川東復東，其中歲歲有花紅。而今不在花紅處，花在舊時紅處紅。」郡牧異而釋之。詳其詩意，似在海中，得非杯渡之流乎！行旅經過，必維舟而禮謁，告其吉凶，唯書三五行，終不明言，事往果驗。荆南大校周崇賓謁之，書字遺之曰：「付皇都勘。」爾後入貢，因王師南討，遂縶於南府，竟就戮也。押衙孫道能謁之，書字曰：「付竹林寺。」其年物故，營葬乃古竹林寺基也。皇甫鉉知州，乃畫一人荷校，一女子在旁。後爲娶民家女遭訟，錮身入府。波斯穆昭嗣幼好藥術，隨其父謁之，乃畫一道士乘雲把胡盧，書云：「指揮使高牒衙推。」穆生後以醫藥有效。南平王高從誨與巾裹，攝府衙推。王師伐荆州，師寄南平王詩云：「馬頭漸入揚州路，親眷應須洗眼看。」是歲輸誠淮海，獲解重圍。其他不可殫記。或一日，題庭前芭蕉葉上云：「今日還債，幸州縣無更勘窮。」來日爲人所害，尸首宛然，刺史高公爲荼毗之。《廣記》九十八。（逸文卷一。下同）

38 進士楊鼎夫，富於詞學，爲時所稱。頃歲，會游青城山，過皂江，同舟者約五十餘人。至於中流，遇暴風漂蕩，其船抵巨石，傾覆於洪濤間。同濟之流，盡沈没底，獨鼎夫似有物扶助，既達岸，亦困頓矣。遽有老人以杖接引，且笑云：「元是鹽裏人，本非水中物。」鼎夫未及致謝，旋失老人所之，因作詩以記。後歸成都，話與知己，終莫究「鹽裏人」之義。後爲權臣安思謙幕吏，判榷鹽院事，遇疾暴亡。男文則，以屬分料鹽百餘斤裹束，將上蜀郊營葬，至是「鹽裹」之詞方驗。鼎夫舊記詩曰：「青城山峭皂江寒，欲度當時作等閑。棹逆狂風趨近岸，舟逢怪石碎前灣。手携弱杖倉皇處，命出洪濤頃刻間。今日深恩無以報，令人羞記雀銜環。」

39朗州道士羅少微，頃在茅山紫陽觀寄泊。有丁秀才者，亦同寓於觀中，舉動風味，無異常人。然不汲汲於仕進，盤桓數年，觀主亦善遇之。冬之夜，霰雪方甚，二三道士圍爐，有肥羜美醖之羨。丁曰：「致之何難？」時以爲戲。俄見開户奮袂而去，至夜分，蒙雪而回，提一銀榼酒，熟羊一足，云浙帥廚中物。由是驚訝歡笑，擲劍而舞，騰躍而去，莫知所往，唯銀榼存焉。觀主以狀聞於縣官。詩僧貫休《俠客詩》云：「黄昏風雨黑如磬，別我不知何處去？」得非江淮間曾聆此事而構思也？《廣記》一百九十六。（逸文卷二。下同）

40唐韓定辭爲鎮州王鎔書記，聘燕帥劉仁恭，舍於賓館，命試幕客馬彧延接。馬有詩贈韓曰：「燧林芳草綿綿思，盡日相携陟麗譙。別後巏嵍山上望，羨君時復見王喬。」彧詩雖清秀，然意在徵其學問，韓亦於座上酬之曰：「崇霞臺上神仙客，學辨癡龍藝最多。盛德好將銀筆述，麗詞堪與雪兒歌。」座内諸賓，靡不欽訝稱妙句，然亦疑其銀筆之僻也。他日，或復持燕帥之命，答聘常山，亦命定辭接於公館。時有妓轉轉者，韓之所眷也，每當酒席，彧頻目之，韓曰：「昔愛晉文公分季隗于趙衰，孫伯符輟小喬於公瑾。蓋以色可奉名人，但慮倡姬不勝賢者之顧，願垂一詠，俾得奉之。」或援筆，文不停綴，作轉轉之賦，其文甚美，咸欽其敏妙，遂傳於遠近。或從容問韓以「雪兒」、「銀筆」

之事，韓曰：「昔梁元帝爲湘東王時，好學著書，常記録忠臣義士及文章之美者。筆有三品，或以金銀雕飾，或用斑竹爲管。忠孝全者用金管書之，德行清粹者用銀筆書之，文章贍麗者以斑竹書之。故湘東之譽，振於江表。雪兒者，李密之愛姬，能歌舞，每見賓僚文章有奇麗入意者，即付雪兒叶音律以歌之。又問「癡龍」出自何處？定辭曰：「洛下有洞穴，曾有人誤墮於穴中，因行數里，漸見明曠，見有宫殿人物凡九處，又見有大羊，羊髯有珠，人取而食之，不知何所，後出以問張華，曰：此地仙九館也。大羊者，名曰『癡龍』耳。」定辭復問彧：「嶬嵍之山，當在何處？」彧曰：「此隋君之故事，何謙光而下問？」由是兩相悦服，結交而去。《廣記》二百。

（王秀梅）

法藏碎金録

晁迥撰

晁迥（九四八—一〇三一），字明遠，世爲清豐（今河北清豐）人，後徙彭門（今四川彭山地區）。太平興國時舉進士，爲大理評事，累官工部尚書，集賢院學士，屢請老，以太子少保致仕。謚文元。《宋史》卷二十九有傳。《法藏碎金録》十卷，皆融會佛理，隨筆記載，多論白居易之詩。此據《四庫全書》文淵閣本選録。

1予常愛白樂天，詞旨曠達，沃人胸中。有詩句云：「我無奈命何，委順以待終。命無奈我何，方寸如虚空。」夫如是，則造化陰隲不足爲休戚，而況時情物態，安能刺鯁其心乎？（卷一。下同）

2予嘗有《晚年勤道自修》詩云：「老來何故惜分陰，如月明虧魄漸侵。進道不遑求廣智，隨時隨處且冥心。」因思自説「冥心」二字，蓋言四威儀中不拘閑忙，每遇意到，即時隨分檢情攝念是也。《晉書·隱逸·辛謐傳》云「冥心至趣而與吉會」，唐賢白樂天《寄酬常州陳使君》詩斷句云：「勿使問榮枯，冥心無不可。」近代僧俗有名者，詩僧貫休《懷香鑪峰道人詩景》聯句云：「冥心同槁木，掃雪帶微陽。」又齊己《山寺喜道者至》詩斷句云：「知住南岩下，冥心坐緑苔。」又吴融《寄貫休》詩斷句云：「若得重相見，冥心學半銖。」如此之類，不可具舉。大約「冥心」二字，謂以其心向晦宴息，善入無爲潛符妙道之理也。

3唐刺史李繁述玄聖蘧廬十六篇，其序有云：「冀深信照之能度苦厄，又知有以常相見不在於眼界。」予因思白樂天有詩云：「東宫白庶子，南寺遠禪師。何處遥相見，心無一事時。」是知至人之相見，在心不在眼也。

4白樂天酷好遊觀，形于吟詠，有詩句云：「留春不住登城望，惜夜相將秉燭遊。」又有詩句云：「眼看筋力減，遊得且須遊。」如此之類，不可具舉。予謂樂天所好者常遊耳。予所好者遊可遊，非常遊。予好列子之遊，《列子》曰：「人之遊也觀其所見，我之遊也觀其所變。」謂凡人唯覩榮悴殊觀以爲休戚，未覺與化俱往，勢不暫停。予又好壺丘子之遊。壺丘子曰：「務外遊不如務内觀。外遊者，求備於物；内觀者，取足於身。取足於身，遊之至也；求備於物，遊之不至也。」予詳其意，謂人身取象二儀，無有不備，大約貴乎反躬觀理，心遊於大道足矣。故予好之。予於遊觀，又好《莊子》云：「假道於仁，託宿於義，以遊逍遥之墟。」又好《老子》云：「常無欲以觀其妙。」予以立意爲宗，觸類而長，唯變所適，下筆不休也。

5予因泛覽究觀，具知世爲幻也，人爲幻也，心爲幻也，智爲幻也。何以明之？白樂天有詩云：「幻世春來夢，浮生水上漚。」此言世爲幻也。又有詩云：「生去死來都是幻，幻人哀樂繫何情。」此言人爲幻也。《圓覺經》云：「衆生幻心，還依幻滅，諸幻盡滅，覺心不動。」此言心爲幻也。《圓覺道場修證儀》云：「佛運如幻智，慧出谷響音聲，説空中風畫，言教救攝夢想，苦惱衆生，還令悟入法性。」此言智爲幻也。夫如是，則從凡至聖無不是幻，誰能於此重重夫幻化之中，妄執有法以自苦耶？而今而後，予當遇物而應，無所將迎，順緣而過，無所固必，未知果能然乎，而志願如此。

6《晉書・隱逸傳》云：嵇康從孫登游，三年問其所圖，終不答。康每嘆息，將别，謂曰：「先生竟無言乎？」登乃曰：「子識火乎？火生而有光，不用其光，而果在於用光。人生而有才，不用其才，其果在於用才。故用光在乎得薪，所以保其耀；用才在乎識真，所以全其年。今子才多識寡，難乎免於今之世矣。子無求乎？」康不能用，果遭非命，乃作《幽憤詩》曰：「昔慚柳下，今愧孫登。」予詳「識真」二字，愛之重之，以爲明哲保身之法也，賢達詣道之見也。有智之士，可不務乎？（卷二。下同）

7又《晉・隱逸傳》云：董京字威輦，至洛陽行吟，常宿白社中。時乞於市，得殘碎繒絮，結以自覆，全帛佳緜則不肯受。或見推排罵辱，曾無怒色。孫楚貽書勸仕，京不從，答以古詩，其末有句云：「萬物皆賤惟人爲貴。動以九州爲狹，静以圜堵爲大。」予詳最後二句，明知足常足，鵬鷃逍遥之意也。又詳其少欲忍辱，涉于梵行，得非高僧高士倫類相參而流轉乎？

8《楞嚴經》云：「情想均等，不飛不墜，生於人間，想明斯聰，情幽斯鈍。」竊詳此語，信不虚矣。予今年近八旬，而覺耳聽心爽。每於清宵，静卧虚白堂中，或聞左右前後，兒孫列宇，言音所及，辨其誰何，故有效白體詩云「介居僧尚雜，警聽鶴猶聾」之句。是知「想明斯聰」，予得萬一。因思貫休之詩，有以《楞嚴》爲禪髓；樂天之詩，有以《壇經》爲佛心。凡此類例子，予最稱美。

9昔向子平所言：富不如貧，貴不如賤。予又知顯不如隱，蓋以隱近道家之旨。老聃大聖人，史氏止謂之隱君子。然而隱者，亦有竊吹濫巾之士，釣聲華希寵利而已。若能名迹俱隱，乃爲真隱。古人有詩云：「始知真隱者，不必在山林。」又有云：「禪師示我真隱心，月在中峰葛洪井。」又出處一貫爲通隱，古人有詩云：「禪門有通隱，喧寂共忘機。」如此之類是也。

10白樂天有詩云：「慚將理自奪，不是忘情人。」竊思「理」「奪」二字，正是予切用之法。夫御世之道，求理而已。出世之道，理可廢乎？以理奪情，率由智勝；以理復性，率由力勝。若能智力兼備，理性相符，真學指歸，曲盡善矣。（卷三，下同）

11予嘗作《心禱六符》詩云：「恬和端潔及虛明，六妙均融道法成。願考此祥皆密契，不求知己浪傳名。」今復追解其意，意欲己心恬静和暢，端真潔清，虚白明了，妙妙相應，若得心之體用。如此畢備，不必廣求禪學之法，亦不求衆人知己也。

12白氏詩云：「自從苦學空門法，消盡平生種種心。」予因此語，曉悟學空之理，乃是無礙法門。何以故？夫學人有明智，有果斷，諦觀在外隨時過去者，事事盡空，不執其事，則身無礙也；在内隨時過去者，念念盡空，不執其念，則身無礙也。身心外内，無礙無縛，更去何處别求解脱。譬如雲翔之鳥，在空中自然自在。人若不能以空破有，自取罣閡，乃是凡愚知見，於己有何所利？所以佛許須菩提解空第一，斯人足可景慕。若能於空不著空，此又妙之又妙也。

13《沖虛至德真經》云：「孔子能廢心而用形。」注中所解之意，謂對接世務，止用形迹而已，其心則泊然不動也。予謂臨世間之法固當如此，如此則事濟而不勞矣。又貫休《寄山中伉禪師》詩云：「舉世遭心使，吾師獨使心。萬緣冥目盡，一句不言深。」其詩意謂舉世之人被心所役使，而伉師獨能制服其心也。予又謂學出世之法，亦宜如此，如此則道成而不誤矣。

14白氏有詩句云：「夢中説夢兩重虛。」今略就改，別作上句云：「影外影爲三等妄，夢中夢是兩重虛。」白氏又有詩云：「紫綬朱紱青布衫，顔色不同而已矣。」予又擬之，別作兩句云：「三台八座九品官，名目不同而已矣。」

15白樂天詩云：「識行妄分別，智隱迷是非。若轉識爲智，菩提其庶幾。」予詳識之與智同體而異用耳。識是智之迷者也，常尋妄境而生愛；智是識之悟者也，獨辨真理而有歸。

16白傅有詩云：「攝動是禪禪是動，不禪不動即如如。」此言定體之深者也。予擬之別作二句云：「破暗用明明是用，非明非暗即惺惺。」此言慧用之深者也。（卷四。下同）

17密禪師語句云：「靈靈自覺元無物，擾擾他緣盡是空。」又云：「勿認紛紛境，唯觀了了心。」白少傅詩云：「一性自了了，萬緣徒紛紛。」一宿覺《證道歌》云：「一切數句非數句，與吾靈覺何交涉。」《莊子》注云：「凡非真性，皆塵垢也。」夫學法之人，但自了悟，靈明之心，是謂本源。所有念念妄想，皆是塵垢，勿令染著，久當證知清淨法身也。

18龐居士詩云：「世人重珍寶，我貴刹那静。金多亂人心，静見真如性。」予因擬之成四句云：

「人愛貴而富，我愛白而虛。富貴榮辱會，虛白吉祥居。」

19予嘗自作兩句語云：「古今無始終，虛空無邊際。」因看《老子》云：「迎之不見其首，隨之不見其後。」此語有似古今無始終。《莊子》云：「至精無形，至大不可圍。」此語又似虛空無邊際。予之語，但謂時代方所無以窮也。經文之語，蓋言妙道體用不能詰也。

20白樂天有詩，其末句云：「窮通不由己，歡戚不由天。命即無奈何，心可使泰然。且務由己者，省躬諒非難。勿問由天者，天高難與言。」予因擬之別作八句云：「求位不由己，求道不由天。位即無以求，道可使進焉。且務由己者，己能盡心源。勿問由天者，天高擅化權。」又擬之別作八句云：「順逆不由己，喜怒不由他。他即無奈何，己可存太和。且務由己者，克己諒非多。勿貴由他者，他心是我魔。」

21《維摩經》云：「是身如芭蕉，中無有堅。」僧肇注云：「芭蕉之草，唯葉無幹。」予詳大意，止喻人身不堅實也。今又別得新意，可喻人心亦不堅實。往年自作《芭蕉》詩句云：「葉外應無葉，心中更有心。」蓋言草木之葉，無有長大於芭蕉葉者，故言葉外應無葉，而又抽心。其葉漸展，復有葉從中而出，故言心中更有心。芭蕉葉展，重重盡非堅實；世人心生，念念悉爲虛幻。予以身心對比，豈不二理俱然。

22世間人中二顛倒者十有七八。其一少而當勤，以圖身計，而反自放逸，老而無成。故古人有詩云：「少年經歲月，不解早（媒）〔謀〕身。晚歲成無益，低眉向世人。」其一老而當逸，以就便安，而反自勞役，老而彌苦。故古人有詩云：「可憐八九十，齒墜雙眸昏。朝露貪名利，夕陽憂子孫。」唯此二事，知之不難，而知者尚少，何況深妙之事乎？

23吾觀世人擾擾營爲，不出循環之趣；冉冉遷謝，皆歸入闇之塗，因而作偈嘆佛曰：「起滅心不停，生化形無數。奇哉大丈夫，自在空中住。」又觀生物無窮，知一氣之冥造；含靈相續，見一真之常存。有能深解來起予者，始可與言道已矣。

24《涅槃經》云：「智者言出息入息之頃，我當於中精勤修道。」《中陰經》頌云：「一意一念頃，斷垢自不爲。垢本勝於我，墜我於三趣。今我勝於垢，滅汝入涅槃。」襄陽龐居士詩云：「世人重珍寶，我貴刹那静。金多亂人心，静見真如性。」以此參詳，吾當隨時少分，方便增修，斷在不疑矣。

25佛書中有偈云：「一切業障海，皆從妄想生。若欲懺悔者，端坐念實相。」予以自得，因而擬之，别作一四句偈云：「一切是非藪，皆從外聽成。我是厭聞者，反聽存靈響。」既而乘興求己，又翻成五言四句詩云：「收視契無我，冥心合太虚。消融浮想盡，名曰小無餘。」

26白樂天有詩云：「是非都付夢，語默不妨禪。」予因擬之，稍加增易，别爲七字句云：「色空辨相何妨道，語默由心不礙禪。」

27白氏詩云：「富貴亦有苦，苦在心危憂。貧賤亦有樂，樂在心自由。」予因擬之，别作詩云：「權要亦有苦，苦在當憂責。閑慢亦有樂，樂在無縈迫。」

28《摩訶止觀論》云：「憶三世事不忘，名解脱無減。」又龐居士詩云：「緣覺若誤空，醒見三生事。」予以爲出纏在纏，繫乎真妄之心也。夫明静之性彌深者，雖宿生事亦漸能記憶；昏亂之情益厚者，雖今生之事亦轉多遺忘。考其物理，固當然乎。吾欲澡雪柔挺，斷無疑也。

29陶淵明讀書不求甚解。白樂天亦有詩云：「書不求甚解，琴聊以自娱。」予則不然，嘗思圭峰密禪師有語句云：「觀空直遣空於色，解義須教解入神。」予每讀書，詳味文理，觸類而長，唯變所適，往往别得新意。人患解少，予患解多，亦常以此爲勞，然而亦勝别勞心矣。

30《莊子》云：「舊國舊都，望之暢然。」注云：「得舊猶暢然，況得性乎？」釋文云：「暢然，喜悦貌。」予嘗涉歷人事，因知經旨信然。往歲使于龍荒，回及疆場，遠望雄州喬樹，目明心喜。故行程詩中有「橋過涿水心先喜，路入雄州眼更明」之句。並經進御，蒙降手詔優答焉。是知望鄉歸國，猶得暢然喜悦，而況還源復性，合如何哉？

31予嘗謂明智之士若有洞分法，要却以息心爲難，遂廢秘密之學，深可惜也。昔優波笈多宿世爲彌猴，因學緣覺坐禪，後證阿羅漢果。夫輕狂不定，莫若彌猴，戲學坐禪，猶能成定。故唐賢王維《游悟真寺》詩云「猛虎同三徑，愁猿學四禪」是也。而況人爲萬物之靈，氣稟五行之秀，志習妙道，豈有不成之理乎？（卷五。下同）

32白公有詩句云：「富貴亦有苦，苦在心危憂。貧賤亦有樂，樂在身自由。」又有詩句云：「閒傾三數酌，醉詠十餘聲。便是羲皇代，先從心太平。」予因省己而言之。爰以引年致政，闔扉燕居，雖非富貴，亦非貧賤，月尸優禄，無鞅掌之事，可以言身自由也。日養天和，獲逍遥之樂，可以言心太平也。二者備矣，何以加焉。由是較量，不讓白公之所得，何況慶幸有餘也。

33予覽唐詩人張蠙《送南海僧遊蜀》詩云：「真修絶故鄉，一衲度暄凉。此世能先覺，他生豈再忘。」因見真修之理，不拘處所。又喜緣熟，必無他虞。次覽周賀《贈四門蘭若寂禪師》詩云：「夕雨生眠興，禪心少話端。」信有之矣。夫吉人猶寡辭，而況真禪子，固無遊談戲論矣。

34唐賢《杜牧集》有《登池州九峰樓寄張祜》詩，其句云：「睫在眼前長不見，道非身外更何求。」予因思之，此兩句比類佛書中衣珠之意有何差别，圓智之人，自能和會。

35唐白氏詩中頗有遺懷之作，故近道之人率多愛之。予友李公維，録出其詩，名曰《養恬集》。予亦如之，名曰《助道詞語》蓋於經教，法門用此彌縫其闕而直截曉悟於人也。予記其有詩云：「此身是外物，何足苦憂愛。」又有句云：「已共身心要約定，窮通生死不驚忙。」夫如是，則身外悠悠，不合意事，何用介懷。

36夫《般若經》云：「心住爲如。」吾因自思年漸老矣，宜乎不以情意之苦樂，不限時景之少多，不擇處所之喧静，常須隨分學其心住而已。何以故？據《涅槃經》所説大意，一切衆生皆有念心，發心，念念生滅，相續不斷，亦名修道。此經又有説云，智者言出息入息之頃，我當於中精勤修道。又襄陽龐居士詩云：「世人重珍寶，我貴刹那静。金多亂人心，静見真如性。」以此參詳，則知隨分住心，不失真修之理。

37唐詩人有詩云：「終日昏昏醉夢間，忽聞春盡强登山。因過竹院逢僧話，又得浮生半日閑。」

又有詩云：「南隨越烏北燕鴻，松月三年別遠公。無限心中不平事，一宵清話又成空。」且夫半日一宵，接僧談成法藥，猶得遂閒情、平宿憾，而況予今退居佚老，獲終身之閒，日覽佛書道書，耽味古聖賢要妙之語，其爲適悦也何如哉？

38白樂天有詞句云：「靖節先生樽長空，廣文先生飯不足。」噫！予今陶融太和，如飲醇酎，自以爲不空樽、大雅杯；耽味道腴，如享太牢，自以爲法喜食、甘露飲。去彼取此，既醉又飽，沛然充足，其如予何？

39予觀白氏詩，凡有愜心之理者，每好依據而沿革之，往往得新意以自規耳。白氏詩中有題目云《遺懷》，其詩七言四韻，予今擬其語句，聊加變易，入於別韻。前四句依舊意，述時景之迅遷；後四句立新意，述世態之不一，而終篇亦斷之以不驚也。白氏詩云：「羲和走馭趁年光，不許人間日月長。遂使四時都似電，争教兩鬢不成霜。榮銷枯去無非命，壯盡衰來亦是常。已共身心要約定，窮通生死不驚忙。」予擬之而作詩云：「羲和走馭趁年華，不許人間歲月賒。春正艷陽春即老，日方停午日還斜。時情莫測深如海，世事難齊亂似麻。已共身心要約定，古今如此勿驚嗟。」

40白氏有詩句云：「華簪與高蓋，復在外物外。」入莊子宗旨，以軒冕爲得志而喪己失性者，謂之倒置之民。予歷觀群趣，軒冕之外，更加五欲。樂具重複，冗飾伐德，禍深而不悟者，又何如哉？

41白氏有詩句云：「是非都付夢，語嘿不妨禪。」予愛此語，愜心精當，因而叙述真意云「是非都付夢」，南華真人指歸也；「語嘿不妨禪」，竺乾先生指歸也；和會發明，西鄂居士指歸也。導揚推演，出於深衷，勿誚僭差，庶幾有補。

42天聖六年十二月十五日夜，予於夢中琢磨律詩對屬，蓋以宿好該涉而然也。偶成七言兩句云：「芃芃麥壟鶖翬起，灼灼桃園舞蝶來。」既寤，尋思獨斷其理。夫如是彫章鏤句，緣情合意，猶能入夢而常存，則知其妙道天機，貫心達性，固當經劫而無失。因之竊喜，必續勝緣。

43荷澤法門，唯以無念爲宗。又白樂天詩云：「唯吟一句偈，無念是無生。」噫！無念之理至矣哉。大約人之憂悲苦惱，及一切種種之情，皆屬緣念所攝。學人若能知其至簡至當之法，以照了智見五蘊皆空之後，以總持力到一念不生之時，智力相資，久而不退，當自覺知此外無法可及也。

44李白《廬山東林寺夜懷》詩云：「我尋青蓮宇，獨往謝城闕。霜清東林鐘，水白虎溪月。天香生虛空，天樂鳴不歇。宴坐寂不動，大千入毫髮。湛然冥真心，曠劫斷出没。」又貫休《山居》詩云：「自古浮華能幾幾，逝波終日去滔滔。漢王廢苑生秋草，吴主荒宫入夜濤。滿屋黄金機不息，一頭白髮氣猶高。豈知知足金仙子，霞外天香滿毳袍。」予因思静勝境中當有自然清氣，名曰天香；自然清音，名曰天樂。予故以所聞靈響，自爲天簧，亦取天籟之義。此蓋唯變所適，不可致詰也。

45白樂天有詩云：「此身不欲全强健，全健多生人我心。」又于良史有詩云：「僻居人事少，多病道心生。」是知體中微苦，未可心情不足。

46予似記憶李白有詩句云：「野禽啼杜宇，山蝶舞莊周。」後又見潘佑有《感懷》詩句云：「幽禽喚杜宇，宿蝶夢莊周。席地一樽酒，思與化元浮。但莫辜明月，何必秉燭遊。」予謂才思暗合，古今無殊。不可怪也。（卷六。下同）

47虞世基使謂文中子曰：「盍仕乎？」子見其使者，曰：「通也，適有風瞀之疾，不暇也。」飲其使者，歌《小明》而送之。世基聞之曰：「吾徒特遊矰繳之下，亦怨乎？若夫子飛冥冥矣。」予詳此説，有以見先生高尚不仕，宿素能然，所歌之詩，以表其志。《小明》者，《小雅》之詩，其序云：「小明，大夫悔仕於亂世也。」噫！予仰先生越世清塵，邈不可及，而且自喜歷仕重熙之世，引年而退，不失其正。抑又次焉，比夫傴僂入金門者，幸無深愧耳。然而先生曠達無所顧避，歌詩致意，亦涉危言刺譏，失於韜晦，予所慎也。

48白氏集中有詩題云《期李二十文略王十八質夫不至獨宿仙遊寺》，其詩云：「文略也從牽吏役，質夫何故戀囂塵。始知解愛山中宿，千萬人中無一人。」予詳詩意，此猶言外境之清勝者。而更有内境之清勝者，用而擬之，別爲四句，詩云：「角勝勞生不足云，濫傳僧語亦非真。始知解愛禪中樂，萬萬人中無一人。」

49白樂天有詩云：「心不擇時適，足不揀地安。窮通與遠近，一貫無兩端。」予愛其語，因而擬之，別爲四句以述己意云：「心不擇時息，書不擇時觀。達理意無礙，豁如天地寬。」

50白氏集中有詩題云《題贈定光上人》，其詩云：「二十身出家，四十心離塵。得徑入大道，乘此不退輪。一坐十五年，林下秋復春。春花與秋氣，不感無情人。我來如有悟，潛以心照身。誤落聞見中，憂喜傷形神。安得遺耳目，冥然反天真。」予愛此詩，因而別作七言八句述己意云：「孟子四十心不動，定光四十心離塵。我到明年加一倍，如何此際尚因循。已喜自逃名宦網，猶患長隨造化鈞。記得前賢有詩句，祖師元是世間人。」

51江南才子潘佑有詞句云：「凝神入混沌。」浙中詩僧貫休有詞句云：「融神出空寂。」予愛其語該涉道釋，凝融出入之理，因而采取相合書之。

52唐醉吟先生有詩斷句云：「歸去卧雲人，謀身計非誤。」又有詩斷句云：「迴首語秋光，東來應不錯。」人謂先生率爾成章，予謂先生的然有理。

53白樂天詩云：「昨日制書臨郡縣，不該愚谷醉鄉人。」予謂此語自述其情，而於愚谷醉鄉理有未盡，因而別作二十字，推演其意云：「貌愚愚谷邃，道醉醉鄉春。愚醉無迷謬，伊予意又新。」

54每覽前輩詞章，予心愜當者，必采而書之，有句云：「凝神入混沌。」予以爲學道之初，從宴息也。又有句云：「融神出空寂。」予以爲學道之成，得自在也，枚卜同人未遇知者。

55李白《廬山東林寺夜懷》詩，有句云：「宴坐寂不動，大千入毫髮。」潘佑《獨坐》詩，有句云：「凝神入混沌，萬法成虚空。」予愛二才子吐辭精敏之力等，入道深密之狀同，合而書之，聊資己用。（卷七。下同）

56東晉庾闡嘗爲零陵太守，有《遊衡山詩》云：「北眺衡山道，南瞻五嶺末。寂坐抱虚恬，運目情四豁。翔虬淩九霄，陸鱗困濡沫。未體江湖遊，安識南溟闊。」予覽此詩，因見古人之意，懷虛静之趣以樂其内，賞清曠之境以奬其外，予愛而書之，抑亦自得。

57予常愛唐賢白樂天有詩句云：「未得無生心，白頭亦爲夭。」及看《韻對》第四，有説宋蕭惠開嘗爲益州刺史，有所取求而不得，遂誣告其人，訕毁朝政，先戮而後奏，孝武稱快。及明帝即位，惠開同四方反叛，後雖歸順，負舋不得志，每謂人曰：「人生不得行胸臆，雖百歲猶爲夭。」未幾發病，嘔血吐物如肺肝而死。因詳白、蕭二人之言，各嘆人生心無所得，雖壽亦爲夭。而善惡智愚，相背絶遠，何啻天壤之殊也。

58唐白樂天詩云：「自學坐禪休服藥，從他時復病沉沉。我身不欲全强健，强健多生人我心。」予嘗擬之，别作詩云：「自學養恬休用智，從他名迹日衰微。我身不欲全高貴，高貴多乘禍敗機。」

59白樂天有詩句云：「恬然不動處，虚白在胸中。」予因擬之，别作二句云：「昭然不昧處，靈照在胸中。」白公之詩言定也，予之詩言慧也。

60白樂天有詩云：「已共身心要約定，窮通生死不驚忙。」予因擬之，别爲二句曰：「已共身心要約定，險艱情僞不傷嗟。」白公所云，知天均不定之大常也；予之所云，知世緣本妄之大常也。

61杜荀鶴《春感》詩云：「浮生七十今三十，已是人間半世人。」予因擬之而作賦云：「浮生七十今踰九，已是超群越世人。」

62《國語》云：「高位疾顛，厚味腊毒。」杜牧《和州絶句》詩云：「歷陽前事知虚實，高位紛紛見陷人。」噫！予今聊舉其一，蘇秦位高金多，如何如何！

63（上略）又有《經》云：「以智慧劍破煩惱賊，以智慧力裂煩惱網，以智慧火燒煩惱薪，以智慧斧伐煩惱樹。」故予曾爲究觀直説遣情詞云：「身同夢幻非真有，事比風雲不久留。古往今來盡如此，此中堅執大悠悠。既能洞達須剛斷，煩惱魔空過便休。」予今單用此法。

64予覽杜牧詩《和州絶句》云：「江湖醉度十年春，牛渚山邊六問津。歷陽前事知虛實，高位紛紛見陷人。」予因別作一句，偏對末句，所得者三。其一云：「安緣擾擾知縈已。」又云：「宴居寂寂堪修道。」又一云：「明心了了思超世。」夫如是則老生之志非昏亂也。

65予思壯歲歷官之日，嘗見公館之壁上有題詩云：「猛風拔大樹，其樹根已露。上有寄生草，青青猶未悟。」不審何人之作也。因知物理自昔而然，先覺形言警戒多矣。（卷八。下同）

66予因泛覽諸書，又得三種之師。《尚書》云：「主善爲師。」夫宏達之士，不當止學一先生之言，凡有一善，皆能師之，則其智廣矣。又《列子》云：「子列子師壺丘子。」林注云：「日損之師。」《老子》云：「爲道日損。」夫人若能知非改過，日思減損，有去非之善，居無過之地，乃幾於道也。又唐賢白樂天有詩云：「澹然無他念，虛静是吾師。」《莊子》云：「唯道集虛。」《老子》云：「歸根曰静。」夫人若能虛静其心，則於道最爲親切。此三種理有淺深，俱爲入道之門，故予采而師之。

67《中觀論》云：「因緣所生法，我説即是空。」予自別有語云：「因果所成法，我説不是空。」何以故？予謂善惡真妄，皆有報應，故不爲空也。然而善惡真妄，其理不同。夫人心之根本爲因也，心之所起爲緣也，所成爲果也。當知惡緣妄緣，可以除去，有如左氏之語云：「無使滋蔓，蔓難圖也。」善緣真緣，可以封植，有如白公之詩云：「前歲種桃核，今歲爲花樹。」其理決然耳。智人宜乎詳擇之也。

68予記得齊己詩句云：「心清檻底瀟湘月，骨冷禪中太華秋。」又記得似是陳陶詩句云：「高僧示我真隱心，月在中峰葛洪井。」予愛誦之，令人氣格爽拔。

69前輩有詩句云：「兩輪日月般興廢，一合乾坤夾是非。」有以見是非之頗多也如此。今人著文褒貶古人以爲論，有以見是非之有餘也又如此。故莊生之書，以環中之空爲道樞。釋氏之書，以心言路絶，名曰不可思議。解説真學之士若不到此，則其言意未有休歇之地。

70前輩有詩云：「塵海茫茫萬古深，是非波浪至於今。其中名利爲香餌，釣盡人間不了心。」又有詩句云：「舉世盡遭名利染，何人不帶是非行。」因知名利之生是非，如形聲之有影響，古今皆然。若有天賦至奇大士，豁然而悟理，挺然而抗志，躍出此四者之域，特立獨行於妙妙之道者，吾當尊之曰大人先生。（卷九。下同）

71唐賢白樂天有詩句云：「濟世才無取，謀身道不周。應須共心語，萬事一時休。」予自引年退處，絶無交游，約已趣向，因而擬象其句，增多其意而書之云：「應須共心語，共書語，共道語。昔晉阮瞻，時人謂之三語掾。予今自目之曰三語翁。其三語名則略同而理全異耳。」名僧貫休有詩斷句云：「豈知知足金仙子，霞外天香滿毳袍。」予因擬之，自述所得，別成二句云：「豈知習靜知常子，塵外天聲滿耳根。」

72白公名居易，蓋取《禮記・中庸篇》云：「君子居易以俟命。」字樂天，又取《周易・繫辭》云：「樂天知命故不憂。」予觀公之事迹，可謂名行相副矣，故情動於中而形於言，集中有詩云：「朝見日上天，暮見日入地。不覺明鏡中，忽年三十四。勿言身未老，冉冉行將至。白髮雖未生，朱顔已先悴。」又云：「貧賤非不惡，道在何足避。富貴非不愛，時來當自致。所以達人心，外物不能累。」噫！公年方壯而作是詩，予今年八十，比公賦此詩章之年，已加一倍更餘一紀矣，安得不如公之曠達哉？故予抗心希古，以公爲師，多作道情詩，粗合公之詞理爾。

73入道之法，宴坐静室居先也。自顧耄年，惜日尤切，隨時隨處息業養神，古教如此耳。俟時之静，餘生幾何，前賢有詩句云：「如今休去便休去，若覓了時無了時。」因而擬之，別爲二句以自規云：「可能宴坐即宴坐，待全静無全静時。」

74白公有詩句云：「澄江深淺好，最愛夕陽時。」予自有所得，因而擬之別爲二句云：「耳音清亮好，最愛夢醒時。」事雖不同，而句相類也。

75天聖八年十一月十七日，夜夢有如對於尊貴大人令立而賦詩，口誦而成七言八句，在青字韻，止能記憶二句云：「文昭豈異天垂象，澤布還同雨灑溟。」斯大人其意未曉，凝然以思，予因即時承意解釋之云：「古詩曰：『雲根臨八極，雨足灑四溟。』有此故事。」斯大人方以爲然。予既寤，不復以占夢考祥爲意，但悟人生性習之事，隨其志趣常存耳。追思曩昔夢中所爲，無非己之好尚藝文之類，未嘗夢爲騎射戈矛角勝之事。夫形神不接而識想如故，則知纓情結念，善惡由己，影響因報，世世不失舊緣也定矣，適足私喜。明哲之士，固當慎其所習，爲來生張本。

76唐有名賢香山居士白公所著章句云：「一性自了了，萬緣徒紛紛。」又有名僧圭峰禪師密公所著章句云：「靈靈自覺元無物，擾擾他緣盡是空。」二人同時而詞意亦同，今並書之，予所愛也。

77白樂天爲翰林學士時，有室名曰松齋，自題其詩云：「非老亦非少，年過三紀餘。非賤亦非貴，朝登一命初。才小分易足，心寬體長舒。充腸皆美食，容膝即安居。况此松齋下，一琴數帙書。書不求甚解，琴聊以自娱。夜直入君門，晚歸卧吾廬。形骸委順動，方寸付空虚。持此將過日，自然多宴如。昏昏復默默，非智亦非愚。」又詩僧貫休有《山居》詩云：「一庵瞑目在穹冥，菌枕松床蘚陣青。乳鹿暗行檉徑雪，瀑泉微濺石樓經。閑行不覺過天井，長嘯深能動岳靈。應恐無人知此意，非凡非聖獨惺惺。」予以致政閑居，居常逍遥，因覽二公詩而知二公意。是知道同者無隱顯，無古今，遽自抽毫合而書之，得趣欽味，逌然適悦。

78予嘗以喫食後道院中，往復閑行，數及五百步而止。偶看《文選》第十一有鮑明遠《行藥至城東橋》詩注云：「昭因疾服藥行而宣導之，遂至建康城東橋，見游宦之子而作是詩也。」其詩有句云：「擾擾游宦子，營營市井人。」予因服藥後别行五百步而不賦詩，但擬之立二名曰「行食」、「行藥」。此亦素所自謂有則象智之一端也。（卷十。下同）

79白樂天有詩云：「沈憂竟何益，只自勞懷抱。不如放身心，冥然任天造。」予因擬之别爲四句以相對曰：「多圖果何益，只自勞奔競。不如收身心，凝然成靜定。」一放一收，各有歸趣。

80古人有詩句云：「醉遇春秋社，閑因雨雪天。」唐賢白樂天閑醉俱多，故自稱閑樂公，又稱醉吟先生。吾自引年退居，閑樂有之矣，雖愛詩酒之美，不至耽於醉吟而思福慶之緣，竊比尤勝。

81人皆以即時稱我者爲己身，夢中亦然。一生之中，其夢無數，定以何者爲我身？是以古人有作普示道俗用心偈云：「莫認紛紛境，唯觀了了心。知身不是我，煩惱更何侵。」又以即時所居之宇爲己家，或士或庶，改卜經營不定，果以何處所居之宇爲己家？又以先世相承生育之地爲己鄉，亦有遷移隔絶别成故里者，果以何處之地爲己鄉？復有舟居之民，舟中生子，其子但以舟爲家。舟之往來不停，亦有改造易换其舟者，此舟中所生之子，果以何舟爲家，何處爲鄉耶？故白樂天有自誨之詞云：「無妄喜，無浪憂，此中是汝家，此中是汝鄉，汝何捨此而去，自取其遑遑？」又有詩云：「我生本無鄉，心安是歸處。」白公大達，能警覺迷妄堅執之人也。

（冀勤）

82六度之名，忍辱在其數。夫真學之人，若值人所毀辱而能堪忍不動，此乃道力勝而德量大也。當喜而不當怒，蓋聞釋迦文嘗爲忍辱仙人，司空圖自稱耐辱居士，雖非等倫，而忍之大概一也。杜牧詩云：「忍過事堪喜。」理亦相符。

南部新書

錢　易　撰

錢易（九六八——一〇二六），字希白，錢塘（今浙江杭州）人。咸平二年（九九九）登進士甲科，官至知制誥、翰林學士。《宋史》卷三一七有傳。《南部新書》十卷，記唐五代故事，多録軼聞瑣語。此據中華書局上海編輯所一九五八年排印本選録。

1 項斯始未爲聞人，因以卷謁江西楊敬之，楊甚愛之，贈詩云：「幾度見詩詩盡好，及觀標格過于詩。平生不解藏人善，到處逢人説項斯。」未幾詩達長安，斯明年登上第。（卷甲。下同）

2 秘書省内落星石，薛稷畫鶴，賀知章草書，郎令餘畫鳳，相傳號爲四絶。元和中，韓公武爲校書郎，挾彈中鶴一眼，時人乃謂之五絶。又省之東即右威衛，荒穢摧毁，其大廳逼校正院，南對御史臺，有人嘲之曰：「門緣御史塞，廳被校書侵。」

3 曹確、楊收、徐商、路巖同秉政，外有嘲之曰：「確確無餘事，錢財總被收，商人都不管，貨賂幾時休？」

4 施肩吾與趙嘏同年，不睦。嘏舊失一目，以假珠代其精，故施嘲之曰：「二十九人同及第，五十七隻眼看花。」元和十五年也。

5女道士魚玄機，住咸宜觀，工篇什。殺婢緑翹，甚切害，事敗棄市。

6李白，山東人，父任城尉，因家焉。少與魯人諸生隱徂來山，號竹溪六逸。天寶中，游會稽，與吴筠隱剡中。筠徵赴闕，薦之于朝，與筠俱待詔翰林。俗稱蜀人，非也。今《任城令廳石記》，白之詞也，尚在焉。

7盧攜嘗題司空圖壁云：「姓氏司空貴，官班御史卑。老夫如且在，不用嘆屯奇。」

8襄王僭僞，朱玫秉政，百揆失序，逼李拯爲内署。拯常吟曰：「紫宸朝罷綴鵷鸞，丹鳳樓前駐馬看。唯有終南山色在，晴明依舊滿長安。」拯終爲亂兵所殺。

9長安中秋望夜，有人聞鬼吟曰：「六街鼓歇行人絶，九衢茫茫空有月。」又聞有和者曰：「九衢日生何勞勞，長安土盡槐根高。」俗云務本西門是鬼市，或風雨晦冥，皆聞其喧聚之聲，怪哉！

10太和中，程修己以書進見，嘗舉孝廉，故文皇待之彌厚。會春暮，内殿賞牡丹花，上頗好詩，因問修己曰：「今京邑人傳《牡丹》詩，誰爲首出？」對曰：「中書舍人李正封詩：『天香夜染衣，國色朝酣酒。』」時楊妃侍，上曰：「妝臺前宜飲以一紫盞酒，則正封之詩見矣。」

11開元中，將軍宋清有神劍，後爲瓜州牧李廣琛所得。哥舒翰知而求之，廣琛不與，因贈詩曰：「刻舟尋已化，彈鋏未酬恩。」（卷乙。下同）

12祖詠試《雪霽望終南》詩，限六十字。成至四句，納主司。詰之，對曰：「意盡。」

13諸名族重京官而輕外任，故楊汝士建節後詩云：「抛却弓刀上砌臺，上方樓殿窣雲開。山僧見我衣裳窄，知道新從戰地來。」又云：「如今老大騎官馬，羞向關西道姓楊。」

14韓偓，即瞻之子也，兄儀。瞻與李義山同年，集中謂之韓冬郎是也。故題偓云：「七歲裁詩走馬成。」冬郎，偓小名。偓，字致光。

15顧況志尚疏逸，近于方外。時宰招以好官，況以詩答之云：「四海如今已太平，相公何用喚狂生。此身還似籠中鶴，東望瀛洲叫一聲。」

16令狐楚久爲太常博士，有詩云：「何日肩三署，終年尾百僚。」

17貞觀中，紀國僧慧静撰《續英華詩苑》行于代。慧静常言曰：「作之非難，鑒之爲貴。吾所搜揀，亦《詩》三百篇之次。」慧静俗姓房，有操識。今復有詩篇十卷，與《英華》相似，起自梁代，迄于今朝，以類相從，多於慧静所集，而不題撰集人名氏。

18李白爲天才絶，白居易爲人才絶，李賀爲鬼才絶。（卷丙。下同）

19天授中，中丞李嗣真等爲十道存撫使，合朝有詩送之，名曰《存撫集》，凡十卷。

20新進士放榜後，翌日排光範門，候過宰相。雖云排建福門，集于西方館。昔有詩云：「華陽觀裏鐘聲集，建福門前鼓動期。」即其日也。

21李群玉好吹笙，常使家僮奏之。又善《急就章》，性善養白鵝。及授校書郎東歸，故盧肇送詩云：「妙吹應諧鳳，工書定得鵝。」

22先天中，王主敬爲侍御史，自以才望華妙，當入省臺前行。忽除膳部員外，微有惋悵。吏部郎中張敬忠詠曰：「有意嫌兵部，專心望考功。誰知脚蹭蹬，却落省牆東。」蓋膳部在省最東北隅也。（卷丁。下同）

23鄭畋少女，好羅隱詩，常欲妻之。一旦隱謁畋，畋命其女隔簾視之。及退，其女終身不讀《江東》篇什。舉子或以此誚之，答曰：「以貌取人，失之子羽。」衆皆啓齒。

24中和初，黄巢將敗，有謡云：「黄巢須走泰山東，死在翁家翁。」巢死之處，民家果姓翁。

25江陵有士子，游于交廣間，而愛姬爲太守所取，納于高麗坡底。及歸，因寄詩曰：「惆悵高麗坡底宅，春光無復下山來。」守見詩，遂遣還。

26李約，爲兵部員外郎勉子也。與主客員外郎張諗同官，二人每單床静言，達旦不寐。故約《贈韋徵君況》詩曰：「我有中心事，不向韋三説。秋夜洛陽城，明月照張八。」

27長安三月十五日，兩街看牡丹，奔走車馬。慈恩寺元果院牡丹先于諸牡丹半月開，太真院牡丹後諸牡丹半月開。故裴兵部憐《白牡丹》詩，自題于佛殿東頰唇壁之上。太和中，車駕自夾城出芙蓉園，路幸此寺，見所題詩，吟玩久之，因令宫嬪諷念。及暮歸大内，即此詩滿六宫矣。其詩曰：「長安豪貴惜春殘，争賞先開紫牡丹。别有玉杯承露冷，無人起就月中看。」兵部時任給事。

28盧家有子弟，年已暮而猶爲校書郎。晚娶崔氏子，崔有詞翰，結褵之後，微有慊色。盧因請詩以述懷爲戲，崔立成詩曰：「不怨盧郎年紀大，不怨盧郎官職卑。自恨妾身生較晚，（粤雅本「妾身」作

「爲妻」不見盧郎年少時。」

29宣皇好文，原作「大中好文」，據粵雅本改。嘗賦詩，上句有「金步摇」，未能對。進士温岐即庭筠。續之，岐以「玉跳脱」應之，宣皇賞焉。令以甲科處之，爲令狐綯所沮，遂除方城尉。初，綯曾問故事于岐，岐曰：「出《南華真經》，非僻書也。冀相公燮理之暇，時宜覽古。」綯怒甚。後岐有詩云：「悔讀《南華》第二篇」之句，蓋爲是也。上六字據粵雅本補。

30黄巢令皮日休作讖詞，云：「欲知聖人姓，田八二十一。欲知聖人名，果頭三屈律。」巢大怒。蓋巢頭醜，掠鬢不盡，疑三屈律之言，是其譏也，遂及禍。

31王起，太和中，文皇頗重之，曾爲詩寫于太子之笏。

32李山甫，咸通中不第。後流落河朔，爲樂彦禎從事，多怨朝廷之執政。嘗有詩云：「勸君不用詩頭角，夢裏輸贏總未真。」

33張（祐）〔祜〕，字承吉。有三男一女，桂子、椿兒、椅兒。桂子、椿兒皆物故，唯女與椅在。椅兒名虎望，亦有詩名。「名」字據粵雅本增。後求濟于嘉興監裴弘慶，署之冬瓜堰官，望不甘。慶曰：「（祐）〔祜〕子之守冬瓜，所謂過分。」

34杜羔妻劉氏，善爲詩。羔累舉不第，將至家，妻先寄詩與之曰：「良人的的有奇才，何事年年被放回？如今妾面羞君面，君若來時近夜來。」羔見詩，即時回去。尋登第，妻又寄詩云：「長安此去無多地，鬱鬱葱葱佳氣浮。良人得意正年少，今夜醉眠何處樓？」

35嚴惲，字子重，善爲詩，與杜牧友善，皮、陸常愛其篇什。有詩云：「春光冉冉歸何處，更向花前把一杯，盡日問花花不語，爲誰零落爲誰開。」七上不第，卒於吴中。

36開元初，鄭瑶《慈澗題詩》云：「岸與恩同廣，波將慈共深。涓涓勞日夜，長似下流心。」（卷戊。下同）

37咸通中，舉子乘馬，惟張喬跨驢。後敕下不許騎馬，故鄭昌圖肥自有嘲詠。

38白樂天任杭州刺史，携妓還洛，後却遣回錢唐。故劉禹錫有詩答曰：「其那錢唐蘇小小，憶君淚染石榴裙。」

39大中元年，魏扶知禮闈。入貢院，題詩曰：「梧桐葉落滿庭陰，鏁閉朱門試院深。曾是昔年辛苦地，不將今日負前心。」及榜一作牓。出，爲無名子削爲五言以譏之。

40陳嶠，字景山，閩人也，孑然無依，數舉不遂，蹉跎輦轂，至于暮年，逮獲一名還鄉，已耳順矣。鄉里以宦情既薄，身後無依，乃以儒家女妻之，至新婚近八十矣。合巹之夕，文士競集，悉賦催妝詩，咸有生荑之諷。嶠亦自成一章，「亦」字據粤雅本增。其末曰：「彭祖尚聞年八百，陳郎猶是小孩兒。」座客皆絶倒。嶠頗負詩名，嘗有《閒居》詩云：「小橋風月年年事，争奈潘郎老去何。」

41僖皇朝，左拾遺孟昭圖在蜀上疏極諫，爲田令孜之所矯詔，沈蜀江。裴相徹有詩弔之曰：「一章何罪死何名，投水唯君與屈平。從此蜀江煙月夜，杜鵑應作兩般聲。」（卷己。下同）

42貞觀中，尚藥奏求杜若，敕下度支。有省郎以謝朓詩云「芳州採杜若」，乃委坊州貢之。本州曹官判云：「坊州不出杜若，應由讀謝朓詩誤。郎官作如此判事，豈不畏二十八宿笑人邪？」太宗聞之大笑，改授雍州司法。

43李太尉之在崖州也，郡有北亭子，謂之望闕亭，太尉每登臨，未嘗不北睇悲咽。有詩曰：「獨上江亭望帝京，鳥飛猶是半年程。青山也恐人歸去，百匝千遭繞郡城。」今傳太尉崖州之詩，皆仇家所作，只此一首親作也。昔崖州，今瓊州是也。

44稷山驛吏王全，作吏五十六年，人稱有道術。往來多贈篇什，故李義山贈詩云：「過客不勞詢甲子，唯書亥字與時人」也。

45鄭顥嘗夢中得句云：「石門霧露白，玉殿莓苔青。」續成長韻。此一聯，杜甫集中詩。

46令狐相綯，以姓氏少，族人有投者，不吝其力，繇是遠近皆趨之，至有姓胡冒令狐者。「狐」字原脱，據粵雅本增。進士温庭筠戲爲詞曰：「自從元老登庸後，天下諸胡悉帶令。」（卷庚。下同）

47裴説應舉，只行五言詩一卷。至來年秋復行舊卷，人有譏者。裴曰：「只此十九首苦吟，尚未有人見知，何暇別行卷哉？」咸謂知言。

48宣皇製《泰邊陲》曲，撰其詞云「海岳晏咸通」，此符武皇之號也。

49天寶中，哥舒翰爲安西節度使，控地數千里，甚著威令。故西鄙人歌曰：「北斗七星高，哥舒夜帶刀。吐番總殺盡，更築兩重壕。」「兩」原作「西」，據粵雅本改。時差都知兵馬使張擢上都奏事，值楊國忠專權好貨，擢逗留不返，因納賄交結。翰續入朝奏，擢知翰至，擢求國忠拔用。國忠乃除擢兼御史大夫，充劍南西川節度使。敕下，就第辭翰，翰命部下就執於庭，數其罪而殺之。俄奏聞，帝却賜擢屍，更令翰決一百。

50睿皇時，司馬承禎歸山，乃賜寶琴花帔以送之，公卿多賦詩以送。常侍徐彦伯撮其美者三十餘篇爲製序，名曰《白雲記》，蓋承禎曾號白雲子也。此句原脱，據粤雅本增。

51范液有口才，薄命，所向不偶。曾爲詩曰：「舉意三江竭，興心四海枯。南游李邕死，北望宋圭殂。」進士周逖，改次《千字文》，更撰《天寶應道千字文》，將進之，請頒行天下。先呈宰執，右相陳公迎問之曰：「有添換乎？」逖曰：「翻破舊文，一無添換。」又問：「翻破盡乎？」對曰：「盡。」右相曰：「枇杷二字，如何翻破？」逖曰：「唯此兩字依舊。」右相曰：「若如此，還未盡。」逖逡巡不能對。

52近代通謂府廷爲公衙，即古之公朝也，字本作牙。《詩》曰：「祈父，予王之爪牙。」祈父司馬，掌武備，象獸以牙爪爲衛，故軍前大旗，謂之牙旗，出師則有建牙禡牙之事。軍中聽號令，必至牙旗之下，與府朝無異。近俗尚武，是以通呼公府公門爲牙門，字稱訛變，轉爲衙。

53薛宜僚，會昌中爲士庶子，充新羅册贈使。由青州泛海，船頻阻惡風雨，至登州，却漂回青州，郵傳一年，節度烏漢貞加待遇。有籍中飲妓段東美者，薛頗屬情，連帥置於驛中。是春薛發日，祖筵嗚咽流涕，東美亦然。及於席上留詩曰：「阿母桃花方似錦，王孫草色正如烟。不須更向滄溟望，惆悵歡娱恰一年。」薛到外國，未行册禮，旌節曉夕有聲。旋染疾，謂判官苗田曰：「東美何故頻見夢中乎？」數日而卒，苗攝大使行禮。薛旅櫬還及青州，東美乃請告，至驛素服奠，哀號撫柩，一慟而卒。情緣相感，頗爲奇事。

54沈詢嬖妾有過，粵雅本作沈詢有嬖妾，其妻害之。私以配内豎歸秦，詢不能禁。既而妾猶侍内，歸秦恥之，乃挾刃伺隙，殺詢及其夫人於昭義使衙。是夕，詢嘗宴府中賓友，乃更歌着詞令曰：「莫打南來雁，從他向北飛，打時雙打取，莫遣兩分離。」及歸而夫婦併命，時咸通四年。

55王蜀刑部侍郎李仁表，寓居許州，將入貢於春官。時薛能尚書爲鎮，先繕所業詩五十篇以爲贄，濡翰成軸，於小亭凭几閲之。未三五首，有戴勝自簷飛入，立於案几之上，馴狎良久，伸頸彈翼而舞，向人若將語。久之又轉又舞，向人若語，「語」字原脱，據粵雅本增。如是者三，超然飛去。心異之，不以告人。翌日投詩，薛大加禮待。居數日，以其子妻之。

56濠州西有高塘館，附近淮水，御史閻敬愛宿此館，題詩曰：「借問襄王安在哉，山川此地勝陽臺。今朝寓宿高塘館，神女何曾入夢來。」軺軒來往，莫不吟諷，以爲警絶。有李和風者至此，又題詩曰：「高唐不是這高塘，淮畔江南各一方。若向此中求薦枕，差參笑殺楚襄王。」讀者莫不解顔。後因失印求新鑄，始添濠字。

57大歷來，自丞相已下，出使作牧，無錢起、郎士元詩祖送者，時論鄙之。（卷辛。下同）

58海内温湯甚衆，有新豐驪山湯、藍田石門湯、岐州鳳泉湯、同州北山湯、河南陸渾湯、汝州廣城湯、「城」粵雅本作「成」。兖州乾封湯、荆州沙河湯，此等諸湯，皆知名之湯也，並能愈疾。驪山湯甫邇京邑，帝王時所游幸。玄皇於驪山置華清宫，每年十月，輿駕自京而出，至春乃還。百官羽衛，并諸方朝集，商賈繁會，里閭闐咽焉。山上起朝元閣，上常登眺，命群臣賦詩，正字劉飛詩最清拔，蒙賞之。右相李林甫怒飛不先呈己，出爲一尉，竟不入而卒，士子冤之。喪亂以來，湯所館殿，鞠爲茂草。《博物志》云：「水源有石硫黄，其泉則温。」天下山泉，由土石滋潤，蓄而成泉耳。如硫黄煎鑠，久久理當焦竭。湯之處皆不出硫黄，有硫黄之所，不聞有湯，事可明矣。

59盧常侍鉟牧廬江日，相座囑一曹生，令署郡職，不免奉之。曹悦營妓名丹霞，盧阻而不許。會餞朝客於短亭，曹獻詩云：「拜玉亭閑送客忙，此時孤恨感離鄉。尋思往歲絶纓事，肯向朱門泣夜長。」盧演爲長句，和而勖之曰：「桑扈交飛百舌忙，祖亭聞樂倍思鄉。樽前有恨慚卑宦，席上無聊愛靚妝。莫爲狂花迷眼界，須求真理定心王。游蜂採掇何時已，却恐多言議短長。」令丹霞改令罰曹，霞乃號爲怨胡天，以曹狀貌甚肖胡。「肖」字原脱，據粤雅本增。滿座歡笑，盧乃目丹霞爲怨胡天。

60杜荀鶴，第十五，字彦之，池州人，大順二年正月十日，裴贄下第八人。其年放榜日，即荀鶴生日，故王希羽贈詩云：「金榜曉懸生世日，玉書潛紀上昇時。九華山色高千尺，未必高于第八枝。」後入梁，爲主客員外郎、翰林學士。懷恩思報，未幾暴卒。

61杜兼常聚書至萬卷，卷後必有題云：「清俸寫來手自校，「自」原作「目」，據粤雅本改。汝曹讀之知聖道，墜之鬻之爲不孝。」

62孟雲之詩，祖述沈千運。

63章八元嘗於郵亭偶題數言，蓋激楚之謂也。會嚴維至驛，問元曰：「汝能從我學詩乎？」曰：

「能。」少頃遂發，元已辭家。維大異之，乃親指喻。數年間，元擢第。

64封抱一任櫟王尉，有客過之，既短，又患眼及鼻塞。抱一用《千字文》作語嘲之，詩曰：「面作天地玄，鼻爲雁門紫。既無左達丞，何勞罔談彼。」

65李紋者，早年受王涯恩。及爲歙州巡官時，涯敗，因私爲詩以弔之。末句曰：「六合茫茫皆漢土，此身無處哭田横。」乃有人欲告之，因而《纂異記》記中有《噴玉泉幽魂》一篇，即甘露之四相也。玉川先生，盧仝也。仝亦涯客，性僻面黑，常閉於一室中，鑿壁穴以送食。太和九年十一月二十日夜，偶宿涯館。明日，左軍屠涯家族，隨而遭戮。（卷壬。下同）

66胡生者，失其名，以釘鉸爲業。居霅溪而近白蘋洲，去厥居十餘步，有古墳，胡生若每茶，必奠酹之。嘗夢一人謂之曰：「吾姓柳，平生善爲詩而嗜茗。及死，葬室乃子今居之側。常銜子之惠，無以爲報，欲教子爲詩。」胡生辭以不能，柳强之曰：「但率子言之，當有致矣。」既寤，試搆思，果有冥助者，厥後遂工焉。又一説，列子終於鄭，今墓在郊藪，謂賢者之迹，而或禁其樵焉。里有胡生，性落魄，家貧，少爲洗鏡鎪釘之業。倏遇甘果名茶美醞，輒祭於列禦寇之祠壟，以求聰惠，而思學道。歷稔，忽夢一人，刀劃其腹開，以一卷之書置於心腑。及睡覺，而吟詠之意，皆甚美之詞，所得不由於師友也。既成卷軸，尚不棄於猥賤之業，真隱者之風。遠近號爲胡釘鉸。

67柳公權嘗於佛寺看朱審畫山水，手題壁詩曰：「朱審偏能視夕嵐，洞邊深墨寫秋潭。與君一顧西牆畫，從此看山不向南。」此句爲衆歌詠。後公權爲李聽夏州掌記，因奏事，穆宗召對曰：「我於佛寺見卿筆札，思見卿久矣。」宣出，充侍書學士。非時宰所樂，進擬左金吾衛兵曹充職，御筆改右小諫。中外朝臣，皆呼爲國珍。

68杜仲陽，即杜秋也，始爲李錡侍人，錡敗填宫，亦進帛書，後爲漳王養母。太和三年，漳王黜，放歸浙西，續詔令觀院安置，兼加存卹，故杜牧有《杜秋詩》，稱於時。

69鮑照，字明遠。至唐武后，諱減爲昭，後來皆曰鮑昭，唯李商隱詩云：「嫩割周顒韭，肥烹鮑照葵。」又元稹詩云：「樂章輕鮑照，碑版笑顔竣。」今人家有收得隋末唐初《文選》，並鮑照爾。

70袁州蔣動處士作《冷淘歌》，詞甚惡，投郡守温公，受知。

71高駢在淮南，有贄歌者，末章云：「五色真龍上漢時，願把霓旌引煙策。」公説，乃辟爲從事。及公遇害，有識者多嗤其言過也。（卷癸。下同）

72荆南舊有五花館，待賓之上地也。故蔣肱上成汭詩云：「不是上台名姓字，五花賓館敢從容。」

73江西客司韓注，多不禮客。有爲進士唐圭謁蘇使君，閽人不通刺，因上詩曰：「江西昔日推韓注，袁水今朝數趙祥。縱使文翁能待客，終栽桃李不成行。」

74李朱崖，武皇朝爲相，勢傾朝野。及得罪譴斥，人爲作詩云：「蒿棘深春衛國門，九年于此盜乾坤。兩行密疏傾天下，一夜陰謀達至尊。肉視具僚忘匕筯，氣吞同列削寒温。當時誰是承恩者，肯有餘波達鬼村。」又一首云：「氣勢淩雲威觸天，權傾諸夏力排山。三年驥尾有人附，一日龍鬒無路攀。「路」原作故，據粵雅本改。畫閣不開梁燕去，朱門罷掃乳鵶還。千巖萬壑應惆悵，流水斜陽出武關。」此温飛卿詩也。

75清泰朝，李專美除北院，甚有舟檝之嘆。時韓昭裔已登庸，因賜之詩曰：「昭裔登庸汝未登，鳳池雞樹冷如冰。如何且作宣徽使，免被人呼粥飯僧。」

76楊尚書昭儉退居華下，自題家園以見志曰：「池蓮憔悴無顏色，園竹低垂減翠陰。園竹池蓮莫惆悵，相看恰似主人心。」

77劉坦狀元及第，爲維揚李重進書記，好酒。李常令酒庫：「但書記有客，無多少，供之。」尋爲掌庫吏頗恡之，須索甚艱，因大書一絶於廳之屏上云：「金殿試迴新折桂，將軍留辟向江城。思量一醉猶難得，辜負揚州管記名。」未幾，重進望日復謁於坦，讀之忽悟，曰：「小吏恡酒於書記也。」立命斬之。坦不懌，凡數月，悔而成疾。

78有米都知者，伶人也，善騷雅，有道之士。故西樞王公朴嘗愛其警策云：「小旗村店酒，微雨野塘花。」梁補闕亦贈其詩云：「供奉三朝四十年，聖時流落髮衰殘。貪將樂府歌明代，不把清吟换好官。」近有商訓者，善吹笙，亦籍教坊，爲都知。能别五音，知吉凶。復得畫之三昧，山水不下關、李。

79四明人胡抱章，作擬白氏諷諫五十首，亦行於東南，然其辭甚平。後孟蜀末，楊士達亦撰五十篇，頗諷時事。士達子舉正，端拱二年進士，終職方員外郎。

（王景桐）

楊文公談苑

楊億口述　黄鑑筆録　宋庠整理

楊億（九七四—一〇二〇），字大年，建州浦城（在今福建省）人。歷官秘書省正字、左正言、知制誥、工部侍郎、翰林學士兼史館修撰、判館事。《宋史》卷三〇五有傳。《楊文公談苑》爲其口述談話，由黄鑑記録，原名《南陽談藪》；又由宋庠（九九六—一〇六六）加以整理删訂，始改此名。原書八卷，一作十五卷。久已失傳，此據上海古籍出版社一九九三年版李裕民輯校本選録，文字、標題悉從李本。

【寂照】景德三年，予知銀臺通進司，有日本僧入貢，遂召問之。僧不通華言，善書札，命以牘對，云：「住天台山延曆寺，寺僧三千人，身名寂照，號圓通大師。國王年二十五，大臣十六七人，郡僚百許人。每歲春秋二時集貢士，所試或賦或詩，及第者常三四十人。國中專奉神道，多祠廟，伊州有大神，或託三五歲童子降言禍福事。山州有賀茂明神，亦然。書有《史記》、《漢書》、《文選》、《五經》、《論語》、《孝經》、《爾雅》、《醉鄉日月》、《御覽》、《玉篇》、《蔣魴歌》、《老》、《列子》、《神仙傳》、《朝野僉載》、《白集六帖》、《初學記》。本國有《國史》、《秘府略》、〔《日本記》〕、《文觀詞林》、《混元録》等書。釋氏論及疏鈔傳集之類多有，不可悉數。」寂照領徒七人，皆不通華言。國中多有王右軍書，寂照頗得其筆法。上召見，賜紫衣束帛，其徒皆賜以紫衣，復館于上寺。寂照願游天台山，詔令縣道續食。三司使丁謂見寂照，甚悦之。謂，姑蘇人，爲言其山水可見，寂照心愛，因留止吴門寺，其徒不願住者，遣數人歸本國，以黑金水瓶寄謂，并詩曰：「提携三五載，日用不曾離。曉井斟殘月，春爐釋夜澌。鄱銀難免侈，萊石自成虧。此器堅還實，寄君應可知。」謂分月俸給之，寂照漸通此方言，持戒律精至，通内外學，三吴道俗以歸嚮。寂照東游，予遺以印本《圓覺經》，并詩送之。後寄書，舉予詩中兩句云：「身隨客槎遠，心與海鷗親。」不可忘也。《圓覺》固目不暫捨云。（下略）（《參天台五臺山記》卷五、《類苑》卷四十三、《永樂大典》卷八七八三）

【本朝武人多能詩】本朝武人多能詩，若曹翰句有：「曾經國難穿金甲，不爲家貧賣寶刀。」劉吉父詩云：「一箭不中鵠，五湖歸釣魚。」（《臨漢隱居詩話》）

【王感化善詩】（略。見本書《靖康緗素雜記》卷七）

【馮道使虜】晉天福中，奏寶策戎衣之號，輔相中當一人爲使，趙瑩、桑維翰、文崧咸懼將命，馮道索紙書云：「道去。」遣人語妻子，不復歸家。不數日，北行，虜主以道有重名，留之，賜牛頭牙笏爲殊禮，道作詩曰：「牛頭偏得賜，象笏更容持。」道凡得賜，悉市薪炭，云：「北地苦寒，老年所不堪，當爲之備。」戎人頗感其意，乃遣歸。道三上表乞留，固遣始去，更住月餘。既行，所至留駐，凡兩月，出境即馳歸。左右曰：「得生還，恨無羽翼，公獨宿留，何也？」道曰：「戎人多詐，總急還，以彼筋脚，一夕即追及，亦何可脱？但徐緩，即不能測矣。」道歸作詩云：「去年今日奉皇華，只爲朝廷不爲家。殿上一杯天子泣，門前雙節國人嗟。龍荒冬住時時雪，兔苑春歸處處花。上下一行如骨肉，幾人身死掩風沙。」道在虜中有詩云：「朝披四襖專藏手，夜蓋三衾怯露頭。」其苦寒如此。（《類説》卷五十三。下同）

【題翠微詩】翠微寺在驪山絶頂，舊離宫也，唐太宗避暑於此。後有人題詩云：「翠微寺本翠微宫，樓閣亭臺幾十重。天子不來僧又去，樵夫時倒一枝松。」

【周世宗作詩】周世宗嘗作詩以示學士竇儼，曰：「此可宣布否？」儼曰：「詩，專門之學。若勵精叩練，有妨幾務；苟切磋未至，又不盡善。」世宗解其意，遂不作詩。

【楊玢詩】楊玢靖夫，虞卿之曾孫也。仕僞蜀王建，至顯官，隨王衍歸後唐，以老，得工部尚書致仕，歸長安。舊居多爲鄰里侵占，子弟欲詣府訴其事，以狀白玢，玢批紙尾云：「四鄰侵我我從伊，畢竟須思未有時。試上含元殿基望，秋風秋草正離離。」子弟不敢復言。（《詩話總龜》卷一）

【王彦威粗官詩】長安舊以不歷臺省使出鎮廉車節鎮者爲粗官，大率重内而輕外，今東都乾元門舊宣武軍鼓角門，節度王彦威有詩刻其上云：「天兵十萬勇如貔，正是酬恩報國時。汴水波濤喧鼓角，隋堤楊柳拂旌旗。前驅紅旆關西將，坐間青娥趙國姬。寄語長安舊冠蓋，粗官到底是男兒。」彦威自太常博士出辟使府，至兹鎮，故有是句，至今不知所在。薛能亦有《謝寄茶》詩，云：「粗官寄與真抛擲，賴有詩情合得嘗。」（《詩話總龜》卷三）

【盧延讓詩淺近自成一體】盧延讓詩淺近，人多笑之，惟吴融獨重其作，盛稱於時，且云：此公不尋常，後必垂名。延讓詩至今傳之，亦有絶好者。《宿東林》云：「兩三條電欲爲雨，七八個星猶在天。」《旅舍言懷》云：「名紙毛生五門下，家僮骨立六街中。」《贈玄上人》云：「高僧解語牙無水，老鶴能飛骨有風。」《蜀路》云：「雲間聞驛騾馱去，雪裏殘骸虎拽來。」《懷江上》云：「餓貓臨鼠穴，饞犬舐魚砧。」《八月十六夜》云：「只訛些子緣，應耗没多光。」《寄人》云：「吟成一個字，撚斷數莖髭。」又云：「樹上諮諏批頰鳥，窗間壁駁叩頭蟲。」余在翰林嘗召對，上舉延讓詩云：「臂鷹健卒一氈帽，騎馬佳人卷畫衫。」雖淺近亦自成一體。（《詩話總龜》卷八）

【思賈誼詩】錢鄧師嘗舉思賈誼兩句云：「可憐半夜虚前席，不問蒼生問鬼神。」後人何可及。（《詩話總龜》卷十二。下同）

【杜牧詩】牧之《寄人》云：「世味嫌爲枳，時光怨落冥。」《閒居》云：「歌懷飯牛起，書憤抱麟成。」《蟬》云：「二子自不食，三閭何獨清。」《登樓》云：「遠水浄林色，微雲生夕陽。」《塵》云：「已傷花榻滿，休妒畫屏飛。」

【劉經野韭詩】劉經爲虜政事舍人，來奉使，路中有野韭可食，味絶佳，作詩云：「野韭長猶嫩，沙泉淺更清。」（《詩話總龜》卷十七）

【江東士人深於學問】淮南張佖知舉進士，試「天雞弄和風」，佖但以《文選》中詩句爲題，未嘗詳究也。有進士白試官云：「《爾雅》螒，天雞。鶾，天雞，天雞有二，未知孰是？」佖大驚，不能對，亟取《爾雅》，檢《釋蟲》有「螒，天雞，小蟲，黑身赤頭，一名莎雞，一名樗雞」。《釋鳥》有「鶾，天雞，赤羽，《逸周書》曰：文鶾若彩雞，成王時蜀人獻之」。江東士人深於學問有如此者。（《詩話總龜》卷二十七）

【樂人王感化善詩】江南李氏樂人王感化，建州人，隸光山樂籍，建州平，入金陵教坊。少聰敏，未曾執卷而多識，善爲詞，口諧捷急，滑稽無窮。時本鄉節帥更代餞別，感化前獻詩曰：「旌旆赴天臺，溪山曉色開。萬家悲更喜，迎佛送如來。」至金陵宴，苑中有白野鵲，李景令賦詩，應聲曰：「碧岩深洞恣游遨，天與蘆花作羽毛。要識此來棲宿處，上林瓊樹一枝高。」又題怪石九八句，皆用故事，但記其一聯云：「草中誤認將軍虎，山上曾爲道士羊。」（《詩話總龜》卷四十六）

【余恕贊義山徐鉉詩文】余知制誥日，與余恕同考試。恕曰：「夙昔師範徐騎省爲文，騎省其有《徐孺子亭記》，其警句云：『平湖千畝，凝碧乎其下；西山萬疊，倒影乎其中。』他皆常語。近得舍人所作《涵虚閣記》，終篇皆奇語，自渡江來，未嘗見此，信一代之雄文也。」其相推如此。因出義山詩共讀，酷愛一絶云：「珠箔輕明拂玉墀，披香新殿鬬腰支。不須看盡魚龍戲，終遣君王怒偃師。」擊節稱嘆曰：「古人措辭寓意，如此深妙，令人感慨不已。」（《詩話總龜》後集卷五）

【蘇易簡最被恩遇】蘇易簡爲學士，最被恩遇。初與賈黄中、李沆同時上擢，黄中、沆參知政事，以易簡爲中書舍人，充承旨，並賜白金三千兩，諭旨曰：「朕之待卿，非必執政而爲重矣。」上作五七言詩各一首賜之，爲真草行三體，刻於石。又飛白書「玉堂之署」四字以賜本院，今龕於堂南門之上。易簡以御三體書石本，分遺秘書監李至及從祖倚撰江陵公洎梁周翰，知制誥柴成務、呂祐之、錢若水、王旦，直秘閣潘慎脩，翰林侍書王著，侍讀呂文仲等凡十五人。及召至等宴于翰林，以觀神筆之跡，上遣内司供擬坐客，各賦詩。宰相李昉等亦以詩貽易簡，易簡悉以奏御。上謂昉等曰：「易簡以卿等詩來上，有以見儒墨之盛，而學士之光也，可別録一本進入。」以其本賜易簡。（《類苑》卷六）

【竇儀不攻人之短】竇儀，開寶中爲翰林學士，時趙普專政，帝患之，欲聞其過。一日召儀，語及普所爲多不法，且譽儀早負才望之意。儀盛言普開國勳臣，公忠亮直，社稷之鎮。帝不悦，儀歸，言於諸弟，張酒引滿，語其故曰：「我必不能作宰相，然亦不詣朱崖，吾門可保矣。」既而召學士盧多遜，嘗有憾於普，又喜於進用，遂攻普之短，果罷相，出鎮河陽。普之罷甚危，賴以勳舊脱禍。多遜遂參知政事，作相。太平興國七年，普復入相，多遜有崖州之行，是其言之驗也。儀弟儼、侃、偁、僖，並舉進士，父禹鈞，范陽人，爲左諫議大夫，致仕，諸子皆成名，士風家法，爲一時之表。馮道贈禹鈞詩云：「燕山竇十郎，教子有義方。靈椿一株老，仙桂五枝芳。」人多傳誦。儀至禮部尚書，儼至禮部侍郎，皆爲翰林學士。侃左補闕。偁爲晉府賓佐，後至左諫議大夫，參知政事。僖起居郎。儼文甚高，皆有集，在秘閣。偁亦有文，爲晉府記室。（《類苑》卷十一）

【王化基】王化基言，任中丞日，鞫祖吉獄。吉知晉州，受賕事敗。詢其土豪王某者云：「吾小民，見州將貧乏，相醵率爲一日之壽，豈知其犯法哉？」悵嘆不已。化基詰其前後郡守，王某言，三十年已來，唯梁都官不受一錢，餘無免者。乃梁勛也。勛，漢乾祐中司徒詡下進士及第，有文詞，太祖欲令知制誥，爲時宰所忌，遂止。化基言於太宗，時勛以老病不任吏事，特授華州行軍司馬，給郎中俸料。其子昭璉，亦舉進士，得杭州從事。化基送以詩曰：「文章换柱雙枝秀，清白傳家兩地貧。」人多傳誦。（《類苑》卷三十六）

【干越亭詩】公言，咸平初罷處州赴闕，道經饒州餘干縣，登干越亭，前瞰琵琶洲，後枕思禪寺，林麓森鬱，千峰競秀，真天下之絶境。古今留題者百餘篇。張祜云：「扁舟亭下駐煙波，十五年游重此過。洲觜露沙人渡淺，風梢藏竹鳥啼多。層欄漲水痕猶在，古板題詩字已訛。況是高秋正圓月，可堪聞聽異鄉歌。」劉長卿云：「天南愁望絶，亭下柳條新。落日獨歸鳥，孤舟何處人？生涯投越嶠，世業陷胡塵。草色迷征路，鶯聲傍逐臣。秦臺悲白首，楚澤怨青蘋。杳杳鍾陵暮，悠悠鄱水春。獨醒翻取笑，直道不容身。得罪風霜苦，全生天地仁。青山數行淚，滄海一窮鱗。流落機心盡，空憐鷗鳥親。」二篇絶唱也。（《類苑》卷三十七。下同）

【雍熙以來文士詩】公言，自雍熙初歸朝，迄今三十年，所聞文士多矣，其能詩者甚鮮。如侍讀兵部，夙擅其名，而徐鉉、梁周翰、黄夷簡、范杲皆前輩。鄭文寶、薛映、王禹偁、吴淑、劉師道、李宗諤、李建中、李維、姚鉉、陳堯佐，悉當時儕流。後來之著聲者，如路振、錢熙、丁謂、錢易、梅詢、李拱、蘇爲、朱嚴、陳越、王曾、李堪、陳詁、吕夷簡、宋綬、邵焕、晏殊、江任、焦宗古。布衣有錢塘林逋、縉雲周啓明。錢氏諸子有封守惟濟、供奉官昭度。鄉曲有今南鄭殿丞兄故黎州家君，及高安簿覺宗人字牧之子。並有佳句，可以摘舉，而錢惟演、劉筠特工於詩，其警策殆不可遽數。自兵部而下，公之所嘗舉，今略記之。兵部《春望》云：「杳杳烟蕪何處盡，摇摇風柳不勝垂。」《江行》云：「新霜染楓葉，皓月借蘆花。」《嘉陽川》云：「青帝已教春不老，素娥何惜月長圓。」《元夜》云：「雪歸萬年樹，月滿九重城。」徐鉉《遊木蘭亭》云：「蘭煙破浪城陰直，玉勒穿花苑樹深。」《觀習水戰》云：「千帆日助陰山勢，萬里風馳下瀨聲。」《病中題》云：「向空咄咄頻書字，舉世滔滔莫問津。」《謫居》云：「野日蒼茫悲鵩舍，水風陰濕弊貂裘。」《陳秘監歸泉州》云：「三朝恩澤馮唐老，萬里江關賀監歸。」《宿山寺》云：「落宿依樓角，歸雲擁殿廊。」梁周翰《應制》云：「百花將盡牡丹拆，十雨初晴太液春。」黄夷簡《題人山居》云：「宿雨一番蔬甲拆，春山幾焙茗旗香。」范杲《講聖》云：「千里版圖來浙右，一聲金鼓下河東。」鄭文寶《春郊》云：「百草千花路，華風細雨天。」《重經貶所》云：「過關已躍槖蒲馬，誤喘猶驚顧兔屏。」《洛城》云：「星沈會節歌鍾早，天半上陽煙樹微。」《張靈州》云：「越絶曉殘蝴蝶夢，單于秋引畫龍聲。」《長安送別》云：「杜曲花光濃似酒，灞陵春色老於人。」《送人歸湘中》云：「滿帆西日催行客，一夜東風落楚梅。」《南行》云：「失意慣中還客酒，多年不見侍臣花。」《悽靈》云：「舊井霜封仙界橘，雙溪晴落海邊鷗。」《送人知韶州》云：「人辭碧落春風晚，花老朱陵古渡頭。」《永熙陵》云：「承露氣清駒送日，觚棱人静鳥呼風。」《邊上》云：「髩間相似雪，峰外寂寒烟。」薛映《送人鄂州》云：「黄鵠晨霞傍樓起，頭陀秋草繞碑荒。」吴淑《送朱致政》云：「浴殿夜涼初閣筆，渚宫歲晚得懸車。」劉師道《寄別》云：「南浦未傷春草碧，北山仍愧曉猿驚。」《與張泌》云：「久師金馬客，勍敵玉溪生。」《荷花》云：「有路期奔月，無媒與嫁春。」《殘花》云：「金谷路塵埋國艷，武陵溪水泛天馨。」《寄陳龍圖》云：「城瞻北斗天何遠，夢斷南柯日未沉。」《嘆世》云：「野馬飛窗日，醯雞舞甕天。」《春雪》云：「青帝翠華沈物外，素娥孀影弔雲端。」又《雪》云：「三千世界銀成色，十二樓臺玉作層。」《湘中》云：「逝波帝子魂何在？ 芳草王孫怨未歸。」李宗諤《春郊》云：「一溪晚緑浮鸂鶒，萬樹春紅叫杜鵑。」《蘇承旨》云：「金鑾後記人争寫，玉署新牌帝自書。」李建中《送人》云：「山程授館聞鴻夜，水國還家欲雪天。」李維《渚宫亭》云：「故宫芳草在，往事暮江流。」《朱致政》云：「清朝納禄猶强健，白首還鄉正太平。」《和人贈馬太保》云：「轉眄回岩電，分鬉礫蝟毛。」《寄洪湛》云：「謫去賈生身健否？ 秋來潘岳鬢斑無？」姚鉉《錢塘郡》云：「疏鐘天竺曉，一雁海門秋。」陳堯佐《潮州徵還》云：「君恩來萬里，客路出千山。」《送种放》云：「風樵若邪路，霜橘洞庭秋。」《送朱荆南》云：「部吏百亟通爵里，從兵千騎屬鞬櫜。」錢熙《送人金陵拜掃》云：「鶴歸已改新城郭，牛卧重尋舊墓田。」丁謂《和錢易》云：「珊瑚新筆架，雲母舊屏風。」《送章南安》云：「梅花過嶺路，桃葉渡江舡。」《章明州》云：「泣珠泉客通關市，種玉仙翁寄版圖。」《陳荆南》云：「楚呼夢雲鈴閣密，郢人歌雪射堂開。」錢易《畫景》云：「雙蜂上簾額，獨鵲裊庭柯。」《芭蕉》云：「緑章封奏緘初啓，青鳳求皇尾乍開。」梅詢《陰陵》云：「千里漢圍合，一夜楚歌聲。」李拱《春題村舍》云：「犬眠花影地，牛牧雨聲坡。」蘇爲《湖亭》云：「春波無限緑，白鳥自由飛。」《劉端州》云：「夜浪珠還浦，春泥象印蹤。」朱嚴《贈徐常侍》云：「寓直有誰同騎省？ 立班獨自戴貂冠。」陳越《侍宴》云：「十鍾人既醉，九奏鳳來儀。」《與劉從》云：

「誰哀城下酌？不廢洛中吟。」《李秦州》云：「擁路東方騎，懸腰左顧龜。」王曾《李駙馬拜陵》云：「人畏軒臺久，春歸雨澤多。」李堪《哭黎州家君》云：「桐鄉留語葬，絲路在生悲。」《周建州》云：「海月隨帆落，溪花繞驛流。」《送人》云：「雷風有約春蚪振，霜雪無情紫蕙枯。」《退居》云：「雨密絲桐潤，潮平釣石沈。」陳詁《閑居》云：「籠雞對窗語，三雀遶門飛。」吕夷簡《早春》云：「梅無驛使飄零盡，草怨王孫取次生。」《九日呈梅集仙》云：「人歸北闕知何日？菊映東籬似去年。」《寒食》云：「人爲子推初禁火，花愁青女再飛霜。」宋綬《送人知江陵》云：「奇才劍客當前隊，麗賦騷人託後車。」《送人洪州》云：「江涵帝子翬飛閣，山際真君鶴馭天。」《周賢良》云：「楚澤傷春悲鷃鴂，長安索米愧侏儒。」邵煥《送晏集賢南歸》云：「舡官風破浪，關吏鼓通晨。」晏殊《與張臨川》云：「籬邊菊秀先生醉，桑下雛嬌稚子仕。」又云：「東陽詩骨瘦，南浦別魂消。」《章明州》云：「騷客江山知有助，秦源雞犬更相聞。」《送人洪州》云：「衝斗氣沉龍已化，置芻人去榻猶懸。」江任《送人》云：「珠盤臨路泣，斗印入鄉提。」焦宗古《送人遊蜀》云：「芳樹高低啼蜀魄，朝雲濃淡極巴天。」《贈周賢良》云：「南陽客自稱龍卧，東魯人應嘆鳳衰。」林逋《湖山》云：「片月通蘿徑，幽雲在石床。」周啓明《近臣疾愈》云：「一丸童子藥，五返使人車。」《皇甫提刑》云：「鴟夷江上畬田稔，牛斗星邊貫索空。」錢惟濟《太一宫醮》云：「庭下焚香連宿霧，林間鳴佩起棲鸞。」《從駕西巡》云：「曉陌壺漿滿，春風騎吹長。」《故王第》云：「鳳簫通碧落，星石辨靈源。」錢昭度《村居》云：「黄蜂銜退海潮上，白蟻戰酣山雨來。」《大寒》云：「雨被北風須作雪，水愁東海亦成冰。」《金陵》云：「西北高樓在，東南王氣銷。」《梅花》云：

「東北風吹大庾領，西南日映小寒天。」《雁》云：「三年別館風吹入，萬里長沙月照來。」《秋日華山》云：「人間路到三峰盡，天下秋隨一葉來。」又《鄭殿丞》云：「青鳥幾傳王母信，白鵝曾換右軍書。」《將至京》云：「近闕已瞻龍虎氣，思鄉猶望斗牛星。」家君《黎州赦至》云：「山川百蠻國，雨露九天書。」《寄遠》云：「胡越自爲迢遞國，參商元是別離星。」《自遣》云：「天上羲輪都易失，人間堯曆自難逢。」《哭儲屯田》云：「部中車雨春無潤，天上郎星夜殞光。」《感悟》云：「頓纓狂走鹿，煦沫倦遊鱗。」《心知》云：「遠別苦驚雲聚散，相逢多倍月虧盈。」《自詠》云：「剛腸欺竹葉，衰鬢怯菱花。」《淚》云：「一斑早寄湘川竹，萬點空遺峴首碑。」《春晝》云：「人歸漢后黄金屋，燕在盧家白玉堂。」《寄人》云：「世味嫌爲枳，時光怨落蓂。」《閑居》云：「歌懷飯牛起，書憤抱麟成。」《蟬》云：「二子自不食，三閭何獨清？」《登樓》云：「遠水浄林色，微雲生夕陽。」《詠塵》云：「已傷花榻滿，休妒畫梁飛。」凡公之所舉者甚多，值公病心煩，不喜人申問，今聊託其十之一二耳。

【錢惟演劉筠警句】近年錢惟演、劉筠首變詩格，學者争慕之，得其標格者，蔚爲嘉詠。二君麗句絶多，如惟演《奉使途中》云：「雪意未成雲著地，秋聲不斷雁連天。」又云：「客亭厭見名長短，村酒那能辨聖賢。」《送僧遊楚》云：「宿舍孤煙起，行衣夢雨涼。」《張并州》云：「戈矛巡霧夕，鍾鼓宴簫晨。」《章衢州》云：「平檻曉波吴舫渡，遶城春樹越禽飛。」《章南安》云：「離人南浦多春草，越鳥棲枝有早梅。」《劉潭州》云：「坐激鮮颸湘竹晚，樹含涼雨越禽歸。」《李太僕北使》云：「漢幟隨移帳，燕鴻伴解鞍。」《何袁州》云：「疏鍾静起軍城晚，華表雙高水國秋。」《陳江陵》云：「深沈珠網通歸夢，紫翠春山接去舟。」《太一宫》云：「神庭古柏啼烏起，齋室虚簾宿霧通。」《送人》云：「思滿離堂酒，魂驚客舍烏。」《高泉州》云：「東南一尉宵烽息，西北高樓晚望迷。」《章分寧》云：「小雨郊原連苦霧，夕陽樓閣照丹楓。」《東封應制》云：「羽毛襄野駕，宴喜魯郊民。」《送予知處州》云：「輕颸使車遠，明月直廬空。」《張僕射判河陽》云：「繡野桑麻連四水，黄堂歌吹擁千兵。」《孫永興》云：「魚尾故宫迷草樹，龍鱗平隰自風煙。」《漢武》云：「立候東溟邀鶴駕，窮兵西極待龍媒。」《公子》云：「歌翻南國桃根曲，馬過章臺杏葉韉。」《槿花》云：「欲作飛煙散，猶憐反照遲。」《荷花》云：「淚有鮫人見，魂須宋玉招。」《禁中鶴》云：「天淵風雨多秋思，遼海煙波失舊期。」《無題》云：「有時盤馬看猶懶，盡日投壺笑未回。」又云：「春瘦已寬連理帶，夜長誰有辟寒金？」《元夜》云：「千枝火樹連金狄，萬里霜輪上璧璫。」《馬延州》云：「沃野桑麻涵細雨，嚴城鼓角送殘陽。」劉筠《禁直》云：「雨勢宫城闊，秋聲禁樹多。」《陝州從事》云：「角迥含商氣，橋長斷洛塵。」《周賢》云：「崎嶇一乘傳，憔悴五羊皮。」《章南鄭》云：「渝舞氣豪傳漢俗，丙魚味美敵吴鄉。」《李太僕北使》云：「惟月卿曹重，占星使者賢。」《送僧》云：「卷衲城鐘斷，楮筇嶽雨餘。」《僧崇惠》云：「醉令難同社，仙鵝有换書。」《葉金華》云：「柔桑蔽野鳴雛雉，高柳含風變早蟬。」《劉潭州》云：「膝席久虚温樹老，心旌無奈楚風長。」又云：「沙禽兩兩穿鈴閣，江草依依接射堂。」《章九隴》云：「溪牋未破冰生硯，爐酒新燒雪滿天。」又《周賢良》云：「春風亂鶯囀，夕霧一鴻冥。」《張嶺南》云：「山月愁猩子，風濤怒鱷魚。」《西巡》云：「龍駕昌明御，天旗太一神。」《張婺州》云：「大野幾星分婺女，清風萬古感顔烏。」《章南安》云：「嶺雲夏變梅蒸早，越賈秋藏桂蠹多。」《西京首坐》云：「滎河帶遶中天闊，空樂星懸大士居。」《題雪》云：「劉伶醉席梅花地，海客仙槎粉樹天。」《利州轉運》云：「鴟蹲野芋誰爲尹，雪積泉鹽久置官。」《章分寧》云：「鶴伴鳴琴聽事晚，烏驚調角武城秋。」《楊處州》云：「朱飾兩幡巡屬邑，案留雙筆在中臺。」《閤宿》云：「三壤月臨承露掌，九雛烏遶守宫槐。」又云：「酒供硯滴濡毫冷，火守更籌沃漏長。」《雲月》云：「已回鄰面三年粉，又結寒絲幾繭冰。」《汾陽道中》云：「鼓音記里繩阡遠，舞節鳴鑾玉步徐。」《楊洪州》云：「桃葉横波人共醉，劍光牛斗獄常空。」《李秦州》云：「右城獨登温樹密，前旌雙抗嶺雲高。」《劉潭州》云：「洛田荒二頃，楚浪漲三篙。」《槿花》云：「吴宫何薄命？ 楚夢不終朝。」《宫詞》云：「難銷守宫血，易斷舞鸞腸。」又云：「虹跨層臺晚，螢飛下苑凉。」《夏日》云：「雲容倏變千峰險，草色相沿百帶長。」《新蟬》云：「翼薄乍舒宫女鬢，蜕輕全解羽人尸。」《公子》云：「行庖爨蠟彫胡熟，求埒鋪金汗血驕。」《明皇》云：「梨園法部兼胡部，玉輦長亭更短亭。」《荷花》云：「湔裙無限水，鄣袂幾多風。」《别墅》云：「雲際尋檀伎，花間笑躄樓。」《無題》云：「荷心出水終無定，蘿蔓從風莫自持。」又云：「藻井風高蛛壞網，杏粱春暖燕争泥。」《詠梨》云：「先時櫻熟煩羊酪，遠信梅酸捐瓠犀。」《洞户》云：「密鏁香雲深處户，亂飄梨雪晚來天。」《贈希晝》云：「吟餘雲散葉，話久麈遺毛。」《夕陽》云：「塞迥横烟紫，江清照葉丹。」《閨中》云：「籠禽思隴樹，洞犬識秦人。」《柳絮》云：「平沙萬里經春雪，廣陌三條盡日風。」《屬疾》云：「風簾鴟嘯廚煙絶，月樹烏驚藥杵喧。」《燈夕》云：「金吾抱箭催壺水，玉宇來風滿砌蓂。」《禁中》云：「萬年宫省樹，五色帝家禽。」其警句絶多，此但所記者耳。

【近世釋子詩】公常言，近世釋子多工詩，而楚僧惠崇、蜀僧希晝爲傑出。其江南僧元浄、夢真，浙右僧寶通、守恭、行肇、鑒微、簡長、尚能、智仁、休復，蜀僧惟鳳，皆有佳句。惠崇《贈裴太守》云：「行縣山迎舸，論兵雪遶旗。」《高生山閣》云：「勸酒淮潮起，題詩楚月新。」《周建州》云：「鑠城山月上，吹角海鷗驚。」《東林寺》云：「鳥歸杉墮雪，僧定石沉雲。」《光梵師》云：「梵容存古像，唐語入新經。」《明大師》云：「門掩前朝樹，心懸別郡峰。」《送李堪》云：「秋聲動群木，暮色起千山。」希晝《雁蕩山》云：「長天來月正，危木度猿稀。」《答黄桂州》云：「來書逢歲闕，去夢歷峰危。」《廣南陳轉運》云：「春生桂嶺外，人在海門西。」《僧東歸》云：「帆影先寒雁，經聲隱暮潮。」《宋承旨林亭》云：「雪溜懸危石，棋燈射遠林。」《贈僧》云：「漱齒冰溪遠，開禪雪屋深。」《送人》云：「玉繩天闕遠，金柝海城秋。」《句學士》云：「曉天金馬路，晚歲石霜心。」《寄人》云：「山日秋光短，江虹晚影低。」《新津尉》云：「劍月啼猿苦，江沙濯錦寒。」《北宫書亭》云：「花露盈蟲穴，梁塵墮燕泥。」《登上人》云：「寄禪關樹老，乞食塞城荒。」《僧歸新安》云：「風泉舊聽僧窗改，雲穴曾行鳥逕殘。」《春山》云：「芳樹尋雲老，孤泉落石危。」《送人南歸海》云：「落日横秋島，寒濤兀夜舡。」寶通《題相國寺》云：「下朝人帶天香入，出定僧迎御杖來。」守恭《佛跡峰》云：「布髮人來絶，銜花鹿去多。」《朝海峰》云：「影落揚侯宅，根連覺帝居。」行肇《送僧》云：「聽錫樵停斧，窺蟬鳥立槎。」《送人之鄞江》云：「江聲鼇背出，帆影斗邊飛。」簡長《送人歸寧》云：「煙壘沈寒角，霜空擊怒鵰。」尚能《送僧歸浙右》云：「霜洲楓落盡，水館月生寒。」《送僧歸四明》云：「古寺山光滿，重城海氣圍。」《送人》云：「西風隨雁急，寒柳向人疏。」《孫大諫知永興》云：「關河虎符重，殿閣獸鐏閑。」智仁《溪居》云：「寒聲病葉落，曉色凍雲開。」《僧歸天台》云：「路遥無去伴，山疊有啼猿。」《冬夕》云：「風窗燈易滅，雪屋夜偏寒。」休復《送道士西游》云：「日暮長安道，秋深太白峰。」惟鳳《秋日送人》云：「去路正黄葉，别君堪白頭。」《哭度禪師》云：「海客傳遺偈，林僧寫病容。」皆公之所舉，略記十之二三。公又言，因集當代名公詩爲《筆苑》，輦下江吴僧聞之，竟以詩爲贄，擇其善者，多寫入《筆苑》中。

【唱和聯句】唱和聯句之起，其源遠矣。自舜作歌，臯繇賡載，及柏梁聯句，顔延年有和謝監玄暉，謝監有《和伏武昌登孫權故城》等篇。梁何遜集中多聯句，至唐朝文士唱和聯句固多。元稹作《春深》題二十篇，並用家、花、車、斜四字爲韻，白居易、劉禹錫和之，亦同此四字。令狐楚所和詩，多次韻，起於此。凡聯句，或兩句、四句，亦有對一句，出一句者，謂之轆轤體。

【吕洞賓】吕洞賓者，多游人間，頗有見之者。丁謂通判饒州日，洞賓往見之，語謂曰：「君狀貌頗似李德裕，它日當貴，皆如之。」謂咸平初，與予言其事，謂今已執政。張洎家居，忽外有一隱士通謁，乃洞賓名姓，洎倒屣見之。洞賓自言吕渭之後，渭四子，温、恭、儉、讓。讓終海州刺史，洞賓系出海州房，讓所任官，唐書不載。索紙筆，八分書七言四韻詩一章，留與洎，頗言將佐鼎席之意。其末句云：「功成當在破瓜年」，俗以破瓜字爲二八，洎年六十四卒，乃其讖也。洞賓詩什，人間多傳寫，有《自詠》云：「朝辭百越暮三吴，袖有青蛇膽氣粗。三入岳陽人不識，朗吟飛過洞庭湖。」又有「飲海龜兒人不識，燒山符子鬼難看」、「一粒粟中藏世界，二升鐺内煮山川」之句，大率詞意多奇

怪類此，世所傳者百餘篇，人多誦之。（《類苑》卷四十三）

【昇元寺石記】江南將亡數年前，修昇元寺殿，掘得石記，視之，詩也。其辭云：「莫問江南事，江南事可憑。抱雞昇寶位，趁犬出金陵。子建居南極，安仁秉夜燈。東鄰嬌小女，騎虎踏河冰。」王師以甲戌渡江，後主寔以丁酉年生。曹彬爲大將，列栅城南，爲子建也。潘美爲副將，城陷，恐有伏兵，命卒縱火，即安仁也。錢俶以戊寅年入朝，盡獻浙右之地。（《類苑》卷四十七。下同）

【蜀中桃符】辛寅遜仕僞蜀孟昶爲學士，王師將致討之前，歲除，昶令學士作詩兩句，寫桃符上。寅遜題曰：「新年納餘慶，佳節契長春。」明年蜀亡。吕餘慶以參知政事知益州，長春乃太祖誕節聖節名，寅遜歸朝，爲太子中允，上疏諫獵，詔褒之。

【太宗棋品第一】太宗棋品至第一，待詔有賈玄者，臻于絶格，時人以爲王積薪之比也。楊希紫、蔣元吉、李應昌、朱懷璧亦皆國手，然非玄之敵。玄嗜酒，病死，上痛惜之。末年得洪州人李仲玄，年甚小，而棋格絶勝，可侔於玄，歲餘亦卒。朝臣有潘慎修、蔣居才，亦善棋，至三品。内侍陳好玄至第四品，多得侍棋。自玄而下，皆受三道，慎修受四道，好玄受五道。慎修嘗獻詩云：「如今樂得仙翁術，也怯君王四路饒。」又作《棋説》千餘言以獻，上喜嘆之，皆涉治道。（《類苑》卷五十）

【劉吉】劉吉，江左人，有膂力，尚氣，事後主爲傳詔承旨，忠於所奉。歸補供奉官，以習知河渠利害，委以八作之務。（中略）後遷崇儀使，其刺字謁吴中故舊，題僧壁驛亭，但稱江南人劉吉，示不忘本也。有詩三百首，目爲《釣鼇集》，徐鉉爲之序。其首篇《贈隱者》，有「一箭不中鵠，五湖歸釣

魚」之句，人多誦之。以其塞決河有方略，人目爲劉跋江，名震河上。（《類苑》卷五十五。下同）

【張繼能】内侍張繼能，嘗爲鎮戎軍鈐轄。初，古原州自唐已來，陷於党項，徙治平涼縣。繼遷之叛，李繼隆、繼和建議城古原州，以保障内屬藩部，併力禦賊，是爲鎮戎軍。以隆、和知軍事，幾七八年，繼能爲鈐轄，題詩於廳事曰：「夜聞磧外鈴聲苦，曉聽城頭角調哀。不是感恩心似鐵，誰人肯向此中來？」繼能讀書有識略，忠直好談論，知治體，今爲入（都内）〔内都〕領郡。

【沈香木】嶺南雷州及海外瓊崖，山中多香樹，山中夷民斫來賣與人。其一樹出香三等，曰沈香，曰箋香，曰黄熟香。沈、箋皆二品，曰熟結，曰生結。熟結者，樹自枯爛而得之。生結，伐仆之，久爛脱而剔取。黄熟有三品，曰夾箋，其破者爲黄散香。夷民率以香樹爲槽，以飼雞犬。鄭文寶詩曰：「沈檀香植在天涯，賤等荆衡水面槎。未必爲槽飼雞犬，不如煨燼向豪家。」（《類苑》卷六十一。下同）

【麝裂臍狨嚙牛斷尾】公嘗言，商汝山多群麝，所遺糞，嘗就一處，雖遠逐食，必還走之，不敢遺跡他所，慮爲人獲，人反以是求得，必掩群而取之。麝絶愛其臍，每爲人所逐，勢且急，即自投高巖，舉爪裂出其香。就縶而死，猶拱四足保其臍。李商隱詩云「投巖麝退香」，許渾云「尋麝採生香」是也。狨類鼠而大，尾長而金色，生川峽深山中，人以藥矢射殺之，取其尾，爲卧褥鞍被坐毯之用。狨甚愛其尾，既中毒，即齒斷其尾以擲之，惡其爲身患。杜甫詩云「狨擲寒條馬見驚」，蓋輕捷善緣木，猿狖之類也。（下略）

【朱貞白善嘲詠】朱貞白，江南人，不仕，號處士。子銑，舉進士，至知制誥。貞白善嘲詠，曲盡其妙，人多傳誦。《詠刺蝟》云：「行似針氈動，卧似栗裘圓。莫欺如此大，誰敢便行拳。」嘗謁一貴公，不甚加禮，廳事有一格子屏風，貞白題詩其上云：「道格何曾格，言糊又不糊。渾身總是眼，還解識人無？」又《題棺木》云：「久久終須要，而今未要君。有時閑憶著，大是要知聞。」《題狗蚤》云：「與虱都來不較多，擽挑筋鬭大婁羅。忽然管着一籃子，有甚心情那你何？」《詠月》云：「當塗當塗見，蕪湖蕪湖見，八月十五夜，一似没柄扇。」建師陳晦之子得誠罷管沿江水軍，掌禁衛，頗患拘束，方宴客，貞白在坐，食螃蟹，得誠顧貞白曰：「請處士詠之。」貞白題曰：「蟬眼龜形脚似蛛，未嘗正面向人趨。如今飣在盤筵上，得似江湖亂走無？」衆客皆笑絶。又《詠鶯粟子》，其警句云：「倒排雙陸子，稀插碧牙籌。既似柿牛奶，又如鈴馬兜。鼓搥並擽箭，直是有來由。」（《類苑》卷六十三。下同）

【李濤題不動尊院詩】李濤相國，性滑稽，爲布衣時，往來京洛間。汜水關有一僧舍，曰不動尊院，院中有不出院僧，十餘載，濤每過嘗憩其院，必省其僧。未幾，寺爲火所焚，僧衆皆徙他所，濤後過，但門扉猶在，題詩其上云：「走却坐禪客，移將不動尊。世間顛倒事，八萬四千門。」

【造五鳳樓手】韓浦、韓洎，晉公滉之後，咸有辭學。浦善聲律，洎爲古文，意常輕浦，語人曰：「吾兄爲文，譬如繩樞草舍，聊庇風雨。予之爲文，是造五鳳樓手。」浦性滑稽，竊聞其言，因有親知遺蜀牋，浦題作一篇，以其牋貽洎曰：「十様蠻牋出益州，寄來新自浣溪頭。老兄得此全無用，助爾添修五鳳樓。」

【嚼舌而死】金陵道士章齊一，善爲詩，好嘲詠，一被題目，即日傳誦，人皆畏之。凡四百餘篇，曲盡其妙，後得疾，嚼舌而死。（《類苑》卷六十六）

【契丹耶律某詩】北虜中，多有圖籍，亦有文雅相尚。王矩爲工部郎中，本燕人，爲虜將耶律忘其名。掌其書記，常從其出入。耶律兄及兄之子，太平興國中，戰没於代郡。後耶律經舊戰處，覽其迹，悲涕作詩，記其兩句云：「父子並隨龍陣没，弟兄空望雁門悲。」（《類苑》卷七十八）

【論義山詩】義山詩包藴密緻，演繹平暢，味無窮而炙愈出，鑽彌堅而酌不竭，使學者少窺其一斑，若滌腸而浣骨。（《韻語陽秋》卷二）

（王景桐）

王氏談録

佚名撰

原書不著撰人。宛委山堂本《説郛》題王洙撰。《直齋書録解題》則以爲王洙之子王欽臣録其父所言。王洙（九九七—一〇五七）字原叔，應天宋城（今河南商丘）人。官終侍讀學士兼侍講學士，卒謚文。子欽臣字仲玉，賜進士及第，官終待制、知成德軍。《宋史》卷二九四有傳。《王氏談録》一卷，此據《寶顔堂秘笈》本選録。

【七言詩】公言古七言詩自漢末，蓋出于史篇之體。

【校書】公言校書之例：它本有語異而意通者，不取可惜。蓋不可決謂非昔人之意，俱當存之，如注爲一云、一作。一字已上謂之「一云」，一字謂之「一作」。公自校杜甫詩，有「草閣臨無地」之句，它本又爲「荒蕪」之「蕪」，既兩存之。它日，有人謂「無地」字以爲無義。公笑曰：「《文選》云：『飛閣下臨于無地。』豈爲無義乎？」唐鄭顥自云：夢爲詩十許韻，有云：「石門霜露白，玉殿蕪苔青。」意甚惡之。後遇宣宗山陵，因復職。成公嘗笑曰：「此杜工部《橋陵》詩也。」顥以爲貞陵之祥，而更復綴緝，亦椎鄙之一也。

【詩話】公言舊嘗得句云：「槐杪青蟲縋夕陽。」因思昔人似未曾道，後閲杜少陵詩，有云：「青蟲懸就日。」尤嘆其才思無所不周也。

【詩話】公言近人别傳杜甫詩《杜鵑行》一篇云：「誰言養雛不自哺。」此語亦足爲愚蒙，此正破前篇非甫作也。

【王建宫詞】王建《宫詞》云：「如今池底林鋪錦。」公言此即文公對李公石云云。元中舊宫人盡在，問之無此事者。

【唐世詩僧】公言唐世詩僧得名者衆，然格律一體，乏于高遠，顔延之所謂委巷中歌謡耳。唯皎然特優。

【贈日本僧詩】公言祥符中，日本僧寂照來朝，後求禮天台山。先中令守會稽，寂照經由來謁。寂照善書，迹習二王，而不習華言，但以筆札通意。時長兄爲天台宰，中令以書導之，兼贈詩云：「滄波泛瓶錫，幾月到天朝。鄉信日邊斷，歸程海面遥。秋泉吟裹落，霜葉定中飄。爲愛華風住，扶桑夢自消。」既至天台，致書來謝，累幅勤至，其字體婉美可愛，楊文公在禁中識之，亦嘗序其事。

【贈狄國寅詩】耀州三寅人狄國寅，自云仁傑之後，有告身數通，及代宗時御史中丞狄歸昌請復御膳表，具携以示公，仍請詩云：「每讀梁公傳，青編日屢開。神交慕英烈，目喜見雲來。一命頒朝禄，連章薦楚材。凡昇黄綬秩，世代乃身媒。」國寅向以龍圖閣直學士狄棐論得官。

【詩話】公言杜甫爲詩，多用當時事。所言「玉魚蒙葬地」者，事見韋述《兩京記》云云。有言

「鐵馬汗常趨」者，昭陵陵馬助戰是也。此類甚多，此篇不全。

【作詩】又云，凡作詩並選中唐之名士衆體格，試每作三五篇，惟於其文字亦然。（徐俊）

宋景文公筆記

宋祁撰

宋祁（九九八—一〇六一），字子京，雍丘（今河南杞縣）人。官至翰林學士承旨，謚景文。《宋景文公筆記》三卷，此據《學津討原》本選録。

1 孫炎作反切語，本出於俚俗常言，尚數百種。故謂「就」爲「鯽溜」，凡人不慧者即曰「不鯽溜」。謂「團」曰「突欒」，謂「精」曰「鯽令」，謂「孔」曰「窟籠」，不可勝舉。而唐盧仝詩云：「不鯽溜鈍漢。」國朝林逋詩云：「團欒空遶百千回。」是不曉俚人反語，逋雖變「突」爲「團」，亦其謬也。（卷上。下同）

2 蜀人見物驚異輒曰「噫嘻嚱」，李白作《蜀道難》因用之。（下略）

3 莒公嘗言，山東曰朝陽，山西曰夕陽。故《詩》曰：「度其夕陽。」又曰：「梧桐生矣，于彼朝陽。」指山之處耳。後人便用夕陽爲斜日，誤矣。予見劉琨詩「夕陽忽西流」，然古人亦誤用久矣夫！

4 晏相國，今世之工爲詩者也。末年見編集者，乃過萬篇，唐人已來所未有。然相國不自貴重其文，凡門下客及官屬解聲韻者，悉與酬唱。

5上即位，天聖初元以來，縉紳間爲詩者益少，惟故丞相晏公殊、錢公惟演、翰林劉公筠數人而已。至丞相王公曙、參知政事宋公綬、翰林學士李公淑，文章外亦作詩，而不專也。其後石延年、蘇舜欽、梅堯臣皆自謂好爲詩，不能自知矣。

6每見舊所作文章，憎之必欲燒棄。梅堯叟喜曰：「公之文進矣，僕之爲詩亦然。」

7今人多誤以鮑照爲「昭」，李商隱有詩云：「濃烹鮑照葵。」又金陵有人得地中石刻作「鮑照」字。（卷中。下同）

8古人語自有椎拙不可掩者，樂府曰：「何以銷憂，惟有杜康。」劉越石曰：「何其不夢周。」又曰：「夫子悲獲麟，西狩泣孔丘。」雖有意緒，亦純樸矣。又不及沈約云「黄憲牛醫之子，叔度名動京師」云。

9左太沖詩曰：「振衣千仞崗，濯足萬里流。」使飄飄有世表意，不減嵇康「目送飛鴻」語。

10蜀人謂柂師爲長年三老，杜甫用之。詩人不以事害意，古者用事簡而當，亦不以字害句。故音韻清濁，隨宜改易。「劉在薪中」入張韻，「留宴汾陰西」入先韻，直取意順則已。至唐人以律格自拘，不復敢用。惟白居易用其音於語中，如「照地麒」用「佶」音，「麒袍雪擺胡」用「鶻」音，「膽衫紅欄干，三百六十橋」，用「諶」音等，往往有之。晏丞相殊嘗許之曰：「詩人乘語俊當如用字。」

（徐俊）

茅亭客話

黄休復 撰

黄休復，字歸本，江夏（在今湖北武昌東北）人。生卒年不詳。鬻畫養親，游心顧、陸之藝，深得其趣。自言授道李諶處士，通《春秋》學，嘗校《左氏》、《公羊》、《穀梁》書，旁通百家小説。《茅亭客話》十卷，此據《津逮秘書》本選録。

【淘沙子】僞蜀大東市有養病院，凡乞丐貧病者皆得居之，中有携畚鍤日循街坊溝渠内淘泥沙，時獲碎銅鐵及諸物以給口食，人呼爲淘沙子焉。辛酉歲，有隱迹于淘沙者，不知所從來及名氏，常戴故帽，携鐵把、竹畚，多於寺觀閴静處坐卧。進士文谷，因下第往聖興寺訪相識僧，見淘沙子披褐於佛殿上坐，谷見其狀貌古峭，辭韻清越，以禮接之。因念谷新吟者詩數首，谷愕然。又諷其自作者數篇。其詩或譏諷時態，或警勵流俗，或説神仙之事，谷莫之測。因問谷：「今將何往？」谷曰：「謁此寺相識僧，求少紙筆之資别謀投獻。」其人於懷内探一布囊，中有麻繩貫數小鋌銀，遂解一鋌遺谷，戴帽將所携器，長揖出寺而去。谷後得僞通奏使王昭遠禮於賓席，因話及感遇淘沙子之事，念其詩曰：「九重城裏人中貴，五等諸侯闖外尊。争似布衣雲水客，不將名字掛乾坤。」王

公曰：「有此異人！」遂聞于蜀主，因令内園子於諸街坊尋訪之。（下略）（卷三。下同）

【味江山人】唐末蜀州青城縣味江山人唐求，至性純愨，篤好雅道，放曠疏逸，幾乎方外之士也。每入市，騎一青牛，至暮，醺酣而歸。非其類，不與之交。或吟或咏，有所得，則將藁撚爲丸，内於大瓢中。二十餘年，莫知其數，亦不復吟詠。其贈送寄别之詩，布於人口。暮年，因卧病，索瓢致于江中，曰：「斯文苟不沉没于水，後之人得者，方知我苦心耳。」漂至新渠江口，有識者云：「唐山人詩瓢也。」探得之，已遭漂潤損壞，十得其二三，凡三十餘篇，行于世。《題鄭處士隱居》云：「聞説最清曠，及來愁已空。數點石泉雨，一溪霜葉風。業在有山處，道成無事中。酌盡一罇酒，病夫顔亦紅。」《贈行如上人》云：「不知名利苦，念佛老岷峨。補衲雲千片，香焚篆一窠。戀山人事少，憐客道心多。日日齋鐘後，高懸濾水羅。」《題青城山范賢觀》云：「數里緣山不厭難，爲尋真訣問黄冠。苔鋪翠點仙橋滑，松織香稍古道寒。晝傍绿畦鋤嫩玉，夜開紅竈撚新丹。鐘聲已斷泉聲在，風動瑶花月滿壇。」《贈僧》云：「曾開半偈雪山中，貝葉翻時理盡通。般若常添持戒力，藥叉誰筭念經功。雲開曉月應難染，海上孤舟自任風。長説滿庭花色好，一枝紅是一枝空。」夫草澤間，有隱逸得志者，以經籍自娱，詩酒怡情，不耀文彩，不揚姓名，其趨附苟且，得無愧赧唐山人乎？

【悼蜀詩】《左傳》曰：「天災流行，國家代有。」益部淳化甲午歲，盜起邛蜀，圍逼城壘，主帥素無禦備，遂奔劍門。賊乘勢入城，燒掠殺傷至甚。坤維間凡數十軍州，悉爲賊之所有。唯眉、陵、梓、遂，堅壁自守。賊據益郡凡百日，天兵至，戮無遺類，軍旅所過，皆爲荆棘。朝廷除樞密直學士尚書虞部郎中張詠知益州，始至，家民疾苦，洞知亂起之由，因爲《悼蜀詩四十韻》，今備録之。《序》云：「至道紀號元祀春正月，爲審官院考績引對，天子曰：『天厭西蜀，歲且荐饑。任失其人，枉政偷剥。民興怨嗟，搆孽肆暴。授命虎旅，殄滅兇逆。矧彼黔首，不聊其生。觀人去民，朕意罔怠。寬即育姦，猛即殘俗。得夫濟者，實乏其人。爾惟方直，歷政有績。邛僰幽遐，往理其俗。克畏克愛，汝其欽哉。』祇奉厥命，乘軺西征。夏四月二十有八日供厥職。噫！謀算庸陋，罔敢怠忽。豪猾抑之，賦斂乃省。存恤窮困，招綏流亡，杜絶剥削，宣揚皇風。迨一歲，而民弗克安，非郡縣之罪，偏將之罪也。有聽者，孰不知民心上畏王師之剽掠，下畏草孽之强暴乎？良家困弊，漸復從賊，庶賒其死，深可忿也。天子遠九重，孤賤者憚權豪不敢言。嗚呼！雖采詩之官，闕之久矣；然歌詠諷刺之道不可寂然，詠敢作《悼蜀詩四十韻》，書于視政之廳，有識君子，勿以狂瞽爲罪。」（卷六）

【黄處士】黄處士名延矩，字垂範，眉陽人也。少爲僧，性僻而簡。常言家習正聲，自唐以來，待詔金門。父隨僖宗入蜀，至某四世矣。（中略）咸平中，知州馮公知節召孫知微書，俾處士彈琴，二公俱（正）〔止〕僧舍，嘗會愚茅亭，進士張及贈之詩曰：「二公高節厭喧卑，同寄蕭宮共展眉。玉樹冰壺齊品格，野雲皋鶴本追隨。泉流指下何人賞，岳峭毫端秖自知。綣戀賢侯美風教，故山歸去尚遲遲。」祥符壬子秋，告歸鄉里，遺愚養和一法。是年冬，病卒，年八十。其樂天知命者歟？（卷十。下同）

【杜大舉】杜鼎昇，字大舉，形氣清秀，雅有古人之風。鬻書自給。夫婦皆八十餘，每遇芳時好景，出郊選勝偕行，人皆羨其高年逸樂如是。進士張及贈之詩曰：「家本樊川老蜀都，世家冠劍豈寒儒。筆耕尚可儲三載，酒戰猶能敵百夫。僻愛舜琴湘水弄，每縣孫畫醉仙圖。孟光笑語長相逐，喚作梁鴻得也無。」（下略）

【任先生】任先生名玠，字温如，蜀人也。學識廣博，人皆師仰之。大中祥符初，樂安公中正鎮蜀日，請先生於文翁石室，大集生徒講說六經，以紹文翁之化。由是蜀中儒士成林矣。大中祥符末，集賢諫大夫淩公策涖蜀，聞先〔王〕〔生〕之名，表薦于上。詔入京，先生進《龍圖紀聖》詩一千韻，酬以汝州團練推官，三讓，《辭官表》云：「伏念臣早年髮白，悲老態之遽臻；觸事心闌，覺死期之將至。」乞授一子官，蒙聖恩與子偕任醴泉主簿。天禧元年，欲就居嵩山，般家之蜀，因與鄉人前秦州隴城主簿張達中行秩滿歸川，二人同訪愚茅亭，觀舊題之處云：昔日高年有道之士，今已物故，未逾一紀，故友將盡，我雖存也，餘生幾何！先生留一絶於亭壁云：「聚散榮枯一夢中，西歸親友半成空。唯餘大隱茅亭客，垂白論交有古風。」天禧二年，先生遊寧州，卒于旅舍。揚子《法言》曰：「通天地人曰儒。」誠哉！是天地間萬類中，惟人最靈；然愚蒙者萬，而賢智者一，處賢智而志於道者，復幾何人！如任先生者，可謂通天地人而知命守道者也。

（冀勤）

江鄰幾雜志

江休復　撰

江休復（一〇〇五—一〇六〇），字鄰幾，開封陳留（在今河南省）人。天聖中進士，官至尚書刑部郎中。《宋史》卷四四三有傳。《江鄰幾雜志》，又名《嘉祐雜志》，不分卷，或分二卷。此據《稗海》本選録。

1大曆十才子：盧綸、錢起、郎士元、司空曙、李端、李益、李嘉祐、耿緯、苗發、皇甫曾、吉中孚，共十一人。或無吉中孚，有夏侯審。

2晏相有「春風任花落，流水放杯行」之句。

3惠崇《遊長安》詩，有「人遊曲江少，草入未央深」之句。

4長安姚嗣宗詩：「踏碎賀蘭石，掃清西海塵。布衣能辦此，可惜作窮鱗。」韓稚圭安撫關中，薦試爲大理評事。

5長安北禪寺廊右，鄭天休資政題十字：「春至不擇地，路傍花自開。」

6向相《延州》詩：「四時常有烟棚合，三月猶無菜甲生。」又有人《嘲同州》詩云：「三春花發惟樗樹，二月鶯啼是老鴉。」

7梅聖俞過揚州，宋相公庠送鵝，作詩謝之云：「常遊鳳池上，曾食鳳池萍。乞與江湖去，從教養素翎。」得之不懌。

8占城進獅子，楊文公館閣讀書，進詩賀云：「渡海鯨波息，登山豹霧清。」當時激賞。

9江州琵琶亭，詩板甚多，李卿孫惟留一篇夏英公詩：「流光過眼如車轂，薄宦拘人似馬銜。若遇琵琶應大笑，何須抆淚濕青衫。」

10夏英公少年作詩，語意驚人，有「野花無主傍人行」之句。

11晏相改王建詩「黄帊覆鞍呈馬過，紅羅纏項鬬鷄回」爲「呈過馬」、「鬬回鷄」，爲其語不快也。

12吕文靖詩：「賀家湖上天花寺，一一軒窻向水開。不用閉門防俗客，愛閒能有幾人來。」

13陝府昭宗御詩云：「何處有英雄，迎歸大内中？」河中逍遥樓有太宗詩「昔乘匹馬去，今驅萬乘來」，氣象不侔矣。

14王文穆罷相知杭州，朝士送詩，唯陳從易學士云：「千重浪裏平安過，百尺竿頭穩下來。」冀公稱重之。

15劉子儀侍郎，三入翰林，意望入兩府，頗不懌，詩云：「蟠桃三竊成何事，上盡鰲頭跡轉孤。」

稱疾不出。朝士問候者繼至，詢之，云：「虚熱上攻。」石八中立在坐中，云：「只消一服青涼散。」意謂兩府始得用青涼傘也。

16林逋傲許洞，洞作詩嘲逋，餘杭人以爲中的：「寺裏掇齋饑老鼠，林間咳嗽病獮猴。豪民遺物鵝伸頸，好客臨門鱉縮頭。」

17南唐一詩僧賦《中秋月》詩云「此夜一輪滿」，至來秋方得下句云「清光何處無」，喜躍半夜，起撞寺鐘，城人盡驚。李後主擒而訊之，具道其事，得釋。

18章相性簡静，差試舉人，出《人爲天地心賦》，舉子白云：「先朝嘗開封府發解出此題，郭稹爲解元，學士豈不聞乎？」曰：「不知，不知！」匆遽别出一題目：「教由寒暑。」既非已豫先杼軸。舉人上請：「題出《樂記》，此教乃樂教也，當用樂否？」應曰：「諾。」又一舉人云：「上在諒陰而用樂事，恐或非便。」便紛紜不定。爲無名嘲曰：「武成廟裏沽良玉，開封府舉人就武成王廟試《良玉不琢賦》。夫子門墻弄簸箕。國學試《良弓之子必學爲箕賦》。惟有太常章得象，往來寒暑不曾知。」

19宋次道集顔魯公文爲十五卷，詩才十八首，多是湖州宴會聯句詩，公必在其間。又有大言、小言、樂語、滑語、讒語、醉語。（下略）

20梅聖俞轉都官員外郎，原甫戲之：「詩人有何水部，其後有張水部、鄭都官，復有梅都官。鄭有《鷓鴣》詩，時呼鄭鷓鴣。梅有《河豚》詩，可呼梅河豚耶？」

21王隨作相，病已甚，好釋氏。時有獻嘲者云：「誰謂調元地，翻成養病坊。但見僧盈室，寧憂火掩房？」在杭州，常對一聾長老誦己所作偈，僧既聵，離席引首，幾入其懷，實無所聞，翻嘆賞之，以爲知音之妙。施正吕説此。

22原甫云：《南陔》、《白華》六篇，有聲無詩，故云笙不云歌也。有其義，亡其辭，非亡失之亡，乃無也。

23李白詩：「君不見裴尚書，古墳三尺蒿棘居。」問修《唐書》官吕縉叔，云是漼，又云冕。宋次道云，是檢校官，與李北海作對，非巀巀人也。

24邯鄲公《周陵》詩「纔及春羔鼎祚移」，王介甫云：「春羔鼎祚，不成詩語。」

25王右丞《濟州詩》云「汶陽歸客」，司馬君實云：「其地則唐濟鄆州，今易地矣。」又《崇梵僧》詩，初謂是僧名，乃寺名，近東阿覆釜村。

26《棫樸》詩云：「遐不作人。」毛「遠不爲人」，鄭初作人，於義未安。《左氏》欒武子能善用人，引此詩。杜預云：作，用也。言文王能用善人，合於能官人矣。

27昭應温泉，鄭文寶詩云：「只見開元無事久，不知貞觀用功深。」

28宋子京説許相公序《開西湖》詩：「鑿開魚鳥忘機地，展盡江湖極目天。」

29紫閣山老僧文聰説晏相來遊山，獮猴萬數，遍滿山川，僧言未嘗如此多也。宴詩尋添獮猴之句。

30川峽呼梢工篙手爲長年三老，杜詩：「長年三老歌聲裏，白晝攤錢高浪中。」得名舊矣。

31詩僧惠崇多剽前製，緇弟作詩嘲之：「河分崗勢司空曙，春入燒痕劉長卿。不是師兄多犯古，古人言語似師兄。」（王景桐）

歸田録

歐陽脩 撰

歐陽脩（一〇〇七—一〇七二），字永叔，號六一居士，吉水（在今江西省）人。官至樞密副使、參知政事。謚文忠。宋代著名文學家、史學家。《宋史》卷三一九有傳。《歸田録》二卷，尚有佚文。此據中華書局一九八一年排印本選録。

1 太宗時，宋白、賈黄中、李至、吕蒙正、蘇易簡五人同時拜翰林學士，承旨扈蒙贈之以詩云：「五凰齊飛入翰林。」其後吕蒙正爲一作至宰相，賈黄中、李至、蘇易簡皆至參知政事，宋白官至尚書，老於承旨，皆爲名臣。（卷一。下同）

2 丁晉公之南遷也，行過潭州，自作《齋僧疏》一有文字云：「補仲山之衮，雖曲盡於巧心；和傅説之羹，實難調於衆口。」其少以文稱，晚年詩筆尤精，在海南篇詠尤多，如「草解忘憂憂底事，花名含笑笑何人」，一有之句二字。尤爲人所傳誦。

3 晏元獻公以文章名譽，少年居富貴，性豪俊，所至延賓客，一時名士多出其門。罷樞密副使，爲南京留守，時年三十八。幕下王琪、張亢最爲上客。亢體肥大，琪目爲牛；琪瘦骨立，亢目爲猴。二人以此自相譏誚。琪嘗嘲亢曰：「張亢觸牆成八字」，亢應聲曰：「王琪望月叫三聲。」一坐爲之大笑。

4孫何、孫僅俱以能文馳名一時。僅爲陝西轉運使，作《驪山》詩二篇，其後篇有云：「秦帝墓成陳勝起，明皇宫就禄山來。」時方建玉清昭應宫，有惡僅者，欲中傷之，因録其詩以進。真宗讀前篇云：「朱衣吏引上驪山」，遽曰：「僅小器也，此何足誇？」遂棄不讀，而陳勝、禄山之語，卒得不一作不得聞，人以爲幸也。

5真宗朝歲歲賞花釣魚，群臣應制。嘗一歲，臨池久之，而御釣不食，時丁晉公謂應制詩云：「鶯驚鳳輦穿花去，魚畏龍顔上釣遲。」真宗稱賞，群臣皆自以爲不及也。（卷二。下同）

6晏元獻公喜評詩，嘗曰：「『老覺腰金重，慵便枕玉涼』，未是富貴語，不如『笙歌歸院落，燈火下樓臺』，此善言富貴者也。」人皆以爲知言。

7寇萊公在中書，與同列戲云：「水底日爲天上日」，未有對，而會楊大年適來白事，因請其對。大年應聲曰「眼中人是面前人」，一坐稱爲的對。

8處士林逋居於杭州西湖之孤山。逋工筆畫，善爲詩，如「草泥行郭索，雲木叫鈎輈」，頗爲士大夫所稱。又梅花詩云：「疏影横斜水清淺，暗香浮動月黄昏。」評一作能詩者謂：「前世詠梅者多矣，未有此句也。」又其臨終爲句云：「茂陵他日求遺稟，猶喜曾無《封禪書》。」尤爲人稱一作傳誦。自逋之卒，湖山寂寥，一作寞未有繼者。

9俚諺云：「趙老送燈臺，一去更不來。」不知是何等語，雖士大夫一作君子亦往往道之。天聖中有尚書郎趙世長者，常以滑稽自負，其老也，求爲西京留臺御史，有輕薄子送以詩云：「此回真是送燈臺。」世長深惡之，亦以不能酬酢爲恨。其後竟卒於留臺也。

10王副樞疇之夫人，梅鼎臣之女也。景彝初除樞密副使，梅夫人入謝慈壽宮，太后問：「夫人誰家子？」對曰：「梅鼎臣女也。」太后笑曰：「是梅聖俞家乎？」由是始知聖俞名聞於宮禁也。聖俞在時，家甚貧，余或至其家，飲酒甚醇，非常人家所有，問其所得，云：「皇親有好學者，宛轉致之。」余又聞皇親有以錢數千購梅詩一篇者，其名重於時如此。

11皇祐二年、嘉祐七年季秋大享，皆以大慶殿爲明堂，蓋明堂者，路寢也，方於寓祭圜丘，斯爲近禮。明堂額御篆，以金塡字，門牌亦御飛白，皆皇祐中所書，神翰雄偉，勢若飛動。余詩云：「寶墨飛雲動，金文耀日晶」者，謂二牌也。

12嘉祐二年，余與端明韓子華、翰長王禹玉、侍讀范景仁、龍圖梅公儀同知禮部貢舉，辟梅聖俞爲小試官。凡鎖院一有經字五十日。六人者相與唱和，爲古律歌詩一百七十餘篇，集爲三卷。禹玉，余爲校理時，武成王廟所解進士也，至此新入翰林，與余同院，又同知貢舉。故禹玉贈余云：「十五年前出門下，最榮今日預東堂。」余答云：「昔時叨入武成宮，曾看揮毫氣吐虹，夢寐閑思十年事，笑談今此一作日一罇同。喜君新賜黃金帶，顧我宜爲白髮翁」也。天聖中，余舉進士，國學南省皆忝第一人薦名，其後景仁相繼亦然，故景仁贈余云：「澹墨題名第一人，孤生何幸繼前塵」也。聖俞自天聖中與余爲詩友，余嘗贈以《蟠桃》詩有韓、孟之戲，故至此梅贈余云：「猶喜共量天下士，亦勝東野亦勝韓。」而子華筆力豪贍，公儀文思温雅而敏捷，皆勍敵也。前此爲南省試官者，多窘束條制，不少放懷。余六人者，歡然相得，群居終日，長篇險韻，衆製交作，筆吏疲於寫録，僮史一作隸奔走往來，間以滑稽嘲謔，形一作加於風刺，更相酬酢，往往烘堂絶倒，自謂一時盛事，前此未之有也。

13丁晉公鎮金陵，嘗作詩有「吾皇寬大容尸素，乞與江城不計年」之句。天聖中，李文定公出鎮金陵，一日郡晏，優人作語，意其宰相出鎮所作，理必相符，誦至末句，頂望抗聲曰：「吾皇寬大容尸素，乞與江城不計年。」賓僚皆俯首，文定笑曰：「是何？是何？上聞見責。」（《增修詩話總龜》前集卷四十六）（佚文。下同）

14熙甯初，魏公罷相鎮北京，新進多陵慢之。魏公鬱鬱不得志，嘗爲詩曰：「花去曉叢蜂蝶亂，雨均春圃桔槔閒。」時人稱其微婉也。（《職官分紀》卷二十八，《事文類聚》外集卷七）

15石曼卿，天聖寶元間以歌詩豪於一時。嘗於平陽會中作《代意寄尹師魯》一篇，詞意深美，曰：「十年一夢空花委，依舊山河損桃李。雁聲北去燕西飛，高樓日日春風裏。眉聳石州山對起，嬌波淚落妝如洗。汾河不斷水南流，天色無情淡如水。」曼卿死後數年，故人關詠夢曼卿曰：「延年平生作詩多矣，獨嘗自以爲平陽《代意》一篇最爲得意，而世人罕稱之。能令余此詩盛傳於世，在永言耳。」詠覺後，增演其詞，隱度以入《迷神引》聲韻，於是天下争歌之，他日復夢曼卿致謝。詠字

永言。（《皇宋類苑》卷三十四及卷四十六注《名賢詩話》，又見《澠水燕談録》卷七）

16浮圖能詩者不少，士大夫莫爲汲引，多汩没不顯。予嘗在福州，見山僧有朋有詩百餘首，其中佳句如「虹收千嶂雨，潮展半江天」、「詩因試客分題僻，棋爲饒人下著低」，不減唐人。（《皇宋類苑》卷三十六）

17楊玢，靖恭虞卿之曾孫也，仕前僞蜀王建至顯官，隨王衍歸後唐，以老得工部尚書致仕，歸長安。舊居多爲鄰里侵占，子弟欲詣府訴其事，以狀白玢，玢批紙尾云：「四鄰侵我我從伊，畢竟須思未有時。試上含元殿基望，秋風秋草正離離。」子弟不敢復言。（《皇宋類苑》卷三十六）

18胡旦有俊才，尚氣陵物，嘗大言曰：「應舉不作狀元，仕官不爲宰相，乃虛生也。」及隨計之秋，適座中聞雁，乃題詩曰：「明年春色裏，領取一行歸。」果魁天下。（《事文類聚》前集卷二十六）

19王沂公與李文定公連榜取殿魁，又相繼秉鈞軸。文定鎮并門，公均勞逸本鄉，作詩寄之，略曰：「錦幖得雋曾相繼，金鼎調元亦薦更。并上兒童公再見，會稽幢紱我偏榮。」或曰如此名實，何由企及。（《事文類聚》前集卷二十六、《詩話總龜》前集卷十七末注《續歸田録》）

（王景桐）

東齋記事

范　鎮　撰

范鎮（一〇〇七—一〇八八），字景仁，成都華陽（今四川成都）人。寶元元年（一〇三八）進士，官至翰林學士兼侍讀等職，累封蜀國公。《宋史》卷三三七有傳。《東齋記事》十卷（一作十二卷），原書已佚，今本從《永樂大典》輯録，分五卷，補遺一卷，尚有佚文。此據中華書局一九八〇年排印本選録。

1 真宗東封，放梁固以下進士及第；祀后土汾陰，放張師德以下進士及第。固，狀元梁顥子，師德亦狀元張去華子。魏野以詩賀曰：「封禪汾陰連歲榜，狀元俱是狀元兒。」（卷一。下同）

2 天聖中，童謡云：「曹門好，有好好，曹門高，有高高。」其後，今太皇太后爲皇后，太皇太后姓曹氏。英宗皇帝即位，而高太后爲皇后，高后，曹氏之所出。前史載謡言者，信哉不可忽也。

3 賞花釣魚會賦詩，往往有宿搆者。天聖中，永興軍進「山水石」，適置會，命賦「山水石」，其間多荒惡者，蓋出其不意耳。中坐優人入戲，各執筆若吟詠狀。其一人忽仆于界石上，衆扶掖起之，即起，曰：「數日來作一首賞花釣魚詩，準備應制，却被這石頭擦倒。」左右皆大笑。翌日，降出其詩，令中書銓定。秘閣校理韓義最爲鄙惡，落職，與外任。初，永興造磚塔，姜遵知府多采石以代磚甓及燒灰，管内碑碣爲之一空。得是石不敢毁，來獻。其石蓋榻狀也，書「山水」二字，鑱之，字可數尺，筆勢雄健。施枕簟其上，水流其間，潺潺有聲，蓋開元中所作也，今在清暉殿。

4 賞花釣魚宴，舊制，三館直館預坐，校理而下賦詩而退。按孔文仲《談苑》亦録此事，「賦詩而退」下云：「太宗時，李宗諤爲校理，作詩云：『戴了宮花賦了詩，不容重見赭黄衣。無憀却出宮門去，還似當年不第時。』上即令赴宴，自是，校理而下皆與會也。」此處文義未了，當有脱落。

5 禮部貢院試進士日，設香案於階前，主司與舉人對拜，此唐故事也。所坐設位供帳甚盛，有司具茶湯飲漿。至試學究，則悉徹帳幕、氈席之類，亦無茶湯，渴則飲硯水，人人皆黔其吻。非故欲困之，乃防氈幕及供應人私傳所試經義，蓋嘗有敗者，故事爲之防。歐文忠公詩：「焚香禮進士，撤幕待經生。」以爲禮數重輕如此，其實自有爲之。

6 薛簡肅贄謁馮魏公，首篇有「囊書空自負，早晚達明君」句。馮曰：「不知秀才所負何事。」讀至第三篇《春詩》云：「千林如有喜，一氣自無私。」乃曰：「秀才所負者此也。」（卷三。下同）

7 仁皇初，薛簡肅知開封府，上新即大位，莊獻臨朝，一切以嚴治，人謂之「薛出油」。其後移知成都，歲豐人樂，隨其俗與之語嬉遊，作《何處春遊好》詩十首，自號《薛春遊》，欲换前所稱也。

8 石資政中立，好談諧，樂易人也。楊文公一日置酒，作絶句招之，末云：「好把長鞭便一揮。」石立其僕，即和云：「尋常不召猶相造，况是今朝得指揮。」其談諧敏捷，類皆如此。又嘗於文公家會葬，坐客乃執政、貴游子弟，皆服白襴衫，或羅或絹有差等。中立坐而大慟，人問其故，曰：「憶吾父。」又問之，曰：「父在時，當得羅襴衫也。」蓋見執政子弟服羅，而石止服絹，坐中皆大笑。石之父熙載，京板有「太宗時」三字嘗爲樞密副使。

9 景祐中，有輕薄子，以古人二十字詩益成二十八字，嘲謔云：「仲昌故國三千里，宗道深宮二十年。殿院一聲《河滿子》，龍圖雙淚落君前。」龍圖者，王博文也。嘗更大藩鎮、開封知府、三司使任使。一日對上，京板有「前」字因叙揚歷之久，不覺淚下。殿院者，蕭定基也。爲殿中侍御史，與韓魏公、吴春卿、王君貺同發解，開封府舉人作《河滿子》曲嘲之，因奏事，上問之，令誦一過。宗道者，王宗道也。爲諸宫教授及講書凡二十餘年，輒于上前自訴在宗藩二十餘年，求進用。仲昌者，章郇公之從子。論科場不公，郇公奏聞，牒歸建州。當時人以爲雖用古人詩句，而切中一時之事，盛傳以爲笑樂。

10 武侯廟柏，其色若牙然，白而光澤，不復生枝葉矣。杜工部甫云：「黛色參天二千尺」，其言蓋過，今纔十丈。古之詩人，好大其事，率如此也。工部詩及段相國文昌記石龕於廟堂中。（卷四）

11 張文孝公觀，性沈静，未嘗行草書。自詠詩云：「保心如止水，篤行見真書。」人以爲着題。（補遺。下同）

12 周式贊薛簡肅所業《庭松》詩云：「花前嫫母陋，雪裏屈原醒。」公大稱之。

13 王文正公旦，相真宗僅二十年，時值四夷納款，海内無事，天書薦降，祥瑞遝臻，而大駕封岱祠汾，皆爲儀衛使扈蹕。處士魏野獻詩曰：「太平宰相年年出，君在中書十四秋。西祀東封俱已畢，可能來伴赤松遊。」世傳王公嘗記前世爲僧，與唐房太尉事頗相類，及將捐館，遺命剔髮，以僧服斂。家人不欲，止以緇褐一襲納諸棺。然公風骨清峭，項微結喉，有僧相。人皆謂其寒薄，獨一善相者目之曰：「公名位俱極，但禄氣不豐耳。」故旦雖位極一品，而飲啖全少，家亦不畜聲伎。晚年移疾在告，真宗嘗密賚白金五十兩，旦表謝曰：「已恨多藏，況無用處。」竟不之受，其清苦如此。

（輯自《類苑》卷一二。附録一輯遺）

（王景桐）

倦遊雜録

張師正 撰

張師正（一〇一六—？），字不疑，中進士甲科，得太常博士，後轉武官，治平三年（一〇六六）任辰州帥，熙寧十年（一〇七七）爲鼎州帥，時已六十二歲。哲宗時尚在世，享年在七十以上。《倦游雜録》原書失傳，現存《類説》本、《説郛》本均爲節本。此據上海古籍出版社一九九三年版李裕民輯校本選録，文字、標題亦從李輯。

【藏擫詩】夏英公詠雜手伎藏擫詩曰：「舞紼抛珠復吐丸，遮藏巧便百千般。主公端坐無由見，却被傍人冷眼看。」（《類説》卷十六。下同）

【閻羅見闕請速赴任】王介俊爽，語言多易，人謂之心風。熙寧中自省判守湖州，王荆公送詩曰：「吴興太守美如何？柳惲詩才不足多。遥想邦人迎下擔，白蘋洲上起滄波。」以風能起波也。介知其意，以破題爲十篇，一曰：「吴興太守美如何？太守從來惡祝鮀。生若不爲上柱國，死時猶合代閻羅。」公笑曰：「閻羅見闕，請速赴任也。」

【下官蹤跡轉沉埋】張鑄以京東轉運使，坐公事降通判太平州，葛源爲提舉坑冶，取鑄脚色，欲發薦狀。鑄爲詩曰：「提司坑冶是新差，職比權綱勝一階。若發薦章求脚色，下官蹤跡轉沉埋。」

【録公得替】大理寺丞路坦嘗宰相中一縣，有神録，四年方解役，坦贈詩云：「百里傳呼號録公，三年得替普天同。惟君四載過常例，更有何人繼後風。」其詩聞于朝，奪坦一官而停之。

【今日誰非鄭校人】王介甫爲相，引用不次，及再罷相，頗有譖之者。公至金陵，每得生魚，多放池中。有門人作詩曰：「直須自到池邊看，今日誰非鄭校人？」

【范希文蚊詩】范希文監泰州西溪鹽場，地多蚊蚋，作詩云：「飽似櫻桃重，饑如柳絮輕。但知從此去，不用問前程。」

【着也馬留】京師優人以雜物布地，遣沐猴認之，即曰：「着也馬留。」熙寧中，狀元葉祖洽赴宴，有下第進士作詩曰：「着甚來由去賞春，也應有意惜芳辰。馬蹄莫踏亂花碎，留與愁人醉作茵。」

【鍾離權詩】邢州開元寺一僧院壁，有五代時隱士鍾離權草書詩二絶，筆勢遒逸，詩句亦佳。詩曰：「得道真僧不易逢，幾時歸去願相從。自言住處連滄海，别是蓬萊第一峰。」其二曰：「莫厭追歡語笑頻，尋思離亂可傷神。閑來屈指從頭數，得見昇平有幾人？」後劉從廣知邢州，訪此寺，遂命刊勒此詩于石。（《類苑》卷三十五。下同）

【清風明月兩閑人】趙叔平罷參政，致政居睢陽，歐陽永叔罷參政，致政居汝陰。叔平一日乘安輿來訪永叔，時吕晦叔以金華學士知潁州，啓宴以召二公。於是歐公自爲優人致語及口號，高誼清才，搢紳以爲美談。口號曰：「欲知盛集繼荀陳，請看當筵主與賓。金馬玉堂三學士，清風明月兩閑人。紅芳已過鶯猶囀，青杏初嘗酒正醇。好景難逢良會少，乘歡舉白莫辭頻。」

【張宗永詩】張宗永，華州人，倜儻不羈，善爲詩。寶元中，以職官知長安縣，時鄭州陳相尹京兆，宗永嘗以事失公意。公有別業在鄠、杜縣間，宗永知公好絶句詩，乘間詣之，於廳大書二韻云：「喬松翠竹絶纖埃，門對南山盡日開。應是主人貪報國，功成名遂不歸來。」莊督録以聞，公覽而善之，待之如初。宗永嘗有詩云：「大書文字隄防老，剩買峰巒準備閑。」佳句甚多，往往膾炙人口。

【馮端書塞上詩】馮太傅端，嘗書一絶句云：「鳴鶻直上一千尺，天静無風聲更乾。碧眼胡兒三百騎，盡提金勒向雲看。」顧坐客曰：「此可畫於屏障，乃柳如京塞上之作。」

【高麗求王平甫詩】熙寧中，高麗遣使人入貢，且求王平甫學士京師題詠，有旨令權知開封府元厚之内翰抄録以賜。時厚之自詣平甫求新著，平甫以詩戲厚之曰：「誰使詩仙來鳳沼，欲傳賈客過鷄林。」

【張退傅詩】張退傅相公與陳文惠公同秉政，張既以帝傅致政，有詩寄文惠曰：「赭案當年並命時，蒹葭衰颯倚瓊枝。皇恩乞與桑榆老，鴻入高冥鳳在池。」張公既退居，年七十八歲，有《除夜》詩：「八十光陰有二年，煙蘿門户喜開關，近來無奈山中相，頻寄書來許綴班。」退傅以八十二歲薨，正八十有二之讖。

【王禹玉祭社詩】京師祭二社，多差近臣。王禹玉在兩禁二十年，熙寧三年，爲翰林承旨，又膺是任，題詩齋宫曰：「鄰雞未動曉驂催，又向靈壇飲福杯。自笑治聾不知足，明年强健更重來。」執

政聞而憐之。(《類苑》卷三十六)

【陽朔石峰】桂州左右,山皆平地拔起數百丈,竹木蓊鬱,石如黛染。陽朔縣尤佳,四面峰巒駢立,故沈水部彬嘗題詩曰:「陶潛彭澤五株柳,潘岳河陽一縣花。兩處争如陽朔好,碧蓮峰裏住人家。」(《類苑》卷六十)

【嘲免解者詩】景祐元年九月二日,詔先朝免解者,候將來省試,與特奏名。時有無名子,改王元之《昇平詞》以嘲曰:「舊人相見問行年,名説真宗更已前。但看緑衫包裹了,這迴含笑入重泉。」(《類苑》卷六十三。下同)

【譏吴善長詩】吴善長郎中,儀狀恢偉,頗肖富丞相,文學之譽,則未聞焉。有輕薄子贈之詩曰:「文章却似呼延贊,風貌全同富相公。」國初有武臣呼延贊者好吟惡詩,故云。

【歐陽景詩】洗馬歐陽景,素有輕薄名,一旦金鑾長老來上謁,告曰:「院門闕齋供,今將索米于玉泉長老,敢乞一書,以爲先容。」景笑曰:「諾。」翌日,授一緘,既至,玉泉啓封,乃詩一首曰:「金鑾來覓玉泉書,金玉相逢價倍殊。到了不干藤蔓事,葫蘆自去纏葫蘆。」二僧相視發笑而已。

【曹琰落牙詩】曹琰郎中,滑稽之雄者,一日因食落一牙,戲作詩曰:「昨朝飯裏有粗砂,隱落翁翁一箇牙。爲報妻兒莫惆悵,見存足以養渾家。」(《類苑》卷六十五、又六十七)

【文潞公戲題詩】文潞公始登第,以大理評事知并州榆次縣,吏新鞔衙鼓,面新潔,公戲題詩于上曰:「置向譙樓一任撾,撾多撾少不知它。如今幸有黄紬被,努出頭來道放衙。」(《類苑》卷六十七。

下同）

【語訛】關右人或有作京師語音，俗謂之獠語，雖士大夫亦然。有太常博士楊獻民，河東人，是時鄜州修城，差望青斫木，作詩寄郡中寮友。破題曰：「縣官伐木入煙蘿，匠石須材盡日忙。」蓋以鄉音呼忙爲磨，方能叶韻，士人而徇俗不典，亦可笑也。

【史沆詩】史沆以進士第，爲著作佐郎，累坐事羈房州，移襄以卒。沆仕不得志，好持人短長，世亦凶人目之，然亦竟以此敗。常過江州琵琶亭，作詩牓于棟，其略曰：「坐上騷人雖有詠，江邊寡婦不難欺。若使王涯聞此曲，織羅應過賞花詩。」（《類苑》卷七十）

【荆公和張揆詩】熙寧間，初作東西府，望氣者曰：「異哉！乃有天子氣。」及府成，車駕果臨幸，張揆以詩慶二府諸公，荆公和云：「曾留上主經過迹，更費高人賦詠才。」（《詩話總龜》卷十四）

【華清宫題詠】臨潼縣靈泉觀，即唐之華清宫也，自唐迄今，題詠者不可勝紀，自小杜五言長韻并三絶，洎鄭嵎《津陽門》詩外，少得佳者。本朝張文定、陳文惠，洎前進士楊正倫三篇，雖詞非綺靡，而義理可取。文定詩曰：「當時不是不窮奢，民樂升平少嘆嗟。姚宋未亡妃子在，塵埃那得到中華？」文惠詩曰：「百首新詩百意精，不尤妃子即尤兵。争如一句傷前事，都爲明皇恃太平。」正倫詩曰：「休罪明皇與貴妃，大都衰盛兩隨時。唯憐一派温泉水，不逐人心冷暖移。」又鄭文寶詩：「只見開元無事久，不知貞觀用工深。」皆爲知音所賞。（《類苑》卷三十八。原無出處，《詩話總龜》卷十五引此作《倦遊雜録》。下同）

【相思河】鄜州東百里，有水名相思河，岸有郵置，亦曰相思鋪。令狐楚題壁以詩，曰：「誰把相思號此河？塞垣車馬往來多。只應自古征人淚，灑向空洲作碧波。」

【婦人題佛塔廟詩】大庾嶺上有佛塔廟，往來題詩多矣，有婦人題云：「妾幼年侍父任英州司寇，既代歸，父以大庾本有梅嶺之名而反無梅，遂植三十株于道之右，因題詩于壁。今隨夫之任端溪，復至此寺，前詩已污漫矣，因再書之云：『英江今日掌刑回，上得梅山不見梅。輟俸買將三十本，清香留與雪中開。』」好事者因以夾道植梅矣。（《詩話總龜》卷二十）

【范諷詩】范諷自給事中謫官數年方歸濟南，城西有張聰寺丞園亭，甲於歷下，張邀公飲于園中，因作詩云：「園林再到身猶健，官職全抛夢乍醒。惟有南山與君眼，相逢不改舊時青。」（《詩話總龜》卷二十二）

【楊孺詩】楊孺尚書以耳聾致仕，居鄠縣別業。同里高氏貲厚，有二子，小字大馬、小馬。一日，里中社飲，小馬携酒一榼就楊公曰：「此社酒，善治聾，願持杯酌之無瀝。」楊書絕句與之云：「數十年來雙耳聵，可將社酒使能醫。一心更願青盲子，免見高家小馬兒。」（《詩話總龜》卷三十五。下同）

【無名子嘲常秩詩】永叔在政府，將引去，以詩寄潁川常夷甫曰：「笑殺汝陰常處士，十年騎馬聽朝雞。」致政歸潁，又贈之詩曰：「賴有東鄰常處士，披蓑戴笠伴春鋤。」明年，夷甫起授侍講，判國子監，有無名子改前詩，作夷甫寄永叔曰：「笑殺汝陰歐少保，新來處士聽朝雞。」又云：「昔日潁陰常處士，却來馬上聽朝雞。」

【李師中贈唐子方詩】唐子方以言事謫宜春監酒，待制李師中作詩贈别曰：「孤忠自許衆不與，獨立敢言人所難。去國一身輕似葉，高名千古重於山。並游英俊顔何厚，已死奸諛骨尚寒。天意若爲宗社計，肯教夫子不生還。」（《詩話總龜》卷四十一）

【三英詩】天聖中，禮部郎中孫晃記三英詩：劉元載妻、詹茂光妻、趙晟之母。《早梅》：「南枝向暖北枝寒，一種春風有兩般。憑仗高樓莫吹笛，大家留取倚欄杆。」《寄遠》：「錦江江上探春回，消盡寒冰落盡梅。争得兒夫似春色，一年一度一歸來。」《惜别》：「暖有花枝冷有冰，佳人後會却無憑。預愁離别苦相對，挑盡漁陽一夜燈。」三詩：劉妻哀子無立，詹妻留夫侍母病，趙母懼子遠游。孫公愛其才以取之。（《竹莊詩話》卷二十二）

【葛清遍體刺白居易詩】荆州街子葛清自頸以下遍刺白居易詩，「不是此花偏愛菊」，則有一人持杯臨菊叢，又「黄夾纈林寒有葉」，則一樹上掛纈，凡刺二十餘處，人呼爲「白舍人行詩圖」。盧言《雜記》云：韋表微堂子流浪不歸，其叔將杖之，命去衣，滿身劄字，有畫處，左膊一樹，樹下一池水，字曰：「黄夾纈林寒有葉，碧琉璃水净無波。」（《永樂大典》卷五八四〇第五頁）

（程毅中）

談淵

王陶撰

王陶(一〇二〇—一〇八〇),字樂道,京兆萬年(在今陝西省)人,官至觀文殿學士。《宋史》卷三二九有傳。《談淵》一卷,《宋史·藝文志》小説類著録,未見傳本。《説郛》録存八條。

【鷴露啼】張鄧公士遜三入相,景祐五年與章郇公並命,已七十五歲。後二年,西賊叛命,寶元、康定之間,措置乖方,物議罪之,方引年除正太傅致仕。以小詩别郇公云:「緒案當衙並命時,蒹葭衰朽倚瓊枝。如今我得休官(志)〔去〕,鴻入南溟鳳在池。」邊輔咸知焉。當時輕薄少年改鄧公詩曰:「緒案當衙並命時,與君兩箇没操持。如今我得休官(志)〔去〕,一任夫君鷴露啼。」聞者無不大哂。(《説郛》卷三十四。下同)

【李後主善詩】太祖一日小宴,顧江南國主李煜曰:「聞卿善詩,可舉一聯。」煜思久之,乃舉《詠扇》詩云:「揖讓月在手,摇動風滿懷。」太祖答曰:「滿懷之風何足尚?」從官莫不嘆服。

(程毅中)

夢溪筆談

沈括撰

沈括（一〇三一—一〇九五），字存中，錢塘（今浙江杭州）人。嘉祐八年（一〇六三）進士，官至鄜延路經略使、龍圖閣直學士。《宋史》卷三三一有傳。《夢溪筆談》二十六卷，《補筆談》一卷（現分三卷），《續筆談》一卷。此據中華書局一九五七年胡道靜《新校正夢溪筆談》選録。

1 禮部貢院試進士日，設香案於階前，主司與舉人對拜，此唐故事也。所坐設位供張甚盛，有司具茶湯飲漿。至試（經生）〔學究〕，則悉徹帳幕氈席之類，亦無茶湯，渴則飲硯水，人人皆黔其吻。非故欲困之，乃防氈幕及供應人私傳所試經義，蓋嘗有敗者，故事爲之防。歐文忠有詩：「焚香禮進士，徹幕待經生。」以爲禮數重輕如此，其實自有謂也。（卷一故事）

2《莊子》言「野馬也，塵埃也」，乃是兩物。古人即謂野馬爲塵埃，如吴融云：「動梁間之野馬。」又韓偓云：「窗裏日光飛野馬。」皆以塵爲野馬，恐不然也。「野馬」乃田野間浮氣耳，遠望如群馬，又如水波，佛書謂「如熱時野馬陽焰」，即此物也。（卷三辯證一）

3今人守郡謂之「建麾」，蓋用顏延年詩「一麾乃出守」，此誤也。延年謂「一麾」者，乃「指麾」之「麾」，如武王「右秉白旄以麾」之「麾」，非「旌麾」之「麾」也。延年《阮始平詩》云：「屢薦不入官，一麾乃出守」者，謂山濤薦咸爲吏部郎，三上，武帝不用，後爲荀勖一擠，遂出始平，故有此句。延年被擯，以此自託耳。自杜牧爲《登樂遊原詩》云：「擬把一麾江海去，樂遊原上望昭陵。」始謬用「一麾」，自此遂爲故事。（卷四辯證二。下同）

4前史稱嚴武爲劍南節度使，放肆不法，李白爲之作《蜀道難》。按孟棨所記，白初至京師，賀知章聞其名，首詣之，白出《蜀道難》，讀未畢，稱嘆數四，時乃天寶初也，此時白已作《蜀道難》。嚴武爲劍南，乃在至德以後肅宗時，年代甚遠。蓋小説所記，各得於一時見聞，本末不相知，率多舛誤，皆此文之類。李白集中稱刺章仇兼瓊，與《唐書》所載不同，此《唐書》誤也。

5元稹《連昌宮詞》有「逡巡『大遍』涼州徹」。所謂「大遍」者，有序、引、歌、𣫕、嗺、哨、催、攧、衮、破、行、中腔、踏歌之類，凡數十解，每解有數疊者，裁截用之，則謂之「摘遍」。今人大曲，皆是裁用，悉非「大遍」也。（卷五樂律一。下同）

6邊兵每得勝回，則連隊抗聲凱歌，乃古之遺音也。凱歌詞甚多，皆市井鄙俚之語。予在鄜延時，製數十曲，令士卒歌之，今粗記得數篇。其一：「先取山西十二州，别分子將打衙頭。回看秦塞低如馬，漸見黄河直北流。」其二：「天威卷地過黄河，萬里羌人盡漢歌。莫堰横山倒流水，從教西去作恩波。」其三：「馬尾胡琴隨漢車，曲聲猶自怨單于。彎弓莫射雲中雁，歸雁如今不寄書。」其四：「旗隊渾如錦繡堆，銀裝背嵬打回回。先教净掃安西路，待向河源飲馬來。」其五：「靈武、西涼不用圍，蕃家總待納王師。城中半是關西種，猶有當時軋吃兒。」

7《霓裳羽衣曲》。劉禹錫詩云：「三鄉陌上望仙山，歸作《霓裳羽衣曲》。」又王建詩云：「聽風聽水作霓裳。」白樂天詩注云：「開元中，西涼府節度使楊敬述造。」鄭嵎《津陽門詩》注云：「葉法善嘗引上入月宫，聞仙樂。及上歸，但記其半，遂於笛中寫之。會西涼府都督楊敬述進《婆羅門曲》與其聲調相符，遂以月中所聞爲散序，用敬述所進爲其腔，而名《霓裳羽衣曲》。」諸説各不同。今蒲中逍遥樓楣上有唐人横書，類梵字，相傳是《霓裳譜》，字訓不通，莫知是非。或謂今燕部有《獻仙音曲》，乃其遺聲。然《霓裳》本謂之道調法曲，今《獻仙音》乃小石調耳，未知孰是。

8歐陽文忠常愛林逋詩「草泥行郭索，雲木叫鉤輈」之句。文忠以爲語新而屬對親切。鉤輈，鷓鴣聲也。李群玉詩云：「方穿詰曲崎嶇路，又聽鉤輈格磔聲。」郭索，蟹行貌也。揚雄《太玄》曰：「蟹之郭索，用心躁也。」（卷十四藝文一。下同）

9韓退之集中《羅池神碑銘》，有「春與猿吟兮秋與鶴飛」。今驗石刻，乃「春與猿吟兮秋鶴與飛」。古人多用此格，如《楚詞》：「吉日兮辰良。」又「蕙肴蒸兮蘭籍，奠桂酒兮椒漿」，蓋欲相錯成文，則語勢矯健耳。杜子美詩：「紅稻啄餘鸚鵡粒，碧梧棲老鳳凰枝。」此亦語反而意全。韓退之《雪》詩：「舞鏡鸞窺沼，行天馬度橋。」亦效此體，然稍牽强，不若前人之語渾成也。

10退之《城南聯句》首句曰：「竹影金鎖碎。」所謂「金鎖碎」者，乃日光耳，非竹影也。若題中有

「日」字，則曰「竹影金鎖碎」可也。

11唐人作富貴詩，多紀其奉養器服之盛，乃貧眼所驚耳。如貫休《富貴（詩）〔曲〕》云：「刻成筝柱雁相挨。」此下里鬻彈者皆有之，何足道哉。又韋楚老《蚊詩》云：「十幅紅綃圍夜玉」，十幅紅綃爲帳，方不及四五尺，不知如何伸脚？此所謂不曾近富兒家。

12詩人以詩主人物，故雖小詩，莫不埏蹂極工而後已。所謂「旬鍛月煉」者，信非虚言。小説崔護《題城南詩》，其始曰：「去年今日此門中，人面桃花相映紅。人面不知何處去，桃花依舊笑春風。」後以其意未全，語未工，改第三句曰：「人面衹今何處在。」至今所傳此兩本，唯《本事詩》作「衹今何處在」。唐人工詩，大率多如此。雖有兩「今」字，不恤也，取語意爲主耳。後人以其有兩「今」字，只多行前篇。

13小律詩雖末技，工之不造微，不足以名家。故唐人皆盡一生之業爲之，至於字字皆煉，得之甚難，但患觀者滅裂，則不見其工。故不唯爲之難，知音亦鮮，設有苦心得之者，未必爲人所知。若字字皆是無瑕可指，語意亦掞麗，但細論無切，景意縱全，一讀便盡，更無可諷味，此類最易爲人激賞，乃詩之《折楊》、《黄華》也。譬若三館楷書作字，不可謂不精不麗，求其佳處，到死無一筆，此病最難爲醫也。

14楊大年因奏事，論及《比紅兒詩》，大年不能對，甚以爲恨。遍訪《比紅兒詩》，終不可得。忽一日，見鬻故書者有一小編，偶取視之，乃《比紅兒詩》也，自此士大夫始多傳之。予按《摭言》，《比紅兒詩》乃羅虬所爲，凡百篇，蓋當時但傳其詩而不載名氏，大年亦偶忘《摭言》所載。

15晚唐士人，專以小詩著名，而讀書滅裂。如白樂天《題座隅詩》云「俱化爲餓殍」，作「孚」字押韻。杜牧《杜秋娘詩》云「厭飫不能飴」，飴乃餳耳，若作飲食，當音飤。又陸龜蒙作《藥名詩》云，「烏啄蠹根回」，乃是「烏喙」，非「烏啄」也。又「斷續玉琴哀」，藥名止有「續斷」，無「斷續」。此類極多。如杜牧《阿房宮賦》誤用「龍見而雩」事，宇文時斛斯椿已有此謬，蓋牧未嘗讀《周》、《隋書》也。

16長安慈恩寺塔，有唐人盧宗回一詩頗佳。唐人諸集中不載，今記於此：「東來曉日上翔鸞，西轉蒼龍拂露盤。渭水冷光摇藻井，玉峰晴色墮欄干。九重宫闕參差見，百二山河表裏觀。暫輟去蓬悲不定，一憑金界望長安。」

17古人詩有「風定花猶落」之句，以謂無人能對，王荆公以對「鳥鳴山更幽」。「鳥鳴山更幽」本宋王籍詩，元對：「蟬噪林逾静，鳥鳴山更幽。」上下句只是一意。「風定花猶落，鳥鳴山更幽」，則上句乃静中有動，下句動中有静。荆公始爲集句詩，多者至百韻，皆集合前人之句，語意對偶，往往親切過於本詩，後人稍稍有傚而爲者。

18毗陵郡士人家有一女，姓李氏，方年十六歲，頗能詩，甚有佳句，吴人多得之。有《拾得破錢》詩云：「半輪殘月掩塵埃，依稀猶有開元字。想得清光未破時，買盡人間不平事。」又有《彈琴》詩云：「昔年剛笑卓文君，豈信絲桐解誤身？今日未彈心已亂，此心元自不由人。」雖有情致，乃非女子所宜。

19古人文章，自應律度，未以音韻爲主。自沈約增崇韻學，其論文則曰：「欲使宫羽相變，低昂殊節，若前有浮聲，則後須切響。一簡之内，音韻盡殊；兩句之中，輕重悉異。妙達此旨，始可言文。」自後浮巧之語，體制漸多。如傍犯、蹉對、假對、雙聲、疊韻之類。詩又有正格、偏格，類例極多，故有三十四格、十九圖、四聲八病之類。今略舉數事。如徐陵云：「陪遊馺娑，騁纖腰於結風；長樂鴛鴦，奏新聲於度曲。」又云：「厭長樂之疏鍾，勞中宫之緩箭。」雖兩「長樂」，意義不同，不爲重複，此類爲「傍犯」。如《九歌》：「蕙肴蒸兮蘭藉，奠桂酒兮椒漿。」當曰「蒸蕙肴」，對「奠桂酒」，今倒用之，謂之「蹉對」。如「自朱邪之狼狽，致赤子之流離」，不唯「赤」對「朱」，「邪」對「子」，兼「狼狽」、「流離」乃獸名對鳥名。又如「廚人具雞黍，稚子摘楊梅」，「當時物議朱雲小，後代聲名白日長」，以「雞」對「楊」，以「朱雲」對「白日」，如此之類，皆爲「假對」。如「幾家村草裏，吹唱隔江聞」，「幾家村草」與「吹唱隔江」皆雙聲。如「月影侵簪冷，江光逼(履)〔屐〕清」，「侵簪」、「逼(履)〔屐〕」皆疊韻。詩第二字側入，謂之「正格」，如「鳳曆軒轅紀，龍飛四十春」之類。第二字平入，謂之「偏格」，如「四更山吐月，殘夜水明樓」之類。唐名賢輩詩多用正格，如杜甫律詩，用偏格者十無一二。（卷十五藝文二。下同）

20文潞公(保)〔歸〕洛日，年七十八。同時有中散大夫程珦、朝議大夫司馬旦、司封郎中致仕席汝言，皆年七十八，嘗爲「同甲會」，各賦詩一首。潞公詩曰：「四人三百十二歲，況是同生丙午年。

招得梁園爲賦客，合成商嶺採芝仙。清談亹亹風盈席，素髮飄飄雪滿肩。此會從來誠未有，洛中應作畫圖傳。」

21河中府鸛雀樓三層，前瞻中條，下瞰大河，唐人留詩者甚多。唯李益、王之奐，暢諸三篇能狀其景。李益詩曰：「鸛雀樓西百尺牆，汀洲雲樹共茫茫。漢家簫鼓隨流水，魏國山河半夕陽。事去千年猶恨速，愁來一日即知長。風煙併在思歸處，遠目非春亦自傷。」王之奐詩曰：「白日依山盡，黄河入海流。欲窮千里目，更上一層樓。」暢諸詩曰：「迥臨飛鳥上，高出世塵間。天勢圍平野，河流入斷山。」

22金陵人胡恢博物强記，善篆隸，臧否人物，坐法失官十餘年，潦倒貧困。赴選集於京師，是時韓魏公當國，恢獻小詩自達，其一聯曰：「建業關山千里遠，長安風雪一家寒。」魏公深憐之，令篆太學石經，因此得復官，任華州推官而卒。

23熙寧六年，有司言日當蝕四月朔，上爲徹膳、避正殿。一夕微雨，明日不見日蝕，百官入賀，是日有皇子之慶，蔡子正爲樞密副使，獻詩一首，前四句曰：「昨夜薰風入舜韶，君王未御正衙朝。陽輝已得前星助，陰沴潛隨夜雨消。」其叙四月一日避殿、皇子慶誕、雲陰不見日蝕，四句盡之，當時無能過之者。

24士人劉克博觀異書。杜甫詩有「家家養烏鬼，頓頓食黄魚」，世之説者，皆謂夔、峽間至今有鬼户，乃夷人也，其主謂之「鬼主，」然不聞有烏鬼之説。又鬼户者，夷人所稱，又非人家所養。克乃按《夔州圖經》，稱峽中人謂鸕鷀爲「烏鬼」。蜀人臨水居者，皆養鸕鷀，繩繫其頸，使之捕魚，得魚則倒提出之，至今如此。予在蜀中，見人家養鸕鷀使捕魚，信然，但不知謂之烏鬼耳。（卷十六藝文三。下同）

25和魯公凝有豔詞一編，名《香奩集》。凝後貴，乃嫁其名爲韓偓，今世傳韓偓《香奩集》，乃凝所爲也。凝生平著述，分爲《演綸》、《游藝》、《孝悌》、《疑獄》、《香奩》、《贏金》六集。自爲《遊藝集》序云：「予有《香奩》、《贏金》二集，不行於世。」凝在政府，避議論，諱其名；又欲後人知，故於《遊藝集》序（述）〔實〕之，此凝之意也。予在秀州，其曾孫和惇家藏諸書，皆魯公舊物，末有印記甚完。

26蜀人魏野隱居不仕宦，善爲詩，以詩著名，卜居陝州東門之外。有《陝州平陸縣》詩云：「寒食花藏院，重陽菊繞灣。一聽離岸櫓，數點別州山。」最爲警句。所居頗蕭灑，當世顯人多與之游，寇忠愍尤愛之。嘗有《贈忠愍》詩云：「好向上天辭富貴，却來平地作神仙。」後忠愍鎮北都，召野置門下。北都有妓女，美色而舉止生梗，士人謂之「生張八」。因府會，忠愍令乞詩於野，野贈之詩曰：「君爲北道生張八，我是西州熟魏三。莫怪尊前無笑語，半生半熟未相諳。」吴正憲《憶陝郊》詩曰：「南郭迎天使，東郊詔隱人。」「隱人」，謂野也。野死，有子閑，亦有清名，今尚居陝中。

27書畫之妙，當以神會，難可以形器求也。世之觀畫者，多能指摘其間形象位置，彩色瑕疵而已，至於奥理冥造者，罕見其人。如彦遠《畫評》，言王維畫物，多不問四時，如畫花往往以桃、杏、芙蓉、蓮花同畫一景。予家所藏摩詰畫《袁安卧雪圖》，有雪中芭蕉，此乃得心應手，意到便成，故造理入神，迥得天意，此難可與俗人論也。謝赫云：「衛協之畫，雖不該備形妙，而有氣韻凌跨群雄，曠代絶筆。」又歐文忠《盤車圖》詩云：「古畫畫意不畫形，梅詩詠物無隱情。忘形得意知者寡，不若見詩如見畫。」此真爲識畫也。（卷十七書畫。下同）

28唐韓偓爲詩極清麗，有手寫詩百餘篇，在其四世孫奕處。偓天復中避地泉州之南安縣，子孫遂家焉。慶曆中，予過南安，見奕出其手集，字極淳勁可愛。後數年，奕詣闕獻之，以忠臣之後，得司士參軍，終於殿中丞。又予在京師，見偓《送䛒光上人》詩，亦墨跡也，與此無異。

29張忠定少時謁華山陳圖南，遂欲隱居華山。圖南曰：「他人即不可知，如公者，吾當分半以相奉。然公方有官職，未可議此。其勢如失火家待君救火，豈可不赴也？」乃贈以一詩曰：「自吴入蜀是尋常，歌舞筵中救火忙。乞得金陵養閑散，亦須多謝鬢邊瘡。」始皆不諭其言。後忠定更鎮杭、益。晚年有瘡發於項後，治不瘥，遂自請得金陵，皆如此詩言。（下略）（卷二十神奇）

30司馬相如叙上林諸水曰：「丹水、紫淵，灞、滻、涇、渭，八川分流，相背而異態，灝溔潢漾，東注太湖。」李善注：「太湖，所謂震澤。」按，八水皆入大河，如何得東注震澤？又白樂天《長恨歌》云：「峨嵋山下少人行，旌旗無光日色薄。」峨嵋在嘉州，與幸蜀路全無交涉。杜甫《武侯廟柏》詩云：「霜皮溜雨四十圍，黛色參天二千尺。」四十圍乃是徑七尺，無乃太細長乎？防風氏身廣九畝，長三丈。姬室畝廣六尺，九畝乃五丈四尺，如此，防風之身乃一餅餤耳。此亦文章之病也。（卷二十三譏謔。下同）

31張唐卿景祐元年進士第一人及第，期集於興國寺，題壁云：「一舉首登龍虎榜，十年身到鳳凰池。」有人續其下云：「君看姚曄并梁固，不得朝官未可知。」後果終於京官。蓋姚曄大中祥符元年、梁固二年皆狀元，而終於京官。

32舊制，三班奉職月俸錢七百，驛(券)〔羊〕肉半斤，祥符中，有人爲詩題所在驛舍間曰：「三班奉職實堪悲，卑賤孤寒即可知。七百料錢何日富，半斤羊肉幾時肥？」朝廷聞之曰：「如此何以責廉隅？」遂增今俸。

33嘗有一名公，初任縣尉，有舉人投書索米，戲爲一詩答之曰：「五貫九百五十俸，省錢請作足錢用。妻兒尚未厭糟糠，僮僕豈免遭饑凍？贖典贖解不曾休，喫酒喫肉何曾夢？爲報江南癡秀才，更來謁索覓甚瓮！」熙寧中，例增選人俸錢，不復有五貫九百俸者，此實養廉隅之本也。

34石曼卿初登科，有人訟科場，覆考落數人，曼卿是其數。時方期集於興國寺，符至，追所賜敕牒靴服，數人皆啜泣而起，曼卿獨解靴袍還使人，露體戴幞頭，復坐語笑，終席而去。次日，被黜者皆授三班借職。曼卿爲一絶句曰：「無才且作三班借，請俸争如録事參。從此罷稱鄉貢進，且須走馬東西南。」

35江南宋齊丘，智謀之士也。自以爲江南有精兵三十萬：士卒十萬，大江當十萬，而己當十萬。江南初主本徐温養子，及僭號，遷徐氏於海陵。中主繼統，用齊丘謀，徐氏無男女少長皆殺之。其後齊丘嘗有一小兒病，閉閤謝客，中主置燕召之，亦不出。有老樂工且雙瞽，作一詩書紙鳶上，放入齊丘第中，詩曰：「化家爲國實良圖，總是先生畫計謨。一箇小兒拋不得，上皇當日合何如？」海陵州宅之東至今有小兒墳數十，皆當時所殺徐氏之族也。

36延州今有五城，說者以謂舊有東西二城，夾河對立，高萬興典郡，始展南北東三關城。予因讀杜甫詩云：「五城何迢迢，迢迢隔河水。延州秦北户，關防猶可倚。」乃知天寶中已有五城矣。（卷二十四雜志一。下同）

37（上略）石炭煙亦大，墨人衣。予戲爲《延州詩》云：「二郎山下雪紛紛，旋卓穹廬學塞人。化盡素衣冬未老，石煙多似洛陽塵。」

38信州杉溪驛舍中有婦人題壁數百言，自叙世家本士族，父母以嫁三班奉職鹿生之子，鹿忘其名。娩娠方三日，鹿生利月俸，逼令上道，遂死於杉溪。將死乃書此壁，具逼迫苦楚之狀，恨父母遠，無地赴訴，言極哀切，頗有詞藻，讀者無不感傷。既死，稾葬之驛後山下，行人過此，多爲之憤激，爲詩以弔之者百餘篇。人集之，謂之《鹿奴詩》，其間甚有佳句。鹿生，夏文莊家奴，人惡其貪忍，故斥爲「鹿奴」。

39茶芽，古人謂之「雀舌」、「麥顆」，言其至嫩也。今茶之美者，其質素良，而所植之土又美，則新芽一發，便長寸餘，其細如針，唯芽長爲上品，以其質幹土力皆有餘故也。如雀舌、麥顆者，極下材耳，乃北人不識，誤爲品題。予山居有《茶論》。《嘗茶詩》云：「誰把嫩香名『雀舌』？定知北客未曾嘗。不知靈草天然異，一夜風吹一寸長。」

40潘閬，字逍遥，咸平間有詩名，與錢易、許洞爲友，狂放不羈。嘗爲詩曰：「散拽禪師來蹴踘，亂拖遊女上鞦韆。」此其自序之實也。後坐盧多遜黨亡命，捕跡甚急，閬乃變姓名，僧服入中條山。許洞密贈之詩曰：「潘逍遥，平生才氣如天高。仰天大笑無所懼，天公嗔爾口呶呶。罰教臨老投補衲，歸中條。我願中條山神鎮長在，驅雷叱電依前趕出這老怪。」後會赦，以四門助教召之，閬乃自歸，送信州安置，仍不懲艾，復爲《掃市舞詞》曰：「出砒霜，價錢可，贏得撥灰兼弄火，暢殺我！」以此爲士人不齒，放棄終身。（卷二十五雜志二。下同）

41刁約使契丹，戲爲四句詩曰：「押燕移離畢，看房賀跋支，餞行三匹裂，密賜十貔狸。」皆紀實也。移離畢，官名，如中國執政官。賀跋支，如執衣防閤。匹裂，似小木罌，以色綾木爲之，如黄漆。貔狸，形如鼠而大，穴居食穀粱，嗜肉，狄人爲珍膳，味如㹠子而脆。

42宋景文子京判太常日，歐陽文忠公、刁景純同知禮院。景純喜交遊，多所過從，到局或不下馬而去。一日退朝，與子京相遇，子京謂之曰：「久不辱至寺，但聞走馬過門。」李邯鄲獻臣立談間，戲改杜子美《贈鄭廣文》詩嘲之曰：「景純過官舍，走馬不曾下。忽地退朝逢，便遭官長駡。多羅四十年，偶未識磨𤘘。賴有王宣慶，時時乞與錢。」葉道卿、王原叔各爲一體詩，寫於一幅紙上，子京於其後題六字曰：「效子美誶景純。」獻臣復注其下曰：「道卿著，原叔古篆，子京題篇，獻臣小書。」歐陽文忠公又以子美詩書於一綾扇上。高文莊在坐曰：「今日我獨無功。」乃取四公所書紙爲一小帖，懸於景純直舍而去。時西羌首領唃廝羅新歸附，磨𤘘乃其子也。王宣慶大閹求景純爲墓誌，送錢三百千，故有磨𪎊、王宣慶之誚。今詩帖在景純之孫概處，扇詩在楊次公家，皆一時名流雅謔，予皆曾借觀，筆跡可愛。（《補筆談》卷三雜志）

43魯肅簡公勁正，不徇愛憎，出於天性。素與曹襄悼不協，天聖中因議茶法，曹力擠肅簡，因得罪去。賴上察其情，寢前命止從罰俸。獨三司使李諮奪職，謫洪州。及肅簡病，有人密報肅簡，但云：「今日有佳事。」魯聞之，顧壻張昷之曰：「此必曹利用去也。」試往偵之，果襄悼謫隨州。肅簡曰：「得上殿乎？」張曰：「已差人押出門矣。」魯大驚曰：「諸公誤也！利用何罪至此？進退大臣豈宜如此之遽！利用在樞密院，盡忠於朝廷，但素不學問，倔强不識好惡耳，此外無大過也。」嗟惋久之，遽覺氣塞，急召醫視之，曰：「此必有大不如意事動其氣，脈已絶，不可復治。」是夕，肅簡薨。李諮在洪州聞肅簡薨，有詩曰：「空令抱恨歸黄壤，不見崇山謫去時。」蓋未知肅簡臨終之言也。（《續筆談》。下同）

44杜甫詩有「家家養烏鬼，頓頓食黄魚」之句，近世注杜甫詩引《夔州圖經》稱：「峽中人謂鸕鷀爲『烏鬼』。」蜀人臨水居者，皆養鸕鷀，繫繩其頸，使之捕魚，得魚則倒提出之，至今如此。又嘗有近侍奉使過夔峽，見居人相率十百爲曹，設牲酒於田間，衆操兵仗，群譟而祭，謂之「養鬼」，言烏蠻戰殤多，與人爲厲，每歲以此禳之，又疑此所謂養烏鬼者。

45陶淵明《雜詩》：「采菊東籬下，悠然見南山。」往時校定《文選》，改作「悠然望南山」，似未允當。若作「望南山」，則上下句意全不相屬，遂非佳作。

46狄侍郎棐之子遵度，有清節美才。年二十餘，忽夢爲詩，其兩句曰：「夜卧北斗寒挂枕，木落霜拱雁連天。」雖佳句，有丘墓間意，不數月卒。高郵士人朱適，予舅氏之壻也，納婦之夕，夢爲詩兩句曰：「燒殘紅燭客未起，歌斷一聲塵遶梁。」不踰月而卒。皆不祥之夢。然詩句清麗，皆爲人所傳。

47成都府知録，雖京官，例皆庭參。蘇明允常言：「張忠定知成都府日，有一生，忘其姓名，爲京寺丞，知録事參軍，有司責其庭趨，生堅不可。忠定怒曰：『唯致仕即可免。』生遂投牒乞致仕，自袖牒立庭中，仍獻一詩辭忠定，其間兩句曰：『秋光都似宦情薄，山色不如歸意濃。』忠定大稱賞，自降階執生手曰：『部内有詩人如此而不知，詠罪人也。』遂與之升階，置酒歡語終日，還其牒，禮爲上客。」

48元祐六年，高麗使人入貢。上元節，於闕前賜酒，皆賦觀燈詩，時有佳句。進奉副使魏繼延句有：「千仞綵山擎日起，一聲天樂漏雲來。」主簿朴景綽句有：「勝事年年傳習久，盛觀今屬遠方賓。」

49歐陽文忠有《奉使回寄劉(元)〔原〕甫》詩云：「老我倦鞍馬，誰能事吟嘲。」王荆公贈弟和甫詩云：「老我銜主恩，結草以爲期。」言「老我」，則語有情，上下句皆有惜老之意。若作「我老」，與「老我」雖同，而語無情，詩意遂頹惰。此文章佳語，獨可心喻。

50韓退之詩句有「斷送一生唯有酒」，又曰「破除萬事無過酒」。王荆公戲改此兩句爲一字題

四句曰：「酒，酒，破除萬事無過，斷送一生唯有。」不損一字，而意韻如自爲之。（王景桐）

51樂天詩不必皆好，然識趣可尚。（逸文）

澠水燕談録

王辟之　撰

王辟之（一〇三一—？），字聖塗，山東臨淄（在今山東省）人。治平四年（一〇六七）進士，歷任縣、州知事。紹聖四年（一〇九七）告老還鄉。《澠水燕談録》十卷，今本已非足本，此據中華書局一九八一年排印本選録。

1魯人李廷臣頃官瓊管，一日過市，有獠子持錦臂鞲鬻于市者，織成詩，取而視之，仁廟景祐五年賜新進士詩也，云：「恩袍草色動，仙籍桂香浮。」仁祖天章掞麗，固足以流播荒服，蓋亦仁德醲厚，有以深浹夷獠之心，故使愛服之如此也。廷臣以千文易得之，貼之小屏，致几席間，以爲朝夕之玩。（卷一帝德）

2張忠定公詠布衣時，希夷先生一見奇之。公曰：「願分華山一半居可乎？」先生曰：「非公可及。」别贈以毫楮。公曰：「是將嬰我以世務也。」後公貴顯，以名德重天下。將赴劍南，以詩寄先生曰：「性愚不肯林泉住，强要流清擬致君。今日星馳劍南去，回頭慚愧華山雲。」及還，又有詩曰：「世人大抵重官榮，見我東歸夾道迎。應被華山高士笑，天真喪盡得虚名。」（卷二名臣。下同）

3曹冀王彬，前後帥師征討諸國，凡降四國主：江南、西川、廣南、湖南也，未嘗殺一無辜，功名顯著，爲諸將之首。諸子皆賢令，瑋、琮、璨繼領旄鉞。陶弼《觀王畫像有詩》曰：「蒐兵四解《言行録》作「把」。降王縛，教子三登上將壇。」（下略）

4太子賓客謝濤，生平清慎，恬于榮利。晚節乞知西臺，尋分務洛中，不接賓客，屏去外事，日覽舊史一編，以代賓話。將終前一日，夢中得詩一章，覺，呼其孫景初録之，曰：「百年奇特幾張紙，千古英雄一窖塵。惟有炳然周、孔教，至今仁義浸生民。」足以見篤於仁義，著乎神明，故至死而不亂也。

5景祐中，范文正公知開封府，忠亮讜直，言無回避，左右不便，因言公「離間大臣，自結朋黨」。仍落天章閣待制，黜知饒州。余靖安道上疏論救，以朋黨坐貶。尹洙師魯言：「靖與仲淹交淺，臣與仲淹義兼師友，當從坐。」貶監郢州税。歐陽永叔貽書責司諫高若訥不能辯其非辜，若訥大怒，繳其書，降授夷陵縣令。永叔復與師魯書云：「五六十年來，此輩沈默畏慎，布在世間，忽見吾輩作此事，下至灶閒老婢亦爲驚怪。」時蔡君謨爲《四賢一不肖》詩，布在都下，人争傳寫，鬻書者市之，頗獲厚利。虜使至，密市以還。張中庸奉使過幽州，館中有書君謨詩在壁上。四賢：希文、安道、師魯、永叔；一不肖，謂若訥也。

6司馬文正公以高才全德，大得中外之望，士大夫識與不識，稱之曰君實，下至閭閻匹夫匹婦，莫不能道司馬。故公之退十有餘年，而天下之人日冀其復用於朝。熙寧末，余夜宿青州北淄河馬鋪，晨起行，見村民百餘人，歡呼踴躍，自北而南。余驚問之，皆曰：「傳司馬爲宰相矣。」余以爲雖出于野人妄傳，亦其情之所素欲也。故子瞻爲公《獨樂園》詩曰：「先生獨何事，四海望陶冶。兒童誦君實，走卒知司馬。」蓋紀實也。

7 河東柳先生開，以高文苦學爲世宗師，後進經其題品者，翕然名重于世。嘗有詩贈諸進士曰：「今年舉進士，必誰登高第？孫何及孫僅，外復有丁謂。」未幾，何、僅連牓狀元，謂亦中甲科，先生之知人也如此。（卷三知人。下同）

8 孫何、孫僅，學行文辭傾動場屋。何既爲狀元，王黄州覽僅文編，書其後曰：「明年再就堯階試，應被人呼小狀元。」後榜僅果爲第一。黄州復以詩寄之云：「病中何幸忽開顔，記得詩稱小狀元。粉壁乍懸龍虎牓，錦標終屬鶺鴒原。」并寄何詩曰：「惟愛君家棣華牓，《登科記》上並龍頭。」潘逍遥亦有詩曰：「歸來遍檢《登科記》，未見連年放弟兄。」而陳堯叟、堯咨兄弟亦前後相繼爲狀元，士林皆以爲盛事。

9 慶曆二年，仁宗用范文正公參知政事，韓魏公、富韓公爲樞密副使，天下人心莫不歡快。徂徠先生石守道作《聖德》詩曰：「惟仲淹、弼，一夔一卨。」又曰：「琦器魁礨，豈視店楔，可屬大事，重厚如勃。」其後，富、范爲宋之名臣，而魏公定策兩朝，措天下於太山之安，人始嘆先生之知人也。

10 徂徠先生石守道，少以進士登甲科，好爲古文章，雖在下位，不忘天下之憂，其言以排斥佛老、誅貶奸邪爲己任。慶曆中，天子罷二相，進用韓魏公、富韓公、范文正公，增置諫官，鋭意求治。

先生喜曰：「吾官爲博士，《雅》、《頌》，吾職也。」乃作《慶曆聖德》詩五百言，所以別白邪正甚詳。太山孫明復見之，曰：「子禍起矣！」由是謗論喧然，姦人嫉妒，相與擠之，欲其死而後已。不幸先生病卒，有以媾禍中傷大臣者，指先生之起事曰：「石某詐死，北走胡矣。」請斲棺以驗，朝廷知其誣，不發棺。歐陽文忠公哭先生以詩曰：「當子病方革，謗辭正騰喧。」衆人皆欲殺，聖主獨保全。已埋猶不信，僅免斲其棺。」先生没後，妻子流落寒餓，魏公分俸買田以給之。所謂大臣乃先生嘗薦於朝者，姦人即先生詩所斥者也。元祐中，執政薦先生之直，即詔官其子。（卷三奇節。下同）

11 近年士大夫多脩佛學，往往作爲偈頌以發明禪理。獨司馬温公患之，嘗爲《解禪偈》六篇云：「文中子以佛爲西方聖人，信如文中子之言，則佛之心可知已。今之言禪者，好爲隱語以相迷，大言以相勝，使學之者倀倀然益入於迷妄，故予廣文中子之言而解之，作《解禪偈》六首。若其果然，雖中國可行矣，何必西方；若其不然，則非予之所知也。」

「忿怒如烈火，利欲如銛鋒，終朝長戚戚，是名阿鼻獄」。

「顔回甘陋巷，孟軻安自然，富貴如浮雲，是名極樂國」。

「孝悌通神明，忠信行蠻貊，積善來百祥，是名作因果」。

「仁人之安宅，義人之正路，行之誠且久，是名不壞身」。

「道德修一身，功德被萬物，爲賢爲大聖，是名菩薩佛」。

「言爲百世師，行爲天下法，久久不可掩，是名光明藏」。

12劉少逸少有俊才，年十三，端拱二年中禮選。及御試，詩賦外別召升殿，賜御題，賦詩數首，皆有旨意，授校書郎，令於三館讀書。故王元之愛其少俊，而贈之詩曰：「待學韓退之，矜夸李長吉。」（卷四才識。下同）

13胡旦少有俊才，尚氣凌物，嘗語人曰：「應舉不作狀元，仕宦不作宰相，乃虚生也。」隨計之秋，郡守坐中聞雁，旦賦詩曰：「明年春色裏，領取一行歸。」詩人皆壯其言，明年果魁天下。終以俊才忤物，不登顯位而卒。

14邵迎，高郵人，博學强記，文章清麗而尤長於詩。爲人恭儉孝友，頗精法律，長于吏事，而清羸多病，尫然不能勝其衣。平生奇蹇不偶，登進士十餘年，而官止州縣。窮死無嗣，其妻苦於饑寒。蘇子瞻哀君之不幸，集其文爲之引，以爲：「原憲之貧，顔回之短命，揚雄之無子，馮衍之不遇，皇甫士安之篤疾，彼遇其一，人猶哀悼，而君兼之，非命也哉！」天道與善，予于此疑焉。

15陳摶，周世宗常召見，賜號白雲先生。太平興國初，召赴闕，太宗賜御詩云：「曾向前朝出白雲，後來消息杳無聞。如今若肯隨徵召，總把三峰乞與君。」先生服華陽巾，草屨垂條，以賓禮見，賜坐。上方欲征河東，先生諫止，會軍已興，令寢于御園，兵還，果無功。百餘日方起，恩禮特異，賜號希夷，屢與之屬和。久之，辭歸，進詩以見志云：「草澤吾皇詔，圖南摶姓陳。三峰千載客，四海一閒人。世態從來薄，詩情自得真。乞全麋鹿性，何處不稱臣。」上知不可留，賜宴便殿，宰相兩禁傅坐，爲詩以寵其歸。（卷四高逸。下同）

16田徵君告，字象宜，篤學好文，理致高古。嘗學詩于希夷先生，先生以《詩評》授之，故詩尤清麗。平居寡薄，志在經世。（下略）

17麻先生仲英，幼有俊才，七歲能詩，隨侍父官鄜州。時宋翰林白方謫官鄜時時，聞而召之。坐賦詩十篇，宋大稱賞。翌日，宋以浣溪牋、李廷珪墨、諸葛氏筆遺之，乃贈以詩曰：「宣毫歙墨川箋紙，寄與麻家小秀才。七歲能吟天骨異，前生已折桂枝來。」十七，一試禮部歸，以二親既喪，禄不及養，無復仕宦意，退居臨淄辨士里别墅。久而記覽該洽，行義高潔，鄉黨化服，鄰里有争訟者，不決於有司而聽先生辨之，雖凶年，盜不入其家。富韓公、文潞公守青，皆嘗致書幣。龐莊敏公出鎮，遣其子奉書召至府中，禮之極厚，屢以詩貽之，薦其行義于朝，詔以爲國子四門助教、州學教授，東方學者争師之。卒年九十。先生，予祖母長安縣君兄也。或以爲宋詩云「前生已折桂枝來」，即今世不復「折桂」也，先生一試不第，終身罷舉，宋詩已讖之矣。

18陝右魏處士野、蒲中李徵君瀆乃中表也，俱有高節，以吟咏相善。野于東郊鑿土室方丈，蔭以脩竹，泉流其前，曰樂天洞；瀆結茅齋中條之陰，曰浮雲堂，皆有蕭灑之趣。每乘興相過，賦詩飲酒，累日乃去。一日，瀆過野曰：「前夕恍惚若夢中，牀下有人曰：『行到水窮處，未知天盡時。』即正其誤曰：『盍云：坐看雲起時。』對曰：『此浮雲安得興起邪？』瀆水命，此必死期，故來訪别。」還家，未幾卒。

19建安黄晞，慶曆中遊京師，高文苦學，爲世稱重，著書數萬言，自號聱隅子。貧有守，不干科舉，而貌寢氣寒，不自脩飾。石守道在太學，率學官生員，厚禮幣，聘爲學正，晞踰垣避之，故歐陽文忠詩曰：「羔雁聘黄晞，晞驚走鄰家。」近臣交章薦其道義，詔授京官，將以爲國子司業。拜命數日，一夕暴卒於景德僧舍，士大夫惜之。

20 慶曆末，杜祁公告老，退居南京，與太子賓客致仕王涣、光禄卿致仕畢世長、兵部郎中分司朱貫、尚書郎致仕馮平爲「五老會」，吟醉相歡，士大夫高之。祁公以故相耆德尤爲天下傾慕，兵部詩云：「九老且無元老貴，莫將西洛一般看。」五人年皆八十餘，康寧爽健，相得甚歡，故祁公詩云：「五人四百有餘歲，俱稱分曹與掛冠。」而畢年最高，時已九十餘，故其詩云：「非才最忝預高年。」是時，歐陽文忠公留守睢陽，聞而嘆慕，借其詩觀之，因次韻以謝，卒章云：「聞説優游多唱和，新詩何惜借傳看。」

21 初，歐陽文忠公與趙少師概同在中書，嘗約還政後再相會。及告老，趙自南京訪文忠公于潁上。文忠公所居之西堂曰「會老」，仍賦詩以志一時盛事。時翰林吕學士公著方牧潁，職兼侍讀及龍圖，特置酒於堂，宴二公。文忠公親作口號，有「金馬玉堂三學士，清風明月兩閒人」之句，天下傳之。

22 治平初，龍圖閣直學士趙公抃鎮成都。有張山人者，不知所居，數至李道士舍。一日，語李曰：「白龍圖公促治裝，行當入覲，且參大政矣。」趙聞而異之，喻李令與俱來。及再至，李邀欲同見公，張固辭曰：「與公相見自有期，今未可也。」李具以告公，公曰：「俟其再至，密令人來白，當屏去導從，潛往見之。」他日又至，李方遣人白公，而張遽求還，留之，不可。曰：「龍圖且來矣。」公方命駕，聞其去，乃止，益奇之。未幾，果膺召命，乃參政柄。及出鎮青社，熙寧五年，張遺書云：「當來相見。」公大喜，語賓佐曰：「張山人且來矣。」久之，無耗。至秋，公奉詔再領成都，方悟曰：「山人言來，乃吾當往也。」故將行，先寄張詩，有「不同參政初時入，謂呂餘慶。也學尚書兩度來。謂張乖崖。到日先生應笑我，白頭猶自走塵埃」之句。

23富韓公，熙寧四年以司空歸洛，時年六十八。是年，司馬端明不拜樞密副使，求判西臺，時年五十三。二公安居沖默，不交世務。後十一年，當元豐五年，文潞公留守西京，慕唐白樂天「九老會」，於是悉聚洛中士大夫賢而老自逸者，於韓公第置酒相樂，凡十二人。即又命鄭奂圖形妙覺僧舍，各賦詩一首，時人呼之曰「洛陽耆英會」，而司馬爲之序。其相聚也，用洛中舊俗，叙齒不尚官，時韓公年七十九，潞公與司封郎中席汝言皆七十七，朝議大夫王尚恭七十六，太常卿趙丙、秘書監劉幾、衛州防禦使馮行已皆七十五，天章閣待制楚建中七十三，朝議大夫王慎言七十二，太中大夫張問、龍圖閣直學士張燾皆七十，司馬六十四，故潞公詩云：「當筵尚齒尤多幸，十二人中第二人。」韓公《贈潞公》詩云：「顧我年齡雖第一，在公勳德自無雙。」潞公《再答韓公》詩云：「惟公福禄并功德，合是人間第一流。」是時，宣徽使王公拱辰年七十，留守大名，貽詩二公，願預其數，凡十三人也。

24荆南朱昂，博學有清德，晚年以工部侍郎乞骸骨，既得謝，真宗賜坐，寵詔留候秋涼還荆南，故吴淑贈行詩曰:「浴殿夜涼初閣筆,渚宫秋晚得懸車。」比行,賜宴玉津園,侍臣皆赴,坐中,内侍傳詔各賦詩餞行。凡四十八篇,獨李翰長維詩最奇絶,云:「清朝納禄猶强健,白首還家正太平。」昂弟協亦退居里中,年皆八十餘,時謂「渚宫二疏」。主帥表其閭曰東、西致政坊。昂薨,門人謚曰正裕先生。

25劉孟節先生概,青州壽光人,少師种放,篤古好學,酷嗜山水,而天姿絶俗,與世相齟齬,故久不仕。晚得一名,亦不去爲吏。慶曆中,朝廷以海上岠嵎山地震逾年不止,遣使訪遺逸。安撫使以先生名聞,詔命之官,先生亦不受就。青之南有冶原,昔歐冶子鑄劍之地,山奇水清,旁無人煙,叢篠古木,氣象幽絶。富韓公之鎮青也,知先生久欲居其間,爲築室泉上,爲詩并序以餞之曰:「先生已歸隱,山東人物空。」且言先生有志於名,不幸無位,不克施於時,著書以見志,謂先生雖隱,其道與日月雷霆相震耀。其後,范文正公、文潞公皆優禮之,欲薦之朝廷,先生懇祈,亦不敢强,以成其高。先生少時,多寓居龍興僧舍之西軒,往往凭欄静立,懷想世事,吁唏獨語,或以手拍欄干,嘗有詩曰:「讀書誤我四十年,幾回醉把欄干拍。」司馬温公《詩話》所載者是也。

26王樵,字肩望,淄川人也。性超逸,深于《老》、《易》,善擊劍,有概世之志,廬梓桐山下,稱淄右書生,不交塵務,山東賈同、李冠皆尊仰之。咸平中,契丹内寇,舉族北俘。潛入虜中訪其親,累年不獲,乃歸。持諸喪,刻木爲親,葬奂山東,立祠,奉侍終身。太守劉通詣樵,踰垣遁去。其後,高弁知州事,范諷爲通判,相與就見之。李冠以詩寄之曰:「霜臺御史新爲郡,棘寺廷評繼下車。

首謁梓桐王處士，教風從此重詩書。」晚自號「贅世翁」，爲贊書其門，曰：「書生王樵，薄命寡志，無益於人，道號『贅世』。」豫卜地爲穷，名繭室，中壘石榻，刻銘其上，曰：「生前投軀，以虞不備。歿後寄魄，以備不虞。」後感疾，即入繭室中，自掩户，乃卒。命以古劍殉葬。著《遊邊集》二卷、《安邊三策》、《説史》十篇，皆已散失。濟南李芝爲《贅世先生傳》，載其事。治平中，淄川僧文幼募資，即其地爲繭室，亦起堂祠樵。文幼薄能爲詩，精陰陽地理。

27蒲中李瀆處士父瑩，國初爲侍御史，有直聲。瀆少好學，有高志，長廬中條山下，以泉石吟詠自樂，未嘗造州縣。真宗祀汾陰，詔赴行在，瀆不起，有表稱謝云：「十行温詔，初聞丹鳳銜來；一片閑心，已被白雲留住。」真宗製詩以賜之。時有同郡劉巽，治《三傳》，年老博學，躬耕不仕，以講授爲業，真宗亦以一絶賜之。

28太宗朝，趙昌國者，自陳乞應百篇舉。帝親出五言四句爲題，云「秋風雪月天，花竹鶴雲煙，詩酒春池雨，山僧道柳泉」，凡二十字，字爲五篇，篇四韻。至晚，僅能成數篇，辭意無足取，亦賜及第，用勸學者。（卷六貢舉。下同）

29祥符二年真宗東封岱山，六月，放梁固已下進士三十一人及第。四年，祀后土於汾陰，十一月，放張師德以下三十一人及第。固，雍熙二年狀元顥之子；師德，建隆二年狀元去華之子。兩家父子狀元，當時士大夫榮之。甘棠魏野聞而以詩賀之曰：「封禪、汾陰連歲牓，狀元俱是狀元兒。」

30和魯公凝，梁貞明三年薛廷珪下第十三人及第。後唐長興四年知貢舉，獨愛范魯公質程文，語范曰：「君文合在第一，暫屈居第十三人，用傳老夫衣鉢。」時以爲榮，其後相繼爲相。當時有贈詩者曰：「從此廟堂添故事，登庸衣鉢盡相傳。」

31唐杜暹家書，跋尾皆自題詩以戒子孫曰：「請俸買來手自校，子孫讀之知聖教，鬻及借人爲不孝。」京蘇維嶽家杜氏書尤多，所題皆完。近年，朝議大夫謝曄好蓄書，率自校正，以二十廚貯之，取杜詩一首二十字，廚刻一字，以别書部。謝氏子孫多賢令，子仲弓、廣文、孫牧，皆登甲科。少微，嘗舉茂才。（卷六文儒。下同）

32濟州晁端友，文元公之孫也，沈静清介，君子人也。工文辭，尤長於詩，常自晦匿，不求人知，而人亦無知者。以進士從仕二十餘年，爲著作佐郎以卒。其子補之録詩三百六十篇，求子瞻序之。方子瞻通守杭也，端友爲新城令，與遊三年，知其君子，而不知其能爲詩。夫以端友之文，子瞻之明且好賢，而又相從久，猶有所不知，則士之藴文行，不自求聞達，卒不爲世知者，可勝數耶！

33歙州三靈山人程惟象，少逢異人授要訣，退而精思其術，言人貴賤壽夭多中。（中略）杜杞移浙漕，惟象曰：「此去百日，三朝官俱壽盡。」乃比部陳執古、内翰蘇紳、待制滕宗諒。故杞贈詩云：「有驗如有神。」惟象於所居搆瑞墨閣，士大夫多留詩其上。（卷六先兆。下同）

34皇祐二年，陳珙知邕州。冬至日，珙旦坐廳事，僚吏方集，有白虹貫庭，自天屬地。明年五月，龍鬬於城南江中，馳逐往來久之，江水暴漲。未幾，儂智高陷二廣。前此，陶弼以詩貽楊畋，請爲備，云「虹頭穿府署，龍角陷城門」也。

35蜀人任玠温如，晚寓寧州府宅，一夕，夢一山叟貽詩曰：「故國路遥歸去來。」玠和之曰：「春風天遠望不盡。」既覺，自笑曰：「吾其死乎」！數日，不病而逝。

36藝祖收河東凱旋，范杲叩馬進詩曰：「千里版圖來浙右，一聲金鼓下河東。」上愛嘆不已，增秩，賜章服。杲，魯公質之姪，好學有文，時稱「高、梁、柳、范」，謂高弁、梁周翰、柳開與杲也。（卷七歌詠。下同）

37楊侍讀徽之，以能詩聞於祖宗朝。太宗知其名，索其所著，以百篇獻上，卒章曰：「少年牢落今何幸，叨遇君王問姓名。」太宗和賜，且語近臣曰：「徽之文雅可尚，操履端正。」拜禮部侍郎，選十聯寫於御屏。梁周翰貽之詩曰：「誰似金華楊學士，十聯詩在御屏風。」《江行》云：「犬吠竹籬沽酒客，鶴隨苔岸洗衣僧。」《寒食》云：「天寒酒薄難成醉，地迥樓高易斷魂。」《塞上》云：「戍樓煙自直，戰地雨長腥。」《嘉陽川》云：「青帝已教春不老，素娥何惜月長圓。」又云：「浮花水入瞿塘峽，帶雨雲歸越嶲州。」《哭江爲》云：「廢宅寒塘水，荒墳宿草煙。」《元夜》云：「春歸萬年樹，月滿九重城。」《僧舍》云：「偶題巖石雲生筆，閑繞庭松露濕衣。」《湘江舟行》云：「新霜染楓葉，皓月借蘆花。」《宿東林》云：「開盡菊花秋色老，落遲桐葉雨聲寒。」

38王元之謫黄州，實由宰相不悦，交親無敢私見，惟竇元賓握手泣言於閤門曰：「天乎，使公屢出，豈非命耶！」士大夫高之。元之以詩謝之云：「惟有南宫竇員外，爲予垂淚閤門前。」

39元之初知制誥，上疏雪徐鉉，貶商州；召入爲學士，坐辨孝章皇后不實，謫滁州；復召知制誥，撰《太祖尊號册》，坐輕誣，謫黄州；作《三黜賦》以自述。時蘇易簡知舉，適放牓，奏曰：「禹稱翰苑名儒，今將全牓諸生送於郊。」上可其奏。諸生別元之。口占一絶，付狀元孫何曰：「爲我多謝蘇易簡云：『綴行相送我何榮，老鶴乘軒愧谷鶯，三入承明不知舉，看人門下放諸生。』」

40楊文公初爲光禄丞，太宗頗愛其才。一日，後苑賞花宴詞臣，公不得預，以詩貽諸館閣曰：「聞戴宫花滿鬢紅，上林絲筦侍重瞳。蓬萊咫尺無因到，始信仙凡迥不同。」諸公不敢匿，以詩進呈。上詰有司所以不召，左右以未貼職，例不得預。即命直集賢院，免謝，令預晚宴，時以爲榮。

41唐韓吏部序侯喜、劉師服與道士軒轅彌明《石鼎聯句》，其事頗怪。彌明之詞警絶遠甚，世以謂非神則仙，殆非人思所能到，孫漢公以爲皆退之語也。蓋以其詞多譏刺，慮爲人所知，故假以神其事。

42夏文莊公竦，初侍其父監通州狼山鹽場，《渡口》詩曰：「渡口人稀黯翠煙，登臨尤喜夕陽天。殘雲右倚維揚樹，遠水南回建業船。山引亂猿啼古寺，電驅甘雨過閑田。季鷹死後無歸客，江上鱸魚不直錢。」時年十七，後之題詩，無出其右。識者以謂「甘雨過閑田」雖有爲霖之志，而終無濟物之澤。

43陳文惠公堯佐，端拱元年程宿下及第，同年二十八人，時公兄弟俱未仕，父省華尚爲小官，家極貧。魏野以詩賀之曰：「放人少處先登第，舉族貧時已受官。」

44王文正公曾、李文定公迪，咸平、景德間相繼狀元及第，其後更踐政府，乃罷相鎮青，又爲交承，故文正《送文定移鎮兗海》詩有「錦標奪得曾相繼，金鼎調時亦踐更」之句，又云：「并土兒童君再見，會稽章紱我偏榮。」蓋文定再鎮兗，而青社，文正鄉里也。

45海陵西溪鹽場，初，文靖公嘗官于此，手植牡丹一本，有詩刻石。後范文正公亦嘗臨莅，復題一絶：「陽和不擇地，海角亦逢春，憶得上林色，相看如故人。」後人以二公詩筆故，題詠極多，而花亦爲人貴重，護以朱欄，不忍採折。歲久茂盛，枝覆數丈，每花開數百朶，爲海濱之奇觀。

46范魯公之孫令孫有學行，登甲科，人以公輔器之，王魏公旦妻以息女。令孫常爲《登覽》詩曰：「孤雲不爲雨，盡日却歸山。」識者以謂不及進用之兆。令孫官止右正言，年未五十卒，士大夫哀而惜之。

47青州布衣張在，少能文，尤精於詩，奇蹇不遇，老死場屋。嘗題龍興寺《老柏院》詩云：「南鄰北舍牡丹開，年少尋芳日幾回，惟有君家老柏樹，春風來似不曾來。」大爲人傳誦。文潞公皇祐中鎮青，詣老柏院，訪在所題，字已漫滅。公惜其不傳，爲大字書於西廊之壁。後三十餘年，當元豐癸亥，東平畢仲甫將叔見公於洛下，公誦其詩，囑畢往觀。畢至青，訪其故處，壁已圮毁，不可得，爲刻于天宫石柱，又刊其故所題之處。

48蘇子美，慶曆末謫居姑蘇，以詩自放。一日，觀魚滄浪亭，有詩云：「我嗟不及遊魚樂，虛作人間半世人。」識者以爲不祥。未幾，果卒，年四十一，士大夫嗟惜之。

49濮人杜默師雄，少有逸才，尤長於歌篇，師事石守道。作《三豪》詩以遺之，稱默爲「歌豪」，石曼卿「詩豪」，永叔「文豪」。而永叔亦有詩曰：「贈之《三豪》篇，而我濫一名。」默久不第，落魄不調，不護名節，屢以私干歐陽公。公稍異之，默怨憤，作《桃花》詩以諷，由是士大夫薄其爲人。

50鄭毅夫詩格飄放，晚年爲《雨詩》曰：「老火燒空未肯休，忽驚快雨破新秋，晚雲濃淡白日下，只在楚江南岸頭。」未幾，自杭移青，道病，泊舟高郵亭下，乃卒。是何自識之明。

51趙文度，青州人，名犯宣祖諱上字。清泰三年進士第六人及第，能詩，有《觀光集》傳於世，頗有佳句。嘗爲劉崇幕客，及崇僭位，拜僞相。後與崇不和，出守嵐州。及太祖征河東，文度以城歸國，拜華州節度使。後因郊禮移鎮耀州，有詩寄其鄉人云：「聖主覃恩遍九垓，碧油紅旆出關來。鄉中父老如相問，十五年前趙秀才。」予姑之夫晉卿，文度孫也，其詩尚在。

52石曼卿，天聖、寶元間以歌詩豪於一時，嘗於平陽作《代意寄師魯》一篇，詞意深美，曰：「十年一夢花空委，依舊山河損桃李。雁聲北去燕西飛，高樓日日春風裏。眉黛石州山對起，嬌波淚落妝如洗。汾河不斷水南流，天色無情淡如水。」曼卿死後，故人關詠夢曼卿曰：「延年平生作詩多矣，獨常自以爲《代平陽》一首最爲得意，而世人罕稱之。能令予此詩盛傳於世，在永言爾。」詠覺，增廣其詞爲曲，度以《迷仙引》，於是人爭歌之，他日復夢曼卿謝焉。詠，字永言。

53李淑守鄭州，《題周少主陵》曰：「弄耜牽車晚鼓催，不知門外倒戈回。荒墳斷壠纔三尺，剛道房陵半仗來。」時陳文惠薨，淑奉詔爲墓誌，淑言堯佐「好爲小詩，間有奇句」。陳之諸子請易之，淑不從，乃言其詩謗太祖，落淑侍讀學士。

54祥符中，有劉偁者久困銓調，爲陝州司法參軍，廉慎至貧。及罷官，無以爲歸計，賣所乘馬辦裝，跨驢以歸。魏野以詩贈行云：「誰似甘棠劉法掾，來時乘馬去騎驢。」未幾，真宗祀汾陰，過陝，詔徵野赴行在，野避不奉詔。上遣中使就野家索其所著，得贈偁詩，上嘆賞久之，語宰臣曰：「小官中有廉貧如此者。」使召之。偁方爲江南幕吏，至，以爲京官知青州博興縣。後有差除，上曰：「得如劉偁者可矣。」未數年，亟遷主客郎中、三司户部判官。真宗之奬拔廉吏如此，然由野一詩發之也。

55濮人李植成伯與張續禹功師徂徠石守道，爲門人高弟。歐陽文忠《讀徂徠集》詩云：「常、續最高弟，騫、游各名科。」成伯少名常。嘉祐中，詔舉天下行義之士，發遣詣闕，成伯首被此舉，詔書方下而卒，士大夫惜之。時禹功居曹南，成伯前卒數日，以詩寄禹功，其末句云：「野堂吹落讀殘書。」禹功怪其語不祥，亟往訪之，未至濮，成伯已卒。野堂，成伯讀書堂也。

56王元之在翰林，太宗恩遇極厚，嘗侍燕瓊林，獨召至御榻顧問。帝語宰相曰：「王某文章獨步當代，異日垂名不朽。」元之有詩云：「瓊林侍游宴，金口獨褒揚。」

57范文正公未免乳喪其父，隨母嫁淄州長白山朱氏。既冠，文章過人，一試爲南宮第一人，遂擢第。仕宦四十年，晚鎮青，西望故居，纔百餘里，以詩寄其鄉人曰：「長白一寒儒，登榮三紀餘。百花春滿地，二麥雨隨車。鼓吹前迎道，煙霞指舊廬。鄉人莫相羨，教子苦詩書。」

58張芸叟奉使大遼，宿幽州館中，有題子瞻《老人行》於壁者。聞范陽書肆亦刻子瞻詩數十篇，謂《大蘇小集》。子瞻才名重當代，外至夷虜，亦愛服如此。芸叟題其後曰：「誰題佳句到幽都，逢著胡兒問大蘇。」

59祥符中，丁晉公出典金陵，真宗以《袁安卧雪圖》賜之，真古妙手，或言周昉筆，亦莫可辨。至金陵，擇城之西南隅曠絶之地，建賞心亭，中設巨屏，置圖其上，遂爲金陵奇觀。歲久頗失覆護，縑素敗裂，稍爲好事者竊去。嘉祐中，王君玉出守郡，首詣觀之，惜其剽取已盡，嗟之尤久，作詩題其旁云：「昔人已化遼天鶴，往事難尋《卧雪圖》。」（卷七書畫）

60朐山有花類海棠而枝長，花尤密，惜其不香無子。既開，繁麗裊嫋，如曳錦帶，故淮南人以錦帶目之。王元之以其名俚，命之曰海仙。有詩曰：「春憎窈窕教無子，天爲妖嬈不與香。」又曰：「錦帶爲名卑且俗，爲君呼作海仙花。」（卷八事志。下同）

61萊公貶死雷州，喪還，過荆南公安縣，民懷公德，以竹插地，挂物爲祭，焚之，後生筍成林，以爲神，因爲公立祠，目其竹爲「相公竹」。王樂道爲記刊石，李承之有詩曰：「已枯斷竹鈞私被，既没賢公帝念深。仆木偃禾如不起，至今誰識大忠心。」

62亳州法相禪院矮檜，高纔數尺，偃亞蟠屈，枝葉繁茂，不可圖狀。唐大中年，李待價石記云：「圓蔭三丈餘。」距今又百餘年，廣袤五六丈，爲一郡之珍玩，士人目其寺曰「矮栝」。真宗祀老子，嘗駐其下，今御榻尚在，故陸子履詩云：「先皇玉座親臨地，故老於今涕泫然。」

63通州狼山廣教寺，在唐爲慈航院，在江中山上，昔人有詩云：「飛來靈鷲嶺，化作寶陀山。」前後乃江海相接處，舟出二山間，水湍礙石，率多覆溺。昔有僧率其徒操楫以護之，舟無觸石之患，故有慈航之名。近年江水南徙，山之前後皆陸田，後人又有詩云：「昔年船底浪，今日馬蹄痕。」皆紀實也。

64揚州后土廟有花一株，潔白可愛，歲久，木大而花繁，俗目爲「瓊花」，不知實何木也，世以爲天下無之，惟此一株。孫冕鎮維揚，使訪之山中，甚多，但歲苦樵斧野燒，故木不得大，而花不能盛，不爲人貴。孫傷之，作詩曰：「可憐遐地産，常化燎原灰。」近年京師亦有之。或云，乃李文饒所賦「玉蕊花」也。

65華陽楊褒，好古博物，家雖貧，尤好書畫奇玩充實中橐。家姬數人，布裙糲食而歌舞絶妙，故歐陽公贈之詩云：「三脚木牀坐調曲。」蓋言褒之貧也。（下略）

66椰子生安南及海外諸國，木如椶櫚，大者高百餘尺，花白，如千葉芙蓉。一本花不過數十朵，實不過三五顆，其大如斗，至老差小。外有黄毛軟皮，中有殼，正類檳榔，故有人爲詩云：「百果之中爾最珍，檳榔應是汝玄孫。」沈佺期亦有《題椰子》詩云：「叢生雕胡首，圓實檳榔身。」殼止有二穴，芽出穴中。殼肉類羅菔，皮味苦，肉極甘脆，蠻人甚珍之。中有瀋，大者一二升，蠻人謂之椰子酒，飲之得醉，《交州記》以爲漿者是也，治消渴，塗髭髮立黑。皮煮汁止血，療吐逆，肉益氣去風。

67盧丞相多遜謫死朱崖，旅殯海上。天慶觀道士練惟，一夜聞窗外有人讀書，審其聲韻，有類多遜。明日，有詩題窗外曰：「南斗微茫北斗明，喜聞窗下讀書聲。孤魂千里不歸去，辜負洛陽花滿城。」筆迹亦類之。明年，歸葬洛。此説得之孫巨源，而楊文公云，其子全扶柩歸葬江陵佛舍，與此不同，未知孰是，姑兩録之。（卷九雜録。下同）

68高麗，海外諸夷中最好儒學，祖宗以來，數有賓客貢士登第者。自天聖後，數十年不通中國。熙寧四年，始復遣使脩貢，因泉州黄慎者爲向道，將由四明登岸。比至，爲海風飄至通州海門縣新港。先以狀致通州謝太守云：「望斗極以乘槎，初離下國；指桃源而迷路，誤到仙鄉。」詞甚切當。使臣御事民官侍郎金第與同行朴寅亮詩尤精，如《泗州龜山寺》詩云：「門前客棹洪濤急，竹下僧棋白日閑。」等句，中土士人亦稱之。寅亮嘗爲其國詞臣，以罪廢，久之，從金第使中國。

69景德中，邠州有神祠，凡民祈禱者，神必親享，杯盤悉空，遠近奔赴。蓋狐穴神座下，通寢殿下，複門繡箔，人莫得窺，群狐自穴出，分享肴醴。王公嗣宗，雅負剛正，及鎮邠土，乃騎兵挾矢，驅鷹犬，投薪穴中，縱火焚之，群狐奔逸，擒殺悉盡。鞭廟祝背，徙其家，毁其祠，妖狐遂絶。初，公在長安也，極疏种山人放之短。好事者有詩云：「終南隱士聲華歇，邠土妖狐巢穴空。二事俱輸王太守，聖朝方信有英雄。」

70陳亞少卿，蓄書數千卷，名畫數十軸，平生之所寳者。晚年退居，有《華亭雙鶴唳》，怪石一株尤奇峭，與異花數十本，列植于所居。爲詩以戒子孫：「滿室圖書雜典墳，華亭仙客岱雲根，他年若不和花賣，便是吾家好子孫。」亞死，未幾皆散落民間矣。

71元豐中，高麗使朴寅亮至明州，象山尉張中以詩送之，寅亮答詩序有「花面豔吹，愧鄰婦青脣之斂；桑間陋曲，續郢人《白雪》之音」之語。有司劾：中小官，不當外交夷使。奏上，神宗顧左右「青脣」何事，皆不能對，乃以問趙元老，元老奏：「不經之語，不敢以聞。」神宗再諭之，元老誦《太平廣記》云：「有靚鄰夫見其婦吹火，贈詩云：『吹火朱脣動，添薪玉腕斜，遥看煙裏面，恰似霧中花。』其婦告其夫曰：『君豈不能學也。』夫曰：『汝當吹火，吾亦效之。』夫乃爲詩云：『吹火青脣動，添薪墨腕斜，遥看煙裏面，恰似鳩槃荼。』」元老之强記如此，雖怪僻小説，無不該覽。

72國初，聶崇義精《禮》學，著《三禮圖》上之，盛行於世，詔給于國子監講堂。郭忠恕嘗誚其姓曰：「近貴全爲聵，攀龍即作聾，雖然三個耳，終是未爲聰。」崇義曰：「僕不能詩，聊以一聯奉酬：『勿笑有三耳，猶勝畜二心。』」其敏而善謔，亦可嘉也。（卷十談謔。下同）

73寇萊公與張洎同爲給事中，公年少氣鋭，嘗爲《庭雀》詩玩張洎曰：「少年挾彈何狂逸，不用金丸用蠟丸。」譏洎在金陵圍城中，嘗爲其主作詔納蠟丸中追上江救兵也。

74潁上常夷甫處士，以行義爲士大夫所推，近臣屢薦之，朝廷命之官，不起。歐陽公晚治第于潁，久參政柄，將乞身以去。顧未得謝，而思潁之心日切，嘗有詩曰：「笑殺汝陰常處士，十年騎馬聽朝雞。」後公既還政，而處士被召赴闕，爲天章閣待制，日奉朝請。有輕薄子改公詩以戲之曰：「却笑汝陰歐少保，新來處士聽朝雞。」

75有張獻圖者，應舉久不第，好嘲戲，以王年推恩，得三班奉職，以詩寄其妻云：「吾今爲奉職，子莫怨鸞孤。」

76往歲，有丞相薨于位者，有無名子嘲之。時出厚賞，購捕造謗。或疑張壽山人爲之，捕送府。府尹詰之，壽云：「某乃于都下三十餘年，但生而爲十七字詩，鬻錢以糊口，安敢嘲大臣？縱使某爲，安能如此著題。」府尹大笑，遣去。

77張文寶，永州人，博學有文。從子仲達以詩一軸示文寶，自衒《鷺絲》詩最爲得意，云：「滄浪最深處，鱸魚初得時。」文寶云：「更宜雕琢。」仲達云：「如何雕琢？」文寶云：「詩固佳矣，但鷺絲脚太長爾。」仲達赧服。

78顧臨學士，魁偉好談兵，館中戲謂之顧將軍。一日，同館諸公遊景德寺，至寺前柏林，雨暴作，顧戲同舍林希曰：「雨中林學士。」遽答曰：「柏下顧將軍。」諸公大噱，以爲精對。

79予元豐元年調博州高唐縣令，時黄夷仲廉爲監察御史，予往别焉。夷仲口占一絶句見謔云：「高唐不是那高唐，風物由來各異鄉。若向此中求夢雨，只應愁殺楚襄王。」蓋譏河朔風土人物之質樸也。

80荆國王文公，以多聞博學爲世宗師，當世學者得出其門下者，自以爲榮，一被稱與，往往名重天下。公之治經，尤尚解字，末流務多新奇，浸成穿鑿。朝廷患之，詔學者兼用舊傳注，不專治新經，禁援引《字解》。于是學者皆變所學，至有著書以詆公之學者，且諱稱公門人。故芸叟爲挽詞云：「今日江湖從學者，人人諱道是門生。」傳士林。及後詔公配享神廟，贈官并謚，俾學者復治新經，用《字解》，昔從學者，稍稍復稱公門人，有無名子改芸叟詞云：「人人却道是門生。」

81蔡文忠公喜酒，飲量過人。既登第，通判濟州，日飲醇酎，往往至醉。是時，太夫人年已高，頗憂之。一日，山東賈存道先生過濟，文忠館之數日。先生愛文忠之賢，慮其酒廢學生疾，乃爲詩示文忠曰：「聖君恩重龍頭選，慈母年高鶴髮垂。君寵母恩俱未報，酒如成病悔何追？」文忠瞿然起謝之。自是，非親客不對酒，終身未嘗至醉。（《五朝名臣言行録》五之一《蔡文忠公齊》。《澠水燕談録補遺》）

82齊州城西張意諫議園亭有金線泉，石甃方池，廣袤丈餘，泉亂發其下，東注城壕中，澄澈見底。池心南北有金線一道隱起水面，以油滴一隅，則線紋遠去，或以杖亂之，則線輒不見，水止如故，天陰亦不見。齊爲東方名郡，而張氏濟南盛族，園池乃郡之勝遊。泉之出百年矣，士大夫過濟南至泉上者不可勝數，而無能究其所以然，亦無一人題詠者。獨蘇子瞻有詩曰：「槍旗携到齊西境，更試城南金線奇」，然亦不辨泉之所以有金線也。（見《類苑》卷六一引《澠水燕談録》，又見《能改齋漫録》卷一五引《澠水燕談録》。《澠水燕談録》佚文。）

83京師風物繁富，而士大夫牽於事役，良辰美景，罕或宴遊之樂，其詩至有「賣花擔上看桃李，拍酒樓頭聽管弦」之句。西京應天禪院有神御殿，蓋在水北，去河南府十餘里。歲時朝拜，官吏常若晨興，而留守達官簡貴，每朝罷，酒三行不交一言而退，故其詩曰：「正夢寐中行十里，不交言處喫三杯。」其語雖淺，皆兩京之實事也。（見《類苑》卷六二引《澠水燕談録》。）

84錢鄧州若水嘗言古之善書鮮有得筆法者，唐陸希聲得之，凡五字：擫、押、鈎、格、抵，用筆雙鈎，則點畫遒勁而盡妙矣，謂之撥鐙法。希聲自言，昔二王皆傳此法，自斯公以至陽冰亦傳之，希聲以授沙門䛒光。䛒光入長安爲翰林供奉，希聲猶未達，以詩寄䛒光曰：「筆下龍蛇似有神，天池雷雨變逡巡，寄言昔日不龜手，應念江頭洴澼人。」䛒光感其言，因引薦希聲於貴倖，後至宰相。刁衎言江南後主得此法，書絶勁，復增二字曰導、送。今待詔尹熙古亦得之，而所書爲一時之絶。李無惑工篆，亦得其法。査道始習篆，患其體勢柔弱，熙古教以此法，仍雙鈎用筆，經半年始習熟，而篆體勁直甚佳。（見《類苑》卷五十，不注出處，但接引《仁宗賜墨》條注云出《澠水燕談録》。《錦繡萬花谷》前集卷三一亦見此條，注云出《澠水燕談録》，唯所引較《類苑》稍略。）

（王景桐）

青瑣高議

劉斧　撰

劉斧，北宋人，生平不詳。《青瑣高議》今存前集、後集各十卷，别集七卷。前集成書於熙寧年間，後集撰於元祐（一〇八六—一〇九三）以後，當仁宗至哲宗時在世。書中多爲小説，惟前集卷五收有《名公詩話》一篇，卷九收有《詩淵清格》及《詩讖》、《荔枝詩》等三篇。《説郛》卷七十五又收《青瑣後集》四條，亦選録其一。宛委山堂本《説郛》卷八十一有《青瑣詩話》一卷，即據此裁篇别出者。此據上海古籍出版社一九八三年排印本選輯。《詩話總龜》、《竹莊詩話》等書所引《青瑣集》佚文，尚待輯録。

【名公詩話本朝諸名公詩話】大丞相李公昉嘗言：當時自外鎮爲粗官，有學士遺外鎮官茶，外鎮有詩謝云：「粗官乞與真虚擲，賴有詩情合得嘗。」符彦卿知汴州有詩云：「全軍十萬擁雄師，正是酬恩報國時。汴水波濤喧鼓角，隋堤楊柳拂旌旗。前驅紅斾關西將，環坐青蛾趙國姬。爲報長安冠蓋道，粗官到底是男兒。」公云：詩意蓋有憾爾之詞。其詩牌後人取去，不知落於何地？

〔畿〕邑有白鶴觀，向蘇子美遊於其中，壁有留題一絶。韓魏公詩，尤爲人稱美。詩曰：「二蘇遺跡匿山扃，賢相重來爲發明。字久半隨風雨駁，氣豪尤入鬼神驚。直疑鸞鳳騰雲去，不假江山到骨清。人對甚時須自勉，酒豪顛草尚垂名。」公詩格萬古雄豪如此。又應制仁廟御製賞花釣魚，公之詩大爲士君子稱賞。公歷仕三朝，匡扶〇匡扶鈔本作扶起。二帝，社稷宗臣，國朝元老。樂善好施，晚歲無替。接引寒賤，亭午忘餐。出於天性，近古無有也。

李先生清臣者，北人也。方束髮即才俊，警句驚人，老儒輩莫不心服。一日，薄遊定州，時韓魏公知定州，先生携〇鈔本作遺刺往謁見其太祝，吏曰：「太祝方寢。」先生求筆爲詩一絶，書於刺，仍授其吏曰：「太祝覺而投之。」詩曰：「公子乘閒卧絳廚，白衣老吏慢寒儒。不知夢見周公否，曾説當時吐哺無？」後魏公見詩云：「吾知此人久矣。」竟有東床之選。先生後應進士，中甲科，試賢良爲優等。方其射策天庭，天子臨軒虛己，侍臣聳觀，摇筆不踰數刻，落筆萬言，皆出入九經，照厲風俗，極孔孟之淵源，盡時政之要道，天下莫不傾其風采，實當世之偉儒也。盛哉！

張丞相士遜，慶曆年懇上封章，乞還政柄，方許還第。一日，暫出遊近邑，惟一僕馭馬，一僕持傘。復歸，門吏訝其青蓋，詢問。丞相取門曆書一絶云：「因思山去看山回，軟帽輕紗入御臺。門吏何須問張蓋，兩曾身到鳳池來。」門吏以詩奏御。仁廟喜愛其詩意，特賜銀絹各百，中使傳旨云：「助卿游山之費。」朝野榮之。

蔣侍郎（棠）〔堂〕，還鎮告老，高比蘇公，吟咏格調清越，士君子頗稱賞之。一日，有僧謁公回，將歸錢塘，時吕濟叔住巨川。願得一書，以光其行。公曰：「吾無書，有詩餞子之行。」詩曰：「告老於君意灑○鈔本作掩。然，年來無事老江邊。吾師莫訝無書去，閒慢緘題必不看。」僧得詩遂行。僧將公詩陳濟叔，濟叔爲之惻然，厚遇其僧，且以詩愧謝公焉。公之詩清而有格，意旨遠到，蓋皆此類也。

大丞相呂夷簡。一日，有儒者張球獻詩曰：「近日厨中乏所供，孩兒啼哭飯籮空。母因低語告兒道：爹有新詩上相公。」公見詩甚悦，因以俸錢百緡遺之。又爲引道貴官門館，得依棲之。公三十年居政地，引援寒賤，拯濟士類，外牧守得其人，内卿大夫各舉其職，太平之賢宰相也。嗚呼盛哉！

范文正公鎮越，民曹孫居中死於官，其家大窘，遺二子幼妻，長子方三歲。公乃以俸錢百緡賙之，其他郡官從而遺之，若有倍公數。公爲具舟，擇一老吏將轄其舟，且誡其吏曰：「過關防，汝以吾詩示之。」其詩曰：「一葉輕帆泛巨川，來時暖熱去涼天。關防若要知名姓，乃是孤兒寡婦船。」公之拯濟孤貧可見也。

韓魏公鎮真定時，有門客彭知方爲酒使，踰垣宿於娼室。門吏報公，公不究。久之，爲《種竹》詩曰：「殷勤洗濯加培擁，莫遣狂枝亂出牆。」客見其詩愧甚，乃和公詩曰：「主人若也憐高節，莫爲狂枝贈一柯。」公特以百緡遺一指使投都下，市一女奴贈之。公之愛士待客，皆類此。

唐僖宗時，于化茂頗有學問，依棲中丞蔡授門館。一日告去，作《燕離巢》詩云：「舊壘危巢泥已墮，今年因傍社前歸。連雲大廈無棲處，更向誰家門户飛？」主人見詩愴然復留。

邵州魏處士，高尚之士。張丞相士遜召之入都，不久告還，丞相有詩送之曰：「一片閑雲來帝

里，歸飛不肯待秋風。」人皆榮之。（前集卷五）

【詩淵清格本朝名公品題詩】吴江長橋千尺，跨太湖，危亭構爽塏，登臨者毛骨寒凜，乃二浙之絶境也。能詩者過亭下，俱有吟咏。蘇子美有長橋賞月之詩。詩曰：「雲頭灩灩開金餅，水面沉沉掛彩虹。」歐陽永叔稱道爲此橋雄壯，非此句不足稱也。余向過吴江，常觀諸公詩，擇其佳者載於此，固足與子美並馳也。楊蟠有詩曰：「水雲清骨思何賒，疑在仙源泛去槎。八十丈虹晴卧影，一千頃玉碧無瑕。幾多風月輸詩客，無限蓴鱸屬酒家。只待功成身退日，煙波深處是生涯。」鄭内翰毅亦有題長橋之句云：「排天蝃蝀玉圍腰，駕海鯨鯢金背高。」因諸公詩，江山益增光價。

潤州金山寺，張（祐以江防）〔祜、孫魴〕留題二篇，雖名賢經過，縮手袖間，不敢落筆。蓋兹山居大江中，迥然孤秀，詩意難見其寺與山出於水中之意也。（祐）〔祜〕詩久爲絶唱云：「寺影中流見，鐘聲兩岸聞。」羅隱有題金山之句，詩云：「老僧參罷關門後，不管波濤四面生。」孫山〇山字原缺，據鈔本補。亦有詩二句云：「結寺孤峰上，安禪巨浪間。」亦可亞前二人之詩也。

南岳祝融峰上寺，留題甚衆。謝安有詩曰：「雲濕幽谷滑，風流古木香。」僧棲巖亦有詩云：「閑雲四邊盡，浮世一齊低。」惟先生周載之什題絶其意云：「五千里地望皆見，七十二峰中最高。」全楚之地五千里，南岳七十二峰，祝融最高也。

潤州甘露寺有三賢亭，乃劉備、曹操、孫權曾會於此，故羅隱有詩曰：「漢鼎未分聊把手，楚醪雖美肯同心？」過亭者心服焉。

衡州耒陽縣有杜甫祠堂，寒江古源，設像存焉。留咏莫知其數，歐陽永叔尤稱賞徐介之休詩曰：「天接汨羅水，江心無所存。固交工部死，來往大夫魂。流落同千古，風騷共一源。消疑傷往事，斜月隱頽垣。」

陸子履經爲山陽令，有《言懷》詩云：「薄有田園歸去好，苦無宦況早來休。」士君子莫不賞味其意。

古人有《早行》詩云：「主人燈下别，騎馬月中行。」前人亦有《早行》詩云：「旅人心自急，公子夢尤迷。」惟江東逸人王衮之句云：「高空有月千門閉，大道無人獨自行。」兹乃出類之格。又有《杖》句云：「探水卓破金鼇頭，撥雲敲斷老虎脚。」其逸俊豪邁可見矣。

永叔嘗言《苦吟》句云：「一句坐中得，片心天外來。」兹所謂苦吟破的之句也。永叔有《月硯》詩云：「老蚌吸月月降胎，水犀散星星入角。彤雲礫石變靈砂，白虹貫日生美璞。」物理相感，則如是焉。子美深窮其趣也，爲永叔之所稱道。永叔嘗言：「子美才思瀟洒，無毫髮塵土氣。」

湘南詩僧文喜爲《失鶴》詩云：「一向亂雲尋不得，幾番臨水待歸來。」僧曾以此詩上潭州劉相，大見稱賞。河北僧清晤《春月即事》詩云：「鳥歸花影動，魚觸浪痕圓。」又有《郊外野步》詩云：「疊波漾層漢，殘陽補斷霞。」僧以詩上賈侍中褒，稱爲佳句。

范文正《採茶歌》爲天下傳誦，○傳誦鈔本作世傳。蔡君謨暇日與希文聚話，君謨謂公曰：「公《採茶歌》膾炙士人之口久矣，有少意未完，蓋公方氣豪俊，失於少思慮耳。」希文曰：「何以言之？」君謨曰：「公之句云：『黄金碾畔緑飛塵，碧玉甌中翠濤起。』今茶之絶品，其色甚白，翠緑乃茶之下者耳。」希文笑謝曰：「君善知茶者也，此中吾詩病也，君意何如？」君謨曰：「欲革○鈔本作更。公詩之二字，非敢有加焉。」公曰：「革何字？」君謨曰：「緑翠二字也。」公曰：「可去。」曰：「黄金碾畔玉塵飛，碧玉甌中素濤起。」希文喜曰：「善哉！」又見君謨精於茶，希文服於義。議者曰：希文之詩爲天下之所共愛，公立意未嘗徒然，○鈔本無未嘗徒然四字。必存教化之理，他人不可及也。

濮州杜默當年（自）〔目〕爲三豪。言默豪於歌。石守道赴詔作太學直講，作六字歌送之。舉其警○鈔本作囊。句云：「仁義途中馳騁，詩書府裏從容。頭角驚殺蝦蟹，學海波中老龍。爪距逐出狐兔，聖人門前大蟲。推倒楊朱墨翟，扶起孔子周公。一條路出甕口，幾程身寄雲中。水浸山影倒碧，春著花梢半紅。」因此歌得在三豪之列。又有上歐陽永叔詩云：「一片靈臺挂明月，萬丈詞虹飛長虹。乞取一杓鳳池水，活得久旱湍泥龍。」其豪壯皆此類也。（前集卷九。下同）

【詩讖本朝名公詩成讖】王禹偁曾作《病鶴》詩云：「埋瘞肯爲鴻雁侶，飛鳴不到鳳凰池。」以文學才藻歷顯官、登金門、上玉堂，不爲難也。竟不與，其兆即見於詩矣。余友張行退翁，都下人也。幼好學，與當世豪傑曳長裾、遊場屋，籍籍有聲，自爲（蓄怒悱悱）。禹偁心有屠龍奪明珠志，不售於有司，終莫能成就，已見於詩乎。公有《言懷》詩云「（名）〔命〕教隨分樂，天賜一生閑」之句。時衡州天慶觀主石道士有《春月泛舟》詩云：「石壓筍斜○鈔本作節。出，崖懸花倒生。」後刺史入觀，怒其不掃庭宇，撻之。此辱亦先見其前詩意也。刺史知其能詩，乃召之，以言撫之。又爲詩上刺史，詩云：「春來不是人慵掃，爲惜蒼苔襯落花。」刺史悔焉。欲召之飲，石復有詩上刺史云：「敲開○鈔本作門。敗籜露新竹，拾上落花妝舊枝。」其詩尤爲湘人所慕愛。吁！守令之權，固足以辱人，怒忿之氣，弗明善惡，則致之於有過之地，既往從而悔焉，亦其謬也。

【荔枝詩鬼竊荔枝題絶句】治平二年，長沙趙琪作廣東提刑。提刑公宇在韶州，其公宇西軒有○有字原缺，據鈔本補。荔枝數本，非常繁盛，實熟時，色奪晴霞。中夏，荔枝方熟，琪將召刺史醉賞。一夕，荔枝皆空，皮核滿地，琪深訝之。乃開西軒，見西壁有詩一絶云：「吾儕今日會佳賓，滿酌洪鍾酒數巡。狼籍薰風○鈔本作遍地狼藉。不知曉，荔枝又是一翻新。」後寂無所見。

（程毅中）

【佚文】（憤）〔慎〕氏，毗陵儒家女，無嗣，出之。慎氏登舟留詩。嚴灌夫覽詩慨然，遂與偕老。詩云：「當時心事已相關，雨散雲飛一餉間。即是孤帆從此（出）〔去〕，不堪重過望夫山。」（《説郛》卷七十五引《青瑣後集》。按：原出《雲溪友議》上）

青箱雜記

吴處厚 撰

吴處厚，字伯固，邵武（在今福建省）人。生卒年不詳。皇祐五年（一〇五三）進士，官至衛州知事。《宋史》卷四七一有傳。《青箱雜記》十卷，有元祐二年（一〇八七）序。此據中華書局一九八五年排印本選録。

1雷德驤，長安人，太祖時久居諫静之任，有直名，與趙普有隙。時普以勳舊作相，寵遇方渥，〔德〕驤間請對，言普專權，容堂吏納賂，由是忤旨，貶商州司户。歲餘，其子有鄰撾登聞鼓訴冤，鞫得其實，堂吏李可度除名，餘黨皆杖脊黥配遠州，出普知河陽，召德驤復舊官，擢有鄰守校書郎。後普復入相，德驤懇乞致仕，太宗勉之曰：「朕終保卿必不爲普所擠。」有鄰性亦剛鯁，有父風，太宗嘗面諭有鄰：「朕欲用汝父爲相何如？」有鄰對曰：「臣父有才略而無度量，非宰相器。」乃止。有鄰弟有終亦有才，平蜀寇，最有功，爲宣徽使，薨。德驤、有終父子二人常並命爲江南淮南兩路轉運使，當世榮之。王禹偁贈詩二首，其一曰：「江南江北接王畿，漕運帆檣去似飛。父子有才同富國，君王無事免宵衣。屏除奸吏魂應喪，養活疲民肉漸肥。還有文場受恩客，望塵情抱倍依依。」其二曰：「當時詞氣壓朱雲，老作皇家諫諍臣。章疏罷封無事日，朝廷猶指直言人。題詩野館光泉石，講《易》秋堂動鬼神。棘寺下僚叨末路，齋心唯祝秉鴻鈞。」蓋禹偁嘗出德驤門下，而德驤深於《易》，酷嗜吟詠故也。（卷一。下同）

2有終有將略，自平蜀後，人爲立祠。又嘗以私財犒士，貧不能足，貸錢以給，比捐館時，猶逋三萬緡，真宗特出内帑償之。故魏野哭有終詩曰：「聖代賢臣喪，何人不慘顔？新祠人祭祀，舊債帝填還。鹵簿塵侵暗，銘旌泪洒斑。功名誰復繼？敕葬向家山。」

3洛陽龍門，有吕文穆公讀書龕。云文穆昔嘗棲偃於此，初有友二人，一人則温尚書仲舒，一人忘其姓名，而三人誓不得狀元不仕。及唱第，文穆狀元，温已不意，然猶中甲科，遂釋褐，其一人徑拂衣歸隱。後文穆作相，太宗問：「昔誰爲友？」文穆即以歸隱者對，遽以著作佐郎召之，不起。故文穆罷相尹洛，作詩曰：「昔作儒生謁貢闈，今提相印出黄扉。九重鵷鷺醉中别，萬里烟霄達了歸。鄰叟盡垂新鶴髮，故人猶著舊麻衣。洛陽謾道多才子，自嘆遭逢似我稀。」所謂故人，蓋斥其友歸隱者也。

4李文正公昉，深州饒陽人，太祖在周朝，已知其名，及即位，用以爲相。常語昉曰：「卿在先朝，未嘗傾陷一人，可謂善人君子。」故太宗遇昉亦厚，年老罷相，每曲宴，必宣赴賜坐。昉嘗獻詩曰：「微臣自愧頭如雪，也向鈞天侍玉皇。」昉詩務淺切，效白樂天體，晚年與參政李公至爲唱和友，而李公詩格亦相類，今世傳《二李唱和集》是也。

5〔李文正〕公有第在京城北，家法尤嚴，凡子孫在京守官者，俸錢皆不得私用，與饒陽莊課併輸宅庫，月均給之，故孤遺房分皆獲沾濟，世所難及也。有子宗諤，仕至翰林學士，篇什筆札，兩皆精妙。太宗朝，嘗以京官帶館職赴内宴，閣門拒之，宗諤獻詩曰：「戴了宫花賦了詩，不容重覩赭黄衣。無聊獨出金門去，恰似當年下第歸。」蓋宗諤嘗舉進士，御試下第，故詩因及之。太宗即時宣召赴坐，後遂爲例，雖選人帶職，亦預内宴，自宗諤始也。

6王文正公旦，相真宗僅二十年。時值四夷納款，海内無事，天書荐降，祥瑞沓臻，而大駕封岱祠汾，皆爲儀衛使扈蹕。處士魏野獻詩曰：「太平宰相年年出，君在中書十四秋。西祀東封俱已畢，可能來伴赤松游？」

7彭齊，吉州人，才辯滑稽，無與爲對。未第時，常謁南豐宰，而宰不喜士，平居未嘗展禮。一夕，虎入縣廨，咥所蓄羊，棄殘而去，宰即以會客，彭亦預召。翌日，彭獻詩謝之曰：「昨夜黄斑入縣來，分明踪跡印蒼苔。幾多道德驅難去，些子豬羊引便來。令尹聲聲言有過，録公口口道無災。思量也解開東閣，留取頭蹄設秀才。」南方謂押司録事爲「録公」，覽者無不絶倒。齊以大中祥符元年姚曄下及第，仕至太常博士卒。

8陳亞，揚州人，仕至太常少卿，年七十卒，蓋近世滑稽之雄也。嘗著藥名詩百餘首，行於世。若「風月前湖近，軒窗半夏涼」，「棋怕臘寒呵子下，衣嫌春暖宿紗裁」及《贈祈雨僧》云：「無雨若還過半夏，和師曬作葫蘆羓」之類，極爲膾炙。又嘗知祥符縣，親故多干借車牛，亞亦作藥名詩曰：

「地居京界足親知，倩借尋常無歇時。但看車前牛領上，十家皮没五家皮。」覽者無不絶倒。亞常言：「藥名用於詩，無所不可，而斡運曲折，使各中理，在人之智思耳。」或曰：「延胡索可用乎？」亞曰：「可。」沉思久之，因朗吟曰：「布袍袖裏懷漫刺，到處遷延胡索人。」此可贈游謁窮措大。」聞者莫不大笑。

9〔陳〕亞與章郇公同年友善，郇公當軸，將用之，而爲言者所抑。亞作藥名《生查子》陳情獻之，曰：「朝廷數擢賢，旋占淩霄路。自是鬱陶人，險難無移處。也知没藥療饑寒，食薄何相悞。大幅紙連粘，甘草歸田賦。」亞又别成藥名《生查子·閨情》三首，其一曰：「相思意已深，白紙書難足。字字苦參商，故要檳郎讀。分明記得約當歸，遠至櫻桃熟。何事菊花時，猶未回鄉曲？」其二曰：「小院雨餘凉，石竹生風砌。羅扇盡從容，半下紗幮睡。起來閑坐北亭中，滴盡真珠淚。爲念壻辛懃，去折蟾宫桂。」其三曰：「浪蕩去未來，躑躅花頻换。可惜石榴裙，蘭麝香銷半。琵琶閑抱理相思，必撥朱弦斷。擬續斷朱弦，待這冤家看。」亞又自爲亞字謎曰：「若教有口便啞，且要無心爲惡。中間全没肚腸，外面强生稜角。」此雖一時俳諧之詞，然所寄興，亦有深意。亞又别有詩百餘首，號《澄源集》，有《歲旦示知己》云：「收寒歸地底，表老向人間。」又《與友人郊遊》云：「馬嘶曾到寺，犬吠乍行村。」《送歸化宰王秘丞赴闕》云：「吏辭如賀日，民送似迎時。」《懷舊隱》云：「排聯花品曾非僭，愛惜苔錢不是慳。」亦自成一家體格。

10郎中曹琰亦滑稽辯捷，嘗有僧以詩卷投獻，琰閲其首篇《登潤州甘露閣》云：「下觀揚子小。」

琰曰：「何不道『卑吠狗兒肥』？」次又閱一篇《送僧》云：「猿啼旅思悽。」琰曰：「何不道『犬吠張三嫂』？」座中無不大笑。

11〔龔〕穎自負文學，少許可，又談論多所折難。太宗朝，知朗州，士罕造其門，獨丁謂贄文求見，穎倒屣延迓，酧對終日，以至忘食。曰：「自唐韓、柳後，今得子矣。」異日，丁獻詩於穎，穎次韻和酧曰：「膽怯何由戴鐵冠？祇緣昭代奬孤寒。曲肱未遂違前志，直指無聞是曠官。三署每傳朝客説，五溪閑凭郡樓看。祝君早得文場儁，況值天階正舞干。」（下略）（卷二。下同）

12是年李巽亦以《六合爲家賦》登第，賦云：「闢八荒而爲庭衢，并包有截；用四夷而作藩屏，善閉無關。」此亦善矣，然不若世則之雄壯。巽字仲權，邵武人，以《蜃樓》、《土鼓》、《周處斬蛟》三賦馳名。累舉不第，爲鄉人所侮曰：「李秀才應舉，空去空回，知席帽甚時得離身？」巽亦不較。至是乃遺鄉人詩曰：「當年蹤跡困泥塵，不意乘時亦化鱗。爲報鄉閭親戚道，如今席帽已離身。」蓋國初猶襲唐風，士子皆曳袍重戴，出則以席帽自隨。巽後仕至度支郎中、兩浙轉運使卒。與王禹偁相友善，今《小畜集》有《送李仲權赴官序》，即巽也。

13世傳潘閬安鴻漸《八才子圖》，皆策蹇重戴，又禹偁《贈崔遵度及第》詩云：「且留重戴士風多。」則國初舉子猶重戴矣。

14馮瀛王道詩雖淺近而多諳理，若「但知行好事，莫要問前程」，「須知海岳歸明主，未省乾坤陷吉人」之類，世雖盛傳，而罕見其全篇，今並録之。詩曰：「窮達皆由命，何勞發嘆聲？但知行好事，莫要問前程。冬去冰須泮，春來草自生。請君觀此理，天道甚分明。」又《偶作》云：「莫爲危時便愴神，前程往往有期因。須知海岳歸明主，未省乾坤陷吉人。道德幾時曾去世，舟車何處不通津？但教方寸無諸惡，狼虎叢中也立身。」

15 齊賢常作詩自警，兼遺子孫，雖詞語質朴，而事理切當，足爲規戒。其詩曰：「慎言渾不畏，忍事又何妨？國法須遵守，人非莫舉揚。無私仍克己，直道更和光。此箇如端的，天應降吉祥。」余嘗廣其意，就每句一篇，命曰《八詠警戒詩》，其一云：「慎言渾不畏，言出患常隨。須信機樞發，難容駟馬追。三緘事可見，兩舌業當知。口是起羞本，願君且再思。」其二云：「忍事有何妨，勿令心火揚。火揚猶可滅，心忿固多傷。堪嘆波羅蜜，可憐歌利王。從心更從刃，字意好端詳。」其三云：「國法須遵守，金科盡詔條。一毫如有犯，三尺不相饒。豈肯容姦黠，何須恃貴驕。自然逢吉慶，神理亦昭昭。」其四云：「人非莫舉揚，萬事且包荒。殿上便猶掩，車中吐不妨。在他誠所短，於己有何長？須是常規檢，回頭自忖量。」其五云：「無私仍克己，克己又無私。一事兼修飾，終身在省思。公清多斂怨，高亢易招危。更切循卑退，方應履坦夷。」其六云：「直道更和光，雙修譽乃彰。直須和輔助，和賴直交相。恃直終多訐，偏和又少剛。能和又能直，行己自芬芳。」其七云：「此箇如端的，除非六句修。永爲几杖誡，更遺子孫謀。本立方生道，農勤乃有秋。玆詩雖淺近，至理可推求。」其八云：「天應降吉祥，天理本茫茫。舒慘雖無定，榮枯却有常。益謙尤効驗，福善更昭彰。籠絡無疏漏，恢恢網四張。」

16〔杜祁〕公酷嗜吟詠，致政後，作《林下書懷》詩，曰：「從政區區到白頭，一生寧肯顧恩讎？雙鳧乘雁常深愧，野馬黄羊亦過憂。豈是林泉堪佚老？只緣蒲柳不禁秋。始終幸會承平日，樂聖唯能擊壤謳。」然余不見野馬黄羊事，後讀唐《張說傳》乃見之，則所謂「吾肉非黄羊，必不畏喫；血非野馬，必不畏刺」是已。

17余皇祐壬辰歲取國學解，試《律設大法賦》，得第一名。樞密邵公亢、翰林賈公黯、密直蔡公抗、修注江公休復爲考官，内江公尤見知，語余曰：「滿場程試皆使蕭何，惟足下使蕭規對漢約，足見其追琢細膩。又所問《春秋》策，對答詳備。及賦押秋荼之密，用唐宗赦受縑事，諸君皆不見，云只有秦法繁於秋荼，密於凝脂，然則君何出？」余避席斂衽，自陳遠方寒士，一旦程文，誤中甄采。因對曰：「《文選·策秀才文》有『解秋荼之密網』。唐宗赦受縑事，出杜佑《通典》、《唐書》即入載。」公大喜，又曰：「滿場使次骨，皆作刺骨對凝脂。惟足下用《杜周傳》作次骨，又對吹毛，只這亦堪作解元。」余再三遜謝。是舉登科，名在行間，授臨汀獄掾。公作詩送余曰：「太學魯諸生，南州漢掾卿。故鄉千里外，丹桂一枝榮。莫嘆科名屈，難將力命爭。他年重射策，詞句太縱横。」蓋公欲激余應大科故也。樞密邵公亦蒙見知，屢加論薦，常謂余詩淺切，有似白樂天。一日閲相國寺書肆，得馮瀛王詩一帙而歸，以語之，公曰：「子詩格似白樂天，今又愛馮瀛王，將來捻取箇豁達李老。」慶曆中，京師有民自號「豁達李老」，每好吟詩，而詞多鄙俚，故公以戲之。遂皆大笑。然余賦才鄙拙，不能强爲豪爽，今齒已老，而詩格定，時時遣興，實有李老之風，足見公之知言也。熙寧中，余辟定武，管勾機宜文字，公時牧鄆州，附所作詩一大軸，並寄余詩曰：「流年直是隙中駒，别後情懷懶似疏。天上又頒新歲曆，床頭未答故人書。慇懃魚鴈功曹檄，狼籍杯盤上客魚。好在仲宣家萬里，從軍苦樂定何如？」未幾，公即捐館，迄今追念知己，每增感愴。

18真宗聽政之暇，唯務觀書，每觀畢一書，即有篇詠，使近臣賡和，故有御製《看尚書》詩三章、《看春秋》三章、《看周禮》三章、《看毛詩》三章、《看禮記》三章、《看孝經》三章。復有御製《讀史記》三章、《讀前漢書》三首、《讀後漢書》三首、《讀三國志》三首、《讀晉書》三首、《讀宋書》二首、《讀陳書》二首、《讀魏書》三首、《讀北齊書》二首、《讀後周書》三首、《讀隋書》三首、《讀唐書》三首、《讀五代梁史》三首、《讀五代後唐史》三首、《讀五代晉史》二首、《讀五代漢史》二首、《讀五代周史》二首，可謂近代好文之主也。（卷三。下同）

19嶺南謂村市爲虚，柳子厚《童區寄傳》云：「之虚所賣之。」又詩云：「青箬裹鹽歸峒客，緑荷包飯趁虚人」，即此也。蓋市之所在，有人則滿，無人則虚，而嶺南村市滿時少，虚時多，謂之爲虚，不亦宜乎？

20夏文莊公謫守黄州時，龐潁公爲郡掾，文莊識之，異禮優待。而龐嘗有疾，以爲不起，遂屬文莊後事。文莊親臨之，曰：「異日當爲貧宰相，亦有年壽，疾非其所憂。」龐詰之曰：「已爲宰相，豈得貧耶？」文莊曰：「但於一等人中爲貧耳。」故龐公晚年退老，作詩述其事曰：「田園貧宰相，圖史富書生」，爲是故也。又文莊守安州，宋莒公兄弟尚皆布衣，文莊亦異待。命作《落花》詩，莒公一聯曰："漢皋珮解臨江失，金谷樓危到地香。"子京一聯曰："將飛更作回風舞，已落猶成半面妝。"是歲詔下，兄弟將應舉，文莊曰："詠落花而不言落，大宋君當狀元及第。又風骨秀重，異日作宰相。小宋君非所及，然亦須登嚴近。"後皆如其言。故文莊在河陽，聞莒公登庸，以別紙賀曰："所喜者，昔年安陸已識台光。"蓋爲是也。（卷四）

21小説載盧携貌陋，嘗以文章謁韋宙，韋氏子弟多肆輕侮。宙語之曰："盧雖人物不揚，然觀其文章有首尾，異日必貴。"後竟如其言。本朝夏英公亦嘗以文章謁盛文肅，文肅曰："子文章有館閣氣，異日必顯。"後亦如其言。然余嘗究之，文章雖皆出於心術，而實有兩等：有山林草野之文，有朝廷臺閣之文。山林草野之文，則其氣枯槁憔悴，乃道不得行，著書立言者之所尚也。朝廷臺閣之文，則其氣温潤豐縟，乃得位於時，演綸視草者之所尚也。故本朝楊大年、宋宣獻、宋莒公、胡武平所撰制詔，皆婉美淳厚，過於前世燕、許、常、楊遠甚，而其爲人，亦各類其文章。王安國常語余曰："文章格調，須是官樣。"豈安國言官樣，亦謂有館閣氣耶？又今世樂藝，亦有兩般格調：若教坊格調則婉媚風流，外道格調則粗野嘲哳，至於村歌社舞，則又甚焉，兹亦與文章相類。晏元獻公雖起田里，而文章富貴，出於天然。嘗覽李慶孫《富貴曲》云："軸裝曲譜金書字，樹記花名玉篆牌。"公曰："此乃乞兒相，未嘗諳富貴者。"故公每吟詠富貴，不言金玉錦繡，而唯説其氣象，若"樓臺側畔楊花過，簾幕中間燕子飛"，"梨花院落溶溶月，柳絮池塘淡淡風"之類是也。故公自以此句語人曰："窮兒家有這景致也無？"（卷五。下同）

22〔晏元獻〕公風骨清羸，不喜肉食，尤嫌肥羶。每讀韋應物詩，愛之曰：「全没些脂膩氣。」故公於文章尤負賞識，集梁《文選》以後迄于唐别爲集，選五卷，而詩之選尤精，凡格調猥俗而脂膩者皆不載也。公之佳句，宋莒公皆題於齋壁，若「無可奈何花落去，似曾相識燕歸來。」「静尋啄木藏身處，閑見游絲到地時。」「樓臺冷落收燈夜，門巷蕭條掃雪天。」「已定復摇春水色，似紅如白野棠花」之類，莒公常謂此數聯使後之詩人無復措詞也。

23〔夏文莊〕公〔竦〕舉制科，庭對策罷，方出殿門，遇楊徽之，見其年少，遽邀與語曰：「老夫他則不知，唯喜吟詠，願丐賢良一篇，以卜他日之志，不識可否？」公援筆欣然曰：「殿上衮衣明日月，研中旌影動龍蛇。縱横禮樂三千字，獨對丹墀日未斜。」楊公嘆服數四，曰：「真將相器也。」

24淮陰侯廟，題者甚多，惟諫議錢公昆最爲絶唱，曰：「築壇拜日恩雖厚，躡足封時慮已深。隆準早知同鳥喙，將軍應起五湖心。」

25徐州歌風臺，題者甚多，惟尚書張公方平最爲絶唱，曰：「落魄劉郎作帝歸，樽前一曲《大風》辭。才如信、越猶葅醢，安用思他猛士爲？」

26臨潼縣華清宫朝元閣，題者亦多，唯陳文惠公二韻尤爲絶唱，曰：「朝元高閣迥，秋毫無隱情。浮雲忽以蔽，不見漁陽城。」

27蘇爲酷嗜吟詠，知湖州日，有詩數十首，惟一篇足爲絶唱，曰：「野艇閑撑處，湖天景亦微。春波無限緑，白鳥自由飛。柳色濃垂岸，山光冷照衣。時携一壺酒，戀到晚涼歸。」在宣城亦有詩十首，皆以宣城爲目，内《宣城花》一首尤爲清麗，曰：「宣城花疊嶂，樓前簇綺霞。若非翠露陶潛柳，即是紅藏小謝家。」又嘗知邵武軍，亦有小詩十首，唯一篇最善，曰：「愛重八九月，登高上下樓。樹紅雲白處，寒瀨泊漁舟。」

28唐路德延有《孩兒詩》五十韻，盛傳於世。近代洛中致政侍郎張公師錫追次其韵，和成《老兒詩》，亦五十韻。今録之，曰：「鬢髮盡皤然，眉分白雪鮮。週遮延客話，傴僂抱孫憐。無病常供粥，非寒亦衣綿。假温衾擁背，借力杖搘肩。貌比三峰客，年過四皓仙。唤方離枕上，扶始到門前。每愛烹山茗，常嫌飣石蓮。耳聾如塞纊，眼暗似籠烟。宴坐羸凭几，乘騎困嚲鞭。頭摇如轉旋，唇動若抽牽。骨冷愁離火，牙疼怯漱泉。形骸將就木，囊橐尚貪錢。膠睫乾眵綴，粘髭冷涕懸。披裘腰懶繫，濯手袖慵揎。擡舉衣頻换，扶持藥屢煎。坐多茵易破，行少履難穿。喜婢裁裙布，嗔妻買粉鈿。房教深下幕，牀遣厚鋪毡。琴聽憐三樂，圖張笑七賢。看嫌經字小，敲喜磬聲圓。食罷羹流袂，杯餘酒帶涎。樂來須遣罷，醫到久相延。裹帽縱横掠，梳頭取次纏。長吁思往事，多感聽哀弦。氣注腰還重，風牽口便偏。墓松先遣種，誌石預教鐫。客到惟求藥，僧來忽問禪。養茶懸竈壁，曬艾曝簷椽。怒僕空睁眼，嗔僮謾握拳。心驚嫌蹴踘，脚軟怕鞦韆。局縮同寒犬，摧㾊似飽鳶。觀瞻多目眩，舉動即頭旋。女嫁求紅燭，男婚乞彩牋。已聞頒几杖，寧更佩韋絃。賓客身非與，去聲。兒孫事已傳。養和屏作伴，如意拂相連。久棄登山屐，惟存負郭田。呻吟朝不樂，輾轉夜無眠。呼稚臨牀畔，看書就枕邊。冷疑懷貯水，虚訝耳聞蟬。束帛非無分，安車信有緣。伏生甘坐末，絳老讓行先。拘急將風夜，昏沉欲雨天。雞皮塵漸漬，鯢齒食頻填。每憶居郎署，常思釣渭川。喜逢迎佛會，羞赴賞花筵。徑狹容移檻，階危索減塼。好生焚鳥網，惡殺拆漁船。既感桑榆日，常嗟蒲柳年。長思當弱冠，悔不縢狂顛。」

29 師錫年八十餘卒，又有《喜子及第》詩，曰：「御榜今朝至，見名心始安。爾能俱中第，吾遂可休官。賀客留連飲，家書反覆看。世科誰不繼，得慰二親難。」蓋張氏嘗有中魁甲者，故詩有世科之語。

30 李昉、吕端同踐文館，後各登台輔。吕公贈李公詩曰：「憶昔僦居明德坊，官資俱是校書郎。青衫共直昭文館，白首同登政事堂。佐國廟謨君已展，避賢榮路我猶妨。主恩至重何時報？老眼相看淚兩行。」

31 向敏中、寇準同以太平興國五年登科，後向秉鈞，寇以使相知永興軍。向作絶句贈寇，寇酬之，曰：「玉殿登科四十年，當時僚友盡英賢。歲寒惟有君兼我，白首猶持將相權。」

32 王禹偁尤精四六，有同時與之在翰林而大拜者，王以啓賀之曰：「三神山上，曾陪鶴駕之游；六學士中，獨有漁翁之嘆。」以白樂天嘗有詩云：「元和六學士，五相一漁翁」故也。（卷六。下同）

33 〔王〕禹偁詩多記實中的，作《趙普挽詞》云：「玄象中台折，皇家上相薨。大功銘玉鉉，密事在金縢。」《宋湜挽詞》曰：「先帝升遐日，詞臣寓直時。柩前言顧命，筆下定鴻基。」蓋普嘗密贊太祖傳位太宗，而宋爲内相宿直，遇太宗升遐，是夜草遺制立真宗故也。云此事湜家亦不知，唯以公挽詞爲傳信。

34劉昌言，泉州人。先仕陳洪進爲幕客，歸朝，願補校官。舉進士，三上，始中第，後判審官院，未百日，爲樞密副使。時有言其太驟者，太宗不聽。言者不已，乃謂：「昌言，閩人，語頗獠，恐奏對間陛下難會。」太宗怒曰：「我自會得！」其眷如此。然昌言極有才思，嘗下第作詩，落句云：「唯有夜來蝴蝶夢，翩翩飛入刺桐花。」後爲商邱主簿，王禹偁贈詩曰：「年來復有事堪嗟，載筆商邱鬢欲華。酒好未陪紅杏宴，詩狂多憶刺桐花。」蓋爲是也。刺桐花深紅，每一枝數十蓓蕾，而葉頗大，類桐，故謂之刺桐，唯閩中有之。

35昔王維愛孟浩然吟哦風度，則繪爲圖以翫之。李洞慕賈島詩名，則鑄爲像以師之。近世有好事者，以潘閬遨遊浙江，詠潮著名，則亦以輕綃寫其形容，謂之《潘閬詠潮圖》。閬酷嗜吟詠，自號逍遥子，嘗自詠《苦吟》詩曰：「髮任莖莖白，詩須字字清。」又《貧居》詩曰：「長喜詩無病，不憂家更貧。」又《峽中聞猿》云：「何須三叫絶，已恨一聲多。」《哭高舍人》云：「生前是客曾投卷，死後何人與撰碑？」《寄張詠》云：「莫嗟黑髮從頭白，終見黄河到底清。」皆佳句也。故宋尚書白贈詩曰：「宋朝歸聖主，潘閬是詩人。」王禹偁亦贈詩云：「江城買藥常將鶴，古寺看碑不下驢。」其爲明公賞激如此。又魏野，陝府人，亦有詩名。寇萊公每加前席，野《獻萊公生日》詩云：「何時生上相，明日是中元。」以萊公七月十四日生故也。又有《贈萊公》詩云：「有官居鼎鼐，無地起樓臺。」而其詩傳播漠北，故真宗末年嘗有北使詣闕，詢於譯者曰：「那箇是無地起樓臺的宰相？」時萊公方居散地，真宗即召還，授以北門管鑰。

36世傳魏野嘗從萊公游陝府僧舍，各有留題。後復同游，見萊公之詩已用碧紗籠護，而野詩獨否，塵昏滿壁。時有從行官妓頗慧黠，即以袂就拂之。野徐曰：「若得常將紅袖拂，也應勝似碧紗籠。」萊公大笑。

37又錢塘林逋亦著高節，以詩名當世，名公多與之游。天聖中，丞相王公隨以給事中知杭州，日與唱和，親訪其廬，見其頹陋，即爲出俸錢新之。逋乃以啓謝王公，其略曰：「伏蒙府主給事，差人送到留題唱和詩石一片，並創軒榮，以庇風日，衡茅改色，猿鳥交驚。夫何至陋之窮居，獲此不朽之奇事？竊念頃者清賢鉅公，出鎮藩服，亦常顧邱樊之側微，念土木之衰病，不過一枉駕，一式廬而已，未有迂回玉趾，歷覽環堵。當纓蕤之盛集，攄風雅之祕思，率以賡載，始成編軸。且復搆他山之堅潤，刊群言之鴻麗，珠聯綺錯，雕縟相照，輦植置立，賁于空林，信可以奪山水之清暉，發斗牛之寶氣者矣。」迨景祐初，逋尚無恙，范文正公亦過其廬，贈逋詩曰：「巢、由不願仕，堯、舜豈遺人？」又曰：「風俗因君厚，文章到老醇。」其激賞如此。

38王公隨雅嗜吟詠，有《宫詞》云：「一聲啼鳥禁門静，滿地落花春日長。」又《野步》云：「桑斧刊春色，漁歌唱夕陽。」皆公應舉時行卷所作也。

39曹翰嘗平江南有功，後歸環衛，數年不調。一日内宴，太宗侍臣皆賦詩，翰以武人不預，乃自陳曰：「臣少亦學詩，亦乞應詔。」太宗笑而許之，曰：「卿武人，宜以刀字爲韻。」翰援筆立進，因以寄意，曰：「三十年前學《六韜》，英名常得預時髦。曾因國難披金甲，不爲家貧賣寶刀。臂健尚嫌弓力軟，眼明猶識陣雲高。庭前昨夜秋風起，羞覩盤花舊戰袍。」太宗覽之惻然，即自環衛驟遷數級。

40詩以言志，言以知物，信不誣矣。江南李覯，通經術，有文章，應大科，召試第一。嘗作詩曰：「人言日落是天涯，望極天涯不見家。堪恨碧山相掩映，碧山還被暮雲遮。」識者曰：「觀此詩意，有重重障礙，李君恐時命不偶。」後竟如其言。又陳文惠公未達時，嘗作詩曰：「千里好山雲乍斂，一樓明月雨初晴。」觀此詩意，與李君異矣。然則文惠致位宰相，壽餘八十，不亦宜乎！（卷七。下同）

41宋莒公庠知許州，開西湖，作詩曰：「鑿開魚鳥忘情地，展盡江湖極目天。」識者觀詩意，則知公位極一品矣。孟郊《下第》詩曰：「棄置復棄置，情如刀劍傷。」又《再下第》詩曰：「兩度長安陌，空將淚見花。」其後及第詩曰：「昔日齷齪不足嗟，今朝曠蕩思無涯。青春得意馬蹄疾，一日看盡長安花。」大凡進取得失，蓋亦常事，而郊器宇不宏，偶一下第，則其情隕穫，如傷刀劍，以至下淚。既後登科，則其中充溢，若無所容，一日之間，花即看盡，何其速也？後郊授溧陽尉，竟死焉。

42丞相劉公沆，廬陵人，少以氣義自許，嘗詠《牡丹》詩云：「三月内方有，百花中更無。」《述懷》詩云：「虎生三日便窺牛，獵犬寧能掉尾求。若不去登黄閣貴，便須來伴赤松游。奴顔婢舌誠堪恥，羊狠狼貪自合羞。三尺太阿星斗焕，何時去取魏齊頭？」皇祐初，公出領豫章，轉運使潘夙素有詩名，乃以小孤山四十字示公，公即席和呈，文不加點，詩曰：「擎天有八柱，一柱此焉存。石聳千尋勢，波留四面痕。江湖中作鎮，風浪裏蟠根。平地安然者，饒他五嶽尊。」覽者皆知公有宰相器矣，未幾参大政，遂正鼎席。

43寇萊公少時作詩曰：「去海止十里，過山應萬重。」及貶至雷州，吏呈州圖，問州去海幾里？對曰：「十里。」則南遷之禍，前詩已預讖也。

44乖崖張公詠，晚年典淮陽郡，游趙氏西園，作詩曰：「方信承平無一事，淮陽閑殺老尚書。」後一年捐館，亦詩讖也。

45蘇緘，字宣甫，性忠義，喜功名。皇祐中，以秘書丞知英州，值儂賊作亂，他州皆不能守，獨緘捍禦有功，恩换閤職，尋坐事貶房州司馬。嘉祐中復官，權知越州諸暨縣。余與之同僚，嘗贈緘詩曰：「燕頷將軍欲白頭，昔年忠勇動南州。心如鐵石老不挫，功在桑榆晚可收。」後十有八年，緘知邕管，交趾叛，攻城，力戰陷歿。朝廷憫之，贈奉國軍節度使，賜謚忠勇。則所謂忠勇之謚，已先于余詩讖之矣。

46本朝翰林蘇公紳嘗題潤州金山寺，一聯云：「僧依玉鑑光中住，人踏金鼇背上行。」時公方舉大科，識者以「人踏金鼇背上行」，乃榮入玉堂之兆，已而果然，公位止於内相，豈亦詩之讖耶？

47王丞相隨刻意於詩，以謂詩皆言志，不可容易而作。嘗有應制科人成鋭集詩三篇，國子博士侯君以獻於隨，隨覽之，乃親筆尺牘答侯君，其略曰：「隨拜啓：伏承賢良成秀才見訪不及，裁製三册，文華宏逸，學術該贍，然覽《野菊》詩云：『綵檻應無分，春風不借恩。』又《野花》詩云：『馨香雖有豔，栽植未逢人。』實皆綺靡之辭，未協榮登之兆。復閱《别隨州裴員外嘉》句云：『憑高看漸遠，更上最高樓。』諒惟再舉，合踐高科。」其好品藻如此。鋭許州臨潁人，後以獻邊事得官，竟坐擯斥，餧死于京師。

48 白居易賦性曠達，其詩曰：「無事日月長，不羈天地闊。」此曠達者之詞也。孟郊賦性褊隘，其詩曰：「出門即有礙，誰謂天地寬？」此褊隘者之詞也。然則天地又何嘗礙郊，孟郊自礙耳。王文康公賦性質實重厚，作詩曰：「棗花至小能成實，桑葉惟柔解吐絲。堪笑牡丹如斗大，不成一事只空枝。」此亦質實重厚之詞也。

49 文章純古，不害其爲邪；文章艷麗，亦不害其爲正。然世或見人文章鋪陳仁義道德，便謂之正人君子；若言及花草月露，便謂之邪人，兹亦不盡也。皮日休曰：「余嘗慕宋璟之爲相，疑其鐵腸與石心，不解吐婉媚辭。及覩其文，而有《梅花賦》，清便富艷，得南朝徐庾體。」然余觀近世所謂正人端士者，亦皆有艷麗之詞，如前世宋璟之比，今並録之。乖崖張公詠《席上贈官妓小英歌》曰：「天教摶百花，摶作小英明如花。住近桃花坊北面，門庭掩映如仙家。美人宜稱言不得，龍腦薰衣香入骨。維陽軟縠如雲英，亳郡輕紗似蟬翼。我疑天上婺女星之精，偷入筵中名小英。又疑王母侍兒初失意，謫向人間爲飲妓。不然何得膚如紅玉初碾成，眼似秋波雙臉横，舞態因風欲飛去，歌聲遏雲長且清？有時歌罷下香砌，幾人魂魄遥相驚。人看小英心已足，我見小英心未足。爲我高歌送一杯，我今贈汝新翻曲。」韓魏公晚年鎮北州，一日病起，作《點絳唇》小詞曰：「病起厭厭，畫堂花謝添憔悴。亂紅飄砌，滴盡胭脂淚。惆悵前春，誰向花前醉？愁無際。武陵回睇。人遠波空翠。」司馬温公亦嘗作《阮郎歸》小詞曰：「漁舟容易入春山。仙家日月閑。綺窗紗幌映朱顔。相逢醉夢間。松露冷，海霞殷。匆匆整棹還。落花寂寂水潺潺。重尋此路難。」又曾修古立朝，最號剛方蹇諤，常見池上有所似者，亦作小詩寓意曰：「荷葉罩芙蓉，圓青映嫩紅。佳人南陌上，翠蓋立春風。」楊湜《詞説》載温公《西江月》詞云：「寶髻鬆鬆梳就，鉛華淡淡妝成。輕煙翠霧罩娉婷，飛絮游絲無定。相見爭如不見，有情可似無情。笙歌散後酒初醒。深院月明人静。」《東皋雜録》云：「世傳温公有《西江月》一詞，今復得《錦堂春》云：『紅日遲遲，虚廊轉影，槐陰迤邐西斜。彩筆工夫，難狀晚景煙霞。蝶尚不知春去，謾繞幽砌尋花。奈狂風過後，縱有殘紅，飛向誰家？始知青鬢無價，嘆飄蓬宦路，荏苒年華。今日笙歌叢裏，特地咨嗟。席上青衫濕透，算感舊、何止琵琶。怎不教人易老，多少離愁，散在天涯。』」《盧仝集·有所思》及《樓上女兒曲》、《自君之出矣》、《秋夢行》等篇，皆艷詞也。陶淵明亦有《閒情賦》。《苕溪漁隱》云：「余閲《宛陵集》，見一日曲，其詞乃爲南陽一娼話離而作，然則謹厚者亦復爲之耶？其曲云：『妾家鄧侯國，肯愧邯鄲姝。世本富繒綺，嬌愛比明珠。十五學組紃，未嘗開户樞。十六失所適，姓名傾里閭。十七善歌舞，使君邀宴娱。自兹著樂府，不得同羅敷。涼温忽荏苒，屢接朝大夫。相歡不及情，何異逢路衢。昨日一見郎，目色曾不渝。結愛從此篤，暫隔猶云疏。如何遂從宦，去涉千里途。郎跨青驄馬，妾乘白雪駒。送郎郎未遠，别妾妾仍孤。不如水中鱗，雙雙依緑蒲。不如雲間鵠，兩兩下平湖。魚鳥尚有托，妾今誰與俱？去去約春華，終朝怨日晾。一心思杏子，便擬見梅花。梅花幾時吐，頻掐闌干數。東風若見郎，重爲歌《金縷》。』」《侯鯖集》又有《花娘歌翡翠詞》。《吹劍録》載范文正守饒，喜妓籍一小鬟，既去，以詩寄魏介曰：「慶朔堂前花自栽，便移官去未曾開。年年長有别離恨，已托春風幹當來。」介買送公。王衍曰：「情之所鍾，正在我輩。」以范公而不能免。慧遠曰：「順境如磁石，遇鐵不覺合而爲一，處無情之物尚爾，況我終日在情裏作活計耶！」張衡作《定情賦》，蔡邕作《静情賦》，淵明作《閒情賦》，蓋尤物能移人，情蕩則難反，故防閑之。（卷八。下同）

50王安國作詩，多使酒樓，嘗語余曰：「楊文公詩有一酒樓，『江南堤柳拂人頭，李白題詩遍酒樓』，錢昭度詩亦有一酒樓，『長憶錢塘江上望，酒樓人散雨千絲』。今子詩有幾酒樓？」余答曰：「吾詩有二酒樓。」安國曰：「足矣。」蓋余有《題九江琵琶亭》小詩云：「夜泊潯陽宿酒樓，琵琶亭畔荻花秋。雲沉鳥没事已往，月白風清江自流。」又余昔年嘗送客西陵，亦作小詩曰：「若耶溪畔醉秋風，獵獵船旗照水紅。後夜錢塘酒樓上，夢魂應逐浙江東。」

51安國俊邁，而貌陋黑肥。熙寧中，與余同官于洛下，嘗謂余曰：「子可作詩贈我。」余因援筆戲之曰：「飛卿昔號『温鍾馗』，思道通侻還魁肥。江淹善啖筆五色，庚信能文腰十圍。只知外貌乏粉澤，誰料滿腹填珠璣。相逢把酒洛陽社，不管淋漓身上衣。」安國由此不悦。

52景德中，河朔舉人皆以防城得官，而范昭作狀元，張存、任并雖事業荒疏，亦皆被澤。時有無名子嘲曰：「張存解放旋風砲，任并能燒猛火油。」存後仕尚書，并亦仕至屯田員外郎、知要州卒。

53本朝大官，最享高年者凡三人，曰太傅張公士遜、樞相張公昇、少師趙公槩，皆壽至八十六。又二人次之，曰陳文惠公堯佐，至八十二；杜祁公衍，至八十一。又一人次之，曰富文忠公弼，壽至八十。餘皆不及焉。故文惠致政，以詩寄太傅曰：「青雲歧路游將遍，白髮光陰得最多。」蓋爲是也。

54〔太傅張〕公性喜山水，宰邵武時，多游僧舍，至則吟哦忘歸。常至西庵寺，題詩曰：「西庵深入西山裏，算得當年少客遊。密密石叢盤小徑，涓涓雲竇瀉寒流。松皆有節誰青蓋，僧盡無心也白頭。欲刷粉牌書姓字，調卑官冗不堪留。」又公嘗至寶蓋巖寺，亦留題曰：「身爲冠冕流，心是雲泉客。每到雲泉中，便擬忘歸跡。況兹寶蓋巖，天造清涼宅。稅車官道邊，誰知願言適。」又公嘗沿牒至建寧縣，道洛陽村，而山路險峭穹絶，不可名狀，亦題二韻於村寺曰：「金谷花時醉幾場，舊游無日不思量。誰知萬水千山裏，枉被人言過洛陽。」仁宗篤師傅恩，遇公特厚，致政後，每大朝會，常令綴兩府班。公時已八十餘，而拜跪尚輕利，仁宗悦，乃飛白「千歲」二字賜之。公遽進歌以謝，優詔褒答，雖漢顯宗之遇桓榮，不是過也。

55少師趙公槩，字叔平，天聖初王堯臣下第三人及第。爲人寬厚長者，留滯内相十餘年，晚始大用，參貳大政。治平中，退老睢陽，素與歐陽文忠公友善，時文忠退居東潁，公即自睢陽乘輿挐舟訪之。文忠喜公之來，特爲展宴，而潁守翰林吕公亦預會，文忠乃自爲口號一聯云：「金馬玉堂三學士，清風明月兩閑人。」兩閑人，謂公與文忠也。

56楊文公《談苑》稱，楚僧惠崇工詩，於近代釋子中爲傑出，而歐陽公少師《歸田録》亦紀其佳句，則不甚多。余嘗見惠崇自撰句圖，凡一百聯，皆平生所得於心而可喜者，今並録之。《書楊雲卿別墅》云：「河分崗勢斷，春入燒痕青。」《長信詞》云：「陰井生秋早，明河轉曙遲。」《送遠上人西遊》云：「地形吞蜀盡，江勢抱蠻迴。」《江行晚泊》云：「嶺暮清猿急，江寒白鳥稀。」《上谷相公池上作》云：「歸禽動疏竹，落果響寒塘。」《贈陳少府》云：「野人傳相鶴，山叟學彈琴。」《夜坐》云：「春淺冰生井，宵分月上軒。」《贈凝上人》云：「掩門青檜老，出寺白髭長。」《送遷客》云：「浪經蛟浦闊，山入鬼門寒。」《經緣公舊寺》云：「遺偈傳諸國，留真在一峰。」《塞上》云：「河冰堅度馬，塞雪密藏雕。」《喜長公至》云：「久別年顔改，相逢夜話長。」《隱者》云：「多年不道姓，幾日旋移家。」《宿東林寺》云：「鳥歸杉墮雪，僧去石沉雲。」《上翰林楊學士》云：「露寒金掌重，天近玉繩低。」《柳氏書齋》云：「著書驚日短，彈劍惜春深。」《上王太尉》云：「探騎通番壘，降兵逐漢旗。」《田家秋夕》云：「露下牛羊静，河明桑柘空。」《舟行》云：「林斷城隍出，江分島嶼迴。」《寄梅蘇州》云：「鎖城山月上，吹角海鷗驚。」《宿楊侍郎東亭》云：「卷幔來風遠，移牀得月多。」《送程至》云：「白浪分吴國，青山隔楚天。」《游隱静寺》云：「空潭聞鹿飲，疏樹見僧行。」《送錢供奉巡警》云：「劍佩明山雪，旌旗濕海雲。」《梅鼎臣河亭》云：「曠野行人少，長河去鳥平。」《宿肇公山齋》云：「月高山舍迴，霜落石門深。」《送盧經西歸》云：「霜多秦木迴，雲盡漢山孤。」《濠梁夜泊》云：「夜闌潮動舸，秋迴月臨城。」《崔仰秋居》

云：「葉影風中盡，蟲聲月下多。」《贈裴使君》云：「行縣山迎舸，論兵雲繞旂。」《早行》云：「繁霜衣上積，殘月馬前低。」《秋夕》云：「磬斷蟲聲出，峰迴鶴影沉。」《書韓退之屋壁》云：「移家臨魄石，租地得靈泉。」《秋夕懷長公》云：「秋近草蟲亂，夜遥霜月低。」《觀宴鄉老》云：「海鷗聽舜樂，山鬼醉堯觴。」《贈素上人》云：「中食下林狖，夜禪移冢狐。」《晚夏》云：「扇聲猶泛暑，井氣忽生秋。」《江行早發》云：「殘月楚山曉，孤煙江廟春。」《宿翻經館清少卿房》云：「梵容分古像，唐語入新經。」《題王太保道院》云：「鶴傳滄海信，僧和白雲詩。」《秋夕懷汪白詩》云：「寒禽棲古柳，破月入微雲。」《贈白上人》云：「花漏沉山月，雲衣起海風。」《喜陳助教至》云：「樓中天姥月，座上杜陵人。」《冬日野望》云：「人歸岡舍迥，雁過渚田遥。」《送人牧榮州》云：「山色臨巴迥，江流入漢清。」《春申道中》云：「湘雲隨雁斷，楚路背人遥。」《贈李道士》云：「松風吹髮亂，嵓溜濺棋寒。」《栖霞寺》云：「境閑僧渡水，雲盡鶴盤空。」《林逋河亭》云：「古路隨崗起，秋帆轉浦斜。」《楊祕監池上》云：「禽寒時動竹，露重忽翻荷。」《魏野山亭》云：「嵐重琴棋濕，風長枕簟寒。」《塞下》云：「離磧雁衝雪，渡河人上冰。」《寄白閣能上人》云：「夜梵通雲竇，秋香滿石叢。」《陝西道中》云：「關河雙鬢白，風雪一燈青。」《送防秋楊將軍》云：「殺氣生龍劍，威風動虎旗。」《瓜州亭子》云：「落潮鳴下岸，飛雨暗中峰。」《賀劉舍人》云：「日纏黄道迴，春入紫微深。」《除夜》云：「寒燈催臘盡，曉角唤春歸。」《幽并道中》云：「雁行沈古戍，雕影轉寒沙。」《送僧歸天台》云：「景霽雲迴合，秋生樹動摇。」《過陳摶舊居》云：「亂水僧頻過，荒林鶴不還。」《宿横江館》云：「露館濤驚枕，空庭月伴琴。」《維邢道中》云：「馬渡冰河闊，雕盤噴日高。」《國清寺秋居》云：「驚蟬移古柳，鬬雀墮寒庭。」《書平上人山房》云：「松風傳夕磬，谿霧擁春燈。」《觀南郊天仗》云：「霓旌摇曙景，鳳吹繞春雲。」《贈義省上人》云：「坐石雲生袖，添泉月入瓶。」《昇平詞》云：「萬國無刑治，三邊不戰平。」《國清寺》云：「暝鶴棲金刹，秋僧過石橋。」《吕氏西齋》云：「雲殘僧掃石，風動鶴歸松。」《劉參幽居》云：「風暖鳥巢木，日高人灌園。」《楊都官池上》云：「竹風驚宿鶴，潭月戲春鷖。」《書矯方屋壁》云：「圭竇先知曉，盆池别見天。」《送陳舍人巡撫》云：「月露疏寒柝，雲濤閃畫旗。」《宿齊上人禪齋》云：「鶴驚金刹露，龍蟄玉瓶泉。」《春日寇宫贊池上》云：「喧風生木末，遲景入泉心。」《七夕》云：「河來天上闊，雲度月邊輕。」《贈王道士》云：「海人來相鶴，山狖下聽琴。」《送孫荆州》云：「畫鷁浮秋浪，金鐃響夕雲。」《江城晚望》云：「丹楓映郭迴，緑嶼背江深。」《題王太保山亭》云：「危溜含清瑟，飛花點玉觴。」《送李秦州》云：「朱旗凌雪卷，畫角入雲吹。」《畫上人西齋》云：「孤雲還静境，遠籟發秋空。」《李太傅山莊》云：「圍棋分雪石，汲井動金沙。」《宫中詞》云：「井含春氣碧，樓轉夕陰清。」《送吴袁州》云：「鳥暝風沉角，天清月上旗。」《寄肇公》云：「斜吹鳴金錫，歸雲擁石牀。」《塞上》云：「古戍生煙直，平沙落日遲。」《贈嗣上人》云：「拂石雲離箒，嘗茶月入鐺。」《舟行》云：「遠嶼迎檣出，寒林帶岸回。」《送延上人》云：「來時雲擁衲，别夜月隨笻。」《馬嬪淮亭》云：「路横崗燒斷，風轉浦帆斜。」《上殿前戴太保》云：「劍静龍歸匣，旗閑虎繞竿。」《高譓書齋》云：「品畫逢名嶽，横琴憶古賢。」《太一山》云：「雲陰移漢塞，石色入秦天。」《塞上送人》云：「地遥群馬小，天闊一雕平。」《范溶園池》云：「江花凌霰發，山溜入池深。」《獵騎》云：「長風躍馬路，小雪射雕天。」《高略書院》云：「古木風煙盡，寒潭星斗深。」《送段工部河北轉運》云：「渡河風動旆，巡部雨霑車。」（卷九。下同）

57本朝之制誥待制，止繫皂鞓犀帶，遷龍圖閣直學士，始賜金帶。燕公爲待制，十年不遷，乃作《陳情》詩上時宰，詩曰：「鬢邊今日白，腰下幾時黄？」於是時宰憐其老，未幾遷直學士。燕公登科最晚，年四十六始用寇萊公薦，轉京官，晚登文館，列侍從，作直學士，時已六十餘矣。

58〔乖崖張〕公布衣時素善陳摶，嘗因夜話謂摶曰：「某欲分先生華山一半住得無？」摶曰：「餘人則不可，先輩則可。」及旦取别，摶以宣毫十枝、白雲臺墨一劑、蜀箋一角爲贈。公謂摶曰：「會得先生意，取某入鬧處。」去曰：「珍重。」摶送公回，謂弟子曰：「斯人無情於物，達則爲公卿，不達爲王者師。」公常感之，後尹蜀，乘傳過華陰，寄摶詩曰：「性愚不肯林泉住，强要清流擬致君。今日星馳劍南去，回頭慚愧華山雲。」（卷十。下同）

59〔乖崖張〕公布衣時常至鄭州，宿於逆旅，遇一人氣貌甚古，與之語皆塵外事，不言姓氏，自稱神和子。質明爲别，語公曰：「他日相公候於益州。」後公典益部，瘍生於首，禱于龍興觀，夜夢昔年神和子告之曰：「頭瘡勿疑，不是死病。」及覺，語道士文正之嘗收得鄭韶處士《贈神和子歌》，因索而閲之，益異其事。公乃建大閣上下十四間，號仙游閣，歌至今刻石存焉。公離蜀日，以一幅書授蜀僧希白，其上題「須十年後開」。其後公薨于陳，凶訃至蜀，果十年。啓封，乃乖崖翁真子一幅，戴隱士帽，褐袍絹帶，其傍題云：「依此樣寫於仙游閣。」兼自撰《乖崖翁真贊》云：「乖則違衆，崖不利物。乖崖之名，聊以表德。徒勞丹青，繪寫凡質。欲明此心，服之無斁。」至今川民皆依樣，家家傳寫。

60李復圭三世皆知滑州：天聖中其祖康靖公若谷知，慶曆中其父邯鄲公淑又知，及後八年復圭又知。前此邯鄲公嘗迎侍康靖題詩於州廨曰：「滑守如今是世官，阿戎出守自金鑾。郡人莫訝留題別，孫息期同住此看。」後復圭刻石記其事，一曰「仰承詒訓，允契冥兆」，兹亦異也。

61劉沆與鄉人尹鑑少同場屋，劉已登第大拜。皇祐中，尹以恩牓始登第，還鄉，劉以詩送之曰：「少年相款老相逢，鄉舉雖同遇不同。我已位塵三事後，君方名列五科中。榮登莫計名高下，宦達須由善始終。若到鄉關人見問，爲言歸思滿秋風。」

62仁宗朝内臣孫可久，賦性恬澹，年逾五十，即乞致仕。都下有居第，堂北有小園，城南有別墅，每良辰美景，以小車載酒，優游自適。石曼卿嘗過其居，題詩曰：「南北沾河潤，幽深在禁城。疊山資遠意，讓俸買閑名。閉户斷蛛網，折花移鳥聲。誰人識高趣？朝隱石渠生。」屯田外郎柳永亦贈詩曰：「故侯幽隱直城東，草樹扶疏一畝宫。曾珥貂璫爲近侍，却紆絛褐作閑翁。高吟擁鼻詩懷壯，雅論持衡道氣充。厭盡繁華天上樂，始將蹤蹟學冥鴻。」可久好吟詠，效白樂天格，嘗爲陝西駐泊，爲樂天搆祠堂於郡城大阜之頂，中安繪像，仍繕寫平生歌詩警策之句，遍於舊墉。晚年著《歸休集》行於世，年七十餘卒。

63内臣裴愈，字益之，亦好吟詠。真宗朝，銜命江南，搜訪遺書、名畫，歸奏稱旨，用是累居三館祕閣職任。有詩《送魯秀才南遊》云：「東吴山色家家月，南楚江聲浦浦風。」《聞蟬》詩云：「楊柳影疏秋霽月，梧桐葉墜夕陽天。」皆其佳句。有子曰湘，字楚老，亦有詩名。明道中，仁宗御便殿，試進士《房心爲明堂賦》、《和氣致祥》詩，亦命湘賦之。湘蹈舞再拜，數刻而成，仁宗嗟賞，左右中人爲之動色。其《和氣致祥》詩曰：「君德承天道，冲融協太和。卿雲呈瑞早，膏澤應時多。煦集連枝木，嘉扶異穎禾。五星還聚井，丹鳳更巢阿。藪澤無遺士，邊防久息戈。黔黎逢至化，稽首載賡歌。」他詩亦類此。有《肯堂集》行於世。翰林李公淑爲之作序曰：「予嘗嘉河東父子，起銀瑞右貂，能以屬辭拔其倫。益之三朝侍内，老不廢學，又課厲二子，使皆有立，約已慎履，如周仁、石慶。而楚老孳孳嗜書，克自淬琢云。」湘又善爲小詞，嘗任河東路走馬承受，有《詠并門・浪淘沙》小詞云：「雁塞説并門，郡枕西汾，山形高下遠相吞。古寺樓臺依碧障，煙景遥分。晋廟鏁溪雲，簫鼓仍存，牛羊斜日自歸村。惟有故城禾黍地，前事銷魂。」復有《詠汴州・浪淘沙》小詞，仁宗命録進，亦嘉之，其詞曰：「萬國仰神京，禮樂縱横，葱葱佳氣鏁龍城。日御明堂天子聖，朝會簪纓。九陌六街平，萬物充盈，青樓絃管酒如澠。別有隋堤煙柳暮，千古含情。」

64楊文公深達性理，精悟禪觀，捐館時，作偈曰：「漚生復漚滅，二法本來齊。要識真歸處，趙州東院西。」

65丞相王公隨亦悟性理，捐館時，知河陽，作偈曰：「畫堂燈已滅，彈指向誰説？去住本尋常，春風掃殘雪。」是夕薨，凌晨大雪，實正月六日。

66曹司封修睦，深達性理，知邵武軍時，嘗以竹簟贈禪僧仁曉，因作偈與之曰：「翠筠織簟寄禪齋，半夜秋從枕底來。若也此時人問道，涼天捲却暑天開。」

67張尚書方平，尤達性理，有人問祖師西來意，張作偈答之，曰：「自從無始千千劫，萬法本來無一法。祖師來意我不知，一夜西風掃黄葉。」

68陳文惠公亦悟性理，嘗至一古寺，作偈曰：「殿古寒爐空，流塵暗金碧。獨坐偶無人，又得真消息。」

69富文忠公，尤達性理。熙寧中余守官洛下，公時爲亳守，遺余書，托爲訪荷澤諸禪師影像。余因以偈戲之曰：「是身如泡幻，盡非真實相。況兹紙上影，妄外更生妄。到岸不須船，無風休起浪。唯當清静觀，妙法了無象。」公答偈曰：「執相誠非，破相亦妄。不執不破，是名實相。」既又以手筆貺余曰：「承以偈見警，美則美矣，理則未然。所謂無可無不可者，畫亦得，不畫亦得。就其中觀像者，爲不得；不觀像者，所得如何？禪在甚麽處？似不以有無爲礙者，近乎通也，思之，思之。」

（王景桐）

麈史

王得臣 撰

王得臣（一〇三六—一一一六），字彦輔，號鳳臺子，安州安陸（今屬湖北）人。《麈史》三卷，分四十四門。此據《知不足齋叢書》本選録。

1 蔡文忠齊，大中祥符八年登進士第爲狀元。山東人賈同亦名士也，與公同州部，累往謁公，值公飲酣不得見，賈乃留詩一（紀）〔絶〕云：「聖君寵厚龍頭選，老母恩深白髮垂。君寵母恩俱未報，酒如爲患悔何追。」公因此戒酒。（卷中《知人》）

2 魏公少年魏科，與宋景文同召試秘閣《琬圭賦》。景文賦獨行於世，魏公嘆服。景文語客曰：「既賦《琬圭》，又與韓氏少年同場。」意甚少之。魏公聞之不平。景文後修《唐書》。久之，魏公登庸，遂請改命歐陽脩分撰《唐紀》與《志》。景文出知成都，聽以書局自隨，既成上之，旌賞都畢，已而景文召還，故有《罷郡將還先寄永興梁丞相詩》云：「流滯魚符素領垂，十年方喜覲彤（圍）〔闈〕。平臺賦罷鄒陽至，宣室釐殘賈誼歸。疲馬有情依櫪嘆，倦禽知困傍林飛。相君門下餘塵在，擁篲應容一叩扉。」至雍，道中被命鄭州，不得朝，卒於外。（卷中《不遇》）

3世之説《詩》者，以序子夏所爲，蓋始於毛公耳。班固《漢書》曰「晚有毛公者，自以爲子夏所傳，河間王好之，未得立」是也。則子夏序《詩》獨出於毛公而已。後漢衛宏亦以爲子夏序，蓋襲毛説耳。毛承秦火之餘，去古道爲近，必有所本，但今無以考焉。或曰：「孔子言商、賜可與言《詩》，於子夏獨曰：『起予者，商也。』」是説者之所本歟？予以爲序非出於子夏，且聖人删次《風》《雅》《頌》，其所題曰美、曰刺、曰閔、曰惡、曰規、曰誨、曰誘、曰懼之類，蓋出於孔子，非門弟子之所能與也。然若「《關雎》，后妃之德也」，「《葛覃》，后妃之本也」，此一句孔子所題，其下乃毛公發明之言耳。詳於逐篇，自可以見。何以知之？六篇之下云「有其義而亡其詞」，康成以爲出於毛公之言，此可以知矣。故《詩》序止存一句者，若《召南》則《草蟲》，《邶風・燕燕》及《式微》，《王》之《采葛》，《檜》之《素冠》，《小雅・出車》、《杕杜》等二十（七）〔九〕篇，《大雅・文王》、《大明》等一十篇，《周頌・維清》等二十五篇，《魯頌・有駜》、《泮水》、《閟宫》三篇，《商頌・烈祖》、《玄鳥》、《長發》、《商武》四篇，皆止於元題一句，蓋非孔子不能作也。其餘篇序，察其文勢，反復相明，自是二公之作明矣。抑予見於史傳齊魯解《詩》以《關雎》本於衽席，又曰：「佩玉不鳴，《關雎》刺之。」（苦）〔若〕《韓詩》則以《汝墳》爲思親之詩，三家者蓋皆不得孔子真，獨毛公得之，其自以爲子夏所傳，必有傳受之自，惜乎，世遠莫得而見也。（卷中《經義》。下同）

4《野有死麕》之詩曰：「舒而脱脱兮，無感我帨兮，無使尨也吠。」婦人服飾獨言帨，何也？曰：按《内則》注云，帨，蓋婦人拭物之巾也。故居則設於門右，佩則分之於左，常以自潔之用也。

古者女子嫁，則母結帨而戒之。皇甫謐《女怨詩》曰「婚禮臨成，施衽結帨，三命丁寧」是也。

5梁鍾嶸作《詩評》，掎摭本根，總核華實，收昭明之所遺，可謂至矣。其序云：「夏歌曰『鬱陶乎余心』，楚詞曰『名余曰正則』，雖詩體未全，然略是五言之濫觴。」予以爲不然。《虞書》載賡歌之詞曰：「元首叢脞哉。」至周《詩》三百篇，其五字甚多，不可悉舉，如《行露》曰：「誰謂雀無角，何以穿我屋？誰謂汝無家，何以速我獄？」《小旻》曰：「匪先民是程，匪大猷是經，惟邇言是聽，惟邇言是爭。」至於《北山》之篇，其下三章率皆五字，又《十畝之閒》則全篇五字耳，然則始於虞，衍於周，逮漢專爲全體矣。（卷中《詩話》。下同）

6劉氏《傳記》載煬帝既誅薛道衡，乃云：「尚能道『空梁落燕泥』否？」蓋道衡詩嘗有是句。《楊文公談苑》載詩僧希晝《北宫書亭》詩云：「花露盈蟲穴，梁塵墮燕泥。」予以爲鍊句雖工，而致思不逮薛也。

7杜審言，子美祖父也。則天時以詩擅名，與宋之問倡和有「霧綃青條弱，風牽紫蔓長」。又「寄語洛城風與月，明年春色倍還人」。子美「林花著雨臙脂落楊作「潤」，水荇牽風翠帶長」。又云：「傳語風光共流轉，暫時相賞莫相違。」雖不襲取其意，而語脈蓋有家風矣。

8杜子美善於用事，及常語多離析，或倒句，則語峻而體健，意亦深穩，如「露從今夜白，月是故鄉明」是也。白樂天工於對屬，寄元微之曰：「白頭吟處變，青眼望中穿。」然不若杜云「别來頭併白，相見眼終青」尤佳。

9古善詩者，善用人語，渾然若己出，唯李杜。顔延年《赭白馬賦》曰：「旦刷幽燕，夕秣荆越。」太白《天馬歌》曰：「雞鳴刷燕晡秣越。」皆出於顔賦也。子美《驄馬行》曰：「晝洗須騰涇渭深，夕趨可刷幽并夜。」退之曰：「李杜文章在，光焰萬丈長。」信哉！

10《莊子》曰：「鵬之徙南溟也，摶扶摇而上者九萬里，去以六月息者也。」《爾雅》釋風上下曰扶摇。老杜下峽詩曰：「五雲高太甲，六月曠摶扶。」恐别有出。

11《逸史》載唐李適之罷相詩云：「避賢初罷相，樂聖且銜杯。試問門前客，今朝幾箇來？」適之，飲中八仙之一也。子美詩曰：「左相日興費萬錢，飲如長鯨吸百川，銜杯樂聖稱避賢。」蓋用其詩也。

12白傅自九江赴忠州，過江夏，有《與盧侍御于黄鶴樓宴罷同望》詩曰：「白花浪濺頭陀寺，紅葉林籠鸚鵡洲。」句則美矣，然頭陀寺在郡城之東絶頂處，西去大江最遠，風濤雖惡，何由及之？或曰：「甚之之辭，如峻極於天之謂也。」予以謂世稱子美爲詩史，蓋實録也。

13《説文》以瓊爲赤玉，比見人詠白物多用之。韓愈《雪》詩曰：「若非燖鵠鷺，定是屑瓊瑰。」又：「馬蹄踏作瓊瑶跡，爲有詩仙鳳沼來。」將别有所稽邪，豈用之不審也？

14僧贊寧爲《筍譜》甚詳，摭古人詩詠，自梁元帝至唐楊師道，皆詩中言及筍者，（惟）〔雖〕孟蜀時學士徐光溥等二人絶句亦〔收之〕，可謂勤篤，然未盡也。如退之《和侯協律詠筍二十六韻》不收何耶？豈寧忿其排釋氏而私懷去取與？抑文公集當時未出乎？不可知也。

15鄭工部文寶將漕陝西，經畫靈武，後謫監郢州京山縣税，過信陽軍白雪驛作絶句，久而湮没，莫有知者。先君皇祐間尉是邑，重書於碑，後亦亡。郢刊工部詩集亦無之。曰：「得罪前朝出粉闈，五原功業有誰知？年餘放逐無人識，白雪關頭一望時。」

16工部在京山又有《寒食日經秀上人房》詩云：「花時懶看花，來訪野僧家，勞師擊新火，勸我雨前茶。」其詩篆書刻石，在縣多寶寺中。甘棠魏野亦有詩云：「城裏争看城外花，獨來城裏訪僧家，辛勤旋覓新鑽火，爲我親烹嶽麓茶。」蓋詩人寫楊作「寓」興多同。

17仁宗嘉祐末宴群臣，賦《賞花釣魚詩》，群臣奉和。丞相韓魏公詩云：「輕雲閣雨迎天仗，寒色留春送壽杯。」唐羅鄴詩云：「春排北極迎仙馭，日捧南山入壽杯。」

18鄭武仲侍郎嘗從劉賓學，賓有父尤善於詩，嘗云：「人從别浦經年去，天向平蕪儘眼低。」鄭詩有：「江横塞外悠悠去，天落秋邊處處低。」語句驚人，出於藍矣。

19慶曆間，宋景文諸公在館嘗評唐人之詩云：「太白仙才，長吉鬼才。」其餘不盡記也。然長吉才力奔放，不驚衆絶俗不下筆，有《雁門太守》詩曰：「黑雲壓城城欲摧，甲光射日金鱗開。」王安石曰：「是兒言不相副也。方黑雲如此，安得向日之甲光乎？」

20王安石作《桃源行》云：「望夷宫中鹿爲馬，秦人半死長城下，避世不獨商山翁，亦有桃源種桃者。」詞意清拔，高出古人。議者謂二世致齋望夷宫在鹿馬之後，又長城之役在始皇時，似未盡善。或曰槩言秦亂而已，不以辭害意也。

21王安石集《四家詩》，不取韓公《符讀書城南》，何也？予曰：「是詩教子以取富貴，宜荆公之不取也。『有子賢與愚，何其挂懷抱』，淵明猶不免子美之譏，況示以取富貴哉！」樂道以爲然。

22閩中鮮食最珍者，所謂子魚者也。長七八寸，闊二三寸許，剖之子滿腹，冬月正其佳時，莆田迎仙鎮乃其出處。予按部過之，驛左有祠，謂之「通應祠」，下有水曰「通應溪」，潮汐上下，土人以鹹淡水不相入處魚最美。比見士人詩多曰「通印」。安石《送元厚之知福州》詩曰：「長魚俎上通三印，新茗齋中試一旗。」閩人謂茶芽未展爲槍，展則爲旗，至二旗則老矣。

23王銍性之嘗爲予言曰：「王荆公嘗集《四家詩》，蔡天啓嘗問何爲下太白，安石曰：『才高而識卑，其中言酒色蓋什八九。』」

24鼎州武陵縣北二十里有甘泉寺，行人多謁焉。寇萊公往雷州，凡題三十字曰：「庚申年秋九月，平仲南行至甘泉院，僧以詩板示予，征途不暇吟詠，代記年月。」後丁晉公謫朱崖，過寺題云：「翠影疏疏度，波光瑟瑟凝。帝家金掌露，仙府玉壺冰。曉鉢侵星汲，宵廚向月澄。豈惟蠲肺渴，灌頂助三乘。」因而至寺者多所賦詠，如殿中丞范諷詩云：「平仲酌泉曾頓轡，謂之禮佛向南行。山堂下瞰炎蒸路，轉使高僧薄寵榮。」又刑部郎中崔繹詩云：「二相南行至道初，記名留詠在精廬。甘泉不洗天涯恨，留與行人鑒覆車。」可謂言婉而意達矣。

25穆伯長爲《巨盜》詩，斥故相丁謂也。予因舉於史驤思遠，思遠曰：「此於伯長之道有累矣。」

26令狐先生曰：「唐白傅以丞相李德裕貶崖州爲三絶句，便不免世人訾毁。」予以爲《詩》三百皆出聖賢發憤而爲，又何傷哉？後嘗語於客，會安陸令李楚老翹叟在坐上，曰：「非白公之詩也。白公卒於李貶之前。」予因按《唐史》，會昌六年白公卒，是歲宣宗即位，明年改元大中，又明年李貶，蓋當時疾李者託名爲之，附於集。詩曰：「樂天嘗任蘇州日，要勒須教用禮儀。從此結成千萬恨，今朝果中白家詩。」「昨夜新生黄雀兒，飛來直上紫藤枝。擺頭撼腦花園裏，將爲春光總屬伊。」「田園不解栽桃李，滿地惟聞種蒺藜。萬里崖州君自去，臨行惆悵欲冤誰？」予觀其詞意鄙淺，白爲雜律詩譏世人，故人得以輕效之。

27慈聖光獻皇后以元豐庚申十月二十日上仙，是夕，永裕召執政近臣入侍聖容。其年春，上幸西池，慈聖以珠盤蹙馬鞍遺上，上自池乘以歸。慈聖好植花，多乘小輦遊苑中，上常扶侍之。所居殿曰「慶壽」，在福寧之東，是夜毁香閣垣爲百官入聽遺告。庭中有二小亭，金書牌曰「賞蟠桃」、「賞大椿」。明年三月，將奉山陵，詔百官各進挽詞二首。故相王珪曰：「誰知老臣淚，曾泣見珠襦。」王存時爲從官，曰：「珠韉錫御恩猶在，玉輦親扶事已空。」予亦例進曰：「春風三月暮，寂莫大椿庭。」百官有云東朝，蓋斥慶壽也。

28永叔《早朝》詩曰：「月在蒼龍闕角西。」甚美。然予按漢之四闕，南曰「朱雀」，北曰「玄武」，東曰「蒼龍」，西曰「白虎」。今永叔詩意，蓋以當前門闕狀蒼龍，故云月在西也，蓋不用漢闕耳。

29南豐曾阜子山嘗宰蘄之黄梅，數十里有烏牙山甚高，而上有僧舍，堂宇宏壯，梁間見小詩曰李太白也：「夜宿烏牙寺，舉手捫星辰。不敢高聲語，恐驚天上人。布衣李白。」但不知其是太白所書耶？取其牌歸於丞相吴正憲公。李集中無之，如安陸石巖寺詩亦不載。

30權文公多用州縣、日辰之類爲詩，近見人亦有爲藥名詩者，如訶子、縮砂等語，不惟直致，兼是假借，大不工耳。里人史思遠善詩，用藥名則析而用之，如《夜坐》句曰：「坐來夜半天河轉，挑盡寒燈心自知。」此乃魯望離合格也。思遠幼孤，從令狐先生學詩，有唐人風格。《贈惠秀》云：「坐禪猿鳥看，談《易》鬼神聽。」又《題朱氏園》云：「花分先後留春久，地帶東南見月多。」故壽陽朱炎節判嘗贈詩曰：「古人不到處，吾子獨留心。」

31吾友頓隆師嘗言：「顔延年《五君詠》，至《阮始平》曰：『屢薦不入官，一麾乃出守。』麾，去也，咸爲山濤麾出。杜牧之『欲把一麾江上去』，即旄也，蓋誤矣。」余以爲麾即毛也，子美亦有「持旌麾」之句，杜牧不合用「一麾」耳。

32朱元瑜長官好爲詩。予少時聞人誦：「嚼梅香襲齒，攀柳緑藏巾。」予欲纂鄉人詩，悵無朱詩。廖獻卿大夫謂予曰：「某少嘗同筆研，得其詩二百餘篇，當録以奉寄。」獻卿别未幾，不幸(且)〔早〕卒。自予還里，屢訪諸廖，所謂朱令詩者，卒莫得之。

33世言七言詩肇於柏梁，而盛於建安。考之，豈獨柏梁哉？《鄘風》曰：「送我乎淇之上矣。」《王風》曰：「知我者謂我心憂。」《鄭風》曰：「還予授子之粲兮。」《齊風》曰：「遭我乎猛之間兮。」又曰：「尚之以瓊華乎而。」《魏風》曰：「胡取禾三百廛兮。」《豳風》曰：「二之日鑿冰沖沖，三之日納于凌陰。」《小雅》曰：「以燕樂嘉賓之心。」又曰：「如彼築室于道謀。」《大雅》曰：「維昔之富不如時，維今之疚不如茲。」「昔也日闢國百里，今也日蹙國百里。」《頌》曰：「學有緝熙于光明。」又曰：「予其懲而毖後患。」「儀式刑文王之典。」又曰：「自今以始歲其有，君子有穀貽孫子。」楚狂接輿歌曰：「今之從政者殆而。」項籍歌曰：「力拔山兮氣蓋世，時不利兮騅不逝。」漢高歌曰：「大風起兮雲飛揚。」皆七字之濫觴也，然則柏梁之作亦有所祖襲矣。唐劉存乃以「交交黄鳥，止於棘」〔爲〕七言之始，蓋合兩句以言，誤也。

34予熙寧初調官，泊報慈寺，同院陽翟徐秀才出其父屯田忘名所爲詩，見其清苦平淡，有古人風致，不能傳鈔。其《過杜工部墳》一詩云：「水與汨羅接，天心深有存。遠移工部死，來伴大夫魂。流落同千古，《風》《騷》共一源。江山不受弔，寒日下西原。」

35唐元微之「何處春深好」二十篇，用家、花、車、斜韻，夢得亦和焉，予亦和之寄黄雲叟，以書古人用韻未盡。知白樂天「春深貧賤家，荒凉三徑草，冷落四鄰花」，又如「妻愁出賃車」之語，烏足稱哉？

36張頌公美，潁昌人，舉進士不第，嘗館於吾家義方齋。畏謹自律，讀書外口不及他事，然好吟詩，曰：「人散鞦韆閒挂月，露零蝴蝶冷眠風。」全不類其爲人。嘗詠唐君臣得失之迹與其治亂之辨，可爲世鑒者凡百篇。元豐末，至京師欲上之，會永裕不豫，囊其書歸。有志而不達，惜哉！

37予弟光輔鄰臣，郡以經行應詔，元祐丁卯賜第。歸未幾，因出墜馬傷甚，十一日而卒，年四十八。王公亮明道挽詞曰：「足穀醫還驗，占桑夢亦靈。」衆咸推服。

38武功蘇泌進之，子美子也，任湖北運判，按行至鄂，予時守郡，蘇出其曾王父國老所收杜牧之村舍門扉之墨迹，隱然突起，良可怪也。其所書曰：「暮春因遊明月峽，故留題。前雪紈史杜牧。從前聞説真仙景，今日追遊始有因。滿眼山川流水在，古來靈跡必通神。」國老云：「杜罷牧吴興，遊長興之明月峽，留字於村居門扉，至今二百年。予壬子歲宰烏程聞此説，托陳驤往彼得之。字體遒媚，隱出木閒，真希世之墨寶也。」予按《唐史》牧之未嘗爲湖州。督郵，藩鎮板授之官。予奉使閩部建安，北郊一吉祥寺前有軒，東楹之柱，慶曆閒蔡君謨題之，其字隱然而起，因思段成式説文身事，有得髑髏涅文墨入骨者，豈松煤所漬能然乎？（卷中《書畫》）

39吴松江有洞庭山，韋蘇州詩、皮陸唱和所言「洞庭」，及近時子美詩曰「笠澤魚肥人膾玉，洞庭橘熟客分金」，皆在吴江矣。今岳州之南所謂「洞庭」者，即酈善長注《水經》云「洞庭之陂乃湘水，非江水」，蓋斥此湖耳。比見岳州集古今題詠刻石龕於岳陽樓，如蘇州、皮、陸、子美之屬皆在焉，乃知地志不可不考也。（卷中《辨誤》。下同）

40今郢州地名「石城」，乃晉石城戍也。予按宋武帝孝建元年分荆州之江夏、竟陵、武陵、天門，湘州之巴陵，江州之武昌，豫州之西陽七郡立郢州，治江夏。《南史》孝建以來稱郢州者，即江夏也。今秦鳳憲校理張舜民芸叟先謫監郴州鹽税，過鄂書與通判吴子勉廳壁詩云：「但見石城多草木。」芸叟，邠人，博學有文，蓋邠去鄂，秦楚之異，遂以鄂爲今郢矣。其詩併録於此，曰：「汀洲露白葉番黄，獨上南樓寫興長。但見石城多草木，足知江夏有興亡。朱紘只解悲流水，黄鶴猶能返故鄉。莫道楚魂招不得，試將蕪累過三湘。」

41凡言木之巨細者，始曰「拱把」，大曰「圍」，引而增之曰「合抱」。蓋拱把之間纔數寸耳，圍則尺也，合抱則五尺也。《莊子》曰：「櫟，社木，其大蔽牛，挈之百圍。」疏云「以繩束之，圍粗百尺」是也。今人以兩手指合而環之，適周一尺。杜子美《武侯廟柏》詩云：「霜皮溜雨四十圍，黛色參天二千尺。」是大四丈。沈存中内翰云：「四十圍乃是徑七尺，無乃太細長也。」然沈精於算數者，不知何法以準之。若徑七尺，則圍當二丈一尺。傳曰：「孔子身大十圍。」夫以其大也，故記之。如沈之言，纔今之三尺七寸有畸耳，何足以爲異耶？周之尺當今之尺七寸五分。

42杜子美《李潮八分歌》曰：「苦縣光和尚骨立，筆法瘦硬方通神。」按《神仙傳》老子苦縣瀨鄉人。又讀《漢書》稱(威)〔桓〕帝夢見老子，命中常侍左悺於瀨鄉致祭，詔陳相邊韶立祠兼刻石，即蔡邕書也。今考桓帝紀年乃建和，光和蓋靈帝時年號，豈杜詩乃後人傳寫之誤耶？或者以爲今(亳)〔亳〕有太清殘缺碑，猶有「光和」二字，又不知太清之名始於何代。兼譙去苦縣尚兩舍，即非邊韶所刻石也。

43子美《同谷七歌》曰：「黄精無苗山雪盛，短衣數挽不掩脛。」或以黄精當作黄獨，遂援《本草》芋魁注釋以爲證，此皆惑於多聞好奇之過也。《藥録》云：「黄精止饑。」杜以窮冬採此，無所獲，必還就黄獨耶？又以山雪爲春雪，此尤爲乖謬。杜自十月發秦州，十一月至同谷，十二月一日離同谷入蜀，詩中歷歷可考，蓋未嘗涉春也。

44世言子美卒於衡之耒陽，故《寰宇記》亦載其墳在縣北二里，不知何緣得此？《唐新書》稱耒陽令遺白酒牛肉，一夕而死。予觀子美僑寄巴峽三歲，大曆三年二月始下峽流寓荆南，徙泊公安，久之方次岳陽，即四年冬末也。既過洞庭，入長沙，乃五年之春。四月，遇臧玠之亂，倉皇往衡陽。至耒陽，舟中伏枕，又畏瘴，復沿湘而下，故有《回櫂》之作，末云：「舟師煩爾送，朱夏〔汲〕〔及〕寒泉。」又《登舟將適漢陽》云：「春色棄汝去，秋帆催客歸。」蓋《回櫂》在夏末，此篇已入秋矣。繼之以《暮秋將歸秦留别湖南幕府親友》云：「北歸衝雨雪，誰憫弊貂裘？」則子美北還之迹見此三篇，安得卒於耒陽耶？要其卒當在潭、岳之閒，秋冬之際。按元微之《子美墓志》稱子美孫嗣業啓子美柩，襄祔事於偃師，途次於荆，拜余爲志，辭不能絶。其係略曰：嚴武狀爲工部員外郎、參謀軍事，旋又棄去，扁舟下荆楚，竟以寓卒，旅殯岳陽。近時故丞相呂公爲《杜詩年譜》云：「大曆五年辛亥，是年還襄漢，卒於岳陽。」以前詩及微之之志考之爲不妄，但言是年夏，非也。

45安陸有念佛鳥，小於鴝鵒，色青黑，常言一切諸佛。張齊賢相謫守郡日，作古詩二篇。元憲宋郊詩曰：「鳥解佛經言。」予少時聞之，近時罕聞矣，豈夫造物亦有時耶？（卷下《奇異》）

46劉夢得《讀張曲江集》詩，其序略曰：世稱曲江爲相，建言放臣不宜與善地。今讀其文，自内職牧始安，有瘴癘之嘆；自退相守荆門，有拘囚之思。嗟夫！身出於遐陬，一失意而不能堪，矧華人士族，必致醜地然後快意哉。議者以曲江識胡雛有反相，羞凡器與同列，〔密〕啓廷諍，雖古哲人不及，而燕翼無嗣，終爲餒鬼，豈忮心失恕，陰謫最大，雖二美莫贖耶？故其詩云：「寂莫韶陽廟，魂歸不見人。」按《唐書》，曲江有子拯，而不見其他子孫者。近有朝請張君唐輔來守安州，蓋曲江人也，自稱九齡十世孫。皇祐閒，儂智高亂嶺南，朝廷推恩，凡名舉人者悉官之，無慮七百人，唐輔在其中。後稍遷至牧守，當塗諸公往往以名相之後稱薦之。夫以夢得去曲江纔五、六十年，乃言「燕翼無嗣」，豈知數百年後有十世孫耶？豈夢得困於遷謫，有所激而言也？是皆不可知也。（卷下《真僞》）

47元憲宋公始名郊，字伯庠，文價振天下。既入翰林，有媢於上者，以姓名於朝廷非便，神文乃閒諭元憲，令易之，遂名「庠」字。一日因具奏劄，先書「臣庠」，時李獻臣爲翰長，見奏指宋公名曰：「此何人耶？」吏具以對。已而白宋，宋乃書一絶云：「紙尾何勞問姓名，禁林依舊玷華纓。欲知《七略》稱『臣向』，便是當年劉更生。」元憲既參大政，朝廷無事，廟堂之上日閱文史，今觀《紀年通譜》、《楊文公談苑》等序及《繹山碑》跋尾，亦知其略矣。元憲雍雍然有德之君子，後既登庸，天下承平日久，尤務清浄無所作爲，有爲者病之。後爲人言排詆，出知河南，改許及河陽，歸京判都省，久之，卒於私第。公嘗自謂時賢多以不才誚我，因爲詩曰：「我本無心士，終非濟世才。虚舟人莫怒，疑虎石曾開。蚊負愁山重，葵傾喜日來。欲將嘲强解，真意轉悠哉。」（卷下《讒謗》）

48予仲氏光輔元祐丁卯應詔，季道輔餞於郊，舉光輔舊詩曰：「仲舒窺圃三年廢，東野看花一日多。」光輔笑曰：「我尚能爲此語邪？」明年失意。會有詔：經行士未得黜落，具名以聞。於是有旨令與特奏名，唱名第一，賜同五經出身。予時自唐易守邠，待次，光輔榮歸，爲學尚不輟。八月

末，爲往州北視亡妻孫氏塋地，還次近郊，馬逸而墜，内傷殊甚，十日而卒。「看花一日多」遂成其讖邪？（卷下《語讖》）

49鄭都官詩有「能銷永日是樗蒲，坑塹由來似宦途」之句，蓋所難者在過關，以前後爲坑塹也。（卷下《博弈》）

50長林尉石夷吾齊老嘗遊廬山，爲予言簡寂觀天尊銅像制範精緻，然本乃佛像，唐會昌中廢毁浮屠，有惜其像者，遂加冠於首，衣以羽衣，以爲天尊。夷吾作詩曰：「赤土坡頭一寺基，天尊元是一牟尼。時難只得同香火，莫聽閒人説是非。」（卷下《諧謔》。下同）

51余長子渝嘗爲壽春令，邑有淮南王安廟，春秋朝廷祀之。邑人思劉仁贍之功德，欲立廟不可得也，遂共爲劉令公像於淮南廟中，歲時享焉。傳舍有人爲詩曰：「淮南據險逆西京，仁贍輸忠保一城。今日鄉人聊合祭，未應同食便同情。」

52唐僧能詩者，如晝字皎然之類甚多。古人生子三(日)〔月〕，父名之；二十而冠，友字之，所以表德也。今僧頭童而不櫛，不可冠，何字之有？薦紳亦從而呼之，何也？（卷下《雜志》）

（徐俊）

仇池筆記

蘇軾 撰

蘇軾（一〇三七—一一〇一），字子瞻，號東坡居士，眉州眉山（今屬四川）人。《仇池筆記》二卷，爲宋人哀聚蘇軾隨筆文字而成，非蘇軾自編。其中多有與《東坡志林》、《蘇軾題跋》重見者。此據《類説》本選録，參校華東師範大學出版社一九八三年排印本。

【論文選】舟中讀《文選》，恨其編次無法，去取失當。齊梁文字衰陋，蕭統尤爲卑弱，如李陵五言皆僞。今日觀淵明集可喜者甚多，而獨取數篇。淵明作《閒情賦》，正所謂《國風》好色而不淫，正使不及《周南》，與屈原所陳何異？而統大譏之，此小兒强作解事也。（卷上。下同）

【三殤】李善註《文選》，本末詳備，所謂五臣者，真俚儒荒陋者也。（詠）〔謝〕瞻《張子房詩》云：「苛慝暴三殤。」此《禮》所謂上中下三殤，言秦無道，戮及幼稚。而注乃引苛政猛於虎，吾父、吾夫、吾子皆死。謂夫、謂父爲殤。此類甚謬。

【日月蝕】玉川子《月蝕詩》以蝕月者，月中蝦蟆也。梅聖俞作《日蝕詩》云食日者三足烏也。此因俚説以寓意也。《戰國策》：「日月暉於外，其賊在内。」則俚説亦當矣。

【中宮太乙】杜子美詩曰：「自平中宮吕太乙。」世不曉其義，而妄者以爲唐有平中宮。偶讀《玄宗實録》，有中宮太乙叛於廣南。杜詩云「自平（宫中）〔中宫〕吕太乙」，下文又有「海南收珠」之句。見書不廣，輕改文字，鮮不爲笑。

【八陣圖詩】（子）〔予〕嘗夢杜子美云：「世人誤會《八陣圖》詩『江流石不轉，遺恨失吞吴』，以爲先主、武侯欲與關羽復仇，故恨不滅吴，非也。我意以爲吴蜀唇齒之國，不當相圖。晉能取蜀者，以蜀有吞吴之意，此爲恨耳。」

【陽關三疊】舊傳《陽關三疊》，〔今〕歌者每句再疊而已，若通一首，又是四疊，皆非是。每句三唱，以應三疊，則叢然無復節奏。有文勛者，得古本《陽關》，每句皆再唱，而第一句不疊，乃知唐本三疊如此。樂天詩云：「相逢且莫推辭（酒）〔醉〕，聽唱《陽關》第四聲。」「勸君更盡一杯酒。」以此驗之，若一句再疊，則此句爲第五聲；今爲第四，則第一句不疊審矣。

【三豪詩】石介作《三豪詩》云曼卿豪於詩，永叔豪於史，杜（點）〔默〕師雄豪於歌。永叔亦贈（點）〔默〕詩云：「贈之三豪篇，而我濫一名。」（點）〔默〕歌少見於世，有云「學海波中老龍，夫子門前大蟲」，皆此類語。永叔不誚者，此公惡争名，且爲介諱也。（點）〔默〕豪氣正是京東學究飲私酒、食瘴死牛肉醉飽後所發也。作詩狂怪，至盧仝、馬異極矣。若更求其人，便作杜（點）〔默〕矣。

【酒名】退之詩云：「且可勤買抛青春。」《國史補》云：「酒有郢之富（水）〔水〕春，烏程之若（春）〔下〕，滎陽之土窟春，富平之石凍春，劍南之燒春。」杜子美云：「聞到雲安麴米春。」裴鉶《傳奇》亦有酒名松醪春，乃知唐人名酒多以春。

【論詩】唐（宋）〔末〕五代，文物衰盡。詩有（實體）〔貫休〕，〔齊己〕，書有亞栖，村俗之氣，大率相似。蘇子美家有長（文）〔史〕書，云：「隔簾歌已俊，對坐貌彌精。」語既凡惡，而字法真亞栖之流。曾子固編《李太白集》，有贈懷素《草書歌》及《笑已乎》數首，皆貫休以下，格調卑陋。子固號有識知者，故深可怪。如白樂天贈徐凝，退之贈賈島，皆世俗無知者所註，不足多怪。

【以意改書】近世人輕以意改書，鄙賤之人好惡多同，從而和之，使古書日就訛舛。孔子曰：「吾猶及史之闕文也。」蜀本《莊子》云：「用志不分，乃疑於神。」此與《易》「陰疑於陽」，《禮》「使人疑汝於夫子」同，今四方本皆作「凝」。陶潛詩「採菊東籬下，悠然見南山」，採菊之次偶然見山，境與意會，今皆作「望南山」。杜子美云「白鷗没浩蕩」，蓋滅没于烟波間，而宋敏求云「鷗不解没，改作波」。二詩改此兩字，覺一篇神氣索如也。

【書秋雨詩】杞人馬正卿〔作太學正，有氣節，學生不喜，博士亦忌之。予偶至齋〕，書杜子美《秋雨嘆》一篇壁上，初無意也。正卿即日辭歸不出，至今白首固窮守節。

【杜子美詩】余在岐山，見秦州進一馬騌如牛，項下重胡倒立，毛生肉端，蕃人云此肉騌。乃知《鄧公驄馬〔行〕》「肉騌碨礧連錢動」，不當作「肉駿」。《悲陳陶》云：「四方義士同日死。」此房琯之敗也。《唐書》作「陳濤」，未知孰是。琯既敗，猶欲持重有所伺，而中人促戰，遂大敗，故後篇云：「焉得附書與我軍，忍待明年莫倉卒。」《北征》詩云：「桓桓陳將軍，仗鉞奮忠烈。」謂陳玄禮也。佐玄宗平内難，又從幸蜀，建誅國忠之策。《洗兵馬》云：「張公一生江海客。」此張鎬也。明皇雖誅蕭至忠，（長）〔常〕懷之，侯君集云「蹭蹬至此」，至忠亦蹭蹬者耶！故杜子美亦哀之云「赫赫蕭京兆，今爲時所憐」。《後出塞》詩云：「我本良家子，出師亦多門。躍馬三十年，恐負明主恩。坐見幽州騎，長驅河洛昏。中夜間道歸，故里但荒村。惡名幸脱免，到老無兒孫。」詳味此詩，蓋禄山反時，其將有脱身歸國而禄山殺其妻子。不出姓名，可恨也。《憶昔》詩云：「關中小兒壞紀綱。」謂李輔國也。「張后不樂上爲忙」，謂肅宗張皇后也。「爲留猛士守未央」，謂郭子儀奪兵柄，入宿衛也。

【子美詩外有事在】杜子美自許稷與契，人未必許也。然其詩云：「舜舉十六相，身尊道何高。秦時用商鞅，法令如牛毛。」此是稷、契輩人口中語也。又云：「知名未足稱，局促商山翁。」又云：「王侯與螻蟻，同盡隨丘墟。願聞第一義，回向心地初。」乃知子美詩外尚有事在也。

【白樂天詩】白樂天爲王涯所讒，謫江州司馬。甘露之禍，樂天有詩云：「當君白首同歸日，是我青山獨往時。」不知者以爲幸（亡）〔禍〕。樂天豈幸人之禍者哉？蓋悲之也。

【擬作】劉子玄辯《文選》所載李陵《與蘇武書》，蓋齊梁文士擬作。予因悟陵與武五言亦後人擬作。《列女傳》蔡琰二詩，其詞明白感慨，頗類《木蘭詩》，東京無此格也。建安七子猶含畜不盡發見，況伯喈女乎？琰之流離必在父没之後，董卓既誅，伯喈乃遇禍。此詩乃云：「董卓所驅虜入胡。」尤知其非真也。蓋范曄荒淺，遂載之本傳。

【桃笙】柳子厚詩云：「盛時一失貴反賤，桃笙葵扇安可常。」不知桃笙爲何物。因閲《方言》，簟魏之間，篳謂之笙，乃悟桃笙以桃竹爲簟也。

【研光帽】徐倅李陶有子，年十七八，忽詠《（梅）〔落〕花詩》云：「流水難窮目，斜陽易斷腸。誰同研光帽，一曲舞《山香》。」父驚問之，若有物（馮）〔憑〕附者，云：「西王母宴群仙，有舞者戴研光帽，帽上簪花。舞《山香》一曲，曲未盡，花皆落去。」

【字謎】鮑明遠詩有《字謎三首》。「飛泉仰流」者，舊説是「井」字。又「乾之一九，隻立無偶。坤之二六，宛然雙宿」，云是「（小）〔桒〕」字。又「頭如刀，尾如鈎，中間横四角六（抽），右面負兩刃，左邊雙屬牛」，乃「龜」字也。

【李赤詩】《姑（孰）〔熟〕堂下詠》，怪其語不類太白，王平甫云：「此李赤詩也。」赤自比李白，故名赤，後爲厠鬼所惑死。今觀其詩止於此，以太白自比，其心疾已久矣，豈厠鬼之罪耶！

【魯直詩文】黄魯直詩文如蝤蛑、江瑶柱，格韻高絶，盤飡盡廢。然不可多食，〔多食〕則發風動氣。

【徐仲車二反】徐積字仲車，古之獨行於陵仲子不能過。然其詩文則怪而放，如玉川子。此一反也。耳聵甚，畫地爲字，乃始通。終日面壁坐，不與人接，而四方事無不知，此二反也。（卷下。下同）

【魯直詩】讀黄魯直詩，如見（李）〔魯〕仲連、李太白，不敢復論鄙事。雖若不入用，亦不無補於世也。

【張子野詩】〔張子野詩〕筆老妙，歌詞乃餘波爾。《華州西溪》云：「浮萍破處見山影，野艇横來聞草聲。」和我詩云：「愁似鰥魚知夜永，懶同蝴蝶爲春忙。」若此之類，皆可追配古人。而世俗但稱其歌詞。昔周昉畫人物入神〔氣〕〔品〕，〔世亦〕但知有周昉士女，可謂未見好德如好色者歟！

【林檎詩】子邁幼作《林檎詩》云：「熟顆無風時自落，半腮迎日鬭鮮紅。」於等輩中號有思致者。又詩云：「葉隨流水知何處，牛帶寒鴉過晚村。」此亦可人。

【杜甫詩】〔杜甫〕詩固無敵，然自「致遠」已下句，甚村陋也。世人雷同，不復譏評，過矣，然亦不能掩其美也。

【與曇秀唱和】余在廣陵，送客山光寺，曇秀作詩云：「扁舟乘興到山光，古寺臨流勝氣藏。慚愧南風知我意，吹將草木作天香。」余和云：「鬧裏清遊借隙光，醉時真境發天藏。夢回拾得吹來句，十里南風草木香。」

【文與可詩】〔余〕昔對歐公誦文與可詩云：「美人却扇坐，羞落庭下花。」公云：「世間元有此句，與可拾得爾。」

【論董秦】玉川子《月蝕詩》云：「歲星主福禄，官爵奉董秦。」詳味此語，當是無功而享厚禄者。秦本忠臣，天寶末屢戰立功，亦頗知義。代宗時，吐蕃犯闕徵兵，秦即日赴難。或勸擇日。答曰：「君父在難，乃擇日耶！」後污朱泚僞命誅。考其終始，非無功而享禄者，不知玉川子何以有此句。

【盤游飯谷董羹】江南人好作「盤游飯」，鮓脯鱠炙無〔有不〕〔不有〕，埋在飯中，里諺曰「掘得窖子」。羅浮穎老取凡飲食雜烹之，名「骨董羹」。詩人陸道士出一聯云：「抽醪骨董羹鍋内，掘窖盤游飯椀中。」

【(荄)〔蘈〕草詩】杜子美有《除(荄)〔蘈〕草》一篇，蜀中謂之毛(荄)〔蘈〕。毛芒可畏，觸之如蜂蠆。治風疹。以此草點之，一身失去。葉背紫者入藥。杜詩註云：「(荄)〔蘈〕音潛，山韭也。」

【蒸豚詩】王中令既平蜀，飢甚，入一村寺。僧醉甚，箕踞。公欲斬之。僧應對不懼，公奇之。公求蔬食，云「有肉無蔬」，饋蒸豬頭，甚美。公喜問：「止能飲酒食肉耶，爲有他技也？」僧言能詩。公令賦蒸豚，立成，云：「嘴長毛短淺含膘，久向山中食藥苗。(烝)〔蒸〕處已將蕉葉裹，熟時兼用杏漿澆。紅鮮雅稱金盤飣，熟軟真堪玉箸挑。若把羶根來比並，羶根自合吃藤條。」公大喜，與紫衣師號。

【西征途中詩】張舜民通練西事，稍能詩，從高遵裕西征回，途中作詩曰：「靈州城下千株柳，總被官軍砍作薪。他日陽關歸去後，將何扳折贈行人。」「青岡峽裏韋州路，十去從軍九不回。白骨似山山似雪，將軍莫上望鄉臺。」爲李察所奏，貶郴州監税。舜民云：「官軍圍靈武不下，糧盡而返。西人城上問官軍：『漢人(瓦擦)〔兀捺〕否？』答曰：『(瓦擦)〔兀捺〕。』城上皆笑。」(瓦擦)〔兀捺〕者，慚惶也。

【三駿馬】唐李將軍(司)〔思〕訓作《明皇摘瓜圖》：「嘉陵山水，帝乘赤驃，起三駿，與諸王嬪御十數騎，出飛仙嶺下，初見平陸，馬皆若驚，而帝馬見小橋不進，正作此狀。不知三駿爲何？今乃見岑參詩有《衛駕赤驃歌》云：「赤驃胡騮金剪刀，平明剪出三騣高。」乃知唐御馬多剪治，而三騣其飾也。

【杜甫杜鵑詩】南都王誼伯謂杜子美詩，歷五季兵火。多舛缺。且如「西川有杜鵑，東川無杜鵑，涪萬無杜鵑，雲安有杜鵑」，蓋自題下註，斷自「我昔遊錦城」爲首句。誼伯爲誤矣。子美詩備諸家體，豈可以文害辭，詞害意耶？原其意，類皆有感，亦《詩》之比興、《離騷》之義。按《博物志》：杜鵑生子，寄之他巢，百鳥爲飼之。〔胡〕江東所謂「杜宇昔爲蜀帝王，化（而）〔禽〕飛去舊城荒（址）。」〔此鳥〕至微知有尊，故子美云「重是古帝魂」，又曰「禮若奉至尊」，譏當時刺史，（有不禽鳥）〔禽鳥有不〕若也。明（唐）〔皇〕以後，天步多棘，刺史能造次不忘君者可數也。嚴武在蜀，賦斂刻剝，實資中原，是「西川有杜鵑」耳。其廢王命，擅軍旅，絶貢賦，如克遜在梓州爲朝廷憂，是「東川無杜鵑」耳。涪、萬、（靈）〔雲〕、安刺史微不可考，凡〔其〕承君者爲有也，懷二者爲無也。誼伯又云：「子美不應疊用韻。」子美自我作古，疊韻何害於爲詩。（徐俊）

東坡志林

蘇　軾　撰

《東坡志林》宋時或稱《東坡手澤》，爲其後人裒聚遺墨而成。此據涵芬樓輯《宋人小説》本選録。

【記游廬山】僕初入廬山，山谷奇秀，平生所未見，殆應接不暇，遂發意不欲作詩。已而見山中僧俗，皆云：「蘇子瞻來矣！」不覺作一絶云：「芒鞵青竹杖，自挂百錢遊。可怪深山裏，人人識故侯。」既自哂前言之謬，又復作兩絶云：「青山若無素，偃蹇不相親。要識廬山面，他年是故人。」又云：「自昔憶清賞，初遊杳靄間。如今不是夢，真個是廬山。」是日有以陳令舉《廬山記》見寄者，且行且讀，見其中云徐凝、李白之詩，不覺失笑。旋入開元寺，主僧求詩，因作一絶云：「帝遣銀河一派垂，古來惟有謫仙辭。飛流濺沫知多少，不與徐凝洗惡詩。」往來山南北十餘日，以爲勝絶不可勝談，擇其尤者，莫如漱玉亭、三峽橋。故作此二詩。最後與摠老同遊西林，又作一絶云：「横看成嶺側成峰，到處看山了不同。不識廬山真面目，只緣身在此山中。」僕廬山詩盡於此矣。（卷一。下同）

【憶王子立】僕在徐州，王子立、子敏皆館於官舍，而蜀人張師厚來過，二王方年少，吹洞簫飲酒杏花下。明年，余謫黄州，對月獨飲，嘗有詩云：「去年花落在徐州，對月酣歌美清夜。今日黄州見花發，小院閉門風露下。」蓋憶與二王飲時也。張師厚久已死，今年子立復爲古人，哀哉！

【廣武嘆】昔先友史經臣彦輔謂余：「阮籍登廣武而嘆曰：『時無英雄，使豎子成其名！』豈謂沛公豎子乎？」余曰：「非也。傷時無劉、項也，豎子指魏、晉閒人耳。」其後余聞潤州甘露寺有孔明、孫權，梁武、李德裕之遺跡，余感之賦詩，其略曰：「四雄皆龍虎，遺跡儼未刓。方其盛壯時，争奪肯少安。廢興屬造化，遷逝誰控摶，況彼妄庸子，而欲事所難。聊興廣武嘆，不得雍門彈。」則猶此意也。今日讀李太白《登古戰場》詩云：「沈湎呼豎子，狂言非至公。」迺知太白亦誤認嗣宗語，與先友之意無異也。嗣宗雖放蕩，本有意於世，以魏、晉閒多故，故一放於酒，何至以沛公爲豎子乎？

【記夢參寥茶詩】昨夜夢參寥師携一軸詩見過，覺而記其《飲茶詩》兩句云：「寒食清明都過了，石泉槐火一時新。」夢中問：「火固新矣，泉何故新？」答曰：「俗以清明淘井。」當續成詩，以紀其事。

【記夢賦詩】軾初自蜀應舉京師，道過華清宫，夢明皇令賦《太真妃裙帶詞》，覺而記之。今書贈何山潘大臨邠老，云：「百疊漪漪水皺，六銖縰縰雲輕。植立含風廣殿，微聞環佩摇聲。」元豐五年十月七日。

【記子由夢】元豐八年正月旦日，子由夢李士寧，草草爲具，夢中贈一絶句云：「先生惠然肯見客，旋買雞豚旋烹炙。人閒飲酒未須嫌，歸去蓬萊却無喫。」明年閏二月六日爲予道之，書以遺過子。

【夢中作靴銘】軾倅武林日，夢神宗召入禁中，宮女圍侍，一紅衣女童捧紅靴一雙，命軾銘之。覺而記其一聯云：「寒女之絲，銖積寸累；天步所臨，雲蒸雷起。」既畢進御，上極嘆其敏，使宮女送出。睇視裙帶間有六言詩一首，云：「百疊漪漪風皺，六銖縱縱雲輕。植立含風廣殿，微聞環佩搖聲。」

【記夢】予嘗夢客有携詩相過者，覺而記其一詩云：「道惡賊其身，忠先愛厥親，誰知畏九折，亦自是忠臣。」（文）〔又〕有數句若銘贊者，云：「道之所以成，不害其耕；德之所以修，不賊其牛。」

【題李巖老】南嶽李巖老好睡，衆人食飽下棋，巖老輒就枕，閱數局乃一輾轉，云：「君幾局矣？」東坡曰：「巖老常用四脚棋盤，只著一色黑子。昔與邊韶敵手，今被陳摶饒先。著時自有輸贏，著了並無一物。」歐陽公詩云：「夜涼吹笛千山月，路暗迷人百種花，棋罷不知人換世，酒闌無奈客思家。」殆是類也。

【退之平生多得謗譽】退之詩云：「我生之辰，月宿（直）〔南〕斗。」乃知退之磨蝎爲身宮，而僕乃以磨蝎爲命，平生多得謗譽，殆是同病也。

【禁同省往來】元祐元年，余爲中書舍人，時執政患本省多漏泄，欲於舍人廳後作露籬，禁同省往來。余曰：「諸公應須簡要清通，何必栽籬插棘！」諸公笑而止。明年，竟作之。暇日讀樂天集，有云：「西省北院，新構小亭，種竹開窗，東通騎省，與李常侍窗下飲酒作詩。」乃知唐時得西掖作窗

以通東省，而今日本省不得往來，可嘆也。（卷二。下同）

【買田求歸】浮玉老師元公欲爲吾買田京口，要與浮玉之田相近者，此意殆不可忘。吾昔有詩云：「江山如此不歸山，（山）〔江〕神見怪驚我頑。我謝江神豈得已，有田不歸如江水！」今有田矣，不歸無乃食言於神也耶？

【書楊朴事】昔年過洛，見李公簡言：「真宗既東封，訪天下隱者，得杞人楊朴，能詩。及召對，自言不能。上問：『臨行有人作詩送卿否？』朴曰：『惟臣（妾）〔妻〕有一首云：更休落魄耽杯酒，且莫猖狂愛詠詩。今日捉將官裏去，這回斷送老頭皮。』上大笑，放還山。」余在湖州，坐作詩追赴詔獄，妻子送余出門，皆哭，無以語之，顧語妻曰：「獨不能如楊子雲處士妻作詩送我乎？」妻子不覺失笑，余乃出。

【陸道士能詩】陸道士惟忠字子厚，眉山人。好丹藥，通術數，能詩，蕭然有出塵之姿，久客江南，無知之者。予昔在齊安，蓋相從游，因是謁子由高安，子由大賞其詩。會吴遠〔游〕之過彼，遂與俱來惠州，出此詩。

【付僧惠誠游吴中代書十二（節録）】妙揔師參寥子，予友二十餘年矣，世所知獨其詩文，所不知者，蓋過於詩文也。獨好面折人過失，然人知其無心，如虚舟之觸物，蓋未嘗有怒者。

蘇州仲殊師利和尚，能文，善詩及歌詞，皆操筆立成，不點竄一字。予曰：「此僧胸中無一毫髮事。」故與之遊。

蘇州定慧長老守欽，予初不識。比至惠州，欽使侍者卓契順來問予安否，且寄十詩。予題其後曰：「此僧清逸絶俗，語有璨、忍之通，而詩無島、可之寒。」予往來吴中久矣，而不識此僧，何也。

孤山思聰聞復師作詩清遠如畫，工而雅逸可愛，放而不流，其爲人稱其詩。祥符寺可久、垂雲、清順三闍黎，皆予監郡日所與往還詩友也。清介貧甚，食僅足而衣幾於不足也，然未嘗有憂色。老矣，不知尚健否。

【東坡升仙】吾昔謫黄州，曾子固居憂臨川，死焉。人有妄傳吾與子固同日化去，且云：「如李長吉時事，以上帝召他。」時先帝亦聞其語，以問蜀人蒲宗孟，且有嘆息語。今謫海南，又有傳吾得道，乘小舟入海不復返者，京師皆云，兒子書來言之。今日有從黄州來者，云太守何述言吾在儋耳，一日忽失所在，獨道服在耳，蓋上賓也。吾平生遭口語無數，蓋生時與韓退之相似，吾命在斗間而身宫在焉。故其詩曰：「我生之辰，月宿（斗直）〔南斗〕。」且曰：「無善聲以聞，無惡聲以揚。」今謗我者，或云死，或云仙，退之之言良非虚爾。

【黄僕射】虔州布衣賴仙芝言：連州有黄損僕射者，五代時人。僕射蓋仕南漢官也，未老退歸，一日忽遁去，莫知其存亡。子孫畫像事之，凡三十二年。復歸，坐阼階上，呼家人。其子適不在，孫出見之。索筆書壁云：「一別人間歲月多，歸來人事已消磨。惟有門前鑑池水，春風不改舊時波。」投筆竟去，不可留。子歸，問其狀貌，孫云：「甚似影堂老人也。」連人相傳如此，其後頗有禄仕者。

爲之記。

【記鬼】秦太虚言：竇應民有以嫁娶會客者，酒半，客一人竟起出門。主人追之，客若醉甚將赴水者，主人急持之。客曰：「婦人以詩招我，其辭云：『長橋直下有蘭舟，破月沖煙任意游。金玉滿堂何所用，争如年少去來休。』倉皇就之，不知其爲水也。」然客竟亦無他。夜會説鬼，參寥舉此，聊爲之記。

【記女仙】予頃在都下，有傳太白詩者，其略曰：「朝披夢澤雲。」又云：「笠釣清茫茫。」此非世人語也，蓋有見太白在肆中而得此詩者。神仙之道，真不可以意度。紹聖元年九月，過廣州，訪崇道大師何德順，有神仙降於其室，自言女仙也。賦詩立成，有超逸絶塵語。或以其託於箕帚，如世所謂「紫姑神」者疑之。然味其言，非紫姑所能至。人有入獄鬼，群鳥獸者，託於箕帚，豈足怪哉；崇道好事喜客，多與賢士大夫爲游，其必有以致之也哉？（卷三。下同）

【論貧士】俗傳書生入官庫，見錢不識。或怪而問之，生曰：「固知其爲錢，但怪其不在紙裹中耳。」予偶讀淵明《歸去來詞》，云：「幼稚盈室，瓶無儲粟。」乃知俗傳信而有徵。使瓶有儲粟，亦甚微矣，此翁平生只於瓶中見粟也耶？《馬后〔紀〕》：夫人見大練以爲異物；晉惠帝問飢民何不食肉糜，細思之皆一理也，聊爲好事者一笑。永叔常言：「孟郊詩：『鬢邊雖有絲，不堪織寒衣』，縱使堪織，能得多少？」

（徐俊）

湘山野録

釋文瑩　撰

文瑩，字道温（一作如晦），錢塘僧，宋神宗時人。常與當時名士交往。《湘山野録》三卷，續録一卷，多記北宋雜事。以作于荆州之金鑾寺，故以湘山爲名。此據中華書局一九八四年排印本選録。

1 孫集賢冕，天禧中直館幾三十年，江南端方之士也，節概清直。晚守姑蘇，甫及引年，大寫一詩於廳壁，詩云：「人生七十鬼爲鄰，已覺風光屬别人。莫待朝廷差致仕，早謀泉石養閑身。去年河北曾逢李，見素。今日淮西又見陳。或云陳、李二公被差者也。寄語姑蘇孫刺史，也須抖擻老精神。」題畢，拂衣歸九華，以清節高操羞百執事之顔。朝廷嘉之，許再任，詔下已歸，竟召不起。（下略）（卷上。下同）

2 夏英公竦每作詩，舉筆無虚致。鎮襄陽時，胡秘監旦喪明居襄，性多狷躁，譏毁郡政。英公昔嘗師焉，至貴達，尚以青衿待之，而不免時一造焉。一日，謂公曰：「讀書乎？」曰：「郡事鮮暇，但時得意則爲絶句。」胡曰：「試誦之。」公曰：「近有《燕雀》詩云：燕雀紛紛出亂麻，漢江西畔使君家。

空堂自恨無金彈，任爾啾啾到日斜。」胡頗覺，因少戢。慶曆初，被召真拜，將屈闕，以言者抨罷，除使相，知杭州。到任以二闋寄執政，曰：「造化平分荷大鈞，腰間新佩玉麒麟。南湖不住栽桃李，擬伴沙禽過十春。」又曰：「海雁橋邊春水深，略無塵土到花陰。忘機不管人知否，自有沙鷗信此心。」公後鎮南京，時張相昪知諫垣，以一詩諷曰：「弱羽傷弓尚未完，孤飛殊不擬鴛鸞。明珠自有千金價，肯與游人作彈丸。」卒不敢以一言及之。

3真宗初，詔种隱君放至闕，以敷對稱旨。日既高，中人送中書膳，諸相皆盛服俟其來，种隱君韋布止長揖而已。楊大年聞之頗不平，以詩嘲曰：「不把一言裨萬乘，秖叉雙手揖三公。」上聞之，獨召楊曰：「知卿有詩戲种某。」楊汗浹股慄，不敢匿避。又曰：「卿安知無一言裨朕乎？」出一皂囊，內有十軸，乃放所奏之書也。其書曰《十議》，所謂議道、議德、議仁、議義、議兵、議刑、議政、議賦、議安、議危。石守道《聖政録》有之。俾大年觀之，從容奏曰：「臣當翊日負荆謝之。」

4張尚書詠鎮陳臺，一日，邸報同年王文正公旦登庸，乖崖色不甚悦，奮鬚振臂謂客曰：「朝廷安肯用經綸康濟人乎？賴余素以直節自誓，束髮登仕，無兩府之志。」時幕中杜壽隆者，乘其語而悦之曰：「賤子素知公無兩府意。」遽問曰：「此吾胸中藴畜，子安得預其知乎？」杜曰：「某蓋昔嘗誦公《柳詩》『安得辭榮同范蠡，緑絲和雨繫扁舟』之句，因所以知之。」愠少解。

5乖崖公太平興國三年科場試《不陣成功賦》，蓋太宗明年將有河東之幸，公賦有：「包戈卧鼓，豈煩師旅之威；雷動風行，舉順乾坤之德。」自謂擅場，欲奪大魁。夫何有司以對耦顯失，因黜之，選胡旦爲狀元。公憤然毁裂儒服，欲學道於陳希夷摶，趨豹林谷，以弟子事之，決無仕志。希夷有風鑒，一見之謂曰：「子當爲貴公卿，一生辛苦。譬猶人家張筵，方笙歌鼎沸，忽中庖火起，座客無奈，惟賴子滅之。然禄在後年，此地非棲憩之所。」乖崖堅乞入道。陳曰：「子性度明躁，安可學道？」果後二年，及第於蘇易簡榜中。希夷以詩遺之云：「征吴入蜀是尋常，鼎沸笙歌救火忙。乞得江南佳麗地，却應多謝腦邊瘡。」初不甚曉。後果兩入蜀定王均、李順之亂，又急移餘杭翦左道僧紹倫妖蠱之叛，至則平定，此征吴入蜀之驗也。累乞閑地，朝廷終不允，因腦瘡乞金陵養疾，方許之。

6祥符中，日本國忽梯航稱貢，非常貢也，蓋因本國之東有祥光現，其國素傳中原天子聖明則此光現。真宗喜，敕本國建一佛祠以鎮之，賜額曰「神光」。朝辭日，上親臨遣。夷使回，乞令詞臣撰一寺記。時當直者雖偶中魁選，詞學不甚優贍，居常止以張學士君房代之，蓋假其稽古才雅也。既傳宣，令急撰寺記。時張尚爲小官，醉飲於樊樓，遣人遍京城尋之不得，而夷人在閤門翹足而待，又中人三促之，紫微大窘。後錢、楊二公玉堂暇日改《閑忙令》，大年曰：「世上何人最得閑？司諫拂衣歸華山。」蓋种放得告還山養藥之時也。錢希白曰：「世上何人號最忙？紫微失却張君房。」時傳此事爲雅笑。

7种司諫既以三不便之奏諫真宗長安之幸，惟大臣深忌之，必知車輅還闕不久須召，先布所陷之基。(中略)由此寵待遂解，劄付河陽賜种買山銀一百兩，所請宜不允。是歲遂亡，祥符八年也。

种少時有《瀟湘感事》詩，曰：「離離江草與江花，往事洲邊一嘆嗟。漢傅有才終去國，楚臣無罪亦沉沙。凄凉野浦飛寒雁，牢落汀祠聚晚鴉。無限清忠歸浪底，滔滔千頃屬漁家。」誠先兆也。初，种隱君少時與弟汶往拜陳希夷摶，陳宿戒廚僕來日有二客，一客膳於廊。纔旦果至，惟邀放升堂，殷勤睥睨，以一絶贈之，曰：「鑑中有客白髭多，鑑外先生識也麽？只少六年年六十，此中陰德莫蹉跎。」种都不之曉，但屈指以三語授之曰：「子貴爲帝友，而無科名，晚爲權貴所陷。」种又乞素履之術。陳曰：「子若寡欲，可滿其數。」种因而不娶不媵，壽六十一。

8 楊大年年十一，建州送入闕下，太宗親試一賦一詩，頃刻而就。上喜，令中人送中書，俾宰臣再試。時參政李至狀：「臣等今月某日，入内都知王仁睿傳聖旨，押送建州十一歲習進士楊億到中書。其人來自江湖，對敭軒陛，殊無震慴，便有老成，蓋聖祚承平，神童間出也。臣亦令賦《喜朝京闕》詩，五言六韻，亦頃刻而成。其詩謹封進。」詩内有「七閩波渺邈，雙闕氣岧嶢。曉登雲外嶺，夜渡月中潮」，斷句云「願秉清忠節，終身立聖朝」之句。

9 寇萊公詩「野水無人渡，孤舟盡日横」之句，深入唐人風格。初，授歸州巴東令，人皆以寇巴東呼之，以比前趙渭南、韋蘇州之類。然富貴之時，所作詩皆凄楚愁怨，嘗爲《江南春》二絶，云：「波淼淼，柳依依，孤村芳草遠，斜日杏花飛。江南春盡離腸斷，蘋滿汀洲人未歸。」又曰：「杳杳煙波隔千里，白蘋香散東風起。日落汀洲一望時，愁情不斷如春水。」余嘗謂深於詩者，盡欲慕騷人清悲怨感以主其格，語意清切脱灑孤邁則不無。殊不知清極則志飄，感深則氣謝。萊公富貴時，送人使嶺南，云：「到海只十里，過山應萬重。」人以爲警絶。晚竄海康，至境首，雷吏呈圖經迎拜於道，公問州去海近遠？曰：「只可十里。」憔悴奔竄已兆於此矣。予嘗愛王沂公曾布衣時，以所業贄吕文穆公蒙正，卷有《早梅》句云：「雪中未問和羹事，且向百花頭上開。」文穆曰：「此生次第已安排作狀元宰相矣。」後皆盡然。

10陳郎中亞有滑稽雄聲，知潤州，治迹無狀，浙憲馬卿等欲按之。至則陳已先覺。廉按訖，憲車將起，因觴於甘露寺閣，至卒爵，憲目曰：「將注子來郎中處滿着。」陳驚起遽拜，憲訝曰：「何謂，何謂？」陳曰：「不敢望滿，但得成資保全而去，舉族大幸也。」馬笑曰：「豈有此事！」既而竟不敢發。有陋儒者，貢所業，舉止凡下，陳玩之曰：「試請口占盛業。」生曰：「某卷中有《方地爲輿賦》。」誦破題曰：「粤有大德，其名曰坤。」陳應聲曰：「吾聞子此賦久矣，得非下句云：『非講經之座主，乃（傳）〔傳〕法之沙門乎？』」滿座大笑。陳尤工藥名詩，有「棋爲臘寒呵子下，衫因春瘦縮紗裁」、「風月前湖近，軒窗半夏涼」之句，皆不失風雅。

11楊叔賢郎中異，眉州人，言頃有眉守初視事，三日大排，樂人獻口號，其斷句云：「爲報吏民須慶賀，災星移去福星來。」新守頗喜。後數日，召優者問：「前日大排，樂詞口號誰撰？」其工對曰：「本州自來舊例秖用此一首。」

12楊叔賢，自强人也，古今未嘗許人。頃爲荆州幕，時虎傷人，楊就虎穴磨巨崖大刻《誡虎文》，如《鱷魚》之類。其略曰：「咄乎，爾彪！出境潛游。」後改官知鬱林，以書托知軍趙定基打《誡虎文》數本，書言「嶺俗庸獷，欲以此化之」。仍有詩曰：「且將先聖詩書教，暫作文翁守鬱林。」趙遣人打碑，次日，本耆申某月日磨崖碑下大蟲咬殺打碑匠二人。荆門止以耆狀附遞寄答。

13金陵賞心亭，丁晉公出鎮日重建也。秦淮絶致，清在軒檻，取家篋所寶《袁安卧雪圖》張於亭之屏，乃唐周昉絶筆。凡經十四守，雖極愛而不敢輒覬，偶一帥遂竊去，以市畫蘆雁掩之。後君玉王公琪復守是郡，登亭留詩曰：「千里秦淮在玉壺，江山清麗壯吴都。昔人已化遼天鶴，舊畫難尋《卧雪圖》。冉冉流年去京國，蕭蕭華髮老江湖。殘蟬不會登臨意，又噪西風入座隅。」此詩與江山相表裏，爲貿畫者之蕭斧也。

14鼎州甘泉寺介官道之側，嘉泉也，便於漱酌，行客未有不舍車而留者。始，寇萊公南遷日，題於東檻，曰：「平仲酌泉經此，回望北闕，黯然而行。」未幾，丁晉公又過之，題於西檻，曰：「謂之酌泉禮佛而去。」後范補之諷安撫湖南，留詩於寺曰：「平仲酌泉回北望，謂之禮佛向南行。煙嵐翠鎖門前路，轉使高僧厭寵榮。」詩牌猶存。

15《六快活詩》，長沙致仕王屯田揆譏六君子而作也。六人者，即帥周公沆，漕趙公良規，憲李公碩、劉公舜臣，倅朱景陽、許玄是也。其詩略曰：「湖外風物奇，長沙信難續。衡峰排古青，湘水湛寒緑。舟楫通大江，車輪會平陸。昔賢官是邦，仁澤流豐沃。今賢官是邦，刳唊人脂肉。懷昔甘棠化，傷今猛虎毒。然此一邦内，所樂人纔六。漕與二憲僚，守連兩通屬。高堂日成會，深夜繼以燭。幃幕皆綺紈，器皿盡金玉。歌喉若珠纍，舞腰如素束。千態與萬狀，六官歡不足。因成《快活詩》，薦之堯、舜目」云云。餘數聯皆咄咄猥駁，固不足紀。愚後至長沙，訪故老，皆云豈有茲事，蓋公暇以登臨爲適，在所皆爾，一酒食遂類猛虎刳脂啖肉之害，果苛政者，復不知如何比邪？所以觸憲網，皆自速也。有樊太、傅立二人者，里閈交素，逮乞骸，俱老於故鄉，而林泉相依，以二疏風義自高。一旦謗詩既出，急捕樊以脅之，樊義薄無守，悉以游從之事賣之，以求苟免，仍希賞格。獄具，揆坐嘲謗之典，盡削其籍。立以告發獲賞，因轉一官，昂然拜命，略無三褫之羞。詰辭曰「爲爾交者，不其難乎」？誠所謂也。嗟風義薄惡，故録之以自誨。

16又歐陽公頃謫滁州，一同年忘其人。將赴閬倅，因訪之，即席爲一曲歌以送，曰：「記得金鑾同唱第，春風上國繁華。而今薄宦老天涯，十年岐路，孤負曲江花。聞說閬山通閬苑，樓高不見君家。孤城寒日等閑斜，離愁無盡，紅樹遠連霞。」其飄逸清遠，皆白之品流也。公不幸晚爲憸人搆淫豔數曲射之，以成其毁。予皇祐中，都下已聞此闋歌於人口者二十年矣。嗟哉！不能爲之力辨。公尤不喜浮圖，文瑩頃持蘇子美書薦謁之，迨還吴，蒙詩見送，有「孤閑竺乾格，平淡少陵才」，及有「林間著書就，應寄日邊來」之句，人皆怪之。

17大參元厚之公成童時，侍錢塘府君於荆南，每從學於龍安僧舍。後二十年，公以龍圖、貳卿帥於府，昔之老僧猶有在者，引旌鉞訪舊齋，而門徑窗扉及泉池釣游之迹，歷歷如昨。公感之，因搆一巨堂，榜曰「碧落」。手寫詩於堂，詩有「九重侍從三明主，四紀乾坤一老臣」，及「過廬都失眼前人」之句。雖向老，而男子雄贍之氣殊未衰歇。未幾，果以翰林召歸爲學士。俄而又參熙寧天子大政，真所謂乾坤老臣也。其堂遂爲後進之大勸。

18高副樞若訥一旦召姚嗣宗晨膳，忽一客老郎官者至，遂自舉新詩喋喋不已。日既高，賓主盡餒，無由其去。姚亦關中詩豪，辨謔無羈，潛計之，此老非玩不起。果又舉《甘露寺閣》詩云「下觀揚子小」，姚應聲曰：「宜對『卑末狗兒肥』。」雖愠不已，又舉《秋日峽中感懷》曰「猿啼旅思悽」，姚應曰：「好對『犬吠王三嫂』。」老客振色曰：「是何下輩，余場屋馳聲二十年。」姚對曰：「未曾撥斷一條弦。」因奮然而去。高大喜，因得就匕。（卷中。下同）

19魏侍郎瓘初知廣州，忽子城一角頹墊，得一古磚，磚面範四大字云「委於鬼工」，蓋合而成「魏」也。感其事，大築子城。纔罷，詔還，除仲待制簡代之。未幾，儂智高寇廣，其外城一擊而摧。獨子城堅完，民逃於中，獲生者甚衆。賊退，帥謫筠州。朝廷以公有前知之備，加諫議，再知廣二年。召還，公以築城之效自論，久不報，有《感懷》詩曰：「羸羸霜髮一衰翁，踪跡年來類斷蓬。萬里遠歸雙闕下，一身閑在衆人中。螭頭賜對恩雖厚，雉堞論功事已空。淮上有山歸未得，獨揮清涕洒春風。」文潞公采詩進呈，加龍圖，尹京。魏詩精處，《五羊書事》曰「誰言嶺外無霜雪，何事秋來亦滿頭」之句。

20寇忠愍罷相，移鎮長安，悰悅牢落，有戀闕之興，無階而入。忽天書降於乾祐縣，指使朱能傳意密諭之，俾公保明入奏，欲取信於天下。公損節遂成其事，物議已譏之。未幾，果自秦川再召入相。（中略）後詩人魏野以詩送行，中有「好去上天辭將相，歸來平地作神仙」之句，蓋亦警之爲赤松之遊。竟不悟，至有海康之往。

21呂申公累乞致仕，仁宗眷倚之重，久之不允。他日，復叩於便坐，上度其志不可奪，因詢之曰：「卿果退，當何人可代？」申公曰：「知臣莫若君，陛下當自擇。」仁宗堅之，申公遂引陳文惠堯佐曰：「陛下欲用英俊經綸之臣，則臣所不知。必欲圖任老成，鎮静百度，周知天下之良苦，無如陳某者。」仁宗深然之，遂大拜。後文惠公極懷薦引之德，無以形其意，因撰《燕詞》一闋，携觴相館，使人歌之曰：「二社良辰，千秋庭院，翩翩又見新來燕。鳳凰巢穩許爲鄰，瀟湘煙暝來何晚。亂入紅樓，低飛緑岸，畫梁時拂歌塵散。爲誰歸去爲誰來，主人恩重朱簾捲。」申公聽歌，醉笑曰：「自恨捲簾人已老。」文惠應曰：「莫愁調鼎事無功。」老於嵓廊，醞藉不減。頃爲浙漕，有《吴江》詩：「平波渺渺煙蒼蒼，菰蒲纔熟楊柳黄。扁舟繫岸不忍去，秋風斜入鱸魚鄉。」又《湖州碧瀾堂》詩：「苕溪清淺霅溪斜，碧玉光寒照萬家。誰向月明終夜聽，洞庭漁笛隔蘆花。」

22潘佑事江南，既獲用，恃恩亂政，譖不附己者，頗爲時患。（中略）。佑方丱，未入學，已能文，命筆題於壁曰：「朝遊蒼海東，暮歸何太速。秪因騎折玉龍腰，謫向人間三十六。」果當其歲誅之。

23馮大參當世公始求薦於武昌，會小宗者庸謬寡鑒，堅欲黜落，又欲置於末綴。時鄂倅南宫誠監試，當拆封定卷，大不平，奮臂力主之，須俾魁送。小宗者理沮，不免以公冠於鄉版，果取大魁，釋褐除荊南倅。南宫遷潭倅，公以詩寄謝曰：「嘗思鵬海隔飛翻，曾得天風送羽翰。恩比丘山何以戴，心同金石欲移難。經年空嘆音題絶，千里長思道義歡。每向江陵訪遺治，邑人猶指縣題看。」箋云：「江陵縣額，即君臨治時親墨也。」

24寶元已卯歲，予遊泗州昭信縣，時大龍胡公中復初筮尉此邑，因獲謁之。（中略）予後還餘杭，猶憶公以詩送行，有「談經飛辨伏簪紳，杯渡西來訪故人」之句。

25舒州祖山因芟薙蘿蔓得一詩，刻在峭壁，乃杜牧之《金陵懷古》也。曰：「玉樹歌沉王氣終，景陽兵合曙樓空。梧楸遠近千家冢，禾黍高低六代宫。石燕拂雲晴亦雨，江豚翻浪夜還風。英雄一去豪華盡，唯有江山似洛中。」遍閱集中無之，必牧之之作也。又《薛許昌集》中見之。

26宋九釋詩惟惠崇師絶出，嘗有「河分崗勢斷，春入燒痕青」之句，傳誦都下，籍籍喧著。餘緇遂寂寥無聞，因忌之，乃厚誣其盜。閩僧文兆以詩嘲之，曰：「河分崗勢司空曙，春入燒痕劉長卿。不是師兄偷古句，古人詩句犯師兄。」

27寇萊公一日延詩僧惠崇於池亭，探鬮分題，丞相得《池上柳》，「青」字韻；崇得《池上鷺》，「明」字韻。崇默繞池徑，馳心於杳冥以搜之，自午及晡，忽以二指點空微笑曰：「已得之，已得之。此篇功在『明』字，凡五押之俱不倒，方今得之。」丞相曰：「試請口舉。」崇曰：「照水千尋迥，棲煙一點明。」公笑曰：「吾之柳，功在『青』字，已四押之終未愜，不若且罷。」崇詩全篇曰：「雨絶方塘溢，遲徊不復驚。曝翎沙日暖，引步島風清。」及斷句云：「主人池上鳳，見爾憶蓬瀛。」

28范文正公謫睦州，過嚴陵祠下，會吴俗歲祀，里巫迎神，但歌《滿江紅》，有「桐江好，煙漠漠。波似染，山如削。繞嚴陵灘畔，鷺飛魚躍」之句。公曰：「吾不善音律，撰一絶送神，曰：『漢包六合網英豪，一箇冥鴻惜羽毛。世祖功臣三十六，雲臺争似釣臺高。』」吴俗至今歌之。

29 開平元年，梁太祖即位，封錢武肅鏐爲吴越王。時有諷錢拒其命者，錢笑曰：「吾豈失爲一孫仲謀耶？」拜受之。改其鄉臨安縣爲臨安衣錦軍。是年省塋壟，延故老，旌鉞鼓吹振耀山谷。自昔遊釣之所，盡蒙以錦繡，或樹石至有封官爵者。舊貿鹽肩擔，亦裁錦韜之。一鄰媪九十餘，携壺漿角黍迎於道，鏐下車亟拜，媪撫其背，猶以小字呼之，曰：「錢婆留，喜汝長成。」蓋初生時光怪滿室，父懼，將沉於丫溪，此媪酷留之，遂字焉。爲牛酒大陳鄉飲，别張蜀錦爲廣幄，以飲鄉婦。凡男女八十已上金樽，百歲已上玉樽，時黄髮飲玉者尚不减十餘人。鏐起，執爵於席，自唱《還鄉歌》以娱賓曰：「三節還鄉兮掛錦衣，吴越一王駟馬歸。臨安道上列旌旗，碧天明明兮愛日輝。父老遠近來相隨，家山鄉眷兮會時稀，斗牛光起兮天無欺。」止。時父老雖聞歌進酒，都不之曉，武肅覺其歡意不甚浹洽。再酌酒，高揭吴喉唱山歌以見意，詞曰：「你輩見儂底歡喜，吴人謂儂爲我。别是一般滋味子，呼「味」爲「寐」。永在我儂心子裏。」止。歌闋，合聲賡贊，叫笑振席，歡感閭里，今山民尚有能歌者。

30 退傅張鄧公士遜晚春乘安輿出南薰，繚繞都城，遊金明。抵暮，指宜秋而入，閽兵捧門牌請官位，退傅止書一闋於牌，云：「閑遊靈沼送春回，關吏何須苦見猜。八十衰翁無品秩，昔曾三到鳳池來。」

31 江南鍾輻者，金陵之才生，恃少年有文，氣豪體傲。一老僧相之曰：「先輩壽則有矣，若及第則家亡，記之！」生大詩曰：「吾方掇高第以起家，何亡之有？」時樊若水女才質雙盛，愛輻之才而妻之。始燕爾，科詔遂下，時後周都洛，輻入洛應書，果中選於甲科第二。方得意，狂放不還，携一女僕曰青箱，所在疏縱。過華州之蒲城，其宰仍故人，亦醞藉之士，延留久之。一夕盛暑，追凉於縣樓，痛飲而寢，青箱侍之。是夕，夢其妻出一詩爲示，怨責頗深，詩曰：「楚水平如練，雙雙白鳥飛。金陵幾多地，一去不言歸。」夢中懷愧，亦戲答一詩，曰：「還吴東下過蒲城，樓上清風酒半醒。想得到家春已暮，海棠千樹欲凋零。」既寤，頗厭之，因理裝漸歸。將至采石渡，青箱心疼，數刻暴卒。生感悼無奈，匆匆槀葬於一新墳之側，急圖到家。至則門巷空闃。榛荆封蔀，妻亦亡已數月。訪親鄰，樊亡之夜，乃夢於縣樓之夕也。後數日，親友具舟携輻致奠於葬所，即青箱槀葬之側新墳，乃是不植他木，惟海棠數枝，方葉凋萼謝，正合詩中之句。因拊膺長慟曰：「信乎！浮圖師『及第家亡』之告。」因竟不仕，隱鍾山，著書守道，壽八十餘。江南諸書及小説皆無，惟潘祐集中有《樊氏墓志》，事與此稍同。

32 寇萊公嘗曰：「母氏言，吾初生兩耳垂有肉環，數歲方合。自疑嘗爲異僧，好遊佛寺，遇虚窗静院，惟喜與僧談真。」公歷富貴四十年，無田園邸舍，入覲則寄僧舍或僦居。在大名日，自出題試貢士，曰《公儀休拔園葵賦》、《霍將軍辭治第詩》，此其志也。詩人魏野獻詩曰：「有官居鼎鼐，無地起樓臺。」采詩者以爲中的。虜使至大名，問公曰：「莫是『無地起樓臺』相公否？」公因早春宴客，自撰樂府詞，俾工歌之，曰：「春早柳絲無力，低拂青門道。暖日籠啼鳥，初折桃花小。遥望碧天淨

如掃，曳一縷輕煙縹緲。堪惜流年謝芳草，任玉壺傾倒。」（卷下。下同）

33丁晉公釋褐授饒倅，同年白稹爲判官。稹一日以片幅假緡於公，云：「爲一故人至，欲具飧，舉篋無一物堪質，奉假青蚨五鐶。不宣。稹白謂之同年。」晉公笑曰：「是紿我也。榜下新婚京國富室，豈無半千質具邪？懼余見挽，固矯之爾。」於簡尾立書一闋，戲答曰：「欺天行當吾何有，立地機關子太乖。五百青蚨兩家闕，白洪崖打赤洪崖。」時已兆朱崖之讖。

34真宗國䘏，凡蔭補子弟有當齋挽之職者，若齋郎止侍齋祭，若挽郎至有執紼翣導靈仗者，子弟或赧之。王沂公曾在中書翰林，李承旨維視沂公爲侄婿，凡兩日詣中堂求免某子挽鐸之執。沂公曰：「此末事，請叔丈少候，首台聚廳當白之。」丁晉公出廳，沂公白之。丁遂諾，謂李曰：「何必承旨親來？」李遂拜謝。拜起，戲謂丁曰：「昨日并今日，齋郎與挽郎。」蓋言兩日伺之。丁應聲曰：「自然堪下淚，何必更殘陽。」滿座服其敏捷，而事更妥帖。不數日，遂出，未及洛而南遷，下淚之讖也。

35僧録贊寧有大學，洞古博物，著書數百卷。王元之禹偁、徐騎省鉉疑則就而質焉。二公皆拜之。柳仲塗開因曰：「余頃守維揚，郡堂後菜圃纔陰雨則青焰夕起，觸近則散，何邪？」寧曰：「此燐力振切。火也。兵戰血或牛馬血著土，則凝結爲此氣，雖千載不散。」柳遽拜之，曰：「掘之皆斷鎗折鏃，乃古戰地也。」因贈以詩，中有「空門今日見張華」之句。（下略）

36皇祐間，館中詩筆石昌言、楊休最得唐人風格。余嘗携琴訪之，一詩見謝尤佳，曰：「鄭、衛湮俗耳，正聲追不回。誰傳《廣陵操》，老盡嶧陽材。古意爲師復，清風尋我來。幽陰竹軒下，重約月明開。」恐遺泯，故録焉。

37蘇子美有《贈秘演師》詩，中有「垂頤孤坐若癡虎，眼吻開合猶光精」之句。人謂與演寫真。演頷額方厚，顧視徐緩，喉中舍其聲，嘗若鼾睡。然其始云「眼吻開合無光精」，演以濃筆塗去「無」字，自改爲「猶」字，向子美訴之曰：「吾尚活，豈當曰『無光精』耶？」中又有一聯云：「賣藥得錢只沽酒，一飲數斗猶惺惺。」又都抹去。蘇曰：「吾之作誰敢點竄耶？」演曰：「君之詩出則傳四海，吾不能斷葷酒爲浮圖罪人，何堪更爲君詩所暴。」子美亦笑而從之。

38蘇子美以奏邸舊有賽神之會，局吏皆鬻積架舊倫以置肴具，歲以爲常。惟子美作之，言者圖席人以進，制獄鍛煉，皆一時之名賢。獄既就黜，臺館爲之一空。子美坐自盜律，削籍竄湖州。（中略）有《郊禋感事》詩云「不及雞竿下坐人」之句，哀哉！

39君謨蔡公出守福唐時，李泰伯遘自建昌携文訪之。一日，命遘及陳孝廉烈早膳於後圃望海亭，不設樽酒，膳罷欲起，時方暮春，鬻酒於園，郡人嬉遊，藉姬數子時亦尋芳於此，既太守在亭，因斂袖聲喏而過。蔡公遂留之，旋命觥具，就以爲侑。酒方行，舉歌一拍。陳烈者驚懼怖駭，越牆攀木而遁。泰伯即席賦詩云：「七閩山水掌中窺，乘興登臨到落暉。誰在畫簾沽酒處，幾多嗚櫓趁潮歸。晴來海色依稀見，醉後鄉心積漸微。山鳥不知紅粉樂，一聲檀板便驚飛。」蓋譏其矯之過也。

40撫人饒餗者，馳辨逞才，素捭闔於都下。熙寧初，免解到闕，因又失意。當朝廷始立青苗，方沮議交上，大丞相閉門不視事之際，生將出關，以詩投相閣，曰：「又還垂翅下煙霄，歸指臨川去

路遥。二畝荒田須賣却，要錢準備納青苗。」丞相亦以十金賻之。（下略）

41吾友契嵩師，熙寧四年没於餘杭靈隱山翠微堂。入葬訖，不壞者五物：睛、舌、鼻及耳毫、數珠。時恐厚誣，以烈火重鍛，鍛之愈堅。（中略）嵩字仲靈，藤州人，詩類老杜，楊公濟蟠收全集，公濟深伏其才，答嵩詩有「千年猶可照吴邦」之句。

42宋齊丘相江南李先主昪及事中主璟二世，皆爲右僕射。璟愛其才而知其不正。一日，選景於華林廣園，以明妝列侍，召齊丘共宴，試小妓羯鼓，齊丘即席獻《羯鼓》詩曰：「巧斵牙牀鏤紫金，最宜平穩玉槽深。因逢淑景開佳宴，爲出花奴奏雅音。掌底輕慂孤鵲噪，杖頭乾快亂蟬吟。開元天子曾如此，今日將軍好用心。」又嘗獻《鳳凰臺》詩，中有「我欲烹長鯨，四海爲鼎鑊。我欲羅鳳凰，天地爲矰繳」之句。皆欲諷其跋扈也，而主終不聽。不得意，上表乞歸九華，其略云：「千秋載籍，願爲知足之人；九朵峰巒，永作乞骸之客。」主知其詐也，一表許之，賜號九華先生，以青陽一縣輿賦給之。怨毁萬狀，後放歸田里鎖之，穴其牆以給膳，遂自經，年七十三。（下略）

43潘逍遥閬有詩名，所交遊者皆一時豪傑。盧相多遜欲立秦邸，潘預其謀。混迹於講堂巷，開藥肆，劉少逸、鮑少孤二人者爲藥童，唐巾韋帶，氣貌爽秀。後太宗登極，秦邸之謀不集。潘有詩曰：「不信先生語，剛來帝里遊。清宵唐好夢，白日有閑愁」之句。（下略）

44韓熙載字叔言，事江南三主，時謂之神仙中人。（中略）〔嚴僕射續〕以熙載有才名，固請撰其父神道碑，欲苟稱譽取信於人。以珍貨幾萬緡，仍輟未勝衣一歌鬟質冠洞房者，爲濡毫之贈，意其獲盼，必可深諷。熙載納贈受姬，遂納其請，文既成，但叙譜裔品秩及薨葬褒贈之典而已，無點墨道及續之事業者。續嫌之，封還，尚冀其改竄。熙載亟以向所贈及歌姬悉還之，臨登車，止寫一闋於泥金雙帶，曰：「風柳摇摇無定枝，陽臺雲雨夢中歸。他年蓬島音塵斷，留取樽前舊舞衣。」

45熙寧丙辰歲，交賊寇邕，郡倅唐著作子正盡室遇害。唐桂州人，治平中赴京調舉，至全州，中途欲僦一僕，得一肩夫，乃游袁州日所役舊奴也。挈重擔勁若健羽，雖鞭馬疾追，長先百步之外。恐他逸，遂遣之。其僕當日全州行至唐州，凡二千七百餘里，日午已到，留書祝驛吏曰：「候桂州唐秀才至，即付之。」君後月餘方到，唐下馬於驛，驛吏前曰：「君非桂州唐秀才否？一月前，有人留一書在此。」因出示之。書面云：「呈桂州唐秀才，歸真子謹封。」唐曰：「吾豈識歸真子邪？」因啓封，惟一詩，曰：「袁山相見又之全，不遇先生道未緣。大抵有心求富貴，到頭無分學神仙。篋中靈藥宜頻施，鼎内丹砂莫妄傳。待得角龍爲燕會，好來黄壁卧林泉。」唐得之頗怪，因請其形貌，乃全州黜僕也，留書之日，即全州所遣之日，始悟神仙人。寶詩於篋，遇好事者則出之。及遇害，當丙辰，正合詩中謂「角龍」也。

46初，中國長公主爲尼，掖庭嬪御隨出家三十餘人，詔兩禁送於寺，賜齋饌。傳宣各令作詩送，惟陳文僖公彭年詩尚有記者，云：「盡出花鈿散寶津，雲鬟初翦向殘春。因驚風燭難留世，遂作池蓮不染身。貝葉乍翻疑軸錦，梵聲纔學誤梁塵。從兹豔質歸空後，湘浦應無解佩人。」或云作詩之説恐非。好事者能於《鷓鴣天》曲聲歌之。

47國初文章，惟陶尚書穀爲優，以朝廷眷待詞臣不厚，乞罷禁林。太祖曰：「此官職甚難做，依樣畫葫蘆，且做且做。」不許罷，復不進用。穀題詩於玉堂曰：「官職有來須與做，才能用處不憂無。堪笑翰林陶學士，一生依樣畫葫蘆。」駕幸見之，愈不悦，卒不大用。（《續湘山野録》。下同）

48姚嗣宗關中詩豪，忽繩檢，坦然自任，杜祁公帥長安，多裁品人物，謂尹師魯曰：「姚生如何人？」尹曰：「嗣宗者，使白衣入翰林亦不忝，減死一等黜流海島亦不屈。」姚聞之大喜，曰：「所謂善評我者也。」時天下久撤邊警，一旦，忽元昊以河西叛，朝廷方羈籠關豪之際，嗣宗（也）因寫二詩於驛壁，有「踏碎賀蘭石，掃清西海塵。布衣能效死，可惜作窮麟」，又一絶「百越干戈未息肩，九原金鼓又轟天。崆峒山叟笑不語，静聽松風春晝眠」之句。韓忠獻公奇之，奏補職官。既而一庸生張，忘其名。亦堂堂人，蝟髯黑面，頂青巾緇裘，持一詩代刺，摇袖以謁杜公，曰：「昨夜雲中羽檄來，按兵誰解掃氛埃？長安有客面如鐵，爲報君王早築臺。」祁公亦異之，奏補乾祐一尉，而胸中無一物，未幾，以贓去任。

49唐昭宗以錢武肅鏐平董昌於越，拜鏐爲鎮海鎮東節度使、中書令，賜鐵券恕九死、子孫二死。（中略）禪月貫休嘗以詩投之，曰：「貴極身來不自由，幾年勤苦踏山丘。滿堂花醉三千客，一劍光寒十四州。萊子衣裳宫錦窄，謝公篇詠綺霞羞。他年名上凌煙閣，豈羡當時萬户侯？」鏐愛其詩，遣客吏諭之曰：「教和尚改十四爲四十州，方與見。」休性褊介，謂吏曰：「州亦難添，詩亦不改，然閑雲孤鶴何天而不可飛邪？」遂飄然入蜀，以詩投孟知祥，有「一瓶一鉢垂垂老，萬水千山得得來」之句。知祥厚遇之。繆後果爲安重誨奏削王爵，乙太師致仕。重誨死，明宗乃復繆舊爵位。

50處士魏野，貌寢性敏，志節高尚。鳳閣舍人孫僅與野敦縞素之舊，尹京兆日，寄野詩説府中之事。野和之，其末有「見説添蘇亞蘇小，隨軒應是佩珊珊」之句。添蘇，長安名姬也，孫頗愛之。一日，孫召添蘇謂曰：「魏處士詩中以爾方蘇小，如何？」添蘇曰：「處士詩名藹於天下，著鄙薄在其間，是蘇小之不如矣，又何方之乎？」孫大喜，以野所和詩贈之。添蘇喜如獲寶，一夕之内，長安爲之傳誦。添蘇以未見野，深懷企慕，乃求善筆札者，大署其詩於堂壁，衒鬻於人。未幾，野因事抵長安，孫忻聞其來，邀置府宅，他人未之知也。有好事者密召過添蘇家，不言姓氏。添蘇見野風貌魯質，固不前席。野忽舉頭見壁所題，添蘇曰：「魏處士見譽之作。」野殊不答，乃索筆於其側別紀一絶。添蘇始知是野，大加禮遇。詩曰：「誰人把我狂詩句，寫向添蘇繡户中。閑暇若將紅袖拂，還應勝得碧紗籠。」

51王平甫安國奉詔定蜀民、楚民、秦民三家所獻書可入三館者，令令史李希顔料理之。其書多剥脱。而二詩弊紙所書花蘂夫人詩，筆書乃花蘂手寫，而其辭甚奇，與王建《宫詞》無異。建之辭，自唐至今，誦者不絶口，而此獨遺棄不見取，受詔定三家書者，又斥去之，甚爲可惜也。遂令令史郭祥繕寫入三館。既歸，口誦數篇與荆公，荆公明日在中書語及之，而禹玉相公、當世參政願傳其本，於是盛行於時。文瑩親於平甫處得副本，凡三十二章，因録於此。其詞曰：

五雲樓閣鳳城間，花木長新日月閑。三十六宫連内苑，太平天子住崑山。

會真廣殿約宫牆，樓閣相扶倚太陽。淨甃玉階横水岸，御爐香氣撲龍牀。

龍池九曲遠相通，楊柳絲牽兩岸風。長似江南好春景，畫船來往碧波中。

東内斜將紫禁通，龍池鳳苑夾城中。曉鍾聲斷嚴妝罷，院院紗窗海日紅。

殿名新立號重光，島上亭臺盡改張。但是一人行幸處，黄金閣子鎖牙牀。

安排諸院接行廊，水檻周迴十里强。青錦地衣紅繡毯，盡鋪龍腦鬱金香。

夾城門與内門通，朝罷巡遊到苑中。每日日高祇候處，滿堤紅豔立春風。

厨船進食簇時新，侍宴無非列近臣。日午殿頭宣索膾，隔花催唤打魚人。

立春日進内園花，紅蕊輕輕嫩淺霞。跪到玉階猶帶露，一時宣賜與宫娃。

三面宫城盡夾牆，苑中池水白茫茫。亦從獅子門前入，旋見亭臺繞岸傍。

離宫别院繞宫城，金板輕敲合鳳笙。夜夜月明花樹底，傍池長有按歌聲。

御製新翻曲子成，六宫纔唱未知名。盡將觱篥來抄譜，先按君王玉笛聲。

旋移紅樹斵青苔，宣賜龍池再鑿開。展得緑波寬似海，水心宫殿勝蓬萊。

太虚高閣凌波殿，背倚城牆面枕池。諸院各分娘子位，羊車到處不教知。

修儀承寵住龍池，掃地焚香日午時。等候大家來院裏，看教鸚鵡念宫詞。

才人出入每參隨，筆硯將行繞曲池。能向彩牋書大字，忽防御製寫新詩。

六宫官職總新除，宫女安排入畫圖。二十四司分六局，御前頻見錯相呼。

春風一面曉妝成，偷折花枝傍水行。却被內監遥覷見，故將紅荳打黄鶯。

梨園弟子簇池頭，小樂攜來俟燕遊。旋炙銀笙先按拍，海棠花下合梁州。

殿前排宴賞花開，宮女侵晨探幾回。斜望苑門遥舉袖，傳聲宣喚近臣來。

小毬場近曲池頭，宣喚勳臣試打毬。先向畫樓排御幄，管絃聲動立浮油。

供奉頭籌不敢争，上棚專喚近臣名。內人酌酒纔宣賜，馬上齊呼萬歲聲。

殿前宮女總纖腰，初學乘騎怯又嬌。上得馬來纔欲走，幾回拋鞚把鞍轎。

自教宮娥學打毬，玉鞍初跨柳腰柔。上棚知是官家認，遍遍長贏第一籌。

翔鸞閣外夕陽天，樹影花香杳接連。望見內家來往處，水門斜過罨樓船。

內人追逐採蓮時，驚起沙鷗兩岸飛。蘭槳棹來齊拍水，並船相鬬濕羅衣。

新秋女伴各相逢，罨畫船飛到浦中。旋折荷花半歌舞，夕陽斜照滿衣紅。

少年相逐採蓮回，羅帽羅衫巧製裁。每到岸頭齊(怕)〔拍〕水，(竟)〔競〕提纖手出船來。

早春楊柳引長條，倚岸緣堤一面高。稱與畫船牽錦纜，暖風搓出綵絲條。

婕好生長帝王家，常近龍顔逐翠華。楊柳岸長春日暮，傍池行困倚桃花。

月頭支給買花錢，滿殿宮人近數千。遇着唱名多不語，含羞走過御牀前。

寒食清明小殿旁，綵樓雙夾鬬雞坊。內人對御分明看，先(睹)〔賭〕紅羅十擔牀。

（程毅中）

玉壺清話

釋文瑩　撰

《玉壺清話》，又稱《玉壺野史》，十卷，前有元豐元年（一〇七八）自序。今本已非原書，尚有佚文，此據中華書局一九八四年排印本選録。

1真宗嘗曲宴群臣於太清樓，君臣歡浹，談笑無間，一云「君臣歡笑無間」。忽問：「廛沽尤佳者何處？」一無「尤」字。中貴人奏有南仁和者，亟令進之，遍賜宴席。上亦頗愛，問其價，中貴人以實對。上遽問近臣曰：「唐酒價幾何？」無能對者，唯丁晉公奏曰：「唐酒每升三十。」一有「錢」字。上曰：「安知？」丁曰：「臣嘗讀杜甫詩曰：『蚤來就飲一斗酒，一云「蚤來相就飲一斗」。恰有三百青銅錢。』是知一升三十錢。」上大喜曰：「甫之詩自可爲一時之史。」（卷一。下同）

2蘇翰林易簡一日直禁林，得江南徐邈所造欹器，一作「徐遜」。遂以水試於玉堂。一小璫傳宣於公，見之不識其名，因密奏。既曉，太宗召對，問曰：「卿所玩者，得非欹器乎？」公奏曰：「然。」亟取進之於便坐，上親試之以水，或增損一絲許，器則隨欹，「以水」一作「其水」。合其中，則凝然不摇。上嘆曰：「真聖人切誡之器也。」公奏曰：「願陛下執大寶神器，持盈守成，皆如此器，一無「皆」字。則王者之業可與天地同矣。」一云「可以與天地同久」。上徐笑謂公曰：「若腹之容酒，得此器之節，一云「若平時飲酒得此器節之」。安有沈湎之過耶？」蓋公嘗嗜飲過中，故託此以規之。一無「以」字。易簡泣謝慚佩，「慚」一作「感」。上親撰《欹器銘》及草書《誡酒詩》以賜焉。

3 樞密直學士劉綜出鎮并門，兩制、館閣皆以詩寵其行，因進呈。真宗深究詩雅，時方競務西昆體，磔裂雕篆，「篆」一作「鏤」。親以御筆選其平淡者，止得八聯。晁迥云：「夙駕都門曉，微涼苑樹秋。」楊億止選斷句：「關榆漸落邊鴻過，「過」一作「度」。誰勸劉郎酒十分。」朱巽云：「塞垣古木含秋色，祖帳行塵起夕陽。」李維云：「秋聲和暮角，膏雨逐行軒。」孫僅云：「汾水冷光搖畫戟，蒙山秋色鏁層樓。」錢惟演云：「置酒軍中樂，聞笳塞上情。」都尉王貽永云：「河朔雪深思愛日，并門春暖詠《甘棠》。」劉筠云：「極目關山高倚漢，順風雕鶚遠凌秋。」上謂綜曰：「并門在唐世皆將相出鎮，凡抵治，遣從事者以題詠述懷寵行之句，多寫於佛宮道院，「院」一作「宇」。纂集成編，目《太原事績》，「目」一作「日」。後不聞其作也。」綜後寫御選句圖立於晉祠。綜，名臣也，少孤，依外兄通遠軍使董遵誨以從學，遵誨遣綜貢馬于朝，一本「董遵誨」句下云：「遵誨以從事遣綜貢馬于朝。」還日，太祖解真珠盤龍帶，遣綜齎賜遵誨。綜時年十六歲，奏曰：「臣外兄止以方貢修人臣之常節，陛下解寶勒賜之，臣竊恐動臣別立殊績，陛下當何以爲賜？」敷奏清雅，辭容秀徹。太祖愛之，謂左右曰：「兒非常材。」從容謂之曰：「吾委遵誨以方面，不得以此爲較。」後雍熙二年，擢第于梁顥榜中，同年錢若水深器之，推挽於朝。

4黄夷簡閒雅有詩名，在錢忠懿王俶幕中陪尊俎二十年。開寶初，太祖賜俶開吴鎮越崇文耀武功臣，遣夷簡謝於朝。將歸，上謂夷簡曰：「歸語元帥，朕已於薰風門外建離宫，規模華壯，不減江浙，兼賜名「禮賢宅」，以待李煜與元帥，先朝者即賜之。今煜崛彊不朝，吾將討之，元帥助我乎？無爲他謀所惑，果然，一作「果爾」。則將以精兵堅甲奉賜。向克常州，元帥有大功，俟江南平，可暫來相見否？無他，但一慰延想爾，固不久留，朕執圭幣三見於天矣，豈敢自誣？即當遣還也。」夷簡受天語，俛首而歸，私自籌曰：「兹事大難，王或果以去就之計見決於我，胡以爲對？」殆歸見俶，因不匿，盡以天訓授之，遂稱疾於安溪别墅，「墅」一作「業」。保身潛遁。夷簡《山居》詩有「宿雨一番蔬甲嫩，春山幾焙茗旗香」之句。「山」一作「風」。雅喜治釋。咸平中，歸朝爲光禄少卿，後以壽終焉。

5戚同文，宋都之真儒，雖古之純德者，殆亦罕得。其徒不遠千里而至，教誨無倦，登科者題名於舍，凡孫何而下七榜五十六人。不善沽矯，吴校云「不善治家」似誤，「不善」或是「不喜」。鄉里之飢寒及婚葬失其所者，皆力賑之。好爲詩，有《孟諸集》。楊侍讀徽之守南都，召至郡齋，禮遇益厚，唱和不絶。楊謂君曰：「陶隱居昔號堅白先生，以足下純白可侔，僕輒不撰，已表於朝，奏乞堅素之號，未知報否？」後果從請。及設舊學百餘楹，遇如庠序之盛。州郡惜其廢，奏乞賜額爲本府書院，命奉禮郎一無「郎」字。戚舜賓主之，即綸子也。

6李集賢建中，冲退喜道，「冲」一作「恬」。處搢紳有逍遥之風。善翰劄，行筆尤工，至於草隸分篆，俱絶其妙，人得之則寶焉。爲詩清淡閒暇，如其人也。有《杭州望湖樓》詩：「小艇閒撑處，湖天景物微。春波無限緑，白鳥自由飛。落日孤汀遠，輕烟古寺稀。時携一壺酒，戀到晚涼歸。」《西湖》詩有「漲煙春氣重，貯月夜痕深」之句，皆類於此。晚喜洛中景物，求留司。園池亭榭，蕭灑自如，每喜誦《楞嚴經》中四句云：「將聞持佛佛，何不自聞聞，聞復翳根除，塵消覺圓浄。」凡起居皆詠之。後被詔與張君房集賢校勘《道藏》，時號稱職。

7 開寶塔成，欲撰記，太宗謂近臣曰：「儒人多薄佛典，向西域僧法遇自摩竭陁國來，表述本國有金剛坐，乃釋迦成道時所踞之坐，求立碑坐側。朕令蘇易簡撰文賜之，中有鄙佛爲夷人之語，朕甚不喜，詞臣中獨不見朱昂有譏佛之迹。」因詔公撰之。文既成，敦崇嚴重，太宗深加嘆獎。公舉進士之時，一云「公博學，少之時」。趙韓王深所器重，謂人曰：「朱有君子之風，壽德遠到。」時宗人朱遵度有學名，謂之「朱萬卷」，目公爲「小萬卷」。歘歷清貴三十年，一作「五十年」。晚以工部侍郎懇求歸江陵，逾年方允，止令謝於殿門外，復詔賜坐。時方劇暑，恩旨寵留，詔秋涼進程。時吴淑贈行詩，有「浴殿夜涼初閣筆，渚宫秋晚得懸車」之句，尤爲中的。錫宴玉津園，中人傳詔，令各賦詩爲送。若李承旨維有「清朝納禄猶彊健，「納」一作「辭」。白首還家正太平」，及陳文惠公堯佐「部吏百函通爵里，送兵千騎過荆門」之句。凡四十八篇，皆警絶一時，朝論榮之。弟協亦同時隱，皆享眉壽，家林相接，謂之渚宫二疏。荆帥陳康肅堯咨表其居爲東、西致仕坊。八十二薨，門人請謚正裕先生。（卷二，下同）

8太祖收并門，凱旋日，范杲爲縣令，叩迴鑾進講《聖壽詩》，「進」一作「請」。有「千里版圖來浙右，一聲金鼓下河東」之句。上愛之，賜一官，改服色。

9竇禹鈞生五子：儀、儼、侃、偁、僖等，相繼登科。馮瀛王贈禹鈞詩，有「靈椿一樹老，丹桂五枝芳」，時號「竇氏五龍」。昆仲材業，儀、儼尤著。（下略）

10李瀚及第於和凝相牓下，後與座主同任學士。會凝作相，瀚爲承旨，適當批詔，次日於玉堂輒開和相舊閣，悉取圖書器玩，留一詩於榻，携之盡去，云：「座主登庸歸鳳閣，門生批詔立鰲頭。玉堂舊閣多珍玩，可作西齋潤筆不？」

11郭忠恕畫殿閣重複之狀，一作「樓閣」。梓人較之，毫釐無差，太宗聞其名，詔授監丞。將建開寶寺塔，「建」一作「造」。浙匠喻皓料一十三層，郭以所造小樣末底一級折而計之，至上層餘一尺五寸，殺去聲。收不得，一作「收殺不得」。謂皓曰：「宜審之。」皓因數夕不寐，以尺較之，果如其言。黎明，叩其門，長跪以謝。尤工篆籀詩筆，惟縱酒無檢，多突忤於善人。聶崇義建隆初拜學官，河、洛之師儒也，趙韓王嘗拜之。郭使酒詠其姓，玩之曰：「近貴全爲聵，攀龍即是聾，雖然三箇耳，其奈不成聰。」崇義應聲反以「忠恕」二字解其嘲曰：「勿笑有三耳，全勝畜二心。」忠恕大慚，終亦以此敗檢，坐謗時政，擅貨官物，流登州，中途卒，槀葬於官道之旁。他日親友與斂葬，發土視之，輕若蟬蜕，殆非區中之物也。李留臺建中以書學名家，手寫忠恕《汗簡集》以進，皆科斗文字，太宗深悼惜之，詔付秘閣。

12盧多遜相生曹南，方幼，其父携就雲陽道觀「觀」一作「宫」。小學，時與群兒誦書，廢壇上有古籤一筒，競往抽取爲戲。時多遜尚未識字，得一籤，歸示其父，詞曰：「身出中書堂，須因天水白。登仙五十二，終爲蓬海客。」父見頗喜，以爲吉讖，留籤於家，迨後作相。及其敗也，始因遺堂吏趙白陰與秦王廷美連謀，事暴，遂南竄，「暴」一作「露」。年五十二，卒於朱崖。籤中之語，一字不差。初，多遜與趙韓王睚眦，太宗踐祚，每召對，即傾之。上以膚受，頗惑之，黜普於河陽。普朝辭，抱笏面訴，氣懾心懦，奏曰：「臣以無狀之賤，獲事累聖，況曩日昭憲聖后大漸之際，臣與先帝面受顧命，遺臣親寫二券，令大寶神器傳付陛下，以二書合縱批文，一云「合縫批之」。立臣銜爲證。其一書先后納於棺，一書先帝手封收宫中，乞陛下試尋之，孤危之迹，庶乎少雪。臣此行身移則事起，豺狼在途，危若累卵，誰與臣辨？」「與」一作「爲」。後果得此書於禁中，帝疑既釋，竄多遜於朱崖。上謂普曰：「朕幾欲誅卿。」故王禹偁《韓王挽詞》有「鴻恩書册府，遺訓在金縢」，乃此事也。（卷三。下同）

13至道元年燈夕，太宗御樓，時李文正昉以司空致仕於家，上亟以安輿就其宅召至，賜坐於御榻之側，敷對明爽，精力康勁。上親酌御尊飲之，選殽核之精者賜焉，謂近侍曰：「昉可謂善人君子也，事朕兩入中書，未嘗有傷人害物之事，宜其今日所享也。」又從容語及平日藩邸唱和之事，公遽離席，歷歷口誦御詩幾七十餘篇，一句不訛。上謂曰：「何記之精耶？」公奏曰：「臣不敢妄對，臣自得謝無事，每晨起盥櫛，坐於道室，焚香誦詩，每一詩日誦一遍，間或却誦道佛書。」上喜曰：「朕亦以卿詩別笥貯之，每愛卿翰墨楷秀，老來筆力在否？」公對曰：「臣素不善書，皆猶犬宗訥所寫爾。」

上即令以六品正官與之，遂除國子監丞。

14張司空齊賢致仕歸洛，康寧富壽，先得裴晉公午橋莊，鑿渠周堂，花竹照映，日與故舊乘小車携觴游釣，牓於門曰：「老夫已毁裂軒冕，或公綬垂訪，不敢拜見。」造一卧輿，以視田稼。醉則憩於木陰，酒醒則起。嘗以詩戲示故人：「午橋今得晉公廬，花竹煙雲興有餘。師亮白頭心已足，四登兩府九尚書。」（下略）

15戚密學綸初筮，仕知太和縣，里俗險悍，喜搆虚訟，公至，以術漸摩。先設巨械，嚴固狴牢，其箠梃絙索，比他邑數倍，民已悚駭。次作《諭民詩》五十絶，不事風雅，皆流俗易曉之語，俾之諷詠，以申規警。立限曰：「諷誦半年，頑心不悛，一以苛法治之。」果因此詩，獄訟大減。其詩有云：「文契多欺歲月深，便將疆界漸相侵。官中驗出虚兼實，枷鎖鞭笞痛不禁。」大率類此，江南往往有本。每當歲時，與囚約曰：「放女暫歸祀其先，一云「祀其祖先」。櫛沐蟣蝨。」民感其惠，皆及期而還，無敢逭者。（卷四，下同）

16朱台符，眉州人。俊邁敏博，少有賦名，與同輩課試，以尺度其晷，台符八寸而一賦已就。凡有所作文字，其彫篆皆類於賦，「篆」一作「琢」。章疏、歌曲亦然。河西作梗，因上封事，其略曰：「且夫結之以恩者，彼必懷之；示之以威者，彼必畏之。若爾，則所謂繼遷者，自當革心而束手，款塞而旋庭矣。」又嘗爲數闋，其略曰：「歌遏雲兮慘容色，舞迴風兮腰一搦。」又曰：「顰多而翠黛難成，望極而烏雲易散。當本深心兮牡丹，期到如今兮賜冰頒扇。」鄉人田錫嘗曰：「朱拱正一闋乃《閨怨賦》一首，只少原夫。」

17楊大年二十一歲爲光禄丞，賜及第，太宗極稱愛。三月，後苑曲宴，未貼職不得預，公以詩貽館中諸公曰：「聞戴宮花滿鬢紅，上林絲管侍重瞳。蓬萊咫尺無因到，始信仙凡迥不同。」諸公不敢匿，即時進呈。上訝有司不即召，左右以未貼職爲對，即日直集賢院，免謝，令預曲宴。「曲」一作「晚」。後修《册府元龜》，王相欽若總其事，詞臣二十八人，一無「八」字。分撰篇序。下詔，須經楊億删定，方許用之。（下略）

18王元之禹偁嘗作《三黜賦》以見志。初爲司諫、知制誥，疏雪徐鉉，貶商州團練副使。方召歸爲學士，坐爲孝章皇后遷梓宮於燕國長公主之第，群臣不成服，元之私語賓友曰：「后嘗母儀天下，當奉舊典。」坐訕謗，出守滁州。方召還，知制誥，撰太祖徽號、玉册，語涉輕誣，會時相不悦，密奏黜黄州。「黜」一作「出」。泊近郊將行，時蘇易簡内翰榜下放孫何等進士三百五十三人，奏曰：「禹偁禁林宿儒，累爲遷客，漂泊可念，臣欲令榜下諸生罷期集，綴馬送於郊。」奏可之。至日行，送過四短亭，一云「至行日，送過西短亭」。諸生拜别於官橋。元之口占一闋，付狀元曰：「爲我深謝蘇公，偶不暇取筆硯。」其詩云：「綴行相送我何榮，老鶴乘軒愧谷鶯。三入承明不知舉，看人門下放諸生。」時交親縱深密者，「縱」一作「最」。循時好惡，不敢私近，惟竇元賓執其手泣於閤門曰：「天乎，得非命歟？」公後以詩謝，略云：「惟有南宮竇員外，爲余垂淚閤門前。」（下略）

19郭仲儀贄，真宗在藩，爲皇子侍讀。太宗幸東宮，御製《戒子篇》，命贄注解，且令委曲講論。

真宗每以純厚長者遇之，在儲宮作詩贈之，略曰：「該明聖典通今古，發啓沖年曉典常。」後參大政，因論事朴直，上意不悅，後坐入對之際宿酲未解，左遷荆南。因終身戒酒，至卒不飲，早暮餌藥亦斥之，其節剛若是矣。一無「矣」字。（卷五。下同）

20楊侍讀徽之，太宗聞其詩名，盡索所著，得數百篇「數」一作「四」。奏御，仍獻詩以謝，卒章曰：「十年牢落今何幸，叨遇君王問姓名。」上和之以賜，謂宰臣曰：「真儒雅之士，操履無玷。」拜禮部侍郎，御選集中十聯寫於屏。梁周翰詩曰：「誰似金華楊學士，十聯詩在御屏中。」十聯詩者，有《江行》云：「犬吠竹籬沽酒客，鶴隨苔岸洗衣僧。」《寒食》云：「天寒酒薄難成醉，地迥臺高易斷魂。」「臺」一作「樓」。《塞上》云：「戍樓煙自直，戰地雨長腥。」《僧舍》云：「偶題巖石雲生筆，閒遶庭松露溼衣。」《湘江舟行》云：「新霜染楓葉，皓月借蘆花。」《哭江爲》云：「廢宅寒塘雨，「雨」一作「水」。荒墳宿草煙。」《嘉陽川》云：「青帝已教春不老，素娥何惜月長圓。」又云：「浮花水入瞿塘峽，「水」一作「浪」。帶雨雲歸越巂州。」《年夜》云：「年」一作「元」。「春歸萬年樹，月滿九重城。」《宿東林》云：「開盡菊花秋色老，落殘桐葉雨聲寒。」余竊謂公曰：「以天地浩露，滌其筆於冰甌雪椀中，則方與公詩神骨相附焉。」

21梁修撰周翰，一歲後苑讌，凡從臣各探韻賦詩，梁得「春」字，曰：「百花將盡牡丹坼，十雨初晴太液春。」上特稱之。（下略）

22呂正惠公端使高麗，遇風濤恍恍，摧檣折舵，吳本云「遇風濤帆檣摧折」。舟人大恐，公恬然讀書，若在齋閣。時首台吕文穆蒙正，告老甚切，上宴後苑，作《釣魚》詩獨賜公，斷章云：「欲餌金鉤深未到，磻溪須問釣魚人。」意以首宰屬公。公和進云：「愚臣鉤直難堪用，宜問濠梁結網人。」文穆得謝，果冠台席。真宗初即位，居諒闇，每見公則肅然起敬，吴本「起敬」作「接揖」。未嘗名呼，或以字呼，上對公但稱「小子」。公體貌魁梧，庭陛頗峻，「陛」一作「階」。命梓人別爲納陛。「人」一作「工」。「納」一作「緩」。兩使外域，虜主欽重，後使虜者至，則問曰：「吕公作相未？」

23 文瑩丙午歲訪辰帥張不疑師正，時不疑方五十，齒已疏摇，咀嚼頗艱。後熙寧丁巳，不疑帥鼎，「鼎」一作「浙」。復見招，爲武陵之游，「陵」一作「林」。後同。凡巨臠大胾，利若刀截，已六十二矣。余怪而詰焉，曰：「得藥固之。」時余滿口摇落，危若懸蔕，謾以此藥試之，輒爾再固，因求此方以療病齒者，凡用之皆效。題曰《西華嶽蓮花峯神傳齒藥方》，一無「華」字。序曰：「元亨在天聖中，結道友登嶽頂，齋宿祈祠方已，遍游三峯，酌太上泉，至明星館，於故基下得斷碑數片，髣髴有古文，洗滌而後可辨，讀之，乃《治口齒烏髭藥歌》一首。慮歲月寖久，剥裂不完，遽録以歸。而後朝之名卿鉅公，訪山中故事，語及者皆傳之，修製以用，其效響應。」歌曰：「猪牙皂角及生薑，西國升麻蜀地黄。木律旱蓮槐角子，「木」一作「草」。細辛荷葉剪荷葉心子也。要相當。青鹽等分同燒煅，研殺將來使最良。揩齒牢牙髭鬢黑，誰知世上有仙方。」不疑晚學益深，經史沿革，講摩縱横，文章詩歌，舉筆則就。著《括異志》數萬言，《倦遊録》八卷。覼其餘藴，尚盤錯於胸中，與余武陵之别，慨然口占二詩云：「憶昔荆州屢過從，當時心已慕冥鴻。渚宫禪伯唐齊己，淮甸詩豪宋惠崇。老格疏閒松倚澗，清談蕭灑坐生風。史官若覓高僧事，莫把名參伎術中。」一本云「莫把參寥擅傳中」，似誤。又云：「碧嶂孤雲冉冉歸，解携情緒異常時。餘生歲月能多少，此别應難約後期。」「約」一作「定」。風義見於詩焉。

24范魯公質舉進士，和凝相主文，愛其私試，因以登第。凝舊在第十三人，謂公曰：「君之辭業合在甲選，暫屈爲第十三人，傳老夫衣鉢可乎？」魯公榮謝之，後至作相，亦復相繼。時門生獻詩，有「從此廟堂添故事，登庸衣鉢亦相傳」之句。初，周祖自鄴起師向闕，京國擾亂，魯公遁迹民間。一旦，坐對正巷茶肆中，一作「對上巷」，吴校作「封丘巷」。忽一形貌怪陋者前揖云：「相公相公，無慮無慮。」時暑中，公執一葉素扇，偶寫「大暑去酷吏，清風來故人」一聯在上，陋狀者奪其扇曰：「今之典刑，輕重無準，吏得以侮，何啻大暑耶？一云「大暑何啻耶」。公當深究獄弊。」持扇急去。一日，於祆廟後門，一短鬼手中執其扇，乃茶邸中見者。「茶」字吴校增。（下略）（卷六。下同）

25太祖採聽明遠，每邊閫之事，纖悉必知。有間者自蜀還，上問曰：「劍外有何事？」間者曰：「但聞成都滿城誦朱長山《苦熱》詩曰：『煩暑鬱蒸無處避，涼風清冷幾時來？』」「來」一作「回」。上曰：「此蜀民思吾之來伐也。」（下略）

26夏侯嘉正，荆南人。劉童子者，幼瞽，善聲骨及命術，謂曰：「將來須及第，亦有清職，惟持聲貴，自餘俱弱。己俸外，别有百金横入，不病則死。」後至正言、直館，充益王生辰使，得金幣，方輦歸私第，欲留之爲潤屋，忽一緡自地起立，久而後仆，「後」一作「方」。遂感疾，月餘而卒。太宗上元御樓觀燈，嘉正進十韻，末句云：「兩制誠堪美，青雲侍玉輿。」不懌，賜和以規之，有「薄德終慚舉，通

才例上居」之句。喜丹竈，嘗曰：「使我乾得水銀半兩，知制誥一日，平生足矣。」二願俱不遂而卒。（卷七。下同）

27李度顯德中舉進士，工詩，有「醉輕浮世事，老重故鄉人」之句，人多誦之。「誦」一作「稱」。王朴爲樞密，止以此一聯薦于申文炳知舉，遂擢爲第三。人嘲曰：「主司只誦一聯詩。」

28祥符中，契丹使至，因言本國喜誦魏野詩，但得上帙，願求全部。真宗始知其名，將召之，死已數年，搜其詩，果得《草堂集》十卷，詔賜之。魏野字仲先，其詩固無飄逸俊邁之氣，但平朴而常，不事虛語爾。如《贈寇萊公》云：「有官居鼎鼐，無地起樓臺。」及《謝寇萊公見訪》云：「驚回一覺游仙夢，村巷傳呼宰相來。」中的易曉，故虜俗愛之。野與孟津詩人李瀆爲詩友，野鑿室于陝郊，曰樂天洞，瀆結廬于中條山，曰浮雲堂，皆樹石清幽，各得詩人之趣。瀆字長源，一日自孟津訪別于野，曰：「數夕前，忽一人來牀下，誦曰：『行到水窮處，未知天盡時。』「時」一作「頭」。予猶規其誤曰：『豈非坐看雲起時乎？』答曰：『此雲安能起耶？』又非夢寐，亟窺之，空無一物，此必死期先報，故來相別。」遂痛飲數夕而還，還家未幾而卒。

29曹武毅翰，魏人也，曹武惠彬，真定人也，二曹皆著名，人多謂之同宗。翰有宏材偉特之度，能詩，有《玉關集》。領金吾日，當直，太宗召與語曰：「朕曾覽卿詩，有『曾因國難披金甲，「因」一作「舒」。恥爲家貧賣寶刀。他日燕山磨峭壁，定應先勒大名曹』。頗佳，朕每愛之。」翰因叩謝。（下略）

30文瑩至長沙，首訪故國馬氏天策府，諸學士所著文章，擅其名者，惟徐東野、李宏皋爾。遂得東野詩，浮脃輕豔，皆鉛華嫵媚，侑一時尊俎爾。一云「皆鉛華歌舞，媚一時尊俎爾」。其句不過「牡丹宿醉，蘭蕙春悲，霞宮日城，翦紅鋪翠」而已。獨《貽汪居士》一篇，庶乎可採，曰：「門在松陰裏，山僧幾度過。藥靈圓不大，棋妙子無多。薄霧籠寒逕，殘風戀緑蘿。金烏兼玉兔，年歲奈君何？」又得宏臯雜文十卷，皆胼枝章句，雖齷齪者亦能道。信乎，文之難也。

31錢熙，泉南才雅之士。進《四夷來王賦》萬餘言，太宗愛其才，擢館職，有司請試，上笑曰：「試官前進士趙某親自選中。」嘗撰《三釣酸文》，舉世稱精絶，略曰：「渭川凝碧，早抛釣月之流。商嶺排青，「排」一作「飛」。不逐眠雲之侶。」又曰：「年年落第，春風徒泣於遷鶯；處處羈游，夜雨空傷於斷雁。」其文千言，率類於此。卒，鄉人李慶孫爲詩哭之曰：「《四夷》妙賦無人誦，《三釣酸文》舉世傳。」

32翰林鄭毅夫公，晚年詩筆飄灑清放，幾不落筆墨畛畦，間入李、杜深格。守餘杭日，因送客西湖，艤舟文瑩舊居，留詩於壁云：「春入蘿途静，浪花翻遠晴。」又：「東飛江雲北飛燕，同寄春風不相見。」又《餘杭郡閣》云：「雨影横殘虹，秋容陰映日。寒江帶暮流，晚角穿雲出。雲峰翠如織，宿鳥去無迹。封書寫所懷，聊託荆門翼。」又《罷翰林行次南都遇雨》云：「雨聲飄斷忽南去，雲勢旋生從北流。料得涼風消息好，蕭蕭已在柳梢頭。」又：「老火燒空未擬收，急驚快雨破新秋。晚雲濃淡落日下，只在楚江南岸頭。」時頗訝其氣象不遠。後解杭麾，將赴青社，以病困泊舟楚岸，遂卒，其語已兆於先。

33嘗謂文老不衰者，止見今大參元厚之絳。頃在禁林，《懷荆南舊游》云：「去年曾醉海棠叢，聞説新枝發舊紅。昨夜夢回花下飲，不知身在玉堂中。」詞氣略不少衰。又曾魯公垂八十，筆力尚完。時曾子宣内翰謫守鄱陽，手寫一柬慰之，略云：「扶摇方遠，六月去而不息；消長以道，七日自當來復。」吾友中秘書楊經臣，博贍才雅，而嘗誦之「而」字疑衍。經日，一作「經臣」。謂余曰：「此非知其然，句似有誤。而爲神驅於氣使之爲爾。」「於」字疑衍。

34開寶九年正月，乾元殿受降王朝，扈蒙參定其議。有李朴請誅之制，甚繁，具本文。「李朴」吴校作「禮外」。蒙繼上《聖功頌》，次年將東封，又進御劄草。上愛之，批於紙尾，奬之云：「《聖功頌》及此辭，無一字可議。」後應制後苑，詩有：「微臣自愧頭如雪，也向鈞天侍玉皇。」上和以賜曰：「珍重老臣純不已，我慚寡昧繼三皇。」爲之美傳。

35賈黄中乃唐造《華夷圖》丞相耽四世孫，七歲舉童子，開頭及第。「開」一作「狀」，一作「關」。李文正昉以詩贈之：「七歲神童古所難，賈家門户有衣冠。七人科第排頭上，五部經書誦舌端。見榜不知名字貴，登筵未識管絃歡。從兹穩上青霄去，萬里誰能測羽翰。」後淳化中，參太宗大政。性極清畏。嘗知金陵，一日案行府寺，覩一隙舍扃鐍甚嚴，公怪之，因發鑰，得寶貨數十巨積，「十」一作「千」。乃故國宫闈所遺之物，不隸於籍，數不可計。公亟集僚吏，啓其封，悉籍之，以表上。上嘆曰：「貪黷者，籍庫之物尚冒禁盜，況亡國之遺物乎？」賜錢三百萬，以旌其潔。事母孝，不幸年五十六先母而逝，太宗邺其家。既葬，其母入謝，上面撫之：「勿以諸孫及私門之窘自撓，朕常記之。」

36蘇内翰易簡在禁林八年，寵待之優，「優」一作「深」。 亶出夷等。李相沆入玉堂後於蘇，「蘇」一作「公」。一日先除參政，以公爲承旨，賚與參政等。蘇不甚悦，上謂公曰：「朕欲正舊典，先合用卿，即正臺宰，然庶欲令卿延厚壽基，稔育聞望，乃先用沆，卿宜無慊。」吴校「慊」作「歉」。 蓋知其齡促也。公以母老，急於進用，因乾明聖節，進《内道場醮步虚》十首，中有：「玉堂臣老非仙骨，猶在丹臺望泰階。」上悉其意，俾參大政，未幾卒，年三十九。上嗟悼，爲之雪涕，賜挽詞，斷云：「時向玉堂尋舊跡，八花磚上日空長。」（卷八。下同）

37王參政化基，興國二年及第於吕蒙正牓，釋褐授贊善、知嵐州。趙韓王學術平淺，議以驟進之少年，無益於治，特詔改淮幕。「特」一作「理」，今從吴校。 公嘆曰：「不幸丞相以元勳自恃，特忌晚進，男兒既逢明時，豈能事幕府，承迎於婉畫之末乎？」抗疏自薦，表稱「真定男子」。公常慕范滂有攬轡澄清天下之志，遂撰《澄清疏略》，皆切於時要。太宗壯之，曰：「化基自結人主，慷慨之俊傑也。」亟用之，由著作郎、三司判官、左拾遺，召試中丞，補闕知制誥。翹楚有望，尤善爲詩，《感懷》有「美璞未成終是寶，精鋼寧折不爲鉤」之句，可見其志矣。後參大政，趙鎔以宣徽使知密院，上特命參政班在宣徽之上。

38徐騎省鉉事江南後主爲文館學士，吴本作「文□院學士」，校補「館」字。 隨煜納圖，太宗苛責以不能諷煜早獻圖貢，鉉對曰：「臣聞四郊多壘，卿大夫之辱也。爲人謀國，當百世不傾，諷主納疆，得爲忠乎？」太宗神威方霽，曰：「今後事我，亦當如是。」鉉不幸，爲學士，坐請求尹京張去華以一親故注重辟，諷去華上言，貫索星見，請曲赦畿獄，坐是削官，爲静難行軍司馬。「行」字吴校增。案：當作「静難軍行軍司馬」。後端居不出，銘其齋以自箴，曰：「爰有愚叟，棲此陋室。風雨可蔽，庭户不出。知足爲富，娱老以佚。貂冠蟬冕，虎皮羊質。處之恬然，永終爾吉。」竟卒於邠。鉉晚年於詩愈工，《游木蘭亭》云：「蘭舟破浪城陰直，玉勒穿花苑樹深。」《觀水戰》云：「千帆日助陰山勢，萬里風馳下瀨聲。」《病中》云：「向空咄咄頻書字，與世滔滔莫問津。」《謫居》云：「野日蒼茫悲鵩舍，水風陰濕敝貂裘。」《陳秘監歸泉州》云：「三朝恩澤馮唐老，萬里江關賀監歸。」《宿山寺》云：「落月依樓角，歸雲擁殿廊。」弟鍇詞藻尤贍，年十歲，群從燕集，令賦《秋聲》詩，頃刻而就，略云：「井梧分墮砌，塞雁遠横空。雨滴苔莓紫，風歸薜荔紅。」盡見秋聲之意。

39寇萊公給事中，知吏部選，時張洎亦爲給事中，掌考功，官序雖齊，視洎乃爲屬曹。寇少年進用，才鋭氣勇，復爲首曹，慊洎不以本司官長奉己，洎又以老儒宿德聞望自持，不肯委節事寇。一揖而洎坐，「洎坐」字上下疑有脱文。寇視事罷，則整巾對書，終日危坐，伺候於省門，「伺」疑「洎」字之誤。一揖而退，不交一談。寇一日忽作《庭雀》一詩玩洎，略曰：「少年挾彈多狂逸，不用金圓用蠟圓。」蓋譏洎頃在江南重圍中爲李煜草詔於蠟圓中，召上江救兵之事也，洎不免强顔附之。後稍親昵，其辨誦談笑，横飛於席間，寇胸中素藴養畜不發者，盡爲洎藉而取之，因是大伏，遂推挽於朝，力加薦擢。

40太宗親征北虜，師還，途中御製詩有：「鑾輿臨紫塞，朔野凍雲飛。」遂令何蒙進《鑾輿臨塞賦》、《朔雲飛》詩，召對嘉賞，授贊善。詩有「塞日穿痕斷，邊雲背影飛。縹緲隨黄屋，陰沈護御衣」。俄一縣尉宋捷者，庸督護輦道，倚其姓名之讖，旋搆一官。因而章疏歌頌，雜進不已，諸科亦扣行在，乞免文解，其表面籤題云：「進士官家趙。」浼瀆旒扆，有司亟請隨駕至銀臺，「隨駕」二字吴校增。應奏御文字，先經本臺封駁方進，因而少戢。案：此下似有脱誤。

41朝廷議城古威州，遣訪鄭文寶公，奏曰：「欲城威州，不若先建伯魚、青岡、清遠三城爲頓歸師之重地。俟秦民稍蘇，闢營田，積邊粟，修五原故積之地，党項之酋豪，爲我鷹犬。若爾，則不獨措注安西，亦可綏服河湟，此定邊之勝策也。」朝廷從之。建興三城之役，費緡粟數十萬計，西民苦之，一夕盡爲山水蕩去。又奏減解池鹽價，損課二十萬緡。吴本「損」作「捐」。貶藍山、枝江、長壽三縣令，累年方牽復工部員郎、轉運使。文瑩頃游郢中二邑，僧壁尚有公之詩，《郢城新亭》曰：「每到新亭即厭歸，野香經雨長松圍。四簷山色消繁暑，一局棋聲下翠微。冰片角巾簪潤月，錦紋拳石砌苔磯。近來學得籠中鶴，迴避流鶯笑不飛。」《寒食訪僧》云：「客舍愁經百五春，雨餘溪寺緑無塵。金花開處鞦韆鼓，粉頰誰家鬬草人。水上碧桃流片段，梁間新燕語逡巡。高僧不飲客携酒，來勸先朝放逐臣。」篇篇清絶，不能盡録。公聞雲州陷，衣胡服，引單騎，冒雪間道走清遠故城，得其實，奏請班師。

42鍾山相李建勳，少好學，風調閒粹。徐温以女妻之，奩槖之外，復賜田沐邑，歲入巨萬。雖極富盛，不喜華靡，屏斥世務，喜從方外之游。遍覽經史，資稟純儒，故「故」字疑衍文。所以常居重地，「常」字吴校增。寡斷不振。其爲詩，少猶浮靡，晚年方造平淡。營別墅於蔣山，泉石佳勝。再罷相，逼

疾求退，以司徒致仕，賜號鍾山公。（下略）（卷十《江南遺事》）

43景祐末，元昊叛，夏鄭公出鎮長安，梅送詩云：「亞夫金鼓從天落，韓信旌旗背水陳。」是時詩甚多，獨刻此于石。（輯自《類苑》卷三五佚文）

44仁宗朝有數達官以詩知名，常慕白樂天體，故其語多得於容易。嘗有一聯云：「有祿肥妻子，無恩及吏民。」有戲之者云：「通日通衢遇一輕軿車，載極重而羸牛甚苦，豈非足下妻子乎？」聞者傳以爲笑。（輯自《類苑》卷六五佚文）

（王景桐）

東軒筆録

魏泰撰

魏泰，字道輔，晚號臨漢隱居，襄陽（在今湖北省）人。生活于宋神宗至徽宗時，著有《臨漢隱居詩話》等。《東軒筆録》十五卷，續録一卷（未見），前有元祐九年（一〇九四）自序。今本尚有佚文。此據中華書局一九八三年排印本選録。

1太祖、太宗下諸國，其僞命臣僚忠於所事者，無不面加奬激，以至棄瑕録用，故徐鉉、潘慎修輩皆承眷禮。至如衛融、張洎應答不遜，猶優假之，故雖疏遠寇讎，無不盡其忠力。太平興國中，吴王李煜薨，太宗詔侍臣撰《吴王神道碑》。時有與徐鉉争名而欲中傷之者，面奏曰：「知吴王事迹，莫若徐鉉爲詳。」太宗未悟，遂詔鉉撰碑，鉉遽請對而泣曰：「臣舊侍李煜，陛下容臣存故主之義，乃敢奉詔。」太宗始悟讓者之意，許之。故鉉之爲碑，但推言歷數有盡，天命有歸而已。其警句云：「東鄰遘禍，南箕扇疑。投杼致慈親之惑，乞火無里婦之談。始勞因壘之師，終後塗山之會。」又有偃王仁義之比，太宗覽讀稱嘆。異日復得鉉所撰《吴王挽詞》三首，尤加嘆賞，每對宰臣，稱鉉之忠義。《吴王挽詞》，今記者二首，曰：「倏忽千齡盡，冥茫萬事空。青松洛陽陌，荒草建康宫。道德遺文在，興衰自古同。受恩無補報，反袂泣途窮。」又曰：「土德承餘烈，江南廣舊恩。一朝人事變，千古信書存。哀挽周原道，銘旌鄭國門。此生雖未死，寂寞已消魂。」李王葬北邙。《江南録》乃鉉與湯悦奉詔撰，故有鄰國信書之句。東鄰，謂錢俶也。（卷一。下同）

2 陶穀，自五代至國初，文翰爲一時之冠。然其爲人，傾險狠媚，自漢初始得用，即致李崧赤族之禍，由是縉紳莫不畏而忌之。太祖雖不喜，然藉其詞章足用，故尚置於翰苑。穀自以久次舊人，意希大用。建隆以後，爲宰相者，往往不由文翰，而聞望皆出穀下。穀不能平，乃俾其黨與，因事薦引，以爲久在詞禁，宣力實多，亦以微伺上旨。太祖笑曰：「頗聞翰林草制，皆檢前人舊本，改換詞語，此乃俗所謂依樣畫葫蘆耳，何宣力之有？」穀聞之，乃作詩，書於玉堂之壁，曰：「官職須由生處有，才能不管用時無。堪笑翰林陶學士，年年依樣畫葫蘆。」太祖益薄其怨望，遂決意不用矣。

3 丁謂有才智，然多希合，天下以爲奸邪。及稍進用，即啓導真宗以神仙之事，又作玉清昭應宮，耗費國帑，不可勝計。謂既爲宮使，夏竦以知制誥爲判官。一日，宴宮僚於齋廳，有雜手伎俗謂弄碗注者，獻藝于庭，丁顧語夏曰：「古無詠碗注詩，舍人可作一篇。」夏即席賦詩曰：「舞拂挑珠復吐丸，遮藏巧便百千般。主公端坐無由見，却被傍人冷眼看。」丁覽讀變色。（卷二。下同）

4 鼎州北百里有甘泉寺，在道左，其泉清美，最宜瀹茗，林麓迴抱，境亦幽勝。寇萊公謫守雷州，經此酌泉，誌壁而去。未幾丁晉公竄朱崖，復經此禮佛，留題而行。天聖中，范諷以殿中丞安撫湖外，至此寺，睹二相留題，徘徊慨嘆，作詩以誌其傍曰：「平仲酌泉方頓轡，謂之禮佛繼南行。

層巒下瞰嵐煙路，轉使高僧薄寵榮。」

5蘇易簡特受太宗顧遇，在翰林恩禮尤渥，其子作《續翰林誌》，叙之詳矣。然性特躁進，罷參政，爲禮部侍郎、知鄧州，纔逾壯歲，而其心鬱悒，有不勝閑冷之嘆。鄧州有老僧，獨處郊寺，蘇贈詩曰：「憔悴貳卿三十六，與師氣味不争多。」又移書於舊友曰：「退位菩薩難做。」竟不登强仕而卒。世言躁進者有夏侯嘉正，以右拾遺爲館職，平生好燒銀而樂文字之職，常語人曰：「吾得見水銀銀壹錢、知制誥一日，無恨矣。」然二事俱不諧而卒。錢僖公惟演自樞密使爲使相，而恨不得爲真宰，居常嘆曰：「使我得於黄紙盡處押一箇字，足矣。」亦竟不登此位。舊制，學士以上，並有一人朱衣吏引馬，所服帶用黄金而無魚，至入兩府，則朱衣二人引馬，謂之雙引，金帶懸魚，謂之重金矣。世傳館閣望爲學士者賦詩云：「眼裏何時赤，腰間甚日黄？」及爲學士，又作詩曰：「眼赤何時兩，腰黄幾日重？」謂雙引重金也。

6夏鄭公竦以父殁王事，得三班差使，然自少好讀書，攻爲詩。一日，携所業，伺宰相李文靖公沆退朝，拜於馬首而獻之。文靖讀其句，有「山勢蜂腰斷，溪流燕尾分」之句，深愛之，終卷皆佳句。翌日，袖詩呈真宗，及叙其死事之後家貧，乞與换一文資，遂改潤州金壇主簿。後數年，舉制科，對策庭下，有老宦者前揖曰：「吾閲人多矣，視賢良，他日必貴，乞一詩，以誌今日之事。」因以吴綾手巾展於前，鄭公乘興題曰：「簾内衮衣明黼黻，殿前旌旆雜龍蛇。縱横落筆三千字，獨對丹墀日未斜。」是年制策高等。平生好爲詩，皆有所屬。初罷樞府，爲南京留守，時有忌疾之者，到部作詩曰：「造化平分荷大鈞，腰間新佩玉麒麟。南湖日夜栽桃李，准擬濉陽過十春。」又曰：「海雁橋邊春水深，略無塵土到花陰。忘機不管人知否，自有沙鷗信此心。」晚年流落，仇敵益衆，而抨彈之疏，不輟上聞。因作詩送一臺官曰：「弱羽驚絃勢未安，孤飛殊不礙鵷鸞。黄金自有雙南貴，莫與遊人作彈丸。」始，王沂公曾當國，鄭公爲翰林學士，欲撼之，因作《青州》詩曰：「日上西山舞鸞鶴，波翻碧海鬭蛟龍。直鈎到了成何事，消得君王四履封。」以沂公青人故也。

7 丁晉公既投朱崖，幾十年。天聖末，明肅太后上仙，仁宗獨覽萬幾，當時仇敵多不在要地，晉公乃草一表，極言策立之功，辨皇堂誣搆之事，言甚哀切。自以無緣上達，乃外封題云：「啓上昭文相公。」是時王冀公欽若執政，丁自海外遣家奴持此啓入京，戒云：「須候王公見客日，方得當面投納。」其奴如戒，冀公得之，驚不敢啓封，遽以上聞。仁宗拆表，讀而憐之，乃令移道州司馬。晉公有詩數首，略曰：「君心應念前朝老，十載飄流若斷蓬。」又曰：「九萬里鵬容出海，一千年鶴許歸遼。」且作瀟湘江上客，敢言瞻望紫宸朝。」天下之人，疑其復用矣。穆修聞丁有道州之徙，作詩曰：「却訝有虞刑政失，四凶何事亦量移？」謂之失人心如此。（卷三，下同）

8 丁晉公至朱崖，作詩曰：「且作白衣菩薩觀，海邊孤絶寶陀山。」作《青衿集》百餘篇，皆爲一字題，寄歸西洛。又作《天香傳》，叙海南諸香。又作州郡名，配古人姓名詩。又集近人詞賦而爲之序，及他記述題詠，各不下百餘篇，蓋未嘗廢筆硯也。（下略）

9 陳恭公執中以衛尉寺丞知梧州，驛遞上疏，以乞立儲貳，真宗嘉其敢言。翌日臨朝，袖其疏以示執政，嘆獎久之，召爲右正言，然爲王冀公所忌。一日，真宗賦《御溝柳》詩，宣旨自宰相兩省皆和進。恭公因進詩曰：「一度春來一度新，翠光長得照龍津。君王自愛天然態，恨殺昭陽學舞人。」

10 文章隨時美惡。咸通已後，文力衰弱，無復氣格。本朝穆修首倡古道，學者稍稍向之。修性褊訐少合，初任海州參軍，以氣陵通判，遂爲捃摭削籍，繫池州，其集中有《秋浦會遇》詩，自叙甚詳。後遇赦釋放，流落江外，賦命窮薄，稍得錢帛，即遇盜，或卧病，費竭然後已，是故衣食不能給。晚年得《柳宗元集》，募工鏤板，印數百帙，携入京相國寺，設肆鬻之。有儒生數輩至其肆，未評價直，先展揭披閲，修就手奪取，瞑目謂曰：「汝輩能讀一篇，不失句讀，吾當以一部贈汝。」其忤物如此，自是經年不售一部。

11 李淑在翰林，奉詔撰《陳文惠公神道碑》。李爲人高亢，少許可與，文章尤尚奇澀。碑成，殊不稱文惠之功烈、文章，但云平生能爲二韻小詩而已。文惠之子述古等懇乞改去二韻等字，答以已經進呈，不可刊削，述古極銜之。會其年李出知鄭州，奉時祀於泰陵，而作《恭帝》詩曰：「弄楯牽車挽鼓催，不知門外倒戈迴。荒墳斷隴纔三尺，猶認房陵平伏來。」述古得其詩，遽諷寺僧刻石，打墨百本，傳於都下。俄有以詩上聞者，仁宗以其詩送中書，翰林學士葉清臣等言本朝以揖遜得天下，而淑誣以干戈，且臣子非所宜言。仁宗亦深惡之，遂落李所居職。自是運蹇，爲侍從垂二十年，竟不能用而卒。

12京師百司庫務，每年春秋賽神，各以本司餘物貨易，以具酒饌，至時吏史列座，合樂終日。慶曆中，蘇舜欽提舉進奏院，至秋賽，承例貨拆封紙以充。舜欽欲因其舉樂，而召館閣同舍，遂自以十金助席，預會之客，亦醵金有差。酒酣，命去優伶，却吏史，而更召兩軍女伎。先是，洪州人太子中舍李定願預醵廁會，而舜欽不納，定銜之，遂騰謗於都下。既而御史劉元瑜有所希合，彈奏其事，事下右軍窮治，舜欽以監主自盜論，削籍爲民。坐客皆斥逐，梅堯臣亦被逐者也。堯臣作《客至》詩曰：「客有十人至，共食一鼎珍。一客不得食，覆鼎傷衆賓。」蓋爲定發也。（卷四。下同）

13劉待制元瑜既彈蘇舜欽，而連坐者甚衆，同時俊彦，爲之一空。劉見宰相曰：「聊爲相公一網打盡。」是時南郊大禮，而舜欽之獄，斷於赦前數日。舜欽有詩曰「不及雞竿下坐人」，蓋謂不得預赦免之囚也。舜欽死，歐陽文忠公序其文集，叙及賽神之事，略曰：「一時俊彦，舉網而盡矣。」蓋述御史之言也。舜欽以大理評事、集賢校理廢爲民，後二年，得湖州長史，年四十餘，卒。

14王禹偁在太宗末年以事謫守滁州，到任謝表略曰：「諸縣豐登，苦無公事；一家飽暖，全荷君恩。」禹偁有遺愛，滁州懷之，畫其像于堂以祠焉。慶曆中，歐陽脩責守滁州，觀禹偁遺像而作詩曰：「偶然來繼前賢迹，信矣皆如昔日言。諸縣豐登少公事，一家飽暖荷君恩。想公風采猶如在，顧我文章不足論。名姓已光青史上，壁間容貌任塵昏。」蓋用其表中語也。

15熙寧十年夏，京輔大旱，主上以祈禱未應，聖慮焦勞。一夕，夢異僧吐雲霧致雨，翌日甘澍滂足，遂以其像求之佛閣中，乃第十尊羅漢也，上之精虔感應如此。時集賢王丞相珪有《賀雨》詩，略曰：「良弼爲霖孤宿望，神僧作霧應精求。」即其事也。

16 熙寧六、七年，河東、河北、陜西大饑，百姓流移於京西就食者，無慮數萬，朝廷遣使賑卹。或云，使者隱落其數，十不奏一，然而流連襁負，取道於京師者，日有千數。選人鄭俠監安上門，遂畫《流民圖》及疏言時政之失，其辭激訐譏訕，往往不實。書奏，俠坐流竄，而中丞鄧綰、知諫院鄧潤甫言「王安國嘗借俠奏藁觀之，而有奬成之言，意在非毁其兄」。是時平甫以著作佐郎、秘閣校理判官告院，坐此放歸田里。逾年，起爲大理寺丞，監真州糧料院，不赴而卒。平甫天下之奇才，黜非其罪，而又不壽，世甚嘆息。臺官希執政之旨，且將因此以凂荆公也。余嘗爲輓詞二首，頗道其事，云：「海内文章傑，朝廷亮直聞。黄瓊起處士，子夏遽修文。貝錦生讒怒，江湖久離群。傷心王佐略，不得致華勛。」又曰：「今日臨風淚，蕭蕭似綆縻。空懷徐穉絮，誰立鄭玄碑？無力酬推轂，平時憤抵巇。何人令枉狀？路粹豈能爲？」蓋爲是也。（卷五。下同）

17 職方郎中胡收，判吏部南曹歲滿，除知興元府。先是，由判曹得監司者甚衆，收素有此望，洎得郡，殊自失，歷干執政，皆不允。時陳升之知樞密院，收往謁求薦，陳公辭以備位執政，不當私薦一士。收愀然嘆息曰：「興元道遠，收本浙人，家貧無力之任，惟有兩女當賣人爲婢，庶得貲以行耳。」陳公鄙其言，遽索湯使起，收得湯，三奠於地，而辭去，陳大駭。是時，收將還浙右待闕，已登舟，其日作詩書于船窗云：「西梁萬里何時到？争似懷沙入九泉。」是夕，溺死汴水。初，執政以收無正室，疑姦吏謀殺者，方將窮治，會陳公言賣女奠湯事，及得牖間自題之句，方信其失心而赴水也。

18王荆公秉政，更新天下之務，而宿望舊人議論不協，荆公遂選用新進，待以不次，故一時政事不日皆舉，而兩禁臺閣内外要權莫匪新進之士也。（中略）既而（吕）惠卿出亳州，〔鄧〕綰落御史中丞，以本官知虢州，張諤落直舍人院，降官停任，其他去者不一，門下之人皆無固志。荆公無與共圖事者，又復請去，而再鎮金陵。故詩有：「紛紛易變浮雲白，落落難終老柏青。」蓋謂是也。

19熙寧三年，京輔猛風大雪，草木皆稼，厚者冰及數寸。既而華山震阜，頭谷圮折數十百丈，蕩摇十餘里，覆壓甚衆。唐天寶中冰稼而寧王死，故當時諺曰「冬凌樹稼達官怕」，又詩有「泰山其頹，哲人其萎」之説，衆謂大臣當之。未數年，而司徒、侍中魏國韓公琦薨，王荆公作輓詞，略曰：「冰稼嘗聞達官怕，山頹今見哲人萎。」蓋謂是也。

20韓魏公慶曆中以資政殿學士知揚州，時王荆公初及第，爲校書郎、簽書判官廳事，議論多與魏公不合。洎嘉祐末，魏公爲相，荆公知制誥，因論蕭注降官詞頭，遂上疏争舍人院職分，其言頗侵執政。又爲糾察刑獄，駁開封府斷争鵪鶉公事，而魏公以開封爲直，自是往還文字甚多。及荆公秉政，又與常平議不合，然而荆公每評近代宰相，即曰：「韓公德量才智，心期高遠，諸公皆莫及也。」及魏公薨，荆公爲輓詞曰：「心期自與衆人殊，骨相知非淺丈夫。」又曰：「幕府少年今白髮，傷心無路送靈輀。」（卷六。下同）

21王安國熙寧六年冬直宿崇文院，夢有邀之至海上，見海中宫殿甚盛，其中樂作笙簫鼓吹之仗甚衆，題其宫曰「靈芝宫」，邀平甫者，欲與之俱往。有人在宫側，隔水止之曰：「時未至，且令去，他日迎之至此。」平甫恍然夢覺，禁中已鳴鐘矣。平甫頗自負其不凡，爲詩以紀之曰：「萬頃波濤木葉飛，笙簫宫殿號靈芝。揮毫不似人間世，長樂鐘來夢覺時。」後四年，平甫病卒，其家哭，訊之曰：「君嘗夢往靈芝宫，其果然乎？當以兆告我。」是夕暮奠，若有音聲接於人者，其家復哭，以錢卜之曰：「往靈芝宫，其果然乎？」卜曰：「然。」又三年，太常寺曾阜夢與平甫會，因語之曰：「平甫不幸早世，今所處良苦如何？」但見平甫笑不止，傍一人曰：「平甫已列仙官矣，其樂非塵世比也。」阜方喜甚而寤。

22京師春秋社祭，多差兩制攝事。王僕射圭爲内外制十五年，祭社者屢矣。熙寧四年，復以翰林承旨攝太尉，因作詩曰：「雞聲初動曉驂催，又向靈壇飲福杯。自笑怡怡不辭醉，明年强健更須來。」是冬，遂參知政事。

23曾肇爲集賢校理兼國子監直講，修將作監敕，會其兄布論市易事被謫，執政怨未已，遂罷肇主判，滯於館下，最爲閑冷。又多希旨窺伺之者，衆皆危之，曾處之恬然無悶。余嘗贈之以詩，有「直躬忘坎陷，祥履任巑岏」，蓋謂是也。既而曾魯公公亮薨，肇撰次其《行狀》，上覽而善之，即日有旨除史院編修官，復得主判局務。

24王荆公初罷相，知金陵，作詩曰：「投老歸來一幅巾，君恩猶許備藩臣。芙蓉堂上觀秋水，聊與龜魚作主人。」及再罷，乞宫觀，以會靈觀使居鍾山，又作詩曰：「乞得膠膠擾擾身，鍾山松竹絶埃塵。只將鳧雁同爲客，不與黿魚作主人。」

25王介性輕率，語言無倫，時人以爲心風。與王荆公舊交，公作詩曰：「吳興太守美如何？柳渾詩才未足多。遥想郡人臨下擔，白蘋洲上起風波。」其意以水值風即起波也。介諭其意，遂和十篇，盛氣而誦於荆公，其一曰：「吳興太守美如何？太守從來惡祝鮀。正直聰明神鬼畏，死時應合作閻羅。」荆公笑曰：「閻羅見闕，可速赴任也。」（卷七。下同）

26張堯佐以進士擢第，累官至屯田員外郎、知開州。會其姪女有寵於仁宗，册爲修媛，堯佐遂驟遷擢，一日中除宣徽、節度、景靈、群牧四使。是時御史唐介上疏，引天寶楊國忠爲戒，不報。又與諫官包拯、吳奎等七人論列殿上，既而御史中丞留百官班，欲以庭争，卒奪堯佐宣徽、景靈兩使，特加介一品，以旌敢言。未幾，堯佐復除宣徽使，知河陽。唐謂同列曰：「是欲與宣徽，而假河陽爲名耳。我曹豈可中已耶？」同列依違不前，唐遂獨争之，不能奪。仁宗諭曰：「差除自是中書。」介遂極言宰相文彦博以燈籠錦媚貴妃，而致位宰相，今又以宣徽使結堯佐，請逐彦博而相富弼。又言諫官觀望挾姦，而言涉宫掖，語甚切直。仁宗怒，趍召兩府，以疏示之。介猶諍不已，樞密副使梁適叱介，使下殿，介諍愈切。仁宗大怒，玉音甚厲，衆恐禍出不測。是時，蔡襄修起居注，立殿陛，即進曰：「介誠狂直，然納諫容言，人主之美德，必望全貸。」遂貶春州别駕。翌日，御史中丞王舉正救解之，改爲英州别駕。始，大怒未已，兩府竊議曰：「必重貶介，則彦博不安。彦博去，則吾屬遞遷矣。」既而果如其料。當是時，梅堯臣作《書竄》詩曰：「皇祐辛卯冬，十月十九日。御史唐子方，危言初造膝。曰朝有巨姦，臣介所憤疾。願條一二事，臣職敢妄率。臣姦宰相博，邪行世莫匹。曩時守成都，委曲媚貴昵。銀鐺插左貂，窮臘使馳驛。邦媛將誇侈，中金賚十鎰。爲我寄使君，奇紋織纖密。遂傾西蜀巧，日夜急鞭抶。紅經緯金縷，排科鬭八七。比比雙蓮花，篝燈戴心出。幾日成一端，持行如鬼疾。明年觀上元，被服穩稱質。璨然驚上目，遽爾有薄詰。既聞所從來，佞對似未失。且云奉至尊，於妾豈能必。遂回天子顔，百事容丐乞。臣今得粗陳，狡猾彼非一。偷威與賣利，次第推甲乙。是惟陰猾雄，仁斷宜勇黜。必欲致太平，在列無如弼。弼亦昧平生，親臣不阿屈。臣言天下公，奚以身自恤？君傍有側媚，喑啞横詆叱。指言爲罔上，廢汝還蓬蓽。是時白此心，尚不避斧鑕。雖令禦魑魅，甘且同飴蜜。既知弗可懼，復以强詞窒。帝聲亦大厲，論奏不容畢。介也容甚閑，猛士膽爲慄。立貶嶺外春，速欲爲異物。内外官悔悔，陛下何未悉？即敢捄者誰？襄執左史筆。謂此儻不容，盛美有所咈。平明中執法，懷疏又堅述。介言或似狂，百豈無一實？恐傷四海和，幸勿苦倉卒。亟許遷英州，衢路猶嗟咄。翌日宣白麻，稱快口盈溢。阿附連諫官，去若懷絮虱。其間陰獲利，竊笑等蚌鷸。英州五千里，瘦馬行駃駃。毒蛇噴曉霧，晝與嵐氣没。妻孥不同塗，風浪過蛟窟。存亡未可知，旅館愁傷骨。饑僕時後先，隨猿拾橡栗。越林多蔽天，黄甘雜丹橘。萬室通釀酤，撫遠無禁律。醉去不須錢，醒來弄鳴瑟。山水仍奇怪，已可消憂鬱。莫作楚大夫，懷沙自沉汨。西漢梅子真，出爲吴市卒。市卒且不慚，况兹别乘秩。」始，堯臣作此詩，不敢示人。及歐陽文忠公爲編其集，時有嫌避，又削去此詩。是以人少知者，故今盡録焉。

27唐子方始彈張堯佐，與諫官皆上疏。及彈文公，則吴奎畏縮不前，當時謂拽動陣脚。及唐争論於上前，遂并及奎之背約，執政又黜奎，而文公益不安，遂罷政事。時李師中作詩送唐，略曰：「並遊英俊顔何厚，未死姦諛骨已寒。」厚顔之句，爲奎發也。

28熙寧中，高麗使人至京，語知開封府元絳曰：「聞内翰與王安國相善，本國欲得其歌詩，願内翰訪求之。」元自往見平甫，求其題詠，方大雪，平甫以詩戲元，其略曰：「豈意詩仙來鳳沼，爲傳賈客過雞林。」即其事也。（卷八）

29丁寶臣守端州，儂智高入境，寶臣棄州遁，坐廢累年。嘉祐末，大臣薦，得編校館閣書籍，久之，除集賢校理。是時蘇寀新得御史知雜，首採其端州棄城事劾之，遂出寶臣通判永州，士大夫皆惜其去，王存有詩云：「病鸞方振翼，饑隼乍離韝。」蓋謂是也。（卷十。下同）

30曾魯公公亮自嘉祐秉政，至熙寧中尚在中書，雖年甚高而精力不衰，故臺諫無非之者。惟李復圭以爲不可，作詩云：「老鳳池邊蹲不去，餓烏臺上噤無聲。」魯公亦致仕而去。

31嘉祐中，文潞公、富鄭公爲相，劉丞相沆、王文安公堯臣爲參知政事，始議立皇嗣，而事秘不傳，雖英宗亦莫知也。元豐中，文安子同老上書言：「先帝之立，乃先臣在政府始議也，其始終事並藏於家。」及宣取，上驚嘆久之。是時鄭公、劉公、王公皆已薨，獨潞公留守西京，遽召至闕，慰藉恩禮，窮極隆厚，册拜太尉。及還西都，上作詩送行，有「報主不言功」之句。兩府並出餞，皆有詩，王丞相禹玉詩有：「功業特高嘉祐末，精神如破貝州時。」蓋謂是也。

32司農少卿朱壽昌，方在襁褓，而所生母被出。及長，仕於四方，孜孜尋訪不逮。治平中，官至正郎矣。或傳其母嫁於關中民爲妻，壽昌即棄官入關中，得母於陝州。士大夫嘉其孝節，多以歌詩美之。蘇子瞻爲作詩序，且譏激世人之不養母者。李定見其序，大惋恨。會定爲中丞，劾軾嘗作詩謗訕朝廷，事下御史府鞫劾，將致不測，賴上保持之，止黜軾黄州團練副使。軾素喜作詩，自是平居不敢爲一字。

33潭州士人夏鈞罷言職，過永州，謁何仙姑而問曰：「世人多言吕先生，今安在？」何笑曰：「今日在潭州興化寺設齋。」鈞專記之。到潭日，首於興化寺取齋曆視之，果其日有華州回客設供。頃年，滕宗亮謫守巴陵郡，有華州回道士上謁，風骨聳秀，神臉清邁，滕知其異人，口占一詩贈之曰：「華州回道士，來到岳陽城。別我遊何處？秋空一劍横。」回聞之，憮然大笑而別，莫知所之。

34至和中，陳恭公秉政，會嬖妾張氏笞女奴迎兒殺之。時蔡襄權知開封府，事下開封窮治，而仁宗於恭公寵眷未衰，別差正郎齊廓看詳公案。時王素爲待制，以詩戲廓曰：「李膺破柱擒張朔，董令回車擊主奴。前世清芬宛如在，未知吾可及肩無？」廓知事不可直，以簡報王曰：「不用臨坑推人。」

35熙寧中，詔王荆公及子雱同修經義。經成，加荆公左僕射兼門下侍郎，雱龍圖閣直學士，同日授命，故韓參政絳賀詩曰：「陳前輿馬同桓傅，拜後金珠有魯公。」

36嘉祐中，禁林諸公皆入兩府，是時包孝肅公拯爲三司使，宋景文公祁守鄭州，二公風力名次最著人望，而不見用。京師諺語曰：「撥隊爲參政，成群作副樞。虧他包省主，悶殺宋尚書。」明年，包亦爲樞密副使，而宋以翰林學士承旨召。景文道長安，以詩寄梁承相，略曰：「梁園賦罷相如至，宣室釐殘賈誼歸。」蓋謂差除兩府足，方被召也。爲承旨又作詩曰：「粉署重來憶舊遊，蟠桃開盡海山秋。寧知不是神仙骨，上到鼇峰更上頭。」（卷十一。下同）

37慈聖光獻皇后薨，上悲慕之甚。有姜識者，自言神術可使死者復生。上命以其術置壇於外苑，凡數旬，無效。乃曰：「臣見太皇太后與仁宗宴，臨白玉欄干，賞牡丹，無意復來人間也。」上知誕妄，亦不深罪，止斥於郴州。蔡承禧進輓詞曰：「天上玉欄花已折，人間方士術何施？」蓋謂是也。

38慶曆中，西師未解，晏元獻公殊爲樞密使，會大雪，歐陽文忠公與陸學士經同往候之，遂置酒於西園。歐陽公即席賦《晏太尉西園賀雪歌》，其斷章曰：「主人與國共休戚，不惟喜悦將豐登。須憐鐵甲冷徹骨，四十餘萬屯邊兵。」晏深不平之，嘗語人曰：「昔日韓愈亦能作詩詞，每赴裴度會，但云『園林窮勝事，鍾鼓樂清時』，却不曾如此作鬧。」

39常秩居潁州，仁宗時，近臣薦其文行，召不赴。歐陽文忠公爲翰林學士，尤禮重之，嘗因早朝作詩寄秩曰：「笑殺汝陰常處士，十年騎馬聽朝雞。」熙寧中，文忠致仕居潁州，秩被召而起，或改文忠詩曰：「笑殺汝陰歐少保，新來處士聽朝雞。」

40尚書郎周越以書名盛行於天聖、景祐間，然字法軟俗，殊無古氣。梅堯臣作詩，務爲清切閑淡，近代詩人鮮及也。皇祐已後，時人作詩尚豪放，甚者粗俗强惡，遂以成風。蘇舜欽喜爲健句，草書尤俊快，嘗曰：「吾不幸寫字爲人比周越，作詩爲人比梅堯臣，良可嘆也。」蓋歐陽公常目爲蘇、梅耳。

41陳恭公拜集賢殿大學士，時賈文元公昌朝當國，張方平草麻，有：「萬事不理，繄胡廣之能言；四夷未平，賴陳平之達識。」賈公深惡之。韓魏公知定州日，作閱古堂，自爲記，書于石後，又畫魏公像於堂上。宋子京知定州，作樂歌十闋，其詞曰：「聽説中山好，韓家閱古堂。畫圖真將相，刻石好文章。」魏公聞之不喜。

42宋元獻公庠初罷參知政事知揚州，嘗以雙鵝贈梅堯臣。堯臣作詩曰：「昔居鳳池上，曾食鳳池萍。乞與江湖走，從教養素翎。不同王逸少，辛苦寫《黄庭》。」宋公得詩，殊不悦。

43張鑄，河北轉運使，緣貝州事，降通判太平州。是時葛源初得江東西提點銀銅坑冶，欲薦鑄，而移文取其脚色。鑄不與，但以詩答之曰：「銀銅坑冶是新差，職比催綱勝一階。更使下官供脚色，下官蹤跡轉沉埋。」（卷十二。下同）

44吴孝宗，字子繼，撫州人，少落魄，不護細行，然文辭俊拔，有大過人者。嘉祐初，始作書謁歐陽文忠公，且贄其所著《法語》十餘篇，文忠讀而駭嘆，問之曰：「子之文如此，而我不素知之，且王介甫、曾子固皆子之鄉人，亦未嘗稱子，何也？」孝宗具言少無鄉曲之譽，故不見禮於二公。文忠尤憐之，於其行贈之詩曰：「自我得曾子，於兹二十年。今又得吴生，既得喜且歡。吉士不並出，百年猶比肩。邇以彼江南，其産多材賢。吴生初自疑，所擬豈其倫？我始見曾子，文章初亦然。崑崙傾黄河，渺渺盈百川。疏決以導之，漸斂收横瀾。東溟知所歸，識路到不難。吴生始見我，袖藏新文编。忽從布褐中，百寶薄在前。明珠雜璣貝，磊砢或不圓。問生久懷此，奈何初無聞？吴生不自隱，欲語羞俛顔。少也不自重，不爲鄉人憐。中雖知自悔，學問苦貧賤。自謂久乃信，力行困彌堅。今來決疑惑，幸冀蒙洗湔。我笑謂吴生，爾其聽我言。世所謂君子，何異於衆人。衆人爲不信，積微成滅身。君子能自知，改過不逡巡。於斯二者間，愚智遂以分。顔子不貳過，後世稱其仁。孔子過而改，日月披浮雲。子路初來時，冠雞佩猳豚。斬蛟射白額，後卒爲名臣。子既悔其往，人誰禦其新？醜夫事上帝，孟子豈不云。臨行贈此言，庶可以書紳。」孝宗至熙寧間始以進士得第一，命爲主簿而卒。既嘗忤王荆公，無復薦引之者，家貧無子，其書亦將散落而無傳矣。故盡録文忠之詩，亦庶以見其迹也。

45苗振以列卿知明州，熙寧中致仕，歸鄆州，多置田産，又自明州市材爲堂，舟載歸鄆。時王逵亦致仕，作詩嘲振曰：「田從汶上天生出，堂自明州地架來。」此句傳至京師，王荆公大怒，即出御史王子韶使兩浙廉訪其事，子韶又言知杭州祖無擇亦有姦利之迹，於是明州、秀州各起獄鞫治，振與無擇貶斥。熙寧已後，數以謡言起獄，然自逵詩爲始也。

46熙寧庚戌冬，荆公自參知政事拜同中書門下平章事、史館大學士。是日，百官造門奔賀者無慮數百人，荆公以未謝恩，皆不見之，獨與余坐西廡之小閣。荆公語次，忽顰蹙久之，取筆書窗曰：「霜筠雪竹鍾山寺，投老歸與寄此生。」放筆揖余而入。後三年，公罷相知金陵。明年，復拜昭文館大學士。又明年，再出判金陵，遂納節辭平章事，又乞宫觀，久之，得會靈觀使，遂築第於南門外。元豐癸丑春，余謁公於第，公遽邀余同遊鍾山，憩法雲寺，偶坐於僧房，余因爲公道平昔之事及誦書窗之詩，公憮然曰：「有是乎！」微笑而已。

47沈括存中、吕惠卿吉甫、王存正仲、李常公擇，治平中，同在館下談詩，存中曰：「韓退之詩，乃押韻之文耳，雖健美富贍，而終不近古。」吉甫曰：「詩正當如是，我謂詩人以來，未有如退之也。」正仲是存中，公擇是吉甫，四人者交相詰難，久而不決。公擇忽正色而謂正仲曰：「君子群而不黨，君何黨存中也？」正仲勃然曰：「我所見如是耳，顧豈黨耶？以我偶同存中，遂謂之黨，然則君非吉甫之黨乎？」一坐皆大笑。余每評詩亦多與存中合。頃年嘗與王荆公評詩，余謂凡爲詩，當使挹之而源不窮，咀之而味愈長，至如歐陽永叔之詩，才力敏邁，句亦健美，但恨其少餘味耳。荆公曰：「不然，如『行人仰頭飛鳥驚』之句，亦可謂有味矣。」然余至今思之，不見此句之佳，亦竟莫原荆公之意，信乎所言之殊，不可强同也。

48陳恭公執中事仁宗兩爲相，悉心盡瘁，百度振舉。然性嚴重，語言簡直，與人少周旋，接賓客，以至親戚骨肉，未嘗從容談笑，尤靳恩澤，士大夫多怨之。惟仁宗嘗曰：「不昧我者惟陳執中耳。」及終也，韓維、張洞謚之曰榮靈，仁宗特賜曰恭。薨後月餘，夫人謝氏繼卒，一子纔七歲，諸姪俱之官。葬日，門下之人惟解賓王至墓所，世人嗟悼之。梅堯臣作輓詞兩首，具載其事，其一曰：「位至三公有，恩加錫謚無。再調金鉉鼎，屢刻玉麟符。已嘆鸞同穴，還悲鳳少雛。擁途看鹵簿，誰爲畢三虞？」其二曰：「公在中書日，朝廷百事崇。王官多不喜，天子以爲忠。富貴人間少，恩榮殁後隆。若非笳鼓咽，寂寞奈秋風。」

49劉丞相沆鎮陳州日，鄭獬經由陳，劉公爲啓宴於外庭，使妓樂迎引至通衢，有朱衣樂人誤旨，公性卞急，遽杖於馬前。既即席，酒數行而公得疾，舁還府衙而終。先是，張侍讀環夢公馬前有一朱衣人被血而立，至是果有此變。梅堯臣爲公輓詞二首，具載其事云，其一曰：「處外諸侯重，居朝聖主知。祆逢庚子日，夢異戊丁時。歸椁江山遠，凝笳道路悲。欲傳千古迹，佐世本無爲。」其二曰：「古今皆可見，富貴不常存。歌者未離席，吊賓俄在門。朱輪空返轍，緑酒尚盈樽。人事固如此，令名貽後昆。」

50章樞密惇少喜養生，性尤真率，嘗云：「若遇饑則雖不相識處，亦須索飯；若食飽時，見父亦不拜。」在門下省及樞密，益喜丹竈，餌茯苓以却粒，骨氣清粹，真神仙中人。蘇子瞻贈之詩云：「鼎中龍虎黄金賤，松下龜蛇緑骨輕。」蓋謂是也。（卷十三。下同）

51舊制，凡責授散官，即服章亦從本官，雖近侍宰相不免。楊憑自京兆尹謫臨賀尉，張籍詠之曰：「身著青衫騎惡馬，東門之東無送者。」沈佺期云：「姓名已蒙齒録，袍笏未復牙緋。」韓退之《祭湘君文》云「今日獲位於朝，復其章綬」是也。國初，尚有此制，盧多遜自宰相責崖州司户參軍，出獄日，青衫跨驢。

52國初，官舟數少，非達官貴人不可得乘。李丞相迪謫衡州副使，鄭載在淮南爲假張馳子客舟以行。朱嚴第三人及第，賃舟赴任，王禹偁送詩曰：「賃船東下歷陽湖，牓眼科名釋褐初。」

53祖宗朝，宰相怙權，尤不愛士大夫之論事。趙中令普當國，每臣僚上殿，先於中書供狀，不敢詆斥時政，方許登對。田錫爲諫官，嘗論此事，後方少息，士大夫有口者多外補。王禹偁在揚州，以詩送人云：「若見鰲頭爲借問，爲言棖也減剛腸。」又丁謂留滯外郡甚久，及爲知制誥，以啓謝時宰，有「效縝密於孔光，不言温樹；體風流於謝安，但詠蒼苔」是也。（卷十四）

54唐小説載韓退之嘗登華山，攀緣極峻，而不能下，發狂大哭，投書與家人別，華陰令百計取，始得下。沈顔作《聱書》辨之，以爲無此事，豈有賢者而輕命如此。予見退之《答張徹》詩，叙及遊華山事句，有：「磴蘚澾拳跼，梯飈颭伶俜。悔狂已咋指，垂誡仍鐫銘。」則知小説爲信而沈顔爲妄辨也。（卷十五。下同）

55唐初，字書得晉、宋之風，故以勁健相尚，至褚、薛則尤極瘦硬矣。開元、天寶以後，變爲肥厚，至蘇靈芝輩，幾於重濁。故老杜云「書貴瘦硬方有神」，雖其言爲篆字而發，亦似有激於當時也。（下略）

56邊人傳誦一詩云：「昨夜陰山吼賊風，帳中驚起紫髯翁。平明不待全師出，連把金鞭打鐵驄。」有張師雄者，西京人，好以甘言悦人，晚年尤甚，洛中號曰「蜜翁翁」。出官在邊郡，一夕，賊馬至界上，忽城中失師雄所在，至曉方見師雄重衣披裘，伏於土窟中，神已癡矣。西人呼土窟爲空，尋爲人改舊詩以嘲曰：「昨夜陰山吼賊風，帳中驚起蜜翁翁。平明不待全師出，連著皮裘入土空。」張亢嘗謂「蜜翁翁」無可爲對者，一日，亢有姪不率教令，將杖之，其姪方醉，大呼曰：「安能撻我？但堂伯伯耳。」亢笑曰：「可對蜜翁翁。」釋而不問。

57唐張（祐）〔祜〕《宫詞》云：「故國三千里，深宫二十年。一聲《河滿子》，雙淚落君前。」天聖中，章仲昌坐訟科場，其叔郇公奏乞押歸本鄉建州，時王宗道爲王邸教授最久，而殿中侍御蕭定基發解爲舉人，作《河滿子》以嘲。龍圖閣直學士王博文爲三司使，自以久次，泣愬於上前，遂除樞密副使。時人增改（祐）〔祜〕詩，以志其事曰：「仲昌故國三千里，宗道深宫二十年。殿院一聲《河滿子》，龍圖雙淚落君前。」

58楊察侍郎謫信州，及召還，有士子十二人送於境上。臨别，察即席賦詩，皆用十二事，而引諭精至，士子無能屬和者。其詩曰：「十二天之數，今宵席上盈。位如星占野，人若月分卿。醉極巫山側，聯吟嶰管清。他年爲舜牧，協力濟蒼生。」

59程師孟知洪州，於府中作静堂，自愛之，無日不到。作詩題于石曰：「每日更忙須一到，夜深常是點燈來。」李元規見而笑曰：「此無乃是登溷之詩乎！」

60章子平言其祖郇公初宰信州玉山縣，以憂去，服除，再知玉山縣，帶京債八百千赴任。既而玉山縣數豪僧爲償其債，郇公作詩謝其僧，僧以石刻之，流布四方，而時無貶議者。玉山有舉子徐生，郇公與之遊，嘗過生，生置酒，酒酣，郇公作詩書于壁曰：「村醪山菓簇杯盤，措大家風總一般。今日相逢非俗客，憑君莫作長官看。」

61歐陽文忠素與晏公無它，但自即席賦雪詩後，稍稍相失。晏一日指韓愈畫像語坐客曰：「此貌大類歐陽脩，安知脩非愈之後也。吾重脩文章，不重它爲人。」歐陽亦每謂人曰：「晏公小詞最佳，詩次之，文又次於詩，其爲人又次於文也。」豈文人相輕而然耶？（見《永樂大典》卷一八二二二）

（王景桐）

侯鯖録

趙令畤 撰

趙令畤（一〇五一——一一三四），字德麟，涿郡（在今北京市）人，宋太祖次子燕王德昭玄孫。紹興初（一一三二左右）襲封安定郡王，卒贈開府儀同三司。《宋史》卷二四四有傳。著《侯鯖録》八卷，此據《知不足齋叢書》本選録。

1《文選・古詩》云：「文彩雙鴛鴦，裁爲合歡被。著以長相思，緣以結不解。」注：被中著綿，謂之長相思，綿綿之意。緣被四邊綴以絲縷，結而不解之意。余得一古被，四邊有緣，真此意也。著，謂充以絮。出《文選》第五卷。（卷一。下同）

2《正俗》云：或問今以卧氈著裹施緣者，何以呼爲池氈？答曰：「《禮》云：『魚躍拂池。』池者，緣飾之名，謂其形象水池耳。左太沖《嬌女》詩云『衣被皆重池』，即其證也。今人被頭别施帛爲緣者，猶呼爲被池。此氈亦爲有緣，故得名池耳。俗間不知根本，競爲異説。當時已少有知者，況比來士大夫耶。獨宋子京博學，嘗用作詩云：『曉日侵簾壓，春寒到被池。』」余得一古被，是唐物，四幅紅錦外，緣以青花錦，與此説正合。

3綠沈事，人多不知。老杜云：「雨抛金鎖甲，苔卧綠沈槍。」又皮日休《竹》詩云：「一架三百本，綠沈森冥冥。」始知竹名矣。又見吴淑《事類・弓賦》云：「綠沈亦復精堅。」注引《廣志》曰：綠沈，古弓名。又引劉劭《趙郡賦》曰：「其器用則六弓四弩，綠沈黄間，堂溪魚腸，了令角端。」案：今本《事類賦注》「堂」作「棠」，「了」作「丁」，俟攷。

4李賀詩中用小憐事，北齊馮淑妃名也。

5宋子京博學，作詩云：「可《稗海》本「何」但魚知丙，非徒字識丁。」唐張弘靖曰：「天下無事，汝輩挽兩石弓，不如識一丁字。」丙者，左太沖《蜀都賦》云：「嘉魚出於丙穴。」注：丙穴在漢中沔陽縣北，有魚穴二所，常以三八月案：《文選》注引《尸子》，無「八」字。又案：「三」，諸本俱作「二」，惟寫本作「三」，與《文選》注合，今從之。取之。丙，地名也。或云：魚以丙日出穴。故陳藏器云：嘉魚，乳穴中小魚，能久食，力强於乳。丙者，向陽穴，多生魚。魚復何能擇丙日出入耶？酈善長云：穴口向丙。又引柏枝山，山《稗海》本「中」有丙穴，穴方數丈，有嘉魚嘗以春末遊渚，冬入穴，故知丙穴之魚不獨漢有也。老杜詩云：「魚知丙穴由來美。」

6白樂天《琵琶行》云：「曲罷曾令善才伏。」而「善才」不知出處。《琵琶録》云：元和中，王芬曹保，保有子善才，其孫曹綱，皆習此藝。次有裴興奴，與曹同時。其曹綱善爲運撥若風雷，不長於提絃，興奴則長於攏撚，下撥稍軟。時人謂綱有右手，興奴有左手。樂天又有《聽曹綱琵琶示重蓮》詩云：「撥撥絃絃意不同，胡啼番語兩玲瓏。誰能截寫本「裁」得曹綱手，插向重蓮紅袖中。」

7東坡云："世之對偶如紅生白熟、手文脚色二對，無復加也。"又云："『與我周旋寧作我，爲郎憔悴却羞郎』亦的矣。"予詩中有"青州從事"對"白水真人"，公極稱之，云："二物皆不道破爲妙。"

8唐梨園弟子，以置院近於禁苑之梨園也，女妓入宜春院，謂之内人，亦曰前頭人，謂在上前也。骨肉居教坊，謂之内人家，有請俸，其得幸者謂之十家，故鄭嵎《津陽門》詩云"十家三國争光輝"是也。家雖多，亦以十家呼之。三國謂秦、韓、虢國三夫人也。諸本俱云"三大夫人也"，今從寫本。

9長沙道林嶽麓寺，老杜所賦詩者，沈傳師有詩碑見於世。其序云："奉酬唐侍御、姚員外道林寺題，示姚員外。"詩不復見之，今得唐侍御詩，題云"儒林郎監察御史唐扶"，詩云："道林嶽麓仲與昆，卓犖請從先後論。松根踏雲二千步，始見大屋開三門。泉清或戲蛟龍窟，殿豁數盡高帆掀。即今異鳥聲不斷，聞道看寫本"著"花春更繁。從容一衲分若有，蕭瑟兩鬢吾能髠。逢迎侯伯轉覺貴，膜拜佛像心加尊芸窗、《稗海》本俱作"遵"。稍揖皇英頮濃淚，試與屈賈招清魂。荒唐大樹悉楠桂，細碎枯草多蘭蓀。沙彌去學五印字，静女來懸千尺旛。主人念我塵眼昏，半夜號令期至暾。遅回雖得上白舫，羈紲不敢言緑尊。兩祠物色採拾盡，壁間杜甫真少恩。晚來光彩又騰射，筆鋒正健如可吞。"

10近時詩僧難得佳者，餘杭參寥云："風蒲獵獵弄輕柔，欲立蜻蜓不自由。六月臨平山下路，藕花無數滿汀洲。"案：《參寥集》"六月"作"五月"。據陸游《老學庵筆記》載，吴幾先、廉宣仲辨論云云，似當作"五月"也。

11蘇州僧仲殊，本文士也，因事出家，有潤州詩云："北固樓前一笛風，斷雲飛出建昌宫。江南二月多芳草，春在濛濛細雨中。」

12元祐中，館職諸公賦《韓幹馬》詩，獨張文潛最高勝，云：「頭如翔鸞月芸窗本「目」頰光，背如安輿皃臆方。心知不載田舍郎，尚帶開元天子紅袍香。韓幹寫時國無事，天閑樹蔭綠樹陰低春晝長。雙兩髯執轡儼在傍，如瞻馳道黄屋張。北風揚塵燕賊狂，廄中萬馬驅歸范陽。天子乘騾蜀山險路，滿川苜蓿爲誰芳。」旁注七字，從本集校。

13王令逢源，荆公王深父兄弟交遊也，嘗賦《韓幹馬》詩云：「天寶天子盛天廄，吐番入馬上天壽。紫衣馭吏遍坐前，騎入金都門不容驟。西極苜蓿爲誰得氣肥，六閑飛黄卧嗟羞瘦。乾元千秋，又作「承明」殿下誰把筆，當年時人無出幹右。傳聞三馬同日死，死魄到紙氣方就。鐵勒夾口重兩銜，墨絲卝尾合雙紐。天門未上人就觀，老胡驚嗟失開口。生搜朔野空毛群，死斷世工無後手。當時天子惜不傳，送入御府置官守。胡塵勃鬱燕薊來，宮闕蕭騷既焚後。誰拚千金出手收芸窗本「妝」，足踏萬里避奔走。幾經蹂棄道邊塵，今日寧無紙上垢。尊前病客不識畫，但驚骨氣世未有。冀西北駿足無時無，生不逢幹死空朽。世工無手世手無能不肯休，往往氣骨陋如狗。」旁注十二字，從本集校。

14余嘗和劉景文詩云：「我識之無常縮舌，君能競病且低顔。」東坡笑曰：「吾嘗贈雷勝將軍詩曰：『太守無何唯日飲，將軍競病自詩鳴』。見吾子此對，覺吾用『無何』二字，體慢矣。」

15杜牧之《宮人》詩云：「絳蠵猶封繫臂紗。」後學不解，常見《服飾變古録》云：始於晉武帝，選士庶女子有姿色者，以緋綵繫其臂，大將軍胡奮女泣叫，不伏繫臂，左右掩其口。今定親之家亦有繫臂者，續古事也。

16歐陽文忠公謫寫本、海虞本「責」滁州，令幕中謝判官幽谷種花。謝請要束，公批紙尾云：「淺紅深白宜相間，先後仍須次第栽。我欲四時携酒去，莫教一日不花開。」

17歐公閒居汝陰時，一妓甚韻。芸窗、《稗海》本「穎」。文公歌詞盡記之，筵上戲約，他年當來作守。後數年，公自維揚果移汝陰，其人已不復見矣。視事之明日，飲同官湖上，種黄楊樹子，有詩留纈《稗海》本「擷」芳亭云：「柳絮已將春去遠，諸本作「春色去」，今從《漁隱叢話》。海棠應恨我來遲。」後三《漁隱》作「二」十年東坡作守，見詩笑曰：「杜牧之『緑葉成陰』之句耶。」

18歐陽公自維揚移守汝陰，作《西湖》詩云：「緑芰紅蓮畫舸浮，使君寧復憶揚州。都將二十四橋月，換得西湖十頃秋。」東坡復自潁移維揚，作詩寄予曰：「二十四橋亦何有，換此十頃玻璃風。」使歐公詩也。

19張文潛初官通許，喜營妓劉淑女，爲作詩曰：「可是相逢意便深，爲郎巧笑不須金。門前一尺春風髻，窗外三更夜雨衾。別燕從教燈見淚，夜船惟有月知心。東西芳草皆《稗海》本「渾」相似，欲望高樓何處尋。」又云：「未說蛸蠐如素領，固應新月學蛾眉。引成密約因言笑，認得真情是別離。尊酒且傾濃琥珀，淚痕更著薄胭脂。北城月落烏啼後。《稗海》本「夜」。便是孤舟腸斷時。」案：二詩《宛丘集》不載。

20公素畏内，衆所共知，嘗求坡公書扇，坡題云：「披扇當年笑温嶠，握刀晚歲戰劉郎。不須戚戚如馮衍，但與時時説李陽。」公素昔爲程宣徽門賓，後娶程公之女，性極妒悍，故云。

21東坡在黄州日，作《雪》詩云：「凍合玉樓寒起粟，光摇銀海眩生花。」人不知其使事也。後移汝海，過金陵，見王荆公論詩及此，云：「道家以兩肩爲玉樓，以目爲銀海，是使此否？」坡笑之，退謂葉致遠曰：「學荆公者，豈有此博學哉！」

22熙寧中，士大夫猶能詩，盧秉芸窗、《稗海》本「東」《題汴河驛》中云：「蒼顔白髮老參軍，剩糴官糧置酒樽。但得有錢供客醉，誰能騎馬傍人門。」荆公見而愛之，遂獲進用。寫本無此條。

23前世錢未有草書者，淳化中，太宗皇帝始以宸翰爲之，既成，以賜近臣。崇寧大觀御書錢，蓋襲故事也。王元之責芸窗、《稗海》本「謫」商於，有詩云：「謫官無俸突無煙，唯擁琴書盡日眠。還有一般勝趙壹，囊中猶貯御書錢。」（卷二。下同）

24蘇邁伯達，東坡長子，豪邁雖不及其父，而問學語言亦勝他人子也。少年作詩云：「葉隨流水知何處，牛帶寒鴉過别村。」先生見之，笑曰：「此村長官詩。」後東坡貶惠州，伯達求潮之安化令，以便饋親，果卒於官。

25王欽臣仲至，仁宗時名儒，原叔之子，大臣薦文藝，召試學士院，試罷，詩云：「翠木陰陰白玉堂，老來方此試文章。官寫本「宫」簷日永揮毫罷，閑拂塵埃看畫牆。」《宿華岳觀》詩云：「淩空老樹雲垂葉，壓屋梨花雪照人。深愧地仙教俗客，慇懃留看華山春。」又二年經此，再題云：「石壇流水共蒼苔，青竹林間一徑開。可惜梨花飛已盡，前年遊客始重來。」

26黄魯直《讀太真外傳》詩云：「扶風喬木夏陰合，斜谷鈴聲秋夜深。人到愁來無處會，不關情處總傷心。」亦妙語也。案：諸本俱脱「扶風喬木」云云，至末，誤以下段「寒日邊聲斷」云云，接「《太真外傳》詩云」之下，今從寫本訂正。

27滕達道長於五言，《省試》詩云：「寒日邊聲斷，春風塞草長。」《結客》詩云：「結客結英豪，莫同兒女曹。黄金裝劍佩，猛獸畫旌旄。北極狼星落，中原王氣高。終令賀蘭賊，不著赭黄袍。」

28宋莒公兄弟，皆以高名擢用，仁廟時，本朝文章多人，未有二公比者。少時作《落花》詩，爲時膾炙。莒公詩云：「一夜東春風拂苑牆，歸來無何處剩凄凉。漢皐珮冷臨江濕失，金谷樓危到地香。淚臉補痕勞煩獺髓，舞臺收影費鸞腸。南朝樂府休賡曲，桃葉桃根盡可傷。」景文詩云：「墜素翻紅各自傷，青樓煙雨忍相望。諸本誤「忘」。欲將飛更作迴風舞，已落猶成半面妝。滄海客歸珠迸淚，章臺人去骨遺諸本誤「微」香。可憐無意傳雙蝶，盡委付芳諸本誤「花」心與蜜房。」案：上二詩與《瀛奎律髓》異六字，側注于旁。

29潁昌西湖展江亭成，公作詩云：案：公指元憲。「緑鴨東陂已可憐，更因雲竇注新泉。鑿開魚鳥忘情地，展盡江湖極目天。向夕舊灘都浸月，過空新樹便留煙。使君直欲稱漁叟，願賜閒州不計年。」案：《石林詩話》：「向夕」作「向晚」，第六句云：「過寒新木便留煙。」

30晁次膺薄遊南京，嘗作詞云：「花前月下堪垂淚，水邊樓上總關心。」後過其家，已與客飲，復作詩曰：「去日玉刀封斷恨，見來金斗熨愁眉。黄昏飲散歌闌後，懊惱水邊樓上時。」

31杜牧之《和裴傑新櫻桃詩》云：「忍用烹酥酪，從將玩玉盤。流年如可駐，何必九華丹。」遂知唐人已用櫻桃薦酪也。

32長安南山下，書生作小圃，時蒔花木，以待游子。一日，有金犢車從數女奴，皆玉色麗人。車中人下飲于庭，邀書生同坐。生意當時貴人家，不出。既見，款甚。將别，出小碧箋書詩爲贈云：「相思無路莫相思，風裏楊花只片時。惆悵深閨獨歸處，曉鶯啼斷緑楊枝。」

33東坡嘗言，鬼詩有佳者，誦一篇云：「流水涓涓芹吐芽，織烏西飛客還家。深村無人作寒食，殯宫空對棠梨花。」嘗不解「織烏」義，王性之少年博學，問之，乃云：「織烏，日也，往來如梭之織。」坡又舉云：「楊柳楊柳，嫋嫋隨風急。西樓美人春睡濃，繡簾斜卷千條入。」又誦一詩云：「湘中老人讀黄老，手援紫藟坐碧草。春至不知湘水深，日暮忘却巴陵道。」此必太白、子建鬼也。

34王性之云：舒州下寨驛中所題詩，余以永感之人，讀之垂涕，云：「北堂無老信來稀，十載秋風雁自飛。今日滿頭生白髮，千山鄉路爲誰歸？」

35鄭獬芸窗本「猷」詠王子安《應城新亭》二詩云：「一簪華髮一牀書，盡日新亭適意無。莫道長安天樣遠，長官諸本誤「安」，今從寫本。自不厭江湖。」又云：「前年諫獵出長楊，乞得新亭作醉鄉。好把青衫送酒媪，從教人識御芸窗本「玉」爐香。」

36余少從李慎言希古學，自言昔夢中至一宫殿，有儀衛，中數百妓拋毬，人唱一詩，覺而記得三首，云：「侍宴黄昏未肯休，玉階夜色月如流。朝來自覺承恩最，笑倩傍人認繡毬。」又云：「隋家宫殿鎖清秋，曾見嬋娟颺繡毬。金鑰玉簫俱寂寂，一天明月照高樓。」又云：「堪恨隋家幾帝王，舞腰挼或作「捼」，或作「按」，俱誤。盡繡鴛鴦。如今重到抛毬處，不見燻爐舊日香。」

37蔡持正謫新州，侍兒從焉。善琵琶，嘗養一鸚鵡，甚慧。丞相呼琵琶，即扣一響板，鸚鵡傳呼之。琵琶逝後，誤扣寫本「觸」響板，鸚鵡猶傳言，丞相大慟，感疾不起。嘗爲詩云：「鸚鵡言猶在，琵琶事已非。傷心瘴江水，同渡不同歸。」

38少游嘗作《遊仙詞》，案：《淮海集》題云「四時四首贈道流」。坡稱之，云：「陰風一夜攬青冥，風定霏霏雪霰零。想見遥想玉清真境上，白虚光裏誦黄庭。」又云：「夜深樓上撥書眠，天在闌干四角邊。風掃亂雲毫髮盡，獨留璧芸窗本「碧」月照人圓。」又云：「天風吹月入闌干，烏鵲無聲子夜閑闌。織女明星來枕上，了知身不在人間。」又云：「本是廬匡山種杏人，出山來事碧虚君。上清欲問因何到事，請看仙家十賚文。」側注五字，俱從本集校。余聞仙家十賚，猶人間九錫也。是松陵唱和，出《陶弘景傳》。「是」字疑「見」。

39紹聖中，有人過臨江軍驛舍，題二詩，不書姓名。時貶東坡，毁上清宫碑，令蔡京别撰。詩云：「李白當年謫海虞及寫本「責」，蘇書「流」。夜郎，中原不蘇書「無」復漢文章。納官贖罪何人在，壯蘇書「志」士悲歌淚兩行。」又云：「晉公蘇書「淮西」功業冠吾《稗海》本「皇」唐，吏部文章日月光。千載斷碑人膾炙，不知世有段文昌。」乃江鄰幾子我作，或云張文潛作。

40余崇寧中坐章疏，入籍爲元祐黨人。後四年，牽復過陳，張文潛、常希古皆在陳居，相見慰勞之。余答曰：「炙芸窗、《稗海》本「靈」轂子王叡作《解昭君怨》，殊有意思，能到入妙處。詞云：『莫怨工人醜畫身，莫嫌明主遣和親。當時若不嫁胡虜，祇是宮中一舞人。』」文潛云：「此真海虞、《稗海》本「貞」先生所謂篤行而剛者也。」

41浮休居士張舜民芸叟，忠義人也。紹聖中，入元祐責籍爲黨人，繫潭州，赦書中獨元祐人不赦，有《宣赦》詩云：「擊鼓填街道，傳聲過水濱。國嚴三歲祀，恩洗萬方春。舟楫隨南斗，衣冠拱北辰。嶺南并嶺北，多少望歸人。」

42四明狂客賀知章《回鄉偶書》二首云：「離別家鄉歲月多，近來人事半消磨。惟有門前鑑湖水，春風不減舊時波。」又云：「幼小離家老大回，鄉音難改面毛芸窗、《稗海》本作「皮」，今從海虞本。鬆。兒諸本俱作「家」，今從寫本。童相見不相識，却問客從何處來。」一說云黄拱作。

43少游《題大年小景》四首云：「本自江湖客，宦游何常苦心。因看君小平遠，還懷我舊登臨。」又云：「公子歌鍾裏，何曾當識渺茫。唯應斗帳夢，曾入到水雲鄉。」又云：「曉晚浦煙籠樹，晴春江水拍空。煩君添小艇，畫我作漁翁。」又云：「島外雲峰晚，沙邊水頭草樹明。想當初揮灑就，侍女一時驚。」側注字俱從本集。

44徐仲車嘗作《愛愛歌》云：案：《節孝集·愛愛歌序》云：子美爲《愛愛歌》，已失之矣。又其辭淫漫，而序事不得愛愛本心，甚無以示後學。予欲爲子美抉去其文，而易以此歌，以解學者之惑。其序曰：愛愛，吴女也，幼孤，托於嫂氏。其家即娼家也，左右前後亦娼家也。居娼家而不爲娼事者，蓋天下無一人，而愛愛以小女子能傑然自異，不爲其黨所汙，其已艱矣。然愛愛以小女子顧其勢終不能固執，此其所以操心危慮患深之道，不得已而爲奔女之計也。于是與其人來京師，既數年。其人歸江南，遂死於江南，愛愛居京師，自以爲未亡人也，慨然有必死之計。故雖富貴百計萬方，卒不能動其心，以至於死。此固不得謂之小節，是奇女子也。古之所謂義烈之女者，心同而迹異。案：愛愛所奔，即江寧富人張氏也。張氏納奔妾於外，棄父母而不歸，以至其父捕去，此乃不孝之大者，固不得齒爲人類，雖蠻貊禽獸之不若也。故余之所歌，意有詳略，事有取捨，文皆主於愛愛焉。

「吴越佳人古云好，破家亡國何可勝道。昨夜閒觀《愛愛歌》，坐中嘆息無如何。愛愛本乃是娼家女，金魂玉魄沈塵土。渾金玉璞埋塵土。歌舞吴中第一人，緑鬢雙鬟纔十五。耳聞目眼見是何事，不謂其人乃如許。操心危兮厲志慮患深，半夜窗前淚如雨。假饒如一笑得千金，何不如嫁作良人婦。桃李不爲當路花，芙蓉開向秋風渚。忽然一日逢張氏，便約終身不相棄。山可磨兮海可枯，生唯一兮死無二。有如樗櫟叢中木，忽然化作瀟湘竹。又如黄鳥春風時，遷喬林兮出幽谷。文君走馬來成都，弄玉吹簫能「纔」，芸窗、海虞本從「纔」幾曲。不聞馬上琵琶聲，忽作却在山頭望夫哭。去年春風還滿房，昨夜月明還滿牀。行人一去不復返，不念是關山歧路長。前年猶惜縷金金縷衣，去諸本誤「今」年不畫深胭脂。今年今日萬事已，斂綃翡翠看諸本「春」，今從寫本。如泥。一女二夫兮妾之所羞，不忠於所事兮志其將何求。蛾眉皓齒兮妾之所憂妾之讐，「憂」，諸本「愛」。不如無生兮庶幾無尤。海虞本「愧」。嘤嘤草蟲兮趯趯阜螽，靡不有初兮鮮克有終。鴛鴦于飛兮畢之羅之，人間此恨兮何時休時消何時。深山人跡不到處，病鸞斂翼翅巢空枝。」側注字俱本集校。

45 余嘗愛韓致光《宮詞》云：「繡裙斜立正銷魂，宮女移燈掩殿門。燕子不歸花著雨，春風應是怨黄昏。」

46元豐中，裕陵以元夕御樓宰臣親王觀燈，有御製，令從臣和進，王禹玉爲左相，蔡持正爲右相，蔡密叩王云：「應制上元詩，如何使事？」禹玉曰：「鼇山鳳輦外不可使。」章子厚時爲黄門侍郎，面笑之云：「此誰不知。」十七日登對，裕陵獨賞禹玉詩，云：「妙於使事。」詩云：「雪消華月滿仙臺，萬燭當樓寶扇開。雙鳳雲中扶輦下，六鼇海上駕山來。鎬京春酒霑周燕，汾水秋風陋漢才。一曲昇平人共樂，君王又進紫霞杯。」是夕，以高麗進樂，又添一杯。

47劉貢父先生元祐作少蓬，余被旨召赴本省呈試，貢父作主文。幕次中，聞與顧子敦誦渠昔自校書郎出倅泰州作詩云：「璧門金闕倚天開，五見宫花落井槐。明日扁舟滄海去，却從雲氣望蓬萊。」

48魯直父名庶，字亞夫，最能詩，有《怪石》二絶云：「山鬼水怪著薜荔，天禄辟邪眠碧苔。鈎簾坐對心語口，曾見漢唐池館來。」

49狄遵度，字元規，樞密直學士棐之子，敏慧夙成。當楊文公崑體盛行，乃獨爲古文章，慕杜子美、韓退之之句法。一夕，夢子美自誦其逸詩數十章，既覺，猶記其兩句云：「夜卧北斗寒挂枕，木落霜拱雁連天。」因書其後曰：子美存耶？果亡耶？其肯爲余來嘿誦人未知之者，俾予知耶！觀其詞，蓋非他人所能爲，真子美無疑矣。遵度因足成其詩，號《佳城篇》，不幸年二十爲襄城簿而卒。詩云：「佳城鬱鬱頽諸本「鎖」，今從寫本。寒烟，孤雛乳兔號荒阡。夜卧北斗寒挂枕，木落霜拱雁連天。浮雲西去伴落日，行客東盡隨長川。乾坤未死吾尚在，肯與蟪蛄論大年。」

50劉路左車，嘗收唐人新編當時人詩册，有老杜數十首，其間用字皆與今本不同，有《送惠二芸窗本「三」過東溪》詩，集中無有，詩云：「惠子白驢瘦，歸溪惟病身。皇天無老眼，空谷滯斯人。崖蜜松花熟，山杯竹葉春。柴門了生事，黄綺未稱臣。」

51曾阜爲蘄州黄梅令，縣有峰頂寺，去城百餘里，在亂山群峰間，人迹所不到。阜按田偶至其上，梁間小榜，流塵昏晦，乃李白所題詩也。其字亦豪放可愛，詩云：「夜宿峰頂寺，舉手捫星辰。不敢高聲語，恐驚天上人。」或云王元之少年登樓詩云：「危樓高百尺，手可摘星辰。不敢高聲語，恐驚天上人。」

52東坡先生在嶺南，言元祐中有見李白酒肆中誦其近詩云：「朝披夢澤雲，笠釣青茫茫。」此非世人語也。少游嘗手録其全篇。少游叙云：觀頃在京師，有道人相訪，風骨甚異，語論不凡，自云嘗與物外諸公往還，口誦二篇，云東華上清監清逸真人李白作也。詩云：「人生燭上花，光滅巧妍盡。春風遶樹頭，日與化工進。昔我飛骨時，慘見當塗墳。青松靄朝霞，縹緲山下村。既死明月魄，無復玻璃魂。念此一脱灑，長嘯登崑崙。醉著鸞鳳衣，星斗俯可捫。」又云：「朝披夢澤雲，笠釣青茫茫。尋流得雙鯉，中有三元章。篆字若丹蛇，逸勢如飛翔。歸來問天姥，妙義不可量。金刀割青素，靈文爛煌煌。燕服十二環，想見仙人房。暮跨紫鱗去，海氣侵肌涼。龍子善變化，化作梅花妝。遺我纍纍珠，靡非諸本「靡靡」明月光。勸我穿絳縷，繫作裙間當。揖子以疾去，談笑聞餘香。」

53王平甫年十一，過洪州，有《滕王閣》詩，蓋其少成如此。又再賦一首，叙其事云：「滕王平昔好追遊，高閣依然枕碧流。勝地幾經興廢事，夕陽偏照古今愁。層城樹密千家笛，江渚人孤一葉舟。悵望滄波吟不盡，西山重疊亂雲浮。」十四歲再題一首，其序云：「予始年十一時，從親還里中，道出洪州，泊滕王閣下，俯視山川之勝，而求士大夫所留之詩，凡百餘篇，自唐杜紫微外，類皆世俗氣，不足矜愛，乃作一章，榜之西楹。後三年，客淮上，思其幼時勇於述作，不自意其非也。輒改作一章，以誌當時之事，其舊者往往傳於江西，今故併存之。」詩云：「地勢遠連徐孺亭，窮芸窗本「穹」南有客兩曾經。簷前燕雀鳴相鬭，潭裏蛟龍困未醒。亂靄蒼茫侵樹色，驚濤浩蕩失天形。當時好景無同賞，對此悲歌孰爲聽。」

54張子野云：往歲吴興守滕子京席上，見小妓兜娘，子京賞其佳色。後十年，再見於京口，絶非頃時之容態，感之，作詩云：「十載芳洲採白蘋，移舟弄水賞青春。當時自倚青春力，不信東風解誤人。」

55黄子思云：余嘗守官咸陽，縣廨之後，臨渭河汀嶼中，連歲秋有孤雁來，棲於葭葦中，今歲冬深，不復至矣。或已在繒弋，或去而之他，皆不可知也。感而爲詩，題亭壁云：「天寒霜落雁來棲，歲晚川空雁不歸。江海一身多少事，清風明月我沾衣。」

56東坡云：元祐三年二月二十一日夜，與魯直、壽朋，二字據《東坡集》增入。天啓會於伯時齋舍，録鬼仙所作，或夢中所作，嘗記《太平廣記》中，有人爲鬼物所引，入墟墓間，皆鮮華洞户，忽爲劫墓者所驚，遂失所見。但云：芫花半落，松風晚清。又録鬼詩云：「江上檣竿一百尺，山中樓臺十二重。

老僧樓上望江上，遥指檣竿笑殺儂。」又云：「爺娘送我青楓根，不記青楓幾回落。當時刺繡衣上花，今日爲灰不堪著。」又云：「酒盡君莫沽，壺乾我當發。城市多囂塵，還山弄明月。」又云：「卜得下峽日，秋江風浪多。巴陵一夜雨，腸斷木蘭歌。」又云：「浦口潮來初渺漫，蓮舟溶漾採花難。芳心不愜空歸去，會待潮平諸本「來今」，據坡集改。更折看。」又云：「忽然湖上片雲飛，不覺中流雨濕衣。折得荷花渾忘却，空將荷葉蓋頭歸。」又云：「寒草白露裏，亂山明月中。是夕苦吟罷，寒燭與君同。」

57熙寧中，魯直入宫，教余兄弟，伯父五開府，酒餘，脱淺色番羅襖衣之，魯直醉中作詩云：「疊送番羅淺色衣，著來春諸本「香」，今從寫本。氣入書幃。到家慈母驚相問，爲説王孫脱贈時。」

58張文潛作《七夕歌》，爲東坡所稱，詞云：「人間一葉梧桐飄，蓐收行秋回斗杓。神官召集役靈鵲，直渡天河横作橋。河東美人天帝子，機杼年年勞玉指。織成雲霧紫綃星衣，辛苦無歡容不理。帝憐獨居無與娱，河西嫁與牽牛夫。自從嫁後得廢織紝，緑鬢雲鬟朝暮梳。貪歡不歸天帝怒，謫歸却踏來時路。但海虞及本集作「遂」。令一歲一相逢見，七月七夕河邊渡。别多長會少寫本云「天長地久」知奈何，却悔從前來恩歡愛多。匆匆離恨萬事説不盡，燭龍已駕隨羲和。河邊靈官曉催催曉發，令嚴不管輕離别。空將淚作雨滂沱，淚痕有盡愁無歇。寄我言織女君休莫嘆，天地無窮會相見。猶勝姮娥《稗海》本「孀」不嫁人，夜夜孤眠廣寒殿。」側注字從本集校。（卷三。下同）

59東坡於閩中驛舍見一詩，録之，不知誰氏子作，後聞乃姚嗣宗詩，云：「欲挂衣冠神武門，先尋水竹渭南村。却將舊斬樓蘭劍，買得黄牛教子孫。」

60 一道人敗道後，作詩云：「瑶峰一别杳難期，消渴從教醉枕欹。不信丹青能畫得，五更燈暗月來時。」

61 司馬池，乃文正公之父，仁廟時作待制，亦善作小詩云：「冷於陂水淡於秋，遠陌初窮見渡頭。賴得丹青無畫處，畫成應是一生愁。」

62 參寥《杭州城外題小溪》詩云：「城根《稗海》本「隈」野水緑逶迤，裊裊輕舟掠岸過。欲採芸蘭無覓處，渚花汀草占春多。」案：《參寥集》云：「城根野水緑逶沱，颭颭風船掠岸過。日暮薰蘭無處採，渚花汀草占春多。」

63 東坡在徐州，參寥自錢塘訪之，坡席上令一妓戲求詩，參寥口占一絶云：「多謝尊前窈窕娘，好將幽夢惱襄王。禪心已作寫本「是」沾泥絮，不逐東風上下狂。」坡云：「沾泥絮」吾得之，被老衲又占了。

64 瞿塘之下，地名人鮓甕，少游嘗謂未有以對，南遷，度鬼門關，乃用爲絶句云：「身在鬼門關外天，命輕人鮓甕頭船。北人慟哭南人笑，日落荒村聞杜鵑。」

65 古人作律詩，有當句對者，兩句更不須對，如陸龜蒙詩云「但説漱流并枕石，不辭蟬腹與龜腸」是也。

66《漢書》云：背尊章，嫖以忽。老杜詩云：「堂上拜姑嫜。」《玉篇》云：凡夫之父母曰嫜。老杜獨姑嫜何耶？正俗云：古謂舅姑爲姑鍾，今俗亦呼爲姑鍾，蓋自章音轉爲鍾也。

67 西王母見穆天子，作歌曰：「白雲在天，山陵自出。道里悠遠，山川間之。將子無死，尚能復來。」穆王曰：「余歸東土，和治諸夏，萬民平均。吾顧見汝，比及三年，將復而野。」余嘗對東坡誦之，坡云：「決非食肉人語。」

68歐陽文忠公嘗以詩薦一士人與王渭州仲儀，仲儀待之甚厚。未幾，贓芸窗本「行」敗。仲儀歸朝見文忠公，論及此士人，文忠公笑曰：「詩不可信也如此。」

69東坡再謫惠州日，一老舉人年六十九，爲鄰。其妻三十歲誕子，爲具邀公，公欣然而往。酒酣，乞詩，公戲一聯云：「令閤方當而立歲，賢夫已近古希年。」

70襄陽時，同官李友諒仲益，贈張子齊思仲家歌人團茶，予題其封云：「色映宫妹粉，香傳漢殿春。團團明月魄，却贈月中人。」

71高力士責在驩州，《詠薺菜》詩爲魯直所稱，云：「兩京作斤賣，五溪無人采。貴賤雖不同，氣味故常在。」

72元微之貶江陵府士曹，少年氣俊，過襄陽，夜召名妓劇飲，將別，作詩云：「花枝臨水復臨堤，也照清江也照泥。寄語東風好擡舉，夜來曾有鳳凰棲。」謝師厚作襄倅，聞營妓與二胥相好，此妓乞書扇子，遂改二字云：「寄語東風好擡舉，夜來曾有老鴉棲。」

73王介甫少時作《石榴花》詩，云：「濃緑萬枝紅一點，動人春色不須多。」此老風味不薄，豈鐵心木腸者哉！

74東坡云：王晉卿嘗暴得耳疾，意不能堪，求方於僕，僕答之曰：「君是將種，斷頭穴胸，當無所惜，兩耳堪作底用，割捨不得，限三日疾去，不去，割取我耳。」晉卿灑然而悟，三日病良已，以詩示僕云：「老婆心急頻相勸，令嚴只得三日限。我耳已聰君不割，且喜兩家皆平善。」今定國所藏《挑耳圖》，得之晉卿，聊識此耳。

75晁無咎云：司馬温公有言：「吾無過人者，但平生所爲，未嘗有對人不可言者爾。」東坡云：「予亦記前輩有詩云：『怕人知事莫萌心』，此言予終身守之。」

76劉子儀侍郎三入翰林，頗不懌，詩云：「蟠桃三竊成何味，上盡鼇頭迹轉孤。」移疾不出。朝士問候者繼至，詢之，云：「虚熱上攻。」石中立滑稽，在坐云：「只消一服清涼散。」意謂兩府始得用青涼繖也。

77東坡云：久在江湖，不見偉人。在金山，見滕元發乘小舟破巨浪來相見，出船巍然，使人神聳。好一箇没興底張鎬相公，且爲我致意，别後酒狂，甚長進也。杜甫詩云：「張公一生江海客，身長九尺鬚眉蒼。」謂張鎬也。蕭嵩薦云：「用之則爲帝王師，不用則窮谷一迂叟耳。」

78東坡云：皎然禪師《贈吴憑處士》詩云：「世人不知心是道，只言道在他方妙。還如瞽者望長安，長安在西東向笑。」東坡代答云：「寒時便是熱時風，饑漢那知食藥功。莫怪禪師西向笑，緣師身在長安東。」

79元豐末，有以王介甫罷相歸金陵後，資用不足，達裕陵睿聽者，上即遣使以黄金二百兩就賜之。介甫初喜，意召己，既知賜金，不悦，即不受，舉送蔣山脩寺，爲朝廷祈福。裕陵聞之，不喜。

即有詩云：「穰侯老擅關中事，嘗恐諸侯客子來。我亦暮年專一壑，每聞車馬便驚猜。」此未能忘情在丘壑者也。

80介甫熙寧初首被選擢，得君之專，前古未有，罷政歸金陵，作《日録》七十卷，前朝舊德大臣及當時名士不附己者，詆毀至無一完人者。其間論法度有不便於民者，皆歸於上；可以垂耀于後世者，悉己有之。故建中靖國之初，諫官陳瓘極力論其壻蔡卞之惡，曰：「安石臨終，戒其家焚之，悔其作也。卞留之，至紹聖間，作尚書右丞，盡編入裕陵國史中，遂行之。」瓘所謂遵私史而壓宗廟是也。士大夫忠憤者有詩云：「訓釋詩書日月明，紛紛法令下朝廷。不知心本緣何事，苦勸君王用肉刑。」又云：「每愧先生道絶倫，古來歸美是忠臣。門人李漢真堪罪，何用垂編示後人。」陳瓘進《日録辨表》略云：「神考之信任安石，雖成湯之於伊尹，不過如此。安石密贊之言，强諫之語，何必盡宣於外？然後見君臣相得之盛乎？」遂就裕陵忌日作飯僧疏文，指十事奏之。

81嘗讀岑嵓起作《吉凶影響録》，載李林甫創一堂，有却芸窗本「偃」月之形，名曰月堂。欲破人家族，則入堂精思極慮；悦《稗海》本「既」而出堂，即人家被戮矣。後有毛人，鋸牙鉤爪，以手戟林甫而怒逐寫本「視」之，後有斵棺之禍。惡之者有詩云：「却芸窗本「偃」月堂中喜色新，明朝應有破家人。禄山反噬家還破，須信難欺是鬼神。」或有大臣獨任國柄者，行住坐卧四威儀中，念念害物，處處殺人，非止一月堂而已也。

82韓康公絳子華謝事後，自潁入京看上元，至十六日，私第會從官九人，皆門生故吏，盡一時名德，如傅欽之、胡完夫、錢穆父、東坡、劉貢父、顧子敦，皆在坐。錢穆父知府至晚，子華不悦，坡云：「今日爲本殿燒香人多留住。」坐客大笑。錢形肖九子母丈夫也。案：《老學庵筆記》云：錢穆父風姿甚美，有九子，都下九子母祠作一巾紵美丈夫於西偏，俗以爲九子母之夫，故都下謂穆父爲九子母夫。東坡贈詩云：「九子羨君門戶壯」，蓋戲之也。方坐，出家妓十餘人，中燕後，子華新寵魯生舞罷，爲游蜂所螫，子華意不甚懌。久之呼出，持白圓扇，從東坡乞詩，坡書云：「窗摇細浪魚吹日，舞罷花枝蜂遶衣。不覺南風吹酒醒，空教明月照《漁隱叢話》「伴」人歸。」上句記姓，下句書蜂事。康公大喜，坡云：「惟恐他姬厮賴故云耳。」客皆大笑。（卷四。下同）

83魯直嘗言，髯多人疏秀者必貴，密而泛短者必神氣不足。駙馬都尉王晉卿與殿帥曹寫本「曾」貫道皆無鬚，每指鬚多者爲中相法，晉卿尚貴主，嘗過鞏洛間，道傍有後唐莊宗廟，默念始治終亂，意斯人必胡，及觀神像，兩眼外皆髭也，晉卿作詩寄貫道云：「代梁繼李號良圖，却惑歌兒便喪軀。試拂塵埃覘遺像，元來滿面是髭須。」

84熙寧中，鄭俠上書，事作下獄，悉治平時所往還厚善者，晏幾道叔原皆在數中。俠家搜得叔原與俠詩云：「小白長紅又滿枝，築毬場外獨支頤。春風自是人間客，主張繁華得幾時。」裕陵稱之，即令釋出。

85圓通禪師秀老《漁隱叢話》作「法秀」本關西人，立身峻潔如鐵壁，得法於義懷禪師，不肯出世，作頌云：「誰能一日三梳頭，撮得髻根牢便休。大抵是他肌骨好，不施《漁隱叢話》作「搽」紅粉也風流。」

86文潛《夜直館中》詩云：「蒼龍挂斗寒垂地，翡翠浮花暖作春。」《江鄰幾雜志》

87東坡遊廬山湯泉，閲留題百餘篇，愛遵老一偈云：「禪庭誰作石龍頭，龍口湯泉沸不休。直待衆生塵垢盡，我方清冷混常流。」坡戲作一絶云：「石龍有口却無根，自在流泉誰吐吞。若信衆生本無垢，此泉何處覓寒温。」案：《老學庵筆記》云：僧遵可者，詩本凡惡，偶以「直待衆生總無詬」句爲東坡所賞，書一絶於壁間繼之，山中道俗隨東坡者甚衆，即日傳至圜通，遵適在焉，大自矜詡，追東坡至前塗。而塗中又傳東坡《三峽橋》詩，遵即對東坡自言有一絶，却欲題三峽之後，旅次不及書，遂朗吟曰：「君能識我湯泉句，我却愛君三峽詩。道得可咽不可漱，幾多詩將豎降旗。」東坡既悔賞拔之誤，且惡其無禮，因促駕去，觀者稱快。遵方大言曰：「子瞻護短，見我詩好甚，故妒而去。」徑至棲賢，欲題所舉絶句，寺僧方礱石刻東坡詩，大詬而逐之，山中傳以爲笑。

88熙寧中，有道人過沈東老飲酒，用石榴皮寫絶句於壁，自稱回山人。東老送出門，至石橋上，先渡橋數十步，不知所在，或曰此吕先生也。詩云：「西鄰已富憂不足，東老雖貧樂有餘。白酒釀來緣好客，黄金散盡爲收書。」七年，坡過晉陵，見東老之子能道其事，時東老已殁三年矣，坡爲和其詩。

89晏公稱國初李度詩云：「醉輕浮世事，老重故鄉人。」

90唐楊巨源詩云：「爐香寫本「煙」添柳重，宫漏出花遲。」後嘗爲詩題。

91王文穆罷相，知杭州，朝士送之詩，唯陳從易學士云：「千重浪裏平安過，百尺竿頭穩下來。」冀公愛之。《江鄰幾雜志》

92東坡云：「僕爲吴興守，有《游飛英寺》詩云：『微雨止還作，小窗幽更妍。盆山不見日，草木自蒼然。』非至吳越，不見此景。」

93東坡少時，夢召入禁中，一宫人引行，見風吹裙帶在笏上，有詩云：「百疊漪漪水皺，六銖纚纚雲輕。植立含風廣殿，微聞環珮摇聲。」既至小殿，裕陵坐其上，脱絲鞵令坡銘之，坡即書云：「寒女之絲，銖積寸累，步武所臨，雲生雷起。」裕陵稱賞。

94退之詩有「百年未滿不免死，且可勤買抛青春」。抛青春，酒名。亦有酒名「松醪春」，唐人酒多以春爲名。

95曾子固曰：「王平甫熙寧癸丑歲直宿崇文院，夢有邀之至海上，見海水中宫殿甚盛，其中作樂，笙簫鼓吹之妓甚衆，題其名曰靈芝宫，邀之者欲俱往，有人在宫側，隔水謂曰：『時未至，且令去，他日當迎之。』至此恍惚夢覺。時禁中已鳴鐘，平甫頗自負不凡，爲詩記之曰：『萬頃波濤木葉飛，笙簫宫殿號靈芝。揮毫不似人間世，長樂鐘聲夢覺時。』後四年，平甫病卒。其家哭訊之，曰：『君嘗夢往靈芝宫，果然乎？』卜曰：『然。』昔人至海上蓬萊，見樓臺中有待樂天之宫，樂天爲詩以誌，與平甫之夢蓋相似。二人皆天才逸發，其精神所寓，必有異者，蓋有之而不可窮也。其家哭請書其事，故爲之書。」

96晏元獻公作相，因雪設客，如歐陽文忠公輩在坐。時西方用兵，歐公有詩云：「可憐鐵甲冷徹骨，四十餘萬屯邊兵。」次日，蔡襄遂言其事，晏坐此罷相。公曰：「唐裴度作相，亦曾邀文士飲，如退之但作詩云：『園林窮勝事，鐘鼓樂清時。』幾曾如此合鬧。」

97元祐六年，汝陰久雪，一日天未明，東坡來召議事，曰：「某一夕不寐，念潁人之饑，欲出百餘千，諸本「石」，今從海虞本。造餅救之。老妻謂某曰：『子昨過陳，見傅欽之言簽判在陳賑濟有功，何不問其賑濟之法。』某遂相召。」余笑謝曰：「已備之矣。今細民之困，不過食與火耳，義倉之積穀數千碩，可以支散，以救下民；作院有炭數萬稱，酒務有餘柴數十萬稱，句從寫本補。依原價賣之，二事可濟下民。」坡曰：「吾事濟矣。」遂草放積欠賑濟奏，檄上臺寺，教授陳履常聞之，有詩：「掠地衝風敵萬人，蔽天密雪幾微塵。漫山塞壑疑無地，投隙穿帷巧致身。映積讀書今已老，閉門高卧不緣貧。遥知更上湖邊寺，一笑潛回萬寶春。」坡次韻曰：「可憐擾擾雪中人，饑飽終同寓一塵。老檜作花真强項，凍鳶儲肉巧謀身。忍寒吟詠君堪笑，得暖歡呼我未貧。坐聽屐聲知有路，擁裘來看玉梅春。」予次韻曰：「坎壈中年坐廢人，老來貂鼎視埃塵。鐵霜帶面惟憂國，機穽當前不爲身。發廩已康諸縣命，蠲逋一洗幾年貧。歸來又掃寬民奏，慚愧毫端爾許春。」

98元祐七年正月，東坡先生在汝陰州，堂前梅花大開，月色鮮霽。先生王夫人曰：「春月色勝如秋月色。秋月色令人悽慘，春月色令人和悦。何如召趙德麟輩來，飲此花下？」先生大喜曰：「吾不知子能詩耶！此真詩家語耳。」遂相召，與二歐飲，用是語作《减字木蘭》詞云：「春庭月午，影落春醪光欲舞。步轉回廊，半落梅花婉娩香。輕風薄霧，都是少年行樂處。不似秋光，只共離人照斷腸。」案：《詞苑叢談》引此條前段云：東坡既召還，復除翰林承旨數月，以弟嫌請郡，復以舊職知潁州。正月，堂前梅花盛開，月色鮮霽云云。

99辨傳奇鶯鶯事：王性之作《傳奇辨正》云：嘗讀蘇翰林贈張子野詩，有云「詩人老去鶯鶯在」，注言，所謂張生，乃張籍也。僕按：元微之所傳奇鶯鶯事，在貞元十六年春。又言，明年生文戰不利，乃在十七年，而唐《登科記》：張籍以貞元十五年商郢下登科，既先二年，決非張籍明矣。每觀其文，撫卷嘆息，未知張生果爲何人，意其非微之一等人，不可當也。會清源莊季裕爲僕言，友人楊阜公嘗得海虞本「讀」微之所作《姨母鄭氏墓誌》云：其既喪夫，遭軍亂，微之爲保護其家備至。則所謂傳奇者，蓋微之自叙，特假他姓以自避海虞本「自避」作「避就」耳。僕退而考微之《長慶集》，不見所謂鄭氏誌文，豈僕家所收未完，或别有他本爾？然細味微之所序，及考于他書，則與季裕所説皆合，蓋昔人事有悖於義者，多託之鬼神夢寐，或假之他人，或云見他書，後世猶可考也。微之心不自聊，既出之翰墨，姑易其姓氏耳。不然，爲人叙事，安能委曲詳盡如此！按：樂天作《微之墓誌》，以大和五年薨，年五十三，則當以大曆十四年己未生，至貞元十六年庚辰，正二十二歲矣。《傳奇》言生年二十二歲，未知女色。又韓退之作微之妻《韋叢墓誌》文，作壻韋氏時，微之始以選爲校書郎，正《傳奇》所謂後歲餘，生亦有所娶者也。貞元十八年，微之始中書判拔萃，授校書郎，二十四歲矣。又微之作《陸氏姊誌》云：予外祖父授睦州刺史鄭濟。白樂天作微之母《鄭夫人誌》，亦言鄭濟女。而唐崔氏譜永寧尉鵬，亦娶鄭濟女，則鶯鶯者乃崔鵬之女，於微之爲中表，正《傳奇》所謂鄭氏爲異派之從母者也，非特此而已。僕家有微之作元氏古豔詩百餘篇，中有《春詞》二首，其間皆隱鶯字，《傳奇》言立綴《春詞》二首以授之，不書諱字者即此意。及自有《鶯鶯詩》、《離思詩》、《雜憶詩》與《傳奇》所載猶一家説也。又有

《古决絶詞》、《夢遊春詞》，前叙所遇，後言捨之以義，又叙娶韋氏之年，與此無少異者。《夢游春》詞云：「當年二紀初，佳節三星度。韋門正全盛，出入多歡裕。」二紀初，謂二十四歲也。其詩中多言雙文，意謂芸窗本「必」二鶯字爲雙文也。併書于後，使覽之者可考焉。又意古豔詩，多微之專因鶯鶯而作無疑。又微之百韻詩《寄樂天》云：「山岫當階翠，牆花拂面枝。鶯聲愛嬌小，燕翼玩逶迤。」注云：昔予賦詩，云「爲見牆頭拂面花」，時唯樂天知此事。又云：幼年與蒲中海虞本「東」詩人楊巨源友善，日課詩。《傳奇》言生發其書於所知，予亦聞其說，生所善楊巨源爲賦《崔娘》詩一絶。凡是數端，有一於此，可驗决爲微之無疑，况於如是之衆也。然必更以張生者，豈元與張受姓命氏本同所自出耶。張姓出黄帝之後，元姓亦然，後爲拓拔氏後，魏有國，改號元氏。僕性喜討論，考合同異，每聞一事，隱而未見，或可見而事不同，如瓦礫之在懷，必欲討閲，歸於一說而後已。嘗謂，讀千載之書，而探千載之迹，必須盡見當時事理，如身履其間，絲分縷解，始終備盡，乃可以置議論。若略執一言一事，未見其餘，則事之相戾者多矣。又謂前世之事，無不可考者，特學者觀書少而未見爾。微之所遇合，雖涉於流宕自放，不中禮義，然名輩風流餘韻，照映後世，亦人間可喜事，而士之臻此者特鮮也。雖巧爲避就，然意微而顯，見於微之其他文辭者彰著又如此，故反復抑揚，張而明之，以信其說。他時見所謂姨母鄭氏誌文，當詳載於後云。微之古豔詩《春詞》云：「春來頻到宋家東，垂袖開懷待好風。鶯藏柳暗無人語，唯有牆花滿樹紅。」「深院無人草樹光，嬌鶯不語趁陰藏。等閑弄水浮花片，流出門前賺阮郎。」《鶯鶯詩》云：「殷紅淺碧舊衣裳，取次梳頭暗淡妝。夜合帶烟籠曉月，牡丹經雨泣殘陽。依稀似笑還非笑，仿佛聞香不是香。

頻動橫波嗔不語，等閑教見小兒郎。」《離思》云：「自愛殘妝曉鏡中，鐶釵謾簪緑絲叢。須臾日射胭脂頰，一朵紅酥旋欲融。」「山泉散漫遶階流，萬樹桃花映小樓。閑讀道書慵未起，水晶簾下看梳頭。」「紅羅著壓逐時新，杏子花紗嫩麴塵。第一莫嫌才地弱，些些紕縵最宜人。」「曾經滄海難爲水，除却巫山不是雲。取次花叢懶回顧，半緣修道半緣君。」「尋常百種花齊發，偏摘梨花與白人。今日江頭兩三樹，可憐枝葉度殘春。」《春曉》云：「半欲天明半未明，醉聞花氣睡聞鶯。娃兒撼海虞本「促」起鐘聲動，二十年前曉寺情。」《古決絶詞》云：「乍可爲天上牽牛織女星，不願爲庭前紅槿枝。七月七日一相見，相見故心終不移。那能朝開暮飛去，一任東西南北吹。分不兩相守，恨不兩相思。對面且如此，背面當可知。春風撩亂百勞語，況是此時拋去時。握手苦相問，竟不言後期。君情既決絶，妾意已海虞本「亦」參差。借如死生別，安得長苦悲。」又云：「噫春冰之將泮，何余懷之獨結？有美一人，於焉曠絶。一日不見，比一日於三年，況三年之間別。水得風兮小而已波，笋在苞兮高不見節。矧桃李之當春，競衆人而攀折。我自顧悠悠而若雲，又安能保君皚皚之如雪？感破鏡之分明，覩淚痕之餘血。幸他人之既不我先，又安能使他人之終不我奪？已焉哉！織女別黄姑，一年一度暫相見，彼此隔河何事無。」又云：「夜夜相抱眠，幽懷尚沈結。那堪一年事，長遺一宵説。但感久相思，何暇暫相悦？虹橋薄夜成，龍駕侵晨列。生憎野鵲性遲回，死恨天雞識時節。曙色漸曈曨，華星欲明滅。一去又一年，一年何可徹？有此迢遞期，不如死生別。天公信海虞本「既」，《才調集》「隔」。是妒相憐，何不便教相決絶！」《雜憶》云：「今年寒食月無光，夜色纔侵已上牀。憶得雙文通内裏，玉櫳深處暗聞香。」「花籠微月竹籠烟，百尺絲繩拂地懸。憶得雙文人静後，潛教桃葉送鞦韆。」「寒輕夜淺遶迴廊，不辨花叢暗辨香。憶得雙文籠月下，小樓前後捉迷藏。」「山榴似火葉相兼，半拂低芸窗本「雕」牆半拂簷。憶得雙文獨披掩，滿頭花草倚新簾。」「春冰消盡碧波湖，漾影殘霞似有無。憶得雙文衫子薄，鈿頭雲映褪紅酥。」《贈雙文》云：「豔極翻含態，憐多轉自嬌。有時還暫笑，閑坐更無聊。曉月行堪墜海虞本「墮」，春酥見欲消。何因肯《垂手》，不敢望《回腰》。」《夢游春》云：「昔歲夢游春，夢游何所遇？夢入深洞中，果遂平生趣。清泠淺漫流，畫舸蘭篙渡。過盡萬株桃，盤旋竹林路。長廊抱小樓，門牖相回互。樓下雜花叢，叢邊繞鵷鷺。池光漾霞影，曉日初明煦。未敢上階行，頻移曲池步。烏龍不作聲，碧玉曾相慕。漸到簾幕間，徘徊意猶懼。閑窺東西閤，奇玩參差布。隔子碧油糊，駝鈎紫金鍍。逡巡日漸高，影響人將寤。鸚鵡饑亂鳴，嬌娃睡猶怒。簾開侍兒起，見我遥相諭。鋪設繡紅裀，施張鈿裝具。潛褰翡翠帷，瞥見珊瑚樹。不辨花貌人，空驚香若霧。身回夜合偏，態斂晨霞聚。睡臉桃破風，汗妝蓮委露。叢梳百葉髻，金蹙重臺屨。紕軟鈿頭裠，玲瓏合歡袴。鮮妍脂粉薄，暗淡衣裳故。最似紅牡丹，雨來春欲暮。夢魂良易驚，靈境難久寓。夜夜望天河，無由重沿溯。結念心所期，返如禪頓悟。覺來八九年，不向花回顧。雜合兩京春，喧闐衆禽護。我到看花時，但作懷仙句。浮生轉經歷，道性尤堅固。近作《夢仙》詩，亦知勞肺腑。一夢何足云，良時事婚娶。當年二紀初，佳節三星度。朝蕣玉佩迎，高松女蘿附。韋門正全盛，出入多歡裕。」云云。樂天《和微之夢游春詩序》云：斯言也，不可使不知吾者知，知吾者亦不可使不知。樂天知吾者也，吾不敢不使吾子知。予辱斯言，三復其旨，大抵悔既往而悟將來也云云。正謂此事，非張籍益明矣。（卷五）

100今之祕色甆器，世言錢氏有國，越州燒進爲供奉之物，不得臣庶用之，海虞本云「臣庶不得用之」。故云「祕色」。比見陸龜蒙集《越器》詩云：「九秋風露越窯開，奪得千峰翠色來。好向中宵盛沆瀣，共嵇中散鬭遺芸窗本「問仙」杯。」乃知唐時已有祕色，非自錢氏始。（卷六。下同）

101五代敬翔當權時，門前一舉《稗海》本「風」子白衫作舞，歌唱曰：「執板談歌乞個錢，塵中流浪酒中仙。直饒到老常如此，猶勝危時弄化權。」

102唐馬戴詩云：「廣澤生明月，蒼山夾亂流。」

103近見士子多使柴桑翁爲陶淵明，不知劉遺民曾作柴桑令也。白樂天《宿西林寺》詩云：「木落天晴山翠開，愛山騎馬入山來。心知不及柴桑令，一宿西林便却回。」注：柴桑令，劉遺民是也。

104唐吴人顧況，一見李鄴侯如舊識，待以異禮。及鄴侯卒，況感其知，作《海鷗詠》以寄懷云：「萬里飛來爲客鳥，曾蒙丹鳳借枝柯。一朝鳳去梧桐死，滿目鴟鳶奈爾何。海虞本云「可奈何」。」遂爲權貴所疾，貶饒州司户。

105錢氏時，杭州還鄉和尚每唱云：「還鄉寂寂杳無蹤，不挂征帆水陸通。踏得故鄉田地穩，更無南北與西東。」人問，云：「明年大家都去。」果然，錢家寫本「氏」納土還朝之兆。

106蘇公《東禪院林酒仙》詩云：「門前緑樹無啼鳥，庭下蒼苔有落花。聊與東風論箇事，十分春色屬誰家。」東坡所記，自作祭文中。

107南宮縣君錢氏詩云：「士悲秋色女懷春，此語由來未是真。倘若有情相眷戀，四時天氣總愁人。」

108張公庠少能詩，《道中》一絶云：「一年春事已寫本「又」成空，擁鼻微吟半醉中。夾路海虞本「道」桃花新雨過，馬蹄無處避殘紅。」案：《漁隱叢話》云：《雲齋廣録》只載此詩後二句，云是李元膺《春遊》詩也。

109仲殊《題李伯時支遁相馬圖》云：「月窟精神不受羈，白雲野老太支離。當時若也無人識，駿骨靈心各自知。」

110宗弟鵬舉言，見一驛壁上有詩，云：「逢橋須下馬，過渡莫争船。」寫本云「遇夜莫行船」此征途藥石也，余愛之，每示子孫。全詩云：「記得離家日，尊親囑付言。逢橋須下馬，過渡莫争船。雨宿宜防夜，雞鳴更相天。若能依此語，行路免迍邅。」

111梅聖俞詩，世稱五字之妙，其歌詞語勝理旨，芸窗、《稗海》作「詣」，海虞本「調」，今從寫本。大似元微之。作《花孃歌》曰：「花孃十二能歌舞，籍甚聲名居樂府。荏苒其閒十四年，朝爲行雲暮爲雨。格高氣俊能動人，人能動之無幾許。前歲適從江國來，時因讌席相微語。雖有幽情未得傳，暗結慇懃度寒暑。去春送客出東城，舟中接膝心已傾。自茲稍稍有期約，五月連航並釣行。曲堤别浦無人處，始笑鴛鴦浪得名。爾後頻逢殊嫵婉，各恨從來相見晚。月下花前不暫離，暫離已抵銀河遠。青鳥傳音日幾回，雞鳴歸去暮還來。經秋度臘無纖失，愛極情專易得猜。前年南圃尋芳卉，小忿不勝投袂起。官司乘釁作威稜，督促倉皇去閭里。瀟瀟風雨滿長溪，一舸翩然逐流水。忽逢小史向城東，泣淚寄言心欲死。願郎日日致青雲，妾已長甘在泥滓。更悲恩意不得終，世事難憑何若此。郎聞茲語痛莫深，諸本或作「禁」，或作「伸」，或作「勝」，惟寫本作「深」，與本集同，從之。天地無窮恨無已。我今爲爾偶成章，便欲緘之託雙鯉。」又作《翡翠詞》云：「秦女乘鸞遺翠羽，落在人間與風舞。風休不歸誰作主，此郎拾取妝金縷。郎家夫婦愛且憐，繫向裙間同出處。朝來鄰里偶經過，方朔鄒枚争欲覩。主人重客苦留連，急走鈿車令去取。酒巡未匝掩閤扉，忽已聞歸報鸚鵡。重勻朱粉臨鏡臺，促息不停催出户。正抱琵琶穩繫絛，輥作輕雷攏作雨。自解彈成啄木聲，豈唯能寫胡人語。醉眼流波入鬢時，絃慢邀郎緊絲柱。身柔柱滑郎力微，欲倩傍人頻顧主。主何磊落風味多，就請上賓無不許。相疏情遠誰稱渠，畫撥當胸客當去。」

112因讀禪月《有懷王慥使君》詩云：「刳剥生靈爲事業，巧通豪俊作梯媒。」令人嘆息，古已如此！

113李白墳在太平州采石鎮民家菜圃中，游人亦多留詩，然州之南有青山，乃有正墳。或云太白平生愛謝家青山，葬其處，采石特空墳耳。世傳太白過采石，酒狂捉月，竊意當時藁殯於此，至范侍郎爲遷窆青山焉。

114杜子美墳在耒陽，有碑其上，唐史言：至耒陽，以牛肉白酒，一夕醉飽而卒。然元微之作《子美墓誌》曰：「扁舟下荆楚，竟以寓卒，旅殯岳陽，至其子嗣業，始葬偃師首陽山。」當以墓誌爲正。

蓋子美自言晉當陽杜元凱之後，故世葬偃師首陽山。又子美父閑，常爲鞏縣令，故子美爲鞏縣人。偃師首陽山在官路，其下古冢累累，而杜元凱墓猶載《圖經》可考。其旁元凱子孫附葬者數十，但不知孰爲子美墓耳。

115傳逸人名《稗海》無「人名」二字嵓，真廟時人，贈張忠定詩云：「忍把浮名賣却閑，門前流水對青山。青山不語人無事，門外風花任往還。」忠定答云：「蕭蕭疏葦映《漁隱叢話》作「對」門牆，見説新秋鱠味長。何事輕抛來帝里，至今魂夢遶寒塘。」逸人又題壁云：「寒蛩入夜忙催織，戴勝春深苦勸耕。人苦無心濟天下，不知蟲鳥有何情。」

116孫元規最不喜僧，帥浙東，過潤州甘露寺，令僧盡去詩碑，獨留僧文灝芸窗本「顥」詩云：「本爲向空寬病目，却因多見動閒心。」

117真宗東封，訪天下隱者，得杞人楊朴，能爲詩。召對，自言不能，上問：「臨行有人作詩送卿否？」朴言：「獨臣妻有詩一首云：『更休落魄貪杯酒，亦莫猖狂愛詠詩。今日捉將官裏去，這回斷送老頭皮。』」上大笑，放還山。東坡云：「吾頃在湖州坐作詩，追赴詔獄，妻子送出門皆哭，無以語之，顧老妻曰：『獨不能如楊處士妻作詩送我乎？』老妻不覺失笑而止。」

118張芸叟作呂子固挽詩云：「大塊分勞逸，唯君獨不均。險夷安若性，金石想爲人。萬卷書奚託，重泉恨莫伸。誰知丞相子，天地一窮民。」

119余初到長安，有詩云：「來往長安未定居，暫將僧舍當吾廬。空中説法憑鈴語，枕上朝饑聽木魚。因果分明休問佛，行藏自信罷占書。眼前一物真堪愛芸窗、《稗海》本「羡」，百尺長楊水滿渠。」

120唐杭州缺刺史，欲除李遠爲守，宣宗曰：「遠詩云：『青山不厭千杯酒，白日唯消一局棋。』如此安能治民！」此繆陋之甚也。使才臣治郡有餘暇，鈴閤弈棋，未害爲政，豈特一詩中言棋，便謂不能治民，有以見宣宗之度未宏遠耳。（卷七。下同）

121陳叔易，崇寧中爲宋《稗海》本誤「朱」喬年薦，得官入館，晁以道有詩云：「處士何人爲作牙，盡携猿鶴到京華。新禾滿地秋風起，六六峰前只一家。」未久，以道亦爲勢人所引入京，適得書，寄此詩來，予次韻曰：「聞道諸公置齒牙，買轎賣屐趁年華。太平起隱無遺策，空盡嵩陽處士家。」始者以道、叔易皆居嵩陽，誓不出仕云。

122《傳載》曰：僧淡然者爲詩曰：「到處自鑿井，不能飲常流。」與孟郊、退之爲洛下之游，退之作《嘲淡然鼾睡》詩是也。

123老种太尉師道預知金人反覆，上進二詩，多爲張六太尉者收藏不達，已備言大金連結情狀，後果叛盟。詩曰：「外塞胡兒裏黨臣，勾連數衆赴京城。團團闊闊孤平寨，不識皇家王氣星。」又云：「飛蛾視火殘生滅，燕逐群鷹命不存。從今一掃胡兵盡，萬年不敢正芸窗本「上」南行。」後金人奔突犯闕，皆如其言。初與折可存《稗海》本「存」下衍「中」字立殊勳，後欲擊賊，不用其言，氣憤而卒。

124崇寧中，《漁隱叢話》「初」。特奏名狀元徐遹，瓊林宴罷作詩，曰：「白髮青衫晚得官，瓊林頓覺酒腸寬。平康夜過無人問，留得宫花醒後看。」亦十二芸窗本「二十」年前進士也。

125歐陽文忠公晚年最喜陳知默詩，云：「恨不多記，但記其兩聯。一云：『平地風煙横白鳥，半山雲木卷蒼藤。』一云『雲埋山麓藏秋雨，葉落林梢帶晚風。』」

126張安道少年謫《稗海》及寫本「責」滁州，道遇一僧舍，入門悵然，便悟前生曾作寺僧，手寫《楞伽經》四卷，問其徒，具言有老僧平生誦此經，自書者猶匣在屋樑上。取視之，筆跡宛然，與今生一同，遂托東坡書此經，施錢入金山寺，了元長老刻板印施，坡作後序，詳言之矣。及坡作杭倅，游壽星院，入門便悟曾到，能言其院後堂殿山石處，作詩記之，乃知性慈慧者必是大修行中來，非一世薰習所致。

127先伯父洋州侯，有文學名，于嘉祐、治平間，有《落花》詩云：「緑珠樓下堪惆悵，宋玉牆頭又别離。」又《御溝》詩云：「一條横截紅塵斷，幾曲遥通紫禁深。」

128長安慈恩寺僧，見數女仙夜吟詩云：「黄子陂頭好月明，忘却寫本「强踏」似誤。華筵到曉行。煙收山低翠黛横，折得荷花遠恨生。」僧出揖之，化爲白鵠飛去。明日又題云：「湖水團團夜如鏡，碧樹紅花相掩映。北斗闌干曉柄移，有似佳期常不定。」

129劉原父再娶，歐公諸本誤衍「女」字甚謬，今從寫本。戲作二詩，云：「仙家千歲亦何長，人世空驚日月忙。洞裏桃花莫相笑，劉郎今是老劉郎。」又云：「文章落筆有誰先，坐上詩成海外傳。明日京都應海虞及寫本作「争」紙貴，開簾却扇有新篇。」

130潁妓曹蘇哥，海虞本「歌」，芸窗、《稗海》本「奇」，今從寫本。往歲與悦己者密約相從，而其母禁之至苦，不勝鬱悒。以盛春美景邀同約者聯騎出城，登高冢，相對慟哭。既而酣飲，諸客聞之，賞其曠絶於流輩。晏元獻聞之，爲戲題《絶句》云：「蘇哥風味逼天真，恐是文君向上人。何日九原芳草緑，大家携酒哭青春。」

131 黄魯直戲作《貴耳賤目謎》云：「驢耳對軒軒，争酬價十千。眈眈兩虎視，不直一文錢。」

132 梅詢侍讀，嘗從真宗東封，因卜命於岳神，夢三牛鬬于庭，有稱相公通謁者，雖異之，而不曉其兆。既而得濠梁守，州廨有三石牛。後吕許公夷簡以殿中丞來倅，詢見之，疑若所夢謁者，於是委遇至厚。不數年，許公大拜，梅爲發運使，按部至濠上，作詩寄許公云：「十五年前忝一麾，公餘嘗得預言詩。玉階步武爲霖早，雲路風波得志遲。浴鳳池深春蕩蕩，觀魚臺古草離離。重來故老休相問，請揭紗籠看舊碑。」案：「吕許公」諸本俱誤「吕申公」，攷申公爲吕公著及吕蒙正，今從《稗海》本。

133 張子野年八十五，尚聞芸窗本誤「健」買妾，陳述古作杭守，東坡作倅，述古令東坡作詩，云：「錦里先生自笑狂，莫欺九尺鬢毛蒼。詩人老去鶯鶯在，公子歸來燕燕忙。柱下相君猶有齒，江南刺史已無腸。平生謬《稗海》本「忝」作安昌客，略遣彭宣到後堂。」詩人，謂張籍；公子，謂張祐；柱下，張蒼；安昌，張禹：皆使姓張事。

134 世以鮑昭字明遠，讀李義山詩，云：「嫩割周顒韭，肥烹鮑照葵。」乃知名照，非昭也。

135 唐明皇時，孫逖諸本誤「遜」，今改正。集中有《壽王瑁妃楊氏廢爲道士制》，此可見太真妃真壽王妃也。李商隱詩云：「驪岫飛泉泛暖香，九龍呵護玉蓮房。平明每幸長生殿，不從金輿海虞本「鑾輿」

惟壽王。」又云：「龍墀賜酒敞雲屏，羯鼓聲高衆樂停。夜半宴歸宮漏永，薛王沈醉壽王醒。」書此事也。

136東坡先生嘗愛梅聖俞《和宋次道紫宸早朝詩》，云：「陸生聲譽在雲間，來預簪裾謁帝顔。冠劍有容夔與契，文章全盛馬兼班。眈眈玉宇龍纏棟，靄靄金鋪獸囓環。却出常朝殿前過，戟衣風動自相攀。」

137天福中，楊凝式風子筆墨高妙，洛陽寺有題壁。李建中亦有書名，嘗題其傍芸窗本「榜」。云：「杉松倒澗雪霜乾，屋壁麝煤風雨寒。我亦平生有書癖，一回入寺一回看。」

138濠守侯德裕侍郎藏東坡一帖，云：杭州營籍周韶，多蓄奇茗，嘗與君謨鬭，勝之。韶又知作詩。子容過杭，述古飲之，韶泣求落籍，子容曰：「可作一絶。」韶援筆立成，曰：「隴上巢空歲月驚，忍看回首自梳翎。開籠若放雪衣女，長念觀音般若經。」韶時有服，衣白，一座嗟嘆，遂落籍，同輩皆有詩送之。二人者最善，胡楚云：「淡妝輕素鶴翎紅，移入朱欄便不同。應笑西園桃與李，强匀顔色待秋風。」龍靚云：「桃花流水本無塵，一落人間幾度春。解佩暫酬交甫意芸窗本「願」，濯纓還作武陵人。」固知杭人多慧也。

139王立之云：老杜家《稗海》本「父」諱閑，而詩中有「翩翩戲蝶過閑幔」，或云恐傳者謬。又有：「泛愛憐霜鬢，留歡卜夜閑。」余以爲皆當以閑爲正，臨文恐不自諱也。迂叟李國老云：余讀《新唐書》，方知杜甫父名閑，檢杜詩果無閑字，唯蜀本舊杜詩二十卷内《寒食》詩云：「鄰家閑不違。」後見王琪本作「問不違」。又云：「曾閃朱旗北斗閑。」後見趙仁約説：薛向家本作「北斗殷」。由是言之，甫不用「閑」字明矣。

140東坡云：「白公晚年詩極高妙。」余請其妙處，坡云：「如『風生古木晴天雨，月照平沙夏夜霜』，此少時不到也。」

141東坡云：「荆公暮年詩始有合處，五字最勝，二韻小詩次之，七言詩終有晚唐氣味。如平甫七字，復爲佳耳。」

142東坡老人在昌化，嘗負大瓢行歌於田間，有老婦年七十，謂坡云：「内翰昔日富貴，一場春夢。」坡然之。里人呼此媪爲春夢婆。坡被酒獨行，遍至子雲諸黎之舍，作詩云：「符老風情老奈何，朱顔減盡鬢絲多。投梭每困東鄰女，換扇唯逢春夢婆。」是日，老符秀才言換扇事。

143晁無咎言：晏叔原不蹈襲人語，而風調閑雅，自是一家。如：「舞低楊柳樓心月，歌盡桃花扇底風。」自可知此人不生在三家村中也。

144荆公云：「古之歌者，皆先有詞，後有聲，故曰『詩言志，歌永言，聲依永，律和聲。』如今先撰腔子，後填詞，却是永依聲也。」

145契丹天祚文妃喜文墨，嘗作史詩以諷諫，云：「丞相朝來劍佩鳴，千官側目寂無聲。養成寇盜謀將及，害盡忠良諫不行。親戚盡連藩屏翰，私門潛蓄爪牙兵。可憐二世秦天子，猶向宫中望太平。」文妃被誅後，其子晉王，誦經受誅，母子俱賢也。

146司馬文正公言行俱高，然亦每有謔語，嘗作詩云：「由來獄吏少和氣，皋陶之狀如削瓜。」（下略）（卷八。下同）

147今人謂拙直者名方頭，陸魯望作《有懷》詩云：「頭方不會王門事，塵土空緇白苧衣。」亦有此出處矣。

148宣城守呂士隆，好緣微罪杖營妓。後樂籍中得一客娼，名麗華，善歌，有聲於江南，士隆眷之。一日，復欲杖營妓，妓泣訴曰：「某不敢避杖，但恐新到某人者，不安此耳。」士隆笑而從之。麗華短肥，故梅聖俞作《莫打鴨》詩以解之，曰：「莫打鴨，莫打鴨，打鴨驚鴛鴦。鴛鴦新自南池落，不比孤洲老禿鶬。禿鶬尚欲遠飛去，何況鴛鴦羽翼長。」

149詹玠，南方人，有《詠梅》詩云：「只有雪争白，更無花似香。」全似裴説詩格。《説棋》詩云：「人心無算處，國手有輸時。」又《牡丹》詩云：「未嘗貧處見，不似土中生。」又嘗有詩云：「入山不避虎，當路却防人。」格雖不高，真入理之言。

150金陵人謂中酒曰酒惡，則知李後主詩云：「酒惡時拈花蕊嗅。」用鄉人語也。

151揚州山光寺一小室中，有題二絶於壁上者，曰：「馬蹄輕蹙柳花浮，醉入淮南第一州。不是青樓羞薄倖，自緣無錦不纏頭。」又曰：「高臺已傾池已平，隋家宮殿春草生。千年往事何足嘆，廣陵非復舊時城。」二詩筆法秀勁，不題名氏，荆公後題云：「此沈文通詩。」

152劉原父晚守長安，眷官妓蔡嬌，所謂添酥者也。其召還，作詩別之曰：「玳筵銀燭徹宵明，白玉佳人唱渭城。更盡一杯須起舞，關河秋月不勝情。」

153川中一士人作《食菜》詩十餘韻，其警句云：「溲頻傾緑水，溷急走青蛇。渾家青菜子，一肚晚蠶沙。」

154張文潛戲作《雪獅》絶句云：「六出裝來百獸王，日頭出後便郎當。争眉霍眼人誰怕，想你應無熟肺寫本「沸」腸。」

155韓魏王晚謝事歸相州，有詩云：「花散曉叢蜂蝶亂，雨匀春圃桔槔閒。」又云：「不羞老圃秋容瘦，且看黄花晚節香。」皆熙寧紛更法度，争之不勝所作也。

156東坡在黄岡，與張從惠吉老同一州。吉老妻，予從姑也，遇生日，請坡夫婦飲。適有新桃，食之見雙仁，坡戲作《獻壽》詩云：「終須跨箇玉麒麟，方丈蓬萊走一巡。敢獻些兒長壽物，蟠桃核裹有雙仁。」案：此則從寫本補。

157東坡云：予飲少輒醉，卧則鼻鼾如雷，傍舍爲厭，而己不知也。一日，因醉卧，有魚頭鬼身者，自海中來告云：「廣利王來請端明。」予被褐草屨黄冠而去，亦不知身步在水中，但聞風雷聲暴如觸石，意亦知在深水處。有頃，豁然明白，真所謂水精宫殿相照耀也。其下則有驪目、夜光、文犀、尺璧、南金、火齊，眩目不可仰視，而琥珀、珊瑚，又不知多少也。廣利少間佩冠劍而出，從以二青衣，予對以海上逐客，重煩邀命，廣利且歡且笑。頃，南溟夫人亦造焉，東華真人亦造焉，自知不在人世。少間，出素鮫綃丈餘，命予題詩，予乃賦之曰：「天地雖虚廓，淮海爲最大。聖王時海虞本

〔皆〕祀事，位尊河伯拜。祝融爲異號，恍惚聚百怪。三氣變流光，萬里風雨快。靈旗摇紅纛，赤虯噴滂湃。家近玉皇樓，彤光照無界。若得明月珠，可償逐客債。」寫竟，進廣利，諸仙遞看，咸稱妙。獨廣利傍一冠篸水族，謂之鼊相公，進言：「蘇軾不避忌諱，祝融字犯王諱。」王大怒，予退而嘆曰：「到處被相公廝（懷）〔壞〕。」案：此則諸本脱前十一行，今從寫本補。

158 山谷云：金華俞清老，字子忠，三十年前與予共學於淮南。元豐甲子相見於廣陵，自云荆公欲用之，脱掖逢，著僧伽梨，奉香火於半山宅寺，所謂報寧禪院也。予命之僧名曰紫琳，字清老，無妻子累，去作半山道人似不爲難事，然生龜脱筒，亦難堪忍。後數年見之，儒冠自若也，因戲和清老詩云：「索索葉自雨，月寒遥夜闌。馬嘶車鐸鳴，群動不遑安。有人夢超俗，去髮脱儒冠。平明視青鏡，政爾良獨難。」東坡常哦此詩以爲戲。

159 田承君云：「東人王居卿在揚州，孫巨源、蘇子瞻適相會，居卿置酒曰：『疏影横斜水清淺，暗香浮動月黄昏。』此和靖《梅花》詩。然而爲詠杏花與桃李皆可用也。」東坡曰：「可則可，恐杏花與桃花不敢承當。」一坐爲之大笑。

160 曾讜，孝序之子，元符中，上書論元符之政，論編入邪，爲中等。後爲二蔡客，上書詆元祐、美崇寧政事，爲正論上等。後因陛對作聖語，令進擢，又背京從卞，言章及之，遂貶丹陽閒居。嘗送新茶與蔡天啓，天啓於簡後批一詩云：「欲言正焙香全少，便道沙溪味却嘉。半正半邪誰可會，似君書疏正交加。」

161東坡嘗作《韓幹馬》詩云：「少陵翰墨無形畫，韓幹丹青不語詩。此畫此詩今已矣，人間駑驥謾争馳。」余以爲若論詩畫，於此盡矣。每誦數過，殆欲常以爲法也。

162張乖崖自成都召還華山，寄陳摶詩云：「世人大抵重官榮，見我西歸夾路迎。應被華山高士笑，天真喪盡得浮名。」

163山谷，建中靖國間例復官職，有詩十首。一曰：「陽城論事蓋當世，陸贄草詔傾諸公。翰林若要真學士，喚取儋州秃鬢翁。」謂東坡也。

164韓退之不喜僧，每爲僧作詩，必隨其淺深侮之，如《送靈師》詩云：「圍棋鬭白黑，生死隨機權。六博在一擲，梟盧叱迴旋。戰詩誰與敵，法汙横戈鋋。飲酒盡百觴，嘲諧思逾鮮。有時醉花月，高唱清且緜。」言僧之事，乃云圍棋、飲酒、六博、醉花、唱曲，良爲不雅。可謂出醜矣。又《送澄觀》詩，乃清凉國師者，雖不敢如此深詆，亦有「向風長嘆不可見，我欲收歛加冠巾」，亦欲令其還俗，是終不喜僧也。

165山谷在涪溪，詠水仙花詩云：「凌波仙子生塵襪，波上盈盈步微月。被誰招此斷腸魂，種作寒花寄愁絶。含香體素欲傾城，山礬是弟梅是兄。坐對真成被花惱，出門一笑大江横。」

166《國史補》云：「酒有郢之富水，烏程之若下，滎陽之土窟春，富平之石梁《國史補》作「凍」春，劍南之燒香春，老杜亦云：「聞道雲安麴米春，纔傾一盞即醺人。」裴硎作《傳奇》記裴航事，亦有酒名松醪春，唐人多以春名酒也。

167江南道中，壁上有人題云：「蛇蝎性靈生便毒，蕙蘭根異死猶香。」不知何人詩，亦妙語也。案：此條《稗海》本佚，今從寫本補録。芸窗書院本云：江南道中，壁上有詩云：「蛇雖死後性猶存，蘭縱焚時根亦香。」此警世之語，有道之言也。

168東坡作詩，妙於使事，如：「剩欲去爲湯餅客，却愁錯寫弄麞書。」弄麞，乃李林甫事。湯餅客，出劉禹錫《贈張盥》，詩云：「憶爾懸弧日，余爲坐上賓。舉筯食湯餅，祝辭天麒麟。」若以爲明皇王后事，則不見坐食湯餅之意。案：芸窗本止此，無下云云。公海虞本「又」在黄州，邀一隱士相見，但視傳舍，不言而去。坡曰：「豈非以身世爲傳舍乎？」因贈詩云：「士廉豈識桃椎妙，妄意稱量未必然。」蓋用朱桃椎事。高士廉備禮請見，與之語，不答，瞪目而去，士廉再拜曰：「祭酒其使我以無事治蜀耶！」乃簡條目，州遂大治。東坡取隱士相見不言之意爲詩，真切當也。

（冀勤）

明道雜志

張耒　撰

張耒（一〇五四——一一一四），字文潛，號柯山，又稱宛丘先生。祖籍亳州譙縣（今安徽亳縣），生長于楚州淮陰（今屬江蘇）。曾任起居舍人，人稱張右史。《明道雜志》，《宋史·藝文志》及《四庫全書》均未著録。傳本不分卷，或分二卷。此據《顧氏文房小説》本選録。

1白樂天作《紫毫筆》詩云：「宣城石上有老兔，食竹飲泉生紫毫。」余守宣時，問筆工，毫用何處兔。答云：皆陳、亳、宿數州客所販。宣自有兔毫，不堪用。蓋兔居原田則毫全，以出入無傷也。宣兔居山，出入爲荆棘樹石所傷，毫例短秃。則白詩所云非也。白公宣州發解進士，宜知之，偶不問耳。

2先人嘗任三司檢法官，以親老求知吴江縣。將之官，名公多作詩送行，而吴正憲、王中甫詩工。吴詩云：「全吴風景好，之子去絃歌。夜犬驚胥少，秋鱸餉客多。縣樓疑海蜃，衙鼓答江鼉。遥想晨鳬下，長橋正緑波。」王詩云：「乍被軒綏寵，新辭計省繁。三江吴故國，百里漢郎官。煙水尊牙紫，霜天橘顆丹。優游民政外，風月即清歡。」

3王中父名介，衢州人，以制舉登第，性聰悟絶人，所嘗讀書皆成誦，而任氣多忤物，以故不達，終於館職知州。其作詩多用助語足句，有《送人應舉》詩，落句云：「上林春色好，携手去來兮。」又《贈人落第》詩云：「命也豈終否，時乎不暫留。勉哉藏素業，以待歲之秋。」此格古未有也。平生所嗜唯書，不治他事，其談語多用故事，淺聞者未易曉。知湖州日，判司理請覆檢官狀云「督郵」。所由得此狀，遍尋督郵無知者，乃復入白之，介曰：「督郵即録參也，據爾如此，全不讀書。」聞者皆笑。

4杜甫之父名閑，而甫詩不諱閑。某在館中時，同舍屢論及此，余謂甫天姿篤於忠孝，於父名非不獲已，宜不忍言。試問王仲至，討論之，果得其由，大抵本誤也。《寒食》詩云：「田父邀皆去，鄰家閑不違。」仲至家有古寫本杜詩，作「問不違」，作「問」實勝「閑」。又《諸將》詩云：「見愁汗馬西戎逼，曾閃朱旂北斗閑。」寫本作「殷」字，亦有理，語更雄健。又有「娟娟戲蝶過閑幔，片片驚鷗下急湍」，本作「開幔」，「開幔」語更工，因開幔見蝶過也。惟《韓幹畫馬贊》有「御者閑敏」，寫本無異説。雖容是「開敏」，而《禮》，卒哭乃諱，《馬贊》容是父在所爲也？

5先君嘗從趙周翰授《易》，與周翰稍密。先君嘗與客語，周翰作詩極有風味。據此風流，是温飛卿、韓致光之流，而世以樸儒處之，非也。嘗作《梅》詩，有一聯云：「霜女遺靈長着素，玉妃餘恨結成酸。」又有一詩，以《向來》爲題，其詩曰：「向來精思已陳陳，旅思無端不及春。潘子形容傷白髮，沈郎文字暗丹唇。」此詩奇麗之極，豈野儒所爲乎？

6七言、五言、四言、三言，雖論詩者謂各有所起，然《三百篇》中皆有之矣。但除四言，不全章如此耳。韻雖起沈休文，而自有三百篇則有之矣。但休文四聲，其律度尤精密耳。余嘗讀沈休文集中有九言詩，休文雖作者，至牽於鋪言足數，亦不能工，僅成語耳。黄九説《雄雉》詩何以見取於夫子，應是取趁韻耳。謂「瞻彼日月」以下至篇終，韻極不倫也。韓吏部《此日足可惜》詩，自嘗字入行字，又入江字、崇字，雖越逸出常制，而讀之不覺，信奇作也。子瞻説讀吏部古詩，凡七言者則覺上六字爲韻，設五言則上四字爲韻，設如「君不强起時難更」、「持一念萬漏」之類是也。不若老杜語韻渾然天成，無牽强之迹。則退之於詩，誠未臻其極也。韓退之窮文之變，每不循軌轍。古今人作七言詩，其句脉多上四字而下以三字成之，如「老人清晨梳白頭」「先帝天馬玉花驄」之類，而退之乃變句脉以上三下四，如「落以斧（斤）引（以）纆徽」「雖欲悔舌不可捫」之類是也。退之作詩，其精工乃不及柳子厚。子厚詩律尤精，如「愁深苑猿夜，夢短越雞晨」，「亂松知野寺，餘雪記山田」之類，當時人不能到。退之以高文大筆，從來便忽略小巧，故律詩多不工，如陳商小詩，叙情賦景直是至到，而已脱詩人常格矣。柳子厚乃兼之者，良由柳少習時文，自遷謫後始專古學，有當世詩人之習耳。

7蘇長公有詩云：「身行萬里半天下，僧卧一庵初白頭。」黄九云「初日頭」，問其義，但云：「若此僧負暄於初日耳。」余不然。黄甚不平，曰：「豈有用白對天乎？」余異日問蘇公，公曰：「若是黄九要改作『日頭』，也不奈他何。」

8讀書有義未通而輒改字者，最學者大病也。老杜《同谷》詩有「黄精無苗山雪盛」，後人所改也。其舊乃「黄獨」也，讀者不知其義，因改爲「精」，其實黄獨自一物也，本處謂之土芋，其根唯一顆而色黄，故名黄獨耳。饑歲土人掘食以充糧，故老杜云耳。鄭玄解經以緑爲禄，以犧爲莎，亦此類也。古説「黄目」，乃尊上畫人目，而禁中有古樽，乃畫龜。或言蟲中惟龜目最黄，不然人目黄乃病也。杜子美有《問人求小猢猻》詩曰：「聞説夔州路，山猿樹樹懸。」猢猻與猿兩物也，而子美乃聞猿而覓猢猻，亦大鹵莽矣。

9潞公以太尉鎮洛師，遇生日，僚吏皆獻詩，多云五福全者，潞公不悦，曰：「遽使我考終命耶？」有一客詩云「綽約肌膚如處子」，蓋用莊子姑射仙人事也。洛人笑之曰：「願爾得婦色若此。」潞公色黔也。

10蘇惠州嘗以作詩下獄，自黄州再起，遂遍歷侍從而作詩，每爲不知者咀味，以爲有譏訕，而實不然也。出守錢塘，來别潞公，公曰：「願君至杭少作詩，恐爲不相喜者誣謗。」再三言之。臨别上馬笑曰：「若還興也，便有箋云。」時有吴處厚者，取蔡安州詩作注，蔡安州遂遇禍，故有「箋云」之戲。興也，蓋取毛鄭孫詩分六義者。又云：「願君不忘鄙言，某雖老悖，然所謂者希之歲，不妨也善之言。」

11余游洛陽大字院，見歐公、謝希深、尹師魯、聖俞等避暑唱和詩牌，後有一和者，稱鄉貢進士王復，有一聯押權字特妙：「早蟬秋有信，多雨暑無權。」後不甚顯名。洛人云：仕亦至典郡正郎。

12古人作詩賦事，不必皆實，如謝宣城詩「澄江浄如練」，宣城去江近百里，州治左右無江，但有兩溪耳。或當時謂溪爲江，亦未可知也。此猶班固謂八川分流。

13蘇舜元字才翁，舜欽字子美，兄弟也。舜欽名藉甚，才翁人少稱之。然才翁書字清勁老健，實過子美。至爲詩有嘉句，子美亦不逮也。才翁有《宿僧院》詩一聯云：「斷香浮缺月，古像守昏燈。」可謂嘉絶。

14世傳唐張又新在李紳席上作詩贈樂妓云：「雲雨分飛二十年，當時求夢不曾眠。」此詩固佳，然誤矣。夫求夢須眠，不眠安得有夢？

15先君舊説，嘗隨侍祖父官閩，有一官人家子弟，秀穎美風表，善作詩，詩格似李長吉，有一聯云：「細草行藤路，垂楊席帽風。」然夭卒。又嘗見張去華，説一道人能詩，一聯云：「窻風枯硯滴，山雨慢琴絃。」亦頗幽奇。

（王秀梅）

邵氏聞見録

邵伯温　撰

邵伯温（一〇五六—一一三四），字子文，河南洛陽人，理學家邵雍之子。曾官利路轉運副使、提舉太平觀。《邵氏聞見録》二十卷，前有紹興二年（一一三二）自序，多記前輩言行。此據中華書局一九八三年排印本選録。

1太宗既下江南，以賈黄中知金陵府。一日，黄中按行府第，見庫舍扃鐍甚嚴，集僚吏發之，得寶貨數十巨櫝，皆李氏宫闈之物，不隸於籍者。黄中悉表上之。太祖嘆曰：「吾府庫之物有籍，貪黷者尚冒禁盗之，況此亡國之遺物乎？」賜黄中錢三百萬，以旌其潔。黄中，唐相耽四世孫也，年七歲，以童子舉及第。李文正公昉贈之詩曰：「七歲神童古所難，賈家門户有衣冠。十人科第排頭上，五部經書誦舌端。見榜不知名字貴，登筵未識管弦歡。從今穩上青雲去，萬里誰能測羽翰。」至太平興國中，遂參大政。年五十六以卒。（中略）

賈黄中字昌民，滄州人，唐相耽之裔。所贈詩或云竇儀。年十五舉進士，授校書郎、集賢校理、左拾遺補闕。嶺南平，爲採訪使；江南平，知昇州。召還，知制誥；遷翰林學士。太宗多召見，訪以時政得失。對曰：「職當書詔，思不出位。」太宗益重之，除給事中、參知政事。太宗召見其母王氏，命之坐，謂曰：「教子如是，今之孟母也。」性端重，守家法，多知臺閣故事。朝之典禮，資以損益。當時名士皆出其門。有文集行於世，三十卷。公與宋白、李至、吕蒙正、蘇易簡五人同拜翰林學士，時承旨扈蒙贈詩曰：「五鳳齊飛入翰林。」其後皆爲名臣。（卷六）

2范魯公質舉進士，和凝爲主文，愛其文賦。凝自以第十三登第，謂魯公曰：「君之文宜冠多士，屈居第十三者，欲君傳老夫衣鉢耳。」魯公以爲榮至。先後爲相，有獻詩者云：「從此廟堂添故事，登庸衣鉢亦相傳。」周祖自鄴舉兵向闕，京師亂，魯公隱於民間。一日坐封丘巷茶肆中，有人貌怪陋，前揖曰：「相公無慮。」時暑中，公所執扇偶書「大暑去酷吏，清風來故人」詩二句。其人曰：「世之酷吏冤獄，何止如大暑也，公他日當深究此弊。」因携其扇去。公惘然久之，後至祆廟後門，見一土偶短鬼，其貌肖茶肆中見者，扇亦在其手中，公心異焉。亂定，周祖物色得公，遂至大用。公見周祖首建議律條繁廣，輕重無據，吏得以因緣爲姦，周祖特詔詳定，是爲《刑統》。（卷七。下同）

3范魯公戒子孫詩，其略曰：「戒爾學立身，莫若先孝悌，怡怡奉親長，不敢生驕易。戰戰復兢兢，造次必於是。戒爾學干禄，莫若勤道藝。嘗聞諸格言，學而優則仕。不患人不知，惟患學不至。戒爾遠恥辱，恭則近乎禮。自卑而尊人，先彼而後己。《相鼠》尚有禮，宜鑒詩人刺。戒爾勿曠放，曠放非端士。周、孔垂名教，齊、梁尚清議，南朝稱八達，千載穢青史。戒爾勿嗜酒，狂藥非佳味，能移謹厚性，化爲兇險類。古今傾敗者，歷歷皆可記。戒爾勿多言，多言衆所忌，苟不慎樞機，災厄從此始。是非毁譽間，適足爲身累。舉世重交游，擬結金蘭契。忿怨從是生，風波當時起。所以君子性，汪汪淡如水。舉世好奉承，昂昂增意氣，不知奉承者，以爾爲玩戲。所以古人疾，籧篨與戚施。舉世重任俠，俗呼爲氣義，爲人赴急難，往往陷刑制。所以馬援書，慇懃戒諸子：舉世賤清素，奉身好華侈。肥馬衣輕裘，揚揚過閭里，雖得市童憐，還爲識者鄙。」恭惟祖宗所用宰輔，皆忠厚篤實之士，獨魯公爲之稱首，余讀國史，得其詩，録以爲子孫之戒。

4寇萊公既貴，因得月俸，置堂上。有老媼泣曰：「太夫人捐館時，家貧，欲絹一匹作衣衾不可得，恨不及公之今日也。」公聞之大慟，故居家儉素，所卧青帷二十年不易。或以公孫弘事靳之，公笑曰：「彼詐我誠，尚何愧！」故魏野贈公詩曰：「有官居鼎鼐，無宅起樓臺。」後虜使在廷，目公曰：「此無宅相公耶？」（下略）

5華山隱士陳摶，字圖南，唐長興中進士，游四方，有大志，《隱武當山詩》云：「他年南面去，記得此山名。」本朝張鄧公改「南面」爲「南嶽」，題其後云：「蘚壁題詩志何大，可憐今老華圖南。」蓋唐末時詩也。（下略）

6吕文穆公諱蒙正，微時於洛陽之龍門利涉院土室中，與温仲舒讀書，其室中今有畫像。有詩云：「八灘風急浪花飛，手把魚竿傍釣磯。自是釣頭香餌别，此心終待得魚歸。」又云：「怪得池塘春水滿，夜來雷雨起南山。」後狀元及第，位至宰相。温仲舒第三人及第，官至尚書。公在龍門時，一日行伊水上，見賣瓜者，意欲得之，無錢可買，其人偶遺一枚於地，公悵然取食之。後作相，買園洛城東南，下臨伊水起亭，以「噎瓜」爲名，不忘貧賤之義也。

7 韓魏公自樞密副使以資政殿學士知揚州，王荆公初及第爲僉判，每讀書至達旦，略假寐，日已高，急上府，多不及盥漱。魏公見荆公少年，疑夜飲放逸。一日從容謂荆公曰：「君少年，無廢書，不可自棄。」荆公不答，退而言曰：「韓公非知我者。」魏公後知荆公之賢，欲收之門下，荆公終不屈，如召試館職不就之類是也。故荆公《熙寧日録》中短魏公爲多，每曰：「韓公但形相好爾。」作《畫虎圖》詩詆之。至荆公作相，行新法，魏公言其不便。神宗感悟，欲罷其法。荆公怒甚，取魏公章送條例司疏駁，頒天下。又誣吕申公有言藩鎮大臣將興晉陽之師，除君側之惡，自草申公謫詞，昭著其事，因以摇魏公。賴神宗之明，眷禮魏公，終始不替。魏公薨，帝震悼，親製墓碑，恩意甚厚。荆公有挽詩云：「幕府少年今白髮，傷心無路送靈輀。」猶不忘魏公少年之語也。（卷九）

8 文潞公慶曆中以樞密直學士知成都府。公年未四十，成都風俗喜行樂，公多燕集，有飛語至京師。御史何郯聖從，蜀人也，因謁告歸，上遣伺察之。聖從將至，潞公亦爲之動。張俞少愚者謂公曰：「聖從之來無足念。」少愚自迎見於漢州。同郡會有營妓善舞，聖從喜之，問其姓，妓曰：「楊。」聖從曰：「所謂楊臺柳者。」少愚即取妓之項上帕羅題詩曰：「蜀國佳人號細腰，東臺御史惜妖嬈。從今唤作楊臺柳，舞盡春風萬萬條。」命其妓作《柳枝詞》歌之，聖從爲之霑醉。後數日，聖從至成都，頗嚴重。一日，潞公大作樂以燕聖從，迎其妓雜府妓中，歌少愚之詩以酌聖從，聖從每爲之醉。聖從還朝，潞公之謗乃息。事與陶穀使江南《郵亭詞》相類云。張少愚者，奇士，潞公固重

其人也。（卷十。下同）

9英宗即位，侍御史吕誨獻可言歐陽脩首建邪議，推尊濮安懿王，有累聖德；并劾韓琦、曾公亮、趙槩。積十餘章，不從。（中略）獻可言安石不已，出知鄧州。康節先生與獻可善，方獻可初赴召，康節與論天下事，至獻可謫官，無一不如所言者。故獻可之爲鄧州也，康節寄以詩云：「一别星霜二紀中，升沉音問不相通。林間談笑雖歸我，天下安危且係公。萬乘几前當蹇諤，百花洲上略相從。不知月白風清夜，能憶伊川舊釣翁？」獻可和云：「冥冥鴻羽在雲天，邈阻風音已廿年。不謂聖朝求治理，尚容遺逸卧林泉。羡君身散隨時樂，顧我官閒飽晝眠。應笑無成三黜後，病衰方始賦歸田。」獻可尋請宫祠歸洛，温公、康節日相往來。（中略）至温公薨，獻可之子由庚作挽詩云：「地下若逢中執法，爲言今日再昇平。」記其先人之言也。（下略）

10李承之待制，奇士，蘇子瞻所謂李六丈人豪也。爲童子時，論其父緯之功於朝，久不報，自詣漏舍以狀白丞相韓魏公，公曰：「君果讀書，自當取科名，不用紛紛論賞也。」承之云：「先人功罪未辨，深恐先犬馬溝壑，無以見於地下，故忍痛自言。若欲求官，稍識字，第二人及第固不難。」魏公，王堯臣榜第二人登科，承之故云，公聞其語矍然。或云魏公德量服一世，獨於承之終身不能平。承之既登第，官浸顯，益有直聲。唐介參政爲臺官時，言文潞公燈籠錦獻張貴妃事，上怒甚，謫介春州，承之送以詩，有「去國一身輕似葉，高名千古重如山。並遊英俊顔何厚，已死英雄骨尚寒」之句。後介用潞公薦，官於朝廷，無所言，承之以故從介索所送詩，介無以報，取詩還之曰：「我固不用落韻詩也。」以「山」「寒」二字韻不同，故云。可見承之之剛正也。承之在仁宗朝官州縣，因邸吏報包拯拜參政，或曰：「朝廷自此多事矣。」承之正色曰：「包公無能爲。今知鄞縣王安石者，眼多白，甚似王敦。他日亂天下者，此人也。」後荆公相神宗，以天命不足畏、祖宗不足法、人言不足卹爲術，承之深詆之。至吕獻可中丞死，承之以詩哭之，有「奸進賢須退，忠臣死國憂。吾生竟何益，願卜九泉游」之句。荆公之黨吕惠卿益怨之，未有以發也。會承之上章自叙，神宗留其章禁中，惠卿堅請領之。惠卿因節略文意，以「天生微臣，實爲陛下」等語激上意，遂有愚弄人主之責，終其身不至大用。嗚呼！士若承之，豈孔子所謂剛者歟？（卷十三。下同）

11朱壽昌者，少不知母所在，棄官走天下求之，刺血書佛經，志甚苦。熙寧初見於同州，迎以歸，朝士多以詩美之。蘇内翰子瞻詩云：「感君離合我酸辛，此事今無古或聞。」王荆公薦李定爲臺官，定嘗不持母服，臺諫、給、舍俱論其不孝，不可用。内翰因壽昌作詩貶定，故曰「此事今無古或聞」也。後定爲御史中丞，言内翰多作詩訕上。内翰自知湖州赴詔獄，小人必欲殺之。張文定、范忠宣二公上疏救，不報，天下知其不免矣。内翰獄中作詩寄黄門公子由云：「與君世世爲兄弟，更結來生未斷因。」或以上聞，上覽之悽然，卒赦之，止以團練副使安置黄州。

12程宗丞先生名顥字伯淳，弟侍講先生名頤字正叔，（中略）横渠張先生名載字子厚，（中略）三先生俱從康節遊，康節尤喜明道，其譽之與富韓公、司馬温公、吕申公相等。故康節《四賢詩》云：「彦國之言鋪陳，晦叔之言簡當，君實之言優游，伯淳之言調暢。四賢洛之觀望，是以在人之上。有宋熙寧之間，大爲一時之狀。」則康節之所以處明道者盛矣。一日，二程先生侍太中公訪康節於天津之廬，康節携酒飲月陂上，歡甚，語其平生學術出處之大。明日，悵然謂門生周純明曰：「昨從堯夫先生遊，聽其論議，振古之豪傑也。惜其老矣，無所用於世。」純明曰：「所言何如？」明道曰：「内聖外王之道也。」是日，康節有詩云：「草軟波平風細溜，雲輕日淡柳低摧。狂言不記道何事，劇飲未嘗如此杯。好景只知閒信步，朋歡那覺大開懷。必期快作賞心事，却恐賞心難便來。」明道和云：「先生相與賞西街，小子親携几杖來。行處每容參劇論，坐隅還許瀝餘杯。檻前流水心同樂，林外青山眼重開。時泰心閒兩難得，直須乘興數追陪。」明道敬禮康節如此。故康節之葬，伯温獨請誌其墓焉。悲夫，先生長者已盡，其遺言尚存。伯温自念暮景可傷，不可使後生無聞也，因具載之。（卷十五）

13國初，隱士石砒居洛陽之北邙山，馮拯侍中爲留守。砒每騎驢直造侍中，見必拜之，飲酒至醉乃去。砒好作詩，多道家語，有曰：「結網蜘蛛翻仰肚，轉枝啄木倒垂頭。」意謂謀利者如此。又曰：「蝸牛角上争閑事，石火光中寄此身。」意謂好利者若此。洛人頗能誦之。一日，自城中飲酒大醉，騎驢夜歸，失所在。（卷十六。下同）

14張唐英者，天覺丞相兄也。丞相少受學於唐英，唐英有史才，嘗作《宋名臣傳》、《蜀檮杌》行於代。熙寧元年春，以前御史服除還京朝過洛，府尹同僚屬出賞花，皆不見。唐英題詩傳舍云：「先帝昭陵土未乾，又聞永厚葬衣冠。小臣有淚皆成血，忍向東風看牡丹。」尹聞之，遽遺書爲禮，却而不受。蓋仁宗山陵初成，英宗厭代，賴唐英還朝不得歸臺，不然，河南尹者不免矣。

15嘉祐中，有李殿丞者，知濟源縣，魏廣者主簿，汜水人。二人素相好，一日會府中，李被酒，謂廣曰：「我果宦達，當薦君爲屬。」未幾，河南倅闕，攝其事；守闕，李又攝之，遂檄廣權幕官，相從益歡。監司以燕會數，俱罷歸故官。廣先去，李餞於東門席上，賦詩有曰「今日不知明日事，人情反復似車輪。我今自是飄萍客，更向長亭作主人」。蓋當時朝廷文法寬，所用監司皆長者，故能容州縣之吏如此。任道司門爲康節先生云。

16姚嗣宗字因叔，華陰人，豪放能文章，喜談兵。嘗作詩曰：「踏破賀蘭石，掃清西海塵。布衣有此志，可惜作窮鱗。」韓魏公宣撫陝西，薦於朝。命官以大理寺丞，知華陰。有運使李參者，性卞急，因謁岳相，見庭中唐大碑爲火所焚，問嗣宗曰：「誰焚此碑？」嗣宗曰：「草賊耳。」參問曰：「何不捕治？」嗣宗曰：「當時捉之不獲。」參問賊姓名，嗣宗曰：「黄巢耳。」參知其玩己，乃已。嗣宗，人傑也，竟不達以死。吕汲公表其墓，載平生甚詳。

17太學博士姜愚字子發，京師人，長康節先公一歲，從康節學，稱門生。先公年四十五未娶。潞州張仲賓太博字穆之未第，亦從康節學。二君同白康節曰：「不孝有三，無後爲大。先生年踰四十不娶，親老無子，恐未足以爲高。」康節曰：「貧不能娶，非爲高也。」子發曰：「某同學生王允修頗樂善，有妹甚賢，似足以當先生。」穆之曰：「先生如婚，則某備聘，令子發與王允修言之。」康節遂娶先夫人。後二年，伯温始生。故康節有詩云：「我今行年四十七，生男方始爲人父。鞠育教誨誠在

我，壽夭賢愚繫於汝。我若壽命七十歲，眼見吾兒二十五。我欲願汝成大賢，未知天意肯從否？」（下略）（卷十八。下同）

18康節先公慶曆間過洛，館於水北湯氏，愛其山水風俗之美，始有卜築之意。（中略）嘉祐七年，王宣徽尹洛，就天宫寺西天津橋南五代節度使安審琦宅故基，以郭崇韜廢宅餘材爲屋三十間，請康節遷居之。富韓公命其客孟約買對宅一園，皆有水竹花木之勝。熙寧初，行買官田之法，天津之居亦官地。牓三月，人不忍買。諸公曰：「使先生之宅他人居之，吾輩蒙耻矣。」司馬温公而下，集錢買之。康節先生以詩謝王宣徽曰：「嘉祐壬寅歲，新巢始孱功。正分道德里，更近帝王宫。檻仰端門峻，軒迎兩觀雄。窗虚響瀍、澗，臺迥粲伊、嵩。好景尤難得，昌辰豈易逢？無才濟天下，有分樂年豐。水竹腹心裏，鶯花淵藪中。老萊歡不已，靖節嘆何窮。嘯傲陪真侶，經營荷府公。丹誠徒自寫，匪報厚恩隆。」後以詩謝温公諸公曰：「重謝諸公爲買園，洛陽城裏占林泉。七千來步平流水，二十餘家争出錢。嘉祐卜居終是僦，熙寧受券遂能專。鳳凰樓下新閑客，道德坊中舊散仙。洛浦清風朝滿袖，嵩岑皓月夜盈軒。接䍦倒戴芰荷畔，談麈輕摇楊柳邊。陌徹銅駝花爛熳，堤連金谷草芊綿。青春未老尚可出，紅日已高猶自眠。洞號長生宜有主，窩名安樂豈無權？敢於世上明開眼，會向人間别看天。盡送光陰歸酒盞，都移造化入詩篇。也知此片好田地，消得堯夫筆似椽。」今宅契司馬温公户名，園契富韓公户名，莊契王郎中户名，康節初不改也。康節蓋曰：「貧家未嘗求於人，人饋之，雖少必受。」嘗謂伯温曰：「名利不可兼也。吾本不求名，既爲世所知矣，何用利哉？ 故甘貧樂道，平生無不足之意。」嗟夫！ 洛陽風俗之厚，人物之盛，此不可見矣。重念老境可傷，因詳書之以示子孫云。

19康節先公謂本朝五事，自唐虞而下所未有者：一、革命之日，市不易肆；二、克服天下在即位後；三、未嘗殺一無罪；四、百年方四葉；五、百年無心腹患。故《觀盛化詩》曰：「紛紛五代亂離間，一旦雲開復見天。草木百年新雨露，車書萬里舊山川。尋常巷陌猶簪紱，取次園亭亦管絃。人老太平春未老，鶯花無害日高眠。」又曰：「吾曹養拙賴明時，爲幸居多寧不知。天下英才中遁跡，人間好景處開眉。生來只慣見豐稔，老去未嘗經亂離。五事歷將前代舉，帝堯而下固無之。」伯溫竊疑「未嘗經亂離」爲太甚，先公曰：「吾老且死，汝輩行自知之。」永念先公當本朝太平盛時，隱居求志，謝聘不屈，其發爲詩章每如此。

20康節先公與富文忠公早相知。文忠初入相，謂門下士田棐大卿曰：「爲我問邵堯夫，可出，當以官職起之；不，即命爲先生處士，以遂隱居之志。」田大卿爲康節言，康節不答，以詩二章謝之曰：「相招多謝不相遺，將爲胸中有所施。若進豈能禁吏意，既閑安用更名爲？ 願同巢、許稱臣日，甘老唐、虞比屋時。滿眼清賢在朝列，病夫無以繫安危。」又云：「欲遂終焉老閑計，未知天意果如何？ 幾重軒冕酬身貴，得此雲山到眼多。好景未嘗無興詠，壯心都已入消磨。鷦鴻自有江湖樂，安用區區設網羅。」文忠公終不相忘，乃因明堂祫享，赦詔天下舉遺逸，公意謂河南府必以康節應詔。時文潞公尹洛，以兩府禮召見康節，康節不屈，遂以福建黄景應詔。（中略）熙寧二年，神宗初即位，詔天下舉遺逸。御史中丞吕誨、三司副使吴充、龍圖閣學士祖無擇皆薦康節。時歐陽公作參知政事，素重常秩，故潁川亦再以秩應詔。康節除祕書省校書郎、潁州團練推官。辭，不許。既受命，即引疾不起。答鄉人二詩，一曰：「平生不作皺眉事，天下應無切齒人。斷送落花安用雨，裝添舊物豈須春？幸逢堯、舜爲真主，且放巢、由作外臣。六十病夫宜揣分，監司何用苦開陳？」二曰：「却恐鄉人未甚知，相知深後又何疑？貧時與禄是可受，老後得官難更爲。自有林泉安素志，況無才業動丹墀。荀、揚若守吾儒分，免被韓文議小疵。」(下略)

21康節先公與富韓公有舊，公自汝州得請歸洛養疾，築大第，與康節天津隱居相邇。公曰：「自此可時相招矣。」康節曰：「某冬夏不出，春秋時，間過親舊間。公相招未必來，不召或自至。」公謝客戒子曰：「先生來，不以時見。」康節一日過之，公作詩云：「先生自衛客西畿，樂道安閑絶世機。再命初筵終不起，獨甘窮巷寂無依。貫穿百代嘗探古，吟詠千篇亦造微。珍重相知忽相訪，醉和風雨夜深歸。」康節和曰：「道堂閒話儘多時，塵外杯觴不浪飛。初上小車人已静，醉和風雨夜深歸。」又題康節《擊壤詩集》云：「黎民於變是堯時，便字堯夫德可知。更覽新詩名《擊壤》，先生全道略無遺。」其知康節如此。(下略)

22熙寧三年，司馬温公與王荆公議新法不合，不拜樞密副使，乞守郡，以端明殿學士知永興軍。後數月，神宗思之，曰：「使司馬在朝，人主自然無過舉。」移許州，令過闕上殿。公力辭，乞判西京留司御史臺。遂居洛，買園於尊賢坊，以獨樂名之，始與伯温先君子康節游。嘗曰：「某陝人，先生衛人，今同居洛，即鄉人也。有如先生道學之尊，當以年德爲貴，官職不足道也。」公一日著深衣，自崇德寺書局散步洛水堤上，因過康節天津之居，謁曰程秀才云。既見，温公也，問其故，公笑曰：「司馬出程伯休父，故曰程。」留詩云：「拜罷歸來抵寺居，解鞍縱馬罷傳呼。紫衣金帶盡脱去，便是林間一野夫。」「草軟波清沙路微，手携筇杖著深衣。白鷗不信忘機久，見我猶穿岸柳飛。」康節和曰：「冠蓋紛華塞九衢，聲名相軋在前呼。獨君都不將爲事，始信人間有丈夫。」「風背河聲近亦微，斜陽淡泊隔雲衣。一雙白鷺來煙外，將下沙頭却背飛。」公一日登崇德閣，約康節久未至，有詩曰：「淡日濃雲合復開，碧伊清洛遠縈迴。林間高閣望已久，花外小車猶未來。」康節和云：「君家梁上年時燕，過社今年尚未迴。謂罰誤君凝竚久，萬花深處小車來。」又云：「天啓夫君八斗才，野人中路必須迴。神仙一語難忘處，花外小車猶未來。」康節有《安樂窩中》詩云：「半記不記夢覺後，似愁無愁情倦時。擁衾側卧未欲起，簾外落花撩亂飛。」公愛之，請書紙簾上，字畫奇古，某家世寶之。公與康節唱酬甚多，具載《擊壤集》。公嘗問康節曰：「某何如人？」曰：「君實脚踏實地人也。」公深以爲知言。至康節捐館，公作挽詩二章，其一曰：「慕德聞風久，論交傾蓋新。何須半面舊，不待一言親。講道切磋直，忘懷笑語真。重言蒙蹠實，佩服敢書紳。」記康節之言也。康節又曰：「君實九分人也。」其重之如此。（下略）

23 熙寧癸丑春，大名王荀龍字仲賢入洛，見康節先公。其議論勁正有過人者，康節喜之，和其詩曰：「君從賞花來北京，耿君先期已馳情。此時隕霜奈何重？今歲花開徒有聲。既欲佳章當墜刺，寧無累句代通名？天之美才應自惜，料得不爲時虛生。」仲賢，魏公客也，因出魏公送行詩，顔體大書，極奇偉。康節曰：「吾少日喜作大字，李挺之曰：『學書妨學道。』故嘗有詩云：『憶昔初學大字時，學人飲酒與吟詩。若非益友推金石，四十五歲成一非。』」仲賢又贈魏公詩云：「春去花叢蝴蝶亂，雨餘蔬圃桔槔閑。」康節愛之，曰：「怨而不傷，婉而成章之言也。」仲賢之子名巖叟，字彦霖，元祐初自知定州安喜縣召爲監察御史，有直聲，後位簽書樞密院。彦霖父子皆魏公之客，魏公鎮相州，薦彦霖爲屬。韓康公代魏公，康公欲留彦霖，彦霖謝曰：「某魏公之客，不願入它門也。」士君子稱之。

24康節先公嘗言，李復圭龍圖臨事有斷。年二十八知滑州，與郡官夜會，有衙兵奪銀匠鐵鎚殺人者，一府皆驚擾，公捕至，立斬之。上章待罪。諸司亦按公擅殺。仁宗曰：「李復圭，帥才也。」除知慶州。後責光化軍。有放停卒自陳乞添租劃佃某人官田者，公曰：「汝揀停之兵，如何能佃官田？」卒曰：「筋力未衰也。」公曰：「汝以衰故揀停，既未衰却合充軍。」呼刺字人刺元軍分，人皆稱之。公才高，爲衆所忌，故仕宦數不進。公居多不樂，康節因和其詩作《天吟》一篇曰：「一般顔色正蒼蒼，今古人曾望斷腸。日往月來無少異，陽舒陰慘不相妨。迅雷震後山川裂，甘露零時草木香。幽暗嵓崖生鬼魅，清平郊野見鸞凰。千秋爛爲三春雨，萬木凋因一夜霜。此意分明難理會，直須賢者入消詳。」蓋廣其意，使有所感悟也。

25熙寧間，宗頴尚無恙，伯温嘗就其院讀書，宗頴每以富公爲舉子事相勉，曰：「公夜枕圓枕，庶睡不能久。欲有所思，冬以冰雪，夏以冷水沃面。其勤苦如此。」康節先公《懷古賦》初無本，唯宗顥能誦之，年幾九十乃死。康節先公常言：「本朝祖宗立天下之士，非前代可比。内無大臣跋扈，外無藩鎮强横，亦無大盜賊，獨夷狄爲可慮，故有《十六國》詩云：『普天之下號寰區，大禹曾經治水餘。衣到弊時多蟣虱，爪當爛處足蟲蛆。龍章本不資狂寇，象魏何嘗薦亂胡？尼父有言堪味處，當時欠一管夷吾。』又作《觀棋》詩，歷叙古今至西晉云：『二主蒙霜露，五胡犯鼎彝。世無管夷吾，令人重歔欷。』常曰：『孔子念管仲之功，自以不被髮左衽爲幸。若管仲者，可輕議哉！』嗚呼，有以也夫！（卷十九。下同）

26 康節先公先天之學，伯温不肖，不敢稱贊。平居於人事機祥未嘗輒言，治平間，與客散步天津橋上，聞杜鵑聲，慘然不樂。客問其故，則曰：「洛陽舊無杜鵑，今始至，有所主。」客曰：「何也？」康節先公曰：「不三五年，上用南士爲相，多引南人，專務變更，天下自此多事矣！」客曰：「聞杜鵑何以知此？」康節先公曰：「天下將治，地氣自北而南；將亂，自南而北。今南方地氣至矣，禽鳥飛類，得氣之先者也。《春秋》書『六鷁退飛』、『鸜鵒來巢』，氣使之也。自此南方草木皆可移，南方疾病瘴瘧之類，北人皆苦之矣。」至熙寧初，其言乃驗，異哉！故康節先公嘗有詩曰：「流鶯啼處春猶在，杜宇來時春已非。」又曰：「幾家大第横斜照，一片殘春啼子規。」其旨深矣。伯温後聞熙州有唐碑，本朝未下時，一日有家雀數千集其上，人惡之曰：「豈此地將爲漢有耶？」因焚之，蓋夷中無此禽也。已而果然。因并記之，以信先君之説。

27康節先公於書無所不讀，獨以六經爲本，蓋得聖人之深意。平生不爲訓解之學，嘗曰：「經意自明，苦人不知耳。屋下蓋屋，牀下安牀，滋惑矣。所謂陳言生活者也。」故有詩曰：「陳言生活不須矜，自是中才皆可了。」以老子爲知《易》之體，以孟子爲知《易》之用。論文中子，謂佛爲西方之聖人，不以爲過。於佛老之學，口未嘗言，知之而不言也。故有詩曰：「不佞禪伯，不諛方士；不出户庭，直際天地。」其所著《皇極經世書》，以元會運世之數推之，千歲之日可坐致也。以太極爲堂奥，乾坤爲門户，包括六經，陰陽剛柔行乎其間，消息盈虛相爲盛衰，皇王帝伯相爲治亂，其肯爲訓解之學也哉？

28康節先公遺訓曰：「汝固當爲善，亦須量力以爲之。若不量力，雖善亦不當爲也。故有詩曰：『量力動時無悔吝，隨宜樂處省營爲。若求騏驥方乘馬，只恐終身無馬騎。』」又嘗曰：「善人固可親，未相知不可急合；惡人固可疏，未能遠不可急去，必招悔吝也。故無名君序曰：『見善人未嘗急合，見不善人未嘗急去。』」伯温佩之，終身不敢忘。

29（上略）熙寧十年夏，康節先生感微疾，氣日益耗，神日益明，笑謂司馬温公曰：「某欲觀化一巡，如何？」温公曰：「先生未應至此。」康節先生曰：「死生常事耳。」張横渠先生喜論命，來問疾，因曰：「先生論命，來當推之。」康節先公曰：「若天命則知之，世俗所謂命則不知也。」横渠曰：「先生知天命矣，某尚何言？」程伊川曰：「先生至此，它人無以爲力，願自主張。」康節先公曰：「平生學道，豈不知此？然亦無可主張。」時康節正寢，諸公議後事於外，有欲葬近洛城者。康節先公已知，呼伯温入曰：「諸公欲以近城地葬我不可，當從伊川先塋耳。」七月初四日，大書詩一章曰：「生於太平世，長於太平世，死於太平世。客問年幾何？六十有七歲。俯仰天地間，浩然獨無愧。」以是夜五更捐館，其治命如大父，伯温不敢違。（卷二十。下同）

30康節先公與吕微仲丞相不相接，先公與横渠先生張子厚同以熙寧十年丁巳捐館。今《微仲文集》中有《和母同州丁巳吟》云：「行高名並美，命否數皆殂。嗟爾百君子，賢哉二丈夫。世方敦薄俗，邵堯夫樂道不仕。誰復距虚無？張子厚論佛老之失。望道咸瞠若，脩梁遽壞乎？密章燔漢綬，環絰泣秦儒。賴有諸良友，能令紹不孤。」爲先公與子厚作也。蓋河南府以先公訃聞，詔贈著作郎，謚康節。子厚自祕閣病免西歸，及長安以殁，門人衰服挽車葬横渠云。伯温獲見公，每語先公，則悵然有不可及之嘆。後伯温初仕長子縣尉，公入相元祐，改西京國學教授。未久，公罷政。嗚呼，亦所以爲不孤之惠歟？

31康節先公居洛，凡交游年長者拜之，年等者與之爲朋友，年少者以子弟待之，未嘗少異於人，故得人之歡心。每歲春二月出，四月天漸熱即止；八月出，十一月天漸寒即止。故有詩云：「時有四不出，大風、大雨、大寒、大暑。會有四不赴。公會、葬會、生會、醵會。」每出，人皆倒屣迎致，雖兒童奴隸皆知尊奉。每到一家，子弟家人争具酒饌，問其所欲，不復呼姓，但名曰：「吾家先生至也。」雖閨門骨肉間事，有未決者，亦求教。康節先公以至誠爲之開論，莫不悦服。十餘家如康節先公所居安樂窩起屋，以待其來，謂之「行窩」。故康節先公没，鄉人挽詩有云：「春風秋月嬉遊處，冷落『行窩』十二家。」洛陽風俗之美如此。

32康節先公過士友家晝卧，見其枕屏畫小兒迷藏，以詩題其上云：「遂令高卧人，欹枕看兒戲。」蓋熙寧間也。陳恬云。《擊壤集》不載。

33康節先生少時游京師，與國子監直講邵必不疑初叙宗盟，不疑年長，康節先生以兄拜之。蓋不疑自河朔遷丹陽，康節先公上世亦河朔人故也。至康節自衛入洛，不疑爲京西提刑。嘉祐中，河南府薦康節先公以遺逸，不疑自作薦章，其詞有：「厚德足以鎮薄俗，清風可以遺來世。」相推重如此。熙寧初，不疑以龍圖閣學士知成都府，過洛，謂康節先公曰：「某陛辭日，再薦先生矣。」康節先公追送洛北別去。不疑中途寄康節先生詩云：「我乘孤傳經崤澠，君擁群書卧洛城。富貴人間亦何有，閑忙趣味甚分明。」不疑次金牛驛暴卒，喪歸，康節先公哭之慟。（下略）

34伯温之叔父諱睦，後祖母楊氏夫人出也，少康節先生二十餘歲，力學孝謹，事康節如父。熙寧元年四月八日暴卒，年三十三。康節先公哭之慟，既卒，理其故書，得叔父所作《重九》詩云：「衣如當日白，花似昔年黄。擬問東籬事，東籬事杳茫。」及死，殯後圃東籬下。噫，人之死生，是果前定矣。

（王秀梅）

晁氏客語

晁説之 撰

晁説之（一〇五九—一一二九），字以道，號景迂，鉅野（在今山東省）人。元豐五年（一〇八二）進士，官至徽猷閣待制。《晁氏客語》一卷，劄記雜論及朝野見聞。此據《百川學海》本選録。

1人之所夸與所仰慕，皆不出本等。唐杜牧詣僧，僧不識；人言其名，亦不省，故詩云：「家住城南杜曲傍，兩枝仙桂一時芳。山僧都不知名姓，始覺空門興味長。」因爲之語云：「毁譽但能驕本等，利害但能動適用。」

2吕原明元祐間侍講，大雪不罷講，講《孟子》有感哲廟一笑，喜爲二絶云：「水晶宫殿玉花零，點綴宫槐卧素屏。特敕下簾延墨客，不因風雪廢談經。」其二曰：「强記師承道古先，無窮新意出陳編。一言有補天顔動，全勝三軍賀凱還。」

3《雄雉》刺軍旅數起，大夫久役，男女怨曠，故詩云：「道之云遠，曷云能來。」恐只是男女怨曠之言，非宣公遠於道，故不能懷來也。觀書不可著其言語，當以意逆志，如孔子於《鴟鴞》「徹彼桑土，綢繆牖户」，乃得國家閒暇，明其政刑之意。子貢問「巧笑倩兮，美目盼兮，素以爲絢兮」，孔子乃答以「繪事後素」。子貢乃曰：「禮後乎？」又曷嘗著其言語。

4上書鄭谷《雪》詩爲扇，賜禁近，「亂飄僧舍茶煙濕」改云「輕飄僧舍茶煙濕」，云：「禁中諱危亂傾覆字，宫中皆不敢道着。」

5韓文公詩號狀體，謂鋪叙而無含畜也。若「雖親不褻狎，雖遠不悖謬」，該於理多矣。

6梅聖俞作試官日，登望有春色，題於壁云：「不上樓來今幾日，滿城多少柳絲黄。」惟歐公一見賞之，以爲非聖俞不能。韓持國酷愛韋蘇州詩，如《贈孔先生》詩云：「烏啼春意闌，林變夏陰早。」與蘇州詩云「緑陰生晝寂，孤花表春餘」相類。

7梅聖俞《舟中送人》詩云：「只恐夜冰合，爲君愁曉寒。」荆公送人詩：「只應今夜月，未便照相思。」荆公詩有惜别意。

8孫莘老云，杜甫如「日長唯鳥雀，春暖獨柴荆」，言亂離，有深意也，得風雅體。「草黄騏驥病，沙晚鶺鴒寒」，謂禄薄君子不得志，世亂兄弟不相見。「叢篁低地碧，高柳半天青」，謂君子失時，小人得志也。「返照入江翻石壁，歸雲擁樹失山村」，「老樹飽經霜，梅杏半傳黄」，腰中一字最工。「荒庭垂橘柚，古屋畫龍蛇」，甫因見此而有感也。蓋橘柚錫貢，龍蛇皆禹之事也。「六花却在御榻上，榻上庭前屹相向。至尊含笑催賜金，圉人太僕皆惆悵。」謂小人乘君子之器，圉人太僕養馬者不得賜，而爲假馬者得，故惆悵也。《贈竇侍御》詩云：「與奴白飯馬青芻。」《詩·白駒》云：「生芻一束，其人如玉。」又云：「言刈其蔞，言秣其駒。」敬其奴馬如此，則敬主人可知。

9徐仲車言退之《拘幽操》爲文王羑里作乃名，「臣罪當誅兮，天王聖明」，此可謂知文王之用心矣。《凱風》七子之母猶不能安其室，而云「母氏聖善，我無令人」，重自責也。

10神廟愛「功業頻看鏡，行藏獨倚樓」之句，以謂非詩人所及。

11神廟謂劉巨濟曰：「作詩者，序與意俱盡，故云『故作是詩』。意已盡而語未絶，故云『而作是詩』。」

12元祐間，議祫祭，子瞻云：「何以明之，《詩》云『昊天有成命』，郊祀天地也。」劉器之云：「不然，此一篇祀天亦用，祀地亦用，至如潛季冬薦魚，春薦鮪，豈一時？」

13張子厚送人詩云：「十載相從應學得，怕人知事莫萌心。」鄒至完誦之。或謂程公闢所作，刻于石。

14張思叔云：「荆公《虎圖》詩固好，然只是一箇似，在杜子美一句道了，《青松障子》詩云『憑軒忽若無丹青』是也。」

15李師中送唐介詩，有：「去國一身輕似葉，高名千古重於山。」又有送詩云：「好斬佞人頭上血，來充行客酒中杯。」筆老人云：「不若荆公詩『衰俗易高名已振，險塗難盡學須强。』」

16張乖崖詩云：「兒童不慣錦衣榮，故我歸來夾路迎。不免舊溪高士笑，天真喪盡得虚名。」一同人居太學，和其韻云：「四牕滅盡讀書燈，牕外唯聞步鐸聲。辜負江山好明月，閑來此地趁虚名。」因拂袖而去。

17《資治通鑑》刊成，賜執政從官及曾預編校者，張芸叟以詩謝純夫云：「我投湘水五千里，公滯周南二十春。」純夫和云：「六世承平有史臣，紬書東洛布成均。網羅遺逸三千載，筆削興亡十九春。天作冠篇墳典大，上思稽古憲章新。烏臺御史詞誰校，頭白今爲汗簡人。」

18鄭閎中祭酒，閩中先生也，年老得請宫祠，太學生上書乞留，純夫奏疏引退之留孔戣故事，不報。公有詩送閎中云：「顧我言非韓吏部，多公節似孔尚書。」公稱閩中長者嘗論邊事，閎中先生只是饒人。

19雅州蒙山常陰雨，謂之漏天，産茶極佳，味如建品。純夫有詩云：「漏天常泄雨，蒙頂半藏雲。」爲此也。

20温公在洛，應用文字皆出公手。一日謂公休曰：「此子弟職，豈可不習？」公休辭不能。純夫曰：「請試爲之，當爲改竄。」一再撰呈，已可用。公喜曰：「未有如此子好學也。」温公事無大小，必與公議，至於家事，公休亦不自專，問於公而後行。公休之卒，公哭之慟，挽詩云：「鮑叔深知我，顔淵實喪予。」

（王秀梅）

師友談記

李廌 撰

李廌，字方叔，陽翟（在今河南省）人。曾受教于蘇軾，考試未第。《宋史》卷四四四有傳。《師友談記》一卷，記蘇軾、黄庭堅等所談。此據《學津討原》本選録。

1友人董耘饋長沙猫笋，廌以享太史公。太史公輒作詩爲貺曰：因笋寓意，且以爲贈爾。其詩曰：「穿雲斸石遠林空，來涉江波萬萬重。實比梧桐能食鳳，籜翻風雨便成龍。一枝未許塵鞍掛，千畝終留渭水封。陋巷菜羹知不稱，君王玉食願時供。」廌即和之，亦以寓自興之意，且述前相知之情焉。其詩曰：「節藏泥澤氣淩空，薦俎寧知肉味重。未許韋編充簡册，已勝絲委誑蛟龍。長沙故事。短萌任逐霜刀重，美幹須煩雪壤封。他日要令高士愛，不應常奉宰夫供。」秦少游亦和之，曰：「楚山春笋斸雲空，北客常嗟食不重。秀色可憐刀切玉，清香不斷鼎烹龍。論羹未愧蓴千里，入貢常隨傳一封。薄禄養親甘旨少，滿苞時賴故人供。」鄧慎思嘗遺之。

2徐禧之妻，黄魯直之堂妹也，故禧死，魯直祭文有「文足以經邦，武足以定難」之語。禧之没，朝廷厚其贈典，至金紫光禄大夫、吏部尚書，謚「忠愍」，官其子弟八人。禧子有一人甚幼，曰俯，遂獨受其遺澤，至通直郎。今上即位，覃恩轉奉議郎，今年纔十有六歲矣。近娶呂温卿之女，蓋呂吉甫與禧厚善故也。每讀責呂吉甫誥，至於「力引狂生之謀，馴至永樂之禍」，未嘗不泣涕也。好讀兵書，善學其舅魯直，近有詩云：「平生功名心，夜牕短檠燈。」大賞之也。

3 張文潛曰：「先皇尚經術，本欲求賢聖旨趣，而一時師説競以新奇相高，妄爲臆説，即附意穿鑿，如説《詩》曰：『溱與洧，方涣涣兮。士與女，方秉蕑兮。女曰觀乎，士曰既且。且往觀乎，洧之外，洵吁且樂。惟士與女，伊其相謔，贈之以芍藥。』以謂淫泆之會，芍藥善墮胎行血，故爲之贈。然《詩》言士與女相謔，然則士贈女乎？女贈士乎？借謂女贈士，安用墮胎行血也？此殆是以芳香爲好之義，何至是陋也。劉貢父嘗曰：『贈之芍藥，士女不分，若夫「視爾如荍，貽我握椒」，則女贈士必矣。《本草》云：「椒性温，明目，暖水藏。」則女無用也。』莫不以爲笑。嗚呼！有是種種陋説，而觸類長之，此爲罷經義之禍，其本亦以此。

（王秀梅）

陵陽先生室中語

韓　駒　范季隨　撰

范季隨，字周士，淮陽人。陵陽先生即韓駒（?—一一三五），《宋史》卷四四五有傳。有《陵陽集》。《室中語》爲其語録，范季隨所編，《説郛》收録九條，皆論詩之語。《苕溪漁隱叢話》等書中尚有佚文，此不輯補。

1僕嘗請益下字之説，法當如何。公曰：「正如變棋，三百六十路都有好著，顧臨時如何耳。」（《説郛》卷四十三。下同）

2公云：詩道無有窮盡，如少陵出峽，子瞻過海後，詩愈工。若使二公出峽過海後未死，作之不已，則尚有妙處，又不止于是也。

3又云：大槩作詩要從首至尾，語脉聯屬，有如理詞狀。古詩云：「喚婢打鴉兒，莫教枝上啼。啼時驚妾夢，不得到遼西。」可爲標準。

4又云：目前景物，自古及今不知凡經幾人道。今人一下筆，要不蹈襲，故有終篇無一句可解者，蓋欲新而反不可曉耳。

5又云：杜少陵作八句近體詩，卒章有時而對，然語意皆卒章之詞。今人學之，臨了却作一景聯，一篇之意無所歸，大可笑也。

6又云：《明妃曲》，古今人所作多矣，今人多稱王介甫者。白樂天只四句，含蓄不盡之意云：「驛使歸時頻寄語，黄金早晚贖蛾眉。君王若問妾顔色，莫道不如宫裏時。」

7又語云：唐末人詩雖格致卑淺，然謂其非詩則不可。今人作詩雖句語軒昂，但可遠聽，其理略不可究。

8一日，有坐客問公曰：「全用古人一句，可乎？」曰：然。如少陵詩云「使君自有婦」、「而無車馬喧」之類是也。

9家父嘗具飯，招公與吕十一郎中昆仲。吕郎中先至，過僕書室，取案間書讀，乃《江西宗派圖》也。吕云：「安得此書？切勿示人，乃少時戲作耳。」他日公前道此語，公曰：「居仁却如此説。《宗派圖》本作一卷，連書諸人姓字。後豐城邑官開石，遂如禪門宗派，高下分爲數等。初不爾也。」

（程毅中）

靖康緗素雜記

黄朝英　撰

黄朝英，字士俊，建安（今屬福建）人。徽宗政和、宣和年間在世。《靖康緗素雜記》十卷，原題《緗素雜記》，成書於北宋末年。此據《墨海金壺》本選録，並據上海古籍出版社版吴企明校點本補録佚文。

【黄閣】天子曰黄闥，三公曰黄閣，給事、舍人曰黄扉，太守曰黄堂。凡天子禁門曰黄闥，以中人主之，故號曰黄門令，秦、漢有給事黄門之職是也。天子之與三公禮秩相亞，故黄其閣以示謙。《漢舊儀》云：「丞相聽事門曰黄閣。」又《王瑩傳》云：「既爲公，須開黄閣。」張敬兒謂其妻嫂曰「我拜後府開黄閣」是也。黄門郎，給事于黄闥之内，入侍禁中。後漢獻帝初，置侍中、給事黄門侍郎員各六人。唐郭承嘏嘗爲給事中矣，文宗謂宰臣曰「承嘏久在黄扉」是也。黄堂者，太守聽事之堂也，亦謂之雌堂。杜詩爲南陽太守，請郭丹爲功曹，敕以丹事編署黄堂，以爲後法是也。或以大拜爲身到黄扉，余所未諭。故杜少陵《與嚴閣老》詩云：「扈聖登黄閣，明公獨妙年。」宋子京《與王相公》云：「薰琴順署，雌閣偃藩。」又《和公序再入玉堂》云：「七年辭玉署，再入佐黄扉。」《與徐舍人》

云：「果紆繡扆之知，趣上黄扉之試。」又《初到郡齋》云：「姑俟天藏疾，雌堂日燕居。」又《謝寄公醪》云：「老依滴曲作蕃牧，月例黄堂給宴醪。」又《重修諸亭記》云：「太守牙居，惟有黄堂便坐。」則三公爲黄閤，給事舍人爲黄扉，太守爲黄堂明矣。（卷一。下同）

【木稼】舒王作《韓魏公挽詩》云：「木稼嘗聞達官怕。」蓋用舊唐史：寧王卧疾，引諺語曰：「『木稼，達官怕』，必大臣當之，吾其死矣。」此用故事誠工也，然木稼之説，舉世知其爲木冰，而不解其義。余嘗讀班史《五行志》，而得其説，蓋自《春秋》成公十六年，「雨木冰」。劉歆以爲上陽施不下通，下陰施不上達，故雨；而木爲之冰，雰氣寒，木不曲直也。劉向以爲冰者，陰之盛而水滯者也；木者，少陽，貴臣卿大夫之象也。此人將有害，則陰氣脇木，木先寒，故得雨而冰也。是時叔孫僑如出奔，公子偃誅死。一曰：時晉執季孫行父，又執公，此執辱之異。或曰：今之長老，名木冰爲「木介」，介者，甲；甲，兵象也。是歲晉有鄢陵之戰，楚王傷目而敗。屬常雨也。由是知「木稼」當爲「木介」明矣。蓋唐之諺語譌也。案唐史《五行志》直書曰「雨木冰」，乃引劉向之言爲證。又云：「亦謂之樹介，介，兵象也。」是真得《春秋》書災異之意矣。又《公羊傳》云：「雨木冰者何？雨而木冰也。何以書？記異也。」何休云：「木者少陽，幼君大臣之象；冰者凝陰，兵之類也。冰脇木者，君臣將執于兵之徵也。」然何氏此説，蓋亦自于歆、向云。

【耶廠】《前書》云：「趙將李左車，設伏兵之計以禦韓信，而趙王不用，遂爲市中人耶廠之。」蘇鶚《演義》云：「耶廠者，舉手相弄之貌，即今俗謂之冶由也。耶廠之，蓋音韻訛舛耳。」又《後漢·王霸傳》：「王郎起兵，光武在薊，令霸至市中募人，將以擊郎，市人皆大笑，舉手邪揄之。」注引《說文》曰：「『歋瘉，手相笑也』，歋，音弋支反，瘉，音踰，又音由，此云邪揄，語輕重不同。」又《世說》載襄陽羅友，少好學，性嗜酒，當其所遇，則不擇士庶。桓宣武雖以才學遇之，然以其誕率非宏遠才，許而不用。郡人有得郡者，温爲席送別，友亦被命，至尤遲晚。温問之，答曰：「旦出門，于中路逢一鬼，大揶揄云：『我秖見汝送人作郡，何以不見人送汝作郡？』遂慚怖却回，不覺淹緩之罪。」桓雖知其滑稽，心頗愧焉。後以爲襄陽太守。故宋景文公詩云：「數領郡章君莫笑，猶勝長被鬼揶揄。」

【吹臺】《西清詩話》云：「《唐書·杜甫傳》云：甫與李白、高適同登吹臺，慨然莫測也。質之少陵《昔游》詩：『昔者與高李，同登單父臺』，則知非吹臺。三人皆詞宗，果登吹臺，豈無雄詞傑唱著後世邪？」余謂此論太疏。案杜子美《遣懷》詩云：「憶與高李輩，論交入酒壚。兩公壯藻思，得我色敷腴。氣酣登吹臺，懷古視平蕪。」註云：「兩公，高適、李白也。吹臺，梁王歌臺也，今謂之繁臺。」獨不見此，何耶？又《名賢詩話》云：「國初王仁裕，暮春與門生五六人登繁臺，飲酒題詩，抵夜方散。詩云：『柳陰如霧絮成堆，又引門生上吹臺。淑景即隨風雨去，芳尊宜命管絃來。漫誇鼎食鳴鐘貴，寧免朝烏夜兔催。爛醉也須詩一首，不能空放馬頭回。』」即知繁臺乃吹臺也。

【豹直】李濟翁《資暇集》云：「新官併宿本署曰爆直，僉作爆迸之字。余嘗膺閎，莫究其端。近見惠郎中實云：『合作虎豹字。言豹性潔，善服氣，雖雪雨霜霧，伏而不出，慮汙其身。』案《列女傳》云：『南山有文豹，霧雨七日不下食者，欲以澤其毛衣，而成其文章。』《南華》亦云：『豹棲于山林，伏于巖穴，静也。』則併宿公署，雅是豹伏之義，宜作豹直，固不疑也。」余觀宋景文公有《和龐相公聞余儤直見寄》詩一篇，乃用儤字。又《職林》云：「凡當直之法，自給舍丞郎入者，三直無儤；自起居郎官入者，五直一儤；御史補闕入者，七直兩儤；其餘雜入者，十直三儤。」亦用儤字。案《玉篇》云：「儤，連直也。」字當作儤，非虎豹之豹。

【扊扅】《顔氏家訓》云：「古樂府歌《百里奚》詞曰：『百里奚，五羊皮。憶别時，烹伏雌，吹扊扅；今日富貴忘我爲！』」《家訓》謂：「吹當作炊煮之炊。案蔡邕《月令章句》曰：『鍵，關牡也，所以止扉，或謂之剡移。』然則當時貧困，并以門牡木作薪炊耳。」扊或作扂，余染反；扅或作扅，余之反。故何公《送人序》云：「話龍具之註，歌扊扅之炊。」昔人《述懷》詩云：「囊空未省餘釵釧，薪盡何嘗赦扊扅。」（卷二）

【湖陰】唐温庭筠嘗補古樂府《湖陰詞》，其序云「王敦舉兵至湖陰，明帝微行，視其營伍，由是樂府有《湖陰曲》，而亡其詞，因附之」云云。按前史《王敦傳》云：「敦至蕪湖，上表。」又云：「帝將討敦，微服至蕪湖察其營壘。」又：「司徒導與王含書曰：『大將軍來屯于湖。』」《明帝紀》云：「敦下屯于湖。」又《周（琦）〔崎〕傳》云：「王敦軍敗於于湖。」又，「甘卓進爵于湖侯」。又，王允之「鎮于湖」。案《晉書·地理志》，丹陽郡統縣十二，有蕪湖縣。讀史者當以帝微行至于湖爲斷句，謂之微行，則陰察其營壘可知，不當云湖陰也。然則古樂府之命名，既失之矣，而庭筠當改曰《于湖曲》，乃爲允當。其《湖陰詞》云：「祖龍黄鬚珊瑚鞭，鐵驄金面青連錢。」謂明帝爲祖龍，又誤也。蓋《史記》載始

皇爲祖龍者，祖，始也，龍者，人君之象也，以其自號始皇，故謂之祖龍耳，其他安可稱乎！（卷三。下同）

【蓴羹】晉陸機詣王武子，武子前有羊酪，指示陸曰：「卿吴中何以敵此？」陸曰：「千里蓴羹，末下一作未下鹽豉。」所載此而已。及觀《世説》，又曰：「千里蓴羹，但未下鹽豉耳。」或以謂「千里」、「末下」皆地名，是未嘗讀《世説》而妄爲之説也。或以謂千里者，言其地之廣，是蓋不思之甚也。如以千里爲地之廣，則當云蓴菜，不當云羹也。或以謂蓴羹不必鹽豉，乃得其真味，故云未下鹽豉。是又不然。蓋洛中去吴，有千里之遠，吴中蓴羹，自可敵羊酪，但以其地遠未可猝致耳，故云但未下鹽豉耳。意謂蓴羹得鹽豉尤美也。此言近之矣，今詢之吴人信然。又沈文季謂崔祖思曰：「千里蓴羹，豈關魯、衛。」齊高帝曰：「蓴羹故應還。」蓋沈文季吴人也。子美詩曰：「我思岷下芋，君思千里蓴。」張鉅山詩曰：「一出修門道，重嘗末下蓴。」二公以千里、末下爲地名。今詳陸荅語，「千里蓴羹，末下鹽豉」，蓋舉二地所出之物，以敵羊酪。今以地有千里之遠，但未下鹽豉，何支離也。

【婪尾】蘇鶚《演義》云：「今人以酒巡匝爲啉尾。」即（苒）〔再〕命其爵也。云南朝有異國進貢藍牛，其尾長三丈；一云藍潁水其尾三丈。時人倣之，以爲酒令，今兩盞，從其簡也。此皆非正。行酒巡匝，即重其盞，蓋慰勞其得酒在後也。又云：「啉者，貪也，謂處于座末，得酒最晚，腹癢于酒，既得酒巡匝，更貪婪之，故曰啉尾。」啉字從口，足明貪婪之意。此説近之。余觀宋景文公《守歲》詩云：「迎新送故只如此，且盡燈前婪尾杯。」又云：「稍倦持螯手，猶殘婪尾觴。」又東坡《寒食》詩云：「藍尾忽驚新火後，遨頭要及〔院〕〔浣〕花前。」注引樂天《寒食》詩云：「三杯藍尾酒，一楪膠牙餳。」乃用「藍」字，蓋「婪」「藍」一也。

【白波】景文公詩云：「鏤管喜傳吟處筆，白波催卷醉時杯。」讀此詩，不曉白波事。及觀《資暇集》云：「飲酒之卷白波，蓋起于東漢，既禽白波賊，戮之如卷席然，故酒席倣之，以快人情氣也。」疑出于此。余恐其不然。蓋白者，罰爵之名，飲有不盡者，則以此爵罰之。故班固《叙傳》云：「諸侍中皆引滿舉白。」左太沖《吴都賦》云：「飛觴舉白。」注云：「行觴疾如飛也。大白，杯名。」又魏文侯與大夫飲酒，令曰：「不釂者浮以大白。」于是公乘不仁舉白浮君。所謂卷白波者，蓋卷白上之酒波耳，言其飲酒之快也。故景文公以白波對鏤管者，誠有謂焉。案《漢書》黄巾餘黨復起西河白波，賊衆曰白波賊，衆十餘萬。

【五松】《史記》載：「秦始皇遂上泰山立石，封，祠祀。下，風雨暴至，休于樹下，遂封其樹爲五大夫。禪梁父，刻所立石。」蓋五大夫者，秦官名，第九爵也。唐陸贄作《禁中春松》詩云：「不羨五株封。」案《史記》但云封其樹爲五大夫，不聞有五株松之説。而贄云爾者何耶！然贄博極群書，不當有誤，恐有所據而云然也。或曰循襲之誤耳，所未詳也。又李商隱有《五松驛》詩云：「獨下長亭念《過秦》，五松不見見輿薪。只應既斬斯高後，尋被樵人用斧斤。」而商隱亦謂五松，如何？又，李白《送人游桃源序》云：「登封太山，風雨暴作，雖五松受職，草木有知，而萬象乖度，禮刑將弛。」然太白亦以謂五松也。唯舒王《詠柏》詩云：「老松先得大夫官。」乃爲切當。

【三鱣】《漢書・楊震傳》云：「有冠雀銜三鱣當作鱓魚，飛集講堂前。」注云：「冠音鸛。即鸛雀也。鱣音善。」其字借爲鱣鮪之鱣，俗因謂之鱣。郭璞注《爾雅》：「鱣長二三丈。」又魏武《四時食制》云：「鱣魚大如五斗奩，長一丈餘。」安有鸛雀能致一者，況三頭乎？鱣又純灰色，無文章。鱓魚長不過〔三尺，大不過〕三指，黄地黑文。故都講云：「蛇鱣者，卿大夫服之象也。數三者，法三台也。」孫卿云：「魚鱉鰌鱣。」〔《韓非》〕、《説苑》曰：「鱣似蛇。」並作鱣字。蓋假鱣爲鱓，其來久矣。又杜少陵云：「敕廚唯一味，求飽或三鱣。」又以平聲押之，恐誤也。（卷四。下同）

【阿堵猶今人言這箇也】晉王夷甫雅尚，口未嘗言錢。一日，其妻令以錢繞牀，使不得行。夷甫晨起，見錢閡行，謂婢曰：「舉阿堵物去。」其措意如此。世之學者有賢愚，類求阿堵之義而未之得，殊不知阿堵初自無據，作史者但記一時語言而已。《顧愷之傳》亦云：「傳神寫照，正在阿堵中。」獨不見此何耶？宋景文公《寫真》詩云：「誰謂彼己子，而傳阿堵神。」又《答書》詩云：「久謝輪囷器，差言阿堵神。」皆用此也，豈有他義？

【人日】《西清詩話》云：都人劉克者，窮該典籍之事，多從之質，（賞）〔嘗〕注杜子美詩「元日到人日，未有不陰時」，人知其一，不知其二，唯杜子美與克會耳。起就架上取書示諸，東方朔《占書》也。歲後八日，一日雞，二日犬，三日豕，四日羊，五日牛，六日馬，七日人，八日穀。其日晴，所主之物育，陰則災。少陵意謂天寶雜亂，四方雲擾幅裂，人物歲歲俱災，此豈《春秋》書王正月意邪？深得古人用心如此。又案宗懍《荊楚歲時記》云：「正月七日謂之人日，採七種菜以爲羹，翦綵爲人，或鏤翦金薄爲人，以貼屏風，亦戴之頭鬢。」求之經典，罕有此事，唯魏東平王倉爲《安仁峰銘》云：「正月元七，厥日惟人。乘我良駟，陟彼安仁。」載在名集，此爲證矣。又《北史·魏收傳》云：「魏帝宴百寮，問何故名人日，皆莫能知。收曰：晉議郎董勛《答問禮俗》云：『正月一日爲雞，二日爲狗，三日爲猪，四日爲羊，五日爲牛，六日爲馬，七日爲人。』」然東方朔《占書》有八日爲穀，而魏收引董勛之語，止及于七日，何邪？然《安仁峰銘》所用，亦云七日爲人，而宗懍指此爲證，蓋宗懍又未嘗見東方朔《占書》，而妄爲之説也。唯劉克爲博學。余嘗觀沈存中《筆談》，亦以謂士人劉克按《夔州圖經》辨烏鬼事甚詳，而《西清詩話》又美其窮該典籍，真奇士也。唐李義山《人日》詩云：「文王喻復今朝是，子晉吹笙此日同。舜格有苗旬大遠，周稱流火月難窮。鏤金作勝傳荆俗，翦綵爲人起晉風。獨有道衡詩思苦，離家恨得二年中。」

【烏鬼】《筆談》嘗論杜甫詩「家家養烏鬼，頓頓食黄魚」。世之説者，皆不解其義，唯士人劉克按《夔州圖經》稱峽中人謂鸕鷀爲烏鬼。蜀人臨水居者，皆養鸕鷀，繩繫其頸，使之捕魚，則倒提出之，至今如此。予在蜀中，見人家養鸕鷀使捕魚，信然，但不知謂之烏鬼耳。又按《東齋記事》云：「蜀之漁家養鸕鷀十數者，日得魚可數十斤。以繩約其吭，纔通小魚，大魚則不可食，時呼而取出之，乃復遣去。甚馴狎，指顧皆如人意。有得魚而不得歸者，則狎群者啄而使歸。比之放鷹鶻，無馳走之勞，得利又差厚。」所載此而已。然范蜀公亦不知鸕鷀乃老杜所謂烏鬼也。案《夷貊傳》云：「倭國水多陸少，以小鐶挂鸕鷀項，令入水捕魚，日得百餘頭。」則此事信然。（卷五。下同）

【端午】李(齊)〔濟〕翁《資暇集》云：「端午者，案周處《風土記》：仲夏端五，烹鶩角黍。端五者，謂五月初五日也。今人多書午字，其義無取焉。余家元和中端五詔書，並無作午字處。而近見醴泉縣尉廳壁，有故光福王相題《鄭泉記》處云『端午日』，豈三十年，端午之義別有見邪？」所載此而已。余案宗懍《荆楚歲時記》引周處《風土記》云：「仲夏端午，烹鶩角黍。」乃直用午字，與濟翁所載不同。以余意測之，五與午字皆通，蓋五月建午，或用午字，何害于理？余嘗效昆體作《端午詩》云：「孟嘗此日鍾英氣，王鳳今朝襲慶源。五色呈祥文必顯，丙時先誕位非尊。蘭湯備浴傳荆俗，水馬浮江弔屈魂。却笑唐家公主駮，預令馳驛翦柢洹。」

【遷鶯】劉夢得《嘉話》云：「今謂進士登第爲遷鶯者久矣，蓋自《毛詩·伐木》篇云：『伐木丁丁，鳥鳴嚶嚶。出自幽谷，遷于喬木。』又曰：『嚶其鳴矣，求其友(矣)〔聲〕。』並無鶯字。頃歲省試《早鶯求友詩》，又《鶯出谷詩》，别書固無證據，斯大誤也。」余謂今人吟咏，多用遷鶯出谷事，又曲名《喜遷鶯》者，皆循襲唐人之誤也。故宋景文公詩云：「曉報谷鶯朋友動。」又云：「杏園初日待鶯遷。」舒王云：「鶯猶尋舊友。」唯漢梁鴻東游，作《思友人》詩云：「鳥嚶嚶兮友之期，念高子兮僕懷思。」《南史》劉孝標《廣絶交論》云：「嚶鳴相召，星流電激。」是真得《毛詩》之意。

【樂部】楊文公《談苑》載伶人王感化少聰敏，未嘗執卷，而多識故實，口諧捷急，滑稽無窮。會中主引李建勳、嚴續二相游苑中，適見繫牛于株枘上，令感化賦詩，應聲曰：「曾遭甯戚鞭敲角，幾被田單火燎身。獨向殘陽嚼枯草，近來問喘更何人。」因以譏二相也。又中主徙豫章，潯陽遇大風，中主不悦，命酒獨酌。指北岸山問舟人，云皖公山，愈不懌。感化獨前獻詩曰：「龍舟萬里架長風，漢武潯陽事正同。珍重皖公山色好，影斜不落壽杯中。」中主大悦，賜束帛。余讀《江南野録》，載李家明事：當嗣主時爲樂部頭，能滑稽，善諷諫。亦載二詩，首尾大同小異。《詠牛》詩曰：「曾遭甯戚鞭敲角，又被田單火燎身。閒背斜陽嚼枯草，近來問喘更無人。」《龍舟》詩曰：「龍舟輕颭錦帆風，正值宸遊望遠空，回首皖公山色翠，影斜不到壽杯中。」嗣主因慟，俛首而過。《談苑》以感化爲建州人，《野録》以家明爲廬州人，《談苑》謂中主，《野録》謂嗣主。未詳孰是。（卷七。下同）

【寒鼈】唐李濟翁嘗論《文選》曹植樂府云：「『寒鼈炙熊蹯。』李氏云：『今之腤肉謂之寒，蓋韓國事饌尚此法。』復引《鹽鐵論》『羊淹雞寒』，劉熙《釋名》『韓羊韓雞』，爲證寒與韓同。又李以上句云『膾鯉臇胎鰕』，因注：《詩》曰『炰鼈膾鯉』。五臣兼見上句云膾，遂改寒鼈爲炰鼈，以就《毛詩》之句。又子建《七啓》云：『寒芳蓮之巢龜，膾西海之飛鱗。』五臣亦改寒爲搴。搴，取也，何以對下句之膾邪？況此篇全説修事之意，獨入此搴字，于理未安。上句既改寒爲搴，即下句亦宜改膾爲取，縱一聯稍通，亦與諸句不相承接。以此言之，明子建故用寒字，豈可改爲炰搴邪？斯類篇篇有之，學者幸留意。」所載此而已。余觀《荆楚歲時記》云：「雞寒狗熱，歷兹承久。」乃引《釋名》云：「韓國之食。」又云：「崔植薄徙。」見史篇，則作寒字，語言錯亂，竟未詳其旨意。然以此考之，益信其使寒字，而五臣注解，乃妄有改易明矣。

【一麾】《筆談》云：「今人守郡謂之『建麾』，蓋用顔延年詩『一麾乃出守』，此誤也。延年謂一麾者，乃指麾之麾，如武王『右秉白旄以麾』之麾，非旌麾之麾也。延年以《阮始平》詩云『屢薦不入官，一麾乃出守』者，山濤薦咸爲吏部郎，三上，武帝不用，後爲荀勖一擠，遂出始平，故有此句。延年被擯，以此自託耳。自杜牧爲《登樂游原》詩云：『擬把一麾江海去，樂游原上望昭陵。』始謬用一麾，自此遂爲故事。」凡此以上，皆存中之語。以余意測之，杜樊川之意則善矣，而謂之擬把，則尤謬也。蓋自作太守，而謂之一麾，于理無礙，但不可以此言贈人作太守耳。宋景文公詩云：「使麾得請印垂要。」又云：「一封通奏領州麾。」又云：「乞得一麾行。」又云：「竟獲一麾行。」是真得延年之意，未嘗謬用也。

【摸索】劉夢得《嘉話》云：「許敬宗性輕傲，見人多忘。或謂之不聰，敬宗曰：『卿自難記。若遇何、劉、沈、謝，暗中摸索著，亦可識之。』」而東坡《雜記》又曰：「徐陵多忘，每不識人，人以此咎之。陵曰：『公自難識。若曹、劉、沈、謝輩，暗中摸索亦合認得。』」斯二説大同小異。然徐陵南朝人，不知東坡得之于何書？或云非東坡議論。案《梁書》：何遜、劉孝綽，並見重于世，世謂之何、劉。又沈約、謝朓，亦有詩名。朓从月不从目，故字玄暉。故世祖論云：「多而能者沈約，少而能者謝朓、何遜。」杜少陵《醉歌》曰：「何、劉、沈、謝力未工。」皆用何、劉、沈、謝，而《雜記》乃以敬宗爲徐陵，以何、劉爲曹、劉，錯雜如此，益知非東坡之説。（卷八）

【餳粥】劉夢得《嘉話》云：「爲詩用僻字，須有來處。宋考功詩云：『馬上逢寒食，春來不見餳。』嘗疑此字。因讀《毛詩》鄭箋，説吹簫處云：『即今賣餳人家物。』六經唯此注中有餳，徐盈切。

字。後輩業詩，即須有據，不可學常人率焉而道也。」又本朝宋子京《寒食》詩云：「草色引開盤馬路，簫聲吹暖賣餳天。」其亦用鄭箋「吹簫賣餳」之義，然詞致騷雅，勝考功遠矣。余嘗考《嘉話》所載「春來不見餳」，云是宋考功詩，比因閱沈雲卿《詠驩州不作寒食》詩，云：「海外無寒食，春來不見餳。洛陽新甲子，何日是清明？花柳争朝發，軒車滿路迎。帝鄉遥可念，腸斷報親情。」是時沈謫驩州，故有是詩，但未見宋全篇耳。考其詞意，似是雲卿之詩，蓋沈、宋俱仕武后朝，故所傳容有訛謬，所未詳也。李義山詩云：「粥香餳白杏花天，省對流鶯坐綺筵。」又宋子京《途中清明》詩云：「漠漠輕花着早桐，客甌餳粥對禺中。」寒食清明，多用餳粥事。（卷九。下同）

【儲胥】揚雄《甘泉賦》云：「近則洪崖、旁皇、儲胥、弩陆。」又《長楊賦》云：「木雍槍纍，以爲儲胥。」吕延濟云：「槍纍，作木槍相纍爲栅也。」蘇林注云：「木擁栅其外，又以竹槍纍爲外儲也。」顔師古云：「儲，峙也。胥，須也。以木擁槍及纍繩連結以爲儲胥，言有儲蓄以待所須也。」漢武帝作儲胥館。故李義山詩云：「風雲長爲護儲胥。」宋子京《傷孟昭圖》云：「密疏叩儲胥。」又《侍宴》云：「秋色遍儲胥。」又《思歸老》云：「至今三籍在儲胥。」又《答朱彭州》云：「九番官樹老儲胥。」又《續春詞》云：「蒼龍驅暖入儲胥。」蓋儲胥，猶言皇居也，不必云有儲蓄以待所須也。故張平子《西京賦》云：「既新作於迎風，加露寒與儲胥。」又沈約《應教詩》云：「南瞻儲胥觀，西望昆明池。」又《南史・武帝諸子傳》檄云：「偃師南望，無復儲胥、露寒；河陽北臨，或有穹廬氈帳。」《西京賦》注云：「武帝先作迎風館，後加露寒、儲胥二館。」

【名識】《歸田録》云：「宋鄭公庠初名郊，字伯庠，與其弟祁，自布衣時名動天下，號爲二宋。其爲知制誥，仁宗驟加獎眷，便欲大用。有忌其先進者譖之，謂其『姓符國號，名應郊天』。又曰：『郊音交，交者，替代之名也，宋交，其言不祥。』仁宗遽命改之。公怏怏不獲已，乃改爲庠，字公序。公後更踐二府二十餘年，以司空致仕，兼享福壽而終，而譖者竟不見用以卒，可以爲小人之戒也。」又《西清詩話》云：「宋元憲公始拜内相，同列譖其姓宋而郊名非便，公奉詔更名庠，意殊怏怏不滿。會用新名移書葉道卿，乃呼同年，葉戲答公曰：『清臣宋郊牓第六中選，遍閲小録無宋庠者，不知何許人？』公因寄一絶自解云：『紙尾勤勤問姓名，禁林依舊玷華纓。莫驚書録題臣向，只是當時劉更生。』」又楊文公《談苑》云：「太平興國四年，北人侵邊，車駕幸大名府。方渡河，有人持手版邀乘輿，前驅斥之，號呼道旁，自言獻封事。太宗令接取視之，乃臨河主簿宋捷，上甚喜，即以爲將作監。」此乃以姓名盜爵禄者也。此與元憲公姓同而事異，良可嗤笑。

【甘羅】《史記》：「甘羅者，甘茂孫也。茂既死，甘羅年十二，事秦相文信侯吕不韋。」後因説趙有功，始皇封爲上卿，未嘗爲秦相也。世之人見其事秦相吕不韋，因相傳以爲甘羅十二爲秦相，大誤也。唐《資暇集》又謂相秦者是羅祖名茂。以《史記》考之，又不然。茂得罪于秦王，亡秦入齊，又使于楚，楚王欲置相于秦，范蜎以爲不可，故秦卒相向壽，而茂竟不得復入秦，卒於魏。以此觀之，則茂亦未嘗相秦也。杜牧之《偶題》云「甘羅昔作秦丞相」，其亦不考其實而誤爲之説也。（卷十）

【五夜】《漢（官）〔舊〕儀》：黄門持五夜之法，謂甲、乙、丙、丁、戊也。故宋子京《夜緒》詩云：「宵開甲乙遲。」按《顔氏家訓》云：「或問一夜五更，更何所訓？答曰：漢、魏以來，謂爲甲夜、乙夜、丙夜、丁夜、戊夜。又謂之五鼓，亦謂之五更，皆以五爲節。《西都賦》亦云：『重以虎威章溝，嚴更之署。』所以爾者，假令正月建寅，斗柄夕則指寅，曉則指午矣；自寅至午，凡歷五辰。冬夏之月，雖復長短參差，然辰間遼闊，盈不至六，縮不至四，進退常在五者之間也。」又《嘉話》云：韋絢問於劉公曰：「五夜者，甲、乙、丙、丁、戊更相送之，今唯言乙夜、子夜，何也？」予嘗笑其言之失。按《漢·天文志》：「六月戊戌甲夜，客星居左右角間。」「正月戊午乙夜，月蝕熒惑。」崔豹《古今注》云：「建武八年三月庚子，月星不見，丙夜乃解。」又蔡質《漢儀》曰：「衛士甲乙徹相傳，甲夜畢，傳乙夜，相傳盡五更。」《晉·天文志》：「懷帝永嘉五年三月丙夜月蝕既，丁月又蝕既。」《夏統傳》云：「甲夜之初撞鐘擊鼓。」又，《宋·諸王傳》云：「前一日甲夜，太史奏東方有急兵。」《梁·本紀》中大通五年正月丙夜，南郊所忽聞異香。又云：「帝然燭測鬼常至戊夜。」豈止言乙夜而已哉！韋絢獨不見漢、晉諸史，何耶？其曰子夜，益謬也。蓋晉時有子夜者，善歌，故李義山云：「嬰能歌《子夜》。」又云：「心酸《子夜歌》。」沈文季歌《子夜》半。又太白有《子夜歌行》。韋絢乃以子夜爲五夜之數，又何耶？或有謂之午夜者，謂半夜時如日之午也。故李長吉《七夕》詩云：「羅幃午夜愁。」杜少陵所謂「五夜漏聲催曉箭」者，正謂午夜耳。（《補輯》。下同）

【十圍】蘇鶚《演義》云：「前史稱腰帶十圍者甚衆。近者《北史》又云：『庾信身長八尺，腰帶十圍。』圍者環繞之義，古制以圍三徑一，即一圍者三尺也。豈長八尺之人，而繫三十尺之腰帶乎！

甚非其理。此圍蓋取兩手大指頭指相合爲一圍，即今俗謂之搦是也。大凡中形之人，腰不過六尺七尺，今一小圍是一尺，則身八尺腰帶一丈，得其宜矣。」又，沈存中《筆談》云：「《武侯廟柏》詩：『霜姿溜雨四十圍，黛色參天二千尺。』四十圍乃是徑七尺，無乃太細長乎？」予謂存中善九章算術，獨于此爲誤，何也？四十圍若以古制論之，當有百二十尺，圍有百二十尺，即徑四十尺矣，安得云七尺也。若以人兩手大指頭指相合爲一圍，則一圍是一小尺，即徑一丈三尺三寸，又安得云七尺也。武侯廟柏，當以古制爲定，則徑四十尺，其長二千尺又宜矣，豈得以太細長譏之乎？老杜號爲詩史，何肯妄爲云云也。存中又云：「防風氏身廣九畝，長三丈。」又云：「姬室畝廣六尺，九畝乃五丈四尺，如此防風之身，乃一餅㗖耳。」此又誤也。案《禹戮防風氏賦》云：「廣可一畝，長乃三丈。」蓋古者畝廣六尺，長六百尺。防風氏身廣一畝六尺，長三十尺，乃是得理。而云九畝，不知得之於何書？然當以賦爲正，而存中之説誤也。

【罘罳】《漢書·文帝紀》云：「未央宫東闕罘罳災。」崔豹《古今注》云：「罘罳，屏也。罘者，復也；罳者，思也。臣朝君至屏外，復思所奏之事于其下。」顏師古注云：「罘罳，謂連曲閣也，以覆重刻垣牖之處，其形罘罳然。一曰屏也。」又，《禮記》云：「疏屏，天子之廟飾也。」鄭注云：「屏謂之樹，今浮思也。刻之爲雲氣蟲獸，如今闕上爲之矣。」又，劉熙《釋名》曰：「罘罳在門外，罘，復也，臣將入請事，於此復重思也。」予按唐蘇鶚《演義》稱罘罳織絲爲之，輕疏浮虚，象網羅交叉之狀，蓋宫殿簷户之間也。又引《文宗實録》云：「太和中，甘露之禍，群臣奉上出殿北門，裂斷罘罳而去。」又杜甫天寶末詩云：「罘罳朝共絡，榱桷夜同傾。」又引温庭筠《補陳武帝與王僧辨書》云「罘罳晝卷，閶闔晨開」爲證，皆非曲閣屏障之意，反以崔豹、顔師古之徒爲大誤。又按段成式《酉陽雜俎》稱上林間多呼殿榱桷護雀網爲罘罳，其淺誤也如此。乃引張揖《廣雅》曰：「復思謂之屏。」又王莽性好時日小數，遣使壞諸陵園門罘罳，曰：「使民無復思漢也。」又引魚豢《魏略》曰「黄初三年，築諸門闕外罘罳」爲證，反以絲網之説爲大謬。予謂二説皆通。以罘罳爲網，則結繩爲之，施於宫殿簷楹之間，如蘇鶚之説是也。以罘罳爲屏，則刻木爲之，施於城隅門闕之上，如成式之言是也。然二説之中擇焉，惟段氏之説爲長。按《五行志》注云：「罘罳，闕之屏也。」《玉篇》云：「罘罳屏樹門外也。」又云：「罘，兔罟也。」但屏上雕刻爲其形如網罟之狀，故謂之罘罳，音浮思，則取其復思之義耳。漢西京罘罳，合板爲之，亦築土爲之，每門闕殿舍前皆有焉，于今郡國廳前亦樹之。故宋子京詩云：「秋色净罘罳。」又云：「嵩岜倚罘罳。」皆其義也。《天子外屏賦》云：「至者伏思。」注皆以謂人臣至屏，俯伏思念其事，則罘罳小樓也。復思乃用伏字，又以罘罳爲小樓，蓋不曉諸家之論，而誤爲之説也。

【果下馬】《漢書·霍光傳》云：「召皇太后御小馬車。」張晏云：「漢廏有果下馬，高三尺，以駕輦。」師古曰：「小馬可于果樹下乘之，故號果下馬。」又《魏書·東夷傳》云：「出果下馬。」裴松之注云：「案果下馬高三尺，見《博物志》云，又見《魏都賦》。」予案《顔氏家訓》云：「周弘正爲宣城王所愛，給一果下馬，蓋東夷濊國所出也。」又《北史·尉景傳》：先是景有果下馬，文襄求之，不與，曰：

「土相扶爲牆，人相扶爲王，一馬亦不得畜而索也。」神武對景及常山君責文襄而杖之。故舒王《散愁》詩云：「呼童羈我果下騮。」又任昉《述異記》云：日南郡出果下牛，高三尺。漢樂浪郡出果下馬，並高三尺。又，《開元遺事》云：長安俠少每至春時，結朋連黨，各置矮馬，飾以錦韉、纓絡，並轡于巷樹下往來。亦果下之類也。

【宅家】宋子京《春詞》云：「新年十日逢春日，紫禁千觴獻壽觴。寰海歡心共葫達，宅家慶祚與天長。」案李濟翁《資暇集》云：「公郡縣主，宮禁呼爲宅家子，蓋以至尊以天下爲宅，四海爲家，不敢斥呼，故名宅家，亦猶陛下之義。至公主以下，則加子字，亦猶帝子也。又謂阿宅家子，阿助詞也。急語乃以阿宅家子爲茶子，既而亦云阿茶子，或削其子，遂曰『阿茶』。一説漢、魏以來，宮中尊美之，呼曰『大家子』，今急訛以大爲宅焉。」故昔人屬對云：「都尉指揮都尉馬，大家齊唤大家茶。」

【摻撾】《後漢·禰衡傳》云：「衡方爲《漁陽摻撾》，蹀躞而前。」注云：「《文士傳》曰：『衡擊鼓作《漁陽摻撾》，自蹋地來前，躡駮足脚，容態不常，鼓聲甚悲，易衣畢，復擊鼓參搥而去。至今有《漁陽參撾》，自衡始也。』臣賢按，搥及撾並擊鼓杖也，參撾是擊鼓之法。而王僧孺詩云：『散度《廣陵》音，參寫《漁陽》曲。』而于其詩自音云：『參，七紺反。』後諸文人多同用之。據此詩意，以參爲曲奏之名，則撾字入於下句，全不成文。下云復參撾而去，足知參撾二字當相連而讀。參字音爲去聲，不知何憑也。」按楊文公《談苑》載：「徐鍇仕江左，至中書舍人，尤嗜學博，領集賢學士校秘書。時吳淑爲校理，古樂府中有摻字者，淑多改爲操，蓋章草之變。鍇曰：『非可以一例，若《漁陽摻》者，音七鑑反，三撾鼓也。禰衡作《漁陽參撾》，古歌詞云：邊城晏開《漁陽摻》，黄塵蕭蕭白日暗。』淑嘆服之。」今謂摣、撾一也，故或用摣字，然摻字當如徐説，音七鑑反，三撾鼓也。以其三撾，故因爲之摻。故唐李義山《聽鼓》詩云：「欲問《漁陽摻》，時無禰正平。」又《口占》詩云：「必投潘岳果，誰參禰衡撾。」亦以去聲讀之也。沈存中《筆談》論《廣陵散》云云「流《廣陵》之名散」。又應璩書云：「聽《廣陵》之清散。」則知散爲曲名矣。所謂《漁陽摻》者，正如《廣陵》之散是也，此僧孺所以有云。又宋景文公《喜雨》詩云：「波生客浦揚舲遠，潤逼《漁撾》作摻遲。」又宋《李冀州》詩云：「征鼙曲曲《漁陽摻》，後乘人人鄴下才。」皆以去聲呼之，但摻字从人爲異耳。

【吴質】「吴質不眠倚桂樹」，李賀謂之吴質，段成式謂之吴剛，未詳其義。竊意《箜篌引》所謂吴質，非吴剛也，恐别是一事。魏有吴季重亦名質。

【推敲】《唐書》載：「賈島字浪仙，初爲浮屠，名無本。來東都時，洛陽令禁僧午後不得出。島爲詩自傷，韓愈憐之，因教其爲文，遂去浮屠，舉進士。當其苦吟，雖逢值公卿貴人，皆不之覺也。一日，見京兆尹，跨驢不避，謼詰之，久乃得釋。累舉不中第。文宗時，坐飛謗貶長江簿。」余案《劉公嘉話》云：「島初赴舉京師，一日，於驢上得句云：『鳥宿池邊樹，僧敲月下門。』始欲着推字，又欲着敲字，練之未定，遂于驢上吟哦，時時引手作推敲之勢。時韓愈吏部權京兆，島不覺衝至第三節，左右擁至尹前，島具對所得詩句云云。韓立馬良久，謂島曰：『作敲字佳矣。』遂與並轡而歸，留連論詩，與爲布衣之交。自此名著。後以不第，乃爲僧，居法乾寺，號無本。一日，宣宗微行至寺，聞鐘樓吟咏聲，遂登樓，於島案上取詩卷覽之。島不識帝，遂攘臂睨帝曰：『郎君何會此邪！』遂奪取詩卷。帝慚恧下樓而去。遂除島爲遂州長江簿。」唐史與《嘉話》所載不同如此。

【銅人】《魏略》曰：「明帝景初元年，徙長安鍾虡、駱駝、銅人、承露盤，盤折，銅人重不可致，留于霸城，大發卒鑄作銅人二，號曰翁仲，列坐司徒門外。」又《漢晉春秋》曰：「帝徙盤，盤折，聲聞數十里，金狄或泣，因留霸城。」又唐李賀《金銅仙人辭漢歌》序云：「魏明帝青龍九年八月，詔宮官牽車，西取漢孝武捧露盤仙人，欲立置前殿。宮官既拆盤，仙人臨載，乃潸然淚下。」歌曰：「茂陵劉郎秋風客，夜聞馬嘶曉無跡。畫欄桂樹懸秋香，三十六宮土花碧。魏宮牽車指千里，東關酸風射眸子。空將漢月出宮門，憶君清淚如鉛水。衰蘭送客咸陽道，天若有情天亦老。携盤獨出月荒涼，渭城已遠波聲小。」案《明帝紀》，青龍五年三月，改爲景初元年，是歲徙長安銅人，重不可致。而李賀以謂青龍九年八月，蓋明帝以青龍五年三月改爲景初元年，至三年而崩，則無青龍九年明矣，疑李誤也。酈元《水經注》云：「魏文帝黄初元年，徙咸陽始皇所鑄金人十二，重不可致，因留霸城南。」即與明帝所徙銅人事略同，意未詳其旨。《史記》秦始皇二十六年，有大人長五丈，足履六尺，皆夷狄服，凡十二人，見於臨洮。是歲，始皇初并六國，反喜以爲瑞，銷天下兵器，作金人十二以象之。後十四年而秦亡。又後漢薊子訓有神異之道，時有百歲翁，自説爲兒童時，已見子訓賣藥于會稽市，顔色不異於今。後人復於長安東霸城見之，與一老翁共摩挲銅人，相謂曰：「適見鑄此，而已近五百歲矣。」注云：「秦始皇二十六年，收天下兵器聚咸陽，鑄金人十二，重各千石，置宮庭中，至此四百二十餘年。」故東坡《贈梁道人》詩云：「採藥壺公處處過，笑看金狄手摩挲。」又張天覺《贈人》詩云：「鶴骨飄飄紫府仙，摩挲金狄不知年。」皆用此也。

【若木】李賀《苦晝短》詩云：「天東有若木，下置銜燭龍。」按《淮南子》曰：「若木在建木西。燭龍在雁門北，蔽于委羽之山，不見日。龍銜燭以照太陰。」又《離騷》云：「折若木以拂日兮，聊逍遥以相羊。」注云：「若木在西極。」謝希逸《月賦》云：「擅扶桑于東沼，嗣若英於西冥。」五臣注云：「扶桑，日出處；若木，日没處。」由是知若木在西，燭龍在北，而李云如此，真誤矣。

【紫薇花】唐故事，中書省植紫薇花，歷世循用之，不以爲非。至今舍人院紫薇閣前植紫薇花，用唐故事也。樂天詩云：「獨坐黄昏誰是伴，紫薇花對紫薇郎。」案《天文志》，紫薇，大帝之坐也，天子之常居也，主命主度也。何關紫薇花事？

【錦瑟】義山《錦瑟》詩云：「錦瑟無端五十弦，一弦一柱思華年。莊生曉夢迷蝴蝶，望帝春心託杜鵑。滄海月明珠有淚，藍田日暖玉生煙。此情可待成追憶，只是當時已惘然。」山谷道人讀此詩，殊不曉其意；後以問東坡，東坡云：「此出《古今樂志》」，云：錦瑟之爲器也，其弦五十，其柱如之，其聲也，適、怨、清、和。」案李詩「莊生曉夢迷蝴蝶」，適也；「望帝春心託杜鵑」，怨也；「滄海月明珠有淚」，清也；「藍田日暖玉生煙」，和也。一篇之中，曲盡其意，史稱其瑰邁奇古，信然。劉貢父《詩話》以謂「錦瑟」乃當時貴人愛姬之名，義山因以寓意，非也。

【俗語入詩】《西清詩話》言王君玉謂人曰：「詩家不妨間用俗語，尤見工夫。雪止未消者，俗謂之待伴，嘗有雪詩：『待伴不禁鴛瓦冷，羞明常怯玉鉤斜。』待伴、羞明，皆俗語，而採拾入句，了無痕纇，此點瓦礫爲黄金手也。」余謂非特此爲然，東坡亦有之：「避謗詩尋醫，畏病酒入務。」又云：「風來震澤帆初飽，雨入松江水漸肥。」尋醫、入務、風飽、水肥，皆俗語也。又南人以飲酒爲軟飽，北人以晝寢爲黑甜，故東坡云：「三杯軟飽後，一枕黑甜餘。」此亦用俗語也。

【進退格】鄭谷與僧齊己、黄損等共定今體詩格云：「凡詩用韻有數格：一曰葫蘆，一曰轆轤，一曰進退。葫蘆韻者，先二後四；轆轤韻者，雙出雙入；進退韻者，一進一退。失此則繆矣。」余按《倦遊雜録》載唐介爲臺官，廷疏宰相之失，仁廟怒，謫英州别駕。朝中士大夫以詩送行者頗衆，獨李師中待制一篇，爲人傳誦，詩曰：「孤忠自許衆不與，獨立敢言人所難。去國一身輕似葉，高名千古重於山。並游英俊顔何厚，未死姦諛骨已寒。天爲吾君扶社稷，肯教夫子不生還。」此正所謂進退韻格也。按《韻略》：難字第二十五，山字第二十七；寒字又在二十五，而還字又在二十七。一進一退，誠合體格，豈率爾而爲之哉。近閲《冷齋夜話》載當時唐、李對答語言，乃以此詩爲落韻詩。蓋渠伊不見鄭谷所定詩格有進退之説，而妄爲云云也。

【古詩不拘韻】世俗相傳，古詩不必拘于用韻。余謂不然，如杜少陵《早發射洪縣南途中作》「及」字韻詩，皆用緝字一韻，未嘗用外韻也。及觀東坡《與陳季常》「汁」字韻，一篇詩而用六韻，殊與老杜異。其他側韻詩多如此。以其名重當世，無敢訾議。至荆公則無是弊矣，其《得子固書因寄以及字韻詩》，其一篇中押數韻，亦止用緝字一韻，他皆類此，正與老杜合。

【東坡誤用事】劉公《嘉話》云：「晉謝靈運鬚美，臨刑，因施爲南海祇洹寺維摩像鬚，寺人寶惜，初不虧損。中宗朝，安樂公主五日鬬百草，欲廣其物色，令馳驛取之，又恐爲他所得，因剪棄其餘，今遂無。」其集所載，止此而已。及觀東坡《次韻景文聽琵琶》詩云：「猶勝江左狂靈運，共鬬東昏百草鬚。」乃以安樂公主爲東昏侯。按東昏侯是齊明帝第三子，雖昏虐暴亂，實未嘗取靈運鬚以鬬百草，豈非誤與？又陳後主時，張貴妃名麗華，尤見寵幸。隋遣韓擒虎平陳，後主與麗華俱見收。而東坡撰《虢國夫人夜遊圖》詩云：「當時亦笑潘麗華，不知門外韓擒虎」，又誤也。蓋齊東昏侯有潘淑妃，未嘗名麗華，亦與韓擒虎事無干。又《左傳》昭公二十八年：「賈大夫娶妻美，御以如皋，射雉獲之。」杜預注：「爲妻御之。皋，澤；如，訓之。」則非地名明矣。而東坡《和人會獵》詩云：「不向如皋閑射雉，歸來何以得卿卿。」真誤也。

【求乞】韓熙載本高密人。後主即位，頗疑北人，鴆死者多。而熙載且懼，愈肆情坦率，不遵禮法，破其財貨，售集妓樂，迨數百人，日與荒樂。蔑家人之法，所受月俸，至即散爲妓女所有，而熙載不能制之，以爲喜。而日不能給，遂弊衣屨，作瞽者，持獨絃琴，俾舒雅執板挽之，隨房歌鼓求丐，以足日膳。旦暮亦不禁其出入，或竊與諸生糅雜而淫，熙載見之，趨過而笑曰「不敢阻興」而已。及夜奔客寢者，其客詩云：「苦是五更留不住，向人頭伴着衣裳。」時人議謂北齊徐之才豁達無以過之。故東坡詩云：「欲教乞食歌姬院，故與雲山舊衲衣。」蓋用熙載求丐事也。

【無蟹】東坡于金門寺中，見李留臺與二錢唱和，戲用其韻跋之，有云：「欲問君王乞符竹，但憂無蟹有監州。」注云：「皆世所傳錢氏故事。」事見《歸田録》，云：「國朝自下湖南，始置通判，既非副貳，又非屬官，故常與知州争權，每云我是監郡，朝廷使我來監汝，舉動爲其所制。太祖聞而患之，下詔書戒勵，自此稍絀。然至今州郡往往與通判不和。往時有錢昆少卿者，家世餘杭人也。杭人嗜蟹。昆嘗求補外，人問其欲何州，昆曰：『但得有螃蟹無通判處可矣。』至今士人以爲口實。」

【麥秋】宋子京有《帝幸南園觀刈麥》詩云：「農扈方迎夏，官田首告秋。」注云：「臣謹按，物成熟者謂之秋，取揫斂之義。故謂四月爲麥秋。」余按，《北史·蘇綽傳》云：「布種既訖，嘉苗須理。麥秋在野，蠶停于室。」則麥秋之説，其來舊矣。（徐俊）

避暑録話

葉夢得　撰

葉夢得（一〇七七—一一四八），字少藴，號石林居士，蘇州吴縣人。紹聖四年（一〇九七）進士，官至觀文殿學士、福建安撫使。《宋史》卷四四五有傳。著有《石林詩話》等。《避暑録話》二卷，一作四卷，此據《石林遺書》本選録。

1 杜子美《飲中八仙歌》，賀知章、汝陽王璡、崔宗之、蘇晉、李白、張長史旭、焦遂、李適之也。適之坐李林甫譖，求爲散職，乃以太子少保罷政事。命下，與親黄鈔本「親」作「諸」。戚故人歡飲賦詩曰：「避賢初罷相，樂聖且銜杯。爲問門前客，今朝幾箇來。」可以見其超然無所芥蔕之意，則子美詩所謂「銜杯樂聖稱避賢」者是也。適之以天寶五載罷相，即貶死袁州，而子美十載方以獻賦得官，疑非相與周旋者，蓋但記能飲者耳。惟焦遂名跡不見他書。適之之去，自爲得計，而終不免於徐鈔本「於」作「貶」。死，不能遂其詩意。林甫之怨豈至是哉！冰炭不可同器，不論怨有深淺也。乃知棄宰相之重，而求一杯之樂，有不能自謀者。欲碌碌求爲焦遂，其可得乎！今峴山有適之窪樽，顔魯公諸人嘗爲聯句，而傳不載。其嘗至湖州，疑爲刺史，而史失之也。（上卷。下同）

2李文定公坐與丁晉公不相能，黄鈔本「公」下作「不合」二字。中常鬱鬱不樂。舊中書省壁間有其手題詩一聯云：「灰心緣忍事，霜鬢爲論兵。」凡數十處，此裴晉公詩也。初不見全篇，在許昌偶得其集，云：「有意效承平，無功答聖明。灰心緣忍事，霜鬢爲論兵。道直身還在，恩深命轉輕。鹽梅非擬議，葵藿是平生。白日長懸照，蒼蠅漫發聲。嵩陽舊田里，終使謝歸耕。」裴公之言猶及此，豈坐李逢吉、元稹故耶！集中又有在太原題廳壁一絶句，云：「危事經非一，浮榮得是空。白頭官舍裏，今日又春風。」則此公胸中，亦未得全爲無事人。緑野之游，豈易得哉！裴公固不特以文字名世，然詩辭皆整齊閑雅，忠義端亮之氣，凛然時見。覽之每可喜也。

3裴晉公詩云：「飽食緩行初睡覺，一甌新茗侍兒煎。脱巾斜倚繩牀坐，風送水聲來耳邊。」公爲此詩，必自以爲得志，然吾山居黄鈔本「居」下有「又」字。七年，享此多矣。今歲新茶適佳。夏初作小池，導安樂泉注之，得常熟破山重臺白蓮植其間，葉已覆水，雖無淙潺之聲，然亦澄澈可喜。此晉公之所誦詠而吾得之，可不爲幸乎！

4白樂天集，自載李浙東言海上有仙館待其來之説，作詩云：「吾學空門非學仙，恐君此説是虚傳。海山不是吾歸處，歸則須歸兜率天。」頃讀盧肇《逸史》，記此事差詳。李浙東，李君稷也。會昌初爲浙東觀察使，言有海賈遭風，飄海中一大山，視其殿榜曰「蓬萊」，旁有一院，扃鎖甚嚴，花木盈庭，中設几案。或人告之曰：「此白樂天院，在中國未來耳。」唐小説事多誕，此既自見於樂天詩，當不謬。近世多傳王平甫館宿，夢至靈芝宫，亦自爲詩紀之，曰：「萬頃波濤木葉飛，笙歌宫殿號靈芝。揮毫不似人間世，長樂鐘聲夢覺時。」與白樂天事各刻本「事」作「院」，今依黃鈔本改。絶相類，乃知天地間英靈之氣亦無幾，爲人爲仙，不在此則在彼，更去迭來，無足怪者。

5 蘇子瞻亦喜言神仙，元祐初，有東人喬仝，自言與晉賀水部游，且言賀嘗見公密州道上，意若欲相聞，子瞻大喜。仝時客京師，貧甚，子瞻索囊中得二黃鈔本「二」作「四」。十縑，即以贈之。作五詩，使仝寄賀，子由亦同作。仝去，訖不復見，或傳妄人也。按《陳後山集》有《賀水部傳》云：後仝復來，出賀書曰：「將使若人通言於君。」據此，則仝非去不復見也。晚因王鞏，又得姚丹元者，尤奇之，直以爲李太白所化。各刻本「化」誤「作」，今依黃鈔本正。贈詩數十篇，待之甚恭。各刻本無「待之甚恭」四字，今依黃鈔本補，徐鈔本「恭」作「嚴」。姚本京師富人王氏子，不肖，爲父所逐去，各刻本無「去」字，今依黃鈔本補。事建隆觀一道士，天資慧，因取《道藏》遍讀，或能成誦，又多得其方術丹藥。大抵有口才，各刻本無「有口才」三字，今依黃鈔本補。好大言，作詩間有放蕩奇譎語，故能成其説。浮沈淮南，屢易姓名，子瞻初不能辨也。《東坡集》中有《次丹元姚先生韻》二首，又有《次秦少游韻贈姚安世》七律，所言皆神仙事。查注云：姚安世疑即姚丹元。又有《次韻王定國書丹元子寧極齋》一詩，中云：「願挂神虎冠，往卜飲馬鄰。」王注引趙次公云：蘇州有飲馬橋。丹元子蓋蘇州人也。後復其姓名王繹。崇寧間，余在京師，則已用技術進爲醫官矣。出入蔡魯公門下，醫多奇中。余猶及見。其與魯公言從子瞻事，且云：「海上神仙宫闕，吾皆能以説致之，可使空中立見。」蔡公亦微信之。坐事編置楚州，梁師成從求子瞻書帖，且薦其有術。宣和末，復爲道士，名元城，黃鈔本「城」作「誠」。力詆林靈素，爲所毒，嘔血死。

6劉貢父言杜子美詩，所謂「功曹非復漢蕭何」，以爲誤用鄧禹事。雖近似，然鄧氏子何不掾功曹，是光武語，非鄧禹實爲功曹，則子美亦未必誠用此事。今日見王洋舍人，云：《漢書·高帝紀》言蕭何爲主吏。孟康注：主吏，功曹也。吾初不省，取閱之，信然。則知子美用事精審，未易輕議，讀史者亦不可不詳也。各刻本缺末句「讀史」以下九字，今依黄鈔本補。

7楊文公《談苑》載，周世宗嘗爲小詩示竇儼，儼言：「今四方僭僞主各能爲之，若求工則廢務，不工則爲所窺。」世宗遂不復作。度當時所作詩必不甚佳，故儼云爾。非世宗英偉，識帝王大略，豈得不以儼言爲忤，又安能即棄去？信爲天下者，在此不在彼也。安禄山亦好作詩，作《櫻桃詩》云：「櫻桃一籃子，一半青一半黄。一半寄懷王，一半寄周贄。」或請以「一半寄周贄」句在上，則協韻。禄山怒曰：「豈肯使周贄壓我兒耶！」使世宗不能用儼言，其詩未必如是之陋，亦不過如禄山爾。各刻本無「使世宗」以下二十三字，今依徐、黄兩鈔本補。然「其詩」二句似有脱誤，難解。因讀《禄山事跡》及之，聊發千載一笑。崑山李蓀曰：按《櫻桃詩》，《禄山事跡》所載，係史思明作，懷王即思明子朝義也。此云禄山作，似誤。又「籃」作「籠」，「青」作「赤」，「寄」作「與」，字亦不同。

8杜子美詩云：「張公一生江海客，身長九尺鬚眉蒼。徵起適值風雲會，扶顛始知籌策良。」此謂張鎬也。《舊史》載鎬風儀偉岸，廓落有大志，好談王霸大略。讀子美詩，尚可想見其人。杜周士《人物志》云：「至德初，詔朝臣各舉所知，蕭昕爲起居舍人，薦鎬以布各刻本「布」作「褐」，今依黄鈔本改。衣召見，拜左拾遺。來瑱爲贊善大夫，昕各刻本黄鈔本「昕」俱作「鎬」，今依徐鈔本所引《人物志》。薦材堪將帥。

《唐書》鎬、瑱傳皆不載，而《鎬傳》云：「天寶末，楊國忠執政，求天下士爲己重，聞鎬材，薦之，釋褐，拜左拾遺。」二書言鎬得官略同。若天寶末果已用於國忠，則至德初安得更用各刻本「用」作「爲」，今依黄鈔本改。昕薦耶？國忠爲相在天寶十二載，去亂先一年，正淫湎極惡之際，豈知以天下士爲重，亦非子美所謂「徵起適值風雲會」者也。至《瑱傳》，乃云：「始用張鎬薦，爲潁川太守，以母憂去。禄山反，再用張垍薦奪喪，復爲潁川。」今《紀》書瑱自贊善大夫爲潁川太守在天寶十五各刻本、鈔本「五」皆誤「四」，今依新舊《唐書·本紀》。載，即至德元年禄山反後，與《人物志》合，是鎬方起家，何能遽各刻本無「遽」字，今依黄鈔本補。及瑱，而張垍兄弟自京師陷即從禄山，未嘗見明皇，亦何爲復薦瑱？史於瑱事，繆誤如此。黄鈔本此句作「史之繆戾如是，何也？」則鎬之失，無足怪，昕亦可謂知人矣。昕本篤厚長者，造次不失臣節，此二事尤奇特，恨史不能表出之。按新舊《唐書·蕭昕本傳》皆載其薦張鎬、來瑱事。天下多事，左右近臣皆能爲國得將相如昕，亂何足平也。徐鈔本「尚可想見其人」句下，至末一段云：然鎬爲相，期年而罷，方收復兩京時，不聞别有大功，惟策史思明以范陽降爲僞、知許叔冀臨難必變二事，豈肅宗用之不專，不能盡其材耶？天寶、至德間，開元儲養人材略盡，倉猝倔起如鎬與李泌，實可繫時治亂者，然皆不免讒邪所間。鎬用固晚矣，其去而復來，市一嗣岐王第何足道？遽以散官廢，意肅宗惡之，别自有故，史不及知。李泌若元載不死，其後日所爲，亦未必有見也。史載鎬始用，爲楊國忠所引，余讀杜周士《人物志》，蓋與來瑱同出蕭昕薦。二説不同。

9《歸去來辭》云：「雲無心而出岫，鳥倦飛而知還。」此陶淵明出處大節，非胸中實有此境，不能爲此言也。前輩論賈島《送炭詩》云：「暖得曲身成直身。」蓋雖微事，苟出其情，終與摹寫倣傚牽率而成者異也。今或内實躁忿而故爲閑肆之言，内實柔懦而强作雄健之語，雖用盡力，使人讀之終無味。杜子美云：「水流心不競，雲在意俱遲。」吾嘗三復愛之。或曰：「子美安能至此？」是非知子美者。方至德、大曆之間，天下鼎沸，士固有不幸罹其禍者，然乘間蹈利，竊名取寵，亦不少矣。子美聞難，間關盡室遠去，及一召用不得志，卒飢寒轉徙巴峽之間而不悔，終不肯一引頸而西笑，非有不競遲留之心安能然？耳目所接，宜其了然自與心會，此固與淵明同一出處之趣也。

10子瞻《山光寺》詩「野花鳴鳥亦欣然」之句，其辯説甚明，蓋爲哲宗初即位，聞父老頌美之言而云。神宗奉諱在南京，而詩作於揚州。余嘗至其寺，親見當時詩刻，後書作詩日月，今猶有其本，蓋自南京回陽羨時也。始過揚州，則未聞諱，既歸自揚州，則奉諱在南京，事不相及，尚何疑乎？近見子由作《子瞻墓誌》，載此事，乃云：「公至揚州，常州人爲公買田，書至，公喜而作詩，有『聞好語』之句。」乃與辯辭異。且聞買田而喜，可矣，野花啼鳥何與，而亦欣然？尤與本意不類。豈爲誌時未嘗深考而誤耶？然此言出於子由，不可有二，以啓後世之疑。余在許昌時，誌猶未出，不及見，不然，當以告迨與過也。

11張景修，字敏叔，常州人，篤厚君子。少以賦知名，而喜爲詩，好用俗語。嘗有《謝人惠油衣》云：「何妨包裹如風槖，且免淋漓似水雞。」久在選調，家素貧，晚始改官。即叙年得五品服，作詩寄所厚云：「白快近來逢素髮，赤窮今日得朱衣。」人或以爲笑。然此其性所好，他詩多佳語，不皆如是也。

12俞澹，字清老，揚州人，少與魯直同從孫莘老學於漣水軍。魯直時年十七八，自稱清風客。

清老云：「奇逸通脱，真驥子墮地也。」嘗見其贈清老長歌一篇，與今詩格絶不類，似學李太白，而書乃學周鉞。各刻本「鉞」作「越」，今依黄鈔本改。元祐間，清老携以見魯直，欲毁去，清老不肯，乃跋而歸之。黄元明云：魯直舊有詩千餘篇，中歲焚三之二，存者無幾，故自名《焦尾集》。其後稍自喜，以爲可傳，故復名《敝帚集》。晚歲復刊定，止三百八篇，而不克成。今傳於世者，尚幾千篇也。

13 歐文忠在滁州，通判杜彬善彈琵琶，公每飲酒，必使彬爲之，往往酒行遂無筭。故有詩云：「坐中醉客誰最賢，杜彬琵琶皮作絃。」此詩既出，彬頗病之，祈公改去姓名，而人已傳，卒不得諱。政和間，郎官有朱維者，亦善音律，而尤工吹笛，雖教坊亦推之。流傳入禁中，蔡魯公嘗同執政奏事，及燕樂將退，上皇曰：「亦聞朱維吹笛乎？」皆曰不聞。乃喻旨召維試之，使教坊善工在旁按其聲。魯公與執政會尚書省大廳，遣人呼維甚急，維不知所以。既至，命坐於執政之末，尤皇恐不敢就位。乃喻上語，維再三辭。鄭樞密達夫在坐，正色曰：「公不吹，當違制。」維不得已，以朝服勉爲一曲，教坊樂工皆稱善，遂除維爲典樂。維爲京西提刑，爲余言之。琵琶以下撥重爲難，猶琴之用指深，故本色有轢絃護索之稱。文忠嘗問琵琶之妙於彬，亦以此對，乃取使教他樂工試爲之，下撥絃皆斷，因笑曰：「如公之絃，無乃皮爲之耶？」故有「皮作絃」之句。而好事者遂傳彬真以皮爲絃，其實非也。唐人記賀懷智以鵾雞筋作絃，人固疑之。筋比皮似《能改齋漫録》引此「似」作「雖」。有可作絃之理，然亦不應得許長，且所貴者聲爾，安在以絃爲奇耶！梅聖俞《醉翁吟》亦云：當時醉翁滁州所樂者，惟有杜彬彈琵琶。使誠有之，聖俞亦當以異見於詩也。各刻本、鈔本脱「梅聖俞」以下三十八字。按《能改齋漫録》所引有之，今據補。○孔平仲《談苑》：朱柬之自言作滁州推官時，歐陽永叔爲太守，杜彬作倅。永叔自瑯琊幽谷亭醉歸，妓扶步行，前引以樂，彬自亭下舞一曲破，直到州衙前，凡一里餘。永叔詩：「杜彬琵琶皮作絃。」元祐五年，彬子焯在金陵，或問：「皮何以作絃？」焯云：「永叔詩詞之過也。琵琶誠好，乃國初老聶工造，世間只有四面，今尚收藏在家，但無皮絃事爾。」《能改齋漫録》辨録話此事，則謂馮道之子能彈琵琶，以皮爲絃，見陶岳《五代史補》。乃知皮絃，古有其法，而杜彬得之。且文忠此詩下云「自從彬死世莫傳，玉練鎖聲入黄泉」，則公作此詩時，彬已死。安得有祈公改去姓名之説？當是葉只據兩句爲此説，又偶忘馮氏舊事耳。按皮絃之事，既據焯言無有，理自可信，足與録話相證。至馮道子之皮絃，雖未可知，乃吴虎臣即謂杜得其法，未免臆斷矣。惟云文忠作詩時，彬實已死，祈改之説爲虚，此則誠然。

14熙寧以前，洛中士大夫未有談禪者，偶富韓公問法於顒華嚴，知其得於圓照大本。時本方住蘇州瑞光寺，聲振東南，公乃遣使作頌寄之，執禮甚恭如弟子，於是翻然慕之者，人人皆喜言名理，惟司馬温公、范蜀公以爲不然。既久，二公亦自偶入其説，而温公尤多，蜀公遂以爲譏。温公曰：「吾豈爲天下無禪乎？但吾儒所聞，有不必舍我而從其書爾，此亦幾所謂實與而文不與者。」觀其與韓持國往來論《中庸》數書可見矣。末因蜀公論空相，遂以詩戲之曰：「不須天女散，已解動禪心。」蜀公不納，反各刻本「反」作「及」，今依惠校本改。復以戲之，詩曰：「賤子悟已久，景仁今日迷。」又云：「到岸何須筏，揮鋤不用金。浮雲任來往，明月在天心。」此道極致，豈大聰明而有差別。觀此，謂温公不知禪可乎？

15今夏不雨四十日，自江左連湖外，皆告旱。常歲五六月之間梅雨時，必有大風連晝夕，踰旬乃止，吴人謂之舶趠風，以爲風自海外來，禱於海神而得之，率以爲各刻本脱「爲」字，今依黄鈔本補。常。

今歲特無有，故暑氣尤各刻本「尤」作「猶」，今依黄鈔本改。烈。六月二十日晚，忽雨至夜中，明日又雨，其晚卧池上，河漢當空，梧竹颯然，遂有秋意。蓋前一日立秋，氣候不應如是速也。余比歲不作詩，舊喜誦前輩佳句，亦忘之。忽記劉原甫詩云：「涼風響高樹，清露墜明河。雖復夏夜短，已覺秋氣多。」若爲余言者。起傍池徐步，環繞數十匝，吟詠不能自已。僮僕皆已睡，前此適有以酴醿新酒相餉者，乃蹶起，連取三杯飲之，意甚適，不知原甫當時能如此否。然詩末云：「豔膚麗華燭，皓齒揚清歌。臨觴不作意，奈此粲者何。」則與吾異。此詩當是在長安時作，恨此一病未除也。

16杜子美詩：「久爲野客尋幽慣，細學何顒免興孤。」何顒，後漢人，見《黨錮傳》，蓋義俠者，與詩不類，意當作周顒。周、何字相近而訛。周顒奉佛，有隱操，其詩云：「昔遭衰世皆晦跡，今幸樂國養微軀。依止老宿亦未晚，富貴功名焉足圖。」則此意當在周各刻本、黄鈔本皆脱「周」字，今依徐鈔本補。顒也。

17仁廟初即位，秋宴百戲，有緣橦竿者忽墜地，碎其首死。上惻然憐之，命以金帛厚賜其家，且詔自是橦竿減去三之一。晏元獻作詩紀之曰：「君王特軫推溝念，詔截危竿横賜錢。」余往在從班侍燕時，見百戲橦竿纔二丈餘，與外間絶不同。一老中貴人爲余言，後閲元獻詩，果見之，廟號稱「仁」，信哉！(下卷。下同)

18楚州紫極宫有小軒，人未嘗至。一日，忽壁間題詩一絶云：「宫門閑一入，獨凭闌干立。終日不逢人，朱頂鶴聲急。」相傳以爲吕洞賓也。余嘗見之，字無異處，亦已半剥去。土人有危疾，刔其黑如黍粟服之，各刻本作「服如黍粟」，今依黃鈔本改。皆愈。近世有孫賣魚者，初以捕魚爲業。忽棄之而發狂，人始未之重。稍言災福，無不驗者，遂争信之。晝往來人家，終日不停足。夜則宿於紫極宫，災福無各刻本「無」誤「亦」，今依黃鈔本正。不可問。或謬發於語言，或書於屋壁，或笑或哭，皆不可測。久而推其各刻本「其」誤「而」，今依徐鈔本正。故，皆有爲也。宣和末，嘗召至京師，狂言自若。或傳其語有譏切者，罷歸，固與當時流輩異矣。兵興，不知所終。各刻本此處皆誤連下條爲一，今依徐、黃兩鈔本分，惠校本亦依吴方山本，下另起。

19杜牧作李戡墓誌，載戡詆元白詩語，所謂非莊人雅士所爲，淫言媟語，入人肌骨黃鈔本「骨」作「膚」。者。元稹所不論，如樂天諷諫閑適之辭，可概謂淫言媟語耶？戡不知何人，而牧稱之過甚。古今妄人不自量，好抑揚予奪，而人輒信之類爾。觀牧詩纖豔淫媟，乃正其所言而不自知也。《新唐書》取爲牧語論樂天，傳以爲救失不得不然，蓋黃鈔本「蓋」作「益」。過矣。牧記戡母夢有偉男子，持雙兒授之云：「余孔某，各刻本聖諱俱書本字，今敬避。以是與爾。」及生戡，因字之天授。晁無咎每舉以爲戲曰：「孔夫子乃爲人作九子母耶？」此必戡平日自言者，其詭妄不言可知也。

20張文孝公觀一生未嘗作草字。杜祁公一生未嘗作真字。文孝嘗自作詩云：「觀心如止水，爲行見真書。」可見其志也。祁公多爲監司及帥在外，公家文移書判皆作草字，人初不能辨，不敢白，必求能草書者問焉，久之乃稍盡解。世言書札多如其爲人，二公皆號重德，而不同如此。或者疑之，余謂文孝謹於治身，秋毫不敢越繩墨，自應不解作草字。祁公雖剛方清簡，而洞曉世故，所至政事號神明，迎刃而解。則疏通變化，意之所鄉，發於書者，宜亦似之也。

21政和間，大臣有不能爲詩者，因建言詩爲元祐學術，不可行。李彦章爲御史，承望風旨，遂上章論陶淵明、李、杜而下皆貶之。因詆黄魯直、張文潛、晁无咎、秦少游等，請爲科禁。故事，進士聞喜燕，例賜詩以爲寵。自何丞相文縝牓後，遂不復賜，易詔書以示訓戒。何丞相伯通適領修敕令，因爲科云：「諸士庶傳習詩賦者，杖一百。」是歲冬初雪，太上皇意喜，吴門下居厚首作詩三篇以獻，謂之「口號」。上和賜之，自是聖作時出，訖不能禁，詩遂盛行於宣和之末。伯通無恙時，或問初設刑名，將何所施。伯通無以對，曰：「非謂此詩，恐作律賦省題詩，害經術爾。」而當時實未有習之者也。

22吴門下喜論杜子美詩，每對客，未嘗不言。紹聖間爲户部，尚書葉濤致遠爲中書舍人，待漏院每從官晨集，多未厭於睡，往往即坐倚壁假寐，不復交談。惟吴至，則强之與論杜詩不已，人以爲苦。致遠輒遷坐於門外簷次。一日忽大雨飄灑，同列呼之不至，問其故，曰：「怕老杜詩。」梁中書子美亦喜言杜詩，余爲中書舍人時，梁正在本省，每同列相與白事，坐未定，即首誦杜詩，評議鋒出，語不得間，往往迫上馬不及白而退。每令書史取其詩藁示客，有不解意，以録本至者，必瞑「瞑」恐是「瞋」字之誤。目怒叱曰：「何不將我真本來。」故近歲謂杜詩人所共愛，而二公知之尤深。

23蘇子瞻元豐間赴詔獄，與其長子邁俱行。與之期，送食惟菜與肉，有不測則徹二物，而送以魚，使伺外間以爲候。邁謹守踰月，忽糧盡，出謀於陳留，委其一親戚代送，而忘語其約。親戚偶得魚鮓，送之，不兼他物。子瞻大駭，知不免，將以祈哀於上，而無以自達，乃作二詩寄子由，祝獄吏致之，蓋意獄史不敢隱，則必以聞。已而果然。神宗初固無殺意，見詩益動心，自是遂益欲從寬釋，凡爲深文者皆拒之。二詩不載集中，今附於此：「柏臺霜氣夜淒淒，風動琅璫月向低。夢繞雲山心似鹿，魂飛湯火命如雞。額中犀角真吾子，身後牛衣愧老妻。他日神游定何所，桐鄉應在浙江西。」「聖主如天萬物春，小臣愚暗自亡身。百年未了須還債，十口無家更累人。是處青山可藏骨，他時夜雨獨傷神。與君世世徐鈔本「世世」作「今世」。爲兄弟，更結來生未了因。」按蘇集「聖主」一首在前，「柏臺」一首爲次，中各有數字不同。

24 樂君上卷所載爲「樂君嘉」，此處似脱一字。達州人，生巴峽間，不甚與中州士人相接。狀極質野，而博學純至，先君少師特愛重之，故遣吾聽讀。今吾尚能略記六經，皆樂君口授也。家貧甚，不自經理，有一妻二兒一跛婢，聚徒城西草廬三間，以其二處諸生，而妻子居其一。樂易坦率，多嬉笑，未嘗見其怒。一日過午未飯，妻使跛婢告米竭，樂君曰：「少忍，會當有餉者。」妻不勝忿忽，自屏間躍出，取案上簡擊其首。樂君袒而走，仆於舍下，群兒環笑掖起之。已而先君適送米三斗，樂君徐告其妻曰：「果不欺汝，飢甚，幸速炊。」俯仰如昨日，幾五十年矣。每旦起，分授群兒經，口誦數百過不倦。少間，必曳屣慢聲抑揚，吟諷不絶。躡其後聽之，則延篤之書也。群兒或竊效靳侮之，亦不怒。喜作詩，有數百篇。先君時爲司理，猶記其相贈一聯云：「末路清談得陶令，他時陰德頌于公。」又寄故人云：「夜半夢回孤月滿，雨餘目斷太虚寬。」先君數稱賞之。今老書生未有其比也。

25錢塘西湖舊多好事僧，往往喜作詩，其最知名者，熙寧間有清順、可久二人。順字怡然，久字逸老。其徒稱順怡然、久逸老。所居皆湖山勝處，而清約介静，不妄與人交，無大故不至城市。士大夫多往就見，時有饋之米者，所取不過數斗，以瓶貯置几上，日取其三二合食之，雖蔬茹亦不常有，故人尤重之。其後有道潛，初無能，但從文士往來，竊其緒餘，並緣以見當世名士，遂以口舌論説時事，譏評人物，因見推稱。同時有思聰者，亦似之，而詩差優。近歲江西有祖可、惠洪二人，祖可詩學韋蘇州，優此數人。惠洪傳黄魯直法，亦有可喜，而不能無道潛之過。祖可病癩死，思聰宣和中棄其學爲黄冠，又從而得官。道潛、惠洪皆坐累編置。風俗之變，雖此曹亦然，如順、久未易得也。

26房次律爲宰相，當中原始亂時，雖無大功，亦無甚顯過，罷黜蓋非其罪。一跌不振，遂至於死。世多哀之。此固不幸，然吾謂陳(濤)〔陶〕之敗，亦足以取此。杜子美《悲陳陶》云：「孟冬十郡良家子，血作陳陶澤中水。野曠天清無戰塵，四萬義軍同日死。」哀哉，此豈細事乎！用兵成敗，固不可全責主將，要之非所長而强爲之，勝乃其幸，敗者必至之理，與故殺之無異也。次律之志，豈不欲勝，而强非其長，則此四萬人之死，其誰當之乎？顧一跌猶未足償。陸機河橋之役不戰而潰者，二十餘萬人固未必皆死，然各刻本缺「然」字，今依黄鈔本補。死者亦多矣。訟其冤者，孰不切齒孟玖？然不知是時機何所自信，而敢遽當此任？師敗七里澗，死者如積，澗水爲不流。微孟玖，機將何以處乎？吾老出入兵間，未嘗秋毫敢有嘗試之意。蓋嘗謂陸機河橋之役、房琯陳陶之戰，皆可爲書生輕言各刻本「言」誤「信」，今依黄鈔本正。兵者之戒，不論各刻本「論」誤「謂」，今依黄鈔本正。當時是非當否也。

27李育，字仲蒙，吴人。馮當世牓第四人登第，能爲詩。性高簡，故官不甚顯，亦少知之者。與外大父晁公善，尤愛其詩。先君嘗得其親書《飛騎橋》一篇於晁公，字畫亦清麗，以爲珍玩。《吴志》孫權征合肥，爲魏將張遼所襲，乘駿馬上津橋，橋板徹丈餘，超度得免，故以名橋。今在廬州境中。詩本後亡去，略追記之，附於此：「魏人野戰如鷹揚，吴人水戰如龍驤。氣吞魏王徐鈔本「王」作「土」，按：厲孝廉鶚《宋詩紀事》載此，亦作「王」。惟吴王，建旗敢到新城旁。霸主心當萬夫敵，麾下倉皇無羽翼。塗窮事變接短兵，生死之間不容息。馬奔津橋橋半撤，洶洶有聲如地裂。蛟怒横飛秋水空，鶚鶩徑度秋雲缺。奮迅金羈汗霑臆，濟主艱難天借力。艱難始是報主時，平日主君須愛惜。」此詩五七歲時，先君口授，小子各刻本「子」作「兒」，今依惠校本改識之。

28景修與吾同爲郎，夜宿尚書新省之祠曹廳，步月庭下，爲吾言：往嘗以九月望夜道錢塘，與詩僧可久泛西湖，至孤山已夜分，是歲早寒，月色正中，湖面渺然如鎔銀，傍山松檜參天，露下葉間，薿薿各本「薿」作「嶷」，今從《宋詩紀事》所載。皆有光，微風動，湖水晃漾，與林葉相射。可久清癯，苦吟坐中，凄然不勝寒，索衣無所有，空米囊覆其背，謂平生得此無幾，吾爲作詩記之。云：「霜風獵獵將寒威，林下山僧見亦稀。怪得題詩無俗語，十年肝膈湛寒輝。」此景暑中想像，亦可一灑然也。

29崔唐臣，閩人也，與蘇子容、吕晉叔同學相好。二公先登第，唐臣遂罷舉，久不相聞。嘉祐中，二公在館下，一日忽見艤舟汴岸，坐於船窗者，唐臣也。亟就見之，邀與歸，不可。問其别後事，曰：初倒篋中，有錢百千，以其半買此舟，往來江湖間，意所欲往，則從之，初不爲定止。以其半居貨，間取其贏以自給，粗足即已，不求有餘，差愈於應舉覓官時也。二公相顧太息而去。翌日自局中還，唐臣有留刺，乃携酒具再往謁之，則舟已不知所在矣。歸視其刺之末，有細字小詩一絶云：「集賢仙客問生涯，買得漁各本「漁」作「魚」，今依徐鈔本改。舟度歲華。案有黄庭尊有酒，少風波處便爲家。」訖不復再見。頃見王仲弓説此。

30 世以登科爲折桂，此謂郤詵對策東堂，自云桂林一枝也，自唐以來用之。温庭筠詩云：「猶喜故人新折桂，自憐羈客尚飄蓬。」其後以月中有桂，故又謂之月桂。而月中又言有蟾，故又改桂爲蟾，以登科爲登蟾宫。用郤詵事固已可笑，而輾轉相訛復爾，然文士亦或沿襲因之，弗悟也。

31 杜子美詩：「自平宫中吕太一，收珠南海千餘日。近供生犀翡翠稀，復恐征戍干戈密。蠻溪豪族小動摇，世封刺史非時朝。蓬萊殿前諸主將，才如伏波不得驕。」《代宗紀》，廣州市舶使吕太一反，逐其節度。張休或疑「宫中」二字恐誤，讀《韋倫傳》，言宦者吕太一，則蓋中人爲宫市於嶺南者爾，故稱市舶使。《池北偶談》引黄鶴杜詩注云：考《舊史》，當作「中官吕太一」。按錢注亦以鶴説爲是，正與此條説合。此詩似爲哥舒晃作。太一以廣德二年反，晃大曆八年以循州刺史反，殺嶺南節度使吕崇賁，相去蓋十年。自此詩而上，至《青絲》五篇，疑皆失其題，故但以句首語名之。所以讀者多不能遽了。《魏知古傳》復有薦洹水令吕太一，在開元間，與大曆「大曆」似應作「廣德」。亦相遠。各刻本「遠」誤「反」，今依黄鈔本正。此别一人，姓名適同爾。

（王秀梅）

玉澗雜書

葉夢得　撰

《玉澗雜書》十卷，已佚，僅《説郛》中收録十七條。觀古堂刻本《石林遺書》有此書，即據《説郛》重刻。兩本略有異同，此據涵芬樓本《説郛》選録。

1 陶淵明作形影相贈與（形）〔神〕釋之詩，自謂世俗惑於惜生，故極陳形影之苦，而釋以神之自然。《形贈影》曰：「願君取吾言，得酒莫苟辭。」《影贈形》曰：「立善有遺愛，胡可不自竭。」形累於養而欲飲，影役於名曰求善，皆惜生之弊也。故神之釋曰：「日醉或能忘，將非趣齡具。」所以辨養之累。曰：「立善常所忻，誰當爲我譽？」所以解名之役。雖得之矣，然所致意者僅在趣齡與無譽，不知飲酒而壽，爲善而皆見知，則神亦可汲汲而從之乎？似未能盡了也。是以極其知，不過「縱浪大化中，不喜亦不懼。應盡便須盡，無復獨多慮」，謂之神之自然耳。此釋氏所謂斷常見也。此公天資超邁，真能達生而遺世，不但詩人之辭。使其聞道更盡一間，則其言豈止如斯而已乎。（《説郛》卷八。下同）

2 陶通明既隱茅山，自號華陽隱居。復遍游名山，每經澗谷，必坐卧其間，吟咏不已。謂門人曰：吾見朱門廣廈，雖識其華樂，而無欲往之心。望高巖，瞰大澤，知難久止，自常欲就之。永明中求禄，得輒差舛，不然，豈得今日之事乎？」通明仕齊，本爲諸王侍讀。永明十年，脱朝服挂神武門，上表辭禄而去。自淵明以來，誠未有其比也。梁武受禪，雖屢聘不至，然猶援引圖讖合爲梁瑞以獻，或者譏之。吾謂通明本自曉曆數符讖者，此乃素學，未必有意附會。讀《詩苑英華》載其《答武帝問山中何所有》一詩云：「山中何所有？嶺上多白雲。只可自怡悦，不堪持贈君。」此事本傳不記。吾山朱氏子作小閣於石橋之下，與西山相面，景物極幽邃。一日往過之，朱求閣名，因爲談通明本末，遂以怡雲名之云。

3陶隱居好聽松聲，所居庭院皆種松。每聞其響，欣然爲樂。吾玉澗道傍，古松皆合抱，每微風驟至，清聲琅然，萬壑皆應，若中音節。或中夜達旦，意亦喜之。謝靈運云：「何必絲與竹，山水有清音。」山水之音何但與絲竹争美，便作葛天之樂，有何不可。（下略）

4吾山有竹數萬本，初多手自移。今所在森然成林，有篂竹、斤竹、哺雞竹、斑竹、紫竹，數十種略備，而（生）〔筀〕筍最可食。今歲自春不雨累月，筍類不出，顧頗念之。四月初一日雨踰旬，忽裂地迸出如拔，亟取供庖，而園人靳之甚，請留以俟再出。問其故，云：「筍惟初出者盡成竹，次出者多爲蟲所傷，十不得五六。」乃悟老杜詩「瓜須辰日種，竹要上番成」之意，遂忻然許之。（下略）

5唐以前人和詩，初無用同韻者，直是先後相繼作耳。頃看《類文》，見梁武同王筠《和太子懺悔》詩云：「仍取筠韻。」蓋同用（路）〔改〕字十韻也。詩人以來，始見有此體。筠後又取所餘未用者十韻，別爲一篇。所謂「聖智比三明，帝德光四方」者，比次頗新巧。古詩用工，初不在韻。王筠蓋欲自出奇，後遂爲格。乃知史於諸文士中，獨言筠善押强韻以此。

6詩本觸物寓興，吟詠情性，但能書寫胸中所欲言，無有不佳。而世多役於組織雕鏤，故語言雖工而淡然無味，與人意了不相關。嘗觀陶淵明《告儼等疏》云：「少學琴書，偶愛閑静，開卷有得，便忻然忘食。見樹木交陰，時鳥變聲，亦復歡然有喜。嘗言五六月中，北窗下卧，遇涼風至，自謂是羲皇上人。」此皆其平生真意。及讀其詩，所謂「孟夏草木長，繞屋樹扶疏。衆鳥欣有託，吾亦愛吾廬。既耕亦已種，時還讀我書」；又「微雨從東來，好風與之俱」。直是傾倒所有，借書於手，初不自知語言文字也。此其所以不可及。人誰無三間屋，夏月飽睡讀書，藉木陰聽鳥聲，而惟淵明獨知爲至樂，則知世間好事人所均有，而不能自受用者，何可勝數。吾今歲〔辟〕東軒，自伐林間大竹爲小榻，一夫負之可趨，擇美木佳處，即曲肱跂足而卧，殆未覺有暑氣。不知與淵明所享孰多少，但恨無此詩耳。

7陶隱居掛朝服神武門事，於當時本無意，自是棄官欲去爾。蘇子瞻倅錢唐時，作詩常用此事。後坐詔獄，吏舉詩問所出，子瞻倉卒誤記本傳云見齊祚將衰，故去，不敢以實對，即謬言往官鳳翔，見壁間王嗣宗詩云：「欲掛衣冠神武門，先尋水竹渭南村。却將舊斬樓蘭劍，旋博黄牛教子孫。」云詩事本此，實自作也。舒信道諸人得之，果大笑，以謂未嘗讀陶傳，因釋不問。故至今傳此爲嗣宗詩。復嘗再用云：「歸來趁別陶弘景，看掛衣冠神武門。」

8杜子美詩：「無人竭浮蟻，有待至昏鴉。」注引何遜詩：「城陰度塹黑，昏鴉接翅飛。」此詩語意本不相類，只是用「昏鴉」字耳，乃知杜詩不妄下語如此。遜詩世無完本，今存者不見此句。予讀《類文》，見梁簡文帝詩云：「昏鴉接翅歸，暮鵲搖翎上。」乃亦此句。簡文與遜同時，蓋古人好句，多爲人所求，或竊取之。宋之問從劉希夷求「年年歲歲花相似，歲歲年年人不同」之句，不得，遂使人以計殺之。然此語吾未見佳處。之問詩過此者自多，何至是耶。楊（衝）〔衡〕初隱廬山不求舉，平生詩句有「一一鶴聲飛上天」，最爲自負。後因中表盜其文及第，（衝）〔衡〕乃自至闕下追之，既怒問「一一鶴聲」在否，曰：「此句知兄最惜，不敢輒偷。」（衝）〔衡〕始笑曰：「猶可恕矣。」蓋唐以前有此例也。

9今歲中秋，初夜微陰不見月，吾與周子集適自山中還。是時暑猶未退，相與散髮披衣坐溪上。二更後雲始解，剛三更，遂洞澈澄爽。月色正午，溪面如鏡平。月在波間，不覺水流，意甚蕭然。並溪居人樓閣相上下，時聞飲酒歌呼，雜以簫鼓。計人人皆以得極所欲爲至樂。然不過有狂藥淫聲，不失此時節耳，安知吾二人真有此月乎。世多言李太白以醉入水捉月溺死，此談者好奇之過。太白對月能作「今人不見古時月，今月曾經照古人」之句，意氣本自超出宇宙，對影三人，雖醉豈復狂惑至此。因舉寒山頌：「吾心如秋月，碧潭清皎潔。無物堪比倫，教我如何説。」四海今夕共爲中秋，不知有一人能作此公見處否？雪竇禪師初住洞庭翠峰寺，道未甚行，從學者無幾。寺在太湖中所謂東山者，嘗有詩云：「太湖四萬八千頃，月在波心説向誰。」固自已有津梁斯道之意。

然月一也，寒山以爲無物可比而不可説，雪竇以爲無人可説而不説。竟可説乎？不可説乎？吾不能奈静，聊復造此一重公案。（程毅中）

春渚紀聞

何薳　撰

何薳（一〇七七—一一四五），字子楚，本建安（今屬福建）人，後卜築父何去非葬地富陽韓青谷（在今浙江），號韓青老農。《春渚紀聞》十卷，此據涵芬樓《宋元人説部書》本選録。

【雍邱驅蝗詩】米元章爲雍邱令，適旱蝗大起，而鄰尉司焚瘞後遂致滋蔓，即責里正併力捕除，或言盡緣雍邱驅逐過此，尉亦輕脱，即移文載里正之語致牒雍邱，請各務打撲收埋本處地分，勿以鄰國爲壑者。時元章方與客飯，視牒大笑，取筆大批其後付之云：「蝗蟲元是空飛物，天遣來爲百姓災。本縣若還驅得去，貴司却請打回來。」傳者無不絶倒。（卷二《雜記》）

【玉川昌黎月蝕詩】施彦質言，玉川子詩極高，使稍入法度，豈在諸公之下。但諱以詩人見稱，故時出狂語，聊以驚世耳。韓退之有《效玉川子月蝕詩》，讀之有不可曉者，既謂之效，乃是玉川子詩，何也？亦常聞葉大經云，玉川子既作此詩，退之深愛之，但恨其太狂，因削其不合法度處，而取其合者附於篇，其實改之也。退之尊敬玉川子，不敢謂之改，故但言效之耳。（卷五《雜記》。下同）

【瓻酒借書】杜征南與兒書言，昔人云：「借人書一癡，還人書一癡。」山谷《借書詩》云「時送一鴟開鎖魚」，又云「明日還公書一癡」。常疑二字不同，因於孫愐《唐韻》五「之」字韻中「瓻」字下注云：「酒器，大者一石，小者五斗，古借書盛酒瓶也。」又得以證二字之差。然山谷鴟夷字必別見他說。當是古人借書，必先以酒醴通殷勤，借書還書皆用之耳。

【李朱畫得坡仙賞識】李頎字粹老，不知何許人。少舉進士，當得官，棄去。烏巾布裘爲道人。徧歷湖湘間，晚樂吳中山水之勝，遂隱於臨安大滌洞天，往來苕溪之上，遇名人勝士，必與周旋。素善丹青，而間作小詩。東坡倅錢塘日，粹老以幅絹作《春山》橫軸，且書一詩其後，不通姓名，付樵者，令俟坡之出投之。坡展視詩畫，蓋已奇之矣。及問樵者：「誰遣汝也？」曰：「我負薪出市，始經公門，有一道人，與我百錢，令我呈此，實不知何人也。」坡益驚異之，即散問西湖名僧輩，云是粹老。久之，偶會於湖山僧居，相得甚喜。坡因和其詩，云「詩句對君難出手，雲泉勸我早抽身」是也。（下略）

【坡仙之終】冰華居士錢濟明丈，嘗跋施純叟藏先生帖後云：建中靖國元年，先生以玉局還自嶺海，四月自當塗寄十一詩，且約同程德孺至金山相候。既往迓之，遂決議爲毗陵之居。六月自儀真避疾渡江，再見於奔牛埭，先生獨卧榻上，徐起謂某曰：「萬里生還，乃以後事相託也。惟吾子由，自再貶及歸，不復一見而決，此痛難堪。」餘無言者，久之復曰：「某前在海外，了得《易》、《書》、《論語》三書，今盡以付子，願勿以示人。三十年後，會有知者。」因取藏篋，欲開而鑰失匙。某曰：「某獲侍言，方自此始，何遽及是也。」即遷寓孫氏館，日往造見，見必移時，慨然追論往事，且及人間，出嶺海詩文相示，時發一笑，覺眉宇間秀爽之氣照映坐人。七月十二日，疾少間，曰：「今日有意，喜近筆研，試爲濟明戲書數紙。」遂書《惠州江月》五詩。明日又得《跋桂酒頌》，自爾疾稍增，至十五日而終。（卷六《東坡事實》。下同）

【裕陵睠賢士】先生臨錢塘郡日，先君以武學博士出爲徐州學官，待次姑蘇。公遣舟邀取至郡，留款數日，約同劉景文泛舟西湖。酒酣，顧視湖山，意頗歡適，且語及先君被遇裕陵之初，而嘆今日之除，似是左遷。久之，復謂景文曰：「如某今日餘生，亦皆裕陵之賜也。」景文請其說。云：「某初逮繫御史獄，獄具奏上。是夕，昏鼓既畢，某方就寢，忽見一人排闥而入，投篋于地，即枕臥之。至四鼓，某睡中覺有撼體而連語云：『學士賀喜者。』某徐轉仄問之，即曰『安心熟寢。』乃挈篋而出。蓋初奏上，舒亶之徒，力詆上前，必欲置之死地。而裕陵初無深罪之意，密遣小黄門至獄中視某起居狀。適某晝寢，鼻息如雷，即馳以聞。裕陵顧謂左右曰：『朕知蘇軾胸中無事者。』於是即有黄州之命。則裕陵之恕念臣子之心，何以補報萬一。」後先君嘗以前事語張嘉父。嘉父云：「公《自黄移汝州謝表》既上，裕陵覽之，顧謂侍臣曰：『蘇軾真奇才。』時有憾公者，復前奏曰：『觀軾表中猶有怨望之語。』裕陵愕然曰：『何謂也？』對曰：『其言兄弟並列於賢科，與驚魂未定、夢遊縲紲之中之語，蓋言軾、轍皆前應直言極諫之詔，今乃以詩詞被譴，誠非其罪也。』裕陵徐謂之曰：『朕已灼知蘇軾衷心，實無他腸也。』於是語塞云。」

【著述詳攷故實】秦少章言：公嘗言觀書之樂，夜常以三鼓爲率，雖大醉歸，亦必披展至倦而寢。然自出詔獄之後，不復觀一字矣。某於錢塘從公學二年，未嘗見公特觀一書也。然每有賦詠及著譔，所用故實，雖目前爛熟事，必令秦與叔黨諸人檢視而後出。

【題領巾裙帶二絶】嘉興李巨山，錢安道尚書甥也。先生嘗過安道小酌，其女數歲，以領巾乞詩。公即書絶句云：「臨池妙墨出元常，弄玉嬌癡笑柳娘。吟雪屢曾驚太傅，斷弦何必試中郎。」又於陶安世家，見爲劉唐年君佐小女裙帶上作散隸，書絶句云：「任從酒滿翻香縷，不願書來繫綵牋。半接西湖横緑草，雙垂南浦拂紅蓮。」每句皆用一事，尤可珍寶也。

【營妓比海棠絶句】先生在黄日，每有燕集，醉墨淋漓，不惜與人。至於營妓供侍，扇書帶畫，亦時有之。有李琪者，小慧而頗知書札，坡亦每顧之喜，終未嘗獲公之賜。至公移汝郡，將祖行，酒酣奉觴再拜，取領巾乞書。公顧視久之，令琪磨硯，墨濃，取筆大書云：「東坡七歲黄州住，何事無言及李琪。」即擲筆袖手，與客笑談，坐客相謂：「語似凡易，又不終篇，何也？」至將徹具，琪復拜請。坡大笑曰：「幾忘出場。」繼書云：「恰似西川杜工部，海棠雖好不留詩。」一座擊節，盡醉而散。

【太白胸次】士之所尚，忠義氣節，不以摛詞摘句爲勝。唐室宦官用事，呼吸之間，生殺隨之。李太白以天挺之才，自結明主，意有所疾，殺身不顧。王舒公言：「太白人品汚下，詩中十句，九句説婦人與酒。」至先生作《太白贊》則云：「開元有道爲可留，縻之不可矧肯求。」又云：「平生不識高將軍，手汚吾足乃敢嗔。」二公立論，正似見二公胸次也。

【賦詩聯詠四姬】徐黄州之子叔廣十四秀才，先生與其舅張仲謨書所謂「十三十四皆有俊性者」是也。嘗出先生醉墨一軸，字畫欹傾，龍蛇飛動，乃是張無盡過黄州，而黄州有四侍人，適張夫人携其一往壻家，爲浴兒之會。無盡因戲語云：「厥有美妾，良由令妻。」公即續之爲小賦云：「道得徽章鄭趙，姓稱孫姜閻齊。浴兒於玉潤之家，一夔足矣；侍坐於冰清之仄，三英粲兮。」既暮，而張夫人復還，其一還，乃閻姬也，最爲徐所寵。公復書絶句云：「玉筍纖纖揭繡簾，一心偷看緑羅尖。使君三尺毬頭帽，須信從來只有簷。」

【樂語畫隸三絶】遷於揚州得先生手畫一樂工。復作樂語云：「桃園未必無杏，銀鑛終須有鉛。荇帶豈能欄浪，藕花却解留蓮。」其後又作漢隸，書「子瞻、禹功同觀」。真三絶也。

【秦蘇相遇自述輓誌】先生自惠移儋耳，秦七丈少游亦自郴陽移海康，渡海相遇。二公共語，恐下石者更啓後命。少游因出自作挽詞呈公，公撫其背曰：「某常憂少游未盡此理，今復何言。某亦嘗自爲誌墓文，封付從者，不使過子知也。」遂相與嘯詠而别。初少游謁公彭門，和詩有「更約後期游汗漫」，蓋讖於此云。

【回江之利】先生元祐四年，以内相出典餘杭。時水官侯臨亦繼出守上饒，過郡，以嘗渡江敗舟於浮山，遂陰畫回江之利以獻，從公相視其宜。一自富陽新橋港至小嶺，開鑿以通閑林港，或費用不給，則置山不鑿，而令往來之舟般運度嶺，由餘杭女兒橋港至郡北關江漲橋以通運河。一自龍山閘而出，循江，道過六和寺，由南蕩、朱橋港開石門平田至廟山，然後復出江道二十里至富陽。而公詩有「坐陳三策本人謀，唯留一諾待我畫」，謂此。又云：「石門之役萬金耳，首鼠不爲吾已隘。」又云「上饒使君更超逸，坐睨浮山如累塊」者，知所議出於侯也。時越尼身死，官籍其資，得錢二十萬緡。公乞於朝，又請度牒三百道佐用。得請，而公入爲翰林承旨，除林希子中爲代。有訣者言：「今鑿龍山姥嶺，正犯太守身。」因寢其議，而遷用亡尼之資。遺患至今，往來者惜之。

【牧之詩誤】《十洲記》載，鳳麟洲上多麟鳳，人取鳳味及麟角合煎爲膠，號「集弦膠」，又名「連金泥」。漢武帝時，西國王使至，獻膠四兩，嘗於上林續絃者是也。而杜牧之詩有「天上鳳凰難得髓，何人解合續弦膠」，恐「髓」字誤，然「髓」亦安可爲膠也？（卷七《詩詞事略》。下同）

【冬瓜堰詩誤】《雲溪友議》載酒徒朱沖嘲張祜云：「白在東都元已薨，鸞臺鳳閣少人登。冬瓜堰下逢張祜，牛矢灘邊説我能。」以祜時爲堰官也。按承吉以處士自高，諸侯府争相辟召，性狷介不容物，輒自劾去，豈肯屈就堰官之辱耶？《金華子雜説》云：祜死，子虔望亦有詩名，嘗求濟於嘉興裴弘慶，署之冬瓜堰官，虔望不服，弘慶曰：「祜子守冬瓜，已過分矣。」此説似有理也。

【作文不憚屢改】自昔詞人琢磨之苦，至有一字窮歲月，十年成一賦者。白樂天詩詞，疑皆衝口而成，及見今人所藏遺稾，塗竄甚多。歐陽文忠公作文既畢，貼之墻壁，坐卧觀之，改正盡善，方出以示人。遶嘗於文忠公諸孫望之處，得東坡先生數詩稾，其和歐陽叔弼詩云「淵明爲小邑」，繼圈去「爲」字，改作「求」字，又連塗「小邑」二字，作「縣令」字，凡三改乃成今句。至「胡椒銖兩多，安用八百斛」，初云「胡椒亦安用，乃貯八百斛」，若如初語，未免後人疵議。又知雖大手筆，不以一時筆快爲定而憚於屢改也。

【劉景文夢代晉文公】東坡先生稱劉景文博學能詩，凜凜有英氣，如三國陳元龍之流。元祐五年，坡守錢塘，景文爲東南將領，佐公開治西湖，日由萬松嶺以至新堤。坡在潁州和景文詩有：「萬松嶺上黄千葉，載酒年年踏松雪。劉郎去後誰復來，花下有人愁斷絶。」謂此。後坡薦景文，得隰州以歿。景文晚歲，常夢與晉文公神交，夢中酬唱甚多，家有編録。既至隰州，三日謁神祠，出東城所歷之地及拜瞻神像，曉然夢中往還文公及每至所在也。一日夢文公云：「已受帝旨，得景文爲代。」月餘，景文得疾，郡人有宿郊外者，見郡守嚴衛而入文公祠中，淩晨趍府，公已屬纊矣。

【趙德麟跋太白帖】「雖自九天分派，不與萬李同林。步處雷驚電繞，空餘翰墨窺尋」，此趙德麟跋遺所藏李太白醉草後，其實自謂也。

【暨氏女野花詩】建安暨氏女子，十歲能詩。人令賦《野花詩》，云：「多情樵牧頻簪髻，無主蜂鶯任宿房。」觀者雖加驚賞，而知其後不保貞素。竟更數夫，流落而終。

【王子直誤疵坡詩】《王子直詩話》云，東坡先生作《程筠歸真亭詩》有「會看千字誄，木杪見龜趺」，龜趺是碑座，不應見於木杪，指以爲病。初不知亭在山半，自下望碑，則龜趺正在木杪，豈真在木上耶！杜子美《北征》詩云：「我行已水濱，我僕猶木末。」豈亦子美之僕，留挂木末，如猿猱耶！

【泖茆字異】《松陵唱和詩》陸魯望賦吴中事云：「三茆涼波魚蕝動，五茸春草雉媒嬌。」注稱遠祖士衡載「泖」從水，而此乃從草。五茸，吴王獵所；又有陸機茸，皆豐草所在。今觀所謂三泖，皆漫水巨浸，春夏則荷蒲演迤，水風生涼，秋冬則葭葦藂翳，魚嶼相望，初無江湖凄凜之色。所謂冬暖夏涼者，正盡其美。或謂泖是水死絶處，故江左人目水之停滀不湍者爲泖。不知笠澤何獨從草，必有所據也。

【穿雲裂石聲】東坡先生《和嵓字詩》云「一聲吹裂翠崖嵓」。遺家藏公墨本，詩後注云：「昔有善笛者，能爲穿雲裂石之聲。」别不用事也。

【月食詩指董秦乃二人】玉川子《月食詩》「官爵奉董秦」，恐指董偃秦宫也。

【徐氏父子俊偉】東坡帥杭日，與徐璹全父坐雙檜堂。公指二檜曰：「二疏辭漢去。」璹應聲云：「大老入周來。」公爲擊節久之。璹之子端崇，字崇之，少時俊偉，落筆千字。有人得山谷道人《清江詞》示之者，崇之曰：「山谷當今作者，所知漁父止此耶！」或請爲賦，援筆立就，其末「魯邦司寇陳義高，三閭大夫心徒勞。相逢一笑無言説，去宿蘆花又明月」，識者奇之。政和間，余過禦兒，訪其隱居，坐定，爲余曰：「數夕頗爲飛蚊所擾，夜不能寐，因得一絶句云：『空堂夜合勢如雲，溝壑寧思過去身。滿腹經營盡膏血，那知通夕不眠人。』」時蔡京當國，方引用小人，布列要近，賦外横斂，以供花石之費，天下之民殆不聊生，而無敢形言者。崇之託以規諷云。

【關氏伯仲詩深妙】「鐘聲互起東西寺，燈火遥分遠近村」，此余友關子東西湖夜歸所作。非身到西湖，不知此語形容之妙也。關氏詩律，精深妍妙，世守家法。子東二兄子容、子開，皆稱作者。「野艇歸時蒲葉雨，繰車鳴處楝花風。江南舊日經行地，盡在于今醉夢中」，又「寺官官小未朝參，紅日半竿春睡酣。爲報鄰雞莫驚起，且容歸夢到江南」，此子容詩也。世傳以爲東坡先生所作，非也。

【雞人唱曉夢聯詩】建安郭周孚未第時，夢人以詩一聯示之，云：「雞人唱曉沉潛際，漢殿傳聲彷彿間。」郭於夢中口占續之云：「自慶寒儒千載遇，夢魂先得覲天顔。」繼於余中榜登甲科。初與同袍伏闕，以待唱第。忽聞岧嶤間有連聲長歌，了不成詞調。不覺問其旁坐，有應之者曰：「此所謂雞人唱曉也。」郭欣然悟前詩之先定。後恬於仕進，官至員郎，所至以清慎稱云。

【夢讀異詩】莫養正，崇寧初在都下，夢人持數詩相視。内一篇語皆剞劂不可解，既醒，獨憶兩聯云：「火輪方擊轂，風劍已飛鋋。諸天互魔擾，救護世尊忙。」不知何謂也。

【熙陵獎拔郭贄】先友郭照爲京東憲日，嘗爲先生言，其曾大父中令公贄，初爲布衣時，肄業京師皇建院。一日方與僧對弈，外傳南衙大王至，乙太宗龍潛日，嘗判開封府，故有南衙之稱。忘收棋局，太宗從容問所與棋者，僧以郭對。太宗命召至，郭不敢隱，即前拜謁。太宗見郭進趨詳雅，襟度朴遠，屬意再三。因詢其行卷，適有詩軸在案間，即取以跪呈。首篇有《觀草書詩》云：「高低草木芽爭發，多少龍蛇眼未開。」太宗大加稱賞，蓋有合聖意者。即載以後乘歸府第，命章聖出拜之。不閲月而太宗登極，遂以隨龍恩命官。爾後眷遇益隆，不十數年位登公輔，蓋與孟襄陽、賈長江不侔矣。

【顔幾聖索酒友詩】錢塘顔幾字幾聖，俊偉不羈，性復嗜酒，無日不飲。東坡先生臨郡日，適當秋試，幾於場中潛代一豪子劉生者，遂魁送。舉子致訟，下幾吏，久不得飲，密以一詩付獄吏送外間酒友云：「龜不靈兮禍有胎，刀從林甫笑中來。憂惶囚繫二十日，辜負醺酣三百杯。病鶴雖甘低羽翼，罪龍尤欲望風雷。諸豪俱是知心友，誰遣尊罍向北開。」吏以呈坡，坡因緩其獄，至會赦得免。後數年，一日醉卧西湖寺中，起題壁間云：「白日尊中短，青山枕上高。」不數日而終。

【米元章遭遇】米元章爲書學博士，一日上幸後苑，春物韶美，儀衛嚴整，遽召芾至，出烏絲欄一軸，宣語曰：「知卿能大書，爲朕竟此軸。」芾拜舞訖，即綰袖舐筆伸卷，神韵可觀，大書二十言以進曰：「目眩九光開，雲蒸步起雷。不知天近遠，親見玉皇來。」上大喜，錫賚甚渥。又一日，上與蔡京論書艮岳，復召芾至，令書一大屏，顧左右宣取筆研，而上指御案間端研，使就用之，芾書成，即捧研跪請曰：「此研經賜臣芾濡染，不堪復以進御，取進止。」上大笑，因以賜之。芾蹈舞以謝，即抱負趨出，餘墨霑漬袍袖，而喜見顔色。上顧蔡京曰：「顛名不虚得也。」京奏曰：「芾人品誠高，所謂不可無一，不可有二者也。」

【何張遺句南金録】遼仲兄蘧，字子薦，兒時嘗過僧居，賦《藏筠軒詩》云「不使翠分旁牖去，却緣清甚畏人知」，踰冠而卒。與友人張圖南伯鵬者，俱寓居餘杭，又姻家也。伯鵬亦不幸早世。伯鵬嘗與余分韵賦詩，繼有一詩，督余所作云「坐中病競分明久，驢上敲推兀未裁」，用事精穩，如老作者。惜乎造物者，不少假之年，以觀其所止也。余嘗集二人遺句，名之曰《南金録》，且爲之跋云：「方二人爲童子時，已有星心月脅中語，驚動老成，逮其知學，復觀其所以因材自勵期於至遠者，亦若王良、造父秣驥騄而問途，是心豈在夫較縈策之妙於蟻封之間而已哉，不幸短命，百不一施，所可表見於後，獨此編耳。」覽者不以爲過言。

【李媛步伍亭詩】遠兄子碩送客餘杭步伍亭，就觀壁後，得淡墨書字數行。彷佛可辨，筆迹遒媚，如出女手。云：「夜臺夜復夜，東山東復東。當時九龍月，今日白楊風。」後題云李媛書。詳味詩句，似非世人所作。亭後荒闃，有數十家，疑冢間鬼憑附而書，不然好事者爲鬼語耳。

【漁父詩答范希文】關子東云，范希文嘗於江山見一漁父，意其隱者也。問姓名不對，留詩一絶而去。獨記其兩句云：「十年江上無人問，兩手今朝一度叉。」

【王林梅詩相類】王舒公嘗賦《梅花詩》云：「須裊黄金危欲墜，蔕團紅蠟巧能妝。」與林和靖所賦一聯極相似。林云：「蕊訝粉綃裁太碎，蔕凝紅蠟綴初乾。」或謂移林上句，合王下句，似爲全勝。

【蘇黄秦書各有僻】東坡先生、山谷道人、秦太虚七丈每爲人乞書，酒酣筆倦，坡則多作枯木拳石，以塞人意；山谷則書禪句；秦七丈則書鬼詩。余家收山谷所書禪句三十餘首，有云：「牽驢飲江水，鼻吹波浪起。岸上蹄踏蹄，水中觜對觜。」與「自是釣魚船上客，偶除鬚鬢着袈裟。佛祖位中留不住，夜來依舊宿蘆花」。此二詩，人間計有數十百紙矣。「百花橋下木蘭舟，破月銜烟任意流。金玉滿堂何所戀，争如年少去來休」，又「溘爾一氣散，去託萬鬼鄰。四大不自保，況復滿堂親。膏血汗厚土，化作丘中塵。空牀横白骨，奄忽千歲人」。秦七丈屢書此二詩，余所藏大字小字各有二本。

【罵胥詩對】福唐張道人，多與人言偈，語人禍福如徐神公言《法華》，既過無不神驗者，然亦時有戲劇警動小人者。郡有胥魁，其性剛悍，素爲郡人所惡。偶以年勞出職，既府謝而出，躍馬還家，道逢道人，衝突而過，既内不自安，下馬挽張，且求偈言。張於茶肆取紙大書與之曰：「畜生騎畜生，兩個不相爭。坐者只管坐，行者只管行。」胥覽之大慚而退。余兒時嘗聞魏處士隱居陜府，有孔目官姓王者，好爲惡詩，嘗至東郊舉示魏，及言其精於屬對，魏甚苦之而不能却也。一日忽有數客訪魏，而王至云：「某夜得一聯，似極難對，能對者當輸一飯。」會衆請其句，云：「籠牀不是籠牀，蚊廚乃是籠牀。」方竊自稱奇，而魏即應聲曰：「我有對矣，可以『孔目不是孔目，驢紂乃是孔目』。」一座稱快。王即拂袖而出，終身不至草堂也。蓋小人僭妄不可堪忍，雖大修行人與大雅君子，箭（前）在機上，不得不發也。

【陸規七歲題詩】陸農師左丞之父少師公規，生七歲不能言。一日忽書壁間云：「昔年曾住海三山，日月宫中數往還。無事引他天女笑，謫來爲吏向人間。」自此能言語，後登進士第，官至卿監，壽八十而終。

【辨月中影】王荆公言，月中彷彿有物，乃山河影也。至東坡先生亦有「正如大圓鏡，寫此山河影」。妄言桂兔蟆，俗説皆可屏」之句。以二先生窮理盡性，固當無可議者，然尚有未盡解處。今以半鏡懸照，物像則全而見之；月未滿，則中之物像亦只半見，何也。

【兔有雄雌】東坡先生云，中秋月明，則是秋必多兔。野人或言兔無雄者，望月而孕。信斯言，則《木蘭詩》云：「雌兔眼迷離，雄兔脚撲握」，何也？先生《徑山詩》有「暖足惟撲握」，若雄兔在月，則徑山正公又非得而暖足也。

【詩句七十二取義】《玉臺詩》：「入門時左顧，但見雙鴛鴦。鴛鴦七十二，羅列自成行。」孟東野《和薔薇歌》「仙機札札飛鳳凰，花開七十有二行」，不知皆用七十二，取義何也？

【花色與香異】「酒成碧後方堪飲，花到白來元自香」，此趙丈德麟賦《玉簪花詩》也。歷數花品，白而香者十花八九也，至於菊，則花白者輒無香。花之黄者十亦八九無香，至於菊，則黄者乃始有香。是亦所稟之異未易以理推者也。

【後山評詩人】《後山詩評》云：「詩欲其好，則不能好。王介甫以工，蘇子瞻以新，黄魯直以奇，獨子美之詩，奇常工易新陳無不好者。」至荆公之論，則云：「杜詩固奇，就其中擇之，好句亦自有數。」豈後山以體製論，荆公以言句求之耶！

【潘谷墨仙揣囊知墨】潘谷賣墨都下。元祐初，余爲童子，侍先君居武學直舍中。谷嘗至，負墨篋而酣詠自若，每笏止取百錢，或就而乞，探篋取斷碎者，與之不吝也。其用膠不過五兩之制，亦遇濕不敗。後傳谷醉飲郊外，經日不歸，家人求之，坐於枯井而死。體皆柔軟，疑其解化也。東坡先生嘗贈之詩，有「一朝入海尋李白，空看人間畫墨仙」之句，蓋言其爲墨隱也。山谷道人云：「潘生一日過余，取所藏墨示之，谷隔錦囊揣之曰：『此李承宴軟劑，今不易得。』又揣一曰：『此谷二十年造者，今精力不及，無此墨也。』取視，果然。」其小握子墨，醫者云，可入藥用，亦藉其真氣之力

也。（卷八《雜書琴事》墨説附）

【鄭魁銘研詩】永嘉林叔睿所藏端石，馬蹄樣，深紫色，厚寸許，面徑七八寸，下有鄭魁銘詩。隸字甚奇，云：「仙翁種玉芝，耕得紫玻璃。磨出海鯨血，鑿成天馬蹄。潤應通月窟，洗合就雲溪。常恐魍魎奪，山行亦自攜。」研之妙美，盡於銘詩，而末句所寄，旨哉！（卷九《記研》）

（徐俊）

却掃編

徐　度　撰

徐度，字敦立，穀熟（在今河南省）人。南宋時官吏部侍郎，紹興三十年（一一六〇）曾使金。《却掃編》三卷，據《榕園叢書》本選録。

1唐東都有尚書省留守兼判，其餘百司略如京師，居其官者謂之分司，大抵皆閑秩，故當時有詩云「猶被妻孥教漸退，莫求致仕且分司」是也。（卷上）

2蘇丞相子容留守南都，劉丞相莘老簽書判官事，時年尚少，蘇公大器愛之。元祐中，劉公爲右僕射兼中書侍郎，蘇公爲尚書左丞，同秉政。嘗因祠事，各居本省致齋，劉公有《夜直中書省寄左丞子容公》詩曰：「膺門蚤歲預登龍，儉幕中間託下風。敢謂彈冠煩貢禹，每思移疾避胡公。論文青眼今猶在，報國丹心老更同。夜直既迷坐東省，齋居清絶望南宫。」蘇公和曰：「五年班綴望夔龍，曾託帡幪庇雨風。末路自憐黄髮老，蚤時曾識黑頭公。升沉不改交情見，出處雖殊趣舍同。謾扣蕪音答高唱，終慚下管應清宫。」蘇門下子由時爲右丞，亦和曰：「雷雨年年起卧龍，穆然臺閣有清風。一時畫諾雖云舊，晚歲吁俞本自公。松竹經寒俱不改，鹽梅共鼎固非同。新詩和遍東西

府，律吕更成十二宫。」時朝廷和此詩者甚衆，往往見於名士文集中。（卷中。下同）

3方王氏之學盛時，士大夫讀書求義理率務新奇，然用意太過，往往反失於鑿。有稱老杜《禹廟》詩最工者，或問之，對曰：「『空庭垂橘柚』，謂厥包橘柚錫貢也。『古屋畫龍蛇』，謂驅蛇龍而放之菹也。此皆著禹之功也，得不謂之工乎？」

4陳正字無己，世家彭城，後生從其游者常十數人。所居近城有隙地林木，閑則與諸生徜徉林下，或愀然而歸，徑登榻引被自覆，呻吟久之，矍然而興，取筆疾書，則一詩成矣。因揭之壁間，坐卧哦吟，有竄易至月十日乃定，有終不如意者則棄去之。故平生所爲至多，而見於集中者纔數百篇。今世所傳，率多雜僞，唯魏衍所編二十卷者最善。

5詩人之盛莫如唐，故今唐人之詩集行於世者無慮數百家，宋次道龍圖所藏最備。嘗以示王介甫，且俾擇其尤者。公既爲擇之，因書其後曰：「廢日力於斯，良可嘆也。然欲知唐人之詩者，視此足矣。」其後此書盛行於世，《唐百家詩選》是也。

6陳參政去非少學詩於崔鶠德符，嘗請問作詩之要，崔曰：「凡作詩，工拙所未論，大要忌俗而已。天下書雖不可不讀，然慎不可有意於用事。」去非亦嘗語人，言本朝詩人之詩有慎不可讀者，有不可不讀者。慎不可讀者，梅聖俞；不可不讀者，陳無己也。

7宣和中，王鼎爲刑部尚書，年甫三十。時盧樞密益、盧尚書法原俱爲吏部侍郎，而並多髯。王嘲之曰：「可憐吏部兩胡盧，容貌威儀總不都。」盧尚書應曰：「若要少年並美貌，須還下部少尚書。」聞者以爲快。

8李才元大臨仕仁宗朝爲館職，家貧甚，僮僕不具，多躬執賤役。一日自秣馬，會例賜御書，使者及門，適見之，嗟嘆而去，歸以白上。上大驚異，他日以語宰相，遂命知廣安軍劉原甫爲賦詩美其事。熙寧中，爲知制誥，坐封還李定除御史詞頭，與宋次道、蘇子容俱得罷，於是名益重云。「待詔先生窮巷居，簞瓢屢空方晏如。自探井臼秣羸馬，却整衣冠迎賜書。王人駐車久嘆息，天子聞之動顏色。飽死曾不及侏儒，牧民會肯輸筋力。詔書朝出蓬萊宫，繡衣還鄉由上衷。君今已作二千石，亦復將爲第五公。」右原父贈才元詩也。

9范文正公自京尹謫守鄱陽，作堂於後圃，名曰慶朔。未幾，易守丹陽，有詩曰：「慶朔堂前花自栽，便移官去未曾開。如今憶着成離恨，秖託春風管句來。」予昔官江東，嘗至其處，龕詩壁間。郡人猶有能道當時事者，云：春風，天慶觀道士也。其所居之室曰春風軒，因以自名。公在郡時與之遊，詩蓋以寄道士云。（卷下。下同）

10先公舊有小吏曰柴援，自言周室之裔，頗能詩。嘗有《寄遠》詩曰：「别時指我堂前柳，柳色青時望子時。今日柳綿吹欲盡，尚憑書去説相思。」又有《客舍》詩曰：「隻影寄空館，蕭然饑鶴姿。秋風北窗來，問我歸何時。」其佳句可喜多此類。先公屢欲官之，未及而卒。世謂詩能窮人，此尤其甚者也。

11往歲吴中多詩僧，其名往往見於前輩文集中。予渡江之初，猶見有規者，頗以詩知名。其爲人，性坦率，其徒謂之規方外，時年七十餘矣。談論蕭散可喜，臨終前數日有詩曰：「讀書已覺眉棱重，就枕方欣骨節和。睡起不知天早晚，西窗殘日已無多。」葉左丞大愛之。

（王秀梅）

遁齋閑覽

陳正敏 撰

陳正敏，延平人，官福州長溪縣令，餘不詳。《遁齋閑覽》，《郡齋讀書志》著録十四卷，云：「皇朝陳正敏崇觀間撰。」《説郛》本誤作范正敏。《類説》本《水蠱蟲》條云「陳正敏大醉」，當即作者自叙。原書失傳，《類説》節録九十七條。《説郛》所收尚自原書選録，僅四十四條。十門之名目藉此可見，有詩談、證誤、雜評、諧噱等門。《苕溪漁隱叢話》等書中尚有佚文，不再補輯。

【華清宫詩】杜牧《華清宫》詩云：「長安回望綉成堆，山頂千門次第開。一騎紅塵妃子笑，無人知是荔枝來。」尤膾炙人口。據《唐紀》，明皇常以十月至驪山，至春即還宫，是未嘗六月在驪山也。然荔枝盛暑方熟，詞意雖是而失事實。（詩談。《説郛》卷三十二。下同）

【唐參軍簿尉】杜甫《贈高適》詩云：「脱身簿尉中，始與捶楚辭。」韓愈《贈張功曹》詩云：「判司卑官不堪説，未免捶楚塵埃間。」杜牧《寄小姪阿宜》詩云：「參軍與簿尉，塵（上）（土）驚羌勷。一語不中治，鞭箠身滿瘡。」以此明唐之參軍簿尉，有過即受笞杖之刑，今之吏胥也。

【通應子魚】蒲陽通應子魚，名著天下，蓋其地有通應侯廟，廟前有港，港中魚最佳。今人必求其大可容印者，謂之通印子魚。故荆公有詩云：「長魚俎上通三印。」此傳聞之訛者。（證誤。下同）

【擬古詩】《文選》有江文通《擬古詩》三十首，如擬休上人《閨情》云：「日暮碧雲合，佳人殊未來。」今人遂用爲休上人詩古事。又擬陶淵明《田園》詩云：「種禾在東皋，苗生滿阡陌。」今此詩亦收在陶淵明集中，皆誤也。

【編詩】或問王荆公云：「編四家詩以杜甫爲第一，李白爲第四，豈白之才格詞致不逮甫耶？」公曰：「白之歌詩，豪放飄逸，人固莫及。然其格止于此而已，不知變也。至于甫則悲歡窮泰，發斂抑揚，疾徐縱横，無施不可。其詩有平淡簡易者，有綿麗精確者，有嚴重威武若三軍之帥者，有奮迅馳驟若泛駕之馬者，有寂寞閑静如山谷隱士者，有風流蘊藉若貴介公子者。蓋其詩緒密而思深，觀者苟不能臻其閫奥，未易識其妙處，夫豈淺近者所能窺哉。此甫之所以光掩前人而後來無繼也。元稹以語兼人人所獨專，斯言信矣。」或者又曰：「唐人之呼，何以李加杜先而語之李杜？豈當時之論有所未當歟？」公笑曰：「名姓先後之呼，豈足以優劣人哉。蓋漢之時有李固、杜喬者，世號李杜。又有李膺、杜密，亦語之李杜。當時甫、白，復以能詩齊名，因亦謂之李杜，取其稱呼之便耳。退之詩有曰『李杜文章在』，又曰『昔年嘗讀李白杜甫詩』，則李在杜先。若曰『遠追甫白感至誠』，又曰『少陵無人謫仙死』，則李居杜後。如此則孰爲優劣？如今人呼其姓則謂之班馬，呼其名則謂之遷固。先而白居易與元稹同時唱和，人號元白。後與劉禹錫唱和，則語之曰劉白。居易之才，豈真下二子哉？若曰王楊盧駱，楊炯固嘗自言：『余愧在盧前，恥居王後。』益知稱呼前後，不足以優劣人也。晉王導嘗戲諸葛恢云：『人言王葛，不言葛王，何邪？』恢答曰：『譬言驢馬，豈驢能勝馬耶？』君若泥稱呼爲優劣，將復有以此戲君者矣。」或者又曰：「評詩（曰）〔者〕謂甫期白太過，反爲白所誚。」公曰：「不然。甫贈白詩云：『清新庾開府，俊逸鮑參軍。』但比之庾信、鮑昭而已。又云：『李侯有佳句，往往似陰鏗。』詩又在庾、鮑下矣。飯顆之嘲，唯一時戲劇之談。然二人者名既相逼，亦不能無相忌也。」（雜評）

【作詩圖對偶親切】魏達可朝奉喜爲謔談，嘗云：李廷彦獻百詠詩于一上官，其間有句云：「舍弟江南没，家兄塞北亡。」上官盡然傷之，曰：「不意君家凶禍重併如是！」廷彦遽起自解曰：「實無此事，但圖屬對親切耳。」（諧噱。下同）

【作邀僧夜話詩】又云：許義方妻劉，以端潔自許。義方嘗出經年始歸，語其妻曰：「獨處無聊，得無時與鄰里往還乎？」劉曰：「自君之出，唯閉户自守，足未嘗履閾。」義方咨嗟不已，又問何以自娱，答曰：「唯時作小詩以適情耳。」義方欣然，命取詩觀之。開卷第一篇，題云「月夜招鄰僧閑話」。

（程毅中）

雞肋編

莊綽　撰

莊綽，字季裕，清源（今山西清徐）人。歷經神、哲、徽、欽、高宗五朝，生卒年不詳。閱歷豐富，學有淵源，多識軼聞舊事。《雞肋編》三卷中記事至紹興九年（一一三九）。此據涵芬樓本選録。

1歐陽文忠有《贈介甫》詩云：「翰林風月三千首，吏部文章二百年。老去自憐心尚在，後來誰與子争先？」王答云：「它日若能窺孟子，終身何敢望韓公！」余少時聞人謂吏部乃隱侯，非文公也。翰林詩無三千，亦非太白。後見《沈約傳》，雖嘗爲吏部郎，及稱謝朓云「二百年來無此詩」，謂由建安至宋元嘉二百三十餘年，舉其全數耳。自嘉祐上至唐元和，餘二百五十年，去元嘉則遠矣。則吏部蓋指韓也。鄭谷有《題太白集》詩云：「何事文星與酒星？一時分付李先生。高吟大醉三千首，留著人間伴月明。」永叔所引，但用沈「二百年」之語，加於退之，以對翰林「三千首」耳。詩年之數，安在如書馬數馬乎？（卷上。下同）

2杜子美《石犀行》云：「自免洪濤恣彫瘵。」與濟、逝爲韵。《種萵苣》云：「信宿罷瀟洒。」與耳、始同押。《後出塞》云：「恐是霍票姚。」作平聲。《八仙歌》押兩船字，《狄明府》兩濟字。 洒字有三音，而瘵但切側界。 去病爲票姚校尉，服虔注《漢書》，音飄摇。 顔師古云：「票，音平妙反；姚，音羊召反；票姚，勁疾之貌也。」荀悦《漢紀》作票鷂字。 去病後爲票騎將軍，尚取票姚之字耳。 今讀者音飄摇，則不當其義也。 詩人拘於聲律，取其意而略其義也。 如濟濟、清濟，音雖同而義異，故兩船字，或者遂謂「不上船」爲蜀人以衣襟爲船。 余嘗至舟中問土人，則不然。 後見范傳正《太白新墓志》云：玄宗泛白蓮池，召公作序。 時公已被酒於翰苑中，命高力士扶以登舟。 杜之所歌，蓋此事爾。

3黄魯直《送張謨河東漕使》詩云：「紫參可掫宜包貢，青鐵無多莫鑄錢。」時范忠宣帥太原，方論冶多鑄廣，故物重爲弊。 其子子夷亦能詩，嘗云當易「無」字作「雖」乃可。 又一篇云：「虎頭墨妙能頻寄，馬乳蒲萄不待求。」議者又謂：「維摩畫像一本足矣，何用多爲？」蓋貶駁他人，易於爲工也。 孟子斥高子云固，而不取《武成》之策，況餘者乎？

4退之《昭王廟》詩，今集中皆作「丘原滿目」，余親到宜城祠，見刻爲「丘墳」。 韓公井在焉，今之道稍遠，人無汲者。 小城甄氏之居，猶相見也。 又《題西林寺故蕭二郎中舊堂》云：「中郎有女能傳業，伯道無兒可保家。 偶到匡山曾住處，幾行衰淚落煙霞。」唐趙璘《因話録》載此詩，以「保」爲「主」，下二句云：「今日匡山過舊隱，空將衰淚對煙霞。」

5「健兒」之語，見於《晉史・段灼》、《梁史・陳伯之傳》，至唐尤多。 余少時過荆南白碑驛，見豐碑刻唐官銜，有「招募健兒使」。其碑石瑩白，驛因得名。或云後製大晟樂，取石爲磬，未知信否。

6李、杜、蘇、李之名尤著於世者，以歷代所稱兼於文行故也。余嘗以一絶記其聞者：「大義終全顯漢廷李固、杜喬，名標八俊接英聲李膺、杜密。文章萬古猶光焰李白、杜甫，疑是天私李杜名。」「居前曾是少陵師蘇武、李陵，資歷文章亦等夷蘇味道、李嶠。思若涌泉名海内蘇頲、李乂，從來蘇李擅當時。」

7杜子美詩云：「飯抄雲子白，瓜嚼水晶寒。」李義山《河陽》詩亦云：「梓澤東來七十里，長溝複塹埋雲子。」世莫識「雲子」爲何物。白彦惇云，其姑壻高士新爲吉州兵官，任滿還都，暑月，見其榻上數囊，更爲枕抱。視之，皆碎石，匀大如烏頭，潔白若玉。云出吉州，土人呼「雲子石」。而周壽子演云：「雲子，雹也。見唐小説，而不記其書名。」義山謂埋於溝塹，則非雹明矣。疑少陵比飯者，是此石也。

8襄陽尹氏，在唐世以孝弟四經旌表，今門閥猶存。介甫詩云：「四葉表閭唐尹氏，一門逃世漢龐公。」而史不書。余攝尉襄陽，嘗得尹孝子母墓誌於卧佛僧舍以爲柱礎，未暇取而罷。然史之去取，幸不幸者多矣。

9食物中有「饊子」，又名「環餅」，或曰即古之「寒具」也。京師凡賣熟食者，必爲詭異標表語言，然後所售益廣。嘗有貨環餅者，不言何物，但長嘆曰：「虧便虧我也！」謂價廉不稱耳。紹聖中，昭慈被廢，居瑶華宫。而其人每至宫前，必置擔太息大言，遂爲開封府捕而究之，無他，猶斷杖一百罪。自是改曰：「待我放下歇則箇。」人莫不笑之，而買者增多。東坡在儋耳，鄰居有老嫗業此，請詩於公甚勤。戲云：「纖手搓來玉色匀，碧油煎出嫩黄深。夜來春睡知輕重？壓匾佳人纏臂金。」

10米芾元章，或云其母本產媪，出入禁中，以勞補其子爲殿侍，後登進士第。善書，尤工臨模，人有古帖，假去，率多爲其模易真本。至於紙素破汙，皆能爲之，卒莫辨也。有好潔之癖，任太常博士，奉祠太廟，乃洗去祭服藻火，而坐是被黜，然亦半出不情。其知漣水軍日，先公爲漕使，每傳觀公牘，未嘗滌手。余昆弟訪之，方授刺，則已須盥矣。以是知其爲僞也。宗室華源郡王仲御家多聲妓，嘗欲驗之。大會賓客，獨設一榻待之，使數卒鮮衣袒臂，奉其酒饌，姬侍環於他客，杯盤狼藉，久之，亦自遷坐於衆賓之間。乃知潔疾非天性也。然人物標致可愛，故一時名士俱與之遊。其作文亦狂怪。嘗作詩云：「飯白雲留子，茶甘露有兄。」人不省「露兄」故實，叩之，乃曰：「祇是甘露哥哥耳。」大觀中，至禮部員外郎，知淮陽軍卒。

11世謂西北水善而風毒，故人多傷於賊風，水雖冷，飲無患。東南則反是，縱細民在道路，亦必飲煎水，卧則以首外向。簷下籬壁，皆不泥隙。四時未嘗有烈風。又春多暴雨淋淫，秋則常苦旱暵。如東坡詩云：「春雨如暗塵，春風吹倒人。」皆不施於浙江也。

12本朝借緋紫服者，皆不佩魚。紹聖中，有引白樂天罷忠州刺史還朝詩云：「無奈嬌癡三歲女，繞腰啼哭覓銀魚。」自是始并魚皆借。然未赴、已替、在朝皆不服，出國門乃衣。而唐牛叢以司勳員外郎爲睦州刺史，帝面賜金紫。謝曰：「臣今衣刺史所假緋，即賜紫，爲越等。」乃賜銀緋。豈唐制赴日許服于朝，罷日則否，與今爲異乎？

13杜子美有贈憶李白及寄姓名於他詩者，凡十有三篇。《昔遊》詩云：「昔者與高李，晚登單父臺。」又有《兗州城樓》詩，蓋魯碭相鄰。而太白亦有《魯郡堯祠送別》長句，雖不著爲誰而作，然二公皆嘗至彼矣。世謂太白惟「飯顆山」一絶外，無與少陵之詩，史稱《蜀道難》爲杜而發。二公以文章齊名，相從之款，不應無酬唱贈送，恐或遺落耳。按工部行二，高適、嚴武諸公，皆呼杜二。今白集中有《魯郡東石門送杜二子》詩一篇，余謂題下特脱一「美」字耳。杜贈白詩云：「秋來相顧尚飄蓬。」而李有「秋波落泗水」，「飛蓬各自遠」云。以此考之，各無疑者。俗子遂謂翰林争名自絶，因辨是詩以釋争名之謗。「醉别復幾日，登臨徧池臺。」後言：「何時原脱，據《李太白全集》補。石門路，重有金尊開。秋波落泗水，海色明徂徠。飛蓬各自遠，且盡林中杯。」又有《送友人尋越中山水》詩云：「聞道稽山去，偏宜謝客才。此中多逸興，早晚向天台。」少陵《壯遊》詩云：「東下姑蘇臺，已具浮海航。」「剡溪蘊秀異，欲罷不能忘。歸帆拂天姥，中歲貢舊鄉。」李所謂友人者，疑亦杜子美也。

14（上略）又且鞮侯單于謂「漢天子，我丈人行」。注：「丈人，尊老之稱也。」故《荆軻傳》：高漸離「家丈人召使前擊筑」。杜甫《贈韋濟》詩云：「丈人試静聽。」而柳宗元呼妻父楊詹事丈人，母獨孤氏爲丈母。故今時惟壻呼婦翁爲然，亦不敢名尊老，以畏譏笑。（下略）

15「金虜焉知鼎重輕，指蹤原是漢公卿。襄陽只有龐居士，受禪碑中無姓名」，人云吕本中居仁詩也。而其父好問，在圍城中預請立張邦昌之人，遂爲僞楚門下侍郎。有無名子大書此絶於常山縣驛，云吕本中罵厥頑之作云。

16杜預好後世名，刻石爲二碑，紀其勳績。一沉萬山之下，一立峴山之上，曰：「焉知此後不爲陵谷乎？」余嘗守官襄陽，求峴山之碑，久已無見。而萬山之下，漢水故道去鄧城數十里，屢已遷徙，石沉土下，那有出期？二碑之設，亦徒勞耳。今州城在峴、萬兩山之間，劉景升墓在城中，蓋非古所治也。峴山在東，上有羊叔子廟。萬山在西，元凱祠在焉。去三顧門四里，山下乃王粲井。石闌有古篆刻，今移在州宅後圃。過山十餘里即隆中，孔明故居之地，亦有祠。其前小山名作樂，相傳躬耕歌《梁甫吟》於此。萬山又名小峴，或曰西峴，故子美詩云：「應同王粲宅，留井峴山前。」孟浩然葬鳳林關外，後人遷其墓碑於谷隱寺中，遂失冢所在。習池在鳳林寺山北，岸爲漢江所齧甚邇，數十年後，當不復見矣。

17靖康初，罷舒王王安石配享宣聖，復置《春秋》博士，又禁銷金。時皇弟肅王使虜，爲其拘留未歸，种師道欲擊虜，而議和既定，縱其去，遂不講防禦之備。太學輕薄子爲之語曰：「不救肅王廢舒王，不禦大金禁銷金，不議防秋治《春秋》。」其後，胡人連年以深秋弓勁馬肥入寇，薄暑乃歸。遠至湖、湘、二浙，兵戈擾攘，所在未嘗有樂土也。自是越人至秋亦隱山間，逾春乃出。人又以《千字文》爲戲曰：「彼則寒來暑往，我乃秋收冬藏。」時趙明誠妻李氏清照亦作詩以詆士大夫云：「南渡衣冠欠王導，北來消息少劉琨。」又云：「南遊尚覺吴江冷，北狩應悲易水寒。」後世皆當爲口實矣！

（卷中。下同）

18杜甫有《義鶻行》。張九齡有《鷹圖贊序》曰：「鳥之鷙者，曰鷹曰鶻。鷹也，名揚於尚父，義見於《詩》；鶻也，迹隱於古人，史闕其載。豈昔之多識，物亦有遺，將今而嘉生，材無不出，爲所呼之變與所記不同者耶？」按：古人稱雕鶚，又「鷙鳥累百，不如一鶚」。而鶚今不見於世，豈名之變耶？然鶻又不可居鷹雕之右也。杜甫《雕賦》云：「當九秋之悽清，見一鶚之直上。」「伊鷙鳥之累百，敢同年而爭長。」此雕之大略也，則甫蓋以雕爲鶚矣。而孟康注《漢書》云：「鶚，大雕也。」顏師古曰：「鷹，鸇之屬，非雕也。」《禮部韵》：「鶚，雕屬也。」顏師古注《漢書》云：「隼，鷙鳥，即今鴘也。」説者以爲鷂，失之矣。鴘字音胡骨反，鴘與鶻同。」又《貨殖傳》：「隼亦鷙鳥，即今所呼爲鶻者。」

19釣絲之半，繫以荻梗，謂之浮子。視其没，則知魚之中鉤。韓退之《釣魚》詩云「羽沈知食駛」，則唐世蓋浮以羽也。

20昔四明有異僧，身矮而皤腹，負一布囊，中置百物，於稠人中時傾寫於地，曰「看，看」。人皆目爲布袋和尚，然莫能測。臨終作偈曰：「彌勒真彌勒，分身百千億。時時識世人，時人總不識。」於是隱囊而化。今世遂塑畫其像爲彌勒菩薩以事之。張耒文潛學士，人謂其狀貌與僧相肖。陳無己詩止云「張侯便便腹如鼓」，至魯直遂云：「形模彌勒一布袋，文字江河萬古流。」則東坡謂李方叔「我相夫子非癯仙」，蓋廋語矣。

21關右塞上有黄羊，無角，色類麞麂，人取其皮以爲衾褥。又夷人造嗃酒，以荻管吸於瓶中，老杜《送從弟亞赴河西判官》詩云：「黄羊飫不羶，蘆酒多還醉。」蓋謂此也。

22王令逢原《上劉莘老書》論詩之弊曰：「古之爲詩者有道：禮義政治，詩之主也；風雅頌，詩之體也；比賦興，詩之言也；之五與變，詩之時也；鳥獸草木，詩之文也。夫禮義政治之道得，則君臣之道正，家國之道順；天下之爲父子夫婦之道定，則風者本是以爲風，雅者用是以爲雅，頌者取是以爲頌。則賦者，賦此者也；比者，直而彰此者也；興者，曲而明此者也。正之與變，得失於此者也；鳥獸草木，文此者也。是古之詩者有主，則賦比興風雅頌以成之，而鳥獸草木以文之而已爾。後之詩者，不思其本，徒取其鳥獸草木之文，以紛更之。惡在其不陋也！」

23自中原遭胡虜之禍，民人死於兵革水火疾饑墜壓寒暑力役者，蓋已不可勝計。（中略）少陵謂「喪亂死多門」，信矣。

24廣南風俗，市井坐估，多僧人爲之，率皆致富。又例有室家，故其婦女多嫁於僧，欲落髮則行定，既薙度乃成禮。市中亦製僧帽，止一圈而無屋，但欲簪花其上也。嘗有富家嫁女，大會賓客，有一北人在坐。久之，迎壻始來，諠呼「王郎至矣」，視之，乃一僧也。客大驚駭，因爲詩曰：「行盡人間四百州，只應此地最風流。夜來花燭開新燕，迎得王郎不裹頭！」如貧下之家，女年十四五，即使自營嫁装，辦而後嫁。其所喜者，父母即從而歸之，初無一錢之費也。

25全州興安縣石灰鋪，有陶弼商公詩云：「馬度嚴關口，生歸喜復嗟。天文離卷舌，人影背含沙。江勢一兩曲，梅梢三四花。登高休問路，雲下是吾家。」魯直題其後云：「修水黄庭堅竄宜州，少休於此，觀商公五言，嘆賞久之。崇寧三年五月癸酉，南風小雨。」至紹興中，字墨猶存。

26韓退之《送僧澄觀》詩云：「火燒水轉掃地空，突兀便高三百尺。借問經營本何人？道人澄觀名籍籍。」皆言澄觀雖僧徒，公才吏用當今無。凡釋氏營建作大緣事，雖賴行業，然非有才智，亦不可也。（下略）

27紹興三年八月，浙右地震，地生白毛，韌不可斷。時平江童謠曰：「地上白毛生，老小一齊行。」臺臣論其事，因下求言之詔。宰相吕頤浩由此以罪罷。（下略）

28顧臨子敦内翰，姿狀雄偉，少未顯時，人以「顧屠」嘲之。元祐中，自給事中爲河北都運使，蘇子瞻作詩送之云：「我友顧子敦，軀膽兩雄偉。便便十圍腹，不得中華書局點校本改作「但」字。貯書史。容君數百人，一笑萬事已。十年卧江海，了不見愠喜。磨刀向豬羊，釃酒會鄰里。歸來如一夢，豐頰愈茂美。平生批敕手，濃墨寫黄紙。會當勒燕然，廊廟登劍履。翻然向河朔，坐念東郡水。河來屹不去，如尊乃勇耳。」顧得之不樂。既行，群公祖道郊外，子瞻辭疾不往，和前韵以送，因以解焉：「君爲江南英，面作河朔偉。人間一好漢，誰似張長史？上書苦留君，言拙輒報已。置之勿復道，出處俱可喜。攀輿共六尺，食肉飛萬里。誰言遠近殊？等是朝廷美。遥知别送處，醉墨争淋紙。我以病杜門，《商頌》空振履。後會知何日？一歡如覆水。善保千金軀，前言戲之耳！」

29白樂天詩云：「歲盞後推藍尾酒，辛盤先勸膠牙餳。」又云：「三杯藍尾酒，一碟膠牙餳。」而東坡亦云：「藍尾忽驚新火後，樂天《寒食》詩云「三杯藍尾酒」。遨頭要及浣花前。」成都太守自正月二日出游，至四月十九日浣花乃止。皆用藍字。余嘗見唐小説，載有翁姥共食一餅，忽有客至，云「使秀才婪尾」，於是二人所啖甚微，末乃授客，其得獨多，故用貪婪之字。如歲盞屠蘇酒，自小飲至大，老人最後，所餘爲多，則亦有貪婪之意。以餳膠牙，俗亦於歲旦嚼琥珀餳，以驗齒之堅脱，故或用較字。然二者又施之寒食，豈唐世與今異乎？

30東坡作《雪詩》云：「凍合玉樓寒起粟，光摇銀海眩生花。」人多不曉玉樓銀海事，惟王文正公云：「此見於道家，謂肩與目也。」又有詩云：「三杯軟飽後，一枕黑甜餘。」此諺語也。若無杯枕，則後世不知其爲酒與睡矣。

31宋景文與兄元憲，少時嘗謁楊大年。坐中賦《落花》詩，元憲云：「金谷路塵埋國豔，武陵谿水泛天香。」景文云：「將飄更作回風舞，已落猶成半面妝。」文公以兄爲勝，謂景文小巧，他日富貴亦不迨其兄，且不當更用「落」字也。

32諺有「巧息婦做不得没麵餺飥」與「遠井不救近渴」之語，陳無己用以爲詩云：「巧手莫爲無麵餅，誰能救渴需遠井？」遂不知爲俗語。世謂少陵「雞狗亦得將」，用「嫁得雞，逐雞飛，嫁得狗，逐狗走」，或幾是也。

33上皇始愛靈壁石，既而嫌其止一面，遂遠取太湖。然湖石矗而太大，後又撅於衢州之常山縣南私村，其石皆峰巖青潤，可置几案，號爲巧石。乃以大者，疊爲山嶺，上設殿亭。所用既廣，取之不絶，舳艫相銜。淵聖即位，罷花石綱，沿流皆委棄道傍。金人圍都城，城中之機石，多碎以爲礮。虜既去，晁説之以道舍人東下過符離，有高況者以二石遺之，晁以詩謝曰：「泗濱浮石豈不好？怊悵上方承眷時。今日道傍誰著眼？女牆猶得擲胡兒！」

34岐國公王珪在元豐中爲丞相，父準、祖贄、曾祖景圖，皆登進士第。其子仲修，元豐中登第。公有詩云：「三朝遇主惟文翰，十榜傳家有姓名。」注云：「自太平興國以來，四世凡十榜登科。」後姪仲原子耆、仲孜子昻相繼登科，昻又魁天下。本朝六世登第者，與晁文元二家，而晁一世賜出身也。崇寧四年，耆初及第，岐公長子仲修作詩慶之曰：「錫宴便傾光禄酒，賜袍還照上林花。衣冠盛事堪書日，六世詞科只一家！」又漢國公準子四房，孫壻九人，余中、馬玿、李格非、閭丘籲、鄭居中、許光疑、張燾、高旦、鄧洵仁皆登科。鄧、鄭、許相代爲翰林學士。曾孫壻秦檜、孟忠厚同時拜相開府，亦可謂華宗盛族矣。

35東坡《石炭詩引》云：「彭城舊無石炭，元豐元年十二月，始遣人訪獲州之西南白土鎮之北，以冶鐵作兵，犀利勝常云。」按《東漢·地理志》豫章郡建城注云：《豫章記》曰：「縣有葛鄉，有石炭二頃，可然以爨。」則前世已見於東南矣。昔汴都數百萬家，盡仰石炭，無一家然薪者。今駐蹕吴、越，山林之廣，不足以供樵蘇。雖佳花美竹，墳墓之松楸，歲月之間，盡成赤地。根枿之微，斫撅皆遍，芽蘖無復可生。思石炭之利而不可得。東坡已呼爲遺寶，況使見於今日乎？或云信州玉山亦有之，人畏穿鑿之擾，故不敢言也。

36西北春時率多大風而少雨，有亦霏微。故少陵謂「潤物細無聲」。而東坡詩云：「春雨如暗塵，東風吹倒人。」韓持國亦有「輕雲薄霧，散作催花雨」之句。至秋則霜霆苦雨，歲以爲常。二浙四時皆無巨風。春多大雷雨，霖霪不已。至夏爲梅雨，相繼爲洗梅。以五月二十日爲分龍，自此雨不周遍，猶北人呼隔轍也。迨秋，稻欲秀熟，田畦須水，乃反亢旱。余自南渡十數年間，未嘗見至秋不祈雨。此南北之異也。

37有人自金逃歸云，過燕山道間僧寺，有上皇書絶句云：「九葉鴻基一旦休，猖狂不聽直臣謀！甘心萬里爲降虜，故國悲涼玉殿秋。」天下聞而傷之。使尚在位，豈止祭曲江而已乎？申屠剛謂「未至豫言，固當爲虚，及其已至，又無所及」者是矣。杜牧謂「後人哀之」，可不鑒哉！

38宗室子櫟字夢援，宣和中以進韓文、杜詩二譜，爲本朝除從官之始。然必欲次序作文歲月先後，頗多穿鑿。又喜吟詩，每對客使其甥諷誦，源源不已。嘗作《杜鵑》詩，誇於人，謂雖李、杜思索所不至。其首句云「杜鵑不是蜀天子，前身定是陶淵明」，聞者（「者」下原有「不」字，衍，删。）笑不能忍。至「夜棋三百子，曉髮一千梳」，「髮爲干戈白，心於社稷丹」，亦其工者。

39鷙禽來自海東，唯青鵶最嘉，故號「海東青」。兗守王仲儀龍圖以五枚贈威敏孫公，皆皂頰鵶，不堪搏擊。公作詩戲之曰：「海東霜隼品仍多，萬里秋天數刻過。狡兔積年安茂草，弋人終日望滄波。青鵶獨擊歸林麓，皂頰群飛入網羅。爲謝文登賢太守，求方逐惡意如何？」後遼國求於女真，以致大亂，由此鳥也。（卷下。下同）

40前世謂「阿堵」，猶今諺云「兀底」；「寧馨」，猶「恁地」也，皆不指一物一事之詞。故「阿堵」有錢目之異，「寧馨」有美惡之殊。而張謂詩云：「家無阿堵物，門有寧馨兒。」與款頭無異矣。（下略）

41紹興四年十二月二十九日、三十日，洪州連大雷電，雨雪，沍寒，雖立春數日，然於候爲早。老杜詩載「十月荆南雷怒號」，亦以爲異。趙正之都運云：「渠在蜀中，十月聞雷，土人相慶，以爲豐年之兆。」蓋四方遠俗，未可以一理論也。

42王摩詰畫其所居輞川，有輞水、華子岡、孟城坳、輞口莊、文杏館、斤竹嶺、木蘭柴、茱萸沜、宫槐陌、鹿柴、北垞、欹湖、臨湖亭、欒家瀨、金屑泉、南垞、白石灘、竹里館、辛夷塢、漆園、椒園，凡二十一所，與裴迪賦詩以紀諸景。唐人記云：後表所居爲鹿莊寺，而《長安志》乃云清源寺，未知《志》何所據？舊史載本宋之問别墅，而新史略之，杜子美詩「宋公舊池館，零落首陽阿」，則又非西都藍田之墅也。杜有和裴迪三詩，裴事業未見其他，想非碌碌俗士耳。

43吕丞相元直以使相領宫祠，卜居天台，作堂名退老，每誦少陵「窮老真無事，江山已定居」之句，以自況。時賦詩者百數。李伯紀職大觀文、官銀青、帥福唐，亦寄題二篇，其末章云：「片帆雲海無多地，嘆息何由廁末賓。」時謂二公「窮老」、「末賓」，何言之謙也！

44陶隱居《注本草》云：「大寒凝海而酒不冰，明其性熱，獨冠群物。」余官原州時，官庫慶錦堂酒，取數絶少，醇旨最於一路，而怪其成冰。及見司馬温公《苦寒行》，云：「并州從來號慘烈，今日乃信非虚名。誰言醇醪能獨立？壺腹迸裂無由傾！」則塞上之寒，隱居生於東南，蓋未之見耳。

45吴幵正仲家蓄唐以來墨，諸李所製，皆有之。云無出廷珪之右者，其堅利可以削木。渠書《華嚴經》一部，半用廷珪，纔研一寸。其下四秩，用承宴墨，遂至二寸，則膠法可知矣。王彦若《墨説》云：「趙韓王從太祖至洛，行故宫，見架間一篋，取視之，皆李氏父子所製墨也。因盡以賜王。後王之子婦蓐中血運危甚，醫求古墨爲藥，因取一枚，投烈火中，研末酒服即愈。諸子欲各備産乳之用，乃盡取墨煅而分之。自是李氏墨世益少得云。」余嘗和吴觀墨詩云：「賴召陳玄典籍傳，肯教邊腹擅便便。竟誇削木真餘事，却笑磨人得永年。三友不居毛穎後，五車原作「軍」，據中華書局點校本改。仍在楮生前。祇愁公子從醫説，火煅生分不直錢！」

46吴幵正仲著《漫堂集》，載唐顧況老失子作詩云：「老人哭愛子，淚下皆成血。老人年七十，不作多時别。」每誦詩，哭之哀甚。未幾，復生子非熊，能道前世事，云在冥中聞其父哭并詩，不勝其哀，愬於冥官，復爲況子。非熊仕至起居舍人。朱明發晉叔，紹興辛亥十月末，在蒼梧失子。其子未病時，書窗壁皆作十月十日字。既卒，夢於其母：「且復爲子。」壬子十月十日，於五羊果復得子。其事頗與非熊類，可謂異矣。晉叔賢厚，是宜有子者。余亦識晉叔，宋城人，丁巳歲爲浙西提舉市舶。其室王氏，亦睢陽人，景融之女，同老之孫也。

47吉州萬安縣至虔州，陸路二百六十里，由贛水經十八灘三百八十里，去虔州六十里始出贛石，惶恐灘在縣南五里。東坡貶嶺南，有《初入贛》詩云：「七千里外二毛人，十八灘頭一葉身。山憶喜歡勞遠夢，地名惶恐泣孤臣。」注云：「蜀道有錯喜歡鋪。」入贛有大小惶恐灘，天設此對也。

其《北歸》云：「予發虔州，江水清，漲丈餘，贛石三百里無一見者。惶恐之南，次名漂城、延津、大蓼、小蓼、武朔、崑崙、梁口、横石、清洲、銅盤、落瀨、太湖、狗脚、小湖、砮機、天注、鼈口，凡十八灘。自梁口灘屬虔州界，又有錫州、大小湖、李大王四洲，水漲或落，皆可行。惟石没水不深爲可畏也。」

48蔡確持正始爲京兆府司理參軍，會韓子華建節出鎮，初到設燕，蔡作口號，有「儒苑昔推唐吏部，將壇今拜漢將軍」之句，公喜薦之，改京秩。元豐中，致位宰相。元祐初，責知安州，後圃有浮雲樓，樓下臨沄河，嘗賦十詩，有「葉底出巢黄口鬧，谿邊逐隊小魚忙」之句。又一絶云：「矯矯名臣郝甑山，忠言直節上元間。釣臺蕪没知何處，嘆息斯公撫碧灣！」時宣仁聖烈皇后聽政，知漢陽軍吴處厚皆注釋以進，坐謗訕貶新州而死。其始終盛衰皆以詩句，亦可異也。然元祐黨人之禍，自此而起，幾與牛李之策相類。

49蔡忠愍既以詩得罪，遂以言爲戒。其往新州，止携一愛妾，號琵琶姐；又蓄一鸚鵡，甚慧。每呼其妾，亦不言，止擊小鐘，鸚鵡聞之，即傳呼琵琶姐。未幾，其妾瘴癘而死，自是不復擊鐘。一日因聖節開啓，遂服冠裳，而帶尾誤擊鐘有聲，鸚鵡遂呼琵琶姐，公大感愴，因賦詩云：「鸚鵡聲猶在，琵琶事已非。堪傷江漢水，同去不同歸」！自是鬱鬱成病，以致不起。

50東坡居士云：「嶺南地暖，百卉造作無時。」南雄州在大庾嶺下纔數十里，與江南未相遠也，而氣候頓異。二月半梨花已謝，緑葉皆成陰矣。如石榴四時開花，橘已實仍蕊，或發於大本之上，却無枝葉，此尤可怪。然花發不數日輒謝，香氣亦薄，蓋其津脈漏泄者多也。故退之詩云：「二年流竄出嶺外，所見草木多異同。冬寒不嚴地怕泄，陽氣發亂無全功。浮花浪蕊鎮長有，纔開還落瘴霧中。」又其開發，先在西北枝，而北嚮常盛者，緣日行非南至之極，則猶在其北故爾。

51高適調封丘尉，不得志，去客河西節度使哥舒翰，奏爲右驍衛兵曹參軍掌書記，杜子美有詩送之云：「脱身簿尉中，始與捶楚辭。」韓退之作荆南法曹，與張籍詩云：「判司卑官不堪説，未免捶楚塵埃間。」杜牧之亦有《寄小姪阿宜》詩云：「參軍與縣尉，塵土驚劻勷。一語不中治，笞箠身滿瘡。」則唐世掾曹簿尉，皆未免於鞭扑，而史不載。所以責官，多使爲之，欲重爲困辱也。

52熙寧初，有士子上書迎合時宰，遂得堂除。蘇長公以俚語戲之曰：「有甚意頭求富貴，没些巴鼻便姦邪。」而其後禪林釋子趨利諛佞，又有甚焉。懶散楊峒續成一絶云：「當時選調出常調，今日僧家勝俗家！」

53顔延年《詠阮始平》云：「屢薦不入官，一麾乃出守。」五臣注云：山濤薦咸爲吏部郎，三上武帝，帝不能用。荀勖性自矜，因事左遷咸爲始平太守。麾，指麾也。按麾字古亦用爲揮斥之字。而杜牧之《將赴吴興登樂游原》絶句云：「欲把一麾江海去，樂游原上望昭陵。」後人因此遂專作旌麾，以對五馬，爲太守故事。而牧之《黄州即事》云：「莫笑一麾東下計，滿江秋浪碧參差。」乃在吴興之前，時無「把」字，不知訓麾爲何義也！

54天下之事，有不學而能者，儒家則謂之天性，釋氏則以爲宿習，其事甚衆。唐以文稱，如白樂天七月而識「之無」二字；權德輿三歲知變四聲，四歲能爲詩；韓退之自云「七歲讀書，十三而能文」；杜子美亦自謂「七齡思即壯，開口詠鳳凰。九齡書大字，有作成一囊」。若李泌之賦方圓動靜，劉晏之正朋字，豈學之所能至哉？以羊祜識庾環之處推之，則宿習爲言，信矣。

55余寓居上饒，數問信州之得名於邦人，莫有知者。後觀《圖經》載：弋陽縣有信義港，以地極肥饒，人多信厚而得名，疑州之爲稱，或以是也。而夔州其先亦名信州，子美詩云「俱空古信州」者，蓋謂夔州，亦未究其得名之故。

56杜少陵《新婚别》云：「雞狗亦得將。」世謂諺云「嫁得雞，逐雞飛；嫁得狗，逐狗走」之語也。而陳無己詩，亦多用一時俚語，如「昔日剜瘡今補肉」，「百孔千窗空一罅」，「拆東補西裳作帶」，「人窮令智短」，「百巧千窮只短檠」，「起倒不供聊應俗」，「經事長一智」，「稱家豐儉不求餘」，「卒行好步不兩得」，皆全用四字。「巧手莫爲無麪餅」巧息婦做不得無麪餺飥，「不應遠水救近渴，誰能留渴須遠井」遠水不救近渴，「瓶懸瓽間終一碎」瓦罐終須井上破，「急行寧小緩」急行趕過慢行遲，「早作千年調」，「一生也作千年調」人作千年調，鬼見拍手笑，「拙勤終不補」將勤補拙，「斧斫仍手摩」大斧斫了手摩娑，「驚雞透籬犬升屋」雞飛狗上屋，「割白鷺股何足難」鷺鷥腿上割股，「薦賢仍賭命」。而東坡亦有「三杯軟飽後，一枕黑甜餘」，皆世俗語。如「賭命」、「軟飽」猶可解，而「黑甜」，後世不知其爲誰矣。如《詩》之「串夷載路」，《書》云「弔由靈」，安知非當時之常談也？

57王介甫作韓魏公挽詩云：「木稼嘗云達官怕，山摧今見哲人萎。」時華山崩，京師木冰，極爲中的。人多不見「木稼」出處。按《舊唐書·五行志》：「開元二十九年十一月二十二日，雨木冰，凝寒凍冽，而數日不解。寧王見而嘆曰：『諺云樹稼達官怕，必有大臣當之。』其月王薨。」

（冀勤）

邵氏聞見後録

邵　博　撰

邵博（？——一一五八），字公濟，河南洛陽人。紹興八年（一一三八）賜同進士出身，曾以左朝散大夫知眉州。二十八年（一一五八）降授左朝散郎。《邵氏聞見後録》三十卷（一作二十卷），繼其父邵伯温《聞見録》而作，成於紹興二十七年（一一五七）。此據中華書局一九八三年排印本選録。

1黄著作庭堅《荆江亭》詩曰：「魯中狂士邢尚書，自言挾日上天衢。敦夫若在鐫此老，不令平地生崎嶇。」敦夫名居實，早死，尚書公子也。（卷二）

2張籍《祭退之》詩云：「《魯論》未訖注，手跡今微茫。」是退之嘗有《論語傳》，未成也。今世所傳，如「宰予晝寢」，以「晝」作「畫」字；「子在齊聞《韶》，三月不知肉味」，以「三月」作「音」字；「浴乎沂」，以「浴」作「沿」字，至爲淺陋，程伊川皆取之，何耶？又「子畏於匡，顔淵後。曰：『吾以爾爲死矣。』曰：『子在，回何敢死？』」死字自有意義。伊川之門人改云，「子在，回何敢先？」學者類不服也。（卷四）

3〔陳〕瓘所論康節之學，恐不然。康節詩云：「自從三度絶韋編，不讀書來十二年。俯仰之間無所愧，任人謗道是神仙。」神仙且不受也，以爲數學可乎？康節云：「先天之學，心法也。」然則其學在心，或於心外欲觀休咎，故以《皇極》爲考數之書耳。（下略）（卷六）

4丹陽陶弘景博學多藝能，好養生之術，仕齊爲奉朝請，棄官隱茅山。梁武帝早與之游，恩禮甚至，每得其書，焚香以受。數手敕招之，不出。朝廷有吉凶征討大事，必先諮之，月中常有數信，人謂之「山中宰相」。將没，有詩曰：「夷甫任散誕，平叔坐論空。豈悟昭陽殿，遂作單于宫。」時天下之士猶尚西晉之俗，競談玄理，故弘景云爾。蓋散誕論空，則廢禮法，禮法既廢，則夷狄矣。古今之變，有必然者，弘景其知言也。（卷九）

5王荆公非歐陽公貶馮道。按道身事五主，爲宰相，果不加誅，何以爲史？荆公《明妃曲》云：「漢恩自淺胡自深，人生樂在相知心。」宜其取馮道也。（卷十）

6柳子厚書段太尉逸事：「解佩刀，選老躄者一人持馬，至郭晞門下，甲者出，太尉笑且入曰：吾戴吾頭來矣。」宋景文修《新書》曰「吾戴頭來矣」，去一「吾」字便不成語。吾戴頭來者，果何人之頭耶？曾子固之文，可以名家矣。然歐陽公謂：廣文曾生者，在禮部奏名之前已爲門下士矣。公示吴孝宗詩，有云：「我始見曾子，文章初亦然。崑崙傾黄河，渺漫盈百川。疏決以道之，漸斂收横瀾。東溟知所歸，識路到不難。」是子固於文，遇歐陽公方知所歸也。而子固祭歐陽公文自云：「戇直不敏，早蒙振拔，言繇公誨，行繇公率」也。子開於歐陽公下世之後，作子固行述。乃云：「宋興八十餘年，海内無事，異材間出。歐陽文忠公赫然特起，爲學者宗師。公稍後出，遂與文忠公齊名。」予以爲過矣。張籍《哭韓退之》詩云：「而後之學者，或號爲韓、張。」退之日，籍、湜輩者，學者曰韓門弟子，不曰韓、張也。蘇東坡曰：「文忠之薨，十有八年。士庶所歸，散而自賢。我是用懼，日登師門。」有以也夫！曾子開論其兄子固之文曰：「上下馳騁，逾出而愈新，讀者不必能知，知者不必能言。蓋天材獨至，若非人力所能，學僊精思，莫能到也。」又曰：「言近指遠，雖《詩》、《書》之作未能遠過也。」蘇子由論其兄子瞻之文曰：「遇事所爲，詩騷銘記，書檄論撰，率皆過人。」又曰：「幼而好書，老而不倦，自言不及晉人，至唐褚、薛、顔、柳，髣髴近之。」子開之言類誇大，子由之言務謙下，後世當以東坡、南豐之文辨之。（卷十四）

7 陳希亮字公弼，天資剛正人也。嘉祐中，知鳳翔府。東坡初擢制科，簽書判官事，吏呼蘇賢良。公弼怒曰：「府判官何賢良也？」杖其吏不顧，或謁入不得見。故東坡《客次假寐》詩：「雖無性命憂，且復忍斯須。」又《九日獨不預府宴登真興寺閣》詩：「憶弟恨如雲不散，望鄉心似雨難開。」其不堪如此。又《東坡詩案》云：任鳳翔府簽判日，爲中元節不過知府廳，罰銅八斤，亦公弼案也。東坡作《府齋醮禱祈》諸小文，公弼必塗墨改定，數往反。至爲公弼作《凌虚臺記》曰：「東則秦穆公祈年橐泉，南則漢武長楊五柞，北則隋之仁壽、唐之九成，計一時之盛，宏傑詭麗，堅固而不可動者，豈特百倍於臺而已哉！然數世之後，欲求其髣髴，破瓦頹垣，無復存者，既已化爲禾黍枳棘、丘墟隴畝矣，而況於此臺歟？夫臺不足恃以長久，而況於人事之得喪，忽往而忽來者歟。或者欲以誇世而自足，則過矣。」公弼覽之，笑曰：「吾視蘇明允猶子也，某猶孫子也。平日故不以辭色假之者，以其年少暴得大名，懼夫滿而不勝也，乃不吾樂邪？」不易一字，亟命刻之石。後公弼受他州饋酒，從贓坐，沮辱抑鬱抵於死。或云，歐陽公憾於公弼有曲折東坡，不但望公弼相遇之薄也。公弼子慥季常，居黄州之岐亭，慕朱家、郭解爲人，閭里之俠皆歸之。元豐初，東坡謫黄州者，執政疑公弼廢死自東坡，委於季常甘心焉。然東坡、季常相得歡甚，故東坡特爲公弼作傳，至比之汲黯，曰：「軾官鳳翔，實從公二年。方是時，年少氣盛，愚不更事，屢與公争議，至形於言色，已而悔之。」崔德符戲語予曰：「果如元豐執政之疑，東坡之悔，豈釋氏懺悔之悔乎？」（卷十五）

8 梅聖俞著《碧雲霞應昭陵》時，名下大臣惟杜祁公、富鄭公、韓魏公、歐陽公無貶外，悉譏詆之，無少避。其序曰：「碧雲霞，廐馬也。莊憲太后臨朝，以賜荆王，王惡其旋毛。太后知之，曰：『旋毛能害人邪？吾不信。』留以備上閑，爲御馬第一，以其吻肉色碧如霞片，故號云。世以旋毛爲醜，此以旋毛爲貴，雖貴矣，病可去乎？噫。」范文正公者，亦在詆中。以文正微時，常結中書吏人范仲尹，因以破家。文正既貴，略不收恤。王銍性之不服，以爲魏泰僞託聖俞著此書，性之跋《范仲尹墓誌》云：「近時襄陽魏泰者，場屋不得志，喜僞作它人著書，如《志怪集》、《括異志》、《倦遊録》，盡假名武人張師正，又不能自抑，出其姓名，作《東軒筆録》，皆用私喜怒誣衊前人，最後作《碧雲霞》，假名梅聖俞，毁及范文正公，而天下駭然不服矣。且文正公與歐陽公、梅公立朝同心，詎有異論，特聖俞子孫不耀，故挾之借重以欺世。今録楊闢所作《范仲尹墓誌》，庶幾知泰亂是非之實至此也。則其他泰所厚誣者，皆迎刃而解，可盡信哉！僕猶及識泰，知其從來最詳，張而明之，使百世之下，文正公不蒙其謬焉。潁人王銍性之題。」予以爲不然，亦書其下云：美哉，性之之意也。使范公不蒙其謬，聖俞亦不失爲君子矣。然聖俞蚤接諸公，名聲相上下，獨窮老不振，中不能無躁，其《聞范公訃》詩：「一出屢更郡，人皆望酒壺。俗情難可學，奏記向來無。貧賤常甘分，崇高不解諛。雖然門館隔，泣與衆人俱。」夫爲郡而以酒悦人，樂奏記，納諛佞，豈所以論范公者，聖俞之意，真有所不足邪！如著文公燈籠錦事，則又與《書竄》詩合矣。故予疑此書實出於聖俞也。（卷十六。下同）

9有童子問予東坡《梅花》詩：「玉奴終不負東昏。」按《南史》，齊東昏侯妃潘玉兒，有國色。牛僧孺《周秦行記》：「薄太后曰：牛秀才遠來，誰爲伴？潘妃辭曰：東昏侯以玉兒身亡國除，不擬負他。」注云：「玉兒，妃小字。」東坡正用此事，以「玉兒」爲「玉奴」，誤也。又《過岐亭陳季常》詩：「不見盧懷慎，烝壺似烝鴨。」按《盧氏雜記》鄭餘慶約客食，戒中廚爛烝，去毛勿拗項折。客爲烝鵝鴨。既就食，各置烝壺蘆一枚於前。則烝壺似烝鴨者鄭餘慶，非盧懷慎，亦誤也。又《送子由出疆》詩：「憶昔庚寅降屈原，旋看蠟鳳戲僧虔。」按《南史》，王曇首内集，聽子孫爲戲，僧達跳地作虎子。僧虔累十二博棋，不墜落。僧綽采蠟燭作鳳皇。則以蠟鳳戲者僧綽，非僧虔，亦誤也。又《和徐積》詩：「殺雞未肯邀季路，裹飯應須問子來。」按《莊子》，子輿與子桑友，而霖雨十日，子輿曰：「子桑殆疾矣！」裹飯往食之。則裹飯者子輿，非子來，亦誤也。又《謝黄師是送酒》詩：「偶逢元放覓柱杖，不覺麴生來坐隅。」檢《左慈元放傳》，無柱杖酒事。按抱朴子《列仙傳》，孔元方每飲酒，以柱杖卓地倚之，倒其身，頭在下，足在上。則柱杖酒事乃孔元方，非左元放，亦誤也。又《和李邦直》詩：「恨無楊子一區宅，懶卧元龍百尺樓。」按陳登字元龍，許汜與劉備在劉表坐，表與備共論天下人。汜曰：「陳元龍湖海之士，豪氣不除。」備問汜寧有事邪？汜曰：「昔過下邳見元龍，元龍無客主之意，久不相與語，自上大牀卧，使客卧下牀。」備曰：「君有國士之名，今天下大亂，無救世之意，而求田問舍，言無可采，是元龍所諱也，何當與君語？如小人欲卧百尺樓上，卧君於地，何止上下牀之間邪？」表大笑。則百尺樓者劉備，非元龍，亦誤也。又《豆粥》詩：「溼薪破竈自燎衣，飢寒頓解劉文叔。」按漢史，王郎起，光武自薊東南馳，至南宫縣，遇大風雨，引車入道旁空舍，馮異抱薪，鄧禹爇火，光武對竈燎衣。馮異進麥飯，非豆粥，若蕪蔞亭豆粥，則無溼薪破竈燎衣等事，亦誤也。又《和劉景文聽琵琶》詩：「猶勝江左狂靈運，共鬭東昏百草鬚。」按唐劉夢得《嘉話》，晉謝靈運美鬚，臨刑施爲南海祇洹寺維摩塑像鬚。寺之人寶惜，初無虧損。至中宗朝，安樂公主五日鬭百草，欲廣物色，令馳驛取之，又恐爲他所得，盡棄其餘。則以靈運鬚鬭百草者，唐安樂公主，非齊東昏侯，亦誤也。又《會獵》詩：「不向如臯閑射雉，歸來何以得卿卿。」按《左傳》昭公二十八年，賈大夫娶妻美，御以如臯，射雉，獲之。杜氏注：「爲妻御之臯澤。」則如當訓之，非地名，亦誤也。又《海市》詩：「潮陽太守南遷歸，喜見石廩堆祝融。」按韓退之《謁衡獄》詩「紫蓋連延接天柱，石廩騰擲堆祝融」。又云「竄逐蠻夷幸不死」，故以爲退之遷潮陽歸日作。是未詳退之先謫陽山令，徙掾江陵日，委舟湘流，往觀衡嶽之語。乃云「潮陽太守南遷歸」，亦誤也。周《詩》「大姒嗣徽音」者，大姒嗣大任耳，大任於大姒，君姑也，有嗣之義。《司馬文正行狀》「二聖嗣位」。哲宗於神廟爲子，曰「嗣位」則可；宣仁后於神廟爲母，曰「嗣位」則不可。亦誤也。又《二疏贊》：「孝宣中興，以法馭人。殺蓋、韓、楊，蓋三良臣。先生憐之，振袂脱屣。使知區區，不足驕士。」三良臣，謂蓋寬饒、韓延壽、楊惲也。意以孝宣殺此三人，故二疏去之耳。按漢史，孝宣地節三年，疏廣爲皇太子太傅，兄子受爲少傅，至元康四年，俱謝病去。後二年，當神爵二年九月，司隸校尉蓋寬饒下有司自殺。又三年，當五鳳元年十二月，左馮翊韓延壽棄市。又一年，當五鳳二年十二月，平通侯楊惲要斬，皆在二疏去之後。以二疏因殺三人而去者，亦誤也。佛書「日月高懸，盲者不見」。《日喻》「眇者不識日」，眇能視，非盲也，豈不識日，亦誤也。又序：「謝自然欲過海求師，或謂蓬萊隔弱水三萬里，不可到。天台有司馬子微，身居赤城，名在絳闕，可往從之，自然可，還授道於子微，白日仙去。」按子微以開元十五年死於王屋山，自然生於大曆五年，至貞元十年仙去，是子微死四十三年自然始生。乃云「自然授道於子微」，亦誤也。東坡信天下後世者，寧有誤邪？予應之曰：「東坡累誤千百，尚信天下後世也。」童子更曰：「有是言，凡學者之誤亦許矣。」予曰：「爾非東坡奈何？」

10宋元王二年，江使神龜使於河，至於泉陽，漁者豫苴舉網得之。龜來見夢於宋元王，夢見一丈夫，延頸而長頭，衣玄繡之衣而乘輜車云云。出《史記·龜策列傳》。韓退之《孟東野失子》詩云：「東野夜得夢，有夫玄衣巾。」實用此事。

11嘉祐六年三月，仁皇帝幸後苑，召宰執、侍從、臺諫、館閣以下賞花釣魚，中觴，上賦詩：「晴旭暉暉花盡開，氤氲花氣好風來。游絲罥絮縈行仗，墮蕊飄香入酒杯。魚躍紋波時瀺刺，鶯流深樹久徘徊。青春朝野方無事，故許歡遊近侍陪。」宰相韓琦、樞密曾公亮、參政張昪、孫抃、副樞歐陽脩、陳旭以下皆和，帝獨稱賞韓琦「輕陰閣雨迎天步，寒色留春送壽杯」之句。時翰林學士承旨宋祁久疾在告，明日和詩來上，帝覽之已悵然。不數日祁薨，益加震悼云。（卷十七。下同）

12真宗嘗問楊大年：「見《比紅兒》詩否？」大年失對。每語子孫爲恨，後諸孫有得於相國寺庭雜賣故書中者。蓋唐末羅虬、羅鄴、羅隱兄弟俱有文，時號「三羅」。虬登科，從事坊州，有營妓小字紅兒，先爲郡將所嬖，人不敢近，虬亦悦之，郡將不能容，虬棄官去，然於紅兒猶不忘也。擬諸美物，作《比紅兒》詩百首。事出《摭言》，亦略見《太平廣記》中，大年不知，何也。

13嘉祐中，侍從官列薦國子博士梅堯臣宜在館閣，仁皇帝曰：「能賦『一見天顔萬人喜，却回宫路樂聲長』者也。」蓋帝幸景靈宫，堯臣有詩，或傳入禁中，帝愛此二語。召試賜等，竟不登館閣以死。

14兗州之東有漏澤，每夏中頻雨，則積水彌望；至秋分後，聲起水中如雷，一夕盡涸，初不可測，奇石林立，或尋其下得穴，水自此入。李衛公平泉有石，刻字曰漏澤，作亭其前，曰魯石。有詩云「魯客持相贈，瓊瓌乃不如」者，兗之漏澤石也。

15《國史補》載：「韓退之好奇，與客登華山絶峰，度不可返，發狂慟哭，賴華陰令百計取得之。」

或云無是事。予讀退之《答張徹詩》云：「洛邑得休告，華山窮絶陘。倚巖睨海浪，引袖拂天星。日駕此回轄，金神所司刑。泉紳拖脩白，石劍攢高青。磴蘇澾拳跼，梯飆颭伶俜。悔狂已咋指，垂誡仍鐫銘。」可信《國史補》不妄。

16韓退之使鎮州，《題壽陽驛》云：「風光欲動别長安，春半邊城特地寒。不見園花并巷柳，馬頭唯有月團團。」《鎮州歸》再賦云：「别來楊柳街頭樹，擺撼春風秖欲飛。還喜小園桃李在，留花不發待郎歸。」孫子陽爲予言：「近時壽陽驛發地，得二詩石。唐人跋云『退之有倩桃、風柳二妓，歸途聞風柳已去，故云』。後張籍《祭退之》詩云『乃出二侍女，合彈琵琶箏』者，非此二人邪。」

17錢昭度有《食梨》詩云：「西南片月充腸冷，二八飛泉繞齒寒。」予讀《樂府解題》，《井謎》云：「二八三八，飛泉仰流。」蓋二八三八爲五八，五八四十也。四十爲井字。

18黄魯直詩云：「山椒欲雨好雲氣，湖面迎風生水紋。」汪彦章用其體云：「野田無雨出龜兆，湖水得風生縠紋。」昔宋景文問晏元獻：「劉夢得『瀼西春水縠紋生』，生字當作何義？」元獻云：「作生於縠紋意，不合當作生熟之生。」景文嘆服，以爲妙語。今彦章以生對出，則作生長之生矣。豈不聞元獻之説邪？

19王元之，濟州人，年七八歲已能文，畢文簡公爲郡從事，始知之。問其家以磨麵爲生，因令作《磨詩》。元之不思以對：「但存心裏正，無愁眼下遲。若人輕着力，便是轉身時。」文簡大奇之，留於子弟中講學。一日，太守席上出詩句「鸚鵡能言争似鳳」，坐客皆未有對。文簡寫之屏間，元之書其下：「蜘蛛雖巧不如蠶。」文簡嘆息曰：「經綸之才也。」遂加以衣冠，呼爲小友，至文簡入相，元之已掌書命矣。

20唐人知貢舉者，有詩云：「梧桐葉落井亭陰，鎖閉朱門試院深。嘗是昔年辛苦地，不將今日負初心。」後爲下第者裁作五言以誚之。原注：出《嵐齋記》。

21予嘗見南唐李侯攝襟，書宫人慶奴扇云：「風情漸老見春羞，到處銷魂感舊遊。多謝長條似相識，强垂煙態拂人頭。」

22唐荆州每解送舉人，多不成名，號曰「天荒」。至劉蜕舍人，以荆州解及第，號「破天荒」。東坡嘗以詩一句，遺瓊州進士姜唐佐。「滄海何曾斷地脈，白袍端合破天荒」，用此事也。題其後云：「待子及第，當續後句。」後唐佐自廣州隨計過許昌，見潁濱時，東坡已下世，相持出涕，潁濱爲足成其詩云：「生長茅間有異方，風流稷下古諸姜。適從瓊管魚龍窟，秀出羊城翰墨場。滄海何曾斷地脈，白袍端合破天荒。錦衣他日千人看，始信東坡眼目長。」

23李士寧，蓬州人，有異術，王荆公所謂「李生坦蕩蕩，所見實奇哉」者。熙寧中，宗室世居，獄連士寧，吕惠卿初叛荆公，欲深文之，以侵荆公。神宗覺之，亟復相荆公。荆公平生好辭官，至是不復辭，自金陵連日夜以來，惠卿罷去，士寧止從編置。初，士寧贈荆公詩，多全用古人句，荆公問之，則曰：「意到即可用，不必皆自己出。」又問：「古有此律否？」士寧笑曰：「《孝經》，孔子作也。每章必引古詩，孔子豈不能自作詩者，亦所謂意到即可用，不必皆自己出也。」荆公大然之。至辭位遷觀音院，題薛能、陸龜蒙二詩於壁云：「江上悠悠不見人，十年一覺夢中身。慇懃爲解丁香結，放出枝頭自在春。」「蠟屐尋苔認舊蹤，隔溪遥見夕陽春。當年諸葛成何事？只合終身作卧龍。」用士寧體也。後又多集古句，如《胡笳曲》之類不一，《夫子曳杖之歌》有「泰山其頹，哲人其萎」之語。唐天寶中，長安雨木冰，寧王薨，謡曰：「冬淩樹稼達官怕。」熙寧中，京師雨木冰，又華山崩阜頭谷，數千百丈，壓七村之人。時王荆公爲相，變亂典常，徵斂財利，識者危之。適韓魏公薨，荆公作挽詩云：「木稼曾聞達官怕，山頹果見哲人萎。」遂以魏公當之。潘邠老云：「花妥鶯梢蝶，溪喧獺趁魚。」妥音墮，乃韻。邠老不知秦音，以落爲妥上聲，如曰雨妥花妥之類，少陵，秦人也。

24唐詩家有假對律，曰「牀頭兩甕地黄酒，架上一封天子書」。又「三人鐺脚坐，一夜掉頭吟」。又「鬢欲霑青女，官猶佐子男」等句是也。或鄙其不韻，如杜子美：「枸杞因吾有，雞棲奈汝何？」又：「飲子頻通汗，懷君想報珠。」杜牧之：「當時物議朱雲小，後代聲名白日懸。」亦用此律也。

25「經來白馬寺，僧到赤烏年。」唐僧靈澈語，東坡《海會殿上梁文》全取之。陶淵明《讀山海經》詩云：「形夭無千歲」，蓋校本之誤，迺「形天舞干戚」耳。按《山海經》，海中有獸名形天，每出水，必銜干戚而舞云。

26王荆公步月中山，蔣穎叔爲發運使，過之，傳呼甚寵，荆公意不悦。穎叔喜談禪，荆公有詩云：「怪見傳呼殺風景，不知禪客夜相投。」按李義山《雜纂》殺風景門「月下傳呼」用此事。

27唐史：中和四年六月，時溥以黄巢首上行在者，僞也。東西二都舊老相傳，黄巢實不死，其爲尚讓所急，陷太山狼虎谷，乃自髡爲僧，得脱，往投河南尹張全義，故巢黨也。各不敢識，但作南禪寺以舍之。予數至南禪，壁間畫僧，巢也。其狀不逾中人，唯正蛇眼爲異耳。老人言：更有故寫真絹本尤奇，巢題詩其上云：「猶憶當年草上飛，鐵衣脱盡掛僧衣。天津橋上無人識，獨凭闌干看落暉。」爲李易初取也。

28慶曆中，翰林侍讀學士李淑守鄭州，題周少主陵云：「弄耜牽車晚鼓催，不知門外倒戈回。荒墳斷隴才三尺，剛道房陵半仗來。」時上命淑作《陳文惠公堯佐墓銘》，淑書「堯佐好爲小詩，間有奇句」，及有「厖慢弗咸」等語。陳氏子弟請易去，淑以文先奏御，不可易。陳氏子弟恨之，刻淑《周陵詩》於石，指「倒戈」爲謗。上亦以藝祖應天順人，非逼伐而取之，落淑學士。淑上章辨《尚書》之義，蓋紂之前徒，自倒戈攻紂，非武王倒戈也。上知淑深於經術，待之如初。宋内翰祁曰：「白公云『户大嫌甜酒，才高笑小詩』。其獻臣之謂乎？」獻臣，淑字也。爲文尤古奥，有樊宗師體。

29《王羲之傳》：「山陰道士好養鵝，羲之往觀，意甚悦，欲得之。道士云：『爲寫《道德經》，當舉群相贈。』羲之欣然寫畢，籠鵝以去。」李太白《送賀監詩》乃云：「鑑湖流水春始波，狂子歸舟逸興多。山陰道士如相見，應寫《黄庭》换白鵝。」世人有以右軍寫《黄庭經》换鵝者，又承太白之誤耳。

30李太白《俠客行》云：「事了拂衣去，深藏身與名。」元微之《俠客行》云：「俠客不怕死，怕死事不成，事成不肯藏姓名。」或云，二詩同詠俠客，而意不同如此。予謂不然。太白詠俠不肯受報，如朱家終身不見季布是也；微之詠俠欲有聞於後世，如聶政姊之死，恐終滅吾賢弟之名是也。

31少陵「陶冶性情存底物」，本顏之推：「至於陶冶性情，從容諷諫，入其滋味，亦樂事也。」又少陵「悲君隨燕雀，薄宦走風塵」，本陳勝與人傭耕之語也。又少陵「上君白玉堂，侍君金華省」，本班固自叙「時上方嚮學，鄭寬中、張禹，朝夕入説《尚書》、《論語》金華殿中」也。又少陵「露井凍銀牀」，本《晉書·樂志》《淮南〔王〕篇》「後園鑿井銀作牀，金缾素綆汲寒漿」也。又少陵「春水船如天上坐」，本沈雲卿「船如天上坐，人在鏡中行」，「船如天上去，魚似鏡中懸」也。或以此論少陵之妙。予謂少陵所以獨立千載之上者，不但有所本也，《三百篇》之作，果何本哉？

32歐陽公每哦太白「三山半落青天外，二水中分白鷺洲」之句，曰：「杜子美不道也。」予謂約以子美律詩，「青天外」其可以「白鷺洲」爲偶也？（卷十八。下同）

33退之《石鼓詩》，體子美八分歌也。

34「羲農去我久，舉世少復真！汲汲魯中叟，彌縫使其淳。鳳鳥雖不至，禮樂暫時新。洙泗輟微響，漂流逮狂秦。《詩》、《書》復何罪，一朝成灰塵。區區諸老翁，爲事誠慇懃。如何絶世下，六籍無一親。終日馳車去，不見所問津。若復不快飲，空負頭上巾。但恨多謬誤，君當恕醉人。」予昔與蘇仲虎會清溪真覺僧房，客有出東坡書淵明此詩者。仲虎曰：「大父平生愛寫此詩，於士友間數見之。」予曰：「伏羲、神農出上古，所謂莫之爲而任其自然，下此始有傳，然事多僞而不實，孔子特彌縫之，使天下後世曰聖人而不敢議，功德被於堯舜以降，其賢豈不遠哉？如汲郡魏襄王冢中所得竹簡文字，淵明固不廢也。東坡論武王非聖人，不知言者已駭然不服，其可與論淵明此意也。」仲虎不覺起立曰：「可畏哉淵明！故反曰吾醉中謬言當恕也。」

35劉中原父望歐陽公稍後出，同爲昭陵侍臣，其學問文章，勢不相下，然相樂也。歐陽公喜韓退之文，皆成誦，中原父戲以爲「韓文究」。每戲曰：永叔於韓文，有公取，有竊取，竊取者無數，公取者粗可數。永叔《贈僧》云：「韓子亦嘗謂，收斂加冠巾。」乃退之《送僧澄觀》「我欲收斂加冠巾」也。永叔《聚星堂燕集》云：「退之嘗有云，青蒿倚長松。」乃退之《醉留孟東野》「自慚青蒿倚長松」也，非公取乎？歐陽公以退之「讀《墨子》不相用，不足爲孔墨」爲叛道。中原父笑曰：「永叔無傷事主也。」

36杜子美《飲中八仙歌》，其句云：「左相日興廢萬錢，飲如長鯨吸百川，銜杯樂聖稱世賢。」「世賢」二字，殆不可曉。或云「世」字當作「避」字，寫本誤也。蓋「左相」者，李適之也，有直聲。右相李林甫姦邪，適之議論數不同，自免去。有詩云：「避賢初罷相，樂聖且銜杯。試問門前客，今朝幾箇來。」子美「銜杯樂聖稱避賢」者，正用適之詩語也。

37韓退之與孟東野《鬬雞聯句》有云：「神槌困朱亥。」古本云：「袖槌」，用《史記》朱亥袖四十斤鐵槌殺晉鄙事也。

38韓熙載畜妓樂數百人，俸入爲妓争奪以盡，至貧乏無以給。夕則敝衣屨，作瞽者，負獨絃琴，隨房歌鼓以丐飲食。東坡《謝元長老衲裙詩》云：「欲教乞食歌姬院，故與雲山舊衲衣。」用其事也。然予獨未達東坡之意。

39古樂府：「藁砧今何在？山上復有山。何當大刀頭？破鏡飛上天。」藁砧，鈇也，問夫何在。重山，出字，夫出也。「何當大刀頭」，刀頭有環，何時還也。「破鏡飛上天」，月半還也。如李義山「空看小垂手，忍問大刀頭」，宋子京「曾損歸書憑鯉尾，莫令殘月誤刀頭」，俱用此事云。

40杜子美《贈韋左丞詩》：「竊效貢公喜，難甘原憲貧。」「原憲貧」所自不一，「貢公喜」注引「王陽入仕，貢禹彈冠」，事雖是，而無「貢公喜」三字。予讀劉孝標《廣絶交論》云：「王陽登則貢公喜。」此其自也。

41杜子美：「青青竹笋迎船出，日日江魚入饌來。」後得古本，「日日」作「白白」，不但於句甚偶，其思致亦不同。

42張籍《老將詩》云：「衛青不敗由天幸，李廣無功爲數奇。」古人傳誦以爲佳句。按《漢書》「天幸」二字乃霍去病，非衛青也。《漢書音義》「數音朔」，則亦不可對「天」矣。

43杜子美《贈高適詩》云：「脱身簿尉中，始與捶楚辭。」退之《贈張功曹詩》云：「判司卑官不堪説，未免捶楚塵埃間。」杜牧之《寄姪阿宜詩》云：「一語不中治，鞭捶身滿瘡。」蓋唐參軍簿尉，有罪加撻罰，如今之胥吏也。高子勉親見山谷云爾。予初疑其不然，因讀唐史，代宗命劉晏考所部官善惡，刺史有罪者，五品以上劾治，六品以下杖訖奏，參軍簿尉不足道也。

44杜審言字必簡，子美大父也。景龍初，爲國子監主簿，和韋承慶《山莊》詩五首：「逕轉危峰碧，橋斜缺岸妨。玉泉移酒味，石髓换粳香。縆霧青條弱，牽風紫蔓長。猶言行樂少，別向後池塘。」「攢石當軒倚，懸泉度牖飛。鹿麛銜妓席，鶴子曳童衣。園果嘗難遍，池蓮摘未稀。卷簾先待月，應在醉中歸。」「携琴遶碧紗，摇筆弄青霞。杜若幽林草，芙蓉曲沼花。宴遊成野客，形勝得山家。往往留仙步，登攀日易斜。」「野興城中發，朝英物外求。情懸朱紱望，契動赤城遊。海燕巢書閣，山雞舞畫樓。雨餘清更晚，共坐北巖幽。」「賞翫奇他日，高深處此時。地爲八水背，峰作九山疑。池静魚偏逸，人閑鳥欲欺。青溪留别興，更與白雲期。」味其句法，知子美之詩有自云。

45舒州峰頂寺有李太白題詩：「夜宿峰頂寺，舉手捫星辰。不敢高聲語，恐驚天上人。」曾子山始見之，不出於集中，亦恐少作耳。

46《國史》先大父《康節傳》云：「與常秩同召，某卒不起，褒矣。」故大父之葬，門生挽詩有「地下若逢常處士，揶揄應笑贈官來」之句。

47古今詩人，多以記境熟語或相類。鮑明遠云：「昔如韝上鷹，今似檻中猿。」杜子美云：「昔如縱壑魚，今如喪家狗。」王荆公云：「昔如下擊三鶻拳，今如倒曳九牛尾。」李太白云：「沙墩至梁苑，二十五長亭。」杜牧之云：「故鄉七十五長亭。」《選・詩》云：「流波戀舊浦，行雲思故山。」太白云：「水忽戀前浦，雲猶歸舊山。」嵇叔夜云：「委性命兮任去留。」陶淵明云：「曷不委心任去留。」方干云：「蟬曳殘聲過别枝。」蘇子美云：「山蟬帶響穿疏户。」韋應物云：「野渡無人舟自横。」寇萊公云：「野水無人渡，孤舟盡日横。」王元之云：「謫居思遁世，多病厭浮生。」萊公云：「愁多怯秋夜，病久厭人生。」唐人云：「人心勝潮水，相送過潯陽。」梅聖俞云：「寒潮如特送，不肯過溢城。」元之云：「燒殘灰爐方分玉，撥盡寒沙始見金。」聖俞云：「力槌頑石方逢玉，盡撥寒沙始見金。」杜子美云：「坐飲賢人酒，門聽長者車。」荆公云：「室有賢人酒，門多長者車。」唐人云：「萬井閭閻皆禁火，九原松柏自生煙。」聖俞云：「千門皆禁火，九野自生煙。」劉夢得云：「藥性病生諳。」于鵠云：「病多諳藥性。」唐人云：「中流見樹影，兩岸聞鐘聲。」張祜云：「樹影中流見，鐘聲兩岸聞。」諸名下之士，豈相剽竊者邪？

48杜祁公《齒落》詩有「剛須饒舌在，寒不爲脣亡」之句。時年八十，其警策尚如此。

49李太白詩「我醉欲眠卿可去」，陶潛語也。杜子美「使君自有婦」，《選》中《羅敷詩》語也。

50杜子美：「無風雲出塞，不夜月臨關。」王子韶云：無風，谷名；不夜，城名。嘗親至其地。如「泥汙后土何嘗乾」，宋玉《九辯》語也。

51杜子美以「鄭李」對「文章」，「嚴僕射」對「望鄉臺」，「春苜蓿」對「霍嫖姚」，「正冠」對「吹帽」。李義山《錦瑟詩》「莊生曉夢迷蝴蝶，望帝春心託杜鵑」，莊生、望帝，皆瑟中古曲名。又云：「軒墀曾寵鶴」，如鶴乘軒。《左氏傳》注云：「軒，大夫車也。」非軒墀之軒，或以爲病，惟知詩者能辨之。

52杜子美《飲中八仙歌》「知章騎馬似乘船」，又「天子呼來不上船」，用兩「船」字韻。「汝陽三斗始朝天」，又「舉頭白眼望青天」，用兩「天」字韻。「蘇晉長齋繡佛前」，又「皎如玉樹臨風前」，又「脱帽露頂王公前」，用三「前」字韻。「眼花落井水底眠」，又「長安市上酒家眠」，用兩「眠」字韻。

《牽牛織女詩》「蛛絲小人態，曲綴瓜果中」，又「防身動如律，竭力機杼中」，用兩「中」字韻。李太白《高陽歌》云：「鸕鷀杓，鸚鵡杯，百年三萬六千日，一日須傾三百杯。」用兩「杯」字韻。《廬山謡》云「影落前湖青黛光，金闕前開二峰長」，又「翠影紅霞映朝日，鳥飛不到吴江長」，用兩「長」字韻。韓退之《李花詩》「冰盤夏薦碧實脆，斥去不御慚其花」，又「誰堆平地萬堆雪，剪刻作此連天花」，用兩「花」字韻。《雙鳥詩》「兩鳥各閉口，萬象銜口頭」，又「百舌舊饒聲，從此常低頭」，用兩「頭」字韻。《示爽詩》「冬夜豈不長，達旦燈燭然」，又「此來南北近，里閭故依然」，用兩「然」字韻。《猛虎行》「猛虎死不辭，但慚前所爲」，又「親故且不保，人誰信汝爲」，用兩「爲」字韻。子美、太白、退之，於詩無遺恨矣，當自有體邪。

53杜子美詩「將軍只數霍嫖姚」對「苑馬總歸春苜蓿」，「嫖姚」字如律當讀平聲。又云「杖藜妨躍馬，不是故離群」，「離」字如律當讀平聲。《漢書音義》：「嫖姚字皆讀去聲，音鰾鷂。」《檀弓》：「離群索居」，《釋文》「離」字讀去聲，力智反，音利。退之云「凡爲文辭，宜略識字」，有以也。

54王荆公以「力去陳言誇末俗，可憐無補費精神」，薄韓退之矣。然「喜深將策試，驚密仰檐窺」，又「氣嚴當酒暖，灑急聽窗知」，皆退之雪詩也。荆公詠雪則云：「借問火城將策試，何如雲屋聽窗知。」全用退之句也。去古人陳言以爲非，用古人陳言乃爲是邪？

55東坡《與陳傳道書》云：「知傳道日課一詩，甚善，此技雖高才，非甚習不能工。」蓋梅聖俞法也。又韓少師云：「梅聖俞學詩日，欲極賦象之工，作《挑燈杖子詩》尚數十首。」李邯鄲諸孫亨仲云：「吾家有梅聖俞詩善本，世所傳，多爲歐陽公去其尤者，忌能名之或壓也。」予謂歐陽公在諫路，頗詆邯鄲公，亨仲之言恐不實。然曾仲成云：「歐陽公有『韓孟於文詞，兩雄力相當。孟窮苦纍纍，韓富浩穰穰。郊死不爲島，聖俞發其藏』等句。聖俞謂蘇子美曰：『永叔自要作韓退之，强差我作孟郊』，雖戲語，亦似不平也。」

56晁以道言：「王荆公與宋次道同爲群牧司判官，次道家多唐人詩集，荆公盡即其本擇善者籤帖其上，令吏抄之。吏厭書字多，輒移荆公所取長詩籤置所不取小詩上。荆公性忽略，不復更視，唐人衆詩集以經荆公去取皆廢。今世所謂《唐百家詩選》曰荆公定者，乃群牧司吏人定也。」（卷十九。下同）

57宋子京罷守成都，故事當爲執政，未至，宰相以兩地見次，盡以他人充之。子京聞報悵然，有「梁園賦罷相如至，宣室釐殘賈誼歸」之句。言者又論蜀人不安其奢侈，遂止爲鄭州，望國門不得入，久之再爲翰林承旨。未幾，不幸訃至成都，士民哭於其祠者數千人。謂「不安其奢侈者」誣矣。宰相，韓魏公也。言者，包孝肅也。然子京先有「碧雲漫有三年信，明月長爲兩地愁」之句，竟不至兩地，悲憤而没，世以爲讖云。

58吕申公帥維揚，東坡自黄崗移汝海，經從見之。申公置酒，終日不交一語。東坡昏睡，歌者唱：「夜寒斗覺羅衣薄。」東坡驚覺，小語云：「夜來走却羅醫博也。」歌者皆匿笑。酒罷行後圃中，至更坐，東坡即几案間筆墨，書歌者團扇云：「雨葉風枝曉自匀，緑陰青子静無塵。閑吟遶屋扶疏句，須信淵明是可人。」申公見之亦無語。

59蘇仲虎言：有以澄心紙求東坡書者。令仲虎取京師印本《東坡集》誦其中詩，即書之，至「邊城歲莫多風雪，强壓香醪與君别」，東坡閣筆怒目仲虎云：「汝便道香醪。」仲虎驚懼，久之，方覺印本誤以「春醪」爲「香醪」也。

60劉夢得作《九日詩》，欲用餻字，以五經中無之，輟不復爲。宋子京以爲不然。故子京《九日食餻》有詠云：「飆館輕霜拂曙袍，糗餈花飲鬬分曹。劉郎不敢題餻字，虚負詩中一世豪。」遂爲古本絶唱。「糗餌粉餈」，餻類也，出《周禮》。「詩豪」，白樂天目夢得云。

61李太白《僧伽歌》云：「此僧本住南天竺，爲法頭陀來此國。」又云：「嗟予落泊江淮久，罕遇真僧説空有。」時僧伽已顯於淮泗之上矣。豪傑中識郭子儀，隱逸中識司馬子微，浮屠中識僧伽，則太白亦異人也哉！

62白樂天《長恨歌》有「夕殿螢飛思悄然，孤燈挑盡未成眠」之句，寧有興慶宫中，夜不燒蠟油，明皇帝自挑盡者乎？書生之見可笑耳。

63元和中，處士唐衢善哭，聞白樂天謫，輒大哭。衢後死，樂天有詩云：「何當向墳前，還君一掬淚。」

64晁以道問予：「梅二詩何如黄九？」予曰：「魯直詩到人愛處，聖俞詩到人不愛處。」以道爲一笑。

65歐陽公於詩主韓退之，不主杜子美。劉中原父每不然之。公曰：「子美『老夫清晨梳白頭，玄都道士來相訪』之句，有俗氣，退之決不道也。」中原父曰：「亦退之『昔在四門館，晨有僧來謁』之句之類耳。」公賞中原父之辯，一笑也。

66南人謂象齒爲白暗，犀角爲黑暗。少陵詩云「黑暗通蠻貨」，用方言也。

67李太白詩云：「昔作芙蓉花，今爲斷腸草。以色事他人，能得幾時好。」按：陶弘景《仙方注》云：「斷腸草，不可食，其花美好，名芙蓉。」

68李習之、韓退之、孟東野善，習之於文，退之所敬也；退之與東野唱酬傾一時，習之獨無詩，退之不議也。尹師魯、歐陽永叔、梅聖俞善，師魯於文，永叔所敬也；永叔與聖俞唱酬傾一時，師魯獨無詩，永叔不議也。習之、師魯之於詩，以爲不足作邪，抑不能邪？

69夔峽之人，歲正月，十百爲曹，設牲酒于田間，已而衆操兵大噪，謂之養原注：去聲烏鬼。長老言：地近烏蠻戰場，多與人爲厲，用以禳之。沈存中疑少陵「家家養烏鬼」，其自也。疏詩者乃以「鸕鷀別名烏鬼」。予往來夔峽間，問其人如存中之言，鸕鷀亦無別名。

70華州齊雲樓有唐昭宗詞：「安得有英雄，迎歸大内中。」蒲中鸛鵲樓有唐太宗詩：「昔乘匹馬至，今駕六龍來。」其英偉悽怨之氣，何祖孫不同也！

71夔州營妓爲喻迪孺扣銅盤，歌劉尚書《竹枝詞》九解，尚有當時含思宛轉之豔，他妓者皆不能也。迪孺云：「歐陽詹爲并州妓賦『高城已不見，況乃城中人』詩，今其家尚爲妓，詹詩本亦尚在。

妓家夔州，其先必事劉尚書者，故獨能傳當時之聲也。」

72王荊公之子雱作《荊公畫像贊》曰：「列聖垂教，參差不齊，集厥大成，光於仲尼。」是聖其父過於孔子也。雱死，荊公以詩哭之曰：「一日鳳鳥去，千年梁木摧。」是以兒子比孔子也。父子相聖，可謂無忌憚者矣。（卷二十）

73歐陽公在政府，寄潁州處士常秩詩云：「笑殺汝陰常處士，十年騎馬聽朝雞。」公將休致，又寄秩詩云：「賴有東鄰常處士，披簑戴笠伴春鋤。」蓋公先爲潁州，得秩於民伍中，殊好之，至公休致歸，每接賓客，必返退士初服。秩已從王荊公之招，公獨朝章以見，愧之也。秩入朝極其諛佞，遂升次對。蚤日著《春秋學》數十卷，自許甚高，以荊公不喜《春秋》，亦絶口不言，匿其書不出。適兩河歲惡，有旨青苗錢權倚閣。王平甫戲秩曰：「君之《春秋》，亦權倚閣矣。」後神宗遇秩浸薄，荊公亦鄙之。秩失節，怏怏如病狂易，或云自裁以死。荊公尚表於墓，蓋其失云。（卷二十二）

74近李西美帥成都，士陳甲者館於便齋。夜月色中，有危髻古裳衣婦人數輩，語笑前花圃中，甲殊不顧。有甚麗者誦詩：「舊時衣服盡雲霞，不到迎仙不是家。今日樓臺渾不識，只餘古木記宣華。」又誦：「小雨廉纖梅子黃，晚雲收盡月侵廊。樹陰把酒不成醉，何處無情枉斷腸。」忽不見。今府第故蜀宮，豈當時宮女尚有鬼邪？按《蜀檮杌》，宣華，故苑名。（卷三十。下同）

75郭忠恕嘲聶崇義曰：「近貴全爲聵，攀龍即作聾，雖然三箇耳，其奈不成聰。」崇義曰：「吾不能詩，姑以二言爲謝：勿笑有三耳，全勝畜二心。」陳亞蔡襄亦云：「陳亞有心終是惡，蔡襄無口便成衰。」王汾劉攽亦曰：「早朝殿内須呼汝，寒食原頭盡拜君。」攽又嘲王覿云：「汝何故見賣？」覿曰：「賣汝直甚分文。」其滑稽皆可書也。

（王秀梅）

東觀餘論

黄伯思 撰

黄伯思（一〇七九—一一一八），字長睿，别字霄賓，自號雲林子，邵武（今屬福建）人。《東觀餘論》上下兩卷，卷上爲《法帖刊誤》二卷，卷下爲古器説論辨題跋。紹興中由其次子黄訒合而刊之，總名《東觀餘論》。此據《邵武徐氏叢書》初刻本選録。

【法帖刊誤】（上略）自昔相傳《十七帖》乃逸少與蜀太守者，未必盡然。然其中間蜀事爲多，是亦應皆與周益州書也。但《來禽》一帖，則或以爲與桓温而已。本朝僧邦者，有《寄李昌武翰林詩》云：「《來禽》簡寄桓宣武。」不知何據？案此帖有云：「今在田里，惟以此爲事，足下致此子者，大惠也。」逸少視桓公位殊遼絶，與書不當爾耳。然當時真長、子猷輩猶嫚侮桓公，彼亦能容。逸少作書若交友，蓋無足怪。温飛卿詩云：「畫圖驚畏獸，書帖得《來禽》。」此帖垂實，非一世也。（卷上。下同）

【杜子美詩筆次序辨】董君《新序》稱：甫爲《淑妃皇父碑》，在開元二十三年，最少作也。予按是年甫纔二十四歲，宜爲少作。然按碑文，妃卒葬皆在二十年。然此碑乃其子壻鄭潛耀令甫作，未必在是年。碑末云：「甫忝鄭莊之賓客，游竇主之園林。以白頭之嵇、阮，豈獨步於崔、蔡。野老何知，斯文見託。」若其葬年所作，豈得序稱「白頭嵇阮」與「野老何知」哉？又其銘云：「日居月諸，丘壟荆杞。列樹拱矣，豐碑缺然。」則其立碑，蓋在葬後六年，非甫年二十四，當開元二十三年皇父葬時所作也。蓋董君不攷立碑年，但攷其葬年，故誤爾。董君《新序》稱：永泰元年，嚴武移山南，崔旰亂，甫避秦川。定後還成都，即浮江東，欲適吴楚。案武卒於成都，故有《哭嚴僕射》詩，則武未嘗移鎮山南也，又有《將適吴楚留别章使君》，當在武未再尹成都之前，非崔旰亂之後。此二事舛訛。又至鄜迎家後，收京扈從還長安。董於歸鄜便言移華州，漏還京一節。王原叔集杜詩古詩，甫《與章梓州》詩及《遊惠義寺》等，皆武初尹之前。律詩則在初尹之後。二者必有一誤。據王序，武歸朝廷，甫浮游左蜀，往來非一，則律詩所序是也。古詩《田父美嚴中丞》一篇，次序誤矣。原叔以召補京兆功曹不赴，欲如荆楚，在嚴公初尹前，非是。蓋律詩《寄巴州》注云：時甫除功曹，在東川。在武初尹之後，故誤也。政和四年八月十六日，觀杜集二序，因正之。

【論弓字】小宋《太一宫》詩：「瑞木千尋竦，仙圖幾弓開。」注云：「《真誥》謂一卷爲一弓。」殊不知《真誥》所謂「弓」即「卷」字，蓋從省文。《真誥》音亦爾，非弓字也。碧虚子陳景元據《真誥》以此字即「篇」字，蓋亦誤云。

【論書六條】「我居清空表，君處紅埃中。仙人持玉尺，度君多少才。玉尺不可盡，君才無時休」，此上清寶典李太白詩也。（其五）

【跋四皓碑後】四皓之目，始見於《法言》及《漢書·王貢傳》序，相承讀之曰園公、曰綺里季、曰夏黄公、曰角里先生。前賢未始有異，故王黄州元之在汝州，有詩云：「未必頸如樗里子，也應頭似夏黄公。」而畢文簡公嘗譏評之，以謂不當云「夏黄公」。蓋杜子美詩云：「黄綺終辭漢。」謂之黄綺，則四皓之目，宜曰園公、曰綺里季夏、曰黄公、曰角里先生也。僕初亦以爲然，蓋逸少有《尚想黄綺》帖，陶淵明詩亦云：「黄綺之南山。」又曰：「且當從黄綺。」皆可以爲證。然近歲商於耕夫得漢世石刻數種，有云圈公神坐、綺里季神坐、角里先生神坐，又各有神祚機，皆漢人隸書，其號不應誤，則與文簡之説異矣。當以石刻爲正，宜從舊目。則前人所謂「黄綺」者，特各取一字以目二人，不必皆其首字也。又園公石刻乃爲圈公，蓋二字音文爲近，或册牘傳寫之差，亦當以圈爲是。按顔師古《匡繆正俗》有「圈稱」。《陳留風俗傳》自序云：圈公之後。圈公爲秦博士，避地南山，漢祖聘之不就。惠太子即位，以圈公爲司徒。以是書證之，圈姓愈曉然矣。今尚有圈姓者，姓氏書多以圈爲園公之後，此又可證云。黄某題。（卷下。下同）

【跋百家詩選後】王公所選，蓋就宋氏所有之集而編之。適有百餘家，非謂唐人詩盡在此也。其李、杜、韓詩，可取者甚衆，故别編爲《四家詩》。而楊氏謂不與此集，妄意以爲有微旨，何陋甚歟？

【跋右軍甘蔗帖後摹本】此帖中云：「甘蔗當從廿，此姑存其説。而見於後跋語中，非十丈。」初不可曉。因思曹子建詩云：「都蔗雖甘，杖之必折。」十丈云者，恐若木千章、竹萬箇之類。蔗似竹，於文从焉。

此帖以之俗從草，非是。

【跋石晉熊皦詩後】劉夢得言「八音與政通，文章與時高下」，昔人是之。五季道衰文喪，當時操筆牘士，率皆哇俚淺下，亂雜無章。其間能遠不忘君，志在憂國，文雖膚近，而忠誠可取若皦者，蓋鮮儷也。余讀其《上國音書絶》二十篇，及《晉末感興》諸詩，而悲之。蘇君又出當時集藁示余，雖不脱爾日風範，亦時有佳語，自可傳後無疑。大觀四年十一月望，閩人黄某長睿觀。

【跋昌谷别集後】右李賀逸詩，凡五十二首。案唐李公藩嘗綴賀歌詩爲之叙，未成。聞知賀有外兄，與賀有筆硯舊。召見，託以搜采放失。其人諾，且請曰：「某盡記賀篇詠，然黯改處多，願得公所輯視之，當爲是正。」公喜，并付之。彌年絶跡。復召詰之，乃云：「某與賀中表，自幼同處，恨其倨忽，嘗思報之。今幸得公所藏并舊有者，悉投匽中矣。」公大恚，叱出之，嗟慨良久。故賀章什流傳者少。今世行杜牧所叙賀歌詩篇，才四卷耳。此集所載，豈非李藩所藏之一二乎？政和元年三月望，黄某長睿父從趙來叔借傳於河南右軍官舍。

【跋唐人書蘭亭詩後】魏正始中務談玄勝，及晉度江，尤宗佛理。故郭景純始合道家之言而韻之，孫興公、許玄度轉相祖尚，又加以三世之辭，而詩騷之體盡矣。今山陰脩禊，諸賢詩體正爾，然皆寄尚蕭遠，軼跡塵外，使人懷想深。頃見晉人一帖云：「三日詩，文既佳，興趣高，覽之增諸懷。年少作，各有心。」正謂此詩也。是時與集者四十有一人，今存者二十有六而已。此卷雖唐人書，故一作固自不凡，亦可珍録。政和元年十一月戊寅觀于右軍檝堂。

【跋藏真書後】「水從銀漢落，山繞畫屏新」，李太白詩也。藏真書之，可謂二寶。謝康樂不得專美於前矣。

【跋何水曹集後】《隋·經籍志》、《唐·藝文志》遜集皆八卷，晉天福本但有詩兩卷，今世傳本是也。獨春明宋氏有舊本八卷，特完，因借傳之。然少陵嘗引「昏鴉接翅歸」、「金粟裏搔頭」等語，而此集無有，猶當有軼者。集中若「團團月隱洲」，「輕燕逐風花」，「遠岸平沙合，連山遠霧浮」，「岸花臨水發，江燕遶檣飛」，「游魚上急瀨」，「薄雲巖際宿」等語，子美皆采爲己句，但小異耳。故曰：「能詩何水曹。」信非虚賞。古人論詩，但愛遜「露滋寒塘草，月映清淮流」及「夜雨滴空階，曉燈暗離室」爲佳，殊不知遜秀句若此者殊多。如《九日侍宴》云：「疏樹翻高葉，寒流聚細紋。日斜迢遰宇，風起嵯峨雲。」《答高博士》云：「幽蝶弄晚花，清池映疏竹。」《還度五洲》云：「蕭散烟霞晚，凄清江漢秋。」《答庾郎》云：「蛺蝶縈空戲。」《日（莫）〔暮〕望江》云：「水影漾長橋。」《贈崔録事》云：「河流遶岸清，川平看鳥遠。」《送行》云：「江暗雨欲來，浪白風初起。」庾子山輩有所不逮。其警語尚多，如《早梅》云：「枝横却月觀，花遶凌風臺。」《銅爵妓》云：「曲中相顧起，日暮松柏聲。」句殊雄古，而顔黄門謂其「每病辛苦，饒貧寒氣」，無乃太貶乎！陰鏗風格流麗，與孝穆、子山相長雄，乃沈宋近體之椎輪也。政和二年九月十二日，於河南右軍官舍校，黄某書。

【跋顧誡奢書吕肅公碑後】少陵《送顧八分文學》詩云：「中郎石經後，八分蓋顛顇。顧侯運鑪錘，筆力破餘地。昔在開元中，韓蔡同贔屭。玄宗妙其書，是以數子至。」此詩蓋謂誡奢也。觀其遺跡，乃知子美弗虚稱之。碑首倒蠹，亦自奇古，不獨八分可賞云。政和三年六月丁丑，黄某長睿。

【跋滕子濟所藏唐人出游圖宋之問王維李白高適史白岑參】昔人深于畫者，得意忘象，其形模位置，有不可以常法觀者。顧、陸、王、吴之跡，時有若此。如雪與蕉同景，桃李與芙蓉並秀，或手大于面，或車闊于門，使俗工睨之，未免隨變安于拙目。故九方皋之相馬，略其玄黄，取其騏雋。惟真賞者獨知之。此卷寫唐人出游狀，據其名題或有弗同時者，而揚鑣並驅，睇眄相語，豈亦於世得意忘象者乎？求畫者主名，弗可知。要非俗手作也。政和甲午歲四月二十四日，觀于道山東序。

【跋江南藏真書後唐愨通叟所寶，求予題跋】頃見江南後主錯金書題藏真書千字曰：「戴叔倫詩云：『詭形怪狀翻合宜。』誠哉是言。」今見藏真書自叙，乃有叔倫全章。此卷真跡，豈亦江南集賢所畜書乎？

【跋王晉玉所藏韋鶠馬圖後】張彦遠謂鶠善畫川原小馬牛羊。今晉玉所藏本，皆沛艾二字見《子虚賦》。余謂杜子詠鶠：「禿筆掃驊騮，騏驎出東壁。」即不特善小駟而已。蓋曹將軍畫馬神勝形，韓丞畫馬形勝神。鶠從容二人間，（弟）〔第〕筆格差不及耳。昔予見嘶嚙二馬小圖於江左人家，筆勢騣騣亦若此，此本鶠畫不疑。四月八日。

【跋洛陽所得杜少陵詩後】政和二年夏在洛陽，與法曹趙來叔因檢校職事，同出上陽門，於道北古精舍中避暑，于法堂壁間弊篋中得此帙，所録杜子美詩，頗與今行槧本小異。如「忍對江山麗」，印本「對」乃作「待」：「雅量涵高遠」，印本「涵」乃作「極」，當以此爲正。若是者尚多。予方欲借之，寺僧因以見與，遂持歸校所藏本，是正頗多，但偶忘其寺名耳。六年二月十一日，舟中偶繙舊書見之，因題得之所自云。山陽還丹陽，是夕宿揚州郭外。長睿父題。

【跋織錦回文圖後】蘇蕙《織錦回文詩》所傳舊矣，故少常沈公復傳其畫，繇是若蘭之才益著。然其詩回旋書之，讀者惟曉外繞七言，至其中方則漫弗可考矣。若沈公之博，亦謂辭句脱略，讀不成文。殊不知此詩織成，本五色相宣，因以别三、四、五、七言之異。後人流傳，不復施采，故迷其句讀，非辭句之脱略也。政和初，予在洛陽，于居士王晉玉許得唐程士南效此詩，并申誠之釋，而後曉然。是詩之初不舛脱，蓋沈公未嘗見此本耳。然申誠所釋，但依士南之設色，其七言數火，其色反黄；四言數金，其色反緑；于五行爲弗類。意蘇氏詩圖之色爲不爾。今因冠詩于畫，遂别而正之。三、四、五、七言之詩，各隨其行，而爲之色，觀者見其色，則詩之言數可知已。至于士南之文，既有釋者，則賦采自從其舊，而并録于卷首云。國初錢鎮州惟治嘗有《寶子垂綬連環之詩》，亦錦文之遺範，而世罕傳，故聊附卷左，以資書雋言鯖之餘味焉。七年九月二十七日，會稽黄某長孺父于山陽衮華堂書。

【跋錢鎮州回文後】錢鎮州詩雖未脱五季餘韻，然回旋讀之，故自娓娓可觀。題者多云「寶子弗知何物」，以予攷之，乃迦葉之香爐，上有金華，華内乃有金臺，即臺爲寶子。則知寶子乃香爐耳。亦可爲此詩證，但圜若重規然，豈漢丁緩被中之制乎？

【跋張曲江集後川本無】讜言如在，高風可仰。政和丁酉十月初吉楚衮華堂觀。

【跋唐人所摹十七帖後】予嘗見畢文將叔云，家有唐初人所摹此帖，「來禽」等四物外又有「密蒙華」一種。先丞相文簡公《答王黄門寄密蒙華》詩云：「多病眼昏書懶讀，煩君遠寄密蒙華。愁無内史詞兼筆，爲寫真方到海涯。」蓋謂此也。然余按今諸本並無此一種，而《法書要録》「十七帖」亦不載此。不知何緣畢氏本有之。但未嘗見此帖，無從知其真僞，姑記于此，以俟後觀云。

【跋施真人集後】右唐《施肩吾集》，其詩無慮五百篇，有肩吾自叙冠焉。而陳倩所叙纔六十二篇，蓋未嘗見完書也。今合爲一集，以雜筆三篇附于後。肩吾隱豫章西山，莫知其終，江右人至今傳以爲仙。觀其《三住銘》論氣、神、形之指甚微，真得道者之言。與其詩格韻雖若淺切川本作近，然時有過絶人語，頗可觀覽。政和丁酉歲十一月十二日，武陽黄某長孺父于京路舟中校之。

【跋瘞鶴銘後】此銘相傳爲王右軍書，故蘇舜欽子美詩云：「山陰不見换鵝經，京口新傳瘞鶴銘。」

（徐俊）

道山清話

王□撰

作者名字不詳，南宋王暐之祖。據暐跋所稱，其祖所撰除《道山清話》外，尚有《館秘録》、《曝書記》兩種，均毁於兵火。此據《百川學海》本選録。

1秦觀少游，一日寫李太白《古風》詩三十四首於所居壺隱壁間，予因問：「『燕昭延郭隗，遂築黄金臺』之詩，史但言築宫而師事，不聞黄金之名，太白不知何據？」少游曰：「《上谷圖經》言：昭王築臺，置千金於其上，遂因以爲名。」閲之信然。

2天聖中，詔營浮圖，姜遵在永興，毁漢唐碑之堅好者以代甎甓。當時有一縣尉投書啓，具言不可，力懇不已，至於叩頭流血。遵以其故沮格朝命，按罷之。自是人無敢言者，遵因此得進用。何斯舉詩云：「長安古碑用樂石，蠆尾銀鈎擅精密。缺訛横道已足哀，況復鐫裁代甎甓。有如天吴及紫鳳，顛倒在衣吁可惜。」斯舉，黄州人。少年識蘇子瞻。初名頎，字頡之，後名頡之。黄庭堅魯直極推重之，嘗與斯舉簡云：「老病昏塞，不記貴字，欲奉字曰斯舉，取色斯舉矣，翔而後集，但恐或犯公家諱字爾。」遵自諫議大夫知永興軍，即除樞密副使。

3斯舉又作《黄綿襖子歌》，其序言：正月大雨雪，十日不已。既晴，鄰里相呼負日，曰：「黄綿襖子出矣。」

4蘇子瞻詩，有「似聞指麾築(土)〔上〕郡，已覺談笑無西戎」之句。嘗問子瞻，當是用少陵「談笑無西河」之語？子瞻笑曰：「故是。但少陵亦自用左太沖『長嘯激清風，志若無東吴』也。」

5館中一日會茶，有一新進曰：「退之詩太孟浪。」時貢父偶在座，厲聲問曰：「『風約一池萍』，誰詩也？」其人無語。

6蘇子瞻一日在學士院閑坐，忽命左右取紙筆，寫「平疇交遠風，良苗亦懷新」兩句，大書、小楷、行草書，凡寫七八紙，擲筆太息曰：「好！好！」散其紙於左右給事者。

7劉貢父一日問蘇子瞻：「『老身倦馬河堤永，踏盡黄榆緑槐影』，非閣下之詩乎？」子瞻曰：「然。」貢父曰：「是日影耶？月影耶？」子瞻曰：「『竹影金鎖碎』，又何嘗説日月也？」二公大笑。

8余少時嘗與文潛在館中，因看《隋唐嘉話》，見楊祭酒《贈項斯》詩云：「度度見詩詩總好，今觀標格勝於詩。平生不解藏人善，到處逢人説項斯。」因問諸公：「唐時未聞項斯有詩名也？」文潛曰：「必不足觀。楊君詩律已如此，想其所好者皆此類也。」

9子瞻愛杜牧之《華清宫》詩，自言凡爲人寫了三四十本矣。

10曾紆云：「山谷用樂天語作《黔南》詩。白云：『霜降水返壑，風落木歸山。冉冉歲將晏，物皆復本原。』山谷云：『霜降水返壑，風落木歸山。冉冉歲華晚，昆蟲皆閉關。』白云：『渴人多夢飲，飢人多夢餐。春來夢何處，合眼到東川。』山谷云：『病人多夢醫，囚人多夢赦。如何春來夢，合眼在鄉社。』白云：『相去六千里，地絶天邈然。十書九不到，何以開憂顔。』山谷云：『相望六千里，天地隔江山。十書九不到，何用一開顔。』紆愛之，每對人口誦，謂是點鐵成金也。」范寥云：「寥在宜州，嘗問山谷。山谷云：『庭堅少時誦熟，久而忘其爲何人詩也。嘗阻雨衡山尉廳，偶然無事，信筆戲書爾。』寥以紆點鐵之語告之，山谷大笑曰：『烏有是理，便如此點鐵！』」

11王荆公《謝公墩》詩云：「千枝孫嶧陽，萬本母淇奥。滿門陶令株，彌岸韓侯簌。」貢父云：「不成語。」

12温公無子，又無姬侍，裴夫人既亡，公常忽忽不樂，時至獨樂園，於讀書堂危坐終日。常作小詩，隸書梁間云：「暫來還似客，歸去不成家。」其回人簡有云：「草妨步則薙之，木礙冠則芟之，其他任其自然，相與同生天地間，亦各欲遂其生耳。」可見公存心也。

13石曼卿，一日在李駙馬家，見楊大年寫絶句詩一首云：「折戟沉沙鐵未消，自將磨洗認前朝。東風不與周郎便，銅雀春深鎖二喬。」後書「義山」二字。曼卿笑云：「昆裏没這般文章。」塗去「義山」字，書其榜曰「牧之」。蓋兩家集中皆載此詩也。此詩佳甚，但頗費解説。

14章子厚，人言初生時，父母欲不舉，已納水盆中，爲人救止。其後朝士頗聞其事。蘇子瞻嘗與子厚詩，有「方丈仙人出渺茫，高情猶愛水雲鄉」之語，子厚謂其譏己也，頗不樂。

15杜少陵《宿龍門》詩，有云「天闕象緯逼」，王介甫改「闕」爲「閲」，黄魯直對衆極言其是，貢父聞之曰：「直是怕他。」

16張先，京師人。有文章，尤長於詩詞。其詩有「浮萍斷處見山影，小艇歸時聞草聲」之句，膾炙人口。又有「雲破月來花弄影」、「隔牆風弄鞦韆影」之詞，人目爲張三影。先字子野。其祖母宋氏，孝章皇后親妹也，祖遜因是而貴，太宗朝爲樞密副使。子野生貴家，刻苦過於寒儒，取高科，甫改秩爲鹿邑縣以殂。歐陽永叔雅敬重之，嘗言與其同飲，酒酣，衆客或歌或呼起舞，子野獨退然其間，不動聲氣。當時皆稱爲長者，今人乃以張三影呼之，哀哉！歐公爲其墓銘。

17神宗一日在講筵，既講罷，賜茶，甚從容。因謂講筵官：「數日前因見司馬光《王昭君》古風詩，甚佳。如『宮門銅鐶雙獸面，回首何時復來見。自嗟不若住巫山，布袖蒿簪嫁鄉縣』。讀之使人愴然。」時君實病足，在假已數日矣。呂惠卿曰：「陛下深居九重之中，何從而得此詩？」上曰：「亦偶然見之。」惠卿曰：「此詩不無深意。」上曰：「卿亦嘗見此詩耶？」惠卿曰：「未嘗見此詩，適但聞陛下舉此四句爾。」上曰：「此四句有甚深意！」

18黄庭堅，年五歲已誦五經，一日，問其師曰：「人言六經，何獨讀其五？」師曰：「《春秋》不足讀。」庭堅曰：「於，是何言也？既曰『經』矣，何得不讀？」十日成誦，無一字或遺。其父庶，喜其警悟，欲令習神童科舉。庭堅竊聞之，乃笑曰：「是甚做處！」庶尤愛重之。八歲時，有鄉人欲赴南宮試，庶率同舍餞飲，皆作詩送行。或令庭堅亦賦詩，頃刻而成，有云：「君到玉皇香案前，若問舊時黄庭堅，謫在人間今八年。」

19錢穆父嘗言：頃在館中，有同僚曹姓者，本醫家子，夤緣入館閣，不識字，且多犯人。錢一日因誦子瞻詩，曹矍然曰：「每見諸公喜此人，不知何謂？」或言其文章之上也。曹曰：「吾近得渠作詩，皆重疊用韻，全不成語言。」錢恐人作僞，命取以觀之，乃子瞻醉中寫少陵《八仙歌》。錢曰：「此少陵詩，子瞻寫耳。」曹曰：「便老陵也好喫棒。」（下略）

20晏臨淄，臨川人。其未生時，有仙人曹八百見其父，固謂之曰：「上界有真人當降汝家。」自是，其家日貧。臨淄公既顯，其季弟穎，自幼亦如臨淄公警悟，章聖聞其名，召入禁中，因令作《宮沼瑞蓮賦》，大見稱賞，賜出身，授奉禮郎，穎聞之，走入書室中，反關不出。其家人輩連呼不應，乃破壁而入，則已蜕去。案上有紙，大書小詩二首，一云：「兄也錯到底，猶誇將相才。世緣何日了，了却早歸來。」一云：「江外三千里，人間十八年。此行誰復見，一鶴上遼天。」其年十八歲也，章聖御篆「神仙晏穎」四字賜其家。

21李覯字泰伯，盱江人。賢而有文章，蘇子瞻諸公極推重之。素不喜佛，不喜孟子，好飲酒作文，古文彌佳。一日，有達官送酒數斗，泰伯家釀亦熟，然性介僻，不與人往還。一士人知其富有酒，然無計得飲，乃作詩數首罵孟子。其一云：「完廪捐階未可知，孟軻深信亦還癡。丈人尚自爲天子，女壻如何弟殺之。」李見詩大喜，留連數日，所與談，莫非罵孟子也。無何，酒盡，乃辭去。既而又有寄酒者，士人聞之再往，作《仁義正論》三篇，大率皆詆釋氏，李覽之，笑云：「公文采甚奇，但前次被公喫了酒後，極索寞，今次不敢相留，留此酒以自遺懷。」聞者莫不絶倒。

22泰伯一日與處士陳烈同赴蔡君謨飯。時正春時，營妓皆在後圃賣酒，相與至筵前聲喏，君謨留以佐酒，烈已不樂。酒行，衆妓方歌，烈併酒擲于案上，作皇懼之狀，踰墻攀木而遁。時泰伯坐上賦詩云：「七閩山水掌中窺，乘興登臨對落暉。誰在畫樓酤酒處，幾多嗚艣送潮歸。晴來海色依稀見，醉後鄉心積漸微。山鳥不知紅粉樂，一聲檀板便驚飛。」既而烈聞之，遂投牒云：李覯本無士行，輒篋賓筵，詆釋氏爲妖胡，指孟軻爲非聖。按吾聖經云：非聖人者無法。合依名教，肆誅市朝。」君謨覽牒，笑謂來者云：「傳語先生，今後不使弟子也。」君謨後每會客，必以示坐上，以供一笑云。

23張文潛嘗云：子瞻每笑「天邊趙盾益可畏，水底右軍方熟眠」，謂湯燖了王羲之也。文潛戲謂子瞻：「公詩有『獨看紅蕖傾白墮』，不知『白墮』是何物？」子瞻云：「劉白墮善釀酒，出《洛陽伽藍記》。」文潛曰：「云『白墮』既是一人，莫難爲傾否？」子瞻笑曰：「魏武《短歌行》云：『何以解憂，惟有杜康。』杜康亦是釀酒人名也。」文潛曰：「畢竟用得不當。」子瞻又笑曰：「公且先去共曹家那漢理會，却來此間厮魔。」蓋文潛時有僕曹某者在家作過，亦去失酒器之類，既送天府推治，其人未招承，方文移取會也。坐皆絶倒。

（冀勤）

中國文學研究典籍叢刊

宋人詩話外編

第二册

程毅中 主編
王秀梅 王景桐
徐俊 冀勤 編録

中華書局

嬾真子

馬永卿 撰

馬永卿，字大年，揚州人。大觀三年（一一〇九）進士，曾官淅川令、夏縣令等。著有《元城語録》。《嬾真子》五卷，多述劉安世之語。書末稱紹興六年（一一三六），當成于南渡之後。此據《稗海》本選録。

1五柳《與商晉安别》詩，舊本十韻，第九韻云：「才華不隱世，江湖多賤貧。」第十韻云：「脱有經過便，念來存故人。」今世有本，無第十韻，故東坡詩《送張中》，亦止於「貧」字，云「不救歸裝貧」。又今本云：「游好非久長，一遇盡因勤。」而舊本云：「游好非少長，一遇定因勤。」蓋其意云，吾與子非少時長時游從也，但今一相遇故定交耳。此語最妙，識者自知之。（卷一。下同）

2古人吟詩，絶不草草，至於命題，各有深意。老杜《獨酌》詩云：「步屧深林晚，開樽獨酌遲。仰蜂粘落絮，行蟻上枯梨。」《徐步》詩云：「整履步青蕪，荒庭日欲晡。芹泥隨燕嘴，花蕊上蜂鬚。」且獨酌，則無獻酬也；徐步，則非奔走也。以故蜂蟻之類微細之物，皆能見之。若夫與客對談，急趨而過，則何暇視詳至於是哉！僕嘗以此理問僕舅氏，舅氏曰：《東山》之詩，蓋嘗言之：「伊威在室，蠨蠨在户。町疃鹿場，熠耀宵行。」此物尋常亦有之，但人獨居閑時，乃見之耳。杜詩之源出於此。

3「吴興老釋子，野雪蓋精廬。詩名徒自振，道心常晏如。想子棲禪夜，見月東峰初。清磬落巖谷，焚香滿空虚。夙慕端成舊，未識豈爲疏。願以碧雲思，方君怨别餘，茂苑繁華地，流水野僧居。何當一游詠，倚閣吟躊躕」，右蘇州《招晝公》詩，晝公即皎然也，居於湖。舊説皎然欲見韋蘇州，恐詩體不合，遂作古詩投之。蘇州一見，大不滿意。繼而皎然復獻舊詩，蘇州大稱賞，曰：「幾誤失大名，何不止以所長見示，而輒希老夫之意。」且蘇州詩格如此高古，而皎然卒然傚之，宜乎不逮也。士欲迎合者，以此少戒。

4杜工部《送重表姪王砯評事》詩云：「秦王時在坐，真氣驚户牖。」又云：「次問最少季，虯鬚十八九。」然「十八九」三字乃出於《丙吉傳》，云：「武帝曾孫在掖庭外家者，至今十八九矣。」其語蓋出於此。始信老杜用事，若出天成，其大略如此，今特舉此一篇。

5東坡至黄州，邀一隱士相見，但視傳舍，不言而去。東坡曰：「豈非以身世爲傳舍相戒乎？」因贈以詩，末云：「士廉豈識桃椎妙，妄意稱量未必然。」此蓋用朱桃椎故事也。高士廉備禮請見，與之語不答，瞪目而去，士廉再拜曰：「祭酒其使我以無事治蜀耶？」乃簡條目，州遂大治。東坡用事之切當如此，皆取隱士相見不言之意也。

6沈傳師《游嶽麓寺》詩云：「承明年老輒自論，乞得湘守東南奔。」蓋用嚴助故事也。嚴助爲會稽太守。數年不聞問。賜書曰：「制詔會稽太守：君厭承明之廬，勞侍從之事。」今以《傳師傳》考之，穆宗時召入翰林，爲學士，改中書舍人。翰林闕承旨，次當傳師，穆宗欲面命，辭曰：「學士院長參天子密議，次爲宰相，臣自知必不能，願治人一方，爲陛下長養之。」因稱疾出。遂以本官兼史職，俄出爲湖南觀察使，故傳師於詩以見其志。

7 舊説載王禹玉久在翰苑，曾有詩云：「晨光未動曉驂催，又向壇頭飲社杯。自笑治聾終不是，明年强健更重來。」或曰：「古人之詩有此意乎？」僕曰：「白樂天爲忠州刺史，《九日題塗溪》云：『蕃草席鋪楓岸葉，竹枝歌送菊花杯。明年尚作南賓守，或值重陽更一來。』亦此意也。但古人作詩，必有所擬，謂之神仙换骨法，然非深於此道者，亦不能也。」（卷二。下同）

8 詩人之言，爲用固寡，然大有益於世者，若《長恨歌》是也。明皇、太真之事，本有新臺之惡，而歌云「楊家有女初長成，養在深閨人不識」，故世人罕知其爲壽王瑁之妃也。《春秋》爲尊者諱，此歌真得之。

9 杜牧之《華萼樓》詩云：「千秋佳節名空在，承露絲囊世已無。唯有紫苔偏稱意，年年因得上金鋪。」「金鋪」出《甘泉賦》，云「排玉户而颺金鋪」。注云：金鋪，門首也。言風之所至，排門揚鋪，擊鼓鍰鈕。蓋此樓久無人登，而苔蘚生其門上矣。漢以金盤承露，而唐以絲囊，絲囊可以承乎？此不可解。

10「壯士感恩起，變服不變姓。朋友改舊觀，僮僕生新敬」，右孟東野《贈韓退之爲行軍司馬》

詩，以傳考之，非也。東野卒於元和九年，時退之爲史館修撰，至元和十二年冬，乃以右庶子爲彰義軍行軍司馬，而東野不及見也。前詩乃退之從董晉入汴州爲汴州觀察推官時詩也。退之年二十五及第，四五年不得官，至貞元十二年乃爲董相從事，故有「舊觀」、「新敬」之語。其後爲中書舍人，左遷右庶子，乃爲行軍司馬，位望隆盛久矣，何新敬之説哉！

11《隴石》詩云：「旊大瓶甖小，所任各有宜。」《考工記》：「磚埴之工：陶、旊。」注云：旊，讀如甫始之甫。鄭玄謂：旊，讀如放，《音義》甫岡切。《韻略》甫兩切，與昉同音。注云：磚埴工。以此考之。則旊者，乃磚埴之工耳，非器也。而退之乃言「旊大瓶甖小」者，何也？《考工記》：「旊人爲簋，實一觳崇〔直〕〔尺〕，厚半寸，唇寸，豆實三而成觳，崇尺。」注：觳受斗二升，豆實四升。故云豆實三而成觳。然則旊人所作器，大者不過能容斗二升，小者不過能容四升耳。《考工記》前作陶旊，後作旊人，當以後爲正。

12退之《石鼓歌》云：「鐫功勒成告萬世，鑿石作鼓隳嵯峨。從臣才藝咸第一，簡選撰刻留山阿。」或云此乃退之自況也。淮西之碑，君相獨委退之，故於此見意。此説非也。元和元年，退之自江陵法曹徵爲博士，時有故人在右輔，上言祭酒，乞奏朝廷，以十槖駝載十石鼓安太學，其事不從。後六年退之爲東都分司郎官，及爲河南令，始爲此詩。歌中備載此事明甚。後元和十二年春，退之始被命爲淮西碑，前歌乃其讖也。又云：「日消月鑠就埋没。」而淮西碑亦竟磨滅，恐亦讖也。

13長安慈恩寺塔有唐新進士題名，雖妍媸不同，然皆高古有法度，後人不能及也。宣和初，本路漕柳城集而刻之石，亦爲奇玩，然不載雁塔本末。（中略）及雁塔成，褚遂良乃書二帝序記，安二碑于塔上，其後遂爲游人咸集之地。故章八元詩云：「七層突兀在虛空，四十門開面面風。却訝鳥飛平地上，自驚人語半天中。回梯暗路如穿洞，絶頂初攀似出籠。落日鳳城佳氣合，滿城春睡雨濛濛。」此詩人所膾炙，然未若少陵之高致也。杜詩人所易見，此更不録。

14唐人欲作寒食詩，欲押餳字，以無出處，遂不用。殊不知出於六經及《楚辭》也。《周禮》「小師掌教簫」注云：簫，編小竹管，如今賣飴餳者所吹也。管如笛，併而吹之。《招魂》曰：粔巨籹蜜餌，有餦餭些。」注云：「餦餭，餳也。」但戰國時謂之餦餭，至後漢時亦謂之餳耳。

15唐史《韓退之傳》，擢監察御史，上疏極諫宫市，德宗怒，貶陽山令。此説非也。集中自載《御史臺論天災人饑狀》，故退之《寄三學士》詩云：「是年京師旱，田畝少所收。適會除御史，誠當得言秋。拜疏詣閣門，爲忠寧自謀。上陳人疾苦，無令絶其喉。下言畿甸内，根本理宜優。積雪驗豐熟，幸寬待麥粦。天子惻然感，司空嘆綢繆。謂言即施設，乃返遷炎州。」以此驗之，其不因宫市明矣。然退之所論，亦一時常事，而遽得罪者，蓋疏中有云：「此皆群臣之所未言，陛下之所未知。」故執政者惡之，遽遭貶也。既貶未幾，有八司馬之事。使退之不貶，與劉、柳輩俱陷黨中，則終身禁錮矣。或云：「退之豈與柳、劉輩同乎？」僕曰：「退之前詩又云：『同官盡才俊，偏善柳與劉。』使其不去，未必不落黨中。然則陽山之貶，其天相哉！」司空謂杜佑也，《宰相年表》，十九年

二月，佑檢校司空。（卷三。下同）

16唐時前輩多自重，而後輩亦尊仰前輩而師事之，此風最爲淳厚。杜工部於《蘇端薛復筵簡薛華醉歌》首云：「文章有神交有道，端復得之名舉早。」又云：「坐中薛華善醉歌，醉歌自作風格老。」一篇之中，直呼三人之名，想見當世士人一經老杜品題，即有聲價，故當世願得其品題，不以呼名爲恥也。近世士大夫老幼不復敦篤，雖前輩詩中亦不敢斥後進之名，而後進亦不復尊仰前輩，可勝嘆哉！

17五柳《與子儼等疏》云：「汝等雖不同生。」又云：「況共父之人。」則知五子非一母。或云：「以五柳之清高，恐無庶出，但前後嫡母耳。」僕以《責子詩》考之，正自不然。詩云：「白髮被兩鬢，肌膚不復實。雖有五男兒，總不好紙筆。阿舒已二八，懶墮固無匹。阿宣行志學，而不愛文術。雍端年十三，不識六與七。通子垂九齡，但覓梨與栗。天運苟如此，且進杯中物。」且雍、端二子皆年十三，則其庶出可知也已。噫！先生清德如此，而乃有如夫人，亦可一笑。醒軒云：「安知雍端非雙生子？」

18「葭灰秋吹季月管，日出卯南暉景短。友生招我佛寺行，正直萬株紅葉滿。光華閃璧見神鬼，赫赫炎官張火傘。然雲燒樹火實駢，金烏下啄赬虬卵。魂翻眼暈忘處所，赤氣沖融無間斷。有如流傳上古時，九龍照燭乾坤旱」，右韓退之《遊青龍寺》詩，僕舊讀此詩，以爲此言乃諭畫壁之狀，後見《長安志》云：「青龍寺有柿萬株。」此蓋言柿熟之狀，火傘、赬虬卵、赤氣沖融、九龍照燭，皆其似也。青龍寺在長安城中。白樂天《新昌新居》詩云：「丹鳳樓當後，青龍寺在前。」以此可知長安諸寺多杮，故鄭虔知慈恩寺有杮葉數屋，取之學書。僕仕於關陝，行村落間，常見杮連數里，欲作一詩，竟不能奇。每嗟「火傘」等語，誠爲善諭。

19東坡詩云：「剩欲去爲湯餅客，却愁錯寫弄麞書。」弄麞，乃李林甫事。湯餅，人皆以爲明皇王后故事，非也。劉禹錫《贈進士張盥》詩云：「憶爾懸弧日，余爲座上賓。舉筯食湯餅，祝辭添麒麟。」東坡正用此詩，故謂之湯餅客也。必食湯餅者，則世所謂長命麵者也。

20僕自南渡以來，始信前人言之可信也。蓋胡人長於騎射，其所以取勝，獨以馬耳，故一胡人有兩馬，此古法也。《北征》詩云：「陰風西北來，慘澹隨回鶻。其王願助順，其俗喜馳突。送兵五千人，驅馬一萬匹。」是知一胡人兩馬也。中國若不脩馬政，豈能勝之？蓋用兵之法，弓馬必有副。《詩》云「交韔二弓」，畏毀折也。與兩馬同意。

21「清時有味是無能，閑愛孤雲静愛僧。獨把一麾江海去，樂遊原上望昭陵」，右杜牧之自尚書郎出爲郡守之作，其意深矣。蓋樂遊原者，漢宣帝之寢廟在焉。昭陵，即唐太宗之陵也。牧之之意，蓋自傷不遇宣帝、太宗之時，而遠爲郡守也。籍使意不出此，以景趣爲意，亦自不凡，況感寓之深乎！此其所以不可及也。（卷四。下同）

22建中間，京西都運宋喬年以遺逸舉授文林郎，李方叔以詩嘲之曰：「文林换却山林興，誰道山人索價高。」晁以道嘲之曰：「處士何人爲作牙，盡携猿鶴到京華。今朝老子成長笑，六六峰前只一家。」聞之於王元道敦古。

23「禍福茫茫不可思，大都早退是先知。當君白首同歸日，是我青山獨往時。顧索素琴應不暇，憶牽黄犬定難期。蛟龍作醢麟爲脯，何似泥中拽尾龜」，右白樂天《遊玉泉寺》詩。李訓、鄭注初用事，公知其必敗，輒自刑部侍郎乞分司而歸。時宰相王涯好琴，舒元輿好獵，故及之。而拽尾龜，所以自喻也。龍醢事見《左氏》，麟脯事見《列仙傳》。

24老杜《遣悶》詩云：「家家養烏鬼，頓頓食黄魚。」所説不同，《筆談》以爲鸕鷀，能捕黄魚，非也。黄魚極大，至數百斤，小者亦數十斤，故詩云：「日見巴東峽，黄魚出浪新。脂膏兼飼犬，長大不容身。」又有《（小白）（白小）》詩云：「（小白）（白小）群分命，天然二寸魚。細微占水族，風俗當園蔬。」蓋言魚大小之不同也。僕親見一峽中，士人夏侯節立夫言烏鬼，猪也，峽中人家多事鬼，家養一猪，非祭鬼不用，故於猪群中特呼「烏鬼」以别之，此言良是。僕又見浙人呼海錯爲蝦菜，每食不可闕，始悟「風俗當園蔬」之意。

25漢時送葬之禮極厚，武帝之葬，昭帝幼弱，霍光不學，取金錢財物、鳥獸魚鼈、牛馬虎豹生禽，凡百九十物，盡瘗藏之。又以後宫守園陵，於是園妾自此始矣。後世因之，遂不復變。白樂天有《園陵妾》詩，讀者傷之。

26古人重譜系，故雖世冑綿遠，可以考究。淵明《命子詩》云：「天集有漢，眷于愍侯。赫赫愍侯，運當攀龍。撫劍風邁，顯兹武功。泰誓山河，啓土開封。」今按《漢書·高帝功臣表》：「開封愍侯陶舍，以左司馬從漢破代封侯。昔高帝與功臣盟云：「使黄河如帶，泰山若礪，國以永存，爰及苗裔。」所謂泰誓山河，謂此盟也。高帝功臣百有二十人，舍其一也。又云：「亹亹丞相，允迪前從。渾渾長源，鬱鬱洪河。群川載導，衆條載羅。時有語默，運同隆窊。」此蓋謂陶青也。今按《漢高帝功臣表》，開封愍侯陶舍封十一年薨，十二年夷侯青嗣，四十八年薨。《漢百官表》，孝景二年六月，丞相嘉薨。八月癸未，御史大夫陶青爲丞相。七年六月乙巳，丞相青免，太尉周亞夫爲丞相。所謂「群川」、「衆條」，以喻枝派之分散也。「語默」、「隆窊」，以言自陶青後未有顯者也。淵明乃長沙公之曾孫，然侃傳不載，《世家》獨於此見之。後世累經亂離，譜籍散亡，然又士大夫因循滅裂，不如古人，所以家譜不傳於世，惜哉！

27「夜夢神官與我言，羅縷道妙角與根。提携陬維口瀾翻，百二十刻須臾間」，右退之《記夢詩》，殊爲難解。僕嘗考之，此乃言二十八宿之分野也。《爾雅》曰：「壽星，角亢也。」注云：「數起高亢，刑宿之長。」又曰：「天根，氐也。」注云：「下繫於氐，若木之有根。」「娵訾之口，營室東辟也。」注云：「營室東辟，星四方似口，故以名之。」所謂「百二十刻」者，蓋渾天儀之法，二十八宿從右逆行，經十二辰之舍次，每辰十二刻，故云百二十刻。所謂「壯非少者哦七言，六字常語一字難」者，只上所謂「哦」字也，退之欲神其字，故隱其語。

28鄱陽湖水連南康軍江一帶，至冬深水落，魚盡入深潭中，土人集船數百艘，以竹竿攪潭中，以金鼓振動之，候魚驚出，即入大網中，多不能脱。惟大赤鯉魚最能躍出，至高丈餘，後入他網中，則不能復躍矣，蓋不能三躍也。故禹門化龍者，是大赤鯉魚，他魚不能也。杜子美《觀打魚歌》云：「綿州江水之東津，魴魚潑潑色如銀。魚人漾漾沉大網，截江一擁數百鱗。衆魚常材盡却棄，赤魚騰出如有神。」僕親見捕魚，故知此詩之工。

29老杜《贈李潮八分歌》云：「秦有李斯漢蔡邕，中間作者寂不聞。嶧山之碑野火燒，棗木傳刻肥失真。苦縣光和尚骨立，書貴瘦硬方通神。」「嶧山之碑」，至於「苦縣光和」，人多未詳，王内翰亦不解。謹按：老子，苦人也，今爲亳州衛真縣。縣有明道宫，宫中有漢光和年中所立碑，蔡邕所書。僕大觀中爲永城主簿日緣檄到縣，得見之。字畫勁拔，真奇筆也。且杜工部時，已非嶧山真筆，況於今乎？然今所傳摹本亦自奇絶，想見真刻奇偉哉！

30「日臨公館静，畫滿地圖雄。劍閣星橋北，松州雪嶺東。華夷山不斷，吴蜀水相通。興與烟霞會，清樽幸不空」，右杜工部《嚴公廳詠蜀道畫圖》，是時武跋扈，微有割據之意，故公於詩諷之，云「山不斷水相通」，以言蜀道不可割據也。幕下有益於東道者如此。

31《金陵》詩云：「歲晚蒼官聊自保，日高青女尚横陳。」蒼官謂松也。青女謂霜也。言日高而松上霜猶不消也。「横陳」出《楞嚴經》，六欲界中云：「我無慾，應女行事，當横陳時，味如嚼蠟。」以言道人處世間，雖有慾而無味也。蓋荆公自謂如蒼官自保，但青女横陳，不能已耳。此言近於雅謔，殊有深意。

32許洛之間，極多奇士。宣和中，崔朝奉鶠德符監洛陽稻田公務，一日送客於會節園。宦官佐拘入會節，以爲景華御苑，德符不知也。晚春復騎瘠馬與老兵由園內坐梅下哦詩，其間有曰：「去年白玉花，結子深林間。少憩藉清影，低顆遂微酸。」次日佐入園，見地有馬糞，知是崔朝奉。是時府官事佐恐不及，而德符未嘗謁之，因此劾奏擅入御苑作踐，遂勒停。德符傳食於諸人家，久之斂錢復歸陽翟。聞之田元邈云。

33蘇秀道中有地名五木，出佳酒，故人以五木名之。然白樂天爲杭州太守日，有詩序云：「錢湖州以箬下酒，李蘇州以五酘酒，相次寄到。」詩云：「勞將箬下忘憂物，寄與江城愛酒翁。鐺脚三州何處會，甕頭一盞幾時同。傾如竹葉盈樽緑，飲作桃花上面紅。莫怪慇懃最相憶，曾倍西省與南宫。」僕嘗以此問於僕之七舅氏，云：「酘字與羖同意，乃今之羊羔兒酒也。詳其詩意，當以五羔爲之，以是酒名故從西云。」樂天詩云「竹葉盈樽緑」，謂箬下酒，取竹有緑之意也。「桃花上面紅」，謂五酘酒，取桃花五葉也。後人不知，轉其名爲五木，蓋失之矣。僕檢韻中酘字，乃竇同音。注云：重釀酒也。恐酘難轉而爲木。

34紹興六年夏，僕與年兄何元章會於錢塘江上，余因舉東坡詩云：「天外黑風吹海立，浙東飛雨過江來。」元章云：「立字最爲有功，乃水踴起之貌。老杜《三大禮賦》云『九天之雲下垂，四海之水欲立』，東坡之意蓋出於此。」或者妄易「立」爲「至」，秖可一笑。

（王秀梅）

北窗炙輠

施德操 撰

施德操，字彦執，鹽官（在今浙江省）人。生卒年不詳。以病廢，不能婚宦，坎坷以終。著有《孟子發題》。《北窗炙輠》一卷，此據《讀畫齋叢書》本選録。

1天經曰：介甫既封荆公，後遂進封舒王，合之乃爲荆舒。故東坡詩曰：「未暇闢楊墨，且復懲荆舒。」此皆門人不學之過。（卷上。下同）

2宇文虚中在金作三詩曰：「滿腹詩書漫古今，頻年流落易傷心。南冠終日囚軍府，北雁何時到上林。開口摧頹空抱朴，脅肩奔走尚腰金。莫邪利劍今安在，不斬奸邪恨最深。」「遥夜沉沉滿幕霜，有時歸夢到家鄉。傳聞已築西河館，自許能肥北海羊。回首兩朝俱草莽，馳心萬里絶農桑。人生一死渾閒事，裂眥穿胸不汝忘。」「不堪垂老尚蹉跎，有口無辭可奈何。强食小兒猶解事，學妝嬌女最憐他。故衾愧見沾秋雨，短褐寧忘折海波。倚伏循環如可待，未愁來日苦無多。」此詩始陷金國時作。所謂「人生一死渾閒事」云云，豈李陵所謂「欲一效范蠡曹沬之事」？後虚中仕金爲國師，遂得其柄，令南北講和。太母得歸，往往皆其力也。近傳明年八月間，果欲行范蠡曹沬事，欲挾淵聖以歸。前五日，爲人告變，虚中覺有警，急發兵直至金主帳下，金主幾不得脱，遂爲所擒。嗚呼痛哉！實紹興乙丑也，審如是，始不負太學讀書耳。

3余舊與先覺在鄉中，多遊大慈塢，時經行諸寺間，觀壁間前輩題名詩句，於祖塔得惠銓覺一詩曰：「谷口兩三家，平田一望賒。春深多遇雨，夜静獨鳴蛙。雲暗未通月，林香始辨花。誰驚孤枕曉，濤白捲江沙。」又於静明寺塵壁中得詩兩句云：「瀾深魚自躍，風暖客還來。」惠覺最爲東坡、米元章所禮，甚爲朴野，布衣草屨，繩棕櫚爲帶。時夜半起，槌其法嗣門，索火甚急，法嗣知其得句也。或稱無油，輒疾呼燃竹，燃竹得火，即疾書之。詩人之得句蓋如此。惠覺之詩，混然天成，無一毫斧鑿痕，雍容閒逸，最有唐人風氣。但七字殊未稱，蓋學力不至耳。

4天經久瘧，忽夢一人眉宇甚異，對天經哦一詩云：「塞北勒銘山色遠，洛中遺愛水聲長。春天蓴菜扁舟滑，夏日荷花甲第香。」病遂瘥，殊可怪也。天經因續其詩曰：「識面已驚眉宇異，聞言更覺肺肝涼。洛中塞北非吾事，蓴菜荷花興不忘。」天經於文藝皆超邁絶人，後竟不第，人或以爲「洛中塞北」之句，不合謝絶之如此，然亦豈有是理乎？天經姓葉，名椕，字伯材，朱本「林」。婺州人。以舊字行。

5天經曰：異時嘗在旅邸中，見壁間書一句曰：「一生不識君王面。」某輒續其下云：「静對菱花拭淚痕。」他日見其詩，使人羞死，乃王建《宫詞》也。其詩曰：「學畫蛾眉使出群，當時人道便承恩。一生不識君王面，花落黄昏空掩門。」唐人格律自别，至宫體詩，尤後人不可及也。

6人見淵明自放於田園詩酒中，謂是一疏懶人耳，不知其平生學道至苦，故其詩曰：「悽悽失群鳥，日暮猶獨飛。徘徊無定止，夜夜聲轉悲。厲響思清遠，去來何依依。因值孤生松，斂翮遥來歸。勁風無榮木，此蔭獨不衰。繫身已得所，千載莫相違。」其苦心可知。既有會意處，便一時放下。

7陽關詞，古今和者不知幾人。彦柔偶作一絶句云：「客舍休悲柳色新，東西南北一般春。若知四海皆兄弟，何處相逢非故人。」自古悲愁怨憝之思，一掃而盡，陽關詞至此當止矣。彦柔姓陳，名剛中，英傑俊偉人也。後以江陰僉判與子韶諸公同貶。知虔州安遠縣，卒。

8今所謂歌行引，本一曲爾。一曲中有此三節。凡歌始發聲，謂之引。引者，爲之導引也。既引矣，其聲稍放焉，故謂之行。行者，其聲行也。既行矣，於是聲音遂縱，正所謂歌也。今之播鼗者始以一小鼓引之，《詩》所謂「應引盧文弨曰：《鄭》作朄，讀若引，此便以爲引，何據？懸鼓」是也。既以小鼓引之，於是人聲與鼓聲參焉，此之謂行可也。既參之矣，然後鼓聲大合，則此在人聲之中，若所謂歌也。歌行引播鼗之中可見之，惟一曲備三節，故引自引，行自行，歌自歌。其音節有緩急，而文義有始終，故不同也。正如今大曲有入破滚煞之類，今詩家既分之，各自成曲，故謂之樂府，無復異製矣。今選中有樂府數十篇，或謂之行，或謂之引，或謂之吟，或謂之謡，或謂之曲。名雖不同，格律則一。今人强分其體製者，皆不知歌行引之説，又未嘗廣見古今樂府，故便生穿鑿耳。

9龜山作《梅花》一詩寄故人云：「欲驅殘臘變春容，朱本「工」。先遣梅花作選鋒。莫把疏英輕鬬雪，好藏清豔月明中。」時故人正作監司，見此詩，遂告歸田里。朱本云：便休官。

10沈文通未知杭州時，有士人任康敔，即作《薄媚》及狐貍者也，粗有才，然輕薄無行。常與一娼鬬，亦墨其面。及文通知杭州，聞其事，志之。一日，文通出行，春燕望湖樓，凡往來乘騎者，至樓前皆步過，惟康敔不下馬，乃驟轡揚鞭而過。文通怒，立遣人擒之，至則康敔也。顧掾吏案皐，即判曰：「今日相逢沈紫微，休吟薄媚與崔徽。蟾宫此去三千里，且作風塵一布衣。」遂於樓下決之。此可爲輕薄子戒。（卷下。下同）

11正夫嘗論杜子美、陶淵明詩云：子美讀盡天下書，識盡萬物理，天地造化，古今事物，盤礴鬱積於胸中，浩乎無不載，遇事一觸，輒發之於詩。淵明隨其所見，指點成詩，見花即道花，遇竹即説竹，更無一毫作爲。故予嘗有詩云：「子美學古胸，萬卷鬱含蓄。遇事時一揮，朱本「麾」。百怪森動目。淵明澹無事，空洞撫便腹。物色入眼來，指點詩句足。彼直朱本「豈」，似誤。發其藏，此但隨所矚。二老詩中雄，同人不同曲。」蓋發於正夫之論也。

12淵明詩云：「山色日夕佳，飛鳥相與還。此中有真意，欲辨已忘言。」時達磨未西來，淵明早會禪。此正夫云。

13舊傳陳無己《端硯》詩云：「人言寒士莫作事，神奪鬼偷天破碎。」神言奪，鬼言偷，天言破碎，此下字最工也。今本乃作「鬼奪客偷」，殊玉石矣。此當言鬼神，不可言客也。

14毛澤民《題西湖靈芝寺可觀房紫竹》一絶頗佳，云：「階前紫玉似人長，可怪龍孫久未驤。第放煙稍出簷去，此君初不畏風霜。」

15 六義之説，新義以風雅頌即詩之四始，伊川謂一詩中自有六義，或有不能全具者。如新義之説，則風雅頌安得與賦比興同處於六義之列乎？蓋一詩之中，自具六義，然非深知詩者不能識之。夫賦比興者，詩也；風雅頌者，所以爲詩者也；有賦比興而無風雅頌，則詩者非詩矣。取之於人，則四體者，賦比興也；精神血脈者，風雅頌也。有人之四體，使無精神血脈以妙於其間，則塊然棄物。凡作詩者，孰不有賦比興？然不能善其事，亦塊然棄物而已矣。夫惟善其事者，使其精神血脈涣然於制作間，於是有風雅頌焉。風者何？詩之含蓄者也。雅者何？詩之合於俗者也。頌者何？詩之善形容者也。此三者，非妙於文辭者莫能之。三百篇皆制作之極致，而聖人之所删定者也，故三物皆具。於三物中而風尤妙，蓋風有含蓄意，此詩之微者也，詩之妙用盡於此矣。故曰：言之者無辜，聞之者足以戒，非詩之尤妙者乎？此所以居六義之首也。歐陽公論今之詩曰：「寫難狀之景如在目前，含不盡之意寄之言外。」知寫難狀之景如在目前，此近於六義之頌也；含不盡之意寄之言外，此近於六義之風也。

16 叔祖善歌詩，每在學，至休沐日，輒置酒三行，率諸生歌詩於堂上。閒居獨處，杖策步履，未嘗不歌詩，信乎深於詩者也。傳曰「興於詩」，興者，感發人善心之謂。六經皆義理，何爲詩獨能感發人善意，而今之讀詩者，能感發人善意乎？蓋古之所謂詩，非今之所謂詩。古之所謂詩者，詩之神也；今之所謂詩者，詩之形也。何者？詩者，聲音之道也。古者有詩必有聲，詩譬若今之樂府，然未有有其詩而無其聲者也。三百篇皆有歌聲，所以振蕩血脈，流通精神，其功用盡在歌詩中，今已亡矣。所存者，特章句耳。則是詩之所謂神者已去，獨其形在爾。顧感動人善心，不亦難乎？然聲之猶可髣髴。余觀詩，非他經比，其文詞葩藻，情致婉轉，所謂神者固寓焉。玩味反覆，則千載之上，餘音遺韻，猶若在耳。以此發之聲音，宜自有抑揚之理。余叔祖善歌詩，其旨當不出此。龜山教人學詩，謂必先歌詠之，歌詠之餘，自當有會意處。不然，分析章句，推考蟲魚，而强以意求之，未有能得詩者也。

17 余嘗愛族姪庭先説詩，以爲言之不足，故嗟嘆之，使言之可足，却只如此也。嗟嘆之不足，故詠歌之，使嗟嘆之可足，却只如此也。詠歌之不足，故不知手之舞之足之蹈之也，使詠歌之可足，却只如此也。惟都了他不得，故獨爲之舞蹈耳。庭先，朱本誤「庭光」。

（冀勤）

猗覺寮雜記

朱翌　撰

朱翌，字新仲，號灊山居士。舒州（今安徽潛山）人。政和（一一一一—一一一七）中進士，紹興中爲中書舍人。《猗覺寮雜記》分一卷、二卷、六卷本三種。此據《知不足齋叢書》二卷本選録。

1 杜牧之云：「南軍不袒左邊袂，四老安劉是滅劉。」其意以謂四老輔立太子爲非，何不思之甚也。惠帝嫡且長，爲太子無過，即位之後，能守高祖規模，亦可謂賢矣，安能料其身後漢有吕氏之禍也哉？使惠帝不可立，張良決不肯從吕后之請，又豈肯起四老人哉？南軍不袒左袂，意謂周勃入北軍時，設有不袒者奈何，此兒童之見也。勃所慮者，不得入北軍耳。既入，則無事矣。勃之設問，必已得北軍之情，萬一不左袒，必有後命。豈若世之庸人無思慮者？牧之可無慮也。又元微之《四皓》云：「秦皇轉無道，諫者鼎鑊親。茅焦脱衣諫，先生無一言。趙高殺二世，先生如不聞。劉項取天下，先生卧白雲。海内八年戰，先生全一身。如何一朝起，屈作儲貳賓。安存孝惠帝，摧頹戚夫人。捨大以誅細，虯盤而蠖伸。惠帝竟不嗣，吕氏禍有因。」與牧之意同。微之責人太深，過於牧之。惠帝爲太子無過，豈可勸立戚夫人之子如意哉？樂天答云：「先生道甚明，夫子猶或非。」微之豈不慚耶？晉桓元作《四皓論》示商仲堪，亦微之意，仲堪闢之，其言極有理。（卷上。下同）

2杜云：「自在嬌鶯恰恰啼。」説詩以謂「恰恰」鶯聲也。《廣韻》云，恰恰，用心啼爾，非其聲也。

3陳無己平生尊黄魯直，末年乃云：「向來一瓣香，敬爲曾南豐。」人或疑之。不知曾子固出歐公之門，後山受業南豐，此詩乃潁州教授時觀六一堂圖書作。爲南豐先生燒香，宜哉！

4《筆談》云：「王維畫入神，不拘四時，如雪中芭蕉。故惠洪云：「雪裏芭蕉失寒暑。」皆以芭蕉非雪中物。嶺外如曲江，冬大雪，芭蕉自若，紅蕉方開花。知前輩雖畫史亦不苟。洪作詩時未到嶺外，存中亦未知也。

5子美《槐葉冷淘》云：「君王納涼晚，此味亦時須。」事見太官令。夏供槐葉冷淘，出《唐六典》。

6世謂燕子春秋分即去之海上，海上有燕子國，如小説所謂烏衣國者。是大不然，往往入於深巖穴枯木中，向寒不復出。泥塗其身，毛羽皆脱。至春暖即生羽飛去。晉郗鑒爲兗州刺史，掘野鼠蟄燕食之，終無叛者，此可見矣。元微之云：「有鳥有鳥名燕子，口中未省無泥滓。春風吹送廊廡間，秋社吹將嵌孔裏。」亦其據也。

7退之《憶昨行》：「驛馬拒地驅頻隤。」蜀人謂立地爲拒地。立地者，不容少休之意。

8《永貞行》皆順宗時伾、文事。其言「元臣故老不敢語，晝卧涕泣何汍瀾」，謂高郢、鄭珣瑜、杜佑輩。「郎官清要爲世稱，荒郡迫野嗟可矜」，謂柳子厚謫永州。

9退之云：「長安富豪兒，盤饌羅羶葷。不解文字飲，唯能醉紅裙。雖然一晌樂，有如聚飛蚊。」《楞嚴經》云：「一切衆生，如一器中聚百蚊蚋，啾啾亂鳴於方寸中，鼓發狂鬧。」退之雖闢佛，然亦觀其書。

10《唐新史》以退之「自監察御史極論宫市，德宗怒，貶陽山令」。皇甫湜爲退之《神道碑》云：「貞元十九年，關中旱饑，人死相枕籍，吏刻取息，先生列言天下根本，民急如是，請寬民徭，免田租之弊。專政者惡之，斥爲陽山令。」退之《赴江陵途中》詩云「是年京師旱，田畝少所收」云云：「傳聞閭里間，赤子棄渠溝。持男易斗粟，掉頭莫肯酬。我時出衢路，餓者何其稠」云云：「適會除御史，誠當得言秋。拜疏移閤門，爲忠寧自謀」；又云：「僶俛不迴顧，行行詣連州。」則因論旱貶陽山無疑。不知史何據而云論宫市？

11魯直《與高子勉》云：「尊前八米句，窗下十年書。」徐師川《與潘邠老》云：「字直千金師智永，句稱八米繼盧郎。」齊文宣崩，文士各作挽詩十首，擇其善者用之，每人不過一二首，唯盧思道獨得八首。時人稱爲八采盧郎。米字蓋采字之誤也，十首中采擇八首耳。若作米字，無義理。詩人不之考，相襲以爲八米，蓋言精鑿，失之甚矣。元微之《酬樂天》云：「八采詩成未伏盧。」可證采字爲是。

12琴曲有《賀若》最古淡，東坡云：「琴裏若能知賀若，詩中定合愛陶潛。」以賀若比潛，必高人，或謂賀若弼也。考弼之爲人，殊不類潛，亦無狀小人。背烏丸軌之議，而軌見誅。爭韓擒虎之功，至挺刃而出。不平楊素爲相，而有唯堪啗飯之誚。至於富極貴盛，家積珍玩不可計，妾曳羅綺數百。卒以私議大帳，爲煬帝所誅。余考之，蓋賀若夷也。夷善鼓琴，王涯居別墅，常使鼓琴娛賓，見《涯傳》。文瑩《湘山録》載太宗愛宫調中十小調子，乃賀若弼所撰。其聲音及用指之法，古今無以加，世亡其名，琴家祇命曰《賀若》。文瑩不深考，遂以爲弼，而世因是傳以爲弼也。東坡序武道士彈琴云：「賀若，宣宗時待詔。」不知何所據。據序，則是姓賀名若。

13「依俙似曲還堪聽，又被風吹别調中」，高駢《風筝》詩也。上句云：「夜静絃聲響碧空，宫商信任往來風。」駢守蜀，因築羅城，朝廷疑之，知有移命，故託風筝以見意。後移渚宫。出《瑣言》。

14杜云：「鳳皇從東來，何意復高飛。竹花不結實，念子忍朝飢。」張文潛《石竹》云：「真竹不結實，爾獨豔陽春。」竹花皆實，豈有時不實如稊稗耶？子美以鳳不得食爲可憐爾。

15苻堅享群臣賦詩，姜平子詩有「丁字直不曲」，堅問其故，平子曰：「臣丁至剛不可以屈，且曲下不直之物未足獻。」遂擢上第。唐張洪靖節度盧龍，參佐韋雍輩詬責將士曰：「天下無事，爾輩挽兩石弓，不如識一丁字。」銜之，後遂殺雍。丁字一也，或以擢第，或以殺身。

16東坡、孔毅夫集句云：「路旁拾得半段鎗，何必開鑪鑄矛戟。用之如何在我爾，入手當令君喪魄。」哥舒翰以半段鎗破吐蕃，見本傳。

17唐人詩多自用名及呼人名與第行，皆情實也。杜云：「甫昔少年日。」「白也詩無敵。」退之云：「愈昔從軍大梁下。」「籍也隴頭瀧」之類。今皆不然，不特不自呼其名，若呼人名，則必取大怨怒。世道淺促，至誠之事掃地矣。

18退之云：「我有雙飲醆，其銀得朱提。」《漢·地里》注：朱提出銀。師古云：提，音匙。《漢·食貨志》：朱提銀重八兩爲一流，直一千五百八十；他銀一流直一千，是爲銀貨。師古注：朱，音殊。提，音上支。蜀《李嚴傳》：嚴子豐，爲朱提太守。注云：蘇林《漢書音義》云朱音銖，提音如。蜀人謂七曰提。從師古音，則提字可入支字韻押。

19有問唐酒價者，對以三百，引杜詩「速來相就飲一斗，恰有三百青銅錢」。唐酒價見於《唐會要》，貞元二年，京城榷酒斗百五十。比子美時已減其半。漢昭時賣酒升四錢，又何賤也，豈古之升斗小耶？

20古今人以詩名世者，用字未嘗無所出。杜詩：「嫩蕊商量細細開。」「商量」字出《兑卦》「商兑」注。子美自謂「讀書破萬卷」，信矣。

21唐雷氏琴，至今有存者，皆至寶也。見於文字者，惟元微之《小胡笳引》注云：「桂府王推官出蜀匠雷氏金徽琴，請姜宣彈。」方知雷蓋蜀人也。

22李杜詩當時名公皆心服。退之云：「勃興得李杜，萬類困淩暴。」又云：「少陵無人謫仙死，才薄將奈石鼓何。」又云：「昔年曾讀李白、杜甫詩，常恨二人不相從。」又云：「李杜文章在，光焰萬丈長。」又云：「遠追甫曰感至誠。」杜牧之云：「李杜泛浩浩。」又云：「天外鳳皇誰得髓，無人解合續絃膠。」韋蘇州亦多稱頌。元微之云：「杜甫天才頗絶倫，每尋詩卷似情親。憐渠直道當時語，不著心源傍古人。」又《與樂天書》云：「得杜詩數百首，愛其浩蕩津涯，處處臻到。始病沈、宋之不存寄興，而訝子昂之未暇旁備。」乃不及太白，何也？

23荔子，漢和帝時取之南海，唐天寶取之涪，元和中取之荆南。見元微之《論海味表》。《太平御覽》：妃子生於蜀，好荔子，南海所生勝蜀，每歲飛馳以進。則涪不進久矣。《文粹》鮑防《雜感》詩云：「五月荔支初破顔，朝離象郡夕函關。雁飛不到桂陽嶺，馬度皆從林邑山。」則唐又取於廣西。

24張曲江爲李林甫所忌，甚危。曲江作《歸燕》詩贈之云：「無心與物競，鷹隼莫相猜。」林甫意稍解。陳文惠用吕申公薦入相，文惠作《新燕詞》，歌以侑酒云：「爲誰歸去爲誰來，主人恩重珠簾捲。」燕子，一也。或以解怨，或以感恩。

25「舞馬既登牀」，人皆謂馬舞牀上。樂天《雜録》云：「有馬舞者，櫳馬人著綵衣，執鞭於牀上舞，蹀蹄皆應節。」是登牀而舞乃馭者，而馬應節於下也。唐子西作《舞馬行》云：「天寶舞馬四百蹄，綵牀襯步不點泥。」誤矣。《魏志》：陳思王表文帝曰：「臣於武王世得大宛紫騮馬一匹，教令習拜，今已能拜，又能行與鼓節相應。」是知馬可教以舞不獨唐也。「蹀蹄」疑是「蹀躞」。

26燕作巢避戊己，又惡艾，雀欲奪其巢，則銜艾在其中，燕即去，見《白樂天集》。顧況《燕于巢》詩序云：「不以甲乙銜泥。」其詩云：「燕燕于巢，綴緝維戊。」與樂天所言不同。

27退之《此日足可惜贈張籍》云：「聞子高第日，正從相公喪。」「夜聞汴州亂，繞壁行徬徨。我時留妻子，倉卒不及將。」退之從董晉辟汴州掌書記，晉死，退之送喪至洛。晉死八日，而汴軍亂，殺留後陸長源、判官楊凝等。退之幸而去，賢者必陰有護持也。

28退之《寄周循州》云：「陸、孟、邱、楊久作塵，同時存者更誰人？金丹別後知傳得，乞取刀圭救病身。」四人皆董晉幕中同官：陸長源、孟叔度、丘穎、楊凝。退之戒人服丹，其言甚切。乃乞丹於循州。樂天云「退之服硫黄」，信矣。

29「人生如寄」，見《高僧傳》，又南齊劉善明云：「人生如寄，來會幾何？」樂天《感時》云：「人生詎幾何，在世猶如寄。」《秋山》云：「人生無幾何，如寄天地間。」東坡云：「人生如寄爾，嶺海亦閑遊。」多用此事云。

30太白云：「恨不挂長繩於青天，繫西飛之白日。」李長吉云：「長繩繫日樂當年。」樂天云：「既無長繩繫白日。」二公用太白意也。

31梅用南枝事，共知《青瑣》《紅梅》詩云：「南枝向暖北枝寒。」李嶠云：「大庾天寒少，南枝獨早芳。」張方注云：「大庾嶺上梅，南枝落北枝開。」南唐馮延巳詞云：「北枝梅蕊犯寒開。」則南北枝事其來遠矣。

32疾風知勁草。《後漢·王霸傳》：光武曰：「潁川從我者皆逝，子獨留。疾風知勁草。」一也。

《南史》：庾登之子仲遠，爲宋明帝府佐。廢帝景和中，明帝疑防，賓客故人無到門者，惟仲遠朝謁不替。明帝即位，曰：「卿可謂疾風知勁草。」二也。唐《蕭瑀傳》：太宗曰：「太上皇有廢立議，顧朕挾不賞之功，於昆弟不見容，瑀於此時，不可以利怵死懼。」賜詩曰：「疾風知勁草，版蕩識誠臣。」三也。《裴諝傳》：代宗幸陝，諝挾南曹印赴行在。帝曰：「疾風知勁草，果可信。」四也。《李絳傳》：絳論古今以宦官統師等事，憲宗怒，絳謝。帝動容曰：「卿告朕以人所難言，疾風知勁草，卿當之矣。」五也。近州郡秋試進士，有出《疾風知勁草》詩者，止本《蕭瑀傳》，不知有五事，戲表出之。

33 蛟龍得雲雨，有二。《劉元海傳》云：晉武用李憙之説，以元海平涼州。孔珣曰：「元海若平涼州，斬樹機能，恐涼州方有難爾。蛟龍得雲雨，非復池中物。」吴《周瑜傳》：劉備借荆州，瑜請築館于吴，多具美女珍玩，以娱其心志云云。今不知出此，猥以土地資業之，臣恐蛟龍得雲雨，終非池中物也。

34 東坡《鑒空閣》云：「懸空如水鏡，瀉此山河影。妄稱桂兔蟆，俗説皆可屏。」《酉陽雜俎》云：「月中蟾桂，地影也。空處，水影也。」東坡用此。桂兔蟆其來久矣。《五經通義》：月中有兔與蟾蠩，何月陰也？蟾蜍，陽也。與兔並明，陰繫於陽也。《春秋演孔圖》曰：蟾蜍，月精也。虞憙《安天論》曰：「俗傳月中仙人、桂樹，今視其初生，仙人之足已成形，桂樹後生。」東坡故云俗説。

35 退之《南山》詩，每句用「或」字。「或連若相從，或蹙若相鬬」而下五十句，皆用「或」字。《詩·北山之什》自「或燕燕居息」而下，用「或」字廿有二，此其例也。

36杜詩：「睥睨登哀柝。」又：「連連睥睨侵。」或從「土」爲「埤堄」，城上短牆也。《華嚴經》第十卷注音釋埤，音普米反；堄，音宜啓反。《廣韻》：音婢詣。埤堄，女牆也。見《博雅》「宣十二年守陴者皆哭」注：城上僻倪。

37《抱朴子》云：韓子子治嘗以地黄、甘草哺五十歲老馬，生三駒，百三十歲乃死。東坡《地黄》詩云：「地黄飼老馬，可使光鑑人。吾聞樂天語，喻馬施之身。」非樂天語也，樂天用《抱朴子》事爾。吴淑《馬賦》亦引《抱朴》之言。《雜俎》亦云。《方言》：以甘草、地黄啗五十歲馬，生三駒。

38嶺外以枇杷爲盧橘子，故東坡云：「盧橘楊梅次第新。」又：「南村諸楊北村盧，白花青葉冬不枯。」唐子西亦云：「盧橘、枇杷，一物也。」按《上林賦》「盧橘夏熟」，李善引應劭云：《伊尹書》曰：箕山之東，有盧橘夏熟。晉灼曰：盧，黑也。《上林賦》又別出枇杷，恐非一物。枇杷熟則黄，不應云盧。《初學記》：張勃《吴録》曰：建安有橘，冬月於樹上覆裹之。明年春夏，色變青黑，味絶美。繼云：《上林賦》「盧橘夏熟」。又《太平御覽》載《魏王花木志》：蜀土有給客橙，似橘而小，若柚而香。冬夏花實相繼，亦名盧橘。又載郭璞注《上林賦》「盧橘夏熟」：蜀中有給客橙，即此橘也。考二事，則非枇杷甚明。東坡、子西但見嶺外所呼故云爾。惠洪《冷齋夜話》亦辨之，但未詳。

39浙江之濤，自古以爲子胥餘怒，蓋俗説也。雖退之作詩，未免用俗。《送惠師》云：「回臨浙江濤，屹起高峨岷。壯士死不息，千年如隔辰。」

40退之云：「阿買不識字，頗知書八分。詩成使之寫，亦足張吾軍。」不能文而能書者多矣，未有不識字而能書者。

41《洪駒父詩話》：天棘事了不可解。問魯直，魯直亦不解。問王仲至，仲至云：「非烟非霧自一種物，出異書。然夢青絲何謂也？疑夢乃蔓字傳寫誤。」余按《本草》天門冬亦名顛棘，春生藤蔓，如絲杉而細。正與詩合。天門冬一名顛棘，故有天棘之稱。藤蔓細於絲杉，故有蔓青絲之語。子美以對「江蓮揺白羽」，決是當時所見，顧肯以非烟非霧爲對耶？改蔓爲夢，尤穿鑿。

42《玄都壇》云：「子規夜啼山竹裂，王母晝下雲旗翻。」穿鑿者云：王母，禽也，尾如旗。《昔遊》詩云：「王喬下天壇，微月映皓鶴。」又將以王喬爲禽乎？王母、王喬皆仙人也，其言仙人降於壇爾。何必以禽對禽，然後爲屬對精切？

43古無長短句，但歌詩爾，今《毛詩》是也。唐此風猶在，明皇時，李太白進《木芍藥清平調》，亦是七言四句詩。臨幸蜀，登樓聽歌李嶠詞「山川滿目淚沾衣」，亦止是一絶句詩。今不復有歌詩者，淫聲日盛，閭巷猥褻之談，肆言於内集公燕之上，士大夫不以爲非，可怪也。

44杜詩云：「黄鳥時兼白鳥飛。」黄鳥，鶯也。白鳥，鷺也。《振鷺》注云：鷺，白鳥也。蚊亦名白鳥。《月令》：仲秋之月，群鳥養羞。注：白鳥謂蚊蚋。又《金樓子》：齊桓寢，謂仲父曰：一物失所，寡人悒悒，白鳥營營，飢而未食。遂開翠紗之幮進之。東坡云：「不怕飛蚊如立豹，又隨白鳥過長虹。」《詩話》引前證謂白鳥爲蚊，吴江多蚊爾，不知政爲鷺也。上句云「飛蚊如立豹」矣，何用更説蚊也？

45近世譏有書不讀者，多引退之《送諸葛覺》詩云：「鄴侯家多書，插架三萬軸。一一排牙籤，新若手未觸。」以言手未嘗把書，故如此新耳。是未嘗考其全篇也。其下云：「爲人强記覽，過眼不再讀。偉哉群聖文，磊落載其腹。」則是未嘗不讀書也。鄴侯，李繁也。史云：陽城論裴延齡使繁書已封，盡能誦憶，乃録以示延齡。延齡白帝城以疏示於朝，摘其條目，自訴城奏入，帝怒不省。以是觀之，「爲人强記覽」，不誣也。「新若手未觸」，恐是言愛護之至，塵埃不及，或是一讀即記，不假再閲，故書皆如新。送諸葛往從讀書，且謂「學問得所欲」，決非有書不讀者。近世不考本末，小兒輩雷同以「手未觸」之句譏人，故爲辨之。退之又爲繁作《處州孔子廟碑》云：「鄴侯尚文，其於古記無不貫達。」益知非不讀書者。史書爲隨州刺史，不書爲處州。觀碑所稱道，與史所記，其人甚不相類，當以退之言爲正。

46《易》豫之九四：「朋盍簪。」王弼云：「盍，合也。簪，疾也。」謂朋來之速。子美云：「盍簪喧櫪馬，列炬散林鴉。」以簪爲冠簪之簪。按古冠有笄，不謂之簪，簪後人所名。以弼言爲是。

47房融在韋后時用事謫南海，過韶之廣果寺，今之靈鷲也。有詩云：「零落嗟殘命，蕭條託勝因。方燒三界火，遽洗六情塵。隔嶺天花發，凌空月殿新。誰憐鄉國思，終此學分身。」融之文章，見《楞嚴經》，詩止此一篇。李嶠、沈、宋之流方爲律詩，謂之近體。此詩近體之祖也。

48鄭谷《海棠》詩云：「穠麗正宜新著雨，嬌饒全在欲開時。」百花惟海棠未開時最可觀，雨中尤佳。東坡云：「雨中有淚益悽愴。」亦此意也。五代詩格卑弱，然體物命意亦有工夫，卒章云：「浣花溪上堪惆悵，子美無心爲發揚。」故王介甫《梅》云：「少陵爲爾牽詩興，可是無心賦海棠。」用此也。穿鑿者乃云子美之母小名海棠，故子美不作海棠詩，未知出何典記。世間花卉多矣，偶不及之爾。若撰一説以文之，則不勝其説矣。如牡丹、芍藥、酴醾之類，子美亦未嘗有詩，何獨於海棠便爲有所避耶？退之於李花賦之甚工，又將爲何説耶？

49杜云：「若耶溪，雲門寺，吾獨胡爲在泥滓？」《南史·何胤傳》：「居若耶溪雲門寺。」杜全用此六字。又《前漢·食貨志》：「天用莫如龍，地用莫如馬。」子美《遣興》詩取兩句爲兩篇首句。

50「誰知多羅樹，却倚蓮花臺」，《華嚴經》十四卷音釋云：「多羅花形如椶櫚，葉長稠密，久雨無漏。」此翻爲高聳。

51《送王砅砅音理厲反使南海》云：「番禺親賢領，籌運神功操。大夫出盧宋，寶貝休脂膏。」盧宋，盧奐、宋璟也，二公以清德名。《舊唐書》云：開元以來四十餘年，廣府節度清白有四，二公預焉。「寶貝休脂膏」，以言不貪而寶貨多也。

52退之《陸渾火》云：「女丁婦壬傳世昏。」左氏：火水之妃。妃音配，以丁之女爲壬之婦也。

53劉夢得云：「盛時一失難再得，桃笙葵扇安可常。」東坡云：「揚雄《方言》以簟爲笙，則知桃笙者桃竹簟也。」《南史·顧憲之傳》：疾疫死者，裹以笙席。益知笙即簟也。左太沖《吴都賦》云：「桃笙象簟，韜於筒中。」李善注云：桃枝簟也。東坡不喜《文選》，故不用《吴都賦》。嶺外有桃竹，堅韌可作拄杖。善謂是桃枝，則恐桃枝不能爲簟。當從坡爲桃竹。

54東坡《雪》詩云：「青山有似少年子，一夕變盡滄浪髭。」蓋用皮日休《元魯山》詩云「世無用賢人，青山生白髭」意也。

55魯直：「百年中半夜分去，一歲無多春暫來。」全用樂天《寄元九》一聯云：「百年夜分半，一歲春無多。」亦演爲七言。

56宋景文《落花》云：「將飛更作回風舞。」李義山云：「落時猶自舞。」宋用此。

57退之《感春》云「前隨杜尹拜表迴」者，杜尹，兼也。兼尹河南。退之爲都官員外郎，祠濟瀆題名退之所書，兼列銜其前。

58顧況作《哀閩》云：「囝囝音蹇生南方，閩吏得之，乃絶其陽，爲臧爲獲。」《方言》：楚人謂男爲臧，女爲獲。既云「絶其陽」，則可爲臧爾。又云爲獲，是陰陽不分，男女不辨也。

59退之《杏花》云：「鷓鴣鉤輈猿叫歇。」《本草》：鷓鴣鳴云：「鉤輈格磔。」李群玉云：「方穿詰曲崎嶇路，又聽鉤輈格磔聲。」林逋云：「草泥行郭索，雲木叫鉤輈。」當時人盛誦之，以今所聞之聲，不與四字合，若云「行不得也哥哥」，不知《本草》何故知謂此聲。鷓鴣非啼於木上，止啼於草茅中。逋，錢塘人，浙無此禽，蓋傳聞之誤。段成式則云：鳴云「向南不北逃」。

60東坡《琴》云：「平生不識宫與角，但聞牛鳴窖中雉登木。」出《管子・地員篇》：凡聽宫如牛鳴窖中，聽角如雉登木。

61「日月光天德」云云，陳後主國亡入隋，從隋文東封，登芒山所獻詩也。天下教兒童者，以此題學書紙。宣和末，京師盛歌「新水皆北狩」之讖。

62東坡《橄欖》詩：「待得餘甘回齒頰，已輸崖蜜十分甜。」王立之《詩話》云：崖蜜櫻桃，出《金樓子》。坡意正爲蜜爾，言餘甘者，甘味有餘，非果中餘甘也。立之見餘甘爲果，遂以崖蜜爲櫻桃。杜詩云：「充腸多薯蕷，崖蜜亦易求。」又云：「崖蜜松花白。」皆蜜蜂之蜜也。然則崖蜜豈專是櫻桃？且櫻桃非十分甜者，又不與橄欖同時。

63杜《李潮小篆歌》：「苦縣光和尚骨力。」骨力二字，《南史·張融》：齊高見其書曰：「卿書殊有骨力。」

64韓增封龍額侯。師古注：字或作雒。退之《晚秋聯句》云：「策勳封龍額，歸騎獵麟脚。」以「麟脚」對「龍額」，則不爲雒。

65退之云：「李翺觀濤江。」翺《復性書》云：「南觀濤江入于越。」退之爲此也。

66樂天云：「鍾乳三千兩，金釵十二行。」以言聲妓之多。蓋用古歌詞云：「頭上金釵十二行，足下絲履五文章。」是一人頭插十二釵爾，非聲妓之多，十二重行也。

67太白云：「總爲浮雲能蔽日，長安不見使人愁。」下句用晉明帝舉頭見日不見長安，上句用陸賈《新語》「讒臣之蔽賢，猶浮雲之蔽日」。

68詩人多用元次山「帶笭箵」語作平上聲用。《廣韻》：音冷醒。《太平御覽》載《通俗文》云：竹器謂之笭箵。上都鼎切，下幸鼎切，皆不作平聲。惟笭字有靈音，不知《次山集》笭音丁郎，箵音桑荒。

69牧之云：「杜詩韓筆愁來讀，似倩麻姑癢處抓。天外鳳凰誰得髓，無人解合續弦膠。」《十洲記》云：麟鳳洲上，仙家煮鳳喙及麟角作膠，名集弦膠，或名連金泥，能連弓弩弦折刀劍。見《御覽》。

70東坡《鶴嘆》云：「戛然長鳴乃下趨，何至以身爲子娱。」《世説》：有遺支道林雙鶴，林曰：「既有淩霄之資，何肯爲人作耳目之玩？」養令翮成，使飛去。

71「飯抄雲子白」，注引《荀子》「友風而子雨」，雨豈可抄也？《武帝内傳》：西王母謂帝，太上之藥有風實、雲子。

72「一箭正墮雙飛翼」，隋長孫晟射雕，一發雙貫。

73「側目似愁胡」，魏彦深《鷹賦》：立如植木，望似愁胡。

74黄祖之子射，命禰衡賦鸚鵡。其後，祖殺衡，射救之不及。嚴武在成都，不堪少陵之慢，《題杜二錦江亭》云：「莫倚善題《鸚鵡賦》。」以衡比甫，有意殺之，且戒之也。甫酬云：「阮籍焉知禮法疏。」是無改悔意也。若武冠不鉤於簾，其母來少緩，甫死矣。祖之子救衡遲，故衡死；武之母救甫速，故甫不死。命矣夫？

75退之兄會嘗爲起居舍人，謫韶州司馬，退之幼從其兄到韶。兄死，退之後至曲江云：「憶昨兒童隨伯氏，南來今只一身存。」云云。會，史無傳，不知坐何事貶。考之史，坐元載也。《載傳》

云：與載厚善，貶者某人某人，會其一也。

76白云：「前月浮梁買茶去。」《舊唐史》：風俗貴茶之名劍南之蒙頂云云，浮梁之商貨不在焉。是唐之茶商，多在浮梁也。

77杜云：「粔籹作人情。」《楚詞》：「粔籹蜜餌。」郭璞《新語》：「粔籹，膏環也。」《通俗文》：寒具，謂之餲，音曷。則粔籹、寒具，今之環餅也。東坡云：「上有桓元寒具油。」則寒具爲環餅無疑。

78《宜都山記》：峽中猿鳴至清，山谷傳其響，泠泠不盡。行者歌曰：「巴東三峽猿鳴悲，猿鳴三聲淚沾衣。」杜詩：「聽猿實下三聲淚。」用此也。

79陶淵明《九日閒居》序：「秋菊盈園，持醪靡由，空服九華。」東坡云：「十月三日，金英粲然。遂召客飲萬家春，且服九華。」詩人謂九華，九日之華，即菊也。按《真誥》：太玄玉女有八瓊九華之丹。又云：授九華丹方於江上煉丹。又云：李八百居棲元山，合九華丹成。以此考之，非菊乃丹也。

80退之《謝自然》詩云云，謝自然，女道士也。果州人，居金泉山，晝夜不寐，忽有雲氣散漫，彌久仙去。見《風俗通》。

81子美以「苔卧緑沈槍」對「雨抛金鎖甲」。詩人謂槍卧於苔中不用也，故云緑沈。《續齊諧記》：王敬伯夜見一女，命婢取酒，提緑沈漆榼。以此考之，則緑沈者，漆名也，猶今所謂朱紅銀纏桿之類。對「金鎖甲」精切。《掇英集》載《狀雲門山物柏梁體》，鄭概云：「亭亭孤笋緑沈槍。」

82介甫《雙廟》云：「兩公天下駿，無地與騰驤。」《西京雜記》：文帝自代還，有良馬九匹，皆天下駿。

83鷺鷥、鸕鷀，皆宿於喬木叢竹上，晚則俱集喧噪，至黑方定。燕子未嘗集於木上。杜云：「沙頭宿鷺聯拳靜。」又云：「宿鷺起圓沙。」又云：「風鴛藏近渚，雨燕集新條。」皆取其意爾。

84世以孔翠爲孔雀，不知是孔雀翡翠也。退之云：「買養馴孔翠，遠苞樹蕉栟。」二物之驗也。李善注《文選》亦然。

85唐造茶與今不同。今采茶者得芽即蒸熟焙乾，唐則旋摘旋炒。劉夢得《試茶歌》：「自傍芳叢摘鷹觜，斯須炒成滿室香。」又云：「陽崖陰嶺各不同，未若竹下莓苔地。」竹間茶最佳，今亦如此。唐未有碾，磨止用臼，多是煎茶。故張志和：「婢樵青使，竹裏煎茶。」柳子厚云：「日午獨覺無餘聲，山童隔竹敲茶臼。」

86坡詩：「便欲去爲湯餅客。」多用元宗王后生日典半臂作湯餅爲證。唐人生日多具湯餅，夢得《送張盥》云：「爾生始懸弧，我作坐上賓。引箸舉湯餅，祝詞天麒麟。」

87寧馨，今往往讀作仄聲。夢得云：「爲問中華學道者，幾人雄猛得寧馨。」則平聲無疑。

88荆公多用晉白雞事。《酬許奉議》云：「後會敢期黄耇日，相看且度白雞年。」《遊齊安院》云：「老值白雞能不死，復隨春色破寒來。」《次張唐公韻》云：「君騎白鳳今何處，我適新年遇白雞。」蓋公生於辛酉也。騎白鳳事見孫光憲《北夢瑣言》。沈詢除節旄，曹唐作《遊仙》詩：「玉詔新除沈侍郎，便分茅土領東方。不知今夜遊何處，侍從皆騎白鳳凰。」東坡云：「自怪騎白鳳。」

89《君子偕老》疏：「鞠衣，黄桑服也。色如麴塵，象桑葉始生。」元微之《三泉驛》云：「新葉麴塵花落地。」樂天《山石榴》云：「千房萬葉一時新，嫩紫殷紅鮮麴塵。」夢得云：「龍墀遥望麴塵絲。」

90介甫云：「日高青女尚横陳。」又云：「水歸洲渚得横陳。」用《楞嚴》於横陳時味如嚼蠟事。唐李義山：「小蓮玉體横陳夜，已報周師入晉陽。」唐張薦《靈怪集》：東蔡女鬼與裴紹祖詩云：「横陳君不御，惟知思不絶。」漢魏文章，宋玉《諷賦》，主人之女歌曰：「内怵惕兮徂玉牀，横自陳兮君之旁。」横陳蓋本於此。

91左氏：室如懸罄。言室中之物垂盡，以罄訓盡也。其下云：野無青草。則罄恐是器物，但非今之僧磬也。若以古之鐘磬言之，則磬皆曲折，片石無中虚之理。《説文》：罄，虚器。以是知爲器物，但不知於今爲何器。子厚云：「三畝能留懸罄室，九原猶寄若堂封。」李義山云：「不憂懸罄乏，乍喜覆盂安。」

92元菟郡，多作平聲。義山云：「可惜前朝元菟郡，積骸成莽陣雲深。」則作仄音。燈檠，平聲也。義山云：「六曲屏風江雨急，九枝燈檠夜珠圓。」則又爲仄音。

93唐人多不用顔師古注《漢書》音，如魁梧音悟、票姚皆去聲。杜云：「夫子魁梧。」則梧爲平聲。李杜皆押票姚爲平聲。楊巨源：「請問漢家誰第一，麒麟閣上識酇侯。」則音贊者又不用也。

94楊太真妃本壽王瑁妃也，玄宗納之，爲壽王别取韋昭訓女。李義山《驪山》詩云：「驪岫飛泉泛暖香，九龍呵護玉蓮房。平明每幸長生殿，不從金輿唯壽王。」

95石炭自本朝河北、山東、陝西方出，遂及京師。陳堯佐漕河東時，始除其税。元豐元年，徐州始發。東坡作詩記其事。《水經·魏土記》：枝渠東南火山出石炭，火之爇同樵炭。則石炭六朝時已有。

96杜《八桂》云：「五嶺皆炎熱。」五嶺説多不同。《後漢·吴祐·劉表傳》注：「西自衡山之南，東至於海，一山之限，標名有五。」裴氏《廣州記》：「大庾、始安、臨賀、桂陽、揭陽，是爲五嶺。」鄧德明《南康記》亦分五嶺，與裴不同。《水經》：郴縣黄岑山騎田之嶠，五嶺第二嶺也。桂陽部山即部龍之嶠，五嶺第三嶺也。營道縣萌渚之嶠，五嶺第四嶺也。越城嶠，五嶺之西嶺，秦置五嶺之戍，是其一。又云：始安嶠，即越城嶠。又云：「大庾嶺，五嶺之最東。」當以《水經》爲正。則八桂諸家皆不以爲嶺，今自湖南入廣西，未嘗有險阻。

97子美有《小至》詩，説者謂冬至前一日爲小至。盧照鄰《年日述懷》云：「人歌小歲酒，花舞大唐春。」是以元日爲小歲。以此觀之，子美之小至即冬至也。盧詩見《歲時雜詠》。

98《十二時》，寅音怡，《禮部韻》訓時也。若真字韻，寅則訓恭。然唐人亦作寅字押，冷朝陽云：「玉律催佳節，青陽應北辰。」下云「寒餘月建寅」是也。

99唐人不分韻作詩，止用一字。如陳子昂《晦日高文學置酒林亭》，賦者十人，止押霞字。周彦暉《晦日重宴》，亦十人同押池字。

100唐人以正月下旬送窮，韓退之有文。姚合有詩云：「萬户千門看，無人不送窮。」

101唐人以正月晦爲節，德宗改用二月一日，號中和節。吕渭和德宗詩云：「皇心不向晦，改節號中和。」

102李義山云：「取酒一封駝。」《前漢》「大月氏一封橐駝」注：「脊上有一封，言其隆高若封土。俗號『封牛』。」

103子美《孟冬》云：「破瓜霜落刃。」《歲時雜詠》乃云「破甘霜落爪」，恐《雜詠》爲是，孟冬無瓜矣。

104子美《贈畢四》云：「饑寒童僕賤，顔狀老翁爲。」漢魏文章王文考《王孫賦》云：「顔狀似乎老翁。」是以猴戲畢。

105《洪駒父詩話》：退之云：「誰謂貽厥無基址。」是歇後語。《晉・五行志》：何曾曰：國家無貽厥之謀。以此知退之用字亦必有本也。

106子厚云：「且盡薑牙斂手徒。」又云：「薑牙盡是捧心人。」以手如薑牙，斂手，叉手也。又言捧心，則知爲手無疑。《相書》：手如薑牙者貴。

107退之云：「畫蛇著足無用處。」爲蛇畫足，見《戰國策》與《史記・楚世家》及《陳軫傳》。《莊子》以爲脊脅而行。方朔射守宫曰：謂之爲蛇又有足。以言蛇無足也。按《本草》：蝮蛇，陶隱居注云：蛇皆有足。燒地令熱，以酒沃之，置其中，足出。《酉陽雜俎》云：蛇以桑柴燒之，則有足出。余在曲江，老兵捕一蛇，燒之，四足垂出，如雞足狀。以此知古人有未盡窮之事。《孟子》言「緣木求魚」，以其不可得也。《本草》：鰻鱺魚，陶注云：能緣樹食藤花。唐注亦云：有四脚能緣樹。《雜俎》：鯢魚能上樹。《莊子》：衆雌無雄，又奚卵焉。今雞鴨有無雄而卵者，但不能抱成子爾。

108牽牛河鼓，詩人多用爲七夕事。按《爾雅》：河鼓，謂之牽牛。注：今荆楚呼牽牛爲擔鼓，擔者，何也。何，音荷，以平聲讀，從水者非。

109太白《古風》云：「君子變猿鶴，小人爲沙蟲。」退之云：「穆昔南征軍不歸，沙蟲猿鶴伏以飛。」《抱朴子》云：「穆王軍敗於南，君子化爲猿鶴，小人化爲沙蟲。」二公用此。

110退之《盛山十二詩序》云：「不知出於巴東，以屬朐䏰。」《唐韻》：朐音蠢，䏰音閏。巴東，郡之縣名。地下濕，多朐䏰蟲，因以爲名。盛山，今之開州。《唐・地里志》云：古巴東郡之朐䏰縣也。顔師古於《漢・地里志》：朐音劬。當以《唐韻》音爲是。

111東坡云：「青浮卵碗槐牙餠，紅點冰盤藿葉魚。」槐牙冷淘，見杜詩。藿葉膾，見《禮記》注：「牛與羊魚之腥，聶而切之爲膾。」注：「聶，牒也。先藿葉切之，復報切之，然後爲膾。」

112唐至德二年，改蜀郡爲南京。杜云：「南京犀浦道。」爲蜀郡也。又云：「南京久客耕南畝。」注云：「明皇幸蜀，以成都爲南京。」非也。

113唐人重端石硯。見劉夢得《謝唐秀才惠端州紫石硯》云：「端州石硯人間重。」李賀《青花紫石硯歌》云：「端州匠者巧如神，踏天磨劍割紫雲。」柳公權《論硯》云：端溪石爲硯至妙，益墨青紫色者，可直千金。水中石，其色青，山半石紫，山頂石尤潤，如猪肝色者佳。貯水處有赤白黄點，世謂鸜鵒眼。脈理黄者，謂之金線。相硯之法，盡於此。李賀青花紫石硯者，蓋硯之上品也。東坡論許敬宗硯云「是端石」。敬宗，高宗時人。則唐重此硯其來久矣。魏道輔《東軒筆録》記端硯三坑石甚詳。

114 東坡云：「此生有味在三餘。」用董邁「冬者歲之餘，夜者日之餘，陰雨月之餘」，皆爲閒暇無事時也。人有疑陰雨者，蓋陰雨則無出入，無賓客，俗事少，故可以讀書。余嘗驗之，則知古人不虚語也。

115 京師以探刺者爲「覷步」，唐有此語：「强梁御史人覷步，安得夜開沽酒户。」

116 唐國忌禁用刑作樂。「狼籍囚徒滿田地」、「明日不推緣國忌」、「依前不得花前醉」，皆元微之詩。禁作樂，今猶唐也。禁刑之令弛矣。

117 杜：「會須上番看成竹。」元：「飛舞先春雪，因依上番梅。」俱用「上番」字，則上番不專爲竹也。退之《笋詩》云：「庸知上幾番。」又作平聲押。

118 桂林以地有八桂，退之云：「蒼蒼森八桂。」《山海經》云：「八樹成林。」《唐韻》亦云。故淵明詩云：「亭亭淩風桂，八幹共成林。」

119 外臺，見《唐・高元裕傳》。故事：三司監院官帶御史者，號外臺。得察風俗、舉不法，監院屬三司，如楊子院是也。皆財貨轉易之地，故今監司亦號外臺，皆以察風俗、舉不法。劉夢得《和南海馬大夫》云：「漢家旌旆付雄才，百越南溟統外臺。」以馬總帶御史大夫也。

120唐《本草》注：雁與燕相反，燕來則雁往，燕往則雁來。故坡云：「秋鴻社燕巧相違。」

121退之詩「不辨賫菉葹」，用《楚詞》「賫菉葹以盈室兮，判獨離而不服」，嘆立之不用於世，不爲人所知。

122魯直《酴醿》云：「風流付枕幃。」又云：「夢寐宜人入枕囊。」説者謂幃幕如枕屏之類，非也。《楚詞》：「蘇糞壤以充幃。」注：幃，謂之幐。幐，香囊也。又云：「榝欲充其佩幃。」注謂盛香之囊。則知枕幃乃枕囊也。張平子《思玄賦》云「纗幽蘭」，李善注：《説文》曰：繫幃曰纗。《爾雅》云：婦人之幃謂之縭。今之香囊，在男曰幃，在女曰縭。纗者，繫囊之繩是也。

123坡云：「刺舌君今宜自戒，灸眉我亦更何辭。」灸眉，見《晉·郭舒傳》：王澄以舒爲狂，使人掐鼻灸眉頭。刺舌，見《隋·賀若弼傳》：父敦臨刑呼弼曰：「吾以舌死，汝不可不思。」引錐刺弼舌出血，戒以口過。坡平生以語言得禍，故畏如此。

124退之序云：「携被入直三省，丁寧顧婢子語，刺刺不能休。」有好奇者云：讀如吾日三省之省，且以「三省丁寧」爲句，又謂唐無三省之名，是未之考也。《六典》既修以來，侍中、中書令、尚書令謂之三省長官。唐言三省處甚多。且如《陸扆傳》「三省得宰相有光署錢」是也。張籍《寄白舍人》云：「三省比年名望重。」李頎《緩歌》云：「三省官寮揖者希。」見《文粹》。若不言三省，不知入直何所，携被入直，何用日三省爲？既云日三省，不知丁寧者爲何人？皆妄鑿也。

125 劉夢得《生師講堂》云：「一方明月可中庭。」張籍《秋山》詩云：「秋山無雲，可無風雨。」可字義不同，然皆新而不怪。

126 世傳：「不逢韓玉汝。」有應聲對者曰：「可怕李金吾。」以「金吾」對「玉汝」爲切。唐有孫玉汝，則「玉汝」爲名字，不始於韓也，見《李景讓傳》。

127 退之云：「何人有酒身無事，誰家多竹門可款。」無事飲犀首也。袁粲尹丹陽，郡南一家頓有竹石，率爾步往，亦不通主人，直造竹所，嘯詠自得。主人出語笑款。

128 杜牧之《斑竹簟》云：「分明知是湘妃淚，何忍將身卧淚痕。」《述異記》：舜葬蒼梧，娥皇女英淚下沾竹，文悉爲斑。

129 坡云：「宜蠶使汝繭如瓮。」《述異記》云：園客種五色香草，有五色蛾集其上蠶。時有一女來養蠶，得繭百二十枚，大如瓮。女與客俱仙去。

130 坡云：「彭仇不難逐。」《宣室志》：僧契虛遊稚川山頂，見宫殿有具簪冕者，曰稚川真君也。真君曰：「爾絶三彭之仇乎？」契虛不能對。真君曰：「不可留也。」

131 坡曰：「玉骨何勞獺髓醫。」《拾遺記》：孫和月下舞水精如意，傷鄧夫人頰。醫曰：得白獺髓雜玉與琥珀屑，當滅痕。

132 坡云：「但令有婦如康子，安用生兒似仲謀。」皇甫謐《高士傳》：黔婁先生卒，曾西來弔，見覆以布被，覆頭則足見，覆足則頭見。曾西曰：斜其被則斂矣。其妻曰：先生生而不邪，死而斜之，非先生之意也。西曰：以何爲謚？妻曰：謚曰康。西曰：先生存時食不充飽，衣不盡形，何以謚爲康？妻曰：昔先生君欲用爲國相，辭不爲，是有餘貴。君賜粟，辭不受，是有餘富。甘天下之淡味，安天下之卑位。謚爲康，不亦宜乎？《魏書》：生子當如孫仲謀，劉景升兒子豚犬爾。

133 坡云：「揚州銅器越州羅，争唱洪農得寶歌。」見《韋堅傳》云云。

134 退之與孟郊聯句，前輩謂皆退之粉飾。恐皆出退之，不特粉飾也。以《答孟郊》詩觀之，如「弱拒喜張臂，猛拏閑縮爪。見倒誰肯扶，從嗔我須咬」。則聯句皆退之作無疑也。

135 元厚之《與介甫》詩云：「陳前輿服嘉柏傅，拜後金珠有魯公。」是時修《三經義》成，有賜予，元澤亦加職，厚之此詩爲切當。柏榮以所賜輿服陳之前曰：「此稽古之力也。」《公羊》：封魯公，以爲周公也，周公拜乎前，魯公拜乎後。

135 柳子厚云：「沈吟亦何事。」《隗囂傳》：邯得書，沈吟十餘日。《符丕傳》：啖青謂諸將曰：東討姚萇，不可沈吟猶豫。《龐統傳》：若沈吟不去，當致大困。

136 退之詩：「雞三號，更五點。」《晉・律曆志》有「雞始三號」。

137 坡云：「留連一物吾過矣。」《北史》：「盧思道謂王晞曰：『昨被召已朱顔，得無以魚鳥致怪。』晞答曰云云，『卿輩亦是留連之一物，豈直在魚鳥。』」

138 坡云：「百尺飛泉瀉漏天。」任升《梁益記》：「漏天在雅之西北，山高谷深，陰晦常雨。」又云：「憒憒到天公。」《晉・天文志》：「康帝三年，歲星犯天關。庾翼與其兄冰書曰：『歲星犯天關，占云梁益當分。比來江東無他故。而石季龍頻年再閉關，不通信使，此復是天公憒憒，無皂白之徵。」又云：「天形倚一笠。」《晉・天文志》：天似蓋笠。

139左氏：三后之姓，於今爲庶。杜云：「將軍魏武之子孫，於今爲庶爲清門。」用此也。句法有相似者，元云：「房杜王魏之子孫。」杜云：「殿脚插入赤沙湖。」元云：「日脚插入秋波紅。」

140外來之物曰義，如義兒是也。元云：「醉摘櫻桃投小玉，義梳叢髻舞曹婆。」

141風之逆舟，人謂之打頭風。坡云：「臥聽三老白事，半夜南風打頭。」元云：「江喧過雲雨，船泊打頭風。」過雲雨，亦俗諺。

142洞庭湖。元云：「駕浪沈西日，吞空接曙河。」比「吴楚東南坼，乾坤日夜浮」，則元爲費力。

143蜀人云：「灩澦如馬，瞿塘莫下。灩澦如象，瞿塘莫上。」杜云：「如馬戒車航。」白樂天云：「五月斷行舟，灩澦正如馬。」

144親家翁、開素、鵲填河，皆俗語。白樂天用俗語爲多，《贈皇甫郎中親家翁》詩：「晚接嘉姻不失親。」又云：「月終齋滿誰開素，須記奇章置一筵。」又云：「禿似鵲填河。」

145少游云：「夢魂思汝鳥工往，世故著人羊負來。」膾炙人口。鳥工往，舜濬井事。羊負來，乃蒼耳子，見《千金要方・果菜門》。

146坡云：「賀雨詩成即諫書。」樂天有《賀雨》詩，末章云：「一言獻天聰，君以明爲聖，臣以直爲忠。敢賀有其始，亦賀有其終。」此即諫疏也。

147 陵寢爲柏城，見《唐・韋彤傳》：寢宫所占在柏城中，距陵不遠。白公《陵園妾》詩：「松門到曉月徘徊，柏城盡日風蕭瑟。」

148 淡菜，貝中海錯之美。韓退之《孔戣墓志》曰：「淡菜，蚶蛤之屬。」李長吉詩云：「淡菜生寒日。」以天色極寒方出。元微之論海錯亦云：「淡菜，海蚶之屬。」

149 子美《沙苑行》爲馬詩也，末章云：「泉出巨魚長比人，丹砂作尾黄金鱗。豈知異物同精氣，雖未成龍亦有神。」《同州志》云：「沙苑有泉，泉多大魚。」杜意魚與馬皆可成龍。

150 介甫云：「投老歸來一幅巾。」「黄塵投老判悠悠。」「投老歸來天柱峰。」投老，見《後漢・仇覽傳》，云：「苦身投老。」《王羲之傳》：「懷祖正當作尚書，投老可得僕射。」

151 歐陽永叔《贈介甫》云：「翰林風月三千首，吏部文章二百年。」介甫答云：「他日若能窺孟子，終身何敢望韓公。」議者謂介甫怒永叔以退之相比，介甫不知二百年事乃《南史》謝朓吏部也。沈約見其詩云：「二百年來無此詩。」以介甫爲誤。以余考之，歐公必不以謝比介甫，介甫不應誤以謝爲韓也。孫樵《與高錫望書》曰：「唐朝以文索士，二百年間作者數十輩，獨高韓吏部。」歐公用此爾，介甫未嘗誤認事也。見樵集。

152 坡云：「腹摇鼻息庭花落，償盡當年未足心。」孫樵云：「腹摇鼻息，夢到鄉國。槐花撲庭，鳴蜩噪晴。」

153 退之《送馬總南海》云：「衙時龍户集，上日馬人來。」馬人，見佛書：毗舍離國有一類人，如馬，裸露，王運神力分身爲蠶，乃得衣。王生中土，馬人感戀，號馬鳴菩薩。見《傳燈》十一祖。龍户，即蜑户也。

154 杜云：「竹根稚子無人見。」稚子即筍，或以爲竹鼦，非也。牧之云：「小蓮娃欲語，幽筍稚相携。」以蓮比娃，以筍比稚子，與子美意同。

155 陳子高云：「我亦快飲月氏頭。」《史記》：匈奴破月氏，以其頭爲飲器。《春秋後語》：智伯圍趙襄子，智伯大敗，漆其頭爲飲器。《漢·張騫傳》晉灼注：爲虎子，周官玉府掌褻器。鄭司農注：虎子也。魏蘇則爲侍中，親省起居，執虎子。吉茂嘲之曰：「仕宦不已執虎子。」

156 介甫云：「虎士開閶闔，雞人唱早朝。」虎士，衛士也。《魏·許褚傳》：太祖引入宿衛從褚，俠客皆以爲虎士。又《周禮》：虎賁氏，虎士八百人。

157 淮人歲暮家人宴集曰潑散。韋蘇州云：「田婦有嘉獻，潑散新歲餘。」

158 詩人論魯直《酴醿》云：「露溼何郎試湯餅，日烘荀令炷鑪香。」不以婦人比花，乃用美丈夫事，不知魯直此格亦有來歷。李義山《早梅》云：「謝郎衣袖初翻雪，荀令薰鑪更换香。」亦以美丈夫比花，魯直爲工。

159 酒斟滿，捧觴必蘸指甲。牧之云：「爲君蘸甲十分飲。」夢得云：「蘸甲須歡便到來。」

160 古酒鉼號三雅：伯雅、仲雅、季雅。夢得云：「酒每傾三雅。」

161 蔡興宗作《杜詩考異》，「嬋娟碧鮮静，蕭摵寒籜聚」，蘚字從別本，蓋字畫小缺。而釋者云：

嬋娟，碧鮮，皆竹也。尤謬。非釋者謬，興宗謬也。按碧鮮出《文選·吴都賦》「玉潤碧鮮」，正謂竹也。乃以爲碧蘚，兒童之見也。捨舊集而從别本，何也？五代扈蒙作《碧鮮賦》，得名嬋娟美貌，以言碧鮮之美，豈以碧鮮爲蘚哉？《文選》成公子安《嘯賦》云：「蔭修竹之嬋娟。」注云：「嬋娟，美貌。」

162 杜云：「拄到玉女洗頭盆。」《真誥》：「玉女居華山，祠前五石臼，號玉女洗頭盆。」

163 太白云：「漢帝重阿嬌，貯之黄金屋。」見《漢武故事》：武帝四歲，長主抱著膝上，問曰：「阿嬌好否？」對曰：「好。若得阿嬌爲婦，當作黄金屋貯之。」乃定昏。

164 坡云：「一似獼猴騎土牛。」《魏晉新語》：尚書鍾毓謂州泰：「君釋褐登宰府，乞兒乘小車，一何駛？」泰曰：「君名公之子，少有文彩，故守吏職。獼猴騎土牛，一何遲耶？」

165 杜《夔州》詩云：「身許雙峰寺，門求七祖禪。」注云：「釋氏有六祖，今云七，莫知其故。」六祖傳法清源思，不傳衣，謂之七祖。雙峰，惠義寺也。杜有《惠義寺送辛員外》詩云：「雙峰寂寂對春臺。」

166 子美《鹽井》詩：「自公斗三百，轉致斛六千。」便見當時川中鹽價與商賈所販之息，使後世有考焉。真詩史也。

167 唐子西作《温泉記》，其下未必有硫黄，以爲水受性本然。李賀云：「華清宫中礜石湯。」以此觀之，泉之温，其下必有硫黄、礜石之類無疑。

168杜云：「自平中官吕太乙，收珠南海千餘日。」唐宦者吕太一反嶺南，以韋倫爲韶州刺史。見《倫傳》。印本多以「官」爲「宫」，或者又妄以爲「宫中」。

169杜《山水障》云：「咫尺應須論萬里。」《南史》：蕭賁扇上圖山水，咫尺之内，便覺萬里而遥。

170退之《百葉緋桃》云：「應知侍史歸天上，故伴仙郎宿禁中。」《周禮・天官》注：奚三百人，若今之侍史官婢。後漢尚書郎給女侍史二人，皆選端正婉麗，執香鑪，護衣服。

171爲文用偏旁字。顔延年《白馬賦》：「秀騏齊亍。」潘安仁《射雉賦》、張衡《舞賦》，並用彳亍二字。彳，丑亦切。亍，丑録切。韓詩：「刻畫架崖厂。」今人不敢用。

172世所傳東坡注杜詩、李歜編者，誕妄無根，不可名狀。其言某書某論者，今皆無此書，一妄也。且古人語各不同，如三國時與西漢人語，兩漢人與六朝人語，各有體格，今皆一律。此二妄也。詩人用古語，三字或兩字或全句多矣，取其自然，不如是切當。是撰字貼詩，唯恐句中漏一兩字，使人覺之甚可笑。此三妄也。其大妄者有三。有灼然有出處，而歜不知者。又東坡《雜説》中論杜詩及録出處者極多，無一字及此。以是知其尤誕妄。小兒輩好奇，未多讀書，真以爲東坡所注，故爲辨之。

173魯直詩多用「居然」字，晉、宋間語也。范堅云：「居然許宗之請。」庾敳云：「處衆人中，居然獨立。」后稷詩云：「居然生子。」此其本也。（卷下）

（徐俊）

捫蝨新話

陳善　撰

陳善（？—一一六九），字敬甫，一説字子兼，號秋塘。福州羅源（在今福建省）人。《捫蝨新話》八卷，一本作十五卷，前集有紹興十九年（一一四九）自跋，後集有紹興二十七年（一一五七）自跋。此據《儒學警悟》本選録。

【文章以氣韻爲主】文章以氣韻爲主，氣韻不足，雖有辭藻，要非佳作也。乍讀淵明詩，頗似枯淡，久久有味。東坡晚年酷好之，謂李、杜不及也。此無他，韻勝而已。韓退之詩，世謂押韻之文爾，然自有一種風韻，如《庭楸》詩：「朝日出其東，我常坐西偏。夕日在其西，我常坐東邊。當晝日在上，我坐中央焉。」不知者便謂語無工夫，蓋是未窺見古人妙處爾。且如老杜云：「黄四娘家花滿蹊，千朵萬朵壓枝低。」此又可嫌其太易乎？論者謂子美「無數蜻蜓齊上下，一雙鸂鶒對浮沈」，便有「關關雎鳩，在河之洲」氣象。予亦謂淵明「藹藹遠人村，依依墟里煙。犬吠深巷中，雞鳴桑樹巔」，當與《豳風·七月》相表裏。此殆難與俗人言也。予每見人愛誦「影摇千丈龍蛇動，聲撼半天風雨寒」之句，以爲工，此如見富家子弟非無福相，但未免俗耳。若比之「霜皮溜雨四十圍，黛色

參天二千尺」，便覺氣韻不侔也。達此理者，始可論文。（上集卷一，下同）

【詩之雅頌即今之琴操】《詩》三百篇，孔子皆被之絃歌。古人賦詩見志，蓋不獨誦其章句，必有聲韻之文，但今不傳爾。琴中有《鵲巢操》《騶虞操》《伐檀》《白駒》等操，皆今詩文，則知當時作詩，皆以歌也。又琴，古人有謂之雅琴、頌琴者，蓋古之爲琴，皆以歌乎詩，古之雅頌，即今之琴操爾。雅頌之聲固自不同，鄭康成乃曰「豳風兼雅頌」。夫歌風安得與雅頌兼乎？舜《南風歌》，楚《白雪辭》，本合歌舞，漢帝《大風歌》，項羽《垓下歌》，亦入琴曲。今琴家遂有「大風起」、「力拔山」之操，蓋以始語名之爾。然則古人作歌，固可彈之於琴，今世不復知此。予讀《文中子》，見其與楊素、蘇瓊、李德林語，歸而援琴鼓《〔蕩〕（盪）》之什，乃知其聲至隋末猶存。

【畫工善體詩人之意】唐人詩有「嫩緑枝頭紅一點，動人春色不須多」之句，聞舊時嘗以此試畫工，衆工競於花卉上妝點春色，皆不中選。惟一人於危亭縹緲隱映處，畫一美婦人凭欄而立，衆工遂服。此可謂善體詩人之意矣。唐明皇嘗賞千葉蓮花，因指妃子謂左右曰：「何如此解語花也。」而當時語云：「上宫春色，四時在目。」蓋此意也。然彼世俗畫工者，乃亦解此耶？

【韓以文爲詩杜以詩爲文】韓以文爲詩，杜以詩爲文，世傳以爲戲。然文中要自有詩，詩中要自有文，亦相生法也。文中有詩，則句語精確；詩中有文，則詞調流暢。謝玄暉曰：「好詩圓美流轉如彈丸。」此所謂詩中有文也。唐子西曰：「古人雖不用偶儷，而散句之中暗有聲調，步驟馳騁，亦有節奏。」此所謂文中有詩也。前代作者皆知此法，吾謂無出韓杜。觀子美到夔州以後詩，簡易純熟，無斧鑿痕，信是如彈丸矣。退之《畫記》，鋪排收放，字字不虛，但不肯入韻耳。或者謂其殆似甲乙帳，非也。以此知杜詩韓文，闕一不可。世之議者，遂謂子美無韻語殆不堪讀，而以退之之詩但爲押韻之文者。是果足以爲韓杜病乎？文中有詩，詩中有文，知者領予此語。

【文章由人所見】文章似無定論，殆是由人所見爲高下爾。只如楊大年、歐陽永叔皆不喜杜詩，二公豈爲不知文者，而好惡如此。晏元獻公嘗喜誦梅聖俞「寒魚猶著底，白鷺已飛前」之句，聖俞以爲此非我之極致者，豈公偶自得意於其間乎。歐公亦云：「吾平生作文，惟尹師魯一見展卷疾讀，五行俱下，便曉人深意處。」然則於餘人，當有所不曉者多矣。所謂文章如精金美玉，市有定價，不可以口舌增損者，殆虛語耶！雖然，陽春白雪而和者數人，折楊黄華則嗑然而笑，自古然矣。吾觀昔人於小詩，皆旬鍛月鍊，至謂吟安一箇字，撚折數莖鬚者，其用意如此，乃知老杜曰「更覺良工心獨苦」，不獨論畫也。

【東坡文字好嫚駡】魯直嘗言東坡文字妙一世，其短處在好駡爾。予觀山谷渾厚，坡似不及，坡蓋多與物忤，其游戲翰墨，有不可處輒見之詩，然嘗有句云：「多生綺語摩不盡，尚有宛轉詩人情。猿吟鶴唳本無意，不知下有行人行。」蓋其自叙如此。又嘗自言性不慎語言，與人無親疏，輒輸寫肝臟，有所不盡，如茹物不下，必盡吐乃已。而世或記疏以爲怨咎，坡此語蓋實録也。坡自晚年，更涉世患，痛自摩治，盡去圭角，方更純熟，故其詩曰：「我生本强鄙，少以氣自擠。扁舟到江海，赤手攬象犀。還來輒自悟，留氣下暖臍。」觀此詩，便可想見其爲人矣。大抵高人勝士，類是不能徇俗俯仰，其嫚罵玩侮亦其常事。但後生慎勿襲其轍，或當如魯直所言爾。然予觀坡《題李白畫像》云：「西望太白横峨岷，眼高四海空無人。平生不識高將軍，手涴吾足乃敢嗔。」又嘗有詩曰：「七尺頑軀走世塵，十圍便腹貯天真。此中空洞渾無物，何止容君數百人。」且自言：「我所謂君者，自王茂洪之流爾，豈謂此等輩哉！」乃知坡雖好罵，尚有事在。

【歐陽公喜梅聖俞蘇子美詩】韓退之與孟東野爲詩友，近歐陽公復得梅聖俞，謂可比肩韓孟，故公詩云「猶喜共量天下士，亦勝東野亦勝韓」也，蓋嘗目聖俞爲詩老云。公亦最重蘇子美，稱爲「蘇梅」。子美喜爲健句，而梅詩乃務爲清切閑淡之語。公有《水谷夜行》詩，備述其體，然子美嘗曰：「吾不幸，寫字人以比周越，作詩人以比堯臣。」此又可笑。

【自悟前身】舊説房琯前身爲永禪師，婁師德前身爲遠公法師，豈世間所謂聰明英偉之士者，必自般若中來耶？近世張文定公爲滁州日，遊琅琊山寺，周行廊廡，至藏院，俛仰久之，忽命左右梯，梁間得經一函，開視，即《楞伽經》也。味經首四句偈，遂大悟流涕，知前生事。東坡前身亦具戒和尚，坡嘗言在杭州時，嘗遊壽星寺，入門便悟曾到，能言其院後堂殿石處，故詩中有「前生已到」之語。此皆異事，蓋由二公平生學道，性地純一，神觀清浄，於一念頃，遂見前世。予因論此，偶有所感，誦白公「手把楊枝臨水坐，閑思往事似前身」之句，以太息云。

【辨前輩論古今人文長短】後山居士言蘇明允不能詩，歐陽永叔不能賦，曾子固短於韻語，黄魯直短於散語，子瞻詞如詩，少游詩如詞。此論得今人之短。宋尚書云：「老子《道德經》爲至言之宗，屈平《離騷》經爲詞賦之宗，司馬遷《史記》爲紀傳之宗，左丘明工言人事，莊周工言天地。」此論得古人之長。雖然，要不可偏廢，論人者無以短而棄其長，亦無以長而護其短。自論則當於長處出奇，短處致功。或問霍王所長於處士劉元平，答曰：「無長。」論者不解。元平曰：「人有短，所以見其長。若王無所不備，吾何以稱之？」此語誠是，然此等人難得。

【論作文工夫】歐公嘗言，古詩中時作一兩聯屬對，尤見工夫。觀公内制集序云：「若夫涼竹簟之暑風，瞻茅簷之冬日，睡餘支枕，念昔平生，顧瞻玉堂，如在天上。」乃知公不獨用之於詩也。予三復此語，並誦淵明《歸去來辭》：「舟遥遥以輕颺，風飄飄而吹衣。問征夫以前路，恨晨光之熹微。乃瞻衡宇，載欣載奔。僮僕歡迎，穉子候門。三徑就荒，松菊猶存。携幼入室，有酒盈樽。引壺觴以自酌，眄庭柯以怡顔。倚南窗以寄傲，審容膝之易安。」又云：「農人告予以春及，將有事於西疇。或命巾車，或棹孤舟。既窈窕以尋壑，亦崎嶇而經丘。木欣欣以向榮，泉涓涓而始流。」因思乎文中時復作四言句，使相間錯成文，又益奇也。

【前輩文人相奬借】歐陽公不得不收東坡，所謂「老夫當避路，放他出一頭地」者，其實掩抑渠不得也。東坡亦不得不收秦少游、黄魯直輩，少游歌詞當在東坡上，少游不遇東坡，當能自立，必不在人下也。然提奬成就，坡力爲多。

【文體】以文體爲詩自退之始，以文體爲四六自歐公始。

【評詩句可作畫本】東坡《詠梅》有「竹外一枝斜更好」之句，此便是坡作夾竹梅花圖，但未下筆耳。每詠其句，便如行孤山籬落間，風光物彩來照映人，應接不暇也。近讀山谷文字云：「適人以桃杏雜花擁一枝梅見惠，谷爲作詩，不知惠者何人，然能如此安排，亦是不凡。正如市倡東塗西抹中，忽見謝家夫人，蕭散自有林下風氣，益復可喜。」竊謂此語便可與坡詩對畫作兩幅圖子也。戲録於此，將與好事者以爲畫本。

【前輩讀書不似今人滅裂】世傳蔡相當國日，有二人求堂除，適有一美闕，二人競欲得之，乃皆有薦援也。蔡莫適所與，即謂曰：「能誦得盧仝《月蝕》詩乎？」内一耆年者應聲朗念，如注瓶水，音吐鴻暢，一坐盡傾。蔡喜，遂與美除。頃因夜話及此，予因嘆前輩讀書類皆成誦如此，不似今人滅裂。艾慎幾云：「《月蝕》詩要是難誦，遽讀之，有不能句者。」予曰：「柳子厚《天對》更自難讀，時時問人，人皆不解，蓋其屈曲聱牙不獨三盤五誥也，只此便可試侍讀侍講矣。」闔坐大笑。

【爲文要得頓挫之法】予因學琴，遂得爲文之法。文章妙處在能掩抑頓挫，令人讀之亹亹忘倦。韓退之《聽穎師琴》詩曰：「昵昵兒女語，恩怨相爾汝。劃然變軒昂，勇士赴敵場。浮雲柳絮無根蒂，天地闊遠相飛揚。喧啾百鳥群，忽見孤鳳凰。躋攀分寸不可止，失勢一落千丈强。」此頓挫法也。退之《與李翺書》並用其法，云：「僕之家本窮空，重遇攻劫，衣食無所得，養生之具無所有。家累近三十口，携此將安所歸託乎？捨之入京不可也，挈之而行不可也，足下將安以爲我謀哉？此一事耳。足下謂我入京誠有所益乎？僕之所有，子猶有不知者，時人能知我哉？持僕所守，驅而使奔走伺候公卿間，開口議論，其安能有所合乎？」又云：「所貴乎京師者，得不以明天子在上，賢公卿在下，布衣韋帶之士談道義者多乎？以僕皇皇於其中，能上聞而下達乎？其知我者固少，知而相愛不相忌者又加少，内無所資，外無所繼，終安所爲乎？嗟乎！子之責我誠是也，愛我誠多也，今天下之人有如子者乎？自堯舜以來，士有不遇者乎？無也。子獨安能使我清潔不汙而處其所可樂哉！」大略如此。觀其筆力，覆仰頓挫，文采燦然，與穎師琴聲何異！

【論詩人下句優劣】詩人有俱指一物而下句不同者，以類觀之，方見優劣。王右丞云：「遍插茱萸少一人。」朱放云：「學他年少插茱萸。」子美云：「好把茱萸子細看。」此三句皆言茱萸，而杜當爲優。又如子美云：「魚吹細浪摇歌扇。」李洞云：「魚弄晴波影上簾。」韓偓云：「池面魚吹柳絮行。」此三句皆言魚戲，而韓當爲優。又如白公云：「梨花一枝春帶雨。」李賀云：「桃花亂落如紅雨。」王勃云：「珠簾暮捲西山雨。」此三句皆言雨，而王當爲優。學詩者以此求之，思過半矣。

【文字各有所主未可優劣論】撒鹽空中，此米雪也。柳絮因風，此鵝毛雪也。然當時但以道藴之語爲工。予謂《詩》云：「如彼雨雪，先集維霰。」霰即今所謂米雪耳。乃知謝氏二句，當各有所謂，固未可優劣論也。東坡遂有「柳絮才高不道鹽」之句，此是且圖對偶親切耳。

【借西子形容西湖】東坡酷愛西湖，嘗作詩云：「若把西湖比西子，淡妝濃抹總相宜。」識者謂此兩句已道盡西湖好處。公又有詩云：「雲山已作歌眉斂，山下碧流清似眼。」予謂此詩又是爲西子寫生也。要識西子，但看西湖；要識西湖，但看此詩。

【因登山而感所見】孔子登東山而小魯，登泰山而小天下，所登愈高，所見愈大，天下之理固自多也。

如此。雖然，孔子豈但登泰山而後知天下之小哉！此孟子所以有感於是也。東坡嘗用其意作《廬山》詩曰：「横看成嶺側成峰，遠近看山總不同。不識廬山真面目，只緣身在此山中。」知此則知孔子登山之意矣。無爲楊次公奉使登泰山絶頂，雞一鳴，見日出，由是而言，則世之不見日者尚多也。

【言語忠厚】章子厚嘗言：「飢時遇不相識亦須索飯，飽後見爺亦不拜。」此最害理。子厚寧以一飽而遂忘其父乎？不似范文正公善言飢飽，公嘗監泰州西溪鹽場，西溪素多蚊蚋，作詩曰：「飽去櫻桃重，飢來柳絮輕。但知求早晉，不要問前程。」雖片言，亦自有忠厚之氣。

【詩評乃花譜】予嘗與林邦翰論詩及四雨字句，邦翰云：「『梨花一枝春帶雨』句雖佳，不免有脂粉氣，不似『朱簾暮捲西山雨』多少豪傑。」予因謂樂天句似茉莉花，王勃句似含笑花，李長吉「桃花亂落如紅雨」似薝蔔花，而王荆公以爲總不似「院落深沈杏花雨」乃似闍提花。邦翰撫掌曰：「吾子此論不獨詩評，乃花譜也。」（上集卷二。下同）

【帝王文章富貴氣象】帝王文章，自有一般富貴氣象，國初江南遺徐鉉來朝，鉉欲以辨勝，至誦後主《月》詩云云，太祖皇帝但笑曰：「此寒士語爾，吾不爲也。吾微時，夜自華陰道中，逢月出，有句云：『未離海底千山暗，纔到中天萬國明。』」鉉聞，不覺駭然驚服。太祖雖無意爲文，然出語雄傑如此。予觀李氏據江南全盛時，宫中詩曰：「簾日已高三丈透，金爐次第添香獸。紅錦地衣隨步皺，佳人舞點金釵溜。酒惡時將花蕊嗅，别殿時聞簫鼓奏。」議者謂與「時挑野菜和根煮，旋斫生柴帶葉燒」者異矣。然此盡是尋常説富貴語，非萬乘天子體。予蓋聞太祖一日與朝臣議論不合，嘆曰：「安得桑維翰者與之謀事乎？」左右曰：「縱維翰在，陛下亦不能用之。」蓋維翰愛錢，太祖曰：「窮措大眼孔小，賜與十萬貫則塞破屋子矣。」以此言之，不知彼所謂金爐香獸、紅錦地衣，當費得幾萬貫。此語得無是措大家眼孔乎！

【林子山詩】林子山詩，亦多佳句，其自叙過門人指朝郎宅，「入室渾如野老家」，人皆許其有隱者之致。然輕薄子猶誦其《出山詩》云：「尺書中夜至，清曉即揚鞭。」人謂子山三詔不起，於是聞者莫不絶倒。

【詩人多寓意於酒婦人】荆公編李杜韓歐四家詩，而以歐公居太白之上，曰：「李白詩語迅快無疏脱處，然其識汙下，十句九句言婦人酒爾。」予謂詩者妙思逸想，所寓而已。太白之神氣，當游戲萬物之表，其於詩，特寓意焉耳，豈以婦人與酒能敗其志乎！不然，則淵明篇篇有酒，謝安石每遊山必攜妓，亦可謂其識不高耶。歐公文字寄興高遠，多喜爲風月閑適之語，蓋是效太白爲之，故東坡作歐公集序，亦云「詩賦似李白」，此未可以優劣論也。黄魯直初作豔歌小詞，道人法秀謂其以筆墨誨淫，於我法中當墮泥犁之獄。魯直自是不復作。以魯直之言能誨淫則可，以爲其識汙下則不可。（上集卷三。下同）

【老杜詩如董仲舒策】老杜詩如董仲舒策，句句典實，堪出題目，餘人詩非不佳，但可出題者終少耳，好詩與好句正自不同。

【韓文杜詩無一字無來處】文人自是好相採取，韓文杜詩號不蹈襲者，然無一字無來處，乃知世間所有好句，古人皆已道之，能者時復暗合孫吴爾。大抵文字中，自立語最難，用古人語又難於不露筋骨，此除是具倒用大司農印手段始得。

【文人相譏】東坡《醉白堂記》，荆公謂是韓白優劣論，而荆公《虔州州學記》，東坡亦謂之學校策。范文正公《岳陽樓記》，或者又曰：「此傳奇體也。」文人相譏，蓋自古而然。退之《畫記》，或謂與甲乙帳無異。樂天《長恨歌》曰：「上窮碧落下黄泉，兩處茫茫尋不見。」當是目蓮救母辭爾。近柳屯田云「楊柳岸曉風殘月」，最是得意句，而議者鄙之曰：「此梢子野溷時節也。」尤爲可笑。（上集卷四。下同）

【文章忌俗與太清】予嘗與僧慧空論今之詩僧，如病可、瘦權輩，要皆能詩，然嘗病其太清。予因誦東坡《陸道士墓誌》，坡嘗語陸云：「子神清而骨寒，其清足以仙，其寒亦足以死。」此語雖似相法，其實與文字同一關捩。蓋文字固不可犯俗，而亦不可太清。如人太清則近寒，要非富貴氣象，此固文字所忌也。觀二僧詩，正所謂其清足以仙，其寒亦足以死者也。空云：「吾往在豫章，蓋從李商老游，一日亦論至可師處，商老曰：『可詩句句是廬山景物，試拈却廬山，不知當道何等語。』亦以爲有太清之病。」予笑謂空曰：「商老此語，無乃暗合孫吴耶。」

【心無定見故無定論】天下無定境，亦無定見，喜怒哀樂、愛惡取捨、山河大地，皆從此心生。此心在焉，則萱蒯不可以代匱，糟糠不可以下堂，是未嘗有正色也。心不在焉，則鼓吹不及池蛙，絲竹不如山鳥，是未嘗有正聲也。舌欲纂味也，而世有飡痂之夫。天下事如是多矣。杜子美曰：「感時花濺淚，恨别鳥驚心。」至於《悶》詩則曰：「出門惟白水，隱几亦青山。」山水花鳥，此平時可喜之物，而子美於恨悶中惟恐見之，蓋此心未浄，則平時可喜者適足與詩人才子作愁具爾。是則果有定見乎？論者多怪孟東野方嘆出門之礙，而復誇馬蹄之疾，以爲唐詩人多不聞道，此無他，心見不同爾。故釋氏之論曰：「心浄則佛土皆浄。」信矣。

【東坡南遷之讖】東坡《遊金山寺》詩曰：「我家江水初發源，宦遊直送江入海。」《松醪賦》亦云：「遂從此而入海，渺翻天之雲濤。」人以坡此語爲晚年南遷之讖。坡又嘗《贈潘谷》詩云：「一朝入海尋李白，空看人間畫墨仙。」潘後數年果因醉赴於井中，趺坐而死。人皆異之。坡固不獨自讖，且又讖殺潘谷耶！

【梅聖俞河豚詩歐公食車螯詩】梅聖俞《河豚》詩云：「但言美無度，誰知死如麻。」歐公《食車螯》詩亦云：「但知美無厭，誰謂來甚遐。」然已覺牽强，不似梅詩爲切題。

【人比狗僧似鼈好一對】歐陽公言：「漢人碑云鷹擊盧搏，是以人比狗也。」山谷言徐浩詩云：「法師多壞能。」能，三足鼈也。乃是僧似鼈爾。人比狗，僧似鼈，正好一對。

【詠梅】客有誦陳去非《墨梅》詩於予者，且曰：「信古人未曾道此。」予摘其一，曰：「『粲粲江南萬玉妃，别來幾度見春歸。相逢京洛渾依舊，只是緇塵染素衣。』世以簡齋詩爲新體，豈此類乎？」客曰：「然。」予曰：「此東坡句法也。坡《梅花》絶句云：『月地雲階漫一樽，玉奴終不負東昏。臨春結綺荒荊棘，誰信幽香是返魂。』簡齋亦善奪胎耳。簡齋又有《臘梅》詩曰：『奕奕金仙面，排行立曉晴。慇懃夜來雪，少住作珠纓。』亦此法也。」

【畢狀元詩】畢狀元漸使福建日，嘗按部過羅源，時南華翁林子山致仕居南華洞，年已八十餘，以詩迓之。有「當年春榜首聞名，對御如君有幾人」之句。畢公和贈之，多所獎借。其詩曰：「兒童聞説子山名，將謂先生是古人。海上偶經仙洞府，巖前猶見玉精神。南華久徹逍遥夢，兜率重來自在身。携得新詩天上去，不教辜負到全閩。」人言畢狀元眉目如畫，詩辭亦自清拔。予兒時見人多誦此詩，至今父老猶能誦之，真佳句也。今《青瑣集》中多載當時諸公贈子山詩，而獨無此篇，故遂記於此，以補《青瑣》之缺。

【陳後山之學】陳後山學文於曾子固，學詩於黄魯直，蓋嘗有詩云：「向來一瓣香，敬爲曾南豐。」然此香獨不爲魯直何也？（下集卷一。下同）

【韓文公排斥靈師意微而顯】退之送惠師、靈師、文暢、澄觀等詩，語皆排斥，獨於靈師似若褒惜，而意實微顯。如「圍棋」「六博」「醉花月」「羅嬋娟」之句，此豈道人所宜爲者？其卒章云：「方將斂之道，且欲冠其顛。」於澄觀詩亦云：「我欲收斂加冠巾。」此便是勒令還俗也。退之又嘗有詩云：「我寧屈曲自世間，安能從汝巢神仙。」故作《謝自然》《誰氏子》等詩，尤爲切齒。然於《華山女》詩，乃獨假借，末句云：「仙梯難攀俗緣重，浪憑青鳥通丁寧。」與《記夢》詩語便不同，不知何以得此？

【詩有格高有韻勝】予每論詩，以陶淵明、韓、杜諸公皆爲韻勝。一日見林倅於徑山，夜話及此，林倅曰：「詩有格有韻，故自不同，如淵明詩，是其格高。謝靈運『池塘春草』之句，乃其韻勝也。格高似梅花，韻勝似海棠花。」予時聽之，矍然若有所悟，自此讀詩頓進，便覺兩眼如月，盡見古人旨趣，然恐前輩或有所未聞。

【東坡詩用事多誤】東坡詩用事多有誤處，《虢國夫人夜遊圖》詩云：「當時亦笑潘麗華，不知門外韓擒虎。」按陳後主張貴妃名麗華，韓擒虎平陳，後主、麗華俱見收，而齊東昏侯有潘淑妃，初不名麗華也。又按《梅花》絶句云：「月地雲階漫一樽，玉奴終不負東昏。臨春結綺荒荆棘，誰信幽香是返魂。」此亦張麗華事，而坡作東昏侯事用之。坡又有詩云：「全勝倉公飲上池。」《史記》飲上池乃是扁鵲。又詩云：「縱令司馬能鑱石，奈有中郎解摸金。」而袁紹檄曹操蓋云：「發丘中郎，摸金校尉。」又詩云：「市區收罷魚豚税，來與彌陀共一龕。」褚遂良云：「一食清齋，彌勒同龕。」非彌陀也。此類非一，蓋惟大才可以闊略，餘人正不可學。

【荆公詩極精巧】荆公晚年詩極精巧，如「木落山林成自獻，潮回洲渚得横陳」，「一水護田將緑遶，兩山排闥送青來」之類，可見其琢句工夫。然論者猶恨其雕刻太過。公嘗讀杜荀鶴《雪》詩云：「江湖不見飛禽影，巖谷惟聞拆竹聲。」改云：「宜作『禽飛影』『竹拆聲』。」又《王仲至試館職》詩云：「日斜奏罷《長楊賦》，閑拂塵埃看畫牆。」公又改爲「奏賦長楊罷」，云：「如此語健。」此亦是一癖。

【山谷言淵明責子詩】山谷嘗言：「觀淵明《責子》詩，想見其人愷悌慈祥，戲謔可觀也。俗人便謂淵明諸子皆不肖，而淵明愁嘆見於詩，可謂癡人前不得説夢也。」然老杜云：「淵明避俗翁，未必能達道。有子賢與愚，何必挂懷抱。」如山谷所云，則杜公猶是未能免俗，何耶？

【杜荀鶴唐風集鄭谷雲臺編】處士周樸，有能詩名於唐末，歐陽公嘗稱樸詩「風暖鳥聲碎，日高花影重」之句，然此杜荀鶴詩，非樸句也，見《唐風集》。公言少時見其集，今不復傳。公又言鄭谷詩號《雲臺編》者，今亦不行於世。然今市書肆實有此集。二人唐史皆不爲立傳，獨樸死巢兵，不屈其節，因見巢傳中。予家有樸詩百餘篇，曾爲之序，異日當別加搜訪遺逸，爲全集以傳於世。

【僧惠洪詞】予嘗疑山谷小詞中有和僧惠洪《西江月》一首云：「日側金盆墮影，雁回醉墨當空。君詩秀絶兩園葱。想見衲衣寒擁。蟻穴夢回人世，楊花蹤跡風中。莫將社燕等秋鴻。處處春山翠重。」意其非山谷作。後人見洪載於《冷齋夜話》，遂編入山谷集中。據《夜話》載，洪與山谷往返語話甚詳，而集中不應不見此詞，亦不類山谷，真贋作也。後讀曾公所編《皇宋百家詩選》，乃云惠洪多誕，《夜話》中數事皆妄。洪嘗詐學山谷作贈洪詩云：「韻勝不減秦少游，氣爽絶類徐師川。」師川見其體製絶似山谷，喜曰：「此真舅氏詩也。」遂收置《豫章集》中。然予觀此詩全篇，亦不似山谷體製，以此益知其妄。

【杜詩高妙】老杜詩當是詩中六經，他人詩乃諸子之流也。杜詩有高妙語，如云：「王侯與螻蟻，同盡隨丘墟。願聞第一義，回向心地初。」可謂深入理窟。晉宋以來詩人無此句也。「心地初」乃莊子所謂「遊心於淡，合氣於漠」之義。

【題滄浪亭】蘇子美居姑蘇，買水石作滄浪亭，歐陽公以詩寄題，有云「荒灣野水氣象古，高林翠阜相回環」，此兩句最爲著題。予嘗訪其遺跡，地經兵火，已數易主矣。今屬韓郡王府，亭非舊創也。然「荒灣野水」「高林翠阜」，猶可想像當時景物。予每至其上，徘徊不能去，因思古人「柳塘春水漫」與「池塘生春草」之句，似專爲此亭設也，非意到目見，不知其妙。予嘗有《游西園》詩，戲述其事，其卒章云：「不到滄浪亭上望，那知此句是天成。」蓋謂此也。

【作詩如作雜劇臨了打諢方是出場】山谷嘗言：「作詩正如作雜劇，初時布置，臨了須打諢，方是出場。」予謂雜劇出場誰不打諢，只是難得切題可笑爾。山谷蓋是讀秦少章詩，惡其終篇無所歸，故有此語。然東坡嘗有《謝賜御書》詩曰：「小臣願對紫微花，試草尺書招贊普。」秦少章一見便曰：「如何便説到這裏？」少章之意，蓋謂東坡不當合鬧，然亦是不會看雜劇也。據坡自注云：「時熙河新獲鬼章，是日涇原復奏夏賊數十萬人皆遁去。」故其詩云：「莫言弄墨數行書，須信時平由主聖。犬羊散盡沙漠空，捷烽夜到甘泉宫。似聞指揮築上郡，已覺談笑無西戎。」乃知坡詩意自有在。

【歐陽公不以古文始於尹師魯】一代文章必有一代宗主，然非一代英豪不足當此責也。韓退之抗顔爲師，雖子厚猶有所忌，況他人乎？予觀國初文章，氣體卑弱，猶有五代餘習。自穆脩等始作爲古文，學者稍稍從之，然未盛也。及歐陽公、尹師魯輩出，然後國朝之文始極於古。然歐陽公作《師魯墓誌》，但言其文章簡而有法而已，不以古文斷自師魯始也。世以此疑公平日與師魯厚善，亟稱其文字，乃於此若有所惜者，何哉？石守道作《三豪詩》曰：「曼卿豪於詩，杜默豪於歌，永叔豪於文。」默之歌豈可與歐公比？而公有《贈默》詩云：「贈之《三豪》篇，而我濫一名。」不以爲誚。若此公惡争名，且爲介諱也。公既不争名於杜默，而復有惜於師魯乎？雖然，予聞之孫權初欲與劉備共取蜀，遣使報備，備欲自圖蜀，拒答不聽曰：「今同盟無故自相攻伐，使敵乘其隙，非長計也。」權復不聽，遣孫瑜率水軍住夏口。備不聽軍過，謂瑜曰：「汝欲取蜀，吾當被髮入山，不失信於天下也。」權既召瑜還，備遂自襲蜀取之。古人於臨事切要處，未嘗不自留一著也。今觀歐陽公言，若以古文始自師魯，則前有穆脩及有宋先達甚多，此豈其本心哉，無乃亦自留一著乎！不然，蒲盧婺何其髮短而心甚長耶？（下集卷二。下同）

【免役之法】王荆公行新法，同時諸公皆以爲不然，二蘇頗有論列，荆公於三經新義託意譏諷，至《大誥》篇則幾乎罵矣。《召公論》真有謂而作也。後東坡作書《論語》諸解，又矯枉過直而奪之牛。子由晚年似知役法之不可盡廢，故謂司馬公爲不曉吏事，然亦自一出一入，其作《東坡墓誌》，載東坡論役法一事，似是後來飾説。荆公嘗曰：「吾行新法，終始以爲不可者，司馬光也。終始以爲可行者，曾布也。其餘皆出入之徒也。」然免役法至今行之，民以爲便，何終始不可之有？予觀荆公，要是一世異人，荆公晚年删定《字説》，出入百家，語簡而意深，嘗自以爲平生精力盡於此書。然至今晚生小子亦隨例譏評，至厭讀其書，蓋非獨不喜新法也。山谷嘗有《和贈張文潛》詩曰：「荆公六藝學，妙處端不朽。諸生用其短，頗復鑿户牖。譬如學捧心，初不悟己醜。玉石恐俱焚，公爲分別否。」元祐諸公，惟此一人議論稍近厚，可想見其遺風。

【歐陽公詩倣韓退之赤藤杖歌】韓文公嘗作《赤藤杖歌》云：「赤藤爲杖世未窺，臺郎始携自滇池。共傳滇神出水獻，赤龍拔鬚血淋漓。又云羲和操火鞭，暝到西極睡所遺。」此歌雖窮極物理，然恐非退之極致者。歐陽公遂每每效其體，作《淩溪大石》云：「山經地誌不可究，遂令異説争紛紜。皆云女媧初鍛錬，融結一氣凝精純。仰觀蒼蒼補其缺，染此紺碧瑩且温。或疑古者燧人氏，鑽以出火爲炮燔。苟非聖人親手跡，不爾孔穴誰雕剜。又云漢使把漢節，西北萬里窮崑崙。行經于闐得寶玉，流入中國隨河源。沙磨水激自穿穴，所以鐫鑿無瑕痕。」觀其立意，故欲追倣韓作，然頗覺煩冗，不及韓歌爲渾成爾。公又有《石篆》詩云：「我疑此字非筆墨，又疑人力非能爲。始從天地胚胎判，元氣結此高崔巍。當時野鳥踏山石，萬古遺跡于蒼崖。山祇不欲人屢見，每吐雲霧深藏埋。」《紫石硯屏歌》云：「月從海底來，行向天東南。正當天中時，下照萬丈潭。潭中無風月不動，倒影射入紫石巖。月光水潔石瑩浄，感此陰魄來中潛。自從月入此石中，天有兩曜分爲三。」公又嘗作《吴學士石屏歌》云：「吾嗟人愚不見天地造物之初難，乃云萬物生自然，豈知鐫鑿刻劃醜與妍，千狀萬態不可殫，神愁鬼泣日夜不得閒。」此三篇亦前詩之意也，其法蓋出於退之。然《石屏歌》云：「又疑鬼神好勝憎吾儕，欲極奇怪窮吾才。」而《洛陽牡丹圖》詩又云：「又疑人心愈巧僞，天欲鬬巧窮精微。」二詩殆是一意，自不宜兩用。

【鄭康成注毛詩牽合周禮沈存中論詩亦有此癖】詩人之語，要是妙思逸興所寓，固非繩墨度數所能束縛，蓋自古如此。予觀鄭康成注《毛詩》，乃一一要合《周禮》。《定之方中》云「騋牝三千」，則云：國馬之制，天子十有二閑，馬六種，三千四百五十六匹。邦國六閑，馬四種，千二百九十六匹。衛之先君兼邶鄘而有之，而馬數過制。《采芑》云「其車三千」，則云：《司馬法》兵車一乘，甲士三人，步卒七十二人，宣王承亂，羨卒盡起。《甫田》云「歲取十千」，則以爲井田之法，一成之數。《棫樸》云「六師及之」，則必爲殷末之制，未有《周禮》。《周禮》五師爲軍，軍萬二千五百人。如此之類，皆是束縛太過，不知詩人本一時之言，不可一一牽合也。康成蓋長於《禮》學，以《禮》而言詩，過矣。近世沈存中論詩，亦有此癖，遂謂老杜「霜皮溜雨四十圍，黛色參天二千尺」爲太細長，而説者辨之曰：只如杜詩有云：「大城鐵不如，小城萬丈餘。」世間豈有萬丈城哉？亦言其勢如此爾。予謂《周詩》云：「崧高維嶽，峻極于天。」嶽之峻亦豈能極天？所謂不以辭害意者也。文與可嘗有詩與東坡曰：「擬將一段鵝溪絹，掃取寒梢萬丈長。」坡戲謂與可曰：「竹長萬丈，當用絹一百五十匹，知公倦於筆硯，願得此絹而已。」與可無以答，則曰：「吾言妄矣，世豈有萬丈竹哉！」坡從而實之，遂答其詩曰：「世間亦有千尋竹，月落庭空影許長。」與可因以所畫筼筜偃谷竹遺坡，曰：「此竹數尺爾，而有萬丈之勢。」觀二公談笑之語如此，可見詩人之意。若使存中見之，無乃又道太細長耶！

【少長之語】《符讀書城南》詩有「少長」語，本出《前漢·匈奴傳》，云：「兒能引弓射鳥雀，少長，則射狐兔，用爲食。」少長，猶言稍長也。

【周美成倣東坡秦少游詩】東坡《藏春塢》詩，有「年抛造物甄陶外，春在先生杖履中」之句，其後秦少游作《俞待制挽詩》，遂云：「風生使者旌旗上，春在將軍俎豆中。」人已謂其依倣太甚。今人只見周美成《蔡相生辰》詩云：「化行禹貢山川外，人在周公禮樂中。」相傳競以爲佳，不知前輩已疊用之矣。人之易欺，多此類也。

【韓退之解醉紅裙不能文字飲自不能忘情】韓退之謂京師富兒，惟解醉紅裙，不能文字飲。然予觀退之，亦未是忘情者。退之自有二侍妾，名絳桃、柳枝。張籍詩所謂「乃出二侍女，合彈琵琶箏」者也。公嘗有詩云：「銀燭未銷窗送曙，金釵半醉座添春。」此豈空飲文字者耶！

【李杜韓柳優劣】唐世，詩稱李杜，文章稱韓柳。今杜詩語及太白無慮十數篇，而太白未嘗有與杜子美詩，只有「飯顆」一篇，意頗輕甚，論者謂以此可知子美傾倒太白至矣。晏元獻公嘗言：韓退之扶導聖教，剗除異端，自其所長。若其祖述墳典，憲章騷雅，上傳三古，下籠百氏，横行闊視於綴述之場者，子厚一人而已矣。然學者至今但雷同稱説，其實李、杜、韓、柳豈無優劣？達者觀之，自可默喻。（下集卷三。下同）

【嘲厥頑】吕居仁嘗有一絶云：「胡虜那知鼎重輕，禍胎元自漢公卿。襄陽耆舊推龐老，受禪碑中無姓名。」後有人題於館驛壁上，仍注其下「此本中嘲厥頑之作」，見者無不大笑。蓋吕之父嘗聯名立僞楚故也。近王會出守吴興，其甥秦伯陽以詩送之，卒章云：「飽聞吕老榴皮字，試問溪頭鶴髮翁。」自注云：事見東坡詩。按坡集，言吕洞賓嘗以石榴皮書字於湖州沈東老之壁，故坡詩云：

「至用榴皮緣底事，中書君豈不中書。」其意不能無譏諷也。今秦公乃指坡此詩爲出處，無乃亦嘲厥祖乎？ 玆可以絶倒。

【吴中橙齏鱸鱠桃水肥鯗景致】東坡居吴中久，頗熟其風土，嘗作詩云：「荷盡已無擎雨蓋，菊殘猶有傲霜枝。一年好景君須記，正是橙黄橘緑時。」論者謂非吴人不知其爲佳也。坡又嘗作《文與可洋州園池》詩曰：「金橙縱復里人知，不見鱸魚價自低。須是松江煙雨裏，小舡燒薤搗香齏。」又云：「溶溶春港漾晴暉，蘆筍生時柳絮飛。不見江南三月裏，桃花流水鯗魚肥。」予謂橙、齏、鱸、鱠，桃水、肥鯗，似此景致，亦豈北人所有？

【逸詩六篇笙歌】詩之亡者六篇，《魚麗》之後亡其三篇，曰《南陔》《白華》《華黍》也。《南有嘉魚》《南山有臺》之後亡其三篇，曰《由庚》《崇丘》《由儀》也，皆曰有其義而亡其辭。毛氏注謂遭戰國及秦世而亡之也，故其詩辭不傳。然六篇之亡，皆是一處，不應中間《南有嘉魚》《南山有臺》二詩能獨存也。按《儀禮·鄉飲酒·燕禮》：「笙入，於縣中，奏《南陔》《白華》《華黍》。」又曰：「乃閒歌《魚麗》，笙《由庚》，歌《南有嘉魚》，笙《崇丘》，歌《南山有臺》，笙《由儀》。」此六詩者，皆於笙奏之。然當秦火之先，何此六笙詩獨亡？ 同舍商份曰：「不然，所謂亡其辭者，亡讀爲無，謂此六詩於笙奏之，雖有其聲，本無辭句，不若《魚麗》《南有嘉魚》《南山有臺》於歌奏之。歌，人聲也，故有辭耳。此笙與歌之異也。」《燕禮》又有「升歌鹿鳴，下管新宫」，毛氏曰：「新宫，亦詩篇名也。辭義皆亡，無以知其篇第之處。」商份曰：「此亦非也，管與笙一類也，皆有其聲而已，故《新宫》詩亦亡。」然以予考之,《左傳》昭二十五年,宋公享昭子賦《新宫》。謂之賦,則非無辭矣。故後漢明帝養老亦取而歌焉。明帝去孔子删《詩》之世未遠,必見其辭,故得以播之詠歌,蓋未有有詩而無辭者。今逸詩見於經書者,此外又有《貍首》《驪駒》二詩。《禮記·射義》「諸侯以貍首爲節」,其下文云:「詩云,曾孫侯氏,四正具舉。大夫君子,凡以庶士。小大莫處,御於君所。以燕以射,則燕則譽。」鄭氏以爲此《貍首》之詩辭也。前漢江公謂鼓吹(笙)〔生〕曰歌《驪駒》,王式曰:「聞之於師,客歌《驪駒》,主人歌《客毋庸歸》。」文穎注云:其詩曰:「驪駒在門,僕夫具存。驪駒在路,僕夫整駕。」則驪駒詩亦非無辭也。以此知六笙詩必皆有辭而亡之,當如舊説。然獨六笙詩亡,份之言則必有謂,姑著其語,以俟參考。

【花卿】世人謂杜子美《贈花卿》詩有「此曲祇應天上有,人間那得幾回聞」之句,因誤認花卿爲歌妓者多矣。按花卿蓋西川牙將,嘗與西川節度崔光遠平段子璋,遂大掠東川,故子美復有《戲贈花卿歌》,其卒章云:「人道我卿絶代無,天子何不唤取守京都。」當時花卿跋扈不法,有僭用禮樂之意,子美所贈,蓋微而顯者也,不然,豈天上有曲而人間不得聞乎?

【歐陽公不能變詩格】歐陽公詩,猶有國初唐人風氣。公能變國朝文格,而不能變詩格。及荆公、蘇、黄輩出,然後詩格遂極於高古。

【杜詩意度閑雅不減淵明】陶淵明詩「采菊東籬下,悠然見南山」,采菊之際,無意於山,而景與意會,此淵明得意處也。而老杜亦曰:「夜闌接軟語,落月如金盆。」予愛其意度閑雅不減淵明,而語句雄健過之，每詠此二詩，便覺當時清景盡在目前，而二公寫之筆端，殆若天成，兹爲可貴。

【酒中趣】孟嘉、李白，皆謂酒中有趣，而世少有知之者。予嘗舉韓退之詩云：「所以欲得酒，爲文俟其醺。酒味既冷冽，酒氣復氤氳。性情漸浩浩，諧笑方云云。此誠得酒趣，此外徒繽紛。」只此八句，便道盡酒中情態。然又嘗恨其漏泄天機，此趣豈容世人得聞。以此知杜子美之詠八仙，猶是酒語。

【右軍書東坡字魯直詩】右軍書本學衛夫人，其後遂妙天下，所謂風斯在下也。東坡字本出顔魯公，其後遂自名家，所謂青出於藍也。黄魯直詩本是規模老杜，至今遂别立宗派，所謂當仁不讓者也。若乃學退之而不至者爲孫樵，學淵明而不至者爲白樂天，則又所謂減師半德也耶。（下集卷四。下同）

【擬淵明作詩】山谷嘗謂白樂天、柳子厚俱效陶淵明作詩，而惟柳子厚詩爲近。然以予觀之，子厚語近而氣不近，樂天氣近而語不近。子厚氣悽愴，樂天語散緩。雖各得其一，要於淵明詩，未能盡似也。東坡亦嘗和陶詩百餘篇，自謂不甚愧淵明，然坡詩語亦微傷巧，不若陶詩體合自然也。要知淵明詩，須觀江文通《雜體》詩中擬淵明作者，方是逼真。

【作詩狂怪似豁達李老】東坡嘗言作詩狂怪至盧仝、馬異極矣，若更求奇，便作杜默。默之歌詩，坡以爲山東學究飲村酒，食瘴死牛肉，醉飽後所發者也，尚足言詩乎？予聞慶曆中，京師有民自號豁達李老者，每好吟詠，而詞多鄙俚，故予亦嘗戲謂：作詩平易至白樂天、杜荀鶴極矣，若更淺近，又是豁達李老。

【王右丞畫渡水羅漢】王右丞作雪裏芭蕉，蓋是戲弄翰墨，不顧寒暑。今世傳右丞所畫渡水羅漢，亦是意也。而山谷云：「阿羅皆具神通，何至拖泥帶水如此？使右丞作羅漢畫如此，何處有王右丞耶？」山谷意以爲右丞當畫羅漢，不當作羅漢渡水也。然予觀韓子蒼題孫子邵《王摩詰渡水羅漢》詩云：「問渠褰裳欲何往，倉惶徙以滄江上。至人入水固不濡，何以有此恐怖狀。我知摩詰意未真，欲以筆端調世人。此水此渡俱非實，摩詰亦未嘗下筆。」以此觀之，古人作畫自有指趣，不知山谷何爲作此語，豈猶未能玩意筆墨之外耶！

（王秀梅）

西溪叢語

姚寬撰

姚寬（一一〇五—一一六二），字令威，號西溪，嵊（今浙江嵊縣）人。《西溪叢語》二卷，又名《姚氏殘語》。此據《學津討原》本選録，參校中華書局版孔凡禮點校本。

1 杜甫詩《丹青引》：「學書須學衛夫人，但恨無過王右軍。」衛夫人名鑠，字茂漪，即廷尉展之弟，恒之從妹，汝陰太守李矩之妻，中書郎李充之母，王逸少師。善鍾法，能正書，入妙能品。王子敬年五歲，已有書意，夫人書《大雅吟》賜之。（卷上。下同）

2 杜甫詩：「雨拋金鎖甲，苔臥緑沉槍。」薛蒼舒注杜詩，引車頻《秦書》云：「苻堅造金銀緑沉細鎧，金爲綖以縲之。緑沉，精鐵也。」《北史》：「隋文帝嘗賜張奫緑沉甲，獸文貝裝。」《武庫賦》云：「緑沉之槍。」唐鄭概聯句有「亭亭孤筭緑沉槍」之句。《續齊諧記》云：「王敬伯夜見一女，命婢取酒，提一緑沉漆榼。」王羲之《筆經》：「有（又）〔人〕以緑沉漆竹管見遺，亦可愛翫。」蕭子雲詩云：「緑沉弓項縱，紫艾刀橫拔。」恐緑沉如今以漆調雌黄之類，若調緑漆之，其色深沉，故謂之緑沉，非精鐵也。

3李義山《代魏宮私贈》詩云：「來時西館阻佳期，去後漳河隔夢思。知有宓妃無限意，春松秋菊可同時。」《代元城吴令質暗爲答》云：「背闕掃藩路欲分，水邊風日半西曛。襄王枕上元無夢，莫枉陽臺一片雲。」第一篇注云：「黄初三年，已隔存殁，追逮其意，何必同時！」按此詩當是四年作。甄后，黄初二年郭后有寵，后失意，帝大怒，六月遣使賜死，葬于鄴。《洛神賦》云：「黄初三年，朝京師，還濟洛川。」李善云：「三年，立植爲鄄城王。四年，徙封雍邱，其年朝京師。」又《文（紹）〔紀〕》云：「三年，行幸許。」又曰：「四年三月，還雒陽。」〔《魏志》及諸詩序〕並云「四年朝」。此云三年，誤矣。「怨盛年之不當」，李善云：「謂少壯之時，不能得當君王之意。此言微感甄后之情。」黄初二年，植與諸侯就國，監國謁者灌均奏植醉酒悖慢，劫脅使者。有司請治罪，故貶爵安鄉侯，改封鄄城侯。後求見帝，黄初四年來朝，帝責之，置西館，未許朝。上《責躬詩》。裴鉶《傳奇》載《感甄賦》之因，文字淺俗，不可信。元微之《代曲江老人百韻》有「班女恩移趙，思王賦《感甄》」，何也？李善注《感甄賦》云：「東阿王漢末求甄（后）逸女，〔既〕不遂，太祖回，與五官中郎將。植殊不平，晝思夜想，忘寢與食。黄初中入朝，帝示植〔甄后〕玉縷金帶枕，植見之，不覺泣下。時已爲郭后讒死。帝意亦悟，因令太子留宴飲，以枕賚植。植還，度轘轅，將息洛水上，忽見女子來，自云：『我本託心君王，其心不遂，此枕是我嫁時從嫁，前與五官中郎將，今與君王。』遂用薦枕席，歡情交集。又云：『豈不欲常見，但爲郭后以糠塞口，（令）〔今〕被髮掩面，羞將此形貌重覩君王耳。』言訖，遂不復見所在。遣人獻珠於王，王答以玉佩，悲喜不能自勝，因作《感甄賦》。後明帝見之，改爲《洛神賦》」云。

《孔融傳》云：「初曹操攻屠鄴城，袁氏婦子多見侵掠，而操子丕納袁熙妻甄氏。」《魏略》云：「鄴城破，文帝入紹舍，后〔怖〕，脅伏姑膝上。帝令舉頭就視，見其顔色非常。太祖聞其意，爲迎取之。」

4 李太白《過彭蠡湖》詩云：「水碧或可採，金膏秘莫言。余將振衣去，羽化出囂煩。」江文通《擬王徵君詩》云：「水碧驗未黷，金膏靈詎緇。」翰曰：「水碧，水玉也。金膏，仙藥也。」又《擬郭璞》云：「傲睨摘木芝，淩波採水碧。」謝靈運《入彭蠡湖口作》：「（雲）〔靈〕物（多）〔吝〕珍怪，異人秘精魂。金膏滅明光，水碧輟流温。」注云：「水碧，水玉也。此江中有之，然皆滅其明光，止其温潤。」《穆天子傳》：「河伯示汝黄金之膏。」《山海經》云：「耿山多水碧。」又云：「柴桑之山，潯陽水，其下多碧，多冷石赭。」未知何物。余常見《墨子》、道書，大藥中有水脂碧者，當是。洪炎《雜家》引舊説云：「宫亭湖中，有孤石介立，周圍一里，竦直百丈，上有玉膏可採。」梅聖俞《聽潘歙州話廬山》詩云：「絶頂水底花，開謝向淵腹。風力豈能加，日氣豈能噢。攬之不可得，滴瀝空在掬。」豈非水碧耶？予久遊廬山，不聞有此。

5 柳子厚詩云：「漁翁夜傍西巖宿，曉汲清湘燃楚竹。烟消日出不見人，欸乃一聲山水緑。」欸，音襖。乃，音靄，相應之聲也。今人誤以二字合爲一。劉言史《瀟湘游》云：「夷女采山蕉，緝紗浸江水。野花滿（鬢）〔髻〕妝色新，閒歌曖迺深峽裏。曖迺知從何處生，當時泣舜斷腸聲。」此聲同而字異也。「曖迺」即「欸乃」字。

6 李義山《崇讓宅讌詩》：「風過迴塘萬竹悲。」洛陽有崇讓坊，有河陽節度使王茂先宅。李即茂先之壻。韋氏《述征記》云此坊出大竹及桃。

7杜甫：「野航恰受兩三人。」晉郭翻乘小舟歸武昌，安西將軍庾亮造之，以其船狹小，〔欲〕就引大船。翻曰：「使君不以鄙賤而猥辱臨之，此固野人之船也。」

8李商隱詩云：「何人書破蒲葵扇，記看南塘移樹時。」蒲葵，棕櫚也。《晉陽秋》：謝太傅鄉人有罷中宿縣，詣安。安問歸資，答曰：「唯有五萬蒲葵扇。」安乃取其中者執之，其價數倍。又王羲之見老姥持六角扇賣之，因書其扇各五字，老姥初有難色，羲之謂曰：「但云右軍書，以求百金。」姥從之，人競買之。乃二事誤用也。

9杜甫《洗兵馬》。左太沖《魏都賦》云：「洗兵海島，刷馬江州。」《六韜》：「武王問太公：『雨輜車至軫，何也？』云：『洗甲兵也。』」魏武《兵要》曰：「大將將行，雨濡衣冠，是謂洗兵。」

10老杜《送孔巢父》：「幾歲寄我空中書。」用史宗引小兒騰空，覺脚下有波濤寄書事，乃蓬萊仙人也。洪慶善云：「空中書」乃「雁足書」，非也。

11酒謂之歡伯，焦貢《易林》《坎》之《兑》「遯之未濟」辭云：「酒爲歡伯，除憂來樂。福喜入門，與君相索。」伯，音博，協音也。

12王琪君玉《金陵飲酒》詩云：「蜀江雪浪來天際，一派泉春賓釵碎。」蓋謂水碓春金釵糯也。金釵乃糯米之名。詩載荆公集中，非是。

13杜牧之詩云：「娉娉嫋嫋十三餘，荳蔻梢頭二月初。」不解「荳蔻」之義。閲《本草》，荳蔻花作穗，嫩葉卷之而生，初如芙蓉穗頭，深紅色。葉漸展，花漸出，而色微淡。亦有黄白色，似山薑花，花生葉間。南人取其未大開者，謂之〔舍〕〔含〕胎花，言尚小如妊身也。

14東坡《和陶詩》云：「再遊蘭亭，默數永和。」攷蘭亭之會，自右軍、謝安，凡四十二人。後大曆中，朱迪、呂〔謂〕〔渭〕、吴筠、章八元等三十七人，經蘭亭故池聯句，有「賞是文辭會，歡同癸丑年」之句，必有此事也。

15《吴越春秋》云：「吴國〔亡〕，西子被殺。」杜牧之詩云：「西子下姑蘇，一舸逐鴟夷。」東坡詞云：「五湖聞道，扁舟歸去，仍携西子。」予問王性之，性之云：「西子自下姑蘇，一舸自逐范蠡，遂爲兩義，不可云范蠡將西子去也。」嘗疑之，别無所據。因觀唐《景龍文館記》宋之問分題得《浣紗篇》云：「越女顔如花，越王聞浣紗。國微不自寵，獻作吴宫娃。山藪半潛匿，苧羅更蒙遮。一行霸勾踐，再笑傾夫差。豔色奪常人，效顰亦相誇。一朝還舊都，靚妝尋若耶。鳥驚入松〔蘿〕〔網〕，魚畏沉荷花。始覺冶容〔妄〕〔安〕，方誤群心邪。」此詩云復還會稽，又與前不同，當更詳考。

16襄漢隱者，躬耕數畝，因古冢爲亭，往來題詩甚富。一日，柱間得一絶，相傳呂公作也：「冢上爲亭鬼莫嗔，冢頭人即冢中人。憑欄莫起存亡意，除却虚空總是塵。」

17長兄伯聲云，洛中董氏蓄雷琴一張，中題云：「山虚水深，萬籟蕭蕭。古無人蹤，惟石嶕嶢。」狀其聲也。其外漆下隱有朱書云：「洛水多清泚，崧高有白雲。聖朝容隱逸，時得詠南薰。」此詩見《宋之問集》。

18長兄伯聲云，昔至澠邑，獲一古琴，中題云：「合雅大樂，成文正音。徽絃一泛，山水俱深。雷威斲，歐陽詢書。」陝郊處士魏野家藏，後歸澠人温氏。予得之，喜而不寐。野嘗有詩云：「棋退難饒客，琴生却問兒。」聲又過忘味云。

19李商隱有當句對詩云：「密邇平陽接上蘭，秦樓鴛瓦漢宫盤。池光不定花光亂，日氣初涵露氣乾。」亦有當句對而兩句不對者，如陸龜蒙詩云：「但説漱流并枕石，不辭蟬腹與龜腸。」

20劉夢得詩有「杯前膽不豜」，趙嘏有「呑船酒膽豜」，《禮部韻》、《唐韻》並無，《集韻》在山字韻，音呼關切，頑也。

21魚皆逆水上，近有詞云：「江水東流郎又西，問尺素，何由到。」似非也。古樂府《緩聲歌》云：「思東流之水，必有西上之魚。」

22「大木百圍生遠籟，朱絃三嘆有遺音」，東坡、介甫皆有此句。

23東坡詩云：「仙人拊我頂，結髮授長生。」李太白詩也。

24梁昭明《淵明集叙》曰：「自衒自媒者，士女之醜行。」此二句出陳思王《求自試表》。李善注云：「《越絶書》：范蠡自楚之越，越王與言盡日。大夫石賈進曰：『〔衒女不貞〕，衒士不信，客歷諸侯，無因自致，非真賢也。』」

25李商隱《燒香曲》云：「八蠶繭綿小分炷，獸焰微紅隔雲母。」左太沖《吴都賦》云：「鄉貢八蠶之綿。」注云：「有蠶，一歲八育。」《雲南志》云：「風土多暖，至有八蠶。」言蠶養至第八次，不中爲絲，只可作綿。故云「八蠶之綿」。

26世傳《樊川别集》爲杜牧之詩，乃許渾詩。渾有《丁卯集》烏絲欄上本者，唐彦猷家有數十首，皆《樊川外集》中詩也。丁卯乃潤州城南橋名，渾居（此橋）〔橋北〕，謂之丁卯莊。故基尚在。

27杜甫詩云：「弩影落杯中。」《風俗通》：應彬爲汲令，請主簿杜宣，賜酒，壁上有懸赤弩，照於杯中，形如蛇。宣惡之，謂蛇入腹，遂病。後至其故處，知弩影，遂解。與廣客事相類。梁簡文《卧疾》詩云：「沉痾類弩影。」

28劉禹錫「龍墀遥望麴塵絲」，使「麴塵」字者極多。《禮記·月令》：「薦鞠衣于上帝，告桑事。」注云：「如鞠塵色。」《周禮·内司服》：「鞠衣。」鄭司農云：「鞠衣，黄桑服也。色如鞠塵，象桑葉始生。」乃知用「麴」、「蘗」字非是。

29杜甫《月詩》云：「塵匣元開鏡，風簾自上鉤。」乃用沈雲卿《月詩》：「臺前疑掛鏡，簾外自懸鉤。」又云：「春水船如天上坐。」沈云：「人如天上坐，魚似鏡中懸。」又云：「嫩蕊濃花滿目斑。」沈云：「園花璹瑁斑。」雖一字，亦有所本也。

30山谷《題牧護歌後》云：「向常問南方衲子《牧護〔歌〕》是何種語，皆不能説。後見劉夢得作夔州刺史，樂府有《牧護歌》，似是賽神語，亦不可解。及來黔中，聞賽神者夜歌『聽説儂家牧護』，末云『奠酒燒錢歸去』，雖長短不同，要皆自叙五七十語。乃知蘇溪、夔州故作此歌，學巴人曲，猶石頭學魏伯陽作《參同契》也。」（中略）《教坊記》曲名有《牧護字》，已播在唐樂府。《崇文書》有《牧護詞》，乃李燕撰六言文字，記五行災福之説。則後人因有作語爲「牧護」者，不止巴人曲也。祆之教法蓋遠，而穆護所傳則自唐也。蘇溪作歌之意，正謂旁門小道，似是而非者。因以爲戲，非效《參同契》之比。山谷蓋未深考耳。且祆有祠廟，因作此歌以賽神。固未知劉作歌詩，止效巴人之語，亦自知其源委也。

31杜甫《石笋行》云：「君不見益州城西門，陌上石笋雙高蹲。古來相傳是海眼，苔蘚蝕盡波濤痕。雨多往往得瑟瑟，此事恍惚難明論。恐是昔時卿相墓，立石爲表今仍存。」范曄《後漢書・方術・任文公傳》：「公孫述時，武擔（山）〔石〕折，文公曰：『西州智士死，我乃當之。』三月，果卒。」唐章懷太子賢注云：「武擔，山，在今益州成都縣北百二十步。揚雄《蜀王本紀》云：『武都丈夫化爲女子，顔色美絶，蓋山精也。蜀王納以爲妃。無幾，物故，乃發卒之（成）〔武〕都擔土，葬於成都郭中，號曰武擔。以石作鏡一枚，表其墓。』《華陽國志》曰：『王哀念之，遣五丁之（成）〔武〕都擔土，爲妃作塚，蓋地數畝，高七丈。其石今俗名爲石笋。』」又《梁益紀》云：石笋二，在子城西門外。按圖經，在少城中夏門外一百五十步，曾折，再立之，各高丈餘，圍六七尺，云其下〔即〕是海眼，（即）非也。或云古誓蜀之碑。舊説，昔爲大秦寺，其門樓十間，皆以真珠翠碧貫之爲簾。後毁，此其遺跡。每雨後，人多拾得珠翠異物。章懷太子賢乃高宗第六子，注《漢書》在儀鳳中，豈杜甫作詩時漢注未傳耶？抑老杜流寓四方，未之見耶？或見而不以賢言爲然耶？《酉陽雜俎》：蜀石笋街，夏中大雨，往往得雜色小珠，俗謂之地當海眼，莫知其故。故蜀僧惠嶷曰：前史説，蜀少城飾以金璧珠翠，桓温怒其太侈，焚之。今在此地，或拾得小珠，時有孔者，得非是乎？《博雅》：瑟瑟，碧珠也。《杜陽編》有瑟瑟幕，其色輕明虚薄，無與爲比。

32《樂府解題》有《梁父吟》，《蜀志·諸葛亮傳》云：「亮躬耕隴畝，好爲《梁父吟》。」《藝文類聚》吟門云：《蜀志》，諸葛亮《梁父吟》云：「（步）〔日〕出齊城門，遥望蕩陰里。里中有三墳，纍纍正相似。問是誰家冢，田疆古冶氏。力能排南山，又能絶地紀。一朝被讒言，二桃殺三士。誰能爲此謀，相國齊晏子。」又《青州圖經》臨淄縣冢墓門云：三士冢在縣南一里，三墳周圍一里，高二丈六尺。張朏《齊記》云：是烈士公孫捷、田開疆、古冶子三士冢，所謂「二桃殺三士」者。唐褚亮《梁甫吟》曰：「步出齊城門，遥望蕩陰里。里内有三墳，纍纍皆相似。借問誰家冢，田疆古冶子。」李白有《梁甫吟》一篇云：「力排南山三壯士，齊相殺之費二桃。」杜甫《李邕登歷下亭》云：「不阻蓬蓽興，得兼《梁父吟》。」又《登樓》詩云：「可憐後主還祠廟，日暮聊爲《梁父吟》。」陸士衡《擬今日良燕會》云：「齊僮《梁父吟》。」李善注云：蔡邕《琴頌》曰梁父悲吟，不知名爲《梁父吟》何義？張衡《四愁詩》云：「欲往從之梁父艱。」注云：泰山，東嶽也。君有德，則封此山。願輔佐君王，致於有德，而爲小人讒邪之所阻。梁父，泰山下小山名。諸葛好爲《梁父吟》，恐取此意。

33紹興壬子夏，隨侍先公應副都督，駐軍建康，寓保寧寺，登鳳凰臺，有小碑在亭上，云：「五言三十韻詩一首，題鳳臺山亭子，陳獻司空，鄉貢進士宋齊邱上」：「嵯峨壓洪泉，岧客撐碧落。宜哉秦始皇，不驅亦不鑿。上有布政臺，八顧皆城郭。山蹙龍虎健，水黑螭蜃作。白虹欲吞人，赤驥相搏攫。畫棟泥金碧，石路盤嶢埆。倒挂哭月猿，危立思天鶴。鑿池養蛟龍，栽桐栖鵞鸑。梁間燕教雛，石罅蛇懸殼。養花如養賢，去草如去惡。日晚嚴城鼓，風來蕭寺鐸。掃地驅塵埃，翦蒿除鳥雀。金桃帶葉摘，緑李和（皮）〔衣〕嚼。貞竹無盛衰，媚柳先摇落。塵飛景陽井，草合臨春閣。芙蓉如佳人，回首似調謔。當軒有直道，無人肯駐脚。夜半鼠窸窣，天陰鬼敲椓。松枯不易立，石醜難安着。自憐啄木鳥，去蠹終不錯。晚風吹梧桐，樹頭鳴嚗嚗。峨峨江令石，青苔何淡薄。不話興亡事，舉首思渺邈。吁哉未到此，褊劣同尺蠖。籠鶴羡鳬毛，猛虎愛蝸角。一日賢太守，與我觀橐籥。往往獨自語，天帝相唯諾。風雲偶不來，寰宇銷一略。我欲烹長鯨，四海爲鼎鑊。我欲取大鵬，天地爲繒繳。安得長羽翰，雄飛上寥廓。」後題云：「前朝天祐八年二月二十一日題，後唐昇元三年二月八日奉敕勒石，崇英殿副使、知院事、檢校工部尚書兼御史大夫、上柱國王紹顔奉敕書，銀青光禄大夫兼監察御史王仁壽鐫，大宋治平四年九月望日重摹上石。」後數月，一夕，風雨亭頽倒，石斷裂。據《湘山野録》載：「宋齊邱相江南李先主〔昪及事中主〕璟，二世皆爲左僕射。璟愛其才，而知其不正。嘗獻《鳳凰臺詩》，中有『我欲烹長鯨，四海爲鼎鑊。我欲羅鳳凰，天地爲繒繳』之句，皆欲諷其跋扈也，而主終不聽。不得意，上表乞歸九華，其略云：『千秋載籍，願爲知足之人；九朵峰巒，永作乞骸之客』。主知其詐也。」試考之。先主昪，舊名知誥，爲徐温養子。以天祐九年遷昇州刺史，饒洞天薦宋齊邱於先主。齊邱困于逆旅，鄰娼魏氏女竊賂遺數緡，獲備管幅，遂克投贄，一見，先主賓之以國士。今觀《題鳳臺山亭子詩陳獻司空》，乃鄉貢進士時，豈當時所投贄之

〔時〕〔詩〕乎？後題天祐八年，恐記事者差一年也。齊邱後事先主爲相，至嗣主時爲太傅，多植朋黨，以專朝權，躁進之士多附之。陳覺、李徵古之徒，恃其勢尤驕慢。徵古嘗勸後主因天變遜位齊邱，賴陳喬以爲不可，後主乃止。鍾模以李德明之死怨齊邱，乃奉使歸唐，以陳覺矯周帝之命，斬嚴續事言於唐主，〔唐主〕命殷崇義〔草〕詔暴齊邱等事，聽歸九華舊隱，官爵悉如故。後命鎖其第，穴牆給食。齊邱嘆曰：「吾嘗謀讓皇族於泰州，宜其及此。」乃縊而死。謚曰繆醜。《野録》載其跋扈，主終不聽，上表乞歸九華，謬矣。

34江季共説：杜甫《贈李龜年》詩非甫所作，蓋岐王死時，與崔滌死時，年尚幼。又甫天寶亂後，未嘗至江南也。范攄《雲溪友議》言：明皇幸岷山，伶官奔走，李龜年奔迫江潭，甫以詩贈龜年云云。又云：龜年〔曾〕〔訪〕於湘中採訪使筵上唱「紅豆生南國，秋來發幾枝。贈君多採擷，此物最相思」云云。歌闋，莫不望行在而慘然。龜年唱罷，忽悶絶仆地，以左耳微暖，妻子未忍殯殮，經四日乃蘇，曰：「我遇二妃，令教侍女蘭茝唱祓禊畢，放還。」且言主人即復長安，而有中興之主也。謂龜年，汝何憂乎？時甫正在湘潭，或有此詩，更須考究。

35故相王甫〔將明〕爲館職時，夜夢至一山間，古松流水，杳然幽深，境色甚異，四無人跡。忽遇一道人，引至一處，過松下，有廢丹竈。又入，有茅屋數間，道人開之，云：「公之所居也。」塵埃蓬勃，似久無人居者。壁間見題字云：「白髮高僧酷愛閒，一瓶一鉢老山間。只因窺井生一念，從此松根丹竈閒。」恍然悟其前世所居，已失道人，遂回。天大雷雨，龍起雲中，意甚恐懼，遂寤其婢亦魘於室中，呼之，覺。問之，云：「適爲雷雨所驚。」頗異之。來日館中曝書，偶觀架上小説内載婦人窺井生男事云。孫仲益有《王太傅生日詩》云：「了了三生夢，松根冷煅爐。」用此事也。窺井事，見《博物志》。

36羅隱《牡丹》詩云：「可憐韓令功成後，虚負穠華過此身。」據白廷翰《唐蒙求》「韓令牡丹」注云：「元和中，京師貴游尚牡丹，一本直數萬。韓滉私第有之，遽命斸去，曰：『豈效兒女邪？』」

37李挺之諱之才，慶曆中以殿中丞爲澤州從事，時韓中令宣撫河東，委以秦鳳鑄鐵錢事，行次鳳州，爲絶句云：「去年三月洛城遊，今日尋春到鳳州。欲托雙魚附歸信，嘉陵江水不東流。」挺之族孫君翁，熙寧中〔爲〕邵堯夫言之。

38蔡州褒信縣有棋師閔秀才説，嘗有道人善棋，凡對局率饒人一先。後死于褒信，託後事于一村叟。數年後，叟爲改葬，但空棺衣衾而已。道人有詩云：「爛柯真訣妙通神，一局曾經幾度春。自出洞來無敵手，得饒人處且饒人。」

39殷璠爲《河嶽英靈集》，不載杜甫詩。高仲武爲《中興間氣集》，不取李白詩。顧陶爲《唐詩類選》，如元、白、劉、柳、杜牧、李賀、張祜、趙嘏皆不收。姚合作《極玄集》，亦不收杜甫、李白。彼必各有意也。

40常建有《題破山寺後院》詩云：「竹逕通幽處，禪房花木深。」余觀《又玄集》、《唐詩類選》、《唐文粹》，皆作「通」。熙寧元年，歐陽永叔守青，題廨宇後山齋云：「竹逕遇幽處。」有以〔樗杜〕〔青社〕石本往河内，以示邢和叔。始未見時，亦頗疑其誤。及見碑，反覆味之，亦以爲佳，竟不知別有本邪？抑永叔自改之邪？古人用一字，亦不苟也。

41李紳《題天衣寺》詩：「殿湧全身塔，池開半月泉。」此泉隱於巖下，雖月圓，池中只見其半，最爲佳處。紹興初，愚禿法聰，遂鑿開巖上，易名爲滿月泉。甚可惜也。

42熙寧間，江寧府句容簿，失其姓名，至茅山，遇道人高坦，被髮跣足，與簿劇談，飲酒終日，書一詩留別而去，莫知所之。詩云：「巖下相逢不忍還，狂歌醉酒且盤桓。仇香莫問神仙事，天上人間總一般。」

43王防元規嘗云：杜詩古本「辭人(角)〔解〕撰清河頌」，「詩成珠玉在揮毫」，蓋爲和舍人，故云。又云：「青青竹笋迎船出，白白江魚入饌來。」蓋爲送扶侍，故云。

44《劉貢父詩話》云：文人用事誤錯，雖有缺失，然不害其美。杜甫云：「功曹非復漢蕭何。」據光武謂鄧禹「何以不掾功曹」。又曹參嘗爲功曹，云酇侯，非也。按蕭何爲主吏掾，即功曹也。注在《史記·高祖紀》。貢父博洽，何爲不知？杜謂之詩史，未嘗誤用事。

45青州有劉概，方富韓公守青時，遇之甚厚。因得臨朐縣西南官地，曰「冶源」，結茅居之。有雜文及詩歌，其子印行。青人傳其詩，有「西軒忽見好溪山，一丈閒愁減三尺」，末句云：「讀書誤人四十年，有時醉把闌干拍。」別見《温公詩話》。

46杜詩云：「吾聞駕鼓車，不合用騏驥。」皆言漢文帝以千里馬駕鼓車，殊不知《南史》王融與宋弁等論騏驥駕鼓車也。按漢文止却千里馬，建武中以千里馬駕鼓車爾。

47「洞庭春水緑於雲，日日征帆送遠人。曾向木蘭舟上過，不知元是此花身。」一小説：唐末，館閣數公泛舟，以木蘭〔舟〕爲題。忽一貧士登舟作此，諸公覽詩大驚，物色之，乃李義山之魄。時義山下世久矣。又《嵐齋集》載此詩，陸龜蒙於蘇守張搏座上賦此《木蘭堂詩》，未知孰是？

48後漢范滂母謂滂曰：「汝得與李杜齊名，死亦何恨？」唐人謂李白、杜甫爲李杜。子美詩云：「李杜齊名真忝竊。」用後漢事也。《南史》謂鮑照謝元暉爲鮑謝。又鮑防與謝良弼友善，人謂之鮑謝。

49或謂詩史者，有年月、地里、本末之類，故名詩史。蓋唐人嘗目杜甫爲詩史，本出孟棨《本事》，而《新書》亦云。

50「太一峰前是我家，滿床書籍舊生涯。春城戀酒不歸去，老却碧桃無限花」，此件磐艮翁詩，終南人。父信，本軍職，終文思副使，以蔭補借職。元豐中，監青州臨淄酒税，或以此詩題酒樓。皆云是神仙作也。

51青龍寺老柏院，有布衣張在題一絶於院壁：「南鄰北舍牡丹開，年少尋芳去又回。唯有君家老柏樹，春風來似不曾來。」元祐中，州學教授畢仲愈題跋，刻石於平嵐亭上。

52杜甫《贈韋十六評事》：「子雖軀幹小。」《晉書・載記》：劉曜時壯士陳安戰死，隴上歌之曰：「隴上健兒有陳安，軀幹雖小腹常寛。」《秋興》云：「聞道長安似弈棋。」蓋用寧子視君如弈棋事。

《絶句》云：「即真翡翠蘭苕上。」用郭景純《遊仙詩》。《移居贈衛大郎》：「清〔燈〕〔襟〕照等夷。」用任彦昇《王文憲集序》引袁粲〔《答儉》〕詩「之子照清襟」。

53《李君翁詩話》：《卜居》云：「寧誅鋤草茅以力耕乎？」詩人皆以爲宋玉事，豈《卜居》亦宋玉擬屈原作邪？庾信《哀江南賦》云：「誅茅宋玉之宅。」不知何據而言？此君翁之陋也。唐余〔知〕古《渚宫故事》曰：庾信因侯景之亂，自建康遁歸江陵，居宋玉故宅。宅在城北三里，故其賦曰：「誅茅宋玉之宅，穿徑臨江之府。」老杜《送李功曹歸荆南》云「曾聞宋玉宅，每欲到荆州」是也。又在夔府《詠懷古跡》云：「摇落深知宋玉悲」，「江山故宅空文藻」。然子美《移居夔州入宅》詩云：「宋玉歸州宅，雲通白帝城。」蓋歸州亦有宋玉宅，非止荆州也。李義山亦云：「却將宋玉臨江宅，異代仍教庾信居。」

54何遜詩云：「躍魚如擁劍。」孟浩然詩云：「游魚擁劍來。」按，擁劍如彭蜞之類，蟹屬，一螯偏大，故謂之擁劍，非魚也。

55杜甫詩：「尚想東方朔，詼諧割肉歸。」社日用伏日事，蘇黄皆以爲誤也。《史記·年表》秦德公二年始作伏祠，社乃同日。至漢方有春秋二社，與伏分也。

56老杜：「水落魚龍夜，山空鳥鼠秋。」陸農師引《水經》「魚龍以秋日爲夜」。按，龍秋分而降，則蟄寢於淵。龍以社日爲夜，豈謂是乎？又鳥鼠同穴者，鼠與鳥爲雌雄，似鼠而尾短，在内，鳥在外。魚龍，水名。鳥鼠，山名。鳥鼠秋而魚龍夜，是詩兩句而含三事也。

57李嘉祐《守台州》詩云：「春塘露冕歸。」《華陽國志》云：郭賀爲荆州刺史，百姓歌之曰：「厥德仁明郭喬卿。」明帝到南陽巡狩，賜三公之服，去襜露冕，使百姓見之，以彰有德。

58富陽北十里，有妙庭觀，荐經焚毁，無碑誌可攷，獨見於東坡詩。《董雙成故宅絶句》云：「人去山空鶴不歸，丹亡鼎在世徒悲。可憐九轉功成後，却把飛仙乞肉芝。」刻石作「肉芝」，道流云元本作「内」，東坡見之，無他語。今印本作「肉芝」。「内」之與「肉」，皆未曉。其鼎宣和間取去，三足中空，病者取以煮藥，甚有效。

59杜甫詩云：「門闌多喜色，女壻近乘龍。」《楚國先賢傳》謂：壻如龍也，女得賢壻，謂之乘龍。黄憲爲司徒，與李元禮俱娶太尉桓焉女，時人謂之桓叔元女俱乘龍。

60韓退之《燈花》詩云：「黄裹排金粟，釵頭綴玉蟲。」乃用何遜詩「金粟裹搔頭」之句。

61陳克子高詩云：「鳥聲妨客夢，花片攪春心。」句甚佳。唐杜審言詩云：「啼鳥驚殘夢，飛花攪獨愁。」下句爲工也。子美詩云：「樹攪離思花冥冥。」亦有所自矣。

62王珩彦，楚人，嘗夢中得詩云：「杖屨步斜暉，煙村景物宜。溪深水馬健，霜重橘奴肥。春罷雞争黍，人行犬吠籬。可憐田舍子，理亂不曾知。」

63杜少陵《悶》詩云：「捲簾惟白水，隱几亦青山。」唐僧栖白《閒》詩云：「捲簾當白晝，移坐向青山。」

64孟蜀王《水殿》詩，東坡續爲長短句：「冰肌玉骨清無汗，水殿風來暗香滿。簾開明月解窺人，攲枕釵横雲鬢亂。夜深瓊户寂無聲，時見飛星渡河漢。屈指西風幾時來，只恐流年暗中换。」

65閩廣人食檳榔，每切作片，蘸蠣灰以荖葉裹嚼之。荖，音老，又音蒲口切。初食微覺似醉，面赤。故東坡詩云：「紅潮登頰醉檳榔。」

66韓退之《答柳柳州食蝦蟆》詩云：「蝦蟆雖水居，未得變形貌。强號爲蛙蛤，於實無所校。居然當鼎味，豈不辱釣罩。余雖不下喉，近又能稍稍。嘗懼染蠻夷，平生性不樂。而君復何爲，甘食比豢豹。」按《周禮》「蟈氏」，鄭司農云：「掌（元黿）（去蛙）黽。」即蝦蟆屬。元謂蟈，今御所食蛙也。《漢書》：霍光擅減宗廟羔兔蛙。不知古爲上食也。

67《墨子》云：「楚靈王好細腰，故其臣皆三飯爲節，脅息然後帶，緣牆然後起。」《韓非子》云：「楚莊王好細腰，一國皆有飢色。」劉禹錫《踏歌行》云：「爲是襄王故宫地，至今猶自細腰多。」未知孰是？

68李賀詩：「攢蟲鏤古柳。」劉禹錫詩：「秋蟲鏤宫樹。」此二句皆善。

69《毛詩·伯兮篇》云：「焉得諼草，言樹之背。」注云：「諼草令人亡憂，背北堂也。」今人多用北堂、萱堂於鰥居之人。然伯之暫出，未嘗死也。但其花未嘗雙開，故有北堂之義。《説文》：藼、萱、蕿、萲，皆一字也。令人忘憂通作「諼」。據《爾雅》，「諼」訓「忘」也。因其忘，故古用「諼草」字。嵇康《養生論》云：「合歡蠲忿，萱草忘憂。」《本草》云：「利心志，令人歡喜忘憂。」《風土記》云：「婦人有妊，佩之生男子，故謂之宜男草。」陸士衡詩云：「焉得忘歸草，言樹背與襟。」忘歸之義未詳。

70詩人用字各有所宜，梅言横，松言架。何遜詩云：「枝横却月觀，花繞臨風臺。」江淹詩云：「風散松架險，雲鬱石道深。」杜甫詩云：「南望青松架短壑。」

71陶潛《讀山海經》十三首，用事今本多差誤，各爲注釋之。第一篇：「泛覽周王傳。」乃周《穆天子傳》荀勖校定本是也。「流觀山海圖」乃《山海經》十八卷，郭璞注本是也。第二篇云：「玉堂淩霞秀，王母怡妙顔。天地共俱生，不知幾何年。靈化無窮已，館宇非一山。高酣發新謡，寧效俗中言。」《西山經》云：「玉山是王母所居，其狀如人，豹尾，虎齒而善嘯，蓬頭，戴勝，是司天之厲主五殘。」《大荒西經》云：「西海之南，流沙之濱，赤水之後，黑水之前，有大山名曰崑崙之邱。有人戴勝，虎齒，有豹尾，穴處，名曰西王母。」又云：「大荒之中，有山名豐沮。玉門西有王母之山。」又云：「以崑崙爲宫，亦有離宫别窟。」郭璞云：「不專住一山也。」《穆天子傳》云：吉日甲子，天子賓于西王母，執元珪白（壁）〔璧〕以見西王母于瑶池之上。又天子升於奄山，即西王母之山也。奄山即崦嵫山也。西王母宴穆王於瑶池之上，王母爲天子謡曰：「白雲在天，山陵自出。道里悠遠，山川間之。將子無死，尚復能來。」與穆王往復數詩，不具載。第三篇云：「迢（遞）〔迢〕槐江嶺，是謂玄圃邱。西南望崑墟，光氣難與儔。亭亭明玕照，落落清滛流。恨不及周穆，託乘一來遊。」槐江之山邱，時之水出焉。其陽多丹粟，其陰多采黄金銀，實惟帝之平圃。郭璞注云：即玄圃也。南望崑崙，其光熊熊，其氣魂魂。其上多藏琅玕。爰有滛水，其清洛洛。滛，音遥。《穆天子傳》：天子銘跡於玄圃之上。第四篇云：「丹木生何許，迺在峚山陽。黄花復朱實，食之壽命長。白玉凝素液，瑾瑜發奇光。

豈伊君子寶，見重我軒皇。」《西山經》云：「西北四百二十里，曰峚音密。山。其上多丹木，圓葉而赤莖，黄花而赤實。其味如飴，食之不飢。丹水出焉，西流注于稷澤。其中多白玉，是有玉膏，其源沸沸湯湯，黄帝是食是饗。是生玄玉，玉膏所出，以灌丹木，五色乃清。」第五篇云：「翩翩三青鳥，毛色奇可憐。朝爲王母使，暮歸三危山。我欲因此鳥，具向王母言。在世無所須，惟酒與長年。」三危之山，三青鳥居之。是山廣圓百里，青鳥主爲西王母取食。《竹書》云：「穆王西征，至青鳥所解。」又蛇巫之山，一曰龜山。西王母梯几而戴勝杖，其南有三青鳥，爲西王母取食。又有三足鳥，主給使也。第六篇云：「逍遥蕪皋上，杳然望扶木。洪柯百萬尋，森散覆(暘)〔湯〕谷。靈人侍丹池，朝朝爲日浴。神景一登天，何幽不見燭。」黑齒國人黑手，食稻使蛇，其一蛇赤。下有(暘)〔湯〕谷，上有扶木，即扶桑木。十日所浴，在黑齒北。居水中，有大木，九日居下枝，一日居上枝。第七篇云：「粲粲三珠樹，寄生赤水陰。亭亭淩風桂，八榦共成林。靈鳳撫雲舞，神鸞調玉音。雖非世上寶，爰得王母心。」讙朱國在赤水之陰，有三珠樹，如柏，葉皆爲珠，其樹若彗。《海内南經》：桂林八樹，在番隅東。八樹而成林，言其大也。丹穴之山，有鳥焉，其狀如雞，五采而文，乃鳳也，自歌自舞。女牀之山有鳥，其狀如翟而五采文，名曰鸞，自歌，見則天下康寧。第八篇云：「自古皆有没，何人得靈長。不死復不老，萬歲如平常。赤泉給我飲，員邱足我糧。方與三辰游，壽考豈渠央。」《列子》云：「北海之北，其國名曰終北，四方悉平，周以喬陟。當國之中有山，山名壺領，狀若甔甀，頂有口，狀若圓環，名曰滋穴。有水湧出，名曰神瀵。臭過椒蘭，味過醪醴，一源分爲四埒，注於山下。經營一國，亡不悉遍。土氣和，亡扎厲。不夭不病，人倦則飲神瀵。周穆王北遊，過其國，三年忘歸。」今赤泉《山海經》無之，知古文缺失也。第九篇云：「夸父誕宏志，乃與日競走。俱至虞淵下，似若無勝負。神力既殊妙，傾河焉足有？餘跡寄鄧林，功竟在身後。」《海外北經》云：「夸父與日逐走，渴，欲飲於河渭，不足，飲大澤，未至，道渴而死，棄其杖，化爲鄧林。」又云：「夸父不量力，欲追日景，（逮）〔遂〕之禺谷。」郭璞云：禺淵也，今作虞淵。第十篇云：「精衛銜微石，將以填滄海。刑天舞干戚，猛志故常在。同物既無慮，化去不復悔。徒設在昔心，良辰詎可待。」發鳩之山有鳥焉。其狀如烏，而文首白喙，名曰精衛。其鳴自詨，是炎帝之少女，名曰女娃，遊于東海，溺而不反，故爲精衛。常銜西山之木石以堙東海。奇肱之國，刑天與帝争神，帝斷其首，葬之常羊之山，乃以乳爲目，以臍爲口，操干戚以舞。第十一篇云：「巨猾肆威暴，欽䲹違帝旨。窫窳强能變，祖江遂獨死。明明上天鑒，爲惡不可履。長枯固已劇，鵕鶚豈足恃。」鍾山神，其子曰鼓，其狀人面而龍耳，是與欽䲹殺葆江于崑崙之陽。葆江即祖江也。帝乃戮之鍾山之東，曰嶢崖。䲹，音下邳之邳。嶢，音遥。曰巨猾肆威暴者，謂欽䲹殺祖江，貳負臣殺窫窳也。猾，作危字，非是。欽䲹化爲大鶚，鼓亦化爲鵕鳥。鶚，音諤。鵕，音俊。或云鵕鸃字，非也。窫窳者，蛇身人面，爲貳負臣所殺，開明東有巫夾窫窳之尸，皆操不死之藥以距之。窫窳變爲龍首，居弱水中，食人。音軋俞。第十二篇：「鴟鴸見城邑，其國有放士。念彼懷王世，當時數來止。青邱有奇鳥，自言獨見爾。本爲迷者生，不以喻君子。」櫃山西臨流黄，北望諸毗，東望長右，有鳥焉。其狀如鴟而人手，其音如痺，其名曰鶋，其鳴自號。見則其國多放士。放，逐也。懷王之世，謂屈原也。青邱國有奇鳥，不詳其狀。鶢鶋，或爲鶢鶋，或爲鳴鵠，皆非也。第十三篇云：「巖巖顯朝市，帝者愼用才。何以廢共鯀，重華爲之來。仲文獻誠言，姜公乃見猜。臨没告饑渴，當復何及哉。」《竹書紀年》：「堯欲禪舜，共工、鯀諫以爲不可。舜即位，殛鯀于羽山，流共工於幽州。」《海内經》云：「鯀竊帝之息壤，以堙洪水，不待帝命，帝令祝融殺鯀于羽郊。」《神異經》云：「西北荒有人，人面，朱髮，蛇身，人手，四足，食五穀、禽獸，頑愚，名曰共工。東方有人焉，人形而身多毛，自解水土，志加通塞，爲人自用，欲爲欲息，名曰鯀。」下云：「仲文、姜公，未詳。」（卷下。下同）

72柳子厚詩云：「空齋不語坐高舂。」薛能詩云：「隔江遥見夕陽舂。」或云見舂米，大非也。《淮南子》云：「日至于虞淵，是謂高舂。」注云：「虞淵，地名。高舂時始戌，民碓舂時也。」「至于連石，是謂下舂。」注云：「連石，西山名。言將暝，下民悉舂，故曰下舂。」

73古樂府陸瑜有《仙人覽六箸》篇：「九仙歡會賞，六箸且娱神。戲石聞餘地，銘山憶舊秦。避敵情思巧，論兵勢重新。問取南皮夕，遠笑拂棋人。」初不曉何戲。《西京雜記》云：「許博昌，安陵人，善陸博。竇嬰好之，嘗與居處。法用六箸，或謂之究，以竹爲之，長六分。」王逸解《楚辭》云：「投六箸，行六棋，故爲六博。以箟簬作箸，象牙爲棋，麗而且好也。」《説文》云：「六箸，十二棋也。」

74鮑昭《行藥至城東橋》詩，五臣注云：「昭因疾服藥，行而宣導之。」杜甫《舟中伏枕》詩云：「行藥病涔涔。」漢許皇后云：「我頭岑岑，藥中得無有毒乎？」

75「金虎」二字，所用不同。張平子《東京賦》云：「周姬之末，政用多僻。始於宮鄰，卒於金虎。」五臣注云：「幽、厲用小人，與君子爲鄰，堅若金，惡若虎，卒以此亡。」（何敬祖）〔陸士衡〕詩云：「望舒離金虎。」五臣注云：「望舒，月御也。西方，金也。西方七宿畢、昴之屬，俱白虎也。」《河圖》云：「亡金虎，喻秦居也。」陸士衡詩云：「大辰匿曜，金虎習質。」甘、石《星經》云：「昴，西方白虎之宿。太白，金之精。太白入昴，金虎相薄，主有兵亂。」

76杜甫《送高三十書記》云：「觸熱向武威。」程曉《三伏》詩云：「今世褦襶子，觸熱到人家。」據《炙轂子》云：「褦襶，笠子也。」《集韻》：「褦，音奈。襶，音戴。」二字，不曉事也。

77《望江南》者，朱崖李太尉鎮關西日，爲亡姬謝秋娘所作，後進入教坊。

78和凝嘗以宰輔自期，登第之日，名在第十三。後覽范質文，大加賞嘆，即以第十三處之。場屋間謂之「傳衣鉢」，若禪宗之相（傳）〔付〕授。其後，質果繼凝登相位，亦爲太子太傅、魯國公。搢紳以爲美談。後馮當世知貢舉，擢彭器資爲首。後贈彭詩云：「當時已自傳衣鉢，羞愧猶爲食肉僧。」謂此也。

79盧思道《挽詩》獨八首，比時人最盛。時謂之「八米盧郎」。八米，關中語。歲以六米、七米、八米分上、中、下，言在穀取八米，取數之多也。

80王建《宫辭》：「延英引對碧衣郎，紅硯宣毫各别牀。天子下簾親自問，宫人手裏過茶湯。」恐是用紅絲研，江南李氏時猶重之。歐公《研譜》以青州紅絲石爲第一。此研多滑不受墨，若受墨，妙不可加。王建集中有作「工研」，又作「洪研」，皆非也。《雲溪友議》載元子芝明經制策入仕，亦有此一篇，未知孰是。

81畢景儒有李重光黄羅扇，李白寫詩一首，云：「風情漸老見春羞，到處銷魂感舊游。多謝長條似相識，强垂煙態拂人頭。」後細字書云：「賜慶奴。」慶奴，似是宫人小字。詩似柳詩。

82柳子厚《聞徹上人亡寄楊丈侍郎》云：「東越高僧還姓湯，幾時瓊佩觸鳴璫。空花一散不知處，誰采金花與侍郎。」蓋用慧（林）〔休〕《菊問贈鮑侍郎》詩云：「玭枝兮金英，緑葉兮紫莖。」鮑照有答詩，《類文》題作《菊問》，照集又云《贈答》。

83南山宣律師《感通録》云：「廬山七嶺，共會於東，合而成峰。」因知東坡「横看成嶺側成峰」之句有自來矣。

84《新唐書·李德裕傳》：「德裕徙鎮海軍，代王璠。先是太和中，漳王養母杜仲陽歸浙西，有詔在所存問。時德裕被召，乃檄留後使如詔書。璠入爲尚書左丞，而漳王以罪廢死，因與户部侍郎李漢，共譖德裕嘗賂仲陽導王爲不軌，帝惑其言。」竇革《音訓》云：「杜牧作《杜秋》詩，乃云『漳王得罪後，秋，始被放歸本郡。』疑即仲陽也。與此不同，似牧之之誤。」《南部新書》云：「杜仲陽，即杜秋也。始爲李錡侍人，錡敗，填宫，亦進帛書，後爲漳王養母。太和中，漳王黜，放歸浙西，續詔令觀院安置，兼加存卹，故杜牧有《杜秋》詩稱於時。」此説與牧之合。《漳王湊傳》：「黜爲巢縣公，時太和五年也。命中人封詔，即賜且慰曰：『國法當爾，無他憂。』八年，薨，贈齊王。鄭注後以罪誅。

帝哀湊被讒死不明，開成三年，追贈懷懿太子。」蓋太和五年，漳王雖黜，尚特詔賜慰云。故德裕「㰒留後使如詔書」，至八年廢死，後德裕方被譖也。恐牧之詩不誤。

85蔣防作《霍小玉傳》，書大曆中李益事。有一豪士，衣輕黄衫，挾朱筋彈。李至，霍遂死，乃三月牡丹時也。老杜有《少年行》二首，一云：「巢燕引雛渾去盡，紅花結子已無多。黄衫年少宜來數，不見堂前東逝波。」考作詩時，大曆間，甫政在蜀，是時想有好事者傳去，作此詩爾。

86杜甫《憶李白》詩云：「俊逸鮑參軍。」亦有譏焉。鮑昭《白紵辭》一篇，白用之。杜又云：「李侯有佳句，往往似陰鏗。」如「柳色黄金嫩，梨花白雲香」，乃陰鏗詩也。

87《南部煙花録》，文極俚俗。又載陳後主詩云：「夕陽如有意，偏傍小窗明。」此乃唐人方域詩，六朝詩語不如此。《唐·藝文志》所載《煙花録》，記幸廣陵事，此本已亡，故流俗僞作此書。與裴鉶《傳奇》載秦人事(及)〔乃〕賦唐俚詩無異。

88李義山《定子》詩：「堪笑㗰虛隋煬帝，破家亡國爲何人。」《北里志》：「劉泰娘門有樗樹，贈詩云：『尋常凡木最輕樗，今日尋樗桂不如。漢高新破咸陽後，(莫使)〔英俊〕奔波遂㗰虛。』」

89老杜《望嶽》詩云：「車箱入谷無歸路，箭栝通天有一門。」《述征記》云：「柏谷，谷名也。漢武帝微行所至。谷中無回車地，夾以高原，柏林陰翳，窮日幽暗，殆弗覩陽景。」鳳翔岐山，《禹貢》云：「治梁及岐。」又曰：「荆岐既旅。」其山本以有兩歧，故呼爲歧路之歧，今俗猶呼爲箭筈嶺。〔出《唐史》，係《地理志》。〕

90諺云：「乾星照濕土，來日依舊雨。」王建《聽雨》詩云：「半夜思家睡裏愁，雨聲落落屋簷頭。照泥星出依然黑，淹爛庭花不肯休。」

91李義山《柳枝》詩序有「湔裙水上」之語。《北史》：「竇泰母夢風雷有娠，朞而不産，甚懼。有巫者曰：『度河湔裙，産子必易。』便向水所，忽見一人，云：『當生貴子，可徙而南。』母從之，俄而生泰。及長，爲御史中尉。」別見《荆楚歲時記》。

92徐浩《會稽》詩云：「法士多瓌能。」蓋言異能也。魯直謂能乃三足鼈，言僧似鼈耳。雖似戲語，然能有二音，皆通，不必指能是鼈也。《後漢・黄琬傳》云：「舊制，光禄三四省郎，以高功久次、才德尤異者，爲茂才異行。時權富子弟以人事得舉，而貧約守志者以窮（迫）〔退〕見遺，京師爲之謡曰：『欲得不能，光禄茂才。』」注云：「能，乃來切。」

93范文正守鄱陽，喜樂籍。未幾，召還，作詩寄後政云：「慶朔堂前花自栽，爲移官去未曾開。年年憶著成離恨，只託春風管領來。」到京，以綿胭脂寄其人，題詩云：「江南有美人，别後長相憶。何以慰相思，贈汝好顔色。」至今墨跡在鄱陽士大夫家。

94肅宗乾元二年，史思明與諸將期會汴州，李光弼巡河上諸營，聞之，還入汴州，謂節度使許叔冀曰：「大夫能守汴州十五日，我來救。」光弼還東京。思明至汴，叔冀戰，不勝，遂與濮州刺史董秦降。思明待之甚厚。《新書》云：「董秦夜挈五百人歸光弼，詔加殿中監，賜姓李，名忠臣，即天寶末驍將也。麤暴不知書，晚汙朱泚僞命誅。」玉川子《月蝕》詩云：「歲星主福德，官爵奉董秦。忍使黔婁生，覆屍無衣巾。」詳味此句，董秦當是無功而享厚禄者。如此者多，不知玉川子説李忠臣，何也？

95李太白《平虜將軍妻》詩云：「古人不唾井，莫忘昔纏綿。」李濟翁《資暇録》云：諺有曰：「千里井，不反唾。」或云剉，言昔人經驛舍，反馬餘剉於井，後經此井，汲水爲剉所哽。

96嘗聞習海者云：「航海自二浙可至平州。」聞登州竹山、駞基諸島之外，天晴無雲，可遠望平州城壁。今自二浙至登州與密州，皆由北洋，水極險惡，然有自膠水鎮三日而抵明州定海者。杜甫《後出塞》云：「漁陽豪俠地，擊鼓吹笙竽。雲帆轉遼海，粳稻來東吴。越羅與楚練，照耀輿臺軀。」及《昔遊》篇云：「幽燕盛用武，供給亦勞哉！吴門轉粟帛，泛海淩蓬萊。」其事可見。

97《名山記》云：松有兩鬣、三鬣、五鬣者，言如馬鬣形。李賀有《五粒小松歌》云：「新香幾粒洪崖飯。」五粒，未詳。

98李義山《嬌兒詩》云：「忽復學參軍，按聲喚蒼鶻。」按《吴史》云：「徐知訓怙威嬌淫，調謔王，無敬畏之心。嘗登樓狎戲，荷衣木簡，自號參軍。令王髽髻鶉衣，爲蒼頭以從。」歐公《五代史·吴世家》云：「知訓爲參軍，隆演鶉衣髽髻爲蒼鶻。」前云「蒼頭」，非也。

99杜甫詩云：「嘗果栗皺開。」或作「皺」字，殊不可解。《集韻》：「皺，側尤切，革紋蹙也。」《漢上題襟》周繇詩云：「開栗弋之紫皺。」貫休云：「新蟬避栗皺。」又云：「栗不和皺落。」〔皺〕，即栗蓬也。

100沈休文《山陰柳家女》詩云：「還家問鄉里，詎堪持作夫。」鄉里，謂妻也。《南史·張彪傳》呼妻爲鄉里云：「我不忍令鄉里落它處。」今會稽人言「家里」，其意同也。

101謝靈運《東陽溪中贈答》云：「可憐誰家婦，緣流灑素足。明月在雲間，迢迢不可得。」又云：「可憐誰家郎，緣流乘素舸。但問情若何，月就雲中墮。」劉禹錫《泰娘歌》「月墮雲中」之句蓋本於此。

102齊邱仲孚少好學，讀書常以中宵鐘鳴爲限。唐人張繼詩「夜半鐘聲到客船」，則「半夜鐘」其來久矣。

103陶淵明詩云：「聞有田子春，節義爲士雄。」《漢書·劉澤傳》云：「高后時，齊人田生游乏資，以書干澤。澤大悦之，(周)〔用〕金二百斤，爲田生壽。田生如長安，幸謁者張卿。諷高后立澤爲瑯琊王。」晉灼曰：「《楚漢春秋》云：田生，字子春。」

104《香奩集》云：「後魏時，相州人作《李波小妹歌》，疑其未備，因補之：「李波小妹字雍容，窄衣短袖蠻錦紅。未解有情夢梁苑，何曾自媚妒吳宮。誰教牽引知酒味，因令悵望成春慵。海棠花前鞦韆畔，背人撩鬢道忽忽。」韓偓所補，似言閨房之意，大非其實。《北史》：李安世出爲相州刺史，廣平人李波，宗族彊盛，殘掠不已。刺史薛道標討之，大爲所破，公私成患。百姓語云：「李波小妹字雍容，褰裙逐馬如卷蓬。左射右射必疊雙，婦女尚如此，男子安可逢。」安世設方略誘波等，殺之，州内肅然。

105白樂天《自詠》詩云：「朱砂賤如土，不解燒爲丹。玄鬢化爲雪，不解休爲官。」又《不二門》詩云：「亦曾燒大藥，消息乖火候。至今殘丹砂，燒乾不成就。」《潯陽（晚歲）〔歲晚〕寄元八郎中庾三十二員外》詩云：「（商）〔閲〕水年將暮，燒金道未成。丹砂不肯死，白髮自須生。」《對酒》云：「謾把《參同契》，難燒伏火砂。有時成白首，無處問黄芽。」《赴忠州至江陵舟中示舍弟》云：「幼學將何用，丹燒竟不成。」《酬元郎中書懷》云：「終身擬作卧雲伴，逐月須收燒藥錢。」《與故刑部李侍郎早結道友以藥術爲事》詩云：「金丹同學都無益，水竹鄰居竟不成。」《贈江州李使君》云：「迹爲燒丹隱，家緣嗜酒貧。」《題别遺愛草堂》云：「曾在廬峰下，書堂對藥臺。」《竹樓宿》詩：「小書樓下千竿竹，深火爐前一盞燈。此處與誰相伴宿，燒丹道士坐禪僧。」《後集》第五十一卷《同微之贈别郭虚舟鍊師五十韻》，叙燒丹事甚詳。有云：「簡寂館鍾後，紫霄峰曉時。心塵未浄潔，火候遂參差。萬壽覬刀圭，千功失毫釐。先生彈指起，姹女隨煙飛。始知緣會（開）〔間〕，陰（隙）〔隲〕不可移。藥竈今夕罷，詔書明日追。」《對酒》云：「丹砂見火去無迹，白髮泥人來未休。」《贈杜録事》云：「河車九轉宜精鍊，火候三年在好看。」《酬夢得》云：「丹砂鍊作三銖土，玄髮看成一把絲。」又《燒藥不成命酒獨酌》云：「白髮逢秋至，丹砂見火空。不能留姹女，争免作衰翁。」是樂天久留意金丹，爲之而不成也。又有《感事》詩云：「服氣崔常侍，燒丹鄭舍人。」又云：「唯知戀杯酒，不解煉金銀。無憂亦無喜，六十六年春。」又作《醉吟先生傳》云：「設不幸吾好藥，治衣削食，鍊鉛燒汞，至于無所成，有所誤，奈之何！今吾幸不好彼。」又《答客》詩云：「海山（亦）〔不〕是吾歸處，歸即應歸兜率天。」則是晚年藥術竟無所得，乃歸依内典耳。

106謝靈運詩云：「牽絲及元興，解龜在景平。」五臣注《文選》云：「牽絲，謂牽王如絲之言而仕也。」李善云：「牽絲，初仕。解龜，去官也。應璩詩云：『不悟牽朱絲，三署來相尋。』」

107韓退之《瀧吏》詩云：「不知官在朝，有益國家不。得無風其間，不武亦不文。仁義飾其躬，巧姦敗群倫。」古本「風」作「虱」字，或引阮嗣宗「虱處褌中」爲解，非也。按秦《公孫鞅書·靳（命）〔令〕篇》云：「國以功受官予爵，則治省言寡。以六蝨授官予爵，則治煩言生。六蝨曰禮樂，曰詩書，曰修善，曰孝悌，曰誠信，曰貞廉，曰仁義，曰非兵，曰羞戰。國有十二者，上無使農戰，必貧至削。十二者成群，此謂君之治不勝其臣，官之治不勝其民。此謂六蝨勝其政也。」此言十二，乃止九條。杜牧之云：「彼商鞅者，能耕能戰，能行其法，基秦爲强。曰彼仁義，蝨官也。可以置之。注云：置之，言不用也。」此昌黎之意也。

108《楚辭》云：「夕餐秋菊之落英。」王逸云：「英，華也。」《類篇》云：「英，草榮而無實者。」後漢馮衍賦云：「食玉芝之茂英。」言英華之英。洪興祖補注《楚辭》云：「秋花無自落者，讀如『我落其實而取其華』之『落』。」此言爲是。今秋花亦有落者，但菊蕊不落耳。若云「黄菊飄零滿地金」，即詩用《楚辭》之句。且《宋書·符瑞志》：沈約云：「英，葉也。」言食秋菊之葉。據《神農本草》：「菊服之，輕身耐老。三月採葉。」《玉函方·王子喬變白增年方》：「甘菊，三月上寅採，名曰『玉英』。」是「英」謂之葉也。晉許詢詩云：「青松凝素體，秋菊落芳英。」

109劉禹錫云：「翁仲遺墟草樹平。」《魏略》云：明年，景初元年，徙長安鐘簴、駱駞、銅人、承露盤，盤折，銅人重不可致，留于霸城。大發卒鑄作銅人二，號曰翁仲，列坐於司徒門外。後漢鄗南千秋亭有石壇，壇廟之東枕道，有兩石翁仲，南北相對。

110秦嘉，字士會，隴西人也。爲郡（主）〔上〕掾一作計。其妻徐淑，寢疾還家，不獲面别，贈詩云：「人生譬朝露，居世多屯蹇。憂艱常早至，歡會常苦晚。念當奉時役，去爾日遥遠。遣車迎子還，空往復空返。省書情悽愴，臨食不能飯。獨坐空房中，誰與相勸勉。長夜不能眠，伏枕獨展轉。憂來如尋環，匪席不可卷。」嘉報以詩云：「帝靈無私親，爲善荷天禄。傷我與爾身，少小（惟）〔罹〕煢獨。既得結大義，歡樂苦不足。念當遠離别，思念叙款曲。河廣無舟梁，道遠隔邱陸。臨路懷惆悵，中駕正躑躅。浮雲起高山，悲風激深谷。良馬不迴鞍，輕車不轉轂。針藥可屢進，愁思難爲數。貞士篤終始，恩義不可屬。」「肅肅僕夫征，鏘鏘揚和鈴。清晨當引邁，束帶待雞鳴。顧看空室中，髣髴想姿形。一别懷萬恨，起坐爲不寧。何用叙我心，遺思致款誠。寶釵可耀首，明鏡可鑒形。芳香去垢穢，素琴有清聲。詩人感木瓜，乃欲答瑶瓊。愧彼持贈厚，慚此往物輕。雖知未足報，（良）〔貴〕用叙我情。」淑又答詩一首：「妾身兮不合，嬰疾兮來歸。沈滯兮家門，歷時兮不差。曠廢兮侍覲，情敬兮有違。君今兮奉（役）〔命〕，遠適兮京師。悠悠兮離别，無因兮叙懷。瞻望兮踴躍，佇立兮徘徊。思君兮感結，夢想兮容暉。君發兮引邁，去我兮日乖。恨無兮羽翼，高飛兮相追。長吟兮永嘆，淚下兮沾衣。」嘉與妻書曰：「不能養志，當給郡使。隨俗順時，僶勉當去。知爾所苦，（尚）〔故爾〕未有瘳〔損〕。想念悒悒，勞心無已。當涉遠路，趨走飛塵。非志所慕，慘慘少樂。

又計往還，將彌時節。念發同怨，意猶遲遲。欲暫相見，有所屬託。今遣車往，想必有方。」淑答書曰：「知屈珪璋，應奉歲使。策名王府，觀國之光。雖失高素皓然之業，亦是仲尼執鞭之操也。自初承問，心願東還。迫疾惟亟，抱嘆而已。日月已盡，行有伴列。想嚴裝已辦，發邁在近。誰謂宋遠，企予望之。室邇人遐，我勞如何。深谷逶迤，而君是涉。高山巖巖，而君是越。斯亦難矣。長路悠悠，而君是踐。冰霜慘烈，而君是履。身非形影，何得動而輒俱。體非比目，何得同而不離。於是，誦萱草之咏，以消兩家之思。割今者之恨，以待將來之歡。君適樂土，優游京邑。觀王都之壯麗，察天下之珍妙。得無目玩意移，往而不能出耶？」嘉重報妻書曰：「車還空反，甚失所望。兼叙遠別，恨恨之情，顧尤悵然。間得此鏡，既明妍媸。及觀文彩，世所希有，意甚愛之。故以相與，并寶釵一雙，妙香四種，素琴一張，常所自彈也。明鏡可以鑒形，寶釵可以耀首，芳香可以馥身，素琴可以娛耳。」淑又報嘉書曰：「〔既惠音令，兼賜諸物。厚意殷勤，出於非望。〕鏡有文彩之麗，釵有殊異之觀，芳香既珍，素琴益好。惠異物於鄙陋，割所珍以相賜，非豐恩之厚，孰肯若斯？覽鏡執釵，情意髣髴。操琴詠詩，思心（結成）〔成結〕。敕以芳香馥身，喻以明鏡鑒形。此言過矣，未獲我心也。昔詩人有飛蓬之感，班婕妤有誰榮之嘆。素琴之作，當須君歸。明鏡之鑒，當待君還。未奉光儀，則寶釵不列也。未待帳帷，則芳香不發也。」梁鍾嶸《詩評》曰：「二漢爲五言不過數家，而婦人居二。徐淑《寶釵》之作，亞《團扇》矣。」

111《東坡志林》云：「謝瞻《張子房》詩云：『苟慝暴三（傷）〔殤〕。』此謂上中下（傷）〔殤〕，言秦無道，戮及孥稺也。五臣注乃引『苛政猛於虎，吾父、吾子、吾夫皆死於是』，謂夫與(婦)〔父〕爲(傷)〔殤〕，此豈非俚儒之荒陋者乎？」余觀《宣遠》詩云：「王風哀以思，周道蕩無章。卜洛易隆替，興亂罔不亡。秦政吞九鼎，苛慝暴三(傷)〔殤〕。息肩纏民思，靈鑒集朱光。伊人感代(變)〔工〕，聿來拱興王。」恐爲穆公殺三良，不使終其天年，此《黄鳥》之詩所以哀也。殉葬乃始於秦，其苛慝可知。

112 葛蘩校《蘇州韋刺史集》十卷，今平江板本是也。刺史洛陽人，姓韋氏，名應物。貞元中，以左司郎中出爲蘇州刺史。書目、姓名略見《唐書·藝文志》，其詳不載於正史，不可得而考也。今觀其《逢楊開府》詩云：「少事武皇帝，無賴恃恩私。身作里中横，家藏亡命兒。朝持摴蒲局，暮竊東鄰姬。司隸不敢捕，立在白玉墀。驪山風雪夜，長楊羽獵時。一字都不識，飲酒肆頑癡。武皇升仙去，憔悴被人欺。讀書事已晚，把筆學題詩。兩府始收跡，南宫謬見推。非才果不容，出守撫惸嫠。忽逢楊開府，論舊涕俱垂。坐客何由識，唯有故人知。」又《温泉行》云：「出身天寶今年幾，頑鈍如鎚命如紙。作官不了却來歸，還是杜陵一男子。」又云：「身騎廄馬引天仗，直入華清列御前。」是嘗爲三衛而蹤跡不羈也。《燕李録事》詩云：「與君十五侍皇闈。」又《京師叛亂寄諸弟》云：「弱冠遭世難，二紀猶未平。」當天寶十五載六月，明皇避安禄山之難，是年應物年二十。至寶應元年建巳月上皇崩，則武皇升仙之時，應物年二十七。又《示從子河南尉班詩序》云：「永泰中，予任洛陽丞。」則應物年二十九。及其來吴，《贈舊識》云：「少年游太學，負氣蔑諸生。蹉跎三十載，今日海隅行。」則少嘗游太學，蓋武皇升仙後二年入太學，遂爲丞也。自洛陽丞爲京兆府功曹。大曆十四年，自鄂縣令别除櫟陽令，以疾歸善福精舍。建中二年，由前資除比部員外郎，出爲滁州，改判江州，改左司郎中。貞元初，又歷蘇州，罷守，寓居永定精舍。以詩考之，歷官次序如此。〔《廣德中洛陽作》云：「蹇劣乏高步，緝遺守微官。」〕廣德二年，乃〔當永泰之元時〕，爲洛陽丞。自京師叛亂之後，至德、乾元、上元、寶應數年間，折節讀書，遂入仕，而因謂之微官也。《善福精舍書》注：「建中二年除比部。」則應物年四十五。建中四年十月三日，京師兵亂，自滁州間道遣使。明年興元甲子歲五月九日使還。《寄諸弟作》詩云：「歲暮兵戈亂京國，帛書間道訪存亡。」乃德宗幸奉天時，應物年四十八。自後守九江，至爲蘇州刺史，計其年五十餘矣。以集中事及時人所稱考其仕官如此，得非遂止於蘇耶？按白居易《蘇州答劉禹錫》詩云：「敢有文章替左司。」左司，蓋謂應物也。官稱止如此。其集中詩，《寄大梁諸友》云：「分竹守南譙，弭節過梁地。」則是守亳時也。篇末云：「相敦在勤事，海内方勞師。」似與興元甲子不遠〔也〕。又唐小説載與諸公倡和，稱韋十九。林寶《姓纂》云：「周逍遥公敻之後，左僕射扶陽公持價生司門郎中令儀，令儀生鑾，鑾生應物，應物生監察御史、河東節度掌書記慶復。」李肇《國史補》云：「爲人性高潔，鮮食寡慾。所居，焚香掃地而坐。其爲詩，馳驟建安已還，各得風韻。」又云：「開元以後，位卑而著名者，李北海、王江寧、李館陶、鄭廣文、元魯山、蕭功曹、張長史、獨孤常州、崔比部、梁補闕、韋蘇州。」其大略可見如此。

113「青衫白髮老參軍，旋糶黄粱買酒醻。但得有錢留客醉，也勝騎馬上人門」，此詩膾炙人口，不知誰作。見施僉判德權，云：「乃德清人法原之祖盧政議詩。」更有一絕：「十月都門風薄衣，搗砧聲裏雁南飛。野人不識長安樂，且趁鱸魚一棹肥。」

114古詩云：「燈檠昏魚目。」讀「檠」爲去聲。《集韻》：「檠，渠映切。有足，所以几物。」又：「檠，音平聲，榜也。」非燈檠字。韓退之云：「牆角君看短檠棄。」亦誤也。

115杜甫《越王樓》詩云：「綿州州府何磊落，顯慶年中越王作。孤城西北起高樓，碧瓦朱甍照城郭。樓下長江百丈清，山頭落日半輪明。君王舊跡令人賞，轉見千秋萬古情。」《綿州圖經》云：「越王臺在綿州城外，西北有臺，高百尺，上有樓，下瞰州城。唐顯慶中，太宗子越王（真）〔貞〕任綿州刺史日作，詩云『孤城西北起高樓，碧瓦朱甍照城郭』是也。」

116韋蘇州《送黎六郎》詩云：「聞話嵩峰多野寺，不嫌黄綬向陽城。釣臺水緑荷已生，少姨廟寒花始遍。」楊炯撰《少姨廟碑》：「《漢·地理志》云：嵩高少室廟，其神爲婦人像者，故老相傳云，啓母塗山氏之妹也。」

117唐《吕公表》，吕諲也。元結撰，前太子文學、翰林待詔顧誡奢書。即杜甫所贈顧八分文學詩是也。

118唐《六公詠》，李邕撰，胡履虚書。杜甫《八哀》詩云：「朗詠《六公篇》，憂來豁蒙蔽。」六公者，五王爲一章，狄丞相别爲一章云。

119杜牧之《朱坡》詩云：「小蓮娃欲語，幽笋穉相携。」言笋如穉子。與杜甫「竹根穉子無人見」同意。

120杜詩云：「匡山讀書處，頭白早歸來。」李太白，青山人，多遊匡廬，故謂之匡山。《綿州圖經》云：「戴天山，在縣北五十里，有大明寺。開元中，李白讀書於此寺，又名大康山，即杜甫所謂『康山讀書處』也。」恐《圖經》之妄。（徐俊）

學林

王觀國　撰

王觀國，字彦賓，湖南長沙人。宋徽宗政和五年（一一一五）進士，紹興年間在世。《學林》十卷。此據《湖海樓叢書》本選録。

【詩書序】《詩序》本自爲一編，不在衆篇之首，至毛公爲《詩傳》，乃分《序》於衆篇之首。《詩序》謂之義，所謂有其義而亡其辭是也。《詩》曰：「《南陔》，孝子相戒以養也。《白華》，孝子之潔白也。《華黍》，時和歲豐，宜黍稷也。有其義而亡其辭。」「《由庚》，萬物得由其道也。《崇丘》，萬物得極其高大也。《由儀》，萬物之生各得其宜也。有其義而亡其辭。」鄭氏曰：「孔子論《詩》，《雅》、《頌》各得其所，時俱在耳。遭戰國及秦之世而亡之，其義則與衆篇之義合編，故存。至毛公爲《詁訓傳》，乃分衆篇之義，各置於其篇端。」由此觀之，則《詩序》本不在衆篇之首，至毛公始分置於衆篇之首，亦可知矣。《詩序》，子夏之所作，而王荆公以爲讀《江有汜》之詩，雖子夏無以知其美媵，然子夏與孔子同時，文籍未淪喪，必有所受而作也。《史記·孔子世家》曰：「古詩三千餘篇，孔子取三百五篇。」歐陽文忠公《崇文總目叙釋》曰：「孔子删詩，三千餘篇取其三百十一篇著於《經》。

秦、楚之際亡其六。」然則古詩三千，而取者三百，則十取其一耳，餘皆逸詩也。逸《詩》、《書》，史亦多引之。」《書序》本自爲一篇，不在衆篇之首。至孔安國作《傳》，乃分《序》於衆篇之首，故孔安國《尚書序》曰：「并《序》凡五十九篇。」「《書序》，序所以爲作者之意，昭然義見，宜相附近。故引之各冠其篇首，定五十八篇」是也。《前漢·藝文志》有《周書》七十一篇，顔師古注曰：「劉向云：『周時誥誓號令也，蓋孔子所論百篇之餘也。』今之存者四十五篇矣。」按班固作《漢書》時，《周書》有七十一篇，自後復經兵火，書籍散亡。至晉時，盜發汲郡冢，得竹簡書，有《周書》。束皙校讎，而訛滅脱散不可攷者甚多，故顔師古曰：「今之存者四十五篇。」蓋至於唐，所存者四十五篇耳，皆逸《書》也。逸《書》者，《虞》、《夏》、《商書》皆有之，不特《周書》也。（卷一。下同）

【臧否】臧否之「否」音「鄙」。臧者，善也；否者，不善也。《書》曰：「格則承之庸之，否則威之。」陸德明《音義》曰：「否音鄙。」《易·遯》卦九四：「好遯，君子吉，小人否。」王弼注曰：「否音臧否之否，君子好遯，故能舍之；小人繫戀，是以否也。」《鼎》卦初六：「鼎顛趾。」「利出否。」王弼注曰：「否，不善之物也。」《抑》詩曰：「於乎小子，未知臧否。」《烝民》詩曰：「邦國若否，仲山甫明之。」《小旻》詩曰：「國雖靡止，或聖或否。」《春秋》昭公五年《左氏傳》曰：「一臧一否，其誰能當之？」諸葛孔明《出師表》曰：「陟罰臧否，不宜異同。」張平子《西京賦》曰：「街談巷議，彈射臧否。」以上否字皆音鄙，俗或讀音缶，則誤矣。嵇叔夜《幽憤詩》曰：「民之多僻，政不出己。惟此褊心，顯明臧否。」五臣注《文選》曰：「否，平鄙切。」若如五臣注，則平鄙切，乃音備，是泰否之否，非臧否之否矣。今《禮部韻略》上聲旨字部内否音鄙，注曰：「臧否也。」《新制》云：「按《詩》『未知臧否』，《釋文》音鄙，如此之類，全句即許於此韻内押，如散押臧否之類，即許與有字韻内否字通押。」觀國按：有字韻内否字音缶，若散押臧否，亦是音鄙，豈可遽變而音缶耶？凡上有臧字，則下當音鄙，此一定不可易也。《新制》乃元祐五年太學博士孫諤校對《禮部韻略》而奏請，引《周易·師》卦曰：「師出以律，否臧凶。」《釋音》曰：「否音鄙，惡也。」馬、鄭、王肅曰：「否音方九反。」《左傳》隱公十一年曰：「師出臧否，亦如之。」《釋音》曰：「否音鄙，又方九反。」觀國按：《周易》、《左傳》皆存兩音者，蓋陸德明不能稽攷訂正之，而存兩音，使後人自擇之也。孫諤奏請，又不能決於去取，故有許通押之文，且音鄙、音缶二字，音與義皆不同，實不可通押。

【中興】《烝民》詩曰：「任賢使能，周室中興焉。」陸德明《音義》曰：「中，丁仲反。」杜預《春秋左氏傳序》曰：「若平王能祈天永命，紹開中興。」陸德明《音義》曰：「中，丁仲反。」觀國按：中字有鍾、衆二音，其義異也。音鍾者，當二者之中，首尾均也；音衆者，首尾不必均，但在二者之閒耳。中興者，在一世之閒，因王道衰而有能復興者，斯謂之中興。首尾先後，不必均也。商之世嘗衰矣，高宗能復興商道，故高宗謂之中興。周之世嘗衰矣，宣王能復興周道，故宣王謂之中興。漢之世嘗衰矣，光武能復興漢室，故光武謂之中興。晉之世嘗衰矣，元帝能再造晉室，故元帝謂之中興。唐之世嘗衰矣，肅宗能復興唐室，故肅宗謂之中興。凡此皆在一世之閒，因衰而復興，故皆謂之中興，其時之首尾先後，不必均也。此中興之中所以音衆。若中年、中葉、中天、中塗、中詘之類，皆當音鍾，蓋義當音鍾也。杜子美《喜達行在所》詩曰：「今朝漢社稷，新數中興年。」又《送鄭虔貶台州》詩曰：「萬里傷心嚴譴日，百年垂死中興時。」二詩皆律詩，並用中字作去聲。前賢用字，皆有所本，不妄舉也。（卷二。下同）

【副苹】《生民》詩曰：「不坼不副，無菑無害。」《曲禮》曰：「爲天子削瓜者副之。」陸德明《音義》皆曰：「副，孚逼反。」觀國按：《周禮·大宗伯》：「以疈辜祭四方百物。」又《鬯人》曰：「凡疈事用散。」陸德明《音義》皆曰：「疈，孚逼反。」蓋副與疈一字也，副乃疈字之半耳。疈辜者，疈牲胸磔裂之，以祭四方百物之神也。酒尊無飾，謂之散尊，疈事用散尊，散列不一也，爲天子削瓜者副之，則既削又四析而橫斷之也。爲國君者華之，則中裂之而不四析也。爲大夫累之，累，倮也。爲士疐之，去疐而已。不坼不副者，無分裂之患也，疈、副皆取四達開裂之義。字書當於入聲收副字在疈字之下，乃立兩字各爲訓義，非也。《鹿鳴》詩曰：「食野之苹。」《毛氏傳》曰：「苹，蓱也。」鄭氏箋曰：「苹，藾蕭。」觀國按：《爾雅》曰：「萍、蓱，其大者蘋。」郭璞注曰：「萍，水中浮蓱。」《爾雅》又曰：「苹，藾蕭。」郭璞注曰：「今藾蒿也。」則苹與萍乃二物，其字不相通用。《詩》曰：「食野之苹。」「食野之蒿。」「食野之芩。」皆鹿食地上所生之物，非水中物，則苹非萍矣，藾蕭是也。謝靈運《擬鄴中集》詩曰：「自從食蓱來，惟見今日美。」五臣注《文選》曰：「蓱，苹也。」食苹之詩，天子宴諸侯也；靈運以食苹爲食蓱，五臣謂蓱、苹也，皆誤矣。《玉篇》曰：「苹，蓱也。又藾蕭也。」兩存之者，因毛、鄭訓《詩》而爲之説也，亦誤矣。

【矜】（上略）矜又巨巾反，亦作穫。字書曰：矛柄也。《史記·淮南王安傳》曰：「非直適戍之衆鐖鑿棘矜也。」賈誼《過秦論》曰：「鉏耰棘矜，非銛於勾戟長鎩也。」《前漢·徐樂傳》曰：「起窮巷，奮棘矜。」顔師古注曰：「棘，戟也。矜，戟之把也。」杜甫《寄峽州》詩曰：「張兵撓棘矜。」蓋用此事耳。

【除】（上略）除又訓盡者，顔延年《秋胡》詩曰：「良人爲此别，日月方向除。」五臣注《文選》曰：「除，盡也。」故階除謂之除者，階至此而盡也；歲除謂之除者，一歲至此而盡也。除又訓去者，如淳注《漢紀》，以除官爲除故官，則是除去之也，以除去之爲除官，固非美稱，如淳誤矣。（卷三。下同）

【史訛】（上略）《唐書》：李賀父名晉肅，不敢舉進士，韓愈爲作《諱辨》，然卒不就舉。觀國按：韓愈《諱辨》曰：「賀舉進士有名，争名者毁之曰，賀父名晉肅，不舉進士爲是。」以此知賀常舉進士矣，争名者毁之，故韓愈作《諱辨》，欲以全賀之名也。《唐史》與《諱辨》意不同矣。唐人康駢作《劇談録》曰：「元微之以明經擢第，願結交李賀。執贄造賀門，賀覽刺不答，微之慚憤而退，後登要路，因指賀祖稱諱進，不合應進士舉，遂致轗軻。韓愈惜其才，爲著《諱辨》。」觀國按：唐人小説，雖未可全信，然記賀事與《諱辨》合，則知史辭所載未之盡也。

【鴟夷】（上略）范蠡自號鴟夷子皮，又號陶朱公，託鄙名以自晦其跡耳。杜子美《酬薛判官》詩曰：「欲學鴟夷子，待勒燕山銘。」此詩意非爲欲隱也，乃欲富貴彊兵如范蠡，故其下句曰：「志在麒麟閣，無心雲母屏。」

【牛女】張茂先《博物志》曰：「近世有人居海上，每年八月見海槎來，不違時，齎一年糧乘之，到天河，見婦人織，丈夫飲牛。遣問嚴君平，云某年某月某日，客星犯牛斗，即此人也。」觀國竊見古今文士多用張騫乘槎牛女相會事，然《博物志》初不言張騫，按《漢書・張騫傳》及《史記・大宛列傳》，皆言張騫使月氏，窮河源，通西北國，而不言乘槎事。杜子美《夔府詠懷》詩曰：「途中非阮籍，槎上似張騫。」又《秋興》詩曰：「奉使虛隨八月槎。」如此類前賢多用之，恐非實事。又世傳織女嫁牽牛，渡河相會。觀國按：《史記》、《漢》、《晉・天文書》，河鼓星隨織女星、牽牛星之閒，世俗因傅會爲渡河之説，渫瀆上象，無所根據。惟《淮南子》云，烏鵲填河成橋而渡織女，其説怪誕不足信。杜子美《牽牛織女》詩云：「牽牛出河西，織女處其東。萬古永相望，七夕誰見同。神光意難候，此事終朦朧。」觀子美詩意，不取世俗之説也。七夕乞巧，見于周處《風土記》，後人編類雜書，如《荆楚歲時記》之類，咸分門録之，初無稽攷，其不足信者多矣。如桃源秦人避世之説，因陶淵明作《桃花源記》，後世文士競用以爲故事。按淵明所記，但言晉武陵人捕魚從溪而入，既出，迷不復得路，而不言姓名，其事與《博物志》言近世有人居海上同，皆無姓名實跡。韓退之《桃源圖詩》曰：「神人有無何眇茫，桃源之説誠荒唐。」觀退之詩意，亦不以桃源之説爲然也。蓋事多出于風傳，一經名士論説，遂爲故事，亦不朽耳。（卷四。下同）

【留落】《史記》、《漢書・衛青傳》曰：「諸將留落不耦。」或云：「世言流落，當爲留落。」觀國竊詳「留落」與「流落」自不同。蓋留落者，留滯遺落也；流落者，飄流零落也。按《衛青傳》曰：「諸宿將常留落不耦，由此去病日以親貴。」蓋衛青末年，諸宿將皆留滯無功，不與時耦，而霍去病有功，日益親貴，其用留落二字宜矣。杜子美《寄賈司馬嚴使君兩閣老》詩曰：「倉茫城七十，流落劍三千。」又《簡王明府》詩曰：「神仙才有數，流落意無窮。」又《送裴五赴東川》詩曰：「故人亦流落，高義動乾坤。」此皆子美避地異鄉，嘆其飄流零落之意，則用流落字宜矣。留落與流落不同如此，非有誤也。

【繩牀】繩牀者，以繩貫穿爲坐物，即俗謂之交椅之屬是也。孟東野詩曰：「繩牀獨坐翁。」詩人多用之。李濟翁《資暇集》不曉繩牀之義，乃改爲承牀，誤矣。古人稱牀榻，非特臥具也，多是坐物。王羲之東牀坦腹而食，庾亮登南樓據胡牀與佐史談咏，桓伊吹笛據胡牀三弄，管寧家貧坐藜牀欲穿。陳蕃爲豫章太守，徐孺子來特設一榻，去則懸之。沈休文詩曰：「賓至下塵榻。」漢沛公踞牀使兩女子洗足。凡此皆坐物也。雜書《初學記》之列於牀榻類中，不分坐臥，混而編之，亦誤矣。

【方俗聲語】（上略）江左人稱我、汝皆加儂字，詩人亦或用之。孟東野詩曰「儂是拍浪兒」是也。欸乃者，湘楚人節歌聲，柳子厚曰「欸乃一聲山水緑」是也。（下略）

【茶】（上略）《廣韻》曰：「荼，宅加切，苦荼也，亦作㮇，俗作茶。」然則宅加切者，本亦用荼字，而俗書爲茶，下從木，非字法也。書史沿襲，遂用茶字，蓋與苦菜之荼相避也。《唐書·陸羽傳》曰：「羽嗜茶，著經三篇，言茶之原之法之具，天下益知飲茶矣。」觀國按：管夷吾摘山煮海，以富齊國，其來已久，豈待陸羽作《茶經》，然後天下益知茶耶？盧仝《茶歌》曰：「天下須嘗陽羡茶。」閲此當知唐時以陽羡茶爲第一也。陽羡在常州，本朝建溪始盛。

【雁塔】《西京新記》曰：「隋無漏寺在長安，唐武德初，廢無漏寺。貞觀十二年，高宗在春宮，爲文德皇后立寺於無漏寺故址，以慈恩爲寺名，西院浮圖高三百尺，永徽五年，沙門元楚所立，國人謂之雁塔。唐故事，進士及第，列名於慈恩寺塔，因此謂之雁塔題名。塔以石爲壁，唐人遊觀留題甚多，不特進士題名而已。塔屢遭火，而斷石遺字猶有存者，近時好事者，裒其遺字作十卷，鐫之石，進士題名僅存數處，餘皆唐賢遊觀留題也。」《賈公談録》曰：「唐李佇侍郎知貢舉，夜放榜未畢，而書吏得疾暴卒，遂更呼一善書吏，而吏方醉，磨墨鹵莽，或淡或濃，一榜之字，濃淡相半，反致其妍，遂成淡墨故事。」本朝禮部貢院放榜，亦以淡墨書榜首，蓋循唐故事也。因此賀人及第，用雁塔題名，淡墨題名，以爲事實。《唐摭言》曰：「進士及第，賜宴曲江，狀元置司處謂之團司，年最少者爲探花郎，皆唐故事也。」《唐書・歐陽詹傳》曰：「詹舉進士，與韓愈、李絳、崔群、王涯、馮宿、庾承宣聯第，皆天下選，時稱『龍虎榜』。」故先達詩曰：「一舉首登龍虎榜，十年身到鳳凰池。」世以爲榮盛莫比。

【蒲柳】《爾雅》曰：「檉，河柳。旄，澤柳。楊，蒲柳。」所謂蒲柳者，乃柳之一種，其名爲蒲柳，是一物也。（中略）《晉書》：顧悦之與簡文帝同年而髪早白，帝問其故，對曰：「松柏之姿，經霜猶茂。蒲柳之質，望秋先零。」以松柏對蒲柳，意謂蒲草與柳爲二物也，誤矣。杜子美《重過何氏》詩曰：「手自移蒲柳，家纔足稻粱。」亦以蒲柳爲二物，蓋循悦之之誤也。歐陽文忠公《乞解政事表》曰：「念其蒲柳，質易朽而先衰；譬若馬牛，力已疲而則止。」又《表》曰：「四體癯羸，甚已衰之蒲柳；雙瞳眊

脊，幾不辨於騎驪。」皆承襲用之耳。（下略）（卷五。下同）

【叒】《玉篇》、《廣韻》皆曰：「叒，而灼切，榑桑，叒木也。」然則榑桑即扶桑也，叒木即若木也，後之文士變叒爲若耳。扶桑在東，若木在西，事見《山海經》。故《離騷》曰：「飲余馬於咸池兮，總余轡於扶桑。折若木以拂日兮，聊逍遥兮以相羊。」蓋扶桑者，日出之處，若木者，日入之處，折若木以拂日者，日既西矣，猶能折若木以揮拂其日，使之不暮，而我尚逍遥安舒以遊也。謝希逸《月賦》曰：「擅扶桑於東沼，嗣若英於西冥。」若英即若木也。此理甚明。然李賀詩曰：「天東有若木。」豈賀誤耶？桑字上從叒，又有桒字，乃俗書不可用。若又爲香草名，曰杜若，屈平《九歌》曰：「采芳洲兮杜若。」故謝玄暉詩曰：「芳洲采杜若。」唐貞觀中，敕下度支求杜若，省郎責坊州貢之，其事謬誤，遂傳而不可泯。若又音人者切，北魏複姓有若干氏、若久氏，《周書》有若干惠，《後燕録》有若久和，是也。又釋典言般若者，於華言爲濟彼岸。《南史》：梁武帝中大通三年十一月，幸同泰寺説《般若經》，是也。釋典或作惹，凡音人者切者，皆出於北魏釋典之語。

【於】（上略）《史記·張儀傳》曰：「儀説楚王，請獻商於之地六百里。」又《楚世家》曰：「取故秦所分楚商於之地六百里。」裴駰注曰：「商於之地，在今順陽郡南鄉、丹水二縣，有商城在於中，故謂之商於。」然則商於之於，亦音央居切。《廣韻》曰：「於，央居切，地名商於也。」劉禹錫《送陳郎中召直史館》曰：「若問舊人劉子政，如今頭白在商於。」與除字同韻，則用爲央居切不誤也，世俗多誤讀商於之於爲烏，不可不審也。

【霓裳羽衣曲】李肇《國史補》曰：「客有以宴樂圖示王維，維曰：『此《霓裳》第三疊第一聲也。』客引工按曲，乃信。」今《新唐書·王維傳》亦載此事，蓋用《國史補》語也。觀國竊謂圖畫奏樂者，皆但能舉一聲，豈知其爲《霓裳》第三疊第一聲也。沈存中亦嘗辨之，蓋《國史補》雖唐人小説，然其記事多不實，修《唐史》者一概取而分綴入諸列傳，曾不核其是否，故舛誤類如此也。鄭愚《津陽門詩》注云：「葉法善引上入月宮，聞仙樂，及上歸，但記其半，遂于笛中寫之，會西涼府都督楊欽述進《婆羅門曲》，與其聲調相符，遂以月中所聞爲散序，用欽述所進爲其腔，而名《霓裳羽衣曲》。」《唐書·禮樂志》曰：「明皇時，河西節度使楊欽忠獻《霓裳羽衣曲》十二遍。凡曲終必遽，惟《霓裳羽衣曲》將畢引聲益緩。」觀國按：鄭愚詩注，頗怪誕不可信，當以《唐志》所記爲是。《摭言》曰：「唐末試進士，以《霓裳羽衣曲》爲詩題。明年，又以爲賦題。」觀國按：明皇以聲色而敗度，後之文士，咸指《霓裳羽衣曲》爲亡國之音，故唐人詩曰：「《霓裳》一曲千峰上，舞破中原始下來。」亦如陳主之《玉樹後庭花》也。固不可以爲詩賦題而訓多士，夫唐之祖宗典故，其美且善者多矣，奚獨《霓裳》之取耶？

【草】《歐陽公詩話》曰：「平明諫草朝天去。」詩雖美，而入諫固不可用草稾。觀國按：《論語》曰：「爲命，裨諶草創之。」草創謂制作也，古之命令，後世改爲制詔，鄭之爲命之文，有裨諶以制作之，言得人也。《前漢·郊祀志》曰：「黄龍見成紀，文帝召公孫臣，拜爲博士，與諸生申明土德，草改曆服色事。」顔師古注曰：「草謂創造之也。」又《王莽傳》曰：「孫竦爲大司徒陳崇草奏，稱莽功德。」顔師古注曰：「草謂創立其文也。」凡臣僚掌制誥文字，謂之視草，故杜子美《送李校書》詩曰：「汝翁草明光，天子正前席。」蓋謂草制於明光殿也。司馬遷《報任少卿書》曰：「成一家之言，草創未就。」五臣注《文選》曰：「草創，制作也。」然則凡言草者，謂制作也，非草稾也。諫草者，諫章也。《前漢·郊祀志》曰：「上令諸儒習射，草封禪儀。」《藝文志》曰：「漢興，蕭何草律。」《揚雄傳》曰：「雄方草《太玄》，有以自守，泊如也。」《揚子法言》曰：「載使子草律，曰：『吾不如洪恭。』草奏，曰：『吾不如陳湯。』」凡此言草，皆謂創造制作之也，亦非草稾也。若進稾、削稾、焚稾之類，乃爲草稾。

【杜子美】《舊唐史·杜甫傳》曰：「甫永泰二年卒。」觀國攷子美詩，有《大曆二年九月三十日》詩。大曆《十月一日》詩，《大曆三年春白帝城放船出瞿唐》詩，大曆五年正月《追酬高適人日》詩。甫誌與傳皆云年五十九卒。按甫生於睿宗先天元年癸丑歲，卒於大曆五年辛亥歲，爲年五十九，則史云永泰二年卒者，誤也。元祐中，胡資政知成都，作《草堂先生詩碑序》曰：「蜀亂，先生下荆、渚，泝沅、湘，上衡山，卒於耒陽。」王内翰《注子美詩序》曰：「大曆三年，甫下峽入湖南，遊衡山，寓居耒陽，五年夏，一夕醉飽卒。」元祐中，呂丞相作《子美詩年譜》曰：「大曆五年夏，甫還襄漢，卒於岳陽。」觀國嘗攷究杜陵遺跡，及襄漢、岳陽，皆無子美墓，惟耒陽縣有子美墓，前賢多留題，則子美當卒於耒陽也。近世有小説《麗情集》者，首序子美因食牛肉白酒而卒，此無據妄説，不足信。今注子美詩者，亦假王原叔内翰之名，謂甫一夕醉飽卒者，毋乃用小説《麗情》之語耶？

【京索】《前漢·高帝紀》曰：「韓信亦收兵與漢王會，兵復大振。與楚戰滎陽南京、索間，破之。」應劭注曰：「京，縣名。今有大索、小索亭。」晉灼注曰：「索，音册。」顏師古注曰：「索音求索之索。」《前漢·蕭何傳》曰：「漢三年，與項羽相距京、索間。」《韓信傳》曰：「復擊破楚京、索間。」顏師古注曰：「索，音山客反。」觀國按：《後漢·郡國志》，河南有京縣，有索亭。《北征記》有索水，其字或作溹，然則索音山客反是也。《文選》陸士衡撰《漢高祖功臣頌》曰：「京、索既振，引師北討。」五臣注曰：「索，桑各切。」按桑各切者，乃以索爲「宵爾索綯」之索，誤矣。韓退之《偃城夜會聯句》詩曰：「雪下收新息，陽生過京索。」於咢字韻同押，則知亦以索爲「宵爾索綯」之索，亦誤矣。（卷六。下同）

【方山】杜子美《懷李白》詩曰：「方山讀書處，頭白好歸來。」注詩者曰：「方山未詳。」觀國按：《後漢·郡國志》，廬江郡尋陽縣，劉昭注引釋惠遠《廬山記》曰：「有方俗先生，出商、周之際，居其下，受道於仙人，時謂所止爲仙人之廬。」又引《豫章舊志》曰：「方俗先生字君平，夏、商之苗裔。」又《建康實録》曰：「隆安六年，桓玄遺書於方山惠遠法師。」然則方山者，廬山也，李太白嘗遊廬山舊矣。子美既不得志，而太白復以譖出，故子美詩曰：「頭白好歸來。」蓋欲招隱爲廬山之遊也。

【四愁詩序】《文選》張衡《四愁詩序》曰：「張衡不樂久處機密，陽嘉中，出爲河間相。時國王驕奢，不遵法度；又多豪右并兼之家。衡下車，治威嚴，能内察屬縣姦猾行巧劫，皆密知名，下吏收捕，盡服禽。諸豪俠游客，悉惶懼逃出境，郡中大治，争訟息，獄無繫囚。時天下漸弊，鬱鬱不得志，爲《四愁詩》。」觀國詳此序，非衡所作也，豈有爲相而斥言國王驕奢，不遵法度，又自稱下車治威嚴，郡中大治者。按《後漢·張衡傳》曰：「陽嘉元年，造候風地動儀。」「後遷侍中」，「永和初，出爲河間相。時國王驕奢，不遵典憲；又多豪右，共爲不軌。衡下車，治威嚴，整法度，陰知姦黨名姓，一時收禽，上下肅然，稱爲政理。視事三年，乞骸骨，召拜尚書。永和四年卒。」以知《四愁詩序》乃史辭也，辭有不同者，蓋撰《後漢書》者非一家，後之編集衡詩文者，增損之耳。序言陽嘉中出爲河間相，而史言永和初出爲河間相，按順帝陽嘉盡四年，始改永和元年，永和盡七年。衡本傳言陽嘉中遷侍中，永和初出爲河間相，永和四年卒，其次第已不紊，詩序謂陽嘉中出爲河間相者，誤也。五臣注《文選》曰「陽嘉元年爲河間相」，亦誤也。（卷七。下同）

【閒情賦】梁昭明太子作《陶淵明文集序》曰：「白璧微瑕者，惟在《閒情》一賦。」「幸無諷諫，何必搖其筆端。」觀國熟味此賦，辭意宛雅，傷己之不遇，寄情于所願，其愛君憂國之心，惓惓不忘，蓋文之雄麗者也。此賦每寄情于所願者，若曰「我願立于朝，而其君不能用之」，是真譎諫者也。昭明責以無諷諫，則誤矣。然則讀此賦而不知其意者，以爲詠婦人耶？古之言美人、佳人，皆以比君子賢人，《簡兮》詩曰：「云誰之思？西方美人。彼美人兮，西方之人兮。」注曰：「美人，謂碩人。」大德周室之賢者。《離騷》曰：「惟草木之零落兮，恐美人之遲暮。」注曰：「美人謂君也，言恐歲暮而不早用賢也。」《九歌》曰：「望美人兮未來。」注曰：「美人謂湘神也，以喻望君之使也。」《張衡傳》曰：「衡爲《四愁詩》，依屈原，以美人爲君子，以珍寶爲仁義，故其詩曰『美人贈我金錯刀』，『美人贈我金琅玕』，『美人贈我貂襜褕』，『美人贈我錦繡段』。」江淹詩曰：「日暮碧雲合，佳人殊未來。」《文選》注曰：「佳人，謂友人也。」《閒情賦》之寄意遠矣，以爲微瑕者，其不見知耶？

【言行】聖賢言行，要當顧踐，毋使自相矛盾。唐太宗修《晉書》，自製《晉武帝論》，謂惠帝可廢，終使傾覆洪基，然太宗不自知高宗之不君，其傾覆尤甚于惠帝也。太宗謂劉元海當除而不除，卒令擾亂區夏，然太宗不能除女武之禍，其擾亂尤甚于元海也。太宗對蕭瑀，謂隋文帝事皆自決，不任群臣，然自咤曰：「朕作天子，常兼將相之事。」則與前言異矣。太宗對鄧素，謂遠人不服，則修文德以來之，然自將以征高麗，卒不成功，則與前言異矣。白樂天作《策林》，欲官吏清廉，然又謂凍餒切于身，雖巢、由不能固其節，何其言之不類耶？杜子美《投贈哥舒開府翰》詩曰：「開府當朝傑，論兵邁古風。先鋒百勝在，略地兩隅空。」又作《潼關吏》詩曰：「哀哉桃林戰，百萬化爲魚！請屬防關將，愼勿學哥舒！」此所謂「一貴一賤，交情乃見」者耶？然人各有趣，苟不悖于道，則無傷于言行。郅惲拜將兵長史，授以軍政，惲恥以軍功取位，遂辭歸鄉里。而班超投筆以嘆曰：「當立功異域取封侯，安能久事筆硯！」杜預爲荆州，刻二碑，一沈水中，一立峴山，欲示無窮。而楊瑒乃曰：「書名史氏足矣，若碑者，徒遺後人作矴石耳。」謝靈運好山水，尋山陟嶺，必造幽峻。而樂廣乃曰：「名教内自有樂地。」王恭曰：「仕宦不爲宰相，才志何足以騁！」而張翰乃曰：「使我有身後名，不如即時一杯酒。」鮑行卿曰：「作舍人不免貧。」而王秀之乃恐富求歸。凡此其志若甚相反，然不悖于道，則于言行無傷焉。若夫援伊尹放太甲之例，而霍光因以廢昌邑，終使霍氏不能善其宗；援周公居攝之例，而王莽因以篡漢，終使王氏覆其宗；援周公殺管、蔡之例，而唐太宗因以殺建成、元吉，終久不能全父子兄弟之譏。凡此皆悖道而逆施者也，可不慎哉！

【馬周杜甫傳】《唐書・馬周傳》曰：「周舍新豐逆旅，主人不之顧，周命酒一斗八升，悠然獨酌。」又《杜甫傳》曰：「甫嘗從李白、高適過汴州酒樓，酣登吹臺，慷慨懷古。」觀國竊謂逆旅獨酌，登高懷古，乃人之常情，若因可書之事，而附見于史可也，今此二傳，不因可書之事，而特書此者，所未喻也。馬周窮未遇時，逆旅獨酌，不知何人記此一事，設當時有見周獨酌而記之者，又何足記也。杜甫與李白、高適登吹臺懷古，宜有吟詠，而集所不載，蓋兩傳所書，皆不足書也。或謂自遷、固而下，作史者稍倣《春秋》，以一字示褒貶，有志乎懲惡而勸善，其然乎？其不然乎？

【詩重韻】杜子美《飲中八仙歌》曰「知章騎馬似乘船」，又曰「天子呼來不上船」；《歌》曰「眼花落井水底眠」，又曰「長安市上酒家眠」；《歌》曰「汝陽三斗始朝天」，又曰「舉觴白眼望青天」；《歌》曰「皎如玉樹臨風前」，又曰「蘇晉長齋繡佛前」，又曰「脱帽露頂王公前」，此歌三十二句，而押二船字，二眠字，二天字，三前字。近時論詩者曰：「此歌自是八段，不嫌于重韻也。」觀國按：子美此詩，以《飲中八仙歌》五字爲題，則是一歌。此歌首尾于船字韻中押，未嘗移別韻，則非分爲八段。蓋子美古律詩重用韻者亦多，況于歌乎？如《園人送瓜》詩曰：「沈浮亂冰玉，愛惜如芝草。」又曰：「園人非故侯，種此何草草。」一篇押二草字也。《上後園山脚》詩曰：「蓐收困用事，玄冥蔚强梁。」又曰：「登高歌有往，蕩析川無梁。」一篇押二梁字也。《北征》詩曰：「維時遭艱虞，朝野少暇日。」又曰：「老夫情懷惡，嘔泄卧數日。」一篇押二日字也。《夔府詠懷》詩曰：「雖云隔禮數，不敢墜周旋。」

又曰：「淡交隨聚散，澤國遶回旋。」一篇押二旋字也。《贈李八秘書》詩曰：「事殊迎代邸，喜異賞朱虛。」又曰：「風煙巫峽遠，臺榭楚宫虚。」一篇押二虚字也。《贈李邕》詩曰：「放逐早聯翩，低垂困炎厲。」又曰：「哀贈終蕭條，恩波延揭厲。」一篇押二厲字也。《贈汝陽王》詩曰：「自多親棣萼，誰敢問山陵？」又曰：「《鴻寶》寧全祕，丹梯庶可陵。」一篇押二陵字也。《喜薛璩岑參遷官》詩曰：「棲遑分半菽，浩蕩逐流萍。」又曰：「仰思調玉燭，誰定掘青萍。」一篇押二萍字也。《寄賈岳州嚴巴州兩閣老》詩曰：「討胡愁李廣，奉使待張騫。」又曰：「如公盡雄儁，志在必騰騫。」一篇押二騫字也。子美詩如此類甚多。雖然，子美詩非創意爲此者，蓋有所本也。按《文選》載《古詩》曰：「晨風懷苦心，蟋蟀傷局促。」又曰：「音響一何悲，絃急知柱促。」一篇押二促字。曹子建《美女篇》曰：「明珠交玉體，珊瑚閒木難。」又曰：「佳人慕高義，求賢良獨難。」一篇押二難字。謝靈運《述祖德》詩曰：「段生蕃魏國，展季救魯人。」又曰：「惠物辭所賞，厲志故絶人。」一篇押二人字。又《南園》詩曰：「樵隱俱在山，由來事不同。」又曰：「賞心不可忘，妙善異皆同。」一篇押二同字。又《初去郡》詩曰：「或可優貪競，豈足稱達生。」又曰：「畢娶類尚子，薄遊似邴生。」一篇押二生字。陸士衡《擬古》詩曰：「此思亦何思？思君徽與音。」又曰：「驚飆褰友信，歸雲難寄音。」一篇押二音字。又《豫章行》：「泛舟清川渚，遥望高山陰。」又曰：「寄世將幾何？日昃無停陰。」一篇押二陰字。阮嗣宗《詠懷》詩曰：「如何當路子，磬折忘所歸。」又曰：「黄鵠游四海，中路將安歸？」一篇押二歸字。江淹《雜體》詩曰：「韓公淪賣藥，梅福隱市門。」又曰：「太平多歡娱，飛蓋東都門。」一篇押二門字。王仲宣《從軍》詩曰：「連舫踰萬艘，帶甲千萬人。」又曰：「我有素餐責，誠愧伐檀人。」一篇押二人字。古人詩自有此體格，杜子美亦傚古人之作耳。韓退之《贈張籍》詩，一篇二更字，二陽字。又《岳陽樓別竇司直》詩，押二何字。又《李花》詩，押二花字。又《雙鳥詩》，押二州字，二頭字，二秋字，二休字。又《和盧郎中送盤谷子》詩，押二行字。又《示爽》詩，押二愁字。又《叉魚》詩，押二銷字。《寄孟郊》詩，押二奥字。《此日足可惜》詩，押二光字。白樂天《渭村退居》詩，押二房字。《夢游春》詩，押二復字。元微之詩，押二夷字。《出守杭州路次藍溪》詩，押二水字。《游悟真寺》詩，押二槃字。其餘詩人，如此疊用韻者甚多，不可具舉，意到即押耳，奚獨于《飲中八仙歌》而致怪耶？蘇子瞻《送江公著》詩曰：「忽憶釣臺歸洗耳。」又曰：「亦念人生行樂耳。」子瞻自注曰：「二耳義不同，故得重用。」蓋子瞻自不必注。（卷八。下同）

【李杜】李太白《宫詞》曰：「山花插寶髻，石竹繡羅衣。」杜子美《琴臺》詩曰：「野花留寶靨，蔓草見羅裙。」此相傚之句也。按太白《宫詞》，乃開元盛時所撰。司馬相如琴臺在西蜀，子美《琴臺》詩，乃天寶末避地西蜀時所撰；則子美傚太白之詞也。太白《宫詞》曰：「宫中誰第一，飛燕在昭陽。」子美《哀江頭》詩，乃禄山陷京師後所作，亦子美傚太白之句也。李、杜同時有詩名，然子美自負其氣不下人，至于太白佳句，則子美反竊其意，蓋自古文士皆如此。「澄江浄如練」，謝玄暉佳句也，李太白曰：「解道澄江浄如練，令人却憶謝玄暉。」而子美亦曰：「謝朓每篇堪諷誦。」蓋李、杜心服其人也。張祜有詩曰：「日月光先到，山河勢盡來。」祜嘗以此自負，然其實用陳後主所謂「日月光天德，山河壯帝居」者也。詩人蹈前塵，雖作者猶不免焉。

【青精】杜子美《贈李白》詩曰：「豈無青精飯，使我顔色好。」注詩者曰：「《梁書·安成康王秀傳》，或橡飯菁羹，惟日不足，或葭牆艾席，樂在其中。」觀國按：菁菜爲羹，謂之菁羹。字書曰菁，蔓菁也。《書》所謂菁茅，《禮》所謂菁菹，即此物也。子美詩蓋用道書中陶隱居登真訣，有乾石青精䭀飯法。䭀音迅，謂飡也。其法用南燭草水浸米，蒸飯，暴乾，其色青如黳珠，食之可以延年却老，此子美所謂青精飯也。《神農本草》木部有南燭枝葉，久服輕身長年，令人不飢，益顔色，取汁炊飯，又名黑飯草。在道書謂之南燭草水，在《本草》謂之南燭枝葉，蓋一物也。若以菁羹爲青精，則誤甚矣。又如古詩《陌上桑》、《羅敷行》曰：「使君從南來，五馬立踟躕。」杜子美詩用五馬最多，注詩者引《陌上桑》五馬以釋之，非也。按《陌上桑》亦用五馬爲使君事者也，説者謂漢官儀，朝臣出使以駟馬，太守加一馬爲五馬。又謂《詩》：「孑孑干旟，在浚之都，素絲組之，良馬五之。」注云：「《周禮》州里建旟，謂州長之屬。」因呼太守爲五馬。然《詩》云「良馬四之」，「良馬五之」，「良馬六之」，蓋言素絲紕組所見之數，非太守之五馬也。

【杜鵑詩】杜子美《杜鵑詩》曰：「西川有杜鵑，東川無杜鵑。涪萬無杜鵑，雲安有杜鵑。」注詩者曰：「上四句非詩，乃題下自注，後人誤寫。」觀國詳此四句，非子美自注，皆詩也。自四句而下，繼曰：「我昔游錦城，結廬錦水邊。有竹一頃餘，喬木上參天。」蓋鵑字繼之以邊字、天字爲韻，可以見矣。子美絶句詩曰：「前年渝州殺刺史，今年開州殺刺史，群盗相隨劇虎狼，食人更肯留妻子。」此詩正與《杜鵑》詩相類，乃自是一格也。

【陰鏗】或曰杜甫、李白同時，以詩名相軋，不能無毁譽。甫贈白詩曰：「李侯有佳句，往往似陰鏗。」此句乃所以鄙李白也。觀國按：子美《夔府詠懷寄鄭監李賓客》詩曰：「鄭李光時論，文章並我先。陰何尚清省，沈宋欻聯翩。」蓋謂陰鏗、何遜、沈約、宋玉也，四人皆能詩文，爲時所稱者，而子美又以陰鏗居四人之首，則知《贈太白》之詩，非鄙之也，乃深美之也。《陳書·阮卓傳》曰：「武威陰鏗，字子堅。五歲能誦詩賦，日千言。及長，博涉史傳，尤善五言詩，爲當時所重，有集三卷行于世。」以此觀之，則子美《贈太白》詩云「往往似陰鏗」者，乃美太白善爲五言詩似陰鏗也。

【餐飧】小説《冷齋夜話》曰：「杜子美《彭衙行》押二餐、飧字韻。」觀國按：《彭衙行》曰：「小兒强解事，故索苦李餐。」又曰：「衆雛爛漫睡，唤起霑盤飧。」然則子美押餐、飧二字，音義不同，小説誤矣。餐，千安切，飧音孫。《伐檀》詩曰：「不素餐兮。」又曰：「不素飧兮。」《毛氏傳》云：「熟食曰飧。」《孟子》：「饔飧而治。」趙岐注云：「夕食曰飧。」蓋盤飧者，《春秋左傳》所謂盤飧置璧者，故凡言盤飧，當皆用飧字，不當用餐字。按《廣韻》上平聲二十三魂字部中有飧字，二十五寒字部中有餐字。子美《彭衙行》于兩部中通押，蓋唐人詩文用韻如此。本朝始令禮部撮《廣韻》之要略者，使學者用之，而限以獨用通用之文，故如餐、飧二字，不得同韻而押矣。子美《示從孫濟》詩曰：「所來爲宗族，亦不爲盤餐。」《園》詩：「畦蔬遶茅屋，自足媚盤飧。」《贈孟氏》詩曰：「承顔視手足，坐客强盤飧。」《别李義》詩曰：「努力慎風水，豈惟數盤飧。」此數詩或于魂字部中押，或于寒字部中押者，此所謂唐人用韻之例也。凡上有盤字，則餐當用飧字，而子美詩集中亦或用盤餐字者，當是傳寫刊字之訛，子美不應誤用字也。

【大刀】杜子美《中秋月》詩曰：「滿目飛明鑑，歸心折大刀。」注詩者曰古詩「藁砧今何在？山上復有山，何當大刀頭，破鑑飛上天」，謂殘月也。觀國按：古詩乃《古樂府》所載藁砧詩也，藁砧者鈇也。「藁砧今何在」者，問夫何在也。「山上復有山」者，出也，言夫已出也。「大刀頭」者，鐶也。「何當大刀頭」者，何日當還也。「破鑑」者，月半也。「破鑑飛上天」者，言月半當還也。子美詩云「歸心折大刀」者，言雖有歸心而大刀折，則未能還也。注詩者初不曉其意，乃訓爲殘月，則誤矣。《古樂府》所載如藁砧詩者數篇，其取譬皆淺俚，故撰詩者不顯姓名，後人但以古詩稱之，江右又謂之風人詩，有「圍棋燒敗襖，看子故依然」之句。圍棋者，看子也，燒敗襖者，故衣然也。鮑明遠諸集中亦有二篇，謂之吴體，蓋自《雅》、《頌》不作，迄于魏、晉、南北朝以來，浮靡愈甚，始有爲此態者，悉取閭閻鄙媟之語，比類而爲之。詩道淪喪，至于如此，誠可嘆也。

【井幹】謝玄暉《詠銅爵臺》詩曰：「繐幃飄井幹，尊酒若平生。」五臣注《文選》曰：「銅爵臺一名井幹樓。」觀國按：《史記》，始皇幽母咸陽宮，諫者輒殺于井幹闕下。又《史記》曰：「漢武帝立井幹樓，高五十丈。」《漢書·郊祀志》曰：「武帝立井幹樓，高五十丈。」顔師古注曰：「井幹樓，積木而高爲樓，若井幹之形也。井幹者，井上木欄也，其形或四角，或八角。」然則秦爲井幹闕，而漢武帝爲井幹樓也。謝玄暉詩，蓋言繐幃飄于銅爵臺上，若井幹之高也。魏武帝作銅爵臺，魏都鄴，銅爵臺在鄴中，而井榦樓在咸陽，銅爵臺未嘗有井榦之名，而五臣謂一名井榦樓者，誤矣。榦音寒，井榦又謂之銀牀，皆井欄也。古詩曰：「後園鑿井銀作牀。」杜子美詩曰：「露井凍銀牀。」是也。魏武帝遺令，施繐帳于銅爵臺上，朝晡設脯糒之屬，向帳作妓樂，望吾西陵。故謝玄暉詩云「樽酒若平生」者，謂此也。

【餳餻】劉禹錫《嘉話》曰：「爲詩用僻字，須有來處。宋考功詩云：『馬上逢寒食，春來不見餳。』嘗疑此餳字，因讀《毛詩》鄭氏箋説吹簫處，注云今賣餳家物，《六經》惟此中有餳字，作重陽詩欲押一餻字，遍尋無據，不敢用之。」觀國竊謂詩人押韻，不出于《六經》者多矣，若必欲《六經》中取字爲韻，則詩人何其拘拘耶？餳字見于《周禮·春官·小師》。鄭氏注曰：「簫編小竹管，如今賣飴餳所吹者。」《儀禮》笙簫注中亦有之。餻字載于許慎《説文》、《方言》、《博雅》矣。夢得尚不之信，而必欲出于《六經》，則所慮過也。

【月食詩】韓退之《月食》詩一篇，大半用玉川子句，或者謂玉川子《月食》詩豪怪奇挺，退之所深嘆服，故退之所作，盡摘玉川子佳句而補成之。觀國竊以爲不然也。按退之《月食》詩題曰「效玉川子作」，而詩中有以玉川子爲言者曰：「玉川子，涕泗下，中庭獨自行。」又曰：「玉川子立于庭而言曰：地下賤臣仝，再拜敢告上天公。」然則退之幾于代玉川子作也。玉川子詩雖豪放，然太怪險而不循詩家法度，退之乃摘其句，而約之以禮，故退之詩中兩言玉川子，其意若曰：「玉川子《月食》詩如此足矣。」故退之詩題曰「效玉川子作」，此退之之深意也。不然，則退之豈不能自爲《月食》

詩,而必用玉川子句然後能成詩耶? 若謂退之自爲《月食》詩,則詩中用玉川子涕泗告天公,又非其類矣。

【冬至】杜子美《至日遣興》詩曰:「何人錯憶窮愁日,愁日愁隨一線長。」注詩者曰:「引《歲時記》云,宫中以紅線量日影,至日日影添一線。」又《至後》詩曰:「冬至至後日初長,遠在劍南思洛陽。」注詩者曰:「晉、魏間,宫中以紅線量日影,冬至後添長一線。」然文士多用一線爲繡工之線,蓋以冬至後繡工可添一線也。柳耆卿《樂章》曰「繡工日永」,是也。《荆楚歲時記》多穿鑿不可信。又文士用書雲爲冬至事。按《春秋》僖公五年《左氏傳》曰:「凡分、至、啓、閉,必書雲物,爲備故也。」杜預注曰:「分,春、秋分也。至,冬、夏至也。啓,立春、立夏。閉,立秋、立冬。雲物,氣色天變也。」「素察妖祥,逆爲之備。」然則書雲物在八節之日,不特冬至而已,冬至雖亦預書雲之日,然獨言書雲而不言冬至,則泛而不切,當先叙冬至之日,然後用書雲,始得事之實。

【改字】杜子美《寓居同谷縣》詩曰:「黄獨無苗山雪盛,短衣數挽不掩脛。」或改黄獨爲黄精。按黄獨即《神農本草》所謂赭魁是也。赭魁亦名黄獨,江南人謂之土卵,形如芋,蒸食之,可充飢。子美《太平寺泉眼》詩曰:「三春濕黄精,一食生毛羽。」又《丈人山》詩曰:「掃除白髮黄精在,君看他時冰雪容。」此子美所用黄精字也,後之淺見者,遂改黄獨爲黄精耳。又「江蓮摇白羽,天棘蔓青絲」,今改蔓爲夢,蓋天門冬亦名天棘,其苗蔓生,好纏竹木上,葉細如青絲,寺院亭檻中多植之可觀,後人既改蔓爲夢,又釋天棘以爲柳,皆非也。子美詩集少善本,良以妄庸輩改之耳。如淵明之

「採菊東籬下，悠然見南山」，而或改「見」爲「望」。杜荀鶴之「燒葉爐中無宿火，讀書窗下有殘燈」，而或改「葉」爲「藥」。王平甫之「春殘葉密花枝少，睡起茶親酒盞疏」，而或改「親」字爲「多」。一字之改，清濁遼隔，前賢詩文爲人所改，如此類多矣。

【對屬】杜子美《田舍》詩：「櫸柳枝枝弱，枇杷對對香。」或説櫸柳者，柳之一種，其名爲櫸柳，非雙聲字也，枇杷乃雙聲字，櫸柳不可以對枇杷。觀國按：子美此詩題曰《田舍》，則當在田舍時，偶見櫸柳、枇杷，蓋所見景物如此，乃以爲對耳。子美《覓松苗子》詩曰：「落落出群非櫸柳，青青不朽豈楊梅？」以櫸柳對楊梅，乃正對也。然則以櫸柳對枇杷，非誤也。子美《寄高詹事》詩曰：「天上鳴鴻雁，池中足鯉魚。」鴻雁二物也，鯉者魚之一種，其名爲鯉，疑不可以對鴻雁。然《懷李白》詩曰：「鴻雁幾時到，江湖秋水多。」則以鴻雁對江湖，爲正對矣。又《得舍弟消息》詩曰：「浪傳烏鵲喜，深得鶺鴒詩。」烏與鵲二物，疑不可以對鶺鴒，然《偶題》詩曰：「音書恨烏鵲，號怒怪熊羆。」則以「烏鵲」對「熊羆」，爲正對矣。又《寄李白》詩曰：「幾年遭鵩鳥，獨泣向麒麟。」鵩鳥，鳥之名鵩者，疑不可以對麒麟。然《寄賈岳州嚴巴州兩閣老》詩曰：「貔虎開金甲，麒麟受玉鞭。」則「貔虎」對「麒麟」，爲正對矣。而《哭韋之晉》詩曰：「鵩鳥長沙諱，犀牛蜀郡憐。」以「鵩鳥」對「犀牛」，亦爲正對矣。子美豈不知對偶之偏正耶？蓋其縱横出入，無不合也。

【胡笳】秦再思《紀異録》曰：「琴譜《胡笳曲》者，本昭君見胡人卷蘆葉而吹之，昭君感之，爲製曲，凡十八拍。」觀國按：《後漢·列女傳》，董祀妻，蔡邕女也，名琰，字文姬，博學有才辨，適衛仲道，夫亡無子。興平中喪亂，文姬爲胡騎所獲，在胡中十二年，曹操素與邕善，痛其無嗣，乃遣使以金璧贖之，而嫁于祀。後感傷亂離，作詩二章，辭皆載在本傳。今世所傳《胡笳十八拍》，亦或用文姬詩中語，蓋非文姬所撰，乃後人撰以詠文姬也。小説謂昭君製曲，則誤矣。王荆公作集句《胡笳十八拍》，首言「中郎有女能傳業，顔色如華命如葉」者，亦詠蔡文姬也。王昭君未嘗有曲傳于世。

【霓】《南史》沈約《郊居賦》有「雌霓連蜷」之句，注曰：「霓，五結切。」蓋與齧同音也。范蜀公召試用彩霓字，作平聲，考試者引《郊居賦》以爲證，于是止除館閣校勘。觀國詳攷霓字，雖有倪、齧兩音，然文字用倪音多，而用齧音少，若專用雌霓，則當音齧，若泛用霓字，則倪、齧兩音可通用，但取平仄順而已。杜子美《石龕》詩曰：「驅車石龕下，仲冬見虹霓。」于迷字韻中押。又《滕王亭子》詩曰：「尚思歌吹入，千騎把霓旌。」凡此類皆作平聲用霓字也。然則范蜀公用彩霓字，是泛用霓字，讀作平聲，何傷也。張平子《東京賦》曰：「郎將司階，虎戟交鎩，龍輅充庭，雲旗拂霓。」何平叔《景福殿賦》曰：「高甍崔嵬，飛宇承霓，縣鑾黮䨴，隨雲融泄。」凡此用霓字，其上雖無雌字，然皆于入聲韻中押之，則自然讀音齧矣。《前漢·天文志》曰：「抱珥𧈧蜺。」如淳注曰：「蜺讀曰齧，雄爲虹，雌爲蜺，𧈧或作虹。」故張平子《西京賦》曰：「亘雄虹之長梁。」而沈約《郊居賦》則用雌霓，蓋義皆如《漢書·天文志》注也。

【欸乃】元次山《欸乃曲》曰：「千里楓林煙雨深，無朝無暮有猿吟。停橈静聽曲中意，好是雲山韶濩音。零陵郡北湘水東，浯溪形勝滿湘中。溪口石顛堪自逸，誰人相伴作漁翁。」柳子厚《漁父》

詩曰：「漁翁夜傍西巖宿，曉汲清湘然楚竹。煙銷日出不見人，欸乃一聲山水渌。」黄庭堅題曰：「元次山《欸乃曲》，欸音媪，乃音靄，湘中節歌聲。柳子厚《漁父》詞有『欸乃一聲山水渌』之句，誤書欸欠，少年多承誤妄用之，可笑。」觀國按：《廣韻》上聲欸于改切，相然譍也。然則欸音靄，乃音媪耳。今世所傳《柳子厚文集》《漁父詩》作欸乃，又箋音于其下曰：「欸音襖，乃音靄。」蓋世之誤用字、誤切音者，皆自《柳子厚文集》始，蓋編類文集者之過也。

【飴殍】杜牧《杜秋娘》詩曰：「厭飫不能飴。」沈存中曰：「飴乃餳耳，若作飲食當音飼。」觀國按：《南史・梁武帝紀》曰：「有男子于大衆中，自割身以飴飢鳥。」晉王薈除吴國内史，時年饑粟貴，人多餓死。薈以私米作饘粥以飴餓者，所濟活甚衆。以此觀之，則飴雖餳也，至于詩文中言甘食之則謂之飴，所謂飴飢鳥者，使飢鳥甘食之也。所謂飴餓者，使餓者甘食之也。杜牧詩曰：「厭飫不能飴」者，既厭飫矣，不能復甘食之也。杜牧詩用平聲怡字韻，而飼音嗣，存中欲以飼字當之，如之何其可也。存中又謂唐人以小詩著名，而讀書滅裂，如白樂天《題座隅》詩云「俱化爲餓殍」，作孚音。觀國按：字書殍字兩音，一音芳無切，一音平表切，其義則皆餓死也，樂天于平聲押音孚，不誤矣。

【筆談】杜子美《古柏行》曰：「霜皮溜雨四十圍，黛色參天二千尺。」存中《筆談》曰：「無乃太細長乎？」觀國按：子美《潼關吏》詩曰：「大城鐵不如，小城萬丈餘。」世豈有萬丈餘城耶？姑言其高耳。四十圍二千尺者，姑言其高且大也，詩人之言當如此，而存中乃拘拘然以尺寸校之，則過矣。

崔融《瓦松賦》曰：「謂之木也，訪山客而未詳；謂之草也，驗農皇而罕記。」段成式《酉陽雜俎》曰：「崔公博學，豈不知瓦松自有著説，引梁簡文詩依簷映昔耶？」《筆談》曰：「段成式以昔耶爲瓦松，不知昔耶乃是垣衣，瓦松自名昨葉何草。」觀國按：陸龜蒙《苔賦》曰：「高有瓦松，卑有澤葵。散巖竇者石髮，補空日者垣衣。在屋曰昔耶，在藥曰陟釐。」若然，則瓦松、垣衣、昔耶，各是一物也。存中曰：「古文己字從一從亡，此乃貫通天地人，與王字同義，同中則爲王，或左右則爲己。」觀國按：己字篆文爲「己」，而古文篆又爲「⿱一亡」，篆乃象己字之形而鋭其筆耳，非從一從亡也，亦非若王字之從三畫也。存中既誤析其偏旁，又誤訓曰同中則爲王，或左右則爲己，蓋不攷字書而爲臆説，殊礙理也。存中論詩，以爲前人有蹉對假對之格，如「廚人具雞黍，稚子摘楊梅」，以雞對楊爲假對。觀國按：存中意謂以雞對羊則爲真對，而以雞對楊爲假對耳。若然，則詩人用字，惟取同音，而不顧義理之何如，豈不見笑于士林耶？存中又謂防風氏身廣九畝長三丈，周室畝廣六尺，九畝乃五丈四尺，如防風氏之身，乃一餅餤耳。又謂韋楚老《蚊》詩曰：「十幅紅綃圍夜玉。」十幅爲裯，方不及四五尺，何以伸足。觀國竊謂此猶《史記・漢武帝紀》謂作建章宮，度爲千門萬户，故班固《西都賦》、杜牧《阿房宮賦》，皆用千門萬户，第言門户之多，若以名數覈之，則户者扉也，二户爲一門，千門萬户，則一門有十户矣，以此爲文誤，不可也。《詩》曰：「崧高維嶽，峻極于天。」第言嶽之高耳，豈果極于天耶？

【物價】説者謂祖宗朝嘗問大臣唐時酒價，大臣對以一斗三百，引杜子美詩「速宜相就飲一斗，恰有三百青銅錢」爲據。觀國竊謂古今酒價，視時而貴賤，方兵興多事，及饑饉艱食，則酒價必貴；及時平則賤，此乃常理，固不可以一概論也。《唐書·食貨志》曰乾元初，京師酒貴。蓋肅宗復兩京之後，不得不貴也。建中三年，禁民酤酒，官置肆釀酒，斛收直三千。貞元二年，天下置肆以酤者，斗酒錢百五十。蓋德宗時，天下復富庶，故酒價不得不賤也。然則唐之酒價貴賤，豈有常耶？詩人之言，或夸大，或鄙小，本無定論。曹植《名都篇》曰：「歸來燕平樂，美酒斗十千。」此夸大之言也，設有問魏之酒價者，則以十千一斗對之耶？《前漢·昭帝紀》曰：「始元六年，賣酒升四錢。」蓋升四錢，則斗爲錢四十耳。《史記·平準書》，漢興，接秦之弊，「米至石萬錢，馬一匹則百金」。今按石萬錢者，米斗爲一千也。苟米斗一千，則斗酒賣錢四十，可乎？此所謂視時而貴賤者也。杜子美《鹽井》詩曰：「自公計三百，轉致斛六千。」夫物價低昂，在反手之間，豈有定也！古者百步爲畮，而漢時二百四十步爲畮，古者二十四兩爲溢，十六兩爲斤，秦以一溢爲一金，而漢以一斤爲一金。古人以黍定樂律，而用一稃二米者，欲其輕重大小均也。權衡度量，因黍纍之而後定，故同律度量衡者，欲其一體也。秦、漢以來，乃創爲制度，各自遵用，于是權衡度量皆不一矣。惟唐時權衡與今正合，按《唐書·食貨志》曰：「武德四年，鑄『開元通寶』錢，重二銖四參，積十錢重一兩，得輕重大小之中。」「開元二十年，詔所在加鑄『開元通寶』錢，以千錢重六斤四兩爲率，每錢重二銖四參。」今以「開元通寶」錢積千錢，亦爲今稱六斤四兩。以此觀之，唐之權衡與今合也，此言千錢者，足百錢也。唐自皇甫鎛爲墊錢法，至昭宗時，定以八十爲一百。五代漢隱帝時，三司使王章每出官錢，以七十七爲一百，至今循之。《前漢・食貨志》曰：「刁閒起數千萬。」又曰：「臨菑姓偉訾五千萬。」又曰：「師史致十千萬。」又曰：「張長叔、薛子仲訾十千萬。」又曰：「樊嘉五千萬。」觀國按：此皆錢數也，五千萬者，五萬緡也。十千萬者，十萬緡也。秦、漢之際，井田廢未久，民無甚富者，故五千萬、十千萬在當時已爲甚富，而史書之。《唐書・馬周傳》曰：「周買佳宅，直二百萬。」蓋百萬者，一千緡也。周在京師，號佳宅者不過二千緡，則當時錢重可知矣。《前漢》張釋之「以訾爲騎郎」，如淳注曰：「漢法，貲五百萬得爲常侍郎。」桑弘羊爲均輸令，吏人入粟補郎官至六百石。靈帝開鴻都門賣官，公千萬，卿五百萬，崔烈入錢得三公。曹嵩輸西園錢，位至太尉。蓋千萬者，一萬緡也，五百萬者，五千緡也。夫以萬緡五千緡而授人以公卿，則漢室之衰而不復振，雖五尺之童知之矣。

【蹈襲】梁昭明太子作《陶淵明傳》曰：「潛自以曾祖晉世宰相，恥復屈身後代，自武帝王業漸隆，不復肯仕。所著文章，皆題其年月，義熙以前，明書晉氏年號，自永初以來，惟云甲子。」觀國按：宋受晉禪，歲在庚申，淵明以宋元嘉四年卒，歲在丁卯。攷淵明所著，自《庚子從都還》，至《丙辰歲下潠田舍穫稻》，其詩乃晉時所撰，亦止用甲子，未嘗須用年號也，蓋蕭統一時契勘之誤，後人遂以爲誠然。蘇子瞻《次韻謝子高讀淵明詩》曰：「甲子不數義熙前。」秦觀作《王儉論》亦引此事，蓋古人之言有不必循者。《楚詞》曰：「湌秋菊之落英。」觀國按：秋花不落枝上自枯者，菊也。《楚詞》之言，于義未安，而蘇子瞻《次韻僧潛見贈》詩曰：「獨依古寺種秋菊，要伴騷人餐落英。」如《楚詞》之言，要當不必循也。王羲之《蘭亭序》亦文之可喜者，而不入《文選》，或者謂《序》用「天朗氣清」，乃秋語非春致，又謂「絲竹管絃」爲重疊，故爲蕭統所不取。觀國詳《序》中語皆不悖理，顧當時蕭統掄訪未盡耳。前人雄麗之文，不在《選》者甚多，豈惟《蘭亭》而已哉！若據或者之謂，則《易傳》言潤之以風雨，不當以風爲潤矣。宋玉賦曰：「豈能料天地之高哉！」不當謂地爲高矣。《後漢》楊厚疏論耳目不明，不當謂耳爲明矣。或者之謂，不攻自破。

【雙聲疊韻】《南史·謝莊傳》曰：「王玄謨問莊何者爲雙聲，何者爲疊韻。答曰：『炫護爲雙聲，磝碻爲疊韻。』」觀國按：古人以四聲爲切韻，紐以雙聲疊韻，必以五音爲定，蓋謂東方喉聲爲木音，西方舌聲爲金音，南方齒聲爲火音，北方唇聲爲水音，中央牙聲爲土音也。雙聲者，同音而不同韻也；疊韻者，同音而又同韻也。「炫護」同爲唇音，而二字不同韻，故謂之雙聲。「磝碻」同爲牙音，而二字又同韻，故謂之疊韻。若彷彿、熠燿、騏驥、慷慨、咿喔、霡霂，皆雙聲也。若侏儒、曈曨、崆峒，巃嵸、螳蜋、滴瀝，皆疊韻也。《廣韻》曰：「章灼、良略是雙聲，灼略、章良是疊韻。」又曰：「廳剔、靈曆是雙聲，剔曆、廳靈是疊韻。」舉此例則諸音皆視此，而紐之可以定矣。沈存中論詩之用字，曰：「幾家村草裏，吹唱隔江聞。」「幾家村草」對「吹唱隔江」，皆雙聲也。觀國按：村字是唇音，草字是齒音，吹字是唇音，唱字是齒音，此非同音字，不可謂之雙聲也。存中又曰：「月影侵簪冷，江光逼履清。」侵簪、逼履，皆疊韻也。觀國按：侵字是唇音，簪字是齒音，逼字是唇音，履字是舌音，既非同音字，而逼、履二字又不同韻，不可謂之疊韻也。觀國按：李群玉詩曰：「方穿詰曲崎嶇路，又聽鉤輈格磔聲。」詰曲、崎嶇，乃雙聲也；鉤輈、格磔，乃疊韻也。

【詩文疑】《信南山》詩曰：「上天同雲，雨雪雰雰。」而張九齡《和聖製瑞雪》詩曰：「初瑞雪兮霏微，俄同雲之濛密。」其先後之序相反矣。杜牧之《華清宮》詩曰：「一騎紅塵妃子笑，無人知道荔枝來。」按唐明皇每歲十月幸華清宮，至明年三月，始還京師。荔枝以夏秋之間熟，及其驛至，則妃子不在華清宮矣。牧之此詩，頗爲當時所稱賞，而題爲《華清宮》詩，則意不合也。杜子美《壯遊》詩曰：「斯文崔魏徒，以我似班揚。」「備員竊補衮，憂憤心飛揚。」所謂班、楊者，班固、揚雄也。然揚雄之先封于揚而得姓，乃從手之揚，非從木之楊，子美誤以班、揚爲從木之楊，後又押心飛揚，蓋可見也。又子美《夏日楊長寧宅送崔郎常正字入京》詩曰：「醉酒楊雄宅。」蓋子美因楊長寧宅餞飲而有此句，亦以從木之楊爲揚雄，亦誤矣。林逋處士有詩名，「草泥行郭索，雲木叫鉤輈」之句，尤爲士人所嘆美。郭索，蟹行也，鉤輈，俗謂山雞聲，極響厲，然鉤輈帖地飛，其止在草茅間，不能登雲木也。梁昭明太子作《陶淵明文集》序，所謂「白璧微瑕者」，此類是耶？

【四方】春夏秋冬，東南西北，此天序也。東西南北，先東西而後南北，此文言也。《書》曰：「東作、南訛、西成、朔易。」《周禮》六官，天、地、春、夏、秋、冬。《易》曰：「帝出乎《震》，相見乎《離》，說言乎《兑》，勞乎《坎》。」《春秋經》書春夏秋冬，《月令》以春夏秋冬爲次，此皆天序也。《檀弓》曰：「丘也，東西南北之人也。」《春秋》哀公二十九年《左氏傳》，子展曰：「東西南北，誰敢寧處？」揚雄《羽獵賦》曰：「東西南北，騁嗜奔欲。」杜甫詩曰：「甫也，東西南北之人也。」又曰：「愧爾東西南北人。」蓋東西爲緯，南北爲經；東西爲廣，南北爲袤；東西爲横，南北爲從，凡此皆文言也，故先東西而後南北。惟《文王有聲》詩曰：「自西自東，自南自北，無思不服。」乃先西而後東者，鎬京在西，武王于鎬京行辟廱之禮，而四方化服，自近以及遠，故先西而後東也。若夫綴文之士，則錯舉無先後之序。謝玄暉《之宣城》詩曰：「江路西南永，歸流東北騖。」陸士衡《擬古》詩曰：「牽牛西北回，織女東南顧。」又曰：「招摇西北指，天漢東南傾。」又《園葵》詩曰：「朝榮東北傾，夕穎西南晞。」杜子美《送舍弟歸藍田》詩曰：「東望西江永，南遊北户開。」又《送舍弟赴齊州》詩曰：「岷嶺南蠻北，徐關東海西。」又《懷古》詩曰：「支離東北風塵際，漂泊西南天地間。」又《遣悶》詩曰：「西嶺紆村北，南江繞舍東。」凡此用四方，亦皆文言，無先後之序也。

【四聲譜】《南史·陸厥傳》曰：「齊永明時盛爲文章，沈約、謝朓、王融以氣類相推轂，周顒善識聲韻。約等文皆用宫商，將平上去入四聲，以此制韻，有平頭、上尾、蠭腰、鶴膝。五字之中，音韻悉異，兩句之内，角徵不同，不可增減。世呼爲『永明體。』」《庾肩吾傳》曰：「齊永明中，王融、謝朓、沈約文章始用四聲，以爲新變，至是轉拘聲韻，彌爲麗靡。復踰往時。」《沈約傳》曰：「約撰《四聲[譜]》，以爲在昔詞人，累千載而不悟，而獨得胸襟，窮其妙旨。自謂窮入神之作。梁武帝雅不好焉，嘗問周捨曰：『何謂四聲？』捨曰：『「天子聖哲」是也。』」觀國按：四聲切韻，始自齊、梁，雖云麗靡，而江左文章，拘于聲調，氣格卑弱，間有作者，大抵類俳。《南史》曰：「沈約論四聲，妙有詮辨，而諸賦亦往往與聲韻乖。」然則約自謂窮其妙旨，而反致矛盾，何耶？陸法言論聲韻曰：「吴、楚則時傷輕淺，燕、趙則多傷重濁，秦、隴則去聲爲入，梁、益則平聲似去。」或參宮參羽，或半徵半商。以此觀之，則理致頗深，實難遽曉。隋、唐以來，始有律詩，綱格婉和，殆如樂律，愈于江左遠矣。而其餘文格，尚襲江左之風，雕礱磔裂，殊乏純古之音。韓愈學古文以救文敝，而不能丕變，故唐末、五代之際，文氣彌弱也。雖總古今之字，不逃乎音切，固有即音切而知其字之義者，之乎切爲諸，而已切爲耳，如是切爲爾，何不切爲盍，不可切爲叵，此即音切而知其字之義也。下至閭閻鄙語，亦有以音切爲呼者，突鸞爲團，屈陸爲曲，鶻崙爲渾，鶻盧爲壺，忒噭爲太，咳洛爲殼，凡此類，非有師學授習之也，其天成自然，莫知所以然者，沈約所謂入神，殆此類耶？

【陬】張平子《南都賦》曰：「天封大狐，列山之陬，上平衍而廣蕩，下蒙籠而崎嶇。」五臣注《文選》曰：「陬，子侯反。」束皙《補亡白華》詩曰：「白華絳趺，在陵之陬。蒨蒨士子，涅而不渝。」五臣注《文選》曰：「陬，子侯反。」觀國按：字書陬字，側留切，又子侯切，又子于切，蓋子侯、子于二切，皆陬隅之義也。張平子賦，陬字與崎嶇同韻，當讀作子于切，束皙詩，陬字與渝字同韻，亦當讀作子于切，其義則陬隅也。而五臣皆音作子侯反，非也。左太沖《魏都賦》曰：「蠻陬夷落，譯導而通。」杜子美《送韋判官》詩曰：「西扼弱水道，南鎮枹罕陬。」與侯字同韻。凡此陬字，皆子侯切者也，或用作子于切，或用作子侯切，各順其韻耳。陬音側留切者，與郰、鄹、鄒、騶通用，乃魯地名也。《史記·孔子世家》曰：「孔子生魯昌平鄉陬邑。」《論語》曰：「孰謂鄹人之子知禮乎？」《史記·秦始皇紀》曰：「始皇上鄒嶧山。」又《孟子傳》曰：「孟軻，鄒人也。」以上皆一字也，其地即《漢書·地理志》

魯國鄒縣。《孟子題辭》所謂「騶本春秋邾子之國」是也。《爾雅·釋天》曰「正月爲陬。」《音義》曰：「陬，側留切。」《史記·曆書》曰：「孟陬殄滅。」是已。《離騷》曰：「攝提正于孟陬。」五臣注《文選》，乃音陬爲子侯切，又誤也。《前漢·周亞夫傳》曰：「吴奔壁東南陬。」顔師古注曰：「陬音子侯反，又音鄒。」又《劉向傳》，向上封事曰：「曆失則攝提失方，孟陬無紀。」顔師古注曰：「陬子侯反，又音鄒。」此兩傳，顔師古皆説兩音。觀國按：東南陬子侯反，是也。孟陬音鄒，是也。師古説兩音者，不素别其義耳。凡不素别其義，而遽爲之音訓，則不免于誤也。《周禮·哲簇氏》：「以方書十有二辰之號。」鄭氏注曰：「月謂從娵至荼。」《音義》曰：「娵，子須反。」觀國按：鄭氏引《爾雅》，正月爲陬以釋之，而借用娵字耳。《音義》作子須反，亦誤矣。

【銅斗】孟東野詩曰：「銅斗飲春酒，手拍銅斗歌。」觀國按：古未有以銅斗爲飲器者，惟《史記·趙世家》曰：「襄子北登夏屋請代王，使廚人操銅枓以食代王。」《前漢·王莽傳》曰：「鑄威斗，以銅爲之。」蓋廚人操銅斗者，食器也，威斗者，厭勝之器也，皆非飲酒之器。孟東野當時適有銅器，其狀方如斗，而東野特以貯酒而飲，又擊之以和歌聲，故自形于詩句。亦如杜子美以烏皮裹几，而自形于詩曰：「烏皮几在還思鄉。」又曰：「拂拭烏皮几。」又曰：「憑久烏皮綻。」子美又有《銅瓶詩》曰：「亂後碧井廢，時清瑶殿深。銅瓶未失水，百丈有哀音。」觀此詩意，蓋汲水銅瓶也，子美適有之耳。凡物不以美惡，稍爲名士所稱，遂亦可貴。齊司徒景陵王子良遺何點、嵇叔夜酒杯，徐景山酒鎗，晉謝安執蒲葵扇，王導以練製衣，此皆一類。所謂伯樂一顧，其價十倍也。

【辟】杜子美《夜聽許十一誦詩》曰：「離索晚相逢，包蒙欣有擊。誦詩渾遊衍，四坐皆辟易。」又《八哀》詩曰：「潼關初潰散，萬乘猶辟易。偏裨無所施，元帥見手格。」觀國按：《前漢·項羽傳》曰：「楊喜追羽，羽還叱之，喜人馬俱驚，辟易數里。」顔師古注曰：「辟易，謂開張而易其本處。辟，頻亦反。」蓋頻亦反者，讀音闢也，易其本處者，讀音奕也，凡言辟易者，當從此音。《前漢·景帝紀》：「三年正月，濟[南]王辟光舉兵反。」顔師古注曰：「辟音壁，又音闢，其義兩通。」觀國按：其義雖兩通，而稱名則必呼一音焉，辟音璧者，辟除也；音闢者，辟開也。辟光有闢開光明之義，于此不可用璧音矣。《前漢·文帝紀》：「二年三月，立趙幽王弟辟彊爲河間王。」顔師古注曰：「辟彊，言辟禦彊梁者，亦猶辟兵辟火耳。辟音必亦反，彊音其良反。一説辟讀曰闢，彊讀曰疆。闢疆，言開土地也。」引《賈誼書》曰：「衛侯朝于周，周行人問其名，衛侯曰辟疆。行人曰：『啓疆、辟疆，天子之號也，諸侯弗得用。』更其名曰燬。則其義兩説並通。」觀國按：《賈誼書》其説通，當從誼《書》讀辟爲闢，讀彊爲疆，居良反。又讀音疆。觀國按：一字兼通數音者，兼數音讀之無傷也。惟名與姓，當專呼一音，而顔師古于辟光、辟疆皆説兩音而不決，豈有稱名而分兩音稱之哉？《揚子法言》曰：「張辟疆之覺平、勃。」《音義》曰：「辟，必益切，又蒲必切。」亦説兩音者，彼見《漢書》説兩音矣，無所措其辭也，辟又與避通用，又與僻通用。《玉藻》曰：「素帶終辟，讀辟音裨。」乃假借也。

【五木香】《古樂府》詩曰：「氍毹毾㲪五木香，迷迭艾蒳與都梁。」觀國按：《畫圖本草》引道書之青木香爲五木香，故古藥方有五香散，而其方中止用青木香，則五木香乃青木香也。《風俗通》曰：

「織毛褥謂之氍毹。」《後漢·西域傳》：「天竺國有細布、毾㲪。」章懷太子注曰：「毛席。」然氍毹毾㲪，皆蠻夷織毛之有文者，如氍罽之屬也，曰迷迭，曰艾蒳，曰都梁，三者皆香名也。魏有迷迭樓，魏文帝有《迷迭賦》，皆取迷迭香爲名。《異物志》曰：「艾蒳葉似栟櫚而小，子似檳榔。」今《本草》中有艾蒳，注云：「是松上青衣者。」蓋自是一物，非艾蒳也，艾蒳非中國物也。古詩曰：「博山鑪中百和香，鬱金蘇合與都梁。」蓋謂鬱金香、蘇合香、都梁香也。然「氍毹毾㲪五木香，迷迭艾蒳與都梁」，凡六物皆蠻所産，非中國物也。漢制，尚書郎口含雞舌香，奏事明光殿。觀國按：雞舌香即母丁香也，亦名雞舌香耳。今以母丁香湯瀹去皮，其肉若卷荷狀，大如棗核。《本草》云：「能辟口氣，故奏事者用之。」《酉陽雜俎》曰：「一木五香，根旃檀，節沈香，花雞舌，葉藿，膠薰陸。」今按此五物乃五種，而謂一木五香者，誤甚矣。《本草》木部以沈香、薰陸香、雞舌香、藿香、詹糖香同爲一條，亦非也。藿香乃草類，其餘香是木類，亦各是一種，非同條之物也。

【木蘭】文士用木蘭舟、蘭棹、蘭橈，無所經見。惟小説《述異記》曰：「江州有木蘭洲，魯班嘗于洲用木蘭造船，因謂之木蘭舟。」文士用木蘭舟自此始。觀國按：《畫圖本草》木蘭注文亦引《述異記》木蘭舟事，當止見于《述異記》，他書所不載也。屈平《九歌》曰：「桂棟兮蘭橑，辛夷楣兮藥房。」五臣注《文選》曰：「蘭，辛夷，藥，香草也。」今按：橑者，椽也；楣者，門楣也；蘭橑者，以木蘭爲橑也；辛夷楣者，以辛夷木爲楣也；桂棟者，以桂木爲棟；凡此皆謂以木之有香者爲屋室也。五臣乃以蘭、辛夷爲香草，則誤矣。《九歌》又曰「桂櫂兮蘭枻」，蓋枻者船傍板也，以桂木爲櫂，以木蘭爲棟者也。《離騷》、《九歌》言蕙蘭、石蘭、椒蘭、幽蘭，皆蘭草也。惟蘭橑、蘭棟爲木蘭，而辛夷亦是木。《離騷》曰：「朝搴阰之木蘭兮。」又曰：「朝飲木蘭之墜露兮。」此正言木蘭也。揚子雲《甘泉賦》曰：「列辛夷于林薄。」五臣注《文選》曰：「辛夷，香草也。」亦誤矣。杜子美《偪仄行》曰：「辛夷始花亦已落。」韓退之《感春》詩：「辛夷花高最先開。」又曰：「辛夷花房忽全開。」王荆公詩曰：「回首辛夷木下行。」古人用辛夷爲文著矣，非香草也。

【張祜宫詞】唐張（祐）〔祜〕有詩名，其《宫詞》曰：「故國三千里，深宫二十年。一聲《何滿子》，雙淚落君前。」當時人頗稱賞此詩，然後人讀之，多不曉其句意。唐人小説云宣宗孟才人者，本東南人，入宫二十年，以善歌得寵。宣宗不豫，才人侍，帝使歌，才人歌《何滿子》，一聲而泣下。故祜《宫詞》專爲此發。當時人知其事者，無不以爲切當也。白樂天詩注云：「明皇時，有姓何名滿者，因事對獄，而案牘奏上，猶不免死。人憐爲作曲，名《何滿子》。」故白樂天詩曰「人言何滿是人名」，乃爲此也。張祜在宣宗大中時有詩名，《唐書・藝文志》有張祜詩一卷，注曰：「祜，字承吉，爲處士。」

【半夜鐘】唐（温庭筠）〔張繼〕詩曰：「月落烏啼霜滿天，江楓漁火對愁眠。姑蘇城外寒山寺，夜半鐘聲到客船。」世疑夜半非鐘聲時。觀國按：《南史・文學傳》：「丘仲孚，吴興烏程人，少好學，讀書常以中宵鐘鳴爲限。」然則夜半鐘固有之矣。丘仲孚，吴興人，而〔張繼〕（庭筠）詩姑蘇城外寺，則夜半鐘乃吴中舊事也。

【茶詩】茶之佳品，摘造在社前，其次則火前，謂寒食前也。其下則雨前，謂穀雨前也。茶之佳品，其色白，若碧緑色者，乃常品也。茶之佳品，芽蘖微細，不可多得，若取數多者，皆常品也。茶之佳品，皆點啜之，其煎啜之者，皆常品也。齊己《茶》詩曰：「甘傳天下口，貴占火前名。」又曰：「高人愛惜藏巖裏，白硾封題寄火前。」丁謂《茶》詩曰：「開緘試火前，須寄遠山泉。」凡此言火前，蓋未知社前之品爲佳也。鄭谷《嘗茶》詩曰：「入坐半甌輕泛緑，開緘數片淺含黄。」鄭雲叟《茶》詩曰：「惟憂碧粉散，嘗見緑花生。」沈存中論茶，謂「黄金碾畔緑塵飛，碧玉甌中翠濤起」，宜改緑爲玉，改翠爲素，此論可也。而舉「一夜風吹一寸長」之句，以爲茶之精華發越，不必以雀舌烏觜爲貴，今按茶至于一寸長，則其芽蘖大矣。非佳品也。存中以此論，曲矣。盧仝《茶歌》曰：「開緘宛見諫議面，手閲月團三百片。」薛能《謝劉相公寄茶》詩曰：「兩串春團敵夜光，名題天柱印維揚。」茶之佳品，珍踰金玉，未易多得，而以三百片惠盧仝，以兩串寄薛能者，皆下品可知也。齊己《茶》詩曰：「角開香滿室，爐動緑凝鐺。」丁謂《茶》詩曰：「末細烹還好，鐺新味更全。」此皆煎茶啜之也。煎茶啜之者，非佳品矣。唐人于茶，雖有陸羽爲之説，而持論未精，至本朝蔡君謨《茶録》，則持論精矣，以《茶録》而覈前賢之詩，皆未有知佳味者也。

【饗】饗字亦音香，詳觀《詩》中饗字，以音韻協之，當音香。《烈祖》詩曰：「自天降康，豐年穰穰。來格來饗，降福無疆。顧予烝嘗，湯孫之將。」《楚茨》詩曰：「祝祭於祊，祀事孔明。先祖是皇，神保是饗。」《豳》詩曰：「九月肅霜，十月滌場。朋酒斯饗，曰殺羔羊。」凡此詩詞，以上下文音韻協之，當讀饗爲香。緣陸德明未嘗稽攷至此，而于《釋文》不載，故後學但以上聲讀之也。按《前漢・禮樂志》樂歌曰：「闢流離，抑不祥，賓百僚，山河饗。」此以平聲用饗字者也。又曰：「告靈既饗，德音孔臧。惟德之臧，建侯之常。」亦以平聲用饗字也。張平子《東京賦》曰：「萬舞奕奕，鐘鼓喤喤。靈祖皇考，來顧來饗。神具醉止，降福穰穰。」此亦以平聲用饗字也。饗亦通用享字，古人於享字亦或平聲用。《前漢・禮樂志》《郊祀》詩曰：「發梁揚羽申以商，造茲新音永久長。聲氣遠條鳳鳥翔，神夕奄虞蓋孔享。」此以平聲用享字也。古人如此類用字者甚多。《後漢・靈帝紀》贊曰：「徵亡備兆，《小雅》盡缺。麋鹿霜露，遂棲宮衛。」此以入聲用衛字也。曹子建《贈丁翼》詩曰：「吾與二三子，曲宴此城隅。秦筝發西氣，齊瑟揚東謳。」此以驅音用謳字也。劉公幹《雜詩》曰：「方塘含白水，中有鳧與雁。安得肅肅羽，從爾游波瀾。」此以去聲用瀾字也。陸士衡《樂府》曰：「親友多零落，舊齒多凋喪。市朝互遷易，城闕或邱荒。」此以平聲用喪字也。又士衡《爲顧彦先贈婦》詩曰：「辭家遠行游，悠悠三千里。京洛多風塵，素衣化爲緇。」此以上聲用緇字也。左太沖《雜詩》曰：「高志局四海，塊然守空堂。壯志不恒居，歲暮常慨慷。」此以平聲用慷字也。顔延年《登巴陵城樓》詩曰：「水國周地險，河山信重複。却倚雲夢林，前瞻京臺囿。」此以入聲用囿字也。又《赭白馬賦》曰：「總六服以收賢，掩七戎而得駿。代驂象輿，曆配勾陳。」此以去聲用陳字也。劉越石《答盧諶》詩曰：「握中有玄璧，本自荆山璆，惟彼太公望，昔在渭濱叟。」此以平聲用叟字也。江淹《望荆山》詩曰：「寒郊無留影，秋月垂清光。悲風繞重林，雲霞肅川漲。」此以平聲用漲字也。杜子美《衡山縣學》詩曰：「耳聞讀書聲，殺伐災髣髴。」于地字韻中押，則以髴作沸字用也。韓退之《答孟郊江漢》詩曰：「終宵處幽室，華燭光爛爛。」于艱字韻中押，則以爛作闌音用也。詩人如此類用字，不可勝紀，姑舉其略。（卷九。下同）

【澠】《春秋左氏傳》曰：「晉侯以齊侯宴，中行穆子相。投壺，晉侯先。穆子曰：『有酒如淮，有肉如坻。寡君中此，爲諸侯師。』中之。齊侯舉矢曰：『有酒如澠，有肉如陵。寡人中此，與君代興。』」杜預注曰：「澠水出齊國臨淄縣北，入時水。」故《列子》曰：「口將爽者，先辨淄、澠。」蓋謂淄水與澠水也。劉沆嘗使契丹，契丹與之宴，契丹曰：「有酒如澠，繫行人而不住。」意謂劉未有以對也。劉應聲曰：「在北曰狄，吹《出塞》以何妨。」按字書，澠，水名，在齊。繩，直也，索也。此自是兩字不通用，然古人多假借字，故用澠爲繩。杜子美《贈汝陽王》詩曰：「且持蠡測海，況挹酒如繩。」又《簡薛華醉歌》曰：「願吹野水添金杯，如繩之酒常快意」，如此類借用繩字固無害。如契丹使云「繫行人而不住」，則真訓釋以爲繩索之繩，恐不可也。又杜子美《寄劉峽州》詩曰：「伏枕思瓊木，臨軒對玉繩。」又曰：「展懷詩誦魯，割愛酒如繩。」一篇押二繩字，命意不同，然莫若用如繩爲如澠，則適得其當，或是編集子美詩者誤耳。

【始】李希聲《詩話》曰：「皂雕寒始急」，「千呼萬喚始出來」，人皆以爲語病，然始有二音，有所宿留而今甫然者，當從去聲，二詩自非語病。觀國嘗攷其故矣。始終之始，則音上聲；有所宿留而今甫然者，則音去聲。所謂有太始，所謂萬物資始，所謂始畫八卦，所謂有始有卒，此皆終始之始也。杜子美《安西兵》詩曰：「臨危經久戰，用意始知神。」韓退之《月臺》詩曰：「直須臺上看，始奈月明何？」此皆有所宿留而今甫然者也。如《禮記·月令》「蟬始鳴」，陸德明《音義》始作試，則李希聲之説不妄矣。

【貙】左太沖《魏都賦》曰：「回淵漼，積水深。蒹葭貙，雚蒻森。」五臣注《文選》曰：「貙，分別也。」杜子美《寄劉峽州》詩曰：「乳貙號攀石，飢鼯訴落藤。」注詩者曰：「乳貙，乳虎也。」觀國按：《爾雅·釋獸》曰：「貙，有力。」郭璞注曰：「貙出西海大秦國。有養者，似狗多力，獷惡。」《爾雅·釋音》曰：「貙，音鉉。」諸字書皆曰：「貙，音鉉，獸名也。」然則貙自是一獸，非虎也。亦无分別之義。《文選》注與杜詩注皆誤矣。《蒹葭》詩曰：「蒹葭蒼蒼，白露爲霜。」鄭氏箋曰：「蒹葭在衆草之中蒼然强也。」左太沖賦曰「蒹葭貙」者，豈非以《爾雅》謂貙有力，而蒹葭蒼然若强有力者耶？然《爾雅》言有力者多矣，曰「魚有力者徽」，又曰：「麋，絶有力，狄。」又曰：「鹿，絶有力，麉。」又曰：「麔，絶有力，豜。」又曰：「豕，絶有力，豟。」又曰：「熊，絶有力，麙。」又曰：「馬，絶有力，駥。」又曰：「羊，絶有力，奮。」又曰：「牛，絶有力，欣犌。」又曰：「犬，絶有力，狣。」所謂貙有力者，貙之爲獸有力者耳。其他物有力者，固不可謂之貙也。若以蒹葭强有力而因謂之蒹葭貙，則非也。字書又有倒一虎爲貙者，俗書不可用。

【薄】《郊特牲》曰：「薄社北牖，使陰明也。」鄭氏注曰：「薄社，商之社，商始都薄。」然則本用亳社字，記《禮》者借用薄字耳。薄音泊，又音博，又音逼。其音泊者，厚薄也，林薄也。草木叢生曰薄。故揚雄《甘泉賦》曰：「列辛夷于林薄。」左太沖《蜀都賦》曰：「翕響揮霍，中網林薄。」陸士衡《君子有所思行》曰：「清川帶華薄。」又《挽歌》詩：「按轡遵長薄。」若此類是也。音博者，其義則激搏也。《易》曰：「雷風相薄。」《史記・天官書》曰：「日月薄食。」謝瞻《詠張子房》詩曰：「鴻門銷薄蝕。」若此類是也。音逼者，相逼近也。《春秋左氏傳》曰：「宋師未陳而薄之，敗諸鄑。」又曰：「晉公子重耳及曹，曹共公聞其駢脅，欲觀其裸浴，薄而觀之。」又曰：「不待期朝而薄人于險。」又曰：「寧我薄人，無人薄我。」陸士衡文曰：「高義薄雲天。」又《塘上行》曰：「願君廣末光，照妾薄暮年。」范彥龍《傚古詩》曰：「朝驅左賢陣，夜薄休屠營。」杜子美《彭衙行》詩曰：「高義薄層雲。」江淹《恨賦》曰：「薄暮心動。」若此類是也。凡此三音，其義皆迥不同，讀之不可混而無別。《史記・周勃傳》曰：「勃以織薄曲爲生。」蘇林注曰：「薄，一名曲。」顔師古注《漢書》曰：「許慎云葦薄爲曲。」按薄曲，蠶具也，本用從竹簿字，亦通用從草薄字耳。亦如筁者蠶具也，亦通用曲字耳。欂字，弼戟切。司馬相如賦曰：「施瑰木之欂櫨。」揚雄《甘泉賦》曰：「香芬茀以穹隆兮，擊欂櫨而將榮。」顔師古注曰：「欂櫨，枅也。」五臣注《文選》曰：「欂櫨，曲枅栱也。」韓退之曰：「欂櫨侏儒。」乃謂此也。《廣韻》曰：「欂櫨，户上木也。」今按欂櫨者，枅栱是也，非户上木也。欂亦通用薄字，《前漢・王莽傳》曰：「起九廟，爲銅薄櫨，飾以金銀琱文。」顔師古注曰：「薄櫨，柱上枅也。」其說是已。

【飲食票姚】經書中泛言飲食，與夫自飲自食，則皆當讀如本字。若以飲飲人，以食食人，則飲當音蔭，食當音嗣，各從其義也。如《論語》「一簞食，一瓢飲」，「飯疏食飲水，曲肱而枕之」，「簞食豆羹見於色」。《周禮》「膳獻飲食」，「食用六穀」，「飲用六清」。《禮記》「食居人之左」，「子卯稷食菜羹」。《春秋左氏傳》「粢食不鑿」，「聞師將傳食」。凡此類皆自飲自食者也。陸德明《音義》皆音作蔭、嗣，誤也。《前漢·霍去病傳》曰：「去病年十八爲侍中。善騎射，再從大將軍。大將軍受詔，予壯士，爲票姚校尉。」服虔注曰：「票姚音飄搖。」顏師古注曰：「票音頻妙反，姚音羊召反。票姚，勁疾之貌也。」荀悦《漢紀》作票鷂字。去病後爲票騎將軍，尚取票姚之字。今讀音飄搖，則不當其義也。觀國按：字書票姚字，於平聲、去聲兩音皆收。杜子美《寄董嘉榮》詩曰：「居然雙捕虜，自是一嫖姚。」又《後出塞》詩曰：「借問大將誰，恐是霍嫖姚。」又《觀燕將士》詩曰：「漢朝頻選將，應拜霍嫖姚。」又《贈田判官》詩曰：「宛馬總肥春苜蓿，將軍只數漢嫖姚。」子美於嫖姚作平聲用。又《哭嚴武》詩曰：「風送蛟龍雨，天長驃騎營。」則於驃字自作去聲用，蓋皆於義無害也。顏師古謂讀音飄搖，則不當其義者，非也。票姚平聲、去聲，皆輕疾之義。讀史則從去聲，作詩文則用爲平聲，皆無害也。杜子美《別崔潩》詩曰：「如何久磨礪，但取不磷緇。」讀《論語》則磷音吝，而詩用爲平聲，義皆通也。

【沫沫】屈平《離騷》曰：「芳菲菲而難虧兮，芬至今猶未沫。」五臣注《文選》曰：「沫，已也。」宋玉《招魂》曰：「朕幼清以廉潔兮，身服義而未沫。」五臣注《文選》曰：「沫，已也。」觀國按：《易·豐卦》九三爻曰：「豐其沛，日中見沫。」王弼注曰：「沫，微昧之明也，音莫貝切。」蓋屈平自謂我之芬芳未至於晦昧也。宋玉自謂身服義而未至於晦昧也。沫無已之義，五臣以沫爲已，誤矣。《前漢·王商傳》引《易》曰：「日中見昧，折其右肱。」蓋沫與昧義則同也，故通用之。《玉篇》水部曰：「沫，亡活、莫蓋二切。」觀國按：亡活切者，旁從本末之末，所謂浮沫，所謂避沫水之害是也。莫蓋切者，旁從午未之未，即《易》所謂「日中見沬」，《詩》所謂「爰采唐矣，沬之鄉矣」是也。二字偏旁不同，而《玉篇》同爲一字，而分二切以訓之，則誤矣。《廣韻》於去聲收沬字莫貝切，與昧字同音，皆從午未之未。於入聲收沫字莫撥切，與秣字同音，皆從本末之末，二字不同也。曹子建《應詔》詩曰：「玄駟藹藹，揚鑣漂沫。流風翼衡，輕雲承蓋。」五臣注《文選》曰：「漂沫謂馬行急口中沫出。」審如此，則當用入聲沫字。子建借用去聲沬字，然去聲沬字非口中沫也。傅武仲《舞賦》曰：「良駿逸足，愴悍凌越。龍驤橫舉，揚鑣飛沫。」此用爲入聲，不誤矣。

【雕】字書曰：「雕，都聊切，鶚屬也，籀文作鵰。」觀國按：字書偏旁從佳與從鳥者多通用，故雞與鷄同，雎與鴡同，雁與鳫同，翟與鸐同，雁與鴈同。然則雕與鵰同也，後世乃用雕字爲雕刻之字。蓋字書自有琱、彫、凋三字，琱者，琱琢也；彫者，彫鏤也；凋者，凋落也。三字雖分三義，而與雕字並通用之。琱、彫二字，皆刻鏤之義；而凋乃凋落也，雕乃雕鶚，此二字無刻鏤之義，乃假借用之。是故《前漢·郊祀志》曰：「賜爾黼黻琱戈。」顏師古曰：「琱與凋同。」《王莽傳》曰：「起九廟，飾以金銀琱文。」顏師古曰：「琱與彫同。」《顧命》曰：「彫玉仍几。」《郊特牲》曰：「丹漆雕幾之美。」《明堂位》曰：「玉豆雕篹。」《少儀》曰：「車不雕幾。」《論語》曰：「朽木不可雕。」《史記·優孟》曰：「請以雕玉爲棺。」《揚子》曰：「童子雕蟲篆刻。」又曰：「彫刻象刑。」又曰：「玉不雕璵璠不作器。」《長楊賦》曰：「除雕琢之巧。」張平子《西京賦》曰：「彫楹玉碣。」又《東京賦》曰：「彫弓斯張。」司馬相如《子虛賦》曰：「乘雕玉之輿。」左太沖《蜀都賦》曰：「雕鶚鴳其陰。」杜子美詩曰：「雕鶚在秋天。」凡此正字與假借互用之，其來久矣。枚乘《七發》用彫弓，相如《子虛賦》用雕弓，其義一也。《七發》曰：「右夏服之勁箭，左烏號之彫弓。」《子虛賦》曰：「左烏號之雕弓，右夏服之勁箭。」此二句同者。按枚乘事梁孝王，恐孝王反，作《七發》以諫之。武帝即位，以蒲輪迎乘，死于路。司馬相如事景帝，時梁孝王來朝，從游説之士鄒陽、枚乘、莊忌之徒，相如見而説之，因病免，客游梁，居數月，乃著《子虛》之賦，會梁孝王卒，相如歸。久之，因狗監侍上，武帝讀《子虛賦》，而後召相如。則《七發》在前，而《子虛賦》當在後，相如竊《七發》之文而顛倒其句耳。

【冰】許慎《説文》，仌字音兵，冰字音凝，亦作凝。今詳《説文》仌字只從重人，其冰字乃凝字，無他音，不知後人何故以冰爲仌而音兵也。蓋冰字從仌從水而音凝，則於義爲正。《爾雅》曰：「冰，脂也。」郭璞注曰：「《莊子》云，肌膚若冰雪。冰雪，脂膏也。」《爾雅》用冰字爲凝字，而《莊子》亦用冰爲凝字，而今之書史書用冰音兵者，當是秦、漢間變篆爲隸時所改也。許慎，後漢人也。《説文》尚以冰爲凝者，蓋《説文》本纂集古文而後成，古文仌音兵，冰音凝，不可改故也。王文公《筆録》曰：「李陽冰善篆而不知冰字乃凝字，自後只呼爲李陽凝。」蓋戲之也。唐故事，尚書祠部號冰廳，讀冰作去聲，言事簡清冷也。歐陽文忠公《和梅聖俞從登東樓》詩曰：「自憐曾預稱觴列，獨宿冰廳夢帝關。」而用冰作平聲者，但欲順詩句平仄用之耳，歐公不應誤也。韓愈爲分司郎官，《上鄭相公啓》曰：「分司郎官職事，惟祠部爲煩且重，愈獨判二年，日與宦者爲敵，相伺候罪過，惡言詈辭，狼藉公牒，不敢爲恥，實慮陷禍，故用懷狀乞與諸郎官更判。」觀國按：愈啓所言，則祠部非事簡清冷之司也，當是憲宗時偶然省曹事多，而愈適當其任故耳。冰又爲箭箙之蓋，《春秋》昭公十四年《左氏傳》曰：「懷錦奉壺飲冰以蒲伏焉。」又二十五年《傳》曰：「公徒釋甲執冰而踞。」又二十七年《傳》曰：「豈其伐人，而脱甲執冰以游。」杜預注曰：「冰，櫝圓蓋也。櫝圓是箭箙，其蓋可以取飲。」（卷十。下同）

【稱秤】許慎《説文》稱字分平聲、去聲兩音，而無秤字。《廣韻》平聲稱字處陵切，知輕重也；去聲稱字昌證切，銓度也，俗作秤。觀國按：《禮記·月令》曰：「同度量，鈞衡石，角斗甬，正權概。」鄭氏注曰：「稱上曰衡。」「稱錘曰權。」《前漢·律曆志》曰：「權者銖、兩、鈞、斤、石也。」孟康注曰：「稱之數始於銖，終於石。」以此觀之，則兩漢止用稱字，未用俗書秤字也。用俗書秤字，其晉、魏以下乎？杜子美《寄劉峽州》詩曰：「家聲同令聞，時論以儒稱。」又曰：「姹女縈新裹，丹砂冷舊秤。」蓋稱、秤乃一字也，一篇詩中押稱、秤二字，不可也。雖然，俗書秤字，蓋生於草書稱字，按草書法再字與草書平字相類，因而訛書作秤也。字因草書而訛變其體者甚多，不特此也。

【射】射音麝，又音石，此二音觀國攷其義，則二音異義也。統言射之名則音麝，及致力於弓矢之事，則音石。若射御，射法，射儀，大射，聘射，射以觀德，仁者如射，若射之有志，凡此皆統言射之名，則讀音麝也。若射虎侯，射熊侯，射豹侯，射豻，射麋，射隼於高墉之上，射雉一矢亡，井谷射鮒，弋不射宿，孔子射于矍相之圃，桑弧蓬矢六以射天地四方，左射貍首，右射騶虞，管仲射齊桓公中帶鉤，射其左，越於車下，射其右，斃於車中，子都自下射之顛，李廣見草中石射之没羽，凡此皆致力于弓矢，當讀音石。陸德明諸經《音義》亦於此音石矣。史傳多言善騎射，亦當音石。杜子美《醉墜馬》詩曰：「向來皓首驚萬人，自倚紅顔能騎射。」於入聲韻中押，則騎射音石也。以此攷之，則麝、石二音，其義不同矣。漢有大鴻臚射咸，姓音麝，吴有中書郎射慈，姓音石，蓋姓亦分二音也。《春秋》昭公四年《左傳》曰：「楚沈尹射奔命於夏汭。」《釋音》曰：「射，食亦反。」又昭公五年《左氏傳》曰：「薳射以繁揚之師會於夏汭。」《釋音》曰：「射，食夜反。」蓋名亦分二音也，不可以無别。

【劭】潘岳《河陽縣》詩曰：「誰謂晉京遠？室邇身實遼。誰謂邑宰輕？令名患不劭。」五臣注《文選》曰：「劭，平協韻。」蓋平協韻者，讀音韶也。觀國按：《前漢·成帝紀》，陽朔四年詔：「先帝劭農，薄其租税，寵其强力，令與孝弟同科」。蘇林注曰：「劭音翹，精異之意也。」晉灼注曰：「劭，勸勉也。」潘岳詩以遼字、劭字爲韻，則音劭爲翹也，五臣當别出翹音，而曰平協韻者，是于劭音作平協韻爲韶音耳。蓋五臣未嘗知有翹音，故但曰平協韻而已，非也。《南史·宋元凶傳》曰：「元凶名劭，字休遠。」「初命之曰劭，在文召刀爲劭，後惡焉，改刀爲力。」觀國按：字書劭字從召從力，不從刀也，所謂在文召刀爲劭者，蓋初未嘗攷究字義，而遽爲臆説耳。

【尊】尊字乃古之酒尊字，《周禮》：司尊彝。《禮記》：有虞氏之尊、夏后氏之尊、商尊、周尊之類，是也。又有罇、樽二字，古文所不載，當是後人所增。許慎《説文》曰：「尊，酒器也。」《廣韻》曰：「尊，亦作罇、樽，從缶從木，後人所加。」觀國謂詩賦中若用尊字爲韻，不可更押罇、樽二字。杜子美《奉漢中王手札》詩曰：「國有乾坤大，王今叔父尊。」又曰：「從容草奏罷，宿留奉清罇。」雖意各別，然其實尊、罇只是一字，譬猶昏之與婚，女之與汝，匊之有掬，與之有歟，本一字也。苟出于俗書，則不可並用以爲韻，若一字而二音或三音者可也。杜子美《贈王倚飲歌》曰：「煎膠續絃奇自見。」又曰：「只願無事長相見。」凡此一字而二音也。又子美《奉先縣詠懷》詩曰：「幼子飢已卒。」又曰：「貧窶有倉卒。」又曰：「因念遠戍卒。」此一字而三音也。若尊、罇、樽三字，既本一字，又本一音，其可以同韻而押乎？字爲俗書所增者多矣，如回之有迴，園之有薗，果之有菓，欲之有慾，席之有蓆，裴回之有徘徊，仿佛之有髣髴，此其顯然者，不可同韻而押也。

【盼眄盻】盼、眄、盻三字，三音，偏旁不同，義亦不同。盼從分，普莧切，字書曰：「黑白分也。」《詩》所謂「美目盼兮」是已。眄從丏，音面，字書曰：「邪視也。」《列子》所謂「始得夫子之一眄」，鄒陽書所謂「莫不按劍相眄」是已。盻從兮，音睨，字書曰：「恨視也。」《孟子》所謂「使民盻盻然，將終歲勤動，不得以養其父母」是已。三字音義雖異，而偏旁易於相亂，故世俗多誤書，當書盼或誤爲眄，當書眄或誤爲盻。左太沖《詠史》詩曰：「左眄澄江湘，右盼定羌胡。」其用眄與盼，不相混也，俗自易於混疑耳。世言顧眄，謂邪視也，而多誤讀爲顧盼。袁彦伯《三國名臣贊》曰：「六合紛紜，民心將變。鳥擇高梧，臣須顧眄。」杜子美《石硯》詩曰：「公含起草姿，不遠明光殿。致乎丹青地，知汝隨顧眄。」蓋於義則有顧眄而無顧盼，古之文士未嘗誤用也，世俗多誤讀顧眄爲顧盼耳。世俗雖誤讀，然文士不可誤讀也。

【鯫鯖鱣】鯫字，按字書七逾切，淺鯫也。又徂鉤切，魚名也。又仕垢切，小人貌也。《史記·張良世家》云：「沛公曰：『鯫生教我距關無納諸侯。』」徐廣注曰：「鯫，魚也，仕垢反。」《前漢·張良傳》云：「沛公曰：『鯫生説我距關毋納諸侯。』」服虔注曰：「鯫，七垢反，小人也。」觀國按：鯫生，小人也，當讀爲仕垢反，徐廣以爲鯫魚，非也。《史記·貨殖傳》曰：「鯫千石，鮑千鈞。」徐廣注曰：「鯫音鮿，鮿魚也。」觀國按：鯫千石者，鯫，音徂鉤切，魚也。若夫鮿音輒，雖亦魚名，豈可變鯫爲鮿也。蓋鯫從取，鮿從耴，亦音輒，偏旁皆異也。徐廣謂鯫音輒，亦誤矣。《廣韻》上聲曰：「鯫，仕垢切。一曰姓，漢有鯫生。」觀國按：《廣韻》所謂「漢有鯫生」者，豈非以《張良傳》鯫生爲姓鯫之人耶？誤又甚矣。鯖音青，魚名也。《南史·虞悰傳》曰：「悰善爲滋味」，「齊帝就悰求飲食方，悰祕不出。帝醉後體不快，悰乃獻醒酒鯖鮓一方而已。」鯖又音征，亦作䤈，亦作脠，煮魚煎食謂之五侯鯖，蓋魚之熟羞者也。《後漢·楊震傳》曰：「有冠雀銜三鱣魚，飛集講堂前。」章懷太子注曰：按《續後漢書》及謝承《書》「『鱣』字皆作『鱓』」。又引郭璞注《爾雅》曰：「鱣，知然反，大魚，似鱘而短，鼻口在頷下，大者長二三丈，江東呼爲黄魚。」觀國按：字書鱓字亦作鱣，謝承《書》作三鱓，范蔚宗改爲鱣字，鱓、鱣一也，章懷太子不當引郭璞注《爾雅》，故後人皆誤讀作知然反也。蓋音知然反者，《碩人》詩曰：「鱣鮪發發。」《四月》詩曰：「匪鱣匪鮪。」《潛》詩曰：「有鱣有鮪。」注皆曰：「鱣，大魚也。」

賈誼《弔屈原賦》曰：「横江湖之鱣鱏兮，固將制于螻蟻。」《文中子》曰：「江湖鱣鯨，非溝瀆所容。」郭璞《江賦》曰：「江豚海狶，叔鮪王鱣。」凡此言鱣，即《爾雅》所謂長二三丈者也。一冠雀豈能銜三大魚長二三丈者耶？然則三鱣爲三鱓明矣。《韓子》曰：「鱣似蛇。」正謂此也。按字書，字之從單者，與從亶多通用，故禪亦作襢，蟬亦作蟺，僤亦作儃，鱓亦作鱣，則三鱣爲三鱓可以無疑矣。杜子美《夔府詠懷》詩曰：「敕廚惟一味，求飽或三鱣。」作平聲旃音，蓋承誤用之也。

（徐俊）

墨莊漫録

張邦基　撰

張邦基，字子賢，揚州人，生活于南北宋之間。《墨莊漫録》十卷，書成於紹興十八年（一一四八）之後，此據《四部叢刊》影印明鈔本選録。

1 東坡作《儋耳山》詩云：「突兀隘空虛，他山總不如。君看道傍石，盡是補天餘。」叔黨云：「〔石〕當作者，傳寫之誤，一字不工，遂使全篇俱病。」（卷一。下同）

2 武帝建安二十年冬十月，始置名號，至五大夫與舊列侯、關内侯凡六等，以賞軍功。名號：侯爵十八級，關中侯爵十七級，皆金印紫綬。又置關内外侯十六級，銅印龜紐，墨綬。五大夫十五級，銅印環紐，亦墨綬，皆不食租。此印決曹氏物也。表舅唐哲端仲見之，亦以予言爲然，乃賦詩云：「關中金印豈秦關，想見風流漢已還。大饗似書譙縣石，蘭亭寧數會稽山。空餘此日歸囊橐，曾是當年雜佩環。萬户兄將取如斗，此章何足繫腰間。」後范左轄謙叔在方城以書求借，舅氏不與也。此則亦缺首簡。

3 東坡在海外，瓊州士人姜公弼來從學。坡題其扇云：「滄海何曾斷地脈，白袍或作朱崖端合破天荒。」公弼求足之，坡云：「候汝登科，當爲汝足。」後入廣，被貢至京師，時坡已薨，乃謁黄門于許下，子由乃爲足之云：「生長〔芸〕間已異〔芳〕，風流稷下古諸姜。適從瓊管魚龍窟，秀出羊城翰墨場。滄海何曾斷地脈，白袍端合破天荒。錦衣他日千人看，始信東坡眼目長。」

4「香滿釣筒萍雨夜，緑摇花塢柳風春」，舒亶信道詩也。信道清才，而詩刻削有如此者。又有云：「空外水光風動月，暗中花氣雪藏梅。」又云：「宿雨閣雲千嶂碧，野花弄日一村香。」又云：「萬壑水澄知月白，千林霜重見松高。」皆警句也。

5韓駒子蒼詩云：「倦鵲繞枝翻凍影，征鴻摩月墮孤音。」誠佳句也，但太費工夫。

6浮休居士張芸叟久經遷，既還，鞅鞅不平。嘗内集分題賦詩，其女得《蠟燭》有云：「莫訝淚頻滴，都緣心未灰。」浮休有慚色，自是無復躁進意。司馬樸之室，浮休之女也，有詩在鄜延路上一寺中，一聯云：「滿地煙含芳草緑，倚欄露泣海棠紅。」或云便是詠燭者。

7杜子美《玄都壇歌》：「子規夜啼山竹裂，王母晝下雲旗翻。」説者多不曉王母，或以謂瑶池之金母也。中官陳彦和言：頃在宣和間掌禽苑，四方所貢珍禽，不可殫舉。蜀中貢一種鳥，狀如燕，色紺翠，尾甚多〔而〕長，飛則尾開，顫嫋如兩旗，名曰王母。則子美所言，乃此禽也。蓋遐方異種，人罕識者。「子規夜啼山竹裂」，言其聲清越如竹裂也。

8鄱陽胡詠之朝散，生平好道。元符初，嘗於信州弋陽縣見一道人，青巾葛衣，神氣特異，因揖而延之對飲。道人止取大白，滿引無算，曰：「君有從軍之行，去否？」胡竦然曰：「當去。」蓋是時欲就熙和河帥姚雄之辟也。道人曰：「西陲方用師，好去。」索紙，書詩曰：「濟世須應不世才，調羹重見用鹽梅。種成白璧人何處，熟了黄粱夢未回。相府舊開延士閣，武夷新築望仙臺。青雞唱徹函關曉，好卷游幃歸去來。」授詠曰：「爲我以此寄章相公。」且曰：「章相公好個人，又錯了路徑也。」詠叩其説，但云未可立談。胡問其姓名，亦不肯言，曰：「吾非晚亦游邊，可以復相見。」夜艾，詠曰：「先生可就此寢。」曰：「吾歸邸中，只在河下。」乃拂衣去。明日，遣人往諸邸尋問，皆云未嘗有道人。因告縣令，遍邑物色，竟無曾見者。詠至京師，見王副車詵，具告以此，欲持詩謁子厚。詵曰：「不可，上方以邊事倚辦相公，丞相得此，必堅請去，上必疑怪，詰其所以然，君且得罪。」詠以爲然，徑趨姚幕，從取青唐。暨還闕，則子厚已去矣。他日，子厚北歸，聞有此詩，就詠求之，其真本已爲附車奄有之，乃録寄。子厚見詩嘆曰：「使吾早得此詩，去位久矣，豈復有今日之事乎？」方詠之在邊日，嘗至秦州天慶觀，聞説吕先生在此月餘，近日方去矣。問何以知其爲吕，道士云：「道人去時，適道衆赴鄰郡醮，道人顧小童曰：『吾且去，借筆書壁，候師歸示之』。小童辭以觀新修，師戒勿令題涴。乃曰：『煩貯火殿爐，吾欲禮三清而去。』既而行殿後，砌下有石池，水甚清泚，乃以爪畫殿壁，留詩云：『石池清水是吾心，漫被桃花倒影沉。一到邽山空闕内，消閒塵累七弦琴。』回後看題，衆驚嘆，以爲必吕翁也。」壁甚高，其字非手可能及。邽山，即泰山也。詠因思弋陽所遇，有游邊之約，豈非斯人歟？此説予聞江元一太初云。

9 退之詩：「風能折黄觜，露亦染梨腮。」魯直本亦作「風棱」、「露液」。又《與興元宴集》詩有云

「茫漫華墨間」，墨當作黑，華梁、黑水惟梁州。興元，梁州也。

10吳安中少年時爲《堠子》詩云：「行客往來渾望我，我於行客本無心。」喜爲人書之。

11李商隱《錦瑟》詩云：「莊周曉夢迷蝴蝶，望帝春心托杜鵑。滄海月明珠有淚，藍田日暖玉生煙。」人多不曉。《劉貢父詩話》云：「錦瑟，令狐綯家青衣。」亦莫能考。《瑟譜》有適、怨、清、和四曲名，四句蓋形容四曲耳。

12毗陵一士人姓常，爲《蟹詩》云「水清詎免雙螯黑，湯老難逃一背紅」，蓋譏朱勔父子。

13田衍、魏泰居襄陽，郡人畏其吻，謡曰：「襄陽二害，田衍、魏泰。」未幾，李豸方叔亦來郡居，襄陽人憎之曰：「近日多磨，又添一豸。」

14唐庚子西嘗見桃李盛開，而梅尚存數枝，因作詩，時張無盡天覺被召，乃以詩投之云：「桃花能紅李能白，春來無處無春色。不應尚有數枝梅，可是東君苦留客？向來開處當嚴冬，李桃未在交游中。只今已是丈人行，勿與年少争春風。」無盡大加稱賞。

15廣陵先生王逢原嘗詠《暑熱思風》詩云：「力卷雨來無歲旱，盡驅雲去放天高。」客人傳示王介甫，嘆曰：「有致君澤民之志，惜乎不振也。」

16逢原一日與王平甫數人登蔣山，相與賦詩，而逢原先成，舉數聯，平甫未屈。至聞「仰躋蒼崖顛，下視白日徂。夜半身在高，若騎箕尾居」，乃嘆曰：「此天上語，非我曹所及。」遂閣筆。

17襄陽有一曹掾，不爲郡將所禮，屢窘幾殆。一日掾被召，以詩上郡將而别之，有云：「已覺目光在牛角，未信鞭長及馬腹。」郡將雖嘉賞，而愈銜之。蔡元長魯公在位，賜賚無窮，而用度亦廣。京師感慈寺修浮圖，一題三千緡。時有吴煉師者，丹陽人，辟穀修養，館於西園庵中。後有隙地，吴勸令蒔麥。既獲，頗厭狼藉。公見之，題詩於庵，曰：「塔緣便入三千貫，月俸無餘一萬緡。却向西園課小麥，老來顛倒見愁人。」

18杜甫詩：「東閣觀梅動詩興，還如何遜在揚州。」多不詳遜在揚州之説。以本傳考之，但言遜天監中爲尚書水部郎，南平王引爲賓客，掌書記室，薦之武帝，與吴均俱進幸。後稍失意，帝曰：「吴均不均，何遜不遜。」遜卒于廬陵王記室，亦不言在揚州也。及觀遜有《梅花詩》，見於《藝文類聚》、《初學記》，云：「兔園標節物，驚時最是梅。銜霜當路發，映雪擬寒開。枝横却月觀，花繞淩風臺。朝灑長門泣，夕注臨邛杯。應知早凋落，故逐上春來。」餘後見別本遜文集，乃有此詩，而集首有梁王僧孺所作《序》，乃云：「遜，東海郯人，舉本州秀才，射策爲當時之魁，歷官奉朝請。時南平王殿下爲中權將軍、揚州刺史，望高右戚，實曰賢主。擁篲分庭，愛客接士，東閣一開，競收揚、馬，左席暫起，争趨鄒、枚。君以詞藝早聞，故深親禮，引爲水部行參軍事，仍掌文記室」云云，乃知遜嘗在揚州也。蓋本傳但言南平引爲記室，略去揚州耳。然東晉、宋、齊、梁、陳皆以建業爲揚州，則遜之所在揚州，乃建業耳，非今之廣陵也。隋以後始以廣陵名州。

19蔡絛約之《西清詩話》云：「人之好惡，固自不同。杜子美在蜀作《悶詩》，乃云：『捲簾惟白水，隱几亦青山。』若使予居此，應從王逸少語，吾當卒以樂死，豈復更有悶乎？」予以謂此時約之未契此語耳，人方憂愁亡聊，雖清歌妙舞滿前，無適而非悶。子美居西川，一飯未嘗忘君，其憂在王室，而又生理不具，與死爲鄰，其悶甚矣。故對青山，青山悶；對白水，白水悶。平時可愛樂之物，皆寓之爲悶也。約之處富貴，所欠二物耳。其後竄斥，經歷崎嶇險阻，必悟此詩之爲工也。（卷二。下同）

20東坡《贈黄照道人》詩云：「面臉照人元自赤，眉毛覆眼見來烏。」王立之《詩話》云：「元自、見來，皆俚語也。」杜子美詩云：「鎖石藤梢元自落，倚天松骨見來枯。」坡句法此，而爲之俚語，立之未之思耳。

21杜子美《秦州》詩云：「馬驕珠汗落，胡舞白題斜。」題或作蹄，莫曉「白題」之語。《南史》：宋武帝時，有西北遠邊有滑國遣使入貢，莫知所出。裴子野云：「漢潁陰侯白題將一人。服虔注曰：『白題，胡名也。』又漢定遠侯擊虜入滑，此其後乎？」人服其博識。予嘗疑之，蓋白題胡名，對珠汗似無意。後見李長民元叔云：「在京師圍城中，戎騎入城，有胡人，風吹氈笠墮地，後騎告云：『落下白題』，其胡下馬拾之。」始悟白題乃胡人謂氈笠也。子美所謂「胡舞白題斜」，胡人多爲旋舞，笠之斜也，似乎謂此也。

22王定國寄詩於東坡，坡答書云：「新詩篇篇皆奇，老拙此回真不及矣。窮人之具，輒欲交割與公。」魏道輔見而笑曰：「定國亦難作交代，只是且權攝耳。」

23唐來鵬有《觀儺會美人》詩云：「回眸緑水波初起，合掌白蓮花未開。」嘉祐中，有王永年者，取宗女，求舉于賨卞、楊繪，得監金耀門書庫。永年嘗置酒延卞、繪，出其妻間坐。妻以左右手掬酒以飲卞、繪，謂之「白玉蓮花盞」，可謂善體物者也，然意亦取鵬之詩云。

24江南李後主嘗于黄羅扇上書詩，以賜宫人慶奴云：「風情漸老見春羞，到處消魂感舊游。多謝長條似相識，强垂煙態拂人頭。」想見其風流也。扇至今傳在貴人家。

25都尉王詵爲王定國畫《煙江疊嶂圖》，東坡作詩，所謂「江上愁心千疊山」者。定國死，其子由以畫貨與高郵富人茅生，以獻章獻，或云禁中。

26喻陟明仲，睦州人，持節數〔部〕，政績藹著，雅善散隸，尤妙長笛。每按行至山水佳處，馬上臨風，快作數弄，殊風流蕭散也。嘗有《馬上吹笛》詩云云寄張芸叟。和寄云：「越客思歸黯不平，閑持長笛寫秦聲。羡君氣海如斯壯，博我詞峰孰敢争？江上梅花開又落，隴頭流水咽還驚。豈知不寐鰥魚眼，獨坐山堂對月明。」又手帖云：「舜民已三請外，若得西道一局，再托舊德，便冀掃榻，更需洗水晶杯也。」水晶杯，明仲珍惜物，非佳客不出，故芸叟戲云。

27唐曁潛亨質，肅公猶子，余母之舅也。早退，隱居襄陽，著《春秋正典》，以《周官》定臧否，鄒完爲序。娶陳氏，蜀人。令德純茂，尤工文章。大觀中，先君爲郡學官，代還，以詩送别余母，一云：「念别每驚魂，流年多病身。惟我延陵子，情真意更親。分携無淚盡，望遠起愁新。老眼將何暖，音書不厭頻。」二云：「雪意亂江雲，江梅漸放春。雁歸人去後，愁與歲華新。榮路君方振，玄居我豈貧？惟餘憂我念，相憶莫沾巾。」

27近時傳一書曰《龍城録》，云柳子厚所作，非也，乃王銍性之僞爲之。其梅花鬼事，蓋遷就東坡詩「月黑林間逢縞袂」及「月落參横」之句耳。又作《雲仙散録》，尤爲怪誕，殊誤後之學者。又有李歜注杜甫詩及注東坡詩事，皆王性之一手，殊可駭笑，有識者當自知之。

29舒信道謫居四明幾二十年，獨以詩爲樂。嘗得句云：「春禽得意千般語，澗草無名百種香。」自喜之。既而曰：「此聯可入箋注，不可以示人。」遂改去，不用之。

30王逢原作《假山》詩云：「鯨牙鯤鬣相磨捽，巨靈戲撮天凹突。舊山風老狂雲根，重湖凍脱秋波骨。我來謂怪非得真，醉揭碧海瞰蛟窟。不然禹鼎魑魅形，神顛鬼脅相撐挨。」夏倪均父謂予言：「此詩奇險，不蹈襲前人，韓退之所謂惟陳言之是去者，非筆力豪放，不能爲也。」

31范致虚謙叔與蔡元長相迮，久處閒散。宣和初，自唐州方城召還，提舉寶籙宫，未幾執政。時元長以五日一造朝，居西第，乃與謙叔釋憾。一日，觴於西園，主禮勤渥，元長作詩見意云：「一日趨朝四日閑，荒園薄酒願交歡。三峰崛起無平地，二派争流有激湍。極目榛蕪惟野蔓，忘情魚鳥自波瀾。滿船載得圭璋重，更掬珠璣洗眼看。」三峰、二派雖皆園中景，蓋有激而云。時罷政未久，王黼、靈素、師成輩方盛也。

32秦少游侍兒朝華，姓邊氏，京師人也，元祐癸酉納之。嘗爲詩云：「天風吹月入欄干，烏鵲無聲子夜闌。織女星明來枕上，了知身不在人間。」時朝華年十九也。後三年，少游欲修真斷世緣，遂遣朝華歸，父母家貧，以金帛而嫁之。朝華臨别泣不已，少游作詩云：「月霧茫茫曉柝悲，玉人揮手斷腸時。不須重向燈前泣，百歲終當一別離。」朝華既去二十餘日，使其父來云：「不願嫁，乞歸。」少游憐而復取歸。明年，少游出倅錢唐，至淮上，因與道友議論，嘆光景之遄，歸謂華曰：「汝不去，吾不得修真矣。」亟使人走京師，呼其父來，遣朝華隨去，復作詩云：「玉人前去却重來，此度分携更不回。腸斷龜山離別處，夕陽孤塔自崔嵬。」時紹聖元年五月十一日，少游嘗手書記此事，未幾遂竄南荒云。吴郡唐寅補之以詩：「淮海修真黜朝華，他言道是我言差。金丹不了紅顔別，地下相逢兩面沙。」（卷三。下同）

33歐陽文忠公與韓子華、（吴長文、王禹玉同值玉堂，嘗約五十八歲即致仕，子華）書於柱上。其後過限七年，方踐前志，作詩寄子華曰：「俗諺云，也賣弄得過裏。」其詩曰：「人事從來無處定，世途多故踐言難。誰知潁水閒居士，十頃西湖一釣竿。」

34《劉貢父詩話》云：「文士用事誤錯，雖爲缺失，然不害其美。杜甫詩云『功曹無復漢蕭何』，按《光武紀》：『帝謂鄧禹曰：何以不椽功曹？』又曹參嘗爲功曹，云酇侯非也。」貢父之意，直以少陵誤耳。然《前漢・高紀》云：「單父人吕父善沛令，辟仇從之客，因家焉。沛中豪傑吏聞令有重客，皆往賀。蕭何爲主吏，主進，令諸大夫曰：『進不滿千錢，坐之堂下。』」云云。注，孟康曰：「主吏，功曹也。」然則少陵用此非誤也，第貢父偶思之未至耳。

35崔鷗德符，潁昌陽翟人。元祐中，畢漸榜登科，不汲汲於仕宦。宣和中，監西京洛南稻田務。時中官容佐掌宮鑰於洛，郡僚事之惟恐不及，惟德符不肯見之，容極銜之。德符一日送客於會節園，時梅花已殘，與客飲梅下。已而容奏陳，以會節園爲景華御苑，德符初不知也。明年暮春，復騎瘠馬，從老兵竟入園中，梅下哦詩曰：「去年白玉花，結子深林間。小憩藉清影，低顰啄微酸。故人不復見，春事今已闌。繞樹尋履跡，空餘土花斑。」徘徊而去。次日，容見地有馬跡，問園吏，吏以崔對。容怒其輕己，遂劾奏鷗徑入御苑，以此罪廢累年。靖康初，起爲左正言，未幾卒。贈直龍圖閣，歸葬郟城。詩文甚高。

36東坡爲翰苑，元祐三年供《端午帖子》有云：「上林珍木暗池臺，蜀産吴苞萬里來，不獨盤中見盧橘，時於粽裏得楊梅。」每疑「粽裏楊梅」之句。《玉臺新詠》徐君茜《共内人夜坐守歲》詩：「酒中挑喜子，粽裏覓楊梅。」今人未見以楊梅爲粽。徐公乃守歲詩，楊梅夏熟，歲暮安有此果？豈昔人以乾實爲之耶？東坡以角黍爲午日之饌，故借言之耳。

37蔡肇天啓久官京師，日有藪澤之思。常于尺素作平岡老木，極有清思，因授李伯時，令於餘地加遠水歸雁，作扁舟以載天啓。及題小詩曰：「鴻雁歸時水拍天，平岡老木向寒煙。借君餘地安漁艇，乞我寒江聽雨眠。」伯時懶不能竟，他日王涣之彦舟取去，以示宗子令戠，即取筆點染如詩中意。天啓見之，極愛其佳。後天啓泛舟宿横塘遇雨，閉蓬而卧，夜分不寢，聞歸雁聲，因復爲詩云：「平野風煙入夢思，殷勤作畫更題詩。扁舟卧聽横塘雨，恰遇江南歸雁時。」此畫後歸貴人家，予嘗見之，渺然有江湖之思。

38山谷詩云：「争名朝市魚千里」，予問諸學生「魚千里」，多云此《齊民要術》載范蠡種魚事，發池中作九墩，然初無千里字，心頗疑之。後因讀《關尹子》云：「以盆爲沼，以石爲島，魚環游之，不知其幾千萬里不窮也。」乃知前輩用事，如此該博，字皆有來處。

39 蘇黄門子由薨于許下，王鞏定國作挽詩三首，其一云：「憶昔持風憲，防微意獨深。一時經國慮，千載愛君心。坤道存終始，乾坤正古今。當時人物盡，惆悵獨知音。」注云：「元祐中議册后，宣仁御文德殿發册，公語余密告吕丞相微仲，母后御前殿，兹不可啓。微仲明日留身，宣仁詔宫中本殿發册，時人無知者。」其二云：「已矣東門路，空悲未盡情。交親逾四紀，憂患共平生。此去音容隔，徒多涕淚横。蜀山千萬疊，何處是佳城。」注云：「公前年寄書，約予至許田曰：『有南齋翠竹滿軒，可與定國爲十日之飲。』此老年未盡之情也。」其三云：「静者宜膺壽，胡爲忽夢楹？傷嗟見行路，優典識皇情。徒記巴山路，空悲蜀道程。弟兄仁達意，千古各垂名。」注云：「公與子瞻嘗泊巴江，夜雨，相約共游蜀，竟不果歸。今子瞻葬汝，公歸眉。王祥有言：『歸葬，仁也；留葬，達也。』」右三詩，予在高郵於公之子處見其遺稿，因録之，皆當時事。今公之後邈然，家集不復存，惜其亡也，因附於此。

40 晏叔原聚書甚多，每有遷徙，其妻厭之，謂叔原有類乞兒搬漆碗。叔原戲作詩云：「生計惟兹碗，般檠豈憚勞？造雖從假合，成不自埏陶。阮杓非同調，顔瓢庶共操。朝盛負餘米，暮貯籍殘糟。倖免墦間乞，終甘澤畔逃。桃宜邛竹杖，捧稱葛爲袍。倘受桑間餉，何堪井上螬。綽然真自許，呼爾未應饕。世久輕原憲，人方逐子敖。願君同此器，珍重到霜毛。」

41山谷作《釣亭》詩有云：「影落華亭千尺月，夢通岐下六州王。」上句蓋用華亭船子和尚詩云：「千尺絲綸直下垂，一波纔動萬波隨。夜静水寒魚不食，滿船空載月明歸。」下句蓋用文王夢吕望事，然「六州王」事見《毛詩・漢廣》云：「文王之道，被于南國。」疏云：「言南國則一州也，于時三分天下有其二，故雍、梁、荆、豫、徐、揚之人咸被其德而從之」云云。山谷用事深遠，其工如此，可爲法也。（卷四。下同）

42王禹玉丞相《寄程公辟》詩云：「舞急錦腰迎十八，酒酣玉盞照東西。」樂府《六幺曲》有「花十八」，古有「玉東西」杯，其對甚新也。

43陳輔輔之，丹陽人，能詩，荆公深愛之。嘗訪建康楊驥德逢，留詩壁間云：「北山松粉未飄花，白下風輕麥脚斜。身似舊時王謝燕，一年一度到君家。」荆公見之，笑謂德逢曰：「輔之罵君作尋常百姓也。」

44本朝玉輅，乃隋朝所造，唐顯德中嘗修之，凡三到泰山。故張芸叟《郊祀慶成》詩云：「大裘依古制，玉輅自隋傳。」

45杜甫有云「星落黄姑渚，秋辭白帝城」之句，説者但見古詩云「東飛伯勞西飛燕，黄姑織女時相見」，意謂黄姑乃牽牛，然不見（正）〔其〕所出，不曉黄姑之説。故楊億大年《荷花》詩云：「舒女清泉滿，黄姑别渚通。」劉筠子儀《七夕》詩云：「伯勞東翥燕西飛，又報黄姑織女期。」大年和云：「天孫已度黄姑渚，阿母還來漢帝家。」皆用此事。予後讀緯書，始見引張平子《天象賦》云：「河鼓集軍，以嘈雜贊。」張茂先、李淳風等注云：「河鼓三星，在牽牛星北，主軍鼓，蓋天子三軍之象。」昔傳牽牛、織女見，此星是也，故《爾雅》河鼓謂之牽牛。又古詩云：「東飛伯勞西飛燕，黄姑織女時相見。」黄姑即河鼓也，音訛而然。今之學者或謂是列舍牽牛而會織女，故於此（折）〔析〕其疑。又張茂先《小家賦》曰：「九坎至牽牛，織女期河鼓。」石煉注云：「河鼓星在牽牛北，天鼓也，主軍鼓，主鈇鉞。」李淳風云：「自昔相傳牽牛、織女七月七日相見者，乃此星也。」予因此始知黄姑乃河鼓也，爲牽牛之別名。昔人云開卷有益，信然。

46杜甫《大曆三年春白帝城放船出瞿塘峽將適江陵詩四十韻》，其末有云「五雲高太甲，六月控摶扶」之句，鮑欽止、鄧睿思、范元實及世行所謂王原叔注者諸家，皆不詳「五雲」、「太甲」之義。予讀唐王勃文集有《大唐九隴縣孔子廟堂銘序》云：「帝車造指，遁七曜於中階；華蓋西臨，載五雲於太甲。雖使星辰蕩越，三元之軌躅可尋；雲雨沸騰，六氣之經綸有序。然則撫銅渾而觀變化，則萬象之運不足多矣；握瑶鏡而臨事業，則萬幾之湊不足大矣」云云。然則「五雲」、「大甲」之義，蓋爲玄象而言矣。第未見（正）〔其〕所出之書，當俟博洽君子請問之。惟《酉陽雜俎》云：「王勃每爲碑頌，先墨磨數升，引被覆面而卧，忽起一筆書之，人謂之腹稿。燕公嘗讀《夫子學堂碑》，自『帝車』至『太甲』四句悉不解。訪之一公，一公言：『北斗建午，七曜在南方，有是之祥，無爲聖人當出。華蓋以下，卒不可悉。』」然則「五雲」、「太甲」，一公、燕公不知之，況餘人乎？一公謂一行禪師也。

47東北冬月寒甚，夜氣塞空，如霧著于林木，凝結如珠玉，旦起視之，真薄雪也，見日乃消釋，因風飄落，齊魯人謂之「霧淞」。諺云：「霧淞重霧淞，窮漢置飯甕」，蓋歲穰之兆也。曾子固之齊州，有《冬夜》詩云：「香清一榻氍毹暖，月淡千門霧淞寒。」又有《霧淞》詩云：「園林初日静無風，霧淞開花處處同，記得集英深殿裏，舞人齊插玉籠松。」蓋謂是也。東坡在定武，《送曹仲錫》詩亦云：「斷蓬飛葉落黄沙，只有千林鬖淞花。應謂王孫朝上國，珠幢玉節與排衙。」亦謂此也。霧淞、音夢送。鬖松皆同音。

48 東坡《自儋耳北歸臨行以詩留别黎子雲秀才》云：「我本儋州民，寄生西蜀州。忽然跨海上，譬如事遠游。平生生死夢，三者無劣優。知見不再見，欲去且少留。」後批云：「新釀佳甚，求一具理，臨行寫此以折菜錢。」宣和中予在京師相藍，見南州一士人携此貼來，粗厚楮紙，行書，塗抹一二字，類顔魯公《祭侄文》，甚奇偉也。具理，南荒人瓶罌名也。

49 蘇陰和尚作《穆護歌》，又地理風水家亦有《穆護歌》，皆以六言爲句，而用側韻。黄魯直云：「黔南巴、僰間，賽神者皆歌《穆護》，其略云：『聽唱商人穆護，四海五湖曾去。』因問穆護之名，父老云，蓋木瓠耳，曲木狀如瓠，擊之以節歌耳。」予見淮泗村人，多作《炙手歌》，以大長竹數尺，刳去中節，獨留其底，築地逢逢若鼓聲，男女把臂成圍，(擴)〔撫〕髀而歌，亦以竹筒築地爲節。四方風俗不同。吴人多作山歌，聲怨咽如悲，聞之使人酸辛。柳子厚云「欸乃一聲山水緑」，此又嶺外之音，皆此類也。

50 東坡知徐州，作黄樓，未幾黄州安置。爲定帥作《松醪賦》有云：「遂從此而入海，渺翻天之雲濤。」俄貶惠州，移儋耳，竟入海矣。在京師《送人入蜀》云：「莫欺老病未歸身，玉局他年第幾人？」（北）〔比〕歸，果得提舉成都玉局觀。三事皆讖也。

51安惇處厚初謫潭州，過儀真，見客河亭，有一丐者遽前，（白）〔自〕言有戲術，願陳一笑。安心異之，欣然延禮。丐者求一硯及素紙、幅紙、香爐，乃取土以唾和，呵之成墨矣。又取土呵之，悉成熏陸，焚之芬馥。乃研墨，謂安曰「吾不能書」，命小吏持筆題詩曰：「佳人如玉酒如油，醉卧鴛鴦帳裏頭。咫尺洞庭君不到，長生不死最風流。」處厚讀之不悦，自以無嗜欲久矣，豈有佳人如玉，醉卧鴛鴦之事乎？且謂「洞庭君不到」，是謂我不可仙矣，遂謝丐者。與酒一壺，一引而盡，長揖而去。安行將過洞庭之日，被命鐫削官資，放歸田里，乃悟前詩之異，丐者必異人也。然詩中似隱神仙秘訣，人不曉耳。

52東坡自常州赴登州，經過揚州石塔寺，長老戒公來謁東坡。坡云：「經過草草，恨不一别石塔。」塔起立云：「遮個是磚浮圖耶。」坡云：「有縫。」塔云：「若無縫，何以容得世間螻蟻？」坡首肯之，元豐八年八月二十七日也。明日，坡又作詩贈之云：「竹西失却上方老，石塔還逢惠照師。我亦化身東（漢）〔溟〕去，姓名莫遣世人知。」

53文潞公丞相出鎮西京，奉詔于瓊林苑燕餞，從列皆預，賦詩送行。王禹玉時爲内相，詩云：「都門秋色滿旌旗，祖帳容陪醉御卮。功業迥高嘉祐末，精神如破貝州時。匣中寶劍騰霜鍔，海上仙桃壓露枝。昨日更聞褒詔下，别（看）〔刊〕名姓入〔周〕彝。」時以爲警絶。曾紘伯容爲予言此詩，第一句便見體面之大，若非上公大僚，詎敢於都門而張旌旗耶？此餘人所不可當也。白居易《獻裴度丞相》詩云：「聞説風情筋力在，只如初破蔡州時。」禹玉用此事也。

54 鎮江府甘露寺在北固山上，江山之勝，煙雲顯晦，萃於目前，舊有多景樓尤爲登覽之最。蓋取李贊皇《題臨江亭》詩有「多景懸窗牖」之句，以是命名，樓即臨江故基也。裴煜守潤日，有詩云：「登臨每憶衛公詩，多景惟於此處宜。海岸千艘浮若芥，邦人萬室布如旗。江山氣象回環見，宇宙端倪指點知。禪老莫辭勤候迓，使君官滿有歸期。」自經兵火，樓今廢，近雖稍復營繕，而樓基半已侵削，殊可惜也。

55 王荆公退居金陵，建宅於半山，蓋自城至鍾山，此實公塔路之半，因以得名。宅後有謝公墩，乃謝安石居東山之所也。荆公詩云：「我名公字偶相同，我屋公墩在眼中。公去我來墩屬我，不應墩姓尚隨公。」其後公舍宅爲報寧寺，寺今亦廢，未復舊，而墩巋然獨存。

56 宣和二年，睦寇方臘起幫源，浙西震恐，士大夫相與奔竄。關注子東在錢塘，避地携家于無錫之梁溪。明年，臘就擒，離散之家悉還桑梓。子東以貧甚，未能歸，乃僑寓於毗陵郡崇安寺古柏院中。一日，忽夢臨水有軒，主人延客，可年五十，儀觀甚偉，玄衣而美鬚髯。揖坐，使兩女子以銅杯酌酒，謂子東曰：「自來歌曲新聲，先奏天曹，然後散落人間。他日東南休兵，有樂府曰《太平樂》，汝先聽其聲。」遂使兩女子舞，主人抵掌而爲之節。已而恍然而覺，猶能記其五拍。子東因作詩記云：「玄衣仙子從雙鬟，緩節長歌一解顔。滿引銅杯效鯨吸，低回紅袖作弓彎。舞留月殿春風冷，樂奏鈞天曉夢還。」後四年，子東始歸杭州，而先廬已焚於兵火，因寄家菩提寺。復夢前美鬚者腰一長笛，手披書册，舉以示子東，紙白如玉，小朱欄界間行以譜，有其聲而無其詞。笑謂子東曰：「將有待也。往時在梁溪，曾按《太平樂》，尚能記其聲否乎？」子東因爲之歌。美鬚者援腰間笛，復作一弄，亦私記其聲，蓋是重頭小令，已而遂覺。其後夢又至一處，榜曰「廣寒宫」，宫門夾兩池，水瑩浄無波，地無纖草，仰觀巍峨，若洞府然，門鑰不啓。或有告之者曰：「但曳鈴索，呼月姊，則門開矣。」子東從其言，試曳鈴索，果有應者。乃引至堂宇，見二仙子，皆眉目疏秀，端莊靚麗，冠青瑶冠，衣彩霞衣，似錦非錦，似繡非繡。因問引者曰：「此謂誰？」曰：「月姊也。」乃引子東升堂，皆再拜，月姊因問：「往時梁溪曾令奴鬟歌舞，傳《太平樂》，尚能記否？又遣紫髯翁吹新聲，亦能記否？」子東曰：「悉記之。」因爲歌之。月姊喜見顔面，復出一紙，書以示子東曰：「亦新詞也。」姊歌之，其聲宛轉，似樂府《昆明池》。子東因欲强記之，姊有難色，顧視手中紙，化爲碧字，皆滅跡矣。因揖而退，乃覺時已夜闌矣。獨記其一句云：「深誠杳隔無疑」，亦不知爲何等語也。前後三夢，後多忘其聲，惟紫鬚翁笛聲尚在，乃倚其聲而爲之詞，名曰《桂花明》云：「縹緲神清開洞府，遇廣寒宫女，問我雙鬟梁溪舞。還記得當時否？碧玉詞章教仙語。爲按歌宫羽。皓月滿窗人何處，聲未斷，瑶臺路。」子東嘗自爲予言〔之〕。

57王禹玉爲翰苑，治平三年二月十五日召對蕊珠殿，時賜紫花（衣）墩，令坐，逾數刻方罷。明年，英廟上仙，圭作《挽詞》有云：「曾陪蕊珠殿，獨賜紫花墩。」蓋謂是也。

58「金釵雙捧玉纖纖，星宿光芒動滿奩。」解笑詩人誇博物，只知紅顆味酸甜」，曾子固《荔枝》詩也。白樂天《荔枝》詩云「津液甘酸如醴酪」，杜子美詩云「紅顆甜酸只自知」，故前詩譏二公也。政和初閩中貢連珠者，移植禁中，次年結實，不減土出。道君御製詩云：「玉液乍凝仙掌露，絳紗初脱水晶丸」，蓋體物之（貢）〔工〕矣，時群臣皆應制焉。

59杜子美微意深遠，考之可見。如《丹青引贈曹霸》詩也，有云：「至尊含笑催賜金，圉人太僕皆惆悵。」説者謂帝喜霸之能寫真畫馬也，故催金賜之，而圉人太僕自嘆其無技以蒙恩賚耳。如此説，則意短無工，殊不知此畫深譏肅宗也。考是詩，始云：「先帝天馬玉花驄，畫工如山貌不同。是日牽來赤墀下，迥立閶闔生長風。」帝既見先帝之馬，當軫羹牆之念，反含笑而賜金，曾不若圉僕見馬能惆悵而懷先帝也。又《寄劉峽州伯華使君》長篇尾句云：「江湖多白鳥，天地亦青蠅。」人多指白鳥爲鷺，非也。按《月令》「仲秋之月，群鳥養羞」注引《夏小正》曰：「九月丹鳥羞白鳥。」説者謂蚊蚋也。又《金樓子》云：「齊威公卧于柏寢，白鳥營饑而求飽，公開緑紗之廚而進焉。有知禮者，不食而退；有知足者，雋肉而退；有不知足者，長噓短吸而食；及其飽者，腹爲之潰。」蓋戒夫貪也。又詩人以青蠅刺讒，然則公詩蓋言天下多貪讒之人耳。

60泰陵時，蔡元長爲學士。故事：供貼子，皇太后、皇帝、皇后閣各有詞，諸妃閣同用四首而已。時昭懷劉太后充貴妃，元長特撰四首以供之，有「三十六宫人第一，玉樓深處夢熊羆」。

61荆公退居鍾山，嘗獨游山寺。有人擁數卒，按膝據床而坐，驕氣滿容，慢罵，左右爲之辟易。

公問爲誰，僧云：「押綱張殿侍也。」公即索筆題一詩於扉云：「口銜天憲手持鈞，已是龍墀第一人。回首三千大千界，此身猶是一微塵。」

62陝州大河南岸，有物如鐵石狀，俗謂之鐵牛，舊有祠宇，唐末封號順正廟。大中祥符四年，真宗祀汾陰，幸其廟，作《鐵牛詩》。

63（上略）自外祖死，伯舅元順圖持門户。順圖蕭散風度，雅意翰墨，畜法書名畫甚富，烹茶、焚香、吟詩、彈琴而已，隴畝漫不省也。坐是，東皋廢弛，歲不暇給，乃委仲舅元悦圖治其隳敗。悦圖孝友修愿，周貧樂施，有父風，未幾多稼復如曩時，歲收數萬斛，公心持己，無絲發之私，輪載長兄房，以聽出納。（中略）時京師調發科斂，動以萬計，適丁連年旱歉，悦圖憂家成瘁，鬱鬱感病。其死數日，侄芾夢悦圖云：「吾有詩，爾其志之。」及覺，憶其二句云：「春風陌上一杯酒，回首家原事若何？」蓋悦圖雖死，猶不忘家也，悲夫！（卷五。下同）

64僧如壁乃江西進士饒節次子也。少年嘗投書于曾子宣，論新法非是，不合，乃祝發更名。尤長於詩，嘗住數剎，士大夫多與之游。後改字德操。《梅花》一聯云：「遂教天下無雙色，來作人間第一春。」風味亦不淺。又《答吕居仁寄詩》云：「長憶他時對短檠，詩成重改又雞鳴。如今老矣無心力，口誦君詩繞竹行。」居仁甚稱之。

65《玉臺新詠》梁沈約休文有《六憶詩》，蓋豔詞也。其後少有效其體者，王全玉乃作宮體《十憶》詩。李元膺重見之，愛其詞意宛轉，且曰：「讀之動人，老狂不能已，聊復效尤。」亦作十絶，謂

《憶行》、《憶坐》、《憶飲》、《憶歌》、《憶書》、《憶博》、《憶鞸》、《憶笑》、《憶眠》、《憶妝》也。其一曰：「屏帳腰支出洞房，花枝窣地引巾長。裙邊遮定雙鴛小，只有金蓮步步香。」其二云：「椅上漆花闌面平，繡裙斜綽茜羅輕。踏青姊妹頻來喚，鴛履貪弓不意行。」其三云：「緑蟻頻傾不厭多，帕羅香軟襯金荷。從教弄酒春衫涴，別有風流上眼波。」其四云：「一串紅牙碎玉敲，碧雲無力駐晴霄。也知唱到關情處，緩按餘聲眼色招。」其五云：「纖玉參差象管輕，蜀箋小研一作研。碧窗明。袖紗密映嗔郎看，學寫鴛鴦字未成。」其六云：「小閣争蒲畫燭低，錦茵團坐玉相欹。嬌羞慣被諸郎戲，袖映春葱出注遲。」其七云：「漫注横波無語處，輕籠小板欲歌時。千愁萬恨關心曲，却使眉尖學別離。」其八云：「從來題目直千金，無事羞多始見心。乍向客前猶掩斂，不知已覺鈿窩深。」其九云：「泥嬌成困日初長，暫卸輕裙玉簟涼。漠漠帳煙籠玉枕，粉肌生汗白蓮香。」其十云：「宮樣梳兒金縷犀，釵梁冰玉刻蛟螭。眉間要點雙心字，不管蕭郎只畫眉。」其情致殊妍麗，自非風流才思者不能作也。

66吳中魚市以斗計，一斗謂二斤半。《松陵唱和》皮日休《釣侶》詩云「一斗霜鱗換濁醪」，注云：「吳中買魚論斗，酒即秤斤，其來蓋遠矣。」然酒今已用升，至市炭及蔬反論斤，土風不可革也。

67舒信道《敗荷》詩云：「忍看夜影分殘月，別送秋聲入晚風。」前輩云：「一郡之政觀於酒，一家之政觀於齏。」蓋二物若善，則其他可知矣。

68蔡君謨作福守日，有一書生投詩來謁云：「遠入青青疊疊峰，峰前真宰讀書公。半岩冷落高宗雨，一枕凄涼吉甫風。煙鎖豹眠閑霧露，井凋鳳宿舊梧桐。九龍山下英雄氣，盡屬君家世胄中。」君謨異之，尋令人伺其所歸，至一山下忽不見，四顧無人，唯一社屋爾，意其社神也。

69王荆公女適吴丞相之子封長安縣君者，能詩。嘗見親族婦女有服（者）帶白羅繫頭子者，因戲爲詩云：「香羅如雪縷新詩，惹住烏雲不放回。還似遠山秋水際，夜來吹散一枝梅。」其姑丞相魚軒李氏，侍從徐宥之女也，亦能文。有詩云：「絮飛柳陌三春雨，花落梨園一笛風。百尺玉樓簾半卷，夜深人在水晶宫。」皆婦人有才思者，可喜也。

70重和戊戌冬，予道由潁昌之汝墳驛，壁間得廖正一明略手題三詩。其一云：「阿憐二十頗有餘，秀眉豐頰冰瓊膚。無端欲作商人婦，更枉方尋海畔夫。」其二云：「阿梅笄歲得同歡，懊惱情深解夢蘭。鶯語輕清花裏活，柳條弱軟掌中看。」其三云：「淮源距襄陽，亭候逾十舍。征鞭背繡幃，雲雨虚四夜。雙豔盡傾城，一姝偏擅價。獨怒蕙心輕，誤許商人嫁。」初不曉其意，是年至唐州外氏家，因舉是詩，邦人任喻義可云：「頃年明略與郡之二營妓往來，情好甚篤，其一小字憐憐，其一名梅。時憐憐將爲大賈所納，明略既去，道過汝墳作詩，蓋有所感也，憐憐竟隨賈去。『方尋海畔夫』，用海上有逐臭之夫事，譏之也。」

71翟三丈公巽少年侍龍圖公守會稽時，嘗賦《猩猩毛筆》詩，甚奇妙。何去非次韻和之云：「貌妍足巧語，軀惡招揶揄。賦形具人獸，甯脱荆榛居。肉嘗登鼎俎，餉饋傳甘腴。失計墮醉鄉，顛躓無與扶。柔毫就束縛，航海歸仙癯。浴質逸少池，摛藻知章湖。弑身固有用，賦芋從衆狙。坐令宣城工，無復誇栗須。宣城出栗鼠須筆。文房甲四寶，萬兔慚蒙膚。數管支十年，閉門賦三都。之子信豪邁，嗜學每致劬。未冠游膠庠，已推經行儒。蓬山天禄閣，峥嶸陵碧虚。期子早登躡，□舍校魯魚。」公巽之詩恨未見，有《緑毛龜》詩，皆少年所作也。

72唐人詩行役異鄉，懷歸感嘆而意相同者，如賈島云：「客舍并州已十霜，歸心日夜憶咸陽。無端更度桑乾水，却望并州是故鄉。」竇鞏云：「風雨荆州二月天，問人初雇峽中船。西南一望雲和水，猶道黔南有四千。」柳宗元云：「林邑山聯瘴海秋，牂柯水向郡前流。勞君更問龍池地，正北三千到錦州。」李商隱云：「君問歸期未有期，巴山夜雨漲秋池。何時共剪西窗燭，却語巴山夜雨時。」皆佳作也。

73世謂子瞻詩多用小説中事，而介甫詩則無有也。予謂介甫詩亦爲用之，比子瞻差少耳。如《酬王賢良松》詩云：「世傳壽可三松倒，此語難爲常人道。」「壽倒三松」見裴鉶《傳奇》。《春日郊步》云：「興盡無人楫迎汝，却隨倦鵲歸鄰春。」「楫迎汝」見古樂府王獻之《桃葉歌》。《金陵西齋》詩云：「黄奴三倒類瓊樹，小硏紅綾斗詩句。」「小硏紅綾」見《大業拾遺》。《舒州》云：「巫祝萬端曾不救，只疑天賜雨工閑。」「雨工」見《洞庭（煙）〔靈姻〕傳》。

74徽州硯石有紋如眉者，謂之眉子石。東坡嘗作《眉子石硯歌》，極有連娟彎環可愛者。東海宫聲應中有一硯，尉氏孫宗鑒少魏舍人爲作銘曰：「襄城愁，京兆嫵。北窗散黛，東家翠羽。棱棱筆鋒，與此等伍。胡不累子，英氣妙語。」又曰：「夕鋒既去，碧落方暮。澹疏星之微明，横青霞之數縷。想像泬寥，夷猶毫楮。俾子之文，萬丈軒翥。」梁冀妻孫壽封襄城君，作《愁眉啼妝》詩云：「北窗朝向鏡，錦帳復斜縈。嬌羞不肯出，猶言妝未成。散黛隨眉廣，胭脂逐臉生。試將持出衆，定向可憐名。」宋玉《好色賦》「東家之子，眉如翠羽」，用斯事也。

75杜子美詩云：「江閣要賓許馬迎，午時坐起自天明。」晉王修字敬仁，《語林》曰：「敬仁有異才，時賢皆重之。王右軍在郡，迎敬仁、叔仁輒同車，每惡其遲後，以馬迎之，敬仁雖復風雨亦不以車也。」杜子美有《憶鄭南玭》詩云：「鄭南伏毒守，蕭灑到天心。」殊不曉「伏毒守」之義，守當作寺。按《華州圖經》有伏毒寺，《劉禹錫外集》有：「貞元中，侍郎舅氏牧華州時，予再忝科第，前後由華覲謁，陪登伏毒岩。」今世行本皆作「守」，誤也。

76《松陵唱和》皮日休《新秋即事》云：「酒坊吏到常先見，鶴俸符來每探（枝）〔支〕。」注云：「吴郡有鶴料案。」殊未詳鶴料之説。曾旼彦和，博學之士也，知滁州，有《次韻趙仲美表弟西齋自遣》詩云：「謫守凄凉卧郡齋，夫君失意偶同來。海邊故國渺何許，城上新樓空幾回。寧羨一槖供鶴料，會看千里躍龍媒。清吟未免縈機慮，只恐飛鷗便見猜。」注云：「唐幕府官俸之鶴料，今歲敕頭所得止此，仲美省試下，故云。」彦和用事，必有所據，當更考之。又宋宣獻有《送黄秘丞倅蘇臺》云：「鶴料署文移，鯊場收賦算。」此宣獻用皮日休所云吴郡事也。（卷六。下同）

77宋景文公詩云：「蟹美持螯日，魴甘抑鮓天。」用楊淵《五湖賦》云「連瓶抑鮓」。

78揚州吕吉甫觀文宅，乃晉鎮西將軍謝仁祖宅也，在唐爲法雲寺，有雙檜存焉，猶當時物也。劉禹（稷）〔錫〕有詩云：「雙檜蒼然古貌奇，含煙壯霧鬱參差。晚依禪客當金殿，初對將軍看畫旗。

龍象界中成寶蓋，鴛鴦瓦上出高枝。長明燈是前〔朝〕焰，曾照青青年少時。」吉甫家居時，檜尚依然。李之儀端叔用夢得詩韻云：「故跡悲涼古木奇，勢分庭下蔚相差。霜根半露出林虎，畫影全舒破賊旗。寶界曾回鋪地色，節旄遠映插雲枝。劉郎風韻知誰敵，儒帥端能表異時。」建炎兵火，樹遂亡矣。予後到鄉里，訪其遺跡，不可得矣。

79白樂天作《長恨歌》，元微之作《連昌宮詞》，皆紀明皇時事也。予以謂微之之作過樂天。白之歌止於荒淫之語，終篇無所規正。元之詞乃微而顯，其荒縱之意皆可考，卒章乃不忘箴諷，爲優也。其詞有云：「上皇正在望仙樓，太真同憑欄干立。樓上樓前盡珠翠，炫轉熒煌照天地。」又云：「初過寒食一百六，店舍無煙村樹緑。夜半月高弦索鳴，賀老琵琶定場屋。力士傳呼覓念奴，念奴潛伴諸郎宿。須臾覓得又連催，特敕街中許燃燭。」又云：「飛上九天歌一聲，二十五郎吹管逐。逡巡大遍梁州徹，色色龜兹轟録續。李謨壓笛傍宮牆，偷得新翻數般曲。」又云：「平明大駕發行宮，萬人歌舞塗路中。百官隊仗避岐薛，楊氏諸姨車斗風。明年十月東都破，御路猶存禄山過」云云。禄山以天寶十四載反于漁陽，陷東京，則幸連山時，乃十三載也。巡幸而諸弟、諸姨悉扈從，百司供頓亦擾矣。念奴，名妓也，帝歲幸華清，時巡東洛，有司潛遣隨行，以備宣唤，而每爲諸王所邀，致方寒食火大禁，而中夜宮中張樂不已，聲聞於外，遣中官傳呼追覓念奴，特呼燃燭於御街，呼叫於静夜，皆不可以訓。既終夕喧樂，黎明六飛又復西去，王者順動當如是乎？此詩深譏其荒淫無度也。是歲帝年七十一，而太真年三十六矣。然考之《本紀》，十三載乃無幸洛之事，豈史逸耶？

微之去天寶不遠，必不鑿空而云也。李謨擪笛字，《玉篇》云：「擪，烏協切，指按也。」於笛而云擪，此一字之妙也。

80 七言絶句，唐人之作往往皆妙。頃時王荆公多喜爲之，極爲清婉，無以加焉。近人亦多佳句，其可喜者不可概舉。予每愛俞紫芝秀老《歲杪山中》云：「石亂雲深客到稀，鶴和殘雪在高枝。小軒日午貪濃睡，門外春風過不知。」舒亶信道《村居》云：「水繞陂田竹繞籬，榆錢落盡槿花稀。夕陽牛背無人卧，帶得寒鴉兩兩歸。」崔鶠德符《秋日即事》云：「秋草門前已没靴，更無人過野人家。羅羅疏竹時聞雨，淡淡輕煙不隔花。」又《黄州道中》云：「莫愁微雨落輕雲，十里長亭未墊巾。流水小橋山下路，馬頭無處不逢春。」劉次莊中叟《桃花》云：「桃花雨過碎紅飛，半逐溪流半染泥。何處飛來雙燕子，一時銜在杏梁西。」僧如璧德操《偶成》云：「松下柴門晝不開，只有蝴蝶雙飛來。蜜蜂兩髀大如繭，應是山前花又開。」吴可思道《病酒》云：「無聊病酒對殘春，簾幕重重又掩門。細雨斜風花落盡，小樓人下欲黄昏。」又《春霽》云：「南國春光一半歸，杏花零落淡燕脂。新晴院宇寒猶在，曉絮欺風不肯飛。」趙士掞才儒《登天清閣》云：「夕陽低盡已西紅，百尺樓臺萬里風。白髮年年何處得，只應多在倚欄中。」李忞去言《春晚》云：「花瘦煙羸可奈何，不關渠事鳥聲和。無人掃地驚風在，分付輕紅上碧（紗）〔莎〕」。趙鯱之子雍《春日》云：「拂床欹枕晝初長，好夢驚回燕語忙。深竹有花人不見，直應風轉得幽香。」曾紆公衮《江樾軒書事》云：「卧聽灘聲濺濺流，冷風淒雨似深秋。江邊石上烏桕樹，一夜水長到梢頭。」胡直孺少汲《春日》云：「風園吹絮柳飛花，睡起鉤簾日正斜。

四海隨人雙燕子，相逢處處作生涯。」曾繹仲成《還家途中》云：「疏林殘嶺起昏鴉，臘盡行人喜近家。江北江南春信早，傍籬穿竹見梅花。」劉無極希顔《漾花池》詩云：「一池春水緑如苔，水上妍紅取次開。閑倚東風看魚樂，動摇花片却驚猜。」王銍性之《山村》云：「住依溪口破殘村，身伴渡頭零落雲。更向空山拾黄葉，姓名那有世人聞。」陳與義去非《秋夜》云：「中庭淡月照三更，白露洗空河漢明。莫遣西風吹葉落，只愁無處著秋聲。」如此之類甚多，不愧前人也。

81東坡作《梅花》詞云：「高情已逐曉雲空，不與梨花同夢。」注云：「唐王建有《夢看梨花雲》詩。」予求王建詩，世所行印本雕一卷，乃無此篇。後得之于晏元獻《類要》中，後又得建全集七卷，乃得全篇。題云《夢看梨花〔雲〕歌》：「薄薄落落霧不分，夢中唤作梨花雲。瑶池水光蓬萊雪，青葉白花相次發。不從地上生枝柯，合在天頭繞宫闕。天風微微吹不破，白豔却愁春涴露。玉房采女齊看來，錯認仙山鶴飛過。落英散粉飄滿空，梨花顔色同不同？眼穿臂短取不得，取得亦如從夢中。無人爲我解此夢，梨花一曲心珍重。」或誤傳爲王昌齡，非也。

82《瘞鶴銘》在潤州揚子江焦山之足石岩下，惟冬序水退，始可模打。世傳以爲王逸少書，然其語不類晉人，是可疑也。歐陽永叔以爲華陽真逸乃顧況之道號，或是況所作，然亦未敢以爲然也。予嘗以窮冬至山中，觀銘之側，近復有唐王瓚刻詩一篇，字畫差小於《鶴銘》，而筆勢八法乃與《鶴銘》極相類，意其是瓚所書也。因模一本以歸，以示知書者，亦以爲然。其題云：「冬日與群公，泛舟此山隈。江水初不凍，今年寒復遲。衆芳且未歇，近臘仍夾衣。載酒適我情，興來趣漸微。

方舟大川上，環酌對落暉。兩片青石棱，波際無因依。三山安可到，欲到風引歸。滄溟壯觀多，心目豁暫時。況得窮日夕，乘桴何所之？謫丹陽功曹掾王瓚。」今此刻亦漸漫漶，尚可讀也。他時好事者當試求之，以驗予言之或是也。

83韓維持國詩格甚奇，如《寄范德孺》云：「睥睨風高回過雁，琵琶宵寂語流鶯。」《和兄康公罷相》云：「移病早休丞相筆，坐談猶著侍臣冠。」《和曾存之》云：「自愧效陶無好語，敢煩淩杜發新章。」皆佳句也，恨世少傳者。

84曾誠存之元符間任館職，嘗與同舍諸公飲王詵都尉家，有侍兒輩（試）〔侍〕香求詩求字者，以煙濃近侍香爲韻，存之得濃字賦詩云：「俯仰佳人看墨蹤，和研新炷寶薰濃。詩情過筆當千里，妙思凝香欲萬重。〔山〕盎泄雲傾白酒，越羅沾露浥黄封。從來粉黛宜燈燭，妙手憑誰寫醉容？」又有《七夕王都尉邀同舍置酒聽琵琶》詩云：「寶鑒淩雲結綺高，小奩争巧暮分曹。春葱細撚龍香撥，秀頸偏明邐迆槽。牛廄寫形成粔籹，馬軍馳酒送蒲萄。淚珠散作人間露，最覺更闌潤錦絛。」道山學士尚與貴戚附車過從宴飲，真太平盛事也，其後禁之。詵元豐中坐與子瞻交結，嘗竄均州矣。後復與諸名士游，蓋風流好事，不忘于情，寧獲譴戾，是可尚也。

85故事：西京每歲貢牡丹花，例以一百枝，及南庫酒賜館職。韓子蒼去國後，嘗有詩云：「憶將南庫官供酒，共賞西京敕賜花。白髪思春醒復醉，豈知流落在天涯。」

86衢州廳事下舊有土勢隆起，筱木叢生，相傳云古冢也，舊有碑，其文云：「五百年刺史爲吾守墓。」以前後相承，皆畏而不敢慢。紹聖元年齊安孫賁公素爲守，問之左右，以是對。公命毀去之，官吏大恐，闔府叩頭以諫。公曰：「藉令土中有賢者骨，當以禮法遷之。」乃爲文自祭而除之，斸深丈餘，了無他異，但有二石峰長五六尺，堅瘦紺潤，又有大木之根蟠踞其下，群疑遂定。石上有刻云：「乾符五年五月三日安於此，押衙徐諷龍山起砦處得二石，刺史季□題。」又刻云：「開寶七年重疊娥媚山於廳事前，于郡齋文會閣移季公之石安置於此，刺史慎知禮題。」時公素方修州治南韶光園，重建清冷堂，堂成，乃移二石於堂下，名曰雙石。嗟乎，慎公移石，去季公之得石凡九十七年，公素之破疑冢出石，去慎公又一百二十一年，物之顯晦，抑自有數，第不知娥媚之廢，乃冒冢之名，自何時也。公素一旦戲笑爲之，遂釋千百年之惑。張芸叟有詩云：「芝蘭雖好忌當門，何況庭前惡土墩？畚鍤纔興雙劍出，狐狸盡去老松蹲。百年守冢真堪笑，一日開軒亦可尊。安得擲從天外去，成都石筍至今存。」公素可謂剛毅正直自信之君子也。

87川峽間有一種惡草，羅生於野，雖人家庭砌亦有之，如此間之蒿蓬也，土人呼爲⿱艹錟音璔。麻，其枝葉拂人肌肉，即成瘡炮，浸淫潰爛，久不能愈。杜子美《除草》詩所謂：「草有害于人，曾何生阻修。其毒甚蜂蠆，其多彌道周。」蓋謂此也。劉褒延仲至蜀嘗見之。（卷七。下同）

88閩廣多異花，悉清芬鬱烈，而末利花爲衆花之冠。嶺外人或云抹麗，謂能掩衆花也，至暮則尤香。今閩人以陶盎種之，轉海而來，浙中人家以爲嘉玩。然性不耐寒，極難愛護，經霜雪則多死，亦土地之異，宜也。顏博文持約謫官嶺表，愛而賦詩云：「竹梢脱青錦，榕葉墮黃雲。嶺頭暑正煩，見此緑蕚君。欲言嬌不吐，藏意久未分。最憐月初上，濃香夢中聞。蕭然六曲屏，西施帶微醺。叢深珊瑚帳，枝轉翡翠裙。譬如追風騎，一抹萬馬群。銅瓶汲清泚，聊復爲子勤。願言少須臾，對此髯將軍。」觀此詩，則花之清淑柔婉，風味不見可知矣。

89京口北固山甘露寺，舊有二大鐵鑊，梁天監中鑄。東坡《游寺》詩云：「蕭翁古鐵鑊，相對空團團。坡陀受百斛，積雨生微瀾。」是也。予往來數見之，然未嘗稽考本何物，爲何用也。近復游於寺，因熟觀之，蓋有文可讀，云：「天監十八年太歲乙亥十二月丙午朔十日乙卯，皇帝親造鐵鑊於解脱仏古佛字。殿前。滿漫滅一字甘泉，種以荷（葉）〔蕖〕，供養十方一切諸仏。以仏神力遍至十方，盡虚空界，窮未來際，令地獄苦鑊變爲七珍寶池，地獄沸湯化爲八功德水，一切四生，解脱衆苦，如蓮花在泥，清净無染，同得安樂，到涅槃城。斯鑊之用，本在烹鮮，八珍與染，五味生纏。我皇净照，慈被無邊，法喜禪悦，何取又漫一字。羶。緣造斯器，回成勝緣，如含碧水，又漫一字。發紅蓮。道場供養，永永無遷。」其後又云：「帥吴虎子近禁道真概懷于佐陳僧圓承宋又漫一字。令宣令鄭休之。」義不可曉，疑當時干造之人耳。又一行云：「五十石鑊」，然形制不能容今之五十石，蓋古之斗斛小也，始知二鑊乃當時植蓮供養佛之器耳。

90李端叔有《贈人》二小詩，一云：「通中玉冷夢偏長，花影籠階月浸涼。挽斷羅巾留不住，覺來猶有去時香。」二云：「情隨榆筴不勝飄，心似楊花暖欲消。擬借瓊林大盈庫，約君孤注賭妖嬈。」蓋有所謂也。或云是與當塗楊姝者，博者以勝彩（注累）〔累注〕數者，至垂敗者，惟有畸零不累注數，謂之孤注，故端叔戲云。

91韓退之詩云：「前計頓乖張，居然見真贋。」《廣韻》及《字書》云：「贋，五晏切。」注：「僞物也。」東坡《嶺外》詩云：「茯苓無人采，千歲化虎魄。我豈無長鑱，真贋苦難識。」《韓非子》曰：「齊伐魯，索讒鼎。魯以其雁往，齊曰：『雁也。』魯曰：『真也。』」古以雁爲贋，亦借用也，今人若作真雁，人必笑之。

92杜子美《佳人》詞云：「合昏尚知時，鴛鴦不獨宿。」《本草》：「合歡或曰合昏。」陳藏器云：「葉至暮則合，故曰合昏，今夜合花是也。」又《往在》詩云：「當宁陷玉座，白間剥畫蟲。」《文選·景福殿賦》云：「皎皎白間，微微列錢。」注：「白間，窗也。」又《大食刀歌》云：「得君亂絲與君理」，《北史》：「齊文宣帝，高洋神武第三子。神武嘗令諸子各理亂絲，帝獨抽刀斬之曰：『亂者須斬。』神武以爲然。」

93元祐中，哲宗旬日一召輔臣於（延）〔邇〕英閣聽講讀。時曾肇子開、蘇轍子由自左右史並除中書舍人，入侍講筵，子由作詩呈同省諸公，悉和之。邇英、延（義）〔曦〕，皆仁宗所建，〔講〕□□講記注官賜坐飲茶，將罷賜湯，仍皆免拜，無復外廷之禮。故子開詩云：「二閣從容訪古今，諸儒葵藿但傾心。君臣相對疑賓主，誰識昭陵用意深。」邇英閣前槐後竹，雙槐極高，而柯葉拂地，狀如龍蛇，或謂之鳳尾槐。子開詩云：「鳳尾扶疏槐影寒，龍吟蕭瑟竹聲乾。漢皇恭默尊儒學，不似公孫見不冠。」子由詩云：「銅瓶灑遍不勝寒，雨點匀圓凍未乾。回首曈曨朝日上，槐龍對舞覆衣冠。」並謂此也。

94黄魯直有《乞猫》詩云：「秋來鼠輩欺貓死，窺甕翻盆攪夜眠。聞道貍奴將數子，買魚穿柳聘銜蟬。」蔡天啓乞貓于孫元忠，亦有詩云：「廚廩空虛鼠亦饑，終宵咬齧近秋幃。腐儒生計惟黄卷，乞取銜蟬與護持。」余友李廣德卲以二貓送余，仍以二詩，一云：「吾家入雪白於霜，更有歌鞍似鬧裝。便請爐邊叉手立，從他鼠子自跳梁。」二云：「銜蟬毛色白勝酥，搦絮堆綿亦不如。老病毗耶須減口，從今休嘆食無魚。」

95宗室令穰大年善丹青，清潤有奇趣。少年讀書，慕唐王維、李思訓、畢宏、韋偃皆以畫得名，乃刻意學之，下筆便有自得。一時賢士大夫喜與之游，皆求其筆，亦頗厭其誅求。慨然嘆曰：「懷素有云，無學書，終爲人所使。」欲絶筆不爲，但名已著，終不得已。又善作小草書，小字如蠅蚊，筆遒而法具，諦觀之，目力茫然，皆合羲、獻之體，是又所難也。米元章謂大年作畫清麗，雪景類王維，汀渚水鳥有江湖意。予在京師時，嘗偶得大年所作横卷《歸田圖》，竹籬茅舍，煙林蔽虧，遥岑遠水，咫尺千里，葭葦鷗鷺，宛若江鄉，蓋大年得意畫也。表舅唐端重題詩云：「聞君新得小山川，畫手來從邸雍賢。不學農夫焉用稼，若爲王子豈知田？我真隴上躬耕客，親見人間小隱天。始識阿年京樣熟，菊籬甯似景龍邊。」菊籬，景龍門下景也。後爲吴舅順圖取此軸去，今亡於兵火。又有士雷亦妙繪事，嘗于錢德輿次權少卿家見所作《寒溪小雪》横卷，翎毛竹木，種種皆奇，可亞大年云。（卷八。下同）

96熙寧五年，杭州民裴氏妾夏沉香浣衣井旁，裴之嫡子戲，誤墜井而死。其妻訴于州，必謂沉香擠之而墜也。州委録參杜子方、司户陳圭、司理戚秉道三易獄皆同，沉香從杖一百斷放。時陳睦任本路提刑，舉駁不當，劾三掾皆罷，州委秀州倅張若濟鞫勘，許其獄具，即以才薦，竟論沉香死。故東坡《送三掾》詩云：「殺人無驗終不快，此恨終身恐難了。」其後睦還京師，久之未有所授。聞廟師邢生頗從仙人游，能知休咎，乃往見之，叩以來事，邢拒之弗答，而語所親曰：「其如沉香何？」睦聞之，悚懼汗下，廢食者累日。釋氏所云冤對終不可免，可不戒哉！

97紹聖初元，東坡帥中山，得黑石，白脈，如孫知微所畫石間奔流，盡水之變。又作白石大盆以盛之，激水其上，名其室曰雪浪齋。公自銘有云：「玉井芙蓉丈八盆，伏流盡空漱其根。」時四月二十日也，閏四月三日乃有英州之命。其後謫惠州，又徙海外，故中山後政以公遷謫，雪浪之名廢而不問。元符庚辰五月，公始被北歸之命，明年夏方至吴中。時張芸叟守中山，方茸治雪浪齋，重安盆石，方欲作詩寄公，九月聞公之薨，乃作哀詞有云：「我守中山，乃公舊國。雪浪簫齋，於焉食宿。俯察履綦，仰看梁木。思賢閲古，皆經貶逐。玉井芙蓉，一切牽復。」云云。其詞曰：「石與人俱貶，人亡石尚存。却憐堅重質，不減浪花痕。滿酌中山酒，重添丈八盆。公兮不歸些，萬里一招魂。」思賢、閲古，皆中山後圃堂名也。

98婦人之纏足起于近世，前世書傳皆無所自。《南史》：「齊東昏侯爲潘貴妃鑿金爲蓮花以貼地，令行其上，曰此步步生蓮花，然亦不言其弓小也。如《古樂府》、《玉臺新詠》皆六朝詞人纖豔之言，類多體狀美人容色之姝麗，又言妝飾之華，眉目、脣口、腰支、手指之類，無一言稱纏足者。如唐之杜牧、李白、李商隱之徒，作詩多言閨幃之事，亦無及之者。惟韓偓《香奩集》有《詠屧子》詩云：「六寸膚圍光致致」，唐尺短，以今校之，亦自小也，而不言其弓。

99飲席刻木爲人，而鋭其下，置之盤中，左右欹側，僛僛然如舞狀，久之力盡乃倒，視其傳籌所至，酬之以杯，謂之勸酒。胡程俱致道嘗作詩云：「簿領青州掾，風流麴秀才。長煩拍浮手，持贈合歡杯。屢舞回風急，傳籌白羽催。深慚偃師氏，端爲破愁來。」或有不作傳籌，但倒而指者當飲。

100木犀花，江浙多有之，清芬漚鬱，餘花所不及也。一種色黄深而花大者香尤烈，一種色白淺而花小者香短。清曉朔風，香來鼻觀，真天芬仙馥也。湖南呼九里香，江東曰岩桂，浙人曰木犀，以木紋理如犀也。然古人殊無題詠，不知舊何名。故張芸叟詩云：「佇馬欲尋無路入，問僧曾折不知名。」蓋謂是也。王以甯周士《道中聞九里香花》詩云：「不見江梅三百日，聲斷紫簫愁夢長。何許緑裙紅帔客，御風來送返魂香。」（下略）

101晁無咎和李秬《雙頭牡丹》有云：「二喬新獲吴宮怯，雙隗初臨晉帳羞。月地故應相伴語，風前各是一般愁。」

102政和間，汴都平康之盛，而李師師、崔念月二妓名著一時，晁沖之叔用每會飲，多召侑席。其後十許年再來京師，二人尚在，而聲名溢于京國，李生者門地尤峻。叔用追感往昔，成二詩以示江子之，其一云：「少年使酒來京華，縱步曾游小小家。看舞霓裳羽衣曲，聽歌玉樹後庭花。門侵楊柳垂珠箔，窗對櫻桃卷碧紗。坐客半驚隨逝水，吾人星散落天涯。」其二云：「春風踏月過章華，青鳥雙邀阿母家。繫馬柳低當户葉，迎人桃出隔牆花。鬢深釵暖雲侵臉，臂薄衫寒玉照紗。莫作一生惆悵事，鄰州不在海西涯。」靖康中，李生與同輩趙元奴及築球吹笛袁陶武震輩列籍其家，李生流落來浙中，士大夫猶邀之以聽其歌，然憔悴無復向來之態矣。

103韓退之《木居士》〔詩〕：「偶然題作木居士，便有無窮祈福人。」蓋當時以枯木類人形，因以乞靈也。在今衡州之耒陽縣北沿流三十里鼇口寺，至今人祀之。元豐初年旱暵，縣令禱之不應，爲令折而焚之，主僧道符乃更刻木爲形而事之。張芸叟南遷郴州，過而見之，題詩於壁云：「波穿火透本無奇，初見潮州刺史詩。當日老翁終不免，後來居士欲奚爲？山中雷雨宜誰主，水底蛟龍睡不知。若使天年俱自遂，如今已復長新枝。」（下略）

104東坡在黄州，而王文甫家東湖，公每乘興，必訪之。一日，逼歲除，至其家，見方治桃符，公戲書一聯於其上云：「門大要容千騎入，堂深不覺少年歡。」

105〔歐陽〕文忠公又有《雜書》一卷，不載于集中，凡九事，今亦附於此。云：「秋霖不止，文書頗稀，叢竹蕭蕭，似聽愁滴。顧見案上故紙數幅，信手學書樞密院東廳。」

一云：「謝希深嘗誦《哭僧》詩云：『燒痕碑入集，海角寺留真。』謂此人作詩不必好句，只求好意，余以謂意好，句亦好矣。賈島有《哭僧》詩云：『寫留行道影，焚却坐禪身。』唐人謂燒却活和尚，此句之大病也。近時九僧詩極有好句，然今人家多不傳。如『馬放降來地，雕盤戰後雲。』『春生桂嶺外，人在海門西。』今之文士未必有如此句也。學者勿浪書，事有可記者，他時便爲故事。作詩須多誦古今人詩，不獨詩爾，其餘文字盡然。」（中略）

三云：「『空梁落燕泥』未爲警絶，而楊廣不與薛道衡解仇於泉下，豈荒煬所趨，止於此耶？『大風起、雲飛揚』信是英雄之語也，若『漠漠水田飛白鷺，陰陰夏木囀黄鸝』終非己有，又何必區區於攘竊哉。」（中略）

九云：「唐之詩人類多窮士，孟郊、賈島之徒，尤能刻琢窮苦之言以自喜。或問二子其窮孰甚？曰：閬仙甚也。何以知之？曰：以其詩見之。郊曰：『種稻耕白水，負薪斫青山。』島云：「市中有樵山，我舍朝無煙。井底有甘泉，釜中乃空然。』蓋孟氏薪水自足，而島家柴水俱無，誠可笑。然二子名稱高於當世，其餘林翁處士用意精到者往往有之，若『雞聲茅店月，人跡板橋霜』，則羈孤行李流離辛苦之態，見於數字之中。至於『野塘春水漫，花塢夕陽遲』，則春物融怡之情和暢，又有言不能盡之意，兹亦精意刻琢之所得者耶？往在洛時，嘗見謝希深誦曰：『縣古槐根出，官清馬骨高。』希深曰：『清苦之意在言外，而見於言中。』又見晏丞相常愛『笙歌歸院落，燈火下樓臺。』晏公曰：『世傳寇萊公云「老覺腰金重，慵便枕玉涼」，以爲富貴，此特窮相者耳。』能道富貴之盛則莫如前句，亦與希深所評者類耳。以二公皆有情味而喜爲篇詠者，其論如此。」

右永叔所書九事，頃在京師貴人家見之。當時人謁狀、收書之字畫清勁，多柳誠懸筆法，愛而録之。然其間稱「馬放降來地」及「春生桂嶺外」之句，並論嚴維「柳塘春水漫」，温庭筠「雞聲茅店月」之工，與夫賈島哭僧之誚，皆已載於《詩話》中，及晏元獻評富貴之句，亦見於《歸田録》。但其言或不同，故不敢删削，並録之云。

106 何薳子楚作《春渚紀聞》云：「關子明《易傳》、《李衛公對問》皆阮逸著撰。」予考之唐《藝文志》及本朝《崇文總目》皆無之，子楚之言或然也。又云《龍城記》乃王銍性之作，《樹萱録》劉燾無言作。予謂性之之僞作《龍城記》果不誣，而《樹萱録》，《唐書·藝文志》小説類自有此名，豈無言所作也？此書所載諸事近於寓言，而諸篇詩句皆佳絶，蓋唐人之善詩者爲之。如「江聲兼小雨，瞑色入啼猿」，「藕隱玲瓏玉，花藏縹緲容」，「紅樹醉秋色，碧溪彈夜弦」，「網斷蛛猶織，梁空燕不歸」等句，皆警絶，非近人所能也。

107 東坡作長短句《洞仙歌》所謂「冰肌玉骨，自清涼無汗」者，公自叙云：「予幼時見一老人，年九十餘，能言孟蜀主時事，云蜀主嘗與花蕊夫人夜坐納涼于摩訶池上，作《洞仙歌令》，老人能歌之。予今但記其首兩句，乃爲足之。」近見(季)〔李〕公彦《季成詩話》乃云：「楊元素作《本事記》，《洞仙歌》『冰肌玉骨，自清涼無汗。』錢唐有老尼能誦後主詩章兩句，後人爲足其意，以填此詞。」其説不同。予友陳興祖德昭云：「頃見一《詩話》，亦題云李季成作，乃全載孟蜀主一詩：『冰肌玉骨清無汗，水殿風來暗香滿。簾間明月獨窺人，攲枕釵横雲鬢亂。三更庭院悄無聲，時見疏星度河漢。屈指西風幾時來，只恐流年暗中换。』云東坡少年遇美人，喜《洞仙歌》，又(解後)〔邂逅〕處景色暗相似，故檃括稍協律以贈之也。」予以謂此説近之。據此乃詩耳，而東坡自叙乃云是《洞仙歌令》，蓋

公以此叙自晦耳。《洞仙歌》腔出近世，五代及國初未之有也。（卷九，下同）

108劉棐仲忱詩律殊有風致。嘗賦《咸陽》二絶云：「父老壺漿迎義旗，秦亡誰復爲秦悲。不曾被虐曾蒙德，十二金人合淚垂。」「玉殿珠樓二世中，楚人一炬逐煙空。却緣火是秦人火，只與焚書一樣紅。」殊類唐人題詠，他詩亦稱是。

109華亭縣有寒穴泉，與無錫惠山泉味相同，並嘗之，不覺有異，〔邑〕人知者亦少。王荆公嘗有詩云：「神震冽冰霜，高穴與雲平。空山渟千秋，不出嗚咽聲。山風吹更寒，山月相與清。北客不到此，如何洗煩酲？」

110今人家閨房，遇春秋社日不作組紃，謂之忌作。故周美成《秋蕊香》詞：「乳鴨池塘水暖，風緊柳花迎面。午妝粉指印窗眼，曲理長眉翠淺。聞知社日停針線，采新燕，寶釵落枕夢春遠，簾影參差滿院。」予見張籍《吴楚詞》云：「庭前春鳥啄林聲，紅夾羅襦縫未成。今朝社日停針線，起向朱櫻樹下行。」方知唐時已有此忌，循習至今也。

111翰苑歲供禁中立春、端午貼子，前後多矣，率多擬效舊語，故少新意，惟能道宫禁一時之事者爲妙。王履道《皇帝閣》云：「彤霞茜霧繞觚棱，樓雪融銀滴半層。别是擬開延福宴，夾城先試景龍燈。」《妃嬪閣》云：「玉燕翩翩入鬢雲，花風初掠縷金裙。神霄宫裹驂鸞侣，來侍長生大帝君。」政和七年所進也。又《皇后閣》云：「蕊笈琅函受秘文，清虚道合玉宸君。瑶臺夜静朝真久，金屋春寒閲籙勤。」《妃嬪閣》云：「曈曨曉日上金鋪，的皪春冰泮玉壺。繡户緑窗塵不到，凝酥點就輞川圖。」

重和二年所進也。不惟才思清麗，皆紀當時事也。

112徐遹子，閩人，博學尚氣，累舉不捷，久困場屋。崇寧二年爲特奏名魁，時已老矣。赴聞喜，賜宴于瓊林苑，歸騎過平康狹邪之所，同年所簪花多爲群倡所求，惟遹至所寓，花乃獨存。因戲題一絶云：「白馬青衫老得官，瓊林宴罷酒腸寬。平康過盡無人問，留得宫花醒後看。」後仕至朝官，知廣德軍，謝事而歸。

113枸杞，神藥也，修真之士服食多升仙。歲久者根如犬形，夜能鳴吠。《羅浮山記》云：「山上有枸杞樹，大三四圍，高二丈餘，時有赤犬見於其下，夜聞其吠。」今所至有之，但鮮得枝幹大者。予外氏家唐州，第宅之盛，甲於漢上。宅東有園，在東南城之一隅，城上下枸杞甚茂，枝幹有如杯盂者。春時嫩條如指，甘美無復苦味。一日，因欲地骨皮入藥，予與表弟季任命僕廝之。初，深三二尺，根已如椽，又深斸之，其下形如一犬，頭足悉具，惟一足差細，其嫩皮厚寸許。伯舅順圖見之，嘆惋曰：「惜乎靈物爲二子所發，使其歲月益深，必亦能狺狺而吠矣。」治其皮，得數斤，諸君争取之而盡。後予因觀曲轅先生崔公度伯易所進《枸杞詩序》云：「臣昔聞隱君子言：枸杞數百歲，根類生物，得而食之，□顔長年。後閲仙書，數有驗者。嘗與道士宇文希真游南嶽朱陵洞天，過古蘭若基，野客留宿庵下，有聞類犬吠，希真謂此非人境，安得有是？客笑曰：『岩腹枸杞生而酷似，此其音也。』臣憶舊説，黎明祈客欲識其處，未至百步，皆曰彼婆娑出衆榮者是也。臣與希真將前，客急止曰：『此神物也，側常有蛇虎守護，必待有道之士以歸，吾等毋得輒近。』自是每念之，或入他山中，遇樵蘇必訪焉。間云往往有見，但苦在深絶不可到之地。元豐己未三月，陛下親策進士集英殿，三館故事，臣得寓直殿廊。入左銀臺門少西十許步，御溝之上，有若洞天所望，就視，則枸杞也，其本圍尺有咫，右紐而連理。臣亟詢衛士高年者，對曰：『聞天聖前尤盛，此薦出者苗耳。』臣益悚然，竊語同舍。或曰：『事雖可進，而其爲秘也，曾減仙山神壑之岩乎？』既而嘆曰：『下誠有物耶，孕天地陰陽之至和隱端，然不可輒致之神，今乃自托宫槐禁柳之列，備一時灑掃之觀，是豈浪出而徒然者耶？』偶臣屬殊方士採製餌服之節度，未得相與抃舞歡呼，隨萬年之觴，一供吾君，亦臣子心願目想而深可愧恨慊然者。因感而成詩，姑有待焉」云云。（下略）

114 熙寧十年，京師春旱，上心焦勞，于後苑瑶津亭建道場祈禱。上精誠甚切，一夕夢一僧，形容甚異，於空中吐雲霧以興雨。及覺，雨遂大注。上大悦，求其像于佛閣下，乃羅漢中第十尊者也。元絳厚之時爲參政，作《喜雨》詩，王禹玉和其韻云：「紫殿霄祈感聖憂，玉毫曾降梵王州。慈深三界雲常聚，法遍諸天雨自流。作弼爲霖孤宿望，神僧吐霧應精求」云云。時臺省館閣悉和之。崔伯易云：「陽亢彌春帝爲愁，比丘龍起睠神州。慈雲遍覆諸天潤，惠澤相和萬國流」云云，人多稱之。

115 唐庚子西謫惠州時，自釀酒二種，其醇和者名「養生主」，其稍勁烈者名「齊物論」。子西詩多新意，不沿襲前人語。如《湖上》云：「佳月明作哲，好風聖之清。」《獨游》云：「鳥攫春祠敏，鳶窺野燒癡。」《醉眠》云：「山静似太古，日長如小年。」又《芙蓉溪歌》云：「人間八月秋霜嚴，芙蓉溪上春酣酣，《二南》變後魯叟筆，七國戰處鄒軻談。人間二月春光好，溪上芙蓉跡如掃。周家盛處伯夷枯，漢室隆時賈生老。小兒造化誰能窮，幾回枯枿還芳叢。只因人老不復少，有酒且發衰顏紅。」比興殊新奇也。

116王直方立之父名棫，家多侍兒，而小鬟素兒尤妍麗。王嘗以臘梅花送晁無咎，無咎以詩五絶謝之云：「芳菲意淺姿容淺，憶得素兒如此梅。」

117李豸方叔嘗飲襄陽沈氏家，醉中題侍兒小瑩裙帶云：「旋剪香羅到地垂，嬌紅嫩緑寫珠璣。花前欲作重重結，繫定春光不放歸。」後小瑩歸郭汲使君家，更名豔瓊，尚存也。他日詢之，乃襄陽士族家女，遂嫁之。

118予妹夫王從一太初著《東郊語録》有云：「唐人詩云『月落烏啼霜滿天，江楓漁火對愁眠。姑蘇城外寒山寺，夜半鐘聲到客船。』此張繼《楓橋夜泊》之作也。説者謂美則美矣，但三更非撞鐘時。按《南史·裴皇后傳》載：『齊永明中，上數游幸諸苑囿，載宫人從，車置内深隱，不聞端門鼓漏聲，置鐘于景陽樓上，應五〔鼓〕〔更〕三鼓，宫人聞鐘聲，早起妝飾。』由是方之，夜半之鐘有自來矣。」予以謂不然，非用景陽故事也，此蓋吴郡之實耳。今平江城中從舊承天寺鳴鐘，乃半夜後也，餘寺聞承天鐘罷，乃相繼而鳴，迨今如是，以此知自唐而然。楓橋去城數里，距諸山皆不遠，書其實也。承天今更名能仁云。

119靖康初，韓子蒼知黄州，頗訪東坡遺跡。嘗登赤壁，而賦所謂棲鶻之危巢者，不復存矣，悼悵作詩而歸。郡人何頡斯舉者，猶及識東坡，因次韻獻子蒼云：「兒時宗伯寄吾州，諷誦移文至白頭。二賦人間真吐鳳，五年江上不驚鷗。蟹嘗見水人猶惡，鵲有危棲孰肯留？珍重使君尋往事，西風悵望古城樓。」然黄之赤壁，土人云本赤鼻磯也。故東坡長短句云：「故壘西邊，人道是、三國周郎赤壁。」則亦是傳疑而已。今岳陽之下，嘉魚之上，有烏林赤壁，蓋公瑾自武昌列艦，風帆便順，溯流而上，逆戰於赤壁之間也。杜甫有《寄岳州李使君》詩云：「烏林芳草遠，赤壁健帆開」，則此真敗魏軍之地也。

120 酴醿花或作荼蘼，一名木香。有二品：一種花大而棘，長條而紫心者，爲酴醿；一品花小而繁，小枝而檀心者，爲木香。題詠者多，嘗記范周無外云：「暖風吹麝入鉛華，不肯隨春到謝家。半夜粉寒香泣露，也應和月怨梨花。」韓維持國云：「平生爲愛此香濃，仰面嘗迎落架風。每恐春歸有遺恨，典刑元在酒杯中。」未若張文潛云：「紫皇寶露張珠幰，玉女熏籠覆錦衾。萬紫千紅休巧笑，人間春色在檀心。」又未若黄魯直云：「漢宫嬌額半塗黄，入骨濃薰賈女香。日色漸遲風力細，倚欄偷舞白霓裳。」

121 崔伯易書有《金華神記》，舊編入《聖宋文選》後集中，今無此集。近讀《曲轅集》復見之，因載之以廣所聞云：汴人有吴生者，世爲富人，而生以娶宗室女，得官于三班。嘉祐中，罷任高郵，乃寓其家於治所，而獨與兄子齎金繒數百千，南適錢唐，道出晉陵，艤舟於望亭堰下。是夜月明風高，生乃危坐舷上，頓然殊不有寢意。久之，忽有緋衣被發持兩炬自竹林間出者，後引一女子，冠玉鳳冠，曳蛟綃文錦之衣，顔色甚麗，而年十八九耳，生見而驚。俄頃至岸側，回叱緋衣者曰：「可去矣，無久留也。」於是滅炬泣拜而去，女子即登舟面生坐，謂生曰：「見向來緋衣者乎？此君之夙仇也，而索君且數十年矣，乃今方得之，第以我故得免。不然，今夕君當死其手。」生聞益驚駭不自安，女子笑曰：「君怯耶？」即以金縷衣置肩上，生稍安，乃問曰：「若神與？其鬼耶？」女子曰：「我非人，亦非鬼，蓋金華神也。過去生中嘗與君爲姻好，竊知將有所不濟，故相救耳。今事已，我亦當去君矣。」（中略）因索筆題詩一章曰：「羅襪香消九九秋，淚痕空對月明流。塵埃不見金華路，滿目西風總是愁。」書已，輒復流涕歔欷而去。明日，思其言，遂回棹不復南去。後以其事語人。人或詰其兄子，果亦不知也。（卷十。下同）

122俞紫芝秀老，荆公客也，能詩，公極善之。嘗有《詠草》一篇云：「滿目芊芊野渡頭，不知若個解忘憂。細隨緑水侵籬館，還帶斜陽過别洲。金谷園中荒映月，石頭城下碧連秋。行人悵望王孫去。買斷金釵十二愁。」爲人所稱賞。

123世畫骨觀作美人而頭顱白骨者，饒德操題其上云：「白骨纖纖巧畫眉，髑髏楚楚破羅衣。手持紈扇空相對，笑殺傍人自不知。」

124宋宣獻公綬《宮梅》詩云：「閬苑春來非世境，層城花早出宮欄。」用梁簡文帝《梅花賦》曰「層城之宮，靈苑之中，梅花特早，偏〔能〕識春（□）」之語也。

125山谷在荆州時，鄰居一女子閒静妍美，綽有態度，年方笄也，山谷殊嘆息之，其家蓋閭閻小民也。未幾，嫁同里，而夫亦庸俗貧下，非其偶也。山谷因《和荆南太守馬瑊中冰玉水仙花》詩有云：「淤泥解作白蓮藕，糞壤能開黄玉花。可惜國香天不管，隨緣流落小民家。」蓋有感而作。後數年，此女生二子，其夫鬻于郡人田氏家。憔悴頓挫，無復故態，然猶有餘妍，乃以國香名之。

126 王禹偁元之久爲從官，而未嘗知舉。有詩云：「三入承明不知舉，看人門下放門生。」王岐公在翰苑凡十七八年，三爲主文，常在試幃，《戲書考簿後》云：「黄州才藻舊詞臣，幾嘆門生未有人。自笑晚游金馬客，曾來三鎖貢闈春。」

127 龍眠李亮工家藏周昉畫《美人琴阮圖》，殊有宫禁富貴氣，旁有竹馬小兒欲折檻前柳者。亮工官長沙時，黄魯直謫宜州，過而見之，嘆愛彌日，大書一詩于黄素上云：「周昉富貴女，衣飾舊新兼。髻重發根急，薄妝無意添。琴阮相與娱，聽弦不停手。敷腴竹馬郎，跨馬要折柳。」其畫後歸禁中，而詩不見於集也。

128 韓子蒼與曾公衮、吴思道戲作冷語，子蒼云：「石崖蔽天雪塞空，萬仞陰壑號悲風。纖絺不禦當玄冬，霜寒墜落冰溪中。斲冰直侵河(泊)〔伯〕宫，未若冷語清心胸。」公衮云：「萬山雲雪陰霾空，千林霧霧水摇風。凍河徹底連三冬，嘉平曉獵崤函中。十二律吕相與宫，安得此候疏煩胸？」思道云：「御柳陰森蔽煙空，尚記玉宇來清風。月旁九霄凜如冬，露下紫薇花影中。長哦白雪明光宫，衆泉湧此萬卷胸。」此格起于晉人之危語也。

129 湯泉有處甚多，多大熱而氣烈，乃硫黄湯也。唯利州褒禪山相近，地名平疴鎮，湯泉温温可探，而不作臭氣，云是朱砂湯也。人傳昔有兩美人來浴，既去，異香鬱鬱，累日不散。李端叔過浴池上作詩云：「華清賜浴記當年，偶托荒山結勝緣。未必興衰異今昔，曾經美女卸金鈿。」

130 晁説之以道作《感事》詩云：「干戈難作牆東客，疾病猶存硯北身」，用避世牆東王君公事，而「硯北身」乃《漢上題襟集》段成式書云：「杯宴之餘，常居硯北。」(此)又云：「長(鐵)〔疏〕硯北，天機素少。」又云：「筆下詞友，硯北諸生。」蓋言几案面南，人坐硯之北也。

（王景桐）

曲洧舊聞

朱弁撰

朱弁(?—一一四四),字少章,號騁游子,婺源(在今江西省)人。南宋初出使金國,被禁留十七年。《宋史》卷三七三有傳。《曲洧舊聞》十卷,作于留金時。此據《知不足齋叢書》本選録。

1 晁以道嘗爲余言,本朝文物之盛,自國初至昭陵時,並從江南來。二徐兄弟以儒學顯,二楊叔侄以詞章進,刁衎、杜鎬以明習典故用,而晏丞相、歐陽少師巍乎爲一世龍門,紀綱法度,號令文章,燦然具備,有三代風度。慶曆間,人材彬彬,號稱衆多,不減武宣者,蓋諸公實有力焉,然皆出於大江之南,信知山川之氣,蜿蜒磅礴,真能爲國産英俊也。余嘗因賦《澄心堂紙》詩記其事,以告後來之秀,其詩見余文集中。(卷一)

2 富韓公居洛,其家圃中淩霄花無所因附而特起,歲久遂成大樹,高數尋,亭亭然可愛。韓秉則云:「淩霄花必依他木,罕見如此者,蓋亦似其主人耳。」予曰:「是花豈非草木中豪傑乎?所謂不待文王猶興者也。」秉則笑曰:「君言大是,請以此爲題而賦之。」予時爲作近體七字詩一首,詩見

予家集中。（卷二。下同）

3 趙元考彦若，周翰之子也，無書不記，世謂著脚書樓，然性不伐，而尤恭謹。館中諸公方論藥方，有一藥不知所出，雖掌禹錫大卿，曾經修《本草》，亦不能省。或云：「元考安在？但問之，渠必能記也。」時元考在下坐，對曰：「在幾卷附某藥下，在第幾葉第幾行。」其説云云」，檢之果驗。然衆怪之，曰：「諸公紛紛，而子獨不言何也？」元考云：「諸公不見問，某所以不敢言耳。」元豐間，三韓人使在四明唱和詩，奏到御前，其詩序有「慚非白雪之詞，輒效青唇之唱」之句，神宗問青唇事，近臣皆不知。因薦元考，元考對在某小説中，然君臣間難言也，容臣寫本上進。本入，上覽之，止是夫婦相酬答言語。因問大臣：「趙彦若何以不肯面對？」或對曰：「彦若素純謹，僚友不曾見其墮容，在君父前宜其恭謹如此也。」上嘉嘆焉。

4 歐公作《花品》，目所經見者，纔二十四種。後於錢思公屏上得牡丹，凡九十餘種，然思公《花品》無聞於世。宋次道《河南志》于歐公《花品》後又增二十餘名。張峋一作珣。或云爲留臺，字子堅。撰譜三卷，凡一百一十九品，皆叙其顔色容狀及所以得名之因。又訪於老圃，得種接養護之法，各載於圖後，最爲詳備。韓玉汝爲序之，而傳於世。大觀、政和以來，花之變態又有在峋所譜之外者，而時無人譜而圖之。其中姚黄尤驚人眼目，花頭面廣一尺，其芬香比舊特異，禁中號一尺黄。予在南平城，作《謝范祖平朝散惠花》詩云：「平生所愛曾莫倦，天遣花王慰吾願。姚黄三月開洛陽，曾觀一尺春風面。」蓋記此事也。祖平字準夫，忠文公之諸孫也，以雄倅致仕，居許下被俘，惠

予花時年六十一歲矣。（卷四）

5章子厚與晁秘監美叔同生乙亥年，同榜及第，又同爲館職，常以三同相呼。元祐間，子厚有詩云：「寄語三同晁秘監。」寄語乃謂此也。然紹聖初，子厚作相，美叔見其施設大與在金山時所言背違，因進謁力諫之。子厚怒，黜爲陝守。美叔謂所親曰：「三同今百不同矣。」（卷五。下同）

6秦少游自彬州再編管橫州，道過桂州秦城鋪，有一舉子，紹聖某年省試下第，歸至此，見少游南行事，遂題一詩於壁曰：「我爲無名抵死求，有名爲累子還憂。南來處處佳山水，隨分歸休得自由。」至是少游讀之，淚涕雨集。徽宗一作道君踐祚，流人皆牽復，而少游竟死貶所，豈非命耶！

7東坡自黃徙汝，過金陵，荆公野服乘驢謁於舟次，東坡不冠而迎揖曰：「軾今日敢以野服見大丞相。」荆公笑曰：「禮爲我輩設哉？」東坡曰：「軾亦自知相公門下用軾不著。」荆公無語。乃相招游蔣山，在方丈飲茶次，公指案上大硯曰：「可集古人詩聯句賦此硯。」東坡應聲曰：「軾請先道一句。」因大唱曰：「巧匠斵山骨。」荆公沈思良久，無以續之，乃起曰：「且趁此好天色，窮覽蔣山之勝，此非所急也。」田晝承君是日與一二客從後觀之，承君曰：「荆公尋常好以此困人，而門下士往往多辭以不能，不料東坡不可以此懾伏也。」承君建中靖國間爲大宗正丞，曾布欲用爲提舉常平，以非其所素學，辭不受，士論美之。

8楊畏字子安，元豐、元祐、紹聖更張，獨能以巧免，世號楊三變。薛昂肇明在政府，《和駕幸蔡京第》詩，有「拜賜應須更萬回」，太學呼爲薛萬回。昂守洛師日，楊閒居洛下，一日府宴別無客，

惟子安一人而已。或問一幕官曰：「今日府會，他客不與耶？」幕官曰：「客甚易得，但恐難得如此好屬對耳。」（卷六）

9 歐公與王禹玉、范忠文同在禁林，故事進春帖子，自皇后貴妃以下，諸閣皆有。是時温成薨未久，詞臣闕而不進。仁宗語近侍，詞臣觀望，温成獨無有，色甚不懌。諸公聞之惶駭，禹玉、忠文倉卒作不成，公徐云：「某有一首，但寫進本時，偶忘之耳。」乃取小紅箋自録其詩云：「忽聞海上有仙山，煙鎖樓臺日月閑。花下玉容長不老，只應春色勝人間。」既進，上大喜。禹玉拊公背曰：「君文章真是含香丸子也。」（卷七。下同）

10 真定康敦復嘗語予曰，河東見所在酒壚，皆飾以紅牆。詢之父老，云相沿襲如此，不知其所始也。後讀《李留臺集》，有《懷湘南舊游寄起居劉學士》詩，云：「老情詩思關何處，渾是湘南水岸頭。殘白晚雲歸嶽麓，濃香秋菊滿汀洲。静尋緑徑煎茶寺，遍上紅牆賣酒樓。西季分臺索拘檢，繡衣不得等閒游。」據此詩，則湖南亦有之，不獨河東也。但留臺不著所出，爲可恨也。予曰：典籍自五季以後經今，又不知幾厄，秉筆之士所用故實，有淹貫所不究者，有蹈前人舊轍而不討論所從來者，譬侏儒觀戲，人笑亦笑，謂衆人決不誤我者，比比皆是也。敦復抵掌曰：「請爲我于《曲洧舊聞》並録之。」敦復字德本，事親孝，爲吏廉，種學績文，孜孜不輟，見書必傳，其家所藏往往皆是手自抄者。近時服膺儒業，罕有其比焉。

11 中秋玩月，不知起何時，考古人賦詩，則始于杜子美，而戎昱《登樓望月》，冷朝陽《與空上人宿華嚴寺對月》，陳羽《鑒湖望月》，張南史《和崔中丞望月》，武元衡《錦樓望月》，皆在中秋，則自杜子美以後，班班形於篇什。前乎杜子，想已然也，第以賦詠不著見於世耳。江左如梁元帝《江上望月》，朱超《舟中望月》，庾肩吾《望月》，而其子信亦有《舟中望月》，唐太宗《遼城望月》，雖各有詩，而皆非中秋宴賞而作。然則玩月盛于中秋，其在開元以後乎？今則不問華夷，所在皆然矣。（卷八。下同）

12歙溪據二浙上流，古爲新安郡，清淺可愛。沈休文詩所謂「洞徹隨清淺，皎鏡無冬春。千仞寫喬樹，百丈見游鱗」，即此也。溪西太平寺，舊號興唐，李太白嘗游而題焉。其詩曰：「天台國清寺，天下爲四絶。今到興唐游，奇蹤更無别。枏木劃斷雲，高僧頂殘雪。檻外一條溪，幾回碎明月。」溪即取太白詩名之也。郡人以爲登覽勝處，石刻尚存，而太白集中不見此詩，故予特著之。

13中山劉元宻長卿，嘗爲予言，宣和末，親于畿北馬鋪中見無名子題詩云：「花已栽成愁嘆本，石仍砌出亂亡基。如今應奉歸真宰，論道經邦付與誰。」

14無盡居士少有俊譽，氣陵輩行，然頗以躁進獲譏。元豐中，嘗上裕陵《百韻詩》，有「回看同列驟，不覺寸懷忙」之句，裕陵讀之大笑。王岐公、蔡新州惡其敢言，因舒亶斥爲赤岸監酒税，其後召還，有謝啓，其間一聯云：「三年去國，門前之雀可羅；一日還朝，屋上之烏亦好。」當時傳誦，而亦不免爲有識者所窺也。

15新安郡黄山有三十六峰，與池陽接境，在郡西，岩岫秀麗可愛，仙翁釋子多隱其中，《圖經》

不著其名。山有温泉，其色紅，其源可瀹卵。劉宜翁嘗游焉，題詩寺壁，其略曰：「山有靈砂泉色紅，滌除身垢信成功。不除心上無明業，只與山間衆水同。」宜翁名誼，元豐間，自廣東移江西，皆爲提舉常平官，上疏論新法勒停。或云宜翁晚得道不出，東坡紹聖所與書可見矣。

16政和以後，花石綱浸盛，晁伯宇有詩云：「森森月裏栽丹桂，歷歷天邊種白榆。雖未乘槎上霄漢，會須沈網取珊瑚。」人多傳誦。伯宇名載之，少作《閔吾廬賦》，魯直以示東坡曰：「此晁家十郎作，年未二十也。」東坡答云：「此賦信奇麗，信是家多異材耶。凡文至足之餘，自溢爲奇怪。今晁傷奇太早，可作魯直意微諭之，而勿傷其邁往之氣。」伯宇自是文章大進。東坡之語委曲如此，可謂善成就人物者也。

17東坡詩文落筆，輒爲人所傳誦，每一篇到，歐陽公爲終日喜，前輩類如此。一日與棐論文，及坡公，嘆曰：「汝記吾言，三十年後，世上人更不道著我也。」崇寧、大觀間，海外詩盛行，後生不復有言歐公者。是時朝廷雖嘗禁止，賞錢增至八十萬，禁愈嚴，而傳愈多，往往以多相誇。士大夫不能誦坡詩，便自覺氣索，而人或謂之不韻。

18崇寧初，凡元祐子弟仕宦者，並不得至都城。晁之道自洛中罷官回，遣妻兒歸省故廬，獨留中牟驛累日，以詩寄京師姻舊，其結句云：「一時雞犬皆霄漢，獨有劉安不得仙。」語傳于時，議者美之。（卷九。下同）

19韓師樸元祐末自大名入相，其所引正人端士，遍滿臺館，然不能去一曾布。而張天覺于政和初，欲以一身回蔡京黨紹述之論，難矣，未幾果罷。自西都留守徙南陽道，過汝州香山，謁大悲，留題於寺中。其略云：「大士慈悲度有情，亦要時節因緣並。也應笑我空經營，雖多手眼難支撑。」讀者莫不憐之。

20或曰：「東坡詩始學劉夢得，不識此論誠然乎哉？」予應之曰：「予建中靖國間在參寥座，見宗子士暕以此問參寥，參寥曰：『此陳無己之論也。東坡天才，無施不可，以少也實嗜夢得詩，故造詞遣言，峻峙淵深，時有夢得波峭。然無己此論，施于黄州以前可也，坡自元豐末還朝後，出入李杜，則夢得已有奔逸絶塵之嘆矣。無己近來得渡嶺越海篇章，行吟坐詠，不絶舌吻，常云，此老深入少陵堂奥，他人何可及。其心悦誠服如此，則豈復守昔日之論乎？』予聞參寥此説三十餘年矣，不因吾子無由發也。」

21中大夫直徽猷閣安詠，字信可，宣和初守齊安，下車訪東坡雪堂，遺址雖存，堂木瓦已爲兵馬都監拆而爲教場亭子矣。信可即呼都監責之，且命復新之。堂成，多燕飲其上，兹事士大夫喜稱道之，信可亦喜作詩，在黄有詩云：「萬古戰争餘赤壁，一時形勝屬黄岡。」時争傳誦，惜不見其全篇也。

（王秀梅）

續骪骳説

朱弁撰

《續骪骳説》一卷，續晁無咎《骪骳説》而作，大概多論樂府歌詞。有壬戌六〔年〕〔月？〕自序。原書失傳，《説郛》僅録五條。

【參寥子】參寥子者，妙總大師曇潛也。俗姓王氏，杭州錢塘縣人。幼不茹葷，父母聽出家，以童子誦《法華經》度爲比丘，受具戒，於内外典無所不窺。能文章，尤喜爲詩。秦少游與之有支許之契，嘗在臨平道中作詩云：「風蒲獵獵弄輕柔，欲立蜻蜓不自由。五月臨平山下路，藕花無數亂汀洲。」東坡一見爲寫而刻諸石。宗婦曹夫人善丹青，作《臨平藕花圖》，人争影寫，蓋不獨寶其畫也。東坡守彭城，參寥嘗往見之，在坡座賦詩，援筆立成，一坐嗟服。坡遣官妓馬盼盼索詩，參寥笑作絶句，有「禪心已作沾泥絮」之語。坡曰：「予嘗見柳絮落泥中，私謂可以入詩，偶未嘗收拾，乃爲此老所先，可惜也。」住西湖智果院。坡南遷，素不快者捃詩語，謂有刺譏，得罪反初服。建中靖國元年，曾子開爲翰林學士，言其非辜，詔復祝發紫方神師號如故。蘇黄門每稱曰：「此釋子詩無一點蔬筍氣。其體制絶似儲光羲，非近世詩僧所能比也。」欲集其詩序之，竟

不果而卒。參寥崇寧末歸老江湖，既示寂，其傳孫法穎以其集行於世，然猶有不傳者。（《説郛》卷三十八）

（程毅中）

萍洲可談

朱彧　撰

朱彧，字無惑，烏程（在今浙江省）人。嘗寓黄州，自號萍洲老圃。《萍洲可談》三卷，多述其父朱服之所見聞。原書三卷，今本輯自《永樂大典》。此據《守山閣叢書》本選録。

1 杜甫詩雖屢經校正，然有從來舛謬相襲者，後人欽其名，更不究義理。如《己公茅屋》詩一聯云：「江蓮摇白羽，天棘夢青絲。」二語是何情理？摇對夢，輕重不稱，讀者未聞商榷，亦好古之癖也。余竊謂當作「蔓青絲」。此類亦多，未可遍舉。（卷一。下同）

2 東坡自云：嘗夢至帝所，見侍女月娥仙，爲作裙帶詩，其詞曰：「百疊漪漪水皺，六銖纚纚雲輕。植立廣寒深殿，風來環佩微聲。」

3 蔡持正自左揆責知安州，嘗作安陸十詩，吴處厚捃摭箋注。蔡坐此貶新州，其詩有云：「睡起莞然成獨笑，數聲漁笛在滄浪。」處厚注云：「未知蔡確此時獨笑何事。」先公帥廣，崇寧元年正月游蒲澗，因越俗也，見游人簪鳳尾花作口號中一聯云：「孤臣正泣龍髯草，游子空簪鳳尾花。」蓋以被遇先朝，自傷流落，後監司互論，乃指此句以爲罪。其誣注云：契勘正月十二日，哲宗皇帝已大祥，豈是孤臣正泣之時。鞫獄竟無他意，讒口可畏如此。宣和初，荆州掾見僧房有異花不知名，僧云：「花氣酷烈，不可近。」掾因題詩云：「山花紅與緑，日暮顔色足。無名我不識，有毒君莫觸。」後有人譖掾于蘇漕，指此詩曰：「湖南漕憲俱衣緋，餘皆衣緑，無衣紫者。蘇漕最老，又獨無出身，數發摘官吏，故掾托意山花，實以嘲漕。」蘇大怒，竟捃摭掾。

4王介甫居金陵，作謝墩詩云：「我名公字偶相同，我屋公墩在眼中。公去我來墩屬我，不應墩姓尚隨公。」蓋晉謝安故地也。謝字安石，介甫名安石。

5東坡元豐間知湖州，言者以其誹謗時政，必致死地。御史臺遣就任攝之，吏部差朝士皇甫朝光管押。東坡方視事，數吏直入。上廳事，捽其袂曰：「御史中丞召！」東坡錯愕而起，即步出郡署門，家人號泣出隨之。弟轍適在郡，相逐。行及西門，不得與訣，東坡但呼：「子由，以妻子累爾！」郡人爲之泣涕。下獄即問：「五代有無誓書鐵券？」蓋死囚則如此，他罪止問三代。東坡爲一詩付獄吏，他日寄子由。其詩曰：「聖主如天萬物春，小臣愚暗自亡身。百年未滿先償債，十口無歸更累人。是處青山可埋骨，他時夜雨獨傷神。與君世世爲兄弟，更結來生未了因。」獄吏憐之，頗寬其苦楚。獄成，神考薄其罪，止責散官，安置黄州。元祐中，復起爲兩制用事。紹聖初，貶惠州，再竄儋耳。元符末放還，與子過乘月自瓊州渡海而北，風静波平，東坡叩舷而歌。過困不得寢，甚苦之，率爾曰：「大人賞此不已，寧當再過一巡？」東坡矍然就寢。余在南海，逢東坡北歸，氣貌不衰，笑語滑稽無窮。視面多土色，靨耳不潤澤。別去數月，僅及陽羨而卒。東坡固有以處憂

患，但瘴霧之毒，非所能堪爾。（卷二。下同）

6葉濤好弈棋，介甫作詩切責之，終不肯已。弈者多廢事，不論貴賤嗜之，率皆失業。故人目棋枰爲木野狐，言其媚惑人如狐也。

7古傳紫姑神，近世尤甚。宣和初，禁之乃絶。嘗觀其下神，用兩手扶一筲箕，頭插一箸，畫灰盤作字，加筆於箸上，則能寫紙。與人應答，自稱蓬萊大仙，多女子也。有名字伯仲，作文可觀，著棋則人無能敵者。余寓南海，有一假儒衣冠者，能迎致其神。在書室中，和余詩云：「古書讀盡到今書，不獨才餘力有餘。自是丹山真鳳子，太平呈瑞只須臾。」其人自不能文，疑有神助。然不識字人致之，則不能書，但以箸宛轉，畫灰盤爾。此何理也。（卷三。下同）

8瓊管四郡在海島上，士人未嘗有登第者。東坡責儋耳，與瓊人姜唐佐游，喜其好學，與一聯詩云：「滄海何嘗斷地脈，白袍端合破天荒。」東坡語姜云：「俟他日有驗，續成篇。」崇寧興學，丕冒海隅，四郡士人亦向進，雖墾辟已久，恐鹵瘠終無嘉穀爾。

9蘇州李章，以口舌爲生計。介甫集有《李章下第》詩。亦才子也，常游湖州，人皆厭其乞索。曾詣富人曹監簿家，曹方剖嘉魚，聞其來，遽匿魚出對之，章已入耳目。既坐，曹與論文，不及他事，冀其速去。談及介甫《字説》，章因言：「世俗訛謬用字，如本鄉蘇州，篆文魚在禾右，隸書魚在禾左，不知何等小子移過此魚。」曹拊掌，共匕箸。

10柳花與柳絮，迥然不同。生於葉間，成穗，作鵝黄色者，花也。迨花既蒂就褪，結實之熟，亂如飛綿也。古今吟詠，往往以絮爲花，以花爲絮，略爲分别，可發一笑。杜工部詩有「雀啄江頭黄柳花」，又有「生憎柳絮白如綿」之句，則花與絮不同，顯然可見。然又曰：「糝徑楊花鋪白氈。」得非人一時鹵莽而然耶！（抄本卷上。下同）

11 芋溪王公舟行逆風，舟不進，魚肉蔬菜之味俱絶。無情日暮，有小舟破浪而來，賣紅鹽魚及鮓，舟人争買之。公亦買以薦之，乃作《買魚行》，其末云：「但願年豐魚米賤，欣然醉飽同天下。」蓋與老杜「大庇天下寒士俱歡顔」，樂天「與君都蓋洛陽城」之句，雖工拙不侔，同一博施濟衆之心也。

按：此抄本《萍洲可談》，題朱彧撰，惜未借到。據中華書局編《古典文學研究資料彙編·杜甫卷》云：内容與通行之《萍洲可談》完全不同，且載有南宋末時事，必非朱彧所撰。今只能轉録此二條，供參考。

（冀勤）

步里客談

陳長方　撰

陳長方（一一〇八—一一四八），字齊之，號唯室，侯官（在今福建省）人。紹興八年（一一三八）登進士第，官江陰縣學教授，受教學者稱其别號爲唯室先生。《步里客談》二卷，初名《談録》，後改今名，所記多嘉祐以來名臣言行等。此據《墨海金壺》本選録。

1 劉道原恕嘗面折王介甫，故子瞻送之詩云：「孔融不肯讓曹操，汲黯本自輕張湯。」此語蓋詆介甫也（卷上。下同）

2 古人作詩斷句，輒旁入他意，最爲警策，如老杜云「雞蟲得失無了時，注目寒江倚山閣」是也。黄魯直作《水仙花》詩，亦用此體云：「坐對真成被花惱，出門一笑大江横。」至陳無己云：「李杜齊名吾豈敢，晚風無樹不鳴蟬。」則直不類矣。（卷下。下同）

3 章叔度憲云：每下一俗間言語，無一字無來處，此陳無己、黄魯直作詩法也。

4 秦少游云：退之《元和聖德詩》與《平淮西碑》如出兩手，余以歲月考之，蓋相去十二年也。然以《平淮西碑》方《鄆州溪堂》詩，則又如他人所作也。

5自古稱齊名甚多，其實未必然。如姚、宋，則宋之守正，非姚比也。韓、柳、元、白四人，出處邪正不同，人言劉、白，而劉之詩文亦勝白公。至如近代歐、梅、蘇、黄，而子瞻文章去黄遠甚，黄之詩律，蘇亦不逮也。

6張思叔繹云：王介甫《虎圖》詩，只説一個似字。老杜只一句道盡：「臨軒忽覺無丹青。」（《餘師録》卷上引《步里客談》。下同）

7老杜作詩，筆力可方太史公。如郭元振故宅等詩，便是與之作傳；如《桃竹杖引》一種文章，則又未易仿佛也。

（冀勤）

默記

王銍　撰

王銍，字性之，汝陰（今安徽阜陽）人，高宗紹興初官太府臣、權樞密院編修官。《默記》三卷，此據涵芬樓輯刊《宋人小説》本選録。

1 神宗初即位，慨然有取山後之志。滕章敏首被擢用，所以東坡詩云「先帝知公早，虛懷第一人」，蓋欲委滕公以天下之事也。（下略）（卷中。下同）

2 吕文穆蒙正少時，嘗與張文定齊賢、王章惠隨、錢宣靖若水、劉龍圖燁同學賦于洛人郭延卿。延卿，洛中鄉先生。一日，同渡水謁道士王抱一求相，有僧應門曰：「師出矣。」衆問僧：「何爲師道士？」僧曰：「學術數于道士三十年矣。」衆因泛問之，僧曰：「吾師切戒，術未精切，慎毋爲人言。君等必欲知，明日復來叩師可也。」明日，遂見之。文穆對席，張、王次之，錢又次之，劉居下座。坐定，道士撫掌太息。衆問所以，道士曰：「吾嘗東至於海，西至流沙，南窮嶺嶠，北抵大漠，四走天下，求所謂貴人，以驗吾術，了不可得，豈意今日貴人盡在座中！」衆驚喜。徐曰：「吕君得解及第，無人可奉壓，不過十年作宰相，十二年出判河南府，自是出將入相三十年，富貴壽考終始。

張君後三十年作相，亦皆富貴壽考終始。錢君可作執政，然無百日之久。劉君有執政之名，而無執政之實。」語遍及諸弟子，而遺其師。郭君忿然，以爲謬妄，曰：「坐中有許多宰相乎？」道士色不動，徐曰：「初不受饋，必欲聞之，請得徐告：後十二年，吕君出判河南府，是時君可取解。次年，雖登科，然慎不可作京官。」延卿益怒，衆不自安，乃散去。久之，詔下，文穆果魁多士，而延卿不預。明年，文穆廷試第一。是所謂「得解及第，無人可壓」矣。後十年作相，十二年，有留鑰之命，悉如所言。延卿連蹇場屋，至是預鄉薦。鹿鳴燕日，文穆命道士與席。賓散，獨留二人者内閣，盡歡如平生。文穆矜嘆，賦詩曰：「昔作儒生謁貢闈，今爲丞相出黄扉。兩朝鴛鷺醉中别，萬里烟霄達了歸。羽客漸垂新鶴髮，故人猶着舊麻衣。洛陽漫説多才子，從昔遭逢似我稀。」道士索紙札似若復章者，乃書偈曰：「重日重月，榮華必别。笙歌前導，偃師着雪。」文穆心知其異，敬收之。其後，錢貳樞府，未百日罷；張、王先後登庸；劉守蒲中，朝廷議除執政，命未及下而卒；延卿以文穆極力推挽登第，未久改秩，後卒。無一差者。獨贈文穆之偈，乃致仕薨於西京，以重陽日喪過偃師。是日，大寒微霰，笙歌乃敕葬鹵簿鼓吹也。

3 劉原父好雜記事，或古或今，動成卷軸。予嘗見其一卷内逐段事。（中略）又一云：進士滕甫最能爲省題詩。皇祐元年，狄青成功於廣西，時甫廷試《西旅來王詩》云「葱嶺占佳氣，氈裘拜未央」，最爲佳句。此皆原父親札爾。（下略）（卷下。下同）

4 趙至忠虞部自北虜歸朝，嘗仕遼中，爲翰林學士，修《國史》，著《虜廷雜記》之類甚多。《雜記》言：聖宗芳儀李氏，江南李景女。初嫁供奉官孫某，爲武疆都監。妻女皆爲聖宗所獲，封芳儀，生公主一人。晁補之爲北都教官，因覽此書而悲之，與顔復長道作《芳儀曲》云：「金陵宫殿春霏微，江南花發鷓鴣飛。風流國主家千口，十五吹簫粉黛稀。滿堂侍酒皆詞客，拭汗争看平叔白。《後庭》一曲時事新，揮淚《臨江》悲去國。令公獻籍朝未央，敕書築第優降王。魏俘曾不輸織室，供奉一官奔武疆。秦淮潮水鍾山樹，塞北江南易懷土。雙燕清秋夢柏梁，吹落天涯猶並羽。相隨未是斷腸悲，黄河應有却還時。寧知翻手明朝事，咫尺千山不可期。蒼黄三鼓滹沱岸，良人白馬今誰見。國亡家破一身存，薄命如雲信流轉。芳儀加我名字新，教歌遺舞不由人。采珠拾翠衣裳好，深紅暗盡驚胡塵。陰山射虎邊風急，嘈雜琵琶酒闌泣。無言遍數天河星，只有南箕近鄉邑。當年千指渡江來，千指不知身獨哀。中原骨肉又零落，《黄鵠》寄意何當回。生男自有四方志，女子哪知出門事？君不見李君椎髻泣窮年，丈夫飄泊猶堪憐。」余嘗游廬山，見李主有國時修真風觀，皆宫人施財，刊姓氏于碑。有太寧公主、永嘉公主二人，皆景女，不知芳儀者孰是也。

5呂吉甫自罷參知政事，最爲偃蹇。元祐間，貶爲散官，居于建州凡十年。再見紹聖，固當預政。章子厚、蔡元度先得路，百計逐之，老于爲帥。繼以蔡元長久據大位，以妖人事再貶武昌。至張天覺作相，始薦於上皇，召爲宫使，留京師。吉甫作謝表云：「歷官三十八任，受恩雖出于累朝；去國四十二年，留侍方從于今日。」徽廟大喜，甚有大拜意。一日，書于紙曰：「何執中除太傅平章事，張商英左僕射兼門下侍郎，吕惠卿右僕射兼中書侍郎。」既書之矣，適一士人獻《宫詞》百篇，其一首云：「先帝熙寧有（倩）〔舊〕臣，曾陪元宰轉洪鈞。嗣皇不減周文美，八十重來起渭濱。」徽宗改「不減」作「不啻」，御書二扇，一以賜吉甫。衆謂必相矣。然何執中、鄭居中方攻天覺，盡用其黨逐天覺門人，起大獄爲奇禍。而吉甫以腹疾乞致仕，卒于京師，其命矣乎！

6 賀方回遍讀唐人遺集，取其意以爲詩詞。然所得在善取唐人遺意也，不如晏叔原盡見昇平氣象，所得者人情物態。叔原妙在得于婦人，方回妙在得詞人遺意。非特兩人而已，如少游臨死作讖詞云「醉卧古藤陰下，了不知南北」，必不至於西方浄土。若王荆公、司馬温公、趙閲道必不如此道也。非特賀、晏而已，凡古今之詞人盡然如此而已矣。若荆公暮年賦《臨水桃花詩》：「還如景陽妃，含嘆墮宫井。」此善體物者也。然不可止此而已，終云「惆悵有微波，殘妝壞難整」，此乃能見境而却掃除浄盡，此所謂「倒弄造化手」也。

7 裴鉶《傳奇》曰：「陳思王《洛神賦》乃思甄后作也。」然無可疑。李商隱詩曰「君王不得爲天子，半爲當年賦《洛神》」是也。按《洛神賦》李善、五臣注云：「曹植有所感託而賦焉。」則自昔已傳甄后之事矣。至《洛神賦》曰：「怨盛年之莫當，抗羅袂以掩涕兮，淚流襟以浪浪。」善注曰：「盛年，謂少壯之時不能當君王之意，此言感甄后之情。」以上皆李善之注語也。善已言「感甄后之情」，則此事益明。然謂「少壯之時不能當君王之意」，則誤。按甄后自爲袁熙妻，而魏文帝爲五官中郎將，平袁氏，納甄后。至即位之二年，黄初二年，而甄后被殺，時年二十餘。而甄后死之年，文帝已三十六矣。謂文帝在位七年，而年四十，于黄初七年乃崩，即黄初二年，年三十六可驗。故賦謂「人神之道殊兮，怨盛年之莫當」者，意非文帝匹敵，及年齡之相遠絶故也。此有深旨，僕考之舊事，知其明甚。《世説》云：「甄惠而有色，先爲袁熙妻，甚獲寵。曹公之屠鄴也，疾召甄，左右白：『五官中郎將已將去。』公曰：『今年破賊，正爲此奴』云云。故孔融聞五官將納熙妻也，以書與曹公曰：『武王伐紂，以妲己賜周公。』太祖以孔融博學，謂書傳所記，後見問，對曰：『以今度古，想其然也。』」由是觀之，不獨兄弟之嫌，而父子之争亦可醜也。又按《洛神賦序》云：「黄初三年，予朝京師，還濟洛川。古人有言，斯水之神名曰宓妃。感宋玉對楚王神女之事，遂作斯賦。」而《魏志》曰：「黄初二年，甄夫人卒。」乃甄后死後一年作賦也。故此賦託之鬼神，有曰「洛靈感焉」，又曰：「悼良會之永絶，哀一逝而異鄉。」又曰：「忽不悟其所舍，悵神霄而蔽光。」又曰：「冀靈體之復形，御輕舟而上（訴）〔溯〕。」皆鬼神死生之語也。《魏志》曰：「植幾爲太子數矣，而任性而行，不自雕勵。」又「黄初二年，監國謁者灌均希旨，奏『植醉酒悖慢，劫脅使者』，有司請治罪。帝以太后故，貶爵安鄉侯。詔曰：『朕於天下無所不容，況植乎？』」按此皆甄后死之年也。惟李商隱詩再三言之，有《涉洛川詩》：「通谷楊林不見人，我來遺恨古時春。宓妃漫結無窮恨，不爲君王殺灌均。」注曰：「灌均，陳王之典籤，譖王于文帝者。」又商隱《代魏宮私贈詩》先于其下注曰：「黄初三年，已隔存没，追代其意，何必同時？是亦《廣子夜鬼歌》之流。」詩云：「來時西館阻佳期，去後漳河隔夢思。知有宓妃無限

〔意〕〔恨〕，春松秋菊可同時。」僕意李義山最號知書，意必有所據耳。元微之《代曲江老人百韻詩》有曰：「班女〔思〕〔恩〕移趙，陳王賦感甄。輝光隨顧步，生死獨摇唇。」

（徐俊）

獨醒雜志

曾敏行 撰

曾敏行（一一一八——一一七五），字達臣，號浮雲居士，晚號獨醒道人、歸愚老人。吉州吉水（在今江西省）人。《獨醒雜志》十卷，此據《知不足齋叢書》本選録。

1王冀公，新喻人，微時往觀社求祭肉，衆問：「爾爲誰？」曰：「我秀才也。」衆曰：「何所能？」曰：「能詩。」時無紙筆，即取炭畫豬皮上曰：「龍帶晚煙歸洞府，雁拖秋色入衡陽。」後之人謂此句有宰相氣象。汪聖錫幼年與群兒聚學，有謁其師，因問能屬對者，師指聖錫。客因舉對云：「馬蹄踏破青青草。」聖錫應對曰：「龍爪拏開淡淡雲。」客大驚曰：「此子有魁天下之志。」聖錫年未冠，果廷試第一。（卷一。下同）

2毛子仁博學能文，年十九登進士，二十六中書判拔萃，時譽翕然。陳恭公、余襄公、杜祁公、王伯中、胥安道、李獻臣、王總之十二人各爲詩以餞其歸。杜公詩有曰：「判就十題彰敏妙，學窮千古見兼該。」其推重如此。子仁孝於其親，初爲撫州司法，以親養在遠丐罷。後知宣城縣，丁父憂，哀毁成疾。前死之夕，夢一絳袍童子持玉函，中有丹書，謂子仁曰：「帝命召汝，使掌文籍。」覺而異之。次日疾甚，自謂必不能起，援筆爲贊曰：「生爲幻人，死爲天真。改幻從真，無根無塵。」書畢而逝。

3王文康公晦叔，性嚴毅，見僚屬未嘗解顔。知河南日，梅聖俞時爲縣主簿，一日，袖所爲詩文呈公。公覽畢，次日，對坐客謂聖俞曰：「子之詩，有晉宋遺風，自杜子美没後，二百餘年不見此作。」由是禮貌有加，不以尋常待聖俞矣。

4坡、谷同游鳳池寺，坡公舉對云：「張丞相之佳篇，昔曾三到。」山谷即答云：「柳屯田之妙句，那更重來。」時稱名對。張丞相詩云：「八十老翁無品秩，昔曾三到鳳池來。」坡公蓋取此也。（卷二。下同）

5宣和中，太白見，甚高。尚書劉公才邵時在中秘，見而嘆曰：「是兵象也，國家其有外患乎！」因與僚友同觀，憂形顔色。未幾，敵犯畿甸。後周芑秀實來倅廬陵，贈詩云：「劉郎校書天禄閣，太白下觀光昭灼。心知漢祀厄中天，夜半瞻星涕零落。」尚書字美中。

6唐子西《内前行》爲張天覺作也。天覺自中書侍郎除右僕射，蔡京以少保致仕，四海歡呼，善類增氣。時彗星見而遽没，旱甚而雨，人皆以爲天覺拜相，感召所致。上大喜，書「商霖」二字以賜之，且謂之曰：「高宗得傅説，以爲用汝作霖雨。今朕相卿，非是之謂耶！」故子西之詩具言之，其詩云：「内前車馬撥不開，文德殿下聽麻回。紫微侍郎拜右相，中使押赴文昌臺。旄頭昨夜光照牖，是夕收芒如禿帚。明日化爲甘雨來，官家唤作調元手。周公禮樂未要作，致身姚宋也不惡。

（鄉）〔向〕來兩公當國年，民間斗米三四錢。」

7蔡條約之，好學知趨向。爲徽猷閣待制時，作《西清詩話》一編，多載元祐諸公詩詞。未幾，臣寮論列，以爲條所撰私文專以蘇軾、黄庭堅爲本，有誤天下學術，遂落職勒停。

8江西自國初以來，士人未有以狀元及第者。紹聖四年，何忠孺昌言始以對策居第一，里人傳以爲盛事。故謝民師有詩寄忠孺云：「萬里一時開驥足，百年今始破天荒。」蓋記時人之語也。

9東坡還至庾嶺上，少憩村店，有一老翁出，問從者曰：「官爲誰？」曰：「蘇尚書。」翁曰：「是蘇子瞻歟？」曰：「是也。」乃前揖坡曰：「我聞人害公者百端，今日北歸，是天祐善人也。」東坡笑而謝之，因題一詩於壁間云：「鶴骨霜髯心已灰，青松夾道手親栽。問翁大庾嶺頭住，曾見南遷幾個回？」

10徐公師川嘗言東坡長短句有云：「山下蘭芽短浸溪，松間沙路浄無泥。」白樂天詩云：「柳橋晴有絮，沙路潤無泥。」「浄」、「潤」兩字，當有能辨之者。

11東坡北歸至嶺下，偶肩輿折杠，求竹于龍光寺。僧惠兩大竿，且延東坡飯。時寺無主僧，州郡方令往南華招請未至。公遂留詩以寄之，詩云：「斫得龍光竹兩竿，持歸嶺北萬人看。竹中一滴曹溪水，漲起江西十八灘。」謂贛石也。東坡至贛，留數日，將發舟，一夕江水大漲，贛石無一見，越日而至廬陵。舟中見謝民師，因謂曰：「舟行江漲，遂不知有贛石，此吾龍光詩讖也。」民師問其故，東坡因舉以詩之本末。（卷三。下同）

12秦少游之子湛自古藤護喪北歸，其婿范温候於零陵，同至長沙，適與山谷相遇。温，淳夫之子也。淳夫既没，山谷亦未吊其子，至是與二子者執手大哭，遂以銀二十兩爲賻。湛曰：「公方爲遠役，安能有力相及？且某歸，計亦粗辦，願復歸之。」山谷曰：「爾父，吾同門友也，相與之義，幾猶骨肉，今死不得預斂，葬不得往送，負爾父多矣。是姑見吾不忘之意，非以賄也。」湛不敢辭。既别，以詩寄二子，有曰：「昔在秦少游，許我同門友。」又曰：「范公太史僚，山立乃先達。」又曰：「秦郎水江漢，范郎器鼎鼐。逝者不可尋，猶喜二子在。」又曰：「往時高交友，宰木已樅樅。今我二三子，事業在燈窗。」今集中載《晚泊長沙走筆寄秦處度范元實》五詩是也。前輩于死生交友之義如此。

13客舍中有題詩一聯云：「水向石邊流處冷，風從花裏過來香。」或云唐人詩，亦妙句也。

14杜少陵卒于荆楚，歸葬於陝，此元微之《墓志》所載。而衡之耒陽有少陵墓，史氏因以爲聶令具牛酒迎之，一夕大醉而卒，故聶令因爲之槁葬。微之之《志》云：旅殯岳陽，其孫元和中改葬于鞏，請志其墓。當以是爲正，史氏未詳本末也。陶母不知終於何地，而今陶母墓在在有之，新淦闤闠中亦有陶母墓。李太白世傳乘醉捉月溺死于水，今白墓在採石，又在州東青山。一所而有二墓，耒陽少陵墓殆此類耳！

15梅聖俞送歐陽辟晦夫詩有曰：「我家無梧桐，安可久棲鳳？鳳巢在桂林，烏哺不得共。」晦夫，桂林人，嘗從聖俞學，及其南歸，故以是詩贈之。蘇明允初至京師，時東坡與子由年甚少，人鮮有知者。聖俞獨奇之，故贈明允詩有云：「歲月不知老，家有雛鳳凰。百鳥戢羽翼，不敢呈文章。」後東坡謫海南，過合浦，始識晦夫，談論累日。晦夫因出聖俞贈行之詩，東坡讀畢，執晦夫手笑曰：「君年六十六，余雖少一，而白髮蒼顏大略相似，困窮亦不甚相遠，聖俞所謂鳳例如此。天下皆言聖俞以詩窮，吾二人又窮于聖俞之詩，可不大笑乎！」

16玉笥飆御廟乃西嶽之别祠，初爲雲騰廟，許覺之書三大字，後改賜今名。唐之神多唐衣冠，傳聞其像皆唐所塑，帝像不冕而冠。蓋章聖東封後始册帝號，土人屢欲更像，迄不得。卜水旱疾疫，有禱輒應。遠近數百里，舉子當秋賦，亦皆往謁。始因劉公美中嘗致禱，神降之夢，有詩云：「來年三月春盛時，驊騮穩步金街西。」劉公自是舉進士，中詞科，出入中外，終於兵部尚書、顯謨閣學士。故皆以爲夢之符如是。外舅謝公世林，方舍法盛時再貢不第，其居距祠下不數里，歲時奉祠惟謹。一日，以科目禱焉，夢中亦得詩句云：「欲留年少待富貴，富貴不來年少去。」乃樂天詩也。外舅自是不復南宫大廷之試，尋以疾終。

17范信中名寥，爲士人時慷慨好俠，故山谷詩《寄校理范寥》有「黄犬蒼鷹伐狐兔」之句。（下略）

18花光仁老作墨花，陳去非與義題五絶句，其一云：「含章簷下春風面，造化功成秋兔毫。意足不求顏色似，前身相馬九方皐。」徽廟見而喜之，召對擢用。畫因詩重，人遂爲此畫。紹興初，花光寺僧來居清江慧力寺，士人楊補之、譚逢原與之往來，遂得其傳。（下略）（卷四。下同）

19汪彦章爲豫章幕官，一日，會徐師川于南樓，問師川曰：「作詩法門當如何入？」師川答曰：

「即此席間杯柈、果蔬，使令以至目力所及，皆詩也。君但以意翦財之，馳驟約束，觸類而長，皆當如人意，切不可閉門合目，作鐫空妄實之想也。」彥章頷之。逾月，復見師川曰：「自受教後，準此程度，一字亦道不成。」師川喜謂之曰：「君此後當能詩矣。」故彥章每謂人曰：「某作詩句法得之師川。」

20孔經甫年六七歲能作詩。其父司封君嘗對客召經甫侍立，客命經甫爲蓮實詩，經甫立成。記其一聯云：「一莖青竹初出水，數個黄蜂占作窠。」語雖未工，而比類親切。客大奇之，經甫自此知名。

21江州德化縣楚城鄉，乃陶淵明所居之地，詩中所謂柴桑者。宣和初，部刺史即其地立陶淵明祠，洪芻駒甫爲之記。祠前横小溪，溪中盤屹一石，人謂淵明醉石也。土人遇重九日，即携酒擷菊，酹奠祠下，歲以爲常。

22零陵淡山有石岩，中空可容千人，東南有石窗，眺望甚遠。相傳以爲其地宜淡竹，而山因得名。或云舊有淡姓人居之，故曰「淡山」。秦時有隱者曰周貞實，嘗隱於岩中。始皇好神仙方士，或薦貞實，始皇召之，使凡三往，貞實不起，遂化爲石。岩去州二十餘里，旁有寺觀，往來者無虚日。土人謂岩之幽勝當與浯溪朝陽等。元次山居是邦，而獨無品題，甚可怪也。山谷謫宜州時，嘗至岩下，今其詩之卒章曰：「惜哉次山世未顯，不得雄文鑱翠瑁。」蓋紀永人之語。

23東坡坐詔獄，御史上其寄黄門之詩，神宗見之，即薄其罪，謫居黄州。鄭介夫既下吏，獄官得介夫所厚者往還詩文，悉以奏聞。上見晏叔原所贈絶句，亦從而釋之。神宗愛惜人才，不忍終棄如此。晏詩有云：「小白長紅又滿枝，築球場外獨支頤。春風自是人間客，主掌繁華得幾時。」

24曹子建《七啓》云：「寒芳蓮之巢龜，鱠西海之飛鱗。」注云：「今之脏肉也。」古樂府《名都篇》亦有「寒鱉炙熊膰」之句。因知今人食品有所謂蒸汗假鱉者，夫豈承其（舛）〔制〕而訛其語耶？

25秦少游所賦《浯溪中興詩》，過崖下時蓋未曾題石也。既行次永州，因縱步入市中，見一士人家門户稍修潔，遂直造焉。謂其主人曰：「我秦少游也，子以紙筆借我，當寫詩以贈。」主人倉卒未能具。時廊廡間有一木机瑩然，少游即筆書於其上，題曰：「張耒文潛作。」而以其名書之。宣和間，其木機尚存。今此詩亦勒崖下矣。（卷五。下同）

26燕山招納之舉，多出於蔡攸。攸父子晚年争權相忌，至以茶湯相見，不交他語。王師敗于白溝河，元長嘗以詩寄攸曰：「老懶身心不自由，封書寄與淚横流。百年信誓當深念，三伏征塗盍少休。目送旌旗如昨夢，心存關塞起新愁。緇衣堂下清風滿，早早歸來醉一甌。」詩稍傳入禁中，徽宗命京以進呈。上閲畢曰：「『三伏征塗』，不若改作『六月王師』。」詩復以還。觀此詩，則知是舉非惟當時人知其非，雖其父亦知之矣。

27米元章嘗寫其詩一卷投許沖元，云：「芾自會道言語，不襲古人。年三十，爲長沙掾，盡焚毁已前所作。平生不録一篇投王公貴人。遇知己索一二篇則以往。元豐中，至金陵，識王介甫；過黄州，識蘇子瞻，皆不執弟子禮，特敬前輩而已。」其高自譽道如此。至評章伯益書乃云：「如宫女插花，嬪嬙對鏡，自有一般態度。繼其後者誰歟？襄陽米芾。」則元章於字畫間乃有所推重。世謂元章學羅讓書，蓋其少時，非得法於讓也。

28米元章以書名，而詞章亦豪放不群。東坡嘗言，自海南歸，始恨知之之晚。徽宗朝，以廷臣論薦除太常博士。時内史吴拭行詞多所褒獎，元章喜，作詩以謝之。其末章有云：「中間有一蕭閑伯，學道登仙初應格。朝元明日拜五光，玉皇應怪鬢眉白。」蓋自謂也。未入謝，言者謂其傾邪險怪，詭詐不近人情，人謂之顛，不可以登朝籍。命遂寢。元章大不平，即上章政府訴其事，以爲在官十五任，薦者四五十人，此豈顛者之所能？竟不報。後四年，始得召，復歸班。元章喜服唐衣冠，寬袖博帶，人多怪之。又有潔疾，器用不肯令人執持。嘗衣冠出謁，帽檐高，不可以乘肩輿，乃徹其蓋，見者莫不驚笑。所爲類多如此。（卷六。下同）

29永豐董體仁德元，少年魁鄉舉，士林中亦知名。後累試禮部不第，流落困躓，竟就特奏名，補文學。初任道州寧遠簿，尚待次。其生徒富家劉氏子邀與俱試漕司，復預薦試禮部合格，廷對遂爲天下第一。遣書報其家人，有詩云：「御筆題封墨未乾，君恩重許拜金鑾。故鄉若問登科事，便是當初老榜官。」廬陵之俗，謂特奏名爲老榜。初，體仁既預漕舉，謁一達官，干東上之費，達官語坐客，有「老榜」之語。體仁頗不能平，故其詩及之。時紹興戊辰，體仁年五十三矣。秦丞相當國，雅器重之，援引登朝。不十年，參知政事。秦相死，體仁以言章罷歸於廬陵。

30江彦明，吉之永新人。喜作詩，事母極孝。母嘗有疾，彦明携筆硯坐床下，進藥之餘，吟詩自遣，遂以詩名。嘗記其《晚春》詩云：「鬬草事空猶昨日，惜花心在又明年。」詞意婉美如此。新淦人俞師郝與彦明相友善，俱有詩聲，酬唱甚多。師郝有詩云：「叫月子規喉舌冷，宿花蝴蝶夢魂香。」尤爲彦明所稱賞。彦明名暐，崇、觀間，吉守嘗以八行薦於朝，不報。自號「轑陽居士」。師郝名處俊，登建炎龍飛乙科，不及禄而卒，人甚惜之。二人詩今多傳於江西。

31 吉水有南華院者，在山谷之窮絶處。山行可十里，院傍石溪，冬夏潺湲。溪中皆巨石，方流圓折，宛然曲水流觴之勝。石上有履痕，土人呼爲「仙人迹」。院有白雲堂，在最高處。劉偉明未達時，館於山前之富家，亦嘗寓書劍於此堂。有二詩曰：「紫翠浮浮奪曉昏，生涯谷汲與松焚。客塵一點自應少，終日到門惟白雲。」又云：「野興由來愜杖藜，層巒影裏見翬飛。虚堂一炷起凝碧，化作九天雲染衣。」老僧云：「元題字壁間，幼嘗見之。兵火之後始失去矣。」今寺僧於堂之坎建閣，榜曰「浮翠」，閣之下爲堂，曰「雲到」。蓋摘其詩語也。

32 玉笥山舊多隱君子，皆梁、宋以來避亂者也。最著者孔丘明、杜曇永、蕭子雲，皆當時禁從，其居今悉爲宫觀。山谷詩曰：「郁木坑頭春鳥呼，雲迷帝子在時居。風流掃地無人問，惟有寒藤學草書。」即題蕭子雲宅也。子雲善草書，其《題郁木洞》詩云：「伐我萬古石，紀我千載名。欲知古人處，白雲中相尋。」又詩云：「千載雲霞一徑通，暖煙遲日鎖溶溶。鳥啼春晝桃花坼，獨步溪頭采碧茸。」山谷之詩本此。此山幽深盤曲，延衺百餘里，泉石水竹之勝概固無恙，道宫雖環據，而其流反役於衣食，不能標白之，多爲蓬藋瓦礫之場，亦可惜也。

33王德升名宻，新淦人。困躓場屋，遂入玉笥山依道士潘與齡，獨居白雲齋十餘年。予聞其名久矣。因與諸子入山設醮，德升來相訪，時年六十餘，論詩談理，亹亹不倦。予問：「居山久，何所述？」答以止作絶句，紀玉笥之勝。因得其一編，其《磬山道中》詩曰：「濺石韻寒泉，依稀言語處。回頭覺無人，又上前溪去。」又《山樵》詩曰：「山樵竹裏居，略彴才堪渡。落日澹平疇，牛羊點寒莫。」語意蕭散皆此類，非遠外聲利者不能也。

34康伯可予之《題慧力寺松風亭》六言云：「天涯芳草盡緑，路旁柳絮争飛。啼鳥一聲春晚，落花滿地人歸。」予嘗以語王德升，德升曰：「造語固佳，尚有病。如芳草、柳絮，未經點化；啼鳥一聲、落花滿地，幾乎犯重。不如各更一字，作煙草、風絮、幽鳥、殘花，則一詩無可議者。」

35胡邦衡自福唐貶新州，王民瞻以詩送之，有曰：「百辟動容觀奏牘，幾人回首愧朝班。」又曰：「癡兒不了公家事，男子要爲天下奇。」民瞻，安福人，名庭圭。登科嘗爲茶陵縣丞，累年不調，居鄉里以詩名家。二詩既傳，或以爲訕，由是亦坐謫辰州。邦衡在新州，偶有「萬古嗟無盡，千生笑有窮」之句，新守訐其詩，云「無盡」指宰相，蓋張天覺自號「無盡居士」；「有窮」則古所謂「有窮后羿」也。於是再遷儋耳。其後，邦衡還朝，嘗以詩人薦民瞻，凡再召見。初除國子監簿，後除直敷文閣，終於家。（卷八。下同）

36廬山王元甫有詩名，隱居山中，不與士大夫相接。東坡自嶺歸，過九江，因道士胡洞微欲求見之。元甫辭曰：「吾不見士大夫五十年矣，不用復從賓贊，幸爲我謝之。」東坡嘆賞而退。

37劉尚書美中嘗夜夢與一方士談禪，往復辨論宗乘中事甚詳。美中因問之曰：「仙家亦談佛耶？」方士曰：「仙佛雖二，理豈有二哉？」美中既寤，頗異其事，遂紀之以詩云：「北風吹雲肅天宇，蕙帳寒生月當户。頹然就枕睡思濃，夢魂悠悠迷處所。仙君勝士肯見臨，促席從容款陪語。自言本事清靈君，學佛求仙兩無阻。雲軿白日降瑶空，天衣飄飄就輕舉。方諸宫深雲海闊，金碧禪房隔煙雨。與君初有香火緣，聊復東來相勞苦。方游昆、閬還無期，君住世間須善爲。塵勞足厭何足厭，等是實相夫何疑？前身似是塵外人，端爲世緣縻此身。重聞妙語發深省，若更離塵佛亦塵。方平羽節何時來？道宫佛殿隨塵埃。未須苦説揚塵事，東海波聲政似雷。」美中以爲詩中皆紀其問答之語，故盡録之。

38陳忠肅公居南康日，一夕忽夢中得六言絶句云：「静坐一川煙雨，未辨雷音起處。夜深風作輕寒，清曉月明歸去。」既覺，語其弟子，且令記之。次年徙居山陽，見曆日於壁間，忽點頭曰：「此其時矣。」以筆點清明日曰：「是日佳也。」人莫知何謂，乃以其年清明日卒。（卷九。下同）

39柳公度云：「不以氣海熟生物，暖冷物。」時號善養生者。余異時數蹈之，未知悔也。年逾五十，老形具見，因誦少陵詩云：「衰年關膈冷，味暖並無憂。」特書坐間以自警。

40陳忠肅公在宣、政間，嘗大書杜少陵《哀江頭》一詩，人莫有知其意者。蓋公明於數學，逆知國家靖康之變，而不欲言之爾。（卷十。下同）

41東湖先生嘗會棋於湖山堂，食罷偃息，倏起疾言曰：「予作詩數十年矣，適於床頭得少陵集，試閲之，忽有所見，元來詩如此作。」遂有「不知何處雨，已覺此間涼」之句。自是落筆皆平易。自然之妙，人不能學。

42 少陵古詩有歌、行、吟、嘆之異名，每與能詩者求其別，訖未嘗犁然當於心也。嘗觀《宋書·樂志》以爲詩之流有八：曰行、曰引、曰歌、曰謡、曰吟、曰詠、曰怨、曰嘆。少陵其必有所祖述矣。世豈無能別之者，恨余之未遇也。（徐俊）

甕牖閑評

袁文撰

袁文（一一一九—一一九〇），字質甫，四明鄞州（今浙江鄞縣）人。《甕牖閑評》，宋元書目均未著録，今傳本八卷爲清代四庫館臣從《永樂大典》中輯出並重加編次而成。此據武英殿聚珍版本選録，另據上海古籍出版社版李偉國校點本補録佚文。

1梁王僧孺《詠擣衣》詩云：「散度《廣陵》音，摻寫《漁陽曲》。」自注云：「摻：七紺反，音憾。」余謂「摻」音「憾」，極是。蓋禰衡《漁陽摻古歌》「邊城晏開《漁陽摻》」，亦當音作「憾」字，以下句云「黄塵蕭蕭白日暗」，「暗」字與「憾」字甚叶，不可作他音。僧孺既以「摻」字音「憾」字，則《詩》「摻執手」者亦當音「憾」字無疑。徐陸二家音七鑒、所鑒切者，皆非也。（卷一。下同）

2《詩補音》「明」字有謨郎切，如《雞鳴》之詩「東方未明，顛倒衣裳」是也。韓退之詩云：「歲時未云幾，浩浩觀湖湘。衆夫指之笑，謂我知不明。兒童畏雷電，魚鱉驚夜光。」此詩用「明」字，亦當作謨郎切矣。

3奉朝請，「請」音去聲，蓋《漢書》所謂「春見曰朝，秋見曰請」，顔師古音之甚詳。蘇東坡作

《送程建州》詩云：「會看金花詔，湯沐朝奉請。」乃於「永」字韻押，恐誤。因思今之官制，有所謂朝請郎、朝請大夫者，「請」字皆合音才性切，而今之人止作上聲用，何也？（卷二。下同）

4《漢書》「魁梧」二字，「梧」字音去聲，陳子高詩云：「樓下旌旗五丈餘，府中賢尹計魁梧。」「梧」字乃押作平聲。

5韓退之《符讀書城南》詩云：「少長聚嬉戲。」「少」音始紹切，蓋謂稍長時也，亦猶《漢書·戾太子傳》云「少壯，詔受《公羊春秋》」，注「少壯，言漸長大也」，故其上句云：「兩家各生子，孩提巧相如。」人多讀作去聲者，非是。又《匈奴傳》云：「少長則射狐兔。」而其上文亦云：「兒能騎羊引弓射鳥鼠。」則知「少長」正是稍長時也。若《左氏傳》所謂「少長有禮」與夫「少長於君」，此「少」字却當音失照切。

6《漢書》：「景帝召程姬，姬有所避，而飾侍者唐兒使夜進。上醉不知，以爲程姬而幸之，遂有身。已乃覺非程姬也。及生子，因名曰發。立爲長沙定王，以其母微無寵，故王卑濕貧國。」注云：「後二年，諸王來朝，有詔更前稱壽歌舞。定王但張袖小舉手，左右笑其拙。上怪問之，對曰：『臣國小地狹，不足迴旋。』帝乃以武陵、零陵、桂陽益焉。」蘇東坡作《趙伯成母生日致語口號》斷句云：「願得唐兒舞一曲，莫嫌國小向長沙。」舞者乃長沙王發，非唐兒，亦東坡錯誤也。

7《漢書》：「李延年侍上起舞，歌曰：『北方有佳人，絶世而獨立。一顧傾人城，再顧傾人國。寧不知傾城與傾國，佳人難再得。』上曰：『世豈有此人乎！』平陽主因言延年有女弟，上召見之，實妙麗善舞，由是得幸。」注云：「非不吝惜城與國，但以佳人難得，愛悦之深，不覺傾覆。」余謂此説非也。所謂「傾城與傾國」者，蓋一城一國之人皆傾心而愛悦之，非謂佳人解傾人城、傾人國也。若果解傾人城、傾人國，武帝雖甚昏蒙，其敢求之耶？且延年者亦曉人，方欲感動其君，故諄諄及之，而其言乃險巇如此，其欲人君之聽也難矣，將何以成事乎！故余謂延年之言必不然，乃解注者之失也。唐劉夢得《牡丹》詩云：「惟有牡丹真國色，花開時節動傾城。」若盡依注者之言，則牡丹亦解傾人之城也。

8世言牽牛織女，故老杜詩云：「牽牛出河西，織女處其東。」然織女三星自在牽牛之上，主金帛，非在東也。二星既皆在西，則世俗鵲橋之説益誕矣。而老杜詩又云：「牛女年年渡，何曾風浪生。」殆見人言紛紛，聊以爲戲耳。（卷三。下同）

9韓退之《雪》詩云：「今朝踏作瓊瑶跡。」又《雪》詩云：「疑是屑瓊瑰。」皆比雪爲瓊者，以其白也。許慎《説文》則云：「瓊，赤玉也。」石曼卿《紅梅花》詩云：「繁萼香瓊亂，殘英絳雪遺。」謂此耳。若以余觀之，瓊未必是赤玉，恐叔重言之誤也。

10宗懔云：「歲旦燎竹於庭。」所謂燎竹者，爆竹也。王荆公詩云：「爆竹聲中一歲除。」而今乃用於歲前數日。又，出土牛以送寒氣，此季冬之月也。牛爲丑神，出之所以速寒氣之去，不爲人病耳。而今乃用於立春之日，皆所不曉。

11《嘉祐雜録》云：「正月十六日大耗，京師局務如都商税務亦休務一日，其令如此。」然《槁簡贅筆》所載耗日，止是耗磨耳。故唐張説詩云：「耗磨傳此日，縱横道未宜。」又詩云：「上月今朝減，人傳耗磨辰。」如此則止是耗磨，磨茶、磨麥等合忌之，官司局務去處何必休務耶！

12今人謂梅雨爲半月，以夏至爲斷梅日，非也。梅雨，夏至前後各半月，故蘇東坡詩云：「三旬已過黄梅雨。」則梅雨爲三十日可知矣。

13蘇東坡嘗作《端午帖子》曰：「翠筒初窒楝，薌黍復纏菰。」注云：「新筒裹練，明皇《端午》詩序。」而《藝苑》又云：「東坡之意蓋謂『楝』當作『練』耳。」然余家收得東坡親寫此帖子墨刻，范至能參政刊在蜀中，其「楝」字不曾改，只作此「楝」字。不知《藝苑》何所見而謂東坡改作「練」字乎？豈亦有贋作者，而《藝苑》不能深察也？

14古來除夕，闔家團坐達旦，謂之守歲。此事不知廢自何時，前此四五十年，小兒尚去理會，今並不聞矣。此事雖近兒戲，然父子團圞，把酒笑歌，相與竟夕不眠，乃是人家所樂者，何爲遽止也！嘗觀杜子美《守歲》詩云：「四十明朝過，飛騰暮景斜。」蘇東坡詩亦云：「欲唤阿咸來守歲，林烏櫪馬鬭喧嘩。」以至「寒暄一夜隔，客鬢兩年催」。昔人多見於篇詠，則知前古大人無不守歲者，今小兒亦不復講，可惜也。

15東坡作《徐州戲馬臺》詩云：「路失玉鉤芳草合，林亡白鶴野泉清。」若據《後山詩話》所載：「臺下有路號玉鉤斜，唐高宗東封，有鶴下焉，乃詔諸州爲老氏築宫，名以白鶴。」此廣陵戲馬臺，非徐州戲馬臺也。正猶潘岳作《西征賦》，以陝之曲沃爲成師所居，不知成師所居乃晉之曲沃耳，豈不爲錯誤耶！

16大孤山、小孤山，本是此「孤」字，今廟中乃各塑一婦人像，蓋訛「孤」字爲「姑」字耳。其地有孟浪磯，亦訛爲彭郎磯，相傳云：「彭郎，小姑婿也。」其言尤可笑。蘇東坡《游孤山訪惠勤惠思》詩云：「孤山孤絶誰肯廬，道人有道心不孤。」可證其誤矣。至僧祖可作《大孤山》詩乃云：「有時羅襪步微月，想見江妃相與娱。」則又以「大孤」爲「大姑」也。

17《懶真子録》載陶淵明《責子》詩云：「雍端年十三，不識六與七。」謂雍、端乃二子名，且淵明清德如此，而有如夫人。余觀淵明《與儼等書》云：「恨室無萊婦，抱兹苦心。汝等雖不同生，當思四海皆兄弟之義。管仲、鮑叔，分財無猜，他人尚爾，況同父之人乎！」以是知淵明有如夫人無疑也。

18《唐語林》載：「韓文公有二侍女，曰柳枝，曰絳桃。其奉使王廷凑也，至壽陽驛有詩云：『風光欲動别長安，春半邊城特地寒。不見園花並巷柳，馬頭惟見月團團。』逮歸，柳枝逾垣遁去，家人遽追獲。又有詩云：『别來楊柳街頭樹，擺亂春風只欲飛。惟有小園桃李在，留花不發待郎歸。』自是專寵絳桃。」余謂此二詩決非文公所作，蓋當時附會者爲之爾。人家豈無侍女，況又有逾垣之事，文公乃唐一代人傑，豈得淫言媟語見於詩什乎！

19《容齋續筆》云：「世言白樂天侍兒惟小蠻、樊素二人。余讀《小庭亦有月》詩云：『菱角執笙簧，谷兒抹琵琶，紅綃信手舞，紫綃隨意歌。』樂天自注云：『菱、谷、紅、紫，皆小臧獲名。』若爾，則紅、紫二綃亦女奴。」然余又見樂天詩云：「如何斷取曹綱手，插向重蓮紅袖中。」如此則樂天女奴乃五人，蓋又不止如前四人也，他日容齋聞之，寧免一笑耶？

20白樂天詩云：「病與樂天相伴住，春隨樊子一時歸。」余每讀至此，未嘗不爲之凄然。嗟乎！無情者，其草木也，若猶有情，當此時其何以自處耶？余然後知情之惑人甚矣，自非胸中有大過人者，而能以理自遣，不爲其所陷溺者，幾希矣。夫石崇、喬知之輩，非無過人之才、絶俗之智，一爲所惑，遂至喪家亡身，況下於二人者乎！壽禪師垂誡云：「但能消除情念，斷絶妄緣，對世間一切愛欲境界，心如木石，雖復未明道眼，自然成就浄身。」與夫胡僧法調，將終與衆别云：「山河大地皆變滅，而況人身安得長久！但能專心清浄，屏去三毒，形數雖乖，其會必同。」如此等語言，端不可不留意也。

21蘇東坡詩云：「我大似樂天，但無素與蠻。掛冠及未艾，當獲一紀閑。」意亦欲如樂天退居之後，安貧樂道，優游以卒歲耳。乃晚歲竄逐海上，滯留七年，後雖復官以歸，而奔馳數月，竟殁於中途，良可嘆也。

22廉宣仲高才，幼年及第，宰相張邦昌納爲婿，當徽宗時，自謂平步青雲。及邦昌得罪，而宣仲官竟不顯，病廢累年以死。其作《畫松》詩云：「獨倚寒岩生意絶，任他桃李自成蹊。」讀其詩，則其人可知。

23王元之詩云：「未必頸如樗里子，也應頭似夏黄公。」畢文簡公以爲非，黄公未嘗姓夏，當云綺里季，夏及黄公爲二人可也。今觀皇甫謐《高士傳》云：「夏黄公姓崔名廓，字少通，齊人，隱居修道，號夏黄公。」又却是其號，未知其孰是也。

24揚子云《法言》云：「育而不苗者，吾家之童。烏乎！九齡而與我玄文。」《步里客談》謂「童」下合有一點，蓋子雲之意，嘆其子童蒙而早亡，故曰「烏乎」，是即「嗚呼」二字。後世乃謂子雲之子名烏，雖蘇東坡、張芸叟諸公莫能辨之。觀東坡在惠州，其子遁之死也，有詩云：「苗而不秀豈其天，不使童烏與我《玄》。」芸叟以公奴終七有詩云：「學語僅能追騶子，草《玄》安敢望童烏？」是亦以「烏」爲子雲之子也。

25蘇東坡詩云：「他年一舸鴟夷去，應記渠儂舊姓西。」西謂西子也。西子本姓施，而世稱西施，蓋東、西施之謂耳。東坡乃以爲姓「西」，誤矣。

26蘇東坡詩云：「獨看芙蓉傾白墮。」余案《洛陽伽藍記》載河東劉白墮善釀，所謂白墮者，當是其名。然殊無意義，疑斯人既白而且大，故閭里呼爲「白大」，如所謂「黑闥」相似，「黑闥」本是「黑獺」，訛爲「黑闥」耳。閭里之名，鄙俗不可以理測有如此者。

27黄太史詩云：「爲唤謫仙蘇二來。」故人謂蘇東坡排行第二，其實第九二也。濟南先生李方叔集中有《贈小蘇先生九二丈》詩，則知東坡第九二矣。

28《家語》：「累累然若喪家之狗。」「喪」字當作去聲，言如失家之狗耳。故蘇東坡詩云「惘惘可憐真喪狗」是矣。而元微之詩乃云：「饑摇困尾喪家狗。」又却作平聲用，何也？案：喪家狗，據《韓詩外

傳》，論文義應讀平聲，元稹詩蓋本之。（卷四。下同）

29《淮南子》云：「燭龍在雁門北，蔽於委羽之山，不見日。」其「委羽」二字，據許景衡詩云「委羽人物已仙去，陳跡風流猶至今」，「委」音于危切，「羽」音俱依切，乃委蛇也。則知「蔽於委羽之山」者，亦合作「委蛇」音矣。

30「沽」字有二義，有作去聲用者，有作平聲用者。如李太白詩云：「夜臺無曉日，沽酒與何人？」東坡詩云：「潘子久不調，沽酒江南村。」此作去聲用也。如東坡詩云：「得錢只沽酒。」又云：「沽酒飲陶潛。」此作平聲用也。

31杜子美字學不明，其作詩多用重字而不之悟。如《寄劉峽州》詩云：「家聲同令聞，時論以儒稱。」又曰：「姹女縈新裹，丹砂乏舊秤。」不知「稱」字即古之「秤」字，其「秤」字乃後人誤改「稱」字之偏旁耳。《奉漢中王手札》詩云：「國有乾坤大，王今叔父尊。」又云：「從容草奏罷，宿昔奉清罇。」不知「尊」字即古之「罇」字，乃後人誤增「尊」字之偏旁耳。子美作此二詩，却不知韓退之《鄖城聯句》云：「兩廂鋪氍毹，五鼎調勺藥。」又云：「但擲雇笑金，仍祈却老藥。」前「藥」字蓋本《子虛賦》中「勺藥之和具，而後御之」，勺，音酌；藥，音略；後「藥」字乃如字。退之所用一字，其實是二字，子美所用二字，其實是一字。

32《唐韻》：「欸音靄，乃音媼。」黄太史書元次山《欸乃曲》，注云：「欸音襖，乃音靄。」太史誤耳。洪駒父《詩話》亦云：「欸音靄，乃音媼。」是已。苕溪漁隱不曾深究，乃謂駒父不曾看元次山詩及太史此注，妄爲之音。而不知己自不曾看《唐韻》，反以騶父爲誤也。

33韓退之詩：「君欲問方橋，方橋如此作。」「作」字與「過」字同押，音「做」明矣。苕溪漁隱云：「老杜詩『主人送客無所作』，『作』字當音『做』也。」余謂黄太史詩云「斂手還他能作者」，此『作』字豈不當音『做』乎？蓋與前二作字義同也。

34韓文公詩：「未諳鳴摵摵。」案苕溪漁隱云：「摵音縮，又音索，止此二音。」晁無咎詩云：「上山割白紵，山高葉摵摵。持歸當户績，爲君爲絺綌。」却又音爲「戚」矣。

35華陽，「華」字是去聲，「華山」之「華」也。林和靖詩云：「終約吾師指芳草，静吟閒步岸華陽。」疑「華」字不可作平聲。小乘禪，「乘」字是平聲，汪彦章詩云：「應物聊爲小乘禪。」疑「乘」字不可作去聲。

36《因話録》云：「祠部俗謂之冰廳，『冰』字《唐書》音作去聲。歐陽文忠公詩乃有『獨宿冰廳夢帝闕』，『冰』字作平聲用，文忠公誤矣。」而沈存中作《江南春意》樂府詞云：「艇子隔溪語，水光冰玉壺。」「冰」字自音去聲。則知「冰」字可以作去聲音，故存中特著於此。

37「奈何」乃連綿字，世多稱「無奈何」是已。「奈」字上從「大」，下從「示」，當作奴個切，不可作奴帶切而音爲「柰」字也。蘇東坡詩云：「平生不盡器，痛飲直無奈。舊人舉眼看，老伴餘幾個？」「奈」字乃與「個」字同押，是東坡詩用「奈」字作奴個切矣。若「木」下「示」却是奴帶切，果木名，與「柰」字自是兩字。

38豨苓，「豨」字本仄聲，蘇東坡詩云「千金得奇藥，開示皆豨苓」是已。而唐子西乃作平聲，其詩云「豈有豨苓解引年」是也。

39黄太史云：「能，奴來切，三足鼈也。今於『來』字韻中用，『法士多懷能』，乃是僧似鼈耳。」據此則「才能」字不可作奴來切押矣。然古文固有用本字而借他音者。張平子《西京賦》云：「摭紫貝，搏耆龜，搤水豹，馽潛牛。」郭璞《游仙》詩云：「京華游俠窟，山林隱遁棲。朱門何足榮，未若托蓬萊。臨源挹清波，淩岡掇丹荑。」夫「龜」字作「鳩」字音，「萊」字作「黎」字音，非本字而借他音押者乎！又況《荀子·成相篇》云：「世之災，妒賢能，飛廉知政任惡來。」潘正叔《贈王元貺》詩云：「游鱗萃靈沼，翔翼希天階。濟川用舟楫，致治由賢能。」其用「能」字固有作奴來切者，太史豈一時失記而誤言之耶？

40「淋浪」二字，「浪」字乃平聲。蔡君謨詩云：「堂上壽觴淋浪滿。」其「浪」字却作去聲用。「漫浪」二字，「浪」字乃去聲。李方叔詩云：「令人却憶漫浪翁。」「浪」字却又作平聲用。皆所不能曉者也。

41詩家用「乞」字當有二義，有作去聲用者，有作入聲用者。如陳無己詩云：「乞與此翁元不稱。」蘇東坡詩云：「何妨乞與水精鱗。」此作去聲用也。如唐子西詩云：「乞取蜀江春。」東坡詩云：「乞得膠膠擾擾身。」此作入聲用也。

42「柰」字從木，奴帶切；「奈」字從大，奴個切。字形音訓全不同。然人寫「柰」字往往多作

「奈」字，「奈」字却作「柰」字，蓋二字易於相亂，故多錯誤。胡宗愈寫杜子美詩「雞棲奈爾何」，「奈」字從大，誠是也。然其後寫「宿陰繁素㮏」，合作「柰」字，今乃作「㮏」字，其左既添一「木」，若復從「木」，疑字書無此字，所不可曉。

43「屏營」二字，據《藝苑雌黄》，乃有彷徨恐懼之意，「屏」音卑盈切。本朝有徐安人者，能詩，有集行世，其作《秋扇》詩云：「西風颯高梧，枕簟凄以清。團扇猶在側，揮弄意屏營。」觀其詩意，似與《藝苑雌黄》所言相合。若揚子云：「萃之屏營，嬴擅其政。」庾亮《讓中書監表》云：「憂惶屏營，不知所厝。」此二書皆音「屏」爲上聲，誤矣。

44世稱李白詩云：「山陰道士如相訪，爲寫《黄庭》換白鵝。」夫王羲之換鵝，乃寫《道德經》，《晉史》載之甚詳。後人遂以爲李白之誤。然《李白集》中自有「山陰遇羽客，要此好鵝賓。掃素寫《道經》，筆精妙入神」之詩，而李白初不誤也。又黄太史作《玉樓春》詞，末句云：「爲君寫得《黄庭》了，不要山陰道士鵝。」太史似不免有承誤之譏。然太史集中亦有「頗似山陰寫《道經》，雖與群鵝不當價」之詩，而太史亦不誤也。以此知太史《玉樓春》詞與李白前詩相似，恐必爲後人贋作。不然，李白遠矣，流傳固未可知；而太史近代人，《玉樓春》並不在集中，則知決非太史之詞，皆爲後人贋作明矣。（卷五。下同）

45韓退之詩云：「一奴長須不裹頭，一婢赤脚老無齒。」此蓋記盧仝之一奴一婢耳。蘇東坡作絶句詩云：「更煩赤脚長須老，來趁西風十幅蒲。」東坡似指赤脚、長須爲一人，豈其不詳審耶？

46白樂天好以俗語作詩，改易字之平仄。如「雪擺胡衫紅」，此以俗語「胡」字作「鶻」字也；「燕姬酌蒲桃」，此以俗語「蒲」字作「勃」字也；「忽聞水上琵琶聲」，此以俗語「琵」字作「弼」字也。又有不因俗語而亦改易字之平仄者，如「爲問長安月，如何不相離」，自注云：「相音思必切。」乃以「相」字爲入聲。「緑浪東西南北路，紅欄三百九十橋」，乃以「十」字爲平聲。「四十著緋軍司馬，男兒官職未蹉跎」，「一爲州司馬，三見歲重陽」，乃以「司」字爲入聲。自蘇李以來，未見此格調也。

47杜荀鶴詩不甚佳，而或者獨取其閨怨一聯：「風暖鳥聲碎，日高花影重。」《歸田録》乃云：「此詩周樸所作。」歐陽文忠公大儒，想必有據而不妄言。如此，則荀鶴詩殆絶無佳者矣。

48汪彦章《松詩》云：「絶勝分封五丈夫。」疑「丈」字乃「大」字。前輩用事亦有錯誤處，五大夫蓋秦官也，秦始皇登泰山，避雨松下，遂封爲五大夫，初不聞有五株之説。後世不究五大夫是秦官，乃以松爲五株，皆封爲大夫。王逢原詩云：「却笑五株喬嶽下，肯將直節事嬴秦。」蓋錯誤也。

49唐李端有《巫山高》一篇，歐陽文忠公作《廬山高》以擬之。而《韶州圖經》載馬援南征，其門人轅寄生善吹笛，援爲作歌和之，名曰《武溪深》。則《廬山高》亦《武溪深》之意也。

50王荆公每自稱「楚老」，初不見其用處，及觀其作《定林》詩云：「楚老一枝筇，于此傲人群。」又作《公辟枉道過訪》詩云：「舊事齊兒應共識，新篇楚老得先知。」方知此「楚老」乃荆公自謂耳。

51蘇東坡作《英州峽山寺》詩所載「孫恪化猿」事，乃端州峽山寺，非英州峽山寺也。

52蘇東坡《送筍與李公擇》詩云：「騈頭玉嬰兒，一一脱錦棚。」此蓋用唐人《食筍》詩云「稚子脱錦綳，駢頭玉香滑」爲故事也。而杜工部詩亦云：「筍根稚子無人見。」或者乃以爲「雉雞」之「雉」，誤矣。此正唐人所謂「稚子脱錦綳」者。杜牧之詩又云：「幽筍稚相携。」以牧之詩證之，則工部之詩益知非「雉雞」之「雉」矣。

53《尚書故實》載元載破家，籍財貨諸物，得胡椒九百斛，而蘇東坡詩云：「胡椒八百斛，流落知爲誰。」遂與之減却百斛，豈其筆誤耶！ 案《新唐書·元載傳》云：「胡椒至八百石，它物稱是。」黄庭堅詩有「何處胡椒八百斛」之句。是書論蔡京諸人奢縱條謂：「胡椒八百斛如元載者不足云。」此條似故作恢諧語，非直證誤減百斛。

54蘇東坡奉敕撰《上清儲祥宫記》，後朝廷磨之，别命蔡元度作，故東坡有詩云：「淮西功德冠吾唐，吏部文章日月光。千載斷碑人膾炙，不知世有段文昌。」退之《淮西碑》亦是磨後復使文昌再作，此二事大相類也，東坡遂托爲此詩紹聖間有人於沿流館中得之，蓋亦有少不平故耳。而苕溪漁隱不知有此，乃謂東坡竄海外時作，欲以自況，非也。

55柳子厚所居乃愚溪，蘇東坡《過太行》詩云：「未應愚谷能留柳。」「溪」字遽改爲「谷」字矣。

56蘇東坡詩云：「溪邊布穀兒，覻我脱破袴。」蓋以布穀爲「脱却破袴」也。然「脱却破袴」乃是「不如歸去」子規之鳥耳，非布穀也。

57蘇東坡詩云：「關右玉酥黄似酒。」碑本乃作「土酥」，「土」字是也。況末句又云：「明朝積玉高三尺。」無用兩「玉」字之理，則是「土」字無疑。

58蘇東坡詩云：「扶桑大繭如甕盎。」「甕」字人多作去聲讀，注云：「甕，于龍切。」然則此詩「甕」

字須作平聲讀爲是。

59蘇東坡不甚喜婦人，而詩中每及之者，非有他也，以爲戲謔耳。其曰「短長肥瘠各有態，玉環飛燕誰敢憎」，乃評書之作也。其曰「欲把西湖比西子，淡妝濃抹總相宜」，乃詠西湖之作也。其曰「戲作小詩君勿誚，從來佳茗似佳人」，乃謝茶之作也。如此數詩，雖與婦人不相涉，而比擬恰好，且其言妙麗新奇，使人賞玩不已，非善戲謔者能若是乎！

60蘇東坡昔守臨安，余曾祖作倅。一日，同往一山寺祈雨，東坡云：「吾二人賦詩，以雨速來者爲勝，不然，罰一飯會。」於是東坡云：「一爐香對紫宫起，萬點雨隨青蓋歸。」余曾祖則曰：「白日青天沛然下，皂蓋青旗猶未歸。」東坡視之云：「我不如爾速。」於是罰一飯會。

61任淵解黄太史詩，改《磨崖碑後》詩「臣結《春秋》二三策」一句作「臣結《春陵》二三策」，引元次山《春陵行》爲言，此固一説也。然余見太史親寫此詩於磨崖碑後者，作「臣結《春秋》二三策」，詎庸改耶！

62黄太史《謝送宣城筆》詩云：「宣城變樣蹲雞距，諸葛名家捋鼠須。一束喜從公處得，千金求買市中無。漫投墨客摹科斗，勝與朱門飽蠹魚。愧我初非草《玄》手，不將閑寫吏文書。」世多病此詩既押十虞韻，魚、虞不通押，殆落韻也。殊不知此乃古人詩格，昔鄭都官與僧齊已、鄭損輩共定今體詩格云：「凡詩用韻有數格，一曰葫蘆，一曰轆轤，一曰進退。葫蘆韻者，先二後四。轆轤韻者，雙出雙入。進退韻者，一進一退。失此則謬矣。」今此詩前二韻押十虞字，後二韻押九魚字，乃雙出雙入，得非所謂轆轤韻乎？非太史之誤也。

63黄太史《謝檀敦信送柑子》詩云：「書後合題三百顆。」若用黄柑事，則言二百可也，而云三百者，却是橘矣。

64朝雞者，鳴得絶早，蓋以警入朝之人，故謂之朝雞。晁以道詩乃云：「雞鳴本候海潮信，不爲金門上馬時。」如此則當爲潮汐之「潮」字，未知何據。

65歐陽文忠公不喜《中説》，以爲無所取，而司馬温公酷愛之。楊文公不喜杜子美詩，而黄太史眷眷未嘗輒去手。又蘇東坡喜《漢書》而獨不喜《史記》。夫《中説》、杜詩、《漢書》、《史記》，人人皆知其美，而諸公所見不同如此，豈亦性情之癖耶！

66蘇東坡在黄州時，夢神宗召入小殿賜宴，乃令作《宫人裙銘》，又令作《御靴銘》，二文皆載之集中。及作《志林》，乃云：「某倅武林日，夢神宗召入禁中，宫女圜侍，一紅衣女童捧紅靴一隻，命某銘之。既畢，使宫女送出，睇視裙帶間，有六言詩一首。」蓋即集中所載裙與靴銘也。不知何故不同如此。

67徐仲雅《宫詞》云：「内人曉起怯春寒，輕揭珠簾看牡丹。一把柳絲收不得，和風搭在玉欄杆。」而黄太史作《黄龍心禪師燒香頌》云：「海風吹落楞伽山，四海禪徒著眼看。」其後二句乃是襲徐仲雅《宫詞》，豈太史作頌。案：此句下有脱文。

68黄太史《西江月》詞云：「斷送一生惟有，破除萬事無過。」此皆韓退之之詩也，太史集之，乃天成一聯，陳無己以爲切對而語益峻，蓋其服膺如此。太史又嘗謂人云：「杜荀鶴詩『舉世盡從愁裏老』，可對韓退之詩『何人肯向死前休』。」此一聯尤奇絶，雖未成全篇，知太史真能集句，第恨所見者不多耳。然其譬集句爲「百家衣」者，亦其所優爲故也。

69元微之詩云：「《六幺》散序多籠撚。」王建詩云：「琵琶先抹《緑腰》頭。」蓋此曲先名《録要》，後改名《緑腰》，而今曲名《六幺》者，偶從省耳，非有他説也。

70前輩作字亦有錯誤處，初不是假借也。米元章帖寫「無耗」作「無好」，蘇東坡帖寫「墨仙」作「默仙」，周孚先帖寫「修園」作「脩園」，以至王荆公作詩，其間有「千竿玉」三字，却寫作「千岸玉」，恐皆是其筆誤耳。

71余嘗見《虢國夫人夜游圖》，乃晏元獻公家物，後歸於内府，徽宗親題其上云：「張萱所作。」蘇東坡諸公有詩，皆在其後。而黄太史跋東坡此詩，乃云「周昉所作《虢國夫人夜游圖》」。疑太史未嘗見此圖，以意而言之耳。

72前世皆病蘇東坡不當呼李伯時爲畫師，蓋東坡嘗有詩云：「前世畫師今姓李，不妨重作《輞川圖》。」殊不知東坡乃用王摩詰之語耳。摩詰自作《輞川圖》詩云：「當世謬詞客，前身應畫師。不能舍餘習，偶被時人知。」東坡蓋本於此。

73建中靖國間，饒德操《題周昉畫李白》詩云：「烏紗之中白苧袍，岸巾攘臂方出遨。」此本最佳也。今之畫李白者作緋袍，其服色未爲深害，但裏用白夾，寓所謂「裏白」者，何爲鄙俚至於如此！

而今士大夫收本往往皆同，舉此可爲千載一笑。又古詩云：「日暮倚修竹，佳人殊未來。」所謂佳人，乃賢人也，今畫工竟作一婦人，彼縱不知詩，寧無一人以曉之耶！

74劉夢得《茶詩》云：「自傍芳叢摘鷹觜，斯須炒成滿室香。」以此知唐人未善啜茶也。使其見本朝蔡君謨、丁謂之製作之妙如此，則是詩當不作矣。夫旋摘之茶必香，其香當倍于常茶，非龍麝之比也。古人入茶有用龍麝者，其壞茶爲不少，茶有自然之香，其何假于龍麝乎！黄太史詩云：「要及新香碾一杯，不應傳寶到雲來。」是知茶之新者，其香尤可愛也。（卷六。下同）

75劉夢得《茶詩》云：「山僧後簷茶數叢，春來映竹抽新茸。宛然爲客振衣起，自傍芳叢摘鷹觜。斯須炒成滿室香，便酌砌下金沙水。驟雨松聲入鼎來，白雪滿碗花徘徊。」此乃詠煮茶也。北人皆如此，迨今猶然。《香轡類藁》云：「觀此詩，自摘至煎，則便飲之，初無焙造碾羅之事。雖曰茶芽，不知争得入口，豈亦如藥之㕮咀，去其滓而飲之乎？」香轡蓋南人，未知煮茶耳。

76白樂天《茶詩》云：「渴嘗一盞緑昌明。」昌明乃地名，在綿州，人便謂昌明茶緑，非也。此正與「黄金碾畔緑塵飛」之句相似，蓋是時未知所以造茶，製作不精，故茶之色猶緑，而好事者録其茶之妙，亦未以白色爲貴，其詩故如此。使樂天見今日之茶之美，而肯爲是語耶！

77自唐至宋，以茶爲寶，有一片值數十千者，金可得，茶不可得也，其貴如此。而前古止謂之苦荼，以此知當時全未知飲啜之事。蘇東坡詩所謂「茗飲出近世」者，不可謂無所本也。

78余生漢東，最喜啜畾茶，閒時常過一二北人，知余喜啜此，則往往煮以相餉，未嘗不欣然也。

其法以茶芽盞許，入少脂麻，沙盆中爛研，量水多少煮之，其味極甘腴可愛。蘇東坡詩云：「柘羅銅碾棄不用，脂麻白土須盆研」者是矣。而東坡詩又云：「前人初用茗飲時，煮之無問葉與骨。」《茶録》中亦載茶古不聞食，晉以降，吴人采葉煮之，號茗粥。則知畾茶者自晉蓋有之矣，非復今之人始食也。東坡詩又云：「食罷茶甌未要深。」後人便謂食罷未可啜茶，引東坡此詩以爲證，而不知東坡且欲睡耳，故其詩下句云「春風一榻值千金」也。

79杜陵詩云：「飯抄雲子白。」蓋謂飯可以比雲子之白也。至後世則便以飯爲雲子，故唐子西詩云：「雲子滿田行可擣。」又汪彦章詩云：「秋來雲子滑流匙。」更不究雲子爲何物，見杜工部有飯抄之句，竟指飯爲雲子也。然雲子乃神仙之食，出《漢武外傳》中。又詩云：「漁梁曬翅滿烏鬼。」則又以烏鬼爲鸕鷀，亦緣工部詩有「曬翅滿漁梁」之句也。且鸕鷀非是烏鬼，沈存中已竊笑之，所謂「白差烏鬼作鸕鷀」者爲此耳，然則雲子亦是白差矣。

80束皙《餅賦》云：「春饅頭，夏薄持，秋起搜，冬湯餅。四時皆宜，惟牢九乎！」初不知牢九是何物。後讀蘇東坡詩云：「豈惟牢九薦古味，要使真一流天漿。」雖東坡殆亦未知牢九果何物耳。

案：蘇軾《游博羅香積寺》詩自注：「東皙《餅賦》：饅頭、薄持、起搜、牢九。」而《賦匯》載束皙《餅賦》「薄持」作「薄壯」，「起搜」作「起溲」，「牢九」作「牢丸」，殆傳本各異。此條則仍軾注而載之。

81蘇東坡一帖云：「予少嗜甘，日食蜜五合，嘗謂以蜜煎糖而食之可也。」又曰：「吾好食姜蜜湯，甘芳滑辣，使人意快而神清。」其好食甜可知。至《別子由》詩云：「我欲自汝陰，徑上潼江章。

想見冰盤中，石蜜與糖霜。」嗜甘之性，至老而不衰，其見於篇章者如此。

82字書：「酢乃醋字，世作酬酢之酢，非也。」今按《匡謬正俗》注云：「酢菜，酢音倉故切。」《東軒手鈔》云：「北方頗貴，土人以糖酢漬之。」又云：「儋耳食無果麵醬酢。」黄太史《謝張泰伯惠黄雀鮓》詩云：「蜀王煎蒻法，醯以羊彘兔。麥餅薄於紙，含醬和醎酢。」是皆作醋字用也。

83琵琶不謂之彈而謂之抹，故王建詩云：「琵琶先抹《緑腰》頭。」白樂天詩云：「谷兒抹琵琶。」則知「細抹將來」，正謂琵琶也。

84棋，至難事也。而詠棋爲尤難。嘗觀杜牧之詩云：「羸形暗去春泉長，猛勢横來野火燒。」劉夢得詩云：「雁行佈陣衆未曉，虎穴得子人方驚。」黄太史詩云：「心似蛛絲游碧落，身如蜩殼化枯枝。」案：「蜩殼」，《黄庭堅集》作「蜩甲」。觀此三詩，皆道盡棋中妙處，殆不容優劣矣。至王荆公、蘇東坡則不然，荆公之詩云：「戰罷兩奩收黑白，一枰何處有虧盈。」東坡之詩云：「勝固忻然，敗亦可喜。優哉游哉，聊復爾爾。」二詩理趣尤奇，其見又高於前三公也。

85紙謂之箇，亦謂之枚。黄太史詩云：「爲染藤溪三百箇。」歐陽文忠公詩云：「純堅瑩膩卷百枚。」

86研墨所貴無聲，不可不知也。蔡君謨詩云「玉質純全理緻精，鋒芒都盡墨無聲」，黄太史詩云「但見受墨無聲松花發」是矣。

87世謂投子六隻爲渾花，《五代史》載劉信一擲，遂成渾化，正謂投子也。化字亦有理，第世俗訛爲花字耳。又博家以一二三四五六投子爲浮圖何也？浮圖乃塔耳。舊聞張山人《浮圖》詩云：「浮圖好浮圖，上頭細了下頭粗。」借此名以名投子者，豈亦以一二三四五六爲自細至粗如浮圖之狀也歟？

88《北夢瑣言》載狄右丞愛與僧游，其有服紫袈裟者乃疏之。此正鄭都官詩所謂「愛僧不愛紫衣僧」者也。（卷七。下同）

89佛經云：「平生不妄語，其舌可能及肱。」後見黄太史詩云：「我舌猶能及鼻尖。」恐亦是佛經之意也。

90今人皆言珓杯，古人謂之杯珓。韓退之詩云：「手持杯珓導我擲，雲此最吉難爲同。」又《集韻》云：「杯珓，巫以爲吉凶器者。」《唐韻》云：「杯珓，古者以玉爲之。」皆作杯珓也。

91「鴻鵠」二字，若據《史記音解》「燕雀安知鴻鵠之志」，並「鴻鵠高飛，一舉千里」云云，自是一種鳥名，鸞鳳之屬，非鴻雁與鵠也。而韓退之《病鴟》詩乃云：「擬淩鸞鳳群，肯顧鴻鵠卑。」又何耶？

92黄太史詩云：「百舌解啼泥滑滑。」夫百舌，春間鳴，至春季則不鳴，所謂「反舌無聲」，即此耳。若「泥滑滑」乃田間一種小鳥，名曰竹雞，非百舌也。

93蜥蜴、蛜蝛，非冬間所有之物。蘇東坡在廣南，上元夜有詩云：「静看月窗盤蜥蜴，卧聞風幔落蛜蝛。」豈廣南地暖，而此二物不蟄耶？

94《酉陽雜俎》載：「蝦姑狀如蜈蚣，食蝦。」余謂蝦姑可對鴉舅，而唐陸龜蒙詩云：「行歇每依鴉舅影，挑頻時見鼠姑心。」以鴉舅對鼠姑，不知鼠姑何物也。

95蚊子初不能鳴，其聲乃鼓翅耳。何以知之？蓋蚊子立定則無聲，惟飛起有聲，故知其聲不在於觜而在於翅也。歐陽文忠公《蚊子》詩云：「萬枝黄落風如射，猶自傳聲欲噬人。」是未嘗細察耳。

96歐陽文忠公《蚊子》詩云：「蚤虱蚊虻罪一倫，未知蚊子重堪嗔。」又詩云：「嘗聞高郵間，猛虎死淩辱。哀哉露筋女，萬古仇不復。」而孟城《孫公談圃》亦載：「秦州西溪多蚊子，使者按行，左右以艾煙烘之，有廳吏醉仆，爲蚊子所齧而死。」其可畏有如此者。

97蘇東坡作《渼陂魚》詩云：「烹不待熟指先染。」乃在去聲韻押。然《左氏傳》載染指事，染字音如琰反，作上聲押何也，豈其錯誤耶？

98凡花皆以美名褒之，故宋咸《牡丹》詩云：「寶花初爛欲連枝。」是以牡丹爲寶花也。蘇東坡《海棠》詩云：「惟有名花苦幽獨。」是以海棠爲名花也。黄太史《水仙》詩云：「糞壤能開黄玉花。」是以水仙爲黄玉花也。以至李太白以瑞香爲仙花，見於其詩所謂「聞道仙花玉染紅」者。洪駒父以岩桂爲可憐花，見於其詩所謂「誰折可憐花，置我經行處」者。是未嘗不以美名褒之也。夫蓮花在諸花中亦甚奇特，前輩賦詠之者甚多，許彦周《詩話》云：「世間花卉無逾蓮花者，蓋諸花皆藉暄風暖日，惟蓮花得意于水月。」可謂紀其實矣。而陳去非乃獨以繁花目之，其詞有云：「今年何以報君恩，一路繁花相送到青墩。」使蓮花有知，甯不稱屈耶！

99牡丹謂之真花，見《牡丹記》。又謂之寶花，見宋咸詩。獨歐陽文忠公名爲「最好花」，嘗與王君貺詩云：「最好花常最後開。」君貺得之不樂，蓋有故而然，然非爲惜花者也。又云：「好事者多用牛酥煎牡丹花而食之，可見其流風餘韻。」此事得之蘇東坡集中，東坡《雨中明慶寺賞牡丹》詩云「故應未忍著酥煎」，又詩云「未忍污泥沙，牛酥煎落蕊」是也。

100黄太史詩云：「緑荷菡萏稍覺晚，黄菊拒霜殊未秋。」觀太史詩意，似直以菡萏爲蓮花。夫菡萏本蓮花未開之狀，故《説文》云：「芙蓉：華未發，菡萏；已發，芙蓉。」宋之問《秋蓮賦》序云：「玉池清泠，紅渠菡萏。」李白詩亦有「鏡湖三百里，菡萏開荷華」之語，于此蓋可知矣。

101世人用「芰荷」字多不辨。夫芰，菱也；荷，蓮也。二者初非一物。屈到嗜芰，蓋喜食菱耳。而秦少游詩云：「紅菱秋開鑒水香。」菱花潔白，無紅者，豈少游亦誤以芰荷爲一物，而未之察耶？

102蘇東坡詩云：「堂前種山丹，錯落馬腦盤。堂後種秋菊，碎金收辟寒。」菊比碎金，固然。不知山丹何以比馬腦盤耶？今世所謂山丹者，其狀宛類鹿葱，但差小耳。此乃和其弟子由詩，疑東坡蜀人，不識山丹，誤認爲罌粟耳。

103黄太史以拒霜爲霜花，作詩云：「霜花留得紅妝面。」又詩云：「天遣霜花慰此公。」又以拒霜爲木蕖，詩云：「紅妝滿院木蕖秋。」

104歐陽文忠公評王介甫詩云：「秋花不似春花落，憑仗詩人仔細吟。」是固然也。然秋花獨菊不落，其他如木犀、芙蓉之類，蓋無不落者，則秋花豈盡不落耶？

105蘇東坡《志林》載寇元弼云：「徐州通判李陶，有子年十七八，素不能詩，忽詠《落花》詩云：『流水難窮目，斜陽易斷腸。誰同研光帽，一曲舞《山香》。』父驚問之，若有憑附者，自云是謝中舍，問研光帽事，云：『西王母宴群仙，有舞者，戴研光帽，帽上簪花，舞《山香》一曲，曲未終，花皆落去。』」此事自載在《羯鼓録》中，乃唐汝陽王璡嘗裹研光帽，簪紅槿花一枝，明皇愛之，令舞《山香》一曲，曲終花皆不落，此即李陶之子所用之事也，不知何爲錯誤如此。然東坡作《李公擇過高郵》詩云：「汝陽真天人，絹帽著紅槿。」其後又云：「曲終花不隕。」是東坡自知爲汝陽王璡事，已嘗用之矣。且李陶之子既爲物所憑附，其説舞山香時花皆落去，與花不落者既殊，又記是西王母事，東坡略不爲辨之，何耶？

106蘇東坡詩：「涓涓泣露紫含笑，焰焰燒空紅佛桑。」序云：「正月二十六日，與數客野步嘉祐僧舍東南，野人家雜花盛開，叩門求觀。」此東坡在惠州時也，彼處春氣乃爾早耶？方正月，其雜花盛開如此，而紫含笑、紅佛桑且皆夏中所放花，東坡並及之，又不知何謂也。

107「藥欄」二字，《漢書》注中云藥爲藥，欄爲欄，乃是二物。而後之著述者往往只作一物用。杜子美詩：「不嫌野外無供給，乘興還來看藥欄。」周少年詩云：「藥欄風細纔勝蝶，柳陌陰濃不過鶯。」初非作二物也。

108宋王荆公詩云：「辛夷如雪柘岡西。」又詩云：「辛夷屋角摶香雪。」如是則辛夷花白色也。

《唐書》注乃云：「辛夷即木筆。」木筆却是紫花，深所未曉。

109「彼美玉山果，粲爲金盤實」，此蘇東坡《榧子》詩也，趙次翁注云：「出信州玉山縣。」然信州初不出榧子，此玉山乃在婺州，婺州榧子冠于江浙。注書不究地里之是否，而妄意指名，豈不大誤！

110往時科場例寬，試官有在簾下看舉子作文者，故傳「三條燭盡，燒殘舉子之心；八韻賦成，驚破試官之膽」之語。但場中不許見燭，豈有試官自謂三條燭盡之理！此蓋五代夜試時事也。五代時，竇貞固謂晝短，舉子文字難了，因請夜試，許用三條燭。故韋貽永詩云：「三條燭盡鐘初動，九轉丹成鼎未開。」此亦夜試之詩，於此可見矣。（卷八。下同）

111張士遜年七十有八，詩云：「八十光陰有二年，煙蘿門户喜開關。近來無奈山中相，頻寄書來許綴班。」後四年而卒，乃八十二歲之讖。此《詩史》所載也。而《避暑録話》乃云：「士遜致仕年八十六。」恐誤。

112詩有讖，果然。王逢原少俊有材，荆公酷愛之，然官竟不顯，壽亦止於二十九。觀其作《孤雲》詩云：「旁人莫道能爲雨，惟恨青山未得歸。」其官之不顯可知矣。作《送周秀才》詩云：「爲語青山幸相望，壯夫終不白頭歸。」其壽之不長又可知矣。

113先父暮年多病，他無所冀，獨責望余兄弟兩人不淺，觀其《賦紅梅花》詩云：「雖云誤失風霜操，不替調羹爲子賢。」概可見矣。（下略）

114余向欲鑿一池種荷花，築小亭其上，榜曰「雲錦」，取蘇東坡詩中「卷却天機雲錦段」。「雲錦」二字極佳，本出韓退之詩云「撑舟昆明度雲錦」，東坡愛此二字，故於《和文洋州三十絶》中用之。今余老不事事，竟不能榜之於亭，未嘗不惋恨。在江陰時，見曹氏新辟一堂，植荷花滿池，已榜爲「清香」，余偶道及前二字，答曰：「請易之。」既而余歸，亦未知其果易否。

115前輩評詩，謂「老覺腰金重，慵便玉枕涼」，此亨富貴者也。又詩云「笙歌歸院落，燈火下樓臺」，此看人富貴者也。余自少好學，至老不衰，不幸命有所制，卒無所成就，良可嘆惋。暮年乃苦心虚之疾，竟夕未能得少安，跧伏陋巷，恍如燭在風中，惟懼其滅也，雖欲看人富貴不可得，況亨富貴乎！幸而諸子稍自立，僅免饘粥之缺，抑命之使然，不然，填於溝壑矣！

116王老志將死，有衣六十襲，悉封還素所遺之者。王直方病革，凡所蓄書畫，悉分與平日相知。二公可謂達矣。夫衣物書畫，在世已爲贅疣，況死後復何用耶！余老矣，且家素貧，無他嗜好，止有些小書畫、衣物，他時亦當分與親識之貧者，俾全無掛慮，身後即空矣。古詩云：「而今身畔全無物。」豈不快意也哉！

117杜子美詩云：「片雲頭上黑，應是雨催詩。」世多疑「詩」字是「時」字，而蘇東坡詩云：「颯颯催詩白雨來。」又詩云：「急雨豈無意，催詩走群龍。」蓋與子美意同，則知子美詩是用「詩」字無疑。（佚文。下同）

118《遁齋閑覽》嘗稱羅可《雪》詩云「斜侵潘岳鬢，横上馬良眉」誠佳句也。不知如何是佳句，而遁齋稱之若此。每笑青衿詩，其《詠席》詩云「孔堂曾子避，漢殿戴憑重」，殆與羅可《雪》詩無異。

119許慎《説文》云：「瓊，赤玉也。」然前輩多以比白物，韓退之《雪》詩云：「今朝踏作瓊瑶跡，爲有詩從鳳沼來。」又《雪》詩云「屑瓊瑰」，瓊本是赤玉，今以比雪，則誤矣。故晏元獻公《拒霜花》云：「江城嘉號木芙蓉，金蕊瓊芳綻曉風。」又《紅梅》詩云：「巧綴雕瓊蕊色絲，三千宫女宿燕脂。」又《紅蓼》詩云：「絳英瓊粒傲霜前，冷落池臺亦自妍。」其意蓋欲證退之之誤耳。余觀元微之《石榴花》詩云：「寥落山榴深映葉，紅霞淺帶碧霄雲。麴塵枝下年年見，别似衣裳不似裙。」謂榴花不可以比裙也。至歐陽公《榴花》詩云：「東堂榴花好，點綴裙腰鮮。」又《榴花》詩云：「榴花最晚今又坼，紅緑點綴如裙腰。」乃特以比裙者，豈亦證微之之誤耶？

120余先父作詩至少，每得句須不凡。其和倪彦達《雪》詩云：「猛穿窗紙寒無敵，亂積簷茅曉未知。」此一聯絶佳。嘗謂前輩作詩正不欲區區比類，惟善形容者自能體帖，使人一見便知詠某物，如此方爲奇特，老父之作，正有合前人之意矣。又嘗作絶句《嘲雪》云：「六出匀如剪，無根散亂開。倚風輕薄甚，佯困貼梅腮。」其句清絶如此，足見其胸中灑落，而非俗者也。

121蘇東坡詩云：「水面風生人未知，低昂巨葉先零亂。」巨葉，荷也。此二句殊有佳致，非才藻過人者未易及此，恰如鄭毅夫詩也。毅夫詩云：「料得涼風消息近，蕭蕭已在柳梢頭。」比之東坡詩句，語雖别而意極同。此是知前人錦繡腎腸，凡吐出者皆新奇，初非蹈習者也。

122蘇東坡《壺中九華》詩板本首句云：「我家岷蜀最高峰。」然余家收得東坡親書此詩石本，首句乃云：「清溪電轉失雲峰。」此首句以不若板本之奇，疑後來經改也。

123王介甫不作纖濃等語，余嘗疑「濃緑萬枝紅一點，動人春色不須多」非介甫之詞，後觀方勺《泊宅編》，云陳正敏謂此唐人詩，介甫常題於扇上爾，是余之所見爲不妄也。

124洪覺範詩云：「麗句妙于天下白，高才俊似海東青。」此一聯甚佳。「天下白」者，「越女天下白」也；「海東青」者，海上一鳥名，能一日渡海者也。

125杜子美詩云：「白白江魚入饌來。」余深愛其用「入饌」二字，後觀黄太史家書云：「筍四時入饌。」又洪駒父詩云：「溪毛入饌光浮莢。」亦愛其用「入饌」二字，與余所見同也。

126秦少游《贈鮮于子駿》詩云：「擊强雕鶚健，治劇鶻鷂銛。」《藝苑雌黄》病其句中不見餘刃之意，遽云「鶻鷂銛」，不可。彼蓋不知少游用杜子美之詩耳，子美詩云：「銛鋒瑩鶻鷂。」所謂「鶻鷂銛」者蓋此爾，非少游之誤也。

127《懶真子録》載杜子美《獨酌》詩云：「步屧深林晚，開樽獨酌遲。仰蜂粘落絮，行蟻上枯梨。」《徐步》詩云：「整履步青蕪，荒亭日欲晡。芹泥隨燕觜，花蕊上蜂須。」且獨酌則無獻酬也，徐步則非奔之也，以故蜂蟻之類微細之物皆能見之。若夫與客對談，急趨而過，則何暇詳視至於如此哉？余以是知蘇東坡在惠州，其子過赴州會未歸，而東坡有詩云「卧看月窗盤蜥蜴，静聞風幔落蛜蝛」者，亦是意也。

128人多病蘇東坡詩「不向如皋閑射雉，歸來何以得卿卿」，謂《左氏傳》「如」訓「往」，「御以如皋」者，蓋爲妻之御而往皋也，今曰「不向如皋」，則是便指「如皋」爲地名，非是。彼乃不知後人誤寫「向」字「不」字下爾，非東坡之誤也。余嘗親見東坡一紙書此詩，乃「向不」，誠是也，與如皋地名略不相妨。見前輩文字不能詳究，輒妄自譏語，豈不重可笑歟！

129洪覺範有文采，作詩殊可喜，黄太史諸公皆愛之，嘗與唱和，但不讀儒書，故用事時有錯誤，爲可恨也。其作《冷齋夜話》，竊笑杜子美《彭衙行》押兩「餐」字，夫子美《彭衙行》云，「小兒强解事，故索苦李餐」。是押「餐」字無疑，若乃「衆雛爛熳睡，唤起沾盤餐」，此「盤飧」字，蓋用《左氏傳》「乃饋盤飧置璧」者，「飧」字音蘇昆切，或印本誤寫「餐」字，然豈得謂之「盤餐」也？「盤飧」有何據依，惟覺範不知所出，故以謂子美押兩餐字，豈不重可笑耶！非獨此也，又嘗作詩云：「人生如逆旅，歲月苦逼催。安知賢與愚，同作土一杯。」此「一杯」字乃《前漢·張釋之傳》所謂「取長陵一抔土」者，「抔」字音步侯切，豈可作杯字用也！此無他，皆是不讀儒書，故錯誤至此。然則學爲文者，其可不本書之所出乎？

130蘇東坡《送江公著》詩押兩「耳」字，一云「忽憶釣臺歸洗耳」，一云「亦念人生行樂耳」，其《題林逋詩後》謂押兩「曲」字，一云「吴人生長湖山曲」，一云「更肯悲吟《白頭》曲」，然東坡於「耳」字詩則注云「其義不同」，雖重押無害，于「曲」字詩又却不注，何也？

131歐陽文忠公《讀徂徠集》詩云：「子生誠多難，憂患靡不罹。」「罹」字乃與「魔」字同押，作「羅」字音。余按揚雄《方言》云：「罹謂之羅，羅謂之罹。」是「罹」字可音「羅」字也。

132「呈似」亦如「送似」、「指似」。「送似」出韓退之詩，云「寫吾此詩特送似」，「指似」出元微之詩，云「指似旁人因慟哭」，未知「呈似」所出，闕識之，俟知者。

133蘇東坡嘗記韓定辭爲鎮州書記，聘燕帥劉仁恭，仁恭命幕客馬都延接，馬有詩云：「別後蠷嵍山上望，羨君時復見王喬。」然「蠷嵍」二字，《緗素雜記》自音作「權務」，用此二字，則平側不順，不可讀，恐是故作「務權」用之，顛倒其二字，亦如蘇東坡龍井作「井龍」，黄太史西巴作「巴西」也邪？不然，何謬誤如此也？

134黄太史詩云：「莫作秋蟲促機杼，貧家能有幾絇絲。」絇者，屨絇也，蓋言屨絇之上用絲無幾爾，絇音渠，非王荆公用「一絇絲」之比也，荆公之詩「只向貧家促機杼，幾家能有一絇絲」，乃用《隋唐嘉話》「一絇絲得幾時絡」者。

135宋景文公作《仲商晦日集晏相國西園》詩，末句云，「三入功名始白頭」，「始」下音「試」，以是知杜工部詩「皂雕寒始急」，白樂天詩「千呼萬唤始出來」，如此等「始」字當皆音「試」可也。

136《石林詩話》記黄太史詩云：「人得交游是風月，天開圖畫即江山。」以謂止此二句，乃晚年最得意者，每舉以教人，而終不能成篇，蓋不欲以常語雜之。然太史集中載《王厚頌》二絶，後一絶云：「夕陽盡處望清閒，想見千岩細菊班。」其下二句即前面一聯，石林何不細考如此？

137白樂天詩云「而今格在頸成雪」，元微之詩云「隔是身如夢」，「格」、「隔」二字殊不曉其義，二公用之又不同。《容齋隨筆》云「猶言已是也」，余謂只是「已是」，不須作「猶言」，第未知出處耳。

且如「差池」二字，《前漢》中自作「柴池」，注云「柴音差」：「委蛇」二字，横塘詩中自作「委羽」，注云「羽音俱依切」。以是知「格」、「隔」二字，二公用之雖别，皆只是「已是」。更詳考之。

138 余最愛前輩詩中用「夢思」二字，蘇子美詩云「清甚無夢思」，陳無己詩云「晚歲山河無夢思」。

139 蘇東坡詩云：「有意尋彌明，長頸高結喉。」若據韓文出處，乃「長頸高結」，下方云，「喉中更作楚聲」，今東坡乃借下句一「喉」字押韻，却與誤讀《莊子》「三緘其口」，破句而點者相類。然東坡高材，豈不知此，而故云耳者，以文爲戲也邪？

140 余酷愛杜工部詩中用「受」字，如「修竹不受暑」，「雙燕受風斜」，「野航恰受兩三人」是也。而秦少游詩中學用「受」字亦可愛，如「蜂房受晚香」，「亂帆天際受風忙」是也，然此「受」字乃出於《左氏傳》云，「而受室以歸」，「受」字蓋出於此。

141 「煙紅霞緑曉風香」，此蘇東坡《披錦亭》詩也。煙焉得紅？霞焉得緑？詩家故作此語，亦「枕流漱石」之意耳。

142 「春蠶到死絲方盡，蠟燭成灰淚始乾」，此名倡王幼玉之詩也，非渠無能道此者。

143 程縯解蘇東坡詩「白日爲君愁」，引韓滉詩「白日自爲人閑長」，然此句乃歐陽文忠公《青州即事》詩，非韓（渥）〔滉〕也。

144 「月明星稀，烏鵲南飛」，《文選》載曹丕之詩也。蘇東坡作《前赤壁賦》云：「『月明星稀，烏鵲南飛』，此豈非曹孟德之詩乎！」孟德乃丕之父，亦錯記焉耳。

145 或云：蘇東坡詩云，「豈知乘槎天女側，獨倚雲機看織紗」，奈何獨看織紗！故陳無己譏失於粗者。余謂不然，此自是一格，正如杜牧詩云：「珊瑚破高齊，作婢春黃糜。」夫李絢得珊瑚，其母令衣青衣而春，初無「糜」字也。

146「穿雲透石不辭勞，遠地方知出處高。溪洞豈能留得住，終歸大海作波濤」，此唐宣宗《瀑布》詩也，其命意如此，豈非天子氣象邪！

147 唐韓文公、蘇東坡皆誤用《莊子》中「子桑裹飯」事，作「子來」。文公詩云：「昔者十日雨，子來寒且饑。其友名子輿，忽然憂且思。褰裳涉泥水，裹飯往從之。」東坡詩云：「殺雞未肯邀季路，裹飯應須問子來。」余原此字之失，蓋「來」字與「桑」字頗相類，文公已爲誤用，東坡又承其誤爾。

148「釣艇歸時菖葉雨」並「寺官官小未朝參」，此二絶首句也，《蘇東坡集》云：「僕作此詩，時年二十九歲。」至《春渚紀聞》乃云：「此關子容詩，誤載在東坡集中。」未知其孰是也。

149 朱希真避地廣中，作《小盡行》云：「藤州三月作小盡，梧州三月作大盡，哀哉官曆今不頒，憶昔生平淚成陣。」云云。此詩前押兩「盡」字，殆類杜子美「前年渝州殺刺史，今年開州殺刺史」與夫「西川有杜鵑，東川無杜鵑。涪萬無杜鵑，雲安有杜鵑」也。

150 蘇東坡《和編禮公水官》詩云：「長安三月火，至寶隨飛煙。尚有脱身者，漂流東出關。」夫「東出關」三字出《前漢・終軍傳》，東坡用古人句話，押韻精切如此，而舊本乃作「出東關」，且長安之地初無東關，可見舊本之誤也，學者其可不知。

151《香譽類藁》嘗病蘇東坡《和陶詩》押「游」字，陶詩云：「命室携童弱，良日登遠遊。」而東坡和之，乃言「一飽忘故山，不思馬少游」，謂「遊」、「游」二字不同，不可押。余按《廣韻》「遊」字下注云「與游同」，如此雖用「游」字，然亦無害。

152杜工部《題岳陽樓》詩，其間二句云：「江山有巴蜀，棟宇自齊梁。」至矣哉，詩之極也！而汪彦章《陪諸公游惠山》詩乃云：「巍基首梁宋，爽氣接吴楚。」亦佳作，但不免蹈工部之塵也。

153蘇東坡「春來幽谷水潺潺」詩題目只作《梅花》，少年時讀甚疑之，此蓋謫黄州時路中作詩偶及之，初不專爲梅花，東坡《續帖》中載之甚詳。

154黄太史詩云：「清談落筆一萬字，白眼舉觴三百杯。」後洪景盧罷贛守，送者一十六人，亦用三百杯事，其詩云：「嘉賓自是十六相，痛飲須拚三百杯。」余愛其用事親切，未嘗不擊節稱賞也。

155蘇東坡在揚州作詩云：「此生已覺都無事，今歲仍逢大有年。出寺歸來聞好語，野花啼鳥亦忻然。」其年神宗上仙，當時謗者遂謂東坡以遷謫之故，忻幸神宗上仙而作是詩，故東坡有辨謗劄子云：「是三月六日，臣在南京，聞先帝遺詔，舉哀掛服了。至五月間，往揚州竹西寺，見百姓父老十數人，相與道旁語笑，其間一人以手加額云：『纔見好一個少年官家。』又是時淮浙間所在豐熟，因作是詩，其時去神宗上仙已兩月，決非山間始聞之語，事理甚明。」及觀其弟子由作東坡墓志乃云：「公之自汝移常也，授命于宋。會神宗晏駕，哭于宋而南至揚州，常人與公買田書至，公喜作詩，有『聞好語』之句，言者妄謂公聞諱而喜，乞加深譴，然詩刻石有時日，朝廷知言者之妄，皆逐。」其説又如此。

156秦少游《虛飄飄》詩云：「雨中漚點没流水，風裏彩雲鋪遠霄。」余謂「没」字恐誤，欲改作「泛」字，若漚點既已没矣，自不足云也，惟其尚在流水之間，故有虛飄飄之意焉。

157《前漢》「魁梧」二字，「梧」字音去聲。陳子高詩云：「樓下旌旗五丈餘，府中賢尹計魁梧。」「梧」字乃押作平聲。《漢書·張良傳》：「聞張良之智勇，以爲其貌魁梧奇偉，反若婦人女子。」蘇林曰：「梧音悟。」顔師古曰：「魁，大貌，言其可驚悟。」杜詩：「蘊藉爲郎久，魁梧秉哲尊。」蘇東坡詩《和劉貢父夫字韻》：「此詩尤偉麗，夫子計魁梧。」平聲韻押，似誤也。

（徐俊）

能改齋漫録

吴曾撰

吴曾，字虎臣，崇仁（在今江西省）人。生卒年不詳。赴試不第，高宗時以獻書得官。紹興二十三年（一一五三），自敕局改右承奉郎，累遷工部郎中，出知嚴州，致仕卒。《能改齋漫録》十八卷，書成于紹興二十四至二十七年（一一五四—一一五七）間。《苕溪漁隱叢話》引本書作《復齋漫録》，實爲一書。此據中華書局上海編輯所一九六〇年排印本選録。

【麥秋】黄朝英《緗素雜記》云：「宋子京有《帝幸南園觀刈麥》詩云：『農扈方迎夏，官田首告秋。』注云：『臣謹按，物成熟者謂之秋，取揫斂之義。故謂四月爲麥秋。』余按，《北史·蘇綽傳》云：『布種既訖，嘉苗須理。麥秋在野，蠶停于室。』則麥秋之説，其來舊矣。」已上皆朝英説。予考麥秋之始，在《禮記·月令》自有成説，何必引蘇綽説耶？釋其義，則景文之説尤盡。及觀王荆公絶句云：「荷葉初開筍漸抽，東陂南蕩正堪遊。無端隴上翛翛麥，横起寒風占作秋。」此又何也？然景文所注，本出蔡邕《月令章句》曰：「百穀各以其初生爲春，熟爲秋。故麥以孟夏爲秋。」（卷一《事始》。下同）

【廋詞（節録）】（上略）廋一字雖本于《論語》，然大意當以《春秋傳》爲證。東坡和王定國詩云：「巧語屢曾遭薏苡，廋詩聊復託芎藭。」

【詩人用儂字】王觀國《學林新編》云：「江左人稱我汝皆加儂字，詩人亦或用之。孟東野詩云『儂是拍浪兒』是也。」予以隋煬帝亦嘗用矣。《大業拾遺記》：「與宫女羅羅詩云：『幸好留儂伴儂睡，不留儂住意如何？』」又云：『此處不留儂，更有留儂處。』」又古樂府宋鮑照《吴歌》云：「但觀流水還，識是儂流下。」又云：「觀見流水還，識是儂淚流。」晉太元中《子夜歌》云：「故使儂見郎。」又云：「儂亦吐芳詞。」又云：「儂亦恃春容。」又云：「儂年不及時。」又云：「儂作北辰星。」又云：「動儂含笑容。」所用甚多。然則吴音稱儂，其來甚久，詩人用之，豈始東野耶？石崇亦有《懊儂歌》。

【歡稱婦人】晉吴聲歌曲，多以「儂」對「歡」，詳其詞意，則「歡」乃婦人，「儂」乃男子耳。然至今吴人稱儂者，唯見男子，以是知歡爲婦人必矣。《懊儂歌》云：「潭如陌上鼓，許是儂歡歸。」又云：「我與歡相憐。」又云：「我有一所歡，安在深閤裏。」又《華山畿》云：「歡若見憐時，棺木爲儂開。」又《讀曲歌》云：「思歡久，不愛獨枝蓮，只惜同心藕。」又云：「憐歡敢喚名，念歡不呼字。連喚歡復歡，兩誓不相棄。」予後讀《通典》，見序《常林歡》云：「江南謂情人爲歡。」然後始恨讀書之寡。

【唐突】律有唐突之罪。按，漢馬融《長笛賦》曰：「濕瀑噴沫，犇遯碭突。」李善注：「碭，徒郎切。」以唐爲碭。李白《赤壁歌》云：「鯨鯢唐突留餘迹。」劉禹錫《磨鏡篇》云：「却思未磨時，瓦礫來唐突。」亦作此唐突字。魏曹子建《牛鬭》詩云：「行至土山頭，欻起相搪突。」見《太平廣記》。

【錢塘蘇小小】劉次莊《樂府解題》曰：「錢塘蘇小小歌。蘇小小，非唐人。世見樂天、夢得詩多稱詠，遂謂與之同時耳。」次莊雖知蘇小小非唐人，而無所據。予按，郭茂倩所編引《廣韻》曰：「蘇小小，錢塘名倡也，蓋南齊時人。」西陵在錢塘江之西，故古辭云：「何處結同心，西陵松柏下。」

【端溪硯】端州石，唐世已知名。許渾《歲暮自廣江至新興》詩云：「洞丁多斲石，蠻女半淘金。」自注云：「端州斲石。」李賀《青花紫石硯歌》云：「端州匠者巧如神。」柳公權《論硯》亦云：「端溪石爲硯，至妙也。」

【口號】郭思詩話以口號之始，引杜甫歡喜口號絶句十二首云：「觀其辭語，殆似今通俗凱歌，軍人所道之辭。」余按：梁簡文帝已有《和衛尉新渝侯巡城口號》，不始于杜甫也。詩云：「帝京風雨中，層闕煙霞浮。玉署清餘熱，金城含暮秋。水光凌却敵，槐影帶重樓。」然杜甫已前，張説亦有《十五夜御前口號踏歌辭》二首。其一云：「花萼樓前雨露新，長安城裹太平人。龍銜火樹千燈豔，雞踏蓮花萬歲春。」其二云：「帝宫三五戲春臺，行雨流風莫妒來。西域燈輪千影合，東華金闕萬重開。」（卷二《事始》。下同）

【搭猱】俗以不情者爲搭猱，唐人已有此語。周顗處士《答賓從絶句》云：「十載文章敢憚勞，宋都回鷁爲風高。今朝甘被花枝笑，任道尊前愛搭猱。」

【宗兖】宋莒公以宋元憲爲宗兖，本謝朓謂謝安爲宗兖。謝詩云：「阽危賴宗兖，微管寄明牧。」

【俗駡客作】江西俚俗駡人，有曰「客作兒」。按陳從易《寄荔與盛参政》詩云：「櫻桃真小子，龍眼是凡姿。橄欖爲下輩，枇杷客作兒。」盛問其説，云：「櫻桃味酸，小子也。龍眼無文采，凡姿也。橄欖初澀後甘，下輩也。枇杷核大肉少，客作兒也。」凡言「客作兒」者，傭夫也。

【柳渾青李太白】葉少藴《石林詩話》云：「或者以荆公詩以古人姓名藏句中，如『莫嫌柳渾青，終恨李太白』，自公始發之。然唐權德輿已有此體。」予按，梁元帝已有人姓名詩及將軍名詩，不始于權德輿也。

【生日祝壽始】封人祝堯壽，虎拜稽首，天子萬壽。人臣愛君，不過長年，未以爲非也。至于生日祝壽，始見唐明皇。然識者以爲非，何者？梁孝元帝少時，每以載誕之辰，輒齋素講經。阮修容殁後，此事亦絶。唐太宗亦以降誕日，謂長孫無忌曰：「今日是朕生日，世俗皆爲歡樂，在朕翻成感傷。」泣數行下，群臣皆零涕。故唐封演謂：「孤露之後，不宜以此日爲歡。」可謂達理矣。明皇建節，雖出于源乾曜、張説之議，然中宗常以降誕日，宴侍臣内戚于内庭，與學士聯句柏梁體詩，以是知循習久矣。至人臣生日，以詩爲慶，《西清詩話》乃謂公卿誕日，以詩爲壽，見于唐末，此説恐非。蓋開元間，惠宣太子被疾，明皇自祝禬。既愈，幸其第，置酒賦詩，爲初生歡。其詩云：「昔見漳濱卧，言將人事違。今逢慶誕日，猶謂學仙歸。」人臣以詩爲壽，始見於此。

【閒人有忙事】閒人有忙事，俗人語也，然唐人已有。韓偓詩云：「書牆暗記移花日，洗甕先知醞酒期。須信閒人有忙事，且來衝雨覓漁師。」

【丞相稱相公】丞相稱相公，自魏已然矣。王仲宣《從軍詩》曰：「相公征關右，赫怒震天威。」

注：「曹操爲丞相，故曰相公。」謝靈運《擬陳琳詩》曰：「永懷戀故國，相公實勤王。」亦謂曹操也。

【韻略不收笭箵字】《大唐新語》曰：「漁具總曰笭箵，漁服總曰裋衫。」《唐書·元結傳》載自釋語曰：「能帶笭箵，全獨而保生；能學聱齖，保宗而全家。聱也如此，漫乎非耶？」語皆協韻。故箵音平聲，與生相協。今《唐書》音釋乃作茬挺切，誤矣。故蘇子美《松江觀漁》詩云：「鳴榔莫觸蛟龍睡，舉網時聞魚鱉腥。我實宦游無况者，擬來隨爾帶笭箵。」皆作平聲。今韻略不收此字。（卷三《辨誤》。下同）

【句讀無音】前輩言韓退之書「沈潛乎訓義，反覆乎句讀」。讀不音獨，徒鬬反。殊不知山谷《次韻黄冕仲木字韻》詩云「變名溷甲乙，謄寫失句讀」，止作獨音也。然馬融《笛賦》云：「觀法于節奏，察度于句投。」投音徒鬬反，注言「句猶章句之句」。然則豈兩字既異，而義亦别耶？何休《公羊傳序》亦云「失其句讀」，無音。

【蘭若若字兩音】蘭若若字，白樂天詩作惹字押，爾者切。余按，上官儀《酬薛舍人萬年宫晚景寓直懷友》詩中四句云：「東望安仁省，西臨子雲閣。長嘯披烟霞，高步尋蘭若。」此又作日灼切押。

【王珪】杜子美《送重表姪王砅評事使南海》詩，謂王珪微時，房、杜過其家，而毋能識之。所謂「秦王時在坐，真氣驚户牖」是也。故蔡絛《西清詩話》以爲「按史所載，太宗不在坐。而子美詩獨得其詳，以史爲疏略」。然以余考之，房、杜等舊不與太宗相識。及太宗起兵，然後杖策謁軍門，乃薦杜如晦耳。王珪則誅太子建成而後見知。以他傳參考，未可專以史爲誤也。

【秋鶴與飛】歐陽文忠公《集古録》云：「《羅池廟碑》云『步有新船』，集本以步爲涉。『荔子丹兮蕉子黄』，碑蕉下無子字，當以碑爲是。而碑云『春與猿吟兮秋鶴與飛』，則疑碑誤。」余按，《柳子厚集》有《永州鐵爐步志》云：「江之滸，凡可縻而上下者曰步。永州北郭，有步曰鐵爐步。蓋有鍛鐵者居，其人去，爐毁者不知年矣。獨有其號，冒而存云。」余以子厚之文證之，則知「步有新船」爲有據也。又按，沈存中《筆談》云：「韓退之《羅池碑》云『春與猿吟兮秋與鶴飛』，今驗石刻，乃『春與猿吟兮秋鶴與飛』，古人多用此格，如《楚詞》『吉日兮辰良』，又『蕙殽蒸兮蘭藉，奠桂酒兮椒漿』之類。」余以存中之論證之，則相錯成文，則語健耳。如老杜『紅豆啄餘鸚鵡粒，碧梧棲老鳳皇枝』之類。欲知歐公以「秋鶴與飛」爲誤者，非也。

【樂府有摻字】楊文公《談苑》載：「徐鍇仕江南爲中書舍人，校秘書時，吴淑爲校理。古樂府中有摻字，淑多改作操，蓋以爲章草之變。鍇曰：『不可，非可以一例。若漁陽摻，音七鑒反，三撾鼓也。禰衡作漁陽摻撾，古歌云「邊城晏開漁陽摻，黄塵蕭蕭白日暗」。』淑嘆服之。」余按，《詩·遵大路》篇云「摻執子之袪兮」，陸德明音所覽反，及所斬反。《葛屨》篇「摻摻女手」，則又音以所銜、所感、息廉三反，則摻字元非一義。梁王僧孺《詠擣衣》詩云：「散度廣陵音，摻寫漁陽曲。」自注云：「摻音慘。」然則摻字僧孺自有明注，不惟吴淑不知，而鍇復不援以爲證，何耶？桓譚《新論》有微子摻、箕子摻。乃知摻者，古已有之。

【李白非蜀人】曾子固作《李白詩集序》云：「白，蜀郡人，初隱岷山。」又云：「舊史稱白山東人，爲翰林待詔。皆不合于白之自序，蓋史誤也。」余按，杜子美有《蘇端薛復筵簡薛華醉歌》云：「近來海内爲長句，汝與山東李白好。」乃知舊史以白爲山東人，不爲無據也。故范傳正所作《李白碑》，以白「其先隴西成紀人，涼武昭王九代之孫。隋末流離，神龍初，潛還廣漢，因僑爲郡人」，由此觀之，則白本非蜀人也。

【女壻乘龍】《潘子真詩話》云：「杜子美詩『門闌多喜色，女壻近乘龍』，爲誤引《楚國先賢傳》：『孫儁，字文英，與李元禮俱娶太尉桓延女，時人謂桓叔元兩女乘龍。』言得壻如龍也。故宋景文公詩亦云『承家男得鳳，擇壻女乘龍』，俱用此事。」余嘗以潘子真之論爲非，蓋景文所用，乃是此事。至杜子美詩「女壻近乘龍」，蓋用《太平廣記·蕭史傳》所謂「弄玉乘鳳，蕭史乘龍」者是也。

【飛燕在昭陽】西漢趙飛燕既立爲皇后，後寵少衰。女弟絶幸，爲昭儀，居昭陽。蓋飛燕本傳云爾。唐李太白《宫詞》云：「宫中誰第一？飛燕在昭陽。」夫昭陽，昭儀所居也，非謂飛燕耳。其後見唐王叡《松窗録》云：「禁中呼木芍藥爲牡丹，命李白爲新辭，有『漢宫誰第一，飛燕倚新妝』之語。」乃知昭陽之本，世所傳者誤也。然此一聯，據《楊妃外傳》，高力士摘之以譖李白。

【黄庭博鵝】蔡絛《西清詩話》謂：「李太白詩有誤，云『山陰道士如相訪，爲寫《黄庭》博白鵝』，逸少所寫乃《道德經》。」余按，太白集有《懷古王右軍》詩云：「山陰遇羽客，要此好鵝賓。掃素寫《道經》，筆精妙入神。書罷籠鵝去，何曾别主人。」據此詩，則太白未嘗誤用。何耶？按，本傳：「逸少聞山陰道士好養鵝，往觀焉。」非山陰道士訪逸少也。前詩不特誤使《黄庭》事，嘗疑以爲世俗子所增。至梅聖俞《和宋諫議鵝詩》亦云：「不同王逸少，辛苦寫《黄庭》。」山谷詩云：「頗似山陰寫《道經》，雖與群鵝不當價。」則知《黄庭》之誤尤分明。

【秋菊落英】蔡絛《西清詩話》記荆公有「黄菊飄零滿地金」之句，而文忠公非之，荆公以文忠不讀《楚辭》之過也。以予觀之，「夕餐秋菊之落英」，非零落之落。落者，始也。故築室始成謂之落成。《爾雅》曰：「俶、落、權、輿，始也。」至若錢昭度詩云「蕎麥花殘小雪飛」，乃爲詩病。

【藥名詩不始于唐】蔡絛《西清詩話》謂：「藥名詩，世以起于陳亞，非也。東漢已有離合體，至唐始著藥名之號。如張籍《答鄱陽客》詩：『江皐歲暮相逢地，黄葉霜前半下枝。子夜吟詩問松桂，心中萬事喜君知。』」以予觀之，恐或不然。且藥名之號，自梁以來有之。簡文帝藥名詩云：「朝風動春草，落日照横塘。重臺蕩子妾，黄昏獨自傷。燭映合歡被，帷飄蘇合香。石墨聊書賦，鉛華試作妝。徒令惜萱草，蔓延滿空房。」梁元帝藥名詩云：「戍客恒山下，常思衣錦歸。況看春草歇，還見雁南飛。蠟燭凝花影，重臺閉綺扉。風吹竹葉袖，網綴流黄機。詎信金城裏，繁露曉霑衣。」如庾肩吾、沈約，亦各有一首。乃知藥名詩不始于唐。

【青女横陳】荆公詩云：「日高青女尚横陳。」横陳二字，見宋玉《風賦》「横自陳兮君之前」及《楞嚴經》「夫青女者，主霜雪之神也」。故《淮南子》云：「至秋三月，青女乃出，降霜雪。」高誘注云：「青女乃天神，青腰玉女，主天霜雪。」荆公以青女爲霜，於理未當。杜子美《秋野》詩云「飛霜任青女」，乃爲盡理。梁昭明《博山香爐賦》曰：「青女司寒，紅光翳景。」亦皆指爲霜雪之神。然荆公之詩，不害爲佳句也。

【中山放麑】劉貢父《詩話》云：「陳子昂云：『吾聞中山相，乃屬放麑翁。』放麑本秦西巴孟孫氏之臣也，謂之中山，誤矣。」予觀陳無己《謝再授徐州教授啓》云：「中山之相，仁于放麑；亂世之雄，疑于食子。」乃知誤者，非一人也。

【前溪歌】「十五嫁王昌，盈盈入畫堂。自憐年最少，復倚壻爲郎。舞愛前溪緑，歌憐子夜長。閒來鬭百草，度日不成妝」，唐崔顥《王家少婦》詩。《子夜歌》，則樂府所謂「古有女，名子夜，造其歌」者也。至于前溪舞，讀陳朝劉删《侯司空宅詠妓詩》乃得之。劉删詩云：「山邊歌落日，池上舞前溪。」崔意屬此。又《古今樂録》謂「晉車騎將軍沈玩作《前溪歌》」，而非舞也。

【顰青蛾】杜子美《一百五夜對月》詩「想像顰青蛾」，蓋蛾，眉也。世所傳本多作娥，非是。故杜《江月》詩又云「誰家挑錦字，滅燭翠眉顰」可以爲據。又沈約《詠月》詩：「高樓切思婦，西園遊上才。」庾肩吾《望月》詩：「樓上徘徊月，窗中愁思人。」隋董思恭《詠月》詩：「別客長安道，思婦高樓上。」故杜子美《江月》詩云：「江月光于水，高樓思殺人。」

【犬迎曾宿客】今時所傳杜詩：「犬迎曾宿客，鴉護落巢兒。」余家有唐顧陶所編杜詩，乃是「犬憎閒宿客」。二字不同，然皆有理。又《對月》詩，舊本作「斫却月中桂」，陶本作「折盡月中桂」，二字亦不同。惟《寄高適》詩，舊本乃「天上多鴻雁，池中足鯉魚」。陶本乃以池爲河，似不及河也。

【江文通雜擬詩】《文選》有江文通《雜擬詩》，如《擬休上人》云：「日暮碧雲合，佳人殊未來。」非休上人作也。白樂天題《道宗上人》詩云：「不似休上人，空多碧雲思。」又唐次休上人亦有詩與白云：「聞有餘霞千萬首，何妨一句乞閒人。」白答之曰：「禪心不合生分别，莫愛餘霞嫌碧雲。」則白直以碧雲合之句爲湯惠休作矣。如文通《擬淵明》一詩，編者至載于陶集中。是皆不明考之過。

【悠然見南山】東坡以淵明「采菊東籬下，悠然見南山」，無識者以見爲望，不啻碔砆之與美玉。然余觀樂天效淵明詩有云：「時傾一尊酒，坐望東南山。」然則流俗之失久矣。惟韋蘇州《答長安丞裴説》詩有云：「采菊露未晞，舉頭見秋山。」乃知真得淵明詩意，而東坡之説爲可信。

【藥欄】唐李匡乂《資暇集》謂：「園亭中藥欄，欄即藥，藥即欄，猶言圍援，非花藥之欄也。有不悟者，以藤架蔬圃，堪作切對，不知其由矣。按，漢宣帝詔曰：『池藥未御幸者，假與貧民。』《漢書》『闌入宫禁』，字多作草下闌，則藥欄尤分明也。」方悟杜子美《將赴成都草堂》詩「常苦沙崩損藥欄」及「乘興還來看藥欄」之意。孫少魏以藥爲籞，今本史，信然。

【小胡孫】杜子美有《從人覓小胡孫許寄》詩云：「人説南州路，山猿樹樹懸。舉家聞若駭，爲寄小如拳。」意題皆是胡孫，而首句以山猿爲詞者，何耶？故韓子蒼有《謝人寄小胡孫》詩云：「直疑少陵覓，未解柳州憎。」然則雖子蒼，亦以杜爲錯耶？

【銜杯樂聖稱世賢】韓子蒼言：「杜子美《八仙歌》：『左相日興費萬錢，銜杯樂聖稱世賢。』世字無義，當作避字，傳寫誤耳。」按，李適之代牛仙客拜左丞相，爲李林甫陰中，罷政事。賦詩曰：「避賢初罷相，樂聖且銜杯。爲問門前客，今朝幾箇來？」

【孟浩然得戴暠詩意】顔之推《家訓》云：「《羅浮山記》云：『望平地樹如薺』，故戴暠詩云『長安樹如薺』。有人《詠樹》詩云：『遥望長安薺』，皆耳學之過也。」余因讀孟浩然《秋登方山》詩云：「天邊樹若薺，江畔洲如月。」乃知孟真得暠詩意。

【使白水事】前輩使白水事，例作一意，不可不辨。魯僖公二十四年傳曰：「不與舅氏同心者，有如白水。」此以色言。漢廣都郡有白水縣，此以地言。止是一意也。故潘安仁詩云：「白水過庭激，緑槐夾門植。」杜子美詩云：「黄雲高未動，白水已揚波。」又云：「捲簾惟白水，隱几亦青山。」至許渾、孟郊則不然。許贈王居士云：「雨中耕白水，雲外斫青山。」孟郊云：「種稻耕白水，負薪斫青山。」青山則止謂山之青，而白水在魏田制云：「白田收至十餘斛，水田收數十斛。」于此當作兩字，即是兩意，則非其對。

【韓子蒼以蘇味道詩爲李益】「火樹銀花合，星橋鐵鎖開。暗塵隨馬去，明月逐人來。游妓皆穠李，行歌盡落梅。金吾不禁夜，玉漏莫相催」，唐蘇味道《上元》詩也。韓子蒼《和龔況上元游葆真宫觀燈》詩云：「開卷愛公如李益，解言明月逐人來。多情如共春流轉，刻燭題詩又一回。」子蒼以蘇詩爲李益，何耶？然蘇意乃取粱朱超《望月》詩耳。朱云：「唯餘故樓月，遠近必隨人。」

【使騶忌聽琴事】元微之《桐花》詩云：「爾生不我得，我願裁爲琴。宫弦春以君，君若春日臨。商絃廉以臣，臣作旱天霖。」蓋取《史記》：「騶忌子聞齊威王鼓琴，而爲説曰：『大絃濁以春温者，君也；小絃廉折以清者，相也。』」《西清詩話》乃云：「吴僧義海，琴妙天下。而東坡聽唯賢琴詩，有『大絃春温和且平，小絃廉折亮以清』之句。」至謂「東坡未知琴趣，不獨琴爲然」。殊不知亦取騶忌子聽琴之事耳。

【張麗華誤作潘麗華】東坡《虢國夫人夜遊圖》詩：「當時亦笑張麗華，不知門外韓擒虎。」蓋全用杜牧之《臺城曲》兩句詩：「門外韓擒虎，樓頭張麗華。」凡此取陳後主張貴妃名麗華，尤見寵倖；隋遣韓擒虎平陳，後主與麗華俱被收。今坡詩本皆誤作潘麗華，遂致黄朝英《緗素雜記》以東坡爲誤，彼不記杜牧之詩耳。

【静憩雞鳴午】荆公詩：「静憩鳩鳴午，荒尋犬吠昏。」學者謂公取唐詩「隻鳩鳴午寂，雙燕話春愁」之句。余嘗見東坡手寫此詩，乃是「静憩雞鳴午」。讀者疑之，蓋亦不知取唐詩「楓林社日鼓，茅屋午時雞」。

【孤雁詩】漢皋張君《詩話》謂：「鮑當《吟孤雁》詩云：『更無聲接續，空有影相隨。』當時號爲鮑孤雁。凡物有聲而孤者皆然，何獨雁乎？此人論詩，正如王君卿以林和靖《梅花》詩亦可作桃、李、杏花之類，宜取東坡之笑也。」然余觀《司馬温公詩話》，乃謂：「當爲河南府法曹，嘗忤知府薛映。因獻《孤雁》詩所謂『天寒稻粱少，萬里孤難進。不惜充官庖，爲帶邊城信』，薛大嗟賞，時號鮑孤雁。」與張君所記不同，而詞句亦非前句可及。余後因讀《江南野録》，乃知張君所記，是南唐人詩。

【謝安掩鼻】謝安雖有盛名，而當桓温恣横之際，所以不仕者，政畏温耳。故雖有司按奏，被召歷年不至，禁錮終身而不辭。而其妻不解其意，既見家門富貴，而安獨静退，乃曰：「大丈夫不如此也。」安掩鼻曰：「恐不免耳。」其後遂爲桓温司馬，竟受簡文顧命，與王坦之同事，而温欲殺之。坦之流汗沾衣，倒執手版，安則從容就席。以此觀之，安之所以答妻以不免之言，而推求所以掩鼻之意，蓋畏温知之而不免其禍耳，非爲不免富貴也。張文潛《和蘇東坡先生西山舊事詩》有云：「謝公富貴知不免，醉眼未爲蒼生開。」豈失史意耶？

【吏部文章二百年】韓子蒼言，歐陽文忠公寄荆公詩云：「翰林風月三千首，吏部文章二百年。」吏部，蓋謂《南史》：「謝朓于宋明帝朝，爲尚書吏部郎，長五言詩。沈約嘗云：『二百年來，無此詩』」也。文忠之意，直使謝朓事。而荆公答之曰：「他日若能窺孟子，終身安敢望韓公。」則荆公之意，竟指吏部爲退之矣。

【裹飯非子來】東坡次韻徐積詩：「殺雞未肯邀季路，裹飯應須問子來。」按，莊子書：「子杞、子輿、子桑、子來四人，相與爲友。」然無裹飯之事。莊子書又載：「子輿與子桑友，而淋雨十日，子輿曰：『子桑殆病矣。』裹飯而往食之。」乃知裹飯者子輿、子桑，非子來也。東坡此詩爲誤。余又觀韓退之《贈崔立之》詩云：「昔者十日雨，子來寒且饑。其友名子輿，忽然憂且思。褰裳觸泥水，裹飯往食之。好事漆園吏，書之存雄辭。」然則退之亦誤用耳。

【僧綽采蠟燭作鳳凰】「憶昔庚寅降屈原，旋看蠟鳳戲僧虔。隨翁萬里心如鐵，此子何勞爲買田」，東坡《送子由奉使》最後一章也。時子由之子侍行，故及之。然蠟鳳之戲，議者以爲誤。蓋

《南史》：「王曇首與兄弟集會子孫，任其戲。適僧達跳地作虎子；僧虔累十二博碁，既不墜落，落亦不重作；僧綽采蠟燭作鳳凰。」乃知蠟鳳之戲，非僧虔也。

【荷囊非芰荷之荷】劉偉明《贈熊本待制》詩云：「西清寓直荷爲橐，左蜀宣風繡作衣。」蓋《南史·劉杳傳》「著紫荷橐」，事見《漢·張安世傳》，持橐簪筆之意。而偉明乃以荷爲芰荷之荷，何耶？歐陽文忠《回吴舍人啓》云：「紅藥翻階，直禁垣之清切；紫荷持橐，陪法從以雍容。」又《上胥偃啓》曰：「白蟫素簡以香生，兹焉辟惡；紫袷荷囊而備問，最近清光。」乃知誤者非一人。然《隋書·樂志》：「尚書録令僕射吏部尚書，朝服綴紫荷，録令左僕射左荷，右僕射、吏部尚書右荷。」此又何耶？姑俟博識者。

【陽燧】《淮南子》：「陽燧見日，則然而爲火。」注云：「陽燧，金也。取金杯無緣者，熟摩令熱，日下以艾承之。」又云：「木與木相摩則然。世之取火惟此耳。」劉言史《與孟郊煎茶》詩云：「敲石取鮮火，汲泉避腥鱗。」石火雖火，而不可然，言史不察也。《周禮·司烜氏》：「掌以夫燧，取明火于日。」鄭注云：「夫燧，陽燧也。」《禮·内則》疏：「晴則以金燧取火于日，陰則以木燧鑽火也。」《禮》外傳云：「宗廟之祭，用明火者，以陽鑒取日中之火，謂之陽燧。以冬至之日子時鑄銅爲鑒。」

【陽關圖】王維《送元二安西》絶句：「渭城朝雨浥輕塵，客舍青青柳色新。勸君更盡一杯酒，西出陽關無故人。」李伯時取以爲畫，謂《陽關圖》，予嘗以爲失。按《漢書》：「上黨有天井關，燉煌龍勒有玉門關、陽關，去長安二千五百里。」唐人送客，西出都門三十里，特是渭城耳。今有渭城館在焉，即古之渭陽。據其所畫，當謂之渭城圖可也。東坡《題陽關圖》詩：「龍眠獨識慇懃處，畫出陽關意外聲。」皆承其失耳。至山谷《題陽關圖》斷章云：「渭城柳色關何事，自是離人作許悲。」然則詳味山谷詩意，謂之渭城圖宜矣。

【珠還合浦】《古今詩話》：「羊方謼上廣守詩：『鱷徙惡溪韓吏部，珠還合浦孟嘗君。』」殊不知珠還合浦乃後漢孟嘗，不可以孟嘗君遷就也。

【黄金臺】前輩以荆公詩「功謝蕭規慚漢第，恩從隗始詫燕臺」，以臺字爲失。《史記》云：「爲隗改築宫而師事之。」然唐時李太白詩云「何人爲築黄金臺」，荆公詩本此。

【以玉兒爲玉奴】東坡《和楊公濟梅花詩》云：「月地雲階謾一尊，玉奴終不負東昏。」又《四時詩》云：「玉奴纖手嗅梅花。」《南史》：「齊東昏侯妃潘玉兒，有國色。」牛僧孺《周秦行記》：「薄太后曰：『牛秀才遠來，誰爲伴？』」潘妃辭曰：「東昏侯以玉兒身死國除，不宜負他。」注云：「玉兒，妃小字。」東坡蓋用此。而兩以兒爲奴者誤也，然不害爲佳句。

【東坡用事切】東坡《和山谷嘲小德詩》，末云：「但使伯仁長，還興絡秀家。」蓋伯仁乃絡秀子耳。洪駒父《哭謝無逸》詩云：「但使添丁長，終興謝客家。」此學東坡語，尤無功。添丁，盧仝子，氣脈不相屬。絡秀，本周伯仁父浚之妾。小德亦庶出，故坡用事，其切如此。山谷詩：「解著《潛夫論》，不妨無外家。」更覺其切。

【妓人出家詩】唐顧陶大中丙子編《唐詩類選》，載陽郇伯作《妓人出家》詩：「盡出花鈿與四鄰，雲鬟剪落向殘春。暫驚風燭難留世，便是池蓮不染身。貝葉欲翻迷錦字，梵聲初學誤梁塵。從今黤色歸空後，湘浦應無解佩人。」《湘山野録》乃謂：「本朝中國長公主爲尼，掖廷嬪御隨出家者三十餘人。太宗詔兩禁各以詩送之，陳彭年作詩八句。」今考其詩，與陽郇伯所作一同，首句「盡出花鈿散玉津」一句不同。豈後人改郇伯詩，託以彭年之名，而文瑩又不考之過耶？

【蒸壺似蒸鴨】東坡《岐亭》汁字韻詩：「不見盧懷慎，蒸壺似蒸鴨。坐客皆忍笑，髡然發其冪。」按，《太平廣記》載《盧氏雜説》：「鄭餘慶與人會食。日高，衆客囂然。呼左右曰：『爛蒸去毛，莫拗折項。』諸人相顧，以爲必蒸鵝鴨。良久，就餐。每人前下粟米飯一椀，蒸葫蘆一枚。餘慶餐盡，諸人彊進而罷。」然則「蒸壺似蒸鴨」，乃鄭餘慶，非懷慎也。豈東坡偶忘之耶？

【望夫石】陳無己詩話：「望夫石，在處有之，古今詩人，承用一律。惟劉夢得云：『望來況是幾千歲，只似當年初望時。』語雖拙而意工。黄叔達，魯直之弟也，以顧況爲第一。云：『山頭日日風和雨，行人歸來石應語』，語意皆工。江南望夫石，每過其下，不風即雨，疑況得句處也。」予家有《王建集》，載《望夫石》詩，乃知非況作。其全章云：「望夫處，江悠悠。化爲石，不回頭。山頭日日風和雨，行人歸來石應語。」豈無己、叔達偶忘王建作耶？

【落梅花折楊柳】《樂府雜録》載：「笛者，羌樂也。古曲有《落梅花》、《折楊柳》，非謂吹之則梅落耳。」故陳賀徹《長笛》詩云：「柳折城邊樹，梅舒嶺外林。」張正見《柳》詩亦云：「不分梅花落，還同横笛吹。」李嶠《笛》詩：「逐吹梅花落，含春柳色驚。」意謂笛有梅、柳二曲也。然後世皆以吹笛則梅花落，如戎昱《聞笛》詩云：「平明獨惆悵，飛盡一庭梅。」崔櫓梅詩：「初開已入雕梁畫，未落先愁玉笛吹。」《青瑣集》詩：「憑仗高樓莫吹笛，大家留取倚欄看。」皆不悟其失耳。惟杜子美、王之渙、李太白不然。杜云：「故園楊柳今摇落，何得愁中却盡生。」王云：「羌笛何須怨楊柳，春風不度玉門關。」李云：「黄鶴樓中吹玉笛，江城五月落梅花。」亦謂笛有二曲也。

【吴鈎】沈存中《筆談》謂：「唐詩多有言吴鈎者，刀名也，刃彎。今南蠻謂之葛黨刀。」予按，《吴越春秋·闔閭内傳》曰：「闔閭既寶莫耶之劍，復命于國中作金鈎，令曰：『能爲善鈎者，賞之百金。』吴作鈎者甚衆，而有人貪王之重賞也，殺其二子，以血釁金，遂成二鈎，獻于闔閭。」吴鈎始于此，豈存中偶忘之耶？左太沖《吴都賦》云：「吴鈎越棘，純鈎湛盧。」鮑照《結客少年場》云：「驄馬金絡頭，錦帶佩吴鈎。失意杯酒間，白刃起相仇。」杜甫《後出塞》云：「少年别有贈，含笑看吴鈎。」又《送劉十弟判官》云：「經過辨豐劍，意氣逐吴鈎。」李涉《寄楊潛》云：「腰佩吴鈎佐飛將。」曹唐《買劍》亦云：「將軍溢價買吴鈎。」韓翃《送王相公》云：「結束佩吴鈎。」

【江神世情】《雲齋廣録》記：「馮當世，慶曆中，以鄂州首薦。至大江，風濤洶湧，幾至沉没。來春廷試第一，還鄂州，復過大江，風微浪穩，舟楫安然。公題詩江亭云：『江神也世情，爲我風色好。』」予讀《唐文粹》，見施肩吾《及第後過揚子江》詩云：「憶昔將貢年，抱愁此江邊。魚龍互閃爍，黑浪高于天。今日步春草，復來經此道。江神也世情，爲我風色好。」乃知當時取肩吾末句題于江亭耳，非自作也。

【夜半鐘】陳正敏《遯齋閒覽》記歐陽文忠詩話，譏唐人「夜半鐘聲到客船」之句云：「半夜非鐘鳴時，疑詩人偶聞此耳。」且云：「渠嘗過姑蘇，宿一寺，夜半聞鐘。因問寺僧，皆曰：『分夜鐘，曷足怪乎？』尋聞他寺皆然，始知半夜鐘惟姑蘇有之。」以上皆《閒覽》所載。予考唐詩，知歐公所譏乃唐張繼《楓橋夜泊》詩。全篇云：「月落烏啼霜滿天，江楓漁火對愁眠。姑蘇城外寒山寺，夜半鐘聲到客船。」此歐陽公所譏也。然唐時詩人皇甫冉有《秋夜宿嚴維宅》詩云：「昔聞玄度宅，門向會稽峰。君住東湖下，清風繼舊蹤。秋深臨水月，夜半隔山鐘。世故多離別，良宵詎可逢。」且維所居正在會稽，而會稽鐘聲亦鳴于半夜，乃知張繼詩不爲誤，歐公不察。而半夜鐘亦不止于姑蘇，如陳正敏説也。又陳羽《梓州與温商夜别》詩「隔水悠揚半夜鐘」，乃知唐人多如此。王直方《蘭臺詩話》亦嘗辨論，第所引與予不同。

【冷齋不讀書】洪覺範《冷齋夜話》謂：「山谷謫宜州，殊坦夷。作詩曰：『老色日上面，歡悰日去心。今既不如昔，後當不如今。』又云：『輕紗一幅巾，短簟六尺牀。無客白日静，有風終夜涼。』且曰：「山谷學道休歇，故其閒暇若此。」以上皆冷齋語也。予以冷齋不讀書之過。上八句皆樂天詩，蓋是編者之誤，致令渠以爲山谷所爲。前四句「老色日上面」，乃樂天《東城尋春》詩。尚餘八句，所謂「今猶未甚衰，每事力可任」是已。後四句「輕紗一幅巾」，乃樂天《竹窗》詩。亦尚餘二十四句，所謂「常愛輞川寺，竹窗東北廊」是已。山谷外集更有「嘖嘖雀引雛，梢梢筍成竹」數篇，皆非山谷詩。偶會其意，故記之册，學者不可不知也。

【僧清順詩】《冷齋夜話》記西湖僧清順詩:「久從林下遊,頗識林下趣。從渠緑陰繁,不礙清風度。閒來石上眠,落葉不知數。一鳥忽飛來,啼破幽寂處。」韓子蒼爲予言,後四句不同。云:「困即磻石眠,莫省落花數。惟聞犬吠聲,又入青松去。」

【使君乃節度使之使】《古樂府·羅敷》詩:「使君從南來,五馬立踟躕。」使如節度使、觀察使之使,非使令之使也。《本草》:「使君子。潘州郭使君療小兒,多用此物,醫家因號爲使君子。」猶言太守子也。山谷《題餘干縣令吴可權白雲亭》詩云:「寄語吴令君,但遣糟牀注。」令君亦使君之意耳。錢穆父有藥名詩云:「一來亦甘草草别,疏薄無使君子疑。」是以使君爲使令之使矣。山谷藥名詩云:「楊侯濟北使君子」,其用意與錢異。

【曲名舞山香】東坡記徐州通判李絢有子,年十七八,素不善作詩。忽詠《落花》云:「流水難窮目,斜陽易斷腸。誰聞砑光帽,一曲舞山香。」人驚問之,若有物憑者。謝中舍問其砑光帽事,自云:「西王母宴群仙,有舞者戴砑光帽,帽上簪花。舞山香一曲未終,花皆落去。」予讀唐《羯鼓録》,見「汝陽王璡,明皇愛之,每隨遊幸。璡嘗戴砑紗帽子打曲,上自摘紅槿花一朵,置于帽上。遂奏舞山香一曲,花不墜落,上大笑」,事與前極相類。

【曲名荔枝香】《唐書·禮樂志》:「帝幸驪山。楊貴妃生日,命小部張樂長生殿。因奏新曲,未有名,會南方進荔枝,因名曰荔枝香。」樂史所作《楊妃外傳》亦云:「新曲未有名,會南海進荔枝,因名焉。」故杜子美《病橘》詩云:「憶昔南海使,奔騰獻荔枝。百馬死山谷,到今耆舊悲。」又《解悶》詩云：「先帝貴妃今寂寞，荔枝還復入長安。炎方每續朱纓獻，玉座應悲白露團。」按，《唐・志》以荔枝貢自南方，《外傳》以荔枝貢自南海，杜詩亦以爲南海及炎方，則明皇時進荔枝自嶺表，明矣。東坡詩乃以「永元荔枝來交州，天寶歲貢取之涪」。張君房《脞説》亦以爲忠州，何耶？當有辨其非是者。

【桑落酒】索郎酒者，桑落河出美酒，訛爲「索郎」耳。見酈道元《水經注》。皮日休詩云：「分明不得同君賞，盡日傾心羡索郎。」全無理意。本朝高若訥《後史補》：「河中桑洛坊有井，每至桑落時，取其寒暄得所，以井水釀酒甚佳。樂天詩云：『桑落氣薰珠翠暖，柘枝聲引管弦高。』號桑落酒，舊京人呼爲『索郎』，蓋語訛耳。」高説後出，恐或未然也。（卷四《辨誤》。下同）

【唐參軍簿尉不免杖】陳正敏《遯齋閒覽》言，杜子美「脱身簿尉中，始與箠楚辭」；韓退之「判司卑官不堪説，未免箠楚塵埃間」；杜牧之「參軍與簿尉，塵土驚劻勷。一語不中治，鞭笞身滿瘡」，謂唐時參軍、簿尉，不免受杖。鮑彪謂詳考杜、韓所言，捶有罪者也。牧之亦言驚見有罪者如此，非身受杖也。退之《江陵途中》云：「棲身法曹掾，何處事卑陬。何況親犴獄，敲搒發奸偷。」此豈身受杖者耶？然《太平廣記》載李遜決包尉臀杖十下；及《舊唐書・于頔傳》：「頔爲湖州刺史，改蘇州，追憾湖州舊尉，封杖以計强決之」，則鮑論亦未當。

【花驚定】鮑彪譜論杜詩《戲作花卿歌》云：「花卿，舊注名驚定。新、舊史無其人。」予考《舊史・崔光遠傳》：「光遠爲成都尹。及段子璋反東川，節度使李奂敗走，投光遠，率將花驚定等討平之。將士肆剽劫，婦女有金銀臂釧，皆斷腕以取之，光遠不能禁。肅宗按其罪，光遠憂恚成疾，上元二年十月卒。」《高適傳》：「花驚定者，勇將。誅子璋，大掠東蜀。天子怒光遠不能戢軍，乃罷之，以適代光遠爲成都尹。」惟《新史》不見花驚定名字，鮑彪不讀《舊史》故耳。

【緑沈】趙德麟《侯鯖録》云：「緑沈事，人多不知。老杜云：『雨抛金鎖甲，苔卧緑沈槍。』又皮日休《新竹》詩云：『一架三百本，緑沈森冥冥。』始知竹名矣。」鮑彪云：「宋元嘉《起居注》：『廣州刺史韋朗，作緑沈屏風』，亦此物也。然《六典》鼓吹工人之服，亦有緑沈，不可曉也。」以上彪語。余嘗考其詳。《北史》：「隋文帝賜大淵緑沈槍、甲獸文具裝。」《武庫賦》曰：「緑沈之槍。」由是言之，蓋槍用緑沈飾之耳。以此得名，如弩稱黄間，則以黄爲飾；槍稱緑沈，則以緑爲飾。何以言之？王羲之《筆經》云：「有人以緑沈漆竹管及鏤管見遺，藏之多年，實可愛玩。詎必金寶雕琢，然後爲貴乎？」蓋竹以色形似緑沈槍而得名耳。皮日休引以爲竹事，而德麟專以爲竹則非矣。使緑沈槍專指爲竹，則金鎖甲竟何物哉？或者至以爲鐵，益謬矣。劉劭《趙都賦》曰：「其用器則六弓四弩，緑沈黄間，棠溪魚腸，丁令角端。」《廣志》亦云：「緑沈，古弓名。」《古樂府·結客少年場行》云：『緑沈明月弦，金絡浮雲轡。」此以緑沈飾弓也。如屏風、工人之服，此以緑沈飾器服也。唐楊巨源《上劉侍中》詩云：「吟詩白羽扇，校獵緑沈槍。」

【杜詩字不同】顧陶所編杜詩，有題云《倦秋夜》，而今本止云《倦夜》；内一聯云：「飛螢自照水，宿鳥競相呼」，今本乃云：「暗飛螢自照，水宿鳥相呼。」雖一字不同，便覺語勝於前。又陶所編杜

《田舍》詩云：「楊柳枝枝弱，枇杷對對香。」考今本乃云：「櫸柳枝枝弱，枇杷樹樹香。」櫸柳二字不同，櫸字非也。枇杷止一物，櫸、柳則二物矣，然樹樹亦差勝對對也。

【不借】孫少魏東皋録荆公詩：「窗明兩不借，榻浄一籧篨。」《古今注》云：「漢文履不借以視朝。」《齊民要術》云：「冬月令民作不借。不借，草履也。」余考《中華古今注》云：「不借，草履也。以其輕賤易得，故人人自有，不假借也。」然則循名以考實，其義可信。及觀揚雄《方言》，乃云「絲作者曰不借」，此又何耶？

【天闕雲卧】杜子美詩：「天闕象緯逼，雲卧衣裳冷。」薛夢符續注云：「山謙之《丹陽記》曰：『太興中，議者皆言漢司徒許彧墓闕可徙之。王茂宏弗欲，南望牛頭山兩峰曰：天闕也，豈煩改作？』」杜田正謬：「天闕謂龍門。子美《龍門》詩注云：『龍門在洛陽之南，蓋伊闕也。』」杜又云：「王介甫謂『天闕』當作『天閲』，蓋對『雲卧』爲親切耳。」余考二家之説皆非是，薛得其略，杜則全失之。余考《南史·梁何徹傳》嘗云：「吾在齊朝，欲陳三事。一者欲正郊丘，二者欲更鑄九鼎，三者欲樹雙闕。」晉世欲立闕，丞相王導指牛頭山曰：「此天闕也。」此則未明立闕之意。闕者謂之象魏，懸法其上。蓋杜詩本誤以魏爲緯，且不記《南史》，是致紛紛耳。李太白《贈徵君鴻》詩云「雲卧留丹壑，天書降紫泥」，此以「雲卧」對「天書」。

【鱣鱓皆不得真】黄朝英《緗素雜記》云：「《漢書·楊震傳》曰：『有冠雀銜三鱣魚，飛集講堂前。』注云：『冠音鸛，即鸛雀也。鱣音善，其字假借爲鱣鮪之鱣，知然反。』按郭璞注《爾雅》：『鱣長二丈。』又《魏武四時食制》云：『鱣魚大如五斗奩，長一丈餘。』安有鸛雀能致一者，況三頭乎？鱣又純灰色，無文章。鱓魚長不過三尺，大不過三指，黄地黑文。故都講云：『蛇鱣者，卿大夫服之象也。數三者，法三台也。』續後漢及謝承書亦述此事，皆作鱓字。孫卿云『魚鱉鰌鱣』，《韓非》、《説苑》『鱣似蛇』，並作鱣字。蓋假鱣爲鱓，其來久矣。杜少陵云『敕廚惟一味，求飽或三鱣』，又以平聲押之，恐誤也。」以上皆朝英語。余按歐陽文忠公《集古録·漢楊震碑》云：「聖漢龍興，神祇降社，乃生于公。」又云：「窮神知變，與聖同符。鴻漸于門，群英雲集。」又云：「貽我三魚，以彰懿德。」觀此，則稱鱣稱鱓，皆不得其真也。

【淇竹】黄朝英《緗素雜記》云：「李濟翁嘗論《詩·淇澳》云：『菉竹猗猗。』按，陸璣《草木疏》稱《爾雅》云：『菉竹，王芻。』郭璞注云：『菉，蓐草也。今呼爲鴟白脚草。』或云，即鹿蓐草也。又《爾雅》云：『竹，萹蓄。』萹音扁。注云：『似小梨，赤莖節，好生道旁，可食。』亦作筑，音竹。《韓詩》作薄，音篤。亦云：『薄，萹竹。』則明知非筍竹矣。今爲辭賦，皆引猗猗入竹，事大誤也。當時謝莊《竹贊》云：『瞻彼中唐，菉竹猗猗。』便襲其謬，殊乖理趣。苟謝贊佳，何不預《文選》？所以爲昭文之棄也。陸璣字從玉旁，非士衡。余按，舒王新傳解緑竹云：『虚而節，直而和。』疑當時亦指萹竹而云，非筍竹也。又任昉《述異記》云：『衛有淇園出竹，在淇水之上。《詩》云「瞻彼淇澳，菉竹猗猗」是也。』又云爾何邪？」以上皆朝英語。余按，《史記·河渠書》：「河決瓠子，武帝令群臣從官，自將軍而下，皆負薪置決河。是時東郡燒草，以故新柴少，而下淇園之竹以爲揵。天子既臨決河，悼功之不成，乃作歌曰云云：『河公許兮薪不屬，薪不屬兮衛人罪。燒蕭條兮，噫乎何以禦水？穨林竹兮揵石菑，宣房塞兮萬福來。』」晉灼注云：「淇園，衛之苑也，多篠。」顏師古注曰：「穨林竹者，即上所說下淇園之竹以爲楗也。」今觀此，則淇水之澳，從來産竹，故武帝下之以爲揵。歌亦云「穨林竹兮揵石菑」，則淇竹無可疑者。故荆公傳詩爲是，而朝英所證爲非也。梁孝元帝《竹》詩亦云：「嶰谷管新抽，淇園竹復修。」

【李遠詩異同】《北夢瑣言》謂：「李遠詩云：『人事千杯酒，流年一局棊。』宣宗以非牧人之才，不與郡守。」及觀唐張固《幽閒鼓吹》乃云：「宣宗坐朝，令狐相薦李遠知杭州。上曰：遠詩『長日惟消一局棊』，豈可臨郡哉？」二書所載，事雖同而詩則異。

【王謝燕】近世小説尤可笑者，莫如劉斧《摭遺集》所載《烏衣傳》。因劉禹錫詩：「朱雀橋邊野草花，烏衣巷口夕陽斜。舊時王謝堂前燕，飛入尋常百姓家。」遂以唐朝金陵人姓王名謝，因海舶入燕子國，其意以爲烏衣爲燕子國也，其説甚詳。殊不知王者，王導等人也；謝者，謝鯤之徒也。余按《世説》：「諸王、諸謝，世居烏衣巷。」《丹陽記》曰：「烏衣之起，吴時烏衣營處所也。江左初立，瑯琊諸王所居。」審此，則名營以烏衣，蓋軍兵所衣之服，因此得名。《摭遺》之小説，亦何謬邪！

【辨塵史載張曲江燕翼無似】王彦輔《塵史》載：「劉夢得有《讀張曲江集》詩，其序略曰：『世稱曲江爲相，建言放臣不宜與善地。今讀其文，自内職牧始安，有瘴癘之嘆；自退相守荆門，有拘囚之思。嗟夫，身出於遐陬，一失意而不能堪。矧華人士族，而必致醜地，然後快意哉。議者以曲江識禄山有反相，羞凡器與同列。密啓廷争，雖古哲人不及。而燕翼無似，終爲餒魂。豈忮心失恕，陰譴最大，雖二美莫贖邪？』故其詩云：『寂寞韶陽廟，魂歸不見人。』按《唐書》張曲江有子拯，而不見其他子孫。有朝請張君唐輔來守安州，蓋曲江人也，自稱九齡十世孫。皇祐間，儂智高亂嶺南，朝廷推恩，凡名舉人者悉官之，無慮七百人，唐輔在其中。後稍遷至于牧守，當途諸公，往往以名相之後稱薦之。夫以夢得去曲江，纔五六十年，乃言燕翼無似。豈知數百年後，有十世孫邪？豈夢得困於遷謫，有所激而言邪？是皆不可得而知也。」以上皆王說。余考《唐書・宰相世系表》：「九齡之子拯，爲右贊善大夫。拯之子藏器，爲長水丞。藏器之子敦慶，爲袁州司倉參軍。敦慶之子景新。景新之子涓，爲嶺南觀察衙推；弟鄖，爲湖南鹽鐵判官。涓之子浩，爲仁化令。浩之孫文嵩，監東太倉。」自九齡至文嵩，凡八代，仕宦不絶。而劉夢得乃以爲燕翼無似，終爲餒魂，何耶？王彦輔不考《世系表》，而以本朝張唐輔爲證，益非矣。

【劉禹錫誤呼沈雲卿詩爲宋考功詩】黄朝英《緗素雜記》論《劉禹錫嘉話》，謂宋考功詩有「馬上逢寒食，春來不見餳」，以爲餳字有來處，取毛《詩》鄭《箋》説吹簫賣餳之義。朝英謂嘗見沈雲卿詠驩州不作寒食詩，亦云：「海外無寒食，春來不見餳。洛陽新甲子，何日是清明？」二詩相類，恨不見宋考功全篇。予見考功全篇，蓋考功未嘗使餳字，而禹錫誤呼雲卿詩爲考功所作耳。之問詩題是《途中寒食》，云：「馬上逢寒食，途中屬暮春。可憐江浦望，不見洛陽人。」佺期詩題乃是《嶺表逢寒食》，云：「嶺外逢寒食，春來不見餳。洛陽新甲子，何日是清明？」則知使餳字者，佺期所作。況二韻不同，春與人在十七真，錫與明在十二庚，題目亦異。原其所以，禹錫誤道其名耳。

【寧馨兒】唐張謂詩：「家無阿堵物，門有寧馨兒。」以寧爲去聲。劉夢得《贈日本僧智藏》詩云：「爲問中華學道者，幾人雄猛得寧馨？」以寧爲平聲。蓋《王衍傳》曰「何物老嫗，生寧馨兒」，山濤叱王衍語也。又《南史》：「宋王太后疾篤，使呼廢帝。帝曰：『病人間多鬼，那可往？』太后怒，謂侍者：『取刀來剖我腹，那得生此寧馨兒？』」按二說，知晉、宋間以寧馨兒爲不佳也。故山濤、王太后皆以此爲詆叱，豈非以兒爲非馨香者邪？雖平去兩聲皆可通用，然張、劉二詩，義則乖矣。東坡亦作仄聲，《平山堂》詩云：「六朝文物餘丘壟，空使姦雄笑寧馨。」

【紀聞非温公所爲】司馬公《紀聞》載：「進士葉適試補監生第一，王介甫愛其所對策。布衣徐禧得洪州進士黄雍所著書，竊其語，上書褒美新法，介甫亦賞其言。皆奏除官，令于中書習學檢正。及介甫出知金陵，吉甫薦二人，皆安石素所器重。上召見，適奏對不稱旨。徐禧無學術而口辯，揚眉奮髯，足以動人主意。或問以故事，禧對：『此非臣所學，臣所學』云云，其説皆雍語也。而蔡承禧收得雍草，封上之。承禧又言：『禧母及妻，皆非良家。』又言：『禧前居父喪而博，爲吏所捕，因亡命詣闕上書。』」《紀聞》以此事得于王熙。温公著《紀聞》，多得于人言。則有毁者，或失其真之説，是非特未定也。或者又以《紀聞》非公所爲，然後人不能不致疑于其間。最後予讀東坡悼徐德占詩，其序云：「余初不識德占，但聞其初爲惠卿所薦，以處士用。元豐五年二月，偶以事至蘄水，德占聞予在傳舍，惠然見訪。與之語，有過人者。是歲十月，聞其遇禍，作詩弔之」云：「美人種松柏，欲使低蔭門。栽培雖易長，流惡病其根。哀哉歲寒姿，骯髒誰與論。竟爲時所誤，不免刀斧痕。一遭兒女汙，始覺山林尊。從來覓棟梁，未免傍籬藩。南山隔秦嶺，千樹龍蛇奔。大廈若果傾，萬牛何足言。不然老巖壑，合抱枝生孫。死者不可悔，吾將遺後昆。」乃知《紀聞》所傳不足信。

【空梁落燕泥】唐劉餗《隋唐嘉話》載：「隋煬帝爲《燕歌行》，群臣皆以爲莫及。王胄獨不下帝，因此被害。帝誦其句云，『庭草無人隨意緑』，能復道邪！」又唐潘遠《紀聞》載：「隋煬帝作詩有押泥字者，群臣皆以爲難和。薛道衡後至，詩成，有『空梁落燕泥』之句。帝惡其出己上，因事誅之。臨刑問：『復能道得「空梁落燕泥」否？』」予考二事相似，然小説可信者少。及觀五代韋縠所編唐賢《才調集》詩，其中載劉長卿一詩《别宕子怨》，凡十韻，有一聯云：「暗牖懸蛛網，空梁落燕泥。」與唐潘遠所載道衡詩無異，何邪？以《隋書》考之，煬帝嗣位，道衡自襄州總管，轉潘州刺史。歲餘，上表求致仕，帝許以秘書監待之。道衡既至，上高帝頌。帝覽之不悦，拜司隸大夫，將置之罪。道衡不悟，遂因議新令事，付執法劾之。帝令自盡，憲司縊殺之。然則道衡貽怒煬帝，因獻頌所致。況又《才調集》以爲長卿詩，遠説甚可疑也。又據道衡集亦有此，但名爲《昔昔鹽》。當是道衡自作，不緣和韻耳。

【林藻歐陽詹相繼登第】黄朝英《緗素雜記》云：「《唐書·歐陽詹傳》云：『閩越地肥衍，有山泉禽魚。雖能通文書吏事，不肯仕宦。及常衮罷宰相爲觀察使，始擇縣鄉秀民能文詞者，與爲賓主禮，故其俗稍相勸出仕。初，詹與羅山甫同隱潘湖，往見衮，衮奇之，辭歸，泛舟飲餞。舉進士，與韓愈、李觀、李絳、崔群、王涯、馮宿、庾承宣聯第，皆天下選，時稱龍虎牓。閩人第進士，自詹始。』朝英按，黄璞撰《閩川名士傳》云：『江夏子田閲林藴《泉山銘叙》，則謂閩川貞元以前，未有文進者也。因廉使李錡公錡興起庠序，請獨孤尚書爲記，中有辭云：縵胡之纓，化爲青襟。其兄藻與其友歐陽詹覩此耿耿，不怡十年。遂相與爲誓，志求名，繼登上第。』是言進士及第，始于林藻也。《泉山銘叙》又云爾，何邪？」以上皆朝英説。予家有唐趙修撰《唐登科記》，嘗試考之，德宗貞元七年，是歲辛未，刑部杜黄裳知貢舉，所取三十人。尹樞爲首，林藻第十一人。是牓其後爲宰相者四人：令狐楚、竇楚、皇甫鎛、蕭俛。賦題《珠還合浦》，詩題《青雲干吕》。次舉貞元八年，是歲壬申，兵部侍郎陸贄知貢舉，所取二十三人。賈稜爲首，歐陽詹第三人。是牓其後爲宰相者三人：王涯、李絳、崔群。賦題《明水》，詩題《御溝新柳》。然則林藻是貞元七年及第，歐陽詹是貞元八年及第，明矣。《泉山銘叙》云「二人相繼登上第」，可謂得實。

【閩人登第不自林藻】唐人以閩人第進士，自歐陽詹始。予嘗以唐《登科記》考之，貞元七年林藻登第，貞元八年詹始登第，二人皆閩人。乃知閩人第進士始于藻，已具前説矣。予又讀《唐摭言》云：「神龍二年，閩人薛令之登第。開元中，爲東宫侍讀。時官僚清淡，以詩題于公署，略曰：『盤中何所有，苜蓿長闌干』云云。上因幸東宫覽之，索筆判之曰：『若嫌松桂寒，任逐桑榆暖。』令之因此謝病東歸。」案：神龍二年乃唐中宗時。然則閩人第進士，不惟不始于詹，亦不始于藻，當以薛令之爲始。《閩川名士傳》所載與《摭言》同。唯唐《登科記》神龍元年第五十四人，有薛全之。

令、全兩字不同，兼二年與元年亦不同，當以《登科記》爲是。

【辨杜子美詩】杜詩：「青青竹筍迎船出，日日江魚入饌來。」韓子蒼云：「舊本日乃白字也。」予讀杜《放船》詩云：「青惜峰巒過，黄知橘柚來。」乃知子蒼之言可信。然或者云：「此詩乃《送王十三判官扶侍還黔中》，故用孟宗泣筍、姜詩躍鯉事。《後漢·列女傳》：『姜詩并妻龐氏並至孝，母好飲江水、嗜魚膾云云。每旦輒出雙鯉，常以供母膳。』其言每旦，則日日之意在焉。」故姑存之，以俟博識者。

【老拳】唐劉夢得嘗讀杜子美《義鶻行》「巨顙拆老拳」，疑老拳無據。及讀《石勒傳》，勒語李陽曰：「孤往日厭卿老拳，卿亦飽孤毒手。」乃嘆服之。予按《五代史》：「梁太祖讀李襲吉爲晉王所爲《通和書》云：『毒手尊拳，相交於暮夜；金戈鐵甲，蹂踐於明時。』嘆曰：『李公僻處一隅，有士如此。使吾得之，傅虎以翼也。』」以《石勒傳》考之，尊拳當作老拳，非指劉伶尊拳也。

【子規】鮑彪《少陵詩譜論》引陳正敏曰：「飛鳴之族，所在名呼不同。有所謂脱了布袴，東坡云『北人呼爲布穀』，誤矣。此鳥晝夜鳴。土人云：不能自營巢，寄巢生子。細詳其聲，乃是云『不如歸去』，此正所謂子規也。今人往往認杜鵑爲子規，杜鵑一名杜宇，子美亦言其寄巢生子，此蓋禽鳥性有相類者。柳子厚作《永州遊山》詩云：『多秭歸之禽。』然秭歸又是蜀中地名，疑其地多此禽也。」以上皆鮑説。予按，《史記·曆書》曰：「昔自在古，曆建正作於孟春。于時冰泮發蟄，百草奮興，秭鳺先滜。」注：「徐廣曰：秭音姊，鳺音規。子規鳥也，一名鷤鴂。」乃知子厚以子規作秭歸，不爲無所本矣。酈道元《水經注》引袁崧曰：「楚屈原有賢姊，聞原放逐亦來歸，喻令自寬全。鄉人冀其見從，因名秭歸。縣北有原故宅，宅之東北有女須廟，擣衣石猶存。」秭與姊同。然則縣之得名秭歸，正以屈原。而鮑以爲因禽得名，非也。然《晉·志》建平郡有秭歸縣，注云：「故子國。」

【胡笳十八拍】王觀國《學林新編》曰：「秦再思《紀異録》云：『琴譜《胡笳曲》者，本昭君見胡人卷蘆葉而吹之，昭君感焉，爲製曲，凡十八拍。』觀國以爲董祀妻蔡琰文姬爲胡騎所獲，歸作詩二章。今世所傳《胡笳曲十八拍》，亦用文姬詩中語，蓋非文姬所撰，乃後人所撰，以詠文姬也，《紀異》謂昭君製曲則誤矣。王荆公作集句《胡笳曲十八拍》，首言『中郎有女能傳業』者，亦詠蔡文姬也。王昭君未嘗有《胡笳曲》傳於世。」以上皆王説。予按，《琴集》曰：「大胡笳十八拍，小胡笳十九拍，並蔡琰作。」及案，蔡翼《琴曲》，有大小胡笳十八拍。大胡笳十八拍，沈遼集，世名沈家聲。小胡笳又有契聲一拍，共十九拍，謂之祝家聲。祝氏不詳何代人。李良輔《廣陵止息譜序》曰：「契者，明會合之至理，殷勤之餘也。」李肇《國史補》曰：「唐有董庭蘭，善沈聲，蓋大小胡笳云。」以此校之，觀國謂非文姬所撰亦非矣。予又按，謝希逸《琴論》曰：「平調，明君三十六拍。胡笳，明君二十八拍。清調，明君十三拍。間絃，明君十九拍。蜀調，明君十二拍。吴調，明君十四拍。杜瓊，明君二十一拍。凡有七曲。」然則明君亦有胡笳，但拍數不同耳。庾信詩云：「方調琴上曲，變入胡笳聲。」觀國謂昭君不能製曲，又非也。（卷五《辨誤》。下同）

【長頸高結喉】韓退之《石鼎聯句》詩序曰：「彌明貌極醜，白鬚黑面，長頸而高結，喉中又作楚語。」洪慶善云：「張右史本無高字、中字，只是『長頸而結喉，又作楚語』。」以予考之，張本非也。予按揚雄《蜀紀》曰：「蜀之先代人，椎結左語，不曉文字。」故左思《魏都賦》斥蜀云：「或魋髻而左言，或鏤膚而鑽髮。」古多借字，以魋爲椎，以結爲髻。故退之序「長頸而高結」句始于此，蓋言髻之高也。《後漢·東夷傳》云：「魁頭露紒。」章懷注云：「魁頭，猶科頭也，謂以髮縈繞成科結也。紒音計。」《史記·朝鮮傳》：「魋結，蠻夷服。」《前漢·朝鮮傳》：「椎結，蠻夷服。」一以爲魋結，一以爲椎結，一以爲魁紒，然則魋、椎、魁一音，紒、髻、結亦一音。魁有高之義。章懷以魁頭爲科頭，其論太執矣。後之學者，多不讀古文，往往去高字而止以爲結喉，故其誤甚明。劉向《列女傳》：「齊鍾離春，無鹽女，宣王后也，爲人極醜，昂鼻結喉。」雖有結喉，而退之序不本此。

【颸風】《離騷》曰：「溢颸風兮上征。」左太沖《吴都賦》曰：「翼颸風之颲颲。」班固曰：「颸，疾也。」然則颸風者，疾風也。謝玄暉《郡齋呈沈尚書》詩云：「珍簟清夏室，輕扇動涼颸。」謝靈運《初發石頭城》詩云：「出宿薄京畿，晨裝摶曾颸。」注曰：「曾颸，高風也。」二謝以颸爲風，何耶？

【鹽鹽】（上略）杜子美《鹽井》詩云：「鹵中草木白，青者官鹽煙。」杜田補遺曰：「許慎《説文》云：『鹵，鹽池也。東方謂之斥，西方謂之鹵。』又《漢·宣帝紀》：『帝常困於蓮勺鹵中。』注：『如淳曰：蓮勺縣有鹽池，縱横十餘里，其鄉人名鹵中。師古曰：今在櫟陽縣東。』」予又按《吕氏春秋》稱：「魏文侯時，吴起爲鄴令，引漳水以灌田。民歌之曰：『決漳水兮灌鄴旁，終古斥鹵生稻粱。』」然則鹹薄之地，名爲斥鹵。故《禹貢》云「海濱廣斥」、《左傳》「表淳鹵」是也。淳鹵地薄，收獲常少，故表之，輕其賦稅。予以是知如鹽如鹹字，皆從鹵也。故鹵亦作鹽。其説庶幾是乎？

【黄帝炎曲炎當作鹽】沈存中《筆談》曰：「頃年王師南征，得黄帝炎一曲于交趾，乃《杖鼓曲》也。炎或作鹽，唐曲有《突厥鹽》、《阿鵲鹽》。施肩吾詩云：『顛狂楚客歌成雪，嫵媚吴娘笑是鹽。』蓋當時語也。今《杖鼓譜》中有炎杖聲。」以上皆《筆談》。予按，《隋書·樂志》云：「其舞曲有《疏勒鹽》。」《古樂府集》隋薛道衡有《昔昔鹽》。《樂苑》云：「《昔昔鹽》，羽調曲，唐亦爲舞曲。昔一作析。唐趙嘏廣之爲十一章。」然則以鹽名曲，自隋已有。存中以爲唐世，非也。考《唐書·禮樂志》及《通典》，皆不具此曲名。唯杜佑《理道要訣》云：「天寶十三載七月，改諸樂名。太簇宫時號娑陀調，《鶻鴿鹽》改爲《白鴿鹽》。太簇商時號大石調，《野鵲鹽》改爲《神鵲鹽》。太簇羽時號般涉調，《大序鹽》。中吕商時號雙調，《神雀鹽》。」有此四曲，凡存中所謂《阿鵲鹽》在焉。然《突厥鹽》者，豈非《隋·志》《疏勒鹽》也？予又按張芸叟《南遷録》，載其「以元豐中，至衡山謁嶽祠，有樂工六十四人隸祠下。每歲立夏之日致祠，潭州通判與縣官，備三獻奏曲侑神。初曰《蘇合香》，次曰《皇帝鹽》，終曰《四朵子》。三曲皆開元中所降也，至今不廢。器服音調，與今不同。然其曲甚長，自四更始奏，至旦方罷。祠官頗以爲勞，多從殺減」。然則存中以《黄帝炎》因近年征交趾而得之，蓋不知南嶽有此舊曲也。然《芥室詩話》以鹽者有味之謂。

【天子呼來不上船】唐范傳正作《李白墓碑》云：「明皇泛白蓮池，公不在宴。皇情既洽，召公作序。時公已被酒於翰苑中，乃命高將軍扶以登舟，優寵如是。」杜子美《八仙歌》云「天子呼來不上船，自稱臣是酒中仙」，蓋謂此也。王立之詩話，以夏彦剛云「蜀人以襟領爲船」，不知何所據也。謝逸作《逸軒》詩云「太白列仙人，名綴雲房籍」，又云「朝衫不上船，拜舞墮巾幘」，皆承彦剛之誤也。

【又玄集載杜甫杜誦詩】唐人有《又玄集》三卷，杜甫七首、杜誦一首，各在上卷。其杜誦一首，乃是《哭長孫侍御》「道爲詩書重，名因賦頌雄」者。今子美集亦有此詩，恐是編者之誤。然誦名不顯，不知孰是？第四句「憲府舊乘驄」，《又玄集》以舊作近。

【涼風消息幾時來】《古今詩話》云：「太祖采聽明遠，每邊事，纖息必知。有問者自蜀還，上問劍外有何事？問者曰，但聞成都滿城誦朱山長《苦熱》詩曰：『煩暑鬱蒸無處避，涼風清冷幾時來？』上曰：『此蜀民思吾來伐也。』」然予嘗考睦台符《岷山異事》云：「梓潼山人李堯夫，吟詠尤尚譏刺。謁蜀相李昊，昊戲曰：『何名之背時耶？』堯夫厲色對曰：『甘作堯時夫，不樂蜀中相。』因是堯夫爲昊所擯。知蜀主國柄隳紊，生民肆擾，《吟苦熱》詩云：『炎暑鬱蒸無處避，涼風消息幾時來？』」以是知此兩句乃李堯夫詩，非朱山長也。清冷兩字，不逮消息遠甚。堯夫又有《大内盆池》詩云：「向外疑無地，其中別有天。」蜀平後，《贈滕白郎中》詩云：「方外與誰爲道友，關東獨自占詩家。」譏滕入蜀不得名詩家，惟堯夫耳。

【誤認黄華作菊華】袁州自國初時，解額以十三人爲率。仁宗時，查拱之郎中知郡日，因秋試進士，以《黄華如散金》爲詩題。蓋取《文選》詩「青條若總翠，黄華如散金」是也。舉子多以秋景賦之，惟六人不失詩意。由是只解六人，後遂爲額。無名子嘲之曰：「誤認黄華作菊華。」

【襏襫子】豫章《次韻錢穆父贈松扇詩》云：「可憐遠度幘溝漊，適堪今時襏襫子。」《集韻》云「襏襫子，不曉事之稱也」，出晉程曉詩，見《藝文類聚》、《初學記》二書。其詩云：「平生三伏時，道路無行車。閉門避暑卧，出入不相過。今世襏襫子，觸熱到人家。主人聞客來，嚬蹙奈此何。摇扇髀中疼，流汗正滂沱。傳誡諸高明，熱行宜見訶。」《藝文》、《初學》二書，所載無少異。惟《太平廣記》載《啓顔録》，有晉程季明《嘲熱客》詩曰：「平生三伏時，道路無行車。閉門避暑卧，出入不相過。今代愚癡子，觸熱到人家。主人聞客來，嚬蹙奈此何。謂當起行去，安坐正咨嗟。所説無一急，嗒唅何多。摇扇髀中疼，流汗正滂沱。莫謂爲小事，亦是人一瑕。傳誡諸朋友，熱行宜見呵。」此詩比前本多三韻，意前二本非全文也。一以爲襏襫子，一以爲愚癡子，其末又以訶爲呵，當有辨其非是者。其曰程季明，是曉之字。然《晉書》無傳，《魏志》有傳。宋景文本多字韻下有兩句云：「疲倦向之久，甫問君極那。」

【傅玄兩儀詩】《藝文類聚》載晉傅玄《兩儀》詩曰：「兩儀始分，元氣上清。列宿垂象，六位時成。日月西邁，流景東征。悠悠萬物，諸品齊名。聖人憂世，實念群生。」《初學記》亦載傅玄《兩儀》詩云：「兩儀既分元氣清，列宿垂象六位成。日月西流景東征，悠悠萬物殊品名。聖人憂代念群生。」據此詩，乃七言柏梁體，不知與前四言不同何耶？

【八米八采】唐張祜《寄盧載》詩：「少見雙魚信，多聞八米詩。」用《北史》「文宣帝崩，朝士各作挽歌十首，擇其善者而用之。魏收、陽休之、祖孝徵等不過得一二首，惟思道獨有八篇，故時人稱爲八米盧郎」。《隋書·思道傳》一同。嘗疑八米無義，不可曉。偶閲孔毅父《續世説》所載，與史不同，仍非米字。其説云：「北齊文宣帝崩，當時文士各作挽辭十首，擇其善者而用之。魏收、陽休之、祖孝徵不過得一二首，惟盧思道獨得八首，時號八采盧郎。劉逖亦只二首中選，中書郎李愔戲逖云：『盧八問訊劉二。』逖銜之。武成時，逖典機密，以事中愔，武成大怒，大加鞭朴。逖喜復前憾，曰：『高搥兩下，執鞭一百，何如呼劉二時』」云云。乃知米爲采字。竊推之，五木之戲，其采有十二。其四爲玉采，貴也；其八爲珉采，賤也。玉采之中，有采曰白，蓋五木俱白也。謂之白八，以其筴數八而已。思道之詩，既勝于魏收諸人，如五木之戲，得玉采白八耳。故《楚辭》曰：「成梟而牟，呼五白些。」梟二爲珉采；牟者，勝也。欲勝其梟，必呼五白也。其説具《樗蒱格》及《國史補遺》、李翺《五木經》。近時姚寬著《西谿叢語》，以爲八米關中語，歲以六米七米八米分上中下，言在穀取米取數之多。蓋姚不得其説而爲臆論也。

【顧愷之小字虎頭】洪駒父《詩話》謂：「世所行注老杜詩，云是王原叔，或云鄧慎思。所注甚多疏略，非王、鄧書也。其甚紕繆者，顧愷之小字虎頭，維摩詰是過去金粟如來，故《乞瓦棺寺顧愷之畫維摩詰像》詩卒章云：『虎頭金粟影，神妙獨難忘。』乃注云：『虎頭，僧相。金粟，金地，當飾此。』殊可笑也。」以上皆洪説。予謂洪以虎頭爲愷之小字者，蓋取《歷代名畫記》云：「顧愷之字長康，小字虎頭，晉陵無錫人。」然予考《世説》乃謂「顧愷之爲虎頭將軍。每食蔗，自尾至本，人或問，曰：

『漸入佳境。』」則知虎頭非小字，《名畫記》之誤，而洪又承其失耳。

【匡山非廬山】胡仔《苕溪叢話》云：「『匡山讀書處，頭白好歸來。』注詩者曰：『匡山，未詳。』王觀國按《漢郡國志》：『廬江郡潯陽縣。』劉昭注引釋惠遠《廬山記》曰：『有匡俗先生，出商、周之際，居其下，受道於仙人。時謂所止爲仙人之廬。』又引《豫章舊志》曰：『匡俗先生，字君平，夏禹之苗裔。』又《建康實録》曰：『隆安六年，桓玄遺書於匡山惠遠法師。』然則匡山者，廬山也。李太白遊廬山，舊矣；子美既不得志，而太白復以譖出，故子美詩曰『頭白好歸來』，蓋欲招隱爲廬山之游也。」以上皆胡仔説。予按，杜田《補遺》云：「范傳正《李白新墓碑》云：『白本宗室子。厥先避仇，客居蜀之彰明，太白生焉。』彰明，緜州之屬。邑有大、小匡山，白讀書於大匡山，有讀書堂尚存。其宅在清廉鄉，後廢爲僧房，號隴西院，蓋乙太白得名。院有太白像及唐緜州刺史高忱及崔令欽記。」所謂匡山，乃彰明縣之大匡山，非匡廬也。乃知《學林新編》、胡仔皆爲妄辯。

【李白贈杜甫詩】洪駒父《詩話》云：「世謂杜子美集中贈李太白詩最多，而李集初無一篇與杜者。按段成式《酉陽雜俎》云：『李集有堯祠贈杜補闕者，老杜也。』其詩曰：『我覺秋興逸，誰言秋氣悲。山將落日去，水與晴空宜。雲歸滄海少，雁度青天遲。相失各萬里，茫然空爾思。』不獨飯顆山頭之句也。」以上皆洪説。予按，李集有《沙丘城下寄杜甫》一篇云：「我來竟何事？高卧沙丘城。城邊有古樹，月夕連秋聲。魯酒不可醉，齊歌空復清。思君若汶水，浩蕩寄南征。」乃知洪失於不審耳。

【杜彬琵琶皮作絃】陳無己《詩話》：「歐陽公謫滁陽，聞其倅杜彬善琵琶。酒間請之，正色盛氣而謝不能，公亦不復强也。後彬置酒，數行，遽起還内。漸聞絲聲，且作且止而漸近。久之，抱器而出，手不絶彈，盡暮而罷。公喜甚，過所望也。故公詩云：『坐中醉客誰最賢，杜彬琵琶皮作絃，自從彬死世莫傳。』皮絃，世未有也。」以上皆陳説。葉少藴《避暑録》云：「文忠在滁州，通判杜彬善彈琵琶，故其詩云：『坐中醉客誰最賢，杜彬琵琶皮作絃。』此詩既出，彬頗病之，祈公改去姓名，而人已傳，卒不得諱。」又云：「琵琶以下撥重爲難，猶琴之用指深，故本色有轢絃護索之稱。文忠嘗問彬琵琶之妙，亦以此對。乃取使教他樂工試爲之，下撥絃皆斷。因笑曰：『如公之絃，無乃皮爲之邪？』故有『皮作絃』之句。而好事者遂傳彬真以皮爲絃，其實非也。唐人説賀懷智以鵾雞筋作絃，人因疑之。筋比皮雖有可作絃之理，然亦不應得許長。且所貴者聲爾，安在以絃爲奇乎？梅聖俞《醉翁吟》亦云：『當時滁州所樂者，惟有杜彬彈琵琶。』使誠有之，聖俞亦當以異見于詩也。」以上皆葉説。余按，陶岳《五代史補》云：「馮道之子能彈琵琶，以皮爲絃。世宗令彈，深喜之，因號琵琶爲遶殿雷。」乃知以皮爲絃，古有其法，而杜彬得之。葉爲妄辨，無可疑者。且文忠公詩云：「我昔被謫居滁州，雖名爲翁實少年。坐中醉客誰最賢，杜彬琵琶皮作絃。自從彬死世莫傳，玉練鎖聲入黄泉。」則公作此詩時，杜彬已死之後，葉安得有「祈公改去姓名」之説哉？余以意料之，當是葉只據兩句而遂爲此説。又不考《五代史補》，偶忘馮氏舊事耳。不然，何舛誤之甚也！

【蝦蟆蝕月烏蝕日】東坡云：「玉川子作《月蝕》詩，以爲蝕月者，月中之蝦蟆也。梅聖俞作《日蝕》詩云，蝕日者，三足烏也。此固因俚説以寓其意。《戰國策》云：『日月暉于外，其賊在内。』則俚説亦嘗矣。」以上東坡説。予按，《史記・龜策列傳》：「孔子聞之曰：『神龜知吉凶，而骨直空枯。日爲德而君于天下，辱於三足之烏。月爲刑而相佐，見食于蝦蟆。』」乃知古有其説，何東坡偶忘此邪？

【僧義海評韓文公蘇東坡琴詩】蔡絛《西清詩話》謂：「三吴僧義海以琴名。世謂歐陽文忠公問東坡：『琴詩孰優？』坡答以退之聽穎公琴，曰：『此祇是聽琵琶爾。』或以問海，海曰：『歐陽公一代英偉，何斯人而斯誤也？昵昵兒女語，恩怨相爾汝，言輕柔細屑，真情出見也。劃然變軒昂，勇士赴敵場，精神餘溢，竦觀聽也。浮雲柳絮無根蒂，天地闊遠隨飛揚，縱横變態，浩乎不失自然也。喧啾百鳥群，忽見孤鳳凰，又見穎孤絶，不同流俗下俚聲也。躋攀分寸不可上，失勢一落千丈强，起伏抑揚，不主故常也。皆指下絲聲妙處，唯琴爲然。琵琶格上聲，烏能爾邪？退之深得其趣，未易譏評也。』」以上皆《西清詩話》。余謂義海以數聲非琵琶所及，是矣。而謂真知琴趣則非也。昔晁無咎謂嘗見善琴者云：「浮雲柳絮無根蒂，天地闊遠隨飛揚，爲泛聲。輕非絲、重非木也。喧啾百鳥群，忽見孤鳳凰，爲泛聲中寄指聲也。躋攀分寸不可上，爲吟繹聲也。失勢一落千丈强，爲歷聲也。數聲琴中最難工。」洪慶善亦嘗引用，而未知出于晁。是豈義海所知，況西清邪？東坡後有《聽惟賢琴》詩：「大絃春温和且平，小絃廉折亮以清。平生未識宫與角，但聞牛鳴盎中雉登木」云云，亦未知琴。春温和且平，廉折亮以清，絲聲皆然，何獨琴也？牛鳴盎中雉登木，概言宫角耳。八音皆然，何獨宫角也？聞者以義海爲知言。西清又謂：「嘗考今昔琴譜，謂宫者非宫，角者非角。又五音迭起，宫聲爲多，與五音之正者異，此又坡所未知也。」以上皆西清語。余考《史記》：「騶忌子聞齊威王鼓琴，而爲説曰：『大絃濁以春温者，君也。小絃廉折以清者，相也。』」又《管子》：「凡聽宫如牛鳴窌中，凡聽角如雉登木以鳴，音疾以清。」故《晉書》亦云：「牛鳴盎中宫，雉登木中角。」以此知義海、西清寡陋而妄爲之説，可付之一笑。

【詩小雅誤作雨無正】毛詩《小雅·雨無》一篇，今傳者誤作《雨無正》七章，二章章十句、二章章八句、三章章六句。學者遂因其失，以「雨無正」名篇，失矣。蓋篇中第二章云：「正大夫離居，莫知我勩。」箋云：「正，長也。長官之大夫。」

【漢以牡丹爲木芍藥】王立之《詩話》載：「賓護《尚書故實》云：『牡丹蓋近有，國朝文士集中無牡丹詩云。嘗言楊子華有畫牡丹，處極分明。子華，北齊人。則知牡丹花亦已久矣。予觀文忠公所爲《花品序》云：牡丹初不載文字，自則天以後始盛，然未聞有以名者。如沈、宋、元、白皆善詠花，當時有一花之異，必形篇什，而寂無傳焉。唯劉夢得有詩，但云一叢千朵，亦不云其美且異也。』然余猶以此説爲非。『惟有牡丹真國色，花開時節動京城』，豈不云美也？白樂天詩：『人人散後君須記，歸到江南無此花。』又唐人詩云：『國色朝酣酒，天香夜染衣。』豈得爲無人形於篇什？」以上立之説。余按，崔豹《古今注》云：「芍藥有二種：有草芍藥，有木芍藥。木者花大而色深，俗呼爲牡丹。」又安期生服練法：「芍藥二種：一者金芍藥，二者木芍藥。救病金芍藥，色白，多脂肉。木芍藥，色紫，瘦多，味苦。」以此知由漢以來，以牡丹爲木芍藥耳。故温庭筠詩云：「山寺明媚木芍藥，野田叫噪官蝦蟆。」温猶襲舊名，則知前此非不載牡丹也。乃知名字顯晦，更變所致。大抵牡丹佳者，有自丹、延州來。前輩多以因此得名。

【紫微郎】劉莘老摯《賀宋舍人啓》曰：「總爲贊書，其任乃古之内史；觀諸上象，其文猶天之紫微。」《唐六典》：「中書令，開元元年改爲紫微令，五年復舊。」《唐會要》：「中書舍人，開元元年十二月一日改爲紫微舍人，五年復爲中書舍人。故開元二年十二月二十日，紫微令姚崇奏，紫微舍人六員，每頭商量事，諸舍人同押。」蓋紫微，皇居，以比天文紫微宫。有令、有舍人，紫微宫中官屬也。白樂天爲舍人詩云：「獨坐黄昏誰是伴，紫微花對紫微郎。」然則以紫微爲舍人，不可也。

【題妓項帕】姚令威寬記陳德潤云：「一貴人知成都，朝廷遣御史何某入蜀按事，貴人遍召幕客，詢何人與御史密者。有賢良某人，令出界候迎，兼携名妓王宫花往，候其宴狎，出家姬以佐酒，善舞。何醉，喜題其項帕云：『按徹梁州更六么，西臺御史惜嬌嬈。從今改正王宫柳，無盡春風萬萬條。』至成都，此娼出迎，遂不復措手而歸。」余按，邵伯温所載詳且盡，疑得其真。云：「文潞公慶曆間以樞密直學士知成都府，時年未四十。成都風俗喜行樂，公多讌集。有語至京師。御史何郯聖從，蜀人也，因謁告歸，上遣伺察之。聖從將至，潞公亦爲之動。張愈少愚者，謂公曰：『聖從之來無足念。』少愚因迎見於漢州，因郡會，有營妓善舞，聖從喜之。問其姓，曰楊，聖從曰：『所謂楊臺柳者。』少愚即取妓之項帕羅題詩曰：『蜀國佳人號細腰，東臺御史惜妖嬈。從今喚作楊臺柳，舞盡春風萬萬條。』命其妓作《柳枝辭》歌之，聖從爲之霑醉。後數日，何至成都，頗嚴重。一日，潞公大作樂以燕何，迎其妓雜府中，歌少愚詩以酌何，何每爲之醉。何還朝，潞公之謗遂息。與陶穀使江南事略相類。」且云：「少愚奇士，潞公固重其人也。」

【韓子蒼和頻字韻詩】韓子蒼和李道夫詩兩首，頻字韻。其一云：「麥天晨氣潤，況復雨頻頻。」其二云：「李侯梨釘坐，風味勝仁頻。」按，《上林賦》：「仁頻檳榔。」《仙藥録》云：「檳榔，一名仁頻。」《林邑記》曰：「葉如甘蕉。音賓。」恐韓别有所本耳。

【霹靂手胡盧提】張右史《明道雜志》云：「錢内翰穆父知開封府，斷一大事。或語之曰：『可謂霹靂手。』錢答曰：『僅免胡盧提。』蓋俗語也。」然余見王樂道記輕薄者改張鄧公罷政詩云：「赭案當衙並命時，與君兩箇没操持。如今我得休官去，一任夫君鶻露蹄。」乃作鶻露蹄，何邪？更俟識者。

【鱸魚鄉】「陳文惠有《題松江》詩，落句云『西風斜日鱸魚鄉』，言惟松江有鱸魚耳，當用此鄉字，而數處見皆作香字。魚末爲羹臛，雖嘉魚，直腥耳，安得香哉？」以上張右史耒説。然仁宗朝，治平丙午所編《松江集》有《鱸鄉亭》等詩。其亭，尚書屯田郎中林肇所立也。其叙云：「肇頃過松陵，讀陳丞相留題，有『秋風斜日鱸魚鄉』之句，嘗諷味之。去年秋，作亭江上，差有雅致。因取其句中鱸鄉二字，爲亭名焉。詩云：『膾鱸珍琢是吴鄉，丞相嘗留刻琰章』云云。張先子野詩云：「霓舟忽艤鱸魚鄉，槎閣欲淩雲漢域。」又云：「但怪鱸鄉一旦成，分却松江半秋色。」乃知標亭以鱸鄉久矣。以鄉爲香，其誤甚明。

【石髮】豫章喜謝逸詩：「山寒石髮瘦，水落溪毛彫。」余按，《酉陽雜俎》：「張乘言：『南中水底有草，如石髮。每月三四日始生，至八九以後可採，及月盡悉爛。以隨月盛衰，若蚌蛤、魚胎也。』」審如張説，則石髮生于水中。

【迴雁峰】衡州有迴雁峰，皆謂雁至此不復過，自是而迴北耳。余按，柳子厚過衡州，見新花開，却寄弟詩云：「故國名園久别離，今朝楚樹發南枝。晴天歸路好相逐，正是峰頭迴雁時。」蓋子厚自永還闕，過衡州，正春時。適見雁自南而北，故其詩云爾。豈專謂雁至此而迴乎？乃古今考柳詩不精故耳。

【經子之錯】嘗記前輩摘經子之錯。《詩》：「兄弟鬩于牆，外禦其侮。」鬩乃鬩也。《易》：「窺其户，闃其無人。」蓋内能治，然後可以治人。《孟子》以仲子爲巨擘，非也，齊人以蚯蚓之大者爲巨擘。《論語》：「子路從夫子而後，遇荷蓧丈人。止子路宿，殺雞爲黍而食之，見其二子焉。」言此一句當在「至則行矣」之下，簡編差誤所致。蓋子路既不見其丈人，因告二子以不仕無義云云也。不然，豈無人而與言哉。

【非熊】豫章《漁父》詩：「范蠡歸來思狡兔，吕翁何意兆非熊。」《贈鄭交》詩：「高居大士是龍象，草堂丈人非熊羆。」按，《六韜》、《史記》：「非龍非彲，非虎非羆。」無熊字。恐豫章别有所本。

【裴度聖相】葛立方《韻語陽秋》云：「裴度在朝，憲宗委任不疑，使破三賊。已而吴元濟授首，王承宗割二州，遣子入侍，李師道被擒。兩河諸侯，忠者懷，强者畏。克融、庭湊皆不敢桀傲。勳烈之盛，一時無與比肩者。唯李義山指爲聖相，詩曰『帝得聖相相曰度』，又曰『嗚呼聖皇及聖相』，亦過矣哉。荀卿曰：『得聖臣者帝。若舜、禹、伊尹、周公，皆聖臣也。』謂四人爲聖臣則可，裴度爲聖相，其可哉？」以上皆《陽秋》語。余按，李義山《韓碑詩》「帝得聖相相曰度」，其下自注曰：「《晏子春秋》：『仲尼，聖相。』」蓋《晏子春秋》不顯，人讀之者少，義山恐人以爲疑，因注詩下。而《陽秋》議論乃爾鹵莽，何邪？紹興間，曾惇《黄州書事》亦用此事云：「裴度只今真聖相，勒碑千載可無人。」

【江總還宅詩】「紅顔辭鞏洛，白首入轘轅。乘春行故里，徐步采芳蓀。逕毁悲求仲，林殘憶巨源。見桐猶識井，看柳尚知門。花落空難遍，鶯啼静易喧。無人訪語默，何處叙寒温？百年獨如此，傷心豈復論」，乃江總《自梁南還尋草市宅》詩。杜子美《曉行口號》斷章云：「市朝今日異，喪亂幾時休？遠愧梁江總，還家尚黑頭。」據總詩「白首入轘轅」，則非黑頭矣。不知子美將有别本邪？（卷六《事實》。下同）

【槎頭縮項鯿】孟浩然《檀溪别業》詩云：「梅花殘臘月，柳色半春天。鳥泊隨陽雁，魚藏縮項鯿。」又《峴山作》云：「試垂竹竿釣，果得槎頭鯿。美人騁金錯，纖手膾紅鮮。」又《送王昌齡》詩云：「土毛無縞紵，鄉味有槎頭。」故杜子美《解悶》詩云：「復憶襄陽孟浩然，清詩句句盡堪傳。即今耆舊無新語，漫釣槎頭縮項鯿。」按杜田作《杜詩補遺正謬》云：「槎頭，一説爲襄陽郡地名，一説爲釣磯上枯木。及見曾繹云：『皆非也。《爾雅》云：槮謂之涔。槮音滲，涔音岑。孫炎釋云：積柴木水中養魚曰槮。襄陽俗謂魚槮爲槎頭，言所積柴木槎枒也。』」予以杜、曾二公所説皆非，蓋二公不讀習鑿齒所撰《襄陽耆舊傳》，所以爲此之紛紛也。蓋《傳》云：「漢水中，鯿魚甚美。常禁人捕，以槎斷水，因謂之槎頭鯿。宋張敬兒爲刺史，作六櫓船置獻齊高帝曰：『奉槎頭縮項鯿一千八百頭。』」子美、《耆舊》之説，槎頭之義，乃涣然可曉。

【對揚抏士卒】杜子美《贈李校書》詩：「對揚抏士卒，乾没費倉儲。勢藉兵雖用，功無禮忽諸。御鞍金騕褭，宫研玉蟾蜍。」初不曉「對揚抏士卒」爲何等語，讀《上林賦》方悟。抏，挫也，五官切。抏士卒之精，費府庫之財。蓋李方入對，宜論蜀中兵老財匱也。又王褒《四子講德論》曰：「驚邊抏士，屢犯芻蕘。」

【白露團】杜子美《初月》詩云：「庭前有白露，暗滿菊花團。」又《白露》詩云：「白露團甘子。」又《江月》詩：「玉露團清影。」又《絶句》：「玉座應悲白露團。」按，謝惠連詩：「團團滿葉露。」謝玄暉：「猶霑餘露團。」庾信《挹得胥臺露》詩：「惟有團階露，承睫共霑衣。」杜詩所本也。

【生男墮地要膂力】傅玄《豫章行》云：「苦相身爲女，卑陋難具陳。男兒當門户，墮地自生神。雄心志四海，萬里望風雲。女育無欣慶，不爲家所珍。玉顔隨年改，丈夫多好新。昔爲形與影，今爲胡與秦。」故杜子美云：「生男墮地要膂力，一生富貴傾家國。莫愁父母少黄金，天下風塵兒亦得。」

【畫者楊契丹】翰林學士吴郡朱景玄《畫斷》云：「楊契丹，隋、唐間人。官至上儀同。六法備該，甚有骨氣，在閻立本之下。」余乃悟杜子美《奉先劉少府新畫山水障歌》「豈但祁岳與鄭虔，筆迹遠過楊契丹」之句。

【艓子】杜田《杜詩補遺正謬》云：「杜子美《最能行》云：『富豪有錢駕大舸，貧窮取給行艓子。』按，揚雄《方言》：『南楚江湖湘，凡船大者謂之舸。』艓，小舟名，音葉，言輕如小葉也。《切韻》、《玉篇》並不載艓字。」余按，王智深《宋記》曰：「司空劉休範舉兵，潛作艦艓。」則字不爲無所本也。

【淡淹潭陁】杜子美《醉歌行》云：「春光淡淹秦東亭。」淡淹當是潭陁，見富嘉謨《明水篇》曰：「陽春二月朝始暾，春光潭陁度千門，明水時出御至尊。」而富又本梁簡文《和湘東王陽雲樓簷柳詩》曰：「潭陁青帷閉，玲瓏朱扇開。」第陁一字不同。《選・江賦》：「隨風猗萎，與波潭淹。」注曰：「潭淹，隨波之貌。淹，徒我切。」簡文與富皆本乎此。

【定昆池】唐劉餗撰《隋唐嘉話》云：「中宗朝，安樂公主請昆明池。帝曰：『前代以來，不以與人。』公主不悦，因大役人徒，别掘一池，號曰定昆池，言勝昆明池。既成，而中宗往觀，令公卿賦詩，李日知詩云：『但願暫思居者逸，無使當時作者勞。』」故杜子美《陪鄭廣文遊何將軍山林》詩云：「憶過楊柳渚，走馬定昆池。」

【將軍樹】杜子美有《過宋之問莊》斷章云：「更識將軍樹，悲風日暮多。」自注云：「之問弟執金吾。」舊注引《後漢》「馮異每所止舍，獨在樹下，軍中呼爲大樹將軍」。余以爲事雖本此，亦自周庾信、隋元行恭二人詩發之。庾《麟趾殿校書和劉儀同》云：「月落將軍樹，風驚御史烏。」元行恭《過故宅》云：「頽城百戰後，荒邑四鄰通。將軍樹已折，步兵途轉窮。」子美意取此。

【星劍玉琴】杜子美《暝》詩云：「正枕當星劍，收書動玉琴。」按，《越絶書》：「越王取純鈎示薛燭曰：『光乎如屈陽之華，沈沈如芙蓉。往觀于湖，觀其文如列星之行，觀其光如水溢于塘。』」李嶠《寶劍篇》：「背上名爲萬年字，胸前點作七星文。」又晉嵇康《琴賦》有云：「絃以園客之絲，徽以荆山之玉。」故杜子美取之以爲詩。

【芳塵】石虎起四十丈樓，結珠爲簾，垂五色玉佩，雜寶異香爲屑，風作則揚之，名芳塵。塵甚，以酒洒之，名粘雨。按陸雲《喜霽賦》曰：「戢流波于桂水兮，起芳塵于沈泥。」雲生于虎之前，則芳塵之説不始于石虎也。司空曙《送高勝謁曹王》詩云：「想君登舊樹，重喜掃芳塵。」

【張旭草聖】杜子美《飲中八仙歌》云：「張旭三杯草聖傳，脱帽露頂王公前，揮毫落紙如雲烟。」又《楊監見示張旭草書圖》詩云：「嗚呼東吴精，逸氣感清識。」按，《唐書》本傳止言旭每大醉，呼叫狂走，乃下筆，或以頭濡墨而書，世呼張顛。不言其詳。惟李頎有詩贈之，其言：「皓首窮草隸，時稱太湖精。」則足以見杜所謂「東吴精」之意。其言：「露頂據胡牀，長叫三五聲。」則足以見所謂「脱帽露頂」之意。

【高春下春】《淮南子》：「日經于泉隅，是謂高春。頓于連石，連音爛。是謂下春。」乃悟梁元帝《游後園》詩：「暮春多淑氣，斜景落高春。」又《納涼》詩：「高春斜日下，佳氣滿欄楹。」唐薛能詩：

「隔溪遥見夕陽春。」然山谷《夢伯兄》詩云:「相攜猶聽隔溪春。」此豈誤也哉?

【桃花水】陳張正見《公無渡河》詩:「櫂折桃花水,風横赤箭流。」乃隋薛道衡《渡北河》詩「桃花長新浪,竹箭下奔流」所本也。桃花水見《溝洫志》:「河決而桃花水漾溢。」又見《韓詩外傳》。竹箭流水,《慎子》曰:「河下龍門流駛,竹箭駟馬,追之不及。」故杜子美《南征》詩:「春岸桃花水,雲帆楓樹林。」

【灌嬰井】張僧鑒《尋陽記》云:「湓口城,漢灌嬰所築。漢建安中,孫權經此城,命鑿井,適中古甃。得石函,銘曰:『漢六年潁陰侯開。』下云:『三百年當塞,塞後不滿百年當爲應運者所開。』權欣然以爲己瑞。井極深,湓江有風浪,井水輒動,邦人因號浪井。」故李白《下尋陽城泛彭蠡》詩云:「浪動灌嬰井,尋陽江上風。」今井在衙城内之西圃。又《記》云:「上有三石梁,長數丈,廣不盈尺,杳然無底。吴猛與弟子緣石梁而渡,見金闕玉房,地皆五色文石。」故李白詩曰:「金闕前開三峰長,銀河倒掛三石梁。」劉删詩亦用此事,故云「危梁耿大壑,瀑布洩中天」,太白本之耶?

【月隨灰而暈闕】梁朱超《舟中望月》詩:「入風先繞暈,排霧急移輪。」梁庾肩吾《望月》詩:「圓隨漢東蛤,暈逐淮南灰。」庾信《望月》詩:「灰飛重暈缺,蓂落獨輪斜。」周王褒《關山月》詩:「灰寒光轉白,風多暈欲生。」蓋用《淮南子》所謂「月隨灰而暈闕」。杜子美《晚月》詩云:「欲得淮南術,風吹暈已生。」

【關山月】周王褒有《關山月》詩云:「關山夜月明,愁色照孤星。半形同漢陣,全影逐胡兵。灰寒光轉白，風多暈欲生。寄言亭上吏，游客解雞鳴。」唐德宗朝，長孫公輔亦有《關山月》詩，略云：「凄凄還切切，戍客多離别。何處最傷心，關山見秋月。」故杜子美詠月，凡使關山者五。《初月》云：「關山空自寒。」《晚月呈漢中王》云：「關山同一照。」《吹笛》云：「月傍關山幾處明。」又《寄張彪》詩云：「關山信月明。」又《十六夜翫月》詩：「關山隨地闊，河漢近人流。」

【玉花驄照夜白】《明皇雜録》記上所乘馬，有玉花驄、照夜白。又《異人録》云：「玉花驄者，以面白，故又謂之玉面花驄。」故杜子美《丹青引》云：「先帝天馬玉花驄，畫工如山貌不同。」《觀曹將軍畫馬圖歌》云：「曾貌先帝照夜白，龍池十日飛霹靂。」

【薛稷畫鶴】《南部新書》云：「秘省内落星石，薛稷畫鶴，賀知章草書，郎餘令畫鳳，相傳號四絶。」故杜子美有《通泉縣署屋壁薛少保畫鶴》詩，所謂「薛公十一鶴，皆寫青田真」。

【字舞】「羅衫葉葉繡重重，金鳳銀鵝各一叢。每遇舞頭分兩向，太平萬歲字當中」，王建《宫辭》也。按唐《樂府雜録》云：「舞有健舞、軟舞、字舞、花舞、馬舞。字舞者，以舞人亞身于地，布成字也。」故建有「太平萬歲字」之句。

【白玉堂金華省】《古樂府》詩：「君家誠易知，易知復難忘。黄金爲君門，白玉爲君堂。堂上羅酒樽，使作邯鄲倡。」故杜子美詩云：「上君白玉堂，倚君金華省。」

【水晶宫】任昉《述異記》云：「吴王闔閭造水晶宫。」又《魏略》曰：「大秦國以水晶爲屋柱。」故杜子美《曲江對酒》云：「水精春殿轉霏微。」

【三受降城】杜子美《諸將》詩云：「韓公本意築三城，擬絶天驕拔漢旌。」按，唐中宗時，張仁愿取漠北地，于河北築三受降城，絶南寇，封韓國公。故杜云耳。

【臘日賜口脂】《景龍文館記》：「三年臘日，帝于苑中召近臣賜臘。晚自北門入，于内殿賜食，加口脂。臘脂盛以翠碧鏤牙筩。」故杜子美《臘日》詩云：「口脂面藥隨恩澤，翠管銀罌下九霄。」王建《宫辭》云：「月冷天寒近臘時，玉街金瓦雪漓漓。浴堂門外抄名入，公主家人謝口脂。」皆言臘日賜口脂也。

【鷿鵜膏】《爾雅注》：「鷿鵜，似鳧而小，膏可瑩刀。」續英華詩有：「馬銜苜蓿葉，劍瑩鷿鵜膏。」故杜子美《贈太常張卿均》詩云：「健筆凌鸚鵡，銛鋒瑩鷿鵜。」又《大食刀歌》云：「鐫錯碧罌鷿鵜膏，鋩鍔已瑩虚秋濤。」

【日亭午】《天台賦》曰：「羲和亭午。」《纂要》曰：「日光曰景，日景曰晷，日氣曰晛。日初出曰旭，日昕曰晞，日温曰照。在午曰亭午，在未曰昳，日晚曰旰，日將暮曰薄暮。」故杜子美《晨雨》詩云：「麝香山一半，亭午未全分。」又《通泉驛》詩云：「溪行衣自濕，亭午氣始散。」

【廚人】劉楨《瓜賦序》曰：「在曹植座，廚人進瓜，植命爲賦，立成。」其辭云云。故杜子美《山館》詩云：「廚人語夜闌。」《戰國策》：「張儀引廚人曰。」乃知廚人已具《戰國策》。

【水精域】江總《大莊嚴寺碑》「俯看鶩電，影徹琉璃之道；遥拖宛虹，光遍水精之域」。故杜《宿贊公房》詩云：「身在水精域。」

【雲閣】《甘泉賦》：「乘雲閣而上下兮，紛蒙籠以混成。」李善曰：「雲閣，言高連雲也。」杜子美詩：「散騎未知雲閣處。」玉户金鋪，門首也。璇題玉英，題頭也。榱椽之頭，皆以玉飾，英華相屬也。

【地平如掌】沈佺期《長安路》詩：「秦地平如掌，層城出雲漢。」故杜子美《樂游園歌》云：「公子華筵勢最高，秦川對酒平如掌。」

【蒼玉佩翠雲裘】《禮記》曰：「天子佩白玉，公侯佩山玄玉，大夫佩水蒼玉，世子佩瑜玉，士佩瑌玫。」又宋玉《風賦》曰：「主人之女，翳承日之華，被翠雲之裘。」故杜子美更題詩云：「群公蒼玉佩，天子翠雲裘。」

【蓴爲露葵】顔之推《家訓》：「有蔡郎者，諱純，遂專呼蓴爲露葵。面牆之徒，遞相仿傚。承聖中，士人聘齊，主客郎李恕問曰：『江南有露葵否？』答曰：『露葵是蓴，水鄉所出。今食者緑葵耳。』」故杜子美《茅堂檢校收稻》詩云：「秋葵煮復新。」又《寄杜佐》詩云：「味豈同金菊，香宜配緑葵。」

【教坊内人】「忽看金輿向月陂，宫人接著便相隨。恰從中尉門前過，當處教看卧鴨池」，王建《宫詞》也。按，唐著作佐郎崔令欽《教坊記》云：「左右兩教坊，右多善歌，左多工舞。坊外有水泊，俗號月陂，陂形如偃月也。」故王建述此。又言：「妓女入宜春院，謂之内人，亦曰前頭人，常在上前頭也。其家在教坊内，謂之内人家，四季給米。得幸者，謂之十家。」故王建《宫詞》云：「内人對御疊花牋」，「内人唱好龜兹急」，「内人相續報花開」，「内人籠脱繫紅絛」，「内人恐要秋衣著」，「内人争乞洗兒錢」。

【集弦膠】《仙傳拾遺》云：「漢武天漢三年，帝巡北海，王母遣使獻靈膠四兩，乃集弦膠也。出鳳麟洲，洲上多鳳麟，數萬爲群。煮鳳喙及麟角合煎作膠，名之曰集弦膠，一名連金泥。弓弩已斷之弦，刀劍已斷之鐵，以膠連續，遂不脱也。」故杜子美《病後過王倚飲歌》云：「麟角鳳觜世莫識，煎膠續弦奇自見。」

【銀牀】杜子美詩：「風箏吹玉柱，露井凍銀牀。」《潘子真詩話》以杜用《晉史·樂志·淮南篇》。淮南王自言：「百尺高樓與天連，後園鑿井銀作牀，金瓶素綆汲寒漿。」潘引此未盡也。按，《山海經》曰：「海内崑崙墟在西北，帝之下都。高萬仞，面有九井，以玉爲檻。」郭璞注曰：「檻，欄也。」故梁簡文《雙桐生空井》詩云：「銀牀繫轆轤。」庾肩吾《九日》詩云：「銀牀落井桐。」蘇味道《井》詩：「澄澈瀉銀牀。」陸龜蒙《井上桐》詩：「獨立傍銀牀，碧桐風嫋嫋。」蓋銀牀者以銀作欄，猶《山海經》所謂以玉爲欄耳。洪覺範《冷齋夜話》不知出此，乃引嘉祐中，許彦周知澶州，河濱漁網，得一小石。刻詩云：「雨滴空階曉，無心換夕香。井桐花落盡，彊半在銀牀。」

【五夜】衛宏《漢舊儀》曰：「五夜者，甲夜、乙夜、丙夜、丁夜、戊夜。」又《渾天儀制》曰：「以左手把箭，右手指刻，以別天時早晚。」故杜子美《早朝》詩云：「五夜漏聲催曉箭。」

【松花酒】唐《原化記》：「有老人訪崔希真，希真飲以松花酒。老人云：『花澀無味。』以一丸藥投之，酒味頓美。」裴鉶《傳奇》載酒名松醪春，故杜子美集載杜員外詩云：「松醪酒熟傍看醉。」劉長卿《送從兄之淮南》詩云：「泝沿隨桂檝，醒醉任松華。」又《至華陽洞》詩云：「蘿月延步虚，松花醉閑宴。」

【浮蟻】周庾信《謝賜酒》詩云：「浮蟻對春開。」蓋用曹子建《七啓》：「盛以翠尊，酌以雕觴。浮蟻鼎沸，酷烈馨香。」故杜子美《贈汝陽王》詩曰：「仙醴求浮蟻。」《江樓夜宴》詩：「尊蟻添相續。」《簡院内諸公》詩云：「蟻浮仍臘味，鷗泛已春聲。」

【獨酌謡】陳沈炯《獨酌謡》曰：「獨酌謡，獨酌獨長謡。智者不我顧，愚夫余不邀。不愚復不智，誰當余見招？所以成獨酌，一酌傾一瓢。」白樂天以《吴秘監有美酒多獨酌但蒙書報不以飲招》，故云：「君稱名士誇能飲，我是愚夫肯見招？」蓋用王孝伯讀《離騷》痛飲酒對此事也。

【龍鳳膏爲燈】王子年《拾遺記》：「海人乘霞舟，以赤囊盛數升龍膏，獻燕昭王。王坐通雲之堂，然龍膏爲燈。火色曜百里，烟色如丹。」《洞冥記》：「漢武帝以丹豹髓、白鳳膏，磨青錫爲屑，以淳蘇油和之，照於神壇。夜暴雨，火光不滅。」余乃知李長吉歌：「烹龍炰鳳玉脂泣，羅屏繡幕圍香風。」非鑿空語也。

【八舍】唐沈佺期自考功員外郎拜給事中，作詩云：「旭日千門起，初春八舍歸。」又《酬楊給事廉見贈省中》詩云：「分曹八舍斷，解袂五時空。」按，應劭《漢官儀》曰：「侍中舍有八區，論者言員本八人。」

【巴渝曲】《樂府解題》載《武王伐紂歌》，使工習之，號曰巴渝之曲。美其地因巴渝以取名。杜子美《暮春題瀼西草堂》詩以「萬里巴渝曲，三年實飽聞」，今世所傳印注杜詩，乃引《前漢·禮樂志》：「巴渝鼓員三十六人。」殊不知巴渝之歌，自武王伐紂始。

【浮查】杜子美《觀李固請司馬第山水圖》詩，末章云：「浮查並坐得，仙老暫相將。」前輩多引張騫爲證，非也。余按，王子年《拾遺記》：「堯時有巨查，浮於四海。查上有光若星月，常繞四海。十二年一周天，名貫月查。又名掛星查，羽仙棲息其上。」

【子美笛詩引胡騎武陵事】杜子美《吹笛》七言詩云：「胡騎中宵堪北走，武陵一曲想南征。」上句取陳周宏讓《長笛吐清氣》詩：「胡騎争北歸，遍知别鄉苦」；下句取陳賀徹《長笛吐清氣》詩：「方知出塞客，不憚武陵深。」舊注下句桓伊三弄之事，非也。不見武陵意耳。

【笛詩清商欲盡奏】杜子美五言《吹笛》詩云：「清商欲盡奏。」宋玉《笛賦》云：「吹清商，進流徵。」又云：「奏苦血沾衣。」又王徽謂桓伊曰：「聞君善吹笛，試爲一奏。」又云：「故作發聲徵。」向秀《思舊賦序》曰：「山陽鄰人有吹笛者，發聲嘹亮。」

【滿壁畫滄洲】杜子美：「何年顧虎頭，滿壁畫瀛洲。」瀛字乃滄字，故王介甫詩云：「畫史雖非顧虎頭，還能滿壁寫滄洲。」蓋杜有《山水障歌》云：「聞君埽却赤縣圖，乘興遣畫滄洲趣。」

【桑榆桃李】前輩稱李絢和杜祁公詩：「收得桑榆歸物外，種成桃李滿人間。」按，日西垂景在樹端，謂之桑榆，具諸《淮南子》。至若種成桃李，則本狄仁傑與裴耀卿事耳。按，仁傑《家傳》云：「薦張東之、袁恕己、桓彦範、崔元暐、敬暉。五公咸出公門下，皆由州縣官拔置顯位。外以爲五公一代之盛，桃李也。」又，《談藪》：「王泠然《上裴耀卿書》曰：『拾遺補闕，寧有種乎？僕不佞，亦相公一株桃李也。』」

【都盧尋橦緣竿也】《新唐書·元載傳》及李肇《國史補》載：「客有賦都盧尋橦篇諷其危，載泣下而不知悟。」夫都盧尋橦，緣竿之伎也，見《西京雜記》。又傅玄《西都賦》云，「緣竿之伎，有都盧尋橦，跟掛腹旋」也。唐人王建有一首《尋橦歌》云：「人間百戲皆可學，尋橦不比諸餘樂。重梳短髻下金鈿，紅帽青巾各一邊。身輕足捷勝男子，繞竿四面争先緣。習多倚附欺竿滑，上下蹁躚皆著襪。翻身摇頸欲落地，却住把烟初似歇。大竿百夫擎不起，裊裊半在青雲裏。纖腰女兒不動容，戴行直舞一曲終。回頭但覺人眼見，矜難恐畏天無風。險中更險何曾失，山鼠懸頭猿掛膝。小垂一手當舞盤，斜慘雙蛾看落日。斯須改變曲解新，貴欲歡他平地人。散時滿面生顔色，行步依前無氣力。」《漢書》曰：「武帝享四夷之客，作巴俞都盧。」《音義》曰：「體輕善緣。」張衡《西京賦》：「都盧尋橦。」《唐書音訓》曰：「尋橦，盧會山名。其土人善緣橦竿。」然不著所出。予按，《漢書》曰：「自合浦南，有都盧國。」《太康地志》曰：「都盧國，其人善緣高。」

【花門】杜子美好言花門。按《唐志》：「甘州有花門山堡，東北千里，至回鶻衙帳。」故有《留花門》詩一首，又云「花門鼇面請雪恥」，又云「聞道花門將，論功未肯歸」，又云「聞道花門破，和親事却非」。楊巨源亦有《送太和公主和番》詩云：「北路古來難，年光獨忍寒。朔雲侵鬢起，邊月向眉殘。蘆井尋沙到，花門度磧看。薰風一萬里，來處是長安。」亦言花門也。又杜《復愁》詩云：「花門小箭好，此物棄沙場。」岑參《送封常清西征序》曰：「天寶中，匈奴回紇寇邊，踰花門。」

【錦繒維舟】吴甘寧住止，常以錦繒維舟。去輒割棄，以示奢侈。陳張正見《賦得雪映夜舟》詩：「檣風吹影落，纜錦雜花浮。」世言錦纜始於煬帝，非也，吴、陳之間已見矣。故杜子美《秋興》詩云「錦纜牙檣起白鷗」，又「錦纜回沙磧，蘭橈避荻洲」；又《送二翁還江陵》詩：「火旗還錦纜，白馬出江城。」

【雙陸】王建《宫詞》：「分明同坐賭櫻桃，攸却投壺玉腕勞。各把沈香雙陸子，局中鬬疊阿誰高？」按，狄仁傑《家傳》載武后語仁傑曰：「朕昨夜夢與人雙陸，頻不勝，何也？」對曰：「雙陸輸者，蓋謂宫中無子。此是上天之意，假此以示陛下，安可虚儲位哉？」今《新唐史》削去「宫中」兩字，止云「雙陸不勝，無子也」。余嘗與善博者論之，博局有宫，其字不可削。蓋削之則無以見宫中之意，故王建詩亦云。

【赤壁棲鶻】東坡謫居於黄五年。赤壁有巨鶻棲於喬木之上，《後賦》所謂「攀棲鶻之危巢，俯馮夷之幽宫」是也。韓子蒼靖康初守黄州，三月而罷。因游赤壁，而鶻巢已亡，作詩《示何次仲迂叟》云：「緩尋翠竹白沙遊，更挽藤梢上上頭。豈有危巢尚棲鶻，亦無塵跡但飛鷗。經營二頃將歸老，眷戀群山爲少留。百日使君何足道，空餘詩句滿江樓。」次仲和答云：「兒時宗伯寄吾州，諷誦高文至白頭。二賦人間真吐鳳，五年溪上不驚鷗。蟹嘗見水人猶怒，鶻有危巢孰敢留。珍重使君尋故迹，西風悵望古城樓。」二詩皆及鶻巢，蓋推賦而云也。

【灰心忍事霜鬢論兵】唐人詩：「有意效承平，無功答盛明。灰心緣忍事，霜鬢爲論兵。道直身還在，恩深命轉輕。鹽梅非擬議，葵藿是平生。白日長垂照，青蠅謾發聲。嵩陽舊田地，終擬復歸耕。」中書堂北軒西壁，題灰心霜鬢之句者，驗其書，舊相李公迪之筆也。李入相時，邊兵未動。意在忍事之語，晏元獻《中書即事》詩嘗叙其事。晏詩曰：「慘慘高槐落，凄凄餘菊殘。粉牆多記墨，聊爲拂塵看。」正謂此也。前詩乃裴晉公《中書即事》詩，見《又玄集》。

【太液池綱索】元微之詩：「瀠珠深處少人知，綱索西臨太液池。浴殿曉聞天語後，步郎騎馬笑相隨。」注：「綱索，在太液池上。學士候制，每歇於此。」故晏元獻《和宋子京召還學士院》有云「綱索軒窗邃，鑾坡羽衛重。鷁舟還下瀨，星駟出飛龍。賦待三英集，辭須五吏供。曾看邊燧息，橫霈紫泥封」者，爲此也。又一篇云：「暮召三山峻，晨趨一節回。乍維青雀舫，還直右銀臺。陟降丹塗密，論思武帳開。欲談當世務，元藉軼群才。」

【孟諸】東坡有《去杭十五年復遊西湖》詩，斷章云：「誰憐寂寞高常侍，老去狂歌憶孟諸。」高適有兩詩言孟諸，其一云：「朝臨孟諸上，忽見芒碭間。赤帝終已矣，白雲長不還。」其後又有《封邱縣》詩云：「我本漁樵孟諸野，一生自是悠悠者。乍可狂歌草澤中，寧堪作吏風塵下。」東坡所用，乃後一篇也。

【一日十二憶】唐朱晝《喜陳懿至》詩云：「一別一千日，一日十二憶。苦心無閒時，今夕見玉色。」乃知山谷「五更歸夢三千里，一日思親十二時」之句，蓋取此。

【醉眼曰纈】人皆以眼纈爲出李賀「龜甲屏開醉眼纈」，殊不知出庾信集：「醉眼曰纈。」

【飛蓬】晉左思賦白髮云：「髮乃辭盡，誓以固窮。昔臨玉顔，今從飛蓬。髮膚至昵，尚不克終。聊用擬辭，比之國風。」王荆公詩：「久應飄轉作蓬飛。」

【赤霄行】《文選·七命》：「掛歸翮於赤霄之表。」故杜子美《薛少保畫鶴》詩：「赤霄有真骨，恥飲洿池津。」《送覃二判官》詩云：「肺肝若稍愈，亦上赤霄行。」又有《赤霄行》詩。

【打毬唱好】唐楊巨源《觀打毬》詩云：「入門百拜瞻雄勢，動地三軍唱好聲。」乃悟王建《宫辭》所謂：「對御難争第一籌，殿前不打背身毬。内人唱好龜兹急，天子龍輿過玉樓。」

【梅詩用月落參横事】秦少游《和黄法曹梅花詩》：「月落參横畫角哀，暗香銷盡令人老。」世謂少游用古《善哉行》云：「月没參横，北斗闌干。親友在門，忘寢與餐。」按《異人録》載：「隋開皇中，趙師雄遊羅浮。一日，天寒日暮，于松林間酒肆旁舍，見美人淡妝素服出迎。時已昏黑，殘雪未消，月色微明。師雄與語，言極清麗，芳香襲人，因與之叩酒家門共飲。少頃，一緑衣童來，笑歌戲舞。師雄醉寢，但覺風寒相襲。久之，東方已白，起視乃在大梅花樹下。上有翠羽啾嘈，相顧月落參横，但惆悵而已。」乃知少游實用此事。

【九江千歲龜歌】張文潛有二石龜，晁无咎名其大者爲九江，小者爲千歲。文潛因作《九江千歲龜歌》一首贈无咎，略云：「老龍洞庭怒，蕩覆堯九州。」謂半山老人也。又云：「禹咄嗟，水平流。」

謂司馬君實也。

【脩網銀刀】蘇詩云：「往年京國厭蓬蒿，長羨淮魚壓楚糟。今日槖駝橋下泊，恣看脩網出銀刀。」觀顔魯公《放生池碑》，方悟此詩湖州所作。

【渼陂】唐元澄撰《秦京雜記》，載渼陂以魚美得名。故杜子美《渼陂西南臺》詩：「空濛辨魚艇。」子美又有《渼陂行》及《鄠縣源大宴渼陂》詩。《廣韻》五旨，美字下有渼字，注云：「渼陂，在京兆鄠縣。」工部二詩，皆言終南，在武功縣，與鄠縣北近。

【銀盤海底出】東方朔《神異經》，記北荒有異國，銀盤大五丈，中有明珠數丈，照千里。乃悟盧仝《月蝕》詩「爛銀盤從海底出」之語。

【書畫賤肥貴瘦】山谷《次韻子瞻和子由觀韓幹馬因論伯時畫天馬》詩云：「曹霸弟子沙苑丞，喜作肥馬人笑之。李侯論幹獨不爾，妙畫骨相遺毛皮。翰林評書乃如此，賤肥貴瘦人未知。」蓋謂東坡嘗《與孫莘老求墨妙亭》詩云：「嶧山傳刻典型在，千載筆法留陽冰。杜陵評書貴瘦硬，此論未公吾不憑。短長肥瘠各有態，玉環飛燕誰敢憎。」意屬此也。

【撥剌跋剌】杜子美詩：「沙頭宿鷺連拳静，船尾跳魚撥剌鳴。」按，撥剌兩字，張衡《思玄賦》云：「彎威弧之撥剌兮，射嶓冢之封狼。」注曰：『撥音方割反，剌音力達反。』撥剌，張弓聲，而非魚也。唯李太白用意與杜子美同。李《酬小吏贈雙魚》詩云：「雙鰓呀呷鰭鬣張，跋剌銀盤欲飛去。」惟李以撥爲跋。

【金梶園】臨川郡圃，舊名金梶。今則没其名。徐鉉鼎臣《送從兄赴臨川幕》詩云：「石頭城下春潮滿，金梶亭邊緑樹繁。」謂此也。荆公集句《送吴顯道》詩亦云：「臨川樓上梶園中。」

【作音佐】張文潛《明道雜志》：「韓退之作《方橋》詩云『可居兼可過』，後乃云『方橋如此作』，是讀『作』作『佐』也。」余考唐文，不止退之。皮日休《松陵集》有《胥口即事》六言詩：「鴛鴦一處兩處，舴艋三家五家。會把酒船偎荻，共君作箇生涯。」注：「作，去音。」乃知唐以作音佐，舊矣。《廣韻》佐字下有作字，並子賀切，造也。

【坐隱手談】豫章《弈棋》詩：「坐隱不知巖穴樂，手談勝與俗人言。」按《世説》：「王中郎以圍棋是坐隱。支公以圍棋爲手談。」又《語林》曰：「王以圍棋爲手談。在哀制中，祥後，客來，方幅爲會戲。」然唐《杜陽編》云：「大中間，日本國貢玉棋子。云：『本國南有集真島，島上有手譚池，池中出棋子。』」此又何耶？

【烏鬼】元微之《酬樂天》詩：「病賽烏稱鬼，巫占瓦代龜。」注云：「南人染病，並賽烏鬼。」因悟杜子美詩「家家養烏鬼，頓頓食黄魚」之意。沈存中以烏鬼爲鸕鷀，不知又何所據也？

【分種越人田】唐戴叔倫有《撫州對事後送外甥宋垓歸饒州覲侍呈上姊夫》詩云：「淹留三十年，分種越人田。」按《嚴助傳》：「淮南王安《上書諫武帝擊南越》云：『越人欲爲變，必先田餘干界中。』」韋昭注云：「越邑，今鄱陽縣也。」然《前漢・志》皆以干爲汗。應劭云：「汗音干。」《舊唐書・地理志》云：「干，隋朝去水。」

【好漢長史】東坡《餞顧子敦》詩：「人間一好漢，誰似張長史。」舊史：「張柬之爲荆州長史。則天謂狄仁傑曰：『安得一好漢用之？』狄因薦柬之。」新史易「好漢」爲「奇男子」。

【洗盞開嘗對馬軍】韓持國《謝邵堯夫九日遠寄新酒》詩云：「有客忽傳龍阪至，開樽如對馬軍嘗。」自注云：「錦屏山題名，有記河南府使馬軍送新酒。」余乃知杜詩「洗盞開嘗對馬軍」。

【裴二端公】鮑彪《杜詩譜論》第十卷：「大曆十四年己酉，年五十八。有《次湘江宴餞裴二端公赴道州》詩，又有《暮秋枉裴道州手札》詩，又有《暮秋枉裴道州手札率爾遣興》詩，又有《湘江宴餞裴二端公赴道州》詩。」彪皆不著裴二端公爲何人。余偶讀蔣參政之奇《武昌怡亭序》云：「怡亭銘，乃永泰元年李陽冰篆，李莒八分，而裴虬作銘。」又云：「因過浯溪，觀唐賢題名，有河東裴虬，字深源。大曆四年爲著作郎、兼侍御史道州刺史。」始知杜甫所謂裴二端公者爲虬也。餘因著此，以補鮑氏之闕。裴虬《怡亭銘》曰：「峥嶸怡亭，盤薄江汀。勢壓西塞，氣涵東溟。風雲自生，日月所經。衆木成幄，群山作屏。故余逃世，於此忘形。」歐公《集古録》亦著怡亭本末甚詳。

【昭靈夫人】東萊先生吕居仁記晁伯(字)〔宇〕載之，學問精確，少見其比。嘗作《昭靈夫人祠》詩云：「殺翁分我一杯羹，龍種由來事杳冥。安用生兒作劉季，暮年無骨葬昭靈。」《高祖紀》止云：「漢王即皇帝位於汜水之陽，追尊先媪曰昭靈夫人。」其詳見於《陳留風俗傳》云：「小黄縣者，宋地黄鄉也。沛公起兵野戰，喪皇妣於黄鄉。天下平定，乃使使者以梓宫招魂幽野。於是有丹蛇在水，自洒濯入於梓宫。其浴處有遺髮，故謚曰昭靈夫人。」

【别酒莫留殘】周庾信《舞媚歌》六言云：「少年唯有歡樂，飲酒那得留殘。」豫章長短句云「一杯別酒莫留殘」，出此。

【一頓食】杜詩：「頓頓食黄魚。」頓頓字亦有所本。晉謝僕射、陶太常同詣吴領軍，坐久，吴留客作食。日已中，使婢賣狗供客。客比得一頓食，殆無氣可語。

【臨無地】杜詩：「草閣臨無地，柴扉永不關。」今世注本無説。王原叔云，「他本又爲荒蕪之蕪」，遂兩存之。然《文選》云：「飛閣下臨於無地。」

【玉魚鐵馬】王原叔又言：「杜詩多用當時事。如云『玉魚蒙葬地』者，事見韋述《兩京記》。『鐵馬汗常趨』者，昭陵石馬助戰是也。」

【禁酒國】東坡《次韻趙明叔碧香酒詩》：「先生未出禁酒國。」蓋用盧仝「何時得出禁酒國」。

【木上座】東坡詩：「留我同行木上座，贈君無語竹夫人。」按，慧日至夾山，夾山問：「與甚麽人同行？」曰云：「有箇木上座。」蓋謂拄仗也。

【金叵羅】東坡詩：「歸來笛聲滿山谷，明月正照金叵羅。」按，《北史》，祖珽盜神武金叵羅，蓋酒器也。韓子蒼詩云：「勸我春風金叵羅。」

【别駕别乘】别駕始後漢，州置别駕治中。然則别駕者，官之名也。若别乘則别駕之義，非官名也。晉庾亮《與郭游書》云：「别駕舊與别乘同，流王化於萬里，任居刺史之半。」東坡《答田國博》詩：「風流别乘多才思。」

【無垢洗更輕】東坡《宿海會寺》詩：「本來無垢洗更輕。」《樂府》云：「居士本來無垢。」按《維摩詰經·偈》云：「八解之浴池，定水湛然滿。布以七浄華，浴此無垢人。」

【煩惱睡蛇】東坡《石臺長老脅不至席二十年贈詩》云：「誰信吾師非不睡，睡蛇已死得安眠。」按，《遺教經》：「煩惱毒蛇，睡在汝心。睡蛇既出，乃可安眠。」坡取此。

【何遜早梅詩】杜子美《和裴迪早梅詩》：「還如何遜在揚州。」舊注云：「《梁史·何遜傳》不見揚州事，前輩多引遜《早梅》詩云：『兔園標物序，驚時最是梅。銜霜當路發，映雪擬寒開。枝横却月觀，花遶淩風臺。知應早飄落，故逐上春來。』」按，此詩見《初學記》，不見在揚州意耳。予按，《三輔決録》云：「遜在揚州，見官梅亂發，賦四言詩，人得傳寫。」乃知杜指此事。

【看朱成碧】李太白《前有樽酒行》云：「催絃拂柱與君飲，看朱成碧顔始紅。」按梁王僧孺《夜愁示諸賓》詩云：「誰知心眼亂，看朱忽成碧。」又云：「看朱成碧思紛紛，憔悴支離爲憶君。不信比來長下淚，開箱看取石榴裙。」武則天詩也，見郭茂倩《樂府》。

【和戎如樂和】孔融《與韋休甫書》曰：「西土之人，解仇崇好，以順風化。萬里雍穆，如樂之和。雖爲國家威靈感應，亦實士穀堪事之效也。」按《左氏傳》：「晉悼公語魏絳曰：『子教寡人和諸戎狄，以正諸華。八年之中，九合諸侯。如樂之和，無所不諧。請與子樂之。』」乃知融用此語。

【闕門銀牓】杜詩：「曲江翠幕排銀牓。」按《神異經》曰：「東方有宫，青石爲牆，高三仞，左右闕高百丈。畫以五色，門有銀牓。」

【孔子志在春秋】元祐間，國學出「孔子志在春秋論」，時學官止引何休《公羊序》文。殊不知出《孝經鉤命訣》曰：「孔子曰：『吾志在春秋，行在孝經。以春秋屬商，以考經屬參。』」

【天洗兵】杜詩有《洗兵行》，末章云：「安得壯士挽天河，净洗甲兵長不用。」按《説苑》：「武王伐紂，風霽而乘以大雨。散宜生入諫曰：『此非妖歟？』王曰：『非也，天洗兵也。』」

【烟生遥岸隱月落半崖陰】唐太宗《遼東山夜臨秋》詩：「烟生遥岸隱，月落半崖陰。」蓋取沈、庾詩。沈約《登元暢樓》詩云：「雲生片嶺黑，日下半溪陰。」庾肩吾《漢高廟》詩云：「塵飛遠騎没，日徙半峰寒。」

【黄鶴樓下仙人洞】東坡集有《李公擇求黄鶴樓》詩，其詩云：「黄鶴樓前月滿川，抱關老卒饑不眠。夜聞三人笑語言，羽衣著屐響山前。非鬼非人意其仙，石扉三扣聲清圓。洞中鏗鋐落門關，縹緲入石如飛煙。雞鳴月落風馭還，迎拜稽首願執鞭。汝非其人骨腥羶，黄金乞得重莫肩。持歸包裹弊席氈，夜穿茅屋光射天。里閭來觀已變遷，似石非石鉛非鉛。或取而有衆忿喧，訟歸有司今幾年。無功暴得喜欲顛，神人戲汝真可憐。願君爲考然不然，此語可信馮公傳。」按，鄂州黄鶴樓下，有石光徹，名曰石照。其右巨石，世傳以爲仙人洞也。一守關老卒，每晨起即拜洞下。一夕，月明如晝，見三道士自洞中出，吟嘯久之。將復入洞，卒即從之。道士曰：「汝何人邪？」卒具言其所以，且乞富貴。道士曰：「此洞間石，速抱一塊去。」卒持而出，石合，無從而入。明日視石，黄金也。鑿而貸之，衣食頓富。爲隊長所察，執之，以爲盜也。卒以實告。官就取其石至郡，則金化矣。非金非玉，非石非鉛，因藏於軍資庫中。蓋馮當世所言如此，故東坡詩用其事。

【鶴料符】《宋景文筆記》著闕疑一條云：「吴郡有鶴料符，未詳其義。王洙、李淑，最爲博識，亦各未喻。」已上皆宋說。予按，唐《松陵集》載皮日休《新秋》詩云：「酒坊吏到長相見，鶴料符來每探支。」注云：「吴郡有鶴料符。」案，不知宋偶忘此，何耶？

【弦管作離聲】歐陽公詩：「我亦只如常日醉，莫教弦管作離聲。」按，《吴越春秋》：「句踐伐吴，乃命國中與之訣。而國人悲哀，皆作離別之聲。」

【軟語】杜子美詩：「夜闌聽軟語。」本《法華經》，又以軟語。一云言詞柔軟。

【腹腴】杜子美「遍勸腹腴愧少年」，本《禮記》「冬右腴，夏右鰭」。鄭氏曰：「腴，腹下也。」《前漢》：「九州膏腴。」師古曰：「腹下肥曰腴。」（卷七《事實》。下同）

【鍊師練師】杜子美《憶昔行》：「更訪衡陽董鍊師，南遊早鼓瀟湘柂。」鍊師當是衡山道士耳，取鍊形之意，故道家有《靈寶五鍊經》。按，後魏李順興乍愚乍智，人莫識之。其言未來事，時有中者。常冠道士冠，時人有憶者，輒至其家。號爲李鍊師。後有張鍊師，亦不知其名字，好言未然之事。世人以張類順，亦呼爲張鍊師，見本傳。然則稱道士而以鍊師，其來久矣，不始於唐也。李白有《贈嵩山焦鍊師》詩序云：「嵩邱神人焦鍊師者，不知何許婦人也。」司空表聖亦有《送張鍊師還峩眉山》詩，皇甫冉亦有《少室山韋鍊師昇仙歌》，鮑溶亦有《宿青牛谷梁鍊師仙居》詩。按，唐《六典》云：「道士修行，其德高思精，謂之練師。」乃知鍊師之名，其來甚久，但練字從系。

【麻鞋見天子】王叡《炙轂子》云：「夏商以草爲屩。左氏曰：扉屨也。至周以麻爲之，謂之麻鞋，貴賤通著。晉永嘉中，以絲爲之，宫中妃嬪皆著。」故杜子美《述懷》詩云：「麻鞋見天子，衣袖露兩肘。」

【浮雲蔽日】《潘子真詩話》曰：「『總爲浮雲能蔽日，長安不見使人愁』，李太白詩也。陸賈《新語》曰：『邪臣蔽賢，猶浮雲之障白日也。』白用此。」予按，《史記·龜策傳》亦云：「日月之明，而時蔽於浮雲。」

【東邊日下終無雨闕上封書合有碑】《潘子真詩話》記張文潛詩云：「東邊日下終無雨，闕上封書合有碑。」「東邊日出西邊雨，道是無晴却有晴」，此劉禹錫《竹枝歌》也。「別後長相思，頓書千文闕，題碑無罷時」，此宋《華山畿》詞也，事見匠智《古今樂録》。予又以爲文潛兼取宋讀曲歌詞耳。「打壞木棲牀，誰能坐相思？三更書石闕，憶子夜啼碑」，梁元帝《金樂歌》，亦云：「石闕題書字。」

【野鴛鴦】杜子美《艷曲》云：「使君自有婦，莫學野鴛鴦。」古樂府《夜黄倚歌》云：「湖中百種鳥，半雌半是雄。鴛鴦逐野鴨，恐畏不成雙。」豈非用此耶？

【魚收亥日】豫章《古漁父詩》云：「魚收亥日妻到市，醉卧水痕船信風。」嘗以未知亥日事。讀張籍《江南曲》云：「江村亥日長爲市，落帆度橋來浦裏。」乃知籍亦用此，然尚未知出處。後得館中本李淳風易鏡《占漁獵勝負篇》云：「取魚卦宜二水。」又云：「取魚宜見水忌土。」蓋亥子屬水，乃知魚收亥日所自。

【魚龍夜鳥鼠秋】杜子美《秦州雜詩》：「水落魚龍夜，山空鳥鼠秋。」元注曰：「秦有魚龍川。鳥鼠，谷名也。《禹貢》所謂鳥鼠同穴。」杜田《補遺》曰：「《太平御覽》載關中諸水云：『《水經注》曰：有一水出天水縣西山，人謂小隴山。其水出五色魚，俗以爲龍而莫敢捕。謂是又爲魚龍水。』又《爾雅·釋鳥》云：『鳥鼠同穴，其鳥爲鵌，其鼠爲鼵。』郭璞注云：『鼵，如人家鼠而短尾。鵌，似鵽而小，黄黑色。穴入地三四尺，鼠在内，鳥在外。今在隴西首陽縣，鳥鼠同穴山中。』」以上皆杜説。予按，《倦游雜録》云：「隴西地名魚龍，出石魚。掘地取石，破而得之。多鯽洎鰍，亦有數尾相隨者。如以漆描畫，鱗鬣肖真，燒之尚作魚腥。魚龍，古之陂澤也。豈非魚生其中，山頹塞，漸久而土凝爲石，故破之有魚形。今衡州有石魚，無異隴州者。杜甫詩有『水落魚龍夜，山空鳥鼠秋』，正謂隴州也。」然則《倦游》所載果是否？予又按酈氏《水經》曰：「魚龍以秋日爲夜，且龍秋分而降，則蟄寢於淵。」疑杜詩或用是。今備載於此，以俟識者。

【黄鳥】杜詩：「轉枝黄鳥近，泛渚白鷗輕。」蓋用齊虞炎《玉階怨》云：「紫藤拂花樹，黄鳥度青枝。」

【東方朔爲歲星】杜子美《贈鄭十八》詩：「禰衡實恐遭江夏，方朔虚傳是歲星。」舊注云：「俗謂東方朔爲太白星。」非也。予按，班固《漢武故事》並《西京雜記》並云：「東方朔死，上疑問西王母使者。使者曰：『朔是木帝精，爲歲星。下遊人中，以觀天下，非陛下臣也。』」故夏侯孝若《畫贊》云「神變造化，靈爲星辰」也。

【俾倪女牆】《春秋左氏傳》：「宣公十二年，守陴者皆哭。」杜預注曰：「陴，城上俾倪。皆哭，所以告楚窮也。」孔穎達曰：「陴，城上小牆。俾倪者，看視之名。《廣雅》云：『陴，俾倪，女牆也。』《釋名》云：『城上垣曰陴，於其孔中俾倪非常。亦言，陴，益也，助城之高也。』」後世用俾倪，皆載作睥睨。梁王筠《和新渝侯巡城詩》云：「罘罳分曉色，睥睨連秋霧。」故杜子美詩云：「連連睥睨侵。」又《南極》詩云：「睥睨登哀柝，矛弧照夕曛。」唐雍陶《河陰新城》亦云：「河池暗與溝塍合，山色遥將睥睨連。」徐敬業《登琊琊城》云：「登陴起遐望。」《莊子》：「雖逢蒙不能睥睨。」

【陴堞俾倪短牆短垣女牆】《春秋左氏傳》：「襄公六年，晏弱圍萊，堙之，環城傅於堞。」注云：「堞，女牆也。」又：「二十五年，吴子門於巢，巢牛臣隱於短牆以射之。」「二十七年：『盧蒲嫳攻崔氏，崔氏堞其宫而守之。』」注曰：「堞，短牆也。」陴、堞、俾倪、短牆、短垣、女牆，皆一物也。《説文》云：「堞，城上女垣也。」《廣雅》云：「陴，俾倪，女牆也。」《釋名》曰：「女牆，言其卑小，比之於城，如女子之於丈夫也。」故杜子美《上白帝城》詩：「城峻隨天壁，樓高望女牆。」劉長卿《登餘干縣古城》云：「官舍已空秋草緑，女牆猶在夜烏啼。」劉禹錫詩云：「夜深猶過女牆來。」韓億《故鄉》詩云：「塞雁已侵池籞宿，宫鴉猶戀女牆啼。」此學長卿也。

【不夜城】解道康《齊地記》曰：「齊有不夜城。蓋古者有日夜出，見於東萊。故萊子立此城，以不夜爲名。」方悟杜詩「無風雲出塞，不夜月臨關」之句。又見《前漢·地理志》顔師古注。

【山魈一足】《廣異記》云：「山魈，嶺南皆有。一足，反踵，手足皆三指。雄曰山丈，雌曰山姑。

夜叫人門，雄求金繒，雌求脂粉。」故杜有《懷台州鄭司户》詩云：「山鬼獨一脚，蝮蛇長如樹。」

【玉粒】王子年《拾遺記》：「員嶠之山，名環丘，上有方湖千里。多大鵠，高一丈。群飛於湖際，銜採不周之粟，於環邱之上。粟生穟，高五丈，其粒皎然如玉也。」故杜《茅堂檢校收稻》詩云：「紅鮮終日有，玉粒未吾慳。」又云：「玉粒定晨炊，紅鮮似霞散。」

【玉盤】梁沈約《應詔詠梨》詩云：「摧析非所悋，但令入玉盤。」又梁簡文《朱櫻》詩云：「已麗金釵瓜，仍美玉盤橘。」故杜子美《嚴公枉駕》詩云：「竹裏行廚洗玉盤。」何遜《輕薄篇》亦云：「象牀沓繡被，玉盤傳綺食。」

【滄洲趣】謝玄暉之宣城，《出新林浦向版橋》詩云：「既歡懷禄情，復協滄洲趣。」李善注曰：「揚雄《檄靈賦》云：『世有黄公者，起於滄洲。怡神養性，與道浮游。』」方悟杜子美《劉少府山水障歌》：「聞君掃却赤縣圖，乘興遣畫滄洲趣。」

【掌上纖腰】陳江總《怨歌行》云：「新梅嫩柳未障羞，情去恩移那可留。團扇篋中言不分，纖腰掌上詎勝愁。」按，梁羊侃性豪侈，有彈筝人陸大喜，著鹿角，爪長七寸；儛人張浄婉，腰圍一尺六寸，時人咸推能掌上儛。

【掎摭】韓退之《石鼓歌》曰：「孔子西行不到秦，掎摭星宿遺羲娥。」洪慶善辨之曰：「上音奇，下之石切。來俊臣掎摭諸武。」予以退之非用此。按《文選》曹子建《與楊德祖書》曰：「劉季緒才不逮於作者，而好詆訶文章，掎摭利病。」李善引《説文》曰：「掎，偏引也。」張銑注曰：「掎，偏；摭，拾。

上居綺切，下之石切。言偏拾人善惡。」蓋退之所用，實本此也。然掎一字，子建蓋用《左氏・襄十四年》「諸戎掎之」。杜預注曰：「掎其足也。」陸，音居綺切。又《前漢書・班彪傳》曰：「昔秦失其鹿，劉氏逐而掎之。」師古注曰：「掎，偏持其足也。音居蟻反。」皆作側音。洪氏音奇，非是。

【短褐裋褕】韓退之《馬厭穀》曰：「馬厭穀兮士不厭糠籺，土被文繡兮士無裋褐。」洪慶善辨曰：「按《列子》云：『衣則裋褐，食則粢糲。』《音義》引《方言》：『裋，複襦。』許慎注《淮南子》云『楚人謂袍爲裋』，《説文》云：『粗衣。』又，『敝布襦也。』又，『襜褕，短者，謂之短褕。』《荀子》作豎褐，注云：『童豎之褐。』《漢書》云：『裋褐不全。』注云：『裋，童豎所著布長襦也。褐，毛布之衣也。』杜子美云：『賜浴皆長纓，與宴非短褐』及『短褐風霜入，還丹日月遲』，皆作長短之短。蓋襜褕短者，謂之裋褕，則短義亦通，抑古書自有作短褐者，余未之見也。」以上皆洪説。余按《文選》班彪《王命論》曰：「思有短褐之襲，擔石之蓄。」張銑注曰：「短褐，麤衣也。」韋昭曰：「短爲裋，裋，襦也。毛布曰褐。」李善注曰：「短，丁管切。」退之與子美皆熟《文選》，李善既以短爲丁管切，而韋昭又以短爲裋，則短褐之爲長短之短，自有明據。蓋慶善偶忘《文選》耳。今彪傳皆作裋褐，惟《選》不然。裋音常恕切。

【虚牝】韓退之《贈崔立之》詩云：「可憐無補費精神，有似黄金擲虚牝。」洪慶善曰：「牝，谿谷也。古詩云：『哀壑叩虚牝。』」余按，古詩之意，虚牝當是壑中之窟穴耳。所以《老子》曰：「玄牝之門，是爲天地之根。」然《大戴禮》以丘陵爲牡，溪谷爲牝。洪蓋取《大戴》之意耳。

【么麽】韓退之《寄崔立之》詩云：「乃令千里鯨，么麽微螽斯。」洪慶善曰：「麽，亡果切。么麽，細小貌。班彪曰：『么麽不及數子。』」余按，《通俗文》曰：「不長曰么，細小曰麽。莫可切。」然洪以細小兼論么麽，非矣。《鶡冠子》曰：「無道之君，任用么麽，動則煩濁。有道之君，任用雄傑，動則明白。」

【麥秀蔪兮麥秀漸漸】李善注枚乘《七發》曰：「麥秀蔪兮雉朝飛」，引宋玉《笛賦》云「麥秀蔪兮鳥華翼」，非也。余按《尚書大傳》曰：「微子將朝周，過殷之故墟，見麥秀之蔪蔪，禾黍之蠅蠅也，曰『此故父母之國』云云，謂之《麥秀歌》。《歌》云：『麥秀漸漸兮，禾黍油油。彼狡童兮，不我好仇。』」蓋宋玉《笛賦》亦本此耳。蔪，《埤蒼》曰：「麥芒也。」而《大傳序》與《歌》，蔪、漸二字不同，何也？蔪，五臣音子兼切，李善音慈斂切。蠅、油，《序》、《歌》二字亦不同。

【功謝蕭規慚漢第恩從隗始詫燕臺】《西清詩話》記：「熙寧初，張侍郎掞以二府成，詩賀王文公。公和曰：『功謝蕭規慚漢第，恩從隗始詫燕臺。』示陸農師，曰：『蕭規曹隨，高帝論功，蕭何第一，皆摭故實。而請從隗始，初無恩字。』公笑曰：『子善問也。韓退之《鬭雞聯句》「感恩慚隗始」，若無據，豈當對功字耶？』乃知前人以用事一字偏枯，爲倒置眉目，返易衣裳，蓋慎之如此。」以上皆西清説。予嘗以此論近誣。蓋荆公用蕭何事，乃漢嘗賜蕭何等北闕大第，今二府成，乃切題。若以蕭何功第一，則次第之第，非第宅之第。或又牽彊云：「借第以對臺，唐人有此格。」此蓋不知漢嘗賜第事，故作此語耳。所恨未知正出處，只具於唐李郢詩注。郢有《奉陪裴相公重陽日游安樂池亭》詩云：「絳霄輕靄翊三台，嵇阮襟情管樂才。蓮沼昔爲王儉府，菊籬今作孟嘉臺。寧知北闕元勳在，却引東山舊客來。自笑吐茵還酩酊，日斜空從絳衣迴。」郢於第五句下注云：「漢賜蕭何等北闕大第。」以郢猶能知之，孰謂荆公捨此，而反舉第一之事爲對耶！況荆公《上曾魯公》詩云：「且開京洛蕭何第，未泛江湖范蠡船。」以此證之，則非用第一之第，甚明。

【疏鑿】郭璞《江賦》曰：「巴東之峽，夏后疏鑿。」乃悟杜子美《禹廟》詩「早知乘四載，疏鑿控三巴」所本。

【梢雲】《吴都賦》：「梢雲無以踰，嶰谷弗能連。」謂竹也。故五臣注曰：「言雖梢雲之高，亦不能踰也。」李善引《漢書·天文志》曰：「見梢雲。」其説梢如樹也。予讀韓退之詩：「梢梢新月偃」，嘗疑梢字。乃知梢月亦如梢雲也。更俟識者訂之。

【彎碕臨硎】王荆公《彎碕》詩云：「石梁茅屋有彎碕，流水濺濺度兩陂。晴日暖風生麥氣，緑陰幽草勝花時。」按，左太沖《吴都賦》：「左稱彎碕，右號臨硎。」此言建業離宫也。故李善注曰：「彎碕、臨硎，閣闥名。」李周翰注曰：「彎碕、臨硎，皆險峻也。」二注不同，何耶？

【明駞】《洪駒父詩話》云：「《古樂府》：『願得明駞歸故鄉。』今本明作鳴，非是。《酉陽雜俎》謂：『世傳明駞千里脚，謂駞卧屈足，腹不著地而漏明，最能遠行。』」以上皆洪説。予按，《朝野僉載》云：「後魏文帝定四大姓，李氏恐不入四姓，李氏夜乘明駞至洛。時四姓定訖，故人謂之駞李氏。」明駞事又見此，乃知駒父偶忘此事。

【皮丹漆】杜詩「田父嗟膠漆」，爲潼關棄甲也。《左傳》：「縱其有皮，丹漆若何？」

【擅一壑之美】晉陸云《逸民賦》曰：「富貴者，是人之所欲。而古之逸民，輕天下，細萬物，而欲專一丘之歡，擅一壑之美。豈不以身重於宇宙，而恬貴于芬華哉！」荆公詩：「我亦暮年專一壑，忽逢車馬便驚猜。」蓋用此。

【蜘蛛蝴蝶占喜】歐陽文忠公詩云：「拂面蜘蛛占喜事，入簾蝴蝶報佳人。」自注云「李賀詩：『東家蝴蝶西家飛，白騎少年今日歸。』」賀蓋用李淳風《占怪書》云：「蛺蝶忽入人宅舍及帳幕内者，主行人即返。」又云：「生貴子吉。」

【鳥自呼名】東坡詩云：「花因識面常含笑，鳥不知名時自呼。」按，《北山經》：「蔓聯之山有鳥焉，群居而朋飛，其毛如雌雉，名曰交鳥，而其名自呼。食之已風。」

【雙賜筆】杜子美詩云：「合分雙賜筆。」按，《漢官儀》：「尚書令僕丞郎，月給赤管大筆一雙，篆題曰『比工作楷』。」

【行蛇入古桐】賈浪仙主長江簿，有題《長江》詩云：「歸吏封宵鑰，行蛇入古桐。」桐在縣廳前。大觀中，縣令胡同老惡其枯枿，斫去。其不好事如此。

【花梁畫早梅】前輩詩不苟作也，如崔櫓《梅》詩云：「初開已入雕梁畫，未落先愁玉笛吹。」人徒知下句取《古樂府》，有《落梅花》曲。殊不知上句亦用陰鏗，其《新成安樂宮》詩云：「砌石披新錦，花梁畫早梅。」

【畫紙爲棋局敲針作釣鉤】杜子美詩云：「老妻畫紙爲棋局。」出東晉李秀《四維賦》曰：「四維戲者，衛尉摯侯所造也。畫紙爲局，截木爲棋。」又云：「稚子敲針作釣鉤。」出《楚辭》，曰：「以直針而爲鉤，維何魚之能得？」

【麗人行】梁沈約有《麗人賦》，略曰：「狹斜才女，銅街麗人。亭亭似月，嬿婉如春。」故杜子美有《麗人行》。

【穠李落梅】蘇味道《上元》詩：「游妓皆穠李，行歌盡落梅。」上句取梁蕭子顯《美人篇》曰：「繁穠既爲李，照水亦成蓮。」下句取樂府《落梅花》曲。

【雨絶天】梁張率《長相思》詩曰：「長相思，久離別，美人之遠如雨絶。獨延停，心中結。」蓋用晉潘岳《哀詩》云：「漼若葉落樹，邈若雨絶天。」郭璞詩云：「君若秋日雲，妾似突中煙。高下理自殊，一乖雨絶天。」汪彦章《表》云：「生平戇直，不隨世俗於雷同；歲晚棲遲，乃望君門而雨絶。」

【書來訪死生】陳後山《别張芸叟》詩云：「此别時須問生死，孰知詩律解窮人。」韓子蒼《送張右司》詩云：「遥知此别常乖隔，莫惜書來訪死生。」或者謂用柳子厚《與王參元書》云：「因人南來，致書訪死生。」非也。蓋本出梁王僧孺《送商何兩記室》詩：「儻有還書便，一言訪死生。」

【鳴蛙鼓吹】黄豫章《薄薄酒》云：「傳呼鼓吹擁部曲，何如春水一池蛙。」余按，僕射王晏嘗鳴鼓吹，候孔稚圭，聞蛙鳴，晏曰：「此殊聒人耳。」稚圭曰：「我聽卿鼓吹，殆不及此。」出齊陽玠《談藪》。

【要路津】杜子美「自謂頗挺出，立登要路津」，蓋用古詩：「何事策高足，先據要路津。」

【身輕一鳥過】杜子美「身輕一鳥過，槍急萬人呼」，蓋用虞世南《侍宴應詔》詩云：「横空一鳥度，照水百花燃。」

【封事】杜子美詩：「明朝有封事，數問夜如何？」按，漢置八儀，密奏陰陽。皂囊封板，故曰封事。又《魏相傳》：「故事，諸上書者，皆爲二封，署其一曰副。領尚書者，先發副封」云云。

【有狐綏綏】衛詩：「有狐綏綏，在彼淇梁。」毛曰：「綏綏，匹行貌。」按，禹年三十未娶，行塗山，恐時暮失嗣，辭曰：「吾之娶，必有應也。」乃有白狐，九尾，而造於禹。禹曰：「白者，吾服也。九尾者，其證也。」於是《塗山人歌》曰：「綏綏白狐，九尾龐龐。成於家室，我都攸昌。」於是娶塗山女。乃知稱狐而以綏綏云者，禹時已有矣。出《吕氏春秋》。

【冥冥江雨】杜子美詩：「冥冥江雨熟楊梅。」冥冥江雨，蓋用梁范雲《巫山高》云：「冥冥暮雨歸。」

【酌酒】杜子美詩：「把酒宜深酌。」蓋用庾信《王褒餉酒》詩云：「開君一壺酒，細酌對春風。」

【白雲邊】杜子美詩：「送老白雲邊。」蓋用梁簡文帝《虎窟山寺》詩：「棲神紫臺上，縱意白雲邊。」

【春草隨青袍】杜子美詩：「江草亂青袍」，「春草隨青袍」，蓋用古詩：「青袍似春草，長條隨風舒。」周庾信《哀江南賦》云：「青袍如草，白馬如練。」

【關東絹】杜子美詩：「我有一匹好東絹。」關東絹也。梁庾肩吾《答武陵王賚絹啓》曰：「關東之妙，潛織陋其卷綃。」

【端能幾字正】陳後山除祕書省正字，賦詩云：「端能幾字正，敢恨十年遲。」按，唐明皇御勤政樓，時劉晏以神童爲祕書正字，年方十歲。明皇問晏曰：「爲正字，正得幾字？」晏曰：「天下字皆正，唯有朋字未得正。」

【久苦諸君】荆公《字説》成後，賦絶句云：「久苦諸君共此勞。」按，李密兵敗，謂王伯當曰：「兵敗矣。久苦諸君。我今日自刎，請以謝衆。」

【山色有無中】東坡《水調歌頭》云：「長記平山堂上，攲枕江南煙雨，杳杳没孤鴻。認得醉翁語，山色有無中。」蓋歐陽文忠公長短句云：「平山欄檻倚晴空，山色有無中。」東坡蓋指此也。然王摩詰《漢江臨汎》詩已嘗云：「江流天地外，山色有無中。」歐實用此，而東坡偶忘之耶？

【海水立】蔡絛《西清詩話》云：「杜少陵文自古奥。如云『九天之雲下垂，四海之水皆立，忽翳日而翻萬象，却浮雲而留六龍。萬舞陵亂，又似乎春風壯而江海波』。其語皆磊落驚人。或言無韻者不可讀，是大不然。東坡《有美堂》詩：『天外黑風吹海立，浙東飛雨過江來。』蓋出此。」以上皆蔡説。予按，長水校尉關子陽謂：「天去人尚遠，而黑風吹海。」蓋東坡博極群書，兼用乎此。政如《雪》詩云：「柳絮才高不道鹽。」人徒知用「撒鹽空中差可擬」，而不知兼用《南史》「但不道鹽耳」故事也。

【龍尾道】清獻趙公，嘉祐六年，言陳旭與御藥王世寧通家親戚，用是遷副樞。未行，遂丐出知虔州。有詩云：「乍亂龍尾道，來刺虎頭城。」蓋唐含元殿前龍尾道，自平階地凡詰曲七轉。由丹鳳門北望，宛如龍尾下垂於地焉。兩垠欄悉以青石爲之，故謂之龍尾道。（下略）

【鵲尾香爐】東坡詩有「夾道青煙鵲尾爐」。按，《松陵唱和集》，皮日休《寄華陽潤卿》詩云：「鵲尾金爐一世焚。」注云：「陶貞白有金鵲尾香爐。」又《珠林》云：「宋吴興人費崇先，少信佛法。每經，常以鵲尾香爐置膝前。」費崇先事，又見王琰《冥祥記》。

【荔枝楊梅盧橘】梁蕭惠開云：「南方之珍，惟荔枝矣。其味絶美。楊梅、盧橘，自可投諸藩溷。」故東坡詩云：「南村諸楊北村盧，直與荔枝爲先驅。」

【觀者如堵牆】《世説》：「衛玠從豫章至下都，人久聞其名，觀者如堵牆。」故杜子美詩：「集賢學士如堵牆，觀我落筆中書堂。」

【杜石筍行】杜《石筍行》：「雨多往往得瑟瑟。」按，《華陽記》：「開明氏造七寶樓，以真珠結成簾。漢武帝時，蜀郡遭火，燒數千家，樓亦以燼。今人往往于砂土上獲真珠。」又，趙清獻《蜀郡故事》：「石筍在衙西門外，二株雙蹲。雲真珠樓基也。昔有胡人，于此立寺，爲大秦寺。其門樓十間，皆以真珠翠碧，貫之爲簾。後摧毁墜地，至今基脚在。每有大雨，其前後人多拾得真珠瑟瑟金翠異物。今謂石筍，非爲樓設，而樓之建，適當石筍附近耳。蓋大秦國多璆琳、琅玕、明珠、夜光璧。水道通益州永昌郡，多出異物，則此寺大秦國人所建也。」杜田嘗引《酉陽雜俎》謂「蜀少城飾以金璧珠翠，桓温怒其大侈，焚之」之事爲證，非也。

【胡奴】杜詩有《示獠奴阿段》云：「曾經陶侃胡奴異，怪爾常穿虎豹群。」蓋謂其子也。按，《世説》：「陶胡奴爲烏程令。」注云：「胡奴，陶範小字。」侃別傳曰：「範字道則，侃第十子。侃諸子中最知名，歷尚書祕書監。」何法盛以爲第九子。

【主人翁】韓退之《燈花》詩：「更煩將喜事，來報主人翁。」按，范睢曰：「主人翁習知之。」

【月蝕於蝦蟆】盧仝《月蝕》詩云：「傳聞古老説，蝕月蝦蟆精。」按，《龜策傳》曰：「爲德而君於天下，辱於三足之烏，月爲刑而相佐，見食於蝦蟆。」

【禄山兒】豫章《中興碑》詩：「明皇不作包荒計，顛倒四海由禄兒。」按，《禄山事迹》云：「正月二十日，禄山生日，賜物甚多。後三日，召禄山入內。貴妃以錦繡綳縛禄山，令內人以綵輿舁之，宮中歡呼動地，明皇使人問之，報云：『貴妃與禄山作三日洗兒。』明皇就觀之，大悦。因賜貴妃洗兒金銀錢物，極歡而罷。自是宮中皆呼禄山爲禄兒，不禁其出入。」

【沿牒】顏延之詩云：「測恩躋愉逸，沿牒懵浮賤。」注云：「沿牒，隨牒也。」予按，王衍曰：「隨牒推移，遠至於此。」

【緇塵染素衣】謝玄暉《酬王晉安》詩：「誰能久京洛，緇塵染素衣。」予按，陸士衡《爲顧彦先贈婦》詩云：「京洛多風塵，素衣化爲緇。」謝本此。

【夜航船】樂府有《夜航船》，政謂浙西耳。皮日休《答陸龜蒙》詩云：「明朝有物充君信，櫂酒三瓶寄夜航。」

【玉盤承露】唐裴潾《題青龍寺白牡丹絶句》云：「長安豪貴惜春殘，争賞新開紫牡丹。别有玉盤承露冷，無人起就月中看。」按，《廬山記》：「山有三石梁，廣不盈尺，俯瞻無底。吴猛將弟子過此梁，見老翁坐桂樹下，以玉盤承甘露與猛。」

【遷次】陳氏詩云：「今日何遷次？」按，《左傳》：「芊尹蓋對曰：『廢日共積，一日遷次。』」杜注云：「一日便遷次，不敢留君命。」

【皋橋客死】蘇子美謫死姑蘇，江鄰幾作詩云：「郡邸獄冤誰與辨，皋橋客死世同悲。」按，《吴郡圖經續記》云：「皋橋，在吴縣西北，皋伯通字奉卿所居之地也。伯通爲漢朝議郎，卒葬胥門西二百步，號伯通墩。昔梁鴻娶孟光，同至吴，居伯通廡下，爲人賃舂。伯通察而異之，乃舍之於家。鴻卒，又爲葬之。」《哀江南賦》云「皋橋羈旅」謂此。古今謂江善用事者以此。

【白雲司職】胡武平宿《賀晏元獻轉刑部侍郎啓》云：「紫詔疏恩，白雲登秩。」孫逖作《裴敦復刑部尚書制》云：「俾踐白雲之司。」按，《左氏傳》：「郯子曰：『黄帝以雲紀，故爲雲師而雲名職。』」林注云：「黄帝受命有云瑞，故以雲紀事。春官爲青雲，夏官爲縉雲，秋官爲白雲，冬官爲黑雲，中官爲黄雲。」故《類要刑部》曰：「白雲司職，人命是懸。」而白樂天詩亦云：「清光莫獨占，亦對白雲司。」乃《秋雲》詩也。劉禹錫《送鶴》詩：「昨日看成送鶴詩，高籠携出白雲司。」李嘉祐詩：「漏長丹鳳闕，秋冷白雲司。」

【别分子將打衙頭】沈存中在延安作《口號》云：「别分子將打衙頭。」按，唐僖宗光啓三年，魏博節度使樂彦禎，其子從訓聚亡命五百餘人爲親兵，謂之子將。

【五百弓一牛鳴】王荆公詩：「静占寬閒五百弓。」又詩：「白下亭東鳴一牛。」又詩：「潮溝直下兩牛鳴。」按，《唐西域記》云：「夫數量之稱，謂踰繕那。舊曰由旬。踰繕那者，曰古聖王一日軍行。舊傳一踰繕那，四十里矣。印度國俗乃三十里，教所載唯十六里。窮微之數，分一踰繕那四十里，爲八拘盧舍。八拘盧舍者，謂大牛鳴聲所極聞，爲拘盧舍。分一拘盧舍爲五百弓，分一弓爲四肘，分一肘爲二十四指，分一指節爲七宿度。乃至虱、蟣、隙塵、牛毛、羊毛、兔毫、銅水次第七分，以至細塵。細塵七分爲極細塵。極細塵者，不可復折，折即歸空，故曰極微。」

【周顒宅作阿蘭若】王荆公《草堂懷古》詩：「周顒宅作阿蘭若。」按，《顒傳》云：「顒於鍾山西立隱舍，休沐則歸之。」又云：「清貧寡欲，終日長蔬。雖有妻子，獨處山舍。」故其詩云：「昔遭衰世皆晦迹，今幸樂國養微軀。依止老宿亦未晚，富貴功名焉足圖。」葉少藴云：「杜詩：『久爲野客尋幽慣，細學何顒免興孤。』何顒，後漢人，見《黨錮傳》。蓋義俠者，與詩意不類，當作周顒。」周、何字相近而訛。顒奉佛，有隱操。殆信然耶？

【蘭亭序】王羲之《蘭亭曲水詩序》所謂「群賢畢至，少長咸集」者，蓋謝安、謝萬、孫綽、徐豐之、孫統、王彬之、王凝之、王肅之、王徽之、袁嶠之、郄曇、王豐之、華茂、庾友、虞説、魏滂、謝繹、庾藴、孫嗣、曹茂之、曹華平、桓偉、王元之、王藴之、王涣之，共二十六人。自羲之至袁嶠之，各爲四言、五言詩二篇；郄曇至王涣之，各爲四言、五言詩一篇；而孫綽爲之後序。

【叢竹當封瀟灑侯】張右史文潛《竹》詩：「裊裊牆陰竹數竿，秋風盡日舞青鸞。平生愛爾緣瀟洒，莫作封君渭上看。」潘邠老問張曰：「渭川千畝竹，皆與千户侯等，非斥此耶？」張曰：「非也。陸龜蒙詩云：『叢竹當封瀟洒侯。』」

【琅璫】韓子蒼《夏夜廣壽寺偶書》云：「城郭初鳴定夜鐘，苾芻過盡法堂空。移牀獨向西南角，卧看琅璫動晚風。」按，顔之推《家訓》：「後漢司徒崔烈以鋃鐺鏁。上音狼，下音當。鋃鐺，大鏁也。世間多誤作金銀字。武烈太子亦是數千卷學士，嘗作詩云：『鋃鏁三公脚，刀撞僕射頭。』蓋誤也。」顔所引鋃鐺字，皆從金。子蒼所用字，皆從玉，仍以鋃鐺爲鈴鐸而非鏁也。子蒼博極群書，恐當別有所本。洪龜父亦云：「琅璫鳴佛屋。」

【綺襦紈袴】漢班伯出與王許子弟爲群，爲綺襦紈袴之間，非其好也。任昉彈劉整云：「直以前代外戚，仕因紈袴。」注云：「綺襦紈袴，謂外戚驕奢之服也。」故杜詩云：「紈袴不餓死。」

【公家魯直不解事】陳後山《贈黄知命》詩：「公家魯直不解事，愛作文章可人意。」按，楊脩《答臨淄侯》云：「脩家子云，老不曉事。强著一書，悔其少作。」

【出九入十】世俗博戲，有「出九入十」之説，謂之攤賭。故律云：「諸博戲賭財物，並停止出九。和合者，各令衆五日。」豫章詩：「肉食傾人如出九。」

【盤渦谷轉】郭景純《江賦》：「盤渦谷轉，淩濤山頹。」李善云：「渦，水旋流也。」故杜子美詩云：「盤渦與岸廻。」

【摩蒼天】東方朔《七言》：「折羽翼兮摩蒼天。」魏文帝《芙蓉池》詩：「修條摩蒼天。」故李賀詩云：「殿前作賦聲摩空。」

【逝湍奔峭】謝靈運《七里瀨》詩：「孤客傷逝湍，徒旅苦奔峭。」李善引《淮南子》曰：「岸峭者必阤。」許慎曰：「阤，落也。」然奔，亦落也。故杜子美詩云：「奔峭背赤甲。」

【蜀運茶馬利害】「蜀茶總入諸蕃市，胡馬常從萬里來。」蓋元豐末，陸師閔提舉川陜茶馬，運茶抵陜，蜀人苦之。中丞蘇轍、御史吕陶以爲言，司馬丞相建遣户部郎官黄廉往察視。同省皆云：「一筆勾斷，歸來作從官。」既堂辭，黄云：「容到彼親看利害，方敢奏陳。」既至，知得馬爲利，運茶爲害。乃奏乞置鋪兵官運茶，以寬民力。大忤宰執之意，就委措置行之。未幾，公私果以爲便。故詩云：「兩猾論兵幾敗國。」蓋此爲王中正俞允作也。

【咄嗟咄喏】宋景文公《筆記》：「蜀云人見物驚異，輒曰噫吁嘻，李太白作《蜀道難》因用之。汾、晉之間，尊者呼左右曰咄，左右必曰喏。而司空圖作《休休亭記》又用之。修書學士劉羲叟爲余言：『晉書咄嗟而辦，非是，宜言咄喏而辦。』然咄嗟，前世人文章中多用之，或自有義耳。」已上皆宋説。余按，孫楚詩云：「三命皆有極，咄嗟安可保？」李善引《蒼頡篇》曰：「咄，啐也。」《説文》曰：「啐，驚也。」咄，丁忽切。啐，倉憒切。王弼《周易注》曰：「嗟，憂嘆之辭。」乃知宋爲是而劉爲非。

【金盤玉杯】《太平廣記》載《神仙傳》：「麻姑至蔡經家，入拜王遠，遠爲之起立。坐定，各進行廚，皆金盤玉杯。」故杜詩云：「花裏行廚洗玉盤。」

【仙人九節杖】《神仙傳》：「王遥有竹篋，長數寸。有一弟子，姓錢，隨遥十數年，未嘗見開之。一夜，天雨晦冥。遥使錢以九節杖負此篋，將錢出行，而遥及弟子衣皆不濕。」故杜子美《望嶽》詩云：「安得仙人九節杖，拄到玉女洗頭盆。」

【僧爲上人】唐詩多以僧爲上人，如杜子美《巳上人茅齋》是也。按，《摩訶般若經》云：「何名上人？佛言，若菩薩一心行阿耨菩提，心不散亂，是名上人。」《十誦律》云：「人有四種：一麁人，二濁人，三中間人，四上人。」

【青精飯】《神仙王褒傳》：「太極真人，以太極青精飯上仙靈方授之，可按而合服。褒按方合鍊，服之五年，色如少女。」杜詩「惜無青精飯，使我顔色好」是也。

【八字山】晉方士戴洋語庾亮曰：「武昌土地，有山無林。政可圖始，不可居終。山作八字，數不及九。昔吴用壬寅來上，創立宫城，至於己酉，還下秣陵。某見陶公，亦涉八年。土地盛衰有數，人心去就有期，不可移也。」潘邠老《江口》詩云：「八字山頭雁，武昌江上魚。」

【明牕塵】李太白《草創大還贈柳官迪》詩云：「髣髴明牕塵，死灰同至寂。」按，古嵩子述《金液歌》云：「日魂月華二氣真，含胎育子身甚神。變化欲終君自見，分明化作明牕塵。」注云：「狀若明牕塵也。」《金液歌》蓋本《金碧經》云：「神室者，丹之樞紐也，非世間五金。其丹如成，狀若明牕塵。服之灌入三丹田中，即人身中三丹田是也。」

【前路資糧】《藏經》中有《倶舍論》載頌曰：「欲往前路無資糧，來往中間無所止。」東萊先生吕居仁《臨終》詩云：「病知前路資糧少，老覺平生事業非。」蓋用前語。

【王宰畫山水松石】杜子美《戲題畫山水圖歌》自注云：「王宰畫丹青絶倫。」其詩云：「十日畫一水，五日畫一石。能事不受相促迫，王宰始肯留真跡。」余按，《畫斷》云：「唐王宰者，家於西蜀。貞元中，韋皋以客禮待之。畫山水樹石，出於象外。嘗於席夔廳見圖一障，臨江雙松一柏。古藤縈繞，上盤半空，下著水面。千枝萬葉，交查屈曲，分布不雜。或枯或茂，或垂或直。葉疊千重，枝分四面。精人所難，凡目莫辨。又於興善寺見畫四時屏風，若移造化風候雲物八節四時於一座之内，妙之至也。山水松石，並爲上上品。」

【江山之助】劉勰《文心雕龍·物色篇》云：「若乃山林皋壤，實文思之奥府。略語則闕，詳説則煩。然屈平所以洞風騷之情者，抑亦江山之助乎。」故唐張説至岳陽，詩益凄惋，人以爲得江山之助。

【五粒松當作五鬣】故友姚寬令威言：「《名山記》云：『松有兩鬣、三鬣、五鬣者，言如馬鬣形也。』李賀有《五粒小松歌》：『新香幾粒洪厓飯。』未詳其義。」余按，《藥性論》載蕭炳云：「松有五葉者，一叢五葉如釵，名五粒松。道家服食絶粒。」又按，《本草圖經》云：「方書言松爲五粒，字當讀爲鬣，音之誤也。言每五鬣爲一葉，或有兩鬣、七鬣者。」今據《圖經》，粒字當作鬣，訛爲米粒之粒。然《五代史·鄭遨傳》云：「遨聞華山有五粒松，脂淪入地，千歲化爲藥，能去三尸。因徙居華陰，欲求之。」此真云五粒松脂，以是知其訛有自矣。

【欲談前事恐無人】文潞公嘗曰：「人但以彦博長年爲慶，獨不知閲世既久，内外親戚皆亡，一時交遊，凋零殆盡，所接皆邈然少年，無可論舊事者。」王立之喜蘇黄門《送人歸洛》詩云：「遍閲後生真有道，欲談前事恐無人。」殊不知蘇叙潞公語也。

【心跡雙清】杜詩：「心跡喜雙清。」蓋本謝靈運《齋中讀書》詩：「矧乃歸山川，心跡雙寂寞。」

【平仲君遷本二木名】陸龜蒙《寄南海二同年》詩：「庭中必有君遷樹，莫向空臺望漢朝。」注：「《交州記》：『朝臺，尉佗望漢所築。』」余按《吴都賦》，平仲、君遷，二木名也。注云：「平仲之木，實白如銀。君遷之樹，子如瓠形，廣州有之。」《本草》云：「君遷樹，高丈餘，子中有汁如乳。」

【斷自天筆】杜《謝賜葛》詩：「自天題處溼，當暑著來輕。」蓋孔稚圭《表》云：「聖照玄覽，斷自天筆。」

【博懸於投】豫章《和東坡韻送李豸下第》云：「博懸於投不在德。」按，班固《弈旨》曰：「博懸于投，不必在行。」裴駰謂：「投，投瓊也。」見《蔡澤傳》。

【斷腸聲裏唱陽關】豫章《題陽關圖絶句》：「斷腸聲裏無聲畫，畫出陽關更斷腸。」按，李義山《贈歌妓》詩云：「紅綻櫻桃含白雪，斷腸聲裏唱陽關。」豫章所用也。

【無底籃】吕居仁《贈僧》詩云：「莫言衲子籃無底，盛得山南骨董歸。」《廣燈録》：「契魂禪師上堂，僧問：『古言路逢死蛇莫打殺，無底籃子盛將歸。』」蓋取此也。

【婆娑集】崔德符以所作詩文目曰《婆娑集》，蓋取《四子講德論》：「婆娑謳吟，鼓腋而笑。」

【叩檻出魚鼉】東坡詩：「叩檻出魚鼉，詩取一笑粲。」按，柳子厚《河間傳》云：「遂入禮隍州，西浮圖兩池間，叩檻出魚鱉食之，河間爲一笑。」

【酒盡卧空瓶】東坡《病中大雪》詩：「飲雋瓶屢卧。」趙夔注云：「歐陽詩：『不覺長瓶卧。』張籍詩：『酒盡卧空瓶。』」

【花照眼】杜子美詩：「花枝照眼句還成。」蓋本于梁武帝《春歌》：「階上香入懷，庭中花照眼。」

【不翅猶過多】杜子美詩：「方駕曹劉不翅過。」見王仲宣《公讌》詩：「見眷良不翅，守分豈能違。」李善注：「言上見恩遇，不翅過于本望。《家語》：『子曰：愛人之謂德教，何翅惠哉。』不翅，猶過多也。」

【一擲賭乾坤】韓退之《鴻溝》詩云：「真成一擲賭乾坤。」蓋用李太白詩：「天地賭一擲，未能忘戰爭。」(卷八《沿襲》。下同)

【故鄉七十五長亭】杜牧之《齊安城樓》詩：「嗚咽江樓角一聲，微陽瀲瀲落寒汀。不用憑欄苦回首，故鄉七十五長亭。」蓋用李太白《淮陰書懷》詩：「沙墩至梁苑，七十五長亭。」

【野火燒不盡】白樂天以詩謁顧況，況喜其《咸陽原上草》詩云：「野火燒不盡，春風吹又生。」余以爲不若劉長卿「春入燒痕青」之句，語簡而意盡。

【花冥冥】元微之《憶靈之》詩云：「奇樹花冥冥。」蓋本杜詩「樹攪離思花冥冥」也。而韋蘇州亦有「冥冥花正開」，「東方欲曙花冥冥」之句。

【但令在舍相對貧】王建《遠將歸》云：「但令在舍相對貧，不向天涯金遶身。」戎昱《長安秋夕》詩云：「遠客歸去來，在家貧亦好。」建蓋用昱語耳。昱，德宗建中時人；建，文宗大和中人。

【桃花亂落如紅雨】李長吉有「桃花亂落如紅雨」之句，以此名世。余觀劉禹錫詩云：「花枝滿空迷處所，摇落繁英墜紅雨。」劉、李同出一時，決非相爲剽竊。

【目極千里傷春心】陸士衡樂府：「游客春芳林，春芳傷客心。」杜子美：「花近高樓傷客心。」皆本屈原：「目極千里傷春心。」

【漁梁渡頭争渡喧】岑參《巴南舟中夜書事》詩云：「渡口欲黄昏，歸人争渡喧。」蓋用孟浩然詩耳。浩然有《夜歸鹿門寺歌》云：「山寺鳴鐘晝已昏，漁梁渡頭争渡喧。」

【多病故人疏】唐包佶《嶺下卧疾寄劉長卿》詩云：「唯有貧兼病，能令親愛疏。」蓋用孟浩然「多病故人疏」，與杜子美「故知貧病人須棄，能使韋郎跡也疏」。

【船如天上坐人似鏡中行】《潘子真詩話》云：「山谷言：『船如天上坐，人似鏡中行。』又『船如天上坐，魚似鏡中懸。』沈雲卿詩也。杜子美詩云『春水船如天上坐』，祖述佺期之語也，繼之以『老年花似霧中看』，蓋觸類而長之。」余以雲卿之詩，蓋源於王逸少《鏡湖》詩所謂「山陰路上行，如在鏡中游」之句。然李白《入青溪山》詩亦云：「人行明鏡中，鳥度屏風裏。」雖有所襲，然語益工也。

【鶯語丁寧】唐楊巨源《早春》詩云：「馬路經歷應須遍，鶯語丁寧已怪遲。」蓋效法子美所謂：「莫遣花開深造次，便教鶯語太丁寧。」

【幾處笙歌幾處愁】唐章孝標《八月》詩云：「徙倚仙居遶翠樓，分明宫漏静兼秋。長安夜夜家家月，幾處笙歌幾處愁。」唐裴交泰《長門怨》詩云：「自閉長門經幾秋，羅衣濕盡淚還流。一種蛾眉明月夜，南宫歌管北宫愁。」與前詩絶相類。

【縠雨杏花稀】唐李嘉祐《春思》詩：「清明桑葉少，縠雨杏花稀。」乃悟周朴詩：「曉來山鳥鬧，雨過杏花稀。」

【未臘山梅樹樹花】杜牧之詩：「經冬野菜青青色，未臘山梅樹樹花。」許渾詩：「未臘梅先實，經春草自薰。」渾雖用牧意，然終不能及也。

【授圖黄石老學劍白猿翁】《潘子真詩話》云：「杜牧之《題李西平宅》云：『授圖黄石老，學劍白猿翁。』庾信作《宇文盛墓誌》所謂：『授圖黄石，不無師表；學劍白猿，遂傳風旨。』」然余讀李太白《贈宋中丞》詩云：「白猿慚劍術，黄石借兵符。」則太白亦嘗用之矣。

【還山弄明月】東坡《虔州八境圖》：「回峰亂嶂鬱參差，雲外高人世得知。誰向空中弄明月，山中木客解吟詩。」徐鼎臣《搜神記》云：「鄱陽山中有木客，秦時採木者。食木實，遂得不絶，時就民間飲酒。爲詩一章云：『酒盡君莫沽，壺傾我當發。城市多囂塵，還山弄明月。』」東坡蓋用此也。然唐劉長卿有《龍門八詠》，其七《渡水》詩云：「日暮下山來，千山暮鐘發。不如波上棹，還弄山中月。伊水連白雲，東南遠明滅。」乃知「還山弄明月」，唐人已言之矣。

【愁殺人】唐朱放《送魏校書》詩云：「長恨江南足别離，幾回相送復相隨。楊花撩亂撲流水，愁殺行人知不知。」李益《隋堤》詩云：「碧水東流無限春，隋家宫苑已成塵。行人莫上長堤望，吹起楊花愁殺人。」李蓋學朱也，然二詩皆佳。

【詠婦人多以歌舞爲稱】古今詩人詠婦人者多以歌舞爲稱，梁元帝《妓應令》詩云：「歌聲隨澗響，舞影向池生。」劉孝綽《看妓》詩云：「燕姬能妙舞，鄭女愛清歌。」北齊蕭放《冬夜對妓》詩云：「歌還團扇後，舞出妓行前。」洪執恭《觀妓》詩云：「合舞俱迴雪，分歌共落塵。」陳陰鏗《侯司空宅詠妓》詩云：「鶯啼歌扇後，花落舞衫前。」陳劉删亦云：「山邊歌落日，池上舞前溪。」庾信《和趙王看妓詩》云：「緑珠歌扇薄，飛燕舞衫長。」江總《看妓》詩云：「並歌時轉黛，息舞暫分香。」隋盧思道《夜聞鄰妓詩》云：「怨歌聲易斷，妙舞態難雙。」陳李元操《春園聽妓詩》云：「紅樹摇歌扇，緑珠飄舞衣。」釋法宣《觀妓》詩云：「舞袖風前舉，歌聲扇後嬌。」王勣《詠妓》詩云：「早時歌扇薄，今日舞衫長。」劉希夷《春日閨人》詩云：「池月憐歌扇，山雲愛舞衣。」以歌對舞者七，以歌扇對舞衣者亦七。雖相沿以起，然詳味之，自有工拙也。杜子美取以爲豔曲云：「江清歌扇底，野曠舞衣前。」

【花應解笑人無窮事有限身】唐李敬方《勸醉》詩云：「不向花前醉，花應解笑人。只應連夜雨，又過一年春。日日無窮事，區區有限身。若非杯酒裏，何以寄天真。」杜子美《絶句》云：「二月已破三月來，漸老逢春能幾回。莫悲身外無窮事，且盡生前有限杯。」二詩雖相沿，而杜則尤工者也。世所傳「相逢不飲空歸去，洞口桃花也笑人」之句，蓋出於敬方云。

【洞房懸月影高枕聽江流】張説有《深度驛》詩云：「洞房懸月影，高枕聽江流。」杜子美用其意，見於《客夜》篇云：「入簾殘月影，高枕遠江聲。」

【雞三號】韓退之詩：「雞三號，更五點。」蓋雞必三號而後天曉耳。故杜子美《雞》詩亦云：「紀德名標五，初鳴度必三。」

【獨鵲裊庭柯】錢内翰希白《晝景》詩：「雙蜻上簾額，獨鵲裊庭柯。」「裊」字最其所用意處也，然韋蘇州《聽鶯曲》云：「有時斷續聽不了，飛去花枝猶裊裊。」趙嘏詩云：「語風雙燕立，裊樹百勞飛。」錢意韋、趙已先用，張文潛亦有「啄雀踏枝飛尚裊」之句。

【兩蝸角】白樂天云：「相争兩蝸角，所得一牛毛。」後之使蝸角事悉稽之，而偶對各有所長。吕吉甫云：「南北戰争蝸兩角，古今興廢貉同邱。」山谷云：「千里追奔兩蝸角，百年得意大槐宫。」又云：「功名富貴兩蝸角，險阻艱難一酒杯。」洪龜父云：「一朝厭蝸角，萬里騎鯨背。」

【誰謂天地寬】孟東野：「出門如有礙，誰謂天地寬。」吴處厚以渠器量褊窄，言乃爾。余以東野取法杜子美「每愁悔吝生，如覺天地窄」之句。

【韓退之春雪詩】韓退之《春雪》詩：「拂花輕尚起，落地暖初消。」秦韜玉《雪》詩云：「片纔落地輕輕陷，力不禁風旋旋消。」王定民《雪》詩：「天邊密勢來猶濕，地上微和積易消。」

【耕田欲雨刈欲晴去得順風來者怨】東坡《泗州僧伽塔》詩：「耕田欲雨刈欲晴，去得順風來者怨。若使人人禱輒應，造物應須日千變。」張文潛用其意，别爲一詩云：「南風霏霏麥花落，豆田漠漠初垂角。山邊半夜一犁雨，田父高歌待收穫。雨多蕭蕭蠶簇寒，蠶婦低眉憂繭單。人生多求復多怨，天公供爾良獨難。」

【天北極殿中間】《王直方詩話》記徐師川《紫宸早朝》詩内一聯云：「黄氣遠臨天北極，紫宸位在殿中央。」以余觀之，乃全是杜子美「玉几猶來天北極，朱衣只在殿中間」一聯也。

【飛鳥外夕陽西】張文潛詩云：「新月已生飛鳥外，落霞更在夕陽西。」蓋用郎士元《送楊中丞和番》詩耳。郎詩云：「河源飛鳥外，雪嶺大荒西。」

【韓退之喜雪詩】韓退之《喜雪獻裴尚書》詩云：「喜深將策試，驚密仰簷窺。」又云：「氣嚴當酒暖，洒密聽窗知。」荆公全用以爲一聯云：「借問火城將策試，何如雪屋聽窗知。」

【一樹高花明遠村】「田家汩汩流水渾，一樹高花明遠村。雲意不知殘照好，却將微雨送黄昏」，鄭毅夫詩也。「春陰垂野草青青，時有幽花一樹明。晚泊孤舟古祠下，滿川風雨看潮生」，蘇子美詩也。第二句相類，然皆清絶可愛。

【石燕泥龍】周庾信《喜晴》詩：「已歡無石燕，彌欲棄泥龍。」又《初晴》詩云：「燕燥還爲石，龍殘更是泥。」此意凡兩用，然前一聯不及後一聯也，乃知杜子美「紅豆啄餘鸚鵡粒，碧梧棲老鳳凰枝」斡旋句法所本。

【春風自是人間客】《侯鯖録》載：「裕陵喜晏叔原《與鄭俠》絶句云：『小白長紅又滿枝，築毬場外獨支頤。春風自是人間客，主管繁花得幾時。』」然山谷少時有《感春》詩云：「風光不長妍，如客暫時寓。」則晏意山谷已道之矣。

【自是桃花貪結子錯教人恨五更風】《陳輔之詩話》記荆公喜王建《宫詞》：「樹頭樹底覓殘紅，一片西飛一片東。自是桃花貪結子，錯教人恨五更風。」韓子蒼反其意，而作詩《送葛亞卿》曰：「劉郎底事去匆匆，花有深情只暫紅。弱質未應貪結子，細思須恨五更風。」

【詠叔孫通詩】宋景文《詠叔孫通》詩云：「馬上功成不喜文，叔孫綿蕝强經綸。諸君可笑貪君賜，便許當時作聖人。」王逢原《詠叔孫通》亦用此意云：「弟子由來亦未純，異時得失亦頻頻。一官所買知多少，便議先生作聖人。」其用意正同。今荆公集亦載宋詩，非也。

【魚遺子鹿引麛】唐吴子華詩云：「暖漾魚遺子，晴游鹿引麛。」乃悟山谷詩「河天月暈魚分子，桐葉風微鹿養茸」所自。

【鱸肥人膾玉甘熟客分金】蘇子美詩：「笠澤鱸肥人膾玉，洞庭甘熟客分金。」吕吉甫詩：「魚出清波庖膾玉，菊含寒露酒浮金。」吕勝於蘇，蓋「人」、「客」兩字雖無亦可。

【姬人薦初醖幼子問殘疾】江總《衡州九日》詩：「姬人薦初醖，幼子問殘疾。」故杜子美取其意以爲《遣悶》云：「老妻憂坐痹，幼女問頭風。」

【傀儡】唐梁鍠《詠木老人》詩：「刻木牽絲作老翁，雞皮鶴髮與真同。須臾弄罷寂無事，還似人生一世中。」《開天傳信記》稱明皇還蜀，嘗以爲誦，而非明皇所作也。觀山谷詩：「世間盡被鬼神誤，看取人間傀儡棚。煩惱自無安脚處，從他鼓笛弄浮生。」蓋用鍠意也。

【鳥歸花影動魚没浪痕圓】前輩好稱僧悟清「鳥歸花影動，魚没浪痕圓」，以爲句意皆新。然余讀梁沈君攸《臨水》詩云「花落圓紋出，風急細流翻」，乃知「魚没浪痕圓」所自。

【鷓鴣飛上越王臺】唐竇鞏有《南游感興》詩：「傷心欲問當時事，惟見江流去不回。日暮東風春草緑，鷓鴣飛上越王臺。」蓋用李太白《覽古》詩意也。李云：「越王句踐破吴歸，義士還家盡錦衣。宫女如花滿春殿，只今惟有鷓鴣飛。」

【可人惟有秦淮月出没娟娟波浪中】參寥詩：「可人惟有秦淮月，出没娟娟波浪中。」東坡《送蜀僧》詩：「當時半破峨眉月，還在平羌江水中。」二意偶同，而東坡乃用李白詩。

【禪心竟不起】唐僧皎然《答李季蘭》詩云：「天女來相試，將花欲染衣。禪心竟不起，還捧舊花歸。」乃悟參寥《答杭妓》詩：「禪心已作沾泥絮，肯逐東風上下狂。」

【隔花催唤打魚人】《劉貢父詩話》載花蕊夫人《宫詞》云：「廚船進食簇時新，列坐無非侍從臣。日午殿頭宣索膾，隔花催唤打魚人。」余觀王建《宫詞》云：「御廚進食索時新，每到花開即苦春。白日卧多嬌似病，隔簾教唤女醫人。」不惟第一句同，而末章詞意，皆相緣以起也。

【高懷猶有故人知】陳無己有《山谷草書》絶句：「當年闕里與論詩，歲晚河山斷夢思。妙質不爲平世用，高懷猶有故人知。」末後兩句，乃合荆公《思王逢原》詩：「妙質不爲平世得，微言但有故人知。」

【成梟而牟呼五白】杜子美《今夕行》：「憑陵大叫呼五白，袒跣不肯成梟盧。」學者謂杜用劉毅、劉裕東府樗蒲事。雖杜用此，然屈原《招魂》已嘗云：「成梟而牟呼五白。」

【寒食疾風甚雨】《荆楚歲時記》：「去冬至一百五日，即有疾風甚雨，謂之寒食。」王君玉詩：「疾風甚雨青春老，瘦馬疲牛緑野深。」頃又見周知微詩藁云：「疾風甚雨悲游子，峻嶺崇山非故鄉。」張文潛詩云：「荒山野水非吾土，寒食清明似去年。」

【萬年枝】唐上官儀《詠雪》詩：「幸因千里雁，還繞萬年枝。」謝玄暉《中書省》詩：「風動萬年枝。」晏元獻詩：「萬年枝上凝烟動，百子池邊瑞日長。」盧多遜《新月》詩：「太液池邊看月時，好風吹動萬年枝。」王維《史館山池》云：「春池百子内，芳樹萬年餘。」晏用此也。萬年枝，江左謂之冬青，惟禁中則否。韓子蒼《冬青》詩云：「離宫見爾近天墀，雨露常私養種時。惆悵一株嵐霧裏，無人識是萬年枝。」百子池，見《西京雜記》：「戚夫人侍高祖，七月七日臨百子池。」何晏《景福殿賦》：「綴以萬年。」注引晉《宫闕銘》曰：「華林園萬年樹十四株。」

【問花花不語】東坡《吉祥寺賞花寄陳述古》詩云：「仙花不用剪刀裁，國色初酣卯酒來。太守問花花不語，爲誰零落爲誰開。」《南部新書》記嚴惲詩：「春光冉冉歸何處，更向花前把一杯。盡日問花花不語，爲誰零落爲誰開。」東坡全用此兩句也。惲字子重，能詩，與杜牧善。

【夢中身夢外身】山谷嘗自贊其真曰：「似僧有髮，似俗無塵。作夢中夢，見身外身。」蓋亦取詩僧淡白《寫真》詩耳。淡白云：「已覺夢中夢，還同身外身。堪嘆余兼爾，俱爲未了人。」

【兩山排闥送青來】荆公詩云：「一水護田將緑繞，兩山排闥送青來。」蓋本五代沈彬詩：「地隈一水巡城轉，天約群山附郭來。」彬又本唐許渾「山形朝闕去，河勢抱關來」之句。

【太液披香】《西清詩話》記荆公《賞花釣魚》詩：「披香殿上留珠輦，太液池邊送玉杯。」都下翌日競以公用柳耆卿詞「太液波翻，披香簾捲」之語。余讀唐上官儀《初春》詩：「步輦出披香，清歌臨太液。」乃知上官儀已嘗對之，豈始耆卿耶？隋庾信賦：「宜春苑中春已歸，披香殿裏作春衣。」長安有宜春宫，此又以宜春對披香矣。

【謝惠含桃謝惠茶詩】韓致光，昭宗時以翰林承旨謫嶺表。道湖南，《謝人惠含桃》詩，末章云：「金鑾歲歲長宣賜，忍淚看天憶帝都。」自注云：「每歲初進之後，先宣賜學士。」韓子蒼《謝人惠茶》云：「白髮前朝舊史官，風爐煮茗暮江寒。蒼龍不復從天下，拭淚看君小鳳團。」自注云：「史官月賜龍團。」意雖本致光而語工。

【門雀屋烏宣室茂陵】張天覺既相，謝表有云：「十年去國，門前之雀可羅；一日歸朝，屋上之烏亦好。」徽宗親題於所御扇。然丁晉公詩固嘗云「屋可占烏曾貴仕，門堪羅雀稱衰翁」矣。王元之黄州上任謝表云：「宣室鬼神之問，敢望生還；茂陵封禪之書，已期身後。」亦出於杜子美「竟無宣室召，徒有茂陵求」之語。前輩不以爲嫌者，蓋文勢事情，自須如此也。

【相望落落如星辰】《王直方詩話》謂：「東坡《送李公擇》云：『有如長庚月，到曉不收明。』《贈參寥》云：『故人各在天一角，相望落落如星辰。』任師中《挽詞》云：『相看半作星辰没，可憐太白與殘月。』而蘇黄門《送退翁守懷安》亦云：『我懷同門客，勢若曉天星。』其後學者，尤多用此。」以上皆王説。余按，古樂府：「兩頭纖纖月初生，半白半黑眼中睛。膈膈膊膊雞初鳴，磊磊落落向曙星。」故劉夢得作《韋處厚集序》亦云：「古今相望，落落然如騎星辰。」乃知二蘇所用本古樂府。豈直方忘之耶？

【猿啼三聲淚沾衣】川峽記行者歌曰：「巴東三峽猿鳴悲，猿啼三聲淚沾衣。」故古樂府有「巫峽長猿鳴，三聲淚沾裳」。陳蕭詮《夜猿啼》詩斷章云「別有三聲淚，沾裳竟不窮」，故子美詩：「聽猿實下三聲淚。」

【身輕一鳥過】歐陽文忠公《詩話》：「陳公時得杜集，至蔡都尉『身輕一鳥』，下脱一字。數客補之，各云疾、落、起、下，終莫能定。後得善本，乃是過字。」其後東坡詩「如觀老杜飛鳥句，脱字欲補知無緣」，山谷詩「百年青天過鳥翼」，東坡詩「百年同過鳥」，皆從而效之也。余見張景陽詩云：「人生瀛海内，忽如鳥過目。」則知老杜蓋取諸此。況杜又有《貽柳少府》詩：「餘生如過鳥。」又云：「愁窺高鳥過。」景陽之詩，梁氏取以入選。杜《贈驥子》詩「熟精文選理」，則其所取，亦自有本矣。如《贈韋左丞》詩，皆仿鮑明遠《東武吟》：「主人且勿喧，賤子歌一言。」然古《詠香爐》詩：「四座且勿喧，願聽歌一言。」

【牛帶寒鴉過别村】張芸叟詩：「夕陽牛背無人卧，帶得寒鴉兩兩歸。」與東坡所記蘇叔黨詩「葉隨流水歸何處，牛帶寒鴉過别村」，與張詩相類。

【學詩如學仙時至骨自換】鮑慎由《答潘見素》詩云：「學詩比登仙，金膏换凡骨。」蓋用陳無己《答秦少章》「學詩如學仙，時至骨自换」之句。

【水從樓前來中有美人淚】晁元忠《西歸》詩：「安得龍山潮，駕回安省水。水從樓前來，中有美人淚。」山谷和答云：「熱避惡木陰，渴辭盜泉水。曾回勝母車，不落抱玉淚。」韓子蒼取其意以代葛亞卿作詩云：「君住江濱起柁樓，妾居海角送潮頭。潮中有妾相思淚，流到樓前更不流。」唐孫叔向有《經昭應溫泉》詩云：「一道泉流遶御溝，先皇曾向此中遊。雖然水是無情物，也到宮前咽不流。」子蒼末句，乃用孫語。

【到海止十里過山應萬重】《青箱雜記》謂：「寇萊公少時，有詩送人云：『到海止十里，過山應萬重。』遂兆晚年之讖。」余以爲非是，蓋萊公效于武陵詩耳。于《別故人》云：「過楚水千里，到秦山幾重。」然國史萊公本傳乃云：「準至雷州，吏以圖經獻。視其四至，云：東南門至海岸十里。準恍然曰：『吾少時有云：「到海祗十里，過山應萬重。」豈偶然耶？』」所載與《青箱雜記》不同。

【金鴨無煙却有香】秦少章詩：「燭花漸暗人初睡，金鴨無煙却有香。」魏道輔詩：「博山燒沈水，煙盡氣不滅。日暮白門前，楊花散成雪。」與少章詩意同。

【友于】《洪駒父詩話》謂：「世以兄弟爲友于，子姓爲貽厥，歇後語也。杜子美詩云：『山鳥山花皆友于。』子美未能免俗，何耶？」予以爲不然。按，《南史》：「劉湛友于素篤。」《北史》：「李謐事兄，盡友于之誠。」故陶淵明詩云：「一欣侍溫顏，再喜見友于。」子美蓋有所本耳。子美上太常張卿詩亦云：「友于皆挺拔。」

【橫陳】荆公詩：「日高青女尚橫陳」，「潮回洲渚得橫陳」。「橫陳」二字，首見《楞嚴經》及宋玉

《諷賦》。前輩以用「横陳」始於荆公，非也。陸龜蒙《薔薇》詩云：「倚牆當户自横陳，致得貧家似不貧。」沈約《夢見美人詩》云：「立望復横陳，忽覺非在側。」見《玉臺新詠》。

【據槁梧】荆公詩：「各據槁梧同不寐，偶然聞雨落階除。」唐李嘉祐詩：「據梧聽好鳥，行藥寄名花。」《莊子》：「據槁梧而瞑。」

【崔護詩】唐獨孤及《和贈遠》詩云：「憶得去年春風至，中庭桃李映瑣窗。美人瑟瑟對芳樹，玉顏亭亭與花雙。今年新花如舊時，去年美人不在兹。借問離居恨深淺，只應獨有庭花知。」此詩與崔護詩意無異。

【幾度雨來成惡熱一番風過有新涼】李太白詩云：「幾度雨來成惡熱，一番風過有新涼。」劉莘老子劉企，字斯立，《龍山寺》詩亦云：「急雨欲來先暑氣，涼風已過却秋聲。」詩意雖同，然皆佳句。

【青裙白面初相識】陳去非《茶花》詩後兩句云：「青裙白面初相識，十月茶花滿路開。」蓋用白樂天《江岸梨花》詩意：「梨花有思緣和葉，一樹江頭惱殺君。最似霜閨少年婦，白妝素面碧紗裙。」

【覩木興嘆】魏文帝《柳賦》：「在余年之二七，植斯柳乎中庭。始圍寸而高尺，今連拱而九成。」桓温北伐，經金城，見爲瑯琊時種柳，皆已十圍，慨然曰：「木猶如此，人何以堪？」乃知覩木而興嘆，代有之矣。按，《廣人物志》載：「蘇頲年五歲，裴談過其父。試誦庾信《枯樹賦》，頲避談字，易其韻曰：『昔年移柳，依依漢陰。今看摇落，悽愴江潯。樹猶如此，人何以任？』」文忠公詩云：「人昔共遊今孰在，樹猶如此我何堪？」荆公詩：「道人從南來，問松我東岡。舉手指屋脊，云今如許長。」劉斯立詩云：「麥壠漫漫宿藁黄，新苗寸寸未禁霜。手中馬箠餘三尺，想見歸時如許長。」意皆相沿以生也。

【金谷樓危到地香】前輩稱宋莒公賦《落花》詩，其警句有「漢皋珮冷臨江失，金谷樓危到地香」之句。蓋本于唐張泌《惜花》詩：「看多記得傷心事，金谷樓前委地時。」其弟景文公同賦云：「將飛更作迴風舞，已落猶成半面妝。」亦本於李賀《殘絲曲》云：「落花起作迴風舞，榆莢相催不知數。」

【春在先生杖屨中】《西清詩話》記周邦彦祝壽詩：「化行禹貢山川外，人在周公禮樂中。」余以爲此乃模寫東坡《〔寄題〕刁景純藏春塢》詩「年抛造物甄陶外，春在先生杖屨中」是也。

【小雨斑斑】文忠公詩：「小雨斑斑作燕泥。」東坡詩：「小雨斑斑未作泥。」山谷詩：「潤花小雨斑斑。」

【一意兩用】樂天：「自從苦學空門法，銷盡平生種種心。唯有詩魔降未得，每逢風月一閒吟。」又云：「人各有一癖，我癖在章句。萬緣皆已銷，此病獨未去。」此意凡兩用也。太白：「舉杯邀明月，對影成三人。」又云：「獨酌勸孤影。」此意亦兩用也。然太白本取淵明「揮杯勸孤影」之句。

【蜀葵】劉禹錫《嘉話》載陳標《蜀葵》詩：「能共牡丹争幾許，得人憎處只緣多。」《雜俎》載：「貞元中，牡丹已多。」柳渾詩言：「近來無奈牡丹何，數十千錢買一窠。今朝始得分明見，也共戎葵較幾多。」二詩意相似。

【屋簷斜入一枝低】唐張謂詩：「櫻桃解結垂簷子，楊柳能低入户枝。」乃悟林和靖《梅》詩「屋簷斜入一枝低」之句所本。

【秋去暑無權】張文潛《明道雜志》記一詩云：「秋去暑無權。」以爲意新而韻工。予見邵堯夫云：「春陽得權故多旱，秋陰得權故多雨。」

【醉鄉閑處日月鳥語花間管弦】蔡絛《西清詩話》云：「黄魯直貶宜州，謂其兄元明曰：『庭堅筆老矣，始悟抉章摘句爲難。要當于古人不到處留意，乃能聲出衆上。』元明問其然，曰：『庭堅六言近詩，「醉鄉閑處日月，鳥語花間管弦」是也。』此優入詩家藩閫，宜其名世如此。」以上皆蔡語。余按，此説出于魯直，是否雖未敢必，然上句本于唐皇甫松「醉鄉日月」發之，下句本於唐崔湜應制詩：「庭際花飛錦繡合，枝間鳥囀管絃同。」

【草忘憂花含笑】《冷齋夜話》云：「丁晉公『草解忘憂憂底事，花能含笑笑何人』，不若東坡『花如識面長含笑，鳥不知名時自呼。』」然丁詩本取唐人徐振《雷塘》詩：「花憶所爲猶自笑，草知無道更應荒。」毛詩：「焉得諼草。」釋者以諼草可以解人之憂耳。今丁詩乃以草憂底事，何邪？然善論詩者，不當如此。

【回眸一笑百媚生】白樂天《長恨歌》云：「回眸一笑百媚生，六宫粉黛無顔色。」蓋用李太白應制《清平樂》詞云：「女伴莫話孤眠，六宫羅綺三千。一笑皆生百媚，宸遊教在誰邊。」

【身事未知何日了】近時稱陳去非詩：「案上簿書何日了，樓頭風月又秋來」之句。或者曰：「此東坡『官事無窮何日了，菊花有信不吾欺』耳。」予以爲本唐人羅鄴《僕射陂晚望》詩：「身事未知何日了，馬蹄唯覺到秋忙。」

【望斗氣沈龍已化置芻人去榻猶懸】豫章事實，王勃序之詳矣。題詠此邦者，往往採之。晏元獻云：「望斗氣沈龍已化，置芻人去榻猶懸。」陶邕州云：「劍待張華時已晚，榻延徐孺禮應疏。」此二聯全是「龍光射牛斗之墟，徐孺下陳蕃之榻」也。宋綬公垂云：「江涵帝子翬飛閣，山際真君鶴馭天。」不襲陳跡，甚可嘉也。

【處事無心覺累輕】東萊先生吕居仁詩云：「忍窮有味知詩進，處事無心覺累輕。」李成季已嘗云：「静疑多事非求福，老覺無心勝攝生。」二詩雖相似，然皆佳作也。

【春水碧於天】温庭筠樂府：「春水碧於天，畫船聽雨眠。」皮日休《松陵集》詩云：「漢水碧於天，南荆廓然秀。」豫章取以作《演雅》云：「江南野水碧於天，中有白鷗閒似我。」

【開簾風動竹】唐李益《竹窗聞風早發寄司空曙》詩云：「微風驚暮坐，窗牖思悠哉。開門復動竹，疑是故人來。時滴枝上露，稍霑階上苔。幸當一入幌，爲拂緑琴埃。」《異聞集·霍小玉傳》作「開簾風動竹」。改一「風」字，遂失詩意，然此句乃襲樂府《華山畿》詞耳。詞云：「夜相思，風吹窗簾動，言是所歡來。」《通典》云：「江南以情人爲歡。」

【山流細沫擁浮花】沈君攸《羽觴飛上苑》云：「石徑斷絲蘭蔓草，山流細沫擁浮花。」《外史檮杌》載張蠙詩：「牆頭細雨垂纖草，水面迴風聚落花。」蓋本於沈耳。

【日暮碧雲合佳人殊未來】江文通有擬湯惠休詩云：「日暮碧雲合，佳人殊未來。」蓋用魏文帝

《秋胡行》云：「朝與佳人期，日夕殊不來。」梁武帝《鼓角横吹曲》云：「日落登雍臺，佳人殊未來。」梁沈約《洛陽道》云：「佳人殊未來，薄暮空徙倚。」二人所用，又襲江也。江，齊人。

【啼猿樹】杜詩：「影著啼猿樹，魂飄結蜃樓。」蓋用盧照鄰《巫山高》云：「莫辨啼猿樹，徒看神女雲。」

【時送紅梅一陣香】李方叔喜吴可小詩：「東風可是閒來往，時送紅梅一陣香。」殊不知張芸叟《酴醿》詩亦云：「晚風亦自知人意，時去時來管送香。」

【谷口未斜日數峰生夕陰】蔡絛《西清詩話》取善權「谷口未斜日，數峰生夕陰」之句。然唐宋之問詩云：「日落西山陰，衆草起寒色。」權實取此。沈約《登玄暢樓》詩亦云：「雲生嶺乍黑，日下溪半陰。」宋景文公《過行慶關》詩云：「雲生全嶺失，日隱半崖陰。」宋全用沈詩也。梁庾肩吾詩云：「塵飛遠騎没，日徙半峰寒。」庾、沈同時人。

【日月跳躑】元微之《遣興》云：「日月東西跳。」又云：「光陰本跳躑。」又《答胡靈之詩序》云：「日月跳躑，于今行二十年矣。」幾與退之「日月如跳丸」大同小異也。杜牧之《寄韓》又云：「跳丸日月十經秋。」又《送孟池》云：「月于何處去，日于何處來？跳丸相趁走。」蓋用退之意。元微之《憶遠曲》云「水中書字無字痕」，白樂天《新昌新居》云「浮榮水畫字」，意又相類。

【海風吹不斷江月照還空】顧況喜白樂天《送友人原上草》詩：「野火燒不盡，春風吹又生。」乃是李太白《瀑布》詩：「海風吹不斷，江月照還空。」

【滿地江湖春入望連天章貢水争流】徐師川有《陪李泰發登洪川南樓》詩云：「十年不復上南樓，直爲干戈作遠游。滿地江湖春入望，連天章貢水争流。青雲聊爾居金馬，紫氣還應射斗牛。公是主人身是客，舉觴登望得無愁。」唐劉長卿有《和樊使君登潤州城樓》詩云：「山城迢遞敞高樓，露冕吹鐃居上頭。春草連天隨北望，夕陽浮水共東流。江田漠漠全吴地，野樹蒼蒼故楚州。王粲尚爲南郡客，别來何處更銷憂。」徐之詩絶類長卿，其間一聯，如出一手也。然宋仲安有《放船下湖口》詩云：「此地側身徒北望，余生乘興復東流。」乃是全用劉詩也。

【衰顔紅易借髮短白難遮】程文簡公有《飲酒戴花》詩云：「衰顔紅易借，髮短白難遮。」乃知陳無己「髮短愁催白，顔衰酒借紅」，蓋本諸此。

【此心安處便是吾鄉】東坡作《定風波序》云：「王定國歌兒曰柔奴，姓宇文氏。定國南遷歸，余問柔：『廣南風土，應是不好？』柔對曰：『此心安處，便是吾鄉。』因用其語綴詞云：『試問嶺南應不好，却道此心安處是吾鄉。』」余以此語本出於白樂天，東坡偶忘之耳。白《吾土》詩云：「身心安處爲吾土，豈限長安與洛陽。」又《出城留别》詩云：「我生本無鄉，心安是歸處。」又《重題》詩云：「心泰身寧是歸處，故鄉獨可在長安。」又《種桃杏》詩云：「無論海角與天涯，大抵心安即是家。」

【天際識歸舟】梁王僧孺《中川長望》詩云：「岸際樹難辨，雲中鳥易識。」蓋全用謝玄暉「天際識歸舟，雲中辨江樹」而不及也。梁元帝詩云：「遠村雲裏出，遥船天際歸。」亦效玄暉，而遠勝僧孺。

【庭草無人隨意緑】唐劉餗《隋唐嘉話》載：「隋煬帝爲《燕歌行》，群臣皆以爲莫及。王胄獨不下帝，因此被害。而帝誦其句云『庭草無人隨意緑』，能復道耶？」然予讀周庾信《蕩子賦》曰：「遊塵滿牀不用拂，細草横階隨意生。」乃知王胄「庭草無人隨意緑」，蓋取諸此。以之喪命，豈不枉哉！

【玉斧修成寶月團】荆公詩：「玉斧修成寶月團，月邊仍有女乘鸞。青冥風露非人世，鬢亂釵横特地寒。」江淹《詠扇》詩：「畫作秦王女，乘鸞向煙霧。」非止用蕭史事也。玉斧事見《酉陽雜俎》。

【緑楊樓外出秋千】晁无咎評樂章：「歐陽永叔《浣溪沙》云：『堤上遊人逐畫船，拍堤春水四垂天，緑楊樓外出秋千。』要皆絶妙，然只一出字，自是後人道不到處。」余按，唐王摩詰《寒食城東即事》詩云：「蹴鞠屢過飛鳥上，秋千競出垂楊裏。」歐陽公用出字，蓋本此。

【雪裏梅將春信來】前輩詩話稱李成季詩「日邊雁帶臘寒去，雪裏梅將春信來」，以爲美。然唐人曹松《除夜》已嘗云：「半夜臘因風捲去，五更春被角吹來。」

【龍燭影中猶是臘鳳簫聲裏已吹春】《西清詩話》謂：「蔡元長《春帖子》：『龍燭影中猶是臘，鳳簫聲裏已吹春。』薦紳類能傳誦，以爲蔣穎叔作，非也。」予以爲此一聯全是方干《除夜》詩：「寒燈短焰方燒臘，畫角殘聲已報春。」

【春風朝夕起吹緑日日深】孟東野《連州吟》云：「春風朝夕起，吹緑日日深。」乃悟荆公「春風日日吹香草，山北山南路欲無」所自。

【明月空爲兩地愁】《雲齋廣録》云：「二宋以文章齊名天下。子京守蜀日，有詩云：『碧雲謾有三年信，明月空爲兩地愁。』其後卒不入兩地，人以爲讖。」予以子京用何遜《與胡興安夜别》詩：「念此一筵笑，分爲兩地愁。」《廣録》之論，不知所自也。

【馬嵬詩】《唐闕史》稱鄭相畋吟《馬嵬》詩云：「明皇迴馬楊妃死，雲雨雖亡日月新。終是聖朝天子事，景陽宫井又何人。」觀者以爲真輔國之句。予以爲畋蓋取杜詩「不聞夏商衰，中自誅褒妲」之意。

【細數落花因坐久緩尋芳草得歸遲】前輩讀詩與作詩既多，則遺辭措意，皆相緣以起，有不自知其然者。荆公晚年《閒居》詩云：「細數落花因坐久，緩尋芳草得歸遲。」蓋本於王摩詰「興闌啼鳥唤，坐久落花多」，而其辭意益工也。徐師川自謂：「荆公暮年金陵絶句之妙傳天下。其前兩句，與渠所作云：『細落李花那可數，偶行芳草步因遲。』偶似之邪？竊取之邪？善作詩者，不可不辨。」予嘗以爲王因於唐人，而徐又因於荆公，無可疑者。但荆公之詩，熟味之，可以見其閒適優游之意。至於師川，則反是矣。

【背秋轉覺山形瘦新雨還添水面肥】《雪浪齋日記》云：「背秋轉覺山形瘦，新雨還添水面肥。」《漁隱叢話》云：「山形瘦之語，古今少有道者。」予嘗記唐人一聯而忘其名云：「山自古來和石瘦，水因秋後漾沙清。」前詩蓋出於此而不及也。

【蒨桃贈歌者詩】《翰府名談》載：「寇萊公妾蒨桃《贈歌者》詩云：『一曲清歌一束綾，美人猶似意嫌輕。不知織女寒窗下，幾度拋梭織得成。』」予嘗記南唐李詢《贈織錦》詩云：「扎扎機聲曉復晡，眼穿力盡意何如。美人一曲成千賜，心裏猶嫌花樣疏。」蒨桃詩意本此而不及也。

【山蟬帶響穿疏户】前輩稱蘇子美詩「山蟬帶響穿疏户，野蔓延青入破窗」，蓋出于唐方干詩：「鶴盤遠勢投孤嶼，蟬曳殘聲過别枝。」

【紅生白熟生碧熟紅】《侯鯖録》云：「東坡謂世之對偶，如紅生、白熟，手文、脚色二對，無復加也。」然予嘗記唐羅虬詩云：「窗前遠岫懸生碧，簾外殘霞掛熟紅。」然則羅虬已用生碧對熟紅矣。

【更無一箇是男兒】前蜀王衍降後唐，王承旨作詩云：「蜀朝昏主出降時，銜璧牽羊倒繫旗。二十萬人齊拱手，更無一箇是男兒。」其後花蕊夫人記孟昶之亡，作詩云：「君王城上豎降旗，妾在深宫那得知。二十萬人齊解甲，寧無一箇是男兒。」陳無己詩話載之，乃知沿襲前作。

【沿襲不失爲佳】詩人有沿襲而不失爲佳者，張曙《途中聞蟬》前四句云：「每歲聽蟬處，那將此際同。孤村寒色裏，野店夕陽中。」李中正《聞子規》前四句云：「何處正當聞，聲聲欲斷魂。暖風芳草岸，殘日落花村。」蔣鈞《孤雁》後四句云：「葦岸風吹雨，沙汀月照霜。還同我兄弟，零落不成行。」案，此下疑有闕文。

【薏苡芎藭】張右史耒《晝卧口占》云：「病栽薏苡無勞謗，溼要芎藭不待庾。」東坡亦云：「巧語屢曾傷薏苡，庾辭那復托芎藭。」

【夢魂香】黄季岑言一士人詩云：「啼月杜鵑喉舌冷，宿花蝴蝶夢魂香。」蓋自唐趙嘏發之，趙云：「松島鶴歸書信絶，橘洲風起夢魂香。」

時人。

【二詩相類】唐崔惠童《晏城東莊》詩云：「一月人生笑幾回，相逢相值且銜杯。眼看春色如流水，今日花紅昨日開。」杜子美詩：「不須聞此意慘愴，生前相遇且銜杯。」二詩相類，第不知崔爲何時人。

【褒公鄂公】杜子美《贈曹將軍霸》詩：「淩煙功臣少顔色，將軍下筆開生面。良相頭上進賢冠，猛將腰間大羽箭。褒公鄂公毛髮動，英姿颯爽來酣戰。」鄂公謂尉遲敬德，褒公謂段志元也。故東坡《贈寫真何充》詩：「黄冠野服山家容，意欲置我山巖中。勳名將相今何限，往寫褒公與鄂公。」鮑慎由《謝傳神蔡景直》詩：「馳譽丹青有古風，筆端及我未宜蒙。雲臺麟閣遥相望，往寫褒公與鄂公。」用東坡語，尤爲無功。

【三詩皆用清渾字】東坡《送魯元翰》詩：「皎皎千丈清，不如尺水渾。」陳後山次韻東坡詩：「信有千丈清，不如一尺渾。」參寥詩：「乍爲含垢千尋濁，不作驚人一掬清。」

【詠荷花】胡仔《苕溪詩話》，以詞句欲全篇皆好極爲難得，如賀方回「淡黄楊柳帶棲鴉」，秦處度「藕葉清香勝花氣」二句，寫景詠物，可謂造微入妙。然予見劉忠肅莘老已言之矣。《湖上口號》云：「緑荷深不見湖光，萬柄清風動晚涼。莫恨紅葩猶未爛，葉香元自勝花香。」

【服藥不如獨卧】世所傳道書，雜載神仙秘訣，有云「服藥千朝，不如獨寢一宵」，此最有理。予近讀顧況《琴客》詩云：「服藥不如獨自眠，從他別嫁一少年。」乃知古有此語。然《太平廣記·彭祖傳》云：「服藥百種，不如獨卧。」又知道書本此。

【繫日】白樂天：「既無長繩繫白日，又無大藥駐朱顔。」蓋本陳沈炯《幽庭賦》：「那得長繩繫白日，年年月月俱如春。」然江總《歲暮還宅》詩亦云：「長繩豈繫日，濁酒傾一杯。」

【杜甫取李陵詩】杜詩：「思家步月清宵立，憶弟看雲白日眠。」又云：「别時孤雲今不飛，時復看雲淚横臆。」蓋取李陵《别蘇武》詩云：「仰視浮雲馳，奄忽互相逾。」「長當從此别，且復立斯須。」

【知爾不能舉】韓子蒼《送王棁》詩末章云：「虚作西清老從臣，知爾才華不能舉。」王摩詰《送邱爲》云：「知爾不能薦，羞稱獻納臣。」

【董穎襲陳知默詩】洪景盧《夷堅乙志》記董穎詩：「雲壑醲成千嶂雨，風蘋吹老一川秋。」上句蓋襲陳知默詩耳。陳云：「雲埋山麓藏秋雨，葉脱林梢帶晚風。」

【東坡本李端詩】東坡詩：「白水滿時雙鷺下，午陰清處一蟬鳴。」唐李端《茂陵山行陪韋金部》詩云：「盤雲雙鶴下，隔水一蟬鳴。」東坡本此。

【韓子蒼詩出陸龜蒙】韓子蒼作絶句：「天寒候雁作行遠，沙晚浴鳧相對眠。松醪朝醉復暮醉，江月上弦仍下弦。」陸龜蒙《别墅懷歸》云：「題詩朝憶復暮憶，見月上弦還下弦。」韓所出也。

【得茶三昧】錢唐南屏謙師，妙於茶事，東坡贈之詩云：「道人曉出南屏山，來試點茶三昧手。」劉貢父亦贈詩云：「瀉湯舊得茶三昧，覓句還窺詩一斑。」

【詹光茂妻寄遠詩】蔡寬夫記天聖中孫冕載詹光茂妻《寄遠》詩云：「錦江江上探春回，消盡寒冰落盡梅。争得兒夫似春色，一年一度一歸來。」乃知「惟有舊時王謝燕，一年一度到君家」所本。

【葛敏修用陳況詩】葛敏修《南華竹軒絶句》:「獨拳一手支頤卧,偷眼看雲生未生。」蓋用五代時陳況詩:「醒眼看諸峰,白雲開又集。」然唐吴融亦有「深感下峰顔色好,晚雲纔散又當門」之句。

【語有神助】吕氏《詩事録》云:「郭祥正有句云,『明月人隨渡流水』,王介甫愛之曰:『此言如有神助。』」余記范文正公詩云:「多情是明月,相逐過江來。」乃知郭本此。

【皮日休白蓮詩】東坡嘗喜皮日休《白蓮》詩:「無情有恨何人見,月曉風清欲墜時。」謂決非紅蓮詩。然李賀《新筍》云:「無情有恨何人見,露壓煙啼千萬枝。」乃知皮取此。

【陸農師取杜子美詩】王荆公父子俱侍經筵,陸農師以詩賀云:「潤色聖猷雙孔子,調燮元化兩周公。」議者爲太過。然不知取杜子美《送薛明府》詩:「侍臣雙宋玉,戰策兩穰苴。」

【陳去非黄巢詩意同】陳去非《衡嶽道中》詩:「客子山行不覺風,龍吟虎嘯滿山松。」綸巾一幅無人識,勝業門前聽午鐘。」按,唐黄巢既敗,爲僧,投張全義,舍於南禪寺。有寫真絹本,巢題詩其上云:「猶憶當年草上飛,鐵衣脱盡掛僧衣。天津橋上無人識,獨倚欄干看落暉。」去非詩意同。

【澄江一道】東萊先生吕居仁愛豫章少年時作《泰和縣樓》詩:「木葉千山天遠大,澄江一道月分明。」然白樂天亦有《江樓夕望》詩云:「燈火萬家城四畔,星河一道水中央」之句。

【洗天風雨】藝祖聞蜀人詩云:「煩暑鬱蒸無處避,洗天風雨幾時來?」曰:「此蜀人思我之來也。」此乃蜀人朱長文詩。然唐許昌節度使薛能《漢南春望》詩,已有「自古浮雲蔽白日,洗天風雨幾時來」之句。

【巴字山水】宋之問《送田道士使蜀投龍》詩云：「蜀門風勢斷，巴字水形連。」又唐人詩云：「杜宇呼名切，巴江學字流。」然則巴州因水得名矣。予按，杜佑《通典》：「硤州巴山縣，古扞關，楚肅王拒蜀處。今縣北有山，曲折似巴字，因以爲名。」此又以山似巴字，何耶？然《三巴記》：「閬水東南流，曲折三回如巴字。」唐人有《巴字江賦》云：「初驚蠹蝕，龍舟鱗次於波中；乍若螢從，漁火星分於渡口。」乃知山形似巴者非。（卷九《地理》。下同）

【孟諸】高適《封邱行》云：「我本漁樵孟諸野。」又《平臺》云：「孟諸薄暮涼風起。」又曰：「朝臨孟諸野。」按，《春秋左氏傳》：「僖公二十八年，楚子玉夢河神謂己曰：『畀余，余賜汝孟諸之麋。』」杜預云：「孟諸，宋藪澤。水草之交曰麋。」予按，《釋地》云：「十藪：宋有孟諸。」郭璞曰：「今在梁國睢陽縣東北。」《周禮·職方氏》：「正東曰青州，其澤藪曰望諸。」《禹貢》：「豫州，導菏澤，被孟豬。」孔安國曰：「孟豬，澤名，在菏東北，水流溢覆被之。」宋則今梁國也，睢陽是已。故鄭氏注亦云：「望諸，在睢陽。」麋、湄通用。

【石城】（上略）《唐書·樂志》曰：「《石城樂》者，宋臧質所作也。石城在竟陵，質嘗爲竟陵郡，於城上眺矚，見群少年歌謡通暢，因作此曲。」《古今樂録》曰：「《石城樂》，舊舞十六人。其曲一云：『生長石城下，開窗對城樓。城中諸少年，出入見依投。』」蓋竟陵之石城，其名甚著。又《通典》云：「《莫愁樂》者，出於《石城樂》。石城女子名莫愁，善歌謡，且石城中有忘愁聲，故歌云：『莫愁在何處？莫愁石城西。艇子打兩槳，催送莫愁來。』」

【鏡湖】會稽鑑湖，今避廟諱，本謂鏡湖耳。《輿地志》曰：「山陰南湖，縈帶郊郭。白水翠岩，互相映發，若鏡若圖。故王逸少云：『山陰路上行，如在鏡中遊。』名始羲之耳。」李太白《登半月臺》詩亦云：「水色渌且静，令人思鏡湖。終當過江去，愛此暫踟躕。」則知湖以如鏡得名，無可疑者。而梁任昉《述異記》以爲：「鏡湖，世傳軒轅氏鑄鏡湖邊，因得名。今有軒轅磨鏡石尚存。石畔常潔，不生蔓草。」恐不然也。或陸贄《月照鑑湖賦》曰：「光無不臨，故麗天並耀；清可以鑒，因取鏡表名。」乃知湖以如鏡得名，審矣。太白又有《送友人尋越中山水》詩：「湖清霜鏡曉，濤白雪山來。」

【蜀石牛】《禹貢》：「華陽黑水惟梁州。岷、嶓既藝，沱、潛既道，蔡、蒙旅平，和夷底績。」則蜀道與中國通久矣。《蜀主本紀》載：「秦惠王謀伐蜀，刻五石牛，置金其後，紿蜀人云『能糞金』。蜀主信之，發卒千人，使五丁力士開道，致牛於成都。秦因遣張儀等隨石牛以入，遂奪蜀焉。」此事尤近誣。蜀人吴師孟醇翁，《題金牛驛》詩以辨之云：「唱奇騰怪可删修，争奈常情信繆悠。禹貢已書開蜀道，秦人安得糞金牛？萬重山勢隨坤順，一勺天波到海流。自哂據經違世俗，庶幾同志未相尤。」醇翁以通議大夫致仕，享年九十。

【三曲江】曲江有三。枚乘《七發》云「觀濤乎廣陵之曲江」，今蘇州也。廣東有曲江，今韶州也。司馬相如《弔二世賦》云：「臨曲江隑州」，即長安也。按，唐劉餗《傳記》云：「京師芙蓉園，本名曲江園。隋文帝以名不正，改之。」故杜子美詩云：「曲江翠幕排銀牓。」又云：「春日潛行曲江曲。」《七發》所謂曲江有「弭節伍子之山」，今胥山，在蘇州。

【澧水】酈道元《水經》曰：「澧水，逕安南縣，又東與赤沙湖會。湖水北通江，南注澧水也。」故杜子美《岳麓山道林二寺行》云：「寺門南開洞庭野，殿脚插入赤沙湖。」

【橘洲】《輿地志》曰：「潭州橘洲，在郡南，對南津。常看如在下。及至夏水，懷山渚洲皆没，橘洲獨在。」故杜子美《岳麓山道林二寺行》云：「橘洲田土仍膏腴。」然橘洲有二處，其一在龍陽。子美之詩所本，乃長沙之橘洲，距州十里。

【羊城】高適《送柴司户之嶺外》詩云：「海對羊城闊，山連象郡高。」按，《南部新書》云：「吴修爲廣州刺史，未至州，有五仙人騎五色羊，負五穀而來。今州廳梁上畫五仙人，騎五色羊爲瑞，故廣南謂之五羊城。」又《廣州記》云：「六國時，廣州屬楚。高固爲楚相，五羊銜穀至其庭，以爲瑞，因以五羊名其地。」又鄭熊撰《番禺雜記》云：「廣州昔有五仙，騎羊而至，遂名五羊。」《新書》與熊所記同，惟《廣州記》爲異，當有辨其非是者。

【赤縣】《史記》：「鄒衍著書曰：『中國於天下，八十一分居其一分耳。中國名赤縣神州，赤縣神州内，自有九州，禹之叙九州是也。不得爲州數。中國外，如赤縣神州者有九，乃所謂九州者也。』」《晉書·載記》贊曰：「自兩京殄覆，九土分崩，赤縣成蛇豕之區，紫宸遷蛙黽之穴。」唐有赤尉，謂畿縣尉也。杜子美《奉先劉少府山水障歌》云：「聞君掃却赤縣圖，乘興遣畫滄州趣。」《投簡成華兩縣諸子》詩云：「赤縣官曹擁材傑。」橋陵詩：「居然赤縣立，臺榭争岩亭。」

【洞庭橘】世以韋蘇州詩：「書後欲題三百顆，洞庭猶待滿林霜。」以韋嘗守蘇，遂謂太湖洞庭山產柑橘。并以唐吴融序賦，及王維《送人赴越州》詩「風樵若邪路，霜橘洞庭秋」；蘇子美《姑蘇》詩「洞庭甘熟客分金」爲據，而以洞庭湖爲非。其實不然。蓋洞庭見於吴、楚，皆產柑橘，第湖山爲異耳。觀《襄陽記》，李叔平臨終，敕其子曰：「龍陽洲裏，有千頭木奴。及柑橘成，歲得絹數千匹。」審此，則龍陽洲正在洞庭矣。又況晉張華詩云：「橘在湘水側，菲陋人莫傳。」劉瑾《甘賦》云：「寄生於南楚。」謝惠連《甘賦》云：「傾予節兮湖之區。」徐陵《甘詩》云：「江潭問修竹。」由古以來，洞庭湖之有橘舊矣，故柳毅叩橘而書始傳。至若洞庭山之有橘，不讀唐吴融序賦，未必其名顯也。

【赤甲】杜子美卜居於赤甲，故有《赤甲》詩「卜居赤甲遷居新」；又《入宅》詩云「奔峭背赤甲」；又《黄草》詩云「赤甲山下行人稀」；又《自瀼西移居東屯茅居》詩云：「白鹽危嶠北，赤甲古城東。」按，《荆州圖記》云：「魚復縣西北赤甲城，東連白帝城，西臨大江。」然則赤甲蓋屬魚復縣也。

【烏石岡柘岡鹽步門】烏石岡，距臨川三十里，荆公外家吴氏居其間。故《與外氏飲》詩云：「不知烏石岡邊路，到老相逢得幾回。」又《遊草堂寺》詩云：「烏石岡邊繚繞山，紫荆細逕水雲間。」又《雜詠》云：「烏石岡頭躑躅紅，江邊柳色漲春風。」吴氏所居，又有柘岡。柘岡故多辛夷，荆公詩云：「柘岡西路花如雪，回首春風最可憐。」又《寄正之》詩云：「試問春風何處好？辛夷如雪柘岡西。」又《贈黄吉父》詩云：「柘岡西路白雲深，想子東歸得重尋。亦見舊時紅躑躅，爲言春至每傷心。」又《送吴彦玠》詩云：「柘岡定有辛夷發，亦見東風使我知。」鹽步門，乃撫州郡城之水門，卸鹽之地。公舊居在焉，今爲祠堂。公有詩云：「曲城邱墓心空折，鹽步庭幃眼欲穿。」皆紀實也。故烏石岡、柘岡、鹽步門，其名至今猶存。韓子蒼《寄居臨川送鄉人陳亨仲》詩云：「兒童共戲苦鹽岸，老大相逢烏石岡。」

【陳橋】陳橋距舊城二十里，即古之板橋。太祖北征，次陳橋，軍士推戴，即其地也。白居易《板橋路》詩曰：「梁苑城西二十里，一渠長水柳千條。若爲此路應重過，十五年前舊板橋。曾共玉顔橋上别，不知消息到今朝。」李義山《板橋曉别》云：「迴望高城落曉河，長亭窗户壓微波。水仙欲上鯉魚去，一夜芙蓉紅淚多。」王荆公《陳橋》詩云：「走馬黄昏渡河水，夜争歸路春風裏。指點韋城太白高，投鞭日午陳橋市。楊柳初回陌上塵，胭脂洗出杏花匀。紛紛塞路堪追惜，失却新年一半春。」

【西塞】張志和歌曰：「西塞山前白鷺飛，桃花流水鱖魚肥。」按，《武昌記》曰：「西陵縣，對黄公九磯，謂之西塞。」

【五松山】李太白詩：「要須回舞袖，拂盡五松山。」按，五松山在今池州銅陵縣，山有寶雲寺，舊曰五松院。南唐江延義有記。

【閤皁山】《玉堂閒話》云：「南中有閤皁山，山形如閤，山色如皁，故號閤皁山。乃葛仙翁得道之所，七十二福地。」予按，陶弼詩云：「葛仞天然闉閤形，陰陰不似衆山青。」洪駒父詩云：「爰有福地直斗牛，厥名閤皁形色收。」蓋以《閒話》所謂形色而言也。今屬臨江軍，爲福地之一。

【天姥山】會稽剡縣，自晉、宋以來，人始稱傳。故沃州天姥，號稱山水奇絶處。自吴僧帛道猷來自西天竺，賦詩云：「連峰數十里，脩竹帶平津。茅茨隱不見，雞鳴知有人。」其後，支道林之徒，相繼而居，凡十八僧。而名流如戴逵、王羲之者，又十八人。大槩白樂天記之爲詳。蓋《道經》云：「兩火一刀可以逃。」以其名山之多，可以避世。故晉、宋之世，隱逸之爲多，亦爲陽明洞天也。

【蓬萊何似水晶宫】東坡謂：「驪山温湯，以妃子之故，後世恥言之。余以是知物之輕重顯晦，必以其人也。」李太白以青陽九子山爲九華山，以武昌南湖爲郎官湖。元微之在越州賦詩云：「我是玉皇香案吏，謫居猶得小蓬萊。」其後，州治有閣，名蓬萊。楊漢公守湖州，賦詩云：「溪上玉樓樓上月，清光合作水晶宫。」其後，遂以湖州爲水晶宫。古今皆因之。由是言之，豈不以人哉。范文正守越，滕元發守湖，滕寄詩云：「江山千里接仁風，都在東南秀氣中。爲問玉皇香案吏，蓬萊何似水晶宫？」

【梁園】《詩事録》云：「近世武人，如節度使柴宗慶作詩云：『曾觀大海難爲水，除去梁園總是村。』梁園，戰國時魏惠王徙治大梁，即其地，今京師之東城是也。」余以爲非是。汴州與宋州接境，漢梁孝王有兔園、平臺、雁鶩池在焉，故梁園之稱以此。

【兩蘭溪縣】蘭溪在唐，爲兩縣名。一屬蘄州，沛水改爲蘭溪。一屬婺州。杜牧之詩「蘭溪春盡水泱泱」，蓋蘄州之蘭溪也。杜守黄州作此詩，黄承蘭溪下流故耳。

【周子醇樂府拾遺出塞詩】周子醇作《樂府拾遺》，謂孔子删詩，有全篇删去者，有删去兩句者，有删去一句者。如《傳》所謂「客去歌株離」，則删去全篇者也。「月離于畢，俾滂沱矣；月離于箕，風揚沙矣。」則删去兩句者也。「巧笑倩兮，美目盼兮，素以爲絢兮。」則删去一句者也。子醇之論如此。嘗爲《出塞》詩云：「雉堞高臨榆柳長，漢家舊壘遥相望。狼山弄碧圍平野，易水流寒入大荒。千里封疆連草木，百年民物自農桑。傳聞漠北尚鋒鏑，吾與狸胡沙塞傍。」（卷十《議論》。下同）

【詩非富貴語】《歸田録》謂：「晏元獻曰：『「老覺腰金重，慵便枕玉涼」，未是富貴語。不如「笙歌歸院落，燈火下樓臺」，此善言富貴者也。』」然此乃樂天詩。樂天又有一詩類此，云：「歸來未放笙歌散，畫戟門前蠟燭紅。」陳無己皆所不取，以爲非富貴語，看人富貴者也。

【荆公以北山移文爲不然】王荆公《草堂》詩，蓋以《北山移文》爲不然。「叢條瞋膽，疊穎怒魄。或飛柯以折輪，乍抵枝而掃迹。請回俗士駕，爲君謝逋客。」故卒章云：「疊穎何勞怒，東風汝自摇。」

【俠客行寓意不同】李太白《俠客行》云：「事了拂衣去，深藏身與名。」元微之《俠客行》云：「俠客不怕死，怕死事不成，事成不肯藏姓名。」二公寓意不同。

【惠連宋武詩】謝惠連《七夕》詩：「落日隱簷楹，升月照簾櫳。團團滿葉露，淅淅振條風。」蕭氏取以入《選》。然予觀宋孝武云：「白日傾晚照，弦月升初光。泫泫葉滿露，蕭蕭庭風揚。」意雖類之，而雄渾頓挫，過惠連遠矣。至惠連「昔離秋已兩，今聚夕無雙」，亦不可掩也。

【樂天二詩相反】白樂天《思竹窗》詩：「不憶西窗松，不憶南宫菊。惟憶新昌堂，蕭蕭北窗竹。」又《題沈子明壁》云：「不愛君池東十叢菊，不愛君池南萬竿竹。愛君簾下唱歌人，色似芙蓉聲似玉。」二詩相反如此。

【淵明二詩相反張季鷹詩與淵明類】陶淵明詩云：「雖留身後名，生前亦枯槁。死者何所知，稱心固爲好。」又作《擬古詩》云：「生有高世名，既没傳無窮。」二意相反如此。季鷹云：「與我身後名，不如生前一杯酒。」與陶前詩相類。

【陳公輔黄魯直詩】《王直方詩話》記陳公輔《題湖陰先生壁》云：「身似舊時王謝燕，一年一度到君家。」荆公見而笑曰：「戲君爲尋常百姓耳。」古詩云：「舊時王謝堂前燕，飛入尋常百姓家。」然以予觀之，山谷有詩《荅直方送並蒂牡丹》云：「不如王謝堂前燕，曾見新妝並倚欄。」若以荆公之言爲然，則直方未免爲山谷之戲，政苦不自覺爾。

【崔李詩語同意異】崔信明有「楓落吴江冷」之句，李太白亦有「楓落吴江雪，紛紛入酒杯」，語同而意異。

【杜子美鮑照李頎白鷗波浪句】東坡以杜詩「白鷗波浩蕩」，波乃没字，謂出没于浩蕩間耳。然予觀鮑照詩有「翻浪揚白鷗」，唐李頎詩有「滄浪雙白鷗」。二公言白鷗而繼以波浪，此又何耶？

【支遁臂鷹走馬】《世説》載支遁道林常養馬數匹，或言道人畜馬不韻。支云：「貧道重其神駿。」《高僧傳》載支遁常養一鷹，人問之何以？答曰：「賞其神駿。」然世但稱其賞馬，不稱其賞鷹。惟東坡有《謝雲師無著遺支遁鷹馬圖》詩，所謂：「莫學王郎與支遁，臂鷹走馬憐神駿。還君畫圖君自收，不如木人騎土牛。」

【荆公山谷詩意同事同】荆公《詠淮陰侯》：「將軍北面師降虜，此事人間久寂寥。」山谷亦云：「功成千金募降虜，東面置座師廣武。誰云晚計太疏略，此事已足垂千古。」二詩意同。荆公《送望之出守臨江》云：「黄雀有頭顱，長行萬里餘。」山谷《黄雀》詩：「牛大垂天且割烹，細微黄雀莫貪生。頭顱雖復行萬里，猶和鹽梅傅説羹。」二詩使袁譚事亦同。

【陳無己王荆公孫莘老論韓文嗜好不同】陳無己記秦少游云：「《元和聖德詩》于韓文爲下，與《淮西碑》如出兩手，蓋其少作也。」然荆公于《淮西碑》不以爲是，其《和董伯懿詠晉公淮西碑佐題名》詩云：「退之道此尤儁偉，當鏤玉版東燔柴。欲編詩書播後嗣，筆墨雖巧終類俳。」而孫莘老又謂《淮西碑》：「序如《書》，銘如《詩》。」何耶？信知前輩嗜好不同如此。

【荆公不以退之爲是】荆公不以退之爲是，故其詩云：「力去陳言誇末俗，可憐無補費精神。」《送吕使君潮州》詩云：「不必移鰐魚，詭怪以疑民。有若大顛者，高材能動人。亦勿與爲禮，聽之汩彝倫。」故其答文忠公詩云：「他日倘能窺孟子，終身何敢望韓公。」

【文貴自然】文之所以貴對偶者，爲出于自然，非假于牽强也。《潘子真詩話》記王禹玉元豐間以錢二萬、酒十壺餉吕夢得。夢得作啓謝之，有所謂「白水真人，青州從事」，禹玉嘆賞之爲切題。後毛達可有《謝人惠酒啓》云：「食窮三歲，曾無白水之真人；出餞百壺，安得青州之從事。」此用夢得語，尤爲無功。非特出于剽竊，又且白水真人爲虚設也。至若東坡《得章質夫書遺酒六瓶書至而酒亡因作詩寄之》云：「豈意青州六從事，化爲烏有一先生。」二句渾然一意，無斧鑿痕，更覺其工。

【蓄家妓示客而致禍】蓄家妓以爲歡，主人之本意也，然古今反以取禍者有之。晉石崇有妓緑珠，孫秀使人求之不得，遂勸趙王倫誅崇。五代安重誨嘗過任圜，圜爲出妓，善歌而有色。重誨欲之，而圜不與。由是二人相惡，重誨誣以反，而殺之。二人皆以家妓示客而致禍。唐人李清《詠石季倫》詩云：「金谷繁華石季倫，只能謀富不謀身。當時縱與緑珠去，猶有無窮歌舞人。」若李清之言，則宜若季倫、任圜之失。及觀《外史檮杌》記潘沆事，則又不然。沆事僞蜀王建爲内樞密使，有美妾曰解愁，善爲新聲，及工小詩。建至沆第，見而欲取之，而沆不肯。弟謂沆曰：「緑珠之禍，可不戒哉。」沆曰：「人生貴于適意，豈能愛死而自不足于心耶。」人皆服其守。以予觀之，沆之不死，蓋幸耳，何足以有守服之哉。

【江西宗派】蘄州人夏均父，名倪，能詩，與吕居仁相善。既没六年，當紹興癸丑二月一日，其子見居仁嶺南，出均父所爲詩，屬居仁序之。《序》言其本末尤詳。已而居仁自嶺外寄居臨川，乃紹興癸丑之夏。因取近世以詩知名者二十五人，謂皆本於山谷，圖爲《江西宗派》，均父其一也。然則居仁作《宗派圖》時，均父没已六年矣。予近覽贛州所刊《百家詩選》，其序均父詩，因及宗派之次第。且云：「夏均父自言，以在下列爲恥。」殊不知均父没已六年，不及見圖。斯言之妄，蓋可知矣。

【東坡以魏鄭公學縱横之術】東坡作諫論，以魏鄭公以蘇張之辯，而爲諫諍之術。且云：「鄭公其初實學縱橫之術，其所以與蘇張異者，心正也。」世或以東坡之論爲不然。予讀鄭公《出關》詩云：「中原還逐鹿，投筆事戎軒。縱横計不就，慷慨志猶存。杖策謁天子，驅馬出關門。請纓羈南越，憑軾下東蕃。鬱鬱陟高岫，出没望平原。古木鳴寒鳥，空山啼夜猿。既傷千里目，還驚九折魂。豈不憚艱險，深懷國士恩。季布無二諾，侯嬴重一言。人生感意氣，功名誰復論。」東坡實不見此詩，蓋識見之明，有以探其然耳。乃知讀書不博，未可以輕議前輩也。予後讀《舊唐書·魏公傳》云：「見天下漸亂，尤屬意縱横之説。」乃知魏公少學縱横無疑。

【聖俞諸公以郭功甫爲李太白後身】章衡子平《答郭功甫書》，其略云：「鄭公毅夫，吾叔表民，及梅聖俞，皆以功甫爲李謫仙之後身。吾不知謫仙之如夫子之少時，其標格淵敏，已能如此老成否？」子平所以答功甫之貺，不得不爾。然聖俞諸公以功甫爲李白後身，求諸詩文，信不誣矣。蓋聖俞有《贈功甫》云：「采石月下聞謫仙，夜披錦袍坐釣船。」然東坡、山谷，不以爲然。故《題功甫醉吟菴》云：「不用騎鯨學李白，東入滄海觀桑田。」蓋有所激耳。而《王直方詩話》亦載東坡謂郭祥正只知有韻底是詩。而張芸叟《詩評》亦云：「如大排筵席，二十四味，終日揖遜。求其適口者，少矣。」

【張文潛寄意】張文潛言：「昔以黨人之故，坐是廢放。每作詩，嘗寄意焉。」有云：「最憐楊柳身無力，付與春風自在吹。」又云：「梧桐直不甘衰謝，數葉迎風尚有聲。」

【詩文當得文人印可】韓子蒼言：「作詩文當得文人印可，乃不自疑。所以前輩汲汲於求知也。」又云：「詩文要縱，縱則奇。然未易到也。」

【韓退之杜子美詩用韻】孔經父《雜説》謂：「退之詩好押韻累句以云工，而不知疊用韻之病也。《雙鳥》詩兩頭字、兩秋字，孟郊詩兩魚字，《李花》詩兩花字，《示爽》詩兩千字。」殊不知古之作者，初不問此。杜子美《八仙歌》兩船字、兩天字、兩眠字、三前字，狄明府詩兩詆字，此豈可以常法待之哉！

【歌行吟謠】《西清詩話》謂：「蔡元長嘗謂之曰：『汝知歌、行、吟、謠之别乎？近人昧此，作歌而爲行，製謠而爲曲者多矣。且雖有名章秀句，苦不得體。如人眉目娟好，而顛倒位置，可乎？』余退讀少陵諸作，默有所契，惟心語口，未嘗爲人道也。」予按，《宋書・樂志》曰：「詩之流乃有八名，曰行、曰引、曰歌、曰謠、曰吟、曰詠、曰怨、曰嘆，皆詩人六義之餘也。」然則歌行吟謠，其别豈自子美邪。

【杜子美杜鵑詩用樂府江南古辭格】鮑彪《詩譜論》引東坡先生謂：「王誼伯以杜子美《杜鵑》詩前四句，蓋是題下注爲誤。而謂四句指嚴武、杜克遜等。而彪以爲鄭公去年已卒，及崔寧此時正亂西川，不應近捨崔寧而遠談鄭公，又不應有刺史，豈實言有無杜鵑邪？」以上皆彪説。王觀國《學林新編》云：「子美《絶句》云：『前年渝州殺刺史，今年開州殺刺史。群盜相隨劇虎狼，食人更肯留妻子？』此詩正與杜鵑詩相類，乃是一格。」以上皆王觀國説。予嘗以爲王氏甚得之，但不曾援引古人爲證。且樂府有江南古辭云：「江南可採蓮，蓮葉何田田。魚戲蓮葉間，魚戲蓮葉東，魚戲蓮葉西，魚戲蓮葉南，魚戲蓮葉北。」

【解風馬牛】洪龜父詩：「鴻雁書遠空，馬牛風寒草。」予于下句全不解。按，左氏：「君處北海，寡人處南海，惟是風馬牛不相及也。」按，服虔云：「風，放也。牝牡相誘謂之風。」《尚書》稱「馬牛其風」。左氏所謂「風馬牛」，以馬牛風逸，牝牡相誘。孔穎達云：「蓋是末界之微事。言此事不相及，故以取喻不相干也。」而洪用于此，何哉？

【尚書孔臧以多爲少毛詩太史公以少爲多】（上略）《左氏傳》載季札聘魯，請觀周樂。使工爲之歌《周南》、《召南》，又爲之歌《邶》、《鄘》、《衛》，又爲之歌《王》，又爲之歌《鄭》，又爲之歌《齊》，又爲之歌《豳》，又爲之歌《秦》，又爲之歌《魏》，又爲之歌《唐》，又爲之歌《陳》，又自《檜》以下無譏焉，又爲之歌《小雅》，又爲之歌《大雅》，又爲之歌《頌》。然則樂工所歌《詩》風十五國，其名與《詩》同，惟次第稍異耳。由是知孔子以前，篇目已具。其所删削，蓋又不多。又傳記所引逸詩甚少，知元不多故也。太史公《史記·孔子世家》乃云：「古者詩三千餘篇，孔子去其重，取三百五篇。」蓋太史公之失，以少而爲多也。

【鄭谷胡少伋荆公張説詩】鄭谷《送春》詩云：「三月正當三十日，風光别我苦吟身。共君一夜不須寐，未到曉鐘猶是春。」胡少伋詩云：「含酸梅子漸生仁，鶯老花飛迹已陳。一夜南風摇斗柄，明朝煙柳不關春。」信知才力之不侔也。然胡意亦本荆公詩：「欲知人世春多少，先驗東方北斗杓。」荆公詩又本于張説《守歲》詩：「愁心隨斗柄，東北望回春。」

【一則仲父二則仲父】王立之《詩話》云：「或云：『一則仲父，二則仲父』，可對『千不如人，萬不如人』。」予以爲「一則仲父，二則仲父」，可對「千馮道，萬馮道」。蘇子由《和東坡定惠院月夜詩》有云：「婁公見唾行已乾，馮老尚多誰定罵。」自注云：「千馮道，萬馮道，此語乃舊傳也。」然五代有「一則任圜，二則任圜」之語，此亦可對也。

【詩因助語足句】盧延遜有詩云：「不同文賦易，爲有者之乎。」予以爲不然。嘗見張右史記衢州人王介，字仲甫，以制舉登第，作詩多用助語足句。有《送人應舉》詩落句云：「上林春色好，携手去來兮。」又《贈人落第》詩云：「命也豈終否，時乎不暫留。勉哉藏素業，以待歲之周。」云此格古所未有。予以是知延遜之詩未盡。

【林子中論坡詩失爲臣體】東坡《贈傳真妙善大師惟真》詩，先言「平生慣寫龍鳳質」，後言「爾來傳寫亦及我」。林子中謂失爲臣體。予以爲論詩豈當爾耶。

【梅聖俞孫綽哀詩】江鄰幾《雜志》云：「梅聖俞至寧陵，寄詩云：『獨護慈母喪，淚與河水流。河水終有竭，淚泉常在眸。』彦猷、持國譏作詩早，俞應之以《蓼莪》及傅咸《贈王何二侍中》詩。」以上皆江説。余謂不獨此，晉孫綽作《表哀》詩，其序云：「自丁荼毒，載離寒暑，不勝哀號，作詩一首，敢冒諒闇之譏，以申罔極之痛。」故洪玉父以魯直丁母憂絶不作詩。夫魯直不作者，以非思親之詩也；孫綽作者，以思親之詩也。由是知聖俞作詩之早，庸何傷乎？其曰「敢冒諒闇之譏」，則雖人臣，亦可以諒闇也。

【詩有奪胎換骨詩有三偷】洪覺範《冷齋夜話》曰：「山谷云：『詩意無窮，而人之才有限。以有限之才，追無窮之意，雖少陵、淵明，不得工也。然不易其意而造其語，謂之换骨法；規模其意形容之，謂之奪胎法。』」予嘗以覺範不學，故每爲妄語。且山谷作詩，所謂「一洗萬古凡馬空」，豈肯教人以蹈襲爲事乎？唐僧皎然嘗謂：「詩有三偷：偷語最是鈍賊，如傅長虞『日月光太清』，陳後主『日月光天德』是也；偷意事雖可罔，情不可原，如柳渾『太液微波起，長楊高樹秋』，沈佺期『小池殘暑退，高樹早涼歸』是也；偷勢才巧意精，略無痕迹，蓋詩人偷狐白裘手，如嵇康『目送歸鴻，手揮五絃』，王昌齡『手携雙鯉魚，目送千里雁』是也。」夫皎然尚知此病，孰謂學如山谷，而反以不易其意與規模其意，而遂犯鈍賊不可原之情耶？

【辨唐彦謙蘇子瞻詩用三尺字】葉少藴《石林詩話》云：「楊大年、劉子儀皆喜唐彦謙詩，以其用事精巧，對偶親切。黄魯直詩體雖不類，然不以楊、劉爲過。如彦謙《題高廟》云：『耳聞明主提三尺，眼見愚民盗一抔。』每稱賞不已，多示學詩著以爲模式。三尺、一抔，雖是著題，然語皆歇後。一抔事無兩出，或可略土字。如三尺，則三尺律、三尺喙皆可，豈獨劍乎？『耳聞明主』，『眼見愚民』，尤不成語。予數見交游道魯直語，意不可解。蘇子瞻有『買牛但自捐三尺，射鼠何勞挽六鈞』，亦同此病。六鈞可去弓字，三尺不可去劍字，此理甚易知也。」以上皆石林語。予按，《高祖紀》云：「上謾罵之曰：『吾以布衣，提三尺取天下。』」又《韓安國傳》云：「高帝曰：『提三尺取天下者，朕也。』」顔師古注曰：「三尺，劍也。」而流俗書本或云「提三尺劍」，劍字後人所加耳。然則《石林詩話》乃有歇後之説，何邪？

【題寢宫詩】「農桑不擾歲常登，邊將無功吏不能。四十二年如夢覺，春風吹淚過昭陵。」韓子蒼云：「此詩題于寢宫，不著名氏，宜表而出之。」（卷十一《記詩》。下同）

【閒燕堂聯句】王仲至與秦少游謁恭敏李公，飯于閒燕堂，即席聯句云：「黄葉山頭初帶雪，緑波尊酒暫回春。欽臣。已聞璧月瓊枝句，更看朝雲暮雨人。觀。老愧紅妝翻曲妙，喜逢嘉客放懷新。欽臣。天明又出桃源去，仙境何時再問津。觀。」

【青州從事】皮日休《謝人送酒》詩：「門巷蕭條空紫苔，先生應渴解酲杯。醉中不得親相問，故遣青州從事來。」晉桓温有主簿，善别酒味。以好者爲青州從事，謂青州有齊郡，言到臍也。韓子蒼《謝信州連鵬舉送酒》詩云：「上饒籍甚文章伯，曾共紫薇花下杯。鈴閣晝閒思老病，故教從事送春來。」韻意皆同，當有辨其優劣者。

【程夫子范使君】韓持國閒居潁昌，程伯淳自洛往訪之，時范右丞夷叟純禮亦居潁昌。持國嘗戲作詩示二公云：「閉門讀《易》程夫子，清坐焚香范使君。顧我未能忘世事，緑尊紅妓對斜曛。」

【海棠洲】王仲至使遼，回謁恭敏李公，席中賦詩云：「穹廬三月已淹留，白草黄雲見即愁。滿袖塵埃何處洗，李家池上海棠洲。」

【江公著由微雨詩知名】江公著初任洛陽尉，久旱微雨，作詩云：「雲葉紛紛雨脚勻，亂花柔草長精神。雷車却碾前山過，不灑原頭陌上塵。」司馬文正公于士人家見之，借紙筆修刺謁江。且爲稱薦，由此知名。

【花落去燕歸來】晏元獻公赴杭州，道過維揚，憩大明寺，瞑目徐行。使侍史誦壁間詩板，戒其勿言爵里姓名，終篇者無幾。又使别誦一詩云：「水調隋宫曲，當年亦九成。哀音已亡國，廢沼尚留名。儀鳳終陳迹，鳴蛙只沸羹。凄涼不可問，落日下蕪城。」徐問之，江都尉王琪詩也。召至同飯，又同步游池上。時春晚已有落花，晏云：「每得句書牆壁間，或彌年未嘗强對。且如『無可奈何花落去』，至今未能也。」王應聲曰：「似曾相識燕歸來。」自此辟置，又薦館職，遂躋侍從矣。

【偷眼看雲生未生】山谷南還，至南華竹軒，令侍史誦詩板，亦戒勿言爵里姓名。久之，誦一絶云：「不用山僧供張迎，世間無此竹風清。獨拳一手支頤卧，偷眼看雲生未生。」稱嘆不已，徐視姓名，曰：「果吾學子葛敏修也。」

【文正公屬意小鬟妓】范文正公守番陽郡，創慶朔堂。而妓籍中有小鬟妓，尚幼，公頗屬意。既去，而以詩寄魏介曰：「慶朔堂前花自栽，便移官去未曾開。年年長有别離恨，已托東風幹當來。」介因鬻以惠公。今州治有石刻。

【致心平易始知詩】吕與叔嘗作詩云：「文如元凱徒成癖，賦似相如只類俳。惟有孔門無一事，止傳顔子得心齋。」楊中立云：「知此詩，則可以讀三百篇矣。」横渠《讀詩》，詩云：「致心平易始知詩。」

【吴元中十歲賦詩】吴丞相元中十歲時，游寺賦詩云：「古木霜根重，殘僧雪頂深。棟梁元剥花判。」

落，香火半消沉。」在真州時，《贈吴正仲》詩云：「先生古人風，文字祖西漢。不令萬錢食，亦合五

【矮道士老參軍】信州鉛山縣治之北三里間石井資福院，有泉湧于山壁之下，澄澈如鑑。本朝詩人潘閬，移太平州散參軍，過而留絶句云：「炎炎畏日樹將焚，却恨都無一點雲。强跨蹇驢來到得，皆疑渴殺老參軍。」蘇黄門過而跋之云：「東坡先生稱眉山矮道士好爲詩，詩格亦不能高，往往有奇語。如『夜過修竹寺，醉打老僧門』之句，皆可喜者也。」予舊讀《湘山野録》，喜閬所作《西湖曲》。及游江南，見題石井絶句，頗有前輩氣味，不在石曼卿、蘇子美下。若老參軍、矮道士，自是一對。將恐漫滅失傳，不知法真師能刻之石否？

【萬松亭】萬松亭在關山。始，麻城縣令張毅植萬松於道，用以庇行者，且以名其亭。去未十年，而松之存者，十不及三四。東坡元豐二年謫居黄州，過而賦詩云：「十年栽種百年規，好德無人助我儀。縣令若同倉庚氏，亭松應長子孫枝。天公不赦斧斤厄，野火解憐冰雪姿。爲問幾株能合抱，殷懃記取角弓詩。」崇寧以還，坡文既禁，故詩碑不復見。而過往題詠者，多不勝紀。番陽倪左司濤傷之以詩云：「舊韻無儀字，蒼髯有恨聲。」此之謂也。

【杜子美集無遺憂】余家有唐顧陶大中丙子歲所編《唐詩類選》，載杜子美《遺憂》一詩云：「亂離知又甚，消息苦難真。受諫無今日，臨危憶故臣。紛紛乘白馬，攘攘著黄巾。隋氏營宫室，焚燒何太頻？」世所傳杜集，皆無此詩。

【晏元獻所得是知人】晏元獻喜薦士，其得人最多。范蜀公作公挽詞云：「生平欲報國，所得是知人。」

【河陽見兩龔】呂居仁記龔殿院彦和清介自立，少有重名。元祐間，簽判瀛州。與弟大壯同行，尤特立不群。曾文肅子宣帥瀛，欲見不可得。一日，徑過彦和，邀其弟出，不可辭也。遂出相見，即爲置酒，從容終日乃去。曾題詩壁間，其末句云：「自慚太守非何武，得向河陽見兩龔。」近世貴人，如曾子宣之能下士，亦難得也。

【天門豈可掉臂入】呂獻可記丁晉公詩有：「天門九重開，終當掉臂入。」王元之讀曰：「入公門，鞠躬如也。天門豈可掉臂入乎？此人必不忠。」

【放出一頭地】東坡初登第，以詩謝梅聖俞。聖俞以示文忠公，公答梅書略云：「不意後生能達斯理也。吾老矣，當放此子出一頭地。」故東坡《送晁美叔》詩云：「醉翁遺我從子遊，翁如退之踐軻丘。向欲放子出一頭，酒醒夢斷十四秋。」蓋叙書語也。陳無己《贈魏衍》詩云：「名駒已自思千里，老子終當讓一頭。」

【程伯淳辨李太白詩】程伯淳謂：「李太白詩：『若教管仲身常在，宫内何妨更六人。』此語不然。管仲時，桓公之心特未蠱耳。若已蠱，雖管仲可奈何？未有心蠱尚能用管仲之理。」

【程正叔不欲爲閒言語】程正叔云：「王子真寄藥與頤，無以爲答。且素不作詩，亦非禁而不作，第不欲爲閒言語耳。如古人作詩，無如杜甫云：『穿花蛺蝶深深見，點水蜻蜓款款飛。』如此閒言語，道出則甚，頤所以不作詩。今《寄子真》詩云：『至誠通化藥通神，遠寄衰翁濟病身。我亦有丹君信否，用時還解壽斯民。』子真之學，須是獨善。雖至誠潔行，然大抵只是長生久視之術，止濟一身，故有是句。」正叔且云：「既學詩，須是用功，方合詩人之格。既用功，則于事有妨。古人詩云：『吟成五箇字，用破一生心。』可惜一生心用在五字上，此言甚當。」予謂正叔蓋有激而云。且《詩》云：「桑之未落，其葉沃若。」「桑之落矣，其黄而隕。」「昔我往矣，楊柳依依。今我來思，雨雪霏霏。」「蕭蕭馬鳴，悠悠旆旌」之類，皆未免乎寫物也。

【剖破藩籬即大家】横渠先生張載作《克己復禮》詩曰：「克己工夫未肯加，吝驕封閉縮如蝸。試于中夜深思省，剖破藩籬即大家。」

【花月句】白樂天有《答元微之》詩云：「垂老休吟花月句，恐君更結後身緣。」初未悟其説。元微之集《李著作園醉後寄李十》云：「朦朧春月照花枝，花下音聲是管兒。却笑西京李員外，五更騎馬趁朝時。」

【饒德操自號倚松道人】政和間，林靈素主張道教，建議以僧爲德士，使加冠巾，其意以釋氏爲出其下耳。臨川饒德操，時棄儒爲僧，作《德士頌》四首。其一云：「德士舊來稱進士，黄冠初不異儒冠。種種是名名是假，世人誰不被名謾。」德操自號倚松道人，意取閒禪師詩曰：「閒携經卷倚松立，笑問客從何處來。」故以名菴，又以自號。陳瑩中有詩寄之曰：「舊時饒措大，今日壁頭陀。爲問安心法，禪儒較幾何？」

【賢女浦】南康有賢女浦，蓋祥符間女子，姓劉氏，夫死，誓不再嫁，父兄强之，因自沈于江，浦因以取名。初號貞女，後避昭陵諱，改爲賢女。汪革信民嘗賦二絶句云：「賢女標名幾度秋，行人撫事至今愁。湘弦楚雨知何處，月冷風悲江自流。」「女子能留身後名，包羞忍恥漫公卿。可憐嗚咽灘頭水，渾似曹娥江上聲。」

【四客各有所長】子瞻、子由門下客最知名者，黄魯直、張文潛、晁無咎、秦少游，世謂之四學士。至若陳無己，文行雖高，以晚出東坡門，故不若四人之著。故陳無己作《佛指記》云：「余以辭義，名次四君，而貧于一代」，是也。晁無咎詩云：「黄子似淵明，城市亦復真。陳君有道舉，化行閭井淳。張侯公瑾流，英思春泉新。高才更難及，淮海一髯秦。」當時以東坡爲長公，子由爲少公。陳無己《答李端叔》云：「蘇公之門，有客四人。黄魯直、秦少游、晁無咎，則長公之客也；張文潛，則少公之客也。」又《次韻黄樓詩》云：「一代蘇長公，四海名未已。」又云：「少公作長句，班揚安可擬。」謂二蘇也。然四客各有所長，魯直長於詩辭，秦、晁長於議論。魯直《與秦少章書》曰：「庭堅心醉于《詩》與《楚辭》，似若有得。至于議論文字，今日乃當付之少游及晁、張、無己，足下可從此四君子一一問之。」其後張文潛《贈李德載》詩亦云：「長公波濤萬頃海，少公峭拔千尋麓。黄郎蕭蕭日下鶴，陳子峭峭霜中竹。秦文倩麗若桃李，晁論峥嶸走珠玉。」乃知人才各有所長，雖蘇門不能兼全也。

【卞和琴操】今善琴者，傳《卞和操》，有其聲而亡其辭。惟存一句可認云：「卞和三獻人不識。」

以余觀之,非當時操也。蔡邕記,卞和,楚野人,嘗居山耕種。因得玉璞,以獻于懷王。王以爲欺謾,刖其足。和作《操》曰:「悠悠沂水,經荆山兮。精氣鬱決,谷巖巖兮。中有神寶,灼灼明兮。穴山採玉,難爲功兮。」

【許旌陽作鐵柱鎮蛟】晋許真君爲旌陽令,時江西有蛟爲害,旌陽與其徒吴猛仗劍殺之。遂作大鐵柱,以鎮壓其處。今豫章有鐵柱觀,而柱猶存也。臨川謝逸嘗賦詩云:「豫章城南老子宫,階前一柱立積鐵。云是旌陽役萬鬼,夜半舁來老蛟穴。插定三江不沸騰,切莫撼摇坤軸裂。蒼苔包裹鱗皴皮,我欲摩挲肘屢掣。旌陽挈家上天去,只留千夫應門户。西山高處風露寒,玆事恍惚從誰語。安得猛士若朱亥,袖往横山打狂虜。」

【臨川王右軍墨池】臨川郡學,在州治之東,城隅之上。其門庭之間有池,深而不廣,而旱暵不竭,世傳以爲王右軍之墨池。每當貢士之歲,或見墨汁點滴如潑,出于水面,則次春郡人必有登第者。荆公《送和甫奉使江南》詩云:「爲我聊尋逸少池。」曾子固嘗爲之記。郡人謝逸嘗賦詩云:「張芝學書池水黑,章草如芝古無敵。右軍睥睨難抗行,恨不臨池作書癖。云何汝水之上崔嵬峰,到今方池有遺墨。此事不特古老傳,往往故事書簡册。南豐先生欣得之,手揮巨筆飛霹靂。云是逸少徜徉山水間,筆墨淋漓此其迹。嗚呼勝事妙入神,千年尺水清粼粼。有時水面浮墨過,紛紛郁郁非烟雲。我書攲傾不成字,秋雁斜行落窗紙。印泥沙法安可傳,獨撫餘蹤玩清泚。但當一日書一箱,筆蹤或在子欽行。他年若榜淩雲殿,定不懸橙白頭如仲將。」

【四辰四亥生】韓子華以辰年辰月辰日辰時生，亦異事也。陸農師爲作挽章云：「非關庚子曾占鵩，自是辰年併值龍。」曾子宣亦以亥年亥月亥日亥時生，章子厚每以「四亥公子」呼之。

【桐木韓家】韓子華兄弟，皆爲宰相。門有梧桐，京師人以「桐木韓家」呼之，以别魏公也。子華下世，陸農師作爲挽章云：「棠棣行中排宰相，梧桐名上識韓家。」皆紀其實也。子華，其家呼爲三相公，持國爲五相公。

【王左丞罰僧仲殊作】「瑞麟香暖玉芙蓉，畫蠟凝輝到曉紅。數點漏移衙仗北，一番雨滴甲樓東。夢遊黄闕鸞巢外，身卧彤幃虎帳中。報道譙門日初上，起來簷幙杏花風。」此僧仲殊詩也。王左丞安中守平江日，會客，仲殊亦與焉。繼以疲倦先起，熟寐于黄堂中，不知客散。及覺，日已曈曨矣。左丞罰作此詩，始放去。瑞麟香者，安中家所造香也。

【國香】國香，荆渚田氏侍兒名也。山谷自南溪召爲吏部員外郎，留荆州，乞守當塗，待報。所居與此女子爲鄰，山谷偶見之，以謂幽閒姝美，目所未覩。後其家以嫁下俚貧民，因賦《水仙花》詩寓意云：「淤泥解出白蓮藕，糞壤能開黄玉花。可惜國香天不管，隨緣流落小民家。」俾高子勉和之。後數年，山谷卒於嶺表，當時賓客雲散。此女既生二子矣，會荆南歲荒，其夫鬻之田氏家。田氏一日邀子勉，置酒出之。掩袂困瘁，無復故態。坐間話當時事，相與感嘆。子勉請田氏名曰國香，以成太史之志。政和三年春，子勉客京師。會王性之問山谷詩中本意，因道其詳。且爲賦詩云：「南溪太史還朝晚，息駕江陵頗從款。綵毫曾詠水仙花，可惜國香天不管。將花爲意爲羅敷，十七未有十五餘。宋玉門牆紆貴從，藍橋庭户怪貧居。十年目色遥成處，公更不來天上去。已嫁鄰姬窈窕姿，空傳墨客慇懃句。聞道離鸞别鶴悲，藁砧無賴鬢蛾眉。桃花結子風吹後，巫峽行雲夢足時。田郎好事知渠久，酹贈明珠同石友。憔悴猶疑洛浦妃，風流固可章臺柳。寶髻犀梳金鳳翹，樽前初識董嬌嬈。來遲杜牧應須恨，愁殺蘇州也合銷。却把水仙花説似，猛省西家黄學士。乃能知妾妾當時，悔不書空作黄字。王子初來話此詳，索詩裁與漫凄涼。只今驅豆無方法，徒使田郎號國香。」性之亦次韻云：「百花零落悲春晚，不復園林門可款。待花結實春始歸，到頭只有東風管。楚宫女子春華敷，爲雨爲雲皆有餘。親逢一顧傾國色，不解迎入專城居。目成未到投梭處，後會難憑人已去。可憐天壤擅詩聲，不如崔護桃花句。坐令永抱埋玉悲，游子那知京兆眉。難堪别鶴分飛後，猶是驚人初見時。新歡蜜愛應長久，暫向華筵賞賓友。舞盡春風力不禁，困裊腰肢一渦柳。座上何人贈翠翹，蜀州風調尤情嬈。歡濃酒暈上玉頰，香暖紅酥疑欲銷。佳人薄命古相似，先後乃逢天下士。但惜盈盈一水時，當年不寄相思字。宜州遺恨君能詳，瘴雲萬里空悲涼。無限風流等閒别，幾人鑒賞得真香。」

【周昉畫美人琴阮圖】高子勉記龍眠李亮工家藏周昉畫《美人琴阮圖》，兼有宫禁富貴氣象，旁有竹馬小兒，欲折檻前柳者。亮工官長沙，而黄魯直謫宜州，過見之，歡愛彌日。大書一詩于黄素上曰：「周昉富貴女，衣飾新舊兼。髻重髮根急，薄裝無意添。琴阮相與娱，聽弦不觀手。敷腴竹馬郎，跨馬要折柳。」此畫後歸禁中。鐵馬驚塵，流落何許，而詩亦不傳。獨子勉舊見之，位置猶可想像也。因追和其詩，又使善工圖之。詩云：「丹青有神藝，周郎獨能兼。圖畫絶世人，真態不可添。却憐如畫者，相與落誰手。想像猶可言，雨重春籠柳。」

【浪子和尚詩】洪覺範有《上元宿嶽麓寺》詩。蔡元度夫人王氏，荆公女也，讀至「十分春瘦緣何事，一掬鄉心未到家」，曰：「浪子和尚耳。」

【王平甫賦滕王閣詩】王平甫年十三，登滕王閣，賦詩云：「滕王平昔好追遊，高閣依然枕碧流。勝地幾經興廢事，夕陽偏照古今愁。城中樹密千家市，天際人歸一葉舟。極目烟波吟不盡，西山重疊亂雲浮。」時郡守張侯見而異之，爲啓宴張樂于其上。其後建中靖國元年，其女識之于石云。平甫元豐初，以交鄭俠，遂廢于家。作詩云：「三見齊王不一言，須知自古致君難。紛紛齊虜誇迂闊，口舌從來易得官。」

【太宗製弈棋三勢】太宗萬幾之暇，留心弈棋，自製三勢：一曰對面千里勢，二曰天鵝獨飛勢，三曰海底取明珠勢。一時近臣，例以棋圖頒賜。故王元之詩云：「太宗多材復多藝，萬幾餘暇翻棋勢。對面千里爲第一，獨飛天鵝爲第二。第三海底取明珠，三陣堂堂皆御製。中使宣來賜近臣，天機祕密通鬼神。」所以紀其事也。

【韋應物逸詩】「俗吏閒居少，同人會面難。偶隨香署客，來訪竹林歡。暮館花微落，春城雨暫寒。甕間聊共酌，莫使宦情闌。」韋應物《陪王郎中尋孔徵君》詩也。「獨有宦遊人，偏驚物候新。雲霞出海曙，梅柳渡江春。淑氣催黄鳥，晴光轉緑蘋。忽聞歌古調，歸思欲沾巾。」韋應物《和晉陵陸丞早春游望》詩也。二篇皆佳作，而韋集逸去。余家有顧陶所編《唐詩》有之，故附見于此。

【韓子蒼黃葉句】李彭商老有《建除體贈韓子蒼》云：「滿朝以詩鳴，何獨遺大雅。平生黃葉句，摸索便知價。」蓋是時子蒼自館職斥宰分寧縣時也。子蒼有館中詩，最爲世所推，故商老有「黃葉」之句云。子蒼全篇云：「朔風吹雪晝多陰，日暮擁階黃葉深。倦鵲遶枝翻凍影，羈鴻摩月墮孤音。推愁不去如相覓，與老無期苦見侵。游宦衣冠少時事，病來無復一分心。」

【張吉父作怡軒以安其父】番陽張吉父介，方娠時，父去客東西川不還。張君自爲兒時，已愴然有感。其言語食息，未嘗不在蜀也。與尚書彭公器資同學，作詩云：「應是子規啼不到，致令我父未歸家。」聞者皆憐之。既長，走蜀，父初無還意。乃歸省母，復至涪閬，往返者三。其父遂以熙寧十年三月至自蜀，鄉人迎謁嘆息，或爲感泣。一時名士，咸賦詩以紀其事。器資詩略云：「河可以竭山可徙，我翁不歸行不已。三往三復翁歸止。翁行尚壯今老矣，兒昔未生今壯齒」云云。郭公功甫詩：「父昔離家子方孕，子得其父今壯年。胡弗歸兮死敢請，慰我慈母心懸懸。三往三返又十載，孝子執鞭方言還」云。張君自其父歸，又作軒以安之，而名之曰怡軒，器資爲之記云。

【東坡和李邦直祈雨詩】東坡熙寧十年知徐州，李邦直因沂山龍祠祈雨有應，作詩寄東坡，東坡和之。末云：「半年不雨坐龍慵，但怨天公不怨龍。今來一雨何足道，龍神社鬼各無功。無功日盜太倉粟，嗟我與龍同此責。勸農使者不汝容，因君作詩先自劾。」李邦直來謁東坡，因戲笑言：「承見示詩，只是勸農使者不管恁地事。」元豐二年，東坡下御史臺獄，嘗供此詩云：「本因龍神慵惰不行雨，却使人心怨天公。以譏諷大臣不任職，不能燮理陰陽，却使人心怨天子。以天公比天子，以神龍社鬼比執政大臣及百執事也。」邦直嘗答蘇子由詩：「匕飯盤蔬强少留，相逢何物可消憂？緣君未得酒中趣，與我漫爲方外遊。草亂不容移馬迹，山雄全欲逼城樓。濟時異日須公等，莫狎翩翩海上鷗。」東坡和云：「五斗塵勞尚足留，閉門却欲治幽憂。羞爲毛遂囊中穎，未許朱雲地下遊。無事會須成好飲，思歸時欲賦登樓。羨君幕府如僧舍，日向城西看浴鷗。」此詩集所不載，故見于此。

【崔湜年不可及】《新唐書・崔湜傳》：「湜執政時，年三十八。嘗暮出端門，緩轡賦詩。張説見之嘆曰：『文與位固可致，其年不可及也。』」予按，《翰林盛事》云：「唐崔湜弱冠進士登科，不十年，掌貢舉，遷兵部。父揖，亦嘗爲禮部。至是，父子累日同省爲侍郎。後登宰輔，年始三十六。崔之初執政也，方二十七，容止端雅，文辭清麗。嘗出端門，下天津，馬上自吟曰：『春還上林苑，花滿洛陽城。』張説時爲工部侍郎，望之杳然而嘆曰：『此句可效，此位可得，其年不可及也。』」今《湜傳》不載此詩，是矣。第以執政時年三十八，則失之，蓋湜之賦詩時，是始爲執政，年方二十七耳，故張説嘆慕之。今《湜傳》乃以其後執政時，年三十六，爲説所嘆慕，其失甚明。以三十六而後爲執政，何足羨慕哉！

【卜築兼無市井囂】王荆公有唐律一首，《寄池州夏太初》，今集不載。其叙云：「不到太初郎中兄所居，遂已十年，以詩奉寄。」詩云：「一水衣巾翦翠綃，九峰環佩刻青瑶。平生故有山川氣，卜築兼無市井囂。三葉素風門閥在，十年陳迹履綦銷。歸來早晚重携手，莫負幽人久見招。」

【妓賦詩送武補闕】李昉建隆四年以王師平湖外，除給事中，往南嶽伸祭拜之禮，途次長沙。時通判賈郎中言，自京師與岳州通判武補闕同途至襄陽，遇一妓，本良家子，失身于風塵，才色俱妙。二公迫行，醉别于鳳林闕。妓以詩送武云：「弄珠灘上欲銷魂，獨把離懷寄酒樽。無限烟花不留意，忍教芳草怨王孫。」武得詩，屬意甚切，有復回之意。時太守吕侍講，嘗嘆恨不識之，因請李賦一詩以寄云：「峴山亭畔紅妝女，小筆香牋善賦詩。顔色共推傾國貌，篇章皆是斷腸辭。便牽魂夢從今日，得見嬋娟在幾時？千里關河萬重意，夜深無睡暗尋思。」

【王元甫有詩名】「動地隋兵至，君王尚晏安。須知天下窄，不及井中寬。樓外鋒交白，溪邊血染丹。無情是殘月，依舊照闌干。」廬山王元甫，紹聖間敕賜高尚處士，所作《景陽井》詩也。東坡嘗跋云：「余聞江南王元甫、郭功甫皆有詩名。余南歸過九江，因道士胡洞微求謁之。元甫云：『吾不見士大夫五十年矣。』竟不可見。後予過秣陵，有以元甫《景陽井》詩示予，乃知其得名不虚也。」

【劉原父惑官妓得病】「涼風響高樹，清露墜明河。誰謂夏夜短，已覺秋意多。豔膚麗華燭，皓齒揚清歌。臨觴不作意，奈此粲者何？」翰林侍讀學士劉敞原父在永興軍所作詩也。葉少藴《避暑録記》嘗載之，且云：「恨原父此病未除也。」予後讀國史原父本傳載：「原父在永興，惑官妓，得驚瞀病。」乃知前詩故不徒作也。

【詠題畫李白真】陳無己《題畫李白真》詩末云：「勿言身後不要名，尚得吴侯費百金。江西勝士與長吟，後來不憂身陸沈。」蓋謂建中靖國間，饒節德操首詠吴少卿家所藏周昉畫李白也。德操，江西撫州人。無己詩法甚嚴，于許可尤慎。德操詩云：「先生之氣蓋天下，當時流輩退百舍。醉中咳唾落珠琲，身後聲名滿華夏。青山木拱三百年，今辰乃拜先生畫。烏紗之巾白紵袍，岸巾攘臂方出遨。神遊八極氣自穩，冰壺斗酒霜風高。嗚呼先生太絶倫，仙風道骨語甚真。蕭然可望不可親，懸知野鶴非雞群。天寶之初天子逸，先生醉去不肯屈。采石江頭明月出，鼓枻酣歌志願畢。只今遺像粉墨間，尚有英風爽毛骨。宣州長史粉墨工，誰令寫此人中龍。細看筆力有俯仰，妙處果在阿堵中。人云此畫世莫比，吴侯得之喜不寐。意侯所寶豈徒爾，亦惜真才死泥滓。先生朽骨如可起，誰爲獵之奉天子。作爲文章文聖世，千秋萬古誦盛美。再拜先生淚如洗，振衣濯足吾往矣。」

【江子我賦玉延行】陳留江子我端友嘗賦《玉延行》云：「觀文學士留都守，中常侍門如役走。玉延厥篚二十五，謹書名銜細看醜。推而上之何止此，牢耶石邪猶八九。嗟哉膏血出生靈，割剥乃餉無須口。仲華拜衮雖有年，宋璟李鄘曾愧否。欒全見事何其微，義勇固應如此厚。翰林未用汝脱靴，不知何爲勤洗手。」留守，謂鄧氏也。其父元豐嘗位兩府，裕陵謂趨向頗僻，賦性姦回。了翁云：「八字咸加于鄧某，萬幾獨運于元豐。」蓋王禹玉、蔡持正取充位而已。

【文章伯矍鑠翁】李覿，字子範，袁州人。元豐二年，以特奏名，推恩尉吉州太和縣。時豫章先生爲令，贈之詩曰：「乃兄自是文章伯，之子今爲矍鑠翁。」蓋覿乃李觀之弟也。覿字夢符，初試南宫，賦偶落韻。有司愛其策，爲取特旨，由是登第。以著作佐郎知臨江軍清江縣。時歐陽文忠公扶護太夫人喪歸廬陵，船過清江，太守請公爲文以祭之。太守以簡率爲訝，觀曰：「無深訝也。」既而文忠擊節稱之。其文曰：「昔孟軻亞聖，母之教也。今有子如軻，雖死何憾！尚饗。」觀初爲太學官，因上言役法不合，出通判處州。題詩一絶于直廳之壁曰：「十謁朱門九不開，利名淵藪且徘徊。自知不是公侯骨，夜夜江山入夢來。」後終于朝議大夫。

【僧海淵工針砭】僧海淵，蜀人也。工針砭。天禧中，入吴、楚。遊京師，寓相國寺。中書令張士遜疾，國醫拱手。淵一針而愈，由是知名。既老歸蜀，范景仁賦詩餞之曰：「舊鄉山水遶禪扃，日日山光與水聲。歸去定貪山水樂，不教魂夢到神京。」治平二年化去，張唐英貽以偈曰：「言生本不生，言滅本不滅。覺路自分明，勿與迷者説。」劉季孫銘其塔曰：「資身以醫，有聞于時。餘幣散之，拯人于危。士君子所難，吁嗟乎師。」

【楊少師李西臺書】洛中諸寺院有楊少師、李西臺書。少師名凝式，唐相收、梁相涉之後。仕後唐、晉、漢間。筆力遒放，當時罕及。華嚴院東壁題詩曰：「院似禪心静，花如覺性圓。自然知了義，争肯學神仙。」西臺，即建中。酷愛楊書，旁題云：「枯杉倒檜霜天老，松烟麝煤陰甫寒。我亦生來有書癖，一回入寺一回看。」觀音院有牡丹，相傳唐武后植者。西臺有詩，亦親書，云：「微動風枝生麗態，半開檀口露濃香。秦時避世宫娥老，舊日顔容舊日妝。」「花譜名將第一論，洛中最是此花繁。不當更道木芍藥，枝上恐傷妃子魂。」西臺書，洛人甚重之。

【李西臺詩】「龍門雙闕湧雲烟，雪未飛花雁下前。徹底清流照車馬，分臺御史過伊川。」李西臺詩也，題于菩提寺。菩提寺在龍門鎮。

【吏隱堂植竹詩】許安仁尉順昌郡，廳事之後，創吏隱堂。植竹，題詩云：「斸破中庭一畝苔，主人髮白手親栽。即今誰識清真節，須向三冬雪後來。」又云：「珍重勞君慰遠游，繁聲疏影一堂秋。主人看即官期滿，分付風烟與子猷。」

【夢中作明月樓句】廖尚書剛用中，嘗夢中作詩，其末句云：「家住五湖明月樓。」其後公薨，葬於沙縣二十五里交溪鳳山之下。其子遂建樓，以明月目之。張給事致遠賦詩云：「明月樓前可萬家，鳳山菴下日初斜。風流耆舊消沈盡，空睇寒江耿暮霞。」

【祥瑞讖應】黄冕仲未第時，嘗有魁天下之意。元豐四年，南劍州譙門一柱，忽爲迅雷所擊。冕仲聞之，口占絶句云：「風雷昨夜破枯株，借問天公有意無？莫是卧龍蹤迹困，放開頭角入亨衢？」次年，冕仲遂膺首薦。又次年，對策爲天下第一。饒之浮梁縣有讖語云：「青山圓，出狀元。」邑人程瑀尚書在上庠，累爲優等，而尚未登第。嘗寄詩與鄉人云：「試問青山圓也未，不應久負壯圖心。」明年，公試上舍，爲第一人。

【赤氣爲皇子之祥】熙寧二年十一月，京師每夕有赤氣，見西南隅，如火，至人定乃滅。人以爲皇子降生之祥，故王禹玉作《大宴樂辭》云：「未晚清風生殿閣，經旬赤氣照乾坤。」

【漢陽春日絶句】《漢陽郎官湖春日》四絶句，其一：「兩山收雨暗平沙，遮斷溪梅隔水花。留得烟林作圖畫，依稀松隥有人家。」其二：「空山玉蕊照瓊瑰，到處尋花共往回。欲識春風最奇處，試來同看雨中梅。」其三：「朦朧花影月黄昏，著意春風入酒痕。知是江梅喜佳客，倒垂花蕊照清樽。」其四：「十日春陰到水亭，水亭楊柳一時青。梅花過盡桃花惡，乞取山樊入浄瓶。」尚書郎李祁蕭遠謫漢陽酒税時所作也。

【除東坡書撰碑額】崇寧二年有旨，應天下碑碣牓額，係東坡書撰者，並一例除毁。蓋本于淮南西路提點刑獄霍英所請。時廬山簡寂觀牓亦遭毁去，李商老爲賦云：「筆底飇風吹海波，榜懸鬱鬱照巖阿。十年呵禁煩神護，奈爾焚柎滅札何？」

【御賜甘露詩】大觀三年四月壬子，尚書省甘露降。御筆以中臺布政之所，天意昭格，致此嘉祥。因成四韻，以記其實，賜執政而下，云：「政成天地不相違，瑞應中臺贊萬幾。夜浥垂珠濡緑葉，朝凝潤玉弄清輝。仙盆雲表秋難比，豐草霄零日未晞。本自君臣俱會合，更嘉報上美能歸。」

【仁宗賜送李良詩】李良定公幼以國戚侍仁宗研席，帝尤篤中外之愛。公帥鄆，帝以詩送行曰：「魯館名臣子，皇家外弟親。詩書謀帥舊，金竹剖符新。九郡提封遠，一圻甘澤均。純誠宜報國，撫士愛吾民。」識者以爲真王言。

【錢文僖賦竹詩唱踏莎行】錢文僖公留守西洛，嘗對竹思鶴，寄李和文公詩云：「瘦玉蕭蕭伊水頭，風宜清夜露宜秋。更教仙驥傍邊立，盡是人間第一流。」其風致如此。淮寧府城上莎，猶是公所植。公在鎮，每宴客，命廳籍分行剗襪，步于莎上，傳唱《踏莎行》。一時勝事，至今稱之。

【荆公題王欽臣詩于扇】熙寧中，王欽臣仲至自河北被召用。荆公薦對，神宗問所與游從。公奏宋敏求，帝默然，遣還任。公因留一詩，書長老院中云：「蜀地相如最好辭，武皇深恨不同時。淩雲奏罷還無事，寂寞文園興可知。」然荆公愛其詩，自題于所執扇。

【宋景文詩盡龍洞之景】三泉龍洞，以山爲門，深數十步，復見天日及山水之秀。蓋自然而成，非人力也。宋景文公賦詩云：「虬洞聳雲峰，緣虚一線通。雲披雙壁敞，樹補半巖空。概竹森烟纛，飛泉曳玉虹。垂蘿不肯晝，陰竅自然風。嶺斷天斜碧，崖傾日倒紅。浮邱邈難遇，留恨翠微中。」曲盡龍洞之景。利路漕爲刻石，仍以石本寄公。公答書云：「龍門拙句，斐然妄發。閣下仍刊翠琰，示方來，言詩之人，得不笑我哉？江左有文拙而好刊石者，謂之詅蚩符，非此謂乎？噓噓！」

【劉旦詩多稱傳】劉仲馮樞密之子旦，能詩，保康伯嘗薦之。旦後過公墓，賦詩：「膺門昔忝登龍客，董墓今悲下馬人。」時多稱傳。然東坡亦嘗云：「隻雞敢望喬公語，下馬來尋董相墳。」

【文與可鷺鷥詩】洪覺範嘗記文與可《鷺鷥》詩云：「頸細銀鉤淺曲，脚高碧玉深翹。沙上衆禽同立，有誰似汝風標？」然予又嘗見一首云：「避雨竹間點點，迎風柳下翩翩。静依寒蓼如畫，獨立晴沙可憐。」亦佳作也。

【詠茱萸】劉夔侍郎，九日登女郎臺，記杜子美詩「醉把茱萸子細看」，王摩詰詩「遍插茱萸少一人」，因作詩二首云：「華顛帽落從人笑，不插茱萸也是閑。」次云：「曾冠獬豸猶無勇，未信茱萸可辟邪。」程文簡公和答之云：「霜枝雕翠雁横秋，莫倚危樓動旅愁。菊有清香樽有酒，茱萸不插也風流。」又云：「秋風臺上起高歌，把酒看花意已多。屈軼不生神豸死，結茱爲佩欲如何？」

【詩不厭改】韓子蒼紹興初寄居臨川，周表卿時爲宜黄丞。歲滿，公以詩送之云：「往時東帶侍明光，曾看揮毫對御牀。只道驊騮已騰踏，不知雕鶚尚摧藏。官居四合峰巒緑，驛路千林橘柚黄。莫戀鄉關留不去，漢廷今重甲科郎。」其後改「峰巒緑」爲「峰巒雨」，「橘柚黄」爲「橘柚霜」，改「莫戀鄉關留不去」作「莫爲艱難歸故里」，益見其工。東坡嘗語參寥云：「如杜『新詩改罷自長吟』，乃知老杜用心甚苦。」予以是知詩不厭改。其末云：「漢廷今重甲科郎」，意韓自言也。其後讀後漢孔融《汝潁優劣論》曰：「汝南袁公著爲甲科郎，上書欲治梁冀。潁川士雖慕忠讜，未有能授命直言者也。」乃知韓詩不苟如此。

【南園柳色野塘春水】「南園柳色動，野塘春水生。屢遊煩將吏，獨此守山城。」韋蘇州《早春》詩也，今所在集本皆不載。

【竹尊者】崇勝寺後有竹千餘竿，獨一根秀出，人呼爲竹尊者。洪覺範爲賦詩云：「高節長身老不枯，平生風骨自清癯。愛君修竹爲尊者，却笑寒松作大夫。未見同參木上座，空餘聽法石於菟。戲將秋色供齋鉢，抹月批風得飽無？」韓子蒼云：「始黄太史見之喜，因手爲書之，以故名顯。」

【李清卿詩得于衣襟】「代馬南來久不歸，山河殘破一身微。功名誤我等雲過，歲月驚人還雪飛。每事恐貽千古笑，此身甘與衆人違。艱難重有君親念，血淚斑斑滿客衣。」李清卿所作也。清卿既死，因葬，得此詩于衣襟。

【孫妙仲詩啓】「林亭長夏愛濃陰，來引茶甌一散襟。忽去却來蜂箇箇，自啼還住鳥深深。」「山家一尺瀟湘石，掃盡雲腴齒頰清。驚破午窗箕潁夢，轉爲風外小松聲。」豐城孫妙仲兩絶句也。孫有《謝登第啓》云：「虎士開關，彷徨丹禁。龍章在御，髣髴天光。」

【孫妙仲作截臂行】妙仲名發，豐城人。崇寧初，尉于撫之崇仁。才一月，凶民陳平，爲族人陳遇執以爲盜。後二十日，而平之父宗應，老且瞽，平乃以誣陳遇之子洵直，以爲執己爲盜時，其父爲洵直以鐵挺擊傷其首。發與覆驗官吴某忘其名。按之，絶無迹狀。謂平雅與遇有釁，欲必誣遇之子以死。俟其屍胖脹潰爛，不可別白。後發與吴所驗時，又二十日。然後醉其弟詠之，使斷一手，以訴于州。州大驚，不復察其事情，惟以斷手爲決有冤，於是帖宜黄簿李涇再覆。涇，流外人，專以迎合爲事，遂指閲二十日胖脹潰爛之屍，爲有迹狀，以傅會之。既而獄具，發辯之不已，州稍悟。然業已不可盡變，乃變其情，得不殺。而發與吴，猶以輕罪罷官。蓋崇仁之民，前此有避刑名，塞逋負，而輒殘其支體者。平之姦謀既逞，而效之者益衆。始惟山谷無賴之民，至其後，市人舒琦、吏人吴昕輩，亦相繼而作。凡此非因州縣阻抑，或予奪不中，有激而後爲。祇欲取必于官司，以濟其姦耳。發因作《截臂行》，以告在位者，庶革其風。然江西之民，習俗至今猶爾也。今録于此云：「吾聞兩臂重于天下不可廢，知之不必子華子。愚民氣焚胸，一忿敢趨死。以死視四肢，截臂如去指。嗚呼，巴陵之民何以有此風？疾痛利害人所同。甘心一臂捐糞壤，終身廢卧閭閻中。前年截臂渠得理，今年截臂吾亦爾。村南截臂殺平人，村北炰烋還準擬。虺民虺民，用心若此非吾人。有冤自可次第訴，毒人何必殘其身！聞者苦驚喧，此弊吾能言。其初姑息吏，不與杜其源。嗟哉惡俗傷仁厚，明明有冤宜勿受。一姦不濟百姦消，共致和平裨在宥。」

【曹衍托意爲鷺鷥貧女絶句】曹衍，衡陽人。太平興國初，石熙載尚書出守長沙，以衍所著《野史》繳薦之，因得召對。袖詩三十章上進，首篇乃《鷺鷥》、《貧女》兩絶句，蓋托意也。《鷺鷥》云：「波瀾静處立身孤，氄雪攢霜腹轉虚。盡日灘頭延頸望，能銷大海幾多魚。」《貧女》云：「自恨無媒出嫁遲，老來方始遇佳期。滿頭白髮爲新婦，笑殺豪家年少兒。」太宗大喜，召試學士院，除東宫洗馬、監泌陽酒税。

【鼓子花開也喜歡】王元之謫齊安郡，民物荒涼，殊無況。營妓有不佳者，公作詩曰：「憶昔西都看牡丹，稍無顔色便心闌。而今寂寞山城裏，鼓子花開也喜歡。」然唐《抒情集》記朝士在外地觀野花追思京師舊遊詩云：「曾過街西看牡丹，牡丹未謝即心闌。如今變作村田眼，鼓子花開也喜歡。」蓋王刊定此詩耳。

【錢思公寄晏元獻牡丹絶句】元獻晏公爲丞相時，作新第于城南。時錢思公鎮西洛，晏求牡丹于思公。公以絶句并花寄晏云：「名花封殖在秋期，翠石丹萱幸可依。華館落成和氣動，便隨桃李共芳菲。」

【權常侍詩】「今朝有酒今朝醉，明日愁來明日愁。」予嘗以俚俗所作。偶閲《抒情集》，乃知權常侍審詩也。上兩句：「得則高歌失則休，何須多恨太悠悠。」權又有《題山院》云：「萬葉風聲厲，一山秋氣寒。曉霜浮碧瓦，薄日度朱欄。」

【馮當世人目爲金毛鼠】丞相馮當世，少嘗薄游里巷，爲街卒所縶，鄂守王素見而釋之。及使關中，素方帥渭，與之燕犒，歡甚。貽之以詩曰：「吞炭難酧當日事，積薪深愧後來思。」爲吕獻可所劾，云：「京所至嗜利，西人目爲金毛鼠。」以其外文采而中實貪穢也。

【荆公題夏旼扇】王荆公嘗題一絶句于夏旼扇云：「白馬津頭驛路邊，陰森喬木帶漪漣。夕陽一馬匆匆過，夢寐如今十五年。」本集不載，見《湟川集》。

【韓子蒼記李太白續詩】韓子蒼云：「舊傳李白幼不羈，爲昌明縣小史，已能五七言詩。嘗隨縣令至江邊，觀溺水婦人，令哦詩曰：『二八誰家女，漂來倚岸蘆。鳥窺眉下翠，魚弄口傍珠。』下句不屬，太白率爾對曰：『緑鬢隨波散，紅顔逐浪無。何因逢伍相，應是怨秋胡。』令始奇之。」

【李伯時好鐘鼎古文奇字】李伯時公麟，雅好鐘鼎古文奇字。自夏商以來，以先後次第之。聞一器，則捐千金不少靳。所蓄日富，具爲圖記。蔡天啓嘗得商祖丁彝，李尤寶愛。因作詩以贈云：「上泝虞姒亦易爾，下者始置周秦間。造端宏大町畦絶，往往世俗遭譏訕。」蓋實録也。

【詠假山詩刺荆公】陳無己《詩話》云：「某公用事，排斥端士，矯節僞行。范蜀公《詠僧房假山》曰：『倏忽平爲險，分明假奪真。』蓋刺公也。」某公，荆公也。予又嘗記一《假山》詩云：「安石作假山，其中多詭怪。雖然知是假，争奈主人愛」云云。世以爲東坡所作，不知是否。

【江子我作牛酥行】宣和初，有鄧姓者，留守西京，以牛酥百斤遺梁師成。江子我端友作《牛酥行》云：「有客有客官長安，牛酥百斤親自煎。倍道奔馳少師府，望塵且欲迎歸軒。守閽呼語不必出，已有人居第一先。其多乃復倍于此，台顔顧視初怡然。昨朝所獻雖第二，桶以純漆麗且堅。今君來遲數又少，青紙題封難勝前。持歸空慚遼東豕，努力明年趁頭市。」

【曾庶幾放猿絶句】吉水與敝邑接境，有曾庶幾者，隱士也。五代時，中朝累有聘召，不赴。故老有能記其《放猿絶句》云：「孤猿鎖檻歲年深，放出城南百丈林。緑水任君連臂飲，青山不用斷腸吟。」

【李漢老爲梅詩托意】李漢老建炎末自簽樞遷右轄，未幾遷知院，前後二三月而罷。因爲《梅》詩以托意云：「綿霜歷雪忿開遲，風笛無情抵死吹。鼎實未成心尚苦，不甘桃李傍疏籬。」

【王公祐贈率子廉三絶】東坡作《率子廉傳》，略云：「禮部侍郎王公祐出守長沙，奉詔禱南嶽，訪魏夫人壇。察其異，載與俱歸。居月餘，落漠無所言，復送還山。曰：『今當以詩奉贈。』既而忘之。晝寢，夢子廉來索詩，乃作二絶句書板置閣上」云云。末又云：「公詩不見全篇，書以遺其曾孫鞏，使求之家集而補之。」予嘗見王所贈率凡三絶句，不止於二也。其一云：「下瞰虚空臨絶澗，上排烟霧倚山巔。四邊險絶無猿鳥，獨卧深雲二十年。」其二云：「古屋黄崖映月關，年年常伴白雲閒。餱糧丹火何從出，四面無人見下山。」其三云：「心意逍遥物莫知，山中山下識人稀。想君絶慮離塵土，不是王喬即令威。」並有《詩序》云：「率君者，容貌高古，雅性混然，故機神妙用，無得而窺也。予訪于山中耆艾緇黄，摘人瑕舋者，皆言率君出處不見其迹，殆非凡人也。予景慕無已，因爲詩三章寄贈」云。

【荆公親札詩】荆公嘗任鄞縣令。昔見一士人，收公親札詩文一卷，内有兩篇，今世所刊文集無之。其一《馬上》云：「三月楊花迷眼白，四月柳條空老碧。年光如水盡東流，風物看看又到秋。人世百年能幾許，何須戚戚長辛苦。富貴功名自有時，簞瓢菜茹亦山雌。」其二《書會別亭》云：「西城路，居人送客西歸處。年年即問去何時，今日扁舟從此去。春風吹花落高枝，飛來飛去不自知。路上行人亦如此，應有重來此處時。」

【詔草非諫草】陳後山云：「歐陽公謂：『袖中諫草朝天去，頭上宫花侍燕歸』，誠爲佳句，但進諫必以章疏，無真用藁草之理。」按，此詩乃太宗朝王操投贈李昉相國詩，不若印粲與徐翰林詩云：「諫書未上先焚草，御筆曾傳立制麻。」粲，五代人。然予見《雅言系述》載操詩，乃詔草，非諫字。

【毛達可稱陳克杜子美不是過】毛友達可内翰守鎮江時，賀方回以過客留寓。一日，陳克繼至，同會于郡樓。即席，克賦詩，所謂「徘徊臨北顧，慷慨俯東流」是也。毛稱賞曰：「雖杜子美不是過矣。」翌日，賀求去，毛留之，且訝去亟。賀曰：「一郡豈容有兩箇杜子美。」二公相與大笑。

【田承君記姚嗣宗詩】田承君記姚嗣宗《題崆峒山寺壁》云：「南奥干戈未息肩，五原金鼓又轟天。崆峒山叟笑相話，飽聽松聲春晝眠。」范文公帥延綏，因巡邊見之，大驚，索之不得。久之，表爲幕府。姚有詩：「踏破賀蘭石，掃清西海塵。」而張元、吴昊竟造西夏，爲邊患。張亦有《鸚鵡》詩，卒章有：「好置金籠收拾取，莫教飛去别人家。」姚又有《述懷詩》云：「大開雙白眼，只見一青天。」張亦有《雪》詩云：「五丁仗劍決雲霓，直取銀河下帝畿。戰死玉龍三十萬，敗鱗風卷滿天飛。」

【秦益公賞孫仲鼇詩】光堯賜御書秦益公「一德格天之閣」牌，一時縉紳獻詩以賀。惟孫仲鼇一聯，爲秦所賞云：「名向阿衡篇裏得，書從復古殿中來。」生日，四方賀詩尤多，嘗取其三聯云：「朝回不入歌姬院，夜半猶看寒士文」；「友邦争問年今幾，天子恨無官可酬」；「建業三公今始有，靖康一節古來無」，蓋取其親切耳。蜀人李善詩：「無窮基有無窮聞，第一人爲第一官。」其後言者以爲過，有旨禁之，仍著令。然前輩類多有之，如荆公、東坡，皆有曾魯公、張文定生日詩。

【劉莘老和王定國雪中絶句】劉莘老丞相《和王定國雪中絶句》：「袁安只有高眠興，謝朓空餘後會艱。十萬健兒春瘴近，飛花宜過海南山。」定國云：「公無乃學歐陽公耶？」劉爲之一笑。蓋晏元獻爲樞密使時，西師未解嚴。會天雪，陸子履與歐公同謁之。晏置酒西園，歐即席賦詩，有：「主人與國同休戚，不惟喜悦將豐登。須憐鐵甲冷徹骨，四十餘萬屯邊兵。」晏由是銜之，語人曰：「韓愈亦能作言語，作裴令公宴集，但云『園林窮勝事，鐘鼓樂清時。』」劉和詩時，政元豐間。朝廷方問罪安南，故定國援以爲戲。

【曾郎中獻秦益公十絶句】紹興壬戌，朝廷既罷三大將，息兵議和。曾郎中惇時守黄州，獻《書事十絶句》于秦益公。秦繳進于上，上喜，與陞擢差遣，任滿，除台州。詩云：「黄泥坂下雪猶深，赤壁磯頭江欲平。驛吏西來聞好語，蕃人已出蔡州城。」「和戎詔下破群疑，無復旄頭彗紫微。屈己銷兵宜有報，先看長樂版輿歸。」「吾君見事若通神，兵柄收還號令新。裴度只今真聖相，勒碑十丈可無人。」「淮上州州盡滅烽，今年方喜得和戎。問誰整頓乾坤了，學語兒童道相公。」「連營貔虎氣如雲，聽詔人人願立勳。沔鄂蘄黄一千里，更無人説岳家軍。」「田父今年作社頻，邊頭聞見一番新。官軍不斫人家樹，各自持錢去買薪。」「江頭柳木已參天，柳色花光日日妍。驚怪田家頻得醉，今年斗米不論錢。」「村村準擬十分禾，老稚扶携笑且歌。租税況今黄紙放，陽城元自拙催科。」「淮畔風塵自此清，斯人還喜見昇平。田家盡説今年好，要雨雨來晴便晴。」「百丈岢峨賈客船，張帆打鼓下長川。路人指點幾垂淚，江道無來十六年。」其三章稱「裴度只今真聖相」者，李義山《韓碑》詩云：「帝得聖相相曰度。」蓋取《晏子春秋》云：「仲尼，魯之聖相也。」其五章云「岳家軍」者，蓋時江左三大將，皆以家稱之。

【韓子蒼詠太平宰相】韓子蒼獻王將明生日二十絶句，内一絶句云：「萬里青霄發軔時，驊騮絶足看奔馳。太平宰相何人識，惟有巫咸得預知。」蓋王父行可初知臨泉時，將明爲編修官。行可問異人王老志，他日官所至。書「太平宰相」四字遺之，即以墨塗滅其字。前詩叙此耳。

【宋文淵詩】諫議宋文淵齊愈《宫詞》云：「禁城春水碧溶溶，洗出桃花萬片紅。葉上細看無一字，始知無女怨春風。」《睢陽道中》云：「竹溪咽絶雨纔通，無數深紅間淺紅。山店落英春寂寂，青旗吹盡柳花風。」「向來松檜喜無恙，坐久復聞南澗鐘。隱隱修廊人語絶，四山滴瀝雪鳴風。」

【晁以道詩爲絶唱】東萊先生呂居仁云：「晁以道詠之，西池唱和詩：『旌旗太乙三山外，車馬長楊五柞中。柳外雕鞍公子醉，水邊紈扇麗人行。』殆絶唱也。」

【高秀實和高郵道中詩】吕居仁云：「高秀實茂華，人物高遠，有出塵之資，其爲文稱是。嘗和余《高郵道中》詩：『中塗留眼看星聚，一夕披顔覺霧收』之句，便覺余詩急迫，少從容閒暇處。」

【汪信民寄謝無逸詩】吕居仁云：「汪信民革嘗作詩《寄謝無逸》云：『問訊江南謝康樂，漢堂喬木想扶疏。高談何日看揮麈，安步從來可當車。但得丹霞訪龐老，何須狗監薦相如。年來更勵於陵節，妻子同鋤五畝蔬。』饒德操見此詩，謂信民曰：『公詩日進而道日遠矣。』蓋用功在此也。」

【詩熟便是精妙處】衆人方學山谷詩，晁叔用獨學老杜詩；衆人求生西方時，高秀實獨求生兜率。叔用嘗戲謂吕東萊：「我詩非不如子，只是子差熟耳。」吕戲答云：「只熟便是精妙處。」叔用大笑，以爲然也。

【李方叔詩文】吕居仁云：「李廌方叔嘗作《寒食》詩云：『千株密炬出嚴闉，走馬天街賜近臣。我亦茅簷自鑽燧，煨針燒艾檢銅人。』又贈汝州太守詩云：『安得吾皇四百州，皆如此邦二千石。』」方叔《祭東坡文》云：「皇天后土，實表平生忠義之心；名山大川，復收自古英靈之氣。」

【養病不如閒】滎陽公紹聖中謫居歷陽，閉户却掃，不交人物。嘗有詩云：「老讀文書興易闌，須知養病不如閒。竹林歌枕虚堂上，卧看江南雨後山。」

【潘邠老詩】邠老《送山谷貶宜州》詩：「可是中州著不得，江南已遠更宜州。」山谷極稱賞之。

【李尚書賞秦少游詩】李尚書公擇初見秦少游《上正獻公投卷》詩云：「雨砌墮危芳，風簷納飛絮。」再三稱賞，云：「謝家兄弟得意詩，只如此也。」

【東坡稱重黄魯直詩】歐陽季默嘗問東坡：「魯直詩何處是好？」東坡不答，但極稱重黄詩。季默云：「如『卧聽疏疏還密密，曉看整整復斜斜』，豈是佳耶？」東坡云：「此正是佳處。」

【閻立本畫】（上略）右伯時《跋閻立本西域圖》，廬陵王方贄侍郎家有之，其孫瓌夔玉寶藏之。大觀間，開封尹宋喬年言之省中，詔取以上進。時廬陵令張達淳、郡法掾吴祖源被檄委焉。因竊摹之，於是始有摹本。有張天覺跋云：「崇寧甲申十二月甲寅，夔玉舟過善溪，盡得其家藏閻令、王維、王宰、韓幹、邊鸞、周昉畫閲之。佛書曰：『心如工畫師。』畫之妙出于心，猶足以濡毫設色，造化物像。況心之妙，薰以正法，無間斷哉。」信安程俱致道有詩云：「大塊浮空轉兩輪，越南燕北共毫塵。齊州古莽應相笑，夢覺何人定識真。」黄岡何頡之斯舉亦有詩：「窮荒未信子年欺，自笑山林老一枝。海上常思龜殼倦，天涯欲化鳥工窺。丹青閻令如曾到，氣俗張騫舊獨知。公喜著書尤博雅，山經暇日補殘遺。」（卷十二《記事》。下同）

【諫院得人御史稱職】仁宗慶曆初，急于用賢。當時有聲望者，王兵部素、歐陽校理修、余校理靖、魚工部周詢四人。並命作諫官，朝野相慶。時惟魚望不及三人。蔡君謨時爲校勘，乃爲詩慶之曰：「御筆新除三諫官，士林相賀復相歡。」魚聞之，乃曰：「予不預士論，何顔復當諫列？」遂乞辭職。朝廷從之，乃過臺爲御史。即除蔡代知諫院，是時，諫院號稱得人。魚在臺亦稱職，旋拜中丞而卒。

【對徽宗詩句】徽宗嘗作詩句，命蔡少保居安賜元長云：「相公公相子。」元長遽對以進曰：「人主主人翁。」徽宗又因宴近臣，製詩語云：「北斗七星三四點。」唯曹希蘊能對之云：「南山萬壽十千年。」

【甘露】紹興辛亥冬，撫州祥符觀松降甘露若飴。有郎官徐其姓者，獻《甘露古松》詩于太守。其詩略曰：「仙臺之陽石壇東，下有亭亭太古松。」又曰：「至誠感格合天意，露零青松真上瑞」云云。太守以爲祥，因奏於朝，坐言章罷郡。（下略）

【郎中知制誥】宋景文公帥真定，時漕使周浩郎中已罷，李維少卿方到。宋公往見，參狀稱運使郎中。李怒曰：「我非郎中。」辭不受。典賓以情懇，宋曰：「沿襲前官之誤，願賜矜貸。」公題一詩于狀後以遺李，末句曰：「若向西清遇榮顯，少卿只合作郎中。」李詰其故，宋曰：「國朝故事無少卿知制誥者。若當制，即少卿改授前行郎中。」李愧謝之。（卷十三《記事》。下同）

【子衿在鄭詩之末】神宗御邇英閣，問近臣：「《子衿》之詩，何以在鄭詩之末？」皆莫能對。帝曰：「此無他，虐政虐世，然後知聖人之爲郛郭也。」衆再拜，呼萬歲。

【下蜀輜重百里不絕】王師下蜀時，護送孟昶血屬輜重之衆，百里不絕，至京師猶然。詩人李度作《平蜀》詩，略曰：「全家離錦水，五月下瞿塘。繡服青蛾女，雕鞍白面郎。累累輜重遠，杳杳路岐長。」

【馮丞相用李泰伯語】李泰伯《潛書》，其一曰：「孔子之言滿天下，孔子之道未嘗行。篚篚牲幣，廟以王禮，食其死不食其生，師其言不師其道。得其言者爲富貴，得其道者爲餓夫。」馮當世丞相有《答伯庸》詩云：「孔子之文滿天下，孔子之道滿天下。得其文者公卿徒，得其道者爲餓夫。」馮用泰伯語也。（卷十四《記文》。下同）

【蘇景謨詩啓】「衣冠晨集烏衣巷，旌旆春生緑野堂。」蘇景謨詩也。又有啓云：「珠璧之投甚暗，詎免驚疑；農馬之智非專，誤勞訪問。」

【恩袍色動仙籍香浮】仁宗《賜進士及第》詩云：「恩袍草色動，仙籍桂香浮。」黄冕仲謝及第啓，全用以爲一聯云：「恩袍色動，迷芳草之依依；仙籍香浮，惹春風之拂拂。」東坡戲之曰：「好作聞喜燕酸文。」

【浯溪銘】湖南浯溪，在永州北一百餘里，流入湘江，其溪水石奇絶。唐上元中，邕管經略使元結罷任居焉，以其所著《中興頌》刻之崖石，撫州刺史顔真卿書。結復爲浯溪石堂西峰四獻亭銘，皆刻于崖上石。本朝乾德中，左補闕王仲來知永州，維舟於此，留詩。元公序云：「浯溪在湘水之南，北匯于湘。愛其勝異，遂家溪畔。溪，世無名稱者也，爲愛之，故命曰浯溪，銘于溪口。」銘曰：「湘水一曲，淵洄倚山。山開石門，溪流潺潺。山門如何，巉巉雙石。臨彼淵岸，夾溪絶壁。水石尤怪，石文尤異。吾欲求退，將老兹地。溪古地荒，蕪没蓋久。命曰浯溪，旌吾獨有。人誰遊之，銘在溪口。」王仲詩云：「湘州佳致有浯溪，元結雄文向此題。想得後人難以繼，高名長與白雲齊。」

【仕有五瘴説】龍圖梅公摯，景祐初以殿中丞謫知昭州。嘗著《瘴説》云：「仕有五瘴，急催暴斂，剥下奉上，此租賦之瘴也；深文以逞，良惡不白，此刑獄之瘴也；昏晨酣宴，弛廢王事，此飲食之瘴也；侵牟民利，以實私儲，此貨財之瘴也；盛陳姬妾，以娱聲色，此帷薄之瘴也。有一於此，民怨神怒。安者必疾，疾者必殞。雖在轂下，亦不可免，何但遠方而已。仕者或不自知，乃歸咎於土瘴，不亦繆乎！」其後鄒道鄉志完，元符中謫昭州，因其説以爲詩曰：「五瘴作詩雖不染，一篇留誡指其然。」謂是也。徐師川建炎避地至昭州，感二公遺跡，作詩云：「正言鄒子獨留名，法從梅公尚有亭。藥是苦言能治瘴，竹生屈曲坐看經。風前雲似秋前赤，雨後山能燒後青。戀土懷鄉頻作惡，懷賢感舊嘆飄零。」「竹生屈曲坐看經」者，蓋道鄉昔寓居閣上，忽于佛前地生五筍，甚可愛，地主云：「閣成今十年，隱築堅實，溝塹深闊，未嘗有此。」州人傳之，咸謂吉祥，以爲爲道鄉發也。道鄉因詩云：「基創于今正十年，不容山竹暗行鞭。森然五筍自何出，盛矣一邦相與傳。」

【王履道詩文警策】黄季岑云：「王履道詩：『直須刺著天公眼，便遣雷霆下取將。』『是能讀倚相三墳五典之書，且盡識建章千門萬户之制。』又：『順斗布合宫之政，分方調文鼎之神。』『金篆浮波，河伯順流而聽命；瓊科宣籙，清華止晝以臨壇。』又：『鳳鞋微露綉幫相。』皆其警策也。」

【東坡四言】「吟哦傲兀，仰晤巖月。遇巘迎崖，銀刓玉齾。鼉鼉噞喁，雁鶩嶋屼。卧玩我語，聱牙岌嶪。」右《江行見月》四言也。「江郊葱瓏，雲水蒨絢。碕岸斗入，洄潭輪轉。先生悦之，布席開宴。初日下照，潛鱗俯見。意釣忘魚，樂此竿綫。優哉游哉，玩物之變。」右《江郊》四言也。皆東坡作。

【東坡戲書】「葑草尚能攔浪，藕絲不解留連。」此一聯，東坡在黄時戲書也。又云：「湖上秋風聚螢苑，門前春浪散花洲。」王文甫所居，在黄之車湖，即武子故居。宅枕大江，即散花洲也。東坡屢過其家，戲書此。

【子魚通印蠔破山】山谷《送曹子方赴閩漕》詩：「子魚通印蠔破山，不但蕉黄荔子丹。」子魚出於興化軍通應廟前，語訛以應爲印。或曰，子魚以容印者爲佳，故王荆公詩云：「長魚俎上通三印，新茗齋中試一旗。」則此説容可信也。東坡詩亦云：「通印子魚猶帶骨。」然山谷以蠔而云「破山」，則理不可曉。按，《番禺記》云：「蠔之殼，即藥中之牡蠣也。有高四五尺者，水底見之，如崖岸然，故呼爲山。」今山谷謂之蠔破山，豈取蠔肉之謂耶？然韓退之亦云：「蠔相粘如山。」（卷十五《方物》。下同）

【綿州緑茶】茶之貴白，東坡能言之。獨綿州彰明縣茶色緑，白樂天詩云：「渴嘗一盞緑昌明。」彰明即唐昌明縣。盧仝詩云：「天子初嘗陽羨茶。」當時建茶未有名也。

【貢茶貴早】貢茶以早爲貴。李郢《茶山貢焙歌》云：「陵煙觸露不停採，官家赤印連帖催。」劉禹錫《試茶歌》云：「何況蒙山顧渚春，白泥赤印走風塵。」袁高《茶山作》云：「陰嶺茅未吐，使者牒已頻。」三詩皆及赤印與牒也。

【車螯】紹聖三年，始詔福唐與明州，歲貢車螯肉柱五十斤。俗謂之紅蜜丁，東坡所傳江瑶柱是也。時曾子開感而賦詩，略云：「巖巖九門深，日舉費十萬。忽於泥滓中，得列方丈案。腥鹹置齒牙，光彩生顧眄。從此辱虚名，歲先包橘獻。微生知幾何，得喪孰真贗？玉食有云補，刳腸非所患。」瑶當作珧。郭璞《江賦》：「玉珧海月，土肉石華。」

【艾納香】東坡《和楊公濟梅花詩》：「憑仗幽人收艾納，國香和雨入青苔。」古樂府：「氍毹毾㲪五木香，迷迭艾納與都梁。」又，《廣志》：「艾納香，出西國。」

【苦筍甜鹹虀淡】廬山簡寂觀，乃陸脩静之居也。觀出苦筍，而味反甜。歸宗寺造鹹虀，而味反淡。蓋山中佳物也。山中人語云：「簡寂觀前甜苦筍，歸宗寺裏淡鹹虀。」蓋紀實耳。張芸叟《簡寂觀》詩云：「偃松拂盡煎茶石，苦筍撑開禮斗壇。」《歸宗寺》詩云：「淡虀苦筍千人供，青磬華香一谷傳。」亦所以紀事也。

【楮子】京師中，太一宫道士房有楮結子如楊梅。徽宗車駕臨觀之，曰「擬梅軒」。李似矩、吴正仲皆有詩。正仲詩云：「陰陰緑葉不勝垂，著子全多欲壓枝。自得君王一留顧，故應雨露亦饒滋。」其二云：「五月霏霏雨不開，若耶溪畔摘楞梅。朱丸忽向雲窗見，疑是靈根越嶺來。」其三云：「誰將蜜漬借微酸，小摘曾聞飣玉盤。争似江南風致在，瓶紅初向緑陰看。」越州楊梅最佳，土人謂之楞梅。又北人以梅汁漬楮實，益以蜜，作假楊梅。故正仲後二篇皆及之。

【慈竹】國初，樂史子正作《慈竹》詩數十韻，首云：「蜀中何物靈？有竹慈爲名。一叢闊數步，森森數十莖。高低相倚賴，渾如長幼情」云云。予按，任昉《述異記》云：「南中生子母竹，今之慈竹也。」乃知慈竹不特蜀中有也。

【櫻筍廚】韓致光《湖南食含桃》詩云：「苦筍恐難同象匕，酪漿無復瑩蠙蛛。」自注云：「秦中謂三月爲櫻筍時。」乃知李綽《秦中歲時記》所謂「四月十五日，自堂廚至百司廚，通謂之櫻筍廚」，非妄也。陳無己《春懷》詩云：「老形已具臂膝痛，春事無多櫻筍來。」

【王子敬黄甘帖】東坡嘗記云：「世傳王子敬帖有『黄甘三百顆』之語，此帖在劉季孫景文家。景文死，不知今入誰家矣。」韋蘇州有詩云：「書後欲題三百顆，洞庭須待滿林霜。」蓋蘇州亦見此帖也。故東坡集中有《劉景文藏王子敬帖》詩，略云：「君家兩行十二字，氣壓鄴侯三萬籤。」然山谷及陳無己之説，乃右軍帖。其語云：「『奉橘三百枚，霜未降，未可多得。』非子敬帖也。東坡以爲子敬，何也？」子敬，乃獻之字。

【金鯽魚】杭之西湖有金鯽魚，投餅餌則出，然不妄食也。蘇子美詩云：「松橋叩金鯽，竟日獨遲留。」東坡《游西湖》詩云：「我識南屏金鯽魚，重來拊檻散齋餘。」皆記其實。

【瑞香花】廬山瑞香花，古所未有，亦不産他處。天聖中，人始稱傳。東坡諸公，繼有詩詠。豈靈草異芳，俟時乃出？故記序篇什，悉作瑞字。《廬山記》中亦載《瑞香花記》。訥禪師云：「山中瑞采一朝出，天下名香獨見知。」張祠部彄名佳客，以瑞爲睡焉。其詩曰：「曾向廬山睡裏聞，香風占斷世間春。竊花莫撲枝頭蝶，驚覺南窗午夢人。」

【猓然獸】國初，樂史子正作《慈竹》詩，中云：「又聞猓然獸，死不相棄遺。」按，《國史補》云：「得一猓然，則數十猓然可得，蓋不忍傷其類，雖殺之不去。此獸狀而人心也。」子正用事，可謂精緻。

《番禺雜記》亦云：「獸出歡愛州，能言獸也，亦猩猩之類。形似猿，而有五色，每色各異。彼人取之，以皮韉鞍韉。最重純黄色者，云不異金綫猿。夷獠或射之以弩，或設之以蹄。是獸既爲人所得，但自言猓然，無復他道，故因以得名。」熊所記與《國史補》微有不同。

【青田鶴】《晉永嘉郡記》曰：「有沐溪野，去青田九里。此中有雙白鶴，年年生子，長大便去，只餘父母一雙在耳。清白可愛，多云神所養。」故杜子美《薛少保畫鶴》詩云：「薛公十一鶴，皆寫青田真。」《夔府詠懷》詩云：「馬來皆汗血，鶴唳必青田。」

【金線泉】《澠水燕談》云：「齊州城西張意諫議園亭有金線泉。石甃方池，廣袤丈餘。泉亂發其下，東注城濠中，澄澈見底。池心南北有金線一道，隱起水面。以油滴一隅，則線紋遠去。或以紋亂之，則線輒不見，水止如故。天陰亦不見。齊爲東方名郡，而張氏濟南盛族，園池乃郡之勝遊。泉之出百年矣，士大夫過濟南，至泉上者，不可勝數，而無能究其所以然，亦無一人題詠者。獨蘇子瞻有詩曰：『槍旗携到齊西境，更試城南金線奇。』然亦不辨泉之所以有金線也。」余讀曾南豐集，有《金線泉》詩云：「玉甃常浮灝氣鮮，金絲不定路南泉。雲依美藻争成縷，月照寒漪巧上弦。已繞渚花紅灼灼，更縈沙竹翠娟娟。無風到底塵埃盡，界破冰綃一片天。」蓋南豐元豐間嘗守齊州所作者，此《澠水燕談》所未見也。兼《倦遊雜録》云：「范諷自給事中謫官，數年方歸濟南。城西有張氏園亭，泉有金線、真珠之目。水木環合，乃歷下之勝景。園亭主人，乃張寺丞聰也。嘗邀范宴飲于亭，題二韻詩于壁：『園林再到身猶健，官職全抛夢乍醒。惟有南山與君眼，相逢不改舊時青。』」

【蜂子】東萊先生吕居仁作《蜜蜂賦》，略云：「早出暮歸，聚房以居，生理甚微。檜花菊英，反爲身害。雖云甚甘，終以是敗。既奪之食，又臘其雛。以侑爾酒，以爲爾娱。醉而咀嚼，鼓舌自如。人之不仁，一如是乎」云云。蓋東萊不察。凡今宣州所出蜂子，非蜜蜂也，乃山間火蜂。其色紅黑，其長徑寸，其大如之。人之被螫，則遍身腫痛，有至死者。其爲窠多在地窖中。取之者先以火塞穴口，熏死其類，然後取其子之未翼者乾之，以致遠方。故元豐中，中書舍人張諤《謝潛溪蔡聖俞蜂兒》詩略云：「溪上潛山山百尺，山人斫木燒山畬。燒畬延火入蜂穴，蜂子渾白如銜牙」云。蜂子，今所在山野有之，但不如宣州多耳。

【辨霞鶩】梁江淹《赤虹賦》云：「霞晃朗而下飛，日通曨而上度。」張説《晚景》詩云：「水光浮日去，霞彩映江飛。」凡淹説所謂霞飛，則雲霞之霞也。王勃《滕王閣序》曰：「落霞與孤鶩齊飛，秋水共長天一色。」土人云：「落霞非雲霞之霞，蓋南昌秋間有一種飛蛾，若今所在麥蛾是也。當七八月之間，皆紛紛墮於江中，不究所自來，江魚每食之，土人謂之霞，故勃取似配鶩耳。」不知者便以爲雲霞，則長天豈可與秋水同色也哉！予又按，孔穎達曰：「野鴨曰鳧，家鴨曰鶩。鶩不能飛騰。」故鄭康成注宗伯云：「鶩取其不飛遷。」李巡亦云：「鳧，野鴨名。鶩，家鴨名。」然則鶩本不能飛耳。論文雖不當如此，要之作文者，亦不可不察也。

【辨鱟】韓退之《南食》詩：「鱟實如惠文，骨眼相負行。」洪慶善辨之曰：「鱟，雌常負雄。惠文，冠名。一本作車文。今《廣韻》引《山海經》注，亦作車文，未詳。」以上洪説。予按，《文選》左太沖《吳都賦》曰：「乘鱟黿鼉，同罛共羅。」劉淵林注云：「鱟，形如惠文冠，青黑色，十二足，似蟹。足悉在腹下，長五六寸。雌常負雄行。漁者取之，必得其雙，故曰乘鱟。南海朱崖、合浦諸郡皆有之。」五臣注亦同。鱟音胡豆切，李善音猴。然則鱟形如惠文冠，無可疑者。退之蓋本《文選》，而洪氏不援以爲證，豈偶忘之耶？《集韻》引《山海經》，以惠爲車，惠車字相類，豈傳寫失其真歟？其曰骨眼相負行者，按《物類相感志》云：「牝牡相隨，牡者無目，得牝才行。牝去牡死，故江東取一，必獲偶。」予又以陳無己《詩話》考之云：「韓退之《南食》詩：『鱟實如惠文。』《山海經》曰：『鱟如惠文。』惠文，秦冠也。」乃知《山海經》亦以爲惠文，《廣韻》本誤耳。

【端州石】端州石，唐世已知名。許渾《歲暮自廣江至新興》詩云：「洞丁多斲石，蠻女半淘金。」自注云：「端州斲石。」李賀《紫石硯歌》云：「端州石工巧如神，踏天磨刀割紫雲。」

【姑蘇朝夕池】姑蘇之席，著名天下，不特今日，自古已然矣。齊謝朓《詠席》詩曰：「本生朝夕池，落景照參差。」按，漢枚乘上書云：「遊曲臺，臨上路，不如朝夕池。」左思《吳都賦》曰：「造姑蘇之高臺，臨四遠而特建。帶朝夕之濬池，佩長洲之茂苑。」注云：「吳有朝夕池，謂潮水朝盈夕虚，因以爲名焉。」

【採橄欖】王立之《詩話》云：「東坡《橄欖》詩『紛紛青子落紅鹽』之句，范景仁言：『橄欖木高大難採，以鹽擦木身，則其實自落，此所以有紅鹽之句也。』」予按，江鄰幾《嘉祐雜志》云：「橄欖木，其花如樗。將採其實，剥其皮，以薑汁塗之，則盡落。」范説乃爾，何耶？豈鹹辣皆可用歟？

【貢荔枝地】余昔記唐世進荔枝于《辨誤門》云：「唐制以貢自南方，《楊妃外傳》：『以貢自南海。』杜詩亦云：『南海及炎方。』惟張君房以爲忠州，東坡以爲涪州，未得其實。」近見《涪州圖經》，及詢土人云：「涪州有妃子園荔枝。蓋妃嗜生荔枝，以驛騎傳遞，自涪至長安，有便路，不七日可到。」故杜牧之詩云：「一騎紅塵妃子笑。」東坡亦川人，故得其實。昔宋景文作《成都方物略記圖》，言荔枝生嘉、戎等州。此去長安差近，疑妃所取。蓋不知涪有妃子園，又自有便路也。

【聶冠卿多麗新詞】（上略）蔡君謨時知泉州，寄安定書云：新傳《多麗詞》，述宴游之娱，使病夫舉首增嘆耳。又近者有客至自京師，言諸公春日多會於元伯園池，因念昔遊，輒形篇詠：「緣渠春水走潺湲，畫閣峰巒映碧鮮。酒令已行金盞側，樂聲初認翠裙圓。清遊盛事傳都下，多麗新詞到海邊。曾是尊前沈醉客，天涯迴首重依然。」（卷十六《樂府》。下同）

【沁水公主園】今世樂府，傳《沁園春》詞。案，《後漢書》：「竇憲女弟立爲皇后，憲恃宫掖聲勢，遂以賤直請奪沁水公主園。」然則沁水園者，公主之園也。故唐人類用之。崔湜《長寧公主東莊侍宴》詩云：「沁園東郭外，鸞駕一遊盤。」李適《長寧公主東莊侍宴》詩云：「歌舞平陽地，園亭沁水林。」李義府《長寧公主東莊》詩云：「平陽館外有仙家，沁水園中好物華。」世所傳吕洞賓《沁園春》詞所謂「九返還丹」，乃知唐之中世已有此音矣。

【載將離恨過江南】東坡長短句云：「無情汴水自東流，只載一船離恨向西州。」張文潛用其意以爲詩云：「亭亭畫舸繫春潭，只待行人酒半酣。不管烟波與風雨，載將離恨過江南。」王平甫嘗愛而誦之，彼不知其出于東坡也。

【玉瓏璁詞】近時，有士人不欲書名。嘗于錢塘江漲橋爲狹斜之遊，作樂府名《玉瓏璁》云：「城南路，橋南樹，玉鈎簾卷香横霧。新相識，舊相識。淺顰低笑，嫩紅輕碧。惜惜惜。劉郎去，阮郎住，爲雲爲雨朝還暮。心相憶，空相憶。露荷心性，柳花蹤跡。得得得。」其後朝廷收復河南，士人者陷而不返，其友不欲書名。作詩寄之，且附以龍涎香。詩云：「江漲橋邊花發時，故人曾共著征衣，請君莫唱橋南曲，花已飄零人不歸。」士人在河南得詩，酬之云：「認得吴家心字香，玉窗春夢紫羅囊。餘熏未歇人何許，洗破征衣更斷腸。」

【東坡卜算子詞】東坡先生謫居黄州，作《卜算子》云：「闕月掛疏桐，夢斷人初静。時見幽人獨往來，縹緲孤鴻影。驚起却回頭，有恨無人省。揀盡寒枝不肯棲，寂寞沙洲冷。」其屬意蓋爲王氏女子也，讀者不能解。張右史文潛繼貶黄州，訪潘邠老，嘗得其詳。題詩以誌之：「空江月明魚龍眠，月中孤鴻影翩翩。有人清吟立江邊，葛巾藜杖眼窺天。夜冷月墮幽蟲泣，鴻影翹沙衣露濕。仙人采詩作步虚，玉皇飲之碧琳腴。」

【樂府塵土黄詞】殿中侍御史劉公次莊中叟，元祐中罷官，寄居臨江軍之新淦。嘗往來袁州，時有一倡，爲郡官所據。太守怒之，逐出境外。中叟感其事，而作樂府《塵土黄》，並譯箋，凡三章。其序曰：「崔徽、霍玉、愛愛等事，昔人歌之，非特爲一二三子而作也。然遺語序情，雖爲詩曲，而參比樂府，則失古遠矣。故自唐以來，杜甫則壯麗結約，加龍驤虎伏，容止有威；李白則飄揚振激，如浮雲轉石，勢不可遏；李賀則摘裂險絶，務爲難及，曾無一點塵孆之；張籍則平易優游，足有雅思，而氣骨差弱。世異才殊，體隨之變，亦其勢也。余比感宜春事，作《塵土黄》一首，雖不足方駕漢、魏，而討本探源，或庶幾焉。既又爲之譯，爲之箋。其義類雖同，至于淺深遠近，要自以意考之耳。」其詞曰：「翠眉連娟舞袖長，春風自對理容妝。染絲繡作雙鴛鴦，欲飛不飛在羅裳。耳中明月珠，肘後錦香囊。凭高欲有寄，所寄在遠方。追風還君立路傍，豈不有地能相當，請著一鞭塵土黄。」譯曰：「妾本倡家子，笄鬟擅容止。名隷倡籍中，生倡即倡死。物勢本從權，情恩亦遂遷。一朝官長怒，獨抱錦衾眠。日暮倚高樓，青絲繫白馬。豈不謝慇懃，汪汪淚盈把。萬感自有因，無容遽相親。請君促金勒，妾願看飛塵。」箋曰：「春臺女兒似紅玉，曾奉當筵柘枝曲。舞成早自得癡名，更傍春風情不足。客携黄金欲有贈，多在鄰家賭雙陸。近從新官作顔面，祇得低心隨所欲。自知久去非所安，夜半東門車特碌。秀斸芙蓉潭畔起，每向波間得雙鯉。水流却上大應難，惟有孤懷似潭水。一騎翩翩錦臂韝，紅羅百丈作纏頭。爲言聞得琵琶怨，當門下馬欲登樓。莫登樓，君馬駿。無限朱簾薰好香，城北城南無一瞬。」

【張才翁以張公庠詩爲詞】張才翁風韻不羈，初仕臨邛秋官，郡守張公庠待之不厚。會有白鶴之遊，郡守率屬官同往，才翁不預，乃語官妓楊皎曰：「老子到彼，必有詩詞，可速寄來。」公庠既到白鶴，便留題云：「初眠官柳未成陰，馬上聊爲擁鼻吟。遠宦情懷消壯志，好花時節負歸心。別離

長恨人南北，會合休辭酒淺深。欲把春愁閒抖擻，亂山高處一登臨。」皎録寄才翁，才翁增減作《雨中花》詞寄皎。(下略)

【賀方回石州引詞】賀方回眷一妓，别久，妓寄詩云：「獨倚危欄淚滿襟，小園春色懶追尋。深恩縱似丁香結，難展芭蕉一寸心。」賀得詩，初叙分别之景色，後用所寄詩，成《石州引》。(下略)

【贈楊姝詩詞】豫章先生在當塗，又贈小妓楊姝彈琴送酒，寄《好事近》云：「一弄醒心絃，情在兩山斜疊。彈到古人愁處，有真珠承睫。使君來去本無心，休淚界紅頰。自恨老人憤酒，負十分金葉。」故集中有《贈彈琴妓楊姝絶句》云：「千古人心指下傳，楊姝閒處更嬋娟。不知心向誰邊切，彈作南風欲斷絃。」(卷十七《樂府》。下同)

【弔二姬温卿宜哥詩】宿州營妓張玉姐，字温卿，本蘄澤人。色技冠一時，見者皆屬意。沈子山爲獄掾，最所鍾愛。(中略)其後明道中，張子野先、黄子思孝先相繼爲掾，尤賞之。偶陳師之求古以光禄丞來掌榷酤，温卿遂託其家。僅二年而亡，才十九歲。子思以詩弔之：「人生第一莫多情，眼看仙花結不成。爲報兩京才子道，好將詩句哭温卿。」先是，子思有愛姬宜哥，客死舟中，遺言葬堤下，冀他日過此得一見，以慰孤魂。子思從之，作詩納柩中。其斷章云：「恩同花上露，留得不多時。」二人皆葬于宿州柳市之東，子野嘉祐中過而題詩云：「好物難留古亦嗟，人生無物不塵沙。何時辛樹連雙冢，結作人間並蒂花。」

【韓子蒼題御畫鵲扇詩】韓子蒼《題御畫鵲扇》詩云：「君王妙畫出神機，弱羽争巢並語時。天

上飛來兩鵁鶄，一雙飛上萬年枝。」蓋用馮延巳樂府也。（下略）

【歐梅二妓詩】豫章寓荆州，除吏部郎中。再辭，得請守當塗。幾一年，方到官。七日而罷，又數日乃去。其詩云：「歐倩腰支柳一渦，大梅催拍小梅歌。舞餘細點梨花雨，奈此當塗風月何。」蓋歐、梅，當塗官妓也。李之儀云：「人之幸不幸，歐、梅偶見録于豫章，遂爲不朽之傳，與杜詩黄四娘何異。」然豫章又有《木蘭花令叙》云：「庭堅假守當塗，故人庾元鎮，窮巷讀書，不出入州縣。因作此以勸庾酒云：『庾郎三九常安樂，使有萬錢無處著。徐熙小鴨水邊花，明月清風都占却。朱顏老盡心如昨，萬事休休還莫莫。尊前見在不饒人，歐舞梅歌君更酌。』」自批云：「歐、梅，當塗二妓也。」

【陸仙師迎漕使安公】樞密安公惇處厚，元祐末爲江東漕使。因遊廬山太虚觀，未至數里間，有道士紫衣皂巾，領徒七人迎謁。既而不知所在，問左右皆無見者。至觀謁陸修静仙師遺像，則宛然其人也。元符庚辰，公再到，賦詩曰：「昔年游歷訪霓旌，多謝仙師數里迎。今日重來知有意，此身應不爲公卿。」（卷十八《神仙鬼怪》。下同）

【石曼卿丁度爲芙蓉城主】王子高遇仙人周瑶英，與之游芙蓉城，世有其傳。余案，歐陽文忠公《詩話》記石曼卿死後，人有恍惚見之者，云：「我今爲仙，主芙蓉城。」騎一青騾，去如飛。又案，太常博士張師正所纂《括異志》，記慶曆中有朝士，將曉赴朝。見美女三十餘人，靚裝麗服，兩兩並行，丁度觀文案轡其後。朝士問後行者：「觀文將宅眷何往？」曰：「非也，諸女御迎芙蓉城主。」俄聞丁死。故東坡詩云：「芙蓉城中花冥冥，誰其主者石與丁。」韓子蒼言：「王荆公嘗和東坡此詩，而集不載。止記其兩句云：『神仙出没藏杳冥，帝遣萬鬼驅六丁。』」

【華陽洞門開】王筌，字子真。有道之士，富鄭公嘗客之於門。元豐中，神宗賜號沖熙處士。元符三年，遊茅山，受上清籙。先是，茅山中峰石洞忽開，案其域，乃真誥所謂華陽洞天便門也。自左元放仙去，即閉，閲千歲矣，至是復開。又前期累日，甘露薦降，道士劉混康曰：「似此必有異。」無何，先生至。受籙之夕，仙樂聞於空浮之上。山中刻石，爲記其事。而給事中龔深之亦爲之詩曰：「華陽新報便門開，應爲高人受籙來。試問玉門砂遠近，未饒元放是仙才。」先生留洞玄庵久之，若有所待。嘗書壁云：「身佩上清寶籙，心持大洞真經。入静敷坐靈鎮，神遊金闕玉京。」

【王迪照鏡見前身棄官學道】熙寧初，王迪爲洪州左司理參軍。一日，有道人來磨鏡，因俾迪，乃自照，乃見星冠羽帔，縹緲現鏡中。迪問其故，曰：「此汝前身也。由汝誤念，墮此。勉自修證，勿淪苦海。」既去，迪具以告妻，妻然之，遂棄官，與妻隱去。郡僚挽留不可，咸作詩以餞行。時新建主簿劉純臣有詩，雖非警拔，可以紀其實。云：「鬢如抹漆左參軍，脱却青衫去隱淪。世上更無羈絆事，壺中别有自由身，鼎烹玉兔山前藥，花看金鼇背上春。莫怪少年能決裂，藍田夫婦總登真。」後歸姑蘇，不知所終。

【周貫尸解】周貫，自言膠東人，常稱木雁子。善屬文，游於洪州西山，嗜酒不羈，布褐粗全。人或贈之，則詣酒家取一醉，餘皆散墜不顧。西山人見貫往來者五十餘年，而顔色如故。有以道術訪之，則必報以惡聲，使人親近不得也。熙寧元年，至豫章石頭市，遇故人張生，因託宿焉。生爲具酒食而卧。中夜，逆旅之主人聞户外有車馬合沓聲，起而視之，無有也。惟貫所卧室户正開，猶奄奄然喘息。就而察之，貫已死矣。明日，告新建縣，尉吴杲卿往案之，柔潔如生。扶而轉之，腹中汩汩如浪鳴焉。縣主簿劉純臣使人棺殮，埋於其地云。張生還家，其弟迎門曰：「周公凌晨見過，今往雙嶺矣。」衆乃知貫非實死者也。貫所著《華陽三篇》，坐卧不離懷袖，人莫得見者。死之日，純臣得而有之，稱其文險絶而有條理。純臣以詩紀之曰：「八十西山作酒仙，麻鞋孔斷布衣穿。形骸一脱塵緣盡，太極光陰不計年。」洪覺範《冷齋夜話》嘗言其略，然亦有不同也。

【談驅夜瘧夢得鄉書】傅霖，張乖崖之密友也。開寶中，嘗會於幹城，終日談話。鄰有病瘧者，爲之不作。每有書與傅，必先夢之。故其詩有云：「劇談驅夜瘧，幽夢得鄉書。」叙實事也。

【仙家亦有靈芝殿】劉禹錫《嘉話》謂：「唐延英殿，即靈芝殿也，謂之小延英。」余見《雲齋廣録》載：「王平甫熙寧六年冬，直宿崇文院。夢有邀至海中，宫殿甚盛，其中樂作。題其宫曰靈芝。平甫有詩紀之，略云：『萬頃波濤木葉飛，笙簫宫殿號靈芝。』」則靈芝之號，不特世間有也。余又觀平甫女名茂者，石刻云，曾子固舊有《夢記》以述其事。然子固之筆，竟無有蓄之者。

【曾易占詩讖】曾子固之祖曾易占，南豐人。知信州玉山縣，坐法失官。閒居十餘年，執政憐之，諷令至京師。行次，至洪州樵舍僧寺，題詩屋壁云：「今朝纔是雪泥乾，日薄雲移又作寒。家山千里何時到，溪上梅花正好看。」是時慶曆七年六月二十日也，人怪其寫景不侔。既而行次睢陽而卒。其孫子固載柩還鄉，復過樵舍，乃臘中雪日梅芳。然此詩乃蔡君謨詩，易占偶書之耳。

【楚小波詩】東坡記秦少游言：「寶應民有以嫁娶會客者。酒半，客一人徑赴水，曰：『有婦人以詩招我。』詩云：『長橋直下有蘭舟，破月沖烟任意游。金玉滿堂何所用，争如年少去來休。』」然余讀張君房《脞説》楚小波事，其詩一同，但有二首爲異耳。别一詩云：「妾貌君才兩不常，君今休更苦思量。兒家自有清溪水，飲著方知氣味長。」

【蠶吐絲成段】宣和間，新喻傅侯初爲蘄春蔡氏壻。登第之歲，婦家簇蠶不繭，緣屋吐絲，自然成段。長丈餘，廣數尺，奕奕正黄，厚薄若一，如有邊幅然。鄉人以爲祥，賦詩盈軸。有一聯云：「園客有絲難比甕，鮫人無杼自成綃。」號爲絶出。洪駒父亦有一篇云：「公子青衫得意朝，閨門異事喜成謡。星河牛女支機石，泉室鮫人暗織綃。園客憑虚誇獨繭，冰蠶志怪豈同條？細看霞綺驚群眼，詎減霓裳下九霄。」

【泗州大聖送東坡過海】鄒志完言：「在嶺外，見惠州太守方君，謂其家人素奉佛，一旦夢泗州大聖來别，云將送蘇子瞻過海。遂詰之曰：『幾時當去？』答曰：『八日去。』果如所言。」故參寥以詩誌之曰：「臨淮大士本無私，應物長於險處施。親護舟航渡南海，知公盛德未全衰。」

【李似權記夢詩】李似權《記夢》詩云：「碧玉山頭碧玉泉，琤琮聲裏數流年。不知曾與何人到，笑想丹題似昔緣。」其二云：「石壁蒼苔露未乾，小池射日石團團。弄泉漱玉歸何暮，風卷横雲細細看。」

【夢人送喜雪】東坡元祐末爲禮部尚書，夢人送喜雪詩云：「是王仲至所與。」覺後唯記一聯，仲至因是以成章云：「曉雪誰驚最後時，土膏方得助甘滋。歲功已覺三元近，春事何憂一覺遲。此一聯乃得於夢中。不著寒梅容觸冒，半留紅杏惜離披。神交彼此無勞辨，更爲公題述夢詩。」

【蔣女得仙】元豐中，武陵太守蔣深之幼女，忽夢神人燎蒼楮若虬龍狀，强使吞之，自是辟穀，間誦大洞諸仙經。（中略）清逸居士潘興嗣延之爲作長歌道其略云：「蔣家女兒始笄齡，道與之貌天與形。自從一被虬龍驚，胸中落落明珠生。衆人任醉我獨醒，恍然忘味聞韶英。又夢二童携玉匣，置之懷袖心轉靈。」又云：「玉皇有詔補花童，爲仗東風齊著力。」云云。

【吕先生字元圭】世所傳吕先生詩：「黄鶴樓邊吹笛時，白蘋紅蓼對江湄。衷情欲訴誰能會，惟有清風明月知。」此吕先生非洞賓，乃名元圭者也。其詩元題於石照亭牕上，仍記歲月云：「乙丑七月二十六日」，當元豐間。喻陟爲湖北提刑，題詩其後云：「黄鶴樓邊横笛吹，石亭窗上更題詩。世人不識還歸去，江水雲山空渺瀰。」或曰：「元圭，乃先生之别字也。」

【貢士丐夢】大觀間，鄉人王耕，被貢西上。入辟雍，丐夢於二相祠。是夕，夢在一樓上顧視，賦詩曰：「樓上虚懷待月時，寫景應難不賦詩。一天列宿坐中見，萬里青山雲外歸。」明春，耕以上舍二十八名釋褐，再任筠州司理，以旅櫬歸，豈雲外之應耶？

【生有時死有地】龔侍郎，邵武人。布衣時，在京師，以祖未葬，就一道人課之。得詩云：「烏軍山畔走紛紛，余分際上照一墳。但請涂樊二師下，兒孫朱紫入朝門。」暨還家，家已葬祖訖，地名余分際，近烏軍山，乃涂、樊二道士爲遷穴。信乎諺曰：「生有時，死有地」也。

【盧多遜被謫李德裕謁之】盧相多遜南行，過瓊州，入萬安州界，宿一山館。時雨霽，月色明徹，盧徘徊月下久之。就枕，忽夢有人扣門曰：「知相國到此，奉謁耳。」問何人？曰：「唐宰相李德裕。」盧拒之曰：「彼此被罪，且異代，何面相見？」須臾，聞月下長謡，聲甚悲惋。其略曰：「萬里孤魂歸未得，春風腸斷洛陽城。」覺而惡之。盧竟終於海南。

【牛鳴盎中雉登木】東坡《聽賢師琴》詩：「平生未識宫與角，但聞牛鳴盎中雉登木。」案，《管子》：「凡聽宫，如牛鳴窖中；聽角，如雉登木以鳴，音疾以清。」故《晉書》亦云：「牛鳴盎，中宫；雉登木，中角。」（述古堂鈔本載「禁酒國」條下。按，此條實係卷五《僧義海評韓文公蘇東坡琴詩》中之一節，係卷六《事實》佚文）

【庭中花照眼】梁武帝《春歌》曰：「階上香入懷，庭中花照眼。春心一如此，情來不自限。」乃悟杜子美詩「花枝照眼句還成」之句。（述古堂鈔本載「未臘山梅樹樹花」條下。按，卷七《事實類》有「花照眼」一條，視此大意相同，惟少「春心」二句。係卷八《沿襲》佚文）

【佚文】

1《詩》三百五篇，商周之歌詞也，其言止乎禮義，聖人删取以爲經。周衰，鄭衛之音作，詩之聲律廢矣。（下略）（《事文類聚續集》卷二十四引，不詳原書卷次）

2晉皇甫謐《高士傳》載四皓見秦政虐，乃退入藍田山，而作歌曰：「莫莫高山，深谷逶迤。曄曄紫芝，可以療饑。唐虞世遠，吾將安歸？駟馬高蓋，其憂甚大。富貴之畏人，不如貧賤之肆志。」乃共入商洛山。故杜子美詩云：「吾慕漢初老，時清猶茹芝。」然「富貴之畏人，不如貧賤而肆志」，本魯仲連語耳。齊欲爵仲連，仲連逃隱海上，曰：「吾與富貴而詘于人，寧貧賤而輕世肆志焉。」（《苕溪漁隱叢話後集》卷一引《復齋漫録》。下同）

編者案：胡仔續輯《苕溪漁隱叢話後集》多引《復齋漫録》，查其文多見於《能改齋漫録》，如《能改齋漫録》卷三有「辨曲名《荔枝香》」一條，苕溪引即稱《復齋漫録》。由此似可證《復齋漫録》或是《能改齋漫録》之别稱，故引於此，供參考。

3 曹植詩：「鬬雞東郊道，走馬長楸間。」陳沈炯《邊馬有歸心》詩：「彌憶長楸道，金鞍背落暉。」杜子美《玉腕騮》詩：「頓驂飄赤汗，局蹐顧長楸。」《畫馬圖》詩：「霜蹄蹴踏長楸間。」

4《韓詩外傳》：「楚莊王使使者賫金百斤，聘北郭先生。先生謂妻曰：『楚欲以我爲相。今日爲相，即結駟列騎，食方丈於前。如何？』閨人曰：『今日結駟列騎，所安不過容膝。食前方丈，所甘不過一肉。以容膝之安，一肉之味，而殉楚國之憂，其可乎？』」又劉向《列女傳》：「楚於陵妻語：『結駟連騎，所安不過容膝。』」故晉張詮亦曰「古人以容膝爲安」，蓋指此也。一以爲北郭妻，一以爲於陵妻，未知孰是。淵明《歸去來辭》：「審容膝之易安。」世以爲語出於陶，蓋不深考者也。（同上卷三引。下同）

5《文選》五臣注《辛丑歲七月赴假還江陵夜行途中》詩云：「淵明，晉所作者，皆題年號；入宋所作，但題甲子而已。意者恥事二姓，故以異之。」思悦考淵明詩有以甲子題者，始庚子，距丙辰，凡十七年間，只九首耳，皆晉安帝時所作也。中有乙巳歲三月經錢溪作，此年秋乃爲彭澤令，解印綬去。（此二十三字原脱，據《陶靖節集》補。）後一十六年庚申，晉禪宋，恭帝元熙二年也。寧有晉未禪宋，輒恥事二姓，所作詩但題甲子而自取異哉。矧詩中又無有標晉年號者。余觀《南史·淵明傳》亦云：「所著文章，皆題其年月。義熙以前，明書晉氏年號。自永初以來，惟云甲子而已。」乃知《南史》之失，有自來矣。

6太白《襄陽歌》云：「清風明月不用一錢買，玉山自倒非人推。」按《世説》：「山公稱：叔夜岩岩，若孤松之獨秀；至其醉也，若玉山之將崩。」戴逵《酒讚》云：「醇醪之興，與理不乖。古人既陶，至樂乃開。有客乘之，隗若山頽。」（同上卷四引）

7《唐六典》：「左右拾遺，掌供奉諷諫。凡發令舉事，有不便於時，不合於道者，小則上封，大則廷諍。」子美以至德二載拜左拾遺，故《寄賈司馬》云：「法駕還雙闕，王師下八川。此時霑奉引，佳氣拂周旋。」奉酹嚴公《題野亭》云：「拾遺曾奏數行書，懶性從來水竹居。奉引濫騎沙苑馬，幽棲真釣錦江魚。」此兩詩所以言供奉也。《春宿左省》云：「明朝有封事，數問夜如何。」《出左掖》云：「避人焚諫草。」此兩詩所以言小則上封，大則廷諍也。（同上卷五引。下同）

8張華《博物志》曰：「江陵有臺甚大，而惟有一柱，衆梁皆共此柱。後土人呼爲木履觀，或曰一柱觀。」梁劉孝綽《江津寄劉之遴》云：「經過一柱觀，出入三休臺。」故子美《泊松滋江亭》云：「一柱全應近，高唐莫再經。」《下峽》云：「船經一柱過，留眼共登臨。」《送李功曹之荊州》云：「孤城一柱觀，落日九江流。」《又所思》云：「九江日落醒何處，一柱觀頭眠幾回。」《夔府詠懷》云：「音徽一柱數。」

9高昌有草，實如繭，繭中絲如細纊，名爲白氎子。國人織以爲布，甚軟白，見《南史》。故《贊公房》詩：「光明白氎巾。」

10《國史補》云：「唐人燕集必賦詩，推一人擅場。郭曖尚升平公主盛集，李端擅場。送劉相巡江淮，錢起擅場。」乃知子美詩：「畫手看前輩，吴生遠擅場。」唐人素有此語。（同上卷六引。下同）

11張景陽詩：「昔在西京時，朝野多歡娱。」故子美詩：「朝野歡娱後，乾坤震蕩中。」後漢吴漢亡命在漁陽，會王郎起，漢説太守彭寵曰：「漁陽突騎，天下所聞也。君何不合二郡精鋭，附劉公擊邯鄲？此一時之功也。」故子美詩：「漁陽突騎猶精鋭。」又：「漁陽突騎邯鄲兒。」

12古詩云：「採葵莫傷根，傷根葵不生。結友莫羞貧，羞貧友不成。」杜詩「刈葵莫放手，放手傷葵根」者，蓋取此也。

13「昨日玉魚蒙葬地，早時金盌出人間。」鄧忠臣乃引茂陵玉盌爲據，少陵豈以玉盌爲金盌哉？蓋指盧充幽婚事也。（同上卷七引。下同）

14《文選·古詩》：「河漢清且淺，相去復幾許。盈盈一水間，默默不得語。」梁劉孝儀《詠織女》詩：「欲待黄昏至，含嬌渡淺河。」隋江總《七夕》詩：「婉孌期今夜，飄飄渡淺流。」王謹《七夕》詩：「天河横欲曉，風駕儼應飛。」故杜子美《天河》詩：「牛女年年渡，何曾風浪生？」

15崔豹《古今注》云：「秦築長城，土皆紫色，謂之紫塞。南徼土色丹，謂之丹徼。塞則壅塞夷狄也。徼，遶也，免侵中國也。」《千字文》：「雁門紫塞。」鮑昭《蕪城賦》：「北走紫塞雁門。」故子美詩：「旅雁上雲歸紫塞。」又：「紫塞寧論尚有霜。」又：「翻然紫塞翮，下拂明月輪。」(同上卷八引)

16《冷齋夜話》謂：「山谷言：退之詩：『喚起牕全曙，催歸日未西。無心花裏鳥，更與盡情啼。』爲兒時不能解其意。後年五十八，出峽時春曉，方悟喚起、催歸，二禽名也。喚起，聲如絡緯，圓轉清亮，偏于春曉鳴，江南謂之春喚。」凡此皆《夜話》所載山谷語也。予嘗讀唐《顧渚茶山記》曰：「顧渚山中，有鳥如鸜鵒而色蒼，每至正月二月，作聲曰『春起也』，至三月四月曰『春去也』。採花人呼爲喚春鳥。」然則喚起之名，唐人已説矣。豫章不舉以爲證，何邪？(同上卷十引)

17柳子厚《寄劉夢得》詩：「書成欲寄庾安西，紙背應勞手自題。聞道近來諸子弟，臨池尋已厭家雞。」蓋其家有右軍書，每紙背庾翼題云：「王會稽六紙。」其詩謂此也。故夢得有酬家雞之贈，乃答前詩，非子厚作也。其中有「柳家新樣元和脚」人竟不曉，高子勉舉以問山谷，山谷云：「取其字製之新。昔元豐中，晁無咎作詩文極有聲，陳無已戲之曰：『聞道新詞能入樣，湘州紅纈鄂州花。』蓋湘州纈、鄂州花也。則柳家新樣元和脚者，其亦此類與？」余頃見徐仙者，效山谷書，而無已以詩寄之曰：「蓬萊仙子補天手，筆妙詩清萬世功。肯學黄家元祐脚，信知人厄非天窮。」則知山谷之言無可疑。最後，見東坡《柳氏求筆迹》詩：「君家自有元和手，莫厭家雞更問人。」其理雖同，但手字爲異。(同上卷十一引。下同)

18東坡論子厚詩：「『盛時一失貴反賤，桃笙葵扇安可常？』不知桃笙爲何物。偶閲《方言》：『簟，宋、魏之間謂之笙。』乃悟桃笙，以桃竹爲簟也。」余按，唐萬年尉段公路《北户録》云：「瓊州出紅藤簟，方言謂之笙，或曰蘧篨，亦曰行唐。」沈約《奏彈歆令仲文秀恣横》云：「令吏輸六尺笙四十領。」何東坡忘之邪？

19余讀唐楊巨源詩「江邊楊柳麴塵絲」之句，皆不知所本。其後讀夢得《楊柳枝詞》云：「鳳闕輕遮翡翠幃，龍池遥望麴塵絲。御溝春水相輝映，狂殺長安年少兒。」乃知巨源取此。今巨源集作「緑煙絲」，非也。（同上卷十二引）

20後周制令，宫人庭拜爲男子拜。故王建云：「射生宫女宿紅妝，請得新弓各自張。臨上馬時齊賜酒，男兒跪拜謝君王。」（同上卷十四引）

21薛能《吴姬》詩：「樓臺重疊滿天雲，殷殷鳴鼉世上聞。此日楊花初似雪，女兒絲管弄參軍。」本朝張景景德三年以交通曹人趙諫，斥爲房州參軍，景爲《屋壁記》，略曰：「近置州縣參軍，無員數，無職守，悉以曠官敗事違戾政教者爲之。凡朔望饗宴使與焉。處人一見之，必指曰：『參軍也，嘗爲某罪矣。』至於倡優爲戲，亦假而爲之，以資玩戲，況真爲者乎。宜爲人之輕視，又將狎而侮之。」大略如此。余按，《樂府雜録》云：「戲弄參軍，自漢館陶令石耽有贓犯，和帝惜其才，免罪，每宴樂，令衣白衫，命優伶戲弄辱之。經年，乃放爲參軍。」然則戲弄參軍，自漢已然矣，不始於唐世也。又五代王建時，王宗侃責受維州司户參軍，曰：「要我頭時斷去！誰能作此措大官，使俳優爲

弄參軍邪！」(同上卷十六引)

22景文《詠叔孫通》云：「馬上成功不喜文，叔孫綿蕞擅經綸。諸生可笑貪君賜，便許當時作聖人。」王逢原詠叔孫通作，亦用此意云：「弟子由來學未純，異時得失亦頻頻。一官所一作貨。買知多少，便擬先生作聖人。」其用意正同。今荆公集所載宋詩，非也。(同上卷二十引)

23《漢皋詩話》謂：「杜詩：『東閣官梅動詩興，還如何遜在揚州。』今本傳不見揚州事。遜《早梅》詩云：『荒園標物序，驚時最是梅。銜霜當路發，映雪擬寒開。枝横却月觀，花遶凌風臺。朝洒長門泣，夕駐臨邛杯。應知早飄落，故逐上春來。』」此詩見《初學記》，杜詩所用，非爲此也。《三輔決録》云：「遜在揚州，見官梅亂發，賦四言詩，人争傳寫。」故東坡詩云：「何遜揚州又幾年，官梅詩思故依然。」(今本卷六有「何遜早梅詩」條，文與此有詳略異同。同上卷二十一引。下同)

24范蔚宗與陸抗相善，自江南折梅一枝，詣長安與蔚宗，并詩曰：「折梅逢驛使，寄與隴頭人。江南無所有，聊贈一枝春。」余見《説苑》記越使諸發，執一枝梅遺梁王，梁王之臣韓子謂左右曰：「惡有以一枝梅以遺列國之君者乎？」則知遺使折梅，已具劉向《説苑》矣。范詩出《荆州記》。

25嘉祐七年冬，宴群臣於群玉殿。英宗以皇子預坐，在舍人待制之後。岐公詩云：「翠輦生香容扈蹕，黄金塗紙看揮毫。」介甫云：「何不言翠玉裝輿？」岐公改之以進。

26《杜陽雜編》言：「舒元輿舉進士，既試，脂炬，人皆自將。」以余考之，唐制如此耳。故《廣記》云：「唐制，舉人試日，既暮，許燒燭三條。」韋永貽試日先畢，作詩云：「三條燭盡鐘初動，九轉丹成鼎未開。明月漸低人擾擾，不知誰是謫仙才。」而舊説亦言舉人試日已晚，試官權德輿於簾下戲云：「三條燭盡，殘舉子之心。」而舉子遂答曰：「八韻賦成，驚破侍郎之膽。」乃知唐制許舉子見燭之條。而本朝著令，不許見燭，則又甚矣。

27 邵堯夫居洛四十年，安貧樂道，自云未嘗皺眉，故詩云：「平生不作皺眉事，世上應無切齒人。」所居寢息處爲安樂窩，自號爲安樂先生。其西爲甕牖，讀書燕居，旦則焚香獨坐，晡時飲酒三四甌，微醺便止，不使至醉也。嘗有詩云：「斟有淺深存燮理，飲無多少繫經綸。莫道山翁拙於用，也能康濟自家身。」喜吟詩，作大字書。然遇興則爲之，不牽强也。大寒暑則不出，每出則乘小車，爲詩以自詠曰：「花似錦時高閣望，草如茵處小車行。」温公贈以詩曰：「林間高閣望已久，花外小車猶未來。」堯夫每出，隨意所之，遇主人喜客，則留三五宿，又之一家，亦如之。或經月忘返。雖性高潔，而對賓客接人，無賢不肖貴賤，皆歡然相親。自言：「若至重疾，自不能支。其有小疾，有客對話，不自覺疾之去體也。」學者從之問經義，精深浩博，應對不窮，思致幽遠，妙極道數。間有相知之深者，開口論天下事，雖久存心世務者，不能及也。朝廷嘗用大臣薦，以官起之，不屈。及其死，以著作佐郎告賜其家，邦人請易其名於朝，太常考行，謚之曰康節。（同上卷二十二引。下同）

28 仁宗朝，張冕學士賦《蜀中海棠》詩，姚立取以載之《海棠記》中云：「山木瓜開千顆顆，水林檎發一攢攢。」注云：「大約木瓜林檎花初發，皆與海棠相類。」若冕言，則江西人正謂棠梨花耳。惟紫錦色者，始謂之海棠。按姚立記云：「其花五出，初極紅，如胭脂點點然。及開則漸成纈暈，至落則若宿妝淡粉。」審此，則似木瓜林檎二花者，非真海棠明矣。晏元獻云：「已定復摇春水色，似紅如白海棠花。」然則元獻亦與張冕同意邪？

29鄭谷《蜀中海棠》詩二首，前一云：「穠艷最宜新着雨，妖嬈全在欲開時。」一云：「浣花溪上堪惆悵，子美無情爲發揚。」故錢希白《海棠》詩云：「子美無情甚，郎官着意頻。」歐公以鄭詩爲格卑。近世陳去非嘗用鄭意賦《海棠》云：「海棠默默要詩催，日暮紫綿無數開。欲識此花奇絶處，明朝有雨試重來。」雖本鄭意，便覺才力相去不侔矣。山谷亦有「紫綿揉色海棠開」之句。

30東坡《雨中明慶賞牡丹》云：「霏霏雨露作清妍，爍爍明燈照欲燃。明日春陰花未老，故應未忍著酥煎。」又云：「千花與百草，共盡無妍鄙。未忍污泥沙，牛酥煎落蕊。」孟蜀時兵部尚書李昊，每將牡丹花數枝分遺朋友，以牛酥同贈，且曰：「俟花凋謝，即以酥煎食之，無棄穠艷。」其風流貴重如此。(同上卷二十三引。下同)

31東坡言古今七言偉麗之句，永叔一聯云：「蒼波萬古流不盡，白鳥雙飛意自閑。」上句取李太白「長波瀉萬古」之句。東坡一聯云：「令嚴鐘鼓三更月，野宿貔貅萬竈烟。」上句取杜子美「中天懸明月，令嚴夜寂寥」之句也。

32荆公既排退之，而喜揚雄，故著説以明《劇秦》非雄所作，又爲詩以辨之曰：「豈嘗知符命，何苦自投閣。長安諸愚儒，操行自爲薄。謗誚出異己，傳載因疏略。孟軻勸伐燕，伊尹干説亳。扣馬觸兵鋒，食牛要禄爵。史官蔽多聞，自古喜穿鑿。」蓋以投閣劇秦等事比伊尹干湯、伯夷扣馬、百里奚飯牛，爲不足信也。人之嗜好，一有所惑如此。然其後又作絶句以詠雄云：「他年未免投天閣，虚爲新都著劇秦。」又古詩云「歲晚天禄閣，强顔爲劇秦」者，何邪？（同上卷二十五引。下同）

33陳無己《詩話》謂：「平甫以楊蟠《金山》詩爲莊宅牙人語，解量四至。詩云：『天末樓臺横北固，夜深燈火見揚州。』」然余觀荆公《金山》詩，前四句亦類此：「天末海門横北固，烟中沙岸似西興。已無船舫猶聞笛，遠有樓臺祇見燈。」

34賀方回辭有《雁後歸》云：「巧剪合歡羅勝子，釵頭春意翩翩。豔歌淺笑拜嬌然。願郎宜此酒，行樂駐華年。未至文園多病客，幽襟悽斷堪憐。舊游夢掛碧雲邊。人歸落雁後，思發在花前。」山谷守當塗，方過焉，人日席上作也。腔本《臨江仙》，山谷以方回用薛道衡詩，故易以《雁後歸》云。唐劉餗《傳記》云：「隋薛道衡聘陳，作《人日》詩曰：『入春纔七日，離家已二年。』南人嗤之。及云『人歸落雁後，思發在花前』，乃曰：『名下無虚士。』」

35内翰顧子敦身體魁偉，與山谷同在館中。夏多晝寢，山谷俟其耳熱熟寐，即於子敦胸腹間寫字，子敦苦之。一日，據案而寢。既覺，曰：「爾亦無如我何。」及還舍，夫人詰其背字，脱衣觀之，乃山谷所題詩云：「緑暗紅稀出鳳城，暮雲樓閣古今情。行人莫聽宫前水，流盡年光是此聲。」此乃市廛多用此語以文背，故山谷因以爲戲。（同上卷二十六引。下同）

36東坡《筆記》謂：「李將軍思訓作《明皇摘瓜圖》。嘉陵山川，帝乘赤驃，起三騣，與諸王嬪御十數騎，出飛仙嶺下。初見平陸，馬皆若驚，而帝馬見小橋不進，正作此狀。不知三騣謂何。今乃見岑參詩有《衛尚書赤驃馬歌》云：『赤髯胡雛金剪刀，平時剪出三騣高。』乃知唐御馬多剪治，而三騣其飾也。」以上皆東坡説也。余讀白樂天詩云：「舞衣裁兩葉，馬鬣剪三花。」楊巨源《觀打毬》詩云：「玉勒回時露赤汗，花騣分處拂紅纓。」嚴維作《敕命賜寧王馬》詩亦有云：「鏡點黄金眼，花開白雪騣。」何東坡獨忘樂天等詩邪？余又嘗見小説言，開元天寶間，世尚輕肥，多愛三花飾馬。郭若虚家藏韓幹畫《貴戚閲馬圖》，中有三花馬。蘇大參家有韓幹畫《三花御馬》。晏元獻家張一畫《虢國出行圖》，其上亦有三花馬。蓋三花馬，剪騣爲三辮耳。

37《古樂府》張正見《雉子斑》云：「惟當渡弱水，不怯如皋箭。」毛處約《雉子斑》云：「能使如皋路，相迎巧笑間。」蓋用賈大夫事耳。而黄朝英《緗素雜記》乃謂東坡錯用如皋事，故云：「不向如皋閑射雉，歸來何以得卿卿？」蓋承古樂府之誤耳。若潘安仁《射雉賦》云：「昔賈氏之如皋，試解顔之一笑。」山谷《南園記》云：「可盡記子之言，我將鑱之南園之石，他日御以如皋，雖不獲雉，尚期一笑哉。」若二公者，真可謂得傳意。

38韓子蒼言：「作語不可太熟，亦須令生。近人論文，一味忌語生，往往不佳。東坡作《聚遠樓》詩，本合用『青江緑水』對『野草閑花』，以此太熟，故易以『雲山烟水』，此深知詩病者。」予然後知陳無己所謂「寧拙毋巧，寧朴毋華，寧粗毋弱，寧僻毋俗」之語爲可信。（同上卷二十七引）

39《洛陽伽藍記》言：「河間王有婢，名曰朝雲，善吹篪。諸羌叛，王令朝雲假爲老嫗吹篪，羌人無不流涕，後降。語曰：『快馬健兒，不如老嫗吹篪。』」然則名婢曰朝雲，不始於東坡也。（同上卷二

十九引)

40無己呼山谷爲金華仙伯,故《題李白真》詩:「金華仙伯哦七字,好事不復千金模。」蘇養直詩亦云:「但見金華仙伯語,筆端邱壑飽經心。」(同上卷三十一引。下同)

41山谷謫涪州别駕,因自號涪翁。按,《益部耆舊傳》:「廣陵有老翁,釣於涪水,自號涪翁。」然則涪翁之稱,古有之矣。

42韓子蒼言:「張文潛集中載《中興頌詩》,疑秦少游作,不惟浯溪有少游字刻,兼詳味詩意,亦似少游語也。此詩少游號傑出,第『玉環妖血無人掃』之句爲病。蓋李遐周詩云:『若逢山下鬼,環上繫羅衣。』貴妃之死,高力士以羅巾縊焉,非死兵刃也。」然余以杜詩有「血污遊魂歸不得」之語,亦指妃子。張蓋本杜也。

43山谷《題子美浣花圖》云:「鄰家有酒邀皆去,得意魚鳥來相親。」按《世説》:「簡文入華林園,曰:『會心處不必在遠。翛然林水,便自有濠濮間趣,覺鳥獸禽魚,自來親人。』」又《贈晁無咎》詩:「雞蘇胡麻留渴羌,不應亂我官焙香。」按《拾遺記》:「晉有羌人姚馥,字世芬,充圉人。每醉中好言王者興亡事,但言渴於酒。群輩呼爲渴羌也。」

44諺云:「情人眼裏有西施。」又云:「千里寄鵝毛,物輕人意重。」皆鄙語也。山谷取以爲詩,故《答公益春思》云:「草茅多奇士,蓬蓽有秀色。西施逐人眼,稱心最爲得。」《謝陳適用惠紙》云:「千里鵝毛意不輕。」

45《潘子真詩話》云：「『霜威能折綿』之句，余問山谷所從出，山谷曰：『勁氣方凝酒，清威正折綿。庾肩吾詩也。』」余讀晉阮籍《大人先生歌》，略曰：「陽和微弱陰氣竭，海凍不流綿絮折，呼吸不通寒冽冽。」乃知折綿之事，始於阮籍，庾肩吾用此耳。豈山谷偶忘之邪？（同上卷三十二引）

46少游別蘇子由於斗野亭，作詩云：「古埭天連雁，荒祠木蔽牛。不堪春解手，更爲晚停舟。」子由和云：「飲食逢魚蟹，封疆入斗牛。」予觀其意，上句取杜詩「青青竹筍迎船出，白白江魚入饌來」。其下句乃取庾蘭成「路已分于湘漢，星猶看于斗牛」也。（同上卷三十三引。下同）

47「書當快意讀易盡，客有可人期不來。世事相違每如此，好懷百歲幾回開。」其後又寄黄充，前四句云：「俗子推不去，可人廢招呼。世事每如此，我生亦何娱？」蓋無己得意，故兩見之。

48《荆楚歲時記》：「正月七日，剪綵爲人，或鏤金薄，貼屏風上，亦戴之。像人入新年，形容改新。」無已《立春》詩云：「巧勝向人真耐老，衰顔從俗不宜新。」更覺其工。

49芸叟嘗評詩云：「永叔之詩，如乍成春服，乍熱醱醅，登山臨水，竟日忘歸。王介甫之詩，如空中之音，相中之色。人皆聞見，難可着模。石延年之詩，如飢鷹夜歸，岩冰春拆，迅逸不可言。蘇東坡之詩，如武庫初開，矛戟森然，不覺令人神慄。仔細檢點，不無利鈍。梅聖俞之詩，如深山道人，草衣葛履，王公見之，不覺屈膝。郭功甫之詩，如大排筵席，二十四味，終日揖遜，求其適口者少矣。」世以爲知言。余謂芸叟之論公否，未敢必然。觀東坡所記《芸叟西征途中》詩，止云：「張舜民通練西事，稍能詩而已。」則東坡蓋不以善詩待芸叟邪。

50《辨蜀論》云（中略）余後因讀《外史檮杌》，見五代時後唐魏王伐蜀之後，朝廷頗疑蜀人，凡有勢力貲產之族，悉令遣入洛。隱士張立爲詩以諷曰：「朝廷不用憂巴俗，稱伯何曾是蜀人？」乃知子西用其意。凡子西數百言，而立以十四字盡之，可謂簡而當矣。（同上卷三十四引。下同）

51晁元忠《西歸》詩：「安得龍山潮，駕回安省水。水從樓前來，中有美人淚。」子蒼取其意以代葛亞卿作詩云：「君住江濱起畫樓，妾住海角送潮頭。潮中有妾相思淚，流到樓前更不流。」唐孫叔向有《經昭應温泉》詩云：「一道泉回繞御溝，先皇曾向此中游。雖然水是無情物，也到宫前咽不流。」子蒼末句又用孫語也。

52王公韶少日讀書於廬山東林裕老庵，庵前有老松，因賦詩云：「緑皮皺剥玉嶙峋，高脚分明似古人。解與乾坤生氣概，幾因風雨長精神。裝添景物年年换，擺捭窮愁日日新。惟有碧霄雲裏月，共君孤影最相親。」王荆公爲憲江東，過而見之，大加稱賞，遂爲知己。（同上卷三十六引）

53臨川距城南一里有觀，曰魏壇，蓋魏夫人經游之地。具諸顔魯公之碑。以故諸女真嗣緒不絶，然而守戒者鮮矣。陳虚中崇寧間守臨川，爲詩曰：「夫人在兮若冰雪，夫人去兮仙蹤滅。可惜如今學道人，羅裙帶上同心結。」（下略）（同上卷三十七引）

54東坡記秦少游言：「寶應民有嫁娶會客者，酒半，客一人徑赴水曰：『有婦人以詩招我。』詩云：『長橋直下有蘭舟，破月衝烟任意游。金玉滿堂何所用，争如年少去來休。』」余讀張君房《脞説》：「進士謝朏，寓居寶應，曉至縣橋，忽見女郎自舟中出，曰：『某楚小波也，可見訪舟中。』懷中出詩二首，其一云：『畫橋直下是蘭舟，搶月衝烟任意游。金玉滿堂無處用，蚤隨年少去來休』。其二云：『妾貌君才兩不常，君今休苦更思量。兒家自有清溪水，飲到方知氣味長。』」前篇與少游所言不同者七字，更有二首爲異。至謂寶應，亦同。君房著《脞說》，在真廟時，不應東坡、少游忘之也。（今本卷十八有楚小波詩條，文較本條爲略。同上卷三十八引。下同）

55魯直記江亭鬼所題詞，有「淚眼不曾晴」之句。余以此鬼剽東坡樂章「秋雨晴時淚不晴」之語。

56鄒志完志完，鄒浩字。原文避欽宗嫌名作「志全」，今回改，下同。徙昭，陳瑩中貶廉，間以長短句相諧樂。（中略）廣陵馬推官，往來二公間，亦嘗以詩詞贈之：「有才何事老青衫，十載低徊北斗南。肯伴雪髯千日醉，此心真與古人參。」「今見故人今幾年，此句有誤字。年來風物尚依然。遥知閑望登臨處，極目江山萬里天。」志完語也。原作「志全完語也」，本衍完字，實衍全字。「一樽薄酒，滿酌勸君君舉手。不是親朋，誰肯相從寂寞濱？人生如夢，夢裏惺惺何處用？盞到休辭，醉後全勝未醉時。」瑩中語也。初，自志完元符間貶新州。徽宗即位，以爲中書舍人。乃未幾謫零陵别駕，龍水安置。未幾，徙昭焉。（同上卷三十九引）

57今市中所賣姜豉，以細抹豬肉凍而爲之，自唐以來有也。《朝野僉載》：「姜悔爲吏部侍郎，眼不識字，手不解書。濫掌銓衡，曾無分别。選人歌曰：『今年選數恰相當，抑由坐主無文章。案後一腔凍豬肉，所以名爲姜豉郎。』」（《永樂大典》卷七千三百二十八引）

58荆公在鍾山下棋時,薛門下與焉。賭梅花詩一首。薛敗而不善詩,荆公爲代作,今集中所謂「薛秀才」者是也。薛既宦達,出知金陵。或者嘲以詩曰:「好笑當年薛乞兒,荆公坐上賭梅詩。而今又向江東去,奉勸先生莫下棋。」薛書名似丐字,故人有乞兒之論。向來多謂此詩韓子蒼作,非也。(李壁箋注《王荆文公詩》卷四十二《與薛肇明弈棋賭梅詩輸下》引吴曾《漫録》)

(冀勤)

考古編

程大昌　撰

程大昌（一一二三——一一九五），字泰之，徽州休寧（今屬安徽）人。《考古編》十卷，《四庫全書》收載，久無刻本。清乾隆時屈振鏞傳鈔十卷本，後由昭文張海鵬刻入《學津討原》。涵芬樓本《説郛》卷四十八引作《程氏則古》，注謂作於淳熙辛丑（一一八一）。此據《學津討原》本選録。

【唐試通晝夜】唐人嘗有題詩試闈者，曰：「三條燭盡鐘初動，九轉丹成鼎未開。殘月漸低人擾擾，不知誰是謫仙才。」讀此知其爲夜試矣。而未知自夜以始耶？抑通晝夜也？《白樂天集》長慶元年《重考試進士事宜狀》：「伏準禮部試進士例：許用書策，兼得通宵。得通宵則思慮精，用書策文字不錯。然重試之日，書策不容一字，木燭只許兩條。迫促驚忙，幸皆成就。與禮部所試不同，縱有瑕病，或可矜量。」其曰通宵，則知自晝達夜。前詩言盡三燭，而此止得兩燭，皆可略存唐制也。（卷七。下同）

【古詩分韻】梁天監中，曹景宗立功還，武帝宴華光殿聯句，令沈約賦韻，獨景宗不預，固啓求賦詩。韻已盡,惟餘「競」、「病」二字。景宗操筆而成,所謂「歸來笳鼓競」者是也。初讀此,(丁)〔了〕未曉賦韻韻盡爲何等格法,偶閱《陳後主集》,見其《序宣猷堂宴集五言》曰:「披鉤賦詠,逐韻多少次第而用。」座有江總、陸瑜、孔範等三人後至,韻得迮、格、白、赫、易、夕、擲、斥、拆、唶字,其時用韻次前後正同,曾不攙亂一字,乃知其説是先書韻爲鉤,坐客均探,各據所得,循序賦之,正後代次韻格也。唐世次韻,起元微之、白樂天二公,自號元和體,曰古未之有也,抑不知梁陳間已嘗出此。但其所次之韻以探鉤所得,而非酬和先倡者,是小異耳。又楊衒之《洛陽伽藍記》載王肅入魏,舍江南故妻謝氏,而娶元魏帝女,其故妻贈之詩曰:「本爲簿上蠶,今爲機上絲。得路遂騰去,頗憶纏綿時。」其繼室代答先謝,正次用絲時兩韻,則亦以唱和爲次矣。

【詩窮乃工】白樂天題李杜詩卷,歷叙二公流落而詩名動四夷者,末乃曰:「天意君須會,人間要好詩。」此歐公所謂「非詩窮人,窮而後工」者也。

【後山用僧句意】吴僧《錢塘白塔院詩》曰:「到江吴地盡,隔岸越山多。」陳後山詩話鄙其語不文,曰:「是分界堠子耳。」及後山在錢唐,仍有句曰:「語音隨地改,吴越到江分。」如此如李光弼用郭子儀旗幟士卒,而號令所及,精彩皆變者也。

【華清宫生荔枝】「長安回望繡成堆,山頂千門次第開。一騎紅塵妃子笑,無人知道荔枝來。」説者非之,謂明皇帝以十月幸華清宫,涉春輒回,是荔枝熟時未嘗在驪山。然咸通中有袁郊者,作《甘澤謡》載許雲封所得《荔枝香》笛曲曰:「天寶十四年六月一日,貴妃誕辰,駕幸驪山。命小小部音聲奏樂長生殿，進新曲，未有名。會南海獻荔枝，因名《荔枝香》。」《開元遺事》：帝與妃每至七月七日夜，在華清宫游宴。而白樂天《長恨歌》亦言「七月七日長生殿，夜半無人私語時」，則知杜牧之詩乃當時傳信語也。世人但見唐史所載，遽以傳聞而疑傳信，最不可也。（卷八）

【郝靈荃】開元間得默啜首者，《唐史》爲郝靈荃。白樂天《新豐折臂翁詩》注云「郝雲岑」，雲岑者，豈其字或藩官耶？（卷九）

（徐俊）

演繁露

程大昌 撰

《演繁露》十六卷、《續集》六卷，此據《學津討原》本選録。

【卞山】湖州卞山，其形嵯峨，略如弁狀。故東坡初至湖詩曰：「聞有卞山何處是，爲君四面意求看。」及其至郡已久，凡詩所賦而及此山，則字皆爲「卞」，不復爲「弁」。蓋《圖經》云卞姓居之，故其山名卞也。至《風土記》則曰：「烏程縣峅山，望之有黄氣紫雲，大吴故以葬焉。」（《御覽》八。）其字又加山爲「峅」，不知孰是？案左氏昭九年爲「弁髦」，杜預釋之曰：「弁，冠也。」陸曰：「弁亦作卞。」然則「卞」「弁」古蓋通用矣。謂山形爲「弁」亦與「卞」通。（卷一。下同）

【水碧】李太白詩多言「采水碧」，碧，玉類也，水中有此碧也。字書曰：碧者，玉之縹青者也。《水經》於穀水源派載《山海經》之言曰：「紵麻間，其中多碧。」《玉篇》玉部引《山海經》亦云：「商山下多青碧。」郭璞曰：「亦玉類也。」此之謂「碧」即王褒謂爲「碧雞」之「碧」也。古大夫佩水蒼玉，其殆用此乎？今信州水精，其品下而不瑩者多爲縹青之色。

【五馬】太守五馬，莫知的據。古樂府「五馬立躊躕」，即其來已久。或言《詩》有「良馬五之」，侯國事也，然上言「良馬四之」，下言「良馬六之」，則或四或六，元非定制也。漢有駟馬車，正用四馬。而鄭玄注《詩》曰：《周禮》：「州長建旟。」漢太守比州長，法御五馬。玄以州長比方漢州，大小相絶遠矣。周之州乃反統隸於縣，比漢太守，品秩殊不侔，不足爲據。然鄭後漢時人，則太守之用五馬，後漢已然矣。至唐白樂天《和深春二十詩》曰：「五疋鳴珂馬，雙輪畫戟車。」至其自杭分司，有詩曰：「錢唐五馬留三疋，還擬騎來攪擾春。」老杜亦曰：「使君五馬一馬驄。」則是真有五馬矣。若其制之所始，則未有知者。（卷二）

【流離】（上略）東坡作《藥玉盞詩》曰：「鎔鉛煮白石，作玉真自欺。」東坡謂煮，即《穆傳》之謂鑄，顔氏之謂銷冶者也。然中國所鑄有與西域異者，鑄之中國，則色甚光鮮而質則輕脆。沃以熱酒，隨手破裂。至其來自海舶者，製差樸鈍，而色亦微暗，其可異者，雖百沸湯注之，與磁銀無異，了不損動。是名番琉璃也。（下略）（卷三。下同）

【渾姓】《劉禹錫集》二十八《送渾大夫赴豐州》，其詩曰：「鳳銜新詔降恩華，又見旌旗出渾家。」然則渾姓側聲也。

【投五木瓊櫬玖骰】（上略）唐世則鏤骨爲竅，朱墨雜塗數以爲采，亦有出意爲巧者，取相思紅子納置竅中，使其色明現而易見。故温飛卿豔詞曰：「玲瓏骰子安紅豆，入骨相思知也無。」凡此二者，即今世通名骰子也。（下略）（卷六。下同）

【五白梟犍】老杜《今夕行》曰：「馮陵大叫呼五白，袒跣不肯成梟盧。」觀其意脉，正用劉毅事，而五白非摴蒱所貴，不知杜獨何據也。摴蒱家謂二白三黑爲犍。犍，惡齒也。《御覽》曰：六博五擲皆犍，不爲不能。則知犍爲惡齒也。

【長短句】魏、晉、唐郊廟歌率多四字爲句，唐曲在者如《柳枝》《竹枝》《欸乃》，句皆七字，不知當時歌唱用何爲調也？張華表曰：漢氏所用文句長短不齊。則今人以歌曲爲長短句者，本張華所陳也。（通典・樂門）

【烏鬼】《元稹集》十三《聽庾及之彈烏夜啼引》曰：「四五年前作拾遺，（中略）謫官詔下吏遣驅，身作拘囚妻在遠。歸來相見淚如珠，唯説閑宵長拜烏。君來到舍是烏力，妝點烏盤邀女巫。（中略）當時爲我賽烏人，死葬咸陽原上地。」案稹此詩即是其妻爲稹賽烏而得還家者，則唐人祀賽烏鬼有自來矣。

【摶黍】（上略）或以爲摶黍黄鳥也，王介甫詩：「蕭蕭摶黍聲中日，漠漠春鉏影外天。」説春鉏白鷺也，以鷺對鶯也。但不知摶黍之爲黄鶯何出耳。

【李白墓】采石江之南岸田畈間有墓，世傳爲李白葬所。累甓圍之，其墳略可高三尺許，前有小祠堂，甚草草。中繪白像，布袍裹軟脚幞頭，不知其傳真否也？白嘗供奉翰林，終不曾得官，則所衣白袍是矣。范傳正作白碑曰：白之孫女言曰，嘗殯龍山之東麓，墳高三尺。傳正時爲宣歙觀察使，諭當塗令諸葛縱改葬于青山。則在舊塋之東六里矣。其時元和十二年也。然則龍山、青山兩地皆著白墳，亦有實矣。至謂白以捉月自投于江，則傳者誤也。曾鞏曰：范傳正志白墓，稱白偶乘扁舟，一日千里。白之歌詩亦自云如此。或者因其豪逸，又嘗草瘞江邊，乃飾爲此説耳。正史及范碑，皆無捉月事，則可證矣。

【煙脂】（上略）《史記·匈奴傳》：「霍去病出隴西，過居延，攻祁連山。」《索引》曰：「《西河舊事》：『天山在張掖、酒泉二界上，東西二百餘里，南北百餘里，有美木水草，宜畜牧。匈奴既失二山，二山謂祁連山、燕支山也。乃歌云：「亡我祁連山，使我六畜不蕃息；失我燕支山，使我婦女無顔色」。』祁連一名天山也。」（下略）（卷七。下同）

【正色間色流黄】《環濟要略》曰：正色五，謂青、赤、黄、白、黑也。間色五，謂紺、紅、縹、紫、流黄。《御覽》八百十四。孟子曰「惡紫恐其亂朱」，蓋以正色爲尚，間色爲卑也。流黄不知何物。古詩曰「中婦織流黄」，魯直詩曰「明於機上之流黄」，則流黄者，織絲之色也。染絲而織，惟錦爲然，今專言流黄，恐是黄繭之絲也。

【霓裳】樂天《和元微之霓裳羽衣歌》略曰：「移領錢塘第二年，始有心情問絲竹。玲瓏箜篌附好箏，教得《霓裳》一曲成。前後祇應三度案，聞道而今各星散。今年五月至蘇州，忽憶《霓裳》無處問。聞君部内多樂徒，問有《霓裳》舞者無。」元答云：「七州十萬户，無人知有《霓裳舞》。惟寄長歌與我來，題作《霓裳羽衣譜》。」案此乃樂天守杭日自教官妓玲瓏習爲《霓裳舞》，至樂天鎮蘇時，習舞者已皆不存。元微之爲越守，樂天求此舞人於越，而越中無之，但寄得《霓裳歌》以爲之譜耳。元、白距明皇不遠，此時此曲已自無傳，况今日乎。

【馬人】退之《上廣帥詩》曰：「上日馬人來。」《傳燈録》曰：「富那夜奢昔爲毗舍利國王，其國有一類人如馬倮露。王運神力分身爲蠶，彼乃得衣。王後復生中印度，馬人感戀悲鳴，因號馬鳴大士。案中印度在西域，西域地與廣近，豈唐時嘗有中印度人來至廣境耶？退之與佛異趣，而此馬人乃出佛典，當是佛教已通中國，馬人已來，亦同民庶赴上日衙集耶！故退之得而記之也。荀子《蠶賦》曰：「此夫身女好而頭馬首者歟。」今蠶頭實不似馬，而卿乃云爾。則蠶爲馬類，古有其傳矣。《周禮》「禁原蠶」爲妨馬也。今術家未僵蠶塗傳馬齒，馬輒不能齕草。則蠶馬同類信矣。《傳燈》之説固專尊佛，而自《周禮》以及荀子皆在佛教未入中國之前，其説已如此，殆古來已有此傳矣。然蠶背悉有黑紫迹對出，宛如馬蹄，而頭實不似也。

【霸陵折柳】《黄圖》曰：霸橋跨霸水爲橋也。漢人送客至此橋，折柳而别，故李白樂府曰：「年年柳色，霸橋傷别。」而王維亦曰：「渭城朝雨浥輕塵，客舍青青柳色新。勸君更盡一杯酒，西出陽關無故人。」審求其地，則在渭北。蓋漢分秦咸陽置縣，名渭城也。若霸陵則在渭南，不在渭北矣。維之所餞者，其人出成陽關，而賦詩之地乃在渭北。仍援折柳爲詞，則仍用霸陵故事也。

【州麾】自《五君詠》言顔延之「一麾出守」，而杜牧用其語曰：「擬把一麾江海去。」人遂以建麾爲太守事。張師正辨《五君詠》曰：麾猶秉白旄以麾也，一麾猶言爲人之所擠排也。屢薦不嘗得官，一遭擠排遽出爲守，所以嘆也。此説是也。或謂《周禮》「州長建麾」，則州麾自可遵用，此又非也。周之州絶小，不得與漢州爲比，周累州成縣，而漢世累縣爲郡，累郡乃始爲州也。若夫崔豹

《古今注》則又異矣，其説曰：麾，所以指也。乘輿以黄，諸公；以朱，刺史；二千石以纁。則漢以來自人主至二千石，莫不有麾也。則謂太守爲把麾亦自可通也。（卷八。下同）

【匆匆】古旗有名匆匆者，集衆則用之。後人轉爲匆匆，匆匆者，亟遽之辭也。杜牧《遣興》曰：「浮生長匆匆，兒小且嗚嗚。」杜集四。

【澄心堂紙】江南李後主造澄心堂紙，前輩甚貴重之。江南平後六十年，其紙猶有存者，歐公嘗得之，以二軸贈梅聖俞。梅詩鋪叙其由而謝之曰：「江南李氏有國日，百金不許市一枚。當時國破何所有，帑藏空竭生莓苔。但存圖書及此紙，棄置大屋牆角堆。幅狹不堪作詔命，聊備鸁使供鸞臺。」用梅詩以想其制，必是紙製大佳而幅度低狹，不能與麻紙相及，故曰「幅狹不堪作詔命」也。然一紙已直百錢，亦已珍矣。（卷九。下同）

【白蓮花】洛陽無白蓮花，白樂天自吴中帶種歸，乃始有之。集五有《白蓮泛舟詩》曰：「白藕新花照水開，紅窗小舫信風回。誰教一片江南興，逐我殷勤萬里來。」又《種白蓮詩》曰：「吴中白藕洛中栽，莫戀江南花懶開。萬里攜歸爾知否，紅蕉朱槿不將來。」見《長慶集》卷五。

【浮石】衢州之下十里許深潭中，有石兀立水面，土人命爲浮石。《白樂天集》三卷有《謝衢州張使君詩》曰：「浮石潭邊停五馬。」則此水之有浮石其來久矣。先是，土人嘗有謡讖曰：「水打浮石圓，龍游出狀元。」口口相傳，亦莫知其語之爲何自也。石之出水也，本甚嶄岩不齊。紹興甲子歲，兩浙大水，漫滅垠岸，浮石没焉。水退石仍出，而嶄岩者皆去。蓋爲猛浪沙石之所淙鑿乃此圜渾也。又一年，歲在乙丑，龍游縣人劉端明章魁廷試。

【小步馬】《西域傳》：烏桓國出小步馬。師古曰：小，細也。言其能蹀足，即今所謂百步千跡者也。韓退之詩曰：「橫飛玉盞家山曉，細蹀金珂塞草春。」用此也。

【背嵬】沈存中《筆談》載拱宸管樂之辭曰：「銀裝背嵬打回回。」背嵬者，大將帳前驍勇人也。章氏《槁簡贅筆》曰：背嵬即圓牌也。以皮爲之，朱漆金花，煥耀炳日。予將漕時，都統郭綱者，韓蘄王背嵬也。讀嵬如崔嵬，蓋平聲也。如沈存中歌則去聲也。予以背嵬之義問郭，郭不能言。惟章氏書號爲「皮牌」耳。

【竹簽】《白樂天集》十二《入峽詩》曰：「苒蒻竹蔑簽，欹危機師趾。」簽即百丈也。

【半池】《白樂天集》五十三《池上竹下作》云：「穿籬遶舍碧逶迤，十畝閑居半是池。」

【萬年枝】謝詩有「風動萬年枝」之句，凡宮詞多承用之，然莫知其爲何種木也。或云冬青木，長不凋謝，即萬年之謂。亦無明據。而世間植物如櫧松檜柏皆經冬不凋，何獨冬青之枝得名萬年也？按《西京雜記》：初修上林苑，群臣遠方各獻名果異木，亦自製爲美名，以標奇麗。其品有萬年長生樹、千年長生樹各十株。雖有異名，亦不解何物。越石氏藏書中有吴興方勺所著《泊宅編》者曰：徽宗興畫學，問試諸生，以「萬年枝上太平雀」爲題，在試無能識其何木，遂皆黜不取。或密以叩中貴，中貴曰：「萬年枝，冬青木也。太平雀，頻伽鳥也。」惟此書指冬青爲萬年枝，又不知何所本也。（卷十一。下同）

【啐酒】乾道丙戌内燕，既酌百官酒已，樂師自殿上折檻間抗聲索樂，不言何曲，其聲但云「膗酒膗，音崔，素回反。」。朝士多莫能解。中燕更相質問，亦無知者。予後閲李涪《刊誤》，則知唐世已有此語。暨淳熙乙未再來預燕，則樂師但索曲子，不復抗言「膗酒」。當是教坊亦聞士大夫疑語，而刊去不用也。予按李涪《刊誤》之言，膗酒三十拍促曲名《三臺》，膗，合作啐。啐，馳送酒聲。音碎，今訛以平聲。李（正）〔匡〕文《資暇録》所言亦與涪同。予又以字書驗之，膗，屈破也。啐，音蒼憒反，啐吮聲也。今既呼樂侑飲，則於啐噏有理，於屈破無理。則自唐至今皆訛啐爲膗者，索樂之聲貴於發揚遠聞，以平聲則便，非有他也。況又有可驗者，丙戌所見燕樂，上自至尊，下至宰執，每酌曲皆異奏，而惟侑飲百官者不問初終，純奏《三臺》一曲，其所謂《三臺》者，衆樂未作，樂部首一人舉板連拍三聲，然後管色以次振作，即三臺曲度也。夫其膗酒之語、三臺之奏與李涪所傳皆合，知啐訛爲膗，素回反，審也。後暨乙未再與内燕，則樂皆異名，雖《三臺》亦不復奏矣。《名賢詩話·閑適門》載王仁裕詩曰：「淑景即隨風雨去，芳尊每命管弦嗺。」後押「朝烏夜兔催」，則嗺酒也，以侑酒爲義，唐人熟語也。又趙䚡《交趾事迹》下「匏笙」項下：以匏爲笙，上安十簧，雅合律吕，嗺酒逐歌，極有能者。䚡，本朝人。其言嗺酒，即國初猶用唐語也。

【唐宫人引駕出殿上】《唐會要》天祐二年敕：今後每遇延英坐朝日，只令小黄門祇候引從，宫人不得擅出内。乃知杜詩「户外昭容舞袖垂，雙瞻御座引朝儀」者，真出殿引坐。而鄭谷《入閣詩》亦言「導引出宫鈿」，蓋至天祐始罷。

【銅葉盞】《東坡後集》二《從駕景靈宫詩》云：「病貪賜茗浮銅葉。」按今御前賜茶皆不用建盞，用大湯甏，色正白，但其制樣似銅葉湯甏耳。銅葉色，黄褐色也。

【七秩】《樂天集》三十一卷《元日對酒》曰：「衆老憂添歲，余衰喜入春。年開第七秩，屈指幾多人。」又同日一首云：「夢得君知否，俱過本命年。」注曰：「余與蘇州劉郎中同壬子歲，今年六十二。」

【琵琶皮弦】葉少藴《石林語録》謂琵琶以放撥重爲精，絲弦不禁即斷，故精者以皮爲之。歐公時士人杜彬能之，故公詩云：「坐中醉客誰最賢，杜彬琵琶皮作弦。」因言杜彬耻以技傳，丐公爲改。予考公集所載《贈沈博士歌》，誠有此兩句，然其下續云：「自從彬死世莫傳，玉練纅聲入黄泉。」則公詠皮弦時彬已死，安得有丐改事？恐石林别見一詩耶。陳後山亦疑無用皮者，然元稹《琵琶歌》：「傾聲少得似雷吼，纏弦不敢作羊皮。」又曰：「鵾弦鐵撥響如雷。」房千里《大唐雜録》載，春州土人彈小琵琶，以狗腸爲弦。聲甚凄楚。合三物觀之，以皮造弦不爲無證。若詳求元語，恐是羊皮爲質而練絲纏裹其上，資皮爲勁而其聲還出於絲，故歐公亦曰「玉練纅聲」也。（卷十二。下同）

【社日停針線取進士衣裳爲吉利】張籍《吴楚歌詞》云：「庭前春鳥啄林聲，紅夾羅襦縫未成。今朝社日停針線，起向朱櫻樹下行。」則知社日婦人不用針線，自唐已然矣。又《送李餘及第》云：「歸去惟將新誥牒，後來争取舊衣裳。」又知新進士衣物人取之以爲吉兆，唐俗亦既有之。

【六幺】段安節《琵琶録》云：正元中，康昆侖善琵琶，彈一曲新翻羽調《緑腰》，注云：「緑腰」即「録要」也，本自樂工進曲上令録出要者，乃以爲名，誤言「緑腰」也。據此即「録要」已訛爲「緑腰」。

而《白樂天集》有《聽緑腰詩》，注云即「六么」也。今世亦有《六么》，然其曲已自有高平、仙吕兩調，又不與羽調相協，抑不知是唐世遺聲否耶？

【笛曲梅花】段安節《樂府雜録》：笛，羌樂也。古曲有《落梅花》。吴兢《樂府要解》：胡角者，本以應胡笳之聲，後漸用之。有雙横吹，即胡樂也。兢所列古横吹曲有名《梅花落》者。又許雲封説笛亦有《落梅》《折柳》二曲，今其辭亡不可考矣。然詞人賦梅用笛事率起此。

【卷白波】「飲酒卷白波。」唐李濟翁《資暇録》謂漢時嘗擒白波賊，人所共快，故以爲酒令。晏公《類要》六十五卷《白集》詩云：「長驅波卷白，連擲采成盧。」注曰：「骰盤、卷白波、莫走、鞍馬，皆當時酒令名。」

【玉衣】老杜詩：「玉衣晨自舉，鐵馬汗常趨。」皆言昭陵神靈也。《三輔故事》：高廟中，御衣從篋中出，舞於殿上，冬衣自下在席上。

【桃笙】柳子厚詩云：「盛時一失貴反賤，桃笙蒲葵安可常。」案揚雄《方言》：「簟，宋魏之間謂之笙。」梁簡文帝《答南平嗣王餉舞簟書》曰：「五離九析，出桃枝之碧筍。」郭璞《桃枝贊》曰：「叢薄幽會，從風蔚猗。簟以寧寢，杖以持危。」杜子美《竹杖詩》「桃笙」，蓋以桃竹爲簟也。

【唐婦人有特敕方許乘檐朝謁】杜詩：「夫人常肩輿，上殿稱高壽。」按《唐會要》：命婦朝謁並不得乘檐子，其尊屬年高，特敕賜檐子者，不在此例。王珪母殆得特恩歟？

【唐時三品得服玉帶】韓退之詩：「不知官高卑，玉帶垂金魚。」若從國朝言之，則極品有不得兼者，然唐制不爾也。唐制，五品已上皆金帶，至三品則兼金玉帶。《通鑑》明皇開元初敕百官所服帶，三品以上聽飾以玉，是退之之客皆三品之上，亦足詫矣。本朝玉帶雖出特賜，須得閤門關子許服，方敢用以朝謁，則體益以重然。唐裴晉公得特賜，乃于闐玉也。暨病，亟具表返諸上方，其自占辭曰：「内府之珍，先朝所賜。既不合將歸地下，又不敢留在人間。謹以上進。」不知故事當進如隨身魚符之類耶？抑晉公自以意創此舉也？本朝親王皆服玉帶，元豐中創造玉魚賜嘉岐二王，易去金魚不用，自此遂爲親王故事，又前世所未有者。

【竹林啼】老杜《七歌》：「竹林爲我啼清晝。」蔡絛以竹林爲禽名，恐穿鑿也。竹本非啼，詩人因其號風若哀，因謂之啼。何必有喙者然後能啼耶。《説文》：竹之夭然，似人之笑，因爲笑字。竹豈能笑，特以象焉耳。非笑可名以笑，從懷哀者觀之，孰謂不得爲啼耶？（卷十三。下同）

【桃葉】《桃葉歌》，王子敬爲其妾作。辭曰：「桃葉復桃葉，渡江不用楫。」王性之謂：「渡江不用楫」，隱語也。謂横波急也。此語極似有理，而施建《樂府廣題》所載乃不然，曰：「桃葉復桃葉，渡江不用櫓。風波了無常，没命江南渡。」陳末人多歌之。後隋平陳，晉王營六合縣之桃葉山，實應其語。建既得其本辭載之，則謂寄意横波者非也。

【千里不唾井】李濟翁《資暇録》：諺云「千里井，不反唾」，疑唾無義也。唾當爲莝。莝，草也。言嘗有經驛舍反馬莝於井，後經此井汲水，爲莝所哽也。按《玉臺新詠》載曹植《代劉勳妻王氏見出而爲之詩》曰：「人言去婦薄，去婦情更重。千里不唾井，況乃昔所奉。遠望未爲遥，踟躕不得共。」觀此意興，乃爲常飲此井，雖捨而去之千里，知不復飲矣，然猶以嘗飲乎此而不忍唾也，況昔所嘗奉以爲君子者乎！此足以見古人詩意，猶委曲忠厚，發情而止禮義，其理亦甚明白易曉。李太白又採用此意爲《平虜將軍妻詩》，曰：「古人不唾井，莫忘昔纏綿。」姚令威著殘語，太白此詩，亦引李濟翁「不唾井」語，以爲之證。是皆不以曹植詩爲證也。

【茅三間】東坡詩：「周公與管蔡，恨不茅三間。」《南史·劉義真傳》贊曰：「善乎龐公之言，比之周公、管、蔡，若處茅屋之内，宜無放殺之酷。」

【明妃琵琶】琵琶所作，爲烏孫公主所出塞也，文人或通明妃用之。姚令威辨以爲誤，是矣。然《玉臺新詠》載石崇《明妃詞》序曰：「公主嫁烏孫，令琵琶馬上作樂，以慰其道路之思，其送明妃亦必爾也。其造新曲，多哀聲，故書之於紙。」則崇之《明妃詩》嘗以寫諸琵琶矣。郭茂倩著爲樂書，遂載崇此詞入之楚調中。楚調之器凡七，琵琶其一也。則謂明妃爲琵琶辭亦無不可。

【烏鬼】老杜詩曰：「家家養烏鬼。」沈存中曰：烏鬼者，鸕鷀也。元微之嘗投簡陽明洞有詩曰：「鄉味猶珍蛤，家神愛事烏。」乃知唐俗真有一鬼，正名烏鬼。謂爲鸕鷀，殆臆度耶？傳記不聞有呼鸕鷀爲烏鬼者。又《國史補》：裴中令節度江陵，嘗遣軍將譚洪受同王稹往嶺南幹集，至桂林館，有烏在竹林中，稹偶擲石，擊中其腦以死。稹殊不以爲意。會洪受病，逗留於後，稹先達江陵。中令疑訝，忽夢洪受訴言，道爲王稹所殺，棄其屍竹林中。裴大以爲異，亟付獄治稹，自誣伏法，而洪受乃至，始知是烏鬼報仇也。此説甚怪，然有以知唐俗謂烏能神直至於是，則其祠而事之有自來矣。

【欸乃】柳子厚詩：「漁翁夜傍西岩宿，曉汲清湘燃楚竹。江空日出不見人，欸乃一聲山水緑。」欸，音奥。乃，音靄。世固共傳欸乃爲歌，不知何調何辭也。《元次山集》有《欸乃歌》五章，章四句，正絶句詩耳。其序曰：「大曆丁未中，漫〔叟結爲道州刺〕史，以軍事詣都州，還州，逢春水，舟行不進，作欸乃五曲，舟子唱之。蓋取適於道路耳。」其中一章曰：「千里楓林煙雨深，無朝無暮有猿吟。停橈静聽曲中意，好是雲山韶濩音。」蓋全是詩如《竹枝》、《柳枝》之類，其謂欸乃者，殆舟人於歌聲之外别出一聲，以互相其所歌也耶？今徽嚴間舟行猶聞其如此，顧其詩非昔詩耳，而欸乃之聲可想也。《柳枝》、《竹枝》尚有存者，其語度與絶句無異，但於句末隨加「竹枝」或「柳枝」等語，遂即其語以名其歌。欸乃殆其例耶？

【百子帳】唐人昏禮多用百子帳，特貴其名與昏宜，而其制度則非有子孫衆多之義。蓋其制本出戎虜，特穹廬拂廬之具體而微者耳。棬柳爲圈，以相連瑣，可張可闔。爲其圈之多也，故以百子總之，亦非真有百圈也。其施張既成，大抵如今尖頂圓亭子，而用青氈通冒四隅上下，便於移置耳。白樂天有《青氈帳詩》，其規模可考也。其詩始曰：「合聚千羊毳，施張百子弮。骨盤邊柳健，色染塞藍鮮。」其下注文自引《史記》張空弮爲證，即是以柳爲圈而青氈冒之也。又曰：「北制因戎創，南移逐虜遷。」是制出戎虜也。「有頂中央聳，無隅四向圓。」是頂聳旁圓也。既曰「影孤明月夜」，又曰「最宜霜後地」，則是以之弛張移置於月、於霜，隨處悉可也。又曰：「側置低歌座，平鋪小舞筵。」則其中亦差寬矣。既曰「銀囊帶火懸」，又曰「獸炭休親近」，則是其間不設燎爐，但用銀囊貯火虛懸其中也。又曰：「蕙帳徒招隱，茅庵浪坐禪。」其所稱比但言「蕙帳」「茅庵」，而不正比穹廬，知其制出穹廬也。樂天詩最爲平易，至其鋪叙物制，如有韻之記，則豈世之徒綴聲韻者所能希哉！唐德宗時，皇女下降顔真卿，爲禮儀使如俗傳，障車却扇，花燭之禮，顔皆遵用不廢，獨言氈帳本北虜穹廬遺制，請皆不設。其言氈帳，即樂天所賦而宋之問所謂「催鋪百子帳」者是也。丙申十一月十一日夜醉後讀《白集》，信筆以書。

【林養】《松陵集》陸龜蒙《樵子》詩云：「生自蒼崖邊，能諳白雲養。」注：「養，去聲讀。山家謂養柴地爲養。」予按刑浙東，民有投牒言林養爲人所侵者，書養皆作「樣」，予疑其無所本。今讀陸詩，知二浙方言有自來矣。（卷十五。下同）

【六更】禁中鐘鼓院在和寧門譙上，其上鼓記五更已竟，外間通用漏刻，方交五更也。殺五更後，譙上不復更擊鼓，需平明漏下二刻方椎鼓數十聲，門開。人知促配五更，不擊六鼓何義也？唐王建《宫詞》云：「每夜停燈熨御衣，銀熏籠底火霏霏。遥聽帳裏君王覺，上直鐘聲始得歸。」本朝王禹玉亦有詞云：「焚香熏熨赭黄衣，恐怕朝陽進御遲。禁鼓六更交早直，歸來還直立班時。」以二宫詞詳之，禁中記更鼓不究平曉者，蓋交更之際，翌日當直宫女須以未曉前先來受事，則凡應奉蚤朝皆可夙辦。若候正交五更始來，則不及事矣。王建言「上直鐘聲」者，禁中五更曉鐘也。王禹玉謂「六更」者，明宫殿五更之外更有一更也，其實宫鼓以外間四更促爲五更，故五鼓終竟時蚤於外間耳，鼓節未嘗溢六也。國朝大禮，車駕宿齋青城，則齋殿門内五更均促使短如宫中常節。至青城門外，則五夜平分，須曉乃竟。故奉常具行禮序次，以授在事之人，皆以宫漏之外别異其言曰「街市幾更幾更」，爲此也。

【唐緋章服以花綾爲之】白樂天聞白行簡服緋，有詩云：「榮傳錦帳花聯萼，彩動綾袍雁趁行。」注云：「緋多以雁銜瑞莎爲之。」則知唐章服以綾且用織花者，與今制不同。

【木蘭】樂府有《木蘭》，乃女子代父征戍，十年而歸，不受爵賞，人爲作詩。然不著何代人，獨詩中有「可汗大點兵」語，知其生世，非隋即唐也。女子能爲許事，其義且武，在緹縈上，或者疑爲寓言。然白樂天《題木蘭花》云：「怪得獨饒脂粉態，木蘭曾作女郎來。」又杜牧有《題木蘭廟》詩曰：「彎弓征戰作男兒，夢裏曾經與畫眉。幾度思歸還把酒，拂雲堆上祝明妃。」既有廟貌，又曾作女郎，則誠有其人矣。亦異哉！（卷十六。下同）

【魚袋】（上略）唐制有二種。有隨身符，即以給其人者，故書其人姓名。及其致仕，即以納官。有傳符，即不刻某官姓名，但言某司符契。《六典》注文所謂「皆須遞相付十月内申禮部」是也。白樂天嘗暫爲拾遺佩銀魚，已而不爲此官，則不佩。故其詩曰：「親朋相見問何如，物色恩光盡反初。無奈嬌癡三歲女，遶腰啼哭覓銀魚。」即《六典》謂六品以下、守五品以上不佩者。而白雖暫借，尋亦歸之於官也。黄皤綽服緋無魚，故取獺尾垂著腰上，作俳語謂明皇曰：「賜緋毛魚袋。」毛，語反，即無爲也。帝喻其意，以言却止之曰：「魚袋者，五品以上入閤合符即用之，汝何可得？」（下略）

【麒麟】古有麒麟，非馬也，其字亦不從馬。魯詩有「麒」，《説文》云：青驪，文如博棋也。《類篇》有「麟」，引《爾雅》爲説曰：青麒麟，驅馬之斑文也。是古雖有「麒麟」字，皆以其毛色命之。至《淮南子》始曰：應龍生建馬，建馬生麒麟，麒麟生庶獸，尼毛者，皆生於庶獸。則漢世已用馬之上品配麟龍，而加馬其旁矣。故唐厩遂以祥麟院爲名。老杜詩：「近聞下詔宣都邑，肯使麒麟地上行。」是用天上石麒麟爲事，正以騏驎爲麒麟矣。

【蝶粉蜂黄】嘗有問予周美成詞曰「蝶粉蜂黄都過了」用何事，予曰：記得《李義山集》有之，李《酬崔八早梅》曰：「何處拂胸資蝶粉，幾時塗額藉蜂黄。」又《贈子直花下》曰：「屏緣蝶留粉，窗油蜂印黄。」周蓋用李語也。（《續集》卷四《詩事》。下同）

【取日虞淵】吕温贊狄仁傑曰：「取日虞淵，洗光咸池。」《淮南子·天文訓第三》曰：「日出於暘谷，浴於咸池，拂於扶桑，是謂晨明。」「至於悲谷，是爲晡時。」「至於虞淵，是謂黄昏。」温蓋言傑復辟，如取夜日而復諸晨朝也。

【斬無極】坡詩曰：「屬鏤無眼不識人，楚國何曾斬無極。」無極，費無極也。蓋言譖死伍奢者，無極也。而屬鏤之劍，乃不能以及無極。案昭廿七年楚令尹子常殺無極，則無極終遂不免也。

【吴越分境】唐僧詩曰：「到江吴地盡，對岸越山多。」陳後山曰：「聲言隨地改，吴越到江分。」善謔者曰：「此杭越堠子詩也。」其謔亦有理，然以後山之博，而於杭越二州分境亦隨世傳言之，似未諦審也。案《國語》，越雖爲吴所侵，棲之會稽。然其國境北至禦兒。禦兒，今嘉興縣禦兒鄉，亦曰

「語兒」也。勾踐伐吴，用禦兒人涉江駐此。江，松江也。襲吴勝之。夫禦兒之人，越王得以爲用，則禦兒之人素隸越籍審矣。則吴境何嘗抵江也耶？

【蒲萄緑】李白詩：「遥看漢水鴨頭緑，恰似蒲萄初醱醅。」錢希白《南部新書》曰：「太宗破高昌，收馬乳蒲萄種於苑中。並得酒法，仍自損益之，造酒緑色。長安始識其味。」太白命蒲萄之色以爲緑者，本此也。蒲萄酒，西域古已有之，而中國未見。故漢人一斗可博涼州也。

【水落魚龍夜】《水經》：汧水出小隴山，歷澗，注以成淵潭，漲不測。出五色魚，俗以爲靈，莫敢采，因謂龍魚水，自下亦通名龍魚川。

【山空鳥鼠秋杜詩】渭水出隴西首陽縣鳥鼠山。《禹貢》謂導渭自鳥鼠同穴者也。《水經》。

【荆州爲南京】上元元年九月，置南都於荆州，以荆州爲江陵府。二年九月，停四京及江陵南都之號。寶應元年，復爲南都。老杜詩曰：「南京犀浦道，四月熟黄梅。」

【東坡用杜詩】東坡《謝賜御詩》叙陝西戰勝曰：「已覺談笑無西戎。」老杜《觀安西兵》曰十卷：「談笑無河北。」

【張籍後不盲】韓愈《贈張十八助教》云：「喜君眸子重清澈，携手城南歷舊游。」則張之目疾，後嘗復舊也。

【火齊】天竺有火齊，如雲母而色紫，裂之則薄如蟬翼，積之則如紗縠之重。據此即老杜謂「火齊堆金盤」，誤以火齊爲珠也。《太平寰宇記》。

【木難】木難出金翅鳥口中，結沫所成碧色珠也。曹子建詩曰：「珊瑚間木難。」

【評詩】詩思豐狹，自其胸中來，若思同而句韻殊者，皆象其人，不可强求也。張祜《送人游雲南》固嘗張大其境矣，曰：「江連萬里海，峽入一條天。」至老杜則曰：「窗含西嶺千秋雪，門泊東吴萬里船。」又曰：「路經灎澦雙蓬鬢，天入滄浪一釣舟。」以較祜語，雄偉而又優裕矣。

【莫射雁】牧之《獵詩》曰：「憑君莫射南來雁，恐有家書寄遠人。」沈存中用之作拱辰樂府曰：「彎弓不射雲中雁，歸雁而今不寄書。」

【春風不度玉門關】唐王（涣之）〔之涣〕與王昌齡、高適飲于旗亭，有伶人唱兩詞，皆昌齡詞也。昌齡夸其同游，遂書壁以記曰：「二絶句矣。」（涣之）〔之涣〕指雙鬟令唱，曰：「脱是吾詩，子等當拜床下。」鬟唱曰：「羌笛何須怨楊柳，春風不度玉門關。」（涣之）〔之涣〕辭也。涣歔歈二子。東坡詩曰：「固知無定河邊柳，得共中原雪絮春。」豈采其意耶？ 然點換精巧，逾（涣之）〔之涣〕矣。王（涣之）〔之涣〕語出薛用弱《集異記》，在諸家雜説中。

【會意】陶詩「採菊東籬下，悠然見南山」，本只賞菊，而山忽在眼，故爲可喜也。「池塘生春草」，若只就句説句，有何佳處？ 惟謝公久病，起見新歲發生，故可樂耳。柳惲《南史》傳十八詩曰：「亭皋木葉下，隴首秋雲飛。」蓋亭皋常時遠望，木常遮山。今秋至木葉皆脱，而又有飛雲焉。其思致恢遠，故可喜也。王融少所許可，特愛此句，因云可以行遠。此非謂其語工也，意到也。

【天闕象緯逼】杜詩：「天闕象緯逼。」王介父曰：「闕當爲閲。」非也。《水經》紀穀水曰：《漢官典職》曰：「偃師去洛西四十五里，望朱雀闕，其上鬱然，與天連明，其峻極之至也。」《白虎通》曰：「今閶闔門外夾建巨闕，以應天宿。」

【唐史記杜甫死誤】本傳云：杜以永泰二年卒於耒陽。詩中乃云「大歷二年調玉燭」。案代宗永泰二年十一月改元大歷，以曆求之，則永泰二年歲在丙午，而大歷二年歲在丁未。是子美不卒於永泰二年也。《蘇子美集》末亦嘗言之。

【思古刺今】甯戚《飯牛歌》曰：「生不逢堯與舜禪。」則太斥言矣。杜牧曰：「清時有味是無能，閒愛孤雲澹愛僧。擬把一麾江海去，樂游原上望昭陵。」一麾而出，獨望昭陵，此意婉矣。

【鳳池鵝】晏丞相嘗籠生鵝餉梅聖俞，聖俞以詩謝之曰：「昔居鳳池上，曾食鳳池萍。乞與江湖客，從教養素翎。」丞相得詩不悅。其後，有宣州司理者，以鵝餉梅，蓋蒸而致之。故梅詩曰：「昔年相國籠之贈，今日參軍餉以蒸。一咀肥甘酬短句，定應無復謗言興。」詳其意趣，是先一詩去時，有摘語以間者，故追言興謗也。《梅集》四十五。

【玉魚葬地】杜詩曰：「昨日玉魚蒙葬地。」韋述《兩京記》：含元殿成，每夜有鬼云：我是漢王戊太子，葬於此，死時天子斂我以玉魚一雙。改葬果得玉魚。

【端午飛白扇】坡詩曰：「一扇清風灑面寒，應緣飛白在毫端。」《唐會要》三十五曰：（正）〔貞〕觀十八年，太宗爲飛白書，作「鸞鳳蝶龍」等，筆勢驚絶。謂長孫無忌等曰：「五日舊俗必用服玩相賀，朕今反是，賜君白羽扇二枚，庶對清風，以增美德。」

【竹批雙耳峻】杜甫詩云。《會要》：〔正〕〔貞〕觀二十一年，骨利幹貢良馬，太宗名爲十驥。仍叙其奇曰：耳根纖鋭，杉竹難方。

【筍根雉子】杜詩二十二：「筍根雉子無人見，沙上鳧雛傍母眠。」雉子，雉雛也。見者，現也。言筍根草密，雉雛可以藏伏，候無人時，乃始出現。蓋以有人無人爲出没之候也。説者乃以雉爲稚，則是以人屬言之，而爲稚幼也矣。稚兒須人扶將，何爲自藏竹根，無人乃見也？此全無意味也。若用下句儷而求之，則鳧雛恃母而安睡，與雉雛畏人而不輕出，其理一也。又如杜之别章曰：「共醉終同卧竹根。」言傾銀注瓦，瓦銀之奢窶固不侔矣，然而飲期於醉耳。初飲時用器固有瓦銀之異，及其醉也，固有倚竹而眠，不復知其始時銀瓦之别也。或者謂以竹根爲飲器，則上下文皆不貫。

【乞爲奴】杜詩：「不敢長語臨交衢，但道困苦乞爲奴。」《南史》：齊武子真，明帝遣殺之，子真走入床下，叩頭乞爲奴贖死，不許。本傳。

【有鞭不施安用蒲】崔景真爲平昌太守，有惠政，常垂一蒲鞭，而未嘗用。東坡送彭州詩曰：「有鞭不施安用蒲。」祖思傳。

【早時金盌出人間】杜詩：「早時金盌出人間。」《南史》：沈炯行經漢武通天臺，爲表奏之曰：甲帳朱簾，一朝零落。茂陵玉盌，遂出人間。

【半夜鐘】「夜半鐘聲到客船。」或疑半夜非鳴鐘之時，非也。《南史·邱仲孚傳》：好讀書，常以中宵鐘爲限。僧語亦云「分夜」。

【小却置之白玉堂】後山上蘇公詩曰：「小却置之白玉堂。」宋武帝疾，戒太子曰：謝晦常從征伐，頗識機變。若有異志，必此人也。小却可以會稽、江州處之。出《南紀》。

【蹄間三丈】杜詩曰：「蹄間三丈是徐行。」《史記》陳軫曰：秦馬蹄間三尋。

【玉衣晨自舉】杜詩：「玉衣晨自舉。」《平帝紀》：乙未，義陵寢神衣在柙中。丙申旦，衣在外床上，寢令以急變聞。

【騎白鳳】東坡《雪》詩：「鵝毛垂馬騣，自怪騎白鳳。」《北夢瑣言》五卷曰：沈詢侍郎除山北節使，誦曹唐《游仙詩》云：「不知今夜游何處，自怪身騎白鳳凰。」

【横海鱗】謝世基與謝晦謀叛，被收。世基爲詩曰：「偉哉横海鱗，壯矣垂天翼。一旦失風水，翻爲螻蟻食。」東坡送劉貢父詩曰：「安得北溟池，養此横海鱣。」

【冰柱雪車】劉（義）〔叉〕聞韓愈接後進，步歸之，吟《冰柱》《雪車》二詩，出盧仝、孟郊右。又自有集，此二詩正爲集首。冰柱者，謂雪凍而有冰如柱也。其語曰：「簷間冰柱，削出交加。」終篇之意皆譏成壞無常也。至落句則曰：「我願天上回造化，藏之韞櫝玩之生光華。」《雪車》詩大意曰：「官家不知民餒寒，盡驅牛馬盈道載屑玉。」藏之以禦炎酷，不知車轍血點點，盡是農夫哭。

【盧仝茶詩】盧仝《謝惠茶詩》，歷叙一盌至六盌皆有功用，蓋淺深不同耳。其誇茶力至曰：「既覺兩腋習習清風生，蓬萊山，在何處。玉川子，乘此欲歸去。」案温庭筠《採茶録》：《天台記》：丹邱出大茶，服之生羽翼。又，《茶譜》記蒙山中頂茶效曰：若獲四兩，服其一則祛疾，二即無病，三即换骨，四兩即爲地仙。有僧信其言，僅獲一兩，服之病差，容貌若三十許人，眉髮緑色。然則謂茶能輕身，可爲飛仙，唐世通有其傳，非全出意自爲怪奇也。

【使君公】東坡《離徐州》詩曰：「父老拜馬前，請壽使君公。」君即公也，語似重出。今見《白樂天集》十五卷《送劉江州》曰：「遥見朱輪來出郭，相迎勞動使君公。」坡蓋用白語云。

【帕頭讀道書】張津爲交州刺史，好鬼神事，嘗著絳帕鼓琴燒香讀道書。故東坡詩曰：「絳帕蒙頭讀道書。」

【三句一韻】元結《浯溪頌》每三句一更韻，此秦皇會稽頌德之體也。其體少有用者，元好古特法之。其辭亦瑰傑相稱也。

【天子呼來不上船】范傳正作《李白墓碑》云：「玄宗泛白蓮池，白不在宴，皇歡既洽，召作序，白已被酒於翰苑中，命高力士扶以登舟。案此即杜詩謂「天子呼來不上船」者也。或者謂方言以衣襟爲船，誤矣。本集。

【羅趙】《三輔決録》：趙襲、羅暉能草。張伯英與襲同郡，太僕朱賜書曰：「上比崔杜不足，下方羅趙有餘。」同上出。東坡詩：「羅趙前頭敢眩書。」

【萬壽白雲杯】《李義山集》中《漢南書事》云：「陛下好生千萬壽，玉樓長御白雲杯。」

【半段鎗】《唐傳》十六哥舒翰：吐蕃犯苦拔海，哥舒翰持半段鎗迎擊，所向披靡。東坡識集句曰：「路旁拾得半段鎗。」

【桃李喻所薦士】趙簡子謂陽虎曰：「惟賢者爲能報恩，不肖者不能矣。夫植桃李者，夏得休息，秋得其食。植蒺藜者，夏不得休息，秋得其刺焉。今子之所得者，蒺藜也。」今世通以所薦士爲桃李者，説皆本此。唐人刺裴度詩曰：「不栽桃李種薔薇，荆棘滿庭君始知。」用此爲據也。

【壻乘龍】桓焉兩女，嫁李元禮、孫儁。時人謂桓氏兩女俱乘龍，言得壻如龍也。

【金釵十二行】梁劉孝綽《莫愁詩》：「莫愁十五嫁爲盧家婦。盧家蘭室桂爲梁。頭上金釵十二行。人生富貴何所望，(愧)〔恨〕不嫁與東家王。」詳此，金釵十二行乃排插十二釵也。唐制，命婦以花樹多少爲高下，曰花釵若干也。

【麻没橐駞】種麻以夏至十日前爲上，時諺曰：「夏至後，不没狗。」或荅曰：「但雨多，没橐駞。」魯直書其學子課帙曰：「大雨若懸河，禾深没橐駞。」用此。

【何遜梅花詩】《初學記》梅門，載梁何遜《早梅》詩，其警句曰：「枝横却月觀，花遶淩風臺。」

【萬壽三元】宋沈約上皇太子壽酒，奏分雅詩一曲曰：「百福四象初，萬壽三元始。拜獻惟衮職，同心協卿士。北極永無窮，南山安足擬。」《藝文》歌門。

【彭祖無八百歲】《史記·楚世家》：帝嚳誅重黎，以其弟吴回爲重黎後。吴回生陸終，陸終生六子，三曰彭祖。彭祖氏，商之時嘗爲侯伯，商之末世滅彭祖氏。予以年數計之，若吴回自帝嚳時已生彭祖，至商末之世而彭祖猶在，則彭祖之壽不啻八百年矣。然予詳其文既曰彭祖氏，則不專指彭祖一身，並其子孫皆包舉矣。或其族壽數皆長，不止一人也。此如誤讀《桃源記》，謂漁父所見者猶是初來避秦之人也。王介父詩曰：「種桃食實枝爲薪，世上紛紛經幾秦。」則食實薪桃者，避秦之子孫也。（《續集》卷五。下同）

【湖州東門外上塘路】《梅聖俞集》九《送胡武平解湖州詩》：「始時繞郊郭，水不通蹄輪。公來作新塘，直抵吴松根。」詳此即今城東堤路，武平始築也。

【硯】晉人最重書學，然未嘗擇硯。故石林曰：晉之善書者，不自研墨，使人研之成漿，乃以斗供。其説不知何出。北齊試士，其惡濫者飲墨水一升。在試而有墨水可及一升，則石林之言信矣。故東坡詩曰：「麻衣如再著，墨水真可飲。」用此事也。唐以前多用瓦研，今天下通用石研，而猶概言研瓦也。至李肇《國史補》曰：端溪之紫石硯天下通用。則其時已用端石矣。歙之龍尾硯，乃江南李主創爲，唐世未之見也。見王中舍《研譜》。

【土山頭】韋述《兩京記》：省郎有不歷員外郎而拜省郎者，謂之土山頭果毅。果毅，兵官也，言從兵士便作兵官也。唐有不歷員外而徑爲省郎者，或嘲之曰：「誰言粉省裏，却有土山頭。」用此謔也。其爲外郎者酬之曰：「錦帳隨時設，金爐任意熏。惟慚員外置，不應列星文。」（《續集》卷六。下同）

【蕭寺】《國史補》曰：梁武帝造寺，令蕭子雲飛帛大書「蕭」字，至今一字猶在。李約竭産自江南買之並洛，建水亭，目曰蕭齋。按此，則蕭寺者乃因「蕭」字而名也。《劉禹錫集》二十九《送如智法師》曰：「前日過蕭寺，看師上法筵。」則是概以僧寺爲蕭寺，恐不然也。今人亦多誤用。

【惟師曾是太平人】唐天寶間有真上人者，至杜牧之時，其人年已近百歲。故題其寺曰：「清羸已近百年身，古寺風煙又一春。寰海自成戎馬地，惟師曾是太平人。」此意最遠，不言其道行，獨以其年多，嘗見天寶時事也。元祐間，東坡典外制，有百歲得官者，曰：「繄此百年之故老，曾爲四世遺民。」與此意合而皆有味。杜《外集》。

【樂天知蘇州久方開宴】《白樂天集》二十一《蘇州郡宴呈同僚》曰：「下車已二月，開筵始今晨。」以樂天風流詩酒，而閱兩月方燕飲，可謂知本末也已。

【李娟】李義山詩曰：「隨宜教李娟。」《樂天集》二十《霓裳詩》曰：「妍蚩優劣寧相遠，大都只在人擡舉。李娟張態君莫嫌，亦擬隨宜教歌舞。」注：「娟、態，蘇妓也。」

【鄭玄牛識字】白樂天詩：「鄭牛識字吾常嘆。」注云：「諺云：鄭玄家牛觸牆成八字。」五十六。

（徐俊）

容齋隨筆

洪　邁　撰

洪邁(一一二三—一二〇二),字景盧,號野處,鄱陽(今江西波陽)人。紹興十五年(一一四五)中博學鴻詞科,官至龍圖閣學士,謚文敏。《宋史》卷三七三有傳。《容齋隨筆》、《續筆》、《三筆》、《四筆》各十六卷,《五筆》十卷,今合爲一書。此據清同治洪氏刊本選録。

【黄魯直詩】徐陵《鴛鴦賦》云:「山雞映水那相得,孤鸞照鏡不成雙。天下真成長會合,無勝比翼兩鴛鴦。」黄魯直《題畫睡鴨》曰:「山雞照影空自愛,孤鸞舞鏡不作雙。天下真成長會合,兩鳧相倚睡秋江。」全用徐語點化之,末句尤精工。又有《黔南十絶》,盡取白樂天語,其七篇全用之,其三篇頗有改易處。樂天《寄行簡》詩,凡八韻,後四韻云:「相去六千里,地絶天邈然。十書九不達,何以開憂顔!渴人多夢飲,饑人多夢餐。春來夢何處?合眼到東川。」魯直翦爲兩首,其一云:「相望六千里,天地隔江山。十書九不到,何用一開顔?」其二云:「病人多夢醫,囚人多夢赦。如何春來夢,合眼在鄉社!」樂天《歲晚》詩七韻,首句云:「霜降水返壑,風落木歸山。冉冉歲將晏,物皆復本源。」魯直改後兩句七字,作「冉冉歲華晚,昆蟲皆閉關」。(卷一。下同)

【敕勒歌】魯直題《陽關圖》詩云：「想得陽關更西路，北風低草見牛羊。」又集中有《書韋深道諸帖》云：「斛律明月，胡兒也，不以文章顯，老胡以重兵困敕勒川，召明月作歌以排悶。倉卒之間，語奇壯如此，蓋率意道事實耳。」予按《古樂府》有《敕勒歌》，以爲齊高歡攻周玉壁而敗，恚憤疾發，使斛律金唱《敕勒》，歡自和之。其歌本鮮卑語，詞曰：「敕勒川，陰山下，天似穹廬，籠罩四野。天蒼蒼，野茫茫，風吹草低見牛羊。」魯直所題及詩中所用，蓋此也。但誤以斛律金爲明月，明月名光，金之子也。歡敗於玉壁，亦非困於敕勒川。

【五臣注文選】東坡詆《五臣注文選》，以爲荒陋。予觀選中謝玄暉和王融詩云：「阽危賴宗衮，微管寄明牧。」正謂謝安、謝玄。安石于玄暉爲遠祖，以其爲相，故曰宗衮。而李周翰注云：「宗衮謂王導，導與融同宗，言晉國臨危，賴王導而破苻堅。牧謂謝玄亦同破堅者。」夫以宗衮爲王導固可笑，然猶以和王融之故，微爲有説，至以導爲與謝玄同破苻堅，乃是全不知有史策，而狂妄注書，所謂小兒强解事也。唯李善注得之。

【樂天侍兒】世言白樂天侍兒唯小蠻、樊素二人。予讀集中《小庭亦有月》一篇云：「菱角執笙簧，谷兒抹琵琶，紅綃信手舞，紫綃隨意歌。」自注曰：「菱、谷、紫、紅皆小臧獲名。」若然，則紅、紫二綃亦女奴也。

【白公詠史】東坡《志林》云：「白樂天嘗爲王涯所讒，貶江州司馬。甘露之禍，樂天有詩云：『當君白首同歸日，是我青山獨往時。』不知者以樂天爲幸之，樂天豈幸人之禍者哉？蓋悲之也。」予讀白集有《詠史》一篇，注云：九年十一月作。其詞曰：「秦磨利刃斬李斯，齊燒沸鼎烹酈其。可憐黄綺入商洛，閑卧白雲歌紫芝。彼爲葅醢機上盡，此作鸞鳳天外飛。去者逍遥來者死，乃知禍福非天爲。」正爲甘露事而作，其悲之之意可見矣。

【十年爲一秩】白公詩云：「已開第七秩，飽食仍安眠。」又云：「年開第七秩，屈指幾多人。」是時年六十二，元日詩也。又一篇云：「行開第八秩，可謂盡天年。」注曰：「時俗謂七十以上爲開第八秩。」蓋以十年爲一秩云。司馬温公作《慶文潞公八十會致語》云「歲曆行開九秩新」，亦用此也。

【裴晉公禊事】唐開成二年三月三日，河南尹李待價將禊於洛濱，前一日啓留守裴令公。公明日召太子少傅白居易，太子賓客蕭籍、李仍叔、劉禹錫，中書舍人鄭居中等十五人合宴於舟中，自晨及暮，前水嬉而後妓樂，左筆硯而右壺觴，望之若仙，觀者如堵。裴公首賦一章，四坐繼和，樂天爲十二韻以獻，見於集中。今人賦上巳，鮮有用其事者。予按《裴公傳》，是年起節度河東，三年以病丐還東都。文宗上巳宴群臣曲江，度不赴，帝賜以詩，使者及門而度薨。與前事相去正一年。然樂天又有一篇，題云《奉和裴令公三月上巳日游太原龍泉憶去歲禊洛之作》，是開成三年詩，則度以四年三月始薨。《新史》以爲三年，誤也。《宰相表》却載其三年十二月爲中書令，四年三月薨。而帝紀全失書，獨《舊史》紀、傳爲是。

【司字作入聲】白樂天詩，好以司字作入聲讀，如云「四十著緋軍司馬，男兒官職未蹉跎」，「一爲州司馬，三見歲重陽」是也。又以相字作入聲，如云「爲問長安月，誰教不相離」是也。相字之下自注云：思必切。以十字作平聲讀，如云「在郡六百日，入山十二回」，「緑浪東西南北路，紅欄三百九十橋」是也。以琵字作入聲讀，如云「四弦不似琵琶聲，亂寫真珠細撼鈴」，「忽聞水上琵琶聲」是也。武元衡亦有句云：「唯有白須張司馬，不言名利尚相從。」

【樂天新居詩】白樂天自杭州刺史分司東都，有《題新居呈王尹兼簡府中三掾》詩云：「敝宅須重葺，貧家乏羨財。橋憑州守造，樹倩府寮栽。朱板新猶濕，紅英暖漸開。仍期更携酒，倚檻看花來。」乃知唐世風俗尚爲可喜。今人居閑，而郡守爲之造橋，府寮爲之栽樹，必遭譏議，又肯形之篇詠哉！

【黄紙除書】樂天好用「黄紙除書」字，如「紅旗破賊非吾事，黄紙除書無我名」，「正聽山鳥向陽眠，黄紙除書落枕前」，「黄紙除書到，青宫詔命催」。

【白用杜句】杜子美詩云：「夜足沾沙雨，春多逆水風。」白樂天詩：「巫山暮足沾花雨，隴水春多逆浪風」，全用之。

【唐人重服章】唐人重服章，故杜子美有「銀章付老翁」，「朱紱負平生」，「扶病垂朱紱」之句。白樂天詩言銀緋處最多，七言如：「大抵著緋宜老大」，「一片緋衫何足道」，「暗淡緋衫稱我身」，「酒典緋花舊賜袍」，「假著緋袍君莫笑」，「腰間紅綬繫未穩」，「朱紱仙郎白雪歌」，「腰佩銀龜朱兩輪」，「便留朱紱還鈴閣」，「映我緋衫渾不見」，「白頭俱未著緋衫」，「緋袍著了好歸田」，「銀魚金帶繞腰光」，「銀章暫假爲專城」，「新授銅符未著緋」，「徒使花袍紅似火」，「似掛緋袍衣架上」。五言如：

「未换銀青綬，唯添雪白須」，「笑我青袍故，饒君茜綬新」，「老逼教垂白，官科遣著緋」，「那知垂白日，始是著緋年」，「晚遇何足言，白髮映朱紱」。至於形容衣魚之句，如：「魚綴白金隨步躍，鵠銜紅綬繞身飛。」

【詩讖不然】今人富貴中作不如意語，少壯時作衰病語，詩家往往以爲讖。白公十八歲，病中作絶句云：「久爲勞生事，不學攝生道。少年已多病，此身豈堪老？」然白公壽七十五。

【青龍寺詩】樂天《和錢員外青龍寺上方望舊山》詩云：「舊峰松雪舊溪雲，悵望今朝遥屬君。共道使臣非俗吏，南山莫動《北山文》。」頃於乾道四年講筵開日，蒙上書此章於扇以賜，改「使臣」爲「侍臣」云。

【唐重牡丹】歐陽公《牡丹釋名》云：「牡丹初不載文字，唐人如沈、宋、元、白之流，皆善詠花，當時有一花之異者，彼必形於篇什，而寂無傳焉，唯劉夢得有詠魚朝恩宅牡丹詩，但云一叢千朵而已，亦不云其美且異也。」予按，白公集有《白牡丹》一篇十四韻，又《秦中吟》十篇，内《買花》一章，凡百言，云：「共道牡丹時，相隨買花去。」「一叢深色花，十户中人賦。」而《諷諭樂府》有《牡丹芳》一篇，三百四十七字，絶道花之妖豔，至有「遂使王公與卿士，游花冠蓋日相望」，「花開花落二十日，一城之人皆若狂」之語。又《寄微之百韻》詩云：「唐昌玉蕊會，崇敬牡丹期。」注：「崇敬寺牡丹花，多與微之有期。」又《惜牡丹》詩云：「明朝風起應吹盡，夜惜衰紅把火看。」《醉歸盩厔》詩云：「數日非關王事繫，牡丹花盡始歸來。」元微之有《入永壽寺看牡丹》詩八韻，《和樂天秋題牡丹叢》三韻，

《酬胡三詠牡丹》一絶，又有五言二絶句。許渾亦有詩云：「近來無奈牡丹何，數十千錢買一窠。」徐凝云：「三條九陌花時節，萬馬千車看牡丹。」又云：「何人不愛牡丹花，占斷城中好物華。」然則元、白未嘗無詩，唐人未嘗不重此花也。（卷二。下同）

【長歌之哀】嬉笑之怒，甚於裂眥；長歌之哀，過於慟哭。此語誠然。元微之在江陵，病中聞白樂天左降江州，作絶句云：「殘燈無焰影幢幢，此夕聞君謫九江。垂死病中驚起坐，暗風吹雨入寒窗。」樂天以爲：「此句他人尚不可聞，況僕心哉！」微之集作「垂死病中仍悵望」，此三字既不佳，又不題爲病中作，失其意矣。東坡守彭城，子由來訪之，留百餘日而去，作二小詩曰：「逍遥堂後千尋木，長送中宵風雨聲。誤喜對床尋舊約，不知漂泊在彭城。」「秋來東閣涼如水，客去山公醉似泥。困卧北窗呼不醒，風吹松竹雨凄凄。」東坡以爲讀之殆不可爲懷，乃和其詩以自解。至今觀之，尚能使人凄然也。

【韋蘇州】《韋蘇州集》中，有《逢楊開府》詩云：「少事武皇帝，無賴恃恩私。身作里中横，家藏亡命兒。朝持樗蒲局，暮竊東鄰姬。司隸不敢捕，立在白玉墀。驪山風雪夜，長楊羽獵時。一字都不識，飲酒肆頑癡。武皇升仙去，憔悴被人欺。讀書事已晚，把筆學題詩。兩府始收跡，南宫謬見推。非才果不容，出守撫惸嫠。忽逢楊開府，論舊涕俱垂。」味此詩，蓋應物自叙其少年事也，其不羈乃如此。李肇《國史補》云：「應物爲性高潔，鮮食寡欲，所居焚香掃地而坐，其爲詩馳驟建安已還，各得風韻。」蓋記其折節後來也。《唐史》失其事，不爲立傳。高適亦少落魄，年五十始爲詩，即工。皆天分超卓，不可以常理論云。應物爲三衛，正天寶間，所爲如是，而吏不敢捕，又以見時政矣。

【古行宮詩】白樂天《長恨歌》、《上陽人歌》，元微之《連昌宮詞》，道開元間宮禁事，最爲深切矣。然微之有《行宮》一絶句云：「寥落古行宮，宮花寂寞紅。白頭宮女在，閑坐説玄宗。」語少意足，有無窮之味。

【隔是】樂天詩云：「江州去日聽箏夜，白髮新生不願聞。如今格是頭成雪，彈到天明亦任君。」元微之詩云：「隔是身如夢，頻來不爲名，憐君近南住，時得到山行。」格與隔二字義同，格是猶言已是也。

【和歸去來】今人好和《歸去來詞》，予最敬晁以道所言。其《答李持國書》云：「足下愛淵明所賦《歸去來辭》，遂同東坡先生和之，僕所未喻也。建中靖國間，東坡《和歸去來》，初至京師，其門下賓客從而和者數人，皆自謂得意也，陶淵明紛然一日滿人目前矣。參寥忽以所和篇示予，率同賦，予謝之曰：『童子無居位，先生無並行，與吾師共推東坡一人於淵明間可也。』參寥即索其文，袖之出，吴音曰：『罪過公，悔不先與公話。』今輒以厚於參寥者爲子言。」昔大宋相公謂陶公《歸去來》是南北文章之絶唱，《五經》之鼓吹。近時繪畫《歸去來》者，皆作大聖變，和其辭者，如即事遣興小詩，皆不得正中者也。（卷三。下同）

【李太白】世俗多言李太白在當塗采石，因醉泛舟於江，見月影俯而取之，遂溺死，故其地有捉月臺。予按李陽冰作太白《草堂集序》云：「陽冰試弦歌於當塗，公疾亟，草稿萬卷，手集未修，枕上授簡，俾爲序。」又李華作《太白墓志》，亦云：「賦《臨終歌》而卒。」乃知俗傳良不足信，蓋與謂杜子美因食白酒牛炙而死者同也。

【太白雪讒】李太白以布衣入翰林，既而不得官。《唐史》言高力士以脱靴爲恥，摘其詩以激楊貴妃，爲妃所沮止。今集中有《雪讒詩》一章，大率載婦人淫亂敗國，其略云：「彼婦人之猖狂，不如鵲之彊彊。彼婦人之淫昏，不如鶉之奔奔。坦蕩君子，無悦簧言。」又云：「妲己滅紂，褒女惑周。漢祖吕氏，食其在傍。秦皇太后，毐亦淫荒。蝃蝀作昏，遂掩太陽。萬乘尚爾，匹夫何傷。詞殫意窮，心切理直。如或妄談，昊天是殛。」予味此詩，豈非貴妃與禄山淫亂，而白曾發其奸乎？不然，則「飛燕在昭陽」之句，何足深怨也？

【李頎詩】歐陽公好稱誦唐嚴維詩「柳塘春水慢，花塢夕陽遲」及楊衡「竹徑通幽處，禪房花木深」之句，以爲不可及。予絶喜李頎詩云：「遠客坐長夜，雨聲孤寺秋。請量東海水，看取淺深愁。」且作客涉遠，適當窮秋，暮投孤村古寺中，夜不能寐，起坐淒惻，而聞簷外雨聲，其爲一時襟抱，不言可知，而此兩句十字中，盡其意態，海水喻愁，非過語也。（卷四。下同）

【詩中用茱萸字】劉夢得云：「詩中用茱萸字者凡三人。杜甫云『醉把茱萸子細看』，王維云『插遍茱萸少一人』，朱放云『學他年少插茱萸』，三君所用，杜公爲優。」予觀唐人七言，用此者又十餘家，漫録於後。王昌齡「茱萸插鬢花宜壽」，戴叔倫「插鬢茱萸來未盡」，盧綸「茱萸一朵映華簪」，權德輿「酒泛茱萸晚易曛」，白居易「舞鬟擺落茱萸房」，「茱萸色淺未經霜」，楊衡「强插茱萸隨衆人」，張謂「茱萸凡作幾年新」，耿湋「髮稀那敢插茱萸」，劉商「郵筒不解獻茱萸」，崔橹「茱萸冷吹溪口香」，周賀「茱萸城裏一尊前」，比之杜句，真不侔矣。

【鬼宿渡河】宋蒼梧王當七夕夜，令楊玉夫伺織女渡河，曰：「見，當報我；不見，當殺汝。」錢希白《洞微志》載：「蘇德哥爲徐肇祀其先人，曰：『當夜半可已。』蓋俟鬼宿渡河之後。」翟公巽作《祭儀》十卷，云：「或祭於昏，或祭於旦，皆非是，當以鬼宿渡河爲候，而鬼宿渡河，常在中夜，必使人仰占以俟之。」葉少藴云：「公巽博學多聞，援證皆有據，不肯碌碌同衆，所見必過人。」予按天上經星終古不動，鬼宿隨天西行，春昏見於南，夏晨見於東，秋夜半見於東，冬昏見於東，安有所謂渡河及常在中夜之理？織女昏晨與鬼宿正相反，其理則同。蒼梧王荒悖小兒，不足笑，錢、翟、葉三公皆名儒碩學，亦不深考如此。杜詩云：「牛女漫愁思，秋期猶渡河。」「牛女年年渡，何曾風浪生？」梁劉孝儀詩云：「欲待黄昏至，含嬌淺渡河。」唐人七夕詩皆有此説，此自是牽俗遺詞之過，故杜老又有詩云：「牽牛出河西，織女處其東。萬古永相望，七夕誰見同。神光竟難候，此事終蒙朧。」蓋自洞曉其實，非他人比也。

【翰苑親近】白樂天《渭村退居寄錢翰林》詩，叙翰苑之親近云：「曉從朝興慶，春陪宴柏梁。分庭皆命婦，對院即儲皇。貴主冠浮動，親王轡鬧裝。金鈿相照耀，朱紫間熒煌。球簇桃花騎，歌巡竹葉觴。窪銀中貴帶，昂黛内人妝。賜禊東城下，頒酺曲水傍。樽罍分聖酒，妓樂借仙倡。」蓋唐世宮禁與外廷不至相隔絶，故杜子美詩：「户外昭容紫袖垂，雙瞻御座引朝儀。」又云：「舍人退食收封事，宫女開函近御筵。」而學士獨稱内相，至於與命婦分庭，見貴主冠服，内人黛妝，假仙倡以佐酒，他司無比也。

【寧馨阿堵】「寧馨」、「阿堵」，晉宋間人語助耳。後人但見王衍指錢云：「舉阿堵物却。」又山濤見衍曰：「何物老媪生寧馨兒？」今遂以阿堵爲錢，寧馨兒爲佳兒，殊不然也。前輩詩「語言少味無阿堵，冰雪相看有此君」，又「家無阿堵物，門有寧馨兒」，其意亦如此。宋廢帝之母王太后疾篤，帝不往視，后怒謂侍者：「取刀來剖我腹，那得生寧馨兒！」觀此，豈得爲佳？顧長康畫人物，不點目睛，曰：「傳神寫照正在阿堵中。」猶言「此處」也。劉真長譏殷淵源曰：「田舍兒，强學人作爾馨語。」又謂桓温曰：「使君，如馨地寧可鬭戰求勝？」王導與何充語曰：「正自爾馨。」王恬撥王胡之手曰：「冷如鬼手馨，强來捉人臂。」至今吴中人語言尚多用寧馨字爲問，猶言「若何」也。劉夢得詩：「爲問中華學道者，幾人雄猛得寧馨。」蓋得其義。以寧字作平聲讀。

【爲文矜誇過實】文士爲文，有矜誇過實，雖韓文公不能免。如《石鼓歌》極道宣王之事偉矣，至云：「孔子西行不到秦，掎摭星宿遺羲娥。陋儒編詩不收拾，二雅褊迫無委蛇。」是謂三百篇皆如星宿，獨此詩如日月也。「二雅褊迫」之語，尤非所宜言。今世所傳《石鼓》之詞尚在，豈能出《吉日》、《車攻》之右？安知非經聖人所删乎？

【王文正公】祥符以後，凡天書禮文、宫觀典册、祭祀巡幸、祥瑞頌聲之事，王文正公旦實爲參政宰相，無一不預。官自侍郎至太保，公心知得罪於清議，而固戀患失，不能決去。及其臨終，乃欲削髮僧服以斂，何所補哉？魏野贈詩，所謂「西祀東封今已了，好來相伴赤松游」，可謂君子愛人以德，其箴戒之意深矣。歐陽公神道碑，悉隱而不書，蓋不可書也。雖持身公清，無一可議，然特張禹、孔光、胡廣之流云。

【李宓伐南詔】唐天寶中，南詔叛，劍南節度使鮮于仲通討之，喪士卒六萬人。楊國忠掩其敗狀，仍叙其戰功。時募兵擊南詔，人莫肯應募，國忠遣御史分道捕人，連枷送詣軍所，行者愁怨，所在哭聲振野。至十三載，劍南留後李宓將兵七萬往擊南詔。南詔誘之深入，閉壁不戰，宓糧盡，士卒瘴疫及饑死什七八，乃引還。蠻追擊之，宓被擒，全軍皆没。國忠隱其敗，更以捷聞，益發兵討之。此《通鑑》所紀。《舊唐書》云：「李宓率兵擊蠻於西洱河，糧盡軍旋，馬足陷橋，爲閤羅鳳所擒。」《新唐書》亦云：「宓敗死於西洱河。」予按高適集中有《李宓南征蠻》詩一篇，序云：「天寶十一載，有詔伐西南夷，丞相楊公兼節制之寄，乃奏前雲南太守李宓涉海自交趾擊之，往復數萬里，十二載四月，至於長安。君子是以知廟堂使能，而李公效節。予忝斯人之舊，因賦是詩。」其略曰：「肅穆廟堂上，深沉節制雄。遂令感激士，得建非常功。鼓行天海外，轉戰蠻夷中。長驅大浪破，急擊群山空。餉道忽已遠，縣軍垂欲窮。野食掘田鼠，晡餐兼僰僮。收兵列亭候，拓地彌西東。瀘水夜可涉，交州今始通。歸來長安道，召見甘泉宫。」其所稱述如此，雖詩人之言未必皆實，然當時之人所賦，其事不應虚言，則宓蓋歸至長安，未嘗敗死，其年又非十三載也。味詩中掘鼠餐僮之語，則知糧盡危急，師非勝歸明甚。

【浮梁陶器】彭器資尚書文集有《送許屯田》詩，曰：「浮梁巧燒瓷，顏色比瓊玖。因官射利疾，衆喜君獨不。父老爭嘆息，此事古未有。」注云：「浮梁父老言，自來作知縣不買瓷器者一人，君是也。作饒州不買者一人，今程少卿嗣宗是也。」惜乎不載許君之名。

【薛能詩】薛能者，晚唐詩人，格調不能高，而妄自尊大。其《海棠詩序》云：「蜀海棠有聞，而詩無聞，杜子美於斯，興象不出，没而有懷。天之厚余，謹不敢讓，風雅盡在蜀矣，吾其庶幾。」然其語不過曰「青苔浮落處，暮柳閑開時。帶醉游人插，連陰彼叟移。晨前清露濕，晏後惡風吹。香少傳何許，妍多畫半遺」而已。又有《荔枝詩序》曰：「杜工部老居西蜀，不賦是詩，豈有意而不及歟？白尚書曾有是作，興旨卑泥，與無詩同。予遂爲之題，不愧不負，將來作者，以其荔枝首唱，愚其庶幾。」然其語不過曰「顆如松子色如櫻，未識蹉跎欲半生。歲杪監州曾見樹，時新入座久聞名」而已。又有《折楊柳》十首，叙曰：「此曲盛傳，爲詞者甚衆，文人才子，各衒其能，莫不條似舞腰，葉如眉翠，出口皆然，頗爲陳熟。能專於詩律，不愛隨人，搜難抉新，誓脱常態，雖欲勿伐，知音者其舍諸？」然其詞不過曰「華清高樹出離宫，南陌柔條帶暖風。誰見輕陰是良夜，瀑泉聲畔月明中。」「洛橋晴影覆江船，羌笛秋聲濕塞煙。閑想習池公宴罷，水蒲風絮夕陽天」而已。別有《柳枝詞》五首，最後一章曰：「劉、白蘇臺總近時，當初章句是誰推。纖腰舞盡春楊柳，未有儂家一首詩。」自注云：「劉、白二尚書，繼爲蘇州刺史，皆賦《楊柳枝詞》，世多傳唱，雖有才語，但文字太僻，宫商不高耳。」能之大言如此，但稍推杜陵，視劉、白以下蔑如也。今讀其詩，正堪一笑。劉之詞曰：「城外春風吹酒旗，行人揮袂日西時。長安陌上無窮樹，唯有垂楊管别離。」白之詞云：「紅板江橋清酒旗，館娃宮暖日斜時。可憐雨歇東風定，萬樹千條各自垂。」其風流氣概，豈能所髣髴哉！（卷七）

【陶淵明】陶淵明高簡閒靖，爲晉、宋第一輩人。語其飢則簞瓢屢空，缾無儲粟；其寒則裋褐穿結，絺綌冬陳；其居則環堵蕭然，風日不蔽。窮困之狀，可謂至矣。讀其《與子儼等疏》云：「恨室無萊婦，抱茲苦心。汝等雖不同生，當思四海皆兄弟之義。管仲、鮑叔，分財無猜，他人尚爾，況同父之人哉！」然則猶有庶子也。《責子》詩云：「雍、端年十三。」此兩人必異母爾。淵明在彭澤，悉令公田種秫，曰：「吾常得醉於酒足矣。」妻子固請種秔，乃使二頃五十畝種秫，五十畝種秔。其自叙亦云：「公田之利，足以爲酒，故便求之。」猶望一稔而逝，然仲秋至冬，在官八十餘日，即自免去職。所謂秫秔，蓋未嘗得顆粒到口也，悲夫！（卷八。下同）

【皇甫湜詩】皇甫湜、李翱，雖爲韓門弟子，而皆不能詩，浯溪石間有湜一詩，爲元結而作，其詞云：「次山有文章，可惋只在碎。然長於指叙，約潔多餘態。心語適相應，出句多分外。於諸作者間，拔戟成一隊。中行雖富劇，粹美君可蓋。子昂感遇佳，未若君雅裁。退之全而神，上與千年對。李杜才海翻，高下非可概。文於一氣間，爲物莫與大。先王路不荒，豈不仰吾輩。石屏立衙衙，溪口揚素瀨。我思何人知，徙倚如有待。」味此詩，乃論唐人文章耳，風格殊無可采也。

【治生從宦】韓詩曰：「居閒食不足，從仕力難任。兩事皆害性，一生常苦心。」然治生從宦，自是兩塗，未嘗有兼得者。張釋之以貲爲郎，十年不得調，曰：「久宦減兄仲之産，不遂。」欲免歸。司馬相如亦以貲爲郎，因病免，家貧無以自業，至從故人于臨邛，及歸成都，家徒四壁立而已。

【唐揚州之盛】唐世鹽鐵轉運使在揚州，盡斡利權，判官多至數十人，商賈如織。故諺稱「揚一益二」，謂天下之盛，揚爲一而蜀次之也。杜牧之有「春風十里珠簾」之句，張祜詩云：「十里長街市井連，月明橋上看神仙。人生只合揚州死，禪智山光好墓田。」王建詩云：「夜市千燈照碧雲，高樓紅袖客紛紛。如今不似時平日，猶自笙歌徹曉聞！」徐凝詩云：「天下三分明月夜，二分無賴是揚州。」其盛可知矣。自畢師鐸、孫儒之亂，蕩爲丘墟。楊行密復葺之，稍成壯藩，又燬於顯德。本朝承平百七十年，尚不能及唐之什一，今日真可酸鼻也！（卷九。下同）

【張祜詩】唐開元、天寶之盛，見於傳記、歌詩多矣，而張祜所詠尤多，皆他詩人所未嘗及者。如《正月十五夜燈》云：「千門開鎖萬燈明，正月中旬動帝京。三百内人連袖舞，一時天上著詞聲。」《上巳樂》云：「猩猩血染繫頭標，天上齊聲舉畫橈。却是内人争意切，六宫紅袖一時招。」《春鶯囀》云：「興慶池南柳未開，太真先把一枝梅。内人已唱《春鶯囀》，花下傞傞軟舞來。」又有《大酺樂》、《邠王小管》、《李謨笛》、《寧哥來》、《邠娘羯鼓》、《退宫人》、《耍娘歌》、《悖拏兒舞》、《阿鵰湯》、《雨霖鈴》、《香囊子》等詩，皆可補開、天遺事，弦之樂府也。

【李益盧綸詩】李益、盧綸，皆唐大歷十才子之傑者。綸於益爲内兄，嘗秋夜同宿，益贈綸詩曰：「世故中年別，餘生此會同。却將愁與病，獨對朗陵翁。」綸和曰：「戚戚一西東，十年今始同。

可憐風雨夜，相問兩衰翁。」二詩雖絶句，讀之使人悽然，皆奇作也。

【徐凝詩】徐凝以「瀑布界破青山」之句，東坡指爲惡詩，故不爲詩人所稱説。予家有凝集，觀其餘篇，亦自有佳處，今漫紀數絶于此。《漢宫曲》云：「水色簾前流玉霜，趙家飛燕侍昭陽。掌中舞罷簫聲絶，三十六宫秋夜長。」《憶揚州》云：「蕭娘臉下難勝淚，桃葉眉頭易得愁。天下三分明月夜，二分無賴是揚州。」《相思林》云：「遠客遠游新過嶺，每逢芳樹問芳名。長林遍是相思樹，争遣愁人獨自行。」《翫花》云：「一樹梨花春向暮，雪枝殘處怨風來。明朝漸校無多去，看到黄昏不欲回。」《將歸江外辭韓侍郎》云：「一生所遇唯元白，天下無人重布衣。欲别朱門淚先盡，白頭游子白身歸。」皆有情致，宜其見知於微之、樂天也。但俗子妄作樂天詩，繆爲賞激，以起東坡之誚耳。（卷十。下同）

【梅花横參】今人梅花詩詞，多用參横字，蓋出柳子厚《龍城録》所載趙師雄事，然此實妄書，或以爲劉無言所作也。其語云：「東方已白，月落參横。」且以冬半視之，黄昏時參已見，至丁夜則西没矣，安得將旦而横乎？秦少游詩：「月落參横畫角哀，暗香消盡令人老。」承此誤也。唯東坡云：「紛紛初疑月挂樹，耿耿獨與參横昏。」乃爲精當。老杜有「城擁朝來客，天横醉後參」之句，以全篇考之，蓋初秋所作也。

【司空表聖詩】東坡稱司空表聖詩文高雅，有承平之遺風，蓋嘗自列其詩之有得於文字之表者二十四韻，恨當時不識其妙。又云：「表聖論其詩，以爲得味外味，如『緑樹連村暗，黄花入麥稀』，此句最善。又『棋聲花院閉，幡影石壇高』，吾嘗獨入白鶴觀，松陰滿地，不見一人，惟聞棋聲，然後知此句之工，但恨其寒儉有僧態。」予讀表聖《一鳴集》，有《與李生論詩》一書，乃正坡公所言者，其餘五言句云：「人家寒食月，花影午時天」，「雨微吟足思，花落夢無憀」，「坡暖冬生筍，松涼夏健人」，「川明虹照雨，樹密鳥銜人」，「夜短猿悲減，風和鵲喜靈」，「馬色經寒慘，雕聲帶晚饑」，「客來當意愜，花發遇歌成」。七言句云：「孤嶼池痕春漲滿，小欄花韻午晴初」，「五更惆悵回孤枕，由自殘燈照落花」。皆可稱也。

【楊虞卿】劉禹錫有《寄毗陵楊給事》詩云：「曾主魚書輕刺史，今朝自請左魚來。青雲直上無多地，却要斜飛取勢回。」以其時考之，蓋楊虞卿也。按唐文宗大和七年，以李德裕爲相，與之論朋黨事。時給事中楊虞卿、蕭澣，中書舍人張元夫依附權要，上干執政，下撓有司，上聞而惡之，於是出虞卿爲常州刺史，澣爲鄭州刺史，元夫爲汝州刺史。皆李宗閔客也。他日，上復言及朋黨，宗閔曰：「臣素知之，故虞卿輩，臣皆不與美官。」德裕曰：「給事中、中書舍人非美官而何？」宗閔失色。然則虞卿之刺毗陵，乃爲朝廷所逐耳，禹錫猶以爲自請，詩人之言，渠可信哉！（卷十一。下同）

【唐詩戲語】士人於棋酒間，好稱引戲語，以助譚笑，大抵皆唐人詩，後生多不知所從出，漫識所記憶者於此。「公道世間惟白髮，貴人頭上不曾饒」，杜牧《送隱者》詩也。「因過竹院逢僧話，又得浮生半日閑」，李涉詩也。「只恐爲僧僧不了，爲僧得了盡輸僧」，「啼得血流無用處，不如緘口過殘春」，杜荀鶴詩也。「數聲風笛離亭晚，君向瀟湘我向秦」，鄭谷詩也。「今朝有酒今朝醉，明日愁來明日愁」，「勸君不用分明語，語得分明出轉難」，「自家飛絮猶無定，争解垂絲絆路人」，「明年更有新條在，撓亂春風卒未休」，「采得百花成蜜後，不知辛苦爲誰甜」，羅隱詩也。高駢在西川，築城禦蠻，朝廷疑之，徙鎮荆南，作《聽箏》詩以見意曰：「昨夜箏聲響碧空，宫商信任往來風。依稀似曲才堪聽，又被吹將别調中。」今人亦好引此句也。

【王珪李靖】杜子美《送重表姪王評事》詩云：「我之曾老姑，爾之高祖母。爾祖未顯時，歸爲尚書婦。隋朝大業末，房杜俱交友。長者來在門，荒年自餬口。家貧無供給，客位但箕帚。俄頃羞頗珍，寂寥人散後。」云云。「上云天下亂，宜與英俊厚。向竊窺數公，經綸亦俱有。次問最少年，虬髯十八九。子等成大名，皆因此人手。下云風雲合，龍虎一吟吼。願展丈夫雄，得辭兒女醜。秦王時在坐，真氣驚户牖。及乎貞觀初，尚書踐台斗。夫人常肩輿，上殿稱萬壽。至尊均嫂叔，盛事垂不朽。」觀此詩，疑指王珪。珪相唐太宗，贈禮部尚書。然細考其事，大不與史合。蔡絛詩話引《唐書·列女傳》云：「珪母盧氏，識房、杜必貴。」質之此詩，則珪母乃杜氏也。《桐江詩話》云：「不特不姓盧，乃珪之妻，非母也。」予按《唐·列女傳》元無此事，珪傳末只云：「始隱居時，與房玄齡、杜如晦善，二人過其家，母李窺之，知其必貴。」蔡説妄云有傳，又誤以李爲盧，皆不足辨。但唐高祖在位日，太子建成與秦王不睦，以權相傾。珪爲太子中允，説建成曰：「秦王功蓋天下，中外歸心，殿下但以長年，位居東宫，無大功以鎮服海内，今劉黑闥散亡之餘，宜自擊之，以取功名。」建成乃請行。其後楊文幹之事起，高祖責以兄弟不睦，歸罪珪等而流之。太宗即位，乃召還任用。久之，宴近臣於丹霄殿，長孫無忌曰：「王珪、魏徵，昔爲仇讎，不謂今日得同此宴。」上曰：「珪、徵盡心所事，我故用之。」然則珪與太宗，非素交明矣。《唐書》載李氏事，亦采之小説，恐未必然，而杜公稱其祖姑事，不應不實。且太宗時宰相，别無姓王者，真不可曉也。（卷十二。下同）

【虎夔藩】黄魯直《宿舒州太湖觀音院》詩云：「汲烹寒泉窟，伐燭古松根。相戒莫浪出，月黑虎夔藩。」夔字甚新，其意蓋言抵觸之義，而莫究所出。惟杜工部《課伐木》詩序云：「課隸人入谷斬陰木，晨征暮返，我有藩籬，是闕是補，旅次于小安。山有虎，知禁。若恃爪牙之利，必昏黑撑突。夔人屋壁，列樹白桃，鏝焉牆，實以竹，示式遏。爲與虎近，混淪乎無良賓客。」其詩句有云：「藉汝跨小籬，乳獸待人肉。虎穴連里閭，久客懼所觸。」乃知魯直用此序中語。然杜公在夔府所作詩，所謂「夔人」者，述其土俗耳，本無抵觸之義，魯直蓋誤用之。又《寺齋睡起》絶句云：「人言九事八爲律，儻有江船吾欲東。」按《主父偃傳》，「上書言九事，其八事爲律令，一事諫伐匈奴」，謂八事爲律令而言，則爲字當作去聲讀，今魯直似以爲平聲，恐亦誤也。

【俞似詩】英州之北三十里有金山寺，予嘗至其處，見法堂後壁題兩絶句。僧云：「廣州鈐轄俞似之妻趙夫人所書。」詩句洒落不凡，而字畫徑四寸，遒健類薛稷，極可喜。數年後又過之，僧空無人，壁亦隳圮，猶能追憶其語，爲紀於此。其一云：「莫遣韝鷹飽一呼，將軍誰志滅匈奴？年來萬事灰人意，只有看山眼不枯。」其二云：「傳食膠膠擾擾間，林泉高步未容攀。興來尚有平生屐，管領東南到處山。」蓋似所作也。（卷十三。下同）

【東坡羅浮詩】東坡游羅浮山，作詩示叔黨，其末云：「負書從我盍歸去，群仙正草《新宮銘》。汝應奴隸蔡少霞，我亦季孟山玄卿。」坡自注曰：「唐有夢書《新宮銘》者，云紫陽真人山玄卿撰。其略曰：『良常西麓，原澤東泄。新宮宏宏，崇軒轣轣。』又有蔡少霞者，夢人遣書碑銘曰：『公昔乘魚車，今履瑞雲，躅空仰塗，綺輅輪囷。』其末題云，五雲書閣吏蔡少霞書。」予按唐小説薛用弱《集異記》，載蔡少霞夢人召去，令書碑，題云：《蒼龍溪新宮銘》，紫陽真人山玄卿撰。其詞三十八句，不聞有五雲閣吏之説。「魚車」「瑞雲」之語，乃《逸史》所載陳幼霞事，云蒼龍溪主歐陽某撰。蓋坡公誤以幼霞爲少霞耳。玄卿之文，嚴整高妙，非神仙中人嵇叔夜、李太白之流不能作，今紀于此，云：「良常西麓，源澤東泄。新宮宏宏，崇軒轣轣。雕珉盤礎，鏤檀竦桀。碧瓦鱗差，瑶階肪截。閣凝瑞霧，樓横祥霓。騶虞巡徼，昌明捧闑。珠樹規連，玉泉矩洩。靈飆遐集，聖日俯晢。太上游儲，無極便闕。百神守護，諸真班列。仙翁鵠立，道師冰潔。飲玉成漿，饌瓊爲屑。桂旗不動，蘭幄互設。妙樂競奏，流鈴間發。天籟虚徐，風簫泠澈。鳳歌諧律，鶴舞會節。三變《玄雲》，九成《絳雪》。易遷徒語，童初詎説。如毁乾坤，自有日月。清寧二百三十一年四月十二日建。」予頃作廣州《三清殿碑》，倣其體爲銘詩曰：「天池北阯，越領東鹿。銀宮旟旟，瑶殿矗矗。陛納九齒，閶披四目。楯角儲清，簷牙衮縟。雕牖甜間，鏤楹熠煜。元尊端拱，泰上秉籙。繡黼周張，神光晬穆。寶帳流黄，温幄結緑。翠鳳干旗，紫霓溜褥。星伯振鷺，仙翁立鵠。昌明侍几，眉連捧纛。月節下墮，曦輪旁燭。凍雨清塵，矞雲散縠。鈞籟虚徐，流鈴禄續。童初渟瀯，勾漏蓄縮。嶽君有衡，海帝維儋。中邊何護，時節朝宿。颶母淪威，瘧妃謝毒。丹厓羅微，赤子纍福。億齡聖壽，萬世宋籙。」凡四十句，讀者或許之，然終不近也。

【張文潛論詩】前輩議論，有出於率然不致思而於理近礙者，張文潛云：「《詩》三百篇，雖云婦人女子小夫賤隸所爲，要之非深於文章者不能作，如『七月在野』至『入我牀下』，於七月已下，皆不道破，直至十月方言蟋蟀，非深於文章者能爲之邪？」予謂三百篇固有所謂女婦小賤所爲，若周公、召康公、穆公、衛武公、芮伯、凡伯、尹吉甫、仍叔、家父、蘇公、宋襄公、秦康公、史克、公子奚斯，姓氏明見于大序，可一概論之乎？且七月在野，八月在宇，九月在户，本自言農民出入之時耳，鄭康成始併入下句，皆指爲蟋蟀，正已不然，今直稱此五句爲深於文章者，豈其餘不能過此乎？以是論《詩》，隘矣。（卷十四。下同）

【絶唱不可和】韋應物在滁州，以酒寄全椒山中道士，作詩曰：「今朝郡齋冷，忽念山中客。澗底束荆薪，歸來煮白石。欲持一樽酒，遠慰風雨夕。落葉滿空山，何處尋行迹？」其爲高妙超詣，固不容夸説，而結尾兩句，非復語言思索可到。東坡在惠州，依其韻作詩寄羅浮鄧道士曰：「一杯羅浮春，遠餉采薇客。遥知獨酌罷，醉卧松下石。幽人不可見，清嘯聞月夕。聊戲庵中人，空飛本無迹。」劉夢得「山圍故國周遭在，潮打空城寂寞回」之句，白樂天以爲後之詩人，無復措詞。坡公倣之曰：「山圍故國城空在，潮打西陵意未平。」坡公天才，出語驚世，如追和陶詩，真與之齊驅，獨此二者，比之韋、劉爲不侔，豈非絶唱寡和，理自應爾邪。

【李陵詩】《文選》編李陵、蘇武詩，凡七篇，人多疑「俯觀江漢流」之語，以爲蘇武在長安所作，何爲乃及江、漢？東坡云「皆後人所擬也」。予觀李詩云「獨有盈觴酒，與子結綢繆」。「盈」字正惠帝諱，漢法觸諱者有罪，不應陵敢用之，益知坡公之言爲可信也。

【大曲伊涼】今樂府所傳大曲，皆出於唐，而以州名者五，伊、涼、熙、石、渭也。涼州今轉爲梁州，唐人已多誤用，其實從西涼府來也。凡此諸曲，唯《伊》、《涼》最著，唐詩詞稱之極多，聊紀十數聯，以資談助。如：「老去將何散旅愁？新教小玉唱《伊州》」，「求守管弦聲款逐，側商調裏唱《伊州》」，「鈿蟬金雁皆零落，一曲《伊州》淚萬行」，「公子邀歡月滿樓，雙成揭調唱《伊州》」，「賺殺唱歌樓上女，《伊州》誤作《石州》聲」，「胡部笙歌西部頭，梨園弟子和《涼州》」，「唱得《涼州》意外聲，舊人空數米嘉榮」，「《霓裳》奏罷唱《梁州》，紅袖斜翻翠黛愁」，「行人夜上西城宿，聽唱《涼州》雙管逐」，「丞相新裁別離曲，聲聲飛出舊《梁州》」，「只愁拍盡《涼州》杖，畫出風雷是撥聲」，「一曲《涼州》今不清，邊風蕭颯動江城」，「滿眼由來是舊人，那堪更奏《梁州曲》」，「昨夜蕃軍報國讎，沙州都護破梁州」，「邊將皆承主恩澤，無人解道取涼州」。皆王建、張祜、劉禹錫、王昌齡、高駢、温庭筠、張籍諸人詩也。

【次山謝表】元次山爲道州刺史，作《春陵行》，其序云：「州舊四萬餘户，經賊以來，不滿四千，大半不勝賦税。到官未五十日，承諸使征求符牒二百餘封，皆曰『失期限者罪至貶削』。於戲！若悉應其命，則州縣破亂，刺史欲焉逃罪？若不應命，又即獲罪戾。吾將静以安人，待罪而已。」

其辭甚苦，大略云：「州小經亂亡，遺人實困疲。朝飡是草根，暮食乃木皮。出言氣欲絶，意速行步遲。追呼尚不忍，況乃鞭撲之。郵亭傳急符，來往跡相追。更無寬大恩，但有迫催期。欲令鬻兒女，言發恐亂隨。奈何重驅逐，不使存活爲？安人天子命，符節我所持。逋緩違詔令，蒙責固所宜。」又《賊退示官吏》一篇，言賊攻永破邵，不犯此州，蓋蒙其傷憐而已，諸使何爲忍苦征斂。其詩云：「城小賊不屠，人貧傷可憐。是以陷鄰境，此州獨見全。使臣將王命，豈不如賊焉？今彼征斂者，迫之如火煎。」二詩憂民慘切如此。故杜老以爲：「今盜賊未息，知民疾苦，得結輩十數公，落落參錯天下爲邦伯，天下少安，立可待矣。」遂有「兩章對秋月，一字偕華星」之句。今《次山集》中，載其《謝上表》兩通，其一云：「今日刺史，若無武略，以制暴亂；若無文才，以救疲弊；若不清廉，以身率下；若不變通，以救時須，則亂將作矣。臣料今日州縣堪征税者無幾，已破敗者實多，百姓戀墳墓者蓋少，思流亡者乃衆，則刺史宜精選謹擇以委任之，固不可拘限官次，得之貨賄出之權門者也。」其二云：「今四方兵革未寧，賦斂未息，百姓流亡轉甚，官吏侵刻日多，實不合使凶庸貪猥之徒，凡弱下愚之類，以貨賂權勢，而爲州縣長官。」觀次山表語，但因謝上而能極論民窮吏惡，勸天子以精擇長吏，有謝表以來，未之見也。世人以杜老褒激之故，或稍誦其詩，以《中興頌》故誦其文，不聞有稱其表者，予是以備録之，以風後之君子。次山臨道州，歲在癸卯，唐代宗初元廣德也。

【張文潛哦蘇杜詩】「溪回松風長，蒼鼠竄古瓦。不知何王殿，遺構絶壁下。陰房鬼火青，壞道哀湍瀉。萬籟真笙竽，秋色正蕭灑。美人爲黄土，況乃粉黛假。當時侍金輿，故物獨石馬。憂來藉草坐，浩歌淚盈把。冉冉征途間，誰是長年者？」此老杜《玉華宫》詩也。張文潛暮年在宛丘，何大圭方弱冠，往謁之，凡三日，見其吟哦此詩不絶口，大圭請其故。曰：「此章乃《風》、《雅》鼓吹，未易爲子言。」大圭曰：「先生所賦，何必減此？」曰：「平生極力模寫，僅有一篇稍似之，然未可同日語。」遂誦其《離黄州》詩，偶同此韻，曰：「扁舟發孤城，揮手謝送者。山回地勢卷，天豁江面瀉。中流望赤壁，石脚插水下。昏昏煙霧嶺，歷歷漁樵舍。居夷實三載，鄰里通借假。別之豈無情，老淚爲一洒。篙工起鳴鼓，輕櫓健於馬。聊爲過江宿，寂寂樊山夜。」此其音響節奏，固似之矣，讀之可默喻也。又好誦東坡《梨花》絶句，所謂「梨花淡白柳深青，柳絮飛時花滿城，惆悵東欄一株雪，人生看得幾清明」者，每吟一過，必擊節賞嘆不能已，文潛蓋有省於此云。（卷十五。下同）

【唐詩人有名不顯者】《温公詩話》云：「唐之中葉，文章特盛，其姓名湮没不傳於世者甚衆，如：河中府鸛雀樓有王之奂、暢諸二詩。二人皆當時所不數，而後人擅詩名者豈能及之哉！」予觀少陵集中所載韋迢、郭受詩，少陵酬答，至有「新詩錦不如」，「自得隨珠覺夜明」之語，則二人詩名可知矣，然非編之杜集，幾於無傳焉。又有嚴惲《惜花》一絶云：「春光冉冉歸何處，更向花前把一杯。盡日問花花不語，爲誰零落爲誰開？」前人多不知誰作，乃見於《皮陸唱和集》中。大率唐人多工詩，雖小説戲劇，鬼物假託，莫不宛轉有思致，不必顯門名家而後可稱也。「奂暢諸」，館本作「涣暢當」。

【蘇子由詩】蘇子由《南窗》詩云：「京城三日雪，雪盡泥方深。閉門謝還往，不聞車馬音。西齋書帙亂，南窗朝日昇。輾轉守牀榻，欲起復不能。開户失瓊玉，滿階松竹陰。故人遠方來，疑我何苦心。疏拙自當爾，有酒聊共斟。」此其少年時所作也。東坡好書之，以爲人間當有數百本，蓋閑淡簡遠得味外之味云。

【連昌宫詞】元微之、白樂天，在唐元和、長慶間齊名。其賦詠天寶時事，《連昌宫詞》、《長恨歌》皆膾炙人口，使讀之者情性蕩摇，如身生其時，親見其事，殆未易以優劣論也。然《長恨歌》不過述明皇追愴貴妃始末，無他激揚，不若《連昌詞》有監戒規諷之意，如云：「姚崇、宋璟作相公，勸諫上皇言語切。長官清貧太守好，揀選皆言由相公。開元之末姚、宋死，朝廷漸漸由妃子。禄山宫裏養作兒，虢國門前鬧如市。弄權宰相不記名，依稀憶得楊與李。廟謨顛倒四海摇，五十年來作瘡痏。」其末章及官軍討淮西，乞「廟謀休用兵」之語，蓋元和十一、二年間所作，殊得風人之旨，非《長恨》比云。

【二士共談】《維摩詰經》言，文殊從佛所將詣維摩丈室問疾，菩薩隨之者以萬億計，曰：「二士共談，必説妙法。」予觀杜少陵寄李太白詩云：「何時一尊酒，重與細論文。」使二公真踐此言，時得洒掃撰杖屨於其側，所謂不二法門，不傳之妙，啓聰擊蒙，出膚寸之澤以潤千里者，可勝道哉！

【文章小伎】「文章一小伎，於道未爲尊。」雖杜子美有激而云，然要爲失言，不可以訓。文章豈小事哉！《易·賁》之彖言：「剛柔交錯，天文也；文明以止，人文也。觀乎天文，以察時變；觀乎人文，以化成天下。」孔子稱帝堯焕乎有文章。子貢曰：「夫子之文章，可得而聞。」《詩》美衛武公，亦云有文章。堯、舜、禹、湯、文、武、成、康之聖賢，桀、紂、幽、厲之昏亂，非《詩》《書》以文章載之，何以傳？伏羲畫八卦，文王重之，非孔子以文章翼之，何以傳？孔子至言要道，托《孝經》、《論語》之文而傳。曾子、子思、孟子傳聖人心學，使無《中庸》及七篇之書，後人何所窺門户？老、莊絶滅禮學，忘言去爲，而五千言與《内》、《外篇》極其文藻。釋氏之爲禪者，謂語言爲累，不知大乘諸經可廢乎？然則詆爲小伎，其理謬矣！彼後世爲詞章者，逐其末而忘其本，翫其華而落其實，流宕自遠，非文章過也。杜老所云「文章千古事」，「已似愛文章」，「文章日自負」，「文章實致身」，「文章開宎奥」，「文章憎命達」，「名豈文章著」，「枚乘文章老」，「文章敢自誣」，「海内文章伯」，「文章曹植波瀾闊」，「庾信文章老更成」，「豈有文章驚海内」，「每語見許文章伯」，「文章有神交有道」，如此之類，多指詩而言，所見狹矣！（卷十六。下同）

【續樹萱録】頃在祕閣抄書，得《續樹萱録》一卷，其中載隱君子元撰夜見吴王夫差，與唐諸詩人吟詠事。李翰林詩曰：「芙蓉露濃紅壓枝，幽禽感秋花畔啼，玉人一去未回馬，梁間燕子三見歸。」張司業曰：「緑頭鴨兒咂萍藻，采蓮女郎笑花老。」杜舍人曰：「鼓鼙夜戰北窗風，霜葉沿階貼亂紅。」三人皆全篇。杜工部曰：「紫領寬袍漉酒巾，江頭蕭散作閒人。」白少傅曰：「不因霜葉辭林去，的當山翁未覺秋。」李賀曰：「魚鱗甃空排嫩碧，露桂梢寒掛團璧。」三人皆未終篇。細味其體格語句，往往逼真。後閱秦少游集，有《秋興》九首，皆擬唐人，前所載咸在焉。關子東爲秦集序云：「擬古數篇，曲盡唐人之體。」正謂是也。何子楚云：「《續萱録》乃王性之所作，而託名他人。」今其書才有三事，其一曰賈博喻，一曰全若虚，一曰元撰，詳命名之義，蓋取諸子虚、亡是公云。

【和詩當和意】古人酬和詩，必答其來意，非若今人爲次韻所局也。觀《文選》所編何劭、張華、盧諶、劉琨、二陸、三謝諸人贈答，可知已。唐人尤多，不可具載。姑取杜集數篇，略紀于此。高適寄杜公云：「愧爾東西南北人。」杜則云：「東西南北更堪論。」高又有詩云：「草《玄》今已畢，此外更何言？」杜則云：「草《玄》吾豈敢，賦或似相如。」嚴武寄杜云：「興發會能馳駿馬，終須重到使君灘。」杜則云：「枉沐旌麾出城府，草茅無逕欲教鋤。」杜公寄嚴詩云：「何路出巴山」，「重巖細菊斑，遥知簇鞍馬，回首白雲間。」嚴答云：「卧向巴山落月時」，「籬外黄花菊對誰，跂馬望君非一度。」杜送韋迢云：「洞庭無過雁，書疏莫相忘。」迢云：「相憶無南雁，何時有報章？」杜又云：「雖無南去雁，看取北來魚。」郭受寄杜云：「春興不知凡幾首？」杜答云：「藥裹關心詩總廢。」皆如鐘磬在簴，叩之則應，往來反復，於是乎有餘味矣。

【王逢原】王逢原以學術，邢居實以文采，有盛名於嘉祐、元豐間。然所爲詩文，多怨抑沈憤，哀傷涕泣，若辛苦憔悴不得其平者，故皆不克壽，逢原年二十八，居實纔二十。天畀其才而嗇其壽，吁，可惜哉！

【靖康時事】鄧艾伐蜀，劉禪既降，又敕姜維使降於鍾會，將士咸怒，拔刀斫石。魏圍燕於中山既久，城中將士皆思出戰，至數千人，相率請於燕主，慕容隆言之尤力，爲慕容麟沮之而罷。契丹伐晉連年，晉拒之，每戰必勝。其後，杜重威陰謀欲降，命將士出陣於外，士皆踴躍，以爲出戰，既令解甲，士皆慟哭，聲振原野。予頃修《靖康實録》，竊痛一時之禍，以堂堂大邦，中外之兵數十萬，曾不能北向發一矢、獲一胡，端坐都城，束手就斃！虎旅雲屯，不聞有如蜀、燕、晉之憤哭者。近讀《朱新仲詩集》，有《記昔行》一篇，正叙此時事。其中云：「老种憤死不得戰，汝霖疽發何由痊？」乃知忠義之士，世未嘗無之，特時運使然耳。

【真假皆妄】江山登臨之美，泉石賞翫之勝，世間佳境也，觀者必曰如畫。故有「江山如畫」，「天開圖畫即江山」，「身在畫圖中」之語。至於丹青之妙，好事君子嗟嘆之不足者，則又以逼真目之。如老杜「人間又見真乘黄」，「時危安得真致此」，「悄然坐我天姥下」，「斯須九重真龍出」，「憑軒忽若無丹青」，「高堂見生鶻」，「直訝杉松冷」，「兼疑菱荇香」之句是也。以真爲假，以假爲真，均之爲妄境耳。人生萬事如是，何特此耶？

【唐人詩不傳】韓文公《送李礎序》云：「李生温然爲君子，有詩八百篇，傳詠於時。」又《盧尉墓誌》云：「君能爲詩，自少至老，詩可録傳者，在紙凡千餘篇。無書不讀，然止用以資爲詩。任登封尉，盡寫所爲詩，投留守鄭餘慶，鄭以書薦於宰相。」觀此，則李、盧二子之詩多而可傳。又裴迪與王維同賦輞川諸絶，載於維集，此外更無存者。杜子美有寄裴十詩云「知君苦思緣詩瘦」，乃迪也，其能詩可知。今考之《唐史·藝文志》，凡别集數百家，無其書，其姓名亦不見於他人文集，諸類詩文中亦無一篇。白樂天作《元宗簡集序》云：「著格詩一百八十五，律詩五百九。」至悼其死，曰：「遺文三十軸，軸軸金玉聲。」謂其古常而不鄙，新奇而不怪。今世知其名者寡矣，而況於詩乎！乃知前賢遺稿，湮没非一，真可惜也！（《續筆》卷一。下同）

【重陽上巳改日】唐文宗開成元年，歸融爲京兆尹，時兩公主出降，府司供帳事繁，又俯近上巳曲江賜宴，奏請改日。上曰：「去年重陽取九月十九日，未失重陽之意，今改取十三日可也。」且上巳、重陽，皆有定日，而至展一旬，乃知鄭谷所賦《十日菊》詩云「自緣今日人心別，未必秋香一夜衰」，亦爲未盡也。唯東坡公有「菊花開時即重陽」之語，故記其在海南蓺菊九畹，以十一月望，與客泛酒作重九云。

【公子奚斯】《閟宫》詩曰：「新廟奕奕，奚斯所作。」其辭只謂奚斯作廟，義理甚明。鄭氏之説，亦云作姜嫄廟也。而《揚子法言》，乃曰正考甫嘗晞尹吉甫，公子奚斯晞正考甫。宋咸注文，以謂奚斯慕考甫而作《魯頌》，蓋子雲失之於前，而宋又成其過耳。故吴祕又巧爲之説曰：「正考甫《商頌》蓋美禘祀之事，而奚斯能作閔公之廟，亦晞《詩》之教也，而《魯頌》美之。」於義迂矣。司馬温公亦以謂奚斯作《閟宫》之詩。兼正考甫只是得《商頌》於周大師耳，初非自作也。班固、王延壽亦云奚斯頌魯，後漢曹褒曰：「奚斯頌魯，考甫詠商。」注引薛君《韓詩傳》云：「是詩公子奚斯所作。」皆相承之誤。

【唐藩鎮幕府】唐世士人初登科或未仕者，多以從諸藩府辟置爲重。觀韓文公送石洪、温造二處士赴河陽幕序，可見禮節。然其職甚勞苦，故亦或不屑爲之。杜子美從劍南節度嚴武辟爲參謀，作詩二十韻呈嚴公云：「胡爲來幕下，只合在舟中。束縛酬知己，蹉跎效小忠。周防期稍稍，太簡遂悤悤。曉入朱扉啓，昏歸畫角終。不成尋别業，未敢息微躬。會希全物色，時放倚梧桐。」而其題曰《遣悶》，意可知矣。韓文公從徐州張建封辟爲推官，有書上張公云：「受牒之明日，使院小吏持故事節目十餘事來，其中不可者，自九月至二月，皆晨入夜歸，非有疾病事故，輒不許出，若此者非愈之所能也。若寬假之，使不失其性，寅而入，盡辰而退，申而入，終酉而退，率以爲常，亦不廢事。苟如此，則死於執事之門無悔也。」杜、韓之旨，大略相似云。

【王孫賦】王延壽《王孫賦》，載於《古文苑》，其辭有云「顔狀類乎老翁，軀體似乎小兒」，謂猴也。乃知杜詩「顔狀老翁爲」蓋出諸此。

【歲旦飲酒】今人元日飲屠酥酒，自小者起，相傳已久，然固有來處。後漢李膺、杜密以黨人同繫獄，值元日，於獄中飲酒，曰：「正旦從小起。」《時鏡新書》晉董勛云：「正旦飲酒先從小者，何也？勛曰：『俗以小者得歲，故先酒賀之，老者失時，故後飲酒。』」《初學記》載《四民月令》云：「正旦進酒次第，當從小起，以年小者起先。」唐劉夢得、白樂天元日舉酒賦詩，劉云：「與君同甲子，壽酒讓先杯。」白云：「與君同甲子，歲酒合誰先。」白又有《歲假内命酒》一篇云：「歲酒先拈辭不得，被君推作少年人。」顧況云：「不覺老將春共至，更悲携手幾人全。還丹寂寞羞明鏡，手把屠蘇讓少年。」裴夷直云：「自知年幾偏應少，先把屠蘇不讓春。儻更數年逢此日，還應惆悵羨他人。」成文幹云：「戴星先捧祝堯觴，鏡裏堪驚兩鬢霜。好是燈前偷失笑，屠蘇應不得先嘗。」方干云：「纔酌屠蘇定年齒，坐中皆笑鬢毛斑。」然則尚矣。東坡亦云：「但把窮愁博長健，不辭最後飲屠酥。」其義亦然。（《續筆》卷二。下同）

【存殁絶句】杜子美有《存殁》絶句二首云：「席謙不見近彈棊，畢曜仍傳舊小詩。玉局他年無限笑，白楊今日幾人悲。」「鄭公粉繪隨長夜，曹霸丹青已白頭。天下何曾有山水，人間不解重驊騮。」每篇一存一殁。蓋席謙、曹霸存，畢、鄭殁也。黄魯直《荆江亭即事》十首，其一云：「閉門覓句陳無己，對客揮毫秦少游。正字不知温飽未，西風吹淚古藤州。」乃用此體。時少游殁而無己存也。近歲新安胡仔著《漁隱叢話》，謂魯直以今時人形入詩句，蓋取法於少陵，遂引此句，實失於詳究云。

【開元五王】唐明皇兄弟五王，兄申王撝以開元十二年，寧王憲、邠王守禮以二十九年，弟岐王範以十四年，薛王業以二十二年薨，至天寶時已無存者。楊太真以三載方入宫，而元稹《連昌宫詞》云：「百官隊仗避岐、薛，楊氏諸姨車鬬風。」李商隱詩云：「夜半宴歸宫漏永，薛王沉醉壽王醒。」皆失之也。

【唐詩無諱避】唐人歌詩，其於先世及當時事，直辭詠寄，略無避隱。至宫禁嬖昵，非外間所應知者，皆反復極言，而上之人亦不以爲罪。如白樂天《長恨歌》諷諫諸章，元微之《連昌宫詞》，始末皆爲明皇而發。杜子美尤多，如《兵車行》、《前後出塞》、《新安吏》、《潼關吏》、《石壕吏》、《新婚别》、《垂老别》、《無家别》、《哀王孫》、《悲陳陶》、《哀江頭》、《麗人行》、《悲青阪》、《公孫舞劍器行》，終篇皆是。其他波及者，五言如：「憶昨狼狽初，事與古先别。」「不聞夏商衰，中自誅褒妲。」「是時妃嬪戮，連爲糞土叢。」「中宵焚九廟，雲漢爲之紅。」「先帝正好武，寰海未凋枯。」「拓境功未已，元和辭大鑪。」「内人紅袖泣，王子白衣行。」「毁廟天飛雨，焚宫火徹明。」「南内開元曲，常時弟子傳。法歌聲變轉，滿座涕潺湲。」「御氣雲樓敞，含風綵仗高。仙人張内樂，王母獻宫桃。」「須爲下殿走，不可好樓居。」「固無牽白馬，幾至著青衣。」「奪馬悲公主，登車泣貴嬪。」「兵氣淩行在，妖星下直廬。」「落日留王母，微風倚少兒。」「能畫毛延壽，投壺郭舍人。」「鬬雞初賜錦，舞馬更登牀。」「驪山絶望幸，花萼罷登臨。」「殿瓦鴛鴦拆，宫簾翡翠虚。」七言如：「關中小兒壞紀綱，張后不樂上爲忙。」「天子不在咸陽宫，得不哀痛塵再蒙。」「曾貌先帝照夜白，龍池十日飛霹靂。」「要路何日罷長戟，戰自青羌連白蠻。」「豈謂盡煩回紇馬，翻然遠救朔方兵。」如此之類，不能悉書。此下如張祐賦《連昌宫》、《元日仗》、《千秋樂》、《大酺樂》、《十五夜燈》、《熱戲樂》、《上巳樂》、《邠王小管》、《李謨笛》、《退宫人》、《玉環琵琶》、《春鶯囀》、《寧哥來》、《容兒鉢頭》、《邠娘羯鼓》、《耍娘歌》、《悖拏兒舞》、《華清宫》、《長門怨》、《集靈臺》、《阿鵮湯》、《馬嵬歸》、《香囊子》、《散花樓》、《雨霖鈴》等三十篇，大抵詠開元、天寶間事。李義山《華清宫》、《馬嵬》、《驪山》、《龍池》諸詩亦然。今之詩人不敢爾也。

【元和六學士】白樂天分司東都，有詩《上李留守相公》，其序言：「公見過池上，泛舟舉酒，話及翰林舊事，因成四韻。」後兩聯云：「白首故情在，青雲往事空。同時六學士，五相一漁翁。」此詩蓋與李絳者，其詞正紀元和二年至六年事。予以其時考之，所謂五相者，裴垍、王涯、杜元穎、崔群及絳也。紹興二十八年三月，予入館，明年八月，除吏部郎官，一時同舍祕書丞虞雍公并甫、著作郎陳魏公應求、祕書郎史魏公直翁、校書郎王魯公季海，皆至宰相，汪莊敏公明遠至樞密使，恩數與宰相等，甚類元和事云。

【丹青引】杜子美《丹青引贈曹將軍霸》云：「先帝天馬玉花驄，畫工如山貌不同。是日牽來赤墀下，迥立閶闔生長風。詔謂將軍拂絹素，意匠慘澹經營中。斯須九重真龍出，一洗萬古凡馬空。玉花却在御榻上，榻上廷前屹相向。至尊含笑催賜金，圉人太僕皆惆悵。」讀者或不曉其旨，以爲畫馬奪真，圉人、太僕所爲不樂，是不然。圉人、太僕蓋牧養官曹及馭者，而黃金之賜，乃畫史得之，是以惆悵，杜公之意深矣。又《觀曹將軍畫馬圖》云：「曾貌先帝照夜白，龍池十日飛霹靂。內府殷紅瑪瑙盤，婕妤傳詔才人索。」亦此意也。（《續筆》卷三。下同）

【詩國風秦中事】《周》《召》二南、《豳風》皆周文、武、成王時詩，其所陳者秦中事也。所謂沼沚洲澗之水，蘋蘩藻荇之菜，疑非所有。既化行江、漢，故並江之永，漢之廣，率皆得言之歟？《摽有梅》之詩，不注釋梅，而《秦風·終南》詩，「終南何有，有條有梅。」毛氏云：「梅，枏也。」箋云：「名山高大，宜有茂木。」今之梅與枏異，亦非茂木，蓋毛、鄭北人不識梅耳。若《上林賦》所引江蘺、蘪蕪、揭車、蘘荷、蓀、若、蘋、芋之類，自是侈辭過實，與所謂八川東注太湖者等也。

【詩文當句對】唐人詩文，或於一句中自成對偶，謂之當句對。蓋起於《楚辭》「蕙烝蘭藉」、「桂酒椒漿」、「桂櫂蘭枻」、「斲冰積雪」。自齊、梁以來，江文通、庾子山諸人亦如此。如王勃《宴滕王閣序》一篇皆然。謂若「襟三江帶五湖」，「控蠻荆引甌越」，「龍光牛斗」，「徐孺陳蕃」，「騰蛟起鳳」，「紫電青霜」，「鶴汀鳧渚」，「桂殿蘭宮」，「鍾鳴鼎食之家」，「青雀黃龍之軸」，「落霞孤鶩」，「秋水長天」，「天高地迥」，「興盡悲來」，「宇宙盈虚」，「丘墟已矣」之辭是也。于公異《破朱泚露布》亦然。如「堯、舜、禹、湯之德」，「統元立極之君」，「卧鼓偃旗」，「養威蓄鋭」，「夾川陸而左旋右抽」，「抵丘陵而浸淫布濩」，「聲塞宇宙」，「氣雄鉦鼓」，「貙兕作威」，「風雲動色」，「乘其跆藉」，「取彼鯨鯢」，「自卯及酉」，「來拒復攻」，「山傾河泄」，「霆鬬雷馳」，「自北徂南」，「輿尸折首」，「左武右文」，「銷鋒鑄鏑」之辭是也。杜詩「小院回廊春寂寂」，「浴鳧飛鷺晚悠悠」，「清江錦石傷心麗」，「嫩蕊濃花滿目斑」，「書籤藥裹封蛛網」，「野店山橋送馬蹄」，「戎馬不如歸馬逸」，「千家今有百家存」，「犬羊曾爛熳」，「宫闕尚蕭條」，「蛟龍引子過」，「荷芰逐花低」，「干戈況復塵隨眼」，「鬢髮還應雪滿頭」，「百萬傳深入」，「寰區望匪他」。「象牀玉手」，「萬草千花」，「落絮游絲」，「隨風照日」，「青袍白馬」，「金谷銅駝」，「竹寒沙碧」，「菱刺藤梢」，「長年三老」，「捩柂開頭」，「門巷荆棘底」，「君臣豺虎邊」，「養拙干戈」，「全生麋鹿」，「捨舟策馬」，「拖玉腰金」，「高江急峽」，「翠木蒼藤」，「古廟杉松」，「歲時伏臘」，「三分割據」，「萬古雲霄」，「伯仲之間」，「指揮若定」，「桃蹊李徑」，「梔子紅椒」，「庾信羅含」，「春來秋去」，「楓林橘樹」，「複道重樓」之類，不可勝舉。李義山一詩，其題曰《當句有對》云：「密邇平陽接上蘭，秦樓鴛瓦漢宫盤。池光不定花光亂，日氣初涵露氣乾。但覺游蜂饒舞蝶，豈知孤鳳憶離鸞。三星自轉三山遠，紫府程遥碧落寬。」其他詩句中，如「青女素娥」對「月中霜裹」，「黄葉風雨」對「青樓管弦」，「骨肉書題」對「蕙蘭蹊徑」，「花鬚柳眼」對「紫蝶黄蜂」，「重吟細把」對「已落猶開」，「急鼓疏鐘」對「休燈滅燭」，「江魚朔雁」對「秦樹嵩雲」，「萬户千門」對「風朝露夜」。如是者甚多。

【燕説】黄魯直和張文潛八詩，其二云：「談經用燕説，束棄諸儒傳。濫觴雖有罪，末派瀰九縣。」大意指王氏新經學也。燕説出於《韓非子》，曰先王有郢書，而後世多燕説。又引其事曰：「郢人有遺燕相國書者，夜書，火不明，謂持燭者曰：『舉燭。』已而誤書『舉燭』二字，非書本意也。燕相受書，曰：『舉燭者尚明也。尚明者舉賢而用之。』遂以白王，王大説，國以治，治則治矣，非書意也。」魯直以新學多穿鑿，故有此句。

【折檻行】杜詩《折檻行》云：「千載少似朱雲人，至今折檻空嶙峋。婁公不語宋公語，尚憶先皇容直臣。」此篇專爲諫争而設，謂婁師德、宋璟也。人多疑婁公既無一語，何得爲直臣？錢伸仲云：「朝有闕政，或婁公不語，則宋公語。」但師德乃是武后朝人，璟爲相時，其亡久矣。杜有祭房相國文，言「群公間出，魏、杜、婁、宋」，亦併二公稱之，詩言先皇，意爲明皇帝也，婁氏别無顯人有聲開元間，爲不可曉。

【杜老不忘君】前輩謂杜少陵當流離顛沛之際，一飯未嘗忘君，今略紀其數語云：「萬方頻送喜，無乃聖躬勞。」「至今勞聖主，何以報皇天。」「獨使至尊憂社稷，諸君何以答昇平。」「天子亦應厭奔走，群公固合思昇平。」如此之類非一。

【栽松詩】白樂天《栽松》詩云：「小松未盈尺，心愛手自移。蒼然澗底色，雲濕煙霏霏。栽植我年晚，長成君性遲。如何過四十，種此數寸枝？得見成陰否？人生七十稀。」予治圃於鄉里，乾道己丑歲，正年四十七矣。自伯兄山居手移穉松數十本，其高僅四五寸，植之雲壑石上，擁土以爲固，不能保其必活也。過二十年，蔚然成林，皆有干霄之勢，偶閲白公集，感而書之。

【烏鵲鳴】北人以烏聲爲喜，鵲聲爲非。南人聞鵲噪則喜，聞烏聲則唾而逐之，至於弦弩挾彈，擊使遠去。《北齊書》，奚永洛與張子信對坐，有鵲正鳴於庭樹間，子信曰：「鵲言不善，當有口舌事，今夜有唤，必不得往。」子信去後，高儼使召之，且云敕唤，永洛詐稱墮馬，遂免於難。白樂天在江州，《答元郎中楊員外喜烏見寄》曰：「南宫鴛鴦地，何忽烏來止。故人錦帳郎，聞烏笑相視。疑烏報消息，望我歸鄉里。我歸應待烏頭白，慚愧元郎誤歡喜。」然則鵲言固不善，而烏亦能報喜也。又有和元微之《大觜烏》一篇云：「老巫生姦計，與烏意潛通。云此非凡鳥，遥見起敬恭。千歲乃一出，喜賀主人翁。此烏所止家，家産日夜豐。上以致壽考，下可宜田農。」按微之所賦云：「巫言此烏至，財産日豐宜。主人一心惑，誘引不知疲。轉見烏來集，自言家轉孳。專聽烏喜怒，信受若長離。」今之烏則然也。世有傳《陰陽局鴉經》，謂東方朔所著，大略言凡占烏之鳴，先數其聲，然後定其方位，假如甲日一聲，即是甲聲，第二聲爲乙聲，以十干數之，乃辨其急緩，以定吉凶，蓋不專於一説也。

【田横吕布】田横既敗，竄居海島中。高帝遣使召之，曰：「横來，大者王，小者乃侯耳。」横遂與二客詣雒陽。將至，謂客曰：「横始與漢王俱南面稱孤，今漢王爲天子，而横乃爲亡虜，北面事之，其愧固已甚矣！」即自剄。横不顧王侯之爵，視死如歸，故漢祖流涕稱其賢，班固以爲雄才。韓退之道出其墓下，爲文以弔曰：「自古死者非一，夫子至今有耿光。」其英烈凛然，至今猶有生氣也。吕布爲曹操所縛，將死之際，乃語操曰：「明公之所患，不過於布，今已服矣。令布將騎，明公將步，天下不足定也。」操竟殺之。布之材未必在横下，而欲忍恥事讎。故東坡詩曰：「猶勝白門窮吕布，欲將鞍馬事曹瞞。」蓋笑之也。劉守光以燕敗，爲晋王所擒，既知不免，猶呼曰：「王將復唐室以成霸業，何不赦臣使自效？」此又庸奴下才，無足責者。（《續筆》卷四）

【玉川子】韓退之《寄盧仝》詩云：「玉川先生洛城裏，破屋數間而已矣。一奴長鬚不裹頭，一婢赤脚老無齒。」「昨晚長鬚來下狀，隔牆惡少惡難似。每騎屋山下窺瞰，渾舍驚怕走折趾。」「立召賊曹呼五百，盡取鼠輩尸諸市。」夫姦盜固不義，然必有謂而發，非貪慕貨財，則挑暴子女。如玉川之貧，至於鄰僧乞米，隔牆居者豈不知之？若爲色而動，窺見室家之好，是以一赤脚老婢隕命也，惡少可謂枉著一死。予讀韓詩至此，不覺失笑。仝集中《有所思》一篇，其略云：「當時我醉美人家，美人顔色嬌如花。今日美人棄我去，青樓珠箔天之涯。」「夢中醉卧巫山雲，覺來淚滴湘江水。湘江兩岸花木深，美人不見愁人心。」「相思一夜梅花發，忽到窗前疑是君。」則其風味殊不淺，韓詩當亦含譏諷乎？（《續筆》卷五。下同）

【杜詩用字】律詩用自字、相字、共字、獨字、誰字之類，皆是實字，及彼我所稱，當以爲對，故杜老未嘗不然。今略紀其句于此：「徑石相縈帶，川雲自去留。」「山花相映發，水鳥自孤飛。」「衰顔聊自哂，小吏最相輕。」「高城秋自落，雜樹晚相迷。」「百鳥各相命，孤雲無自心。」「勝地初相引，徐行得自娱。」「雲裏相呼疾，沙邊自宿稀。」「暗飛螢自照，水宿鳥相呼。」「猿挂時相學，鷗行炯自如。」「自吟詩送老，相勸酒開顔。」「俱飛蛺蝶元相逐，並蒂芙蓉本自雙。」「自去自來堂上燕，相親相近水中鷗。」「此時對雪遥相憶，送客逢春可自由。」「梅花欲開不自覺，棣萼一别永相望。」「桃花氣暖眼自醉，春渚日落夢相牽。」此以自字對相字也。「自須開竹徑，誰道避雲蘿。」「自笑燈前舞，誰憐醉後歌。」「死去憑誰報，歸來始自憐。」「哀歌時自短，醉舞爲誰醒。」「離别人誰在，經過老自休。」「永夜角聲悲自語，中天月色好誰看。」此以自字對誰字也。「野人時獨往，雲木曉相參。」「正月鶯相見，非時鳥共聞。」「江上形容吾獨老，天涯風俗病相親。」「縱飲久判人共棄，懶朝真與世相違。」「此日此時人共得，一談一笑俗相看。」此以共字、獨字對相也。

【作詩先賦韻】南朝人作詩多先賦韻，如梁武帝華光殿宴飲連句，沈約賦韻，曹景宗不得韻，啓求之，乃得競病兩字之類是也。予家有陳後主文集十卷，載王師獻捷，賀樂文思，預席群僚，各賦一字，仍成韻，上得盛病柄令横映夐併鏡慶十字，宴宣猷堂，得迮格白赫易夕擲斥拆啞十字，幸舍人省，得日謐一瑟畢訖橘質帙實十字。如此者凡數十篇。今人無此格也。

【臺城少城】晉宋間，謂朝廷禁省爲臺，故稱禁城爲臺城，官軍爲臺軍，使者爲臺使，卿士爲臺官，法令爲臺格。需科則曰臺有求須，調發則曰臺所遣兵。劉夢得賦《金陵五詠》，故有《臺城》一篇。今人於他處指言建康爲臺城，則非也。晉益州刺史治大城，蜀郡太守治少城，皆在成都，猶云大城、小城耳。杜子美在蜀日，賦詩故有「東望少城」之句。今人於他處指成都爲少城，則非也。

【嚴武不殺杜甫】《新唐書·嚴武傳》云：「房琯以故宰相爲巡内刺史，武慢倨不爲禮，最厚杜甫，然欲殺甫數矣，李白爲《蜀道難》者，爲房與杜危之也。」甫傳云：「武以世舊待甫，甫見之，或時不巾。嘗醉登武牀，瞪視曰：『嚴挺之乃有此兒！』武銜之，一日欲殺甫，冠鉤于簾三，左右白其母，奔救得止。」《舊史》但云：「甫性褊躁，嘗憑醉登武牀，斥其父名，武不以爲忤。」初無所謂欲殺之説，蓋唐小説所載，而《新書》以爲然。予按李白《蜀道難》，本以譏章仇兼瓊，前人嘗論之矣。甫集中詩，凡爲武作者幾三十篇，送其還朝者，曰「江村獨歸處，寂寞養殘生」。喜其再鎮蜀，曰「得歸茅屋赴成都，直爲文翁再剖符」。此猶是武在時語。至哭其歸櫬及《八哀詩》「記室得何遜，韜鈐延子荆」，蓋以自況，「空餘老賓客，身上愧簪纓」，又以自傷。若果有欲殺之怨，必不應眷眷如此。好事者但以武詩有「莫倚善題《鸚鵡賦》」之句，故用證前説，引黄祖殺禰衡爲喻，殆是癡人面前不得説夢也，武肯以黄祖自比乎！（《續筆》卷六。下同）

【文字潤筆】作文受謝，自晉、宋以來有之，至唐始盛。《李邕傳》：「邕尤長碑頌，中朝衣冠及天下寺觀，多齎持金帛，往求其文。前後所製，凡數百首，受納饋遺，亦至巨萬。時議以爲自古鬻文獲財，未有如邕者。」故杜詩云：「干謁滿其門，碑版照四裔。豐屋珊瑚鉤，騏驎織成罽。紫騮隨劍几，義取無虚歲。」又有《送斛斯六官》詩云：「故人南郡去，去索作碑錢。本賣文爲活，翻令室倒懸。」蓋笑之也。（下略）

【五十弦瑟】李商隱詩云「錦瑟無端五十弦」，説者以爲錦瑟者，令狐丞相侍兒小名，此篇皆寓言，而不知五十弦所起。劉昭《釋名》箜篌云：「師延所作靡靡之樂，蓋空國之侯所作也。」段安節《樂府録》云：「箜篌乃鄭、衛之音，以其亡國之聲，故號空國之侯，亦曰坎侯。」吴兢《解題》云：「漢武依琴造坎侯，言坎坎應節也。後訛爲箜篌。」予按《史記·封禪書》云：「漢公孫卿爲武帝言：『太帝使素女鼓五十弦瑟，悲，帝禁不止，故破其瑟爲二十五弦。』於是武帝益召歌兒，作二十五弦及空侯。」應劭曰：「帝令樂人侯調始造此器。」《前漢·郊祀志》備書此事，言「空侯瑟自此起」。顔師古不引劭所注，然則二樂本始，曉然可考，雖劉、吴博洽，亦不深究，且「空」元非國名，其説尤穿鑿也。《初學記》、《太平御覽》編載樂事，亦遺而不書。《莊子》言「魯遽調瑟，二十五弦皆動」，蓋此云。《續漢書》云「靈帝胡服作箜篌」，亦非也。（《續筆》卷七。下同）

【昔昔鹽】薛道衡以「空梁落燕泥」之句，爲隋煬帝所嫉。考其詩名《昔昔鹽》，凡十韻：「垂柳覆金堤，蘼蕪葉復齊。水溢芙蓉沼，花飛桃李蹊。采桑秦氏女，織錦竇家妻。關山别蕩子，風月守空閨。常斂千金笑，長垂雙玉啼。盤龍隨鏡隱，彩鳳逐帷低。飛魂同夜鵲，倦寢憶晨雞。暗牖懸蛛網，空梁落燕泥。前年過代北，今歲往遼西。一去無消息，那能惜馬蹄！」唐趙嘏廣之爲二十章，其《燕泥》一章云：「春至今朝燕，花時伴獨啼。飛斜珠箔隔，語近畫梁低。帷卷閒窺户，牀空暗落泥。誰能長對此，雙去復雙栖。」《樂苑》以爲羽調曲。《玄怪録》載「蘧篨三娘工唱《阿鵲鹽》」，又有《突厥鹽》、《黄帝鹽》、《白鴿鹽》、《神雀鹽》、《疏勒鹽》、《滿座鹽》、《歸國鹽》。唐詩「媚賴吴娘唱是鹽」，「更奏新聲《刮骨鹽》」。然則歌詩謂之「鹽」者，如吟、行、曲、引之類云。今南嶽廟獻神樂曲，有《黄帝鹽》，而俗傳以爲「皇帝炎」，《長沙志》從而書之，蓋不考也。韋縠編《唐才調詩》，以趙詩爲劉長卿，而題爲《别宕子怨》，誤矣。

【韓嬰詩】《前漢書·儒林傳》叙《詩》云：「漢興，申公作《魯詩》，后蒼作《齊詩》，韓嬰作《韓詩》。」又云，申公爲《詩》訓故。而齊轅固、燕韓生皆爲之傳，或取《春秋》，采雜説，咸非其本義與不得已，《魯》最爲近之。嬰爲文帝博士，景帝時至常山太傅，推詩人之意，作《外傳》數萬言，其語頗與齊、魯閒殊，然歸一也。武帝時，與董仲舒論於上前，精悍分明，仲舒不能難。其後韓氏有王吉、食子公、長孫順之學。《藝文志》，《韓家詩經》二十八卷，《韓故》三十六卷，《内傳》四卷，《外傳》六卷，《韓説》四十一卷。今惟存《外傳》十卷。慶曆中，將作監主簿李用章序之，命工刊刻于杭，其末又題云：「蒙文相公改正三千餘字。」予家有其書，讀首卷第二章，曰：「孔子南游適楚，至於阿谷，有處子佩瑱而浣者。孔子曰：『彼婦人其可與言矣乎！』抽觴以授子貢，曰：『善爲之辭。』子貢曰：『吾將南之楚，逢天暑，願乞一飲以表我心。』婦人對曰：『阿谷之水流而趨海，欲飲則飲，何問婦人乎？』受子貢觴，迎流而挹之，置之沙上，曰：『禮固不親授。』孔子抽琴去其軫，子貢往請調其音。婦人曰：『吾五音不知，安能調琴？』孔子抽絺綌五兩以授子貢，子貢曰：『吾不敢以當子身，敢置之水浦。』婦人曰：『子年甚少，何敢受子？子不早去，今竊有狂夫守之者矣。』《詩》曰：『南有喬木，不可休息。漢有游女，不可求思。』此之謂也。」觀此章，乃謂孔子見處女而教子貢以微詞三挑之，以是説《詩》，可乎？其謬戾甚矣，他亦無足言。（《續筆》卷八。下同）

【康山讀書】杜子美贈李太白詩：「康山讀書處，頭白好歸來。」説者以爲即廬山也。吴曾《能改齋漫録》内《辨誤》一卷，正辨是事，引杜田《杜詩補遺》云范傳正《李白新墓碑》云：「白本宗室子，厥先避仇客蜀，居蜀之彰明，太白生焉。彰明，綿州之屬邑，有大、小康山，白讀書于大康山，有讀書堂尚存。其宅在清廉鄉，後廢爲僧房，稱隴西院，蓋以太白得名。院有太白像。」吴君以是證杜句，知康山在蜀，非廬山也。予按當塗所刊《太白集》，其首載《新墓碑》，宣、歙、池等州觀察使范傳正撰，凡千五百餘字，但云：「自國朝已來，編於屬籍，神龍初，自碎葉還廣漢，因僑爲郡人。」初無《補遺》所紀七十餘言，豈非好事者僞爲此書，如《開元遺事》之類，以附會杜老之詩邪？歐陽忞《輿地廣記》云：「彰明有李白碑，白生於此縣。」蓋亦傳説之誤，當以范碑爲正。

【緇塵素衣】陳簡齋《墨梅》絶句一篇云：「粲粲江南萬玉妃，别來幾度見春歸。相逢京洛渾依舊，只恨緇塵染素衣。」語意皆妙絶。晉陸機《爲顧榮贈婦》詩云：「京洛多風塵，素衣化爲緇。」齊謝元暉《酬王晉安》詩云：「誰能久京洛，緇塵染素衣。」正用此也。

【詩詞改字】王荆公絶句云：「京口瓜洲一水閒，鍾山祇隔數重山。春風又緑江南岸，明月何時照我還。」吴中士人家藏其草，初云「又到江南岸」，圈去「到」字，注曰「不好」，改爲「過」，復圈去而改爲「入」，旋改爲「滿」，凡如是十許字，始定爲「緑」。黄魯直詩：「歸燕略無三月事，高蟬正用一枝鳴。」「用」字初曰「抱」，又改曰「占」、曰「在」、曰「帶」、曰「要」，至「用」字始定。予聞於錢伸仲大夫如此。今豫章所刻本，乃作「殘蟬猶占一枝鳴」。向巨原云：元不伐家有魯直所書東坡《念奴嬌》，與今人歌不同者數處，如「浪淘盡」爲「浪聲沉」，「周郎赤壁」爲「孫吴赤壁」，「亂石穿空」爲「崩雲」，「驚濤拍岸」爲「掠岸」，「多情應笑我早生華髮」爲「多情應是笑我生華髮」，「人生如夢」爲「如寄」。不知此本今何在也？

【高鍇取士】高鍇爲禮部侍郎，知貢舉，閲三歲，頗得才實。始，歲取四十人，才益少，詔減十人猶不能滿。此《新唐書》所載也。按《登科記》，開成元年，中書門下奏：「進士元額二十五人，請加至四十人。」奉敕依奏。是年及二年、三年，鍇在禮部，每舉所放，各四十人。至四年，始令每年放三十人爲定，則《唐書》所云誤矣。《摭言》載鍇第一榜裴思謙以仇士良關節取狀頭，鍇庭譴之。思謙回顧厲聲曰：「明年打脊取狀頭。」第二年，鍇知舉，誡門下不得受書題。思謙自携士良一緘入貢院，既而易紫衣趨至階下，白曰：「軍容有狀薦裴思謙秀才。」鍇接之，書中與求巍峨。鍇曰：「狀元已有人，此外可副軍容意旨。」思謙曰：「卑吏奉軍容處分：『裴秀才非狀元請侍郎不放。』」鍇俯首良久，曰：「然則略要見裴學士。」思謙曰：「卑吏便是也。」鍇不得已，遂從之。思謙及第後宿平康里，賦詩云：「銀釭斜背解明璫，小語低聲賀玉郎。從此不知蘭麝貴，夜來新惹桂枝香。」然則思謙亦疏俊不羈之士耳。鍇徇凶璫之意，以爲舉首，史謂頗得才，實恐未盡然。先是，大和三年，鍇爲考功員外郎，取士有不當，監察御史姚中立奏停考功别頭試，六年，侍郎賈餗又奏復之，事見《選舉志》。

（《續筆》卷十二。下同）

【崔斯立】崔立之，字斯立，在唐不登顯仕，他亦無傳，而韓文公推奬之備至。其《藍田丞壁記》

云：「種學績文，以蓄其有，泓涵演迤，日大以肆。」其《贈崔評事》詩云：「崔侯文章苦捷敏，高浪駕天輸不盡。頃從關外來上都，隨身卷軸車連軫。朝爲百賦猶鬱怒，暮作千詩轉遒緊。才豪氣猛易語言，往往蛟螭雜螻蚓。」其《寄崔二十六》詩云：「西城員外丞，心跡兩崛奇。往歲戰詞賦，不將勢力隨。傲兀坐試席，深叢見孤羆。文如翻水成，初不用意爲。四坐各低面，不敢捩眼窺。佳句喧衆口，考官敢瑕疵？連年收科第，若摘頷底髭。」其美之如是。但記云「貞元初，挾其能，戰藝于京師，再進再屈于人」，而詩以爲「連年收科第」，何其自爲異也？予按杭本韓文，作「再屈千人」，蜀本作「再進屈千人」，《文苑》亦然。蓋他本誤以千字爲于也。又《登科記》「立之以貞元三年第進士，七年，中宏詞科」，正與詩合。觀韓公所言，崔作詩之多可知矣，而無一篇傳於今，豈非螻蚓之雜，惟敏速而不能工邪？

【玉川月蝕詩】盧仝《月蝕》詩，唐史以謂譏切元和逆黨，考韓文公效仝所作，云元和庚寅歲十一月。是年爲元和五年，去憲宗遇害時尚十載。仝云：「歲星主福德，官爵奉董、秦。」説者謂「董秦」即李忠臣，嘗爲將相而臣朱泚，至於亡身，故仝鄙之。東坡以爲：「當秦之鎮淮西日，代宗避吐蕃之難出狩，追諸道兵，莫有至者。秦方在鞠場，趣命治行，諸將請擇日，秦曰：『父母有急難，而欲擇日乎？』即倍道以進。雖末節不終，似非無功而食禄者。」近世有嚴有翼者，著《藝苑雌黄》，謂坡之言非也，秦守節不終，受泚僞官，爲賊居守，何功之足云？詩譏刺當時，故言及此。坡乃謂非無功而食禄，謬矣！有翼之論，一何輕發至詆坡公爲非爲謬哉！予按是時秦之死二十七年矣，何爲而追刺之？使仝欲譏逆黨，則應首及禄山與泚矣。竊意元和之世，吐突承璀用事，仝以爲嬖幸擅位，故用董賢、秦宫輩喻之，本無預李忠臣事也。記前人似亦有此説，而不能省憶其詳。（《續筆》卷十四。下同）

【詩要點檢】作詩至百韻，詞意既多，故有失於點檢者。如杜老《夔府詠懷》，前云「滿坐涕潺湲」，後又云「伏臘涕漣漣」。白公《寄元微之》，既云「無杯不共持」，又云「笑勸迂辛酒」，「華樽逐勝移」，「觥飛白玉卮」，「飲訝卷波遲」，「歸鞍酩酊馳」，「酡顔烏帽側，醉袖玉鞭垂」，「白醪充夜酌」，「嫌醒自啜醨」，「不飲長如醉」，一篇之中，説酒者十一句。東坡賦中隱堂五詩各四韻，亦有「坡垂似伏鼇」，「崩崖露伏龜」之語，近於意重。

【李長吉詩】李長吉有《羅浮山人》詩云：「欲剪湘中一尺天，吴娥莫道吴刀澀。」正用杜老《題王宰畫山水圖歌》「焉得并州快剪刀，剪取吴松半江水」之句。長吉非蹈襲人後者，疑亦偶同，不失自爲好語也。

【紫閣山村詩】宣和間，朱勔挾花石進奉之名，以固寵規利。東南部使者郡守多出其門，如徐鑄、應安道、王仲閎輩濟其惡，豪奪漁取，士民家一石一木稍堪玩，即領健卒直入其家，用黄封表志，而未即取，護視微不謹，則被以大不恭罪，及發行，必撤屋決牆而出。人有一物小異，共指爲不祥，唯恐芟夷之不速。楊戩、李彦創汝州西城所，任輝彦、李士渙、王滸、毛孝立之徒，亦助之發物供奉，大抵類勔，而又有甚焉者。徽宗患其擾，屢禁止之，然覆出爲惡，不能絶也。偶讀白樂天《紫閣山北村》詩，乃知唐世固有是事。漫録於此：「晨游紫閣峰，暮宿山下村。村老見予喜，爲予開一樽。舉杯未及飲，暴卒來入門。紫衣挾刀斧，草草十餘人。奪我席上酒，掣我盤中飧。主人退後立，斂手反如賓。中庭有奇樹，種來三十春。主人惜不得，持斧斷其根。口稱采造家，身屬神策軍。主人切勿語，中尉正承恩。」蓋貞元、元和間也。（《續筆》卷十五。下同）

【南陔六詩】《南陔》、《白華》、《華黍》、《由庚》、《崇邱》、《由儀》六詩，毛公爲《詩詁訓傳》，各置其名，述其義，而亡其辭。《鄉飲酒》、《燕禮》云「笙入堂下，磬南北面立。樂奏《南陔》、《白華》、《華黍》」，「乃間歌《魚麗》，笙《由庚》；歌《南有嘉魚》，笙《崇丘》；歌《南山有臺》，笙《由儀》；乃合樂，《周南》《關雎》、《葛覃》、《卷耳》，《召南》《鵲巢》、《采蘋》、《采蘩》」。竊詳文意，所謂歌者，有其辭所以可歌，如《魚麗》、《嘉魚》、《關雎》以下是也。亡其辭者不可歌，故以笙吹之，《南陔》至於《由儀》是也。有其義者，謂「孝子相戒以養」、「萬物得由其道」之義，亡其辭者，元未嘗有辭也。鄭康成始以爲及秦之世而亡之。又引《燕禮》「升歌《鹿鳴》，下管《新宫》」爲比，謂《新宫》之詩亦亡。按《左傳》宋公享叔孫昭子，賦《新宫》。杜注爲逸詩，則亦有辭，非諸篇比也。陸德明《音義》云：「此六篇蓋武王之詩，周公制禮，用爲樂章，吹笙以播其曲。孔子删定在三百一十一篇内。及秦而亡。」蓋祖鄭説耳。且古《詩》經删及逸不存者多矣，何獨列此六名於大序中乎？束晳《補亡》六篇，不作可也。《左傳》叔孫豹如晉，晉侯享之，金奏《肆夏》、《韶夏》、《納夏》，工歌《文王》、《大明》、《綿》、《鹿鳴》、《四牡》、《皇皇者華》。三《夏》者樂曲名，擊鐘而奏，亦以樂曲無辭，故以金奏，若六詩則工歌之矣，尤可證也。

【澗松山苗】詩文當有所本，若用古人語意，别出機杼，曲而暢之，自足以傳示來世。左太沖《詠史》詩曰：「鬱鬱澗底松，離離山上苗。以彼徑寸莖，蔭此百尺條。世胄躡高位，英俊沉下僚。地勢使之然，由來非一朝。」白樂天《續古》一篇，全用之，曰：「雨露長纖草，山苗高入雲。風雪折勁木，澗松摧爲薪。風摧此何意，雨長彼何因？百尺澗底死，寸莖山上春。」語意皆出太沖，然其含蓄頓挫，則不逮也。

【唐朝士俸微】唐世朝士俸錢至微，除一項之外，更無所謂料券、添給之類者。白樂天爲校書郎，作詩曰：「幸逢太平代，天子好文儒。小才難大用，典校在秘書。俸錢萬六千，月給亦有餘。」遂使少年心，日日常晏如。」及爲翰林學士，當遷官，援姜公輔故事，但乞兼京兆府户曹參軍，既除此職，喜而言志，至云：「詔授户曹掾，捧詔感君恩。弟兄俱簪笏，新婦儼衣巾。羅列高堂下，拜慶正紛紛。喧喧車馬來，賀客滿我門。置酒延賀客，不復憂空樽。」而其所得者，亦俸錢四五萬，廩禄二百石而已。今之主簿、尉，占優飫處，固有倍蓰於此者矣，亦未嘗以爲足，古今異宜，不可一概論也。楊文公在真宗朝爲翰林學士，而云：「虚忝甘泉之從臣，終作若敖之餒鬼。」蓋是時尚爲鮮薄，非後來比也。（《續筆》卷十六。下同）

【思潁詩】士大夫發跡壟畝，貴爲公卿，謂父祖舊廬爲不可居，而更新其宅者多矣。復以醫藥弗便，飲膳難得，自村疃而遷於邑，自邑而遷於郡者亦多矣。唯翩然委而去之，或遠在數百千里之外，自非有大不得已，則舉動爲不宜輕。若夫以爲得計，又從而詠歌誇詡之，著于詩文，是其一時思慮，誠爲不審，雖名公鉅人，未能或之免也。歐陽公，吉州廬陵人，其父崇公，葬於其里之瀧岡，公自爲《阡表》，紀其平生。而公中年乃欲居潁，其《思潁詩序》云：「予自廣陵得請來潁，愛其民淳訟簡，土厚水甘，慨然有終焉之志。爾來思潁之念，未嘗少忘於心，而意之所存，亦時時見於文字。乃發舊稿，得南京以後詩十餘篇，皆思潁之作，以見予拳拳於潁者，非一日也。」又《續詩序》云：「自丁家難，服除，入翰林爲學士，忽忽八年間，歸潁之志雖未遂，然未嘗一日少忘焉。至於今，年六十有四，免并得蔡，蔡、潁連疆，因得以爲歸老之漸。又得在亳及青十有七篇，附之，時熙寧三年也。」公次年致仕，又一年而薨，其逍遥于潁，蓋無幾時，惜無一語及於松楸之思。崇公惟一子耳，公生四子，皆爲潁人，瀧岡之上，遂無復有子孫臨之，是因一代貴達，而墳墓乃隔爲他壤。予每讀二序，輒爲太息。嗟呼！此文不作可也。若東坡之居宜興，乃因免汝州居住而至，其後自海外北還，無以爲歸，復暫至常州，已而捐館。文定公雖居許，而治命反葬於眉山云。

【劉蕡下第】唐文宗大和二年三月，親策制舉人賢良方正，劉蕡對策，極言宦官之禍。既而裴休、李郃等二十二人中第，皆除官。考官左散騎常侍馮宿、太常少卿賈餗、庫部郎中龐嚴，見蕡策，皆嘆服，而畏宦官，不敢取。詔下，物論囂然稱屈。諫官、御史欲論奏，執政抑之。李郃曰：「劉蕡下第，我輩登科，能無厚顔！」乃上疏，以爲：「蕡所對策，漢、魏以來無與爲比。今有司以蕡指切左右，不敢以聞，恐忠良道窮，綱紀遂絶。臣所對不及蕡遠甚，乞回臣所授以旌蕡直。」不報。予按是時宰相乃裴度、韋處厚、竇易直，易直不足言，裴、韋之賢，顧獨失此，至於抑言者使勿論奏，豈不有愧於心乎？ 蕡既由此不得仕於朝，而李郃亦不顯，蓋無敢用之也。 令狐楚、牛僧孺，乃能表蕡入幕府，待以師禮，竟爲宦人所嫉誣，貶柳州司户。 李商隱贈以詩曰：「漢廷急詔誰先入，楚路高歌自欲翻。 萬里相逢歡復泣，鳳巢西隔九重門。」及蕡卒，復以二詩哭之，曰：「一叫千回首，天高不爲聞。」又曰：「已爲秦逐客，復作楚冤魂。 並將添恨淚，一灑問乾坤！」其悲之至矣。 甘露之事，相去纔七年，未知蕡及見之否乎？

【月中桂兔】《酉陽雜俎·天咫篇》，載月星神異數事。 其命名之義，取《國語》楚靈王曰「是知天咫，安知民則」之説。 其紀月中蟾桂，引釋氏書，言須彌山南面有閻扶樹，月過樹，影入月中。 或言月中蟾桂，地影也，空處，水影也。 予記東坡公《鑒空閣》詩云：「明月本自明，無心孰爲境。 掛空如水鑒，寫此山河影。 我觀大瀛海，巨浸與天永。 九州居其間，無異蛇盤鏡。 空水兩無質，相照但耿耿。 妄云桂兔蟆，俗説皆可屏。」正用此説。 其詩在集中，題爲《和黄秀才》。 頃予游南海，西歸之日，泊舟金利山下，登崇福寺，有閣枕江流，標曰「鑒空」，正見詩牌揭其上，蓋當時臨賦處也。

【唐人酒令】白樂天詩：「鞍馬呼教住，骰盤喝遣輸。 長驅波卷白，連擲采成盧。」注云：骰盤、卷白波、莫走鞍馬，皆當時酒令。 予按皇甫松所著《醉鄉日月》三卷，載骰子令云：聚十隻骰子齊擲，自出手六人，依采飲焉。 堂印，本采人勸合席，碧油，勸擲外三人。 骰子聚於一處，謂之酒星，依采聚散。 骰子令中，改易不過三章，次改鞍馬令，不過一章。 又有旗幡令、閃捩令、抛打令。 今人不復曉其法矣，唯優伶家，猶用手打令以爲戲云。

【題詠絶唱】錢仲仲大夫于錫山所居漆塘村作四亭，自其先人，已有卜築之意而不克就，故名曰「遂初」；先壟在其上，名曰「望雲」；種桃數百千株，名曰「芳美」；鑿地湧泉，或以爲與惠山泉同味，名曰「通惠」。求詩于一時名流，自葛魯卿、汪彦章、孫仲益既各極其妙，而母舅蔡載天任四絶獨擅場。《遂初亭》曰：「結廬傍林泉，偶與初心期。佳處時自領，未應魚鳥知。」《望雲亭》曰：「白雲來何時，英英冠山椒。西風莫吹去，使我心摇摇。」《芳美亭》曰：「高人不惜地，自種無邊春。莫隨流水去，恐汙世間塵。」《通惠亭》曰：「水行天地間，萬派同一指。胡爲穿石來？要洗巢由耳。」四篇既出，諸公皆自以爲弗及也。吴傅朋游絲書，賦詩者以百數，汪彦章五言數十句，多用翰墨故事，固已超拔，而劉子翬彦沖古風一篇，蓋爲絶唱。其辭云：「圓清無瑕二三月，時見游絲轉空闊。誰人寫此一段奇，著紙春風吹不脱。紛紜糾結疑非書，安得龍蛇如許癯。神蹤政喜縈不斷，老眼只愁看若無。定知苗裔出飛白，古人妙處君潛得。勿輕漠漠一縷浮，力遒可掛千鈞石。眷予弟兄情不忘，軸之遠寄悠然堂。謝公遺髯凛若活，衛后落鬒摇人光。翻思長安夜飛蓋，醉哦聲落南山外。亂離契闊四十秋，筆意與人俱老大。政成著脚明河津，外家風流今絶倫。文章固自有機杼，戲事豈足勞心神？」此章尤爲馳騁痛快，且卒章含譏諷，正中傅朋之癖。予少時見二公所作，殊敬愛之，至今五十年尚能記憶，懼其益久而不傳，故紀於此。（《三筆》卷二）

【兔葵燕麥】劉禹錫《再游玄都觀詩序》云：「唯兔葵燕麥，動摇春風耳。」今人多引用之。予讀

《北史·邢邵傳》載邵一書云：「國子雖有學官之名，而無教授之實，何異兔絲燕麥，南箕北斗哉？」然則此語由來久矣。《爾雅》曰：「莃，兔葵。蘥，雀麥。」郭璞注曰：「頗似葵而葉小，狀如藜；雀麥即燕麥，有毛。」《廣志》曰：「菟葵，爚之可食。」古歌曰：「田中菟絲，何嘗可絡？道邊燕麥，何嘗可穫？」皆見於《太平御覽》。《上林賦》：「葴析苞荔。」張揖注曰：「析，似燕麥，音斯。」葉庭圭《海録碎事》云：「兔葵，苗如龍芮，花白莖紫。燕麥草似麥，亦曰雀麥。」但未詳出於何書。（《三筆》卷三。下同）

【李元亮詩啓】建昌縣士人李元亮，山房公擇尚書族子也，抱材尚氣，不以辭色假人。崇寧中在大學，蔡嶷爲學録，元亮惡其人，不以所事前廊之禮事之。蔡擢第魁多士，元亮失意歸鄉。大觀二年冬，復詣學，道過和州。蔡解褐即超用，纔二年，至給事中，出補外，正臨此邦。元亮不肯入謁。蔡自到官，即戒津吏門卒，凡士大夫往來，無問官高卑，必飛報，雖布衣亦然。既知其來，便命駕先造所館。元亮驚喜出迎，謝曰：「所以來，專爲門下之故。方修贄見之禮，須明旦扣典客，不意給事先生卑躬下賤如此，前贄不可復用，當別撰一通，然後敬謁。」蔡退，元亮旋營一啓，旦而往焉，其警策曰：「定館而見長者，古所不然；輕身以先匹夫，今無此事。」蔡摘讀嗟激，留宴連夕，贈以五十萬錢，且致書延譽于諸公間，遂登三年貢士科。元亮亦工詩，如「人閑知晝永，花落見春深」，「朝雨未休還暮雨，臘寒纔過又春寒」，皆佳句也。

【東坡和陶詩】《陶淵明集·歸田園居》六詩，其末「種苗在東皋」一篇，乃江文通雜體三十篇之一，明言學陶徵君《田居》，蓋陶之三章云：「種豆南山下，草盛豆苗稀。晨興理荒穢，帶月荷鋤歸。」故文通云：「雖有荷鋤倦，濁酒聊自適。」正擬其意也。今陶集誤編入，東坡據而和之。又「東方有一士」詩十六句，復重載于《擬古》九篇中，坡公遂亦兩和之，皆隨意即成，不復細考耳。陶之首章云：「榮榮窗下蘭，密密堂前柳。初與君別時，不謂行當久。出門萬里客，中道逢嘉友。未言心先醉，不在接杯酒。蘭枯柳亦衰，遂令此言負。」坡和云：「有客扣我門，繫馬庭前柳。庭空鳥雀噪，門閉客立久。主人枕書卧，夢我平生友。忽聞剥啄聲，驚散一杯酒。倒裳起謝客，夢覺兩愧負。」二者金石合奏，如出一手，何止子由所謂遂與比轍者哉！

【陳季常】陳慥字季常，公弼之子，居於黄州之岐亭，自稱「龍丘先生」，又曰「方山子」。好賓客，喜畜聲妓，然其妻柳氏絶凶妒，故東坡有詩云：「龍丘居士亦可憐，談空説有夜不眠。忽聞河東師子吼，拄杖落手心茫然。」河東師子，指柳氏也。坡又嘗醉中與季常書云：「一絶乞秀英君。」想是其妾小字。黄魯直元祐中有與季常簡曰：「審柳夫人時須醫藥，今已安平否？公暮年來想漸求清净之樂，姬媵無新進矣，柳夫人比何所念以致疾邪？」又一帖云：「承諭老境情味，法當如此，所苦既不妨游觀山川，自可損藥石，調護起居飲食而已。河東夫人亦能哀憐老大，一任放不解事邪？」則柳氏之妒名，固彰著於外，是以二公皆言之云。

【其言明且清】《禮記·緇衣》篇：「詩云，昔吾有先正，其言明且清。國家以寧，都邑以成，庶民以生。誰能秉國成？不自爲正，卒勞百姓。」鄭氏注不言何詩。今《毛詩·節南山》章但有下三句而微不同。《經典釋文》云：「從第一句至庶民以生五句，今詩皆無此語，或皆逸詩也。」予按《文選》張華《答何劭》詩曰：「周任有遺規，其言明且清。」然則周任所作也。而李善注曰：「《子思子》詩云，昔吾有先正，其言明且清。」世之所存《子思子》亦無之，不知善何所據？意當時或有此書，善必不妄也，特不及周任遺規之義，又不可曉。

【曹子建七啓】「原頭火燒浄兀兀，野雉畏鷹出覆没。將軍欲以巧伏人，盤馬彎弓惜不發。地形漸窄觀者多，雉驚弓滿勁箭加。衝人決起百餘尺，紅翎白鏃隨傾斜。將軍仰笑軍吏賀，五色離披馬前墮。」此韓昌黎《雉帶箭》詩，東坡嘗大字書之，以爲絶妙。予讀曹子建《七啓》論羽獵之美云：「人稠網密，地逼勢脅。」乃知韓公用意所來處。《七啓》又云：「名穢我身，位累我躬。」與佛氏《八大人覺經》所書「心是惡源，形爲罪藪」，皆修己正心之要語也。

【東坡慕樂天】蘇公責居黄州，始自稱東坡居士。詳考其意，蓋專慕白樂天而然。白公有《東坡種花》二詩云：「持錢買花樹，城東坡上栽。」又云：「東坡春向暮，樹木今何如？」又有《步東坡》詩云：「朝上東坡步，夕上東坡步。東坡何所愛？愛此新成樹。」又有《別東坡花樹》詩云：「何處殷勤重回首？東坡桃李種新成。」皆爲忠州刺史時所作也。蘇公在黄，正與白公忠州相似，因憶蘇詩，如《贈寫真李道士》云：「他時要指集賢人，知是香山老居士。」《贈善相程傑》云：「我似樂天君記取，華顛賞遍洛陽春。」《送程懿叔》云：「我甚似樂天，但無素與蠻。」《入侍邇英》云：「定似香山老居士，世緣終淺道根深。」而跋曰：「樂天自江州司馬除忠州刺史，旋以主客郎中知制誥，遂拜中書舍人。

某雖不敢自比，然謫居黄州，起知文登，召爲儀曹，遂忝侍從。出處老少，大略相似，庶幾復享晚節閒適之樂。」《去杭州》云：「出處依稀似樂天，敢將衰朽較前賢。」序曰：「平生自覺出處老少粗似樂天。」則公之所以景仰者，不止一再言之，非東坡之名偶爾暗合也。（《三筆》卷五。下同）

【縛雞行】老杜《縛雞行》一篇云：「小奴縛雞向市賣，雞被縛急相喧争。家中厭雞食蟲蟻，不知雞賣還遭烹。蟲雞於人何厚薄？吾叱奴兒解其縛。雞蟲得失無了時，注目寒江倚山閣。」此詩自是一段好議論，至結句之妙，非他人所能跂及也。予友李德遠嘗賦《東西船行》，全擬其意。舉以相示云：「東船得風帆席高，千里瞬息輕鴻毛。西船見笑苦遲鈍，汗流撑折百張篙。明日風翻波浪異，西笑東船却如此。東西相笑無已時，我但行藏任天理。」是時，德遠誦至三過，頗自喜，予曰：「語意絶工，幾於得奪胎法，只恐行藏任理與注目寒江之句，似不可同日語。」德遠以爲知言，鋭欲易之，終不能滿意也。

【油污衣詩】予甫十歲時，過衢州白沙渡，見岸上酒店敗壁間，有題詩兩絶，其名曰《犬落水》、《油污衣》。犬詩太俗不足傳，獨後一篇殊有理致。其詞云：「一點清油污白衣，斑斑駁駁使人疑。縱饒洗遍千江水，争似當初不污時。」是時甚愛其語，今六十餘年，尚歷歷不忘，漫志于此。

【張籍陳無己詩】張籍在他鎮幕府，鄆帥李師古又以書幣辟之，籍却而不納，而作《節婦吟》一章寄之，曰：「君知妾有夫，贈妾雙明珠。感君纏綿意，繫在紅羅襦。妾家高樓連苑起，良人執戟明光裏。知君用心如日月，事夫誓擬同生死。還君明珠雙淚垂，何不相逢未嫁時？」陳無己爲潁州教授，東坡領郡，而陳賦《妾薄命》篇，言爲曾南豐作，其首章云：「主家十二樓，一身當三千。古來妾薄命，事主不盡年。起舞爲主壽，相送南陽阡。忍著主衣裳，爲人作春妍？有聲當徹天，有淚當徹泉。死者恐無知，妾身長自憐。」全用籍意。或謂無己輕坡公，是不然。前此無己官於彭城，坡公由翰林出守杭，無己越境見之於宋都，坐是免歸，故其詩云：「一代不數人，百年能幾見？昔爲馬首銜，今爲禁門鍵。一雨五月涼，中宵大江滿。風帆目力短，江空歲年晚。」其尊敬之盡矣。薄命擬況，蓋不忍師死而遂倍之，忠厚之至也！（《三筆》卷六。下同）

【杜詩誤字】李適之在明皇朝爲左相，爲李林甫所擠去位，作詩曰：「避賢初罷相，樂聖且銜杯。爲問門前客，今朝幾箇來？」故杜子美《飲中八仙歌》云：「左相日興費萬錢，飲如長鯨吸百川，銜杯樂聖稱避賢。」正詠適之也。而今所行本誤以「避賢」爲「世賢」，絶無意義，兼「世」字是太宗諱，豈敢用哉？《秦州雨晴》詩云：「天永秋雲薄，從西萬里風。」謂秋天遼永，風從萬里而來，可謂廣大。而集中作「天水」，此乃秦州郡名，若用之入此篇，其致思淺矣。《和李表丈早春作》云：「力疾坐清曉，來詩悲早春。」正答其意。而集中作「來時」，殊失所謂和篇本旨。

【東坡詩用老字】東坡賦詩，用人姓名，多以老字足成句。如《壽州龍潭》云「觀魚并記老莊周」，《病不赴會》云「空對親春老孟光」，《看潮》云「猶似浮江老阿童」，《贈黄山人》云「説禪長笑老浮屠」，《元長老衲裙》云「乞與佯狂老萬回」，《東軒》云「挂冠知有老蕭郎」，《侍立邇英》云「定是香山老居士」，《贈李道士》云「知是香山老居士」，《蒜山亭》云「奇逸多聞老敬通」，《汶公東堂》云「一帖空存老遂良」,《次韻韶守》云「華髮蕭蕭老遂良」,《游羅浮》云「還須略報老同叔」,《贈辯才》云「中有老法師」,《寄子由》云「青山老從事」,《贈眼醫》云「忘言老尊宿」,「妙高臺中老比丘」,《謝惠酒》云「青州老從事」,《謝餉魚》云「誰似老方朔」,《贈吴子野扇》云「得之老月師」,《次韻李端叔》云「此是老牛戩」。是皆以爲助語,非真謂其老也,大抵七言則於第五字用之,五言則於第三字用之。若其他錯出,如「再説走老瞞」,「故人餘老龐」,「老濞宫妝傳父祖」,「便腹從人笑老韶」,「老可能爲竹寫真」,「不知老奘幾時歸」之類,皆隨語勢而然。白樂天云「每被老元偷格律」,蓋亦有自來矣。

【杜詩命意】杜公詩命意用事,旨趣深遠,若隨口一讀,往往不能曉解,姑紀一二篇以示好事者。如:「能畫毛延壽,投壺郭舍人。每蒙天一笑,復似物皆春。政化平如水,皇恩斷若神。時時用抵戲,亦未雜風塵。」第三聯意味頗與前語不相聯貫,讀者或以爲疑。按杜之旨,本謂技藝倡優,不應蒙人主顧眄賞接,然使政化如水,皇恩若神,爲治大要既無所損,則時時用此輩,亦亡害也。又如:「亂後碧井廢,時清瑶殿深。銅缾未失水,百丈有哀音。側想美人意,應悲寒甃沉。蛟龍半缺落,猶得折黄金。」此篇蓋見故宫井内汲者得銅缾而作,然首句便説廢井,則下文翻覆鋪叙爲難,而曲折宛轉如是,他人畢一生模寫不能到也。又一篇云:「鬬雞初賜錦,舞馬既登牀。簾下宫人出,樓前御柳長。仙游終一閟,女樂久無香。寂寞驪山道,清秋草木黄。」先忠宣公在北方,得唐人畫《驪山宫殿圖》一軸,華清宫居山顛,殿外垂簾,宫人無數,穴簾隙而窺,一時伶官戲劇,品類雜沓,皆列于下。杜一詩真所謂親見之也。

【白公夜聞歌者】白樂天《琵琶行》，蓋在潯陽江上爲商人婦所作。而商乃買茶於浮梁，婦對客奏曲，樂天移船，夜登其舟與飲，了無所忌，豈非以其長安故倡女，不以爲嫌邪？集中又有一篇題云《夜聞歌》者，時自京城謫潯陽，宿於鄂州，又在《琵琶》之前。其詞曰：「夜泊鸚鵡洲，秋江月澄澈。鄰船有歌者，發調堪愁絶！歌罷繼以泣，泣聲通復咽。尋聲見其人，有婦顏如雪。獨倚帆檣立，娉婷十七八。夜淚似真珠，雙雙墮明月。借問誰家婦，歌泣何凄切？一問一霑襟，低眉終不説。」陳鴻《長恨傳序》云：「樂天深於詩，多於情者也。」故所遇必寄之吟詠，非有意於漁色。然鄂州所見，亦一女子獨處，夫不在焉，瓜田李下之疑，唐人不譏也。今詩人罕談此章，聊復表出。

【琵琶亭詩】江州琵琶亭，下臨江津，國朝以來，往來者多題詠，其工者輒爲人所傳。淳熙己亥歲，蜀士郭明復以中元日至亭，賦《古風》一章，其前云：「白樂天流落湓浦，作《琵琶行》，其放懷適意，視憂患死生禍福得喪爲何物，非深於道者能之乎？賈傅謫長沙，抑鬱致死；陸相竄南賓，屏絶人事，至從狗竇中度食飲。兩公猶有累乎世，未能如樂天逍遥自得也。予過九江，維舟琵琶亭下，爲賦此章。」「香山居士頭欲白，秋風吹作湓城客。眼看世事等虚空，雲夢胸中無一物。舉觴獨醉天爲家，詩成萬象遭梳爬。不管時人皆欲殺，夜深江上聽琵琶。賈胡老婦兒女語，淚濕青衫如著雨。此公豈作少狂夢？與世浮沈聊爾汝。我來後公三百年，潯陽至今無管弦。公詩有「潯陽地僻無音樂」之句。長安不見遺音寂，依舊康廬翠掃天。」郭君，成都人，隆興癸未登科，仕不甚達。但賈誼自長沙召還，後爲梁王傅乃卒，前所云少誤矣。吾州餘干縣東于越亭有琵琶洲在下，唐劉長卿、張祜輩，皆留題。紹興中，王洋元勃一絶句云：「塞外烽煙能記否，天涯淪落自心知。眼中風物參差是，只欠江州司馬詩。」真佳句也！

【韓蘇文章譬喻】韓、蘇兩公爲文章，用譬喻處，重複聯貫，至有七八轉者。韓公《送石洪序》云：「論人高下，事後當成敗，若河決下流東注，若駟馬駕輕車就熟路，而王良、造父爲之先後也，若燭照數計而龜卜也。」《盛山詩序》云：「儒者之於患難，其拒而不受於懷也，若築河隄以障屋霤；其容而消之也，若水之於海，冰之於夏日；其翫而忘之以文辭也，若奏金石以破蟋蟀之鳴、蟲飛之聲。」蘇公《百步洪》詩云「長虹斗落生跳波，輕舟南下如投梭。水師絶叫鳧雁起，亂石一線争磋磨。有如兔走鷹隼落，駿馬下注千丈坡。斷絃離柱箭脱手，飛電過隙珠翻荷」之類是也。

【冗濫除官】自漢以來，官曹冗濫之極者，如更始「竈下養，中郎將，爛羊頭，關内侯」，晉趙王倫「貂不足，狗尾續」，《北史》周世「員外常侍，道上比肩」，唐武后「補闕連車，拾遺平斗」之諺，皆顯顯著見者。中葉以後，尤爲泛濫，張巡在雍丘，纔領一縣千兵，而大將六人，官皆開府特進，然則大將軍告身博一醉，誠有之矣。德宗避難於奉天，渾瑊之童奴曰黄芩，力戰，即封渤海郡王。至於僖、昭之世，遂有「捉船郭使君」、「看馬李僕射」。周行逢據湖湘，境内有「漫天司空、遍地太保」之譏。李茂貞在鳳翔，内外持管籥者，亦呼爲司空、太保。韋莊《浣花集》有《贈僕者楊金》詩云：「半年勤苦葺荒居，不獨單寒腹亦虚。努力且爲田舍客，他年爲爾覓金魚。」是時，人奴腰金曳紫者，蓋不難致也。（《三筆》卷七）

【唐賢啓狀】故書中有《唐賢啓狀》一册，皆泛泛緘題。其間標爲獨孤常州及、劉信州太真、陸中丞長源、吕衡州温者，各數十篇，亦無可傳誦。時人以其名士，故流行至今。獨孤有《與第五相公書》云：「垂示《送丘郎中》兩詩，詞清興深，常情所不及。『陰天聞斷雁，夜浦送歸人』，穠麗閒遠之外，文句窈窕悽惻，比頃來所示者，才又加等。但吟誦嘆詠，大談於吴中文人耳。」又云：「昨見《送梁侍御》六韻，清麗妍雅，妙絶今時，掩映風騷，吟諷不足。」按第五琦乃聚斂之臣，不以文稱，而獨孤獎重之如此。觀表出十字，誠爲佳句，乃知唐人工詩者多，不必專門名家而後可稱也。（《三筆》卷八）

【向巨原詩】亡友向巨原，自少時能作詩。予初識之於梁宏夫坐上，未深知之也。是日，偕二友從吴傅朋游芝山，登五老亭，以「駕言出游」分韻賦詩。巨原得駕字，其語云：「兹山何巍巍，氣欲等嵩華。從公二三子，勝日飽閒暇。躋攀謝車輿，自辦兩不借。捫蘿覓幽磴，行椒得孤榭。側送夕陽移，俯視高鳥下。登臨記曩昔，歲月驚代謝。却數一周星，覆命千里駕。身從泛梗流，事與浮雲化。揭來共一尊，似爲天所赦。明發還問塗，合離足悲吒。」詩成，觀者皆服。傅朋游絲詩卷數百篇，巨原獨不深嘆美之，頗記其數句曰：「先生著名節，百世追延陵。我評先生賢，不以能書稱。功成磨蒼崖，盛德頌日昇。勿書陵雲榜，華顛踏高層。」句格超峻，其旨皆有規諷，與前所紀劉彦沖古風相類也。後裒其平生所作數千篇，目爲《葵齋雜藁》，倩予爲序。時予在章貢，及序成持寄之，則已卧病，僅能於枕上一讀而已。巨原初見韓子蒼，得一詩，曰：「老子真祠地，君來覓紙題。文如

士衡俊，年與正平齊。聞説鍾陵郡，官居章水西。涪翁詩律在，佳處可時攜。」而韓集佚不收，但見序中耳。（《三筆》卷九。下同）

【葉晦叔詩】亡友葉黯晦叔，嘗除敕令所删定官。紹興十九年，爲福建帥屬，予嘗因春補諸生，白于府主，邀與同考校，鎖宿貢院兩旬。予作長句云：「沈沈廣廈清如水，市聲人聲不到耳。一閒十日豈天賜？慚愧紛紛白袍子。相逢更得金玉人，久矣眼中無此士。連牀夜語不成寐，往往雞聲忽驚起。是中差樂真難名，昔者相過安得此？但憐時節不相謀，正墮清明寒食裏。梨花已空海棠謝，外間物色知餘幾。只恐雨風摧折之，負此一春吾過矣。謝公尋山飽閒暇，應笑腐儒黏故紙。錦囊得句應已多，萬一相思頻寄似。」時謝景思爲參議官，故卒章簡之。晦叔和篇云：「文章萬言抵杯水，世上虛名徒爾耳。我常自笑一生癡，那更將癡笑群子。大屋沈沈餘百年，到今所閲知幾士？看渠得失自偶然，其間悲喜從何起？君聞我言亦大笑，爲説萬事總如此。缺兩句。急須了却公家事，門外不知春有幾。缺三句。飛雨時聞打窗紙。他年萬一復相從，未必從容今日似。」其語意超新，惜不能盡憶。又嘗云：「五十六言，大抵多引韻起，若以側句入，尤峻健。如老杜『幽棲地僻經過少，老病人扶再拜難』是也。然此猶是作對，若以散句起又佳。如『苦憶荆州醉司馬，謫官樽俎定常開』是也。」故予自福倅滿歸，晦叔以二詩送別，正用此體。一章云：「一門伯仲知誰似？四海文章正數君。何事與予如舊識，由來於世兩相聞。閒官各喜光陰賸，勝地空多物色分。忽復翩然從此去，便應變化上青雲。」二章云：「此地相從驚歲晚，登臨況是客歸時。却將襟抱向誰可？

正爾艱難惟子知。情到中年工作惡，别於生世易爲悲。梅花盡醉清江上，黯澹西風凍雨垂。」可謂奇作。然相别不兩年即下世，每誦味其語，輒爲悽然。因刻所作《容齋記》，嘗識于末。

【禰衡輕曹操】孔融薦禰衡，以爲「淑質貞亮，英才卓躒，志懷霜雪，疾惡若仇，任座、史魚，殆無以過，若衡等輩，不可多得」。數稱述於曹操。操欲見之，衡素相輕疾，不肯往，而數有恣言。操懷忿，因召之擊鼓，裸身辱之。融爲見操，説其狂疾，求得自謝。操喜，敕門者有客便通，待之極宴，衡乃坐於營門，言語悖逆，操怒，送與劉表。衡爲融所薦，東坡謂融視操，特鬼蜮之雄，其勢決不兩立，非融誅操，則操害融。而衡平生唯善融及楊脩，常稱曰：「大兒孔文舉、小兒楊德祖。」融、脩皆死於操手，衡無由得全。漢史言其尚氣剛傲，矯時慢物，此蓋不知其鄙賤曹操，故陷身危機，所謂語言狂悖者，必誦斥其有僭篡之志耳。劉表復不能容，以與黄祖。觀其所著《鸚鵡賦》，專以自况，一篇之中，三致意焉。如云：「嬉游高峻，栖峙幽深。飛不妄集，翔必擇林。雖周旋於羽毛，固殊智而異心。配鸞皇而等美，焉比翼於衆禽？」又云：「彼賢哲之逢患，猶棲遲以羈旅。矧禽鳥之微物，能馴擾以安處。」又云：「嗟禄命之衰薄，奚遭時以嶮巇。豈言語以階亂，將不密以致危。」又云：「顧六翮之殘毁，雖奮迅其焉如。心懷歸而弗果，徒怨毒於一隅。」卒章云：「苟竭心於所事，敢背惠以忘初。期守死以報德，甘盡辭以效愚。」予每三復其文，而悲傷之。李太白詩云：「魏帝營八極，蟻觀一禰衡。黄祖斗筲人，殺之受惡名。吴江賦鸚鵡，落筆超群英。鏘鏘振金石，句句欲飛鳴。鷙鶚啄孤鳳，千春傷我情！」此論最爲精當也。（《三筆》卷十。下同）

【小星詩】《詩序》不知何人所作，或是或非，前人論之多矣。唯《小星》一篇，顯爲可議。《大序》云：「惠及下也。」而繼之曰：「夫人惠及賤妾，進御於君。」故毛、鄭從而爲之辭，而鄭箋爲甚，其釋「肅肅宵征，抱衾與裯」兩句，謂「諸妾肅肅然而行，或早或夜，在於君所，以次序進御。」又云：「裯者牀帳也，謂諸妾夜行，抱被與牀帳待進御。」且諸侯有一國，其宫中嬪妾雖云至下，固非閭閻賤微之比，何至于抱衾而行？況於牀帳，勢非一己之力所能致者，其説可謂陋矣。此詩本是詠使者遠適，夙夜征行，不敢慢君命之意，與《殷其靁》之指同。

【桃源行】陶淵明作《桃源記》云：「源中人自言，先世避秦時亂，率妻子邑人來此絶境，不復出焉，乃不知有漢，無論魏、晉。」系之以詩曰：「嬴氏亂天紀，賢者避其世。黄、綺之商山，伊人亦云逝。願言躡輕風，高舉尋吾契。」自是之後，詩人多賦《桃源行》，不過稱贊仙家之樂。唯韓公云：「神仙有無何渺茫，桃源之説誠荒唐。世俗那知僞爲真，至今傳者武陵人。」亦不及淵明所以作記之意。按《宋書》本傳云：「潛自以曾祖晉世宰輔，恥復屈身後代。自宋高祖王業漸隆，不復肯仕。所著文章，皆題其年月。義熙以前，則書晉氏年號，自永初以來，唯云甲子而已。」故五臣注《文選》用其語。又繼之云：「意者恥事二姓，故以異之。」此説雖經前輩所詆，然予竊意桃源之事，以避秦爲言。至云「無論魏、晉」，乃寓意於劉裕，託之於秦，借以爲喻耳。近時胡宏仁仲一詩，屈折有奇味。大略云：「靖節先生絶世人，奈何記僞不考真？先生高步窘末代，雅志不肯爲秦民。故作斯文寫幽意，要似寰海離風塵。」其説得之矣。

【碑誌不書名】碑誌之作，本孝子慈孫欲以稱揚其父祖之功德，播之當時，而垂之後世，當直存其名字，無所避隱。然東漢諸銘，載其先代，多只書官。如《淳于長夏承碑》云「東萊府君之孫，太尉掾之中子，右中郎將之弟」，《李翊碑》云「牂牁太守曾孫，謁者孫，從事君元子」之類是也。自唐及本朝，名人文集所志，往往只稱君諱某字某，至於記序之文，亦然，王荆公爲多，殆與求文揚名之旨爲不相契。東坡先生《送路都曹》詩，首言：「乖崖公在蜀，有録事參軍老病廢事，公責之，遂求去，以詩留别，所謂『秋光都似宦情薄，山色不如歸意濃』者。公驚謝之曰：『吾過矣。同僚有詩人而吾不知。』因留而慰薦之。坡幼時聞父老言，恨不問其姓名。及守潁州，而都曹路君，以小疾求致仕，誦此語，留之不可，乃采前人意作詩送之。」其詩大略云：「結髮空百戰，市人看先封。誰能搔白首，抱關望夕烽。」則路君之賢而不遇可知矣。然亦不書其名，使之少獲表見，又爲可惜也！

（《三筆》卷十一。下同）

【記張元事】自古夷狄之臣來入中國者，必爲人用。由余入秦，穆公以霸，金日磾仕漢，脱武帝五柞之厄。唐世尤多，執失思力、阿史那社爾、李臨淮、高仙芝、渾瑊、李懷光、䟕跌光顔、朱耶克用，皆立大功名，不可殫紀。然亦在朝廷所以御之，否則爲郭藥師矣。儻使中國英俊，翻致力於異域，忌壯士以資敵國者，固亦多有。賈季在狄，晉六卿以爲難日至；桓温不能留王猛，使爲苻堅用；唐莊宗不能知韓延徽，使爲阿保機用，皆是也。西夏曩霄之叛，其謀皆出於華州士人張元與吴昊，而其事本末，國史不書。比得田晝承君集，實紀其事云：「張元、吴昊、姚嗣宗，皆關中人，負氣倜儻，有縱横才，相與友善。常薄遊塞上，觀覘山川風俗，有經略西鄙意。姚題詩崆峒山寺壁，在兩界間，云：『南粤干戈未息肩，五原金鼓又轟天。崆峒山叟笑無語，飽聽松聲春晝眠。』范文正公巡邊，見之大驚。又有『踏破賀蘭石，掃清西海塵』之句。張爲《鸚鵡》詩，卒章曰：『好著金籠收拾取，莫教飛去别人家。』吴亦有詩。將謁韓、范二帥，恥自屈，不肯往，乃礱大石，刻詩其上，使壯夫拽之於通衢，三人從後哭之，欲以鼓動二帥。既而果召與相見，躊躇未用間，張、吴徑走西夏。范公以急騎追之，不及，乃表姚入幕府。張、吴既至夏國，夏人倚爲謀主，以抗朝廷，連兵十餘年，西方至爲疲弊，職此二人爲之。時二人家屬羈縻隨州，間使諜者矯中國詔釋之，人未有知者。後乃聞西人臨境，作樂迎此二家而去，自是邊帥始待士矣。姚又有《述懷》詩曰：『大開雙白眼，只見一青天。』張有《雪》詩曰：『五丁仗劍決雲霓，直取銀河下帝畿。戰死玉龍三十萬，敗鱗風卷滿天飛。』吴詩獨不傳。觀此數聯，可想見其人非池中物也。」承君所記如此。予謂張、吴在夏國，然後舉事，不應韓、范作帥日尚猶在關中，豈非記其歲時先後不審乎？姚、張詩，《筆談》諸書，頗亦紀載。張、吴之名，正與羌酋二字同，蓋非偶然也。

【東坡三詩】東坡初赴惠州，過峽山寺，不值主人，故其詩云：「山僧本幽獨，乞食況未還。雲碓水自舂，松門風爲關。石泉解娱客，琴築鳴空山。」既至惠州，殘臘獨出，至栖禪寺，亦不逢一僧，故其詩云：「江邊有微行，詰曲背城市。平湖春草合，步到栖禪寺。堂空不見人，老稚掩關睡。所營在一食，食已寧復事。客行豈無得？施子净掃地。風松獨不静，送我作鼓吹。」後在儋耳作《觀棋》詩，記游廬山白鶴觀，觀中人皆闔户晝寢，獨聞棋聲，云：「五老峰前，白鶴遺址。長松蔭庭，風日清美。我時獨游，不逢一士。誰歟棋者？户外屨二。不聞人聲，時聞落子。」其寂寞冷落之味，可以想見，句語之妙，一至於此。

【符讀書城南】《符讀書城南》一章，韓文公以訓其子，使之腹有《詩》、《書》，致力於學，其意美矣。然所謂「一爲公與相，潭潭府中居，不見公與相，起身自犁鋤」等語，乃是覬覦富貴，爲可議也。杜牧之《寄小姪阿宜》詩亦云：「朝廷用文治，大開官職場。願爾出門去，取官如驅羊。」其意與韓類也。予向爲陳鑄作《城南堂記》，亦及此意云。

【兩莫愁】莫愁者，郢州石城人，今郢有莫愁村。畫工傳其貌，好事者多寫寄四遠。《唐書・樂志》曰：「《莫愁樂》者，出於《石城樂》，石城有女子名莫愁，善歌謡。」古詞曰「莫愁在何處？莫愁石城西。艇子打兩槳，催送莫愁來」者是也。李義山詩曰：「海外徒聞更九州，他生未卜此生休。空傳虎旅鳴宵柝，無復雞人送曉籌。此日六軍同駐馬，他時七夕笑牽牛。如何四紀爲天子，不及盧家有莫愁？」此莫愁者，洛陽人。梁武帝《河中之歌》曰「河中之水向東流，洛陽女兒名莫愁。莫愁十三能織綺，十四采桑南陌頭，十五嫁爲盧家婦，十六生兒似阿侯。盧家蘭室桂爲梁，中有鬱金蘇合香，頭上金釵十二行，足下絲履五文章，珊瑚挂鏡爛生光，平頭奴子擎履箱。人生富貴何所望？恨不早嫁東家王」者是也。盧氏之盛如此，所云「不早嫁東家王」，莫詳其義。近世周美成樂府《西河》一闋，專詠金陵，所云「莫愁艇子曾繫」之語，豈非誤指石頭城爲石城乎？

【何公橋詩】英州小市，江水貫其中，舊架木作橋，每不過數年，輒爲湍潦所壞。郡守建安何智甫，始疊石爲之，方成而東坡還自海外，何求文以紀。坡作四言詩一首，凡五十六句。今載於後集第八卷，所謂「在壞之間，水居其多。人之往來，如鵜在河」是也。予侍親居英，與僧希賜遊南山，步過橋上，讀詩碑。希賜云：「真本藏于何氏，此有石刻，經黨禁亦不存。」今以板刻之，乃希賜所書也。賜因言何公初請記，坡爲賦此詩，既大書矣，而未遣送，郡候兵執役者見之，以告何，何又來謁，坡曰：「軾未到橋所，難以想像落筆。」何即命具食，拉坡偕往。坡曰：「使君是地主，宜先升車。」何謝不敢，乃並轎而行。既至，坡曰：「正堪作詩，晚當奉戒。」抵暮送與之。蓋詩中云：「我來與公，同載而出。歡呼填道，抱其馬足。」故欲同行，以印此語耳。坡公作詩時，建中靖國元年辛巳。予聞希賜語時，紹興十七年丁卯，相去四十六年。今追憶前事，乃紹熙五年甲寅，又四十七年矣。

【眄泰秋娘三女】白樂天《燕子樓詩序》云：「徐州故張尚書，有愛妓曰眄眄，善歌舞，雅多風態。尚書既殁，彭城有舊第，第中有小樓名燕子。眄眄念舊愛而不嫁，居是樓十餘年，幽獨塊然。」白公嘗識之，感舊游，作二絶句，首章云：「滿窗明月滿簾霜，被冷燈殘拂卧牀。燕子樓中霜月苦，秋來只爲一人長。」末章云：「今春有客洛陽回，曾到尚書冢上來。見説白楊堪作柱，争教紅粉不成灰。」讀者傷惻。劉夢得《泰娘歌》云：「泰娘本韋尚書家主謳者，尚書爲吴郡，得之，誨以琵琶，使之歌且舞，攜歸京師。尚書薨，出居民間，爲蘄州刺史張遜所得。遜謫居武陵而卒，泰娘無所歸。地荒且遠，無有能知其容與藝者，故日抱樂器而哭。」劉公爲歌其事云：「繁華一旦有消歇，題劍無光履聲絶。蘄州刺史張公子，白馬新到銅駝里。自言買笑擲黄金，月墮雲中從此始。山城少人江水碧，斷雁哀絲風雨夕。朱絃已絶爲知音，雲鬢未秋私自惜。舉目風煙非舊時，夢尋歸路多參差。如何將此千行淚，更灑湘江斑竹枝。」杜牧之《張好好》詩云：「牧佐故吏部沈公在江西幕，好好年十三，以善歌來樂籍中，隨公移置宣城，後爲沈著作所納。見之於洛陽東城，感舊傷懷，題詩以贈曰：君爲豫章姝，十三纔有餘。主公再三嘆，謂言天下無。自此每相見，三日已爲疏。身外任塵土，尊前極歡娱。飄然集仙客，載以紫雲車。爾來未幾歲，散盡高陽徒。洛城重相見，綽綽爲當壚。朋游今在否，落拓更能無？門館慟哭後，水雲秋景初。灑盡滿襟淚，短歌聊一書。」予謂婦人女子，華落色衰，至於失主無依，如此多矣。是三人者，特見紀於英辭鴻筆，故名傳到今。況於士君子終身不遇而與草木俱腐者，可勝嘆哉！然眄眄節義，非泰娘、好好可及也。「眄眄」館本作「盼盼」，與《香山集》合。（《三筆》卷十二。下同）

【顔魯公祠堂詩】予家藏《雲林繪監》册，有顔魯公畫像，徐師川題詩曰：「公生開元間，壯及天寶亂。捐軀范陽胡，竟死蔡州叛。其賢似魏徵，天下非貞觀。四帝數十年，一身逢百難。少時讀書史，此事心已斷。老來鬢髮衰，慨嘆功名晚。嗟哉忠義途，捷去不可緩。初無當年悲，只令後世嘆。一朝絶霖雨，南畝常亢旱。小夫計雖得，斯民蓋塗炭。長歌詠君節，千載勇夫懊。敬書子張紳，庶幾古人半。」師川以詩鳴江西，然此篇不爲工。嘗記李德遠舉似童敏德游湖州題公祠堂長句曰：「挂帆一縱疾於鳥，長興夜發吴興曉。杖藜上訪魯公祠，一見目明心皦皦。未説邦人懷使君，且爲前古惜忠臣。德宗更用盧杞相，出當斯位誠艱辛。生逆龍鱗死虎口，要與乃兄同不朽。狂童希烈何足罪，姦邪嫉忠假渠手。乃知成仁或殺身，保身不必皆哲人。此公安得世復有，洗空凡馬須騏驎。」童之詩，語意皆超拔，亦臨川人，而終身不得仕，爲可惜也！

【具圓復詩】吴僧法具，字圓復，有能詩聲，予乃紀之於《夷堅志》中，殊爲不類。比於福州僧智恢處，見其詩藁一紙，字體效王荆公。其《送僧》一篇云：「灘聲嘈嘈雜雨聲，舍北舍南春水平。拄杖穿花出門去，五湖風浪白鷗輕。」《送翁士特》云：「朝入羊腸暮鹿頭，十三官驛是荆州。具車秣馬曉將發，寒燭燒殘語未休。」《竹軒》云：「老竹排簷誰手種，山日未斜寒翠重。六月散髮葉底眠，冷雨斜風頻入夢。冬凋峰木雪縞廬，落眼青青却笑渠。花時吹笋排林上，吴州還見《竹溪圖》。」《和子蒼三馬圖》云：「從來畫馬稱神妙，至今只説江都王。將軍曹霸實季仲，沙苑丞相猶諸郎。龍眠居士善畫馬，獨與二子遥相望。兩馬騈立真驌驦，一馬脱去仍騰驤。浣花老人今已亡，嗚呼五馬誰平章！飽知畫肉亦畫骨，妙處不減黄無雙。」又一篇云：「燒燈過了客思家，獨立衡門數暝鴉。燕子未歸梅落盡，小窗明月屬梨花。」皆可咀嚼也。吴門僧惟茂，住天台山一禪刹，喜其旦暮見山，作絶句曰：「四面峰巒翠入雲，一溪流水漱山根。老僧只恐山移去，日午先教掩寺門。」甚有詩家風旨，而或者謂山若欲去，豈容人掩住？蓋吴人癡獃習氣也，其説可謂不知音。

【淵明孤松】淵明詩文率皆紀實，雖寓興花竹間亦然。《歸去來辭》云：「景翳翳以將入，撫孤松而盤旋。」其《飲酒詩》二十首中一篇云：「青松在東園，衆草没其姿。凝霜殄異類，卓然見高枝。連林人不見，獨樹衆乃奇。」所謂孤松者是已，此意蓋以自況也。

【大賢之後】杜詩云：「大賢之後竟陵遲，蕩蕩古今同一體。」乃贈狄梁公曾孫者，至云「飄泊岷漢，干謁王侯」，則其衰微可知矣。近見餘干寓客李氏子云，本朝三李相，文正公昉、文靖公沆、文定公迪皆一時名宰，子孫亦相繼達宦。然數世之後益爲蕭條，又經南渡之厄，今三裔並居餘干，無一人在仕版。文定濮州之族，今有居越者，雖曰不顯，猶簪纓僅傳，而文正、文靖無聞，可爲太息！

【歌扇舞衣】唐李義山詩云：「鏤月爲歌扇，裁雲作舞衣。」同時人張懷慶竊爲己作，各增兩字云：「生情鏤月爲歌扇，出性裁雲作舞衣。」致有生吞活剥之誚。予又見劉希夷《代閨人春日》一聯云：「池月憐歌扇，山雲愛舞衣。」絶相似。杜老亦云：「江清歌扇底，野曠舞衣前。」儲光羲云：「竹吹留歌扇，蓮香入舞衣。」然則唐詩人好以歌扇、舞衣爲對也。（《三筆》卷十四。下同）

【衙參之禮】今監司、郡守初上事，既受官吏參謁，至晡時，僚屬復伺於客次，胥吏列立廷下通刺曰衙，以聽進退之命，如是者三日。如主人免此禮，則翌旦又通謝刺。此禮之起，不知何時。唐岑參爲虢州上佐，有一詩，題爲《衙郡守還》，其辭曰：「世事何反覆，一身難可料。頭白翻折腰，還家私自笑。所嗟無産業，妻子嫌不調。五斗米留人，東溪憶垂釣。」然則由來久矣。韓詩曰：「如今便別官長去，直到新年衙日來。」疑是謂月二日也。

【題先聖廟詩】兖州先聖廟壁，嘗有題詩者云：「靈光殿古生秋草，曲阜城荒散晚鴉。惟有孔林殘照日，至今猶屬仲尼家。」不顯姓名，頗爲士大夫傳誦。予頃在福州，於吕虛已處，見邵武上官校書詩一册，内一篇題爲《州西行》，州西者，蔡京所居處也。注云：「靖康元年作。時京謫湖湘，子孫分竄外郡，所居第摧毁，索寞殆無人跡，故爲古調以傷之。」凡三十餘韻，今但記其末聯云：「君不見喬木參天獨樂園，至今仍是温公宅。」其意甚與前相類。紹興二十五年冬，秦檜死，空其賜宅，明年，開河，役夫輦泥土堆于牆下。天台士人左君作詩曰：「格天閣在人何在？偃月堂深恨亦深。不見洛陽圖白髮，但知郿塢積黄金。直言動便遭羅織，舉目寧知有照臨。炙手附炎俱不見，可憐泥滓滿墻陰。」語雖紀實，然太露筋骨，不若前兩章渾成也。左頗有才，最善謔，二十八年，楊和王之子偰，除權工部侍郎，時張循王之子子顔、子正，皆帶集英修撰，且進待制矣。會葉審言自侍御史、楊元老自給事中，徙爲吏、兵侍郎，蓋以繳論之故。左用歇後語作絶句曰：「木易已爲工部侍，弓長肯作集英修。如今臺省無楊葉，豚犬超陞卒未休。」左居西湖上，好事請謁，人或畏其口，後竟終於布衣。（《三筆》卷十五。下同）

【六言詩難工】唐張繼詩，今人所傳者唯《楓橋夜泊》一篇，荆公《詩選》，亦但别詩兩首，樂府有《塞孤》一篇。而《皇甫冉集》中，載其所寄六言曰：「京口情人别久，揚州估客來疏。潮至潯陽回去，相思無處通書。」冉酬之，而序言：「懿孫，予之舊好，祗役武昌，有六言詩見憶，今以七言裁答，蓋拙於事者繁而費。」冉之意，以六言爲難工，故衍六爲七，然自有三章曰：「江上年年春早，津頭日日人行。借問山陰遠近，猶聞薄暮鐘聲。」「水流絶澗終日，草長深山暮雲。犬吠雞鳴幾處，條桑種杏何人？」「門外水流何處，天邊樹繞誰家。山絶東西多少，朝朝幾度雲遮。」皆清絶可畫，非拙而不能也。予編唐人絶句，得七言七千五百首，五言二千五百首，合爲萬首。而六言不滿四十，信乎其難也。

【顔魯公戲吟】陶淵明作《閑情賦》，寄意女色。蕭統以爲白玉微瑕。宋廣平作《梅花賦》，皮日休以爲鐵心石腸人，而亦風流豔冶如此。《顔魯公集》有七言聯句四絶，其目曰：《大言》、《樂語》、《饞語》、《醉語》。於《樂語》云：「苦河既濟真僧喜，新知滿坐笑相視。戍客歸來見妻子，學生放假偷向市。」《饞語》云：「拈鎚舐指不知休，欲炙侍立涎交流。過屠大嚼肯知羞，食店門外强淹留。」《醉語》云：「逢糟遇麴便酩酊，覆車墜馬皆不醒。倒著接䍦髮垂領，狂心亂語無人並。」以公之剛介守正而作是詩，豈非以文滑稽乎？然語意平常，無可咀嚼，予疑非公詩也。（《三筆》卷十六。下同）

【蘇渙詩】杜子美贈蘇渙詩，序云：「蘇大侍御渙，静者也，旅寓于江側，凡是不交州府之客，人事都絶久矣。肩輿江浦，忽訪老夫，請誦近詩，肯吟數首，才力素壯，詞句動人，湧思雷出，書篋几杖之外，殷殷留金石聲。賦八韻記異，亦記老夫傾倒於蘇至矣。」詩有「再聞誦新作，突過黄初詩」之語。又有一篇《寄裴道州并呈蘇渙侍御》云：「附書與裴因示蘇，此生已愧須人扶。致君堯舜付公等，早據要路思捐軀。」其褒重之如此。《唐·藝文志》有渙詩一卷，云：「渙少喜剽盜，善用白弩，巴蜀商人苦之，稱『白蹠』，以比莊蹻。後折節讀書，進士及第。湖南崔瓘辟從事，繼走交、廣，與歌舒晃反，伏誅。」然則非所謂静隱者也。渙在廣州作變律詩十九首，上廣府帥，其一曰：「養蠶爲素絲，葉盡蠶不老。傾筐對空牀，此意向誰道。一女不得織，萬夫受其寒。一夫不得意，四海行路難。禍亦不在大，禍亦不在先。世路險孟門，吾徒當勉旃。」其二曰：「毒蜂一巢成，高挂惡木枝。行人百步外，目斷魂爲飛。長安大道邊，挾彈誰家兒？手持黄金丸，引滿無所疑。一中紛下來，勢若風雨隨。身如萬箭攢，宛轉送所之。徒有疾惡心，奈何不知幾！」讀此二詩，可以知其人矣。杜贈渙詩，名爲記異，語意不與他等，厥有旨哉！

【歲後八日】《東方朔占書》，歲後八日，一爲雞，二爲犬，三爲豕，四爲羊，五爲牛，六爲馬，七爲人，八爲穀。謂其日晴，則所主之物育，陰則災。杜詩云：「元日到人日，未有不陰時。」用此也。八日爲穀，所係尤重，而人罕知者，故書之。

【樂府詩引喻】自齊、梁以來，詩人作樂府《子夜四時歌》之類，每以前句比興引喻，而後句實言以證之。至唐張祜、李商隱、温庭筠、陸龜蒙，亦多此體，或四句皆然。今略書十數聯于策。其四句者，如「高山種芙蓉，復經黄蘗塢。未得一蓮時，流離嬰辛苦。」「窗外山魈立，知渠脚不多。二更機底下，摸著是誰梭。」「淮上能無雨，回頭總是情。蒲帆渾未織，争得一歡成。」其兩句者，如「風吹荷葉動，無夜不摇蓮。」「空織無經緯，求匹理自難。」「圍棋燒敗襖，著子故依然。」「理絲入殘機，何悟不成匹。」「攤門不安横，無復相關意。」「黄蘗向春生，苦心日日長。」「明燈照空局，悠然未有期。」「玉作彈棋局，中心最不平。」「翦刀横眼底，方覺淚難裁。」「中劈庭前棗，教郎見赤心。」「千尋葶藶枝，争奈長長苦。」「愁見蜘蛛織，尋思直到明。」「雙燈俱暗盡，奈許兩無由。」「三更書石闕，憶子夜啼悲。」「芙蓉腹裏萎，憐汝從心起。」「朝看暮牛跡，知是宿啼痕。」「梳頭入黄泉，分作兩死計。」「石閼生口中，銜悲不能語。」「桑蠶不作繭，晝夜長懸絲。」皆是也。龜蒙又有《風人詩》四首云：「十萬全師出，遥知正憶君。一心如瑞麥，長作兩岐分。」「破檗供朝爨，須知是苦辛。曉天窺落宿，誰識獨醒人。」「旦日思雙屨，明時願早諧。丹青傳四瀆，難寫是秋懷。」「聞道更新幟，多應廢舊期。征衣無伴擣，獨處自然悲。」皮日休和其三章云：「刻石書離恨，因成別後悲。莫言春繭薄，猶有萬重思。」「鏤出容刀飾，親逢巧笑難。目中騷客珮，争奈即闌干。」「江上秋聲起，從來浪得名。逆風猶挂席，苦不會凡情。」劉采春所唱云：「不是廚中串，争知炙裏心。井邊銀釧落，展轉恨還深。」「觧蠟爲紅燭，情知不自由。細絲斜結網，争奈眼相鈎。」尤爲明白。七言亦間有之，如「東邊日出西邊雨，道是無情又有情。」「玲瓏骰子安紅豆，入骨相思知也無？」「合歡桃核真堪恨，裏許元來別有人。」是也。近世鄙詞，如《一落索》數闋，蓋效此格。語意亦新工，恨太俗耳，然非才士不能爲。世傳東坡一絶句云：「蓮子擘開須見薏，楸枰著盡更無棋。破衫却有重縫處，一飯何曾忘却匙。」蓋是文與意並見一句中，又非前比也。集中不載。

【三館祕閣】國朝儒館仍唐制，有四：曰昭文館，曰史館，曰集賢院，曰祕閣。率以上相領昭文大學士，其次監修國史，其次領集賢。若只兩相，則首廳兼國史。唯祕閣最低，故但以兩制判之。四局各置直官，均謂之館職，皆稱學士。其下則爲校理、檢討、校勘，地望清切，非名流不得處。范景仁爲館閣校勘，當遷校理，宰相龐籍言：「范鎮有異才，恬於進取。」乃除直祕閣。司馬公作詩賀之曰：「延閣屹中天，積書雲漢連。神宗重其選，謂太宗也。國士比爲仙。玉檻鉤陳上，丹梯北斗邊。

帝容瞻日角，宸翰照星躔。職秩曾無貴，光華在得賢。」其重如此。自熙寧以來，或頗用賞勞。元豐官制行，不置昭文、集賢，以史館入著作局，而直祕閣只爲貼職。至崇寧、政、宣以處大臣子弟姻戚，其濫及於錢穀文俗吏，士大夫不復貴重。然除此職者必詣館下拜閣，乃具盛筵，邀見在三館者宴集，秋日暴書宴，皆得預席，若餘日則不許至，《隨筆》有《館職名存》一則云。（《四筆》卷一。下同）

【亭榭立名】立亭榭名最易蹈襲，既不可近俗，而務爲奇澀亦非是。東坡見一客云近看《晉書》，問之曰：「曾尋得好亭子名否？」蓋謂其難也。秦楚材在宣城，於城外並江作亭，目之曰「知有」，用杜詩「已知出郭少塵事，更有澄江消客愁」之句也。玉仲衡在會稽，於後山作亭，目之曰「白涼」，亦用杜詩「越女天下白，鑑湖五月涼」之句。二者可謂甚新，然要爲未當。廬山一寺中有亭頗幽勝，或標之曰「不更歸」，取韓詩末句，亦可笑也。

【韋孟詩乖疏】《漢書·韋賢傳》載韋孟詩二篇及其孫玄成詩一篇，皆深有三百篇風致，但韋孟諷諫云：「肅肅我祖，國自豕韋。總齊群邦，以翼大商。至于有周，歷世會同。王赧聽譖，實絶我邦。我邦既絶，厥政斯逸。賞罰之行，非繇王室。庶尹群后，靡扶靡衛。五服崩離，宗周以隊。」應劭曰：「王赧聽讒受譖，絶豕韋氏。自是政教逸漏，不由王者。」觀孟之自叙乃祖，而乖疏如是，周至赧王僅存七邑，救亡不暇，豈能絶侯邦乎？周之積微久矣，非因絶豕韋一國，然後五服崩離也。其妄固不待攻，而應劭又從而實之，尤爲可笑。《左傳》書范宣子之言曰：「匄之祖在商爲豕韋氏，在周爲唐杜氏。」杜預曰：「豕韋國於東郡白馬縣，殷末國於唐，周成王滅之。」此最可證，惜顔師古之不引用也。

【有美堂詩】東坡在杭州作《有美堂會客》詩，頷聯云：「天外黑風吹海立，浙東飛雨過江來。」讀者疑海不能立，黄魯直曰：蓋是爲老杜所誤，因舉《三大禮賦朝獻太清宫》云「九天之雲下垂，四海之水皆立」以告之。二者皆句語雄峻，前無古人。坡和陶《停雲》詩有「雲屯九河，雪立三江」之句，亦用此也。（《四筆》卷二。下同）

【大觀元夕詩】大觀初年，京師以元夕張燈開宴。時再復湟、鄯，徽宗賦詩賜群臣，其頷聯云：「午夜笙歌連海嶠，春風燈火過湟中。」席上和者皆莫及。開封尹宋喬年不能詩，密走介求援於其客周子雍，得句云：「風生閶闔春來早，月到蓬萊夜未中。」爲時輩所稱。子雍，汝陰人，曾受學於陳無己，故有句法。則作文爲詩者，可無師承乎？

【韓公稱李杜】《新唐書·杜甫傳贊》曰：「昌黎韓愈於文章重許可，至歌詩，獨推曰：『李杜文章在，光焰萬丈長。』」誠可信云。予讀韓詩，其稱李、杜者數端，聊疏於此。《石鼓歌》曰：「少陵無人謫仙死，才薄將奈石鼓何？」《酬盧雲夫》曰：「高揖群公謝名譽，遠追甫白感至誠。」《薦士》曰：「勃興得李杜，萬類困凌暴。」《醉留東野》曰：「昔年因讀李白杜甫詩，長恨二人不相從。」《感春》曰：「近憐李杜無檢束，爛漫長醉多文辭。」并《唐志》所引，蓋六用之。（《四筆》卷三。下同）

【此日足可惜】韓退之《此日足可惜一首贈張籍》，凡百四十句，雜用東、冬、江、陽、庚、青六韻。及其亡也，籍作詩祭之，凡百六十六句，用陽、庚二韻，其語鏗鏘震厲，全倣韓體。所謂「乃出二侍女，合彈琵琶箏」者是也。

【李杜往來詩】李太白、杜子美在布衣時，同游梁、宋，爲詩酒會心之友。以杜集考之，其稱太白及懷贈之篇甚多。如「李侯金閨彦，脱身事幽討」，「南尋禹穴見李白，道甫問訊今何如」，「李白一斗詩百篇，自稱臣是酒中仙」，「近來海内爲長句，汝與山東李白好」，「昔者與高李，晚登單父臺」，「李侯有佳句，往往似陰鏗」，「憶與高李輩，論交入酒壚」，「白也詩無敵，飄然思不群」，「昔年有狂客，號爾謫仙人」，「落月滿屋梁，猶疑照顔色」，「三夜頻夢君，情親見君意」，「秋來相顧尚飄蓬，未就丹砂愧葛洪」，「寂寞書齋裏，終朝獨爾思」，「涼風起天末，君子意如何」，「不見李生久，佯狂真可哀」，凡十四五篇。至於太白與子美詩略不見一句。或謂《堯祠亭别杜補闕》者是已。乃殊不然，杜但爲右拾遺，不曾任補闕，兼自諫省出爲華州司功，迤邐避難入蜀，未嘗復至東州，所謂「飯顆山頭」之嘲，亦好事者所撰耳。

【水旱祈禱】海内雨暘之數，郡異而縣不同，爲守爲令，能以民事介心，必自知以時禱祈，不待上命也。而省部循案故例，但視天府爲節，下之諸道轉運司，使巡内州縣，各詣名山靈祠，精潔致禱，然固難以一概論。乾道九年秋，贛、吉連雨暴漲。予守贛，方多備土囊，壅諸城門，以杜水入，凡二日乃退。而臺符令禱雨，予格之不下，但據實報之。已而聞吉州於小廳設祈晴道場，大廳祈雨。問其故，郡守曰：「請霽者，本郡以淫潦爲災，而請雨者，朝旨也。」其不知變如此，殆爲侮惑神天，幽冥之下，將何所據憑哉？俚語笑林謂「兩商人入神廟，其一陸行欲晴，許賽以豬頭，其一水行欲雨，許賽羊頭。神顧小鬼言：『晴乾喫猪頭，雨落吃羊頭，有何不可。』」正謂此耳。坡詩云：「耕田欲雨刈欲晴，去得順風來者怨。若使人人禱輒遂，造物應須日千變。」此意未易爲庸俗道也。

【欒城和張安道詩】張文定公在蜀，一見蘇公父子，即以國士許之。熙寧中，張守陳州南都，辟子由幕府。元豐初，東坡謫齊安，子由貶監筠酒税，與張别，張悽然不樂，酌酒相命，手寫一詩曰：「可憐萍梗飄蓬客，自嘆匏瓜老病身。從此空齋掛塵榻，不知重掃待何人？」後七年，子由召還，猶復見之於南都。及元符末，自龍川還許昌，因姪叔黨出坡遺墨，再讀張所贈詩，其薨已十年，泣下不能已，乃追和之曰：「少年便識成都尹，中歲仍爲幕下賓。待我江西徐孺子，一生知己有斯人。」兩詩皆哀而不怨，使人至今有感於斯文。今世薄夫受人異恩，轉眼若不相識，況於一死一生，拳拳如此，忠厚之至，殆可端拜也。（《四筆》卷四。下同）

【王荆公上書并詩】王荆公議論高奇，果於自用。嘉祐初，爲度支判官，上《萬言書》，以爲：「今天下財力日以困窮，風俗日以衰壞。患在不知法度，不法先王之政故也。法先王之政者，法其意而已。法其意，則吾所改易更革，不至乎傾駭天下之耳目，而固已合矣。因天下之力，以生天下之財，取天下之財，以供天下之費。自古治世，未嘗以不足爲公患也，患在治財無其道爾。在位之人才既不足，而閭巷草野之間，亦少可用之材，社稷之託，封疆之守，陛下其能久以天幸爲常，而無一旦之憂乎？願監苟且因循之敝，明詔大臣，爲之以漸，期爲合於當世之變。臣之所稱，流俗之所不講，而議者以爲迂闊而熟爛者也。」當時富、韓二公在相位，讀之不樂，知其得志必生事。後安石當國，其所注措，大抵皆祖此書。又不忍貧民，而深疾富民，志欲破富以惠貧。嘗賦《兼并》詩一篇，曰：「三代子百姓，公私無異財。人主擅操柄，如天持斗魁。賦予皆自我，兼并乃姦回。姦回法有誅，勢亦無自來。後世始倒持，黔首遂難裁。秦王不知此，更築懷清臺。禮義日已媮，聖經久堙埃。法尚有存者，欲言時所咍。俗吏不知方，掊克乃爲才。俗儒不知變，兼并可無摧。利孔至百出，小人司闔開。有司與之争，民愈可憐哉！」其語絶不工。迨其得政，設青苗法以奪富民之利，民無貧富，兩税之外，皆重出息十二。吕惠卿復作手實之法，民遂大病。其禍源於此詩。蘇子由以爲昔之詩病未有若此其酷也。痛哉！

【杜韓用歇後語】杜、韓二公作詩，或用歇後語，如「凄其望吕葛」，「仙鳥仙花吾友于」，「友于皆挺拔」，「再接再礪乃」，「僮僕誠自鄶」，「爲爾惜居諸」，「誰謂貽厥無基阯」之類是已。

【一百五日】今人謂寒食爲一百五者，以其自冬至之後至清明，歷節氣六，凡爲一百七日，而先兩日爲寒食故云，他節皆不然也。杜老有《鄜州一百五日夜對月》一篇，江西宗派詩云「一百五日足風雨，三十六峰勞夢魂」，「一百五日寒食雨，二十四番花信風」之類是也。吾州城北芝山寺，爲禁煙遊賞之地，寺僧欲建華嚴閣，詩予作《勸緣疏》，其末一聯云：「大善知識五十三，永壯人天之仰；寒食清明一百六，鼎來道俗之觀。」或問一百六所出，應之曰：「元微之《連昌宫詞》：『初過寒食一百六，店舍無煙宫樹緑。』」是以用之。

【老杜寒山詩】老杜《春日憶李白》詩云：「白也詩無敵，飄然思不群。清新庾開府，俊逸鮑參軍。」嘗有武弁議其失曰：「既是無敵，又却似庾、鮑。」或折之曰：「庾清新而不能俊逸，鮑俊逸而不能清新。太白兼之，所以爲無敵也。」今集別本一作「無數」，殆好事者更之乎？寒山子詩云：「吾心似秋月，碧潭清皎潔。無物堪比倫，教我如何說？」人亦有言，既似秋月、碧潭，乃以爲無物堪比，何也？蓋其意謂若無二物比倫，當如何說耳？讀者當以是求之。

【會合聯句】《韻略》上聲二腫字險窄。予向作《汪莊敏銘》詩八十句，唯蕭敏中讀之，曰：「押盡一韻。」今考之，猶有十字越用一董内韻。其詞曰：「維天生材，萬匯傾竦。侯王將相，曾是有種？公家江東，世繹耕壟。桃溪之涘，是播是稯。孰豐厥培，蕣此圭珙。公羈未奮，逸駕思駷。沈酣《春秋》，蹈迪周孔。徑策名第，稍辭渫溽。横經湘沅，士敬如捧。蓬萊方丈，佩飾有琫。應龍天飛，薈蔚雲滃。千官在序，摩厲從臾。吾惟片言，藉箸泉湧。正冠霜臺，過者卞悚。顔顔殿戺，聲氣不動。顯仁東櫝，巫史呼洶。昌言一下，恩浹千冢。獯粥孔熾，邊戒毛氄。媕婀當位，左掣右壅。公云當今，沸渭混澒。天威震耀，誰不憒踊。遂還中司，西柄是董。出關啓旆，籌檄倥傯。業業荆襄，將懦曰拱。投袂電赴，如尊乃勇。鄧唐蔡陳，馳捷系踵。佛狸歸骴，民恃不恐。璽書賜朝，百揆參總。亞勳贊册，國勢尊鞏。督軍戡西，寄責冞重。方規許洛，事援秦隴。符離罔功，奇畫膠拲。鈞樞建使，宰席亢寵。還臨西州，夾道歡擁。月銜未罄，病癖且尰。曾不憖遺，使我心懵。湘湖高丘，草木蔚蓊。維水容裔，維山巃嵸。矢其銘詩，詞費以冗。奈何乎公，萬祺毋聳。」若韓、孟、籍、徹《會合聯句》三十四韻，除蠓蛹二字《韻略》不收外，餘皆不出二腫中，雄奇激越，如大川洪河，不見涯涘，非瑣瑣潢汙行潦之水所可同語也。其詩曰：「離別言無期，會合意穼重。病添兒女戀，老喪丈夫勇。劍心知未死，詩思猶孤聳。愁去劇箭飛，歡來若泉涌。析言多新貫，攄抱無昔壅。念難須勤追，悔易勿輕踵。吟巴山犖嶨，説楚波堆壟。馬辭虎豹怒，舟出蛟鼉恐。狂鯨時孤軒，幽狖雜百種。瘴衣常腥膩，蠻器多疏冗。剥苔吊斑林，角飯餌沈冢。忽爾銜遠命，歸歟舞新寵。鬼窟脱幽妖，天居覿清拱。京游步方振，謫夢意猶恟。詩書誇舊知，酒食接新奉。嘉言寫清越，愈病失肬腫。夏陰偶高庇，宵魂接虚擁。雪弦寂寂聽，茗盌纖纖捧。馳輝燭浮螢，幽響泄潛蛬。詩老獨何心，江疾有餘尰。我家本瀍穀，有地介皋鞏。休跡憶沈冥，峩冠慚闒茸。升朝高轡逸，振物群聽悚。徒言濯幽泌，誰與薙荒茸。朝紳鬱青緑，馬飾曜珪珙。國仇未銷鑠，我志蕩邛隴。君才誠倜儻，時論方洶溶。格言多彪蔚，縣解無梏拲。張生得淵源，寒色拔山冢。堅如撞群金，眇若抽獨蛹。伊余何所擬？跛鼈詎能踊。塊然墮岳石，飄爾罥巢氄。龍旆垂天衢，雲韶凝禁甬。君胡眠安然，朝鼓聲洶洶。」其間或有類句，然衆手立成，理如是也。

【王勃文章】王勃等四子之文，皆精切有本原。其用駢儷作記序碑碣，蓋一時體格如此，而後來頗議之。杜詩云：「王、楊、盧、駱當時體，輕薄爲文哂未休。爾曹身與名俱滅，不廢江河萬古流。」正謂此耳。身名俱滅，以責輕薄子。江河萬古流，指四子也。韓公《滕王閣記》云：「江南多游觀之美，而滕王閣獨爲第一。及得三王所爲序、賦、記等，壯其文辭。」注謂：「王勃作游閣序。」又云：「中丞命爲記，竊喜載名其上，詞列三王之次，有榮耀焉。」則韓之所以推勃，亦爲不淺矣。勃之

文今存者二十七卷云。(《四筆》卷五。下同)

【黄庭换鵝】李太白詩云:「山陰道士如相見,應寫《黄庭》换白鵝。」蓋用王逸少事也。前賢或議之曰:「逸少寫《道德經》,道士舉鵝群以贈之。」元非《黄庭》,以爲太白之誤。予謂太白眼高四海,衝口成章,必不規規然旋檢閲《晉史》看逸少傳,然後落筆,正使誤以《道德》爲《黄庭》,於理正自無害,議之過矣。東坡雪堂既毁,紹興初,黄州一道士自捐錢粟再營建,士人何頡斯舉作上梁文,其一聯云:「前身化鶴,曾陪赤壁之游;故事换鵝,無復《黄庭》之字。」乃用太白詩爲出處,可謂奇語。案張彦遠《法書要録》載褚遂良右軍書目,正書有《黄庭經》云。注:六十行。與山陰道士真跡故在。又武平一《徐氏法書記》云:「武后曝太宗時法書六十餘函,有《黄庭》。」又徐季海《古跡記》:「玄宗時,大王正書三卷,以《黄庭》爲第一。」皆不云有《道德經》,則知乃《晉傳》誤也。

【韓文公逸詩】唐五竇《聯珠集》載,竇牟爲東都判官,陪韓院長、韋河南同尋劉師,不遇,分韻賦詩。都官員外郎韓愈得尋字,其語云:「秦客何年駐,仙源此地深。還隨躡鳧騎,來訪馭雲襟。院閉青霞入,松高老鶴尋。猶疑隱形坐,敢起竊桃心。」今諸本韓集皆不載。近者莆田方崧卿考證訪磧甚至,猶取《聯珠》中竇庠《酬退之登岳陽樓》一大篇,顧獨遺此,何也?(《四筆》卷六。下同)

【竇叔向詩不存】《竇氏聯珠》序云,五竇之父叔向,當代宗朝,善五言詩,名冠流輩。時屬貞懿皇后山陵,上注意哀挽,即時進三章,内考首出,傳諸人口。有「命婦羞蘋葉,都人插柰花」,「禁兵環素帟,宫女哭寒雲」之句,可謂佳唱,而略無一首存於今。荆公《百家詩選》亦無之,是可惜也。

予嘗得故吴良嗣家所抄唐詩，僅有叔向六篇，皆奇作。念其不傳於世，今悉録之。《夏夜宿表兄話舊》云：「夜合花開香滿庭，夜深微雨醉初醒。遠書珍重何時達，舊事凄凉不可聽。去日兒童皆長大，昔年親友半凋零。明朝又是孤舟別，愁見河橋酒幔青。」《秋砧送包大夫》云：「斷續長門夜，清泠逆旅秋。征夫應待信，寒女不勝愁。帶月飛城上，因風散陌頭。離居偏入聽，況復送歸舟。」《春日早朝應制》云：「紫殿俯千官，春松應合歡。御爐香焰暖，馳道玉聲寒。乳燕翻珠綴，祥烏集露盤。宫花一萬樹，不敢舉頭看。」《過檜石湖》云：「曉發魚門埭，晴看檜石湖。日銜高浪出，天入四空無。咫尺分洲島，纖毫指舳艫。渺然從此去，誰念客帆孤。」《貞懿挽歌》二首云：「二陵恭婦道，六寢盛皇情。禮遜生前貴，恩追殁後榮。幼王親捧土，愛女復連塋。東望長如在，誰云向玉京。」「後庭攀晝柳，上陌咽清笳。命婦羞蘋葉，都人插柰花。壽宫星月異，仙路往來賒。縱有迎神術，終悲隔絳紗。」第三篇亡。叔向字遺直，仕至左拾遺，出爲溧水令。《唐書》亦稱其以詩自名云。

【記李履中二事】崇寧中，蔡京當國，欲洗邢恕誣謗宗廟之罪，既拔拭用之，又欲令立邊功以進身，於是以爲涇原經略使，遂謀用車戰法，及造舟五百艘，將直抵興靈，以空夏國。詔以付熙河漕臣李復。復長安人，久居兵間，習熟戎事，力上疏詆切之。（中略）疏既上，徽宗察其言忠，遂罷二役。復字履中，爲關内名儒，官至中大夫、集英殿修撰。李昭玘嘗贈詩云：「結交賴有紫髯翁，鶴骨嶄嶄爛修目。五言長城屹千丈，萬卷書樓聊一讀。」可知其人矣。

【娑羅樹】世俗多指言月中桂爲娑羅樹，不知所起。案《酉陽雜俎》云：「巴陵有寺，僧房牀下忽生一木，隨伐而長，外國僧見曰，此娑羅也。元嘉中，出一花如蓮。唐天寶初，安西進娑羅枝，狀言：『臣所管四鎮拔汗那國，有娑羅樹，特爲奇絶，不(比)〔庇〕凡草，不止惡禽，近采得樹枝二百莖以進。』」予比得楚州淮陰縣唐開元十一年海州刺史李邕所作《娑羅樹碑》云：「非中夏物土所宜有者，婆娑十畝，蔚映千人。惡禽翔而不集，好鳥止而不巢。深識者雖徘徊仰止而莫知冥植，博物者雖沈吟稱引而莫辨嘉名。隨所方面，頗證靈應，東瘁則青郊苦而歲不稔，西茂則白藏泰而秋有成。嘗有三藏義浄，還自西域，齋戒瞻嘆。於是邑宰張松質請邕述文建碑。」觀邕所言，惡禽不集，正與上説同。又有松質一書答邕云：「此土玉像，爰及石龜，一離淮陰，百有餘載，前後抗表，尚不能稱，賴公威德備聞，所以還歸故里，謹遣僧三人，父老七人，齋狀拜謝。」宣和中，向子諲過淮陰，見此樹，今有二本，方廣丈餘，蓋非故物。蔣穎叔云：「玉像石龜，不知今安在？」然則娑羅之異，世間無別種也。吴興芮燁國器有《從沈文伯乞娑羅樹碑》古風一首云：「楚州淮陰娑羅樹，霜露榮悴今何如？能令草木死不朽，當時爲有北海書。荒碑雨侵溜苔蘚，尚想墨本傳東吴。」正賦此也。歐陽公有《定力院七葉木》詩云：「伊洛多佳木，娑羅舊得名。常於佛家見，宜在月宫生。釦砌陰鋪静，虚堂子落聲。」亦此樹耳，所謂七葉者未詳。

【天咫】黄魯直和王定國詩《聞蘇子由病卧績溪》云：「湔祓瘴霧姿，朝趨去天咫。」蜀士任淵注引「天威不違顏咫尺」。予按《國語》，楚靈築三城，使子皙問范無宇，無宇不可，王曰：「是知天咫，安知民則？」韋昭曰：「咫者少也，言少知天道耳。」《酉陽雜俎》有《天咫篇》。黄詩蓋用此。徐師川

《喜王秀才見過小酌翫月》四言曰：「君家近市，所見天咫。庭户之間，容光能幾？菰蒲之中，江湖之涘。一碧萬頃，長空千里。」正祖述黄所用云。（《四筆》卷七。下同）

【縣尉爲少仙】《隨筆》載縣尉爲少公，予後得晏幾道叔原一帖《與通叟少公》者，正用此也。杜詩有《野望因過常少仙》一篇，所謂「落盡高天日，幽人未遺回」者，蜀士注曰：「少仙應是言縣尉也。」縣尉謂之少府，而梅福爲尉，有神仙之稱。少仙二字，尤爲清雅，與今俗呼爲仙尉不侔矣。

【杜詩用受覺二字】杜詩所用「受」「覺」二字皆絶奇，今摭其受字云：「修竹不受暑」，「勿受外嫌猜」，「莫受二毛侵」，「監河受貸粟」，「輕燕受風斜」，「能事不受相促迫」，「野航恰受兩三人」，「一雙白魚不受釣」，「雄姿未受伏櫪恩」。其覺字云：「已覺糟床注」，「身覺省郎在」，「自覺成老醜」，「更覺松竹幽」，「日覺死生忙」，「最覺潤龍鱗」，「喜覺都城動」，「更覺老隨人」，「每覺昇元輔」，「覺而行步奔」，「尚覺王孫貴」，「含悽覺汝賢」，「廚煙覺遠庖」，「詩成覺有神」，「已覺披衣慣」，「自覺酒須賒」，「早覺仲容賢」，「城池未覺喧」，「無人覺來往」，「人才覺弟優」，「直覺巫山暮」，「重覺在天邊」，「行遲更覺仙」，「深覺負平生」，「秋覺追隨盡」，「追隨不覺晚」，「熊羆覺自肥」，「自覺坐能堅」，「已覺良宵永」，「更覺綵衣春」，「已覺氣與嵩華敵」，「未覺千金滿高價」，「梅花欲開不自覺」，「胡來不覺潼關隘」，「自得隋珠覺夜明」，「放筯未覺金盤空」，「東歸貪路自覺難」，「更覺良工心獨苦」，「始覺屏障生光輝」，「不覺前賢畏後生」，「吏情更覺滄洲遠」，「我獨覺子神充實」，「習池未覺風流盡」。用之雖多，然每字命意不同，又雜於千五百篇中，學者讀之，唯見其新工也。若陳簡齋亦好用此二字，未免頻復者，蓋只在數百篇內，所以見其多，如「未受風作惡」，「不受珠璣絡」，「不受折簡呼」，「不受人招麾」，「不受安危侵」，「飽受今日閒」，「却扇受景風」，「語閗受遠響」，「坐受世故驅」，「庭柏不受寒」，「可復受憂戚」，「寧受此酸辛」，「滔滔江受風」，「坐受世褊迫」，「清池不受暑」，「平池受細雨」，「窮村受春晚」，「不受急景催」，「肯受元規塵」，「了不受榮悴」，「意閒不受榮與辱」，「獨自人閒不受寒」，「枯木無枝不受寒」，「天馬何妨略受羈」，「來禽花高不受折」，「不受陰晴與寒暑」，「長林巨木受軒輊」。「未覺懶相先」，「未覺壯心休」，「未覺身淹留」，「未覺墉陰遲」，「未覺欠孟嘉」，「未覺有等倫」，「未覺風來遲」，「未覺經旬久」，「欲往還覺非」，「獨覺賦詩難」，「稍覺夜月添」，「菰蒲覺風入」，「未覺此計非」，「高處覺眼新」，「意定覺景多」，「未覺徐娘老」，「未覺有榮辱」，「未覺饑腸虛」，「未覺平生與願違」，「村空更覺水潺湲」，「眼中微覺欠扁舟」，「居夷更覺中原好」，「便覺杯觴耐薄寒」，「牆頭花定覺風闌」，可謂多矣。蓋喜用其字，自不知下筆所著也。

【西太一宮六言】「楊柳鳴蜩緑暗，荷花落日紅酣。三十六陂春水，白頭想見江南。」荊公《題西太一宫》六言首篇也。今臨川刻本以「楊柳」爲「柳葉」，其意欲與荷花爲切對，而語句遂不佳。此猶未足問，至改「三十六陂春水」爲「三十六宮煙水」，則極可笑。公本意以在京華中，故想見江南等物，何預於宮禁哉？不學者妄意塗竄，殊爲害也。彼蓋以太一宮爲禁廷離宮爾。

【替戾岡】坡公游鶴林、招隱，有岡字韻詩，凡作七首，最後云：「背城借一吾何敢，切勿樽前替戾岡。」小兒問三字所出，按《晉書·佛圖澄傳》澄能聽鈴音以知吉凶，往投石勒。及劉曜攻洛陽，勒將救之，其群下咸諫，以爲不可。勒以訪澄，澄曰：「相輪鈴音云：『秀支替戾岡，僕谷劬秃當』，此羯語也。秀支，軍也。替戾岡，出也。僕谷，劉曜胡位也。劬秃當，捉也。此言軍出捉得曜也。」勒遂擒曜。坡公正用此云。

【得意失意詩】舊傳有詩四句誦世人得意者云：「久旱逢甘雨，他鄉見故知。洞房花燭夜，金榜掛名時。」好事者續以失意四句曰：「寡婦携兒泣，將軍被敵擒。失恩宫女面，下第舉人心。」此二詩，可喜可悲之狀極矣。（《四筆》卷八。下同）

【穆護歌】郭茂倩編次《樂府》詩《穆護歌》一篇，引《歷代歌辭》曰：「曲犯角。」其語曰：「玉管朝朝弄，清歌日日新。折花當驛路，寄與隴頭人。」黄魯直題《牧護歌》後云：「予嘗問人此歌，皆莫能説牧護之義。昔在巴、僰間六年，問諸道人，亦莫能説。他日，船宿雲安野次，會其人祭神罷而飲福，坐客更起舞，而歌《木瓠》。其詞有云：『聽説商人木瓠，四海五湖曾去。』中有數十句，皆叙賈人之樂，末云：『一言爲報諸人，倒盡百瓶歸去。』繼有數人起舞，皆陳述己事，而始末略同。問其所以爲木瓠，蓋刳曲木狀如瓠，擊之以爲歌舞之節耳。乃悟穆護蓋木瓠也。」據此説，則茂倩所序，爲不知本原云。且四句律詩，如何便差排爲犯角曲，殊無意義。

【通印子魚】魚通印之語，本出於王荆公《送張兵部知福州》詩「長魚俎上通三印」之句。蓋以福州瀕海多魚，其大如此，初不指言爲子魚也。東坡始以「通印子魚」對「披緜黄雀」，乃借「子」字與「黄」字爲假對耳。山谷所云「子魚通印蠔破山」，蓋承而用之。陳正敏《遯齋閒覽》云：「其地有通應廟，廟前港中子魚最佳。王初寮詩『通應子魚鹽透白』，正采其說。」郡人黄處權云：「興化子魚，去城五十里地名迎仙者爲上，所産之處，土人謂之子魚潭而已，初無通應港之名。」有大神祠，賜額曰「顯應」，乃《遯齋》所指之廟者，亦非「通應」也。潭傍又有小祠一間，庳陋之甚，農家以祀田神，好事欲實《遯齋》之説，遂粉刷一扁，妄標曰「通應廟」，側題五小字曰「元祐某年立」，此尤可笑。且用神廟封額以名土物，它處未嘗有也。

【沈慶之曹景宗詩】宋孝武嘗令群臣賦詩，沈慶之手不知書，每恨眼不識字，上逼令作詩，慶之曰：「臣不知書，請口授師伯。」上即令顔師伯執筆，慶之口授之曰：「微生遇多幸，得逢時運昌。朽老筋力盡，徒步還南岡。辭榮此聖世，何愧張子房？」上甚悦，衆坐並稱其辭意之美。梁曹景宗破魏軍還，振旅凱入，武帝宴飲聯句，令沈約賦韻，景宗不得韻，意色不平，啓求賦詩，帝曰：「卿伎能甚多，人才英拔，何必止在一詩？」景宗已醉，求作不已。時韻已盡，唯餘競、病二字，景宗便操筆，其辭曰：「去時兒女悲，歸來笳鼓競。借問行路人，何如霍去病？」帝嘆不已，約及朝賢，驚嗟竟日。予謂沈、曹二公，未必能辦此，疑好事者爲之，然正可爲一佳對，曰：「辭榮聖世，何愧子房？借問路人，何如去病？」若全用後兩句，亦自的切。(《四筆》卷九。下同)

【藍尾酒】白樂天元日對酒詩云：「三杯藍尾酒，一楪膠牙餳。」又云：「老過占他藍尾酒，病餘收得到頭身。」「歲盞後推藍尾酒，春盤先勸膠牙餳。」《荆楚歲時記》云：「膠牙者，取其堅固如膠也。」而藍尾之義，殊不可曉。《河東記》載申屠澄與路傍茅舍中老父、嫗及處女環火而坐，嫗自外挈酒壺至曰：「以君冒寒，且進一杯。」澄因揖，遜曰：「始自主人翁，即巡澄，當婪尾。」蓋以藍爲婪，當婪尾者，謂最在後飲也。葉少藴《石林燕語》云：「唐人言藍尾多不同，藍字多作啉，出於侯白《酒律》，謂酒巡匝，末坐者連飲三杯，爲藍尾，蓋末坐遠，酒行到常遲，故連飲以慰之，以啉爲貪婪之意。或謂啉爲燷，如鐵入火，貴其出色，此尤無稽。則唐人自不能曉此義。」葉之説如此。予謂不然，白公三杯之句，只爲酒之巡數耳，安有連飲者哉？侯白滑稽之語，見於《啓顔録》。《唐·藝文志》，白有《啓顔録》十卷、《雜語》五卷，不聞有《酒律》之書也。蘇鶚《演義》亦引其説。

【用史語之失】今之牽引史語者，亦未免有失。張釋之言便宜事，文帝曰：「卑之，毋甚高論，令今可行也。」遂言秦、漢之間事，帝稱善。顔師古云：「令其議論依附時事。」予謂不欲使爲甚高難行之論，故令少卑之爾。而今之語者，直以言議不足采爲「無甚高論」。又文帝問上林令禽獸簿，不能對，虎圈嗇夫從旁代對，帝曰：「吏不當如此邪？」薛廣德諫元帝御樓船，曰：「宜從橋。」且有血污車輪之訐。張猛曰：「乘船危，就橋安。」上曰：「曉人不當如是邪？」師古謂：「諫争之言，當如猛之詳婉也。」按兩帝之語皆是褒嘉之詞，猶云：「獨不當如是乎？」今乃指人引喻非理或直述其私曰「曉人不當如是」。又韓公《送諸葛覺往隨州讀書》詩云：「鄴侯家多書，插架三萬軸。一一懸牙籤，新若手未觸。」爲人强記覽，過眼不再讀。偉哉群聖文，磊落載其腹。」鄴侯蓋謂李繁，時爲隨州刺史，藏書既多，且記性警敏，故籤軸嚴整如是。今人或指言雖名爲收書而未嘗過目者，輒曰：「新若手未觸。」亦非也。

【東坡題潭帖】《潭州石刻法帖》十卷，蓋錢希白所鐫，最爲善本。吾鄉程欽之待制，以元符三年帥桂林，東坡自儋耳移合浦，得觀其藏帖，每册各題其末。第二卷云：「唐太宗作詩至多，亦有徐、庾風氣，而世不傳，獨於《初學記》時時見之。」第四卷云：「吴道子始見張僧繇畫，曰：『浪得名耳！』已而坐卧其下，三日不能去。庾征西初不服逸少，有家雞野鶩之論，後乃以爲伯英再生。今觀其書，乃不逮子敬遠甚，正可比羊欣耳。」第六卷云：「『宰相安和，殷生無恙』，宰相當是簡文帝，殷生則淵源也邪？」第八卷云：「希白作字，自有江左風味，故長沙法帖比淳化待詔所摹爲勝，世俗不察，争訪閣下本，誤矣。此逸少一卷，尤妙。庚辰七夕，合浦官舍借觀。」第九卷云：「謝安問獻之：『君書何如尊公？』答曰：『故自不同。』安曰：『外人不爾。』曰：『人那得知！』」已上所書，今麻沙所刊《大全集志林》中或有之。案庾亮及弟翼俱爲征西將軍，坡所引者翼也。坡又有詩曰：「暮年却得庾安西，自厭家雞題六紙。」蓋指翼前所歷官云。此帖今藏予家。（《四筆》卷十。下同）

【青蓮居士】李太白《贈玉泉仙人掌茶詩序》云：「荆州玉泉寺近清溪諸山，往往有乳窟。其水邊處處有茗草羅生，枝葉如碧玉，唯玉泉真公常采而飲之。余遊金陵，見宗僧中孚，示予茶數十片，其狀如手，名爲『仙人掌茶』，蓋新出乎玉泉之山，曠古未覿，因持以見遺，兼贈詩，要予答之，遂有此作。後之高僧大隱，知仙人掌茶發乎中孚禪子及青蓮居士李白也。」太白之稱，但有「謫仙人」爾，「青蓮居士」，獨於此見之，文人未嘗引用，而仙人掌茶，今池州九華山中亦頗有之，其狀略如蕨拳也。

【文與可樂府】今人但能知文與可之竹石，惟東坡公稱其詩騷，又表出「美人却扇坐，羞落庭下花」之句。予常恨不見其全，比得蜀本石室先生《丹淵集》，蓋其遺文也。於樂府雜詠，有《秦王卷衣》篇曰：「咸陽秦王家，宫闕明曉霞。丹文映碧鏤，光采相鈎加。銅螭逐銀猊，壓屋驚蟠拏。洞户鎖日月，其中光景賒。春風動珠箔，鸞額金窠斜。美人却扇坐，羞落庭下花。閒弄玉指環，輕冰扼紅牙。君王顧之笑，爲駐七寶車。自卷金縷衣，龍鸞蔚紛葩。持以贈所愛，結歡期無涯。」其語意寀入騷人閫域。又有《王昭君》三絶句云：「絶豔生殊域，芳年入内庭。誰知金屋寵，只是信丹青。」「幾歲後宫塵，今朝絶國春。君王重恩信，不欲遣他人。」「極目胡沙滿，傷心漢月圓。一生埋没恨，長入四條絃。」令人讀之，縹縹然感慨無已也！（《四筆》卷十一。下同）

【李密詩】李密在隋大業中，從楊玄感起兵被獲，以計得脱。變姓名爲劉智遠，教授諸生自給，鬱鬱不得志，哀吟泣下。唐史所書如此。劉仁軌《行年河洛記》，專載密事，云：「密往來諸賊帥之間，説以舉大計，莫肯從者，因作詩言志，曰：『金風蕩初節，玉露垂晚林。此夕窮途上，鬱陶傷寸心。平野葭葦合，荒村葵藿深。眺聽良多感，徙倚獨沾襟。沾襟何所爲？悵然懷古意。秦、洛既未平，漢道將何冀？樊噲市井屠，蕭何刀筆吏。一朝逢時會，千載傳名謚。寄言世上雄，虚生真可愧！』諸將見詩漸敬之。」予意此篇，正其哀吟中所作也。

【東坡誨葛延之】江陰葛延之，元符間，自鄉縣不遠萬里省蘇公於儋耳，公留之一月。葛請作文之法，誨之曰：「儋州雖數百家之聚，而州人之所須，取之市而足，然不可徒得也，必有一物以攝之，然後爲己用。所謂一物者，錢是也。作文亦然，天下之事散在經、子、史中，不可徒使，必得一物以攝之，然後爲己用。所謂一物者，意是也。不得錢不可以取物，不得意不可以用事，此作文之要也。」葛拜其言，而書諸紳。嘗以親製龜冠爲獻，公受之，而贈以詩曰：「南海神龜三千歲，兆叶朋從生慶喜。智能周物不周身，未死人鑽七十二。誰能用爾作小冠，岣嶁耳孫創其製。今君此去寧復來，欲慰相思時整視。」今集中無此詩。葛常之，延之三從弟也，嘗見其親筆。

【景華御苑】崔德符坐元符上書邪黨，困於崇寧。後監洛南稻田務，嘗送客於會節園，是時冬暮，梅花已開。明年春，監修大内，閹官容佐取以爲景華御苑，德符不知也。至春晚，復騎瘦馬與老兵游園内，坐梅下賦詩。其詞曰：「去年白玉花，結子深枝間。小憩藉清影，低顰啄微酸。故人不可見，春事今已闌。繞樹尋履跡，空餘土花斑。」次日，佐入園，見地上馬糞，知爲德符。是時，府官事佐如不及，而德符未嘗謁之。佐即具奏，劾以擅入御苑作踐。有旨勒停。家素貧，傳食於諸賢之舍，久乃歸陽翟。德符没於靖康，官卑不應立傳，予詳考本末爲特書之，頗憶此段事，擬載於傳中，以悼君子之不幸。且知馬永卿《嬾真録》中有之，而求不可得，漫紀于此。（《四筆》卷十二）

【二朱詩詞】朱載上，舒州桐城人，爲黄州教授，有詩云：「官閑無一事，蝴蝶飛上階。」東坡公見之，稱賞再三，遂爲知己。中書舍人新仲翌，其次子也，有家學，十八歲時，戲作小詞，所謂「流水泠泠，斷橋斜路梅枝亞」者。朱希真見而書諸扇，今人遂以爲希真所作。又有摺疊扇詞云：「宫紗蜂趕梅，寶扇鸞開翅。數摺聚清風，一捻生秋意。摇摇雲母輕，裊裊瓊枝細。莫解玉連環，怕作飛花墜。」公親書藁固存，亦因張安國書扇，而載於《于湖集》中。其詠五月菊詞云：「玉臺金盞對炎光。全似去年香。有意莊嚴端午，不應忘却重陽。菖蒲九節，金英滿把，同泛瑶觴。舊日東籬陶令，北窗正傲羲皇。」淵明於五六月高卧北窗之下，清風颯至，自謂羲皇上人。用此事於五月菊，詩家嘆其精切云。（《四筆》卷十三）

【貞元朝士】劉禹錫《聽舊宫人穆氏唱歌》一詩云：「曾陪織女度天河，記得雲間第一歌。休唱貞元供奉曲，當時朝士已無多。」劉在貞元任郎官、御史，後二紀方再入朝，故有是語。汪藻始采用之，其《宣州謝上表》云：「新建武之官儀，不圖重見；數貞元之朝士，今已無多。」汪在宣和間爲館職符寶郎，是時，紹興十三、四年中，其用事可謂精切。邁嘗四用之，《謝侍講修史表》云：「下建武之詔書，正爾恢張於治具；數貞元之朝士，獨憐流落之孤蹤。」以德壽慶典，曾任兩省官者遷秩，蒙轉通奉大夫，謝表云：「供奉當時，敢齒貞元之朝士；頌歌大業，願賡至德之中興。」充永思陵橋道頓遞使，轉宣奉大夫，謝表云：「武德文階，愧二品維新之澤；貞元朝士，動一時既往之悲。」主上即位，明堂禮成，謝加恩云：「考皇祐明堂之故，操以舉行；念貞元朝士之存，今其餘幾。」亦各隨事引用。近者單夔以知紹興府進文華閣直學士，謝表云：「數甘泉法從之舊，真貞元朝士之餘。」夔當淳熙中雖爲侍郎，然一朝名臣尚多，又距今才十餘歲，似爲未穩貼也。（《四筆》卷十四。下同）

【陳簡齋葆真詩】自崇寧以來，時相不許士大夫讀史作詩，何清源至於修入令式，本意但欲崇尚經學，痛沮詩賦耳，於是庠序之間以詩爲諱。政和後稍復爲之，而陳去非遂以《墨梅絶句》擢置館閣。嘗以夏日偕五同舍集葆真宮池上避暑，取「綠陰生晝静」分韻賦詩，陳得「静」字。其詞曰：「清池不受暑，幽討起予病。長安車轍邊，有此萬荷柄。是身唯可懶，共寄無盡興。魚游水底涼，鳥語林間静。談餘日亭午，樹影一時正。清風不負客，意重百金贈。聊將兩鬢蓬，起照千丈鏡。微波喜摇人，小立待其定。梁王今何許，柳色幾衰盛。人生行樂耳，詩律已其剩。邂逅一尊酒，它年五君詠。重期踏月來，夜半嘯煙艇。」詩成，出示坐上，皆詫爲擅場。朱新仲時親見之，云京師無人不傳寫也。

【朱藏一詩】政和末，老蔡以太師魯國公總治三省，年已過七十，與少宰王黼争權相傾。朱藏一在館閣，和同舍秋夜省宿詩云：「老火未甘退，稚金方力征。炎涼分勝負，頃刻變陰晴。」兩人門下士互興譖言，以爲嘲謗。其後黼獨相，館職多遷擢，朱居官如故，而和人菊花詩云：「紛紛桃李春，過眼成枯萎。晚榮方耐久，造物豈吾欺？」或又譖於黼以爲怨懟。是時，士論指三館爲鬧藍。

（《四筆》卷十五）

【嚴有翼詆坡公】嚴有翼所著《藝苑雌黄》，該洽有識，蓋近世博雅之士也。然其立説頗務譏詆東坡公，予嘗因論玉川子《月蝕詩》，誚其輕發矣。又有八端，皆近於蚍蜉撼大木，招後人攻擊。如《正誤篇》中，摭其用五十本蔥爲「種薤五十本」，發丘中郎將爲「校尉解摸金」，扁鵲見長桑君，使飲上池之水，爲「倉公飲上池」，鄭餘慶烝胡蘆爲盧懷慎云，如此甚多。坡詩所謂扶雲漢，分天章，萬斛泉源不擇地而出。若用蔥爲薤，用校尉爲中郎，用扁鵲爲倉公，用餘慶爲懷慎，不失爲名語，於理何害？公豈一一如學究書生，案圖索駿，規行矩步者哉！《四凶篇》中，謂坡稱太史公多見先秦古書，四族之誅，皆非殊死，爲無所攷據。《盧橘篇》中，謂坡詠枇杷云「盧橘是鄉人」，爲何所據而言。《昌陽篇》中《昌蒲贊》，以爲信陶隱居之言，以爲昌陽，不曾詳讀《本草》，妄爲此說。《苦茶篇》中，謂「《周詩》記苦荼」爲誤用《爾雅》。《如皋篇》中，謂「不向如皋閒射雉」與《左傳》杜注不合，其誤與江總「暫往如皋路」之句同。《荔枝篇》中，謂四月食荔枝詩，愛其體物之工，而坡未嘗到閩中，不識真荔枝，是特火山耳。此數者或是或非，固未爲深失，然皆不必爾也。最後一篇遂名曰《辨坡》，謂雪詩云「飛花又舞謫仙簷」，李太白本言送酒，即無雪事。「水底笙歌蛙兩部」，無笙歌字。殊不知坡借花詠雪，以鼓吹爲笙歌，正是妙處。「坐看青丘吞澤芥」，「青丘已吞雲夢芥」，用芥字和韻，及以澤芥對溪蘋，可謂工新。乃以爲出處曾不蔕芥，非草芥之芥。「知白守黑名曰谷」正是老子所言，又以爲老子只云爲天下谷，非名曰谷也。如此論文章，其意見亦淺矣。（《四筆》卷十六）

【問故居】陶淵明《問來使》詩云：「爾從山中來，早晚發天目。我屋南窗下，今生幾叢菊？薔薇葉已抽，秋蘭氣當馥。歸去來山中，山中酒應熟。」諸集中皆不載，惟晁文元家本有之，蓋天目疑非陶居處。然李太白云：「陶令歸去來，田家酒應熟。」乃用此爾。王摩詰詩曰：「君自故鄉來，應知故鄉事。來日綺窗前，寒梅著花未？」杜公《送韋郎歸成都》云：「爲問南溪竹，抽梢合過墻。」《憶弟》云：「故園花自發，春日鳥還飛。」王介甫云：「道人北山來，問松我東岡。舉手指屋脊，云今如許長。」古今詩人懷想故居，形之篇詠，必以松竹梅菊爲比、興，諸子句皆是也。至於杜公《將別巫峽贈南卿兄弟瀼西果園》詩云：「苔竹素所好，萍蓬無定居。遠遊長兒子，幾地别林廬。雜蕊紅相對，他時錦不如。具舟將出峽，巡圃念携鉏。」每讀至此，未嘗不爲之凄然。《寄題草堂》云：「尚念四小松，蔓草易拘纏。霜骨不甚長，永爲鄰里憐。」又一篇云：「四松初移時，大抵三尺强。别來忽三載，離立如人長。」尤可見一時之懷抱也。（《五筆》卷一）

【諸公論唐肅宗】唐肅宗於干戈之際，奪父位而代之。然尚有可諉者，曰：「欲收復兩京，非居尊位，不足以制命諸將耳。」至於上皇還居興慶，惡其與外人交通，劫徙之西内，不復定省，竟以怏怏而終，其不孝之惡，上通於天。是時，元次山作《中興頌》，所書天子幸蜀，太子即位於靈武，直指其事。殆與《洪範》云「武王勝殷殺受」之辭同。其詞曰：「事有至難，宗廟再安，二聖重歡。」既言重歡，則知其不歡多矣。杜子美《杜鵑》詩：「我看禽鳥情，猶解事杜鵑。」傷之至矣。顔魯公《請立放生池表》云：「一日三朝，大明天子之孝；問安視膳，不改家人之禮。」東坡以爲彼知肅宗有愧於是也。黄魯直《題磨崖碑》，尤爲深切。「撫軍監國太子事，何乃趣取大物爲？事有至難天幸耳，上皇局脊還京師。南内凄凉幾苟活，高將軍去事尤危。臣結春秋二三策，臣甫《杜鵑》再拜詩。安知忠臣痛至骨，世上但賞瓊琚詞。」所以揭表肅宗之罪，極矣。（《五筆》卷二。下同）

【元微之詩】《唐書·藝文志》元稹《長慶集》一百卷，《小集》十卷，而傳於今者，惟閩、蜀刻本，爲六十卷。三館所藏，獨有《小集》。文惠公鎮越，以其舊治，而文集蓋缺，乃求而刻之。外《春游》一篇云：「酒户年年減，山行漸漸難。欲終心懶慢，轉恐興闌散。鏡水波猶冷，稽峰雪尚殘。不能辜物色，乍可怯春寒。遠目傷千里，新年思萬端。無人知此意，閒凭小闌干。」白樂天書之，題云「元相公《春游》」。錢思公藏其真跡，穆父守越時，摹刻于蓬萊閣下，今不復存。集中逸此詩，文惠爲列之於集外。李端民平叔嘗和其韻寄公云：「東閤經年别，窮愁客路難。望塵驚岳峙，懷舊各雲散。茵醉恩逾厚，檣歌興未殘。馮唐嗟已老，范叔敢言寒。玉燭調魁柄，陽春在筆端。應憐掃門役，白首滯江干。」樂天所書，予少時得其石刻，後亦失之。

【石尤風】石尤風，不知其義，意其爲打頭逆風也。唐人詩好用之。陳子昂《入峽苦風》云：「故鄉今日友，歡會坐應同。寧知巴峽路，辛苦石尤風。」戴叔倫《送裴明州》云：「瀟水連湘水，千波萬浪中。知君未得去，慚愧石尤風。」司空文明《留盧秦卿》云：「知有前期在，難分此夜中。無將故人酒，不及石尤風。」計南朝篇詠，必多用之，未暇憶也。（《五筆》卷三。下同）

【江楓雨菊】作詩要有來處，則爲淵原宗派。然字字執泥，又爲拘澀。予於此學，無自得之見，少年時，尤失之琱琢。記一聯，初云：「雨深荒病菊，江冷落愁楓。」後以其太險，改爲：「雨深人病菊，江冷客愁楓。」比前句微有藴藉。蓋取崔信明「楓落吴江冷」、杜老「雨荒深院菊」、「南菊再逢人卧病」、嚴武「江頭赤葉楓愁客」，合而用之。乃如補衲衣裳，殊爲可笑。聊書之以示兒輩云。

【先公詩詞】先忠宣公好讀書，北困松漠十五年，南謫嶺表九年，重之以風淫末疾，而緡閲書策，早暮不置，尤熟於杜詩。初歸國到闕，命邁作謝賜物一劄子，竄定兩句云：「已爲死别，偶遂生還。」謂邁曰：「此雖不必泥出處，然有所本更佳。東坡海外表云：『子孫慟哭於江邊，已爲死别。』杜老《羌村》詩云：『世亂遭飄蕩，生還偶然遂。』正用其語。」在鄉邦日，招兩使者會集，出所將宣和殿書畫舊物示之。提刑洪慶善作詩曰：「願公十襲勿浪出，六丁取將飛辟歷。」辟歷二字如古文，不從雨。公和之曰：「萬里懷歸爲公出，往事宣和空歷歷。」邁請其意，曰：亦出杜詩「歷歷開元事，分明在目前」也。紹興丁巳，所在始歌《江梅引》詞，不知爲誰人所作，己未、庚申年，北庭亦傳之。至于壬戌，公在燕，赴張總侍御家宴，侍妾歌之，感其「念此情，家萬里」之句，愴然曰：「此詞殆爲我作！」既歸不寐，遂用韻賦四闋。時在囚拘中，無書可檢，但有《初學記》、韓、杜、蘇、白樂天集，所引用句語，一一有來處。北方不識梅花，士人罕有知梅事者，故皆注所出。其一，《憶江梅》云：「天涯除館憶江梅。幾枝開。使南來。還帶餘杭春信到燕臺。准擬寒英聊慰遠，隔山水，應銷落，赴愬誰？空恁遐想笑摘蕊。斷回腸，思故里。漫彈緑綺。引三弄，不覺魂飛。更聽胡笳哀怨淚沾衣。亂插繁華須異日，待孤諷，怕東風，一夜吹。」元注引杜公：「忽憶兩京梅發時。」「胡笳在樓上，哀怨不堪聽。」「安得健步移遠梅，亂插繁華向晴昊。」樂天《憶杭州梅花》：「三年閒悶在餘杭，曾爲梅花醉幾場。」車駕時在臨安。柳子厚：「欲爲萬里贈，杳杳山水隔。寒英坐銷落，何用慰遠客？」江總：「桃李佳人欲相照，摘蕊牽花來並笑。」高適：「遥憐故人思故鄉，梅花滿枝空斷腸。」盧仝：「含愁更奏緑綺琴，相思一夜梅花發。」劉方平：「晚歲芳梅樹，繁華四面同。東風吹漸落，一夜幾枝空。」東坡：「忽見早梅花，不飲但孤諷。」「一夜東風吹石裂，半隨飛雪度關山。」其二，《訪寒梅》云：「春還消息訪寒梅。賞初開。夢吟來。映雪銜霜清絕繞風臺。可怕長洲桃李妒，度香遠，驚愁眼，欲媚誰？曾動詩興笑冷蕊。效少陵，慚下里。萬株連綺。嘆金谷，人墜鶯飛。引領羅浮翠羽幻青衣。月下花神言極麗，且同醉，休先愁，玉笛吹。」注引李太白：「聞道春還未相識，走傍寒梅訪消息。」「緑珠樓下梅花滿，今日曾無一枝在。」江總：「金谷萬株連綺甍，梅花隱處藏嬌鶯。」何遜：「銜霜當路發，映雪擬寒開。枝横却月觀，花繞凌風臺。」杜公：「東閣官梅動詩興，還如何遜在揚州。」「未將梅蕊驚愁眼，要取椒花媚遠天。」「巡簷索共梅花笑，冷蕊疏枝半不禁。」樂天：「賞自初開直至落。」「莫怕長洲桃李妒，明年好爲使君開。」王昌齡夢中作梅花詩。梁簡文賦「香隨風而遠度」，及趙師雄《羅浮見美人在梅花下有翠羽啾嘈相顧》詩云：「學妝欲待問花神。」崔櫓：「初開已入雕梁畫，未落先愁玉笛吹。」其三，《憐落梅》云：「重閨佳麗最憐梅。牖春開，學妝來。爭粉翻光何遽落梳臺。笑坐雕鞍歌古曲，催玉柱，金卮滿，勸阿誰？貪爲結子藏暗蕊。斂蛾眉，隔千里。舊時羅綺。已零散，沈謝雙飛。不見嬌姿真悔著單衣。若作和羹休訝晚，墮煙雨，任春風，片片吹。」注引梁簡文賦：「重閨佳麗，貌婉心嫺，憐早花之驚節，訝春光之遺寒。」「顧影丹墀，弄此嬌姿，洞開春牖，四卷羅帷。春風吹梅畏落盡，賤妾爲此斂蛾眉。」又：「爭樓上之落粉，奪機中之織素。」梁王詩：「翻光同雪舞。」鮑泉：「縈窗落梳臺。」江總：「滿酌金卮催玉柱，落梅樹下宜歌舞。」太白：「千金駿馬邀少妾，笑坐雕鞍歌落梅。」古曲有《落梅花》。又：「片片吹落春風香。」謝莊賦：「隔千里兮共明月。」庾信：「早知覓不見，真悔著衣單！」東坡：「抱叢暗蕊初含子，玉妃謫墮煙雨村。」王建：「自是桃花貪結子。」第四篇失其稾。每首有一笑字，北人謂之「四笑《江梅引》」，爭傳寫焉。

【作詩旨意】《詩》三百篇中，其譽婦人者至多。如叙宗姻之貴者，若「平王之孫，齊侯之子」，「汾王之甥，蹶父之子」，「齊侯之子，衛侯之妻，東宫之妹，邢侯之姨，譚公維私」。夸服飾之盛者，若「副笄六珈」，「如山如河」，「玉之瑱也，象之揥也」。贊容色之美者，若「唐棣之華」，「華如桃李」，「鬒髮如雲」，「手如柔荑，膚如凝脂，領如蝤蠐，齒如瓠犀，螓首蛾眉。巧笑倩兮，美目盼兮」，「顔如舜華」，「洵美且都」。語嫁聘之侈者，若「百兩彭彭，八鸞鏘鏘，不顯其光。諸娣從之，祁祁如雲，爛其盈門」。其詞可謂盡善矣。魏、晉、六朝，流連光景，不可勝述。唐人播之歌詩，固亦極摯。若「態濃意遠淑且真，肌理細膩骨肉勾。繡羅衣裳照暮春，蹙金孔雀銀麒麟」，「翠微匐葉重鬢脣，珠壓腰衱穩稱身」，「深宫高樓入紫清，金作蛟龍盤繡楹。佳人當窗弄白日，弦將手語彈鳴箏」，「回眸一笑百媚生，六宫粉黛無顔色」，「後宫佳麗三千人，三千寵愛在一身」，「金屋妝成嬌侍夜，玉樓宴罷醉和春」，「樓上樓前盡珠翠，眩轉熒煌照天地」。此皆李、杜、元、白之麗句也。予獨愛朱慶餘《閨意》一絶句上張籍水部者，曰：「洞房昨夜停紅燭，待曉堂前拜舅姑。妝罷低聲問夫婿，畫眉深淺入時無？」細味此章，元不談量女之容貌，而其華豔韶好，體態温柔，風流醖藉，非第一人不足當也。歐陽公所謂：「狀難寫之景，如在目前，含不盡之意，見於言外，然後爲工。」斯之謂也。慶餘名可久，以字行。登寶曆進士第，而官不達。著録於《藝文志》者，只一卷，予家有之，他不逮此。張籍酬其篇云：「越女新妝出鏡心，自知明豔更沉吟。齊紈未是人間貴，一曲菱歌直萬金。」其愛之重之，可見矣。然比之慶餘，殊爲不及。（《五筆》卷四。下同）

【毛詩語助】《毛詩》所用語助之字，以爲句絶者，若之、乎、焉、也、者、云、矣、爾、兮、哉，至今作文者皆然。他如只、且、忌、止、思、而、何、斯、旃、其之類，後所罕用。「只」字，如「母也天只，不諒人只」。「且」字，如「椒聊且，遠條且」，「狂童之狂也且」，「既亟只且」。「忌」字，如「叔善射忌，又良御忌」。「止」字，如「齊子歸止」，「曷又懷止」，「女心傷止」。「思」字，如「不可求思」，「爾羊來思」，「今我來思」。「而」字，如「俟我於著乎而，充耳以素乎而」。「何」字，如「如此良人何」，「如此粲者何」。「斯」字，如「恩斯勤斯，鬻子之閔斯」，「彼何人斯」。「旃」字，如「舍旃舍旃」。「其」字，音基，如「夜如何其」，「子曰何其」，皆是也。「忌」唯見於《鄭詩》，「而」唯見於《齊詩》。《楚詞·大招》一篇全用「只」字。《太玄經》：「其人有輯杭，可與過其。」至於「些」字，獨《招魂》用之耳。

【桃花笑春風】王荆公集古《胡笳詞》一章云：「欲問平安無使來，桃花依舊笑春風。」後章云：「春風似舊花仍笑，人生豈得長年少？」二者貼合，如出一手，每嘆其精工。其上句蓋用崔護詩，後一句久不見其所出。近讀范文正公《靈岩寺》一篇云：「春風似舊花猶笑。」以「仍」爲「猶」，乃此也。李義山又有絶句云：「無賴夭桃面，平明露井東。春風爲開了，却擬笑春風。」語意兩極其妙。（《五筆》卷五。下同）

【冥靈社首鳳】光堯上仙，于梓宫發引前夕，合用警場導引鼓吹詞。邁在翰苑製撰，其《六州歌頭》内一句云：「春秋不説楚冥靈。」常時進入文字，立待報者，則貼黄批急速，未嘗停滯。是時，首尾越三日，又入奏，趣請付出。太常吏欲習熟歌唱，守院門伺候。適有表弟沈日新在軍將橋客邸，一士人乃上庠舊識，忽問楚冥靈出處，沈亦不能知，來扣予，因以《莊子》語告之，急走報，此士大喜。初，孝宗以付巨璫霍汝弼，使釋其意。此士，霍客也，故宛轉費日如此。又面奉旨令代作挽詩五章，其四云：「鼎湖龍去遠，社首鳳來遲。」當時不敢宣洩，而帶御器械謝純孝密以爲問，乃爲舉王子年《拾遺記》，蓋周成王事也。禁苑文書，周悉乃爾。

【玉津園喜晴詩】淳熙十二年三月二十六日，車駕宿戒幸玉津園，命下，大雨，有旨許從駕官帶雨具，將曉有晴意，已而天宇豁然。至晚歸，邁進一詩歌詠其實云：「五更猶自雨如麻，無限都人仰翠華。翻手作雲方悵望，舉頭見日共驚嗟。天公的有施生妙，帝利堪同造物誇。上苑春光無盡藏，何須羯鼓更催花。」四月四日，扈從詣景靈宮朝獻，蒙於幕次賜和篇，聖製云：「比幸玉津園，縱觀春事，適霽色可喜，卿有詩來上，因俯同其韻：春郊柔緑遍桑麻，小駐芳園覽物華。應信吾心非暇逸，頓回晴意絶咨嗟。每思富庶將同樂，敢務游畋漫自誇？不似華清當日事，五家車騎爛如花。」後二日，兵部尚書宇文价內引，上舉似此詩曰：「洪待制用雨如麻字，偶思得桑麻可押，又其末句用羯鼓催花事，故以華清車騎答之。」价拱手稱贊。明日以相告云。

【糖霜譜】糖霜之名，唐以前無所見，自古食蔗者始爲蔗漿，宋玉《招魂》所謂「胹鼈炮羔有柘漿」是也。其後爲蔗餳，孫亮使黄門就中藏吏取交州獻甘蔗餳是也。後又爲石蜜，《南中八郡志》云：「笮甘蔗汁，曝成飴，謂之石蜜。」《本草》亦云「煉糖和乳爲石蜜」是也。後又爲蔗酒，唐赤土國用甘蔗作酒，雜以紫瓜根是也。唐太宗遣使至摩揭陀國，取熬糖法，即詔揚州上諸蔗，榨瀋如其劑，色味愈於西域遠甚，然只是今之沙糖。蔗之技盡於此，不言作霜，然則糖霜非古也。歷世詩人模奇寫異，亦無一章一句言之，唯東坡公過金山寺，作詩送遂寧僧圓寶云：「涪江與中泠，共此一味水。冰盤薦琥珀，何似糖霜美。」黄魯直在戎州，作頌答梓州雍熙長老寄糖霜云：「遠寄蔗霜知有味，勝於崔子水晶鹽。正宗掃地從誰説，我舌猶能及鼻尖。」則遂寧糖霜見於文字者，實始二公。（下略）（《五筆》卷六）

【盛衰不可常】東坡謂廢興成毁不可得而知。予每讀書史，追悼古昔，未嘗不掩卷而嘆。伶子于叙《趙飛燕傳》，極道其姊弟一時之盛，而終之以荒田野草之悲，言盛之不可留，衰之不可推，正此意也。國初時，工部尚書楊玢長安舊居，多爲鄰里侵占，子弟欲以狀訴其事，玢批紙尾，有「試上含元基上望，秋風秋草正離離」之句。方去唐未百年，而故宫殿已如此，殆於宗周《黍離》之詠矣。慈恩寺塔有荆叔所題一絶句，字極小而端勁，最爲感人。其詞曰：「漢國河山在，秦陵草木深。暮雲千里色，無處不傷心。」旨意高遠，不知爲何人，必唐世詩流所作也。李嶠《汾陰行》云：「富貴榮華能幾時，山川滿目淚沾衣。不見只今汾水上，唯有年年秋雁飛。」明皇聞之，至於泣下。杜甫《觀畫馬圖》云：「憶昔巡幸新豐宫，翠華拂天來向東。騰驤磊落三萬匹，皆與此圖筋骨同。君不見金粟堆前松柏裏，龍媒去盡鳥呼風。」《公孫大娘弟子舞劍器行》云：「先帝侍女八千人，公孫劍器初第一。五十年間似反掌，風塵澒洞昏王室。梨園弟子散如煙，女樂餘姿映寒日。」元微之《連昌宫詞》云：「兩京定後六七年，却尋家舍行宫前。莊園燒盡有枯井，行宫門闥樹宛然。」又云：「舞榭攲傾基尚在，文窗窈窕紗猶緑。」「上皇偏愛臨砌花，依然御榻臨階斜。」「寢殿相連端正樓，太真梳洗樓上頭。晨光未出簾影黑，至今反挂珊瑚鉤。」指似傍人因慟哭，却出宮門淚相續。」凡此諸篇，不可勝紀。《飛燕别傳》以爲伶玄所作，又有玄自叙及桓譚跋語。予竊有疑焉，不唯其書太媟，至云揚雄獨知之，雄貪名矯激，謝不與交，爲河東都尉，捽辱決曹班躅，躅從兄子彪續司馬《史記》，絀子于無所叙，皆恐不然。而自云：「成、哀之世，爲淮南相。」案是時淮南國絶久矣，可昭其妄也。因序次諸詩，聊載於此。（《五筆》卷七。下同）

【騫鶱二字義訓】騫鶱二字，音義訓釋不同。以字書正之，騫，去乾切，注云：「馬腹縶，又虧也。」今列於《禮部韻略》下平聲二仙中。鶱，虚言切，注云：「飛皃。」今列於上平聲二十二元中。文人相承，以騫騰之騫爲軒昂掀舉之義，非也。其字之下從馬，馬豈能掀舉哉？閔損字子騫，蓋古聖賢命名制字，未必有所拘泥，若如虧少之義，則涣然矣。其下從鳥，則於掀飛之訓爲得。此字殆廢於今，故東坡、山谷亦皆押騫字入元韻，如「時來或作鵬騫」、「傳非其人恐飛騫」之類，特不暇毛舉深考耳。唯韓公《和侯協律詠筍》一聯云：「得時方張王，挾勢欲騰鶱。」乃爲得之。此固小學瑣瑣，尤可以見公之不苟於下筆也。

【書鞠信陵事】夜讀白樂天《秦中吟》十詩，其《立碑》篇云：「我聞望江縣，鞠令撫惸嫠。鞠，名信陵。在官有仁政，名不聞京師。身殁欲歸葬，百姓遮路岐。攀轅不得去，留葬此江湄。至今道其名，男女涕皆垂。無人立碑碣，唯有邑人知。」予因憶少年寓無錫時，從錢仲仲大夫借書，正得信陵遺集，纔有詩三十三首，《祈雨文》三首。信陵以貞元元年鮑防下及第，爲四人，以六年作望江令。讀其《投石祝江文》云：「必也私欲之求，行於邑里，慘黷之政，施於黎元，令長之罪也。神得而誅之，豈可移於人以害其歲？」詳味此言，其爲政無愧於神天可見矣。至大中十一年，寄客鄉貢進士姚輦，以其文示縣令蕭縝，縝輟俸買石刊之。樂天十詩，作於貞元元和之際，距其亡十五年耳，而名已不傳。《新唐·藝文志》但記詩一卷，略無它說。非樂天之詩，幾於與草木俱腐。乾道二年，歷陽陸同爲望江令，得其詩於汝陰，王廉清爲刊板而致之郡庫，但無《祈雨文》也。

【琵琶行海棠詩】白樂天《琵琶行》一篇，讀者但羨其風致，敬其詞章，至形於樂府，詠歌之不足，遂以謂真爲長安故倡所作。予竊疑之。唐世法綱雖於此爲寬，然樂天嘗居禁密，且謫官未久，必不肯乘夜入獨處婦人船中，相從飲酒，至於極彈絲之樂，中夕方去，豈不虞商人者它日議其後乎？樂天之意，直欲攄寫天涯淪落之恨爾。東坡謫黃州，賦《定惠院海棠》詩，有「陋邦何處得此花，無乃好事移西蜀」、「天涯流落俱可念，爲飲一尊歌此曲」之句，其意亦爾也。或謂殊無一話一言與之相似，是不然，此真能用樂天之意者，何必効常人章摹句寫而後已哉？

【東坡不隨人後】自屈原詞賦假爲漁父、日者問答之後，後人作者悉相規倣。司馬相如《子虛》、《上林賦》以子虛、烏有先生、亡是公，揚子雲《長楊賦》以翰林主人、子墨客卿，班孟堅《兩都賦》以西都賓、東都主人，張平子《兩都賦》以憑虛公子、安處先生，左太沖《三都賦》以西蜀公子、東吴王孫、魏國先生，皆改名換字，蹈襲一律，無復超然新意稍出於法度規矩者。晉人成公綏《嘯賦》，無所賓主，必假逸群公子，乃能遣詞。枚乘《七發》，本只以楚太子、吴客爲言，而曹子建《七啓》，遂有玄微子、鏡機子。張景陽《七命》，有沖漠公子、殉華大夫之名。言語非不工也，而此習根著未之或改。若東坡公作《後杞菊賦》，破題直云：「吁嗟先生，誰使汝坐堂上稱太守？」殆如飛龍搏鵬，騫翔扶摇於煙霄九萬里之外，不可搏詰，豈區區巢林翾羽者所能窺探其涯涘哉？於詩亦然，樂天云：「醉貌如霜葉，雖紅不是春。」坡則曰：「兒童誤喜朱顔在，一笑那知是酒紅。」杜老云：「休將短髮還吹帽，笑倩傍人爲正冠。」坡則曰：「酒力漸消風力軟，颼颼，破帽多情却戀頭。」鄭谷《十日菊》云：「自緣今日人心別，未必秋香一夜衰。」坡則曰：「相逢不用忙歸去，明日黄花蝶也愁。」又曰：「萬事到頭都是夢，休休，明日黄花蝶也愁。」正采舊公案，而機杼一新，前無古人，於是爲至。與夫用「見他桃李樹，思憶後園春」之意，以爲「長因送人處，憶得别家時」，爲一僧所嗤者有間矣。

【元白習制科】白樂天、元微之同習制科，中第之後，白公《寄微之》詩曰：「皆當少壯日，同惜盛明時。光景嗟虚擲，雲霄竊暗窺。攻文朝矻矻，講學夜孜孜。策目穿如札，毫鋒鋭若錐。」注云：「時與微之結集策略之目，其數至百十，各有纖鋒細管筆，携以就試，相顧輒笑，目爲毫錐。」乃知士子待敵，編綴應用，自唐以來則然，毫錐筆之名起於此也。

【門生門下見門生】後唐裴尚書年老致政。清泰初，其門生馬裔孫知舉，放榜後引新進士謁謝於裴，裴歡宴永日，書一絶云：「宦途最重是文衡，天與愚夫作盛名。三主禮闈今八十，門生門下見門生。」時人榮之。事見蘇耆《開譚録》。予以《五代登科記》考之，裴在同光中三知舉，四年放進士八人，裔孫預焉。後十年，裔孫爲翰林學士，以清泰三年放進士十三人，兹所書是已。裔孫尋拜相，《新史》亦載此一句云。白樂天詩，有《與諸同年賀座主高侍郎新拜太常同宴蕭尚書亭子》一篇。注云：「座主於蕭尚書下及第。」予考《登科記》，樂天以貞元十六年庚辰中書舍人高郢下第四人登科，郢以寶應二年癸卯禮部侍郎蕭昕下第九人登科，迨郢拜太常時，幾四十年矣。昕自癸卯放進士之後，二十四年丁卯，又以禮部尚書再知貢舉，可謂壽俊。觀白公所賦，益可見唐世舉子之尊尚主司也。

【韓蘇杜公叙馬】韓公《人物畫記》，其叙馬處云：「馬大者九匹，於馬之中又有上者下者焉，行者，牽者，奔者，涉者，陸者，翹者，顧者，鳴者，寢者，訛者，立者，齕者，飲者，溲者，陟者，降者，痒磨樹者，嘘者，嗅者，喜而相戲者，怒相踶齧者，秣者，騎者，驟者，走者，載服物者，載狐兔者，凡馬之事二十有七焉。馬大小八十有三，而莫有同者焉。」秦少游謂其叙事該而不煩，故倣之而作《羅漢記》。坡公賦《韓幹十四馬》詩云：「二馬並驅攢八蹄，二馬宛頸鬉尾齊。一馬任前雙舉後，一馬却避長鳴嘶。老髯奚官騎且顧，前身作馬通馬語。後有八匹飲且行，微流赴吻若有聲。前者既濟出林鶴，後者欲涉鶴俯啄。最後一匹馬中龍，不嘶不動尾摇風。韓生畫馬真是馬，蘇子作詩如見畫。世無伯樂亦無韓，此詩此畫誰當看？」詩之與記，其體雖異，其爲布置鋪寫則同。誦坡公之語，蓋不待見畫也。予《雲林繪監》中有臨本，略無小異。杜老《觀曹將軍畫馬圖》云：「昔日太宗拳毛騧，近時郭家師子花。今之新圖有二馬，復令識者久嘆嗟。其餘七匹亦殊絶，迥若寒空動煙雪。霜蹄蹴踏長楸間，馬官厮養森成列。可憐九馬争神駿，顧視清高氣深穩。」其語視東坡，似若不及，至於「斯須九重真龍出，一洗萬古凡馬空」，不妨獨步也。杜又有《畫馬讚》云：「韓幹畫馬，毫端有神。驊騮老大，騕褭清新」及「四蹄雷雹，一日天池。瞻彼駿骨，實惟龍媒」之句。坡公《九馬贊》言：「薛紹彭家藏曹將軍《九馬圖》，杜子美所爲作詩者也。」其詞云：「牧者萬歲，繪者惟霸。甫爲作誦，偉哉九馬。」讀此詩文數篇，真能使人方寸超然，意氣横出，可謂「妙絶動宫牆」矣。

【風災霜旱】慶元四年，饒州盛夏中，時雨頻降，六七月之間未嘗請禱，農家水車龍具，倚之於壁，父老以爲所未見，指期西成有秋，當倍常歲，而低下之田，遂以潦告。餘干、安仁乃於八月罹地火之厄。地火者，蓋苗根及心，蟗蟲生之，莖幹焦枯，如火烈烈，正古之所謂蟊賊也。九月十四日，嚴霜連降，晚稻未實者，皆爲所薄，不能復生，諸縣多然。有常産者，訴于郡縣，郡守孜孜愛民，有意蠲租，然僚吏多云：「在法無此兩項。」又云：「九月正是霜降節，不足爲異。」案白樂天諷諫《杜陵叟》一篇曰：「九月霜降秋早寒，禾穗未熟皆青乾。長吏明知不申破，急斂暴征求考課。」此明證也。

（下略）

【白蘇詩紀年歲】白樂天爲人誠實洞達，故作詩述懷，好紀年歲。因閲其集，輒抒録之：「此生知負少年心，不展愁眉欲三十」，「莫言三十是年少，百歲三分已一分」，「何況纔中年，又過三十二」，「不覺明鏡中，忽年三十四」，「我年三十六，冉冉昏復旦」，「非老亦非少，年過三紀餘」，「行年欲四十，有女曰金鑾」，「我今欲四十，秋懷亦可知」，「行年三十九，歲暮日斜時」，「忽因時節驚年歲，四十如今欠一年」，「四十爲野夫，田中學鉏穀」，「四十官七品，拙宦非由它」，「毛鬢早改變，四十白髮生」，「況我今四十，本來形貌羸」，「衰病四十身，嬌癡三歲女」，「自問今年幾，春秋四十初」，「四十未爲老，憂傷早衰惡」，「莫學二郎吟太苦，纔年四十鬢如霜」，「下有獨立人，年來四十一」，「若爲重入華陽院，病髮愁心四十三」，「已年四十四，又爲五品官」，「面瘦頭斑四十四，遠謫江州爲郡吏」，「行年四十五，兩鬢半蒼蒼」，「四十六時三月盡，送春争得不殷勤」，「我今四十六，衰顇卧江城」，「鬢髮蒼浪牙齒疏，不覺身年四十七」，「明朝四十九，應轉悟前非」，「四十九年身老日，一百五夜月明天」，「衰鬢蹉跎將五十，關河迢遞過三千」，「青山舉眼三千里，白髮平頭五十人」，「宦途氣味已諳盡，五十不休何日休」，「五十江城守，停杯忽自思」，「莫學爾兄年五十，蹉跎始得掌絲綸」，「五十未全老，尚可且歡娱」，「長慶二年秋，我年五十一」，「二月五日花如雪，五十二人頭似霜」，「老校於君合先退，明年半百又加三」，「前歲花前五十二，今年花前五十五」，「倘年七十猶强健，尚得閒行十五春」，「去時十一二，今年五十六」，「我年五十七，榮名得幾許」，「我年五十七，歸去誠已遲」，「身爲三品官，年已五十八」，「五十八翁方有後，静思堪喜亦堪嗟」，「半百過九年，豔陽殘一日」，「火銷燈盡天明後，便見平頭六十人」，「六十河南尹，前途足可知」，「不准擬身年六十，上山仍未要人扶」，「不准擬身年六十，遊春猶自有心情」，「我今悟已晚，六十方退閒」，「今歲日餘二十六，來歲年登六十二」，「心情多少在，六十二三人」，「六十三翁頭雪白，假如醒黠欲何爲」，「行年六十四，安得不衰羸」，「我今六十五，走若下坡輪」，「年開第七秩，屈指幾多人」，「五十八歸來，今年六十六」，「無憂亦無喜，六十六年春」，「共把十千沽一斗，相看七十欠三年」，「七十欠四歲，此生那足論」，「六十八衰翁，乘衰百疾攻」，「又問年幾何，七十行欠二」，「更過今年年七十，假如無病亦宜休」，「今日行年將七十，猶須慚愧病來遲」，「且喜同年滿七十，莫嫌衰病莫嫌貧」，「舊語相傳聊自慰，世間七十老人稀」，「皤然七十翁，亦足稱壽考」，「昨日復今辰，悠悠七十春」，「人生七十希，我年幸過之」，「白須如雪五朝臣，又入新正第七旬時年七十一」，「行開第八秩，可謂盡天年」，「吾今已年七十一，眼昏須白頭風眩」，「七十人難到，過三更較稀」，「七十三人難再到，今春來是別花來」，「七十三翁旦暮身，誓開險路作通津」，「風光拋得也，七十四年春」，「壽及七十五，俸霑五十千」，其多如此。蘇公素重樂天，故間亦効之，如「龍鍾三十九，勞生已强半，歲莫日斜時，還爲昔人嘆」，正引用其語。又「四十豈不知頭顱，畏人不出何其愚」，「我今四十二，衰髮不滿梳」，「憶在錢塘正如此，回頭四十二年非」，「行年四十九，還此北窗宿」，「吾年四十九，賴此一笑喜」，「嗟我與君皆丙子，四十九年窮不死」，「五十之年初過二，衰顔記我今如此」，「白髮蒼顔五十三，家人强遣試春衫」，「先生年來六十化，道眼已入不二門」，「紛紛華髮不足道，當返六十過去魂」，「我年六十一，頽景薄西山」，「結髮事文史，俯仰六十踰」，「與君皆丙子，各已三萬日」。翫味莊誦，便如閲年譜也。（《五筆》卷八。下同）

【天將富此翁】唐劉仁軌任給事中，爲宰相李義府所惡，出爲青州刺史。及代還，欲斥以罪，又坐漕船覆没免官。其後百濟叛，詔以白衣檢校帶方州刺史。仁軌謂人曰：「天將富貴此翁邪！」果削平遼海。白樂天有《自題酒庫》一篇，云：「身更求何事，天將富此翁。此翁何處富，酒庫不曾空。」注云：「劉仁軌詩：『天將富此翁。』以一醉爲富也。」然而唐史以此爲仁軌之語，而不言其詩，爲未審耳。

【白公感石】白樂天有《奉和牛思黯以李蘇州所寄太湖石奇狀絶倫因作詩兼呈劉夢得》，其末云：「共嗟無此分，虛管太湖來。」注：「與夢得俱典姑蘇，而不獲此石。」又有《感石上舊字》云：「太湖石上鐫三字，十五年前陳結之。」案陳結之並無所經見，全不可曉。後觀其《對酒有懷寄李郎中》一絶句，曰：「往年江外拋桃葉，去歲樓中別柳枝。寂寞春來一杯酒，此情唯有李君知。」注曰：「桃葉，結之也；柳枝，樊素也。」然後結之之義始明。樂天以病而去柳枝，故作詩云：「兩枝楊柳小樓中，嫋娜多年伴醉翁。明日放歸歸去後，世間應不要春風。」因劉夢得有戲之之句，又答之云：「誰能更學孩童戲，尋逐春風捉柳花。」然其鍾情處竟不能忘，如云：「病共樂天相伴住，春隨樊子一時歸」，「金羈駱馬近賣却，羅袖柳枝尋放還」，「觴詠罷來賓閣閉，笙歌散後妓房空」皆是也，讀之使人悽然。

【承習用經語誤】經傳中事實多有轉相祖述而用，初不考其訓故者，如：「《邶·谷風》之詩，爲淫新昏棄舊室而作，其詞曰：「宴爾新昏，以我御窮。」宴，安也，言安愛爾之新昏，但以我御窮苦之時，至於富貴則棄我。今人乃以初娶爲宴爾，非惟於詩意不合，且又再娶事，豈堪用也。《抑》之詩曰：「訏謨定命，遠猶辰告。」毛公曰：「訏，大也；謨，謀也；猶，道也；辰，時也。」猶與猷同。鄭箋曰：「猶，圖也，言大謀定命。爲天下遠圖庶事，而以歲時告施之，如正月始和布政也。」案此特謂上告下之義，今詞臣乃用於制詔，以屬臣下，而臣下於表章中亦用之，不知其與「入告爾后」之告不侔也。《生民》之詩曰：「誕彌厥月。」毛公曰：「誕，大也；彌，終也。」鄭箋言：「后稷之在其母，終人道十月而生。」案訓彌爲終，其義亦未易曉。至「俾爾彌爾性，似先公酋矣」，既釋彌爲終，又曰酋終也，頗複煩復。《生民》凡有八誕字：「誕置之隘巷」，「誕置之平林」，「誕置之寒冰」，「誕實匍匐」，「誕后稷之穡」，「誕降嘉種」，「誕我祀如何」，若悉以誕爲大，於義亦不通。它如「誕先登于岸」之類，新安朱氏以爲發語之辭，是已。莆田鄭氏云：「彌只訓滿，謂滿此月耳。」今稱聖節曰降誕，曰誕節，人相稱曰誕日、誕辰、慶誕，皆爲不然。但承習膠固，無由可革，雖東坡公亦云「仰止誕彌之慶」，未能免俗。書之於此，使子弟後生輩知之。《左傳》：「王使宰孔賜齊侯胙，齊侯將下拜，孔曰：『天子使孔曰，以伯舅耋老，無下拜。』對曰：『天威不違顏咫尺，敢不下拜。』下拜登受。」謂拜於堂下，而受胙於堂上。今人簡牘謝餽者，輒曰「謹已下拜」，獨未爲甚失，若「天威不違顏咫尺」，則上四字爲天子設，下三字爲人臣設，故注言：「天鑒察不遠，威嚴常在顏面之前。」今士大夫往往於表奏中言違顏，或曰咫顏、咫尺之顏，全與本指爽戾。如用龍顏、聖顏、天顏之類，自無害也。

【畏人索報書】士大夫得交朋書問，有懶倣不肯即答者。記白樂天《老慵》一絶句曰：「豈是交親向我疏，老慵自愛閉門居。近來漸喜知聞斷，免惱嵇康索報書。」案嵇康《與山濤絶交書》云：「素不便書，又不喜作書，而人間多事，堆案盈几，不相酬答，則犯教傷義，欲自勉强，則不能久。」樂天

所云正此也。乃知畏於答書，其來久矣。（《五筆》卷九。下同）

【不能忘情吟】予既書白公鍾情蠻、素於前卷，今復見其《不能忘情吟》一篇，尤爲之感嘆，輒載其文，因以自警。其序云：「樂天既老，又病風。乃録家事，會經費，去長物。妓有樊素者，年二十餘，綽綽有歌舞態，善唱《楊柳枝》，人多以曲名名之，由是名聞洛下，籍在經費中，將放之。馬有駱者，籍在長物中，將鬻之。馬出門，驤首反顧。素聞馬嘶，慘然立且拜，婉孌有辭，辭畢涕下。予亦愍然不能對，且命反袂，飲之酒，自飲一杯，快吟數十聲，聲成文，文無定句。予非聖達，不能忘情，又不至於不及情者，事來攪情，情動不可柅，因自哂，題其篇曰《不能忘情吟》。」《吟》曰：「鬻駱馬兮，放楊柳枝。掩翠黛兮，頓金羈。馬不能言兮，長鳴而却顧。楊柳枝再拜長跪而致辭。辭曰：『素事主十年，凡三千有六百日。巾櫛之間，無違無失。今素貌雖陋，未至衰摧。駱力猶壯，又無虺隤。即駱之力，尚可以代主一步，素之歌，亦可以送主一杯。一旦雙去，有去無回。故素將去，其辭也苦，駱將去，其鳴也哀。此人之情也，馬之情也。豈主君獨無情哉？』予俯而嘆，仰而咍，且曰駱駱爾勿嘶，素素爾勿啼，駱反廄，素反閨。吾疾雖作年雖頹，幸未及項籍之將死，亦何必一日之内棄騅兮而别虞兮。乃目素兮，素兮爲我歌《楊柳枝》，我姑酌彼金罍，我與爾歸醉鄉去來。」觀公之文，固以遣情釋意耳，素竟去也。此文在一集最後卷，故讀之者未必記憶。東坡猶以爲柳枝不忍去，因劉夢得「春盡絮飛」之句方知之。於是美朝雲之獨留，爲之作詩，有「不似楊枝别樂天，恰如通德伴伶玄」之語。然不及二年而病亡，爲可嘆也。

【歐公送慧勤詩】國朝承平之時，四方之人，以趨京邑爲喜。蓋士大夫則用功名進取係心，商賈則貪舟車南北之利，後生嬉戲則以紛華盛麗而悦。夷攷其實，非南方比也。讀歐陽公《送僧慧勤歸餘杭》之詩可知矣。曰：「越俗僭宫室，傾貲事雕墻。佛屋尤其侈，耽耽擬侯王。文彩瑩丹漆，四壁金焜煌。上懸百寶蓋，宴坐以方牀。胡爲棄不居，棲身客京坊？辛勤營一室，有類燕巢梁。南方精飲食，菌筍比羔羊。飯以玉粒粳，調之甘露漿。一饌費千金，百品羅成行。晨興未飯僧，日昃不敢嘗。乃兹隨北客，枯粟充飢腸。東南地秀絶，山水澄清光。餘杭幾萬家，日夕焚清香。煙霏四面起，雲霧雜芬芳。豈如車馬塵，鬢髮染成霜？三者孰苦樂？子奚勤四方！」觀此詩中所謂吴越宫室、飲食、山水三者之勝，昔日固如是矣。公又有《山中之樂》三章送之歸。勤後識東坡，爲作《詩集序》者。

【委蛇字之變】歐公《樂郊》詩云：「有山在其東，有水出逶夷。」近歲丁朝佐《辨正》謂其字參古今之變，必有所據。予因其説而悉索之，此二字凡十二變。一曰委蛇，本於《詩·羔羊》：「退食自公，委蛇委蛇。」毛公注：「行可從跡也。」鄭箋：「委曲自得之皃。委，於危反。蛇音移。」《左傳》引此句，杜注云：「順貌。」《莊子》載齊桓公澤中所見，其名亦同。二曰委佗，《詩·君子偕老》：「委委佗佗。」毛注：「委委者，行可委曲從迹也。佗者，德平易也。」三曰逶迤，《韓詩》釋上文云：「公正貌。」《説文》：「逶迤，斜去貌。」四曰倭遲，《詩》：「四牡騑騑，周道倭遲。」注：「歷遠之貌。」五曰逶夷，《韓詩》之文也。六曰威夷，潘岳詩：「迴谿縈曲阻，峻阪路威夷。」孫綽《天台山賦》：「既克隮於九折，路威夷而修通。」李善注引《韓詩》「周道威夷」。薛君曰：「威夷，險也。」七曰委移，《離騷經》：「載雲旗之委蛇。」一本作「逶迤」，一本作「委移」。注：「雲旗委移，長也。」八曰逶移，劉向《九嘆》：「遵江曲之逶移。」九曰逶蛇，後漢《費鳳碑》：「君有逶蛇之節。」十曰蜲蛇，張衡《西京賦》：「女、娥坐而長歌，聲清暢而蜲蛇。」李善注：「蜲蛇，聲餘詰曲也。」十一曰遏池，漢《逢盛碑》：「當遂遏池，立號建基。」十二曰威遲，劉夢得詩：「柳動御溝清，威遲堤上行。」韓公《南海廟碑》：「蜿蜿蛇蛇」，亦然也。則歐公正用《韓詩》，朝佐不暇尋繹之爾。

【燕賞逢知己】白樂天爲河南尹日，有《答舒員外》云：「員外游香山寺，數日不歸，兼辱尺書，大誇勝事，時正值坐衙慮囚之際，走筆題長句以贈之，曰：『黄菊繁時好客到，碧雲合處佳人來。謂遣英、倩二妓與舒君同遊也。酡顔一笑夭桃綻，清冷秋聲寒玉哀。軒騎逶迤棹容與，留連三日不能回。白頭老尹府中坐，早衙纔退暮衙催。』」謝希深、歐陽公官洛陽，同游嵩山歸，暮抵龍門香山，雪作，留守錢文僖公遣吏以厨傳歌妓至，且勞之曰：「山行良勞，當少留龍門賞雪，府事簡，無遽歸也。」王定國訪東坡公於彭城，一日，棹小舟與顔長道携盼、英、卿三子游泗水，南下百步洪，吹笛飲酒，乘月而來。坡時以事不得往，夜著羽衣，佇立黄樓上，相視而笑，以爲李太白死，世間無此樂三百餘年矣。定國既去，逾月，復與參寥師泛舟洪下，追憶曩游，作詩曰：「輕舟弄水買一笑，醉中蕩槳肩相摩。歸來笛聲滿山谷，明月正照金叵羅。」味此三游之勝，今之燕賓者寧復有之？蓋亦值知己也。

【端午貼子詞】唐世五月五日揚州於江心鑄鏡以進，故國朝翰苑撰端午貼子詞，多用其事，然遺詞命意，工拙不同。王禹玉云：「紫閣曈曨隱曉霞，瑤墀九御薦菖華。何時又進江心鑑，試與君王却衆邪。」李邦直云：「艾葉成人後，榴花結子初。江心新得鏡，龍瑞護仙居。」趙彦若云：「揚子江中方鑄鏡，未央宫裏更飛符。菱花欲共朱靈合，驅盡神姦又得無？」又「揚子江中百煉金，寶奩疑是月華沉。争如聖后無私鑑，明照人間萬善心。」又「江心百煉青銅鏡，架上雙紉翠縷衣。」李士美云：「何須百煉鑑，自勝五兵符。」傅墨卿云：「百煉鑑從江上鑄，五時花向帳前施。」許沖元云：「江中今日成龍鑑，苑外多年廢鷺陂。合照乾坤共作鏡，放生河海盡爲池。」蘇子由云：「揚子江中寫鏡龍，波如細縠不摇風。宫中驚捧秋天月，長照人間助至公。」大槩如此。唯東坡不然，曰：「講餘交翟轉回廊，始覺深宫夏日長。揚子江心空百鍊，只將《無逸》監興亡。」其輝光氣焰，可畏而仰也。若白樂天《諷諫百鍊鏡》篇云：「江心波上舟中鑄，五月五日日午時。」「背有九五飛天龍，人人呼爲天子鏡。」又云：「太宗常以人爲鏡，監古監今不監容。」「乃知天子別有鏡，不是揚州百鍊銅。」用意正與坡合。予亦嘗有一聯云：「願儲醫國三年艾，不博江心百鍊銅。」然去之遠矣。端午故事，莫如楚人競渡之的，蓋以其非吉祥，不可施諸祝頌，故必用鏡事云。

【絶句詩不貫穿】「夜涼吹笛千山月，路暗迷人百種花。棋罷不知人换世，酒闌無奈客思家。」此歐陽公絶妙之語。然以四句各一事，似不相貫穿，故名之曰《夢中作》。永嘉士人薛韶喜論詩，嘗立一説云：老杜近體律詩，精深妥帖，雖多至百韻，亦首尾相應，如常山之蛇，無間斷齟齬處。而絶句乃或不然，五言如「遲日江山麗，春風花草香。泥融飛燕子，沙暖睡鴛鴦」，「急雨捎溪足，斜暉轉樹腰。隔巢黄鳥並，翻藻白魚跳」，「江動月移石，溪虚雲傍花。鳥棲知故道，帆過宿誰家」，「鑿井交椶葉，開渠斷竹根。扁舟輕裹纜，小徑曲通村」，「日出籬東水，雲生舍北泥。竹高鳴翡翠，沙僻舞鵾雞」，「釣艇收緡盡，昏鴉接翅稀。月生初學扇，雲細不成衣」，「舍下筍穿壁，庭中藤刺簷。地晴絲冉冉，江白草纖纖」，七言如「糝徑楊花鋪白氈，點溪荷葉疊青錢。筍根雉子無人見，沙上鳧雛傍母眠」，「兩箇黄鸝鳴翠柳，一行白鷺上青天。窗含西嶺千秋雪，門泊東吴萬里船」之類是也。予因其説，以唐人萬絶句考之，但有司空圖《雜題》云：「驛步堤縈閣，軍城鼓振橋。鷗和湖雁下，雪隔嶺梅飄。」「舴艋猿偷上，蜻蜓燕競飛。樵香燒桂子，苔濕挂莎衣。」（《五筆》卷十。下同）

【農父田翁詩】張碧《農父》詩云：「運鋤耕斸侵晨起，隴畔豐盈滿家喜。到頭禾黍屬他人，不知何處拋妻子。」杜荀鶴《田翁》詩云：「白髮星星筋骨衰，種田猶自伴孫兒。官苗若不平平納，任是豐年也受飢。」讀之使人愴然，以今觀之，何啻倍蓰也！

【唐人草堂詩句】予於東圃作草堂，欲采唐人詩句書之壁而未暇也，姑録之于此。杜公云：「西郊向草堂」，「昔我去草堂」，「草堂少花今欲栽」，「草堂塹西無樹林」。白公有《别草堂》三絶句，又云：「身出草堂心不出。」劉夢得《傷愚溪》云：「草堂無主燕飛回。」元微之《和裴校書》云：「清江見底草堂在。」錢起有《暮春歸故山草堂》詩，又云：「暗歸草堂静，半入花源去。」朱慶餘：「稱著朱衣入草堂。」李涉：「草堂曾與雪爲鄰。」顧況：「不作草堂招遠客。」郎士元：「草堂竹徑在何處？」張籍：「草堂雪夜携琴宿。」又云：「西峰月猶在，遥憶草堂前。」武元衡：「多君能寂寞，共作草堂游。」陸龜蒙：「草堂秖待新秋景。」又云：「草堂盡日留僧坐。」司空圖：「草堂舊隱猶招我。」韋莊：「今來空訝草堂新。」子蘭：「策杖吟詩上草堂。」皎然有《題湖上草堂》云：「山居不買剡中山，湖上千峰處處閒。芳草白雲留我住，世人何事得相關？」

（王秀梅）

老學庵筆記

陸　游　撰

陸游（一一二五—一二一〇），字務觀，號放翁，越州山陰（今浙江紹興）人。《老學庵筆記》，原書十卷，又《續筆記》二卷（存一卷）。此據商務印書館《宋元人説部書》本選録。

1張芸叟作《漁父》詩曰：「家住耒江邊，門前碧水連。小舟勝養馬，大罟當耕田。保甲元無籍，青苗不著錢。桃源在何處，此地有神仙。」蓋元豐中謫官湖湘時所作，東坡取其意爲《魚蠻子》云。（卷一。下同）

2荆公素輕沈文通，以爲寡學，故贈之詩曰：「翛然一榻枕書卧，直到日斜騎馬歸。」及作文通墓誌，遂云「公雖不常讀書」。或規之曰：「渠乃狀元，此語得無過乎？」乃改「讀書」作「視書」。又嘗見鄭毅夫《夢仙詩》曰：「授我碧簡書，奇篆蟠丹砂。讀之不可識，翻身淩紫霞。」大笑曰：「此人不識字，不勘自承。」毅夫曰：「不然，吾乃用太白詩語也。」公又笑曰：「自首減等。」

3張芸叟過魏文（正）〔貞〕公舊莊，居者猶魏氏也。爲賦詩云：「破屋居人少，柴門春草長。兒童不識字，耕稼鄭公莊。」此猶未失爲農。（下略）

4杜少陵在成都有兩草堂，一在萬里橋之西，一在浣花，皆見於詩中。萬里橋故迹湮没不可見，或云房季可園是也。

5楊廷秀在高安，有小詩云：「近紅暮看失燕支，遠白宵明雪色奇。花不見桃惟見李，一生不曉退之詩。」予語之曰：「此意古已道，但不如公之詳耳。」廷秀愕然問：「古人誰曾道？」予曰：「荆公所謂『積李兮縞夜，崇桃兮炫晝』是也。」廷秀大喜曰：「便當增入小序中。」

6張子韶對策，有「桂子飄香」之語。趙明誠妻李氏嘲之曰：「露花倒影柳三變，桂子飄香張九成。」（卷二。下同）

7西山十二真君各有詩，多訓戒語，後人取爲籤，以占吉凶，極驗。射洪陸使君廟以杜子美詩爲籤，亦驗。予在蜀，以淳熙戊戌春被召，臨行，遣僧則華往求籤。得《遣興》詩曰：「昔者龐德公，未曾入州府。襄陽耆舊間，處士節獨苦。豈無濟時策，終竟畏網罟。林茂鳥自歸，水深魚知聚。舉家隱鹿門，劉表焉得取？」予讀之惕然。顧迫貧從仕，又十有二年，負神之教多矣。

8饒德操詩爲近時僧中之冠。早有大志，既不遇，縱酒自晦，或數日不醒。醉時往往登屋危坐，浩歌慟哭，達旦乃下。又嘗醉赴汴水，適遇客舟，救之獲免。

9洪駒父竄海島，有詩云：「關山不隔還鄉夢，風月猶隨過海身。」

10護聖楊老説：「被當令正方，則或坐或睡，更不須覓被頭。」此言大是。又云：「平旦粥後就枕，粥在腹中，暖而宜睡，天下第一樂也。」予雖未之試，然覺其言之有味。後讀李端叔詩云：「粥後復就枕，夢中還在家。」則固有知之者矣。

11吴幾先嘗言：「參寥詩云：『五月臨平山下路，藕花無數滿汀洲。』五月非荷花盛時，不當云『無數滿汀洲』。」廉宣仲云：「此但取句美，若云『六月臨平山下路』，則不佳矣。」幾先云：「只是君記得熟，故以五月爲勝，不然止云六月，亦豈不佳哉！」

12陳亞詩云：「陳亞今年新及第，滿城人賀李衙推。」李乃亞之舅，爲醫者也。今北人謂卜相之士爲巡官。巡官，唐、五代郡僚之名。或謂以其巡遊賣術，故有此稱。然北方人市醫皆稱衙推，又不知何謂。

13《字説》盛行時，有唐博士耜、韓博士兼，皆作《字説解》數十卷，太學諸生作《字説音訓》十卷，又有劉全美者，作《字説偏旁音釋》一卷，《字説備檢》一卷，又以類相從爲《字會》二十卷。故相吴元中試辟雍程文，盡用《字説》，特免省。門下侍郎薛肇明作詩奏御，亦用《字説》中語。予少時見族伯父彦遠《和霄字韻詩》云：「雖貧未肯氣如霄。」人莫能曉。或叩之，答曰：「此出《字説》霄字，云凡氣升此而消焉。」其奥如此。（下略）

14亳州太清宫檜至多。檜花開時，蜜蜂飛集其間，不可勝數。作蜜極香而味帶微苦，謂之檜花蜜，真奇物也。歐陽公守亳時，有詩曰：「蜂採檜花村落香。」則亦不獨太清而已。

15柳子厚詩云：「海上尖山似劍鋩，秋來處處割愁腸。」東坡用之云：「割愁還有劍鋩山。」或謂可言「割愁腸」，不可但言「割愁」。亡兄仲高云：「晉張望詩曰：『愁來不可割。』此『割愁』二字出處也。」

16韓退之詩云：「夕貶潮陽路八千。」歐公云：「夷陵此去更三千。」謂八千里、三千里也。或以爲歉後，非也。《書》：「弼成五服，至于五千。」注云：「五千里。」《論語》再有曰：「方六七十，如五六十。」注亦云「六七十里，五六十里」也。（卷三。下同）

17張文潛言：「王中父詩喜用助語，自成一體。」予按，韓少師持國亦喜用之，如「酒成豈見甘而壞，花在須知色即空」，「居仁由義吾之素，處順安時理則然」，「不盡良哉用，空令識者傷」，「用舍時焉耳，窮通命也歟」。

18岑參在西安幕府，詩云：「那知故園月，也到鐵關西。」韋應物作郡時，亦有詩云：「寧知故園月，今夕在西樓。」語意悉同，而豪邁、閒澹之趣居然自異。

19阮裕云：「非但能言人不可得，正索解人亦不可得。」吕居仁用此意作詩云：「好詩正似佳風月，解賞能知已不凡。」

20湯岐公自行宮留守出守會稽，朝士以詩送行甚衆。周子充在館中，亦有詩而亡之。岐公以書再求曰：「頃蒙贈言，乃爲或者藏去。」子充極愛其遣辭之婉。

21華州以華山得名，城中乃不見華山，而同州見之。故華人每曰：「世間多少不平事，却被同州看華山。」張芸叟守同，嘗用此語作絶句，後二句云：「我到左馮今一月，何曾得見好孱顔。」蓋同州亦登高乃見之爾。

22吴人謂杜宇爲「謝豹」。杜宇初啼時，漁人得蝦曰「謝豹蝦」，市中賣筍曰「謝豹筍」。唐顧況《送張衛尉》詩曰：「緑樹村中謝豹啼。」若非吴人，殆不知謝豹爲何物也。

23宣和中，保和殿下種荔枝成實，徽廟手摘以賜燕帥王安中，且賜以詩曰：「保和殿下荔枝丹，文武衣冠被百蠻。思與近臣同此味，紅塵飛鞚過燕山。」

24故都紫霞殿有二金狻猊，蓋香獸也。故晏公《冬宴》詩云：「狻猊對立香煙度，鸑鷟交飛組繡明。」今寶玉大弓之盜未得，而奉使至虜庭，率見之，真卿大夫之辱也。（卷四。下同）

25遼相李儼作《黄菊賦》，獻其主耶律弘基。弘基作詩題其後以賜之，云：「昨日得卿《黄菊賦》，碎翦金英填作句。袖中猶覺有餘香，冷落西風吹不去。」

26會稽法雲長老重喜，爲童子時，初不識字，因掃寺廊，忽若有省，遂能詩。其警句云：「地爐無火客囊空，雪似楊花落歲窮。拾得斷麻縫壞衲，不知身在寂寥中。」程公闢修撰守會稽，聞喜名，一日召之與游蕺山上方院，索詩。喜即吟云：「行到寺中寺，坐觀山外山。」蓋戲用公闢體也。

27晁之道與其弟季比同應舉，之道獨拔解。時考試官葛某眇一目，之道戲作詩云：「没興主司逢葛八，賢弟被黜兄薦發。細思堪羨又堪嫌，一壁有眼一壁瞎。」

28張文潛《虎圖》詩云：「煩君衛吾寢，起此蓬蓽陋。坐令盜肉鼠，不敢窺白晝。」譏其似貓也。

29唐拾遺耿（緯）〔沣〕《下邽喜叔孫主簿鄭少府見過》詩云：「不是仇梅至，何人問百憂。」蘇子由作績溪令時，有《贈同官詩》云：「歸報仇梅省文字，麥苗含穟欲蠶眠。」蓋用（緯）〔沣〕語也。近歲均州版本，輒改爲「仇香」。

30僧宗昂住會稽能仁寺，有故相寓寺中，已而復相，宗昂被敕住持。郎官馬子約題詩法堂壁間曰：「十年衰病卧林泉，鵷鷺群飛競刺天。黄紙除書猶到汝，固知清世不遺賢。」

31慎東美字伯筠，秋夜待潮于錢塘江，沙上露坐，設大酒樽及一杯，對月獨飲，意象傲逸，吟嘯自若。顧子敦適遇之，亦懷一杯，就其樽對酌。伯筠不問，子敦亦不與之語。酒盡各散去。伯筠工書，王逢原贈之詩，極稱其筆法，有曰：「鐵索急纏蛟龍僵。」蓋言其老勁也。東坡見其題壁，亦曰：「此有何好，但似篾束枯骨耳。」伯筠聞之，笑曰：「此意逢原已道了。」今惟丹陽有《戴叔倫碑》，是其遺迹。

32吕居仁詩云：「蠟燼堆盤酒過花。」世以爲新。司馬温公有五字云：「煙曲香尋篆，杯深酒過花。」居仁蓋取之也。

33茶山先生云：「徐師川擬荆公『細數落花因坐久，緩尋芳草得歸遲』云：『細落李花那可數，偶行芳草步因遲。』初不解其意，久乃得之。蓋師川專師陶淵明者也。淵明之詩，皆適然寓意而不留於物，如『悠然見南山』，東坡所以知其決非望南山也。今云細數落花，緩尋芳草，留意甚矣，故易之。」又云：「荆公多用淵明語而意異，如『柴門雖設要常關』，『雲尚無心能出岫』，『要』字『能』字，皆非淵明本意也。」

34魯直詩有《題扇》「草色青青柳色黄」一首，唐人賈至、趙嘏詩中皆有之。山谷蓋偶書扇上耳。至詩中作「吹愁去」，蝦詩中作「吹愁却」，「却」字爲是。蓋唐人語猶云「吹却愁」也。

35古所謂長夜之飲，或以爲達旦，非也。薛許昌《宫詞》云：「畫燭燒闌暖復迷，殿帷深密下銀泥。開門欲作侵晨散，已是明朝日向西。」此所謂長夜之飲也。

36王逸少《筆經》曰：「有人以緑沉漆竹管及鏤管見遺。」老杜所謂「苔卧緑沉槍」，蓋謂是也。

37歐陽公、梅宛陵、王文恭集，皆有《小桃》詩。歐詩云：「雪裏花開人未知，摘來相顧共驚疑。便當索酒花前醉，初見今年第一枝。」初但謂桃花有一種早開者耳，及遊成都，始識所謂小桃者，上元前後即著花，狀如垂絲海棠。曾子固《雜識》云：「正月二十間，天章閣賞小桃。」正謂此也。

38劉長卿詩曰「千峰共夕陽」，佳句也。近時僧癩可用之云：「亂山争落日。」雖工而窘，不迨本句。

39李後主《落花詩》云：「鶯狂應有限，蝶舞已無多。」未幾亡國。宋子京亦有《落花詩》云：「香隨蜂蜜盡，紅入燕泥乾。」亦不久下世。詩讖蓋有之矣。

40《隋唐嘉話》云：「崔日知恨不居八座。及爲太常卿，於廳事後起一樓，正與尚書省相望，時號『崔公望省樓』。」又小説載：御史久次不得爲郎者，道過南宫，輒回首望之，俗號「拗項橋」。如此之類，猶是謗語。予讀鄭畋作學士時《金鑾坡上南望》詩，云：「玉晨鐘韻上空虚，畫戟祥煙擁帝居。極目向南無限地，緑煙深處認中書。」則其意著矣。乃知朝士妄想，自古已然，可付一笑。

41今世所道俗語，多唐以來人詩。「何人更向死前休」，韓退之詩也。「林下何曾見一人」，靈澈詩也。「長安有貧者，爲瑞不宜多」，羅隱詩也。「世亂奴欺主，年衰鬼弄人」，「海枯終見底，人死不知心」，杜荀鶴詩也。「事向無心得」，章碣詩也。「但有路可上，更高人也行」，龔霖詩也。「忍事敵災星」，司空圖詩也。「一朝權入手，看取令行時」，朱灣詩也。「自己情雖切，他人未肯忙」，裴説詩也。「但知行好事，莫要問前程」，馮道詩也。「在家貧亦好」，戎昱詩也。

42予參成都議幕，攝事漢嘉，一見荔枝熟。時淩雲山、安樂園皆盛處，糾曹何預元立、法曹蔡迨肩吾皆佳士，日相與同槃桓。薛許昌亦嘗以成都幕府來攝郡，未久罷去，故其《荔枝詩》曰：「歲杪監州曾見樹，時新入座但聞名。」蓋恨不及時也。每與二君誦之。

43僧可遵者，詩本凡惡，偶以「直待衆生總無垢」之句爲東坡所賞，書一絶於壁間。繼之山中道俗隨東坡者甚衆，即日傳至圓通，遵適在焉，大自矜詡，追東坡至前塗。而塗中又傳東坡《三峽橋詩》，遵即對東坡自言：「有一絶，却欲題《三峽》之後，旅次不及書。」遂朗吟曰：「君能識我湯泉句，我却愛君《三峽》詩。道得可咽不可漱，幾多詩將豎降旗。」東坡既悔賞拔之誤，且惡其無禮，因促駕去。觀者稱快。遵方大言曰：「子瞻護短，見我詩好甚，故妒而去。」徑至棲賢，欲題所舉絶句。寺僧方礱石刻東坡詩，大詬而逐之。山中傳以爲笑。

44种徵君明逸，既隱操不終，雖驟登侍從，眷禮優渥，然常懼讒嫉。其《寄懷詩》曰：「予生背時性孤僻，自信己道輕浮名。中途失計被簪紱，目覩寵辱心潛驚。雖從鵷鷺共班序，常恐青蠅微有聲。清風滿壑石田在，終謝吾君甘退耕。」其憂畏如此。又有《寄二華隱者》詩曰：「我本厭虚名，致身天子庭。不終高尚事，有愧少微星。北闕空追悔，西山羨獨醒。秋風舊期約，何日去冥冥？」然其後卒遭王嗣宗之辱，可以爲輕出者之戒。世傳常夷甫晚年悔仕，亦不足多怪也。（卷五。下同）

45宋太素尚書《中酒詩》云：「中酒事俱妨，偷眠就黑房。静嫌鸚鵡鬧，渴憶荔枝香。病與慵相續，心和夢尚狂。從今改題品，不號醉爲鄉。」非真中酒者，不能知其味也。

46紹興中，有貴人好爲俳諧體詩及箋啓，詩云：「緑樹帶雲山罨畫，斜陽入竹地銷金。」《上汪内相啓》云：「長楸脱却青羅帔，緑蓋千層；俊鷹解下緑絲絛，青雲萬里。」後生遂有以爲工者。賴是時前輩猶在，雅正未衰，不然與五代文體何異？ 此事繫時治忽，非細事也。

47晁子止云：曾見東坡手書《四州環一島詩》，其間「茫茫太倉中」一句，乃「區區魏中梁」，不知果否。蘇季真云：《寄張文潛桄榔杖詩》，初本云「酒半消」，其下云：「江邊獨曳桄榔杖，林下閒尋蓽撥苗。」「盛孝章」又誤爲「孝標」。已而悟，故盡易之。雖其家所傳，然去今所行亡字韻殊遠，恐傳之誤也。

48「夜涼疑有雨，院静似無僧」，潘逍遥詩也。

49劉隋州詩：「海内猶多事，天涯見近臣。」言天下方亂，思見天子而不可得，得天子近臣亦足自慰矣。見天子近臣已足自慰，況又見之于天涯乎！ 其愛君憂國之意，鬱然見于言外。

50故都里巷間，人言利之小者曰「八文十二」。謂十爲諶，蓋語急，故以平聲呼之。白傳詩曰：「緑浪東西南北路，紅欄三百九十橋。」宋文安公《宮詞》曰：「三十六所春宮館，二月香風送管絃。」

晁以道詩亦云：「煩君一日殷勤意，示我十年感遇詩。」則詩家亦以十爲諶矣。

51宋白《石燭詩》云：「但喜明如蠟，何嫌色似黳。」燭出延安，予在南鄭數見之。其堅如石，照席極明。亦有淚如蠟，而煙濃，能薰汙帷幕衣服，故西人亦不貴之。

52胡基仲嘗言：「韓退之《石鼓歌》云『羲之俗書趁姿媚』，狂肆甚矣。」予對曰：「此詩至云『陋儒編詩不收入，二《雅》褊迫無委蛇』，其言羲之俗書，未爲可駭也。」基仲爲之絕倒。

53王廣津《宫詞》云：「新睡起來思舊夢，見人忘却道勝常。」「勝常」猶今婦人言「萬福」也。前輩尺牘有云「尊候勝常」者，「勝」字當平聲讀。

54拄杖，斑竹爲上，竹欲老瘦而堅勁，斑欲微赤而點疏。賈長江詩云：「揀得林中最細枝，結根石上長身遲。莫嫌滴瀝紅斑少，恰是湘妃淚盡時。」善言拄杖者也。然非予有此(癖)〔癖〕，亦未易賞音。

55唐韓翃詩云：「門外碧潭春洗馬，樓前紅燭夜迎人。」近世晏叔原樂府詞云：「門外緑楊春繫馬，床前紅燭夜呼盧。」氣格乃過本句，不謂之剽可也。

56張文昌《成都曲》云：「錦江近西煙水緑，新雨山頭荔枝熟。萬里橋邊多酒家，遊人愛向誰家宿？」此未嘗至成都者也。成都無山，亦無荔枝。蘇黄門詩云：「蜀中荔枝出嘉州，其餘及眉半有不。」蓋眉之彭山縣已無荔枝矣，況成都乎！

57張文昌《紗帽詩》云：「惟恐被人偷翦樣，不曾閑戴出書堂。」皮襲美亦云：「借樣裁巾怕索將。」王荆公于富貴聲色，略不動心，得耿天騭憲竹根冠，愛詠不已。予雅有道冠、（往）〔拄〕杖二癖，每自笑嘆，然亦賴古多此賢也。

58山谷《水仙花》二絶「淡掃蛾眉篸一枝」及「只比江梅無好枝」者，見于李端叔集中，然非端叔所及也。賀方回作《王子開挽詞》「和璧終歸趙，干將不葬吴」者，見于秦少游集中。子開大觀己丑卒于江陰，而返葬臨城，故方回此句爲工，時少游已没十年矣。《水仙花》則不可考，然氣格似山谷晚作，不類端叔也。

59老杜《海椶詩》在左緜所賦，今已不存。成都有一株，在文明廳東廊前，正與制置司簽廳門相直。簽廳乃故錦官閣。聞潼川尤多，予未見也。

60忠州在陝路，與萬州最號窮陋，豈復有爲郡之樂？白樂天詩乃云：「唯有緑樽紅燭下，暫時不似在忠州。」又云：「今夜酒醺羅綺暖，被君融盡玉壺冰。」以今觀之，忠州那得此光景耶？當是不堪司馬閒冷，驟易刺史，故亦見其樂爾。可憐哉！

61唐人喜赤酒、甜酒、灰酒，皆不可解。李長吉云：「琉璃鍾，琥珀濃，小槽酒滴真珠紅。」白樂天云：「荔枝新熟雞冠色，燒酒初開琥珀香。」杜子美云：「不放香醪如蜜甜。」陸魯望云：「酒滴灰香似去年。」

62李虚己侍郎，字公受，少從江南先達學作詩，後與曾致堯倡酬。曾每曰：「公受之詩雖工，恨啞耳。」虚己初未悟，久乃造入。以其法授晏元獻，元獻以授二宋，自是遂不傳。然江西諸人，每謂五言第三字，七言第五字要響，亦此意也。

63先君入蜀時，至華之鄭縣，過西溪。唐昭宗避兵嘗幸之，其地在官道旁七八十步，澄深可愛，亭曰西溪亭，蓋杜工部詩所謂「鄭縣亭子澗之濱」者。亭旁古松間，支徑入小寺，外弗見也。有柟木版揭梁間甚大，書杜詩，筆亦雄勁，體雜顔、柳，不知何人書，墨挺然出版上甚異。或云墨着柟木皆如此。（卷六。下同）

64杜詩「夜闌更秉燭」，意謂夜已深矣，宜睡，而復秉燭，以見久客喜歸之意。僧德洪妄云：「『更』當平聲讀。」烏有是哉！

65謝景魚家有陳無己手簡一編，有十餘帖，皆與酒務官託買浮炭者，其貧可知。浮炭者，謂投之水中而浮，今人謂之麩炭，恐亦以投之水中則浮故也。白樂天詩云：「日暮半爐麩炭火」，則其語亦已久矣。

66予遊邛州天慶觀，有陳希夷詩石刻云：「因攀奉縣尹尚書水南小酌回，捨轡特叩松扃，謁高公。茶話移時，偶書二十八字。道門弟子圖南上。」其詩云：「我謂浮榮真是幻，醉來捨轡謁高公。因聆玄論冥冥理，轉覺塵寰一夢中。」末書「太歲丁酉」，蓋蜀孟昶時，當石晉天福中也。天慶本唐天師觀。詩後有文與可跋，大略云：「高公者，此觀都威儀何昌一也。希夷從之學鎖鼻術。」予是日迫赴太守宇文衮臣約飯，不能盡記，後卒不暇再到，至今以爲恨。

67予遊大邑鶴鳴觀，所謂張天師鵠鳴化也。其東北絶頂，又有上清宮，壁間有文與可題一絶，曰：「天氣陰陰别作寒，夕陽林下動歸鞍。忽聞人報後山雪，更上上清宫上看。」

68京口子城西南月觀，在城上，或云即萬歲樓。京口人以爲南唐時節度使每登此樓西望金陵，嵩呼遥拜，其實非也。《京口記》云：晉王恭所作，唐孟浩然有《萬歲樓詩》，見集中。

69「水流天地外，山色有無中」，王維詩也。權德輿《晚渡揚子江詩》云：「遠岫有無中，片帆烟水上。」已是用維語。歐陽公長短句云：「平山闌檻倚晴空，山色有無中。」詩人至是蓋三用矣。然公但以此句施於平山堂爲宜，初不自謂工也。東坡先生乃云：「記取醉翁語，山色有無中。」則似謂歐陽公創爲此句，何哉？

70世言荆公《四家詩》，後李白，以其十首九首説酒及婦人，恐非荆公之言。白詩樂府外，及婦人者實少，言酒固多，比之陶淵明輩，亦未爲過。此乃讀白詩不熟者，妄立此論耳。《四家詩》未必有次序，使誠不喜白，當自有故。蓋白識度甚淺，觀其詩中如「中宵出飲三百杯，明朝歸揖二千石」、「揄揚九重萬乘主，謔浪赤墀金鎖賢」、「王公大人借顔色，金章紫綬來相趍」、「一别蹉跎朝市間，青雲之交不可攀」、「歸來入咸陽，談笑皆王公」、「高冠佩雄劍，長揖韓荆州」之類，淺陋有索客之風。集中此等語至多，世俱以其詞豪俊動人，故不深考耳。又如以布衣得一翰林供奉，此何足道，遂云：「當時笑我微賤者，却來請謁爲交親。」宜其終身坎壈也。

71杜牧之作《還俗僧》詩云：「雲髮不長寸，秋寒力更微。獨尋一徑葉，猶挈衲殘衣。日暮千峰裏，不知何日歸。」此詩蓋會昌（寺）廢佛寺時所作也。又有《斫竹詩》，亦同時作，云：「寺廢竹色死，官家寧爾留。霜根漸隨斧，風玉尚敲秋。江南苦吟客，何處寄悠悠。」詞意悽愴，蓋憐之也。至李端叔《還俗道士詩》云：「聞道華陽客，儒衣謁紫微。舊山連藥賣，孤鶴帶雲歸。柳市名猶在，桃源夢已稀。還家見鷗鳥，應愧背船飛。」此道士還俗，非不得已者，故直譏之耳。

72漢嘉城西北山麓，有一石洞，泉出其間，時聞洞中泉滴聲，良久一滴，清如金石。黄魯直題詩云：「古人題作東丁水，自古丁東直到今。我爲改名方響洞，要知山水有清音。」

73會稽鏡湖之東，地名東關，有天花寺。吕文靖嘗題詩云：「賀家湖上天花寺，一一軒窗向水開。不用閉門防俗客，愛閑能有幾人來？」今寺乃在草市通衢中，三面皆民間廬舍，前臨一支港，與詩殊不合，豈陵谷之變遽已如此乎？或謂寺本在湖中，後徙於此。

74蔚藍乃隱語天名，非可以義理解也。杜子美《梓州金華山詩》云：「上有蔚藍天，垂光抱瓊臺。」猶未有害。韓子蒼乃云「水色天光共蔚藍」，乃直謂天與水之色如藍耳，恐又因杜詩而失之。

75杜子美《梅雨詩》云：「南京西浦道，四月熟黄梅。湛湛長江去，冥冥細雨來。茅茨疏易濕，雲霧密難開。竟日蛟龍喜，盤渦與岸回。」蓋成都所賦也。今成都乃未嘗有梅雨，惟秋半積陰氣令蒸溽，與吳中梅雨時相類耳。豈古今地氣有不同耶？

76故都殘暑，不過七月中旬。俗以望日具素饌享先，織竹作盆盎狀，貯紙錢，承以一竹焚之。視盆倒所向，以占氣候，謂向北則冬寒，向南則冬温，向東西則寒温得中，謂之盂蘭盆，蓋俚俗老媪輩之言也。又每云：「盂蘭盆倒則寒來矣。」晏元獻詩云：「紅白薇英落，朱黄槿艷殘。家人愁溽暑，

計日望盂蘭。」蓋亦戲述俗語耳。（卷七。下同）

77歐陽公謫夷陵時，詩云：「江上孤峰蔽緑蘿，縣樓終日對嵯峨。」蓋夷陵縣治下臨峽，江名緑蘿溪。自此上泝，即上牢關，皆山水清絶處。孤峰者即甘泉寺山，有孝女泉及祠在萬竹間，亦幽邃可喜，峽人歲時遊觀頗盛。予入蜀，往來皆過之。韓子蒼舍人《泰興縣道中詩》云：「縣郭連青竹，人家蔽緑蘿。」似因歐公之句而失之。此詩蓋子蒼少作，故不審云。

78族伯父彦遠言：少時識仲殊長老，東坡爲作《安州老人食蜜歌》者，一日，與數客過之，所食皆蜜也。豆腐、麪觔、牛乳之類，皆漬蜜食之，客多不能下箸，惟東坡性亦酷嗜蜜，能與之共飽。崇寧中，忽上堂辭衆。是夕，閉方丈門自縊死。及火化，舍利五色不可勝計。鄒忠公爲作詩云：「逆行天莫測，雉作瀆中經。漚滅風前質，蓮開火後形。鉢盂殘蜜白，爐篆冷烟青。空有誰家曲，人間得細聽。」彦遠又云：「殊少爲士人，遊蕩不羈。爲妻投毒羹胾中，幾死，啖蜜而解。醫言復食肉則毒發，不可復療，遂棄家爲浮屠。鄒公所謂『誰家曲』者，謂其雅工於樂府詞，猶有不羈之餘習也。」

79東坡詩云：「大弨一弛何緣彀，已覺翻翻不受檠。」《考工記》：「弓人寒奠體。」注曰：「奠，讀爲定。至冬膠堅，内之檠中，定往來體。」《釋文》：「檠，音景。」《前漢·蘇武傳》：「武能網紡繳，檠弓弩。」顔師古曰：「檠，謂輔正弓弩，音警；又巨京反。」東坡作平聲叶，蓋用《漢書》注也。

80元豐七年秋宴，神廟舉御觴示丞相王岐公以下，忽暴得風疾，手弱觴側，餘酒霑汙御袍。是時京師方盛歌《側金盞》，皇城司中官以爲不祥，有歌者輒收繫之，由是遂絶。先楚公進《裕陵挽詞》有云：「輅從元朔朝時破，花是高秋宴後萎。」二句皆當時實事也。

81王荆公素不樂滕元發、鄭毅夫，目爲「滕屠」、「鄭酤」。然二公資豪邁，殊不病其言。毅夫爲内相，一日送客出郊，過朱亥冢，俗謂之屠兒原者，作詩云：「高論唐虞儒者事，賣交負國豈勝言。憑君莫笑金椎陋，却是屠酤解報恩。」

82《詩正義》曰：「絡緯鳴，懶婦驚。」宋子京《秋夜詩》云：「西風已飄上林葉，北斗直掛建章城。人間底事最堪恨，絡緯啼時無婦驚。」其妙於用事如此。

83孫少述一字正之，與王荆公交最厚。故荆公《别少述詩》云：「應須一曲千回首，西去論心有幾人！」又云：「子今此去來何時，後有不可誰予規？」其相與如此。及荆公當國，數年不復相聞，人謂二公之交遂暌。故東坡詩云：「蔣濟謂能來阮籍，薛宣真欲吏朱雲。」劉舍人貢父詩云：「不負興公《遂初賦》，更傳中散《絶交書》。」然少述初不以爲意也。及荆公再罷相歸，過高沙，少述適在焉。亟往造之，少述出見，惟相勞苦及弔元澤之喪，兩公皆自忘其窮達。遂留荆公置酒共飯，劇談經學，抵暮乃散。荆公曰：「退即解舟，無由再見。」少述曰：「如此更不去奉謝矣。」然惘惘各有惜别之色。人然後知兩公之未易測也。

84杭僧思聰，東坡爲作《字説》者，大觀、政和間，挾琴遊梁，日登中貴人之門。久之，遂還俗，爲御前使臣。方其將冠巾也，蘇叔黨因浙僧入都送之詩曰：「試誦《北山移》，爲我招琴聰。」詩至已無及矣。參寥政和中老矣，亦還俗而死，然不知其故。

85陶淵明《遊斜川詩》，自叙辛丑歲年五十。蘇叔黨宣和辛丑亦年五十，蓋與淵明同甲子也。是歲得園於許昌西湖上，故名之曰小斜川云。

86老杜《哀江頭》云：「黄昏胡騎塵滿城，欲往城南忘城北。」言方皇惑避死之際，欲往城南，乃不能記孰爲南北也。然荆公集句，兩篇皆作「欲往城南望城北」。或以爲舛誤，或以爲改定，皆非也。蓋所傳本偶不同，而意則一也。北人謂向爲望，謂欲往城南，乃向城北，亦皇惑避死，不能記南北之意。

87先夫人幼多在外家晁氏，言諸晁讀杜詩：「穉子也能賒」，「晚來幽獨恐傷神」，「也」字、「恐」字，皆作去聲讀。

88蜀人石耆公言：「蘇黄門嘗語其姪孫在庭少卿曰：『《哀江頭》即《長恨歌》也。《長恨》冗而凡，《哀江頭》簡而高。』在庭曰：『《常武》與《桓》二詩，皆言用兵，而繁簡不同，蓋此意乎？』黄門摇手曰：『不然。』」

89今人解杜詩，但尋出處，不知少陵之意，初不如是。且如《岳陽樓詩》：「昔聞洞庭水，今上岳陽樓。吴楚東南坼，乾坤日夜浮。親朋無一字，老病有孤舟。戎馬關山北，憑軒涕泗流。」此豈可以出處求哉？縱使字字尋得出處，去少陵之意益遠矣。蓋後人元不知杜詩所以妙絶古今者在何處，但以一字亦有出處爲工。如《西崑酬倡集》中詩，何曾有一字無出處者，便以爲追配少陵，可乎？且今人作詩，亦未嘗無出處，渠自不知，若爲之箋注，亦字字有出處，但不妨其爲惡詩耳。

90俞秀老紫芝，物外高人，喜歌謳，醉則浩歌不止。故荆公贈之詩曰：「魯山眉宇人不見，只有歌辭來向東。借問樓前蹋于蔿，何如雲卧唱松風。」又云：「暮年要與君携手，處處相煩作好歌。」不知者以爲賦詩也。紫芝之弟清老，欲爲僧，荆公名之曰紫琳，因手簡目之爲琳公，然清老卒未嘗祝髮也。

91晁以道《明皇打毬圖詩》：「宫殿千門白晝開，三郎沈醉打毬回。九齡已老韓休死，明日應無諫疏來。」又《張果洞詩》云：「怪底君王慚漢武，不誅方士守輪臺。」皆偉論也。

92歐陽公《早朝詩》云：「玉勒争門隨仗入，牙牌當殿報班齊。」李德芻言：「自昔朝儀，未嘗有牙牌報班齊之事。」予考之，實如德芻之説。問熟於朝儀者，亦惘然以爲無有。然歐陽公必不誤，當更博攷舊制也。

93曾子宣丞相，元豐間帥慶州。未至，召還；至陝府，復還慶州，往來潼關。夫人魏氏作詩戲丞相曰：「使君自爲君恩厚，不是區區愛華山。」

94蘇子由晚歲遊許昌賈文元公園，作詩云：「前朝輔相終難得，父老咨嗟今亦無。」蓋謂方仁祖時，士大夫多議文元，然自今觀之，豈易得哉！其感慨如此。

95鄭康成自爲書戒子益恩，其末曰：「若忽忘不識，亦已焉哉！」此正孟子所謂「父子之間不責善」也。蓋不責善，非不示於善也，不責其必從耳。陶淵明《命子詩》曰：「夙興夜寐，願爾斯才。爾之不才，亦已焉哉！」用康成語也。（卷八。下同）

96東坡《海外詩》云：「夢中時見作詩孫。」初不解。在蜀見蘇山藏公墨迹《疊韻竹詩》，後題云：「寄作詩孫符」，乃知此句爲仲虎發也。

97東坡《牡丹詩》云：「一朵妖紅翠欲流。」初不曉「翠欲流」爲何語。及遊成都，過木行街，有大署市肆曰：「郭家鮮翠紅紫鋪。」問土人，乃知蜀語鮮翠猶言鮮明也。東坡蓋用鄉語云。蜀人又謂糊窗曰「泥窗」，花蕊夫人《宫詞》云：「紅錦泥窗遶四廊。」非曾遊蜀，亦所不解。

98宋白尚書詩云：「風騷墜地欲成塵，春鎖南宫入試頻。三百俊才衣似雪，可憐無箇解詩人。」又云：「對花莫道渾無過，曾爲常人舉好詩。」大抵宋詩雖多疵纇，而語意絶有警拔者，故其自負如此。

99白樂天詩云：「四十著緋軍司馬，男兒官職未蹉跎。」「一爲州司馬，三見歲重陽。」本朝太宗時，宋太素尚書自翰苑謫鄜州行軍司馬，有詩云：「鄜州軍司馬，也好畫爲屏。」又云：「官爲軍司馬，身是謫仙人。」蓋此音「司」字作入聲讀。

100故事：謫散官雖别駕司馬，皆封賜如故。故宋尚書在鄜時詩云：「經時不巾櫛，慵更佩金魚。」東坡先生在儋耳，亦云「鶴髮驚全白，犀圍尚半紅」是也。至司户參軍，則奪封賜。故世傳寇萊公謫雷州，借録事參軍緑袍拜命，袍短纔至膝。又予少時，見王性之曾夫人言，曾丞相謫廉州司户，亦借其侄緑袍拜命云。

101老杜《寄薛三郎中詩》云：「上馬不用扶，每扶必怒瞋。」東坡《送喬仝詩》云：「上山如飛瞋人扶。」皆言老人也。蓋老人諱老，故爾。若少壯者，扶與不扶皆可，何瞋之有。

102賀方回狀貌奇醜，色青黑而有英氣，俗謂之賀鬼頭。喜校書，朱黄未嘗去手。詩文皆高，不獨攻長短句也。潘邠老《贈方回詩》云：「詩束牛腰藏舊稾，書訛馬尾辨新讎。」有二子，曰房、曰廩。於文，「房」從「方」，「廩」從「回」，蓋寓父字於二子名也。

103顔延年作《靖節徵士誄》云：「徽音遠矣，誰箴予闕？」王荆公用此意作《别孫少述詩》：「子今去此來何時，後有不可誰予規？」青出於藍者也。

104先君讀山谷《乞貓詩》，嘆其妙。晁以道侍讀在坐，指「聞道貓奴將數子」一句，問曰：「此何謂也？」先君曰：「老杜云『暫止啼烏將數子』，恐是其類。」以道笑曰：「君果誤矣。《乞貓詩》『數』字當音色主反。『數子』謂貓狗之屬多非一子，故人家初生畜必數之曰：『生幾子。』『將數子』猶言『將生子』也，與杜詩語同而意異。」以道必有所據，先君言當時偶不叩之以爲恨。

105唐人詩中有曰「無題」者，率杯酒狎邪之語，以其不可指言，故謂之「無題」，非真無題也。近歲吕居仁、陳去非亦有曰「無題」者，乃與唐人不類，或真亡其題，或有所避，其實失於不深考耳。

106荆公詩云：「閉户欲推愁，愁終不肯去。」劉賓客詩云：「與老無期約，到來如等閑。」韓舍人子蒼取作一聯云：「推愁不去還相覓，與老無期稍見侵。」比古句蓋益工矣。

107真宗御集有《苑中賞花詩》十首，内一首《龍柏花》。李文饒《平泉山居草木記》有「藍田之龍柏」，宋子京又有《真珠龍柏詩》，劉子儀、晁以道、朱希真亦皆有此作。予長於江南，未嘗見也。或

云本出鄜、坊間。（卷九。下同）

108陳無己子豐，詩亦可喜，晁以道集中有《謝陳十二郎詩卷》是也。建炎中，以無己故，特命官。李鄴守會稽，來從鄴作攝局。鄴降虜，豐亦被縶累而去，無己之後遂無在江左者。豐亦不知存亡，可哀也。

109行在百官，以祠事致齋於僧寺，多相與遍遊寺中，因遊傍近園館。或齋於道宫亦然。按張文昌《僧寺宿齋詩》云：「晚到金光門外寺，寺中新竹隔簾多。齋官禁與僧相見，院院開門不得過。」乃知唐齋禁之嚴如此。今律所云作祀事悉禁是也。

110韓子蒼詩，喜用「擁」字，如「車騎擁西疇」、「船擁清溪尚一樽」之類，出於唐詩人錢起「城隅擁歸騎」也。

111《孫策傳》，張津常著絳帕頭。帕頭者，巾幘之類，猶今言幞頭也。韓文公云「以紅帕首」，已爲失之。東坡云：「絳帕蒙頭讀道書。」增一「蒙」字，其誤尤甚。

112韓子蒼《和錢遜叔詩》云：「叩門忽送銅山句，知是賦詩人姓錢。」蓋唐詩人錢起賦詩以姓爲韻，有「銅山許鑄錢」之句。

113予在成都，偶以事至犀浦，過松林甚茂，問馭卒：「此何處？」答曰：「師塔也。」蓋謂僧所葬之塔。於是乃悟杜詩「黄師塔前江水東」之句。

114南朝詞人謂文爲筆，故《沈約傳》云：「謝玄暉善爲詩，任彦昇工于筆，約兼而有之。」又《庾肩吾傳》，梁簡文《與湘東王書》論文章之弊曰：「詩既若此，筆又如之。」又曰：「謝脁、沈約之詩，任昉、陸倕之筆。」《任昉傳》又有「沈詩」、「任筆」之語。老杜《寄賈至嚴武詩》云：「賈筆論孤憤，嚴詩賦幾篇。」杜牧之亦云：「杜詩韓筆愁來讀，似倩麻姑癢處抓。」亦襲南朝語爾。往時諸晁謂詩爲詩筆，亦非也。

115 東蒙蓋終南山峰名。杜詩云：「故人昔隱東蒙峰，已佩含景蒼精龍。故人今居子午谷，獨在陰崖結茅屋。」皆長安也。种明《東蒙新居詩》亦云：「登遍終南峰，東蒙最孤秀。」南士不知，故注杜詩者妄引顓臾爲東蒙主，以爲魯地。

116 紹興初，程氏之學始盛，言者排之，至譏其幅巾大袖。胡康侯力辨其不然，曰：「伊川衣冠，未嘗與人異也。」然張文潛元祐初《贈趙景平主簿詩》曰：「明道新墳草已春，遺風猶得見門人。定知魯國衣冠異，盡戴林宗折角巾。」則是自元祐初，爲程學者幅巾已與人異矣。衣冠近古，正儒者事，譏者固非，辨者亦未然也。

117 晁氏世居都下昭德坊，其家以元祐黨人及元符上書籍記，不許入國門者數人，之道其一也。嘗於鄭、洛道中，遇降羌，作詩云：「沙塲尺箠致羌渾，玉陛俱承雨露恩。自笑百年家鳳闕，一生腸斷國西門。」方是時，士大夫失職如此，安得不兆亂乎？

118 鄭介夫喜作詩，多至數千篇。謫英州，遇赦得歸，有句云：「未言路上舟車費，尚欠城中酒藥錢。」絶似王元之也。

119徽宗嘗乘輕舟泛曲江，有宮嬪持寶扇乞書者，上攬筆亟作草書一聯云：「渚蓮參法駕，沙鳥犯鈎陳。」俄復取筆塗去「犯鈎陳」三字，曰：「此非佳語。」此聯實李商隱《陳宮詩》，亦不祥也。李耕道云。

120東坡在黄州時，作《西捷詩》曰：「漢家將軍一丈佛，詔賜天閑八尺龍。露布朝馳玉關塞，捷烽夜到甘泉宫。似聞指麾築上郡，已覺談笑無西戎。放臣不見天顔喜，但覺草木皆春容。」「一丈佛」者，王中正也。以此詩爲非東坡作耶，氣格如此，孰能辨之？以爲果東坡作耶，此老豈譽王中正者？蓋刺之也。以《三百篇》言之，「君子偕老」是矣。

121南朝謂北人曰「傖父」，或謂之「虜父」。南齊王洪軌，上谷人，事〔齊〕高帝，爲青冀二州刺史，勵清節，州人呼爲「虜父使君」。今蜀人謂中原人爲「虜子」，東坡詩「久客厭虜饌」是也，因目北人仕蜀者爲「虜官」。晁子止爲三榮守，民有訟資官縣尉者，曰：「縣尉虜官，不通民情。」子止爲窮治之，果負冤。民既得直，拜謝而去。子止笑諭之曰：「我亦虜官也，汝勿謂虜官不通民情。」聞者皆笑。

122東坡在嶺海間，最喜讀陶淵明、柳子厚二集，謂之南遷二友。予讀宋白尚書《玉津雜詩》有云：「坐卧將何物？陶詩與柳文。」則前人蓋有與公暗合者矣。

123世多言白樂天用「相」字，多從俗語作思必切，如「爲問長安月，如何不相離」是也。然北人大抵以「相」字作入聲，至今猶然，不獨樂天。老杜云：「恰似春風相欺得，夜來吹折數枝花。」亦從

入聲讀，乃不失律。俗謂南人入京師，效北語，過相藍，輒讀其牓曰大廝國寺，傳以爲笑。（卷十。下同）

124芰，菱也。今人謂卷荷爲伎荷。伎，立也。卷荷出水面，亭亭植立，故謂之伎荷。或作芰，非是。白樂天《池上早秋詩》云：「荷芰緑參差，新秋水滿池。」乃是言荷及菱二物耳。

125東坡絶句云：「梨花澹白柳深青，柳絮飛時花滿城。惆悵東闌一株雪，人生看得幾清明？」紹興中，予在福州，見何晉之大著，自言嘗從張文潛遊，每見文潛哦此詩，以爲不可及。余按杜牧之有句云：「砌下梨花一堆雪，明年誰此凭闌幹？」東坡固非竊牧之詩者，然竟是前人已道之句，何文潛愛之深也，豈别有所謂乎？聊記之以俟識者。

126白樂天云：「微月初三夜，新蟬第一聲。」晏元憲云：「緑樹新蟬第一聲。」王荆公云：「去年今日青松路，憶似聞蟬第一聲。」三用而愈工，信詩之無窮也。

127蘇子容詩云：「起草才多封卷速，把麻人衆引聲長。」蘇子由詩云：「明日白麻傳好語，曼聲微繞殿中央。」蓋昔時宣制，皆曼延其聲，如歌詠之狀。張天覺自小鳳拜右揆，有旨下閤門，令平讀，遂爲故事。

128唐王建《牡丹詩》云：「可憐零落蕊，收取作香燒。」雖工而格卑。東坡用其意云：「未忍污泥沙，牛酥煎落蕊。」超然不同矣。

129張繼《楓橋夜泊》詩云：「姑蘇城外寒山寺，夜半鐘聲到客船。」歐陽公嘲之云：「句則佳矣，其如夜半不是打鐘時。」後人又謂惟蘇州有半夜鐘，皆非也。按于鄴《褒中即事》詩云：「遠鐘來半夜，明月入千家。」皇甫冉《秋夜宿會稽嚴維宅》詩云：「秋深臨水月，夜半隔山鐘。」此豈亦蘇州詩耶？恐唐時僧寺，自有夜半鐘也。京都街鼓今尚廢，後生讀唐詩文及街鼓者，往往茫然不能知，况僧寺夜半鐘乎？

130宋文安公《自禁庭謫鄜時》詩云：「九月一日奉急宣，連忙趨至閤門前。忽爲典午知何罪，謫向鄜州更憮然！」蓋當時謫黜者，召至閤門受命乃行也。

131宋文安公集中有《省油燈盞》詩，今漢嘉有之，蓋夾燈盞也。一端作小竅，注清冷水於其中，每夕一易之。尋常盞爲火所灼而燥，故速乾，此獨不然，其省油幾半。邵公濟牧漢嘉時，數以遺中朝士大夫。按文安亦嘗爲玉津令，則漢嘉出此物幾三百年矣。

132唐質肅公參禪，得法於浮山遠禪師。嘗作《贈僧詩》云：「今日是重陽，勞師訪野堂。相逢又無語，籬下菊花黃。」

133古所謂路寢，猶今言正廳也。故諸侯將薨，必遷於路寢，不死於婦人之手，非惟不瀆，亦以絶婦寺矯命之禍也。近世乃謂死於堂奧爲終於正寢，誤矣。前輩墓誌之類數有之，皆非也。黄魯直詩云：「公虛采蘋宫，行樂在小寢。」按魯僖公薨於小寢。杜預謂：「小寢，夫人寢也。」魯直亦習於近世，謂堂爲正寢，故以小寢爲妾媵所居耳。不然既云「虛采蘋宫」，又云「在小寢」，何耶？

134晉人所謂見何次道，令人欲傾家釀，猶云欲傾竭家貲以釀酒飲之也。故魯直云：「欲傾家以繼酌。」韓文公藉以作簟詩云：「有賣直欲傾家貲。」王平父《謝先大父贈簟詩》亦云：「傾家何計效韓公。」皆得晉人本意。至朱行中舍人有句云：「相逢盡欲傾家釀，久客誰能散橐金。」用「家釀」對「橐金」，非也。

135錢穆父風姿甚美，有九子。都下九子母祠作一巾美紵美丈夫，坐於西偏，俗以爲九子母之夫。故都下謂穆父爲九子母夫。東坡贈詩云：「九子羨君門户壯。」蓋戲之也。

136吕進伯作《考古圖》云：「古彈棋局，狀如香爐。」蓋謂其中隆起也。李義山詩云：「玉作彈棋局，中心亦不平。」今人多不能解。以進伯之説觀之，則粗可見，然恨其藝之不傳也。魏文帝善彈棋，不復用指，第以手巾角拂之。有客自謂絶藝，及召見，但低首以葛巾角拂之，文帝不能及也。此説今尤不可解矣。大(明)〔名〕龍興寺佛殿有魏宫玉石彈棋局，上有黄初中刻字，政和中取入禁中。

137楊朴處士詩云：「數箇胡皴徹骨乾，一壺村酒膠(去聲)牙酸。」《南楚新聞》亦云：「一楪氈根數十皴，盤中猶自有紅鱗。」不知皴何物，疑是餅餌之屬。

138白樂天《寄裴晉公詩》云：「聞説風情筋力在，只如初破蔡州時。」王禹玉《送文太師詩》云：「精神如破貝州時。」用白語而加工，信乎善用事也。

139吴會當爲吴興、會稽兩郡邑，吾固言之。偶讀《文選》魏文帝詩云：「惜哉時不遇，適與飄風會；吹我東南行，行行至吴會。」兩用「會」字爲韻，昔人所無。後一韻爲會稽之「會」，何疑焉。然誤都會之「會」已久，雖名輩，或承誤用之。又《南史·隱逸·褚伯玉傳》：「齊高帝手詔，吳、會二郡，以禮迎遣。」（續筆記。下同）

140唐初，魏鄭公等撰《隋書》，以隋文帝之父名忠，故凡「忠」字皆謂之「誠」，謂死事之臣爲《誠節傳》，書中凡忠臣皆曰「誠臣」。書作於唐，猶爲隋避諱，驟讀之，殆不可曉。太宗詩云：「疾風知勁草，板蕩識誠臣。」亦是避隋諱耳。

141海南儋、崖諸郡，出勒竹仗，大於澀竹，膚有芒，可以剉爪。東坡云「倦看澀勒暗蠻村」者是也。

142梅宛陵詩，好用「案酒」，俗言「下酒」也，出陸璣《草木疏》：「荇，（按）〔接〕余也。白莖，葉紫赤色，正圓，徑寸餘，浮水上，根在水底，與之深淺。莖大如釵股，上青下白。煮其白莖，以苦酒浸之，脆美可案酒。」今北方多言「案酒」。

143余在蜀，見東坡先生手書一軸曰：「黄幡綽告明皇，求作白打使，此官亦快人意哉！」味東坡語，似以「白打」爲搏擊之意。然王建《宫詞》云：「寒食内人長白打，庫中先散與金錢。」則「白打」似是博戲耳，不知公意果何如耳？

144唐有一種色，謂之退紅。王建《牡丹詩》云：「粉光深紫膩，肉色退紅嬌。」王貞白《娼樓行》云：「龍腦香調水，教人染退紅。」《花間集》樂府云：「牀上小薰籠，韶州新退紅。」蓋退紅若今之粉紅，而髹器亦有作此色者，今無之矣。紹興末，縑帛有一等似皂而淡者，謂之「不肯紅」，亦退紅類耶？

145《漢書》，酇侯音贊，今亳州酇縣乃音才何反。而字書「䣜」字亦才何反，云邑名，一作酇；而贊字部又有「酇」字，亦云邑名。按班固《十八侯銘》云：「文昌四友，漢有蕭何。序功第一，受封爲酇。」唐楊巨源《丹鳳樓宣赦上門下相公詩》云：「請問漢家功第一，麒麟閣上識酇侯。」是字有二音。顔注未必是也。

146太史公作《張耳陳餘傳》：「秦將詐稱二世使人遺李良書曰：『良嘗事我得顯幸。良誠能反趙爲秦，赦良罪，貴良。』」四句疊用四「良」字。《馮唐傳》：「上曰：『嗟乎，吾獨不得廉頗、李牧爲吾將。吾豈憂匈奴哉？』」兩句疊用三「吾」字，而語若飛動，減一字不得。杜少陵《曲江詩》云：「一片飛花減却春，風飄萬點正愁人。且看欲盡花經眼，莫厭傷多酒入脣。江上小堂巢翡翠，花間高冢卧麒麟。細推物理須行樂，何用浮名絆此身？」三聯中疊用三「花」字，而意不重複，又何好也。

147王元之詩云：「兩株紅杏映籬斜，妝點香山副使家。何事春風容不得，和鶯吹折數枝花！」語雖極工，然大風折樹而鶯猶不去，於理不通，當更求之。

（徐俊）

芥隱筆記

龔頤正　撰

龔頤正，原名敦頤，避光宗諱改。字養正，號芥隱，處州遂昌（在今浙江省）人。《芥隱筆記》一卷，此據《續知不足齋叢書》本選録。

【八十一萬歲】李太白詩云：「拜龍顏，獻聖壽。北斗戾，南山摧。天子九九八十一萬歲，歲歲長傾萬壽杯。」余嘗爲《聖節詩》，用八十一萬歲事。或問有所據否？因舉此。且云道藏《雲笈七籤》二帙《混元聖紀》云：「混元一始萬劫，至於百成，百成亦八十一萬年而有太初。太初之時，老君從虛空而下，爲太初之師。又自太上生後復八十一萬億八十一萬歲，乃生一炁。」

【禍雙】荆公《金陵懷古》詩：「逸樂安知與禍雙。」「雙」字最佳。《史·龜策傳》：「禍與福同，刑與德雙。聖人察之，以知吉凶。」

【擲火萬里流鈴八衝四目】杜牧之詩：「老翁四目牙爪利，擲火萬里精神高。」蓋用《天蓬咒》「蒼舌緑齒四目老翁」，而今本誤以「目」爲「百」爾。「擲火萬里」亦用《度人經》「擲火萬里，流鈴八衝」之語。而東坡亦用之於《芙蓉城》詩，云「仙風鏘然韻流鈴」也。

【騰驤字】老杜《瘦馬行》：「此豈有意仍騰驤。」蓋用《史記》鄒衍「此豈有意阿世苟合而已哉」，意最爲奇。《史記・索隱》：鄒衍執詭怪，熒惑諸侯，其見禮重。武王以仁義伐紂、伯夷餓不食周粟、衛靈公問陳而孔子不答、梁惠王謀欲攻趙、孟軻稱太王去邠，此豈有意阿世俗苟合而已哉？出《孟軻傳》。

【黄石白猿】杜牧之詩：「授圖黄石老，學劍白猿翁。」蓋出庾信《宇文盛墓誌》，云：「授圖黄石，不無師表之心；學劍白猿，遂得風雲之志。」

【折綿冰酒】山谷詩：「霜威能折綿，風力欲冰酒。」蓋用阮籍詩「陽和微弱陰氣竭，海凍不流綿絮折，呼吸不通寒冽冽」，庾肩吾詩「勁氣方凝海，清威正折綿」，張説「塞上綿應折，江南草可結」語也。

【退之詩《寄崔立之》詩】「歡時不滿眼，咎責塞兩儀。」蓋用《前漢・叙傳》：「福不盈眥，禍溢於世。」《文選》載班固《答賓戲》：「朝爲榮華，夕而顦顇。福不盈眥，禍溢於世。」

【東坡泗州塔詩】「耕田欲雨刈欲晴，去得順風來者怨。」蓋用劉夢得「同蓺于陸，其時在澤。伊種之喜，乃穫之厄。同舟于江，其時在風。沿者之吉，泝者之凶」意。

【杜子美詩】東坡謂：老杜「竊比稷與卨」，蓋求之於其詩，「舜舉十六相，身尊道何高。秦時用商鞅，法令如牛毛」。意特有所指。余以爲見此老容民畜衆之度，莫若「水深魚極樂，林茂鳥知歸」。又：「林茂鳥悠歸，水深魚知聚。」重言之，此其意有在。

【退之用丞輔字】《田氏先廟碑銘》：「訖其外庸，可作丞輔。」乃用《吕氏春秋》：「晉文公出亡反國，介子推不肯受賞。爲賦詩曰：『有龍于飛，周遍天下。五蛇從之，爲之丞輔。龍反其鄉，得其處所。四蛇從之，得其露雨。一蛇羞之，槁死于中野。』」而刊正者以「丞」爲「承」，其未知此歟？案《晉世家》：文公得歸，賞從亡，推亦不言禄，禄亦不及推，母曰：「與女偕隱。」至死不復見。介子推從者憐之，乃懸書宮門曰：「龍欲上天，五蛇爲輔。」

【山谷用巴西字《懷半山老人》詩】山谷詩：「啜羹不如放麑，樂羊終愧巴西。」按《説苑》：樂羊爲魏將，以攻中山。其子在中山，中山懸其子示樂羊。樂羊不爲衰志，攻之愈急。中山因烹子而遺之，樂羊食之盡一杯。中山見其誠也，不忍與其戰。果下之，遂爲魏文侯開地。文侯賞其功而疑其心。孟孫獵得麑，使秦西巴持歸，其母隨而鳴。秦西巴不忍，縱而與之。孟孫怒而逐秦西巴。居一年，召以爲太子傅。左右曰：「夫秦西巴有罪於君，今以爲太子傅，何也？」孟孫曰：「夫以一麑而不忍，又將能忍吾子乎？」山谷謂「巴西」，可乎？

【古人用山字所旃切】退之《謝自然詩》：「童騃無所識，但聞有神仙。輕生學其術，乃在金泉山。」《詩·斯干》：「秩秩斯干，幽幽南山。」古詩：「藁砧今何在，山上復有山。何當大刀頭，被鏡飛上天。」《楚詞·招魂》：「高堂邃宇檻層軒，層臺累榭臨高山，網户珠綴刻方連。」揚雄《解嘲》：「藺先生收功於章臺，四皓采榮於南山，公孫創業於金馬，驃騎發迹於祁連。」《史記·龜策傳》：「河雖神賢，不如昆侖之山。」《漢書·衛霍叙傳》：「飲馬翰海，封狼居山。」「西規大河，列郡祁連。」山，所旃切。《説文》：山，宣也。祁連，山名，謂置郡至此。

【辨口字孔五切】《元和聖德詩》：「疆外之險，莫過蜀土。韋皋去鎮，劉闢守後。血人于牙，不肯吐口。」《詩・正月》：「不自我先，不自我後。好言自口，莠言自口。憂心愈愈，是以有侮。」正考父昭七年。《鼎銘》：「一命而僂，再命而傴，三命而俯。循牆而走，亦莫余敢侮。饘於是，鬻於是，以糊余口。」《漢・溝洫志》白渠之歌：「田於何所？池陽、谷口。鄭國在前，白渠起後。舉鍤爲雲，決渠爲雨。涇水一石，其泥數斗。且溉且糞，長我禾黍。衣食京師，億萬之口。」《上林賦》：「出乎椒丘之闕，行乎州淤之浦。徑乎桂林之中，過乎泱莽之壄。汩乎混流，順阿而下，赴隘陜之口。」《西京賦》：「鄙生生乎三百之外，傳聞於未聞之口。曾髣髴其若夢，未一隅之能覩。」

【辨閒字音居賢切】退之詩《孟東野失子詩》：「彼於女何有，乃令蕃且延？此獨何罪辜，生死旬日閒？」《詩・還》：「十畝之閒兮，桑者閑閑兮，行與子還兮。」《漢・李廣傳》：「自以大黄射其裨將。」服注曰：「黄肩，弩也。」晉灼曰：「黄肩即黄閒也。」《上林賦》：「赤瑕駮犖，雜臿其閒。鼂采琬琰，和氏出焉。」班固《西都賦》：「裛以藻繡，絡以編連亦作綸。隨侯明月，錯落其閒。」曹植《瑟瑟歌》：「東西經七陌，南北越九阡。卒遇回風起，吹我入雲閒。」

【辨乖字音公回切】《猛虎行》：「自矜無當對，氣性縱以乖。朝怒殺其子，暮還食其妃。」六月蓼蕭廢，則恩澤乖矣。湛露廢，則萬國離矣。漢蘇武詩：「胡馬失其群，思心常依依。何況雙飛龍，羽翼臨當乖。」《漢・律曆叙傳》：「官失學微，六家分乖。一彼一此，庶研其幾。」崔駰《達旨》：「淳朴散離，人物錯乖。高辛攸降，厥趣各違。」王逸《九思》：「紛載驅兮高馳，將諮詢兮皇羲，遵河皋兮周流，路變易兮時乖。」乖，睽也。

【辨角字音盧谷切】《贈唐衢》：「虎有爪兮牛有角，虎可搏兮牛可觸。」《詩・麟之趾》：「麟之角，振振公族。」《漢・曆律志》：「角，觸也。物觸地而出，戴芒角也。」又曰角於斛切。《東方朔傳》曰：「臣以爲龍又無角，謂之爲蛇又有足。」仲長統：「騰蛇棄鱗，神龍喪角。至人能變，達士拔俗。」郭璞《共工贊》：「共工赫怒，不用是觸。地虧巽維，天缺乾角。」角，盧谷切，見《資暇集》。魯直《題牧牛圖》：「野次小峥嶸，幽篁相依緑。阿童三尺箠，御此老觳觫。石吾甚愛之，勿遣牛礪角。牛礪角尚可，牛鬭殘我竹。」《寄裴仲謨》詩：「念公篤行李，野飯中道宿。驚沙卷旍旗，烏尾訛城角。」

【辨蛇字音唐河切】《東方朔詩》：「方朔聞不喜，褫身絡蛟蛇。瞻相北斗柄，兩手自相挼。」《詩・羔羊》：「素絲五紽，委蛇委蛇。」《易林》：「長尾委蛇，畫地成河。」揚雄《反離騷》：「既亡鸞車之幽藹兮，駕八龍之委蛇。臨江瀕而掩涕兮，何有《九招》與《九歌》。」張衡《西京賦》：「感河馮，懷湘娥。驚魍魎，皆水神。憚蛟蛇。」郭璞《流沙贊》：「經帶西極，頹溏委蛇。注于黑水，永溺餘波。」

【辨降字音乎政切】《劉統軍碑》：「琳後來降，公不有功。」《詩・草蟲》：「憂心忡忡，我心則降。」《孟子》曰：「洚水者，洪水也。」《楚辭》四用「降韻」。徐邈皆乎汝切。揚雄《河東賦》：「雪霏霏而來迎兮，澤滲灕而下降。鬱蕭條其幽藹兮，滃烏孔切泛沛以豐隆。」馬融《笛賦》：「無相奪倫，以宣八風。律呂既和，哀聲五降。」阮籍《寄懷詩》：「陽精蔽不見，陰光代爲雄。亭亭在須臾，厭厭將復降。」

【辨售字音時周切】《送劉師服》詩：「齎財入市賣，貴者常難售。豈不久憔悴，爲功忌中休。」

《詩·谷風》：「賈用不售。」樂府《隴頭水歌》：「將頓樓蘭⿰桼阝，就解月支裘。勿令如李牧，功多信不售。」時周切。賣物出手也。

【壹似字】退之《聖德詩》：「壹似堯禹。」壹似蓋用《禮記》夫子之言。《檀弓》，孔子過泰山側，有婦人哭於墓者而哀，夫子使子路問之曰：「子之哭也，壹似重有憂者。」

【荆公押而字】荆公在歐公坐，分韻送裴如晦知吴江，以「黯然消魂，唯別而已」分韻，時客與公八人：荆公、子美、聖俞、平甫、老蘇、姚子、張焦、伯强也。時老蘇得「而」字，押「談詩究乎而」。荆公乃又作「而」字二詩：「采鯨抗波濤，風作鱗之而。」蓋用《周禮·考工記·梓人》：「深其爪，出其目，作其鱗之而。」注：之而，頰頷也。又云：「春風垂虹亭，一杯湖上持。傲兀何賓客，兩忘我與而。」最爲工。君子不欲多上人，王蘇之憾，未必不稔於此也。

【正老杜自平詩】杜詩：「自平宫中吕太一。」按《唐史》有兩吕。宦官吕太一，爲廣南市舶使，反，注：吕太一，代宗時爲廣南市舶使，逐刺史張休而反。東坡云：「自平宫中吕太一。」世莫曉其義。妄者以爲唐有自平宫。偶讀《玄宗實録》，有宫中吕太一叛於廣南，故下有「南海收珠」之句。故下云「收兵南海千餘日」，復何疑？而説詩者紛紛，不可曉。至謂唐有自平宫。開元中書舍人吕太一，與張嘉正號「四俊」者。又吕寧爲太一宫使，尤謬。

【作詩下字來歷】《史記》：秦，虎狼之國也。《唐史》：太宗龍鳳之姿。而子美《昭陵》詩云：「讖歸龍鳳質，威定虎狼都。」各易一字，最爲妙處。洪氏《辨證》謂：「急急能鳴雁，輕輕不下鷗。」「能鳴」用《莊子》，「不下」用《列子》語，於此見其用出處下字之法。《莊子·外篇》：「莊子舍于故人之家，故人喜，殺雁而烹之。豎子請曰：一能鳴，其一不能鳴，請奚殺？主人曰：殺不能鳴者一。」《列子·黄帝篇》：「海上之人有好漚鳥者，每從漚鳥游。其父曰：吾聞漚鳥皆從汝游，汝取來吾玩之。明日之海上，漚鳥舞而不下。」

【杜詩古今本不同】王仲言自宣城歸，得杜甫詩三帙，有南唐澄心堂紙，有建鄴文房印、沈思遠印及敕賜印。筆法精妙，殆能書者。試考一二詩，多與今本不同。如《憶李白》詩：「白也詩無數，飄然意不群。清新庾開府，豪邁鮑參軍。渭北春天樹，江東日暮雲。何時一樽酒，重與話斯文。」《九日》詩乃云：「今朝醉裏爲君歡。」「笑倩傍人爲正冠。」及「再把茱萸子細看」，又「芹泥隨燕嘴，蕊粉上（峰）〔蜂〕鬚」，「宫草霏霏隨委佩」，「雲近蓬萊常五色」，「酒醒思汗簟」，「巳近苦寒夜」，「長貧怪婦愁」，「雨映行宫辱贈詩」，「騎馬誰家白面郎」，「不通姓字麄疏甚」，「忍待江山麗」之類，不可概舉也。

【荆公用麥氣字】荆公「晴日晚風生麥氣」，「麥氣」蓋用何遜《新林分别》詩「麥氣始清和」。

【老杜秦城字】三輔黄圖，長安故城，城南爲南斗形，城北爲北斗形，故號斗城。何遜《咸陽》詩云：「城斗疑連漢。」老杜：「秦城近斗杓。」「秦城北斗邊。」「北斗故臨秦。」而《秦中》詩：「春城依北斗，郢樹發南枝。」乃秦城耳。劉夢得《望賦》亦云：「城依斗兮闌干。」春亦無義，亦不可對郢樹也。

【樂天詩】醉翁、迂叟，東坡之名。皆出於白樂天詩云。

【荆公用歸字】荆公詩：「緑攪寒蕪出，紅争暖樹歸。」妙甚。「歸」字蓋用老杜「紅入桃花嫩，青歸柳葉新」。李白「寒雪梅中盡，青風柳上歸」意。同老杜「花遠重重樹，雲輕處處山」，可作畫本。

【老杜用受字進字逗字】老杜「受」字、「進」字、「逗」字，最用工夫。「吹面受和風。」「翛竹不受暑。」「飛燕受風斜。」「野航恰受兩三人。」「樹濕風涼進。」「山谷進風涼。」「殘生逗江漢。」「遠逗錦江波。」陰鏗詩有「行舟逗遠樹」。

【作詩祖述有自】謝靈運有「雲中辨煙樹，天際識歸舟」，王僧孺有「岸際樹難辨，雲中鳥易識」，梁元帝有「遠村雲裏出，遥船天際歸」，陰鏗詩有「天際晚帆孤」、「天邊看遠村」、「大江静猶浪」，老杜所以有「江流静猶湧，雲中辨煙樹」。鏗有「薄雲巖際出，初月波中上」，杜詩：「薄雲巖際宿，孤月浪中翻。」鏗有「中川聞棹謳」，杜有「中流聞棹謳」。鏗有「花逐山下風」，杜有「雲逐度溪風」。祖述有自，青出於藍也。

【作詩得意句】陳去非嘗語先君云：吾平生得意十字，云：「開門知有雨，老樹半身濕。」先君故效之作《感興》詩云：「夜半微雨濕，淩晨春草長。」謂頤正云：「吾十字似有味。」後讀《河嶽英靈集》，閻防詩：「荒庭人何許，老樹半空腹。」殷璠謂皎然可佳，殆亦有所祖云。

【唐朝酒價真廟問左右唐朝酒價，衆莫能對，丁晉公以三百青銅錢對。】丁晉公對真廟唐酒價以三百，亦出於一時耳。若李白「金樽清酒斗十千」，白樂天「共把十千酤一斗」，又「軟美仇家酒，十千方得斗」，又「十千一斗猶賒飲，何況官洪不著錢」，又崔輔國「與酤一斗酒，恰用十千錢。」曹子建樂府「歸來宴平樂，美酒斗十千。」十千，恐未必酒價，言酒美而價貴耳。

【八十爲八秩】《禮》：年(八)(九)十日有秩。故以八十爲八秩。又道家流用此語，白樂天屢用之，自注「行開第八秩，可謂盡天年」。時俗謂七十以上爲開第八秩。又云：「已開第七秩，屈指幾多人。」

【蒲仄聲桃琵仄聲琶調仄聲笑司仄聲馬】樂天詩：「羌管吹楊柳，燕姬酌蒲桃。蒲桃，太原酒名。銀含鑿落盞，金屑琵琶槽。」秦再思《記異録》：「溫州朱史君有一妓，善胡琴，忽亡。念之，追悼詩云：『魂飛寥今上諱。魄歸煙，只住人間十八年。昨日施僧裙帶上，斷腸猶繫琵琶絃。』」「琵」字亦從仄聲。《晉書·阮咸傳》、《唐·元行沖傳》：琵琶字並無音。《唐書音訓·外戚傳》：「調笑音調。」「打嫌調笑易，飲訝卷波遲。」《調笑》，抛打曲名。《卷白波》，酒令。「燭淚連盤壘蒲桃。」「又對東溪野枇杷。」《上林賦》枇杷蒲桃皆無音。「四十著緋軍司馬，男兒官職未蹉跎。」「一爲州司馬，三見歲重陽。」武元衡亦有「唯有白鬚張司馬，不言名利尚相從」。

【樂天用淵明詩】淵明有《責子》詩：「雖有五男兒，總不好紙筆。」淵明豈特有女？或者謂此詩作於未得子之前，容有是理。淵明詩：「弱女雖非男，慰情良勝無。」故樂天云：「衰病四十身，嬌癡三歲女。非男猶勝無，慰情時一撫。」

【東坡德星句】東坡詩：「斯人乃德星，遣出虚危間。」用樂天「德星降人福，時雨助歲功。福似歲星移，望如時雨至」意。

【東坡用樂天詩格】樂天詩：「去歲暮春上巳，共泛洛水中流。今歲暮春上巳，獨立香山下頭。」東坡用之爲《海外上元》詩。東坡《惠州上元夜》詩：「前年待圭輦，端門萬枝燈。」云云，「今年江海上，雲房寄山僧。」

【樂天與子美詩一意】老杜：「安得廣廈千萬間，大庇天下寒士俱歡顏。嗚呼，何時眼前突兀見此屋，吾廬獨破受凍死亦足。」樂天：「百姓多寒誰可救，一身雖暖亦何情。安得大裘長萬丈，一時都蓋洛陽城。」

【李商隱詩】商隱有「點竄《堯典》《舜典》字，塗改《清廟》《生民》詩」，樂天有「《毛詩》三百篇後得，《文選》六十卷中無」。

【詩中用愛閒字】「多病愛閒」始見《南史·王儉傳》。樂天有「經忙始愛閒」，劉夢得有「功成却愛閒」，杜牧之有「愛閒能有幾人來」。

【老杜樂天詩語】詩中用「而今」、「匹如」、「些些」、「耳冷」、「妒他」、「欺我」、「生憎」、「勿留」、「羸垂」、「温暾」，皆樂天語。「相仄聲。欺」、「有底」、「也自」、「也知」、「差底」、「斬新」、「遮莫」，皆老杜詩。

【魚千里】山谷用魚千里事，蓋出《關尹子》「以盆爲沼，以石爲塢，魚環游之，不知其幾千萬里也」。山谷屢用「魚千里」字：「尋師訪道魚千里，蓋世功名黍一炊。」又「小池已築魚千里，隙地仍栽芋百區」，又「争名朝市魚千里，觀道詩書豹隱班」。

【北征詩韓詩「元和庚寅斗插子」。】《北征》詩：「皇帝二載秋，閏八月初吉。」盧仝《月蝕》詩：「元和庚寅，斗柄插子，律調黃鍾。」白樂天《賀雨》詩：「皇帝嗣寶曆，元和三年冬。」又《苦寒》詩：「八年十二月，五日雪紛紛。」

【柳耆卿詞語】陰鏗有「夜雨滴空階」，柳耆卿用其語，人但知爲柳詞耳。

【樂天長恨歌】樂天有「玉（蓉）〔容〕寂寞淚闌干，梨花一枝春帶雨」，不知又有「薔薇詩露垂，紅萼淚闌干」。

【牧之劻勷字】牧之詩「塵土驚劻勷」，樂天：「委命不劻勷。」

【詩用鬬在字】詩中用「鬬在」，蓋出樂天詩「世上爭先從盡上聲汝，人間鬬在不如吾」。樂天用格是字。

【轉席】今新婦轉席，唐人已爾。樂天《春深娶婦家》詩云：「青衣轉去聲。氈褥，錦繡一條斜。」

【蘇小小】樂天詩：「揚州蘇小小，人道是夭斜。」音伊邪反。

【鄭重字】《前漢·王莽傳》：「皇天所以鄭重降符命之意。」師古：「言頻煩也。」又《三國志·夷狄》：「國家哀汝，故鄭重賜汝好物。」樂天《謝庾順之送紫霞綺》云：「千里故人心鄭重，一端香綺紫氤氳。」又「交情鄭重金相似」。

【落吾手】老杜：「不意青草湖，扁舟落吾手。」樂天：「天與愛水人，終焉落吾手。」

【杜詩用前人意】老杜「寒日出霧遲，清江轉山急」，亦用陰鏗「野日燒中昏，山路入江窮」意。

【歐陽建石崇甥也，爲趙王倫所收，臨刑而作。】《文選》歐陽堅石《臨終》詩：「天網布宏綱，投足不獲安。」劉夢得所以有「天網雖寬，投足誰厝」。

【淵明詩王仲宣《七哀》詩。】王仲宣：「悟彼泉下人，喟然傷心肝。」淵明所以有「感彼柏下人，安得不爲歡」。

【子美詩有祖述審言即子美之祖。】杜審言：「綰霧青條弱，牽風紫蔓長。」又云：「寄語洛城風月主，明年春色倍還人。」子美有：「林花著雨胭脂潤，水荇牽風翠帶長。」又：「傳語風光共流轉，暫時相賞莫相違。」皆祖述其意。

【古人作文皆有依倣】司馬長卿《大人賦》，全用屈平《遠遊》中語。退之《送窮文》學《逐貧賦》。老杜《杜鵑》詩模寫鮑照。荆公作《虎圖行》，全倣老杜。老杜用「元自」、「見來」，東坡所以用之。

【意匠老杜《丹青引》：「詔謂將軍拂絹素，意匠慘澹經營中。」】「意匠慘澹經營中。」用陸機《文賦》「意司契而爲匠」。

【老杜倣《淮南子》語】《淮南子》：「水清則魚聚，木茂而鳥樂。」所以老杜有「林茂鳥攸歸，水深魚知聚」。

【古人用字】王維詩：「九天閶闔開宫殿，萬國衣冠拜冕旒。」老杜：「閶闔開黄道，衣冠拜紫宸。」陶淵明：「日月不肯遲」《雜詩》。「晨雞不肯鳴」《飲酒詩》。老杜有「秋天不肯明」、「江平不肯流」、「兵戈不肯休」、「王室不肯微」。

【徐凝用界字】徐凝《瀑布泉》詩：「一條界破青山色。」東坡以爲塵陋，故東坡有「不與徐凝洗惡詩」。《天台山賦》：「瀑布飛流而界道。」所以徐凝有「界破青山色」，孰謂其惡而無所自耶？賦云：「赤城霞起以建標。」云云。

【社日停針線】周美成：「社日停針線。」蓋用張文昌《吴楚詞》「今朝社日停針線」，有自來矣。

【真贋字】退之《與崔十六》詩：「前計頓乖張，居然見真贋。」「贋」字，《字書》云：「僞物也。」蓋出《韓非子》：齊伐魯，索饞鼎。魯以其贋往。齊曰「雁」，魯曰「真」也。古止用「雁」字。宋景文有「真贋不同物，治亂不同目」，又「贋賈亂廛，窳農亂田」。東坡亦用之《茯苓》詩，山谷亦用之。

【抑鮓】宋景文詩：「蟹美持螯日，魚香抑鮓天。」用楊淵《五湖賦》「連瓻抑鮓」。

【雨絶】太白詩：「雨絶無還雲。」用《三國志·吴·虞翻傳》「罪棄雨絶」。陳孔璋《檄》又曰：「雨絶於天。」《文選》潘岳《述哀》詩：「雨絶無還雲，花落豈留英。」

【緑沉緑檀】老杜有「苔卧緑沉槍」。《南史》有「緑沉屏風」。杜牧之有「甠壓緑檀槍」。「檀」與「沉」宜相近。

【反水不收】《光武紀》「反水不收」，《何進傳》「覆水不收」。太白詩：「雨落不上天，水覆難再收。」《光武紀》：「反水不收，後悔何及？」又東坡《芙蓉城》詩中云：「芳卿寄謝空丁寧，一朝覆水不反缾。」

【千石魚《巴寡婦清傳》：「水居千石魚陂，山居千章之萩。」萩即萩樹也。】《前漢·貨殖傳》：「水居千石魚波。」「波」讀爲「陂」。言養魚一歲收千石。唐皮日休《釣侣》詩：「一斗霜鱗换濁醪。」注云：「吴中賣魚論斗，酒乃論斤。」

【王岐公宗樂天詩】王岐公《元豐中餞文潞公歸洛》詩有「精神如破貝州時」，蓋用樂天《上裴晉公》詩「聞説風情筋力健，只如初破蔡州時」語。

【富貴他人合慎子名到，學本黄老。】「富貴他人合，貧賤親戚離。」《文選》曹顔遠詩。又見《晉書·殷浩傳》。蓋用《慎子》「家富則疏族聚，家貧則兄弟離」語。

【森如東張景陽：「密葉日夜疏，叢林森如東。」】《文選》張景陽《雜詩》：「叢林森如東。」唐元稹「連昌宮中滿宮竹，歲久無人森似東」，蓋用此。東坡《過李公擇故居》詩：「四鄰戒莫犯，十畝森似東。」

【來茲】《文選》古詩：「何能待來茲。」用《吕氏春秋》：「今茲美禾，來茲美麥。」注：茲，年也。

【思君令人老】《文選》古詩有「思君令人老」，曹子建有「沉憂令人老」，其本出「唯憂用老」耳。《文選》古詩：「思君令人老，歲月忽已晚。」

【東坡西江月有「惠州作，時侍兒朝雲新亡」，其寓意爲朝雲作。】東坡《梅詞》「不與梨花同夢」，蓋用王建《夢中梨花雲》詩。王昌齡《梅花》詩：「落落寞寞路不分，夢中喚作梨花雲。」坡用此語。

【東坡真迹】東坡《四時詞·冬詞》云：「真態生香誰畫得，玉奴纖手嗅梅花。」真迹乃云「王如」。墨莊謂意方全。予見孫昌符家坡朱陳詞真迹，云「半依古柳賣黃瓜」，今印本多作「牛依」，或還就爲「牛衣」矣。

【笑啼俱不敢】《玉臺新詠》《詠樂昌》云：「笑啼俱不敢。」李商隱亦云。又云：「啼笑兩難分。」

【飢鷹待一呼】老杜有「飢鷹待一呼」，白樂天：「呼鷹正及飢。」温庭筠：「飢鷹不待呼。」吴融：「飢鷹只待呼。」

【金斗熨波】白樂天：「金斗熨波刀剪紋。」陸龜蒙：「波平熨不如。」又：「天如重熨皺。」温庭筠：「緑波如熨豁愁腸。」王君玉：「金斗熨沉香。」又：「金斗熨秋江。」

【劉夢得東坡用字法】劉夢得稱韓文云：「鸞鳳一鳴，蜩螗革音。」東坡有「振鬣長鳴，萬馬皆瘖」。

【五柞三楊柞，音作。荊公《即事》詩：「五柳柴桑宅，三楊白下門。往來無一事，常得見青青。」】荊公《次韻酬龔深甫》詩云：「北尋五柞固未愸，東挽三楊仍有樛。」《輿地志》：「鍾山本少林木，宋時使諸州刺史罷職還者，栽松三千株，下至郡守，各有差焉。山之最高峰有五願樹。樹，柞木也。元嘉中百姓祈禱，率有驗。」又李太白《白下亭》詩：「驛亭三樹楊，正當白下門。」王詩：「三楊白下亭。」《西亭賦》：「掩長楊而聯五柞。」又：「集乎長楊之宮，儴佯乎五柞之館。」此荊公《次韻酬龔深甫》詩云：「思容衰老護松楸，復得一龔隨我遊。講肆劇談兼祖謝，舞雩高蹈異求繇。北尋五柞故未愸，東挽三楊仍有樛。陟獻降原從此始，但無瑶玉與君舟。」又李白《金陵白下亭留別》詩：「驛亭三樹楊，正當白下門。吴煙暝長條，漢水齧古根。」

【荊公用事】《河南志》：盧元明《侯山記》曰：「漢有王玄者，隱於此山。景帝再徵不屈，就其山封侯，因以爲名。」唐宋之問《侯山》詩云：「王玄拜隱侯。」荊公《草堂懷古》：「周顒宅作阿蘭若，婁約身歸窣堵波。他日隱侯身亦老，爲尋陳迹到煙蘿。」世多謂沈約耳，不知乃用此王氏事。按《荊公詩集》中有《草堂懷古》云：「周顒宅作阿蘭若，婁約身歸窣堵波。蕙帳銅瓶皆夢事，倏然陳迹翳松蘿。」于此本不同，兩存之。

【理絲竹筦絃】《漢·張禹傳》：「後堂理絲竹筦絃。」故右軍用之《蘭亭叙》。而或者謂昭明所不取，其未知班孟堅之詞耶？《文選》不載《蘭亭》。

【涪翁《後漢·郭玉傳》有父老不知所出，嘗漁釣於涪水，因號「涪翁」。山谷亦以此爲號。】《益部耆舊傳》：廣陵有老翁，釣於涪水，自號「涪翁。」《後漢·郭玉傳》亦然。山谷謫涪州，因此爲號。

【退之聯句】退之《石鼎聯句》「豕腹脹彭亨」，乃用《詩·蕩》「〔女〕炰烋于中國」注「炰烋，彭亨也」。退之詩又：「澀旋皮卷臠，苦開腹膨脝。」

（徐俊）

清波雜志

周　煇　撰

周煇(一一二六—?),字昭禮,淮海(在今江蘇省)人,僑寓錢塘。淳熙三年(一一七六)曾從使節入金,著有《北轅録》一卷。晚年隱居杭州清波門。《清波雜志》十二卷,著於紹熙三年(一一九二),《清波别志》三卷,著於紹熙五年。今合爲一書,據《知不足齋叢書》本選録。

1東坡在海外,語其子過曰:「我決不爲海外人,近日頗覺有還中州氣象。」乃滌硯焚香,寫平生所作八賦,當不脱誤一字以卜之。寫畢,大喜曰:「吾歸無疑矣。」後數日,廉州之命至。八賦墨蹟初歸梁師成,後入禁中。煇在建康,於老尼處得東坡元祐間綾帕子,上所書《薄命佳人》詩,末兩句全用草聖,筆勢尤超逸,尼時年八十餘矣。又於吕公經甫少卿家見所書《傷春詞》,虞部文甫,少卿父也。二墨蹟屢經兵火而尚存,誠宜珍秘。吕乃申公之後。(卷二。下同)

2紹興辛酉,煇隨侍之鄱陽,至南康,揚瀾左蠡失舟,老幼僅以身免。小泊沙際,俟易舟。信步至山椒,一寺軒名重湖。梁間一木牌,老僧指似,是乃蘇内翰留題。登榻觀之,即「八月渡重湖,蕭條萬象疏。秋風片帆急,暮靄一山孤。許國心猶在,康時術已虚。岷峨千萬里,投老得歸無」。

詩已欲漫，尚可讀。僧云：「以所處深險，人跡不到，故留至今。」然律詩而用兩韻，叩於能詩者，曰：「詩格不一，如李誠之《送唐子方》亦兩押「山」「難」字韻，政不必拘也。」而坡《岐亭》詩凡二十六句而押六韻，或云無此格。韓退之有《雜詩》一篇，二十六句押六韻。

3 韓魏公領四路招討駐延安，忽夜有携匕首至卧内者，乃夏人所遣也。公語之：「汝取我首去。」其人曰：「不忍，得諫議金帶足矣。」明日，公不治此事。俄有守陴者，以元帶來納，留之。或曰：「初不治此事爲得體，卒受其帶，則墮姦人計中矣。」公嘆非所及。（下略）延安刺客乃張元所遣，元本華陰布衣，使氣自負，嘗再以詩干魏公，公不納，遂投西夏而用事，洎王師失律於好水川，元題詩於界上僧寺云：「夏竦何曾聳，韓琦未是奇。滿川龍虎畢，猶自説兵機。」其不遜如此。（下略）

4 煇憶年及冠，從父執陳彦育序游鍾山，陳題三四詩於八功德水菴之壁：「寒騎瘦馬度山腰，目斷青溪第一橋。盡是帝王陵墓處，野風荒草暝蕭蕭。」「十年塵土暗衣巾，亂走江鄉一病身。西第將軍成底事，北朝開府是何人。」止記其二。陳，句容人，素於先人厚善，先人嘗次其韻：「雄壓吴頭控楚腰，千峰環拱冶城橋。黄旗紫蓋旋歸漢，古剎凄涼尚號蕭。」「北嶽經行匪濫巾，相陪來現隱淪身。春蘿秋桂還吾輩，白浪紅塵付若人。」皆書于壁。二十年後再過之，皆不存矣。郄后化蟒之地鹿院苑，土人名爲蕭帝寺。寺之殿宇猶是梁時建立者。（卷三。下同）

5 煇祖居錢唐後洋街，第宅燬於陳通之亂，今韓蘄王府，其地也。嘗見故老言昔歳風物與今不同，四隅皆空迥，人跡不到。寶蓮山、吴山、萬松嶺，林木茂密，何嘗有人居。城中僧寺甚多，樓殿相望。出湧金門，望九里松極巨，更無障礙。自六蜚駐蹕，日益繁盛，湖上屋宇連接，不減城中。「一色樓臺三十里，不知何處覓孤山，」近人詩也。或云爲此詩者黄姓，失其名，亦嘗作万俟丞相挽詩，有「地下若逢秦相國，也應不説到沅湘」之句。

6昭慈聖獻上賓，庭臣進挽歌辭，莫不紀垂箔事。一詩云：「飲馬驅彊敵，飛龍紀建炎。難危三改歲，倉卒兩垂簾。」云云。乃中書舍人林遹詞也，一時傳誦。挽詩自古皆五言，至嘉祐末，方有爲七言者。

7蔡卞之妻七夫人，頗知書，能詩詞，蔡每有國事，先謀之於牀第，然後宣之於廟堂。時執政相語曰：「吾輩每日奉行者，皆其咳唾之餘也。」（下略）

8聚而必散，物理之常。父兄藏書，惟恐子弟不讀；讀無所成，猶勝腐爛篋笥，旋致蠹書之變。陳亞少卿藏書千卷，名畫一千餘軸，晚年復得華亭雙鶴及怪石異花，作詩戒其後曰：「滿室圖書雜典墳，華亭仙客岱雲根。他年若不和花賣，便是吾家好子孫。」亞死，悉歸他人。（卷四。下同）

9碧雲騢者，廏馬也。莊憲太后臨朝，初以賜荆王，王惡其旋毛，太后知之，曰：「旋毛能害人耶？吾不信。」留以備上閑，爲御馬第一，以其吻肉色碧如霞片，故云。世以旋毛爲醜，此以旋毛爲貴。雖貴矣，病可去乎？梅聖俞不得志於諸公間，乃借此名，著書一卷，詆譏慶曆巨公。後葉石林於《避暑録》嘗辨，乃襄陽魏泰所著，嫁之聖俞。其略謂：萬有一不至，猶當爲賢者諱，蓋亦未免置疑。邵公濟，康節孫也，亦引聖俞《聞范文正公訃》詩云：「一出妻更郡，人皆望酒壺。俗情難可學，奏記向來無。貧賤嘗甘分，崇高皆姚本「不」。解謏。雖然門館隔，泣與衆人殊。」謂爲郡以酒悦人，樂奏記納謏，豈所以論文正者，以是又疑真出于聖俞也。輝舊得《碔録》姚本作《碔砆録》。一編，亦若《碧雲騢》專暴人之短，爲人借去不歸。

10先人嘗從張晉姚本「縉」。彦覓茶，張答以二小詩：「内家新賜密雲龍，只到調元六七公。賴有家山供小草，猶堪詩老薦春風。」「仇池詩裏識焦坑，風味官焙可抗衡。鑽餘權倖亦及我，十輩遣前公試烹。」時總姚本「張」。得偶病，此詩俾其子代書，後誤刊在《于湖集》中。焦坑産庾嶺下，味苦硬，久方回甘。「浮石已乾霜後水，焦坑新試雨前茶。」坡《南還回至章貢顯聖寺》詩也。後屢得之，初非精品，特彼人自以爲重，包裹鑽權倖，亦豈能望建谿之勝。

11紹興丁丑，章持魁南省，時有詩：「何處難忘酒，南宫放牓時。有才如杜牧，無勢似章持。不取通經士，先收執政兒。此時無一盞，何以展愁眉？」紹興間，秦伯陽魁多士，汪彦章啓賀其父，以南宫進士對東閣郎君，尚疑爲譏已，其敢顯斥如前之詩乎？（下略）

12唐内人墓謂之宫人斜，宫人斜，見宋次道《春明退朝録》。四時遣使祭之。「唯應四仲祭，使者暫悲嗟」，令狐楚詩也。「荒凉城南奉先寺，後宫美人官葬此。角樓相望高起墳，草間柏下多石人。秩卑埋骨不作冢，青石浮屠當丘壟。家家墳上作享亭，朱門相向無人聲。樹頭土梟作人語，月黑風悲鬼摇樹。宫中養女作子孫，年年犢車來做主。廢后園陵官道側，家破無人掃陵域。官家歲給牛千錢，街頭買餅作寒食。」此元豐中張文潛《留題奉先寺》詩。輝季女葬臨安北山僧舍，四五年來，每值春時往視，寺之兩廡皆内人殯宮，徘徊次，未嘗不長哦此詩也。輝復得歷陽所刊唐張文昌樂府《北邙山篇》云：「洛陽北門北邙道，喪車轔轔入秋草。車前齊唱《薤露》歌，高墳新起白峨峨。朝朝暮暮人送葬，洛陽城中人更多。千金立碑高百尺，終作人間柱下石。隴頭松柏半無主，地下白骨多於土。寒食家家送紙錢，鵶鳶作窠巢上樹。人居朝市未解愁，請君暫向北邙遊。」古今名勝，賦詠孰工，覽者當自得之。

13（上略）煇頃得《詩話》一編，目曰漢皋，王季羔端姚本有「朝」字。嘗借去，親爲是正，亦言不知何人作。前説漢皋所書也，一小説云漢皋張姓，不得其名。（卷五。下同）

14東坡在黄岡，每用官妓侑觴，衆姬持紙乞歌詞，不違其意而予之。有李琦者，獨未蒙賜，一日有請，坡乘醉書：「東坡五載黄州住，何事無言贈李琦。」後句未續，移時乃以「却似城南杜工部，海棠雖好不吟詩」足之。奬飾乃出諸人右，其人自此聲價增重，殆類子美詩中黄四娘。

15「似病原非病，求閒方得閒。殘僧六七輩，敗屋兩三間。野外無供給，城中斷往還。同行木上座，相與住茶山。」乃曾吉甫侍郎詩。茶山，上饒名刹也。輝在上饒三四年，日從寓士遊，遍歷溪山奇勝，廖明略、徐師川、吕居仁、鄭顧道、曾宏甫諸公，風流未遠，邦人類能道之。煇嘗欲裒集賦咏爲一編，目爲《玉溪唱酬》，以侈一時人物之盛，因循不克成。

16東坡《上元》詩：「前年侍玉輦，端門萬枝燈。璧月挂罘罳，珠星照觚棱。去年中山府，老病亦宵興。牙旗穿夜市，鐵馬響春冰。今年江海上，雲房寄山僧。亦復舉膏火，松間見層層。散策桃榔林，林疏月鬅鬙。使君置酒罷，簫鼓轉松陵。狂生來索酒，一舉輒數升。浩歌出門去，我亦歸瞢騰。」王初寮履道《象州上元》詩：「三年白玉堂，揮翰供帖子。風生起草臺，墨點澄心紙。三年文昌省，拜賜近尺咫。紅蔘盼御盤，金幡裊宮蕊。晚爲日南客，環堵隱烏几。朝來聞擊鼓，土牛出城市。幽懷不自閒，欲逐春事起。安得五畝園，種蔬引江水。」二篇之詩，先後而作，何語意切類如此。輝在番江，於初寮孫稷處得公自監大名倉洎被遇等兩地建節帥燕遺文朱板橘行者，（姚本云「未板行者」。）如《睿謨殿曲宴》及《賞橘》律詩各百韻，鋪張太平盛事，皆在焉。亦嘗見《立春》詩墨蹟於洪成季尚書家。（卷六。下同）

17初寮《進曲宴詩序》云：「臣比蒙聖恩，召赴禁殿曲宴，其日垂拱奏事退，俟於睿謨外次，花巾絲履，進自東序，促武再拜，陞即坐席。女樂數千，陳於殿廷南端，袍帶鮮澤，行綴嚴整，酒行歌起，音節清亮，樂作舞入，聲度閑美，俱出於禁坊法部之右。於時臘雪新霽，風日妍暖，已作春意。御榻之前，有寶檻植千葉桃花，陛下指示群臣曰：『杪冬隆寒，花已盛開。』於是皆頓首曰：『陛下神聖，能回造化，草木實被生成之賜，乃先時呈瑞以悦聖情。』日既中仄，甫畢初筵，有旨許登景龍樓，由穆清廡外閣道以升，東望艮嶽，松竹蒼然；南視琳宮，雲烟絢爛。其北則清江長橋，宛若物外。都人百萬，遨樂樓下，歡聲四起，尤足以見太平豐盛之象。群臣頌嘆久之。既夕，復詔觀燈於穆清，遂侍宴於平成。萬炬層出，彌望不極，如星挂空，而光彩動摇於海雲濤波之上。户牖屏柱，茶牀燎爐，皆五色琉璃，綴以夜光火齊，照耀璀璨，縱觀環遶，則又視合宮蕭臺，崇樓傑閣，森羅布濩，群臣心目震駭，莫有能測其機緘制作之妙。已而陪從天步，至會寧殿，瓊鋪珠箔，合遝炳焕，其所陳則虞原注：御名，音同。夏鼎、商盤紀甗、龍文夔首、雲雷科斗，真若邃古三代之物。陛下既御黼坐，親取寶器，酌酒臨勸，命宫嬪商刻「婢」。奏細樂於前，玉食嘉果，南珍海錯，手自分賜，載色載笑，雍容無間，群臣飲德，莫不沾醉。夜分乃散，歸路觀者如堵。他日稱謝，陛下申諭一二輔臣，俾作詩以紀，而臣安中預焉。臣猥以凡材，蒙陛下親擢，備位政府，曾未閱月，有此非常之遇，形容頌述，雖無詔旨，猶當自效。惟是鈞天帝所，昔人夢寐，或有形開而悟，想像莫及，而臣今者身歷邃嚴，目擊奇勝，顧嘗以文字誤被聖奬，且面命之，其榮至矣。」後尚有二十餘字，常詞也，書之以見國家閒暇湛露惠慈之盛，賞橘之序，亦若是焉。曾端伯得於李漢老之子，《曲宴》詩乃其父所作，劉季高云乃王履道也。曾亦疑焉。以此序考之，何疑之有？

18樸樕翁《陶朱集》載閩人韓南老就恩科，有來議親者，韓以一絶示之：「讀盡文書一百擔，老來方得一青衫。媒人却問余年紀，四十年前三十三。」樸樕，單父人，嘗宦於政宣間，或云陳君向也。（卷七。下同）

19劉莘老丞相工詩，《送安厚卿二人使高麗》云：「杳杳三韓國，煌煌二使星。海神無暴横，天子有威靈。」時以爲絶唱。後四句不傳。

20浯溪《中興頌》碑，自唐至今，題詠實繁。零陵近雖刊行，止會粹已入石者，曾未暇廣搜而博訪也。趙明誠待制妻易安李夫人，嘗和張文潛長篇二，以婦人而廁衆作，非深有思致者能之乎？

「五十年功如電掃，華清花柳咸陽草。五坊供奉鬬雞兒，酒肉堆中不知老。胡兵忽自天上來，逆胡亦是姦雄才。勤政樓前走胡馬，珠翠踏盡香塵埃。何爲出戰輒披靡？傳置荔枝多馬死。堯功舜德本如天，安用區區紀文字。著碑銘德真陋哉，迺令神鬼磨山崖。子儀光弼不自猜，天心悔禍人心開。夏爲殷鑒當深戒，簡策汗青今具在。君不見當時張説最多機，雖生已被姚崇賣。」「君不見驚人廢興傳天寶，中興碑上今生草。不知負國有姦雄，但説成功尊國老。誰令妃子天上來，虢秦韓國皆天才。花（商刻「苑」）桑羯鼓玉方響，春風不敢生塵埃。姓名誰復知安史，健兒猛將安眠死。去天尺五抱甕峰，峰頭鑿出開元字。時移勢去真可哀，姦人心醜深如崖。西蜀萬里尚能反，南內一閉何時開？可憐孝德如天大，反使將軍稱好在。嗚呼！奴輩乃不能道輔國用事張后尊，乃能念春薺長安作斤賣。」傾見易安族人，言明誠在建康日，易安每值天大雪，即頂笠披蓑，循城遠覽以尋詩。得句必邀其夫賡和，明誠每苦之也。輝嘗欲裒今昔名人所賦《廬山高》、《明妃曲》、《中興頌》，用精紙爲軸，丐工字畫者，隨意各書一篇，後誌姓名歲月，常常披展，爲醒心明目之玩，竟未克成。是極易辦，人必樂從，特坐因循耳。易安父文叔，元祐館職。（卷八。下同）

21 印板文字，訛舛爲常，蓋校書如掃塵，旋掃旋生。葛常之侍郎著《韻語陽秋》，評詩一條云：「沈存中云：退之《城南聯句》『竹影金鎖碎』者，日光也，恨句中無日字爾。余謂不然。杜子美云『老身倦馬河堤永，踏盡黄榆緑槐影』，亦何必用日字，作詩正要如此。」葛之説云爾。輝考此詩，乃東坡召還至都門先寄子由，首云：「老身倦馬河堤永，踏盡黄槐緑榆影。」終篇皆爲子由設，當是誤書子瞻爲子美耳。此猶可以意會。若麻沙本之差舛，誤後學多矣。

22劉季孫初以左班殿直監饒州酒，題小詩於治所壁間：「呢喃燕子語梁間，底事驚迴夢裏閒。説與旁人應不解，杖藜携酒看芝山。」時王荆公任本路憲，按行見之，大加稱賞，遂檄權本州教授。後葉石林特著於《詩話》中。芝山，乃饒州近城僧寺。後池陽刻本乃改「芝山」爲「前山」，一字不審，乃失全篇之意。抑見自昔右列，亦可承師儒之乏。

23成都富春坊，群倡所聚，一夕遺火，黎明，有釘一牌，大書絶句詩於其上：「夜來燒了富春坊，可是天工忒肆行。只恐夜深花睡去，高燒銀燭照紅妝。」乃伊洛名德之後號道山公子者所作。又有小詞一編，皆豔語。（下略）

24陶尚書穀奉使江南，恃才淩忽，議論間殆應接不暇。有善謀者，選籍中豔麗，詐爲驛卒孀女，布裙荆釵，日擁篲於庭。穀一見喜之，久而與之狎，贈以長短句。一日，國主開宴，立妓於前，歌所贈「郵亭一夜眠」之詞，穀大慚沮，滿引致醉，頓失前日簡倨之容，歸朝坐此抵罪。文潞公帥成都，有飛語至，朝廷遣御史何郯，因謁告俾伺察之。潞公亦爲之動，遍詢幕客，孰與御史密者，得張俞字少愚者，使迎於漢州，且携營妓名王宫花者往，僞作家姬，舞以佐酒。御史醉中取其領巾，題詩云：「按徹梁州更六么，西臺御史惜妖嬈。從今改作王宫柳，舞盡春風萬萬條。」至成都，此妓出迎，遂不復措手而歸。二事切相類，一説王宫花一名陽臺柳，詩首句云：「蜀國佳人號細腰。」何字聖從，亦蜀人也。

25頃歲，兒女合巹之夕，壻登高座，賦詩催妝爲常禮，後皆略去。京師貴游納壻，類設次通衢，先觀人物。岳母忽笑曰：「我女如菩薩，却嫁箇麻胡子。」謂其多髯也。迨索詩，乃大書曰：「一雙兩好古來無，好女從來無好夫。却扇捲簾明點燭，待教菩薩看麻胡。」一座傳觀哄堂，蓋壻亦不凡也。嘗得其姓名，今失記。

26煇居建康，春晚赴張德，共會於西園，呼數輩爲侑。酒酣，忽有傳府命呼其人，時張安國開府方兩日，其人臨去，求自解之説。衆謂但以實告，況社中二客不至，必留鈐齋。翌旦詢之，如所料。初，歌者既去，坐客駱適正即席賦詩云：「花隨春盡覓無痕，尚續餘歡索侑尊。一曲未終人已去，西園燈火欲黄昏。」煇嘗賡和不記也。迨今一世，西園賓主無一在者，獨煇蒼顔華髮，羈寓西湖上。舊事無人可共論，爲之一嘆。

27王荆公與宋次道同爲三司判官，時次道出其家藏唐詩百餘編，託荆公選其佳者，荆公乃僉出，俾吏抄録。吏每遇長篇字多，倦於筆力，隨手削去，荆公醇德，不疑其欺也。今世所傳本，乃群牧吏所删者。歐陽公《歸田録》未出，而序先傳，神宗宣取，公時致仕居潁，以其間紀述有未欲廣者，因盡删去，又患其文太少，則雜以嬉笑不急之事，元本未嘗出。《廬陵集》所載，上下纔兩卷，乃進本也。

28近時曾公端伯亦編《皇宋百家詩選》，去取任一己之見，雖非捃摭詆訶，其間或未厭衆論，且於歐公、荆公、東坡詩皆不載。雖曰用《唐詩選》韓、杜、李不與編故事，其亦大名之下，不容有所銓擇耶。呂居仁圖江西宗派，凡二十五人。議者謂陳無己爲詩高古，使其不死，未甘爲宗派。若徐師川，則固不平列在行間。韓子蒼曰：「我自學古人。」夏均父亦恥居下列。一時品第，尚爾紛紛，矧隨好惡，筆削篇章，示己鑒裁之明，豈免議論？曾帥江陵日，叔祖爲參議官，親見亟欲詩選成，僅得數篇，即撰小序以刊行，旋悟疏略，欲删去而不及。吴虎臣《漫録》書居仁作圖時，均父殁已六年，「恥在下列」爲非。煇亦見前輩云：東萊自言宗派本無詮次，後人妄謂有所高下，且悔少年自是。皆黨東萊者創此説，以蓋時論，非本語也。

29鄭穆字閎中，閩士所尊四先生，鄭其一也。元祐初，爲國子祭酒，久而請老，太學諸生數千人，狀詣司業，又詣丞相府請留，不報，以待制奉祠。將行，公卿大夫多以詩贈之。三學之士皆爲詩，且出祖汴東門外三獻酒，再拜堂下，辭訣而去，觀者嘆息。煇幼從合肥王公助學，王與鄭中表親，有一編曰《歸榮》，乃送行詩也，後未見此本。

30從叔知和隨侍官九江，嘗以詩見呂東萊居仁，後以書請教，答云：「廬阜只尺，讀書少休，必到山中。所與游者誰也？古人觀名山大川，以廣其志意而成其德，方謂善游。太史公之文，百氏所宗，亦其所歷山川有以增發之也。惜其所用止在文字間，若使志於遠者、大者，雖近逐游夏可也。」又爲作《求諸己齋》詩，見集中。知和嘗尉吴江，作《垂虹》詩，姚本有「話」字。嘗語煇未有序，煇言：「若以所得東萊帖冠於首，何用他求！」從之，復著《垂虹賦》，爲人稱賞，蓋得少小師尊前輩之力，惜年未及中，病廢而卒。

31近世州郡，類以名賢昔嘗臨莅，繪像以彰遺愛。數十百年後，何緣得其容貌之真？但畫衣

冠，題爵位姓名耳。東坡《送周正孺知東川》詩，落句云：「爲君掃棠陰，畫像或相踵。」蓋蜀中太守，無不畫像者。（下略）

32范文正公在睢陽，遣堯夫到姑蘇搬麥五百斛，堯夫時尚少，既還，舟次丹陽，見石曼卿，問寄此□□，曼卿曰：「兩月矣，三喪在淺土，欲葬之而北歸，無可與謀者。」堯夫以所載麥舟付之，單騎兼程，取捷徑而歸，到家拜起，侍立良久。文正曰：「東吴見故舊乎？」曰：「曼卿爲三喪未舉，方留滯丹陽，時無郭元振，莫可告者。」文正曰：「何不以麥舟與之？」堯夫曰：「已付之矣。」「大夢行當覺，百年特未滿。遑哀已逝人，長眠寄孤館。念我同年生，意長日月短。鹽車困騏驥，烈火廢圭瓚。後生有奇骨，出語已精悍。蕭然野鶴姿，誰復識中散。有生寓大塊，死者誰不窾。嗟君獨久客，不識黄土暖。推衣助孝子，一溉滋湯旱。誰能脱左驂，大事不可緩。」此詩東坡爲李憲仲作。憲仲之子廌，坡得梁吉老十縑百絲，舉以賻之。度是詩出，當多有助之者。又作章歎詩，意益深，辭益哀。今之人親喪未舉，豈免求哀於時？若假是名，因以爲利，或廣求以侈其葬，恐失脱驂之本意也。

33先人三弟，季字德紹，與煇同庚同月，煇先十三日，自幼從竹林遊。德性敏而静，中年後，文筆加進，嘗《題玉川碾茶圖絶句》云：「獨抱遺經舌本乾，笑呼赤脚碾龍團。但知兩腋清風起，未識捧甌春笋寒。」頗有唐人風致。死已十年，遺稾失於收拾，但宗族間傳得一二。

34山谷云：「野艇恰受兩三人」，别本作「航」，航是大舟，當以「艇」爲正。今所謂航船者，俗名輕舠，如航湖航海，亦爲常談。張景陽《七命》載在《文選》，有「泛三翼，泛中沚」之句，所謂三翼，皆巨戰船，非輕舟也。（卷九。下同）

35《王立之詩話》書張宗古自堂後官守登州，祈雪獲應，一判官以詩爲賀，宗古曰：「玩我。」欲繳進，爲人勸止。先人任饒幕，與邵武黄堅叟爲代。一日，郡宴鄱江樓，黄作《木蘭花》詞上別乘，有「監郡風流歡洽」之語，亦貽怒繳申。郡牒問「風流歡洽」實跡，黄歷攷古今風流歡洽出處，辨答甚苦。嘗取吏案以觀而得其詳。要知投獻本求人知，又當視其人如何，庶不反致按劍。特未知宗古所謂「玩我」何説？其亦錦衾爛兮之類乎？

36張無盡嘗作一表云：「魯酒薄而邯鄲圍，城門火而池魚禍。」上句出《莊子》，下句不知所出，以意推之，當是城門失火，以池水救之，池竭而魚死也。《廣韻·池字韻》注云：池，水沼也。古有姓池名仲魚者，城門失火燒死，諺曰：「城門失火，殃及池魚。」白樂天詩，有「火發城頭魚水裹，救火竭池魚失水」，初不主姓名之説，然《廣韻》所載，當有所據。

37翰林書待詔請春詞，以立春日翦貼於禁中門帳，《皇帝閤》六篇，其一曰：「漠然天造與時新，根著浮流一氣均。萬物不須彫瑑巧，正如恭己布深仁。」《皇后閤》五篇，其一曰：「春衣不用蕙蘭薫，領緣無煩刺繡文。曾在蠶宫親織就，方知縷縷盡辛勤。」《夫人閤》四篇，其一曰：「聖主終朝勤萬幾，燕居專事養希夷。千門永晝春岑寂，不用車前插柳枝。」春端帖子不特詠景物爲觀美，歐陽文忠公嘗寓規諷其間，蘇東坡亦然。司馬温公自著日録，特書此四詩，蓋爲玉堂之楷式。自政、宣以後，第形容太平盛事，語言工麗以相夸，殆若唐人宫詞耳。近時楊誠齋廷秀詩，有「玉堂著句轉春風，諸老從前亦寓忠。誰爲君王供帖子，丁寧綺語不須工」之句，是亦此意。頃得《玉堂集》分爲八帙，或云李漢老所編者，亦有皇太子府春端帖子。（卷十。下同）

38沈隱侯曰：「古儒士爲文，當從三易：易見事，一也；易識字，二也；易誦讀，三也。」邢子才曰：「沈隱侯文章用事不使人覺，若胸臆語。」深以此服之。杜工部作詩，類多故實，不似用事者，是皆得作者之奥。樊宗師爲文，奥澀不可讀，亦自名家。才不逮宗師者，固不可效其體。劉勰《文心雕龍》論之至矣。向傳《景文筆録》，復得二編，名《摘粹》，四十八事，如辯碑刻及字音三四條皆互出。前所論文見於《摘粹》。爲文奥澀，公謂才不逮者，不可效其體。以是知公所修《唐書》，後學其可妄議！

39無錫鄉士張公尚字思齊，三舍時爲名進士，蹭蹬至紹興戊辰，始預特奏召試，待廷對間，夢人語之：「官人往和州請衣。」既覺叵測，有解之：「和州請衣，必是食禄之地。」張自念脱或僥倖，亦未應衣賜。及唱名，在末等，補和州助教，始悟衣者醫也，爲助教設。人勸納敕爲後圖，張曰：「神告之矣。」乃拜命，因賦四十字以自況：「老未脱場屋，揆才無寸長。九重雖射策，一命不爲郎。尚喜衫仍緑，還憐牒是黄。活人何不可，政自有良方。」竟不沾禄而卒。平日詩文，皆膾炙人口，求諸鄉人而未獲。先人所著《松漠志》亦載此事，首句云：「不信儒官誤，蹉跎鬢已蒼。」若夫夢兆，則煇近方得之，故今重出，不特補《志》之遺，抑亦正詩之誤。

40郵亭客舍，當午炊暮宿，弛擔小留次，觀壁間題字，或得親舊姓字，寫塗路艱辛之狀，篇什有可采者。其筆畫柔弱，語言哀怨，皆好事者戲爲婦人女子之作。頃於常山道上得一詩：「迢遞投前店，颼颼守破窗。一燈明復暗，顧影不成雙。」後書女郎張惠卿。迨回程，和已滿壁。衢信間驛名彡谿，謂其水作三道來，作彡字形。鮑娘有詩云：「谿驛舊名彡，煙光滿翠嵐。須知今夜好，宿處是江南。」後蔣穎叔和之云：「盡日行荒徑，全家出瘴嵐。鮑娘詩句好，今夜宿江南。」穎叔豈固欲和婦人女子之詩，特北歸讀此句，有當於心，戲次其韻以志喜耳。煇頃隨侍，赴官上饒，舟行至釣臺，敬謁祠下，詩版留題莫知其數。劉武信自柯山赴召，亦記歲月於仰高亭上，末云：「侍兒意真代書。」後有人題云：「一入侯門海樣深，謾留名字惱行人。夜來髣髴高唐夢，猶恐行雲意未真。」

41紹興庚辰，在江東得蜀人黄大輿《梅苑》四百餘闋，煇續有姚本「以」百餘闋。復謂昔人譜竹及牡丹、芍藥之屬，皆有成詠，何獨於梅闕之？乃采掇晉宋暨國朝騷人才士凡爲梅賦者，第而録之，成三十卷，謀於東州王錫老：「詞以『苑』名矣，詩以『史』目，可乎？」王曰：「近時安定王德麟詩云：『自古無人作花史，官梅須向紀中書。』蓋已命之矣。」煇復攷少陵詩史，專賦梅纔二篇，因他泛及者固多。取專賦，略泛及，則所得甚鮮。若併取之，又有疑焉。叩於汝陰李遐年，李曰：「詩史猶國史也。《春秋》之法，褒貶於一字，則少陵一聯一語及梅，正《春秋》法也。如『巡簷索笑』、『滿枝斷腸』、『健步移遠梅』之句，至今宗之，以爲故事，其可遐遺？非少陵則取專賦可也。」後在上饒，《梅苑》爲湯平甫借去。湯時以寓客假居王顯道侍郎宅，不戒於火，廈屋百間，一夕煨燼，尚何有於《梅苑》哉！《梅史》隨亦散佚。雖嘗補亡，而非元本。歲當花開時，未嘗不哦其詩、歌其曲，神交揚州法曹、西湖處士，懷舊編而訴遺恨焉。

42沿江烽火臺，每日平安，即於發更時舉火一把；每夜平安，即於次日平明舉煙一把。緩急盜賊，不拘時候，日則舉煙，夜則舉火，各三把。紹興初，江東安撫大使李光所請。輝生長江南，足不涉極邊，初未識所謂烽火者，但讀陸務觀放翁記游梁觀塞上傳烽詩：「月黑望愈明，雨急滅復見。初疑雲鎛星，又似山際電。」亦可想像得髣髴云。

43鄭顧道侍郎居上饒，享高壽，輝不及識也。嘗見其《除夕》小詩親筆：「可是今年老也無，兒孫次第飲屠蘇。一門骨肉知多少，日出高時到老夫。」胡德輝《蒼梧志》云：「或問酴酥事於鮑欽止，鮑曰：『平屋謂之酴酥，若今幕次之類，往往取其少長均平之義。』」（卷十一。下同）

44番江寓客趙叔簡編修，宣和故家，家藏東坡親書歷數紙，蓋坡爲郡日，當直司日生公事，必著於曆，當晚勾消。唯其事無停滯，故居多暇日，可從詩酒之適。「欲將公事湖中了，見說官閑事亦無」，乃秦少章所投坡詩，蓋狀其實。

45歐陽文忠公《詩話》：「國朝浮圖以詩名世者九人，故時有集號《九僧詩》，今不復傳矣。余少時聞人多稱其一曰惠崇，餘八人忘其名。」煇昔傳九僧詩：劍南布畫、金華保暹、南越文兆、天台行肇、沃州簡長、青城惟鳳、江東宇昭、峨眉懷古，并淮南惠崇，其名也。九僧詩極不多。有景德五年直史館張亢所著序引，如崇《到長安》「人游曲江少，草入未央深」之句，皆不載，以是疑爲節本。崇非但能詩，畫亦有名，世謂惠崇小景者是也。「畫史紛紛何足數，惠崇晚出吾最許。」荆公詩云爾。

46李公受虚己爲天聖從官，喜爲詩，與同年曾致堯倡酬，曾謂曰：「子之詩雖工，而音韻猶啞爾。」李初未悟，後得沈休文所謂「前有浮聲，後有切響」，遂精於格律。煇在建康識北客杜師顔，嘗言少陵《麗人行》「坐中八姨真貴人」，數目中「八」字最響。覓句下字，當以此類求之。杜早從陳子高學，此説蓋得於陳云。（卷十二）

47巴蜀風物之盛，或者言過其實，東南士大夫自彼歸，皆有土曠人稀之語。頃有叩蜀事於張子公、文定公者，亦以此答。然海棠富豔，江浙則無之。成都燕王宫、碧雞坊尤名奇特。客云：「碧雞王氏亭館先中植一株，繼益於四隅，歲久繁盛，袤延至三兩間屋。下瞰覆冒錦繡，爲一城春遊之冠。石湖范致能詞：「碧雞坊裏花如屋。只爲海棠，也合來西蜀。」謂是也。煇早有劍南之興，迨今遲暮，豈容遐征，第誦諸公詩，恍若神遊浣花，不知身猶遠於萬里也。（《别志》卷上。下同）

48天聖元年，虞部員外郎、秘閣校理韓羲落職爲司封員外郎，同判興州，以賦山水石詩獨鄙惡故也。蓋先詔中書第其優劣，乃出之。當國家太平全盛際，留意篇章。唐亦尚騷雅，如「春城飛花」「春日得衣」等句，悉被褒賞。語不工者，但有「惡詩何用進」之誚，未聞顯置黜典如斯。爾後學士大夫類以詩鳴，格律日益新奇，遂收激勵之效。乾道間，工部侍郎胡銓言：「隆興之初，仰承聖訓，令臣搜訪詩人，臣已物色得數人。」上曰：「可具姓名來。」後竟未知所具姓名爲誰。壽皇聖帝蓋亦知詩人之於雅頌，薦郊廟、歌勳業，有補治世風化，故詔從臣羅致，欲收其效焉。

49煇頃從友人葛慶長於都城，過畫史葉德明，葉求葛詩，葛因言東坡嘗贈傳真妙善大師詩，先言「平生慣寫龍鳳質」，次有「邇來傳寫亦到我」之句，林子中見之，謂失臣體。或曰：使李定、舒亶輩知之，得毋又生一重公案？而子中草責坡詞，詆之不遺餘力，顧獨略此何邪？

50（上略）煇亦竊聞建炎巡幸至東南，御詩有「登堂望稽山，懷哉夏禹勤」之句，賜守臣康允之。逮淳熙右丞相周必大作思陵挽詩曰：「向來懷夏禹，今祔越山青。」

51紹興末，某以前二府帥於連，寓客甲以左奉議郎幹官秩滿就須新任之次，閒賦《哀扇工歌》曰：「某州竹扇名字著，織扇供官困追捕。史君開府未浹旬，欲戴綸巾揮白羽。新模巧製旋翦裁，百中無一中程度。犀革鐫柄出蟲魚，麝煤薰紙生煙霧。蕺山老姥羞翰墨，漢宮佳人掩紈素。衙內白取知何名，帳下雄拏不知數。供輸不辦篚楚頻，一朝赴水將誰訴。史君崇重了不聞，嗚呼何以慰黎庶。聞道園家賣菜翁，又說江頭打魚户。號令亟下須所無，官不與錢期限遽。歸來痛哭辭妻兒，宿昔投繯挂枯樹。一雙婉婉良家子，吏兵奪取名爲顧。弟兄號叫鄰里驚，兩家吞聲喪其嫗。死者已矣可奈何，寃魂成群想號呼。殺人縱欲勢位尊，貪殘無道天所怒。邦人蓄憤不敢言，君其拊馬章臺路。」詩既出，時方更化，深懲告訐之弊，且甲素被某知遇，一旦有睽，興訛致是，某固未有以發也。屬有訴甲前任貪墨事，乃置獄。獄具，坐法除籍，一斥不復而卒。議者謂：此歌詩實用白氏《秦中吟》之體，工則工矣，恃才自貽廢放，於保身何取焉！

52煇北征，回程於欒城道間，忽傳前車少駐，乃群入道旁茇舍，各啜豌豆大麥粥一盂。方過馮異以蕪蔞亭豆粥、滹沱河麥飯，爲漢世祖毋忘在莒之戒。以是知河朔素有此味以餉客。紹聖初，蘇文忠公自定武赴嶺表，過湯陰市，亦得豌豆大麥粥，有「逆旅唱晨粥，行庖得時珍。青斑照匕（筯）〔箸〕，脆響鳴牙齦。玉食謝故吏，風餐便逐臣」之句，某亦適解一時飢渴，故特誇於賦詠。「青斑」、「脆響」，實録也。往返止此一次，道間下車馬。午，行役疲乏，食之美喻大烹。

53里巷間有遷居者，鄰里醵金治具過之，名暖屋，乃古考室之義。或謂暖屋爲俗語，嘗觀王建《宫詞》：「太儀前日暖房來，囑向昭陽乞藥栽。敕賜一窠紅躑躅，謝恩未了奏花開。」則知暖房之語，亦有自來。（《别志》卷中。下同）

54元微之有《古行宫》一絶句：「寥落古行宫，宫花寂寞紅。白頭宫女在，閒坐説玄宗。」洪景盧謂：語少意足，有無窮之味。煇幼年亦得一詩云：「翠微寺本翠微宫，樓閣亭臺數十重。天子不來僧又死，樵夫時倒一株松。」乃張俞所作也，思致不減前作。

55煇在上饒，於鄉士餘公予座上，因論詩，余云：「近有强彦文，格律甚高，得唐人風致。」乃舉其《金陵道中》「空有青山自龍虎，可能荒冢更衣冠」及「遠山初見疑無路，曲徑徐行漸有村」，「船中燈火十年話，枕上江湖萬里心」，「客舍三杯酒，漁舟半夜燈」等句。復舉數聯，今不悉記。强嘗丞溧陽，名與鄉曲俱失之。

56上池初曰教池，以泰陵服藥，久未康復，俗謂語病，乃改焉。歲自元宵後，都人即辦上池，遨遊之盛，唯恐負於春色。當二月末，宜秋門下揭黄牓云：三月一日，三省同奉聖旨開金明池，許士庶游行，御史臺不得彈奏。迨南渡，故老客臨安，泛西湖，懷舊都，作詩云：「曾見宣秋輦路門，大書黄牓許游行。漢家寬大風流在，老去西湖樂太平。」煇向見人每舉此詩，因志於此，以補《夢華》之遺。

57章郇公知陜府，有詩云：「雖擁千兵心不樂，却嫌官重少朋儔。」官重則崇貴，掾屬趨承，賓客造請。謂少朋儔心不樂者，豈以等威有間、無通心曲者乎？若不以名位自驕，則人皆朋儔矣。「早知貧賤人皆棄，能使韋郎跡也疏。」貧賤則真寡朋儔矣。若夫崇篤久要，不隨勢利爲厚薄，不敢望於今之君子也。（《別志》卷下。下同）

58（上略）蔡京賜第在都城之東，周圍數十里，籍没後，賜种師中，未及遷入，一夕煨燼無遺。時有上官悟作《城東甲第曲》，備書盛衰之變，士皆傳誦。其末四句云：「皇天去人不盈尺，怙勢驕淫神所厄。君不見喬木參天獨樂園，至今人道温公宅。」上官，邵武人。

59馮當世文簡公初登第，張侍中耆倚外戚，欲妻以女，使吏卒擁至其家。頃中人以酒肴至，且示以奩具甚厚，馮固辭曰：「老母已許王氏矣。」嘗過外兄朱適，詢其婢，乃同年進士妻也。亟請於朱爲嫁之，其所存如此。早年薄游里巷，夜爲街卒所繫，鄂守王素亟釋之。後馮使關中，王方帥渭，賓燕甚歡，馮貽以詩，有「吞炭難忘當日事，積薪深愧後來恩」，前輩氣血方剛，不拘小節，蓋或有之。迨夫貴顯，自常人言之，昔過舉或不樂聞，顧乃因道舊形於篇什，初不以爲諱，可謂賢已。

（冀勤）

楓窗小牘

袁□撰

《楓窗小牘》二卷，原無撰人姓名，或題袁褧撰，不詳所據。查書中所記年代最早者崇寧（一一〇二—一一〇六），最晚者嘉泰二年（一二〇二），疑舊本題百歲老人者據此。但此書卷首袁頤小序云：「余迫猝渡江，僑寓臨安山中，父書手定，都爲烏有，第日對窗西烏柏，省念舊聞，得數十事，録之以備遺忘。」知此書實爲袁氏父子合作者。此據《稗海》本選録。

1淳化三年冬十月，太平興國寺牡丹，紅紫盛開，不踰春月，冠蓋雲擁。僧舍填駢，有老妓題寺壁云：「曾趁東風看幾巡，冒霜開唤滿城人。殘脂剩粉憐猶在，欲向彌陀借小春。」此妓遂復車馬盈門。（卷上。下同）

2壽山艮嶽，在汴城東北隅，徽宗所築。初名鳳凰山，後改壽山。艮嶽周圍十餘里。其最高一峰九十步，上有介亭，分東西二嶺，直接南山。山之東有萼緑華堂，家大夫嘗承命作頌曰：「玉皇御天，金母嫁女。琱璧成車，裁瑛作麈。龍馭崑丘，鳥發玄圃。笑月光微，看雲色阻。荷露添華，柳烟生嫵。九重歡眷，六宮遜處。乃搆椒房，用當金宇。碌碌宜階，瑟瑟爲户。碧落深沉，青霞墉堵。小臣獻頌，庶叶萬舞。」書館：八仙館、紫石岩、棲真登、覽秀軒、龍吟堂。山之南則壽山，兩峰並峙，有雁池、噰噰亭。山之西有藥寮西莊、巢雲亭、白龍沜、濯龍峽，蟠秀、練光、跨雲三亭，羅漢巖。又西有萬松嶺。嶺畔有倚翠樓，上下設兩閣，閣下有平地，鑿大方沼。沼中作兩州，東爲蘆渚浮陽亭，西爲梅渚雪浪亭。東流爲鳳池，西出爲雁池。中分二館，東曰流碧，西曰環山，有巢鳳閣、三秀堂。東池後有揮雪亭，復由嶝道上至介亭。亭左有極目亭、蕭森亭，右有麗雲亭。半山北俯景龍江，引江之上流注山澗。西行爲漱瓊軒，又行石間爲煉丹凝觀，圜山三亭。下視江際，見高陽酒肆，及清澌閣。北岸有勝筠菴、躡雲臺、蕭閒閣、飛岑亭。支流别爲山莊爲回溪，又於南山之外爲小山，横亘二里曰芙蓉城，窮極巧妙。而景龍江外，則諸館舍尤精。山之西北有老君洞，爲供奉道像之所。其地又因瑶華宫火，取其地作大池，名曲江。中有堂曰蓬壺。東盡封丘門而止，西則是天波門橋，引水直西，殆半里，江乃折南，又折北。折南者，過閶闔門爲複道，通茂德帝姬宅。折北者，四五里屬之龍德宫。既成，帝自爲《艮嶽記》，以爲山在國之艮位，故名艮嶽。嶽之正門，名曰陽華，故亦號陽華宫。宣和五年，朱勔于太湖取石，高廣數丈，載以大舟，挽以千夫，鑿河斷橋，毁堰拆牐，數月乃至。會初得燕山之地，因賜號敷慶神運石。石傍植兩檜：一夭矯者，名朝日升龍之檜；一偃蹇者，名卧雲伏龍之檜，皆玉牌金字書之。徽宗御題云：「拔翠琪樹林，雙檜植靈囿。上稍蟠木枝，下拂龍髯茂。撑拏天半分，連卷虹南負。爲棟復爲梁，夾輔我皇構。」嗟乎！ 檜以和議作相，不能恢復中原，已兆于半分南負，而一結更是高廟御名，要皆天定也。巖曰玉京獨秀太平岩，峰曰慶雲薦態奇峰，又作絳霄樓。直山北勢極高峻，夐出雲表，蓋工藝之巧。其後群閹興築不已，四方花竹奇石，悉萃于斯，珍禽異獸，無不畢集。命市人薛翁豢擾馴狎，駕至，迎立鞭扇間，名萬歲山珍禽，命局曰來儀所。及金芝産于艮嶽萬壽峰，只改名壽嶽。

3武肅王還臨安，與父老飲，有《三節還鄉之歌》，父老多不解。王乃高揭吴音以歌曰：「你輩見儂底歡喜，別是一般滋味子，長在我儂心子裏。」至今狂童游女借爲奔期問答之歌，呼其宴處爲歡喜地。

4余汴城故居，近陳州門内，蔡河東畔。居後有圃，喬林深竹，映帶城隅。中有來鶴亭，王大父時，有野鶴來棲，遂馴狎不去。蘇子瞻有詩云：「鴻漸偏宜丹鳳南，冠霞披月羽毵毵。酒酣亭上來看舞，有客新名唤作耽。」每誦此詩，未嘗不淚滿青衫也。

5荆公柄國時，有人題相國寺壁云：「終歲荒蕪湖浦焦，貧女戴笠落柘條。阿儂去家京洛遥，驚心寇盜來攻剽。」人皆以爲夫出婦憂荒亂也。及荆公罷相，子瞻召還，諸公飲蘇寺中，以此詩問之。蘇曰：「于貧女句，可以得其人矣。終歲，十二月也，十二月爲青字。荒蕪，田有草也，草田爲苗字。湖浦焦，水去也，水旁去爲法字。女戴笠爲安字，柘落木條剩石字。阿儂是吴言，合吴言爲誤字。去家京洛爲國，寇盜爲賊民。蓋言青苗法，安石誤國賊民也。」

6雞冠花，汴中謂之洗手花。中元節前，兒童唱賣以供祖先。今來山中，此花滿庭，有高及丈餘者。每遥念墳墓，涕淚潸然。乃知杜少陵「感時花濺淚」，非虚語也。

（冀勤）

揮塵録

王明清　撰

王明清（一一二七—?），字仲言，汝陰（在今安徽合肥）人。乾道二年（一一六六）作《揮麈前録》於會稽。嘉泰二年（一二〇二）任浙江參議官，卒年不詳。《揮麈録》分前録四卷，後録十一卷，三録三卷，餘話二卷，此據中華書局上海編輯所一九六一年排印本選録。

【本朝狀元登庸者六人】本朝狀元登庸者，吕文穆、李文定、王文正、宋元憲。故詩人有云：「皇朝四十三龍首，身到黄扉止四人。」王文安覽之不悦。後數十年，李士美、何文縝亦以廷魁至鼎席。（前録卷二）

【本朝蘇蔡吕入相故事】官制行，置左右丞，二府中班最下，無有爰立者。元祐中，蘇子容丞相自左轄登庸，時以爲異恩。崇寧初，徽宗亟欲相蔡元長，遂用此故事。時有獻詩者曰：「磊落儀形真漢相，闊疏恩禮舊蘇公。」紹興初，吕元直自簽書樞密院入相，前此所無也。（前録卷三）

【久在館中始呼學士】唐文皇聚一時名流于册府，始有十八學士之號，後來凡居館殿者皆稱之。國朝以來，仕于外，非兩制，則雖帥守監司，止呼寄禄官。惟通判多從館中帶職出補，如蔡君謨湖州，歐陽文忠公滑州，王荊公舒州，東坡先生杭州，如此之類甚多。劉貢父赴泰倅詩云：「壁門金闕倚天開，五見宮花落早梅。明日扁舟滄海去，却尋雲氣望蓬萊。」蓋在道山五載，然後得之。學士之稱施于外者，繇通判而然。今外廷過呼，大可笑矣。

【太祖興王之兆】太祖皇帝草昧日，客遊睢陽，醉卧閼伯廟，夢中覺有異。既醒，焚香殿上，取木杯珓以卜平生，自裨將至大帥皆不應。遂以九五占之，珓盤旋空中，已而大契，太祖益以自負。後以歸德軍節度使建國號大宋，升府曰應天。晏元獻爲留守，以詩題廟中云：「炎宋肇英祖，初九方潛鱗。嘗用著蔡占，來決天地屯。庚契大横兆，謦咳如有聞。」（下略）（後録卷一。下同）

【神宗置封樁庫以爲開拓境土之資】神宗遵太祖遺意，聚積金帛成帑，自製四言詩一章云：「五季失圖，獫狁孔熾。藝祖造邦，思有懲艾。爰設内府，基以募士。曾孫保之，敢忘厥志。」每庫以一字目之。又别置詩二十字分揭其上曰：「每虔夕惕心，妄意遵遺業。顧予不武資，何以成戎捷。」後來所謂御前封樁庫者是也。上意用此以爲開拓西北境土之資，始命王韶克青唐，然後欲經理銀、夏，復取燕、雲。元豐五年，徐禧永洛衄師之後，帝心弛矣。林宓《裕陵遺事》云。

【神宗詔史院賜筵史官就席賦詩】神宗朝，詔修仁、英兩朝國史。開局日，詔史院賜筵。時吴沖卿爲首相，提舉二府及修史官，就席上成詩賦。沖卿唱首云：「蘭臺開史局，玉斝賜君餘。賓友求三事，規摹本八書。汗青裁倣此，衰白盍歸歟。詔許從容會，何妨醉上車。」王禹玉云：「曉下金門路，君筵聽召餘。簪纓三壽客，筆削兩朝書。身老雖逢此，恩深盍醉歟。傳聞訪餘事，應走使臣車。」元厚之云：「殿帷昕對罷，省户雨陰餘。詔賜堯罇酒，人探禹穴書。夔、龍方客右，班、馬蓋徒歟。徑醉俄歸弁，雲西見日車。」王君貺云：「累聖千年統，編年四紀餘。官歸柱史筆，經約魯麟書。班、馬才長矣，仁、英道偉歟。恩招宴東觀，醴酒荷盈車。」馮當世云：「天密叢雲曉，風清一雨餘。三長太史筆，二典帝皇書。接武知何者，霑恩匪幸歟。吐茵平日事，何憚汙公車。」曾令綽云：「御府盼醇釀，君恩錫餕餘。賜筵遵故事，紬史重新書。燕飲難偕此，風流不偉歟。素餐非所職，愧附相君車。」宋次道云：「二聖垂鴻烈，天臨四紀餘。元台來率屬，賜會寵刊書。世業叨榮甚，君恩可報歟。衮衣相照爛，歸擁鹿鳴車。」王正仲云：「上聖思論著，前言摭緒餘。瓊筵初賜醴，石室載紬書。徽範貽來者，成功念昔歟。欲知開局盛，門擁相君車。」黄安中云：「禮放三事宴，史發兩朝餘。偶綴金閨彦，來紬石室書。法良司馬否，辭措子游歟。盛事逢衰懶，重須讀五車。」林子中云：「調元台極貴，須宴帝恩餘。昔副名山録，今裁史觀書。天心憂作者，國論屬誰歟。寂寞懷鉛客，容瞻相府車。」可見一時人物之盛。真迹今藏禹玉孫曉處，嘗出以示明清。曉云：「史院賜燕唱和，國朝故事也。」

【徽宗御製艮嶽記命李質曹組爲古賦並百詠詩及詔王安中賦詩】（上略）又詔二臣共作《艮嶽百詠》詩以進。

《艮嶽》：勢連坤軸近乾崗，地首東維鎮八方。江不風波山不險，子孫千億壽無疆。

《介亭》：雲棧横空入翠煙，躋攀端可躡飛仙。介然獨出諸山上，磊磊排衙石滿前。

《極目亭》：千里飛鴻坐上看，山川風月在憑欄。不知地占最高處，但覺恢恢天宇寬。

《圜山亭》：軒楹正在翠微中，欲雪雲生四面峰。璀璨地鋪紅瑪瑙，巑岏山聳碧芙蓉。

《跨雲亭》：地高天近怯憑欄，下視浮雲咫尺間。只怪輕雷起巖際，不知飛雨過山前。

《半山亭》：憑高玉輦每從容，中路嘗聞憩六龍。塵外有人如到此，便須行徹最高峰。

《蕭森亭》：曉日珍瓏宿霧開，四簷時有好風來。不應斑竹林中見，却似松根琥珀堆。

《麓雲亭》：山下深林起白雲，白雲飛處斷紅塵。伴行直到高峰上，舒卷縱横不礙人。

《清賦亭》：四海熙熙萬物和，太平廊廟只賡歌。欲追林下騷人意，却是臨流得句多。

《散綺亭》：斷虹飛雨過天涯，碧落浮雲不復遮。明日陰晴真可卜，倚欄來此看餘霞。

《清斯亭》：天波萬斛瀉熔銀，跨水横橋麗構新。但取真堪濯纓意，玉階金闕本無塵。

《煉丹亭》：藥爐龍虎正交馳，五色雲生固濟泥。凡骨欲逃三萬日，君王曾賜一刀圭。

《璿波亭》：水影摇暉動碧虛，日華淩亂上金鋪。安知不是鮫人寶，往往淵中得美珠。

《小隱亭》：古木回環石路横，居山初不在峥嶸。聖人天下藏天下，小隱聊爲戲事名。

《飛岑亭》：微雲將雨洗層巒，石磴莓苔路屈盤。正是江南最佳處，仰看蒼翠俯澄瀾。

《草聖亭》：落筆縱横走電光，近臣時得賜雲章。龍盤鳳翥皆天縱，渴驥驚蛇不足方。

《書隱亭》：吾皇聖學自天衷，載籍源流一一通。宵旰萬機營四海，更將心醉六經中。

《高陽亭》：仙舟時倚碧溪灣，花外青旗映淺山。不醉閬風緣底事，要看豪飲似人間。

《嗈嗈亭》：聖主從來不射生，池邊群雁恣飛鳴。成行却入雲霄去，全似人間好弟兄。

《忘歸亭》：玉景金霞長不夜，松篁泉石更留人。廣寒宫殿秋偏好，待看林梢月色新。

《八仙館》：蟠桃初熟玉京春，圓屋如規户牖新。盡是瑶池高會客，豈容塵世飲中人。

《環山館》：峰巒回合聳雲屏，巖靄溪光面面横。開户忽驚千仞翠，憑高方見九重城。

《芸館》：玉堂、金馬盡名儒，黄本牙籤付石渠。向此别藏三萬卷，不憂中有蠹書魚。

《書館》：蓮燭詞臣在外庭，青錢學士已登瀛。回廊屈曲隨巖阜，挾策何妨取次行。

《蕭閑館》：書草吹來種種香，好風移韻入松篁。丹臺紫府無塵事，倚覺壺中日月長。

《漱瓊軒》：淺碧分江入衆山，山深無處不潺潺。開軒最近寒溪口，噴薄松風響佩環。

《書林軒》：甲乙森然盡寶書，校讎曾授魯中儒。萬機多暇時來此，玉軸牙籤自卷舒。

《雲岫軒》：山上飛雲片片輕，雲山相似倚空明。從龍本合封中去，觸石光從望處生。

《梅池》：玉鈿匀點鑒新磨，香逐風來水上多。應爲横斜詩句好，故教疏影瀉平波。

《雁池》：暮天飛下一行行，淺渚平沙足稻粱。有此恩波好游泳，何須辛苦去衡陽。

《硯池》：黑雲淩亂曉光凝，氣接崑崙冷不冰。龍餅麝元皆御墨，游魚吞却化鯤鵬。

《林華苑》：連雲複道映樓臺，茂苑奇花日日開。但得如春天一笑，芳菲何必曉風吹。

《絳霄樓》：翼瓦飛甍跨閬風，捲簾滄海日曈曨。佳時自有群仙到，笑語雲霞縹緲中。

《倚翠樓》：梯空窗户半山間，滴滴嵐光照畫欄。六月火雲揮汗日，雲來唯覺石屏寒。

《奎文樓》：龍蟠鰲負出風雲，鏤玉填金聖製新。自與六經垂日月，更令群目仰星辰。

《巢鳳閣》：朝陽鳴處有亭梧，争似珠簾映綺疏。丹穴來儀聽九奏，不妨於此長鵷鶵。

《竹崗》：蒼雲蒙密竹森森，無數新篁出妨林。已有鳳山調玉律，正隨天籟作龍吟。

《梅崗》：闊連峰嶺玉崔嵬，春逐陽和動地來。不似前村深雪裏，夜寒唯有一枝開。

《萬松嶺》：蒼蒼森列萬株松，終日無風亦自風。白鶴來時清露下，月明天籟滿秋空。

《蟠桃嶺》：不到瑶臺白玉京，海中仙果但聞名。何人爲報西王母，嶺上如今種已成。

《梅嶺》：雪林横夜月交光，萬壑風來處處香。聖主乾坤爲度量，包藏曾不限遐荒。

《三秀堂》：窗户深沉晝不開，鳳凰時下九層臺。月明夜静聞環佩，知有霓旌羽扇來。

《萼緑華堂》：緑萼承趺玉蕊輕，清香續續度簷楹。天教不雜開桃李，賜與神仙物外名。

《叢春堂》：桂影亭亭漾碧溪，尋芳曾被暗香迷。碧桃開後晴風暖，花外幽禽自在啼。

《躡雲臺》：萬本琅玕密不開，林深明碧瑣高臺。更無一點遊塵到，但覺雲隨步步來。

《玉霄洞》：披香尋徑百花中，蝶引蜂隨路不窮。但見淩霄纏古木，洞天應與碧虚通。

《清虚洞天》：玉關金鎖一重重，只見桃源路暗通。行到水雲空洞處，恍如身世在壺中。

《和容廳》：白羽流星一點明，上林飛雁幾回驚。弓開月到天心滿，風外唯聞中的聲。

《泉石廳》：縈迂流碧與環山，月地雲階在兩間。有此清泠居物外，方知塵土屬人環。

《揮雲亭》：天風吹作海濤聲，揮斥浮雲日更明。波上石鯨時吼雨，只知樓閣是蓬、瀛。

《泛雪廳》：月團携下九重天，來試人間第一泉。正在水聲山色裏，六花浮動紫甌圓。

《虚妙齋》：武王屈己尊箕子，黄帝齋心問廣成。惟道集虚觀衆妙，超然將見不能名。

《壽山》：惇大崇高秀氣連，清風不老月長圓。春遊玉座時相對，花發鶯啼億萬年。

《杏岫》：山上晴霞興綵雲，芳菲時節避花繁。分明自有神仙種，不是青旗賣酒村。

《景龍江》：潤通河漢碧涵空，影倒光山曉翠重。聞説巨魚時駭浪，只應風雨是神龍。

《鑑湖》：水天澄澈瑩寒光，一片平波六月涼。移得會稽三百里，不教全屬賀知章。

《桃溪》：霏霏紅雨落清潯，流出山中直至今。休道仙源在平地，空教人向武陵尋。

《回溪》：穿雲透石落潺潺，戀浦餘波尚繞山。只怪嵐光迷向背，不知流水正回環。

《滴滴巖》：蒼苔青潤石嶙皴，泉脈涓涓濕白雲。疑有天仙深夜過，丁當環佩月中聞。

《榴花巖》：絶域移根上苑栽，又分紅緑向巖隈。纍纍子已枝間滿，灼灼花猶葉底開。

《枇杷巖》：結根常得近林巒，晚翠誰憐却歲寒。不見龍文横桿面，方知垂實作金丸。

《日觀巖》：朝陽初上海霞紅，五色雲生碧洞中。回首爛柯人自老，棋聲猶在石門東。

《雨花巖》：紛紛泊泊弄晴暉，曾逐春風上綉衣。不爲胡僧翻貝葉，仙家長有碧桃飛。

《蘆渚》：萬葉梢梢秋意初，斜風細雨憶江湖。誰知雪壓波澄後，更與宫中作畫圖。

《梅渚》：只借晴波爲曉鑑，不隨花島作江雲。未須吹笛風中去，多得清香水際聞。

《榠查谷》：折花宜與酒相薰，結子難隨酒入唇。一陣暗香無處覓，不知幽谷巧藏春。

《秋香谷》：玉屑花繁淡淡黄，碧巖曾伴紫欄芳。月明露洗三秋葉，山迴風傳七里香。

《松谷》：雲藏煙鎖畫蒼蒼，得地何須作棟梁。聞道九龍扶輦過，一山風又作笙簧。

《長春谷》：洞天風物幾人知，暗得陰陽造化機。不似寒鄉待鄒律，四時巖際有芳菲。

《桐徑》：不嫌春老花飛濕，要聽秋來雨打聲。一自移根來禁籞，朝陽常有鳳凰鳴。

《松徑》：夾路成行一樣清，吟風篩月自亭亭。雲章正寫人間瑞，坐待雲根長茯苓。

《百花徑》：紅紫交加一徑通，翠條柔蔓浴玲瓏。日晴煙暖微風度，百和香薰錦繡中。

《合歡徑》：綵絲拂拂機中錦，繡縷茸茸馬項纓。却似漢宫三十六，黄昏時節掩羅屏。

《竹徑》：翠葉吟風長淅瀝，寒梢擎露忽高低。有時杳杳穿雲去，碧玉交加四望迷。

《雪香徑》：夾徑梨花玉作英，年年寒食半陰晴。要看雪色無邊際，十二樓前月正明。

《海棠屏》：清明微雨欲開時，收什狂香付整齊。但得浣花春在眼，不須枝上杜鵑啼。

《百花屏》：衆香芬馥著人衣，雲母光寒露未晞。圍得春風勝繡幕，紛紛紅紫鬭芳菲。

《蠟梅屏》：冶葉倡條不受羈，翠筠輕束最繁枝。未能隔絶蜂相見，一一花房似蜜脾。

《飛來峰》：突兀初驚倚碧空，翠嵐仍與瑞煙重。吴儂莫作西來認，真是蓬萊第一峰。

《留雲石》：白雲何事苦留連，中有嵌空小洞天。却恐商巖要霖雨，因風時到日華邊。

《宿霧石》：飛煙自遶龍樓駐，瑞氣長隨海日開。獨有春風花上露，夜深多伴月明來。

《辛夷塢》：山中常壓早梅開，不待暄風暖景催。似與東君書造化，筆頭春色最先來。

《橙塢》：磊磊金丸畫不如，空濛香霧幾千株。應憐綠橘秋江上，却被人間唤木奴。

《海棠川》：清明時候暖風吹，葉暗花明滿目開。石在劍門猶北向，錦江春色亦須來。

《仙李園》：亳社靈蹤亘古存，混元龍蜕出風塵。移根更接蟠桃嶺，結子開花萬萬春。

《紫石壁》：没水攀蘿琢馬肝，齎持堅潤出風湍。潛藩每恨端谿遠，疊作山中峭絶看。

《椒崖》：團枝紅實見秋成，曾按方書合五行。不遺漢宫塗屋壁，此間吞餌得長生。

《濯龍峽》：山東蒼煙細路通，噴泉飛雨洒晴空。真龍豈許尋常見，故作雲間飲澗虹。

《不老泉》：來從雲竇不知遠，湧出碧巖無暫停。花落鶯啼春自晚，潺湲長得坐中聽。

《柳岸》：牽風拂水弄春柔，三月花飛滿御樓。不似津亭供悵望，一生長得繫龍舟。

《棧路》：六丁開處只通秦，此地天臨萬國春。駐蹕有時思叱馭，服勞王事愛忠臣。

《藥寮》：已聞頒朔向明堂，百草猶思一一嘗。天意應憐民疾苦，欲躋仁壽佐平康。

《太素庵》：結草鋪茅不用華，白雲深處列仙家。蕭騷風玉千竿竹，翠葉濃陰襯碧霞。

《祈真磴》：臺上爐香嫋翠煙，雲間風馭已翩翩。吾皇奉道明靈降，惟德從來可動天。

《躑躅鷃》：春風曉日亂晴霞，艷艷初開一鷃花。疑是仙琴紅玉軫，醉歸遺在紫皇家。

《山莊》：重崖置屋亦常關，下法龍眠小隱山。縱有青牛不耕稼，但聞犬吠白雲間。

《西莊》：低作柴扉短作籬，日晴雞犬自熙熙。躬耕每以農爲本，稼穡艱難舊亦知。

《東西關》：天上人間自不同，故留關鑰限西東。姓名若在黄金籍，日日朝元路自通。

《敷春門》：帝利無私萬國通，尚思寒谷待春風。欲將和氣均天下，都在熙熙造化中。

又詔翰林學士王安中，令登豐樂樓望而賦詩云：「日邊高擁瑞雲深，萬井喧闐正下臨。金碧樓臺雖禁籞，煙霞巖洞却山林。巍然適構千齡運，仰止常傾四海心。此地去天真尺五，九霄岐路不容尋。」質字文伯，熙陵時參知政事昌齡之曾孫。組字元寵，潁昌陽翟人。俱有才思，晚始際遇，悉授右列，侍祐陵，時寵臣皆内侍梁師成所引，遂得愛幸。質少不檢，文其身，賜號錦體謫仙，後隨從北狩。組逢辰未久而没，官止副使，有子即勛也，頗能文，祐陵即以其父官補之，後獲幸高宗，位至使相。録之于秩，以紀當時之盛。近王偁作《東都事略》，載蜀僧祖秀所述《游華陽宫記》，不若是之備也。是時獨有太學生鄧肅上十詩，備述花石之擾，其末句云：「但願君王安萬姓，圃中何日不東風！」詔屏逐之。靖康初，李伯紀啓其事，薦其才，召對，賜進士出身，後爲右正言，著亮直之名于當日。肅字志宏，南劍人，有文集，號《栟櫚遺文》，三十卷，詩印集中。（後録卷二。下同）

【丞相吴沖卿忌郭逵成功其孫吴侔以左道伏誅】孫叔易近爲先人言：「大觀中，自南京教授差作試官，回次朱仙鎮，閲邸報，吴侔兄弟以左道伏誅。坐中監鎮使臣云：『某少日作吴沖卿丞相直省官，親見元豐中交趾李乾德陷邕、廉州，詔郭逵討之。神宗問所以平交趾者，逵曰：兵難預度，願馳至邕管上方略。師往，遂復邕州。進次富良江，又破之，獲賊將洪真太子者，於是乾德議降。而逵以重兵壓富良江，與交人止一水之隔。沖卿忌其成功，堂帖令班師。逵逗遛不進，交人大入，全軍皆覆，逵坐貶秩。侔、儲，沖卿孫也。此蓋天報之雲。』當時詩人陳傳作《佐郎將》云：『林中生致左郎將，名王頭顱十四五。乾德可禽嗟不謀，同惡相濟能包羞？降書冉冉過中洲，中軍傳呼笑點頭。鑾首算成勿藥喜，君臣稱觴弭多壘。元戎凱旋隔天水，夜經桄榔趨決里。驅將十萬人性命，換得交州數張紙。』」

【王寀爲林靈素中傷與劉炳俱見誅】王寀輔道，樞密韶之子，少豪邁有父風，早中甲科，善議論，工詞翰，曾文肅、蔡元長薦入館爲郎，後以直秘閣知汝州，考滿守陜。年未三十，輕財喜士，賓客多歸之。坐不覺察盜鑄免官，自負其材，受辱不羞。是時羽流林靈素以善役鬼神得幸，而輔道之客冀其復用，乘時所好，昌言輔道有術，可致天神出。靈素上扼不得施，蓋其客亦能請紫姑作詩詞，而已非林之比。輔道固所不解，然實不知客有此語也。輔道嘗對別客謂：「靈素太誕妄，安得爲上言之？」其言適與前客語偶合。工部尚書劉炳子蒙者，輔道母夫人之姪孫也，及其弟煥子宣，俱長從班，歆豔一時。時開封尹盛章新用事，忌炳兄弟，進思有以害其寵，未得也。初，炳視輔道雖中表，然炳性謹厚，每以輔道擇交不慎疏之。會炳姑適王氏，於輔道爲嫂。一日，輔道語其嫂曰：「某久欲謁子蒙兄弟奉從容，然不得其門而入，奈何？」嫂曰：「俟我至其家，可往候之。」輔道於是如其教，候炳於賓舍，久之始得通，炳逡巡猶不欲見，迫於其姑，勉强接之。既就坐，談論風生，亹亹不倦，炳大嘆服，入告其姑曰：「久不與王叔言，其進乃爾，自恨不及也。」因遣持馬人歸，止宿其家，自是始相親洽，殆至興獄，未及歲也。前客語既達靈素，靈素忿怒，泣請于上，且增加以白之曰：「臣以羈旅，荷陛下寵靈，而姦人造言，累及君父。乞放還山以避之，不然，願置對與之理。」上令逮捕輔道與所言客姚坦之、王大年,以其事下開封。使者至,輔道自謂無它,亦不以介意,語家人曰:「辯數乃置,無以爲念也。」至獄中,刻木皆出紙求書,且謂輔道曰:「昔蘇學士坐繫烏臺時,衛獄吏實某等之父祖。蘇學士既出後,每恨不從其乞翰墨也。」輔道喜,作歌行以贈之,處之甚怡然。而盛章以炳之故,得以甘心矣。因上言詞語有連及炳者,乞併治之。上曰:「炳從臣也,有罪未宜草草。」炳既聞上語,不疑其他。一日,上幸寶籙,駐蹕齋宮,從官皆在焉。炳越班而奏簾外曰:「臣猥以無狀,待罪邇列。適有中傷者,非陛下保全,已齏粉矣。」再拜而退。炳既謝已,舉首始見章在側注目瞪視,惶駭失措,深以爲悔。翌日,章以急速請對,因言:「寀與炳腹心,誹謗事驗明白。今對衆越次,上以欺罔陛下,下以誉惑群臣,禍將有不勝言者,幸陛下裁之。」上始怒,是日有旨,內侍省不得收接劉炳文字。炳猶未知之,以謂事平矣,故不復閑防。章既歸,遣開封府司録孟彥弼攜捕吏竇鑒等數人,即訊炳於家。炳因服出見,分賓主而坐,詞氣慷慨,無服辭。彥弼既見其不屈,欲歸,而竇鑒者語彥弼曰:「尚書几間得寀一紙字,足以成案矣。」遂亂抽架上書,適有炳著撰藁草,翻之至底,見炳和輔道詩,尚未成,首云:「白水之年大道盛,掃除荆棘奉高真。」詩意謂輔道嘗有嫉惡之意,時尚道,目上爲高真爾。鑒得之,以爲奇貨,歸以授章,章命其子并釋以進云:「白水謂來年庚子寀舉事之時。炳指寀爲高真,不知以何人爲荆棘?將置陛下於何地?豈非所謂大逆不道乎?」但以此坐輔道與客,皆極刑。炳以官高得弗誅,削籍竄海外。焕責授團練副使,黄州安置。凡王、劉親屬等,第斥謫之。并擢爲秘書省正字,數日而死,出現其父,已爲蛇矣。華陽張德遠文老，子蒙之壻也，又并娶德遠之妹，目覩其事。且當時亦以有連坐，送吏部與監當，故知之爲詳。嘗謂明清曰：「德遠死，無人言之者矣，子其因筆無惜識之。」文老嘗爲四川茶馬，東坡先生賦《張熙明萬卷堂》詩，即其父也。文老博極群書，尤長史學，發言可乎，故盡列其語，又益知世所傳輔道遇宿冤之事爲不然云。（後録卷三）

【徽宗燕賞元宵命王安中馮熙載進詩】徽宗宣和七年十二月二十一日，就睿謨殿張燈預賞元宵，曲燕近臣，命左丞王安中、中書侍郎馮熙載爲詩以進。安中云：「上帝通明闕，神霄廣愛天。九光環日月，五色麗雲煙。紫袖開三極，瓊瑕列萬仙。希夷塵境斷，仿佛玉經傳。妙道逢昌運，真王撫契賢。龜圖規大壯，龍位正純乾。穹昊親無間，皇居掇自然。剛風同變化，祥氣共陶甄。層觀星潢上，重闉斗柄邊。摩空七雉峻，冠嶠六鼇連。夢想何嘗到，階升信有緣。昕朝初放仗，密宴忽聞宣。清禁來鳴佩，修廊入並肩。獸鋪金半闔，鸞障綉微褰。霽景留庭砌，雷文繪桷梃。宫簾波錦漾，殿榜字金填。花擁巍巍座，香浮秩秩筵。高呼稱萬億，韶奏侍三千。華歲推堯曆，元璣候舜璿。冰霜知臘後，梅柳認春前。造化應呈巧，芳菲已鬬妍。樛枝彫檻小，多葉露桃鮮。錯落飛杯斝，鏘洋雜管絃。承雲歌歷歷，回雪舞翩翩。黼幄祥氛合，銅壺永漏延。鎬京方置醴，羲馭自停鞭。乃聖情深渥，諸臣意更虔。宗藩親魯、衛，相芾拱閎顛。側弁恩光浹，中觴詔蹕旋。寶薰攜滿袖，御果得加籩。要賞嬉遊盛，俄追步武遄。騰身複道表，送日夾城堧。仰揖蒼龍象，旁臨艮嶽巔。謳歌紛廣陌，簫鼓樂豐年。赫奕攢輕幰，珍奇集市廛。博盧多袒跣，飲肆競蹁躚。蕃衍開朱邸，崔嵬照彩椽。橋虹彎矗矗，江練泮濺濺。擊柝周廬晚，張燈別院先。餘霞摇綺暈，列宿舍珠躔。浩蕩三山島，棱層十丈蓮。再趨天北極，却立榻東偏。既用家人禮，仍占聖製篇。兕觥從酩酊，蟾魄待嬋娟。轉盼隨親指，環觀得縱穿。曲屏江浪蹙，亘柱赤虬纏。光透垂枝井，晶銜帶壁錢。蕭臺千級峻，重屋八窗全。就席花墩匝，行樽紫袖揎。交輝方爍爍，起立復闐闐。邃宇會寧過，中宵勝賞專。鋪陳尤有韻，清雅不相沿。户箔明珠串，欄釭水碧棬。規模商甗鑄，款識魯壺鐫。秦曲移箏柱，唐妝儼鬢蟬。窄襟珠綴領，高朵翠爲鈿。喜氣排寒沍，輕飈洗静便。層琳藉璣組，方鼎炷龍涎。瑪瑙供盤大，玻璃琢盞圓。暖金傾小榼，屑玉釀新泉。帝子天才異，英姿棣蕚聯。頻看揮斗盌，端是吸鯨川。推食俱均逮，攘餐及墜捐。海螯初破殼，江柱乍離淵。寧數披綿雀，休論縮頸鯿。南珍誇飣餖，北饌厭烹煎。賜橘懷頳卵，酡顔釂寶船。言歸荷慈惠，末節笑拘攣。放鑰嚴扃啓，籠紗逸足牽。冰輪掛銀漢，夜色映華韉。人識重熙象，功參獨斷權。五辰今不忒，六氣永無愆。天紀承三古，時雍變八埏。比閭增板籍，疆埸罷戈鋋。文軌包夷夏，弦歌遍幅員。恢儒榮藻薦，作士極魚鳶。慶冑貽謀顯，多男景福綿。迓衡常穆穆，遵路益平平。亭障今逾隴，耕耘久際燕。信通鵬海漲，威讋犬戎羶。東擬封雲、岱，西將款澗、瀍。琳科宜蕊笈，玉府下雲軒。帝籍勤初播，宫蠶長自眠。繭絲登六寢，秠米秀中田。廟鶴垂昭格，壇光監吉蠲。靈芝滋菌蠢，甘醴湧潺湲。合教龍風革，頒經衆疾痊。雨隨親禱降，河避上流遷。執契皇猷洽，披圖福物駢。太和輪橐籥，妙用絶蹄筌。此際君臣悦，應先簡冊編。《雅》稱魚罩罩，《頌》述鼓咽咽。詎比千齡遇，猶聞四始箋。羈臣起韋布，陋質愧鴛鉛。驟俾陪機政，由來出眷憐。恩方拜綸綍，報未效塵涓。密席叨臨勸，凡蹤第曲拳。雖無三峽水，曾步八花塼。渝望知難稱，才慳合勉旃。鈞天思盡賦，謄續白雲箋。」熙載云：「化工欲放陽春到，先教元冥戮衰草。疑冰封地萬木僵，誰向雪中探天巧。璿璣星回斗指寅，群芳未知時已春。人心蕩漾趁佳節，燈夕獨冠年華新。昇平萬里同文軌，井邑相連通四裔。蘭膏競吐夜烘春，和叔回車避羲轡。巍巍九禁倚天開，温風更覺先春來。試燈不用雨花俗，迎陽爲却寒崔嵬。宣和初載元冬尾，瑞白纔消塵不起。穆清光賞屬欽鄰，錦繡雲龍頒宴喜。初聞傳詔開睿謨，步障幾里承金鋪。調音度曲三千女，正似廣樂陳清都。遏雲妙唱韓娥侶，回雪飛花稱獨步。千春蟠木效紅英，獻壽當筵豈金母。上林晚色煙藹輕，景龍遊人歡笑聲。霞裾月珮擁仙仗，翠鳳挾輦趨平成。銅華金掌散晶彩，翠碧重重簇珠琲。先從前殿望修廊，日出綺霞紅滿海。神光通透雲母屏，驪龍出舞波濤驚。煌煌黼座承天命，座下錯浴如明星。榻前玉案真核旅，獸炭銀爐夜初鼓。憲天重屋訝雲屯，崇道簫臺疑蜃吐。前楹火柱回萬牛，藺卿璧碎色光浮。周圍照耀眼界徹，冰壺漾月生珠流。點點金錢盡銜璧，豹髓騰輝粲銀礫。絲篁人籟有機緘，繳繹清音傳屋壁。須臾隨蹕登會寧，如驂鸞鶴遊紫清。彩蟾倒影上浮空，纖雲不點惟光明。四壁垂簾玉非玉，銀釭吐艷相連屬。棼楣横帶碧玻璃，一朵翠雲承日轂。萬光閃爍争吐吞，燭龍銜耀輝四崑。又如電母神鞭馳，金蛇着壁不可捫。端信奇工通造化，豈比胡人能幻假。丹青漫數顧虎頭，盤礴解衣未容寫。此時帝御鈞天臺，紫垣兩兩明三台。尚方飲器萬金寶，古玉未足誇雲雷。帝傍侍女雲華品，玉立仙標及時韻。四音促柱泛笙簫，應有翔鸞落千仞。龍瓶瀉酒如流泉，御廚絡繹紛珍鮮。榻邊争欲供天笑，快倒頗類虹吸川。厭厭夜飲方歡浹，玉漏頻催鼓三疊。金門初下醉歸時，正見冰輪上城堞。微臣去歲陪清班，愳詩誤辱重瞳觀。小才易窮真鼠技，再賦愈覺相如慳。」履道、彦爲二集中，今不復印行，故録於此。（後録卷四）

【黄巢明馬兒李順皆能逃命于一時】（上略）頃見王仁裕《洛城漫録》云：「張全義爲西京留守，識黄巢于群僧中。」而陶穀《五代亂紀》云：「巢既遁免，祝髮爲浮屠。有詩云：『三十年前草上飛，鐵衣着盡着僧衣。天津橋上無人問，獨倚危欄看落暉。』」又《僧史》言：「巢有塔，在西京龍門，號翠微禪師。」而世傳巢後住雪竇，所謂雪竇禪師即巢也。然明州雪竇山有黄巢墓，歲時邑官遣人祀之至今。而《太平廣記》載：「則天時，宋之問謫官過杭州，遇駱賓王于靈隱寺，披緇在大衆中，與之問詩有『樓觀滄海日，門枕浙江潮』之句。（下略）（後録卷五。下同）

【蔡伯俙以神童授官食禄七十五年】《真宗實録》：「召試神童，蔡伯俙授官。」之後，寂無所傳。明清因於故書中得其奏狀一紙，今録于此：「司農少卿管勾江州太平觀蔡伯俙奏：臣輒陳愚懇，仰瀆睿聰。退省愆尤，甘俟竄殛。臣見係知州資任，乞管勾宫觀，奉敕授前件差遣於舒州居住，自熙寧八年八月三日到任。伏念臣先於大中祥符八年真宗皇帝遣内臣毛昌達宣召賜對，試誦真宗皇帝御製歌詩，即日蒙恩，釋褐授守秘書省正字。臣遭遇之年，方始三歲。及賜臣御詩云：『七閩山水多才俊，三歲奇童出盛時。』終篇後批：『閏六月十五日敕賜。』見刊刻在本家收秘。續蒙宣赴東宫，侍仁宗皇帝讀書，朝夕親近，頗歷歲年。以臣父龜從進士及第，臣幼小難以住京，因乞將帶出外，又蒙恩賚優渥。其後臣年一十七歲，以家貧陳乞差遣，仁宗皇帝聖念矜怜，特依所乞，仍有旨餘人不得援例。自兹累歷任使。今來本任，至來年二月當滿。切念臣幼稚幸會，效官從事，勉勵愚拙，今已白首。重念臣生事蕭條，累族重大，又無得力兒男，可以供侍，一日捨禄，無以爲生。幸遇皇帝陛下，至仁至治，無一物失所，其於老者，惠卹尤深。臣以祥符八年三歲；甲子庚申節，未至衰老。欲望聖慈特賜，許臣再任管勾江州太平觀一任，覬仍廪，稍得養單貧。祇飭閨門，相傳忠孝，庶幾補報，以盡餘齡。候敕旨。」蓋元豐初，計其年尚未七十。司農少卿，今之朝議大夫也。碌碌無所聞，豈非聰明不及於前時邪？御詩明清偶記其全篇：「七閩山水多才俊，三歲奇童出盛時。家世應傳清白訓，嬰兒自得老成姿。初當移步來朝謁，方及能言便誦詩。更勵孜孜圖進益，青雲千里看前期。」（下略）

【滕元發因舍弟申與楊元素失眷】元豐中，先祖訪滕章敏公元發於池陽，時楊元素過郡，二公同年生，款留甚歡。一日，元素忽問公曰：「令弟賊漢在否？」先祖坐間甚訝其語，伺小間，因啓公，公曰：「熙寧初，甫與元素俱受主上眷知非常，並居臺諫。偶同上殿，陳于上曰：『曾公亮久在相位，有妨賢路。』上曰：『然。卿等何故都未有文字來？』明日相約再對。草疏已畢，舍弟申見之，夜馳密以告曾。暨至榻前，未出奏牘，上怒曰：『豈非欲言某人耶？其中事悉先來辯析文字，見留此。卿等爲朕耳目之官，不慎密乃爾！』言遂不行，吾二人由此失眷，元素所以深恨之。」東坡先生作滕公挽詩云：「先帝知公早，虚懷第一人。」謂受裕陵眷簡最先也。又云：「高平風烈在，威敏典刑存。」滕蓋范文正之外孫，而授兵法于孫元規。（下略）（後録卷六。下同）

【曾氏一門六人同榜及第】曾密公諱易占，字不疑。歐陽文忠識其碑曰：「少有大志，知名江南。」爲文忠所稱如此，則其人固可想矣。既以豪俠自任，□信州玉山令，有過客楊南仲，文采可喜，氣概頗相投，公厚贐其行。會與郡將錢仙芝不叶，捃摭公以客所受爲賄，公引伏受垢，不復自辯，竟除名，徙英州。以赦自便，將愬其事於朝，行次南都而卒。時公子南豐先生子固，已名重於世，適留京師，而杜祁公以故相居宋，自來逆旅，爲辦後事。公既不偶以卒，再娶朱夫人，年未三十，無以自存，領諸孤歸里中。南豐昆弟六人，久益濩落，與長弟鞏應舉，每不利於春官。里人有不相悦者，爲詩以嘲之曰：「三年一度舉場開，落殺曾家兩秀才。有似簷間雙燕子，一雙飛去一雙來。」南豐不以介意，力教諸弟不怠。嘉祐初，與長弟及次弟牟、文肅公、妹婿王補之無咎、王彦深幾一門六人，俱列鄉薦。（下略）

【李端叔行狀文章】李端叔之儀，趙郡人，以才學聞於世。弟之純，亦以政事顯名，爲中司八座，終以「老龍」帥成都，兄弟頡頏于元祐間。端叔於尺牘尤工，東坡先生稱之，以爲得發遣三昧。東坡帥定武，辟爲簽判以從，朝夕酬唱，賓主甚歡。建中靖國初，爲樞密院編修官，曾文肅薦于祐陵，擬賜出身，擢右史，成命未頒，而爲御史錢遹論列報罷。去國之後，暫泊潁昌，值范忠宣公疾篤，口授其指，令作遺表。上讀之，悲愴之餘，稱賞不已，欲召用之。而蔡元長入相，時事大變。祐陵裂去御書世濟忠直之碑，及降旨御書院，書碑指揮，更不施行。且興獄治遺表中語，端叔坐除名，編管太平州。會赦復官，因卜居當塗，奉祠著書，不復出仕。適郭功父祥正亦寓郡下，文人相輕，遂成仇敵。郡娼楊姝者，色藝見稱于黄山谷詩詞中。端叔喪偶無嗣，老益無憀，因遂畜楊于家，已而生子，遇郊禋受延賞。會蔡元長再相，功父知元長之惡端叔也，乃訹豪民吉生者訟于朝，謂冒以其子受蔭，置鞫受誣，又坐削籍，亦略見《徽宗實録》。楊姝者亦被決。功父作俚語以快之云：「七十餘歲老朝郎，曾向元祐説文章。如今白首歸田後，却與楊姝洗杖瘡。」其不樂可知也。（下略）

【毛澤民和蔡元度鴛鴦詩】毛澤民受知曾文肅，擢置館閣。文肅南遷，坐黨與得罪，流落久之。蔡元度鎮潤州，與澤民俱臨川王氏壻，澤民傾心事之惟謹。一日家集，觀池中鴛鴦，元度席上賦詩，末句云：「莫學飢鷹飽便飛。」澤民即席和以呈元度曰：「貪戀恩波未肯飛。」元度夫人笑曰：「豈非適從曾相公池中飛過來者邪？」澤民慚，不能舉首。吴傅朋云。（後録卷七。下同）

【黄魯直浯溪碑曾公衮不欲書姓名】崇寧三年，黄太史魯直竄宜州，携家南行，泊于零陵，獨赴貶所。是時外祖曾空青坐鈎黨，先徙是郡。太史留連逾月，極其歡洽，相予酬唱，如《江樾書事》之類是也。帥游浯溪，觀《中興碑》，太史賦詩，書姓名于詩左。外祖急止之云：「公詩文一出，即日傳播。某方爲流人，豈可出邪？公又遠徙，蔡元長當軸，豈可不過爲之防邪？」太史從之。但詩中云：「亦有文士相追隨」，蓋爲外祖而設。

【趙諗僞號隆興】隆興改元歲，明清在會稽，因爲友人言：「先人初爲曾氏壻，嘗於外家手節《曾文肅公日録》。有庚辰歲在相位日一帙真迹，外家後來失去，見於外祖曾空青《三朝正論後序》矣。先人節本偶存焉，其中一則，記趙諗事。」（中略）初，諗以甲科爲太常博士，謁告省其父庭臣于蜀道中，夢神人授以詩云：「天錫雄材孰與戡，征西纔罷又征南。冕旒端拱披龍衮，天子今年二十三。」由此有倡狂之志，伏誅時適及歲。（下略）

【蔡元長貶潭自嘆失人心且作詞以卒】蔡元長既南遷，中路有旨取所寵姬慕容、邢、武者三人，以金人指名來索也。元長作詩以別云：「爲愛桃花三樹紅，年年歲歲惹東風。如今去逐它人手，誰復尊前念老翁。」初，元長之竄也，道中市食飲之類，問知蔡氏，皆不肯售，至於詬罵，無所不道，州縣吏爲驅逐之，稍息。元長轎中獨嘆曰：「京失人心，一至於此。」至潭州，作詞曰：「八十一年住世，四千里外無家。如今流落向天涯。夢到瑶池闕下。玉殿五回命相，彤庭幾度宣麻。止因貪此戀榮華。便有如今事也。」後數日卒。門人吕川卞老醵錢葬之，爲作墓志，乃曰「天寶之末，姚、宋何罪」云。馮于容云。（後録卷八）

【曾吉父答啓】曾文清吉父，孔毅父之甥也，早從學于毅父。文清以蔭入仕，大觀初以銓試合格，五百人爲魁，用故事賜進士出身。紹興中，明清以啓贄見云：「傳經外氏，早侍仲尼之閒居；提筆文場，曾寵平津之爲首。」文清讀之，喜曰：「可謂着題矣。」後與明清詩云：「吾宗擇壻得羲之，令子傳家又絶奇。甥舅從來多酷似，弟兄如此信難爲。」徐敦立覽之，笑云：「此乃用前日之啓爲體修

報耳。」(後録卷十一)

【吴處厚與蔡持正不和】蔡持正既孤居陳州，鄭毅夫冠多士，通判州事，從毅夫作賦。吴處厚與毅夫同年，得汀州司理，來謁毅夫，間與持正遊。明年，持正登科，寖顯於朝矣。處厚辭王荆公薦，去從滕元發。薛師正辟於中山，大忤荆公，抑不得進。元豐初，師正薦於王禹玉，甚蒙知遇。已而持正登庸，處厚乞憐頗甚，賀啓云：「播告大廷，延登右弼。釋天下霖雨之望，尉海内巖石之瞻。帝渥俯臨，輿情共慶。共惟集賢相公，道包康濟，業茂贊襄，秉一德以亮庶工，遏群邪以持百度。始進陪於國論，俄列俾於政經。論道於黄閤之中，致身於青霄之上。竊以閩、川出相，今始五人；蔡氏登庸，古惟二士。澤幹秦而聘辯，汲汲霸圖；義輔漢以明經，區區暮齒。孰若遇休明之運，當强仕之年，尊主庇民，已陟槐廷之貴；代天理物，遂躋鼎石之崇。處厚早辱埏陶，竊深欣躍。豨苓馬勃，敢希乎良醫之求；木屑竹頭，願充乎大匠之用。」然持正終無汲引之意。(中略)其後，持正罷相守陳，又移安州，有静江指揮卒當出戍漢陽，持正以無兵，留不遣，處厚移文督之。持正寓書荆南帥唐義問固留之，義問令無出戍。處厚大怒曰：「汝昔居廟堂，固能害我，今貶斥同作郡耳，尚敢爾耶！」會漢陽僚吏至安州者，持正問處厚近耗，吏誦處厚《秋興亭》近詩云：「雲共去時天杳杳，雁連來處水茫茫。」持正笑曰：「猶亂道如此。」吏歸以告處厚，處厚曰：「我文章蔡確乃敢譏笑耶！」未幾，安州舉子吴擴自漢江販米至漢陽，而郡遣縣令陳當至漢口和糴，吴袖刺謁當，規欲免糴，且言近離鄉里時，蔡丞相作《車蓋亭》十詩，舟中有本，續以寫呈，既歸舟，以詩送之。當方盤量，不暇讀，姑置懷袖。處厚晚置酒秋興亭，遣介亟召當，當自漢口馳往。既解帶，處厚問懷中何書？當曰：「適一安州舉人遺蔡丞相近詩也。」處厚亟請取讀，篇篇稱善而已，蓋已貯於心矣。明日，於公宇冬青堂箋注上之。後兩日，其子柔嘉登第，授太原府司户，至侍下，處厚迎謂曰：「我二十年深仇，今報之矣。」柔嘉問知其詳，泣曰：「此非人所爲。大人平生學業如此，今何爲此？將何以立於世？柔嘉爲大人子，亦無容迹於天地之間矣。」處厚悔悟，遣數健步，剩給緡錢追之，馳至進邸，云邸吏方往閤門投文書，適校俄頃時爾。先子久居安陸，皆親見之。又，伯父太中公與持正有連，聞處厚事之詳。世謂處厚首興告訐之風，爲搢紳復讎禍首，幾數十年，因備叙之。先人手記。（三録卷一）

【張夫人哭魏夫人詩】曾文肅熙寧初爲海州懷仁令，有監酒使臣張者，小女甫六七歲，甚爲惠黠，文肅之室魏夫人憐之，教以誦詩書，頗通解，其後南北睽隔。紹聖初，文肅柄事樞時，張氏女已入禁中，雖無名位，以善筆札，掌命令之出入，忽與夫人相聞。夫人以夫貴，疏封瀛國，稱壽禁庭，始相見叙舊，自後歲時遺問。夫人没，張作詩以哭云：「香散簾幃寂，塵生翰墨閑。空傳三壺譽，無復内朝班。」從此絶迹矣。後四十年，靖康之變，張從昭慈聖獻南渡，至錢唐。朱忠靖《筆録》所記昭慈遣其傳導反正之議，張夫人者，即其人也，年八十餘終。先孃子云。（三録卷二。下同）

【秦會之陳議狀】靖康丙午，真戎亂華。次歲之春，京城不守，恣其號舞，妄有易置。時秦會之爲御史中丞，陳議狀，（中略）詞意忠厚，文亦甚奇。使會之誠有此，而無紹興再相，擅國罔上，專殺尚威，則謂非賢可乎？昔人有詩云：「周公恐懼流言後，王莽謙恭未篡時。若使當時身便死，一生真僞有誰知！」

【曹庭堅遭遇秦相】政和末，秦會之自金陵往參成均，行次當塗境上，值大雨，水衝橋斷，不能前進。塗中居民，開短窗延一士子，教其子弟。士子於書室窗中窺見秦徒步執蓋，立風雨中，淋漓悽然，甚憐之，呼入令小愒。至晚，雨不止，白其主人，推食挽留而共榻。翌日晴霽，送之登途，秦大以感激。秦既自叙其詳，復詢士之姓名，云曹筠庭堅也。秦登第即宦顯，絶不相聞久之。曹建炎初以太學生隨大駕南幸至維揚，免省策名，後爲台州知録，老不任事，太守張偁對移爲黄巖主簿，無憀之甚，時秦專權久矣。曹一夕偶省悟其前此一飯之恩，因謀諸婦。婦吴越錢族，晚事曹，頗解事，謂曰：「審爾，何不漫愬之。」筠因便介，姑作詩以致祈懇，末句云：「浩浩秦淮千萬頃，好將餘浪到灘頭。」其淺陋不工如此。秦一覽，慨然興念，以删定官召之，尋改官入臺，遂進南床。高宗惡之，親批逐出，秦猶以爲集英殿修撰，知衢州。未幾，坤維闕帥，即擢次對，制閫全蜀。到官之後，弛廢不治，遂致王孝忠之變。秦竟庇護之，奉祠而歸。秦没，始奪其職云。（三録卷三。下同）

【尤延之博物洽聞】（上略）樓大防作夕郎，出示其近得周文矩所畫《重屏圖》，祐陵親題白樂天詩于上，有衣帽中央而坐者，指以相問云：「此何人邪？」明清云：「頃歲大父牧九江，於廬山圓通寺撫江南李中主像藏于家，今此繪容即其人。文矩丹青之妙，在當日列神品，蓋畫一時之景也。」亟走介往會稽，取舊收李像以呈，似面貌冠服，無毫髪之少異，因爲跋其後，樓深以賞激。繼而明清丐外得請，以詩送行，後一篇云：「遂初陳迹邃凄凉，擊節青箱極薦揚。談笑於儂情易厚，典刑使我意差强。《重屏》唐畫論中主，古殿遺文話阿章。舊事從今向誰問，尺書時許到淮鄉。」

【祐陵與蔡元長賡歌】明清頃於蔡微處得觀祐陵與蔡元長賡歌一軸，皆真迹也。今録于後：

「己亥十一月十三日，南郊祭天，齋宮即事賜太師：『報本精禋自國南，先期清廟宿齋嚴。層霄初擴同雲霽，暖吹俄回海日暹。十萬軍容冰作陣，九街鴛瓦玉爲簷。肅雍顯相同元老，行慶均釐四海霑。』太師臣京恭和：『雪晴至日日初南，帝舉明禋祀事嚴。萬瓦溝中寒色在，一輪空外曉光暹。雲和龍軫開冰轍，風暖鸞旗拂凍簷。共喜天心扶聖德，珠璣更誤寵恩霑。』『展采齊明拱面南，濃雲深入夜更嚴。風和不放瓊英落，日暖高隨玉漏暹。照地神光臨午陛，鳴皋仙羽下重簷。五門回仗如天上，看舉雞竿雨露霑。』『衮龍朱履午階南，大輦鸞鳴羽衛嚴。玉軫乍回黄道穩，金烏初上白雲暹。五門曉吹開旗尾，萬騎花光入帽簷。已見神光昭感格，鶴書恩下萬邦霑。』『飲福初回八陛南，凝旒哀對百神嚴。晛消塵入康衢潤，神應光隨北陛暹。丹檻雉開中扇影，朱繩鶴下五門簷。群生鼓舞明禋畢，却憶花飛舞袖霑。』『清廟齋幄，常有詩賜太師，已曾和進。禋祀禮成，以目擊之事，依前韻再進。今亦用元韻復賜太師，非特以此相困，蓋清時君臣賡載，亦一時盛事耳。』『靈鼓黄麾道指南，紫壇蒼璧示凝嚴。聯翩玉羽層霄下，烜赫神光愛景暹。爲喜鑾輿回鳳闕，故留芝蓋出虬簷。禮天要作斯民福，解雨今當萬物霑。』太師以被賜暹字韻詩，前後凡三次進和，蓋欲示其韻愈嚴而愈工耳。復以前韻又賜太師：『天位迎陽轉斗南，千官山立盡恭嚴。共欣奠玉煙初達，争奉回鸞日已暹。歸問雪中誰詠絮，冥搜花底自巡簷。禮成却喜歌盈尺，端爲來麰萬寓霑。』唐杜甫詩：「巡簷索共梅花笑。」蓋雪事也。太師臣京題神霄宫：『下馬神霄第一回，晴空宫殿九秋開。月中桂子看時落，雲外仙軿特地來。』『參差碧瓦切昭回，繡户雲軿次第開。仙伯九霄曾付託，得隨真主下天來。』神霄玉清萬壽宫慶成，卿以使事奉安聖像，聞有二詩書屛，俯同其韻，復賜太師：『碧落金風爽氣回，蘂霄乍喜瑞霞開。經營欲致黎元福，敢謂詩人詠子來。』『曈曚日馭曉光回，金碧相宜王府開。步武煙霞還舊觀，百神應喜左元來。』昨日召卿等自卿私第泛舟經景龍江，游擷芳園靈沼，聞卿有小詩，今俯同其韻賜太師：『景龍江静喜安流，玉色閑看浴翅鷗。已覺西風頗無事，何妨穩泛濟川舟。』『登山想見留雲際，賞日還能傍水涯。對此已多重九興，先輸黄髮賞黄花。』『錦繡煙霄碧玉山，縈紆静練照晴川。留連不惜厭厭去，雅興難忘既醉篇。』上清寶籙宫立冬日講經之次，有羽鶴數千飛翔空際，公卿士庶，衆目仰瞻。卿時預榮觀，作詩紀實來上，因俯同其韻，賜太師以下：『上清講席鬱蕭臺，俄有青田萬侣來。蔽翳晴空疑雪舞，低回轉影類雲開。翻翰清唳遥相續，應瑞移時尚不回。歸美一章歌盛事，喜今重見謫仙才。』又上巳日賜太師：『金明春色正芳妍，修禊佳辰集衆賢。久矣愆陽罹暵旱，沛然膏雨潤農田。乘時賸挾花盈帽，胥樂何辭酒滿船。所賴燮調功有自，佇期高廩報豐年。』」微，元長之孫，自云：當其父祖富貴鼎盛時，悉貯于隆儒亨會閣，此百分之一二焉。國禍家艱之後，散落人間，不知其幾也。（餘話卷一。下同）

【蔡元長保和殿曲燕記延福宫曲燕記】蔡元長所述《太清樓特燕記》既列于前，又得《保和殿曲燕》、《延福宫曲燕》二記，今復載于左方：「宣和元年九月十二日，皇帝召臣蔡京、臣王黼、臣越王俁、臣燕王似、臣嘉王楷、臣童貫、臣嗣濮王仲忽、臣馮熙載、臣蔡攸燕保和殿，臣蔡絛、臣蔡翛、臣蔡鞗東曲水朝於玉華殿。上步西曲水，循酴醾架，至太寧閣，登層巒、琳霄、騫鳳、垂雲亭，景物如前，林木蔽蔭如勝。始至保和殿，三楹，楹七十架，兩挾閣，無綵繪飾侈，落成於八月，而高竹崇檜，已森然蓊鬱。中楹置御榻，東西二間列寶玩與古鼎彝器。王左挾閣曰妙有，設古今儒書、史子楮墨；右曰日宣，道家金櫃玉笈之書，與神霄諸天隱文。上步前行，稽古閣有宣王石鼓。歷邃古、尚古、鑑古、作古、傳古、博古、秘古諸閣，藏祖宗訓謨，與夏、商、周尊彝鼎鬲爵斝卣敦盤盂，漢、晉、隋、唐書畫，多不知識駭見。上親指示，爲言其概，因指閣內：『此藏卿表章字札無遺者。』命開櫃，櫃有朱隔，隔内置小匣，匣内覆以繒綺，得臣所書撰《淑妃劉氏制》。臣進曰：『札恩文鄙，不謂襲藏如此。』念無以稱報，頓首謝。抵玉林軒，過宣和殿、列岫軒、天真閣。凝德殿之東，崇石峭壁，高百丈，林壑茂密，倍於昔見。過翠翹、燕閣諸處。賜茶全真殿，上親御擊注湯，出乳花盈面，臣等惶恐，前曰：『陛下略君臣夷等，爲臣下烹調，震悸惶怖，豈敢啜？』頓首拜。上曰：『可少休。』乃出瑶林殿。中使馮皓傳旨，留題殿壁，喻臣筆墨已具，乃題曰：『瓊瑶錯落密成林，檜竹交加午有陰。恩許塵凡時縱步，不知身在五雲深。』頃之就坐，女童樂作。坐間賜荔子、黄橙、金柑相間，布列前後，命師文浩剖橙分賜。酒五行，再休。許至玉真軒，軒在保和西南廡，即安妃妝閣。命使傳旨曰：『雅燕酒酣添逸興，玉真軒内看安妃。』詔臣賡補成篇，臣即題曰：『保和新殿麗秋輝，詔許塵凡到綺闈。』方是時，人自謂得見妃矣。既而但畫像掛西垣，臣即以謝奏曰：『玉真軒檻暖如春，只見丹青未有人。月裏嫦娥終有恨，鑑中姑射未應真。』須臾，中使召臣至玉華閣，上手持詩曰：『因卿有詩，況姻家，自當見。』臣曰：『頃緣葭莩，已得拜望，故敢以詩請。』上大笑。妃素妝，無珠玉飾，綽約若仙子。臣前進，再拜叙謝，妃答拜。臣又拜，妃命左右掖起。上手持大觥酌酒，命妃曰：『可勸太師。』臣奏曰：『禮無不報，不審酬酢可否？』於是持瓶注酒，授使以進。再坐，徹女童，去羯鼓，御侍奏細樂，作《蘭陵王》、《揚州散》古調，酬勸交錯。上顧群臣曰：『桂子三秋七里香。』七里香，桂子名也。臣楷頊許對曰：『麥雲九夏兩岐秀。』臣攸曰：『雞舌五年千歲棗。』臣曰：『菊英九日萬齡黄。』乃賡載歌曰：『君臣燕衎昇平際，屬句論文樂未央。』臣奏曰：『陛下樂與人同，不問高卑。日且暮，久勤聖躬，不敢安。』上曰：『不醉無歸。』更勸，迭進酒行無算。上忽憶紹聖《春宴口號》二句，問曰：『卿所作否？餘句云何？』臣曰：『臣所進詩，歲久不記。』上曰：『是時以疾告假，哲宗召至宣和西閤，問所告假者，對曰：「臣有負薪之疾，不果預需雲之燕。」哲宗曰：「蔡承旨有佳句曰：『紅臘青煙寒食後，翠華黄屋太微間。』不可不赴。」上曰：「臣敢不力疾遵奉。」是日，待漏東華，哲宗已遣使詢來否。語罷，命郝隨持杯以勸，凡三酬，大醉，免謝扶出。』因沉吟曰：『記上下句有曰集英班者。』繼而曰：『牙牌曉奏集英班，日照雲龍下九關。紅臘青煙寒食後，翠華黄屋太微間。』繼又曰：『三天樂奏三春曲，萬歲聲連萬歲山。欲識君臣同樂意，天威咫尺不違顔。』臣頓首謝曰：『臣操筆注思，於今二十年。陛下語及，方省髣髴，然不記一字。陛下藩邸已知臣，蓋非今日，豈勝榮幸。』再拜謝。上輪指曰：『二十四年矣。』左右皆大驚，非聖人孰與夫此？臣又謝曰：『臣被知藩邸，受眷紹聖，兩朝遭遇。臣駑下衰老，無毫髮稱報。』上曰：『屢見哲宗，道卿但爲章惇輩沮忌，不及用。朕時年八歲，垂髫侍側。一日，哲宗疑慮，默若有所思。問曰：「大臣以謂不當紹述，朕深疑之。」奏曰：「臣聞子紹父業，不當問人，何疑之有？」哲宗駭曰：「是兒有大志如此。」由是劉摯、吕大防相繼斥逐，紹述自此始。』臣奏曰：『陛下曲燕御酒，樂欣交通。而追時惟哲宗付託與紹述之始，孝友篤於誠心，非臣之幸，社稷天下之幸。』因再拜賀，黼已下皆再拜。上又曰：『嘗記合食與卿否？』臣謝曰：『是時大禮禁嚴，廚饔不得入，貿食端邸，蒙陛下賜之。臣被遇，自兹終身不敢忘。』又曰：『崇政殿試，卿在西幕詳定時，因入持扇求書，得二詩，皆杜甫所作，詩曰：「户外昭容紫袖垂，雙瞻御座引朝儀。香飄合殿春風轉，花覆千官淑景移。」又：「五夜漏聲催曉箭，九重春色醉仙桃。旌旗日暖龍蛇動，宫殿風微燕雀高。」』臣曰：『崇寧初蒙宣諭扇猶在？』上曰：『今尚在也。』（下略）」

【景焕述野人閑話】成都人景焕《野人閑話》，蓋乾德三年所述，其間載蜀後主一條，今録於後：「蜀後主孟氏，諱昶，字保元，尊號睿文英武仁聖明孝皇帝，道號玉霄子。承高祖纂業，性多明敏，以孝慈仁義，在位三紀已來，尊儒尚學，貴農賤商。初用趙季良、毋昭裔知政事，李仁學、趙廷隱等分主兵權，李昊、徐光溥掌牋檄，王處回爲樞要。無何，政教壅滯，恩澤雜還，一旦赫怒，誅權臣張業，出王處回，自命二相，李昊、徐光溥。開獻納院，創貢舉場。不十餘年，山西潭隱者俱起，肅肅多士，赳赳武夫，亦一方之盛事。城内人生三十歲有不識米麥之苗者。每春三月、夏四月，有遊浣花香錦浦者，歌樂掀天，珠翠闐咽，貴門公子，乘彩舫遊百花潭，窮奢極麗。諸王功臣已下，皆置林亭異果名花，小類神仙之境。兵部王尚書珪題亭子詩，其一聯曰：『十字水中分島嶼，數重花外見樓臺。』皆此類也。自大軍收復，蜀主知運數有歸，尋即納款，識者聞之嘉嘆。蜀主能文章，好博覽，知興亡，有詩才。嘗爲箴誡頒諸字人，各令刊刻於坐隅，謂之《頒令箴》曰：『朕念赤子，旰食宵衣。託之令長，撫養惠綏。政在三異，道在七絲。驅雞爲理，留犢爲規。寬猛得所，風俗可移。無令侵削，無使瘡痍。下民易虐，上天難欺。賦與是切，軍國是資。朕之賞爵，固不踰時。爾俸爾禄，民膏民脂。爲民父母，莫不仁慈。勉爾爲誡，體朕深私。』」治平中，張次功著《蜀檮杌》，亦書是箴，與此一同。

【王文穆薦同年尉】王文穆欽若以故相來守杭州，錢唐一老尉，蒼顔華髮矣，文穆初甚不樂，詢其履歷，乃同年生，憫然哀之，遂封章于朝，詔特改京秩。尉以詩謝之云：「當年同試大明宫，文字雖同命不同。我作尉曹君作相，東君元没兩般風。」晁武子云。

【東坡送章守湖州詩】章俞者，郇公之族子，早歲不自拘檢。妻之母楊氏，年少而寡，俞與之通，已而有娠生子。初産之時，楊氏欲不舉，楊氏母勉令留之，以一合貯水，緘置其内，遣人持以還俞。俞得之云：「此兒五行甚佳，將大吾門。」雇乳者謹視之。既長登第，始與東坡先生締交。後送其出守湖州詩，首云：「方丈仙人出渺茫，高情猶愛水雲鄉。」以爲譏己，由是怨之。其子入政府，俞尚無恙。嘗犯法，以年八十，勿論。事見《神宗實録》。紹聖相天下，坡渡海，蓋修報也。所謂燕國夫人墓，獨處而無祔者，即楊氏也。章房仲云。

【詞人蹈襲】「柳色黄金嫩，梨花白雪香。」陰鏗詩也，李太白取用之。杜子美《太白詩》云：「李白有佳句，往往似陰鏗。」後人以謂以此譏之。然子美詩有「蛟龍得雲雨，雕鶚在秋天」一聯，已見《晉書·載記》矣。如「冰肌玉骨清無汗，水殿風來暗香滿」，孟蜀王詩，東坡先生度以爲詞。昔人不以蹈襲爲非。《南部煙花録》：「『夕陽如有意，偏傍小窗明。』唐人方域詩。」《新唐書·藝文志》有方域詩一卷。《煙花録》一名《大業拾遺記》，文詞極惡，可疑。而《大業幸江都記》自有十二卷，唐著作郎杜寶所纂，明清家有之，承平時揚州印本也。

【王荆公集句詩】明清嘗於王瑩夫瓘處見王荆公手書集句詩一紙云：「海棠亂發皆臨水，君知此處花何似？涼月白紛紛，香風隔岸聞。囀枝黄鳥近，隔岸聲相應。隨意坐莓苔，飄零酒一杯。」今不知在何所。（餘話卷二。下同）

【風和尚知人休咎】祐陵時有僧妙應者，江南人，往來京、洛間，能知人休咎。其説初不言五行形神，且不在人之求而告之。佯狂奔走，初無定止，飲酒食肉，不拘戒行，人呼之爲風和尚。蔡元長褫職居錢塘，一日忽直造其堂，書詩一絶云：「相得端明似虎形，摇頭擺腦得人憎。看取明年作宰相，張牙劈口吃衆生。」又書其下云：「衆生受苦，兩紀都休。」已而悉如其言。紹興初，猶在廣中，蜕寂于柳州。明清《投轄録》中亦書其略。蘇訓直玭云。

【張彦實居西掖】張彦實擴，番陽人，子公參政大父行，有《東窗集》行於世。自知廣德軍秩滿造朝，除著作郎。秦會之當軸，其兄楚材爲秘書少監，約彦實觀梅于西湖。楚材有詩，彦實次其韻云：「天上新騣寶輅回，看花仍趁雪英開。折歸忍負金蕉葉，笑插新臨玉鏡臺。女堞未須翻角調，錦囊先喜助詩材。少蓬自是調羹手，葉底應尋好句來。」時楚材再婚，故及玉鏡臺事。會之見之，大稱賞，曰：「旦夕當以文字官相處。」遷擢左史，再遷而掌外制。楊原仲並居西掖，代言多彦實與之潤色，初亦無他。彦實偶戲成二毫筆絶句云：「包羞曾借虎皮蒙，筆陣仍推兔作鋒。未用吹毛强分別，即今同受管城封。」原仲以爲誚己，大怒，愬于會之，誅言路彈之，彦實以本官罷爲宫祠。謝表云：「雖造化之有生有殺，本亦何心；然臣下之或賞或刑，咸其自取。」屏居數年，求休致。先除次對，帥南昌。雖生不及拜命，而身後盡得侍從恩數。

（王景桐）

朱子語類

朱熹口述　黎靖德輯

朱熹（一一三〇—一二〇〇），字元晦，一字仲晦，徽州婺源（在今浙江省）人。登紹興進士第，歷事高宗、孝宗、光宗、寧宗四朝，以講學爲務。宋代著名的理學家。《朱子語類》即其門人所記朱熹講學問答的語録。後由黎靖德纂輯成書。黎靖德，永嘉（在今浙江温州）人，嘉熙間爲長沙縣主簿。《朱子語類》一百四十卷，從景定四年（一二六三）開始編輯，至咸淳六年（一二七〇）問世。此據中華書局一九八六年排印本選録。

【綱領】只是「思無邪」一句好，不是一部《詩》皆「思無邪」。振。

「温柔敦厚」，《詩》之教也。使篇篇皆是譏刺人，安得「温柔敦厚」！璘。

因論《詩》，曰：「孔子取《詩》只取大意。三百篇，也有會做底，有不會做底。如《君子偕老》：『子之不淑，云如之何！』此是顯然譏刺他。到第二章已下，又全然放寬，豈不是亂道！如《載馳》詩煞有首尾，委曲詳盡，非大段會底説不得。又如《鶴鳴》做得極巧，更含蓄意思，全然不露。如《清廟》一倡三嘆者，人多理會不得。注下分明説：『一人倡之，三人和之。』譬如今人挽歌之類。今人解者又須要胡説亂説。

問删《詩》。曰：「那曾見得聖人執筆删那箇，存這箇！也只得就相傳上説去。」賀孫。

問：「《詩》次序是當如此否？」曰：「不見得。只是《楚茨》、《信南山》、《甫田》、《大田》諸詩，元初却當作一片。」又曰：「如《卷阿》説『豈弟君子』，自作賢者；如《泂酌》説『豈弟君子』，自作人君。大抵《詩》中有可以比並看底，有不可如此看，自有這般樣子。」賀孫。説《卷阿》與《詩傳》不同。以下論《詩》次序章句。

「《詩》，人只見他恁地重三疊四説，將謂是無倫理次序，不知他一句不胡亂下。」文蔚曰：「今日偶看《棫樸》，一篇凡有五章。前三章是説人歸附文王之德，後二章乃言文王有作人之功，及紀綱四方之德，致得人歸附者在此。一篇之意，次第甚明。」曰：「然。『遐不作人』，却是説他鼓舞作興底事。功夫細密處，又在後一章。如曰『勉勉我王，綱紀四方』，四方便都在他線索内，牽着都動。」文蔚曰：「『勉勉』，即是『純亦不已』否？」曰：「然。『追琢其章，金玉其相』，是那工夫到後，文章真箇是盛美，資質真箇是堅實。」文蔚。

恭父問：「《詩》章起於誰？」曰：「有『故言』者，是指毛公；無『故言』者，皆是鄭康成。有全章換一韻處，有全押韻處。如《頌》中有全篇句句是韻。如《殷武》之類無兩句不是韻，到『稼穡匪解』，自欠了一句。前輩分章都曉不得，某細讀，方知是欠了一句。」賀孫。

（中略）

問：「《王風》是他風如此，不是降爲《國風》。」曰：「其辭語可見。《風》多出於在下之人，《雅》乃士夫所作。《雅》雖有刺，而其辭莊重，與《風》異。」可學。以下論《風》、《雅》、《頌》。

「《大序》言：『一國之事，係一人之本，謂之《風》。』所以析《衛》爲《邶》、《鄘》、《衛》。」曰：「《詩》，古之樂也，亦如今之歌曲，音各不同：衛有衛音，鄘有鄘音，邶有邶音。故詩有鄘音者係之《鄘》，有邶音者係之《邶》。若《大雅》、《小雅》，則亦如今之商調、宮調，作歌曲者，亦按其腔調而作爾。《大雅》、《小雅》亦古作樂之體格，按《大雅》體格作《大雅》，按《小雅》體格作《小雅》；非是做成詩後，旋相度其辭目爲《大雅》、《小雅》也。大抵《國風》是民庶所作，《雅》是朝廷之詩，《頌》是宗廟之詩。」又云：「《小序》漢儒所作，有可信處絶少。《大序》好處多，然亦有不滿人意處。」去僞。

器之問《風》、《雅》，與無天子之風之義。先生舉鄭漁仲之説言：「出於朝廷者爲《雅》，出於民俗者爲《風》。文、武之時，周、召之作者謂之周、召之《風》。東遷之後，王畿之民作者謂之《王風》。似乎大約是如此，亦不敢爲斷然之説。但古人作詩，體自不同，雅自是《雅》之體，風自是《風》之體。如今人做詩曲，亦自有體制不同者，自不可亂，不必説雅之降爲風。今且就《詩》上理會意義，其不可曉處，不必反倒。」因説：「嘗見蔡行之舉陳君舉説《春秋》云：『須先看聖人所不書處，方見所書之義。』見成所書者更自理會不得，却又取不書者來理會，少間只是説得奇巧。」木之。

「《詩》，有是當時朝廷作者，《雅》、《頌》是也。若《國風》乃采詩有采之民間，以見四方民情之美惡，二南亦是採民言而被樂章爾。程先生必要説是周公作以教人，不知是如何？某不敢從。

若變風，又多是淫亂之詩，故班固言『男女相與歌詠以言其傷』是也，聖人存此，亦以見上失其教，則民欲動情勝，其弊至此，故曰『《詩》可以觀』也。且『《詩》有六義』，先儒更不曾説得明。却因《周禮》説《豳詩》有《豳雅》、《豳頌》，即於一詩之中要見六義，思之皆不然。蓋所謂『六義』者，風、雅、頌乃是樂章之腔調，如言仲吕調、大石調、越調之類；至比、興、賦又别。直指其名，直叙其事者，賦也；本要言其事，而虚用兩句鈎起，因而接續去者，興也；引物爲况者，比也。立此六義，非特使人知其聲音之所當，又欲使歌者知作詩之法度也。」問：「《豳》之所以爲《雅》爲《頌》者，恐是可以用《雅》底腔調，又可用《頌》底腔調否？」曰：「恐是如此，某亦不敢如此斷，今只説恐是亡其二。」大雅。

問二雅所以分。曰：「《小雅》是所係者小，《大雅》是所係者大。『呦呦鹿鳴』，其義小；『文王在上，於昭于天』，其義大。」問變雅。曰：「亦是變用他腔調爾。大抵今人説《詩》，多去辨他《序》文，要求着落。至其正文『關關雎鳩』之義，却不與理會。」王德修云：「《詩序》只是『國史』一句可信，如『《關雎》，后妃之德也』。此下即講師説，如《蕩》詩自是説『蕩蕩上帝』，《序》却言是『天下蕩蕩』；《賚》詩自是説『文王既勤止，我應受之』，是説後世子孫賴其祖宗基業之意，他《序》却説『賚，予也』，豈不是後人多被講師瞞耶？」曰：「此是蘇子由曾説來，然亦有不通處。如《漢廣》『德廣所及也』，有何義理？却是下面『無思犯禮，求而不可得』幾句却有理。若某，只上一句亦不敢信他。舊曾有一老儒鄭漁仲更不信《小序》，只依古本與疊在後面。某今亦只如此，令人虚心看正文，久之其義自見。蓋所謂《序》者，類多世儒之誤，不解詩人本意處甚多。且如『止乎禮義』，果能止禮義否？《桑中》之詩，禮義在何處？」王曰：「他要存戒。」曰：「此正文中無戒意，只是直述他淫亂事爾。若《鶉之奔奔》、《相鼠》等詩，却是譏罵可以爲戒，此則不然。某今看得《鄭詩》自《叔于田》等詩之外，如《狡童》、《子衿》等篇，皆淫亂之詩，而説《詩》者誤以爲刺昭公，刺學校廢耳。《衛詩》尚可，猶是男子戲婦人。《鄭詩》則不然，多是婦人戲男子，所以聖人尤惡鄭聲也。《出其東門》却是箇識道理底人做。」大雅。

林子武問「《詩》者，中聲之所止」。曰：「這只是正風雅頌是中聲，那變風不是。伯恭堅要牽合説是，然恐無此理。今但去讀看，便自有那輕薄底意思在了。如韓愈説數句，『其聲浮且淫』之類，這正是如此。」義剛。

問「比、興」。曰：「説出那物事來是興，不説出那物事是比。如『南有喬木』，只是説箇『漢有游女』；『奕奕寢廟，君子作之』，只説箇『他人有心，予忖度之』；《關雎》亦然，皆是興體。比底只是從頭比下來，不説破。興、比相近，却不同。《周禮》説『以六詩教國子』，其實只是這賦、比、興三箇物事。《風》、《雅》、《頌》，詩之標名。理會得那興、比、賦時，裏面全不大段費解。今人要細解，不道此説爲是。如『奕奕寢廟』，不認得意在那『他人有心』處，只管解那『奕奕寢廟』。」植。以下賦、比、興。

問：「《詩》中説興處，多近比。」曰：「然。如《關雎》、《麟趾》相似，皆是興而兼比。然雖近比，其體却只是興。且如『關關雎鳩』本是興起，到得下麵説『窈窕淑女』，此方是入題説那實事。蓋興是以一箇物事貼一箇物事説，上文興而起，下文便接説實事。如『麟之趾』，下文便接『振振公子』，一箇對一箇説。蓋公本是箇好底人，子也好，孫也好，族人也好。譬如麟趾也好，定也好，角也好。及比，則却不入題了。如比那一物説，便是説實事。如『螽斯羽詵詵兮，宜爾子孫振振兮』！『螽斯羽』一句，便是説那人了，下面『宜爾子孫』，依舊是就『螽斯羽』上説，更不用説實事，此所以謂之比。大率《詩》中比、興皆類此。」僩。

比雖是較切，然興却意較深遠。也有興而不甚深遠者，比而深遠者，又係人之高下，有做得好底，有拙底。常看後世如魏文帝之徒作詩，皆只是説風景。獨曹操愛説周公，其詩中屢説。便是那曹操意思也是較別，也是乖。義剛。

比是以一物比一物，而所指之事常在言外。興是借彼一物以引起此事，而其事常在下句。但比意雖切而却淺，興意雖闊而味長。賀孫。

《詩》之興，全無巴鼻，振録云：「多是假他物舉起，全不取其義。」後人詩猶有此體。如「青青陵上柏，磊磊澗中石，人生天地間，忽如遠行客」，又如「高山有涯，林木有枝，憂來無端，人莫之知」，「青青河畔草，綿綿思遠道」，皆是此體。方子。振録同。

六義自鄭氏以來失之，后妃自程先生以來失之。后妃安知當時之稱如何！可學。以下六義。

或問《詩》六義，注「三經、三緯」之説。曰：「三經是賦、比、興，是做詩底骨子，無詩不有，才無則不成詩。蓋不是賦，便是比；不是比，便是興。如《風》、《雅》、《頌》却是裏面橫弗底，都有賦、比、興，故謂之三緯。」燾。

器之問：「《詩傳》分别六義，有未備處。」曰：「不必又只管滯却許多，且看詩意義如何。古人一篇詩，必有一篇意思，且要理會得這箇。如《柏舟》之詩，只說到『静言思之，不能奮飛』，《緑衣》之詩說『我思古人，實獲我心』，此可謂『止乎禮義』。所謂『可以怨』，便是『喜怒哀樂發而皆中節』處。推此以觀，則子之不得於父，臣之不得於君，朋友之不相信，皆當以此意處之。如屈原之懷沙赴水，賈誼言：『歷九州而相其君，何必懷此都也。』便都過常了。古人胸中發出意思自好，看着三百篇《詩》，則後世之詩多不足觀矣。」木之。

問：「《詩傳》說六義，以『託物興辭』爲興，與舊說不同。」曰：「覺舊說費力，失本指。如興體不一，或借眼前物事說將起，或别自將一物說起，大抵只是將三四句引起，如唐時尚有此等詩體。如『青青河畔草』，『青青水中蒲』，皆是别借此物，興起其辭，非必有感有見於此物也。有將物之無，興起自家之所有；將物之有，興起自家之所無。前輩都理會這箇不分明，如何說得《詩》本指！只伊川也自未見得。看所說有甚廣大處，子細看，本指却不如此。若上蔡怕曉得《詩》，如云『讀《詩》須先要識得六義體面』，這是他識得要領處。」問：「《詩》雖是吟咏，使人自有興起，固不專在文辭，然亦須是篇篇句句理會着實，見得古人所以作此詩之意，方始於吟咏上有得。」曰：「固是。若不得其真實，吟咏箇甚麼？然古人已多不曉其意，如《左傳》所載歌詩，多與本意元不相關。」問：「《我將》『維天其右之』，『既右享之』，今所解都作左右之『右』，與舊不同。」曰：「《周禮》有『享右祭祀』之文。如《詩》中此例亦多，如『既右烈考，亦右文母』之類。如《我將》所云，作保祐說更難。方說『維羊維牛』，如何便説保祐。到『伊嘏文王，既右享之』，也説未得右助之『右』。」問：「《振鷺》詩不是正祭之樂歌，乃獻助祭之臣，未審如何？」曰：「看此文意，都無告神之語，恐是獻助祭之臣。古者祭祀每一受胙，主與賓尸皆有獻酬之禮；既畢，然後亞獻；至獻畢，復受胙。如此，禮意甚好，有接續意思。到唐時尚然。今併受胙於諸獻既畢之後，主與賓尸意思皆隔了。古者一祭之中所以多事，如『季氏祭，逮闇而祭，日不足，繼之以燭。雖有强力之容，肅敬之心，皆倦怠矣。有司跛倚以臨祭，其爲不敬大矣！他日祭，子路與，室事交乎户，堂事交乎階，質明而始行事，晏朝而退。孔子聞之曰：「誰謂由也而不知禮乎！」』古人祭禮，是大段有節奏。」賀孫。

《詩序》起「《關雎》，后妃之德也」，止「教以化之」。《大序》起「詩者，志之所之也」，止「詩之至也」。敬仲。以下大序。

聲發出於口，成文而節宣和暢謂之音，乃合於音調。如今之唱曲，合宫調、商調之類。敬仲。

《詩大序》亦只是後人作，其間有病句。國史。方子。

《詩》纔説得密，便説他不着。「國史明乎得失之迹」這一句也有病。《周禮》、《禮記》中，史並不掌詩，《左傳》説自分曉。以此見得《大序》亦未必是聖人做。《小序》更不須説。他做《小序》不會寬説，每篇便求一箇實事填塞了。他有尋得着底，猶自可通；不然，便與《詩》相礙。那解底，要就《詩》，却礙《序》；要就《序》，却礙《詩》。《詩》之興，是劈頭説那没來由底兩句，下面方説那事，這箇如何通解。「鄭聲淫」，所以《鄭詩》多是淫佚之辭，《狡童》、《將仲子》之類是也。今喚做忽與祭仲，與《詩》辭全不相似。這箇只似而今閑潑曲子。《南山有臺》等數篇，是燕享時常用底，叙賓主相好之意，一似今人致語。又曰：「《詩小序》不可信。而今看《詩》，有《詩》中分明說是某人某事者，則可知。其他不曾說者，而今但可知其說此等事而已。韓退之詩曰：『《春秋》書王法，不誅其人身。』」高。

《大序》亦有未盡。如「發乎情，止乎禮義」，又只是說正詩，變風何嘗止乎禮義！振。

問「止乎禮義」。曰：「如變風《柏舟》等詩，謂之『止乎禮義』可也。《桑中》諸篇曰『止乎禮義』則不可。蓋大綱有『止乎禮義』者。」畬。

「止乎禮義」，如《泉水》、《載馳》固「止乎禮義」；如《桑中》有甚禮義？《大序》只是揀好底說，亦未盡。淳。

《詩·大序》只有「六義」之說是，而程先生不知如何，又却說從別處去。如《小序》亦間有說得好處，只是杜撰處多。不知先儒何故不虛心子細看這道理，便只恁說却。後人又只依他那箇說出，亦不看《詩》是有此意無。若說不去處，又須穿鑿說將去。又，詩人當時多有唱和之詞，如是者有十數篇，《序》中都說從別處去。且如《蟋蟀》一篇，本其風俗勤儉，其民終歲勤勞，不得少休，及歲之暮，方且相與燕樂；而又遽相戒曰：「日月其除，無已太康。」蓋謂今雖不可以不爲樂，然不已過於樂乎！其憂深思遠固如此。至《山有樞》一詩，特以和答其意而解其憂爾，故說山則有樞矣，隰則有榆矣。子有衣裳，弗曳弗婁；子有車馬，弗馳弗驅。一旦宛然以死，則他人藉之以爲樂爾，所以解勸他及時而樂也。而序《蟋蟀》者則曰：「刺晉僖公儉不中禮。」蓋風俗之變，必由上以及下。今謂君之儉反過於禮，而民之俗猶知用禮，則必無是理也。至《山有樞》則以爲「刺晉昭公」，又大不然矣。若《魚藻》則天子燕諸侯，而諸侯美天子之詩也。《采菽》則天子所以答《魚藻》矣。至《鹿鳴》則燕享賓客也，《序》頗得其意。《四牡》則勞使臣也，而《詩序》下文則妄矣。《皇皇者華》則遣使臣之詩也，《棠棣》則燕兄弟之詩也，《序》固得其意。《伐木》則燕朋友故舊之詩也。人君以《鹿鳴》而下五詩燕其臣，故臣受君之賜者，則歌《天保》之詩以答其上。《天保》之序雖略得此意，而古注言《鹿鳴》至《伐木》「皆君所以下其臣，臣亦歸美於上，崇君之尊，而福禄之，以答其歌」，却説得尤分明。又如《行葦》，自是祭畢而燕父兄耆老之詩。首章言開燕設席之初，而慇懃篤厚之意，已見於言語之外；二章言侍御獻酬飲食歌樂之盛；三章言既燕而射以爲歡樂；末章祝頌其既飲此酒，皆得享夫長壽。今序者不知本旨，見有「勿踐履」之説，則便謂「仁及草木」；見「戚戚兄弟」，便謂「親睦九族」；見「黄耇台背」，便謂「養老」；見「以祈黄耇」，便謂「乞言」；見「介爾景福」，便謂「成其福禄」：細細碎碎，殊無倫理，其失爲尤甚。《既醉》則父兄所以答《行葦》之詩也；《鳧鷖》則祭之明日繹而賓尸之詩也。古者宗廟之祭皆有尸，既祭之明日，則暖其祭食，以燕爲尸之人，故有此詩。《假樂》則公尸之所以答《鳧鷖》也。今《序》篇皆失之。又曰：「詩即所謂樂章。雖有唱和之意，只是樂工代歌，亦非是君臣自歌也。」道夫。

《詩》、《書序》，當開在後面。升卿。以下小序。

敬之問《詩》、《書序》。曰：「古本自是別作一處。如《易大傳》、班固《序傳》並在後。京師舊本《揚子》注，其《序》亦總在後。」德明。

王德修曰：「六經惟《詩》最分明。」曰：「《詩》本易明，只被前面《序》作梗。《序》出於漢儒，反亂《詩》本意。且只將四字成句底詩讀却自分曉。見作《詩集傳》，待取《詩》令編排放前面，驅逐過後面，自作一處。」文蔚。

《詩序》作，而觀《詩》者不知《詩》意！節。

《詩序》，東漢《儒林傳》分明説道是衛宏作。後來經意不明，都是被他壞了。某又看得亦不是衛宏一手作，多是兩三手合成一序，愈説愈疏。」浩云：「蘇子由却不取《小序》。」曰：「他雖不取下面言語，留了上一句，便是病根。伯恭專信《序》，又不免牽合。伯恭凡百長厚，不肯非毁前輩，要出脱回護。不知道只爲得箇解經人，却不曾爲得聖人本意。是便道是，不是便道不是，方得。」浩。

《詩小序》全不可信。如何定知是美刺那人？詩人亦有意思偶然而作者。又，其《序》與《詩》全不相合。《詩》詞理甚順，平易易看，不如序所云。且如《葛覃》一篇，只是見葛而思歸寧，序得却如此。毛公全無序解，鄭間見之。《序》是衛宏作。

《小序》極有難曉處，多是附會。如《魚藻》詩見有「王在鎬」之言，便以爲君子思古之武王。似此類甚多。可學。

因論《詩》，歷言《小序》大無義理，皆是後人杜撰，先後增益湊合而成。多就《詩》中採摭言語，更不能發明《詩》之大旨。纔見有「漢之廣矣」之句，便以爲德廣所及；纔見有「命彼後車」之言，便以爲不能飲食教載。《行葦》之《序》，但見「牛羊勿踐」，便謂「仁及草木」；但見「戚戚兄弟」，便爲「親睦九族」；見「黄耇台背」，便謂「養老」；見「以祈黄耇」，便謂「乞言」；見「介爾景福」，便謂「成其福禄」：隨文生義，無復理論。《卷耳》之《序》以「求賢審官，知臣下之勤勞」，爲后妃之志事，固不倫矣。況《詩》中所謂「嗟我懷人」，其言親暱太甚，寧后妃所得施於使臣者哉！《桃夭》之詩謂「婚姻以時，國無鰥民」爲「后妃之所致」，而不知其爲文王刑家及國，其化固如此，豈專后妃所能致耶？其他變風諸詩，未必是刺者皆以爲刺；未必是言此人，必傅會以爲此人。《桑中》之詩放蕩留連，止是淫者相戲之辭；豈有刺人之惡，而反自陷於流蕩之中。《子衿》詞意輕儇，亦豈刺學校之辭。《有女同車》等，皆以爲刺忽而作。鄭忽不娶齊女，其初亦是好底意思，但見後來失國，便將許多詩盡爲刺忽而作。考之於忽，所謂淫昏暴虐之類，皆無其實。至遂目爲「狡童」，豈詩人愛君之意？況其所以失國，正坐柔懦闊疏，亦何狡之有。幽、厲之刺，亦有不然。《甫田》諸篇，凡詩中無詆譏之意者，皆以爲傷今思古而作。其他謬誤，不可勝説。後世但見《詩序》巍然冠於篇首，不敢復議其非，至有解説不通，多爲飾辭以曲護之者，其誤後學多矣。《大序》却好，或者謂補湊而成，亦有此理。（下略）謨。

《詩序》實不足信。向見鄭漁仲有《詩辨妄》，力詆《詩序》，其間言語太甚，以爲皆是村野妄人所作。始亦疑之，後來子細看一兩篇，因質之《史記》、《國語》，然後知《詩序》之果不足信。因是看

《行葦》、《賓之初筵》、《抑》數篇，《序》與《詩》全不相似。以此看其他《詩序》，其不足信者煞多。以此知人不可亂説話，便都被人看破了。詩人假物興辭，大率將上句引下句。如「行葦勿踐履」，「戚戚兄弟，莫遠具爾」，行葦是比兄弟，「勿」字乃興「莫」字。此詩自是飲酒會賓之意，序者却牽合作周家忠厚之詩，遂以行葦爲「仁及草木」。如云「酌以大斗，以祈黄耇」，亦是歡合之時祝壽之意，序者遂以爲「養老乞言」，豈知「祈」字本只是祝頌其高壽，無乞言意也。《抑》詩中間煞有好語，亦非刺厲王。如「於乎小子」，豈是以此指其君。兼厲王是暴虐大惡之主，詩人不應不述其事實，只説謹言節語。況厲王無道，謗訕者必不容，武公如何恁地指斥曰「小子」？《國語》以爲武公自警之詩，却是可信。大率古人作詩，與今人作詩一般，其間亦自有感物道情，吟咏情性，幾時盡是譏刺他人？只緣序者立例，篇篇要作美刺説，將詩人意思盡穿鑿壞了。且如今人見人纔做事，便作一詩歌美之，或譏刺之，是甚麽道理？如此，亦似里巷無知之人，胡亂稱頌諛説，把持放雕，何以見先王之澤？何以爲情性之正？《詩》中數處皆應答之詩，如《天保》乃與《鹿鳴》爲唱答，《行葦》與《既醉》爲唱答，《蟋蟀》與《山有樞》爲唱答。唐自是晉未改號時國名，自序者以爲刺僖公，便牽合謂此晉也，而謂之唐，乃有堯之遺風。本意豈因此而謂之唐？是皆鑿説。但《唐風》自是尚有勤儉之意，作詩者是一箇不敢放懷底人，説「今我不樂，日月其除」，便又説「無已太康，職思其居」。到《山有樞》是答者，便謂「子有衣裳，弗曳弗婁，宛其死矣，他人是愉」，「子有鍾鼓，弗鼓弗考，宛其死矣，他人是保」，這是答他不能享些快活，徒恁地苦澀。《詩序》亦有一二有憑據，如《清人》、《碩人》、《載馳》諸詩是也。《昊天有成命》中説「成王不敢康」，成王只是成王，何須牽合作成王業之王？自序者恁地附會，便謂周公作此以告成功。他既作周公告成功，便將「成王」字穿鑿説了，又幾曾是郊祀天地。被序者如此説，後來遂生一場事端，有南北郊之事。此詩自説「昊天有成命」，又不曾説着地，如何説道祭天地之詩？設使合祭，亦須幾句説及后土。如漢諸郊祀詩，祭某神便説某事。若用以祭地，不應只説天，不説地。東萊《詩記》却編得子細，只是大本已失了，更説甚麽？向嘗與之論此，如《清人》、《載馳》一二詩可信。渠却云：「安得許多文字證據？」某云：「無證而可疑者，只當闕之，不可據《序》作證。」渠又云：「只此《序》便是證。」某因云：「今人不以《詩》説《詩》，却以《序》解《詩》，是以委曲牽合，必欲如序者之意，寧失詩人之本意不恤也。此是序者大害處。」賀孫。

《詩序》多是後人妄意推想詩人之美刺，非古人之所作也。古人之詩雖存，而意不可得。序詩者妄誕其説，但疑見其人如此，便以爲是詩之美刺者，必若人也。如莊姜之詩，却以爲刺衛頃公。今觀《史記》所述，頃公竟無一事可紀，但言某公卒，子某公立而已，都無其事。頃公固亦是衛一不美之君。序《詩》者但見其詩有不美之迹，便指爲刺頃公之詩。此類甚多，皆是妄生美刺，初無其實。至有不能考者，則但言「刺詩也」，「思賢妃也」。然此是泛泛而言。如《漢廣》之《序》言「德廣所及」，此語最亂道。詩人言「漢之廣矣」，其言已分曉。至如下面《小序》却説得是謂「文王之化被于南國，美化行乎江漢之域，無思犯禮，求而不可得也」，此數語却好。又云：「看來《詩序》當時只是箇山東學究等人做，不是箇老師宿儒之言，故所言都無一事是當。如《行葦》之《序》雖皆是詩人之言，但却不得詩人之意。不知而今做義人到這處將如何做，於理決不順。某謂此詩本是四章，章八句；他不知，作八章、章四句讀了。如『敦彼行葦，牛羊勿踐履。方苞方體，惟葉泥泥。戚戚兄弟，莫遠具爾，或肆之筵，或授之几』。此詩本是興詩，即是興起下四句言。以『行葦』興兄弟，『勿踐履』是莫遠意也。」又云：「鄭、衛《詩》多是淫奔之詩。《鄭詩》如《將仲子》以下，皆鄙俚之言，只是一時男女淫奔相誘之語。如《桑中》之詩云：『衆散民流，而不可止。』故《樂記》云：『桑間濮上之音，亡國之音也。其衆散，其民流，誣上行私而不可止也。』《鄭詩》自《緇衣》之外，亦皆鄙俚，如『采蕭』『采艾』『青衿』之類是也。故夫子『放鄭聲』。如《抑》之詩，非詩人作以刺君，乃武公爲之以自警。又有稱『小子』之言，此必非臣下告君之語，乃自謂之言，無疑也。」卓。

問：「《詩傳》盡撤去《小序》，何也？」曰：「《小序》如《碩人》、《定之方中》等，見於《左傳》者，自可無疑。若其他刺詩無所據，多是世儒將他謚號不美者，挨就立名爾。今只考一篇見是如此，故其他皆不敢信。且如蘇公刺暴公，固是姓暴者多；萬一不見得是暴公，則『惟暴之云』者，只作一箇狂暴底人説亦可。又如《將仲子》，如何便見得是祭仲？某由此見得《小序》大故是後世陋儒所作。但既是千百年已往之詩，今只見得大意便了，又何必要指實得其人姓名？於看《詩》有何益也？」大雅。

問：「《詩傳》多不解《詩序》，何也？」曰：「某自二十歲時讀《詩》，便覺《小序》無意義。及去了

《小序》，只玩味《詩》詞，却又覺得道理貫徹。當初亦嘗質問諸鄉先生，皆云《序》不可廢，而某之疑終不能釋。後到三十歲，斷然知《小序》之出於漢儒所作，其爲繆戾，有不可勝言。東萊不合只因《序》講解，便有許多牽强處。某嘗與言之，終不肯信。《讀詩記》中雖多説《序》，然亦有説不行處，亦廢之。某因作《詩傳》，遂成《詩序辨説》一册，其他繆戾，辨之頗詳。」輝。

鄭漁仲謂《詩小序》只是後人將史傳去揀，并看謚，却附會作《小序》美刺。振。

伯恭黨得《小序》不好，使人看着轉可惡。振。

器之問《詩》叶韻之義。曰：「只要音韻相叶，好吟哦諷誦，易見道理，亦無甚要緊。今且要將七分工夫理會義理，三二分工夫理會這般去處。若只管留心此處，而於《詩》之義却見不得，亦何益也！」又曰：「叶韻多用吴才老本，或自以意補入。」木之。以下論《詩》韻。

問：「《詩》叶韻，是當時如此作？是樂歌當如此？」曰：「當時如此作。古人文字多有如此者，如正考父《鼎銘》之類。」可學。

問：「先生説《詩》率皆叶韻，得非《詩》本樂章，播諸聲詩，自然叶韻，方諧律吕，其音節本如是耶？」曰：「固是如此。然古人文章亦多是叶韻。」因舉《王制》及《老子》叶韻處數段。又曰：「《周頌》多不叶韻，疑自有和底篇相叶。『《清廟》之瑟，朱弦而疏越，一唱而三嘆』，嘆，即和聲也。」儒用。

詩之音韻，是自然如此，這箇與天通。古人音韻寬，後人分得密後隔開了。《離騷注》中發兩箇例在前：「朕皇考曰伯庸。」「庚寅吾以降。」洪。「又重之以脩能。」耐。「紉秋蘭以爲佩。」後人不曉，却謂只此兩韻如此。某有《楚辭叶韻》，作「子厚」名字，刻在漳州。方子。

叶韻恐當以頭一韻爲準。且如「華」字叶音「敷」，如「有女同車」是第一句，則第二句「顔如舜華」，當讀作「敷」字，然後與下文「佩玉瓊琚」、「洵美且都」，皆叶。至如「何彼穠矣，唐棣之華」，是第一韻，則當依本音讀，而下文「王姬之車」却當作尺奢反，如此方是。今只從吴才老舊説，不能又創得此例。然《楚辭》「紛余既有此内美兮，又重之以修能」，「能」音「耐」，然後下文「紉秋蘭以爲佩」叶。若「能」字只從本音，則「佩」字遂無音。如此，則又未可以頭一韻爲定也。閎祖。

吴才老《補韻》甚詳，然亦有推不去者。某煞尋得，當時不曾記，今皆忘之矣。如「外禦其務」叶「烝也無戎」，才老無尋處，却云「務」字古人讀做「蒙」，不知「戎」，汝也；「汝」、「戎」二字，古人通用，是協音汝也。如「南仲太祖，太師皇父，整我六師，以修我戎」，亦是協音汝也。「下民有嚴」，叶「不敢怠遑」。才老欲音「嚴」爲「莊」，云避漢諱，却無道理。某後來讀《楚辭·天問》，見一「嚴」字乃押從「莊」字，乃知是叶韻，「嚴」讀作「昂」也。《天問》，才老豈不讀？往往無甚意義，只恁打過去也。義剛。饒何氏録云：「《中庸》『奏格無言』，奏，音族，平聲音騣，所以毛詩作『鬷』字。」

或問：「吴氏《叶韻》何據？」曰：「他皆有據。泉州有其書，每一字多者引十餘證，少者亦兩三證。他説，元初更多，後删去，姑存此耳。然猶有未盡。」因言：「《商頌》『天命降監，下民有嚴；不僭不濫，不敢怠遑』。吴氏云：『「嚴」字，恐是「莊」字，漢人避諱，改作「嚴」字。』某後來因讀《楚辭·天問》，見『嚴』字都押入『剛』字、『方』字去。又此間鄉音『嚴』作户剛反，乃知『嚴』字自與『皇』字叶。

然吴氏豈不曾看《楚辭》? 想是偶然失之。又如『兄弟鬩于牆，外禦其務；每有良朋，烝也無戎』。吴氏復疑『務』當作『蒙』，以叶『戎』字。某却疑古人訓『戎』爲汝，如『以佐戎辟』，『戎雖小子』，則『戎』、『女』音或通。後來讀《常武》詩有云：『南仲太祖，太師皇父，整我六師，以修我戎』，則與『汝』叶，明矣。」因言：「古之謡諺皆押韻，如《夏諺》之類。廣（中略）

問：「《詩》叶韻，有何所據而言?」曰：「《叶韻》乃吴才老所作，某又續添減之。蓋古人作詩皆押韻，與今人歌曲一般。今人信口讀之，全失古人詠歌之意。」（彈）〔煇〕

《詩》音韻間有不可曉處。因説：「如今所在方言，亦自有音韻與古合處。」子升因問：「今『陽』字却與『唐』字通，『清』字却與『青』字分之類，亦自不可曉。」曰：「古人韻疏，後世韻方嚴密。見某人好考古字，却説『青』字音自是『親』，如此類極多。」木之。

器之問《詩》。曰：「古人情意温厚寬和，道得言語自恁地好。當時叶韻，只是要便於諷詠而已。到得後來，一向於字韻上嚴切，却無意思。漢不如周，魏晉不如漢，唐不如魏晉，本朝又不如唐。如元微之、劉禹錫之徒，和詩猶自有韻相重密。本朝和詩便定不要一字相同，不知却愈壞了詩。」木之。（卷八十。下同）

【論讀詩】

《詩》中頭項多，一項是音韻，一項是訓詁名件，一項是文體。若逐一根究，然後討得些道理，則殊不濟事，須是通悟者方看得。方子。以下總論讀《詩》之方。

聖人有法度之言，如《春秋》、《書》、《禮》是也，一字皆有理。如《詩》亦要逐字將理去讀，便都礙了。淳。

問：「聖人有法度之言，如《春秋》、《書》與《周禮》，字較實。《詩》無理會，只是看大意。若要將理去讀，便礙了。」〔按：此無答。據上條，似非問。〕問：「變風變雅如何？」曰：「也是後人恁地說，今也只依他恁地說。如《漢廣》、《汝墳》皆是説婦人。如此，則是文王之化只及婦人，不及男子。只看他大意，恁地拘不得。」寓。

公不會看《詩》，須是看他詩人意思好處是如何，不好處是如何。看他風土，看他風俗，又看他人情、物態。只看《伐檀》詩，便見得他一箇清高底意思；看《碩鼠》詩，便見他一箇暴斂底意思。好底意思是如此，不好底是如彼。好底意思，令自家善意油然感動而興起；看他不好底，自家心下如着槍相似。如此看，方得《詩》意。僩。

《詩》有説得曲折後好底，有只恁平直説後自好底。如《燕燕》末後一章，這不要看上文、考下章，便知得是恁地，意思自是高遠，自是説得那人着。義剛。

林子武説《詩》。曰：「不消得恁地求之太深。他當初只是平説，横看也好，豎看也好。今若要討箇路頭去裏面，尋却怕迫窄了。」義剛。

讀《詩》之法，且如「白華菅兮，白茅束兮；之子之遠，俾我獨兮」，蓋言白華與茅尚能相依，而我與子乃相去如此之遠，何哉？又如「倬彼雲漢，爲章于天；周王壽考，遐不作人」，只是説雲漢恁地爲章于天，周王壽考，豈不能作人也。上兩句皆是引起下面説，略有些意思傍著，不須深求，只此讀過便得。僩。

看《詩》，且看他大意。如《衛》諸詩，其中有説時事者，固當細考。如鄭之淫亂底詩，若苦搜求他，有甚意思，一日看五六篇可也。僩。

看《詩》，義理外更好看他文章。且如《谷風》，他只是如此説出來，然而叙得事曲折先後，皆有次序。而今人費盡氣力去做後，尚做得不好。義剛。

讀《詩》，且只將做今人做底詩看。或每日令人誦讀，却從旁聽之。其話有未通者，略檢注解看，却時時誦其本文，便見其語脈所在。又曰：「念此一詩，既已記得其語，却逐箇字將前後一樣字通訓之。今注解中有一字而兩三義者，如『假』字，有云『大』者，有云『至』者，只是隨處旋扭捏耳，非通訓也。」𧨏。

先生因言，看《詩》須并叶韻讀，便見得他語自整齊。又更略知叶韻所由來甚善。又曰：「伊川有《詩解》數篇，説到《小雅》以後極好。蓋是王公大人好生地做，都是識道理人言語，故它裏面説得盡有道理，好子細看。非如《國風》或出於婦人小夫之口，但可觀其大概也。」銖。

問：「以《詩》觀之，雖千百載之遠，人之情僞只此而已，更無兩般。」曰：「以某看來，須是別换過天地，方別换一樣人情。釋氏之説固不足據，然其書説盡百千萬劫，其事情亦只如此而已，況天地無終窮，人情安得有異！」必大。

看《詩》，不要死殺看了，見得無所不包。今人看詩，無興底意思。節。以下論讀詩在興起。

讀《詩》，便長人一格。如今人讀《詩》，何緣會長一格？詩之興，最不緊要。然興起人意處，正在興。會得詩人之興，便有一格長。「豐水有芑，武王豈不仕」，蓋曰：豐水且有芑，武王豈不有事乎！此亦興之一體，不必更注解。如龜山説《關雎》處意亦好，然終是説死了，如此便詩眼不活。必大。

問：「向見吕丈，問讀《詩》之法。吕丈舉横渠『置心平易』之説見教。某遵用其説去誦味來，固有箇涵泳情性底道理，然終不能有所啓發。程子謂：『「興於《詩》」，便知有着力處。』今讀之，止見其善可爲法，惡可爲戒而已，不知其他如何着力？」曰：「善可爲法，惡可爲戒，不特《詩》也，他書皆然。古人獨以爲『興於《詩》』者，《詩》便有感發人底意思。今讀之無所感發者，正是被諸儒解殺了，死着《詩》義，興起人善意不得。如《南山有臺序》云：『得賢，則能爲邦家立太平之基。』蓋爲見《詩》中有『邦家之基』字，故如此解。此序自是好句，但纔如此説定，便局了一詩之意。若果先得其本意，雖如此説亦不妨。正如《易》解，若得聖人《繫辭》之意，便横説竪説都得。今斷以一義解定，《易》便不活。《詩》所以能興起人處，全在興。如『山有樞，隰有榆』，别無意義，只是興起下面『子有車馬』、『子有衣裳』耳。《小雅》諸篇皆君臣燕飲之詩，道主人之意以譽賓，如今人宴飲有『致語』之類，亦間有叙賓客答辭者。《漢書》載客歌《驪駒》，主人歌《客毋庸歸》，亦是此意。古人以魚爲重，故《魚麗》、《南有嘉魚》皆特舉以歌之。《儀禮》載『乃間歌《魚麗》，笙《由庚》，歌《南有嘉魚》，笙《崇丘》；歌《南山有臺》，笙《由儀》』，本一套事。後人移《魚麗》附於《鹿鳴》之什，截以《嘉魚》以下爲成王詩，遂失當時用詩之意，故胡亂解。今觀《魚麗》、《嘉魚》、《南山有臺》等篇，辭意皆同。《菁莪》、《湛露》、《蓼蕭》皆燕飲之詩。《詩》中所謂『君子』皆稱賓客，後人却以言人君，正顛倒了。如以湛露爲恩澤，皆非詩義。故『野有蔓草，零露漙兮』，亦以爲君之澤不下流，皆局於一箇死例，所以如此。《周禮》以六詩教國子，當時未有注解，不過教之曰，此興也，此比也，此賦也。興者，人便自作興看；比者，人便自作比看。興只是興起，謂下句直說不起，故將上句帶起來說，如何去上討義理？今欲觀《詩》，不若且置《小序》及舊說，只將元詩虛心熟讀，徐徐玩味。候仿佛見箇詩人本意，却從此推尋將去，方有感發。如人拾得一箇無題目詩，再三熟看，亦須辨得出來。若被舊說一局局定，便看不出。今雖說不用舊說，終被他先入在内，不期依舊從它去。某向作《詩解》，文字初用《小序》，至解不行處，亦曲爲之說。後來覺得不安，第二次解者，雖存《小序》，間爲辨破，然終是不見詩人本意。後來方知，只盡去《小序》，便自可通。於是盡滌舊說，《詩》意方活。」又曰：「變風中固多好詩，雖其間有没意思者，然亦須得其命辭遣意處方可觀。後人便自做箇道理解說，於是造意下語處，元不及究。只後代文集中詩，亦多不解其辭意者。樂府中《羅敷行》，羅敷即使君之妻，使君即羅敷之夫。其曰『使君自有婦，羅敷自有夫』，正相戲之辭。」又曰：「『夫婿從東來，千騎居上頭』，觀其氣象，即使君也。後人亦錯解了。須得其辭意，方見好笑處。」必大。

學者當「興於《詩》」。須先去了小序，只將本文熟讀玩味，仍不可先看諸家注解。看得久之，自然認得此詩是説箇甚事。謂如拾得箇無題目詩，説此花既白又香，是盛寒開，必是梅花詩也。《卷阿》，召康公戒成王，其始只説箇好意思，如「豈弟君子」，皆指成王。「純嘏」、「爾壽」之類，皆説優游享福之事，至「有馮有翼」以下，方説用賢。大抵告人之法亦當如此，須先令人歆慕此事，則其肯從吾言，必樂爲之矣。人傑。

讀《詩》正在於吟咏諷誦，觀其委曲折旋之意，如吾自作此詩，自然足以感發善心。今公讀《詩》，只是將己意去包籠他，如做時文相似。中間委曲周旋之意，盡不曾理會得，濟得甚事？若如此看，只一日便可看盡，何用逐日只捱得數章，而又不曾透徹耶？且如人入城郭，須是逐街坊里巷，屋廬臺榭，車馬人物，一一看過方是。今公等只是外面望見城是如此，便説我都知得了。如鄭詩雖淫亂，然《出其東門》一詩，却如此好。《女曰雞鳴》一詩，意思亦好。讀之，真箇有不知手之舞、足之蹈者。僩。以下論《詩》在熟讀玩味。

《詩》，如今恁地注解了，自是分曉，易理會。但須是沉潛諷誦，玩味義理，咀嚼滋味，方有所益。若是草草看過一部《詩》，只兩三日可了。但不得滋味，也記不得，全不濟事。古人説「《詩》可以興」，須是讀了有興起處，方是讀《詩》。若不能興起，便不是讀《詩》。因説，永嘉之學，只是要立新巧之説，少間指摘東西，鬬湊零碎，便立説去。縱説得是，也只無益，莫道又未是。木之。

讀《詩》之法，只是熟讀涵味，自然和氣從胸中流出，其妙處不可得而言。不待安排措置，務自立説，只恁平讀着，意思自足。須是打疊得這心光蕩蕩地，不立一箇字，只管虚心讀他，少間推來推去，自然推出那箇道理。所以説「以此洗心」，便是以這道理盡洗出那心裏物事，渾然都是道理。上蔡曰：「學《詩》須先識得六義體面，而諷味以得之。」此是讀《詩》之要法。看來書只是要讀，讀得熟時，道理自見，切忌先自佈置立説！僩。

問學者誦《詩》，每篇誦得幾遍，曰：「也不曾記，只覺得熟便止。」曰：「便是不得。須是讀熟了，文義都曉得了，涵泳讀取百來遍，方見得那好處，那好處方出，方見得精怪。見公每日説得來乾燥，元來不曾熟讀。若讀到精熟時，意思自説不得。如人下種子，既下得種了，須是討水去灌溉他，討糞去培擁他，與他耘鋤，方是下工夫養他處。今却只下得箇種子了便休，都無耘治培養工夫。如人相見，纔見了，便散去，都不曾交一談，如此何益！所以意思都不生，與自家都不相入，都恁地乾燥。這箇貪多不得。讀得這一篇，恨不得常熟讀此篇，如無那第二篇方好。而今只是貪多，讀第一篇了，便要讀第二篇；讀第二篇了，便要讀第三篇。恁地不成讀書，此便是大不敬！此句厲聲説。須是殺了那走作底心，方可讀書。」僩。

「大凡讀書，先曉得文義了，只是常常熟讀。如看《詩》，不須得着意去裏面訓解，但只平平地涵泳自好。」因舉「池之竭矣，不云自頻；泉之竭矣，不云自中」四句，吟咏者久之。又曰：「《大雅》中如《烝民》、《板》、《抑》等詩，自有好底。董氏舉侯苞言，衛武公作《抑》詩，使人日誦於其側，不知此出在何處。他讀書多，想見是如此。」又曰：「如《孟子》，也大故分曉，也不用解他，熟讀滋味自出。」夔孫。

先生問林武子：「看《詩》何處？」曰：「至《大雅》。」大聲曰：「公前日方看《節南山》，如何恁地快！恁地不得！而今人看文字，敏底一揭開板便曉，但於意味却不曾得。便只管看時，也只是恁地。但百遍自是强五十遍時，二百遍自是强一百遍時。『題彼脊鴒，載飛載鳴；我日斯邁，而月斯征。夙興夜寐，無忝爾所生！』這箇看時，也只是恁地，但裏面意思却有説不得底。解不得底意思，却在説不得底裏面。」又曰：「《生民》等篇，也可見祭祀次第，此與《儀禮》正相合。」義剛。

問時舉：「看文字如何？」曰：「《詩傳》今日方看得綱領。要之，緊要是要識得六義頭面分明，則詩亦無難看者。」曰：「讀《詩》全在諷詠得熟，則六義將自分明。須使篇篇有箇下落始得。且如子善向看《易傳》，往往畢竟不曾熟。如此，則何緣會浹洽！横渠云：『書須成誦，精思多在夜中，或静坐得之。不記則思不起。』今學者看文字，若記不得，則何緣貫通！」時舉曰：「緣資性魯鈍，全記不起。」曰：「只是貪多，故記不得。福州陳止之極魯鈍，每讀書，只讀五十字，必三二百遍而後能熟；精習讀去，後來却赴賢良。要知人只是不會耐苦耳。凡學者要須做得人難做底事方好。若見做不得，便不去做，要任其自然，何緣做得事成？切宜勉之！」時舉。

問：「看《詩》如何？」曰：「方看得《關雎》一篇，未有疑處。」曰：「未要去討疑處，只熟看。某注得訓詁字字分明，却便玩索涵泳方有所得。若便要立議論，往往裏面曲折，其實未曉，只髣髴見得，便自虚説耳，恐不濟事。此是三百篇之首，可更熟看。」時舉。

先生謂學者曰：「公看《詩》，只看《集傳》，全不看古注。」曰：「某意欲先看了先生《集傳》，却看諸家解。」曰：「便是不如此，無却看底道理。才説却理會，便是悠悠語。今見看《詩》，不從頭看一過，云，且等我看了一箇了，却看那箇，幾時得再看？如斷殺相似，只是殺一陣便了。不成説今夜且如此斷殺，明日重新又殺一番！」僩。

文蔚泛看諸家《詩》説。先生曰：「某有《集傳》。」後只看《集傳》，先生又曰：「曾參看諸家否？」曰：「不曾。」曰：「却不可。」文蔚

1或問：「申包胥如秦乞師，哀公爲之賦《無衣》，不知是作此詩，還只是歌此詩？」曰：「賦詩在他書無所見，只是《國語》與《左傳》説，皆出左氏一手，不知如何。《左傳》前面説許穆夫人賦《載馳》，高克賦《清人》，皆是説作此詩。到晉文公賦《河水》以後，如賦《鹿鳴》、《四牡》之類，皆只是歌誦其詩，不知如何。」因言：「左氏説多難信。如晉范宣子責蔓戎不與會，蔓戎曰：『我諸戎贄幣不通，言語不同，不與於會，亦無曹焉。』賦《青蠅》而退。既説言語不同，又却會恁地説，又會誦《詩》，此不可曉。」胡泳。定四年。（卷八十三）

2《禮記》、《荀》、《莊》有韻處多。龔實之云，嘗官於泉，一日問陳宜中云：「古詩有平仄否？」陳云：「無平仄。」龔云：「有。」辨之久不決，遂共往決之於李漢老。陳問：「古詩有平仄否？」李云：「無平仄，只是有音韻。」龔大然之。謂之無有，皆不是，謂之音韻乃是。揚。（卷八十七。下同）

3讀書自有可得參考處。如「易直子諒之心」一句，「子諒」，從來説得無理會。却因見《韓詩外傳》「子諒」作「慈良」字，則無可疑。木之。

4問樂。曰：「古聲只是和，後來多以悲恨爲佳。温公與范蜀公，胡安定與阮逸、李照爭辨，其實都自理會不得，却不曾去看《通典》。《通典》説得極分明，蓋此事在唐猶有傳者，至唐末遂失其傳。王朴當五代之末杜撰得箇樂如此。當時有幾鍾名爲『啞鍾』，不曾擊得，蓋是八十四調。朴調其聲，令一一擊之。其實那箇啞底却是。古人制此不擊，以避宫聲。若一例皆擊，便有陵節之患。漢《禮·樂志》劉歆説樂處亦好。唐人俗舞謂之『打令』，其狀有四：曰招，曰摇，曰送，其一記不得。蓋招則邀之之意，摇則摇手呼唤之意，送者送酒之意。舊嘗見深村父老爲余言，其祖父嘗爲之收得譜子。曰：『兵火失去。』舞時皆裹幞頭，列坐飲酒，少刻起舞。有四句號云：『送摇招摇，三方一圓，分成四片，得在摇前。』人多不知，皆以爲啞謎。」漢卿云：「張（滋）〔鎡〕約齋亦是張家好子弟。」曰：「見君舉説，其人大曉音律。」因言：「今日到詹元善處，見其教樂，又以管吹習古詩二南、《七月》之屬，其歌調却只用《太常譜》。然亦只做得今樂，若古樂必不恁地美。人聽他在行在録得譜子。大凡壓入音律，只以首尾二字，章首一字是某調，章尾只以某調終之，如《關雎》『關』字合作無射調，結尾亦著作無射聲應之；《葛覃》『葛』字合作黄鍾調，結尾亦著作黄鍾聲應之；如《七月流火》三章皆『七』字起，『七』字則是清聲調，末亦以清聲調結之；如『五月斯螽動股』，『二之日鑿冰沖沖』，『五』字『二』字皆是濁聲，黄鍾調，末以濁聲結之。元善理會事，都不要理會箇是，只信口胡亂説，事事唤做曾經理會來。如宫、商、角、徵、羽，固是就喉、舌、脣、齒上分，他便道只此便了，元不知道喉、舌、脣、齒上亦各自有宫、商、角、徵、羽。何者？蓋自有箇疾徐高下。」賀孫。（卷九十二。下同。）

5今朝廷樂章長短句者，如《六州歌頭》，皆是俗樂鼓吹之曲。四言詩乃大樂中曲。本朝《樂章會要》，國史中只有數人做得好，如王荆公做得全似毛詩，甚好。其他有全做不成文章。橫渠只學古樂府做，辭拗强不似，亦多錯字。

今之樂，皆胡樂也，雖古之鄭衛，亦不可見矣。今《關雎》、《鹿鳴》等詩，亦有人播之歌曲。然聽之與俗樂無異，不知古樂如何。古之宫調與今之宫調無異，但恐古者用濁聲處多，今樂用清聲處多。季通謂今俗樂，黄鍾及夾鍾清，如此則争四律，不見得如何。《般涉調》者，胡樂之名也。「般」如「般若」之「般」。「子在齊聞《韶》」，據季札觀樂，魯亦有之，何必在齊而聞之也？又，夫子見小兒徐行恭謹，曰：「《韶樂》作矣！」人傑。

「詹卿家令樂家以俗樂譜吹《風》、《雅》篇章。初聞吹二南詩，尚可聽。後吹《文王》詩，則其聲都不成模樣。」因言：「古者《風》、《雅》、《頌》，名既不同，其聲想亦各别。」廣。

趙子敬送至《小雅》樂歌，以黄鍾清爲宫，此便非古。清者，半聲也。唐末喪亂，樂人散亡，禮壞樂崩。朴自以私意撰四清聲。古者十二律外，有十二子聲，又有變聲六。謂如〔黄鍾爲宫，則他律用正律；若他律爲宫，則不用〕黄鍾之正聲，而用其子聲。故《漢書》云「黄鍾不與他律爲役」者，此也。若用清聲爲宫，則本聲輕清而高，餘聲重濁而下，《禮書》中删去乃是。樂律，《通典》中蓋説得甚明。本朝如胡安定、范蜀公、司馬公、李照輩，元不曾看，徒自如此争辨也。《漢書》所載甚詳，然不得其要。太史公所載甚略，然都是要緊處。新修《禮書》中《樂律補篇》，以一尺爲九寸，一寸爲九分，一分爲九釐，一釐爲九毫，一毫爲九絲。方子。

《樂律》中所載《十二詩譜》，乃趙子敬所傳，云是唐開元間鄉飲酒所歌也。但却以黄鍾清爲宫，此便不可。蓋黄鍾管九寸，最長。若以黄鍾爲宫，則餘律皆順；若以其他律爲宫，便有相陵處。今且只以黄鍾言之，自第九宫後四宫，則後爲角，或爲羽，或爲商，或爲徵。若以爲角，則是民陵其君矣；若以爲商，則是臣陵其君矣。徵爲事，羽爲物，皆可類推。《樂記》曰：「五者皆亂，迭相陵謂之慢。如此，則國之滅亡無日矣。」故製黄鍾四清聲用之。清聲短其律之半，是黄鍾清長四寸半也。若後四宫用黄鍾爲角、徵、商、羽，則以四清聲代之，不可用黄鍾本律，以避陵慢。故《漢志》有云：「黄鍾不復爲他律所役。」其他律亦皆有清聲，若遇相陵，則以清聲避之，不然則否。惟是黄鍾則不復爲他律所用，然沈存中《續筆談》説云：「惟君臣民不可相陵，事物則不必避。」先生一日又説：「古人亦有時用黄鍾清爲宫，前説未是。」廣。

6明道詩云：「旁人不識予心樂，將謂偷閑學少年。」此是後生時氣象眩露，無含蓄。學蒙。（卷九十三）

7陳才卿説《詩》。先生曰：「謂公不曉文義則不得，只是不見那好處。正如公適間説窮理，也知事事物物皆具此理，隨事精察，便是窮理，只是不見所謂好處。所謂『民生日用而不知』，所謂『小曉得而大不曉得』，這箇便是大病。此句屬聲説。某也只説得到此，要公自去會得。」久之，又曰：「大凡事物須要説得有滋味，方見有功。而今隨文解義，誰人不解？須要見古人好處。如昔人賦梅云：『疏影横斜水清淺，暗香浮動月黄昏。』這十四箇字，誰人不曉得？然而前輩直恁地稱嘆，説他形容得好，是如何？這箇便是難説，須要自得言外之意始得。須是看得那物事有精神方好。若看得有精神，自是活動有意思，跳躑叫喚，自然不知手之舞，足之蹈。這箇有兩重：曉得文義是一重，識得意思好處是一重。若只是曉得外面一重，不識得他好底意思，此是一件大病。如公看文字，都是如此。且如公看詩，自宣王中興諸詩至此。至《節南山》。公於其他詩都説來，中間有一詩最好，如《白駒》是也，公却不曾説。這箇便見公不曾看得那物事出，謂之無眼目。若是具眼底人，此等詩如何肯放過。只是看得無意思，不見他好處，所以如此。」又曰：「須是踏翻了船，通身都在那水中，方看得出。」僩。建别録。文蔚録云：「文蔚一日説《太極》、《通書》，不説格物、致知工夫，先生甚訝之。後數日，文蔚拈起中間三語。先生曰：『躍翻却船，通身下水裏去！』文蔚始有所悟。」今池録却將文蔚别話頭合作一段，記者誤矣。（卷一百一十四）

8 讀書之法，既先識得他外面一箇皮殼了，又須識得他裏面骨髓方好。如公看《詩》，只是識得箇模像如此，他裏面好處，全不見得。自家此心都不曾與他相黏，所以眊燥，無汁漿。如人開溝而無水，如此讀得何益。未論讀古人書，且如一近世名公詩，也須知得他好處在那裏。如何知得他好處？亦須吟哦諷詠而後得之。今人都不曾識：好處也不識，不好處也不識；不好處以爲好者有之矣，好者亦未必以爲好也。其有知得某人詩好，某人詩不好者，亦只是見已前人如此説，便承虚接響説取去。如矮子看戲相似，見人道好，他也道好。及至問著他那裏是好處，元不曾識。舉世皆然，只是不曾讀。熟讀後自然見得。「人而不爲《周南》、《召南》，其猶正牆面而立也與」，今公讀二南了，還能不正牆面而立否？意思都不曾相黏，濟得甚事。前日所舉韓退之、蘇明允二公論作文處，他都是下這般工夫，實見得那好處，方做出這般文章。他都是將三代以前文字熟讀後，故能如此。如向者吕子約書來，説近來看《詩》甚有味，録得一册來，盡是寫他讀《詩》有得處。及觀之，盡是説《詩序》。如《關雎》只是説一箇「后妃之德也」，《葛覃》只是説得箇「后妃之本」與「化天下以婦道也」。自「關關雎鳩」、「葛之覃兮」已下，更不説著。如此讀《詩》，是讀箇甚麽？吕伯恭《大事紀》亦是如此，盡是編排《詩序》、《書序》在上面。他們讀書，盡是如此草草。以言事則不實，以立辭則害意。（卷一百一十六）

9先生問畬與伯豐、正淳：「此去做甚工夫？」伯豐曰：「政欲請教，先《易》後《詩》，可否？」曰：「既嘗讀《詩》，不若先《詩》後《易》。」畬曰：「亦欲看《詩》。」曰：「觀《詩》之法，且虚心熟讀尋繹之，不要被舊説粘定，看得不活。伊川解《詩》，亦説得義理多了。《詩》本只是恁他説話，一章言了，次章又從而嘆詠之，雖别無義，而意味深長。不可於名物上尋義理。後人往往見其言只如此平淡，只管添上義理，却窒塞了他。如一源清水，只管將物事堆積在上，便壅隘了。某觀諸儒之説，唯上蔡云『《詩》在識六義體面，却諷味以得之』，深得《詩》之綱領，他人所不及。所謂『以意逆志』者，逆，如迎待之意。若未得其志，只得待之，如『需于酒食』之義。後人讀《詩》，便要去捉將志來，以至束縛之。吕氏《詩記》有一條收數説者却不定，云此説非《詩》本意，然自有箇安頓用得他處，今一概存之。正如一多可的人，來底都是，如所謂『要識人情之正』。夫『《詩》可以觀』者，正謂其間有得有失，有黑有白，若都是正，却無可觀。今不若且置《小序》于後，熟讀正文。如收得一詩，其間説香，説白，説寒時開，雖無題目，其爲梅花詩必矣。（下略）（卷一百一十七。下同）

10看道理須要就那大處看，便前面開闊。不要就壁角裏，地步窄，一步便觸，無處去了。而今且要看天理人欲，義利公私，分别得明，將自家日用底與他勘驗，須漸漸有見處，前頭漸漸開闊。那箇大壇場，不去上面做，不去上面行，只管在壁角裏，縱理會得一句，只是一句透，道理小了。如《破斧》詩，須看那「周公東征，四國是皇」，見得周公用心始得。

11問所觀書。璘以讀《告子篇》對。曰：「古人『興於《詩》』，『《詩》可以興。』又曰：『雖無文王，猶興。』人須要奮發興起必爲之心，爲學方有端緒。古人以《詩》吟詠起發善心，今既不能曉古詩，某以爲《告子篇》諸段，讀之可以興發人善心者，故勸人讀之。（下略）。（卷一百一十八）

12先生嘗謂劉學古曰：「康節詩云『閑居謹莫説無妨』，蓋道無妨，便是有妨。要做好人，則上面煞有等級；做不好人，則立地便至，只在把住放行之間爾。」道夫。（卷一百二十。下同）

13問丘次孟言：「嘗讀《曲禮》《遺書》康節詩，覺得心意快活。」曰：「他本平鋪地説在裏，公却帖了箇飛揚底意思在上面，可知是恁地。康節詩云：『真樂攻心不奈何。』某謂此非真樂也，真樂便不攻心。如顔子之樂，何嘗恁地！」曰：「次孟何敢望康節，直塗之人爾。」曰：「塗人却無許多病。公正是肚裏有許多見識道理，攪得恁地叫喚來。」又舉《曲禮》成誦。先生曰：「但《曲禮》無許多叫喚。」曰：「次孟氣不足。」曰：「非氣不足，乃氣有餘也。」道夫。

語元昭：「且要虛心，勿要周遮。」元昭以十詩獻，詩各以二字命題，如「實理」之類，節節推之。先生指《立命》詩兩句：「『幾度風霜猛摧折，依前春草滿池塘。』既説道佛老之非，又却流於佛老，此意如何？」元昭曰：「言其無止息。」曰：「觀此詩與賢説話又異。此只是要鬭勝。知道，安用許多言。顔子當時不曾如此，此只是要人知，安排飣餖出來便不是。末篇《極致》尤不是。如何便到此，直要撞破天門。前日説話如彼，今日又如此，只是説話。」可學。

14唐殿庭間種花柳，故杜詩云：「香飄合殿春風轉，花覆千官淑景移。」又云：「退朝花底散。」國朝惟植槐楸，鬱然有嚴毅氣象。又唐制：天子坐朝，有二宮嬪引至殿上，故前詩起句云：「户外昭容紫(綬)〔袖〕垂，雙瞻御座引朝儀。」至敬宗時方罷，止用小黄門引導，至今是如此。按：岑參詩「花迎劍佩星初落，柳拂旌旗露未乾」，亦殿庭種花柳之一證也。又杜《贈田澄舍人》有「舍人退食收封事，宫女開函進御筵」，亦可爲二宫嬪之證。儒用。（卷一百二十八）

15曾子固初與介甫極厚善。入館後，出倅會稽令。集中有詩云：「知者尚復然，悠悠誰可語。」必是曾諫介甫來，介甫不樂，故其當國不曾引用。後介甫罷相，子固方召入，又却專一進諛辭，歸美神宗更新法度，得箇中書舍人。丁艱而歸，不久遂亡。（下略）儒用（卷一百三十。下同）

16問：「劉元城不知培植君子之黨。才一小事，便一向搏擊，以致君子盡去而小人用矣，此其過否？」曰：「過不在此，是他見識有病。（中略）元城亦欲因其詩以治之。當時執政、侍從、臺諫有不欲治蔡者，一切逐去。蓋以詩治人自不正，因此以治彼罪，又不是。詩胡説，何足道？」（下略）揚。

17（上略）道夫曰：「坡公氣節有餘，然過處亦自此來。」曰：「固是。」又云：「老蘇《辨姦》，初間只是私意如此。後來荆公做不著，遂中他説。然荆公氣習，自是一箇要遺形骸、離世俗底模樣，喫物不知飢飽。嘗記一書，載公於飲食絶無所嗜，惟近者必盡。左右疑其爲好也，明日易以他物，而置此品於遠，則不食矣，往往於食未嘗知味也。至如食釣餌，當時以爲詐，其實自不知了。近世吕伯恭亦然，面垢身汙，似所不卹，飲食亦不知多寡。要之，即此便是放心。《辨姦》以此等爲姦，恐不然也。老蘇之出，當時甚敬崇之，惟荆公不以爲然，故其父子皆切齒之。然老蘇詩云：『老態盡從愁裏過，壯心偏傍醉中來。』如此無所守，豈不爲他荆公所笑！」（下略）道夫。

18問：「東坡與韓公如何？」曰：「平正不及韓公。東坡説得高妙處，只是説佛，其他處又皆粗。」又問：「歐公如何？」曰：「淺。」久之，又曰：「大概皆以文人自立。平時讀書，只把做考究古今治亂興衰底事，要做文章，都不曾向身上做工夫，平日只是以吟詩飲酒戲謔度日。」義剛。

19黄山谷慈祥之意甚佳，然殊不嚴重。書簡皆及其婢妮，艷詞小詩，先已定以悦人，忠信孝弟之言不入矣。

20晁以道後來亦附梁師成，有人以詩嘲之曰：「早赴朱張飯，隨賡蔡子詩。此回休倔强，凡事且從宜！」人傑。

張文潛軟郎當，他所作詩，前四五句好，後數句胡亂填滿，只是平仄韻耳。想見作州郡時闒冗。平昔議論宗蘇子由，一切放倒，無所爲，故秦檜喜之。檜其他豈肯無所爲？陳無己亦是以策言不用兵，孝文和戎好，檜亦喜之。揚。

21徐師川微時，嘗遊廬山，遇一宦者鄭諶，與之詩曰：「平生不善劉蕡策，色色門中看有人。」後入樞府，鄭時適用事，模樣似有力焉。徐在密院時，金人寇襄陽，中書集議。徐曰：「彼本盜賊所有，時國步未安，盜有竊發據城邑者，因以與之。好時爲官，跋扈則爲盜。得失不足爲國家輕重。」時趙元鎮爲參知政事，曰：「襄陽爲金人所據，則川、廣路絶，國家危矣。」徐曰：「此是樞密院事，參政不須與。」趙曰：「小小兵事，樞密自主之可也。此國家大事，政府安得不與。」即上馬而去。太上聞之，罷徐樞密。徐歸鄉，以前輩自居，恃文使氣好罵，專以飲酒爲事，不擇貧賤，皆往啖之，詩亦無甚佳者。揚。可學録云：「徐師川在密院，荆襄有密報，五府會議。師川曰：『今日朝廷視荆襄乃無用地，何不棄之？』趙丞相爲參政，曰：『此乃上流，何可棄？』師川曰：『密院事，何預參政？』趙曰：『某參知政事，此乃係政事之大者，安得不預！』遂策馬徑出。人文字，朝廷爲之罷師川，趙遂知院，爲師未行，虜退師。」(卷一百三十二。下同)

22王詹事守泉。初到任，會七邑宰，勸酒，歷告之以愛民之意。出一絶云：「九重天子愛民深，令尹宜懷惻怛心。今日黄堂一杯酒，使君端爲庶民斟。」七邑宰皆爲之感動。其爲政甚嚴，而能以至誠感動人心，故吏民無不畏愛。去之日，父老兒童攀轅者不計其數，公亦爲之垂淚。至今泉人猶懷之如父母。時舉。

23(上略)金人見本朝屢敗兵於燕，遂有入寇之心。是時相王黼主其事，童貫主兵，蔡攸副之。蔡京不主，作詩送其子云：「百年信約宜堅守，六月師徒早罷休。」京作事都作兩下：取燕有功，則其

子在；無功，則渠不曾主。又有一子條上書言其父不是，聞亦是其父之謀也。（下略）揚。（卷一百三十三）

24「范蠡載西子以往。王銍性之言，歷攷文書無此事。其原出杜牧之詩云：『西子下吴會，一舸隨鴟夷。』王解此意又不然。」曰：「王性之不成器。如這般發事，渠讀書多，考究得甚精且多也。」揚。（卷一百三十四）

25漢之四皓，元稹嘗有詩譏之。意謂楚、漢紛争却不出，只爲吕氏以幣招之便出來，只定得一箇惠帝，結裹小了。然觀四皓，恐不是儒者，只是智謀之士。㽦。

伯豐問：「四皓是如何人品？」曰：「是時人才都没理會，學術權謀，混爲一區。如安期生、蒯通、蓋公之徒，皆合做一處。四皓想只是箇權謀之士。觀其對高祖言語重，如『願爲太子死』，亦脅之之意。」又問：「高祖欲易太子，想亦是知惠帝人才不能負荷。」曰：「固是。然便立如意，亦了不得。蓋題目不正，諸將大臣不心服。到後來吕氏横做了八年，人心方憤悶不平，故大臣誅諸吕之際，因得以誅少帝。少帝但非張后子，或是後宫所出，亦不可知。史謂大臣陰謀以少帝非惠帝子，意亦可見。少帝畢竟是吕氏黨，不容不誅耳。杜牧之詩云：『南軍不袒左邊袖，四老安劉是滅劉。』如唐中宗事，致堂、南軒皆謂五王合併廢中宗，因誅武氏，别立宗英。然當時事勢，中宗却未有過，正緣無罪被廢，又是太宗孫，高宗子，天下之心思之，爲它不憒，五王亦因此易於成功耳。中宗後來所爲固謬，然當時便廢他不得。」㽦。（卷一百三十五。下同）

26文帝學申、韓刑名，黄、老清静，亦甚雜。但是天資素高，故所爲多近厚。至景帝以刻薄之資，又輔以慘刻之學，故所爲不如文帝。班固謂漢言文、景帝者，亦只是養民一節略同；亦如周云成、康，康亦無大好處。或者說《關雎》之詩，正謂康后淫亂，故作以譏之。子蒙。

27淵明所說者莊、老，然辭却簡古；堯夫辭極卑，道理却密。升卿。（卷一百三十六。下同）

28李白見永王璘反，便從臾之，文人之没頭腦乃爾。後來流夜郎，是被人捉著罪過了，剗地作詩自辨被迫脅。李白詩中說王說霸，當時人必謂其果有智略。不知其莽蕩，立見疏脱。必大。

29或言性，謂荀卿亦是教人踐履。先生曰：「須是有是物而後可踐履。今於頭段處既錯，又如何踐履？天下事從其是。曰同，須求其真箇同；曰異，須求其真箇異。今則不然，只欲立異，道何由明？陳君舉作《夷門歌》，說荆公、東坡不相合，須當和同，不知如何和得！」可學。荀子。（卷一百三十七。下同）

30（上略）自漢以來，詔令之稍可觀者，不過數箇。如高帝《求賢詔》雖好，又自不純。文帝《勸農》，武帝《薦賢》、《制策》、輪臺之悔，只有此數詔略好，此外盡無那壹篇比得《典》、《謨》、《訓》、《誥》。便求一篇如《君牙》、《冏命》、《秦誓》也無。曹、劉、沈、謝之詩，又那得一篇如《鹿鳴》、《四牡》、《大明》、《文王》、《關雎》、《鵲巢》？亦有學爲四句古詩者，但多稱頌之詞，言皆過實，不足取信。（下略）僩。

31（上略）看來屈原本是一箇忠誠惻怛愛君底人。觀他所作《離騷》數篇，盡是歸依愛慕，不忍捨去懷王之意。所以拳拳反復，不能自已，何嘗有一句是罵懷王。亦不見他有偏躁之心，後來没出氣處，不奈何，方投河殞命。而今人句句盡解做罵懷王，枉屈説了屈原。只是不曾平心看他語意，所以如此。」僩。

32（上略）如《秋風》之詩，乃是末年不得已之辭，又何足取？（下略）可學。

33廬山有淵明古迹處曰上京。《淵明集》作京師之「京」。今土人以爲荆楚之「荆」。江中有一磐石，石上有痕，云淵明醉卧於其石上，名淵明醉石。某爲守時，架小亭，下瞰此石，榜歸去來館。又取西山劉凝之菴用魯直詩，名曰清静退菴，與此相對。夔孫。（卷一百三十八。下同）

34或云：「俗語：『夜飯減一口，活得九十九。』」曰：「此出古樂府三叟詩。」濤。

35《楚詞》不甚怨君。今被諸家解得都成怨君，不成模樣。《九歌》是托神以爲君，言人間隔，不可企及，如已不得親近於君之意。以此觀之，他便不是怨君。至《山鬼篇》，不可以君爲山鬼，又倒説山鬼欲親人而不可得之意。今人解文字不看大意，只逐句解，意却不貫。《楚詞》。（卷一百三十九。下同）

36高斗南解《楚詞》引《瑞應圖》。周子充説館閣中有此書，引得好。他更不問義理之是非，但有出處便説好。且如《天問》云：「戢棘賓商。」《山海經》以爲戢上三嬪於天，因得《九嘆》、《九辨》以歸。如此，是天亦好色也！柳子厚《天對》，以爲胸嬪，説天以此樂相博换得。某以爲「棘」字是「夢」字，「商」字是古文篆「天」字。如鄭康成解《記》「衣衰」作「齊衰」，云是壞字也，此亦是擦壞了。蓋啓夢賓天，如趙簡子夢上帝之類。賓天是爲之賓，天與之以是樂也。今人不曾讀古書，如這般等處，一向恁地過了。陶淵明詩：「形夭無千歲。」曾氏玫《山海經》云：「當作『形夭舞干戚』。」看來是如此。周子充不以爲然，言只是説精衛也，此又不用出處了。夔孫。

37（上略）「向來初見擬古詩，將謂只是學古人之詩。元來却是如古人説『灼灼園中花』，自家也做一句如此；『遲遲澗畔松』，自家也做一句如此；『磊磊澗中石』，自家也做一句如此；『人生天地間』，自家也做一句如此。意思語脈，皆要似他底，只換却字。某後來依如此做得二三十首詩，便覺得長進。蓋意思句語血脈勢向，皆效它底。」（下略）燾。

38柳學人處便絶似。《平淮西雅》之類甚似《詩》，詩學陶者便似陶。韓亦不必如此，自有好處，如《平淮西碑》好。揚。

39（上略）韓文公詩文冠當時，後世未易及。到他上宰相書，用「菁菁者莪」，詩注一齊都寫在裏面。若是他自作文，豈肯如此作？最是説「載沉載浮」，「沉浮皆載也」，可笑！「載」是助語，分明彼如此説了，他又如此用。賀孫。韓文。

40「唐僧多從士大夫之有名者討詩文以自華，如退之《送文暢序》中所説，又如劉禹錫自有一卷送僧詩。」或云：「退之雖闢佛，也多要引接僧徒。」曰：「固是。他所引者，又却都是那破賴底僧，如靈師、惠師之徒。及晚年見大顛於海上，説得來闊大勝妙，自然不得不服。人多要出脱退之，也不消得，恐亦有此理也。」廣。

先輩好做詩與僧，僧多是求人詩序送行。《劉禹錫文集》自有一册送僧詩，韓文公亦多與僧交涉，又不曾見好僧，都破落户。然各家亦被韓文公説得也狼狽。文公多只見這般僧，後却撞著一箇大顛，也是異事。人多説道被大顛説下了，亦有此理。是文公不曾理會他病痛，彼他纔説得高，便道是好了，所以有「頗聰明，識道理，實能外形骸以理自勝」之語。賀孫。

41韓千變萬化，無心變；歐有心變。《杜祈公墓誌》説一件未了，又説一件。韓《董晉行狀》尚稍長。權德輿作《宰相神道碑》，只一板許，歐蘇便長了。蘇體只是一類。柳《伐原議》極局促，不好，東萊不知如何喜之。陳後山文如《仁宗飛白書記》大段好，曲折亦好，墓誌亦好。有典有則，方是文章。其他文亦有大局促不好者，如《題太白像》、《高軒過》古詩，是晚年做到平易處，《高軒過》恐是絶筆。又一條云：「後山《仁宗飛白書記》，其文曲折甚多，過得自在，不如柳之局促。」總論韓、柳、歐、蘇諸公。

42韓文高。歐陽文可學。曾文一字挨一字，謹嚴，然太迫。又云：「今人學文者，何曾作得一篇！枉費了許多氣力。大意主乎學問以明理，則自然發爲好文章。詩亦然。」

43劉子澄言：「本朝只有四篇文字好：《太極圖》、《西銘》、《易傳序》、《春秋傳序》。」因言杜詩亦何用？曰：「是無意思。大部小部無萬數，益得人甚事？」（下略）

44「歐公文字鋒刃利，文字好，議論亦好。嘗有詩云：『玉顔自古爲身累，肉食何人爲國謀。』以詩言之，是第一等好詩，以議論言之，是第一等議論。洪壽。

45歐公大段推許梅聖俞所注《孫子》，看得來如何得似杜牧注底好？以此見歐公有不公處。」或曰：「聖俞長於詩。」曰：「詩亦不得謂之好。」或曰：「其詩亦平淡。」曰：「他不是平淡，乃是枯槁。」洪壽。

46因論詩，曰：「嘗見傅安道說爲文字之法，有所謂筆力，有所謂筆路。筆力到二十歲許便定了，便後來長進，也只就上面添得些子。筆路則常拈弄時，轉開拓；不拈弄，便荒廢。此說本出於李漢老，看來作詩亦然。」雉。

47或言今人作詩，多要有出處。曰：「『關關雎鳩』，出在何處？」文蔚。（卷一百四十。下同）

48因說詩，曰：「曹操作詩必說周公，如云：『山不厭高，水不厭深，周公吐哺，天下歸心。』又，《苦寒行》云：『悲彼《東山》詩。』他也是做得箇賊起，不惟竊國之柄，和聖人之法也竊了！」夔孫。

詩見得人。如曹操雖作酒令，亦說從周公上去，可見是賊。若曹丕詩，但說飲酒。

古詩須看西晉以前，如樂府諸作皆佳。杜甫夔州以前詩佳；夔州以後，自出規模，不可學。蘇、黃只是今人詩。蘇才豪，然一滾說盡，無餘意；黃費安排。德明。

《選》中劉琨詩高。東晉詩已不逮前人，齊梁益浮薄。鮑明遠才健，其詩乃《選》之變體，李太白專學之。如「腰鐮刈葵藿，倚杖牧雞豚」，分明說出箇倔强不肯甘心之意。如「疾風衝塞起，砂礫自飄揚，馬尾縮如蝟，角弓不可張」，分明說出邊塞之狀，語又俊健。方子。

淵明詩平淡，出於自然。後人學他平淡，便相去遠矣。某後生見人做得詩好，銳意要學，遂將淵明詩平側用字，一一依他做。到一月後，便解自做，不要他本子，方得作詩之法。

49或問：「『形夭無千歲』，改作『形天舞干戚』，如何？」曰：「《山海經》分明如此說，惟周丞相不信改本。向薌林家藏邵康節親寫陶詩一冊，乃作『形夭無千歲』。周丞相遂跋尾，以康節手書爲據，以爲後人妄改也。向家子弟携來求跋，某細看，亦不是康節親筆，疑熙、豐以後人寫，蓋贋本也。蓋康節之死在熙寧二三年間，而詩中避『畜』諱，則當是熙寧以後書。然筆劃嫩弱，非老人筆也。又不欲破其前説，遂還之。」雉。

50蘇子由愛《選》詩「亭皋木葉下，隴首秋雲飛」，此正是子由慢底句法。某却愛「寒城一以眺，平楚正蒼然」，十字却有力！雉。

齊梁間之詩，讀之使人四肢皆懶慢不收拾。

晉人詩惟謝靈運用古韻，如「祐」字協「燭」字之類。唐人惟韓退之、柳子厚、白居易用古韻，如《毛穎傳》「牙」字、「資」字、「毛」字皆協「魚」字韻是也。人傑。

唐明皇資稟英邁，只看他做詩出來，是甚麽氣魄。今《唐百家詩》首載明皇一篇《早渡蒲津關》，多少飄逸氣概！便有帝王底氣焰。越州有石刻唐朝臣送賀知章詩，亦只有明皇一首好，有曰：「豈不惜賢達，其如高尚何。」雉。

李太白詩不專是豪放，亦有雍容和緩底，如首篇「大雅久不作」，多少和緩。陶淵明詩，人皆説是平淡。據某看，他自豪放，但豪放得來不覺耳。其露出本相者，是《詠荆軻》一篇，平淡底人如何説得這樣言語出來。雉。

51張以道問：「太白五十篇《古風》不似他詩，如何？」曰：「太白五十篇《古風》是學陳子昂《感遇詩》，其間多有全用他句處。」義剛。

杜詩初年甚精細，晚年横逆不可當，只意到處便押一箇韻，如自秦州入蜀諸詩，分明如畫，乃其少作也。李太白詩非無法度，乃從容於法度之中，蓋聖於詩者也。《古風》兩卷多效陳子昂，亦有全用其句處。太白去子昂不遠，其尊慕之如此。然多爲人所亂，有一篇分爲三篇者，有三篇合爲一篇者。方子。佐同。

李太白終始學《選》詩，所以好。杜子美詩，好者亦多是效《選》詩，漸放手，夔州諸詩則不然也。雉。

或問：「李白：『清水出芙蓉，天然去雕飾。』前輩多稱此語，如何？」曰：「自然之好，又不如『芙蓉露下落，楊柳月中疏』，則尤佳。」雉。

「人多説杜子美夔州詩好，此不可曉。夔州詩却説得鄭重煩絮，不如他中前有一節詩好。魯直一時固自有所見，今人只見魯直説好，便却説好，如矮人看戲耳。」問：「韓退之潮州詩、東坡海外詩如何？」曰：「却好。東坡晚年詩固好。只文字也多是信筆胡説，全不看道理。」雉。

杜子美晚年詩都不可曉。吕居仁嘗言：「詩字字要響。」其晚年詩都啞了，不知是如何，以爲好否？

杜詩：「萬里戎王子，何年别月支？」後説花云云，今人只説道戎王子自月支帶得花來。此中嘗有一人在都下，見一蜀人遍鋪買戎王子，皆無。曰：「是蜀中一藥，爲《本草》不曾收，今遂無人蓄。」方曉杜詩所言。

52文字好用經語，亦一病。老杜詩：「致思遠恐泥。」東坡寫此詩到此句云：「此詩不足爲法。」璘。

53杜詩最多誤字。蔡興宗《正異》固好而未盡。某嘗欲廣之作《杜詩考異》，竟未暇也。如「風吹蒼江樹，雨灑石壁來」，「樹」字無意思，當作「去」字無疑，「去」字對「來」字。又如蜀有「漏天」，以其西北陰盛，常雨，如天之漏也，故杜詩云：「鼓角漏天東。」後人不曉其義，遂改「漏」字爲「滿」，似此類極多。雉。

「天閲象緯逼」，蔡興宗作「天闚」近是。蔡云：「古本作『闚』。」《史》：「以管窺天。」佐。

杜子美「暗飛螢自照」，語只是巧。韋蘇州云：「寒雨暗深更，流螢度高閣。」此景色可想，但則是自在説了。因言《國史補》稱韋爲人高潔，鮮食寡欲。所至之處，掃地焚香，閉閤而坐。其詩無一字做作，直是自在。其氣象近道，意常愛之。問：「比陶如何？」曰：「陶却是有力，但語健而意閑。隱者多是帶氣負性之人爲之。陶欲有爲而不能者也，又好名。韋則自在，其詩直有做不著處便倒塌了底。晉、宋間詩多閑淡，杜工部等詩常忙了。陶云『身有餘勞，心有常閑』，乃《禮記》：身勞而心閑，則爲之也。方。

韋蘇州詩高於王維、孟浩然諸人，以其無聲色臭味也。方。

韓詩平易。孟郊喫了飽飯，思量到人不到處。《聯句》中被他牽得，亦著如此做。

人不可無戒慎恐懼底心。莊子説，庖丁解牛神妙，然才到那族，必心怵然爲之一動，然後解去。心動便是懼處。韓文《鬬雞聯句》云：「一噴一醒然，再接再礪乃。」謂雖困了，一以水噴之便醒。「一噴一醒」，即所謂懼也。此是孟郊語，也説得好。又曰：「爭觀雲填道，助叫波翻海。」此乃退之之豪：「一噴一醒然，再接再礪乃。」此是東野之工。雉。

54 韓退之詩：「强懷張不滿，弱力闕易盈。」上句是助長，下句是歉。雉。

55 退之《木鵝》詩末句云：「直割蒼龍左耳來。」事見《龍川志》，正是木鵝事。

李賀較怪得些子，不如太白自在。又曰：「賀詩巧。」義剛。

劉叉詩：「斗柄寒垂地，河流凍徹天。」介甫詩：「柳樹鳴蜩緑暗，荷花落日紅酣。」王建《田家留客》云：「丁寧回語屋中妻，有客莫令兒夜啼。」方子。

詩須是平易不費力，句法混成。如唐人玉川子輩句語雖險怪，意思亦自有混成氣象。因舉陸務觀詩：「春寒催喚客嘗酒，夜静卧聽兒讀書。」不費力，好。賜。

「行年三十九，歲莫日斜時。孟子心不動，吾今其庶幾。」此樂天以文滑稽也。然猶雅馴，非若今之作者村裹雜劇也。方子。佐同。

白樂天《琵琶行》云「嘈嘈切切錯雜彈，大珠小珠落玉盤」云云，這是和而淫；至「凄凄不似向前聲，滿坐重聞皆掩泣」，這是淡而傷。道夫。

唐文人皆不可曉。如劉禹錫作詩，説張曲江無後，及武元衡被刺，亦作詩快之。白樂天亦有一詩暢快李德裕。樂天，人多説其清高，其實愛官職。詩中凡及富貴處，皆説得口津津地涎出。

杜子美以稷、契自許，未知做得與否？然子美却高，其救房琯亦正。必大。

《木蘭詩》只似唐人作。其間「可汗」「可汗」，前此未有。方子。

黄巢入京師，其夜有人作詩貼三省門罵之。次日盡搜京師，識字者一切殺之。詩莫盛於唐，亦莫慘于唐也。揚。

56先生偶誦寒山數詩，其一云：「城中娥眉女，珠佩何珊珊。鸚鵡花間弄，琵琶月下彈。長歌三日響，短舞萬人看。未必長如此，芙蓉不奈寒。」云：「如此類，煞有好處，詩人未易到此。公曾看否？」壽昌對：「亦嘗看來。近日送浩來此洒掃時，亦嘗書寒山一詩送行云：『養子未經師，不及都亭鼠。何曾見好人，豈聞長者語。爲染在薰蕕，應須擇朋侶。五月敗鮮魚，勿令他笑汝。』」壽昌。

因舉石曼卿詩極有好處，如「仁者雖無敵，王師固有征；無私乃時雨，不殺是天聲」長篇。某舊於某人處見曼卿親書此詩大字，氣象方嚴遒勁，極可寶愛，真所謂「顔筋柳骨」。今人喜蘇子美字，以曼卿字比之，子美遠不及矣。某嘗勸其人刻之，不知今安在。曼卿詩極雄豪，而縝密方嚴，極好。如《籌筆驛》詩：「意中流水遠，愁外舊山青。」又「樂意相關禽對語，生香不斷樹交花」之句極佳，可惜不見其全集，多於小説詩話中略見一二爾。曼卿胸次極高，非諸公所及。其爲人豪放，而詩詞乃方嚴縝密，此便是他好處，可惜不曾得用。雉。子蒙同。

東坡作詩識一昏闇之人，有句云：「煙雨塞九竅。」黎矇子詩。璘。

蜚卿問山谷詩，曰：「精絶！知他是用多少工夫。今人卒乍如何及得！可謂巧好無餘，自成一家矣。但只是古詩較自在，山谷則刻意爲之。」又曰：「山谷詩忒好了。」道夫。

陳後山初見東坡時，詩不甚好。到得爲正字時，筆力高妙。如《題趙大年所畫高軒過圖》云：「晚知畫書真有益，却悔歲月來無多。」極有筆力。其中云「八二」者，乃大年行次也。雉。

57「閉門覓句陳無己，對客揮毫秦少游。」無己平時出行，覺有詩思，便急歸，擁被卧而思之，呻吟如病者，或累日而後成，真是「閉門覓句」。如秦少游詩甚巧，亦謂之「對客揮毫」者，想他合下得句便巧。張文潛詩只一筆寫去，重意重字皆不問，然好處亦是絶好。淳。

58陳博士在坡公之門，遠不及諸公。未說如秦、黄之流，只如劉景文詩云：「四海共知霜滿鬢，重陽曾插菊花無？」陳詩無此句矣。其雜文亦自不及備論。道夫。

山谷集中《贈覺範》詩乃覺範自作。又曰：「山谷詩乃洪駒父輩删集。」剛。

覺範詩如何及得參寥。義剛。

張文潛詩有好底多，但頗率爾，多重用字。如《梁甫吟》一篇，筆力極健。如云：「永安受命堪垂涕，手挈庸兒是天意」等處，說得好，但結末差弱耳。又曰：「張文潛大詩好，崔德符小詩好。」又曰：「蘇子由詩有數篇，誤收在文潛集中。」雉。

崔德符《魚》詩云：「小魚喜親人，可鉤亦可扛。大魚自有神，出没不可量。」如此等作甚好，《文鑑》上却不收。不知如何正道理不取，只要巧！

潘邠老有一詩，一句說一事，更成甚詩。必大。

古人詩中有句，今人詩更無句，只是一直説將去。這般詩，一日作百首也得。如陳簡齋詩：「亂雲交翠壁，細雨濕青松」；「暖日薰楊柳，濃陰醉海棠」，他是什麽句法！雉。

59「高宗最愛簡齋：『客子光陰詩卷裏，杏花消息雨聲中。』」又問坐間云：「簡齋墨梅詩，何者最勝？」或以「皋」字韻一首對。先生曰：「不如『相逢京洛渾依舊，惟恨緇塵染素衣。』」雉。

60劉叔通屢舉簡齋：「六經在天如日月，萬事隨時更故新。江南丞相浮雲壞，洛下先生宰木春。」前謂荆公，後謂伊川。先生曰：「此詩固好，然也須與他分一箇是非始得。天下之理，那有兩箇都是？必有一箇非。」雉。

有人過昭陵題絶句云：「桑麻不擾歲豐登，邊將無功吏不能。四十二年那忍説，西風吹淚過昭陵。」後來人説是劉信叔詩也。廣。

「政爾雪峰千百衆，澹然雲水一孤僧。」曾文清詩。璘。

舉南軒詩云：「卧聽急雨打芭蕉。」先生曰：「此句不響。」曰：「不若作『卧聞急雨到芭蕉』。」又言：「南軒文字極易成。嘗見其就腿上起草，頃刻便就。」至。

劉叔通、江文卿二人皆能詩。叔通放體不拘束底詩好，文卿有格律入規矩底詩好。游開子蒙嘗和劉叔通詩：「昨夜劉郎叩角歌，朔雲寒雪滿山阿。文章無用乃如此，富貴不來争奈何。」雉録又四句云：「邴鄭鄉嘗依北海，晁張今復事東坡。吹噓合有飛騰便，未用溪頭買釣蓑。」此詩若遇蘇、黄，須提掇他。文蔚。雉録云：「先生屢稱之曰：『詩須不費力方好。此等使蘇、黄見之，當賞音。人固有遇耳。』」

方伯謨詩不及其父錢監公豪壯。黃子厚詩却老硬，只是太枯淡。徐思遠玉山人。與汝談，比諸人較好。思遠乃程克俊之甥，亦是有源流。雉。

61或問趙昌父、徐斯遠、韓仲止。曰：「昌父較懇惻。」又問三兄詩文。曰：「斯遠詩文雖小，畢竟清。」文蔚。

62「力推獰龍借水飲，手却猛虎奪石坐。」劉淳叟詩。雲谷有虎挨石，淳叟作此，自以爲好，不可曉。璘。

谷簾水所以好處，某向欲作一首形容之，然極難言。大概到口便空又滑，然此兩字亦説未出。必大。

「龍袞新天子，羊裘老故人！」意味。道夫。

「群趨浴沂水，遥集舞雩風。」同安日試《風乎舞雩》詩。

蔡京父子在京城之西兩坊對賜甲第四區，極天下土木之工。一曰太師第，乃京之自居也；二曰樞密第，乃攸之居也；三曰駙馬第，乃絛之居也；四曰殿監第，乃攸子之居也。攸妻劉，乃明達、明節之族，有寵，而二劉不能容，乃出嫁攸，權寵之盛亞之。京、攸四第對開，金碧相照。嘗見上官仲恭詩一篇，其間有《城西曲》，言蔡氏奢侈敗亡之事，最爲豪健。末云：「君不見，喬木參天獨樂園，至今猶是温公宅。」仲恭乃上官彦衡之子也，惜乎其詩不行於世。雉。

本朝婦人能文，只有李易安與魏夫人。李有詩，大略云「兩漢本繼紹，新室如贅疣」云云。「所以嵇中散，至死薄殷周。」中散非湯武得國，引之以比王莽。如此等語，豈女子所能！

有鬼詩云：「鶯聲不逐春光老，花影長隨日脚流。」庚。

63 有僧月夜看海潮，得句云「沙邊月趁潮回」，而無對。因看風飄木葉，乃云：「木末風隨葉下」，雖對不過，亦且如此。

64 問曾慥所編《百家詩》。曰：「只是他所見如此。他要無不會，詩詞文章字畫外，更編《道書》八十卷。又別有一書甚少，名《八段錦》，看了便真以爲是神仙不死底人。」

古樂府只是詩，中間却添許多泛聲。後來人怕失了那泛聲，逐一聲添箇實字，遂成長短句，今曲子便是。胡泳。

作詩間以數句適懷亦不妨。但不用多作，蓋便是陷溺爾。當其不應事時，平淡自攝，豈不勝如思量詩句？至如真味發溢，又却與尋常好吟者不同。

近世諸公作詩費工夫，要何用？元祐時有無限事合理會，諸公却盡日唱和而已。今言詩不必作，且道恐分了爲學工夫。然到極處，當自知作詩果無益。必大。

今人所以事事做得不好者，緣不識之故。只如箇詩，舉世之人盡命去奔去聲。做，只是無一箇人做得成詩。他是不識，好底將做不好底，不好底將做好底。這箇只是心裏鬧，不虚静之故。不虚不静故不明，不明故不識。若虚静而明，便識好物事。雖百工技藝做得精者，也是他心虚理明，所以做得來精。心裏鬧，如何見得！僩。

詩社中人言，詩皆原於《賡歌》。今觀其詩，如何有此意？

作詩先用看李、杜，如士人治本經。本既立，次第方可看蘇、黄以次諸家詩。廣。敬仲同。

65因林擇之論趙昌父詩，曰：「今人不去講義理，只去學詩文，已落第二義。況又不去學好底，却只學去做那不好底。作詩不學六朝，又不學李、杜，只學那嶢崎底。今便學得十分好後，把作甚麼用？莫道更不好。如近時人學山谷詩，然又不學山谷好底，只學得那山谷不好處。」擇之云：「後山詩恁地深，他資質盡高，不知如何肯去學山谷。」曰：「後山雅健强似山谷，然氣力不似山谷較大，但却無山谷許多輕浮底意思。然若論叙事，又却不及山谷。山谷善叙事情，叙得盡，後山叙得較有疏處。若散文，則山谷大不及後山。淳録云：「後山詩雅健勝山谷，無山谷瀟灑輕揚之態。然山谷氣力又較大，叙事詠物，頗盡事情。其散文又不及後山。」擇之云：「歐公好梅聖俞詩，然聖俞詩也多有未成就處。」曰：「聖俞詩不好底多。如《河豚》詩，當時諸公説道恁地好，據某看來，只似個上門罵人底詩；只似脱了衣裳，上人門罵人父一般，初無深遠底意思。後山、山谷好説文章，臨作文時，又氣餒了。老蘇不曾説，到下筆時做得却雄健。」義剛。淳略。

66今江西學者有兩種：有臨川來者，則漸染得陸子静之學；又一種自楊、謝來者，又不好。子静門猶有所謂「學」。不知窮年窮月做得那詩，要作何用？江西之詩，自山谷一變至楊廷秀，又再變，遂至於此。本朝楊大年雖巧，然巧之中猶有混成底意思，便巧得來不覺。及至歐公，早漸漸要説出來。然歐公詩自好，所以他喜梅聖俞詩，蓋枯淡中有意思。歐公最喜一人送別詩兩句云：「曉日都門道，微涼草樹秋。」又喜王建詩：「曲徑通幽處，禪房花木深。」歐公自言平生要道此語不得。

今人都不識這意思，只要嵌字，使難字，便云好。雉。

先生因說：「古人做詩，不十分著題却好；今人做詩，愈著題愈不好。」或舉某人會做詩。曰：「他是某人外甥，他家都會做詩，自有文種。」又云：「某嘗謂氣類近，風土遠；氣類才絶，便從風土去。且如北人居婺州，後來皆做出婺州文章，間有婺州鄉談在裏面者，如吕子約輩是也。」燾。

67「鄒德父楷書《大學》，今人寫得如此，亦是難得。只是黄魯直書自謂人所莫及，自今觀之，亦是有好處；但自家既是寫得如此好，何不教他方正？須要得恁欹斜則甚？又他也非不知端楷爲是，但自要如此寫；亦非不知做人誠實端慤爲是，但自要恁地放縱。」道夫問：「何謂書窮八法？」曰：「只一點一畫，皆有法度，人言『永』字體具八法。」行夫問：「張于湖字，何故人皆重之？」曰：「也是好，但是不把持，愛放縱。本朝如蔡忠惠以前，皆有典則。及至米元章、黄魯直諸人出來，便不肯恁地。要之，這便是世態衰下，其爲人亦然。」道夫言：「尋嘗見魯直亦說好話，意謂他與少游諸人不同。」曰：「他也却說道理。但到做處，亦與少游不争多。他一輩行皆是恁地。」道夫曰：「也是坡公做頭，故他們從而和之。」曰：「然。某昨日看他與李方叔一詩，說他起屋，有甚明窗净几，眼前景致，末梢又只歸做好吟詩上去。若是要只粗說，也且說讀書窮究古今成敗之類亦可，如何却專要吟詩便了？」道夫曰：「看他也是將這箇來做一箇緊要處。」曰：「他是將來做箇大事看了，如唐韓、柳皆是恁地。」道夫云：「嘗愛歐公詩云：『至哉天下樂，終日在書案。』這般意思甚好。」（下略。）

（冀勤）

雲谷雜記

張淏　撰

張淏，字清源，本開封（在今河南省）人，居婺州武義（在今浙江省）。紹興二十七年（一一五七）進士，紹定元年（一二二八）以奉議郎致仕。《雲谷雜記》原本久佚，今傳本四卷又末卷一卷，爲清代四庫館臣從《永樂大典》輯出編次而成，近人張宗祥又輯校《補編》二卷，有中華書局上海編輯所一九五八年排印本。此據張宗祥校録本選録。

【蘭亭序】王羲之與群賢會于山陰之蘭亭，各賦詩，羲之爲序。自晉至唐，皆謂之《蘭亭序》，近世輒目爲《蘭亭記》，非也。《遯齋閒覽》云：《蘭亭記》其文甚麗，但「天朗氣清」，春言秋景，以此不入《選》。韓子蒼云：《蘭亭記》，蕭統不取，以序爲託，皆承襲謬誤之過也。予嘗得蘭亭石刻一卷。首列羲之序文，次則諸人之詩，末有孫綽後序。其詩四言二十二首，五言二十六首。自羲之而下，凡四十有二人。成兩篇者十一人：右將軍王羲之、琅邪王友謝安、司徒左西屬謝萬、左司馬孫綽、行參軍徐豐之、前餘杭令孫統、前永興令王彬之、王凝之、王肅之、王徽之、陳（群表）〔郡袁〕嶠之。成一篇者一十五人：散騎常侍郗曇、行參軍王豐之、前上虞令華茂、潁川庾友、鎮軍司馬虞說、郡功曹魏滂、郡五官謝繹、潁川庾蘊、行參軍曹茂之、徐州西平曹華、滎陽柏偉、王元之、王藴之、王涣之、前中軍參軍孫嗣。一十六人詩不成，各罰酒三觥：侍郎謝瑰、鎮國大將軍掾卞迪、行參軍事印丘旄、王獻之、行參軍楊模、參軍孔熾、參軍劉密、山陰令虞谷、府功曹勞夷、府主簿後綿、前長岑令華耆、府主簿任凝、前餘杭令謝藤、任城吕系、任城吕本、彭城曹諲。諸詩及後序，文多不載，姑記作者姓名于此，庶覽者知當世一觴一詠之樂云。（卷一）

【龍鬚】太宗翦鬚賜李勣。白樂天《七德舞歌》云：「翦鬚燒藥賜功臣，李勣嗚咽思殺身。」白自注云：「李勣病亟，醫云得龍鬚灰方可療。太宗自翦鬚燒灰賜之，服訖而愈。勣叩頭泣涕而謝。」今舊史勣傳俱云嘗暴疾，醫曰用鬚灰可治，帝乃自翦鬚以和藥，而不言用龍鬚事。二史但據吴兢等所記，故不復旁考，遂至于謬。然樂天之言，必得其實。蓋當時醫言得龍鬚灰方可療，龍鬚未易得，太宗以君上，猶龍也，故翦鬚以賜。若醫只言用人鬚，則咄嗟已辦，何待太宗之賜方始和藥？此理甚曉然。（下略）（卷二。下同）

【韓荆州】韓朝宗，思復之子也。喜拔識後進，他無顯顯可見之跡。爲荆州長史日，因李白投書，有「生不用封萬户侯，但願一識韓荆州」之語，因是韓荆州之名籍籍至今，豈其平生喜士之力歟？

【白接羅】杜子美詩云：「醉把青荷葉，狂遺白接羅。」王洙注引《世説》山簡倒著白接羅事，且云：接羅，衫也。予按郭璞《爾雅注》云：白鷺頭、翅、背上皆有長翰毛，今江東人取以爲睫攡。又

《廣韻》云：接䍦，白帽。而《集韻》又作䍦及䍦，亦云白帽。李白《答人贈烏紗帽》云：「領得烏紗帽，全勝白接䍦。」則接䍦爲帽明甚，初非衫也，洙誤矣。（下略）

【嘉話録詆韓】韓昶，退之之子。兒時即以詩動孟東野，今東野集有《喜符郎詩有天縱》之篇。符蓋昶小字。後登長慶四年進士第。昶亦可謂能世其家矣。韋絢《劉賓客嘉話録》、李綽《尚書故實》，皆云昶爲集賢校理，史傳中有説金根車處，皆臆斷之曰：「豈其誤歟？必金銀車也。」悉改根字爲銀字。此説恐未必然。李綽之説蓋本于韋絢，絢乃執誼之子。又《嘉話録》所載大抵詆退之處甚多，如云韓十八直是太輕薄，及讼席舍人草貶詞之類，皆不足信。

【開口笑】杜牧之《九日登齊山》詩云：「塵世難逢開口笑，菊花須插滿頭歸。」「開口笑」字似若俗語，然却有所據。《莊子》：人上壽百歲，中壽八十，下壽六十。除病瘦死喪憂患，其中開口而笑者，一月之中，不過四、五日而已矣。于此益見牧之于詩不苟如此。

【杜荀鶴詩】「風暖鳥聲碎，日高花影重。」此杜荀鶴《春宫怨》中一聯也。歐陽文忠公《詩話》乃云周朴所作，誤矣。荀鶴有詩三百篇，顧雲目之曰《唐風集》。《春宫怨》一篇，集以冠之卷首，正以此一聯也。顧雲序其集云：「壯語大言，則決起逸發。可以左攬工部袂，右拍翰林肩。」是以荀鶴可並李杜也。荀鶴之詩溺于晚唐之習，蓋韓偓、吴融之流，以方李杜則遠矣。然解道寒苦羈窮之態，往往有孟郊、賈島之風。如「江湖苦吟士，天地最窮人。」「客路如天遠，侯門似海深。」「宦情隨日薄，詩思入秋多。」「時挑野菜和根煮，旋斫生柴帶葉燒。」之句，蓋不減二公所作。其他如《感春》

云：「無限青雲有限身，案杜荀鶴詩刊本。一作無況青春有限身。眼前花似夢中春。浮生七十今三十，已是人間半世人。」《旅中遇雨》云：「半夜燈前十年事，一時和雨到心頭。」《宿臨江驛》云：「舉世盡從愁裏老，誰人肯向死前閒。」《感遇》云：「大海波濤淺，小人方寸深。海枯終見底，人死不知心。」皆有意緒。《送人遊吴越》云：「夜市橋邊火，春風寺外船。」《維揚春日》云：「絡岸柳絲懸細雨，繡田花朵弄殘春。」《閩中》云：「雨匀紫菊叢叢色，風弄紅蕉葉葉聲。北畔是山南是海，祇堪圖畫不堪行。」可謂善狀三處景物者。如此等句，蓋三百篇中之警策。其他往往傷于俚俗，前輩因之爲《太公家教》，正以其語多鄙近也。

【石鼓文】岐陽石鼓初散于野，鄭餘慶始移置孔子廟中。韋應物、韓退之皆有詩。韋曰：「宣王之臣史籀作。」韓曰：「周綱陵遲四海沸，宣王憤起揮天戈。大開明堂受朝賀，諸侯劍珮鳴相磨。蒐于岐陽騁雄駿，萬里禽獸皆遮羅。鐫功勒成告萬世，鑿石作鼓隳嵯峨。」歐陽文忠公云：應物以爲文王之鼓，至宣王刻詩爾。退之直以爲宣王之鼓。且云自漢以來，博古好奇之士，皆略而不道。隋氏藏書最多，其志所録秦始皇刻石、婆羅門外國書皆有，而獨無石鼓文。遺近録遠，不宜如此。況傳記不載，不知二君何據而知爲文、宣之鼓也。然退之好古不妄，予姑取以爲信。至于字畫，亦非史籀不能作也。予謂石鼓經秦涉漢，其亦久矣，其間豈無好事者稱道之。歷時之久，書傳不存，後人不知耳。蘇勖《載記》云：石鼓謂周宣王獵碣，共十鼓。其文則史籀大篆。唐章懷太子注《後漢書》云：今岐州石鼓銘，凡重言者，皆爲二字。以二書言之，則安知秦漢間無稱道之者？蘇勖貞觀中嘗爲吏部侍郎，在退之之先。退之以爲宣王之鼓者，豈以勖所載爲據耶？歐陽公又云：其文可見者四百六十五，磨滅不可識者過半。予得唐人所録本，凡四百九十七字，其文皆可讀，比他本最爲詳備。所言大率皆漁獵事，其文有「天子永寧，日維丙申」之語。既有天子之稱，則決非文王之詩也。近時韓公元吉以左氏言成有岐陽之蒐，又以鼓爲成王時物。然左氏雖言成之蒐獵，刻石紀事。初無明文，恐未可遽然便以爲成王時物也。又任汝弼云：籀與古文書以刀，刀故鋭。秦篆書以漆，漆故刓。石鼓之文，其端皆刓。以是知石鼓爲秦時也。夫千載之刻，磨滅剥落之餘，幸有一二可讀，亦僅存字體之髣髴爾。汝弼乃欲辨其刓鋭于筆畫之間，而斷爲秦人之作，非所敢聞也。（卷三。下同）

【韓定辭】東坡記韓定辭，不知何許人，爲鎮州王鎔書記。聘燕帥劉仁恭，舍于賓館，命幕客馬郁延接。馬有詩贈韓曰：「燧林芳草綿綿思，盡日相携陟麗譙。別後巏嵍山上望，羨君還復見王喬。」郁詩雖清秀，然意在試其學問。韓即席酬之曰：「崇霞臺上神仙客，學辨癡龍藝最多。盛德好將銀筆述，麗詞堪與雪兒歌。」坐内諸賓，靡不欽訝，稱爲妙句。然亦疑其「銀筆」之僻也。他日，郁從容問韓以「雪兒」「銀筆」之事，韓曰：昔梁元帝爲湘東王時，好著書，常記録忠臣義士，及文章之美者。筆有三品，以金銀雕飾，或用斑竹爲管。忠孝全者，用金管書之。德行精粹者，用銀管書之。文章贍麗者，以斑竹管書之。故湘東王之譽，振于江表。雪兒，李密之愛姬，能歌舞。每見賓僚文章有奇麗中意者，即付雪兒叶音律以歌之。又問「癡龍」出于何處，曰：洛下有洞穴，曾有人誤墜于中，因行數里，漸明曠。見有宫殿人物，凡九處，又有大羊，羊髯有珠，人取食之，不知何所出。以問張華，華曰：此地仙九館也，大羊名曰癡龍耳。定辭復問郁「巏嵍」之山，當在何處。郁曰：此趙郡之故事，何謙遜而下問？由是兩相悦服，結交而去。予按：定辭，深州人。爲鎮、冀、深、趙等州觀察判官，檢校尚書侍部郎中兼侍御史，乃韓魏公四世祖昌辭之兄。好學能文，無所不覽。巏嵍山見《顔氏家訓》，柏人城東北有一孤山，古無載者，惟闞駰《十三州志》以爲舜納于大麓，即爲此山，其上今猶有堯祠焉。世呼爲宣務山，或呼爲虚無山，莫知何出。余嘗爲趙州佐，共太原王劭讀柏人城西門内碑。碑是漢桓帝時柏人縣民爲縣令徐整所立，銘云：土有巏嵍山，王喬所仙。方知此巏嵍字也。巏字遂無所出，嵍字依諸字書，即旄丘之旄字。《字林》：一音亡付反。今依附俗名，當音權務耳。入鄴爲魏收説之，收大嘉嘆。值其爲《趙州莊嚴寺碑》，曰「巏嵍之精」，即用此。坡所引見《北夢瑣言》，今以《瑣言》校坡集，則坡集誤以「幕客」作「慕客」，「銀筆之僻」作「銀筆之譬」，「從容」作「從客」，「江表」作「士表」，「李密」作「孝密」，諸本皆然，遂至于不可讀。坡集艱得善本如此。

【蘇詩注不詳】東坡《雪後書北堂壁》云：「試掃北臺看馬耳，未隨埋没有雙尖。」按北臺在密州之北，因城爲臺，馬耳與常山在其南。東坡爲守日，葺而新之，子由因請名之曰超然臺。偶閲《注東坡詩》，見注者不得其詳，因記之。

【蘇詩用典】《邵氏聞見後録》：「韓熙載畜妓樂數百人，俸入，爲妓争奪以盡，至貧乏無以給朝夕，則敝衣屨作瞽者，負獨弦琴，隨房歌鼓以丐食。東坡《謝元長老衲裙》詩云：「欲教乞食歌妓院，故與雲山舊衲衣。」用其事也。然予未達東坡之意。」以上邵氏語。予按《北夢瑣言》：裴休披毳衲，于歌妓院持鉢乞食，曰：「不爲俗情所染，可以説法爲人。」東坡乃用此事。邵公濟蓋未嘗見此，宜其未達東坡之意也。

【虎頭州】東坡《過虔州鬱孤臺》詩，郡守霍漢英和之，東坡遂復用韻，有「行看鳳尾詔，却下虎頭州」之句。虎頭蓋指虔也，虔與虎皆從虍。原注：火呼反。俗以虔字之首，有同于虎，故以虔爲虎頭州。紹興三十二年，校書郎董德元言：虔州俗謂之虎頭城，非嘉名也，今天下舉安，獨此郡有小警，意其名有以兆之，遂改爲贛州。今注此詩者乃云：虎頭州，以言常州虎頭顧愷之也。愷之，常州無錫人，蓋是時先生乞居常州也。借使如注者所云，則趙清獻公出知虔州有詩云：「乍辭龍尾道，來刺虎頭城。」此又當作何説？其謬妄一至如此，豈不大可笑。

【化鶴事有二】前輩詩文中多用化鶴事，其事有二，雖若相類，其實不同。《神仙傳》：蘇仙公者，桂陽人。原注：《洞仙傳》云：蘇公名耽。漢文帝時得道，有白鶴數十降于門。乃跪白母曰：某當仙，被召有期，即便拜辭。遂昇雲漢而去。後白鶴來止郡城東北樓上，人或挾彈彈之，鶴以爪攫樓板，似漆書云：「城郭是，人民非，三百甲子一來歸，吾是蘇君彈何爲。」此一事也。《續搜神記》：遼東城門華表柱，忽有白鶴來集，人或欲射之。于空中歌曰：「有鳥有鳥丁令威，去家千歲今來歸。城郭猶是人民非。」原注：又《洞仙傳》云：令威，遼東人。少隨師學得仙道，分身任意所欲，嘗暫歸，化爲白鶴，集郡城門。餘同上。但「城郭猶是」作「城郭如舊」。此又一事也。山谷《戲書秦少游壁》云：「化作遼東白鶴歸，朱顏未改故人非。」此用令威事。《次韻宋楙宗觀東坡出遊》云：「人間化鶴三千歲，海上看羊十九年。」此用蘇耽事也。化鶴看羊，皆蘇氏事。其工的如此。

【米元暉】山谷有《贈米元暉》詩云：「我有元暉古印章，印刓不忍與諸郎。虎兒筆力能扛鼎，教字元暉繼阿章。」任淵注其詩，引《漢書舊儀》曰：銀印龜鈕，其文曰章。又曰：元暉，謂謝元暉。淵之所引非也，虎兒，蓋米芾之子友仁小字爾。曾慥《百家詩引》云：友仁少俊早成，魯直有「元暉」古印章，因以爲字。是山谷以古印偶有「元暉」二字，故贈之，令字元暉。以其父米芾字故有「繼阿章」之語。淵既不得其實，闕之可也。乃强爲解釋，徒自纇其書。

【青奴山礬】涼寢竹器，俗曰竹夫人。黄山谷謂趙子充曰：憩臂休膝，似非夫人之職。冬夏青青，竹之所長，請名曰青奴。故其詩云：「我無紅袖堪娱夜，正要青奴一味涼。」瑒花，荆公欲爲賦詩而鄙其名。瑒蓋玉也，未爲不佳。但其音乃杖梗切，故公陋之。山谷復呼爲鄭，且謂野人採鄭花葉以染黄，不借礬而成色，乃以「山礬」爲名，而詩有「山礬獨自倚春風」及「山礬是弟梅是兄」之句。二名皆其所命，而作詩復自引用其意，蓋欲顯二者之名于人耳。王立之云：蠟梅，山谷初見。戲作二絶，緣此盛于京師。青奴、山礬，今藉藉于人，正以山谷之詩耳。

【玉蕊花】玉蕊花，宋景文《摘碎》云：維揚后土廟有花，色正白，曰玉蕊。王禹偁愛賞之，更稱曰瓊。宋敏求《春明退朝録》云：揚州后土廟有瓊花一株，即李衛公所謂玉蕊也。舊不可移徙，今京師亦有之。劉原父詩云：「淮海無雙玉蕊花。」東坡詞云：「后土祠中玉蕊花。」《蔡寬夫詩話》云：李衛公玉蕊花，即今揚州后土祠瓊花乃是。詳以上所説，則玉蕊即瓊花也。曾南豐《白山茶》詩云：「瓊花散漫情終蕩，玉蕊蕭條迹更塵。」姚令威《西溪叢語》云：唐昌玉蕊花，今之散水仙。揚州瓊花，今之聚水仙，但樹老耳。如此又有是二物。今瓊花，后土祠及番陽洪文敏公花圃俱有之。而玉蕊，丹徒山間及霅川人家多有之，與瓊花實爲二物也。予始以曾端伯謂山礬爲玉蕊爲非，然猶未改敢遽以爲是，後讀葛立方《韻語陽秋》，不覺爲撫卷。蓋所見闇合人意，有如此者。又數年，復得周文忠公《玉蕊辨證》，遂得以決玉蕊、瓊花斷然爲二物。知楊汝士之帖，爲僞曉然。《韻語陽秋》云：曾端伯《高齋詩話》云：瑒花，即唐昌玉蕊花。以予觀之，恐未必然。玉蕊，佳名也。此花唐流傳至今，不應捨玉蕊而名山礬，豈端伯別有所據。文忠《辨證》云：唐人甚重玉蕊，唐昌觀有之，集賢院有之，翰林院亦有之，皆非凡境也。予往因親舊自鎮江招隱來，遠致一本，條蔓如荼蘼，種之軒檻，冬凋春茂，柘葉紫莖，再歲始著花，久當成樹。花苞初甚微，經月漸大，暮春方八出。須如冰絲，上綴金粟。花心復有碧筩，狀類膽瓶。其中別出一英，出衆須上，散爲十餘蕊，猶刻玉然。花名玉蕊，乃在於此，群芳所未有也。劉夢得「雪蕊瓊絲」之句，最爲中的。楷，音陣。《南史·劉杳傳》所謂楷酒者，予嘗得醖法，芳烈異常。山谷似不以《杳傳》爲據，徇俗訛「楷」作「鄭」。而江南鄉音，又呼「鄭」爲「瑒」。復疑未安，於是創「山礬」之名。然二詩並序，初未嘗及玉蕊，衹因好事者僞作唐人之帖，故曾端伯、洪景盧皆信之。其實諸公偶未見此花，所謂信耳而不信目也。又云：以玉蕊爲瑒，起于曾端伯。予與段謙叔之子元愷同里巷，往還至熟。其父初無楊汝士帖。小説難信類此。文忠之辨，其詳確若是，而獨不及楖字。豈偶不記及邪？但劉杳所謂楷者，恐别是一種。今花之芳烈者，皆可釀酒，如木犀、酴醾之類是也。似未可以其醖酒，便指山礬爲楷也。（卷四。下同）

【又一則】又康駢《劇談録》云：長安唐昌觀，舊有玉蕊花，每發瓊枝瑶樹。元和中，春物方妍。忽一日，有女子年可十七八，衣繡緑衣，乘馬，峨髻雙鬟，無簪珥之飾，容色婉娩，迥出于衆。從以二女冠，三小僕。既下馬，以白角扇鄣面，直造花所。異香芬馥，聞之數十步之外。觀者以謂出自宫掖，莫敢逼視。竚立良久，令小僕取花數枝而出。將乘馬，回謂黄冠者曰：曩有玉峰之約，自此可以行矣。時觀者如堵，咸覺烟霏鶴唳，景物輝焕。舉轡百餘步，有輕風擁塵，隨之而去。須臾塵滅，望之已在半天矣，方悟神仙之遊。餘香不散者經月。時嚴給事休復、元相國、劉賓客、白醉吟俱有詩。曾端伯《高齋詩話》云：瑒花，即玉蕊也。介甫以比瑒，謂當用此瑒字。蓋瑒，玉名，取其白耳。魯直又更其名爲山礬，謂可以染也。廬陵段謙叔有楊汝士與白二十二一帖，云唐昌玉蕊。以少故見貴耳。自來江南，山山有之，土人取以供染事，不甚惜也。則知瑒花之爲玉蕊，斷無疑矣。又程文簡公《雍録》云：唐昌玉蕊花，長安惟有一株。或詩之曰：「一樹瓏鬆玉刻成。」則其葩蕊形似，略可想矣。春花盛時，傾城來賞，至謂有仙女降焉。元白皆賦詩以實其事，則爲時貴重可知矣。山谷曰：江南野中，有等小白花，木高數尺，春開極香，野人謂之鄭花。王荆公陋其名，改曰山礬。此花之葉，自可染黄，不借礬而成色，故以名。又《高齋詩話》云：玉蕊，即今瑒花也。予按，瑒，玉珪名也。「瑒」「鄭」音近而呼訛耳。吾鄉又呼鳥朕花，「朕」「鄭」「瑒」音亦相近，知一物也。江南凡有山處，即有此花。其葉類木犀，而花白心黄。三四月間著花，芬香滿野。人家籬園，皆斫其枝，帶葉束之。稍稍受日，葉遂變黄，取以供染，不藉礬石，自成黄色。則魯直之言信矣。至謂僅高三二尺者，蓋土人不以爲材，稍可燃燎，亟樵之，不容其長。惟長安以爲貴異，故其榦大于他處，非別種也。予家塾之西，有一種，高可五七丈。春花盛時，瓏鬆耀日，如冬雪凝積，闔一里人家香風皆滿。比予辛未得第而歸，則爲人所伐矣。乃知唐昌玉蕊，正是人護養所致，無他處無此木也。又洪文敏公《容齋隨筆》云：物以希見爲珍，不必異種也。長安唐昌觀玉蕊，乃今瑒花，又名米囊，黄魯直易爲山礬，在江南彌山亘野，殆與榛莽相似。而唐昌所産，至于神女下遊，折花而去，以踐玉峰之期。是不特土俗罕見，雖神仙亦不識也。使如以上諸説，則是唐之玉蕊，斷然爲今之山礬也。予詳玉蕊在唐，亦不特見于唐昌觀而已。如内署既有之，翰林學士院及集賢院又有之，潤州招隱山又有之，李德裕平泉又有所謂連房玉蕊者。其載述則有李肇《翰林志》、《賈氏談録》、李德裕、劉禹錫、白樂天文集，及沈傳師、楊巨源、張籍、王建諸公詩，亦不特見于《劇談録》與夫嚴給事諸一時所賦而已。原注：唐李肇《翰林志》云：院内古槐松玉蕊署，學士至者，雜植其間，殆至繁隘。李德裕《招隱山觀玉蕊樹寄沈大夫》云：「玉蕊天中樹，金閨昔共窺。」其自注云：此樹吴人不識，因予賞玩，乃得此名。内署沈大夫所居，門前有此樹，每花落，空中迴旋久之，方集庭際。大夫草詔之日，皆要予同玩。《賈氏談録》云：贊皇平泉莊，週四十里。天下奇花異草，珍松怪石，靡不畢至。

今悉已絶，惟雁翅檜珠子連房玉蕊，僅有存者。連房玉蕊，每跗萼上，花分五朵，而實同一房也。集賢院玉蕊，詳見劉禹錫《題集賢閣》詩，并白樂天《懷集賢王校書》詩中。其花在當時自唐昌觀之外，惟内署翰苑及集賢院有之，則珍貴可知矣。今程文簡、洪文敏乃云，江南凡有山處即有之，甚至彌亘山野，與榛莽相似。蓋二公俱祖曾端伯之説，而失于致審。且長安，唐都城也。四方之人，輻輳于是，曾無一人識其爲山礬。此固可疑。今花木稍異者，必窮幽及遠，百計以致之。豈有長安貴重幸爲僅有，而他處彌亘山野，乃與榛莽爲比？恐無是理。康駢云：其花發若瓊林瑶樹。李德裕云：每花落空中回旋久之方集。今山礬花蕊細碎，枝葉麄疏，非可以瓊林瑶樹爲比，花落亦無回旋之態。只詳此數端，則玉蕊別是一花，非此山礬明矣。山礬所以名不一者，緣諸公不考究字書，其説遂致紛紛，殊不知字書中自有此一字。《集韻》：榺，丈忍切，又作杒，木名。灰可以染，從朕，至今俗謂之烏朕。未有如程文簡所云，其音義分明如此，惜諸公之未見也。曾端伯所稱段謙叔所藏之帖，不知何自而得之，恐是好事者爲之。字書中又有格，音陣，亦作桭。云木汁可作酒。聲雖相近，恐別爲一種。聲既相近，他日必有以格榺爲疑者，故詳及之。原注：榺今有兩種，一種曰烏榺，木理堅密而瑩白，花極芳烈。一種曰白榺，枝葉與烏榺少異，而香亦少劣，染家亦用。

【大耐官職】《苕溪漁隱叢話》云：「沈存中《筆談》云：真宗時，向文簡敏中拜右僕射。麻下日，李昌武爲翰林學士，當對。上謂之曰：「朕自即位以來，未嘗除僕射。今日以命敏中，此殊命也，敏中應甚喜。」對曰：「臣今日早候對，亦未知宣麻，不知敏中何如。」上曰：「敏中門下今日賀客必多，卿往觀之，明日都對來，勿言朕意也。」昌武候丞相謝歸，乃往見丞相。門闌悄然無一人，昌武與向親，徑入見之。徐賀曰：「今日降麻，士大夫莫不歡慰，朝野相慶。」公但唯唯。又曰：「自上即位，未嘗除端揆，此非常之命，自非勳德隆重，眷倚殊越，何以至此！」公復唯唯，卒無一言。既退，復使人至庖廚中，問今日有親戚賓客飲食宴會，亦寂無一人。明日再對，上問昨日見敏中否？對曰：「見之。」「敏中之意如何？」乃具以所見對。上笑曰：「大耐官職。」故呂居仁寄向縣丞詩云：「耐官丞相風流在，坐守簞瓢不訴窮。」張仲宗作《向伯恭薌熙堂詩》亦云：「家世從來耐官職，百年猶見典刑存。」（下略）

【寧馨】馬永卿《懶真子録》：山濤見王衍曰：「何物老媪，生寧馨兒。」寧作去聲，馨音亨，今南人尚言之，猶言恁地也。宋前廢帝悖逆，太后怒，語侍者曰：「將刀來剖我腹，那得生寧馨兒。」此兩寧馨，同爲一意。吴曾《能改齋漫録》：唐張渭詩：「囊無阿堵物，門有寧馨兒。」以寧爲去聲。劉夢得《贈日本僧智藏》詩云：「爲問中華學道者，幾人雄猛得寧馨。」以寧爲平聲。蓋《王衍傳》云：「何物老媪，生寧馨兒。」山濤叱王衍語也。又《南史》：宋王太后疾篤，使呼廢帝，帝曰：「病人間多鬼，那可往。」太后怒，謂侍者：「取刀來剖我腹，那得生寧馨兒。」按二説，知晉宋間以寧馨兒爲不佳也，故山濤王太后皆以此爲詆叱，豈非以爲兒非馨香者耶？雖平去兩聲皆可通用，然張劉二詩，義則乖矣。東坡亦作仄聲，《平山堂》詩云：「六朝文物餘丘壠，空使姦雄笑寧馨。」晉宋間人語助耳。予按寧馨，自是晉宋間一時之語，浙人往往尚有此談。晉人亦有單以馨爲言者，《世説》：劉惔謂殷浩田舍兒，强學人作爾馨語。又謂桓温曰：「使君如寧馨地，寧可鬭戰求勝。」王導云：「與何次道語，惟舉手指地曰：正自爾馨。」以上因文自可見義，無勞解説。然寧馨乃書傳間假此二字以記一時俗語。吴曾以爲有非馨之義，此誣鑿之甚。使如曾言，則「爾馨」等語當作何説？馬永卿云：「猶言恁地。」已得其義，而欲以馨音亨，以協南人之音，又近于好奇矣。馬雖得其義，尚恨其無證據。予嘗讀《金樓子》，見其亦載宋廢帝王太后事，云太后遣人召帝，帝曰：「病人多鬼不可往。」太后怒曰：「引刀破我腹，那得生如此兒！」乃悟寧馨即如此也。是書梁湘東王蕭繹所纂，宋梁相去不遠，故知所謂寧馨者，即是如此。又《語林》云：王仲祖好儀形，每覽鏡自照曰：「王仲開那生如此寧馨兒。」以此二者爲證，則義理自昭然，可以無辯矣。

【李光詩】李莊簡公光，作詩極清絶可愛。予嘗見其《越州雙雁道中》一絶云：「晚潮落盡水涓涓，柳老秧齊過禁烟。十里人家雞犬静，竹扉斜掩護蠶眠。」後在政府，與秦檜議不合，爲中司所擊。命下，送藤州安置，差樞密院使臣伴送。公戲贈之云：「日日孤村對落暉，瘴烟深處忍分離。追攀重見蔡明遠，贖罪難逢郭子儀。南渡每憂鳶共墮，北轅應許雁相隨。馬蹄慣踏關山路，他日重來又送誰。」亦婉而有深意。

【李孟博死于瓊州】李孟博，莊簡公光之子也，苦學有文。紹興五年，進士第三人及第。莊簡南遷，隨侍至貶所，遂卒于瓊州。未卒數月前，忽夢至一處，海山空闊，樓觀特起雲霄間。有軒榜曰空明，光世諸父皆環坐其間，顧指其一曰：留以待汝。既寤，知其非祥也。未幾，遂屬疾。臨終，有云氣起于寢，冠服宛然自云中冉冉升舉，瓊人悉見之。莊簡有詩悼之云：「脱屣塵寰委蜕蟬，真形渺渺駕飛烟。丹臺路杳無歸日，白玉樓成不待年。宴坐我方依古佛，空行汝去作飛仙。恩深父子情難割，涙滴千行到九泉。」

【玉帳】杜子美《送嚴公入朝》云：「空留玉帳術，愁殺錦城人。」又《送盧十四侍御》云：「但促銅壺箭，休添玉帳旂。」王洙於「玉帳術」句注云：兵書也。後來增釋者，不過曰：《唐・藝文志》有《玉帳經》一卷而已。至「玉帳旂」句，則云見「空留玉帳術」注。然玉帳術謂之兵書則可，句中無「術」字，則不當引前事，蓋洙與增釋者，俱不得其詳也。按顔之推《觀我生賦》云：「守金城之湯池，轉絳宮之玉帳。」又袁卓《遁甲專征賦》云：或倚其□使之游宮，或居其貴人之玉帳。蓋玉帳乃兵家厭勝之方位，謂主將於其方置軍帳，則堅不可犯，猶玉帳然。其法出於《黄帝遁甲》，以月建前三位取之。如正月建寅，則巳爲玉帳，主將宜居。李太白《司馬將軍歌》云：「身居玉帳臨河魁。」戌爲河魁，謂主將之帳在戌也。非深識其法者，不能爲此語。（《補編》卷一）

【聯句所始】《苕溪漁隱叢話》曰：《雪浪齋日記》云：退之聯句，古無此法，自退之斬新開闢。予觀謝宣城集有聯句七篇、陶靖節有聯句一篇、杜工部集有聯句一篇，則諸公已先爲之，至退之亦是沿襲其舊。「自退之斬新開闢」則非也。今攷之漁隱所言，亦未爲得。聯句實起於漢柏梁臺，非始於靖節諸人也。又何遜、李白、顔真卿皆有是作，亦不特謝宣城、杜工部而止耳。（《補編》卷二。下同）

【黄庭經】《晉書・王羲之傳》：羲之性愛鵝，山陰有道士養好鵝，羲之固求市之。道士云：「爲寫《道德經》，當舉群相贈。」羲之欣然寫畢，籠鵝而歸。其任率如此。蔡絛《西清詩話》云：李太白詩：「山陰道士如相訪，爲寫《黄庭》换白鵝。」换鵝乃《道德經》，非《黄庭》也。黄伯思《東觀餘論》云：《黄庭》真帖，爲逸少書。僕嘗考之，非也。按陶隱居《真誥》翼真檢論上清真經始末云：晉哀帝興寧二年，南嶽魏夫人所授云云。惟有《黄庭經》一篇得存，蓋此經也。僕按逸少以晉穆帝升平五年卒，是年歲在辛酉後二年，即哀帝興寧二年，始降《黄庭》於世，安得逸少預書之。又按梁虞龢論書表云：山陰曇禳村養鵝道士謂羲之曰：「久欲寫河上公《老子》，縑素早辦，無人能書，府君能自屈書《道德》兩章，便合群以奉。」於是羲之便停半日，爲寫畢，携鵝去。而《晉書》本傳亦著道士云：「爲寫《道德經》畢，當舉群相贈耳。」初未嘗言寫《黄庭》也。以二書攷之，即《黄庭》非逸少書。然陶隱居《與梁武帝啓》云：「逸少有名之迹，不過數首。《黄庭》《勸進》《告誓》等，不審猶有存否？」蓋此啓在著《真誥》前，故未之攷證耳。至唐張懷瓘作《書斷》云：《樂毅》《黄庭》，但得幾篇，即爲國寶。遂誤以爲逸少書。李太白承之作詩：「山陰道士如相見，應寫《黄庭》换白鵝。」苟欲隨之耳，初未嘗攷之，韓退之第云「數紙尚可博白鵝」，而不云《黄庭》，豈非覺其謬歟？伯思之論，似若詳悉矣。以予攷之，其説非也。蓋書《黄庭經》换鵝，與書《道德經》换鵝，自是兩事。伯思謂《黄庭》之傳，在右軍死後二年，此最失於詳審也。道家有《黄庭内景經》，又有《黄庭外景經》及《黄庭遁甲緣身經》、《黄庭玉軸經》，世俗例稱爲《黄庭經》。《内景經》乃大道玉晨君所作，扶桑大帝君命賜谷神王。傳魏夫人，凡三十六章，即《真誥》所言者。《外景經》三篇，乃老君作也，即右軍所書者，與魏夫人所得者初不同。予家舊藏右軍所書《外景經》石刻一卷，凡六十行。末云：永和十二年五月二十五日，在山陰縣寫。以小歐陽《集古録目》校之，與文忠所藏本同，則右軍之寫《黄庭》甚曉然。緣諸公攷之未詳，故未免紛紜如此。黄伯思謂《與梁武啓》在著《真誥》之前，此又曲爲之辨也。予又嘗於道藏中得務成子注《外景經》一卷，有序云：晉有道士，好《黄庭》之術，意專書寫，嘗求於人。聞王右軍精於草隸，而性復愛白鵝，遂以數頭贈之，得其妙翰。右軍逸興自縱，未免脱漏，但美其書耳。張君房所進《雲笈七籤》亦載此序，最爲的據也。蓋《道德經》是偶悦道士之鵝，因爲之寫。若《黄庭》是道士聞其善書且喜鵝，故以是爲贈而求其書。此是兩事頗分明，緣俱以寫經得鵝，遂使後人指爲一事，而妄起異論。惟李太白知其爲二事，故其詩《右軍》一篇云：「右軍本清真，瀟灑出風塵。山陰遇羽客，邀此好鵝賓。埽素寫《道德》，筆精妙入神。書罷籠鵝去，何曾別主人。」此言書《道德經》得鵝也。《送賀賓客歸越》一篇云：「鏡湖清水漾清波，狂客歸舟逸興多。山陰道士如相見，應寫《黄庭》換白鵝。」此言書《黄庭經》得鵝也。太白於兩詩各言之，初未嘗誤，乃後人自誤也。

（徐俊）

稿簡贅筆

章淵 撰

章淵，字伯深，號懲窒子。章惇之曾孫。用蔭入仕，遂不就舉。曾官南昌。晚居長興若溪，所居稱南墅草堂。《稿簡贅筆》，五卷，《直齋書録解題》作二卷。未見傳本，僅《説郛》收録二十二條，有自序一篇。此據涵芬樓本《説郛》選録。

【周周蛩蛩】阮嗣宗《咏懷》詩云：「周周尚銜羽，蛩蛩亦念飢。」周周，鳥名，垂頭屈尾飲于河則没。常銜鳥羽，然後得飲。比肩獸曰蛩蛩，能擇美草，距虚負之而走，以喻君臣相須而濟。（《説郛》卷四十四。下同）

【金釵十二行】古樂府詞《河中之曲》咏莫愁云：「頭上金釵十二行，足下絲履五文章。」後人多誤使爲金釵者十二行。不知一人獨插十二行金釵，古婦女髻非今比。

【閈字】顔延年《贈太常》詩云：「側聞幽人居，郊扉常晝閈。」閈音鱉。陶淵明《與從弟明遠》詩云：「顧盼莫誰知，荆扉晝常閈。」音捌。字雖各異，其義則一。閈字亦音閑，又關闔户云。

【烏龍】韓渥詩云：「洞庭深閉不曾開，横卧烏龍作妒媒。」又云：「相風不動烏龍睡，時有幽禽自喚名。」又云：「遥知小閣還斜照，羨殺烏龍卧錦茵。」祝鎰子權賢良，窮探古詩，無不貫通，一日問予曰：「韓致光詩『烏龍』爲何事？」予答以白樂天《和元微之夢遊春》詩云：「『烏龍卧不驚，青鳥飛相逐。』當是犬爾。」子權曰：「何所據見？」予戲之曰：「豈不聞俚語云：『拜狗作烏龍。』」後閲沈汾《續仙傳》云：「韋善後携一杖，號烏龍，乘之飛昇而去。」樂天、致光詩，未必不用此事。

【笙簧】笙中有簧，以火炙之，樂家謂之暖笙。故陸魯望《贈遠》詩云：「妾心冷如簧，時時望君暖。」亦巧于用韻。

【鼃】韓退之《答柳柳州食蝦蟆》詩云：「予初不下喉，近亦能稍稍。嘗懼染蠻夷，平生性不樂。」漢武帝欲除上林苑，東方朔進諫曰：「土宜薑芋，水多鼃魚，貧者得以人給家足，無飢寒之憂。」顔師古注云：「鼃即蛙，似蝦蟆而小，長脚，蓋人亦取食之。」霍山曰：「丞相擅減宗廟羔、菟、鼃。」師古曰：「羔、菟、鼃所以供祭祀也。」鼃，古者上以祭宗廟，下以給食貨，而退之云爾，何耶？白樂天《和張十六蝦蟆》詩云：「嘉魚薦宗廟，靈龜貢邦家。應龍能致雨，潤我百穀芽。蠢蠢水族中，無用者蝦蟆。」亦讀《漢書》不熟也。

【碧落觀】吴興武康縣延真觀，唐碧落觀也，沈休文故宅。有唐縣令胡傳美題詩云：「仙宫碧落應徵書，遺迹依然掩故居。幢節不歸天杳邈，烟霞空鎖日幽虚。不逢金簡投雲洞，可惜瑶臺疊蘚除。欲脱儒衣陪羽客，傷心齒髪已凋疏。」熙寧中孫莘老集賢爲湖州守，集境内東晉已來詩爲《吴興集》刊行，偶遺此詩。

【評李賀詩】杜牧作李賀詩集序以謂「稍加以理，奴僕命騷」。詎可奴僕。壞古樂府體，無如賀者。騁少年粗豪之氣，乖詩人比興之儀。如《榮華樂》即擬古《少年行》云：「鳶肩公子二十餘，齒如編貝脣皦朱。氣如虹霓，飲如建瓴，走馬夜歸叫嚴更，徑穿複道遊椒房。」椒房豈少年夜遊之所，何周慮之密也！

【夜合石竹】閒花野草，亦隨時輕重。唐人詩中多言夜合、石竹，如「遼陽春盡無消息，夜合花開日又西」，「山花插寶髻，石竹繡羅衣」是也。至今唐畫宮殿池臺多作二花，自然有富貴氣，今人絶不知重矣。

【咏婦人】自古咏婦人，《詩》云：「手如柔荑，膚如凝脂。領如蝤蠐，齒如瓠犀。螓首蛾眉，巧笑倩兮，美目盼兮。」宋玉云：「增之一分則太長，減之一分則太短。施朱則太赤，施粉則太白。」故已的的分其狀貌矣。韓退之云：「清聲而便體，秀外而惠中。飄輕裾，曳長袖，粉白黛緑者，列屋而閑居，妒寵而負恃，争妍而取憐。」又何費詞之繁。至元微之云：「近時婦人暈澹眉目，綰約頭髮，衣服廣修之度，匹配色澤，尤極怪豔。因爲豔詩。」可謂真狀略無隱蓄。陶淵明作《閑情賦》，固多微詞。梁昭明便爲白玉微瑕。以此言之，宜乎當時深斥以爲淫言媟語，入人肌膚。偶讀元氏叙詩《寄樂天書》，故録其語。

【酒令】唐人酒戲極多。釣鼇竿堂上五尺，庭前七尺，紅絲綫繫之，石盤盛諸魚四十品，逐一作牌子刻魚名。各有詩于牌上，或一釣連二事物。録事釋其一，以行勸罰焉。又有採珠局格，與釣鰲實同而名異。後人復以人名易魚。李建中嫌金吾、巡使、廂虞使之名不雅馴，乃易以畢卓等古善飲酒人名，趙昌言爲之序。又有勸酒玉燭，酌酒之分數爲勸。每詩狀人之形，如體之肥瘦，髭之多少，所好尚技藝，分爲賞罰，詩皆有味之言，大抵皆出于釣鰲。《巨鰲》詩云：「海底仙鰲難比儔，黄金頂上有瀛洲。當時龍伯如何釣，虹作長竿月作鉤。」請人流霞杯，勸登科人十分。餘皆類此。今不復見爲此戲者，人但傳其詩，圖其罰格，今酒仙投曼倩，亦其遺制也。

【耗磨日】正月十六日，古爲之耗磨日。張説《耗日飲》詩云：「耗磨傳兹日，縱横道未宜。但令不忌醉，翻是樂無爲。」又云：「上月今朝減，流傳耗磨辰。還將不事事，同醉俗中人。」趙冬〈曦詩云：「春來半月度，俗忌一朝閒。不酌他鄉酒，無堪對楚山。」詳諸詩蓋當時耗磨日〉必飲酒，如今之社日。此日但謂之耗日，官司不開倉庫而已。

【薛濤】蜀妓薛濤，字弘度，本長安良家子。父鄖，因官寓蜀。濤八九歲知聲律，其父一日坐庭中，指井梧而示之曰：「庭除一古桐，聳榦入雲中。」令濤續之。應聲曰：「枝迎南北鳥，葉送往來風。」父愀然久之。父卒，母孀居，韋臯鎮蜀，召令侍酒賦詩，因入樂籍。濤暮年屏居浣花溪，著女冠服，有詩五百首。

【挽歌詞】韓退之《大行皇后挽歌詞》云：「鳳飛終不返，劍化會相從。」王荆公嘗云：「此非君臣所言。」近于黷也。王黼奉敕撰《明節和仁貴妃墓誌》云：「妃齒瑩潔，常珥〈縹〉絳，〈丹歷可數。」又云：「六宫稱之曰韻。」〉有標致者俗目之爲韻。使荆公見之，當云何也。

【子夜吴歌】齊梁以來，江南樂府詞多採方言，用之穩帖，不覺爲俗語。吴中下里之曲有云：「消梨應郎心上冷，甘蔗應郎心上寒。」又云：「羅裙十二褶，小妻也是妾。」皆有類樂府詞。予因採爲《子夜吴歌》二章云：「消梨得能冷，甘蔗得能甜。總應郎心上，爲儂素比縑。」「桃根復桃葉，羅裙十二褶。阿郎歡自濃，小妻也是妾。」

【白蓮社】遠法師在廬山，初修浄土之社，凡百有二十三人。謝康樂爲鑿東西二池種蓮，求入浄社，故號白蓮社。然遠公以靈運心雜止之。世傳十八賢，乃彭城劉遺民、豫章雷次宗、雍門周續之、南陽宗炳、南陽張野、南陽張銓、西林覺寂大師、東林普濟大師、慧持法師、罽賓佛馱耶舍尊者、蜀賓佛馱跋陀羅尊者、慧睿法師、曇順法師、曇恒法師、道炳法師、道敬法師、曇詵法師、〔道生法師〕，予舊藏李伯時畫《蓮社圖》陶淵明乘籃輿，謝康樂乘馬張曲笠，二公雖不入浄社，常往來山中。僧齊己《遠公影堂》詩云：「陶令醉多招不得，謝公心亂入無方。」是也。

【落花詩】宋景文平生數賦《落花詩》，晚于圃田又賦此題云：「香歸蜂蜜盡，紅入燕泥乾。」人謂景文與落花俱盡。未幾果卒。

（程毅中）

螢雪叢説

俞成 撰

俞成，字元德，東陽（在今浙江省）人。《螢雪叢説》書前有慶元六年（一二〇〇）自序，稱年四十後即不應科舉，當生於一一六〇年之前。《螢雪叢説》二卷，《宋史·藝文志》小説家類著録一卷，題俞子撰。此據《儒學警悟》本選録。

【聲律對偶假借用字】「天子居丹扆，廷臣獻六箴」，此省題詩也。「白髮不愁身外事，六幺但聽醉中詞」，此律詩也。二公之所以對者，見之於詩，無非借數而已。《周以宗强賦》：「故蒼籙之興起，始諸姬而阜康。」《東門種瓜》詩：「青門無外事，尺地足生涯。」二公之所以對者，見於賦詩，無非借數與器而已。詩史以「皇卷」對「紫宸」，曲詞以「清風」對「紅雨」，或以「青州從事」對「烏有先生」，或以「披綿黄雀」對「通印子魚」，「因朱耶之板蕩，致赤子之流離」，「談笑有鴻儒，往來無白丁」，皆老於文學而見於駢四儷六之間者。自然假借使得好，不知膾炙幾千萬口也。嘗記陳季陸應行先生舉以作賦之法，用「高皇」對「小白」。（卷一。下同）

【詩題用全句對】省題詩，考官以古人詩句命題，尾字屬平，全押在第二韻上，不拆破者，並用全句對全句。曩嘗省試「王度日清夷」詩，許琮以「聖圖天廣大」爲對，並是老杜全句，最爲難得，曠古以來無此作。又如上庠孫應時作「奏賦入明光」，出杜甫《壯遊》，對韓文公《齪齪詩》「排雲叫閶闔」，亦自難得，惜乎非一家詩也。若無渾然天成之句，不免拆破四柱中使，只要穩貼下得好，不拘倒置先後，更於點化上著工夫，亦自可以冠場。余嘗欲以杜詩「扈聖登黄閣」《奉贈嚴八閣老》對「亨衢照紫泥」《奉贈太常卿》，以「泥融飛燕子」對「地僻舞鵾雞」並絶句，蓋倣許公詩體也。又欲以「獻納紆皇眷」《奉贈鮮于京兆二十韻》聯「衣冠拜紫宸」之句，《太歲日詩》蓋倣前輩對詩格也，當有流水高山之遇。

【歌頌】盧仝《茶歌》：「至尊之餘合王公，何事便到山人家。」上不忘君也。「安知百萬億蒼生，命墮顛崖受辛苦。」下不忘民也。此乃盡臣子敬上念下之意也。元結《中興頌》，前代帝王有盛德大業者，必見於歌頌。若今歌頌大業，便不言德，此乃得《春秋》一字褒貶之意也。夫以歌頌之作不專爲稱美設也，多寄意於譏諷，一則有愛君之誠，一則有貶上之意，二者雖若相反，而於措辭立言各有所主，不得不然。

【祝壽】吴叔經先生代人上黄耕叟太夫人壽，乃三月十四日生也，其詩曰：「天邊將滿一輪月，世上還鍾百歲人。」有一識者議論「將滿一輪」之句，若是十三日亦使得，不若削云「猶欠一分」，便見得直是十四日也。嘗見樂人聖節致語，闢初便使老子「長上古而不老」對董仲舒「歷萬世以亡弊」，固已云好，然而「不老」二字乃是語忌，豈若詩人之婉其辭云「永錫難老」，多少委曲和緩。如曰「天子萬年」，如曰「如南山之壽」，如曰「俾爾壽而臧」，皆曲盡祝壽之意也，封人祝堯，能如許乎！

【詩隨景物下語】杜詩「丹霞一縷輕」，《漁父詞》「繭縷一鉤輕」，胡少汲詩「隋隄煙雨一帆輕」。至若騷人，於漁父則曰「一簑煙雨」，於農夫則曰「一犁春雨」，於舟子則曰「一篙春水」，皆曲盡形容之妙也。

【詩人警句】同舍李循道舉他《秋景》一聯曰：「池藕影疏龜甲冷，井梧凋薄鳳毛寒。」又張一之舉黃元夫詩曰：「葦村風下鴟千點，麥隴天垂月一梳。」皆警句也。

【試畫工形容詩題】徽宗政和中，建設畫學，用太學法補試四方畫工，以古人詩句命題，不知掄選幾許人也。嘗試「竹鎖橋邊賣酒家」，人皆可以形容，無不向酒家上著工夫。惟一善畫但於橋頭竹外挂一酒簾，書酒字而已，便見得酒家在竹内也。又試「踏花歸去馬蹄香」，不可得而形容，何以見得親切。有一名畫克盡其妙，但掃數蝴蝶飛逐馬後而已，便表得馬蹄香出也，果皆中魁選。夫以畫學之取人，取其意思超拔者爲上，亦猶科舉之取士，取其文才角出者爲優。二者之試，雖下筆有所不同，而於得失之際，只較智與不智而已。

【假用夏字】往年上庠湯黃中試《秋燕已如客》詩，破題「近人方賀廈，如客已驚秋」，以廈對秋，權借用字也。陳傅良作「仲秋教治兵」賦，破題「雖諸夏之偃武，必仲秋而治兵」，張永《防秋》詩云：「逆胡方猾夏，中國重防秋。」以夏對秋，正借用字也。原其所作，皆有自來，豈非得張喬月中桂之遺意耶！所謂「根非生下土，葉不墜秋風」是也。六吟八韻，能於借對上得一二警聯，便自高人一

著，作者不可不知。（卷二。下同）

【詩貴熟讀】梁揆叔子解試「雕鶚離風塵」詩，當時無不擊節，破題徑説「雕鶚沖天品，凡禽未易倫。三秋乘志氣，一舉離風塵」，或者喜其自喻見志，果超詣上上第。幼嘗誦此一篇，已自迅口轉過，初不覺其所以妙處。乃至暮年，始悟「高騰霄鳳渚，下睨塞鴻賓」，借渚字對濱，無如此之巧，始嘆服不能自已。大凡玩古人糟粕，須是字字究竟，句句勘破，方是讀書。又要熟讀，古人云：「讀書百遍，其義自見。」又云：「舊書不厭百迴讀，熟讀應須子自知。」

【祝賀生辰】伊川生日，致齋恭肅，不事飲燕歌樂，蓋念劬勞之力。今人誕辰，極意歡娱，祝壽之詞多用律呂體狀其月，又用蓂莢形容其日，固已親切，然而蓂莢一事，據某所見，半好半不好也。若在月半以前，一日生長一葉，乃是增數，誠爲美事，儘好使也。若在月半以後，一日凋零一葉，乃是減數，實爲語忌，烏可使也？用事當嚴所擇，爲文又要脱俗，方是作家。且如八月十六生人，或者爲之歌曰：「昨夜萬家齊笑語，祝君千歲共團圓。」又如詩僧上秦師垣壽曰：「不祝公兮椿與松，椿松老大空無用。不祝公兮鶴與龜，鶴龜汨没徒泥中。祝公願作天上月，歲歲年年常皎潔。錦城初動五更鐘，引領衆星朝北闕。」秦公大悦。

（王秀梅）

雲麓漫鈔

趙彦衛 撰

趙彦衛，字景安，宋宗室。隆興元年（一一六三）進士，曾官隨州、徽州知事。開禧二年（一二〇六）序自署新安郡守。《雲麓漫鈔》本名《擁爐閑記》，今本十五卷，此據古典文學出版社一九五七年排印本選録。

1 許翁翁，亳人，少嘗取隸軍籍，以功補官。遇異人，遂棄家入襄漢山中學道，山上捕麝鹿如飛。乾道間來臨安，已年九十餘矣，雙眸炯然，飲啖異常，能鍼，出於方伎之外。史丞相苦脾氣痛，在經筵時，屢更醫矣，無效，聞許之名，招而使治之，一鍼而愈，自是聲動京師。好作詩，多言神仙劍術。嘗得其三詩：「九十餘年老古錐，雖然鶴髮未雞皮。曾拖竹杖穿雲頂，屢椒藤鞋看海涯。志在鬼神欽仰處，心同天地未分時。匣中於越冰三尺，粲爛光輝説與誰？」「我疑麋鹿是前身，九十餘年作隱淪。飄瓦馭風離碧落，虚舟隨水到紅塵。無恩可報空磨劍，有道欲傳難得人。回首孤山無限好，不如歸去任天真。」「耳無風雨眼無花，九十餘年鬢始華。世味審知嚼素蠟，人情全似哈清茶。窮通偶耳非干志，進退因而熟處家。不得一生忠信力，却歸山去卧烟霞。」後過常州之宜興山

間，不知其終。（卷一。下同）

2紹興中，秦少傅伯陽有詩送其舅王亨道知湖州：「暫别甘泉豹尾中，隼旟仍駐水晶宫。文昌地禁論思久，燕寢香凝簿領空。可但襲黄宜共理，使應顔謝與同風。飽聞回老榴皮字，試問溪頭鶴髮翁。」説者謂吕仙嘗到湖之東林訪沈東老，留詩云：「西鄰既富憂不足，東老雖貧樂有餘。白酒釀來緣好客，黄金散盡爲收書。」已而登東林寺，於壁間以石榴皮自畫其像，人初不知之，及秦詩出，觀者不絶。所謂鶴髮翁者，乃給事劉公一止給事之祖都官，善攝生，東坡有詩，故秦末句及之。

3老圃云：芙蓉花根三年不除，殺人。因憶古詩云：「昔爲芙蓉花，今成斷腸草。」則古人已曾言矣。

4張欽甫登南嶽諸詩，言山頂極冷。范至能《登青城山》詩，言六月山巔積雪，苦寒，盡取使燕時貂裘衣之，不能支。天積氣耳，非若形質而有拘礙，蓋愈高則愈清，愈清則愈寒，爲神靈之所居，三光之所懸。故其詩云：「上覆白玉盂，下盛白玉盤。」上下俱有雲氣耳。所以青城、天台、大洪諸山，多出光怪。（卷二。下同）

5《韓延壽傳》「明府」注：「郡騎吏稱太守爲明府，齊梁人亦如之。」唐人則以明府稱縣令，杜子美詩《從韋二明府續處覓錦竹》詩云：「華軒藹藹它年到，錦竹亭亭出縣高。江上舍前無此物，幸分蒼翠拂波濤。」《題終明府水樓》云「看君宜著王喬履」是也。既稱令爲明府，尉遂曰少府。

6《詩寄太原學士》：「風燈泡沫兩相悲，未肯遺榮自保持。頷下藏珠當猛取，身中有道更求誰？才高雅稱神仙骨，智照靈如大寶龜。一半青山無買處，與君携手話希夷。元祐七年九月九日鍾離權書。」潁川莊綽跋云：「昔維揚有何仙姑者，世以爲謫仙，能與其靈接。一日鍾離過之，使治黄素，乃書此詩。」吕公亦跋其後，令俟王學士至而授之。後數日，王古敏仲自貳卿出守會稽，至維揚，訪姑，即以與之，王秘不以示人。宣和丙午，其子誠爲西京留司御史，綽有中外之好，得其臨本，後王氏家殘於兵。

7張忠文公叔夜嵇仲，靖康間以南道總管知鄧州，首提兵勤王，以不推戴異姓，取過軍前。既議和，傳到訃音云：「靖康丙午閏十一月内提兵次安上門，除簽書樞密院，在國子監街東陶潛園子内住。十二月二十五日京城破，以不推戴異姓，取過軍前。丁未年三月二十七日離京北去，道中不食，至白溝，或曰過界河也，仰天大呼，遂不復語。明日，薨在易州孤山寨，五月十六日也，擡三程，遂火化。第六子仲熊，字慈甫，隨行祭祀，丁巳年十一月十八日到東京相國寺慧林禪院，後於天壽院前幕士馮真家下，戊午年十月十七日丙時葬於陽翟縣旌忠功德墳寺，及録到挽詩四首，追授朝奉大夫、汴京副留守，賜紫金魚袋。」李儔二首：「聲名凜凜動寰區，忠義存心老不渝。奮不顧生惟盡節，慮無遺策悉嘉謨。獨提南服三千旅，首冒重圍萬死塗。時事已更身已逝，惟將陰德付鵷雛。」「命世文章伯，鴻樞柱石臣。殞身因衛社，嗣德豈無人？丹旐西原路，輀車萬里春。一門蒙待遇，徒有淚沾巾。」清河張孝純二首：「疇昔中朝士，簪紳仰令名。恩威彰輔郡，忠孝衛都城。許國志何壯，爲山功莫成。西風故林道，蕭瑟感秋聲。」「季世遭奇禍，煩冤痛可論。交情傷死別，親屬慟遺言。空想還家夢，難招去國魂。一朝成萬古，斜日下平原。」李儔、張孝純皆屬本朝舊臣，視忠文公自當愧死，何顔面復爲此詩？故書之以戒爲臣之不忠者。紹興間贈太傅，謚忠文，録用其子孫。省劄云：「尚書省勘會到：張叔夜靖康間勤王，及以不推戴異姓，取過軍前，所有叔夜初除簽書樞密，及罷政，恩數難以引用，别因事故釐革，並特令給還。」事具列傳。從弟克戩守忻州，亦死事，贈延康殿學士，謚忠確，一門死事者二人，盛哉！（卷四。下同）

8陸羽《茶經》云：「江左日近，方有蠟面之號，李氏别取乳作片，或號京挺的乳及骨子。」又云：「浙西湖州爲上，常州次之。湖州出長城今長興顧渚山中，常州出義興今宜興君山懸脚嶺北岸下。」唐《重脩茶舍記》：「貢茶御史大夫李栖筠典郡日，陸羽以爲冠於他境，栖筠始進。」故事，湖州紫筍以清明日到，先薦宗廟，後分賜近臣。紫筍生顧渚，在湖、常間，當茶時，兩郡太守畢至，爲盛集，見《蔡寬夫詩話》。玉川子《謝孟諫議寄新茶》有「手閲月團三百片」，又云「天子須嘗陽羨茶」，則孟所寄乃陽羨茶也。又湖守袁高詩云：「搗聲昏繫晨，衆功何枯櫨。」則陽羨又知是餅茶，不特始於李氏也。袁詩又云：「黎氓輟耕耘，採掇實苦辛。一夫且當役，盡室皆同臻。捫葛上欹壁，蓬頭入荒榛。終朝不盈掬，手足皆鱗皴。悲嗟遍空山，草木爲不春。陰嶺茶未吐，使曹牒已頻。」今人不復爲餅，豈坐是耶？

9今之蠟梅，按山谷詩後云：「京洛間有一種花，香氣似梅花，亦五出而不能晶明，類女功撚蠟所成，京洛人因謂蠟梅，木身與葉乃類蒴藋。竇高州家有一叢，能香一園。」《王立之詩話》云：「蠟梅，山谷初見之，戲作二絶，緣此盛行於京師。」詩云：「金蓓鎖春寒，惱人香未展。雖無桃李顔，風味極不淺。」「體熏山麝臍，色染薔薇露。披拂不滿襟，時有暗香度。」

10山谷《山礬花二首》序云：「江南野中有一種小白花，木高數尺，春開極香，野人號爲鄭花。王荆公嘗欲求此花栽，作詩而陋其名，予請名曰山礬。野人採鄭花葉以染黄，不借礬而成色，故名山礬。海岸孤絶處，補陁落伽山，譯者以謂小白花山，予疑此山礬花爾，不然何以觀音老人堅坐不去耶？」杜淵釋之云：「此詩及序，皆以山谷手迹校過。」近世曾慥端伯作《高齋詩話》云：『唐人有《題唐昌觀玉蕊花》詩云：『一樹瓏璁玉刻成，飄廊點地色輕輕。』今瑒花即玉蕊花也，介甫以比瑒，謂當用此瑒字，蓋瑒玉名，取其白。山谷又更其名爲山礬，謂可以染也。廬陵段謙叔家有楊汝士《與白二十二》一帖，『唐昌玉蕊，以少故見珍耳。自來江南山山有之，土人取以供染事，不甚惜也。』則知瑒花之爲玉蕊，斷無疑矣。詩云：『北嶺山礬取意開，輕風正用此時來。平生習氣難料理，愛著幽香未擬回。』『高節亭邊竹已空，山礬獨自倚春風。二三名士開顔笑，把斷花光水不通。』則知二花因山谷而名始著。」

11水仙花有單葉者，有千葉者。楊誠齋云：「世以水仙爲金盞銀臺，蓋單葉者，其中真有一酒盞，深黄而金色。至千葉水仙，其中花片卷皺密蹙，一片之中，下輕黄而上白，如染一截者，與酒杯之狀殊不相似，安得以舊日俗名辱之？要之，單葉者當命以舊名，而千葉者乃真水仙云。『薤葉葱根兩不差，重蕤風味獨清佳。薄揉肪玉圍金鈿，淺染鵝黄剩素紗。臺盞元非千葉種，豐容要是小蓮花。向來山谷相看日，知是它家是當家。』」

12晏元獻公《鹿葱花》詩云：「宮后扇開青雉尾，羽人衣翦赤霜文。農皇藥録真無謂，不向萱叢辨糾紛。」注云：「《本草經》云：『萱一名忘憂，一名鹿葱。』」今驗此花，中有鹿斑文，與萱小同而大異，其開花亦不並時，則知當以有鹿斑者爲鹿葱，無斑文者爲萱云。

13李衛公《草木記》有永嘉之簇蝶，今此花來於浙東，四布如蝶，中有攢蕊，晏元獻云：「疑是簇蝶也。」公有《玉蝴蝶》詩，注此於下。蘇子由又有《萬蝴蝶花》詩云：「誰唱殘春蝶戀花？一園粉翅壓枝斜。美人懶向釵頭插，猶恐驚飛避鬢鴉。」則知簇蝶、萬蝴蝶，即今之玉蝴蝶也。

14杜詩云：「脱身簿尉中，始與箠楚辭。」韓昌黎詩云：「判司卑官不堪説，未免箠楚塵埃中。」姜皎爲秘書監，杖死。周子亮爲監察御史，以言事杖於朝堂。代宗命劉晏考所部官吏，刺史有罪，五品以上繫劾，六品以下杖然後奏，不特判司卑官也。若本朝待士大夫有禮，自開國以來，未嘗妄辱一人，惟犯髒罪，或死或黥，非常法。自陞朝官以上，還朝則有朝集院處之，差破人從，其愛惜人才如此。（卷五。下同）

15東坡四月十一日食茘枝詩云：「海中仙人絳羅襦，紅綃中單白玉膚。」又曰：「似開江珧斫玉柱，更洗河魨烹腹腴。」注云：「予嘗食茘枝，厚味高格兩絶，果子無比，惟江珧柱、河魨近之。」又云：「僕嘗問『茘枝何所似？』或曰：『茘枝似龍眼。』客皆笑其陋，茘枝實無所似也。僕云：『茘枝似江珧柱。』應者憮然，僕亦不辨此。」可謂善於比類者。魏文帝以茘枝方之蒲桃，庾信謂魏使尉瑾曰：「昔在鄴都，食蒲桃甚美。」陳昭曰：「作何狀？」徐君房曰：「有類軟棗。」信曰：「君殊不體物，何不言似荔枝？」《藝苑雌黄》亦云。

16河豚腹脹而斑，狀甚醜，腹中有白曰訥，有肝曰脂，訥最甘肥，吴人甚珍之，目爲西施乳，東坡云「腹腴」者是也。東坡在資善堂，嘗與人談河魨之美，云：「也直一死。」其美可知。其間子最毒，能殺人，次即眼與血，在年前後，土人忌之，須水至、荻芽出時，江東方有之。梅聖俞詩云：「春洲生荻芽，春岸飛楊花。河魨於此時，貴不數魚蝦。」是也。

17東坡云：「菜之美者，有吾鄉之巢，故人巢元修嗜之，余亦嗜之。元修云：『使孔北海見，當復云吾家菜耶！』因謂之元修菜。」東坡詩云：「彼美君家菜，鋪田緑茸茸。豆莢圓且小，槐芽細而豐。」漢東人以豌豆苗爲菜，云蜀人以爲漫頭，號巢菜，以坡詩求之，良不誣。今臨安人目之曰豆菜，連角子賣，則知豌豆苗莢，即巢菜也。

18李白有《贈參寥子》詩云：「著論窮天人，千春秘麟閣。長揖不受官，拂衣歸林壑。」東坡所與交遊參寥，乃僧人也。（卷六）

19韓退之《南溪》詩，據張籍祭文，蓋絶筆於此。當時同集者，賈島集中有《同韓侍郎泛南溪》詩。籍詩云「坐有賈秀才」，蓋島也。二公實同爲此遊，二集可互見。（卷七。下同）

20台州臨海縣章安祥符寺法堂上有高廟御坐，寺僧師顔年八十餘矣，能言東巡事，（中略）《國史》載此事，皆在四年正月，與顔言不合。然今歲懺，皆開歲乃修，則顔所記誤耶？金鰲，蓋一獨峰，坡陁鬱茂，若鰲背然，正與棚浦相對，兩涘之間，略辨牛馬，東看海門，雲飛波翻，渺然無際。山頂有善際寺與夫祥符塔院，紹興三十二年始賜額。先是有人題詩云：「牡蠣灘頭一艇横，夕陽多處待潮生。與君不負登臨約，同向金鰲背上行。」及高廟覽之，以爲詩讖，求其人，不可得矣。御坐一竹椅，寺僧今别造以黄蒙之，壁間有詩云：「黄帽當年駕舳艫，東浮鯨海出三吴。中興事業風波惡，好作君王坐右圖。」不著姓氏。

21宣和中，陝右人發地，得木簡于甕，字皆章草，朽敗不可詮次。得此檄云：「永初二年六月丁未朔，廿日丙寅，得車騎將軍莫府文書，上郡屬國都尉，二千石守丞，廷義縣令三水，十月丁未到府受印綬，發夫討畔羌，急急如律令。馬四十匹，驢二百頭，日給。」内侍梁師成得之，以入石。未幾梁卒，石簡俱亡，故見者殊鮮。吴思道親睹梁簡，故賦其秘古堂云：「異錦千囊更妙好，中有玉奩藏漢草。」榮次新吴出也，得其模本示余。按章草今在世益少，唯《急就章》見在，並諸帖所傳耳。

（下略）

22唐之舉人，先藉當世顯人，以姓名達之主司，然後以所業投獻，踰數日又投，謂之温卷，如《幽怪録》、《傳奇》等皆是也。蓋此等文備衆體，可以見史才、詩筆、議論。至進士則多以詩爲贄，今有《唐詩》數百種行於世者是也，王荆公取而删爲《唐百家詩》。或云，荆公當删取時，用紙帖出付筆吏，而吏憚於巨篇，易以四韻或二韻詩，公不復再看。余嘗取諸家詩觀之，不惟大篇多不佳，餘皆一時草課以爲贄，皆非其得意所爲，故雖富而猥弱。今人不曾考究，而妄譏刺前輩，可不謹

哉！（卷八）

23東坡先生既得自便，以建中靖國元年六月還次京口。（中略）既歸宜興，七月疾革，折簡錢世雄云：「徑山老惟琳來問疾，有偈云：『扁舟駕蘭陵，目換舊風日。君家有天人，雌雄維摩詰。我口答文殊，千里來問疾。若以偈相答，霜柱皆笑出。』」先生答云云。蓋與惟琳、世雄問答而終，乃二十八日也。今刊行先生年譜不載此，以補闕文云。（下略）（卷九）

24彭祭酒，學校馳聲，善破經義，每有難題，人多請破之，無不曲當。後在兩省，同寮嘗戲之，請破「月子彎彎照幾州，幾家歡樂幾家愁」，彭停思久之，云：「運於上者無遠近之殊，形於下者有悲歡之異。」人益嘆伏。此兩句，乃吴中舟師之歌，每於更闌月夜，操舟蕩槳，抑遏其詞而歌之，聲甚凄怨。唐人有詩云：「徙倚仙居憑翠樓，分明宫漏静兼秋。長安一夜家家月，幾處笙歌幾處愁。」盛行於時，具載《輦下歲時記》，云是章孝標製，與此意同。

25《能改齋漫録》記問亦博矣。（中略）又言：「秦益公生日，蜀人李善詩云：『無窮基有無窮問，第一人爲第一官。』其後，言者以爲過，有旨禁之，仍著令。然前輩類多有之，如荆公、東坡，皆有曾魯公張文定生日詩。」又載：「曾郎中獻秦十絶，『裴度只今稱聖相』之句。」云：「李義山《韓碑》詩：『帝得聖相相曰度』，蓋取《晏子春秋》『仲尼，魯之聖相也』意。」以禁生日詩爲非，聖相爲可稱，其它詆訾前賢爲不少。又如詩人得句，偶有相犯，即以爲蹈襲。及恃記博，妄有穿鑿，不暇一一論。夷考其人，姓吴名曾，字虎臣，撫州臨川人，秦益公當軸時，上所業得官。紹興癸酉，自敕局改右承奉郎，主奉常簿，爲玉牒檢討官。秦薨，不敢出，其第十九卷，自稱不樂京局，且不能委曲時好，恐以罪去，以此惑後人。蓋癸酉歲正是秦興大獄，追治賢士大夫時，則必有以取媚，致身清要。宜乎取聖相，而以禁生日爲非，釋氏之教與天地並原也。（卷十。下同）

26杜少陵《故武衛將軍挽詞》有曰：「赤羽千夫膳，黄河十月冰。」修可注云：「《家語》：赤羽若日，白羽若月。千夫膳，言所膳者千兵也。」師曰：「古詩云：『桃花亂落如紅雨』，赤雨言落葉也。此章言將軍善舞劍及彎弧，故曰：『舞劍過人絶，鳴弓射獸能。銛鋒行愜順，猛噬失蹻騰。赤羽千夫膳，黄河十月冰。横行沙漠外，神速至今稱。』則赤羽謂箭，言弦不虚發，發必得獸，可以供千軍之膳。苟如所注，則不與下句對，而意殊遠矣。」

27漢尚書令僕丞郎，月給隃麋墨大小二枚，蕭子良《答王僧虔書》曰：「仲將之墨，一點如漆。」又陸雲《與兄書》曰：「一日上三臺，曹公藏石墨數十萬斤，今送二螺。」不知隃麋石墨果何物爲之。近世貴松烟，取烟之遠者爲妙，故江南李氏時有墨務官，李廷珪等墨見存。東坡時，歐陽季默以油烟墨二遺坡，謝以詩，有云：「書窗拾輕煤，佛帳埽餘馥。辛勤破千夜，收此一寸玉。」蓋是埽燈烟爲之。邇來墨工以水槽盛水，中列麄椀，然以桐油，上覆以一椀，專人埽煤，和以牛膠，揉成之，其法甚快便，謂之油烟。或訝其太堅，少以松節或漆油同取煤，甚佳。

28王迥字子高，族弟子立，爲蘇黄門壻，故兄弟皆從二蘇遊，子高後受學於荆公。舊有周瓊姬事，胡徽之爲作傳，或用其傳作《六幺》，東坡復作《芙蓉城》詩，以實其事。迥後改名蘧，字子開，宅在江陰。予曩居江陰，常見其行狀，著受學荆公甚詳。紹興間，其家盡裒東坡兄弟往來簡帖示人，然散失亦多矣。其孫寮以母宗女恩得右職，常爲鎮江都統司機宜，開其所得帖於都統司。又有《謝賜御書》詩「繡裳畫衮雲垂地」者，並表用絹，朱界以寫之，其自珍如此。機宜公之外祖齊安郡王士褒，取去爲壽光堯，今在天上矣。

29李太白詩：「吴姬壓酒唤客嘗。」説者以爲工在壓字上，殊不知乃吴人方言耳。至今酒家有「旋壓酒子相待」之語。

30青甆器，皆云出自李王，號秘色，又曰出錢王。今處之龍溪出者色粉青，越乃艾色。唐陸龜蒙有《進越器》詩云：「九秋風露越窑開，奪得千峰翠色來。好向中宵盛沆瀣，共嵇中散鬭傳杯。」則知始於江南與錢王皆非也。近臨安亦自燒之，殊勝二處。

31白雲一也，而有數義。郯子以秋官爲白雲。《類要》云：「白雲司職，人命是懸」，皆言官名也。陶洪景詩：「山中何所有？隴上多白雲。只可自怡悦，不堪持寄君。」狀景也。狄人傑，白雲孤飛，曰：「吾親舍其下。」人以爲思親事。梁瑄不歸，璟每見東南白雲，即立望，慘然久之，復以爲思兄事。白樂天詩：「清光莫獨占，亦對白雲司。」蓋指秋雲言也。

32吕居仁作《江西詩社宗派圖》，其略云：「古文衰於漢末，先秦古書存者，爲學士大夫剽竊之資。五言之妙，與《三百篇》、《離騷》争烈可也。自李、杜之出，後莫能及。韓、柳、孟郊、張籍諸人，自出機杼，別成一家。元和之末，無足論者，衰至唐末極矣。然樂府長短句，有一唱三嘆之音。至國朝文物大備，穆伯長、尹師魯始爲古文，成於歐陽氏，歌詩至於豫章始大出而力振之，後學者同作並和，盡發千古之秘，亡餘藴矣。」録其名字，曰江西宗派，其原流皆出豫章也。宗派之祖曰山谷，其次陳師道無己、潘大臨邠老、謝逸無逸、洪朋龜父、洪芻駒父、饒節德操，乃如璧也、祖可正平、徐俯師川、林修子仁、洪炎玉父、汪革信民、李錞希聲、韓駒子蒼、李彭商老、晁沖之叔用、江端本子之、楊符信祖、謝邁幼槃、夏倪均父、林敏功、潘大觀、王直方立之、善權巽中、高荷子勉，凡二十五人，居仁其一也。議者以謂陳無己爲詩高古，使其不死，未必甘爲宗派。若徐師川則固嘗不平曰：「吾乃居行間乎？」韓子蒼云：「我自學古人。」均父又以在下爲耻。不知居仁當時果以優劣銓次，而姑記姓名，而紛紛如此，以是知執太史之筆者，戛戛乎難哉！又不知諸公之詩，其後人品藻，與居仁所見又如何也。（卷十四。下同）

33李氏自號易安居士，趙明誠德夫之室，李文叔女，有才思，文章落紙，人争傳之。小詞多膾炙人口，已版行於世，他文少有見者。《上韓公樞密詩序》云：「紹興癸丑五月，樞密韓公、工部尚書胡公使虜，通兩宫也。有易安室者，父祖皆出韓公門下，今家世淪替，子姓寒微，不敢望公之車塵，又貧病，但神明未衰落，見此大號令，不能忘言，作古、律詩各一章，以寄區區之意，以待採詩者云。」「三年夏六月，天子視朝久。凝旒望南雲，垂衣思北狩。如聞帝若曰：兵牧與群后，賢寧無半千，運已遇陽九。勿勒燕然銘，勿種金城柳。豈無純孝臣，識此霜露悲？何必羹捨肉，便可車載脂。土地非所惜，玉帛如塵泥。誰當可將命，幣厚詞益卑。四岳僉曰俞，臣下帝所知。中朝第一人，春官有昌黎。身爲百夫特，行足萬人師。嘉祐與建中，爲政有皋夔。匈奴畏王商，吐蕃尊子儀。夷狄已破膽，將命公所宜。公拜手稽首，受命白玉墀，曰臣敢辭難，此亦何等時！家人安足謀，妻子不必辭。願奉天地靈，願奉宗廟威。徑持紫泥詔，直入黃龍城。單于定稽顙，侍子當來迎。仁君方恃信，狂生休請纓。或取犬馬血，與結天日盟。胡公清德人所難，謀同德協心志安。脱衣已被漢恩暖，離歌不道易水寒。皇天久陰后土濕，雨勢未回風勢急。車聲轔轔馬蕭蕭，壯士懦夫俱感泣。閭閻嫠婦亦何知？瀝血投書干記室。夷虜從來性虎狼，不虞預備庸何傷，衷甲昔時聞楚幕，乘城前日記平涼。葵丘踐土非荒城，勿輕談士棄儒生。露布詞成馬猶倚，崤函關出雞未鳴。巧匠何曾棄樗櫟？芻蕘之言或有益。不乞隋珠與和璧，只乞鄉關新信息。靈光雖在應蕭蕭，草中翁仲今何若？遺氓豈尚種桑麻？殘虜如聞保城郭。嫠家父祖生齊魯，位下名高人比數。當時稷下縱談時，猶記人揮汗成雨，子孫南渡今幾年，漂流遂與流人伍。欲將血淚寄山河，去灑東山一抔土。」又：「想見皇華過二京，壺漿夾道萬人迎。連昌宮里桃應在，華萼樓頭鵲定驚。但説帝心憐赤子，須知天意念蒼生。聖君大信明如日，長亂何須在屢盟！」又有《投内翰綦公崈禮啓》：「清照啓：素習義方，粗明詩禮。近因疾病，欲至膏肓；牛蟻不分，灰丁已具。嘗藥雖存弱弟，應門惟有老兵。既爾蒼皇，因成造次。信彼如簧之説，惑兹似錦之言。弟既可欺，持官文書來輒信；身幾欲死，非玉鏡架亦安知？僶俛難言，優柔莫決；呻吟未定，强以同歸，視聽纔分，實難共處。忍以桑榆之晚節，配兹駔儈之下才？身既懷臭之可嫌，惟求脱去；彼素抱璧之將往，決欲殺之。遂肆侵淩，日加毆擊。可念劉伶之肋，難勝石勒之拳。局地扣天，敢效談娘之善訴；升堂入室，素非李赤之甘心。外援難求，自陳何害？豈期末事，乃得上聞。取自宸衷，付之廷尉。被桎梏而置對，同凶醜以陳詞。豈惟賈生羞絳灌爲儕，何啻老子與韓非同傳？但祈脱死，莫望償金。友兇横者十旬，蓋非天降；居囹圄者九日，豈是人爲？抵雀捐金，利當安往？將頭碎璧，失固可知。實自謬愚，分知獄市。此蓋伏遇内翰承旨，搢紳望族，冠蓋清流，日下無雙，人間第一。奉天克復，本緣陸贄之詞；淮蔡底平，實以會昌之詔。哀憐無告，雖未解驂，感戴鴻恩，如真出己，故兹白首，得免丹書。清照敢不省過知慚，捫心識愧？責全責智，已難逃萬世之譏；敗德敗名，何以見中朝之士？雖南山之竹，豈能窮多口之談？惟智者之言，可以止無根之謗。高鵬尺鷃，本異升沉；火鼠冰蠶，難同嗜好。達人共悉，童子皆知。願賜品題，與加湔洗。誓當布衣蔬食，温故知新。再見江山，依舊一瓶一鉢；重歸畎畝，更須三沐三薰。忝在葭莩，敢兹塵瀆。」

34「十隻畫船何處宿，洞庭山脚太湖心。」此白樂天守姑蘇遊太湖詩，想見當時氣象。至紹興初，金人犯江浙，蘇守移治洞庭，前後守臣孫仲益覿、胡茂老松年皆罷守寓彼。胡有詩曰：「白蘋風静碧波沉，畫舸來遊着意深。願覓靈文窺秘鑰，更追遺範寫良金。姓名便合聯真隱，出處何妨擬醉吟？疇昔光陰費行樂，中原鼙鼓正傷心。」時節不同如此。

35韓退之文二首，不見於集，得於汪達道家。《潮州謝孔夫子戣狀》：「伏奉七月二十七日牒，以某貶刺史，特加優禮，以州小俸薄，慮有闕乏，每月别給錢五十千，以送使錢充者。開緘捧讀，驚榮交至，顧已量分，慚懼益深。欲致辭爲讓，則乖伏屬之禮；承受享貺，又乖循省之道。進退反側，無以自寧。某妻子男女并孤遺孫姪尚未到官，窮州使賓罕至，身衣口食，絹米足充；過此以往，實無所用。積之於室外，廉者所不爲；受之於官，名且不正。」又《嵩山題名》：「元和四年二月二十六日，余與著作郎樊宗師、處士盧仝自洛中至少室，謁拾遺李徵君渤。樊次玉川寺，疾作，歸。明日，與李、盧、道士韋濛、僧榮並少室而東，抵衆寺，上太室中峰，宿封禪壇下石室，遂自龍川寺釣龍潭遇雷。明日啓母石入此觀，與道士趙元遇。閏四月三日，國子博士韓愈題此石刻也。」並得三詩：「陪韓院長、韋河南同尋劉師不遇，得同字，洛陽令竇牟：『仙客誠難訪，吾人豈易同？獨遊應駐景，相顧且吟風。藥畹瓊林秀，齋軒粉壁空。不題三五字，何以達壺公？』得尋字，都官員外郎韓愈：『秦客何年駐，仙源此地深。還隨躡凫騎，來訪馭風襟。院閉青霞入，松高野鶴尋。猶疑隱形坐，敢起竊桃心！』得師字，河南令韋執中：『早尚逍遥境，嘗懷汗漫期。星郎同訪道，羽客杳何之？物外求仙侣，人間失我師。不知爛柯者，何處看圍棋？』」

（王景桐）

習學記言序目

葉適撰

葉適（一一五〇—一二二三），字正則，號水心居士，浙江永嘉（在今浙江温州）人。《習學記言序目》又稱《習學記言》，五十卷，其書乃輯録經史百氏，各爲論述，條列成篇。此據中華書局一九七七年排印本選録。

1建安體如王粲《從軍詩》，奚用也！（卷二十七《魏志》。下同）

2馬上賦詩，極陳觀兵之盛，其終曰：「量宜運權略，六軍咸悦康。豈如《東山詩》，悠悠多憂傷。」彼以周公爲怯耶？大抵六子二曹爲建安黄初體，自此不得復見前世之風雅，而後人以爲高風絶塵，所未喻也。

3漢魏雜歌詞，多曹氏父子所作。昔文王周召皆自爲文字，褒功撰德，協俗訓民，正聲入於人心，百世賴之。曹氏以俠氣動哀思，激揚頓挫，而千載之下，文士才子，奮其筆墨，欲以名世。嗟夫！人材固繫於所祖耶？若《洛陽令》、《羅敷行》、《陳安隴上吟》，民伍之詞，本乎風土，自不可廢；惜其零落，僅存一二，觀者詳之也。（卷三十一《宋書》。下同）

4謝靈運《撰征》《山居》賦，雖體裁下而意韻高，視漢人規模前作者，反當勝也。沈約論詞賦之變，謂「玄黄律吕，各適物宜，欲使宫羽相變，低昂互節，若前有浮聲，則後須切響，一簡之内，音韻盡殊，兩句之中，輕重頓異，妙達此旨，始可言文」。余觀詩人之音節未有不順者，至騷始逆之，騷體既流，詩人之順遂不可復。自約以後，其聲愈浮，其節愈急，百千年間，天下靡然，窮功極妙而無當於義理之毫芒；其能高者，不過以氣力振暴之，暫稱雄傑。而約方言「靈均以來，此秘未覩」，蓋可嘆也。

5顔延之《五君詠》，怨憤斥外而作耳。《柏舟》、《簡兮》、《君子陽陽》、《丘中有麻》等詩，使其當時皆如此，則亦何貴也！夫高人之思，遺世之音，尚病其偏，況如此等，後人不必擬也。

6梁武賜江革《覺意詩》：「惟當勤精進，自彊行勝修。豈可作底突，如彼必死囚。」謂剛烈贏於精進，甚害義理。若知此外更須有事，則君臣必皆知道而後可。不然，是以人臣之名節爲戲，於世教壞矣。（卷三十三《梁書二》。下同）

7《庾肩吾傳》載梁簡文時，文士庾肩吾、徐摛、陸杲、劉遵、劉孝儀、孝威及肩吾子信、摛子陵、張長公、傅弘、鮑至等，及謝朓、沈約新變之文，「至是轉拘聲韻，彌尚麗靡」。又簡文《與湘東王書》，言「比見京師文體，懦鈍殊常，競學浮疏，争爲闡緩」；至謂「未聞吟詠情性，反擬《内則》之篇；操筆寫志，更摹《酒誥》之作；遲遲春日，翻學《歸藏》；湛湛江水，遂同《大傳》」，又言「近世謝朓、沈約之詩，任昉、陸倕之筆，實文章之冠冕，述作之楷模」。文詞之盛衰，在上所好惡。魏武父子既成建安之體，而昭明兄弟功力不減，觀其所主如此，士人安得不風靡！況信與陵皆擅一時盛名，此所以流變至今，如百川到海，無復歸源之日。後世隨時移改，或詞致小異，自謂復古，然皆脱沈、謝本子不得，蓋亦未嘗深考故也。如上世歌詩，其可取法固多矣，奚必沈、謝乎！

8何遜，何承天曾孫。范雲、沈約皆好其詩，以爲「含清濁，中今古」，「一日三復，猶不能已」。梁元帝論詩，「多而能者沈約，少而能者謝朓、何遜」。

9鍾嶸《詩評》謂「鬱陶乎余心」、「名余曰正則」爲「五言之濫觴」，備論衆作以及時流，蓋天監初也。

10劉勰撰《文心雕龍》五十篇，言「銓叙一文易，彌綸群言難」，自謂文之樞紐極於此。

11王籍賦《若耶溪》云：「蟬噪林逾静，鳥鳴山更幽。」當時稱其文外獨絶。

12周武帝《圜丘降神辭》：「王城七里通天臺，紫微斜照影徘徊。連珠合璧重光來，天策暫轉鈎陳開。」雖非雅頌之詞，亦後世佳語也。（卷三十六《隋書》一）

13徵論文，言北方以理勝詞，使理果勝，則詞何足云？正謂理未能及詞爾。而南方文意兼失，又非過其意者，徵固未知此也。徵又言，煬帝「意雖驕淫而詞無浮蕩，故綴文之士，遂得依而取正」。《易》稱「文明以止，人文也，觀乎人文以化成天下」；文章高下，未有不與事稱者。煬帝大業三年幸榆林，突厥啓民朝，復幸啓民所居，賦詩稱：「鹿塞鴻旗駐，龍庭翠輦迴。氈帳望風舉，穹廬向日開。呼韓頓顙至，屠耆接踵來。索辮擎膻肉，韋鞲獻酒杯。何如漢天子，空上單于臺。」竭天下之力從事於荒遠，僅做得此詩，雖只十數句，而所關興亡甚大。夫所惡於輕靡之文者，謂其不足以致治也；若無浮蕩而反至於亡，則何益哉！又王冑《和大酺詩》，亦夸奢之詞；而帝以爲「意氣高遠，歸之於冑；詞清體潤，其在世基；意密理新，推庾自直」。蓋其君臣務爲雄勝，輕盡民力，與「璧月雲山」之句異體同歸，而徵反謂「依而取正」，與子革舉《祈招詩》何不同耶？（卷三十七《隋書》二）

14張易之之亂，所從當時文士：房融、崔融、李嶠、宋之問、杜審言、沈佺期、閻朝隱。崔融詩有「昔遇浮丘伯，今同丁令威，中郎才貌是，藏史姓名非」，號爲絶唱；蓋其醜甚于賈謐、祖珽、王叔文矣，而士猶歸之若流，悲夫！此「文王以寧」所以在上而不在下耶！（卷四十一《唐書》四。下同）

15白居易論詩，謂「周衰秦興，六義始刓，及江、鮑則六義盡去」。按周官教六詩，不言詩有六義；主文譎諫，蓋後人顛倒其説；孔子教詩，但言興、觀、群、怨而已。居易專以諷爲主，固已失之。白既以此致謗，至本朝蘇、蔡，遂成詩禍矣。

16《舊史》言「唐以來詩人之達者，惟有高適」。按《新》《舊》《史》載適事，皆不止於能詩，又其論建，亦非疏略不切時用，而謂之「言過其實，爲大臣所輕」。《新史》又改云「不爲搢紳所推」，亦非也。且大臣之輕重，又何足計？況唐世能詩之達者甚衆，何必高適！豈待之在甫、白、郊、島之間耶？適論東西川利害，可見當時率然割裂州縣以爲節度，自成弱勢，而適亦不能知其本原，但據目前言之爾。（卷四十二《唐書》五。下同）

17元結放浪其迹，以文墨自命，出處不常，若非利禄所能羈紲者，而實有材用，論世扶世，政能便民，與温造、李渤之流，唐時高品人物不過如此也。《傳》載「道州西原蠻掠居人數萬去，遺才數千，而諸使調發符牒乃至二百函」，故結賦詩以爲賊之不如；而杜甫有「粲粲元道州，前賢畏後生」之語。余憶在金陵時，前歲運米淮西界，一户已費百餘千；次年運至盧州，轉運司復欲調民，余力止之，請以本府錢自用水運，終不聽，會徐邦憲至，乃免。蓋一經兵亂，不肖之人，妄相促迫，草芥其民，賊猶未足以爲病，而官吏相與亡其國矣。

18按吕氏有《家塾讀詩記》、《麗澤集詩》行於世，本朝詩與今篇目不同無幾，乃其素所詮次云爾。孟子言「王者之迹熄而《詩》亡，《詩》亡然後《春秋》作」。《春秋》作不作，不繫《詩》存亡，此論非是。然孔子時人已不能作詩，其後別爲逐臣憂憤之詞，其體變壞；蓋王道行而後王迹著，王政廢而後王迹熄，詩人之廢興，非小故也。自是詩絶不繼數百年。漢中世文字興，人稍爲歌詩，既失舊制，始以意爲五七言，與古詩指趣音節異，而出於人心者實同。然後世儒者，以古詩爲王道之盛，而漢魏以來乃文人浮靡之作也，棄而不論，諱而不講，至或禁使勿習；上既不能涵濡道德，發舒心術之所存，與古詩庶幾，不復不能抑揚文義，鋪寫物象之所有，爲近詩繩準，塊然樸拙，而謂聖賢之教如是而止，此學者之大患也。吕氏自古樂府至本朝詩人，存其性情之正、哀樂之中者，上接古詩，差不甚異，可與學者共由，而從之尚少，故略爲明其大概如此。（卷四十七《皇朝文鑒》一。下同）

19後世詩，《文選》集詩通爲一家，陶潛、杜甫、李白、韋應物、韓愈、歐陽脩、王安石、蘇軾各自爲家，唐詩通爲一家，黄庭堅及江西詩通爲一家。人或自謂知古詩，而不能知後世詩；或自謂知後世詩，而不能知古詩。及其皆知，而辭之所至皆不類，則皆非也。韓愈盛稱臯、夔、伊、周、孔子之鳴，其卒歸之於詩，詩之道固大矣，雖以聖賢當之未爲失，然遂謂「魏晉以來無善鳴者，其聲清以浮，其節數以急，其辭淫以哀，其志弛以肆，其爲言亂雜而無章」，則尊古而陋今太過，而又以孟郊、張籍當之，則尤非也。如郊寒苦孤，特自鳴其私，刻深刺骨，何足以繼古人之統？又況於無本者乎！愈欲以絶識高一世，而不自知其無識至此，重可嘆爾。

20張衡《四愁》雖在蘇、李後，得古人意則過之。建安至晉高遠，宋齊麗密，梁陳稍放靡，大抵辭意終未盡。唐變爲近體，雖白居易、元稹以多爲能，觀其自論叙，亦未失詩意，而韓愈盡廢之，至有亂雜蟬噪之譏。此語未經昔人評量，或以爲是，而叫呼怒駡之態，濫溢而不可禦，所以後世詩去古益遠，雖如愈所謂亂雜蟬噪者尚不能到，況欲求風雅之萬一乎！孟郊謂「詩骨聳東野，詩濤洶退之」，而愈亦自謂「還當三千秋，更起鳴相酬」。嗚呼！以豪氣言詩，憑陵古今，與孔子之論何異指哉！

21四言自韋孟、司馬遷、相如、班固、束晳、陶潛、韓愈、柳宗元、尹洙、梅堯臣、歐陽脩、王安石、蘇軾，工拙略可見。余嘗怪五言而上，往往世人極其材之所至，而四言雖文詞巨伯輒不能工，何也？按古詩作者，無不以一物立義，物之所在，道則在焉，物有止，道無止也，非知道者不能該物，非知物者不能至道；道雖廣大，理備事足，而終歸之於物，不使散流，此聖賢經世之業，非習爲文詞者所能知也。《詩》既亡，孔子與弟子講習其義，能明之而已，不敢言作。雖如游、夏、子思、孟子之流，皆不敢言作詩也，後世操筆研思，存其體可也。而韓愈便自謂古人復生未肯多讓，或者不知量乎！

22李至《桃花犬歌》，史官書無大於此犬者乎？

23王禹偁《高錫》詩，言「文自咸通後，流蕩不復雅，因仍歷五代，秉筆多豔冶。高公在紫微，濫觴誘學者，自此遂彬彬，不蕩亦不雅」。此文章小氣數，只論用世者，柳開、穆修至歐陽氏，以不用世之文，欲捩回機括，雖不能獨勝，然後世學者要爲有用力處。夫可以自勉而安於自棄，時文誤之爾。

24韓氏晝錦堂自爲詩，而歐陽氏爲記，未知與蘇季子、朱買臣所較幾何，而謂伊、周事業可幾而及！《崧高》、《韓奕》，備叙文物之美，使誠得其道，孔子亦不以爲過。不然，則沐猴而冠，顧影愓息，韓生之譏終在爾，未可以言邦家之光也。

25歐陽氏《讀書》：「正經首唐虞，僞説起秦漢。篇章與句讀，解詁及箋傳。是非自相攻，去取在勇斷。初如兩軍交，乘勝方酣戰。當其旗鼓催，不覺人馬汗。至哉天下樂，終日在几案。」以經爲正而不汨於章讀箋詁，此歐陽氏讀書法也。然其間節目甚多，蓋未易言，以其學攷之，雖能信經，而失事理之實者不少矣。且箋傳雜亂，無所不有，必待戰勝而後得，則迫切而無味，强勉而非真，几案之間，徒見其勞而未見其樂也。几案之樂，當默識先覺，迎刃自解，如日月朗耀，雲陰解駮；安在鬭是非，決勝負哉！

26《東州逸黨》言西晉阮籍、王衍等事，余固辨之。司馬懿父子殺夏侯玄、嵇康，遂篡曹氏，天地陰陽爲之顛倒者數百年。使孔子在，何止臨河而返！太初憤逸黨可也，奈何以罪籍、衍乎？

27《日出堂上飲》，欲主人高礎爲去蟻之地，其自任重矣。然不知蚍蜉由己而生，蚍蜉猶惡其漸，而又尋斧焉。余嘗疑其文字言語之工未嘗在小人之列。吕氏云：「既爲小人之事，只是小人。」今人往往未知此。

28王令、邢居實，皆少而雄邁，有古人筋骨，略不相上下。然令逆爲憤嫉，不能容人，居實過自摧殘，不能自容，壽夭雖有命，其德之所近或有以取之也。令《採選》詩，韓愈遭駁議最甚。愈年長矣，後生何可畏之甚也！然令謂「安知九列榮，顧是德所累」，按孔子稱「以吾從大夫之後不可以徒行」，又謂「喜將閭巷好，持與妻子議」，「子疾病，子路使門人爲臣」，曾子曰「季孫之賜也，我未之能易」，古人亦未至輕鄙富貴，顧其義何如爾。令一至之見，固未能盡道，謂之有志可矣。

29蘇氏半字韻詩酬和最工，爲一時所慕，次韻自此盛於天下，失詩本意最多。夫以六義爲詩，猶不足言詩，況以韻爲詩乎！言「今年一線在，那復堪把玩，欲起强持酒，故交雲雨散」，無乃與川上之逝異觀？比於博塞爲歡娛粗勝爾。

30東坡七首，哀而不傷，放而無怨，高於古人數等。秦、黄諸人欲至而不能，蓋其天之所資至是而後信爾。

31五七言律詩，按詩自曹、劉至二謝日趨於工，然猶未以聯屬校巧拙。靈運自誇「池塘生春草」，而無偶句亦不計也。及沈約、謝脁競爲浮聲切響，自言靈均所未覩，其後浸有聲病之拘，前高後下，左律右吕，匀緻麗密，哀思宛轉，極於唐人而古詩廢矣。杜甫强作近體，以功力氣勢掩奪衆作，然當時爲律詩者不服，甚或絶口不道。至本朝初年，律詩大壞，王安石、黄庭堅欲兼用二體擅其所長，然終不能庶幾唐人。蘇氏但謂七言之偉麗者，則失之尤甚，蓋不考源流所自來，姑因其已成者貌似求之耳。

32「初分大道非常道，纔有先天未後天。」大道、常道，孔安國語；先天、後天，《易》師傳之辭也。

33邵雍詩以玩物爲道，非是。孔氏之門，惟曾晳直云「浴乎沂，風乎舞雩，詠而歸」，孔子與之，若言偃觀蜡，樊遲從游，仲由揖觀射者，皆因物以講德，指意不在物也。此亦山人隱士所以自樂，而儒者信之，故有雲淡風輕、傍花隨柳之趣，其與穿花蛺蝶、點水蜻蜓何以較重輕，而謂道在此不在彼乎！

34王安石七言絶句，人皆以爲特工，此亦後人貌似之論爾。七言絶句，凡唐人所謂工者，今人皆不能到，惟杜甫功力氣勢之所掩奪，則不復在其繩墨中，若王氏則徒有纖弱而已。而今人絶句，無不祖述王氏，則安能窺唐人之藩牆！况甫之所掩奪者，尚安得至乎！

35吕大臨《送劉户曹》：「獨立孔門無一事，惟傳顔氏得心齋。」按顔氏立孔門，其傳具在「博我以文，約我以禮」，「欲罷不能，既竭我才」，雖非杜預之癖，相如之俳，然非無事也。心齋，莊、列之寓言也，其言「若一志，無聽以耳而聽以心，無聽以心而聽以氣」，蓋寓言之無理者，非所以言顔子也。今初學者誦之，深入肺腑，不可抽吐，爲害最甚。

36 陳師道在同時四人中，惟詩推敬黄庭堅。若文學識尚，自視非其輩倫，言論未嘗及也。所師獨曾鞏，至與孔子同稱，歐、蘇皆不滿也。（下略）（卷五十《皇朝文鑒》四）

（徐俊）

野客叢書

王楙　撰

王楙（一一五一—一二一三），字勉夫，號分定居士。祖籍福清，自曾祖徙吴，遂爲長洲（今江蘇蘇州）人。《野客叢書》三十卷，此據中華書局一九八七年版斷句本選録。

【漢再受命之兆】元城先生夏至日與門人論陰陽消長之理，以謂物禁太盛者，衰之始也。門人因曰：「漢宣帝甘露三年，呼韓邪單于稽侯珊來朝，此漢極盛時也。是年王政君得幸於皇太子，生帝驁於甲觀畫室，爲世適皇孫。此新室代漢之兆。此正夏至生一陰之時。」先生曰：「然漢再受命，已兆朕於景帝生長沙定王發之際矣。」蓋謂光武長沙定王之後故也。僕謂生長沙定王之時，已萌芽漢再受命之象，又非所以爲兆朕也。兆朕之時，其見於程姬所避之際乎？當景帝之召程姬也，程姬有所避，而飾唐姬以進。有所避者，顔師古謂月事也。上醉以爲程姬而幸之，遂有身。已而覺其非程姬，及生子，因名發。發之云者，謂悟己之謬也。向使程姬無所避，景帝不醉，唐姬其能幸乎？程姬之避，景帝之醉，天實使之也。杜牧之詩曰：「織室魏豹俘，作漢太平基。誤置代籍中，兩朝尊母儀。光武紹高祖，本係生唐兒。」其推原遠矣。（卷一。下同）

【歐公譏荆公落英事】士有不遇，則託文見志，往往反物理以爲言，以見造化之不可測也。屈原《離騷》曰：「朝飲木蘭之墜露兮，夕餐秋菊之落英。」原蓋借此以自諭，謂木蘭仰上而生，本無墜露，而有墜露；秋菊就枝而殞，本無落英，而有落英。物理之變則然，吾憔悴放浪於楚澤之間，固其宜也。異時賈誼過湘，作賦弔原，有「鏌鎁爲鈍」之語；張平子《思玄賦》，有「珍蕭艾於重笥兮，謂蕙芷之不香」，此意正與二公同，皆所以自傷也。古人託物之意，大率如此。本朝王荆公用殘菊飄零事，蓋祖此意。歐公以詩譏之，荆公聞之，以爲歐九不學之過。後人遂謂歐公之誤，而不知歐公意蓋有在。歐公學博一世，《楚詞》之事，顯然耳目之所接者，豈不知之？其所以爲是言者，蓋深譏荆公用落英事耳。以謂荆公得時行道，自三代以下未見其比，落英反理之諭，似不應用，故曰：「秋英不比春花落，爲報詩人子細看。」蓋欲荆公自觀物理，而反之於正耳。

【未渠央】今人詩句多用「未渠央」事，往往不究來處，「渠」字作平聲用。按《庭燎》詩「夜未央」注云：「夜未渠央，渠，其據切。」當呼「遽」，只此一音，謂夜未遽盡也。《古樂府》王融《三婦艷詩》曰：「丈人且安坐，調絃遽未央。」又《長安狹斜行》曰：「丈夫且徐徐，調絃詎未央。」淵明詩曰：「壽考豈渠央。」魯直詩曰：「木穿石槃未渠透。」竝合呼「遽」。《史記》尉佗曰：「使我居中國，何渠不若漢？」《班史》作「何遽不若漢」，益可驗也。（卷二）

【漢唐酒價】歷陽郭次象多聞，嘗與僕論唐酒價。郭謂前輩引老杜詩「速令相就飲一斗，恰有三百青銅錢」，以此知當時酒價。然白樂天《與劉夢得沽酒閑飲》詩曰：「共把十千沽一斗，相看七十欠三年。」當劉、白之時，酒價何太不廉哉！僕謂不然，十千一斗乃詩人寓言，此曹子建樂府中語耳。唐人引此甚多，如李白詩曰「金尊沽酒斗十千」，王維詩曰「新豐美酒斗十千」，崔國輔詩曰「與沽一斗酒，恰用十千錢」，許渾詩曰「十千沽酒留君醉」，權德輿詩曰「十千斗酒不知貴」，陸龜蒙詩曰「若得奉君歡，十千沽一斗」。唐人言十千一斗類然，一斗三百錢獨見子美所云，故引以定當時之價。然詩人所言，出於一時，又未知果否一斗三百。别無可據，《唐·食貨志》云：「德宗建中三年，禁民酤以佐軍費，置肆釀酒，斛收直三千。」此可驗乎？又觀楊松玠《談藪》：北齊盧思道嘗云「長安酒賤，斗價三百」。杜詩引此，亦未可知。僕因謂郭曰：「曾知漢酒價乎？」郭無以應。僕謂漢酒價每斗一千。郭謂出於何書，僕曰：「此見《典論》，曰：『孝靈帝末年，百司湎酒，一斗直千文。』此可證也。」（卷三。下同）

【唐時酒味】三山老人云：「唐人好飲甜酒，殆不可曉。子美曰：『人生幾何春與夏，不放香醪如蜜甜。』退之曰：『一尊春酒甘若飴，丈人此樂無人知。』」僕謂唐人以酒比飴蜜者，大率謂醇乎醇者耳，非謂好飲甜酒也。且以樂天詩驗之，曰「甕頭竹葉經春熟，如餳氣味緑黏臺」；曰「春携酒客過，緑餳黏盞杓」；曰「宜城酒似餳」；曰「黏臺酒似餳」。樂天詩非不言酒之甜也，至要其極論則曰「甘露太甜非正味，醴泉雖潔不芳馨」；曰「户大嫌甜酒，才高笑小詩」；曰「甕揭開時香酷烈，缾封貯後味甘辛」。酒味至於甘辛，乃爲佳耳。樂天之詩又如此，豈好甜酒哉？且退之詩亦自有「酒味泠冽」之語，又豈嘗專好甜酒邪？然樂天「户大嫌甜酒」之句，正屬退之非好甜酒矣。大抵酒味之適口，古今所同，豈唐人所好與今異邪！三山蓋不深考耳。子美「香醪如蜜甜」之句，與《巴子歌》同。《巴子歌》曰：「香醪甜似蜜，峽魚美可鱠。」

【唐人言牡丹】歐公謂牡丹初不載文字，自則天已後始盛。唐人如沈、宋、元、白之流，皆善詠花，寂無傳焉。惟劉夢得有詠魚朝恩宅牡丹一詩。初不言其異，苕溪漁隱引劉夢得、元微之、白樂天數詩，以證歐公之誤，且引開元時牡丹事，以證歐公所謂則天已後始盛爲信然。近時《容齋隨筆》亦引元白數詩，以證歐公之誤，且謂元白未嘗無詩，唐人未嘗不重此花，容齋蓋未見漁隱所言故爾。僕嘗取《唐六十家詩集》觀之，其爲牡丹作者幾半。僕不暇縷數，且以《劉禹錫集》觀之，有數篇。渾侍中宅看牡丹，唐郎中宅看牡丹，自賞牡丹，皆有作。豈得謂惟有一篇？歐公不應如是鹵莽，得非或者假歐公之説乎？二公引元白數詩以證歐公之誤，要未廣也。《龍城録》載高宗宴群臣賞雙頭牡丹，舒元輿序謂西河精舍有牡丹，天后命移植焉，由是京國日盛。則知牡丹在唐已見於高宗之時，又不可引開元事爲證也。閱李綽《尚書故實》，言北齊楊子華畫牡丹，《謝康樂集》言水際竹間多牡丹。陸農師作《埤雅》，拾歐公之説，亦謂牡丹不載文字，自則天已後始盛，如沈、宋、元、白之流，寂無篇什，惟劉夢得一篇。亦不深考耳。（卷五。下同）

【玉蕊花】《容齋隨筆》云：「物以希見爲珍，長安唐昌觀玉蕊花，魯直所謂山礬者，江東彌山亘野。唐昌所産，至於神女下游，折花而去，以踐玉峰之約。不特土俗罕見，神仙亦然。」僕考《李衛公集》，有《爲潤州招隱玉蕊花詩》云：「玉蕊天中樹，金鑾昔共窺。」注謂「禁林有此木，吳人不識，因余嘗翫始得名」。又曰：「内署沈大夫所居閣前有此樹，每花開花落，空中回旋久之，方集庭砌。大夫草詔之暇，邀余同翫。」大夫謂沈傳師也。又觀《晏元獻公集》，有《翰林盛諫議借示揚州廟玉蕊詩序》云：「此花因王元之更名瓊花，亦謂之玉蕊。二花相近，而名字不同，不知其一種邪？或各異邪？」據《春明退朝録》，招隱玉蕊即后土瓊花也。若然，則玉蕊自是瓊花，非山礬也。所謂事有似是而實非者。此花以罕見爲貴，《高齋詩話》、《蔡寬夫詩話》與《隨筆》之説一同。

【玉樹青葱】揚子雲《甘泉賦》：「玉樹青葱。」顔師古注：「玉樹，武帝所作，集衆寶爲之。」向注《文選》，亦謂武帝植玉樹於此宫，以碧玉爲葉。僕案《三輔黄圖》云：「甘泉宫北有槐樹，今謂玉樹，根幹盤峙。三二百年木也。」楊震《關輔古語記》曰：「耆老相傳，咸以謂此樹即揚雄《甘泉賦》『玉樹青葱』者也。」又觀《隋唐嘉話》、《國史纂異》、《長安記》、《聞見録》等雜書，皆言漢宫以槐爲玉樹，因知晉人所謂芝蘭玉樹者，蓋指此物也。又考《漢武故事》：「上起甲帳乙帳，前庭種玉樹，珊瑚爲枝，碧玉爲葉。」自在神宫中，只非甘泉宫事。知師古與向之注爲甚謬，而左思之見未審也。古來文士如曹操、曹植、玉粲、摯虞、庾儵、傅選、庾信之徒，皆有《槐賦》，其述種於宫殿之間美致曲盡，獨未有以玉樹爲言者何邪？紀少瑜詩：「玉樹起千尋。」曹植詩：「緑蘿緣玉樹。」得非即此乎？後漢劉梁《七舉》亦曰「玉樹青葱」。

【顔駟事與馮唐同】《漢武故事》載顔駟一事，甚與馮唐同。曰：「上至郎署，見一老郎，鬢眉皓白，問何其老也，對曰：『臣姓顔名駟，以文帝時爲郎，文帝好文，而臣好武；景帝好老，臣尚少；陛下好少，臣已老。是以三葉不遇。』上感其言，擢爲會稽都尉。」然人往往誤以此事爲馮唐用，如《白氏六貼》曰：「漢文帝時，馮唐白首爲郎。帝問之，對曰：『臣三朝不遇。』」樂天詩亦曰：「重文疏卜式，尚少棄馮唐。」楊巨源詩曰：「此地含香從白首，馮唐何事怨明時。」劉孝標《辨命論》曰：「賈大夫沮志於長沙，馮都尉皓髮於郎署。」左太沖《詠史》詩曰：「馮唐豈不偉，白首不見招。」楊炯《渾天賦》曰：「馮唐入於郎署也，兩君而未識。」皆有白首不遇之說，是以顏駟事爲馮唐用也。東坡詩曰：「爲是先帝白髮郎。」李注亦引馮唐之事。如此甚多，諸詩誤引承襲而然。《六帖》云云，尤爲可笑。

【惠帝諱字】《容齋隨筆》曰：「李陵詩：『獨有盈尊酒，與子結綢繆。』『盈』字正惠帝諱，漢法觸諱者有罪，不應敢用此語。」僕觀《古文苑》所載枚乘《柳賦》曰：「盈玉縹之清酒。」《玉臺新詠》載枚乘《新詩》曰：「盈盈一水間。」梁普通間，孫文韜所書《茅君碑》，謂太元真君諱盈，漢景帝中元間人。觀此二事，知惠帝之諱，在當時蓋有不諱者。然又怪之，當時文字間或用此字，出適然猶爲有說，至以廟諱爲名，甚不可曉。

【竹坡言綠沉槍】《竹坡詩話》云：「杜少陵《游何將軍山林詩》有『雨抛金鎖甲，苔臥綠沉鎗』。言甲抛於雨，爲金所鎖。鎗臥於苔，爲綠所沉。有將軍不好武之意。薛氏補遺乃以綠沉爲精鐵，如隋文帝賜張奫以綠沉甲是也。不知金鎖甲當是何物？趙德麟《侯鯖錄》謂綠沉爲竹，引陸龜蒙詩：『一架三百竿，綠沉森杳冥。』此尤可笑。」此周竹坡少隱所言也。僕謂周說鑿甚。杜之綠沉鎗，正謂精鐵鎗耳。且《唐百家詩》亦曰「校獵綠沉鎗」，此豈鎗臥於苔，爲綠所沉邪？竹坡謂以綠沉爲精鐵，則金鎖甲當是何物？ 僕謂金鎖甲者，即黄金鎖子甲耳。 貫休詩曰：「黄金鎖子甲，風吹色如鐵。」此亦用金鎖甲事，安謂何物？ 竹坡言鎗卧於苔，爲緑所沉，固已甚鑿。 言甲抛於雨，爲金所鎖，尤爲不通。 僕嘗考之，所謂緑沉者，不可專指一物，顧所指何物耳。 如梁武帝食緑沉瓜，是指瓜也；如人以緑沉漆管筆遺王逸少，是指筆也；如劉邵賦：「六弓四弩，緑沉黄間。」古樂府：「緑沉明月弦。」唐太宗詩：「羽騎緑沉弓。」是指弓也。 以至宋元嘉間，廣州作緑沉屏風，石季龍用緑沉扇，是亦有緑沉之説。 豈可專指一物爲緑沉哉！ 《侯鯖録》引龜蒙詩以證緑沉爲竹，見亦未廣。前此鄭棨詩嘗曰：「亭亭孤笴緑沉鎗。」則知龜蒙之言，不爲無自。 然則緑沉又不可專謂精鐵，蓋有物色之深者，爲緑沉也。 吴曾《漫録》論「苔卧緑沉鎗」，不取精鐵之説，不知《漫録》以緑沉鎗爲何等物邪！

【王維詩誤】《西清詩話》曰：「唐人以詩爲專門之學，雖名世善用故事，不免小誤。 王維詩曰『衛青不敗由天幸，李廣無功爲數奇』。 不敗由天幸，乃霍去病，非衛青也。」《邵氏聞見録》亦如此言，乃以此詩爲張籍之作。 且云：「《漢書音義》：『數作朔。』則亦不可對天矣。」僕謂此詩誤用天幸事，固已無疑。 然考山谷之言，謂顔師古以數奇爲命隻不耦，則數乃命數之數，非疏數之數也。《宋景文公筆録》：「得江南《漢書》本，乃所具反。 傳寫誤以所具反爲所角反耳。」僕觀黄、宋二公之説，則知此詩以「天幸」對「數奇」，不爲失也。 又觀杜子美詩曰：「數奇謫關塞，道廣存箕潁。」《白樂天詩集序》曰：「文士多數奇，詩人尤命薄。」樂天以數奇對命薄，子美以數奇對道廣，益信黄、宋二公之言爲有驗，是皆以數爲命數之數。若《柳子厚碑》曰：「不遇興詞，鬱駹眉之都尉；數奇見惜，挫猿臂之將軍。」楊蟠詩曰：「仲父嘗三逐，將軍老數奇。」此乃爲疏數字用也。

【高適詩誤】謬用衛霍事，不獨王維爲然。僕觀高適詩，亦曰：「銀鞭玉勒繡蝥弧，每逐嫖姚破骨都。」「李廣從來先將士，衛青未肯學孫吴。」按《漢書》，不學孫吴兵法，乃霍去病，非衛青也。此詩亦與王維同，是亦以去病事爲衛青用。蓋衛霍同時爲將，而二傳相近，故多誤引用之。

【麥秋】《緗素雜記》載宋子京有《皇帝幸南園觀刈麥詩》曰：「農扈方還夏，官田首告秋。」注云：「臣謹按物熟謂之秋，取秋斂之義。故謂四月爲麥秋。」黄朝英引《北史·蘇綽傳》「麥秋在野」之語，以謂麥秋之説其來舊矣。僕謂此説，朝英蓋不讀《月令》之過也。《月令·孟夏之月》：「是月也，靡草死，麥秋至。」麥秋之説，已見此書，何待引《北史》所載邪？ 百穀各以初生爲春，熟爲秋。麥以初夏熟，故以四月爲麥秋。 此説見蔡邕《月令章句》。

【孫公談圃】臨汀刊《孫公談圃》三卷，近時高沙用臨汀本復刊於郡齋，蓋高沙公鄉里故爾。僕得山陽吴氏家藏建炎初録本校之，多三段。（中略）其二則孫公之甥朱稕所記二段。一曰：熙寧三年，余侍親守官泗上，時公爲盱台主簿。一日，見公言夢中有羽客遺詩一絶，其後二句云：「更約與君三十載，北陵原上望殘霞。」公自言「北陵殘霞」非佳語也。熙寧三年，歲在庚戌，至元符二年己卯，公卒於臨汀，正三十載。（下略）

【中和樂職詩】今率以《中和》、《樂職》詩爲太守事用，僕考《王褒傳》：「神爵五鳳間，天下殷富。

宣帝脩武帝故事，作歌詩。益州刺史王襄欲宣風化於衆庶，使王褒作《中和》、《樂職》、《宣布》詩，選好事者歌之。宣帝曰：『此盛德之事，吾何足以當之。』」《何武傳》所載，大率亦然。此是監司頌朝廷之德化，何與太守事？今人頌太守治政，往往有《中和》、《樂職》之語，似不考當來之意。所謂《中和》、《樂職》、《宣布》詩者，三篇詩名耳。注謂「中和者，言政教隆平，得中和之道。樂職者，謂百官萬姓樂得其常道。宣布，謂德化周洽，遍於四海」。豈郡守之所安哉？張曲江任洪州日，自有詩曰：「樂職在中和。」此語益謬矣。王褒《四子講德論》亦曰：「所謂《中和》、《樂職》、《宣布》之詩，刺史見太上聖明，股肱竭力，德澤洪茂，黎庶和睦，天人竝應，屢降瑞福。故作三篇之詩，以歌詠之也。」其意正如此。所以褒作《甘泉頌》有曰：「想聖主之優游，詠《中和》之詩，讀《太平》之頌。」觀此益知其事非郡守所當用者。

【二公言宫殿】詩人諷詠，自有主意，觀者不可泥其區區之詞。《聞見録》曰：「樂天《長恨歌》：『夕殿螢飛思悄然，孤燈挑盡未成眠。』豈有興慶宫中夜不點燭，明皇自挑燈之理。」《步里客談》曰：「陳無己《古墨行》謂：『睿思殿裏春將半，燈火闌殘歌舞散。』自書小字答邊臣，萬國風烟入長算。』『燈火闌殘歌舞散』，乃村鎮夜深景致。睿思殿不應如是。」二説甚相類。僕謂二詞正所以狀宫中向夜蕭索之意，非以形容盛麗之爲，固雖天上非人間比。使言高燒畫燭，貴則貴矣，豈復有長恨等意邪！觀者味其情旨斯可矣。

【作字】《蔡寬夫詩話》曰：「詩人用事，有乘語意到，輒從其方言爲之者，亦自一體，但不可爲常耳。吴人以『作』爲『佐』音，退之詩：『非閣復非船，可居兼可過。君欲問方橋，方橋如此作。』乃用『佐』音。不知當時所呼通爾，或是戲語也。」僕按《廣韻》，「作」字有三音：一則洛切，二臧路切，三則邏切。退之詩韻正叶則邏切，音佐耳。又《後漢·廉范傳》云：「廉叔度，來何暮。不禁火，民安作。昔無襦，今五絝。」此「作」字，臧路切，音措耳。又苕溪漁隱引老杜「主人送客何所作」，以謂此語已先於退之用矣。僕謂何止老杜，與杜同時，如岑參詩：「歸夢秋能作，鄉書醉懶題。」在杜之先，如《安東平古調》：「微物雖輕，拙手所作。餘有三丈，爲郎別厝。」此類甚多。在退之之前，不但杜用此語也。古詞所叶，正與廉歌一同。《明道雜誌》引皮日休詩「共君作箇生涯」之語，謂作讀爲佐，不止退之一詩。僕謂張右史亦失記杜、岑之作爾。權德輿詩：「小婦無所作。」自注：「音佐。」僕考「小婦無所作」，乃《古樂府》中語，以作爲佐，知自古已然矣。《毛詩》：「侯祝侯作。」字作詛字讀。（卷六。下同）

【樂天姬侍】《隨筆》云：「世言樂天侍兒，惟小蠻、樊素二人，予讀集中有詩曰：『菱角執笙簧，谷兒抹琵琶。紅綃信手舞，紫綃隨意歌。』自注云：『菱、谷、紫、紅，皆臧獲名。』若然，紅紫二綃亦妓也。」僕謂樂天之妓，又不止此。觀劉夢得集中有《贈小樊》一詩曰：「花面丫頭十三四，春來綽約向人時。終須買取名春草，處處將行步步隨。」又《同州與樂天詩》注曰：「春草，白君之舞妓也。」則知樂天姬侍又有本集所不言者。白詩曰：「小奴搥我足，小婢搥我背。」又不知小奴小婢者，是何名也。

【詩句用嫖姚事】苕溪漁隱曰：「杜子美詩云：『借問大將誰，恐是霍嫖姚。』『漢朝頻遣將，應拜霍嫖姚。』按《漢史》顔師古注：『竝去聲呼。』而此作平聲用，蓋從服虔之音爾。王荆公詩亦曰：『莫教空説霍嫖姚。』亦以平聲呼，蓋承襲子美之意也。」《聞見録》亦以子美用嫖姚字爲失，且譏之曰：「退之云：『凡爲文詞，宜略識字。』有以也夫。」僕謂二公不深考耳，嫖姚作平聲用，自古已然，不但子美、荆公二人而已。觀梁蕭子顯詩：「夫壻仕嫖姚，十八貫登朝。」庾信詩：「寒衣須及早，將寄霍嫖姚。」王褒詩：「樓蘭校尉稱嫖姚。」唐人前詩已多如此，而唐人如李嘉祐詩：「身逐嫖姚幾日歸。」高適詩：「每逐嫖姚破骨都。」李白詩：「將軍兼領霍嫖姚。」張祜詩：「二十逐嫖姚。」羅隱詩：「尊罍合伴霍嫖姚。」李益詩：「君逐嫖姚將。」韋應物詩：「嫖姚恩顧下。」「中有霍嫖姚。」張籍詩：「曾將順策佐嫖姚。」「爲佐嫖姚未得還。」杜牧之詩：「鏖兵不羨霍嫖姚。」李商隱詩：「五年從事霍嫖姚。」郎士元詩：「壯心竟未嫖姚知。」本朝如王元之詩：「繡服霍嫖姚。」劉貢父詩：「嫖姚不復顧家爲。」陳後山詩：「故家文物尚嫖姚。」如此甚多，皆明知爲平聲字用者。未見有作去聲呼，蓋承襲而然。二公但見子美、荆公用此，遂以爲疑，不知前後之人所用已如此也。僕又考《漢志》歌曰：「五音六律，依韋響昭。雜變竝會，雅聲遠姚。」注：「嫖姚也。」又武帝《悼李夫人賦》：「飄姚乎愈莊。」姚字無音。服虔之爲是音，亦不爲無據。安可以不識字疵二子？

【露盤】《緗素雜記》載《魏略》曰：「明帝景初元年，徙長安諸鐘簴、駱駝，銅人重不可致，留於霸壘。大發卒鑄作銅人二，號曰翁仲。」又《漢晉春秋》曰：「帝徙盤，盤折，聲聞數十里，金狄或泣，因留霸壘。」而唐李賀《金銅仙人辭漢歌序》云：「魏明帝青龍九年八月，詔宫官牽車而西，取漢武捧露盤仙人，欲立置殿前。既拆盤，仙人臨載，乃潸然泣下。」黄朝英謂：「《明帝紀》：青龍五年三月，改爲景初元年。是歲，徙長安銅人，重不可致。而賀以爲青龍九年八月，蓋明帝以青龍五年三月改爲景初元年，至三年而崩，則無青龍九年明矣。」此皆朝英所云也。僕謂賀所引青龍固失，然據今本《李賀集》云青龍元年，非九年也，朝英誤認元年爲九年耳。

【東坡梅詞】東坡在惠州，有梅詞《西江月》，末云：「高情已逐曉雲空，不與梨花同夢。」蓋悼朝雲而作。苕溪漁隱曰：「《王直方詩話》載晁以道云：『説之初見東坡此詞，便知道此老須過海，只爲古今人不曾道到此，須罰教去。』此言鄙俚，近於忌人之長，幸人之禍。」且謂直方無識，載之《詩話》，寧不畏人之譏乎？僕謂晁以道此言，非「忌人之長，幸人之禍」也。蓋以坡公道人所不能到之妙，奪天地造化之巧，故有謫罰之語。直方所載，當有所自。而漁隱至以無識譏之，是不思之過也。《高齋詩話》載王昌齡《梅》詩云：「落落莫莫路不分，夢中唤作梨花雲。」坡蓋用此事也。「夢雲」又有榴花一事，柳子厚《海石榴》詩曰：「月寒空階曙，幽夢綵雲生。」

【蘇明允不能詩】《後山詩話》載《世語》云：「蘇明允不能詩，歐陽永叔不能賦，曾子固短於韻語，黄魯直短於散語，蘇子瞻詞如詩，秦少游詩如詞。」苕溪漁隱引蘇明允「佳節每從愁裏過，壯心還傍醉中來」等語，以謂後山談何容易，便謂老蘇不能詩，何誣之甚！僕謂後山蓋載當時之語，非自爲之説也。所謂明允不能詩者，非謂其真不能，謂非其所長耳。且如歐公不能賦，而《鳴蟬賦》

豈不佳邪？魯直短於散語，而《江西道院記》膾炙人口，何邪？漁隱云爾，所謂「癡兒面前不得説夢」也。

【弋人何纂】三山老人云：揚子雲《法言》：「鴻飛冥冥，弋人何慕焉。」一本作「纂」。故退之詩云：「肯效屠門嚼，久嫌弋者纂。」僕觀《後漢·逸民傳》序云：「揚子曰『鴻飛冥冥，弋者何篡焉。』注：『篡本作慕。』」《法言》「篡」，宋衷注曰：「篡，取也。」今人謂以計取物曰篡，乃是篡字，又非纂字也。故陳子昂碑曰：「弋人何篡，鴻飛高雲。」張曲江詩曰：「今我游冥冥，弋者何所慕。」則用元字。梁肅《四皓贊》曰：「弋者何思，鴻飛冥冥。」又轉爲思字。

【來南協聲】《蔡寬夫詩話》云：「秦漢以來，字書未備，既多假借，而音無反切，平側皆通用。如慶雲、卿雲，皋陶、咎繇之類，大率如此。《詩》：『瞻彼日月，悠悠我思。道之云遠，曷云能來。』『燕燕於飛，下上其音。之子於歸，遠送於南。』皆以爲協聲。」僕謂寬夫之説是矣，然此二字未爲不協也。「來」字協「思」字者，非「來」字，是「釐」字耳。如康衡詩曰：「莫學詩，康鼎來。康説詩，解人頤。」是亦以「來」字協「詩」字。今吴人呼「來」爲「釐」，猶有此音。「南」字協「音」字者，非「南」字，是「吟」字耳。如《文選》賈謐詩曰：「昔與二三子，游息承華南。拊翼同枝條，翻然各異尋。」是也。唐人韓柳韻語，如孟先生詩復志賦貞符詩，多以此協。僕因而考之，古人協字，必有其音。又如《毛詩》以「下」字協「故」字者，是「户」字耳；「家」字協「蒲」字者，是「孤」字耳；「慶」字協「陽」字者，是「羌」字與「卿」字耳。如《詩》「爰有寒泉，在浚之下。有子七人，母氏勞苦。」曰：「予所蓄租，予口卒瘖。」曰：「予未有室家。」曰：「先祖是皇，神保是饗。孝孫有慶，萬壽無疆」之類是也。學者當以類推之。

【古語榷拙】宋子京曰：「古人語有榷拙不可掩者，樂府曰：『何以銷憂，惟有杜康。』」僕觀東晳賦：「杜康咥其胃。」樂天詩：「杜康能解悶。」潘佑詩：「直儗將心付杜康。」蓋祖此意。文士有因其人名，遂爲事用者，如東坡詩：「獨對紅蕖傾白墮。」按《洛陽伽藍記》：「白墮春醪，自是造酒者。江東人姓劉名白墮，或謂因其能造酒，遂爲酒名。」又近時稱主簿爲仇香，似此之類甚多。其與「湯燖右軍，醋浸曹公」之說何異？

【蘇杭妓名】蘇杭妓名見於樂天詩中，姑録出以資好事者一笑。其詩曰：「移領錢塘第二橋，始有心情問絲竹。瓊瓏箜篌謝好箏，陳寵觱栗沈平笙。」又曰：「長洲茂苑緑萬樹，齊雲樓高酒一杯。李娟張態一春夢，週五殷三歸夜臺。」又曰：「李娟張態君莫嫌，亦儗隨宜且教取。」又曰：「花前置酒誰相勸，容坐唱歌滿起舞。」又曰：「黄菊繁時佳客到，碧雲合處美人來。」注謂「遣英倩二妓，與舒員外同游」。又曰：「真娘墓頭春草碧，心奴頭上秋霜白。就中惟有楊瓊在，堪上東山伴謝公。」又曰：「心奴已死胡容老，後輩風流是阿誰。」又《憶杭州因叙舊游》有曰：「沈謝雙飛出故鄉。」又有《九日代羅英二妓招舒著作》詩，則所謂瓊瓏、謝好、陳寵、沈平、李娟、張態、真娘、心奴、楊瓊、容、滿、英、倩、羅等，皆當時妓姓名。所謂黄四娘之名，因杜子美而著也。

【周禮中言餻字】宋景文公曰：「夢得嘗作《九日》詩，欲用餻字，思六經中無此字，遂止。」故景文《九日》詩曰：「劉郎不肯題餻字，虚負人生一世豪。」僕讀《周禮疏》：「羞籩之實，糗餌粉餈。」鄭箋：「今之餈餻。」安謂六經中無此字邪？又觀揚雄《方言》，亦有此字。苕溪漁隱謂古人《九日》詩，未有用糕字，惟崔德符《和吕居仁》一詩有「買餻沽酒」之語。僕謂景文詩「劉郎不肯題餻字，虚負人生一世豪」，兹豈古人詩未用餻邪？（卷六）

【二書中言餳字】劉禹錫嘗曰：「詩用僻字，須有來處。宋考功詩云：『馬上逢寒食，春來不見餳。』疑此字僻，因讀《毛詩》有瞽注，乃知六經中惟此注有餳字。」僕觀揚雄《方言》有此一字。觀《樊儵傳》：「三歲獻甘醪膏餳。」知漢人嘗有此語。又考《周禮》少師掌教簫注，亦有餳字。則是餳字六經中不但《詩》注有此一字，又見於《周禮》注矣。禹錫所言，是未深考。僕因觀唐人詩集，有曰：「馬上逢寒食，途中屬暮春。可憐江浦望，不見洛橋人。」此宋考功《途中寒食》詩也。有曰：「嶺表逢寒食，春來不見餳。洛中新甲子。何日是清明。」此沈佺期詩也。禹錫舉考功「馬上逢寒食」之言，而綴以佺期「春來不見餳」之句，是又誤以二詩爲一詩言耳。然則「春來不見餳」，乃佺期之句，非考功之作也。（卷七。下同）

【損益前人詩語】《詩眼》曰：「沈佺期詩：『人如天上坐，魚似鏡中懸。』子美詩：『春水船如天上坐，老年花似霧中看。』不免蹈襲。」《隨筆》曰：「子美詩：『夜足沾沙雨，春多逆水風。』樂天詩：『巫山夜足沾沙雨，隴水春多逆水風。』白用杜句如此。」僕謂此非襲用前人句也，以前人詩語，而以己意損益之。在當時自有此體，不特此二者。如李嘉祐詩：「水田飛白鷺，夏木囀黄鸝。」而王維詩：

「漠漠水田飛白鷺，陰陰夏木囀黄鸝。」薛據詩：「省署開文苑，滄浪學釣翁。」而子美詩：「獨當省署開文苑，兼泛滄浪學釣翁。」劉長卿詩：「柳色孤城外，鶯聲細雨中。」而武伯蒼詩：「千條翠柳衡門裏，百囀黄鸝細雨中。」增前人之語者如此。又有損前人句語者，如王維詩：「九天閶闔開宫殿，萬國衣冠拜冕旒。」而杜子美詩：「閶闔開黄道，衣冠拜紫宸。」是也。有全用前人一句，而以己意貼之者。如沈雲卿：「雲白山青千萬里，幾時重謁聖明君。」而子美則曰：「雲白山青萬餘里，愁看直北是長安。」是也。有以前人五字句衍爲七字句者，如沈佺期詩：「秦地平如掌。」而李白詩：「秦川四面平如掌。」是也。李肇謂王維好竊人對，范元實謂老杜不免蹈襲，斯見謬矣。抑又考之，沈佺期：「人如天上坐，魚似鏡中懸。」此語又有所自。觀陳釋慧標詩：「舟如空裏泛，人似鏡中行。」王逸少詩：「山陰道上行，如在鏡中游。」得非祖此乎？杜子美詩曰：「春水船如天上坐。」李白曰：「人行明鏡中，鳥度屏風裏。」盧懷謹曰：「樓臺影就波中出，日月光疑鏡裏懸。」是皆體貼此意。

【韓用杜格】杜子美《逢李龜年》詩曰：「岐王宅裏尋常見，崔九堂前幾度聞。正是江南好風景，落花時節又逢君。」韓退之《井》詩曰：「賈誼宅中今始見，葛洪山下昔曾窺。寒泉百尺空看影，正是行人暍死時。」杜詩：「老妻畫紙爲棋局，稚子敲鍼作釣鉤。」韓詩：「已呼孺人戛鳴瑟，更遣稚子傳清杯。」因知韓詩亦自杜詩中來。儲光羲詩：「孺人善逢迎，稚子解趨走。」孺人對稚子，又出於江淹《恨賦》。

【承露絲囊】《懶真子》：讀杜牧之詩：「千秋佳節名空在，承露絲囊世已無。」謂漢以金盤承露，而唐以絲囊。絲囊可以承露乎？此不可解。僕謂懶真是未深考。按《華山記》：「弘農鄧紹八月曉入華山，見童子執五綵囊，盛柏葉露食之。」此事在漢武帝之前，是以武帝於其地造望仙等宫觀。又觀梁文帝《眼明囊賦》序曰：「俗之婦人，八月旦，多以錦翠珠寶爲眼明囊，因淩晨拭目。」唐人千秋節以絲囊盛露，亦襲其舊，正八月初故事。

【杜荀鶴句】《高齋詩話》曰：「山谷嘗云：杜荀鶴詩：『舉世盡從愁裏老。』正好對韓退之詩『誰人肯向死前休。』」僕考荀鶴詩，元有是對。其詩曰：「南來北去二三年，年去年來兩鬢斑。舉世盡從愁裏老，誰人肯向死前閒。」退之易「閒」字爲「休」字耳。退之在前，荀〔鶴〕用其語。僕謂「誰人肯向死前休」與「誰人肯向死前閒」，二句皆當理。然豈可誣舉世之人盡從愁裏老邪？蓋有春風和氣中過一生者，但不多耳。不若曰：「浮世多從忙裏老。」

【蘇黄互相引重】漁隱云：「元祐文章，世稱蘇黄。然二公争名，互相譏誚。東坡謂：『魯直詩文如蝤蛑、江瑶柱，格韻高絶，盤餐盡廢，然不可多食，多食則發風動氣。』山谷亦曰：『蓋有文章妙一世，而詩句不逮古人者。』此指東坡而言也。」殊不知蘇黄二公同時，實相引重。黄推蘇尤謹，而蘇亦奬成之甚力。黄云：「東坡文章妙一世。」乃謂效庭堅體，正如退之效孟郊、盧仝詩。蘇云：「讀魯直詩，如見魯仲連、李太白，不敢復論鄙事。」其互相推許如此，豈争名者哉！詩文比之蝤蛑、江瑶柱，豈不謂佳！至言「發風動氣」，「不可多食」者，謂其言有味，或不免譏評時病，使人動不平之氣，乃所以深美之，非譏之也。「文章妙一世，而詩句不逮古人」，此語蓋指曾子固，亦當時公論如此，豈坡公邪？以坡公詩句不逮古人，則是陳壽謂孔明兵謀將略非其所長者也。此郭次象云。

【陳文惠詩句】張文潛云：「陳文惠公《題松江》詩落句云：『西風斜日鱸魚香。』言松江有鱸魚耳。當用此『鄉』字，而數本見皆作『香』字。魚未爲羹，雖嘉魚直腥耳，安得香哉？」《松江詩話》曰：「魚雖不香，作羹芼以薑橙，而往往馨香遠聞。故東坡詩曰：『小船燒薤搗香齏。』李巽伯詩曰：『香齏何處煮鱸魚。』魚作香字，未爲非也。」僕謂作者正不必如是之泥，劉夢得詩曰：「湖魚香勝肉。」孰謂魚不當言香邪？但此鱸魚香云者，謂當八九月鱸魚肥美之時節氣味耳，非必指魚之馨香也。張右史之説既已失之，而周知和乃復强牽引蘇黄二詩以證鱸魚香之説，且謂「芼以薑橙，往往馨香遠聞」，其見謬甚，所謂道在邇而求諸遠。鱸魚香字比鱸魚鄉甚覺氣味長，更與識者參之。

【蕭張封地】酇有二地名：屬南陽者，音贊；屬沛郡者，音嵯。按茂陵書曰：「蕭何國在南陽。」則是蕭何封贊明矣。而沛有泗水亭，班固銘曰：「文昌四友，漢有蕭何，序功第一，就封於酇。」誤以爲沛地之嵯矣。楊巨源詩曰：「請問漢家功第一，麒麟閣上識酇侯。」姚合詩曰：「酇侯宅過謙。」賈島詩曰：「往歲酇侯鎮。」諸家皆承此謬。劉晏歲輸至，天子曰：「卿朕酇侯也。」《唐書釋文》：「酇，南陽縣名，則盱切。」此正得之。留亦有二地名：一彭城之留，一陳留。王叔原諸家所考子房所封，乃彭城之留。僕考《張良碑》，正在彭城之留子房廟中，東漢時所立。知叔原等所考爲信然。而樂史《寰宇記》引《城冢記》，乃謂張良封陳留侯，食邑小黄一萬户。此説謬矣。范石湖《留侯廟》詩注曰：「自宋武下教修復時，其失已久。」《漫録》謂徐州沛縣，今留城鎮有留侯廟存焉。

【鞅挾三術】《漢書》載賓戲曰：「商鞅挾三術而鑽孝公。」應劭注謂「王霸、富國、强兵，爲三術」。師古注謂「王一也，霸二也，富國强兵三也」。僕謂三術者，帝道、王道、霸道。商君説秦孝公，用此三術也，事見本傳。雖繼之以富國之説，即霸者之用耳。鑽者，取必入之義。是説得之。張曲江詩曰：「既聞持兩端，復見挾三術。」又曰：「雖致負乘器，初無挾術鑽。」正用此事。今人懷所製求上官知者，目曰鑽具，正此義也。

【三公詩句】杜子美詩：「震雷翻幕燕，驟雨落河魚。」姚合詩：「驚飈墜鄰果，暴雨落江魚。」皮日休詩：「高風翔砌鳥，暴雨失池魚。」

【種田養蠶】嵇叔夜《養生論》曰：「夫田種者，一畝十斛，謂之良田。此天下之通稱也，不知區種可百餘斛。」安有一畝收百斛米之理？《前漢·食貨志》曰：「治田勤則畝益三升，不勤，損亦如之。」一畝而損益三升，又何其寡也？僕嘗以二説而折之理，俱有一字之失。嵇之所謂斛，漢之所謂升，皆斗字耳。蓋漢之隸文書斗爲㪷字，文絶似升字。漢史書斗字爲㪷字，字文又近於斛字，恐皆傳寫之誤。左太沖《吴都賦》曰：「國税再熟之稻，鄉貢八蠶之繭。」注謂「有蠶一歲八育」。僕按《廣記》，日南一歲八蠶，以其地暖故爾。俞益期牋曰：「日南蠶八熟。」張文昌《桂州》詩曰：「有地多生桂，無時不養蠶。」此言可驗矣。而《海物異名記》乃謂八蠶共作一繭，與前説異。（卷八。下同）

【蒼茫作上聲】東坡詩曰：「蒼茫瞰奔流。」又曰：「愁度奔河蒼茫間。」趙注謂：「蒼茫兩字，古人用之，皆是平聲。而先生所用乃是仄聲。蒼字，《廣韻》音麤朗反。而茫字，上聲皆不收。不知先生所用出處，以竢博聞。」僕觀揚雄《校獵賦》：「鴻濛沆茫。」字音莽。白樂天雪詩：「寒銷春蒼茫。」又曰：「野道何茫蒼。」注「竝音上聲」。近時蘇子美詩亦曰：「淮天蒼茫背殘臘，江路委蛇逢舊春。」自注：「蒼茫仄聲。」茫作仄用，似此甚多。

【魯直詩體】魯直詩曰：「管城子無食肉相，孔方兄有絶交書。」人謂此體魯直創見，僕謂不然，唐詩此體甚多。張祜曰：「賀知章口徒勞説，孟浩然身更不疑。」李益曰：「柳吴興近無消息，張長公貧苦寂寥。」貫休曰：「郭尚父休誇塞北，裴中令莫説淮西。」杜荀鶴曰：「卷一箔絲供釣綫，種千林竹作漁竿。」皆此句法也，讀之似覺齟齬，其實協律。

【嵇康集】《嵇康傳》曰：「康喜談理，能屬文，撰《高士傳贊》，作《太師箴》、《聲無哀樂論》。」僕得毗陵賀方回家所藏繕寫《嵇康集》十卷，有詩六十八首，今《文選》所載康詩才三數首。《選》惟載康《與山巨源絶交書》一首，不知又有《與呂長悌絶交》一書，《選》惟載康《養生論》一篇，不知又有《與向子期論養生難答》一篇，四千餘言，辯論甚悉。集又有《宅無吉凶》、《攝生論難》上中下三篇、《難張叔遼自然好學論》一首，《管蔡論》、《釋私論》、《明膽論》等文。其詞旨玄遠，率根於理，讀之可想見當時之風致。《崇文總目》謂《嵇康集》十卷，正此本爾。《唐·藝文志》謂《嵇康集》十五卷，不知五卷謂何。

【王易簡詩句】《遯齋閑覽》云：「詩人類以解官歸隱爲高，而謂軒冕榮貴爲外物，然鮮有能踐其言者。故靈徹答韋丹云：『相逢盡道休官去，林下何曾見一人。』趙嘏云：『早晚粗酬身事了，水邊歸去一閒人。』若身事了，則仕進之心益熾，愈無歸期矣。王易簡云：『青山得去且歸去，官職有來還自來。』是豈能忘情於軒冕邪？」僕謂人之官職，要皆自有定分，無固不可强求，有亦不容固避。士大夫一進一退，貴乎順理，非必以忘情軒冕之爲高也。觀三公詩，頗以易簡之言爲當理。然不若曰：「青山得意且歸去，官職有時還自來。」（卷九。下同）

【缾粟鬢絲】東坡曰：「淵明《歸去來辭》『缾無儲粟』，使缾有儲粟，亦無幾。此翁祇於缾中見粟。」歐公曰：「孟郊詩『鬢邊雖有絲，不堪織寒衣』。就令織得，能幾何？」二公戲言之耳，非真譏之也。僕謂詩固言志，然才人志士，筆端造化，抑揚高下，不可以一律觀。譬之水泉，揚之可以滔天，抑之不過涓涓於溝洫間爾。文章亦猶是。且如樂天詩句，率多優游不迫，至言窮苦無聊之狀，則曰：「塵埃常滿甑，錢帛少盈囊。侍衣甚藍縷，妻愁不出房。」樂天之窘，豈至是邪？則知詩人一時之言，不可便以爲信。其託諷之意，蓋亦有在。正與宋玉《大言》、《小言》賦之意同。

【禹錫平淮詩】《隱居詩話》曰：「人豈不自知，及愛其文章，乃更大謬。劉禹錫稱《平淮西》詩云：『州中喔喔晨雞鳴，譙樓鼓角聲和平。』以爲盡李愬之美。又曰：『始知元和十二載，四海重見昇平年』，以爲盡憲宗之美。吾不知此句爲何等語。」此隱居之言也。僕謂詩人意到，自有所喜。禹錫之意，隱居自不解耳。豈可以目前之語疵之哉？且如「池塘生春草」之句，亦甚平易，是人皆能道者。靈運至謂有神助，則靈運之意，有非他人所能知也。禹錫所謂「州中喔喔晨雞鳴，譙樓鼓角聲和平」，所以見李愬不動風塵，曉入蔡州，擒捕醜虜如此。「始知元和十二載，四海重見昇平年」，所以見憲宗當德宗姑息藩鎮之後，能毅然削平禍亂，使人復見太平官府如此。僕嘗味之，此兩聯正得當時之意。隱居以爲「何等語」，是不思之過也。

【子美悶詩】《西清詩話》曰：「人之好惡，固自不同。子美在蜀作《悶》詩，乃云：『捲簾惟白水，隱几亦青山。』若使余若此，從王逸少語，當卒以樂死，豈復有悶邪？」僕謂《西清詩話》此言，是未識老杜之趣耳。平時見青山白水，固自可樂。然當愁悶無聊之時，青山白水，但見其愁，不見其樂。豈可以常理觀哉？老杜在蜀，栖栖依人，無聊之甚，安得不以青山白水爲悶邪？曾子固謂：「以余之窮，足以知人之窮。」僕因知子美之言，爲不妄也。

【景仰前修】山谷云：「俞清老作景陶軒，名爲未當。《詩》曰：『高山仰止，景行行止。』景，明也。高山則仰之，明行則行之。自魏晉間所謂『景莊』『景儉』等，從一人差誤，遂相承謬。」僕謂此謬自漢已然，非始於魏晉也。僕觀《東漢·劉愷傳》曰：「今愷景仰前修。」注：「景，慕也。」則知此謬其來尚矣。近時名公如東坡，亦承此謬。孫巨源作景疏樓，東坡有詩曰：「不獨二疏爲可慕，他時當有景孫樓。」豈特俞清老之謬而已。

【張長公】唐詩中多用張長公事，如陳子昂詩曰：「世道不相容，嗟嗟張長公。」此蓋言張釋之子耳。釋之子名摯，字長公，隱而不仕，見推於時。據《南史》，又有一張長公，簡文帝開文德省，置學士，以吴郡張長公與庾肩吾充其選。陳宣亦曰：「昔吴國張長公，耽酒，年六十，自言引滿大勝少年時。」是則有兩張長公矣。（下略）

【髯奴事】魯直《次炳之玉版紙詩韻》曰：「王侯鬚若緣坡竹。」注：「王褒《髯奴詞》曰：『離離若緣坡之竹，鬱鬱若春田之苗。』」按《古文苑》所載《髯奴詞》，乃黄香所作，非王褒也。褒所著者《僮約》耳。《詩話》曰：「潘十云：『炳之得此詩，大以爲憾。』」炳之，僕曾大父也。上字諱伯，下字諱虎，仕至户部郎。家有畫像存，爲髯而肥，魯直此筆藏於家。有《過庭集》三十卷行於世。舊有坡仙簡牘，王會之挾老秦取之去，今不知所在矣。

【詩句紀時】張華《勞還師歌》曰：「昔往冒隆暑，今來白雪霏。」劉禹錫曰：「昔看黄菊與君别，今見玄蟬我却回。」權德輿曰：「去時樓上清明夜，月照樓前撩亂花。今日成陰復成子，可憐春盡未歸家。」皆紀時也。此祖《詩》「昔我往矣，楊柳依依。今我來思，雨雪霏霏」之意。方干詩曰：「去時初種庭前樹，樹已勝巢人未歸。」

【周侍郎詞意】苕溪漁隱謂周侍郎詞「浮萍破處，簷花簾影顛倒」，「簷花」二字，用杜少陵「燈前細雨簷花落」，全與出處意不相合。又趙次公注杜少陵詩，引劉邈「簷花初照日」之語。僕謂二説皆考究未至。少陵「簷花落」三字，元有所自。丘遲詩曰：「共取落簷花。」何遜詩曰：「燕子戲還飛，簷花落枕前。」少陵用此語爾。趙次公但見劉邈有此二字，引以證杜詩；漁隱但見杜詩有此二字，引以證周詞，不知劉邈之先，已有「簷花落」三字矣。李白詩：「簷花落酒中。」李暇亦有「簷花照月鶯對棲」之語，不但老杜也。詳味周用「簷花」二字，於理無礙，漁隱謂與少陵出處不合，殆膠於所見乎？大抵詞人用事圓轉，不在深泥出處，其紐合之工，出於一時自然之趣。又如周詞：「午妝粉指印窗眼，曲理長眉翠淺。問知社日停鍼綫，探新燕。寶釵落枕春夢遠，簾影參差滿院。」非工於詞，詎至是！或謂眉間爲窗眼，謂以粉指印眉心耳。此説非無據，然直作窗牖之眼，亦似意遠。蓋婦人妝罷，以餘粉指印於窗牖之眼，自有閒雅之態。僕嘗至一菴舍，見窗壁間粉指無限，詰其所以，乃其主人嘗携諸姬抵此。因思周詞意恐或然。「社日停鍼綫」，張文昌句。（卷十。下同）

【夜雨對牀】人多以「夜雨對牀」爲兄弟事用，如東坡與子由詩引此。蓋祖韋蘇州《示元真元常》詩「寧知風雨夜，復此對牀眠」之句也。然韋又有詩《贈令狐士曹》曰：「秋簷滴滴對牀寢，山路迢迢聯騎行。」則是當時對牀夜雨，不特兄弟爲然，於朋友亦然。異時，白樂天《招張司業》詩云：「能來同宿否，聽雨對牀眠。」此善用韋意，不膠於兄弟也。僕又觀鄭谷《訪元秀上人》詩曰：「且共高僧對榻眠。」《思圓昉上人》詩曰：「每思聞净話，夜雨對繩牀。」夜雨對牀施於僧，亦不爲無自。然則聽雨對牀，不止一事。今人但知爲兄弟事，而莫知其他，蓋此詩因東坡拈出故爾。樂天非不拈出別章之意，然已灰埃矣。大抵人之文章，不論是否，得當代名賢提拂，雖輕亦重。不然，雖重亦輕。韋詩固佳，重以東坡引以爲用，此其所以顯然著在耳目，爲兄弟故事。

【千里蓴羹】《晉書》載陸機造王武子，武子置羊酪指示陸曰：「卿吴中何以敵此？」陸曰：「千里蓴羹，末下鹽豉。」或者謂「千里」「末下」皆地名，蓴豉所出之地。而《世説》載此語，則曰：「千里蓴羹，但末下鹽豉耳。」觀此語，似非地名。東坡詩曰：「每憐蓴菜下鹽豉。」又曰：「未肯將鹽下蓴菜。」坡意正協《世説》。然杜子美詩曰：「我思岷下芋，君思千里蓴。」張鉅山詩曰：「一出修門道，重嘗末下蓴。」觀二公所云，是又以「千里」「末下」爲地名矣。前輩諸公之見不同如此。僕嘗見湖人陳和之，言千里地名，在建康境上，其地所産蓴菜甚佳。計末下亦必地名。《緗素雜記》、《漁隱叢話》皆引《世説》之言，以謂「末下」當云「末下」，而漁隱謂千里者湖名，且引《酉陽雜俎》酒食(而)〔品〕亦有千里之蓴。僕謂「末下」少見出處，「千里蓴」言者甚多。如《南》《北史》載沈文季謂崔祖思曰：「千里蓴羹，非關魯衛。」梁太子啓曰：「吳愧千里之蓴，蜀慚七菜之賦。」吳均移曰：「千里蓴羹，萬丈名膾。」千里之蓴，其見稱如此。

【石涷春】東坡云：「唐人名酒，多以春名。退之詩：『勤買拋青春。』《國史補注》：『滎陽土窟春、富平石涷春、劍南燒春。』子美詩：『雲安麴米春。』」僕觀鄭谷《贈富平宰》詩曰：「易博連宵醉，千缸石涷春。」知「富平石涷春」信矣。觀白樂天詩，有「青旗沽酒聽梨花」之句，注：「杭人其俗釀酒，聽梨花時熟，號爲梨花春。」是又有梨花春之名。李白詩：「甕中百斛金陵春。」劉夢得詩：「鸚鵡杯中若下春。」

【借書一鴟】李正文《資暇集》曰：「借書(集)〔籍〕俗謂借一癡，與二癡，索三癡，還四癡。又杜元凱遺其子書曰：『書勿借人。』古諺云：『借書一嗤，還書一嗤。』後人生其詞至三四，譌爲癡。」或曰「癡」甚無謂，當作「瓻」。僕觀《廣韻》注，張孟押韻所載「瓻」字，皆曰借書盛酒器也。故曾文清公《還鄭侍郎通鑑》詩曰：「借我以一鑒，餉公無兩瓻。」然又觀魯直詩曰：「願公借我藏書目，時送一鴟開鎖魚。」蘇養直詩曰：「休言貧病惟三篋，已辦借書無一鴟。」又曰：「去止書三篋，歸亡酒一鴟。」

曰：「慚無安世書三篋，濫得揚雄酒一鴟。」乃作鴟夷之「鴟」。近見《漁隱後集》，亦引黄詩爲證，與僕暗合。（卷十一。下同）

【重三】今言五月五日曰重五，九月九日曰重九，僕謂三月三日亦宜曰重三。觀張説文集《三月三日》詩：「暮春三月日重三。」此可據也。《曲水侍宴》詩：「三月重三日。」此可據也。

【王建襲杜意】王建詩曰：「人客少能留我屋，客有新漿馬有粟。」此正杜子美「肯訪浣花老翁無，與奴白飯馬青芻」之意。僕考杜意，又出於傅休奕《盤中詩》曰：「惜馬蹄，歸不數。羊肉千斤酒百斛，令君馬肥麥與粟。」

【披霧睹天】今用披霧睹青天事，多指樂廣。如梁孝元詩「還思逢樂廣，能令雲霧褰」，駱賓王詩「情披樂廣天」是也。往往謂此語創見於晉，不知此語已先見於徐幹《中論》，曰：「文王畋於渭水，遇太公釣，召而與之言，載之而歸。文王之識也，灼然若驅雲而見白日，霍然如開霧而睹青天。」晉人蓋引此語，以美樂廣耳。曹植《謝入覲表》曰：「若披浮雲而曬白日。」（卷十二。下同）

【江淹擬古】《遯齋閒覽》云：「《文選》有江淹《擬湯惠休詩》曰：『日暮碧雲合，佳人殊未來。』今人遂用爲休上人詩故事。」僕謂此誤自唐已然，不但今也。如韋莊詩曰：「千斛明珠量不盡，惠休虚作碧雲詞。」許渾《送僧南歸》詩曰：「碧雲千里暮愁合，白雪一聲秋思長。」曰：「湯師不可問，江上碧雲深。」權德輿《贈惠上人》詩曰：「支郎有佳思，新句凌碧雲。」孟郊《送清遠上人》詩曰：「詩誇碧雲句，道證青蓮心。」張祐《贈高閑上人》詩曰：「道心黄檗老，詩思碧雲秋。」《雪竇》詩曰：「碧雲流水是詩家。」曰：「湯惠休詞豈易聞，暮風吹斷碧谿雲。」此等語皆以爲湯詩用，惟韋蘇州《贈皎上人》詩曰：「願以碧雲思，方君怨别詞。」似不失本意。吴曾《漫録》但引樂天《與唐上人對答》二詩爲證，豈止此邪？

【王介詩】王介出守湖州，嘗有詩曰：「吴興太守美如何，太守從來惡祝鮀。生若不爲上柱國，死時猶合替閻羅。」後兩句事見《北史·韓擒虎傳》：擒虎曰：「生爲上柱國，死爲閻羅王，亦足矣。」夫子稱祝鮀之佞，蓋美其有材耳。謂衛靈公不亡者，以有祝鮀等之故。《左氏傳》亦謂祝鮀排難解紛賢者也。介以諂媚者爲祝鮀，是狃於流俗之見。觀晉王沉爲豫州刺史，下教曰：「達幽顯之賢，去祝鮀之佞。」《北史》曰：「群犬吠新客，佞僮排疏賓。望衛惋祝鮀，眄楚悼靈均。」知此説久矣。不知「佞」有二義，有「才佞」之「佞」，有「諂佞」之「佞」。

【藥欄】李濟翁《資暇集》曰：「園庭中藥欄，欄即藥，藥即欄，猶言圍援，非花藥之欄。《漢·宣帝紀》：池藥未御幸者，假與貧民。《漢書》：闌入宫禁。率多作草下闌，則藥欄尤分明也。有誤者以藤架蔬圃作對。」僕謂此説固是，然考《漢·宣帝紀》：「池籞未御幸者，假與貧民。」非「藥」字。又觀古人詩，如梁庾肩吾曰：「向嶺分花徑，隨階轉藥欄。」唐李商隱曰：「水精眠夢是何人，欄藥日高紅髲鬟。」王維曰：「藥欄花徑衡門裏。」又曰：「新作藥欄成。」杜子美曰：「乘興還來看藥欄。」許渾曰：「竹院晝看笥，藥欄春賣花。」又曰：「欄圍紅藥盛。」張籍曰：「借宅常欣事藥欄。」多作花藥之「欄」用也。近見苕溪漁隱亦引「籞」爲證。

【開八袠】以十年爲一袠，其説見《白樂天集》中，詩云：「年開第七袠，屈指幾多人。」是時，六十三元日詩也。又曰：「行開第八袠，可謂盡天年。」注曰：「時俗謂七十以上開爲第八袠。」蓋以十年爲一袠爾。近時壽聖皇太后慶八十，而廟堂有辭免恩例劄子曰：「昌運協千齡之會，東朝開八袠之期。」又曰：「慶闡開八袠之算，三世奉萬年之觴。」盍改開爲登字。

【聯合古人句】僕嘗用古人全句合爲一聯，曰：「籠中翦羽，仰看百鳥之翔；側畔沉舟，坐閲千帆之過。」自以爲工。近觀《漫録》，謂任忠厚有投時相啓，正有此一聯，但改「側」字爲「岸」字耳，其暗合有如此者。但《漫録》不言所以，不知上句乃韓退之詩，下句乃劉夢得詩。韓曰：「翦翎送籠中，使看百鳥翔。」劉曰：「沉舟側畔千帆過，病樹前頭萬木春。」

【丈人】今人呼丈人爲泰山，或者謂泰山有丈人峰故云。據《雜俎》載，唐明皇東封，以張説爲封禪使。及已，三公以下皆轉一品，説以壻鄭鎰官九品，因説遷五品，玄宗怪而問之，鎰不能對。黄番綽對曰：「泰山之力也。」與前説不同。後山《送外舅》詩：「丈人東南英。」注謂「丈人字俗以爲婦翁之稱，然字則遠矣」。其言雖如此，而不考所自。僕觀《三國志》裴松之注，「獻帝舅車騎將軍董」句下，謂：「古無丈人之名，故謂之舅。」按裴松之，宋元嘉時人，呼婦翁爲丈人，已見此時。（卷十三）

【王珪母妻識見】《新唐書》載王珪始隱居時，與房、杜善。母李嘗曰：「兒必貴，然未知所與游者何如人，試與偕來。」會玄齡等過其家，李闚大驚，敕具酒食，盡歡終日。喜曰：「二客公輔才，汝貴不疑。」杜子美《送重表姪王砅》詩曰：「我之曾老姑，爾之高祖母。爾祖未顯時，歸爲尚書婦。隋朝大業末，房杜俱交友。長者來在門，荒年自餬口。家貧無供給，客位但箕帚。俄頃羞頗珍，寂寥人散後。入怪鬒髮空，吁嗟爲之久。自陳剪髻鬟，鬻市充杯酒。上云天下亂，宜與英俊厚。向竊窺數公，經綸亦俱有。次問最少年，虬髯十八九。子等成大名，皆因此人手。下云風雲合，龍虎一吟吼。願展丈夫雄，得辭兒女醜。秦王時在坐，真氣驚户牖。及乎正觀初，尚書踐台斗。夫人常肩輿，上殿稱萬壽。六宫師柔順，法則化妃后。至尊均嫂叔，盛事傳不朽。」杜詩所載如是之詳。觀詩言房、杜來沽酒留飲之意，似與傳文同，然此是珪妻杜氏，非關母李氏事。前輩往往疑之，終莫能辨。或以爲傳誤，僕謂觀者正不必深泥，要當兼考，於理爲得。傳言母李，而詩言妻杜，有以知婦姑皆賢。其高識遠見，甚非常人所能及者。母見房、杜，則謂「二客公輔才，汝貴不疑」，妻見太宗，則謂「子等成大名，皆因此人手」，其事甚異，詩傳互相發明，皆可爲據也。趙次公曰：「虬髯十八九，謂太宗。」又曰：「有《虬髯公傳》。」僕謂引《虬髯公傳》誤矣，此非太宗，乃李靖所遇之人張三郎者。所謂虬髯公者，亦偉人，見隋室不靖，亦欲規圖基業。太宗既出，見其英武爲不可及，於是過海自立爲扶餘國王。其事甚明，見《太平廣記》。此事甚與陳希夷返華陰山意同。（卷十四。下同）

【賈島事衆説不同】《新唐書》載：賈島初爲浮屠，名無本。來東都時，洛陽令禁僧午後不得出，島爲詩自傷，韓愈憐之，因教其爲文。遂去浮屠，舉進士。當其苦吟，雖值公卿貴人，皆不之覺。

一日，見京兆尹，跨驢不避。詰之，久乃得釋。累舉不中第。文宗時，坐飛謗貶長江簿。《唐遺史》載：賈島初赴舉在京，一日，在驢上得句云云，引手作推敲之勢。時韓退之爲京兆尹，車騎方出，島不覺，行至第三節，左右擁至尹前。島具道所得詩句，退之遂竝轡歸，爲布衣交。後累舉不第，乃爲僧，號無本，居法乾寺。一日，宣宗微行至寺，聞鐘樓上有吟聲，遂登樓，於島案上取詩卷覽之。島攘臂奪之曰：「郎君何會此邪？」宣宗既去，島知，亟謝罪，乃除遂州長江簿，後遷普州司倉，卒。故程錡以詩悼之，有「騎驢衝大尹，奪卷忤宣宗」之句。《摭言》又載：賈島太和中，嘗跨驢張蓋，横截天街。時秋風正厲，黄葉可埽，島吟曰：「落葉滿長安。」求一聯不可得，不知身之所從，因衝京兆尹劉栖楚節，被繫，一夕釋之。又嘗遇武宗於定水精舍，島尤肆慢，武宗訝之，初曰：「令與一官。」授長江簿，至普州司倉，卒。三者所載異同如此。《新書》謂先爲浮屠，後舉進士。《遺史》謂後因不第，乃爲僧，得「僧敲月下門」之句，衝京尹韓退之節。《摭言》謂聯「落葉滿長安」之句，衝京尹劉栖楚節。《新書》謂文宗時坐飛謗貶長江簿。《遺史》謂奪詩卷忤宣宗，除長江簿。《摭言》又謂肆慢武宗云云。其紛紛之論不同如是，不可曉。僕觀集中載大中八年，賜島爲長江簿，墨制九十四字。若是，則島出仕於宣宗之時似合《遺史》之説矣。考蘇絳所撰墓志，則曰：「穉飛謗，責授長江簿。三年秩滿，遷普州司倉。會昌癸亥歲，終於郡官舍。殁未浹旬，又轉當州司户，於我何有？」此正與傳文所載同，要當以此爲正。島死於武宗之世，不應至宣宗之時方仕，墨制疑後人所僞，以附會《遺史》之説。不然，則太和誤爲大中，亦未可知。

【金條脱事】《南部新書》載：「大中間，上賦詩有『金步摇』，未能對，令温飛卿續之。飛卿以「玉條脱」應之。宣宗令以甲科處之，爲令狐綯所沮，除方城尉。綯嘗問其事於飛卿，曰：「出《南華真經》，非僻書也。冀相公燮理之暇，時宜覽古。」綯甚怒。後飛卿詩有「悔讀《南華》第二篇」之句。《北夢瑣言》謂《南華真經》無「玉條脱」事，不知當時何所據也。僕謂《真誥》「玉條脱」事，正在第一篇中。謂華陽第一篇可也，豈《南華》第二篇邪？然考《飛卿集》，有《題李羽故里》一詩，尾句曰：「終知此恨銷難盡，孤負華陽第一篇。」無「悔讀《南華》第二篇」之句，得非别詩乎？此事數處所載，率有異同。盧氏《新記》又曰：「唐文宗一日問宰臣：「古詩『輕衫襯條脱』，『條脱』是何物？」宰臣未對。上曰：「即今之腕釧，安妃有金條脱，是臂飾也。」《北夢瑣言》又謂宣宗嘗有「金步摇」，未能對，求進士對之。温庭筠以「玉條脱」續之，帝賞焉。宣宗愛唱《菩薩蠻》詞，丞相令狐綯假其修撰密進之，戒令勿泄，而遽告於人，由是疏之。温亦有言，「中書内坐將軍」，譏相國無學也。宣宗微行，遇於逆旅。温不識帝，詰之曰：「公非長史乎？」曰：「非也。」謫爲方城尉，流落至死。《摭言》又謂庭筠與執政有惡，奏其攪擾場屋，黜爲方城尉。説者不一如此。

【杜荀鶴羅隱詩】唐人詩句中用俗語者，惟杜荀鶴、羅隱爲多。杜荀鶴詩，如曰：「秖恐爲僧僧不了，爲僧得了盡輪僧。」曰：「乍可百年無稱意，難教一日不吟詩。」曰：「啼得血流無用處，不如緘口過殘春。」曰：「舉世盡從愁裏老，誰人肯向死前閒。」曰：「世間多少能言客，誰是無愁行睡人。」羅隱詩，如曰：「逢人不説人間事，便是人間無事人。」曰：「莫道無金空有壽，有金無壽欲何如。」

曰：「西施若解亡人國，越國亡來又是誰。」曰：「今宵有酒今宵醉，明日愁來明日愁。」曰：「能消造化幾多力，不受陽和一點塵。」曰：「只知事逐眼前去，不覺老從頭上來。」曰：「時來天地皆同力，運去英雄不自由。」曰：「採得百花成蜜後，不知辛苦爲誰甜。」曰：「明年更有新條在，繞亂春風卒未休。」今人多引此語，往往不知誰作。

【金叵羅】《漫録》曰：東坡詩：「歸來笛聲滿山谷，明月正照金叵羅。」案《北史》：「祖珽盜神武金叵羅。」蓋酒器也。韓子蒼詩亦曰：「勸我春風金叵羅。」僕謂金叵羅入詩中用，已見李太白矣，不但蘇韓二公也。雖知金叵羅爲酒器，然觀祖珽盜金叵羅置髻上，髻上豈可以置酒器乎？ 黄朝英亦有是疑。

【衆口鑠金】屈原《九章》曰：「故衆口其鑠金兮，初若是而逢殆。」補引鄒陽「衆口鑠金，積毁銷骨」之語在後。豈應引證？不知在楚人之前，嘗有此語矣。觀《鄧析子》曰：「古人有言：『衆口鑠金，三人成虎。』」鄧析，春秋魯定公時人。鄧謂「古人有言」，則此語又見於鄧之先矣。補引漢人語，是未見《鄧析子》書耳。且在鄒陽之前，張儀亦嘗有此語。其後李善注《文選》鄒陽語，引《國語》伶州鳩「衆心成城，衆口鑠金」。要未爲廣。《論衡》曰：「衆口鑠金者，在五行二曰火，五事二曰言，言與火直，故云。」

【櫻桃無香】漁隱曰：「退之櫻桃詩曰：『香隨翠籠擎初重，色映銀盤瀉未停。』櫻桃無香，退之言香，亦是語病。」僕謂凡麗於土而被雨露之發育者，皆有香。香者，氣也。謂草無香，則曰：「風吹花草香。」謂竹無香，則曰：「風吹細細香。」豈可謂櫻桃無香哉？漁隱不參物理，但謂芬馥者爲香，而不知物之觸於鼻觀者，非香而何？

【徐忻詩】《西清詩話》：「徐忻作詩，有唐人風氣。有詩曰：『劍去池空一水寒，游人到此憑闌干。年來是事消磨盡，只有青山好静看。』」僕記得一雜説，謂一婦人能詩，舉其一絶末聯云：「年來萬事灰人意，只有看山眼不枯。」語工于徐。

【逍遥谿愚谿】王建《逍遥谿亭詩》曰：「逍遥公在此徘徊，帝改谿名起石臺。車馬到春常借問，子孫因選暫歸來。稀疏野樹人移折，零落蕉花雨打開。無主青山何所直，賣供官税不如灰。」劉禹錫《傷愚溪詩序》曰：「柳子厚殁三年，有僧來告曰：『愚溪無復曩時矣。』悲不自勝，遂爲七言以寄恨曰：『草聖數行留壞壁，木奴千樹屬鄰家。惟見里門通德牓，殘陽寂寞出樵車。』」僕觀二詩，深有感焉。當逍遥公隆盛之日，太官載酒，奉常抱樂，鑾輿翟褘，增賁泉谷。見誇於諸公者不一。韋公去此，才數世耳，向者逍遥之地，至於「賣供官税不如灰」。當子厚無恙之日，所游愚谿，皆一時名士。而子厚物故未久，乃至「殘陽寂寞出樵車」，是何墮廢一至於此。觀此二事，重使人惻然。前人基緒，後人鮮克保持。雖欲委曲爲計，有不可得。李衛公《平泉山居戒子孫》曰：「鬻平泉者，非吾子孫也。以平泉一樹一石與人者，非佳士也。」諄戒非不切至，然平泉怪石名品，幾爲洛陽大族有力者取去。嗚呼！兹豈告戒所及哉！（卷十五。下同）

【唐時揚州通州】唐時揚州爲盛，通州爲惡。當時有「揚一益二」之語，十里珠簾，二十四橋風月，其氣象可知。張祜詩曰：「十里長街市井連，月明橋上有神仙。人生只合揚州死，禪智山光好墓田。」王建詩曰：「夜市千燈照碧雲，高樓紅袖客紛紛。如今不是承平日，猶自笙歌徹曉聞。」徐凝詩曰：「天下三分明月夜，二分明月在揚州。」其盛如此。通州不然，白樂天詩曰：「通州海内恓惶地，司馬人間冗長官。」元微之詩曰：「折君災難是通州。」又曰：「黄泉便是通州郡。」其不美如此。一謂神仙，一謂黄泉，相去霄壤矣。

【臺笠緇撮】《毛詩》「臺笠緇撮」，傳謂：「臺，所以禦暑；笠，所以禦雨；緇撮，緇布冠也。」鄭箋謂：「臺，夫須也，以臺皮爲笠，緇布爲冠。」故謝玄暉詩曰：「臺笠聚東菑。」注：「臺禦雨。」是以爲二事，蓋本毛之説。麴信陵詩曰：「臺笠冒山雨，渚田耕荇花。」以臺笠對渚田，是以爲一事，蓋祖鄭之説。二詩皆有據依。考孔穎達《正義》，臺可爲笠則一也，傳分之者，笠本禦暑，而《良耜》曰：「其笠伊糾，因可禦雨。」故傳分之以充二事，則知毛之見如此。

【漢唐俸禄】（上略）唐初禄制：正一品，米七百石，錢九千八百；正二品，米五百石，錢八千；正三品，米四百石，錢七千。大率如此。自艱難以來，增置使額，大曆中，權臣月俸有至九千貫，刺史無大小，皆千貫，其視兩漢，不啻數倍。而兩漢職田無聞，唐一品十二頃，二品十頃，以下皆有差。唐之俸禄多於兩漢如此。當時詞人見於歌詩，如元微之《在政府與妻詩》曰：「今日俸錢過十萬，與君朝暮復營齋。」《通州司馬詩》曰：「月儲三萬養教閒。」白樂天曰：「典校在秘書，一馬兩僕夫。俸錢萬六千，月給亦有餘。」孟郊詩曰：「贛人年六十，每月請三千。」見於詩者往往如此。（下略）（卷十六。）

下同）

【板輿】世率以板輿爲奉母親事用，如樂天詩：「朱旛四從板輿行。」取潘安仁《閒居賦》「太夫人乃御板輿」之意，不知當時三公告老，亦許以板輿上殿，如傅祗者是。則板輿事不可專爲奉母也，梁韋睿以板輿自載，督厲衆軍，則知板輿不止一事。

【撥剌乖剌】杜子美詩：「跳魚撥剌鳴。」不曉者讀爲「撥次」。案張衡《思玄賦》曰：「彎威弧之撥剌。」注：「剌，力達反。」太白詩曰：「雙鰓呀呷鬐鬣張，跋剌銀盤欲飛去。」李以「撥」爲「跋」。所謂「撥剌」者，劃烈震激之聲，箭鳴亦然。又勢有不便順，謂之「乖剌」。乖剌者，乖戾也。如東方朔謂「吾强乖剌而無當」，杜欽謂「陛下無乘剌之心」是也。今人言作事不順，猶有此語。「剌」呼爲「賴」，聲之轉也。

【馺娑承明】馺娑殿，娑字諸處音素可反，惟揚雄賦先河反。承明廬，承明本平聲，而張曲江、李文饒作側聲用。寒山詩：「八風吹不動。」而樂天詩：「汰風吹不動。」汰音闥。羹臛之羹，與夫地名不羹，本音耕。而《魯頌》、《楚辭》、《急就章》皆讀爲郎。今俗謂相抵曰挨，正書此字，而樂天詩：「坐依桃葉妓，日醉依香枕。」坐依音烏皆反，正挨字。今言不正者爲夭邪，夭讀爲么。而樂天詩曰：「莫言蘇小小，人道最夭邪。」夭，伊邪反。非么字。東坡《梅詩》祖此用「夭邪」語，今人多讀爲「么邪」，而不知爲非也。似此甚多。又如船人使風曰帆風，帆字作去聲呼。案《唐韻》去聲有此一音，是以張説之律詩曰：「夏雲隨北帆，同日過江來。」

【相承疊用數語】詩人相承疊用數語，如于鵠「蓬頭十二三」，則韓退之「年至十二三」。劉禹錫「花面丫頭十三四」，則梁簡文「可憐年幾十三四」。杜子美「往昔十四五」，則阮籍「昔年十四五」。權德輿「年至十五六」，則紀少瑜「女兒年幾十五六」。杜子美「郎今才年十六七」，則司馬宣王「年幾十六七」。杜子美「虯髯十八九」，則《焦仲卿》「年始十八九」。或謂十八九字見《丙吉傳》，不知入詩中用自《焦仲卿》始也。史傳間有折計數目之語：如七八五十六，見馬融；三七二十一，見蘇秦；九九八十一，見顏率；五七三十五，見《通典》；六六三十六，見《魚經》；三九二十七、七九六十三、三八二十四、四八三十二，見《齊書》；七九六十三、八九七十二，見《考異郵》。又考之：三三九、九九八十一、八九七十二、七九六十三、六九五十四、五九四十五、四九三十六、三九二十七、二九一十八，竝見子夏之語。似此甚多。又如「一年三百六十日」，見施肩吾詩：「十年三千六百日」，見北齊謡言：「百年三萬六千日」，見李白詩。肩吾語，又出《東漢·周澤傳》注。

【賀知章上昇】《賀知章傳》云：「天寶初，請爲道士還鄉里。詔許之，賜鏡湖剡川一曲。既行，帝賦詩，皇太子百官餞送。」僕尋考《會稽集》，得明皇所爲送賀老歸越之序與詩，及朝士自李適以下三十七人餞别之作。是時正天寶三載正月五日也，青門祖帳，冠蓋如雲。雖漢二疏，無以加此。觀者如堵，甚以爲寵。傳又謂卒年八十六。僕觀徐鉉序中謂有彭淌者，於會稽郡之延壽院泥中得一石，乃許鼎所撰《通和祖先生碑》，其間載賀監知章得攝生之妙，不死，負笈賣藥，如韓康伯。近於台州上昇，遍於人聽，元和己亥，先生遇之云云。此碑正元和間所作，相去未遠也。不知何以言此？然觀李白《憶賀監詩》有云：「昔好杯中物，今爲松下塵。」又云：「人亡餘故宅，空有荷花生。」如白所云，則是知章實死矣。唐人好奇，華山女子事，諸公誇詡不一，使知章有上昇之事，亦侈大而言之，不應隱没而不傳也，疑徐鉉所序之妄。此事正如《江南野録》載陳陶不死，而曹松、方干之徒皆有哭陶詩之類也。虚實不可深信如此。（卷十七。下同）

【藥名詩】《西清詩話》云：「藥名詩起自陳亞，非也。東漢已有離合體，至唐始著藥名之號。如張籍《答鄱陽客》詩云：『江皋歲暮相逢地，黄葉霜前半夏枝。子夜吟詩向松桂，心中萬事豈君知。』是也。」僕謂此説亦未深考，不知此體已著於六朝，非起于唐也。當時如王融、梁簡文、元帝、庾肩吾、沈約、竟陵王皆有，至唐而是體盛行，如盧受采、權、張、皮、陸之徒多有之。吴曾《漫録》謂藥名詩，庾肩吾、沈約亦各有一者，非始於唐，所見亦未廣也。本朝如錢穆父、黄山谷之輩，亦多此作。

【鳥名詩】葉天經謂退之「唤起窗全曙，催歸日未西」，唤起、催歸，二鳥名。鳥名詩起此。僕考之，其體亦自六朝。觀梁元帝嘗有是作，退之非祖此乎？當時爲雜體詩至不一也。梁元帝所作爲多，不但鳥名也。如獸名、歌曲名、龜兆名、鍼穴名、將軍名、宫殿名、屋名、車名、船名、樹名、草名，率皆有作。鳥名詩，如云：「晨鳧移去舸，飛燕動歸橈。」獸名詩，如云：「水涉黄牛浦，山過白馬津。」歌曲名詩，如云：「啼烏怨别鶴，曙烏憶還家。」龜兆詩，如云：「土膏春氣生，倡女協春情。」此類甚多。

【善學柳下惠】姚合詩曰：「相府旌旗天下尊，汴水如今不復渾。」孟郊詩曰：「自公領兹部，山水無滓泥。」又曰：「君生雪水清，君没雪水渾。」此等語皆祖老杜「公來雪山重，公去雪山輕」之意。樂天詩曰：「安得萬里裘，盡裹週四垠。」又曰：「我有大裘長萬丈，與君都蓋洛陽人。」此又祖老杜「安得廣廈千萬間，大庇寒士倶歡顔」之意。樂天可謂善學柳下惠者。

【潘安仁言遁逃字】《前漢書·賈生傳》云：「九國之師，遁巡而不敢進。」師古注：「遁巡，謂疑出而却退也。遁，音千旬反。」流俗書本「巡」字誤作「逃」，讀者因爲遁逃之義。潘安仁《西征賦》曰：「遁逃以奔竄。」誤矣。僕謂師古是未深考耳。《史記》之文曰：「九國之師，逡巡遁逃而不敢進。」又曰：「月氏遁逃而常怨匈奴。」曰：「豫讓遁逃山中。」「遁逃」二字，馬遷屢用之矣。《前漢·匈奴傳》：「戎狄遁逃竄伏。」《陳湯傳》：「單于遁逃遠舍。」其義正與《史記》一同。遁逃字又見於班固之筆矣，不可謂安仁之誤也。推而上之，如荀卿、管仲；推而下之，如張説、王維之徒，皆有是語，又不特見於班馬之書而已。杜子美詩曰：「近聞犬戎遠遁逃。」曰：「漢陰槎頭遠遁逃。」而注詩者謂遁逃之語出於《蕭望之傳》，又誤矣。

【崖蜜】東坡《橄欖》詩曰：「待得微甘回齒頰，已輸崖蜜十分甜。」《冷齋夜話》謂事見《鬼谷子》，崖蜜，櫻桃也。漫叟、漁隱諸公，引《本草》「石崖間蠭蜜」爲證。僕謂坡詩爲橄欖而作，疑以櫻桃對言，世謂棗與橄欖争曰：「待你回味，我已甜了。」正用此意。蠭蜜則非其類也。固自有言蠭蜜處，如張衡《七辯》云：「沙餳石蜜。」乃其等類。閩王遺高祖石蜜十斛，此亦一石蜜也。僕嘗考之，石蜜有數種，《本草》謂崖石間蠭蜜爲石蜜，又有所謂乳餳爲石蜜者，《廣志》謂蔗汁爲石蜜，其不一如此。崖石一義，又安知古人不以櫻桃爲石蜜乎？觀魏文帝詔曰：「南方有龍眼荔枝，不比西園蒲萄石蜜。」以龍眼荔枝相對而言，此正櫻桃耳，豈餳蜜之謂邪？坡詩所言，當以此爲證。

【北固懷古詩】李德裕《北固懷古》詩曰：「自有此山川，於今幾太守。近世二千石，畢公宣化厚。丞相量納川，平陽氣衝斗。三賢若時雨，所至躋仁壽。」注：「畢構政事，爲開元等一。丞相陸象先、平陽齊澣，三賢皆爲此郡。」僕考之傳，獨象先不聞爲潤州，此恐史之佚耳。畢構，中宗景龍初爲潤州，政有惠愛，景龍末召爲御史大夫，謂政事爲景龍間第一可也。

【語益精明】韋蘇州詩曰：「西施且一笑，衆女安得妍。」而白樂天詩曰：「迴眸一笑百媚生，六宮粉黛無顔色。」杜子美詩曰：「須臾九重真龍出，一洗萬古凡馬空。」而東坡頌曰：「奮鬣長鳴，萬馬皆瘖。」等一意耳，其後用之益精明。僕嘗用是語爲一聯云：「六宫無色迴眸笑，萬馬皆瘖奮鬣鳴。」吴曾《漫録》謂樂天「迴眸一笑百媚生」，蓋祖李白《清平詞》「一笑皆生百媚」之語。僕謂李白之語，又有所自，觀江總「迴身轉佩百媚生，插花照鏡千嬌出」，意又出此。

【二李詩】《雪浪齋日記》謂六一居士詩：「晚烟寒橘柚，秋色老梧桐。」豈不似少陵？僕觀是聯乃李太白《登宣城北樓》詩，非六一也。《石林詩話》謂：「開簾風動竹，疑是故人來。」與「徘徊花上月，空度可憐宵」，此兩聯雖小説，實佳句。僕謂上聯在《李君虞集》中，此即古詞「風吹窗簾動，疑是所歡來」之意。梁費昶亦曰：「簾動意君來。」柳惲曰：「颯颯秋桂響，非君起夜來。」《麗情集》曰：「待月西廂下，迎風户半開。拂牆花影動，疑是玉人來。」齊謝朓《懷故人》詩：「離居方歲月，故人不在兹。清風動簾夜，明月照窗時。」皆一意也。又「花月徘徊」之語，亦出於古詞意。

【福不盈眦】《隱居詩話》曰：「詩戒蹈襲古人意，亦有襲而愈工。魏人章奏曰：『福不盈眦，禍將溢世。』韓退之則曰：『歡華不滿眼，咎責塞兩儀。』」僕謂「福不盈眦，禍溢於世」，乃班固《答賓戲》，見西漢叙傳，袁術議稱尊號，嘗引以爲言。此語非出於魏人之口。鮑昭《河清頌》曰：「物不盈眦，美溢金石。」

【古人名詩】《石林詩話》曰：「荆公詩：『莫嫌柳渾青，終恨李太白。』以古人姓名藏句中。或謂前無此體，自公始見，余讀《權德輿集》，見其一篇，知德輿有此體。」僕謂此體其源流亦出於六朝，至唐而著。不但德輿也，如皮日休、陸龜蒙等皆有此作。

【一句中對偶】《容齋續筆》曰：「唐人詩文，或於一句中自成對偶，謂之當句對。蓋起於《楚詞》『蕙蒸蘭藉，桂酒椒漿』，『桂櫂蘭枻，散冰積雪』。自齊梁以來，江文通、庾子山諸人亦如此。」僕謂此體亦出於《三百篇》之詩，不但《楚詞》也，如「玄衮赤舄，鉤膺鏤錫」，「朱英緑縢，二矛重弓」之類是焉。

【銀甕酒庫】都下有銀甕酒庫，或問何謂？僕考《瑞應圖》：「王者宴不及醉，則銀甕呈祥。」蓋取此意。真州郡齋舊有酒名，謂之花露，人亦莫曉。僕讀姚合詩：「味輕花上露，色似洞中泉。」得非取此乎？又太真妃宿酒初消，吸花露以潤肺。見《開元遺事》。

【興雨祈祈】顔之推《家訓》引班固《靈臺詩》「祈祈甘雨」之句，以謂《詩》之「有渰萋萋，興雲祈祈」當是「興雨」，俗寫誤耳。趙明誠又據漢《無極山碑》「興雲祈祈」之語，以謂《毛詩》本作「雲」字，後來皆作「雨」字，因顔而改耳。洪氏又引《左雄傳》「興雨祈祈」，以證此語非起於顔氏。僕謂古人引經書語，取其大意，不泥其字文。雲雨皆一意，安用區别？且「興雨祈祈」，在雄之先已自有引之者矣。觀《鹽鐵論》亦有是語，豈止雄邪！然《前漢·食貨志》乃作「興雲祈祈」，要之曰「雨」曰「雲」，二説初無定論。且班固一人，其説亦自不同，況各人乎！是不可泥其一也。孔穎達《正義》謂定本作「興雨」，或作「興雲」，誤也。（卷十八。下同）

【子美椶拂詩】漁隱云：「杜子美《椶拂子》詩云：『不堪代白羽，有足除蒼蠅。』山谷謂事見《新唐書》，適從何處來者也。」僕按此元稹事，在子美後，山谷引之誤矣。僕謂扇驅蒼蠅，《宋史》嘗有是説，然杜詩此聯，初非用故事。蓋椶拂者，唐人用以驅蠅。杜詩之意，謂此雖不足以代白羽，亦可以驅蒼蠅，非謂代白羽以除蒼蠅也。杜詩二意，而山谷以一意認之，故有此誤。韋應物亦有《椶櫚蠅拂歌》曰：「椶櫚爲拂登君席，青蠅撩亂飛四壁。」舉此可驗杜詩之意。

【李白事説者不一】李白事所説不一，魏顥作《文集序》曰：「上皇豫游召白，白時爲貴朋游飲。比至半醉，令製出師詔，不草而就，許中書舍人。以張洎讒，逐游海岱間。年五十餘，尚無禄位。」樂史作《别集序》則又曰：「上與太真在沉香亭賞木芍藥，命李龜年持金花牋宣賜李白，立進《清平詞》。白宿酲未解，援筆賦之。會高力士挾脱靴之恨，譖白於妃，由是上三欲官白，輒爲妃沮。」劉全白作《碣記》又曰：「天寶初，玄宗辟翰林待詔，因爲和蕃書，并上宣唐鴻猷一篇。上重之，欲以綸誥之任委之，爲同列者所謗，詔令歸山，遂浪跡天下。」范傳正《新墓碑》曰：「天寶初，召見於金鑾殿，論當世務，草答蕃書，玄宗嘉之。遂直翰林，專掌密命，將處司言之任。他日，泛白蓮池，公不在宴。皇歡既洽，召公作序。時公被酒，於翰苑中命高將軍扶以登舟，優寵如是。既而上疏請還舊山，玄宗甚愛其才，或慮乘醉出入省中，不能不言温室樹，恐掇後患，惜而逐之。」其説紛紜不同如此。惟樂史所説頗與傳文合，傳曰：「白供奉翰林，猶與飲徒醉於市。帝坐沉香亭，意有所感，欲得白爲樂章。召入，而白已醉。左右以水頮面，稍解，授筆成文，婉麗精切，帝愛其才。白嘗侍帝醉，使高力士脱靴。力士恥之，摘其詩以激貴妃。帝欲官白，妃輒沮之。白自知不爲親近所容，懇求歸山，帝賜金放還。」所載亦如此。僕謂李白不容於朝，固雖因高力士之譖，然其爲人疏曠不密，觀傳正所謂「乘醉出入省中，不能不言温室樹」。又觀李陽冰《草堂集序》謂出入翰林中，問以國政，潛草詔誥，人無知者，醜正同列，害能就謗。疑其於醉中曾洩漏禁中事機，或者云云。明皇因是疏之。

【五更轉】陳伏知道《從軍五更轉》有曰：「一更刁斗鳴，校尉逴連城。遥聞射雕騎，懸憚將軍名。二更愁未央，高城寒夜長。試開弓竝月，聊持劍比霜。三更夜警新，横吹獨吟春。强聽落梅花，誤憶柳園人。」似此五轉。今教坊以五更演爲五曲，爲街市唱，乃知有自。半夜角詞，吹落梅花，此意亦久。

【詩讖】《王直方詩話》舉東坡、少游、後山數詩，以爲詩讖。漁隱以爲不然，謂人之得失生喪，自有定數，烏有所謂詩讖云者。其不達理如此。僕謂此説亦失之偏，詩讖之説，不可謂無之，但不可謂詩詩皆有讖也。其應也往往出於一時之作，事之與言，適然相會，豈可以爲常哉？漁隱舉東坡詩之不應者爲證，可笑其愚。大抵吉凶禍福之來，必有先兆，固有託於夢寐影響之間。而詩者，吾之心聲也，事物變態，皆能寫就，而況昧昧休咎之徵，安知其不形見於此哉？但泥於詩讖則不可。（卷十九。下同）

【詩句相近】唐人詩句不一，固有采取前人之意，亦有偶然暗合者。如李白詩：「河陽花作縣，秋浦玉爲人。」武元衡詩：「河陽縣裏玉人閒。」姚合詩：「文字當酒杯。」賈島詩：「燈下《南華》卷，祛愁當酒杯。」許渾詩：「百年便作千年計。」李後主詩：「人生不滿百，剛作千年畫。」柳子厚詩：「欸乃一聲山水緑。」張文昌詩：「離琴一聲罷，山水有餘輝。」姚合詩：「買石得花饒。」王建詩：「買石得雲饒。」王維詩：「珥筆趨丹陛。」儲光羲詩：「珥筆趨文陛。」杜牧之詩：「乞酒緩愁腸。」武元衡詩：「歌酒換離愁。」劉瑗詩：「侍兒能勸酒，貴客解彈琴。」王無功詩：「老妻能勸酒，少子解彈琴。」杜子美詩：「試吟青玉案，莫弄紫羅囊。」劉夢得詩：「學堂青玉案，緑服紫羅囊。」孟東野詩：「種稻耕白水，負薪斫青山。」許渾詩：「雨中耕白水，雲外斸青山。」此類甚多。

【賤子具陳】杜子美《上韋左丞》詩曰：「丈人試静聽，賤子請具陳。甫昔少年日，早充觀國賓。」云云。此詩正用鮑昭《東武吟》意，昭曰：「主人且勿喧，賤子歌一言。僕本寒鄉士，出身蒙漢恩。」云云。前此應休璉詩嘗曰：「避席跪自陳，賤子實空虚。」而與杜同時如王維，亦曰：「賤子跪自陳，可爲帳下不？」古詩嘗曰：「四坐且莫喧，願聽歌一言。」

【杜詩合古意】阮籍詩：「昔年十四五，志尚好詩書。」杜詩：「往昔十四五，出游翰墨場。」鮑昭詩：「昔如鞲上鷹，今如檻中猿。」杜詩：「昔如水上鱗，今如罝中兔。」庾信詩：「細管纏鐘格，圓花釘鼓牀。」杜詩：「繡段裝簷額，金花帖鼓腰。」鮑昭詩：「北風驅雁天雨霜。」杜詩：「驅馬天雨雪。」沈約詩：「山櫻花欲燃。」杜詩：「山青花欲燃。」杜詩合古人之意，往往若此，注所不聞。又如子美《鷹》詩：「側目似愁胡。」王原叔但引隋魏彦深賦爲言，不知「狀似愁胡」，乃晉孫楚《鷹賦》中語耳。杜詩「速令相就飲一斗」，人多引鮑昭「且願得志數相就」以證「相就」二字有所自，不知「相就飲」三字見庾信詩「野人相就飲」。至如杜詩「巡簷但索梅花笑」，「梅花笑」三字見隋煬帝詩。「市橋官柳細」，「官柳」二字見《晉·陶侃傳》。前輩謂老杜詩無兩字無來歷，山谷亦云：「老杜詩，退之文，無一字無來處。」信哉！

【司字作去聲】《容齋隨筆》云：「白樂天好以司字作入聲讀，如云：『四十著緋軍司馬，男兒官職未蹉跎。』『一爲軍司馬，三見歲重陽』是也。又以相字作入聲，如云：『爲問長安月，誰教不相離』是也。相字下自注云：『思必切』。以十字作平聲讀，如云：『在郡六十日，入山十二回。』『緑漲東西南北水，紅欄三百九十橋』是也。以琵字作入聲讀，如云：『四弦不似琵琶聲』是也。武元衡亦有句云：『惟有白鬚張司馬，不言名利尚相從。』」僕謂二詩司字非入聲，乃去聲耳。觀白詩無注，《廣韻》入聲不收，《集韻》去聲伺字韻收，曰：「司，主也。」僕觀《西漢·叙傳》與夫《文選》，司字作伺字協，疑此詩亦以司爲伺。如琵字相字，洪謂作入聲，此説是已。白詩多犯鄙俗語，又如枇杷之枇，蒲萄之蒲，亦協入聲。如請召之請協平聲，諒闇之闇協去聲，似此之類甚多。其詩句有曰：「況對東溪野枇杷。」「燭淚粘盤纍蒲萄。」「燕姬酌蒲萄。」是協入聲者也。又曰：「當時綺季不請錢。」「商宗諒闇中。」是協平聲去聲者也。僕又考之，不特白詩爲然，唐人之詩多有如是者。如張祜曰：「生摘枇杷酸。」曰：「宫樓一曲琵琶聲。」姚合曰：「每月請錢共客分。」張文昌曰：「錦江樓下三江流。」是皆隨其律而用之。

【白用杜句】杜詩：「甲第紛紛厭粱肉，廣文先生飯不足。」白詩：「靖節先生尊長空，廣文先生飯不足。」杜詩：「眼前無俗物，多病也身輕。」白詩：「眼前無俗物，身外即僧居。」杜詩：「酒債尋常行處有，人生七十古來稀。」白詩：「舊語相傳聊自慰，世間七十古來稀。」

【古樂府名】唐子西曰：「古樂府命題，皆有主意，後人用樂府爲題者，當代其人而措辭。如《公無渡河》，須作妻止其夫之詞，太白輩或失之。」僕謂後人之作，失古詞之意甚多，不止此也。如漢鐃歌十八曲中，有《朱鷺》、《艾如張》、《巫山高》等詞，後之作者，往往失其本意。《朱鷺》者，據《樂志》，建鼓殷所作，棲鷺於其上，取其聲揚。或曰：鷺，鼓精也。或曰：《詩》曰：「振振鷺，鷺于飛。鼓咽咽。」古之君子，悲周之衰，頌聲息，飾鼓以存鷺。雖所説不一，然鷺則鷺鷥之鷺。至宋何承天作《朱路曲》，乃謂路車之路，失其意矣。又如《巫山高》詞，《解題》曰：「古詞言江淮水深，無梁可度，臨水遠望，思歸而已。」至齊王融之徒《巫山高》詞，乃雜以陽臺神女之事，無復故意。《艾如張》，艾與刈同如訓，而古詞之意，謂刈而張羅。至陳蘇子卿詞，則曰：「張機蓬艾側。」是以艾爲蓬艾之艾矣。此類不一。

【李杜詩意】杜子美詩：「子規夜啼山竹裂。」武元衡詩：「子規夜啼江樹白。」李賀詩：「雄雞一聲天下白。」温飛卿詩：「碧樹一聲天下曉。」按古詩《雞鳴歌》：「汝南晨雞登壇唤，月没星稀天下旦。」子美詩：「孔丘盗蹠俱塵埃。」杜牧詩：「堯舜周孔皆爲灰。」《南北史》和士開云：「自古帝王，盡爲灰土，堯舜桀紂，竟復何異！」

【靈運得句】《石林詩話》云：「謝靈運詩：『池塘生春草，園柳變鳴禽。』此語之工，正在於無心猝然與景相遇，備以成章，不假繩削，故非常情之所能到。」僕謂靈運製《登池樓》詩，而於西堂致思，竟日不就，忽夢惠連得此句，遂足其詩。是非登樓時倉卒對景而就者，謂「猝然與景相遇，備以成章」，殆恐未然。蓋古人之詩，非如今人牽强輳合，要得之自然，如思不到，則不肯成章。故此語因夢得之自然，所以爲貴。

【顏延年五君詠】《潘子真詩話》曰：「顏延年《阮始平詩》曰：『屢薦不入官，一麾乃出守。』蓋謂山濤三薦咸爲吏部郎，武帝不能用，荀勖一麾之，則左遷始平太守。」僕謂延年賦此，蓋有爲也。徐羨之不悦延年，出爲始安太守，謝晦謂延年曰：「昔荀勖忌阮咸，斥爲始平郡。今卿爲始安，可謂二始。」延年後復爲劉湛出爲永嘉太守，怨憤之甚，故有是作。向注但云「延年疏曠，劉湛出爲永嘉太守」，而不及其他，是未深知其意耳。又如作《阮步兵詩》，則延年正以領步兵好酒，見黜於時，與阮同也。其詠五君，意皆有在。

【展江亭語】《西清詩話》曰：「許昌西湖展江亭就，宋元憲留題，有『鑿開魚鳥忘情地，展盡江湖極目天』之句，皆曠古未有。然本於五代馬殷據潭州時，建明月圃，徐仲雅詩：『鑿開青帝春風圃，移下姮娥夜月樓。』」僕謂又不止此。觀唐沈彬《望廬山》詩：「壓低吴楚滑涵水，約破雲霞獨倚天。」前此蓋有是意。皮日休《潺谿洞》詩亦曰：「敲碎一輪月，熔銷半段天。」

【著鞭聒耳】前輩《馬》詩用「著鞭」二字，多引《劉琨傳》祖生先吾著鞭事，如山谷詩：「眼明見此玉花驄，徑思著鞭隨詩翁。」而任淵所注是也。僕謂此大綱言著鞭耳，非爲馬設。前此二字蓋嘗有爲馬而言者，按《三國志》，蜀何祇謂楊洪曰：「故吏馬不敢馳，但明府未著鞭耳。」世人局於所見，推究不廣類如此。又如前輩《鼁》詩，用聒耳鳴事，人多引梁武陵王坐池亭鼁鳴聒耳，王曰：「殊廢絲竹之聽。」或者又引齊孔珪事，以爲在梁之前。僕謂皆未也，按《周禮》「蟈氏掌去鼁黽」，注：「爲聒人耳。」其事祖此。《談藪》以孔珪事爲陸稚圭，《續釋常談》引此以證聒人耳之所自，非也。

【李習之爲鄭州】《貢父詩話》曰：「唐文人李習之不能詩，鄭州掘石刻有鄭州刺史李翱詩云云，此別一李翱，非習之。《唐書·習之傳》不記爲鄭州，王深甫謂習之集乃收此詩，爲不可曉。」漁隱亦謂習之未嘗爲鄭州刺史。僕謂諸公不深考耳。爲鄭州者，即習之也。習之爲鄭州事，史略而不載，其履歷之詳，具見《僧録》中。曰：「翱正元十四年登第，校書郎。三遷至京兆府，轉國子博士，史館修撰，權職方員外郎，授考功員外郎，兼史職。出爲朗州刺史。太和初，入爲諫議大夫。尋以本官知制誥，拜中書舍人。以謬舉柏耆，左遷少府少監，俄出爲鄭州刺史。五年，爲桂州刺史，御史中丞，充桂管防禦使。七年，授潭州刺史，湖南觀察使。八年，徵爲刑部侍郎。九年，轉户部侍郎，檢校户部尚書，襄州刺史，山南東道節度使。會昌中卒。」其詳如此。《傳》但云：「始調校書郎。元和初，爲國子博士，史館修撰。再遷考功員外郎，除朗州刺史。召爲禮部郎中，出爲廬州刺史，入爲諫議大夫，知制誥，改中書舍人。坐柏耆事，左遷少府少監。後遷桂管湖南觀察使，山南東道節度使，卒。」以《傳》視《僧録》，疏略甚多。其間亦有不同處，習之爲鄭州日，正在爲桂州前，而史不載。貢父遂以爲别一人，因知傳文之誤人多矣。

【化鶴二事】化鶴二事相類，《續搜神記》云：「遼東城門有華表柱，忽一白鶴飛集，言曰：『有鳥有鳥丁令威，去家千載今來歸。城郭皆是人民非，何不學仙冢纍纍。』」又《神仙傳》云：「蘇仙公，桂陽人，昇雲而去。後有白鶴來止郡城樓上，人或彈之，鶴以爪書曰：『城郭是，人民非，三百甲子一來歸。吾是蘇君，彈我何爲？』」《洞仙傳》謂仙公即蘇耽也，是以魯直《次韻蘇翰林公出遨》詩曰：「人間化鶴三千歲，海上看羊十九年。」正均用蘇家故事也。

【拗句格】《禁臠》云：「魯直有换字對句法，如曰：『只今滿坐且尊酒，後夜此堂空月明。』曰：『田中雖間不納履，坐下適來何處蠅。』前此未有人作此體，自魯直變之。」苕溪漁隱曰：「此體出老杜，如『寵光蕙葉與多碧，點綴桃花舒小紅』者是也，今俗語謂之拗句格。」僕謂此體非出於老杜，與杜同時如王摩詰，亦多是句，如云：「雨中草色緑堪染，水上桃花紅欲燃。」曰：「勸君更盡一杯酒，西出陽關無故人。」疑亦久矣。張説詩曰：「山接夏空險，臺留春日遲。」此亦拗句格也。

【以鳥對僧】賈島詩曰：「鳥宿池邊樹，僧敲月下門。」或者謂句則佳也，以鳥對僧，無乃甚乎？僕觀島詩又曰：「聲齊雛鳥語，畫卷老僧真。」曰：「寄宿山中鳥，相尋海畔僧。」薛能詩曰：「槎鬆配石山僧坐，蕊杏含春谷鳥啼。」杜荀鶴詩曰：「沙鳥多翹足，巖僧半露肩。」姚合詩曰：「露寒僧出梵，林静鳥巢枝。」曰：「幽藥禪僧護，高窗宿鳥窺。」曰：「夜鐘催鳥絶，積雪阻僧期。」陸龜蒙詩曰：「煙徑水涯多好鳥，竹牀蒲倚但高僧。」司空曙詩曰：「講席舊逢山鳥至，梵經初向竺僧求。」唐人以鳥對僧多如此，豈特島然！僕又考之，不但對鳥也，又有對以蟲、對以禽、對以猿、對以鶴、對以鹿、對以犬者，得非嘲戲之乎？又有「時聞啄木鳥，疑是扣門僧」，出《東坡佛印語録》。

【規放古詩意】《石林詩話》云：「江淹《擬湯惠休》詩：『日暮碧雲合，佳人殊未來。』古今以爲佳句，然謝靈運『圓景早已滿，佳人猶未適』，謝玄暉『春草秋更緑，公子未西歸』，即是此意。」僕觀古樂府曰：「黄雲暮四合，高鳥各分飛。寄語遠游子，月明何未歸。」此正江淹之意，淹兩句，此四句，以碧雲爲黄云耳。僕嘗謂晉宋間人詩，雖規模不同，然大意不外乎先王《三百篇》之中，要非自有新意。如江淹等詩，即《毛詩·君子于役》之意也。「君子于役，不知其期，曷至哉？雞棲于塒，日之夕矣，牛羊下來。君子于役，如之何勿思。」非出於此意乎！又如張孟陽《四愁詩》：「佳人遺我緑綺琴，何以報之雙南金。」「佳人遺我錦繡段，何以報之青玉案。」即《毛詩》「投我以木桃，報之以瓊瑶。」「投我以木李，報之以瓊玖」之意也。（卷二十。下同）

【魯直荼蘼詩】《冷齋夜話》云：「前輩作花詩，多用美女比其狀，如曰：『若教解語應傾國，任是無情也動人。』塵俗哉！山谷作荼蘼詩曰：『露濕何郎傳湯餅，日烘荀令炷爐香。』乃用美丈夫比之，特出類也。」僕謂山谷此聯，蓋出於李商隱之意，而翻案尤工耳。商隱詩曰：「謝郎衣袖初翻雪，荀令熏爐更換香。」以此聯較之，真不侔矣。

【杏花雨】前輩謂「深院無人杏花雨」之句極佳，此非四雨之數，當作去聲呼。僕觀此句，正祖南唐潘佑之意，佑有詩曰：「誰家舊宅春無主，深院簾垂杏花雨。」佑兩句意，此作一句言耳。然佑句作上聲，非去聲也。其下曰：「香飛緑瑣人未歸，巢燕承塵燕無語。」豈語字亦當作去聲邪？唐《花間集》亦曰：「紅窗寂寂無人語，黯淡梨花雨。」

【詒厥友于等語】洪駒父云：「世謂兄弟爲友于，謂子孫爲詒厥，歇後語也。子美詩曰：『山鳥幽花皆友于。』退之詩曰：『誰謂詒厥無基址。』雖韓杜不能免俗。」吴曾《漫録》乃引《南史》劉湛等友于之語，以證子美所用爲有自。僕謂《漫録》所引，未也。僕考諸史，自東漢以來多有此語，曰「居詒厥之始」，曰「友于之情愈厚」，西漢未之聞也，知文氣自東漢以來寖衰。不特是也，如言色斯、赫斯，則哲之類甚多。此語至入於詩中用，可見後世文氣日不逮古如此。近時四六，多以爰立對具瞻，作宰相事用。所謂爰立者，訓於是乎立耳，不知所立者何事？而曰「即膺爰立之除，式副具瞻之望」，除即立，瞻即望，頭上安頭，甚可笑也。僕又考之，曹氏命司馬氏文曰：「逵兆庶具瞻之望。」桓豁疏曰：「願陛下追收謬眷。」則具瞻革望，魏晉人已有此謬。

【少游斜陽暮】《詩眼》載前輩有病少游「杜鵑聲裏斜陽暮」之句，謂斜陽暮似覺意重。僕謂不然，此句讀之，於理無礙。謝莊詩曰：「夕天際晚氣，輕霞澄暮陰。」一聯之中，三見晚意，尤爲重疊。梁元帝詩：「斜景落高春。」既言斜景，復言高春，豈不爲贅？古人爲詩，正不如是之泥，觀當時米元章所書此詞，乃是「杜鵑聲裏斜陽曙」，非暮字也，得非避廟諱而改爲暮乎？

【珊瑚春黄糜】《隱居詩話》曰：「杜牧之詩，有趁韻而撰造非事實者，如『珊瑚破高齊，作婢春黄糜』是也。李詢得珊瑚，其母令衣青衣而春，無糜字。」僕謂既言衣青衣而春，添一字何害？但糜自是粥，作米粱字用恐有所未安耳。「春黄糜」之語，牧蓋祖《後漢志》「慊慊春黄粱」之意，不知糜豈可以言粱邪？

【殍飴二字】沈存中《筆談》曰：「唐士人專以小詩著名，而讀書滅裂，如樂天《題坐隅》詩：『俱化爲餓殍。』作夫字押。杜牧之《杜秋娘》詩：『厭飫不能飴。』飴乃餳，非飲食也。」僕觀晉王薈以私粟作粥飴饑者，郗鑒甚窮，鄉人共飴之。飴字豈不作飲食用？然考晉音乃音嗣，非貽字也。僕謂牧之用作貽字，必別有所據。又觀《後漢・許楊傳》舉謠歌曰：「飴我大豆亨芋魁。」飴字無音，乃知牧之用字，有所祖也。餓殍之殍作夫字用，按《唐韻》敷字韻收，撫俱切，又平表切，皆言餓死也。是則殍字有二音，樂天所押蓋從《唐韻》之平聲者。二字皆有所據，存中自不深考，安可以讀書滅裂非之。揚雄《箴》曰：「野有餓殍。」

【北固甘羅】杜牧之《登北固山》詩曰：「謝朓詩中佳麗地。」或者謂朓詩：「江南佳麗地，金陵帝王州。」金陵乃今建康，非潤州也。僕謂當時京口，亦金陵之地，不特牧之爲然，唐人江寧詩，往往多言京口事，可驗也。又如《張氏行役記》言甘露寺在金陵山上，趙璘《因話録》言李勉至金陵，屢讚招隱寺標致。蓋時人稱京口亦曰金陵。牧之又有詩曰：「甘羅昔作秦丞相。」或者又謂《史記》甘羅年十二，事秦相文信侯吕不韋，後因説趙有功，始皇封爲上卿，未嘗爲秦相也。僕考《北史·彭城王勰傳》曰，「昔甘羅爲秦相，未聞能書。」《儀禮疏》曰，甘羅十二相秦，未必要至五十。則知此謬已久，牧之蓋循襲用之耳。

【參軍簿尉】杜詩：「脱身簿尉中，始免捶楚辭。」鮑注曰：「非謂簿尉受杖，杖有罪者爾。退之謂『栖栖法曹掾』，『敲榜發姦偷』，此豈受杖者邪？」僕謂不然，子美之意，正謂屬吏受官長之杖，非謂杖有罪者。官屬受杖，其來久矣，且前漢王嘉爲宰相，裸躬受笞，其他可知。司馬遷謂陵夷至於捶楚之間，觀此則知古人當官，有過亦必受杖。此猶有説，謂臣下有過，受人君之杖耳，非上官之杖也。僕觀後漢戴宏爲郡督郵，曾以職事見詰，府君欲撻之云云。《三國志》：黄蓋爲守長，署兩掾，教曰：「若有姦欺，終不加以鞭杖，宜各盡心。」此正明驗古人吏屬受杖之説也。自晉至唐，此類尤多，注詩者自不深考耳。姑摭數端：《世説》載太守劉淮杖主簿向雄，後同在政府，不交言，武帝敕雄復修君臣之好。《北史》：厙狄連爲鄭州刺史，開府參軍皆加捶撻，魏收爲中外府主簿，頻被箠楚。《唐書》：邕州經略使陳曇，怒判官劉緩，杖之二十五而卒。浙西觀察使韓皋封杖決安吉令孫解，臀杖十下而死。劉晏考所部官六品以上，杖訖而奏。杜牧之謂尹坐堂上，階下拜兩赤縣令屬官將百人，悉可笞辱。其詩又曰：「參軍與縣尉，塵土驚劻勷。一語不中治，笞箠身滿瘡。」韓退之詩曰：「判司卑官不堪説，未免捶楚塵埃間。」舉此以驗，杜詩之意可見矣，豈謂杖有罪者邪？古之官屬，動必加杖，加杖猶可，或致之死。如張敞棄絮掾市之類是也。上官之權甚重，而屬吏益卑，凜然度日，不啻君臣之相臨，唐猶庶幾，漢時尤甚。自入國朝，官守上下之分雖嚴，然此例削矣。上自宰相，下至監當，均謂比肩事主，非惟無箠笞之辱，且省廷拜之禮，正所以示一統尊王之意云。

【詩中重押韻】蔡氏曰：杜子美《飲中八仙歌》船、眠、天字竝再押，前字凡三押，前古未見其體。嘗質之叔父元度，云：「此歌分八篇，人人各異，雖重押何害？亦周詩分章之意也。」《聞見録》亦引此詩及李太白、韓退之詩爲疑。《松江詩話》引杜子美一詩押兩萍字，東坡一詩押兩耳字，謂字同而意異，不妨重疊。又謂子美《八仙歌》押兩船字，在歌行則可，他不可爲法。僕謂諸公各肆臆説，於古人之詩是未深考。詩中重押字，自古有之，豈但李、杜、韓、蘇四公而已。姑引數章於此：蘇子卿詩曰：「四海皆兄弟，誰爲行路人。」又曰：「我有一尊酒，欲以贈遠人。」又詩曰：「歡娱在今夕，嬿婉及良時。」又曰：「努力愛春花，莫忘歡樂時。」沈休文詩曰：「多值息心侶，結架山之足。」又曰：「所願從子游，寸心於此足。」阮嗣宗詩曰：「如何當路子，磬折忘所歸。」又曰：「惜無懷鄉志，辛苦誰爲歸。」張景陽一詩押兩生字，任彦昇一詩兩押生字、三押情字。古詩重疊押韻，如此之多，豈可謂古未見此體？亦不可謂古人分章之意與夫惟歌行之體有此。以是知李杜詩皆有所祖，沈雲卿一詩凡四疊韻。

【餘糧棲畝】晉左思賦：「餘糧棲畝而不收。」後晉干寶、宋劉裕皆有是語。近時場屋中，用《南史》劉裕所言出處，出「餘糧棲畝」省題詩，而不及左思，是失所先後矣。僕又考此語非始於思，在思之前蓋嘗有是言矣。觀《蔡邕集》中《胡公碑》云：「餘糧棲於畎畝。」知左思此語祖邕也。

【魯直玉花驄詩】烏戍張仲思家，多前人墨蹟，有魯直親染題李伯時畫欲驟玉花驄後一詩，其間云：「此篇晁無咎、蔡天啓諸人皆和，多有好句。昨見允蹈齋官書工，有士人寫繁城隸，筆法秀整，試爲問姓名，當求寫此詩本著馬後。」魯直此紙，筆力勁甚，非尋常石刻者比。其詩三句一換，三疊而止，《禁臠》謂之促句換韻。僕又觀當時名公如鮑夷白亦多此作，漁隱第言魯直有此一篇，而不知其他。或者又謂唐人亦有此體，以僕考之，非止唐人，其苗裔蓋出於《三百篇》之中，如《素冠》之詩是也。

【杜撰】「包彈」對「杜撰」爲甚的。包拯爲臺官，嚴毅不恕，朝列有過，必須彈擊，故言事無瑕疵者曰「没包彈」。杜默爲詩，多不合律，故言事不合格者爲「杜撰」。世言「杜撰」、「包彈」本此。然僕又觀俗有杜田杜園之説，杜之云者，猶言假耳，如言自釀薄酒，則曰杜酒，子美詩有「杜酒偏勞勸」之句，子美之意，蓋指杜康，意與事適相符合有如此者，此正與杜撰之説同。《湘山野録》載：盛文肅公撰《文節神道碑》，石參政中立急問曰：「誰撰？」盛卒曰：「度撰。」滿堂大笑。文肅在杜默之前，又知「杜撰」之説，其來久矣。

【謝玄暉詩】謝玄暉詩曰：「淮陽股肱守，高卧猶在兹。」李周翰注：「漢淮陽太守汲黯上書言病，上曰：『淮陽吾股肱郡，卿爲我卧理之。』」按《漢書》，文帝謂季布曰：「河東吾股肱郡，故特召君耳。」而武帝謂汲黯則曰：「君薄淮陽邪，吾今召君矣。」初無「淮陽吾股肱郡」之説，翰蓋誤引季布事言之耳。又按《汲黯傳》言淮陽卧治，初無高卧之説，異時劉禹錫詩，亦有「肯放淮陽高卧人」，蓋祖玄暉詩也。

【詞句祖古人意】《後山詩話》載：王平甫子斿謂秦少游「愁如海」之句，出於江南李後主「問君還有幾多愁，恰似一江春水向東流」之意。僕謂李後主之意，又有所自。樂天詩曰：「欲識愁多少，高於灩澦堆。」劉禹錫詩曰：「蜀江春水拍山流，水流無限似儂愁。」得非祖此乎？則知好處前人皆已道過，後人但翻而用之耳。又少游詞有「天還知道，和天也瘦」之語，伊川先生聞之，以爲媟黷上天，是則然矣，不知此語蓋祖李賀「天若有情天亦老」之意爾。類而推之，如晏叔原「今宵賸把銀釭照，猶恐相逢是夢中」，蓋出於老杜「夜闌更秉燭，相對如夢寐」，戴叔倫「還作江南夢，翻疑夢裏逢」，司空曙「乍見翻疑夢，相悲各問年」之意。謝無逸詞「我共扁舟，江上兩萍葉」，出於樂天「與君相遇知何處，兩葉浮萍大海中」之意。魯直詩「趁此花開須一醉，明朝化作玉塵飛」，出於潘佑「勸君此醉直須歡，明朝又是花狼籍」之意。此類極多。

【詩家用明光事】杜子美詩曰：「不遠明光殿，致於丹青地。」洙注曰：「明光殿，霍去病藉以避暑。」修可注曰：「漢殿名。」《元后傳》：「成都侯借以避暑是已。」東坡詩曰：「何人先入明光宫。」又曰：「老死不入明光宫。」趙注皆曰：「武帝太初四年所起，乃成都侯商所借以避暑者也。」僕嘗考之，漢有兩明光宫、一明光殿。按《三輔黄圖》，一明光宫屬北宫，一明光宫屬甘泉宫。屬北宫者，正成都侯商避暑之所。屬甘泉宫者，乃武帝所造以求仙者。所謂明光殿，自在桂宫，三者元不相干。今觀諸家之注，往往認爲一處，顛倒錯亂，莫知其非，甚而至有以避暑事爲去病，用事甚疏鹵，極可笑。僕又考《漢紀》：「太初四年起明光宫。」師古注曰：「成都侯避暑借明光宫。」蓋謂此。師古之注，已有此謬。（卷二十一。下同）

【魯直漁父詞】徐師川云：「張志和《漁父詞》曰：『青蒻笠，緑蓑衣，斜風細雨不須歸。』顧況《漁父詞》曰：『新婦磯邊月明，女兒浦口潮平。』故魯直取張、顧二詞，合爲《浣溪沙》曰：『新婦磯邊眉黛愁，女兒浦口眼波秋，驚兒錯認月沉鉤。青蒻笠前無限事，緑蓑衣底一時休，斜陽細雨轉船頭。』東坡曰：「魯直此詞清新婉麗，其最得意處，以山光水色替玉肌花貌，真得漁父家風。然才出新婦磯，便入女兒浦，此漁父無乃太闊浪乎？」僕觀權德輿詩亦曰：「新婦磯頭雲半斂，女兒灘畔月初明。」「新婦磯」對「女兒浦」，唐人不止顧況。

【望雲懷鄉】狄仁傑登太行山，見白雲孤飛，謂左右曰：「吾親舍其下，瞻悵久之。」此正與《北史》元樹之意同。元樹奔南，每見嵩山雲，未嘗不引領歔欷。又梁瑄不歸，弟兄每見東南白雲，立望慘然久之。杜子美詩曰：「每望東南雲。」用此意也。

【鸞栖枳棘】今有人作縣尉啓，誤用鸞栖枳棘事，或者笑之，其人聞之，慚無以自解，曰：「簿尉一事耳。」僕謂尉用簿事固非是，然古者亦有如是用者，未可深非之。彼以簿尉一事自解，則失之矣。苟如是，何取乎用事？僕觀劉長卿《送任少府任淮南》詩曰：「惜君滯南楚，枳棘徒栖鳳。」是分明以簿事爲尉用也。不但尉也，張説《送廣武令岑羲序》曰：「河洛東門，俯栖鸞於制邑。」又以栖鸞事爲縣令事用也。出於一時之率然未可知，豈可以爲證邪？

【杜詩言荔枝】杜詩：「側生野岸及江浦，不熟丹宫與玉壺。雲壑布衣台背老，勞生重寫翠眉須。」歐本作「勞人害馬」，或者又引西漢害馬出處以證二字所自。僕謂此二字初非爲荔枝之故，杜詩之意，自有所據。按漢和帝時，南海獻荔枝，十里一置，五里一候，奔騰險阻，死者繼路。唐羌上書曰：「交州獻荔枝，生鮮致之，驛馬晝夜傳送，至有遭虎狼之害，頓仆死亡，不絶道路。」杜詩「勞人害馬」正述此耳。其意因傷時事，故引此故實爲言，非虚語也。子美自傷以有用之才，放棄丘壑，終老不用，果物奪於愛姬之嗜欲，及時致之，雖勞人害馬，有所不卹，時政如此，爲可傷也。杜詩之意如此，題曰《解悶》，信有以夫。杜又有詩曰：「憶昔南州使，奔騰獻荔枝。百馬死山谷，到今耆舊悲。」舉此以驗「勞人害馬」之説，爲不誣矣。或者乃曲爲之説，謂「勞人重寫翠眉須」作鬚眉之鬚，鑿甚矣。僕又考之，貢荔枝自趙王佗始，生致荔枝，其弊非始和帝，蓋起於武帝之時。觀《三輔黄圖》，謂漢武帝破南粤，起荔枝宫，荔枝自交趾連年移植於庭，無一生者，後遂不復蒔，其實則歲貢焉，郵傳者疲敝於道，極爲生民之患，至後漢安帝時，始罷其貢。

【温庭筠】《唐書》載：温庭筠才思神速，多爲人作文。大中末試，有司廉視尤謹，庭筠私占授者已八人，執政鄙之，授方城尉。僕觀其集，有《開成五年抱疾不赴鄉計書懷百韻，寄殿院徐侍御、察院陳李二侍御、蘇端公、韋少府兼呈袁郊、苗紳、李逸》一詩，其間有云：「賦分知前定，寒心畏厚誣。昔皆言爾志，今亦畏吾徒。有氣干牛斗，無人辨轆轤。積毁方銷骨，微瑕懼掩瑜。蛇矛猶轉戰，魚服自囚拘。欲就欺人事，何能逭鬼誅。」是時，先大中末幾二十年，其不平之氣，見於詩者已如此，則知云云不但在大中之末。又考《東觀奏記》，有責授庭筠隨州隨縣一詞，乃裴坦之作。

【傅説刑人】《西齋詩話》曰：「孫僅《傅巖詩》曰：『刑人一旦起幽深，功業煌煌照古今。』謂當時有胥靡修築巖道，而傅説在困約中代之，以假其貲，是爲胥靡傭資也。」僕謂此説是矣。然謬用者不獨一孫僅而已，自荀卿以來，蓋已失之矣。荀子曰：「鄉也胥靡之人，俄而授天下之大器。」是指傅説也。賈誼《鵩賦》亦云：「禍兮福所倚，福兮禍所伏。斯游遂就兮，卒被五刑；傅説胥靡兮，乃相武丁。」張晏注曰：「傅説被刑，築於傅巖，武丁以爲相。」師古注不辨其非，但曰胥靡相隨之刑。」是皆以傅説爲刑人矣。且傅巖之作，豈特孫僅之誤，前此如吕温作《傅巖銘》，亦嘗曰：「脱刑人之衣，而被公衮之服。」又曰：「説始胥靡，武丁即祚。」蓋已如此言矣。

【誤以翟公爲方進】隋李元操詩曰：「聽琴旋蔡子，張羅避翟公。」是矣！唐翁綬詩曰：「君看西漢翟丞相，鳳沼朝辭暮爵羅。」是誤以翟公爲翟方進矣。人皆以門設爵羅，惟翟公一出處，不知前此嘗有是語。《鬻子》曰：「禹一饋而七起，曰：『吾恐四海之士留於道路也。』是以四海之士皆至。禹當朝廷，門可設爵羅。」

【古詩香事】《王直方詩話》云：古詩曰：「博山鑪中百和香，鬱金蘇合及都梁。」又曰：「氍毹五水香，迷迭及都梁。」按《廣志》：都梁香出交廣，形如藿香；迷迭出西域，魏文帝有《迷迭賦》。信乎不行一萬里，不讀萬卷書，不可看老杜詩也！ 苕溪漁隱謂王直方何鹵莽如此，方論古詩香事，初不論杜詩，遽有「不行一萬里，不讀萬卷書，不可看杜詩」之語。僕謂漁隱不深察耳，直方蓋謂大凡古詩中多有事蹟，但人讀書不多，見識不廣，所以不知。使不觀《廣志》等書，孰知都梁等香事，因悟或者所謂「不行一萬里，不讀萬卷書，不可看杜詩」之語爲信然。漁隱自鹵莽如此，反謂直方鹵莽，其可笑也。《迷迭賦》當時如曹植、王粲、應瑒、陳琳之徒，皆有是作，不但魏文帝一人而已，故梁元帝志蕭琛曰「迷迭成章」，江總表曰「迷迭之文」云云。（卷二十二。下同）

【鄭氏詩箋】鄭氏《詩箋》極有害理處，不逆其意，而以文害辭。如《四月詩》：「四月維夏，六月徂暑，先祖匪人，胡寧忍予。」此詩蓋刺幽王在位貪殘，怨亂竝興而作。注謂：「我先祖非人乎？人則當知患難，何爲使我當此亂世？」詈先祖爲非人，豈理也哉！ 不若曰：先祖不以爲人乎？ 何忍使我當此亂世。

【陳胡二公評詩】東坡云：「詩人有寫物之工，『桑之未落，其葉沃若』，他物不可當此。 林和靖《梅詩》『疏影横斜水清淺，暗香浮動月黄昏』，決非桃杏詩。皮日休《白蓮詩》『無情有恨何人見，月冷風清欲墮時』，決非紅蓮詩。」僕觀陳輔之《詩話》謂和靖詩近野薔薇，《漁隱叢話》謂皮日休詩移作白牡丹尤更親切，二説似不深究詩人寫物之意。「疏影横斜水清淺」，野薔薇安得有此蕭灑標致？ 而牡丹開時，正風和日暖，又安得有月冷風清之氣象邪？ 陳標《蜀葵詩》曰「能共牡丹争幾許」，柳渾《牡丹詩》曰「也共戎葵較幾多」，輔之、漁隱所見，正與二公一同。

【楊妃襪事】李肇《國史補注》言楊妃死於馬嵬梨樹下，店媼得錦襪一隻，過客傳玩，每出百金，由此致富。《玄宗遺録》又載高力士於妃子臨刑，遺一襪取而懷之，後玄宗夢妃子云云，詢力士曰：「妃子受禍時，遺一襪，汝收乎？」力士因進之。玄宗作《妃子所遺羅襪銘》，有曰：「羅襪羅襪，香塵生不絶。」二説雖不同，皆言妃子有遺襪事。僕始疑其附會，因讀劉禹錫《馬嵬行》有曰：「履綦無復有，文組光未滅，不見巖畔人，空見淩波襪。郵童愛踪跡，私手解鞶結，傳看千萬眼，縷絶香不歇。」乃知當時果有是事，甚合《國史補注》之説。

【鳳尾虎頭】皮日休詩，以「鳳尾諾」對「虎頭嵓」，東坡以「鳳尾諾」對「虎頭州」。按晉帝批奏書，「諾」字之尾如鳳尾之形，故謂「鳳尾諾」。齊帝令江夏王學鳳尾諾，一學即工。諾者，猶言制可也。「諾」字與「詔」字相似，而又有「鳳詔」之語，故觀者往往誤以爲「鳳毛詔」焉，如《陸龜蒙集》所刊是也。

【陸士衡】陸士衡《齊謳行》曰：「東被姑尤側，南界聊攝城。海物錯萬類，陸産尚千名。孟諸吞雲夢，百二侔秦京。」僕以爲不若以「八九吞雲夢」對「百二侔秦京」，不惟親切，且混然也。

【二迹】傅毅《迪志詩》曰：「於赫我祖，顯於殷國。二迹阿衡，克光其則。」潘岳《西征詩》曰：「赫赫大晉，奄有四方。二迹陝西，實惟我王。」《藝文類聚》此詩張華作。

【蒼頭稱將軍】《隨筆》云：今人呼蒼頭爲將軍，其事本爲彭寵爲奴所縛，謂妻曰：「趣爲將軍治裝。」注：「呼奴爲將軍，欲其赦己也。」僕謂此説固是，然觀《陳勝傳》，將軍吕臣爲蒼頭軍，是則語蒼頭爲將軍，亦已久矣。又衛青爲奴，後爲大將軍，唐至德後官爵虚濫，大將軍告身纔易一醉，至有朝士僮僕衣金紫而身執賤役者。故岑參歌曰：「紫紱金章左右趨，問著即是蒼頭奴。」李商隱詩曰：「厮養爲將軍。」則知蒼頭奴爲將軍事甚多。又按《前漢・鮑宣傳》「蒼頭廬兒」注：「漢名奴爲蒼頭。」知此名起於漢矣。觀《後漢注》，秦人呼爲黔首，謂奴爲蒼頭者，以别於良人。又知蒼頭之名，自秦已然。又讀《戰國策》，魏有蒼頭軍二十萬，又知蒼頭之名，不但秦也，他國亦然。「蒼頭廬兒」，解在《鮑宣傳》，而顔師古注《蕭望之傳》，謂在《貢禹傳》，誤矣。（卷二十三。下同）

【咄嗟】劉貢父以司空圖詩中「咄喏」二字，辨《晉書》石崇「豆粥咄嗟」爲誤。石林謂孫楚詩有「咄嗟安可保」之語，此又豈是以「喏」爲「嗟」？自晉以前，未見有言「咄嗟」，殷浩謂「咄咄逼人」，蓋拒物之聲。「嗟」乃嘆聲，「咄嗟」猶呼吸，疑晉人一時語耳。僕觀魏陳暄賦：「漢帝咄嗟。」《抱朴子》：「不覺咄嗟復彫枯。」李白詩：「臨歧胡咄嗟。」王績詩：「咄嗟建城市。」張説詩：「咄嗟長不見。」陳子昂詩：「咄嗟吾何嘆。」司空圖詩：「笑君徒咄嗟。」此詩於「花」字韻押，是亦以爲「咄嗟」。貢父所舉，乃别一詩，曰：「咄喏休休莫莫。」且陳暄、葛稚川、左太沖、陳子昂、李太白之徒，皆在司空圖之前，其言已可驗矣。況復圖有前作「咄嗟」字，無可疑者。僕又推之，竊謂此語，自古而然，非特晉也。《前漢書》：「項羽意烏猝嗟。」李奇注：「猝嗟，猶咄嗟也。」後漢何休注《公羊》曰：「噫，咄嗟也。」此「咄嗟」已明驗漢人語矣。又《戰國策》有叱咄叱嗟等語，益知此語，自古而然。貢父所説，固已未廣，石林引孫楚詩，且謂晉人一時之語，亦未廣也。「咄咄逼人」，乃殷仲堪語，石林謂殷浩，誤也。殷浩語乃「咄咄書空」。

【唐人用一麾事】《筆談》曰：今人守郡，謂之「建麾」，蓋用顔延年詩「一麾乃出守」事，此誤也。延年謂「一麾」者，乃「指麾」之「麾」，非「旌麾」之「麾」也。自杜牧之有「擬把一麾江海去」，始謬用「一麾」，自此遂爲故事。此沈存中所言也。僕因考唐人詩，如杜子美、柳子厚、許用晦、獨孤及、劉夢得、陸龜蒙等，皆用「一麾」事，獨牧之謂「把一麾」爲露圭角，似失延年之意，若如張説詩：「湘濱擁出麾。」如此而言，初亦何害？《緗素雜記》謂牧之意則善矣，言「擬把」則謬也，自謂「一麾」於理無礙，但不可以此言贈人。宋景文公詩曰：「使麾請得印垂腰。」又曰：「一封通奏領州麾。」是真得延年之意，未嘗謬用也。僕謂黄朝英妄爲之説耳，牧之之誤，正坐以「指麾」之「麾」爲「旌麾」之「麾」，景文之誤亦然。朝英乃取宋斥杜，謂牧之不當言「擬把」，而景文自用爲宜。然則牧之「擬把一麾江海去」，豈不自用？景文「使麾請得印垂腰」，獨非旌麾邪？朝英又謂「一麾」事但不可以贈人，僕謂以景文詩「使麾」「州麾」字語人，又何不可？所謂貶辭者，「麾去」云爾，既是「旌麾」，何貶之有？朝英又謂景文用「一麾」事，真得延年之意。則是延年以「一麾」爲「旌麾」之「麾」，初非「指麾」之「麾」也，其言翻覆，無一合理，甚可笑也。《筆談》謂今人守郡爲「建麾」，謂用顔詩事自牧之始，僕謂此説亦未爲是，觀《三國志》「擁麾守郡」，《文選》「建麾作牧」，此語在牧之前久矣，謂「把一麾」之誤自牧之始，則可；謂「建麾」之誤，則不可。

【金釵十二】唐人詩句多用金釵十二事，如樂天詩：「鍾乳三千兩，金釵十二行」是也。《南史》：「周盤龍有功，上送金釵二十枚與其愛妾阿杜。」其事甚佳，罕有用者。今多言金釵十二，不聞用金釵二十，亦循襲而然。金釵十二行，或言六鬟耳，齊肩比立爲釵十二行。白詩《酬牛思黯》有「金釵十二行」之句，自注：「思黯之妓頗多，故云。」似協或者之說。然梁武帝《河中之水歌》曰：「洛陽女兒名莫愁，頭上金釵十二行。」是以一人帶十二釵，此説爲不同。

【陳簡齋詩】簡齋《臘梅》詩曰：「黄羅爲廣袂，絳帳作中單。」既言「帳」又言「中單」，似覺意重。僕觀東坡詩曰：「海山仙人絳羅襦，紅紗中單白玉膚。」恐簡齋用東坡意，絳紗作中單，而傳寫誤以爲絳帳耳。

【韓白詩意同】樂天詩有紀年月日者，於以見當時之氣令，亦足以裨史之闕。如曰：「皇帝嗣寶曆，元和三年冬。自冬及春夏，不雨旱爞爞。」有以見憲宗即位三年，久旱如此。又詩曰：「元和歲在卯，六年春二月。月晦寒食天，天陰夜飛雪。連宵復竟日，浩浩殊未歇。」又以見元和六年二月晦爲寒食，當和暖之時，而雰霈大雪，其氣候乖謬如此。又詩曰：「八年十二月，五日雪紛紛。竹柏皆凍死，況彼無衣民。」又見元和八年十二月五日大雪寒凍，民不聊生如此。僕按《東漢書》，延熹間大寒，洛陽竹柏凍死，襄楷曰：「聞之師曰，柏傷竹槁，不出三年，天子當之。」樂天此語，正所以紀異也。又觀韓退之辛卯年《雪》詩，亦曰：「元和六年春，寒甚不肯歸。河南二月末，雪花一尺圍。」此説正與樂天同。

【東坡用如皋事】前輩謂東坡詩曰:「不向如皋閑射雉,歸來何以得卿卿。」按《左傳》「賈大夫娶妻美,御以如皋」,「如」訓往也,非地名曰「如皋」,坡誤用之耳。僕觀古樂府,張正見、毛處約、江總等《雉子斑》詩,皆以「如皋」爲地名用,知此誤非始於坡。僕得此詩後,檢諸家詩注,見趙次公亦引其間一詩,乃知暗合孫吳。又觀《宋書》,明帝射雉無所得,謂侍臣曰:「吾但來如皋,空行可笑!」陳蕭有射雉詩:「今日如皋路,能將巧笑回?」(卷二十三)

【東坡用西施事】東坡詩曰:「他年一舸鴟夷去,應記儂家舊姓西。」趙次公注:「按《寰宇記》:『東施家西施家。』施者其姓,所居在西,故曰西施。今云『舊姓西』,坡不契勘耳。」僕謂坡公不應如是之疏鹵,恐言「舊住西」,傳寫之誤,遂以「住」字爲「姓」字耳。既是姓西,何問新舊? 此說甚不通。「應記儂家舊住西」,正此一字,語意益精明矣。

【東坡用計魁梧】東坡《和劉貢父》詩曰:「青派連淮上,黄樓冠海隅。此詩尤偉麗,夫子計魁梧。」趙次公引《前漢·張良傳贊》注曰:「蘇林注:『梧』音『梧』,師古謂:『魁,大貌也,言其可驚悟。今人讀爲吾,非也。』顔之説如此,而先生作平聲,則別從己見爲義乎! 計魁梧者,計度其魁梧耳。」此趙次公所言也。僕謂次公亦未深考,以「梧」爲「吾」,非東坡自爲己義,而「計魁梧」字亦有所祖。按《後漢》「臧洪體貌魁梧」,注音吾。故杜子美詩曰:「魁梧秉至尊。」杜正用《後漢》意。又按《史記·張良世家》曰:「余以爲其人計魁梧。」後曾文清詩亦曰:「乃翁容貌計魁梧。」是又用《史記》意也。二事皆有所祖,前後人皆用過,安可謂坡公自爲己義而無所本乎? 次公但見《前漢》所云，未睹《史記》、《後漢》故爾。僕又考之，《漢史》之贊張良曰：「張良之智勇，以爲魁梧奇偉，反若婦人女子。」此意正祖趙人述孟嘗君之意，趙人聞孟嘗君之賢，出而觀之，皆曰：「始以薛公爲魁梧，然今觀之，眇小丈夫耳。」然則「魁梧」二字，其來又遠。

【集注坡詩】《集注坡詩》有未廣者，如《看潮》詩曰：「安得夫差水犀手，三千彊弩射潮低。」自注：「吴越王嘗以弓弩射潮，與海神戰，自爾水不近州。」趙次公注：「三千彊弩字，杜牧《寧陵縣記》中語。」不知此語已先見《前漢·張騫傳》，曰：「漢兵不過三千人，彊弩射之即破矣。」又《五代世家》亦有三千彊弩事，何但牧言。坡詩又曰：「桃花春浪孤舟起。」程注：「《杜欽傳》：來年桃花水。」趙注：「三月桃花浪，見《前漢志》。」不知此事已見《月令》：「仲春之月，桃始華，雨水生。」坡詩又曰：「崎嶇真可笑。」新添注曰：「李白書『崎嶇歷落可笑人也』。」按白書「嶔崟歷落」，非「崎嶇歷落」也。然白雲此，非白自言，蓋用《晉書》「〔茂〕季倫嶔崟歷落可笑人」之語。此類甚多，不可勝舉。此猶可也，至有牽合附會，極可笑者。不特坡詩如此，諸家詩注亦然。

【韓杜詩意】子美《螢詩》曰：「幸因腐草出，敢近太陽飛。未足臨書卷，時能點客衣。隨風隔幔小，帶雨傍林微。十月青霜重，飄零何處歸。」退之詩曰：「朝蠅不須驅，暮蚊不須拍。蠅蚊滿八區，可盡與相格。得時能幾時，與汝恣唼咋。涼風九月到，掃不見蹤跡。」二詩皆一意，所以諷當世小人妄作威福者爾。

【松江詩話】《松江詩話》曰：有《松棚詩》一聯曰：「採來猶帶煙霞氣，月明滿地金釵細。」以爲佳句，恨不見全篇。僕謂月照松影，但見參差黑影耳，安知其爲金釵？松葉比之金釵者，謂架上月照映則可，不可謂地上之影也。不如曰「月明滿架金釵細」，此語爲得。前輩謂韓退之聯句中「竹影金瑣碎」之語，所謂「金鎖碎」者，非直謂竹影也，謂竹間之日影耳。以此驗之，益信僕之説爲然。韓偓詩曰：「長松夜落釵千股。」此語無病。李涉詩曰：「疏林透明月，散亂金光滴。」此正退之「竹影金瑣碎」。

【楓橋】杜牧之詩曰：「長洲茂苑草蕭蕭，暮煙秋雨過楓橋。」近時孫尚書仲益、尤侍郎延之作《楓橋修造記》與夫《楓橋植楓記》，皆引唐人張繼、張祐詩爲證，以謂楓橋之名著天下者，由二公之詩，而不及牧之。按牧與祐正同時也。又怪白樂天、韋應物嘗典吴郡，又以詩名；皮日休、陸魯望與吴中士大夫賡詠景物，如皋橋、烏鵲橋之屬，亦班班見録，顧不及楓橋二字，何也？崔信明詩「楓落吴江冷」，江淹詩「吴江泛丘墟，饒桂復多楓」，又知吴中自來多植楓樹。

【詩品所載】《南史》與《世説》竝曰：顔延年問鮑昭，己與謝靈運優劣，昭曰：「謝五言如初發芙蓉，自然可愛，君詩若鋪錦列繡，亦雕繢滿眼。」延年每薄湯惠休詩，謂人曰：「惠休制作，委巷間歌謡耳。」鍾嶸《詩品》則曰：「顔延年詩尚巧似，體裁綺密，情喻淵深，動無虚散。湯惠休云：『謝詩如芙蓉出水，顔如錯綵鏤金。』顔終身病之。」二説不同。鍾嶸《詩品》謂郭景純《游仙》之作，詞多慷慨，乖遠玄度。而云「奈何虎豹姿」，又云「戢翼棲榛梗」，乃是坎壈詠懷，非列仙之趣也。考今《文選》景純《游仙詩》七章，無「奈何虎豹姿」、「戢翼棲榛梗」之句。此蓋別章，删去而不載於《選》耳。

【歐陽公詞意】歐公詞曰：「池外輕雷池上雨，雨聲滴碎荷聲」云云，末曰：「水晶雙枕，旁有墮釵横。」此詞甚膾炙人口。舊説謂歐公爲郡幕日，因郡宴，與一官妓荏苒，郡守得知，令妓求歐詞以免過，公遂賦此詞。僕觀此詞，正祖李商隱《偶題》詩，云：「小亭閑眠微醉消，石榴海柏枝相交。水紋簟上琥珀枕，旁有墮釵雙翠翹。」又「池外輕雷」，亦用商隱「芙蓉塘外有輕雷」之語，「好風微動簾旌」，用唐《花間集》中語。歐詞又曰：「欄幹敲遍不應人，分明窗下聞裁剪。」此語見韓偓《香奩集》。（卷二十四。下同）

【二花睡足】《楊妃外傳》載：明皇登沉香亭召太真，時太真卯酒醉未醒，侍兒扶而至，明皇曰：「是豈妃子醉邪？海棠睡未足耳。」故東坡《海棠》詩曰：「只恐夜深花睡去，高燒銀燭照紅妝。」用此事也。僕又觀李賀詩：「西施曉夢綃帳寒，香鬟墮髻半沉檀。轆轤咿啞轉鳴玉，驚起芙蓉睡新足。」以芙蓉睡足事爲西施用，亦佳。唐詩亦有「一枝嬌卧醉芙蓉」之語。

【五言協律】杜牧之詩曰：「几席延堯舜，軒墀立禹湯。一千年際會，三萬里農桑。」又曰：「四百年炎漢，三十代宗周。」曰：「二三里遺堵，八九所高丘。」孟郊詩曰：「見説祝融峰，擎天勢似騰。藏千尋布水，出十八高僧。」唐詩多有此體，雖若齟齬，其實協律。不但七言爲然，元微之詩曰：「庾公樓悵望，巴子國生涯。」賈島詩曰：「一千尋樹直，三十六峰寒。」

【以鄙俗語入詩中用】唐人有以俗字入詩中用者，如張祐詩「銀注紫衣擎」，許渾詩「橘邊沽酒半壚空」，元微之詩「櫓窡動摇妨客夢」，杜子美詩「遮莫鄰雞下五更」，權德輿詩「遮莫雪霜撩亂下」，杜荀鶴詩「子細尋思底模樣」，曰「帝鄉吾土一般般」，曰「萬般無染耳邊風」，張祐詩「歸來不把一文錢」，曰「酒引嬌娃活牡丹」，戴叔倫詩「秋風裏許杏花開，杏樹旁邊醉客來」，王建詩「楊柳宮前忽地春」，曰「萬事風吹過耳輪」，曰「朝回不向諸餘處」，曰「若教更解諸餘語」，曰「新晴草色暖温暾」，白樂天詩「池水暖温暾」。此類甚多。「旁邊」二字，見徐陵《雜曲》。

【杜詩言沈宋】《學林新編》曰：「子美《懷鄭監李賓客》詩曰：「鄭李光時論，文章竝我先。陰何尚清省，沈宋欻聯翩。」蓋謂陰鏗、何遜、沈約、宋玉也，四人皆能詩文，爲時所稱者。」僕謂沈宋非沈約、宋玉，乃沈佺期、宋之問也。佺期、之問，聯名當時，見《文藝傳》。司空圖曰：「國初上好文章，雅風特盛，沈宋始興之後，傑出江寧，宏思於李杜極矣！」元稹論李杜亦曰：「上該曹劉，下薄沈宋。」宋玉在曹、劉之先，若謂宋玉，不應言下薄。

【蝶粉蠭黄】《草堂詩餘》載張仲宗《滿江紅》詞：「蝶粉蠭黄都褪却。」注：「蝶粉蠭黄，唐人宮妝。」僕觀李商隱詩有曰：「何處拂胸資蝶粉，幾時塗額藉蠭黄。」知《詩餘》所注爲不妄。唐《花間集》却無此語，或者謂蝶交則粉落，蠭交則黄落。

【用事相等】魯直詩：「矲矮金壺肯持送，挼莎殘蘃更傳杯。」注詩者但知「挼莎」字見《曲禮》「不擇手」注，至「矲矮」則引《玉篇》注曰：「矲，短也。矮，不長也。」不知此二字見《春官》附音注下，謂「矲雉，上皮買反，下苦買反」。《方言》：「桂林之間謂人短爲矲雉。」雉正作矮字呼也。前輩用事，貴出處相等，傳注中用事，必以傳注中對。此如荆公詩：「一水護田將緑繞，兩山排闥送青來。」護田、排闥，皆西漢語也。謝邁詩亦曰：「挼挲蕉葉展新緑，從便挑花舒小紅。」

【無恙無他】今人言無恙、無他，按《説文》：「古人草居，患他，相問無他乎？音徒何反。」徐鉉注云：「今俗作蛇，食遮反。」如魯直詩於「坡」字韻協，「歲晚喜無他」之句是也。又《風俗通》曰：「恙，毒蟲也，喜傷人。古人草居露宿，故相問必曰無恙。」此意與「無他」同。東方朔《神異經》謂北方大荒中，有獸食人，咋人則病，名曰㺊。嘗近村落，入人室，皆患之。黄帝殺之，由是北方得無憂病，謂之無恙。《神異經》謂毒獸，與前説不同。

【楊妃竊笛】《容齋續筆》曰：明皇兄弟五王，至天寶初已無存者。楊太真以三載方入宫，而元稹《連昌宫詞》云：「百官隊仗避岐薛，楊氏諸姨車鬬風。」笑之也。僕考唐史，申王以開元十二年薨，岐王以十四年薨，薛王以二十二年薨，寧王、邠王以二十九年薨，而楊妃以二十四年入宫，號太真，遂專房宴。是時，申、岐、薛三王雖已死，而寧、邠二王尚存，是以張祜目擊其事，繫之樂章，有曰：「日映宫城霧半開，太真簾卷畏人猜。黄番綽指向西樹，不信寧王回馬來。」又曰：「虢國潛行韓國隨，宜春小院映花枝。金輿遠幸無人見，偷把邠王小管吹。」蓋紀其實也。惟容齋認楊妃爲天寶三年方入宫，所以有是失。不知天寶初太真進册貴妃，非入宫時也。集中謂虢國竊邠王笛，而《百斛明珠》乃謂妃子竊寧王笛，此説不同。

【張祜經涉十一朝】《百斛明珠》載楊妃竊笛，張祜詩云云。《劇談録》載唐武宗才人孟氏卒，張祜詩云云。一述明皇時事，一述武宗時事，二事經涉八九十年，其懸絶如此。張祜，《唐書》無傳，有文集十卷，不著本末，其粗見於《松陵集》顔萱序中，曰：「過祜丹陽故居，已易他主。祜有四男一女，男曰椿兒、桂兒、椅兒、杞兒，三已物故，惟杞爲遺孕，與女尚存。故姬崔氏，霜鬢黄冠，杖策迎門，與之話舊，歷然可聽。琴書圖籍，今屬他人。横塘之西，有田數百畝，力既貧寠，十年不耕，歲賦萬錢，求免無所。」陸龜蒙亦序曰：「祜元和中作宫體小詩，辭曲艷發。及老大，稍窺建安風格。或薦之天子，書奏不下。受辟於諸侯府，性狷介，不容物，輒自劾去。居曲阿，性嗜水石，悉力致之，不蓄善田利産爲身後計，死未二十四年，而故姬遺孕凍餒不暇。」觀二公所序，可以見祜平生大略矣。按《松陵集》時事在咸通間，龜蒙所謂死未二十年之語推之，祜死於宣宗大中之初年，是祜經涉十一朝也。計死時且百二十歲，其壽如此之長，是未可深詰也。祜嘗有詩曰：「椿兒遶樹春園裏，桂子尋花夜月中。」又詩曰：「一身扶杖二兒隨。」《桂(花)〔苑〕叢談》惟知祜有此二子，不知又有所謂椅兒、杞兒者，併表而出之。

【東坡卜算子】山谷曰：「東坡在黄州所作《卜算子》云云，詞意高妙，非喫煙火食人語。」吴曾亦曰：「東坡謫居黄州，作《卜算子》云云，其屬意王氏女也，讀者不能解。張文潛繼貶黄州，訪潘邠老，得其詳，嘗題詩以志其事。」僕謂二説如此，無可疑者，然嘗見臨江人王説夢得，謂此詞東坡在惠州白鶴觀所作，非黄州也。惠有温都監女，頗有色，年十六，不肯嫁人，聞東坡至，喜謂人曰：「此吾婿也。」每夜聞坡諷詠，則徘徊窗外，坡覺而推窗，則其女踰牆而去。坡從而物色之，温具言其然，坡曰：「吾當呼王郎與子爲姻。」未幾，坡過海，此議不諧，其女遂卒，葬於沙灘之側。坡回惠日，女已死矣，悵然爲賦此詞。坡蓋借鴻爲喻，非真言鴻也。「揀盡寒枝不肯棲」者，謂少擇偶不嫁，「寂寞沙洲冷」者，指其葬所也。說之言如此。其說得之廣人蒲仲通，未知是否，姑志於此，以俟詢訪。漁隱謂鴻雁未嘗棲宿樹枝，惟在田葦間，「揀盡寒枝不肯棲」，此語亦病。僕謂人讀書不多，不可妄議前輩詩句，觀隋李元操《鳴雁行》曰：「夕宿寒枝上，朝飛空井旁。」坡語豈無自邪？

【楊白花】今市井人言快樂，則有唱《楊白花》之說，其事見《北史》：時有楊華者，本名白花，容貌瓌偉，胡太后逼幸之，華懼禍及，改名華，遯去。胡后追思不已，爲作《楊白花歌》，使宫人晝夜連臂蹋歌之，聲甚淒惻。柳子厚有《楊白花》詩。此正與漢宫人歌《赤鳳來曲》相似，見《趙后外傳》。

【文士言數目】文士言數目處，不必深泥，此如九方皋相馬，指其大略，豈可拘以尺寸？如杜陵《新松》詩：「何當一百丈，欹蓋擁高簷。」縱有百丈松，豈有百丈之簷？漢通天臺可也。又如《古柏行》：「黛色參天二千尺。」二千尺，二百丈也，所在亦罕有二百丈之柏。此如晉人「峨峨如千丈松」之意，言其極高耳。若斷斷拘以尺寸，則豈復有千丈松之理？僕觀諸雜記深泥此等語，至有以九章演算法算之，可笑其愚也。（卷二十五。下同）

【續釋常談】《續釋常談》引《中朝故事》，以證蚊㡡之說。僕觀《南史》「宋武妃碧綃蚊幬」，「幬」音「疇」，襌帳也，正蚊㡡之義。元稹有《舊蚊幬詩》。蚊㡡事見齊威公。《續釋常談》引《談藪》高祖謂「不讀謝詩三日覺口臭」，以證俗謂「口臭」之說。僕謂前此應劭《官儀》載刁協年老口臭，帝賜雞舌香，使含之奏事。此猶未也，又前而西漢高帝謂柏直是「口尚乳臭」，則「口臭」二字，其來又遠，不可引六朝爲證也。

【齊己詩】今言「中酒」之「中」，多以爲平聲，祖《三國志》「中聖人」、「中賢人」之語。然齊己《柳詩》曰：「穠低似中陶潛酒，軟極如傷宋玉風。」乃作仄聲。或者謂平仄一意，僕謂「中酒」之「中」從仄聲，自有出處，按《前漢·樊噲傳》「軍士中酒」，注：「竹仲反。」齊己祖此。

【古人對偶】《石林詩話》云：晉魏間詩，尚未知聲律對偶。陸雲相謔之辭，所謂「日下荀鳴鶴，雲間陸士龍」者，乃正爲的對。至於「四海習鑿齒，彌天釋道安」，乃知此體不待沈約而後能也。僕謂晉魏以前對偶之語，不爲無之，然出於自然，不期對而自對，非如後人牽强紐合以爲工也。孔融曰：「坐上客常滿，尊中酒不空。」其氣質爲如何？《毛詩》不必問，只如《虞書》「元首明」對「股肱良」，便已親的。

【詩人斷句入他意】《步里客談》云：「古人作詩，斷句輒旁入他意，最爲警策。如老杜云『雞蟲得失無了時，注目寒山倚江閣』是也。魯直《水仙》詩亦用此體：『坐對真成被花惱，出門一笑大江橫。』至陳無己『李杜齊名吾豈敢，晚風無樹不鳴蟬』，直不類矣。」僕謂魯直此體甚多，不但《水仙》詩也。如《書酺池寺詩》：「退食歸來北窗夢，一江風月趁漁船。」《二蟲詩》：「二蟲愚智俱莫測，江邊一笑人無識。」詞曰：「獨上危樓情悄悄，天涯一點青山小。」皆此意也。唐人多有此格，如孟郊《夷門雪詩》曰：「夷門貧士空吟雪，夷門豪士皆飲酒。酒聲歡闌入雪消，雪聲激烈悲枯朽。悲歎不同歸去來，萬里春風動江柳。」

【王建宫詞】王建《宫詞》曰：「叢叢洗手遶金盆，旋拭紅巾入殿門。」又曰：「縱得紅羅手帕子，當心畫出一雙蟬。」知唐禁中用紅手巾、紅帕子。又曰：「聖人生日明朝是，私地先須屬内監。自寫金花紅牓子，前頭先進鳳凰衫。」知聖節内人通寫金花牓子，進鳳凰衫。又曰：「天寶年來勤政樓，每年三日作千秋。」又知當時以三日爲千秋節，可見其盛。按《會要》：千秋節，咸令宴樂，休假三日。

【文帝薄葬】漢文帝遺詔，霸陵山川，因其故，無有所改，示從儉也。班固贊：「帝治霸陵，皆瓦器，不得以金銀銅錫爲飾，因其山，不起墳。」劉向亦曰：「文帝去墳薄葬，以儉安神。」可謂知帝矣。觀《晉・索琳傳》，不能無疑。三秦人發漢霸、杜二陵，多獲珍寶。晉帝問琳曰：「漢陵中物何多邪？」琳對以「漢天子即位一年而爲陵，天下貢賦，三分之一供宗廟，一供賓客，一充山陵。漢武帝享年久長，比崩而茂陵不復容物，木皆已拱。赤眉取陵中物，不能減半，於今猶有朽帛委積，金玉未盡，此二陵是儉者耳。」僕觀此説，以謂武帝固應如是多藏金錢財物，已見於貢禹所陳矣。宣帝不得而知，然以貢禹「杜陵宫人數百」之言推之，恐亦未免。惟文帝平生節儉，人無間言，臨終遺至薄之制，微至銅錫，不以爲飾，炳然載諸史册，以薄送終，而山陵中畜積如此之富，是不可曉。得非景帝違治命之意乎？又考《晉・愍帝紀》：「建興二年，盜發霸、杜陵及薄太后陵，金玉綵帛，不可勝計，敕收其餘，以實内庫。」可驗畜積之多也。是文帝之陵，果不免矣。然而沈炯賦曰：「咄嗟驪山之阜，惆悵霸陵之原。文若儉而無隙，嬴發掘其何言。」鮑溶詩曰：「儉風本自張廷尉，霸陵一代無毁發。」白樂天詩亦曰：「驪山脚下秦皇墓，一朝盜掘墳陵破。可憐寶玉歸人間，暫借泉中買身禍。奢者狼狽儉者存，一凶一吉在眼前。憑君回首向南望，漢文葬在霸陵原。」如炯、白等所言，則霸陵初未嘗發也，不知前説何以紛紜如此。

【烏頭白】今人喻事之難濟，有「老鴉頭白」之説。僕觀燕太子丹質於秦，欲求歸，秦王曰：「烏頭白，馬生角，乃可。」事見《風俗通》、《論衡》。是以曹子建詩曰：「子丹西質秦，烏白馬角生。」鮑昭詩曰：「潔誠洗志朝暮年，烏白馬角寧足言。」太史公但云「天雨粟，馬生角。」（卷二十六。下同）

【烏鬼】老杜詩「家家養烏鬼」，説者不一。《嬾真子》以爲豬，蔡寬夫以爲烏野七神，《冷齋夜話》以爲烏蠻鬼，沈存中《筆談》、《緗素雜記》、《漁隱叢話》、陸農師《埤雅》以爲鸕鷀。四説不同，惟冷齋之説爲有據。觀《唐書·南蠻傳》：「俗尚巫鬼，大部落有大鬼主，百家則置小鬼主。一姓白蠻，五姓烏蠻。所謂烏蠻，則婦人衣黑繒；白蠻，則婦人衣白繒。」又以驗冷齋之説。劉禹錫《南中詩》亦曰：「淫祀多青鬼，居人少白頭。」又有所謂青鬼之説。蓋廣南、川峽諸蠻之流風，故當時有青鬼、烏鬼等名。杜詩以「黄魚」對「烏鬼」，知其爲「烏蠻鬼」也審矣。然觀元微之詩曰：「鄉味尤珍蛤，家神悉事烏。」又曰：「病賽烏稱鬼，巫占瓦代龜。」注：「南人染病，競賽烏鬼。」此説又似不同。據《南蠻傳》，「烏」即「烏黑」之「烏」，而元詩以「蛤」對「烏」，則以爲「鴉」之「烏」。

【唐袍服用花綾】唐人袍服用花綾。僕觀白樂天《謝裴常侍贈鶻銜瑞草緋袍魚袋詩》曰：「魚綴白金隨步躍，鶻銜紅綬繞腰飛。」《弟行簡賜章服詩》曰：「榮傳錦帳花聯萼，彩動綾袍雁趁行。」注：「緋多以雁銜瑞莎爲之。」《喜劉蘇州賜金紫詩》曰：「魚佩葺鱗光照地，鶻銜瑞草勢沖天。」《方鎮詩》

曰：「通犀排帶胯，瑞草勒袍花。」白詩多言此。按《唐會要》，德宗詔：「頃來賜衣，文綵不常，非制也。今宜有定制：節度使宜以雕銜綬帶，取其武毅，以靖封内；觀察使宜以雁銜威儀，取其行列有序，牧人有威儀也。」威儀，委瑞草也。《唐志》亦詳。

【野航】《漁隱叢話》云：「杜子美詩『野航恰受兩三人』，航當作艇，航是大舟。」僕謂漁隱蓋見左思賦「長鯨吞航」、子美詩「已具浮天航」，樂天詩「野艇容三人」，故有是説。不知航亦有小者，詩所謂「一葦杭之」，豈大舟也！「秋水纔添四五尺，野航恰受兩三人。」其穩貼如此，不應改也。

【半夜鐘】歐公云：「唐人有『姑蘇城外寒山寺，夜半鐘聲到客船』之句，説者云，句則佳也，其如三更不是打鐘時。」《王直方詩話》引于鵠、白樂天、温庭筠半夜鐘句，以謂唐人多用此語。《詩眼》又引齊武帝景陽樓有三更鐘，丘仲孚讀書限中宵鐘，阮景仲守吴興禁半夜鐘爲證，或者以爲無常鐘。僕觀唐詩言半夜鐘甚多，不但此也。如司空文明詩曰：「杳杳疏鐘發，中宵獨聽時。」王建《宫詞》曰：「未卧嘗聞半夜鐘。」陳羽詩曰：「隔水悠揚半夜鐘。」許渾詩曰：「月照千山半夜鐘。」按許渾居朱方，而詩爲華嚴寺作，正在吴中，益可驗吴中半夜鐘爲信。然又觀《江南野録》載李昇受禪之初，忽夜半一僧撞鐘，滿州皆驚，召將斬之，曰「偶得月詩」云云，遂釋之。或者謂如《野録》所載，則吴中以半夜鐘爲異。僕謂非也，所謂半夜鐘，蓋有處有之，有處無之，非謂吴中皆如此也，今之蘇州能仁寺鐘，亦鳴半夜，不特楓橋爾。又人定鐘事，見《唐·柳公綽傳》。

【劉夢得烏衣巷詩】劉禹錫《金陵五詠·烏衣巷》詩云：「舊時王謝堂前燕，飛入尋常百姓家。」

《摭遺小説》載六朝事迹，云金陵人王榭航海入烏衣國事，因目榭所居爲烏衣巷，劉詩指此。僕謂劉詩之意，蓋指江左王、謝二家，非言王榭也。蓋謂江左王、謝二家，爲當時名閥，多居此巷，世代更改，舊時王、謝故宅，今爲丘墟，非復舊觀。經過是處，爲之感傷，所以有「舊時王謝堂前燕，飛入尋常百姓家」之句，此感傷烏衣巷之意爾。若言航海王榭，何必言尋常百姓家，審此則劉詩之意明矣。僕考《丹陽記》，烏衣巷乃吴時烏衣營，非燕子國烏衣之謂。蓋王、謝與王榭相類，而又有「烏衣」之名，或者往往誤焉。烏戍張仲均家有陳唯室親染此詩，「謝」字從「言」，蓋此也。後觀吴曾《漫録》、《藝苑雌黄》所説，時與僕合，但謂烏衣營者，取軍兵所衣衣服得之，未知是否。

【五松事】《緗素雜記》云：「《史記》：秦始皇上泰山，立石，封，祠祀。下，風雨暴至，休於樹下，遂封其樹爲五大夫。唐陸贄《松詩》『不羨五株封』，李商隱有《五松驛詩》，李白序謂『風雨暴作，五松受職』，皆言五松事，惟荆公詩『老松先得大夫封』，此爲得之。」僕謂黄朝英稽考未至耳，非李白之徒謬也。按應劭云：「秦皇逢暴雨，得五松，因封爲五大夫。」蓋當時大夫係封五株松，非一松也。是以庾信《終南山詩》曰：「水奠三川後，山封五樹松。」五樹松在唐人前已如此言，豈謂李白等謬誤？朝英但見唐人有此數處用五松事，與《史記》之文不合，故有是説。不知此事見於應劭所載，而唐前人已用之矣。

【退之淮西碑】《唐史》與三説皆謂退之《淮西碑》多歸裴度功，李愬妻唐安公主不平，訴之於帝，謂愈文不實，遂斲其碑，更命段文昌爲之。而丁用晦《芝田録》則曰：「元和中，有老卒推倒《淮西碑》，帝怒，命縛來殺之。因至，曰：『碑中只言裴度功，不述李愬力，微臣是以不平。』命放罪，敕段文昌別撰。」羅隱《石烈士說》亦曰：「石烈士名孝忠，猛悍多力，嘗爲李愬前驅，一旦熟視《裴碑》，大恚怒，因作力推去其碑，僅傾欹者再三。吏執之詣前，孝忠云云，上因得淮西平賊之本末，命段學士更爲之。」二説皆謂因老卒推碑，與前説不同。又讀李商隱《淮西碑詩》曰：「碑高三丈字如手，負以靈鼇戴以螭。句奇語重喻者少，讒之天子言其私。長繩百尺拽碑倒，麤砂大石相磨治。」觀商隱所説，又非關老卒，推仆碑石乃爲當時之人，讒言所入，天子自使人拽倒，別刻文昌之作。諸説不同，竝著於此。（卷二十七。下同）

【省中畫壁】魯直言唐省中皆青壁畫雪，僕因考之：漢省中皆粉壁畫古列士列女，見《漢官·典職》。而沈約《宋志》亦曰：「郎官奏事明光殿，殿以胡粉畫古列賢列士。」唐翰苑粉壁畫海中曲龍山，憲宗臨幸，中使懼而塗之，是後皆畫松鶴，見李德裕詩：「畫壁看飛鶴。」注：「秘閣廊壁。」薛稷畫鶴，見鄭谷詩：「淺井寒蕪入，迴廊疊蘚侵。因看薛稷鶴，共起五湖心。」《畫斷》云：「畢宏大曆二年爲給事中，畫松石於左省廳壁。」《集賢注記》云：「集賢院南壁畫陰鏗詩圖，北壁畫叢竹雙鶴。四庫當門畫夫子坐於玄帳，左右諸弟子執經問道。」《東觀記》謂靈帝詔蔡邕畫赤泉侯五代將相於省。《唐録》謂文宗自撰集尚書君臣事蹟，命畫於太液亭。省禁畫壁，見於所載，班班若此。應劭謂畫堂畫九子母，疑有所據。

【嵇康幽憤詩】《石林詩話》曰：嵇康《幽憤詩》：「昔慚柳下，今愧孫登。」蓋志鍾會之事。僕謂鍾會所以害康者，因吕安兄訟弟之故。觀其集，有《與吕長悌絶交》一書甚詳，其間曰：「阿都開悟，每喜足下有此弟。足下許吾不擊都，以子父六人爲誓，吾乃感足下重言，慰解都。都遂釋然，何意足下包藏禍心，密表擊都，今都獲罪，吾爲負之。吾之負都，由足下之負吾也。」蓋康嘗爲安致解於其兄，兄紿其和，密致其罪。康悔，因爲是書，與其兄絶交，遂牽連入獄。《幽憤》之詩，正志其事，所以繼有「内負宿心，外恧良朋」之語。《魏氏春秋》謂吕巽誣其弟安不孝，安引康爲證，康義不負心，保明其事，鍾會勸大將軍因此除之。而《晉史》亦曰：「康與吕安友善，安爲兄所枉訴，以事繫獄，詞相證引，遂復收康。康謹言行，一旦縲紲，乃作《幽憤詩》。」蓋孫登嘗謂康曰：「子才多識寡，難免於今之世。」此所以有「愧孫」之語。樂天《雜感詩》曰：「吕安兄不道，都市殺嵇康。」

【應璩百一詩】《石林詩話》曰：「梁鍾嶸論淵明出於應璩，應璩詩不多見，惟《文選》載其《百一詩》一篇，所謂『下流不可處，君子慎厥初』，與陶詩不類。五臣注引《文章録》云：『曹爽多違法，應璩作詩以刺在位，若百分有補於一者。』淵明正以脱略世故，超然物外，區區在位者，何足以概其心哉！」僕讀《雜體詩集》，應璩《百一詩》凡有五首，不止一篇。所謂「百一」云者，又不止《文章録》一説，凡有數説。張方賢《楚國先賢傳》曰：「應休璉作《百一詩》，譏切時事，遍以示在位者，咸皆怪愕，何宴獨無怪也。」李充《翰林論》曰：「應休璉作五言詩百數十篇，有詩人之旨。」孫盛《晉陽秋》曰：「應璩作詩百三十篇，言時事，頗有補益。」《七志》曰：「應璩謂之新詩，以百言爲一篇，謂之《百一詩》。」《樂府廣題》曰：「百者數之終，一者數之始，士有百行，終始如一，故云百一。」應璩爲曹爽大將軍長史，前後爲詩百餘篇以諷爽，採以習俗之言，傅會其意，名曰百一。爽卒不悟，以及於禍。」《百一詩序》曰：「時謂曹爽曰：公今聞周公巍巍之稱，安知百慮有一失乎？」《文章録》曰：「曹爽多違法，璩爲是詩以諷焉。意者以爲百分有一補於時政。」《唐・藝文志》：「應璩有《百一詩》八卷。」鍾嶸謂：「應璩詩祖魏文，善指事，得激刺之旨。」

【白樂天詩紀歲時】白樂天詩多紀歲時，每歲必紀其氣血之如何與夫一時之事，後人能以其詩次第而考之，則樂天平生大略可睹，亦可謂「詩史」者焉。僕不暇詳摘其語，姑撫其略。如曰：「未年三十生白髮」，「不展愁眉欲三十」，「三十生二毛」，「三十爲近臣」，「又過三十二」，「憶昔初年三十二」，「忽年三十四」，「年已三紀餘」，「我年三十六」，「元和二年三十七」，「行年三十九」，「四十如今欠一年」，「四十有女名金鑾」，「衰病四十身」，「四十官七品」，「四十已如此」，「四十心如七十人」，「年來四十一」，「病鬢愁心四十三」，「面瘦頭斑四十四」，「髮鬢蒼蒼四十五」，「衰悴江城四十六」，「四十六時三月盡」，「鬢髮蒼蒼四十七」，「應悟前非四十九」，「四十九年身老日」，「五十蹉跎得掌綸」，「吾年五十加朝散」，「五十江城守白髮」，「平頭五十人」，「長慶二年五十一」，「五旬已過不爲夭」，「前歲花前五十二」，「五十二人頭似霜」，「明年半百又加三」，「今年花前五十五」，「猶去懸車十五載」，「每思兒戲五十六」，「今年五十六」，「蘇杭兩州五十七」，「只欠三年未六旬」，「半百年過六年時」，「身爲三品五十八」，「我初五十八」，「五十八翁方有後」，「欲年六十始歸來」，「天明平頭六十人」，「六十衰翁兒女悲」，「不準擬身年六十」，「六旬猶健天亦憐」，「冉冉老去過六十」，

「位踰三品過六旬」，「已過潘安三十年」，「來歲年登六十二」，「六十二三人」，「六十三翁頭雪白」，「六十四年明日催」，「行年六十四」，「七十我今欠五歲」，「無喜無憂六十六」，「相看七十欠三年」，「六十八衰翁」，「今日行年將七十」，「今年登七秩」，「已開第八秩」，「悠悠七十春」，「外翁七十孫三歲」，「七十我年幸過之」，「吾今已年七十一」，「眼昏鬚白七十一」，「七十三人難再到」，「七十三翁旦暮身」，「七十過三更較希」，「七十四年身」，「壽及七十五」。考本傳，白公年七十五薨。自三十至七十五，往往必見於詩，又有「去時十二三」之句，及「數行鄉淚一封書」，則題曰：「年十五時作。」《王昭君詞》則題曰：「年十七時作。」「少年已多病」，則題曰：「年十八時作。」「我年二十君三十」，又紀其少年之所作如此。僕觀白公年十八時，謂「少年已多病，此身豈堪老」，然安彊壽考，至於七十有五而後不禄，既有姬侍，不能無耗蝕氣血，故壽夭雖係所稟，然方寸泰然，不汲汲於榮利，是亦養壽一端。今士大夫精耗於内，而神騖於外，所以罕終天年。觀白公之詩，率多寬適，有以驗其壽云。

【退之琴詩】退之《聽琴詩》曰：「昵昵兒女語，恩怨相爾汝。劃然變軒昂，勇士赴敵場。」此意出於阮瑀《箏賦》：「不疾不徐，遲速合度，君子之衢也；慷慨磊落，卓礫盤紆，壯士之節也。」阮瑀此意，又出於王褒《洞簫賦》。褒曰：「澎濞沆溉，一何壯士；優柔温潤，又似君子。」

【浮雲蔽日】《潘子真詩話》云：「陸賈《新語》曰：『邪臣蔽賢，猶浮雲之障日月也。』太白詩：『總爲浮雲能蔽日，長安不見使人愁。』蓋用此語。」僕觀孔融詩曰：「讒邪害公正，浮雲翳白日。」曹植詩曰：「悲風動地起，浮雲翳日光。」傅玄詩曰：「飛塵污清流，浮雲蔽日光。」《史記・龜策傳》曰：「日月之明，蔽於浮雲。」枚乘詩曰：「浮雲蔽白日，游子不顧返。」此皆祖《離騷》「雲容容而在下，杳冥冥兮羌晝晦」之意。注：「雲氣冥冥，使晝日昏暗，諭小人之蔽賢也。」東方朔《七諫》亦曰：「浮雲蔽晦兮，使日月乎無光。」又曰：「何氾濫之浮雲兮，蔽此明月，顧皓日之顯行兮，雲蒙蒙而蔽之。」皆指讒邪害忠良之意。苻堅時趙整歌亦曰：「不見雀來入燕室，但見浮雲蔽白日。」（卷二十八。下同）

【詩意重疊】《續筆》曰：「作詩至百韻，詞意既多，故有失於檢點者。如杜老《夔府詩》，前云『滿坐涕潺湲』，後又云『伏臘涕漣漣』。白公《寄微之》詩，一篇之中，説酒十一句。東坡《中隱堂》五詩爲四韻，亦有『坡伏鼇』、『崖伏龜』之語，近於意重。」僕謂古人之詩，古人之意也，正不當以是論，但晚輩規倣前作，不可用此爲格。此魯男子所謂「柳下惠則可，吾則不可」，豈失於檢點哉！

【道士鵝群】《西清詩話》曰：「太白詩『山陰道士如相見，應寫《黄庭》換白鵝。』案《晉書》，右軍寫《道德經》換道士鵝，非《黄庭》也。」僕觀陶穀跋《黄庭經》曰：「山陰劉道士以鵝群獻右軍，乞書《黄庭經》，此是也。」穀亦謂《黄庭》，得非承太白之誤乎？黄魯直詩：「爲君寫就《黄庭》了，不博山陰道士鵝。」梅聖俞詩：「道士雖換《黄庭經》」，又曰：「《黄庭》換白鵝。」皆承此謬。或者謂《晉史》但言道士鵝群，不知穀何以知其爲道士劉君也。僕考晉帖，獻之有「劉道士鵝群亦復歸也」，無乃據此乎？

【退之注論語】《聞見録》曰：「張籍《祭韓退之詩》曰：『《魯論》未訖注，手足今微茫。』是退之嘗有《論語注》而未成也。今世所傳「宰我晝寢」作「晝」，「三月不知肉味」「三月」作「音」，是其所注者。」僕考李漢序《退之集》曰：「有《論語注》十卷，後世罕傳。然縉紳先生往往有道其三義者。」近時錢塘汪充家有是本，王公存刊於會稽郡齋，目曰《韓文公論語筆解》，自《學而》至《堯曰》二十篇，文公與李翺指擿大義，以破孔氏之注，正所謂三義者。觀此不可謂《魯論》未訖注，後世罕傳也。然觀《聞見録》引「三月不知肉味」「三月」作「音」字，今所行《筆解》無此語，往往亦多遺佚。或謂韓公所解多改本文，近於鑿。僕又觀《退之別集》，《答侯生問論語》一書有曰：「愈昔注解其書，不敢過求其意，取聖人之旨而合之，則足以取信後生輩耳。」韓公以此自謂，夫豈用意於鑿乎？

【三叟百餘歲】僕髫齓時侍叔父，問路旁三叟之説，謂出於近時小説，因閱《類要》，見應璩一詩正有是語，曰：「昔有行道人，陌上見三叟，年各百餘歲，相與鉏禾莠。住車問三叟：『何以得此壽？』上叟前致詞：『室内姬粗醜』；中叟前致詞：『量腹節所受』；下叟前致詞：『暮卧不覆首。』要哉三叟言，所以能長久。」乃知此古語爾。

【呼物之音】世爲戲語嘲姓奚者，以謂鴨姓奚，呼奚必來。因觀應劭《風俗通》，謂：「雞本朱氏翁所化，故呼朱必來。」不覺發笑。又觀施肩吾詩曰：「遺却白雞呼㖦㖦。」「㖦」音「祝」，得非「朱」與「祝」聲相近邪？此語已見於古。今呼犬爲「盧」，則《戰國策》有韓盧，《齊詩》有盧令，而盧之聲亦久矣。

【湖日蕩船】《竹坡詩話》曰：「蔡伯世作《杜少陵正異》，有可疑者，如『湖日落船明』，以『落』爲

『蕩』。以餘觀之，『落』字爲佳。」僕謂竹坡未參此語爾，使其日晚泛湖，此景便見，其工正在「蕩」之一字，勝「落」字遠甚，此一字不但施於湖日爲精明，其他亦工。如謝混詩「惠風蕩繁圃」，姚合詩「春風蕩城郭」，陸龜蒙詩「微雨蕩春醉」。用此一字，景象迥別。

【筆架沾雨】少陵詩曰：「筆架沾窗雨。」謂筆架爲窗雨所沾耳。《開元遺事》載：「蘇頲有花石筆架，天欲雨，則石架津出，以此沾雨無失。」用此事亦未可知。「沾」恐當作「占」。又「老妻畫紙爲棋局」，見李秀《四維賦》：「畫紙爲局，削木爲棋。」又「無行亂眼多」，見庾信《鵝詩》：「雪光偏亂眼。」

【唐人一詩見兩處】唐人一詩見兩處刊者甚多，如「萬愁生旅夜，百病輳衰年」：「時過無心求富貴，身閒不夢見公卿。」此二詩既見《姚合集》，又見《王建集》。「賃宅得花饒，初開恐是妖。」此一詩既見《楊巨源集》，又見《王建集》。「有月皆同賞，無秋不共悲。」此詩在《盧綸集》，則曰《憶司空文明》；在《司空文明集》，則曰《憶盧綸》，不知果誰爲也。

【禍福不相遠】漢高祖與盧綰同里同日生，及壯學書，又相愛。終之，高祖帝漢，盧綰王燕，皆處非常之地。則知庚甲稍同，禍福亦不甚相遠。因而推之，李濬與李宗謂同宗同甲，後一日生，平生休戚同，宗謂死，濬後一日死。李摯與李行敏同宗，同年發科第，同甲子，又同門，摯嘗答行敏詩曰：「因緣三紀異，契分四般同。」武元衡與李吉甫同年，又同日爲相，及出鎮，又分揚、益，至吉甫再入，元衡亦還，吉甫前一年以元衡生日薨，元衡後一年以吉甫生日受害，其禍福之同，有如此者。

【諒闇登遐】吴曾《漫録》曰：「孫綽表哀作詩，其序云：『自丁荼毒，不勝哀號，作詩一首，敢冒諒闇之譏，以申罔極之痛。』雖人臣亦可以言『諒闇』也。」僕謂人臣而稱「諒闇」，不特孫綽也，晉人如山濤居母喪，詔曰：「山太常居諒闇，情在難奪。」蓋當時未甚避忌故爾。又如『登遐』二字，晉人臣下亦多稱之。如夏侯湛曰：「我王母登遐。」孫楚《除婦服詩》曰：「神爽登遐忽一周。」又誄王驃騎曰：「奄忽登遐。」自此稱登遐者不少，亦當時未避忌爾，然不可謂臣下亦可稱也。案「闇」字何休讀爲「音」，鄭氏讀爲「諳」。白樂天詩曰：「商宗諒闇中。」讀爲「暗」。

【慨慷等語】《漢皋詩話》曰：「字有顛倒可用者，如「羅綺」「綺羅」之類，方可縱横，惟韓愈、孟郊輩才豪，故有「慨慷」之語，後人亦難放效。」僕謂「慨慷」二字，退之、東野亦有所祖，非二公自爲也。然「慷」字多作平聲用，觀曹孟德《短歌行》曰：「對酒當歌，人生幾何！譬如朝露，去日苦多。慨當以慷，憂思難忘。何以解憂，惟有杜康。」第一章協歌、何、多，第二章協慷、忘、康，退之、東野輩蓋祖此。非特二公也，前後名人如左太沖、張文昌、王昌齡、岑參等，皆用此語。僕不暇縷舉，如岑參詩廿五韻竝於平聲「方」字韻押，其一聯有曰：「蒼然西郊道，握手何慨慷。」是皆有「慨慷」之語。古人顛倒用字，又不特「慨慷」二字而已。「凄慘」作「慘凄」，「琴瑟」作「瑟琴」，「參商」作「商參」，皆隨韻而協之耳。又如曹子建、袁陽源等，皆以「西」字與「先」字協，則漢趙壹蓋嘗如是。潘安仁等以「負荷」之「荷」作平聲協，則《班超贊》固已然矣。《班超贊》又出於《楚辭》。蔡寬夫《詩話》謂此體至魏晉猶在。僕謂不但魏晉，六朝尚然，如王韶之詩是也。類而推之，何可勝數！又如「綢繆」二字，張敞則曰：「内飾則結繆綢。」

【石頭石城西塞】有兩石頭，一在豫章，一在金陵。在金陵者，所謂「鍾山龍蟠，石頭虎踞」，王處仲、蘇峻之所據之地也。在豫章者，即韓退之《次石頭驛》詩是也。晉殷洪喬爲豫章太守，去都之日，得書百函，次石頭，悉投之水中。吴曾《漫録》謂傳言「去都」，而不言「次豫章」，疑投其書於金陵之石頭爾，非豫章也。然而豫章有投書渚者，後人意之耳。有兩石城，一在金陵，一在竟陵。在金陵者，即左思所謂「戎車次於石城」者也。在竟陵者，即莫愁所居之城也。而周美成詞乃以金陵石城爲莫愁事用，無乃誤乎？有兩西塞，一在霅川，一在武昌。案《唐書·張志和傳》謂顔真卿爲湖州刺史，志和來謁真卿，以舟敝漏，請更之，志和曰：「願浮家泛宅，往來苕霅間。」又志和詞中有「霅谿灣裏釣魚翁」之句。明此，知志和之西塞，正在霅川。而在武昌乃曹武成王用師之城。洪内翰作《西塞漁社圖》，亦嘗辨此。而《漫録》乃謂志和西塞在武昌，所見亦誤矣。（卷二十九。下同）

【五言詩】晉、唐以來，文人類多以五言詩起於李陵，或者又引《毛詩》五言之句，謂李陵五言出於《三百篇》之詩。僕謂是則然矣，往往李陵之詩，首尾徹章，皆以五言，前此未有攷耳。僕觀徐陵《玉臺新詠》，有枚乘《雜詩》九章，皆五言徹章，此正明爲五言詩者在李陵之前。若是，則豈可謂五言詩起於李陵乎？林少潁先生所類《觀瀾集》，收枚乘詩數章，題曰《古詩》，注謂不知時代，又失姓氏，但云「古詩」。林先生未見《玉臺新詠》故爾。

【用張家故事】張子野晚年多愛姬，東坡有詩曰：「詩人老去鶯鶯在，公子歸來燕燕忙。」正均用當家故事也。案唐有張君瑞，遇崔氏女於蒲，崔小名鶯鶯，元稹與李紳語其事，作《鶯鶯歌》。漢童謠曰：「燕燕尾涎涎，張公子，時相見。」又曰：「張祜妾名燕燕。」其事蹟與夫對偶精切如此。「鶯鶯」對「燕燕」，已見於杜牧之詩，曰：「緑樹鶯鶯語，平沙燕燕飛。」前輩用者，皆有所祖。魯直作《蘇翰林出游詩》曰：「人間化鶴三千歲，海上看羊十九年。」皆用本家故事，而不失之偏枯，可以爲法也。僕嘗有一詞爲張儀真壽曰：「三傑後，福壽兩無涯。食乳相君功未既，嫵眉京兆眷方滋。富貴莫推辭。門兩戟，却棹一綸絲。蓴菜秋風鱸鱠美，桃花春水鱖魚肥。笑傲霅谿湄。」

【杜詩用玉盤二字】吴曾《漫録》曰：「梁沈約《詠梨詩》：『摧折非所恡，但令入玉盤。』梁簡文《朱櫻詩》：『已麗金釵瓜，兼美玉盤橘。』故子美詩：『竹裹行廚洗玉盤。』」僕謂前後賦果蓏用「玉盤」字，何可勝數？不獨此三人而已。如江淹《楊梅頌》云：「爲我羽翼，委君玉盤。」梁武帝詩：「玉盤著朱李，金杯盛白酒。」梁簡文《橘詩》：「無假存雕飾，玉盤予自嘗。」徐摛《橘詩》：「愧以無雕飾，徒然登玉盤。」謝惠連《橘賦》：「受以玉盤，登君子堂。」吴均《橘賦》：「金衣之果，亦委體於玉盤。」王維《櫻桃詩》：「中使頻傾赤玉盤。」似此甚多，不可縷舉。《漫録》謂子美用此二字，起於沈約，非也。

【挽河洗兵】吴曾《漫録》曰：「杜詩有《洗兵馬》，末云：『安得壯士挽天河，浄洗甲兵長不用。』案《説苑》：『武王伐紂，風霽而乘以大雨。散宜生諫曰：此非妖與？王曰：非也，天洗兵也。』」僕觀梁簡文詩：「洗兵逢驟雨，送陣出黄雲。」裴行儉碑曰：「洗兵諸真之水，刷馬草心之山。」此皆有「洗兵」之語。所謂「挽天河」語，子美之前罕聞。張説詩：「貫索挽河流。」

【俗語有所自】吴曾《漫録》曰：「江西俚俗駡人曰『客作兒』，案陳從易《寄荔枝與盛參政詩》：

『橄欖爲下輩，枇杷客作兒。』」僕謂斥受僱者爲「客作」，已見於南北朝。觀袁翻謂人曰：「邢家小兒爲人客作章表。」此語自古而然。因知俗語皆有所自。近龔養正作《續釋常談》二十卷，僕病其未廣，更欲續之，未果。姑疏大略於兹：「樓羅」見《南史》；（中略）「十指有長短，痛惜皆相似。」見曹植詩。（中略）今鄙俗語謂「不在被中眠，安知被無邊」，而盧仝詩曰：「不予衾之眠，信予衾之穿。」（下略）

【白鷗波浩蕩】《漫録》曰：「東坡謂杜詩『白鷗波浩蕩，萬里誰能馴』，『波』乃『没』字，謂出没於浩蕩間耳。」《漫録》謂：予觀鮑昭詩，有「翻浪揚白鷗」，李頎詩有「滄波雙白鷗」，二公言白鷗而繼以波浪，此又何邪？僕謂善爲詩者，但形容渾涵氣象，初不露圭角。玩味「白鷗波浩蕩」之語，有以見滄波不盡之意，且滄波之中見一白鷗，其浩蕩之意可想，又何待言其出没邪？改此一字，反覺意局。更與識者參之，或者又引鷗好没爲證。僕案《禽經》：「鳧好没，鷗好浮。」

【東坡賞花詩】《漫録》曰：「東坡《賞花詩》曰：『仙花不用剪刀裁，國色朝酣卯酒來。太守問花花不語，爲誰零落爲誰開。』《南部新書》記嚴惲詩：『春光冉冉歸何處，更向花前把一杯。盡日問花花不語，爲誰零落爲誰開。』東坡全用此兩句。」僕謂用前人一聯，足以己意，古人蓋有此體。觀宋于侯《董嬌嬈詩》曰：「洛陽城東路，桃李生路旁。花花自相對，葉葉自相當。」而曹植《豔歌曲》曰：「出自薊北門，遥望湖池桑。枝枝自相值，葉葉自相當。」但易「枝」「值」二字而已，意則一也。唐人詩多有此體，如昌黎詩：「舉世盡從愁裏老，誰人肯向死前休。」而杜荀鶴則改一字，曰「誰人肯向死前閒」是也。

【棠陰蠻榼】頌人惠愛用棠陰事，本《召伯》「蔽芾甘棠」之義。據《詩》無「陰」字，然用「棠陰」字久矣。如謝莊策文「棠陰虚館」，梁簡文詩「棠陰君詎鄰」是也。又有一「棠陰」事，見沈約碑曰：「痛棠陰之不留。」注：「落棠山，日入之地。」今人類知棠陰爲甘棠之陰，而落棠山事鮮有知者。白樂天詩有兩小蠻事，如「楊柳小蠻腰」，即公侍姬也；如曰「小花蠻榼二三升」，曰「還携小蠻去，試覓老劉看」，此「小蠻」，乃酒榼名耳。

【功參微管】語有不當文理，而承襲用之，不以爲異者。如宋氏詔曰「謝元勳參微管」，陳蕭沆表曰「功深微禹」是也。取「微管仲，吾其被髮」、「微禹，吾其魚」之謂，而曰「勳參微管」、「功深微禹」，似不當文理。前此潘安仁詩嘗曰：「豈敢陋微管。」謝玄暉詩：「微管寄明牧。」後此如《劉義康傳》：「臣以頑昧，獨獻微管。」傅亮碑：「道亞黄中，功參微管。」似此用「微管」甚多。任彦升《彈文》曰：「惟此庸固，理絶言提。」取《毛詩》「言提其耳」之義，謂「言提」歇後語，《陳》、《梁書》中亦有是語。

【不磷不緇】《論語》：「磨而不磷，涅而不緇。」今讀「磷」字，多作去聲；讀「緇」字，多作平聲。而古來文人以「磷」字爲平聲，如摯虞、傅咸以至李、杜、元、白之流皆然，「緇」字作去聲協，見沈約《高士贊》。今禮部押韻，「緇」字只平聲一音，蓋當時未分四聲故爾。《論語》：「久要不忘平生之言。」「要」字合作去聲讀，故高適詩：「憶昔相逢論久要，哂君與我輕常調。」曾文清公詩：「久要不忘吾輩事，交情自昔幾人全。」皆作去聲用，而張孟押韻作平聲收，謬矣。又如「君子道長，稱物平施」，

「長」字「施」字，竝合作去聲讀，而傅咸、韓退之詩、梁氏詔，竝作平聲用。「天子萬乘」，諸經音訓皆作去聲，而傅咸《高祖贊》作平聲協，此類難一二記。

【唐突】《漫録》曰：「律有唐突之罪。按馬融《長笛賦》：『犇遯碭突。』注：『徒郎切。』以唐爲碭。李白《赤壁歌》：『鯨鯢唐突留餘跡。』劉禹錫《鏡詩》：『瓦礫來唐突。』此唐突字。魏曹子建《牛闘詩》：『行彼土山頭，欻起相搪突。』見《太平廣記》。」僕謂「碭」「搪」「唐」三字不同，皆一意爾。東漢陳群曰：「蕪菁唐突人參。」在諸人之先，正用此「唐」字，若引曹子建詩用「搪突」字，則《魏志》子建謂韓宣：「豈應唐突列侯。」又用此「唐」字矣。晉人「無鹽唐突西施」之語，乃用漢人之意，豈但見於唐人劉、李二公而已！漢碑有「乘虚唐突」之語，《孔融傳》有「唐突宫掖」。

【青谿一曲製一弄】《琴書》曰：「蔡邕嘉平初入青谿，訪鬼谷先生所居，有五曲，一曲製一弄，有《游仙曲》、《緑水曲》，馬融甚異之。」《文類俗説》曰：「郗僧施青谿中泛舟，一曲處輒作一篇詩。謝益壽見其詩而嘆曰：『青谿之曲復何盡！』」（卷二九）

【白樸】僕讀元微之詩，有曰：「白樸流傳用轉新。」注云：「樂天於翰林中，專取書詔批答詞，撰爲矜式，禁中號爲白樸。每新入學，求訪寶重過於《六典》。」檢《唐·藝文志》及《崇文總目》無聞。每訪此書不獲，適有以一編求售，號曰《制樸》，開帙覽之，即微之所謂《白樸》者是也。爲卷上中下三，上卷文武階勳等，中卷制頭、制肩、制腹、制腰、制尾，下卷將相刺史節度之類。此蓋樂天取當時制文編類，以規後學者。（卷三十。下同）

【八珍】今俗言八珍之味，有猩猩脣、鯉魚尾與夫熊掌之類。觀李賀曲曰：「郎食鯉魚尾，妾食猩猩脣。」其説舊矣。又觀《吕氏春秋》，伊説曰：「肉之美者，猩猩之脣。」紂作象箸，必爲玉杯，玉杯必盛熊蹯、豹胎。晉靈公食熊蹯，胹不熟。

【角里】四皓中角里先生，「角」音「禄」。今呼爲「閣里」，則發笑。僕考之，「禄」亦「角」也。魯直詩曰：「阿童三尺箠，御此老觳觫。石吾甚愛之，勿遣牛礪角。」雖讀爲「禄」，實則角爾。魯直此語，豈無自哉？傅玄《盤中詞》曰：「與其書，不能讀，當從中央周四角。」是亦以「角」爲「禄」也。按《玉篇》、《廣韻注》，二音皆通用。《群經音辨》：「古岳切，獸角也。」《禮》「黄鍾爲角」，音「禄」，又如字。《資暇録》謂《孔氏秘記》慮將來之誤，直書爲「禄里」。謂詩「角里」爲「禄里」。漢魏之人多然，如繁欽《禄里先生訓》亦書爲「禄」。《資暇録》所謂《孔氏秘記》者，孔氏即孔安國，其《秘記》不可得而聞，其事見《抱朴子》。

【以點心爲小食】（上略）又謂：「陳江總《怨行詩》曰：『團扇篋中藏不分，纖腰掌上詎勝情。』按羊侃有舞人，腰圍一尺六寸，時人咸推掌上舞。」僕謂趙飛燕體輕能掌上舞，見《外傳》。《漫録》何舍此舉彼邪？

【民應如蘭】班固作《文帝叙贊》曰：「我德如風，民應如草。」用《論語》「君子之德風，小人之德草」意也。而潘岳作《晉世祖誄》曰：「我德如風，民應如蘭。」傅玄《四箱樂歌》曰：「上教如風，下應如卉。」《古詩》曰：「袖中有短書，欲寄雙飛鳧。」而沈約詩曰：「盈尺書綢繆，欲寄東飛鳧。」

【劉琨盧諶贈答詩】《文選》載劉司空琨、盧中郎諶贈答詩，止一二首，而琨文集載贈答詩，往返四首。琨《重贈盧諶詩》，有曰：「功業未及建，夕陽忽西流。朱實隕勁風，繁英落素秋。何意百煉剛，化爲繞指柔。」今《選》、本傳俱載是詩，而不聞盧諶所答。按琨集中有諶答曰：「誰言日向暮，桑榆猶啓晨。誰言繁英實，振藻耀芳春。百煉或致屈，繞指所以伸。」皆答其意也。又按琨集，先是《盧子諒謹牋詣劉司空并贈司空詩》，然後《劉司空答子諒書與詩》云云；今《選》先載答而後載贈，失其序矣。鍾嶸《詩品》曰：「越石詩，其源出於王粲，善爲悽戾之詞，自有清拔之氣。琨既體良才，又罹厄運，故善叙喪亂，多感慨之詞；中郎仰之，微不逮矣。」觀此有以見二公之淺深。考《唐・藝文志》，《劉琨集》十卷，僕家藏正本十卷。

（徐俊）

履齋示兒編

孫奕撰

孫奕，字季昭，號履齋，廬陵（今江西吉安）人。寧宗時曾官侍從，餘不詳。《履齋示兒編》二十三卷，書前有開禧元年（一二〇五）自序。《宋史·藝文志》儒家類著録一部，無卷數。《四庫全書》著録於雜家類。此據《知不足齋叢書》本選録。

【詩章句對耦】章句始於《詩》，對耦亦始於《詩》，故三言若「深則厲」之類，四言若「關關雎鳩」之類，五言若「于嗟乎騶虞」，六言若「狂童之狂也且」，七言若「遭我乎峱之間兮」，八言若「十月蟋蟀入我牀下」。是以後世由三言至七言，皆自此始。如「覯閔既多，受侮不少」，「誨爾諄諄，聽我藐藐」，「發彼小豝，殪此大兕」，「豈不爾受，既其女遷」，「念子懆懆，視我邁邁」之句，無一字非的對。則世之駢四儷六，抽黄對白者，得非又發端於是與？（卷三。下同）

【相鼠】「相鼠有體，人而無禮，胡不遄死。」相，州名。陸璣云：「河東有大鼠能人立，交前兩脚於頭上，跳舞善鳴。」故退之《城南聯句》云：「禮鼠拱而立。」按地志，相州屬河北，與河東相鄰。則知相州有此鼠，能拱而人立，其有禮之體如此，詩人蓋取譬焉。毛氏以相爲視。信如毛説，則視物之有體與皮者，皆可喻禮，何取於鼠哉？或謂相州當平聲呼，非也。世言相纈亦有所本。陳無己詩云：「相州紅纈鄂州花。」相字可平音呼哉？《東坡指掌圖》亦云：河亶甲居相，即今相州是也。

【凱風】「《凱風》，美孝子也。衛之淫風流行，雖有七子之母，猶不能安其室。」當以「之母」屬下「猶不能安其室」爲句，如經云「之子于歸」，《莊子》云「之人也」、「之德也」、「之二蟲又何知」之類。

【黄鳥】黄鳥有二種，名同而實異，小大殊也。如「黄鳥于飛，集于灌木，其鳴喈喈」，「睍睆黄鳥，載好其音」，鶯也，詩人取其善鳴者也。如「交交黄鳥，止于棘」，于桑，于楚者，黄雀也，詩人言其交交而集于楚棘者衆多也。如「黄鳥黄鳥，無啄我粟」，我粱，我黍，亦黄雀也。蓋啄其粟與粱黍，正今人稻粱熟時，黄雀群集于田壟以啄，爲人所羅所逐者，正謂此耳。毛氏、陸氏謂黄鶯一名摶黍，能摶黍則亦當是黄雀，況黍熟於七八月之間，亦無復有鶯矣。

【鴇兔】古語有曰：「鴇無舌，兔無脾。」人皆疑焉。嘗以《鴇羽》、《兔爰》二詩推之，信其有證。蓋聲出乎舌，鴇之爲禽無舌，則無聲也。故詩人以《鴇羽》刺君子，下從征役，不得養其親，而無舌以訴其情也。脾屬土，土主信，兔之爲獸無脾，則無信也。故詩人以《兔爰》刺桓王之失信，而無脾以表其信也。

【鸒斯】《小弁》「弁彼鸒斯」，孔謂此鳥名鸒，而云斯者，語辭，其説誠有據。及攷董氏，則信《爾雅》、《禽經》師曠，以二字爲名。李迂仲則又信揚子，以二字爲名。曾不思詩人以斯爲語助者多矣，如「彼何人斯」、「哀我人斯」、「湛湛露斯」、「彼旟旐斯」、「恩斯勤斯」、「鬻子之閔斯」、「以詛爾斯」、

「天難忱斯」、「無射於人斯」，類皆云然。何董、李獨信諸子百家而不信經耶？借曰《詩》亦有以螽斯名蟲，然《七月》云斯螽，其實一物，容可以一切已前之語辭者顛倒其文而均指爲物名乎？不然，此篇又有柳斯、鹿斯，亦將併以二字爲柳鹿名可乎？

【居諸】《柏舟》曰：「日居月諸，胡迭而微。」孔曰：居諸者，語助也。《日月》曰：「日居月諸，照臨下土。」毛曰：日乎月乎，照臨之也。予謂《孟子》注諸海，求諸遠，《左氏》拘諸原，免諸國，此諸訓於也。而韻釋於字亦訓居也，諸猶於也，於猶居也，言日月皆有所在，未嘗失其軌度，獨仁人不遇於頃公，莊姜不見答於莊公，此二詩所以自傷而作也。孔皆以爲助語，脱或讀作何居之居則可，如本字讀則不可。毛竝謂之乎，以乎字釋諸則是，以釋居字義似不通。韓文公「爲爾惜居諸」之句誠有味，當求之。

【死生契闊】「死生契闊，與子成説」。契舊音挈，非，當作契合之契。説如字。契，合也。闊，離也。謂死生離合，與汝成誓言矣。

【衡門】《衡門》一篇，誘掖其君之詩也。凡誘掖之説，必使之心競而力争。蓋自卑者抗之使高，自惰者激之使勤，自退者揚之使進，自用者恢之使大。如雖愚必明，雖柔必强，乃所謂懦而有立志者也。説者謂衡門雖小，可以棲遲；泌水非廣，可以樂飢；食不必魴鯉，娶不必姜子。非也。此詩三章，首章言可以棲遲，可以樂飢，先發其端也。中末二章言食必魴鯉，娶必姜子者，次陳其説也。若曰衡門可棲遲，泌水可樂飢，則何以食魚者必須魴鯉之美味，娶妻者必須姜子之大姓。

則如前曰可者，真不可也；後曰必者，不得不必也。此乃見其君愿而無立志，故作是詩以誘掖之也。説此詩者，死於語下則失之。

【東門之楊】「《東門之楊》，刺時也。婚姻失時，男女多違。親迎，女猶有不至者也。」當以親迎二字爲句。

【七月兼夏周正】周公作《七月》，備陳一歲之事，而正則迭用夏周，何也？意其夏正建寅，順四時之序，便於農事，乃以月言。周正建子，明一陽之生以改正朔，乃以日言。蓋周公以日月分陰陽，謂陰生於午，是以五月、六月、七月、八月、九月、十月皆屬陰，故以月言之。謂陽生於子，是以一之日、二之日、三之日、四之日皆屬陽，故以日言之。若夫夏之三月，不曰五之日，而曰春日載陽，言可蠶之候，所謂季春之月，躬桑以勸蠶事也。月令夏之四月，不曰六之日，而曰四月秀葽，蓋正陽之月，嫌於無陰，亦猶十月嫌於無陽，謂之歲亦陽止也。

【常棣】《常棣》常字，諸家竝無音，合如字讀。《采薇》曰：「維常之華。」毛謂常爲常棣，亦無音。常棣與唐棣異，俗或書作棠棣，尤非。其四章曰：「兄弟鬩於牆，外禦其務。每有良朋，烝也無戎。」陸音務如字。鄭曰：務，侮也。《爾雅·釋言》亦云：侮也。按僖公二十四年富辰曰：「《詩》曰：『兄弟鬩於牆，外禦其侮』。」《韓詩外傳》曰：「周文公之詩曰：『兄弟鬩于牆，外禦其侮。』」《國語》富辰諫襄王曰：「古人有言，兄弟讒鬩，侮人百里。」此《毛詩》以務爲侮，其義明甚。戎字叶韻，當作戍，戍亦禦也。馥案：《詩·民勞》、《崧高》、《烝民》、《韓奕》箋竝云：戎猶汝也。戎汝同聲，均是日母，古音相通。戎叶音戍之説非也。

【黽勉】「黽勉從事」者，黽，鼃屬也。蟈氏掌去鼃黽，注謂鼃爲蟈，黽，耿黽也。蟈與耿黽尤怒鳴。退之《雜詩》：「蛙黽鳴無謂，閤閤祇亂人。」即其蟲也。蛙黽之行，勉强自力，故曰黽勉。如猶之爲獸，其行趑趄，故曰猶豫。

【南山有臺】賢才不在野，則聚於朝，勢也，亦理也。南山北山皆賢者昔日窮處之地，今徒見其有臺萊之草，桑楊杞李栲杻枸楰之木，盛多如此，而無一賢之遺逸於其間，故作《南山有臺》之詩，而序則曰，樂得賢也。五章反復詠嘆而美之，皆是意也，非謂山之有草木，喻國之有賢人衆多也。

【天保】「君能下下以成其政」。陸音下下俱户嫁反，非。上「下」字依舊音，下「下」字亥雅反。

【思齊】以《思齊》名篇，序詩者偶無其説。釋者無所考信，直以齊訓莊，似非文王儀刑於大姒之本意。齊當讀如見賢思齊之齊，文王有聖德以刑於寡妻，故大姒既思有以同於太任，又思有以順《詩》媚訓順於周姜也。不然，首章何以云「思齊大任」、「思媚周姜」？

【下武】「《下武》，繼文也。」下者，猶言不上也。不上武，則是下其武事以繼文德，此武王之本心。其或用武，蓋不能已耳，即非右武之君。故曰「一戎衣天下大定」，示天下弗復用也。不然篇名《下武》，而此詩未始一言及武，詩人之作，蓋有深意。

【賦須韻脚意全】賀方回言學詩於前輩，得八句云：「平淡不流於淺俗；奇古不流於怪癖；題詠不窘於物象；叙事不病於聲律；比興深者通物理，用事工者如己出；格見於成篇，渾然不可隽；氣出於言外，浩然不可屈。盡心於此，守而不失。」請借此以爲八韻之法。苟妙達此旨，始可言賦。

昔秦少游賦《郭子儀單騎見虜》，第四韻云：「兹蓋事方急則宜有異謀，軍既孤則難拘常法。遭彼虜之勁悍，屬我師之困乏。較之力則理必敗露，示以誠則意當親狎。我得不徹衛四環，去兵兩夾。雖鋒無鏌鋣之鋭，而勢有泰山之壓。踞鞍以出，若無擒虎之威；失隊而驚，如棄華元之甲。」押險韻而意全，若此乃爲盡善。凡八韻皆即此，可反三隅矣。近歲效莆陽體者，雖貴意全，然疊字多而失之冗，句法長而失之强，此非善學柳下惠者也。若解試省試，尤貴得體，切宜知之。（卷八）

【假對】詩律有借對法，苟下字工巧，賢于正格也。少陵《北鄰》云：「愛酒晉山簡，能詩何水曹。」《贈張四學士》云：「紫誥仍兼綰，黄麻似六經。」又：「無復隨高鳳，空餘泣聚螢。」《送楊六使西蕃》云：「子雲清自守，今日起爲官。」《寄韋有夏郎中》云：「飲子頻通汗，懷君想報珠。」《九日》云：「坐開桑落酒，來折菊花枝一作來把。」蓋用山簡對水曹，兼綰對六經，高鳳對聚螢，子雲對今日，飲子對懷君，桑落對菊花，亦「清秋方落帽，子夏正離群」之比也。如少游與子瞻同席，自矜髭髯之美，曰：「君子多乎哉？」子瞻戲曰：「小人樊須也。」《邵氏聞見後録》尤借對之的者。況又全用經語。（卷九。下同）

【偏枯對】詩貴于的對，而病于偏枯。雖子美尚有此病，如《重過何氏》曰：「手自栽蒲柳，家纔足稻粱。」毛氏注《詩》云：楊柳，蒲柳也。《寄李白》曰：「稻粱求未足，薏苡謗何頻。」《田舍》曰：「櫸柳枝枝弱，枇杷樹樹香。」此以一草木對二草木也。《贈崔評事》曰：「燕王買駿骨，渭老得熊羆。」《得舍弟消息》曰：「浪傳烏鵲喜，深負鶺鴒詩。」《寄高詹事》曰：「天上多鴻雁，池中足鯉魚。」《寄李白》曰：

「幾年遭鵩鳥，獨泣向麒麟。」又曰：「麒麟不動爐烟轉，孔雀徐開扇影還。」此以一鳥獸對二鳥獸也。《秋野》曰：「吾老甘貧病，榮華有是非。」《寄李白》曰：「未負幽棲志，兼全寵辱身。」《偶題》曰：「作者皆殊列，聲名豈浪垂。」《上韋左相》曰：「聰明過管輅，尺牘倒陳遵。」是以二字對一意也。《人日》曰：「冰雪鶯難至，春寒花較遲。」是以二景物對一物也。《歸雁》曰：「見花辭瘴海，避雪到羅浮。」惠州二山。是以一水對二山也。《月夜》曰：「遥憐小兒女，未解憶長安。」是以二人對一郡也。《上韋左相》曰：「巫咸不可問，鄒魯莫容身。」是以一人對二國也。《贈太常張卿均》曰：「友于皆挺拔，公望各端倪。」是以歇後對正語也。《龍門》曰：「往還時屢改，川水日悠哉。」是以實對虚也。大手筆如老杜則可，然未免爲白圭之玷，恐後學不可效尤。

【倒用字】詩中倒用字，獨昌黎爲多。《醉贈張秘書》曰：「元凱承華勛。」《赴江陵》云：「所學皆孔周。」《歸彭城》云：「閭里多死飢」，「下言引龍夔」。《城南聯句》云：「戛鼓侑牢牲」，又「百金交弟兄」。《赴江陵》云：「殷勤謝友朋。」《孟東野失子》云：「薄厚胡不均。」《重雲》云：「身體豈寧康。」《送惠師》云：「超然謝朋親。」《答張徹》云：「碧海滴瓏玲。」《苦寒》云：「調和進梅鹽。」《東都遊春》云：「渚牙相緯經音徑。」《雜詩》云：「詩書置後前。」《寄崔立之》云：「約不論財資」，又「無人角雄雌」。《孟先生》云：「應對多差參」，又「此格轉嶇嶔」。《符讀書》云：「寒飢出無驢。」《人日登高》云：「盤蔬冬春雜。」《南内朝賀》云：「不見酬稗稊」，又「磨淬出角圭」。《晚秋聯句》云：「惟學平貴富。」《贈唐衢》云：「坐令四海如虞唐。」《八月十五夜贈功曹》云：「嗣皇繼聖登夔皋。」《贈劉師服》

云：「後日懸知慚莽鹵。」《杏花》云：「杏花兩株能白紅」，又「百片飄泊隨西東。」《感春》云：「兩鬢雪白趨埃塵。」《和盤谷子》云：「推書撲筆歌慨慷音康。」皆倒字類也。

【雙字】詩人下雙字不一，然各有旨趣。如盧子諒「摵摵芳葉零」。韓吏部「淮之水舒舒」，「楚山直叢叢」，「野晴山簇簇」，「霜曉菊鮮鮮」，「晨遊百花叢，朱朱兼白白」，「剥剥啄啄，有客至門」，「角角雉雊」，「群雌粥粥」，「鵲聲鳴楂楂」，「烏噪聲擭擭」，「蛙黽鳴無謂，閣閣祇亂人」，「腷腷膊膊雞初鳴」，「月吐窗冏冏」。韋蘇州「漠漠帆來重，冥冥鳥去遲」。杜工部「野日荒荒白，江流泯泯清」，「無邊落木蕭蕭下，不盡長江袞袞來」。荆公「新霜浦溆綿綿白，薄晚林巒往往青」。東坡：「浥浥爐香初泛夜，離離花影欲摇春。」六一翁「霜華映月鮮鮮色，風葉飛空摵摵聲」，「古屋醉吟燈黯黯，畫廊静聽雨瀟瀟」。聖俞「淡淡平田水，濛濛半嶺雲」。雖隨事命詞，要不苟也。

【遞相祖述】老杜《戲爲》詩曰：「未及前賢更勿疑，遞相祖述復先誰？」所謂夫子自道也。嘗觀其《後出塞》曰：「借問大將誰，恐是霍嫖姚。」句法得之郭景純《遊仙詩》「借問此爲誰，云是鬼谷子」。《送十一舅》云：「雖有車馬客，而無人世喧。」句法得之淵明《雜詩》「結廬在人境，而無車馬喧」。《春日憶李白》云：「何時一尊酒，重與細論文？」即孟浩然「何時一杯酒，重與李膺傾」之體。《復愁》云：「月生初學扇，雲細不成衣。」即李義府「鏤月成歌扇，裁雲作舞衣」之體。《醉歌》云：「天開地裂長安陌，寒盡春生洛陽殿。」即靈運「日映昆明水，春生洛陽殿」之體也。若夫退之「酒食罷無爲，棋槊以相娱」，句法又使少陵《今夕行》云：「咸陽客舍一事無，相與博塞爲歡娱。」《祭姪孫湘文》云：「情一何長，命一何短。」句法又使少陵《石壕吏》云「吏呼一何怒，婦啼一何苦」也。

【用古今句法】杜詩：「刈葵莫放手，放手莫傷根。」一作傷葵根，用古詩「采葵莫傷根，傷根葵不生」。《江邊小閣》云：「薄雲巖際宿，孤月浪中翻。」用何遜《入西塞》云：「薄雲巖際出，初月波中上。」《寒食舟中》云：「雲白山青萬餘里，愁看直北是長安。」用沈佺期云：「雲白山青千萬里，幾時重謁聖明君。」《寒食舟中》云：「春水船如天上坐，老年花似霧中看。」用沈佺期云：「船如天上坐，人似鏡中行。」《莫相疑行》云：「晚將末契託年少。」用陸士衡《傷逝賦》云：「託末契于後生。」此皆取古人之句也。至於《戲題畫山水圖》云：「焉得并州快翦刀，翦取吴松半江水。」即白樂天《聽曹綱琵琶示重蓮》云：「誰能截得曹綱手，插向重蓮紅袖中。」「眼前無俗物，多病也身輕」，即樂天「眼前無俗物，身外即僧居」。「爲人性癖耽佳句，語不驚人死不休」，即樂天「人各有一癖，我癖在章句」。文昭云：樂天在後，安得謂杜取其句。「金魚換酒來」，即太白「金龜換酒處」。此又同時人之句也。

【類前人句】太白「獨酌勸孤影」，同淵明「揮杯勸孤影」。退之「江燕正飛飛」，同陸機「飛飛燕弄聲」。韋蘇州《答裴棁》云：「采菊露未稀，舉頭見南山。」同淵明「采菊東籬下，悠然見南山」。蘇子美「峽東滄淵深貯月，巖排紅樹巧妝秋」，同老杜「峽東滄江起，巖排石樹圓」。徐師川《早朝》云：「黄帝遠臨天北極，紫宸位在殿中央。」同老杜「玉几由來天北極，朱衣只在殿中央」。元白酬和云：「有月多同賞，無杯不共持。」即昌黎《縣齋讀書》云：「詩成有共賦，酒熟無孤斟。」潘佑《感懷》云：「幽禽唤杜宇，宿蝶夢莊周。」即李白「野禽啼杜宇，山蝶舞莊周」。東坡《西湖新成》云：「二十四橋亦何有，換此十頃玻瓈風。」即歐公《西湖》云：「都將二十四橋月，換得西湖十頃秋。」太白云：「但得酒中趣，勿爲醒者傳。」類靖節「但得琴中趣，何勞絃上聲」。六一翁《食車螯》云：「但知美無厭，誰謂來甚遐。」梅聖俞《河豚》亦云：「但言美無度，誰知死如麻。」東坡《初冬》云：「一年好處君須記，正是橙黄橘緑時。」類昌黎《早春》云：「最是一年春好處，絶勝煙柳滿皇都。」山谷云：「去時魚上冰，歸時燕哺兒。」類昌黎《征蜀聯句》：「始去杏飛蜂，及歸柳嘶蛗。」王元之《春日雜興》云：「何事春風容不得，和鶯吹折數枝花。」同老杜「恰似春風相欺得，夜來吹折數枝花」。宋元憲郊云：「鑿開魚鳥忘情地，展盡江湖極目天。」同徐仲雅五代人《題明月圃》云：「鑿開青帝春風圃，移下姮娥夜月樓。」王荆公《梅花》云：「遥知不是雪，爲有暗香來。」類蘇子卿「只言花似雪，不悟有香來」。徐師川云：「誰家竹可款，何處酒難忘。」類退之《遊青龍寺》云：「何人有酒身無事，誰家多竹門可款。」太白《瀑布》云：「海風吹不斷，江月照還空。」介甫《嘲白髮》云：「種種春風吹不長，星星明月照還稀。」樂天《琵琶行》云：「間關鶯語花底滑，幽咽泉流水下難。」醉翁《聽筝》云：「綿蠻巧囀花間舌，嗚咽交流水下泉。」唐朱晝《喜陳懿老至》云：「一别一千日，一日十二憶。苦心無閑時，今日見玉色。」乃知山谷「五更歸夢三百里，一日思親十二時」之語相若。李白《題峰頂寺》云：「夜宿峰頂寺，舉手捫星辰。不敢高聲語，恐驚天上人。」乃知晏元獻《危樓》詩全似之。陰鏗云：「柳色黄金嫩，梨花白雪香。」太白《行樂詞》亦全用之。《晉書·載記》云：「蛟龍得雲雨，雕鶚在秋天。」杜子美《贈嚴閣老》亦全用之。

【杜詩轉字音】杜工部反經史字音爲多，略舉數四：如霍去病爲嫖姚校尉，服虔音飄摇，師古音訊妙羊召反。荀悦《漢紀》作票鷂字，今音飄摇，不當其義。公《贈田九判官》曰：「將軍不數漢嫖姚。」《後出塞》曰：「恐是霍嫖姚。」《寄董卿嘉榮》曰：「自是一嫖姚。」凡三押皆作平聲。《六典》曰：後漢州置别駕持中，皆刺史自辟除。《晉·職官志》曰：「州置别駕治中從事。」治字無音，而《六典》作持字。公《寄岳州賈司馬巴州嚴使君》曰：「典郡終微眇，治中實棄捐。」趙彦才云：治從平聲。《後漢·明帝紀》謂群臣曰：「郎官上應列宿，出宰百里。」應字無音。公《寄劉峽州》曰：「刺史諸侯貴，郎官列宿應。」既押平聲韻，又使爲太守事。《論語》「磨而不磷」，力刃切。公《暮春送馬大卿》曰：「此道未磷緇。」《别崔潩》曰：「但取不磷緇。」皆作平聲。《張良贊》曰：「爲其貌魁梧奇偉。」蘇林曰：梧音悟。師古曰：魁，大貌也。梧者，言其可驚，悟讀爲吾，非也。公《贈蕭郎中》云：「魁梧秉哲尊。」乃讀作吾。《鄭典設自歸州歸》曰：「刺史似寇恂，列郡宜競借。」乃讀作迹，蓋押適字韻也。《題衡州文宣王廟》曰：「耳聞讀書聲，殺伐思髣髴。」乃讀作沸。蓋押至字韻也。《朝》詩曰：「浦帆晨初發，郊扉冷未開。」帆音去聲，今韻書已收。又曰：「敕廚唯一味，求飽或三鱣。」《楊震傳》鸛雀銜三鱣集講堂，注音善。今押爲平聲。

【韓詩轉字音】韓吏部押韻或反平爲側，移側爲平，亦復多。《江漢》云：「華燭光爛爛。音闌。」《此日足可惜》云：「往往副所望。音忘。」《别竇司直》云：「婉孌不能忘。音望。」《詠筍》曰：「得時方張王。音帳旺。」《東都遇春》云：「渚牙相緯經。音徑。」《送劉師服》云：「貴者恒難售。音酬。」《食蝦蟆》云：

「余初不下喉，近亦能稍稍。所教反。」《讀東方朔雜事》云：「事在不可赦。音奢。」《方橋》云：「方橋如此作。音做。」《送區宏南歸》云：「我念前人譬葑菲。音霏。」《望秋作》云：「怯膽變勇神明鑒。音監。」

【柳詩轉字音】柳儀曹押轉聲韻，亦復有之。《遊南亭叙志》云：「衆生均覆燾。音陶。」《望橫江口》云：「島嶼疑搖振。音真。」《詠三良》云：「猛志填黄壤。音攘。」《詠韋安道》云：「朅來事儒術，十年所能逞。音呈。」雖曰杜與韓、柳，喜取別聲押韻。然自建安而來，已皆然矣。左太沖《雜詩》云：「壯齒不常居，歲暮常慨慷。」則已轉慷爲平聲也。陸士衡《爲顧彦先贈婦》云：「京洛多風塵，素衣化爲緇。」則已轉緇爲上聲也。劉公幹《雜詩》云：「安得肅肅羽，從爾遊波瀾。」此以去聲郎旰切用瀾字也。顔延年《登巴陵城》云：「却倚雲夢林，前瞻京臺囿。」此以入聲于六切用囿字也。即此觀之，則知四聲皆有可通押者矣。

【出奇】杜詩只一字出奇，便有過人處。如「二月已破三月來」、「一片花飛減却春」、「朝罷香煙携滿袖」、「生憎柳絮白於綿」、「何用浮名絆此身」，則下得破字、減字、携字、於字、絆字，皆不可及。以至倒用一字，尤見工夫。如「蜀酒禁愁得，無錢何處賒」《草堂即事》。「客睡何曾著，秋天不肯明」《客愁》。「只作披衣慣，長從漉酒生」《漫成》。「紅稻啄餘鸚鵡粒，碧梧棲老鳳凰枝」《秋興》。凡倒著字，句自爽健也。（卷十。下同）

【屢用字】杜陵翁獨爲詩人冠冕者，吐辭不凡，夐出塵表。有受字、自字、不肯字，前輩能言之；如「過」字，已經宗工鉅儒道破。然愈用而愈新者，請復拈出：所謂「龜開萍葉過」《屏迹》，「蛟龍引子過」《到村》，「四十明朝過」《守歲》，「何事炎天過」《萬丈潭》，「步履宜輕過」《庭草》，「讀書難字過」《漫成》，「俊鶻無聲過」《朝》，「雲裏不聞雙雁過」《戲作》，「河廣傳聞一葦過」《洗兵馬》，則孰不喜談而樂道。若乃用「破」字，如「讀書破萬卷」《上韋左丞丈》，「嘗新破旅顔」《茅堂撿校收稻》，「梅蕊臘前破」《江梅》，「戀闕丹心破」《散愁》，「歌長擊樽破」《屏迹》，「白團爲我破」《湘江》，「悠悠邊月破」《雨》，「鯨力破滄溟」《贈張四學士》，「清風破炎暑」《雨》，「干戈滿地客愁破」《夔州歌》，「吾廬獨破受凍死亦足」《茅屋爲秋風所破歌》。又用「一」字，如「乾坤一腐儒」《江漢》，「天地一沙鷗」《旅夜書懷》，「江漢一歸舟」《懷灞上遊》，「長嘯一含情」《公安懷古》，「防身一長劍」《投贈哥舒開府》，「每蒙天一笑」《能畫》，「萬古一長嗟」《祠南夕望》，「回首一茫茫」《懷錦水居士》，「社稷一戎衣」《重經昭陵》，「猶作一飄蓬」《老病》，「山陰一茅宇」《遣興》，「悲風方一醒」《酬薛十二判官見贈》，「一擬問高天」《題郭明府屋壁》，「一起轍中鱗」《蕭二十使君》，「吏呼一何怒，婦啼一何苦」《石壕吏》，「飄然時危一老翁」《冬狩行》，「江湖滿地一漁翁」《秋興》，「衮職曾無一字補」《題省中》，「萬古雲霄一羽毛」《詠懷》，「浦上童童一青蓋」《柟樹爲風雨所拔嘆》，「宿昔一逢無此流」《寄裴施州》，「先判一飲醉如泥」《赴成都草堂塗中有作》。又用「信」字，如「作客信乾坤」《刈稻了詠懷》，「吟詩信杖扶」《徐步》，「冥搜信客旌」《贈鄭諫議》，「所過信席珍」《寄薛三郎中》，「信然龜觸網」《遣悶》，「信知生男惡」《兵車行》，「信是德業優」《毒熱》，「太陽信深仁」《西閣曝日》，「疾惡信如讎」《除草》，「逸群絶足信殊傑」《沙苑行》，「兒童莫信打慈鴉」《題桃樹》，「春風自信牙檣動」《城西陂泛舟》。又用「生」字，如「春泥百草生」《登岳陽樓》，「春氣晚更生」《晚登瀼上》，「湍減石稜生」《西閣望雨》，「衆壑生寒早」《移牀》，「水生春纜没」《登白馬潭》，「欲得淮王術，風吹暈已生」《晚月》，「牛女年年渡，何曾風浪生」《天河》，「二月六夜春水生」《春水生》，「樓上炎天冰雪生」《江陵新樓成》，「大小二篆生八分」《李潮八分歌》。又用「覺」字，如「時危覺凋喪」《雨》，「無人覺來往」《西郊》，「詩成覺有神」《獨酌》，「廚煙覺遠庖」《題新津北樓》，「未覺郫野醜」《遭田父泥飲》，「飄蕭覺素髮」《義鶻》，「但覺高歌有鬼神」《醉時歌》，「已覺氣與嵩華敵」《閬山歌》，「不覺前賢畏後生」《戲爲》，「放筯不覺金盤空」《設鱠長歌》，「取樂喧呼覺船重」《晚携酒泛江》。凡此不厭其數用也。

【練字】詩人嘲弄萬象，每句必須練字，子美工巧尤多。如《春日江郫》詩云：「過懶從衣結，頻遊任履穿。」又云：「經心石鏡月，到面雪山風。」《陪王使君晦日泛江》云：「稍知花改岸，始驗鳥隨舟。」《漫興》云：「糝徑楊花鋪白氈，點谿荷葉疊青錢。」皆練得句首字好也。《北風》云：「爽携卑濕地，聲拔洞庭湖。」《壯遊》云：「氣劘屈賈壘，目短曹劉牆。」《泛西湖》云：「鼓化蓴絲熟，刀鳴鱠縷飛。」《早春》云：「紅入桃花嫩，青歸柳葉新。」《秋日夔府詠懷》云：「峽束滄江起，巖排石樹圓。」《建都十二韻》云：「風斷青蒲節，霜埋翠竹根。」《柴門》云：「足了垂白年，敢居高士差。」皆練得第二字好也。《復愁》云：「野鶻翻窺艸，郫船逆上溪。」《移居東屯》云：「子能渠細石，吾亦沼清泉。」《收稻》云：「誰云滑易飽，老藉軟俱匀。」《遺悶》云：「暑雨留蒸濕，江風借夕凉。」《柴門》云：「石乳上雲氣，杉清延月華。」《水宿遺興》云：「高枕翻星月，嚴城疊鼓鞞。」《過津口》云：「和風引桂楫，春日漲雲岑。」《春歸》云：「遠鷗浮水静，輕燕受風斜。」《泛江作》云：「風蝶勤依槳，春鷗懶避船。」《春日江郫》云：「捫蘿澀先登，涉巘眩反顧。」皆練得句腰字好也。《寫懷》云：「無貴賤不悲，無富貧亦足。」《風疾舟中伏枕書懷》云：「烏幾重重縛，鶉衣寸寸鍼。」《橋陵》詩云：「王劉美竹潤，裴李春蘭馨。」《謁玄元皇帝廟》云：「仙李盤根大，猗蘭奕葉光。」《贈虞十五司馬》云：「爽氣金天豁，清談玉露繁。」《絶句》云：「江碧鳥逾白，山青花欲然。」《寄張十二彪》云：「數篇吟可老，一字買堪貧。」皆練得句尾字好也。至於「緑垂風折筍，紅綻雨肥梅」，「雪嶺界天白，錦城曛日黄」，「破柑霜落爪，嘗稻雪翻匙」，「霧交纔灑地，風逆旋隨雲」，「檢書燒燭短，看劍引杯長」，「紫崖奔處黑，白鳥去邊明」，皆練得五言全句好也。「無邊落木蕭蕭下，不盡長江衮衮來」《登高》，「旁見北斗向江低，仰看明星當空大」，「返照入江翻石壁，歸雲擁樹失山邨」，「影遭碧水潛勾引，風妒紅花却倒吹」《落花》，皆練得七言全句好也。

【屬對不拘】人皆知草堂先生「四十明朝過，飛騰暮景斜」《杜位宅守歲》，「羈栖愁裏見，二十四回明」《月》，「百萬傳深入，寰區望匪他」《散愁》，「戎馬不如歸馬逸，千家今有百家存」《白帝》，皆爲偏對。不知「近接西南境，長懷十九泉」《秦州雜詩》，「酒債尋常行處有，人生七十古來稀」《曲江》，不害爲正對。至於「雙雙瞻客上，一一背人飛」《歸雁》，「蒼茫城七十，流落劍三千」《寄賈司馬》，「十五男兒志，三千弟子行」《示宗武》，「圭竇三千士，雲梯七十城」《送郭中丞》，「秋水纔深四五尺，野航恰受兩三人」《南鄰》，「霜皮溜雨四十圍，黛色參天二千尺」《古柏行》，又未始有一字非的對也。先生詞源衮衮，不擇地而出，無可無不可，何拘拘譾譾所可議。

【爾汝】爾汝群物，前此未有，倡自少陵。《白鹽山》詩云：「它皆任厚地，爾獨近高天。」《花鴨》

詩云：「稻粱霑汝在，作意莫先鳴。」《落日》云：「濁醪誰造汝，一酌散千憂。」《梔子》云：「無情移得汝，貴在映江梅。」《病馬》云：「乘爾亦已久，天寒關塞深。」《雞》詩云：「充庖爾輩堪，問俗人情似。」《瘦馬行》云：「當時歷塊誤一蹶，委棄非汝能周防。」《杜鵑行》云：「爾豈摧殘始發憤，差帶羽翮傷形愚。」《見螢火》云：「滄江白髮愁看汝，來歲如今歸未歸。」至於有「一重一掩吾肺腑，山鳥山花吾友于」之句《岳麓山道林二寺行》，則於物無異觀如此。王荆公《梅》詩，有「少陵爲汝添詩興，可是無心賦海棠」，亦得公之遺意。

【安得】或有以「安得」二字結尾，蓋杜公竊有望於當時天下後世者不淺也。故《喜雨》詩云：「安得鞭雷公，滂沱洗吴越。」《遣興》云：「安得廉（恥）〔頗〕將，三軍同晏眠。」《雪》詩云：「愁邊有江水，焉得北之朝？」《三川觀水漲》云：「舉頭向蒼天，安得騎鴻鵠？」《晚登瀼上堂》云：「安得隨鳥鵲，迫此懼將恐？」《晝夢》云：「安得務農息戰鬭，普天無吏横索錢？」《題韋偃畫馬歌》云：「時危安得真致此，與人同生亦同死？」《王兵馬使二角鷹》云：「安得爾輩開其群，驅出六合梟鸞分？」《早秋苦熱》云：「南望青松架短壑，安得赤脚踏層冰？」《茅屋爲秋風所破歌》云：「安得廣廈千萬間，大庇天下寒士俱歡顔？」《洗兵馬》云：「安得壯士挽天河，净洗甲兵長不用？」《石犀行》云：「安得壯士提天綱，再平水土犀奔茫？」《石筍行》云：「安得壯士擲天外，使人不疑見本根？」《蠶穀行》云「焉得鑄甲作農器，一寸荒田牛得耕？」《大麥行》云：「安得如鳥有羽翅，託身白雲還故鄉？」《光禄坂行》云：「安得更似開元中，道路即今多壅隔？」《悲青坂》云：「焉得附書與我軍，忍待明年莫倉卒？」《畫山水圖歌》云：「焉得並州快翦刀，翦取吳松半江水？」凡此皆含不盡之意。

【嗚呼】歐陽公傷五季之離亂，故作《五代史》也，序論則盡以嗚呼冠其篇首。杜公傷唐末之離亂，故作詩史也，於歌行間以嗚呼結其篇末。《折檻行》云：「嗚呼房魏不復見，秦王學士時難羨！」《白馬》詩云：「喪亂死多門，嗚呼淚如霰！」《冬狩行》云：「嗚呼得不哀痛塵再蒙！」《茅屋爲秋風所破歌》云：「嗚呼，何時眼前突兀見此屋！吾廬獨破受凍死亦足。」《天育驃騎歌》云：「嗚呼健步無由騁，豈無騕褭如驊騮，時無王良伯樂死即休！」《乾元中寓居同谷縣作歌七首》云：「嗚呼一歌兮歌已哀，悲風爲我從天來！」「嗚呼二歌兮歌始放，閭里爲我色惆悵！」「嗚呼三歌兮歌三發，汝歸何處收兄骨！」「嗚呼四歌兮歌四奏，林猿爲我啼清晝！」「嗚呼五歌兮歌正長，魂招不來歸故鄉！」「嗚呼六歌兮歌思遲，谿壑爲我迴春姿！」「嗚呼七歌兮悄終曲，仰視皇天白日速！」今古詩翁，以嗚呼二字寓於詩歌者稀，公獨有傷今思古之意。

【知見鯤案：知見相配只四句。】杜工部以「知」「見」二字相配，橫翔捷出，奇絕殊甚。觀其「碧知湖外草，紅見海東雲」《晴》，「黑知灣澴底，清見光炯碎」《萬丈潭》，「青惜峰巒過，黃知橘柚來」《放船》，「紅取風霜實，青看雨露柯」《梔子》，「紅入桃花嫩，青歸柳葉新」《早春》，「束比青芻色，圓齊玉筯頭」《秋致薤》，「滑憶雕胡飯，香聞錦帶羹」《江湖卧病》，各隨題著句轉移一字，燦然可觀，他人未易到。

【用方言】子美善以方言里諺點化入詩句中，詞人墨客，口不絕談。其曰「吾宗老孫子，質朴古人風」《吾宗》，「客睡何曾著，秋天不肯明」《夜客》，「汝去迎妻子，高秋念却回」《舍弟觀歸藍田》，「父母養我時,日夜令我藏」《新婚别》,「棗熟從人打,葵荒欲自鋤」《秋野》,「掉頭紗帽側,曝背竹書光」同上,「見耶背面啼,垢膩脚不襪」《北征》,「舊犬喜我歸,低徊入衣裾。鄰舍喜我歸,沽酒携葫蘆」《草堂》,「牀前兩小女,補綻纔過膝」《北征》,「誰能更拘束,爛醉是生涯」《守歲》,「癡女飢咬我,啼畏猛虎聞」《彭衙行》,「家家養烏鬼,頓頓食黄魚」《遣興》,「一夜水高二尺强,數日不可更禁當」《春水生》,「不分桃花紅勝錦,生憎柳絮白於綿」《送路侍御入朝》,「負鹽出井此谿女,打鼓發船何郡郎」《十二月一日》,「去歲兹辰捧御牀,五更三點入鵷行」《至日遣興》,「馮陵大叫呼五白,袒跣不肯成梟盧」《今夕行》,「老妻畫紙爲棋局,稚子敲鍼作釣鉤」《江村》,「與兄行年校一歲,賢者是兄愚是弟」《狂歌行》,「八月秋高風怒號,捲我屋上三重茅。南邨群兒欺我老無力,忍能對面爲盜賊,公然抱茅入竹去,脣焦口燥呼不得」《茅屋爲秋風所破歌》,「但使殘年飽喫飯,只願無事長相見」《病後遇王倚飲贈歌》。

【詩酒】古人吟詠情性,不逃詩酒。老杜一集而以「詩」「酒」相配者,無慮十數處。《戲寄漢中王》云:「尚憐詩警策,猶憶酒顛狂。」《遊何將軍山林》云:「醒酒微風入,聽詩静夜分。」《送懷舍弟潁觀》云:「對酒却疑夢,吟詩正憶渠。」《宴王使君宅》云:「自吟詩送老,相勸酒開顔。」《北鄰》云:「愛酒晉山簡,能詩何水曹。」《徐步》云:「把酒從衣濕,吟詩信杖扶。」《泛江送魏倉曹》云:「見酒須相憶,將詩莫浪傳。」《可惜》云:「寬心應是酒,遣興莫過詩。」《贈盧參謀》云:「説詩能累夜,醉酒或連朝。」《敝廬遣興》云:「把酒宜深酌,題詩好細論。」《贈張學士》云:「賦詩拾翠殿,佐酒望雲亭。」《不見》云:「敏捷詩千首,飄零酒一杯。」《題鄭著作》云:「酒酣懶舞誰相拽,詩罷能吟不復聽。」《獨酌成詩》云：「燈花何太喜，酒淥正相親。醉裏從爲客，詩成覺有神。」《題鄭監湖上亭》云：「羹煮秋蓴弱，杯迎露菊新。賦詩分氣象，佳句莫頻頻。」《獨步尋花》云：「詩酒尚堪驅使在，未須料理白頭人。」《寄岑嘉州》云：「外江三峽且相接，斗酒新詩終自疏。」

【花妥】杜陵詩：「花妥鶯捎蝶，谿喧獺趁魚。」釋者謂妥訓落，非也。蓋妥與墮同聲，當作墮字，傳寫之誤也。一説古字妥墮通用。

【寺殘】「野寺殘僧少，山園細路高。」誦此詩者，皆疑子美既曰殘僧，又曰少，意若重複。以愚觀之，不見其煩複，當讀作野寺殘，所以僧少也；山園細，所以路高也。又《别常徵君》詩曰：「白髮少新洗，寒衣寬總長。」此皆是二字三字體也。亦有二字五字體，如《宿府》曰：「永夜角聲悲自語，中天月色好誰看。」并「石銚煮松花待客，地爐燒木葉看書。」又有三字四字體，如盧贊元襄「愛蹴踘嫌穿地筍，喜鞦韆礙出牆花」之句云爾。

【錦官城】閩本杜詩《春夜喜雨》云：「曉看紅濕處，花重錦宫城。」《送段功曹歸廣州》云：「幸君因旅客，時寄錦宫城。」《蜀相》詩云：「錦宫城外柏森森。」又「錦宫城西生事微」，皆作宫字。案蜀本杜詩竝作錦官城，注云：「成都府城亦呼爲錦官城，以江山明麗，錯雜如錦也。」趙云：「或以其有錦官，如銅官、鹽官之類。」其説亦是。不然，止取錦而已，何以更有官字乎？余觀范至能參政爲詩，每官成一集，所著《錦官集》，蓋鎮成都府時作也。則身親見成都爲錦官城，故取以名之。況杜子美嘗卜居成都浣花里，其用官字必無誤，當以蜀本爲正。

【落英】《楚詞》云：「夕飡秋菊之落英。」謂始生之英，可以當夕糧也。落與訪落《周頌》及章華臺成則落之昭公七年落同。蓋嗣王謀之於始，則曰訪落。宫室始成而祭，則曰落成。故菊英始生亦曰落英，設或隕落，豈復可飡。況菊花獨乾死於枝上而不墜，所謂秋英不比春花落，誠如六一居士之語。荆公胡不察此而反誚人爲？詳見《西清詩話》。

【緑楊垂手】《洪駒父詩話》云：「晉公詩：『緑楊垂手舞，黄鳥緩聲歌。』樂府有大垂手，小垂手，前緩聲，後緩聲，故丁用之。其屬對律切如此。」予謂美則美矣，其如緑楊無手何，終不若下句意渾成。

【甜酒】《三山老人語録》曰：「唐人好甜酒，殆不可曉。」子美云：「人生幾何春已夏，不放香醪如蜜甜。」退之云：「一尊春酒甘若飴，丈人此樂無人知。」余嘗味樂天詩有曰：「量一作户大厭一作嫌甜酒，才高笑小詩。」則又似不然。

【禽水】《苕溪叢話》曰：「聖俞云：『南嶺禽過北嶺叫，高田水入低田流。』魯直曰：『野水自添田水滿，晴鳩却唤雨鳩歸。』詩意皆相類，然魯直造語有工，優於聖俞。」余謂盧谿先生云：《民瞻禱雨有應》云：「東嶺雲遮西嶺黑，高田水與低田通。」石湖居士范至能《墊江縣》云：「舊雨已招新雨至，高田水入下田鳴。」雖皆沿襲二公，語意相屬又過之。直與荆公「北澗欲通南澗水，南山正遶北山雲」，樂天《題天竺寺》云「東澗水流西澗水，南山雲起北山雲」之句無間然矣。合六詩觀之，唯招之一字爲尤長。

【谿聲山色】東坡《贈東林總長老》云：「谿聲便是廣長舌，山色豈非清浄身。」以谿山見僧之體，以廣長舌、清浄身見僧之用，誠古今絶唱。安城劉升卿有曰：「谿聲廣聽無邊法，山色長存不壞身。」雖祖述辭意，亦亹亹相逼，無愧於坡。

【鴨緑鵝黄】鴨緑鵝黄，經兩詩人道之。荆公《南浦》云：「含風鴨緑粼粼起，弄日鵝黄裊裊垂。」則以鵝黄爲柳，主柳色黄金嫩而言之。東坡《過買收水閣》云：「小舟浮鴨緑，大杓瀉鵝黄。」則以鵝黄爲酒，主鵝兒黄似酒而言之。皆爲奇句。然辭意雅馴，則荆優於坡。

【白雪黄雲】詩人喜荆公「繰成白雪桑重緑，割盡黄雲稻正青」之句，莫不極口稱誦，而不知其有斧鑿痕。竊謂雪不成繰，雲不可割，請易繰爲捲，易割爲收，則絲麥自見，而非但意語天出，用字不露。歐公詩話云：「魏野《啄木》云：『千林啄如盡，一腹餒何妨。』」宜改作「千林蠹如去」，却不犯題上字，又見其有諷去蠹之意。《雅言雜載》云：「李範《道旁木》云：『雖當南北路，不礙往來人。』」予謂是道旁石詩，不如換當字作生字，始見題意也。李畋《該聞録》云：「有縣令姓張，榜雲某日知縣生日，告示諸色人不得獻送。而曹吏各持縑獻，一無所拒。復告後月縣君生日，更莫將來。王喦以《鷺鷥》詩諷之曰：『飛來疑是鶴，下處却尋魚。』」爲易下處爲到處，則見張何所往而不貪也。

【四印】晁無咎《行路難》云：「贈君珊瑚夜光之角枕，玳瑁明月之雕牀，一繭秋蟬之麗縠，百和更生之寶香。」黄魯直《送王郎》云：「酌君以蒲城桑落之酒，泛君以湘纍爲秋菊之英，贈君以黟川點漆之墨，送君以陽關墮淚之聲。酒澆胸次之磊隗，菊制短世之頽齡，墨以傳千古文章之印，歌以寫一家兄弟之情。」此誠相若，然魯直辭雄意婉，壓倒無咎。原其句法實有來處，得非顧況《金瑺玉佩歌》云「贈君金瑺大霄之玉佩，金瑣禹步之流珠，五嶽真君之秘籙，九天文人之寶書」，晁、黄得奪胎换骨之活法於此者乎？

【意相反】李太白《俠客行》云：「事了拂衣去，深藏身後名。」元微之《俠客行》云：「俠客不怕死，怕死事不成，不肯藏姓名。」二人意相反。淵明詩云：「雖留身後名，生前亦枯槁。死者何所知，稱心固爲好。」是不慕身後名也。及作《擬古》乃云：「生有高世名，既没傳無窮。」是欲名彰不朽也，一人意自相反。

【風雅不繼】六一居士云：「盧仝韓愈不在世，彈壓百怪無雄文。」文潛《題磨崖碑》云：「元功高名誰與紀，風雅不繼騷人死。」魯直《過桂林》云：「李成不生郭熙死，奈此百嶂千峰何？」與退之《石鼓歌》云「少陵無人謫仙死，才薄將奈石鼓何」，老杜《雙松歌》云「天下幾人畫古松，畢宏已老韋偃少」，殆一律也。

【殺風景】或謂背山起樓、燒琴煮鶴之類，爲殺風景。以詩觀之，雖杜、韓老仙，亦或未免。退之「若要添風月，應除數百竿」，直與王子猷背馳。借曰得人嫌處只緣多，猶云可也。如子美「斫却月中桂，清光應更多」，無乃太甚乎？曰：非也，此足以見詩人意到處，便有焚山者不顧菽粟手段。

【向上人】陳舍人君舉未第時，作省題詩，極一時之妙。如「羲皇向上人」之句，嘗愛其下得向字好。及閲晏元獻《弔劉蘇哥》曰：「蘇歌風味逼天真，恐是文君向上人。」亦有所自云。

【花竹無香】花竹亦有無香者，世所共知。櫻桃初無香，退之云「香隨翠籠擎初重」，則以香言之。竹與枇杷本無香，子美云「風吹細細香」、「枇杷樹樹香」，則皆以香稱之。元照案：韓退之詩「落水紫苞香」，亦是以竹爲有香。至於太白，又以柳爲有香，其曰「風吹柳花滿店香」是也。若夫荆公《梅》詩有云：「少陵爲爾添詩興，可是無心賦海棠。」豈謂海棠無香而不賦乎？

【老而詩工】客有曰：「詩人之工於詩，初不必以少壯老成較優劣。」余曰：殆不然也，醉翁在夷陵後詩，涪翁到黔南後詩，比興益明，用事益精，短章雅而偉，大篇豪而古，如少陵到夔州後詩，昌黎在潮陽後詩，愈見光焰也。不然，少游何以謂《元和聖德》詩於韓文爲下，與《淮西碑》如出兩手，蓋其少作也。

【周益公評】余紹熙丁巳志祖案：紹熙當作慶元，丁巳乃寧宗慶元三年。三月既望，侍講春華樓，時聞大丞相益國周公議論灑灑，終日不倦。至論詩，則謂須要有警策就題著句，不可泛泛。因拱而請曰：「如相公『一丁昌火運，三合瑞皇家』，謂光堯生于丁亥，壽皇丁未，壽康丁卯，其干既爲一丁，其支又爲三合。『學士策詢學士策，公自注云：館職亦合呼學士。秘書官試秘書官時公以秘書少監直翰苑，發策試王仲衡，而寄程同年閣老詩也。』，『前後顧瞻羞倚玉，支干引從偶連珠此《三老圖》詩也。公自注云：乘成兄生于乙巳，而予丙午，誠齋丁未。』，無一字虛語，其盡之矣。」公笑曰：「是也，如挽詩亦難作。」復請曰：「願聞之。」公曰：「高宗皇帝丁亥生，與藝祖齊年，一則爲開基之主，一則爲中興之君。天之生此二帝，功德兼隆，豈偶然哉！高宗慶八十聖壽後，未幾上仙去，唯慈寧太后亦然，故作《挽高宗》詩曰：『生年同藝祖，慶壽比慈寧。人憶庚庚兆，天傾九九齡。』正謂是也。若徽廟挽詞，猶難命意，亦難措辭。獨是湯丞相進之思退一聯云：『虞姬從梧野，啓母祔箕山。』最紀其實。蓋用舜事以狀徽宗巡狩不返意，及梓宮歸葬會稽，又用禹事以形容之。皆婉而有直體，此真得詩人三昧。」

【賀生日】黄耕叟夫人三月十四日生，吴叔經代人作壽詩曰：「天邊將滿一輪月，世上還鍾百歲人。」識者謂將滿一輪之句，若是十三日亦使得，不若云猶欠一分，便見直是十四日也。予謂猶欠一分非祝壽底語，終未若魏仲先《壽萊公》詩云：「何時生上相，明日是中元」，形容得七月十四日坦然明白矣。周益公生於丙午七月十五日，嘗壽以詩曰：「年與潞公同丙午，日鄰萊國占中元。」公覽而笑曰：「賢此聯已道盡了予生年月日，只欠説出一箇生時，便是一本好建生也。」公齊年友歐陽伯威適在坐，亦曰：「實道得著。」

【省題詩更須留意】山谷與洪駒父云：更須留意作五言六韻詩，若能此物，取青紫如拾芥耳。大體作省題詩，尤當用老杜句法，若有鼻孔者，便知是好詩也。近年許琮以「聖圖天廣大」對「王度日清夷」，乃用老杜全句與傅咸全句配，遂魁南省。其有鼻孔，可知此味。不必全句，但能著意點化，深造詩仙句法，則亦必壓倒元白，突過黄初矣。廬陵董克正以其父參政當國，避親就别院。考官周孟覺因以二月一日試出《中和節》詩，董上請云：「何謂中和節？」周答曰：「上元已過，上巳未至，今日所以爲中和也。」董即體其意曰：「上巳時將近，元宵節已過。仲春方駘蕩，今日是中和。」遂高中。又嘗聞艮齋謝尚書云：「每考校賦卷子，必先看第一第二韻，即以詩看有何好句，有好句則遍看，徹定去留，不爾便斥下。」則詩斷不可輕視。又聞西昌譚高立一飛臨汝考試歸云：省題詩不宜押協韻。有堅守貢舉條制者，謂限五言六韻成，是竝不容取協韻之詩矣。

【春猿秋鶴】六一先生《跋羅池廟碑》云：「今世傳昌黎集，載此碑文多同。惟集本以『步有新船』爲涉，『荔子丹兮蕉黄』，蕉下加子，當以碑爲是。而碑亦云『春與猿吟兮秋鶴與飛』，則疑碑之誤也。」今觀張子韶九成《書解》如舜攝位時則曰「正月上日」，禹攝位則曰「正月朔旦」，今曰「月正元日」。上日、元日、朔旦，皆一也，而或謂之上，或謂之元，或謂之朔，豈作書者欲備衆體而使無餘藴乎？如《離騷·東皇太乙歌》曰：「吉日兮辰良。」而韓愈《羅池廟記》曰：「春與猿吟兮秋鶴與飛」，其鏗鏘參差之法，當有所祖述矣。即此而推，則知有所祖述而得作文之體者在此。嗚呼！歐陽公文章横被六合，可謂筆補造化，其平章千古，勘破萬卷，于此何疑之有。

【韻書脱字】杜甫《送張參軍赴蜀》云：「好去張公子，通家別恨添。兩行秦樹直，萬點蜀山尖。」張祜《骰子》詩云：「骰子逡巡裹手拈，無因得見玉纖纖。但知報道金釵落，髣髴還應露指尖。」東坡《雪夜》詩云：「試掃北臺看馬耳，未隨埋没有雙尖。」皆押尖字韻，遍閲近世刊行《韻略》，無此尖字，當是《禮部韻略》脱文。文弨案：尖本字作鑯。

【康節詩無施不可】康節先生六言《四賢吟》云：「彦國之言鋪陳，晦叔之言簡當，君實之言優游，伯淳之言條暢。四賢洛陽之望，是以在人之上。有宋熙寧之間，大爲一時之壯。」今盡去其「之」字，爲五言亦可，乃見有不爲剩，無不爲欠。至如「前日之事，今日不行，今日之事，後來必更」，此又是有韻散文也。施之文卷中，人將罔覺，前輩於詩得「三百篇」微旨蓋如此。

【未渠央】《庭燎》曰：「夜未央。」箋云：夜未央，猶言夜未渠央也。渠，陸音其據反。胡氏曰：《說文》云：央，中央也。《廣雅》曰：央，極中也。《秦風》云：「宛在水中央。」央，亦中也。二章言未艾，三章言鄉晨，是從未央而至未盡，從未盡而至鄉明也。嘗原音其據反者，即與遽同音。故《荀子·修身篇》云：「有法而無志其義，則渠渠然。」渠讀爲遽，古字渠遽通。渠渠，不寬大之貌。《顏氏家訓》曰：「古樂歌詞云：丈人且安坐，調絃未遽央。」淵明《雜詩》曰：「嚴霜結野草，枯瘁未遽央。」《談藪》載高爽題鼓嘲孫挹云：「身有八尺圍，腹內無寸腸。面皮如許厚，受打未遽央。」邢居實《寄陳履常》云：「會合能幾日，歡樂何遽央。」王介甫《少壯喜文章》云：「良夜未遽央，青燈對寒更。」皆作遽字。攷之《廣韻》，遽，卒也，急也，是謂未卒然而中也。至如淵明《讀山海經》詩：「方與三辰游，壽考豈渠央。」魯直《觀伯時畫馬》詩云：「木穿石盤未渠透，坐窗不邀令人瘦。」此古體必讀爲去聲。近世內翰汪彥章藻《挽洪承議太孺》詩落句云：「欲識慶源何自遠，大川東去未渠央。」中書舍人張安國孝祥《水調歌頭》末句云：「莫遣兒輩覺，此樂未渠央。」二公直作平音用，誤也。或者謂《新唐書》王求禮讓蘇味道曰：「果以爲瑞，則冬月雷渠爲瑞耶？」李絳謂憲宗曰：「陛下焦心銷志，求濟時之略，渠便高枕而卧哉？」《邢文偉傳》曰：「自非義均弼諧，渠能進此藥石？」《張説傳》説曰：「宰相時來則爲，非可長保，若貴臣盡杖，正恐吾輩及之，渠不爲士君子地乎？」《皇朝文鑑》宋子京《治戒》曰：「兄弟之不懷，求合它人，人渠肯信哉？」張舜民《與石司理書》曰：「唯是問能求益，渠敢遽然，聞命已來，勿知所濟。」魯直《和王世弼寄七兄》曰：「小材渠困我，持斲問輪扁。」凡此皆言渠，又何謂耶？　按《高祖紀》項伯告羽曰：「沛公不先破關中兵，公巨能入乎？」服虔曰：巨音渠，猶未應得入也。師古曰：服説非也，巨讀曰詎，猶豈也。《孫寶傳》曰：「掾部渠有人乎？」渠讀曰詎。詎，豈也。杜詩曰：「牽牛處河西，織女處其東。萬古永相望，七夕詎見同？」亦此意也。渠音雖同而有二訓，讀者當審。轉爲遽，又爲詎，渠與詎皆訓豈也。第與前之未渠央、未遽央，字同而義異。（卷十一）

【百丈】杜子美《祠南夕望》曰：「百丈牽江色。」注云：《海賦》揭百丈，志祖案：《海賦》揭百尺，非百丈。所以牽船也，連竹爲之。又《秋風》云：「吴檣楚柁牽百丈。」注云：檣柁百丈，皆船上器用也。薛云：今湖湘間行舟以竹相續爲索以引上水舟，謂之百丈，以謂其長可百丈，今川峽猶多用之。又《十二月一日》詩云：「百丈誰家上水船。」東坡云：古《離别曲》：「百丈牽船上水遲，郎去瞿塘幾日歸？」鍾會呼挽船索爲百丈，今舟子皆呼之。趙云：百丈者牽船篾，内地謂之簟，音彈。余親見海商以竹劈爲大辮，相續可長百丈，每相續處，必用漆固其絲紵使耐水，即非以篾爲三股四股索之類。如索，則今之所謂纜是也。鍾會呼挽船索爲百丈，與薛氏相續爲索之説，則亦牽船之纜，非此百丈也。（卷十二）

【齒牙】或疑昌黎「去年落一牙，今年落一齒」爲煩文。予案楊中立解「誰謂鼠無牙」曰：牙，牡齒也。鼠無牡齒。陸曰：鼠有齒而無牙。僖公五年云：輔車相依，脣亡齒寒。杜曰：輔，頰輔。

車，牙車。史炤《通鑑釋文》：晉穆帝九年，輔車，頰骨牙車也。《咸》卦：「咸其輔頰舌。」馬云：輔，上頷也。虞作酺，云耳目之間。杜甫《戲贈友》云：「一朝被馬蹋，唇裂板齒無。」又案洪氏《韓子年譜》云：去年與崔群玉云：「左車第二牙無故動摇脱去。」而《齒落》詩云：「去年落一牙。」則此詩今年作也。乃知在頰爲牙，當唇爲齒也，昭昭矣。（卷十三。下同）

【皮革】《羔羊》詩曰：「羔羊之皮。」又曰：「羔羊之革。」毛曰：革猶皮也，初無區别。孔曰：《説文》謂獸皮治去其毛曰革。對文則皮革異，散文則皮革通。鄭注掌皮曰：皮謂若虎豹熊羆有文章者，革謂無文章者，去毛而獻之。王光遠曰：未練治謂之皮，已練治謂之革。此一説也。《司裘》曰：「大喪廞裘飾皮車。」謂革輅也。去毛得稱皮，有毛得稱革，此又一説也。然《論語》「虎豹之鞟，猶犬羊之鞟」，虎豹與犬羊别者，竝以毛文異耳。乃知鞟即革也。案八音之中有革，謂鼗鼓也，則革已去毛無疑矣。若夫《帝王世紀》曰：「黄帝殺夔，以其皮爲鼓。」庸非毛氏所謂革猶皮也？

【饕餮】文公十八年：縉雲氏有不才子，貪于飲食，冒于貨賄，天下之民，以比三凶，謂之饕餮。杜曰：「貪財爲饕，貪食爲餮。」故孫仲益覿《與詹及甫書》曰：晉侯被兵之後，復用吏饕。謂吏之貪財者也。及觀《北史》，明帝朝，獲秃鶖於宫内，遂養之。崔光曰：「此即《詩》『有鶖在梁』，解云：秃鶖，貪戀之鳥，野澤所育，不應入于殿庭。況饕餮之禽，必藉魚肉菽麥稻粱之養。豈可留意于醜形惡聲哉！」老杜《麂》詩曰：「衣冠兼盜賊，饕餮用斯須。」趙彦材云：言衣冠之人，行如盜賊，唯知饕餮而已。故使人多害生物，以充庖正，在斯須之間焉。則是崔、杜以二字爲貪食之謂，初無别也。

至東坡賦《老饕》，又直以饕之一字爲貪食云。《山海經》又以饕餮爲獸名，則必貪惏之獸也。

【檠檄】東坡《姪安節遠來夜坐》三首，前二首皆押燈檠韻，末篇云：「大弨一弛何緣彀，已覺翻翻不受檠。」孫倬云：「《楊子》曰：見弓之張兮，弛而不失其良兮。曰：何也？曰：檠之而已。」及攷《楊子》正文作撽，其字從手。温公音居影切。復質諸《周禮·弓人》注云：「至冬膠堅，内之檠中，定往來體。」檠音景。《韻略》三十八梗作檄，居影切，所以正弓。釋云：蘇武能檄弓弩。雖竝從木，皆非平聲。東坡所押，獨取楊倞注《荀子》：「繁弱鉅黍，古之良弓也。然而不得排撽，則不能自正。」音巨京反。然《玉篇》、《廣韻》平上聲皆收作正弓之檠。但上聲注云：檄出《周禮》，亦作撽，則是不專主平聲之音。

【囊橐】《公劉》之詩曰：「于橐于囊。」毛曰：小曰橐，大曰囊。孔曰：《左傳》稱趙盾見靈輒餓，爲之簞食與肉，置諸橐以與之。橐惟盛食而已，是其小也。《公羊傳》稱陳乞欲立公子陽生，盛之巨囊。囊内可以容人，是其大也。《説文》曰：無底曰囊，有底曰橐。董氏曰：無底曰橐，有底曰囊。《唐韻》曰：橐，無底囊。二説不同，竝存之。

【馬耳】東坡《雪夜》詩曰：「試埽北臺看馬耳，未隨埋没有雙尖。」趙次公云：馬耳，山名。竊謂天下之山，至低不下數丈，而止於尋丈者少。雪雖深，埋没山阜，未之有也。趙指爲山，果何所據。殊不知雪夜王晉之與霍辯對談，雪盈尺。王曰：「雪太深乎？」霍曰：「看北臺馬耳菜何如。」左右曰：「有兩尖在。」坡蓋用此。何趙未嘗見是事而妄爲是説。文弨案：馬耳菜不著所引書名。馬耳自當作山名。

千巖俱縞，即是埋没。馬耳之雙尖矗然露見，即是未隨埋没。孫公説詩何其固也。

【於菟】宣公四年：「楚人謂虎於菟。」於音烏，前漢序傳，楚人謂虎於檡，音烏塗，今作於菟。山谷《題雙澗寺》云：「二水犇犇鳴屋除，松林落日吼烏菟。」碑本作烏，非也。又詩曰：「王侯文采似於菟，洪生人間汗血駒。」復用於字，乃是。

【欸乃】人皆曰柳柳州《漁父》詩「欸乃」二字，本書爲欵乃，讀曰襖靄。既有山谷《題浯溪碑》可證，又有元次山集中箋音可質。胡仔《漁隱叢話》乃謂《洪駒父詩話》反其音爲靄襖者非，奈何？《廣韻》十五海，欸音於改反，相然譍也。謂之相然譍，則正得一聲山水緑之本意。當從駒父欸音靄，乃音襖爲正。故洪景盧尚書《欸乃齋記》云：柳别本或併二字爲襖音，又别出一靄字，非也。

【瘴癘地】杜甫《夢李白》詩曰：「江南瘴癘地，逐客無消息。」舊注引劉孝標流離大海之南，寄命瘴癘之地，謂廣南也。趙彦材乃引唐史白坐永王璘事詔長流夜郎，會赦還潯陽，坐事下獄。潯陽今之江州，屬江東路。今又屬西路。予謂此指夜郎而言，江南非瘴鄉，少陵號詩史，必不妄言，當是傳寫之誤。《雷》詩何以又曰：「南方瘴癘地，罹此農事苦。」

（程毅中）

梁谿漫志

費　衮　撰

費衮，字補之，無錫（在今江蘇省）人。《梁谿漫志》十卷，自序撰於紹熙三年（一一九二）。又有《續志》三卷，不傳。此據《知不足齋叢書》本選録。

【閑樂異事】（上略）〔閑樂陳公伯修〕終之七日，忽有僧欲入弔，其家以素不之識止之，僧云：「我誠不識公，但疇昔之夜在瓜洲，忽夢一官人著朱騎馬，導從甚盛，淩波而北，人馬皆不濡，傍人指云：『此陳殿院也。』洎入城，見群僧來作佛事，乃知之，故欲瞻敬遺像，非有所求也。」時名流多作挽詩紀其事。黄冕仲裳云「不須更草玉樓記，已作仙官第六人」，張子韶九成云「淩波應作水中仙」，蓋謂此。乃知世之偉人，皆非混混流轉者，傳説騎箕而爲列星，其可信矣！（卷三。下同）

【王定國記東坡事】王定國《甲申雜記》云：「天下之公論，雖仇怨不能奪。李定鞫治東坡獄正急，一日將朝，忽於殿門謂同列曰：『蘇軾誠奇才也！』衆莫敢對，定曰：『雖二三十年前所作文字、詩句，引證經傳，隨問即答，無一字之差舛，誠天下之奇才也！』」此恐未必然。按東坡自熙寧初刜公行新法，自是詩語多及新法之不便；元豐二年，言者論其作詩譏諷，遂得罪，相距止十年耳，不至二三十年也。藉使能記二三十年作詩文之因，人皆可能，似不足爲東坡道也。定國記此，特愛東坡之過云爾。

【東坡識任德翁】蜀人任孜字遵聖，以學問氣節雄鄉里，兄弟皆從老蘇遊，東坡所謂「大任剛烈世無有，疾惡如風朱伯厚」者。其後在京師，有哭遵聖詩云：「老任況豪俊，先子推輩行。」又云：「平生惟一子，抱負珠在掌。見之齠齔中，已有食牛量。」其子後立朝，果著大節，即德翁也。東坡眼目高，觀人於齠齔間已能如此，妙矣夫！（卷四。下同）

【東坡改和陶集引】東坡既和淵明詩，以寄潁濱使爲之引。潁濱屬藁寄坡，自「欲以晚節師範其萬一也」其下云：「嗟夫！淵明隱居以求志，詠歌以忘老，誠古之達者，而才實拙。若夫子瞻仕至從官，出長八州，事業見於當世，其剛信矣，而豈淵明之拙者哉？孔子曰『述而不作，信而好古，竊比於我老彭。』古之君子，其取於人則然。」東坡命筆改云：「嗟夫！淵明不肯爲五斗粟，一束帶見鄉里小人，而子瞻出仕三十餘年，爲獄吏所折困，終不能悛，以陷大難，乃欲以桑榆之末景，自託於淵明，其誰肯信之？雖然，子瞻之仕，其出入進退猶可攷也，後之君子，其必有以處之矣。孔子曰『述而不作，信而好古，竊比於我老彭。』孟子曰：『曾子、子思同道。』區區之迹，蓋未足以論士也。」此文，今人皆以爲潁濱所作，而不知東坡有所筆削也。宣和間，六槐堂蔡康祖得此藁於潁濱第三子遜，因録以示人，始有知者。

【東坡教人作文寫字】葛延之在儋耳，從東坡遊，甚熟，坡嘗教之作文字，云：「譬如市上店肆，諸物無種不有，却有一物可以攝得，曰錢而已。莫易得者是物，莫難得者是錢。今文章，詞藻、事實，乃市肆諸物也，意者，錢也。爲文若能立意，則古今所有翕然並起，皆赴吾用。汝若曉得此，便會做文字也。」又嘗教之學書云：「世人寫字，能大不能小，能小不能大。我則不然，胸中有個天來大字，世間縱有極大字，焉能過此？從吾胸中天大字流出，則或大或小，唯吾所用。若能了此，便會作字也。」嘗爲作《龜冠》詩送其行，葛以語胡蒼梧，蒼梧爲記之。此大匠誨人之妙法，學者不可不知也。

【毗陵東坡祠堂記】東坡自黄移汝，上書乞居常，其後謝表有「買田陽羨，誓畢此生」之語。在禁林，與胡完夫、蔣穎叔唱和，有云：「惠山山下土如濡，陽羨溪頭米勝珠。賣劍買牛吾欲老，殺雞爲黍子來無？」又云：「雪芽我爲求陽羨，乳水君應餉惠山。」晚自儋耳北還，崎嶇萬里，徑歸南蘭陵以歿。蓋出處窮達三十年間，未嘗一日忘吾州者；而郡無祠宇奠謁之所，邦人以爲闕文。乾道壬辰，太守晁强伯子健來，始築祠於郡學之西，塑東坡像其中。又於士夫家廣摹畫像，或朝服、或野服，列於壁間，而晁侍郎公武爲之記（中略），記成，彊伯刻石爲二碑，一置之郡齋，一置之陽羨洞靈觀，用杜元凱之法，蓋欲俱傳不朽，其措意甚美；然東坡公之名節，固自萬世不磨矣。

【東坡戴笠】東坡在儋耳，一日過黎子雲，遇雨，乃從農家借篛笠戴之，著屐而歸，婦人小兒相隨争笑，邑犬群吠。竹坡周少隱有詩云：「持節休誇海上蘇，前身便是牧羊奴。應嫌朱紱當年夢，故作黄冠一笑娱。遺迹與公歸物外，清風爲我襲庭隅。憑誰唤起王摩詰，畫作東坡戴笠圖。」今時亦有畫此者，然多俗筆也。

【東坡荔支詩】東坡《食荔支》詩有云：「雲山得伴松檜老，霜雪自困楂梨麤。」常疑上句似泛，此老不應爾。後見習閩廣者云，自福州古田縣海口鎮至於海南，凡窣上木，松檜之外，悉雜植荔支，取其枝葉蔭覆，彌望不絶。此所以有「伴松檜」之語也。

【東坡用事對偶精切】東坡詞源如長江大河，洶涌奔放，瞬息千里，可駭可愕，而於用事對偶，精妙切當，人不可及。如《張子野買妾》詩，全用張氏事；《祭徐君猷文》，全用徐氏事；《送李方叔下第》詩，用「古戰場」、「日五色」，皆當家事，殆如天成。徐君猷、孟亨之皆不飲，作詩戲之，用徐邈、孟嘉飲酒事，仍各舉當時全語以爲對。其通守餘杭日，《答高麗使私覿狀》云：「歸時事於窣旅，方勞遠勤；發私幣於公卿，亦蒙見及。」發幣一事，非外夷使者致饋之故實乎？

【退之東坡用先後語】退之《南山詩》云：「或齊若友朋，或差若先後。」人多不知先後之義。練塘洪慶善吏部興祖引《前漢志》云：「見神於先後宛若。」其注云：「兄弟妻，關中呼爲先後。」予觀東坡《徐州謝上表》云：「信道直前，曾無坎井之避；立朝寡助，誰爲先後之容。」或疑「先後」不可對「坎井」，蓋不知亦出於此也。

【東坡録沿流館詩】東坡在翰林，被旨作《上清儲祥宫碑》，哲宗親書其額。紹聖黨禍起，磨去坡文，命蔡元長别撰。玉局遺文中有詩云：「淮西功德冠吾唐，吏部文章日月光。千載斷碑人膾炙，不知世有段文昌。」其題云：「紹聖中，得此詩於沿流館中，不知何人作也，戲録之，以益篋笥之藏。」此詩乃東坡自作，蓋寓意儲祥之事，特避禍，故託以得之。味其句法，則可知矣。

【昌化盛事】東坡眉人，貶昌化；任德翁亦眉人，後亦貶昌化。張才叔贈德翁詩云：「儋耳百年經僻陋，眉山二老繼驅除。」德翁和云：「身投魑魅家何在？澤逮昆蟲罪未除。」蘇、任兩公同鄉里，同貶所，大節相望。顧儋耳獨何幸也。

【古者居室皆稱宫】古者居室，貴賤皆通稱宫，初未嘗分别也。秦、漢以來，始以天子所居爲宫矣。《禮記》云：「父子異宫。」又云：「儒有一畝之宫，環堵之室。」林子中在京口作詩寄東坡云：「欲喚無家一房客，五雲樓殿鏁鼇宫。」而東坡和云：「卬頭莫喚無家客，歸掃峨眉一畝宫。」蓋本諸此。

（卷五。下同）

【通鑑不載離騷】邵公濟[博]著書言：「司馬文正公修《通鑑》時，謂其屬范純父曰：『諸史中有詩賦等，若止爲文章，便可删去。』蓋公之意，士欲立於天下後世者，不在空言耳。如屈原以忠廢，至沈汨羅以死，所著《離騷》，淮南王、太史公皆謂可與日月争光，豈空言哉？《通鑑》并屈原事盡削去之，春秋褒毫髮之善何耶？公當有深識，求於《考異》中，無之。」予謂三閭大夫以忠見放，然行吟恚懟，形於色詞，揚己露才，班固譏其怨刺。所著《離騷》，皆幽憂憤嘆之作，非一飯不忘君之誼，蓋不可以訓也。若所謂與日月争光者，特以褒其文詞之美耳。温公之取人，必考其終始大節。屈原沈淵，蓋非聖人之中道。區區絺章繪句之工，亦何足算也！

【唐嚴火禁】唐火禁嚴甚，罪抵死。元微之《連昌宫詞》叙覓念奴事云：「須臾覓得又連催，特敕街中許然燭。」街中然燭亦常事，至特敕乃許，則火禁之嚴可知。然吴元濟拒命，禁人偶語於塗，夜不然燭。裴晉公既平蔡，遂弛其禁，往來者不限晝夜，蔡人始知有生之樂。而中朝之法亦嚴，不知裴公弛禁之後，當時又何以處此邪？（卷六。下同）

【晉人言酒猶兵】晉人云：「酒猶兵也，兵可千日而不用，不可一日而無備；酒可千日而不飲，不可一飲而不醉。」飲流多喜此言。予謂此未爲善飲者。飲酒之樂，常在欲醉未醉時，酣暢美適，如在春風和氣中，乃爲真趣；若一飲徑醉，酩酊無所知，則其樂安在邪？東坡《和淵明飲酒詩序》云：「吾飲酒至少，嘗以把盞爲樂，往往頹然坐睡，人見其醉，而吾中了然，蓋莫能名其爲醉其爲醒也。在揚州時，飲酒過午輒罷，客去，解衣盤礴終日，歡不足而適有餘，因和淵明飲酒詩，庶幾髣髴其不可名者。」東坡雖不能多飲，而深識酒中之妙如此。晉人正以不知其趣，濡首腐脇，顛倒狂迷，反爲所累。故東坡詩云：「江左風流人，醉中亦求名。」此言真可以砭諸賢之盲也。

【江西長老】紹興末，江西一僧，忘其名，住饒州薦福寺。寺傍舊多隙地，浸爲人侵漁，僧自度力不能制，乃謂其徒曰：「寺有主者，所以主張是寺也。坐視地爲他人有而不能直，焉用主者爲？吾甚愧之，今當去矣。」即陞座鳴鼓集衆，高吟曰：「江南江北水雲鄉，千頃蘆花未著霜。好景不將零碎賣，一時分付謝三郎。」遂閉目不語。衆愕眙，視之已逝矣。

【退之贈李愿詩】退之贈李愿詩云：「往取將相酬恩讎。」夫得時得位而至將相，平生所學政欲施用，顧乃悻悻然爲酬恩讎設邪？古人謂一飯之德必償，睚眦之怨必報，誠淺薄之論。退之亦爲此言，何也？

【楚詞落英】王荆公有「黄昏風雨滿園林，籬菊飄零滿地金」之句，歐陽公曰：「百花盡落，獨菊枝上枯耳。」因戲曰：「秋花不比春花落，爲報詩人子細看。」荆公聞之，引《楚詞》「夕餐秋菊之落英」爲据。予按：《訪落》詩「訪予落止」，毛氏曰「落，始也」，《爾雅》「俶、落、權、輿，始也」，郭景純亦引「訪予落止」爲注。然則《楚詞》之意，乃謂擷菊之始英者爾。東坡《戲章質夫寄酒不至》詩云「謾遶東籬嗅落英」，其義亦然。

【米元章拜石】米元章守濡須，聞有怪石在河壖，莫知其所自來，人以爲異而不敢取。公命移至州治，爲燕遊之玩。石至而驚，遽命設席，拜於庭下曰：「吾欲見石兄二十年矣！」言者以爲罪，坐是罷去。其後竹坡周少隱過是郡，見石而感之，爲賦詩，其略曰：「唤錢作兄真可憐，唤石作兄無乃賢？望塵雅拜良可笑，米公拜石不同調。」云。

【作詩押韻】作詩押韻是一奇。荆公、東坡、魯直押韻最工，而東坡尤精於次韻，往返數四，愈出愈奇。如作梅詩、雪詩押「暾」字、「叉」字，在徐州與喬太博唱和押「粲」字，數詩特工。荆公和「叉」字數首，魯直和「粲」字數首，亦皆傑出。蓋其胸中有數萬卷書，左抽右取，皆出自然。初不著意要尋好韻，而韻與意會，語皆渾成，此所以爲好。若拘於用韻，必有牽强處，則害一篇之意，亦何足稱？坡在嶺外《和淵明懷古田舍》詩云：「休閒等一味，妄想生愧靦。」自注云：「淵明本用『緬』字，今聊取其同音字。」《和程正輔同遊白水巖》詩云：「沗傾白蜜收五稜，細斸黄土栽三椏。」自注云：「來詩本用『硿』字，惠州無書，不見此字所出，故且從『木』奉和。」且東坡欲和此二韻，似亦不難矣，然才覺牽合，則寧捨之，不以是而壞此篇之全意也。後人不曉此理，纔到和韻處，以不勝人爲恥，必劇力冥搜，縱不可使，亦須强押，正如醉人語言，全無倫類，可以一笑也。（卷七。下同）

【詩人詠史】詩人詠史最難，須要在作史者不到處別生眼目，正如斷案不爲胥吏所欺，一兩語中須能説出本情，使後人看之，便是一篇史贊，此非具眼者不能。自唐以來，本朝詩人最工爲之，如張安道《題歌風臺》、荆公詠《范增》《張良》《揚雄》、東坡《題醉眠亭》《雪谿乘興》《四明狂客》《荆軻》等詩，皆其見處高遠，以大議論發之於詩。汪遵《讀秦史》、章碣《題焚書坑》二詩，亦甚佳。至如世所傳胡曾《詠史》詩一編，只是史語上轉耳，初無見處也。青社許表民讀《項羽傳》作詩云：「眼中謾説重瞳子，不見山河遶雍州。」其識見亦甚高遠。

【作詩當以學】作詩當以學，不當以才。詩非文比，若不曾學，則終不近詩。古人或以文名一世而詩不工者，皆以才爲詩故也。退之一出「餘事作詩人」之語，後人至謂其詩爲押韻之文。後山謂曾子固不能詩，秦少游詩如詞者，亦皆以其才爲之也。故雖有華言巧語，要非本色。大凡作詩以才而不以學者，正如揚雄求合《六經》，費盡工夫，造盡言語，畢竟不似。

【詩作豪語】詩作豪語，當視其所養，非執筆經營者可能。馬子才作《浩齋歌》，似亦豪矣，反覆觀之，雕刻工多，意隨語盡。予謂《孟子》七篇乃真《浩齋歌》也。歐公作《廬山高》，氣象壯偉，殆與此山争雄，非公胸中有廬山，孰能至此！郭功甫作《金山行》，前輩多稱之，雖極力造語，而終窘邊幅。信乎不可强也。

【東坡論石曼卿紅梅詩】東坡嘗見石曼卿《紅梅》詩云「認桃無緑葉，辨杏有青枝」，曰：「此至陋語，蓋村學中體也。」故東坡作詩力去此弊，其觀畫詩云：「論畫以形似，見與兒童鄰。賦詩必此詩，定知非詩人。」此言可爲論畫、作詩之法也。世之淺近者不知此理，做月詩便説明，做雪詩便説白，間有不用此等語，便笑其不著題。此風晚唐人尤甚。坡嘗作《謝賜御書詩》，敘天下無事，四夷畢服，可以從容翰墨之意，末篇云：「露布朝馳玉關塞，捷書夜到甘泉宫。」又云：「文思天子師文母，終閉玉關辭馬武。小臣願對紫薇花，試草尺書招贊普。」蓋因事諷諫，《三百篇》之義也。而或者笑之曰：「有甚道理後説到陝西獻捷。」此豈可與論詩，若使渠爲之，定祇做一首寫字詩矣。

【東坡放魚詩】東坡《和潛師放魚》詩云：「況逢孟簡對盧仝，不怕校人欺子美。」或云校人乃欺子産，非子美也，豈少陵曾用校人事，遂直以爲子美邪？予按《左氏》杜預注：子産一字子美。

【東坡雪詩】東坡雪詩：「五更曉色來書幌，半夜寒聲落畫簷。」或疑五更自應有曉色，亦何必雪？蓋誤認五更字。此所謂五更者，甲夜至戊夜爾，自昏達旦，皆若曉色，非雪而何？此語初若平易，而實新奇，前人未嘗道也。

【王逢原孔融詩】王逢原《孔融》詩云：「戲撥虎鬚求不齧，何如縮手袖中歸。虚雲座上客常滿，許下惟聞哭習脂。」按《漢書》，融被害，莫敢收者，惟京兆脂習哭之。而逢原乃作習脂，讀書鹵莽，不自點檢，顧點檢孔文舉。又嘗作《嚴子陵》詩，譏切其隱。文舉一世豪傑，姦雄所憚而不敢動，而顧使之歸；子陵傲睨萬物，帝王所不能臣，而顧使之仕。逢原之顛倒類如此，可發後世君子之一笑。

【潘邠老重陽句】謝無逸嘗從潘邠老求近作，邠老答曰：「秋來景物，件件是佳句，恨爲俗氛所蔽。昨日清卧，聞攪林風雨聲，欣然起題其壁曰：『滿城風雨近重陽。』忽催租人至，遂敗意。止此一句奉寄。」予謂邠老之興，正易敗也。阮籍爲竹林之遊，王戎後至，籍戲之曰：「俗物已復來敗人意。」戎笑曰：「如卿輩意，復易敗耳。」此足見戎之高致。若使予聞秋聲得句，方題壁間，不知天地之大，秋毫之小，何催租人能敗邪？賈島煉「敲」、「推」字，至衝京尹節而不知，此正得詩興之深者。

【孟東野詩】自六朝詩人以來，古淡之風衰，流爲綺靡，至唐爲尤甚。退之一世豪傑，而亦不能自脱於習俗。東野獨一洗衆陋，其詩高妙簡古，力追漢、魏作者，政如倡優雜沓前陳，衆所趨奔，而有大人君子垂紳正笏，屹然中立。此退之所以深嘉屢嘆，而謂其不可及也。然亦恨其太過，蓋矯世不得不爾。當時獨李習之見與退之合。後世不解此意，但見退之稱道東野過實，争先譏誚，東野反爲退之所累。惜乎！無有原其本意者也。

【唐詩工靡麗】唐人詩偏工靡麗，雖李太白亦十句九句言婦人，其後王建、元稹、韓偓之徒皆然。如裴説者，蓋未嘗以詩名，至作《寄邊衣》詩，則美麗可喜，蓋當時詞章習尚如此，故人人能道此等語也。

【張文潛詩】張文潛詩云「春波一眼去鳧寒」，晁無咎稱之。至東坡，則云「春風在流水，鳧雁先拍拍」，有無盡藏之春意。

【詩人用字】王平甫詩云「山月入松金破碎」，其流蓋出於退之「竹影金瑣碎」之句。然斜陽映竹，則交加亂射，若相瑣然，故於「瑣」字爲宜；至於月華散漫，松影在地，則「破」字佳。詩人用字，皆不苟也。

【杜少陵悶詩】杜少陵作《悶詩》云：「捲簾惟白水，隱幾亦青山。」或曰：「人之好惡固自不同，若使吾居此，當卒以樂死矣。」予以爲不然。人心憂鬱，則所觸而皆悶，其心和平，則何適而非快。青山白水，本是樂處；苟其中不快，則慘澹蒼莽，適足以增悶耳！少陵又有詩云：「感時花濺淚，恨別鳥驚心。」花、鳥本是平時可喜之物，而抑鬱如此者，亦以觸目有感，所遇之時異耳。

【方言入詩】方言可以入詩。吴中以八月露下而雨，謂之㶉露；九月霜降而雲，謂之護霜。竹坡周少隱有句云：「雨細方㶉露，雲疏欲護霜。」方言又有勃姑、鵶舅，槐花黄、舉子忙，促織鳴、懶婦驚之類，詩人皆用之。大抵多吴語也。

【明妃曲】古今人作《明妃曲》多矣，皆道其思歸之意。歐陽公作兩篇，語固傑出，然大概亦歸於幽怨。白樂天有絶句云：「漢使若回煩寄語，黄金何日贖蛾眉？君王若問妾顔色，莫道不如宫裏時。」其措意頗新，然問「黄金何日贖蛾眉」，則亦寓思歸之意。要當言其志在爲國和戎，而不以身之流落爲念，則詩人之旨也。

【陳子高觀寧王進史圖詩】陳子高觀《寧王進史圖》，作詩云：「汗簡不知天上事，至尊新納壽王妃。」世稱其工，然太露筋骨矣。李義山《驪山》詩云：「平明每幸長生殿，不從金輿祇壽王。」此則婉而有味，《春秋》之稱也。

【陳輔之論林和靖梅詩】陳輔之云：「林和靖『疏影横斜水清淺，暗香浮動月黄昏』，殆似野薔薇。」是未爲知詩者。予嘗踏月水邊，見梅影在地，疏瘦清絶，熟味此詩，真能與梅傳神也。野薔薇叢生，初無疏影，花陰散漫，烏得横斜也哉？

【張芸叟詞】張芸叟詞云：「回首夕陽紅盡處，應是長安。」人喜誦之。樂天《題岳陽樓》詩云：「春岸緑時連夢澤，夕波紅處近長安。」蓋芸叟用此换骨也。

【詩人相呼】古者風俗淳厚，朋友相呼以名。至唐，詩人猶以名相呼，或直呼其行而不忌。如杜子美贈李太白詩，而云「白也詩無敵」之類是已。直呼其行者尤多。今人聞呼其名，其不怒駡者幾希。至於文字間欲呼其行，或繼之以「丈」，或繼之以「兄」，或繼之以官，亦未嘗敢徒呼其行也。

【禁東坡文】宣和間，中禁東坡文字甚嚴，有士人竊携《坡集》出城，爲閽者所獲，執送有司，見集後有一詩云：「文星落處天地泣，此老已亡吾道窮。才力謾超生仲達，功名猶忌死姚崇。人間便覺無清氣，海内何曾識古風？平日萬篇誰愛惜？六丁收拾上瑶宫。」京尹義其人，且畏累己，因陰縱之。

【王左丞同名詩】王履道左丞安中在京師，見何人家亭上題字，筆勢灑落，不著姓，而其名則安中也，王黼問何人所書，守者曰：「此何安中，亦河朔人也。」王以與己名同，恐人莫之辨，戲書一詩於其後云：「蜀客更名緣好尚，漢臣書姓爲同官。孟公自合名驚座，子夏尤宜便小冠。益號文章緣兩李，翃書制誥有諸韓。二元各自分南北，付與時人子細看。」終篇皆用同名事云。

【雍孝聞】雍孝聞，蜀人，崇寧間廷試對策，力詆時政闕失，駁放後雖授以右列，然卒不仕，浪迹山林，遂遇異人得道。政和末，變姓名爲道士，入内説法，徽宗謂其得林靈素之半，因賜姓木，更名廣莫，竟不知其爲孝聞也。孝聞嘗自詠云：「百萬人中隱一身，深如勺水在滄溟。獨醒自負賢人酒，天闊難尋處士星。照影自憐湖水碧，高吟贏得蜀山青。城南老樹如相問，不枉翻空過洞庭。」

【二州酒名】叙州，本戎州也。老杜戎州詩云：「重碧傾春酒，輕紅擘荔枝。」今叙州公醖，遂名以「重碧」。東坡在齊安，有「春江緑漲蒲萄醅」之句，靖康初元，韓子蒼舍人駒作守，有旨添賜郡釀，因名其庫曰「蒲萄醅」，仍有詩云：「孤臣政術不堪論，尚得君王賜酒尊。父老異時傳盛事，蒲萄醅熟記初元。」

【三處西湖】三處皆有西湖，東坡連鎮二州，故表謝云：「入參兩禁，每玷北扉之榮；出典二邦，輒爲西湖之長。」晚謫惠州，州有豐湖，亦名西湖。淳熙中，秘書楊監萬里使廣東，過惠，遊豐湖，賦詩云：「三處西湖一色秋，錢塘潁水更羅浮。東坡元是西湖長，不到羅浮便得休。」

【毗陵二畫】吾州天慶觀畫龍、太平寺畫水，勝絶之筆，聞於天下。凡四方來者，道出毗陵，必迂路而觀焉。龍，蓋姑蘇道士李懷仁所畫。懷仁者，酒豪不羈，嘗呼龍松江之上，狎而觀之，遂畫龍入神品。過毗陵天慶觀，大醉，索墨漿數斗，曳苕帚，裂巾袂濡墨，號呼奮躑，斯須龍成。觀者失聲辟易，懼將搏也。懷仁後不知所終。而好事者，每呼畫工就龍模寫。工運筆之際，輒眩暈欲仆，竟不能成，觀者駭異。水則郡人徐友畫。清濟貫河，一筆紆才，長數十丈不斷。却立而觀，濤瀾洶涌，目爲之眩；仰首近之，凜然若飛流之濺於面也。郡人吳德輝因與客論近世名畫，曰：「予每至畫龍處，輒諦玩彌時不能休。」乃賦古風曰：「道人龍中來，醉與神物會。寫兹蜿蜒質，日月爲冥晦。崩翻江海姿，素壁起濤瀨。呼吸見雌雄，抉石疑可碎。蕭森殿陰古，衆真儼飛旆。注觀恐騰躍，夜半失像繪。飛光者明珠，靈秘一何怪！爛爛照甍棟，那得久在外。偷兒伺酣睡，不怕嬰鱗害。願言慎所託，未用期一快。」淳熙戊戌，楊誠齋爲太守，過太平寺，爲賦《畫水》長句曰：「太平古寺劫灰餘，夕陽惟照一塔孤。得得來看還不樂，竹莖荒處破殿虛。偶逢老僧聽僧話，道是壁間留古畫。徐生絶筆今百年，祖師相傳妙天下。壁如雪色一丈許，徐生畫水纔盈堵。橫看側看只麽是，分明是畫不是水。中有清濟一線波，橫貫萬里濁浪之黄河。雷奔電卷儘渠猛，獨清元自不隨他。波痕盡處忽掀怒，攪動一河秋水暮。分明是水不是畫，老眼向來元自誤。佛廬化作金柂樓，銀山雪堆風打頭。是身飄然在中流，奪得太一蓮葉舟。僧言此畫難再覓，官歸江西却相憶。并州翦刀翦不得，鵝溪匹絹官莫惜。貌取秋濤懸坐側。」是二畫爲一郡之勝處，而二公又形之賦詠間，真足以傳不朽矣。

【畫水】東坡作《文與可畫篔簹谷偃竹記》云：「畫竹必先得成竹於胸中，執筆熟視，乃見其所欲畫者，急起從之，振筆直遂，以追其所見，如兔起鶻落，少縱則逝矣。與可之教予如此。」此固作畫之法，然不惟竹也，畫水亦然。坡嘗記：「蜀人孫知微欲於大慈寺壽寧院壁，作湖灘水石四堵，營度經歲，終不肯下筆。一日，倉皇入寺，索筆墨甚急，奮袂如風，須臾而成，作輪瀉跳蹙之勢，洶洶欲崩屋也。」以此言之，則心手相應之際，間不容髮，非若樓臺人物可以款曲運筆，經日而成也。予嘗疑少陵《王宰畫山水圖歌》云：「十日畫一水，五日畫一石。能事不受相促迫，王宰始肯留真迹。」此殆是言王宰之畫不易得，當聽其累日經營，不可促迫之意爾。其歌有云：「巴陵洞庭日本東，赤岸水與銀河通。中有雲氣隨飛龍。舟人漁子入浦溆，山木盡亞洪濤風。」觀其氣勢如此，則「筆所未到氣已吞」。食頃已爲久，若必俟十日乃成，則其畫不足觀矣。

【蘇子美與歐陽公書】（上略）予近見子美墨迹一卷，皆自書其所作詩，行草爛然，龍蛇飛動，其中有《獨酌》一詩云：「一酌澆腸俗慮奔，鷃微鵬大豈堪論。楚靈當日能知此，肯入滄江作旅魂。」卷尾題云「慶曆乙酉十月，書于姑蘇驛舍」。考其時，蓋是被罪之明年，居滄浪時所書。其詩語閒放曠達如此，或謂流落幽憂以終，非也。（卷八。下同）

【烈女守節】中興死節之士固不乏，而女子守節者亦多有之。洪鴻父羽之女適繁昌焦洧，一日遇巨盜於江中，欲逼之，女義不受汙，投江而死。兩侍兒，大曰宜恩，小曰均奴，姓吴氏，女兒弟也，俱有色藝，亦相隨赴水死。焦之甥徐伯遠傳其事，竹坡周少隱爲之賦二詩云：「就死由來不自疑，玉顏那爲賊鋒低？了知今日投淵婦，猶勝當年斷臂妻。」「虜騎駸駸戰艦驕，春江漫漫濕金翹。但

將紅袖供歌舞，却爲周郎笑二喬。」（中略）洪氏事，周少隱既賦詩，關子東注亦寫之樂府。（下略）

【本草誤】張文潛好食蟹，晚苦風痹，然嗜蟹如故，至剔其肉，滿貯巨杯而食之。嘗作詩云：「世言蟹毒甚，過食風乃乘。風淫爲末疾，能敗股與肱。我讀《本草》書，美惡未有憑。筋絶不可理，蟹續牢如絙。骨萎用蟹補，可使無騫崩。凡風待火出，熱甚風乃騰。中炎若遇蟹，其快如霜冰。俗傳未必妄，但恐殊愛憎。《本草》起東漢，要之出賢能。雖失諒不遠，堯、跖終殊稱。書生自信書，俚説徒營營。」文潛爲此詩，殆嗜蟹之癖而爲之辨耶，抑真信《本草》也？如河豚之目并其子凡血皆有毒，食者每剔去之；其肉則洗滌數十過，俟色如雪，方敢烹。故梅聖俞詩云：「烹炰苟失所，入喉爲鏌鋣。」而《大觀本草》乃云河豚性温無毒，所謂注《本草》誤而能殺人者，殆此類邪？（卷九。下同）

【薛能詩】野史、雜説，多有得之傳聞，初未嘗攷究其實，而相承以爲然者。世傳秦宗權始爲薛能吏，坐法笞背，薛因唱云：「素脊鳴秋杖。」良久不繼，因幕吏白事，續云：「烏靴響暮廳。」乃命決行。其後，宗權起兵，首捕薛，令舉前詩，因又續云：「刃飛三赤雪，白日落文星。」遂害之。按《唐史》，廣明元年九月，忠武大將周岌逐其節度使薛能，能將奔襄陽，亂兵追殺之。先是，軍未變，秦宗權以許牙將調發至蔡，聞能死，許州亂，託云赴難募蔡兵，遂逐刺史據其城，因以宗權爲蔡州刺史。然則能死於許州時，宗權自在蔡州，安有聯詩、被害之事邪？雜説中如此類甚多，殆不勝掊擊也。

【二儒爲僧】近世儒者絶意聲利，飄然遊方之外者，有二人焉。饒節字德操，臨川人，以文章著名，曾子宣丞相禮爲上客，陳了翁諸公皆與之遊，往來襄、鄧間。始亦有婚宦意，遇白崖長老與之語，欣然有得。嘗令其僕守舍，歸，見其占對異常，怪而問之，僕曰：「守舍無所用心，聞鄰寺長老有道價，往請一轉語，忽爾覺悟，身心泰然無他也。」德操慨然曰：「汝能是，我乃不能，何哉？」徑往白崖問道，八日而悟，盡發囊橐，與其僕祝髮爲浮屠，德操名如璧，僕名如琳，遍參諸方，陳了翁、關子開兄弟皆以詩稱美之。至江浙，樂靈隱山川，因挂錫焉。琳抱疾，德操躬進藥餌，既卒，盡送終之義。後主襄陽天寧，夏均父倪爲請疏，其略云：「無復挾書，更逐康成之後；何憂成佛，不居靈運之先。」又云：「豈惟江左公卿，盡傾支遁；獨有襄陽耆舊，未識道安。」時稱其精當。德操自號倚松道人，所爲詩文皆高邁，號《倚松集》云。吴元中丞相之弟名叙，字元常，亦能詩，有「水竹清瘦霜松孤」之句。除南京敦宗院教授，未赴，忽棄官爲僧，法名正光，歷住萬年、國清諸刹，晚主衢之烏巨寺。一子亦早夭，其婦守志不嫁，光年益老，感疾，婦必躬造飲饌以進，積久不懈。後元中丞相薨，當家無人，其祖母韓夫人奏乞元常歸故官，詔許之，元常迄不就。凡住名刹四十年而終。

【蜀僧東明寺題詩】蔡元長南遷，道出長沙，卒於城南五里東明寺，遂草殯于寺之觀音殿後。有蜀僧遊方過之，慨然因題詩于壁曰：「三十年前鎮益州，紫泥丹詔鳳池遊。大鈞播物心難一，六印懸腰老未休。佐主不能如傅説，知幾那得似留侯？功名富貴今何在，寂寂招提一土丘。」（卷十。下同）

【梵志詩】山谷以茅季偉事親，引梵志翻襪之句，人喜道之。予嘗見梵志數頌，詞朴而理到，今記于此。其一曰：「欺誑得錢君莫羨，得了却是輸他便。來生報答甚分明，只是换頭不識面。」又曰：「多置莊田廣修宅，四鄰買盡猶嫌窄。雕牆峻宇無歇時，幾日能爲宅中客？」又曰：「造作莊田猶未已，堂上哭聲身已死。哭人盡是分錢人，口哭元來心裏喜。」又曰：「衆生頭兀兀，常住無明窟。心裏爲欺謾，口中佯念佛。」又曰：「世無百年人，强作千年調。打鐵作門限，鬼見拍手笑。」又曰：「歡君休殺命，背面彼生嗔。喫他他喫汝，循環作主人。」又曰：「他人騎大馬，我獨跨驢子。回顧擔柴漢，心下較些子。」又曰：「家有梵志詩，生死免入獄。不論有益事，且得耳根熟。白紙書屏風，客來即與讀。空飯手捻鹽，亦勝設酒肉。」（徐俊）

宋人詩話外編

程毅中 主編

中華書局

宋人詩話外編

第四册

中國文學研究典籍叢刊

中華書局

蘆浦筆記

劉昌詩　撰

劉昌詩字興伯，清江（今屬江西）人，開禧元年（一二〇五）登進士第。《蘆浦筆記》十卷，此據《知不足齋叢書》本選録。

【紫荷】《漫録》載劉偉明《贈熊本待制詩》「西清寓直荷爲橐」，歐陽文忠《回吴舍人啓》以「紅藥翻階」對「紫荷持橐」，皆爲誤。然又引《隋志》：「尚書録令僕射、吏部尚書，朝服綴紫荷。録令左僕射左荷，右僕射、吏部尚書右荷。」以俟博識者。予攷《晉·輿服志》：八座尚書荷紫，以生紫爲袷囊，綴之服外，加于左肩。所謂荷囊乃負荷之荷。然則《隋志》載紫荷、左荷、右荷，要知亦是負荷，分明非芰荷之荷也。（卷三。下同）

【裴二端公】《漫録·事實門》載，鮑彪《杜詩譜》論《湘江宴餞裴二端公》及《暮秋枉裴道州手札率爾遣興》詩，皆不著裴二端公爲何人。偶讀蔣參政之奇《武昌怡亭序》，云「裴虬作銘」。又浯溪唐賢題名有「河東裴虬爲道州刺史」，始知所謂裴二端公者，虬也。以上吴説如此。按杜詩有《送裴二虬作尉永嘉》，今《暮秋遺興》詩自有「憶子初尉永嘉去」之句，即可見也，何必它證？

【山谷南還誤】《漫録》説詩門云：「山谷南還至南華竹軒，令侍史誦詩版。」按南華在韶州，屬廣東。山谷謫宜州，屬西路，且卒于宜，而曰南還，何邪？

【資政莊節王公家傳】（上略）紹興十年，承宣使（田）〔白〕謂扈從顯仁太后回鑾。俏子逵留淄州，南北隔絶，以詩送謂曰：「兩地音塵隔死生，十年常效執珪吟。羨君已作遼東鶴，顧我空存魏闕心。日下既蒙新眷遇，海邊休忘舊知音。倘憐萬里親庭在，爲向雲山處處尋。」詩至而俏卒已一歲矣，聞者哀之。藍公佐使還，侍高宗，語次論中興以來忠臣子孫，因奏及之。（下略）（卷八）

【白玉樓賦】（上略）唐李賀苦吟能詩。韓愈、杜牧所知解導，其詳見於本史。因閲賀小傳，平居一日，忽見緋衣吏，駕赤虬，持一版書，若太古篆霹靂石文者，云當召賀。賀不能讀，欻下榻叩頭。緋衣人笑曰：「帝成白玉樓，立召君爲記。」窗中勃勃有煙氣，聞行車嘒管之聲，如炊五斗黍許，卒。覩賀詩語清峭，人物超邁，真神仙中人。跨赤虬去，當是高仙無疑。大觀庚寅臘後一日，宣和殿書并畫。（下略）（卷九）

【杜詩句差】杜詩《覓胡孫》第二聯：「舉家聞若駭，爲寄小如拳。」每疑其非是。趙叟謂合移斷章「童稺捧應顛」作第四句，却於「許求聰惠者」下云「爲寄小如拳」，則一篇意義渾全，亦成對偶。（卷十。下同）

【籌筆驛詩】「漢室虧皇象，坤乾未即寧。姦臣與逆子，摇嶽復翻溟。權表分江域，曹袁鬭夏坰。虎奔咸逐逐，龍卧獨冥冥。從衆非無術，欺孤迺不經。惟思恢正道，直起復炎靈。管樂韜方略，關徐駭觀聽。一言俄逆主，三顧已忘形。南既清蠻土，東期赤魏庭。出師功自著，治國志誰銘。歷劍兵如水，臨秦策若瓴。舉聲將潰虜，横勢欲逾涇。仲達恥巾幗，辛毗嚴壁扃。可煩親細務，遽見墮長星。戰地悲陵谷，來賢賞德刑。意中流水遠，愁外舊山青。想像音徽在，侵尋毛骨醒。遲留慕英氣，沈嘆撫青萍」。右驛在蜀中綿州，石曼卿爲諸葛武侯賦也。寶元二年，大書以遺朱復之。後二年，朱爲四明節度推官，遂刻石於廳事。中更兵火，碑仆於榛莽間，凡百餘年。劉偉至，出而函置南堂壁間，且以名其堂，闕一角失十五字。紹熙元年，守林采得《曼卿集》而補之，且舉范文正公《誄石學士書》於後，云：曼卿之詩，氣雄而奇，大愛杜甫，酷能似之。曼卿之筆，顔筋柳骨，散落人間，寶爲神物。今觀此詩此字，則所謂寶爲神物，非虚器也。青萍，劍名，杜詩《秦州見敕目除薛畢》，有「誰定握青萍」之句。

【回峰院留題】「山勢欲壓海，禪扃向此開。魚龍腥不到，日月影先來。樹色秋擎出，鐘聲浪答回。何期隨吏役，暫得拂塵埃。」右文康王公所賦。公諱英廟同字，字晦叔，嘗宰定海縣。景祐中爲執政。開禧丙寅，商逸卿得隸古遺墨，刻於縣治願豐亭。

【米小儀題禊帖詩】圖契朴瑚推聖智，萬古奔沈餘末伎。蘭亭醉墨更無加，始信功名皆儻爾。庾翼兒郎豈不黠，自是家雞慚野雉。退之彊括六藝疏，見處纔能到姿媚。相公有官那得取，不與官家深自秘。却因同好露心胸，謾使蕭翼誇末計。摸金不必曹阿瞞，温韜家有昭陵器。披沙只恐取黄金，剔軸誰能收故紙。天章寶塔高嶫峨，永表文皇好文藝。至今油蠟傳未休，善本何辭萬金棄。

【絶覽亭詩】安仁縣雲錦驛後，山顛有絶覽亭。鄭剛中亨仲，過而刻詩柱上，云：「目力所臨皆在下，亭名絶覽未爲叨。大來心地當如此，此外應知更有高。」「大來」一作「丈夫」。

【康伯可詩】紹興間，康伯可過臨江，游慧力寺，題二詩於松風亭壁。今遺墨不存，因録以備忘。其一：「天涯芳草盡緑，路傍柳絮爭飛。啼鳥一聲春晚，落花滿地人歸。」其二：「江上濃雲曉未開，瘦笻支我上蒼苔。春寒前日去已盡，今日又從何處來。」

【胡藏之詩】臨江詩人胡藏之，蓋彦明之子。彦明與山谷進士同年，故藏之以詩取知於山谷。嘗侍燕席，以盤中果子分題賦詩，藏之得藕。云：「平生冰雪姿，七星羅心胸。豈無有絲毫，上禆天子聰。而不自薦達，胡爲乎泥中。沈屙政無賴，安得君從容。其子亦可憐，風味如乃翁。」藏之亦有《瘞鶴銘詩》，云：「當年誰爲裹玄黄，潮打孤城草木荒。華表竟無新信息，斷碑空有碎文章。雲埋紫蓋峰何在，煙鎖青田道正長。遥想華亭披道氅，夜隨明月過錢塘。」藏之名致隆，自號瀟灘居士，無子，故遺藁不傳。

【石芥詩】淳熙辛丑，予客桂林，運使梁次張舉似《石芥詩》，今未忘也。「擷根山石貯瓶罌，柱後緘題見者頳。風味莫嫌無醖藉，杯盤甚解作聰明。願言則嚏傳心事，搔首踟躕散宿酲。最是徂徠名道地，至今姦膽亦魂驚。」

【丫頭巖詩】巖前壁間，題者甚多，予獨愛鄉人彭仲衡，思致高而無著。其詩云：「前峰號龜豈一作不是龜，近巖謂月亦匪一作非月。世間景幻語未真，說著丫頭便癡絶。蒼然頑石自天成，道傍過者皆含情。我來於此發浩嘆，乃知有色能傾城。」（徐俊）

游宧紀聞

張世南　撰

張世南，字光叔，鄱陽（今屬江西）人，南宋寧宗、理宗時在世。《游宧紀聞》十卷，此據《知不足齋叢書》本選録。

1 劉過字改之，能詩詞。流落江湖，酒酣耳熱，出語豪縱，自謂晉宋間人物。其詩篇警策者，已載《江湖集》。尤好作《沁園春》。（下略）（卷一。下同）

2 余儔字季倫，號癡齋，吾鄉詩人也。章泉先生雅愛之。作書，使袖訪韓仲止，及門，候謁甚久。將命者出，扣所由來，久猶未出。余題二詩壁間云：「謁入久不出，兀坐如枯荄。蒼頭前致詞，問我何因來？士節久凋喪，人情易嫌猜。本無性命憂，不去安待哉。」其二云：「名聞由昔者，禮進合欣然。古有不屑教，意令加後鞭。尚書八座貴，吏部一燈傳。驚代文章伯，曾容賈浪仙。」已，乃拂袖去。仲止見詩，遣人追之，余竟不返。余有詩集號《蛙吹》，藏於家云。

3 驗漆之美惡，有隱括爲韻語者云：「好漆清如鏡，懸絲似釣鈎。撼動虎斑色（案尚刻作琥珀色），打著有浮漚。」（卷二。下同）

4 蜀之岷山，有焦夫子。國初時人，亡其名。以博學教導後進，故世以夫子稱。貌陋且怪，長目廣鼻，虬髯垂瘦。性率不自飾，雖冠帶，往往爬搔捫虱。然爲歌詩，有驚人句。今蜀人止能誦其一聯云：「兩輪日月磨興廢，一合乾坤夾是非。」（下略）

5 龍谿先生汪公藻，字彦章，吾郡之德興人。幼年已負文名。作詩云：「一春略無十日晴，處處谿雲將雨行。野田春水碧於鏡，人影渡傍鷗不驚。桃花嫣然出籬笑，似開未開最有情。茅茨煙暝客衣濕，破夢午雞啼一聲。」此篇一出，便爲詩社諸公所稱。晚年牢落，莫究所學。朱叔止題其墓云：「名高從昔毀相隨，未免群兒著力擠。一日狼心萌偃月，十年豹霧隱愚谿。不逢華旦開昌運，終抱沈埋返故棲。已矣九原寧可作，蕭蕭古木亂蟬嘶。」亦爲諸公所稱。叔止名柢，舍人新仲之姪也。（卷三。下同）

6 永福創自唐代宗時（中略），在唐新創縣後，有邑宰潘君滿解，遺愛在民。攀卧祖餞，留連累日。其夫人王氏，先以解舟，泊五里汰王灘下。俟久不至。月夜登岸，書一絶於石壁云：「何事潘郎戀别筵？歡情未斷妾心懸。汰王灘下相思處，猿叫山山月滿船。」末署太原王氏書。詩跡已漫滅，獨太原二字入石，至今尚存。字方五六寸許。邑人因以名其灘。政和陳武祐，慮歲久詩亡，大書，繫以記文，鐫之字右方。自唐及今，流潦巨浸之所漂齧，震風淩雨之所滌蕩，不知其幾，而墨色爛然如新。一婦人望夫之切，精神入石，終古不變如此。則知至誠之道，感鬼神、裂金石者，詎不信然。（下略）

7永福下鄉有農家子，姓張，以採薪鬻鋤柄爲業，鄉人目爲張鋤柄（中略）。因度爲僧人，號爲張聖者。（中略）時里中有吴氏，建重光寺輪藏成，求讚於僧，援筆立就云：「無上雄文貝葉鮮，幾生三藏往西天。行行字字爲珍寶，句句言言是福田。苦海波中猴行復，沈毛江上馬馱前。長沙過了金沙難，望岸還知到岸緣。夜叉歡喜隨心答，菩薩精虔合掌傳。半千六十餘函在，功德難量熟處圓。」筆力遒勁可愛。（下略）（卷四。下同）

8永福古有讖語曰：「天保石移，瑞雲來奇；龍爪花紅，狀元西東。」乾道間，福清天保瑞雲寺後石崖横山而行，鬶地成蹊，既而永邑東鄉石壁谿巖松上産龍爪瑞花。其年蕭國梁，果魁天下。次舉黄公定，臚唱第一。蓋瑞花生處，西之於蕭，東之於黄，各三十五里，此「狀元西東」之應也。又次舉鄭公僑，廷試復先多士。邑宰作詩云：「翀峰、龜嶺與龍嶼，三處家山一壯哉。相去未逾一百里，七年三度狀元來。」蓋蕭公翀峰，鄭公龜嶺，黄公龍嶼也。（下略）

9永福邑東三十五里曰三島村，村東北山曰方廣巖。（中略）有異人來，請斲爲賓頭盧尊者像（中略）。詹事王公十朋曾游，作十奇律詩，五言六十字，見公集内。士友吴信可，亦有紀游詩云：「曾訪神仙巖洞來，人言偉觀似天台。藤蘿足下猿猱嘯，鍾鼓聲邊日月開。燈續佛光凝紫翠，雲將蜃氣作樓臺。最憐貫石神龍尾，猶帶天東雨露回。」（下略）

10借書一癡，還書一癡，或作「嗤」字，此鄙俗無狀語。前輩謂借書還書，皆以一瓻。《禮部韻》云：「瓻，盛酒器也。」山谷以詩借書目於胡朝請，末聯云：「願公借我藏書目，時送一鴟開鏁魚。」坡公和陶詩云：「不持兩鴟酒，肯借一車書。」吴王取伍子胥屍，盛以鴟夷革，浮之江中。應劭曰：「取馬革爲鴟夷，榼形。」范蠡號鴟夷子皮，師古曰：「若盛酒之鴟夷。」揚子雲《酒箴》：「鴟夷滑稽，腹大如壺。」師古曰：「鴟夷、韋囊，以盛酒也。」蘇、黄用鴟字本此。

11（上略）時禪月大師，混居會下，身達性相，文筆神敏。愛其（興教院）林木瀟灑，水石連雲，建讀書堂、脩禪觀。隱居山中，遺址猶存。嘗夢游他國，於巖阿石室，親見大士，覺而追想，謂之應夢羅漢。或云：「師則『羅怙羅』化身。」每入定觀，率意揮染，皆其真容，非世間相。末乃照水，自狀本形。既而絶筆，故託於夢感。自正本之外，別有臨模二本。予登羅漢閣，取禪月親作本，諦觀竟日。其間有極破碎糜爛者，筆法高妙，相貌古怪。至道丙申五月，太宗搜天下古書畫，悉以進呈，至二年正月，復付本寺免進。間有題其傍云：「西岳僧貫休作。」皆篆文。或古體，或玉筯，或柳葉。又一軸題云：「大蜀國龍樓待詔、明因辨果功德大師、翔麟殿引駕内供奉、經律論道門選練教授、三教玄逸大師、守兩川僧録大師、食邑三千户、賜紫、大沙門貫休字德隱。」今人知禪月之號，則以爲高僧，聞貫休之名，則以爲能畫，殊不知當時所作神異如此。非特能畫，且於詩文尤高，有《西岳集》三十卷。翰學吴融爲之序，唐相張格、韋莊、王鍇、周庠，皆有詩紀其事。（下略）（卷六。下同）

12沙隨先生寓居鄱陽（中略），後又得張無垢遺摹茂實研，後刻詩曰：「端谿石硯天下奇，紫光夜半吐虹霓。不隨凡石追時好，直與日月争光輝。韜藏久矣不亂用，惟恐翰墨污染之。樊子文章有餘地，汪汪萬頃誰能窺。贈君此硯無輕棄，經史妙處其發揮。飛流濺沫遍天下，要使咳唾皆珠璣。

無垢居士作，子喻子書。」蓋小篆，玉泉先生學張有篆。無垢從沈元用學，汪端明從無垢學。凡十有二年，三公相繼魁多士。建炎二年，李順之作魁，玉泉亦登高第。(下略)

13 沙隨先生嘗蓄一歙硯，後有蔡忠惠題詩曰：「玉質純蒼理緻精，鋒鋩都盡墨無聲。相如間道還持去，肯要秦人十五城。」後以送汪書季路。

14 黄公銖字子厚，富沙浦城人。與朱文公爲交友，長於詩。劉潛夫宰建陽，刻其《穀城集》於縣齋。(下略)(卷八。下同)

15 德興邑廨，有石刻二詩云：「仕宦之身，天涯海畔。行商之身，南州北縣。不如田舍，長相見面。門無官府，身即彊健。麻麥遍地，豬羊滿圈。不知金貴，唯聞粟賤。夏新絹衣，秋新米飯。安穩眠睡，直千直萬。」「我田我地，我桑我梓。只知百里，不知千里。我飢有糧，我渴有水。百里之官，得人生死。孤兒寡婦，一張白紙。入著縣門，寃者有理。上官不嗔，民即歡欣。上官不富，民免辛苦。生我父母，養我明府。苗稼萋萋，曷東曷西。父母之鄉，天子馬蹄。」沙隨先生跋云：「右二詩，不知何人作。上饒公端殿汪先生，過豫章之進賢，手書于旅舍。後三十年，門人程迥授邑于茲。既受代，始於郡中得之，而真跡不復存矣。友人高季安，會丞是邑。季安，先生姻戚也，因託刻于石。先生下世七年矣。噫！迴跋。」此詩始刻於進賢，再刻於德興。丙子巨浸，出於泥滓中，石斷字漫。邑宰潘傳重刻之。世南愛其言近而意切，懼其碑之復淪，故紀於此。

16 世南近於三山郡齋，獲觀龍眠所作《奉節圖》。後題云：「景文老兄，持節守大名(中略)。」景文，即劉季孫也。平之子。東坡嘗薦之，後知隰州而歿。有詩寄坡云：「四海共知霜鬢滿，重陽能插菊花無。」死之日，家無一錢，但有書三萬軸，畫數百幅耳。其家藏王子敬「黄柑三百顆」帖，坡嘗有詩與景文云：「君家子敬十六字，氣壓鄴侯三萬籤。」坡一日語景文曰：「一則仲父，二則仲父，以何爲對？」劉云：「可對千不如人，萬不如人。」坡爲絶倒。（卷九。下同）

17後山贈二蘇公詩，末云：「如大醫王治膏肓，外證已解巾尚彊。探囊一試黄昏湯，一洗十年新學腸。」任子淵注云：「按《圖經本草》曰：『合歡，夜合也，一名合昏。』韋宙獨行方，胸中甲錯，是爲肺癰，黄昏湯治之。取夜合皮掌大，一枚，水煮服之。」其説最爲牽合無義。（下略）

18黄秘書長睿父之子詔，紀其尊人建炎庚戌在平江圍城中，失去楊凝式書一册，并其先人手書楊傳。以無别本，念念不忘。是歲四月，復寓饒之德興太寧資福寺。偶録遺文，遂見之，喜甚。予偶得其本，恐終失墜，今紀其年譜、家譜、傳、贊於此。唐咸通十四年癸巳，凝式是年生，故題識多自稱癸巳人。唐天祐四年丁卯，是年夏，朱全忠篡唐，凝式諫其父唐相涉，宜辭押寶使。涉懼事泄，凝式自此遂陽狂，時年三十。《五代史補》言時年方弱冠，誤也。晉天福四年己亥三月，有洛陽風景四絶句詩，年六十七。據詩云「到此今經三紀春」，蓋自丁卯至己亥，實三十年。則自全忠之篡，凝式即居洛矣。真跡今在西都唐故大聖善寺勝果院東壁，字畫尚完，亦有石刻。書側有畫像，亦當時畫。又廣愛寺西律院，有壁題云：「後歲六十九。」亦當是此年所題。此書凡兩壁，行草大小甚多。真跡今存，但多漫暗，故無石刻。天福六年辛丑，是年六月，有天宫寺題名，稱太子賓客，時年六十九。真跡今在此寺東序，題維摩詰後。又吏部郎榮輯家，有石刻一帖，無年，但云「太子賓客楊凝式，暮春，奉板輿，至自真原」等語。其末云「清和之月復至」，當是此年前後也。天福七年壬寅，是年有奠定智大師詩二首，時年七十。真跡在文潞公家，刻石在從事郎蘇太寧家。晉開運元年甲辰元衍「歲在甲辰」四字，四月十五日，有看花詩八韻，時年七十二，題於洛陽一僧舍書勝上，後云「維晉九載」。今刻石在湖州前殿中侍御史劉壽家案商刻作「劉燾」。開運二年乙巳，是年五月，於天宫寺題壁，論《維摩經》等語。八月再題太子少保，時年七十三。真跡今在此寺東序，并辛丑題同刻石。開運四年丁未，是年二月並七月，有寄惠才大師左郎中詩三首，稱會同丁未歲。會同，即契丹入晉改元之號也。時年七十五，稱太子少傅。真跡在文潞公家，刻石在蘇太寧家。周廣順三年癸丑，是年於長壽寺華嚴東壁題名，時年八十一。後又題「院似禪心静」等二詩，稱太子少師，亦應是此年。真跡今爲人移去，石刻亦不存，人或得舊本耳。又有與其從子侍御者家問二帖，後題廣順癸丑歲孟夏月。真跡在洛陽士人家。又有「判完契」五十餘字，在洛陽故職方郎李氏家者刻之，無年，但稱七月十六日太子少師楊草名，亦應是廣順中也。（中略）凝式詩什，亦多雜以恢諧。少從張全義辟，故作詩紀全義之德云：「洛陽風景實堪哀，昔日曾爲瓦子堆，不是我公重葺理，至今猶自一堆灰。」它類若此。石晉時，張從恩尹洛。凝式自汴還，時飛蝗蔽日，偶與之俱。凝式先以詩寄從恩曰：「押引蝗蟲到洛京，合消郡守遠相迎。」從恩弗怪也。然凝式詩句自佳，及至洛後，以詩贈從恩云按此句下疑有脱文。其題壁有：「院似禪心静，花如覺性圓。自然知了義，争（官）〔肯〕學神仙。」清

麗可喜也。尹洛者,皆當時王公,凝式或傲然不以爲禮,尹亦以其耆俊狂直,不之責也。(下略)(卷十。下同)

19谷簾、三疊,廬阜勝處。惟三疊於紹熙辛亥歲,始爲世人所見。(中略)紹定癸巳,湯制幹仲能,主白鹿教席,始品題,以爲不讓谷簾。嘗有詩寄二泉於張宗瑞曰:「九疊峰頭一道泉,分明來處與雲連。幾人競賞飛流勝,今日方知至味全。鴻漸但嘗唐代水,涪翁不到紹熙年。從兹康谷宜居二,試問真巖老詠仙。」張賡之曰:「寒碧朋尊勝酒泉,松聲遠壑憶留連。詩於水品進三疊,名與谷簾真兩全。畫壁煙霞醒昨夢,茶經日月著新年。山靈似語湯夫子,恨殺屏風李謫仙。」九疊屏風之下,舊有太白書堂,及有詩云「吾非濟代人,且隱屏風疊」之句。(中略)玉乳泉,在丹陽縣練湖上,觀音寺中。本一小井,舊傳水潔如玉。〔張〕思順以淳熙十三年,沿檄經由,專往訪索。僧蹙頞而言,此泉變爲昏黑,已數十年矣!初疑其紿,乃親往驗視,果如墨汁。嗟惋不足,因賦詩題壁曰:「觀音寺裏泉經品,今日唯存玉乳名。定是年來無陸子,甘香收入柳枝瓶。」明年攝邑,六月出迎客,復至寺,再汲,泉又變白。置器中,若雲行水影中。雖不極清,而味絶勝。詰其故,蓋紹興初,宗室攢祖母柩於井左,泉遂壞,改遷不旬日,泉如故,異哉!事物之廢興,雖莫不有時,亦由所遭於人如何耳。宗瑞,思順之子也。

(徐俊)

耆舊續聞

陳鵠 撰

陳鵠，號西塘，南陽（今河南南陽市）人。生卒年不詳。嘉定八年（一二一五）爲滁教，自記嘗知辰州，與陸淞游。《耆舊續聞》十卷，此據《知不足齋叢書》本選録。

1 朱司農載上嘗分教黄岡，時東坡謫居黄，未識司農公，客有誦公之詩云：「官閒無一事，蝴蝶飛上階。」東坡愕然曰：「何人所作？」客以公對，東坡稱賞再三，以爲深得幽雅之趣。異日，公往見，遂爲知己，自此時獲登門。（下略）（卷一。下同）

2 中書待制公翌新仲嘗言：後學讀書未博，觀人文字，不可輕詆，且如歐陽公與王荆公詩云：「翰林風月三千首，吏部文章二百年。」荆公答云：「他日若能窺孟子，終身安敢望韓公？」歐公笑曰：「介甫錯認某意，所用事迺謝朓爲吏部尚書，沈約與之書云『二百年來無此作』也。若韓文公迨一作迄。今何止二百年邪？」前後名公詩話，至今博洽之士，莫不以歐公之言爲信，而荆公之詩爲誤。不知荆公所用之事，乃見孫樵《上韓退之吏部書》「二百年來無此文」也。歐公知其一而不知其二，故介甫嘗曰：歐公一生讀書未博耳。雖然，荆公亦有强辯處。嘗有詩云：「黄昏風雨滿園林，殘菊飄零滿地金。」歐公見而戲之曰：「秋英不比春花落，傳語詩人仔細吟。」荆公聞之曰：「永叔獨不見《楚辭》『夕餐秋菊之落英』邪？」殊不知《楚辭》雖有「落英」之語，特寓意「朝夕」二字，言吞陰陽之精蕊，動以香浄自潤澤爾。所謂「落英」者，非飄零滿地之謂也。夫百卉皆凋落，獨菊花枝上枯，雖童孺莫不知之。荆公作事，動輒引經爲證，故新法之行，亦取合於《周官》之書。其大概類此爾。

3呂伯恭先生嘗言：往日見蘇仁仲提舉，坐語移時，因論及詩。蘇言：南渡之初，朱新仲寓居嚴陵，時汪彦章南遷，便道過新仲，適值清明，朱《送行》詩云：「天氣未佳宜且住，風波如此欲安之。」蓋用顔魯公帖及謝安事，語意渾成，全不覺用事。二十年欲效此體，用意不到。比作陸仲高挽章，偶然得之云：「殘年但願長相見，今雨那知更不來。」蓋用杜子美詩句，「但願殘年飽喫飯」，「但願無事常相見」，及《秋述》「常時車馬之客，舊雨來，今雨不來」，亦不覺用事也。恐可庶幾焉。乃知待制公之詩，在當時已爲前輩所推重如此。蘇訓直云。案：蘇訓直名玭，陸《渭南集》有《墓誌》。

4陸太傅軫，會稽人，神采秀異，好爲方外游，七歲猶不能語。一日，乳媪携往一作至。後園，俄而吟詩曰：「昔時家住海三山，日月宮中屢往還。無事引他天女笑，謫來爲吏在人間。」後仕至兵部郎官，力請老歸稽山，宋元憲公、杜祁公、一時名勝，皆有送行詩，篇中多及神仙之事，蓋公之雅志也。公晚年專意爐鼎，丹將成，偶一日妻夫人因事怒，擊碎其丹，化爲雙鶴飛去。嘗視諸孫中，指農師之弟倚承奉公曰：「此兒有仙風道骨。」

5太傅公嘗守會稽，上元夕放燈特盛，士女駢闐。有一士人從貴宦幕外過，見其女樂甚都，注目久之，觀者狎至，觸墜其幕，貴宦者執其士以聞於府，公呼而責之，曰：「爲士不克自檢，何邪？」對曰：「觀者皆然，竟自脱去，獨某居後，所以被辱。」公觀其應對不凡，必是佳士，因謂曰：「子能賦此斑竹簾詩，當釋子罪。」蓋用斑竹簾爲幕也。士子索筆，落紙立就。其詩曰：「春風戚戚動簾帷，繡户朱門鎮日垂。爲愛好花成片段，故教直節有參差。」又曰：「昔年珠淚裛虞姬，今日侯門作妓衣。世事乘除每如此，榮華到底是危機。」公覽詩，大奇之，延爲上客。子逸云。

6余謂後輩作詞，無非前人已道底句，特善能轉換爾，《三山老人語録》云：從來九日用落帽事，東坡獨云「破帽多情却戀頭」，尤爲奇特，不知東坡用杜子美詩：「羞將短髮還吹帽，笑倩傍人爲整冠。」（下略）（卷二。下同）

7曩見陸辰州，語余以《賀新郎》詞用榴花事，乃妾名也，退而書其語，今十年矣，亦未嘗深考。近觀顧景蕃續注，因悟東坡詞中用白團扇、瑶臺曲，皆侍妾故事。按晉中書令王珉好執白團扇，婢作《白團扇歌》以贈珉。又《唐逸史》：許瀍暴卒復悟，作詩云：「曉入瑶臺露氣清，坐中惟見許飛瓊。塵心未盡俗緣重，千一作十。里下山空月明。」復寢，驚起，改第二句云：「「天風吹下步虚聲。」曰：」「昨日夢到瑶池。飛瓊令改之，云不欲世間知有我也。」按《漢武帝内傳》所載，董雙成、許飛瓊，皆西王母侍兒。東坡用此事，乃知陸辰州得榴花之事於晁氏爲不妄也。《本事詞》載榴花事極鄙俚，誠爲妄誕。

8徐師川云：「東坡《橄欖》詩云：『紛紛青子落紅鹽。』蓋北人相傳，以爲橄欖樹高難取，南人用鹽擦，則其子自落。」今南人取橄欖雖不然，然猶有此語也，東坡遂用其事。正如南海子魚，出於莆田通應王祠前者，味最勝。詩人遂云：「通印子魚猶帶骨。」又云：「子魚俎上通三印。」蓋亦傳者之訛也。世只疑「紅鹽」二字，以爲别有故事，不知此即《本草》論鹽有數種：北海青、南海赤。橄欖生於南海，故用紅鹽也。又《太平廣記》云：交河之間，平磧中掘數尺，有末鹽紅紫，色鮮味甘。本朝建炎間，亦有貢紅鹽者。「紅鹽」字雅，宜用之。

9吕紫微居仁云：「作文必要悟入處，悟入必自工夫中來，非僥倖可得也。如老蘇之於文，魯直之于詩，蓋盡一作得。此理。」

10學詩須熟看老杜、蘇、黄，亦先見體式，然後徧考他詩，自然工夫度越過人。

11自古以來，語文章之妙，廣備衆體，出奇無窮者，唯東坡一人。極風雅之變，盡比興之體，包括衆作，本以新意者，唯豫章一人。此二者，當永以爲法。

12老杜歌行，並長韻律詩，切宜留意。

13慈聖光獻大漸，上純孝，欲肆赦，后曰：「不須赦天下兇惡，但放了蘇軾足矣。」時子瞻對吏也。后又言：「昔仁宗策賢良歸，喜甚曰：『吾今日又爲子孫得太平宰相兩人。』蓋軾、轍也，而殺之可乎？」上悟，即有黄州之貶。故蘇有《聞太皇太后服藥赦》詩，一本云：「故蘇後聞太皇太后不豫，有詩。」及挽詞甚哀。

14宣和間，重華葆真宮曹王南宫也。燒燈，都下癸卯上元，館職約集，而蔡老携家以來，珠翠闐溢，僮僕雜行，諸名士幾遭排斥。已而步過池北，游人縱觀。時少蓬韓駒子蒼詠小詩曰：「玉作芙蓉院院明，博山香度小峥嶸。誰言水北無人到，亦有槃跚勃窣行。」

15大觀初，上元賜詩曰：「午夜笙歌連海嶠，春風燈火過湟中。」群臣應制，皆莫能及。獨府尹宋喬年詩云：「風生閶闔春來早，月到蓬萊夜未中。」乃趙鼐之子雍代作也。雍，少學於陳無己，有句法。一本此則在第三卷之首。

16陳無己，少有譽。曾子固過徐，徐守孫莘老薦無己往見，投贄甚富。子固無一語。無己甚慚，訴於莘老。下有脱文。子固云：「且讀《史記》數年。」子固自明守亳，無己走泗州間，携文謁之，甚歡。曰：「讀《史記》有味乎？」故無己於文，以子固爲師。元祐初，東坡率莘老、李公擇薦之，得徐州教授，徙潁州。東坡出守，無己但呼二丈，而謂子固南豐先生也。《過六一堂》詩，略云：「向來一瓣香，敬爲曾南豐。世雖嫡孫行，名在惡子中。斯人日已遠，千歲幸一逢。吾老不可待，露草濕寒蛩。」蓋不以東坡比歐陽公也。至論詩，即以魯直爲師，謂豫章先生。無己晚得正字，貧且病，魯直荆州南十詩曰：「閉門覓句陳無己，對客揮毫秦少游。正字不知温飽未，春風吹淚古藤州。」無己殊不樂，以「閉門覓句」爲歉。又與死者相對爲惡，未幾，果卒也。

17晁詠之之道，美叔子，奇士也。宏詞第一。人負其才，可淩厲要途，以元符封事廢。有詩曰：「元年四月朔，日食國有赦。」又有「已失青雲空老去」之語。後爲西京筦庫，蔡元度留守稍禮之，以係籍不能薦，忽謂晁曰：「如子之才，何必上書？」之道罔措，徐曰：「只是没處頓文章。」蔡亦大笑。之道年四十餘，終朝請郎。一有而已二字。（卷三。下同）

18黄魯直少有詩名。未入館時，在葉縣、大名、吉州、太和、德平，詩已卓絶。後以史事待罪陳留，偶自編《退聽堂》詩，初無意盡去少作。胡直孺少汲，建炎初帥洪州，首爲魯直類詩文爲《豫章集》，命洛陽朱敦儒、山房李彤編集，而洪炎玉父專其事，遂以《退聽》爲斷，以前好詩皆不收，而不用吕汲《老杜編年》爲法，前後參錯，殊牴牾也。反不如姑胥居世英刊《東坡全集》殊有叙，又絶少舛謬，極可賞也。廬陵守陳誠虚中刊《歐陽公居士集》亦無倫次，蓋不知編摩之體耳。

19陳述古諸女亦多有文，有適李氏者，從其夫任晉寧軍判官，部使者以小雁屏求詩，李婦自作黄魯直小楷題其上。二絶云：「蓼淡蘆欹曲水通，幾雙容與對西風。扁舟阻向江鄉去，却喜相逢一枕中。」「曲屏誰畫小瀟湘，雁落秋風蓼半黄。雲淡雨疏孤嶼遠，會令清夢繞寒塘。」

20林文節子中帥并門，席間與幕府唱和，有徐姓帥屬，忘其名，内子能詩。林公每出首唱，徐密寫韻歸。衆方操觚，内子詩已來，必可觀也。一日，幕府有醉起舞者，時和林公藜字，其詩曰：「幕中舞客呈鴝鵒，帳下牙兵困蒺藜。」又送一屬官徑一作往。除監司，林公押僚字，徐婦和曰：「華衮自宜還舊物，繡衣先見冠同僚。」監司，故相家也，林公甚賞之。

21介甫既一作晚。歸鍾山，有詩曰：「穰侯老擅關中事，常恐諸侯客子來。我亦暮年專一壑，每逢車馬便驚猜。」此蓋平生之志，非特丘壑間也。趙伯山云。

22宋子京知定州，日作十首《聽説中山好》。其一云：「聽説中山好，韓家閱古堂。畫圖新將相，刻石好文章。」有譖於韓魏公者，魏公於是亦不喜之。

23梅聖俞嘗云：古人造語，有純用平聲琢句、天然渾成者，如「枯桑知天風」是也。有純用側聲作詩云：「月出斷岸口，影照別舸背。且獨與婦飲，頗勝俗客對。」（卷四。下同）

24内翰洪公帥會稽日，余嘗乘間問曰：「禹穴有二處，其一在禹廟告成觀，穴上有窆石是也；其一去禹廟十餘里，名曰陽明洞天，即稽山之麓，有石徑丈餘，中裂爲一罅，闊不盈尺，相傳指此爲禹穴。《圖經》云『禹治水，投玉簡於此穴中』，未知孰是？」公云：「禹穴二字出司馬遷書，雖其事不經，必是秦漢以來相傳如此。張晏注《漢書》云：『禹巡狩至會稽而崩，因葬焉。』上有孔穴，民間云禹入此穴，又不經之尤者。要之子長謂上會稽，探禹穴，言極其高深也。探者，取極深之義。今陽明穴中，投物於中，不知其底止。當以此爲禹穴可也，非謂禹葬之地。」又問：「若耶溪去鏡湖二十餘里，乃一小澗水，溪旁人煙極蕭條，但有雲門寺猶存焉。唐人詩中多言若耶溪畔採蓮女，何也？」公曰：「所謂採蓮女者，亦指西子而言也。時之盛衰不同，唐之初年，必是勝地。何以知之？今去耶溪三里許，地頗平曠，世傳以爲虞世南宅之舊址。杜子美詩云：『若耶溪，雲門寺，青鞵布襪從此始。』則爲唐之勝地一作境。可知矣。」予因言《史記》載秦始皇三十七年，出遊過丹陽，至錢塘，臨浙江，水波惡，乃西百二十里，從狹中渡，上會稽，祭大禹，望於南海，而立石刻頌秦德。所謂狹中者，即今富陽縣絶江而東，取紫霄宫路是也。江流至此極狹，去步纔一二百步，水波委蛇，始皇正從此渡，取暨陽界至會稽山。今暨陽縣外有始皇祠宇，乃經從之處。徐廣注《史記》，直指以爲在餘杭，不知餘杭非江流之所經也。公深以爲然。

25（上略）王元之守滁日，謝表云：「諸縣豐登，苦無公事，一家飽暖，全藉君恩。」歐陽公取其語，發爲歌詠云：「諸縣豐登少公事，一家飽暖荷君恩。」亦見身在外服不忘其君之義也。（下略）

26古人作文多爲伐山語，蓋取諸書句要入之文字中，貴其簡嚴。杜子美詩云：「配極元都閟。」取是謂配天之極也。又嘗見宋宣獻青詞用「淵宗」二字，取淵兮似萬物之宗也。此類甚多，而「配極」「淵宗」二語特妙。《温氏雜誌》。

27又云：作詩用經語，尤難得峭健。杜子美《端午賜衣》詩：「自天題處濕，當暑著來輕。」「自天」「當暑」皆經語，而用之不覺其弱，此可爲省題詩法。至落句云：「意内稱長短，終身荷聖情。」其語又妙。余謂：近日辛幼安作長短句，有用經語者《水調歌》云：「凡我同盟鷗鷺，今日既盟之後，來往莫相猜。」亦爲新奇。

28又云：詩有律。子美云：「晚節漸於詩律細。」余少學詩，鄉先生云：「侵淩雪色還萱草，漏泄春光有柳條。」「卑枝低結子，接葉暗巢鶯。」此細律也。唐之詩人及本朝名公，未有不用此。洪龜父詩云：「琅玕嚴佛屋，薜荔上僧垣。」山谷改上句云：「琅璫鳴佛屋。」亦謂於律不合也。余謂陸務觀嘗學詩於曾文清公，有《贈趙教授》詩云：「憶昔茶山聽説詩，親從夜半得元機。律令合時方貼妥，工夫深處却平夷。每愁老死無人付，不謂窮荒有此奇。世間有恨知多少，未得從君謁老師。」

亦以合律爲工。「窮荒有此奇」，見東坡帖「窮荒有此奇觀」，用字皆有來處。（卷五。下同）

29東坡謫黄岡，元豐末，移汝州團練副使，制詞云：「蘇某謫居之久，念咎已深，人才實難，不忍終棄。」坡甚嘆服。蓋王子發詞也。元祐初，坡入掖垣，尚與子發同僚，和子發詩云：「清篇帶月來霜夜，妙語先春發病顔。」蓋爲此也。

30（上略）王達可自翰苑出知鎮江，吴元中與之詩云：「醉中擲筆金鑾殿，睡起鳴笳鐵甕城。」可謂壯語。

31梅和勝執禮，宣和初爲給事中，與時相王黼論事不合，改禮部侍郎守蘄。復落職，責守滁。王黼罷，復職鎮江。靖康初，以翰林學士召，其謝表云：「喜照壁間而見蝎，乍離楓下而聞鐘。」蓋「照壁喜見蝎」，此韓退之詩也。而「離楓下聞鐘」事，偶不記。後數年，因閲劉禹錫《自武林例召赴京》詩曰：「雲雨湘江起卧龍，武陵樵客躡仙蹤。十年楚水楓林下，今夜初聞長樂鐘。」蓋用此也。和勝，婺之浦江人也。未冠時，家極貧，而親老無以爲養。大雪中以詩謁邑宰云：「有令可干難閉户，無人堪訪懶移舟。」邑令延之，令訓其子弟。後蔡嶷榜登科，終於户部尚書，死於靖康之難。庚溪。

32自蘇子美監一有察字。奏邸，舊例：鬻故官牓以賽神，因而宴客。時館閣諸名公畢集，獨李定不預，遂捃摭其事，言於中丞王拱辰。御史劉元瑜迎合時宰之意，興奏邸之獄，一時英俊，斥逐殆盡，有一網打盡之語。故梅聖俞有詩云：「一客不得食，覆羹傷衆賓。」蓋指李定也。（中略）後觀趙子崧《中外舊事》云：嘉祐丁酉，李駙馬都尉和文之子少師端愿作來燕堂，會翰林趙叔平槩、歐陽永叔脩、王禹玉珪、侍讀王原叔洙、舍人韓子華絳，永叔命名，原叔題牓，聯句刻之石。可以想見一時人物之盛。蓋仁宗末年，文、富二公爲相，引用得人如此。

33 呂洞賓先生多遊人間，丁晉公通判饒州日，洞賓往見之，語公曰：「君狀貌頗似李德裕，他日富貴皆如之。」公咸平初，與楊文公言其事。今已執政。張洎家居，忽外有一隱士通謁，乃洞賓名姓，洎倒屣迎見之。洞賓自言呂渭之後四子温、恭、儉、讓，讓終海州刺史。洞賓系出海州房，所任官，唐史不載，索筆八分書七言四韻留與洎，頗言將佐鼎席之意。末句云：「成功當在破瓜年。」俗以破瓜字爲二八，洎年六十四卒，乃其讖也。滕宗諒守巴陵，回道士上謁，滕口占曰：「華州回道士，來到岳陽城。別我留何處，秋空一劍横。」回大笑而去。呂有詩在人間極多：「三入岳陽人不識，朗吟飛過洞庭湖。」又「飲海龜兒人不識，燒山符子鬼難看。」又「一粒粟中藏世界，二升鐺内煮山川。」竝見《楊公談苑》。又「賣墨年年到鼎州，無端知府問蹤由。家居北斗魁星下，劍挂南窗月角頭。」《東坡詩話》云：熙寧元年八月十九日，有道士過沈東老飲酒，用石榴皮寫絶句壁上，自稱回道人。出門至石橋上，先度橋數十步，不知所在。或曰：此呂洞賓也。詩云：「西鄰已富憂不足，東老雖貧樂有餘。白酒釀來緣好客，黄金散盡爲收書。」此東坡倅錢塘之日。今在石村沈家畫壁猶存所畫之像，藤蔓交蔽其體，惟面貌獨出，余往來苕霅，屢見之。其他如磨鐵鏡，舞畫鶴，設僧供於長沙，隱姓名於谷客。其異跡固多有之。惟渡江以來，近在辛卯歲，嘗游毗陵，繫青結巾，黄道服，皂絛草履，手持棕笠，自題曰「知命先生」，自呼於市。荆門守胡公儔聞其聲頗異，延之問命，先生曰：「公有壽，且得見次，不在清明前五日，即在清明後七日。」至期，忽得報云：「第二政已改受他郡。」七日後，又得報云：「見政有召命。」胡始知其爲異人，乃悟知命字皆從口，必是吕洞賓無疑，深恨不款延之。日夜追想其狀貌，欲使畫工圖之不可得。及至荆門半載，忽一日，公廳肅客，有急足聲喏云：「某知州府有書信，今且往某州下書，回途却請回書。」客退開書，通寒暄外無他語。有一軸信，開視，乃是南京石本吕公畫像，與在毗陵日所見衣巾狀貌無少異，公益嘆慕。胡後守滁州，爲刻石以誌其事。余乙亥歲爲滁教，距辛卯歲五十餘年矣，以此知先生未嘗不遊人間，但世人少有仙風道骨，遇之者鮮矣。（卷六。下同）

34華山狂子張元，天聖間坐累終身，嘗作《雪》詩云：「七星仗劍攪天池，倒捲銀河落地機。戰退玉龍三百萬，斷鱗殘甲滿天飛。」又《鷹》詩云：「有心待搦月中兔，更向白雲頭上飛。」其詩怪譎多類此。韓魏公在鄜延日，元以策干公，不用，後流落竄西夏，教元昊爲邊患。及公撫陝右，書生姚嗣宗獻詩云：「踏破賀蘭石，掃空西海塵。布衣能辨此，可惜作窮鱗。」公曰：「此人若不收拾，又一張元矣。」遂表薦官之。又嘗題詩於關中驛舍云：「欲挂衣冠神武門，先尋水竹渭南村。却將舊斬樓蘭劍，買得黄牛教子孫。」東坡見而誌之。後聞乃嗣宗詩。又有詩云：「崆峒山叟笑不語，静聽松風飽晝眠。」皆豪語也。

35施逵字必達，建陽人。少負其才，有詩名。建炎間，早擢上第，爲潁州教官，秩滿而歸。時范汝爲爲寇據建城，執逵而脅之，令書旗幟，遂陷賊黨，朝廷命韓世忠討之。城破，乃捕逵付軍帳。至臨安送府獄，編隸湖外。離家之日，度此去必無生還，乃囑其妻令改適。其妻悲泣，鬻奩具所有，以給行囊。及出獄，賂防送卒，使緩其行，買一獲自隨，所至宿舍，縱其通淫。行至中途村舍，一夕多市酒肉，令恣飲，中夜酣卧，手刃二卒及婢，乃變衣易姓名，竄於淮甸滁黄間。後朝廷圖影重賞，捕之甚急，逵乃爲僧。行入邊界山寺中，主僧見其執役惟謹，亦異顧之，疑其必非凡夫。一日，以事役其徒衆使出，獨留逵在，呼而問曰：「朝廷嚴賞捕亡命之人，若是，汝可以實告我，却爲汝尋一生路脱去。不然，不獨汝身被戮，亦累及山門。」逵力諱拒，僧曰：「我覷汝面目不是庸人，覺汝故爾。」逵乃感泣下拜，悉露情悃。僧又恐其疑己，謂曰：「我即坐此，汝自往吾卧内，取一箱袱來。」預作一書，并白金數兩。取出贈之云：「可速入彼界，尋某寺僧某投之。」逵拜謝而去，遂至某寺。歲餘，主寺見其能書翰，甚喜之。逵於暇日，買北庭舉業習之，易名宜生，舉進士。廷試，《天子日射三十六熊賦》云：「聖天子内敷文德，外揚武功，雲屯一百萬騎，日射三十六熊。」遂冠牓首，仕於金國。後爲中書舍人，入翰苑。紹興庚辰，逆亮謀犯淮，先遣逵爲賀正使，憑狐据慢，朝廷以尚書張燾爲館伴使，每以首丘桑梓之語動之，意氣自若。臨岐顧張曰：「北風甚勁。」張因奏早爲備。逵少時嘗有詩云：「久坐鄉關夢已迷，歸來投宿舊沙溪。一天風雨龍移穴，半夜林巒鳥擇棲。賣菜無人求好語，種瓜何地不成畦。男兒未老中原在，寄與鵾雞莫浪啼。」又《嚴子陵釣臺》詩：「懸崖斷壑少人蹤，只合先生卧此中。漢業已無一抔土，釣臺今是幾秋風。同學劉郎已冕旒，未應換與此羊裘。子雲到老不曉事，不信人間有許由。」至黄州弔東坡詩：「文星落處天應泣，此老已知吾道窮。事業漫誇生仲達，功名猶忌死姚崇。」至一寺中，爲僧題屏風八景，其《平沙落雁》云：「江南江北八九月，葭蘆伐盡洲渚闊。欲下未下風悠揚，影落寒潭三兩行。天涯是處有菰米，如何偏愛來瀟湘。」此詩已有異志。又《感春》詩云：「感事傷懷誰得知，故園閒日自暉暉。江南地暖先花發，塞北天寒遲雁歸。夢裏江河依舊是，眼前阡陌似疑非。無愁只有雙蝴蝶，解趁殘紅作陣飛。」又《感錢王戰臺》詩：「層層樓閣捧昭回，元是錢王舊戰臺。山色不隨興廢去，水聲長逐古今來。年光似月生還没，世事如花落又開。多少英雄無處問，夕陽行客自徘徊。」此詩是出塞作。又《題將臺》詩：「梅花摘索未全開，老倦無心上將臺。人在江南望江北，征鴻時送客愁來。」此詩奉使本朝時作。又《題壁》云：「君子雖窮道不窮，人生自古有飄蓬。文章筆下千堆錦，志氣胸中萬丈虹。大抵養龍須是海，算來栖鳳莫非桐。山東宰相山西將，莫把前功論後功。」逵嘗卜葬地，卜者曰：「若近裏葬，三紀後可出侍從，子孫綿遠。近前，一紀年窮困，後方顯達，但不歸家鄉。」逵曰：「子孫富貴，何預於我邪？」即從前葬。韓蘄王之孫枝，一作紱。嘗語余云：「後見趙左史再可云：靖康之難，有族人陷於北境。葉倅者，建寧人，仕於南京，亦留金國。逵爲其子葉賚執伐，娶趙氏，後和好既成，金還河南地，於是陷金者皆得歸江南。賚今爲雜賣場監官，亦能言宜生之事。逵祖墳，今在邵武建寧縣施村，土人猶能言其事，墓尚存。」

36荆南進士爲雪詩，始用先字，後云「十二峰巒旋旋添」，以添爲天也。向敏中鎮長安，土人不

敢賣蒸餅。陳輔之。（卷七。下同）

37余聞英華之事舊矣。歲在庚辰，道出縉雲，訪其遺跡，得縉雲令林毅夫贈英華詩集一編，考其年代姓名，乃元豐二年一作三年。夏五月，縣令開封李長卿女也。李有二女，慧性過人，聞誦詩書，皆默記之，姿度不凡，俄染癘疾而逝，殯於邑之仙巖寺三峰閣。李公滿罷，因舁以歸。宣和庚子，盜起嚴之青溪，所過焚燎無遺，惟三峰閣獨存，主簿以爲廨舍。每見女子態貌綽約，綵衣翩躚，嘯歌自得，命玉虛羽士奏詞，終莫能去，簿遂移於寺之浴堂故趾，別創廨宇，遂無所見。代者濟南王傳慶長興，與弟傳及内表曹穎偕來，館曹於廳治之東。未幾，曹神氣恍惚，若有所憑。一夕吏散，庭空月明，曹與女羅觴豆，獻酬歡洽，嚴更者黎明告於簿，簿驚愕，力扣曹，曹不可隱，具言有女子每夕扣扃而至，與語皆出塵氣象，詰其姓氏，曰：「開封李長卿女，秀專其名，英華其字，父任邑令，隨侍而至，偶遇真人，授丹砂辟穀有年，身輕於羽，蓬萊雖遠，一念至則瞬息間耳。若青城紫府，桃源天台，吾遊息之所也。仙都窪尊，特僑寓爾，知子鰥居，故來相慰。」更唱迭和，殆無虛日。時長至節，傳慶休於中堂，空中聞笑語聲，王云：「汝非英華邪？」揖而問焉，與曹之言無少異。自是形跡不秘，去來不時，窗壁題染，在在可録。王盡室見之，不以爲怪。有親陳觀察者，挽之從軍，將就道，英華情不忍釋，祖於黃龍之僧舍與訣曰：「妾與子緣斷矣。念寓簿舍日，子嘗求我辟穀方，豈靳而不與者？但子宿緣寡淺，塵業未償，非仙舉之姿。他時當有兵難，妾豈能終爲子保？敬授靈香一瓣，有急請爇以告，當陰有所護。不然，亦無如之何也。」曹公勇爲朔方之行，不意獲譴麾下，追惟英華之言，欲取所遺香爇之。軍行無宿火，卒正法。英華詩百餘篇，其警句有《春日述懷》二絶云：「三月園林麗日長，落花無語送春忙。柳綿不解相思恨，也逐遊蜂過短牆。」「園林簇簇日暉暉，白蝶黄蜂自在飛。公子醉眠芳草岸，風移花片點春衣。」一云：「落花片片點春衣。」又云：「醒酒清風摇竹去，催詩小雨過山來。」又「緑髮照波秧正暖，黄雲卧隴麥初成。」非詩人所易到也。其詩無凄涼悲怨之詞，皆豔麗歡愉之語，殆亦鬼中之仙耶。若言曾生之遇尤異。余友人曾亨仲，少隨表兄陳夢良任岳之嘉魚尉，秩滿，移寓於崔府君祠下，館曾於東廡。忽一夕，聞窗外異香撲鼻，微吟云：「芳心欲割憑誰訴，惟有清風明月知。」次夜復吟，曾穴窗視之，仿佛有女子過廡下，但見雲鬟斜軃，若懶妝之態。是夕，忽入與之遇，力扣其姓氏，不告。强絶之，乃云：「妾本府君之女。」又問其年若干，云：「年當二八時。」又問何故懶妝，云：「對妝慵覽鏡。」又問答我一似吟詩，云：「拈筆愛題詩。」一日，曾往祠下遍閲，無女子像貌，疑是寓居女，恐事覺，欲絶之。女云：「君若見疑，可同往。」乃引至一大府，有童姬百輩，候迎於門，延至中堂。茶湯罷，登望月臺，羅列肴饌，酒果甚設，酬勸浹洽。一作歡洽。臺旁有碑記其歲月，云：「無爲子撰。」曾問無爲子是何人，云：「即妾也。」酒罷已五鼓，曾攜果核歸，醉寢。其子姪至，取其果與之，無異人間者。又嘗吟云：「欲擇純良壻，須求才學兒。期君終遠大，富貴我皆知。」曾云：「何以知之？」云：「吾父掌人間善惡禍福各有簿，吾嘗竊視之。」曾遂扣以前程事，云：「遇雞年即發。」自此每夕寢處如常，但神情頗瘁。其家疑爲妖魅所惑，力扣之，乃以實告。郡有孔法師，符法甚靈，乃密以狀告。孔爲具牒，令就城隍司投之，且云：「今夜若有影兆見報。」是夕，府君從窗外長嘆而過，有數獄卒押其女隨後，女舉手指曾，數其負約。翌旦，孔兕符與飲，自此遂不至。八月，郡以祠爲漕試院，遂移寓南草市，女子復來。自後往來不可禁，唱和詩詞盈軸。其家視以爲常，亦不復怪。來春，曾欲試上庠，女泣别曰：「與君相從許久，苦留不住。先動必有災，前途宜自謹。」會至黄池鎮，一夕，被寇席捲而去，曾狼狽而歸。至中都，復丁母艱，始驗其言。後累舉，遇雞年皆不驗。後館於趙大資德老之門，至癸酉歲，果請浙漕薦，年幾七旬矣。女子之言異哉！余謂妖魅之惑人，未有久而不斃者，獨二子所遇，不能爲害，曹果死於兵難；曾雖蹭蹬不第，年逾八袠，以壽終。余淳熙甲辰，初識曾於臨安郡庠，一日乘其醉扣之，曾悉以告，嘗爲作《傳》以紀其事矣。亨仲乃鄭鑑自明之内表，嘗以其事語於伯恭先生，士大夫間亦有聞之者。偶讀李英華集，某以其事正相類，因併録之。

38 唐人以格律自拘，唯白居易敢易其音於語中，如「照地騏音佶麟袍」，「雪擺胡音鶻騰衫」，「欄干三百六十音諶橋」。晏殊嘗評之曰：「詩人乘俊語，當如此用字。」故晏公與鄭俠詩云：「春風不是長來客，主張去聲繁華能幾時。」然杜詩如此用字亦多，「將軍只數漢嫖姚」，《漢書》音漂鷂，而杜作平聲之類。李嘉祐詩云：「門臨蒼茫經年閉，身逐嫖姚幾日歸。」又張祜詩：「洛水暮天横蒼莽，邙山落日露崔嵬。」東坡詩：「峥嶸依絶壁，蒼茫瞰奔流。」「蒼茫」二字，古人用之皆是平聲，而此作仄聲。又《石鼻城》詩：「獨穿暗月朦朧裏，愁渡奔河蒼茫間。」亦作仄聲。魯直亦多如此用字。（卷八。下同）

39 東坡云：唐人煎茶用薑，故薛能詩云：「鹽損添常戒，薑宜著更誇。」據此，則又有用鹽者矣。

近世有用此二物者，必大笑之。然茶之中等者用薑煎，信佳也，鹽則不可，東坡之説如此，不知今吴門、毗陵、京口煎點茶用鹽，其來已久，却不曾有用薑者。風土嗜好，各有不同。

40范文正公《茶》詩云：「黄金碾畔緑塵飛，碧玉甌中翠濤起。」蔡君謨謂公曰：「今茶絶品者甚白，翠緑乃下者爾。」欲改爲「玉塵飛」、「素濤起」。君謨之説固然，然今自頭綱貢茶之外，次綱者味亦不甚良，不苦正焙茶之真者，已帶微緑爲佳。近日士夫多重安國茶，以此遺朝貴，而夸茶不爲重矣。唐李泌《茶》詩：「旋沫翻成碧玉池」，亦以碧色爲貴。今諸郡産茶去處，上品者亦多碧色，又不可以概論。

41後唐明宗、公卿大僚，皆唐室舊儒。其時進士贄見前輩，各以所業，止投一卷至兩卷，但於詩賦歌篇古調之中取其最精者投之。行兩卷，號曰雙行，謂之多矣。故桑魏公維翰只行五首賦，李相愚只行五首詩，便取大名以至大位，豈必以多爲貴哉！裴説補闕只行五言十九首，至來秋，復行舊卷，有人譏之者，乃云：「只此十九首苦吟，尚未有見知，何暇別卷哉！」余謂國初尚有唐人之風，趙叔靈，一作琳，誤。案叔靈名湘，詩名《南陽集》。清獻之祖也，初舉進士，主司先題其警句於貢院壁上，遂擢第。有詩集數十篇，閑雅清淡，不作晚唐體，自成一家。清獻漕成都日，宋祁公鎮益都，爲序其詩。案叔靈《南陽集》近有聚珍版本行世，予從宋本《嚴陵集》復得佚詩五首，附録於此。《新定旅館中作》云：「歲月鄉關外，溪山暝色中。孤城秋閉雨，獨客夜聞鴻。病使新髭出，貧令舊業空。思歸不得夢，欹枕近梧桐。」《桐江晚望》云：「疊浪浸天青，離愁望處生。雨餘孤島暝，花落一船横。岸遠紅蘭濕，魚狂白鳥驚。無人問行客，山寺莫鐘聲。」《莫冬新定郡樓閒望》云：「江城逢歲莫，獨自倚樓臺。

積雪明孤島，微陽在早梅。水搖冰欲泮，春近雁思回。故國還如此，歸心但暗催。」《秋晚舟泊桐江》云：「嚴子陵邊水自流，夕陽無語倚松舟。乍逢風月羞爲客，及到溪山識盡秋。移樹斷蟬初過雨，立沙孤雁偶隨鷗。鄉心旅思何人會，蘆葦蕭蕭一笛幽。」

42 夏文莊舉制科，對策罷，方出殿門，遇楊徽之，見其年少，遽邀與語曰：「老夫他則不知，唯喜吟詠，願丐賢良一篇，以卜他日之志。」公欣然援筆曰：「殿上衮衣明日月，硯中旗影動龍蛇。縱横禮樂三千字，獨對丹墀日未斜。」楊公嘆服曰：「真宰相器也。」此《青箱雜記》所載。又《東軒筆録》與此少異，云：公舉制科對策，廷下有老宦者前揖曰：「吾閲人多矣，視賢良他日必貴，求一詩以誌今日之事。」因以吴綾手巾展前，公乘興題曰：「簾内衮衣明黼黻，殿中旗旆雜龍蛇。縱横落筆三千字，獨對丹墀日未斜。」然不若前詩用字之工。所謂宦者以吴綾手巾求詩，想必有此。至今殿試唱名，宦者例求三名詩，但句語少有工者，詩亦不足重矣。（卷九。下同）

43 祖宗朝，一時翰苑諸公唱和，有《上李舍人》詩：「西掖深沈大帝居，紫微西省掌泥書。天關啓鑰趨朝後，侍史焚香起草初。」又：「黄扉陪漢相，彩筆代堯言。」又和人見賀：「分班曉入翔鸞閣，直閣旁聯浴鳳池。彩筆間批五色詔，好風時動萬年枝。」又：「太□西入鳳池邊，□閣淩雲爲起烟。彩筆時批尺一詔，直廬深在九重天。」又内直詩：「紫泥初熟詔書成，紅藥翻階晝影清。屋瓦生烟宫漏永，時聞幽鳥自呼名。」李昉《燕會》詩：「衣惹御香拖瑞錦，筆宣皇澤灑春霖。」賈黄中：「青綸輝映輕前古，丹地深嚴隔世塵。」錢若水：「日上花梢簾捲後，柳遮鈴索雨晴初。」楊徽之：「詔出紫泥封去潤，朝回蓮燭賜來香。」皆燦然有貴氣。

44王元之嘗作《三黜賦》以見志，後知制誥，忤時相，出知黄州。蘇易簡牓下放孫何等進士三百餘人，奏曰：「禹偁禁林宿儒，累爲遷客，臣欲令牓下諸生送於郊。」奏可之。禹偁作詩謝曰：「綴行相送我何榮，老鶴乘軒愧谷鶯。三入承明不知舉，看人門下放諸生。」時交親循時好惡，不敢私近，獨竇元賓執手泣於閤門。公後以詩謝之曰：「惟有南宫竇員外，爲余垂淚閤門前。」權德輿不由科第知貢舉，三年門下諸公，繼爲公相。以元之之才，不得知貢舉，抑命也夫。

45前輩論藏書畫者，多取空名，偶傳爲鍾王顧陸之筆，見者争售，此所謂耳鑒。又有觀畫以手模之，相傳以謂素隱指者爲佳畫，此又在耳鑒之下，謂之揣骨聽聲。畫之妙當以神會，不可以形器求也，此固善於評畫者。然余觀近代酷收古帖者，無如米元章；識畫者，無如唐彦猷。元章廣收六朝筆帖，可謂精於書矣，然亦多贋本。東坡跋米所收書云：「畫地爲餅未必似，要令癡兒出饞水。」山谷和云：「百家傳本略相似，如月行天見諸水。」又云：「拙者竊鈎輒折趾」，蓋譏之也。楊次翁守丹陽，元章過都留數日，元章好易他人書畫，次翁作羹以飯之，曰：「今日爲君作河豚」，其實他魚，元章疑而不食。次翁笑曰：「公可無疑，此贋本爾。」因以譏之。唐彦猷博學好古，忽一客携黄筌梨花卧鵲，於花中斂羽合目，其態逼真，彦猷畜書畫最多，取蜀之趙昌、唐之崔彝數名畫較之俱不及，題曰「錦江釣叟筆」。絹色晦淡，酷類唐一作古縑。其弟彦範揭圖角絹視之，大笑曰：「黄筌，唐末人，此乃本朝私買絹印，後人矯爲之。」遂還其人。以此觀之，真贋豈易辨邪？世之溺於書畫者，雖不失爲雅好，然亦一癖爾。歐陽公有《牡丹圖》，一貓卧其下，人皆莫知，一日，有客見之曰：「此必午時牡丹也，貓眼至午，精細而長，至晚則大而圓。」此亦善於鑒畫者。

46容齋先生語余云：唐金城馮贄編《雲仙散録》，不著出處，皆爲僞撰。初無此事，予偶得此本，退而讀之。有張曲江語人曰：學者常想胸次呑雲夢，筆頭湧若邪溪，量既并包，文亦浩瀚，殊不知若邪在會稽雲門寺前，特一澗水耳。何得言湧邪？以此知其僞明矣。觀贄自叙之文，乃是近代人文格，亦非唐人之文也。世有僞作東坡注杜詩，内有《遭田父泥飲》篇「欲起時被肘」云：「孔文舉就里人飲，夜深而歸，家人責其遲，曰：『欲命駕，數被肘。』工部造詩要妙，胸中無國子監書者，不可讀其書。」此大疏脱處，不知國子監能有幾書？亦何嘗有此書邪？余謂「筆頭湧若邪溪」與「胸中無國子監書」，可謂的對。後以語容齋，遂共發一笑。

47僞注《贈王中允維》末句云：「窮愁應有作，試誦《白頭吟》。」舊注：虞卿著《白頭吟》，以人情樂新而厭舊，義自明白。僞注乃云：張跋欲娶妾，其妻曰：「子試誦《白頭吟》，妾當聽之。」跋慚而止。此婦人女子善警戒者也。是以《白頭吟》爲文君事，有何干涉？往往特引史傳所有之事，及東坡已載於《筆録》者，飾僞亂真，其言又皆鄙繆。近日有刊東萊家塾《詩武庫》，如引僞注「苦吟詩瘦」、「翠屏晚對」、「眼前無俗物，短髮不勝簪」、「日月不相饒，獨立萬端憂」等事，僞作東坡注，不知此何傳記邪！世俗淺識輩又引其注爲故事用，豈不誤後學哉！所謂《詩武庫》者，又僞指爲東萊之書也。余後觀周少隱《竹溪録》云：東坡《煮豬肉》詩，有「火候足」之句，乃引《雲仙録》「火候足」之語以爲證。然此亦常語，何必用事？乃知少隱亦誤以此書爲真。後來引用者，亦不足怪。

48梅詞《漢宫春》，人皆以爲李漢老作，非也，乃晁叔用《贈王逐客》之作。王甫一作仲甫。爲翰林，權直内宿，有宫娥新得幸，仲甫應制，賦詞云：「黄金殿裏，燭影雙龍戲。勸得官家真箇醉，進酒猶呼萬歲。錦裀舞徹涼州。君恩與整搔頭。一夜御前宣唤，六宫多少人愁。」翌旦，宣仁太后聞之，語宰相曰：「豈有館閣儒臣，應制作狎詞耶？」既而彈章罷。然館中同僚，相約祖餞。及期，無一至者，獨叔用一人而已。因作梅詞贈別云：「無情燕子，怕春寒輕失花期。」正謂此爾。又云：「問玉堂、何似茅舍疏籬。」指翰苑之玉堂。《苕溪叢話》却引唐人詩：「白玉堂前一樹梅，今朝忽見數枝開。」謂人間之玉堂，蓋未知此作也。又「傷心故人去後，零落清詩」，今之歌者，類云「冷落」，不知用杜子美《酬高適》詩：「自從蜀中人日作，不意清詩久零落。」蓋「零」字與「泠」字同音，人但見「泠」字去一點爲「冷」字，遂云「冷落」，不知出此耳。王仲父字明之，自號爲逐客，有《冠卿集》行於世。陸務觀云。

49余嘗見《本事曲·魚遊春水詞》云：因開汴河，得一碑石刻此詞，以爲唐人所作云。「嫩草初抽碧玉簪，緑楊輕拂黄金縷。」蓋用唐人詩「楊柳黄金縷，梧桐碧玉枝」。今人不知出處，乃改作「黄金蕊」或「黄金縷」。又如周美成《西河詞》「賞心東畔淮水」，今作「傷心」，如此之類甚多。

50熙寧中，高麗遣使入貢，且求王平甫學士京師題詠，有旨令權知開封府元厚之内翰鈔録以賜，厚之自詣平甫求新著，平甫以詩戲之，曰：「誰使詩仙來鳳沼，欲傳賈客過雞林。」

51王建《宫詞》百首，多言唐禁中事，皆史傳小説所不載者，往往見於詩，如「内中數日無呼唤，搨一作傳。得滕王蛺蝶圖」。滕王元嬰，高帝子，新舊《唐書》皆不著其所能，惟《名畫録》略言其善畫，不云其工蛺蝶也。唐世一藝之善，如公孫大娘舞劍器，曹剛琵琶，米嘉榮歌，皆見唐賢詩句，遂知名於當世。其時山林田畝、潛德隱行君子，不聞於世者多矣，而賤工末技，得所附託，乃垂於不朽，蓋各有幸不幸也。

52晏元獻公文章擅天下，尤喜爲詩，而多稱引後進，一時名士往往出其門。聖俞平生所作詩多矣，然公獨稱其兩聯云：「寒魚猶著底，白鷺已飛前。」又「絮暖鮆魚繁，豉添蓴菜紫。」魏泰嘗於聖俞處見公自書手簡，再三稱賞此二聯。疑而問之，聖俞曰：「此非我之極致，豈公偶自得意於其間乎？」乃知詩人好惡去取不可強同也。

53元獻嘗問曾明仲云：「劉禹錫詩，有『瀼西春水縠紋生』，此『生』字作何意？」明仲曰：「作生發一作育之生。」晏曰：「非也。作生熟之生，語乃健。」《宋景文筆記》

54趙龍圖師民，名重當世，而文章之外，詩思尤精。如「麥天晨氣潤，槐夏午陰清」，又「曉鶯林外千聲囀，芳草階前一尺長」。前輩名流所未到也。

55東坡論柳子厚詩，在淵明下、韋蘇州上，退之豪放奇險則過之，而溫麗清深不及也。所貴於枯淡者，謂其外枯而中膏，一作腴。似淡而實美，淵明、子厚之類是也。若中邊皆枯淡，亦何足道。譬如食蜜，中邊皆甜，人食五味，知其甘苦者皆是，能分別其中邊者，百無一也。周少隱云：詩人多喜效淵明體者非不多，但使淵明愧其雄麗耳。韋蘇州詩云：「霜露悴百草，時菊獨妍華。物性有如此，寒暑其奈何。掇英泛濁醪，日夕會田家。盡醉茅簷下，一生豈在多。」非惟語似，而意亦大似，故東坡論柳子厚詩，晚年極似陶淵明，知詩病者也。詩之用事，當以故爲新，以俗爲雅。好奇務新，乃詩之病。子厚南遷後詩：「秋氣集南澗，獨遊亭午時。」清深紆餘，大率類此。故謂子厚詩在淵明下、蘇州上。山谷書柳子厚詩數篇與王觀，復欲知子厚如此學淵明，乃能近之耳。如白樂天自云：「效淵明數十篇，終不近也。」（卷十。下同）

56劉貢父、王介，一有「甫」字，下文亦祇作「介」。同爲考試官，因忿争，介以惡語侵攽，攽不與較，遂皆贖金。中丞吕公著意不樂攽，以爲議罪太輕，遂奪主判。攽謝表曰：「彍弩射市，薄命難逃。飄瓦在前，忮心不校。」又曰：「在矢人之術，惟恐不傷，而田主之牛，奪之已甚。」然《左傳》蹊人之田，而奪之牛，本無「主」字，語又俗，「惟恐不傷」是全句，「已甚」字外來，盍云在傷人之矢，惟恐不深，而蹊田之牛，奪之已甚，方停匀。貢父工於四六者豈不知？蓋出於一時之憤氣，不暇精思爾。熙寧初，張扶侍郎以二府初成，以詩賀王介甫，公和曰：「功謝蕭規慚漢第，恩從隗始説燕臺。」陸農師曰：「蕭規曹隨，高帝論功，蕭何第一；而請從隗始，初無恩字。」公笑曰：「韓退之《鬬雞聯句》『感恩隗始』，若無據豈當對功字？」觀此，則二公之文章優劣可知矣。

57《國史補》云：元和之後，文章學奇於韓愈，學澀於樊宗師；歌行則學矯激於孟郊，學淺於白居易，學淫靡於元稹，俱名元和體。大抵天寶之風尚黨，大曆之風尚浮，貞元之風尚蕩，元和之風尚怪也。

58東坡云：永叔作《醉翁亭記》，其辭玩易，蓋戲云耳，又不自以爲奇特也，而妄庸者乃作永叔語，云：「平生爲此文最得意。」又云：「吾不能爲退之《畫記》，退之亦不能爲吾《醉翁亭記》。」此又大妄也。陳後山云：「退之作《記》記其事爾，今之《記》乃論也。」少游謂《醉翁亭記》亦用賦體，余謂文忠公此《記》之作，語意新奇，一時膾炙人口，莫不傳誦。蓋用杜牧《阿房》賦體，游戲於文者也。但以記其名，醉爲號耳。富文忠公嘗寄公詩，云：「滁州太守文章公，謫官來此稱醉翁。醉翁醉道不醉酒，陶然豈有遷客容。公年四十號翁早，有德亦與耆年同。」又云：「意古直出茫昧始，氣豪一吐閶闔風。」蓋謂公寓意於此，故以爲「出茫昧始」，前此未有此作也。不然，公豈不知記體耶？觀二公之論，則優竹樓而劣《醉翁亭記》，必非荆公之言也。

59蔡忠懷公持正，爲某州司理日，韓康公宣撫陝右河東，道出其境，太守具宴，委蔡撰樂語《口號》一聯云：「文價早歸唐吏部，將壇今拜漢淮陰。」康公極喜，請相見，觀其人物高爽，議論不凡。

（下略）

60熙寧六年，有司言：日當食四月朔，上爲徹膳避殿。一夕微雨，明日不見日食。是日有皇子之慶，百官入賀，蔡持正爲樞副獻詩，前四句曰：「昨日薰風入舜韶，君王未御正衙朝。陽輝已得前星助，陰沴潛隨夜雨消。」其叙四月一日避殿，皇子慶誕，雲陰，不見日食，四句盡之，當時無能過之者。

（冀勤）

潁川語小

陳叔方 撰

《潁川語小》，《宋史·藝文志》及諸家書目未見著録，散見於《永樂大典》中者，題陳叔方撰。據考陳叔方即陳昉，字叔方，號節齋，温州平陽（今屬浙江）人。南宋理宗時在世，官至吏部尚書、端明殿學士。卒謚清惠。《潁川語小》二卷，此據《守山閣叢書》本選録。

1 本朝奏事時，雖宦者亦須遠避，而杜詩云：「朱衣只在殿中間。」不知所指朱衣爲何官。今考朱衣者，乃臺省引班之小吏耳。攷證：案杜詩「朱衣」，當指侍臣之賜緋者。此以宋制朱衣吏言之，所説殊誤。不知朱衣導引之吏，無由得至殿上也。「朱衣引馬黄金帶」，蓋詠宰相之貴也。今宰相出乘馬時，二人朱衣而前趨者，爲朱衣；一人紫衣而騎導者，爲引馬，皆直省官也。唐宰相早朝，列炬甚盛。今馬前惟秉燭一枝，所謂煌煌火城安在哉！（卷上。下同）

2 丈人蓋父行也。稱人之父曰丈者，所以父其父也。以某丈相呼者，尊之也。《史記·荆軻傳》曰：家丈人召高漸離擊筑。《索引》曰：劉氏云謂主人翁。韋昭曰：古者名男子爲丈夫，尊婦嫗爲丈人。又《漢書·宣元六王傳》所云丈人，謂淮陽憲王外王母，即張博母也。古詩云「三日斷五四，丈人故嫌遲」是也。攷證：案《玉臺新詠》載《焦仲卿妻》詩作「大人故嫌遲」，郭茂倩《樂府詩集》、左克明《古樂府》並同。此作丈人，未詳何據？或宋本如是也。據此所說，其尊特甚。自唐以來，所稱猶可考。且以杜少陵詩觀之，或高官、或文人、或貴盛有地望者，皆以丈稱，如射洪李四丈、鄭十八著作丈、薛十二丈南史、李鄠縣丈人之類非一。其最敬仰者，韋左丞丈人，又曰河南韋尹丈人，皆韋濟也。濟，嗣立子，嘗爲太原尹，文雅有政事，著《先德詩》四章，世服其典雅。三世居左轄，故少陵詩云：「甚愧丈人厚，甚知丈人真。」則其人可知矣。李（十）〔八〕丈判官，李曛也，曰：「我丈時英特。」魏六丈少府，魏佑也，曰：「鄭公四葉孫。」李大夫七十丈，李勉也，曰：「王孫丈人行。」盧五丈參謀，盧琚也。又《贈李十五丈秘書文嶷》云：「孤陋忝末親，等級敢比肩。」沈八丈膳部東美云「通家惟沈氏」，又云：「禮同諸父長。」此云者，則以親戚或通家之舊，亦行輩之長者。惟蘇州李二十五丈長史云：「星拆台衡地。」又曰：「一毛生鳳穴。」乃貴家子弟耳，少陵亦以丈稱之，有所敬也。（下略）

3邵康節先生平生不爲訓解之學，嘗曰：經意自明，苦人不知耳。屋下蓋屋，牀下安牀，滋惑矣。所謂「陳言生活」者也。有詩曰：「陳言生活不須矜，自是中才皆可了。」（下略）（卷下。下同）

4用事之誤，雖杜少陵不能免，而蘇文忠公頗多，前輩評之詳矣。止是不切之詩文，亦何所害？若告君之辭，豈容不謹。（下略）

5作文者好摘兩字語，但取飾其說而已，遞相承襲，背其本義而不暇問也。且如（中略）杜少陵詩云：「退食從容出每遲。」自杜詩下此兩字，後人遂襲用之。未審杜少陵果用《羔羊》詩中語否也。

（中略）如郡守用一麾字，意謂旌麾之麾也。而不思顏延年詩「一麾乃出守」，是麾去之麾，非旌麾也。《周益公詩話》云後人誤用一麾出守，以爲起於杜牧之。然牧之自云「獨把一麾江海去」，實用旌麾之麾，未必本之顏詩，後人因此二字自誤用顏詩耳。愚考顏延年爲永嘉太守，作《五君詠》，其一詠阮咸云：「屢薦不入官，一麾乃出守。」蓋咸因議荀勖所造樂不合，遂左遷出守，言爲勖所麾而出也。延年出守永嘉亦非其意，故借咸以自況。（下略）

6《邵氏聞見録》有「叵羅」，不知何物。攷證：案「叵羅」，酒器也。見《北史·祖珽傳》，又李白詩、岑參詩。此似未考。葉文定公《端午》詩云：「立瓶叵羅銀價踴。」是直以沙羅爲叵羅，沙羅者，今之盌，古之洗也。當俟博古者。（卷下）

7韓昌黎《答柳州》詩，以食蝦蟆爲怪，今海族怪者莫若鮀魚，其實非魚也。張華《博物志》云：東海有魚，狀如凝血，其名曰鮀。佛書曰：鮀目蝦，蓋其形如笠覆纓絡，而繫以四襻，無目，得鰕則行，故曰鰕鮀。（中略）若昌黎公見之，深嘆驚矣。

8韓昌黎《初南食》詩云：「鱟實如惠文，骨眼相負行。」「章舉馬甲柱，鬭以怪自聖。」馬甲柱，即江瑶也。章舉，今呼爲石拒，以其有力能附石拒人。取而脯之，火炙之則動，或謂之九尾魚。

9吕成公謂：晉宋間語及詩中語不典重者，不可入制誥。惟杜少陵詩「特進群公表」可用之特進制中。（下略）

（徐俊）

考古質疑

葉大慶　撰

葉大慶，字榮甫，南宋甯宗、理宗年間人，曾官建州州學教授。《考古質疑》原書散佚已久，今本六卷爲清代四庫館臣從《永樂大典》中輯出編次而成。此據武英殿聚珍版本選録，佚文據上海古籍出版社一九八五年排印本補録。

1（上略）古人著書，多爲後人所加，以啓學者之疑，何可勝紀！《九州箴》，揚子雲所作也，唐徐堅《初學記》所載《潤州箴》乃有「六代都興」之語。原注：《漢書·揚雄贊》曰：「箴莫善于《虞箴》，作《州箴》。」晉灼曰：「九州之箴也。」《初學紀》揚雄《潤州箴》曰：「洋洋潤州，江山秀遠。蔣廟鍾山，孫陵曲衍。江寧之邑，楚曰金陵。吴晉梁宋，六代都興。」雄生西漢之末，安得預有「吴晉梁宋，六代都興」之語哉！《藝文類聚》，唐太宗時歐陽詢所編也，而有蘇李沈宋之詩。原注：正月十五日有蘇味道《夜遊詩》，洛水門有李嶠《拜洛詩》，寒食門有沈佺期、宋之問詩，四子皆後人，歐陽安得預編之也！是皆後人所加，使人不能無疑類如此，觀者不可不知。（卷一。下同）

2《匡衡傳》：諸儒語曰：「無説《詩》，匡鼎來；匡説《詩》，解人頤。」愚謂來字《漢書》雖無音義，當以釐音讀之，蓋經已有明證。《左傳》宣二年，城者謳華元曰：「于思于思，棄甲復來。」《音義》曰：

「來，力知切，以協上韻。」是以來爲釐音也。又《詩·終風》曰：「莫往莫來，悠悠我思。」《音義》云：「古協思韻，多音梨，他皆放此。」謂「放此」者，如《詩》云：「瞻彼日月，悠悠我思。道之云遠，曷云能來。」又：「雞棲于塒，日之夕矣，羊牛下來。君子于役，如之何勿思。」又：「青青子佩，悠悠我思。縱我不往，子寧不來。」此並是協思韻者，所謂「他皆放此」，則皆梨音也。是以《劉向傳》引《周頌》「來牟」直作「釐麰」，蓋可見矣。《史記·貨殖傳》：「天下熙熙，皆爲利來；天下攘攘，皆爲利往。」又《文選》屈平《九歌》云：「乘赤豹兮從文狸，辛夷車兮結桂旗。被石蘭兮帶杜蘅，折芳馨兮遺所思。余處幽篁兮終不見天，路險難兮獨後來。」漢《柏梁》詩：「平理請讞決嫌疑。原注：廷尉。修飾輿馬待駕來。原注：太僕。郡國吏功差次之。原注：鴻臚。」韓文《平淮西碑》云：「既定淮蔡，四夷畢來。遂開明堂，坐以治之。」所謂來字，皆當依《左傳》、《毛詩》音義讀之無疑。

3《漢書》霍去病「爲票姚校尉」，服虔「音飄摇」，師古曰：「票，頻妙切，姚，羊召切，勁疾之貌。荀悦《漢紀》作票鷂字。去病後爲票騎將軍，尚取票姚之字耳。今讀者音飄摇，則不當其義也。」此師古之説云爾。然古今詩人多作平聲用，如高適《送渾將軍出塞》詩：「銀鞍玉勒繡蝥弧，每逐票姚破骨都。」李白詩：「漢家戰士三十萬，將軍誰者霍票姚。」杜子美《後出塞》詩：「借問大將誰，恐是霍票姚。」又云：「漢朝頻選將，應拜霍票姚。」又曰：「居然雙捕虜，自是一票姚。」又曰：「功成畫麟閣，獨有霍票姚。」杜牧詩：「守道還如周伏柱，鏖兵不愧霍票姚。」本朝王荆公亦云：「莫教空説霍票姚。」劉貢甫詩：「票姚不復顧家爲，誰爲東山久不歸。」歷觀作者，皆從服虔音，不取師古説，何耶？

大慶蓋嘗攷之，服虔之與鄭玄，皆漢儒宗也，後生晚學，至于寧道孔聖誤，諱言服鄭非，蓋可見矣。服虔既音飄搖，所以後人皆從之。至唐顏師古始引荀悦《漢紀》以改其音義，然自唐以前，皆從服虔音，如梁蕭子顯詩《日出東南隅行》曰：「漢馬三萬匹，夫壻仕票姚。十五張内侍，十八賈登朝。」周庾信《夜聽擣衣》詩「擣衣明月下，夜静秋風飄」云云，「寒（夜）〔衣〕須及早，將寄霍票姚」，皆作平聲押，故後人承而用之，如唐李、杜及我本朝諸公亦皆作平聲，然則二字皆從服音，不取顏説。非不取顏説也，以顏氏未正音義之前，人皆從服音，故後人亦相沿襲而用之歟？（卷二）

4 吴氏《漫録》云：「豫章《漁父詩》：『范蠡歸來思狡兔，吕公何意兆非熊。』又『廱居大士是龍象，草堂丈人非熊羆。』按《六韜》、《史記》：『非龍非彲，非虎非羆。』無熊字，恐豫章别有所本。」大慶觀李翰《蒙求》云：「吕望非熊。」徐狀元補注且引《後漢·崔駰傳》注云：「西伯出獵，卜之曰：『所獲非龍非彲，非熊非羆。』所謂非熊，蓋本于此。然《六韜》及《史記》本是虎字，唐人多作非熊。杜詩：「田獵舊非熊。」又《夔府秋日書懷》云：「熊羆載吕望，鴻雁美周宣。」《白氏六帖》于熊部、獵部、卜部皆作「非熊非羆」。蓋虎字乃唐太祖諱，所以章懷注《東漢書》雖引《史記》之文，特改非熊之字。杜甫、李翰、白居易，皆唐人也，故相傳皆作非熊，而豫章亦本諸此而已，何必更别求所本哉！或謂漢桓寬《鹽鐵論》云：「起磻溪熊羆之士。」則漢人固嘗以熊羆爲言，豈必因國諱而改？蓋熊羆乃世之常言，如《詩》云「維熊維羆」，《書》云「如熊如羆」，又云「則亦有熊羆之士」，故人皆以熊羆爲言。至于特改「非虎」爲「非熊」，實起于唐也。若夫李善注《文選》，其于《賓戲》則引《史記》曰：「所獲非龍非虎，非熊非羆。」于「非有先生論」則引《六韜》曰：「非熊非羆，非虎非狼。」其實非《史記》、《六韜》之文，特彷彿記憶而爲之注爾，不足爲據也。（卷三。下同）

5《李廣傳》：「大將軍陰受上指，以爲廣數奇，毋令當單于，恐不得所欲。」孟康注：「奇，不耦也。」師古曰：「言廣命隻不耦也。」「數音所角切，奇居宜切。」前輩嘗辨之，以爲數乃命數之數，非疏數之數，而乃所角切，傳印之誤爾。宋景文《筆録》云：「孫宣公奭，當世大儒，亦以爲音朔。余後得江南《漢書》本，乃所具切，以此知誤以具爲角也。」大慶謂辨之誠是也。按《馮敬通集》曰：「吾數奇命薄，端相遭逢。」原注：見《藝文類聚》。徐敬業詩：「數奇良可嘆。」原注：《文選》注：音所具切。王維詩：「衛青不敗由天幸，李廣無功緣數奇。」以數字對天字。杜詩：「數奇謫關塞，道廣存箕潁。」以數字對道字。若作朔音，則爲虚字，不可以對天字。坡詩：「數奇逢惡歲，計拙集枯梧。」羅隱《酬高崇節》詩：「數奇常自愧，時薄欲何干。」然則以爲命數之數，而音所具切，明矣。

6前輩稱李絢和杜祁公詩：「收得桑榆歸物外，種成桃李滿人間。」按日西垂，景在樹端，謂之桑榆，事見《淮南子》。至若種成桃李，本狄仁傑與裴耀卿事爾。按仁傑《家傳》：「仁傑薦張柬之、袁恕己、桓彦範、崔元暐、敬暉，五公咸出門下，皆州縣官拔置顯位。」以爲五公一代之盛桃李也。又《談藪》王泠然《上裴耀卿書》曰：「拾遺補闕，寧有種乎？僕不佞，亦相公一株桃李也。」大慶觀《通鑑》載仁傑事：「或曰：『天下桃李，悉在公門矣！』仁傑曰：『薦賢爲國，非爲私也。』」又唐人詩譏李德裕曰：「閒園不解載桃李，滿地惟聞種蒺藜。」楊汝士詩曰：「文章舊價留鸞掖，桃李新陰在鯉庭。」《本事詩》載賈島下第怨憤，題詩曰：「破却千家作一池，不栽桃李種薔薇。薔薇花落秋風後，荆棘滿庭君始知。」用桃李事者多矣，大概指薦賢種德而言。大慶竊謂事之所本，其來自古，非起于唐。按《韓詩外傳》云：「子質事魏文侯，獲罪而北遊，謂簡主曰：（原注：趙簡子也。）『從今已後，不復樹德于人矣！』簡主曰：『夫春樹桃李，夏得蔭其下，秋得食其實；春樹蒺藜，夏不可采其葉，秋得其刺焉。由此觀之，在所樹也。今子所樹，非其人也，故君子擇而後種。』」（原注：見第七篇。）又《說苑》云：「陽貨得罪，見簡子曰：『自今以來，不復樹矣！』簡子曰：『何哉？』曰：『堂上之人，吾所樹者過半；朝廷之吏，吾所樹者亦過半。今堂上之人親劫臣於君，朝廷之吏親危臣于法，邊境之士親劫臣于外。』簡子曰：『惟賢者爲能報恩，不肖者不能。夫樹桃李者，夏得休息，秋得食焉；樹蒺藜者，夏不得休息，秋得刺焉。今子所樹者，蒺藜也，非桃李也。自今以來，擇人而樹之，無已樹而擇之。』」（原注：見《復恩》篇。）二書所載，皆以爲趙簡子之言，雖或大同小異，要之桃李事當本于此，後人皆用此事爾。（卷四。下同）

7王歸叟《詩話》：「山谷書會稽公徐浩《寶林寺》詩云：『兹山昔飛來，遠自琅邪臺。孤岫龜形在，深泉鰻井開。』按《爾雅》，山有穴爲岫，今季海詩云『孤岫龜形在』，乃不成語，蓋謝玄暉云『窗中列遠岫』，已誤用字，季海又承誤爾。」大慶嘗因是而觀諸古，如淵明「雲無心而出岫」，嵇中散《幽憤》詩「采薇山阿，散髮嵒岫」，亦謂散髮于嵒穴之間爾。晉張協詩「荒林寂以閒，山岫峭且深」，魏徐幹《七喻》云「栖遲乎穹谷之岫」，陸士衡詩「王鮪懷河岫」，抱朴子「藏夜光于嵩岫」，又云「攻美玉不于荆山之岫，不得連城之尺璧也」，既曰山，又曰岫，是其意皆如《爾雅》之言，所謂山之穴也。歸叟之言當矣。然梁朱超詩「高岫鬱相連」，杜詩「晨光映遠岫」，原注：《甘林》詩。又「遠岫争輔佐」，原注：《木皮嶺》詩。又「巫岫鬱嵯峨」，案，此句《江梅》詩，原本脱注。韓詩「横雲時平凝，點點露數岫」，歐陽詩「依依帶幽澗，隱隱見孤岫」，直以岫爲山，其相承誤用之歟？玄暉詩又云：「雲端楚山見，林表吴岫微」，及觀漢張平子《南都賦》，「岫繞繚而滿庭」，是亦以岫爲山，又在玄暉之先矣，歸叟豈不見此耶？不然，何以謂季海承玄暉之誤也！

8「對牀」「聽雨」，二蘇兄弟酬答多用之。坡有《東府雨中别子由》詩曰：「對牀定悠悠，夜雨空蕭瑟。」《初秋寄子由》云：「雪堂風雨夜，已作對（林）〔牀〕聲。」《在鄭别子由》云：「寒燈相對記疇昔，夜雨何時聽蕭瑟？」《在御史獄》云：「他年夜雨獨傷神。」《李公擇故居》詩：「對牀老兄弟，夜雨聽竹屋。」又《初秋子由與坡相從彭城賦詩》云：「逍遥堂後千章木，長送中宵風雨聲。誤喜對牀尋舊約，不知飄泊在彭城。」又子由《使遼在神水館》云：「夜雨從來對榻眠，兹行萬里隔冰天。」子由《舟次磁湖》云：「夜深魂夢先飛去，風雨對牀聞曉鐘。」此其兄弟所賦也，故後人多以爲兄弟事。坡詩注：子由與坡在懷遠驛，讀韋蘇州詩，至「寧知風雨夜，復此對牀眠」，惻然感之，乃相約早退，爲閒居之樂。大慶觀蘇州此詩，乃《贈元常全真二甥》。又《贈令狐士曹》云：「秋（霖）〔簷〕滴滴對牀寢，山路迢迢聯騎行。」至白樂天亦有《招張司業》詩：「能來同宿否，聽雨對牀眠。」故坡《送劉寺丞》云：「中和堂後石楠樹，與君對牀聽夜雨。」以是觀之，非獨兄弟可用也。

9《東皋雜録》：「《詩》：『伐木丁丁，鳥鳴嚶嚶。出自幽谷，遷于喬木。』又曰：『嚶其鳴矣，求其友聲。』鄭箋云：『嚶嚶，兩鳥聲。』正文與注皆未嘗及黄鳥。自白樂天作《六帖》，始類入《鶯門》，又作詩每用之，如『谷幽鶯暫遷』，『不失遷鶯侶』，『鶯遷各異年』，『樹集鶯朋友』之類，後人多祖述用之。」《緗素雜記》載劉夢得《嘉話》云：「今謂進士登第爲遷鶯者久矣，蓋自《詩》云：『伐木丁丁，鳥鳴嚶嚶。出自幽谷，遷于喬木。』又曰：『嚶其鳴矣，求其友聲。』並無鶯字。頃歲省試《早鶯求友詩》，又《鶯出谷》詩，別書固無證據，斯大誤也。」余謂今人吟詠多用『遷鶯』、『出谷』事，又曲名《喜遷鶯》，皆循襲唐人之誤。故宋景文云『曉報谷鶯朋友動』，又『杏園初日待鶯遷』，舒王云『鶯猶尋舊友』，惟漢梁鴻《思友人》詩曰『鳥嚶嚶兮友之期，念高子兮僕懷思』，《南史》劉孝標《絶交論》云『嚶鳴相召，星流電激』，同真得詩意。」苕溪漁隱曰：「涪翁詩『千林風月鶯求友』，亦承唐人之誤。然自唐至今，誤用者衆，爲時碩儒尚猶如此，餘何足怪！」洪駒父云：「古今詩人，誤用『出谷』、『遷喬』爲黄鶯，按《詩》注『嚶嚶，兩鳥聲』，非鶯也。《禽經》稱『鶯嚶嚶然』，要是後人傅會，非詩本意。」已上諸公議論如此。大慶按，《詩》「嚶嚶」雖非指鶯，然漢張衡《歸田賦》：「王雎鼓翼，倉庚哀鳴，交頸頡頏，關關嚶嚶。」又《東都賦》：「雎鳩鸝黄，關關嚶嚶。」蓋倉庚、鸝黄即所謂鶯也，張衡皆以嚶嚶言之，則唐人以嚶嚶爲鶯，又未必不本于此，若以爲樂天始誤，竊謂不然。蓋李嶠《鶯》詩：「乍離幽谷日，先囀上林風。」李白《荆門望蜀江》詩：「花飛出谷鶯。」二李蓋先于樂天矣。況梁元帝《言志賦》：「聞鶯鳴而懷友。」陳楊謹《從駕祀麓山廟》詩：「窗幽細網合，階静落花明。簷巢始入燕，軒樹已遷鶯。」自梁、陳已用遷鶯事，而曰承襲唐人之誤，非也。

10《容齋隨筆》云：「作議論文字，須攷引事實無差，乃可傳信後世。東坡作《二疏圖贊》云：『孝宣中興，以法馭人。殺蓋楊韓，蓋三良臣。先生憐之，振袂脱屣。使知區區，不足騎士。』其立意超卓如此。然以其時攷之，元康三年，二疏去位，後二年，寬饒誅，原注：神爵二年。又三年，延壽誅，原注：五鳳元年。又一年，楊惲誅。方二人去時，三人皆無恙。蓋先生文如傾河，不復效常人尋閲質究也。」大慶因而觀坡詩，錯誤尤多，前輩嘗論之矣，今總序于此。《和徐積》詩：「殺雞未肯邀季路，裹飯須知問子來。」按《莊子》云：「子祀、子輿、子來、子黎四人相與友。」無裹飯事。又：「子輿子曰：『子桑殆病矣。』裹飯而往。」則裹飯非子來事也。《次韻景文聽琵琶》詩：「尤勝江左狂靈運，共鬭東昏百草鬚。」按《劉公嘉話》：「謝靈運鬚美，臨刑因施爲維摩詰象鬚。唐安樂公主鬭百草，欲廣其物色，令馳驛取之，又恐爲他人所得，因翦棄其餘。」坡以爲東昏，誤矣。《和子由使契丹至涿見寄》詩：「始憶庚寅降屈原，旋看蠟鳳戲僧虔。」按《齊書》：「王弘與兄弟會集，任子孫戲，僧綽獨正坐採蠟燭珠爲鳳凰。」坡誤以爲僧虔歟？案：採蠟燭珠爲鳳凰，《齊書》屬僧虔，《南史》屬僧綽，又曰「或云僧虔」，此以東坡爲誤，殆未攷史文。又《遊聖女山》詩：「縱令司馬能鑱石，奈有中郎解摸金。」按陳琳爲袁紹檄曹公之罪云：「特置發丘中郎、摸金校尉，所過隳突，無骸不露。」則又誤以校尉爲中郎矣。《立春日與李端叔》詩：「丞掾頗哀亮。」按馬援爲隴西太守，但總大體，諸曹時白外事，援輒曰：「此丞掾之任，何足相煩！頗哀老子使得遨遊。」是「亮」字當作「援」，今有碑本，坡自大字書作「亮」，真誤也。又《贈陳季常》

詩：「不見盧懷慎，蒸瓠似蒸鴨。」按《盧氏雜説》，鄭餘慶召親朋，呼左右處分廚家：「爛蒸去毛，莫拗折項。」諸人以爲蒸鴨，良久每人粟米飯一盂，爛蒸胡蘆一枚。坡其誤以餘慶爲懷慎耶！《和人會獵》詩：「不向如皋閑射雉，歸來何以得卿卿。」蓋以「如皋」爲地名也。按昭公二十八年，賈大夫娶妻，御以如皋，射雉獲之。杜氏注「爲妻御之皋澤」，如訓之，謂往也，則「如皋」非地名，審矣。又《次韻滕元發等》詩：「坐看清丘吞澤芥，自慚黄潦薦溪蘋。」又《西湖》詩：「青丘已吞雲夢芥。」按相如《子虛賦》：「秋田乎青丘，彷徨乎海外，吞雲夢者八九，于其胸中曾不芥蔕。」芥蔕，刺鯁也，非草木之芥，坡詩云爾，豈非誤歟！又云：「市區收羅魚豚税，來與彌陀共一龕。」按褚遂良云：「一食清齋，彌勒同龕。」非彌陀也。又《次韻錢舍人病起》詩曰：「何妨一笑千痾散，全勝倉公飲上池。」按《史記》「飲上池之水」乃扁鵲，非倉公也。又《谷庵銘》云：「孔公之堂名虛白，蘇子堂後作員屋。堂雖白矣庵自黑，知白守黑名曰谷。」按《老子》：「知其白，守其黑，爲天下式；知其榮，守其辱，爲天下谷。」今曰「知白守黑名曰谷」，亦誤也。又《戲作賈梁道詩并引》云：「王淩謂賈充曰：『汝非賈梁道耶？乃欲以國與人！』由是觀之，梁道之忠于魏久矣。司馬景王既執淩歸，過梁道廟，淩大呼曰：『我大魏之忠臣！』司馬病，見淩與梁道守而殺之，然梁道之靈獨不能已其子充之惡，至使首發成濟之事，此又理之不可曉者，故戲作小詩云：嵇紹似康爲有子，郗超叛鑒是無孫。如今更恨賈梁道，不殺公閭殺子元。」原注：公閭乃充也。大慶按《晉紀》執王淩及夢爲祟乃宣帝，名懿字仲達，非景帝子元也，然則序所謂景王，詩所謂子元，皆誤也。又《徐州戲馬臺》詩：「路失玉鈎芳草合，林亡白鶴野泉清。」按《桂府叢談》：「李蔚咸通中移鎮淮海，見郡寡勝遊之地，命于戲馬臺西連玉鈎斜道葺亭，名之曰賞心。」今此乃誤用廣陵戲馬臺事。至于下句亦誤，《后山詩話》云：「廣陵亦有戲馬臺，唐高宗東封，有鶴下焉，乃詔諸州爲老氏築宫，名以白鶴。」公蓋二句皆誤矣。又按《龔遂傳》：「令民種一百本薤，五十本葱。」坡詩云：「細思種薤五十本，大勝取禾三百廛。」則誤以葱爲薤矣。又云：「他年一舸鴟夷去，應記儂家舊姓西。」按《寰宇記》：「越州諸暨縣有西施家、東施家。」謂施氏所居分爲東西，今謂「舊姓西」，則誤矣。坡之誤，此類甚多。又云：「億昔舜耕歷山鳥耘田。」趙次公注云：「《史記·舜紀》注引傳以爲『下有群鳥耘田』，故《文選》注《左思賦》云：『舜葬蒼梧，象爲之耕，禹耕會稽，鳥爲之耘。』如此則鳥耘非舜事，象耕亦非歷山時，而先生云爾。撼樹之徒，遂輕議先生爲錯，殊不知先生胸次多書，下筆痛快，不復檢本訂之，豈比世間切切若獺祭魚者哉！」大慶謂杜征南、顔秘書爲丘明、孟堅忠臣，次公之言正此類爾。後生晚學，影響見聞，乃欲以是藉口，豈知以東坡則可，他人則不可，當如魯男子之學柳下惠可也。（卷五。下同）

11近世有《螢雪叢説》，俞成元德所作也。王勃《滕王閣序》：「落霞與孤鶩齊飛，秋水共長天一色。」世率以爲警聯，然「落霞」者，飛蛾也，即非雲霞之霞，土人呼爲霞蛾，至若鶩者，野鴨也，野鴨飛逐蛾蟲而欲食之故也，所以齊飛，若雲霞則不能飛也。蓋勃之言所以摹寫遠景，以言遠天之低，故鶩之飛，幾若與落霞齊爾，如詩人所謂「新月已生飛鳥外」，「鳥飛不盡暮天碧」，曰「乾坤萬里根」，曰「一目略千里」之類，以見興致高遠如此，大率如詩如畫，皆以形容遠景爲工。故杜老《題山水圖》詩云：「尤工遠勢古莫比，咫尺應須論萬里。」皆以是也。勃下句云：「秋水共長天一色。」亦以遠水連天，上下一色，皆言滕王閣眺望遠景在縹緲中如此奇也，故當時以其形容之妙嘆服二句，以爲天才。縱使方言以蛾爲霞，而野鴨逐飛蛾食之，形于賦詠，何足爲奇！俞氏又謂，若雲霞則不能飛，殊不知前輩以飛霞入詠者甚多，宋謝瞻詩「高臺眺飛霞」，鮑照云「繡甍結飛霞」，梁江淹《赤虹賦》「霞晃朗而下飛」。

12大慶按《禮器》：「其在人也，如竹箭之有筠也，松柏之有心也。故貫四時而不改柯易葉，故君子有禮，則外諧而内無怨。」鄭注云：「四物于天下最得氣之本，或柔刃于外，或和澤于内，用此不變傷也。」然則謂「柔刃于外」，亦以筠爲竹皮歟！後世例以筠配松，直以筠爲竹，自齊梁以來皆然。齊王融《風賦》：「靡輕筠之碧葉，泛曾松之翠枝。」梁吴均《吴城賦》：「亭梧百尺，階筠萬丈。」杜詩：「回首望松筠。」「時過憶松筠。」《唐書·忠義傳》：「厲松筠之雅操。」皆直以筠爲竹，惟柳子厚《苦竹橋》詩：「迸籜分苦節，輕筠抱虚心。」以筠對籜，蓋知此矣。然又云：「泉迴淺石依高柳，逕轉垂藤間緑筠。」又與上不同，何耶！

13吕居仁詩：「指蹤元自漢公卿。」説者謂「指蹤」字爲誤，事見《漢書·蕭何傳》。大慶攷之《何傳》：「上曰：『諸君知獵乎？夫獵，追殺禽者，狗也，而發縱指示獸處者，人也。』」顔師古注云：「發縱，謂解紲而放之也。指示者，以手指示之，今俗言放狗。縱，原注：音子用切。讀者乃爲蹤跡之蹤，非也。書本皆不爲蹤字，自有跡蹤之狗，不待人發也。」據師古之説，則用蹤字誠誤矣。司馬公《通鑒》亦作縱字，《後漢·荀彧傳》「貴指縱之功，薄捕獲之賞」，皆作縱字，而李賢注云：「縱或作蹤，兩通。」大慶又觀《文選》任昉《彈曹景宗》曰：「指蹤非擬，獲獸何功。」既作指蹤字矣。唐李德裕《讓官表》乃云：「臣竟微獲獸之效，内展指蹤；又無汗馬之勞，外施武力。」又皆作蹤字。近觀《孔氏雜説》：「指蹤音作縱，非也。《周禮·地官》有『迹人』，注：『迹人，言跡知禽獸。』是亦蹤跡之義爾。」據李賢之注，任昉、德裕之文，與夫孔氏之説，則居仁之詩似可如是用，更俟知者質之。

14「自昔歌詞或謂之曲，未見其始。《琴書》：『蔡邕嘉平初入青溪，訪鬼谷先生所居。山有五曲，一曲製一弄：山之東曲常有仙遊，故作《遊仙》；南曲有澗，冬夏常緑，故作《淥水》；中曲即先生舊所居也，深邃岑寂，故作《幽居》；北曲高巖，猿鳥所集，感物愁生，故作《坐愁》；西曲灌木吟秋，故作《秋思曲》。三年曲成出示，馬融甚異之。』然蘇武詩云：『幸有弦歌曲，可以喻中懷。』則音韻稱曲，其來久矣。又按《韓詩》曰：『有章曲曰歌，無章曲曰謡。』」原注：以上見《能改齋漫録》。愚觀《淮南子》云：「樂作而喜，曲終而悲。」則在前漢時已有曲矣。又《詩》之《園有桃》曰：「我歌且謡。」《毛詩注》亦云：「曲合樂曰歌，徒歌曰謡。」然則歌既自古有之，則所謂曲者，其來也遠。按《文選·宋玉對問》有云：「其曲彌高，其和彌寡。」是戰國時已有曲矣。又觀諸《列子·湯問篇》云：「伯牙鼓琴，鍾子期善聽。伯牙志在高山，子期曰：『善哉，峨峨兮若泰山。』志在流水，子期曰：『善哉，洋洋兮若江河。』曲奏，子期輒窮其趣。」按列子在莊子之前，乃春秋末人也。又宋玉《笛賦》：「師曠將爲《陽春白雪》之曲。」又《莊子·漁父篇》：「孔子坐乎杏壇，弦歌鼓琴，奏曲未半，有漁父下船而來，左手據膝，右手持頤，以聽曲終。」《家語・困誓》：「孔子厄于陳蔡，絶糧。孔子弦歌，子路入見曰：『夫子之歌，禮乎？』孔子弗應。曲終，曰：『由來，吾語汝。』」又云：「子圍于匡，子路彈琴而歌，孔子和之，曲三終，匡人解甲而罷。」又《史記》：「孔子學琴于師襄，子曰：『丘已習其曲矣。』」由是觀之，師曠與孔子同在春秋時，亦已謂之曲矣。《樂府解題》云：「武王伐紂，作歌，使工習之，號曰《巴渝之曲》，因其地以巴渝取名。」據此，則曲之名又先見于武王之時，未知《解題》何據而云爾。要之，吳氏謂歌詞未見其始，而謂起于蔡邕、蘇武，殆不然也。（卷六。下同）

15 吳氏《漫録》云：「《離騷》曰：『溘飈風兮上征。』《吳都賦》曰：『翼飈風之颲颲。』班固曰：『飈，疾也。』然則飈風者，疾風也。謝玄暉詩：『珍簟清夏室，輕扇動涼飈。』謝靈運詩：『(幽)〔出〕宿薄京畿，晨裝摶曾飈。』注：『曾飈，高風也。』二謝以飈爲風，何耶？」大慶觀馬融《廣成頌》：「靡飈風，陵迅流。」注：「飈，疾風也。」張協詩：「變變涼葉奪，戾戾飈風舉。」注：「戾，急也。」江逌《風賦》：「若飈厲狂震，觸物怒號。」皆以爲風之急疾者。至陶淵明詩：「蕤賓五月中，清明起南飈。」又柳詩：「樹竹邀涼飈。」原注：《茅簷下栽竹》詩。「孤旐凝寒飈。」原注：《哭淩員外》。羅隱《賦蟋蟀》云：「願飈艷芳。」及《篇韻》注，皆直以爲風爾，豈特二謝爲然哉？東坡詩：「沙泉半涌草堂在，破窗無紙風飈飈。」是與《離騷》、《吳賦》同矣。又云：「長春如稚女，飄搖倚輕飈。」是又以飈爲風，不知何爲自異耶？蓋嘗思之。《家語》曰：「舜歌《南風》之詩曰：『南風之薰兮。』」故後人遂以薰風爲夏風，如曰：「薰風自南來。」又曰：「薰風行應律。」皆謂之薰風者，言其風之薰然也。至權德輿《感寓》詩云：「朱弦秘南薰。」是直以薰爲風也。然則颸風猶所謂薰風，涼颸猶言南薰也，詩人欲其語新，故更易用之爾，深于詩必能辨之。原注：張説《扈從温泉宫》詩：「騎仗聯聯環北極，鳴笳步步引南薰。」

16「唐張謂詩：『家無阿堵物，門有寧馨兒。』以寧爲去聲。劉夢得《贈日本僧知藏》詩云：『爲問中華學道者，幾人雄猛得寧馨。』以寧爲平聲。蓋《王衍傳》云：『何物老嫗，生寧馨兒！』山濤叱王衍語也。又《南史》：『宋王太后疾篤，使呼廢帝，帝曰：「病人間多鬼，那可往？」太后怒，謂侍者：「取刀來割我腹，那得生寧馨兒！」』按二説，知晉宋間以寧馨兒爲不佳也，故山濤、王太后皆以此爲詆叱，豈非以兒爲非馨香者耶！雖平去二聲皆可通用，然張劉二詩義則乖矣。東坡亦作仄聲，《平山堂》詩云：『六朝文物餘丘隴，空使姦雄笑寧馨。』」已上皆吴虎臣《漫録》所載也。大慶按《通鑑》注云：「寧字《晉書》無音，世以寧音之，寧馨猶言阿堵，指物之稱。」意謂斯言是也。阿堵物猶言這箇物也，寧馨兒猶言如此兒也。平聲去聲皆通，而美惡亦皆可用。原注：蓋寧字平聲、去聲，古多通用。如《左傳》僖七年「盟于甯母」，《公羊》則以爲「寧母」。宣十一年「楚納公孫寧」，《公羊》則以爲「公孫甯」，《史記·酷吏傳》寧成，《前漢書》作甯成，《王莽傳》「群下勸職，永以康甯」，康甯即康寧也。蓋通用爾。《晉書》云：「王衍神情明秀，風姿詳雅。總角嘗造山濤，濤嗟嘆良久，既去，目而送之曰：『何物老嫗，生寧馨兒！然誤天下蒼生，未必非此人也。』」此乃先褒後貶之辭。先褒之，謂何人生得如此兒；後貶之，故以然字爲間隔。《論語》：「子游曰：『堂堂乎張也，爲難能也。然而未仁。』」與此文理一同。《漫録》乃謂山濤詆叱王衍之語，非也。至王太后怒廢帝之不來，我何爲生得如此兒，此乃怒罵之辭爾。然則張、劉詩自可如是用。若專謂爲詆叱，以兒爲非馨香者，恐未然也。大慶近見馬侍讀大年《懶真子録》云：「古今之語，大都相同，但其字各別爾。古所謂阿堵者，今所謂兀底也。王衍口不言錢，家人欲試之，以錢遶牀，不能行，因曰『去阿堵物』，謂口不言去却錢，但云去却兀底爾。如顧長康畫人，或數年不點目睛，人問其故，曰：『四體妍蚩，無關妙處。傳神寫照，正在阿堵中。』蓋當時以手指眼，謂在兀底中爾。後人遂以錢爲阿堵物，眼爲阿堵中，皆非是。蓋此兩阿堵，同一意也。」又云：「寧馨兒，寧去聲，馨音亨，今南人尚言之，猶言恁地也。」竊謂馬侍讀之説在大慶則爲暗合，但其字別耳，因具録之，以見《漫録》之言爲未盡。大慶又按，《世説》殷浩見佛經云：「理亦應阿堵上。」原注：《文學》第四。又劉孝標引宋明帝《文章志》：桓温大陳兵衛，謝安曰：「諸侯有道，守在四鄰，明公何須壁間著阿堵輩！」原注：《雅量》第六注。此所謂阿堵，與上意義一同也。又殷浩嘗至劉惔所清言，殷去後，乃云：「田舍兒强學人作爾馨語。」原注：《文學》第四。王丞相云：「見謝仁祖，常令人得上。」與何次道語，惟舉手指地曰：「正自爾馨。」桓温詣劉真長，卧不起，桓彎彈彈劉枕，劉作色曰：「使君如馨地，寧可鬭戰求勝。」原注：《方正》第五。劉孝標注《世説》引《書林》曰，王仲祖好儀形，每覽鏡自照曰：「王文開那生如馨兒！」原注：《容止》第十四。此所謂如馨、爾馨，亦與上寧馨義一同也。江西詩派李商老詩：「短李門前無寧馨，書淫詩癖類天成。」詩意蓋本于張謂。如山谷詩：「語言少味無阿堵，冰雪相看有此君。」陳簡齋《目疾》詩：「天公嗔我眼常白，故著雲花阿堵中。」若如此用事，深于詩者必知之。原注：近見梁元帝爲湘東王所纂《金樓子》，亦舉宋王太后事云：「引刀破我腹，那得生如此兒。」直改作如此字，則與大慶之説不約而同矣。

17「前輩以王文公詩云：『功謝蕭規慚漢第，恩從隗始詫燕臺。』以臺字爲失。《史記》止云爲隗改築宮而師事之。然李白詩云：『何人爲築黄金臺。』荆公詩本此。」以上吴氏《漫録》所載也。大慶按《新序》及《通鑑》皆云「築宮」，與《史記》同，不言臺也。李白屢用黄金臺事，如《行路難》云：「誰人更掃黄金臺。」又云：「燕昭延郭隗，遂築黄金臺。」又云：「掃灑黄金臺，招邀廣平客。」又云：「如登黄金臺，遥謁紫霞仙。」「侍筆黄金臺，傳觴青玉案。」杜甫與白同時，詩云：「揚眉結義黄金臺。」又云：「黄金臺貯賢俊多。」則杜亦嘗用之。柳子厚云：「燕有黄金臺，遂致望諸君。」《白氏六帖》：「燕昭王置千金於臺上，以延天下士，謂之黄金臺。」則唐人相承用之者多，荆公詩不獨本於白也。大慶又按《唐文粹》皇甫松有《登郭隗臺》詩。又梁任昉《述異記》：「燕昭爲郭隗築臺，今在幽州燕王故城中，土人呼賢士臺，亦謂之招賢臺。」然則必有所謂臺矣。而用臺字，亦豈爲失！後漢孔文舉《論盛孝章書》曰：「昭王築臺，以尊郭隗。」意者燕臺事始此，獨未見所謂黄金事。及宋鮑照《放歌行》云：「豈伊白璧賜，將起黄金臺。」則黄金之名，其始見於鮑照乎！李善注乃引王隱《晉書》：「段匹磾討石勒，屯故燕太子丹黄金臺。」又引《上谷郡圖經》曰：「黄金臺，易水東南十八里，昭王置千金臺上，以延天下士。」且燕臺事人多以爲昭王，而王隱《晉書》乃以爲燕丹，何也？及觀《水經注》而後得其說。《水經注》云：「固安縣有金臺，訪諸耆舊，咸言昭王禮賢，廣延方士，如郭隗、樂毅、鄒衍、劇辛之儔，自遠而届者多矣，不欲令諸侯之客，伺隙燕邦，故修建下都，館之南垂。燕昭創於前，子丹踵於後，故彫牆敗館，尚傳俊列之名，雖無經記可憑，察其古跡，似符宿傳矣。」《水經注》之

言如此。則其事雖本於燕昭，而王隱以爲燕丹者蓋如是。大慶故併記之。（佚文。下同）

18《藝苑雌黃》云：「以子美之忠厚，疑若無愧於論交。其《投贈哥舒翰開府》詩云：『開府當朝傑，論兵邁古風。先鋒百勝在，略地兩隅空。』美之可謂至矣。及《潼關吏》詩：『哀哉桃林戰，百萬化爲魚。請囑防關將，謹勿學哥舒。』何先後相戾若是！概以純全之道，亦未能無疵也。」大慶謂君子論人，瑕瑜不相掩；詩人所作，美刺難概言。《左傳》隱公十一年存許之事，君子謂「鄭莊公於是乎有禮」，詛射潁考叔之事，君子謂鄭莊公於是乎「失政刑」，二事同年而聯書，是非得失不相掩也。周之宣王，當時詩人雖或美之，而或刺之，豈故無定論哉！《雲漢》、《崧高》諸篇，乃美其所當美，《祈父》、《白駒》等作，亦刺其所可刺耳。當子美投贈哥舒也，時方立功青海，吐蕃奔北，當時寵幸莫比，固宜極褒美之詞；異時《潼關吏》詩，乃哥舒失守之後，故有「勿學」之語。揆之於理，其先後美刺，言各有攸當也。況乎詩人頌美，類多誇辭，觀子美《上太常張均》則曰：「相門清議衆，儒術大名齊。軒冕羅天闕，琳瑯識介圭。」《上翰林張垍》則曰：「天上張公子，宮中漢客星。紫誥仍兼綰，黃麻似《六經》。」所以推美其兄弟者至矣，蓋二子以族望才名，聯居華貫，是時皆未有汙僞命之事，（二人張說子。）雖言之溢美，未害也。知此，則投贈哥舒，豈得不推美之乎！李陵善騎射，謙遜下士，甚得名譽，及債軍降虜，隴西士夫深爲愧恥，蓋才名鼎盛，固難預占其晚節，而末路一蝕，未免有負於初心，則譽於前而恥於後，亦公論之不可磨滅者。杜公之詩，要亦美其所當美，刺其所可刺，《藝苑雌黃》遂以先後相戾爲疵，豈其然乎！

19《藝苑雌黄》云：「昔人文章，多以兄弟爲『友于』，以日月爲『居諸』，以子姓爲『貽厥』，以新昏爲『晏爾』，類皆不成文理。雖杜子美、韓退之亦有此病，豈非徇俗之過耶！子美云『山鳥山花皆友于』，又云『友于皆挺拔』，退之云『豈謂貽厥無基址』，又云『爲爾惜居諸』。《後漢・史弼傳》云『陛下隆於友于，不忍遏絶』，曹植《求通親親表》云『今之否隔，友于同憂』，《晉史》贊論，此類尤多。」吴氏《漫録》謂：「洪駒父云，此歇後語也，韓、杜未能去俗，何耶？予以爲不然。《南史》劉湛『友于素篤』，《北史》李謐『事兄篤友于之情』，故淵明詩『一欣侍温顔，再喜見友于』，子美蓋有所本爾。」大慶謂古人多使「友于」，袁宏論曰：「東海稱藩，謙恭之心彌亮；明帝承統，友于之情愈篤。」又《晉書・齊王攸傳》「曾無友于之情」，則以友于爲兄弟，其來久矣。梁簡文《善覺寺碑》「居諸不息」，杜詩「童丱聯居諸」，《别張十三建封》。則「居諸」非獨韓用之也。又按《晉書・五行志》中何曾云「無貽厥之謀」，又《劉隗傳》「先君之德弘，貽厥之賜厚」，齊謝朓《賜左傳啓》「籯金遺其貽厥」，《藝文類聚・經典》門。然則退之所謂「貽厥」，亦相承用之爾。苕溪漁隱曰：杜詩「曠摶扶」，《莊子》「摶扶摇而上者九萬里」，疏云，「扶摇，旋風，摶，鬬也」，今云「摶扶」，亦是歇後語。然歇後語蘇、黄亦有之，蘇云，「伯時有道真吏隱，飲啄不羨山梁雌」，黄云，「斷送一生惟有，破除萬事無過」，然黄集此句，對偶甚工，後山以爲妍而反嗜之，不以爲病也。大慶觀枚乘《七發》云：「山梁之食，豢豹之胎。」《揚子法言》云：「山雌之肥。」不曰「雉」，而枚乘止曰「山梁」，揚子止曰「山雌」，則東坡所謂「山梁雌」者，亦本於此。然史傳所謂「歇後語」，何可勝數。梁武帝《立内職詔》：「刑于垂訓，周文所以表德。」《宋書・衡陽王義季傳》：「今陽和扇氣，播厥之始，一日不作，民失其時。」「刑于」即「友于」之類，「播厥」即「貽厥」之比，古人類多用之矣。 又觀任昉《進梁王牋》曰：「經綸草昧，嘆深微管。」又簡文帝《長沙宣武王碑》「微管之風，餘芳無絶」，宋傅亮《宋公修張良廟教》曰「微管之嘆，撫事彌深」，又傅亮《侍中王公碑》曰「體亞黄中，道及微管」，又梁任昉《武帝追封長沙王詔》「道被如仁，功深微管」。並見《藝文類聚》晉齊王攸箴曰：「驪姬之讒，晉侯疑申。」「微管」、「疑申」非歇後語乎！ 杜篤曰：「肇十有二。」又曰：「朔南暨聲。」傅亮曰：「道亞黄中，照鄰殆庶。」王元長作《策秀才文》：「克明之旨弗遠，欽若之義復還。」《晉・應詹傳》：「陛下宜奮赫斯之威。」王融《曲水詩序》：「分陝流勿翦之歡，來仕允克施之譽。」劉昭《後漢・曆志》注云：「亦深盍各之致。」吴筠詩：「逶迤摇白團。」近觀洪丞相《隸釋・博陵太守孔彪碑》曰：「仁必有勇，可以託六。」皆所謂「歇後語」也。《漫録》又云：「唐相鄭綮，爲詩好歇後句，時人呼爲『歇後鄭五』。後之文士，不復作歇後體，以其非雅正，獨石曼卿因登第覆落，例受三班借職，賦詩云：『無才且作三班借，請俸争如録事參。』是已。」大慶觀近時稼軒居士有《卜算子》詞一闋，其詞雖不雅正，然既作歇後體，又且押韻，亦不易也。《藝苑》又云：「頃有人年七十餘，置侍婢年三十，東坡戲之曰：『侍者方當而立歲，先生已是古稀年。』得無是類乎！」大慶謂此非歇後語，當謂之「橛頭語」可也。 陸機《愍思賦》「屢抱孔懷之痛」，《嘆逝賦》「怨具爾之多喪」，王融《曲水詩序》「定爾固其洪業」，魏文帝令曰「耳未聞康哉之歌」，安帝《貶樂成侯萇詔》曰「聯無則哲之明」，任昉《求薦士詔》亦曰「庶同則哲之明」，此皆一律，非「橛頭語」而何？

20《直方詩話》：「荆公始爲集句者，多至數十韻，往往對偶親於本詩。蓋以誦古今人詩多，或坐中卒然而成，始爲貴也。其後多有效之者。孔毅父嘗集句贈東坡，次韻云：『羨君戲集他人詩，指呼市人如使兒。天邊鴻雁不易得，便令作對隨家雞。』」云云。《遯齋閒覽》謂荆公集句詩，雖數十韻頃刻而就，詞意相屬，若出諸己，如云：「翻手爲雲覆手雨，當面論心背面笑。」皆杜詩，上《平交行》，下《莫相疑行》。合兩句爲一聯，而對偶精確如此。《西清詩話》乃謂集句自國初有之，未盛也，至石曼卿以文爲戲，於後大著，嘗見其《下第偶成》詩云：「一生不得文章力，欲上青雲未有因。聖主不勞千里召，常娥何惜一枝春。」云云。蔡寬夫《詩話》云：「世言集句自荆公始，予家□有至和中成都人胡歸仁詩，已有此作，自號『安定八體』，不知公嘗見與否也。」大慶觀舒王詩集，其集句凡四十餘首，如《題金山》一韻，乃四十句，信乎詞意相屬，如出一己，又《胡笳十八拍》凡十八首，亦皆集句爲之，餘多絶句，如《懷元度》云：「秋水纔深八九丈，扁舟陡轉疾於飛。可憐物色阻携手，正是歸時君不歸。」《贈張贊善》云：「潮打空城寂寞回，百年衰病獨登臺。誰能得似張公子，有底忙時不肯來。」《戲僧湛源》云：「恰有三百青銅錢，憑君爲看小行年。坐中亦有江南客，自斷此生休問天。」《即事》云：「漸老逢春能幾回，柴門今始爲君開。莫嫌野外無供給，更向花前把一杯。」《送張明甫》云：「艤船一棹百分空，五十年前此會同。南去北來人自老，桃花依舊笑春風。」莫不詞快而意聯，但對偶者少爾。近見《梅花集句》，其中警聯，若出一手，姑以數絶附見於此。「冬至陽生春又來，園林風暖凍痕開。化工清氣誰先得，若説高標獨有梅。」杜甫、羅隱、王履道、邵康節。「殘雪猶封宿草荄，南枝何遽得春來？東君定與花相厚，故遣淩寒特地開。」晁無咎、李希聲、玉溪、張文潛。「漏泄春光此一枝，水沉爲骨玉爲肌。從教臘雪埋藏得，自有清香處處知。」廖明略、山谷、荆公、毛澤民。「簾幕蕭蕭竹院深，吹香獨與我追尋。何人會得東風意，要試平生鐵石心。」張乖崖、竹軒、東坡、山谷。「薄薄仙衣淡淡妝，幾時塗額藉蜂黄。偏憐雪里無雙艷，更占人間第一香。」謝無逸、張籍、周問祖、韓魏公。「江南歲晚雪漫漫，堪笑臞仙也耐寒。鬚撚黄金危欲墮，蒂凝紅蠟綴初乾。」韓子蒼、陳去非、荆公、林逋。「郎官湖上探春回，相與揮毫賦早梅。莫笑吟詩淡生活，爲君吟罷一銜杯。」李白、范文正公、東坡、林逋。「冷冷疏疏雪里春，氣清偏覺爽精神。世間無限丹青手，玉骨冰肌畫不真。」李希聲、何明、高蟾、劉厚。「竹里横斜一兩枝，惱人風味可誰知？願君採擷紉幽佩，始見清香無盡時。」毛達可、陳去非、東坡、楊元素。「竹陰松影翠相連，耿耿幽姿伴歲寒。慣負曉霜甘寂寞，結爲三友冷相看。」陳去非、張文潛、韓忠獻、東坡。《落梅》云：「正是春容爛熳時，不堪愁笛一聲吹。香銷色盡花零落，只待青青子滿枝。」東坡、陳參、喬知之、羅適。《臘梅》云：「香蜜染成宫樣黄，鬱金叢裏見新妝。精神不比籬邊菊，風落孤標又國香。」謝無逸、呂居仁、張文潛。《紅梅》二首云：「玉頰何勞獺髓醫，猶嫌太白傅燕脂。一枝帶雨牆頭出，此畫楊妃出浴時。」東坡、徐顧仲、謝無逸、杜祁公。又云：「枝頭灼灼爛生光，獨佔新春第一芳。故作小紅桃杏色，頫姿照水似臨妝。」參寥、張文潛、東坡、趙德麟。《墨梅》云：「杖藜點檢故園梅，雪壓林寒春未回。紙上今朝見顔色，不論時節遣花開。」魯宏父、周少隱、張會川、東坡。凡若此類，前輩所謂意與言會，言隨意遣，不見有牽率排比處，豈不謂佳也哉！

21大慶丁卯年扺豫章，因見林介翁震、葛司成次仲皆有集句詩，觀其所集，機杼真若己出，但其混然天成，初無牽强之態，往往有勝如本詩者，誠足使人擊節也。試舉其警聯，附見於此。林公所集，如《樽前》詩：「莫將年少輕時節，老去還能痛飲無？」上許渾、下居易。《約李少卿卜鄰》詩：「見欲移居相近住，子孫長作隔牆人。」上張籍、下居易。《鄉飲明日貢士携長牋見訪書以爲謝》云：「方趨上國期干禄，先惠高文謝起予。」上牧、下愈。《元日有感》云：「愁知酒盞終難捨，病看椒花衹自憐。」上羅隱、下劉長卿。其貫穿切於事情如此。又有四句一意，如《三月晦日》詩：「蕭蕭光景去何頻，三月惟殘一日春。古往今來衹如此，可憐多少惜花人。」龐礪、令狐楚、杜牧、王安石。《元日朝回》云：「地上晴煙掃不開，傳呼仙仗九天來。小臣拜獻南山壽，萬歲長傾萬歲杯。」上二句安石、下二句李白。皆如一人所作。雖然，此絶句耳，猶未足見其工，至於八句，全篇中有對，尤爲不易，如《集英春宴罷赴太常寺點宿》云：「孔雀徐開扇尾還，玉階朝罷卷晨班。蝶隨花艶留星弁，日繞龍鱗識聖顔。晝漏未移天正午，朱衣只在殿中間。斜陽醉出宫城去，獨宿冰廳夢帝關。」子美、永叔、趙槩、子美、王珪、子美、陳充、永叔。其他警句，意貫而對偶者尤多，如云：「勸君更盡一杯酒，與爾同消萬古愁。」王維、李白。「幸得詩書消白日，能將富貴比浮雲。」王堯臣、永叔。「將何政術稱循吏，未有涓埃答聖朝。」禹偁、子美。「也知世路名堪貴，其奈田園老合歸。」張祜、居易。「往恨忽從中夜起，衰顔不似舊時紅。」王珪、堯臣。「豈有文章驚海内，更無親族在朝中。」上杜甫、下荀鶴。「風情已被愁將去，懶性還從病後多。」上鄭文寶、下王令。「去國一身輕似葉，憂民兩鬢欲成霜。」李師中、杜衍。「病嫌樽酒都無味，貧覺家山不易歸。」元絳、羅隱。「道直任從流俗怪，病多能使壯心摧。」種放、永叔。至於觸景詠物，其屬對輕重尤更均等，如云：「滿砌荆花鋪紫毯，點溪荷葉疊青錢。」白、杜。「烟含嫩柳交加碧，溪映山花細碎紅。」李山甫、鄭文寶。「日暮數峰青似染，春來雙港滑如飛。」王建、張伯玉。「清風明月本無價，近水遠山皆有情。」歐陽公、蘇舜欽。「樹影不隨流水去，水光常共夕陽來。」方干、蔡襄。「苦吟風月惟添病，愁對鶯花枉過春。」荀鶴、禹偁。「門通小徑連芳草，池引幽泉漲白蘋。」郎士元、鄭文寶。「愁腸聽滿渾無夢，病眼先春已見花。」上文寶、下安石。「百年莫惜千回醉，一笑相看萬慮開。」翁綬、王存。「鑒己每將天作鏡，嫁愁惟仗酒爲媒。」荀鶴、王賨。已上皆林集之警聯也。葛公所集，如《生涯》詩：「歸山何不早，緣欠買山錢。」樂天、禹錫。《夏日》詩：「清風北窗下，猶足傲羲皇。」李白、高適。《中秋月》詩：「無因駐清景，欹午又明年。」武元衡、司空圖。亦皆意貫，略無綴緝之迹。其絶句詩亦可佳，如《惜花》云：「落花飛絮正紛紛，慢緑妖紅半不存。可惜風和夜來雨，却將春色寄苔痕。」鄭谷、退之、居易、長孫。《九日》詩：「高秋寓目更徘徊，多少鄉心入酒杯。正被邊籬黄菊笑，望中難得白衣來。」吴融、趙嘏、龜蒙、趙節。《還人詩句》云：「把君詩卷燈前讀，字字清新句句奇。坐到天明吟未足，翻將唱作步虚詩。」白、韋莊、白、白。《窮巷》云：「不嫌窮巷似漁樵，自古園林遠市朝。鵰背負天龜曳尾，飛沉隨分各逍遥。」韓偓、杜牧、白、白。至如八句有對偶者，數篇尤佳，如《幽居客至》詩：「無事焚香坐，逍遥一卷經。雨荒深院菊，風約半池萍。有客過茅宇，呼兒掃竹亭。廚人具雞黍，復設甕頭清。」張籍、齊己、杜、愈、杜、愈、浩然、同。《三月晦日》詩：「花片亂飛愁殺人，風吹雨洒旋成塵。百年莫惜千回醉，三月惟殘一日春。生去死來都是幻，酒酣睡足最關身。西樓悵望芳菲節，添得臨歧淚滿巾。」沈彬、禹錫、翁綬、令狐楚、居易、鄭谷、韓偓、羅隱。《故人春遊》詩：「東郊立馬望城池，旋把金鞭約柳絲。歌酒家家花處處，春風日日雨時時。別來同説經過事，醉後齊吟唱和詩。得失任渠但取樂，不應窮巷久低眉。」應物、張祜、居易、齊己、張籍、同、龜蒙、韓偓。其他警聯切對，五言者云：「山歌猿獨叫，水宿鳥相呼。」白、杜。「病久歡情薄，年加記性銷。」群玉、鄭谷。「盡日看山立，有時尋竹行。」居易、張籍。「强飲沽來酒，重看讀了書。」耿緯、姚倫。「孤烟生暮景，疏竹漏斜暉。」韓、白。七言者云：「船銜水鳥飛還住，棹拂荷珠碎却圓。」韓偓、子美。「山色好當晴後見，歌聲長向月中聞。」白、牧。其他佳句，未易枚舉，然集句之工，至此極矣。姑筆大概於此，使觀者嘗鼎一臠，則知其味云爾。（徐俊）

吹劍録

俞文豹 撰

俞文豹，字文蔚，括蒼（今浙江臨海）人，理宗淳祐間在世。《吹劍録》一卷，又《續録》、《三録》、《四録》（又名《外集》）各一卷（《續録》佚），此據中華書局上海編輯所一九五九年版張宗祥重訂斷句本選録。

1魯昭公娶於吴，爲同姓，孔子荅陳司敗之問，曰知禮。蓋爲君諱也。晉獻公惑驪姬之譖，申生曰：「君安驪姬。蓋爲父隱也。唐天寶之亂，兆於楊貴妃，杜子美身罹其禍，《北征》詩止曰：「不聞夏殷衰，中自誅褒妲。」《哀江頭》詩雖稍述其事，而惻然有《黍離》閔周之意。至白樂天《長恨歌》、元微之《連昌宫詞》，直播其惡於衆，略無忌憚。李太白作《上皇西巡歌》十首，及歌永王璘渡江，亦謂之東巡。其第十章云：「祖龍浮海不成橋，漢武尋陽空射蛟。我王樓艦輕秦漢，却似天皇欲度遼。」全無君臣之别矣。（《吹劍録》。下同）

2古大賢雖左氏、孟子，稱夫子止曰仲尼，不敢名焉。唐文宗賜裴度詩：「我家柱石衰，憂來學丘禱。」以天子而名聖人，又用其語，故無嫌。李白乃云「狂歌笑孔丘」，韓文公云「柄用儒雅崇丘軻」，荆公云「驅馬臨風想聖丘」，馬子才云「何必嫌恨傷丘軻」，然此猶可也。杜子美《醉時歌》：「儒術于我何有哉？孔丘盜蹠俱塵埃。」以百世帝王之師，名呼而儕之盜跖，何止得罪于名教。

3魏舒爲司徒，正旦朝罷，以年老表送印綬，莫有知者。魏瓘曰：每與公論此事，日日未果，可謂瞻之在前，忽焉在後。文豹謂仕止久速，其權在我，何必數形諸言。李文簡燾除侍讀，賦詩曰：「明年七十吾歸矣，預置北關門外船。」至冬一疾不起。樓攻媿既參大政，屢欲丐閒，至繪二疏以見意。永嘉邵經國上詩曰：「聞道先生欲挂冠，先生幾日出長安。去時莫待淋頭語，歸日須防徹骨寒。已遂平生多少志，莫令末路去留難。二疏畢竟成何事，留取他年作畫看。」

4富鄭公以段希元、魏升平同場屋，立一舉三十年推恩之法。東坡奏云：「特奏名除近上十餘人所歸，使之臨政，心害民矣。」文豹謂彼一時，此一時，當公之時，進士未如今日之多，程文未如今日之工，如公《濁醪有妙理賦》，除首聯外，後七韻盡只説酒，全不見濁醪意；（中略）使公見乾淳以來至今日之三場，猶將放出一頭地。正科中尚或有叨忝者，若特科則皆老師宿儒，屢請文解，馳名上庠者，日暮途遠，不得已苟就而未始甘心焉。故太學有詩曰：「名第雖分正特科，算來正特不争多。頭無大小皆烏幞，身有短長俱緑羅。手只一般槐木簡，脚無兩樣墨皮靴。止緣命裹争些子，莫道文章不似他。」

5真宗問唐酒價，丁晉公曰：「三十一升。引杜詩：「速宜相就飲一斗，恰有三百青銅錢。」然按《食貨志》：建中三年，置肆釀酒，斛收直三千。貞元二年，令酤者斗輸百五十。王維詩：「長安美酒斗十千。」樂天詩：「十千沽得斗。」則唐酒價初無定。

6 嘉熙四年科舉，蜀士避地者並赴寓試，出「萬點蜀山尖」詩，《韻略》無尖字，于時不聞有上請者。又杜詩：「痛飲已判人共棄。」《韻略》亦無判字。

7 四明沈起監真州倉，以父疾委官歸侍，爲有司所劾。仁宗曰：赴父疾而加罪，何以厚俗。詔釋之。淳祐四年，時相以憂去國，有檢詳者，去留未決，乃以母老乞假探上意。范揆判曰：士大夫有九十之親，聞病即趨，聞喪即赴，何以假爲？時徐中書嘗奏乞令臣子終喪，文豹投之詩曰：「父子恩情盡死生，囊封歷歷爲開明。群陰方晦吾先覺，萬馬皆喑我獨鳴。忠孝於人千古重，去留在己一毫輕。玉〔上〕〔山〕萬疊高無際，未抵先生節與名。」

8 戊辰己巳戊戌己亥日，爲木頭點土，須陰雨。梁次張詩：「歲次屬金知稔熟，木頭點土驗滂沱。」

9 詩可以爲，可以不爲。有其才，有其時，有其興，則爲之可也。志於功名，志于事業，則不爲可也。詩不可無體，亦不可拘于體。蓋詩非一家，其體各異，隨時遣興，即事寫情，意到語工則爲之，豈能一切拘于體格哉！近世詩人好爲晚唐體，不知唐祚至此，氣脈浸微，士生斯時，無他事業，精神技倆，悉見于詩。局促于一題，拘攣于律切，風容色澤，輕淺纖微，無復渾涵氣象。求如中葉之全盛，李、杜、元、白之瑰奇，長章大篇之雄偉，或歌或行之豪放，則無此力量矣。故體成而唐祚亦盡，蓋文章之正氣竭矣。今不爲中唐全盛之體，而爲晚唐哀思之音，豈習矣而不察邪！

10杜工部流離兵革中，更嘗患苦，詩益悽愴，《憶舍弟》詩：「戍鼓斷人行，邊秋一雁聲。露從今夜白，月是故鄉明。」《孤雁》詩：「惟憐一片影，相失萬重雲。望盡似猶見，哀多如更聞。」其思深，其情苦，讀之使人憂思感傷！東坡《卜算子》詞亦然。文豹嘗妄爲之釋，「缺月掛疏桐」，明小不見察也。「漏斷人初静」，群謗稍息也。「時見幽人獨往來」，進退無處也。「縹渺孤鴻影」，悄然孤立也。「驚起却回頭」，猶恐讒慝也。「有恨無人省」，誰其知我也。「揀盡寒枝不肯棲」，不苟依附也。「寂寞沙洲冷」，寧甘冷淡也。

11又公《秦州》詩：「鼓角緣邊郡，川原欲夜時。秋聽殷地發，風散入雲悲。抱葉寒蟬静，歸山獨鳥遲。萬方聲一概，吾道欲何之？」王洙注：聲，鼓角聲也。時方用武，吾道無所施。此説非也，蓋公以論房琯坐貶，嘆言者如寒蟬，而己如獨鳥，萬方一概，我道其誰與歸！漢杜密曰：劉勝位居大夫，聞善不薦，見惡不言，隱情惜己，自同寒蟬。

12詩有一聯一字，喚起一篇精神。杜詩《新婚别》：「妾身未分明，何以拜姑嫜。」則是未成婚已别，可見征行之速。《鵝兒》詩：「引頸嗔船過，無行亂眼多。」一嗔字盡鵝兒之狀。《望觀弟未至》：「待爾嗔烏鵲，抛書示鶺鴒。」望人未到之時，抑鬱藴結之情，抛與嗔字盡之矣。《禹廟》詩：「雲氣生虚壁，江聲走白沙。」一「生」字「走」字，古廟頓有神氣。

13杜詩：「宛馬總肥春苜蓿，將軍只數漢嫖姚。」梁次張詩：「蕃馬步銜青苜蓿，羌兒卧唱白銅鞮。」壓倒少陵矣。然又未若東坡二句云：「萬馬不嘶聽號令，諸蕃無事樂耕耘。」子美《月》詩：「捲簾還照客，倚杖更隨人。」不如太白二句感發，曰：「今人不見古時月，今月曾經照古人。」又「結束多紅粉，歡娱恨白頭。」不如康節二句風韻，曰：「花見白頭人莫笑，白頭人見好花多。」李頎詩：「請量東海水，看取淺深愁。」李後主詞：「問君還有幾多愁，恰似一江春水向東流。」秦少游則以三字盡之，曰：「落紅萬點愁如海」，而語益工。劉改之《多景樓》詩：「江流千古英雄淚，山掩諸公富貴羞。」一空前作矣。

14 古今詩人間見層出，極有佳句，無人收拾，盡成遺珠。梁次張《題釣臺》：「直令萬乘高凡眼，不道人間例是貪。」鄭克詩：「只緣是處人情好，贏得平生醉日多。」陳夢建《鷺》詩：「溪清水淺魚能幾，莫遣泥沙惡雪衣。」陳秋塘詩：「不知筋力衰多少，但覺新來懶上樓。」姜梅山詩：「詩到淡中方有味，事無心處却成功。」趙東山詩：「野屋往來少，春雲晴雨多。」前輩詩：「醉輕浮世事，老重故鄉人。」

15 吴門王平子《題雪獵圖》：「烽火一息三千年，漢家將軍畫淩烟。胡兒不識征戰事，龍沙萬里今桑田。麗譙聲裏梅花角，雲暗雪深風色惡。長嘶一騎驄蟬聯，狼帽氈裘寒矍鑠。韝鷹走犬登平岡，狂狐剔眼魂飛揚。貫雕落雁真戲劇，高鳥略盡良弓藏。鳳鳴居士雙眼碧，少年讀書勇無敵。但知横行翰墨場，豈料一禽終不獲。向來百非今已無，筆端有口聊自娱。故將胸中磊落事，寫作人間雪獵圖。」平子尤工小詞，有《謁金門》云：「書一紙，小砑吴牋香細。讀到别來心下事。蹙殘眉上翠。怕落旁人眼底，搓向抹胸兒裹，針線不忺收拾起，和衣和悶睡。」

16雪川姚寅詩："南村老婆頭欲雪，曉傍牆陰採桑葉。我行其野偶見之，試問春蠶何日結。老婆斂手復低眉，未足四眠那得知。自從紙上掃青子，朝夕餧飼如嬰兒。只今上筐十日許，食葉如風響如雨。夜深人静不敢眠，自遶牀頭逐飢鼠。又聞野祟能相侵，典衣買紙燒蠶神。一家心在陰雨裏，只恐葉濕繅難均。明朝滿簇收銀繭，軋軋車聲快如剪。小姑促湯娘剥紕，嬉嬉始覺雙眉展。繅成白雪不敢閒，錦上織成雙鳳團。我曹辛苦徒爾耳，依舊績麻冬日裏。天寒尺寸不得着，盡與乃翁輸縣官。君不見，長安女兒嫩如水，十指不動衣羅綺。"

17《長恨歌》："上窮碧落下黄泉，兩處茫茫都不見。"人謂是目連救母。孟浩然詩："春眠不覺曉，處處聞啼鳥。夜來風雨聲，花落知多少。"人謂是盲子。荆公宅乃謝安所居地，有謝公墩，公賦詩曰："我名公字偶相同，我宅公墩在眼中。公去我來墩屬我，不應墩姓尚隨公。"人謂與死人争地界。

18吾鄉潘先生元龜，授婺州教授。鄰居徐先生用亨，亦呼教授，因作詩曰："誰把先生號冷官，令名深愧馥秋蘭。孟公豈是陳驚座，子夏元非杜小冠。涇渭合流雖若混，雲泥敻絶不相干。寄言世上多風鑑，一笑何妨改眼看。"

19陳漫翁監轉般倉，與鎮江守喬平章争一事。平章乞回避，漫翁得嶽祠，吏持牒索回文，漫翁就書一絶云："硯乾筆秃墨糊塗，半夜敲門送省符。擲得么么監嶽廟，恰如輸了選官圖。"

20史文昌號雲麓，賦詩著成集，内有一聯云："閒雲盡日相隨逐，只有朱雲挽不來。"

21天台有謝耘者，號犁春，繪一犁春雨圖，求詩于諸公。一時名達，如樓公鑰、李公壁、陳公宗召、易公彦章、程公懷古諸賢，長章大篇，累百十首。惟劉改之一首，道出其骨髓，曰：「阿耘無田食破硯，養親日糴供朝飯。凝塵壁上挂瓶罌，寒日窗前照藜莧。汝父訓汝汝當知，有田無田未可期。有田不耕汝懶病，無田説田真畫餅。畫田之外更畫牛，捕風捉影何時休。頭上安頭又詩軸，全家不應猶食粥。」

22詩惟頌德、詠物難工，蓋欲指實也。徐進齋得古銅香爐，具象鼻眼，《博古圖》謂之象鬲。屬余賦之，雖不足言詩，聊記曾見。其一：「在象數前鍾鼻眼，出囂塵外鑄形模。傳香到手親曾見，全勝人看《博古圖》。」其二：「願得身游海外天，蓬萊頂上覓沉箋。爲君唤起槐安夢，細讀南華内外篇。」泉州守王庭珪《香譜》云：箋次于沉，出占城國。

23省題詩雖場屋末技，間有以此見取，如《湘靈鼓瑟》詩：「曲終人不見，江上數峰青。」《鴻雁來賓》詩：「江南知有主，塞北遠來賓。」《涼風新過雁》詩：「係帛書猶濕，銜蘆跡未陳。」《仲秋夜迎寒》詩：「露凝仙仗肅，風獵舞衣單。」林士表《進農書》詩：「有書來進御，無語不關農。」程懷古《紅藥當階翻》詩：「黄麻方草罷，紅藥正花翻。」陳伯震《開簾出遠山》詩：「修眉濃淡裏，寸碧有無間。」鄧伯秀《鈎簾宿鷺起》詩：「任我時舒卷，從他自去留。」朱縉《清文媲皇猷》詩：「冰玉詞新吐，塵埃氣不留。」陳瑄《風幔不依樓》詩：「似嫌秦閣小，欲際楚天浮。」皆主司所刮目。劉允成《夜雨剪春韭》詩：「杜老情何限，東風夜雨春。炊粱留客款，剪韭薦時新。」按此題乃子美《謝衛處士留飲》，云：「問答猶未已，兒女羅酒漿。夜雨剪春韭，新炊間黃粱。」初不干子美事。陳思温《動業頻看鏡》詩貼看鏡云：「塵蹤猶隱豹，風采幾臨鸞。」看鏡何關蹤跡事，爲改曰：「精神期畫像。」吾鄉盛先生庶分教京庠，每教人破詩，須有來歷，如《夢魚》詩：「玉燭和薰日，金穰瑞應初。豐年知有象，吉夢兆維魚。」不睡安得夢，改曰：「樵牧歸來後，清風一榻虛。」云云。又《斬蛇》詩：「皇統承堯運，朱旗啓漢家。未誅秦始鹿，先斬沛中蛇。」無劍如何斬，改作「三尺英雄劍，鋒鋩漂鏌鋣」云云。

24高蟾《未第》詩：「天上碧桃和露種，日邊紅杏倚雲栽。芙蓉生在秋江上，不向春風怨未開。」雍容閒雅，全無蹙迫氣象。至賈浪仙則云：「下第惟空囊，如何住帝鄉。杏園啼百舌，誰醉在花旁。淚落故山遠，病來春草長。知音逢豈易，孤棹負三湘。」略無一毫生氣，宜其終生流落不偶。余常愛蟾詩，因對梅用其韻云：「在嵓谷裏何人管，向雪霜中底處栽。驀忽芳華動京國，萬花頭上一枝開。」然終不似其意之富貴。

25容齋云：徐凝詩極有好句，自東坡詆其《瀑布》詩爲惡詩，其詩遂爲世所棄。文豹謂此猶可也，步舒以仲舒高園殿災說爲大愚，仲舒至于下獄。看人文字，須平心定氣，反覆推詳，豈可輕下雌黃！

26「池塘生春草，園柳變鳴禽。」本非傑句，而靈運得意焉者，有謂康節云：禽鳥飛類，得氣之先者。故堯定四時，必以鳥獸。《豳風》及《月令》占候，皆以倉庚、鴻雁、蜩鵙、沙雞、蚯蚓、螻蟈等。蓋曆家出于人事，禽鳥得于天機，最可占驗。靈運意亦然。謂池塘方生春草，園柳已變鳴禽。曰變者，言其感之速，往往人未及知。靈運意到而語未到，夢中忽得之，故謂有神助。數百年後會此意者，杜子美也。然其詩曰：「蟻浮仍臘味，鷗泛已春聲。」已字早露圭角。至陸龜蒙詩：「鳥聲渾欲囀，草色故應知。」又益淺露矣。則知晉宋間詩，高妙簡古，非唐人可及。（《吹劍三録》。下同）

27淵明詩：「結廬在人境，而無車馬喧。問君何能爾？心遠地自偏。採菊東籬下，悠然見南山。山氣日夕佳，飛鳥相與還。此中有真意，欲辨已忘言。」東坡和云：「小舟真一葉，下有暗浪喧。夜棹酒中發，不知枕幾偏。天明問前路，已渡千銀山。嗟我亦何爲，此道常往還。未來寧早計，已往復何言。」韋蘇州《寄全椒道士》詩：「今朝郡齋冷，忽憶山中客。澗底拾一作束。荆薪，歸來煮白石。欲持一尊一作瓢。酒，遠慰風雨夕。落葉滿空山，無處尋行跡。」東坡和云：「一杯羅浮春，遠餉采薇客。遥知獨釣罷，醉卧松下石。幽人不可見，長嘯聞月夕。聊戲庵中人，飛空本無跡。」杜詩：「小奴縛雞出市賣，雞被縛急相喧争。家中厭雞食蟲蟻，不知雞賣還遭烹。雞蟲得失何厚薄，吾叱奴兒解其縛。雞蟲得失無了時，注目寒江倚山閣。」山谷倣此云：「小黠大痴螗捕蟬，有餘不足夔憐蚿。退食歸來北窗夢，一江風月趁漁船。」愚謂陶、韋、杜三詩結尾，自是詩人造玄入妙處，如機動籟鳴，非思索可到，又豈模倣所能及。近世詩人攻晚唐體，句語輕清而意趣深遠，則謂之作家詩。餖飣故事，語澀而旨近，則謂之秀才詩。觀應物《全椒》詩，初無一字援引，而超清高遠，與坡公所和者不同矣。

28頃見有古琴袋，織成一詩云：「自來行止賦驕奢，更有何人力可加。分得御溝新鑿址，占他農地別裁花。樓臺夜宴停紅燭，妓女春梢俵絳紗。大醉不知光景去，難逃雙鬢染霜華。」疑是孟蜀或藩國宗戚所作，春梢者，春末也，二字甚新。

29韋應物《贈元常全貞二生詩》：「誰知風雨夜，復此對牀眠。」東坡《與劉寺丞詩》：「中和堂後石楠樹，與君對牀聽夜雨。」又《宿浄行院》詩：「林下對牀聽夜語，静無燈火照淒涼。」則同游皆可言對牀。自子由《别東坡》詩云：「誤喜對牀聽夜雨，不知漂泊向彭城。」又坡《寄子由》詩：「雪堂風雨夜，已作對牀聲。」由是人以對牀爲兄弟事。

30杜子美愛君之意，出于天性，非他人所能及。岑參詩：「聖朝無闕事，自覺諫書稀。」杜詩則云：「明朝有封事，數問夜如何？」孟浩然詩：「不才明主棄，多病故人疏。」明皇曰：卿不求朕，朕何嘗棄卿？杜詩則云：「聖朝無棄物，老病已成翁。」《長恨歌》：「六軍不發無奈何，宛轉蛾眉馬前死。」杜詩則云：「未聞夏殷衰，中自誅褒妲。」元微之詩：「寥落古行宫，宫花寂寞紅。白頭宫女在，閒坐説玄宗。」杜詩則云：「少陵野老吞聲哭，春日潛行曲江曲。江頭宫殿鎖江門，細柳青蒲爲誰緑。」杜牧詩：「樽前豈解憂家國，輦下惟應憶弟兄。」杜詩則云：「弟妹悲歌裏，朝廷醉眼中。」樂天詩：「退身江海應無用，憂國朝廷自有賢。」杜詩則云：「在家當早起，憂國願年豐。」元稹詩：「無妨思帝里，不合厭杭州。」杜詩則云：「帝鄉愁緒外，春色淚痕邊。」高適《人日》詩：「身在遠藩無所預，心懷百憂復千慮。」子美和之，則云：「遥拱北辰纏寇盜，欲傾東海洗乾坤。」山谷《浣花圖引》云：「中原未得平安報，醉裏眉攢萬國愁。」狀盡子美平生矣。

31楊誠齋《臘肉詩》云：「霜刀切下黃水精，玉斧削出紅松明。」松明固非斧不可削，然割一臠肉，方用霜刀，又換玉斧，似失之俳。杜子美《薤》詩：「束比青芻色，圓齊玉筯頭。」全不費斧鑿。

32東坡贈楊耆云：西蜀楊耆，二十年前見之甚貧，今復見，益貧。所異于昔者，蒼顔白髮耳。女無美惡富者妍，士無賢不肖窮者鄙。使耆逢時遇合，豈必減當世之士哉？文豹聞此二語，撫己感懷，續成三韻曰：「女無美惡富者妍，士無賢愚窮者鄙。世無善相九方皋，良馬亦隨凡馬死。紛紛俗眼何時青，徙倚寒窗嗅花蕊。」

33東坡效歐陽體作《雪》詩，不用鹽玉鶴鷺絮蝶飛舞皓白潔素等字，中間云：「老僧斫路出門去，寒液滿鼻清淋漓。洒袍入袖濕靴底，亦有執板上階墀。」其他形容皆類此，然古今雪詩，不犯東坡所記字，如鄭谷：「亂飄僧舍茶煙濕，密洒高樓酒力微。江上晚來堪畫處，漁人披得一蓑歸。」又盧次春：「看來天地不知夜，飛入園林總是春。」宗祥案：《續揮犀》作盛次仲詩。二詩亦未易及。

34開禧丁卯舉，余兄弟赴浙漕附試。友人王文子，夢余兄弟不冠而行，舊僕江安持芙蓉兩朵隨後。及揭榜，余兄詣舉，余魁次榜。即往訪王，行至新門，見江安携兩芙蓉自門外來，就令其隨從。紹定庚寅，余在全少卿館下，因賞雙芙蓉，屬余賦之，曰：「霜葩相逐曉風開，依約英娥舊粉腮。西帝似嫌秋冷淡，故教雙玉伴多才。」「憶昔鴒原傳鷹鶚，雙娥曾入夢中魂。卿卿尚有憐才意，更約來秋伴玉昆。」明年，余詣江東漕舉。芙蓉有兩種，曰水芙蓉者，荷花也；曰木芙蓉者，拒霜也。《楚辭》曰：「芙蓉始發，雜芰荷些。」注：荷者，芙蓉之莖。漢昭帝游柳池，有芙蓉，香氣聞十里外。蕭緬曰：庾杲之泛緑水，依芙蓉，何其麗也。時以王儉府爲蓮花池，此水芙蓉也。韓文公《木芙蓉》詩：「新開寒露叢，遠比水邊紅。麗色寧相妒，佳名偶自同。」柳子厚《木芙蓉》詩：「麗景别寒水，穠芳委前軒。芰荷諒難比，反此生高原。」此木芙蓉也。

35 杜子美流離兵革中，其詠内子云：「香霧雲鬟濕，清輝玉臂寒。何時依虚幌，雙照淚痕乾。」歐陽文忠、范文正矯矯風節，而歐公詞云：「寸寸柔腸，盈盈粉淚，樓高莫近危欄倚。」又：「薄倖辜人終不憤，何時枕上分明問。」文正詞云：「都來此事，眉間心上，無計相迴避。」又：「明月樓高休獨倚，酒入愁腸，化作相思淚。」林和靖《梅》詩及「春水浄于僧眼碧，晚山濃似佛頭青」之句，可想見其清雅，而《長相思》詞云：「君淚盈，妾淚盈，羅帶同心結未成，江頭潮已平。」情之所鍾，雖賢者不能免，豈少年所作耶？惟荆公詩詞，未嘗作脂粉語。

36 東坡贈東林長老云：「溪聲便是廣長舌，山色豈非清浄身。夜來八萬四千偈，他日如何舉似人。」山谷改曰：「溪聲廣長舌，山色清浄身。八萬四千偈，如何舉似人。」時謂上二句腰斬，下二句處斬。

37 東坡問秦少游，别後有何作，少游舉「小樓連苑横空，下窺繡轂雕鞍驟」，坡曰：十三個字只説得一人騎馬樓前過。文豹亦謂公次沈立之韻：「試問别來愁幾許，春江萬斛若爲情。」十四字只是少游「愁如海」三字耳。作文亦如此。又少游《曲游春》云：「臉薄難藏淚。」又云：「哭得渾無氣力。」又云：「但掩面滿袖啼紅。」一詞乃至三言哭泣。

38林侍郎粟守四明，嘗禱雨應，吏請謝諸廟，公書紙尾曰：東坡詩云：「半年不雨坐龍慵，共怨天公不怨龍。今朝一雨聊自贖，龍神社鬼各言功。」余謂此坡公有所激云耳。人神一也，有施必有報，有祈必有謝。《載芟》《良耜》之詩，爲祈報作也。

39作文援經須對經，史須對史，三代須對三代，漢唐須對漢唐。荆公詩：「一水護田將緑繞，兩山排闥送青來。」「護田」「排闥」皆漢事。東坡詩：「嵇紹似康爲有子，郗超叛鑒似無孫。」皆晉人。稼軒《上樑文》：「吾亦愛吾廬，卿自用卿法。」皆晉語。若樂天詩：「周公恐懼流言日，王莽謙恭未篡時。」則非類矣。（下略）

40鶡，勇雉也，鬭不能止，一死乃已。趙武靈王取以爲冠，賞戰士。《漢·輿服志》：武冠以青絲爲緄，加雙鶡尾，豎左右，號鶡冠。然杜詩云：「佳辰强飲食猶寒，隱几蕭條戴鶡冠。」注云：隱士冠。鶡冠子，楚人，隱居山中，以鶡爲冠，著書言道家事。文豹謂隱冠純用鶡，武冠但豎雙尾耳，名同而制不同。黄霸以鶡爵爲神，鶡音芬，字同而音不同。

41張衡《靈憲序》：月者陰精，積而成獸象兔，其數偶。羿請不死之藥於西王母，羿妻嫦娥竊之奔月，是爲蟾蜍。韓文《毛穎傳》云：竊嫦娥，騎蟾蜍，入月。《酉陽雜俎》云：月桂高五百丈，西河人姓吴名成，學道有過，謫令伐樹，斫之，創隨合。或言蟾蜍地影也，常空處水影也。佛書言須彌山閻扶樹及山河影。荆公言：月中彷彿有物，乃山河影。東坡詩：「明月本自明，無心孰爲境。挂空如冰鑑，寫此山河影。我觀大瀛海，巨浸與天並。九州居其間，無異地盤鏡。空水兩無質，相照俱耿耿。妄言桂兔蟆，俗説皆可屏。」

42月與日并明，皆天子所敬事，而詞人墨客以嫦娥之説吟謔嘲弄，極其褻狎，至云：「一二初三四，蛾眉天上安。待奴年十五，正面與君看。」

43來，音離，《漢書》：「無説詩，康鼎來。」作，音佐，《廉范傳》：「不禁火，民安作。」判，音潘，杜詩：「痛飲已判人共棄。」相，音瑟，白詩：「爲問長安月，誰教不相離。」治，音持，俗言治魚、治雞；韓文：冗不見治。閥閱，出《漢書》，閥謂戰伐，閱謂閱歷。柳詩：「欸靄一聲山水緑」，一本作欸乃。陳氏《博聞録》遂以欸乃爲兩字，謂靄字誤。母字部字在有字韻，世皆從九麌韻讀。東坡《贈舒堯文》詩：「先生堂前霜月苦，弟子讀書喧兩廡。推門入室書縱横，蠟紙燈籠晃雲母。」

44累舉殿試，以蜀士故，遲至五六月。淳祐十年，以盛暑非臨軒之時，改用三月。初，省試中秋日，廷試九月六日。唱名狀元嚴州方夢魁，賜名逢辰，右足跛，左目瞽。第四名川人楊潮，南省元泉州陳應雷，皆瞽一目。夫糊名考校，固以文取。然周進士必辨官材，漢弟子員必儀狀端正，唐文武選必體貌豐偉。盧仝詩：「孰謂人面上，一目偏可去。」方魁及同榜方登、方吉，皆唐詩人缺脣處士方干之後，與嚴子陵、范文正公爲釣臺三賢。（《吹劍四録》。下同）

45吾州趙和仲順孫，童科免舉。淳祐九年，再以春秋魁薦。考官羅教授垚用監試，韻批其卷云：「汗牛試卷浩無涯，剗盡雷同別一家。冰鑒不容心潦草，風簷寧復眼昏花。嘉文似織鮫人組，健筆如輪虎士撾。收拾真才報天子，此行端不負皇華。」次年，復以秋魁南省。然其經義承題云：

善察天下之勢者，不貴乎得定之似，而貴乎得定之真。六經、《語》、《孟》無真字，凡經義皆不用真字。

46永嘉玉成先生薛季常疑之，作《伊洛源流譜》，自孔子、子思、顔、曾、孟子，至濂溪周子以下，凡九十餘傳。慶元間書始成，而學禁正嚴。（中略）水心挽之曰：「乾坤未放虚空壞，蠻貊猶須事業成。」

47有欲爲公（虞允文）買緑野堂，公曰：如晉公誠可尊敬，一旦取其物而有之，如何得安，寧使耕壞爲他人有，已則不可取。張司空齊賢得晉公午橋莊，賦詩曰：「午橋今得晉公廬，花竹煙雲興有餘。」

48范文正公守饒，善妓籍一小鬟。既去，以詩寄魏介曰：「慶朔堂前花自栽，便移官去未曾開。年年長〔有〕別離恨，已託春風幹當來。」介買送公。王衍曰：情之所鍾，正在我輩。以范公而不能免。慧遠曰：順境如磁石遇鍼，不覺合爲一處。無情之物尚爾，況我終日在情裏做活計耶！張衡作《定情賦》，蔡邕作《静情賦》，淵明作《閑情賦》，蓋尤物能移人，情蕩則難反，故防閑之。

49趙虚齋以夫建宅，《上梁文》末云：「有花有酒，姑爲過客之歡。無子無孫，盡是他人之物。」可謂見盡。樂天詩云：「多少朱門鎖空宅，主人到老不曾歸。」虚齋年高德卲，位官亦顯矣。若歸以花酒與過客相歡，尤達見也。

50山谷在萬州，喜一鄰女，後嫁一下俚，因賦詩云：「淤泥解出白蓮藕，糞壤能開黃菊花。可惜國香天不管，隨緣流落小民家。」余謂不特美色，今英俊奇材，則生於巖谷；金銀珠玉，則生於山澤；穀粟桑麻，則出於糞土。（下略）

51丁晉公同夏英公看弄水碗，丁屬夏賦詩曰：「舞拂跳珠復弄丸，遮藏巧便百千般。主公端坐無由見，却被旁人冷眼看。」韓侂胄看弄傀儡，令包道成作詩：「一人頭上又安人，脚踏空虛舞弄春。莫教綫斷兒童手，骨肉都爲陌路塵。」二公末年，皆如此詩。

52紹定間，趙静樂善湘留守建康，急於財賦，不時差官下諸邑，孔粒以上，根括無遺。溧陽宰陸子遹，放翁子也，窘無所措，乃以福賢鄉圍田六千餘畝，獻時相史衛王，王以十千一畝酬之。子遹追田主索田契，約以一千二畝，民衆相率投詞相府，訴既不行，子遹會合巡尉，持兵追捕，焚其室廬，衆遂群起抵拒，殺傷數十人。始則一豪婦爲之倡，勢既不敵，遂各就擒，悉置囹圄，灌以尿糞，逼寫獻契，而一金不酬，就名福賢莊。自監官以下，皆四明人，販鬻酤賣，翕然成市。鄉民安之，乃與縣道立敵。以橋爲界，家家門首，列置鎗刃。擒得邑人，則活烹碎臠。癸巳冬，衛王薨，會金壇王侍郎遂在臺察，素懷此忿。田主十六，復合詞赴訴，行下江東漕司，送本縣。時邑宰徐進齋兩以史雲麓所醜却還，令田主各且管業收租，候上司行下。時欲歸之安邊所，或欲以佐和糴，議久不決。越六年，史申之入相，田遂歸焉。子遹始至縣，計赤立自獻田後，亦能展布。比其去也，所置銀器如硯匣、火爐、酒具等，每事大小各兩副。劉漫塘遺之詩曰：「寄語今淵陸大夫，歸田相府意何如。加兵殺僇非仁矣，縱火焚燒豈義歟。萬口銜冤皆怨汝，千金酬價信欺予。放翁自有閒田地，何不歸家理故書。」此詩今在案沓卷中。

53唐文宗問「食野之苹」是何草，李珏曰：「藾蕭。」上曰：「《詩》疏曰『葉圓花白』，恐非藾蕭。」陸璣云：「葉青白色，莖似芸香而輕肥，可生食及蒸食。」余謂次章云「食野之蒿」，蒿即蕭艾也。不應苹又謂之蕭。陸德明注作「水蓱」，尤錯。蓋《詩》稱鳥獸草木，俗各異呼，非周行天下，豈能盡詳。如蘋者生水濱，莖葉差似木芙蓉而弱小，花白。《韓詩》乃云「沈者曰蘋，浮者曰薸」，陳藏器及《白氏六帖》遂以萍蘋爲一種。《詩》不云乎：「於以采蘋，南澗之濱。」宋玉云：「風起於青蘋之末。」若沉水中，安得起風？

54（上略）〔韓文公〕《送石洪序》云：有薦先生於河陽節度烏公曰：先生冬一裘，夏一葛，朝夕飯一盂，蔬一盤，與之錢則辭，勸之仕則不應。於是撰書詞，具馬幣，授使者而請焉。先生不告於妻子，不謀於朋友，拜受書禮，宵則沐浴戒行李，載書册，問道所由。文豹見林子山《隱居》詩云：「過門盡指朝郎宅，入室渾如野老家。」及《赴召》詩云：「尺書中夜至，清曉即揚鞭。」時謂子山三詔不起，猶之石洪也。前日勸之仕則不應，今日召之仕則書拜命，宵治載，曉問津。

55杜少陵《昭陵》詩：「文物今師古，朝廷半老儒。」蓋太宗二十九即位，乃喜老儒，故爲盛德。今我皇上，富於春秋，而執政大臣，無以黄耇，所以壽國脈者至矣。庚戌舉賜進士詩：「攄忠社稷惟名節，濟用邦家必器能。」真帝王謨訓。省殿二魁，雖有郤克、左丘明之疾，而文足蓋之。習鑿齒足蹇，苻堅聞其名，與釋道安輿而致焉，曰：晉氏平吴，利在二陸，今平漢南，獲士僅一人有半。

56「晚行疏松間，遥見青煙處。群牧下山遲，斜陽半芳樹。孤雲駕回飇，介水横不渡。傾意望幽人，待月同歸步。」此吾鄉沈庸齋詩，全類淵明。蓋自葉水心喜晚唐體，世遂靡然從之，凡典雅之詩，皆不合時聽。劉後村云：始余厭之，欲息唐律，專造古體。趙南塘謂言意深淺，存人胸襟，不係體格。若氣象廣大，雖唐律不害爲黄鐘大吕。否則手操雲和，而驚飇駭電，猶隱隱絃撥間。庸齋名説，字惟肖。由上庠登科，主貴溪簿一年，棄官去。再調天台教官，纔終年，遂不仕。高横槎題其詩集云：「宦情薄於水，吟鬢早爲霜。」蓋實録也。

57琴士以藥煮鸐羽代銀甲，屬令賦之：「嶧陽孤桐鳴素絲，玉爲軫兮金爲徽。四珍合就已奇絶，猶嫌指聲未清澈。負金翅管長且尖，剪成爪樣鸞膠粘。輕絃入手剩超越，却笑彈箏後銀甲。要知妙處豈在聲，一撫一拍如淵明。勸君會此不須話，世不宜真只宜假。」

58東坡云：「作詩必此詩，定知非詩人。」宋莒公詩：「漢皋佩解臨江失，金谷樓危到地香。」一似非落花詩。近來體格又別，不用事，不著相，而意在言外。吾鄉王雅林琮與高横槎爲處守，雅林詩曰：「公向疏中元自密，我於熟處放教生。」言彼不忘舊，我不恃熟也。雅林，是齋先生夕郎孫也，宰清江。（下略）

59近時詩學盛興，然難得全美，聊隨所見，摘録一二。趙東山《郵亭》詩：「風雨送迎地，别離多少人。」劉雲岫綸《喜晴》詩：「雲影猶帶濕，日光初漏明。」顧秋鶴夢日《夜游》詩：「路轉歌聲杳，夜長衣露濃。美人行月下，秋水泛芙蓉。」其他平淡中有理趣，有警發。如趙竹所崇滋：「事纔有意終須失，人到無求始自高。」「貧悟交游秋後葉，老看富貴霧中花。」「從來盡説天堪問，天到如今亦厭煩。」楊蘭坡穎士：「儻來軒冕何須問，分定功名不在忙。」吾鄉余梅簷洪道：「世上聲名無買處，人間官職有來時。」「須知凡卉空千萬，不似寒花只兩三。」「著心計較般般錯，退步思量事事寬。」余和之云：「脚根須愛虛中實，眼界當於窄處寬。」又蕭蘭皐日復《喜麥呈邑宰》：「民得食天全命脈，令從心地起根芽。」又朱梅居《見謝人送苦菜以京城所無》：「物態却從無處有，世情偏向苦中甜。」

60 余有三恨：一無子，二無助，三無成。抱兹苦心，娱以文字。既絶筆於斯録，復長吟以繫之：「可笑春蠶有許癡，年年辛苦爲他誰。恰如貧女飛梭了，挂體何曾有一絲。」「天不奈何無可問，世皆如此有誰聽。爲儂指點春知處，惟有青楊眼獨青。」

【登科後解嘲】詹文登科後解嘲：「讀盡詩書五六擔，老來方得一青衫。佳人問我年多少，五十年前二十三。」（《唾玉集》。下同）

【常談出處】常談習熟，多有不知出處者。「公孫弘東閣，開招賢、欽賢、翹林三館」，出郭璞《西京雜記》。「有客來相訪，如何是治生。但存方寸地，留與子孫耕。」賀章詩。「近水樓臺先得月，向陽花木早逢春。」乃杭州巡檢蘇公上太守范文正求薦舉詩。蔡州褒信縣有道人工棋，常饒人先，其詩曰：「爛柯仙客妙通神，一局曾經幾度春。自出洞來無敵手，得饒人處且饒人。」

（徐俊）

賓退録

趙與旹　撰

趙與旹(一一七五—一二三一),字行之,又字德行,宋太祖趙匡胤七世孫。《賓退録》十卷,此據清乾隆存恕堂仿宋本選録。

1王建以宫詞著名,然好事者多以他人之詩雜之,今世所傳百篇,不皆建作也。余觀詩不多,所知者如:「新鷹初放兔初肥,白日君王在内稀。薄暮千門臨欲鎖,紅妝飛騎向前歸。」「黄金捍撥紫檀槽,弦索初張調更高。盡理昨來新上曲,内官簾外送樱桃。」張籍《宫詞》二首也。「淚盡羅巾夢不成,夜深前殿按歌聲。紅顔未老恩先斷,斜倚熏籠坐到明。」白樂天《後宫詞》也。「閑吹玉殿昭華管,醉折梨園縹蒂花。十年一夢歸人世,絳縷猶封繫臂紗。」杜牧之《出宫人》詩也。「紅燭秋光冷畫屏,輕羅小扇撲流螢。瑶階夜月涼如水,坐看牽牛織女星。」杜牧之《秋夕》詩也。「寶仗平明秋殿開,且將團扇暫徘徊。玉顔不及寒鴉色,猶帶昭陽日影來。」王昌齡《長信秋詞》也。「日晚長秋簾外報,望陵歌舞在明朝。添爐欲爇薰衣麝,憶得分時不忍燒。」「日映西陵松柏枝,下臺相顧一相悲。朝來樂府歌新曲,唱著君王自作詞。」劉夢得《魏宫詞》二首也。或全録,或改一二字而已。王平甫謂：「館中校花蕊夫人《宫詞》，止三十二首夫人親筆，又别有六十六篇者，乃近世好事者旋加搜索續之，語意與前詩相類者極少，誠爲亂真。世又有王岐公宫詞百篇，蓋亦依託者。」（卷一，下同）

2《詩眼》云：「晏叔原見蒲傳正云：『先公平日小詞雖多，未嘗作婦人語也。』傳正云：『「緑楊芳草長亭路，年少抛人容易去。」豈非婦人語乎？』晏曰：『公謂「年少」爲何語？』傳正曰：『豈不謂其所歡乎？』晏曰：『因公之言，遂曉樂天詩兩句，蓋「欲留所歡待富貴，富貴不來所歡去」。』傳正笑而悟。」余按全篇云：「緑楊芳草長亭路，年少抛人容易去。樓頭殘夢五更鐘，花底離愁三月雨。無情不似多情苦，一寸還成千萬縷。天涯地角有窮時，只有相思無盡處。」蓋真謂「所歡」者，與樂天「欲留年少待富貴，富貴不來年少去」之句不同，叔原之言失之。

3紹興癸丑，岳武穆提兵平虔、吉群盜，道出新淦，題詩青泥市蕭寺壁間云：「雄氣堂堂貫斗牛，誓將直節報君讎。斬除頑惡還車駕，不問登壇萬户侯。」淳熙間，林令梓欲摹刻于石，會罷去，不果。今寺廢壁亡矣。其孫類家集，惜未有告之者。

4會稽虞少崔仲琳送林懿成季仲詩云：「男兒何苦敝群書，學到根原物物無。曾子當年多一唯，顔淵終日只如愚。水流萬折心無競，月落千山影自孤。執手沙頭休話别，與君元不隔江湖。」閲《庚溪詩話》，喜而録之。

5俗間有擊鼓射字之技，莫知所始。蓋全用切韻之法，該以兩詩，詩皆七言。一篇六句，四十二字，以代三十六字母，而全用五支至十二齊韻，取其聲相近，便于誦習。一篇七句，四十九字，以該平聲五十七韻，而無側聲。如一字字母在第三句第四字，則鼓節先三後四，叶韻亦如之。又以一、二、三、四爲平、上、去、入之别。亦有不擊鼓而揮扇之類，其實一也。詩曰：「西希低之機詩資，非卑妻欺癡梯歸，披皮肥其辭移題，携持齊時依眉微，離爲兒儀伊鋤尼，醯雞篦溪批毗迷。」此字母也。「羅家瓜藍斜淩倫，思戈交勞皆來論，留連王郎龍南關，盧甘林巒雷聊鄰，簾櫳嬴婁參辰闌，楞根彎離驢寒間，懷横榮鞋庚光顔。」此叶韻也。又有以詩數十句，該果實之名爲酒席之戲者，與此略同，然不假切韻，頗爲簡易。至于賣卜者，但欲知十干十二支，則尤不難。然多只一擊鼓便能知年、月、日、時八字，蓋未擊之先，踟躕顧盼，舉動語默，皆是物也。

6《容齋隋筆》謂近世所傳《雲仙散録》、《開元天寶遺事》、《老杜事實》，皆淺妄絶可笑，而頗能疑誤後生。然但辨《遺事》中數事，餘二書無説。《老杜事實》，世不多見，葛常之《韻語陽秋》云：「老杜詩云：『東閣官梅動詩興，還如何遜在揚州。』按遜傳無揚州事，而遜集亦無揚州梅花詩，但有《早梅》詩云：『兔園標物序，驚時最是梅。銜霜當路發，映雪凝寒開。枝横却月觀，花繞淩風臺。應知早飄落，故逐上春來。』杜公前詩乃逢早梅而作，故用何遜事，又意却月、淩風皆揚州臺觀名爾。近時有妄人假東坡名作《老杜事實》一編，無一事有據。至謂：『遜作揚州法曹，廨舍有梅一株，吟詠其下。』豈不誤學者？」以上皆葛語。若《雲仙散録》，則余家有之。凡三百六十事，而援引書百餘種，每一書皆録一事，周而復始，如是者三，其間次序參差者，數條而已。編集文籍，豈能整齊如此？已可一笑。《序》稱：「天祐元年，金城馮贄取九世典籍，撮其膏髓，別爲一書，庶兵火煨燼之後，來者不至束手。」今百書遂無存者，則贄可謂前知矣！《崇文總目》成書時，距天祐未甚久，隋、唐以前書籍存者極多，贄家之書，無一著録，雖有《金鑾密記》之類一二種，而所編三事，本書反無之。又其造語盡倣《世説》，若集諸家之言，豈應一律？始實容齋之説。後閲館本遜集，葛所引梅詩尚脱第四聯：「朝灑長門泣，夕駐臨邛杯。」

7古樂府《木蘭詞》文字奇古，然其間有云：「歸來見天子，天子坐明堂。策勳十二轉，賜物百千强。可汗問所欲，木蘭不願尚書郎，願馳千里足，送兒還故鄉。」按木蘭詐作男子，代父征行，逮歸家易服，火伴方知其爲女。當其見天子之時，尚稱男子，而曰「送兒歸故鄉」何哉？兒者，婦人之稱也。

8太宗嘗謂宰相曰：「流俗有言：『人生如病瘧，于大寒大暑中過歲，寒暑迭變，不覺漸成衰老。』苟不競爲善事，虚度流年，良可惜也！」李文簡書之長編。而《宗門武庫》載五祖亦有此語。又《唐摭言》載趙牧《對酒》詩，亦有「人生如瘧在須臾，何乃自苦八尺軀」之句。

9晁伯宇載之《昭靈夫人祠》詩：「安用生男作劉季，暮年無骨葬昭靈。」陸務觀游《黄州》詩：「君看赤壁終陳迹，生子何須似仲謀。」

10韓文公《記夢》詩：「百二十刻須臾間。」方氏《舉正》載董彦遠云：「世間只百刻，百二十刻，以星紀言也。」朱文公《考異》云：「星紀之説，未詳其旨，但漢哀帝嘗用夏賀良説，刻漏以百二十爲度矣。」余謂董説固妄；夏賀良之説，行之不兩月而改，且衰世不典之事，韓公必不引用。按古之漏刻，晝有朝、禺、中、晡、夕，夜有甲、乙、丙、丁、戊。至梁武帝天監六年，始以晝夜百刻布之。十二辰每時得八刻，仍有餘分，故今世歷家百刻，舉成數爾，實九十六刻也。每時餘分，别爲初初、正初刻。一日合二十有四，每刻居六分刻之一，總而計之，爲四刻，始合百刻之數。刻雖有大小，其名則百有二十。韓詩恐只取此，正不須求之遠也。

11州縣治率南面，然「南面」二字，人臣不得用也。惟山谷《送徐隱父宰餘干》詩云：「地方百里身南面。」豈别有所本歟？恨讀書不多，不能詳也。

12曲忠壯在蜀有詩云：「破碎江山不足論，何時重到渭南村？一聲長嘯東風裹，多少未歸人斷魂。」（卷二。下同）

13范沖嘗對高宗云：「詩人多作《明妃曲》，以失身胡虜爲無窮之恨；獨王安石曰：『漢恩自淺胡自深，人生樂在相知心。』然則劉豫之僭非其罪，漢恩淺而虜恩深也。今之背君父之恩，投拜而爲盜賊者，皆合于安石之意，此所謂壞天下人心者也。」臨江徐思叔得之亦嘗病荆公此語，謂有衛律、李陵之風，乃反其意而爲之，遂得詩名于時。其詞云：「妾生豈願爲胡婦？失信寧當累明主！已傷畫史忍欺君，莫使君王更欺虜。琵琶却解將心語，一曲才終恨何數！朦朧胡霧染宮花，淚眼横波時自雨。專房莫倚黄金賂，多少專房棄如土！寧從别去得深顰，一步思君一回顧。胡山不隔思歸路，只把琵琶寫辛苦。君不見，有言不食古高辛，生女無嫌嫁盤瓠！」

14「萬里鑾輿去不還，故宮風物尚依然。四圍錦繡山河地，一片雲霞洞府天。空有遺愁生落日，可無佳氣起非煙？古來國破皆如此，誰念經營二百年。」此毛麾《過龍德故宮》詩也。麾字牧達，平陽府人。有《平水老人詩集》十卷，行于虜境。榷商或携至中國，余偶得一帙，可觀者頗多。《序》稱其父當宋大觀三年上舍登第，後中宏詞科，季年嘗任給事中。按《登科記》，大觀三年榜中毛安節者，蓋其父。然次年詔改宏詞爲詞學兼茂，終徽宗、欽宗兩朝，取詞科爲夕郎者，皆無毛姓，必陷虜後事也。

15讀橫渠詩，最愛其一篇云：「學《易》窮源未到時，便將虛寂眇心思。宛如童子攻詞賦，用即無差問不知。」

16（上略）《唐書·王勃傳》載：「開元中，張説與徐堅論近世文章。説曰：『李嶠、崔融、薛稷、宋之問之文，如良金美玉，無施不可。富嘉謨如孤峰絶岸，壁立萬仞，濃雲鬱興，震雷俱發，誠可畏也；若施于廊廟，駭矣。閻朝隱如麗服靚妝，燕趙歌舞，觀者忘疲；若類之《風》《雅》，則罪人矣！』堅問：『今世奈何？』説曰：『韓休之文如太羹玄酒，有典則，薄滋味。許景先如豐肌膩理，雖穠華可愛，而乏風骨。張九齡如輕縑素練，實濟時用，而窘邊幅。王翰如瓊杯玉斝，雖爛然可珍，而多玷缺。』堅謂篤論。」齊道人湯惠休云：「謝靈運詩如芙蓉照水，顔延年詩如錯采鏤金。」梁鍾嶸云：「范雲詩宛轉清便，如流風回雪。丘遲詩點綴映媚，如落花在草。」張芸叟評本朝名公詩：「梅聖俞如深山道人，草衣木食，王公大人見之，不覺屈膝。石曼卿如飢鷹乍歸，迅逸不可言。歐陽水叔如春服乍成，醲酒初熟，登山臨水，竟日忘歸。王介甫如空中之音，相中之色，欲有尋繹，不可得矣。蘇子瞻如武庫乍開，干矛森然，見之不覺令人神慄；子細檢點，不能無利鈍。郭功父如大排筵席，二十四味，終日揖遜，適口者少。」劉中叟次莊《塵土黄詩序》謂：「樂府自唐以來，杜甫則壯麗結約，如龍驤虎伏，容止有威。李白則飄揚振激，如游雲轉石，勢不可遏。」今主管廣東漕司文字長樂（遨）〔敖〕器之陶孫，遂盡取魏晉而下詩人，演而爲《詩評》曰：「因暇日與弟姪輩評古今諸名人詩：魏武帝如幽燕老將，氣韻沈雄。曹子建如三河少年，風流自賞。鮑明遠如飢鷹獨出，奇矯無前。謝康樂如東海揚帆，風日流麗。陶彭澤如絳雲在霄，舒卷自如。王右丞如秋水芙蕖，倚風自笑。韋蘇州如園客獨繭，時合音徽。孟浩然如洞庭始波，木葉微脱。杜牧之如銅丸走坂，駿馬注坡。白樂天如山東父老課農桑，言言皆實。元微之如李龜年説天寶遺事，貌悴而神不傷。劉夢得如鏤玉雕瓊，流光自照。李太白如劉安雞犬，遺響白雲，覈其歸存，恍無定處。韓退之如囊沙背水，惟韓信獨能。李長吉如武帝食露槃，無補多欲。孟東野如埋泉斷劍，卧壑寒松。張籍如優工行鄉飲，酬獻秩如，時有詼氣。柳子厚如高秋獨眺，霽晚孤吹。李義山如百寶流蘇，千絲鐵網，綺密瓌妍，要非適用。本朝蘇東坡如屈注天潢，倒連滄海，變眩百怪，終歸雄渾。歐公如四瑚八璉，止可施之宗廟。荆公如鄧艾縋兵入蜀，要以險絶爲功。山谷如陶弘景祇詔入宮，析理談玄，而松風之夢故在。梅聖俞如關河放溜，瞬息無聲。秦少游如時女步春，終傷婉弱。後山如九皋獨唳，深林孤芳，沖寂自妍，不求識賞。韓子蒼如梨園按樂，排比得倫。吕居仁如散聖安禪，自能奇逸。其他作者，未易殫陳。

獨唐杜工部如周公制作，後世莫能擬議。」

17《靖州圖經》載：其俗居喪不食酒肉鹽酪，而以魚爲蔬。今湖北多然，謂之魚菜，不特靖也。老杜《白小》詩云：「白小群分命，天然二寸魚。細微霑水族，風俗當園蔬。」正指此。蓋老杜嘗往來荆楚，而此詩則嘉興魯氏定爲夔門所作，夔亦與湖北相鄰故也。注杜詩者，皆不及此。《韻語陽秋》云：「言白小與菜無異，豈復有厚味哉？」非其指矣。

18唐僖宗乾符二年，禮部侍郎崔沆下進士三十人，鄭合敬第一。《摭言》載其宿平康里詩云：「春來無處不閑行，楚閏相看別有情。好是五更殘酒醒，時時聞喚狀頭聲。」注云：「楚娘、閏娘，妓之尤者。」《韻語陽秋》謂爲鄭谷所作，誤矣。

19古今詠史之作多矣，以經、子被之聲詩者蓋鮮。張横渠始爲《解詩》十三章。《葛覃》曰：「葛蔓青長谷鳥遷，女工興念憶歸安。不將貴盛驕門族，容使親心得盡歡。」《卷耳》曰：「閨閫誠難與國防，默嗟徒御困高岡。觥罍欲解痛瘏恨，采耳元因備酒漿。」洪忠宣著《春秋紀詠》三十卷，凡六百餘篇。《石碏大義滅親》曰：「惡吁及厚篤忠純，大義無私遂滅親。後代姦邪殘骨肉，壓援斯語陷良臣。」《鄭人來渝平》曰：「鄭人來魯請渝平，姑欲修和不結盟。使宛歸祊平可驗，二家何誤作隳成。」張無垢亦有《論語絶句》百篇。《夫子之文章可得而聞也，夫子之言性與天道不可得而聞也》曰：「既是文章可得聞，不應此外尚云云。如何夫子言天道，肯把文章兩處分？」《顔子簞瓢》曰：「貧即無聊富即驕，回心獨爾樂簞瓢。箇中得趣無人會，惆悵遺風久寂寥。」近歲嘗見《紀孟十詩》，題張孝祥作，《于湖集》中無之，必依託者。如：「争地争城立霸基，焉能一統混華夷？力期行政息求艾，深欲爲王愧折枝。緣木求魚何及計，爲叢驅雀先深思。是宜孟氏諄諄誨，不嗜殺人能一之。」「異端邪説日交馳，聖哲攻之必費辭。深詆並耕排許子，極言二本闢夷之。復明陳仲廉無取，力斥楊朱義不爲。寄語外人非好辯，欲令大道日星垂。」又有黄次伋者，不知何許人，賦《評孟》詩十九篇，極詆孟子，且及子思。漫記一二，首篇《傳道》八句云：「此道曾參得最真，寥寥千載付何人？所傳伋也亦無母，誰覺軻乎唱不臣。忠孝缺來今已久，中庸到此盍維新。願言爲子爲臣者，勿據悠悠紙上塵。」《文王之囿方七十里》一絶云：「庇民德莫大文王，西伯都來百里强。園囿盤遊方七十，斯民何處事耕桑？」蚍蜉撼大木，多見不知量也！若康節先生《觀易》、《觀書》、《觀詩》、《觀春秋》四吟，則盡掩衆作：「一物其來有一身，一身還有一乾坤。能知萬物備于我，肯把三才别立根？天向一中分體用，人于心上起經綸。天人焉有兩般事，道不虚行只在人。」「吁嗟四代帝王權，盡入區區一舊編。或讓或争三萬里，相因相革二千年。唐虞事業誰能繼？湯武功夫世莫傳。時既不同人又異，仲尼惡得不潸然！」「愛君難得似當時，曲盡人情莫若詩。無雅豈明王教化，有風方識國興衰。知音未若吴公子，潤色曾經魯仲尼。三百五篇天下事，後人誰敢更譏非。」「堂堂王室寄空名，天下無時不戰争。滅國伐人惟恐後，尋盟報役未嘗寧。晉齊命令炎如火，文武鎡基冷似冰。惟有感麟心一片，萬年千載若丹青。」

20白樂天于潯陽舟中見商婦，賦《琵琶行》，其中有云：「商人重利輕别離，前月浮梁買茶去。」

是時此商留家潯陽，而遠取茶于浮梁，始知潯陽之茶，唐末有也。今其行幾遍天下，而浮梁所産反不著。時代推移，而土地所生亦復變遷如此。（卷三。下同）

21邵康節《洛陽春》八絶，其一云：「四方景好無如洛，一歲花奇莫若春；景好花奇精妙處，又能分付與閑人。」先鑑堂《朝野遺事》載：「呂吉甫在趙韓王南園，京師丐人曰風乞兒者，持大扇造呂求詩。呂即書扇上：『無人肯作佐除非乞，没藥堪醫最是風；求乞害風都占斷，算來世上少如公。』」呂詩雖戲謔，然句體絶與邵詩相類。

22《玉壺清話》云：「真宗問近臣：『唐酒價幾何？』丁晉公奏曰：『每升三十。杜甫詩曰：速須相就飲一斗，恰有三百青銅錢。』」與時嘗因是戲考前代酒價，多無傳焉。惟〔漢〕昭帝命罷榷酤之時，賣酒升四錢，明著于史，劉貢父云「所以限民不得厚射利」是已。《典論》謂孝靈末百司湎酒，酒千文一斗。曹子建《樂府》：「歸來宴平樂，美酒斗十千。」此三國之時也。然唐詩人率用此語，如李白「金尊（酒清）〔清酒〕斗十千」，王維「新豐美酒斗十千」，白樂天「共把十千酤一斗」，又「軟美仇家酒，十千方得斗」，又「十千一斗猶賒飲，何況官供不著錢」，崔輔國「與酤一斗酒，恰用十千錢」，郎士元六言絶句「十千提携一斗，遠送瀟湘故人」，皆不與杜詩合。或謂詩人之言，不皆如詩史之可信。然樂天詩最號紀實者，豈酒有美惡，價不同歟？抑何其遼絶邪！穆宗朝，王仲舒爲江西觀察使，時穀數斛易斗酒，尤可怪。楊凝詩：「湘陰直與地陰連，此日相逢憶醉年，美酒非如平樂貴，十斤不用一千錢。」《嶺表録異》云：「廣州人多好酒。生酒行兩面羅列，皆是女人，招呼鄘夫，先令嘗酒。盎上白甆甌謂之瓿，一瓿三文。不持一錢來去嘗酒致醉者，當壚嫗但笑弄而已。」《嶺表録異》，唐之書也，今必不然。瓿字不見于字書，《説文》云：「甌瓿謂之瓿。瓿，盈之切。」疑是瓿字傳寫之誤。或南方俗字自有瓿字，亦不可知。若梁元帝《長歌行》「當壚擅旨酒，一巵堪十千」，謂之堪，則非真十千也。

23熙寧中，華山圮，雨木冰，已而韓魏公薨。而王荆公挽詞云：「木稼曾聞達官怕，山頹果見哲人萎。」《西清詩話》謂用孔子及唐寧王事。寧王事《新書》無之，見于劉耀遠舊史傳中：「開元二十九年冬，京城寒甚，凝霜封樹，學者以爲《春秋》『雨木冰』，即此是。亦名樹介，言其象介冑也。憲見而嘆曰：『此俗所謂樹稼者也。諺曰：樹稼達官怕。必有大臣當之，吾其死矣。』十一月薨。」按《漢·天文志》亦曰：「今之長老，名木冰爲木介。介者，甲；甲，兵象也。」余謂稼字義不可通，特介聲之訛耳。劉向曰：「冰者，陰之盛；木者，少陽，貴臣卿大夫象也。此人將有害，則陰氣脅木，木先寒，故得雨而冰也。」達官怕之諺本此。顔師古注《劉向傳》謂：「今俗呼爲間樹。」《齊民要術·黍穄篇》又謂之諫樹云。

24夫子論君子小人之情狀，與時既書之以自警。然邵康節先生諸詩，尤能推廣聖人之意，不暇悉載，特取其尤深切著明者一篇，以諗觀者。《處身吟》云：「君子處身，寧人負己，己無負人；小人處事，寧己負人，無人負己。」持此詩以觀人，君子、小人，如辨白黑。「所惡于上，毋以使下；所惡於下，毋以事上。所惡於前，毋以先後；所惡於後，毋以從前。所惡於右，毋以交於左；所惡於左，毋以交於右。」此君子絜矩之道，小人何足以知之？子貢謂：「我不欲人之加諸我也，吾亦欲無加諸人。」〔無加諸人〕，足矣；人之加諸我者，安能絶之？夫子曰：「賜也，非爾所及也。」蓋未然其言耳。康節又有詩云：「人如負我我何預，我若辜人人有詞。」孟子亦謂：「自反而仁矣，自反而有禮矣，自反而忠矣，其横逆由是也，則此亦妄人也已矣，又何難焉！」學者當知此意。

25九江琵琶亭，壁間題詠甚多，嘉泰初撤而新之，俱不復存。時族父石埭府君丞德化，被郡檄督工，獨取成都郭宗丞明復一詩刻之石，真絶唱也。其詩云：「香山居士頭欲白，秋風吹作溢城客，眼看世事等虚空，雲夢胸中無一物。舉觴獨醉天爲家，詩成萬象遭梳爬，不管時人皆欲殺，夜深江上聽琵琶。賈胡老婦兒女語，淚濕青衫如著雨，此公豈作少狂夢，與世浮沈聊爾汝。我來後公三百年，潯陽至今無管弦，長安不見遺音寂，依舊康廬翠掃天。」夏文莊嘗有《寄題琵琶亭》一絶云：「流光過眼如車轂，薄宦拘人甚馬銜。若遇琵琶應大笑，何須泣淚滿青衫！」近時陳益之待制謙又賦《續琵琶》，有云：「青衫夜半何曾著，引興參差雜椒糈。」亦皆有新意。《倦遊雜録》載，史沆嘗題詩亭上：「坐上騷人雖有淚，江邊寡婦不難欺。若使王涯聞此曲，織羅應過賞花（時）〔詩〕。」沆早登進士第，坐事遷謫而死，平生好持人短長，世以凶人目之，故雖古人亦妄肆詆訾云。

26《容齋續筆》云：「白樂天詩：『鞍馬呼教住，骰盤喝遣輸。長驅波卷白，連擲采成盧。』注云：『骰盤、卷白波、莫走鞍馬，皆當時酒令。』予按皇甫松所著《醉鄉日月》三卷，載《骰子令》云『聚十隻骰子齊擲，自出手六人，依采飲焉。堂印本采人勸合席，碧油勸擲外三人。骰子聚于一處，謂之酒星，依采聚散。』《骰子令》中改易不過三章，次改《鞍馬令》不過一章。又有《旗旛令》《閃壓令》《抛打令》，今人不復曉其法矣。惟優伶家猶用手打令，以爲戲云。」以上皆洪説。余謂酒令蓋始于投壺之禮，雖其制皆不同，而勝飲不勝者則一。後漢賈逵亦嘗作《酒令》。唐世最盛，樂天詩如「籌插紅螺椀，觥飛白玉巵，打嫌調笑易，飲訝卷波遲」、「碧籌攢米椀，紅袖拂骰盤」之句不一，不特如洪所云也。（中略）《古靈集》載潘家山同章衡飲次行令，探得隱君子，爲章衡搜出，賦詩云：「吾聞隱君子，大隱廛市間。道義充諸中，測度非在顔，堯舜神且智，知人亦孔艱。勉哉二秘閣，賢行如高山。」（中略）今館閣有《小酒令》一卷，慶曆中錦江趙景撰。《飲戲助歡》三卷，元豐中安陽竇諷撰，《酒令》在焉。《玉籤詩》一卷，皇朝知黔南縣黄鑄撰，以詩百首爲籤，使探得者隨文勸酒。鑄字德器，柳州人。《釣鰲圖》一卷，不知作者，刻木爲鰲魚之屬，沈水中，釣之以行勸罰，凡四十韻，各有一詩。又有《采珠局》，亦此類。序稱撰人爲王公，不知其名。凡三十餘類，亦各有一詩。又有《捉卧甕人格》，皇朝李（廷）〔建〕中撰，以畢卓、嵇康、劉伶、阮孚、山簡、阮籍、儀狄、顔回、屈原、陶潛、孔融、陶侃、張翰、李白、白樂天爲目，蓋與陳、李之格，大同小異，特各更其名耳。《投壺經》，唐上官儀嘗奉敕删定，史玄道續注，蓋采周顒、郝同、梁簡文數家之書爲之。司馬文正公更以新格，舊書爲之盡廢。晁子止侍郎公武《郡齋讀書志》，又有《木射圖》一卷，云唐陸秉撰。爲十五筍以代侯，擊地毬以觸之。筍飾以朱墨字以貴賤之。朱者，仁、義、禮、智、信、温、良、恭、儉、讓；墨者，慢、傲、佞、貪、濫。仁者勝，濫者負，而行賞罰焉。疑亦此具也。梁王、魏帝，金谷、蘭亭，又皆于遊燕之際

以賦詩作賦，不成者罰酒。高續古似孫《緯略》已詳，此不重出。（卷四。下同）

27陶穀《五代亂紀》載：「黄巢遁免，後祝髮爲浮屠，有詩云：『三十年前草上飛，鐵衣著盡著僧衣。天津橋上無人問，獨倚危欄看落暉。』」近世王仲言亦信之，筆于《揮麈録》。殊不知此乃以元微之《智度師》詩竄易磔裂，合二爲一。元集可攷也。其一云：「四十年前馬上飛，功名藏盡擁僧衣。石榴園下擒生處，獨自閑行獨自歸。」其二云：「三陷思明三突圍，鐵衣抛盡納禪衣。天津橋上無人識，閑凭欄杆望落暉。」

28齊己《折楊柳詞》：「穠低似中陶潛酒，軟極如傷宋玉風。」以中酒之中爲去聲，于義爲長。徐邈「中聖人」，《三國志》既無音，未可懸斷爲平聲也。

29「毋持布鼓過雷門」，漢王尊語。師古注謂：「雷門，會稽城門也。有大鼓，越擊此鼓，聲聞洛陽，故尊引之也。布鼓，謂以布爲鼓，故無聲。」曾文清詩：「敗鼓無聲强自撾，不堪持過阿香家。」似用王語點化，而誤以雷門爲雷霆之雷。洪文敏《續筆》謂：城門名用一字者爲雅馴，歷舉《左氏》《公羊》諸書所載，亦獨遺此。

30鮑明遠《行路難》首云：「奉君金卮之美酒，瑇瑁玉匣之瑶琴，七綵芙蓉之羽帳，九華蒲萄之錦衾。」黄魯直《送王郎》：「酌君以蒲城桑落之酒，泛君以湘纍秋菊之英，贈君以黟川點漆之墨，送君以陽關墮淚之聲。」正用其體。

31陸放翁《入蜀記》載其「入沌後，見舟人焚香祈神云：『告紅頭須小使頭，長年三老，莫令錯呼錯唤。』問：『何謂長年三老？』云：『梢公是也。』長讀如長幼之長。乃知老杜『長年三老長歌裏，白晝攤錢高浪中』之語蓋如此。因問：『何謂攤錢？』云：『博也。』按梁冀『能意錢之戲』，注云：『即擲錢也。』則攤錢之爲博，亦信矣」。予以世人讀詩者，多以長字爲平聲，故載陸語。

32《列仙傳》：「琴高，趙人也。以鼓琴爲宋康王舍人。行涓、彭之術，浮游冀州涿郡間二百餘年。後辭入涿水中取龍子。弟子潔齋候于水旁，且設祠屋。果乘赤鯉出，祠中留一月餘，復入水去。」今寧國涇縣東北二十里有琴溪，溪之側有石臺，高一丈，曰琴高臺，相傳琴高隱所，有廟存焉。溪中别有一種小魚，他處所無，俗謂琴高投藥滓所化，號琴高魚。歲三月，數十萬一日來集。漁者網取，漬以鹽而曝之。州縣須索無藝，以爲苞苴土宜，其來久矣。舊亦入貢，乾道間始罷。前輩多形之賦詠，梅聖俞、王禹玉、歐陽文忠公，皆有《和梅公儀摯琴高魚》詩。聖俞詩云：「大魚人騎上天去，留得小鱗來按觴。吾物吾鄉不須念，大官常膳有肥羊。」禹玉詩云：「三月江南花亂開，清溪曲曲水如苔。琴高一去無縱跡，枉是漁人尚見猜。」文忠詩云：「琴高一去不復見，神仙雖有亦何爲。溪鱗佳味自可愛，何必虚名務好奇。」聖俞又有《宣州雜詩》二十首，其一云：「古有琴高者，騎魚上碧天。小鱗隨水至，三月滿江邊。少婦自撈漉，遠人無棄捐。憑書不道薄，賣取青銅錢。」聖俞宣人也。汪彦章嘗賦長篇：「百川萃南州，水族何磊(磊)〔砢〕。其間琴高魚，初(來)〔未〕列楚些。豈堪陪蕘鮮，裁用當淆果。土人私自珍，千里事封裹。遂令四方傳，噍嚼亦云頗。俗云琴高生，控鯉宛溪左。靈蹤散如煙，遺鬣尚餘顆。向來騎鯨人，逸駕嘗慕我。不應當時遊，反用此么麽。得非放齊諧，怪者記之過？彭越小如錢，蹤迹由漢禍。越書載王餘，變化更微瑣。（同）〔因〕知天地間，人莫窮物夥。區區于其中，臆決蓋不可。僞真我何知，且用慰頤朵。」故山谷《送舅氏野夫之宣城》詩有云：「籍甚宣城郡，風流數貢毛。霜林收鴨脚，春網薦琴高。」蜀人任淵注此詩，不知宣城土地所宜，但引《列仙傳》事，直云：「琴高，鯉魚也。」誤矣！公儀詩恨未見，汪詩不載集中。（卷五。下同）

33彭器資、洪忠宣皆號《鄱陽集》。王岐公、張彦正皆號《華陽集》。楊文公、胡文定皆號《武夷集》。魏仲先、李漢老皆號《草堂集》。謝無逸、俞退翁、傅子駿皆曰溪堂。蘇子美、張會川、張徽皆曰滄浪。李師中、石守道皆曰徂徠。晏元獻、王荆公皆曰臨川。它如錢文僖有《伊川集》，邵康節有《伊川擊壤集》，而程子又號伊川。朱文公編二程文，題《河南程氏文集》，而尹師魯先有《河南集》。又吕居仁舍人詩曰《東萊先生詩集》，而從孫太史成公，學者亦尊之曰東萊先生，其著述尤多。凡此數者，驟見其名，未免疑混，要皆不若漢魏以來諸文人，但標姓名曰某人某人集之爲明白洞達也。

34《漢書·揚雄傳》云：「劉棻嘗從雄學作奇字。」韓文公《題張十六所居》詩云：「端來問奇字，爲我講聲形。」然《傳》但云「學作奇字」，不言「問奇字」，後來相承而用，蓋又以韓詩爲本。《傳》又云：「家素貧，嗜酒，人希至其門。時有好事者，載酒肴從遊學。」與前「學作奇字」，凡隔數十字，了不相涉。而近世文人多云「載酒問字」「載酒問奇字」之類，不知何所本也。（下略）

35俗謂婚姻之家曰親家，唐人已有此語，見《蕭嵩傳》。又有以親字爲去聲，若亦有所據。盧綸作《王駙馬花燭詩》有「人主人臣是親家」之句。

36曾文清《訪戴圖詩》：「小艇相從本不期，剡中雪月並明時。不因興盡回船去，那得山陰一段奇？」近歲豫章朱子儀亦賦此詩：「四山摇玉夜光浮，一舸玻璃凝不流。若使過門相見了，千年風致一時休。」末句實祖文清之意。

37路德延處朱友謙幕府，作《孩兒詩》五十韻以譏友謙。本朝張師錫追次其韻，賦《老兒詩》一篇。二詩曲盡老幼之情狀；張詩用韻妥帖，不類次韻者，尤爲難能。今兩録之。《孩兒詩》曰：「情態任天然，桃紅兩頰鮮。乍行人共看，初語客多憐。臂膊肥如瓠，肌膚軟勝綿。長髮纔覆額，分角漸垂肩。散誕無塵慮，逍遥占地仙。排衙朱閣上，喝道畫堂前。合調歌楊柳，齊聲踏采蓮。走堤衝細雨，奔巷趁輕烟。嫩竹乘爲馬，新蒲掉作鞭。鶯雛金鏇繫，猧子綵絲牽。擁鶴歸晴島，驅鵝入浴暖泉。楊花争弄雪，榆葉共收錢。錫鏡當胸挂，銀珠對耳懸。頭依蒼鶻裹，袖學柘枝揎。酒滯丹砂暖，茶催小玉煎。頻邀籌箸插，時乞繡針穿。寶篋拏紅豆，妝奩拾翠鈿。短袍披案褥，尖帽戴靴氈。展畫趨三聖，開屏笑七賢。貯懷青杏小，垂額緑荷圓。驚滴沾羅淚，嬌流污錦涎。倦書饒婭姹，憎藥巧遷延。弄帳鸞綃映，藏衾鳳綺纏。指敲迎使鼓，箸撥賽神弦。簾拂魚鈎動，箏推雁柱偏。棋圖添路畫，笛管欠聲鐫。惱客初酣睡，驚僧半入禪。尋蛛窮屋瓦，采雀遍樓椽。拋果忙開口，藏鈎亂出拳。夜分圍榾柮，朝聚打鞦韆。折竹裝泥燕，添絲放紙鳶。互誇輪水磑，相教放風旋。旗小裁紅絹，書幽截碧牋。遠鋪張鴿網，低控射蠅弦。吉語時時道，謡歌處處傳。匿窗肩乍曲，遮路臂相連。鬬草當春徑，争毬出晚田。柳傍慵獨坐，花底困横眠。等鵲潛籬畔，聽蛩伏砌邊。傍枝拈粉蝶，限樹捉鳴蟬。平島誇蹻上，層崖逞捷緣。嫩苔車跡小，深雪履痕全。競指雲生岫，齊呼月上天。蟻窠尋徑斸，蜂穴遶階填。樵唱回深嶺，牛歌下遠川。壘柴爲屋木，和土作盤筵。險砌高臺石，危跳峻塔磚。忽升鄰舍樹，偷上後池船。項橐稱師日，甘羅作相年。明時方在德，戒爾減狂顛。」《老兒詩》曰：「鬢髮盡皤然，眉分白雪鮮。周遮（征）〔延〕客話，傴僂抱孫憐。無病常供粥，非寒亦衣綿。假温衾擁背，借力杖撐肩。貌比三峰客，年過四皓仙。唤方離枕上，扶始到門前。每愛烹山茗，常嫌釘石蓮。耳聾如塞纊，眼暗似籠烟。宴坐羸憑几，乘騎困嚲鞭。頭搖如轉旋，脣動若抽牽。骨冷愁離火，牙疼怯漱泉。形骸將就木，囊橐尚貪錢。膠睫乾眵綴，粘髭冷涕懸。披裘腰嬾繫，濯手袖慵揎。擡舉衣頻换，扶持藥屢煎。坐多茵易破，行少履難穿。喜婢裁裙布，嗔妻買粉鈿。房教深下幕，牀遣厚鋪氈。琴聽憐三樂，圖張笑七賢。看嫌經字小，敲喜磬聲圓。食罷羹流袂，杯餘酒帶涎。樂來須遣罷，醫到久相延。裹帽縱横掠，梳頭取次纏。長吁思往事，多感聽哀弦。氣注腰還重，風牽口更偏。墓松先遺種，誌石預教鐫。客到惟求藥，僧來忽問禪。養茶懸竈壁，曝艾曬簷椽。怒僕空瞠眼，嗔童謾握拳。心驚嫌蹴鞠，脚軟怕鞦韆。局縮同寒狖，堆[illegible]似飽鳶。覰瞻多目眩，舉動即頭旋。女嫁求紅燭，男婚乞（線）〔綵〕牋。已聞頒幾杖，寧更佩韋弦。賓客身非與去，兒孫事已傳。養和屏作伴，如意拂相連。久棄登山屐，惟存負郭田。呻吟朝不樂，展轉夜無眠。呼稚臨牀畔，看書就枕邊。冷疑懷貯水，虛訝耳聞蟬。束帛非無分，安車信有緣。伏生甘坐末，絳老讓行先。拘急將風夜，昏沈欲雨天。雞皮塵屢積，鯢齒食頻填。每憶居郎署，常思釣渭川。喜逢迎佛會，羞赴賞花筵。徑狹容移檻，階危索減磚。好生焚鳥網，惡殺拆魚船。既感桑榆日，常嗟蒲柳年。長思當弱冠，悔不牓狂顛。」書畢回思少小嬉戲之時，恍如昨日。今年踰三十，駸駸將入《老兒詩》之境矣，讀之亦可以自警云。前詩第四十二韻押全字，後詩乃押先字，恐誤。又「養和屏作伴」，屏字可疑。（卷六。下同）

38曾端伯慥以所編《百家詩選》遺孫仲益，仲益復書云：「蒙馳賜百家新選一集，發函開讀，每得所未聞，則拊髀爵躍，讀之惟恐盡也。歐陽公《集古録》云：『物常聚于所好，而得于有力之强；如好之而無力，有力而不好，皆莫能致也。』宋興二百年，宗工巨儒，騷人墨客，專門名家，大篇短章，或膾炙士大夫之口，或淪廢于兵火，幾亡而僅存，蒐攬亦略盡矣。而詩引所載，多者數百言，少者數十言。其人出處大致，詞格高下，盛德之士，高風絶塵，師表一世；放臣逐客，興微託遠，屬思千里；與夫山巉冢刻，方言地志，怪奇可喜之詞，群嘲聚訕，戲笑之談，靡不畢載。《集古録》又云：『惟世之所貪者無欲于其中，然後能一其所好。』豈不信矣夫！覿竊讀諸引之後，其詩舊所見不復讀，讀未見者。每遇佳處，或一再讀，或三復而不能休。不謂投老殘年，獲睹奇勝，幸甚過望，不可言也。覿學迂才下，爲世畸人，區區小技，如腊鼠然，不敢出鄭國尺寸之地。比讀新著，而私意粗亦有合者。秦少游云：『曾子固文章妙絶古今，而有韻者輒不工。』此語一出，天下遂以爲口實。南豐作李白詩引，以謂『閎肆瑰瑋，非近世騷人所可及；而連類引義，中法度者寡。』荆公屢稱郭功父詩，而南豐不謂然。功父疑之。荆公曰：『豈非子固以謂功父天才超逸，更當約以古詩之法乎？』南豐論詩如此。如《兵間》一詩，指徐德占；《論交》一詩，指吕吉甫；又有《黄金》、《顏楊》諸詩，皆卓然有濟世之用。而世人便謂不能詩，觀所以不喻其言也。荆公《竹》詩：『人言直節生來瘦，自許高才老更剛。』《雪》詩：『平治險穢非無德，潤澤焦枯實有才。』《送李璋下第》：『才如吾子何憂失，命屬天公不可猜。』世人傳誦，然非佳句。公詩至知制誥乃盡善，歸蔣山乃造精絶。其後《再送李璋下第》、《和吴沖卿雪詩》，比少作如天淵相絶矣。白公詩所謂『辭達』，大抵能道意之所欲言者。蘇黄門詩已不逮諸公，北歸後效白公體，益不逮，惟四字詩最善。張文潛晚年詩，不逮前作，意謂亦效白公詩者。公述潘邠老言：『文潛晚喜白公詩。』信矣，如所料也。東坡論陶詩：『精能之至，乃造平淡。如佛説蜜，中邊皆甜。若中與邊皆枯，淡亦何用？陶詩外枯而中腴，若淡而實美也。』公謂：『徐師川晚年務造平淡，終不如少年精巧。』蓋平淡不可爲，水落石出，自見涯涘。非積學之至，不能到也。吕居仁作《江西宗派》。既云宗派，固有次第。陳無己本學杜子美，後受知于曾南豐，自言『向來一瓣香，敬爲曾南豐』，非其派也。靖康末，吕舜徒作中憲。居仁遇師川于寶梵佛舍，極口詢罵其翁于廣坐中，居仁俯首不敢出一語。故于宗派貶之于祖可、如璧之下。師川固當不平。然惠洪僞作魯直贈詩云：『氣爽絶類徐師川。』師川喜以爲是，不免與惠洪爲類，此又不可曉者。《冷齋夜話》載秀老一事，觀在江西時，惡其狂誕無稽，坐客皆嘸然。此僧中奴，固不以笞罵爲辱。東坡《橄欖》詩云：『已輸崖蜜十分甜。』惠洪以崖蜜爲櫻桃。又有俗子假東坡名注杜詩，云『金城土酥静如練』爲蘆菔根者。東坡《地黄》詩云：『崖蜜助甘冷，山薑發芳辛。』製地黄法，當用薑與蜜，而用櫻桃可乎？黄師是守泗時，以酥酒遺東坡，答詩云：『關右土酥黄似酒，揚州雲液却如酥。』謂土酥爲蘆菔根可乎？公著論斥其妄，良有益于後人耳目也。覿每觀公叙諸詩，詞句温麗，紀次詳實，尊賢樂善，得詩人本意。嘆仰之餘，又見曾存之、晁無咎、廖明略諸公已推重于幼學之初，而一時名勝，皆其儔匹，然後知公致力于斯文久矣。如曹元寵、米元暉，殆是子美詩中黄四娘者邪？然元寵詩殊有可觀，若『都都平丈我』，又待入《紅窗迥》矣。聊發千里一笑！覿自拜賜，凡六日，讀盡所著五十九卷，與《拾遺詩話》一卷，而後修書拜送使者。尚當細讀，别具記。」仲益此書，發明甚多。今人遺以書籍，安肯即讀；雖讀，亦必不能留意如此。前輩之風，何可多得！元寵名組，嘗賦《紅窗迥》百餘篇，皆嘲謔之詞，故掩其文名。世傳俚語，謂假儒不識字者，以《論語》授徒，讀「郁郁乎文哉」作「都都平丈我」。詩選載元寵《題梁仲叙所藏陳坦畫邨教學》詩云：「此老方捫蝨，衆雛亦附火。想見文字間，都都平丈我。」仲益故云。端伯觀詩，有《百家詩選》；觀詞，有《樂府雅詞》；稗官小説，則有《類説》；至于神仙之學，亦有《道樞》十鉅編。蓋矜多衒博，欲示其于書無所不讀，于學無所不能，故未免以不知爲知。詩選去取殊未精當，前輩多議之。仲益所稱南豐《兵間》、《論交》、《黄金》、《顔楊》諸篇，及蘇黄門四字詩，無一在選中者，而反録「都都平丈我」之句。答書及此，亦因以箴之也。

[39]顏淵、子夏，爲地下修文郎。陶弘景爲蓬萊都水監。馬周爲素雪宮仙官。李長吉記白玉樓。其説荒唐，不可究詰。然近世此類甚多，見于傳記，班班可攷。大抵名人才士，間鍾異稟，世不多得，使無神仙則已，設或有之，非斯人之徒，其孰能當之？第怪神之事，聖人不語；六合之外，存之可也。石曼卿卒後，其故人有見之者，云恍惚如夢中，言：「我今爲仙也，所主者芙蓉城。」慶曆中，有朝士晨赴起居，道見美婦三十餘行前，丁觀文度按轡繼之而去。朝士問之，最後一人答曰：「諸女御迎芙蓉館主也。」時丁在告。頃之，聞其卒。右侍禁孫勉監元城埽。有巨黿穴一埽下，埽多墊陷，伺其出射殺之。後晝卧，夢吏來逮。行若百里，見道左宮闕甚壯，問吏何所。曰：「紫府真人宮也。」「真人爲誰？」曰：「韓忠獻也。」勉私念乃韓公故吏，祝門吏入見之。望韓公坐殿上，衣冠若神仙，侍立皆碧衣童子。勉再拜，以情禱焉。公遣之歸。遂寤。王平甫熙寧癸丑直宿崇文館，夢有人邀至海上，見海中宮殿甚盛，其間作樂，題其宮曰靈芝宮。邀者欲與俱往。一人隔水止之曰：「時未至，且令去，他日當迎之。」恍然夢覺。時禁中已鐘鳴。平甫頗自負，爲詩記之曰：「萬頃波濤木葉飛，笙簫宮殿號靈芝。揮毫不似人間世，長樂鐘來夜半時。」後四年，平甫病卒。其家哭訊之曰：「君嘗夢往靈芝宮，信然乎？當以兆我！」是夕暮奠，若有聲音接于人者。其家復卜以錢，卜曰：「然。」呂獻可在安州。一日，坐小軒，因合目見碧衣童云：「玉帝南遊炎洲，召子隨行，糾正群仙。炎洲苦熱，賜子清涼丹一粒。」呂拜而吞之，若冰雪然。自知不久于世。後朱明復見呂跨玉角青鹿于湘江道中，金甲吏從數百人。劉景文知忻州。一日，謂一曹掾曰：「天帝即召君，吾且

繼往。」未幾，掾無疾而逝。景文亦繼亡，經夕蹶然而蘇，索筆作三詩，有「中宮在天半，其上乃吾家」及「仙都非世間，天人繞樓殿」等語。黄伯思，字長睿，邵武人，自稱雲林子，尚書右丞履之孫。登進士第，仕至秘書郎，博學能文，好仙佛之説。政和七年，在京師，夢人告：「子非久在人間。上帝有命，典司文翰。」明年二月果卒。李伯紀銘其墓略曰：「白玉樓成，上帝有詔，往司文翰，脱屣塵淖。」蓋紀此事。陳伯修師錫，宣和三年，寓居京口，自稱閑適先生。一日晝寢，夢至帝所，如人間上殿之儀。帝曰：「卿平生所上章奏，可叙録進呈！」一天官引至廊廡間，帷帳甚設。几上有筆墨硯石，皆精妙可玩。傍有大帙，用青綾裝飾。信手運筆，捷疾如神，疇昔所上者，不遺一字。帝批覽再三，睟顔甚喜，諭旨曰：「已于第六等授卿官。」即下殿謝恩。聞金鐘玉磬之聲競作，乃寤。以告其子，且云：「豐相之臨終，得夢亦如是。」俄命駕遍別知舊，白府丐致仕。夜過半，命其子舉左足壓右足，手結彌陀印，端坐而絶。後七日，一僧云：「夜宿瓜洲，夢官人服銀緋，跨馬，導從數十，履江水如平地，心異之，問爲誰？從者曰：『陳殿院赴召也。』」黄冕仲挽詩有「淩波應作水中仙」之句，張子韶云：「不須更草玉樓賦，已作神仙第六人。」皆謂此。李莊簡南遷，其子孟博卒于瓊州。先是數月，孟博夢至一所，海山空闊，樓觀特起。雲霄間有軒，榜曰空明，先世諸父，環坐其中，指一席曰：「留以待汝。」遂寤。臨終，雲氣起于寢，冠服宛然，自雲中冉冉升舉，瓊人悉見之。孟博苦學有文，紹興五年進士第三人及第。莊簡有詩悼之云：「脱屣塵寰委蜕蟬，真形渺渺駕非煙。丹臺路杳無歸日，白玉樓成不待年。宴坐我方依古佛，空行汝去作飛仙。恩深父子情難割，淚滴千行到九泉。」朱希真《夢記》略云：紹興戊寅除夜，體中不佳，三更方得睡。夢至一山館，與一客行至門外，望山下一居舍甚蕭灑。客指曰：「此某人居也，盍往訪之！」乃同至其家。柴扉茅舍，門前張一畫圖，作一仙人乘雲騰空，下臨海山，唐人畫也。俄而主人出，竹冠草屨，握予手大笑，如舊相識。引入，至一小閣，又進登一閣，稍大，閣中皆陳列法書圖畫。大閣北壁，蓋其人自畫山林巖石隱逸之趣。其上作雲煙，出没濃淡，雲中隱隱有章草，細字可讀，云：「吾初東遊，至黄河，向河再拜，飲河水一杯而渡。至某處，見某人，授《易》書；某處，見某人，授種蒔法；至某處，見某人，授酒法，乃歸。復至黄河，復再拜，飲河水一杯。欲渡，大風，河浪洶湧，衆不敢登舟，予獨亂流而濟。至家，始營小閣，日與客飲酒。閣破二作三間，酒器用鐵鐺木杓磁杯。已而少有餘，復建大閣。他日又有餘，復買銀作鐺杯。無日不留客，客必劇飲，飲必醉，醉必睡，一睡或數日不醒也。」此後字雜雲煙，不可讀矣。與予語，極朴質，間及道理，則玄妙高遠。其人丰姿，蓋神仙真人之流，獨與予慷慨劇談。坐間先有數客，不復與語。予亦連酌數杯，酒味非人間麴蘖可及。歡飲方狎，忽驚起，索燈火，目想心思，縱筆爲記。次日己卯歲旦，子孫環侍，朱出此記示之，且云：「所遊甚樂，悔不便爲住計。」後八日，又自云：「好去，好去，自有快樂。」三更初，端坐，啓手足，神色不亂，寂然而逝。七日方斂，舉體柔軟，氣貌如生。韓公事見劉斧《青瑣高議》，吕公事見斧《翰府名談》。斧著書多誕妄，故觀者例不敢信。石、丁二事，東坡《芙蓉城詩》已用之。靈芝宫，東坡亦記其事。若劉、若黄、若陳、若李、若朱，則又耳目相接，皆可信不誣。唐白樂天亦有詩云：「近有人從海上回，海山深處見樓(閣)

〔臺〕。中有仙龕虛一室，多傳此待樂天來。」《夷堅乙志》又載方朝散爲玉華侍郎事甚詳。方之名不著于世，故不録。《真誥》、《丹臺録》諸書所載，如武王發爲北斗君，召公奭爲南明公，賈誼爲西門都禁郎，温太真爲監海開國伯，魏武帝爲北君太傅，孔文舉爲後中衛大將軍，陶侃爲西河侯，秦始皇爲北帝上相，周公旦爲北帝師，伯夷、叔齊爲九天僕射，墨翟爲太極仙卿，莊周爲太玄博士，孔子爲元宮仙之類，凡數十人，不可悉書，古今聖賢，幾無遺者。豈盡如其説乎？

40《青箱雜記》載李泰伯一絶云：「人言落日是天涯，望極天涯不見家。已恨碧山相掩映，碧山還被暮雲遮。」識者曰：「此詩意有重重障礙，李君其不偶乎！」後果如其言。吾族人紫芝師秀，亦嘗賦一絶云：「數日秋風欺病夫，盡吹黄葉下庭蕪。林疏放得遥山出，又被雲遮一半無。」氣象略相似，僅脱選而卒。何月湖尚書少時登高峰壇，有「天近風轉清，地高日難晚」之句，林黄中侍郎見之，即知其異日必貴且壽。視前二詩不侔矣。

41世人瘧疾將作，謂可避之他所，閭巷不經之説也。然自唐已然。高力士流巫州，李輔國授謫制，時力士方逃瘧功臣閣下。杜子美詩：「三年猶瘧疾，一鬼不銷亡。隔日搜脂髓，增寒抱雪霜。徒然潛隙地，有靦屢鮮妝。」則不特避之，而復塗抹其面矣。（卷七。下同）

42「漢建安二十四年，吴將吕蒙病。孫權命道士于星辰下爲請命。醮之法當本于此。顧況詩：『飛符超羽翼，焚火醮星辰。』姚鵠詩：『蘿磴静攀雲共過，雪壇當醮月孤明。』李商隱詩：『通靈夜醮達清晨，承露盤晞甲帳春。』趙嘏詩：『春生藥圃芝猶短，夜醮齋壇鶴未回。』醮之禮，至唐盛矣。

隋煬帝詩：『迴步迴三洞，清心禮七真。』馬戴詩：『三更禮星斗，寸匕服丹霜。』薛能詩：『符咒風雷惡，朝修月露清。』此言朝修之法也。然陳羽《步虛詞》云：『漢武清齋讀鼎書，內官扶上畫雲車。壇上月明宮殿閉，仰看星斗禮空虛。』漢武帝時已如此。」此高氏《緯略》所紀。余按周公《金縢》，子路請禱，自古有之，後世之醮蓋其遺意，特古無道士耳。《黃帝內傳》雖有「道士行禮」之文，但謂有道之士，非今之道士也。《太霄經》云：「周穆王因尹軌真人制樓觀，遂召幽逸之人，置爲道士。平王東遷洛邑，置道士七人。漢明帝永平五年，置二十一人。魏武帝爲九州置壇，度三十五人。魏文帝幸雍，謁陳熾法師，置道士五十人。晉惠帝度四十九人。」故用道士請命，孫權之前無所見。高所書諸詩，亦有非爲道士設者。

43陸放翁《感事》詩云：「陋巷何須嘆一瓢，朱門能守亦寥寥。衲衣先世曾調鼎，野褐家聲本珥貂。若悟死生均露電，未應富貴勝漁樵。千年回首俱陳迹，不向杯中何處消。」自注云：「沈義倫丞相裔孫爲僧，劉仁贍侍中裔孫爲道人，皆孤身死紹興中。二公之後遂絶。」殊不知沈公之後有一派，靖康末自京師流落新淦者，居于村疃，耕人之田矣。又不止于爲僧也。然其先世告身，及相君神道碑摹本故在。周文忠序《槐庭濟美總集》有云：「粵自周衰，賢者之類棄，功臣之世絶，故孟子告齊宣王以『故國非喬木，王無親臣矣』，蓋諷其上也。雖然，有位于朝，不守其業，而忘其所，甚至公侯之家，降在皂隸，則蓽門圭竇，得以陵之。此豈獨上之人之罪也哉？」最爲確論。

44余首卷辨王建《宮詞》，多雜以他人所作。今乃知所知不廣。蓋建自有《宮詞》百篇，傳其集者，但得九十篇，蜀本建集序可考。後來刻梓者，以他人十詩足之，故爾混殽。余既辨其八矣，尚有二首：「殿前傳點各依班，召對西來（入）〔六〕詔蠻。上得青花龍尾道，側身偷覷正南山。」「鴛鴦瓦上忽然聲，晝寢宮娥夢裏驚。原是吾皇金彈子，海棠窠下打流鶯」者，未詳誰作也。所逸十篇，今見于洪文敏所録《唐人絶句》中，然不知其所自得。其詞云：「忽地金輿向月陂，内人接著便相隨。却回龍武軍前過，當處教開卧鴨池。」「畫作天河刻作牛，玉梭金鑷采橋頭。每年宮女穿針夜，敕賜諸親乞巧樓。」「春來睡困不梳頭，懶逐君王苑北遊。暫向玉花階上坐，簸錢贏得兩三籌。」「紅燈睡裏看春雲，雲上三更直宿分。金砌雨來行步滑，兩人擡起隱金裙。」「蜂鬚蟬翅薄鬆鬆，浮動搔頭似有風。一度出時抛一遍，金條零落滿函中。」「教遍宮娥唱盡詞，暗中頭白没人知。樓中日日歌聲好，不問從初學阿誰。」「彈棊玉指兩參差，背局臨虚鬬著危。先打角頭紅子落，上三金字半邊垂。」「宛轉黄金白柄長，青荷葉子畫鴛鴦。把來不是呈新樣，欲進微風到御床。」「供御香方加減頻，水沈山麝每回新。内中不許相傳出，已被醫家寫與人。」「藥童食後送雲漿，高殿無風扇少涼。每到日中重掠鬢，衩衣騎馬繞宮廊。」（卷八。下同）

45唐李昌符《婢僕詩》二首。其一云：「不論秋菊與春花，箇箇能噇空腹茶。無事莫教頻入庫，一名閑物要些些。」曲盡婢之情狀。乃知古今〔類〕如此。

46曆家以冬至爲一歲之首。冬至者，建子月之中氣。故子時初四刻以前繫今日，正初刻以後繫明日，蓋一理也。今《太史局曆》，每節氣在子初，則書其夜子初某刻以别之。其來尚矣。紹熙二年正月三日壬子，其夜子初立春，洪文敏以劄子白廟堂云：日辰自古以子時爲首，今既子時立春，則當是四日癸丑。謂太史之誤，其實不然。康節《冬至吟》云：「何者謂之幾？天根理極微。今年初盡處，明日未來時。此際易得意，其間難下辭。人能知此意，何事不能知。」又云：「冬至子之半，天心無改移。一陽初動處，萬物未生時。玄酒味方淡，大音聲正稀。此言如不信，更請問庖犧。」

47「姚平仲字希晏，世爲西陲大將。幼孤，從父古養爲子。年十八，與夏人戰臧底河，斬獲甚衆，賊莫能枝梧。宣撫使童貫召與語，平仲負氣不少屈，貫不悦，抑其賞。然關中豪傑皆推之，號小太尉。睦州盜起，徽宗遣貫討賊。貫雖惡平仲，心服其沈勇，復取以行。及賊平，平仲功冠軍，乃見貫曰：『平仲不願得賞，願一見上耳！』貫愈忌之。他將王淵、劉光世，皆得召見，平仲獨不與。欽宗在東宫知其名，及即位，金（又）〔人〕入寇，都城受圍。平仲適在京師，得召對福寧殿，厚賜金帛，許以殊賞。于是平仲（始）〔請〕出死士斫營，擒虜帥以獻。及出，連破兩寨，而虜已夜徙去。平仲功不成，遂乘青騾亡命，一晝夜馳七百五十里，抵鄧州，始得食。入武關，至長安，欲隱華山，顧以爲淺。奔蜀，至青城山上清宫，人莫識也。留一日，復入大面山，行二百七十餘里，度采藥者莫能至，乃解縱所乘騾，得石穴以居。朝廷數下詔物色求之，弗得也。乾道、淳熙之間始出，至丈人觀道院，自言如此。年八十餘，紫髯鬱然，長數尺，面奕奕有光。行不擇（地）崖塹荆棘，其速若奔馬。亦時爲人作草書，頗奇偉。然秘不言得道之由云。」此陸放翁所作《平仲小傳》也。放翁亦嘗以詩寄題青城山上清宫壁間云：「造物困豪傑，意將使有爲。功名未足言，或作出世資。姚公勇冠軍，百戰起西陲。天方覆中原，殆非一木支。脱身五十年，世人識公誰？但驚山澤間，有此熊豹姿。我亦志方外，白頭未逢師。年來幸廢放，儻遂與世辭。從公遊五嶽，稽首餐靈芝。金骨换緑髓，欻然松杪飛。」後守新定，再作詩託上官道人寄之云：「太尉關河傑，飛騰亦遇時。中原方蕩覆，大計易差池。素壁龍蛇字，空山熊豹姿。煙雲千萬疊，求訪固難知。」

48康節先生《左衽吟》云：「自古禦戎無上策，唯憑仁義是中原。王師問罪固能道，天子蒙塵争忍言？二晉亂亡成茂草，三君屈辱落陳編。公閭延廣何人也？始信興邦亦一言。」蓋豫讖靖康之禍也。篇末雖託二晉以爲詞，然因王師問罪而致寇，惟燕山之役爲然，二晉所無也。深切著明如此，而讀者多不察。余聞之友人曾幼輿宏譽而始悟。因記康節《觀有唐吟》有云：「憑高始見山河壯，入夏方知日月長。三百年間能混一，事雖成往道彌光。」亦寓微意。又《觀盛化吟》有云：「生來只慣見豐稔，老去未嘗經亂離。」其子謂亂離之語太過，康節嘆曰：「吾老且死矣，汝輩行且知之。」（卷九。下同）

49楊文公《談苑》謂元稹作《春深》題二十篇，並用家、花、車、斜四字爲韻。白居易、劉禹錫和之，亦同此韻。次韻起于此。高承著《事物紀原》取其説。余按《梁書·王規傳》普通六年，高祖于文德殿餞廣州刺史元景隆，詔群臣賦詩，同用五十韻。則唐以前固有之矣。

50白樂天《長恨歌》書太真本末詳矣，殊不爲魯諱；然太真本壽王妃，顧云「楊家有女初長成，養在深閨人未識」何邪！蓋宴昵之私猶可以書，而大惡不容不隱。陳鴻傳則略言之矣。

51葛常之《韻語陽秋》云：「《晉書·阮咸傳》云：『咸善琵琶。』今有圓槽而十三柱者，世號阮，亦謂阮咸，相傳謂阮咸所作，故以爲名，而《咸傳》乃不及此。山谷《聽宋宗儒摘阮歌》云：『手揮琵琶送飛鴻，促弦聒醉驚客起。圓璧庚庚有〔横〕理，閑門三月傳國工，身今親見阮仲容。』則亦以爲仲容所作，豈咸用琵琶餘製而作阮邪？」據此，則是常之不知阮咸所出。余按《國史纂異》云：「元行沖賓客爲太常少卿時，有人于古墓中得銅物，似琵琶而身正圓，莫有識者。元視之曰：『此阮咸所造樂具。』乃令匠人改以木，爲聲清雅，今呼爲阮咸者是也。」《盧氏雜説》云：「《晉書》稱阮咸善彈琵琶。後有發咸墓者，得琵琶，以瓦爲之，時人不識，以爲于咸墓中所得，因名阮咸。」陳晉之暘《樂書》云：「阮咸五弦，本秦琵琶，而頸長過之，列十二柱焉。唐武后時，蒯明于古冢得銅琵琶，晉阮咸所造也。元亨中，命工以木爲之，聲甚清徹，頗類《竹林七賢圖》所造舊器，因以阮咸名之，亦以其善彈故也。聖朝太宗于舊制四弦上加一弦。」三説蓋大同而小異，今世所行皆四弦十三柱者。與時竊聞，今禁中女樂别有所謂阮，其制視民間者絶不同，且甚大，須坐而奏之。鄉人郭子雲應龍守南安時，大庾令之婦，乃出宫人，能爲此，郭蓋親見之。《唐書·樂志》云：「五弦，如琵琶而小，北國所出。樂工裴神符初以手彈，太宗悦甚，後人習爲搊琵琶。」則是唐已有五弦矣。不知暘因唐之太宗而誤爲本朝邪？抑别有考按邪？

52《夷堅·支乙》載紫姑《咏手》詩：「笑折櫻桃力不禁，時攀楊柳弄春陰。管弦曲裏傳聲慢，星月樓前斂拜深。繡幕偷回雙舞袖，緑窗閑整小眉心。秋來幾度挑羅韈，爲憶相思放却針。」唐韓致光《香奩集》亦有《咏手》一詩：「暖白膚紅玉筍芽，調琴抽線露尖斜。背人細撚垂臙鬢，向鏡輕匀襯眼霞。悵望昔逢褰繡幔，依稀曾見托金車。後園笑向同行道，摘得蘼蕪又一杈。」其體正同，蓋皆言手之用爾；韓詩獨首句不然。

53 韓子蒼云：「韋蘇州少時，以三衛郎事玄宗，豪縱不羈，玄宗崩，始折節務讀書。然余觀其人，爲性高潔，鮮食寡欲，所居掃地焚香而坐，與豪縱者不類。其詩清深妙麗，雖唐詩人之盛，亦少其比，又豈是晚節學爲者，豈蘇州《自序》之過歟？然天寶間不聞蘇州詩，則其詩晚乃工，爲無足怪。」葉石林《南宮詩話》云：「蘇州詩律深妙，白樂天輩固皆尊稱之，而行事略不見唐史爲可恨。以其詩語觀之，其人物亦當高勝不凡。《劉禹錫集》中有大和六年舉自代一狀。然應物《温泉行》云：『北風慘慘投温泉，忽憶先皇巡幸年，身騎廄馬引天仗，直至華清列御前。』則嘗逮事天寶間也，不應猶及大和時，蓋别是一人，或集之誤。」苕溪漁隱云：「《蘇州集》有《燕李録事》詩云：『與君十五侍皇闈，曉拂爐煙上玉墀。』又《温泉行》云：『出身天寶今幾年，頑鈍如鎚命如紙。』余以《編年通載》考之，天寶元年至大和六年，計九十一年。應物于天寶間已年十五，及有出身之語，不應能至大和間也。蔡寬夫云《南宮詩話》，世誤傳蔡寬夫作。漁隱故云。劉禹錫所舉别是一人，可以無疑矣。」《容齋隨筆》云：「《韋蘇州集》中有《逢楊開府》詩云：『少事武皇帝，無賴恃恩私。身作里中横，家藏亡命兒。朝持摴蒱局，暮竊東鄰姬。司隸不敢捕，立在白玉墀。驪山風雪夜，長楊羽獵時。一字都不識，飲酒肆頑癡。武皇升仙去，憔悴被人欺。讀書事已晚，把筆學題詩。兩府始收跡，南宫謬見推。非才果不容，出守撫惸嫠。忽逢楊開府，論舊涕俱垂。』味此詩，蓋應物自叙其少年事也，其不羈乃如此。李肇《國史補》云：『應物爲性高潔，鮮食寡欲，所居焚香掃地而坐。其爲詩馳驟建安已還，各得風韻。』蓋記其折節後來也。應物爲三衛，正天寶間，所爲如是，而吏不敢捕，又以見時政矣。」與時謂應物行事散軼，唐史失不立傳，故諸家之説，未能會于一。近世沈明遠作喆始隱括《應物集》及他書爲傳，甚詳。然論斷中，亦以劉賓客所舉爲疑。今筆于此：「韋應物，京兆長安縣人也。見《崔都水及休日還長安胄貴里》及《歲日寄弟并答崔甥》詩。其家世自宇文周時，孝寬以功名爲將相，而其兄敻高尚不仕，號爲逍遥公。敻之孫待價，仕隋爲左僕射，封扶陽公。待價生令儀，爲唐司門郎中。令儀生鑾，鑾生應物。見林寶《姓纂》。少遊太學，見《贈舊識》詩。當開元天寶間，宿衛仗内，親近帷幄，行幸畢從，見《宴李録事并鄭户曹》及《逢楊開府》《温泉行》等詩。按《通典》，左右宿衛侍從，皆以高蔭子弟年少美風姿者補之，爲貴胄起家之高選。頗任俠負氣。洎漁陽兵亂後，流落失職，乃更折節讀書。屏居武功之上方，見《逢楊開府》及《經武功舊隱》詩。復返灃上，園廬蕪没，貧無以自業。見《歸灃上》詩。客遊江淮間，所與交結，皆一時名士。見《會梁川故人》及《李栖梧會大櫟亭》等詩。因從事河陽，去爲京兆功曹，攝高陵令。見《寄弟》及《別子西》詩。永泰中，遷洛陽丞。兩軍騎士，倚中貴人勢，驕横爲民害。應物疾之，痛繩以法，被訟弗爲屈。見《示從子班》詩。棄官，養疾同德精舍。見《同德精舍》詩。起爲鄠令。大曆十四年，除櫟陽令，復以疾謝去，歸寓西郊，見《歸西郊》詩。擇勝隱于善福祠，從諸生學問，澹如也。見《西齋示諸生》詩。建中二年，拜尚書比部外郎。明年，出爲滁州刺史。見《别善福祠》詩。滁山川清遠，山中多隱君子，應物風流豈弟，與其人覽觀賦詩，郡以無事，人安樂之。見《全椒道士》及《釋良史》等詩。四年十月，德宗幸奉天，應物自郡遣使間道奔問行在所。明年興元甲子，使還，詔嘉其忠。見《寄弟》詩。終更貧，不能歸，留居郡之南嵒。見《歲日寄端武》詩。俄擢江州刺史。見《登郡樓》詩。居二歲，召至京師。貞元二年，由左司郎中補外，得蘇州刺史。見《答季士巽》詩。在郡延禮其秀民，撫其惸嫠甚恩。見《郡齋文士宴集》詩。久之，白居易自中書舍人出守吴門。應物罷郡，見劉禹錫集中《酬白舍人》詩云：「蘇州刺史例能詩，西掖今來替左司。」寓于郡之永定佛寺。見《寓永定》詩。大和，乙太僕少卿兼御史中丞，爲諸道鹽鐵轉運、江淮留後，年九十餘矣。不知其所終。見劉禹錫《大和六年爲蘇州刺史舉官自代狀》云：「諸道鹽鐵轉運、江淮留後、朝議郎、太僕少卿、兼御史中丞、上柱國韋應物，歷掌劇務，皆有美名，執心不回，臨事能斷。所職雖重，本官尚輕。内省無能，輒敢公舉。司榷管之利，誠藉時才；流豈弟之風，實爲邦本。」謹按，大和年去應物刺郡時，已更六朝，四十餘年矣；而夢得猶舉之，豈其遺愛尚存邪？又據應物《送鄒少府》詩云：「天寶爲侍臣歷觀兩都士。」《宴李録事》詩云：「十五侍皇闈。」然則天寶中應物在三衛，年始十五，至大和，計年九十餘。然自蘇州罷郡寓永定以後，集中不復有詩，豈四十年間，無一篇詩者？蓋亡之也。予嘗嘆息于斯焉。有子曰慶復，爲監察御史、河東節度掌書記。見《姓纂》。應物性高潔，見李肇《國史補》。善爲詩，氣質閑妙，渾然天成，初若不用工，而近世詩人莫及也。白居易嘗語元稹曰：『韋蘇州歌行，才麗之外，深得諷諫之意，而五言尤爲高遠雅淡，自成一家。』其爲時人推重如此。浮屠皎然者，頗工近詩，嘗擬應物體格，得數解爲贄，應物弗善也。明日，録舊贄以見，始被領略。曰：『人各有能有不能，蓋自天分學力有限。子而爲我，且失其故步矣，但以所詣自名可也。』皎然心服焉。見《因話録》、《長慶集》等。應物鮮食寡欲，所居焚香掃地而坐。見李肇《國史補》。爲吴門時，年已老矣，而詩益造微，世亦莫能知之也。亦白詩。子沈子曰：予讀韋蘇州詩，超然簡遠，有正始之風，所謂朱絲疏弦，一唱三嘆者。應物當開元、天寶，宿衛仗内爲郎，刺史于建中，以迄貞元，而文宗大和中，劉禹錫乃以故官舉之，計其年九十餘，而猶領轉輪劇職，應物何壽而康也！然自吴郡以後，不復有詩(又)〔文〕見于録者，豈亡之邪？使應物而無死，其所爲當不止此；以應物爲終于吴郡之後，則禹錫之所舉者猶無恙也，蓋不可得而考也。《新唐書·文藝傳》稱應物有文在人間，史逸其傳，故不録。予既愛其詩，因考次其平生，行義官代，皆有憑藉，始終可概見如此，恨史官編摩疏陋耳。嗟夫！應物崎嶇，身閱盛衰之變，晚乃折節學問，今其詩往往及治道，而造理精深。士固有悔而能復，厄而後奇者，如應物有以自表見于後世，豈偶然哉！《漁隱叢話後集》又載韓子蒼云：『韋蘇州少時，以三衛郎事玄宗，豪縱不羈。』余因記《唐宋遺史》云：『韋應物赴杜鴻漸宴，醉宿驛亭，見二佳人在側，驚問之。對曰：「郎中席上與司空詩，因令二樂伎侍寢。」問：「記得詩否？」一妓强記，乃誦曰：「高髻雲鬟宫様妝，春風一曲杜韋娘。司空見慣渾閑事，斷盡蘇州刺史腸。」』觀此，則應物豪縱不羈之性，暮年猶在也。子蒼又云：『余觀韋蘇州，爲性高潔，鮮食寡欲，所居掃地焚香而坐。』此是《韋集》後王欽臣所作序載《國史補》之語，但恐溢美耳。」與時謂盡信書不如無書，《國史補》之説固未可信，又安知《唐宋遺史》爲得其實乎？此未可以臆斷也。

54 徐陵《鴛鴦賦》云：「山雞映水那相得，孤鸞照鏡不成雙。天下真成長會合，無勝比翼兩鴛鴦。」黄魯直《題畫睡鴨》曰：「山雞照影空自愛，孤鸞舞鏡不作雙。天下真成長會合，兩鳧相倚睡秋江。」全用徐語點化。《容齋隨筆》謂魯直末句尤精工。余幼時不能解，每（言）〔疑〕鴛鴦可言長會合，兩鳧則聚散不常，何可言長會合？後乃悟魯直所謂長會合，特指畫者耳。（卷十。下同）

55（上略）崇仁吳德遠沆《環溪詩話》載其（指洪文敏）少時，謁張右丞。右丞告之曰：「杜詩妙處，人罕能知。凡人作詩，一句只說得一件物事，多說得兩件。杜詩一句能說得三件、四件、五件。常人作詩，但說得眼前，遠（過不）〔不過〕數十里。杜詩一句能說數百里，能說兩州軍，能說半天下，能說滿天下。此其所以爲妙。且如『重露成涓滴，稀星乍有無』，也是好句，然露與星各只是一件事。如『孤城返照紅將斂，近市浮煙翠且重』，亦是好句，然有孤城也，有返照也，即是兩件事。又如『鼉吼風奔浪，魚跳日映山』，有鼉也，風也，浪也，即是一句說三件事。如『絕壁過雲開錦繡，疏松夾水奏笙簧』，即是一句說四件事。至如『旌旗日暖龍蛇動，宮殿風微燕雀高』，即是一句說五件事。唯其實，是以健；若一字虛，即一字弱矣。公但按此法以求前人，即漸難爲詩。」吳又問：「如何是說眼前事，以至滿天下事？」右丞云：「如『獨鶴不知何事舞，飢烏似欲向人啼』，只是說眼前所見。如『藍水遠從千澗落，玉山高並兩峰寒』，即是說數十里內事。如『三峽樓臺淹日月，五溪衣服共雲山』，即是一句說數百里內事。至如『浮雲連海岱，平野入青徐』，即是說兩州軍。如『吳楚東南坼』，即是一句說半天下。至『乾坤日夜浮』，即是一句說滿天下。」吳因取前輩之詩，參而考之，謂「東坡惟《有美堂》一篇最工，然『天外黑風吹海立，浙東飛雨過江來』，止是一句能言三件事。如『令嚴鐘鼓三更月，野宿貔貅萬竈煙』，是一句能言四件事。如『通印子魚猶帶骨，披緜黃雀尚多脂』；『鶴閑雲作氅，駝卧草埋峰』，每句亦不過三物。如『酒醒風動竹，夢斷月窺樓』；『深谷留風終夜響，亂山銜月半床明』；『風花誤入長春苑，雲月長臨不夜城』；『雲煙湖寺家家境，燈火沙河夜夜春』，則似三物而不足。至如『峰多巧障日，江（漢）〔遠〕欲浮天』；『翠浪舞翻紅罷亞，白雲穿破碧玲瓏』；『葉厚有稜犀甲健，花深少態鶴頭丹』等句，不過用二物矣。山谷則有數聯合格，如『輕塵不動琴橫膝，萬籟無聲月入簾』；『飯香獵户分熊白，酒熟漁家擘蟹黄』；『苦楝狂風寒徹骨，黄梅細雨潤如酥』，皆是一句能言三件事。如『河天月暈魚分子，槲葉風微鹿養茸』；『桃李春風一杯酒，江湖夜雨十年燈』，即是一句能言四件事。至荆公則合格者稍多，如『帚動川收潦，靴鳴海上潮』；『已無船舫猶聞笛，遠有樓臺只見燈』；『山月入松金破碎，江風吹水雪崩騰』；『陽浮樹外蒼江水，塵漲原頭野火煙』，即每句皆能道三件事。以至『廟堂生莽（草）〔卓〕，巖穴死伊周』；『和風滿樹笙簧雜，霽色兼山粉黛重』；『坐見山川吞日月，杳無車馬送塵埃』；『霽分星斗風雷静，涼入軒窗枕簟閑』，即是一句能言四件事。然竟無一句能用五物者。至用半天下、滿天下之説求之，尤未見其有也。然後知詩道之難如此，而古今之美，備在杜詩，無復疑矣。」此論尤異。以此論詩，淺矣！杜子美之所以高于衆作者，豈謂是哉？若以句中事物之多爲工，則必皆如陳無己「桂椒柟櫨楓柞樟」之句，而後可以獨步，雖杜子美亦不容專美。若以「乾坤日夜浮」爲滿天下句，則凡句中言「天地」、「華夷」、「宇宙」、「四海」者，皆足以當之矣，何謂無也。（下略）

56邵伯温《聞見録》載：「康節先生治平間與客散步天津橋上，聞杜鵑聲，慘然不樂，曰：『洛陽舊無杜鵑，今始至。不二年，上用南士爲相，多引南人，專務變更，天下自此多事矣。』客曰：『聞杜鵑何以知此？』曰：『天下將治，地氣自北而南；將亂，自南而北。今南方地氣至矣，禽鳥飛類，得氣之先者也。』」與時按康節《首尾吟》其一云：「堯夫非是愛吟詩，詩是堯夫訪友時。青眼主人偶不在，白頭老叟還空歸。幾家大第橫斜照，一片殘春啼子規。獨往獨來還獨坐，堯夫非是愛吟詩。」疑亦此意也。

57 古今詠史詩，求其議論精當，康節先生《題淮陰侯廟》十篇，可以爲冠。讀者當自知之。「一身作亂宜從戮，三族全夷似少恩。漢道是時初雜霸，蕭何王佐殆非尊。」「據立大功非不智，復貪王爵似專愚。造成四百年炎漢，纔得安寧反受誅。」「生身既得逢真主，立事何須作假王？誰謂禍胎從此始，不宜迴首怨高皇。」「一時韓信爲良犬，千古蕭何作霸臣。彼此並干名教罪，罪猶不逮謂斯人。」「韓信事劉原不叛，蕭何惑漢竟生疑。當初若聽蒯通語，高祖功名未可知。」「雖則有才兼有智，存亡進退處非真。五湖依舊煙波在，范蠡無人繼後塵。」「若非韓信難除項，不得蕭何莫制韓。天下須知無一手，苟非高祖用蕭難。」「漢家基定議功勳，異姓封王有五人。不似淮陰最雄傑，敢教根固又生秦！」「韓信恃功前慮寡，漢皇負德尚權安。幽囚必欲擒來斬，固要加諸甚不難。」「若履暴榮須暴辱，既經多喜必多憂。功成能讓封王印，世世長爲列土侯。」

58 首卷書王平甫所云花蕊《宮詞》三十二首。今攷王恭簡《續成都集記》才二十八首，盡筆于此，庶真贋了然。「五雲樓閣鳳城間，花木長新日月閑。三十六宮連内苑，太平天子坐崑山。」「會真廣殿約宮牆，樓閣相扶倚太陽。净甃玉階橫水岸，御爐香氣撲龍床。」「龍池九曲遠相通，楊柳絲牽兩岸風。長似江南好春景，畫船來去碧波中。」「東内斜將紫禁通，龍池鳳苑夾城中。曉鐘聲斷嚴妝罷，院院紗窗海日紅。」「殿名新立號重光，島上亭臺盡改張。但是一人行幸處，黄金閣子鎖牙床。」「安排諸院接行廊，水檻周回十里强。青錦地衣紅繡毯，盡鋪龍腦鬱金香。」「夾城門與内門通，朝罷巡遊到苑中。每日日高祗候處，滿隄紅豔立春風。」「廚船進食簇時新，侍坐無非列近臣。日午殿頭宣索鱠，隔花催喚打魚人。」「立春日進内園花，紅蕊輕輕嫩淺霞。跪到玉階猶帶露，一時宣賜與宫娃。」「三面宫城盡夾牆，苑中池水白茫茫。亦從獅子門前入，旋見亭臺遶岸傍。」「離宫別院繞宫城，金板輕敲合鳳笙。夜夜月明花樹底，傍池長有按歌聲。」「御製新翻曲子成，六宫纔唱未知名。盡將觱篥來抄譜，先按君王玉笛聲。」「旋移紅樹斸青苔，宣使龍池再鑿開。展得緑波寬似海，水心樓殿勝蓬萊。」「太虚高閣淩波殿，背倚城牆面枕池。諸院各分娘子位，羊車到處不教知。」「修儀承寵住龍池，掃地焚香日午時。等候大家來院裏，看教鸚鵡念新詩。」「才人出入每相隨，筆硯將行遶曲池。能向彩牋書大字，忽防御製寫新詩。」「六宫官職總新除，宫女安排入畫圖。二十四司分六局，御前頻見錯相呼。」「春風一面曉妝成，偷折花枝傍水行。却被内監遥覷見，故將紅豆打黄鶯。」「梨園弟子簇池頭，小樂攜來候燕遊。旋炙銀笙先按拍，海棠花下合梁州。」「殿前排宴賞花開，宫女侵晨探幾回。斜望花開遥舉袖，傳聲先喚近臣來。」「小毬場近曲池頭，宣喚勳臣試打毬。先向畫廊排御幄，管弦聲動立浮油。」「供奉頭籌不敢争，上棚專喚近臣名。内人酌酒纔宣賜，馬上齊呼萬歲聲。」「殿前宫女總纖腰，初學乘騎怯又嬌。上得馬來纔似走，幾回抛鞚把鞍橋。」「自教宫娥學打毬，玉鞍初跨柳腰柔。上棚知是官家認，遍遍長赢第一籌。」「翔鸞閣外夕陽天，木影花光水接連。望見内家來往處，水門斜過罨樓船。」「内人追逐採蓮時，驚起沙鷗兩岸飛。蘭棹把來齊拍水，並船相鬭濕羅衣。」「新秋女伴各相逢，罨畫船飛别浦中。旋折荷花伴歌舞，夕陽斜照滿衣紅。」「月頭支給買花錢，滿殿宫娥近數千。遇著唱名都不應，含羞走過御床前。」

（徐俊）

荆溪林下偶談

吴子良 撰

吴子良，字明輔，號荆溪，臨海（在今浙江省）人。寶慶二年（一二二六）進士，官至湖南運使、太府少卿。《荆溪林下偶談》八卷，今作四卷，又名《木筆雜鈔》（今有節本）。原不著撰人，《四庫全書總目》考定爲吴子良撰。書中多論詩之語，曹溶《學海類編》曾選輯爲《吴氏詩話》，但尚有遺漏，如書中較爲重要之《四靈詩》一條，即不見於《吴氏詩話》。此據《寶顔堂秘笈》本選録。

【孟郊年四十六登第】東野墓誌云：「年幾五十，始以尊夫人之命，來集京師，從進士試。既得即去。」史云：年五十，得進士第。樊汝霖云：「時郊年五十四。」三説不同。按唐登科記，郊登第在正元十二年李程榜。又按墓誌，郊死於元和九年，年六十四。自元和元年，逆數而上，至正元十二年，凡十九年矣。郊登第當是年四十六。又退之《薦士》詩「酸寒溧陽尉，五十幾何耄」。蓋郊登第四年，方調溧陽尉也。誌謂之幾五十，是矣。史與樊説失之。然郊集中有《落第》詩，《再下第》詩，又有《下第東南行》及《下第東歸留别長安知己》等詩，則郊前此嘗累舉京師矣。今誌謂之年幾五

十，始以尊夫人之命，來集京師。又何也？（卷一。下同）

【文選君子行】《文選》樂府稱古辭，不知作者姓氏。然《君子行》李善本無之。此篇載於曹子建集，意即子建作也。

【曹鄴謝逸詩】曹鄴《讀李斯傳》詩云：「一車致三轂，本圖行地速。不知駕馭難，舉足成顛覆。欺暗尚不然，欺明當自戮。難將一人手，掩得天下目。不見三尺墳，雲陽草中緑。」姚鉉《文粹》只摘取四句，一篇之精英盡矣。《文鑑》載謝逸《閨恨》詩，亦止六韻。削去曼語，一歸之正，使靄然有行露之風，此亦編集文字之一法也。

【後山簡齋詩】後山詩：「俗子推不去，可人費招呼。」氣象淺露，絶少含蓄。陳簡齋又模而衍之曰：「俗子令我病，紛然來座隅。賢士費懷思，不受折簡呼。」可謂短於識而拙於才者也。

【黄亢臨水詩】《文鑑》載黄亢《臨水》詩云：「去年昨日水，今日到何處？」蓋蹈襲杜牧《題安州浮雲寺樓寄湖州張郎中》云：「當時樓下水，今日到何處？」

【吕東萊詩】東萊先生《送宋子華通判長沙》詩云：「木脱獻群峰，雲生失前浦。」蓋用荆公「暮林摇落獻群峰」，「木落岡巒因自獻」，少陵「歸雲擁樹失山村」之語。

【東坡于湖詩】東坡《大風留金山兩日》云：「塔上一鈴獨自語，明日顛風當斷渡。」于湖詩云：「塔上一鈴語，湖頭三日風。」用坡語也。

【杜子美錢起詩】錢起云：「山來指樵火，峰去惜花林。」不若子美云：「青惜峰巒過，黄知橘柚來。」

【退之詩善形容】退之《贈無本》詩，有云：「風蟬碎錦纈，綠池垤菡萏。英芝擢荒榛，孤翮起連焱。」《醉贈張徹》云：「君詩多態度，藹藹春空雲。東野動驚俗，天葩吐奇芬。張籍學古淡，軒昂避雞群。」至《論李杜》則云：「想當施手時，巨刃磨天揚。垠厓劃崩豁，乾坤擺雷硠。」其形容諸人之詩，亦可謂奇巧矣。

【岑參詩】岑參詩：「來亦一布衣，去亦一布衣。羞見關門吏，還從舊路歸。」於武陵祖其語意云：「猶爲布衣客，羞入故關中。」賈島亦云：「有恥長爲客，無成又入關。」唐詩人類多哀窮悼屈之語。通塞命也，世間冠佩煌煌，如坐塗炭，可羞者多矣，爲布衣何可羞耶？

【山谷詩意與退之同】韓退之《病中贈張十八》詩，意奇語雄，序其與籍談辨，有云：「吾欲盈其氣，不令見麾幢。牛羊滿田野，解旆束空杠」云云。「迴軍與角逐，斫樹收窮龐。」後山谷《次韻答薛樂道》云：「薛侯筆如椽，峥嶸來索敵。出門決一戰，不見旗鼓迹。令嚴初不動，帳下聞吹笛。乍奔水上軍，拔幟入趙壁。長驅劇崩摧，百萬俱辟易。」正與退之詩意同，才力殆不相下也。

【左經臣詩】左緯，字經臣，黄巖人，能詩。陳了翁嘗喜其「一别又經無數日，百年能得幾多時」之句，以爲非特辭意清逸，可翫味也。老於世幻，逝景迅速，讀之能無警乎。然此乃古人已道之句耳。戴叔倫《寄朱山人》云：「此别又萬里，少年能幾時。」杜荀鶴《送人游江南》云：「能禁幾度别，即到白頭時。」魏野《寄唐異》云：「能銷幾度别，便是一生休。」但經臣語尤婉而不迫爾。

【山谷詩與杜牧鄭谷同意】張(祐)〔祜〕有句云：「故國三千里，深宮二十年。」以此得名。故杜牧云：「可憐故國三千里，虚唱宫詞滿後宫。」鄭谷亦云：「張生有國三千里，知者惟應杜紫微。」秦少游有詞云：「醉卧古藤陰下。」故山谷云：「少游醉卧古藤下，誰與愁眉唱一杯？解作江南斷腸句，只今惟有賀方回。」正與杜鄭語意同。

【王季友詩】唐王季友《觀於舍人壁畫山水》詩云：「野人宿在人家少，朝見此山謂山曉。半壁仍棲嶺上雲，開簾放出湖中鳥。獨坐長松是阿誰，再三招手起來遲。于公大笑向予説，小弟丹青能爾爲。」語意淺陋，類兒童幼學者。山谷《題鄭防畫夾》云：「惠崇煙雨歸雁，坐我瀟湘洞庭。欲换扁舟歸去，故人言是丹青。」大略與季友相類，然語簡趣遠，工於季友百倍矣。

【江文通】《能改齋漫録》云：江文通《擬湯休》詩：「日暮碧雲合，佳人殊未來。」蓋用魏文帝《秋胡行》云：「朝與佳人期，日夕殊不來。」梁武帝《鼓角吹横曲》云：「日落登雍臺，佳人殊未來。」梁沈約《洛陽道》云：「佳人殊未來，日暮空徙倚。」二人所用又襲江也。余謂江不但用魏文語，後之襲江，亦非止此二人。淮南小山《招隱士》云：「王孫遊兮不歸，春草生兮萋萋。」陸士衡《擬庭中有奇樹》云：「芳草久已茂，佳人竟不歸。」即《招隱》語也。謝靈運詩：「圓景早已滿，佳人殊未適。」蓋又祖士衡，而江則兼用陸謝及魏文語也。其後唐韋莊《章臺夜思》云：「芳草已云暮，故人殊未來。」寇萊公《楚江夜懷》云：「明月夜還滿，故人秋未來。」無非蹈襲前語，而視陸謝則又絶類矣。

【東萊野步詩】司空圖有「棋聲花院閉」之句，東坡喜之，以爲吾嘗獨遊五老峰，入白鶴觀，松陰滿地，不見一人，惟聞棋聲，然後知此句之工也，故作詩有云：「誰與棋者？户外屨二。不聞人聲，時聞落子。」東萊《野步》亦云：「幽人不可親，棋聲時出户。」即此意也。

【劉義落葉詩】《苕溪漁隱》載劉義《落葉》詩云：「返蟻難尋穴，歸禽易見巢。」黄巖左經臣亦有《落葉》詩：「禽巢先覺曉，蟻穴未知霜。」意同而工又過之矣。

【冷齋誤載邵堯夫詩】《冷齋夜話》云：「余客漳水，見瑩中姪勝柔自九江來，出詩示余曰：『仁者難逢思有常，平居慎勿恃何妨。争先世路機關惡，近後語言滋味長。可口物多終作疾，快心事過必爲殃。與其病後求良藥，不若病前能自防。』余謂勝柔曰：公痴叔詩，如食鯽魚，惟恐遭骨刺。」此詩邵堯夫作，而冷齋誤以爲瑩中。或者瑩中手書此詩，冷齋不知爲堯夫作歟？（卷二。下同）

【桃源】淵明《桃花源記》初無仙語，蓋緣詩中有「奇蹤隱五百，一朝敞神界」之句，後人不審，遂多以爲仙。如韓退之詩云：「神仙有無何渺茫，桃源之説尤荒唐。」劉禹錫云：「仙家一出尋無蹤，至今流水山重重。」王維云：「初因避地去人間，及至成仙遂不還。」又云：「重來遍是桃花水，不（下）〔辨〕仙源何處尋。」王逢原亦云：「惟天地之茫茫兮，故神仙之或容。惟昔王之制治兮，恐魅魑之人逢。逮後世之陵夷兮，因神鬼之争雄。」此皆求之過也。惟王荆公詩與東坡《和桃源》詩所言最爲得實，可以破千載之惑矣。

【子美草堂詩】子美《草堂》詩云：「舊犬喜我歸，低徊入衣裾。鄰舍喜我歸，沽酒携胡盧。大官喜我來，遣騎問所須。城郭喜我來，賓客溢村墟。」蓋用《木蘭詩》云：「爺娘聞女來，出郭相扶將。

阿姊聞妹來，當户理紅妝。小弟聞姊來，磨刀霍霍向猪羊。」但連用古人句，亦不可爲法也。

【詩人以草爲諷】自《離騷》以草爲諷諭，詩人多效之者。退之《秋懷》云：「白露下百草，蕭蘭共憔悴。青青四牆下，已復生滿地。」樂天《咸陽原上草》云：「野火燒不盡，春風吹又生。」僧贊寧詩：「要路花争發，閒門草易荒。」後山詩集：「牆頭霜下草，又作一番新。」後徐師川詩：「遍地閒花草，乘春傍路生。」意皆有所譏也。

【曹緯詩】杜詩：「冉冉征途間，誰是長年者？」曹緯蹈襲之云：「爲問征途間，誰如此山者？」

【寬於一天下】杜牧《贈宣州元處士》云：「蓬蒿三畝居，寬於一天下。」潘興嗣《消遥亭》詩用其語云：「寬於一天下，原憲惟桑樞。」

【行色野色詩】司馬池《行色》詩云：「冷於陂水淡於秋，遠陌初窮見渡頭。賴得丹青無畫處，畫成應遺一生愁。」前輩稱之。此詩惟第一句最有味。范文正公《野色》詩：「非煙亦非霧，冥冥映樓臺。白鳥忽點破，夕陽還照開。肯隨芳草歇，疑逐遠帆來。誰會山公意，登高醉始回。」第二聯亦豈下於池詩乎？此梅聖俞所謂狀難寫之景，如在目前也。

【文字有江湖之思】文字有江湖之思，起於《楚辭》「嫋嫋兮秋風，洞庭波兮木葉下」。模想無窮之趣，如在目前。後人多倣之者。杜子美云：「蒹葭離披去，天水相與永。」意近似而語亦老。陳止齋《送葉正則赴吴幕》云：「秋水能隔人，白蘋况連空。」意尤遠而語加活。水心《送王成叟姪》云：「林黄橘柚重，渚白蒹葭輕。」意含蓄而語不費。

【讀中興頌詩】《讀中興頌》詩，前後非一。惟黄魯直、潘大臨皆可爲世主規鑒，若張文潛之作，雖無之可也。陳去非篇末云：「小儒五載憂國淚，杖藜今日溪水側。欲搜奇句謝兩公，風作浪涌空心惻。」蓋當建炎亂離奔走之際，猶庶幾少陵不忘君之意耳。張安國篇末亦云：「北望神皋雙淚落，只今何人老文學？」語亦頓挫含蓄，然首句云「錦綳兒啼思塞酥」，雖曰紀事，其淫褻亦甚矣。首以淫褻犯分之語，似非臣子所宜言。至於末句乃若愛君憂國者，則吾未敢信也。

【陳後山詩】《復齋漫録》載陳後山詩云：「平生精力盡於詩。」蓋出温公《上通鑑表》臣之精力盡於此書之語。予觀杜荀鶴《贈山中詩友》云：「平生心力盡於文。」亦恐其語偶同耳。

【寇萊公詩】萊公詩：「野水無人渡，孤舟盡日横。」人謂其有宰相器。然韋應物亦有「野水無人舟自横」之句，豈亦便可擬其爲宰相耶？

【崑崙月窟東巉巖】杜詩：「被堅執鋭略西極，崑崙月窟東巉巖。」崑崙月窟在西，而謂之東，何也？前後注詩者，皆不分曉解此義。詩意蓋謂魏將軍略地至西方之極，而回顧崑崙月窟却在東也。

【沙溪驛詩】興化沙溪驛，有詩題壁上云：「沙溪祇是舊沙溪，今日重來路欲迷。獨有暮鴉知我意，白雲深處盡情啼。」不知何人作。（卷三。下同）

【詞人懷古思舊】詞人即事睹景，懷古思舊，感慨悲吟，情不能已。今舉其最工者，如劉禹錫《金陵》詩：「山圍故國周遭在，潮打空城寂寞回。淮水東邊舊時月，夜深還過女牆來。」《愚溪》詩：

「溪水悠悠春自來，草堂無主燕飛回。隔簾惟見中庭草，一樹山榴依舊開。」又：「草聖數行留斷壁，木奴千樹屬鄰家。惟見里門通德榜，殘陽寂曆出樵車。」竇鞏《南游》詩：「傷心欲問前朝事，惟見江流去不回。日暮東風春草緑，鷓鴣飛上越王臺。」東坡《昆陽城賦》：「横門豁以四達，故道宛其未改。彼野人之何知，方傴僂而畦菜。」張安國《題黄州東坡》詩：「老仙騎鶴去，穉子飯牛歌。」蓋人已逝而迹猶存，迹雖存而景隨變。古今詞云，語言百出，究其意趣，大概不越諸此。而近世倣傚尤多，遂成塵腐，亦不足責矣。

【陳簡齋詩】簡齋之詩晚而工，如「木落太湖白，梅開南紀明」、「慷慨賦詩還自恨，徘徊舒嘯却生哀」、「山林有約吾當去，天地無情子亦饑」、「樓頭客子杪秋後，日落君山元氣中」、「世亂不妨松偃蹇，村空更覺水潺湲」，皆佳句。又有《晚晴獨步》及《題董宗禹園先志亭》等古詩，亦皆佳。

【陳元爲杜韓之先驅】唐之古詩，未有杜子美，先有陳子昂。唐之古文，未有韓退之，先有元次山。陳、元蓋杜、韓之先驅也，至杜、韓益彬彬耳。

【晦翁按唐與正】金華唐仲友，字與正，博學工文，熟於度數，居與陳同甫爲鄰。同甫雖工文，而以强辯俠氣自負，度數非其所長。唐意輕之而忌其名盛。一日，爲太學公試官，故出《禮記》度數題以困之。同甫技窮見黜，既揭榜，唐取同甫卷示諸考官，咸笑其空疏。同甫深恨。唐知台州，大修學，又修貢院，建中津橋，政頗有聲，而私於官妓。其子又頗通賄賂。同甫訪唐於台州，知其事，具以告晦翁。時高炳如爲台州倅，才不如唐，唐亦頗輕之。晦翁爲浙東提舉，按行至台。炳如前途迓而訴之。晦翁至，即先索州印，逮吏旁午，或至夜半未已，州人頗駭。唐與時相王季海爲鄉人，先密申朝嫌省避晦翁按章。及後季海爲改唐江西憲，而晦翁力請去職。蓋唐雖有才，然任數要非端士。或謂晦翁至州，竟按去之足矣，何必如是張皇乎？同甫之至台州，士子奔湊求見，黄巖謝希孟與同甫有故，先一日，與樓大防諸公飲巾山上以待之。賦詩有云：「須臾細語夾簾言，説盡尊拳並毒拳。」語已可怪。既而同甫至，希孟借郡中伎樂燕之東湖，同甫在坐與官伎語，酒至不即飲。希孟怒詰責之，遂相詈擊，妓樂皆驚散。明日，有輕薄子爲謔詞，末云：「何時一樽酒，重與細論文？」一州傳以爲笑。

【銘詩】銘詩之工者，昌黎、六一、水心爲最。東坡《表忠觀碑銘》云：「仰天誓江，月星晦蒙。强弩射湖，江海爲東。」只此四句，便見錢鏐忠勇英烈之氣，閉爍乾坤。《上清儲祥宫碑銘》云：「於皇祖宗，在帝左右。風馬雲車，從帝來狩。閲視新宫，察民之言。佑我文母，及其孝孫。」讀之儼然如畫，悚然如見，而天帝與祖宗所以念下民、眷子孫之意，又仁慈惻怛如此。後之爲文者，非不欲極力模寫，往往形貌雖具，而神氣索然矣。

【近世詩人】《大序》云：「亡國之音哀以思。」退之論魏晉以降，以文鳴者，其聲清以浮，其節數以急，其辭淫以哀，其志弛以肆。近世詩人，争效唐律。就其工者論之，即退之所謂魏晉以降者也，而況其不能工者乎！

【東坡潁濱論三良事】東坡《秦穆公墓》詩云：「昔公生不誅孟明，豈有死之日而忍用其良？乃知三子殉公意，亦如齊之二子從田横。古人感一飯，尚能殺其身。今人不復見此等，乃以所見疑古人。」子由和篇云：「泉上秦伯墳，下埋三良士。三良百夫特，豈爲無益死。當年不幸見迫脅，詩人尚記臨穴惴。豈如田横海中客，中原皆漢無報所。秦國吞西周，康公穆公子，盡力事康公，穆公不爲負。豈必殺身從之游，夫子乃以侯嬴所爲疑三子。王澤既未竭，君子不爲詭。三良殉公意，要自不得已。」二詩不同，愚謂子由之説稍近。君子進退存亡，要不失正而已，豈苟爲匹夫之諒哉？論者罕能知此。如王仲宣云：「結髮事明主，受恩良不貲。臨没要之死，安得不相隨。」曹子建亦云：「生時等榮樂，既殁同憂患。」若然，則是三良者，特荆軻、聶政之徒耳。東坡晚年《和淵明》詩云：「三子死一言，所死良已微。賢哉晏平仲，事君不以私。我豈犬馬哉，從君求蓋帷。殺身固有道，大節要不虧。君爲社稷死，我則同其歸。顧命有治亂，臣子得從違。魏顆真孝愛，三良安足希。」蓋其飽更世故，閲義理熟矣。前詩作於壯年氣鋭之時，意亦有所激而云也。

【程蘇分黨】山谷稱周濂溪胸次如光風霽月，又云：「西風壯士淚，多爲程灝滴。」東坡爲濂溪詩云：「夫子豈我輩，造物乃其徒。」蓋蘇氏師友，未嘗不起敬於周程如此，惜乎後因嘻笑而成仇敵也。（卷四。下同）

【水心詩】水心詩早已精嚴，晚尤高遠，古調好爲七言八句，語不多而味甚長。其間與少陵争衡者非一，而義理尤過之。難以全篇概舉，姑舉其近體成聯者：「花傳春色枝枝到，雨遞秋聲點點分」，此分量不同，周匝無際也。「江當闊處水新漲，春到極頭花倍添」，此地位已到，功力倍進也。

「萬卉有情風暖後，一筇無伴月明邊」，此惠和夷清氣象也。「包容花竹春留巷，謝遣蒲荷雪滿涯」，此陽舒陰慘規模也。「隔垣孤響度，別井暗泉通」，此感通處無限斷也。「舉世聲中動，浮生脣帶來」，此真實處非安排也。「峙岩橋畔船辭柁，冷水觀邊花發枝」，此往而復來也。「有兒有女後應好，同穴同時今奈何」，此哀而不傷也。「此日深探應徹底，他時直上自摩空」，此高下本一體，特有等級也。「著蔡羲前識，蕭韶舜後音」，此古今同一機，初無起止也。所謂關於義理者如此，雖少陵未必能追攀。至於「因上岧嶢覽吴越，遂從開闢數羲皇」，此等境界，此等襟度，想像無窮極則，惟子美能之。他如「驛梅吹凍蕊，柁雨送春聲」，「緑圍齊長柳，紅糝半含桃」，「聽雞催謁駕，立馬待細書」，「野影晨迷樹，天文夜照城」，「曬書天象切，浴硯海光翻」，「地深湘渚浪，天遠桂陽城」，置杜集中何以別。乃若「遺臘冰千筋，勾春柳一絲」，「燐迷王弼宅，蒿長孟郊墳」，「帆色掛曉月，艣音穿夕烟」，「門邀百客醉，囊諱一金存」，「難招古渡外，空老夕陽濱」，又特其細者。

【四靈詩】水心之門，趙師秀紫芝、徐照道暉、璣致中、翁卷靈舒工爲唐律，專以賈島、姚合、劉得仁爲法。其徒尊爲四靈，翕然傚之，有八俊之目。水心廣納後輩，頗加稱奬，其詳見《徐道暉墓誌》，而末乃云：尚以年不及乎開元、元和之盛，而君既死。蓋雖不没其所長，而亦終不滿也。後爲《王木叔詩序》，謂木叔不喜唐詩，聞者皆以爲疑。「夫争妍鬬巧，極外物之意態，唐人所長也；及要其終，不足以定其志之所守，唐人所短也。木叔之評，其可忽諸。」又跋劉潛夫詩卷，謂謝顯道稱「不如流連光景之詩」，「此論既行而詩因以廢矣。潛夫能以謝公所薄者自鑒，而進於古人不已，參雅頌、軼風騷可也，何必四靈哉！」此跋既出，爲唐律者頗怨，而後人不知，反以爲水心崇尚晚唐者，誤也。水心稱當時詩人可以獨步者，李季章、趙蹈中耳。近時學者，歆艷四靈，剽竊模倣，愈陋愈下，可嘆也哉！

【山谷思邢惇夫詩】西山嘗舉山谷詩云：「惇夫若在鐫此老，不令平地生崎嶇。」余曰：「鐫字未穩。事父母幾諫，不聽，則號泣而隨之耳，子豈應鐫其父邪？然邢恕游程氏之門，早歲立節如此，而晚乃顛倒錯繆，師友且不得而挽回之矣，豈一子所能鐫耶？

【止齋送陳益之詩】止齋《送陳益之》詩甚工，且有理致。首云：「論事不欲如戎兵，欲如衣冠佩玉嚴整而和平；作文不欲如組繡，欲如疏林茂麓窈窕而敷榮。」陳益之年正盛，論事豪勇，而作文喜爲詰曲聱牙，故以此勉之。又云：「楨幹盍亦煩繩墨，風味何如餘典則。」末云：「君看風雅詩三百，亦有初章三嘆息。」皆有深長之意，學者所當思也。益之自負用世才幹，而脱略邊幅不羈，故又以繩墨典則規之。

【唐任翻詩】唐項斯、周朴、任翻，皆赤城人，能詩，見《赤城志》。按《唐文志》項斯詩一卷，周朴詩二卷，任翻詩一卷。獨翻詩世罕傳者。今郡齋有翻小集，僅十篇而已。翻有《題巾子廣軒》詩，集中不載。詩云：「絶頂新秋生夜涼，鶴飛松露滴衣裳。前村月照半江水，僧在翠微開竹房。」

（程毅中）

鶴林玉露

羅大經　撰

羅大經，字景綸，廬陵（今江西吉水）人。約生於慶元初年（一一九五—一二〇〇），卒於淳祐末年之後。寶慶二年（一二二六）登進士第。曾任撫州軍事推官等職。《鶴林玉露》分甲乙丙三編，每編六卷，編成於淳祐十二年（一二五二）。此據中華書局一九八三年排印本選録。

【汴州詩】昌黎《汴州》詩云：「母從子走者爲誰？大夫夫人留後兒。昨日乘車騎大馬，坐者起趨乘者下。廟堂不肯用干戈，嗚呼奈汝母子何！」爲汴州之亂留後陸長源遭殺作也。方董晉帥汴，昌黎在幕中。晉專行姑息，知軍驕難制，變在旦夕。且死，遺戒喪車速發。及長源代之，繩以嚴急，軍果亂，官屬多死之。昌黎隨晉喪已去汴，獲免。夫長源固失矣，晉不能酌寬猛之中，潛消事變，乃以姑息偷免其身，使相激相形，産後來之禍，又不能先以一語忠告長源，烏得無罪？昌黎在幕中，蓋亦與有責矣。此詩末句，似有愧於中，而爲自解之辭。（甲編卷一。下同）

【世短意多】古詩云：「人生不滿百，常懷千歲憂。」而淵明以五字盡之，曰「世短意常多」是也。

東坡云「意長日月促」，則倒轉陶句爾。

【茲爲年】《吕氏春秋》云：「今茲美禾，來茲美麥。」注云：「茲，年也。」《公羊傳》云：「諸侯有疾曰負茲。」注云：「茲，新生草也。」一年草生一番，故以茲爲年。古詩云：「爲樂當及時，何能待來茲。」《左氏傳》「五稔」，杜詩「十暑岷山葛」，皆此意。

【四勝】周瑜赤壁、謝安淝水、寇萊公澶淵、陳魯公采石，四勝大略相似。杜牧云：「東風不與周郎便，銅雀春深鎖二喬。」意亦著矣。謝安圍棋别墅，真是矯情鎮物，喜出望外，宜其折屐。澶淵之役，畢士安有相公交取鶻崙官家之説，高瓊有好唤宰相來吟兩首詩之説，則當時策略，亦自可見。「天發一矢胡無酋」，荆公句意與杜牧同。采石之師，若非逆亮暴急嗜殺，自激三軍之變，亦未驅攘。是時亮雖遭戕，虜師北歸，紀律肅然，無一人叛亡，此豈易勝之師乎！朱文公曰：「謝安之於桓温，陳魯公之於完顔亮，幸而捱得他死爾。」要之吴、晉乃天幸，宋朝真天助也。

【范石湖使北】淳熙中，范至能使北，孝宗令口奏金主，謂河南乃宋朝陵寢所在，願反侵地。至能奏曰：「茲事至重，合與宰相商量，臣乞以聖意諭之，議定乃行。」上首肯，既而宰相力以爲未可，而聖意堅不回。至能遂自爲一書，述聖語。至虜庭，納之袖中。既跪進國書，伏地不起。時金主乃葛王也，性寬慈，傳宣問使人何故不起。至能徐出袖中書，奏曰：「臣來時，大宋皇帝别有聖旨，難載國書，令臣口奏。臣今謹以書述，乞賜聖覽。」書既上，殿上觀者皆失色。至能猶伏地。再傳宣曰：「書詞已見，使人可就館。」至能再拜而退。虜中群臣咸不平，議羈留使人，而虜主不可。至能將回，又奏曰：「口奏之事，乞於國書中明報，仍先宣示，庶使臣不墮欺罔之罪。」虜主許之。報書云：「口奏之説，殊駭觀聽，事須審處，邦乃孚休。」既還，上甚嘉其不辱命。由是超擢，以至大用。至能在燕京會同館，守吏微言有羈留之議，乃賦詩曰：「萬里孤臣致命秋，此身何止一漚浮。提攜漢節同生死，休問羝羊解乳不。」

【仕宦歸故鄉】歐陽公居永豐縣之沙溪，其考崇公葬焉，所謂瀧岡阡是也。厥後奉母鄭夫人之喪歸合葬，載青州石鐫阡表。石緑色，高丈餘，光可鑑，阡近沙山太守廟。襄事禱于廟，祝板猶存。曰：「大事有日，陰雲屢興，假以三日之晴，則拜神之賜，其敢忘報！」執政得立功德寺，公素排佛教，雅不欲立寺。崇公諱觀，又不可立觀，乃立青陽宫。然公自葬鄭夫人之後，不復歸故鄉。（中略）樂潁昌山水，作《思潁》詩，退休竟卜居焉。前輩議其無回首敝廬、息問喬木之意。近時周益公歸休，尹直卿以詩賀之云：「六一先生薄吉州，歸田去作潁昌游。我公不向螺江住，羞殺青原白鷺洲。」

【池鷗】太學藴道齋有小池，忽一鷗飛來，容與甚久。一同舍生題詩云：「朝來池上有斯事，火急報教同舍知，昨夜雨餘春水滿，白鷗飛下立多時。」讀者賞其醖藉。

【農圃漁樵】農圃家風，漁樵樂事，唐人絶句模寫精矣。余摘十首題壁間，每菜羹豆飯飽後，啜苦茗一杯，偃卧松窗竹榻間，令兒童吟誦數過，自謂勝如吹竹彈絲。今記於此：韓偓云：「聞説經旬不啓關，藥窗誰伴醉開顔。夜來雪壓村前竹，賸看溪南幾尺山。」又云：「萬里清江萬里天，一村桑柘一村煙。漁翁醉著無人唤，過午醒來雪滿船。」長孫佐輔云：「獨訪山家歇還涉，茅屋斜連隔松葉。主人聞語未開門，繞籬野菜飛黄蝶。」薛能云：「邵平瓜地接吾廬，穀雨乾時偶自鋤。昨日春風欺不在，就牀吹落讀殘書。」韋莊云：「南鄰酒熟愛相招，蘸甲傾來緑滿瓢。一醉不知三日事，任他童稚作漁樵。」杜荀鶴云：「山雨溪風卷釣絲，瓦甌蓬底獨斟時。醉來睡著無人唤，流下前灘也不知。」陸龜蒙云：「雨後沙虚石岸崩，漁梁移入亂雲層。歸時月落汀洲暗，認得妻兒結網燈。」鄭谷〔「白頭波上白頭翁，家逐船移浦浦風。一尺鱸魚新釣得，兒孫吹火荻花中。」李商隱云：「城郭休過識者稀，哀猿啼處有柴扉。滄江白石漁樵路，薄暮歸來雨濕衣。」張演云：「鵝湖山下稻粱肥，豚柵雞栖對掩扉。桑柘影斜春社散，家家扶得醉人歸。」（甲編卷二。下同）

【柳詩】唐人《柳》詩云：「水邊楊柳緑煙絲，立馬煩君折一枝。惟有春風最相惜，殷勤更向手中吹。」朱文公每喜誦之，取其興也。

【郎當曲】魏鶴山《天寶遺事》詩云：「紅錦繃盛河北賊，紫金盞酹壽王妃。弄成晚歲郎當曲，正是三郎快活時。」俗所謂「快活三郎」者，即明皇也。小説載，明皇自蜀還京，以駝馬載珍玩自隨，明皇聞駝馬所帶鈴聲，謂黄幡綽曰：「鈴聲頗似人言語。」幡綽對曰：「似言三郎郎當，三郎郎當也。」明皇愧且笑。

【漢宫詩】唐李商隱《漢宫》詩云：「青雀西飛竟未回，君王猶在集靈臺。侍臣最有相如渴，不賜金莖露一杯。」譏武帝求仙也。言青雀杳然不回，神仙無可致之理必矣，而君王未悟，猶徘徊臺上，庶幾見之，且胡不以一物驗其真妄乎？金盤盛露，和以玉屑，服之可以長生，此方士之説也。今侍臣相如，正苦消渴，何不以一杯賜之，若服之而愈，則方士之説，猶可信也，不然，則其妄明矣。二十八字之間，委蛇曲折，含不盡之意。

【世事翻覆】衛青少服役平陽公主家，後爲大將軍，貴顯震天下。公主仳離擇配，左右以爲無如大將軍。公主曰：「此我家馬前奴也，不可。」已而遍擇群臣，貴顯無踰大將軍者，迄歸大將軍。丁晉公起甲第，鉅麗無比。軍卒楊杲宗躬負土之役，勞苦萬狀。後杲宗以外戚起家，晉公得罪貶海上，朝廷以其第賜杲宗，居之三十年。世事翻覆，何所不有！楊誠齋詩云：「君不見河陽花，今如泥土昔如霞。又不見武昌柳，春作金絲秋作帚。人生馬耳射東風，柳色桃花却長久。秦時東陵千户侯，華蟲被體腰蒼璆。漢初沛邑刀筆吏，折腰如磬頭搶地。蕭相厥初謁邵平，中庭百拜百不膺。邵平後來謁蕭相，故侯一拜一惆悵。萬事反覆何所無，二子豈是大丈夫。窮通流坎皆偶爾，搏扶未必賢搶榆。華胥別是一天地，醉鄉何嘗有生死。儂欲與君歸去來，千愁萬恨付一杯。」

【晚學】高適五十始爲詩，爲少陵所推。老蘇三十始讀書，爲歐公所許。功深力到，無早晚也。聖賢之學亦然，東坡詩云：「貧家淨掃地，貧女巧梳頭。下士晚聞道，聊以拙自修。」朱文公每借此句作話頭，接引窮鄉晚學之士。

【九日詩】徐淵子《九日》詩云：「衰容不似秋容好，坐上誰憐老孟嘉？牢裹烏紗莫吹却，免教白髮見黄花。」時一朝士和云：「呼兒爲我整烏紗，不是無心學孟嘉，要摘金英滿頭插，明朝還是過時花。」二詩興致皆佳，未易優劣。

【生成吹噓】杜陵詩云：「桑麻深雨露，燕雀半生成。」後山詩云：「輟耕扶日月，起廢極吹噓。」或謂虚實不類。殊不知生爲造，成爲化，吹爲陰，噓爲陽，氣勢力量，與日月字正相配也。（甲編卷三。下同）

【南軒六詩】張宣公《題南城》云：「坡頭望西山，秋意已如許。雲影度江來，霏霏半空雨。」《東渚》云：「團團淩風桂，宛在水之東。月色穿林影，却下碧波中。」《麗澤》云：「長哦伐木詩，佇立以望子。日暮飛鳥歸，門前長春水。」《濯清》云：「芙蓉豈不好，濯濯清漣漪。采去不盈把，惆悵暮忘饑。」《西嶼》云：「繫舟西岸邊，幅巾自來去。島嶼花木深，蟬鳴不知處。」《采菱舟》云：「散策下亭舸，水清魚可數。却上采菱舟，乘風過南浦。」六詩閑澹簡遠，德人之言也。

【族譜引】陶淵明《贈長沙公族祖》云：「同源分派，人易世疏。慨然寤嘆，念兹厥初。」老蘇《族譜引》云：「服始乎衰，而至於緦，而至於無服。無服則親盡，親盡則情盡。情盡則喜不慶，憂不弔。喜不慶，憂不弔，則塗人也。吾所與相視如塗人者，其初兄弟也。兄弟其初，一人之身也。悲夫！」正淵明詩意，詩字少意多，尤可涵泳。

【幸不幸】胡澹庵乞斬秦檜得貶，盧溪先生王廷珪，字民瞻，以詩送之曰：「癡兒不了公家事，男子要爲天下奇。」亦貶辰陽。太府寺丞陳剛中，字彦柔，以啓賀之云：「屈膝請和，知廟堂禦侮之無策；張膽論事，喜樞庭經遠之有人。身爲南海之行，名若泰山之重。」又云：「誰能屈大丈夫之志，寧忍爲小朝廷之謀。知無不言，願請尚方之劍；不遇故去，聊乘下澤之車。」亦貶安遠宰。盧溪晚年，孝宗召赴闕，除直秘閣，一子扶掖上殿，亦予官，壽踰九十。寺丞竟死安遠，無子，其妻削髮爲尼。幸不幸之不同如此。吉州吉水縣江濱有石材廟，隆祐太后避虜，御舟泊廟下。一夕，夢神告曰：「速行，虜至矣！」太后驚寤，即命發舟指章貢。虜果躡其後，追至造口，不及而還。事定，特封廟神剛應侯。寺丞南行，題詩廟柱云：「疏爵新剛應，論功舊石材。能形文母夢，還訝佞人來。海市爲誰出，衡雲豈自開。乞靈如見告，逐客幾時回。」卒不如其願，悲夫！

【記夢詩】昌黎《記夢》詩末句云：「我寧屈曲自世間，安能從汝巢神山。」朱文公定「寧」字作「能」字，謂神仙亦且護短憑愚，則與凡人意態不殊矣。我若能屈曲諂媚，自在世間可也，安用巢神山以從汝哉！正柳下惠「枉道而事人，何必去父母之邦」之意。只一字之差，意味天淵夐別。

【江月句】孟浩然詩云「江清月近人」，杜陵云「江月去人只數尺」，子美視浩然爲前輩，豈祖述而敷衍之耶！浩然之句渾涵，子美之句精工。

【蘇白】東坡希慕樂天，其詩云：「應似香山老居士，世緣終淺道根深。」然樂天醞藉，東坡超邁，正自不同。魏鶴山詩云：「湓浦猿啼杜宇悲，琵琶彈淚送人歸。誰言蘇白名相似，試看風騷赤壁磯。」此論得之矣。

【字義】壽皇問王季海曰：「『聾』字何以從『龍耳』？」對曰：「《山海經》云：『龍聽以角，不以耳。』」荆公解「蔗」字，不得其義。一日行圃，見畦丁蒔蔗橫瘞之，曰：「它時節節皆生。」公悟曰：

「蔗，草之庶生者也。」字義固有可得而解者，如一而大謂之天，是誠妙矣，然不可强通者甚多。世傳東坡問荆公：「何以謂之波？」曰：「波者，水之皮。」坡曰：「然則滑者，水之骨也？」荆公《字説》成，以爲可亞六經。作詩云：「鼎湖龍去字書存，開闢神機有聖孫。湖海老臣無四目，漫將糟粕汙脩門。正名百物自軒轅，野老何知强討論。但可與人漫醬瓿，豈能令鬼哭黄昏。」蓋蒼頡四目，其製字成，天雨粟，鬼夜哭。漫瓿之句，言知者少也。

【詩勉邑宰】王梅溪守泉，會邑宰，勉以詩云：「九重天子愛民深，令尹宜懷惻隱心。今日黄堂一杯酒，使君端爲庶民斟。」邑宰皆感動。真西山帥長沙，宴十二邑宰於湘江亭，作詩曰：「從來官吏與斯民，本是同胞一體親。既以脂膏供爾禄，須知痛癢切吾身。此邦素號唐朝古，我輩當如漢吏循。今日湘亭一杯酒，便煩散作十分春。」蓋祖述梅溪而敷衍之。

【透脱】楊誠齋丞零陵日，有《春日》絶句云：「梅子留酸軟齒牙，芭蕉分緑與窗紗。日長睡起無情思，閑看兒童捉柳花。」張紫巖見之曰：「廷秀胸襟透脱矣！」（甲編卷四。下同）

【買硯詩】徐淵子詩云：「俸餘擬辦買山錢，却買端州古硯磚。依舊被渠驅使在，買山之事定何年？」劉改之賀其除直院啓云：「以載鶴之船載書，入覲之清標如此；移買山之錢買硯，平生之雅好可知。」淵子詞清雅，余尤愛其《夜泊廬山》詞云：「風緊浪淘生，蛟吼鼉鳴，家人睡着怕人驚。只有一翁捫虱坐，依約三更。雪又打殘燈，欲暗還明。有誰知我此時情？獨對梅花傾一盞，還又詩成。」

【孤雁獨鶴】杜陵詩云:「孤雁不飲啄,飛鳴聲念群。誰憐一片影,相失萬重雲。望斷似猶見,哀多如更聞。野鴉無意緒,鳴噪自紛紛。」又云:「獨鶴歸何晚,昏鴉已滿林。」以興君子寡而小人多,君子凄涼零落,小人噂沓喧競。其形容精矣。

【誠齋退休】楊誠齋自秘書監將漕江東,年未七十,退休南溪之上。老屋一區,僅庇風雨。長鬚赤脚,纔三四人。徐靈暉贈公詩云:「清得門如水,貧唯帶有金。」蓋紀實也。聰明强健,享清閒之福十有六年。寧皇初元,與朱文公同召。文公出,公獨不出。文公與公書云:「更能不以樂天知命之樂,而忘與人同憂之憂,毋過於優游,毋決於遁思,則區區者,猶有望於斯世也。」然公高蹈之志,已不可回矣。嘗自贊云:「江風索我吟,山月唤我飲,醉倒落花前,天地爲衾枕。」又云:「青白不形眼底,雌黄不出口中。只有一罪不赦,唐突明月清風。」

【男子婦人拜】朱文公云,古者男子拜,兩膝齊屈,如今之道拜。杜子春注《周禮》奇拜,以爲先屈一膝,如今之雅拜,即今拜也。古者婦女以肅拜爲正,謂兩膝齊跪,手至地,而頭不下也,拜手亦然。南北朝有樂府詩説婦人曰:「伸腰再拜跪,問客今安否。」伸腰亦是頭不下也。周宣帝令命婦相見皆跪,如男子之儀。不知婦人膝不跪地,而變爲今之拜者,起於何時?程泰之以爲始於武后,不知是否。余觀王建《宫詞》云:「射生宫女盡紅妝,請得新弓各自張。臨上馬時齊賜酒,男兒跪拜謝君王。」則唐時婦女拜不跪可證矣。

【唐子西詩】唐子西立朝,賦《梅花》詩云:「桃花能紅李能白,春深無處無顔色。不意尚有數枝梅，可是東君苦留客？」「向來開處是嚴冬，桃李未在交遊中。只今已是丈人行，勿與年少争春風。」執政者惡其自尊，一斥不復。後以黨禍謫羅浮，作詩云：「説與門前白鷺群，也須從此斷知聞。諸公有意除鈎黨，甲乙推求恐到君。」殊有意味。又云：「鶴歸遼海悲人世，猿入巴山叫月明。唯有蟲沙今好在，往來休傍水邊行。」《抱朴子》云，周穆王南征，一軍皆化，君子化爲猿鶴，小人化爲蟲沙。詩意言君子或死或貶，唯小人得志，深畏其含沙射影也。

【清廉】士大夫若愛一文，不直一文。陳簡齋詩云：「從來有名士，不用無名錢。」楊伯子嘗爲余言：「士大夫清廉，便是七分人了。蓋公忠仁明，皆自此生。」伯子，誠齋冢嗣，號東山先生，清節高文，趾美克肖。其帥番禺，將受代，有俸錢七千緡，盡以代下户輸租。有詩云：「兩年枉了鬢霜華，照管南人没一些。七百萬錢都不要，脂膏留放小民家。」又《别石門》詩云：「石門得得泊歸舟，江水依依别故侯。擬把片香投贈汝，這回欲帶忘來休。」蓋晉吴隱之守五羊，不市南物，歸舟有香一片，舉而投諸石門江中，用此事也。其帥三山，不請供給錢，以忤豪貴劾去。作詩貽先君云：「與世長多忤，持身轉覺孤。夤緣新齒舌，收拾老頭顱。我已訶瀧吏，君誰誦《子虚》。同歸燈火讀，家裏石渠書。」時先君與之同入閩故也。陳賡仲作《玉壺冰》、《朱絲絃》二詩送之。林自知《送行》詩云：「公來無琴鶴，公去有鞿羈。」又一幕官詩云：「從渠腰下有金帶，何處山中無菜羹？」真西山入對，主上問當今廉吏，西山既以趙政夫爲對。翌日又奏曰：「臣昨所舉廉吏未盡，如崔與之之出蜀，唯載歸艎之圖籍，楊長孺之守閩，靡侵公帑之毫釐，皆當今之廉吏也。」

【西湖長】東坡守杭守潁，皆有西湖，故《潁川謝表》云：「入參兩禁，每玷北扉之榮；出典二州，輒爲西湖之長。」秦少章詩云：「十里薰風菡萏初，我公所至有西湖。欲將公事湖中了，見說官閑事亦無。」後謫惠州，亦有西湖。楊誠齋詩云：「三處西湖一色秋，錢塘汝潁及羅浮。東坡元是西湖長，不到羅浮便得休。」

【陸放翁】陸務觀，農師之孫，有詩名。壽皇嘗謂周益公曰：「今世詩人亦有如李太白者乎？」益公因薦務觀，由是擢用，賜出身爲南宫舍人。嘗從范石湖辟入蜀，故其詩號《劍南集》，多豪麗語，言征伐恢復事。其《題俠客圖》云：「趙魏胡塵十丈黄，遺民膏血飽豺狼。功名不遣斯人了，無奈和戎白面郎。」壽皇讀之，爲之太息。臺評劾其恃酒頽放，因自號「放翁」。作詞云：「橋如虹，水如空，一葉飄然煙雨中，天教稱放翁。」晚年爲韓平原作《南園記》，除從官。楊誠齋寄詩云：「君居東浙我江西，鏡裏新添幾縷絲。花落六回疏信息，月明千里兩相思。不應李杜翻鯨海，更羨夔龍集鳳池。道是樊川輕薄殺，猶將萬户比千詩。」蓋切磋之也。然《南園記》唯勉以忠獻之事業，無諛辭。晚年詩和平粹美，有中原承平時氣象，朱文公喜稱之。

【戒色】唐司空圖詩云：「昨日流鶯今日蟬，起來又是夕陽天。六龍飛轡長相窘，更忍乘危自着鞭。」戒好色自戕者也。楊誠齋善謔，嘗謂好色者曰：「閻羅王未曾相喚，子乃自求押到，何也？」即此詩之意。

【試進士見燭】唐人詩云：「三條燭盡鐘初動，九轉丹成鼎未開。明月漸低人擾擾，不知誰是謫仙才。」此唐試進士見燭之驗也。白樂天奏狀云：「禮部試進士，例許用書册，兼得通宵。」蓋亦不禁懷挾矣。

【相字音斷】白樂天詩云：「爲問長安月，誰教不相離。」「相」字下自注云：「思必切。」乃知今俗作「斷」字者，非也。（甲編卷五。下同）

【格天閣】秦檜少遊太學，博記工文，善幹鄙事，同舍號爲「秦長脚」。每出遊飲，必委之辦集。既登第，又中詞科。靖康初，爲御史中丞。（中略）方其在相位也，建一德格天之閣，有朝士賀以啓云：「我聞在昔，惟伊尹格于皇天；民到于今，微管仲吾其左衽。」檜大喜，超擢之。又有選人投詩云：「多少儒生新及第，高燒銀燭照娥眉。格天閣上三更雨，猶誦《車攻》復古詩。」檜益喜，即與改秩。蓋其胸中有慊，故特喜此諛語，以爲掩覆之計，真猾夏之賊也。

【放魚詩】王荆公新法煩苛，毒流寰宇，晚歲歸鍾山，作《放魚》詩云：「物我皆畏苦，捨之寧啖茹。」其與梁武帝窮兵嗜殺，而以麪代犧牲者何殊？余嘗有詩云：「錯認蒼姬六典書，中原從此變蕭疏，幅巾投老鍾山日，辛苦區區活數魚。」

【詩詠蟋蟀】張文潛云：「《詩》三百篇，雖云婦人女子、小夫賤隸所爲，要之非深於文章者不能作。如『七月在野』以下皆不道破，至『十月入我牀下』，方言是蟋蟀，非深於文章者能之乎？」然是詩乃周公作，其超妙宜矣。荆公絶句云：「昏黑投林曉更驚，背人相唤百般鳴。柴門長閉春風暖，事外還能見鳥情。」蓋祖此法。

【浦鷗】杜陵《詠鷗》云：「江浦寒鷗戲，無它亦自饒。却思翻玉羽，隨意點春苗。雪暗還須落，風生一任飄。幾群滄海上，清影日蕭蕭。」言浦鷗閒戲，使無他事，亦自饒美，奈何不免口腹之累，故閒戲未足，已思翻玉羽而點春苗，爲謀食之計，雖風雪淩厲，有所不暇顧。末言海鷗之曠逸，清影翛然不爲泥滓所點染，非浦鷗所能及。以興士當高舉遠引，歸潔其身如海鷗，不當逐逐於聲利之場，以自取賤辱若浦鷗也。

【松石】秦朝松封大夫，陳朝石封三品。李誠之《詠松》云：「半依巖岫倚雲端，獨立亭亭耐歲寒。一事頗爲清節累，秦時曾作大夫官。」荆公《三品石》云：「草没苔侵棄道周，誤恩三品竟何酬？國亡今日頑無恥，似爲當年不與謀。」夫松石無知之物，一爲二朝名寵所點染，猶不免萬世之包彈，矧士大夫其於進退辭受之際，可苟乎哉！

【鷗雁】吾郡陳國材詩曰：「紅日晚天三四雁，碧波春水一雙鷗。」周益公、楊誠齋盛稱之。

【石牛洞詩】荆公《題舒州山谷寺石牛洞泉穴》云：「水泠泠而北出，山靡靡以旁圍。欲窮源而不得，竟悵望以空歸。」晁無咎編《續楚詞》，謂此詩具六藝群書之餘味，故與其經學典策之文俱傳。朱文公編《楚詞後語》，亦收此篇。

【神形影】陶淵明《神釋形影》詩曰：「大鈞無私力，萬理自森著。人爲三才中，豈不以我故。」我，神自謂也。人與天地並立，而爲三才，以此心之神也；若塊然血肉，豈足以並天地哉！末云：「縱浪大化中，不喜亦不懼。應盡便須盡，無復獨多慮。」乃是不以死生禍福動其心，泰然委順養神之道也。淵明可謂知道之士矣。

【使虜辭樂】光堯之喪，金虜來弔祭，京仲遠以檢正假禮部尚書爲報謝使，康元弼館伴。虜錫燕汴京，仲遠與郊勞使康元弼言，請免燕，不許。請撤樂，如告哀遣留使，亦不許。至期，虜促入席，傳呼不絶。仲遠曰：「若不撤樂，有死而已，不敢即席。」元弼等知不可奪，乃傳言曰：「請先拜酒果之賜，徐議撤樂。」仲遠方率其屬拜受。北典籤者連呼曰：「北朝燕南使，敢不即席！」聲甚厲，仲遠趨退復位，甲士露刃閉門，仲遠命左右叱曰：「南使執禮，何物卒徒，乃敢無禮！」排闥而出，元弼等以聞其主。仲遠留館俟命，賦詩曰：「鼎湖龍馭去無蹤，三遣行人意則同。凶禮强更爲吉禮，夷風終未變華風。設令耳與笙鏞末，只顧身糜鼎鑊中。已辦淹留期得請，不辭築館汴江東。」越七日，竟獲免樂之命。既還，孝宗勞之曰：「卿能執禮，爲朕增氣，何以賞卿？」對曰：「虜畏陛下威德，非畏臣也。正使臣死於虜，亦常分也，敢覬賞乎！」上喜，謂宰相曰：「京鏜，今之毛遂也。」除權侍郎，以至大用。

【作文遲速】李太白一斗百篇，援筆立成。杜子美改罷長吟，一字不苟。二公蓋亦互相譏嘲，太白贈子美云：「借問因何太瘦生，只爲從前作詩苦。」苦之一辭，譏其困瑀鐫也。子美寄太白云：「何時一樽酒，重與細論文。」細之一字，譏其欠縝密也。昌黎誌孟東野云：「劌目鉥心，刃迎縷解，鉤章棘句，掐擢胃腎。」言其得之艱難。《贈崔立之》云：「朝爲百賦猶鬱怒，暮作千詩轉遒緊。摇毫擲簡自不供，頃刻青紅浮海蜃。」言其得之容易。余謂文章要在理意深長，辭語明粹，足以傳世覺後，豈但誇多鬬速於一時哉！山谷云：「閉門覓句陳無己，對客揮毫秦少游。」世傳無己每有詩興，擁被卧牀，呻吟累日，乃能成章。少游則杯觴流行，篇詠錯出，略不經意。然少游特流連光景之詞，而無己意高詞古，直欲追蹤騷雅，正自不可同年語也。（甲編卷六。下同）

【象郡送行詩】吾郡胡季昭，寶慶初元爲大理評事，應詔上書言濟邸事，竄象郡。建人翁定送行詩云：「應詔書聞便遠行，廬陵不獨詫邦衡。寸心只恐孤天地，百口何期累弟兄。世態浮雲多變換，公朝初日盍清明。危言在國爲元氣，君子從來豈願名！」盱江杜來詩云：「廬陵一小郡，百歲兩胡公。論事雖小異，處心應略同。有書莫焚稿，無恨豈傷弓。病愧不遠別，寫詩霜月中。」太學生胡炎詩云：「一封朝奏大明宮，噓起廬陵古直風。言路從來天樣闊，蠻荒誰使徑旁通。朝中競送長沙傅，嶺表争迎小澹翁。學館諸生空飽飯，臨分憂國意何窮。」先君竹谷老人詩云：「好讀牀頭《易》一編，盈虚消息總天然。峥嶸齒頰皆冰雪，肯怕炎方有瘴煙。」「頻寄書回洗我愁，莫言無雁到南州。長相思外加餐飯，計取承君舊話頭。」季昭之兄子建，弟國賓，皆博學能文，懷奇負氣。弟兄友愛最隆，不蓄私財，有無盡費於朋友。得罪之日，囊無一錢，子建挈家歸，賣文以活。國賓奮然徒步，從其兄於貶所。國賓先没，季昭繼之。端平更化，詔許歸葬，贈朝奉郎，官其一子。洪舜俞草贈官制詞云：「朕訪落伊始，首下詔求讜直，蓋與諫鼓謗木同意。以直言求人，而以直言罪之，豈朕心哉！爾風裁峭潔，志概激壯，繇尉廷平，上書公事，言人之所難言。方嘉貫日之忠，已墮偃月之計。問塗胥口，訪事瀧頭，曾無幾微見於顔面，何氣節之烈也。仁祖能全介於遠謫之餘，孝祖能拔銓於投荒之後。撫今懷往,魂不可招,潦霧墮鳶,悲悔何及。陟階員外,仍官厥子。用旌折檻之直,且識投杼之過。爾雖死,可不朽矣。」

【王梅溪】王龜齡年四十七魁天下,以書報其弟夢齡、昌齡曰:「今日唱名,蒙恩賜進士及第,惜二親不見,痛不可言,嫂及聞詩、聞禮可以此示之。」詩、禮,其二子也。於十數字之間,上念二親,而不以科名爲喜,專報二弟,而不以妻子爲先,孝友之意皆在焉。爲御史,首彈史丞相浩,乞專用張浚。上爲出浩帥紹興,龜齡又上疏,言舜去四凶,未聞使之爲十二牧。與胡邦衡並爲左右史,相得最歡。奏補先弟而後子。嘗賦《不欺》詩云:「室明室暗兩奚疑,方寸常存不可欺,莫問天高鬼神惡,要須先畏自家知。」(下略)

【簡齋詩】自陳、黄之後,詩人無逾陳簡齋。其詩繇簡古而發穠纖。值靖康之亂,崎嶇流落,感時恨别,頗有一飯不忘君之意。如「涼風又落宫南木,老雁孤鳴漢北洲」,「乾坤萬事集雙鬢,臣子一謫今五年」,「天翻地覆傷春色,齒豁頭童祝聖時」,「近得會稽消息不?稍傳荆渚路歧寬」,「東南鬼火成何事,終藉胡鋒作争臣」,「龍沙此日西風冷,誰折黄花壽兩宫」,皆可味也。

【詩用字】作詩要健字撑拄,要活字斡旋。如「紅入桃花嫩,青歸柳葉新」,「弟子貧原憲,諸生老伏虔」,「入」與「歸」字,「貧」與「老」字,乃撑拄也。「生理何顔面,憂端且歲時」,「名豈文章著,官應老病休」,「何」與「且」字,「豈」與「應」字,乃斡旋也。撑拄如屋之有柱,斡旋如車之有軸,文亦然。詩以字,文以句。

【付與天地】荆公詩云：「豈無他憂能老我，付與天地從今始。」朱文公每喜誦之。

【讀易亭】魏鶴山詩云：「遠鐘入枕報新晴，衾鐵衣稜夢不成。起傍梅花讀《周易》，一窗明月四簷聲。」後貶渠陽，於古梅下立讀易亭，作詩云：「向來未識梅生時，繞谿問訊巡簷索。絶憐玉雪倚横參，又愛清黄弄煙日。中年《易》裏逢梅生，便向根心見華實。候蟲奮地桃李妍，野火燒原葭莢出。方從陽壯争出門，直待陰窮排闥入。隨時作計何太癡，争似此君藏用密。」推究精微，前此詠梅者未之及。

【朱文公論詩】胡澹庵上章，薦詩人十人，朱文公與焉。文公不樂，誓不復作詩，迄不能不作也。嘗同張宣公遊南嶽，唱酬至百餘篇。忽瞿然曰：「吾二人得無荒於詩乎？」楊宋卿以詩集求品題，公答之曰：「詩者，志之所之，豈有工拙哉！亦觀其志之高下如何耳。是以古之君子，德足以求其志，必出於高明純一之地，其於詩固不學而能之。至於格律之精粗，用韻屬對比事遣詞之善否，今以魏晉以來諸賢之作考之，蓋未有用意於其間者，而況於古詩之流乎！近世作者，乃始留情於此，故詩有工拙之論，葩藻之詞勝，言志之功隱矣。」又曰：「古今之詩凡三變。蓋自書傳所載，虞夏以來，及漢魏，自爲一等。自晉宋間顔謝以後，下及唐初，自爲一等。自沈宋以後，定著律詩，下及今日，又爲一等。然自唐初以前，其爲詩者，固有高下，而法猶未變。至律詩出，而後詩之與法皆大變，以至今日，益巧益密，而無復古人之風矣。故嘗妄欲抄取經史諸書所載韻語，下及《文選》漢魏古詞，以盡乎郭景純、陶淵明之所作，自爲一編，而附於《三百篇》、《楚辭》之後，以爲詩之根本準則。又於其下二等之中，擇其近於古者，各爲一編，以爲之羽翼輿衛。其不合者，則悉去之，不使其接於吾之耳目，而入於吾之胸次。要使方寸之中，無一字世俗言語意態，則其詩不期於高遠而自高遠矣。」又曰：「來喻欲漱六藝之芳潤，以求真澹，此誠極至之論。然亦須先識得古今體制，雅俗鄉背，仍更洗滌得盡腸胃間夙生葷血脂膏，然後此語方有所措。如其未然，竊恐穢濁爲主，芳潤入不得也。近世詩人，只緣不曾透得此關，而規規於近局，故其所就，皆不滿人意，無足深論。」又曰：「作詩須從陶、柳門庭中來乃佳，不如是，無以發蕭散沖澹之趣，無由到古人佳處。」又曰：「作詩不學六朝，又不學李杜，只學那嶢嵠底，便學得十分好後，把作什麽用！公之論詩，可謂本末兼該矣。公嘗題廣成子像云：「陳光澤見示此像，偶記李太白詩云：『世道日交喪，澆風變淳源。不求桂樹枝，反棲惡木根。所以桃李樹，吐花竟不言。大運有興没，群動若飛奔。歸來廣成子，去入無窮門。』因寫以示之。今人捨命作詩，開口便説李、杜，以此觀之，何曾夢見他脚板耶？」又言：「余平生愛王摩詰詩云：『漆園非傲吏，自缺經世具，偶寄一微官，婆娑數株樹。』以爲不可及，而舉以語人，領解者少。」觀此，則公之所取，概可見矣。公嘗舉以所作絶句示學者云：「半畝方塘一鑑開，天光雲影共徘徊。問渠那得清如許，爲有源頭活水來。」蓋借物以明道也。又嘗誦其詩示學者云：「孤燈耿寒焰，照此一窗幽。卧聽簷前雨，浪浪殊未休。」曰：「此雖眼前語，然非心源澄静者不能道。」觀此，則公之所作，又可概見矣。

【高宗配享】高廟配享，洪容齋在翰苑，以吕頤浩、趙鼎、韓世忠、張俊四人爲請。蓋文武各用兩人，出於孝宗聖意也，遂令侍從議。時宇文子英等十二人以爲宜如明詔，而識者多謂呂元直不厭人望，張魏公不應獨遺。楊誠齋時爲秘書少監，上書爭之，以欺、專、私三罪斥容齋，且言魏公有社稷大功五：建復辟之勳，一也。發儲嗣之議，二也。誅范瓊以正朝綱，三也。用吴玠以保全蜀，四也。却劉麟以定江左，五也。於是有旨再令詳議。越數日，上忽諭大臣曰：「呂頤浩等配享，正合公論，更不須議。洪邁固是輕率，楊萬里亦未免浮薄。」於是二人皆求去，容齋守南徐，誠齋守高安，而魏公迄不得配食。誠齋詩云：「出却金宮入梵宮，翠微緑霧染衣濃。三年不識西湖月，一夜初聞南澗鐘。藏室蓬山真昨戲，園翁溪友得今從。若非朝士追相送，何處冥鴻更有蹤。」又云：「新晴在在野花香，過雨迢迢沙路長。兩度立朝今結局，一生行客老還鄉。猶嫌數騎傳書札，賸喜千峰入肺腸。到得前頭上船處，莫將白髮照滄浪。」此去國時詩也，可謂無幾微見於顔面矣。其冢嗣東山先生伯子跋其《論配享書藁》云：「覆羹真得皂囊書，錦水元來勝石渠。但寶銀鈎并鐵畫，何須玉帶與金魚。」蓋苗、劉作亂時，矯隆祐詔貶竄魏公，高宗在昇暘宮方啜羹，左右來告，驚懼，羹覆于手，手爲之傷。既復辟，見魏公，泣數行下，舉手示公，痕跡猶存。左次魏和伯子詩云：「鑾坡蓬監兩封書，道院東西各付渠。乾道聖人無固必，是非付與直哉魚。」詞意亦佳，但當塗乃江東道院，容齋守南徐，非當塗也。（乙編卷一。下同）

【匹士光國】平原、孟嘗君養天下客，而未嘗得一客。張湯、公孫弘接天下士，而未嘗得一士。魯仲連固不肯與雞鳴狗盜者伍也，汲長孺固不肯與奴顔婢息者齒也。若得一魯仲連，則一客可以敵千客。若得一汲長孺，則一士可以埒千士。故山谷詩曰：「匹士能光國，三孱不滿隅。」

【問寢龍樓】紹熙甲寅，光宗以疾不能過宫，吾郡尹德鄰初參太學，簾引詩題出「問寢龍樓曉」，德鄰詩云：「父母人皆有，儀刑自冕旒。問安趨燕寢，拂曉過龍樓。鶴駕嚴晨衛，雞人徹夜籌。慈闈天語接，飛棟月華收。萬姓齊呼舞，三宫款獻酬。小儒憂國切，幾白九分頭。」學官擊節，一時傳誦。

【詩家喻愁】詩家有以山喻愁者，杜少陵云「憂端如山來，澒洞不可掇」，趙嘏云「夕陽樓上山重疊，未抵春愁一倍多」是也。有以水喻愁者，李頎云「請量東海水，看取淺深愁」，李後主云「問君都有幾多愁？恰似一江春水向東流」，秦少游云「落紅萬點愁如海」是也。賀方回云：「試問閒愁知幾許，一川煙草，滿城風絮，梅子黄時雨。」蓋以三者比之愁多也，尤爲新奇，兼興中有比，意味更長。

【六和塔詩】李彊父爲昭文相，嘗出六和塔，題詩云：「往來塔下幾經秋，每恨無從到上頭。今日登臨方覺險，不如歸去卧林丘。」彊父爲相清正，謹守規矩，自奉如寒士，書卷不釋手，薨于位，謚文清。

【湖州生祠】嘉定間，楊伯子爲湖州守，彈壓豪貴，牧養小民，治聲赫然，爲三輔冠。郡之士相與肖像祠于學宫，與工部尚書戴少望並祠。伯子意不悦，會除浙東庾節，將行，辭先聖先師禮畢，與教官諸生坐于講堂，命取所祠畫像來，題詩其上云：「面有憂民色，天知報國心。三年風月少，兩鬢雪霜深。更莫留形迹，何曾廢古今。不如隨我去，相伴老山林。」遂卷藏而行。當時士子有戲和其詩者，末句云：「可憐戴工部，獨樹不成林。」

【黄陵廟詩】陸士規布衣工詩，秦檜喜之。嘗挾秦書干臨川守，餽遺不滿意，升堂嫚罵。守懼，以書白秦自解。秦怒陸甚，陸請見，不出。然猶令其子小相者見之，問其近作。陸誦其《黄陵廟》一絶云：「東風吹草緑離離，路入黄陵古廟西。帝子不知春又去，亂山無主鷓鴣啼。」小相入誦之。秦吟賞再四，即命請見，待之如初。

【詩互體】杜少陵詩云：「風含翠篠娟娟净，雨裛紅蕖冉冉香。」上句風中有雨，下句雨中有風，謂之互體。楊誠齋詩云「緑光風動麥，白碎日翻池」亦然，上句風中有日，下句日中有風。

【陳黄送秦少章】韓文公作《歐陽詹哀詞》云：「詹，閩人也，父母老矣，捨朝夕之養以來京師。其心將以有得於是，而歸爲父母榮也。雖其父母之心亦然，詹在側，雖無離憂，其志不樂也。詹在京師，雖有離憂，其志樂也。」山谷《送秦少章從蘇公學》云：「斑衣兒啼真自樂，從師學道也不惡。但使新年勝故年，即如常在郎罷前。」後山云：「士有從師樂，諸兒却未知。欲行天下獨，信有俗間疑。秋入川原秀，風連鼓角悲。目前豚犬類，未必慰親思。」二詩皆用韓意，而後山之味永。（下略）

【住山僧】有僧住山，或謀攘之。僧乃掛草鞵一雙於方丈前，題詩云：「方丈前頭掛草鞵，流行坎止任安排。老僧脚底從來闊，未必枯髏就此埋。」余謂士大夫去就亦當如此。（下略）

【閒居交遊】自古士之閒居野處者，必有同道同志之士相與往還，故有以自樂。陶淵明《移居》

詩云：「昔欲居南村，非爲卜其宅。聞多素心人，樂與數晨夕。」又云：「鄰曲時來往，抗言談在昔。奇文共欣賞，疑義相與析。」則南村之鄰，豈庸庸之士哉！杜少陵在錦里，亦與南鄰朱山人往還，其詩云：「錦里先生烏角巾，園收芋栗不全貧。慣看賓客兒童喜，得食階除鳥雀馴。秋水纔深四五尺，野航恰受兩三人。白沙翠竹江村暮，相送柴門月色新。」又云：「相近竹參差，相過人不知。幽花欹滿徑，野水細通池。歸客村非遠，殘尊席更移。看君多道氣，從此數追隨。」所謂朱山人者，固亦非常流矣。李太白《尋魯城北范居士誤落蒼耳中》詩云：「忽憶范野人，閒園養幽姿。」又云：「還傾四五酌，自詠《猛虎詞》。近作十日歡，遠爲千歲期。風流自簸蕩，謔浪偏相宜。」想范野人者，固亦可人之流也。

【廢心用形】《列子》曰：「仲尼廢心而用形。」淵明詩云「形迹憑化往，靈府長獨閒」，説得更好。蓋其自彭澤賦歸之後，洒然悟心爲形役之非，故其言如此。果能行此，則静亦静，動亦静，雖過化存神之妙，不外是矣。謂淵明不知道，可乎？

【詠鷗】杜少陵詩云「鷗行炯自如」，形容甚妙。如《召南》大夫節儉正直，而退食委蛇；彼都人士，行歸于周，而從容有常，皆炯自如者也。（乙編卷二。下同）

【老瓦盆】杜少陵詩云：「莫笑田家老瓦盆，自從盛酒長兒孫。傾銀注玉驚人眼，共醉終同卧竹根。」蓋言以瓦盆盛酒，與傾銀壺而注玉杯者同一醉也，尚何分别之有。由是推之，蹇驢布韉，與金鞍駿馬同一遊也；松牀莞席，與繡帷玉枕同一寢也。知此，則貧富貴賤，可以一視矣。昔有僕嫌其妻之陋者，主翁聞之，召僕至。以銀杯瓦碗各一，酌酒飲之。問曰：「酒佳乎？」對曰：「佳。」「銀杯者佳乎？瓦碗者佳乎？」對曰：「皆佳。」主翁曰：「杯有精粗，酒無分別，汝既知此，則無嫌於汝妻之陋矣！」僕悟，遂安其室。少陵詩意正如此。而一本迺以「玉」字作「瓦」字，失之矣。

【去婦詞】李太白《去婦詞》云：「憶昔初嫁君，小姑纔倚牀。今日妾辭君，小姑如妾長。回頭語小姑，莫嫁如兄夫。」古今以爲絶唱。然以余觀之，特忿恨決絶之詞耳，豈若《谷風》去婦之詞曰「毋逝我梁，毋發我笱」，雖遭放棄，而猶反顧其家，戀戀不忍乎！乃知《國風》優柔忠厚，信非後世詩人所能彷彿也。古今賦昭君詞多矣，唯白樂天云：「漢使却迴憑寄語，黄金何日贖蛾眉？君王若問妾顔色，莫道不如宫裏時。」前輩以爲高出衆作之上，亦謂其有戀戀不忘君之意也。歐陽公《明妃詞》自以爲勝太白，而實不及樂天。至於荆公云：「漢恩自淺胡自深，人生樂在相知心」，則悖理傷道甚矣。杜子美儒冠忍餓，垂翅青冥，殘杯冷炙，酸辛萬狀，不得已而去秦，然其詩曰「尚憐終南山，回首清渭濱」，戀君之意，藹然溢於言外。其爲千載詩人之冠冕，良有以也。魏鶴山云：「處人倫之變，當以三百五篇爲正。《考槃》、《小宛》之爲臣，《小弁》、《凱風》之爲子，《燕燕》、《谷風》之爲婦，《終風》之爲母，《柏舟》之爲宗臣，《何人斯》之爲友，皆不遇者也。而責己重以周，待人輕以約，優柔諄切，怨而不怒，憂而不敢疏也。東坡在黄在惠在儋，不患不偉，患其傷於太豪，便欠畏威敬怒之意。如『茲遊最奇絶，所欠唯一死』之類，詞氣不甚平。又如《韓文公廟碑》詩云：『作書詆佛譏君王，要觀南海窺衡湘。』方作諫書時，亦冀諫行而跡隱，豈是故爲詆訐，要爲南海之行。蓋後世詞人多有此意，如『去國一身，高名千古』之類，十有八九若此。不知君臣義重，家國憂深。聖賢去魯去齊，不若是恝者，非以一去爲難也。」此論精矣。

【楊太真】武惠妃薨，明皇悼念不已，後宫數千，無當意者。或言壽王妃楊氏之美，絶世無雙。帝見而悦之，乃令妃自以其意乞爲女官，號「太真」，更爲壽王娶韋昭訓女。潛納太真宫中，寵遇如惠妃，册爲貴妃，與衛宣公納伋之妻無以異。白樂天《長恨歌》云：「楊家有女初長成，養在深閨人未識。天生麗質難自棄，一朝選在君王側。」爲尊者諱也。近時楊誠齋《題武惠妃傳》云：「桂折秋風露折蘭，千花無朵可天顔。壽王不忍金宫冷，獨獻君王一玉環。」詞雖工，意亦未婉。唯李商隱云：「龍池賜酒敞雲屏，羯鼓聲高衆樂停。夜半宴歸宫漏永，薛王沉醉壽王醒。」其詞微而顯，得風人之體。

【遷謫量移】士大夫危言峻節，遷謫凄涼，晚歲收用，衰落懲創，刓方爲圓者多矣。吕子約謫廬陵，量移高安，楊誠齋送行詩云：「不愁不上青霄去，上了青霄莫愛身。」蓋祖杜少陵送嚴鄭公云：「公若居臺輔，臨危莫愛身。」然以之送遷謫流徙之士，則意味尤深長也。

【隱士出山】晁以道與陳叔易俱隱嵩山，叔易被召出山，以道作詩云：「處士何人爲作牙，盡携猿鶴到京華。故山巖壑應惆悵，六六峰前只一家。」籍溪胡原仲除正字，朱文公寄詩云：「先生去上芸香閣，閣老新峨豸角冠。留取幽人卧空谷，一川風月要人看。」二詩相似，然以道後亦出山，時人反以此詩嘲之。文公卷舒以道，難進易退，高節全名，師表百世，乃知終南、少室之流，與有道之士，正不可同年語也。

【詩用助語】詩用助語，字貴妥帖。如杜少陵云：「古人稱逝矣，吾道卜終焉。」又云：「去矣英雄事，荒哉割據心。」山谷云：「且然聊爾耳，得也自知之。」韓子蒼云：「曲檻以南青嶂合，高堂其上白雲深。」皆渾然帖妥。吾郡前輩王才臣云：「並舍者誰清可喜，各家之竹翠相交。」曾幼度云：「不可以風霜後葉，何傷於月雨餘雲。」亦佳。

【函首詩】庶人之讎，釋《禮記》者謂可盡五世，矧有天下者乎！齊襄復九世之讎，《春秋》大之。我國家之於金虜，蓋百世不共戴天之讎也。開禧之舉，韓侂胄無謀浪戰，固可罪矣。然乃至函其首以乞和，何也？當時太學諸生之詩曰：「晁錯既誅終叛漢，於期已入竟亡燕。」此但以利害言耳，蓋未嘗以名義言也。譬如人家子孫，其祖父爲人所殺，其田宅爲人所吞，有一狂僕佐之復讎，謀疏計淺，迄不能遂，乃歸罪此僕，送之讎人，使之甘心焉，可乎哉？

【春風花草】杜少陵絶句云：「遲日江山麗，春風花草香。泥融飛燕子，沙暖睡鴛鴦。」或謂此與兒童之屬對何以異。余曰，不然。上二句見兩間莫非生意，下二句見萬物莫不適性。於此而涵泳之，體認之，豈不足以感發吾心之真樂乎！大抵古人好詩，在人如何看，在人把做什麼用。如「水流心不競，雲在意俱遲」，「野色更無山隔斷，天光直與水相通」，「樂意相關禽對語，生香不斷樹交花」等句，只把做景物看亦可，把做道理看，其中亦盡有可玩索處。大抵看詩，要胸次玲瓏活絡。

【三將】漢惟一趙充國，唐惟一王忠嗣，本朝惟一曹彬，有三代將帥氣象。唐人詩云：「澤國山河入戰圖，生民何計樂樵蘇。憑君莫話封侯事，一將功成萬骨枯。」讀之可爲酸鼻。

【彤庭分帛】杜少陵詩云：「彤庭所分帛，本自寒女出。鞭撻其夫家，聚斂貢城闕。聖人筐篚恩，實欲邦國活。臣如忽至理，君豈棄此物。」即「爾俸爾禄，民膏民脂」之意也。士大夫誦此，亦可以悚然懼，惻然思矣。余嘗見州郡迓新者，設飾甚費。因成詩云：「赤子須摩撫，紅塵幾送迎。幕張雲匼匝，車列鑑鮮明。豈是朘民血，空教適宦情。忍聞分竹者，竭澤自求盈。」

【韓范用兵】郭仲晦云，用兵以持重爲貴。蓋知彼知己，先爲不可勝以待敵之可勝，此百戰百勝之術也。昔韓、范二公在五路，韓公力於戰，范公則不然，曰：「吾唯知練兵選將，積穀豐財而已。」余觀《東軒筆録》載，韓公欲五路進兵，以襲平夏，范公不可。韓公遣尹師魯至慶州，約進兵，范公曰：「我師新敗，士卒氣沮，但當謹守，以觀其變，豈可輕兵深入！」師魯嘆曰：「公於此乃不及韓公。韓公嘗云，大凡用兵，當先置勝負於度外。公何區區過慎如此？」范公曰：「大軍一動，萬命所懸，乃可置於度外乎？」師魯不能强而還。韓公遂舉兵，次好水川。元昊設伏，我師陷没，大將任福死之。韓公遽還，至半途，亡者之父兄妻子數千人，號於馬首，持故衣紙錢，招魂而哭曰：「汝昔從招討出征，今招討歸，而汝死矣，汝之魂識，亦能從招討以歸乎！」哀慟之聲震天地。韓公掩泣，駐馬不能進。范公聞之，嘆曰：「當是時，難置勝負於度外也。」國朝人物，當以范文正爲第一，富、韓皆不及。富公欲誅晁仲約，其見亦不逮范公。余嘗有詩云：「奮髯要斬高郵守，攘臂甘驅好水軍。到得繞牀停轡日，始知心服范希文。」

【贈頭陀詩】楊誠齋《贈抄經頭陀》詩云：「刺血抄經奈若何，十年依舊一頭陀。袈裟未著言多事，著了袈裟事更多。」今世儒生，竭半生之精力，以應舉覓官。幸而得之，便指爲富貴安逸之媒，非特於學問切己事不知盡心，而書册亦幾絕交。如韓昌黎所謂「牆角君看短檠棄」，陳後山所謂「一登吏部選，筆硯隨掃除」者多矣。是未知着了袈裟之事更多也。余同年李南金登第後，畫師以冠裳寫其真。南金題詩云：「落魄江湖十二年，布衫闊袖裹風煙。如今各樣新裝束，典却清狂賣却顛。」雖一時戲語，然知紳裳之束縛，非韋布比，而加意檢束，亦自有味。

【以學爲詩】趙昌父云：「古人以學爲詩，今人以詩爲學。」夫以詩爲學，自唐以來則然。如嘔出心肝，掐擢胃腎，此生精力盡於詩者，是誠弊精神於無用矣。乃若古人，亦何嘗以學爲詩哉！今觀《國風》，間出於小夫賤隸婦人女子之口，未必皆學也，而其言優柔諄切，忠厚雅正。後之經生學士，雖窮年畢世，未必能措一辭。正使以後世之學爲詩，其胸中之不醇不正，必有不能掩者矣。雖貪者賦廉詩，仕者賦隱逸詩，亦豈能逃識者之眼哉！如白樂天之詩，曠達閒適，意輕軒冕，孰不信之？然朱文公猶謂：「樂天人多説其清高，其實愛官職，詩中及富貴處，皆説得口津津地涎出。」可謂能窺見其微矣。嗟夫！樂天之言，且不可盡信，況餘人乎！楊誠齋云：「古人之詩，天也；後世之詩，人焉而已矣。」此論得之。（乙編卷三。下同）

【桃錦柳綿】杜陵詩云：「不分桃花紅勝錦，生憎柳絮白如綿。」初讀只似童子屬對之語，及細思之，乃送杜侍御入朝，蓋錦綿皆有用之物，而桃花柳絮，乃以區區之顏色而勝之，亦猶小人以巧言令色而勝君子也。侍御，分别邪正之官，故以此告之。觀「不分」、「生憎」之語，其剛正疾邪可見矣。

【村莊雞犬】韓平原作南園於吴山之上，其中有所謂村莊者，竹籬茅舍，宛然田家氣象。平原嘗游其間，甚喜曰：「撰得絶似，但欠雞鳴犬吠耳。」既出莊游他所，忽聞莊中雞犬聲，令人視之，乃府尹所爲也。平原大笑，益親愛之。太學諸生有詩曰：「堪笑明庭鴛鷺，甘作村莊犬雞。一日冰山失勢，湯燖鑊煮刀剉。」

【五百弓】荆公詩云：「卧占寬閑五百弓」，蓋佛家以四肘爲弓，肘一尺八寸，四肘，蓋七尺二寸，其説出《譯梵》。

【宰輔久任】唐太宗相房玄齡二十三年，用魏徵及相十八年，此外惟李林甫、元載最久。國朝魏野贈王文正詩云：「太平宰相年年出，君在中書十二秋。」蓋以爲最久矣。至蔡京、秦檜，皆及十八九年。近時史衛王獨專國秉至二十六年，此古今所無。至晚年得末疾，猶專國秉數年，尤古今所無。故洪舜俞詩云：「陰陽眠爕理。」

【餻字】劉禹錫作《九日》詩，欲用「餻」字，以其不經見，迄不敢用。故宋子京詩云：「劉郎不敢題餻字，虚負詩中一世豪。」然白樂天詩云「移坐就菊叢，餻酒前羅列」，則固已用之矣。劉、白唱和之時，不知曾談及此否？

【博浪沙】張子房欲爲韓報讎，乃捐金募死士，於博浪沙中以鐵椎狙擊始皇，誤中其副車，始皇怒，大索三日不獲。未逾年，始皇竟死。自此陳勝、吳廣、田儋、項梁之徒，始相尋而起。是褫祖龍之魄，倡群雄之心，皆子房一擊之力也，其關係豈小哉！余嘗有詩云：「不惜黃金募鐵椎，祖龍身在魄先飛。齊田楚項紛紛起，輸與先生第一機。」

【詩人胸次】李太白云：「剗却君山好，平鋪湘水流。」杜子美云：「斫却月中桂，清光應更多。」二公所以爲詩人冠冕者，胸襟闊大故也。此皆自然流出，不假安排。

【詩犯古人】近時趙紫芝詩云：「一瓶茶外無祇待，同上西樓看晚山。」世以爲佳。然杜少陵云：「莫嫌野外無供給，乘興還來看藥欄。」即此意也。杜子野詩云：「尋常一樣窗前月，纔有梅花便不同。」世亦以爲佳。然唐人詩云：「世間何處無風月，纔到僧房分外清。」亦此意也。欲道古人所不道，信矣其難矣。紫芝又有詩云：「野水多於地，春山半是雲。」世尤以爲佳。然余讀《文苑英華》所載唐詩，兩句皆有之，但不作一處耳。唐僧詩云：「河分岡勢斷，春入燒痕青。」有僧嘲其蹈襲云：「河分岡勢司空曙，春入燒痕劉長卿。不是師兄偷古句，古人詩句犯師兄。」此雖戲言，理實如此。作詩者豈故欲竊古人之語以爲己語哉？景意所觸，自有偶然而同者。蓋自開闢以至于今，只是如此風花雪月，只是如此人情物態。

【責將帥】自古夷狄盜賊之禍，所以蔓延滋長，日深一日，其終或至於亡國者，皆將帥之臣玩寇以自安，養寇以自固，譽寇以自重也。故杜少陵詩，其於王室播遷之禍，每每深責將帥。如云：「將帥蒙恩澤，兵戈有歲年。至今勞聖主，何以報皇天？」又云：「登壇名絶假，報主爾何遲？」又云：

「天地日流血，朝廷誰請纓。」又云：「獨使至尊憂社稷，諸公何以答昇平。」皆是意也。然將帥之不用命，實由於朝廷駕御操縱之無法。古人云，譬如養鷹，飽則颺去。我太祖之御諸將，有守邊一二十年而不遷官者，蓋謂扞禦免侵軼，特僅不失職耳。非有戰勝攻取，官固不可妄遷也。至於曹彬之平江南，功亦不細矣，然使相之除，終至吝惜，止於賜錢百萬而已。夫太祖豈食言之君，而曹彬亦豈飽則颺去之人哉！英君誼辟遠慮微權，衆人固不識也。近世以來，將帥守邊，僅免侵軼，及至歲終，則論功行賞，屢遷不一，遷不知使其能。掃清關河，哭單于於陰山，又將何以賞之？少陵詩云：「今日翔麟馬，先宜駕鼓車。無勞問河北，諸將覺榮華。」言雖翔麟之馬，亦必先使之駕鼓車，由賤而後可以致貴。今諸將驟登貴顯，如馬之未駕鼓車，而遽駕玉輅，安於榮華，志得意滿，無復驅攘之志。河北叛亂，決難討除，無勞問也。又云「雜虜横戈數，功臣甲第高」，亦此意。

【養兵】韓魏公曰：「養兵雖非古，然亦自有利處。議者但謂不如漢、唐調兵於民，獨不見杜甫《石壕吏》一篇，調兵於民，其弊乃如此。後世既收拾强悍無賴者，養之以爲兵，良民雖稅斂良厚，而終身保骨肉相聚之樂，父子兄弟夫婦免生離死別之苦，此豈小事？」魏公此論，可謂至當。余觀梅聖俞寶元間爲葉縣宰，詔書令民三丁籍一，立校與長，號弓箭手，以備不虞，田里騷然。聖俞作《田家》詩云：「誰道田家樂？春稅秋未足。里胥叩我門，日夕苦煎促。盛夏流潦多，白水高於屋。水既害我菽，蝗又食我粟。前月詔書來，生齒復版録。三丁籍一壯，惡使操弓韣。州符令又嚴，老吏持鞭扑。搜索稚與艾，唯存跛無目。田閭敢怨嗟，父子各悲哭。南畝焉可事，買箭賣牛犢。愁氣變久雨，鐺缶空無粥。盲跛不能耕，死亡在遲速。我聞誠所慚，徒爾叨君禄。却詠歸去來，刈薪向深谷。」又《汝墳貧女》云：「汝墳貧家女，行哭音悽愴。自言有老父，孤獨無丁壯。郡吏來何暴，縣官不敢抗。督遣勿稽留，龍鍾去持杖。勤勤囑四鄰，幸願相倚傍。適聞閭里歸，問訊疑猶强。果聞寒雨中，僵死壤河上。弱質無以託，横屍無以葬。生女不如男，雖存何以當。拊膺呼蒼天，生死將奈向？」觀此二詩，與《石壕吏》等篇何以異？當是時，乃太平極盛之時，而一有籍民爲兵之令，便覺氣象與天寶相似。乃知養兵之制，實萬世之仁，而魏公之説不可易也。然魏公既知籍民爲兵之害矣，而陝西義勇之制，實出於公。雖司馬温公極言其不便，竟不爲止，又何與前言相戾也。（乙編卷四。下同）

【天棘】杜詩云：「江蓮摇白羽，天棘夢青絲。」下句殊不可曉。説者曰，天棘，柳也。或曰，天門冬也。夢，當作弄。既無考據，意亦短淺。譚浚明嘗爲余言，此出佛書，終南長老入定，夢天帝賜以青棘之香。蓋言江蓮之香，如所夢天棘之香耳。此詩爲僧齊己賦，故引此事。余甚喜其説，然終未知果出何經。近閲葉石林《過庭録》，亦言此句出佛書，則浚明之言宜可信。

【月下傳杯詩】楊誠齋《月下傳杯》詩云：「老夫渴急月更急，酒落杯中月先入。領取青天併入來，和月和天都蘸濕。天既愛酒自古傳，月不解飲真浪言。舉杯將月一口吞，舉頭見月猶在天。老夫大笑問客道，月是一團還兩團？酒入詩腸風火發，月入詩腸冰雪潑。一杯未盡詩已成，誦詩向天天亦驚。焉知萬古一骸骨，酌酒更吞一團月！」余年十許歲時，侍家君竹谷老人謁誠齋，親聞誠齋誦此詩。且曰：「老夫此作，自謂彷彿李太白。」

【題貧樂圖】徐思叔《題貧樂圖》詩首句云：「迺翁畫灰教兒書，嬌兒赤骭玉雪膚。厥妻曝日補破襦，弊筐何有金十奴？」楊伯子和云：「三間破屋一床書，錦心繡口冰肌膚。自紉枯葉作袴襦，此君便是長鬚奴。」王才臣和云：「大兒阻飢頗廢書，小兒忍寒粟生膚。婦縱有褌無一襦，不敢緣此相庸奴。」三詩皆佳，而後出者尤奇。

【竹】松柏之貫四時，傲雪霜，皆自拱把以至合抱。惟竹生長於旬日之間，而干霄入雲，其挺特堅貞，乃與松柏等。此草木靈異之尤者也。白樂天、東坡、潁濱與近時劉子翬論竹甚詳，皆未及此。杜陵詩云：「平生憩息地，必種數竿竹。」梅聖俞云：「買山須買泉，種樹須種竹。」信哉！

【詩興】詩莫尚乎興，聖人言語，亦有專是興者。如「逝者如斯夫，不舍晝夜」，「山梁雌雉，時哉時哉」，無非興也，特不曾隱括協韻爾。蓋興者，因物感觸，言在於此，而意寄於彼，玩味乃可識，非若賦比之直言其事也。故興多兼比賦，比賦不兼興，古詩皆然。今姑以杜陵詩言之，《發潭州》云：「岸花飛送客，檣燕語留人。」蓋因飛花語燕，傷人情之薄，言送客留人，止有燕與花耳。此賦也，亦興也。若「感時花濺淚，恨別鳥驚心」，則賦而非興矣。《堂成》云：「暫止飛烏將數子，頻來語燕定新巢。」蓋因烏飛燕語，而喜己之攜雛卜居，其樂與之相似。此比也，亦興也。若「鴻雁影來聯塞上，鶺鴒飛急到沙頭」，則比而非興矣。

【荆公議論】荆公詩云：「謀臣本自繫安危，賤妾何能作禍基。但願君王誅宰嚭，不愁宮裏有西施。」夫妲己者，飛廉、惡來之所寄也。褒姒者，聚子、膳夫之所寄也。太真者，林甫、國忠之所寄也。女寵蠱君心，而後憸壬階之以進，依之以安。大臣格君之事，必以遠聲色爲第一義。而謂「不愁宫裏有西施」何哉？范蠡霸越之後，脱屣富貴，扁舟五湖，可謂一塵不染矣。然猶挾西施以行，蠡非悦其色也，蓋懼其復以蠱吴者而蠱越，則越不可保矣。於是挾之以行，以絶越之禍基，是蠡雖去越，未嘗忘越也。曾謂荆公之見而不及蠡乎？惟管仲之告齊桓公，以豎刁、易牙、開方爲不可用，而謂聲色爲不害霸，與荆公之論略同。其論商鞅曰：「今人未可非商鞅，商鞅能令政必行。」夫二帝三王之政，何嘗不行，奚獨有取於鞅哉？東坡曰：「商鞅、韓非之刑，非舜之刑，而所以用刑者，則舜之術也。」此説猶回護，不如荆公之直截無忌憚。其詠昭君曰：「漢恩自淺胡自深，人生樂在相知心。」推此言也，苟心不相知，臣可以叛其君，妻可以棄其夫乎？其視白樂天「黄金何日贖娥眉」之句，真天淵懸絶也。其論馮道曰：「屈己利人，有諸佛菩薩之行。」唐質肅折之曰：「道事十主，更四姓，安得謂之純臣？」荆公乃曰：「伊尹五就湯，五就桀，亦可謂之非純臣乎？」其强辨如此。又曰：「有伊尹之志，則放其君可也。有周公之志，則誅其兄可也。有周后妃之志，則求賢審官可也。」似此議論，豈特執拗而已，真悖理傷道也。荀卿立「性惡」之論、「法後王」之論，李斯得其説，遂以亡秦。今荆公議論過於荀卿，身試其説，天下既受其毒矣。章、蔡祖其説，而推演之，加以凶險，安得不産靖康之禍乎！荆公論韓信曰：「貧賤侵陵富貴驕，功名無復在芻蕘。將軍北面師降虜，此事人間久寂寥。」論曹參曰：「束髮山河百戰功，白頭富貴亦成空。華堂不着新歌舞，却要區區一老翁。」二詩意却甚正。然其當國也，偏執己見，凡諸君子之論，一切指爲流俗，曾不如韓信之師李左車，曹參之師蓋公，又何也？

【詩禍】楊子幼以「南山種豆」之句殺其身，此詩禍之始也。至於「空梁落燕泥」之句，「庭艸無人隨意緑」之句，非有所譏刺，徒以琱斲工巧，爲暴君所忌嫉，至賈奇禍，則詩真可畏哉！賈至謫岳州，嚴武謫巴州，杜少陵寄詩云：「賈筆論《孤憤》，嚴君賦幾篇。定知深意苦，莫使衆人傳。貝錦無停織，朱絲有斷絃。浦鷗防碎首，霜鶻不空拳。」蓋深戒之也。劉禹錫種桃之句，不過感嘆之詞耳，非甚有所譏刺也，然亦不免於遷謫。近世蔡持正數其罪惡，雖兩觀之誅，亦不爲過，乃以《車蓋亭》絶句謂爲譏刺，貶新州。夫小人摘抉君子之詩文以爲罪，無怪也，君子豈可亦摘抉小人之詩文以爲罪乎？東坡文章，妙絶古今，而其病在於好譏刺。文與可戒以詩云：「北客若來休問事，西湖雖好莫吟詩。」蓋深恐其賈禍也。烏臺之勘，赤壁之貶，卒於不免。觀其《獄中》詩云：「夢繞雲山心似鹿，魂飛湯火命如雞。」亦可哀矣。然纔出獄便賦詩云：「却對酒杯疑是夢，試拈詩筆已如神。」略無懲艾之意，何也？晚年自朱崖量移合浦，郭功父寄詩云：「君恩浩蕩似陽春，海外移來住海濱。莫向沙邊弄明月，夜深無數採珠人。」其意亦深矣。渡江以來，詩禍殆絶，唯寶、紹間，《中興江湖集》出，劉潛夫詩云：「不是朱三能跋扈，只緣鄭五欠經綸。」又云：「東風謬掌花權柄，却忌孤高不主張。」敖器之詩云：「梧桐秋雨何王府，楊柳春風彼相橋。」曾景建詩云：「九十日春晴景少，一千年事亂時多。」當國者見而惡之，並行貶斥。景建，布衣也，臨川人，竟謫舂陵，死焉。其往舂陵也，作詩曰：「杖策行行訪楚囚，也勝流落嶠南州。鬢絲半是吴蠶吐，襟血全因蜀鳥流。徑窄不妨隨繭栗，路長那更聽鈎輈。家山千里雲千疊，十口生離兩地愁。」

【功成不受賞】自古豪傑之士，立業建功，定變弭難，大抵以無所爲而爲之者爲高。三代人物，固不待言。下此如范蠡霸越，而扁舟五湖。魯仲連下聊城，而辭千金之謝，却帝秦，而逃上爵之封。張子房顛嬴蹶項，而飄然從赤松子遊，皆足以高出秦、漢人物之上。左太沖詩云：「功成不受賞，長揖歸田廬。」李太白詩云：「事了拂衣去，深藏身與名。」而世降俗末，乃有激變稔禍，欺君誤國，殺人害物，以希功賞者，是誠何心哉？是誠何心哉？

【釣臺詩】余三十年前，於釣臺壁間塵埃漫漶中得一詩云：「生涯千頃水雲寬，舒卷乾坤一釣竿。夢裏偶然伸隻脚，渠知天子是何官！」不知何人作也，句意頗佳。近時戴式之詩云：「萬事無心一釣竿，三公不换此江山。當初誤識劉文叔，惹起虚名滿世間。」句雖甚爽，意實未然。今考史籍，光武，儒者也，素號謹厚，觀諸母之言可見矣。子陵意氣豪邁，實人中龍，故有「狂奴」之稱。方其相友於隱約之中，傷王室之陵夷，嘆海宇之横潰，知光武爲帝胄之英，名義甚正，所以激發其志氣，而導之以除兇剪逆，吹火德於既灰者，當必有成謀矣。異時披圖興嘆，岸幘迎笑，雄姿英發，視向時謹敕之文叔，如二人焉。子陵實陰有功於其間。天下既定，從容訪帝，共榻之卧，足加帝腹，情義如此。子陵豈以匹夫自嫌，而帝亦豈以萬乘自居哉！當是之時，而欲使之俯首爲三公，宜其不屑就也。史臣不察，乃以之與周黨同稱。夫周黨特一隱士耳，豈若子陵友真主於潛龍之日，而琢磨講貫，隱然有功於中興之業者哉！余嘗題釣臺云：「平生謹敕劉文叔，却與狂奴意氣投，激發潛龍雲雨志，了知功跨鄧元侯。」「講磨潛佐漢中興，豈是空標處士名，堪笑史臣無卓識，却將周黨與同稱。」

【馮三元】馮京，字當世，鄂州咸寧人。其父商也，壯歲無子。將如京師，其妻授以白金數笏曰：「君未有子，可以此爲買妾之資。」及至京師，買一妾，立券償錢矣。問妾所自來，涕泣不肯言，固問之，乃言其父有官，因綱運欠折，鬻妾以爲賠償之計。遂惻然不忍犯，遣還其父，不索其錢。及歸，妻問買妾安在，具告以故。妻曰：「君用心如此，何患無子！」居數月，妻有娠，將誕，里中人皆夢鼓吹喧闐迎狀元，京乃生。家貧甚，讀書於灊山僧舍，僧有犬，京與共學者烹食之。僧訴之縣，縣令命作《偷狗賦》，援筆立成。警聯云：「團飯引來，喜掉續貂之尾；索綯牽去，驚回顧兔之頭。」令擊節，釋之，延之上座。明年遂作三元。有詩號《灊山集》，皆其未遇時所作。如「琴彈夜月龍魂冷，劍擊秋風鬼膽粗」。「吟氣老懷長劍古，醉胸横得太行寬」。「塵埃掉臂離長陌，琴酒和雲入舊山」。「豐年足酒容身易，世路無媒着脚難」。皆不凡。

【西山生祠】真西山帥長沙，郡人爲立生祠。一夕，有大書一詩于壁間者，其辭云：「舉世知公不愛名，湘人苦欲置丹青。西天又出一活佛，南極添成兩壽星。幾百年方鍾間氣，八千春願祝脩齡。不須更作生祠記，四海蒼生口是銘。」

【雲日對】葉石林云：「杜工部詩，對偶至嚴，而《送楊六判官》云：『子雲清自守，今日起爲官』，獨不相對，切意『今日』字當是『令尹』字傳寫之訛耳。」余謂不然，此聯之工，正爲假「雲」對「日」。兩句一意，乃詩家活法，若作「令尹」字，則索然無神，夫人能道之矣。且送楊姓人，故用子雲爲切題，豈應又泛然用一令尹耶？如「次第尋書札，呼兒檢贈篇」之句，亦是假以「第」對「兒」，詩家此類甚多。

【貓捕鼠】唐武后斷王后、蕭妃之手足，置於酒甕中，曰：「使此二婢骨醉。」蕭妃臨死曰：「願武爲鼠吾爲貓，生生世世扼其喉。」亦可悲矣。今俗間相傳謂貓爲天子妃者，蓋本此也。予自讀唐史此段，每見貓得鼠，未嘗不爲之稱快，人心之公憤，有千萬年而不可磨滅者。嘗有詩云：「陋室偏遭黠鼠欺，狸奴雖小策勳奇。扼喉莫訝無遺力，應記當年骨醉時。」

【就齋詩】吾郡羅椿，字永年，誠齋高弟也。清貧入骨，一介不取，頗有李方叔、謝無逸風味。累年舉於禮部，竟不第。自號就齋。嘗訪誠齋於毗陵，誠齋作詩送之歸曰：「梅蕊香邊踏雪來，杏花影裏帶春回。明朝解纜還千里，今日看花更一杯。誰遣文章太驚俗，何緣場屋不遺才。南溪鷗鷺如相問，爲報春吟費麝煤。」慶元初，誠齋與朱文公同召，誠齋力辭。永年寄詩云：「不愁風月只憂時，髮爲君王寸寸絲。司馬要爲元祐起，西樞政坐壽皇知。苦辭君命驚凡子，清對梅花更與誰？夢繞師門三稽首，起敲冰硯訴相思。」誠齋擊節。又《送永豐汪令》詩云：「錦纜梅花浦，江南作縣歸。新來薦鶚牘，驚動袞龍衣。歲晚情難別，心親事却違。恐君天上去，扶病出煙霏。」頗有少陵意態。他如「露濕看花脚，鶯啼欲曉山」，「春消千嶂雪，清逼五湖秋」等句，皆佳。（乙編卷五。

下同）

【古婦人】《國風》云：「豈無膏沐，誰適爲容。」又云：「予髮曲局，薄言歸沐。」蓋古之婦人，夫不在家，則不爲容飾也。其遠嫌防微，至於如此。杜陵《新昏别》云：「自嗟貧家女，久致羅襦裳。羅襦不復施，對君洗紅妝。」尤可悲矣。《國風》之後，唯杜陵不可及者，此類是也。

【鬻祠廟】荆公行新法，鬻坊場河渡，司農又請并祠廟鬻之。官既得錢，聽民爲賈區，廟中穢雜喧踐，無所不至。張安道知南京，上疏言：「宋王業所基也，而以火德王。閼伯封於商丘，以主大火，微子爲宋始封，此二祠者，獨不可免於鬻乎？」神考覽之震怒，批曰：「慢神辱國，無甚於斯！」於是天下祠廟皆得免鬻。近時豫章嘗於孺子亭賣酒，劉潛夫題詩云：「孺子亭前插酒旗，遊人那解薦江蘺。白鷗欲下還飛起，曾見當年解榻時。」帥聞之，亟令住賣。嘉定間，臨安西湖上三賢堂亦賣酒，太學士人題詩云：「和靖東坡白樂天，幾年秋菊薦寒泉。如今往事都休問，且爲官司趁酒錢。」府尹聞之，亦愧而止。

【蘄黄二守】嘉定辛巳三月，金人圍黄州，詔馮榯援蘄、黄。榯遷延不進，黄州守何大節，字中立，召僚佐告之曰：「城危矣，而救不至，諸君多有親老，且非守土之臣，可以死，可以無死。」乃各予以差出之檄，使爲去計。自取郡印佩之，誓以死守。一夕，輿兵忽奔告曰：「城陷矣！」擁之登車，纔出門，虜兵已紛集，大節竟自沉于江。未一月，又陷蘄州。守李誠之，字茂欽，手殺其妻子奴婢，然後自殺，官屬多死之。朝廷褒贈誠之，且爲立廟。而《寧宗帝紀》書「大節棄城遁」。二人皆出太學。劉潛夫詩云：「淮堧便合營雙廟，太學今方出二儒。」又云：「世俗今猶疑許遠，君王元未識真卿。」蓋爲中立解嘲。然等死耳，茂欽果決，是以全節。中立遲懦，是以敗名。忠臣義士，可以鑒矣。

【鍼熨道人】朱文公有足疾，嘗有道人爲施鍼熨之術，旋覺輕安。公大喜，厚謝之，且贈以詩云：「幾載相扶藉瘦筇，一鍼還覺有奇功。出門放杖兒童笑，不是從前勃窣翁。」道人得詩徑去。未數日，足疾大作，甚於未鍼時。亟令人尋逐道人，已莫知其所往矣。公嘆息曰：「某非欲罪之，但欲追索其詩，恐其持此誤他人爾。」

【二老相訪】慶元間，周益公以宰相退休，楊誠齋以秘書監退休，實爲吾邦二大老。益公嘗訪誠齋于南溪之上，留詩云：「楊監全勝賀監家，賜湖豈比賜書華？回環自鬭三三徑，頃刻能開七七花。門外有田供伏臘，望中無處不煙霞。却慚下客非摩詰，無畫無詩只漫誇。」誠齋和云：「相國來臨處士家，山間草木也光華。高軒行李能過李，小隊尋花到浣花。留贈新詩光奪月，端令老子氣成霞。未論藏去傳貽厥，拈向田夫野老誇。」好事者繪以爲圖，誠齋題云：「平叔曾過魏秀才，何如老子致元台。蒼松白石青苔徑，也不傳呼宰相來。」用魏野詩翻案也。厥後誠齋冢嗣東山先生伯子，端平初累辭召命，以集英殿脩撰致仕家居，年八十。雲巢曾無疑，益公門人也，年尤高，嘗携茶袖詩訪伯子。其詩云：「褰衣不待履霜回，到得如今亦樂哉！泓穎有時供戲劇，軒裳無用任塵埃。眉頭猶自懷千恨，興到何如酒一杯？知道華山方睡覺，打門聊伴茗奴來。」伯子和云：「雪舟不肯半塗回，直到荒林意盛哉！　籬菊苞時披宿霧，木犀香裹絶纖埃。　錦心繡口垂金薤，月露天漿貯玉杯。　八十仙翁能許健，片雲得得出巢來。」其風味庶幾可亞前二老云。　無疑博學工文，尤精考訂，有《本朝新舊官制考》行於世。　以隱逸召爲秘閣校勘，吾黨之士多勸其毋出，而無疑竟出。　先君竹谷老人送以詩云：「泰華山人上赤墀，上嗟安在見何遲。　老於尚父投竿日，少似轅生對策時。　怨鶴驚猿辭舊隱，鞭鸞笞鳳總新知。　早陳經國平邊策，歸領雲巢舊住持。」無疑立朝逾年，除大社令，未及有所開陳，奉祠而歸，年九十乃終。

【風香】杜陵詩云：「色難臭腐食風香。」色難臭腐，用仙家王方平事。　獨「食風香」三字，解者不注所出。　余觀佛書云，凡諸所齅風與香等。　意杜陵用此。

【一聯八意】杜陵詩云：「萬里悲秋常作客，百年多病獨登臺。」蓋萬里，地之遠也。　秋，時之慘悽也。　作客，羈旅也。　常作客，久旅也。　百年，齒暮也。　多病，衰疾也。　臺，高迥處也。　獨登臺，無親朋也。　十四字之間，含八意，而對偶又精確。

【烏石題名】嚴州烏石寺在高山之上，有岳武穆飛、張循王俊、劉太尉光世題名。　劉不能書，令侍兒意真代書。　姜堯章題詩云：「諸老凋零極可哀，尚留名姓壓崔嵬。　劉郎可是疏文墨，幾點胭脂涴緑苔。」（乙編卷六。　下同）

【雨晴詩】杜陵詩云：「雨晴山不改，晴罷峽如新。」言或雨或晴，山之體本無改變，然既雨初晴，則山之精神焕然乃如新焉。　朱文公《寄籍溪胡原仲》詩云：「甕牖前頭翠作屏，晚來相對静儀刑。

浮雲一任閑舒卷，萬古青山只麼青。」胡五峰見之，以爲有體而無用，乃賡之曰：「幽人偏愛青山好，爲是青山青不老。山中雲出雨乾坤，洗出一番青更好。」文公用杜上句意，五峰用杜下句意，然杜只是寫物，二公則以喻道。

【了死生】淵明詩云：「既來孰不去，人理固有終。居常待其盡，曲肱豈傷沖。」此修身俟死之意也，可謂了死生矣。謝溪堂詩云：「淵明從遠公，了此一大事。」余謂淵明性資高邁，豈待從遠公而後了？況其言曰：「得知千載外，上賴古人書」；又曰：「羲農去我久，舉世少復真，汲汲魯中叟，彌縫使其淳。」則其於六經孔孟之書，固已探其微矣，於了死生乎何有？

【晚唐詩人】晚唐詩綺靡乏風骨，或者薄之，且因王維、儲光羲輩，而并薄其人。然氣節之士，亦往往出於其間。昭宗末年，朱温篡形已成。韓偓在翰林，蘇檢數爲經營入相，偓怒曰：「公不能有所爲，今朝夕不濟，乃欲以此相汙耶！」昭宗欲相偓，偓辭，而薦趙崇。崔胤怒，使温譖而逐之。昭宗與之泣別，偓泣曰：「臣得遠貶，及死乃幸，不忍見篡弒之辱也。」司空圖初爲禮部員外郎，棄官隱居王官谷，累徵不起，柳璨以詔書徵之，圖懼，詣洛陽入見，佯爲衰野，墜笏失儀。乃下詔以爲傲代釣名，放還山。羅隱乾符中舉進士十上不第，黃巢亂，歸依錢鏐。及朱温篡，詔至，痛哭勸鏐舉義，鏐不能從。温聞其名，以諫議大夫招之，不就，事鏐終於著作佐郎。若三子者，又可以晚唐詩人薄之乎？

【詩疊字】詩有一句疊三字者，如吳融《秋樹》詩云「一聲南雁已先紅，槭槭淒淒葉葉同」是也。

有一句連三字者，如劉駕云「樹樹樹梢啼曉鶯，夜夜夜深聞子規」是也。有兩句連三字者，如白樂天云「新詩三十軸，軸軸金玉聲」是也。有三聯疊字者，如古詩云「青青河畔草，鬱鬱園中柳，盈盈樓上女，皎皎當窗牖，娥娥紅粉妝，纖纖出素手」是也。有七聯疊字者，昌黎《南山》詩云「延延離又屬，夬夬叛還遘。喁喁魚闖萍，落落月經宿。誾誾樹牆垣，巘巘架庫廄。參參削劍戟，煥煥銜瑩琇。敷敷花披萼，闟闟屋摧霤。悠悠舒而安，兀兀狂以狃。超超出猶奔，蠢蠢駭不懋」是也。近時李易安詞云：「尋尋覓覓，冷冷清清，凄凄慘慘戚戚」，起頭連疊七字，以一婦人，乃能創意出奇如此。

【自警詩】胡澹庵十年貶海外，北歸之日，飲于湘潭胡氏園，題詩云：「君恩許歸此一醉，傍有梨頰生微渦。」謂侍妓黎倩也。厥後朱文公見之，題絶句云：「十年浮海一身輕，歸對黎渦却有情。世上無如人欲險，幾人到此誤平生。」《文公全集》載此詩，但題曰「自警」云。余觀《東坡志林》載張元忠之説曰：蘇子卿齧雪啖氈，蹈背出血，可謂了死生之際矣。然不免與胡婦生子，而況洞房綺繡之下乎？乃知此事未易消除。文公之論澹庵，亦猶張元忠之論蘇子卿也。近時劉叔友論劉、項曰：項王有吞嶽瀆意氣，咸陽三月火，骸骨亂如麻，哭聲慘怛天日，而眉容不斂，是必鐵作心肝者。然當垓下訣別之際，寶區血廟，了不經意，惟眷眷一婦人，悲歌悵飲，情不自禁。高帝非天人歟？能決意於太公、吕后，而不能決意於戚夫人。杯羹可分，則笑嫚自若。羽翼已成，則欷歔不止。乃知尤物移人，雖大智大勇不能免。由是言之，「世上無如人欲險」，信哉！

【信美樓記】項平甫作《信美樓記》云：「王仲宣之言曰：『雖信美非吾土兮，曾何足以少留。』自仲宣至今，千有餘年，文士一詞，曰『此思歸之曲也』。曾未有考其文而論其心者。蓋仲宣，漢貴公孫也。少依王室，世受國恩，雖遯身南夏，而繫志西周，彼以爲撫清、漳、曲、沮之流，不若灞、滻、涇、渭之速清也；覽昭丘、陶牧之勝，不若終、峻、吴、華之亟平也。冀道路之一開，憂日月之逾邁，故戛然以是爲不可久留。蓋士之出處不齊久矣。充仲宣之賦，當與子美《岳陽樓》五言，太白《鳳凰臺》長句同帙而共編，不當與張翰思吴之嘆，班超玉門之書，馬援浪泊西里之念，雜然爲一議狀也。」平甫此論，得仲宣之心矣。仲宣不依曹、黄、二袁，而依劉表，意亦可見。故仲宣之忠於漢，陶淵明之忠於晉，羅昭諫之忠於唐，皆詩人文士之識大義有氣節者。樓乃胡仲方爲荆南撫幹時所建，楊誠齋題詩云：「大資孫子大參孫，磊隗胸中萬卷横。樓上已堆千古恨，晚潮更作斷腸聲。」「古有仲宣今仲方，二樓分貯一秋江。散懷幸有杯中物，莫下南窗下北窗。」亦平甫之意也。

【詩文反句】杜詩有反言之者，如云「久拚野鶴如雙鬢」，若正言之，當云「雙鬢如野鶴」也。又云「黄鵠高於五尺童，化爲白凫似老翁」，若正言之，當云「五尺童時似黄鵠，化爲老翁似白凫」也。他如「紅豆啄殘鸚鵡粒，碧梧棲老鳳凰枝」亦然。《左氏傳》曰「室於怒，市於色」，曾南豐曰「室於議，塗於嘆」，皆如此類。

【十里荷花】孫何帥錢塘，柳耆卿作《望海潮》詞贈之云：「東南形勝，三吴都會，錢塘自古繁華。烟柳畫橋，風簾翠幕，參差十萬人家。雲樹繞隄沙。怒濤卷霜雪，天塹無涯。市列珠璣，户盈羅綺，競豪奢。重湖疊巘清佳。有三秋桂子，十里荷花。羌管弄晴，菱歌泛夜，嬉嬉釣叟蓮娃。千騎擁高牙，乘醉聽簫鼓，吟賞烟霞。異日圖將好景，歸去鳳池誇。」此詞流播，金主亮聞歌，欣然有慕於「三秋桂子、十里荷花」，遂起投鞭渡江之志。近時謝處厚詩云：「誰把杭州曲子謳？荷花十里桂三秋。那知草木無情物，牽動長江萬里愁。」余謂此詞雖牽動長江之愁，然卒爲金主送死之媒，未足恨也。至於荷豔桂香，妝點湖山之清麗，使士夫流連於歌舞嬉遊之樂，遂忘中原，是則深可恨耳。因和其詩云：「殺胡快劍是清謳，牛渚依然一片秋。却恨荷花留玉輦，竟忘煙柳汴宫愁。」蓋靖康之亂，有題詩于舊京宫牆云：「依依煙柳拂宫牆，宫殿無人春晝長。」（丙編卷一。下同）

【病柟詩】杜陵《病柟》詩曰：「猶含棟樑具，無復霄漢志。良工古昔少，識者出涕淚。」傷賢者之老病而不獲用也。又曰：「種榆水中央，成長何容易！截承金露盤，裊裊不自畏。」言少不更事之人，無所涵養，而驟膺拔擢，以當重任，力綿才腐，凛凛危亡，而曾不知畏也。又《舟中上水遣懷》詩云：「篙工密逞巧，氣若酣杯酒。歌謳互激烈，回斡明授受。善知應觸類，各藉穎脱手。古來經濟才，何事獨罕有？」蓋嘆舟人操舟，尚有妙手，而整頓乾坤，獨未見妙手也。蓋方天寶間，杜陵少壯之時，雖亂離瘼矣，而人才尚多，故《洗兵馬行》曰：「成王功大心轉小，郭相謀深古來少。司徒清鑒懸明鏡，尚書氣與秋天杳。二三豪俊爲時出，整頓乾坤濟時了。」又云：「張公一生江海客，身長九尺鬚眉蒼。徵起適遇風雲會，扶顛始知籌策良。」蓋幸其所以支撑世變者，尚有人也。及杜陵晚歲，《八哀》之詩既作，則一時豪傑，或老或死，而後來者，未有其人。此病柟、種榆之嘆，舟師妙手之嘆，意益婉而詞益哀。嗚呼！此唐室所以終不振乎！本朝元豐間，洛陽諸老爲耆英會，圖形賦詩，一時誇爲盛事。而識者悲之曰，此皆仁宗所養之君子，至是而皆老矣。升降消長之會，過此甚可畏也。時林行己曰：「天將祚其國，必祚其國之君子。觀其君子之衆多如林，則知其國之盛；觀其君子之落落如晨星，則知其國之衰；觀其君子之康寧福澤如山如海，則知其爲太平之象；觀其君子之摧折頓挫如湍舟，如霜木，則知其爲衰亂之時。」又曰：「天將使建中爲崇寧，則不使范忠宣復相於初元；天將使宣和爲靖康，則不使劉陳二忠肅憖遺於數歲。」皆至論也。

【遮莫】詩家用「遮莫」字，蓋今俗語所謂「儘教」者是也。故杜陵詩云「已拚野鶴如雙鬢，遮莫鄰雞下五更」，言鬢如野鶴，已拚老矣。儘教鄰雞下五更，日月逾邁不復惜也。而乃有用爲禁止之辭者，誤矣。

【三谿詩詞】有良家女流落可嘆者，余同年李南金贈以詞曰：「流落今如許。我亦三生杜牧，爲秋娘著句。先自多愁多感慨，更值江南春暮。君看取、落花飛絮。也有吹來穿繡幌，有因風、飄墮隨塵土。人世事，總無據。佳人命薄君休訴。若說與、英雄心事，一生更苦。且盡尊前今日意，休記綠窗眉嫵。但春到、兒家庭户。幽恨一簾煙月曉，恐明年、雁亦無尋處。渾欲倩，鶯留住。」此詞凄婉頓挫，不減古作者。《南史》：齊范縝謂竟陵王子良曰：「人生如樹花同發，隨風而散，或拂簾幌墜茵席之上，或關籬牆落糞溷之中。墜茵席者，殿下是也；落糞溷者，下官是也。」此詞前闋，蓋祖此說。南金自號三谿冰雪翁，尤工於詩。有《江頭吟》云：「兒時盛氣高於山，不信壯士有飢寒。如今一杯零落酒，風雨蝕盡征袍單。側立崑奴面鐵色，楚客不言未吹笛。關山有月無人聲，自是江頭渚花發。渚花春少未得妍，凝立青山圍水天。杜鵑故態不識事，盡情叫入青風煙。壯士未握邊頭槊，旄頭如月幾時落。如今世界不愛賢，看取青峰白雲角。嗚呼一歌兮歌已怨，壺中無酒可續嚥。」蓋模擬少陵之作，詞旨清婉可愛。

【曲端】曲端在陝西，甚有威望。張魏公宣撫，首擢用之。金人萬户婁室，與撒離曷等寇邠州，端擊敗之。至白店原，又大敗之。撒離曷乘高望師，懼而號哭，金人因目之爲「啼哭郎君」。後以端恃功驕恣，廢不用。又懼其得士心，竟殺之。自端之死，衆心稍離。金再入，戰于富平。我師詐張端旂以懼敵。婁室知端已死，拊掌笑曰：「何紿我也。」於是盡鋭力攻，我師敗績，自是陝西非我有矣。淳熙間，議高廟配享，洪景盧舉此爲魏公罪，迄不得侑食。昔孔明斬馬謖，已爲失計。魏公襲其事，幾於自壞萬里長城。至於詐張端旂，尤爲拙謀，徒足以召敵人之笑，沮我師之氣耳。端亦知書，嘗作詩云：「破碎山河不足論，幾時重到渭南村。」昔人詩：「欲掛衣冠神武門，先尋水竹渭南村」，此事也。

【籠鳥水萍】或問杜陵詩云「日月籠中鳥，乾坤水上萍」，何也？余曰，此自嘆之詞耳。蓋拘束以度日月，若鳥在籠中，漂泛於乾坤間，若萍浮水上。本是形容凄涼之意，乃翻作壯麗之語。東坡《雪》詩「凍合玉樓寒起粟，光摇銀海眩生花」，亦此類。

【飛吟亭詩】世傳吕洞賓，唐進士也。詣京師應舉，遇鍾離翁于岳陽，授以仙訣，遂不復之京師。今岳陽飛吟亭，是其處也。近時有題絶句于亭上云：「覓官千里赴神京，鍾老相傳蓋便傾。未必無心唐事業，金丹一粒誤先生。」余酷愛其旨趣，蓋夫子告沮溺之意也。

【唐再幸蜀】唐狄歸昌詩云：「馬嵬煙柳正依依，重見鑾輿幸蜀歸。泉下阿蠻應有語，這回休更罪楊妃。」杜陵詩云：「朝廷雖無幽王禍，得不哀痛塵再蒙。」蓋幽王以褒姒而致犬戎之禍，明皇以妃子而致禄山之變，正相似也。今無妃子之孽矣，而鑾輿乃再蒙塵，何哉？此其胎變稔禍，必有出於女寵之外者矣，是不可不哀痛而悔艾也。詩意與狄歸昌同。而其惻怛規戒，涵蓄不露，則大有徑庭矣。

【黄綿襖】何斯舉云：壬寅正月，雨雪連旬，忽爾開霽，閭里翁媪相呼賀曰：「黄綿襖子出矣！」因作歌以紀之。此名甚新，但所以作歌未甚愜人意。乃更爲補作一絶句云：「范叔綿袍暖一身，大裘只蓋洛陽人。九州四海黄綿襖，誰似天公賜予均。」白樂天詩云：「安得大裘長萬丈，與君都蓋洛陽人。」

【論事任事】（上略）歐陽公爲諫官侍從時，最號敢言。及爲執政，主濮園稱親之議，諸君子譁然起而攻之，而歐陽公乃不能受人之攻，執之愈堅，辯之愈激，此則歐公之過也。公自著《濮議》兩篇，其間有曰：「一時臺諫謂因言得罪，猶足以美名，是時聖德恭儉，舉動無差。兩府大臣，亦各無大過，未有事可以去者，惟濮議未定，乃曰，此好題目，所謂奇貨不可失也，於是相與力言。」歐公此論，却欠反思。若如此，則前此已爲諫官侍從時，每事争辯，豈亦是貪美名、求奇貨、尋好題目耶！

余嘗作《濮議》詩云：「濮園議起沸烏臺，傳語歐公莫怨猜。須記上坡持橐日，也曾尋探好題來。」（丙編卷二。下同）

【方士傳】范曄作東漢史，爲方士立傳，如左慈之事，妖怪特甚，君子所不道，而乃大書特書之，何其陋也。曹子建《辨道論》曰：「世有方士，吾王悉所招致。甘陵有甘始，廬江有左慈，陽城有郄儉，善辟穀，悉號數百歲。所以集之魏國者，誠恐此人挾姦宄以欺衆，行妖惡以惑民，豈復欲觀神仙於瀛洲，求安期於邊海，釋金輅而顧雲輿，棄文驥而求飛龍哉？」子建此論，其識過范曄遠矣。漢武帝刻意求仙，至以愛女妻方士，可謂顛倒之極。末年乃忽悔悟曰：「世豈有仙者？節食服藥，差可少病耳。」此論却甚確。近時劉潛夫詩云：「但聞方士騰空去，不見童男入海回。無藥能令炎帝在，有人曾哭老聃來。」

【蟹胥】《周禮》：「庖人共祭祀之好羞。」鄭康成注云：好羞，謂四時所謂饍食。若荆州之鮺魚，揚州之蟹胥。陸德明音釋云：蟹，醬也。山谷詩云：「蟹胥與竹萌，乃不美羊腔。」

【辛卯火】紹定辛卯臨安之火，比辛酉之火加五分之三，雖太廟亦不免，而史丞相府獨全。洪舜俞詩云：「殿前將軍猛如虎，救得汾陽令公府。祖宗神靈飛上天，可憐九廟成焦土。」時殿帥乃馮榯也，人言籍籍，迄今不免責。

【少陵可殺】乾道間，林謙之爲司業，與正字彭仲舉遊天竺。小飲論詩，談到少陵妙處，仲舉微醉，忽大呼曰：「杜少陵可殺！」有俗子在鄰壁聞之，遍告人曰：「有一怪事，林司業與彭正字在天竺謀殺人。」或問所謀殺者爲誰，曰：「杜少陵也，不知是何處人。」聞者絶倒，喧傳縉紳間。余謂此言亦不足怪，若曹操之於楊德祖，隋煬之於薛道衡，蓋真殺之矣。

【姜白石】姜堯章學詩于蕭千巖，琢句精工。有詩云：「夜暗歸雲繞柁牙，江涵星影雁團沙。行人悵望蘇臺柳，曾與吴王掃落花。」楊誠齋喜誦之。嘗以詩《送江東集歸誠齋》云：「翰墨場中老斲輪，真能一筆掃千軍。年年花月無虚日，處處江山怕見君。箭在的中非爾力，風行水上自成文。先生只可三千首，回視江東日暮雲。」誠齋大稱賞，謂其冢嗣伯子曰：「吾與汝弗如姜堯章也。」報之以詩云：「尤蕭范陸四詩翁，此後誰當第一功。新拜南湖爲上將，更差白石作先鋒。可憐公等皆癡絶，不見詞人到老窮？謝遣管城儂已晚，酒泉端欲乞疏封。」南湖謂張功父也。堯章自號白石道人。潘德久贈詩云：「世間官職似樗蒲，采到枯松亦大夫。白石道人新拜號，斷無繳駁任稱呼。」時黄巖老亦號白石，亦學詩於千巖，詩亦工，時人號「雙白石」云。

【松竹句】杜陵詩云：「新松恨不長千尺，惡竹應須斬萬竿。」言君子之孤難扶植，小人之多難驅除也。嗚呼！世道至於如此，亦可哀矣。

【諸葛成何事】唐薛能詩云：「山屐經過滿徑蹤，隔溪遥見夕陽舂。當時諸葛成何事，只合終身作卧龍。」王荆公晚年喜誦之。然能之論非也，孔明之出，雖不能掃清中原，吹火德之灰，然伸討賊之義，盡託孤之責，以教萬世之爲人臣者，安得謂之成何事哉！荆公誦此，蓋以自喻。然孔明開誠心，布公道，集謀慮，廣忠益，其存心無愧伊、吕，「出師未捷身先死」，此天也。荆公剛愎自任，新法煩苛，毒流四海，不忍君子之見排，甘引小人以求助，卒爲其所擠陷，此豈天也哉！自古隱士出山，第一箇是伊尹，第二箇是傅説，第三箇是太公，第四箇是嚴陵，第五箇是孔明，第六箇是李泌，皆爲世間做得些事。雖以四皓之出，或者猶議其安劉是滅劉，況如樊英輩者乎！

【憂樂】吾輩學道，須是打疊教心下快活。古曰無悶，曰不愠，曰樂則生矣，曰樂莫大焉。夫子有曲肱飲水之樂，顔子有陋巷簞瓢之樂，曾點有浴沂詠歸之樂，曾參有履穿肘見、歌若金石之樂。周、程有愛蓮觀草、弄月吟風、望花隨柳之樂。學道而至於樂，方是真有所得。大概於世間一切聲色嗜好洗得净，一切榮辱得喪看得破，然後快活意思方自此生。或曰，君子有終身之憂；又曰，憂以天下；又曰，莫知我憂；又曰，先天下之憂而憂。此義又是如何？曰：聖賢憂樂二字，並行不悖。故魏鶴山詩云：「須知陋巷憂中樂，又識耕莘樂處憂。」古之詩人有識見者，如陶彭澤、杜少陵，亦皆有憂樂。如採菊東籬，揮杯勸影，樂矣，而有平陸成江之憂；步屧春風，泥飲田父，樂矣，而有眉攢萬國之憂。蓋惟賢者而後有真憂，亦惟賢者而後有真樂，樂不以憂而廢，憂亦不以樂而忘。

【茶瓶湯候】余同年李南金云：「《茶經》以魚目湧泉連珠爲煮水之節。然近世瀹茶，鮮以鼎鑊，用瓶煮水，難以候視，則當以聲辨一沸二沸三沸之節。又陸氏之法，以末就茶鑊，故以第二沸爲合量而下，未若以今湯就茶甌瀹之，則當用背二涉三之際爲合量。乃爲聲辨之詩云：『砌蟲唧唧萬蟬催，忽有千車稛載來。聽得松風并澗水，急呼縹色緑瓷杯。』」其論固已精矣。然瀹茶之法，湯欲嫩而不欲老，蓋湯嫩則茶味甘，老則過苦矣。若聲如松風澗水而遽瀹之，豈不過於老而苦哉！惟移瓶去火，少待其沸止而瀹之，然後湯適中而茶味甘。此南金之所未講者也。因補以一詩云：「松風檜雨到來初，急引銅瓶離竹爐。待得聲聞俱寂後，一甌春雪勝醍醐。」（丙編卷三。下同）

【曹操冢】漳河上有七十二冢，相傳云曹操疑冢也。北人歲增封之。范石湖奉使過之，有詩云：「一棺何用冢如林，誰復如公負此心。歲歲蕃酋爲封土，世間隨事有知音。」四句是兩箇好議論，意足而理明，絶句之妙也。

【古雨】范石湖詩云：「朝霞不出門，暮霞行千里。今晨日未出，曉氛散如綺。心疑雨再作，眼轉雲四起。我豈知天道，吴儂諺云爾。古來占滂沱，説者類恢詭。飛雲走群羊，停雲浴三豨。月當天畢宿，風自少女起。爛石燒成香，汗礎潤如洗。逐婦鳩能拙，穴居狸有智。蜉蝣强知時，蜥蜴與聞計。垤鳴東山鸛，堂審南柯蟻。或加陰石鞭，或議陽門閉，或云逢庚變，或自换甲始。刑鵝與象龍，聚訟非一理。不如老農諺，影響捷於鬼。哦詩敢誇博，聊用醒午睡。」此詩援引古雨事，甚詳可喜。諺有云：「日出早，雨淋腦；日出晏，曬殺雁。」又云：「月如懸弓，少雨多風；月如仰瓦，不求自下。」二説尚遺，何也？余欲增補二句云：「日占出海時，月驗仰瓦體。」

【江西詩文】江西自歐陽子以古文起於廬陵，遂爲一代冠冕。後來者，莫能與之抗。其次莫如曾子固、王介甫，皆出歐門，亦皆江西人。老蘇所謂執事之文，非孟子之文，而歐陽子之文也。朱文公謂江西文章如歐永叔、王介甫、曾子固，做得如此好，亦知其皜皜不可尚已。至於詩，則山谷倡之，自爲一家，並不蹈古人町畦。象山云：「豫章之詩，包含欲無外，搜抉欲無秘，體制通古今，思致極幽眇，貫穿馳騁，工夫精到，雖未極古之源委，而其植立不凡，斯亦宇宙之奇詭也。開闢以來，能自表見於世若此者，如優鉢曇華，時一現耳。」楊東山嘗謂余云：「丈夫自有衝天志，莫向如來行處行。」豈惟制行，作文亦然。如歐公之文，山谷之詩，皆所謂「不向如來行處行」者也。

【以俗爲雅】楊誠齋云：「詩固有以俗爲雅，然亦須經前輩鎔化，乃可因承。如李之『耐可』、杜之『遮莫』，唐人『裏許』、『若箇』之類是也。唐人寒食詩，不敢用『餳』字，重九詩，不敢用『餻』字，半山老人不敢作梅花詩，彼固未敢輕引里母田父，而坐之平王之子、衛侯之妻之側也。」余觀杜陵詩，亦有全篇用常俗語者，然不害其爲超妙。如云：「一夜水高二尺强，數日不可更禁當。南市津頭有船賣，無錢即買繫籬傍。」又云：「江上被花惱不徹，無處告訴只顛狂。走覓南鄰愛酒伴，經旬出飲獨空牀。」又云：「夜來醉歸衝虎過，昏黑家中已眠臥。傍見北斗向江低，仰看明星當空大。庭前把燭嗔兩炬，峽口驚猿聞一箇。白頭老罷舞復歌，杖藜不寐誰能那？」是也。楊誠齋多傚此體，亦自痛快可喜。

【伊尹墓】伊尹墓在空桑北一里，相傳墓傍生棘，皆直如矢。范石湖使北過之，有詩云：「三尺黄壚直棘邊，此心終古享皇天。《汲書》猥述流傳妄，剖擊嗟無咎單篇。」蓋《汲冢書》妄載伊尹謀篡，爲太甲所殺也，事見杜元凱《左氏傳後叙》。

【樂天對酒詩】古詩多矣，夫子獨取《三百篇》，存勸戒也。吾輩所作詩，亦須有勸戒之意，庶幾不爲徒作。彼有繪畫琱刻，無益勸戒者，固爲枉費精力矣。乃若吟賞物華，流連光景，過於求適，幾於誨淫教偷，則又不可之甚者矣。白樂天《對酒》詩曰：「蝸牛角上爭何事？石火光中寄此身。隨富隨貧且歡喜，不開口笑是癡人。」又曰：「百歲無多時壯健，一春能幾日晴明？相逢且莫推辭醉，聽唱《陽關》第四聲。」又曰：「昨日低眉問疾來，今朝收淚弔人回。眼前見例君看取，且遣琵琶送一杯。」自詩家言之，可謂流麗曠達，詞旨俱美矣。然讀之者，將必起其頹墮廢放之意，而汲汲於取快樂，惜流光，則人之職分與夫古之所謂三不朽者，將何時而可爲哉！且如《唐風·蟋蟀》之詩，蓋勸晉僖公以自虞樂也，然纔曰「今我不樂，日月其除」，即曰「無已太康，職思其居」，呂成公釋之曰：「凡人之情，解其拘者，或失於縱；廣其儉者，或流於奢；故疾未已，而新疾復生者多矣。」信矣！《唐風》之憂深思遠也。樂天之見，豈及是乎？本朝士大夫多慕樂天，東坡尤甚。近時葉石林謂：「樂天與楊虞卿爲姻家，而不累於虞卿；與元稹、牛僧孺相厚善，而不黨於元稹、僧孺；爲裴晉公之所愛重，而不因晉公以進；李文饒素不相樂，而不爲文饒所深害。推其所由，惟不汲汲於進而志在於退，是以能安於去就愛憎之際，每裕然而有餘也。」此論固已得之，然樂天非是不愛富貴者，特畏禍之心甚於愛富貴耳。其詩中於官職聲色事，極其形容，殊不能掩其戀嫪之意。其平生所善者，元稹、劉禹錫輩，亦皆逐逐聲利之徒，至一聞李文饒之敗，便作詩暢快之，豈非冤親未忘，心有偏黨乎？慕樂天者，愛而知其疵，可也。

【拙句】作詩必以巧進，以拙成。故作字惟拙筆最難，作詩惟拙句最難。至於拙，則渾然天全，工巧不足言矣。古人拙句，曾經拈出，如「池塘生春草」，「楓落吳江冷」，「澄江静如練」，「空梁落燕泥」，「清暉能娛人，遊子澹忘歸」，「大江流日夜，客心悲未央」，「明月入高樓，流光正徘徊」，「採菊東籬下，悠然見南山」，如此等類，固已多矣。以杜陵言之，如「兩邊山木合，終日子規啼」，「野人時獨往，雲木曉相參」，「喜無多屋宇，幸不礙雲山」，「在家長早起，憂國願年豐」，「若無青嶂月，愁殺白頭人」，「百年渾得醉，一月不梳頭」，「一徑野花落，孤村春水生」，此五言之拙者也。「春水船如天上坐，老年花似霧中看」，「遷轉五州防禦使，起居八座太夫人」，「竹葉於人既無分，菊花從此不須開」，「莫思身外無窮事，且盡生前有限杯」，「雷聲忽送千峰雨，花氣渾如百和香」，「秋水纔添四五尺，野航恰受兩三人」，「酒債尋常行處有，人生七十古來稀」，此七言之拙者也。他難殫舉，可以類推。杜陵云「用拙存吾道」，夫拙之所在，道之所存也，詩文獨外是乎？

【落梅詩】近時胡仲方《落梅》詩云：「自孤花底三更月，却怨樓頭一笛風。」亦有思致。自古才德之士，方其少也，不使得以展布，及其飄零衰老，乃拳拳嘆息之，亦已晚矣。燭之武曰：「臣之少也，尚不如人，今老矣，無能爲也。」亦寓此意。唐人詩曰：「朝廷欲論封禪事，須及相如未病時。」杜陵《病柟》詩意亦如此。陳後山挽司馬公曰：「政雖隨日化，身已要人扶」，益可悲矣。

【文繁簡有當】洪容齋曰：「文貴於達而已，繁與簡各有當也。（中略）余謂詩亦有如此者，古《採蓮曲》云：「魚戲荷葉東，魚戲荷葉西。」杜子美《杜鵑行》：「西川有杜鵑，東川無杜鵑，涪南無杜鵑，雲安有杜鵑。」若以省文之法論之，似可裁減，然只如此説，亦爲樸贍有古意。

【酒有和勁】唐子西在惠州，名酒之和者曰「養生主」，勁者曰「齊物論」。楊誠齋退休，名酒之和者曰「金盤露」，勁者曰「椒花雨」，嘗曰：「余愛椒花雨，甚於金盤露」，心蓋有爲也。余嘗謂，與其一於和勁，孰若和勁兩忘。頃在太學時，同舍以思堂春合潤州北府兵廚，以慶遠堂合嚴州瀟洒泉，飲之甚佳。余曰：不剛不柔，可以觀德矣；非寬非猛，可以觀政矣。厥後官於容南，太守王元邃以白酒之和者，紅酒之勁者，手自劑量，合而爲一，殺以白灰一刀圭，風韻頓奇。索余作詩，余爲長句云：「小槽真珠太森嚴，兵廚玉友專甘醇。兩□風味欠商略，偏剛偏柔俱可憐。使君袖有轉物手，鸕鷀杓中平等分。更憑石髓媒妁之，混融併作一家春。季良不用笑伯高，張竦何必譏陳遵。時中便是尼父聖，孤竹柳下成一人。平雖有智難獨任，勃也未可嫌少文。黄龍丙魏要兼用，姚宋相濟成開元。試將此酒反觀我，胸中問學當日新。更將此酒達觀國，宇宙皆可歸經綸。書生觸處便饒舌，以一貫萬如斲輪。使君聞此却絶倒，罰乙太白眠金尊。」（丙編卷四。下同）

【山静日長】唐子西詩云：「山静似太古，日長如小年。」余家深山之中，每春夏之交，蒼蘚盈階，落花滿徑，門無剥啄，松影參差，禽聲上下。午睡初足，旋汲山泉，拾松枝，煮苦茗啜之。隨意讀《周易》、《國風》、《左氏傳》、《離騷》、《太史公書》及陶杜詩、韓蘇文數篇。從容步山徑，撫松竹，與麛犢共偃息於長林豐草間。坐弄流泉，漱齒濯足。既歸竹窗下，則山妻稚子，作筍蕨，供麥飯，欣然一飽。弄筆窗間，隨大小作數十字，展所藏法帖、墨蹟、畫卷縱觀之。興到則吟小詩，或草《玉露》一兩段。再烹苦茗一杯，出步溪邊，邂逅園翁溪友，問桑麻，説秔稻，量晴校雨，探節數時，相與劇談一餉。歸而倚杖柴門之下，則夕陽在山，紫緑萬狀，變幻頃刻，恍可人目。牛背笛聲，兩兩來歸，而月印前溪矣。味子西此句，可謂妙絶。然此句妙矣，識其妙者蓋少。彼牽黄臂蒼，馳獵於聲利之場者，但見衮衮馬頭塵，匆匆駒隙影耳，烏知此句之妙哉！人能真知此妙，則東坡所謂「無事此静坐，一日是兩日，若活七十年，便是百四十」，所得不已多乎！

【杜陵論孔明】史言蜀諸賢凋喪，孔明身當軍國之務，罰二十以上皆親之，以勞瘁致斃。此真兒童之論也。夫孔明不死，則漢業可復，禮樂可興。孔明死，則爲五胡亂華，爲六朝幅裂，其所關係大矣。中營隕星之變，天意蓋可知矣，豈因罰二十以上皆親之而致斃乎？且孔明死時，年纔四十四，初非癃老不任勞苦之時。況以孔明之明達，豈不能量事之小大，身之勞逸，而顧弊精神於瑣瑣，以自殞其軀乎？此決無之理也。杜少陵知之，故曰：「伯仲之間見伊吕，指麾若定失蕭曹。福移漢祚難恢復，志決身殲軍務勞。」言孔明之死，乃漢福已移，漢祚已終，大數不可支持耳。志決身殲，豈因軍務之勞乎？蓋不然史臣之説也。

【龍洲詩聯】龍洲劉改之詩云：「退一步行安樂法，道三箇好喜歡緣。」真西山喜誦之。或曰，退一步行，可也，至於道三箇好，乃隨俗徇情耳，何足言乎？余曰，古人直道而行。理之所在，騫直行將去，仕止久速，莫不皆然，烏有所謂退一步者？自後世貪榮競進，争一階半級，至於殺人，於是始以退一步行爲安樂法矣。古人是則曰是，非則曰非，明白正直，曾何回護？自後世惡直好佞，以直言賈禍者，比比皆是，於是始以道三箇好爲喜歡緣矣，此處衰世之法也。蓋萬事稱好，不特司馬德操爲然，而吾夫子固有危行言孫之説矣。好盡言以翹人之過，此國武子所以見殺也，可不戒哉！

【淳熙盛事】孝宗御宇，高宗在德壽，光宗在青宫，寧宗在平陽邸，四世本支之盛，亘古未有。楊誠齋時爲宫僚，賀光宗誕辰詩云：「祖堯父舜真千載，禹子湯孫更一家。」讀者服其精切。又云：「天意分明昌火德，誕辰三世總丁年。」蓋高宗生於丁亥，孝宗生於丁未，光宗生於丁卯也。丁年字出李陵書，借用亦佳。

【南中巖洞】桂林石山怪偉，東南所無。韓退之謂「山如碧玉篸」，柳子厚謂「拔地峭起，林立四野」，黄魯直謂「平地蒼玉忽嶒峨」，近時劉叔治云「環城五里皆奇石，疑是虚無海上山」，皆極其形容。然此特言石山耳，至於暗洞之瑰怪，尤不可具道，相傳與九疑相通。范石湖嘗遊焉，燭盡而反。余嘗隨桂林伯趙季仁游其間，列炬數百，隨以鼓吹，市人從之者以千計。已而入，申而出。入自曾公巖，出于棲霞洞。入若深夜，出乃白晝，恍如隔宿異世。季仁索余賦詩紀之。其略曰：「瑰奇恣搜討，貝闕青瑶房。方隘疑永巷，俄敞如華堂。玉橋巧横溪，瓊户正當窗。仙佛肖彷彿，鐘鼓鏗擊撞。贔屭左顧龜，猙猙欲吠尨。丹竈儼亡恙，芝田藹生香。搏噬千怪聚，絢爛五色光。更無一塵涴，但覺六月凉。玲瓏穿數路，屈曲通三湘。神鬼工剜刻，乾坤真混茫。入如夜漆暗，出乃日珠光。隔世疑恍惚，異境難揣量。」然終不能盡形容也。（下略）（丙編卷五。下同）

【傅公謀詞】宜春傅公謀詞云：「草草三間屋，愛竹旋添栽。碧紗窗户，眼前都是翠雲堆。一月山翁高卧，連雪水村清冷，木落遠山開。唯有平安竹，留得伴寒梅。家童開門看，有誰來。客來一笑，清話煮茗更傳杯。有酒只愁無客，有客又愁無酒，酒熟且徘徊。明日人間事，天自有安排。」此詞清甚，末句尤達，可歌也。許及之爲分宜宰，公謀作《賀雨》詩云：「獅子關前半篆煙，二龍飛下卓篙泉。銀河掣電連霄雨，緑野翻雲四月天。便覺春生花一縣，會看秋熟米三錢。何時卓魯登黄閣，都與寰區作有年。」及之擊節。公謀尤工作酸文，嘗作無遮榜語云：「紅旗渡口，凄涼芳草夕陽天；白紙山頭，慘澹落花寒食節。」甚工。

【冬狩行】自古夷狄交侵，中國衰微，必人主真有哀痛之誠，將帥真有憤切之志，然後可以言恢復。杜陵《冬狩行》曰：「草間狐兔盡何益，天子不在咸陽宫。」規警將帥也。又曰：「朝廷雖無幽王禍，得不哀痛塵再蒙。」規警人主也。然人主者，本也。人主果有興衰撥亂之志，其誰敢不從？故又曰：「烏乎！得不哀痛塵再蒙。」所以深規警人主也。

【周文陸詩】朱文公於當世之文，獨取周益公，於當世之詩，獨取陸放翁。蓋二公詩文，氣質渾厚故也。

【慈湖詩】楊慈湖詩云：「山禽説我胸中事，煙柳藏他物外機。」又云：「萬里蒼茫融妙意，三杯虚白浴天真。」又六言云：「浄几横琴曉寒，梅花落在絃間。我欲清吟無句，轉煩門外青山。」句意清圓，足視其所養。

【淵明詠雪】淵明《雪》詩云：「傾耳無希聲，在目皓已結。」只十字，而雪之輕虚潔白，盡在是矣，後來者莫能加也。

【不忘山林】士豈能長守山林，長親蓑笠，但居市朝軒冕時，要使山林蓑笠之念不忘，乃爲勝耳。陶淵明《赴鎮軍參軍》詩曰：「望雲慚高鳥，臨水愧游魚。真想初在襟，誰謂形迹拘。」似此胸襟，豈爲外榮所點染哉！荆公拜相之日，題詩壁間曰：「霜松雪竹鍾山寺，投老歸歟寄此生。」只爲他見趣高，故合則留，不合則拂袖便去，更無拘絆。山谷云：「佩玉而心若槁木，立朝而意在東山。」亦此意。

【元載】元載敗時，告獄吏乞快死。獄吏曰：「相公今日不奈何喫些臭。」乃解襪，塞其口而卒。余嘗有詩曰：「臭襪終須來塞口，枉收八百斛胡椒。」

【懶婦】懶婦蟋蟀，見崔豹《古今注》。張功父詩云：「自笑吟秋如懶婦。」

【多景樓詩】前賢詠題，如太白《鳳凰臺》，崔顥《黄鶴樓》，固已佳矣。未若近時劉改之《題京口多景樓》，尤爲奇偉，真古今絶唱也。其詞云：「壯觀東南二百州，景於多處却多愁。江流千古英雄淚，山掩諸公富貴羞。北府只今唯有酒，中原在望莫登樓。西風戰艦成何事，只送年年使客舟。」蓋言多景可喜，而乃多愁何也？自古南未有能并北者，是以英雄淚洒長江，抱此遺恨。然推其所由，實當國者偷取富貴，宴安江沱之所致，是可羞也。昔人言，北府酒可飲，兵可用。今上下習安，玩愒忘寇，北府僅有酒可飲耳，而干戈朽，鈇鉞鈍，士卒脆弱，未聞有可用之兵也，則中原腥膻，決無可洗滌之日，忍復登樓以望之乎！末言西風戰艦，不爲進取之圖，而送使客之往來，反爲奉幣事讎之計，則益可悲矣。改之又嘗作《塞下曲》十餘篇，尤悲壯感慨。嘗携以謁陸放翁，放翁擊節。

贈詩云：「君居古荆州，醉膽天宇小。尚不拜龐公，況肯依劉表。」「胸中九淵蛟龍蟠，筆底六月冰雪寒。有時大叫脱烏幘，不怕酒杯如海寬。放翁八十病欲死，相逢尚能刮眼看。李廣不生楚漢間，封侯萬户宜其難。」

【光堯福德】紹興中，孝宗初入宫，宰執贊光堯盛德，真堯、舜用心。上曰：「堯、舜之事甚不難。」蓋脱躧之意，先定於此時矣。厥後受禪之議定，宰執稱賀，且致戀軒之意。上曰：「朕在位久，失德甚多，更賴卿等掩覆。」大哉言乎，何其謙尊而光也。不知堯禪舜時，有此言否？邵康節詩曰：「五事歷將前代數，帝堯而下固無之。」豈知中興内禪之盛美，雖堯亦不能及也。謂之光堯，信矣，其有光於堯矣。舜、禹受禪之後，其所以事堯、舜者，當必盡道。然要之君臣，而非父子也。文王受武王之養，蓋方伯耳。漢高五日一朝太公，太公亦非身有天下者也。惟唐肅宗之於明皇，乃父子帝王。然靈武即位，已幾於篡，内外牽制，孝道大虧。山谷之詩曰：「事有至難天幸耳，上皇跼蹐還京師。内間張后色可否，外間李父頤指揮。南内凄涼幾苟活，高將軍去事尤危。」潘邠老之詩曰：「天下寧知再有唐，皇帝紫袍迎上皇。神器倉忙吾取惜，兒不終孝聽五郎。父子幾何不豺虎，君臣寧能責胡虜。南内凄涼誰得知，人家稱節作端午。」至今讀者爲之凄楚。惟我光堯爲天下得人，而孝宗以舜、禹之資，躬曾、閔之行，綵衣焜煌，參侍遊遨於湖山之間，賦詩飲酒，承顔適志，以天下養者二十四年，此開闢以來所未有也。楊誠齋《慶壽口號》曰：「長樂宫前望翠華，玉皇來賀太皇家。青天白日仍飛雪，錯認東風轉柳花。」「春色何須羯鼓催，君王元日領春回。牡丹芍藥薔薇朶，都向千官帽上開。」「雙金獅子四金龍，噴出香雲繞殿中。太上垂衣今上拜，百王曾有個家風。」「帝捧瑶觴玉座前，綵衣三世祝堯年。天皇八十一萬歲，休説莊椿兩八千。」「大父晨興未出房，君王忍冷立風廊。忽然鳴蹕珠簾捲，萬歲傳聲震八荒。」「花外班行霧外天，何緣子細望龍顔。小寬玉色真難老，底用臞仙九轉丹。」「甘露祥風天上來，今回恩數賽前回。都將四海歡聲沸，釀作慈皇萬壽杯。」「堯舜同時已甚都，祖孫四世古今無。誰將寫日摹天手，畫作《皇王盛事圖》。」光堯晚歲尤康强，孝宗嘗謂周益公曰：「太上極善將攝，終日端坐不倦，全不飲酒。晡時即入寢閤，五更便起。多服疏利藥，服牽牛圓至四五十粒。其異稟如此，他人如何及。聖壽登八十一」云。（丙編卷六。下同）

【花卿歌】杜陵《花卿歌》末云：「人道我卿絶世無，既稱絶世無，天子何不唤取守京都。」此詩全篇形容其勇鋭有餘而忠義不足，故雖可以守京都，而天子終不敢信用之。語意涵蓄不迫切，使人咀嚼而自得之。可以亞《國風》矣。或曰，末句乃恨天子不用之之詞，非也。

【杜陳詩】范二員外、吴十侍御訪杜少陵於草堂，少陵偶出，不及見，謝以詩云：「暫往比鄰去，空聞二妙歸。幽棲誠簡略，衰白已光輝。野外貧家遠，村中好客稀。論文或不愧，重肯款柴扉。」陳後山在京師，張文潛、晁無咎爲館職，聯騎過之。後山偶出蕭寺，二君題壁而去。後山亦謝以詩云：「白社雙林去，高軒二妙來。排門銜鳥雀，揮壁帶塵埃。不憚升堂費，深愁載酒回。功名付公等，歸路在蓬萊。」杜、陳一時之事相類，二詩醖藉風流，亦未易可優劣。

【騎牛詩】姚鏞爲吉州判官，以平寇論功，不數年擢守章貢。爲人疏雋，喜作詩，自號雪蓬。嘗令畫工肖其像，騎牛於澗谷之間。索郡人趙東野題詩，東野題云：「騎牛無笠又無蓑，斷隴横岡到處過。暖日暄風不常有，前村雨暗却如何？」蓋規切之也。居無何，忤帥臣，以貪劾之。時端平更化之初，施行特重，貶衡陽，人皆服東野之先見。

【詩不拘韻】楊誠齋云：「今之《禮部韻》，乃是限制士子程文，不許出韻，因難以見其工耳。至於吟詠情性，當以《國風》、《離騷》爲法，又奚《禮部韻》之拘哉！」魏鶴山亦云：「除科舉之外，閒賦之詩，不必一一以韻爲較，況今所較者，特《禮部韻》耳。此只是魏晉以來之韻，隋唐以來之法，若據古音，則今麻馬等韻元無之，歌字韻與之字韻通，豪字韻與蕭字韻通，言之及此，方是經雅。」

【尤楊雅謔】尤梁溪延之，博洽工文，與楊誠齋爲金石交。淳熙中，誠齋爲秘書監，延之爲太常卿，又同爲青宫寮寀，無日不相從。二公皆善謔，延之嘗曰：「有一經句，請秘監對。曰：『楊氏爲我。』」誠齋應曰：「尤物移人。」衆皆嘆其敏確。誠齋戲呼延之爲「蝤蛑」，延之戲呼誠齋爲「羊」。一日，食羊白腸。延之曰：「秘監錦心繡腸，亦爲人所食乎？」誠齋笑吟曰：「有腸可食何須恨，猶勝無腸可食人。」蓋蝤蛑無腸也。一坐大笑。厥後閒居，書問往來，延之則曰：「羔兒無恙？」誠齋則曰：「彭越安佳？」誠齋寄詩曰：「文戈却日玉無價，寶氣蟠胸金欲流。」亦以蝤蛑戲之也。延之先卒，誠齋祭文云：「齊歌楚些，萬象爲挫。瓌偉詭譎，我倡公和。放浪諧謔，尚友方朔。巧發捷出，公嘲我酢。」

【韓平原】寧宗既受禪，韓平原所望不過節鉞。知閤劉弼嘗從容告趙忠定曰：「此事侂胄不能無功，亦須分些官職與他。」忠定不答。由是漸有邪謀，迄逐衆君子。余友趙從道有詩云：「慶元宰相事紛紛，説著令人暗斷魂。好聽當時劉弼語，分些官職乞平原。」余亦作一篇云：「齋壇一鉞底須慳，坐見諸賢散似煙。不使慶元爲慶曆，也由人事也由天。」

【莽大夫】司馬温公、王荆公、曾南豐最推尊揚雄，以爲不在孟軻下，至朱文公作《通鑑綱目》，乃始正其附王莽之罪，書：「莽大夫揚雄卒。」莽之行如狗彘，三尺童子知惡之，雄肯附之乎？《劇秦美新》，不過言孫以免禍耳。然既受其爵禄，則是甘爲之臣僕矣，獨得辭「莽大夫」之名乎！文公此筆，與《春秋》争光，麟當再出也。劉潛夫詩云：「執戟浮沉計未疏，無端著論美新都。區區所得能多少，枉被人書莽大夫。」余謂名義所在，豈當計所得之多少！若以所得之少，枉被惡名爲恨，則三公之位，萬鍾之禄，所得倘多，可以甘受惡名而爲之乎！此詩頗礙理，余不可以不辨。

【李杜】李太白當王室多難、海宇横潰之日，作爲歌詩，不過豪俠使氣，狂醉於花月之間耳。社稷蒼生，曾不繫其心胸，其視杜少陵之憂國憂民，豈可同年語哉！唐人每以李、杜並稱，韓退之識見高邁，亦惟曰：「李杜文章在，光焰萬丈長。」無所優劣也。至本朝諸公，始至推尊少陵。東坡云：「古今詩人多矣，而惟以杜子美爲首，豈非以其飢寒流落，而一飯未嘗忘君也與？」又曰：「《北征》詩識君臣大體，忠義之氣，與秋色争高，可貴也。」朱文公云：「李白見永王璘反，便從臾之，詩人没頭腦至於如此。杜子美以稷、契自許，未知做得與否，然子美却高，其救房琯亦正。」

【聽讒詩】世傳《聽讒詩》云:「讒言謹莫聽,聽之禍殃結。君聽臣當誅,父聽子當決。夫妻聽之離,兄弟聽之别。朋友聽之疏,骨肉聽之絶。堂堂八尺軀,莫聽三寸舌。舌上有龍泉,殺人不見血。」不知何人作,詞意明切,類白樂天。

【畫馬】唐明皇令韓幹觀御府所藏畫馬,幹曰:「不必觀也,陛下廄馬萬疋,皆臣之師。」李伯時工畫馬,曹輔爲太僕卿,太僕廨舍國馬皆在焉,伯時每過之,必終日縱觀,至不暇與客語。大概畫馬者,必先有全馬在胸中。若能積精儲神,賞其神俊,久久則胸中有全馬矣,信意落筆,自然超妙,所謂用意不分乃凝於神者也。山谷詩云:「李侯畫骨亦畫肉,筆下馬生如破竹。」「生」字下得最妙,蓋胸中有全馬,故由筆端而生,初非想像模畫也。(下略)

【道不遠人】子曰:「道不遠人。」孟子曰:「道在邇而求諸遠。」有尼《悟道》詩云:「盡日尋春不見春,芒鞵踏遍隴頭雲。歸來笑撚梅花嗅,春在枝頭已十分。」亦脱灑可喜。

(王秀梅)

深雪偶談

方嶽撰

方嶽，字元善，號匊田，天台（在今浙江省）人。《四庫全書存目》據書中記咸淳間事，知其人至宋末時尚在世。《深雪偶談》一卷，僅十六條，或非全帙，多爲論詩之語，故《四庫全書存目》列入詩文評類。今據《顧氏文房小説》本選録。

1 西山公云：「近世評詩者曰：『淵明之辭甚高，而其旨出於老莊。康節之辭若卑，其旨則原於六經。』以予觀之，淵明之學，正自經術中來，故形於詩，自不可掩。《榮木》之危憂，逝川之嘆也。《貧士》之詠，簞瓢之樂也。《飲酒》末章有曰：『羲農去我久，舉世少復真。汲汲魯中叟，彌縫使之淳。』淵明之智足以及此，豈玄虚之士所能望耶？」其説誠是矣。余謂淵明、康節二公之作，辭近指遠。至如淵明，能言之士莫不愛而慕之，況西山公乎？然《榮木》、《貧士》，方之逝川簞瓢，幾於□□牽合之論，真知淵明，不必視此。若夫食薇飲水之言，銜木填海之喻，睠睠王室，實有乃祖長沙公之心，惜其力不得爲而止。此則西山發微之論，非獨羲熙以後不著年號，爲恥事二姓之驗而已。淵明詩有謂其詞彩精拔，斯言得之，而後山顧謂其切於事情而失之不文。後山體裁既變，音節已殊，將自外於淵明者非耶？然於康節又何以評之。

2淵明《飲酒》詩云：「客養千金軀，臨化消其寶。」以寶喻軀，軀失則寶亡矣。坡公云：人言靖節不知道，吾不信也。范石湖《田園雜詩》，驗物切近，但句律太憑力氣，於唐人之藩，尚窘步焉。然絶句中有「可憐世上金和寶，借爾閑看七十年」，唐人所無，可謂砭流俗之膏肓矣。以軀爲寶，殆與斯言對壘。人謂石湖未知道，余亦不之信也。

3賈閬仙，燕人，産寒苦地，故立心亦然。誠不欲以才力氣勢，掩奪情性。特於事物理態，毫忽體認，深者寂入仙源，峻者迴出靈嶽。古今人口數聯，固於劫灰之上泠然獨存矣。至以其全集，經歲踰紀，沉咀細繹，如芊葱佳氣，瘦隱秀脉，徐露其妙，令人首肯，無一可以厭斁。三折肱爲良醫，豈不信然。同時喻鳧、顧非熊，繼此張喬、張蠙、李頻、劉得仁，凡唐晚諸子，皆于紙上北面，隨其所得淺深，皆足以終其身而名後世。獨李洞佛名閬仙，所謂瓣香之師，執而不弘，捧心過甚。空圓蕭散之氣，不復少有。豈非不善學下惠者耶？司空表聖，後輩也，本用其機，反以閬仙非附寒澀，無所置才。坡公不細考，亦然其言，獨非叛道者歟？不然，則隸者不力，其文擠而實，予則歸敬閬仙也亦至矣。

4四言，自韋孟、司馬遷、相如、班固、束晳、陶潛、韓愈、柳宗元、梅堯臣、歐陽脩、王安石、蘇軾，工拙略見。嘗怪五言而上，世人往往極其才之所至，而四言雖文辭巨伯，輒不能工，水心有是言矣。後村劉潛夫亦以四言尤難，三百五篇在前之故。韋氏云：「誰謂華高，企其齊而。誰謂德難，厲其庶而。」使經聖筆，亦不能删。余思四言如律以三百五篇，則韋氏爲工。世殊體異，後之銘詩，莫非四言也。安石以上諸公，未暇深論。如蘇公所撰《范蜀公誌銘》云：「君實之用，出而時施。如彼水火，寧除渴飢。公雖不用，亦相其行。如彼山川，出雲相望。」余每展卷，輒爲擊節。在儋耳作《觀棋》詩，記廬山白鶴觀，觀中人皆闔户晝睡，獨聞棋聲云：「五老峰前，白鶴遺址。長松蔭庭，風日清美。我時獨遊，不聞一士。誰歟棋者？户外屨二。不聞人聲，唯聞落子。」其寂寞冷落之味，可以想見。坡公四言，於古近體中句語無適而不高妙也。

5 杜牧之《赤壁》詩：「折戟沉沙鐵未消，細將磨洗認前朝。東風不借周郎便，銅雀春深鎖二喬。」許彦周不諭此老以滑稽弄翰，每每反用其鋒，輒雌黄之。謂孫氏霸業，繫此一戰，宗廟丘墟，皆置不問，乃獨含情妓女。豈非與癡人言，不應及於夢也。劉禹錫《題蜀主廟》云：「凄凉蜀故妓，歌舞魏宫前。」亦是此意，惟增凄感，却不主於滑稽耳。本朝諸公，喜爲論議，往往不深論唐人主於性情，使雋永有味，然後爲勝。牧之處唐人中，本是好爲論議，大概出奇立異。如《四皓廟》：「南軍不袒左邊袖，四皓安劉是滅劉。」如《烏江亭》：「勝敗兵家未可期，包羞忍恥是男兒。江東子弟多才俊，卷土重來未可知。」要之，東風借便與春深數箇字，含蓄深窈，則與後二詩遼絶矣。皮日休《館娃懷古》：「綺閣飄香下太湖，亂兵侵曉上姑蘇。越王大有堪羞處，只把西施賺得吴。」亦是好以議論爲詩者。余最愛竇庠《新入諫院喜内子至》一絶：「一旦悲歡見孟光，十年辛苦伴滄浪。不知筆硯緣封事，猶問傭書日幾行。」使彦周評此，則以竇氏内爲不解事婦人矣，所謂癡人前說夢也。牧之五言云：「欲識爲詩苦，秋霜若在心。」雖格力不齊，各自成家，然無有不自苦思而得也。

6 山谷《中秋》詩云：「寒藤老木被光景，深山大澤皆龍蛇。」蓋本《（尤）〔左〕氏》「深山大澤實生龍蛇」，用事誠有據，景趣似差乏爾，然未失爲佳。坡公《月夜與客飲酒杏花下》詩：「杏花飛簾散餘春，明月入户尋幽人。褰衣步月踏花影，炯如流水涵青蘋。」流水青蘋之喻，景趣盡矣，前人未嘗道也。獨杏花影下，洞簫聲中，著此句辱爾。及《志林》所記徐州時：「冬夜解衣欲睡，月色入户，欣然起行。念無與樂者，遂至承天寺尋張懷民，亦未寢，相與步於中庭。庭下如積水空明，水中蘋藻交横，蓋竹柏影也。何夜無月，何處無竹柏，但少閒人如吾兩人爾。」使施前句於斯時，豈非稱歟？淳祐初，僧友自南嘗從天竺歸隱溪之南岡，余冬夕踏葉訪之。小厖迎吠，時佛燈猶在，啓關煮茗。既而侣行溪間，篙小舟，自拜龍巖順流東下，誦坡、谷詩，徘徊久之，舍舟登岸，借僧裘禦寒而返。縷指二十霜矣，嘗感舊有詩：「昔年訪月寒溪頭，霜高酒劣稜生裘。溪僧輟寢從吾幽，共移不繫漁人舟。斷崖老木紛金虬，又如蘋藻涵清流。鶴骨浸煩風露憂，妙語滿地無人收。」蓋指二公詩與自南師既亡，余亦就老，悵前遊之不能踐也。

7 梅花單題難工，尚矣。至以梅花二字，置之五七言中，隨其景趣，足而成律，尤爲難工。不爾，不謂之得句。唐人凡數百家，本朝江西社中，不翅數十公，亦孰不寤寐斯花，附爲不朽。卒之無所容力，傳不傳可以概見矣。近世杜小山子野「尋常一夜窗前月，纔有梅花便不同」，殊爽人意。律之唐人，似非本色。天樂趙公「放了吏人無一事，坐看山鳥喫梅花」，端是秀語。然不過絶詩，非有琢對之艱也。秋壑賈公《送朝客》頸聯云：「梅花見處多留句，諫草藏來定得名。」圓妥優游。方之天樂《冬夜》頷聯「禽翻竹葉霜初下，人立梅花月正高」，雖静獨有境，或者以其短氣，其它卷什一無可摘。「自從和靖先生死，見説梅花不要詩。」斯語雖鄙，要未得爲詆諭。

8 鄭都官《海棠》詩：「穠麗最宜新着雨，妖嬈全在欲開時。」歐公謂其格卑。鄭詩如「睡輕可忍風敲竹，飲散那逢月在花」，格卑甚矣。《復齋漫録》云：近世陳去非嘗用鄭意云：「海棠默默要催詩，日暮紫綿無數開。欲識此花奇絶處，明朝有雨試重來。」余謂去非格力，猶去鄭詩未遠，豈如吴融：「雪綻霞鋪錦水頭，占春顔色最風流。若教更近天街種，馬上應逢醉五侯。」唐人雖從事苦吟，題賦此花，要須放些風措，不近寒乞。坡公詩：「東風嫋嫋泛崇光，香霧空濛月轉廊。只恐夜深花睡去，故燒銀燭照紅妝。」不爲事使，居然可愛。

9「渭城朝雨裛輕塵，客舍青青柳色新。勸君更盡一杯酒，西出陽關無故人。」此摩詰《送元二使安西》詩也。世傳《陽關圖》亦摩詰手，遂稱二妙。惜別詩要須道路臨歧繾綣，畫態亦然。「相看臨野水，獨自上孤舟。」「長因送人處，憶得別家時。」外此曾未多見。徐道暉「不來相送處，恐有獨歸時」，脱胎語爾。余往歲嘗從貴游觀畫卷，首題云：「長江風送客，空館雨留人。」因慨古今詩意無窮，語出唐人必矣。

10 林廬暇日，花蝶怡情，宜有見於篇章者。往往精睨始能逼真，而閑澹之氣易至偏失，要在不相謀而兩得也。詠蝶如唐僧可朋「乍當暖景飛仍慢，欲就芳叢舞更高」，僧懷古「霧開離草迴，風逆到花遲」，俱未若「陌上斜飛去，花間倒翅回」，尤精。余曩憩吴山，偶吴僧舉似四韻，歲久，忘其首句：「一叢浮動戲蘭芽。裁成碧玉搔頭樣，畫作黄金便面花。閑過樓臺飛盡日，又因風雨宿誰家。兒童愛把襜褕撲，驚起雙雙貼綵霞。」惜俱忘爲誰氏所作。閲和靖集亦有之：「細眉雙聳敵秋毫，荏苒芳園日幾遭。清宿露花應自得，暖風和絮欲争高。情人殁久魂猶在，傲吏齊來夢亦勞。閑掩遺編苦堪恨，不并香草入《離騷》。」精緻不減唐人，閑澹有之，獨恐非晚年作耳。

11詩無不本於性情。自詩之體隨代變更，由是性情或隱或見，若存若亡，深者過之，淺者不及也。昔坡公云：「蘇李之天成，曹劉之自得，陶謝之超然，固已至矣。李杜以英偉絶世之姿，淩跨百代，古之詩人盡廢。然魏晉以來，高風絶塵，亦少衰矣。」坡公本不以詩專門，使非上下漢、魏、晉、唐，出入蘇、李、曹、劉、陶、謝、李、杜，潛窺沉翫，實領懸悟，能自信其折衷如是之的乎？醫和之目，無復遁疢，理固然也。如天成，如自得，如超然，則夫詩之□□□坡公所評，亦宜窺翫領悟，毋忽焉可也。坡公獨以柳子厚、韋應物，發纖穠於簡古，寄至味於淡泊，蓋韋柳皆以靖節翁爲指歸，而卒之齊足並驅也。坡公海表和陶諸篇，可以見其所趣，無不及焉。雖然，漢、魏、晉曷嘗舍去性情，别出意見，而習爲高遠之言哉。當其代殊體變，性與情之隱見存亡淺深，雖其一時之名能詩者，亦不能自必其所至之然也。唐風既昌，一聯一句，滿聽清圓，流液雋永，首肯變踔，性情信在是矣。然詞藻勝則糟粕，律度嚴則拘窘，能不脂韋於二蔽之間，而脱穎奇焉。則天成自得超然，何得無之。至於作止雍容，聲容惋穆，視温柔敦厚之教，庶幾無論漢魏，顧晉以後諸人，自靖節翁之外，似未諭也。

12「一盤宵夜江南果，喫果看書只清坐。罪過梅花料理我。一年心事，半生牢落，盡向今宵過。此身本是山中箇，纔出山來便希差。手種青松應是大。縛茅深處，抱琴歸去，又是明年話。」此薛泳沂叔《客中守歲》詞也。沂叔久客江湖，瀕老懷歸，遂賦此詞。晚於溪上小築，扁水竹居，迄就窆焉。其所爲詩，如《新堤小泛》：「柳斷橋方出，煙深寺欲浮。」《早秋歸興》：「歸心如病葉，一片落江城。」《鎮江逢尹惟曉》：「欲説事都忘，相看心自知。」皆去唐人思致不遠。

（程毅中）

學齋佔畢

史繩祖 撰

史繩祖，字慶長，眉山（今屬四川）人。曾受業於魏了翁，官至朝請大夫直焕章閣，主管成都玉局觀。《學齋占畢》四卷，書首自序撰於淳祐十年（一二五〇）。此據《百川學海》本選録。

【詩人風刺】龜山楊中立《語録》云：「作詩者不知風雅之意，未可以言詩。蓋詩尚譎諫，故言之者無罪，聞之者足以戒，乃有所補。若涉於訕謗，聞者怒之，何補之有？觀東坡詩，只是譏誚朝廷，殊無温柔敦厚之氣。以此時人得而罪之。若是伯淳詩，則聞者自然感動。謂明道也。予每味此言，以爲深於詩教，因筆其一二以發明之。且詩之六義，以風爲首。《國風》之作，下以風刺上也。如《君子偕老》，刺衛夫人淫亂，不過盛陳其「副笄六珈」，「象服是宜」，而終之以「子之不淑，云如之何」而已。如《叔于田》之詩，刺莊公而反言叔也「洵美且仁」，「且好」，「且武」，而「巷無居人」以從叔，且叔豈仁且好哉？言人之從之，以微婉見意而已。如《株林》之詩，刺陳靈公馳驅以淫乎夏姬也。夏南乃夏姬之子，不曰「從夏姬」，而曰「從夏南」，蓋禮寡婦之子不有見焉，弗與爲友，言從夏南而事可知矣。此皆温柔篤厚、意微而旨深，語類尚多，難遍舉也。如東坡則雄節邁倫、高氣蓋世，故不深於詩，只如作《唐韓文公廟碑》，可謂發揚蹈厲，然「作書詆佛譏君王」一句，大有節病，君王豈可譏耶？《詩》三百篇，只有刺而無譏，如刺者，與譏字義不同。《詩》注云：風刺，謂譬喻，不斥言也。豈譏斥之謂歟？若改譏字作規君王，取沔水規宣王之義，豈不善哉？當有知言者，不以予言爲陋。（卷一。下同）

【詩人詠物】東坡謂詩人詠物，至不可移易之妙。如「桑之未落，其葉沃若」是也。故坡之《詠橄欖》詩云：「紛紛青子落紅鹽。」蓋凡果之生也必青，及熟也必變色。如「梅杏半傳黄，朱果爛枝繁」是也。惟有橄欖雖熟亦青，故謂之「青子」，不可他用也。

【詩諱國惡】洪氏《容齋隨筆》謂元稹《連昌宫詞》有規諷，勝如白居易《長恨歌》，然余竊謂前賢歌詠前世之事，可以直言，而當代君臣，則宜諱國惡，如：「陳司敗問昭公知禮乎，子曰：知禮。」蓋爲國惡諱也。司敗曾不知之，乃云：「君取於吴，爲同姓，謂之吴孟子。君而知禮，孰不知禮？」何其謬哉！唐明皇納壽王妃楊氏，本陷新臺之惡，而白樂天所賦《長恨歌》，乃謂：「楊家有女初長成，養在深閨人未識。天生麗質難自棄，一朝選在君王側。」則深没壽邸一段。蓋得孔子答司敗之遺意矣。《春秋》爲尊者諱，此歌深得之。

【麥秀之歌】《史記·箕子世家》云：「箕子朝周，過故殷墟，感宫室毁壞，生禾黍，箕子傷之，欲哭則不可，欲泣爲其近婦人，乃作《麥秀之詩》以歌之。其詩曰：『麥秀漸漸兮，禾黍油油。彼狡童兮，不與我好兮！』」世皆熟之矣。然余嘗討論《尚書大傳》所載，則曰：「微子朝周，過殷故墟，見麥秀之蘄蘄兮，禾黍之蠅蠅兮，曰：此故父母之國。乃爲《麥秀之歌》，歌曰：『麥秀漸漸兮，禾黍油油。彼狡童兮，不我好仇。』」《史記》、《尚書傳》所載之歌，只差末句一字，惟《書傳》序與歌「蘄」字、「蠅」字不同。宋玉《笛賦》、枚乘《七發》皆作「麥秀蘄兮」，注：「麥芒也。」字之稍差，不爲要切。但《史記》以爲箕子，而《書大傳》以爲微子，且稱父母之國，尤爲有理。不知司馬何所據，而與《書傳》牴牾耶？（卷二。下同）

【龍蛇之歌】《史記·世家》：晉侯賞從亡者，介子推不言禄，禄亦不及。子推從者憐之，懸書宫門曰：「龍欲上天，五蛇爲輔。龍已升雲，四蛇各入其宇。一蛇獨怨，然不見處。」余嘗觀劉向《新序》，乃云：「子推之詩曰：『有龍矯矯，將失其所。有蛇從之，周流天下。龍入深淵，得其安所。有蛇從之，獨不得甘雨。』」遷、向相距不遠，且向號博洽，群書所載不同如此，故並録之云。

【坡詩不入律】黄魯直《次東坡韻》云：「我詩如曹鄶，淺陋不成邦。公如大國楚，吞五湖三江。」其尊坡公可謂至，而自況可謂小矣。而實不然。其深意乃自負而諷坡詩之不入律也。曹鄶雖小，尚有四篇之詩入《國風》，楚雖大國，而《三百篇》絶無取焉。至屈原而始以《騷》稱，爲變風矣。黄又嘗謂坡公文好罵，謹不可學。又指坡公文章妙一世，而詩句不逮古人。信斯證也。

【《王會》《貢職》兩圖之異】東坡有《閻立本職貢圖》詩，注引《譚賓録》載：貞觀三年，東蠻謝元深入朝。顔師古奏，昔周武王時，遠國歸款，乃集其事爲《王會篇》。可圖寫遺後，爲《王會圖》。詔令閻立本圖之。及考《唐書》亦同，謂之《王會圖》。至武宗時，黠戛斯君長來朝，李德裕上言，有詔爲《續王會圖》，即無「職貢」之名。而所謂《貢職圖》者，見於《秘府群玉》帖中李公麟所述，云：「梁元帝時，蕭繹鎮荆時作《貢職圖》，狀其形而識其土俗，首虜而後蠻，凡三十餘國。唐閻令作《西域圖》，兼彼土山川，而絶色伽梨，凡九國，中有狗頭、大耳、鬼國爲可駭，皆所以盛會同而奢遠覽，亦《貢職》之流也。元祐元年六月望日，李公麟書于奏邸竹軒。詳此，則是《貢職圖》乃蕭繹，而《王會》及《西域圖》乃閻立本也。坡指《貢職》爲閻所圖，誤矣。

【漢《四皓歌》同異】《古今樂録》：四皓隱居南山，高祖聘之不甘，仰天嘆而作歌。按《漢書》，四皓即東園公、綺里季、夏黄公、角里先生，年皆八十餘，鬚眉皓白，故曰「四皓」。崔鴻曰：四皓爲秦博士，見焚書坑儒，退隱商山，乃作歌曰：「昊天嗟嗟，深谷逶迤。樹木漠漠，高山崔嵬。岩居穴處，以爲幄茵。燁燁紫芝，可以療飢。唐虞往矣，吾當安歸。」此載於先秦文章及文指，世皆見之矣。然余讀皇甫謐《高士傳》云：四皓見秦政暴，乃逃入藍田山，作歌曰：「漠漠高山，深谷逶迤。燁燁紫芝，可以療飢。唐虞世遠，吾將安歸。駟馬高蓋，其憂甚大。富貴之畏人，不如貧賤之肆志。」兩歌互有不同，然《高士傳》之歌尤勝，故併録之。

【坡注之誤】坡公《元脩菜》詩自序云：「菜之美者，有吾鄉之巢。故人巢元脩嗜之，且云：使孔北海見之，當復云吾家菜耶？」蓋謂楊梅爲楊家果、孔雀爲孔家禽事耳。然此非孔北海所言，亦非爲楊德祖而發。蓋孔融字文舉，爲北海太守，楊脩字德祖，俱漢末同時之人，並爲曹操所殺，有傳在《後漢書》，俱不載此事。獨《世説·言語門》載：「梁國楊氏子，年九歲，甚聰慧。孔君平詣其父，父不在，乃呼兒出。爲設果，果有楊梅。孔指以示兒曰：『此是君家果。』兒應聲答曰：『未聞孔雀是君家禽。』」其注云：「王隱《晉書》曰：『孔坦字君平，會稽山陰人。善《春秋》，仕至廷尉卿。』」即不曾注云「楊氏子乃楊脩」也。今《晉書》自有《孔坦傳》，仕于晉元帝、成帝時，距孔融、楊脩之死，近百年矣。豈相干耶？巢元脩一時誤舉，以爲孔融。坡遂因而筆之於序，固失契勘矣。而趙次公者注坡詩，乃妄云《世説》注「楊氏子楊脩」也。而又注《贈僧惠表》之詩，則又直指云《世説》孔融指楊梅戲楊脩曰「是君家果」，不知何所憑證，而敢如是胡説。趙公如此類者甚多，姑舉其一，以爲不揆箋注者之笑。

【五平五側體】《西清詩話》載：晏元獻守汝陰，梅聖俞往見之，置酒潁河上。晏言古人章句中，全用平聲，製字穩帖，如「枯桑知天風」是也。恨未見側字耳。聖俞既引舟，遂作五側體四十字寄公，如云：「月出斷岸口，影照别舸背。」云云。固爲佳作。然晏只引一句，而梅賦全篇，已覺辭費。余又嘗觀陶淵明詩「萬族各有託」、韓文公詩「此日足可惜」、杜工部詩「寂寞白獸闥」，皆傑句也。其餘諸家，五平五側句甚多。至皮日休、陸龜蒙，又有五平五側倡和，在《松陵集》中。藉曰餘子紛紛不足數，而陶、杜、韓之句可忽乎？梅、晏俱號博洽，而俱云恨未之見，何耶？又所賦之詩，果能掩三子之作乎？余疑於是，不得不識之。（卷二。下同）

【酒價緋魚】丁謂參知政事，真宗嘗問唐酒價幾何，謂對以每升三十。上曰：「何以知？」謂引杜詩云：「速來相就飲一斗，恰有三百青銅錢。」上喜其對。又蔡薿廷試第一，俄召對。徽宗問：唐京官五品方賜緋佩魚，借緋即不佩，國朝因循其制。蘋對曰：在唐借緋亦佩魚。因誦白居易詩爲證曰：「親朋相慶問何如？服色恩光盡反初。投老喜抛黄草峽，眼明驚拆紫泥書。便將朱紱還鈴閣，却著青袍侍玉除。無奈嬌癡三歲女，遶腰啼哭覓銀魚。」上尤喜其對之捷。二事正相類。但佩魚之對，尤切於典故。信大臣占對，不可無學也。謂字謂之，姑蘇人。蘋字文饒，河内人。並見於曾慥《詩選》紀載。後余因看李太白詩有「金樽美酒斗十千」之句，以爲李杜同時，何故詩句所言酒價頓異？客有戲噱者曰：「太白謂美酒耳，恐杜老不擇飲，而醉村店、壓茅柴耳。」坐皆大笑，然亦近理也。

【二月無絲】聶夷中《傷田家》詩，最得風人之體。但「二月賣新絲」恐當作「四月」，蓋二月則蠶尚未生。「戴勝降於桑」，乃三月節所在。必於此時，蠶事方盛，蓋《月令》蠶事乃在季春之月。而「祭義蠶歲」注亦云三月月盡以後。《豳風》「蠶月條桑」，亦指三月。二月安得有新絲耶？當是四字，傳寫者訛刻畫耳。其曰「五月糶新穀」，却有之。

【坡文之妙】東坡《泗州僧伽塔》詩：「耕田欲雨蓺欲晴，去得順風來者怨。」此乃隱括劉禹錫《何卜賦》中語，曰：「同涉于川，其時在風。沿者之吉，泝者之凶。同蓺于野，其時在澤。伊穜之利，乃穋之厄。」坡以一聯十四字而包盡劉禹錫四對三十二字之義，蓋奪胎換骨之妙也。至於《前赤壁賦》尾段一節，自「惟江上之清風，與山間之明月」，至「相與枕藉乎舟中，不知東方之既白」，却只是用李白「清風明月不用一錢買，玉山自倒非人推」一聯十六字演成七十九字，愈奇妙也。

【六出四出花】《吕氏春秋》云：草木之花皆五出，雪花獨六出。古今莫喻其理，獨朱文公謂地六爲水之成數，雪者，水結爲花，故六出。或言花中惟巖桂四出之異，余謂土之生物，其成數五，故草木花皆五。惟桂乃月中之木，居西方，地四乃西方金之成數，故花四出而金色，且開於秋雲。此桂之在《離騷》以喻君也。先師魏鶴山《巖桂》詩云：「虎頭點點開金粟，犀首累累佩印章。」自注云：「顧虎頭善畫金粟佛，公孫衍佩五國相印。」真善借喻而體物矣。余亦嘗賦《巖桂》云：「四出花中異，三開格外芳。名高評月品，韻勝霸秋香。」或者頗許之，以爲弗可移賦他花木也。

【折梅遺使始於諸發不始於陸凱】《荆州記》謂陸凱與范蔚宗相善，凱自江南遺使寄梅花一枝，詣長安與范蔚宗，并詩一絶云：「折花逢驛使，寄與隴頭人。江南無所有，聊贈一枝春。」後世紛紛舉用多矣，皆以陸、范爲證，不知劉向《説苑》已載。越使諸發執一枝梅遺梁王，梁王之臣曰韓子者顧左右曰：「烏有一枝梅，乃遺列國之君。」則折梅遺使始此矣。

【不徹薑食】《論語·鄉黨》謂「不徹薑食」，荆公嘗問其義於劉貢甫，貢甫善謔，隨對之曰：「案《本草》，薑多食令人損智，道非明民，將以愚之，孔子方以道教人，故勸民食薑，以愚其智耳。」本以戲介甫之鑿於經學也。介甫初然其説，而徐悟其戲。及晦庵朱文公《詠子薑》詩兩聯曰：「薑云能損心，此謗誰與雪。請誦去穢功，神明看朝徹。」自注云：「《本草》載薑久食去臭氣，通神明。或云傷心氣，不可多食者，非。」予因悟孔子「不徹薑食」之意，於乎聖賢格物之學，見之於一話一言之間，無非教也。彼貢甫之玩人喪德，又近於侮聖言，烏知其非哉？（卷三。下同）

【曆日字所始】《堯典》雖曰「曆象，日月星辰」，然未嘗連文説「曆日」字。後出方言曆日，然竟莫明其所始。至坡詩云「老去怕看新曆日」，雖百家注之，亦無有一人及之者。余按《周禮》，馮相氏以會天位，謂合此歲、日、月、星、辰、星宿五者，以爲時事之候，若今曆日太歲在某月、某日、某甲，朔日直某也。又引《孝經》説曰：故敕以天期四時，節有晚早，趣勉趣時，無失天位。皆此術也。以此觀之，則今之曆法，已詳備於漢時。然是漢世已謂之曆日矣。寶祐元年改曆名會天，深得曆日經注本旨。

【守令以愛民爲心】邑令乃字民之官，關係攸重，《魯論》一書，吾夫子獨丁寧於爲宰、爲令之戒，而他職不與焉。寔以得百里之地而君之，乃斯民休戚之寄，故曰可以寄百里之命。然必在乎爲之牧守，充聖門之意及聖主之心，申飭而勞勉之，且寬恤通情以待之，其不我從而厲民者，必汰斥之，則民勢可小康矣。余嘗觀朱文公《語録》所載一事云，楊至説王十朋詹事守泉州，初到任，會七邑宰勸酒，歷告以愛民之意，出一絶以示之曰：「九重天子愛民深，令尹宜懷惻隱心。今日黄堂一杯酒，使君端爲庶民斟。」邑宰皆爲感動。余因嘆王梅溪固自得聖門勉邑宰之遺意，而朱（徽）文公表而出之，以爲儒生作牧之式，民之幸也。其後真西山希元帥牧潭州，會長沙十二縣宰，有詩云：「從來守令與斯民，都是同胞一體親。豈有脂膏供爾禄，不思痛痒切吾身。此邦祇似唐時古，我輩當如漢吏循。今日湘春一巵酒，直須散作十分春。」及帥福唐，又有會三山十二宰古風一長篇，甚惻怛。近年王實齋去非守平江，作會兩倅六邑宰詩曰：「守令張官本爲民，恫瘝無異切吾身。

但令六縣皆朱邑，何必黄堂有信臣。田里要須興孝弟，閭閻謹勿致顰呻。與君共舉一杯酒，化作人家點點春。」及移鎮宣城，又有飲諸縣宰詩。二賢同本於梅溪微意，固一世名德，足以聳動貪酷之吏而褫其魄。然余嘗觀唐吕温知衡州送毛令絶句曰：「布帛精粗任土宜，疲人識信每先期。今朝臨别無他祝，雖是蒲鞭也莫施。」則知王梅溪又體此意而推廣之也。吕温在八司馬之流，何足道哉？而愛民之心乃能如此，則今之爲太守者，不恤縣令，虐取厲民，於諸邑惟視其督課之多寡，以爲殿最。烏乎！之人也，不寧爲孔聖及朱子之罪人也，而實梅溪、西山、實齋之罪人也！抑又可惜而爲三君子之罪人，乃吕司馬之罪人也！可不深嗟而甚疾之耶！余將指梓部六年，常跋「視民如傷」四字，每銓量本部知縣即與一本，蓋推廣明道先生之語也。無問其知行之篤，然刊諸石以上者，獨江安馮宰、大足先宰、蓬溪吴宰三人而已。吴宰又爲一跋於其下，詞旨甚佳。予怪其右列，細訪之，乃其館客令狐叔子之作也。然吴宰之政，民甚安之，至有頌其德政而相率詣本臺借留者，又嘆儒冠之反不鶡冠若也。

【辨灰酒】陸放翁《筆記》又有云：唐人愛飲甜酒、灰酒，如杜子美詩「不放春醪如蜜甜」，則引證切矣。如灰酒，又引陸龜蒙「酒滴灰香似去年」一句爲證，余又哂其不然，蓋龜蒙《初冬》絶句末聯云「小爐低幌還遮掩，酒滴灰香似去年」，言初冬圍爐飲酒，盞瀝滴在灰中而香，仍似去年光景，不是酒似灰香耳。以上句觀之，其義昭然。此老精於詩，而不善觀詩如此，何哉？

【閏月無中氣】唐人作詩雖巧麗，然直有不曉義理而淺陋可笑者，如李賀《十二月詞》，又有《閏月》一首，其中一句云「天宮葭琯灰剩飛」，是以閏通爲十三箇月也。不知葭灰之飛每月只是一次，而閏無中氣。雖置閏之年，亦只是十二箇月、二十四氣節候，無十三箇月氣候之理。今官曆自可見。灰琯豈有剩飛一月之理乎？姑舉其一，如是者甚多也。（卷四。下同）

【詩史百家注淺陋】先儒謂韓昌黎文無一字無來處，柳子厚文無兩字來處。余謂杜子美詩史亦然。惟其字字有證據，故以史名。而近世所集注，雖曰百家，實則未詳。至於字稍淺近，遽云「此蜀之俗語」以概之，何其淺陋歟。今試舉其至淺者數條言之。若云：「斟酌姮娥寡。」蓋出於《易·注疏·臨卦九二·正義》曰：須斟酌事宜，有從與否。若云：「繁枝容易紛紛落，嫩葉商量細細開。」蓋出於東方朔《非有先生論》曰：談何容易。及《易·注疏·咸臨·正義》曰：須商量事宜。皆本諸經史也。劉禹錫以六經注有「餳」字而無餻字，故不敢用。孰謂杜陵而輕使俗語耶？可笑可笑。

【一字詩不始於東坡】坡公詩集中有《和郭正輔一字詩》云：「故居劍閣隔錦官，柑果姜桂交荊菅。奇孤甘掛汲古綆，僥覬敢揭鈎今竿。已歸耕稼供藁秸，公貴幹國高巾冠。改更句格各謇吃，姑固狡獪加間關。」又有「郊居江干堅關扃」一首及四言一首，亦名吃語詩，注家及苕溪漁隱俱以爲公出意以文爲戲，余嘗觀唐人姚合少監詩集中有《洞庭蒲萄架》詩云：「萄藤洞庭頭，引葉漾盈摇。皎潔鈎高掛，玲瓏影落寮。陰煙壓幽屋，濛密夢冥苗。清秋青且翠，冬到凍都凋。」則此體已具矣。坡公不過才高記博、造句傑特有來處，因前人之體而爲戲耳。若直指爲坡，則寡見可笑矣。

（徐俊）

脚氣集

車若水 撰

車若水（？——一二七五），字清臣，號玉峰山民，黄岩（在今浙江省）人。《脚氣集》一卷，或作二卷，據其姪惟一跋，作者因病脚氣而著書自娱，成於咸淳十年（一二七四）。此據涵芬樓《宋人小説》本選録。

1東坡説蔡琰《悲憤詩》非真，極看得好。然《胡笳十八拍》乃隋唐衰世之人爲之，其文辭甚可見，晦菴乃以爲琰作也，載之《楚詞》。

2唐明皇天寶之事，詩人極其形容。如《長恨歌》全是調笑君父，無悲哀惻怛之意。《連昌宫詞》差勝，故東坡喜書之。杜子美《北征》云：「憶昨狼狽初，事與古先别。姦臣競葅醢，同惡隨蕩析。不聞夏殷衰，中自誅褒妲。」讀之使人感泣，有功名教。

3《桑中》等篇，朱子《詩傳》之説已當。先曾與東萊議論。東萊力以爲詩人所刺，晦菴辨之，不信也。先祖所辨論，嘗謂聖人不應收此邪詩于三百篇，則邪詩之説，先祖固言之矣。先祖自信其家學，不曾往見文公，因讀楊誠齋文字不樂，遂并同時諸書皆不過目，然其所見乃暗與文公合。

其稍異者，則文公云夫子取之爲戒，如聖人固不語亂，而《春秋》所記，無非亂臣賊子之事，蓋不如是無以見當時風俗事變之實而垂戒于後世，故不得已而存之。先祖則曰：「今永嘉謂山歌爲邪詩，周道衰，綱常毀敗，淫靡胥淪，正聲不發於人心，而邪詩充悦於人耳。詠之愈多，傳之愈廣，夫子删其蕪穢，筆之簡册者，皆正詩也。而邪詩入一作習熟於時人之口耳，布傳于室家之簡册者，猶在天下，夫子豈能删之哉！秦禍之酷，天地否塞。漢興以來，諸儒收拾殘編斷簡于壞亡之餘，補綴遺逸，而詩之三百，大抵不全，取天下口傳之詩，以補秦火之餘，非夫子所删三百之全文也。」又文公不盡信小序，先祖亦謂小序爲漢人專門名家之辭，其意亦同。文公嘗謂李敬室杞云：「東萊以《桑中》、《溱洧》爲刺淫奔之詩，婺州若有人淫奔，東萊何不作一詩刺之？」此語又簡而明矣。

4 潘子善先生乃吾邦人，曾有詩云：「老大倦追隨，得坐且終日。所以見春去，亦不甚愛惜。」予甚詠之不置。咸淳癸酉六月，塘下戴正子訪予，出其先公詩八句云：「幽棲纔一室，意足便爲安。片石星霜老，八窗風月寒。已無蝸角累，自號鹿門看。清夜誰同語，横琴試一彈。」此詩亦佳。今人只識花言繡語，便相傳諷佳句，豈知此哉！

5 高祖不讀書，其歌云：「大風起兮雲飛揚，威加海内兮歸故鄉，安得猛士兮守四方？」又云：「鴻鵠高飛，一舉千里。羽翼已就，横絶四海。横絶四海，當可奈何？雖有矰繳，尚安所施？」陳後主是做文章人，其辭云：「秋風動竹，烟水驚波。幾人樵徑，何處山河？今時日月，宿昔綺羅。天長路遠，地久雲多。」亡國之音，與興國自别。

6 春秋時，吴越分界自在今日嘉興之境。《春秋》於越敗吴于檇李，檇李乃越地，正嘉興也。錢塘江乃是越地。吴投子胥于江，何曾是錢塘？今乃謂潮頭爲子胥怒潮，吴山祀子胥正不安。王荆公碑亦説錯。五代僧《錢塘》詩云：「到江吴地盡，隔岸越山多。」不知界至。

7《詩》：「誰謂荼苦，其甘如薺。」荼，苦菜也。《周禮》掌荼「以供喪事」，取其苦也。東坡詩云「《周詩》記苦荼，茗飲出近世」，乃以今之茶爲荼。茶，今人以清頭目，自唐以來上下好之，細民亦日數碗，豈是荼也？茶之麄者爲茗。

8 文字只管要好，乃有愈改而不如前者。山谷有詩云：「花上盈盈人不歸，棗下纂纂實已垂。尋思訪道魚千里，蓋世功名黍一炊。」又曰：「卧冰泣竹慰母饑，天吴紫鳳補兒衣。臘雪在時聽嘶馬，長安城中花片飛。」後來改云：「花上盈盈人不歸，棗下纂纂實已垂。臘雪在時聽嘶馬，長安城下花片飛。從師學道魚千里，蓋世成功黍一炊。日日倚門人不見，看盡林烏反哺兒。」乃不如原作。

9 堯民擊壤，自唐以來畫爲圖，乃是行坐捧腹牽挽快樂之樣。李伯時臨本極佳，不見所謂擊壤者。《藝經》謂壤以木爲之，前廣後鋭，長尺四寸，闊三寸。將戲，先側一壤于地，遠二十四步，一本作三四十步。以手中壤擊之，中者爲上。此戲甚好，比之投壺，尤見爲樸質也。然予謂此説亦未必然。壤即泥也。以手拭一本作式杖，擊壤以爲音而歌，其曰：「日出而作，日入而息，鑿井而飲，耕田而食，帝利於我何有哉！」真是太平之語，真好文章。「立我烝民，莫匪爾極。不識不知，順帝之則。」更好。

10大凡得譬過當，適足爲累。鄭文寶詩云：「秋陰漠漠秋雲輕，緱氏山頭月正明。帝子西飛仙馭遠，不知何處夜吹笙。」本是好詩。晏元獻公題其後云：「此詩在處當有神佛護持。」一譬之過，再看此詩，便索然矣。有甚不可及處，誰不會做？

11文章可見興亡，可見時節。未説道理，且看文氣。「大風起兮雲飛揚」，興國之言也。「妖姬臉似花含露」，亡國之音也。音一作文。

12趙挺之除門下侍郎，鄒浩在貶所有詩云：「促膝論心十二年，有時忠憤淚潸然。不聞一事拳拳救，但見三臺每每遷。天地豈容將計免，國家能報乃身全。他時會有相逢日，解説何由復自賢。」句句好，至今尚感動人。予不曉音律，覺其聲音亦怨。挺之爲相，子孫不喫着到今日。至如此詩，千古削不去。陳後山亦奇特，拜祁遇寒，情願凍死，不肯着他絮襖。

13物理難知。《詩》曰：「螟蛉有子，蜾蠃負之。教誨爾子，式穀似之。」直傳到漢，揚子雲猶曰：「類我類我。」蜾蠃取螟蛉，産子於其身上，借其膏血以爲養。蜾蠃大，螟蛉枯，非變化也。橘逾淮則爲枳，亦非也。江南人有接樹之法，以橘枝接枳，枳遂爲橘，其核不變，再種則復爲枳矣，淮北之人不曉此也。以此知古人之言，亦有誤者。杜陵《杜鵑》詩云：「生子百鳥巢，百鳥不敢親。一作嗔。殷勤哺其子，禮若奉至尊。」亦不然。杜鵑，鷂屬，梟之徒也。飛入鳥巢，鳥見之而去，於是生子於其巢，鳥歸不知是别子也，遂爲育之，既長乃欲啖母。

14白樂天《長恨歌》叙事詳贍，後人得知當時實事，有功紀録，然以敗亡爲戲，更無惻怛憂愛之意。身爲唐臣，亦當知《春秋》所以存魯之法，便是草木，亦將不忍。蓋祖、父與身皆朝廷長養，不可謂草茅不知朝廷。吾之此説，不是不容臣下做此語，但有惻怛憂愛之心，語言自重。

15章雪崖有詩云：「掩關作夏計，長日獨清坐。戎葵競自花，安榴粲成朵。時芳詎容歇，幽賞無不可。微風忽吹來，諒亦深知我。」可以見其胸次。

16予登篔窗先生門，方逾弱冠。荆溪吴明輔先從篔窗，已登科，聲譽甚振，長予十有三年。予係晚進，篔窗一旦于人前見譽過當，同門初不平，久方浹洽。相與作爲新樣古文，每一篇出，交相諛佞，以爲文章有格。歸呈先祖，乃不悦。私意謂先祖八十有餘，必是老拙，曉不得文字，顧首顧尾，有間有架，且造語俊爽，皆與老拙不合也。既而先祖與篔窗皆即世，吾始思念《六經》不如此，韓文不如此，歐、蘇不如此，始知其非。既而見立齋先生，見教尤切，後以所作數篇呈之，忽貽書四五百言，痛説水心之文。是時立齋已登侍從，其意蓋欲痛改舊習，不止如前時之所誨也。予此時文字已自平了，但猶有作文之意，而自家講習，多爲外物所奪，然未嘗不自知。先曾有詩呈立齋先生云：「童牙苦呫嗶，嚼爪燈燼爛。衡縮高于丘，纔作文字看。精微隔幾塵，健筆抵流湍。開眼天地燎，始識用書難。千葩慚一實，本根耐歲寒。」先生甚喜，常常吟詠，顧昏懦不能大激勵，蓋知世間學問只有一路矣。先生不以文名，而論作文之法極是切至，予後來少作文字，而舊習却都忘矣。明輔終身守此一格，初學者甚向之。更以爲好官職日進，賓朋交接，而明輔愈不得以自覺其非，可念也。

17先祖嘗言：韓信枉屈誅夷，千古無人與他辨説。愚曾見《朱文公語録》云「韓信反無證佐」，可謂見破史書，惜乎只説一句便休，不做一件事看，與他潑洗。他是个人物，不可教他一有既字。枉屈死，又枉屈被後世罵。《擊壤集》有十詩，中間兩篇云：「韓信事劉元不叛，蕭何感漢意生疑。當初若聽蒯通語，高祖功名未可知。」又云：「韓信恃功前慮寡，漢皇負德尚權安。幽囚必欲擒來斬，固要加誅甚不難。」

18大田王老先生諱象祖，字德甫，嘗以文見水心，水心所謂塵垢拭杯案者也。其文簡古老健，雖篔窗亦畏之，第板滯不及篔窗圓活，然非有意不爲文，非有味不爲句，尤未易及，但所見自僻。嘗有詩云：「皋夔周公佐中古，蕭曹房杜興漢唐。因時因事修治效，不談道學亦何妨？」此意到老强項。予弱冠時，嘗投其書，答書有云：「文字之趨日靡矣，皇朝文統，大而歐、蘇、魯、王，次而黄、陳、秦、晁、張，皆卓然名家，輝映千古。中興以來，名公鉅儒，不自名家，張、吕、朱氏造儒術而非文藝。獨水心持作者之權，一時門人孰非升堂，孰爲入室，(曉)〔晚〕得陳篔窗而授之柄，今篔窗之門亦夥矣，求其可授者，未有也。人才之續絶，天運之盈虧也；斯文之隆替，國家之治亂也。前者覺出，後者貌然，則識者懼矣。鄉邦之彦，嘲風露而寫光影，借比興而盜《離騷》，句吟字鍊，豈無一得，而與之讀《檀弓》，談《左傳》，評《國語》及太史公、賈誼、揚雄、韓、柳、歐、蘇之作，求其一言之幾于道，莫得也。議論甚不是，文章自好什麼？文氣氣疑作柄。未有可授者也。」元云：「求其可授者，未有也。」以紙帖其上云：「未有可授者也。」今真跡尚存，王行志編其先集，求序于荆溪，改作「可授者可數也」，蓋恐荆溪以爲妨也。

19 東坡每健羨白樂天，白樂天如何敢望東坡！ 東坡大節照映古今，樂天些小升沉，便動色力。

（王景桐）

藏一話腴

陳郁 撰

陳郁，字仲文，號藏一，臨川（在今江西省）人。宋理宗朝充緝熙殿應制，又充東宮講堂掌書。《藏一話腴》分甲乙二集，又各分上下卷。此據《適園叢書》本選録。

1 藝祖微時《日詩》云：「欲出未出光辣撻，千山萬山如火發，須臾走向天上來，逐却殘星趕却月。」《國史》潤飾之，乃云：「未離海嶠千山黑，才到天心萬國明。」文氣卑弱，大不如元作辭意慷慨，規模遠大，凜凜乎已有萬世帝王氣象也。（甲集卷上。下同）

2 孫冕，臨江軍新淦人，擢進士第。天禧末守蘇州，會鄉里素交罷相以賓傅出判臨杭，舟泊蘇臺，歡款甚密，謂孫曰：「老兄淹遲日久，且寬衷，予當致拜聞。」冕正色答曰：「君二十年出處中書，以素交潦倒江湖，不預一點化筆。今事權屬他人，去廟堂千里爲方面，始以此話見説，得爲信乎？」里人愧謝，夜半解舟潛遁。冕大書一詩於廳壁《拂衣歸九華》詩云：「人生七十鬼爲鄰，已覺風光屬別人。莫待朝廷差致仕，早謀泉石養閑身。去年河北曾逢李，今日淮西又見陳。寄語蘇州孫刺史，也須（科）〔抖〕擻老精神。」清節高操，可羞百執事之顔。朝廷聞之，令再仕。詔下，已歸，竟不出矣。

3濂溪周先生倦吟，惟《遊廬山大林寺》一律云：「水色含雲白，禽聲應谷清。」余味其詞意，則前一句明，後一句誠，道在是矣。

4象山陸先生四歲侍父行，遇事必問。一日，或問天地何所窮際？曾魁從龍赴省時，館於衢之順溪，題一絶云：「紅照西沉暫解鞍，偶然假館豈求安？新豐獨酌誰爲侶，坐對窗前竹一竿。」蔣奎重珍未舉時，雷雨夜，賦絶句云：「雹飛窗上明如月，雨溜檐前響過泉。蠢動有生皆發蟄，是龍那得不升天？」志氣不同，皆於未達時已見之。

5澹庵胡先生謫新州，築室城南，名小桃源而圖之，且題詩其上云：「閒愛鶴立木，静嫌僧叩門。是非花莫笑，白黑手能言。心遠闊塵境，路幽迷水村。逢人不須説，自唤小桃源。」或者謂寓避秦之意，然又作小西湖於所居之側，亦寓不忘君之義乎？

6真西山鎮温陵。春講武帳前，將官王大受，被甲三重，發百矢皆中帖，西山韙之，補充正將。後月餘，忽海寇猖獗，令大受將五百以禽之，獲趙某等三渠魁，及從百餘輩。大受歸，傷重而没。趙，宗子也，始皆疑西山未易處。閲數日，獄成，西山引諸囚入教場，縛二渠魁於中，掩其心，令諸軍射箭如蝟，而賊未死，或斬或搥，次第而畢，惟置趙於旁觀之。次陵遲二渠魁，且以心肝祭大受訖，補其二子以指使，又配其二女以良壻。賞罰兼行，士民驚服。皆以爲趙可生也，事畢，西山呼趙而問之，趙稱宗室不絶。西山曰：「宗室爲賊首，則非宗室矣。宜正以王法。」決交脊二百而卒。

衆無敢譁，大略似誅少正卯時也。一時爲詩歌者百數，獨長溪丞王奕世一絶云：「憑陵海若玩波神，怙恃乾坤不殺身，刀鋸未加先自殞，陸梁未有白頭人。」西山大喜，薦之於朝，後宰建安而卒云。

7南康縣外二十里許，有劉氏女，少而慧。父母初以許蔡，無故絶蔡。而許吴，吴亡，又以許蔡。女曰：「吾一身而許三人，尚何顔登人門户？」委身於潭而死，鄉社立賢女祠，今存焉。戴石屏爲詩以美之云：「士有敗風節，慚魂蘊九京。幽閨持大義，千載樹嘉名。父不重然諾，女能輕死生。寒潭墮秋月，心跡兩清明。」余謂王儉有文學政事，受晉、宋高爵，而躬執璽以授齊；馮道身爲大臣而甘事數姓，曾不若女子之有節誼也，愧諸。

8滑州地無尺木，沙如掌平。唐太守失其名有句云：「歸來莫訝無歌吹，修竹旁邊是滑州。」又云：「萬沙無寸木，遠見他州山。」平可知矣。

9小孤山在宿松縣江北岸，與江州彭澤接境，山形如覆鐘，高數十丈，山西有小孤廟，相對有彭浪磯。俗謡山爲小姑，磯爲彭郎，遂有小姑嫁彭郎之説。古詩云：「倚天巉絶玉浮屠，肯爲彭郎嫁小姑？」又有曰：「舟中賈客莫漫狂，小姑前年嫁彭郎。」皆因其謡。惟陳簡夫詩曰：「山稱孤獨字，廟塑女郎形。過客雖知誤，行人但乞靈。」可以證謬。

10李文山群玉吟《鷓鴣》詩，世惟以「屈曲崎嶇，鉤輈格磔」一聯稱，不知文山用工，正在第五、第六句，云：「曾泊桂江深岸雨，亦於梅嶺阻歸程。」但詠其鳴之時與地，鷓鴣明矣。其《失鶴》詩亦然：「清海蓬壺遠，秋風碧落深。」隱然失鶴之意，所謂「吟詩必此詩，定知非詩人」是也。近徐山民

《猨》詩、趙山中《角》詩，皆得文山之髓。

11鄭俠介夫未第時，讀書清涼寺，王荆公以中書舍人持服寓江寧，聲迹相聞。然俠未嘗往見，荆公使門人楊驥瞷之大雪中，俠呼驥共飲，飲酣題詩於瑞像閣云：「濃雪暴寒齋，寒齋豈怕哉。漏隨書卷盡，春逐酒瓶開。一酌昭孔孟，再斟留賜回。醺酣入詩句，同上玉樓臺。」楊君爲荆公誦此詩，公大稱賞曰：「真好學也。」且期以高第。治平四年，果擢甲科。後公參大政，俠以疑獄數事爲公謀，公皆如其請。俠爲監門，公行新法，俠極言其非，不報。時荆公有詩曰：「何處難忘酒，君臣會遇時。高堂拱堯舜，密席坐皋夔。和氣襲萬物，歡聲連四夷。此時無一盞，辜負鹿鳴詩。」俠和云：「何處難緘口，熙寧政失中。四方三面戰，十室九家空。見佞眸如水，聞忠耳似聾。君門深萬里，焉得此言通？」故宰相之欺，終不能勝監門之直云。

12唐太常丞宋沇傳漢中王舊説云：玄宗雖雅好度曲，然未嘗使蕃漢雜奏。天寶十三載，始詔諸道調法曲，與胡部新聲合作，識者異之。明年，禄山叛。元微之《立部伎》樂府云：「宋沇嘗傳天寶季，法曲胡音忽相和。明年十月燕寇來，九廟千門塵土涴。」吁！翕如繹如，繼承長久之意也。促拍衮煞，此何義耶？君子於是思古。

13城邑交易之地，通天下以市言。至村落則不然，約日以合，一鬨而退，曰墟。以虚之日多，會之日少，故西蜀名墟曰痎，如瘧之閒而復作也。江南人嫌痎之名未美，而取其義節文曰亥。故今分寧縣治，即武寧縣村市名常洲亥者，分而爲縣治也，洪芻之職方可驗。荆吴之俗，取寅、申、巳、亥日集，故亥日爲亥市。張祐詩曰：「野橋逢亥市，山路過申洲。」張籍《江南曲》有曰：「江村亥日長爲市。」山谷詩曰：「漁收亥日妻到市。」謝艮齋詩曰：「已向三長觀亥市，便從雙井問寅庵。」

14後湖居士蘇養直，以世賞官其子，而自相羊三江五湖間，遇林泉勝處，輒引杯嘯詠，發見於詩者千餘篇。紹興間，名達九重，累詔不起，詩豈窮人哉。然考其爲人簡易佚蕩，與人交傾倒無隱情，無戚疏賢愚皆知愛慕，蓋有在於詩之外者。嘗謂士大夫既抱文才流清譽，而復有德以將之，若後湖可也。

15中山劉賓客《題壽安甘棠館》云：「公館似仙家，池清竹徑斜。山禽忽驚起，衝落半巖花。」然觀《四朝聞見録》第一條，以此詩乃恭孝儀王仲湜遊天竺所作，豈偶忘之耶？

16太白云：「請君試問東流水，別意與之誰短長？」江南李後主曰：「問君還有幾多愁，却似一江春水向東流。」略加融點，已覺精彩。至寇萊公則謂「愁情不斷如春水」，少游云「落紅萬點愁如海」，青出於藍而勝於藍矣。

17孟子不見諸侯，然齊宣、梁惠兩次見者不一。及其去也，尚三宿而不行。非不見也，不見不聞道、不尊賢者矣。余嘗有贈友人句曰：「舉頭莫看王侯面，失脚恐爲名利人。」非使之斷不見王侯也，儻有能尊賢才而樂聞道，將千里而見矣，正孟子之遺意。

18温陵有木秀甚，無有識其名者，俗皆以無名木呼之。有士人葉廷珪賦詩，中聯云：「人依清樾摩挲認，鳥宿高枝睥睨看。」

19詩中用全書句，固有此格，須是十分著題方佳。如坡詩云：「君特未知其趣爾，臣今時復一中之。」蓋就題引用，極是切當。近有賦多景樓者曰：「逝者如斯未嘗往，後之視昔亦猶今。」於多景乎何干？賦吴之靈巖者曰：「大抵有興須有廢，莫論誰是與誰非。」於巖乎何預？賦三高亭者曰：「見幾而作不終日，後世以來無此風。」於三高乎何關？若不要切題，則此三聯凡弔古詩皆可用也。惟曾撙齋《遭論歸賦自省》詩中一聯云：「不可以風霜後葉，何傷於月雨餘雲？」託物寄情，得坡之意。

20三代而降，典謨訓誥之後，有董、賈、司馬遷、揚雄、二班之文莫可繼，曰文止於漢。八分、大隸之餘，鍾、衛、二王之書莫可肩，曰書止於晉。《三百篇》往矣，五字律興焉。有杜工部出入古今，衣被天下，藹然忠義之氣，後之作者未之有加，曰詩止於唐。本朝文不如漢，書不如晉，詩不如唐，惟道學大明。自孟子而下，歷漢、晉、唐，皆未有能爲天地立心，爲生民立極，爲萬世繼絶學，開太平者也。

21作詩作文，非多歷貧愁者決不入聖處。三閭阨而《騷》獨步，杜少陵愁而詩冠古今，退之欲人輟一飲之費以活己，而文起八代，上窺至聖。孟郊斫山耕水，賈島薪米俱無，窮尤甚焉。其詩清絶高遠，非常人可到，良有以也。白石道人姜堯章氣貌若不勝衣，而筆力足以扛百斛之鼎；家無立錐，而一飯未嘗無食客。圖史、翰墨之藏，充棟汗牛，襟期灑落，如晉宋間人，意到語工，不期於高遠而自高遠。黄景説謂：「造物者不以富貴浼堯章，而使之聲名焜耀於無窮。」正合前意。甚矣，士

之貧賤不足憂，而學不充、道不聞，深可慮也。（甲集卷下。下同）

22徽廟一日幸來夫人閤，就洒翰於小白團扇，書七言十四字，而天思稍倦，顧在側璫曰：「汝有能吟之客，可命續之。」因薦鄰里太學生。既宣入内侍省，恭讀宸製，不知指意，乞爲取旨，或續句呈，或就書扇左。上曰：「朝來不喜餐，必惡阻也。當以此爲詞，以續於扇。」續進，上大喜。會將策士，命於未奏名徑使造庭，賜以第焉。上御詩曰：「選飯朝來不喜餐，御廚空費八珍盤。」生續曰：「人間有味俱嘗遍，只許江梅一點酸。」

23唐李涉過皖口之西，遇大艦遏其征，數人持兵仗，問是何人，從者曰：「李涉博士船也。」其豪首曰：「若是李涉，聞詩名已久，但希一篇，金帛非敢取也。」李乃贈一絶云：「暮雨瀟瀟江上村，緑林豪客夜知聞。他時不用逃名去，世上如今半是君。」

24澹庵胡先生於福州僉廳分扇，得一扇，畫古木間一人騎驢向西南行。初見似無思致，及有新興之命，方知畫爲先兆也。先生書一絶於陰云：「誰向生綃白團扇，畫將羈客據征鞍。南遷萬里知前定，壁上崖州莫怕看。」

25石林云：「五代離亂，無一俊傑。而浮屠者，乃有雲門、臨濟、德山、趙州數十輩。」前輩謂自佛入中國，散逸人才，豈其然乎？六一先生云：「天下無事時，智謀雄偉非常之士無所用其能，往往伏於山林，老死不出。」故序秘演惟儼之詩曰：「演狀貌雄偉，胸中浩然。」儼退：「儼一室而言天下事，聽之終日不厭。」又皆馳騁文章，豈所謂逸才者歟？

26真廟朝，寢殿側有古檜秀茂不群，名御愛檜。然横礙殿檐，真皇意欲去之。一夕，風雷轉折其枝，因以爲瑞，題詠者多，惟福州羅源特奏林坰唐律稱旨，云：「右殿當年欲葺時，槎牙高檜礙檐榱。人間斤斧難容手，天上風雷爲轉枝。煙色併來春益重，月華偏得夜相宜。真皇一駐鑾輿賞，從此聲名四海知。」真皇見之，喜動天顔，即賜號南華翁，詩名由此大顯。今有《南華集》行於世，詩豈負人哉。

27蘄州林敏功字子仁，學既高明，而服膺《中庸》。故發於言行不爲險怪奇靡，守節令終，圭璧無玷，杜門不出二十年。吕居仁録能詩者二十六人，號江西宗派，昆仲咸在選中。名達九重，璽書嘉奬，賜號高隱處士，視朝散大夫。告詞曰：「爾好學博古，遂志山林，蕭然無爲，恬不願仕，朕所嘉尚，賁以令名。前輩高尚之士，豈如今之朝吴暮越，隨馬扣門者，逐逐勢利之場以爲榮，而言與行大相遼絶哉。」因作一絶云：「柳緜輕薄事狂遊，長被東風舞未休。秋桂邃然居月府，世間何地不香浮。」

28《荆楚歲時記》云：「黄姑織女時相見。」太白云：「黄姑與織女，相去不盈尺。」皆以牽牛爲黄姑明矣。及讀李後主詩，乃云：「迢迢牽牛星，杳在河之陽。粲粲黄姑女，耿耿遥相望。」如此則以織女爲黄姑矣。宗坦又云：「黄姑即河鼓。」未知孰是。

29景祐中，梅中丞知昭州，嘗爲《瘴説》，其略云：「仕有五瘴：急催暴斂，剥下奉上，此租賦之瘴也；深文以逞，良惡不白，此刑獄之瘴也；昏晨酣宴，弛廢王事，此飲食之瘴也；侵牟民利，以實私儲，此貨財之瘴也；盛陳姬妾，以娛聲色，此帷薄之瘴也。有一於此，民怨神怒，安者必疾，疾者必殞，雖在輦下，亦不可免，何但遠方而已。仕者不知而歸咎於土瘴，不亦謬乎！」此說深中士大夫之疾，道鄉鄒公志完爲詩以美之云：「市門隱去不知年，蔽芾甘棠蔭藥川。五瘴作詩雖不染，一篇留誡豈其然。直須鏤板人皆與，庶使緜軀病可痊。更有奇方公未説，上醫醫國許心傳。」

30 蕭注字巖夫，臨江新喻人，少有志氣。年十二，侍父之官康州，過悅城五龍廟，題詩云：「五龍兄弟古英明，今日拏舟過悅城。莫向茅茨久盤屈，早施霖雨活蒼生。」御史孔道輔謫官經從，見其詩嘆曰：「此子他日未可量也。」後登慶曆六年第。皇祐四年五月作番禺令，爲儂智高所困，遂突圍出，募海上强壯二千人與賊戰鬬，焚其舟，斬首五千級，諸道援兵入城，竟共殄渠魁。九月丙辰，注爲廣南東路都監，盜賊悉平，可謂詩言志矣。

31 李易安工造語，《如夢令》「緑肥紅瘦」之句，天下稱之。余愛趙彦若《剪綵花》詩云：「花隨紅意發，葉就緑情新。」緑情紅意，似尤勝於李云。

32（上略）范增爲羽上客，豈不知羽殘忍多忌，非人君之度，而從之與漢王争，至其言皆不用，乃曰：「孺子不可與謀，奪天下者，必沛公也。」其後疑間一行，竟以疽死，何覺之晚耶，不及一婦人遠矣。周少隱責范之詩曰：「西楚興王亦有人，半扶炎祚作謀臣。老生不解歸明主，事去方知是失身。」（乙集卷上。下同）

33 彭門左泗右汴，負抱齊楚，古今豪傑登眺，寄慷慨於詩歌者不可悉數。惟范司諫一首，稍紀其全云：「徐方舊鎮多興廢，懷古觀今思莫收。地勢北來連海岱，天文南轉接奎婁。亂華或見稱戎國，列號元聞屬禹州。官紀雲龍天子學，水憑忠信丈人游。田文故邑高臺盡，靖節荒墳蔓草稠。楚漢定雄分沛郡，姬任争長遜滕侯。館平石氏荆榛合，都廢韓王雉堞秋。劍斷白蛇終滅項，書傳黄石願封留。萬重山勢通河過，十里灘聲繞郭流。宫殿雲中分等級，笙歌空裏鬧哇謳。薛能愛上臺頭寺，白傅曾題燕子樓。若向彭門訪遺事，我詩吟誦當曾遊。」

34 明之象山士子史本有木犀，忽變紅色，異香，因接本以獻闕下，高廟雅愛之。曾畫爲扇面，仍製詩以賜從臣縈薿云：「月宫移就日宫栽，引得輕紅入面來。好向煙霄承雨露，丹心一一爲君開。」《復古殿又題》云：「秋入幽巖桂影團，香深粟粟照林丹。應隨王母瑶池宴，染得朝霞下廣寒。」自是四方争傳其本，歲接數百，史氏由此昌焉。蓋史本色深而香洌，移之外境則香色俱殺故也。廬陵胡公渠嘗攝象山宰，賦詩云：「碎瓊揉香作肌骨，露日吹紅染膚色。人間何處有此葩，一種風流初未識。東隅月户編三千，夜修玉闕瀛洲前。拂摇桂子偶墜地，雨露培植開華筵。史翁移根出蒽蒨，彫斛持歸紫微殿。一朝麗質冠百昌，御墨分題落團扇。何年流轉江南鄉？一本奚翅千金價。分枝接葉色已淺，縱有此花無此香。絶愛西山佳麗地，藹藹修林倚清吹。寧論斜日杏花酣，未許熙春海棠睡。是時含氣初高明，宇宙軒豁澄埃氛。毒霞絳雪互點綴，濃芳膹馥飄氤氲。鷲峰繁黄今不數，破裓山僧練裙女。試看香御擁紅雲，能奉虚星遊碧宇。携持寶鏡吹波金，寒光萬頃空人心。煩君控取紅鸞住，便恐香魂夜飛去。」一卉之微，香色稍異，能動至尊入品題，且昌其主，人而不如木乎？

35高沙甓社湖産徑寸珠，爲淮至寶，龔文伯炳世居湄之南焉。文伯手鈔經史，心存學問，一話一言，悉主乎正。世傳其詩一聯云：「萬事無心閒日月，一杯有味小公侯。」其輕富貴賤名利，立志已可尚，然篇不得其全。近乃見之，云：「年逾八袠雪蒙頭，時對親朋話舊遊。萬事無心閒日月，一杯有味小公侯。癡兒矗爾逃譏議，家訓從來戒刻掊。世道漸艱宜勇退，爲吾閒早理松楸。」味之則持身教子，居易俟命，於道尤深知見。有子基，先入上庠，登進士第，出入中外，持節把麾，將大有爲於世。文伯教忠之所致歟，亦地靈而人傑也。

36洪覺範於《猩猩筆》詩中「平生幾兩屐，身後五車書」，謂魯直本用阮孚「人生能著幾兩屐」之句，以下句非全，改人生爲平生，且曰：「若以人生對身後，豈不佳哉。」余謂山谷豈不知人生身後是佳對，蓋猩猩不可言人，故改之耳。「老妻畫紙爲棋局，稚子敲針作釣鉤。」此蓋言士君子宜以直道事君，而當時小人反以直爲曲故也。覺範今以妻比臣，稚子比君，如此則臣爲母，君爲子，可乎？何不察物理人倫至此耶？人言覺範爲僧中龍，恐非。

37周邦彦，字美成，自號清真，二百年來，以樂府獨步。貴人學士，市儇妓女，知美成詞爲可愛，而能知美成爲何如人者，百無一二也。蓋公少爲太學内舍選，年未三十，作《汴都賦》，鋪張揚厲，凡七千言，奏之，天子命近臣讀於邇英閣，遂由諸生擢太學正，聲名一日震耀海内。神宗上賓，哲宗置之文館，徽宗列之郎曹，皆由文章而得。至於詩歌，自經史中流出，當時以詩名家如晁、張，皆自嘆以爲不及。姑以一二篇言之，如《薛侯馬》云：「薛侯，河東土豪也，以戰功累官左侍禁。西方罷兵，薛歸吏部，授官帶所乘駱馬，寓武城坊，經年不得調。羈馬庫屋下，馬怒敗主人屋，時時蹄碎市販盎器，薛悉賣裝以償。傷己阨屈，因對馬以泣。鄰居文士因之爲薛作傳，同舍賦詩者十一人，僕與其一。『薛侯俊健如生猱，不識中原先生豪。蛇矛丈八常在手，駱馬蕃鞍雲錦袍。往屬嫖姚探虎穴，狐鳴蕭蕭風立髮。短韉淋血斬胡歸，夜斷堅冰濡馬渴。中都久住武城坊，屋頭養駱如養羊。枯萁不飽籬壁盡，狹巷怒蹄盆盎傷。只今棲棲守環堵，五月溼風柔巨黍。千金夜出酬市兒，客帳晝眠聽戲鼓。邊人視死亦尋常，笑裹辭家登戰場。銓勞定次屈壯士，兩眼熒熒收淚光。齒堅食肉何曾老，騙馬身輕飛一鳥。焉知不將萬人行，橫槊秋風賀蘭道。』」如《天賜白》云：「永樂城陷，獨王湛曲真夜縋以出，真持木爲兵，且走且戰，前陷大澤中，以顧其旁，有馬而白皙，騰上馳去，五鼓達米脂城，因以得脱，真名其馬爲天賜白。蔡天啓得其事於西人，邀余同賦。『君不見書生鐫羌勒兵入，羌來薄城束練急。蠟丸飛出辭大家，帳下健兒紛雨泣。鑿沙糾石終無水，擾擾萬人如渴蟻。挽絙竊出兩將軍，虜箭隨來風掠耳。道旁神馬白雪毛，噤口不嘶深夜逃。忽聞漢語米脂下，黑霧壓城風怒號。脱身歸來對刀筆，短衣射虎朝朝出。自椎雜寶塗箭創，心折骨驚如昨日。穀城魯公天下雄，陰陵一跌兵力窮。檥舟不渡謝亭長，有何面目歸江東？將軍偶生名已弱，鐵花暗澀龍文鍔。縞帳肥芻酬馬恩，閒望旄頭向西落。』」若此凡數百篇，豈區區學晚唐者可及耶？樓攻媿謂其聲鏡烏几之銘可與鄭圃漆園相周旋，而禱神之文則送窮乞巧之流亞，不爲溢美矣。擬清真者又當於樂府之外求之。

38《沈約傳》云：「性不飲酒，雖時遇隆重，而居處儉素。老病數旬，革帶常移孔，以手握臂，率計月小半分。」今世歌詠者必曰沈腰憔悴，皆多欲所致。以星曆考之，牽牛去織女隔銀河七十二度。古詩云：「盈盈一水間，脈脈不得語。」又附會以爲淫，吾未見好德如好色者也。

39《振鷺》載於《詩》，杜樊川以風標公子目之，豐度非凡禽比可見矣。入詩人之詠者多，如文與可兩絶清拔可喜：「頸細銀鉤淺曲，脚高緑玉深翹。岸上水禽無數，有誰似汝風標？」又云：「避雨竹間點點，迎風柳下翩翩。静依寒蓼如畫，獨立晴沙可憐。」近今寧海方元善岳一絶云：「聳兩肩似我愁，菰蒲葉下一身秋。谿風昨夜吹魚落，飛過前灘看水流。」亦佳甚，嘗著《梅史》行於世云。

40戴石屏之父東皋子，平生喜吟，身後無遺藁。石屏能昌其詩，遂搜羅，僅得《題小園》一律云：「小園無事日徘徊，頻報家人送酒來。惜樹不磨修月斧，愛花須築避風臺。引些渠水添池滿，移箇柴門傍竹開。多謝有情雙白鷺，暫時飛去又飛回。」乃刊於《石屏集》之首。宋西園之父厲齋居士，平生好吟，亦無遺藁。西園能續父燈，因旁搜，亦僅得二絶，《賦食米倉》云：「陋巷顔回獨屢空，生涯惟在一瓢中。太倉腐粟雖山積，非義寧甘君子窮。」《賦養蠶》云：「男必耕耘女必蠶，古人尚爾我何貪？浴沂時候成春服，歌詠來歸道味甘。」亦刊於《西園集》之首。二君之詩雅正同，遺篇之多寡同，二君之子能傳其業同，而發揮前人之美亦同。使二君之子而弗肯堂二君，其能流芳哉？近日詩家子弟失其業者不可數故，李梅亭云：「宗文何買輩於是有愧。」信然。

41昌黎伯和裴晉公《東征》詩云：「旗穿曉日雲霞雜，山倚秋空劍戟明。」蓋以我之旗況彼雲霞，以彼之山況我劍戟，回鸞舞鳳格也。王勃《滕王閣記》云：「物華天寶，龍光射斗牛之墟；人傑地靈，徐孺下陳蕃之榻。」蓋一句之中，「物華天寶，龍光斗牛」自爲對，謂之帖身對也。鄭谷《弔僧》詩云：「幾思聞靜話，夜雨對禪牀。未得重相見，秋燈照影堂。」以後二句對前二句，扇對也。《月中桂》詩云：「根非生下土，葉不墜秋風。」《山行》云：「閒尋樵子徑，偶到葛洪家。」《僧還居》云：「住山今十載」，假對也。《懷古》云：「經來白馬寺，僧到赤烏年。」借對也。趙紫芝田云：「近方辭地肺，本自住天台。」及子午谷、丁卯橋、琴心、帶眼之類，的對也。余嘗因是以槽甲對蜜丁，山龜對軒鶴。「瓶儲縣令元無粟，紙裹書生不識錢。」「赤幟城邊生廣武，白書樹下死龐涓。」「日晷覺都無卯酉，書遍看不到辛壬。」蓋不但的對，而人品事類亦相當，體格不止此，觸類而長之可也。

42四明昌國縣東有洩潭，依據山腰，深淺不可測。宣和中旱甚，簿尉劉泌投詩於潭曰：「未躍天衢卧寂寥，碧潭流溢海山腰。埋藏頭角雖多日，鼓動風雷在一朝。既若有心成變化，豈能無意澤枯焦？神蹤許爲蒼生起，願奮威靈上九霄。」詩沈而雨作，時人異之。詩能動天地感鬼神，其此之謂歟？（乙集卷下。下同）

43《金城記》黎常舉云：「欲令梅聘海棠，棖子臣櫻桃，以芥嫁筍，但恨時不同耳。若牡丹、荼蘼、楊梅、枇杷時，盡可以爲友。爲此說者，如或有用，吾知其必善銓量人物也。」洪盤洲《海棠》詩云：「雨濯吴妝膩，風催蜀錦裁。自嫌生較晚，不得聘寒梅。」正用前語。

44道士林靈素以方術顯於時，有附之而得美官者，頗自矜驕。或有作《靈素畫像》詩云：「當日先生在市廛，世人那識是神仙。只今學得飛昇後，雞犬相隨也上天。」

45李龍眠有別墅，堰流繞之，名曰璇淵館。館有亭，曰讀真，蓋取龍安山主懷嵩曾於此日讀《太真經》也。林和靖題詩其上，云：「僧廬荒落背秋城，百尺(稍)〔梢〕子滿庭。俗客不來高睡足，焚香應讀《太真經》。」此絶今集所遺。

46建炎樞密聶昌，臨川人也，上庠釋褐出身。元名山，御筆改今名。朝廷令往河北割地，粘罕須昌撤傘而後見，昌云：「彼此皆王臣也，平交耳！安有撤傘之禮？」竟不從，粘罕亦莫之屈。當時河北百姓不肯割土，昌因與虜爭戰，死河北，聖恩軫其忠，謚曰榮愍，見《東都事略》。昌死，未幾於東京相國寺廊壁題詩云：「星流一箭五心摧，電掣戈矛兩脅開。車馬亂中顱項碎，烏鳶啄後骨成灰。有身報國今償志，無計歸家漫舉哀。寂寞孤魂何處託，冥冥空築望鄉臺。」字畫儼然如昌親染，見者皆憫之。昌子爲湖北帥司參議，孫周臣爲市舶提舉，曾孫濟爲高郵主簿，忠魂英氣已死猶生，而聖朝賞延不絶，豈負人也哉！

47行都城北五十四里臨平湖岸有山，山有景星觀，觀有丘真人祠，祠有丹爐。丘本唐人，仕嘗爲郎，棄官學道，於此飛昇。顧況訪之，有詩曰：「五月五日日正午，獨自騎驢入山塢。來到君家不見君，下驢倚杖叩君户。驚起山童開竹扉，黄犬摇尾銜人衣。試問先生往何處？云入山中采紫薇。平明一去今未歸，引我池中看釣磯。池中數箇白鷗兒，見人慣後癡不飛。待君歸來君未歸，却復騎驢下翠微。」句句可圖繪也。

48有號楚客者，以能詞居淮東。余嘗於馮深居寓館見十數解，皆淫麗不則之句，初無止於禮義者。其死也，淮安守些之云：「一從楚客死，淮山無顔色。」吁，長淮富英奇，其來尚矣。蒙衝一炬，老瞞褫魄，非廬江周瑜而誰？正色一叱，六館震驚，非歷陽何蕃而孰？相楚三月，吏無姦邪，期思叔敖也；守蜀數年，俗好文雅，舒人文翁也。桐鄉嗇夫，治行稱最；居鄛亞夫，計謀多奇。河南二程，道學宗師，而生黄岡；包、馬二公，人物冠冕，而生肥水。它如山陽徐積、淮海秦觀，或以孝節稱，或以才學顯，不可悉數。近世如龔先、董槐、丘崇、章掞、陳夢斗、焦炳炎，皆以次能謀國者，又層見疊出，皆山川孕秀，神祇祥符，奚獨以楚客之存亡而爲輕重耶？因賦一絶云：「淮邦産寶皆奇士，楚客能詞只小夫。些語凄涼君自感，未應山色獨闕渠。」

49明之慈谿縣西北有慶安寺，寺之前有古松夾道，緜亘數里，望之如蒼雲。其一最巨而奇，蜿蜒若龍，飛偃如蓋，臨池之上。寺後有泉，出於深谷，僧以巨竹連筒引行數里，支分於松下，石池溢入於谿。舒龍圖亶有詩云：「門前屏障繞潺湲，付與林僧夜定還。松蓋作雲遮十里，竹龍行雨出千山。白公香火蓮開後，謝氏池塘草夢間。我亦鳳皇臺上客，圖閑却笑未能閑。」其後邑長沈時升有造舟之役，睥睨兹松，將斤焉。里士馮文學輗作詩以遺沈，賴以不伐，松因詩而壽焉。曰：「寒松一幹老蒼蒼，古寺門前歲月長。匠伯偶圖舟楫利，禪翁方患斧斤傷。得全此日同齊櫟，勿翦他年比召棠。可但與君期久遠，相將俱列大夫行。」

50白石姜堯章奇聲逸響，率多天然，自成一家，不隨近體，有《詩說》行於世三。數十年來，曾景建、劉改之、張韓伯、翁靈舒、趙紫芝、徐無競、高菊磵諸公俱已矣，自餘以詩鳴者皆非能專傳白石之燈。惟番陽張東澤受訣白石，攻研澄潔，駸駸欲溯太白而上之。余嘗謂東澤家本二千石，而瓶不儲粟；身本貴遊子，而腰如不勝衣；舉世阿附，而日夜延騷人韻士，論說古今，客退吟餘，寄趣徽軫，曾不一毫預塵世事。蓋所養相似，所吟亦不相違，信詩人之不得不尚友師也。

51安禄山之亂，哥舒翰與賊將崔乾祐戰潼關，見黄旗軍數百隊，官軍以爲賊，賊以爲官軍，相持久之，忽不知所在，當時昭陵奏陵内是日石馬皆汗流。故李義山美李晟平朱泚詩云：「天教李令心如日，可待昭陵石馬來。」余謂詩固佳矣，豈可待石馬來耶？嘗在京口有客傳《賀新郎》一曲，乃爲東閫趙先生壽者，奇甚：「天意扶炎宋。爲吾皇、維衡嶽孕，長沙星夢。社稷勳庸天地窄，不數智名功勇。要自有、胸中妙用。擎著東南天一柱，看邊民、買犢歸耕種。官職易，此身重。黄封已見傳宣送。恰春來、洪鈞初轉，紫樞歸拱。歲歲玉樓春噀處，慧質明妝環擁。正弟勸兄酬歡動。一寸丹心堅似鐵，待磨崖、勒就浯谿頌。龍尾道，接天踵。」余謂奇則奇矣，然當今九重，奠枕東閫，坐鎮淮右，豈宜更待勒浯谿之頌耶？《傳》曰：「盡美矣，未盡善也。」此詩此詞之謂歟？

52《詩》云：「涇以渭濁。」東坡云：「涇水一石，其泥數斗。」是涇不自知其濁，而反以渭爲濁也。惟杜少陵曰：「回首清渭濱」，深得其旨。馮深居《題道士鄭渭濱詩卷》云：「江湖曾是飲清波，筆染霜華秋最多。夢裏誦君新句好，覺來無奈月明何。」

53竹爲植物，出地不膚寸，與凡草木同。及解籜，柯葉横出，榦三四丈，畸焉。蓋凡卉秋受霜，冬被雪，槁折毁裂如無生，獨此君方嬋娟整秀，坐視霜雪而自若，豈凡草木比哉。故君子亦若是，平居應接交遊，詡詡怡怡，若庸人也。倐事有不可於心，人皆戚戚，我獨愕愕，物悉流矣，身獨止焉，是亦此君之不以霜雪而改柯易葉也。子猷曰「不可一日無此君」，蘇長公曰「無竹令人俗」，豈爲觀美耶？借竹以養性，不爲俗子之歸耳。古今詩人，風流意度，清節高趣，政自不凡，如竹可愛，使人一見灑然意消。余得《俗子》之詩曰：「俗子俗到骨，一揖已溷人。不知此曹面，何得有許塵？」正子猷、長公之所畏避者也。（王景桐）

黄氏日鈔

黄 震 撰

黄震（一二一三—一二八〇），字東發，慈溪（在今浙江省）人。寶祐四年（一二五六）進士。官至浙東提舉。《宋史》卷四三八有傳。《黄氏日鈔》九十五卷，以所讀諸書隨筆劄記，而斷以己意，其中讀文集者十卷。此據耕餘樓刻本選録。

【讀毛詩】《毛詩》注釋簡古，鄭氏雖以《禮》説《詩》，於人情或不通，及多改字之弊，然亦多有足以裨《毛詩》之未及者。至孔氏《疏義》出，而二家之説遂明。本朝伊川與歐、蘇諸公又爲發其理趣，《詩》益焕然矣。南渡後，李迂仲集諸家爲之辯而去取之，南軒、東萊止集諸家可取者，視李氏爲徑，而東萊之《詩記》獨行，岷隱戴氏遂爲《續詩記》。建昌段氏又用《詩記》之法爲集解。華谷嚴氏又用其法爲《詩緝》，諸家之要者多在焉，此讀《詩》之本説也。雪山王公質、夾漈鄭公樵始皆去序而言《詩》，與諸家之説不同。晦庵先生因鄭公之説盡去美刺，探求古始，其説頗驚俗，雖東萊不能無疑焉。夫《詩》非序莫知其所自作，去之千載之下，欲一旦盡去自昔相傳之説，别求其説於茫冥之中，誠亦難事。然其指《桑中》《溱洧》爲鄭衛之音，則其辭曉然，諸儒安得回護而謂之雅音？

若謂《甫田》《大田》諸篇皆非刺詩，自今讀之皆藹然治世之音。若謂成王不敢康之成王爲周成王，則其説實出於《國語》，亦文義之曉然者。其餘改易，固不可一一盡知，若其發理之精到，措辭之簡潔，讀之使人瞭然，亦孰有加於晦庵之《詩傳》者哉？學者當以晦庵《詩傳》爲主，至其改易古説，間有於意未能遽曉者，則以諸家參之，庶乎得之矣。（卷四。下同）

二南　晦庵謂文王治豐，以岐周舊地分周召，周召者，采邑之名。周公掌内治，召公掌諸侯之治，化皆南被，故曰二南。王雪山謂周召官也，自二公爲之，後世相承不改。此詩當是此地所採。南，樂歌名。南，大夏也，取純陽。愚按雪山以樂言，而晦庵言其所以被於樂者。

大序　此本《關雎》之序，而併序三百篇大旨，以故語或不倫。晦庵易置其次，以「詩者，志之所之」居篇首，爲大序，而别取其言「關雎」者居後，爲《關雎》之序，於義正矣，而非復古人之本文。嚴華谷依本文而逐章各疏其所以然，讀者且合從嚴氏。國史掌書而不掌詩，大序乃謂詩作於國史。孔子言《關雎》樂而不淫，哀而不傷。蓋淫者，樂之過；傷者，哀之過。惟此詩得性情之正，而大序乃謂不淫其色，無傷善之心，此大序之失也，晦庵闢之。當從晦庵。

周南

關雎　關雎、荇菜，皆因興而寓比之意。寤寐、展轉，即所謂哀而不傷也。琴瑟、鐘鼓，即所謂樂而不淫也。樂得淑女，古以爲后妃思得嬪御之賢。晦庵以淑女爲正，指后妃太姒，后妃爲文王之配，而自求之者，蓋設言。愚意若如晦庵之説，則詩人詠之之辭也。

卷耳　王雪山去序言詩，至以爲后妃勞媵妾之歸寧。晦庵《詩傳》以爲后妃懷文王，皆以婦人不預外事也。然詩人特詠其情如此耳，豈預外事哉！書坊《詩傳折衷》有晦庵新説，亦從衆説，合從衆説以爲后妃之志。

螽斯　戴岷隱云：螽斯喻子孫，非喻后妃。愚按「螽斯羽振振兮」，是咏子孫，「宜爾」字，方是指后妃。

芣苢　《芣苢》，諸家皆以爲治妊，蓋因詩序「樂有子」之言也。王雪山云：芣苢，車前子，婦人服之下血，非可治妊，蓋采取以療疾耳。晦庵曰：未知采何用？得之矣。戴氏謂此詩見一時同輩相與之樂，此語蓋得其氣象。

翹翹錯薪　晦庵云：以錯薪起興，而欲秣其馬，則悦之至。以江漢爲比，而嘆其終不可求，則敬之深。此已盡一詩之意，箋謂喻女之尤高潔者，嚴氏《詩緝》取之，恐求之過。

于嗟麟兮　晦庵謂嘆美公子，是乃麟也。嚴曰「麟之趾」，指麟言也。「于嗟麟兮」，指公子言也，猶楚狂接輿稱孔子爲鳳兮也。

召南

鵲巢鳩居　雪山云：詩人偶見鵲有空巢而鳩來居，後人必以爲常，此談詩之病也。

采蘋　諸家謂蘋爲萍，萍，藻也。嚴華谷考《本草》，水萍有三種，大者爲蘋。毛氏以爲大萍是也。郭璞以爲即藻，誤也。雪山謂祭之菹，皆取水産，取其潔也。故菹字從草從水。

有齊季女　諸家以季女爲指大夫妻，蓋已嫁者也。古注以爲古者先嫁三月教于公宫，教成祭之。戴岷隱取其説，云與昏義合。

甘棠　古説謂召伯聽訟，不欲勞民，而就之也。岷隱謂召伯行省風俗，偶憩棠下，非必受民訟，亦非有意於不擾。晦庵、雪山、華谷並合。

行露　岷隱謂男有强委聘者，女不從而訟，引《列女傳》爲證。雪山曰：暴男侵貞女，女固可尚，男爲何人，豈文王之化獨及女而不及男邪？合此二説，則《詩序》「侵陵」之説殆非也，特不成婚而訟耳。

德如羔羊　晦庵《詩傳》云：「德如羔羊」一句，衍説耳。折衷新説，曰：大夫羔裘而居，德稱其服，亦如羔羊爾。恐當以《詩傳》爲正。吕氏則以爲如羔羊之詩，華谷主之，取好賢如緇衣爲證，然愚恐語脉不同。

摽有梅　諸家皆以爲女子之情。岷隱云：「求我庶士」，擇婿之詞，父母之心也。合從之。

三五在東　晦庵云：星小而稀。

不我以，其後也悔　岷隱云：「不我以」，正是置之於無所與事之地，非遇勤勞也，已乃寬釋曰，久當自悔，且有以處我，嘯歌以俟時，不必過爲戚戚也。無所怨尤，此爲媵之美。愚按此説得之，諸家皆泥序文。

野有死麕　雪山云：媒妁之來，尚欲使舒徐無諠動，貞女可知。當是在野而貧者，取獸於野，包物以茅，護門有犬，皆鄉落氣象。

平王之孫，齊侯之子　古説謂平王爲武王，平者，正也。或曰即平王宜臼。魯莊元年，王姬歸于齊，蓋平王之孫，嫁齊襄公。晦庵並存其説。

騶虞　毛氏以騶虞爲義獸，諸家並同。晦庵《詩傳》亦從之，此一説也。晦庵又於《詩序》載歐陽公曰：「賈誼《新書》，騶者，文王之囿名。虞者，囿之司獸。陳氏曰：《禮記·射義》云「天子以騶虞爲節樂官備也」，則騶虞爲虞官明矣。獵以虞爲主，其實嘆文王之仁，而不斥言也。此又一説也。凡皆晦庵兼存之。嚴華谷乃取《月令》「七騶咸駕」及《孟子》虞人之説，以爲騶御與虞人，而謂《爾雅》無騶虞之名，騶虞非獸也。愚按歐公之説甚明，而晦庵特於詩序兼存之者，以《騶虞》詩與麟趾相應，麟爲獸，則騶虞亦當爲獸，故《詩傳》以毛説爲主耳。華谷析騶虞爲二，恐未安。雖以《禮記》「天子以騶虞爲節樂官備也」爲據，以騶與虞兩者爲備，然云樂官備者，□□□□□□□□□□□□□□以有騶有虞爲官備也。按上十六字文脱，然尚可考見，大字本連合下句末是，説詳《劄記》。

邶

柏舟　晦庵主《列女傳》，以此爲婦人之詩，以柏舟之堅自比。華谷援《孔叢子》載孔子讀《柏舟》，見匹夫執志之不可易，謂非婦人之詩。晦庵據《列女傳》以變毛氏，華谷又據《孔叢子》以變晦庵。愚按：「泛彼柏舟」，古注謂泛泛然流水中，似與經文合。初不見所謂堅守之意，且合依毛氏古説，以仁人不遇爲主。

日居月諸，胡迭而微　諸家日月虧盈之説費力。雪山云：日月愈久愈微，所謂但見有不如也，似平易。

于嗟洵兮，不我信兮　古説多未明，惟岷隱云：自憐其誠切，而意不得伸也。愚按：《詩》云「洵美且異」，則洵爲誠信之意。岷隱近之。

百爾君子四句　東萊説極徑浄。

習習谷風，以陰以雨。嚴華谷云：谷風，來自大谷之風，怒風也。又習習然連續不斷，所謂「終風」也。又陰又雨，所謂「曀曀其陰」也。皆喻其夫暴怒無息。且云舊説以谷風爲生長之風，習習爲和。《小雅·谷風》二章「維風及頹」，非和也。三章言草木萎死，非生長也。愚按：毛氏以谷風爲東風，本不可曉，特言之熟而不覺耳。今嚴氏以「谷」字尋意，又以《小雅》之《谷風》爲證，似覺明白，故録之以俟知者。然習習終是和意，恐不過。感興未必以風之暴比夫之怒也。

胡爲乎泥中　「中露」「泥中」，諸家皆以爲辱在塗泥是也。古注以爲二邑名。李迂仲以爲無所據。愚恐亦無一身處二邑之理，合從諸家。

旄丘　雪山云：丘之多草木者也。星名旄頭，言光芒多。冠名旄頭，言羽毛多。

不瑕有害　鄭曰：瑕，過也。嚴曰：歸衛未過有害也，何爲而不可乎？張曰：不大有害。愚按此説近人情。

北門　雪。山云：隨其所出之方，不必言背明向陰。

敦我　箋云：敦猶投擲也。晦庵取之，蓋與「王事適我」相協。若以爲厚，則難説矣。釋文訓迫義，亦相近。

北風　程氏謂非百姓携持而去，乃君子見幾而作。《詩記》《詩緝》皆取之。然「既亟只且」，則事勢已迫，非見幾者也，見幾必於其初者也，恐合。且依舊説。

静女　本刺詩也，毛、鄭因静之名，轉而指爲賢女。李迂仲本歐陽公，始以爲男女相贈遺，如《溱洧》《宛丘》之類，但云惟「彤管」難通，以《左傳》歌此詩，取彤管焉，又似美事耳。晦庵《詩傳》、華谷《詩緝》亦皆以爲男女相贈遺之詩，「貽我彤管」，女贈男之物也。「自牧歸荑」，男贈女之物，報彤管之贈也。晦庵則於「彤管」云未詳何物。李氏謂古者針有管，樂亦有管。《詩緝》又據《解頤新語》曰：古者后夫人固必有女史彤管之法，古以刀筆，未有用豪毛者，安得有管？故書謂之畫，蓋以刀筆刻畫於簡。至秦蒙氏，始以豪毛製筆，故自漢以來始有簡寫之之説。《左氏》所稱取彤管，止取贈物之意，非有取於女史也。凡皆《詩緝》所援之説，如此亦足解李迂仲之疑矣。至於静之爲義，《詩緝》又援曹氏，謂静女仕族處幽閒者，今亦相約於城隅隱僻之地，似亦有此理。愚意「静女其姝」，乃奔者自爲相稱美之辭，豈必泥此而謂其真有貞静之德哉！

籧除戚施　雪山云：籧除，今龜胸。戚施，今駝背。

伋壽　《折衷》新説與李氏云：壽無救於兄而重父之過。此固至論也。然愚意壽竊節先往，真欲代兄之死，卒之兄亦往死者，非初料所及也，以是罪壽，壽重不幸，所謂求全之毁歟？

鄘

髧彼兩髦　自古皆謂指共伯，共伯爲衛武公所殺，而共姜不嫁也。《折衷》疑武公賢君，未必有弑奪之事，史記未可據。東萊辨此事，計武公立時已四十餘，則共伯兄也，年又加長。兩髦者，子事父母之飾，小斂則脱之。史謂釐侯已葬，而共伯自殺，安得猶謂髧彼兩髦，以是知武公未嘗有弑奪之事。華谷謂兩髦之制，男角女羈，令共姜守志不嫁，不事膏沐，髧然垂其兩髦，如幼時之狀，實我鬖居之容儀，至死誓無他心，以此告於母耳。

紲袢　諸家皆以紲爲去，袢爲暑氣，謂縐絺能去暑氣也。惟晦庵《詩傳》以紲袢爲縛束之意，謂以展衣蒙縐絺，而爲之紲袢，所以自斂飭也。愚意縐絺何嘗能去暑，特以暑熱宜此輕疏之意耳。紲字從糸，非從水之泄也，何所見而訓紲爲去？袢字從衣，非煩暑之煩也，何所見而訓袢爲暑？夫子當暑，袗絺綌必表而出之，尚不欲其露肌膚，況婦人乎？晦庵以紲袢爲斂飭，其得之矣。

桑中　自《詩序》，至毛、鄭，至《禮記》，以桑間、濮上爲亡國之音，皆以此詩爲淫奔者之詩，故近世晦庵《詩傳》、岷隱《續詩記》、華谷《詩緝》言人人同，獨東萊吕氏力辨此謂雅音，謂寧有編鄭衛樂曲之理，其意以爲雅樂，祭祀朝聘之所用，而夫子自衛反魯，雅頌各得其所也。然風之用於燕饗者，惟二南，而列國變風未嘗被之樂也。夫子所謂正者雅頌，而未嘗言及變風也。此詩明爲衛之詩，詩之名明以爲《桑中》，詩之辭明言淫奔，後世安得反爲之諱而指以爲雅音也？古人採民風，傷世變，故録之云爾。

景山與京　古注謂景，大也。諸家皆從之。晦庵《傳》以景爲日彰，以「既景乃岡」爲證。然恐語法不類也，合從衆。

匪直也人　此語難曉，惟晦庵云：非獨此人所以操其心者誠實而淵深，所畜馬亦已至於三千矣。文義方通。華谷云：説于桑田，是文公能務農重本，以蓄育其人也。非特人也，文公操心塞實淵深，故能致國富强，至於騋牝三千。覺於上下文尤協。

衛

重較　車中俯而憑處爲式，式上平立而憑處爲較，故曰重較。吕和叔云。

永矢弗諼　程以爲弗忘君，但後章「弗過弗告」處難通。今《詩傳》、《詩緝》與岷隱皆謂不與世接，弗諼者，不忘此樂也。

碩人　只是形容而意自見，《詩緝》以爲比喻，恐拘此詩，當從朱《傳》。

氓　此序云：華落色衰，復相棄背，蓋據此詩有「及爾偕老，老使我怨」之語也。華谷言詩云：

「三歲爲婦」，是三歲而即相棄。所云「老使我怨」者，言始也，將與汝偕老，今我未老而已見棄，若我從爾至老，暴戾必有甚者，愈使我怨也。其説似得詩人之意。愚按：「以我賄遷」，則女有資財。「三歲食貧」，則男反無以養之。此婦人一時爲其所誘，已即不堪，遂反目而相棄。合不以正，婦遂復還，非獨氓之逐此婦也。

竹竿　此篇亦《詩緝》得之，但「駕言出遊」之「駕」，當從衆説爲乘舟，《詩緝》以爲駕車，則與上文不協。

能不我甲　毛曰：甲，狎也。《釋文》曰：《韓詩》作狎。東萊曰：但能不我親狎，妄自尊大而已。似得詩意。程、朱諸家以甲爲君長，雖就甲字起義，而須展轉，恐且合從毛吕之説爲徑。諸家諱言狎者，以狎爲不美字。然此非褻狎之狎，乃親狎之狎，正謂惠公驕傲而言，不當以文害辭。

有狐　綏綏，毛以爲匹行貌，朱反之以爲獨行求匹貌，李迂仲祖毛説，云狐尚匹行，而女乃無夫家。戴岷隱以綏綏爲安閑不迫，似皆得詩意。諸家祖朱説而反古説者，特以狐非美物，不欲以綏綏爲安閑，言其善狀耳。然恐詩人托物起興，不以此拘也。「心之憂矣，之子無裳」，諸家主古説，以爲婦人欲嫁之辭。岷隱謂國人作也，云未有妃耦，猶之可也，衣帶之屬，無與治之，此可念爾，亦覺優游得詩人之意。在彼淇之厲，《傳》謂深可厲之厲，恐不若王氏謂岸近危曰厲。

木瓜　議者律齊威以專封之罪。李迂仲載劉内翰之言曰：專封者，天子黜之，諸侯封之，則爲專封。若戎人滅衛，威公救之，亦霸者之所當爲也。謂之小惠，亦不可也。愚按管仲處世變之極，而能一正天下，功莫大焉，故夫子許之。其後孟子闢之者，蓋勸時君以行王爲萬世立訓耳。自春秋而降，惟漢高祖功在管仲之上，惟諸葛公義在管仲之上，惟周世宗行事在管仲之上，餘皆在其下。至我藝祖，雖湯武未可比矣。若管仲之可議者，聖賢寧不爲，而仲則苟於爲之耳？管仲救世之功，何可當也！而世以其救衛爲小惠，且罪其專封耶！

王

彼其之子，不與我戍申　古注云：是子獨處鄉里，不與我來守申，是思之言也。疏云：政教頗辟，彼子在家，不與我戍申，是怨不均平也。至歐陽、程、蘇，則以爲國人怨諸侯不戍申，言周人不當遠戍也。《詩紀》《詩緝》皆從之。晦庵《傳》獨從古注，云彼其之子、戍人指室家而言。夫室家豈有同戍之理？而詩人云爾者，思之情然也，故曰「懷哉懷哉，曷月予還歸哉」。蓋若如衆說以爲怨諸侯不戍申，即與下文「懷哉」不貫，晦庵其亦味之矣。

尚寐無吪　古注：吪，動也。蓋寤則憂，寐則不知，故欲無吪、無覺、無聰，付世亂於不知耳。近世釋以爲欲死者，過也。

葛藟　晦庵謂此去其鄉里家族流離失所者自嘆之辭。雪山謂棄與他人或出繼其旁族者。華谷云：舊說平王以他人之父爲父者，非也。

采葛　古以爲采葛去君側，故懼讒，特采葛非人臣之事，於事情未通。惟歐陽氏以積少成多，爲聽讒之喻，而李氏取之。晦庵《傳》以爲淫奔者托以行，然亦意之之辭。至《詩傳折衷》載晦庵新説，仍以采葛比聽讒。愚按晉風《采苓》之詩，亦以比聽讒，則此説近人情而不反古説。

《大車》「穀則異」室一章　晦庵《傳》以爲畏其大夫之辭，於義爲正。《詩記》、《詩緝》、段氏集解皆從古説，以爲能使男女有别者，恐迂，蓋與前章「畏子不奔」之意不類。

彼留子嗟　古以留爲氏，或以爲滯留之留，合兩存之，以俟知者。

鄭

善善　黄云：父子相繼積善有素。朱云：武公有善，而天子善之。二説不同，學者更詳。然竊意序謂明善善之功，本不成文，二説亦就其文而意之耳。

獻于公所　晦庵以公爲莊公，華谷遂以爲叔段在鄭，從莊公出田，暴虎以獻，氣陵其兄。愚恐叔段强恣於外，未必入鄭肯從莊公田，叔段君臨大邑，未必可身自禮裼。若段果從莊公之狩而獻于公所，正是退守人臣之分，安得言相陵邪？岷隱曰：言勇力之士暴虎以獻於叔也。此詩御中節，射中度，既事而退，意甚閒暇，知暴虎者非指叔言也。愚按「公所」之公，非公侯之公也。段爲京城之主，其所寓即公所也。此句恐合依岷隱説，此乃言叔段在京城田狩之事，故《詩》曰「叔于田」，安得改釋爲莊公之田，而叔從之以暴虎耶？

狡童　王雪山曰：鄭忽言行，蓋亦近賢，不可以成敗論人。所謂狡童當有他人當之，非謂忽也。

嚴華谷曰：忽以世子爲鄭君，不得目以狡童，正指忽所用之人耳。晦庵則謂忽之辭昏，未爲不正，《有女同車》、《山有扶蘇》、《籜兮》、《狡童》四詩，皆非刺忽。凡皆公議，不惑於繼序講師之説者也。

齊

匪雞則鳴，蒼蠅之聲　古説皆謂賢妃欲其夫之早起，誤以蠅聲爲雞聲。晦庵云：心常恐晚，聞其似者而以爲真。至曹氏始謂哀公以雞聲爲蠅聲。嚴氏宗之云：蠅以天將明乃飛而有聲，雞未鳴之前無蠅聲也。戴氏曰：哀公荒淫，雞鳴矣，乃托辭曰：此蒼蠅之聲爾。東方明矣，乃託辭曰：此月出之光爾。一以爲賢妃之言，一以爲哀公之言，未知孰是。然讀者且當從古説，庶三章之意聯貫。

東方之日　諸家皆以日爲喻君，然詩中似無此意，惟戴岷隱云：男女相奔不夙則莫，日出早也，月出莫也。此爲近事情。

魏

摻摻女手，可以縫裳　古説謂女嫁三月廟見，方執婦功。女者，未見廟之稱，而使之縫裳，是爲儉急。晦庵亦從之。特「好人提提」，古説亦以爲新昏之婦，晦庵則以爲大人，云大人之儀容如此，若無可刺，惟褊心爲可刺耳。至雪山、岷隱、華谷三家，則以古説爲未然。雪山云：今細民草屨不問寒雪，安有葛屨不可履霜？又安得廟見三月方可執婦功？女子亦有下衣，安得女子不可縫下裳？此詩言婚嫁太速，使夫力婦功以濟其家而不虚度，所以爲褊而可刺也。岷隱云：謂葛屨可以履霜，不計其厚薄。謂女手可以縫裳，不擇其能否。纖夫細兒，矜情衣服，顧影自喜，時亦有之，彼非不楚楚然可愛，惟是褊心，是以爲刺也。華谷云：男子葛屨履霜，祈寒奔走而不休，未嫁女出爲人縫裳而利其傭資，皆急於趨利也。愚按《詩》本文但言女手，而毛、鄭指爲已嫁未廟見之女。若以爲富貴家之女，三月而後反馬者，則必無縫裳之事，必不與葛屨並言。若以爲民間之女，亦安得盡拘三月而後廟見？廟見而後縫裳？揆之人情，似未允合。今三家之説如此，故録之以俟來者。

園有桃，其實之肴　毛以爲喻國有民，得其力，是特釋序文不能用其民之語。詩中未見此意。鄭以爲不取於民，食園桃而已。則天下無此理也。惟晦庵不以爲比喻，而以爲托興，詩意不過如此而已。

碩鼠　鄭箋以碩鼠爲斥其君，非矣。華谷以爲指聚斂之臣，又不若晦庵謂托言大鼠害人而去之，尤平易也。

唐

我聞有命，不敢以告人　説謂桓叔將傾晉，而民爲之隱，蓋欲其成。嚴華谷云：自桓叔至武公，屢得志矣，而晉人終不服，相與攻而去之。其後更六世，逾六七十載，迫於王命而後不敢不聽。

在昭公之初，晉人之心豈從沃哉！蓋反辭以見意，故泄其謀，欲昭公知之，忠之至也。言「有命」者，迫切之辭，言不敢告人，乃所以深告昭公也。

如此良人何　《詩傳》云：「如此良人何」哉，喜之甚而自慶之至也。張橫渠曰：言國亂不得見也。二説相反，蓋《詩傳》去序而言也。要之既曰變風，合從張説。東萊亦曰：有感於男女失時，故嘆息而言。

王事靡盬　「盬」字，諸家皆訓不攻緻，以盬與蠱字異義同，但於靡字不曾總説，惟李迂仲云：王事靡盬者，勤於王事而無不攻緻也。意方全。

無衣　《無衣》之詩，晉武公篡逆而賂周釐王以成其奸者也。《詩序》以爲美晉武公，俗儒遂因爲之曲説，其所以黨惡右奸開後世亂臣賊子之門甚矣。惟朱文公之辨曰：序以爲美，失其旨矣。且武公弑君篡國，大逆不道，乃王法之所必誅而不赦者，雖曰尚知王命之重而能請之以自安，是亦禦人於白晝大都之中，而自知其罪之甚重，則分薄贓餌。貪吏以求私，有其重寶而免於刑戮，是乃猾賊之尤耳。以是爲美，吾恐其獎奸誨盜而非所以爲教也。嗚呼！文公之辨，足以植萬世之綱常矣。世有爲朱文公《詩傳》折衷者，乃黜前説而載其新説，曰：武公篡逆之人，徼求命服，要君無上，王法所當誅，然此詩美之，而孔子録焉，何也？曰：當是時，天下無主，僭竊禮樂，何所不至？非復知有王命也。請命之大夫獨能推明諸侯之命服，出於上則安，是不以小善爲無益而不爲，亦所以見王命之尊嚴，爲天下後世法也。嗚呼！使此言果出於文公，則亦恕矣。然前説何可廢也？今不惟集折衷者獨載新説，凡集詩解者亦無不獨載新説而盡黜前説，正論湮微，世俗驚懼乃如此。至嚴華谷，則併新舊説不載，而自爲之辨曰：潘父弑昭侯迎桓叔，晉兵攻桓叔而立孝侯，是桓叔初舉而國人不與也。曲沃莊伯弑孝侯，晉人又攻莊伯立孝侯之子鄂侯，此莊伯再舉而國人又不與也。及鄂侯卒，莊伯伐晉，晉人共立鄂侯之子哀侯，此莊伯三舉而國人又不與也。至武公虜哀侯，晉人復立哀侯之子爲小子侯，此武公四舉而國人又不與也。及武公誘殺小子侯，晉復立哀侯之弟緡，此武公五舉而國人終不與也。最後武公滅晉，盡以其寶器賂周僖王，王命武公爲諸侯，晉人特迫於王命，不得已而從之，豈以武公爲可美哉！且武公有無王之心而後動於惡。篡弑，大惡也，王法之所不容誅也，彼其請於天子之使，豈真知有王哉？正以人心所不與，非假王靈則終不能定晉也。夫王不命焉而請之，非禮也。不聞請於王而請命於其使，尤非禮也。此正與唐藩鎮戕其主帥而代之以坐邀旌節者無以異。又以賂王而得之，烏取其爲美也？聖人致嚴於名分之際，陳成子之事，至沐浴而請討，《無衣》之詩不删者，所以著世變之窮而傷周之衰也。武公之事，國人所不與，序言美之者，特其大夫之意耳。愚按華谷之辨論雖不若文公之激烈而事情則悉矣。武公之事，大夫爲之謀而大夫自以爲美，此黨賊者奸謀也。彼自以爲美，天下萬世不當以爲美也。至若詩中之詞，則戴岷隱得之，曰：己不請命於天子，其大夫乃爲之請命乎天子之使。蓋武公自嫌强大，不肯少屈，使其大夫風天子之使而取之。觀其詩詞，傲然可憤，「豈曰無衣」，自詭强盛也。「不如子之衣」，以敵體相輕也。衣者，天子之衣，豈使臣之衣？當是時，晉猶未强，非得天子之命服，誠不可以久安，非武公謙辭也。外示强大，中實歉然，真情所見，不可掩也。三味此説，則晉不容不假重於周，又不肯甘心輸情於周，周王之受賂，正墮其奸謀。《無衣》之詩，尚足爲美也哉？嗚呼！以天子禮樂征伐之權而反爲亂臣賊子弑君篡國之地，使當時人心鬱悶而不可争，後世議論淪染而不知非，是則重可痛也已。

秦

載獫歇驕　諸家皆以爲田犬名，長喙曰獫，短喙曰歇驕。王雪山、嚴華谷、戴岷隱三家以爲田畢而遊園，載獫於輶車以歇其驕逸。王曰：字不從犬也。嚴曰：田犬無短喙者也。未知然否。

矜其車甲　晦庵曰：西戎者，秦不共戴天之讎也。秦人所以樂爲之用，戴岷隱曰：襄公志在復讎，婦人閔其君子，無怨詞焉。段氏昌武曰：孔曰襄公以義興師，雖婦人亦知勇於赴敵而無怨。

龍盾之合　《傳》曰：合而載之，必載二者，備破毁也。愚按：盾者，今遮箭牌也。盾狹而車廣，一盾不足爲衛，必以二盾比而合之，乃足爲衛，非防其破毁也。與二矛重弓意不同。

權輿　權輿，《釋文》曰：始也。《詩緝》載陳氏曰：造衡自權始，造車自輿始。

陳

宛丘　古説四方高中央下曰宛丘。郭氏謂中央隆起，與古説背馳。王雪山云：如此恐是宛轉之狀。《補傳》以爲地名。愚按旁高中下，則於登遊眺望非便，今陳國於此聚遊，恐郭説爲是，而俗因其宛轉之狀，以名其地也歟？

子之湯兮　湯，他浪反爲是。蓋堂字去聲，至今俗亦有浪湯之説，與下文「上」字「望」字叶韻。「子」字，舊云斥幽公。晦庵止以爲指游蕩者，得之。

市井　一井之地以二十畝爲廬舍，因爲市以交易，故稱市井。

穀旦于差　古説，穀，吉也。差，擇也。言擇吉日也。竊意其未然，蓋此詩指婆娑市井而言，世未有擇吉日而後遊市井者也。果擇吉日，當曰「差于穀旦」，今曰「穀旦于差」，語倒不成文矣。謹按：「差」字有數義：《易》「差之毫釐」，差之言舛也。《孟子》「愛無差等」，差之言等也。《詩》「既差我馬」，差之言擇也。《莊子》「自差觀之」，又曰「差數覩矣」，差之言觀也。此詩刺游蕩者也，與下章「穀旦于逝」詞義一同。穀旦者，如後世言良辰美景之良辰也。「穀旦于差」、「穀旦于逝」，約以良辰而往遊觀也。疏以穀旦謂無陰雲風雨，蓋近之也。必如此説，然後「穀旦于差，南方之原」兩句意聯。

檜

樂子之無知　晦庵《詩傳》以子指萇楚，言草木無知也。然下章樂子之無室無家，恐難指萇楚。東萊曰：所謂赤子之心也，未有知識、未有室家之時也。此意得之，以此知詩不可盡去序説也。

匪風發兮一章　古説謂匪風非有道之風，匪車非有道之車，周道指周之政令。王雪山謂風中車上最不安，西北人畏之。此言非風之飄忽，非車之疾驅而使我心不安，但顧趨周之路而傷心爾。晦庵《詩傳》之説同。

曹

蜉蝣　蜉蝣，朝生而暮死。岷隱謂非朝生暮死，乃生於土中，朝出而暮死，喻微有浮驕鮮不速亡者。

掘閲　説謂掘地而出，升騰游翔。王雪山云：《管子》曰「掘閲得玉」，恐當時常談如此，掘閲，挑撥貌。

不遂其媾　張横渠以遂爲稱，以媾爲寵，不稱其恩寵也。晦庵同。合從此説，與上章「不稱其服」相應。

下泉　古説皆謂寒泉而浸稂、蕭、蓍爲喻今，陰雨而膏黍苗爲喻古。嚴華谷曰：田野荒蕪，所見惟稂莠蕭蓍之類，因思周之盛時，五穀熟而風雨時，芃芃然盛之，黍苗得陰雨以膏澤之，四國既有明王，又得郇侯爲伯以勞來之，傷今不復見也。其説不必比喻而氣象寬平矣，然未及「冽彼下泉」之義也。王雪山曰：稂、蕭、蓍，皆陸草。陸草畏水，田禾喜水，必是當時水漲，因思盛時，上有明王，下有郇伯，氣候皆正，雨澤皆調，蓋君臣皆良，故天人相應也。愚按雪山去序言詩，多無歸宿，而此説頗近人情，故録之以輔前説。

豳

周公遭變　鄭氏謂管蔡流言，周公避居東都。愚按注傳周公無避去之事，而此時周家亦未有東都，已於《金縢》書附其説矣。晦庵《詩傳》載黄氏曰：先儒以《七月》爲周公居東而作，考其詩，則陳后稷、公劉所以治國者，方風諭而成其德，是未居東也。此亦足證鄭説之非。

一之日二之日　岷隱曰：一日二日，説者以爲周正。《豳風》，先公之事，周未建正也。夫數窮於十，自正月至十月，數之窮也，故詩人以十有一月謂之一日，自一而數之，避月而言日者，懼其與月相亂也。愚按晦翁云：一之日，爲斗建子，一陽之月，變月言日，言是月之日也。二説相參方備。蓋主於陽復而再起數。雪山亦云，一之日至四之日，皆以陽長而言之。

女心傷悲，殆及公子同歸　岷隱曰：此詩三言公子，獨以同歸爲女公子，亦恐不然。癡女子覩公子之貴，庶幾與之同歸，亦人情之想念也。雪山曰：公子適野，隨其後而還也，凡皆嫌於以公子爲女耳。晦庵曰：公子，豳公之子也，蓋是時公子猶娶於國中，而連姻公室者亦無不力於蠶桑之務，故其許嫁之女，預以將及公子同歸，而遠其父母爲悲也。此説不以公子爲女公子矣，然於同字之意差緩。程子曰：庶幾得如富貴之子，及時而行，此説最平易近人情，似不必過求。

猗彼女桑　毛云：角而束之曰猗。孔以《左傳》「晉人角之，諸戎猗之」爲證。愚按「掎角」之「掎」從扌。「猗彼女桑」之「猗」從犬，字義皆不同。猗，倚也，就桑而取其葉，不斬其條。朱説爲精。女桑，朱云：小桑。嚴云：小者曰女，如小墻亦曰女墻。然則前云柔桑，指桑葉之小者，此云女桑，指桑樹之小者。

隕擇　注：擇，落也，然則與隕字之義何别？當采《説文》之意，乾葉爲擇。

改歲　東萊曰：十月而曰改歲，三正之通于民俗尚矣。岷隱曰：十一月謂之改歲者，蓋十二辰至於亥而止，復起於子，故謂之改歲，非三正之謂也。孔氏曰：改歲者，以仲冬陽氣始萌，可以爲年之始。愚恐詩意不過以年窮歲極，大寒之將至，故預爲塞墐之計，非必謂塞墐之時爲改歲之時也。

納禾稼　雪山併納之淩陰，皆以爲納之公家，云豳人遇事先公後私。愚按此説不與衆同，姑録之。

晝爾于茅，宵爾索（陶）〔綯〕　程曰：綯，所用蓋屋，諸家並同。惟嚴華谷謂茅不可索綯，晝取茅草將以蓋屋，宵作索綯將以縛屋，蓋指田廬言之，爲明年又播百穀之地。

豳風豳雅豳頌　鄭氏以「殆及公子同歸」以上爲豳風，以「介眉壽」以上爲豳雅，「萬壽無疆」以上爲豳頌。《周禮·籥章》：逆暑迎寒歈豳詩，祈年于田祖歈豳雅，祭蜡則歈豳頌，故鄭氏之分如此。王雪山謂一詩如何分爲三，《籥章》所謂豳詩，以鼓鐘琴瑟四器之聲合籥也。《禮·笙師》：歈竽、笙、塤、籥、簫、篪、篴、管、舂、牘、應、雅凡十二器，以雅器之聲合籥也。《禮·視瞭》：播鼗，擊頌磬笙磬凡四器，以頌器之聲合籥也。凡爲樂器，以十有二律爲之數度，以十有二聲爲之齊量，凡和樂亦如之，故逆暑迎寒、祈年祭蜡，皆全用《七月》之詩，特以器和聲有不同爾。至晦庵則有三説，一説豳詩吹之，其調可風可雅可頌，一説《楚茨》諸詩是豳之雅，《噫嘻》諸詩是豳之頌，一説王介甫謂豳自有雅頌，今皆亡矣。愚按《楚茨》諸詩於今爲刺幽王之詩，《噫嘻》諸詩於今爲成周郊社之詩，未易遽指以爲豳。若如介甫謂豳詩别自有雅頌，則豳乃先公方自奮於戎狄之地，此時安得有所謂天子之雅頌耶？惟前一説謂吹豳之聲可雅可頌爲得之，而其詳則雪山之考訂精矣。

東山　《金縢》云：「周公居東二年，則罪人斯得。」《東山》云：周公東征，三年而歸，勞歸士。諸儒以爲居東二年，曁歸則三年矣。鄭氏獨以爲其初居東二年，避流言於東都也，其後東征三年，定三監淮夷之亂也。愚按居東二年而罪人斯得，是即東征之役也，若止避地，何云罪人斯得耶？必如鄭説，居東避地者二年，其往來已及三年，既歸而後三監叛，既叛而後出東征，又復三年，如此則周公攝政七年之間，無非奔走道塗之日，更於何時輔成王致太平而制禮作樂耶！

伐柯九罭　晦庵以伐柯爲東人喜見周公之辭，九罭爲東人願留周公之辭，東人終始之情如此，而朝廷之不知在其中矣。諸家因朝廷不知之語，謂伐柯之籩豆，爲朝廷當待公以此禮；謂九罭之衮衣，朝廷當被公以此服。然迎公之禮，豈在籩豆？而衮衣固周公之所素被者也，前未嘗有褫，今安用以爲迎耶？

鹿鳴之什

燕群臣嘉賓　嚴曰：《儀禮》注云：《鹿鳴》，君與臣下及四方賓燕之樂歌也。故序以群臣嘉賓兼言之。朱曰：於朝曰君臣焉，於燕曰賓主焉，先王以禮使臣之厚，於此見矣。

視民不恌　諸家本鄭氏，皆以視爲示。曹氏曰：視民與視民如傷同義。嚴曰：其視民則不薄之，此説免改視爲示而理自明。

周道倭遲，不遑將父　當如毛氏云「岐周之道，不遑將父」。諸家皆以將爲養。戴氏曰：將非養也，扶持奉侍之謂。

靡盬　戴云：苦而易敗謂之盬，苟成必易敗，故出使之不可亟歸者，謂王事之不可使易敗也。

皇皇者華　華，合從孔疏，謂草木之華，蓋起興也。

周爰咨諏　歐陽曰：周，遍也。雪山、晦庵、華谷並同。

釃酒　毛氏云：以筐曰釃，以藪曰湑，皆去其糟之具耳。近世引《春秋傳》「無以縮酒」，恐祭祀用茅，與此釃酒用茅者不同，宜詳。

小人所腓　朱《傳》云：腓猶芘也。又云：隨動。吴伯豐嘗舉以問先生曰：腓爲先足而動，不當引以解此詩之義，不若猶芘之云得之。《生民》詩「牛羊腓字之」，《傳》亦訓腓爲芘。先生荅曰：兩説誠不合，當删去。愚按朱《傳》固不當兼收二説，伯豐尤不當去隨動之説而存猶芘之説也。毛氏初釋腓字爲避字，《正義》又演其説曰：避，患也。李迂仲云：以腓爲避患，不知何據？諸家固無有從其説者也。鄭氏知毛氏避之説難通也，遂云腓當作芘，當作者，蓋改腓爲芘，非訓腓爲芘也。改字乃鄭氏箋詩之大弊，又豈可因其改字遂訛以爲字訓耶？若以腓爲隨動，雖祖程説，而程非自爲之言也。《字書》：腓者，脛腨。《易》之《咸》《艮》皆取象於腓，以著其隨物而動，伯豐何乃以先動爲疑，世豈有足不動而足肚自先動者乎？ 足者，人人之所有，豈必稽之古書而後信？ 若《生民》詩「牛羊腓字之」，正以牛羊足不踐棄路之嬰兒，以足肚回護而過之，若字愛然爾，亦不當援爲芘義之證，故此詩腓字朱《傳》止當獨留，程説雖非大義所係，姑因伯豐之辨記之。

王命南仲　王與天子，諸家皆以爲指殷，惟李迂仲云：以王爲殷王，則與序不合，以王爲文王，則文王未嘗生時稱王，此《詩序》爲可疑者也。至晦庵去序説，則意指爲周王，而未嘗明言所以非殷王者。今若以爲文王時詩，恐且當以王命之王爲殷王耳。

胡不旆旆　自東萊主建而不旆之説，學者多從之。晦庵不以爲然，嘗答東萊書云：向見所集説，解説戒嚴之日，建而不旆，不知此有何證？ 蓋《左傳》「建而不旆」，蓋言治兵，而東萊引以言受命出軍之初也。然兩説猶未定。近世嚴華谷主晦庵之説而辨□甚明，謂繼旐曰旆，旐以全帛爲之，續旐末爲燕尾者，名之爲旆，言旆之本體也。《左傳》「建而不旆」，言張旆也。此「胡不旆旆」，乃飛揚之貌。《生民》「荏菽旆旆」，亦揚起也。

魚麗　王雪山謂後有魚麗之陣，陣凡五，每陣又各有五，敵入其中者無有不着。然則罶者，曲薄也，雖不盡與陣法相似，而曲薄周匝，魚之入其中者，亦無得而脱也。爲魚麗之陣，其殆取《魚麗》之詩之義乎？

華黍六詩　自劉原父按《儀禮·鄉飲》與《燕禮》皆以笙入與歌相間，以爲笙者有聲無詞，詩非亡失，乃本無其詩。黄氏因之。雪山亦云：唐有上柱、鳳雛、平調、清調、瑟調、平折、命嘯七曲，有聲無詞。至晦庵云：六詩曰笙、曰樂、曰奏而不言歌，則有聲而無詞明矣。其説尤著。今《詩記》《詩緝》世所共用者，乃皆不從其説，蓋以亡其辭之亡，非有無之無也。愚按古者亡即無字，如「夷狄之有君，不如諸夏之亡」，是亡即無字也。亡其辭之説，云出於毛公，毛公漢人，漢世以亡爲無。王雪山云：西漢「亡一人之獄」是也。若《詩記》之辨，則曰《國語》叔孫穆子聘晉，伶簫詠歌《鹿鳴》之三。《鹿鳴》三篇既可與簫相和而歌，則《南陔》以下豈不可與笙相和而歌乎？故亡爲失亡之亡。愚謂《國語》言歌，則《鹿鳴》三篇有辭之可歌也。《儀禮》不言歌，則《南陔》六詩無辭之可歌也。此不足疑也。又《詩緝》之辨，則曰本無其辭則無由有其義，序本因其詞而知其義，後亡其辭則惟有序所言之義存耳。愚謂古之樂章，今之琴譜類也。琴譜有操辭具存者，《鹿鳴》之詩之歌也。有徒存其譜而無辭曲之可歌者，如長清、短清與長側、短側之類，雖無其辭，未嘗無其義也。此亦不足疑也。

南有嘉魚之什至谷風之什

南有嘉魚　古説以嘉爲魚名，出丙穴。王雪山曰：出漢中沔南，今辰州、鄂州皆有，鄂州取以名縣，然不必泥其名，但取其美，恐或是因詩取號也。嚴曰：下文「樛木」非木名，則此「嘉魚」亦非魚名。愚意周都西北以南方之魚爲美，故曰「南有嘉魚」，未必獨指丙穴之魚也。丙穴之魚，飲乳泉而美，亦未必元名嘉魚也。自《詩傳》引丙穴之魚以釋《嘉魚》之詩，世遂名其魚爲嘉魚，好事者遂又名其縣爲嘉魚縣，皆以其有經目託之爲美談耳。王曰「或是因詩取號」，此説得之也。

罩罩汕汕　諸家皆以爲取魚之器。雪山云：罩，胡郭反，魚回斡水聲。汕，魚上水貌，皆群行自得之意。未知然否？按《説文》亦以汕爲魚游水貌，雪山博學，必有據也。

南山有臺　雪山云：占國占家多即草木，而觀周之草木氣象如此，則人君聲華福禄豈有窮也！

在宗載考　朱《傳》謂宗室爲路寢之屬是也。世或以爲同姓之宗者，因宗字而誤爾。

載沈載浮　「載沈載浮」者，特言舟泛泛水中，或上或下不定之貌。鄭乃以爲載物之浮者沈者，蓋以舟不可言沈，故曲爲之辭。戴云：泛然不繫，未有定止。此説得之。

采芑　毛以芑爲菜，朱以爲即苦蕒菜，而《詩緝》力主芑穀之説。按李氏云：既謂之菜，則不宜謂之穀。愚意其不以爲菜而以爲穀者，蓋疑行軍所仰不徒在芑菜，而芑菜亦不應如是之多耳。然詩人不過因采芑而起興。

鉦人伐鼓　伊川云：鉦人，擊鉦者。伐鼓，擊鼓者。以一句説兩事，其義自明。近世混爲一事，遂多疑議。

庭燎　「夜如何其」，古説皆謂宣王夜興而問早晚。王雪山曰：人君數問夜，亦非體，恐是殿陛之間、宫掖之内，執事者相爲問答之辭。《禮·雞人》：「夜嘑旦以警百官。」《漢儀》：中黄門持五夜甲乙丙丁戊，相傳未明衛士起唱，所謂雞鳴歌，或是此曹。戴岷隱曰：「夜如何其」，非宣王之問也。詩人見庭燎之光，聞鸞和之聲，知天子之視朝，問夜何時乎？夜猶未央也。董氏曰：傳曰百官官箴王缺，此詩其司烜之屬所爲乎？嚴氏曰：宣王中夜而起，失於太早。詩人設爲問答之辭，今夜已何如乎？乃夜未半也。庭燎已設而有光，諸侯已皆來朝，鸞聲將將然，是太早也，所以箴之。愚按王朝之報早晚，自有司存，不待人主親問而後知也。縱夜未央，爲人主所問，則其後浸怠浸晚，至於鄉晨，是正人主不問所致，亦安得指爲人主親問？若人主每每親問如初，則不至於鄉晨矣，始勤不流爲終怠矣。此詩人自設爲問答以形其漸不如初，可知也。箴、鍼、針同，見《内則》與荀子《箴賦》。義取鍼砭。

鶴鳴　此詩不明言所主，毛鄭以爲喻求賢，且合從之。雪山以爲魚、鶴、園木，皆賢者所退處而自樂者，説亦有理。若主誨之一字而隨事以明理，則晦庵之説精矣。

爾公爾侯，逸豫無期　此二句，古無成説，東萊以爲責在位之公侯。曰賢者去朝，時事可知，爾公侯猶逸豫而不知懼乎？其説已爲明白。戴岷隱亦云：公侯不以賢才爲念，逸豫無度，賢者不肯留。至嚴氏以其與下文謹爾優游之爾字不歸一而不從其説。今以爾爲指白駒去國之賢，則其説有三：晦庵曰：此乘白駒者，若其肯來，則以爾爲公爲侯而逸樂無期矣。猶言横來，大者王，小者侯也。豈可以過於優游，決於遁思而終不我顧哉？雪山曰：此必舊爲公侯，而今遁山林者也。度斯人浪適，其來無期，少致丁寧頌禱之辭，愛賢之深也。華谷曰：已去而被留，於是羨賢者退居之樂，謂爾賢者，若爲公爲侯則將勤勞國事，無有逸豫之期。今爾肥遁，優哉游哉，足以自樂，願加保重耳。愚按三説後來者寖近之，而雪山爲徑。蓋謂今日去國之賢，即前日之嘗爲公侯者，故皆以爾而指之，庶與上下文相協。但雪山謂斯人浪適，其來無期，則來字爲添，似改「逸豫無期」爲「其來無期」，恐微有未安耳。宜曰：爾公也，爾侯也，今乃逸豫自適而無期乎？謹哉！爾之優游。勉哉！爾之遁思。惜賢者之去，而又體賢者之不容不去，寄興悠遠矣。

秩秩斯干，幽幽南山。如竹苞矣，如松茂矣　王雪山云：言面勢物色皆嘉也，蓋「如」，非比喻之如，乃枚舉之辭耳。

乃占我夢　嚴氏謂皆頌禱設爲之言，非真有是夢。

載弄之瓦　古説瓦，紡磚也。今所見紡無用磚者，而瓦亦與磚爲二物，恐風俗古今不同爾。嘗見湖州風俗，婦人背以麻線爲業，人各一瓦，覆膝而索麻線於其上，歲久瓦率成坎，古亦豈有此事而詩人因指之歟？

考牧　嚴云：作牧養之牢而落成之。

螟蛉有子，蜾蠃負之　螟蛉，青蟲。蜾蠃，蠮螉。古説皆謂蜾蠃負螟蛉之子爲子，置空桑中，七日而化，如楊子雲所謂「類我類我」者。嚴華谷載《解頤新語》曰：近世詩人取蜾蠃之巢毁而視之，乃自有細卵如粟寄螟蛉之身以育之，其螟蛉不生不死，蠢然在穴中，久則螟蛉盡枯，其卵日益長大，自爲蜾蠃之形，穴竅而出，非蜾蠃以螟蛉之子爲子也。愚戊辰考試省闈，聞同官宫教台州董華翁云：蜾蠃負螟蛉埋土中，而寄子其身，如雞抱子，暖之而始生，然其子即蜾蠃之子，非以螟蛉之子爲子。詩之説得之，楊子雲則失之耳。時有監簿永嘉戴侗聞其説，亦云：嘗親見蠮螉負螟蛉入筆管，有兩蠮螉互飛而共營之，初非獨陽無子而外取螟蛉之子爲子也。如腐草化螢，亦螢宿其子於腐草，既成形，則自腐草而出。杜詩云「幸因腐草出」，最精於物理。

谷風　古説以谷風爲東風。嚴氏方以爲大谷之風。後章言「無草不死，無木不萎」，則非東風矣。嚴説良是。

蓼蓼者莪，匪莪伊蒿　古説皆於序文不得終養父母上立意，恐不過睹蓼莪之生意而興感耳。

小東大東　古説謂小大皆取之於東。晦庵獨以爲東方小大之國，華谷從之，於文義爲長。

山有嘉卉，侯栗侯梅。廢爲殘賊，莫知其尤　山有嘉卉，爲栗爲梅，我反廢爲殘賊，莫知其罪，感卉木之得所而已不如也。

滔滔江漢　滔滔江漢，尚足爲南國之綱紀，盡瘁以仕，而上之人曾莫我有，是上之人不能宗主綱紀乎？我而興感也。

我從事獨賢　賢猶多也。雪山曰：言其勞獨過於人也。

無將大車　戴云：詩意未嘗及小人，非悔將小人也。世既亂矣，力微而挽重，無益於事，與「無田甫田」之意同。朱云：此亦行役勞苦而憂思者。愚按《序》言「悔將小人」，本不成文，蓋世有將三軍之説矣，安有將小人者哉？況詩亦初無悔用小人之意，合以上二説詳之。

楚楚者茨，言抽其棘。自昔何爲，我蓺黍稷　諸家多謂今日楚茨抽棘之場，即自昔我蓺黍稷之地，蓋主《序》文傷今思古之説也。然此詩與《信南山》等篇始終皆稱美豐登祭祀之盛，無一毫幾微不滿之意，不應篇首二語獨嘆田萊之荒，而其後無一語相應也。治世之音、亂世之音，豈能掩於言辭之間哉？毛曰：抽，除也。鄭曰：伐，除茨棘以樹黍稷也。雪山曰：拔除茨棘而蓺黍稷。岷隱曰：去茨棘而蓺黍稷。合此五家之説觀之，抽乃抽去之抽，非抽出之抽。篇首二語，非傷今矣。愚按若如諸家以抽爲枝條抽發，則抽字當在棘字之下，如「其葉湑兮」之類，棘自抽耳，非以人而抽其棘也。今曰「言抽其棘」，與「言刈其楚」語意正同，是以人力而抽之刈之也，非物之自抽也。毛鄭五家之説爲優。

疆埸有瓜，是剥是菹，獻之皇祖　華谷曰：《郊特牲》「天子植瓜華，不斂藏之種」，是不税瓜於民也。此言民喜時物之新，不忘君上，思欲獻之。愚意古者公私之田一井，天子植瓜亦必借民之力，亦必於疆埸而植之，作詩者但序其瓜之所從出，不必以税民爲疑也。

甫田之什

歲取十千　毛曰：十千，言多也。鄭氏謂一成之田十萬畝，公田十一之法，十萬取十千。晦庵從之。雪山謂孔氏言，凡詩之作，非如紀事之書必詳度量之數，《甫田》言「歲取十千」，亦猶頌言「萬億及秭」，皆舉盈數且叶韻耳。愚謂鄭以制度言詩，不若王以人情言詩也。至嚴華谷一變其説，以爲百取十焉，萬取千焉，則分十千爲二事而各爲之説，幾於臆度，又不若鄭氏言制度之有據矣。晦庵又以此詩爲士大夫食禄采邑者之數，未知采邑可有萬畝之收否？ 晦庵又以篇末「萬壽無疆」爲上祝下，恐合且依古注以爲民祝君也。 然自《楚茨》至《甫田》《大田》諸詩，古説皆以爲刺，晦庵皆不以爲刺，三味經文，實無感傷之意，晦庵之説爲長也。

高山仰止，景行行止　按詩此本迎新昏之辭，而《詩序》以爲思得賢女，以配君子者也。景者，大也；行者，路也。高山與大路類也。此言親迎者之迎新昏也。高山在望則仰之，大路在前則行之，于以駕四牡之騑騑，振六轡之如琴，由斯塗用斯禮，以親迎云耳。特述行道之所見而非有他義也。《表記》曰：《小雅》曰：「高山仰止，景行行止。」子曰：詩之好仁如此，鄉道而行，中道而廢，忘身之老也，不知年數之不足也，俛焉日有孳孳，斃而後已。《表記》之言，蓋斷章取義，以爲嚮往而興起，氣象廣大，使人拱挹不盡，固所謂善言詩者也。唐明皇因《表記》嚮往興起之義，其序《孝經》，遂有「景行先哲」之語，似以「景行」二實字爲人心嚮往之虚字。《表記》善於言詩，而明皇不善於讀《表記》矣。後世緣此，遂有景慕之説，是不以景爲大也。音釋者又或以行作去聲，是不以行爲路也，皆始於明皇之誤，非經旨矣。

魚藻之什

魚在在藻，有頒其首。王在在鎬，豈樂飲酒　此詩與「王在靈囿」「於牣魚躍」氣象一同，因《詩序》以爲刺幽王，將不能以自樂。諸家遂强以愁嘆之辭釋之，然本文之和樂氣象終不可改，但外添一語，云傷今之不然爾。至嚴華谷方就本文造意生説，謂在藻爲淺水，而魚失其所，依蒲爲近岸，而愈失其所。三味此詩，初無此意，説者自爲巧語而文致之，讀者謹勿悦其新奇也。雪山曰：治世亂世，辭意氣象自可見。如下篇《采菽》詩亦初不見其爲刺。

采菽　詩多託物起興，如《采菽》則以筐莒承之，「君子來朝」則將何以予之。蓋物必各有以處之，故因以起興云爾。説者乃謂采菽以待燕賜，曲生枝節，意味愈短，此最讀詩之病，姑舉其槩云。

民之無良，相怨一方。受爵不讓，至於已斯亡　古説以爵爲爵禄，或以下民無爵禄之可争也，又以民爲人之通稱。華谷主錢氏之説，以爵爲酒爵，云民之相怨，各執一偏，或因杯酒失歡，至亡其身。詩蓋爲持平之説以解之也。愚按此説稍平易。

黍苗　詩中明言美召公，而《詩序》乃以爲刺幽王，此類亦何訝晦庵之去《序》耶！若下篇《隰桑》，則詩中真有思見君子之意，《序》非自爲之言也。

英英白雲，露彼菅茅　《詩傳》謂白雲，水土輕清之氣，當夜而上騰。露即其散而降下者。其説甚工。然有云之夜必無露，有露之夜必無雲，蓋露乃天地清氣之合。倘無翳隔，即草木上自然凝結，非待自上而降，如雨雪之比也。今所謂「英英白雲，露彼菅茅」，當是覆露之露，非雨露之露。

緜蠻黄鳥，止于丘隅　《詩傳》謂緜蠻之黄鳥，自言止于丘隅而不能前，恐不若諸家謂役人見黄鳥得所止而感嘆也。

有豕白蹢，烝涉波矣　古説皆以爲將雨之證，而未有明言其所以爲雨之證者。王雪山云：豕，江豚也，豬首魚尾，有兩細足，微白，湖湘間多有之，出則雨兆。月近畢亦雨兆。此説蓋考將雨之證也。嚴華谷祖張子之説，以爲豕性負塗，雖有白蹢而不見。今見豕白蹢，群然涉水，是久雨而停潦多，故豕蹢濯其塗而見白。停潦尚多，雨歇未久，而月離于畢，天又將雨矣。其説甚工，然非以爲將雨之候也。

文王之什

假哉天命，有商孫子　晦庵《詩傳》曰：文王不已其敬如此，是以天命集焉。以有商孫子觀之，則可見矣。愚按《文王》詩，惟晦庵《傳》最爲理精語潔，獨此二句之説於上下文語脉微有未順。蓋「穆穆文王，於緝熙敬止」，此二句一意，言文王之德也。「假哉天命，有商孫子」，此二句一意，言天命初本商之有也。下文再言「商之子孫，其麗不億。上帝既命，侯于周服。」此四句一意，言商之孫子雖多，今天既命周德，殷之後反皆臣于周也。一章八句，語脉相生，而其間條流次第絲毫不紊。今若曰文王之敬如此，而天命集焉，是上之第二句與中之第一句跨涉而取義也。又曰以商之孫子觀之可見，是中之第二句與下之四句亦跨涉取義也。且云觀之則可見，又似添語補足，而本文未必有此意也。更在學者詳之。若華谷以有商孫子臣有商家之孫子，則鑿耳。

永言配命　《傳》云：配，合也。命，天理也。使其所行無不合於天理。嚴云：配命謂王者與天爲配，天之賦予萬物謂之命，王者宰制天下亦謂之命。按嚴説於經文爲近。

上天之載　新定邵氏《禮記解》曰：載字訓詁不同，説《詩》者曰載，事也；釋《中庸》者音栽，謂天之造生萬物也。俱所未安。載猶地載神氣之載，言上天所載之道無聲無臭也。

明明在下，赫赫在上　《毛傳》謂文王之德，明明於下，故赫赫然著見於天。晦庵《傳》謂明明，德之著。赫赫，命之著。愚按此詩至中間方説文王耳。嚴氏云：首章專述天命喪殷之事，故首二句且先泛言天人相與可畏之理。味其次序，當從嚴説。

造舟爲梁　造，七報反，言造詣以舟代梁之地也。晦庵以造訓作。徐氏元有此音，謂作舟爲梁也。文王之親迎其造詣已成之舟。其造作新舟，固不可考。毛氏因謂親迎之禮，天子造舟，諸侯維舟，大夫方舟，士特舟，則曲説也。舟所以濟險，無時不設，豈特爲親迎設也？地險不同，舟隨宜而爲之制，豈爲尊卑而立等差也？親迎而涉津渡，特偶然耳，豈必一一親迎於津渡而立爲舟梁之定制也？

陶復陶穴　古謂陶爲窑，復爲重複之窑，穴爲陶其壤而穴之，言土室也，蓋謂古公亶父居於窑竈土室之中如此。愚按窑竈者，陶瓦之地，非人生所居之地也。王雪山曰：陶，今之土墼也，以陶爲蓋於其上謂之復，以陶爲基於其下謂之穴，此言以土墼爲居也。戴岷隱曰：先陶於復穴將以營室家，此言以未有室家而陶瓦也。二者視古説不同而稍近人情，覺岷隱之説爲尤近。

榛楛濟濟　《國語》引此詩，止言盛世氣象。

求福不回　古說回者，邪也。愚謂回非邪也，回乃入於邪之所自始也。人生平居，何嘗不正不直，一旦禍福在前，計較之心一萌，即爲回轉。若自謂枉尺直尋以苟濟目前者，不知正直之操一有回轉即入於邪，不可復返，自昔喪名敗節之士如此類多矣。學者讀「求福不回」之詩，可以銘心而誓之終身也。

生民之什

履帝武敏歆　鄭氏謂姜嫄履巨人跡，歆動而生后稷。近世大儒如晦庵、東萊，皆從之。惟歐陽公嘗斥其誕。至華谷復力主歐陽之說，然如諸儒之說，姜嫄正因履巨跡而生子而驚異之也，是以棄之隘巷，棄之平林，棄之冰，是以名之曰棄，是以曰上帝豈不寧乎？何乃居然而生子也？則其訓釋於上下經文皆協。今華谷力排履武之說，止以不難産爲神異，而亦襲用諸儒之語曰，上帝豈不寧乎？豈不康我之禋祀乎？使之安然而生子也，則其說不通矣。蓋不難産，正可言獲神之佑，豈反以此疑天之不康禋祀耶？不難産正人情之所喜，豈反以爲怪而棄其子耶？難産者偶然，不難産者皆是也，豈獨后稷而異之耶？且無災無害，特詩人形容后稷始生之一事，此詩豈專爲不難産而作耶？

有相之道　鄭曰：若有神助。此語未爲怪也。諸家乃多不從之，不知詩人形容鋪張設爲之辭，如降神降種之類多矣。此乃詩人之體，雖今時亦然。今恐其涉怪，止以去草爲相助，此乃農人之常耳，豈所以誇后稷？

實發實秀　發者，苗之長盛。秀者，苗之吐華。

即有邰家室　古注謂邰爲稷之母家，先儒疑邰必自有其君，或絶亡，或他徙。李迂仲曰：此皆臆説，無所考據。今據此詩，后稷封於邰，其事甚明。若以邰爲稷之母家，則未之敢信。愚按李之説是矣，然意先儒之爲此説者，以詩有即之語，即者，就也。故以爲就封爲母家，不知即乃遽然、驟得之義。稷乃始封，故云爾。

以祈黄耇　晦庵以爲祝壽的矣。諸家尚因繼《序》以爲乞言，俗見傳染之難回如此。

令終　言善終如始者是，言考終命者非。

公尸　天子必取孫列之諸侯入爲卿大夫者爲尸，故云公尸，見孔氏《禮記疏》。

假樂　諸家以六句爲章，岷隱、華谷四句爲章，文義甚順。

洞酌　晦庵云：行潦尚可餴饎，豈弟君子，豈不爲民之父母乎？此起興也，詩之本旨也。凡謂薄物可以格神，由厚德可以厚民者，本繼《序》之説也。

《卷阿》「豈弟君子」　晦庵諸家皆以君子爲指王，嚴氏破其説，謂若以指王，則於「來游來歌」説不通。然晦庵意召公從成王游歌而叙其事，則亦未嘗不通也。此詩第五章「有馮有翼」，方引入用賢之意。第七章「藹藹王多起士」，方明叙用賢之事，古人作文次叙不可誣也。

戎雖小子　晦庵以戎爲指同列。雪山以小子爲名少年。合二説方備。

蕩之什

鬼方　古説鬼方，遠夷也，不知何方。雪山謂楚俗多鬼，指楚也。愚按《易》言高宗伐鬼方，《詩》言高宗伐荆楚，則鬼方即荆楚可知矣。

維德之隅　毛曰：隅，廉也。蓋矜持修飭，即此德之方正形見者。自鄭氏取譬於宫室，有由外知内之説，諸家始多費辭。晦庵止云：隅，廉角也。視毛説尤精明。

寧爲荼毒　諸説皆云安爲荼毒，惟《詩緝》云：民苦於虐政，欲其亂亡，故寧爲荼毒而不之卹。愚按經文自明白，因訓寧爲安而多事，今《詩緝》得之。

征以中垢　此句本難曉，《詩緝》云：良人本爲善，彼不順者攻以内行污垢之事。於文義亦通。

靡有孑遺　諸家皆泥《説文》，以孑爲無右臂之貌，恐不若徑以孑訓獨，蓋經文但云無復孑然而獨遺者耳。

無不能止　此句極難曉。毛曰：言無止不能也。李曰：未嘗以不能之故而不敬也。戴曰：靡有不能而止者。朱曰：無有自言不能而遂止不爲也。嚴曰：言毋謂不能而止不能也。然於本文終未曉然。或疑此言歷章群臣盡力救旱，故於章末結之云靡人之不周盡矣。以其用力言之，「無不能止」遏其旱勢者，不知上天云何而不感格也。未知然否？

維嶽降神，生甫及申　舊説皆謂姜氏之先主四嶽之祀，故嶽神祐之。既生穆王時之甫侯，又生今日之申伯，以申、甫皆姜姓也。《詩緝》非其説，謂詩不過設爲神異之辭，以形容仲山甫、申伯之生。此詩本爲申伯作，而借山甫以大申伯也。豈有遠取周室始衰之甫侯，以匹中興之申伯耶？此説覺於詩意寬平。

往近王舅　近，鄭音記，諸家從之。王雪山獨云：王舅非獨申伯一人，故云「往近王舅」，當是諸舅先有在謝者，今與相近。審如此説，則近當如字讀，不必改音記矣。

昭假于下　朱云：昭假于上天而監在下。嚴云：有周之德昭明假至於下。愚按在天監而言，則周德之昭假在下，似不必增字爲説，本文極明白矣。

衮職有缺　方博士解《王制》「三公一命衮，若有加則賜也」云：衮雖三公可服，非有加則不賜。詩言「衮職有缺，惟仲山甫補之」，蓋謂是也。此言衮者，人臣之極，常缺之而不服，惟仲山甫加賜而得之，是常時所缺而今則補之也。此説有據而理通，説詩者未有此，故録之。

潰潰回遹，實靖夷我邦　諸家皆謂刺其以小人而任安邦之寄。獨雪山云：靖夷，寂寞也，以爲佳語者非。

周頌

維天之命　「維天之命，於穆不已，於乎不顯」三句言天。「文王之德之純」以下始言文王。《中庸》以「於乎不顯」屬之文王，蓋亦斷章取義。

彼徂矣　詩意似不過謂太王、文王雖已往，而流風善政猶存耳。鄭氏以彼爲指萬民，已覺多事。晦庵又以下句之「岐」字綴「彼徂矣」，共四字爲句，而云「彼徂矣岐」，恐無關大義。但上云「彼作矣」，下云「彼徂矣」，自相對。今以「岐」字綴「徂矣」之下，恐驚俗也。

成王不敢康　古注以成王爲成此王功。蘇氏謂若以成王爲成王誦之成王，則下文云「基命」，成王非基命之君。李氏謂《書》云「成王畏相」，亦非言周之成王。然《國語》載叔向引此詩云：道成王之德也。成王能明文昭，能定武烈也。此在古注未作之先。晦庵力主《國語》之説，歐陽公亦云：以爲成王誦，則文理易通。凡二説，在學者詳之。

維天其右之　晦庵云：神坐東向，在饌之右。然諸家皆本古説，以爲右助。此亦非大義所係，且合從衆。

雝　《序》以爲禘太祖。於詩文無之，於《禮》於《論語》，則徹祭之樂歌。詩中「烈考」、「皇考」，或以爲文王，或以爲武王。華谷考以《祭法》，考乃祖父之通稱。「右烈考」之「右」，晦庵亦以爲左右之右，云尊也。按古注亦以爲右助之右，未知孰是。若雪山則曰：右非尊也，蓋先也。左静右動，動者於用爲先，故漢右丞相先左丞相，然非古義也。

陟降庭止　古以庭訓直。晦庵以爲若見其陟降在庭，義極明白。戴説同。

酌　晦庵與諸家多謂酌即舞勺之勺也。嚴華谷破其説，謂勺者成王之樂，若酌頌果爲勺舞之勺，當述成王繼承之事。今此詩言告成大武，非舞勺之樂章矣。愚甲午歲游學姚江，試「時純熙矣」至「載用有嗣」五句，題以「載用有嗣」爲成王，主司湛太博得之大喜，以冠諸經。此時愚方弱冠，未考經書，但據《尚書》成王「四征弗庭」與「方行天下」等語，因謂成王初年，天下猶未定，未嘗不繼武王之武以定天下，故創爲此説耳。乃今考聞諸家經解，如晦庵則曰，後人寵受此王者嬌嬌之造，亦惟武王之事是師。如雪山則曰：「遵養時晦」謂文王也。「我龍受之」謂武王也。「載用有嗣」謂成王也。當時偶然之鄙説乃與暗合，竊意此詩正爲成王作也。我亦主成王而言之也。上文「養時晦」「用大介」，皆推其本始以起之也。文王之時如此，武王之時如此，今日所以嗣之者又如此，此其所以爲酌，而《序》所謂酌先祖之道者也。華谷謂非成王之勺，豈未細考歟？讀者更詳之。

魯頌

季孫行父請命於周，而史克作是頌　愚按行父文公六年如陳如晉，至襄公五年卒，其見於經者凡五十四年，使行父壽踰七十，計其在文公時年方弱冠。僖公者，文公之父也，行父安得追事僖公而爲之請命于周？若史克又後行父十年方見於經，恐亦未必追事僖公也。且《序》之爲此説者，以魯有頌爲僭，而行父魯名臣也，謂其嘗請命于周，則魯非僭耳。然魯之僭莫大於郊矣，《明堂位》言成王賜伯禽以天子禮樂，使世世以祀周公。審如此説，亦未必使之郊天行天子之事也。況《吕覽》明言魯惠公請郊禮於平王，而史角往魯。《吕覽》作於秦，《明堂位》作於漢，是成王賜天子禮樂之事未必有之，故自伯禽至莊公，十七世未聞有郊天者。僖公三十一年始卜郊，而卜不從，繼此若宣若成若定，欲郊則牛輒傷，禮之不可僭，神之不歆其祀如此。魯人曾不知愧，反以郊爲盛事而張皇之，序者尚欲避頌之爲僭，何異放飯流歠而問無齒決耶？且《魯頌》非商周郊廟之頌也，臣子祈其君，而後世序詩者加頌之名，以代列國之所謂美耳。郊，僭也，不以爲僭，詩非用之郊者，反以爲僭而請之乎？且此詩作於誰而請之也？謂作於僖公，僖公不應自頌其美。謂作於臣子，臣子不應專達於朝。然則序詩者之言特未可知也。

劉元城嘗言我藝祖不事虚文，至太宗朝方用兵河東，群臣已作詩歌。淮夷，固魯積患也，僖公僅嘗從齊威公會諸侯于淮，反因此見止于齊，明年乃得歸，可羞之甚者也。魯臣反作詩歌以誇大其功，雖曰祈願之辭，然亦此魯之所以不競歟！

商頌

湯孫　諸儒皆以湯孫爲指時王之主祭者，岷隱始謂詩曰「於赫湯孫」，則湯孫不應自誇，遂指爲商世之先王，然下文云「湯孫之將」，則先王豈自奉祭祀耶？樂以悦神，故曰「於赫湯孫，穆穆厥聲」，以侈言其樂之美，如飲食云「苾苾芬芬」，以侈言其飲食之美。凡以悦神，非自誇也。武王之祀山川也，自稱有道曾孫，古人初無後世之嫌，直以契合神心而已。

駿厖　古説駿，大也。厖，厚也。是曰爲下國大厚，於文義既不通，於前章「爲下國綴旒」語例亦不叶。董氏謂齊詩作駿駹，謂馬也。晦庵取其説。蓋上章云「爲下國綴旒」，喻也，爲其係屬下國之心也。此章云「爲下國駿厖」，亦喻也，爲其負載下國之任也。若曰馬非所以爲喻，則旂旒亦何足爲喻？螽斯可以喻后妃，鴻飛可以喻周公，詩人託物取義，固不嫌其微也。

【晦庵先生文集二】

詩賦

《遠游篇》指要在「願子馳堅車」之句。

《誦佛經》詩云「聊披釋氏書」，結之曰「了此無爲法，身心同晏如」。又《讀道書》詩「終朝觀道書」，繼之曰「於道雖未庶，已超名跡拘」。先生之博覽旁通蓋如此。然有先生之識則可，無先生之識則惑也。且此皆初卷詩，多少年時所作，晚歲《論語集序》自悔「昔者吾幾陷焉」，豈謂此時此類歟？不然先生他日謂昌黎自説與大顛交，此是昌黎平生死案，何嚴也？近世流弊浸淫，凡言吾儒者多陰用異端之説，甚者昌言異端之不可廢，而自貶吾儒之不及，恐又誤指先生初年之詩爲證，故書。（卷三十四。下同）

《至日》詩自叙頃以多言害道，絶不作詩。而詩末句云：「行迷亦已遠，及此旋吾輈。」此悔心也。然以先生晚年之學，謂漫辭爲虚費工夫則可，若言以明道，雖多何害耶？

《仁術》與《聞善決江河》詩，全用進士省詩體。

《西林再題》謂「向來妙處今遺恨，萬古長空一片心」，此亦非先生晚年之學。

《汲泉漬奇石》詩末句云：「慨然思古人，尺璧寸陰重。」觀詩至此，喚醒多處。

《黄雀鮓》詩，坐以食稻果之罪，蓋戲爲口腹解嘲耳，豈亦有所指而言之耶？

《感興》詩二十首，轉陳子昂自託仙佛之高調而爲切於日用之實，一章言伏羲肇人文皆造化自然之理。二章言陰陽無始，謂鑿死混沌者爲妄。三章言人心與造化通，惟至人能體之。四章言不能體造化者爲形役。五章言周衰已久，孔子作《春秋》而司馬公乃責後世封大夫爲諸侯非先見。六章言漢衰，獨孔明伸大義，而帝魏之失當革。七章言唐啓土不以正而致賊后之篡，賴范太史聲其罪。八章言陰陽常倚伏，當體陽復之端。九章言北辰居其所，當體爲人心之要。十章言聖人删《詩》定《書》，皆以敬爲傳心之本。十一章言伏羲仰觀俯察以立象。十二章言六經無傳而程氏作。十三章言顔、曾、子思、孟子傳有要領。十四章言元亨利貞之動静以誠爲主。十五章言學仙者逆天偷生。十六章言佛論緣業，而繼之者談空虚。十七章言育材失其道。十八章言作聖當自早。十九章言仁義之心當守。二十章言文辭之弊當除。

《卜居》喜雲谷之成。

《拜張魏公墓下》自此皆訪南軒登南嶽之詩，凡五十三首。既別而歸，沿途凡九十四首，既歸懷南軒者復數詩。

《觀洪遵雙陸譜》詩云：「近從新譜識梟盧，擬唤安陽舊博徒。只恐分陰閑裏過，更教人誚牧猪奴。」蓋用陶侃「樗蒱者牧猪奴戲」之語，譏之深矣。須余會京口，有蜀人袁象顥舉林和靖語云：「平生所不能，檐矢與圍棋。」余因謂博之與弈，其廢時亂日一也。吾夫子云爲之猶賢乎己者，正借無益之事以甚言無所用心之爲害，非真謂博弈之猶可爲也。陶威公與林和靖之説，殆天生自然之對，因合之爲四句曰：「雙陸牧猪比，圍棋擔矢同。二公皆妙語，千載仰高風。」繼又反之爲四句曰：「牧猪滋畜養，擔矢溉禾蔬。博弈何爲者，猶疑反不如。」

公濟勉以教外之樂，先生荅詩云：「如云教外傳真的，却是瞿曇有兩心。」就渠所嗜處喚醒，此納約自牖之義也。愚平生謂禪學爲異端之異端，鑿空無據，自號教外，正其自納敗缺處，然未有可余之説者，今見先生詩，庶以自信。

《雲谷》諸詩，先生寫幽居自得之樂，其云：「天道固如此，吾生安得寧。」自言不息之功如此，幽居云乎哉？

《聞雷》詩：「誰將神斧破頑陰，地裂山開鬼失林。我願君王法天造，早施雄斷荅群心。」讀之令人感動，豈爲龍大淵輩發耶！

《南康往回》詩，其出游南康之陽，白鹿洞、折桂院、李逢吉讀書處。李氏山房、李公擇讀書處。棲賢院、西澗卧龍庵、武侯祠。萬杉寺、天聖旨禁翦伐。開先寺、簡寂觀、歸宗寺、陶公醉石、温湯、康王谷、水簾、落星寺。其歸，游山之北圓通寺、石門寺、天地院、佛手岩、天地院有清燈處，先生親見光景明滅，隨刻異狀。東林、西林、白蓮池在東林。太平興國宫，慧遠取孔老言著《沙門不敬王者論》，明皇謂見九天使者降，因立此宫。訪濂溪宅，講太極圖，而别同游者。

《游白鹿洞》詩云：「不及楊李霸」，謂南唐興書院事。

《武夷精舍》詩，武夷溪九曲多湍激，獨第五曲平廣而最深。大隱屏臨其上，屏下兩麓相抱。先生淳熙癸卯卜築其間，堂曰「仁智」，堂左曰「隱求」，右曰「止宿」，左麓之外復引而右抱爲塢曰「石門」，别爲屋其中曰「觀善齋」，以居學者。石門之西少南曰「寒棲館」，以延道流。「觀善」前山之巔爲亭，回望大隱屏曰「晚對」，東山臨溪爲亭曰「鐵笛」，而總扁麓之口曰「武夷精舍」，釣磯、茶竈皆在大隱屏西，溪左右皆石壁，無側足之徑，又爲漁艇以濟出入。各賦一詩，凡十二篇，又别爲《櫂歌》十章，詠九曲云。

《答徐叔載》云：放翁詩，近代惟見此人爲有詩人風致。

《答謝成之》云：詩枉費工夫，不切自己，淵明所以爲高，正在不費安排處。東坡乃篇篇句句依韻而和之，雖其高才似不費力，然已失其自然之趣矣。

《讀吕氏詩記説桑中篇》，謂二南正風，房中之樂，鄉樂也。二雅之正，朝廷樂也。商周之頌，宗廟樂也。變雅固已無施於事，變風又特閭巷之謡。古者採詩以觀民風，固不問美惡而悉存以訓，今乃引淫放之鄙詞，而文以風刺之美説。（卷三十五。下同）

《黄子厚詩序》，子厚名銖，少先生一歲，同事屏山劉病翁，所工詩文琴書，以窮死，其徒三山許閲，哀其所作。先生極言其變化開闔，慌惚微妙，其形容委折變態處，三嘆有遺音矣，宜玩味之。

【晦庵語類】

毛詩

《國風》是民庶所作，《雅》是朝廷之詩，《頌》是宗廟之詩，《王風》是他風。如此不必説是雅之降爲風，二南亦是採民言而被樂章爾。（卷三十七。下同）

六義風雅頌，乃樂章之腔調，至比興賦又别，如直指其名，直叙其事者，賦也。本要言其事，而虚用兩句釣起，因而接續去者，興也。以物爲況者，比也。

《詩》只熟讀涵泳，自然和氣從胸中流出，其妙處不可得而言。今人不以《詩》説《詩》，却以《序》解詩，大率古人作詩與今人作詩一般，亦自有感物道情，吟咏情性，幾時盡是譏刺他人？只緣序者立例，篇篇要作美刺，將詩人意思盡穿鑿壞了。鄭衛詩正是淫昏相戲之辭，豈有刺人之惡而反自陷於流蕩？《子衿》詞意輕儇，亦豈刺學校之辭？《有女同車》等作皆以刺忽考之，於忽所謂淫昏暴惡，皆無其實，至目爲狡童，豈詩人愛君之義？唐自是晉未改號晉時國名，便牽合謂此晉也而謂之唐，乃有堯之遺風。《行葦》之序，但見「牛羊勿踐履」，便謂仁及草木，但見「戚戚兄弟」，便謂親睦九族，見「黄耇台背」，便謂養老，見「以祈黄耇」，便謂乞言，見「介爾景福」，便謂成其福禄。《甫田》諸詩無詆譏之意，皆以爲傷今思古。「昊天有成命」，幾曾是郊祀天地？被序者如此説，後來遂生出一場事端，有南北郊之事。序出於漢儒，古本自别作一處，向見鄭漁仲有《詩辨妄》，力詆詩序，某作《詩傳》，去小序自作一處，盡滌舊説，詩意方活。

作文

陶淵明詩平淡自豪放，李太白豪放亦有雍容和緩處，終始學《選》詩。杜子美詩好者亦多是效《選》詩漸放手，初年甚精細，晚年橫逆不可當。李賀較怪，不如太白自在。玉川子雖險怪，自有混成氣象。作詩先用看李杜，如士人治本經，蘇、黄只是今人詩，然蘇才豪，一衮説盡，黄費安排，巧好無餘，自成一家。後山雅健强似山谷，然氣力不似山谷大。今人多學山谷詩，然又只學得不好底。今人不去講義理，只去學詩文，已落第二義，況又不知學好底，便學得十分好，把做甚麽用？（卷三十八）

【南軒先生文集】

詞賦詩　《送鮮于大任入幕》詩：「莫邪雖云利，寧作囊錐露。」又《安國晚酌分韻》「驅車萬里道，中塗可停輔」，其厲志如此。《道旁見獲者》詩「始寬目前飢，詎有卒歲樂」，其憂民如此。蓋同一所見之遠也。南軒詩大率主義理而語自工。（卷三十九。下同）

律詩　「人立千峰秋色裏，月生滄海暮雲邊」，又「萬里煙雲歸老眼，千年形勢接中州」，皆先生胸次所寄也。其《壽定叟絶句》云：「駟馬安車遵大路，正須緩轡不須忙。」正大之情如此，有用之則行氣象。

【東萊先生文集】

詩　《送丘宗卿守嘉禾》詩：「薄書高没人，迎筆風摧枯。自許豈不豪，歲晏終何如。」此戒乘快無惻怛之心也。（卷四十。下同）

詩説　首句云：詩者，人之性情而已。只以平易觀之，此深得説詩之法。然皆其門人所録，語亦有未瑩，如《漢廣》「秣其馬」、「秣其駒」，此正思以禮，而云欲念數起。如《柏舟》「不能奮飛」，此正其鬱悶，而云非不能奮飛，特不忍去。如《還》詩刺荒，而云田獵中自有精神，不知精神正其荒處也。如《碩鼠》詩「誰之永號」，而云它處無復號泣，不知其預言去後無永號於此者，乃惻怛戀舊之心，非言他處也。其他別生意義皆平易之反，先生本説未必如此。至《將仲子》一詩，謂莊公待其弟之惡稔，此却是先生以《春秋》説詩用法太深處。竊意莊公當其母偏愛叔段，事極難處，隱忍順從乃其真情，事變至極，豈能預料？後世徒見其後來之克段，遂逆料其初心之殺段，不知莊公不幸遭母子兄弟之變，當人心天理未變之初，其情有可念者，讀《將仲子》之詩可見也。

【龜山先生文集】

詩

「此日不再得，頽波注扶桑。躚躚黄小群，毛髮忽已蒼。願言媚學子，共惜此日光。術業貴及

時，勉之在青陽。」此示同學首章也，足以警惰。（卷四十一。下同）

《題釣臺》詩，謂東漢不任三公，故子陵不就其招，恐未必然。若子陵意果出此，合爲光武一言。《題吴國華釣臺》以「璜溪嚴瀨」對起，而總之云：「聖賢遇合自有時，潔身亂倫非所知。」以國華自作記不取子陵也，又恐貶子陵太過。

《江上夜行》詩：「冰壺瀲灔接天浮，月色雲光寸寸秋。不用乘槎厲東海，一江星漢擁行舟。」

《望湖樓晚眺》詩：「斜日侵簾上玉鉤，簷花飛動錦紋浮。湖光寫出千峰秀，天影融成十里秋。翠鷁翻風窺淺水，片雲隨意入滄洲。留連更待東窗月，注目晴雲獨倚樓。」

【上蔡語録】

明道善言詩，但優游玩味，吟哦上下，便使人有得處。「瞻彼日月」云云，思之切矣，終曰「百爾君子」云云，歸于正也。詩云「鳶飛戾天，魚躍于淵」，猶韓愈謂「魚水泳而鳥雲飛」，上下自然，各得其所也。

按此最得詩人之趣，但上察以上，下察爲察，見天理不用私意，恐察非察見之察，察乃昭著之義耳。《孝經》曰「天地明察」。

【横浦日新】

謂顔延年《贈蔡篤》詩大有變風之思，嵇叔夜《送秀才入軍》詩有古詩人之風，劉公幹《贈從弟》詩有《國風》餘法，皆未必然，恐特一時誦詠而喜之耳。（卷四十二）

【石徂徠文集】

古詩

《嘉陵江泛舟》：「孤棹已夷猶，數峰更清尚。危影倒波底，凝嵐浮水上。」「遠與城市絶，深將泉石向。水鳥忽東西，溪雲時下上。」（卷四十五。下同）

三豪詩以曼卿、永叔，期杜默師雄，「師雄二十二，筆距獰如鷹。才格自天來，詞華非學能」。曼卿之詩，又特震奇秀髮，警時鼓衆，未嘗徒設。

按此條爲《石曼卿詩集》序，從大字本補録，然前後俱闕，不可復詳，原本並此十八字亦脱。

【韓文】

詩

《元和聖德》詩典麗雄富，前輩或謂「揮刀紛紛，争刌膾脯」等語，異於文王是致是附氣象，愚謂亦各言其實，但恐於頌德之名不類，或云公之意欲使藩鎮知懼。（卷五十九。下同）

《瑟操》大抵意味悠長，拱挹不盡，將古聖賢之作而述之耶？抑述古聖賢之意而作之耶？

《猗蘭操》有云：「薺麥之茂，薺麥之有。君子之傷，君子之守。」辭約義精，尤當佩服。蓋能全其所自得者，投之患難而不變，志士仁人平居無異儔伍，惟歷變而後可知薺麥處雪霜而茂者，由薺麥之性自有陽和，惟因君子之傷乃足見君子之守也。《拘幽》之亂曰：「臣罪當誅兮，天王聖明。」至哉言乎！ 昔師席王宗諭教授於鄞縣學官，余實從之游，聞其講詩至衛莊姜，慨然舉此章而言曰：「反己之切者，惟見己之不然，不見人之有不然。 衛莊姜惟知爲婦之當順，而不見其夫之不義。 惟知爲母之當慈，而不見其子之不孝。 此心也，何心也！ 充其類而廣之大，舜所謂父母之不我愛，於我何哉之心也。 文王所謂臣罪當誅兮，天王聖明之心也。《凱風》孝子謂「母氏聖善，我無令人」，亦此心也。 羅仲素謂天下無不是底父母，即所以指明此心也。

《南山》詩險語層出，合看其布置處。

《謝自然》詩指其輕舉之事爲幽明雜亂，人鬼相殘，不知人生常理而棄其身，卓哉！ 正大之見乎。

《秋懷》詩寄興悠遠，多感嘆自斂退之意。

《赴江陵途中》詩次叙明密，是記事體，内有云：「早知大理官，不列三后儔。 何況親犴獄，敲榜發姦偷。」此語可警世俗，蓋比肩唐虞之朝者，大禹、皋陶、稷、契也。 禹平水土，稷教播種，而契教以人倫，是爲三后，獨皋陶不預焉。 三后子孫爲三代享國長久，雖益之後爲秦，亦綿延千百祀。 獨皋陶之後無聞焉。 或謂皋陶之所司者，刑也。 漢高祖再整宇宙，一時際會，如蕭、曹、韓信、張良，蕭之後爲蕭梁，曹之後爲曹魏，張良好道家學，至今名天師者，亦其後。 獨韓信夷族，以其所用者兵，而刑之大者也。 皋陶明刑，所以輔唐虞之仁，雖不當以漢事比，然且不得列三后之儔，則刑之不可易言，昭昭也。司刑君子，其可不盡心歟！

《醉贈張秘書》謂座客能文，性情浩浩，爲得酒意，而富兒紅裙之醉如聚飛蚊，可謂逸興。卒章有云：「至寶不雕琢，神功謝鋤耘。」此謂文字混然天成之妙也。公之自得蓋如此。

《送惠師靈師》皆叙其游歷勝槩，終律之以正道。

《縣齋有懷》自叙平生甚詳。

《岳陽樓》叙洞庭之勝。

《薦士》詩叙六朝之陋爲「搜春摘花卉」，叙國朝之盛爲「奮猛卷海潦」，論文者可以觀矣。

《駕驥》詩高自稱譽，陋視凡子也。

《山石》詩清峻。

《汴泗交流》詩叙教戰。

《雉帶箭》峻特有變態。

《條山蒼》簡淡有餘興。

《贈鄭兵曹》詩慷慨。

桃源圖前立兩柱，一叙圖，一叙詩，方雙合叙事，中間云「大蛇中斷喪前王，五馬南渡開新主」，只提秦晉，包盡六百年。結云「世俗寧知僞與真，至今傳者武陵人」，與「神仙有無何渺茫，桃源之説誠荒唐」相應，皆明之以正理。

《贈侯喜》以釣魚况人事，捨小求大。

《八月十五夜贈張功曹》感慨多興，内云：「判司卑官不堪説，(來)〔未〕免捶楚塵埃間。」然則唐之判司、簿尉類然歟？ 然唐人之待卑官雖嚴，而卑官之行法於人，猶得以伸其嚴。 如劉仁軌爲陳倉尉，搒殺中貴人折衝都尉魯寧是也。 我朝判司簿尉以待新進士，而筦庫監當不以辱之，其於判司簿尉，視唐重矣，奈何朝廷視之雖重，世俗待之益卑，苦役苛責甚於奴僕，官之辱，法之屈也，此事關繫世道。

《謁衡嶽祠》惻怛之忱，正直之操，坡老所謂能開衡山之雲者也。

《杏花》詩「釣鉤鞆」字釋云：鷓鴣聲。

《感春》謂春風漫誕之可悲，甚於秋霜摧落之不足惜，此意亦奇。 東坡謂「春蟾投醪光陸離」，「不比秋光，只爲離人照斷腸」，皆是此意翻出。

《孟東野失子》詩云：「蝮蛇生子時，坼裂腸與肝。」愚往年見臨安無夢和尚，説蟹散子後即枯死，云出佛經。

《落齒》詩結以「語訛默固好，嚼廢軟還美」，翻説最佳。

《赤藤杖歌》「赤龍拔鬚」「羲和遺鞭」等語，形容奇怪，韓詩多類此，然此類皆從莊生寓言來。

《送石處士赴河阳幕》「風雲入壯懷，泉石别幽耳」，最工。

《辛卯雪》「萬玉妃」之句，《李花》「萬堆雪」之句，《寄盧仝》「猶上虚空跨騄駬」之句，《醉留東野》「爲雲爲龍」之句，皆立怪以驚人者。

《招楊之罘》柏、馬之喻，愛之使進，而《誰氏子》之作，謂稱道士爲癡狂，尤正論也。

《石鼓歌》《雙鳥詩》尤怪，特雙鳥必有所指，豈異端歟？

《贈劉師服》詩可與《落齒》詩參看。

《聽穎師琴》有曰：「喧啾百鳥群，忽見孤鳳凰。」

《贈張十八》詩有曰：「龍文百斛鼎，筆力可獨扛。」皆工於形容。

《調張籍》形容李杜文章，尤極奇妙。

《寄崔立之》狀世俗羨科第之榮。

《月蝕》詩律玉川子之豪，歸之雅正，尤切諷諫，結句仁厚有味。

《短檠歌》有感慨意。

《符讀書城南》，世多議其以富貴誘子，是固然矣，然亦人情誘小兒讀書之常，愈於後世之飾僞者。

《病鴟》詩有不絶小人戒誘使善之意。

《華山》詩形容女冠之易動俗。

《書皇甫湜》詩謂留意園池，猶《爾雅》注蟲魚，枉思掎摭，捨業孔顔。愚謂此可鍼世俗之失。蓋園池之失，無非玩物，仲舒潛心大業，三年不窺園，知汲汲於所當務者，外誘不期而絶也。

亦初不下喉也。

《路傍堠》以下，皆公南遷時詩，乍食鱟魚章，舉嘆驚面汗，惟蛇舊所識，開籠縱之。蛤即蝦蟇，

《寄李大夫》以年過半百，來日無多，有「少年樂新知，衰暮思故友」之句。

《南山有高樹行》《猛虎行》，皆贈李宗閔，巧喻而力詆，文之鋪叙頓挫甚佳。

《送澄觀》詩「我欲收斂加冠巾」，其於《送虚師》亦嘗云：「方將斂之道，且欲冠其顛。」是其人之心，在在不放，獨惜其論太顛，語少斟酌耳。

《山南鄭相公酬答》詩「烹斡力健倔」，「斡」當作「鮮」。「茫漫華壘間」，「華」當作「筆」，音釋序李少卿云。矴聹，耳垢也。上都挺切，下乃挺切。

《讀東方朔雜事》《譴瘧鬼》二詩皆稽滑，以諷瘧云顳頊子也。

《示兒》詩以有屋自慰，與《符讀書》詩正相終始。

《喜雪》《春雪》《詠雪》等作，皆曲盡形容之妙，層出無窮。

《蒲萄》詩以「馬乳」對「龍鬚」。今俗呼蒲萄爲馬乳，而竹之有龍鬚，亦經見於此。作字讀與做同，方橋詩作字與過字同押。

《遣興》詩「斷送一生惟有酒」，《贈鄭兵曹》詩「消除萬事無過酒」，山谷詞各於其下去一「酒」字，天然妙對。

《記夢》結句「安能從汝巢神仙」，李少卿謂「仙」當作「山」，此韻與「間」字連押，當作「山」尤

分明。

《詠筍》與《詠雪》詩相類，形容層出。

《送張侍郎》以下諸詩，皆隨裴相公東征時作。

《示姪孫湘》以下諸詩，皆貶潮州時作。

墓銘

孟東野爲詩，鉤章棘句，神施鬼設，間見層出，人皆劫劫，我獨有餘年，踰五十始選爲溧陽尉，卒於興元軍參謀，是曰貞曜先生。

【歐陽文】

詩

《顔跖》總説處提顔子云「豈減跖所榮」，跖本無榮，顔本不當與跖較榮辱，而歐公云爾，全用所字斡意，蓋跖自以爲榮者，若説跖之榮則非矣。初讀疑之，三味乃見。（卷六十一。下同）

《黄牛峽》詩「不是黄牛滯客舟」，謂江惡舟遲，常見此石在山也。

《憶山》詩説三峽「江如自天傾，岸立兩崖鬬」。

《哭曼卿》謂「才高不少下，闊若與世疏」。

詩清。

《送惠勤》詩叙東南宫居飲食山水之勝，捨之而從我求仁義。《水谷夜行》詩「微風動涼襟，曉氣清餘睡」，見平旦氣象，極工。此詩説蘇子美詩雄，梅聖俞

《班班林間鳩》，寄其夫人之詩也。云「易安由寡求」，此其爲家之法。

《暮春》詩「遊絲最無事，百尺拖晴光」，有太平氣象。

《牡丹圖》有「元化朴散」之語，然洛陽以此成俗，而歐公初譜之，亦助其瀾者也。

《憎蚊》詩始以「乾坤廣大」之語，終以「麟鳳不見」之語，詠微物而先以大者言之，文法也。「掃庭露青天，坐月蔭嘉木。汝寧無他時，忍此見迫促。」語意清絶矣。

《寄題滄浪亭》「風高月白最宜夜」極切，末借鴟夷言之：「崎嶇世路欲脱去，反以身試蛟龍淵。豈如扁舟任飄兀，紅蕖緑浪摇醉眠。」翻得絶佳。

《菱溪大石》一詩，形容布置，可觀文法。

《紫石屏歌》，文之奇者也。《廬山高》詩，文之豪者也。《橄欖》詩，言忠愛，《答子華安撫》詩，指陳治道之要者也。《橄欖》詩曰：「錫飴兒女甜，遺味久則那。」《奉答子華詩》曰：「蠹弊革僥倖，濫官絶貪昏。牧羊而去狼，未爲不仁人。」

《梅聖俞寄銀杏》詩：「鵝毛贈千里，所重以其人。鴨脚雖百箇，得之誠可珍。」又七卷《李侯家鴨脚》云：「鴨脚生江南。」自注云：京師無鴨脚，李駙馬自南方移植。蓋銀杏名鴨脚，中原所無也。

今江南有草名鴨脚，而此果則自名銀杏。

車螯一名車蛾，歐詩有「泥居殼屋」之語。蚓無心八卷《怪竹辯》。

《贈沈博士遵歌》言琴調醉翁吟也。云：「我昔被謫居滁上，名雖爲翁實少年。」前詩又云：「我時四十猶彊力，自號醉翁聊戲客。」

《送吴生》論改過甚暢。

《樂哉襄陽人送劉從廣》先序襄陽之勝，而勉以德化，其文騷以婉。

《洗兒歌》爲聖俞作，簡而勁。

《夜聞風聲》「苦暑君勿厭，初涼君勿歡。暑在物猶盛，涼歸歲將寒」云云，「不獨草木爾，君形安得完」。此等善觀時變，感慨有味。

《白鸚鵡》詩先將白兔説擺兩陣，方合説，又三節而終焉，文法最可觀。「乾蝦」字出《清明前》詩。

《又酬聖俞韻》「歡情雖漸鮮，老意益相親」，形容晚年交游之意最工。「頭魚」，海魚之大而謫死者。

《歸田春夏》詩有味，殆田園雜興之祖歟？

《明妃曲》「推手爲琵却手琶」，是琵琶兩字也。

《鬼車》一首，先序其聲之怪，次述老婢撲燈之説，以言其所以爲怪，終之不足怪，而呼婢炷燈焉，且亂之曰：「須臾雲散衆星出，夜静皎月流清光。」曲盡文章之妙矣。

《讀書》一首，始言讀書之樂，中言仕宦不暇讀，而終之以乃知讀書之樂無限，前後照映，文亦甚妙。

鶻鵃者，催明之鳥，京西謂之夏雞。

《贈李士寧》一首，文宏放。

《感事》四首，闢學仙者之妄，甚精切，如曰：「一旦隨物化，反言仙已成。」如曰：「等爲不在世，與鬼亦何殊。」

《昇天檜》一首，其説謂老子自此乘白鹿昇天，如上虞劉樊升仙木之類也。歐詩曰：「惟能乘變化，所以爲神仙。驅鸞駕鶴須臾間，飄忽不見如雲煙。奈何此鹿起平地，更假草木相攀緣。乃知神仙事茫昧，真僞莫究徒相傳。」

齊州有舜泉。「四字丹書萬仞崖」四句，見《戲石唐山隱者》末章。

序

《梅氏詩集》謂「非詩之能窮人，殆窮者而後工也」。惜聖俞幸生盛世，老不得志，而爲窮者之詩。

外集

詩

多與尹師魯梅聖俞作，云「師魯天下才」，又詩云：「聖俞翹楚才。」嘗《答聖俞》詩云：「文會忝余盟，詩壇推子將。」公以文自任，謂詩不及聖俞也。

《捕蝗》詩言蝗當早捕，或以踐苗爲戒而不捕者，非。

「落頭鮮」均州俗好腐魚，「落頭鮮」見第六卷《送黄通》之詩。

《贈王介甫》詩：「翰林風月三千首，吏部文章二百年。老去自憐心尚在，後來誰與子争先。」見第七卷，凡八句。

致仕後詩，尤灑落，見第七卷。

【蘇文】

詩

「土苴」作平聲押，當考。又「噫」去聲，本飽氣作嘆息用，亦當考。按《莊子》土苴以治天下，指

糞草也，當作上聲，若平聲，則別有義矣。大塊噫氣非嘆息，當作平聲，若去聲，亦別有義。（卷六十二。下同）

《徑山道中》詩「聽瑩」本上聲，惑也。作去聲押，則義訓爲浄。榜與謗同音，本作榜，進船也。此詩跨涉四五韻不相通者，前輩只取聲韻相近則協而易讀，不可以近世之程文用韻律之也。

「清齋」二字出七卷《惜花》篇。蓬沓，於潛女大銀櫛之名也。「罷亞」二字，稻之態，非稻名也。《登玲瓏山》詩「翠浪舞翻紅罷亞，白雲穿破碧玲瓏」，又《答任師中家漢公》詩「罷亞百頃稻，雍容千年儲」，皆用虛字對。

《次韻沈長官》：「不獨飯山嘲我瘦，也應糠覈怪君肥。」又十卷中有《次韻王鞏泛舟》詩「沈君清瘦不勝衣，邊老便便帶十圍」，皆肥瘦之對。

《次韻曹輔》「從來佳茗似佳人」，此句恰與「若把西湖比西子」是天生之對。《次韻毛滂》「芋火對懶殘」，懶字是作闌字讀，俗只用闌字。

和陶詩

潁濱之序，謂東坡謫居儋耳，華屋玉食之念不存於胸中，謂子瞻嘗稱轍詩有古人之風，自以爲不若。似皆非所宜言。述東坡之論陶詩，謂質而實綺，癯而實腴，則名言也。

陶詩如「採菊東籬下，悠然見南山」等句，真機自然，直與天地上下同流。東坡擬和至盡，未免有心矣。然憂患之餘，有感於淵明之自適，其適者意在言外，不爲詩發也。君子讀其和詩而悲之。

【曾南豐文】

「暫聚水上萍，忽散風中雲」二句，見第四卷《和與殷晉安詩》。

詩

星宿之「宿」，作入聲押韻，見第四卷《山水屏》詩云：「争險挂星宿。」（卷六十三。下同）

《麻姑山送南城羅尉》詩，可與歐公《廬山高》爲對。

「（露）〔霧〕淞」，音夢送，齊地寒，霧凝木上如雪之名，見第七卷《冬日》詩。

【王荆公】

古詩

《詠陶縝畫菜》其後歸之老圃，而結云「陶生養目渠養腹，各以所能爲物役」，愚謂荆公失言矣，畫菜可言物役，種菜豈可言物役耶？（卷六十四。下同）

《四皓》詩「采芝商山中，一視漢與秦」，「一視」之語，似欠斟酌。

《戲贈葉致遠》詩極言弈棋之弊，可爲世訓。

《桃源行》云「兒童生長與世隔」，考究得是，不爲世俗誕語。

《酬王詹叔》「訪茶利害豈當權，其子而爲民父母」，愚謂此二句語意精到，惜其臨事之弗思。

《送裴如晦宰吴江》：「當知耕牧地，往往茭蒲青。三江斷其二，滓水何由寧。」此四句説盡浙西水利之綱領。

《孔子》詩，孔子豈是文人詩料，且自古未有如孔子之語，此本發於孔門高弟，而孟子申述之者也。荆公乃謂其「蟣蝨何足知天高」，雖然尊先聖，豈所以待先師，毋乃自道耶？

《揚雄》二首，其一以孟子勸伐燕，伊尹干説亳，爲雄美新之比，何哉？其黨奸至辱聖賢耶？其一謂「聖賢樹立自有師」，此荆公師心自用發見之語也。

漢文帝輕刑，以全人之形體；短喪，恐妨人於身後。荆公譏之，已不知文帝之心矣。惜露臺之費，薄霸陵之葬，亦痛罵之，何耶？

《秦皇》「天方獵中原」，恐非仁人之言也。

《東方朔》「何如夷與惠，空復忤時人」，是以朔之直諫爲非耶！

《杜甫畫像》，説得公當。

《農具》詩《襏襫》云：「勿妒市門人，綺紈被奴僮。當慚邊城戍，擐甲徂春冬。」就農人言之，善用其心者也。

《答陳正叔》「天馬志萬里，駕鹽不如閑」，雖非中道，却是大氣。

《收鹽》詩與訪茶利害同，皆能言不能行。

律詩

《題雱祠堂》：「一日鳳鳥去，千秋梁木摧。」溺愛不明如此，孰謂知子莫若父耶！

《詳定試卷》詩二首，有云：「文章直使看無類，勳業安能保不磨。疑有高鴻在寥廓，未應迴首顧張羅。」言科舉不足以得士也。又云：「當時賜帛倡優等，今日(論)〔掄〕才將相中。細甚客鄉因筆墨，卑於《爾雅》注魚蟲。」言詞賦非所以取士也，然皆不可。

《雪》詩「平治險穢非無德，潤澤焦枯是有才」，説得意思佳，但上一句正可言才，下一句正可言德，布置似顛倒耳。

《雨過》詩「誰似浮雲知進退，纔成霖雨便歸山」。

《寄育王》詩「入夜天寒最静便」，士大夫或自號「静便」，若其取此，果何等氣象耶！

《詠竹》：「人憐直節生來瘦，自許高材老更剛。曾與蒿藜同雨露，終隨松柏到冰霜。」見其自少抱負不凡。

《嚴陵祠堂》「迹似磻溪應有待，世無西伯可能留」，荆公此言過矣。古今隱士人品各自不同，有抱天下之志而隱者，有無志於斯世而隱者，有志念澹薄本無操守而終變者。抱天下之志如伊尹、孔明是也。本無操守如盧藏用、种放之流是也。如嚴子陵特無志於世者，使其才足有爲，光武縱德薄於湯武，獨不名正於湯武乎？孔明尚輔一隅之先主，奈何子陵不輔中興之光武耶？士必待西伯而後出，孔子歷聘之志荒矣。

絶句

《謝公墩》：「我名公字偶相同，我屋公墩在眼中。公去我來墩屬我，不應墩姓尚隨公。」劇戲之巧如此。

「繰成白雪桑重緑，割盡黄雲稻正青」一聯甚工，詩中重見。

「殺風景」三字見《戲蔣穎叔》詩，云「但怪傳呼殺風景，豈知禪客夜相投」。

《讀漢書》詩「畢竟論心異恭顯，不妨迷國略相同」，此語爲京房、劉向發，不曉荆公何見也。

「緇郎」字見三十二卷《詠淵師》詩。

《揚子》詩「千秋止有一揚雄」，荆公每尊之，以比孔子，而略孟子，此其爲荆公之見識也。

《商鞅》詩：「自古驅民在信誠，一言爲重百金輕。今人未可非商鞅，商鞅能令政必行。」荆公平生心事盡見此詩矣。然荆公雖博學而不明理，誠之一字固未易言，信之爲義必有其實，徙木三丈而酬金百斤，天下寧有此理？此正商鞅矯情以行詐耳，顧謂之信誠可乎？果誠信民將不令而從，謂誠信爲驅民之具何耶？

《讀後漢書》云：「可憐竇武陳蕃輩，欲與天争漢鼎歸。」如公之言，則曹瞞輩盜竊神器，皆順天者耶？

集句諸作，雖似劇戲，其巧其博，皆不可及。賦銘等皆淡古。

【黄涪翁集】

詩

《濂溪詩》序，言周茂叔人品甚高，胸中灑落如光風霽月，晦庵謂此語最善形容有道者氣象，而乃謂濂以志廉，豈濂溪二子壽、燾亦不詳家世之舊居以告耶！（卷六十五。下同）

《木之郴郴》詩，謂知人之微，楊修之取禍不如隰子之止伐木，隰子又不如百里奚之去虞也。郎罷出三卷，送少章詩。西風壯士淚，多爲程顥滴。南窗讀書聲吾伊。四卷海牛押簾。録續。見六卷。銀茄。

但觀百世後，傳者非公侯。東坡移和靖配食水仙見七卷詩注。暖足瓶名脚婆。唐婆鏡葉底開花，號羞天花。山谷云：此鬼臼也，歲生一臼，滿十二歲可爲藥，今方家所用乃鬼燈檠草耳。

《書磨崖碑後》：「撫軍監國太子事，何乃趣取大物爲。」「桃李春風一杯酒，江湖夜雨十年燈。」見九卷《寄黄幾復》詩。《嘲小德》詩：「學語囀春鳥，塗窗行莫鴉。」蓮蓬竹夫人改名青奴。「匹似無田過，一生見十卷，今俗云譬似。喪家狗」，喪本平聲。山谷詩云：「顧我今成喪家狗，期君早作濟川舟。」乃作去聲用。貓兒頭笋。見二卷。在官而可行其私，惟學而已。十三卷壁陰齋銘。行庵。王良翰剪棕作。川囍磋。見十四卷演禪師贊。「人得交游是風月，天開圖畫即江山。」

外集

《贈李彦深》「上丁分膰一飯飽，藏神夢訴羊蹴蔬」。

《上冢》詩云：「松楸十年拱，和云芝菌生。」晝栱，拱與栱各字。

《送曹子方》詩「子魚通印蠔破山」，愚聞子魚出興化通應港，有通應侯廟，故名，此魚以小爲貴，無通印者。東坡亦曾誤，蓋傳聞以通應爲通印。

《泊舟白沙江口》詩「呼禹濟黄川」，「呼禹」字記出柳詩。

《題山谷大石》「畏畏佳佳石谷水」，畏音委，佳音觜。

《催公静碾茶》「雪裏過門多惡客」，自注云：不飲者爲惡客，出《元次山集》中。又別詩云：「不用閑携惡客來」，亦注如此。按原本客出下訛脱十數行，今補正，詳劄記。

《挽李濠州》「未信斯言隔九京」，京本音原，今如字，與城字連韻。

《寅庵》詩「夏栽醉竹餘千個，春糞辰瓜滿百區」，以五月十三日竹醉及辰日種瓜也。山谷《自和師厚栽竹》：「根須辰日劚，筍要上番成。」是竹亦辰日種。

《弈棋》詩：「簿書堆積塵生案，車馬淹留客在門。」言廢事也。

《雨晴過石塘》詩「晴岫插天如畫屏」。余按山谷謂岫爲山之穴，古作山用者非。而今云「晴岫插天」，幾自背其説矣。

《對雨寄趙正夫》「故人疊疊去，宰木上女蘿」。愚按汪内翰作《曾紆墓誌》云「宰上之木拱矣」，宰字代冢字用也。

《寄扶溝程太丞》之「扶亭大夫伯淳父，平生執鞭所欣慕」。

會稽竹萌詩「碩人俁俁舞公庭」，余友昔或謂余詩不用經句，然則亦無此拘也。

《次韻子高》「緑葉青陰啼鳥下，游絲飛絮落花餘」，見晚春意思。

【汪浮溪文】

詩

《石舟嘆》以宣和五年常州苦旱，乃竭支港之水通載石之舟而作也。《桃源行》似亦因當時求仙而作，《清谿行》作紀方臘之變。（卷六十六。下同）

《竹枯蕈》見《十月食笋》詩注。「班春古岩寺」，「班春」，謂勸農也。二卷

「有客來相問」詩，謂五代時賀水部所作。三卷

《賦翁養源瑞松》詩云：「絶勝分封五大夫。」愚按：五大夫者，秦爵名，非五人也，用分封字未安。紙絞，紙撚也，見五卷。

【范石湖】

古律詩《河豚嘆》：「百年三寸咽，水陸富肴蔌。一物不登俎，未負將軍腹。」（卷六十七。下同）

《荆公墓》六言：「本意治功徙木，何心黨禍揚塵。報讎豈教行劫，作俑翻成不仁。」

《姑惡》詩，東坡云：「姑惡姑惡，姑不惡，妾命薄。」石湖謂此句可以泣鬼，爲作《後姑惡》詩，首云：「姑惡婦所云，恐是婦偏辭。」斷曰：「姑不惡，婦不死。」

《舟行驟雨》云：「圓漪暈雨點，濺滴走波面。」

《後催租行》：「賣衣得錢都納却，病骨雖寒聊免縛。去年衣盡到家口，大女臨岐兩分首。今年次女已行媒，亦復驅將換升斗。室中更有第三女，明年不怕催租苦。」

石湖初爲新安掾，謂歙溪爲浙江之源，正可言江。述黄君謨州學記云：瀕江地卑，自徽至嚴二百灘，以乳灘爲最險。徽之黄山三十六峰，以天都峰爲最高。有温泉在黄山之朱沙峰下。

《次韻胡邦衡》：「人窮名滿世，天定客還家。」

《贈倪文舉》：「朱門不炙釣竿手，萬卷難供折腰具。」

《會散夜步》詩：「貪看雪樣滿街月，不上籃輿步砌歸。」自注云：步砌，吴語也。

第十三卷律詩，《使虜道中作》云：汴河自泗州以北皆涸，草木生之，土人謂本朝綱回即開。

西瓜本燕北種，石湖謂今河南皆種之。

黄河將決處，伏流先出，名曰漸水。

滑州爲河淪在積水中。

韓魏公墳無恙，相州詩注。

《曹操七十二疑塚》詩：「聞説群胡爲封土，世間隨事有知音。」

安肅軍北門外大道，容數車方軌，其白溝亦名巨馬，本朝與遼人分界處，渡河即與太行俱北，至燕猶未斷。

涿北燕南之間有灰洞，兩旁皆高岡。

蹲鴟巾，館伴所裹。

燕宫宏侈過汴京，亮所作也。龍津橋以玉石爲之。

第十四卷游弁山，石林故居已廢矣。

餘詩皆浮湘入廣時所作，題浯溪，謂元結寓譏爲非。

游愚溪注：銛錛，熨斗也，潭形似之。

蠻茶出修江，治頭風，老酒留數年，南人珍之，故以蠻茶（封）〔對〕老酒。一南人以蚺蛇皮作腰鼓，交趾以象革爲兜鍪，又以蚺鼓對象鍪，皆風土語也。

石湖帥廣之明年，乙未年，五十矣。是年正月二十八日，自廣易蜀，五月二十六至遂寧，紀行詩百三十五首。嚴關者，桂之守險處，至是出嶺矣。鏵觜者，在桂之興安縣五里，秦史禄疊石壇，前鋭如鏵，迎海陽水分爲南北，即湘灕二水，南流爲灕，北流爲湘，言二水相合離羅江者，嶺北初程北流入湘江，趨清湘縣，全州界也。入零陵縣，永州界也。去零陵十里爲湘口，有營水來自道州營道縣。湘水來自桂之海陽，至此合爲一江。按：瀟水出九疑山，至永與湘水合，豈即營水耶？湖嶺之間，湘水貫之，凡水皆會之，以瀟水合者曰瀟湘，以蒸水合者曰蒸湘，以沅水合者曰沅湘。浯溪在析楊縣南五里，自永州界入衡州，過潭州爲洞庭，其南曰青草湖，是爲重湖，由是而至湖北之澧之江陵入蜀江，泝峽州道始艱，有一百八盤，有鑽天三里，有蛇倒退，有麻線堆，有胡孫愁，有判命坡峽，爲蜀外第一州，湖北之極處，由是入歸州爲夔路矣。長石截入歸州郭下三分之二，水極險，爲人鮓甕，至巴東爲峽口，入巫山峽，其盤渦之大者，名瀆漳，其地刀耕火種，斫山木盡蹶，候雨前一夕火之，藉其灰以糞，有物名笮，音作。竹索渡水者。自巫山還陸避黑石諸灘過鬼門關，入瞿唐，歷灧澦，夔州、萬州、合州皆山也。至遂寧府，始見平川，遂寧則潼川路矣，達成都。淳熙四年丁酉，公出蜀。

《將至公安》詩云：「我馬虺隤我僕痡，豈不懷歸畏簡書。」愚前年《上孫江陵大閱》詩有云：「悠悠旆旌馬蕭蕭。」有同官云：詩無用經句者。今石湖集中此類甚多，豈近世晚唐詩始不用經語耶？

蜀音難曉，反以京洛音爲虜語，或是僭僞時以中國自居也，既又諱之，改曰魯語。見《安福寺禮塔》詩注。

老宅即老人村也，舊名獠澤，石湖更今名。

索橋以繩架空。

萬州杏剔核方賣，以核爲杏仁。

狠石二字，三見此册，《湘口夜泊》詩云：「狠石蹲清漲。」《土門》詩云：「狠石卧中路。」並十六卷。《離堆行》云：「殘山狠石雙虎鎻。」十九卷。北秦太（中）〔守〕金龍云：地水涸致祭，即壅都江，水名弱水。又後册二十卷《瞿唐行》云：「鑿峽疏川狠石破。」是石湖行川湘間，皆以狠名石。愚按：皇甫湜《狠石銘》謂：秦皇發石驪山爲墳礎，有石屹立，人力莫施，故老相傳，遂以狠名。此語雖不經，而狠石之名已有自來，京口甘露寺亦有狠石，乃傳爲三國孫劉事，豈又展轉附會耶！

二十卷，公出蜀時詩也。江安近瀘州有張旗三灘，言湍急過之速也。有渡瀘亭，有韋皋紀功碑。《瞿唐行》注云：灩澦撒髮不可犯，一夕水漲没之，名青草齊，遂略其頂而過。白鹽、赤甲皆峽口，大山、黄嵌、黑石皆峽中至險，入峽西岸有聖泉，舟人向之疾呼曰：「人渴也。」泉即迸下一杯許，復乾。黄魔灘下連人鮓甕。秭歸縣治，世傳宋玉宅，旗亭題宋玉東家。巫山不止十二峰，其大者十二峰，東西各一峰最奇。黄牛峽廟，爲黄牛神之居，門有石馬，即歐公所夢者，亦有虛高峰，上有黄牛跡，此山名假十二峰。扇子峽兩岸山尤奇，至荆渚回望，山無一點矣。南樓在鄂州，江州庾樓，後人以亮嘗刺江，故假鄂之名。大孤山、澎浪磯，皆在湖口。馬當伏，即小説載神助王勃一席清風處。

二十一卷，還直玉堂與還吴所作。

太湖靈祐觀有垂絲檜。林屋洞左又二門，曰雨洞、暘谷洞。毛公壇，劉根也，身生緑毛，故云。銷夏灣，吴王避暑處。華山寺在西山盡處，多泉泓。

《嘲蛟》四十韻極工，層層而起，如昌黎《詠雪》詩。

二十二〔之〕〔至〕二十六，多帥鄞所作，自鄞移金陵，將行，〔偏〕〔遍〕游諸山，至金陵而詩少，其所游，鍾山、半山耳。

歸吴有《上元節物》三十二韻，工緻。

釋氏謂常行爲般舟。行步之行。

馬齒莧中付水銀，雞頭，芡也，名水琉黄，爲對。

《白髭行》載四十四歲出疆，四十九使廣，復使蜀，又十年垂雪毿毿，作此。

所藏小峨眉，靈壁石也。煙江疊嶂，太湖石也。天柱峰，英石也。皆歸休時閒玩。

《甲辰除夜吟》，多及閒適之意。請息齋屢有作，則絶交之語，當有激也。《夜坐有感》詩説賣卜。

《丙午新正》詩，石湖年六十一矣，有云：「人情舊雨非今雨，老境增年是減年。口不兩匙休盡穀，生能幾屐莫言錢。」自此皆退閒消遣之作矣。

《吴燈》詩：「等閒三夕看，消費一年忙。」

《初夏》詩：「雪白荼蘼紅〔費〕〔寶〕相，尚携春色見薰風。」

《田園雜興》内《槐樹》云：「三公只得三株看，閑客清陰滿北窗。」《雪下菘》云：「朱門肉食無風味，只作尋常把菜供。」其閒〔君〕〔居〕動息，皆以牆外人物聲爲節。

《重陽後菊》「世情兒女無高韻，只看重陽二日花」。

《送炭龔養正》「煩君笑領婆歡喜」。

《靈岩》「雪浪長風三萬頃，蒼煙古木二千秋」。

《圍田嘆》四首，言大家之妨細民。

《素羹》詩「新法儂家骨董羹」。

《元日立春》「併煩傳菜手，同捧頌椒盤」。

吴儂忌五月甲申乙酉雨，尤忌乙酉，二十七卷《梅雨》注。又忌立秋雷。二十九卷《秋雷嘆》。

《臘月村田樂府十首》：《冬（春）〔春〕行》、冬春不炷。《燈市行》、《祭竈詞》、《口數粥行》、《爆竹行》、《燒火盆行》、《照田蠶詞》、《分歲詞》、《賣癡獃詞》、《打灰堆詞》。梧子能墮髮。三十三卷《霜後》十二絶。

虎丘石井，在張又新東南水品第三，久廢，不知其處。石湖以大方井語壁老復之。

白玉樓步虚詞序甚工，類韓文《畫記》。

《愛雪歌》：「棹夫披蓑舞白鳳，灘子挽繂拖素虬。」末句云：「須臾未遽妨性命，呼童盡捲風簾鈎。」

龔養正《元日》六言：「流年五十踰二，明日半百過三。」石湖次韻：「歲踰耳順俄七，年去古稀只三。」龔五十三，范六十七。

【葉水心文集】

謂言周人之最詳者，莫如《詩》。聖人養天下以中，發人心以和，蓋《詩》之道至周而後備，雖其怨刺，猶深厚憤發而不忍。愚按：此亦言《詩》者之常談，特水心長於文，其形容有過人者。（卷六十八。下同）

【隨隱詩集序】陳藏一以詩文際遇先皇帝事，今□□□□□□□□□□寵煒然，及歸老故鄉，依然一布衣。余嘗□□□□□□□□□□□其人之賢過相如遠矣。藏一有子克紹，□□□□□□□□□□□隱亦以詩來求余爲序，余爲此騷壇世將也，搴旗助噪，余何敢後，特未知隨隱之號何如耳。夫詩，固隱者事也，然昔魏閑之繼魏野父子，皆以清吟名世，其視權勢若將浼焉，謂之曰隱可也。隨隱君方以父任禄仕宫庭間，奈何遽號隨隱？豈風月正其素習，禄仕非其得已，姑託此以自明其心耶？余觀竇晉米氏，亦父子世承異恩，而片言隻字流布人間，至今如九鼎大吕，愈久愈珍，世未嘗以其非郊島之寒落而少之也。然則詩固隱者事也，亦非必其身隱而後其詩顯也。米氏高風逸韻必有出於際遇之外者矣。隨隱於米氏，則元暉之比也。黄山谷嘗得元暉印贈之元暉，竟以爲序，竟以字行，隨隱詩集改號次暉，如何，媿余非山谷耳！（卷九十。下同）

【玉笥山道士徐師澹詩集序】玉笥山道士徐清夫訪余月湖精舍，出示余圖一軸，曰雪溪，詩一編，曰和畚。雪溪，其自號。和畚，其自吟也。披其圖，萬山玉削，漁樵跡滅，吟肩短蓬，殆於愁絕，一何其清也。閲其編，粉澤浄除，陳言一掃，妙語泠然，殆於天造，又何其清也。然則詩之清即圖之清也，詩不併以雪溪名，而又以和蛩名，清豈有二也耶？霜露既降，秋蛩夜鳴，造化之清之始也。淺碧流澌，岸雪深尺，造化之清之極也。人心與造化相流通，必銷落世慮，冰雪吾心，斯可言清之極，否則心聲之發必有不能掩焉者，反異於秋蛩之天籟自鳴矣。故必有雪溪之胸襟，而後有和蛩之聲韻。圖之清，詩之寄；詩之清，心之寫；心之清，造化之合也。後必有合而題之曰「雪溪先生和蛩吟」，則知清夫之清，源於老聃氏所謂天得一之清矣，咸淳十年九月一十一日，雪臺散史黄震。

【書劉拙逸詩後漫塘姪】一太極之妙，流行發見於萬物，而人得其至精以爲心，其機一觸，森然胥會，發於聲音，自然而然，其名曰詩。後世之爲詩者，雖不必皆然，亦未有不涵泳古今，沈潛義理，以養其所自出。近有所謂江湖詩者，曲心苦思，既與造化迴隔；朝推暮吟，又未有以溉其本根，而詩於是始卑。劉直孺家傳義理之學，略出緒餘，兩捧鄉書，而況於所謂詩者乎？然寂寥簡短不過數首，蓋不求爲詩而不能不爲詩，此其所以爲詩也。爲江湖詩者，可以觀矣。（卷九十一。下同）

【跋雷侍郎廣州上巳泛海詩】人心與造化相流通，於春爲甚，浴沂詠歸，嘗露端倪矣。惜未及施之用爾。晉人尚虚無，齊死生，已與造化之機隔。蘭亭之會，又於死生者戚戚焉，不知仰觀俯察所得謂何，而乃若是。唐曲江最重上巳，至天子以其節燕公卿於祭酒之堂，視永和若倍蓰者。然鴻筆大書，亦不過以一書生之琴爲言，流俗誰起而治道得與造化參耶？广巖雷公，去歲持節廣南，上巳日嘗領客泛海，飲酒賦詩，相與激昂功名之會。今年春適來京爲祭酒，侍側鸞輿，辟雍講《中庸》首章，大聲渢渢，振起六合，昔人所謂浴沂詠歸，用之則有虞廷氣象，倘遂見於此乎？果然，則此詩其符兆，當亦千載重矣。

【張史院詩跋】詩本情，情本性，性本天。後之爲詩者，始鑿之以人焉。然陶淵明無志於世，其寄於詩也，悠然而澹。杜子美負志不偶於世，其發於詩也，慨然以感。雖未知其所學視古人果何如，而詩皆出於情性之正，未可例謂删後無詩也。東嘉張君，魁然開爽士也，生逢盛世，方將決科發身，而高情逸韻時亦寫之於詩，豈以鬢欲蒼而身猶未遇乎？余謂遇之遲速，命也，吾亦求爲可遇者而已。全體大用本之吾心之天，達之天下而準者，聖賢講明，炳炳方册，尚請君求之詩外。

【跋李參政三峰樓詩】一川花柳擁雕欄，濃緑浮空四面山。便欲移家來此住，不將名姓落人間。

右莊簡李公《登桐川三峰樓》詩，至今傳四方爲美談，如見桐川圖畫，而邦之人亦以之矜喜自負，如獲九鼎大吕，哆然獨視，爲邦（杜）〔社〕之珍，是豈徒文墨之妙而能爾哉！公早以雄才直節，受知我光堯皇帝。嘗參大政，鋭圖恢復，雖厄於奸檜，志不獲伸，而公之名益以是彰明顯大天下，凜凜生氣，常若其在斗牛間，此其爲世欽慕。雖杖屨所經，羈愁所寓，一草一木，猶將預有華美。況公之來此邦，實自宣城殄劇寇賊，方珥戈凱回，咫尺行京，山川效靈，日月增耀。於斯時也，淋浪妙墨，絢采流輝，固國家休運之關，而三軍喜氣之發也。雖被之絃歌，登之金匱，侈爲我朝盛事，疇不謂宜，而又豈惟增重此邦哉！然考是時，實當紹興之二年，公方克清内寇，諸將亦方克清金虜，鑾輿連年之巡幸，遂方駐蹕臨安，功名之會，如春斯達，而此詩已有「不將名姓落人間」之語，公豈忘世之遽者？方公在宣，朝廷適當擇相，御史不以人望薦李伯紀，而請求之渺茫之夢卜，公亟自宣貽書傅子駿，使之力争，不勝，而恢復之期遂至。今日味公此語，豈其有感於幾微而發耶？震以咸淳己巳冬，携客登樓，相與誦公之詩，三嘆遺跡之莫覩。俄有報塵壤間朽木者，視之，公親筆詩板也。字之可辨，尚十七八，默計甲子，已百三十有八年，不有神物呵護，幾何其不至供斧薪？乃亟模而重刻之，與舊板對揭樓上。既又念舊板得再出已幸，重刻板又烏保其久不壞耶？先賢之嘗仕桐川者，自范文正公而下，新列而祠之郡西，震方爲立石記其事，因亦併模詩入石，對立祠記之賓階。蓋公先賢之嘗客此邦者也，與仕此邦者對賓主亦宜。

【跋雷道士詩】臨川道士雷齊賢，示余詩一編，筆力老蒼，渾然成章，軒轅彌明苦澀語避三舍矣。蓋彌明道士也，齊賢非道士也，儒生之窮有所托而逃焉者也。觀己酉科舉後詩，令人三嘆。雖然，安知無築館雞籠山起君講授如君家故事者耶！

【跋欒全先生歸雁詩】欒全先生《歸雁》詩，辭語老蒼，筆畫精健，前輩泰山巖巖，彈壓浮薄，氣象猶可想見。

（王秀梅）

困學紀聞

王應麟 撰

王應麟(一二二三—一二九六),字伯厚,慶元(今浙江寧波)人。《困學紀聞》二十卷,成書於入元之後。此據《四部叢刊》三編本選録。

1 李百藥曰分「四聲八病」,按《詩苑類格》,沈約曰:「詩病有八:平頭、上尾、蜂腰、鶴膝、大韻、小韻、旁紐、正紐。」唯上尾、鶴膝最忌,餘病亦通。(卷十)

2 司馬公詩曰:「虞舜在倦勤,薦禹爲天子。豈有復南巡,迢迢度湘水。」張文潛詩曰:「重瞳陟方時,二妃蓋老人。安肯泣路傍,洒淚留叢筠。」二詩可以祛千載之惑。(卷十二。下同)

3 太史公述《楚漢春秋》,其不載於書者,《正義》云:項羽歌,美人和之。《楚漢春秋》云:「歌曰:漢兵已略地,四方楚歌聲。大王意氣盡,賤妾何聊生。」是時已爲五言矣,五言始於《五子之歌》、《行露》。

4 鄧艾取蜀,行險以徼幸,閻伯才《陰平橋》詩云:「魚貫羸師堪坐縛,爾時可嘆蜀無人。」(卷十三。下同)

5張文潛《梁父吟》曰:「永安受詔堪垂涕,手挈庸兒是天意。渭上空張復漢旂,蜀民已哭歸師至。堂堂八陣竟何爲,長安不見漢官儀。鄧艾老翁誇至計,譙周鼠子辨興衰。」其言悲壯感慨,蜀漢始終盡於此矣。説齋云:人心思漢,王郎假之而有餘;人心去漢,孔明扶之而不足。

6阮嗣宗《蘇門歌》曰:「日没不周西,月出丹淵中。陽精蔽不見,陰光代爲雄。亭亭在須臾,厭厭將復隆。富貴俯仰間,貧賤何必終。」其有感於師、昭之際乎?然勸進之作,焉能逭《春秋》之誅?

7康節邵子《西晉吟》:「有刀難剖公閭腹,無木可梟元海頭。禍在夕陽亭一句,上東門嘯浪悠悠。」考之《晉史》,賈充納女以壬辰,劉曜陷長安以丙子,相去纔四十五年,姦臣孽女之敗國家,吁可畏哉!近世賈妃之册以壬辰,而宋之禍亦以丙子,悲夫!

8朱文公曰:「陶公栗里前賢題詠,獨顔魯公一篇令人感慨。今考魯公詩云:「張良思報韓,龔勝恥事新。狙擊苦不就,舍生悲搥紳。嗚呼陶淵明,奕葉爲晉臣。自以公相後,每懷宗國屯。題詩庚子歲,自謂羲皇人。手持《山海經》,頭戴漉酒巾。興與孤雲遠,辯隨還鳥泯。」見《廬山記》,集不載。

9《文心彫龍》謂「江左篇製,溺乎玄風」。《續晉陽秋》曰:「正始中,王、何好莊、老。至過江,佛理尤盛。郭璞五言,始會合道家之言而韻之,許詢、孫綽轉相祖尚,而詩騷之體盡矣。」愚謂東晉玄虚之習,詩體一變,觀蘭亭所賦可見矣。

10《容齋續筆》辯嚴武無欲殺杜甫之説，愚按《新史・嚴武傳》多取《雲溪友議》，宜其失實也。（卷十四。下同）

11韋應物史逸其傳，沈作喆爲應物傳，叙其家世云：「夐之孫待價，仕隋爲左僕射，封扶陽公。」蓋據林寶《姓纂》。《唐書》：韋待價乃挺之子，武后時拜文昌右相。豈二人同名歟？當考。

12劉闢亂于蜀，其嫂庾氏棄絶不爲親。白樂天爲詩贈樊著作，與陽城元稹、孔戡並稱，欲其著書，「編爲一家言」，而唐史於庾氏無述焉，故表而出之。

13司空圖《房太尉》詩曰：「物望傾心久，匈渠破膽頻。」注謂禄山初見分鎮詔書，拊膺嘆曰：「吾不得天下矣。」琯建遣諸王爲都統節度，而賀蘭進明讒於肅宗。以司空表聖之言觀之，則琯建此議，可以破逆胡之膽。《新唐書》采野史稗説，而不載此語，唯程致道著論發揚之。晉以琅邪立江左之業，我宋以康王建中興之基，琯可謂善謀矣。

14劉夢得文不及詩。《祭韓退之》文乃謂「子長在筆，予長在論。持矛舉楯，卒莫能困」。可笑不自量也。（卷十七。下同）

15李善精於《文選》，爲注解，因以講授，謂之《文選》學。少陵有詩云「續兒誦《文選》」，又訓其子「熟精《文選》理」。蓋《選》學自成一家，江南進士試《天雞弄和風》詩，以《爾雅》天雞有二，問之主司，其精如此。故曰：《文選》爛，秀才半。熙、豐之後，士以穿鑿談經，而《選》學廢矣。

16荆公《潭州新學》詩：「仲庶氏吴。」本《詩》「摯仲氏任」。吕太史《釣臺記》：「姓是州曰巖。」本柳子厚《愚溪詩序》「姓是溪曰冉溪」。子厚之語又出於《水經注》：「豫章以木氏郡。」司馬温公《保業》云：「懷璽未暖。」本元次山《出規》：「豈無印綬，懷之未暖。」

17張文潛《論文》詩曰：「文以意爲車，意以文爲馬。理强意乃勝，氣盛文如駕。理維當即止，妄説即虚假。氣如決江河，勢順乃傾寫。」

18司馬公序顔太初醇之文曰：「觀其《後車》詩，則不忘鑒戒矣；觀其《逸黨》詩，則禮義不壞矣；觀其《哭友人》詩，則酷吏愧心矣；觀其《同州題名記》，則守、長知弊政矣；觀其《望仙驛記》，則守、長不事廚傳矣。」《文鑑》唯載《逸黨》、《許希》二詩。

19陶淵明詩：「羲農去我久，舉世少復真。汲汲魯中叟，彌縫使其淳。」又曰：「此中有真意，欲辯已忘言。」東坡云：「淵明欲仕則仕，不以求之爲嫌。欲隱則隱，不以去之爲高。飢則扣門而求食，飽則具雞黍以迎客。古今賢之，貴其真也。」葛魯卿爲贊、羅端良爲記，皆發此意。蕭統疵其《閑情》，杜子美譏其《責子》，王摩詰議其《乞食》，何傷於日月乎？《述酒》一篇之意，惟韓子蒼知之。（卷十八。下同）

20《詠貧士》詩云：「昔在黄子廉，彈冠佐名州。一朝辭吏歸，清貧略難儔。」愚按《風俗通》曰：「潁川黄子廉，每飲馬輒投錢於水，其清可見矣。」《吴志·黄蓋傳》：「故南陽太守黄子廉之後。」

21古辭：「雞鳴高樹巔，狗吠深宫中。」陶淵明《歸田園》詩二句倣此，唯改「高」爲「桑」、「宫」爲「巷」。

22少陵《和嚴武軍城早秋》詩：「已收滴博雲間戍，更奪蓬婆雪外城。」的博嶺在維州，見《韋臯傳》。蓬婆山在柘州。見《元和郡縣志》。

23飲中八仙，其名氏皆見于《唐史》，唯焦遂事蹟僅見于《甘澤謡》。

24《石壕吏》，蓋陝州陝縣石壕鎮也。見《九域志》、《輿地廣記》，本峽縣，唐改爲硤石，熙寧六年省爲鎮。

25《新安吏》：「僕射如父兄。」《汝墳》之詩曰：「雖則如燬，父母孔邇。」此詩近之。山谷所謂「論詩未覺國風遠」。

26少陵善房次律，而《悲陳陶》一詩不爲之隱。昌黎善柳子厚，而《永貞行》一詩不爲之諱。公議之不可揜也如是。

27《贈嚴閣老》詩：「扈聖登黄閣，明公獨妙年。」《舊史·嚴武傳》：遷給事中，時年三十二。給事中，屬門下省，開元曰黄門省，故云「黄閣」。少陵爲左拾遺，亦東省之屬，故云「官曹可接聯」。近世用此詩爲宰輔事，誤矣。《通鑑》：王涯謂給事中鄭肅、韓佽曰：「二閣老不用封敕。」此唐人稱給事中爲閣老也。

28《公安送李晉肅入蜀》，蓋即李賀之父。

29王無功《三月三日賦》：「聚三都之麗人。」「長安水邊多麗人」語本此。

30「土門壁甚堅，杏園度亦難。」土門口在鎮州獲鹿縣，即井陘關也。郭子儀自杏園渡河，圍衛州。董秦爲濮州刺史，移鎮杏園渡。地蓋在衛州汲縣，非長安曲江池之杏園也。

31《杜位宅守歲》，按《李林甫傳》：杜位，林甫諸壻也。「四十明朝過」，年譜謂天寶十載，時林甫在相位，蓋簪列炬之盛，其炙手之徒歟？ 又《寄杜位》詩：「近聞寬法離新州，想見懷歸尚百憂。逐客雖皆萬里去，悲君已是十年流。」其流貶蓋以林甫故。

32《示獠奴阿段》，《北史》：獠無名字，以長幼次第呼之，丈夫稱阿謩、阿段，婦人稱阿夷、阿等之類，皆語之次第稱謂也。

33李尚書之芳，考諸《唐史》：之芳，蔣王惲之曾孫。廣德初，詔兼御史大夫，使吐蕃，被留二歲，乃得歸，拜禮部尚書。故少陵詩有「奉使失張騫，史閣行人在」之句。

34楊綰謚文正，比部郎中蘇端持異議。《雨過蘇端》，豈即斯人歟？ 然少陵稱其「文章有神交有道」，而端終爲憸人，豈晚謬乎？

35《可嘆行》云：「丈夫正色動引經，豐城客子王季友。群書萬卷常暗誦，《孝經》一通看在手。豫章太守高帝孫，引爲賓客敬頗久。」季友，肅、代間詩人也。殷璠謂其詩放蕩，愛奇務險，然而白首短褐。錢起有《贈季友赴洪州幕下》詩云：「列郡皆用武，南征所從誰？ 諸侯重才略，見子如瓊枝。」此即豫章賓客之事也。 少陵謂「王也論道阻江湖」，期以「致君堯舜」，季友不但工詩而已。太守，宗室，少陵謂「邦人思之比父母」。 鮑欽止云：江西觀察使李勉。 時季友兼監察御史，爲副使。

36《出瞿唐峽》詩：「五雲高太甲，六月曠摶扶。」注不解五雲之義。 嘗觀王勃《益州夫子廟碑》云：「帝車南指，遁七曜於中階；華蓋西臨，藏五雲於太甲。」《酉陽雜俎》謂燕公讀碑，自「帝車」至

「太甲」四句，悉不解。訪之一公，一公言：北斗建午，七曜在南方，有是之祥，無位聖人當出。「華蓋」以下，卒不可悉。愚謂老杜讀書破萬卷，必自有所據，或入蜀見此碑，而用其語也。《晉・天文志》：華蓋杠旁六星曰六甲，分陰陽而配節候。太甲恐是六甲一星之名，然未有考證。以一行之邃於星曆，張燕公、段柯古之殫見洽聞，而猶未知焉，姑闕疑以俟博識。

37《贈閭丘師太常博士均之孫》謂：「鳳藏丹霄暮，龍去白水渾。」蓋稱均之文也。考之《舊史》，成都閭丘均，景龍中爲安樂公主所薦，起家拜太常博士。公主誅，貶循州司倉。進不以道，其文不足觀也已。

38「終始任安義」之句，蕭使君之賢可見矣。少陵自注其事，足以砥薄俗，惜其名不傳也。

39「陳倉石鼓又已訛」，按陳倉在唐爲鳳翔寶雞縣，石鼓在天興縣南，乃雍縣也。魏太武自東平趣鄒山，見始皇石刻，使人排而仆之，「嶧山之碑野火焚」，蓋此時也。

40《遣興》云：「門户有旌節。」注引楊國忠以劍南旌節導駕，二字出《周禮》，少陵豈用《新唐史》語哉！

41《金華山》詩：「上有蔚藍天，垂光抱瓊臺。」放翁云：蔚藍乃隱語，天名。按《度人經》作鬱鑑。

42《成都》詩：「初月出不高，衆星尚争光。」謂肅宗初立，盜賊未息也。胡文定《通鑑舉要補遺序》：日轂冥濛，衆星争耀。語本於此。

43鮮于京兆，仲通也。張太常、學士，均、垍也。所美非美。然昌黎之於于頔、李實類此。杜韓二公晚節所守，如孤松勁柏，學者不必師法其少作也。

44《野望》詩：「西山白雪三奇戍，南浦清江萬里橋。」按《唐・地理志》，彭州導江縣有三奇戍。《韋臯傳》：遣大將陳洎等出三奇。《西南備邊録》所謂三奇營也。一本作三年，趙氏本作三城，當從舊本三奇爲是。潏水李氏云：老杜讀書多，不曾盡見其所讀之書，則不能盡注。其間又用方言，如「岸溉」「土銼」，乃黔蜀人語。須是博問多讀。

45《八哀詩》，將相宗室之外，名士有三焉。蘇源明不汙僞爵，其最優乎！李邕細行弗飭，次也。鄭虔大節已虧，下矣。

46「借問懸車守，何如儉德臨。」「不過行儉德，盜賊本王臣。」明皇以侈致亂，故少陵以儉爲救時之砭劑。

47《别李義》詩：「丈人嗣王業。」又云：「道國繼德業，丈人領宗卿。」按《唐書・宗室表傳》，道孝王元慶次子詢之子微嗣王，終宗正卿。李義蓋微之子也。

48《送顧八分文學》，趙氏《金石録》以爲前太子文學翰林院待詔顧誡奢。《醉歌行》云「東吴顧文學」，即誡奢也。注謂顧況誤。

49《李潮八分小篆歌》：「潮也奄有二子成三人。」《金石録》云：「潮書唯《慧義寺彌勒像碑》與《彭元曜誌》，其筆法亦不絶工，非韓、蔡比也。

50《鄭駙馬宅宴洞中》，今考少陵作《皇甫德儀碑》云：有女臨晉公主，出降代國長公子滎陽潛曜。又云：忝鄭莊之賓客，遊竇主之山林。鄭潛曜見《孝友傳》。

51《橋陵》詩：「石門霧露白，玉殿莓苔青。」《舊史》鄭顥夢爲聯句，與此同。

52《得房公池鵝》詩：「鳳凰池上應回首，爲報籠隨王右軍。」宋元憲以鵝贈梅聖俞，聖俞以詩謝曰：「昔居鳳池上，曾食鳳池萍。乞與江湖客，從教養素翎。」宋得詩不悦。聖俞之意本於少陵。

53陶靖節之《讀山海經》，猶屈子之賦《遠遊》也。「精衛銜微木，將以填滄海。」「刑天舞干戚，猛志故常在。」悲痛之深，可爲流涕。

54真文忠公曰：杜牧之、王介甫賦息嬀、留侯等作，足以訂千古是非。

55《文選注》：「五言自李陵始。」《文心雕龍》云：「《召南・行露》，始肇半章；孺子《滄浪》，亦有全曲；《暇豫》優歌，遠見春秋；《邪徑》童謡，近在成世。」則五言久矣。

56《古詩十九首》，或云枚乘，疑不能明也。「驅馬上東門」，「遊戲宛與洛」，辭兼東都，非盡是乘作。《文心雕龍》云：「《孤竹》一篇，傅毅之詞。」

57鶴山云：《禮》於生子曰詩負，於祝嘏曰詩懷。詩之爲言承也，情動於中而言以承之，故曰詩。

58《列女傳・式微》，二人之作，聯句始此。皮日休云：柏梁七言，聯句興焉。《文心雕龍》云：聯句共韻，柏梁餘製。

59韋孟《在鄒》詩曰：「我既仙逝，心存我舊。夢我瀆上，立于王朝。其夢如何？夢争王室。

其争如何？　夢王我弼。」吕成公曰：「孟既致爲臣而歸，拳拳之意猶如此。」

60《吴語》：越王告吴王曰：「民生於地上，寓也。」《老莱子》曰：「人生於天地之間，寄也。寄者固歸。」古詩「人生忽如寄」本於此。

61東方朔有八言、七言。考之《風》《雅》，「尚之以瓊華乎而」，七言也。「我不敢傚我友自逸」，八言也。

62《雕龍》云：「張衡《怨》篇，清典可味。」《御覽》載衡《怨詩》曰：「秋蘭，嘉美人也。猗猗秋蘭，植彼中阿。有馥其芳，有黄其葩。雖曰幽深，厥美彌嘉。之子之遠，我勞如何。」

63陳思王《靈芝篇》曰：「伯瑜年七十，綵衣以娱親。」今人但知老莱子之事，而不知伯瑜。

64陸務觀云：古詩有倡有和，有雜擬追和之類，而無和韻者。唐始有用韻，謂同用此韻。後有依韻，然不以次，最後有次韻。自元、白至皮、陸，其體乃成。

65《詩苑類格》謂回文出於竇滔妻所作。《文心雕龍》云：「回文所興，則道原爲始。」又傅咸有《回文反覆詩》，温嶠有《回文詩》，皆在竇妻前。皮日休曰：「傅咸反覆興焉，温嶠回文興焉。」

66左思《白髮賦》：「星星白髮，生於鬢垂。」詩用「星星」字，出於此。

67韓子蒼曰：「柏梁作而詩之體壞，河梁作而詩之意乖。」

68李義山謂昌黎文若元氣，荆公謂少陵詩與元氣侔。唯韓、杜足以當之。

69山谷云：「學老杜詩，所謂刻鵠不成猶類鶩也。」後山謂山谷得法於少陵。朱文公云：「李、杜、韓、柳，初亦學《選》詩，然杜、韓變多，而柳、李變少。變不可學，而不變可學。」

70朱文公編小學書。其答劉子澄，謂古樂府及杜子美詩可取者多，令其喜諷咏，易入心，最爲有益。今本樂府及詩皆不取，豈修改而删之歟？子澄著《訓蒙新書外書》。

71韓文公《城南聯句》「禮鼠拱而立」，出《關尹子》「聖人師拱鼠制禮」。《遠遊聯句》：「開弓射鶻吺。」《古文尚書》：驩兜字也。《管子》云「鶻然若謞之静」，即「驩」字。又《雨中聯句》：「高居限參拜。」《戰國策》：頓弱曰：「臣之義不參拜。」二字本此。

72《送廣帥》詩：「上日馬人來。」《唐書・環王傳》：西屠夷，蓋馬援還，留不去者才十户。隋末，孳衍至三百，皆姓馬，俗以其寓故號馬留人，與林邑分唐南境。《演繁露》引《傳燈録》：中印度，乃在西域。其説誤矣。

73《抱朴子》曰：「俗士多云今月不如古月之朗。」李太白詩有《古朗月行》，又《把酒問月》云：「今人不見古時月，今月曾經照古人。」

74王胄以「庭草」一句爲隋煬所忌。《初學記》載胄《雨晴》詩：「風度蟬聲遠，雲開雁路長。」亦佳句也。

75「忍過事堪喜。」杜牧之《遣興》詩也。吕居仁《官箴》引此，誤以爲少陵。俗言「忍事敵災星」，司空表聖詩也。

76韋處厚《盛山十二詩》，韓文公爲序，今見于《唐詩紀事》。十二詩謂《隱月岫》《流杯渠》《竹嵓》《繡衣石榻》《宿雲亭》《梅谿》《桃塢》《胡盧沼》《茶嶺》《磐石磴》《琵琶臺》《上士瓶泉》也。

77伊川曰：「凡人家法，須月爲一會以合族。古人有花樹，韋家宗會法可取也。」宗會法，今不傳。岑參有《韋員外家花樹歌》：「君家兄弟不可當，列卿太史尚書郎。朝回花底常會客，花撲玉缸春酒香。」韋員外，失其名。此詩見一門華鄂之盛。

78《墨子》謂西施之沈其美也，豈亦如隋之於張麗華乎？「一舸逐鴟夷」，特見於杜牧詩，未必然也。

79張碧，字太碧。黄居難，字樂地。慕太白、樂天也。亦李赤之類歟？

80陸魯望《雜諷》云：「紅蠶緣枯桑。」「童麋來觸犀。」「歌鵝慘于冰。」「赤舌可燒城。」皆用《太玄》語。又《南征》詩：「繞帳生犀一萬株。」宋元憲詩：「帳犀森別校。」「犀株衛帳并兒勇。」景文詩：「合宴傳飧帳繞犀。」皆用此。

81毛澤民詩：「不須買絲繡平原，不用黄金鑄子期。」本李賀、貫休詩。

82李義山《詠賈生》云：「可憐夜半虚前席，不問蒼生問鬼神。」馬子才《詠文帝》云：「可憐一覺登天夢，不夢商巖夢櫂郎。」雖同一律，皆有新意。

83唐以詩取士，錢起之《鼓瑟》、李肱之《霓裳》是也。故詩人多。韓文公薦劉述古，謂舉於禮部者，其詩無與爲比。錢起名在第六，《豹爲賦》。

84羅昭諫《詠松》曰：「陵遷谷變須高節，莫向人間作大夫。」其志亦可悲矣。唐六臣，彼何人哉？昭諫説錢鏐舉兵討梁，見《通鑑》，其忠義可見。眎奴事朱温之杜荀鶴，猶糞土也。

85《宋書・樂志》，《陌上桑》曰《楚辭鈔》，以《九歌・山鬼》篇增損爲之。東坡因《歸去來》爲詞，亦此類也。

86詩一字至七字，張南史《花》《竹》《草》是也。一字至十字，文與可《竹》《石》是也。

87「一叢深色花，十户中人賦。」白樂天謂牡丹也。「豈知兩片雲，戴却數鄉税。」鄭雲叟謂珠翠也。侈靡之蠹甚矣。

88韓文公詩：「離家已五千。」注引沈休文《安陸王碑》：「平塗不過七百。」而不知「弼成五服，至于五千」，本《書》語也，奚以泛引爲？

89唐彦謙詩：「唱鳌讖《爾雅》，賣餅斥《公羊》。」事出《晉書》、《魏志》。

90白樂天《迂叟》詩：「初時被目爲迂叟，近日蒙呼作隱人。」又云：「自哂此迂叟，少迂老更迂。」則迂叟之名，不獨司馬公也。

91堯韭舜榮，梁元帝《玄覽賦》始用之。李群玉《蒲澗寺》詩：「澗有堯時韭，山餘禹代糧。」

92致堂云：「古樂府者，詩之旁行也；詞曲者，古樂府之末造也。」陸務觀云：「倚聲製詞，起於唐之季世。」

93寒山子詩，如「施家兩兒」事，出《列子》；「羊公鶴」事，出《世説》。如「子張」、「卜商」，如「侏儒」、「方朔」，涉獵廣博，非但釋子語也。對偶之工者，「青蠅」、「白鶴」，「黄籍」、「白丁」，「青蚨」、

「黄絹」，「黄口」、「白頭」，「七札」、「五行」，「緑熊席」、「青鳳裘」。而《楚辭》尤超出筆墨畦徑，曰：「有人兮山陘，雲卷兮霞纓。秉芳兮欲寄，路漫兮難征。心惆悵兮狐疑，蹇獨立兮忠貞。」

94司空表聖云：戴容州叔倫謂詩家之景，如藍田日暖，良玉生煙，可望而不可置於眉睫之前也。李義山「玉生煙」之句，蓋本於此。

95古詩：「何能待來兹。」兹，年也。《左傳》「今兹」，注云「此歲」。《吕氏春秋》：「今兹美禾，來兹美麥。」

96梁元帝《賦得蘭澤多芳草》詩。古詩爲題，見於此。

97韓文公云：「六字常語一字難。」《文心雕龍》謂「善爲文者，富於萬篇，貧於一字」。

98王儉四言，頗有子建、淵明餘風。其《侍太子九日玄圃宴》云：「秋日在房，鴻雁來翔。寥寥清景，藹藹微霜。草木摇落，幽蘭獨芳。眷言淄苑，尚想濠梁。既暢旨酒，亦飽徽猷。有來斯悦，無遠不柔。」

99劉苞《九日》詩：「曲終高宴罷，景落樹陰移。」陸務觀：「夕陽頻見樹陰移。」

100吴會，謂吴、會稽二郡也。石湖辯之其詳。魏文帝《雜詩》：「適與飄風會。」又曰：「行行至吴會。」

101應璩《百一詩》：「室廣致凝陰，臺高來積陽。」出《吕氏春秋》。

102李虚己初與曾致堯倡酬，致堯謂曰：「子之詩雖工，而音韻猶啞。」虚己初未悟，既而得沈休文所謂「前有浮聲，後須切響」，遂精於格律。

103詩言志。「秀榦終成棟，精鋼不作鈎。」包孝肅之志也。「人心正畏暑，水面獨搖風。」豐清敏之志也。

104張文饒曰：「處心不可著，著則偏。作事不可盡，盡則窮。先天之學，止是此二語，天之道也。」愚謂邵子詩「夏去休言暑，冬來始講寒」，則心不著矣。「美酒飲教微醉後，好花看到半開時」，則事不盡矣。

105杜正獻公詩：「因念古聖賢，名爲千古垂。何嘗廣居室，儉爲後人師。亞聖樂簞食，寢丘無立錐。文終防勢奪，景威恥家爲。文園四壁立，鄭公小殿移。」陳正獻公詩：「遺汝子孫清白在，不須廈屋太渠渠。」二賢相之清風，可以愧木妖之習。

106雁湖注荆公詩，於《明妃曲》「漢恩自淺胡自深，人間樂在相知心」，則引范元長之語，以致其譏。《日出堂上飲》之詩「爲客當酌酒，何預主人謀」，則引鄭氏《考槃》之誤，以寓其貶。《君難托》之詩曰：「世事反覆那得知，讒言入耳須臾離。」則明君臣始終之義，以返諸正。愚按，楊元素謂介甫詩，「今人未可輕商鞅，商鞅能令政必行」，今覩其行事，已頗類之矣。言，心聲也。其可揜乎？

107東坡文章好譏刺，文與可戒以詩云：「北客若來休問事，西湖雖好莫吟詩。」晚年郭功父寄詩云：「莫向沙邊弄明月，夜深無數採珠人。」饒德操、黎介然、汪信民寓宿州，作詩有略詆及時事者，吕滎陽聞之，作《麥》《熟》《繅》《絲》等四詩以諷止之，自此不復有前作。

108後山云：蘇公之門，有客四人。黄魯直、秦少游、晁无咎，則長公之客也。張文潛，則少公之客也。魯直詩云:「晁子智囊,可以括四海。張子筆端,可以回萬牛。」文潛詩云:「長公波濤萬頃陂,少公巉秀千尋麓。黄郎蕭蕭日下鶴,陳子峭峭霜中竹。秦文倩麗舒桃李,晁論峥嶸走珠玉。」可以見一時文獻之盛。

109「衣上六花非所好,畝間盈尺是吾心。」「何由更得齊民暖,恨不偏於宿麥深。」雪詩無出晏元獻、韓持國之右。

110晏元獻詩:「二龍驂夏服,雙鶴記堯年。」宋元憲詩:「軒野龍催馭,堯宫鶴厭寒。」劉敬叔《異苑》:太康二年冬大寒,南州人見二白鶴於橋下曰:「今兹寒不減堯崩年。」故山陵挽章用之。

111《符瑞圖》:日二黄人守者,外國人來降。宋景文云:「青帝回風還習習,黄人捧日故遲遲。」翟公巽云:「青女霜如失,黄人日故遲。」

112司馬公《早朝》詩:「太白明如李。」出《漢·天文志》:「熒惑踰歲星,居其東北半寸,所如連李。」又《即事》云:「雨不成遊布路歸。」出《左傳》:「自朝布路而罷。」今集中皆注云恐誤,蓋未考也。

113「更無柳絮隨風起,惟有葵花向日傾。」見司馬公之心。「浮雲世事改,孤月此心明。」見東坡公之心。

114東坡《次韻朱公掞初夏》詩:「《諫苑》君方續承業,《醉鄉》我欲訪無功。」隋樂運,字承業。録夏、殷以來諫争事,名《諫苑》,文帝覽而嘉焉。注謂《南史》李承業作《諫苑》,誤矣。

115《答王定國》詩:「謹勿怨謗讒,乃我得道資。淤泥生蓮花,糞壤出菌芝。賴此善知識,使我枯生荑。」此尹和靜所謂「因窮拂鬱，能堅人之志而熟人之仁」也。《詩》曰：「它山之石，可以攻玉。」

116「浮雲世事改，孤月此心明。」坡公晚年所造深矣。

117夏均父詩：「欒城去聲色，老坡但稱快。嗚呼二法門，近古絶倫輩。」嘗觀欒城爲《歐陽公碑》云：「公之於文，雍容俯仰，不大聲色，而義理自勝。」欒城評品文章至佳者，獨云「不帶聲色」，蓋得於公也。歐陽公《與梅聖俞書》云：「快哉快哉，老夫當避路，放他出一頭地。」東坡看人文字，於所酷愛者，但稱快而已，亦得於公也。

118陸務觀記東坡詩「翠欲流」謂：「蜀語鮮翠，猶言鮮明也。」愚按：嵇叔夜《琴賦》云：「新衣翠粲。」李周翰注：「翠粲，鮮色。」李善注引《子虚賦》：「翕呷翠粲。」張揖曰：「翠粲，衣聲。」《漢書》作「萃蔡。」萃，音翠。班倢伃賦：「紛綷縩兮紈素聲。」其義一也。以鮮明爲翠，乃古語。

119後山云：「少好詩，老而不厭。及一見黄豫章，盡焚其稾而學焉。豫章以謂譬之弈焉，弟子高師一著，僅能及之，争先則後之。」此可爲學文之法。

120東坡《與歐陽晦夫》詩三首，晦夫名闢，桂州人。梅聖俞有詩送之云：「我家無梧桐，安可久留鳳。」東坡南遷，至合浦，晦夫時爲石康令，出其詩稾數十幅。事見《桂林志》。注坡詩者以爲文忠之族，非也。

121《夏小正》：「九月榮鞠。」東坡詩云：「黄花候秋節，遠自《夏小正》。」注止引《月令》，非也。司馬公《春帖子》：「候雁來歸北，寒魚陟負冰。」亦用《夏小正》。

122山谷詩晚歲所得尤深。鶴山稱其以草木文章發帝杼機，以花竹和氣驗人安樂。

123《題蘇若蘭回文錦詩圖》云：「亦有英靈蘇蕙手，只無悔過竇連波。」連波，竇滔字也。《武后記》云：「因述若蘭之多才，復美連波之悔過。」

124《物理論》云：「虚無之談，無異春鼃秋蟬，聒耳而已。」山谷《演雅》：「春蛙夏蜩更嘈雜。」本於此。

125《題王黄州墨跡》：「掘地與斷木，智不如機舂。聖人懷餘巧，故爲萬物宗。」注不言所出。嘗觀孔融《肉刑論》云：「賢者所制，或踰聖人。水碓之巧，勝於斷木掘地。」此詩意本於此。機舂，即水碓也。

126《立春詩》：「看鏡道如咫。」出《汲冢周書》，王子曰：「遠人來驩，視道如尺。」

127《呈吉老縣丞》詩：「觟䚦今無種，蒲盧教未形。」注云：「觟、䚦」，此兩姓，今無人。」按《太玄難》上九云：「角觟䚦終以直，其有犯。」二字與「解豸」同。亦見王充《論衡》，云：「一角之羊也。」注誤矣。

128「八百老彭嗟杖晚。」出《莊子》。《釋文》：「彭祖至七百歲，猶曰悔不壽，恨杖晚而唾遠。」「醇朴乃器師。」二字出《荀子》。

129《江西道院賦》：「堂密有美樅。」出《爾雅注》。《尸子》謂：「松柏之鼠，不知堂密之有美樅。」

130後山挽司馬公云：「輟耕扶日月，起廢極吹噓。」與老杜「桑麻深雨露，燕雀半生成」相似，「生成」、「吹噓」，字若輕而實重。

131 張文潛《詠孔光》云：「試問不言温室木，何如休望董賢車。」仲彌性《詠韋執誼不看嶺南圖》云：「政恐崖州如有北，却應未肯受讒夫。」二詩誅姦諛之蕭斧也。

132 朱雲爲槐里令，上書求見，而即得對成帝，時言路猶未塞也。張文潛詩曰：「直言請劍斬安昌，勿謂朱游只素狂。君看漢家文景業，張侯能以一言亡。」

133 南豐《麻姑山詩送南城羅尉》，倣《廬山高》而不逮，絶唱寡和也。

134 唐子西「佳月明作哲，好風聖之清」，本於李誠之「山如仁者静，風似聖之清」。朱新仲「無人馬爲二，對飲月成三」，本於秦少游「身與杖藜爲二，影將明月成三」。陸務觀「誰其云者兩黄鵠，何以報之雙玉盤」，本於新仲「何以報之青玉案，我姑酌彼黄金罍」。葉少藴「逸人舊住子午谷，詩客獨尋丁卯橋」，務觀用之。程致道「明知計出柏馬下，正擬身全木雁中」，放器之用之。

135 或問崔德符作詩之要，曰：「但多讀而勿使，斯爲善。」張芸叟云：「年踰耳順，方敢言詩。」未窺六甲先製五言者，觀此可以戒。

136 曾文昭公《河間》詩云：「南北車書久混同，河間今有楚人風。獨慚太守非何武，已見州閭出兩龔。」謂彦和兄弟也。《童蒙訓》以爲曾子宣作，恐誤。

137 徐師川以諫議召，程致道在西垣封還除書，言與中貴人唱和魚須之句，爲人所傳。朱文公《語録》云：「師川游廬山，遇官者鄭諶，與之詩。」後村謂「徐集不載『魚須』之篇」。愚考集中有《次韻鄭本然居士》云：「頗知鶴脛緣詩瘦，早棄魚須伴我閒。」本然居士，豈即鄭諶歟？魚須，笏也。

138 朱新仲詠顔魯公云：「千五百年如烈日，二十四州唯一人。」又《詠昭君》云：「當時夫死若求歸，凜然義動單于府。不知出此肯隨俗，顔色如花心糞土。」

139《本草》：「菊，一名傅延年。」朱新仲詩：「三徑誰從陶靖節，重陽惟有傅延年。」前未有用者。

140 梁文靖公克家《梅花》詩云：「九鼎爕調終有待，百花羞澀敢言芳。」用王沂公之意。亦魁天下，位宰相，然梁公之句失於雕琢。

141 誠齋始學江西，既而學五字律於後山，學七字絶句於半山，最後學絶句于唐人。

142 誠齋《讀貞觀政要》云：「拔士新豐逆旅中，懷賢鴨緑水波東。酒傾一斗鳶肩客，醋設三杯羊鼻公。」羊鼻公謂魏鄭公，見《龍城録》。

143 蘇雲卿，廣漢人，隱東湖。張魏公爲相，使帥漕挽其來，一夕遁去，不知所之。真文忠爲詩曰：「魏公孤忠如孔明，赤手能支天柱傾。蘇公高節如子陵，寸膠解使黄河清。等是世間少不得，問津耦耕各其適。後人未可輕雌黄，兩翁之心秋月白。」

144 南塘《挽趙忠定公》云：「空令考亭老，垂白注《離騷》。」楊楫跋《楚辭集注》云：「慶元乙卯，治黨人方急。趙公謫死于道，先生憂時之意屢形於色。一日，示學者以所釋《楚辭》一篇。」

145 孫燭湖《讀通鑒》詩：「簿書流汗走君房，那得狂奴故意降。努力諸公了臺閣，不煩魚雁到桐江。」又曰：「清濁無心陳仲弓，圓機聊救漢諸公。末流不料兒孫誤，千古黄初佐命功。」朱文公謂二絶甚佳。

146平園詩「生戎馬」、「死佛貍」，荆公詩「生白」、「殺青」，皆佳對。

147鶴山詩：「只期玉女是用諫，肯爲金夫不有躬。」本於「玉汝」、「金吾」之對。

148林和靖詩：「怪書披月看銅牆。」放翁文有「銅牆鬼炊」之語，出東方朔《神異經》。

149「田園圖史分貧富，鼎鼐樓臺辨有無。」洪舜俞詩，用龐潁公、寇萊公事。

150本朝絶句，有夾漈《詠漢高祖》五言，乃唐于季子詩。又荆公絶句《詠叔孫通》，亦見《宋景文公集》。

151《演(蕃)〔繁〕露》云「摶黍爲鶯」不知何出，蓋未考《詩·葛覃》注也。《緗素雜記》不知「麥秋」出《月令》，亦此類。《能改齋漫録》考古語所出，詳且博矣，然「首如飛蓬」見於《詩》，乃以左思賦爲始。「樹桃李者，夏得休息」，見於《説苑》，乃以狄梁公事爲始。若此者非一，是以君子無輕立論。

152《方言》：「斟，益也。」凡病少愈而加劇，謂之「不斟」，或謂之「何斟」。吕居仁《答曾吉父》詩：「記我今年病不斟。」蓋用此，而不知者改爲「不禁」。

153《韋玄成傳》：「五世壙僚。」言五世無官也。吕成公銘湯烈母云：「湯世壙僚，委祉於後。」而婺本改爲「壙遼」。東坡《春帖》用「翠管銀罌」，出老杜《臘日》詩，而注者改爲「銀鈎」。此邢子才所以有「日思誤書」之語也。

154吕居仁詩：「弱水不勝舟，有此積立鐵。」又云：「何知若人胸，中有積立鐵。」出老杜《鐵堂峽》

詩：「壁色立積鐵。」又云：「準擬春來泰出游。」出《漢書·田叔傳》。又云：「日月已秋罷。」出《元帝紀》。

155 趙紫芝詩謂：「輔嗣易行無漢學，玄暉詩變有唐風。」

156 潘庭堅《題嶽麓寺道鄉臺》曰：「坡仙不謫黄，黄應無雪堂。道鄉不如新，此臺無道鄉。青山非其人，山靈能頡頏。一落名勝手，境與人俱香。悲吟倚空寂，臨眺生慨慷。道鄉不可作，承君不可忘。」陳樞密宗禮，景定間持節廣東，有詩云：「山川只爲蠻煙累，姓字多因謫籍香。」御史虞處劾之，陳坐謫。其後陳召人，處鐫官。

157 吴吉甫以晚科試漕闈，《搗藥兔長生詩》云：「真水黄芽長，香風玉杵鳴。不爲三窟計，永伴一輪明。」省試《聖人之道猶日中賦》，用闕搏之月，見沫之星」，第七聯云：「桑榆已晚，尚期一戰之收。」

158 湯伯紀自儆云：「《春秋》責備賢者，造物計校好人。一點莫留餘滓，十分成就全身。」此老晚節，庶幾踐斯言也。

159 薛士龍詩：「左角蠻攻觸，南柯檀伐槐。」的對也。

160 徐淵子詩：「植杞必植梓，蓺蘭仍蓺蓀。過庭遺訓在，鑿楹故書存。」蓋以梓蓀喻子孫也，「鑿楹」出《晏子春秋》。李義山詩：「經出宣尼壁，書留晏子楹。」

161 任元受《七夕》詩：「切勿填河漢，須留洗甲兵。」意亦新。

162伊川先生不作詩，唯《寄王子真詩》云：「我亦有丹君信否，用時還解壽斯民。」先生入嵩山，子真已候於松下。問何以知之，曰：「去年已有消息來矣。」蓋先生前一年欲往，以事而止。子真名筌，岐下陽平人，元豐中賜號沖熙處士。張芸叟爲《功行碑》，謂「超世之資，與陳圖南侔」。

163建隆初，詔五代時命官，投狀叙理，覆命之。郭昭先詩云：「爲逢末劫歸依佛，不就新恩叙理官。」飛龍在天，利見大人，而猶不屈其志如此。

164《文鑑》取蔡確《送將歸賦》，猶《楚辭後語》之取息夫躬也。

165浮溪詩：「人間何事非戲劇，鶴有乘軒蛙給廩。」《水經注》引《晉中州記》：惠帝爲太子，令曰：「若官蝦蟆，可給廩。」《晉書》無此語。

166張芸叟曰：「岐山石鼓，是《車攻》詩也。」「我車既攻，我馬既同。」則所取也。「其魚維何，維魴及鱮。」「何以貫之，維以楊柳。」則所不取者也。先儒凡今詩所無者，盡目爲逸詩，誤矣。見致堂《論語說》。

167朱文公曰：「顧況詩有集，皆不及見韋應物集者之勝。」今按韋集，有《顧況奉同郡齋雨中宴集詩》，云：「好鳥依嘉樹，飛雨灑高城。況與數君子，列座分兩楹。文雅一何麗，林堂含餘清。我公未歸朝，遊子不待晴。白雲帝鄉遠，滄江楓葉鳴。拜手欲無言，零淚如酒傾。寸心已摧折，別離方骨驚。安得淩風翰，肅肅賓天京。」

168程可久沙隨先生自題昞怡齋云：「乞得膠膠擾擾身，霜筠露菊便相親。勸君莫厭羹藜藿，違己由來更病人。」「六月松風萬籟寒，笙竽頻到枕屏間。夜深夢繞康廬阜，瀑布濺珠過藥欄。」「葵花已過菊花開，萬里西風拂面來。問字今朝幾人至，細看屐齒破蒼苔。」

169朱新仲云：「唐之詩人達者，唯高適。」適位不過常侍，本朝歐、王、蘇、黄出，徐、陳、韓、吕繼之，八人一相、三執政、三從官，何其盛也。

170山谷詩云：「能與貧人共年穀，必有明月生蚌胎。」爲富不仁者可以警。

171少陵詩：「東屯稻田一百頃，北有澗水通青苗。」東屯，乃公孫述留屯之所，距白帝五里。稻米爲蜀第一，郡給諸官俸廩，以高下爲差，帥漕月得九斗。王龜齡詩云：「少陵别業古東屯，一飯遺忠畎畝存。我輩月叨官九斗，須知粒粒是君恩。」東屯有青苗陂。

172宋正甫詩：「三聖傳心惟主一，六經載道不言真。」

173攻媿先生書桃符云：「門前莫約頻來客，坐上同觀未見書。」

174葛魯卿《借書》詩：「大勝揚雄辭子駿，更殊班嗣阻君山。」

175朱希真避地廣中，作《小盡行》云：「藤州三月作小盡，梧州三月作大盡。哀哉官曆今不頒，憶昔升平淚成陣。我今何異桃源人，落葉爲秋花作春。但恨未能與世隔，時聞喪亂空傷神。」唐李益《問路侍御六月大小》云：「野性迷堯曆，松窗有道經。故人爲柱史，爲我數階蓂。」

176山谷詩：「金石在波中，仰看萬物流。」出《孟子注》：「萬物皆流，而金石獨止。」

177野處《雪》詩：「天上長留滕六住，人中會有葛三來。」葛三事，出《太平廣記》。葛仙公第三子。

178王逢原詩：「退之昔裁詩，頗以豪横恃。暮年意氣得，金玉多自慰。買居紀廂榮，顧影樂冠佩。喜將閭巷好，持與妻子議。彼哉何足道，進退兹焉係。安知九列榮，顧是德所累。」謂《南内朝賀歸》及《示兒》詩也。朱子曰：「此篇所誇，乃《感二鳥》《符讀書》之成效極致，而上宰相書所謂行道憂世者，已不復言矣。」鄧志宏亦謂「愛子之情則至矣，導子之志則陋也」。

179致堂曰：「韓退之賦石鼓曰『孔子西行不至秦』，故不見録。」孔子編詩豈必身歷而後及哉？信斯言也，「車鄰駟驖」，胡爲而收之也。

180荆公《傷杜醇》曰：「隱約不外求，耕桑有妻子。藜杖牧雞豚，筠筒釣魴鯉。」《弔王致》曰：「老妻稻下收遺秉，稚子松間拾墮樵。」二人四明鄉先生也，固窮守道如此，今人知者鮮矣。利欲滔滔，廉恥寥寥，孰能景慕前脩哉？

181唐子西《内前行》云：「宅家喜得調元手。」唐時宫中謂天子爲宅家，《通鑑》：韓建發兵圍十六宅，諸王呼曰：「宅家救兒。」劉季述等至思政殿，皇后趍至拜曰：「軍容勿驚宅家。」

182文宋瑞《指南録》爲或人賦云：「悠悠成敗百年中，笑看柯山局未終。金馬勝游成舊雨，銅駝遺恨付西風。黑頭爾自誇江總，冷齒人能説褚公。龍首黄扉真一夢，夢回何面見江東。」《南齊》：樂豫謂徐孝嗣曰：「人笑褚公，至今齒冷。」謂褚淵也。

183翁與可《上徐直翁》詩：「六丈謀謨同輩服，二郎官職陋翁知。」

184鄭德言偘爲國子博士，私試策問，師道祭酒不悦，臺評及之。李艮翁丑父爲詩譏之曰：「諸生幸不笑韓愈，官長何因駡鄭虔。」

185柳文云：王氏子著論，「非班超不能讀父兄之書，而力徼狂疾之功以爲名」。先君子嘗爲《投筆詩》，其末云：「蘭臺舊家學，胡不紹箕裘。」

186鄧志宏曰：「詩有四忌：學白樂天者忌平易，學李長吉者忌奇僻，學李太白者忌怪誕，學舉子詩者忌説功名。」

187「水母目蝦」，見郭景純《江賦》。欒城詩云：「去住由人真水母，簞瓢粗足亦山雌。」（卷二十。下同）

188殷芸《小説》：蔡司徒説，在洛見陸機兄弟，住參佐中，三間瓦屋，士龍住東頭，士衡住西頭。東坡詩：「自甘茆屋老三間。」簡齋詩：「士龍同此屋三間。」又云：「士衡去國三間屋。」

189張鷟自號浮休子，李白有《贈參寥子》詩。張芸叟、僧道潛，復以自號。

190江總詩：「聊以著書情，暫遣他鄉日。」元城劉公晚歲閒居，或問先生何以遣日，公正色曰：「君子進德修業，惟日不足，而可遣乎？」

191成都石經，孟蜀所刻。於唐高祖、太宗之諱皆缺畫。范魯公相本朝，其《誡子姪詩》曰：「堯舜理曰，深泉薄冰。」猶不忘唐也。

192張文潛《寓陳雜詩》言顔平原事，誤以盧杞爲元相國。

193李長吉有《春歸昌谷》詩，張文潛《春游昌谷訪長吉故居》云：「惆悵錦囊生，遺居無復處。」在河南福昌縣三鄉東。

194荀悅《申鑒》曰：「覩孺子之驅雞，而見御民之術。孺子之驅雞，急則驚，緩則滯，馴則安。」許渾詩：「遯跡驅雞吏。」

195司馬公時至獨樂園，危坐讀書堂，嘗云：「草妨步則薙之，木礙冠則芟之，其他任其自然，相與同生天地間，亦各欲遂其生耳。」張文潛《庭草》詩云：「人生群動中，一氣本不殊。奈何欲自私，害彼安其軀。」亦此意也。觀此則見周子窗前草不除之意。

196劉夢得《何卜賦》云：「同涉于川，其時在風。沿者之吉，泝者之凶。同蓺于野，其時在澤。伊穉之利，乃稑之厄。」東坡詩：「耕田欲雨刈欲晴，去得順風來者怨。」本此意。

197唐子西《採藤曲》：「魯人酒薄邯鄲圍，西河渡橋南越悲。」下一句未見所出。

198《容齋五筆》：「石尤風」，引陳子昂、戴叔倫、司空文明詩，意其爲打頭風，逆風也。李義山詩作「石郵」，來風貯石郵。楊文公詩亦作「郵」。石郵風惡客心愁。

199北齊擇盧思道之詩得八首，人稱「八米盧郎」。或謂「米」當爲「采」，徐鍇云：「八米，以稻喻之，若言十稻之中得八粒米也。」

200東坡《觀棋》詩「誰與棋者」，《墨君堂記》「雖微與可，天下其孰不賢之」，皆用《檀弓》文法。

201徐仲車謂：尊官重禄，人之所好也，安肯曰吾不才、吾辱其位。甚者亡人之國，危人之天下不顧也。鄭綮可謂知其量矣。後村詩謂：「未必朱三能跋扈，秖因鄭五欠經綸。」朱温之篡，崔、柳諸人之罪也。於鄭綮何譏焉？

202 南豐詩稱昌黎之文云：「並驅六經中，獨立千載後。」

203「垂老抱佛脚」，孟東野《讀經》詩也。

（徐俊）

齊東野語

周密 撰

周密（一二三二—一二九八），字公謹，號草窗，本濟南人，流寓吴興（在今浙江省）。淳祐末（一二五二）爲義烏令，景定初（一二六〇）爲浙西帥司幕官，後去官游杭，退居湖州。宋亡不仕，家于杭。嘗居弁山，自號弁陽嘯翁、弁陽老人，又號蕭齋、四水潛夫。《齊東野語》二十卷，此據中華書局一九八三年排印本選録。

【温泉寒火】（上略）然今湯泉，往往有之。如驪山、尉氏、駱谷、汝水、黄山、佛迹、匡廬、閩中等處，皆表表在人耳目。坡詩云：「自憐耳目隘，未測陰陽故。鬱攸火山烈，觱沸湯泉注。安能長魚鼈，僅可燖狐兔。」朱氏晦菴詩云：「誰然丹黄焰，爨此玉池水。」蓋或爲温泉之下，必有硫黄、礬石故耳。獨未見所謂寒火。（卷一。下同）

【詩用史論】劉貢父《詠史》詩云：「自古邊功緣底事，多因嬖倖欲封侯。不如直與黄金印，惜取沙場萬髑髏。」其意蓋指當時王韶、李憲輩耳。而其説則出於温公《論李廣利》曰：「武帝欲侯寵姬李氏，而使廣利將兵伐宛。其意以爲非有功不侯，不欲負高帝之約也。夫軍旅大事，國之安危，民之生死繫焉。苟爲不擇賢愚，欲徼倖咫尺之功，藉以爲名而私其所愛，不若無功而侯之爲愈也。然則武帝有見於封國，無見於置將，謂之能守先帝之約。臣曰過矣！」蓋全用之。然胡明仲《論留侯》則云：「善乎子房之能納説也，不先事而强聒，不後事而失機。不問則不言，有言則必當其可，故聽之易，而用不難也。評者曰：『漢業存亡在俯仰間，而留侯於此每從容焉。諸侯失固陵之期，始分信、越之地，複道見沙中之聚，始言雍齒之侯。』善言子房矣。」此論全用荆公詩：「漢業存亡俯仰中，留侯於此每從容。固陵始議韓彭地，複道方圖雍齒封。」此則史論用詩也。近世劉潛夫詩云：「身屬嫖姚性命輕，君看一蟻尚貪生。無因喚取談兵者，來此橋邊聽哭聲。」而東坡《諫用兵》之疏云：「且夫戰勝之後，陛下可得而知者，凱旋捷奏，拜表稱賀，赫然耳目之觀矣。至於遠方之民，肝腦塗於白刃，筋骨絶於餽餉，流離破産，鬻賣男女，薰眼折臂，自經之狀，陛下必不得而見也。慈父孝子，孤臣寡婦之哭聲，陛下必不得而聞也。」其意亦出此。馮必大詩云：「亭長何曾識帝王，入關便解約三章。只消一勺清冷水，冷却秦鍋百沸湯。」亦用黄公度《漢高祖論》曰：「傷弓之鳥驚曲木，挽萬石之弓以射之，寧無所懼？奔渴之牛急濁泥，飲以清冷之水，寧無所喜？項驚天下以弓，而帝飲天下以水。」葉紹翁詩云：「殿號長秋花寂寂，臺名思子草茫茫。尚無人世團圞樂，枉認蓬萊作帝鄉。」亦出於林少穎《武帝論》云：「武帝好長生不死之術，聚方士於京師，由是禱祠之俗興，以成巫蠱之禍。陽邑、朱昌二公主俱以此誅，而皇后、太子亦皆不免。其始也，欲求長生不死之術而不可得，徒使敗亡之禍横及骨肉，可笑也。」錢舜選詩云：「項羽天資自不仁，那堪亞父作謀臣。鴻門若遂樽前計，又一商君又一秦。」亦祖陳傅良之論羽云：「羽之戮子嬰、弑義帝、斬彭生，坑秦二十萬衆，亞父獨不當試曉之邪？使楚果亡漢，則羽又一秦，增又一商鞅也。」此類甚多，不暇枚舉，豈所謂脱胎者耶？

【放翁鍾情前室】（上略）翁居鑑湖之三山，晚歲每入城，必登寺眺望，不能勝情。嘗賦二絶云：「夢斷香銷四十年，沈園柳老不飛綿。此身行作稽山土，猶吊遺蹤一悵然。」又云：「城上斜陽畫角哀，沈園無復舊池臺。傷心橋下春波緑，曾是驚鴻照影來。」蓋慶元己未歲也。未久，唐氏死。至紹熙壬子歲，復有詩。序云：「禹跡寺南，有沈氏小園。四十年前，嘗題小詞一闋壁間。偶復一到，而園已三易主，讀之悵然。」詩云：「楓葉初丹槲葉黄，河陽愁鬢怯新霜。林亭感舊空回首，泉路憑誰説斷腸。壞壁醉題塵漠漠，斷雲幽夢事茫茫。年來妄念消除盡，回向蒲龕一炷香。」又至開禧乙丑歲暮，夜，夢遊沈氏園，又兩絶句云：「路近城南已怕行，沈家園裏更傷情。香穿客袖梅花在，緑蘸寺橋春水生。」「城南小陌又逢春，只見梅花不見人。玉骨久成泉下土，墨痕猶鎖壁間塵。」沈園後屬許氏，又爲汪之道宅云。

【紹熙内禪】（上略）五年正月，壽皇始不豫。上以疾，不能問安嘗藥。臣僚劾内侍陳源、楊舜卿、林億年，以離間兩宫，請罷逐。及壽皇疾甚，留正請上侍疾，挽裾隨至福寧殿，泣而出。既而宰執以所請不從，乞出。光宗傳旨，令宰執盡出，於是俱至浙江亭待罪。知閤韓侂胄奏請自往宣押入城，於是宰執入，各還第。國史《趙汝愚傳》云：「孝宗令嗣秀王傳意，令宰執復入，非實。」復請過宫，許之。至期，過午，有旨放仗。當是時，諸公引裾慟哭，朝士日相聚於道宫佛寺集議，百司皂隸，造謗謳傳，學舍草茅，争相伏闕。劉過改之一書，至有「生靈塗炭，社稷丘墟」之語。且有詩云：「從教血染長安市，一枕清風卧釣磯。」擾擾紛紛，無所不至。大抵當時執政無承平諸公識度，不能以上疾狀昭示天下，鎮静浮言。而縉紳學士，率多賣直釣名之人，遂使上蒙疑負謗，日甚一日。（卷三）

【避諱】（上略）元稹以陽城驛與陽道州名同，更之曰避賢驛，且作詩以記之，白樂天和之，云「荆人愛羊祜，户曹改爲詞，一字不忍道，況兼姓呼之」是也。鄭諴過郢州浩然亭，謂賢者名不可斥，更名孟亭。歙有任昉寺、任昉村，以任所遊之地故也。虞藩爲刺史日，更爲任公寺、任公村。此則後人避前賢名也。（卷四。下同）

【方巨山争體統】賈師憲淳祐己酉歲爲湖廣總領，時方岳巨山知南康軍。一日，總所綱運經從星江。押綱軍卒，驕悍繹騷，市民横遭其禍者甚衆。巨山大不能堪，遂擒數輩斷治之。賈公聞之，移文詰問，且追本軍都吏，巨山於是就判公牒云：「總領雖大，湖廣之尊；南康雖微，江東列郡。當職奉天子命來牧是邦，初非總領之幕客，亦非湖廣之屬郡。軍無紀律，騷動吾民，國有常刑，合從斷遣，此守臣職也，於都吏何與焉！　牒報。」賈公得牒，不勝其憤，遂申朝廷，乞行按劾，於是朝廷俾岳易邵武以避之。去郡日，有士人作大旗，書一詩以送之，曰：「秋厓秋壑兩般秋，湖廣、江東事不侔。直到南康論體統，江西自隔兩三州。」

【曝日】袁安卧負暄，令兒搔背，曰：「甚快人意。」趙勝負暄風檐，候樵牧之歸。故杜詩云「負暄候樵牧」，又云「負暄近牆壁」。又《西閣曝日》云：「凜冽倦玄冬，負暄嗜飛閣。」又云：「毛髮且自和，肌膚潛沃若。太陽信深仁，衰氣欻有託。欹傾煩注眼，容易收病脚。」樂天《負日》詩云：「杲杲冬日出，照我屋南隅。負暄閉目坐，和氣生肌膚。初似飲醇醪，又如蟄者蘇。外融百骸暢，中適一念無。曠然忘所在，心與虛空俱。」此皆深知負暄之味者也。冬日可愛，真若可持獻者。晁端仁嘗得冷疾，無藥可治，惟日中炙背乃愈。周邦彦嘗有詩云：「冬曦如村釀，奇温止須臾。行行正須此，戀戀忽已無。」余嘗於南濼作小日閣，名之曰獻日軒。幕以白油絹，通明虛白，盎然終日，四體融暢不止須臾而已。適有客戲余曰：「此所謂天下都綿襖者。」相與一笑。後見何斯舉《黄綿襖子歌》，序曰：「正月大雨雪，十日不已。既晴，鄰舍相呼負日，曰：『黄綿襖子出矣。』」乃知古已有此語。然王立之亦嘗名日窗爲大裘軒。謝無逸爲賦詩曰：「小人拙生事，三冬卧無幬。忍寒東窗底，坐待朝曦上。徐徐晨光熙，稍稍血氣暢。薰然四體和，恍若醉春釀。此法秘勿傳，不易車百輛。君胡得此法，開軒亦東向。蘇公名大裘，意豈在萬丈。但覷名軒心，人人如挾纊。」陶隱居《清異録》載，開元時高太素隱商山，起六逍遥館，各製一銘。其三曰《冬日初出》，銘曰：「折膠墮指，夢想負背，金鑼騰空，映檐白醉。」樓攻媿嘗取「白醉」二字以名閣，陳進道爲賦詩，攻媿次之云：「處世難獨醒，時作映檐醉。年少足裘馬，安知老夫味。天梳與日帽，且復供酒事。謫居幸三適，得此更慚愧。向來六逍遥，特書見清異。君家老希夷，相求諒同氣。曲身成直身，朝寒俄失記。醉中知其天，不飲乃同意。書生暫寄温，難語純綿麗。」洪駒父亦有《大裘軒》詩。

【用事切當】淳熙中，孝宗及皇太子朝上皇於德壽宮，置酒賦詩爲樂，從臣皆和。周益公詩云：「二丁扶火德，三合鞏皇基。」蓋高宗生於大觀丁亥，孝宗生於建炎丁未，光宗生於紹興丁卯故也。陰陽家以亥、卯、未爲三合，一時用事，可謂切當。其後楊誠齋爲光宗宮僚，時寧宗已在平陽邸，其《賀壽》詩云：「祖堯父舜真千載，禹子湯孫更一家。」又云：「天意分明昌火德，誕辰三世總丁年。」蓋祖益公語也。（下略）

【四皓名】四皓之名，見於《法言》。《漢書》、《樂書》多不同，前輩嘗辨之。王元之在汝日，以詩寄畢文簡曰：「未必頸如樗里子，定應頭似夏黄公。」文簡謂綺里季夏當爲一人，黄公則別一人也。杜詩云：「黄綺終辭漢。」王逸少有《尚想黄綺帖》。陶詩云：「黄綺之南山。」又云：「且當從黄綺。」《南史》，阮孝緒辭梁武之召云：「周德雖興，夷、齊不厭薇蕨；漢道方盛，黄、綺無間山林。」蓋各以首一字呼之。於是元之遂改此句，後皆以文簡爲據。然漢刻四皓神坐，一曰園公，二曰綺里季，三曰夏黄公，四曰甪里先生。按《三輔舊事》云：「漢惠帝爲四皓作碑。」當時所鐫，必無誤書，然則元之所用非誤也。蓋昔人論四皓，或云園、綺，或云綺、夏，亦未必盡舉首一字。或淵明自讀作「綺里季夏」，亦不可知。周燮曰：「追綺季之迹。」《世説》曰：「綺季、東園公、夏黄公、甪里先生，謂之四皓。」《姓書》有綺里先生，季，其字也。是則爲夏黄公，益可信矣。按《風俗通》，楚鬻熊之後爲圈。鄭穆公之子圈，其後爲姓。至秦博士逃難，乃改爲園。《陳留風俗記》乃圈稱所撰。蓋圈公自是秦博士。周庚以嘗居園中，故謂之園公。《陳留志》謂圈公名秉字宣明。蔡伯喈集有圈典，魏有圈文生，皆其後也。古字禄與甪通用，故《樂書》作緑。鄭康成於《禮書》，甪皆作禄。《陳留志》則又作用，唐李涪嘗辨之矣。然《史記・留侯世家》注云：「東園公姓庚，以居園中，因以爲號。夏黄公姓崔名廣字少通，齊人，隱居夏里，故號夏黄公。甪里先生河内人，太伯之後，姓周名術字元道。京師號曰霸上先生，一曰甪里先生。」此又何邪？又《吴俗紀》云：「先生吴人，姓周氏。今太湖中有禄里村、甪頭寨，即先生逃秦聘之地。」《韓詩》：「虎有爪兮牛有角，虎可搏兮牛可觸。」蔡氏注云：「角、觸，協音也。」淳化中，崔偓佺判國子監，有字學。太宗問曰：「李覺嘗言四皓中一人姓甪，或云：用上加一撇，或云：用上加一點，果何音？」偓佺曰：「臣聞刀下用乃権音，兩點下用乃鹿音。用上一撇一點，俱不成字。」然甪里作角里，亦非也。後漢有甪善叔，乃讀作覺音，何邪？（卷五。下同）

【南園香山】事有一時傳譌，而人競信之者。閲古之敗，衆惡皆歸焉，然其間率多浮誕之語，抑有乘時以醜名惡聲，以詆平日所不樂以甘心者，如犬吠村莊等事是也。姑以《四朝聞見録》所載一事言之。謂蜀帥獻沈香山，高五丈，立之南園凌風閣下。今慶樂園，即昔之南園也。所謂香山，尚巍然立於閣前，乃枯柟耳，初非沉香也。推此以往，人言未可盡信也如此。余嘗戲賦絶句云：「舊事凄涼尚可尋，斷碑閑卧草深深。凌風閣下槎牙樹，當日人疑是水沈。」

【用事偶同】歐陽公《非非堂記》曰：「是是近乎諂，非非近乎訕，不幸而過，寧訕無諂。」坡翁爲劉壯輿作《是是堂》詩云：「閉燕言仁義，是非安可無。非非義之屬，是是仁之徒。非非近乎訕，是是近乎諛。」子由《彈呂惠卿章》云：「放麑，違命也，推其仁則可以託國。食子，徇君也，推其忍則至於弑君。」山谷《懷半山老人》詩云：「啜羹不如放麑，樂羊終愧巴西。」其意蓋指惠卿也。二公豈相蹈襲者邪？其用事造語，若出一轍，而不以爲嫌也。然《韓非子》所載放麑，乃是西巴，恐一時偶誤耳。

【詩用事】糜先生，吴之老儒也。羿、弇，皆其子姪行。記問該洽，九經注疏，悉能成誦。場屋之文，未嘗謄藁，爲時鄉師。然垂老連蹇，未嘗預貢士籍。時吴中孚名惟信，號菊潭。客吴，能詩，善絶句，糜極稱之，以爲不可及。一日遇諸塗，扣以近作，吴因朗誦《傷春絶句》云：「白髮傷春又一年，閑將心事卜金錢。梨花瘦盡東風懶，商略平生到杜鵑。」糜老至屈膝拜之曰：「子真謫仙人也。老夫每欲效顰，則漢高祖、唐太宗追逐不少置矣。」蓋前輩服善若此。陳簡齋嘗語人以作詩之要，云「天下書雖不可不讀，然慎不可有意於用事」，正謂此也。今人或以用事多爲博贍，誤矣。（卷六）

【贈雲貢雲】陶通明詩云：「山中何所有，嶺上多白雲。只可自怡悦，不堪持贈君。」雲，固非可持贈之物也。坡翁一日還自山中，見雲氣如群馬奔突自山中來，遂以手掇開籠，收於其中。及歸，白雲盈籠，開而放之，遂作《攓雲篇》云：「道逢南山雲，欻吸如電過。竟誰使令之，衮衮從空下。」又云：「或飛入吾車，逼仄人肘胯。搏取置笥中，提携反茅舍。開緘仍放之，掣去仍變化。」然則雲真可以持贈矣。宣和中，艮嶽初成，令近山多造油絹囊，以水濕之，曉張於絶巘危巒之間，既而雲盡入，遂括囊以獻，名曰「貢雲」。每車駕所臨，則盡縱之，須臾，滃然充塞，如在千巖萬壑間。然則不特可以持贈，又可以貢矣。併資一笑。（卷七）

【詩詞祖述】隆興間，魏勝戰死淮陰，孝宗追惜之。一日諭近臣曰：「人才須用而後見。使魏勝不因邊釁，何以見其才？如李廣在文帝時，是以不用；使生高帝時，必將大有功矣。」其後放翁贈劉改之曰：「李廣不生楚漢間，封侯萬户宜其難。」蓋用阜陵語也。改之大喜，以爲善名我。異時，劉潛夫作《沁園曲》云：「使李將軍遇高皇帝，萬户侯何足道哉！」又祖放翁語也。（卷八）

【形影身心詩】靖節作形影相贈神釋之詩，謂貴賤賢愚，莫不營營惜生。故陳形影之苦，而以神辨自然，以釋其惑。《形贈影》曰：「願君取吾言，得酒莫苟辭。」《影答形》曰：「立善有遺愛，胡可不自竭。」形累養而欲飲，影役名而求善，皆惜生之惑也。神乃釋之曰：「大鈞無私力，萬理自森著。人爲三才中，豈不以我故。」此神自謂也。又曰：「日醉或能忘，將非趣齡具。」所以辨養之累。又曰：「立善常所忻，誰當與汝譽。」所以解名之役，然亦僅在趣齡與無譽而已。設使爲善見知，飲酒得壽，則亦將從之耶？於是又極其釋曰：「縱浪大化中，不喜亦不懼。應盡便須盡，無事勿多慮。」此乃不以死生禍福動其心，泰然委順，乃得神之自然，釋氏所謂斷常見者也。坡翁從而反之曰：「予知神非形，何復異人天。豈惟三才中，所在靡不然。」又云：「委順憂傷生，憂死生亦還。縱浪大化中，正爲化所纏。應盡便須盡，寧復俟此言。」白樂天因之作《心問身》詩云：「心問身云何泰然，嚴冬暖被日高眠。放君快活知恩否，不早朝來十一年。」《身答心》曰：「心是身王身是宮，君今居在我宮中。是君家舍君須愛，何事論恩自説功。」《心復答身》曰：「因我疏慵休罷早，遣君安樂歲時多。世間老苦人何限，不放君閒奈我何。」此則以心爲吾身之君，而身乃心之役也。坡翁又從而賦六言曰：「淵明形神自我，樂天身心於物。而今月下三人，他日當成幾佛？」然二公之説雖不同，而皆祖之列子力命之論。力謂命曰：「若之功，奚若我哉？」命曰：「汝奚功於物，而欲比朕？」力曰：「壽夭窮達，貴賤貧富，我力之所能也。」命遂歷陳彭祖之壽，顔淵之夭，仲尼之困，殷紂之君，季札無爵於君，田恒專有齊國，夷、齊之餓，季氏之富：「若是，汝力之所能，奈何壽彼而夭此，窮聖而達逆，賤賢而貴愚，貧善而富惡耶？」力曰：「若如是言，我固無功於物，而物若此耶？此則若之所制耶？」命曰：「既謂之命，奈何有制之者？朕直而推之，曲而任之。自壽自夭，自窮自達，自貴自賤，自富自貧，朕豈能識之哉！」此蓋言壽夭窮達，貧富貴賤，雖曰莫非天命，而亦非造物者所能制之，直付之自然耳。此則淵明《神釋》所謂「大鈞無私力」之論也。其後楊龜山有《讀東坡和陶影答形》詩云：「君如煙上火，火盡君乃别；我如鏡中像，鏡壞我不滅。」蓋言影因形而有無，是生滅相。故佛云：「一切有爲法，如夢幻泡影。」正言其非實有也，何謂不滅？此則又墮虚無之論矣。（卷九）

【輕容方空】紗之至輕者，有所謂輕容，出《唐類苑》，云：「輕容，無花薄紗也。」王建《宫詞》云：「嫌羅不著愛輕容。」元微之有寄白樂天白輕容，樂天製而爲衣。而詩中「容」字乃爲流俗妄改爲「庸」，又作「榕」，蓋不知其所出。《元豐九域志》「越州歲貢輕容紗五疋」是也。又有所謂方空者。《漢·元帝紀》：「罷齊三服官。」注云：「春獻冠幘，縰爲首服，紈素爲冬服，輕綃爲夏服，凡三。」師古曰：「縰與纚同音山爾反，即今之方目紗也。」又後漢建初二年，詔齊相省冰紈、方空縠、吹綸絮。紈，素也。冰，言色鮮潔如冰。《釋名》曰：「縠絰方空者，紗薄如空也。」或曰：「空，孔也。即今之方目紗也。綸如絮而細，吹者，言吹噓可成此紗也。」荆公詩云「春衫猶未著方空」者，是也。一紗名，世少知，故表出之。（卷十。下同）

【多蚊】吴興多蚊，每暑夕浴罷，解衣盤礴，則營營群聚，噆嘬不容少安，心每苦之。坡翁嘗曰：「湖州多蚊蚋，豹脚尤毒。」且見之詩云：「飛蚊猛捷如花鷹。」又云：「風定軒窗飛豹脚。」蓋湖之豹脚蚊著名久矣。舊傳崇王入侍壽皇，聖語云：「聞湖州多蚊，果否？」後侍宴，因以小金盒貯豹脚者數十枚進呈。蓋不特著名，亦且塵乙覽矣。蓋蚊乃水蟲所化，澤國故應爾。聞京師獨馬行街無蚊蚋，人以爲井市燈火之盛故也。吴興獨江子匯無蚊蚋，舊傳馬自然嘗泊舟於此所致。故錢信《平望蚊》詩云：「安得神仙術，試爲施康濟。使此平望村，如吾江子匯。」然余有小樓在臨安軍將橋，面臨官河，污穢特甚。自暑徂秋，每夕露眠，寂無一墳，過此僅數百步則不然矣，此亦物理之不可曉者。渡淮蚊蚋尤盛，高郵露筋廟是也。《孫公談圃》云泰州西洋多蚊，使者按行，以艾煙薫之方少退。有一廳吏醉仆，爲蚊所噆而死。世傳范文正詩云：「飽似櫻桃重，飢如柳絮輕。但知從此去，不要問前程。」即其地也。聞大河以北，河冰一解，如雲如烟。若信、安、滄、景之間，夏月牛馬皆塗之以泥，否則必爲所斃。（下略）

【黄子由夫人】黄子由尚書夫人胡氏，與可元功尚書之女也。俊敏强記，經史諸書略能成誦。善筆札，時作詩文亦可觀。於琴弈寫竹等藝尤精，自號惠齋居士，時人比之李易安云。（下略）

【吴郡王冷泉畫贊】莊簡吴秦王益，以元舅之尊，德壽特親愛之，入宫，每用家人禮。憲聖常持盈滿之戒，每告之曰：「凡有宴召，非得吾旨，不可擅入。」一日，王竹冠練衣，芒鞵筇杖，獨携一童，縱行三竺、靈隱山中，濯足冷泉磐石之上，遊人望之，儼如神仙，遂爲邏者聞奏。次日，德壽以小詩召之曰：「趁此一軒風月好，橘香酒熟待君來。」令小璫持賜，王遂亟往。光堯迎見，笑謂曰：「夜來冷泉之遊，樂乎？」王怳然頓首謝。光堯曰：「朕宫中亦有此景，卿欲見之否？」蓋壘石覓泉，像飛來香林之勝。架堂其上曰冷泉。中揭一畫，乃圖莊簡野服濯足於石上，且御製一贊云：「富貴不驕，戚畹稱賢。掃除膏粱，放曠林泉。滄浪濯足，風度蕭然。國之元舅，人中神仙。」於是盡醉而罷，因以賜之，亦可謂戚畹之至榮矣。畫今藏其曾孫潔家，余嘗見之。

【椰酒菊酒】今人以椰子漿爲椰子酒，而不知椰子花可以釀酒。唐殷堯封《寄嶺南張明府》詩云：「椰花好爲酒，誰伴醉如泥。」九日菊酒，以淵明採菊，白衣送酒得名。而不知《西京雜記》所載菊花酒法，以菊花舒時，併採莖葉雜秫米釀之，至來年九月九日始熟。此皆目前之事，而未有言者，何也？

【字舞】州郡遇聖節錫宴，率命猥妓數十群舞於庭，作「天下太平」字，殊爲不經。而唐《樂府雜録》云：「舞有字，以舞人亞身於地，布成字也。」王建《宫詞》云：「羅衫葉葉繡重重，金鳳銀鵝各一叢。每遇舞頭分兩向，太平萬歲字當中。」則此事由來久矣。

【滕茂實】滕茂實字秀穎，吴人。國史作杭州人。初名裸，登政和第，徽宗改賜今名。靖康初，以太學正兼明堂司令，與路允迪、宋彦通奉使金國，割三鎮。太原尋奉密詔，據城不下，金人怒之，囚於雲中。淵聖北遷，茂實冠裳迎謁，拜伏號泣，請侍舊主俱行。不從，且誘之曰：「國破主遷，所以留公者，蓋將大用。」遂留之雁門。先是，自分必死，遂囑友人董詵以奉使黄旛裹屍而葬，且大書九篆字云：「宋使者東陽滕茂實墓。」復作詩，自叙云：「茂實奉使無狀，不復返父母之邦，所當從其主以全臣節。或怒而與之死，幸以所杖旛裹其屍，及以所篆九字刊之石，埋之臺山寺下，不必封樹。蓋昔年病中，嘗夢遊清涼境界，覺而病愈，恐亦前緣。今預作哀辭，幾於不達，方之淵明則不可，若蘇屬國牧羊海上，而五言之作始，敢援此例」云。詩曰：「齏鹽老書生，繆列王都官。索米了無補，從事敢辭難。殊憐復盟好，仗節來榆關。城守久不下，川途望漫漫。儉輩果不惜，一往何當還。牧羊困蘇武，假道拘張騫。流離念窘東，坐閲四序遷。同來悉已歸，我獨留塞垣。形影自相弔，國破家亦殘。呼天竟不聞，痛甚傷肺肝。相逢老兄弟，悼嘆安得歡。波瀾卷大廈，一木難求安。就不違我心，渠不汗我顔。昔燕破齊土，群臣望風奔。王蠋獨守節，燕人有甘言。經首自絶脰，感慨今昔聞。未嘗食齊禄，徒以老爲民。况我禄數世，一死何足論。遠或没江海，近或死朝昏。斂我不須衣，裹屍以黄旛。題作宋臣墓，篆字當深刊。我室年尚幼，兒女皆童頑。四海無置錐，飄流倍悲酸。誰當給衣食，使不厄飢寒。歲時一酹我，猶足慰我魂。我魂亦悠悠，異鄉寄沉冤。他時風雨夜，草木號空山。」後竟以憂憤成疾，殂。北人哀其忠，爲之起墓雁門山，歲時致祭焉。所記張浮休之弟確，嘗爲烏延帥幕，獨不庭謁。童貫及徽宗本以五月五日生，以俗忌，移之十月十日，皆可以補史闕。後董詵自拔歸南，上所爲詩，贈直龍圖閣。國史雖有本傳，甚略，且無其詩併叙，與此亦

少異。余訪之北方記録，得其實焉。（卷十一。下同）

【何宏中】何宏中字廷遠，先世居雁門。父子奇，守武州宣寧尉，歿王事。宏中，宣和元年武舉，廷對第二名，調滑州韋城尉。汴京被圍，獨韋城不下。後爲河東、河北兩路統制。接應副使武漢英守銀冶路，立山寨七十四所。武漢英戰死，宏中堅守，以糧盡被擒。金人憐其忠，授以官，廷遠投牒於地曰：「我嘗以此物誘人出死力，若輩乃欲以此嚇我邪？」囚西京獄。久之，免爲黄冠，自號通理先生。起紫微殿，遷徽宗、東華君御容以事之。所著有《成真》、《通理》二集。正隆四年病歿，臨終有詩云：「馬革盛屍每恨遲，西山餓死亦何辭。姓名不到中興曆，自有皇天后土知。」其志亦可哀矣！國史乃失其傳焉。

【姚孝錫】姚孝錫字仲純，豐縣人。登宣和六年第，調代州兵曹。金人寇雁門，州將恇怯議降，孝錫竟投牀大鼾，不與其議。既得脱去，遂往五臺薄，移疾不仕，因家焉，時年方三十九。治生積粟至數萬石，遇饑歲，盡出以賑貧乏，鄉人德之。所居正據五臺之勝，亭榭數十，花木百畝。中歲，盡以家事付諸子，日與賓朋放浪山水詩酒間，自號醉軒。至八十三乃終。有集號《雞肋》。有《謁西陘題滕茂實祠》云：「本期蘇鄭共揚鑣，不意芝蘭失後凋。遺老秪今猶涕淚，後生無復識風標。雁度霜前塞，滹水樵争日暮橋。追想平生英偉魄，凌雲一笑豈能招。」七言如「節物後先南北異，人情冷暖古今同」；「久客交情諳冷暖，衰年病骨識陰晴」；「玄晏暮年常抱病，子山終日苦思歸」；「深林有獸烏先噪，廢圃無人泉自流」；「食貧豈復甘秦炙，客病空懷奏楚音」。五言如「岸漲魚吹沫，山空石轉雷」：「谷虚生地籟，境寂散天香」，皆佳句也。

【榿木】杜詩《乞榿木》詩無音，或讀作豈，而韻書亦無此字。集中又有「榿林礙日吟風葉」，鄭氏注曰：「五來反。」若然，當作「獃」字。余嘗見陳體仁端明云：「見前輩讀若欹韻。」頗以爲疑，後見劍南詩有「著書增木品，搜句覓榿栽」。又荆公詩云：「濯錦江邊木有榿，小園封植佇華滋。」益信欹音爲然。榿，惟蜀有之，不才木也，或謂即榕云。

【協韻牽强】詩辭固多協韻，晦菴用吴才老補音多通，然亦有太甚者。古人但隨聲取協，方言又多不同。至沈約以來，方有四聲之拘耳，然亦正不必牽强也。《離騷》一經，惟「多艱多替」之句，最爲不協。孫莘老、蘇子容本云「古亦應協」，未必然也。晦菴以艱音巾，替音天，雖用才老之説，然恐無此理。以余觀之，若移「長太息以掩涕」一句在「哀生民之多艱」下，則涕與替正協，不勞牽强也。

【沈君與】吴興東林沈偕君與，即東老之子也，家饒於財。少游京師入上庠，好狎遊。時蔡奴聲價甲於都下。沈欲訪之，乃呼一賣珠人於其門首茶肆中，議價再三不售，撒其珠於屋上，賣珠者窘甚。君與笑曰：「第隨我來，依汝所索還錢。」蔡於簾中窺見，令取視之，珠也。大驚，惟恐其不來。後數日乃詣之，其家喜相報曰：「前日撒珠郎至矣。」接之甚至，自是常往來。一日，携上樊樓，樓乃京師酒肆之甲，飲徒常千餘人。沈遍語在坐，皆令極量盡歡，至夜，盡爲還所直而去，於是豪侈之聲滿三輔。既而擢第，盡買國子監書以歸。時賈收耘老隱居苕城南横塘上，沈嘗以詩遺之蟹曰：「黄秔稻熟墜西風，肥入江南十月雄。横跪蹣跚鉗齒白，圓臍吸脇斗膏紅。虀須園老香研柚，羹藉庖丁細擘葱。分寄横塘溪上客，持螯莫放酒杯空。」耘老得之不樂曰：「吾未之識，後進輕我。」且聞其不羈，因和韻詆之云：「彭越孫多伏下風，蝤蛑奴視敢稱雄。江湖縱養膏腴紫，鼎鑊終烹爪眼紅。嘲稱吴兒牙似鍍，劈慚湖女手如葱。獨憐盤内秋臍實，不比溪邊夏殼空。」君與怒曰：「吾聞賈多與郡將往還預政，言人短長，曾爲人所訟。吾以長上推之，乃鄙我若此。」復用韻報之云：「蟲腹無端苦動風，團雌還却勝尖雄。水寒且弄雙鉗利，湯老難逃一背紅。液入幾家煩海滷，醢成何處污園葱。好收心躁潛蛇穴，毋使雷驚族類空。」賈晚娶真氏，人謂賈秀才娶真縣君以爲笑，沈所指團雌爲此。賈尋悔之，而戲語已傳播矣。

【淳紹歲幣】紹興歲幣，銀二十萬兩、絹二十萬疋。紅絹十二萬疋，疋重十兩。浙絹八萬疋，疋重九兩。樞密院差使臣四員管押銀綱，户部差使臣十二員管押絹綱。（中略）時聘使往來，旁午於道。凡過盱眙，例遊第一山，酌玻瓈泉，題詩石壁，以記歲月，遂成故事，鑴刻題名幾滿。紹興癸丑，國信使鄭汝諧一詩云：「忍恥包羞事北庭，奚奴得意管逢迎。燕山有石無人勒，却向都梁記姓名。」可謂知言矣。噫！開邊之用固無窮，而和戎之費亦不易，余因詳書之。（卷十二）

【老蘇族譜記】滄洲先生程公許字季與，眉山人，仕至文昌，寓居霅上，與先子從容談蜀中舊事，歷歷可聽。其言老泉《族譜亭記》，言鄉俗之薄，起於某人，而不著其姓名者，蓋蘇與其妻黨程氏大不咸，所謂某人者，其妻之兄弟也。老泉有《自尤》詩，述其女事外家，不得志以死，其辭甚哀，則其怨隙不平也久矣。其後東坡兄弟以念母之故，相與釋憾。程正輔於坡爲表弟，坡之南遷，時宰聞其先世之隙，遂以正輔爲本路憲將，使之甘心焉。而正輔反篤中外之義，相與周旋之者甚至。坡詩往復倡和，中亦可概見矣。（下略）（卷十三。下同）

【張乂林叔弓】張乂，延平人。少負才入太學，有聲，爲節性齋長，既又爲時中齋長。其人眇小而好作爲，動以苛禮律諸生，同舍多不平之。莆田林叔弓，亦輕浮之士也，於是以其名字作詩賦各一首嘲之。其警聯云：「身材短小，欠曹交六尺之長；腹内空虚，乏劉義一點之墨。」詩警句云：「中分乂兩段，風使十横斜。文上元無分，人前强出些。」曲盡形容之妙，聞者絶倒。（下略）

【數奇】《李廣傳》：「廣數奇，毋令當單于。」注云：「奇，不偶也。言廣命隻不偶也。數音所角切；奇，居宜切。」宋景文以爲江南本《漢書》，數乃所具切，角字乃具字之誤耳。然或以爲疑。余因考《藝文類聚》引《馮敬通集》「吾數奇命薄」，《唐文粹》徐敬業詩「數奇良可嘆」，王維詩「衛青不敗由天幸，李廣無功緣數奇」，杜詩「數奇謫關塞，道廣存箕潁」，羅隱詩「數奇當自愧，時薄欲何干」，坡詩「數奇逢惡歲，計拙集枯梧」，觀其偶對，則數爲命數，非疏數之數，音所具切，明矣。（卷十四。下同）

【諫筍諫果】世傳涪翁喜苦筍，嘗從斌老乞苦筍詩云：「南園苦筍味勝肉，籠籜稱寃莫採録。煩君更致蒼玉束，明日風雨吹成竹。」又《和坡翁春菜》詩云：「公如端爲苦筍歸，明日春衫誠可脱。」坡得詩，戲語坐客云：「吾固不愛做官，魯直遂欲以苦筍硬差致仕。」聞者絶倒。嘗賦《苦筍》云：「苦而有味，如忠諫之可活國。」放翁又從而獎之云：「我見魏徵殊嫵媚，約束兒童勿多取。」於是世以諫筍目之。殊不知翁嘗自跋云：「余生長江南，里人喜食苦筍，試取而嘗之，氣苦不堪於鼻，味苦不可於口，故嘗屏之，未始爲客一設。及來黔，黔人冬掘苦筍萌於土中，才一寸許，味如蜜蔗，初春則不食，惟僰道人食苦筍。四十餘日出土尺餘，味猶甘苦相半。」以此觀之，涪翁所食，乃取其甘，非貴乎苦也。南康簡寂觀有甜苦筍，周益公詩云：「疏食山間茶亦甘，況逢苦筍十分甜。君看齒頰留餘味，端爲森森正且嚴。」此亦取其甜耳。世人慕名忘味，甘心荼苦者，果何謂哉！又記涪翁在戎州日，過蔡次律家，小軒外植餘甘子，乞名於翁，因名之曰味諫軒。其後王子予以橄欖送翁，翁賦云：「方懷味諫軒中果，忽見金盤橄欖來。想見餘甘有瓜葛，苦中真味晚方回。」然則二物亦可名之爲諫果也。

【張氏十咏圖】先世舊藏吴興張氏《十詠圖》一卷，乃張子野圖其父維平生詩，有十首也。其一，《太守馬太卿會六老於南園》云：「賢侯美化行南國，華髮欣欣奉宴娱。政績已聞同水薤，恩遂喜及桑榆。休言身外榮名好，但恐人間此會無。他日定知傳好事，丹青寧羨《洛中圖》。」其二，《庭鶴》云：「戢翼盤桓傍小庭，不無清夜夢烟汀。静翹月色一團素，閑啄苔錢數點青。終日稻粱聊自足，滿前雞鶩漫相形。已隨秋意歸詩筆，更與幽栖上畫屏。」其三，《玉蝴蝶花》云：「雪朵中間蓓蕾齊，驟聞尤覺繡工遲。品高多説瓊花似，曲妙誰將玉笛吹。散舞不休零晚樹，團飛無定撼風枝。漆園如有須爲夢，若在藍田種更宜。」其四，《孤帆》云：「江心雲破處，遥見去帆孤。浪闊疑升漢，風高若泛湖。依微過遠嶼，髣髴落荒蕪。莫問乘舟客，利名同一途。」其五，《宿清江小舍》，破損，僅存一句云：「菰葉青青緑荇齊。」其六，《歸燕》云：「社燕秋歸何處鄉，群雛齊老稻青黄。猶能時暫棲庭樹，漸覺稀疏度苑牆。已任風庭下簾幕，却隨烟艇過瀟湘。前春認得安巢所，應免差池揀杏梁。」其七，《聞砧》云：「遥野空林砧杵聲，淺沙棲雁自相鳴。西風送響暝色静，久客感秋愁思生。何處征人移塞帳，即時新月落江城。不知今夜擣衣曲，欲寫秋閨多少情。」其八，《宿後陳莊》云：「臘凍初開苕水清，烟村遠郭漫吟行。灘頭斜日晁鷺隊，枕上西風鼓角聲。一棹寒燈隨夜釣，滿犁膏雨趁春耕。誰言五福仍須富，九十年餘樂太平。」其九，《送丁遜秀才赴舉》云：「鵬去天池鳳翼隨，風雲高處約先飛。青袍賜宴出關近，帶取瓊林春色歸。」其十，《貧女》云：「蒿簪掠鬢布裁衣，水鑒雖明亦懶窺。數畝秋禾滿家食，一機官帛幾梭絲。物爲貴寶天應與，花有秋香春不知。多少年來豪族女，總教時樣畫蛾眉。」孫覺莘老序之云：「富貴而壽考者，人情之所甚慕；貧賤而夭短者，人情之所甚哀。然有得於此者，必遺於彼。故寧處康强之貧，壽考之賤，不願多藏而病憂，顯榮而夭短也。贈尚書刑部侍郎張公諱維，吴興人。少年學書，貧不能卒業，去而躬耕以爲養。善教其子，至於有成。平居好詩，以吟詠自娱。浮游閭里，上下於溪湖山谷之間，遇物發興，率然成章，不事彫琢之巧，采繪之華，而雅意自得。徜徉閑肆，往往與異時處士能詩者爲輩。蓋非無憂於中，無求於世，其言不能若是也。公不出仕，而以子封至正四品，亦可謂貴；不治職，而受禄養，以終其身，亦可謂富；行年九十有一，可謂壽考。夫享人情之所甚慕，而違其所哀，無憂無求，而見之吟詠，則其自得而無怨懟之辭，蕭然而有沉澹之思，其然宜哉。公卒十八年，公子尚書都官郎中先亦致仕家居。取公平生所自愛詩十首，寫之縑素，號《十咏圖》，傳示子孫，而以序見屬。余既愛侍郎之壽，都官之孝，爲之序而不辭。都官字子野，蓋其年八十有二云。」此事不詳於郡志，而張維之名亦不顯，故人少知者。會直齋陳振孫貳卿方修《吴興志》，討摭舊事，見之大喜。遂傳其圖，且詳考顛末，爲之跋云：「慶曆六年，吴興郡守宴六老於南園，酒酣賦詩，安定胡先生瑗教授湖學，爲序其事。六人者，工部侍郎郎簡年七十九，司封員外郎范説年八十六，衛尉寺丞張維年九十一，俱致仕。劉餘慶年九十二，周守中年九十五，吴琰年七十二，皆有子弟列爵於朝。劉，殿中丞述之仲父；周，大理丞頌之父；吴，大理丞知幾之父也。詩及序刻石園中，園廢，石亦不存。其事見《圖經》及《安定言行録》。余嘗考之，郎簡，杭人也，或嘗寓於湖。范説，咸平三年進士，同學究出身。周頌，天聖八年進士。劉、吴盛族，述與知幾皆有名蹟可見，獨張維無所考。近周明叔史君得古畫三幅，號《十咏圖》者，乃維所作詩也。首篇即南園宴集所賦，孫覺莘老序之，其略云云，於是始知維爲子野之父也。時熙寧五年，歲在壬子，逆數而上八十二年，子野之生，當在淳化辛卯，其父享年九十有一，正當爲守。會六老之年，實慶曆丙戌。逆數而上九十一年，則周世宗顯德丙辰也。後四年宋興，自是日趨太平極盛之世，及於熙寧、元豐，再更甲子矣。子野於其間擢儒科，登膴仕，爲時聞人。贈其父官四品，仍父子皆耄期，流風雅韻，使人遐想慨慕不能已，可謂吾鄉衣冠之盛事矣！世固知有子野而不知有其父也。自慶曆丙戌後十八年，子野爲《十咏圖》，當治平甲辰。又後八年，孫莘老爲太守爲之作序，當熙寧壬子。又後一百七十七年，當淳祐己酉，其圖爲好古博雅君子所得。會余方緝《吴興人物志》，見之如獲珙璧，因細考而詳録之，庶幾不朽於世。其詩亦清麗閑雅，如『灘頭斜日晁鷺隊，枕上西風鼓角聲。』又『花有秋香春不知』，皆佳句也。子野之墓在卞山多寶寺，今其後影響不存矣。此圖之獲，豈不幸哉。」本朝有兩張先，皆字子野。其一博州人，天聖三年進士，歐陽公爲作墓志；其一天聖八年進士，則吾州人也。二人名姓字偶皆同，而又適同時，不可不知也。且賦詩云：「平生聞説張三影，十詠誰知有乃翁。逢世昇平百年久，與齡耆艾一家同。名賢叙述文章好，勝事流傳繪素工。遐想盛時生恨晚，恍如身在畫圖中。」南園故址在今南門内，牟存叟端平所居是也。其地尚爲張氏物，先君爲經營得之，存叟大喜，亦常賦五絶句，其一云：「買家喜傍水晶宫，正是南園故址中。我欲築堂名六老，追還慶曆太平風。」蓋紀實也。余家又偶藏子野詩一帙，名《安六集》，舊京本也。鄉守楊嗣翁見之，因取刻之郡齋。適二事皆出余家，似與子野父子有緣耳。（卷十五。下同）

【周陸小詞】（上略）陸放翁在蜀日，有所盼，嘗賦詩云：「碧玉當年未破瓜，學成歌舞入侯家。如今顦顇蓬窗底，飛上青天妒落花。」出蜀後，每懷舊遊，多見之賦詠，有云：「金鞭珠彈憶春遊，萬里橋東罨畫樓。夢倩曉風吹不斷，書憑春雁寄無由。鏡中顔鬢今如此，席上賓朋好在不。箧有吴牋三百箇，擬將細字寫春愁。」又云：「裘馬清狂錦水濱，最繁華地作閒人。金壺投箭消長日，翠袖傳杯領好春。幽鳥語隨歌處拍，落花鋪作舞時茵。悠然自適君知否？身與浮名孰重輕。」又以此詩隱括作《風入松》云：「十年裘馬錦江濱。酒隱紅塵。黄金選勝鶯花海，倚疏狂、驅使青春。弄笛魚龍盡出，題詩風月俱新。自憐華髮滿紗巾。猶是官身。鳳樓曾記當年語，問浮名、何似身親。欲寫吴牋説與，這回真箇閒人。」前輩風流雅韻，猶可想見也。

【三高亭記改本】三高亭，天下絶景也，石湖老仙一記，亦天下奇筆也。（下略）攻媿有《讀三高祠記》詩曰：「三高之風天與高，三高之靈或可招。小山之後無此作，具區笠澤空寥寥。幾從垂虹蕩雙槳，寓目滄波獨怊悵。筆端不倒三峽流，欲遽招之恐長往。前身陶朱今董狐，襟袍磊落吞江湖。瑰詞三章妙天下，大書深刻江之隅。我來誦詩凜生氣，若有人兮在江水。扁舟獨釣鱠鱸魚，茶竈筆牀歸甫里。先生固是邱壑人，只今方迫功與名。謝公掩鼻恐未免，便看林藪生風雲。他年事業滿彝鼎，乞身歸來坐佳境。不嫌俗士三斗塵，容我漁蓑理烟艇。」時范公方爲吏部郎也。（卷十六。下同）

【詩道否泰】詩道否泰，亦各有時。政和中，大臣有不能詩者，因建言：詩爲元祐學術，不可行。時李彦章爲中丞，承望風旨，遂上章論淵明、李、杜而下皆貶之，因詆黄、張、晁、秦等，請爲科禁。何清源至修入令式，諸士庶習詩賦者杖一百。聞喜例賜詩，自何文縝後，遂易爲詔書訓戒。是歲冬，初雪，太上皇喜甚。吴居厚首作詩三篇以獻，謂之「口號」，上和賜之。自是聖作時出，訖不能禁，而陳簡齋遂以《墨梅》詩擢置館閣焉。寶慶間，李知孝爲言官，與曾極景建有隙，每欲尋釁以報之。適極有《春》詩云：「九十日春晴景少，百千年事亂時多。」刊之《江湖集》中。因復改劉子翬《汴京紀事》一聯爲極詩云：「秋雨梧桐皇子宅，春風楊柳相公橋。」初，劉詩云：「夜月池臺王傅宅，春風楊柳太師橋。」今所改句，以爲指巴陵及史丞相。及劉潛夫《黄巢戰場》詩云：「未必朱三能跋扈，都緣鄭五欠經綸。」遂皆指爲謗訕，押歸聽讀。同時被累者，如敖陶孫、周文璞、趙師秀，及刊詩陳起，皆不得免焉。於是江湖以詩爲諱者兩年。其後史衛王之子宅之、壻趙汝梅，頗喜談詩，引致黄簡、黄中、吴仲孚諸人。洎趙崇龢進《明堂禮成》詩二十韻，於是詩道復昌矣。

【賈島佛】唐李洞字子江，苦吟有聲。慕賈浪仙之詩，遂鑄其像事之，誦賈島佛不絶口，時以爲異。五代孫晟初名鳳，又名忌，好學，尤長於詩。爲道士，居廬山簡寂宫。嘗畫賈島像置屋壁，晨夕事之，人以爲妖。蓋酸鹹之嗜，固有異世而同者，長江簿何以得此於人哉！（下略）

【北令邦】（上略）《續揮犀》載刁約使契丹，戲爲詩云：「押燕移離畢，看房賀跋支。餞行三匹裂，密賜十毗狸。」如鼠而大，穴居，食果穀，味若豘而脆，契丹以爲珍膳。

【降仙】降仙之事，人多疑爲持箕者狡獪以愚旁觀，或宿構詩文託爲仙語，其實不然，不過能致鬼之能文者耳。余外家諸舅，喜爲此戲，往往所降多名士，詩亦粗可讀，至於書體文勢，亦各近似其人。一日，元嵸舅諸姬，戲以紈扇求詩，遂各題小詞於上，仍寓姬之名於内，行草間有可觀者。紹興斜橋客邸有請紫姑者，命觽爲題，詩云：「寒巖雪壓松枝折，斑斑剥盡青虬血。運斤巧匠斵削成，劍脊半開魚尾裂。五湖仙子多奇致，欲駕神舟探仙穴。碧雲不動曉山横，數聲摇落江天月。」（中略）淳祐間，有降仙於杭泮者，或以鬼議之，大書一詩云：「眼前青白誰知我，口裏雌黄一任君。縱使挾山可超海，也須覆雨更番雲。」或以功名爲問，答曰：「朝經暮史無間日，北履南鞭知幾年。踐履未能求實地，榮枯何必問青天。」報其相譏也。又董無益嘗記女仙三絶句云：「柳條金懶不勝鴉，青粉牆邊道韞家。燕子未來春寂寞，小窗和雨夢梨花。」「松影侵壇琳觀静，桃花流水石橋寒。東風吹過雙蝴蝶，人倚危樓第幾闌。」「屈曲闌干月半規，藕花香澹水漪漪。分明一夜文姬夢，只有青團扇子知。」亦可喜也。友人姚天澤亦善此。時先君需清湘次，因至外塾覩子弟捧箕。忽大書曰：詩贈周邦君，云：「謝公樓上春光好，五馬行春人未老。鬱孤臺上墨未乾，手捧詔書入黄道。」先子爲一笑，然莫知爲何等語也。未幾，易守臨汀，首披郡志，則舊有謝公樓，所謂「謝公樓上好美酒，三百清銅買一斗」者，與前語適符。然鬱孤臺以後語，竟亦不驗。（中略）又聞李和父云：「向嘗於貴家觀降仙，扣其姓名，不答。忽作薛稷體大書一詩云：『猩袍玉帶落邊塵，幾見東風作好春。因過江南省宗廟，眼前誰是舊京人。』捧箕者皆悚然驚散，知爲淵聖在天之靈。」真否固未可知，然每讀爲之淒然。

【腹腴】余讀杜詩「偏勸腹腴愧少年」，喜其知味。坡詩亦云：「更洗河豚烹腹腴。」黄詩亦云：「故園漁友膾腹腴。」又云：「飛雪堆盤膾腹腴。」按《禮記·少儀》云：「羞濡魚者進尾，冬右腴。」注云：「腴，腹下也。」《周禮疏》：「燕人膾魚方寸，切其腴以啗所貴。」引以證膴，膴亦腹腴。」《前漢》：「九州膏腴。」師古注云：「腹下肥白曰腴。」

【性所不喜】人各有好惡，於書亦然。前輩如杜子美不喜陶詩，歐陽公不喜杜詩，蘇明允不喜揚子，坡翁不喜《史記》。王充作《刺孟》，馮休著《删孟》，司馬公作《疑孟》，李泰伯作《非孟》，晁以道作《詆孟》，黄次伋作《評孟》；若酸、鹹嗜好，亦各自有所喜。非若今人之胸中無真識，隨時好惡，逐人步趨而然者。且以孟、揚、馬遷、陶、杜異世，遇諸名公，尚有所不合。今乃欲以區區之文，以求識賞於當世不具耳目之人，難矣哉！後世子雲之論，真名言也。

【咸淳三事】（上略）時方詔歲，賈公欲優學舍以邀譽，乃以校尉告身、錢帛等俾京庠擬試。時黄文昌方自江閫入爲京尹，益增賞格，雖末綴，猶獲數百千，於是群四方之士試者紛然。時襄、郢已失，江、淮日以遽告，有無名子作詩揭之試所云：「鼙鼓驚天動地來，九州赤子哭哀哀。廟堂不問平戎策，多把金錢媚秀才。」邏之，竟不得其人而止。（卷十七）

【晝寢】「飽食緩行初睡覺，一甌新茗侍兒煎。脱巾斜倚繩牀坐，風送水聲來枕邊。」丁崖州詩也。「細書妨老讀，長簟愜昏眠。取簟且一息，抛書還少年。」半山翁詩也。「相對蒲團睡味長，主人與客兩相忘。須臾客去主人覺，一半西窗無夕陽。」放翁詩也。「讀書已覺眉稜重，就枕方欣骨節和。睡起不知天早晚，西窗殘日已無多。」吴僧有規詩也。「老讀文書興易闌，須知養病不如閑。竹牀瓦枕虚堂上，卧看江南雨後山。」吕滎陽詩也。「紙屏瓦枕竹方牀，手倦抛書午夢長。睡起莞然成獨笑，數聲漁笛在滄浪。」蔡持正詩也。余習懶成癖，每遇暑晝，必須偃息。客有嘲孝先者，必哦此以自解。（下略）（卷十八。下同）

【薰風聯句】唐文宗詩曰：「人皆苦炎熱，我愛夏日長。」柳公權續云：「薰風自南來，殿閣生微涼。」或者惜其不能因詩以諷，雖坡翁亦以爲有美無箴，故爲續之云：「一爲居所移，苦樂永相忘。願言均此施，清陰分四方。」余謂柳句正所以諷也，蓋薰風之來，惟殿閣穆清高爽之地始知其涼。而征夫耕叟，方奔馳作勞，低垂喘汗於黃塵赤日之中，雖有此風，安知所謂涼哉？此與宋玉對楚王曰「此謂大王之風耳，庶人安得而共之者」同意。

【史記無燕昭築臺事】王文公詩云：「功謝蕭規慚漢第，恩從隗使詫燕臺。」然《史記》止云：「爲隗改築宮而師事之。」初無「臺」字。李白詩有「何人爲築黃金臺」之語，吴虎臣《漫録》以此爲據。按《新序》、《通鑑》亦皆云「築宮」，不言「臺」也。然李白屢慣用黃金臺事，如「誰人更掃黃金臺」，「燕昭延郭隗，遂築黃金臺」，「掃灑黃金臺，招邀廣平客」，「如登黃金臺，遥謁紫霞仙」，「侍筆黃金臺，傳觴青玉案」。杜甫亦有「楊梅結義黃金臺」，「黃金臺貯賢俊多」。柳子厚亦云：「燕有黃金臺，遠致望諸君。」《白氏六帖》有：「燕昭王置千金於臺上，以延天下士，謂之黃金臺。」此語唐人相承用者甚多，不特本於白也。又按《唐文粹》有皇甫松《登郭隗臺》詩。又梁任昉《述異記》：「燕昭爲郭隗築臺，今在幽州燕王故城中。土人呼賢士臺，亦爲招賢臺。」然則必有所謂臺矣。後漢孔文舉《論盛孝章書》曰「昭築臺以延郭隗」，然皆無黃金字。宋鮑照《放歌行》云：「豈伊白屋賜，將起黃金臺。」然則黃金臺之名，始見於此。李善注引王隱《晉書》：「段匹磾討石勒，屯故燕太子丹黃金臺。」又引《上谷郡圖經》曰：「黃金臺在易水東南十八里，昭王置千金臺上，以延天下士。」且燕臺多以爲昭王，而王隱以爲燕丹，何也？余後見《水經注》云：「固安縣有黃金臺。耆舊言昭王禮賢，廣延方士，故修建下都，館之南陲。燕昭創於前，子丹踵於後」云云，以此知王隱以爲燕丹者，蓋如此也。

【蘭亭詩】永和蘭亭禊飲集者四十二人，人各賦詩，自右軍而下十一人，各成兩篇，郄曇、王豐而下十五人，各成一篇，然亦不過四言兩韻，或五言兩韻耳。詩不成而罰觥者十有六人，然其間如王獻之輩，皆一世知名之士，豈終日不能措一辭者。黄徹謂古人持重自惜，不輕率爾，恐貽久遠之譏，故不如不賦之爲愈耳。余則以爲不然，蓋古人意趣真率。是日適無興不作，非若後世喋喋然，强聒於杯酒間以爲能也。史載獻之嘗與兄徽之、操之，俱詣謝安，二兄多言，獻之寒温而已。既出，客問優劣，安曰：「小者佳。吉人之辭寡。」以其少言，故云。今王氏父子群從咸集，而獻之詩獨不成，豈不平日静退之故邪。（卷十九。下同）

【賈氏園池】景定三年正月，詔以魏國公賈似道有再造功，命有司建第宅家廟，賈固辭，遂以集芳園及緡錢百萬賜之。（中略）近世以詩弔之者甚衆，吴人湯益一詩，頗爲人所稱，云：「檀板歌殘陌上花，過牆荆棘刺檐牙。指揮已失鐵如意，賜予寧存玉辟邪。敗屋春歸無主燕，廢池雨産在官蛙。木綿菴外尤愁絶，月黑夜深聞鬼車。」李彭老一絶云：「瑶房錦榭曲相通，能幾番春事已空。惆悵舊時吹笛處，隔窗風雨剥青紅。」

【陳用賓夢放翁詩】陳觀國字用賓，永嘉勝士也。丙戌之夏，寓越，夢訪余於杭。壁間有古畫數幅，巖壑聳峭，竹樹茂密，瀑飛絶巘，匯爲大池。池中菡萏方盛開，一翁曳杖坐巨石上，仰瞻飛鶴翔舞。烟雲空濛中，髣髴有字數行，體雜章草。其詞曰：「水聲兮激激，雲容兮茸茸。千松拱緑，萬荷奏紅。爰宅兹巖，以逸放翁。屹萬仞與世隔，峻一極而天通。予乃控野鶴追冥鴻，往來乎蓬萊之宫。披海氛而一笑，以觀九州之同。」旁一人指云：「此放翁詩也。」用賓驚悟，亟書以見寄。詩語清古，非思想之所及，異哉！

【讀書聲】昔有以詩投東坡者，朗誦之而請曰：「此詩有分數否？」坡曰：「十分。」其人大喜。坡徐曰：「三分詩，七分讀耳。」此雖一時戲語，然涪翁所謂「南窗讀書吾伊聲」，蓋善讀書者，其聲正自可聽耳。（下略）（卷二十。下同）

【舟人稱謂有據】余生長澤國，每聞舟子呼造帆曰歡，以牽船之索曰彈平聲子，稱使風之帆爲去聲，意謂吴諺耳。及觀唐樂府有詩云：「蒲帆猶未織，争得一歡成。」而鍾會呼捉船索爲百丈。趙氏注云：「百丈者，牽船篾，内地謂之笪音彈。」韓昌黎詩云「無因帆江水」，而《韻書》去聲内亦有扶帆切者，是知方言俗語，皆有所據。陸放翁入蜀，聞舟人祠神，方悟杜詩「長年三老攤錢」之語，亦此類也。

【隱語】古之所謂廋詞，即今之隱語，而俗所謂謎。《玉篇》謎字釋云，隱也。人皆知其始於黄絹幼婦，而不知自漢伍舉、曼倩時已有之矣。至《鮑照集》，則有井字謎。自此雜説所載，間有可喜。（中略）又有以今人名藏古人名者云：「人人皆戴子瞻帽仲長統，君實新來轉一官司馬遷。門狀送還王介甫謝安石，潞公身上不曾寒温彦博。」又有以古詩賦敗弓云：「争帝圖王勢已傾無靶，八千兵散楚歌聲無弦。烏江不是無船渡無梢，羞向東吴再起兵無面。」然此近俗矣。若今書會所謂謎者，尤無謂也。

【温公重望】坡公《獨樂園》詩云：「兒童誦君實，走卒知司馬。」京師之貪汙不才者，人皆指笑之曰：「你好箇司馬家。」文潞公留守北京日，嘗遣人入遼偵事。回見遼主大宴群臣，伶人劇戲作衣冠者，見物必攫取懷之，有從其後以物仆之，云：「汝司馬端明邪？」是雖夷狄亦知之，豈止兒童走卒哉！宣和間，徽宗與蔡攸輩在禁中自爲優戲，上作參軍趨出。攸戲上曰：「陛下好箇神宗皇帝。」上以杖鞭之云：「你也好箇司馬丞相。」是知公論在人心，有不容泯者如此。

（冀勤）

癸辛雜識

周密　撰

《癸辛雜識》，分前集、後集、續集上下、别集上下，共六卷。此據《津逮秘書》本選録。

【吴興園圃】（上略）玲瓏山在卞山之陰，嵌空奇峻，略如錢塘之南屏及靈隱、薌林，皆奇石也。有洞曰「歸雲」，張有謙中篆書於石上。有石梁，闊三尺許，横繞兩石間，名「定心石」。傍有唐杜牧題名云：「前湖州刺史杜牧大中五年八月八日來。」及紹興癸卯葛魯卿、林彦政、劉無言、莫彦平、葉少藴題名。章文莊公有詩云：「短鍤長鑱出萬峰，鑿開混沌作玲瓏。市朝可是無巇嶮，更向山林巧用工。」（前集。下同）

【牛女】七夕牛女渡河之事，古今之説多有不同，非惟不同，而二星之名莫能定。《荆楚歲時記》云：「黄姑織女時相見。」太白詩云：「黄姑與織女，相去不盈尺。」是皆以牽牛爲黄姑。然李後主詩云：「迢迢牽牛星，杳在河之陽。粲粲黄姑女，耿耿遥相望。」若此，則又以織女爲黄姑，何耶？然以《星曆》考之，牽牛去織女隔銀河七十二度，古詩所謂「盈盈一水間，脉脉不得語」。又安得如太白「相去不盈尺」之説。又《歲時記》則又以黄姑即河鼓，《爾雅》則以河鼓爲牽牛。又《焦林大斗記》云：「天河之西，有星煌煌，與參俱出，謂之牽牛。天河之東，有星微微，在氐之下，謂之織女。」《晉・天文志》云：「河鼓三星，即天鼓也。牽牛六星，天之關梁，又謂之星紀。」又云：「織女三星，在天紀東端，天女也。」《漢・天文志》又謂織女天之貞女。其説皆不一。至於渡河之説，則洪景盧辨析最爲精當，蓋渡河乞巧之事，多出於詩人及世俗不根之論，何可盡據。（下略）

【化蝶】楊昊字明之，娶江氏少艾，連歲得子。明之客死之明日，有蝴蝶大如掌，徊翔於江氏傍，竟日乃去。及聞訃，聚族而哭，其蝶復來繞江氏，飲食起居不置也。蓋明之未能割戀於少妻稚子，故化蝶以歸爾。李商嘗作詩記之曰：「碧梧翠竹名家兒，今作栩栩蝴蝶飛。山川阻深網羅密，君從何處化飛歸。」李鐸諫議知鳳翔，既卒，有蝴蝶萬數自殯所以至府宇，蔽映無下足處。官府弔奠，接武不相辨，揮之不開，踐踏成泥。其大者如扇，踰月方散。楊大芳娶謝氏，謝亡未殮，有蝶大如扇，其色紫褐，翩翩自帳中徘徊，飛集窗户間，終日乃去。始信明之之事不誣。余嘗作詩悼之云：「帳中蝶化真成夢，鏡裏鸞孤枉斷腸。吹徹玉簫人不見，世間難覓返魂香。」亦紀實也。

【玉環】楊太真小字玉環，故今古詩人多以阿環稱之。按李義山云：「十八年來墮世間，瑶池歸夢碧桃閒。如何漢殿穿針夜，又向窗中覰阿環。」荆公詩云：「瑶池森漫阿環家。」又云：「且當呼阿環，乘興弄溟渤。」則是以西王母爲阿環也。按：西王母降漢庭，遣使女與上元夫人，答云：「阿環再拜上問起居。」然則上元夫人亦名阿環耳。

【乘槎】乘槎之事，自唐諸詩人以來，皆以爲張騫，雖老杜用事不苟，亦不免有「乘槎消息近，無處問張騫」之句。按：騫本傳止曰「漢使窮河源」而已。張華《博物志》云：「舊説天河與海通，有人賫糧乘槎而去，十餘月至一處，有織女及丈夫飲牛於渚，因問此是何處？答曰『君還至蜀，問嚴君平則知之。』還問君平，曰：『某年月日，有客星犯牽牛宿。』」然亦未嘗指爲張騫也。及梁宗懔作《荆楚歲時記》，乃言武帝使張騫，使大夏，尋河源，乘槎見所謂織女、牽牛，不知懔何所據而云。又《王子年拾遺記》云：堯時有巨槎浮於西海，槎上有光若星月，槎浮四海，十二月周天，名貫月槎、掛星槎，羽仙棲息其上，然則自堯時已有此槎矣。

【芍藥】韓昌黎詩：「兩廂鋪氍毹，五鼎烹芍藥。」注引《上林賦》注云：「芍藥根主和五臟，辟毒氣，故合之於蘭桂五味，以助諸食，因呼五味之和爲芍藥。」《七發》亦曰：「芍藥之醬。」《子虚賦》曰：「芍藥之和具，而後御之。」《南都賦》曰：「歸雁鳴鵽，香稻鮮魚，以爲芍藥。」服虔、文穎、文儼等解芍藥，或亦不過稱其美，而《本草》亦止言辟邪氣而已。獨韋昭曰：「今人食馬肝者，合芍藥而煮之，馬肝至毒，或誤食之至死。則制食之毒者，宜莫良於芍藥，故獨得藥之名耳。」此説極有理。《古今注》載牛亨問曰：「將離將别，贈以芍藥，何耶？」答曰：「芍藥，一名將離，故以此贈之。」此又别一説也。江淹《别賦》云「下有芍藥之詩」，正用此義，而注之中僅引「贈之以芍藥」之語。張景陽《七命》「和兼芍藥」，乃音酌略。《廣韻》中亦有二音。

【白帽】管寧白帽之説尚矣。雖杜詩亦云：「白帽應須似管寧。」然幼安本傳止云：「常著皂帽。」又云：「著絮帽布衣而已。」初無白帽之事。獨杜佑《通典》帽門載管寧在家常著帛帽，豈以帛爲白乎？然宋、齊之間，天子燕私多著白高帽，或以白紗，今所畫梁武帝像亦然。蓋當時國子生亦服白紗巾，晉人著白接羅，謝萬著白綸巾，南齊桓崇祖白紗帽，《南史》和帝時，百姓皆著下簷白紗帽，《唐六典》天子服有白紗帽。他如白帢、白幍之類，通爲慶弔之服。古樂府《白紵歌》云：「質如輕雲色如銀，製以爲袍餘作巾。」杜詩：「光明白氎巾。」「當念著白帽，采薇青雲端。」白樂天詩云：「青筇竹杖白紗巾。」然則古之所以不忌白者，蓋喪服皆用麻，重而斬齊，輕而功緦，皆麻也。惟以升數多寡精粗爲異耳。自麻之外，繒縞固不待言，苧葛雖布屬，亦皆吉服。縞帶紵衣，昔人猶以爲贈，則亦何忌之有。漢高帝爲義帝發喪，兵皆縞素，行師權制，固不備禮。後世人多忌諱，喪服往往求殺，今之薄俗，蓋有以縞紵爲緦功者矣。宜乎巾帽之不以白也。

【松五粒】凡松葉皆雙股，故世以爲松釵。獨栝松每穗三鬣，而高麗所產每穗乃五鬣焉。今所謂華山松是也。李賀有《五粒小松歌》，陸龜蒙詩云：「松齋一夜懷貞白，霜外空聞五粒風。」李義山詩：「松暄翠粒新。」劉夢得詩：「翠粒點晴露。」皆以粒言松也。《酉陽雜俎》云：「五粒者，當言鬣，自有一種名五鬣，皮無鱗甲，而結實多，新羅所種云然。」則所謂粒者，鬣也。

【袁彥純客詩】袁彥純同知始以史同叔同里之雅，薦以登朝，尹京既以才猷自結上知，遂繇文昌躋宥府，寖寖乎柄用矣。適誕辰，客有獻詩爲壽，云：「見説黄麻姓字香，且將公論是平章。十年舊學資猶淺，二紀中書老欲殭。刑鼎豈堪金鎖印，仙翁已在白雲鄉。太平宰相今誰是，惟有當年召伯棠。」刑鼎指薛，蓋以金科賜第。仙翁指葛，時已七十。舊學則鄭安晚也。此詩既傳，史聞愬之，旋即斥去。

【真西山入朝詩】真文忠負一時重望，端平更化，人傒其來，若元祐之涑水翁也。是時，楮輕物貴，民生頗艱，意謂真儒一用，必有建明，轉移之間，立可致治。於是民間爲之語曰：「若欲百物賤，直待真直院。」及童馬入朝，敷陳之際，首以尊崇道學，正心誠意爲一義，繼而復以《大學衍義》進。愚民無知，乃以其所言爲不切於時務，復以俚語足前句，云：「喫了西湖水，打作一鍋麵。」市井小兒囂然誦之。（下略）

【趙子固梅譜】諸王孫趙孟堅字子固，善墨戲，於水仙尤得意。晚作梅，自成一家。嘗作梅譜二詩，頗能盡其源委，云：「逃禪祖花光，得其韻度之清麗；閒菴紹逃禪，得其蕭散之布置。回視玉面而鼠鬚，已見工夫較精緻。枝枝倒作鹿角曲，生意由來端若爾。所傳正統諒末節，捨此的傳皆僞耳。僧定花工枝則粗，夢良意到工則未。女中却有鮑夫人，能守師繩不輕墜。可憐聞名不識面，云有江西畢公濟。季衡麄醜惡拙祖，弊到雪蓬濫觴矣。所恨二王無臣法，多少東鄰擬西子。是中有趣豈不傳，要以眼力求其旨。踢鬚止七蕚則三，點眼名椒梢鼠尾。枝分三疊墨濃淡，花有正背多般蕊。夫君固已悟筌蹄，重説偈言吾亦贅。誰家屏幛得君畫，更以吾詩跋其底。」「濃寫花枝淡寫梢，鱗皴老榦墨微焦。筆分三踢攢成瓣，珠暈一圓工點椒。糝綴蜂須凝笑靨，穩拖鼠尾施長梢。盡吹心側風初急，猶把枝埋雪半消。松竹襯時明掩映，水波浮處見飄飖。黄昏時候朦朧月，清淺溪山長短橋。鬧裏相挨如有意，静中背立見無聊。筆端的皪明非畫，軸上縱横不是描。

頃覺坐來春盎盎，因思行過雨瀟瀟。從頭總是揚湯法，揨下工夫豈一朝。」

【父客】世稱父之友爲執，則父之賓客宜何稱？按《史記·張耳傳》：外黄女亡其夫，去抵父客。《漢·吴王濞傳》：周亞夫問父絳侯客。東坡贈王定國詩云：「西來故父客。」正用此耳。「父客」二字，甚新。

【紫紗公服】近見近客章服，有花紗綾絹或素紗者，或者譏笑之。余嘗見《演繁露》載樂天《聞白行簡服緋》詩云：「綵動綾袍爲趁行」之句，注云「緋多以雁銜瑞紗爲之」，則知唐章服以綾織花。

（下略）（後集）

【羅椅】羅椅字子遠，號磵谷，廬陵産也。少年以詩名，高自標致，常以詩投後村，有「華裾客子袖文過」之句，知其爲巨富家子也。（下略）（續集卷上。下同）

【子山隆吉】梁棟字隆吉，鎮江人。登第，嘗授尉，與莫子山甚稔。一日，偶有客訪子山，留飲作菜，元魚爲饌，偶不及棟，棟憾之，遂告子山嘗作詩有譏訕語，官捕子山入獄。久之，始得脱而歸。未幾，病死。余嘗挽之云：「秦邸獄成杯酒裏，烏臺禍起一詩間。」紀其實也。後十年，棟之弟投茅山許宗師爲黄冠，許待之厚。既而棟又欲挈妻孥而來，許不從，棟遂大罵之。許不能堪，遂告其曾作詩云：「浮雲暗不見青天。」指以爲罪。於是捕至建康獄，未幾，病死。此恢恢之明報也。

【嘲留忠齋】趙子昂入覲之初，上命作詩嘲留忠齋，云：「狀元曾受宋朝恩，目擊權姦不敢言。往事已非那可説，好將忠孝報皇元。」留以此銜之終身云。

【葉李紀夢詩】葉亦愚右丞，辛卯八月初四日夜，忽夢一老人曰：「汝前爲文昌相，坐漏泄天機遭謫，能悔過，當復職。」引之至通明、大明二殿，俾爲主殿之職，於是賦詩四章以謝。及覺，僅記其一云：「通明殿逼紫微垣，一朵紅雲擁至尊。下土小臣勤稽首，願將惠澤溥元元。」於是作詩以記其事，云：「宋時豪士石曼卿，帝命作主芙蓉城。我才比石萬無一，半世虛負狂直名。年來似有喪心疾，薦共引鯀辜蒼生。天誅未加公論沸，日夕惟待鼎鑊烹。何哉異夢出非想，忽遇仙老談真情。謂予夙是文昌相，漏泄輕舉遭彈抨。（毫）〔帝〕令謫墮飽憂患，且使兩足蹣跚行。追思善步不可得，飛昇妙術矧敢輕。當時廷議秖如此，汝悔當復惟相迎。稽首老仙謝慈愍，臣罪當死天子明。久之寂滅一大樂，□棺待盡無他營。老仙笑許汝可教，引領直上朝玉京。通明大明二宮殿，林木蓊萃階瑤瓊。芙蓉爛熳錦欲似，帝皇錫以主殿名。賦詩奏謝九拜起，玉音嘉奬傍觀榮。癡人說夢聊一快，我獨知命不少驚。只恐才非曼卿敵，相見慚汗應如傾。從今閉目需帝召，玉樓續記時當成。兒孫自有兒孫福，與農報國須勤耕。」明年壬辰二月初六卒。

【衢吏徐信】衢之常山有道院，三月三日上真誕辰，道侶雲集，吏魁徐信主此會。有一道人鬮得如意袋三，寄留徐家，約以四月八日，合會復至以取，且贈以詩云：「一方眼目共推尊，禍福無門却有門。夜半或傳人一語，明朝推背受皇恩。」徐大刻之石。及期，道人不至。未幾，詹峒作梗，誘其罪於徐，夜半省劄下，竟伏極刑。陸大四，時爲龍游宰，親言之。（續集卷下。下同）

【李性學】李性學之爲吾教也，有詩云：「天下今無讀書者，世間惟有作詩人。」其後得罪於巨

室，故遭完顔御史之怒，杖幾及身，閻子静援之，而免於是。（下略）

【陳謂搗油】陳謂字古直，號野水，嘗爲越學正，滿替，往婺之廉司取解由。歸途偶憩山家，有長髯野叟方搗柏子作油，見客至，遂少輟相問勞，曰：「君亦儒者邪？」持杯茶飲之，遂問今將何往。陳對以學正滿替，欲倒解由，别注他缺。髯叟忽作色而起，曰：「子自倒解由，我自搗柏油。」遂操杵臼，不復再交一談。陳異而詢於鄰人。云：「此傅秀才，隱者也。恐君言進取事故耳。」陳心甚愧之，因賦詩云：「忽遇深山避世翁，居然沮溺古人風。老來一出爲身計，不滿先生一笑中。」

【襄鄂百詠】又云：向在鄂渚，正值己未透渡之變。至辛酉閏十一月二十一日解圍，嘗作《鄂渚百詠》以記一時之事，多歸功於賈老。中間有一首云：「久戍胡兒已念家，將軍何不奏胡笳。今朝忽報嚴圍解，白雪紛紛亦散花。」賈見「散花」之語大怒，捕陳甚急，陳窘甚，求救於趙晦巖。晦巖爲解釋，乃免。

【家之巽三賢詩】家志行嘗和《三賢堂》詩云：「孤峰落魄一詩人，白傅何曾號直臣。較似眉山敢同傳，並祠浙水恐誣神。人非倫擬終非偶，論貴平和不貴新。争似獨尊元祐學，高堂正笏更垂紳。」又：「誰稱三老作三山，方回曾以香山、眉山、孤山爲三山也。夫子寧居季孟間。駱廄侍人多愧色，鼇頭處士若爲攀。辭章小技應閒事，節義千年真大閑。何似眉山專一壑，九京賢聖盡歡顔。」雖然，志行尊坡翁是也，貶二賢無乃過乎！何不反觀自己，爲德政碑以媚楊髡，受僧賂以作寺記。義方之訓可笑，由徑之歡不慚，奈何！

【朱宣慰詩】日觀僧子温善作墨蒲萄，時書詩文句於上，或有可喜者。嘗在朱宣慰家作畫，訖，遂寫一詩在上，云：「昔有朱買臣，今有朱宣慰。兩箇擔柴夫，並皆金紫貴。」朱老欣然曰：「朱清果是賣蘆柴出身，和尚説得我著。」遂饋贐資五錠酬之。

【林喬】林喬，泉州人，頗有記問。初游京庠，淳祐丙午，宗學時芹齋與太學禔身齋争妓魏華，喬挾府學諸僕爲助，遂成大鬨。押往信州聽讀，因與時貴游從賡唱，放浪狎邪，題詩於茶肆云：「斗州無頓閑身處，時向梅花走一遭。」士論薄之。（下略）（别集卷上。下同）

【方回】方回字萬里，號虚谷，徽人也。其父南遊，殂於廣中。回，廣婢所生，故其命名及字如此。魏明己遇爲守，愛而異遇之。忽與倡家有訟，遂俱至於庭，魏見之甚駭，而方力求自直，魏爲主張而敬則衰矣。後以别頭登第，爲池陽提領茶鹽所幹官。居與大家並，其家實寡婦主人，回以博遊其家，且道其長，吕師夔亦往焉。旋以言去。喜作詩，以放肆爲高。有云：「菊花與汝作生日，螃蟹唤吾入醉鄉。」又與伯機爲壽云：「諸公未許子爲政，萬事無如鬍絶倫。」「糟薑三盞酒，柏燭一甌茶。」又《自壽》詩云：「把酒從來不可期，吾降今日少人知。」有輕薄子聯之云：「但看建德安民榜，即是虚翁德政碑。」又《竹杖》云：「跳上岸頭須記取，秀州門外鴨餛飩。」《甲午元日》云：「端平甲午臣八歲，甲午今年又一周。六十八年多少事，幾人已死一人留。」其處鄉專以騙脅爲事，鄉曲無不被其害者，怨之切齒。遂一向寓杭之三橋旅樓而不敢歸。老而益貪淫，凡遇妓則跪之，略無羞耻之心。有二婢曰周勝雪、劉玉榴，方酷愛之，而二婢實不樂也。既而方遊金陵，寄二婢於其母周姬之家，恣開杜陵之門，勝雪者竟爲豪客挾去。方歸，惟悵惋而已，遂作二詩云：「鸚鵡籠開綵索寬，一宵飛去爲誰歡。早知黠賊心腸別，肯作佳人面目看。忍著衣裳辜舊主，便塗脂粉事新官。丈夫能舉登科甲，可得妖雛膽不寒。」「一牝猶嫌將兩雄，趨新背舊片時中。陡忘前主能爲叛，作事他人更不忠。玉碗空亡無易馬，絳桃猶在未隨風。何須苦問沙吒利，自是紅顔薄老翁。」自刻之梓，揭之通衢，無不笑者。既而復得一小婢曰半細，曲意奉之。每出至親友間，必以荷葉包飲食肴核於袖中，歸而遺之。一日，遇客於途，正揖間，荷包墜地，視之，乃半鴨耳。路人無不大笑，而方略不爲恥。每夕與小婢好合，不避左右。一夕痛合，床脚摇拽有聲，遂撼落壁土，適鄰居有北客病卧壁下，遂爲土所壓。次日，訴於官，方爲追逮到官，朋友間遂爲勸和，始免。未幾，此婢滿，求歸母家，拳拳不忍捨，以善價取之以歸。時年登古希之歲，適牟獻之與之同庚。其子成文與乃翁爲慶，且徵友朋之詩，仇仁近有句云：「姓名不入六臣傳，容貌堪傳九老碑。」且作方句云：「老尚留樊素，貧休比范丹。」方嘗有句云：「今年窮似范丹。」於是方大怒褒牟而貶己，遂摭六臣之語，以此比今上爲朱温，必欲告官殺之。諸友皆爲謝過，不從。仇遂謀之北客侯正卿，正卿訪之，徐扣曰：「聞仇仁近得罪於虚谷，何邪？」方曰：「此子無禮，遂比今上爲朱温，即當告官殺之。」侯曰：「仇亦止言六臣，未嘗云比上於朱温也。今比上爲朱温者，執事也。告之官，則執事反得大罪矣。」方色變，侯遂索其詩之元本，手碎之乃已。先是回爲庶官時，嘗賦《梅花百詠》以諛賈相，遂得朝除。及賈之貶，方時爲安吉倅，慮禍及己，遂反鋒上十可斬之疏，以掩其迹。時賈已死矣，識者薄其爲人。有士人嘗和其

韻，有云：「百詩已被梅花笑，十斬空餘諫草存。」（下略）

【北客詩】北客有詠前朝詩云：「當日陳橋驛裏時，欺他寡婦與孤兒。誰知三百餘年後，寡婦孤兒亦被欺。」又詠汴京青城云：「萬里風霜空緑樹，百年興廢又青城。」蓋大金之亡，亦聚其諸王於青城而殺之。白敬甫

【須溪月詩】劉會孟嘗作《月》詩六言，云：「霓裳聲裏一攧，如今是第幾輪。赤壁黄樓都在，古今多少愁人。」爲人所評，幾殆。

【大仙筆詩】客有降仙者，余心疑其捧箕者自爲之。因命題賦筆，且令作七言律詩，頃刻輒就，云：「兔出山中骨欲仙，何人拔穎纏尖圓。拙夫堪笑堆成冢，豪客曾同掃似椽。窗下玉蜍涵夜月，几間雪繭湧春泉。當時定遠成何事，輕擲毛錐恐未然。」縱使人爲，其速亦不可及也。辛卯春

【史嵩之始末】淳祐初年，喬行簡拜辨章，李宗勉爲左相，史嵩之督視荆、襄，就拜右揆。既而二公皆去位，嵩之獨運權。癸卯，長至雷，三學生上書攻之。明年，徐霖伏闕上書疏其罪，是歲仲冬，嵩之父彌忠殂于家，不即奔喪，公論沸騰。未幾，御筆嵩之復起右丞相，於是三學士復上書，將作監徐元杰、少監史季温、右史韓祥皆有疏，言其不可。於是范鍾拜左，杜範拜右，盡逐嵩之之黨金淵、濮斗南、劉晉之、鄭起潛等。當時又爲詩誚之者曰：「嵩之乃父病將殂，多少憸人盡獻諛。元晉甘心持溺器鄭，良臣無恥扇風爐施。起潛秉燭封行李鄭，一薦隨司出帝都陳。天下好人皆史黨，不知趙鼎有誰扶。」（下略）（别集卷下。下同）

【鄭清之】鄭清之字德源，號青山，又號安晚，爲穆陵之舊學。端平初相，聲譽翕然。及淳祐再相，已耄及之，政事多出其姪孫太原之手，公論不與。況所汲引如周坦、陳垓、蔡榮輩，皆小人，黄自然嘗入疏論之。既而豐儲倉門趙崇雋上書，歷陳其昏繆貪污之過，亦解綬而去。未幾，察官潘凱遂劾之，吴燧亦劾其黨，朝廷遂奪二察言職。夕堂董槐亦入疏求去，蓋潘、吴二豸皆董所薦也。潘疏有云：「馬天驥竭浙東鹽本百萬而得遷。」天驥遂申省辨白，清之欲差官核實，程元鳳以爲不可以外官鈐制臺諫，其議遂寢。時牟子才家居，亦疏攻鄭而留二察，不報。辛亥冬，祈雪，得雷電大作，而清之薨於位，恩數極厚。明年，傅端林彬之按太原公受賄賂竊取相權，凡所以誤故相者，皆太原之罪，乞罷其閣職，勒守故相之墓，上從之。初，青之之重來也，有作詩譏之云：「一劄未離丹禁地，扁舟已自到江干。先生自號爲安晚，晚節胡爲不自安。」及其薨也，又有詩云：「光範門前雪尺圍，火雲燒盡晚風吹。堪嗟淳祐重來日，不似端平初相時。里巷誰爲司馬哭，番夷肯爲孔明悲。青山化作黄金塢，可惜角巾歸去遲。」

【閻寺】淳祐庚戌之春，創新寺於西湖之積慶山，改九里松舊路，輪奂極其靡麗。至壬子之夏，始畢工。穆陵宸翰賜名顯慈集慶教寺，命講師思誠爲開山教主。既而給賜貴妃閻氏爲功德院，且賜山園田畝，爲數頗多。建造之初，内司分遣吏卒市木於郡縣，旁緣爲奸，望青採斫，鞭笞追逮，雞犬爲之不寧。雖勳臣舊輔之墓，皆不得而自保。或作詩諷之曰：「合抱長材卧壑深，于今惟恨不空林。誰知廣廈千斤斧，斲盡人間孝子心。」其後恩數加隆，雖御前五山亦所不逮。一日，忽於法堂鼓上，有大字一聯，云：「浄慈靈隱三天竺，不及閻妃兩片皮。」於是行下天府緝捕，歲餘，終不得其人。

【余晦】餘晦字養明，四明人，小有才，趙與籌之罷京尹，晦實繼之，此壬子四月也。後一月，上庠士人與市人有競，以不能奉學舍之意。既而齋生有甃於齋中者，遂命總轄輩入齋看驗，遂肆諸生之怒。時祭酒蔡杭入奏，三學捲堂伏闕上書，直攻晦爲僕。及晦轎出，將白堂，則諸生攔截於路，欲行打辱，於是晦即絶江以避之，遂以理少罷職，而杭亦除宗少而去。京庠復上書留蔡，而大博黄邦彦、武博戴良齋復劾晦而留杭，皆不報。未幾，晦知鄂州，杭以二卿召。或有詩獻蔡云：「九曲灣頭是釣灘，先生何事放漁竿。長江流水滔滔去，落日西風陣陣寒。好把丹心裨聖主，休將素節換高官。想於獻納論思際，應説今來蜀道難。」後杭徑除僉樞，或有譏之云：「不因同舍之捲堂，安得先生之過府。」

【馬光祖】馬光祖字華父，號裕齋，吏事强敏，風力甚著，前後麾節，皆有可觀。乙卯，尹京，内引一劄云：「自後宣諭旨揮，容臣覆奏。戚里請托，容臣繳進。」下車之後，披剔弊蠹，風采一新，時號名尹。未幾，有倉部郎中師應極之子，夜飲於市，碎其酒家器。詰朝，尹車過門，泣訴其事，光祖即償所直，追逮一行作鬧僕從，仍牒問師倉郎。蓋光祖時領版曹，以倉部爲所屬，故牒問，殊不思京師無牒問朝士之理。師乃時相之私人，乃執縛持牒之卒，恣肆淩辱，又率諸曹郎官白堂，乞正體統。朝廷遂劄漕司，追出被打酒家，反加黥配。應極之子帖然無它，於是光祖威風頓挫，百事退縮。初，顔帥尹京之時，遇三學應有訟牒，必申國子監俟報，方與施行。學舍已不能堪。及光祖尹京，又創爲一議，應學舍詞訟，須先經本監用印保明，方許經有司。學舍尤怒之，作爲小詩曰：「幾年貪帥毒神京，虎視國家三學生。休道新除京尹好，敢將書鋪待司成。」（下略）

【置士籍】咸淳辛未，正言陳伯大建議，以爲科場之弊極矣，欲自後舉始，行下諸路運司，牒州縣先置士籍。編排保伍，取各家户貫三代年甲，娶誰氏，兄弟男孫若干之數。其有習舉業者，則各書姓名，所習賦經。子孫若憑所書年甲，如十五以上實能舉業者，自五家至二十五家而百家，百家而里正，許其自召其鄉之貢士，結罪保明，批書舉曆，然後登士籍。（中略）有詩云：「劉整驚天動地來，襄陽城下哭聲哀。廟堂束手渾無計，只把科場惱秀才。」察院陳文龍上疏，頗有憤抑之意，遂以理少出臺。自是，士之有籍，嚴行天下，或稍有瑕疵，皆不敢有功名之望。（下略）

（冀勤）

浩然齋雅談

周　密　撰

《浩然齋雅談》三卷，此據《武英殿聚珍版叢書》本選録。

1《詩》「先集維霰」，補注云：霰，稷雪也。或謂之米雪，謂其粒若米，然稷雪、米雪，字甚奇。（卷上。下同）

2《碩人》之詩曰：「巧笑倩兮。」注曰：好口輔也。《大招》述婦人之美，亦有「靨輔奇牙」之語，可謂善于形容。後人雖極言女色之美，無所不至，乃獨不及于口輔，何耶？輔豈俗所謂笑靨者乎？

3「蹇修以爲理」，朱元晦云：謂爲媒者以通詞理也。下文「理弱而媒拙」，則云：恐道理弱。似與前説異。按《九章》「令薜荔以爲理兮，憚舉趾而緣木。因芙蓉以爲媒兮，憚褰裳而濡足」，亦以媒理對言。《左傳》「行理之命，無月不至」，注：行理，行使也。復奚疑？

4孫景茂云：太公八十遇文王，今世皆以此藉口。《九辯》乃云：太公九十乃顯榮兮。而東方曼倩則云：太公體行仁義，七十有二乃用于文武。馬永卿嘗疑焉。然香山詩乃云：「釣人不釣魚，七十得文王。」不知又出何書也。

5唐僧齊己有《白蓮集》，爲風騷旨格，所與遊者，吴融、鄭谷，皆晚唐人也。杜詩所稱「己公茅屋下，可以賦新詩」，決非此己公明矣。

6劉平國戲題云：「選詩非選官，論詩非論人。故若耶女子、天竺牧童皆得預唐名公之列。」

7詩文中有摘人姓名一字而言者，如班固《幽通賦》「巨滔天而泯夏兮」，以王莽字巨君。「重醉行而自耦」，重乃重耳。李白《扶風豪士歌》云「原嘗春陵六國時」，蓋四公子也。杜詩用「揚馬」，則雄、相如也。「卿雲淵雲」，則長卿、子雲、王褒也。「東馬」，則方朔、相如也。如葛亮、馬相如等甚多，亦有礙理者，然《論語》吾友張也，《舜典》伯汝作秩宗，蓋亦有所本也。

8薛夢桂，字叔載，號梯飆，永嘉人。父大圭，紹興間，上書乞立儲，在趙忠定諸人先。叔載擢高科，通京籍，風度清遠。所居西湖五雲山，曰隔凡關，曰林壑甕，通命之曰方厓小隱，諸名士莫不納交焉。儷語、古文、詞筆皆灑落，不特詩也。

9張建自號蘭泉，其論詩云：作詩不論長篇短韻，須要詞理具足，不欠不餘，如荷上灑水，散爲露珠，大者如豆，小者如粟，細者如塵，一一看之，無不圓成，始爲盡善。

10高復古嘗謂學者云：胸中無千百家書，乃欲爲詩，如賈人無資，終不能致奇貨也。

11姜堯章《鐃歌鼓吹曲》乃步驟尹師魯《皇雅》，《越九歌》乃規模鮮于子駿《九誦》，然言辭峻潔，意度蕭遠，似或過之。

12坡翁謂陳師仲曰：「足下所至詩，但不擇古律，以日月次之，異日觀之，便是行記。」此説極佳，故王筠以一官爲一集，楊大年亦然，所著有括蒼、武夷、潁陰、韓城、退居、海陽、蓬山、冠鼇辭之類。簡齋所謂「一官成一集，盡付古沙頭」是也。

13史達祖邦卿，開禧堂吏也。當平原用事時，盡握三省權，一時士大夫無廉恥者皆趨其門，呼爲梅溪先生。韓敗，達祖亦貶死。善詞章，多有膾炙人口者，李和父云：「其詩亦間有佳者。」

14周子充云：文章有天分，有人力，而詩爲甚。才高者語新，氣和者韻勝，此天分也。

15世言李泰伯不喜孟子，而所賦《哀老婦》詩云：「仁政先四者，著在孟軻書。」何耶？

16白傅詩「天黄生颶母，雨黑長楓人。」案此白居易《送客遊嶺南》詩，原本誤作太白詩。「雨」字誤作「雷」，今校正。注云：颶母如斷虹，有大風即見。楓人，因夜黑雲雨，暗長數丈。比見李仲賓云：往年在東平，舟夜行，殘夜微月，擁篷眺望，忽有黑雲起天角，漸成巨人，其長數十丈，掉臂闊步行水上，掠舟而西，一舟皆驚魘，群起視之，其去如飛，得非所謂楓人耶？（卷中。下同）

17對偶之佳者曰：「數點雨聲風約住，一枝花影月移來。」「柳摇臺榭東風軟，花壓欄杆春晝長。」「天下三分明月夜，揚州十里小紅樓。」「梨園子弟白髮新，江州司馬青衫濕。」數聯皆天衣無縫，妙合自然。

18昌黎之貶山陽，遇順宗即位赦，以伾文之黨尚熾，不得放還。其《寄三學士》詩云：「前日遇恩赦，私心喜還憂。果然又羈縻，不得供鉏耰。」又《憶昨行》云：「伾文未揃厓州熾，雖得赦宥常愁猜。近者三姦悉破碎，羽窟無底幽黃能。眼中了了見鄉國，知歸有日眉方開。」其情亦可憐矣。大抵小人專政，安肯以恩赦放逐客，懼恩不及己故也。

19岑嘉州《赤驃馬歌》云：「平明翦出三鬉高。」樂天亦云：「馬鬣翦三花。」所謂三花者，蓋唐御馬多翦鬉爲三瓣。李伯時常畫三鬉馬圖，余少日觀御馬，有翦作山水人物花鳥之像，甚精，一時所尚如此，蓋不止翦三鬉也。

20孟郊云：「難將寸草心，報答三春暉。」案孟郊《遊子吟》：「誰言寸草心，報得三春暉。」蓋傳本有異。此語關綱常，非唐詩人語也。至東坡詩云：「微生真草木，無處謝天力。慈顔如春風，不見桃李實。古今抱此恨，有志俯仰失。」其言尤悲。東萊于《蓼莪》章云：「莪蒿不能報天地之生育，猶人子不能報父母之劬勞。」皆祖郊之意也。

21少陵「嘗果栗皺開，」，皺或作雛。周繇賦云：「開栗弋之紫皺。」貫休詩云：「新蟬避栗皺。」又云：「栗不知皺落。」按《集韻》，皺，側尤切，草紋蹙也，即栗篷耳。案《廣韻》，皺，初紀切，音剸，蠶也。無側尤切平聲。考《貫休集》作栗皺，注：栗篷也。《集韻》甾尤切，縐平聲，革紋蹙也，字從皮不從欠。據此，則皺當作皺，草紋亦當是革紋之誤。又案：貫休詩以「栗皺」對「菱殼」，固當作皺。杜詩本作「栗園」，以對「樵徑」，則又不必改作栗皺矣。今就原文訂證之。

22杜詩喜用「懸」字，然皆絶奇，如「江鳴夜雨懸」、「侵籬澗水懸」、「山猨樹樹懸」、「空林暮景懸」、「當空淚臉懸」、「獮猴疊疊懸」、「疏籬野蔓懸」、「複道重樓錦繡懸」。

23白傅詩云：「曾家機上聞投杼，尹氏園中見掇蜂。但以恩情生罅隙，何人不解作江充。」小坡

《思子臺賦》云：「彼楊公之愛修兮，豈減吾之蒼舒。」皆深中人情。

24李商隱詩云：「咸陽宮殿鬱嵯峨，六國樓臺豔綺羅。自是當年秦帝醉，不關天地有山河。」末句殊不可曉。南昌裘聞詩以爲秦帝合作天帝，天地合作秦地，事在張平子《西京賦》，曰：「昔者天帝悦穆公而覲之，饗以鈞天廣樂，帝有醉焉，乃爲金策，錫用此土，而翦諸鶉首，是時也，並爲强國者有六，然而四海同宅西秦，豈不詭哉？」李善注：昔穆公嘗如此，七日而寤。《志林》曰：天帝醉秦暴，金誤隕石墜。《列仙贊》云：秦穆受金策祚世之業，史載秦地雨金三日。金誤隕其是耶？嗚呼！天帝果有時而醉乎？

25李商隱《晉元帝廟》云：「青山遺廟與僧鄰，斷鏃殘碑銷暗塵。紫蓋適符江左運，翠華空憶洛中春。夜臺無月照珠户，秋殿有風開玉扆。弓劍神靈定何處，年年春緑上麒麟。」案此詩李商隱集不載，未詳所據何本，疑姓名有誤。

26東坡詩喜用「朅來」字，「朅來東觀棄丹墨」，「長陵朅來見大姊」，「朅來城下作飛石」，「朅來畦東走畦西」，「朅來從我遊」，「朅來齊安野」，「朅來清潁上」，「朅來廉泉上」，其用字蓋出于顔延年《秋胡》詩「朅來空復辭」，所用之意同耳。

27坡翁嘗作《女髑髏贊》云：「黄沙枯髑髏，本是桃李面。而今不忍看，當時恨不見。業風相鼓轉，巧色美倩盼。無師無眼禪，著便成一片。」其後徑山大慧師宗杲亦作《半面女髑髏贊》云：「十分春色，誰人不愛？視此三分，可以爲戒。」甫成四句，忽若有續之者云：「玉樓清夜未眠時，留得香雲半邊在。」吴君特嘗戲賦《思佳客詞》云：「釵燕攏雲睡起時，隔牆折得杏花枝。青春半面妝如畫，細雨三更花欲飛。情輕愛别舊相知，斷腸青冢幾斜暉。亂紅一任風吹起，結習空時不點衣。」案此詞未載《詞譜》，後半闋當以三字二句换頭，乃作七字一句，或宋人有此别體。

28東坡謂晨飲爲澆書，李黄門謂午睡爲攤飯，放翁拾以爲句云：「澆書滿挹浮蛆甕，攤飯横眠夢蝶牀。」

29陸放翁有《心太平菴》詩云：「天下本無事，庸人擾之耳。胸中故湛然，忿欲定誰使。」又云：「少年妄起功名念，豈信身閒心太平。」樂天有云：「閒傾三數酌，醉吟十餘聲。便是羲皇代，先從心太平。」蓋出《黄庭經》云：「觀志流神寄奇靈，閒暇無事修太平。」又《外景經》云：「觀志遊神三奇靈，行閒無事心太平。」又樂天云：「此身不欲全强健，强健多生人我心。」又云：「自學坐禪休服藥，從他日復病沈沈。」于良史云：「僻居人事少，多病道心生。」此存楚以爲外懼之意。

30放翁在朝日，嘗與館閣諸人會飲于張功父南湖園，酒酣，主人出小姬新桃者，歌自製曲以侑尊，以手中團扇求詩于翁，翁書一絶云：「寒食清明數日中，西園春事又匆匆。梅花自避新桃李，不爲高樓一笛風。」蓋戲寓小姬名於句中，以爲一笑。當路有恚之者，遽指以爲所譏，竟以此去。

31放翁有「南酒應憐未歸客」及「更就高僧學白羹」，蓋嘉州用南中法釀酒，及僧用糝加菜不施鹽酪，故名白羹。

32放翁詩云：「故人自作宣明面，老子曾聞正始音。」宋劉瑀《與顔竣書》云：「朱修之五代叛者，一朝居青油幕下，作謝宣明面向人。」謝鯤重衛玠，言論彌日。王敦謂鯤曰：「微言之緒，絶而復續，不意永嘉之末，復聞正始之音。」正始，乃魏齊王芳年號。宣明，謝晦字也。

33俗以油錫綴糝作餌，名之曰蓼花，取其形似也。放翁詩云：「新蝶錫枝綴紅糝。」「錫枝」二字甚新。

34放翁詩多用新語，如：「厚味無人設佞湯，微芬時自注廉香。」自注：以松子胡桃蜜作湯，謂之佞湯。以炭末乳香蜜作濕香，謂之廉香。

35放翁詠長安富庶，有云：「紅桑琵琶金鏤花，百六十絃彈法曲。」蓋四十面琵琶也。

36涪翁詩云：「一錢不直程衛尉，萬事稱好司馬公。白髮永無懷橘日，三年惆悵荔枝紅。」張巨山詩云：「故園墳樹想青葱，寒食風光淚眼中。自痛不如傖父子，紙錢猶掛樹頭風。」予以永感之人，久離墳墓，每讀爲之潸然。

37涪翁云：「百葉緗梅觸撥人。」又云：「推牀破面振觸人。」樂天《榴花》詩：「撐撥詩人興。」陸天隨《蠹化》曰：「或振觸之，輒奮角而怒。」《朝野僉載》楊廷玉《回波詞》：「阿姑婆見作天子，旁人不得振觸。」

38山谷《詠鷓鴣》詩云：「終日憂兄行不得，鷓鴣應是鼻亭公。」象嘗封于鼻亭，柳子厚有《鼻亭神記》，或謂山谷在永所作，永州道接鼻亭，故云。非也。

39半山云：退之善爲銘，如王適、張徹尤奇。余亦謂董府君及貞曜二銘尤妙。《董》云：「物以久弊，或以轢毁。考致要歸，孰有彼此。由我者吾，不我者天。斯而以然，其誰使然。」《貞曜》云：「於戲貞曜，維出不訾。維持不猗，維卒不施。以昌于詩。坡翁嘗舉此問王定國云：「當昌其身耶？昌其詩也？」王來詩不契所問，乃作詩答之曰：「昌身如飽腹，飽盡還復飢。昌詩如膏面，爲人作容姿。不如昌其氣，鬱鬱老不衰。雖云老不衰，劫壞安所之。不如昌其志，志一氣自隨。養之塞天地，孟軻不吾欺。」案《韓愈集》《董府君銘》原本董訛蕭，物訛或，今據本集改正。

40半山詩云：「謀臣本自繫安危，賤妾何能作禍基。但願君王誅宰嚭，不愁宫裏有西施。」李泰伯詩云：「若教管仲身長在，宫内何妨有六人。」在管仲時，桓公之心未盡也，若已盡，雖管仲奈何？未有心蠹尚能用管仲之理。張文定《遊華清宫》云：「當初不是不窮奢，民樂昇平不怨嗟。姚宋未亡妃子在，胡塵那得到中華。」亦此意也。

41王荆公書堂詩：「烏石岡頭上冢歸，柘岡西畔下書帷。辛夷花發白如雪，萬國春風慶曆時。」皆有可觀者。案此句「皆」字無著，疑此詩前尚有一詩，傳寫佚脱。

42姜堯章《雪中訪范至能于石湖》詩云：「雪矸如玉城，偏師敢輕犯。黄蘆陣野鶩，我自將十萬。三戰渠未降，北面石湖范。先生霸越手，定自一笑粲。」至能酬之云：「鵝鶩聲喑雪臆豪，直前不憚夜行勞。更能橐鞬尊裴度，千古人知李愬高。」前輩稱奬後進，不以名位自高，交相尊讓，亦可見一時士大夫風俗之美也。

43昔鮑永過更始之墓，欲下車致禮，從事止之，以爲不可，曰：「吾嘗北面事之，安可乘車而過？吾寧獲罪于司隸。」遂下車慟哭而去。光武聞之，曰：「可謂忠臣矣。」王仁裕過關中，望春明門，乃蜀後主被誅之地，乃作詩哭之曰：「九天冥漠信沈沈，重過春明淚滿襟。齊女叫時魂已斷，杜鵑啼處血尤深。霸圖傾覆人全去，寒骨飄零草亂侵。何事不如陳叔寶，朱門流水自相臨。」徐鉉歸朝後，乞爲故主李煜作墓碑，朝廷從之。案翟耆年《籀史》：太平興國中，詔侍臣撰李煜神道碑，有欲中傷徐鉉者，奏曰：「吴王事莫若徐鉉爲詳。」遂詔鉉撰。鉉乞存故主之義云云，非鉉乞撰，此所記殊誤，謹附訂于此。其辭有云：「盛德百世，善繼者所以主其事；聖人無外，善守者不能固其存。西鄰起釁，南箕搆禍，投杼致慈親之惑，乞火無鄰婦之辭。」又曰：「孔明罕應變之略，不成近功；偃王躬仁義之行，終于亡國。」又作詩挽之云：「欻忽千齡盡，冥茫萬事空。青松洛陽陌，荒草建康宫。道德遺文在，興衰自古同。受恩無補報，反袂泣途窮。土德承餘烈，江南廣舊恩。一朝人事廢，千古信書存。哀挽周原道，銘旌鄭國門。此生雖未死，寂寞已消魂。」

44《道山新聞》云：李後主宫嬪窅娘，纖麗善舞，後主作金蓮，高六尺，飾以寶物紐帶纓絡，蓮中作五色瑞雲，令窅娘以帛繞脚，令纖小屈上作新月狀，素襪舞雲中，曲有淩雲之態。唐鎬詩曰：「蓮中花更好，雲裏月長新。」是人皆效之，以弓纖爲妙。蓋亦有所自也。又有《金蓮步》詩云：「金陵佳麗不虛傳，浦浦荷花水上仙。未會與民同樂意，却于宫裏看金蓮。」

45開元中，賜邊軍纊衣製于宫中，有兵于袍中得詩云：「沙場征戰客，寒苦若爲眠。戰袍經手作，知落阿誰邊。蓄意多添線，含情更著綿。今生已過也，重結後生緣。」兵士以詩呈帥，帥進呈，玄宗遍示宫中，曰：「作者勿隱，不汝罪。」有一宫人自言萬死，上深憫之，遂以嫁得詩者，謂曰：「吾與汝結今生緣。」邊人感泣。又僖宗時，自内中出袍千領，賜塞外吏士，有馬真者，于袍中得金鎖一枚，詩一首，云：「玉燭製袍夜，金刀呵手裁。鎖寄千里客，鎖心終不開。」真就市貨，爲人所告。主將奏聞。僖宗令赴闕，以宫人妻之。其後僖宗幸蜀，真晝夜不解衣捍禦。此事凡有兩出處，未知孰是。

46姚鏞字希聲，號雪篷，紹定間以忤陳子華謫之衡陽。嘗有一聯云：「癡雲蔽嶽行人遠，淫雨摧花白髮生。」戴復古由閩度嶺訪之，有云：「一官不幸有奇禍，萬事但求無愧心。」姚謝之云：「萬里尋遷客，三年見此人。」蕭大山亦寄詩云：「得謗何須囊薏苡，工騷且自製芙蓉。」剡僧淵萬壑云：「故里田園抛弟妹，異鄉燈火對妻兒。十年漂泊孤篷雪，誰補梅花入楚辭。」至端平丁酉，甫得自便。有詩云：「天恩下釋湘纍客，心事悠悠月一船。種藥已收思病日，著書不就負殘年。雜花怪石分人去，老竹荒亭入畫傳。歸夢鑑湖三百里，白鷗相候亦欣然。」故剡僧皓鐵山以詩迎之云：「楚雁傳歸信，吴鷗候過船。」

47三衢常山旅邸壁間有詩云：「荼蘼香夢怯春寒，永晝垂簾燕子閒。敲斷玉釵銀燭冷，計程應已過恒山。」又：「南國傷讒緣薏苡，西園議價指葡萄。惟餘白髮存公道，近日豪家染鬢毛。」又：「有約未歸蠶結局，小軒空度牡丹春。夜來揀盡鴛鴦繭，留織征衫寄遠人。」

48衢人徐子勉假館浙西，主人調官都城，與之偕。主人買妾以歸，舟中置酒奏伎，歌闌酒罷，深夜就寢，徐夢一士云：「君輩方盡歡，而鬼趣有苦飢者，獨不能以餘瀝見及乎？」因哦詩一章。徐驚寤忘之，已而復夢如初，乃盡憶其語云：「鬼嘯猩吟沸簧笛，碎板玉盤珠亂擲。二八佳人舞倦時，蝶困東風斂雙翼。」

49黄文雷字希聲，永嘉人。希聲有《看雲》詩，不行于世。其賦《昭君行》，特爲一時名公所稱道。其辭云：「君不見未央殿前羅九賓，漢皇南面呼韓臣。無人作歌繼大雅，至今遺恨悲昭君。丙殿春閒闘馮傅，掖庭新花隔煙霧。票姚枉奪燕支山，玉顔竟上氈車去。人生流落那得知，不應畫史嫌蛾眉。癡心又共琵琶語，歸夢豈隨鴻雁飛。穹廬隨分薄梳洗，世間禍福還相倚。上流厭人知奈何，後來燕啄皇孫死。野狐落中高臺傾，宫人斜邊曲池平。千秋萬歲只如此，誰似青冢年年青。」按竟寧元年，呼韓邪既壻漢氏，其年五月，宫車晏駕，故云。

50康與之伯可詩云：「越王山下千樹梅，逐客年年走馬來。寒玉滿枝風色裏，不受暖靄輕煙催。故人千里復萬里，折香欲寄生徘徊。孤吟獨醉常夜半，山月野風騎馬回。」余家有與之手書古詩一卷，自號八本，辭語亦騷雅，往往反爲樂府所掩也。劉克莊潛夫嘗賦《梅花百詠》，其間有云：「春風謬掌花權柄，却忌孤高不主張。」當國者以爲譏己，遂以煩言去國。其後又作《訪梅》詩云：「夢得因桃數左遷，長源爲柳忤當權。幸然不識桃并柳，却被梅花累十年。」原注：鄴侯《咏柳》云：「青青東門柳，歲晏必憔悴。」楊國忠以爲譏己。明皇曰：「咏李者，當爲譏朕乎？」又嘗通朝行啓云：「實則詠桃，乃曰含饑于燕麥；偶然題檜，遂云寓意于蟄龍。」東坡《梅》詩云：「憑仗幽人收艾納，國香和雨入莓苔。」艾納，梅枝上苔也。梅至花過則苔極香，取少許細嚼之，苦而後甘，如食橄欖。坡意蓋在此也。吴興張沄聲父有《苔梅》詩云：「老龍全身著艾納，不耐久蟄潛拏空。爪頭撥動陽春信，香在霜痕雪點中。」然苔亦多不同，陽羨石庭者如松花，越中項里者如緑髮。余嘗有句云：「山林緑髮秦宫女，風雨青萍禹廟梁。」或以爲可。林靖之共甫，吴興前輩，能詩不凡，賦梅云：「與月淡交連影瘦，于春無競著花疏。細雨斂塵棲萼潤，輕雲度谷壓香低。」慶元丙辰冬，姜堯章與俞商卿、銛朴翁、案《癸辛雜識》，葛天民字無懷，後爲僧，名義銛，號朴翁。此云銛朴翁，疑當時取其僧名下一字稱之。張平甫自封禺同載詣梁谿，道吴淞，既歸，各得詩詞若干解，鈔爲一卷，命之曰《載雪録》。其自叙云：「予自武康與商卿、朴翁同載至南谿，道出苕、霅、吴淞，天寒野迥，仰見雁鶩飛下玉鑑中，詩興横發，嘲唅吟諷，造次出語便工，而朴翁尤敏不可敵。未浹日得七十餘解，復有伽語小詞，隨事一笑，大要三人鼎立。朴翁似曹孟德，據詩社出奇無窮。商卿似江東，多奇秀英妙之士。獨予椎魯不武，雖自謂漢家子孫，然不敢與二豪抗也。」且云此編向見之雪林李和父，後歸之僧頤蒙，乃朴翁手書也。古律、絶句、贊、頌、偈、聯句、詞曲、紀夢凡一百五十三，多集中所無者。蕭介父題云：「亂雲連野水連空，只有沙鷗共數公。想得句成天亦喜，雪花迎櫂入吴中。」孫季蕃云：「詩字峥嶸照眼開，人隨塵劫挽難回。清苕載雪流寒碧，老我扁舟獨自來。」

51 余家向有小廨，在杭之曲阜橋，每夕五鼓間早朝傳呼之聲，雖大雨風雪中亦然，于是慨嘆虚名之役人也如此。既而于壁間得一絶云：「霜拂金鞍玉墜腰，鄰雞催喚紫宸朝。争如林下飽清夢，殘月半窗松影摇。」頗得予心之同。因以類得數篇，併書于此。樂天寄陳山人云：「待漏五門外，候對三殿裏。髭鬚凍生冰，衣裳冷如水。忽思仙遊客，暗謝陳居士。暖覆褐衣眠，日高應未起。」又詩云：「重裘暖帽寬氈履，小閣低窗深地爐。身穩心安眠未起，西京朝士得知無。」「軟綾腰褥薄綿被，涼冷秋天穩暖身。一覺曉眠殊有味，無因説與早朝人。」又云：「雞鳴一覺睡，不博早朝人。」諺云：「骨邊肉，五更睡，雖不多，最有味。」正此意也。坡翁《寄傲軒》詩云：「牀頭車馬道，殘月挂疏木。朝客紛擾時，先生睡方熟。」范至能《冬至晚起》云：「新衣兒女鬧燈前，夢裏莊周正栩然。騎馬十年聽曉鼓，人生元有日高眠。」近世翁定遠新其説云：「遲明騎馬謁朱門，安得梅花入夢魂。慚愧高人眠正熟，一生知不受人恩。」周端臣題東菴云：「一庵自隱古城邊，不是山林不市廛。落月滿窗霜滿屋，卧聽宰相去朝天。」

52嚴中和，號月澗，近世詩人，間多佳句。既無行卷，因摘一二于此。云：「山中道人不裹巾，一片石牀生緑鱗。昨夜瓦瓶冰凍破，梅花無水自精神。」又：「梅天雨氣入簾櫳，衣潤頻添柏火烘。四月江南無矮樹，人家都在緑陰中。」又：「一聲杜宇三更後，向曉緑陰連碧苔。却恨樓高春數尺，柳綿飛不上窗來。」又：「樹影踏不碎，花香嗅却無。」「寺老柳遮塔，雨多春礙船。」「澗水活不凍，山楓老自靈。」「畫扇題詩鸞背濕，銅彝煎腦鴨心香。」皆佳句也。

53馮去辯可訥之遊京口也，岳肅之持鑛節在焉，相得甚歡。岳號倦翁，嘗自叙云「司馬長卿故倦遊」，注謂厭宦遊也。是時長卿方以士客臨邛令所，固未嘗宦，焉知倦耶？如予所謂倦者，乃真知之。嘗賦二詩，有云：「片雲出岫猶知倦，流水吟湘肯伴牢。」又云：「尚有奏篇煩狗監，肯辭馳傳爲駹臣。」可訥次韻云：「鑱事十年當結局，襟期千古與同牢。」又云：「琴心自誤誰料理，犢鼻雖貧未主臣。」肅之爲之擊節不已，題其末云：「此小馮君讀珂之文也。」

54趙良淳字景程，號常軒，饒之餘干人，忠定丞相之曾孫。咸淳甲戌，長江失守，凡内郡悉除授宗姓。公守霅，明年，城失守，公以片紙書付其子曰：「寧爲趙氏鬼，不作他國臣。行年五十有三，守土而死節，尚復奚憾？諸子幸而生者，勉旃忠孝。」書訖，付其子友伯，遂閉閤投繯而死，時乙亥除夕也。陳體仁尚書作詩三章哀之，曰：「日慘天無色，城危歲迫除。孤忠元自許，一死不知餘。東衽全遺體，呼兒受訣書。登陴才信宿，腸斷正愁予。」「忠定扶神鼎，安邦不顧身。曾孫能致命，屬籍豈無人。歸骨番江上，招魂霅水濱。死生均此念，老病泣遺民。」「慷慨君酬國，奔逃我喪家。陸沈同一壑，淵涉渺無涯。祈死惟嫌晚，餘生只自嗟。蒿萊連雉堞，落日噪棲鴉。」

55陳謣，越人，嘗遊廬山，于窮谷中遇一人，髽而跣，坐大磐石，微作吟哦聲。陳異而問焉，髽瞠目不答，驚逝去。陳益異之，至明因寺，爲僧道所見。僧曰：「此興國趙知軍也，爲郡有異政，民德之。兵火後棄家入山寺中，日以少米給之。」指穹林絶巘間曰：「此其所居也。」陳策杖披荆訪之，髽知有人至，已逸去矣。獨葺屋一間，不蔽風雨，土木瓦器地爐竹几而已。間有破石硯短紙數十幅，取視之，則詩也。或一聯二聯，無成章者。陳僅記其數語云：「戰血肥春草，妖魂附野狐。」又：

「風吹沙草落日黄，鴉啄髑髏飛不起。」蓋有道者云。

56開禧中，有苗氏女，本宦族也，失身爲妾于某朝士，臨行作詩别其母云：「桃花飛盡馬塍春，此日辭家淚滿巾。豈是比鄰無嫁處，千山萬水逐行人。」朝士者知之，遂厚給資以嫁焉。

57葛嶺故相賈似道園池，留題者甚衆，獨吴人湯益字損之一詩膾炙人口，云：「檀板歌殘陌上花，過牆荆棘刺簷牙。指揮已失鐵如意，賜與寧存玉辟邪。廢館晝飛無主燕，荒池春吠在官蛙。木綿菴下猶愁絶，月黑夜深聞鬼車。」

58張良臣字武子，近世詩人，有《雪窗集》。有子時，嘗從張公父至象臺。其女兄即徐元杰仁伯之母也，亦能詩。嘗有絶句云：「羅幕金泥窣地垂，夜香燒盡二更時。不知簾外溶溶月，上到梅花第幾枝。」正自不凡。

59吕紫微《明妃曲》：「人生在相合，不論胡與秦。但取眼前好，莫言長苦辛。君看輕薄兒，何殊胡地人。」其意固佳，然不脱王半山「人生失意無南北」之窠臼也。

60林曾字伯元，號梅嶼，永嘉人，詩極佳。如《汴河》云：「一千八百隋家路，兩岸青青入帝都。可惜翠華南渡後，舊時楊柳一株無。」

61俞桂英，號野雲，苦吟一生。異時賈師憲嘗稱其「一點梅香到，三分酒力消」，「母念子行遠，兒云翁未歸」，「白雲一樹鶴孤宿，明月滿樓鐘鼓聲」，「百無一事身爲客，十有九分心在家」之句，然野雲自有《人影》詩爲人所稱，云：「身外復添汝，無言隨去留。自從生便有，直到死方休。步月常相逐，臨溪元不流。靜中明道眼，總是一虛浮。」

62道士褚伯秀，清苦自守，嘗集注莊、老、列三子，天師以學修撰命之，不就，作《貧女吟》二首謝之，曰：「夜績晨炊貧自由，强教塗抹只堪羞。閉門靜看花開落，過却春風不識愁。」「寂寞蓬窗鎖冷雲，地爐紉補自陽春。千金莫誤朱門聘，不是穿珠插翠人。」

63賈師憲越第望海樓成，越帥季鏞賦詩爲賀，陳宜中時爲推官，次韻云：「名與山高千古重，恩如海闊一身輕。門下少年初幕府，夢隨諸吏上崢嶸。」又云：「功歸再造金甌好，歲已三登玉燭調。昨日倚筇平地看，一如石壁望松寥。」蓋用太白「石壁望松寥，宛然在碧霄」，蓋山名也。一時人稱其善于押韻，自此登師憲之門云。

64鄧林，號謙谷，臨川人。嘗客孟氏塾，戲降紫姑，得詩云：「隔溪雲薄雨飄蕭，欲采荷花不見橋。釵卜無憑芳信杳，酸風空度鳳臺簫」，時有三鄧林，其一括人，其一臨江人，嘗入館。

65廣德村寺壁間有四明王暨文昌題云：「奔馳塵土何時了，自嘆一官如蟻小。半夜覓宿僧家園，夢裏聞鴉霜月曉。」暨時爲邑尉。後尉天台。張汝鍇俞仲次韻云：「世事反觀俱了了，鵾鵬何大亦何小。木人起舞中郎拍，問著木人應不曉。」二詩皆可録。

66田錫表聖，太宗朝爲翰苑，有《咸平集》，中多佳語，如「磬韻似煙和燭裊，松聲如雨入窗流。」「行色迎秋清似畫，别情因景化爲詩。」「秋色數行江上雁，殘陽一簇渡頭人。」《詠挑燈杖》云：「自知不是明時用，爛額焦頭力漫多。」《賦楊花》云：「乍如亂峰之下，落泉飛練，噴嵐灑煙，沫花相濺。」政自不凡也。

67周漢國公主下降，撒帳詩云：「静夜無雲惟自照，鳳凰飛入合歡宫。」蓋用王昌齡「青鸞飛入合歡宫，紫鳳銜花出禁中」之句。然《西都賦》云：「後宫則有增城、合歡。」殿名也。

68丁大全丞相謫嶺外，至藤州溺死，三山林桂龍以詩嘲之曰：「一柂中流欠把持，偏輕偏重失便宜。孤舟不是無人渡，身作風波問阿誰？」「移溪實壑誤明君，驚動沿江十萬軍。幸是不沈湘水死，有何面目見靈均？」「稚子如何濟急流，一篙纔錯便難收。當初把作尋常看，豈料中流解覆舟。」

69韓子蒼挽中山韓帥云：「金絮盟猶在，灰釘事已新。」案「中山」原本誤作「中小」，今據韓駒《陵陽集》校正。後村以爲語妙而意婉。蓋宣、靖之禍，自滅遼取燕始，上句指韓，下句指童、蔡也。又梁徐勉以時人聞喪事相尚以速，勉上疏云：「屬纊才畢，灰釘已具。」又陳徐陵遺楊遵彦書云：「若鄙諺爲繆，來旨必通，分請灰釘，甘從斧鉞。」不特出前書也。

70近歲浙右洊水，田野流離可念，震澤小寺壁間一詩云：「民力久已竭，天乎不見憐。三年兩遭水，十室九無煙。田没官徵賦，家貧子賣錢。秋風江上路，忽見渡江船。」真不減聶夷中也。

71天台趙與倀英可嘗夢賦《落梅》詩，僅記一聯云：「溪月涵虚影，山雲護斷香。」莫知何祥。後爲豐儲倉監，獲四剡。後吴益尹京，辟之爲屬，遂與合尖脱選。蓋吴尹自號雲山，于是「護香」之句遂驗。

72李仁甫十八歲爲眉州解魁，時第二人史堯弼字唐英，方十四歲，人疑其文未工也。赴鹿鳴燕，猶著粉紅袴。太守命坐客分韻賦詩，唐英得「建」字，即席援筆立成，有云：「四歲尚少房玄齡，七步未饒曹子建。」後爲張魏公客，不幸早世。

73鄭安挽丞相曾詠云：「如蠶吐緯日縈纏，出沒無蹤屋漏邊。懷毒滿身如蝎犬，漫張羅網欲漫天。」蓋爲諸璫發也。蘇拯詩云：「映日張網羅，遮天亦何別。倘居要地間，害物可堪説。」風人詠物，大率相類。

74東萊吕舍人贈林少穎、李迂仲詩云：「嘗聞安身要，其本在無競。」自注云：「王輔嗣《易解》云：安身莫若無競，修己莫若自保。守道則福至，求福則辱來。此格言也。」

75「小小園林矮矮屋，一日房錢一貫足。官至正郎子讀書，一妻一妾常和睦。」此詩張卿所作。張仕至棘卿，與史彌遠不合，遂不復出矣。

76蔡元長嘗闢便坐曰南軒，有獻詩者曰：「此軒端的向南開，上下東西總不該。更有一般堪愛處，北風偏向後門來。」人號爲貼題詩。

77宣和間，教坊大使袁祹應製詩云：「金瓶芍藥三千朵，玉軸琵琶四百弦。」可謂盛矣。

78吕之鵬，密縣人，申公之裔也。大金宣宗頻年南伐，因作詩撼主兵者云：「縫掖無由挂鐵衣，劍花生澀馬空肥。燈前草就平南策，一夜江神涕泣歸。」其自負如此。

79縉雲有掘地得碑石，篆書《公子行》云：「少年公子出皇都，勒馬途中倒玉壺。却問路傍耕稼者，夜來風雨損花無。」並無歲月姓氏。

80黄伯樞榮仲《讀馬援傳》詩云：「後車薏苡落讒人，珠貝文犀竟失真。馬革裹屍猶不恨，何須勝瘴與輕身。」

81近世趙汝淳《讀夷堅志》詩云：「千古丘明法度書，豕啼蛇鬭未爲誣。後來更有無窮事，付與蘭臺鬼董狐。」用干寶事甚佳。

82曾繹仲成詩云：「已無醜扇幾邊亂，空見（春）〔舂〕鉏天際飛。」《爾雅》：醜扇，蠅也。釋云：醜，類也。青蠅之類，好摇翅自扇。案《爾雅》「翥醜罅，螽醜奮，强醜捋，蠭醜螸，蠅醜扇」，俱以「醜」字爲句。今曾詩未明句讀，密又顛倒本文，均誤。

83韓平原用事時，華岳子西爲武學生，嘗獻詩云：「漢地不埋王莽骨，唐天難庇禄山軀。」韓怒，羈管建寧，有詩號《翠微集》，大抵皆麤惡語。

84詩家謂誠齋多失之好奇，傷正氣，若「梅子流酸軟齒牙，芭蕉分緑與窗紗，日長睡起無情思，閒看兒童捉柳花」，極有思致。誠齋亦自語人曰：「工夫只在一『捉』字上。」

85魏華父《墨梅》詩：「素王本自難淄涅，墨者胡爲亂等差。玄裏只知楊子白，暠中謾見聖人汙。」鶴山又有「東西日月自來往，遑卹人間有喘牛」之句，亦佳。

86姚翻詩云：「臨妝欲含涕，羞畏家人知。還將粉中絮，擁淚不教垂。」即今粉撲也。案《玉臺新詠》載此詩，「還將」作「還持」，「不教」作「不聽」，與此有異。

87《太平吟》云：「紛紛紅紫已成塵，布穀聲中夏令新。夾路桑麻行不盡，始知身是太平人。」此可謂善狀太平氣象，勝于誠齋「太平不在簫韶裏，只在諸村打稻聲」之句。

88盱人王勝之詩云：「蛙鼓鳴時月滿川，斷螢飛處草迷煙。敲門欲向田家宿，猶有青燈人未眠。」殊有思致。

89後山「仰看一鳥過，虚負百年身」，極有深意。案陳師道《次韻秦少游春江秋野圖》詩，作「倏看雙鳥下，已負百年身」，任淵注本同，此所引疑有誤。

90周茂振樞密詩云：「醉倒不辭花面笑，詩成親傍竹身題。」「竹身」二字甚新。

91端平甲午入洛之役，二趙喪師，時劉子澄實主帷幄之籌，遂坐貶封川，意不復用。趙仲之死，子澄以詩哭之云：「功名翻覆等南柯，雲掩新阡長薜蘿。千載只憑公論去，百年無奈世情何。高光時節經營易，晉宋人才隱逸多。入汴老賓猶坐謫，餘生只合理煙蓑。」

92吴白，字少白，豪逸負氣，詩文立成，嗜酒窮空，晚爲僧于廣化寺。時籍中有楊韻者，能小詩，善墨竹。一日諸公會飯，少白持白紈扇，楊爲作小枝于上，少白即題一絶云：「風枝露葉有餘清，轉盼還從玉筍生。願得此君長在眼，子猷雖老未忘情。」

93賈師憲《甲戌歲寒食日絶句》云：「寒食家家插柳枝，留春春亦不多時。人生有酒須當醉，青家兒孫幾箇悲。」明年師潰身殞，遂成惡讖。

94紹興己巳，南郊禮成，思陵御製詩以賜云：「清壇祇謁禮郊丘，輔相賢勞共款留。初訝密雲低覆冒，遽看霽景上飛浮。氣回俎豆群工泰，喜入貔貅萬馬秋。赫赫天心允昭格，協謀同德賴嘉猷。」案以下十九條有詩無話，係原本脱落，今附卷後。

95《山寺》詩：「村南村北雨催耕，布穀聲聲不住聽。水入野田分井字，山藏小寺只單丁。傍花飛去禽身白，帶土移栽樹腦青。絶頂虬松高百尺，已經千歲長菟苓。」案：原本下有「久知老去安庚甲。堪笑官忙縛卯申」二句，與此詩語意不倫，今據文義删去。

96《哀扇工歌》：「某州竹扇名字著，織扇供官困追捕。使君開府未浹旬，欲戴綸巾揮白羽。新模巧製旋翦裁，百中無一中程度。犀革鐫柄出蟲魚，麝煤熏紙生煙霧。蕺山老姥羞翰墨，漢宫佳人掩紈素。衙内白取知何名，帳下雄拏不知數。供輸不辦箠楚頻，一朝赴水將誰訴。使君崇重耳不聞，嗚呼何以慰黎庶。聞道園家賣菜翁，又説將頭打漁户。號令亟下須所無，官不與錢期限遽。歸來痛哭辭妻兒，宿昔投繯挂枯樹。一雙婉婉良家子，吏兵奪取名爲顧。弟兄號叫鄰里驚，兩家吞聲喪其嫗。死者已矣可奈何，冤魂成群相號呼。殺人縱欲勢位尊，貪殘無道天所怒。邦人蓄憤不敢言，君其拊馬章臺路。」案周輝《清波別志》載此詩，作無名氏《哀扇工歌》，首句「某州」作「黄州」，陳振孫《書録解題》載沈作喆以《悲扇工》詩忤魏良臣，疑即作喆之詩，輝、密均偶未考《寓山集》也。

97《次張斗南韻》云：「路穿厓曲幾回環，天地爲爐不掩關。守分固于貧亦樂，任緣或以倦知還。門前認取朝宗水，屋上元非捷徑山。若欲結茅相共住，雲根可著兩三間。」案此詩原本失載姓名。

98葉正則《題孫季蕃》詩云：「子美太白常住世，佳人栩栩夢魂通。瀉落天河澆汝舌，移來不周盪爾胸。千家錦機一手織，萬古戰場兩峰直。孰南孰雅喚莫前，虛簫浪管生寒煙。」

99劉潛夫使廣日，經過惠州六如亭，有詩云：「吴兒解記真娘墓，杭俗猶存蘇小墳。誰與惠州耆舊記，可無抔土覆朝雲。」于是郡守與之修墓立碑。又題云：「昔人喜説墜樓姬，前輩尤高斷臂妃。肯伴主翁來過嶺，不妨扶起六如碑。」

100《天竺道間》詩云：「西山多雨長灘聲，更愛春禽百樣鳴。石罅暖煙飛不起，日高鞭影未分明。」

101《七夕》詩：「銀河如練月如鉤，照見千家乞巧樓。野老平生事事拙，蒲團又過一年秋。」「銀河清淺界煙霄，欲渡何須烏鵲橋。今我去家千里遠，却憐牛女會今宵。」案此詩原本失載姓名。

102史達祖《清明》詩：「一百六朝花雨過，柳梢猶爾病春寒。晉宮今日炊煙斷，併著新晴看牡丹。」「宮燭分煙眩曉霞，驚心知又度年華。偷羹杏粥誰能辨，自採庭前薺菜花。」

103鄭如幾維心，亦雪人，與葉少藴唱和，有「看朱成碧醉中眼，施粉太白尊前人」之句。案此條前當別論雪人，故此云「亦雪人」，傳寫佚脱。

104林曾《溪上謡》云：「溪翁兒女枕溪住，時把釣竿倚芳樹。沈吟獨坐忽傷心，釣得魚來放將去。」

105近北客有《題襄漢》詩云：「襄漢雲屯十萬兵，習池酩酊不曾醒。紛紛誤晉皆渠輩，不特王家一寧馨。」

106范至能《嘲蚊詩》云：「沈酣尻益高，飽暖腹漸急。晶晶紫蟹眼，滴滴紅飯粒。」

107李韡賦《青城山陷》詩云：「蜀道天收碧落鍾，六丁移路鑿鼉叢。飛山夜挾風雷没，愁殺江南鬼五通。」

108林曾《泗州》詩：「魚頭紅結魭，土面白生硝。」

109王予可賦《淩霄》詩云：「啼鳥倒銜金羽舞，驚蛇斜傍玉簾飛。」

110《題靈隱寺》詩云：「遊山無處浣塵埃，出郭尋幽入翠苔。衆水盡從雙澗去，一峰元自五天來。行春人散題名在，坐夏僧閒聽講回。清磬一聲猿鳥寂，石楠花落滿經臺。」

111放翁《理》詩云：「萬物元須一理通，長生極治本同功。廣成千歲無他術，只在唐虞二典中。」

112涪翁《愛竹》詩云：「野次小峥嶸，幽篁相衣緑。牧童三尺箠，御此老觳觫。竹吾甚愛之，無使牛礪角。牛礪角尚可，牛鬬殘我竹。」

113「桃紅浄，山雨乾，褐翅鬼蛾粘石闌。厓根薜荔絡陰土，春草自緑麒麟寒。時思堂前滿牀笏，牛眠岡頭空白骨。急呼斗酒澆淚痕，頭上飛光出還没。」案此詩失載姓名，併佚原題。

114樂天《有感石上舊字》詩云：「太湖石上鐫三字，十五年前陳結之。」蓋其妾桃葉也。自昔未有以家妓字鐫石者。劉過改之嘗遊富沙，與友人吴仲平飲于吴所歡吴盼兒家，嘗賦詞贈之，所謂「雲一窩，玉一梭，淡淡衫兒薄薄羅，輕顰雙黛蛾。」盼遂屬意改之。吴憤甚，挾刃刺之，誤傷其妓，遂悉繫有司。時吴居父爲帥，改之以啓上之云：「韓擒虎在門，顧麗華而難戀；陶朱公有意，與西子以偕來。」居父遂釋之，然自是不復合矣。改之有「春風重到憑闌處，腸斷妝樓不忍登。」蓋爲此耳。（卷下。）

（王秀梅）

浩然齋視聽鈔

周密 撰

《浩然齋視聽鈔》，未見傳本。《說郛》收二十五條，皆考證瑣語。

【頻煩】頻煩字，《三國志》：「費禕以奉使稱職，頻煩至吳。」杜詩：「三顧頻煩天下計。」（《說郛》卷二十。下同）

【字音】今世呼蒲萄、枇杷，皆爲入聲。樂天詩云：「酒餘送盞推蓮子，燭淚堆盤壘蒲萄。」又：「深山老去惜年華，況對東溪野枇杷。」其音自唐然矣。

【對偶】對偶之佳者曰：九州四海，悉主悉臣；億載萬年，爲父爲母。平生能著幾輛屐，長日惟消一局棋。有文事，有武備，與神爲監；無智謀，無勇功，惟聖時若。數點雨聲風約住，一枝花影月移來。柳搖臺樹東風軟，花壓闌干春晝長。勸君更盡一杯酒，與爾同消萬古愁。天下三分明月夜，揚州十里小紅樓。梨園子弟白髮新，江州司馬青衫濕。

【賈秋壑詩賦】賈秋壑甲午寒食嘗作一絶云：「寒食家家插柳枝，留春今亦不多時。人生有酒須當醉，青冢兒孫幾箇悲。」明年謫死。

【海運】朱張海餉，自三山大洋徑至燕京。或言自古所未嘗行此道，昉自今始。然杜少陵《出塞》云：「漁陽豪俠地，擊鼓吹笙竽。雲帆轉遼海，粳稻來東吴。越羅與楚練，照曜輿臺軀。」又《昔遊》云：「幽燕盛用武，供給亦勞哉。吴門持粟帛，浮海淩蓬萊。」然則自昔燕地皆海運，非始于今也。

（程毅中）

愛日齋叢鈔

葉　置　撰

葉置，字子真，號坦齋，池州青陽（在今安徽省）人，宋末迪功郎，本州簽判（據宋嘉錫考）。原書久佚，作者亦失名，散見於《説郛》、《永樂大典》等書，清修《四庫全書》輯爲五卷。此據《守山閣叢書》本選録。

1宋朝殿上大宴，有蠻人控金獅子，對設柱間。乾道八年正月五日宴北使，雪後日照殿門。樂語云：「香臯狻猊，雜瑞烟於綵仗；雪殘鳷鵲，耀初日於金鋪。」此益公記行都事也。故都紫宸殿有二金狻猊，蓋香獸也。故晏公《冬節》詩云：「狻猊對立香烟度，鸑鷟交飛組繡明。」今奉使至朔庭率見之。此陸務觀追記東都事也。范至能《攬轡録》記兩楹間有出香金獅。按大防《北行日録》記有金香獅、金龍山各二。此必務觀謂「率見之」者，獨未詳益公所記何如也。（卷一。下同）

2今所謂掛罳，其名傳寫多異同。平園《游山録》記倅送步障二，俗名畫獅。蓋北人飾以氊毯而畫獅子形，故云爾。或云名掛罳。洪景盧作話私小閣，名借春，見於詩云：「居然丈室巧剸裁，截竹爲楹不染埃。」未詳即掛罳否。趙彦衛《間記》云：紹興末，宿直中官以小竹編聯，籠以衣，畫風雲鷺鶯，作枕屏，一時號曰畫絲。好事者大其制，施於酒席以障風，野次便於圍坐。或以名不雅，易曰掛罳。又曰：出於北邊，目曰話私，乾道間，使者嘗求其骨，則不然矣。且以言爲話，南人方言，非北語也。按崔豹《古今注》：罘罳，屏也。罘者，復也。罳者，思也。臣朝君，至屏外，復思所奏之事於其下。顔師古注謂連闕曲閣也。以覆重刻垣墉之處，其形罘罳然，一曰屏也。鄭《禮記注》：屏謂之樹，今浮思也。刻之爲雲氣蟲獸，如今闕上之爲。《廣雅》云：復思謂之屏。王莽壞渭陵園門罘罳，曰：使民無復思漢。唐蘇鶚《演義》稱：罘罳織絲爲之，象羅交文之狀，施宫殿簷户之間。又《文宗實録》：甘露之禍，群臣奉上出殿北門，裂罘罳而去。《酉陽雜俎》稱：上林間多呼殿榱桷護雀網爲罘罳。則是漢以屏爲罘罳，唐以殿間網爲罘罳。以字考之，二字從网，有網之義。漢屏疑亦有維索以爲限制。今云掛絲，第言以絲掛於竹骨之上。若用罘字，亦取罘罳之義，其實圍屏也。《開寶遺事》：長安士女遇名花，則以裙遞相插掛爲宴幄，兹其始也。東坡守汝陰，以帷幕爲擇勝亭，亦此義。趙氏因掛罳而及罘罳。必欲考此，則程氏《演繁露》尤詳。制凡五出。其一：鄭康成引漢闕以明古屏，而謂其上刻爲雲氣蟲獸者是。《禮疏》：屏，天子之廟飾也。鄭曰：屏謂之樹，今浮思也。刻之爲雲氣蟲獸，如今闕上之爲。其二：顔師古注本鄭説，兼屏闕言之，而於闕閣加詳。《漢書》：文帝七年，未央宫東闕罘罳災。顔曰：罘罳，謂連屏曲閣也。以覆重刻垣墉之處，其形罘罳，一曰屏也。其三：漢人釋罘罳爲復思，雖無其制而特附之。義曰：臣朝君，至罘罳下而復思。至王莽斸去漢陵之罘罳，曰：使人無復思漢。其四：崔豹《古今注》依倣鄭義，而不審知其詳，遂析以爲二，闕自闕，罘罳自罘罳。曰：漢西京罘罳，合板爲之，亦築土爲之。詳豹之意，以築土者爲闕，以合板者爲屏也。又釋闕曰：其上皆丹堊，其下皆畫雲氣、仙靈、奇禽、異獸，以昭示四方。其五：唐蘇鶚謂爲網户。《演義》曰：罘罳字，象形。罘，浮也。罳，絲也。謂織絲之文，輕疏浮虚之貌。蓋宫殿窗户之間網也。此五者，其制其義皆不可廢。罘罳云者，刻鏤物象，著之板上，取其疏通連綴之狀而罘罳然，故曰浮思。以此刻鏤，施於廟屏，覆諸宫寢闕閣，非别有一物，元無附著，而獨名罘罳也。至其不用合板鏤刻而結網代之，以蒙冒户牖，使蟲雀不得穿入，則别名絲網。凡此數者，雖施置之地不同，其爲罘罳，未始或異。鄭康成蓋本其所見漢制而言，未於先秦有考也。宋玉曰：「網户朱綴，刻方連些。」以木爲户，上刻爲方文，互相連綴。朱，其色也。網，其狀也。想其制，則罘罳如在目前矣。宋玉之稱網綴，漢人以爲罘罳，其義一也。豹謂合板爲之，則是可以刻綴而應罘罳之義。謂築土所成，繪象其上，安得有輕疏罘罳之象乎。況文帝時東闕罘罳嘗災矣，若畫實土之上，火安得而災也。乃知顔師古説可據。杜甫曰：「毁廟天飛雨，焚宫火徹明。罘罳朝共落，榆桷夜同傾。」正與漢罘罳災相應。蘇鶚引《子虚賦》「罘網彌山」，證罘當爲網，引甘露之變斷罘罳裂去，引温庭筠《補陳武帝與王僧辨書》「罘罳晝捲，閶闔夜開」，遂謂古來皆爲網，誤以唐制臆度也。《大業雜記》：乾陽殿南軒，垂以朱絲網絡，下不至地七尺，以防飛鳥。則置真網於牖而可捲可裂也。此唐所因倣，非古制也。唐雖借古罘罳語以明網户，然因其借喻而形狀益著也。程説備矣。觀趙彦才杜詩注，援引不出此。其略謂：案蘇鶚《演義》稱，罘罳織絲爲之，乃引《文宗實録》甘露之禍，裂斷罘罳。又引杜詩「罘罳朝共落」，又引温庭筠《補陳武帝與王僧辨書》「罘罳晝捲」，皆非曲閣屏障之義。反以崔豹、顔師古之徒爲大誤。又按《酉陽雜俎》稱，上林間多呼殿榱桷護雀網爲罘罳，其淺誤如此。乃引張揖《廣雅》曰：復思謂之屏。又王莽性好時日小數，遣使壞渭陵延陵園門罘罳，曰：使民無復思漢。又引魚豢《魏略》：黄初三年，築諸門闕外罘罳爲證，反以絲網之説爲大謬，二説皆通。以爲網，則繩爲之，施於宫殿簷楹之間，如鶚之説是也。以爲屏，則刻木爲之，施於城隅門闕之上，如成式之言是也。二説中段氏爲長。案《五行志注》云：罘罳，闕之屏也。《玉篇》云：罘罳，屏，樹門外也。又云：罘，兔罟也，但屏上彫刻爲之，其形如網罟之狀，故謂之罘罳。音浮思，則取其復思之義。且漢西京罘罳合板爲之，亦築土爲之，每門闕殿舍前皆有焉。於今郡國廳前亦樹之，故宋子京詩云：「秋色浄罘罳。」皆其義也。又觀洪慶善辨證，亦以結網與間屏謂罘罳有二，杜詩蓋指殿簷間罘罳。大抵漢唐異制，掛罳復出於近代，固當别論，以附疏通連綴之義，而編竹交加，幾類網户，謂之罳者亦通。

3（上略）王建《宫詞》云：「射生宫女宿紅妝，請得新弓各自張。臨上馬時齊賜酒，男兒跪拜謝君王。」「殿前鋪設兩邊樓，寒食宫人步打毬。一半走來争跪拜，上棚先謝得頭籌。」建太和中爲陝州司馬，豈武后以后婦拜猶跪，禮特行於宫掖？《復齋漫録》謂後周制，令宫人廷拜，爲男子拜，引建前一詩證之。唐宫詞無預後周故實也。

4 梁震唐末登第歸蜀，遇江陵高季昌，愛其才識，留之，欲奏爲判官。震恥之，不受辟署，終身止稱前進士。《大定録》云：「震開平元年，侍郎于競下及第。」李肇《國史補》：「得第謂之前進士。」《摭言》又注韓中丞儀詩：「今日便稱前進士，如留春色與明年。」按此唐以來初擢第者通稱前進士。《韓文公墓碑》云：「孤前進士昶。」蓋文公長慶四年卒，昶方於是年李宗閔下擢進士第。後唐李龍，少以文章知名。既貴，刻牙板金字曰：「前鄉貢進士。」雖表其榮名，亦唐制之餘也。（卷二。下同）

5 范文正公帥延安，夏人相戒：「今小范老子腹中自有數萬甲兵，不比大范老子可欺。」大范，謂雍也。東坡以月石研屏獻子功中書，涵星研獻純父侍講，有詩云：「故將屏硯送兩范，要使珠璧棲窗櫺。大范忽長謡，語出月脅令人驚。小范當繼之，説破星心如雞鳴。」子功諱百禄，純父諸父行，乃有兩大小范也。子由《賦毛國鎮生日》詩云：「生日原同小趙公。」自注：「世謂叔平大趙參政，閲道小趙參政。」大小之稱，一時假爲差别，若華陽之范出於一門，猶漢上郡歌大小馮君，與元憲兄弟呼大小宋是也。

6 景定五年，明堂禮成，恭謝大乙宫，賜宴齋殿。教坊伶優舉經語以戲，刑部侍郎徐復引孔道輔使契丹責以文宣爲戲故事，請誡樂部，無得以六經前賢爲戲。予讀東坡《通守杭州寄吕微仲》詩自注：「杭有伶人善學吕，舉措酷似，别後常令作之以爲笑。」詩云：「楚相未亡談笑是，中郎不見典刑存。」使事切矣，謹厚者顧疑焉。朱文公在講筵，優人王喜，時於上前效其行止進退，以爲戲。用事者欲賞以閤門祇候，上將從之。侍郎誦言將入諫命，乃寢。是不可不禁遏也。矧假爲燕笑之樂乎？

7 時稱「白石」者，樂清錢文子文季、番陽姜夔堯章、三山黄景説巖老，各因其居號之爾。故堯章自謂「居苕溪上，與白石洞天爲鄰」，潘德久字之曰「白石道人」。詩云：「屋角紅梅樹，花前白石生。」或評樂天「黄醅酒」對「白侍郎」，陳去非「簡齋老」對「月桂花」，此祖其格者。然白石生見《神仙傳》中，黄丈人弟子也，至彭祖時已年二千餘歲，煮白石爲糧，因就白石山居，時號曰「白石生」。堯章稱此三字，蓋有據而後用。文季宗正、巖老大理，皆少卿。當嘉定間，姜止布衣。

8 何子楚《春渚記聞》云：「陸農師左丞之父少師公規，生七歲，不能言。一日忽書門間云：『昔年曾住海三山，日月宫中數往還。無事引他天女笑，謫來爲吏向人間。』自此能言語，後登進士第，官至卿監，壽八十而終。」余得其家《七歲吟叙》讀之，則其事實左丞之祖太傅軫，字齊卿者也。序云：「祖父疾革，與諸兒方卧牀側，遽呼起，熟視之曰：『汝能賦詩二聯以稱吾意乎？』公口占二韻立成，皆神仙語。祖父視詩大喜曰：『瞑目無憾矣。』」詩云：「昔年曾往海三山，日月宫中屢往還。無事引他天女笑，謫來爲吏到人間。」故非世俗之語也。太傅，祥符進士，官吏部郎中，直史館，嘗守鄉郡，壽七十七。序又記其辟穀十年，煉丹九轉，鶴去青衣至三日而化，事尤奇怪，豈以爲初年詩語之驗？然不謂始不能言，忽題壁間，且非左丞之父。左丞以國子博士贈太尉，珪自爲廉叔父也，無云父規少師者，紀述易譌如是。左丞之孫，是爲務觀待制，甫七歲，父少師指烏命賦詩，遽對曰：「窮達得非吾有命，吉凶誰謂汝前知。」事見《家語》。此少師又永年之子，京西轉運宰字元鈞也。吾鄉陸氏最稱故家，詩禮之澤深矣。世以穎悟早聞於時，亦盛事也。

9王龜齡詹事記人説生前事，其略云：「予少時，有鄉僧每見必曰：『此郎嚴伯威後身也。』予訪諸叔父寶印大師，叔父曰：『嚴闍黎，汝祖母賈之兄也。博學，工詩文，戒行修飭。汝父母昔以無子爲憂，政和壬辰正月，吾師卒，汝祖夢吾師至，集衆花結成一大毬遺汝祖曰：「君家求此久矣，吾是以來。」是月，汝母有娠。吾師眉濃黑而垂，目深而神藏，兒時能誦千言，喜作詩。人以汝眉目及趣好類之，故云。』又《種蔬》詩云：『前身老闍黎，蔬氣端未除。』」詳著《梅溪集》。古昔此事良多，陳氏《捫虱新話》歷數房琯爲永禪師，婁師德爲遠法師，張文定公游滁州瑯琊山寺，得《楞伽經》偈而悟前生。東坡游杭州壽星寺，入門便悟曾到。《春渚記聞》又以坡前身五祖戒和尚，見於魯直涪陵刻石所記。往往於釋氏輪回，本其家法爾。坡詩自謂「前生我已到杭州，到處常如到舊游」，李之儀云：「東坡平日自謂淵明後身，晚和《歸去來辭》始載其語，要是胸中自負如此。」魯直爲「千載人」、「百世士」之評的矣。周益公《奏事録》記汪聖錫端明云，幼年初讀《陳無己集》有《代人乞郡劄子》，一見便疑爲代傅堯俞作。後閲《傅集》，果然。乃知宿世讀書之説可信，聖錫疑無己後身也。賢哲曠世而吻合，豈亦其志自許！三生之前不可盡知也。李翔謂退之長讀書能記他生之所習，或若識環之類耶？

10杜詩結語多用「安得」二字，《洗兵馬行》云：「安得壯士挽天河，净洗甲兵長不用。」《石筍》云：「安得壯士提天綱，再平水土犀奔茫。」蓋全法《大風歌》「安得猛士兮守四方」，豈小力量敢道哉！不惟此爾，《遣興》云：「安得廉頗將，三軍同晏眠。」《喜雨》云：「安得鞭雷公，滂沱洗吴越。」

《大麥行》云：「安得如鳥有羽翼，託身白雲還故鄉。」《光禄阪行》云：「安得更似開元中，道路只今多擁隔。」《茅屋爲秋風所破歌》云：「安得大廈千萬間，大庇天下寒士俱歡顔。」《王兵馬使二角鷹》云：「安得爾輩開其群，驅出六合梟鸞分。」《晚登瀼上堂》云：「安得隨鳥翔，迫此懼將恐。」《晝夢》云：「安得務農息戰鬭，普天無吏横索錢。」《早秋苦熱》云：「安得赤脚踏層冰。」《後苦寒》云：「安得春泥補地裂。」《同谷縣歌》云：「安得送我置汝傍。」多壯語也。（卷三。下同）

11曾見詩話稱，陳無己詩：「寒巷聞驚犬，鄰家有夜歸。」較之劉長卿「柴門聞犬吠，風雪夜歸人」，本非蹈襲。

12鄭毅夫草富相制。有詩云：「中使傳宣内翰家，君王令草侍中麻。紫泥金印封題了，紅燭纔燒一寸花。」近趙汝談詩：「宫井城鴉欲動時，春猿夢斷北山移。攬衣擬草歸田賦，猶是金蓮燭半枝。」鄭矜敏捷，趙乃思退，辭致各清麗。《侯鯖録》記鄭俠上書事作，悉治平時往還厚善者。俠家搜得晏叔原與俠詩云：「春風自是人間客，主張繁華得幾時。」裕陵稱之，即令釋出。余聞劉潛夫端明少年《落梅》詩云：「東風謬掌花權柄，却忌孤高不主張。」遂得罪。比興似不相遠，所遭乃自兩途也。

13陶詩：「結廬在人境，而無車馬喧。」少陵《東樓》詩：「雖有車馬客，而無人世喧。」就古語一轉，正使事之法。如《莊子・外篇》：「忘足，屨之適也，忘要，帶之適也。」東坡《九日》云：「要適忘帶，足適忘屨。」却乍讀似與《莊子》意别，亦是不爲古事所使也。

14荆公詩多舉貞觀，蓋追懷盛時，託興前代，使後來讀之，如少陵：「武德開元際，蒼生豈重攀。」可悲矣。《嘆息行》云：「官驅群囚入市門，妻子慟哭白日昏。市人相與説囚事，破家劫錢何處村。朝廷法令亦寬大，汝罪當死誰爲冤。路傍年少嘆惜汝，貞觀元元之子孫。」《河北民》云：「河北民，生近二邊長苦辛。家家養子學耕織，輸與官家事戎狄。今年大旱千里赤，州縣仍催給河役。老少相携來就南，南人豐年自無食。悲愁白日天地昏，路傍過者無顏色。汝生不及貞觀中，斗粟數錢無兵戎。」傷今思古之義具焉。又其詩曰：「歡樂欲與少年期，人生百歲常苦遲。白頭富貴何所用，氣力但爲憂勤衰。願爲五陵輕薄兒，生在貞觀開元時。鬬雞走馬過一生，天地安危兩不知。」此意雖寓辭若少過矣，使生太平盛世，得爲謹厚君子，顧不可樂哉。比見石九成文詩云：「忽思往事三代前，今有罪者亦可憐。」與《嘆息行》意近。《荆溪集》中有云：「嗟汝建隆元元之子孫。」爲紹定己丑秋天台水災而作。亦用荆公語，其聲愈悲矣。

15李伯玉縝，漢老參政之子，號萬如居士，有《梅花百咏》，後莆田林子真同子常合賦梅十絶句，劉潛夫端明喜其有志，爲和韻至十疊。或以伯玉詩呈劉公，公擬異日當效李體别課百首，不果作。二林遂成百梅卷，劉公題其後有云：「和篇亹亹逼袁陳，肯犯齊梁一點塵。」一時騷人名士，相踵用韻。劉公亦云：或縉紳先生，或江湖社友，體製各異。出而用世者，其言瀏麗；處而求志者，其言高雅。余什襲至今，集中可見者，蓋以賦詩答之，及題識之語略存姓名，抑揚間亦寓焉。如建陽魏司理定清、仙溪陳邁高則，皆稱其鑄詞押韻用事。黄户曹祖潤和在諸人後，無一句一字相犯，特記其警策。終云「小哉荀令香三日，甚矣桓公臭萬年」之句，雖老夫亦避三舍。户曹之族父珩，亦繼作，則以其首首不相犯、句句皆自鍛，若粹衆長，倩他手而成，亦摘奇記之。清江咨隴徐用虎，晚和者謂篇篇有新意，若自倡首，别爲義疏。劉公復有答以詩者，併舉其概。於林知録仲嘉云：「直須著意描香影，和靖宗人合詠梅。」於吴堯云：「即今同社餘千首，當日孤山止一聯。」於趙志仁監簿仲白之子時願云：「詩至山中不可加，郎君吟筆又名家。」山中，仲白别號。於何謙云：「字字追還水部公，篇篇壓倒後村翁。」於方司法元吉云：「處士骨寒誰得髓，老夫鼻塞尚聞香。請君摘出驚人句，玉笛横吹入樂章。」於方監鎮楷云：「百首初成六十餘，朝塗莫改費居諸。」於王教景長云：「盤屈高才入短章，卷中字字挾冰霜。直探寶藏珠盈掬，倒瀉金莖露浣腸。」於三山林天麒云：「不敢袖歸防雹取，殷勤反璧錦奚囊。」於方至貢元云：「貧見籬下看花窠，曾見千枝玉雪麽。畫得逃禪三昧少，詩如無住一聯多。」於方蒙制幹云：「出香影外别商量，盡擷精英發秘藏。難把微酸諧衆口，只消一白賽宫妝。」於陳珽判官云：「抹黛村眉嫌醜怪，約黄宫額費妝塗。」於袁卿相子云：「百篇端可補詩亡。」於總管陳汝一云：「和者肩摩似堵牆，君侯殿後獨軒昂。」集中不著酬答，而嘗和韻者，當復幾人矣。梅絶句以十計，惟楊公濟蟠通守錢塘賦此，東坡和之。再劍南詩，亦兩賦十，十而百。李氏之後，莆田唱酬爲盛。

16讀東坡詩：「天形倚一笠，地勢轉兩輪。五霸之所建，毫端棲一塵。功名半幅紙，兒女浪苦辛。」所見者，真超然萬有之表，較韓詩：「下視禹九州，一塵集毫端。遨嬉未云幾，下已億萬年。聞有誇奪子，萬壙壓其顛。」此更壯偉矣。又如：「我行西北隅，如渡月半弓。登高望中原，但見積水空。」又：「我觀大瀛海，巨浸與天永。九州居其間，無異蛇盤鏡。空水兩無質，相照但耿耿。」此老眼目如許廣大，收拾句語中，決非小力量也。少陵《登慈恩寺塔》：「俯視但一氣，焉能辨皇州。」亦此類。歐陽公《玩月》云：「天形積輕清，水德本虛静。雲收風浪止，始見天水性。澄光與粹容，上下相涵映。乃於其兩間，皎皎掛寒鏡。」却是先得東坡《鑒空閣》詩意度。

17張季長繽賦《梅》自序云：「余往歲和任子淵《梅花》詩有云：『夢隨影瘦溪橫月，詩與香深竹擁門。』子淵喜曰新語也。又和張惠之詩云：『有月嬋娟來伴住，無人寂寞爲誰香。』薛元發屢相嘆曰清語也。後在雙峰，戲和陳齊正詩云：『醉餘釵擁横枝睡，夢破香隨淺笑來。』查元章偶見之，笑曰韻語也，舉酒相飲。今十數年矣！子淵、元發、元章，皆下世，念之悵然。久不復爲梅賦詩，徘徊月庭，雙樹盛開，幽香襲人，偶成一章。刻琢之詞，不能爲子淵、元發所稱，而綺靡之習，亦不能復爲元章所笑，老懷真如止水也。」詩曰：「向來懶不賦梅詩，禪榻忘機鬢已絲。月户忽逢雙玉立，春風又見一年期。樓高縹緲明霜影，竹冷横斜浸雪枝。尚笑閒塵除未盡，暗香猶著夢魂知。」今《劍南集》有《次韻張季長梅詩》：「倚橋臨水似催詩，戲伴鵝黄上柳絲。萬里西湖鷩日斷，二年東閣憶幽期。插瓶直欲連全樹，簪帽憑誰揀好枝。一味淒涼君勿嘆，平生初不願春知。」務觀在蜀與張厚善，暮年猶懷之不已，間寓於篇什。起修史時，且欲引類不果，或云李季章參政，其婿也。

18「褰衣步月踏花影，炯如流水涵青蘋。」坡詩也。「寒藤老木被光景，深山大澤皆龍蛇。」魯直詩也。古今描寫月中物影，有此入神之筆。

19陸務觀詩：「鴨緑桑乾盡漢天，傳烽自合過祁連。功名在子何殊我，惟恨無人快著鞭。」用此視世間事，稍恢廓矣。文公答陳同父逢時報主之説，有云：就其不遇，獨善其身，以明大義於天下，使天下之學者，皆知吾道之正而守之，以待上之使令，是乃所以報不報之恩者，亦豈必進焉而撫世哉。佛者之言曰：「將此身心奉塵刹，是則名爲報佛恩。」而杜子美亦云：「四鄰耒耜出，何必吾家操。」此言皆有味也。今觀陸詩，用意不大相遠。書曰：「人之有技，若己有之。」推此心，庶幾焉。功名在子，何異我躬。東坡詩話亦有此語。

20林肅翁序《樂軒詩筌》末云：「師學之傳，豈直以詩。詩又不傳，學則誰知？後千年無人，已而已而；後千年有人，留以待之。奈何，噫！」是摹擬舒元輿之作邪？蓋元輿《玉篆銘》曰：「斯去千年，冰生唐時。冰復去矣，後來者誰？後千年無人，篆止於斯。嗚呼！主人爲吾寶之。」洪景盧所謂有不可名言之妙者，感今懷古，此意多矣。東方朔云：「往者不可及兮，來者不可待。」嚴忌云：「往者不可攀援兮，來者不可與期。」王文公《曆山賦》云：「曷而亡乎我之思，今孰見兮我之悲，嗚呼已矣兮，來者爲誰？」不若柳子厚詩：「誰爲後來者，當與此心期。」猶有以啓來世無窮之思，否則夫子何以謂「焉知來者之不如今也」。

21昌黎《詠筍》：「成行齊婢僕，環立比兒孫。」欒城：「淩霜自得良朋友，過雨時添好子孫。」亦謂筍也。《周禮・大司樂》「孫竹之管」，注云：「竹枝根之末生者。」疏：「言若子孫然。」荆公「籬落生孫竹」，正用此。東坡：「檳榔生子竹生孫。」自注：「海南勒竹，第節生枝如竹竿大，蓋竹孫也。」則別一種竹。《題竹閣》：「蒼然猶是種時孫。」是以竹之後出者爲孫。又謂「兒子森森如立竹」，此因子孫之盛比竹也。

22退之：「猛虎雖云惡，亦皆有匹儕。群行深谷間，百獸望風低。身食黃熊父，子食赤豹麛。擇肉於熊豹，肯視狐與狸。」此言虎恃儔類之盛，百獸畏服，因得逞其大毒，微細不足充吞噬。「正晝當谷眠，眼有百步威。自矜無當對，氣性縱以乖。朝怒殺其子，暮還食其妃。匹儕四散走，猛虎還孤棲。」此言虎恃其威力以毒儔類，至於孤危。先食熊豹之父子，而終自食其妃與子，凶禍之應也。「狐鳴門四旁，烏鵲從噪之。出逐猴入居，虎不知所歸。誰云猛虎惡，中路正悲啼。豹來銜其尾，熊來攫其頤。」此言虎已失儔類，狐鳴鵲噪而猴入穴。可食熊豹亦得搏噬之，但能悲啼而已，向之暴惡安在哉？以「猛虎雖云惡」起，至此云「誰云猛虎惡」，威力不足恃如是。「猛虎死不辭，但慚前所爲。虎坐無助死，況如汝細微。」此終言虎之惡極矣，失其儔類，取死宜也。當其縱暴，何有於物？一旦索然，求免無所。彼惡之不及虎也，可以孤立自肆哉？「故當結以信，親當結以私。親故且不保，人誰信汝爲」？此又言人於所厚者薄，無所不薄，實致禍之道。虎坐失其儔類，遂以殺身。人苟棄其親故，烏能自存？始云：「亦皆有匹儕。」中云：「匹儕四散走。」末云：「虎坐無助死。」一篇照應處，義主風刺。謂爲李宗閔作，或辨其非是。胡邦衡有詩云：「夜讀文公《猛虎》詩，云何虎死忽悲啼？人生未省向來事，虎死方羞前所爲。昨日猶能食熊豹，今朝無計奈狐狸。我曾道汝不了事，喚作癡兒果是癡。」必有爲而述此。如少陵詩：「猛虎憑其威，往往遭急縛。雷吼徒咆哮，枝撐已在脚。忽看皮寢處，無復睛閃爍。人有甚於斯，足以勸元惡。」韓詩詳著寡助之禍，杜詩直寓夫失勢之戒。當互觀以爲世勸。

23《夢溪筆談》記商洛間兵官賦詩云：「人生心無累，何必買山錢。」遂投檄去。頗類坡詞：「不如歸去，二頃良田無覓處。歸去來兮，待有良田是幾時。」近如徐淵子詩乃云：「俸餘宜辦買山錢，却買端州占硯磚。依舊被渠驅使在，買山之事定何年。」

24荆公《兼并》一詩，人議設青苗法敚富民之利，實本於此。其詩云：「三代子百姓，公私無異財。人主擅操柄，如天之斗魁。賦予皆自我，兼并乃奸回。奸回法有誅，勢亦無自來。俗吏不知方，掊克乃爲材。俗儒不知變，兼并可無摧。利孔至百出，小人私闔開。有司與之争，民愈可憐哉。」是其意雖主抑兼并，而又不欲官争民利，如《寓言》詩：「婚喪孰不供，貸錢免爾縈。耕收孰不給，傾粟助之生。物贏我收之，物窘出使營。後世不務此，區區挫兼并。」此正公所主新法，而乃以挫兼并爲非，二篇首尾已似異。又《發廪》詩云：「先王有經制，頒賚上所行。後世不復古，貧窮兼主并。非民獨如此，爲國賴以成。築臺尊寡婦，入粟至公卿。我嘗不忍此，願見井地平。」要其立法，豈樂於病民？特欲自上制其貧富，使之稍均，豪强無以擅威福耳。古制甚難復而易敝，徒爲感世變者深訾也。又如《酬王詹叔奉使江南訪茶法利害》詩：「豈嘗榷其子，而爲民父母。」《收鹽》詩：「一民之生重天下，君子忍與争秋毫。」意尤惻然者。或謂張景温榷解鹽之法，公卒主之，顧不計民情何如哉？前輩論之悉矣。公詩云：「讀書謂已多，撫事知不足。」坡詩亦云：「書生苦信書，世事仍臆度。當時一快意，事過有餘怍。」吁！書何罪也。柳子厚云：「信書成自誤，經事漸知非。」更嘗之餘，能發此意即善矣！

25昌黎《題楚昭王廟》：「邱園滿目衣冠盡，城闕連雲草木荒。猶有國人懷舊德，一間茅屋祭昭王。」感慨深矣。蘇泠然洞《金陵》詩：「龍光寺裏只孤僧，玄武湖如掌樣平。更上雞籠山上望，一間茅屋晉諸陵。」末語慘然類韓公。

26少陵《除架》、《廢畦》詩，各存興寄。《除架》有功成者退之意，而秋蟲莫雀則不悟盛衰者也。《廢畦》有物窮則剥之意，而「悲君白玉粲」謂時過則賤可貴，盛時一失爲足惜也。注詩又別有取義。

27「半山便遣能參透，猶有唐人是一關。」誠齋楊廷秀詩也。「一關」殆言一膜之隔未盡透徹者。又有《送彭元忠》詩：「學者初學陳後山，霜皮脱盡山谷寒。近來別具一隻眼，要踏唐人最上關。」此殆楊廷秀學詩法，故數以爲喻。文公《報鞏仲至帖》云：「來喻所云，漱六藝之芳潤，以求真澹。此極至之論，然恐亦須先識得古今體製，雅俗向背，仍更洗滌得盡腸胃間夙生葷血脂膏，然後此語方有所措。如其未然，竊恐穢濁爲主，芳潤入不得也。」近世詩人正緣不曾透得此關，而規規於近局，故其所就皆不滿人意。此之云關，當異乎楊之説，正爲學詩者設。如半山之視唐人，直論向上一關爾。

28《宛陵集》中《賦石昌言白鶻圖》詩：「雙睛射空眼角聳，筋爪入節韝絛垂。翅排霜刀毛綴甲，雪色愁突秋雲披。當時始得不知價，朝發海東夕九疑。世爲奇俊玩不足，奪質移神歸畫師。而今推向深堂上，燕雀屏絶寧來窺。畫師黄筌出西蜀，成都范尹能具知。范云筌筆不敢次，自養鷹鶻觀所宜。毰毛植立各有態，剜奇剔怪乃肯爲。尋常飼鷹多捕鼠，捕鼠往往驅其兒。其兒長大好飛走，其孫賣鼠迭又衰。范君語此亦有味，欲戒近習無他移。」此即事垂戒，異夫品藻丹青之作。題下自注：「得黄筌事於景仁。」按《東齋記事》：黄筌，黄居寀，案：原本此下衍「居寶」二字，據《東齋記事》删。蜀之名畫手也。尤善爲翎毛，其家多養鷹鶻，觀其神俊以模寫之，故得其真。後子孫有棄其畫業，而事田獵飛放者，既多養鷹鶻，則買鼠以飼之，又其後世有捕鼠爲業者。其所置習，不可不慎。人家置博弈之具者，子孫無不爲博弈；藏書者，子孫無不讀書。置習豈可以不慎哉！予嘗爲梅聖俞言，聖俞作詩以紀其事。蓋即前詩也。蜀公晚年得謝，始追述館閣以來故事，遂亦具載，當以爲宛陵詩箋。

29詩之六言，古今獨少。洪氏云，編唐人絶句，七言七千五百首，五言二千五百首，合爲萬首。而六言不滿四十，信乎其難也。後村劉氏選唐宋以來絶句，至續選始入六言，其叙云：「六言尤難工，柳子厚高才，集中僅得一篇。惟王右丞、皇甫補闕所作，妙絶今古。學者所未講也，使後世崇尚六言自予始，不亦可乎。」又云：「六言如王介甫、沈存中、黄魯直之作，流麗似唐人，而妙巧過之。」後有深於詩者必曰翁之言然。又云：「野處編六言，終唐三百年止得三十餘篇，予於本朝得七十篇，倍於唐矣。」今《後村集》中多六言，事偶尤精，近代詩家所難也。蕭氏《文選叙》有云：「自炎漢中葉，厥途漸異，退傅有在鄒之作，降將著河梁之篇，四言五言，區以别矣。又少則三字，多則九言，各體互興，分鑣並驅。」又云：「三言八字之文。」注者謂：韋孟傅楚元王孫[戊]（代），作四言詩諷王自此始。李陵降匈奴，蘇武别河梁上，作五言詩自此始。三字起夏侯湛，九言出高貴鄉公。三言謂漢武《秋風辭》，八字謂魏文帝《樂府》詩，獨不著古有六言、七言者。項平父説詩句二言至八言，以「我姑酌彼金罍」爲六言，按《文章緣起》，又始於漢大司農谷永。予觀嵇叔夜有六言詩十首，視唐人體製固先矣。

30東坡賦拄杖，必以聲言之。如《柳真齡鐵拄杖》云：「忽聞鏗然爪甲聲。」又絶句：「莫嫌犖确山頭路，自愛鏗然曳杖聲。」《和文與可洋州園林》：「橋下龜魚無數在，識君拄杖過橋聲。」昔少陵《桃枝竹杖引》固已云：「出入爪甲鏗有聲。」於鐵杖尤佳。

31少陵：「斯須九重真龍出，一洗萬古凡馬空。」退之《送温處士赴河陽軍序》解得「空」字明白，序云：「伯樂一過冀北之野，而馬群遂空。」夫冀北馬多於天下，伯樂雖善知馬，安得空其群邪？解之者曰：吾所謂空，非無馬也，無良馬也。便如少陵《天育驃騎歌》：「如今豈無騕褭與驊騮，時無王良伯樂死即休。」在退之《雜説》云：「有伯樂然後有千里馬，千里馬常有，而伯樂不常有。故雖有名馬，秖辱於奴隸之手，駢死於槽櫪之間，不以千里稱也。」是非少陵句箋釋乎？

32魯直《過家》詩：「繫船三百里，去夢無一寸。」當用范史楊倫語。倫爲將軍梁商長史，諫諍不合，出補常山王傅。病，不之官，詔書催發。倫曰：「有留死一尺，無北行一寸。」《三國志》：「《司馬法》：將軍死綏。」注：「王沈《魏書》云：綏，却也。有前一尺，無却一寸。」梁馬仙琕曰：「有留死一尺，無却生一寸。」今蜀本《黄詩外集注》於此句略之。昔賢著作，非必有意古事，自爾語合，箋釋者揣度不流於鑿則簡矣，故難。

33陳去非云：「忽有好詩生眼底，安排句法已難尋。」呂居仁云：「忽見雲天有新語，不知風雨對殘書。」静中置心，真與見聞無毫末隔礙，始得此妙。

34呂文靖《題天花寺》云：「賀家湖上天花寺，一一軒窗向水開。不用閉門防俗客，愛閒能有幾人來。」曾文清《題意大師房》云：「頭白高僧心已灰，石菖蒲長水蕉開。莊嚴茗事爐煙起，不用關防俗子來。」兩詩韻同意亦合，視荆公「我亦暮年專一壑，每逢車馬便驚猜」，氣象廣窄可見。

35《潁川集》吴沖卿夫人秦國挽詩有云：「見夫成相業，聽子得忠臣。」自注：「夫人長子起居，昔將論事，以南遷之憂告於夫人，夫人以當官許焉。」呂紫微《詩話》以爲孔毅甫學士建中靖國間作，以「見夫」爲「贊夫」，亦云其子傅正安詩，紹聖初，以左史權中書舍人，欲論事，懼親老未敢。夫人聞之，促其子論列，由此遂貶。夫人不以爲恨。復注：詩乃蘇子由作，蓋誤指爲毅甫矣。按紹聖初，子由以策題引喻失當罷政，吴權中書舍人命詞有「文學風節，天下所聞」及「原情終是愛君」之語，罷起居郎。又以爲給舍附呂汲公與子由，謫監光州鹽酒税，再竄連州。初章惇復官，將召用吴，不書黄惇，既相必追仇也。然去國本坐行子由責詞，蘇公注將論事，或概言立朝時。《詩話》遂證其由此遷謫也。昔梅聖俞挽齊國長公主云:「每令夫結友,不爲子求郎。」論使事之工,則此勝。

36李商隱詩:「夕陽無限好,只是近黄昏。」足以戒盛滿而意似迫促。程子云:『未須愁日暮,天際是輕陰。』悠然無盡之味,詩家未能及。

37陳無己《放歌行》,魯直以爲顧影徘徊,炫耀太甚。予謂「不惜捲簾通一顧,怕君着眼未分明」,誠太衒耀。「説與旁人須早計,隨時梳洗莫傾城」,亦既感悔矣。老杜「不嫁惜娉婷」五字,無己衍其詞也。《後村詩話》云:「世稱朱慶餘『妝羅低聲問夫婿,畫眉深淺入時無』之句,却不入選,豈嫌其自鬻邪?」無己措意偶類此,用魯直法評唐人,故亦通。皇甫冉云:「借問承恩者,雙蛾幾許長。」語獨含蓄。

38「誰能更學孩童戲,尋逐春風捉柳花。」樂天《放柳枝答劉夢得》詩也。誠齋楊氏乃有「日長睡起無情思,閒看兒童捉柳花」之句,得非默閱世變中有感傷? 此静中見動意。

39《王直方詩話》:東坡平日最愛樂天之爲人,故有詩云:「我甚似樂天,但無素與蠻。」又:「我似樂天君記取,華顛賞遍洛陽春。」又:「他時要指洛陽人,知是香山老居士。」又:「定似香山老居士,世緣終淺道根深。」而坡在錢塘,與樂天所留歲月略相似,其句云「在郡依然六百日」者是也。洪氏《三筆》論蘇公謫黄州始稱東坡居士,其意蓋專慕白樂天。白公有《東坡種花》詩、《步東坡》詩、《别東坡花樹》詩,皆爲忠州刺史時作。蘇公在黄,正與白公忠州相似,因憶蘇詩《贈寫真李道士》云:「知是香山老居士。」《贈善相程傑》云:「我似樂天君記取。」《送程懿叔》云:「我甚似樂天。」

《入侍邇英》云：「定似香山老居士。」而跋云：「樂天自江州司馬除忠州刺史，旋以主客郎中知制誥，遂拜中書舍人。某雖不敢自比，然謫居黄州，起知文登，召爲儀曹，遂忝侍從，出處老少大略相似，庶幾復享晚節閒適之樂焉。」《去杭州》云：「出處依稀似樂天，敢將衰朽較前賢。」序曰：「平生自覺出處老少，粗似樂天；才名相遠，而安分寡求亦庶幾焉。」則東坡之名，非偶爾暗合也。《益公雜誌》亦稱：「蘇公不輕許可，獨敬愛樂天，屢形詩篇。蓋其文章皆主辭達，而忠厚好施，剛直盡言，與人有情，於物無著，大略相似。謫居黄州，始號東坡，其原必起于樂天忠州之作。」予因諸詩之作而考之，東坡之慕樂天似不盡始黄州。《弔海月辨師》云：「樂天不是蓬萊客，憑仗西方作主人。」倅杭時作，已有慕白之意矣。坡詩注：「盧子《逸史》：會昌元年，有南客飄至大山，有人引至一處，見道士坐大殿，曰：此蓬萊山也。宫内院宇數十，而一院扃鎖，曰：此白樂天宫。樂天在中國，未來耳。樂天聞之，遂作《答客説》詩：海山不是吾歸處，歸則應歸兜率天。又《與果上人》詩：不須惆悵從師去，先請西方作主人。」觀引用此事，知其已慕白也。守膠西《和張子野竹閣見憶》云：「柏堂南畔竹如雲，此閣何人是主人？但遣先生披鶴氅，不須更畫樂天真。」或謂此自屬之子野。元祐經筵賜御書樂天《紫薇花》絶句，又不獨公以此自擬也。記韓魏公醉白堂，以所得之厚薄深淺，孰有孰無，較動名富樂之不同，而以忠言嘉謨效於當時，文采表於後世，死生窮達，不易其操，道德高於古人爲同。迨其自處，則謂才名相遠，不敢自比，而以由謫籍起爲守登侍從，庶幾出處老少，晚節閒適，安分寡求爲同。若樂天聲伎之奉，固蘇公所無。坡後賦朝云：「不似楊枝别樂天。」豈誠過之？戲言也。況已云「但無素與蠻」矣。子由暮年賦詩，亦謂：「時人莫作樂天看，燕望端能畢此身。」自注：「樂天居洛陽日，正與予年相若，非齋居道場，輒携酒尋花，游賞泉石，略無暇日。予性拙且懶，杜門養病，已近十年，樂天未必能爾也。」或當日又以樂天稱子由。香山一老，而兩蘇公共之。子由《讀白集五絶句》極論所處同異，今盡鈔其詩云：「樂天夢得老相從，洛下詩流第二雄。自笑索居朋友絶，偶然得句共誰同。」「樂天得法老凝師，後院猶存楊柳枝。春盡絮飛餘一念，我今無累百無思」。「樂天投老刺杭蘇，溪石胎禽載舳艫。我昔不爲二千石，四方異物固應無。」「樂天引洛注池塘，畫舫飛橋映緑楊。溧水隔城來不得，不辭策杖看湖光。」「樂天種竹自成園，我亦牆陰數百竿。不共伊家鬬多少，也能不畏雪霜寒。」

40徐師川《題雙廟》云：「向使不死賊，未必世能容。」樓大防評：不惟自巡、遠以來，未有此論，蓋隱寄永懷之痛，黄魯直亟稱之。師川乃德占禧之子，德占以給事中計議邊事，没於兵。吕居仁亦有《雙廟詩》云：「念我不量勢力微，本自不辱國士知。大廈又非一木支，何必如此感慨爲！往昔開元全盛時，公胡不念魴魚歸。亦不往弔湘江纍，死後聲名何足奇。」其論稍異，識者當别會意。

41陳同甫治園池，爲柏屋三間，名曰抱膝齋。葉正則爲作《抱膝吟》二首，其一云：「昔人但抱膝，將軍擁和鑾。徒知許國易，未信藏身難。功雖愆歲晚，譽已塞區間。今人但抱膝，流俗忌長嘆。儒書所不傳，群士欲焚删。譏訶致囚箠，一飯不得安。珠玉無先容，松柏有後艱。内窺深深息，仰視冥冥翰。勿要兩髀消，且令四體胖。徘徊重徘徊，夜雪埋前山。」其二云：「音駭則難聽，問駭則難答。我欲終言之，復恐來噂沓。培風鵬未高，弱水海不納。匹夫負獨志，經史考離合。手捩二千年，柔條起衰颯。念烈倘天回，意大須事匝。偶然不施用，甘盡齋中榻。寧爲楚人弓，亡失任挽踏。莫作隨侯珠，彈射墜埃壒。」陳君舉有《寄題抱膝齋》詩：「稻粱不難謀，軒冕亦易得。胡爲抱膝翁，惻惻復惻惻。秋風墮碧梧，鳳鳥去無跡。愁吟草際蛩，兒女淚盈臆。忽然一長嘯，孤響起空寂。令人識雅頌，一唱三嘆息。室廬在路傍，耕鑿在民籍。行人聽笑語，稚子共眠食。讀書果何罪，鬚髮又半白。此意太勞勞，此身長抑抑。抱膝且不可，出門更何適。但勿問門外，蓬蒿若干尺。」同甫復因書求題咏於文公，有云：「正則爲作《抱膝吟》二首，君舉作一首，詞語甚工，然猶說長說短，說人說我，未能盡暢抱膝之意也。同牀各作夢，周公且不能學得，何必一一論到孔明哉？亮又不自會吟得，使此耿耿者無以自發，秘書高情傑句，橫出一世，爲亮作兩吟，其一爲和平之音，其一爲悲歌慷慨之音，使坐此屋而歌以自適，亦如常對晤也。去僕已別賫五日糧，令在彼候五七日不妨，千萬便爲一作文。」公辭之曰：「《抱膝》詩，以數日修整破屋，扶傾補敗，叢冗細碎，不勝其勞。無長者池臺之勝，而有其擾，以此不暇致思。留此人等候數日，竟不能成，且令空回。伺旦夕有意思，却爲作，附便以往也。二公詩皆甚高，而正則之摹寫尤工，卒章致意尤篤，令人嘆息。所惜不曾向頂門上下一針，猶落第二義也。」又因書促之云：「許作《抱膝吟》，須如前書，得兩篇。可長諷詠者，不必論到孔明抱膝長嘯。各家園池，自有各家景致。但要得語言氣味深長耳。」又辭之云：「《抱膝吟》亦未遑致思，兼是前論未定，恐未必能發明賢者之用心，又成虛設。若於此不疑，則前所云者，便是一篇不押韻無音律底好詩，自不須更作也。」蓋是時問答義利王伯之論，意已浸異，故云「前論未定」，他日求之不已，其書有云：「連書求作《抱膝吟》，非求秘書妝撰而排連也，只欲眼前寫景色，道今昔之變，一爲和平之音，一爲慷慨悲歌，以娱其索居野處耳。信手直寫，便自抑揚頓挫，何必過於思慮以相玩哉？去奴留待幾日，儘不妨，願試作意而爲之。」則又辭之曰：「《抱膝吟》久做不成，蓋不合先寄陳、葉二詩來，田地都被占却，教人無下手處也。況今病思如此，是安能復有好語道得老兄意中事邪？」其後猶徵促甚力，而文公答語有云：「《抱膝》之約，非敢食言，正爲前此所論未定，不容草草下語，須伺他時相逢，彈指無言可說，方敢通個消息。但恐彼時又不須更作這般閒言語耳。」自淳熙乙巳有請，迨紹熙癸丑，幾十年訖不許。如晚諸陸務觀《老學菴銘》，亦不復肯作。先儒語默間，各有劑量也。

42淵明五子：儼、俟、份、佚、佟。《責子》詩曰：「白髮披兩鬢，肌膚不復實。雖有五男兒，總不好紙筆。阿舒已二八，懶惰固無匹。阿宣行志學，而不好文術。雍端年十三，不識六與七。通子垂九齡，但覓梨與栗。天運苟如此，且進杯中物。」黄魯直云：觀淵明此詩，想見其人，慈祥、戲謔，可觀也。俗人便謂淵明諸子皆不肖，而愁嘆見於詩爾。又云：杜子美詩：「有子賢與愚，何其掛懷抱？」子美困頓於三川，蓋爲不知者詬病。又往往譏議宗文、宗武失學，故聊解嘲。其詩名曰《遣興》，可解也。俗人便謂譏病淵明，所謂癡人前不得説夢也。按東坡詩云：「我笑陶淵明，種秫二頃半。婦言既不用，還有責子嘆。」蘇公肯亦效癡人説夢邪！予謂淵明《和郭主簿》詩：「弱子戲我前，學語未成音。此事真復樂，聊用忘華簪。」時當初有儼也。又《命子》詩：「嗟予寡陋，瞻望弗及。顧慚華鬢，負影隻立。三千之罪，無後爲急。我誠念哉，呱聞爾泣。卜云嘉日，占亦良時。名汝曰儼，字汝求思。温恭朝夕，念兹在兹。尚想孔伋，庶其企而。厲夜生子，遽而求火。凡百有心，奚特於我。既見其生，實欲其可。人亦有言，斯情無假。日居月諸，漸免於孩。福不虛生，禍亦易來。夙興夜寐，願爾斯才。爾之不才，亦已焉哉。」蓋所謂阿舒者先長而名之，末語正近責子意。其成否，則天也。此所以爲淵明之達。在彭澤，送一力助其子薪水之勞，與儼等書，有云：吾年過五十，少而窮苦，每以家敝，東西游走。性剛才拙，與物多忤。自量爲己，必貽俗患。僶俛辭世，使汝等幼而饑寒。汝輩稚小，家貧，每役薪水之勞，何時可免。念之在心，若何可言。則知儼輩固能服勞家事，特學業未可知爾。觀遣力給其子，則云：此亦人子也，可善遇之。戒儼等同居同財，則云：汝等雖不同生，當思四海皆兄弟之義。豈任其自爲賢愚者。《責子》詩聊洗人間譽子癖，少陵、東坡，亦戲言之，非不知淵明也。

43元稹《過華清宮》詩：「白頭宮女在，閒坐説玄宗。」退之《過連昌宮》詩：「宮前遺老來相問，今是開元幾葉孫。」各有意味。劍南詩中亦云：「舍北老人同甲子，相逢揮淚説高皇。」

44《野雉帶箭》詩：「原頭火燒静兀兀，野雉畏鷹出復没。將軍欲以巧伏人，盤馬彎弓惜不發。地形漸窄觀者多，雉驚弓滿勁箭加。衝人決起百餘尺，紅翎白鏃相傾斜。將軍仰笑將吏賀，五色離披馬前墮。」先儒云：此寫物之妙，令讀者如當時周旋其間以爲快。或評《汴泗交流》詩鋪叙擊毬之狀同。

45楊廷秀《木犀》詩：「系從犀首名千木，派别黄香字子金。」後《鶴山集》亦賦此花云：「虎頭點點開金粟，犀首纍纍佩印章。明月上時疑白傅，清風度處越黄香。」集古人姓字爲對偶，又自注：「顧虎頭善畫金粟。」用之正佳，犀首配虎頭愈工。而誠齋詩句，殆爲花補傳也。

46近時《江湖詩選》有可山林洪詩：「湖邊楊柳色如金，幾日不來成緑陰。」人多傳誦，却似梅宛陵「不上樓來今幾日，滿城多少柳絲黄」。《晁氏客語》記歐公云：「非聖俞不能到。」

47劍南藁中《聞蛙》詩：「雖成兩部樂，恨失一編書。」與魯直「幾兩屐」、「五車書」，咏物之工，略同機杼，識者但課其高下爾。

48少陵《羌村》第三詩：「群雞正亂叫，客至雞鬬争。驅雞上樹木，始聞扣柴荆。父老四五人，問我久遠行。手中各有携，傾榼濁復清。苦辭酒味薄，黍地無人耕。兵革既未息，兒童盡東征。請爲父老歌，艱難愧深情。歌罷仰天嘆，四座淚縱横。」又《贈衛八處士》詩：「人生不相見，動如參與商。今夕復何夕，共此燈燭光。少壯能幾時，鬢髮各已蒼。訪舊半爲鬼，驚呼熱中腸。焉知二十載，重上君子堂。昔别君未婚，兒女忽成行。怡然敬父執，問我來何方。問答未及已，兒女羅酒漿。夜雨翦春韭，新炊間黄粱。主稱會面難，一舉累十觴。十觴亦不醉，感子故意長。明日隔山岳，世事兩茫茫。」艱難之時，道情離合，莫詳於二詩。一爲客至而作，一爲訪舊而作，論步驟有相合處，乃其次也。《羌村》詩，或以之比淵明《飲酒》詩中語，然如「清晨聞扣門，倒裳往自開。問子爲誰與，田父有好懷。壺漿還見候，疑我與時乖」，其爲閒暇，非少陵所能得者。

49玉川子《月蝕》詩，四方、五星以及蚩尤，枉矢辭而責之，不若《詩・大東》後二章，歷舉牛女、天畢、東啓明、西長庚、南箕、北斗，以寓嘆恨之情。古人造作，各存法度，考索具見，今但訝其怪放而已。退之《三星行》却正用《大東》語。

50東坡初在杭，賦吉祥寺謂：「人老簪花不自羞，花應羞上老人頭。」後在膠西答陳述古絶句，乃「城西亦有紅千葉，人老簪花却自羞。」距在杭時五六年，意態遽不同，遂反前詩言之，未必不感吉祥舊游也。

51退之自云：「今日無端讀書史，智慧只足勞精神。」荆公遂謂：「力去陳言誇末俗，可憐無補費精神。」不知先已悔之矣，又直用退之「可憐無益費精神，有似黄金擲虚牝」之句。退之此語爲崔立之作，蓋譏其投贈之多，非若前《感春》詩中十四字，乃欺己也。劉彦沖亦云：「文章固自有機杼，戲事豈足勞心神。」

52《西清詩話》記二詩，其一方澤《阻風》絶句云：「江上春風留客舟，無窮歸思滿東流。與君盡日閒臨水，貪看飛花忘却愁。」謂其人不以文藝名世，而詩語驚人如此。予記劍南《採蓮》絶句云：「雲散青天掛玉鈎，石城艇子近新秋。霧鬟風鬢歸來晚，忘却荷花記得愁。」方詩先出，末句一轉偶同，各以意勝。「折得荷花渾忘却，空將荷葉蓋頭歸。」見唐絶句。

53老杜《古柏行》，劉平國嘗評之云：「落落盤踞雖得地，冥冥孤高多烈風。扶持自是神明力，正直元歸造化功。」我踞得其地，裂風雖多亦何畏？藉曰天之杌我，神明固亦扶持之，然所以可扶持者，則亦以元來根本有此正直爾。今此古柏，稟於天者，既異凡物，又踞得其地，其視鸞鳳鴟鴞也，螻蟻蛟龍也，等是巢穴中一物，其去其來，於我何擇？亦於我何有？子美末章「苦心豈免容螻蟻，香葉終經宿鸞鳳」之句，似未免小心計較，竊恐不足以見古柏之大。予詳其義，若謂其心堅苦，未免受小人之侵陵，雖不遇，而流芳餘蔭，猶爲善類之所依歸也。據是言之，何病乎樹之大，而疑其計較？苟以鸞鳳鴟鴞、螻蟻蛟龍，皆巢穴中一物，任其去來爲大，則一無揀擇，寧不失斷制之義，而有類乎兼愛。趙注以螻蟻喻小人，是矣；又以公自況終接鴛鸞之侶釋下句，理未通。且分此爲三節：自「孔明廟前有老柏」指夔州孔明廟之柏，自「憶昨路繞錦城東」追言成都先主廟之柏，自「大廈如傾要梁棟」總言兩處之柏起意，以嗟大材之人，且自況其身。今就其説，則此因夔州之柏，而思成都之廟，前云：「君臣已與時際會」，故應之「先主武侯同秘宫」。古祠喬木，視其存也。想孔明之遇合，見其大也，興大才之不用。以彼遇合，而重不用之恨，由其不用，而後知如蜀君臣際會之盛，難得也。「志士幽人莫怨嗟。」不哀不怨，尤古詩法。李方叔云：或謂子美作此詩，備詩家衆體，非獨形容一時君臣相遇之盛，亦所以自況，而又以憫其所值之時，不如古也。

54東坡《秋懷》詩：「苦熱念秋風，常恐來無時。及兹遂凜凜，又作祖年悲。」即補《洞仙歌》結語。荆公有云：「少年不知秋，喜聞西風生。老大多感傷，畏此蟋蟀鳴。」又少陵老去悲秋之意。而又一詩云：「少年見青春，萬物皆嫵媚。一從鬢上白，百不見可喜。」述壯老異情處，猶前詩也。

55俗言宰相客位可納涼，以炎暑有所不避也。余義夫帥蜀，題客次春帖云：「老子也曾來伺候，諸公聊復忍須臾。」上句因采《盤谷序》語，下句晉人事，又本東坡《客位假寐》詩：「謁入不得去，兀坐如枯株。豈惟主忘客，今我亦忘吾。同僚不解事，愠色見髯鬚。雖無性命憂，且復忍須臾。」謝太傅與王坦之共詣郗超，日晏未得前，坦之欲去，太傅曰：「獨不能爲性命忍須臾邪？」坡又略轉其意用之。時方通守錢塘，是嚴事上官，賢達不廢也。岐伯論候氣曰：「如侍所貴，不知日暮。」自古人情不相遠。

56少陵云：「集賢學士如堵墻，觀我落筆中書堂。」又云：「脱帽露頂王公前，揮毫落紙如雲煙。」又云：「詩家筆勢君不嫌，詞翰升堂爲君掃。」當稠人廣衆，揮寫翰墨，固以爲難也。劉季高語人：予無他長，頗能對客發書。草聖飛動，觀者必謂敏手。是亦自負所長耶？昔王正甫、石才翁對韓公草書，公言：「二子一似向馬行頭吹笛。」座客皆不曉，東坡爲解云：「若非妙手不能向馬行頭吹也。」事著《雜説》。韓公或是韓魏公。馬行，在汴京舊城東北隅，蓋鬻販百賈所會也。（卷四。下同）

57《浣花集》絶句：「西望長安白日遥，半年無事駐蘭橈。欲將張翰秋江雨，畫作屏風寄鮑昭。」高續古舉此詩末兩句云：「是多少情思也。」亦見此老好尚不群爾。

58「五更三點入鵷行。」少陵詩也。高氏《緯略》論五夜，以爲獨更點之制無所著，見韓愈詩：「雞三號，更五點。」李郢詩：「二十五點秋聲長。」李商隱詩：「玉壺傳點咽銅龍。」唯此三詩言點。杜詩人皆能誦，乃不及之。陳無己云：「殘點連聲殺五更。」任淵注乃引韓詩及劉夢得詩云：「郡樓殘點聲。」

59少陵謁玄元皇帝廟，有吴道子畫圖，賦詩曰：「畫手看前輩，吴生遠擅場。」黄魯直舉此，以爲古人於能事，不特求誇時輩，要須於前輩中擅場耳。王定國謫全，過戎，出文字數十篇，魯直曰：「若欲過今人，則可矣。若必欲過古人，宜盡燒之，更讀書一年。」與洪駒父書云：「學問文章如甥，才氣筆力，當求配於古人，勿以賢於流俗，遂自足也。」又云：「望甥不以今所能者驕人，而思不如舜、禹、顔淵。」此老警策後進，必使師古，其言多推孝友忠信爲根柢，專門名師，善誨人者不能加也。退之有《答李翊書》云：「不知生之志，蘄勝於人而取於人耶？將蘄至於古之立言者也？蘄勝於人而取於人，則固勝於人而可取於人矣。將蘄至於古之立言者，則無望其速成、無誘於勢利；養其根而竢其實，加其膏而希其光。」正魯直此意。所謂「若欲過今人，則可矣」是也。世以今人自足者，宜有所儆哉。

60退之以攘斥佛老自任，凡送僧詩，俱謔浪不少假。乃疑其晚喜大顛，于神仙事尤不肯信。如《謝自然》詩：「秦皇雖篤好，漢武洪其源。自從二主來，此禍竟連連。」《桃源圖》詩：「神仙有無何渺茫，桃源之説誠荒唐。」《誰氏子》詩：「神仙雖然有，傳説知者盡。」知其妄矣。《華山女》詩：「仙梯難攀俗緣重，浪憑青鳥通丁寧。」《記夢》詩：「我能屈曲自世間，安能從汝巢神山。」意向可見。乃謂姪孫韓湘獻花，爲藍關之讖，公嘆異之，動輒得謗，信矣。

61漢昭烈閉門將人種蕪菁，曹操使人窺之。昭烈謂關張曰：「吾豈種菜者乎？曹公必有疑意，不可復留。」輕騎夜去，往小沛收合餘衆。劉黑闥屏居漳南，竇氏故將謀起兵，往詣之，黑闥方種蔬，即殺種牛，與之共飯食定計。區區灌畦之力，作此狡獪。黑闥後乃追悔，謂幸在家鉏菜，爲高雅賢輩所誤。彼自號漢東王，不得擬昭烈漢中之盛，當其再仆而再起，河北震撼，唐且應接不暇，亦已壯矣。劍南詩中「憑誰爲向曹瞞道，徹底無能合種蔬」，變化昭烈事用之，意高。

62高續古《都下》絶句：「柳生春思拂京華，不管閒人也憶家。添盡好香那睡得，月痕如水浸梨花。」此段風致，便是荆公「春色惱人眠不得，月移花影上闌干」也。《緯略》引秦嘉《答婦徐淑書》曰：「令種好香四種，各一斤，可以去穢。」謂如杜詩但用「妙香」耳，「好香」二字，未經人用也。予謂今人讀過詩中「好香」字，安知昔人特採生語爲工？因抄《緯略》以證，然亦有用之者。目前可記，則王建詩云：「内人恐要秋衣著，不住熏籠換好香。」

63「年長每勞推甲子，夜寒初共守庚申。」見《丁卯集》。《後村詩話》稱徐寅詩「豐年甲子春無雨，良夜庚申夏足眠」之句工切，然劍南詩云：「處處喜晴看甲子，家家築室趁庚申。」「積雨恐防春甲子，燈昏懶守夜庚申。」苕溪漁隱云：「雨天逢甲子，夜坐守庚申。」

64眉山劉微之巨教授郡城之西壽昌院，從游至百人。蘇明允命東坡兄弟師之，時尚幼。微之賦《鷺鷥》詩，末云：「漁人忽驚起，雪片逐風斜。」坡從旁曰：「先生詩佳矣，竊疑斷章無歸宿，曷若『雪片落蒹葭』乎？」微之曰：「吾非若師也。」坡兄弟應制科，微之贈詩有曰「驚人事業傳三館，動地文章震九州。老夫欲別無他祝，以願雙封萬户侯。」自是三蘇名著天下，而微之竟不第，郡三公以遺逸舉，不應，鄉人但呼爲孝廉。其卒也，范蜀公弔以詩曰：「案前曾立二賢良。」今潁濱集中《送家安國》詩：「城西杜下老劉君，春服舞雩今幾人。」自注：「微之先生門人惟僕與子瞻兄、復禮與退翁兄，皆仕耳。」正謂此。東坡云：「吾八歲入小學，以道士張易簡爲師，童子幾百人，師獨稱吾與陳太初。」予嘆劉孝廉、張道士爲童子師，有二蘇者出焉，雖若没世隱約，氏名訖不泯。坡晚在海南，作《衆妙堂記》，謂夢見張道士如平昔，而直云：「眉山道士張易簡教小學，常百人，予幼時亦與焉。」以其師也，則名之似過，或欲傳其人，故名。

65記祭天地之牛角繭栗，左氏外傳楚觀射父曰：「郊禘不過繭栗。」《史》《漢》書志：天地牲角繭栗。顔師古注：牛角之形，或如繭，或如栗，言其小。於《郊祀志》始著其義。《西京雜記》惠莊聞朱雲折五鹿充宗之角，嘆息曰：「栗犢反能爾耶？」栗喻小，而不謂其角，或非本此。舞陰大姓李氏擁城不下，更始徵趙憙，憙年未二十，既見更始，笑曰：「繭栗犢豈能負重致遠乎？」除爲郎中，行偏將軍，使詣舞陰，而李氏降。范史注：「犢角，如繭栗，言小也。」則惠莊長安一儒生，亦祖古語耳。晉王濬表繭栗之質，當豺狼之路，以自喻微弱也。坡詩云：「耆年日凋喪，但有犢角栗。」魯直云：「紅藥枝頭初繭栗。」於是朱新仲紀繭栗，言小也。案《説郛》本此下有「頭成繭栗」四字。高續古賦《紅藥詞》云：「紅翻繭栗梢頭遍。」姜堯章《芍藥詞》亦云：「正繭栗梢頭弄詩句。」取譬花之含蕊爲工。魯直《食筍》詩：「繭栗戴地翻。」用之於筍尤切。

66東坡詩以「雞頭鶻」對「牛尾狸」，此出梅聖俞詩：「沙水馬蹄鱉，雪天牛尾狸。」

67薛昂《和君臣慶會閣》詩有云：「逢時可謂真千載，拜賜應須更萬回。」時號「薛萬回」。昂《大觀左丞相和門下侍郎》詩，爲蔡元長作。

68吕居仁《符離行》：「符離之民難與居，五年坐此如囚拘。比屋生涯但剽劫，諸生學問只鄉閭。南鄰經年不相見，北鄰雖見復麄疏。穿衣小袖走塵土，也復生貎施衿裾。對此自然憂氣滿，疾病日益何由除。君不見圖經所記又可哀，此州自古無賢才。」人謂即少陵《最能行》也。少陵詩云：「峽中大夫絶輕死，少在公門多在水。富豪有錢駕大舸，貧窮取給行艓子。小兒學問只《論語》，大兒結束隨商旅。欹帆側柂入波濤，撇旋稍濆無險阻。朝發白帝暮江陵，頃來目擊信有徵。瞿塘漫天虎須怒，歸州長年行最能。此鄉之人氣量窄，誤競南風疏北客。若道土無英俊才，何得山有屈原宅。」吕詩貶之殆甚，少陵猶若隱惜也。張文潛《齊安行》云：「黄州楚國分三户，葛蔓爲城當樓櫓。江邊市井數十家，城中平田無一步。土岡瘦竹青復黄，引水種稻官街旁。客檣朝集暮四散，夷言啁哳來湖湘。使君麗譙塗堊赭，門狹不能行兩馬。滿城蛙噪亂更聲，吹風穀穀黄犢鳴。最愁三伏熱如甑，北客十人八九病。百年生死向中州，千金莫作齊安游。」此專刺土風之陋，未及其人，然《符離》之作亦流類。案「流類」字疑有誤。

69東坡和陶詩：「吾琴豈得已，昭氏有成虧。」涉歷之久，固有所悔矣。晚從海上還，賦《瓶笙》云：「瓶中宫商自相賡，昭文無虧亦無成。」及此而謂無虧成，由其在我者，莫之加損也。

70陸放翁《劍南詩集》中有《送兄仲高造朝》一首云：「兄去游東閻，才堪直北扉。莫憂持槖晚，姑記乞身歸。道義無今古，功名有是非。臨分出苦語，不敢計從違。」規儆之意，不迫不迂，最可誦也。仲高，諱升之，爲諸王宮教授，告李莊簡家私史，擢宗正丞。秦檜死前誣訐之黨悉投竄，仲高亦坐累徙雷州。務觀後爲記復庵有云：方爲童子時，仲高文章議論已稱成材，一時名公卿皆慕與之交，諸老生不敢少之，皆謂仲高仕進，且一日千里。自從官御史，識者惟恐其不得如仲高者爲之。及其丞大宗正，出使一道，在他人亦足稱美仕，至仲高則謂之蹉跌不偶可也。顧曾不暖席，遂遭口語，南遷萬里，凡七易寒暑，不得內徙。與仲高親厚者，每相與宴游，輒南望嘆息出涕，因罷酒去，如是數矣。然客自海上來，言仲高初不以遷謫瘴癘動其心，方與學佛者游，落其浮華，以反本根，非復昔日仲高矣。聞者皆悵然，自以爲不足測斯人之淺深也。末又云：馳騁於得喪之場，出入于憂樂之域，而自得者乃如此。大抵善爲隱蓄，而抑揚寄于言表，況其以兄弟爲之，豈不費回護，前詩之直，後記之宛，俱有味。仲高既廢，自言客臨安，遇一老婦，蓬首垢面，丐於市，泣愬云：「官人曾聞秦妙觀否？妾即是也。」仲高言已，淚落盈襟。王仲信謂其愴晚節，流落不偶，特相似耳。妙觀，宣和名娼。見《玉照志》。

71李文公集有《拜禹言》，據其叙謂之歌，其詞則云：「惟天地之無窮兮，哀生人之常勤。往者吾末及兮，來者吾弗聞。已而！已而！」乃盡用屈子《遠遊》篇中語，第改「長勤」爲「常勤」，而終之以楚接輿所歌，豈感嘆之深不待自爲之辭，特採古語咏歌之！後人遇千百事蹟，容易作得不少玩習之意，晁氏固已有考于此，列之《變騷序》，以爲《拜禹言》者，李翺之所作也。蓋從本集云。

72淵明《贈長沙公族祖詩序》云：「長沙公於余爲族祖，同出大司馬，昭穆既遠，以爲路人。」蘇老泉遂發爲《族譜引》云：「無服則親盡，親盡則情盡，情盡則喜不慶、憂不弔。喜不慶、憂不弔，則途人也。吾所與相視如途人者，其初兄弟也，兄弟，其初一人之身也。悲夫一人之身，分而至於途人！吾譜之所以作也。」淵明二十餘字不爲少，明允宛轉大篇不爲有餘，或引《詩》以評之，《詩》云：「同源分派，人易世疏。慨然寤嘆，念兹厥初。」殆不若《詩序》合於途人之喻尤切。

73昌黎訟風伯，以旱故爾。皇甫持正讓風，其意則謂昨自南昌迄建康，路長而疾；今由建康抵家，終不百里，疑風之喜怒而以淹留讓之，辭義不襲其師。他日東坡《僧伽塔》詩云「去得順風來者怨」，荆公亦云「人生萬事反覆多，道路先後能幾何」之句，於風伯掃空恩怨矣。陳無己云：「歷歷數過帆，當途氣如虎。快意亦適然，淹泊豈吾取。」此可謂忘情於遲速者。與陸務觀記采石大江所見云：便風擊鼓，掛帆而行。有兩大舟東下者，阻風泊浦漵，見之大怒，頓足詬罵不已。舟人不答，但撫掌大笑，鳴鼓愈厲，作得意之狀。江行淹速常也，得風者矜，而阻風者怒，可謂兩失，世事蓋多類此，記之以寓一笑。斯言尤足爲世儆也。

74《元和聖德》詩云：「以紅帕首。」注者引《實録》曰：「禹會塗山之夕，大風雷震，有甲步卒千餘人，其不被甲者，以紅綃帕抹其額，自此遂爲軍容之服。」又退之《送幽州李端公序》「紅帕首」，「帕」一作「抹」。《送鄭權尚書序》「帕首靴袴」，蓋屢用之。陸氏《筆記》舉《孫策傳》張津嘗著絳帕頭，帕頭者巾幘之類，猶今言幞頭也。韓文公云「以紅帕首」已爲失之，東坡云「絳帕蒙頭讀道書」，增一

「蒙」字，尤誤。務觀固不引塗山事，注韓文者亦不援孫策語，然李、鄭二序皆連「帕首靴袴」取義，爲幞頭正合。范史云：「向栩者性卓詭不倫，讀《老子》狀如學道，好被髮著絳綃頭。」李賢注：《說文》：「綃，生絲也。」案此字當作幧，其字從巾。古詩云：「少年見羅敷，脱巾著幧頭。」已上史注「紅綃頭」或即「紅綃帕」。予謂孫伯符所稱南陽張津爲交州刺史，著絳帕頭，鼓琴燒香，讀邪俗道書，或由東都之季習妖妄者輒以爲首飾。栩其類也。韓詩「帕」爲虚字，坡詩「帕」爲實字，因文著字爲「蒙」，所用本別，俱不免陸氏之疑。唐婁師德使吐蕃，論國威信，虜爲畏悦。後募猛士討吐蕃，乃自奮戴紅抹額來應詔。此近塗山軍容之遺制，雖不敢以釋「帕首」，其云「戴紅抹額」，抑亦帕首巾幘之物爾。（卷五。下同）

75林謙之詩：「驚起何波理殘夢。」自注：「述夢中所見，何使君蜀人，以波呼之，猶丈人也。」范氏《吴船録》記嘉州王波渡云：「蜀中稱尊老者爲『波』，又有所謂天波、月波、日波、雷波者，皆尊之。稱此『王波』，蓋王老或王翁也。」宋景文嘗辨之，謂當作「皤」字。魯直貶涪州別駕，自號涪皤，或其俗云。按景文所記云：蜀人謂老爲皤，音波，取皤皤黄髮義。

76張文昌《祭韓吏部》詩：「公疾浸日加，孺人視藥湯。」以爲姬妾，則云：「乃出二（待）〔侍〕女，合彈琵琶箏。」已有侍女矣。以爲妻，則皇甫湜撰《神道碑》云：「夫人高平郡。」此不稱夫人。退之曾云：「已呼孺人戛鳴瑟。」豈以言内子邪？說者曰：韓詩「孺人」對「穉子」，自杜詩「老妻」、「穉子」句中來。儲光羲云：「孺人善逢迎，穉子解趨走。」又出於江淹《恨賦》：「左對孺人，顧弄穉子。」凡皆並指妻子。唐棣王炎有二孺人，争寵。蓋親王有孺人二，人云唐制。按《曲禮》：天子之妃曰后，諸侯曰夫人，大夫妻曰孺人，士曰婦人，庶人曰妻，則孺人不得以爲妾，張文昌或取此。宣和罷縣君，改孺人爲第八等。

（徐俊）

隨隱漫録

陳世崇　撰

陳世崇，字伯仁，入元後改名隨隱，臨川（在今江西省）人。陳郁之子。隨父入宮禁，充東宮講堂説書，兼兩宮撰述，後任皇城司檢法，賈似道忌之，遂歸。入元不仕。《隨隱漫録》五卷，此據《四庫全書》本選録。

1令製《春秋贊》云：「微顯闡幽，三體五例，嚴乎成言，褒貶一字。」《周禮》云：「肇建六典，條章焕明。萬世之則，太平之基。」《日新》云：「大哉盤銘，日新其德。一盟一思，惟湯是則。」《自警》云：「孳孳爲善，無怠講習。心思唐虞，聖道可入。」又曰：「私既克理，是從中則。正公則平，操則存德。」《日新鑒銘》云：「湛然厥中，惟正是守。萬醜千妍，於我何有？」《離卦贊》云：「日月麗天，德備中正。明以繼明，聖而益聖。」《艮》云：「兼山曰艮，德在知止。君子體之，思不出位。」《晚望》云：「鷗鷺歸烟渚，秋江挾晚晴。老漁閑艤艇，坐待月華生。」《賞春》云：「珠簾翠幕千門曉，麗日和風萬國春。乍雨乍晴雖莫測，無非天地發生仁。」《社日雨》云：「風催社日雨霏雰，處處雞豚樂祀神。見説豐年於此卜，不妨塾濕社翁巾。」《新涼》云：「新涼燈火又相親，遍閲群書不厭勤。緩視微吟真樂處，那知宫漏夜將分。」《授衣》云：「從來人事順天時，九月纔更即授衣。可笑索裘臨歲晚，履霜猶自未知幾。」《桂》云：「秋桂庭前霽影涼，萬重深翠護深黄。恭迎兩殿臨清賞，壽斝濃浮月殿香。」《恭和御製賜牟子才韻》云：「視草詞臣地位高，玉堂深夜許焚膏。文華瑞世呈儀鳳，顧問承恩直禁鼇。喜有奇才追宋軾，光膺聖製勝唐綯。重修盛典熙朝事，千古青編記寵褒。」《題諸色扇面》云：「履霜知地凍，賞雪念民寒。」「山嵐迷曉月，海浪起晴雲。」「鷺起蓮邊曉，鷗棲蓼外涼。」「西風攲翠蓋，曉露浥紅裳。」「艷紅酣霽圃，冷翠媚秋池。」「聲幽梧葉雨，香冷菊花風。」「院子供新茗，園丁獻異花。」「穠華照水澄秋静，冷艷欺風醉露涼。」「一枝翠葉凝秋色，萬粟金英噴古香。」「月篩穠影虚窗静，秋染繁英浄几香。」「千葉喜容迎曉日，萬鈴紫色映朝霞。」「日罩商本作「麗」。柳塘鶯語滑，雨收桃岸燕飛忙。」《瞻菉堂帖子》云：「歸仁由克己，學道在存心。」「堯舜傳心惟以一，禹湯受命本乎中。」《凝華殿》云：「帝德巍巍，温恭允塞。心傳精微，惟堯是則。」觀《瞻菉》、《凝華》數帖子，必有如文中子窺高祖之心於《大風歌》者，故敬録之。（卷一。下同）

2「蕭蕭馬鳴」，静中有動也。「悠悠旆旌」，動中有静也，見軍整而静也。「昔我往矣，楊柳依依。今我來思，雨雪霏霏。」寫物態慰人情也。張文潛謂「雞聲茅店月，人跡板橋霜」，羈旅窮愁，想之在目。「柳塘春水漫，花塢夕陽遲」，春物融冶，人心和暢，言不能盡。張無垢謂「雪消池館初春後，人倚闌干欲暮時」，盡山之情意，物之容態，可入圖畫，皆仿佛三百篇之遺意歟？

3杜少陵《贈衛八處士》一篇，久别倏逢，曲盡人情，想而味之，宛然在目下。此則「馬上相逢久，人中欲認難」，「問姓驚初見，稱名憶舊容」，「乍見翻疑夢，相悲各問年」，無愧前作。若戴叔倫之「歲月不可問，山川何處來」，青出於藍者也。

4唐人詩，工於下生字，「走月逆行雲」，「芙蓉抱香死」，「笠卸晚峰陰」，「山雨慢琴弦」，「松涼夏健人」，「緑竹助秋聲」，「歲月换紅顔」，「石磴掃春雲」，「畫角赴邊愁」，「遠帆開浦煙」，「疏雨滴梧桐」，字字穩帖，不覺其生。

5太史梁傅昭子婦，嘗得家餉牛肉以進，昭曰：「食之則犯法，告之則不可。」取而埋之。宰牛之禁，自梁已然。或謂牢字從牛，或謂牛土畜也，與土宿同位。真武爲北水神，亦與土同位，故不可食。禍福恐人，豈理也哉！吴恕齋革帥江東時《戒宰牛》詩曰：「中和後五日，袖香謁南臺。田夫趁雨耕，歡聲沸如雷。老守視爾農，服田亦勞哉。有牛負犁者，俄頃一週迴。無牛人代耕，四夫盡力推。四夫力雖疲，不如一牛犁。一牛當四夫，功力大如斯。農以牛爲命，愛牛如愛兒。愛兒惟恐傷，殺牛何忍爲？老守今奉勸，戒之重戒之。宰牛國有禁，殺牛天所災。留取黑牡丹，年年待花開。」盧柳南却人送牛肉小簡云：「昔人亦珍此味，所謂如享太牢是也。然一犁春雨，數町秋雲，既食其力，又食其肉，可乎？余不忍，敢請改命。」理語，讀之惻然。

6西山真先生點先君集中警句，如「闢户夜通月，掬泉朝飲星。」「暖曝花巖日，晴眠蘚石煙。」「地曠日難晚，海寬天欲浮。」「與子纔分手，何人更賞心？」「遊歸雲衲破，定起石床温。」「道至無偏黨，心何有重輕？」「萬事豈容人有意，一春多被雨無晴。疑當作「情」。」「仰商本作「舉」。頭莫看王侯面，失脚恐爲名利人。」「千古留芳惟好句，一時得意總微塵。」《石湖歸途》云：「人與西風結約來，芙蓉花氣撲吟杯。曲塘好處都行遍，帶得一身秋色回。」《城東看柳》云：「翻暖爲寒一信風，畫橋南北岸西東。春歸楊柳無私意，深淺青黄自不同。」《上林歸鴉》云：「夕陽鴉背斂殘紅，萬點飛歸傍帝宫。應是上林棲宿穩，可曾驚散月明中？」《友人官滿》云：「三年官滿冰霜潔，一日春回宇宙寬。曾向廳前種楊柳，緑陰留與後人看。」《東園書所見》云：「娉婷遊女步東園，曲徑相逢一少年。不肯比肩花下過，含羞却立海棠邊。」《苦吟》云：「水驛荒寒天正霜，夜深吟苦未成章。閉門不管庭前月，分付梅花自主張。」《蘇堤曉望》云：「荷邊清露襲人衣，風裹明蟾浴曉池。涼影潤香吟不得，手攀堤柳立多時。」「妾身恨不事英雄，果是英雄安有淚？」「初陽烘霽途，繁陰布幽林。山禽互嘲哳，爲我流好音。傾耳須臾間，已快清泠心。飛蓋何爲者？傲睨松之陰。翻然移他枝，餘弄不可尋。」《跋》曰：「學充而意廣，氣大而體不偏，用力於先聖之書。」漫塘劉先生曰：「觀其文，詞贍旨遠，爲詩深於運思，使人嘉嘆不足。」習庵陳先生曰：「僕莊騷而奴班馬。」止堂黄先生曰：「《騷》《選》唐宋，罔不究心。」紫巖潘先生曰：「出入於江西、晚唐之間，而不墮於刻與率者也。」惜端平以後所作，諸老不得見之，吁！

7有一貨炒栗人坐亡，無準秉炬云：「平生辟辟剥剥，做盡萬千手脚。今朝撒手便行，這回炒得離殼。」隨隱拈云：「未敢相許。」

8《東山》之詩，雨雪寒燠，僕馬衣裳，室家婚姻，出於聖人之忠厚惻怛，故能感人也。楚子伐蕭師，人多寒，拊而勉之，皆如挾纊，遂傳於蕭。明日蕭潰，亦窺見此意。曹操云：「行行日已遠，人馬同時饑。」此下二句商本無。另作「托其群臣，又愧其子，愧其妾，異哉」四句，不類此下之文。雖奸雄善於籠絡人心，然得三百篇之遺。（卷二）

9先君號藏一，蓋取坡詩「惟有王城最堪隱，萬人如海一身藏」之句。夢窗吴先生文英爲度夷則商犯無射宫製《玉京謡》云：「蝶夢迷清曉，萬里無家，歲（曉）〔晚〕貂裘敝。載取琴書，長安閑看桃李。爛繡錦、人海花場，任客燕、飄零誰計。春風裏。香泥九陌，文梁孤壘。微吟怕有詩聲翳。鏡慵看、但小樓獨倚。金屋千嬌，從他鴆暖秋被。蕙帳移、煙雨孤山，待對影、落梅清泚。終不似。江上翠微流水。」

10孟享駕出，則軍器庫、御酒庫、御廚、祇候庫、儀鸞司、御藥院從物前導，騏驥院馬引從，舍人、内外諸司庫務官繼之。（中略）阮秀實《仰瞻聖駕》詩云：「紫煙斂翠碧天長，柳蔭旌旗午尚霜。一朵彩雲擎瑞日，光華盡在舜衣裳。」僧必萬云：「輕塵不動馬蹄催，警蹕聲中聖輦來。漢代威儀周禮樂，太平天子拜香回。」若恭謝駕於内園子内作樂，添教坊東西班各三十六人，丞相以下皆簪花。姜夔云：「六軍文武浩如雲，花簇頭冠樣樣新。惟有至尊渾不帶，盡分春色賜群臣。」「萬數簪花滿御街，聖人先自景靈回。不知後面花多少，但見紅雲冉冉來。」潘牥云：「輦路安排看駕迴，千官花壓帽簷垂。君王不輟憂勤念，玉貌還如未插時。」鄧克中云：「輦路春風錦繡張，裁紅剪緑鬭芬芳。黄羅傘底瞻天表，萬疊明霞捧太陽。」阮秀實云：「宫花密映帽簷新，誤蝶疑蜂逐去塵。自是近臣偏

得賜，繡鞍扶上不勝春。」先臣云：「幸驂恭謝覩繁華，馬上歸來戴御花。老婦稚兒相顧問，也須春色到詩家。」（卷三。下同）

11先君會天下詩盟于通都，隨隱纔十二三，諸先生以孺子學詩可教而教以詩。吴一齊石翁云：「大隱君家小隱君，得名太早忌人聞。秋窗吟共緱山月，曉榻眠分華嶽雲。鶯欲引雛先出谷，馬纔生驥便離群。新詩却要多拈出，突過郎能張我軍。」杜北山汝能云：「父子名相繼，如君又出奇。乾坤鍾秀氣，湖海誦新詩。放鶴春風遠，横琴夜月遲。未應隨大隱，閒過聖明時。」劉雷厓彦朝云：「坎止流行只任天，行商本作「吟」。廬新傍紫薇邊。夜窗低過宫花月，曉巷深横御柳烟。五字肯同餘子説，一燈親自乃翁傳。雖然不作功名念，却恐功名逼少年。」景定癸亥，特旨以布衣除東宫，掌書吟社，賀詩數十，僅記五首。錢春塘舜選原本作「擧」，從商本改。云：「吟筆何須管用銀，日供讒述聖恩新。只今已脱凡塵去，便作金丹换骨人。」「夜泛孤舟載月船，静搜吟料六橋邊。詩成上達宸聰了，流落人間到處傳。」吕雪屋三餘云：「青宫樓觀近堯階，班列屏風間坐開。人羡杜甫，天教蘇頲繼蘇瓌。馬歸禁苑行邊柳，鶴伴平山隱處梅。我恨長鑱斸黄獨，兀年無計策衰頹。」柳月磵桂孫云：「鏤玉裁冰字字奇，少年親結九重知。君臣際遇榮千載，父子推敲冠一時。疊進楚蘭春奏雅，鉼分陶菊夜聯詩。五雲樓近開黄道，金紫連班進赤墀。」菊窗俞氏云：「萬人海裏闢幽扉，欲學深居只布衣。不道内前車馬鬧，又催父子入宫闈。」丙寅來歸，江西名勝又贈詩詞。黄梅塘力叙云：「詩在天地間，風清月明處。若爲深閉門，而可覓佳句。夫君小元龍，豪氣隘區宇。青春發詩材，秀茁長膏雨。流水與行雲，吾不見滯住。乘月滌吟毫，玉碗三危露。超詣自透脱，悟在觀劍舞。入宫畫蛾眉，胡爲衆女妒？君詩亦何憾，千載一時遇。向也詩道昌，吟聲喧禁籞。應制沉香亭，龍巾曾拭吐。今焉詩道厄，短笻策江路。悲嘯《梁甫吟》，侘傺《離騷》賦。浮雲時卷舒，睨此知出處。此其隨之義，大隱會境趣。天地梅又春，風緊雪飛絮。一笠灞橋驢，吟鞭且臨汝。得句從人傳，傳今亦傳古。要知是家傳，審言以傳甫。傳之而又傳，衣鉢傳宗武。」張溪居彝云：「醖藉中涵廊廟姿，詩文都好見宸批。只蒙四字君王寵，蟣虱微臣不用題。」周埜舟濟川《八聲甘州》云：「有乾坤清氣，入詩脾、隨龍散神仙。蘸西湖和墨，長空爲紙，幾度詩圓。消得宫妃捧硯，夜燭照金蓮。試問隔屏坐，誰後誰先？長是花香柳色，更風清月白，吟入箋天。自霞觴誤覆，謫下玉皇邊。笑隨歸、山中隨隱，且醉拚、斗酒寫新篇。天應笑，商本作「近」。呼來時後，記上襟船。」壬申秋留西湖半載，吴松壑大有《餞行》云：「我昔見君方成童，長吉才華驚鉅公。人間科第不屑就，直使聲名聞九重。乃翁引上凝華殿，子虚不待他人薦。入直承明凡幾年，天上奇書盡曾見。翩然歸去大江西，二疏父子還相隨。故鄉分得雲水地，却喜不爽漁樵期。春雨騎牛對烟草，何如振衣隨龍五雲表。秋霜黄獨煨地爐，何如駝峰犀筋食天廚。林間食葉抄詩句，何如宫妃捧硯揮毫處。溪邊照影着荷衣，何如龍門應制奪錦時。鈞天夢斷難回顧，浩然合在山中住。金石臺前伴白雲，六年不踏西湖路。今日重來發長吁，忍看清平破草廬。盡拈書籍向人賣，歸買田園供荷鉏。乃翁八十齒髮落，倚門待兒斜日薄。孤山梅花帶不歸，却唤扁舟載童鶴。」俯仰之間，倏三十稔，吾翁諸老，皆賦玉樓，西湖吟社，各天一涯，窮達一場春夢，故記之。

12「手執《黄庭》上石臺，竹陰掃月遍蒼苔。欲從此處即仙去，玉立清風待鶴來。」趙十洲希彭詩。趙君入仕四十年，虚静恬淡，寂寞無爲，除南雄守，不赴，丙寅九日，别親友，理家事，端坐而逝，遺偈曰：「六十二年皮袋，放下了無罣礙。青天明月一輪，萬古逍遥自在。」與前詩類，達矣。

13紹定庚寅春，汀寇入譙，趙守竄，殿司裨將胡斌領弱卒二百巷戰，矢盡刀折，易雙鐵鞭，所殺尤衆，死焉。坐執雙鞭，屢日不僵，民賴其力，多獲竄免。守臣王埜聞于朝，贈武節大夫，賜廟額忠勇，劉後村詩云：「士各全軀命，惟侯視死輕。張巡鬚盡怒，先軫面如生。短刃猶梟寇，空拳尚背城。新祠簫鼓盛，人敬此神明。」

14林可山稱和靖七世孫，不知和靖不娶，已見梅聖俞《序》中矣。姜石帚嘲之曰：「和靖當年不娶妻，因何七世有孫兒。若非鶴種并龍種，定是瓜皮搭李皮。」石帚之詩，特甚於郭崇韜、李環之摑，戒之。

15史相生朝寺觀，皆有厚饋，獨無準獻偈云：「日月兩條燭，須彌一炷香。祝公千歲壽，地久與天長。」史大喜。隨隱拈云：「滿口道着。」

16雲峰德師住撫之廣壽，途遇時貴，避不及，有違言，即上堂别衆云：「瀟然無累水雲僧，去住分明葉樣輕。十字街頭休作夢，五湖依舊一枝藤。」隨隱拈云：「劄得眼來，白雲萬里。」

17高疏寮《騎鸞引》云：「夜騎白鶴出琳闕，千萬仙官鏘佩玦。雲雷貼妥過罡風，左推日丸右扶月。一息瑤池翠水家，阿母迎謁龍驅車。青娥彈絲玉妃酒，折盡蟠桃紅玉花。九大丈人來問道，太極之前天不老。丹霞一炁玉虛宮，寶笈繩金容探討。井君沐浴波五色，洞房光芒上奔日。天上傳呼六丁直，星斗離闌礙鸞翼。」錢春塘原本及商本皆作「唐」。案：錢春塘舜選已見前，從改。《紀夢》云：「翠峰嵯峨三十六，寒泉落空響哀玉。甃花石路勢縈紆，玉闌干護修筠綠。雪髯老人負紫瓢，金絲麈尾搖相招。紅螺酌酒湛湛碧，坐倚蒼石吹洞簫。孤鶴來傳天上詔，老人挽余偕一到。飄飄高舉淩青冥，直過罡風履黃道。祥光樓閣倚崢嶸，神虎守關森衛兵。雙闔朱扉忽微啓，中有靈官來遠迎。絳衣持斧立丹陛，玉皇手中玉如意。雲璈風瑟自宮商，天聲清越非人世。帝旁青童傳帝宣，文華宮中呼謫仙。謫仙顧余笑且言，子宜亟反來他年。探懷贈我五色筆，子當寶之慎勿失。濃香氤氳迷常所，長揖老人下西廡。身從日上仰頭行，商本「日上仰」作「日月上」。俯視斗杓分子午。雲氣相隨步武生，過耳但覺松風鳴。覺來握筆紀佳夢，月明樓鼓撾三更。」毛吾竹《鈞天》云：「鳶飛魚躍，梟短鶴長，各適其適，孰尤彼蒼。奈何人異於萬物，身備乎五常，學關乎經濟，志效乎忠良。乃使蝸蚓同槁乎土壤，鴻鴈俱逐乎稻粱。精神所著，夢遊八荒。浴銀河翻月之浪，熏旃檀帶露之香。戴芙蓉九華之冠，披雲錦五色之裳。騎祥麟兮翳綵鳳，攀若木兮拂扶桑。直造乎玉皇香案之傍，白虎守關御劍芒。熒惑執法齒髮張，皋夔丘旦列雁行。肅然鳴佩諧宮商，關張衛霍立兩廂。相向盾甲明如霜，千官拜起低復昂。星輝霞彩難爲詳，一人殿中立宣揚。令臣奏事無恐惶，臣愚幸覩天日光。願拜短疏裨毫芒，讀罷帝親把袖藏。曰汝所奏見未嘗，政如藥性和温良。一一可以瘳民瘡，又如百煉昆吾鋼。用之國可無妖祥，惜哉無遇徒心傷。亟宜歸世朝君王，君王神聖今禹湯。勤求賢儁食不遑，扶天大象親提綱。充庭至寶皆琳琅，尚憐空谷遺幽芳。蒲輪鶴詔紛相望，賜汝紫綬黄金章。袞衣赤舄坐廟堂，燮調萬化躋時康。淩轢周漢超虞唐，賜汝斧鉞羽林槍。專征不義誅暴强，火鈴霹靂杵金剛。攝伏百怪回瀾狂，載命玉女斟霞觴。賜汝天醞九霞漿，一飲盡蜕藜藿腸。令汝身貴家亦昌，不論中國蠻與羌。蟲魚草木皆春陽，天子萬壽永無疆。汝乘白雲來帝鄉，二十八宿與商本作「參」。翱翔。臣辭草茅不敢當，遜于稷契暨殳斨。」罡風滿路，明月在床，皆不食烟火語，而《鈞天》尤富贍雲。（卷四。下同）

18魏明帝景初元年，徙長安銅人承露盤，盤折，聲聞數十里，重不可致，留于霸城，大發卒鑄銅人二，號翁仲，列坐司馬門外。抱獨先生命先人與錢菊友穎，即席以「久」字韻賦翁仲，菊友云：「武皇騎龍朝帝后，露濕銅仙古苔繡。景初命名翁與仲，無復衣冠仍漢舊。桓圭大劍高嵯峨，不動如山嚴鎮守。豈知屹立司馬門，九鼎暗移司馬手。變遷陵谷亦何易，洛陽塵埃一回首。因嗟寵辱非可常，世間何者爲長久。君不見後來荆棘埋銅駝，坐想失身横隴畝。」先人云：「銅仙擎露秋風表，珍重劉郎千萬壽。老瞞攘鼎貽孫謀，因逼此仙俱受垢。仙寧折骨拒非招，恥爲姦雄效奔走。污名翁仲俾司門，口不能言心自否。洛陽宮殿一灰飛，天上此標獨長久。君不見堂堂冠劍隱藤商本作「霸」。城，萬古六丁驅鬼守。」先生跋云：「紹定壬辰九日，抱獨山人徐逸觀陳藏一所作翁仲詩，觀其命意布辭，灼見魅鄉，呼魄指冤，俾受言獎，如在荆棘中流涕而話往事。嗚呼，如詩人忠憤之心，隨事而見，可勝嘆哉！因執筆憫憫而書。」

19甲子六月六日昧爽，福寧殿東西向，列聖訓及《讀書紀要》各二匣，《凝華集》一匣，太子兩拜問安，又（中略）兩拜進詩云：「寵頒御墨十行新，天錫光華被小臣。家學傳心當謹守，恩深何以報君親。」兩拜舞蹈退，祝文云：「昨者告忱，恭進聖訓，果蒙默祐，得徹宸嚴。君親悦怡，宣付史館，不惟見某平日積習之功，亦我皇上天縱之學，修齊治平之道，藏之石渠，照耀今古，佩服神追，與此編相爲長久。尚享。」

20「獨恨太平無一事，江南閒却老尚書。」蕭辛易「恨」爲「幸」。「雲山蒼蒼，江水泱泱，先生之德，山高水長。」李泰伯易「德」爲「風」。「日斜奏罷長楊賦」，半山易爲「奏賦長楊罷」。「白玉堂中曾草詔，水晶宮裏近題詩。」韓子蒼易爲「堂深」「宮冷」。晁無咎試《交趾進象表》云：「備法駕之前陳。」周益公易「陳」爲「驅」。古詞云：「春歸也，只消戴一朵荼蘼。」宇文元質易「戴」爲「更」。皆一字師也。

21己卯冬，訪欽雪巖於仰山，上堂云：「千里相尋慰寂寥，未嫌風雪路迢迢。廬山雖好且休去，更撥寒爐話一宵。」明年九日，訪珍南州於開元上堂云：「從上行不到處行，取步步登高。從上説不到處説，取言言見諦。白酒釀千家，黄花開滿地。噫嘻！陶淵明若知有今此世界，終不執着東籬。」置拂子下座。又明年，訪常竹塢於龜峰上堂云：「一藏一切藏錯，隨隱隨時隱錯。靄靄春雲，眼中金屑。直饒并到帝王前，總是一團閑落索。置拂子顧衆雲。還見麼這落索，天將以夫子爲木鐸。」（下略）

22風者，動也。商本作「風以動之」。上之化下，如風之鼓動萬物也。雅者，正也。天子齊正萬物也。頌者，後王贊美祖宗之功德也。一國之事各不同，皆本於君，故即其教化之美，而名以《風》、《二雅》，固皆天子之事。《鹿鳴》、《嘉賓》、《采薇》，王政之興，可以小言，至《文王》、《大明》，美則大矣。《節彼南山》、《正月》諸詩，王政之廢，可以小言，至於《板》、《蕩》，壞則大矣。況遺戍復古，育材南征，不過指陳一事。至於受命明德，既醉守成，治則大矣。積《小雅》以成《大雅》，積《風》成《雅》，積《雅》成《頌》，故諸侯有《風》而無《雅》，天子有《雅》而無《風》，平王政令不行，《黍離》十詩不刺則閔，不閔則思，自降爲風。德不文，功不武，則不頌，魯特列國之風以美之也。（卷五。下同）

23宋坦齋謂曹東畝曰：「君生永嘉，詩學江西。」曰：「興到何拘江浙，然則四靈不足學歟？」曰：「四靈詩如啖玉腴，雖爽不飽。江西詩如百寶頭羹，充口適腹。」

24陳子長韡守瑞陽，用刑甚峻，西山真公勉以詩曰：「粉省郎官出把麾，故人何以贈箴規。孔門仁恕真心法，漢吏循良乃吏師。聽訟莫嫌刀似筆，愛民終見口成碑。王麟夜語如相問，爲説如今兩鬢絲。」與諛悦者異矣。

25陸放翁宿驛中見題壁云：「玉階蟋蟀鬧清夜，今井梧桐辭故枝。一枕凄涼眠不得，呼燈起作感秋詩。」放翁詢之，驛卒女也，遂納爲妾。方餘半載，夫人逐之，妾賦《卜算子》云：「只知眉上愁，不識愁來路。窗外有芭蕉，陣陣黄昏雨。曉起理殘妝，整頓教愁去。不合畫春山，依舊留愁住。」

26姑蘇女子沈清友能詩，如「晚天移棹泊垂虹，閑倚篷窗問釣翁。爲底鱸魚低價賣，年來朝市怕秋風」，得風人之體。《詠漁父》云：「起家紅蓼岸，傳世綠蓑衣。」《詠牧童》云：「自便牛背穩，却笑馬蹄忙。」得下字之工。

27辛稼軒觴客滕王閣，詩人胡時可通謁，閽人辭焉，呵詈愈甚。辛使前曰：「既稱詩人，先賦滕王閣，有佳句則預坐。」即題云：「滕王高閣臨江渚」，衆大笑。再書云：「帝子不來春已暮。鶯啼紅樹柳摇風，猶似當年舊歌舞。」迺相與宴，而厚賙之。（下略）

28黄桂隱鵬飛以二絶送余，《遊廬山》云：「天下廬山第一奇，西風楚楚送行時。晦庵白鹿書猶在，非是遊山只愛詩。」「曾從圖畫識廬山，山好誰知畫亦難。畫好不如詩好讀，就煩詩筆畫來看。」其大父官南康，故於圖畫識廬山。四世祖以直道勁氣不偶於時，有《砦谿詩話》行于世。

（冀勤）

書齋夜話

俞琰 撰

俞琰（清人避諱改作琬或玉），字玉吾，吴縣（在今江蘇省）人。生於宋寶祐（一二五三—一二五八）初，入元隱居著書，至延祐（一三一四—一三二〇）初卒。《書齋夜話》四卷。此據《委宛别藏》本選録。

1 有學詩於黄山谷者，山谷云：「公治何經？且熟讀經書。」其人未達，退而問人。有答之者云：「不明經旨，則不識是非，不知輕重，何以爲詩？」（卷四。下同）

2 唐人《鷺鷥》詩中間兩聯云：「立當青草人先見，行傍白蓮魚未知。一足獨拳寒雨裏，數聲相叫晚秋時。」雖掩其題目，皆知其爲詠鷺。予疑「秋」字當作「烟」字，尤切當，蓋相失於晚烟中，是以相叫。若晚秋相叫，則無意味矣。

3 嘗記詩壘元戎云：「尋常一樣垂楊柳，種入宫墻自不同。」杜北山變之則爲：「尋常一樣窗前月，纔有梅花便不同。」孔方平云：「楊柳不遮春已斷，一枝紅杏出墻頭。」又如朱希貞云：「佳人不耐冷，重疊著春衣。」僧北磵云：「漁翁不耐寒，重沓著蓑衣。」後作皆響於前作。

4杜少陵詩云：「夜闌更秉燭，相對疑夢寐。」晏小山之詞乃云：「今宵剩把銀缸照，猶恐相逢是夢中。」談者但稱晏詞之美，不知其出於杜詩也。

5黄山谷云：凡爲文，自作語最難。老杜作詩，退之作文，無一字無來處，蓋後人讀書少，故謂韓、杜自作此語爾。古人之能爲文者，真能陶冶萬物，雖取古人陳言入於翰墨，如靈丹一粒，點鐵成金也。

6范文正公《齏賦》中間一聯云：「陶家甕裏，釀成碧緑青黄；措大口中，嚼出宫商徵羽。」予初作《海膦》詩云：「生以蝦爲目，來從水母宫。堆槃凝凍結，停筯便消融。瑩淨玻璨白，斕煸瑪瑙紅。酒邊嘗此味，牙頰響秋風。」句雖麄率，「響」字蓋從范公《齏賦》中來。

（王秀梅）

席上腐談

俞琰撰

《席上腐談》，一名《月下偶談》，二卷。此據《寶顔堂秘笈》本選録。

1《豳》詩云：「無衣無褐，何以卒歲。」鄭氏云：褐，毛布也。貴者無衣，賤者無褐，何以卒歲。愚按《孟子》云：視刺萬乘之君如刺褐夫，以褐夫對萬乘之君，亦言貴賤之殊耳。褐乃編枲粗短衣，不黄不皂，賤者之服，非毛布也。褐字從衣，毼字從毛。鄭氏誤以褐爲毼，遂云褐毛布也。毛布乃今之斜毼，價貴於苧麻多矣，此豈賤者之服。（卷上。下同）

2張衡《四愁詩》云：「美人贈我金錯刀。」古之錯，即今之磋也。磋千個反，北人讀錯，作去聲，南人讀錯，作入聲，其實一也。

3宋蒼梧王使楊玉夫伺織女渡河，曰：「見當報我，不見當殺汝。」遂爲玉夫所弑。織女乃經星，萬古不移，豈有渡河之時？蓋丹家運夾脊之氣上升崑崙頂中，謂之黄河逆流，又以任督二脉爲天河，因以牛女喻身中之陰陽交媾爾。杜子美《天河》詩，乃有「牛女年年度，何曾風浪生」之句。張文潛《七夕歌》，形容織女一宵之歡，以爲「猶勝常娥不嫁人，夜夜孤眠廣寒殿」。大抵騷人才士，嘲風詠月，不過一時之嬉耳，寧復揆之以理。織女，星名也，安有機杼之具？武后七夕得金梭于庭，乃宫人爲之耳，猶真宗之得天書，天有書乎？乃王欽若之徒爲之耳。

4 韓退之與軒轅彌明《石鼎聯句》云：「時於蚯蚓竅，鳴作蒼蠅聲。」後人乃云「茶鼎聲號蚓，香盤火度螢」，句雖工，然蚯蚓安得有聲？蓋不熟玩韓詩耳。退之蓋謂鼎中湯鳴如蒼蠅之聲，非謂如蚯蚓之聲也。蚯蚓竅乃石鼎之竅，如蚯蚓藏身於泥中之竅耳。崔豹《古今注》云：蚯蚓，一名曲蟮，善長吟於地下，江東人謂之歌女。謬矣。按《月令》「螻蟈鳴，蚯蚓出」，蓋與螻蟈同處，鳴者螻蟈，非蚯蚓也。吴人呼螻蟈爲螻蛄，故諺云：「螻蟈叫得腸斷，曲蟮乃得歌名。」

5 東坡詩云：「暮年眼力嗟尤在，多病顛毛切未華。故作明窗書小字，更開幽室養丹砂。」黄魯直注云：按先生與王定國書云，近有惠丹砂少許，光彩甚奇，固不敢服。然其教以養火，觀其變化，聊以悦神度日。又詩云：「曹南劉夫子，名與子政齊。家有鴻寶書，不鑄金褭蹄。促席問道安，遂蒙分刀圭。不忍獨不死，尺書肯見稊。」趙次翁注云：劉夫子豈劉宜翁乎？先生在惠州，有書與宜翁云：「或有外丹已成，可助梨棗者，望不惜分惠。」其書具在。《毗陵後集》趙堯卿注云：劉安世待制，字器之，曹南人，得養生煉丹術。公嘗師之。（卷下）

（王秀梅）

視聽鈔

吴莘 撰

吴莘，字商卿，國子博士。著有《楚國圖經》二卷。生平不詳。《視聽鈔》三卷，《郡齋讀書志附志》著録，謂得之見聞，凡六十四事。《説郛》誤作吴萃撰。原書已佚，僅見《説郛》選録三條。

【山谷詩】詩所以吟詠情性，乃閒中之一適，非欲以求名也。予詩自知其淺，然却是自作生活，未嘗寄人籬下。若有以艱深之辭文之，人未必以爲淺也。黄魯直詩非不清奇，不知自立者翕然宗之。如多用釋氏語，卒推墮於滙瀆之中，本非其長處也。而乃字字剽竊，萬首一律，不從事於其本，而影響於其末，讀之令人厭。章茂深郎中，葉石林甥也，自言從小學作江西詩，石林每見之，必顰蹙曰：「何用事此死聲活氣語也？」此言真有味。《石林詩話》談山谷之詩不容口，非不取之，惡夫學之者過也。（《説郛》卷二十。下同）

【何欽聖詩】王氏主經術，蘇氏主詞章。東坡在錢唐，有三衢士人何欽聖名恭，意以經爲然，獻長篇於東坡，欲其推尊王氏。詩曰：「昔日歐陽心獨苦，搜羅天下文中虎。未逢賈馬嗟誰有，昆體文章正旁午。一得眉山老翁語，始愜平生好奇古。騫騰鸞鳳螭虬侶，錦繡腎腸終日吐。眉山跨馬挾雙龍，迤邐斜欹劍閣東。一息萬里先群雄，是日魯酒歸醇醲。仁廟當朝起數公，四時閶闔來清風。眉山秉筆摩蒼穹，稽首獻議何雍容。是時慶曆垂嘉祐，東省西垣半耆舊。一代偉人争入彀，大開黄閣咸虚受。公時脱穎眉山後，歌向機雲同一奏。建安數子空嗚脰，集賢學士皆籠袖。玉人發馬下天階，華蓋星邊捧詔來。天子延英不浪開，爲公此日深徘徊。金吾侍側天顔低，上列四輔前三台。相與疇咨將相才，飄然八駿先龍媒。西京應制十八九，晁董褎然爲舉首。此輩昂藏希世有，劉蕡又作蛟龍吼。觀公舉動新人手，玉壺破碎珠囊剖。許國誠心仍貫斗，識者談之不容口。天公一見列詩曹，指揮姮娥供兔毫。公歌數闋風刁刁，若耶溪上皆停橈。郢客擲筆不敢操，楚人往往收離騷。李杜藩牆不甚牢，李白脱却錦繡袍。東風顛入五湖裏，萬籟聲聲酷龍耳。河伯江妃愁欲死，只恐公來搜見底。南登灞岸將何以，直節壯懷聊自倚。養得身長數千里，天地一夜雲雷起。官家内相能幾人，幾人到此陪經綸？天語丁寧下降頻，金蓮燭畔窺龍鱗。日曝花磚暖繡緺，鐶金佩玉何申申。姮娥唤作真麒麟，焉知韓李非前身。龍樓漏箭銅壺挹，隱約六階騶唱入。傳宣使者翻然集，月題控馬天門立。錦牋瓊管尚書給，九詔忽然如俯拾。宸恩四海周流及，武帝三封乃平揖。我宋修文偃武初，詞林翰苑森扶疏。竇儀陶穀端何如，峨冠曳履承明廬。草昧功名向武夫，討論潤色姑徐徐。剪夷五代尊圖書，墨客稍稍躋天衢。中間作者相踵武，請試從頭爲君語。真宗皇帝親神宇，楊億風流玉堂處。傾金鑄瓦横尊俎，大笑哄堂任豪舉。逡巡百尺江南楮，密掃煤烟驟如雨。六一超然又不同，陳言萬紙一洗空。晉宋齊梁不待功，兩漢直抵元和中。龍驟鳳舉扶桑中，五綵射日吞長虹。滿堂玉磬諧金鐘，紛然和者如笙鏞。木鐸可憐聲獨悄，一振鏗然須大老。伊説數公無處討，蕭曹丙魏規模小。馬遷班固工品藻，出處行藏何太少。升沉將相王侯了，經天緯地憑誰好？信知風采古爲多，堯舜文章焕若何。東作西成南已訛，真人更集滿東坡。夷夔禮樂俄森羅，黼黻郊廟金盤陀。羽毛率舞呈天和，高陽才子前賡歌。君哉頷首一俞爾，執簡抽毫無及矣。周公整頓乾坤已，開闔明堂復如此。從頭制作軒轅始，海獸山禽咸獻美。衮冕分明圭玉侈，六代光華藹天子。日月星辰續九天，蟲魚草木續山川。群聖文章想亦然，百家妙理何周旋。離離黍稷春風前，東周一去追無緣。帝德王功只僅傳，廟堂急管催繁絃。巍哉孔子尊如帝，矯矯孟軻天莫制。斯文其喪今何在，鄒魯邈然安可再。揚雄力寡知無奈，天禄校讎真末計。江海悠悠百川逝，回首相望幾千載。熙寧天子憫斯文，輾轉搜揚到海垠。丞相王公舉趾尊，委蛇二老西來賓。咀嚼六經如八珍，補葺東魯鉏西秦。天子資之又日新，八風自轉成天鈞。頃從孟子驅楊墨，他日淫詞又榛棘。豐鎬涼涼天空碧，中庸一路幾充塞。金陵爲此深求直，二十年來人稍識。求之左右逢皇極，内聖外王真準的。古人效學豐文斯，堂陛之間意已移。彝何虎蜼尊何犧，云何簠簋加靈龜。不然制作知無時，及魯詩書一貫之。明明古訓識者誰？百家效語如嬰兒。科斗六書藏屋壁，豈比鍾王論筆跡。會通意象如作《易》，不假言語含妙德。倘從對偶音聲覓，洙泗文章少平仄。解道雕蟲童子識，斯人稍得揚雄力。熙寧論撰復何慚，況把先儒衆説參。舉世傳經作指南，辟雍泮水堆牙籤。或者嚣然痛欲殲，安得諸儒口遂鉗。聖主賢王實詢僉，公當一語令師嚴。翻思偃蹇熙寧末，苦信古書由世拙。金陵户外屨成列，禰衡一刺終漫滅。髣髴五經無二説，堂堂萬里星中月。欲論兩漢誰優劣，忽若吟蟬風脰咽。邊韶性懶讀書頑，病甚相如下筆慳。敢望言如霧豹斑，擔簦負笈徒間關。沂水春來粗解顔，浴沂童子彌春灣。先哲如龍尚許攀，鼓琴從之豈浪間。可憐道德共耕獵，何苦侯門倏彈鋏。不挾而來聊自愜，(詡)〔栩〕然夢爾爲蝴蝶。飲中數子劉伶俠，江外主人張翰懾。短舡下水輕仍捷，落帆解柂吴山脇。」東坡得詩，意不樂，然亦厚遇之。既乃謂人曰：「某詩亦佳，但觀其終篇，氣力盡于此矣，恐必不久。」已而果然。

（程毅中）

碧湖雜記

蔡寀之 撰

蔡寀之，宋臨川（在今江西省）人，生平不詳。《碧湖雜記》一卷，未見著録。重編本《説郛》題謝枋得撰，不知所據。《説郛》摘録八條。除首條論賦外，餘皆論詩之語。

【靖節題甲子】《五臣注文選》謂陶淵明詩自晉義熙以後皆題甲子，後世因仍其説。獨治平中虎丘僧思悦編淵明詩，辨其不然。其説曰：「淵明之詩題甲子者，始庚子迄丙辰，凡十七年，皆晉安帝時所作。至恭帝元熙二年庚申歲，宋始受禪。自庚子至庚申，蓋二十年。豈有宋未受禪前二十年，恥事二姓而題甲子之理。」曾裘父《艇齋詩話》亦信其説。然以予考之，元興二年，桓玄篡位，晉氏不絶如綫，得劉裕而始平，改元義熙。自此天下大權，盡歸於裕。淵明賦《歸去來辭》，實義熙元年也。至十四年劉公爲相國，恭帝即位，改元元熙，至二年庚申禪于宋。觀恭帝之言曰：「桓玄之時，晉氏已亡，天下重爲劉公所延將二十載。今日之事，本所甘心。」詳味此語，則劉氏自庚子得政，至庚申革命，凡二十年。淵明自庚子以後題甲子者，蓋逆知其末流必至於此，忠之至、義之盡也。思悦、裘父，殆不足以知之。（《説郛》卷二十九。下同）

【桑落酒】杜詩云：「坐開桑落酒，來把菊花枝。」按賈思勰《齊民要術》造酒門有桑落酒、神麯酒，其名不一。又云：桑欲落時造黍米酒，可得永年。造神麯酒，春秋二時造者皆得過夏，然桑落時作者乃勝于春。又有造桑落酒麴法。老杜或本諸此注，所謂桑落酒者，恐未必然。

【宫禁不嚴】杜牧之《華清宫》詩云：「雨露偏金穴，乾坤入醉鄉。」許彦周謂如此天下焉得不亂。蓋以明皇寵幸妃族，賞賚無極，君臣終日酣宴，所以兆漁陽之變耳。予聞東都宣政間，禁中有保和殿。殿西南廡有玉真軒，軒内有玉華閣，即安妃妝閣也。妃姓劉氏，入宫進位貴妃。林靈素以左道得幸，謂上爲長生帝君，妃爲九華玉真安妃。每神降，必别置妃位，畫妃像于其中。每祀妃像，妃方寢而覺有酒容。是時群臣惟蔡元長最承恩遇，嘗賦詩題殿壁曰：「瓊瑶錯落密成林，檜竹交加午有陰。恩許塵凡時縱步，不知身在五雲深。」常侍宴於保和殿，上令妃見京。先有詩曰：「雅興酒酣添逸興，玉真軒内看安妃。」命京賡補成篇。京即題曰：「保和新殿麗秋暉，恩許塵凡到綺闈。」云云。須臾命京入軒，但見妃像。京又有詩云：「玉真軒檻暖如春，只見丹青未見人。月裏姮娥終有恨，鑑中姑射未應真。」已而至閣，妃出見京，勸酬至再，日暮而退。且君門九重，睡榻之側，豈容它人咳唾。至令人臣縱步褻飲于其間，當時恩幸可從而知矣。然極其它日之禍，殆甚于天寶之季。此可以爲萬世君臣之戒。

【潯陽三隱】劉遺民名程之，字仲恩，遺民其號也。彭城人，曾作柴桑令，與淵明同隱。淵明有《和劉柴桑》詩。時又有周續之者，爲撫軍參軍，淵明呼爲周掾，亦隱于柴桑。號潯陽三隱。

【童謡】「大麥青青小麥枯，誰當獲者婦與姑。丈夫何在西擊胡。吏買馬，軍具車，請爲諸君鼓嚨胡。」山谷親書此帖，乃東漢成帝時童謡也。後至元嘉中，涼州羌寇反，抄三輔，延及并冀，大爲民害。命將出師，每戰輒負。中國益發田卒，麥多委棄，但有婦女收穫。吏買馬，軍具車者，言調發重也。請爲諸君鼓嚨胡者，不敢公言，私相語也。

【女子作男兒】古樂府《木蘭詞》，乃女子代父征戍，十年而歸，不受封爵，故杜牧之有《題木蘭廟》詩云：「彎弓征戰作男兒，夢裏曾經與畫眉。幾度思歸還把酒，拂雲堆上祝明妃。」女子作男兒，其事甚怪。五代王蜀時有崇嘏者，本臨邛女子黄氏。蜀相周庠初在臨邛，嘏以詩上謁，庠稱之，薦攝府掾，吏事明敏，胥吏畏服。逾一載，欲妻以女。嘏以詩辭之曰：「一辭拾翠碧江涯，貧守蓬茅但賦詩。自服藍衫居郡掾，永抛鸞鏡畫蛾眉。立身卓爾青松操，挺志堅然白璧姿。幕府若容爲坦腹，願天速變作男兒。」庠大驚，召問，具述本末，乃黄使君之女，元未從人，惟老嫗同居。此事尤怪。

【蘭陵王】今樂府有《蘭陵王》，乃北齊文襄之子長恭，一名孝瓘，爲蘭陵王。芒山之戰，長恭爲中軍，率五百騎再入周軍，遂至金墉之下，被圍甚急。城上人勿識長恭，免冑示之面，乃下弩手救之，於是大捷。武士因歌謡之，爲《蘭陵王入陣曲》是也。

（程毅中）

談藪

瘦竹翁　撰

瘦竹翁，南宋人，鈔本《説郛》或作龐元英，或僅題瘦竹翁。《培林堂書目》亦作瘦竹翁。《説郛》本此前爲龐元英《文昌雜録》，疑涉上而誤。龐元英名下注：「南安人，官主客郎中。」北宋時龐籍有子名元英，則爲單州人。《談藪》七卷，未見原書。《説郛》收四十五條，《四庫全書》存目所著亦爲節本。

1　沈詹事持要，坐葉丞相談恢復貶筠州。沈方售一妾，年十七八，携與俱行。處筠凡七年，既歸，呼妾父母以女歸之，猶處子。時人以比張忠定公詠。會稽潘方仲矩爲安吉尉，獻詩曰：「昔年單騎向筠州，覓得歌姬共遠遊。去日正宜供夜直，歸來渾未識春愁。禪人尚有香囊愧，道士猶懷炭婦羞。鐵石心腸延壽藥，不風流處却風流。」（《説郛》卷三十一。下同）

2　曹詠侍郎妻碩人厲氏，餘姚大族女。始嫁四明曹秀才，與夫不相得，仳離而歸，乃適詠。時尚武弁，不數年，以秦檜之姻黨易文階，驟擢直至徽猷閣。守鄞，元夕張燈，州治大合樂宴飲。曹秀才携家來觀，碩人服用精麗，左右供侍備極尊嚴，語其母曰：「渠乃合在此中居享如此富貴，吾家豈能留。」嘆息久之。詠日益顯，爲户部侍郎、尹京。會之殂，詠貶新州而亡，碩人領二子取喪歸葬。二子復不肖，家貧蕩析，至不能給朝晡。趙德老觀文亦厲氏婿，碩人從父妹也，憐其老且無聊，招至四明里第，養之終身。碩人間出訪親舊，過故夫曹秀才家，門庭整潔，花木蓊茂，顧侍婢曰：「我當時能自安于此，豈有今日。」因泣下數行。二十年間，夫妻更相悔羡，世態翻覆不可料如此。方詠盛時，鄉里奔走承迎惟恐後，獨碩人之兄厲德新不然。詠銜怒，帥越時，德新爲里正，詠風邑官脅治百端，冀其祈己，竟不屈。會之甫殂，乃遣介致書于詠。啓封，乃《樹倒猢猻散賦》一篇。新州之行，又以十詩贈行。其一云：「斷尾雄雞不畏犧，憑依掇禍復何疑。八千里路新州瘴，歸骨中原是幾時。」詠得詩憤極，然無如之何。

3韓侂冑暮年以冬月携家遊西湖，畫船花輿，(偏)〔遍〕覽南北二山之勝。末乃宴于南園，族子判院與焉。席間有獻牽絲傀儡，爲土偶負小兒者，名爲迎春黄胖。韓顧族子：「汝名能詩，可詠此。」即承命，一絶云：「脚踏虚空手弄春，一人頭上要安身。忽然綫斷兒童手，骨命俱爲陌上塵。」韓大不樂，不終宴而歸。未幾禍作也。

4唐小説記紅葉事凡四：一《本事詩》，顧況在洛，乘間與一二詩友遊苑中，流水上得大梧葉，題詩云：「一入深宫裏，年年不見春。聊題一片葉，寄與有情人。」況明日于上流亦題云：「愁見鶯啼柳絮飛，上陽宫女斷腸時。君恩不禁東流水，葉上題詩寄與誰？」後十餘日，客來苑中，又于葉上得詩以示況曰：「一葉題詩出禁城，誰人酬和獨含情。自嗟不及波中葉，蕩漾乘春取次行。」又明皇代以楊妃、虢國寵盛，宫娥皆衰悴，不願備掖庭，嘗書落葉隨御溝水流出云：「舊寵悲秋扇，新恩寄早春。聊題一片葉，將寄接流人。」顧況聞而和之，既達聖聽，遣出禁内人不少，或有五使之號。況所和即前四句也。其二《雲溪友議》，盧渥舍人應舉之歲，偶臨御溝，見紅葉上有詩云：「流水何太急，深宫盡日閑。殷勤謝紅葉，好去到人間。」其三《北夢瑣言》，進士李茵，嘗遊苑中，見紅葉自御溝流出，上題詩曰：與盧渥詩同。其四《玉溪編事》，侯繼圖秋日于大慈寺倚闌樓上，忽木葉飄墜，上有詩曰：「拭翠斂愁蛾，爲鬱心中事。搦筆下庭除，書作相思字。此字不書名，此字不書紙。書向秋葉上，願逐秋風起。天下有情人，盡解相思死。」余意前三則本只一事，而傳記者各異耳。劉斧《青瑣》中有《流紅記》，最爲鄙妄，蓋竊取前説，而易其名爲于祐云。本朝詞人罕用此事，惟周清真樂府兩用之。《掃花遊》云：「隨流去，想一葉怨題，今到何處？」《六醜》詠落花云：「飄流處莫趁潮汐。(二)恐斷紅上有相思字，何由見得。」脱胎换骨之妙，極矣。清真名邦彦，字美成，徽宗時爲待制、提舉大晟樂府。

5王中行，字知復，國子司業述之子，學問文章皆有家法。在廣西幕時，李公大異爲帥，常誦老杜「天吴紫鳳」之句，問坐客曰：「天吴，水神也。吴當音華，見《山海經》，未知復何書？」客皆莫對，王獨曰：「按後漢戴就被收，獄吏燒鋘斧使就挾之。注引何承天《纂文》、張揖《字詁》，鋘音華，又不吴不敖，不吴不揚，亦皆華音。」李公稱善，衆亦服其該洽。知復輕財重義，喜周人之急。姚江跨江爲邑，自南而北，必喚渡以濟。邦人議立橋，久不就。司業捐館時，積錢百緡，知復不它費，獨力成橋，遂爲一邑偉觀。

6嚴州壽昌縣道傍有朱買臣廟，廟貌甚設。其地有朱池、朱村，居人多朱姓。朱謙之有詩云：「貧賤難堪俗眼低，區區何事便雲泥。會稽乞得無它念，直爲歸來詫故妻。」「東薪行道自歌呼，越俗安知有丈夫。一見印章驚欲倒，相看方悔太模糊。」

7王中，建陽人，有才而輕薄。鄉人游必舉連生二女，作湯餅，王必與席。至於三，慚不招客。王贈詩曰：「數年生女必相邀，今度如何不見招？但願君家常弄瓦，弄來弄去弄成窑。」

（程毅中）

詩論

釋普聞　撰

釋普聞，生平不詳。《詩論》一卷，未見著録。《説郛》署作宋人，僅録兩條。郭紹虞《宋詩話輯佚》未收，因輯録於此。

1老杜之詩，備於衆體，是爲詩史。近世所論：東坡長於古韻，豪逸大度；魯直長於律詩，老健超邁；荆公長於絶句，閑暇清癯。其各一家也。然則荆公之詩覃深精思，是亦今時之所尚者。魯直曰：荆公暮年小詩，雅麗清絶，脱去塵俗，不可以常理待之也。荆公《送和甫寄女子》詩云：「荒煙涼雨助人悲，染濕衣衿不自知。除却春風沙際緑，一如送女過江時。」拂雲豪逸之氣，屏蕩老健之節，其意韻幽遠，清癯雅麗爲得也。（《説郛》卷六十七。下同）

2論曰：詩家云：煉字莫如煉句，煉句莫若得格，格高本乎琢句，句高則格勝矣。天下之詩莫出於二句，一曰意句，二曰境句。境句則易琢，意句難製。境句人皆得之，獨意〔句〕不得其妙者，蓋不知其旨也。所以魯直、荆公之詩出於流輩者，以其得意句之妙也。何則？蓋意從境中宣出，所以此詩作荆公集中之眼者，妙在斯耳。魯直《寄黄從善》詩云：「我居北海君南海，寄雁傳書謝不能。桃李春風一杯酒，江湖夜雨十年燈。」云云初二句爲破題，第三第四句爲頷聯。大凡頷皆宜意對。春風桃李但一杯，而想像無聊，屢空爲甚。飄蓬寒雨十年燈之下，未見青雲得路之便，其羈孤未遇之嘆具見矣。其意句亦就境中宣出。「桃李春風」、「江湖夜雨」，皆境也。昧者不知，直謂境句，謬矣。陳去非詩云：「一官不辨作生涯，幾見秋風捲岸沙。」境也，著「幾見」二字，便成意句。愚亦嘗法之，《送求僧行者》云：「山林夜雨厭孤寂，春風幾番沙草碧。衣盂無計若爲傳，負春空墜腰間石。」云云。已上皆古人未曾言之。雖然，其來亦有所自也。陳無己詩云：「枯松倒影半溪寒，境。數箇沙鷗似水安。境中帶意。曾買江南十本畫，歸來一筆不中看。意。」石屋詩云：「八峰春到了，雙澗雨晴初。境。小屋鈎簾坐，境中帶意。人間無畫圖。意。」《禁（腐）〔臠〕》謂奪胎法者，石屋之詩見之。然其境句不勝耳。又詩失名云：「千金欲買吳州畫，今向吳州畫裏行。意。小雨半收蒲葉冷。漁人歸去釣船横。境。」此亦前模之自出也。愚亦效顰曰：「水闊天長雁影孤，眠沙鷗鷺倚黄蘆。半收小雨西風冷，境。藜杖相將入畫圖。意。」又曰：「十里沙堤水滿湖，著霜葦草未全枯。曉來細雨藏鷗鷺，何處人間有畫圖？」大凡但識境意明白，覷見古人千載之妙，其猶視諸掌。

（程毅中）

退齋雅聞録

侯延慶　撰

侯延慶，字季長，號退齋居士，著有《退齋筆録》。餘未詳。《退齋雅聞録》一卷，未見著録，僅見《説郛》收録十二條。

【宋郊改名庠】宋莒公初名郊，在翰苑。上有意大用，爲同列所譖，言姓名之讖，不利國家。上賜名庠。莒公因有詩云：「紙尾何勞問姓名，禁林依舊接群英。欲知《七略》稱臣向，便是當時劉更生。」（《説郛》卷四十八。下同）

【蠟炬】張芸叟初遷，集兒女把酒，芸叟有慨然不樂之意，命各探坐中物賦詩。一女賦蠟炬云：「尊前獨垂淚，應爲未灰心。」蓋以諷也。芸叟稱之。

【梅花詩】蔡載天任賦梅花，落句云：「應有化人巢木末，枝間一國自行春。」其冥搜如此。

【唐書詩】予與尹東珣温叔同考信德府進士。温叔言頃在都下市書，有見寫本《唐詩節要》一册，後題一絶云：「中原不可生强盗，强盗纔生不可除。一盗既除群盗起，功臣都是盗根株。」竟不知誰所作。

【江村初雪圖詩】章子厚題李邦直家《江村初雪圖》詩云：「江頭微雪北風急，憶泊武昌洲尾時。潮來浪打船欲破，擁被醉眠人不知。」

【羅浮山隱者詩】羅浮山有隱者，自謂黄冠野人，或云吕洞賓之流。嘗題詩山間云：「雲來萬山動，雲去山一色。長嘯兩三聲，天高秋月白。」

【道宗詩】劉拱衛遠，宣和初仕祁州，嘗接伴北使。有李處能者，北朝故相之季子，號李狀元家，燕人之最以文學著者。處能謂遠曰：「本朝道宗皇帝好文，先人昔荷寵異。嘗於九日進《菊花賦》，次日賜批答一絶句云：『昨日吟卿《菊花賦》，碎剪金英作佳句。至今襟袖有餘香，冷落秋風吹不去。』」

（程毅中）

豹隱紀談

周遵道　撰

周遵道，生平不詳。《豹隱紀談》一卷，未見著録。涵芬樓本《説郛》題宋無名氏撰，委宛山堂本《説郛》及《五朝小説》題周遵道撰，姑從之。此據涵芬樓本《説郛》選録。

1 杜工部詩云：「髪短何勞白，顔衰肯更紅。」鄭都官云：「衰鬢霜供白，愁顔酒借紅。」白太傅云：「鬢爲愁先老，顔因醉後赬。」陳後山云：「髪短愁催白，顔衰酒借紅。」語意相類，必有定其優劣者。（《説郛》卷七。下同）

2 吴興之水晶宫，不載圖經。刺史楊漢公《九月十五日夜》絶句云：「江南地暖少南風，九月炎涼正得中。溪上玉樓樓上月，清光合作水晶宫。」後來林子中聞滕元發得湖州，以詩賀何洵直邦彦曰：「清風樓下兩溪春，三十餘年一夢新。欲識玉皇香案吏，水晶宫主謫仙人。」因爲故事。

3 吴門風俗多重至節，謂曰肥冬瘦年，互送節物。寓官顔侍郎度有詩云：「至節家家講物儀，迎來送去費心機。脚錢□□渾閒事，元物登時却再歸。」

4 楊誠齋詩云：「天上歸來有六更。」蓋内樓五更絶，柝鼓變作，謂之蝦蟆更。禁門方開，百官隨入，所謂六更者也。外方則謂之攢點云。

5徐參政清叟，微官時贈建寧妓唐玉詩云：「上國新行巧樣花，一枝聊插鬢雲斜。嬌羞未肯從郎意，故把芳容半面遮。」吴履齋丞相《賀新郎》詞云：「可意人如玉。小簾櫳、輕匀淡（佇）〔濘〕，道家妝束。長恨春歸無尋處，全在波明黛緑。看冶葉、倡條渾俗。比似江梅清有韻，更臨風、對月斜依竹。看不足，詠不足。曲屏半掩春山簇。正輕寒、夜永花睡，半攲殘燭。縹緲九霞光裏夢，香在衣裳賸馥。又只恐、銅壺聲促。試問送人歸去後，對一奩、花影垂金粟。腸易斷，倩誰續？」

6「身嘗静退緣知止，心不傾邪畏好還」，葛文康詩也，人有能味其言以養其志，必無意外之慮矣。

7自來巡尉下鄉擾人，雖監司郡守亦不能禁止，邇來尤甚。京口旅邸中有戲效風雅之體作《雞鳴》詩曰：「雞鳴，刺縣尉下鄉也。雞鳴喈喈，鴨鳴呷呷。縣尉下鄉，有獻則納。雞鳴於塒，鴨鳴于池。縣尉下鄉，靡有孑遺。雞既鳴矣，鴨既羹矣。鑼鼓鳴矣，縣尉行矣。《雞鳴》三章，章四句。」

8天生好句，未嘗無對。俚俗之語，得之爲難。《粟齋詩話》載二對云：「死人身邊有活鬼，强將手下無弱兵。」一云：「老手舊胳膊，窮觜餓舌頭。」今有一對，亦可比擬，如：「磨油拌生菜，呷醋咬陳薑。」石湖居士戲用鄉語，土俗以二至後九日爲寒燠之候，故諺有「夏至未來莫道熱，冬至未來莫道寒」之語。又夏至後一説云：「一九至二九，扇子不離手。三九二十七，吃水如蜜汁。四九三十六，争向露頭宿。五九四十五，樹頭秋葉舞。六九五十四，乘涼不入寺。七九六十三，夜眠尋被單。八九七十二，單被添夾被。九九八十一，家家打炭墼。」冬至後云：「一九至二九，相唤不出手。三九二十七，籬頭吹觱篥。四九三十六，夜眠如露宿。五九四十五，太陽開門户。六九五十四，貧兒争意氣。七九六十三，布擦兩檻㡠。八九七十二，貓狗争陰地。九九八十一，犁耙一齊出。」范公吴人，不免用鄉語。（程毅中）

「坐茂樹、濯清泉」即《楚詞》「飲石泉、蔭松柏」也；「飄輕裾、翳長袖」即《洛神賦》「揚輕袿、翳修袖」也。昌黎豈肯學人言語，亦偶然相類爾。杜牧之《阿房宫賦》：「六王畢，四海一，蜀山兀，阿房出。」陸修作《長城賦》云：「千城絶，長城列，秦民竭，秦君滅。」修輩行在牧之前，則《阿房宫賦》又是祖《長城》句法矣。牧之云：「明星熒熒，開妝鏡也；緑雲擾擾，梳曉鬟也；渭流漲膩，棄脂水也；烟斜霧横，焚椒蘭也；雷霆乍驚，宫車過也；轆轆遠聽，杳不知其所之也。」盛言秦之奢侈。楊敬之作《華山賦》，有云：「見若咫尺，田千畝矣；見若環堵，城千雉矣；見若杯水，池百里矣；見若蟻垤，臺九層矣；蜂窠聯聯，起阿房矣；小星熒熒，焚咸陽矣。」《華山賦》，杜司徒佑常稱之。牧之乃佑孫，亦是傚敬之所作。信矣，文章不蹈襲爲難也。

3　翟欽甫，金人也。衆飲清菴，欽甫至，衆不之識，俾賦清菴。欽甫故拙起一句云：「爲問清菴何似清？」衆拍手大笑。及賦第二句：「霜天明月照蓬瀛。」衆失色，連賦：「廣寒宫裏琴三弄，白玉樓頭笛一聲。金井玉梧秋水冷，石田茅屋暮云平。夜來一枕遊仙夢，十二瑤臺獨自行。」衆始知爲欽甫，愧謝，延之上坐。

（程毅中）